許榮祥先生 於1966年受洗為基督徒

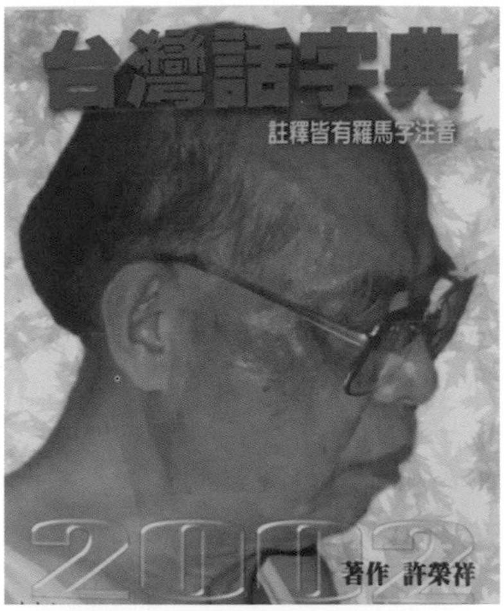

許榮祥先生 專注於著作

許榮祥先生 許戴麗瓊 伉儷

作者 許榮祥先生

臺灣語音字典

（註釋皆有羅馬字注音）

李鴻禧教授的一封批信。

淑琴女士：

感謝你所贈送令尊許榮祥先生所編著的「台灣語音字典」，真多謝。

事實上，鴻禧這世人深愛台灣（福佬系）母語（客語只學二年左右），講台灣話、讀漢文文學，唱台灣歌謠，有蒐集台語字典加以閱讀的習慣。所以自早年日本台灣總督府編著之「台語辭典」、「台灣俗語辭典」，許成章「台語辭典」；以後日本東京大學語文史學者王育德、許極燉教授，政治受難者胡鑫麟、楊青矗及其他濟濟語文學科班出身或只靠自己自修深研所著此類辭典，攏有或深或淺的印象。使我一生在使用台灣語文演講、寫作時，較有心得領會，較運用自如。

自細漢阮阿母教我背三字經、幼學瓊林、千家詩及四書等，到轉大人後循序愛看漢文唐詩、宋詞乃至元曲、漢賦時，時常感覺着用北京語音讀起來，押韻不通、腔調不順；若用台語來讀，顛倒會加真押韻舒適、腔調優雅。自然而然養成我讀詩、詞、曲、賦時，愛用台語閱讀的習慣。台大退休後小閒仔讀語文史學，就知影原來中國話北京語，在漢語文歷史演化中；因受北魏、元、清等所謂「東夷」、「西戎」、「北狄」等外來統治，在胡言、狄語錯綜交摻下；古老漢語文之優美、聲韻難免受到損傷變質。以中國普通話北京語來壓制消滅台語，是人類語文史學上之歷史悲劇。

因此，我會理解令尊在這本字典中「自序」所講的款「本土而言日本人統治五十年，皇民化迫使台灣話受拘束。後來國民政府來台，實行國語的北京話教育致使台灣傳統文化受無限侵害及語言遺失。」的悲痛心情。「受自我使命感驅使」，以語文學素人，又無科班學歷，卻費大半世人的生命力量，來編著這本字典。這種近乎虔誠宗教信仰的心路歷程，使我深受感動，倍加欽佩。

這本字典采用基督長老教會百外年來使用的，甘為霖傳教士所編「廈門音新字典」的羅馬字母、日文字母和國民黨政府的「國語注音符號」來併音。這不但和台灣語音史同步演化，非常相款，而且使平會曉這三種字母符號的人，更加普遍容易使用這本字典。這是其他這類字典，較罕得看着的。本

NO:

DATE: / /

來，台語這種歷史悠久、演化深澗的語言，在發音方法上，比一般中國普通話和其他外國語言，加真濟困難度。這本字典事先專篇介紹「台灣語發音法」，兼用前举各種字母符號，就台語中較困難的「呼聲法」、「入聲音」、「出氣音」、「鼻音」、「半鼻音」。並且對各種注音符號編列世界普遍會曉的「羅馬字發音對照表」。這對學台語是真有必要、有意義的。令人印象深刻。

我真感心恁夫妻，願意花真濟心力金錢，來出版這本有意義的字典。這對推展台語研究學習貢獻真大。相信令尊在天之靈也會真欣慰、真感動的。我也多謝你夫妻對台灣語文之愛心和努力。 耑此祝

身心康安，出版如意

李鴻禧 於新店璽齋

2020.7.31

牧師　陳祐陞　　序

語言與文字是一個民族或國家賴以生存延續最寶貴的資產。歷史上以色列王國於西元前 586 年亡於當時強國巴比倫帝國，再歷經各國的統治，終於在二次大戰後，西元 1948 年重新建國，在這段二千五百多年的日子中，以色列民族並無在歷史洪流中消失，以色列人除了要感謝上帝外，以色列民族保存他們的血統、宗教、文化並透過文字凝聚流離失所在世界各地的族人，使以色列民族在亡國的 2535 年後完成重新建國的偉大使命。其中文字對他們的影響具有重大意義。人類歷史是經由口述歷史與文字記載代代相傳，而文字即是撰寫歷史的重要工具。

許榮祥先生於西元 1931 年 5 月 22 日出生在台南官田鄉，年輕時 20 歲來到台中工作，後來與戴麗瓊小姐結為夫妻，婚後兩人共同打拼，持家創業，扶養七位兒女。42 歲時在工作中眼角膜受傷，經過一年的治療毫無改善，在某次佈道會中得神憐憫醫治。信主後夫婦兩人一起在台中柳原教會參加聚會，並於 1995 年起擔任教會執事，熱心服事上帝，並成為教會牧師最好的同工。

許榮祥先生在日治時代僅受過小學教育，並無高深學歷，從小熱愛台語文字，靠自學修習台語文。在 1977 年退休後以甘為霖牧師「台語音新字典」為藍本，並參照「康熙字典」歷經十餘年逐字編排謄寫出這本「台灣語音字典」，完成此浩大工程。

此次受庭魁及淑峰之託為其父親這本字典作序，讓我再次回想起與許榮祥先生生前的許多對話，他真正是一位令人敬佩的長者，對投入工作的毅力，對家庭的照顧與麗瓊姐的鶼鰈情深歷歷在目。但願這本「台灣語音字典」不僅是許家珍貴的遺產，也能為更多喜愛台語的有志之士帶來幫助。

前台中柳原基督長老教會牧師

陳祐陞

2020. 07. 30

牧師　廖繼成　　序

成為台灣基督長老教會這個被公認為最盡力保存本土台語文文化的基督教派牧師，我欣喜看見故許榮祥執事編著的「台灣語音字典」的出版，何其榮幸受邀為「台灣語音字典」出版寫序言。當拿到這本「台灣語音字典」時，心中充滿感動，榮祥執事一筆一畫手寫的文件，不禁思想這需耗多大的時間與精神？又是如何的深愛這塊土地的心，驅動著榮祥執事令人不可思議完成這艱鉅的工作？過程中曾多次與出版者許淑峰姊妹（編著者許榮祥的女兒）交談，深知本書最終得以出版確實是上帝極大的恩典，許榮祥執事多年前在送印之後緊急喊停，理由是自己年事已高無法進行校閱的工作，而事實上是榮祥執事謙虛的態度，我充分理解那是一種既期待又怕傷害的矛盾情緒交織的感受。感謝上帝在榮祥執事蒙主恩召息勞之後，女兒淑峰姊不忍看見父親一輩子想為保存台語文文化所做的努力化為烏有，勇敢承擔完成父親遺願的工作，出版「台灣語音字典」。

不可否認的是，很多很美的台語文文化正在逐漸消失中，除去國民黨執政特意打壓台語文文化的政治因素之外，問題的癥結在於台語文很多是有音無字，以台灣基督長老教會所發行的台語漢字版聖經為例，對於許多讀音仍無相對應的漢字可供使用，僅能以羅馬拼音書寫。傳統漢語文字結構歸納而出的六種條例，「象形、指示、會意、形聲、轉注、假借一統稱為六書」則在拼音的運用上消失無蹤，文字底蘊傳統就此消失著實可惜。

再以台語歌曲為例，由於台語文文字未能統一，因此無論在電視媒體，或是 KTV 的字幕上，總是出現讓人啼笑皆非隨意使用文字的亂象。要藉此機會喚起所有關心台語文的朋友，所謂的母語教學絕對不是在課堂上的幾堂課就能解決，母語教學絕對是家庭無可推卸的責任，猶太民族在亡國 2000 年之後復國，尚能詳實保存自己的歷史、文化、傳統、語言、文字，歸功於家庭教育的落實。

但另一種讓人憂心的現象是，根據聯合國教科文組織發布的 2009 版世界瀕危語言紅皮書顯示，1950 年到 2010 年之間共有 230 種語言滅絕。目前世界上有三分之一的語言只剩下不到 1000 名使用者。每兩周就有一種語言隨著最後使用者死去而消失，這些語言中有 50%到 90%預計將在下個世紀以前消失。這份研究雖然令人擔心，但在這份研究中也提到「在極少數案例中，政治目的與完整的書寫記錄能夠讓死去的語言復活。」對於這本「台灣語音字典」的出版，我期待拋磚引玉喚起更多人對台語文文化的重視，透過許多關心台語文的朋友共同的努力，例如，內容校正、擴充與電腦編輯排版印刷，台語文電腦輸入法等，保存我們的母語，因為母語的消失正代表一個種族的消失。

曾任台北中會 68 屆議長、台灣神學院董事、台灣神學院校友總會會長

廖繼成牧師　　廖繼成　　2020. 08. 02

推薦序

在一個夏季炎熱的下午，本語音字典的作者許榮祥的女兒許淑峰來電，請我為此著作寫推薦序，當下心裡有一百個理由認為我非合適人選，但聽完許小姐闡述許先生的生平經歷，為母語文字延續的使命感，與見證上帝的愛，我深受感動。

美國夏威夷州是一個民族多樣性的一州，各個族群和睦相處，共同為夏威夷的繁榮與發展做出貢獻。居住在夏威夷的美國人、夏威夷人、日本人、韓國人、中國人、菲律賓人，當然還有很多熱愛台灣的台僑們，在主流美國文化的洪流中，各個民族努力的保存與傳承母國文化，從開設語言學校，慶祝傳統節慶到文化展演，無不盡力保留其文化根源。其中最難做到的，是將日常交談的口語用文字加以記錄；更難的，是在文字化的同時傳達深刻的文化內涵。

與西方拼音文字不同，中文六書中無論是象形、指事、會意、形聲、轉注、或假借字，本身即具有溝通的意義。台語所源出的閩南語保有許多漢唐古音，聲韻極為優美，但有些與現代的讀音相差千里，甚至無可對照之文字，雖有傳教士以羅馬拼音發展出一套紀錄系統，畢竟只有讀音而無字形之美。

許榮祥先生謙稱僅有小學教育程度，發願解決台灣話「有音無字」的遺憾，投注八年的心力，令人十分感佩。他參考了甘為霖宣教士的廈門音新字典、對照參考康熙字典、國語辭典、漢和辭典等，除依六書原則造出大量新字外，更將許多優美的諺語、詩歌、短句整理併入，編纂出的「台灣語音字典」內容極為豐富，宛如一本台灣文物誌，值得大家作為案頭的參考書籍。特此為序。

雷均 雷均

處長

美國夏威夷州政府駐台北辦事處 處長

2020 年 08 月 03 日

南山中學校長 蔡銘成 推薦序

用生命書寫，融合大我與小我的傳承使命，不但關照生命、更關注生命大愛，無可否認，許榮祥先生以駐足踩躔台語文化殿堂。

收到許淑峰會長提供「台灣語音字典」的同時，碰巧在網路上看到南山高中畢業校友宋展旭應徵華視台語主播的影片，這一老一少在不同的時空，都以一己之力，用不同的方法展現文化的語言力，各顯身手讓台語得以發揚光大。

在今天視覺映象支離破碎、感官刺激視覺的圖像文化間，許榮祥先生用文字安靜沉思地構築出一方夢土，他以「台語長存」為己任，保存「台語音韻」為使命，勤於筆耕為台語之美，留下可長可久的文字記錄，光是想像著耆老伏案桌前，在稿紙上一字一句地刻寫文句，親筆編篡台語字典的身影，就令人非常動容。他的字體蒼勁有力、思緒條理清晰、文辭行雲流水，如此佳作若未集結出版，豈不可惜了這嘔心瀝血之作？

博學多聞的許老先生以甘為霖宣教士所著之「廈門音新字典」為本，康熙字典為對照，加上國語辭典和日本漢和辭典當作參考，融合羅馬拼音和注音符號，讓讀者可「看字讀音」，「至於有字無音者，余只憑傳統法則的音、形、意、義…四個條件來造字…推行母語教育是好事…要表現在通行於文字行為有實質的困難…有其造字的合理性…奠定有音必有字，其音必有依循。」耗費八年多的時間終於編纂成冊，如今事親至孝的女兒許淑峰會長，不忍父親的傳家之作塵封於書房，決定將父親的手稿付梓出版，大方與眾人分享慈父的研究所得，因此我等才有榮幸透過這本字典一窺台語學之奧妙，而我竟能在第一時間拜讀，更是何等的幸運，如今出版在即，想必許老先生在天之靈，一定也會微笑以對，肯定小女兒的貼心與孝心，這是台語教學與母語教育的重要文獻，更是值得珍藏的寶貴書籍。

文末許先生謙稱內容恐有疏漏不察之處，盼望各界批評指教（文人謙遜風骨溢於言表），他不僅是令人尊敬的長者，更是令人敬重的學者，多麼有幸能有機會推薦為許淑峰會長父親的大作，但囿於所學並非專精，內容又恐不及皮毛，但仍希望不負撰寫推薦文的重責大任，祈盼因此引介更多人拜讀許榮祥老先生的大作，此乃最大願之所至。

「哲人日已遠、典型在夙昔」，長者辛勤寫作、女兒發願出版，成就此一出版界美事，接下來就要靠讀者接力開卷閱讀，讓文字化為學習內容，閱讀是最佳的心靈糧食，而以台語為母語的我們，則肩負著讓子女將台語代代傳承的使命，許先生的心血則幻化為這個文化的接力棒，讓台語不再侷限口說、耳聽，也能透過文字可記錄、可閱讀，在歷史洪流中繼續綿延發展。

南山中學校長

2020 年 7 月 28 日

作者　許榮祥　女兒致讀者的一封信

作者：基督徒　許榮祥先生

主後 1931 年 5 月 22 日出生　　主後 2019 年 3 月 21 日安息

我是作者許榮祥先生的女兒，首先引用《牛津進階英漢雙解詞典》序言金聖華博士的一段話：「學問也是一座巍巍高塔，所幸這座塔並不為特權階級所設，任何人只要虛心求進，努力不懈，必能塔底逐步攀爬，層樓更上，然而，正如登高涉險時，需要依賴繩索扶手，學習過程中也得仰仗種種不可或缺的工具書。」

作者許榮祥先生編纂『台灣語音字典』的初心和使命感，源於「生於斯，長於斯」願意為這美麗的國度「台灣」留下母語文字。我們在這片土地上的人民，倘若只有語言沒有文字絕對是難以延續屬於自己母語文化和歷史。文字是重要傳遞思想，書寫歷史的符號印記。文字能表達生命力，是有溫度的，文字是很重要的紀錄，並且舉足輕重。亦即，生命會凋零，文字永流傳。

許榮祥先生致力於編纂『台灣語音字典』的用心也深受基督信仰影響。

「神愛世人」因著「愛」我們要傳承愛的心力。父親在十年有餘的歲月中，勤奮努力的精神，堅定的信心和毅力，令人敬佩。

這份非凡的禮物『台灣語音字典』，是上帝親自所揀選的僕人，藉由他的手來傳承文字記錄也使福音得以傳揚在台灣的各角落，見證上帝的愛及在基督裡所成就的恩典。

再次擷取引用讀後有感的（宋美齡文集）裡回憶前總統蔣公証道文：「一位義人和信徒逝世之後，他的蹤跡雖遠，但人世的天空仍有他的光所照耀。這種人音容宛在，是永遠不朽的。當他離去之時，他的身後，還留下許多代表他的人，來繼續完成他的未竟之志。」

展望未來期盼有更多疼惜台灣的熱情，激發愛鄉土的有志賢達宣揚台語文化也可用優美雅緻文字穿越韶光，可以雋永而不墜。

提供台灣語音字典，讓這有生命力的文字表情，傳達溝通，文化與歷史得以傳承延續。

本字典所有售出所得，將全數捐出 70%作慈善之所用，幫助失學兒童教育，扶助弱勢家庭、老人，30%奉獻基督教會宣教事工所用，願這為微薄心意累積成「愛」的力量實質幫助社會，傳遞上帝的愛。

許淑峰

2020 年 7 月 21 日於永和

date theme page

自序

文字是話語或物質名稱的記號，亦是傳達訊息的工具，所以人的話一出駟馬難追必須以文字來記錄留存，物質也以文字來代為記錄形容其質與量。古文字就是用各種物的象形來造就象形字。話是人講出來的，路就是人走出來的道理一樣，文字就是人寫出來的，時代的變遷，文化的改變，得以改良字形，來造就現代字形，國內如此國外也如是，甚至以簡體字，省略體的詞句等來代替繁雜的字劃及冗長的併音字母。話是人講出來的，因為自原始簡單的點醒性語彙以至複雜的人際社會，自然期待算多的語彙及文字來滿足需要。

語言是族群的群集體所發展出的共同語彙腔音，因為族群的多寡優劣，以致弱肉強食，弱勢的語言被強勢所吞滅而絕音流失失傳，可說文化變遷致以自然陶汰也。本土而言日本人統治五十年，皇民化迫使台灣話受拘束，後來國民政府來台，實行國語的北京語教育，致使台灣傳統文化遭受無限侵害及語言遺失。很多人講台灣話真美，確實台灣話有真美的意及義，因為它的音韻句讀的連接，也可連接出一句好聽的詞及有押韻的句讀，這個句讀常常表現在日常生活，地方戲曲，民間歌謠，俗語勸善語，孽橋仔俗語等。日常生活如用幾句合宜而有押韻的話來表達，其雅緻分量即無比溫馨。

余自小家貧，只領受日治小學教育，但自少年時就有感台灣話有真多有音無字的情形。究其因，政治・地域・文化，牽連着語言文字的發展。因此台灣屬於中原廈門漳泉語音係，也就是講係地方語言，就政治言屬於弱勢的化外之地，如有文字也難以入典。既然無字就無法記錄留住本來就有的語言，若是如此實爲可惜，因爲眞多有智慧的詞句．俗語．孽憍仔俗語．或是隨興所講出的有押韻的對句語彙，在年歲較的人出口成章。比喻這句「秧掛牛借有刈無就息」，就是講秧仔是人家播剩的，牛及犁又是借來的，非我所有，如天氣好豐收可期，如遇風颱大水無收成也就算了的意思。有四句連有七字仔，詩歌聯句俯拾皆是，「甘願做衫奴不可徑衫誤」，這句簡單又有智慧，出外多帶一些衣衫，不免寒冷時無衣衫來受風寒，實爲好聽又充份有智慧的話語。

　　余自小受教育無多，才疏學淺見識又不廣，不知尚有諸多參考書籍來學習見識台灣語源字典，在一次的因緣看到，甘爲霖宣教士所著的「厦門音新字典」，喜出望外買田一本，翻閱研讀覺得一個外國人，爲台灣本土語音文化所付出的意念，至爲欽佩與尊敬。至於内容題頭字以漢字大字，注音採羅馬字母注音，注解採羅馬字母併音注釋。余覺得如此雖無音誤，但地名．人名．若干句節難免發生漢文的字誤。漢文的好處，衆所週知是看字知意，識字知義。在此動機之下，以及自小就孕育的心結自此解開。若干以翻譯，若干以參考編著方式，將可勝任來完成著作的意志下，下定編著的決心。

　　本字典，本不應以字典名稱來出書，因余資歷局囿，只是受自我使命驅使未免動機淺顯而專美於自我理想，實應以字彙或其他名詞來命名，後來既以字爲表率，欲以其爲準，致胆敢以字典爲名。本字典採用注解也加以羅馬字注音，標題字也用國語注音符號輔以注音，看字就可讀出，讀不出即可參考注音，訓讀容易查音方便。至於有音無字者，余只憑傳統法則，(這個法則應該至今尚無嚴格規範)，音．形．意．義，我想自古造字者諒必也具備了這個條件來造字，古人如此現今想必也如此。雖是如此來造出新字，在學術界或現今科技忙碌世代，電腦操作問題等，人人渴想儘量省略或其他理由等等爭議，來主張否定無須增加新字，余相信台灣話研究者，同感這個無可奈何的措施，此事留待學者去評估努力。

現今眞多人在推行母語教育，推行母語教育是好事，但是若是使用母語(指講話的文章)來應用在文字於大衆上(指現今的通俗文或新聞報導類)，要表現在通行於文字行爲有實質的困難，與其說不方便，實爲窒礙難行，國語亦相同，因爲語言白話是冗長直接，除非必要外，或是詩歌・短句・諺語・以全錄式用每句每語，句句字字注錄外即不必冗長浪費來注錄爲文，坊間有人寫出台灣話專文，讀起來怪怪，究其因台灣話有其特有字音未統一，各行其是的自創字，造音造字之故，推行台灣白話最力的台灣基督教長老教會，聖經公會近年翻譯「漢文台語聖經」，定必在公會內經過眞多學者研究的成果結晶。有其造音造字的合理性，但是尚待教育推行得以通順。對於台語文化的推動，余不曾盡過心力，對這方面來講可說是古井水蛙，不知古井外已經有的風風雨雨，爲了注音問題鬧了好多年也無結局，有心於本土文化卻無共識的主張，合理合情的共通。但願從事台灣母語文化前途的同志拋去本位主義的思考，集思廣益來求同存異，協力創造出台灣母語文化美麗的前景，奠定有音必有字，其音必有依循。

本字典的編纂，雖以甘爲霖教士所著的「廈門音新字典」作爲藍本，再以康熙字典來對照，加以國語辭典及日本漢和辭典來參考，造音造字雖歷經八年有餘，編纂成冊疏漏不察之處在所難免，請海內賢

date theme page

達　乞賜指教。

許榮祥

二〇〇一年六月　於大屯

目錄

序文

（一）李鴻禧教授的一封批信

（二）前台中柳原基督長老教會 牧師 陳佑陞

（三）雙和基督長老教會 牧師 廖繼成

（四）美國夏威夷州政府台北辦事處 處長 雷均

（五）南山中學校長 蔡銘城

（六）作者許榮祥女兒致讀者的一封信

自序文

前言..1~10

音訓索引....................................1~128

部首索引....................................1~729

版權頁......................................896

前言

一、台灣話注音法─(前　言)

台灣話屬廈門話一脈，與北方話即國語有異，音之変化較多，拼音音源較為複雜，百多年來台灣基督教長老教會已經在台灣推行白話字教育，卓有成就，方法之精深入淺出。白話字引自羅馬字母，亦即拉丁字母的羅馬音。外國宣教師．甘為霖牧教師着有廈門音新字典，其注音即以羅馬字母拼音而成，本字典延續以羅馬字母拼音為主，新近政府所推行之國語教學着有成效及普遍，但台語音要以ㄅㄆㄇ注音有實際上之困難，比如羅馬音之G．B鼻腔音，半鼻腔音，音尾不發音，擋音等必須加入新的符號，以便運用。近年蘭記出版社出版，黃陳瑞珠女士着有「閩南語發音手冊」沿用羅馬字母注音，且發明新的ㄅㄆㄇ新字母及符號，本字典即加以沿用，以使讀者學習。在本注音法內介紹日語母音，但用日語母音來　注音也有不足之處，可見台灣話之音源較其他語言為多，着者也略加入若干以便運用。

(二)英文字母

Aa　Bb　Cc　Dd　Ee　Ff　Gg　Hh　Ii　Jj　Kk
Ll　Mm　Nn　Oo　Pp　Qq　Rr　Ss　Tt　Uu　Vv
Ww　Xx　Yy　Zz

(三)羅馬字母

Aa　Bb　Chch　Chhchh　Ee　Gg　Hh　Ii　Jj　Kk　Khkh
Ll　Mm　Nn　Ng　Oo　O͘o͘　Pp　Phph　Ss　Tt　Thth
Tsts　Uu

(四)日語音字母

ン	ワ	ラ	ヤ	マ	ハ	ナ	タ	サ	カ	ア
	ヰ	リ	イ	ミ	ヒ	ニ	チ	シ	キ	イ
	ウ	ル	ユ	ム	フ	ヌ	ツ	ス	ク	ウ
	ヱ	レ	ヘ	メ	ヘ	ネ	テ	セ	ケ	エ
	ヲ	ロ	ヨ	モ	ホ	ノ	ト	ソ	コ	オ

(五)國語注音符號

ㄅ	ㄉ	ㄍ	ㄐ	ㄓ	ㄗ	ㄚ	ㄞ	ㄢ	ㄦ	ㄧ
ㄆ	ㄊ	ㄎ	ㄑ	ㄔ	ㄘ	ㄛ	ㄟ	ㄣ		ㄨ
ㄇ	ㄋ	ㄏ	ㄒ	ㄕ	ㄙ	ㄜ	ㄠ	ㄤ		ㄩ
ㄈ	ㄌ			ㄖ		ㄝ	ㄡ	ㄥ		

(六)台灣話注音符號(借用國語音符號)

ㄅ	ㄉ	ㄍ	ㄐ	ㄗ	ㄚ	ㄢ	ㄧ	ㄪ
ㄆ	ㄊ	ㄎ	ㄑ	ㄖ	ㄛ	ㄣ	ㄨ	ㄫ
ㄇ	ㄋ	ㄏ	ㄒ		ㄜ	ㄤ		
	ㄌ				ㄝ	ㄥ		
						(毋)		

(七)決定基音的音基

吾人已知基本母音,其符號是國語是ㄚ,ㄧ,ㄨ,ㄝ,ㄛ,ㄜ。羅馬音是A, i, u, e, o', o。日本語ア,イ,ウ,エ,オ。就是無國音的ㄜ及羅音的O。至於音尾的音,國音有ㄢㄣ,ㄤㄥ。羅音有n, ng。日語即只有用ン,其音基屬隨音變化的。至於台灣話有庵Am音im,杉Sam,金kim。日語是用ム。國音即無此音基.著者用ㄇ作為與羅音相符的Mm音,就是毋的音。Mm在音頭時的發音即屬讀咪,日語ミ,國語也讀咪,瞇,注音即是ㄇㄧ。羅馬字的羅馬音對照表在下節的十一項。

(一) 音元

講話的發生就必須有聲音，話語就是要表達或傳達個人的意思，話語構成的因素就是很多聲音的起伏，音韻變化的結果。

長老教會所實用的羅馬音白話教學已經奠定台灣話的字音注音的基礎。本字典採用羅馬字注音法作爲音的單元。ㄅㄆㄇ注音在台灣已是耳熟能詳，著者採取與羅馬音相似的單元字母符號來應用，來專用於台灣話注音專用符號。亦以日語音來參考，日語音要注在台灣話及國語，實際上也有困難，著者亦以變通音及字母來應用，籍以相互作爲參考。了解相互單元的發音基礎。

(二) 日.語字母，用羅馬，ㄅㄆㄇ，注音〔清音〕

日	ン	ワ	ラ	ヤ	マ	ハ	ナ	タ	サ	カ	ア
羅	N(Ng)	Oa	La	Ia	Ma	Ha	Na	Ta(Tha)	Sa	ka(kha)	A
ㄅㄆㄇ	ㄢ ㄤ	ㄨㄚ	ㄌㄚ	ㄧㄚ	ㄇㄚ	ㄏㄚ	ㄋㄚ	ㄉㄚ(ㄊㄚ)	ㄒㄚ	ㄍㄚ(ㄎㄚ)	ㄚ
日	ヰ	リ	イ	ミ	ヒ	ニ	チ	シ	キ	イ	
羅	I	Li	I	Mi	Hi	Ni	Chi	Si	Ki(khi)	I	
ㄅㄆㄇ	ㄧ	ㄌㄧ	ㄧ	ㄇㄧ	ㄏㄧ	ㄋㄧ	ㄐㄧ	ㄒㄧ	ㄍㄧ(ㄎㄧ)	ㄧ	
日	ウ	ル	ユ	ム	フ	ヌ	ツ	ス	ク	ウ	
羅	U	Lu	Iu	Mu	Hu	Nu	Tsu	Su	ku(khu)	U	
ㄅㄆㄇ	ㄨ	ㄌㄨ	ㄧㄨ	ㄇㄨ	ㄏㄨ	ㄋㄨ	ㄗ	ㄒㄨ	ㄍㄨ(ㄎㄨ)	ㄨ	
日	ヱ	レ	エ	メ	ヘ	ネ	テ	セ	ケ	エ	
羅	E	Le	E	Me	He	Ne	Te(The)	Se	ke(khe)	E	
ㄅㄆㄇ	ㄝ	ㄌㄝ	ㄝ	ㄇㄝ	ㄏㄝ	ㄋㄝ	ㄉㄝ(ㄊㄝ)	ㄒㄝ	ㄍㄝ(ㄎㄝ)	ㄝ	
日	ヲ	ロ	ヨ	モ	ホ	ノ	ト	ソ	コ	オ	
羅	O͘	Lo͘	Io͘	Mo͘	Ho͘	No͘	To͘(Tho͘)	So͘	ko͘(kho͘)	O͘	
ㄅㄆㄇ	ㄛ	ㄌㄛ	ㄧㄛ	ㄇㄛ	ㄏㄛ	ㄋㄛ	ㄉㄛ(ㄊㄛ)	ㄒㄛ	ㄍㄛ(ㄎㄛ)	ㄛ	
羅	O	Lo	Io	Mo	Ho	No	To(Tho)	So	ko(kho)	O	
ㄅㄆㄇ	ㄜ	ㄌㄜ	ㄧㄜ	ㄇㄜ	ㄏㄜ	ㄋㄜ	ㄉㄜ(ㄊㄜ)	ㄒㄜ	ㄍㄜ(ㄎㄜ)	ㄜ	

(拗音)

日	ミャ	ヒャ	ニャ	チャ	シャ	キャ
羅	Mia	Hia	Nia	Chia	Sia	khia
ㄅㄆㄇ	ㄇㄧㄚ	ㄏㄧㄚ	ㄋㄧㄚ	ㄐㄧㄚ	ㄒㄧㄚ	ㄎㄧㄚ
日	ミュ	ヒュ	ニュ	チュ	シュ	キュ
羅	Miu	Hiu	Niu	Chiu	Siu	Khiu
ㄅㄆㄇ	ㄇㄧㄨ	ㄏㄧㄨ	ㄋㄧㄨ	ㄐㄧㄨ	ㄒㄧㄨ	ㄎㄧㄨ
日	ミョ	ヒョ	ニョ	チョ	ショ	キョ
羅	Mio	Hio	Nio	Chio	Sio	khio
ㄅㄆㄇ	ㄇㄧㄜ	ㄏㄧㄜ	ㄋㄧㄜ	ㄐㄧㄜ	ㄒㄧㄜ	ㄎㄧㄜ
日		ピャ	ビャ	ジャ	ギャ	リャ
羅		Phia	Bia	Jia	Gia	Lia
ㄅㄆㄇ		ㄆㄧㄚ	ㄪㄧㄚ	ㄖㄧㄚ	ㄫㄧㄚ	ㄌㄧㄚ
日		ピュ	ビュ	ジュ	ギュ	リュ
羅		Phiu	Biu	Jiu	Giu	Liu
ㄅㄆㄇ		ㄆㄧㄨ	ㄪㄧㄨ	ㄖㄧㄨ	ㄫㄧㄨ	ㄌㄧㄨ
日		ピョ	ビョ	ジョ	ギョ	リョ
羅	— —	Phio	Bio	Jio	Gio	Lio
ㄅㄆㄇ		ㄆㄧㄜ	ㄪㄧㄜ	ㄖㄧㄜ	ㄫㄧㄜ	ㄌㄧㄜ

(濁音)

日	パ	バ	ダ	ザ	ガ
羅	Pa(Pha)	Ba	Da(台無)	Ja	Ga
ㄅㄆㄇ	ㄅㄚ(ㄆㄚ)	ㄪㄚ	國語無	ㄖㄚ	ㄫㄚ
日	ピ	ビ	ヂ	ジ	ギ
羅	Pi(Phi)	Bi	Ji	Ji	Gi
ㄅㄆㄇ	ㄅㄧ(ㄆㄧ)	ㄪㄧ	ㄖㄧ	ㄖㄧ	ㄫㄧ
日	プ	ブ	ヅ	ズ	グ
羅	Pu(Phu)	Bu	Ju	Ju	Gu
ㄅㄆㄇ	ㄅㄨ(ㄆㄨ)	ㄪㄨ	ㄖㄨ	ㄖㄨ	ㄫㄨ
日	ペ	ベ	デ	ゼ	ゲ
羅	Pe(Phe)	Be	De(台無)	Je	Ge
ㄅㄆㄇ	ㄅㄝ(Ph	ㄪㄝ	(國無)	ㄖㄝ	ㄫㄝ
日	ポ	ボ	ド	ゾ	ゴ
羅	Po(Pho)	Bo·	Do·(台無)	Jo·	Go·
ㄅㄆㄇ	ㄅㄛ(ㄆㄛ)	ㄪㄛ	(國無)	ㄖㄛ	ㄫㄛ
羅	Po(Pho)	Bo		Jo	Go
ㄅㄆㄇ	ㄅㄜ(Phㄜ)	ㄪㄜ		ㄖㄜ	ㄫㄜ

date theme page

(三)台灣話注音符號說明

台灣話注音符號，借自國語符號三十七字中之二十六字音，合於台灣話發音的符號，另外加入兩字音兀万，是國語中所沒有的，棄掉的ㄈ・ㄦ・ㄙ・ㄩ完全不用的字音，及ㄓ・ㄔ・ㄕ，ㄘ・ㄞ・ㄟ・ㄠ・ㄡ，有重複性，故將其放棄，另將ㄇ音，重複加入，是因為ㄇ在國語中特定用在音頭的，如摸是ㄇㄛ，媽是ㄇㄚ。ㄇ音在台灣話注中，有姆的的音，與羅馬音之M完全相同，且ㄇ，M音拼音在音尾亦多，ㄇ音用在音尾時如心是Sim，ㄒㄧㄇ。貪是Tham，ㄊㄚㄇ甘是 kam，ㄍㄚㄇ，故加以加入應用，又不會重複，故不設新字音予以節簡。

(四)台灣話注音符號(使用羅馬音及日語音注音)

台話符	ㄅ	ㄉ	ㄍ	ㄐ	ㄗ	ㄚ	ㄢ	ㄧ	万	
羅 注	Po	To	Ko	Chi	TS	A	An	I	Bi	
日音注	ポヲ	トヲ	コヲ	チイ	ツゥ	ア	アン	イ	ビイ	
台話符	ㄆ	ㄊ	ㄎ	ㄑ	ㄖ	ㄛ	ㄣ	ㄨ	兀	
羅音注	Pho	Tho.	kho	Chhi	Ju	O͘	Ian	U	Gi	
日音注	ポホヲ	トホヲ	コホオ		ヅゥ(ズゥ)	オ	エン	ウ	ギイ	
台話符	ㄇ	ㄋ	ㄏ	ㄒ		ㄜ	ㄤ		ㄇ	
羅音注	Mo	No	Ho	Si		O	Ang		M	
日音注	モヲ	ノヲ	ホヲ	シイ		ヲ	アン		ム	
台話符		ㄌ				ㄝ	ㄥ			
羅音注		Lo				E	Ong			
日音注		ロヲ				エ	オン			

(五)台灣話的呼聲法

台灣話的呼聲有八個音韵，國語只有四個音韵，日語即順着講話的感情起伏而略有音韵变化，致免音韵注號，國語四個音韵，第一聲是無注號，二三四在注音符號迎加注如第一聲ㄅ，第二聲ㄅˊ，第三聲ㄅˇ第四聲ㄅˋ，加以附註。台灣話的音韵符號如下。第一聲及第四聲無注號，二三五六七八皆有號，但第二聲及第六聲的聲音韵相同，注號亦同。只以訓音時運音方便尤以採排。

date theme page

(六)台灣話呼聲運音表(例)

	第一聲	第二聲	第三聲	第四聲	第五聲	第六聲	第七聲	第八聲
音韻符		╱	╲		∧	╱	一	｜
漢字台注	阿ㄚ	押ㄚˊ	亦ㄚˋ	鴨ㄚㄏ	啊ㄚ^	押ㄚˊ	諾ㄚ-	盒ㄚㄏ
羅音注	A	Á	À	Ah	Â	Á	Ā	A̍h
漢字台注	庵ㄚㄇ	泅ㄚㄇˊ	暗ㄚㄇˋ	壓ㄚㄅ	頷ㄚㄇ^	泅ㄚㄇˊ	艷ㄚㄇ-	盒ㄚㄅ
羅音注	Am	Ám	Àm	Ap	Âm	Ám	Ām	A̍p
漢字台注	安ㄚㄢ	按ㄚㄢˊ	案ㄚㄢˋ	押ㄚㄊ	緊ㄚㄢ^	按ㄚㄢˊ	限ㄚㄢ-	ㄚㄊ
羅音注	An	Án	Àn	At	Ân	Án	Ān	A̍t
漢字台注	翁ㄚㄥ	偷ㄚㄥˊ	甕ㄚㄥˋ	沃ㄚㄎ	洪ㄚㄥ^	偷ㄚㄥˊ	旺ㄚㄥ-	雙ㄚㄎ
羅音注	Ang	Áng	Àng	Ak	Âng	Áng	Āng	A̍k
漢字台注	乾ㄉㄚ	那ㄉㄚˊ	罩ㄉㄚˋ	貼ㄉㄚㄏ	焦ㄉㄚ^	那ㄉㄚˊ	奈ㄉㄚ-	踏ㄉㄚㄏ
羅音注	Ta	Tá	Tà	Tah	Tâ	Tá	Tā	Ta̍h
漢字台注	擔ㄉㄚㄇ	胆ㄉㄚㄇˊ	襜ㄉㄚㄇˋ	答ㄉㄚㄅ	談ㄉㄚㄇ^	胆ㄉㄚㄇˊ	淡ㄉㄚㄇ-	踏ㄉㄚㄅ
羅音注	Ta	Tá	Tà	Tap	Tâm	Tám	Tām	Ta̍p
漢字台注	單ㄉㄚㄢ	等ㄉㄚㄢˊ	旦ㄉㄚㄢˋ	噠ㄉㄚㄊ	陳ㄉㄚㄢ^	等ㄉㄚㄢˊ	揮ㄉㄚㄢ-	值ㄉㄚㄊ
羅音注	Tan	Tán	Tàn	Ta	Tân	Tán	Tān	Ta̍
漢字台注	東ㄉㄤ	董ㄉㄤˊ	凍ㄉㄤˋ	觸ㄉㄚㄎ	銅ㄉㄤ^	董ㄉㄤˊ	重ㄉㄤ-	濁ㄉㄚㄎ
羅音注	Tang	Táng	Tàng	Tak	Tâng	Táng	Tāng	Ta̍k

(七)入聲音

台灣話呼聲運音表可以看出第四音及第八音之音尾(台注)有ㄏ・ㄅ・ㄊ・ㄎ。(羅音注)有h・p・t・k的字母即為入聲音符號。有似英語中尾音h・p・t・k。魚Fish・刷子Brush・地圖Map・杯子Cop・外套Coat・出口Exit・英語尾音尚有半音・台灣話即無音,把音聲的音捉住。

(八)出氣音

大体說由音頭Chh(ㄑ)・kh(ㄎ)・Ph(ㄆ)Th(ㄊ)與其他基音拼出之音即屬出氣音。例下表

千ㄑㄧㄢ Chhian	騫ㄎㄧㄢ khian	篇ㄆㄧㄢ Phian	天ㄊㄧㄢ Thian	搜ㄑㄧㄠ Chhiau	曲ㄎㄧㄠ khiau	標ㄆㄧㄠ Phiau	刁ㄊㄧㄠ Thiau

date theme page

村 Chhun	坤 khun	奔 Phun	豚 Thun	孱 Chhan	牽 khan	扳 Phan	灘 Than
深 Chhim	欽 khim	Phim	賝 Thim	切 Chhiat	譎 khiat	撇 Phiat	徹 Thiat
葱 Chhong	康 khong	膀 Phong	湯 Thong	測 Chhek	刻 khek	魄 Phek	勅 Thek
青 Chheng	筐 kheng	烹 Pheng	聽 Theng	雀 Chhiok	却 khiok	凸 Phok	拓 Thok
釧 Chhoan	圈 khoan	拌 Phoan	湍 Thoan	竊 Chhiap	怯 khiap	覆 Phak	畜 Thiok

(八) 鼻音

1. 從喉部發出的聲音，受到阻礙而由鼻腔出的聲音，而受阻礙的局部位還不同所產生的聲音如．n．ng．m，等有不同的鼻音。

基音	例						
ㄧㄣ	因	珍	斤	彬	新	興	臻
in	in	tin	kin	Pin	Sin	hin	Chin
ㄚㄢ	安	單	肝	般	衫	頇	曾
an	an	tan	kan	Pan	San	han	tsan (Chan)
ㄧㄢ	姻	巔	堅	鞭	仙	掀	箋
ian	ian	tian	kian	Pian	Sian	hian	Chian
ㄨㄢ	寬	端	關	搬	酸	番	專
Oan	Oan	toan	koan	Poan	Soan	hoan	Tsoan (Choan)
ㄥ	央	抗	向	黄	荒	量	
ng	ng	ńg	ǹg	ngh　n̂g	ńg	n̄g	ngh
	工	冬	秧	枋	登	妝	鬆
	kang	Tong	iong	Pang	teng	Tsong (Chong)	Song
	烘	聲	漳	鏡	兄	香	精
	hang	Seng	Chiang	Liang	heng	hiong	Cheng
	霜	扛	方	瞻	螻	粧	荒
	Sng	kng	Png	tng	nng	tSng (chng)	hng
ㄇ		姆		茅	姆	呣	
m	m	ḿ	m	mh　m̂	ḿ	m̄	mh
	拈	兼	儼	森	欣	今	任
	Liam	kiam	Giam	Sim	him	kim	Jîm

杉	叅	歆	箍	鴆	丼	喢	甘
Sam	Som	Lim	Lam	Tim	Tom	Tam	kam
貪	添	簸	深	摻	堪	謙	韂
Tham	Thiam	Chhiam	Chhim	Chham	kham	khiam	Siam

(九) 半鼻音

半鼻音。一般稱做鼻音，音的形成一部份通過口腔發出，一部份由鼻腔來發出。n、ng、M、ㄢ、ㄣ、ㄤ、ㄥ、ㄇ、ㄋ、是典形的鼻音及半鼻音。注音的時在整句的右上角加注一個符號。羅音加小n、台音加°的小圓圈以示別，如常音的hoa、ㄏㄨㄚ是花鼻音的hoa^n、ㄏㄨㄚ°讀歡。koa、ㄍㄨㄚ讀歌，鼻音koa^n、ㄍㄨㄚ°讀官。n、ng、M。ㄇ、ㄋ的音母在音頭時、就得表示業已形成鼻音不必在音尾加注小n或°。如貓niau、ㄋㄧㄠ，媱ngiau、ㄫㄧㄠ°、禡moa、ㄇㄨㄚ。

例

字	台注	亞 ㄚ	衣 ㄧ	于	萵 ㄝ	渦 ㄜ	擔	甜	瞄	脝	哆
羅注	A	i	u (ng)	E	O	Ta^n	Ti^n	Tng	Te^n	To^n
字	台注	哚	嬰	央	嚶	呕	他	天	湯	撐	
羅注	A^n	i^n	ng	e^n	O^n	Tha^n	Thi^n	Thng	The^n	Tho^n
字	台注	烘	譆	哼	嚇	嚍	衫	鉎	酸	生	
羅注	ha^n	hi^n	hng	he^n	ho^n	Sa^n	Si^n	Sng	Se^n	So^n
字	台注	監	鹼	光	更	嗃	吵	星	倉	青	
羅注	ka^n	ki^n	kng	ke^n	ko^n	Chha^n	Chhi^n	Chhng	Chhe^n	Chho^n
字	台注	坩	坑	糠	坑		拿	妳		奶	懦
羅注	kha^n	khi^n	khng	khe^n	kho^n	ná	ni	nu	ne	no
字	台注	甯	邊	方	扳	甯	雅	硬		硬	午
羅注	Pa^n	Pi^n	Png	Pe^n	Po^n	ngá	ngī	ngu	ngē	ngó
字	台注	冇	篇	鐇	拼		嗎	吀		吀	摸
羅注	Phà^n	Phi^n	Phng	Phe^n	Pho^n	ma	mi	mu	me	mo

(十) 台灣話的呼聲法

台灣話的發音呼聲，國語呼聲只有四個聲韵，台灣話有八個聲韵，注音拼以加注符號來分别聲韵的定位，國語注音第一音無加注符號，第二音是／，第三音是∨，第四音是＼。台灣話注音是，第一音無加注符號，第二音／，第三音是＼，第四音及第八音同為入氣音也是促音 羅馬字用h·p·p·t·k。國語注音用ㄏ·ㄆ·ㄊ·ㄎ等。來分别第四音較輕的音，無加注符號，第八音較重音加注丨號。第五音是∧，第六音是與第二音是相同音韵的，所以符號也是相同的／，第七音是一，第八音已前所述是丨號。綜合所述台灣的呼音有八個音韵，其實只有七個音韵，因為第二音及第六音是相同的，所以實際上是七音的，因為運音訓音的方便，尤原照排照登。其他複音之拼音在字典之音訓檢字表已有列出，限於篇幅不多繁載。盼讀者諸君參考運用，其例如下。

例

	第一聲	第二聲	第三聲	第四聲	第五聲	第六聲	第七第	第八聲
聲韵符		／	＼		∧	／	一	丨
漢字 國注	亞 ㄚ	仔 ㄚˊ	啞 ㄚˋ	鴨 ㄚㄏ	啊 ㄚ^	仔 ㄚˊ	諾 ㄚ-	匣 ㄚㄏ丨
羅注	A	Á	À	Ah	Â	Á	Ā	A̍h
漢字 國注	衣 ㄧ	以 ㄧˊ	意 ㄧˋ	腌 ㄧㄏ	姨 ㄧ^	椅 ㄧˊ	異 ㄧ-	吁 ㄧㄏ丨
羅注	i	í	ì	ih	î	í	ī	i̍h
漢字 國注	于 ㄨ	宇 ㄨˊ	汙 ㄨˋ	吁 ㄨㄏ	予 ㄨ^	雨 ㄨˊ	芋 ㄨ-	吁 ㄨㄏ丨
羅注	u	ú	ù	uh	û	ú	ū	u̍h
漢字 國注	萵 ㄝ	倭 ㄝˊ	裔 ㄝˋ	呃 ㄝㄏ	鞋 ㄝ^	痤 ㄝˊ	禍 ㄝ-	獪 ㄝㄏ丨
羅注	e	é	è	eh	ê	é	ē	e̍h
漢字 國注	窩 ㄜ	襖 ㄜˊ	奧 ㄜˋ	㩅 ㄜㄏ	蠔 ㄜ^	媒 ㄜˊ	ㄜ-	學 ㄜㄏ丨
羅注	o	ó	ò	oh	ô	ó	ō	o̍h
漢字 國注	黑 ㆦ	隝 ㆦˊ	噁 ㆦˋ	ㆦㄏ	湖 ㆦ^	挖 ㆦˊ	芋 ㆦ-	ㆦㄏ丨
羅注	o͘	ó͘	ò͘	o͘h	ô͘	ó͘	ō͘	o̍͘h
漢字 國注	安 ㄢ	俺 ㄢˊ	按 ㄢˋ	軋 ㄚㄊ	緊 ㄢ^	阿 ㄢˊ	限 ㄢ-	ㄚㄊ丨
羅注	An	Án	Àn	At	Ân	Án	Ān	A̍t

漢字	國注	因 ㄧㄣ	引 ㄧㄣ	印 ㄧㄣ	乙 ㄧㄊ	寅 ㄧㄣ	蚓 ㄧㄣ	孕 ㄧㄣ	ㄧㄊ
羅	注	in	ín	ìn	it	în	ín	īn	i̍t
漢字	國注	恩 ㄨㄣ	允 ㄨㄣ	搵 ㄨㄣ	熨 ㄨㄊ	耘 ㄨㄣ	隱 ㄨㄣ	運 ㄨㄣ	矞 ㄨㄊ
羅	注	un	ún	ùn	ut	u	ún	ūn	u̍t
漢字	國注	英 ㄝㄥ	永 ㄝㄥ	應 ㄝㄥ	益 ㄝㄎ	榮 ㄝㄥ	泳 ㄝㄥ	用 ㄝㄥ	亦 ㄝㄎ
羅	注	eng	éng	èng	ek	êng	éng	ēng	e̍k
漢字	國注	翁 ㄛㄥ	往 ㄛㄥ	甕 ㄛㄥ	屋 ㄛㄎ	王 ㄛㄥ	枉 ㄛㄥ	旺 ㄛㄥ	籗 ㄛㄎ
羅	注	ong	óng	òng	ok	ông	óng	ōng	o̍k
漢字	國注	庵 ㄚㄇ	泔 ㄚㄇ	暗 ㄚㄇ	壓 ㄚㄅ	頷 ㄚㄇ	陪 ㄚㄇ	頷 ㄚㄇ	盒 ㄚㄅ
羅	注	Am	Ám	Àm	Ap	Âm	Ám	Ām	A̍p
漢字	國注	音 ㄧㄇ	飲 ㄧㄇ	蔭 ㄧㄇ	邑 ㄧㄅ	淫 ㄧㄇ	飲 ㄧㄇ	ㄧㄇ	ㄧㄅ
羅	注	im	ím	ìm	ip	îm	ím	īm	i̍p
漢字	國注	籠 ㄌㄚㄇ	覽 ㄌㄚㄇ	坐 ㄌㄚㄇ	塌 ㄌㄚㄅ	南 ㄌㄚㄇ	攬 ㄌㄚㄇ	濫 ㄌㄚㄇ	納 ㄌㄚㄅ
羅	注	Lam	Lám	Làm	Lap	Lâm	Lám	Lām	La̍p

(十一)羅馬字發音對照表

羅馬字		國語注	日語注	漢字	羅馬字		語注	漢字	國語注
A	a	ㄚ (ㄚ)	アー	亞	M	m	ミー	吀	ㄇ (ㄇ一)
B	b	ㄪ (ㄪ一)	ビー	佅	N	n	ニー	奶	ㄋ (ㄋ一)
Ch	ch	ㄐ (ㄐ一)	チー	芝	Ng	ng	ンー	央	ㄫ
Chh	chh	ㄑ (ㄑ一)	チシー	痴	O	o	ヲー	窩	ㄜ
E	e	ㄝ (ㄝ)	エー	萵	O͘	o͘	オー	黑	ㄛ
G	g	ㄍ (ㄍ一)	ギー	嗅	P	p	ピー	碑	ㄅ (ㄅ一)
H	h	ㄏ (ㄏ一)	ヒー	希	Ph	ph	ピヒー	批	ㄆ (ㄆ一)
I	i	一 (一)	イー	衣	S	s	シー	詩	ㄒ
J	j	日 (日一)	ジー	字(似音)	T	t	タィ(似音)	知	ㄉ (ㄉ一)
K	k	ㄍ (ㄍ一)	キー	基	Th	th	ティ(似音)	黐	ㄊ (ㄊ一)
Kh	kh	ㄎ (ㄎ一)	キヒー	欺	TS	ts	ツー	朱	ㄗ
L	l	ㄌ (ㄌ一	リー	𪐞	U	u	ウー	于	ㄨ

date theme page

音訓索引

im Hùn Sek in

A　date　　theme A , Aⁿ, Ai , Aiⁿ　　page

A	Á	À	Ah	Â	Á	Ā	A̍h
Ｙ六 阿六四 俹一四 到一四八 亞十一 洍二九九 洼二九四 啊七五 亞二四 砑三六八 椏三六八 欧三五 鴉七五五 啞三六 壓二四 錏六六九	阿六四 痾三六 欧三五 子三 也八 仔十三 柳一九三 百三六八 或一八八 亦十一 啊七五	婭二五 椏二四四 亞十一 亞二四 俹一四 啞三六 欧三五 椏二四 亦二 痾二十 壓二四 啊七五 亦十一	唉七三 益三三 抑一九三 押一九五 鴨七〇六 閘六四〇 壓二四		阿六四 痾三六 欧三五 子三 也八 仔十三 柳一九三 百三六八 或一八八 亦十一 啊七五	諾三五三	匣五六 盒三三 押一九五
ㄚ	ㄚˊ	ㄚˋ	ㄚㄏ	ㄚ^	ㄚˊ	ㄚ-	ㄚㄏ
Aⁿ	Áⁿ	Àⁿ	Ahⁿ	Âⁿ	Áⁿ	Āⁿ	A̍hⁿ
欧八八	倚三 攬二四 仔十三	欧三五 向六四		欄三三 欧八八	倚三 攬二四 仔十三	餡六四 噢八七 欧三五	
ㄚ°	ㄚˊ°	ㄚˋ°	ㄚㄏ°	ㄚ°	ㄚˊ°	ㄚ-°	ㄚㄏ°
Ai	Ái	Ài	Aih	Âi	Ái	Āi	A̍ih
哀七十 埃九七 挨一九九 毐二八二 唉七三	餲六七五 藹五一〇 靄六五五 靉六五五 暋八四 壒二四 毐二八二 矮三八三 騃五九三	僾七七 愛二五六 佁一四 僾三三 曖二四一 薆五二六 噯八七 瞹三八一 痷三〇 痱三八 隘六四〇 呃六三 餲七三三 愫一八〇 薀二八〇 阨六四三 殪二八〇 要五四四	嗌七六 噯八七 唉七三	噯八七	餲六七五 藹五一〇 靄六五五 靉六五五 暋八四 壒二四 毐二八二 矮三八三 騃五九三		嗌七六 噯八七 唉七三
ㄞ-	ㄞˊ	ㄞˋ	ㄞㄏ	ㄞ^	ㄞˊ	ㄞ-	ㄞㄏ
Aiⁿ	Áiⁿ	Àiⁿ	Aihⁿ	Âiⁿ	Áiⁿ	Āiⁿ	A̍ihⁿ
			噯八七 嗌七六 唉七三			䨜四四	噯八七 唉七三 嗌七六
ㄞ-°	ㄞˊ°	ㄞˋ°	ㄞㄏ°	ㄞ°	ㄞˊ°	ㄞ-°	ㄞㄏ°

A date theme Am, An, Ang,

am	ám	àm	ap	âm	ǎm	ām	a̍p
庵 三三 盦 三三	黯 七二〇	暗 三九	匌 五五三 壓 二四四	頷 三三	黯 七二〇	蝦 六二三	押 三三二 嗑 六六四
諳 五三三 醅 六八	陪 六四〇	黯 六七〇	鴨 七六八 閘 六五三		陪 六四〇	頷 六六六	盒 三八 合 六四三
疮 一七四 闇 六四一	揞 三六七	闇 六四一	押 一九五 霅 三三一		揞 三六七	豔 四八三	匣 三九九 節 三三四
腤 四九九 腌 四六八	晻 三八	晚 三三七	姶 二三 熗 三三		晻 三八	艷 四八三	柙 三三二 評 三三四
堷 九九 鵪 七六八	湣 三九九		哈 九十 握 三八		湣 三九九	豔 五六六	盍 一九六 鯣 六九七
唵 五四五 俺 二一四	菡 四九四		匎 五五三 压 五三九		菡 四九四	艷 五六六	柙 六五八
菴 四九五 揜 三三四	泔 三九〇		獻 七七七		泔 三九〇	菴 四九五	鞞 三三一
媕 三三六 罨 四四七			盦 三三三				盧 三三
揞 三六七 蝇 五三二			盦 三七三				盇 三三
盦 三三三			唈 七三				呷 八六
ㄚㄇ	ㄚˊㄇ	ㄚˋㄇ	ㄚㄅ	ㄚˆㄇ	ㄚˇㄇ	ㄚ¯ㄇ	ㄚ̍ㄅ

an	án	àn	at	ân	ǎn	ān	a̍t
安 三三	阿 六四〇	案 三三三	乙 八 胺 四六四 曷 三三四	掀 三九	阿 六四〇	限 六四〇	
侒 二九	俺 三三	晏 三三七	乜 九三 圔 三四 閼 六四一	緊 四三六	俺 六四〇		
垵 九六		按 一九八	屹 三三 堨 一〇 輵 五九八				
鞍 六九九		鴳 七七〇	遏 六六八 [illegible] 六九五 軋 五九四				
按 一九八		鷃 七七七	握 一六八 [illegible] 七二四 揠 三六				
桉 二三四		咹 七一	頞 六六六 [illegible] 三三				
		安 一三三	閼 六四一 歇 六八六				
		宴 一三三	齃 四六四 咹 七一				
ㄚㄢ	ㄚˊㄢ		ㄚㄊ	ㄚˆㄢ	ㄚˇㄢ	ㄚ¯ㄢ	ㄚ̍ㄊ

ang	áng	àng	ak	âng	ǎng	āng	a̍k
汪 三八 公 三九	翁 三九	塕 三〇	沃 三八 噁 八二 瓮 六三六	洪 三九	翁 三九		籊 四三九
翁 四五三 蚣 六九五		齆 七四	偓 三八 握 三六八	紅 四二九			篗
舖 六六八 骯 六八八		甕 三三五	幄 二四五 喔 九五				
尪 三六		罋 四三	渥 四〇 齷 五八八				
尩 三六		罋 六八	鷽 三三 屋 一三〇				
尫 八		甕 四八六	齷 七三七 惡 八一				
			瓮 六二六				
ㄚㄤ	ㄚˊㄤ	ㄚˋㄤ	ㄚㄎ		ㄚˇㄤ	ㄚ¯ㄤ	ㄚ̍ㄎ

A : B date theme Au, Auⁿ, Ba, Bai, Bam, page

Au		Aú			Aù	Auh	Aû		Aū		Aúh
凹 四	漚 三三六	㱿 六二	𪖌 六七	𩶎 六九七	拗 一六		吼 六七		㱿 六二	後 一六〇	
漚 三三六	嘵 三八一	眑 三六	吙 六七		磝 三五		喉 七九		眑 三六	佮 六四	
慪 一八〇	坳 九五	毆 六二	𢇛 三六		臭 四六		喉 七九		毆 六二		
甌 三五	塸 一三	敺 三九	謸 三五		懊 一八三				敺 三九		
礓 三九	瞘 三八〇	抝 一九	靿 六九		奧 一九				抝 一九		
歐 三三六	謳 五六〇	坳 九五	媼 一二		歐 三九				坳 九五		
熰 三四		磝 三五	嘔 八三						磝 三五		
ㄚㄨ		ㄚˊㄨ			ㄚˇㄨ	ㄚㄨㄏ	ㄚˆㄨ		ㄚˊㄨ	ㄚ¯ㄨ	ㄚˊㄨㄏ

Auⁿ	Aúⁿ	Aùⁿ	Auhⁿ	Aûⁿ	Aúⁿ	Aūⁿ	Aúhⁿ
嘔欠 六九	奧 九十			嘔欠 六九	奧 九十	嘔欠 六九	
ㄚㄨ°	ㄚˊㄨ°	ㄚˇㄨ°	ㄚㄨㄏ°	ㄚˆㄨ°	ㄚˊㄨ°	ㄚ¯ㄨ°	ㄚˊㄨㄏ

Ba	Bá	Bà	Bah	Bâ			Bá	Bā		Báh
㑻 八二	仔 三		膠	貓 六八	麻 七	貓 三五	仔 三	峇 一四	碼 三九	
			肉 四〇	痲 三三	蔴 五三	蝥 五三		覓 一四	蹁 五九	
			㑻 八二	磨 六	錨 六八	蝥 五三		覓 一四	鴉 六五	
				鷹 二	猫 三八	媌 一五		峚 一三	痲 三三	
				㑻 八二				家 一四		
ㄅㄚ	ㄅㄚˊ	ㄅㄚˇ	ㄅㄚㄏ	ㄅㄚˆ			ㄅㄚˊ	ㄅㄚ¯		ㄅㄚˊㄏ

Bai	Bái		Bài	Bak	Bâi		Bái		Bāi	Bák		
㞒 三九	炑 三	呆 六七		汚 三七	埋 九七	眉 一四	炑 三	呆 六七	講 三八三	目 三	木 一四	漠 三三六
	悪 一三			汙 三七	薶 五三九	眘 三三	悪 一三		覓 一四	宻 三	墨 一三	寬 三三六
	偲 三			浨 三九	霾 六三	楣 三三	偲 三		覓 一四	密 一四	茉 四八	
ㄅㄞ	ㄅㄞˊ		ㄅㄞˇ	ㄅㄚㄎ	ㄅㄞˆ		ㄅㄞˊ		ㄅㄞ¯	ㄅㄚˊㄎ		

Bam	Bám	Bàm	Bap	Bâm	Bám	Bām	Báp
㱎 六四	婄 三				婄 三		
	㱎 六四				㱎 六四		
ㄅㄚㄇ	ㄅㄚˊㄇ	ㄅㄚˇㄇ	ㄅㄚㄅ	ㄅㄚˆㄇ	ㄅㄚˊㄇ	ㄅㄚ¯ㄇ	ㄅㄚˊㄅ

Ban 屘 三	Bán 挽 三〇 满 三〇六	Bàn	Bat 白 三六八 曾 二四三 識 五六〇	Bân 蚉 五六八 縵 五四 蠻 三三 鬘 六九一 閩 六四二 曼 四三 鰻 七二三 饅 六六六 樠 三二 頏 六六五 慢 二九 瞞 三八〇	Bán 挽 三〇 满 三〇六	Bān 丏 三七 万 萬 四九八 槾 三五 慢 二九 墁 三三	慢 四七 幔 一〇 嫚 六 漫 三〇六 謾 五五九 蔓 五四三 縵 四四二 湧 三〇 鄤 六四 命 六八 緩 四三七 辯 三二〇	曼 四三 譪 五六二
ㄅㄚㄢ	ㄅㄚˊㄢ	ㄅㄚˋㄢ	ㄅㄚㄊ	ㄅㄚ̂ㄢ	ㄅㄚˊㄢ	ㄅㄚ̄ㄢ		Ba̍t 㝘 三 目 三三 摖 二五 木 二四 宻 一三 密 一三 墨 一三 ㄅㄚ̍ㄊ
Bang 濛 三三	Báng 網 四三七 罔 四三七 蠎 五三 艋 四八三 蚊 五三六 矇 三八二 傍 三	Bàng	Bak 污 三〇 汙 三〇 染 二九	Bâng 庬 三 駹 六八二 忙 一四 厖 二三 漨 三九 朦 三八二 哤 一七 牻 三三 茫 四九〇 伔 三 庬 一五 痝 三 芒 四八〇	Báng 網 四三七 罔 四三七 蠎 五三 艋 四八三 蚊 五三六 矇 三八二 傍 三	Bāng 望 二四 夢 一〇 夣 一〇 梦 一五 網 四三七	茉 四八	Ba̍k 墨 一三 漠 三六 密 一三 目 三三 宻 二四 茉 四八 宥 三 木 二四
ㄅㄚㄤ	ㄅㄚˊㄤ	ㄅㄚˋㄤ	ㄅㄚㄎ	ㄅㄚ̂ㄤ	ㄅㄚˊㄤ	ㄅㄚ̄ㄤ		ㄅㄚ̍ㄎ
Bau	Báu 卯 五八 茆 四八七 夘 五八 泖 三二 昴 三三五 緢 四三八	Bàu	Bauh	Bâu 矛 三八〇 蓩 四九九	Báu 卯 五八 茆 四八七 夘 五八 泖 三二 昴 三三五 緢 四三八	Bāu 峁 三八 皃 五七 貿 六七 貿 五七		Ba̍uh 皃 五七 貿 五七
ㄅㄚㄨ	ㄅㄚˊㄨ	ㄅㄚˋㄨ	ㄅㄚㄨㄏ	ㄅㄚ̂ㄨ	ㄅㄚˊㄨ	ㄅㄚ̄ㄨ		ㄅㄚ̍ㄨㄏ
Be 咩 七一 吀 六三 哶 七一	Bé 尾 三九 碼 三九〇 馬 六九 鰢 七一 迷 六三 蔦 五〇二 瑪 三六 蜾 五三〇 鴏 四	Bè	Beh 要 五四 乜 八	Bê 迷 五三 霉 六三 迷 六三 泥 三九〇 麛 七五 末 二四 縻 四七	Bé 尾 三九 碼 三九〇 馬 六九 鰢 七一 迷 六三 蔦 五〇二 瑪 三六 蜾 五三〇 鴏 四	Bē 謎 五六 未 二三 妹 三		Be̍h 襪 五三 密 一三 脈 四四 宻 三四 脉 四三 麦 七六 麥 七五
ㄅㄝ	ㄅㄝˊ	ㄅㄝˋ	ㄅㄝㄏ	ㄅㄝ̂	ㄅㄝˊ	ㄅㄝ̄		ㄅㄝ̍ㄏ
Beng	Béng 皿 三七 茗 四九〇 猛 三三七	Bèng	Bek	Bêng 幎 三 明 三四 覭 五三 甿 三四 朙 三四 洺 三〇 蓂 四九 鵬 二四 榠 三六	Béng 皿 三七 茗 四九〇 猛 三三七	Bēng 瞢 三八 蜢 五三〇 命 六八	Be̍k 麥 七五 麵 五三 冪 三三 幂 三 瀎 三 脈 四四 麵 五三 溟 三九 糸 四九 脉 四三 冪 四 緬 四三 嘿 八	

酩六六 艋四八一 搕三三 愪一七九 蜢五二〇 孟一三 佲十九 錳六六九

ㄅㄝㄥ

ㄅㄝㄥ

ㄅㄝㄅ ㄅㄝㄥ

銘六三五 盟三三 蓂五二〇 名六五 鳴六三五 螟三〇四 溟三二三 萌四九四 冥一四一 暝三三九 甍五三一 嫇一二七 鵬六八 僔三五 傰五六 鑐六七 粉四三五 瞑三五九 盲三〇四 虻五二五 甑五三 宗四六八

ㄅㄝㄥ

佲十九 酩六六 艋四八一 搕三三 愪一七九 蜢五二〇 孟一三 錳六六九

ㄅㄝㄥ

孟三

ㄅㄝㄅ

默六七九 墨一三 嚊一四七 塓一〇 蟆五三六 帞一四四 冖一四七 覓四四 覔四四 皅五二三 霢六二四 霢六二四 貊五九 陌六五 謐五六八 驀六八四 麥七二六 貘五二〇 幂一二三 脈五三 驀六八〇 脈三六 覓五四三 覛五二三 纆四四 篾四二二 嵮一七 覓四七 冪四九 嫫一三九 嫫一二八 嫫一二八 汨二六八 嘿八五 愪一四三 礣五九三 貉五六九 趙五八〇

ㄅ一

Bi 詺五五三 侎十九 迷六〇三 微一六三 黴一六三

ㄅㄧˊ

Bí 敉四四 敉三三六 芈四九 渼三三 弭三六 咩一七 洣二六九 靡六五七 娓一四〇 鮇六九九 嫐一三 米四四 鑈六六八 尾一三九 美四九 瀰五八 亹一三 瀰三二五 眯三六 蛑五九 咪七 哶七三 禰三九八 吀六五 瀌三五五 敉四四 瞇三六〇 銤六三

ㄅㄧˋ

Bì

ㄅ一ㄏ

Bih 匿五六 偃三

ㄅㄧˆ

Bî 湄三〇 薇五七 堳九九 眉三七 楣五六 微一六 眉三四 蘼五二 蘪五一 黴七二〇 麋七四 糜四七 溦三一 嚸六九 嵋三六 采四四 麋四四 蘼五二 獼三四 溦三四 瀰五二 黴一六 麼三八 醾六六 醾六九 醾六九 眯三六 瀰三八 劘五二 寐一〇四 眱七三 麋七七 瀰三五 迷六〇三

ㄅㄧˊ

Bí 敉四四 敉三六 芈四九 渼三三 弭三六 咩七 洣三三 靡六五七 娓一〇 鮇六九 嫐一三 米四四 鑈六八 尾三九 美四九 瀰五八 亹一三 瀰三五 眯三六 蛑五九 咪七 哶七三 吀六五 禰三九八 瀌三五五

ㄅㄧ˜

Bī 味六 未三五 寐一四 眛四九 魅六九四 彪六九四 媚一三 嚜八八 抹一九五 謎五八 泳一九

ㄅ一ㄏ

Bih 篾四九 篾四九

Bian

Bián 鮸六九八 勉三三 冕四四 沔六八 俛十 兗三七 浼四二 浼五九 眄三四 靦六八 湎三〇 愍三五

Biàn

Biat

Biân 宀三 眠三三 棉三八 櫋三二 櫋三二

Bián 鮸六九八 勉三三 冕四四 娩一四 浼四三 浼五九

Biān 面六七 靣六七 偭三五 眄三四 愐一八 湎三〇二

Biat 滅三三 威五九 篾四九 蠛五三 蠛五三〇 懱一四〇

B date theme Bian, Biau, Bin, Bio, page

	丏 沔 鮸 緬 勔 澠			瞑 綿 眄 蝒 緡	眄 娩 緬 鮸 勔 丏 沔 僶 湎 兔 愍 緜 眄 愐	緬 麪 麵 湎 眄	襪 韈 蔑 摵 衊 袜 苜 礣
ㄅ一ㄢˋ	ㄅ一ㄢˊ	ㄅ一ㄢˋ	ㄅ一ㄢ	ㄅ一ㄢ	ㄅ一ㄢˊ	ㄅ一ㄢ	ㄅ一ㄢ

Biau	Biáu	Biàu	Biauh	Biâu	Biáu	Biāu	Biauh
	秒 渺 邈 杳 淼 藐 眇 緲 杪 窅			苗 鉗 猫 錨 媌 貓 緢 藻	秒 渺 邈 杳 淼 藐 眇 緲 杪 窅	妙 玅 庙 廟	
ㄅ一ㄠ	ㄅ一ㄠˊ	ㄅ一ㄠˋ	ㄅ一ㄠ	ㄅ一ㄠˆ	ㄅ一ㄠˊ	ㄅ一ㄠ	ㄅ一ㄠ

Bin	Bín	Bìn	Bit	Bîn	Bín	Bīn	Bit
	泯 抿 敏 閔 憫 愍 黽 緡 澠 皿			岷 碈 民 鏝 明 朗 眠 昊 閩 緡	泯 抿 敏 閔 憫 愍 黽 緡 澠 皿	面 麵 麪	密 蜜 宓 謐 汨
ㄅ一ㄣ	ㄅ一ㄣˊ	ㄅ一ㄣˋ	ㄅ一ㄊ	ㄅ一ㄣˆ	ㄅ一ㄣˊ	ㄅ一ㄣ	ㄅ一ㄊ

Bio	Bió	Biò	Bioh	Biô	Bió	Biō	Bioh
				描 摹		庙 廟	

(六)台湾話呼聲運音表(例)

	第一聲	第二聲	第三聲	第四聲	第五聲	第六聲	第七聲	第八聲
音韻符		/	╲		∧	/	一	|
漢字台	阿ㄚ	抑ㄚˊ	亦ㄚˋ	鴨ㄚㄏ	啊ㄚ^	抑ㄚˊ	諾ㄚ一	盒ㄚㄏ
羅音注	A	Á	À	Ah	Â	Á	Ā	A̍h
漢字台	庵ㄚㄇ	涵ㄚㄇˊ	暗ㄚㄇˋ	壓ㄚㄅ	飯ㄚㄇ^	涵ㄚㄇˊ	艷ㄚㄇ一	盒ㄚㄅ
羅音注	Am	Ám	Àm	Ap	Âm	Ám	Ām	A̍p
漢字台	安ㄚㄣ	按ㄚㄣˊ	案ㄚㄣˋ	抑ㄚㄊ	緊ㄚㄣ^	按ㄚㄣˊ	限ㄚㄣ一	ㄚㄊ
羅音注	An	Án	Àn	At	Ân	Án	Ān	A̍t
漢字台	翁ㄤ	偷ㄤˊ	甕ㄤˋ	沃ㄚㄍ	洪ㄤ^	偷ㄤˊ	旺ㄤ一	雙ㄚㄍ
羅音注	Ang	Áng	Àng	Ak	Âng	Áng	Āng	A̍k
漢字台	乾ㄉㄚ	那ㄉㄚˊ	罩ㄉㄚˋ	貼ㄉㄚㄏ	焦ㄉㄚ^	那ㄉㄚˊ	奈ㄉㄚ一	踏ㄉㄚㄏ
羅音注	Ta	Tá	Tà	Tah	Tâ	Tá	Tā	Ta̍h
漢字台	擔ㄉㄚㄇ	胆ㄉㄚㄇˊ	禫ㄉㄚㄇˋ	答ㄉㄚㄅ	談ㄉㄚㄇ^	胆ㄉㄚㄇˊ	淡ㄉㄚㄇ一	踏ㄉㄚㄅ
羅音注	Ta	Tá	Tà	Tap	Tâm	Tám	Tām	Ta̍p
漢字台	單ㄉㄢ	等ㄉㄢˊ	旦ㄉㄢˋ	噠ㄉㄚㄊ	陳ㄉㄢ^	等ㄉㄢˊ	撢ㄉㄢ一	值ㄉㄚㄊ
羅音注	Tan	Tán	Tàn	Ta	Tân	Tán	Tān	Ta̍
漢字台	東ㄉㄤ	董	凍ㄉㄤˋ	觸ㄉㄚㄍ	銅ㄉㄤ^	董ㄉㄤˊ	重ㄉㄤ一	濁ㄉㄚㄍ
羅音注	Tang	Táng	Tàng	Tak	Tâng	Táng	Tāng	Ta̍k

(七)入聲音

台湾話呼聲運音表可以看出第四音及第八音之音尾(台注)有ㄏ・ㄅ・ㄊ・ㄍ。(羅音注)有h・p・t・k的字母即爲入聲音符號。有似英語中尾音h・p・t・k。魚Fish・刷子Brush・地圖Map・杯子Cop・外套Coat 出口Exit・英語尾音尚有半音・台湾話即無音,把音聲的 音捉住。

(八)出氣音

大体説由音頭Chh(ㄑ)・kh(ㄎ)・Ph(ㄆ)Th(ㄊ)與其他基音拼出之音即屬出氣音・例下表

千ㄑㄧㄢ Chhian	騫ㄎㄧㄢ khian	篇ㄆㄧㄢ Phian	天ㄊㄧㄢ Thian	搜ㄑㄧㄠ Chhiau	曲ㄎㄧㄠ khiau	標ㄆㄧㄠ Phiau	刁ㄊㄧㄠ Thiau

B date theme Boe; Bong, Bu, page

Boe ㄅㄨㄝ

Bóe 買 五七二 ㄅㄨㄝˊ

Boè ㄅㄨㄝˋ

Boeh 乜 八 要 五四 ㄅㄨㄝㄏ

Bôe 糜 四七七 煤 一三五 楳 一三三 囮 九二 梅 一三五 ㄅㄨㄝˆ

Bóe 買 五七二 ㄅㄨㄝˊ

Boē 秣 四一 抹 一九五 不 賣 五七四 未 一三五 ㄅㄨㄝ

Boéh 襪 五四三 袜 一三五 ㄅㄨㄝㄏ

Bōng ㄅㄛㄥ 模 三一三 矇 三八二

Bóng ㄅㄛㄥ 莽 四九四 莽 四九四 網 四三七 罔 四四七 网 四四六 蟒 五二七 睎 一四一 惘 一三一 輞 五九七 漭 三〇六 錒 六二四 棢 六一〇 誷 三三六 菵 四九六 魍 六四四 孟 一三一 汒 二八六 峔 一一三 懞 一四〇 蠓 五二九 䑃 四四四 盂 三一七 鏻 六二四

Bòng ㄅㄛㄥ 蟒

Bok ㄅㄛㄎ

Bông ㄅㄛㄥ 亡 十 曾 六〇 硭 三六二 杗 一四六 亾 三一八 朦 四二二 蠓 五二九 縍 四四四 芒 四四四 霿 六七二 鬖 六九二 幪 一四四 蒙 五〇 礞 三六三 㠓 一三五 望 一四四 忘 一五〇 砇 三六〇 冡 四七 朚 一五〇 邙 六一〇 饛 六二五 朦 四三四 䖟 一三五 冡 四一 濛 一二一 苎 四四二 盲 三一四 忙 一四〇 𢗥 一三三 恾 三一 鄳 六一四 鋩 六二六 菌 四九六 蠓 五二九 亾 三一五 茫 四四〇 謗 五五三 寎 四七 髳 六四四 矇 三八二 夢 五二一 汒 二八六 杧 二九九 矇 三八二 蠓 五二〇 甿 三五四 雺 六五三 朦 四三三 郿 六一五 絨 四四四 饛 六二七 濛 三一三 秠 四一 㟐 一一七

Bóng ㄅㄛㄥ 莽 四九四 莽 四九四 網 四三七 罔 四四七 网 四四六 蟒 五二七 睎 一四一 惘 一三一 輞 五九七 漭 三〇六 錒 六二四 棢 六一〇 誷 三三六 菵 四九六 魍 六四四 孟 一三一 汒 二八六 峔 一一三 懞 一四〇 蠓 五二九 䑃 四四四 盂 三一七 鏻 六二四

Bōng ㄅㄛㄥ 妄 一四〇 望 一四四 夢 一二一 夣 一二七 梦 一五五 懜 一八五 㝱 一七九 懞 一〇一 夢 一二一 懵 一八四 望 一四四 夢 一三二 寱 一三 悛 一三二

Bōk ㄅㄛㄎ 目 三三三 牧 三二三 沐 二八八 寞 一三三 嗼 八四 鏌 六三三 眭 三八 穆 四四四 瘼 三五五 霂 六五三 墓 一二六 苜 四四三 鶩 六三一 膜 三七〇 毣 六二三 瞙 一四四 莫 四九三 木 一四四 摸 一三三 瞀 三七九 膜 四三二 蟆 五三二 暮 二六五 𨹔 一三六 嘿 八五 謨 五六六 䴲 一三三 嫫 一一九 鶩 七〇九 貘 八〇 嫫 五六六 鄚 六〇四 默 七一九 蓦 四九一 嘿 八五

Bu ㄅㄨ 坯 九七

Bú ㄅㄨˊ 侮 十六 嫵 一八 膴 三四 賦 四一八 侮 三一 娬 一一 毋 三〇 嘸 八六 舞 四九 碔 三八 掛 二二 僬 三 武 三一八 鵡 七一六 憮 一四〇 儛 三五 鵐 七一六 撫 一六六 毋 六五 唔 六三 珷 三四 楳 一六 栂 一九五 潕 三九 庑 四九 牡 三三 潕 一三 廡 一三 甒 三五 橆 三〇四 摵 一三五

Bù ㄅㄨˋ

Buh ㄅㄨㄏ

Bû ㄅㄨˆ 无 三三 憮 一四六 巫 一四 亡 二 誣 五三 廡 一五 蕪 五三 無 一六 蟱 五二八 譕 五六六 罵 四九 毋 一六 憮 一四〇 無 一三 庑 四九

Bú ㄅㄨˊ 侮 十六 嫵 一八 嫵 四〇 賦 四一八 侮 三一 娬 一一 毋 二〇 嘸 八六 舞 四九 碔 三八 掛 二二 僬 三 武 三八 鵡 七一六 憮 一四〇 儛 三五 鵐 七一六 撫 一六六 毋 六五 唔 六三 珷 三四 楳 一六 栂 一九五 潕 三九 庑 四九 牡 三三 潕 一三 廡 一五 甒 三五 橆 三〇四 摵 一三五

Bū ㄅㄨ 務 五三 鶩 六八二 霧 六五四 騖 七〇九 鶩 七〇九 務 五〇一 雺 六五三 嗼 八四 矇 三八二 婺 一一六 歛 三三 婺 一二八 濛 三一三

Bûh ㄅㄨㄏ 吺 三

B·Ch date   theme Bui, Bun, Che, Cheng   page

Bui

Bui 微 五六 蠍 五五二 ㄅㄨㄧ

Búi ㄅㄨㄧˊ

Bùi ㄅㄨㄧˋ

Buih ㄅㄨㄧㄏ

Bûi ㄅㄨㄧ̂

Búi ㄅㄨㄧˊ

Būi 蠍 五五三 ㄅㄨㄧ

Bùih ㄅㄨㄧㄏ

Bun / But

Bun 吻 一七〇 ㄅㄨㄣ

Bún 呡 一九九 脗 四六 吻 一七〇 捫 三一三 刎 四三 抆 五一六 肳 四三 歾 三一八 㕮 一四 莇 四三 瞞 一四〇 蚊 五一六 ㄅㄨㄣˊ

Bùn 饗 六九 蟥 五一六 餴 七一 ㄅㄨㄣˋ

But 末 一四 沬 三一七 鰯 六九 㘠 四六 ㄅㄨㄊ

Bûn 蚊 五一六 閔 六四二 旻 一四 蠢 五一七 閿 六四二 麋 四〇 文 三九 閔 六四一 黴 六九 汶 三一八 玟 三四一 頃 六五 們 三一三 楠 三八六 雯 六三八 捫 三一三 璊 三四一 門 六三九 紋 四三 閩 六四一 聞 四九 蚊 五一六 ㄅㄨㄣ̂

Bún 呡 一九九 脗 四六 吻 一七〇 捫 三一三 刎 四三 抆 五一六 肳 四三 歾 三一八 㕮 一四 莇 四三 瞞 一四〇 蚊 五一六 ㄅㄨㄣˊ

Būn 悶 三一三 汶 三一八 閿 六四二 們 三一三 文 三九 蛹 五一 問 一七〇 紊 四三 分 四三 紊 四三 們 三一三 枚 三七 殙 三一九 懣 一八〇 燜 三三六 殙 三一九 悗 三一 抆 五一六 閶 六四一 璺 三四一 閺 六四一 ㄅㄨㄣ

Bùt 物 三一三 坳 一四 物 三一三 岉 一三 勿 四三 芴 四六 沒 三一八 刎 三一八 歿 三一八 殁 三一八 沒 三一八 頞 六六五 殁 三一八 肳 四六 發 六〇 ㄅㄨㄊ

Che

Che 齏 七一五 躋 五八二 齋 七一五 劑 四〇 儕 一一〇 這 六〇四 齎 七一五 臍 四七 渣 三四三 賫 五七五 懠 一八五 躋 五八二 薺 五一三 擠 二三 擠 三二一 查 三〇九 臍 四九 渣 三二〇 ㄐㄝ

Ché 沛 三一九 擠 二三 薺 五一三 姊 一二一 霽 四四九 奺 一二一 鱭 七一三 姊 一二一 濟 三三 擠 三二〇 這 六〇四 ㄐㄝˊ

Chè 制 四〇 霽 六一五 哲 三一七 擠 三二 製 五三八 擦 三四二 哳 三一七 繳 四三九 祭 三九六 鞘 六五九 隮 六四八 歲 三一八 際 六四八 鬻 七九九 躋 五九〇 歲 三一八 漈 三四三 蹐 五八二 簣 四三三 債 一一九 檬 四三 擠 三二七 蔡 五二五 債 一〇八 掣 三二二 濟 三三二 嗇 六〇四 漬 三三七 ㄐㄝˋ

Cheh 仄 一三 績 四四三 至 四四三 ㄐㄝㄏ

Chê 蠐 五二〇 嚌 一八 臍 四七 擠 一八五 檣 三三三 擠 三二六 臍 四四四 齊 七一五 ㄐㄝ̂

Ché 沛 三一九 擠 二三 薺 五一八 姊 一二一 霽 四四九 奺 一二一 鱭 七一三 姊 一二一 濟 三三 擠 三六七 這 六〇四 ㄐㄝˊ

Chē 呰 一二三 絕 四三 寨 三五 坐 九五 罪 四四二 睚 三八 座 一二七 ㄐㄝ

Cheh ㄐㄝㄏ

Cheng

Cheng 爭 三九 姃 一二 鬃 六〇四 政 三三二 春 四八 征 一六〇 橧 三八九 鬃 六六九 繒 四四三 精 一三四 延 一五四 磳 三五二 鬆 六九三 彈 一七三 椿 一三三 貞 五七二 睛 三八 鬣 六九二 騌 六〇四 鍾 六二〇 增 一三 脏 四六二 爭 一〇 睜 三七 精 四二六 鼱 七二三 贈 五八一 蝳 五一三 僧 一三 鬢 六九九 禮 五一三 菁 四九五

Chéng 怨 三一六 井 一〇 虰 三一九 最 三一八 姘 二一 丼 七 整 三一八

Chèng 撐 三一三 症 三五九 証 三五〇 證 三六〇 眾 三六 薦 五〇八 種 四〇二

Chek 蹟 五八九 室 四二四 鰿 七二 迹 六〇四 窄 四六 鰿 七一三 責 五七一 蹐 五八九 堉 一五 則 四〇 擲 三六一 脊 四六三 瘠 三七 矠 四〇八 嘖 八一 柽 三六五 蹐 五八〇 精 四六 喞 一九 跻 五八二 積 四〇五 稷 四〇三 簀 四〇 蠐 五一七 竹 四二三 岸 一三 岸 一二九 庠 一九八 鰿 七二 槭 三二 菁 四六 矰 三五〇 柞 三七 撫 三二三 措 三二七

Chêng 晴 三八 情 一九九 層 三一三 增 三一 劃 二〇 瞪 三八九 曾 三〇三

Chéng 怨 二七〇 井 一〇 虰 三一九 最 三一八 姘 二一 丼 七 整 三一八

Chēng 靜 六六六 靖 六六六 淨 三九八 淨 三九八 靚 六六六 贈 五七六 阱 六六二

ChèK 蒺 五〇一 嫉 一二二 賊 五七五 鯽 七〇〇 蠘 三二九 鯽 七〇〇 柞 三一〇

宋 寂 精 籍 箝 疾 蠘 瘠 蹦 鯽 ㄐㄧ˙

宑 竫 儶 睛 蹭 婧 繒 甑 睜 增 ㄐㄧㄥ

儭 熗 腫 種 殄 瘇 ㄐㄧㄥ

前 ㄐㄧㄥ

嗽 質 蹟 叔 燭 椈 剪 搾 跡 鯽 咋 ㄐㄧㄥ

唶 諎 鉦 鄭 畟 稷 摷 必 乇 迮 灋

稷 座 鯽 喹 拴 謹 派 積 蹩 捌 借 炙

氾 歎 勣 磧 墌 積 踖 蹔 蛣 傻 犢

郎 稷 仄 鶺 隻 晟 唧 聖 膣 嘖 蹟 踖 ㄐㄧㄜ

竫 眐 諍 正 政 衆 ㄐㄧㄥ

儭 熗 腫 種 殄 瘇 ㄐㄧㄥ

觀 禎 眐 鶺 鯖 鯉 靖 脊 鐘 衡 衡

鄫 黯 烝 掙 鐙 譜 征 綧 嘗 徨 諍 正

箐 腈 楨 錚 猙 蹭 癥 湞 楨 矰 鯖 炡

晶 噌 睜 偵 禎 憎 晉 鉦 烝 蒸 箏 崢 ㄐㄧㄥ

Chi 之 芝 支 枝 肢 脂 卮 巵 梔 鳷 吱 搘 ㄐㄧ

戓 鼓 赿 秖 胑 楮 秪 疻 胝 肌 ㄐㄧ

Chí 旨 枳 芷 只 址 指 止 峀 趾 咫 軹 沚 ㄐㄧˇ

姊 秭 奴 夂 秭 紙 黹 時 阯 跱 抧 塵

姉 祉 洔 帀 姐 第 疾 皆 薾 抵 褫 坻

砥 底 牴 水 子 学 紫 茈 鯢 坻

Chì 志 恙 至 誌 觶 痣 痣 鷙 覬 銡 鷙 躓 ㄐㄧˋ

識 質 幟 織 摯 輊 擲 織 纖 價 忮 恉 膣

Chih 瘈 接 摺 咕 ㄐㄧ ㄏ

Chî 嗌 餈 鷄 鶩 齊 薺 ㄐㄧˆ

Chí 旨 枳 芷 只 址 指 止 峀 趾 咫 軹 沚 ㄐㄧˇ

姊 姉 奴 夂 秭 紙 帝 時 阯 跱 抧 塵

祉 洔 帀 姐 第 疾 皆 薾 抵 褫 坻

砥 底 牴 水 子 学 紫 茈 鯢 坻

Chī 秖 訑 舓 已 是 昰 媞 ㄐㄧ˙

Chih 舌 折 ㄐㄧ ㄏ

Chin 晶 睜 甑 竫 憕 鐙 ㄐㄧㄣ

Chiⁿ 井 幼 茈 阱

Chíⁿ 箭 揩 爋 掙

Chìⁿ

Chîⁿ 睛 前 簪 澮

Chíⁿ 井 幼 茈

Chīⁿ 靜 餅 錫 訑

Chihⁿ

精 四三六　掙 三三　榨 三六　搾 三六　ㄐㄧ˙
鴒 七六　ㄐㄧ˙
㖢 六天　矢 三三　ㄐㄧ˙
ㄐㄧˊ
錢 六六　ㄐㄧ˙
鴒 七六　ㄐㄧ˙
ㄐㄧ˙
ㄐㄧˊ

Chia
遮 六八　嗟 八二　傗 五九　嗻 八二　罝 四〇七　善 五五九　謯 五五九　蒩 四九三　嵳 三三　嵯 三三　這 六四　ㄐㄧㄚ

Chiá
者 四四　褚 五六八　遮 五二〇　毑 六八二　姐 三　媎 三六　ㄐㄧㄚˊ

Chià
蔗 五二〇　鷓 七〇　樜 三六　蟅 三六　唶 六六　嫭 三三　藉 五五八　借 三三　柘 五九　摭 三三　炙 三三　藉 五〇八　乍 八　者 四四　ㄐㄧㄚˋ

Chiah
諸 三三　即 五九　卽 五九　即 五九　隻 六四九　蹟 五九　跡 五八四　迹 六四　脊 四三　睫 三八　ㄐㄧㄚㄏ

Chîa　ㄐㄧㄚ̂
Chía
者 四四　褚 五六八　遮 五二〇　毑 六八二　姐 三　媎 三六　ㄐㄧㄚˊ

Chīa
藉 五〇八　謝 五八　ㄐㄧㄚ

Chiāh
炙 三七　食 六七二　吃 六四　者 四四　ㄐㄧㄚㄏ

Chiaⁿ
赤 三三　正 三三　精 四三六　睛 四三六　ㄐㄧㄚ˙

Chiáⁿ
飷 六三　弱 三六　饗 六六　餮 六六　饌 六六　ㄐㄧㄚˊ

Chiàⁿ
正 三三　ㄐㄧㄚˋ

Chiahⁿ
Chîaⁿ
成 六七　情 三三　ㄐㄧㄚ̂

Chiáⁿ
飷 六三　弱 三六　饗 六六　饌 六六　ㄐㄧㄚˊ

Chīaⁿ
咀 四三　ㄐㄧㄚ

Chiàhⁿ　ㄐㄧㄚㄏ

Chiam
詹 三三　尖 三三　瞻 六二　譫 五五　詀 五五　颭 六六　衞 三三　鐵 三三　懺 六〇　熸 三六　占 六六　針 六三　鍼 六九　瀸 三五　瞥 四三　佔 三五　漸 三七　熸 三六　箴 四三　ㄐㄧㄚㄇ

Chiám
枕 三四　ㄐㄧㄚ

Chiàm
占 六六　佔 三五　譖 四五　ㄐㄧㄚㄇ

Chiap
汁 六六　接 三四　倢 三四　浹 五九　椄 三〇　緁 四三　獵 五四　鑷 五六八　睞 三六　唼 七七　諸 三三　浹 六六　眨 三七　婕 三五　睫 三六　摺 三三　聶 四九　輒 三三　ㄐㄧㄚㄅ

Chîam
潛 三三　潛 三九　潛 三九　燖 三六　潯 三五　燂 三六　瞥 四三　ㄐㄧㄚㄇ

Chiám
枕 三四　ㄐㄧㄚㄇ

Chīam
暫 三三　灊 六九八　鬵 六八　漸 三三　饞 六六　漸 三三　鏨 六八　ㄐㄧㄚㄇ

Chiāp
捷 三四　ㄐㄧㄚㄅ

Chian
尒 八　湔 三三　栴 三三　饘 三三　煎 三三　旃 三三　毡 六三　邅 六四　氈 六四　攢 四三　癵 三三　饘 三三　鱣 四三　驙 六二　鸇 六六　鸇 七三　前 七　飦 六三　煽 三六　箋 四三　錢 四三　揃 三八　顫 六六八　鍵 六三　濺 四三　諓 五五　煎 三三　ㄐㄧㄢ

Chián
騰 四四　餞 六五　剪 四八　鬋 六九二　翦 四三　戩 六八　俴 四四　擶 三五　謭 五六　錢 六六　轉 五四　賤 四三　踐 五八六　諓 五五　煎 三三　劗 三　蟳 三三　偂 三　ㄐㄧㄢˊ

Chiàn
箭 四八　荐 四九　薦 五六　戰 六八　棧 五六　踐 四七　牮 三三　轏 五九九　輚 五九七　楷 三四　撣 六九　洊 六三　瀳 三三　湔 三三　顫 六六八　煎 三三　煎 三三　煎 三三　ㄐㄧㄢˋ

Chiat
折 五三　巳 五九　卪 五九　節 四八　浙 三七　櫛 三三　瘤 五六　巴 三三　岕 三三　衛 五九　楶 六三　儆 三三　蝶 三三　捷 五八　哲 三七　晣 三七　睫 三八　ㄐㄧㄚㄊ

Chiân
前 四七　錢 六六　翦 四九　湔 三三　媊 三六　ㄐㄧㄢ̂

Chián
騰 四四　餞 六五　剪 四八　鬋 六九二　翦 四三　戩 六八　俴 四四　擶 三三　謭 五六　錢 六六　轉 五四　賤 四三　踐 五八六　諓 五五　煎 三三　劗 三　蟳 三三　偂 三　ㄐㄧㄢˊ

Chiān
賤 五四　濺 三三　踐 五八六　前 四九　攢 三三　ㄐㄧㄢ

Chiāt
捷 三四　睫 三八　箑 四三六　截 六八　截 五三〇　倢 九　婕 五三　蠘 五三〇　巀 三三　巀 三三　ㄐㄧㄚㄊ

Ch date theme Chian, chiang, chiau, Chim, Chin, page

邅 六九 棧 三三 沮 二九 箋 四六 餞 六九 亶 三 䳍 四二 饘 六七 𦏵 四二 戔 一八 韆 四三 饘 七三	譾 五六三 剪 三三 嫣 三三 揃 六八 籛 四三 皽 三三	穳 四〇五 驏 五八三 虦 五四 䗃 五四 戩 三三	饕 六四 斬 五八 喆 七三 剿 三九 少 三三		譾 五六三 剪 三三 嫣 三三 揃 六八 錢 四三 皽 三三		闡 六四 婕 一五 寔 三四 巀 一三九 巀 一三九
4-ㄧㄢˇ	4-ㄧㄢˇ	4-ㄧㄢˇ	4-ㄧㄝ	4-ㄧㄢˇ 4-ㄧㄢˊ		4-ㄧㄢˇ	4-ㄧㄝ

Chiang 漳 三五 將 三七 張 三三	Chiáng 掌 三三 奬 三九 賬 五三 槳 三九 長 六八	Chiàng 將 三七	Chiak	Chiâng	Chiáng 掌 三三 奬 三九 賬 五三 槳 三六 長 六八	Chiāng	Chiak
4-ㄧㄤ	4-ㄧㄤˇ	4-ㄧㄤˋ	4-ㄧㄚㄎ	4-ㄧㄤˆ	4-ㄧㄤˊ	4-ㄧㄤ	4-ㄧㄚㄎ

Chiau 弨 三六 嶕 三八 椒 三九 炤 三六 昭 三五 僬 三三 鷦 三三 醮 六七 燋 三三 蕉 三五 鷮 三九 瀌 六八 鉊 六三 鐎 六三 龜 三八 穮 四〇四 皽 三〇 膲 三三 爑 三六 礁 三九 釗 六三 招 一四 焦 三三 鐎 三九 召 三五	Chiáu 沼 六九 屪 三三 帚 三五 愀 三三 鳥 七四 姐 三 帚 三	Chiàu 詔 三五 穮 四〇四 照 三三 僬 四九 曌 六八 醮 六九 陞 五六 噍 四三 卲 三九 釂 六九 炤 三六	Chiauh 撨 六八	Chiâu 樵 三九 醮 六七 全 三九 憔 六〇 瀌 三八 仝 三八 瞧 三〇 剿 四九 齊 三五 撨 六八 醮 六九 鐎 三九 䲡 六八 噍 六八 譙 五六 礁 三九	Chiáu 沼 六九 屪 三三 帚 三五 愀 三三 鳥 七四 姐 三 帚 三	Chiāu 噍 六八	Chiàuh 啁 三九 哳 三三
4-ㄧㄠ	4-ㄧㄠˇ	4-ㄧㄠˋ	4-ㄧㄠㄏ	4-ㄧㄠˆ	4-ㄧㄠˊ	4-ㄧㄠ	4-ㄧㄠㄏ

Chim 斟 三〇 唚 三三 瑊 三六四 箴 四三 碪 三八 簪 四三 鱵 六四 椹 三九 湛 三〇 樵 三〇 針 三三 碪 三八 砧 三五 鍼 六九	Chím 怎 三七 燂 六四 僭 三七 顲 六八 嬸 二九 枕 三〇	Chìm 浸 三六 蔴 四八 寖 三四 枕 四七 濅 三五 譖 五六 綅 四三 寖 四九	Chip 執 六九 唔 六〇 蟄 三五 𢓭 三 嘷 八 蟄 三九 縶 四〇 蓺 三五 喋 六〇 馽 六〇 鈒 六三 𥊠 三九 輯 三八	Chîm 蟳 三七	Chím 怎 三七 燂 六四 僭 三七 顲 六八 嬸 二九 枕 三〇	Chīm	Chip 亼 三 宗 三三 集 三〇 寂 一三四 雧 三三 籍 四三 卙 三七 喋 六〇 湒 三九
4-ㄧㄇ	4-ㄧㄇˇ	4-ㄧㄇˋ	4-ㄧㄅ	4-ㄧㄇˆ	4-ㄧㄇˊ	4-ㄧㄇ	4-ㄧㄅ

Chin 真 三五 今 十三 侲 三四 嗔 三五 鬒 六九 槙 三六四 津 三五 瞋 四七 璡 四三 榛 三三 甄 三六 甄 三三	Chín 拯 三七 診 五三 趁 三九 畛 三三 軫 五六 振 一九 疹 三九 胗 五六 縝 四九 紾 四三 脈 四三 儘 三五	Chìn 晉 三七 晉 三三 榗 三六四 進 六八 璡 三六 瑨 三六 賑 五三	Chit 質 五三 這 六四 濟 三七 職 四九 脊 四六三 職 五四 桎 三二 㸃 五四 銍 六三	Chîn 秦 四〇 螓 五四 榛 三三 繩 四三	Chín 拯 三七 姪 三三 畛 三三 鬒 七〇 疹 三九 賑 五三 紾 四三 殄 三九	Chīn 盡 三九 盡 三三 盡 三七 盡 三九	Chìt 疾 三九 𠍸 三九 一 五 蒺 三〇

沮 三 鯽 七〇

Ch date theme Chin, Chic, Chiong, 鄭部 page

4-ㄣ

溱 三三 嗔 八十 瑱 二四六 拒 五七 姫 三三 泠 三九 搢 三三 帳 四四 晊 三六 蛭 五七 縢 六一〇 拒 一七 趁 五九 濜 三三 嫉 三

亲 三三 帳 四四 珍 二四二 眕 三三 顛 七六〇 紾 六四二 縉 四四〇 侲 十九 郅 六二 摯 二三 眕 三三 趁 一九 責 三三

禛 三七 振 一九 清 九八 賑 三三 賑 五三 賑 六〇二 晉 四一 劕 五一 膣 四七 賑 三三 振 一九 藎 三七

蓁 四九 縝 四九 升 五九 眕 四三 殄 三九 震 六三 鄑 六四 膸 四三 戠 六八 眕 四三 縝 四九 燼 三七

臻 四七 瞋 三九 甄 五八 袗 三三 趂 五九 蟽 五八 庢 五七 織 四三 袗 三三 儘 三五 儘 三三

鋕 六六 即 九 診 四〇 胗 四六 燼 三九

侄 三 卽 九 軫 五九 䟴 六三

騭 六八 即 九 眕 三三 震 六三

4-ㄣ 4ˊ-ㄣ 4ˇ-ㄣ 4-去 腟 四三 4ˇ-ㄣ 4ˊ-ㄣ 4-ㄣ 4ˊ-去

Chio 招 五四 椒 三七 蕉 五〇 焦 五五

Chío 少 七

Chío 醮 六九 照 三三

Chioh 焟 三 借 三 績 四四 迹 四四 跡 五四 蹟 六九 斫 三

Chîo

Chío 少 七

Chîo

Chiòh 石 六四

4-ㄜ 4ˊ-ㄜ 4ˇ-ㄜ 4-ㄜ厂 4ˊ-ㄜ 4ˊ-ㄜ 4-ㄜ 4ˊ-ㄜ厂

Chiong
終 四二 璋 三七 餦 六五 鐘 六四 鬆 六九 蹤 五九 章 四〇 伀 三 漳 三五 鍾 六三 搢 三五 椿 六三 螿 二〇 蚣 一〇 蹤 七三 脉 三〇 鍾 八 蹱 五九 樟 二六五 韡 六四 蚼 六六 鱆 七二 刣 四四 鄣 六四 蟗 三六 僮 二九 簹 四〇 彰 一五九 樂 四八 墇 二 囊 七五 倃 三 意 一九 獐 三九 鵁 七 淑 三〇 螽 五三 鶉 二 將 七 嫜 七 春 四九 偉 六三 慞 五九 蹻 三 蟑 五六 忪 六三 樨 四三

Chióng
掌 五 腫 四六 瘇 六三 煄 三 獎 一九 槳 二八 蔣 五〇 踵 五八 踵 二八 膷 四二 槿 二八 仉 十二 傽 五 鞝 六五九 篛 四〇 種 四〇

Chiòng
串 八 妝 三〇 眾 三七 將 三七 衆 三 中 六 醬 六八 从 三 瞕 三八〇 嶂 一七 障 六四七 瘴 三五 豅 七 仦 十二 众 十 謹 五三六 鄣 六四 墇 五 種 六一 種 四〇

Chick
芍 四四 瘃 三 杓 三 櫡 三 燭 三六 趵 六八 斶 三 矚 四四 爵 三九 禚 三 屬 三 鬻 四五 嚗 五 勺 五 斀 六九 汋 六 屩 九 柷 三九 扂 九 淑 七 酌 六六 矚 三六 灼 三九 倩 四 勺 五四 躅 五七 灼 六四 蠋 三 灼 三 躅 五九 孎 三 屨 三 嚼 七 蠾 三 杓 七 焯 三 爝 三 斸 三 斫 三 繳 四三 嚼 三九 劚 三 噣 四三 擉 二九 粥 四四 觸 四四 歜 三 斸 三 踧 六七 屬 四三 州 六 仢 三 妁 三 咻 七 彴 四 足 六 歜 三 婼 五四 祝 三六 酹 六九

Chiông
卄 三 從 六 從 十

Chióng
掌 五 腫 四六 瘇 六三 煄 三 獎 一九 槳 二八 蔣 五〇 踵 五八 踵 二八 膷 四二 槿 二八 仉 十二 傽 五 鞝 六五九 篛 四〇 種 四〇

Chiōng 狀 三五

Chick

Chiu ㄐ一ㄜㄥ
州 洲 賙 周 舟 週 輈 徟 鬻 鱃 輖 鵃 州 肕 侜 謅 譸 湭 盩 聱 啁 啾 燏 蝤 賙

ㄐ一ㄨ　軸 晝

Chíu ㄐ一ㄜㄥ
箒 拥 綢 酒 帚 守 賙 帚

ㄐ一ㄨ

Chìu ㄐ一ㄜㄅ
咒 呪 詋 㴠 祝 詶 蛀 咛

ㄐ一ㄨ

Chiuh 啾 湫　ㄐ一ㄨㄏ

Chîu 蝤 楸 揫 酋　ㄐ一ㄨ

Chiū ㄐ一ㄜㄥ
箒 拥 綢 酒 帚 守 賙 帚

ㄐ一ㄨ

Chiū ㄐ一ㄜㄥ
就 鷲 僦 糟

ㄐ一ㄨ

Chiuh ㄐ一ㄜㄅ
湫

ㄐ一ㄨㄏ

Chiuⁿ
章 彬 樟 奬 鱆 漿 獐 漿

ㄐ一ㄨ˙　麞 蟑

Chíuⁿ 蔣 掌 槳 獐　ㄐ一ㄨ˙

Chìuⁿ 醬 醬 醬 醬　ㄐ一ㄨ˙

Chiuhⁿ　ㄐ一ㄨㄏ˙

Chîuⁿ 裳　ㄐ一ㄨ˙

Chíuⁿ 蔣 掌 槳 獐　ㄐ一ㄨ˙

Chiūⁿ 癢 癢 上 杫　ㄐ一ㄨ˙

Chiuhⁿ　ㄐ一ㄨㄏ

chha
汊 叉 岔 舨 扠 靫 劃 嗏 艖 戲 溠 杈 膗 差 瑳 餷

ㄑㄚ

Chhá 炒 吵　ㄑㄚ

Chhà 杈 侘 鍤 詫 瘥 吒 咤 吵 鈔　ㄑㄚ

Chhah 鍤 捶 插　ㄑㄚㄏ

Chhâ 喍 粢 搽 察 茶 茶 柴 槎 庇 查 材 茶 薪　ㄑㄚ

Chhā 炒 吵　ㄑㄚ

Chhā 吵　ㄑㄚ

Chhah　ㄑㄚㄏ

chhaⁿ　ㄑㄚ

Chhaⁿ 搽　ㄑㄚ˙

Chháⁿ　ㄑㄚ˙

Chhahⁿ　ㄑㄚㄏ˙

Chhâⁿ　ㄑㄚ˙

Chhâⁿ　ㄑㄚ˙

Chhāⁿ 鈔　ㄑㄚ˙

Chháhⁿ　ㄑㄚㄏ˙

Chhai 釵 猜 喍 偲 杈

Chhái 採 跴 髤 采 寀 彩 睬 採 綵

Chhài 菜 埰 蔡 縩 蔡 蠆 采　ㄑㄚ一

Chhat 察 擦 詧 礤 擦 剎 擦 鰶 搽 漆　ㄑㄚㄊ

Chhâi 豺 犲 紫 才 財 合 裁 繞 儕 柴　ㄑㄚ一

Chhái 蔡 材 睬 採 踩 跴 髤 采 寀 彩 睬 採 綵　ㄑㄚ一

Chhāi 在 祀 垐　ㄑㄚ一

Chhat 賊　ㄑㄚㄊ

chh date theme chham, chhan, chhng, chhau, chheⁿ, page

Chhaiⁿ ㄑㄞˋ
Chháiⁿ 彩 一五九 ㄑㄞˊ
Chhàiⁿ 襯 二三 ㄑㄞˋ
Chhat ㄑㄚㆵ
Chhâiⁿ ㄑㄞˆ
Chháiⁿ 彩 一五九 ㄑㄞˊ
Chhāiⁿ ㄑㄞ
Chha̍tⁿ ㄑㄚㆵ

Chham 儳 一九 攙 三三 謲 五六〇 摻 三三 驂 六八四 嵾 三三 毿 五八 嵾 三三 参 六二 叅 六一 ㄑㄚㄇ
Chhám 墋 一五 醦 六八 慘 一〇 朁 三三 憯 一〇五 噆 八五 憯 一〇八 㓪 五〇 磣 三三 讖 五五四 黲 三三 懺 一〇六 㓪 五〇 ㄑㄚㄇˊ
Chhàm 鑱 一九 懴 一〇二 懺 一〇六 讖 五五四 ㄑㄚㄇˋ
Chhap 敁 三六 插 三六 插 三六 錨 六六九 臿 四七 插 三七 諵 五五七 睬 三三六 㓪 四八 唶 八六 睫 三三 嗾 八四 緝 三九 扱 三九 扱 五三 ㄑㄚㆴ
Chhâm 劖 五〇 鑱 六八 饞 六四 儳 三三 欃 三三 毚 三三 慚 一〇 巉 三三 讒 五六四 攙 三三 毚 三三 嶄 一〇 鑱 三三 劖 五〇 毚 三三 嶄 一〇 獑 三三 嶄 三三 嚵 三三 磛 三三 儳 三三 嶃 三三 ㄑㄚㄇˆ
Chhám 墋 一五 慘 一〇 憯 一〇五 磣 三三 黲 三三 憯 一〇六 ㄑㄚㄇˊ
Chhām 醦 六八 朁 三三 噆 八五 㓪 五〇 讖 五五四 懺 一〇六 晉 ㄑㄚㄇ
Chha̍p ㄑㄚㆴ

Chhan 潺 三八 殘 三三 孱 三三 湌 三三 餐 六九八 飡 六七四 饕 七四 傔 三三 ㄑㄢ
Chhán 刬 四〇 犀 三二 羼 三三 酢 五七 巙 五九 驏 六六五 ㄑㄢˊ
Chhàn 燦 三三 襯 三三 粲 三三 襯 三三 嫈 三三 綻 三三 璨 三三 ㄑㄢˋ
Chhat 察 三三 擦 三三 剎 四八 擦 三三 礤 三三 ㄑㄚㆵ
Chhâm 擦 三三 漆 三三 ㄑㄢ
Chhân 芉 四四 孱 三三 殘 五九 田 三三 ㄑㄢˆ
Chhán 蜻 三三 犀 三二 刬 四〇 酢 三三 犀 三三 巙 五九 驏 六六五 ㄑㄢˊ
Chhān ㄑㄢ
Chha̍t 賊 三三 ㄑㄚㆵ

Chhang 蔥 四九八 聰 四九八 ㄑㄤ
Chháng 聰 四三 蔥 三三 ㄑㄤˊ
Chhàng 繪 四〇 ㄑㄤˋ
Chhàng 倉 三 鬆 六九三 藏 五〇八 ㄑㄤˋ
Chhak 悚 三三 漆 三三 ㄑㄚㄎ
Chhâng ㄑㄤˆ
Chháng 繪 四〇 ㄑㄥˊ
Chhāng ㄑㄤ
Chha̍k 鑿 六九三 鑿 六九 ㄑㄚㄎ

Chhau 訬 五五九 抄 一九 謅 五五九 讓 三三 鈔 六六九 勦 五五 熄 三三 剿 四八 鈔 三三 操 三三 縿 三三 樔 三三 摷 三三 ㄑㄠ
Chháu 吵 三三 炒 三三 齺 三三 謅 五五九 楚 六一 頭 六六六 麵 一〇 稍 四〇 燭 三三 草 四〇 艸 四四 驄 六八 十十 四四 ㄑㄠˊ
Chhàu 吵 三三 鈔 三三 臭 四七 湊 三三 ㄑㄠˋ
Chhauh ㄑㄠㆷ
Chhâu 勦 三三 ㄑㄠˆ
Chháu 吵 三三 炒 三三 齺 三三 謅 五五九 楚 六一 頭 六六六 麵 一〇 稍 四〇 燭 三三 草 四〇 艸 四四 十十 四四 ㄑㄠˊ
Chhāu ㄑㄠ
Chha̍u 沓 六八 ㄑㄠㆷ

Chheⁿ 青 六九六 青 六九六 ㄑㆥ
Chhéⁿ 醒 六六八 ㄑㆥˊ
Chhèⁿ ㄑㆥˋ
Chhehⁿ 㖡 六八 ㄑㆥㆷ
Chhêⁿ 鈙 六一 ㄑㆥˆ
Chhéⁿ 醒 六六八 ㄑㆥˊ
Chhēⁿ 乂 七 鈙 六一 ㄑㆥ
Chhe̍hⁿ 㖡 六八 ㄑㆥㆷ

Chh date theme Chhe, Chheng, Chhi, page

Chhe ㄑㄝ

淒 六八 縷 四二三 汊 六三六 歙 三八
淒 四一 霎 六三四 汊 六三八 炊 三七
萋 四二五 栖 二三 差 四〇 飲 六三三
萋 三 棲 三八 嗒 九 欽 六三
郪 六三三 悽 三三 吹 六五 鷀 七〇九

Chhé ㄑㄝˊ

批 六九六 偖 二七
紕 四三三 撦 三三六
泚 三九 担 三九六
玼 三三 髓 六八〇
扯 三九 髓 四二四

Chhè ㄑㄝˋ

磜 五九 悽 三三
廁 三五 切 四〇 刷 四六
廁 六〇 淋 六五七 啛 七七
砌 五四 脃 四三五 稿 四三七
妻 三 脆 四三五

Chheh

冊 四七
冊 四七
撮 三七
啜 七五
喊 八〇
書 二五

Chhê ㄑㄝ

筆 四二六

Chhé ㄑㄝ

批 六九六 偖 二七
紕 四三三 撦 三三六
泚 三九 担 三九六
玼 三三 髓 六八〇
扯 三九 髓 四二四

Chhē ㄑㄝ

ㄨ 七
坐 九五
孨 三七
妻 六八
鷀 七〇九

Chhéh ㄑㄝㄏ

Chheng ㄑㄝㄥ

青 五九 掙 三三 傖 九
青 五九六 菁 四二五
清 三八 蜻 三三 千 三五
蟶 五六 䞍 五八 仟 三
赬 六〇七 棈 四三 鯖 六八
圊 九〇 稱 四三
檉 三六 䚙 六五六七
輕 五七八 鶬
鯖 六九九 䋜 四二
餈 六〇 噌 三〇
睛 五七五 枰 三九

Chhéng ㄑㄝㄥˊ

請 五三 筅 四四 逞 六四 張 三七

Chhèng ㄑㄝㄥˋ

徬 三〇 稱 四三
掅 三五 秤 四〇
瀞 三三 蒸 四九九
䞍 五五 銃 六四
瀞 四三 撑 三
婧 三五 梳 四〇
淌 三〇 杭 六八
艷 五六 湧 三三
清 四三 槍 六〇
倩 三三 鎗 六三
稱 四三 靚 六三

Chhek ㄑㄝㄎ

策 四四 畢 三四 茦 四五
尺 一九 悚 三五 箸 四二
戚 八 捬 三 摑 二九
測 三 捸 九 㥾 三三
鍼 六三 城 三 旂 三三
惻 三 鵝 七〇 坼 九
彳 二 冊 四七 槮 三七
蚇 五五 冊 四七 柰 五五
剌 四六 侵 三三 旻 三三
厍 三 感 八〇 䅟 四〇
[illegible] 八〇 沠 三七 垛 三〇

[Chhek, cont.]

柵 二九 仄 三七
拆 三九 㥾 六八
笑 三五 粟 四三
莱 四六 促 三
側 三〇 雀 六四九
刺 四六 䶨 三
漆 三〇 扯 一九三
赤 五〇 借 二七
膝 四三 撦 三六
藤 五九 觸 四八
戚 五九 廁 五〇
諑 五〇 廁 三五

Chhêng ㄑㄝㄥ

倀 三 張 三七 錆 六九
趙 五〇 強 三七 橙 三六七
淌 三〇 榕 三四 膀 四三
松 三八 蚕 五五 蜚 五四
蠶 五三 強 三三

Chhéng ㄑㄝㄥˊ

請 五三 筅 四四 逞 六四 張 三七

Chhēng ㄑㄝㄥ

墭 三 穿 四六 逵 六三 墭 三三

Chhèk ㄑㄝㄎ

摶 三四

Chhi ㄑㄧ

蚩 五五 蠀 三六 笙 四八
眵 三六 䳐 六六六 嗤 三
嗤 八 䁱 四五 嗟 三七
傑 九 䝙 三五 蹉 五九
痴 三六 齝 七〇 腮 四九
癡 三六 飼 七〇 䫨 六七
侹 三 瓻 三三 鎬 六三六
鴟 七〇 差 三〇 鯢 七〇〇

[Chhi, cont.]

饑 六七 妻 三 淒 六八 蛆 五七

Chhî ㄑㄧˇ

菑 三五 侈 二八
茝 四九 哆 七
侈 三六 敪 三五
菑 三〇 誃 五三
阤 六四 謻 五三
侈 二七
翍 三三
嫪 三

Chhì ㄑㄧˋ

翅 四三 鯯 六九九 刺 四六
束 三五 諫 五三 莿 四九
莿 四六 戴 五八 忮 三
熾 三五 織 四三 尸 九
啻 九 糦 四八 試 五三
翨 四三 饎 六七 哧 七
翄 四三 熾 三五 翐 四三
蚝 五五 熾 六九

Chhih ㄑㄧㄏ

閃 六九 䵶 三三 幟 五〇 閃 六九 撦 三〇 啄 四 滑 三三

Chhî ㄑㄧˇ

徐 三 滯 三三 持 三七

Chhí ㄑㄧˊ

菑 三五 侈 二八
茝 四九 哆 七
侈 三六 敪 三五
菑 三〇 誃 五三
阤 六四 謻 五三
侈 二七
翍 三三
嫪 三

Chhī ㄑㄧ

市 三
翅 三八
飼 六三
吱 六五
飼 六五
餘 三六

Chhih ㄑㄧㄏ

蠘 五三 䱰 五三 䳭 八 滑 三三 扼 一九 戴 五三

Chh date theme Chhiⁿ, Chhia, Chhiaⁿ, Chhiam, Chhian, Chhiang, page

Chhiⁿ ㄑㄧⁿ
生 三三二 星 三三八 腥 四九九 蘚 五三二 鮮 六〇七 睛 三八 青 三八 清 六八 搢 三四四 親 五二三 青 三八 菁 四九五 棲 三三 淒 四一

Chhìⁿ ㄑㄧⁿ
醒 六六 淺 六八 瀧 五八

Chhīⁿ ㄑㄧⁿ
腥 四九九

Chhiⁿh ㄑㄧⁿㄏ
䁵 三八一

Chhîⁿ ㄑㄧⁿ

Chhíⁿ ㄑㄧⁿ
醒 六六 淺 六八 瀧 五八

Chhìⁿ ㄑㄧⁿ
拭 三一

Chhiⁿh ㄑㄧⁿㄏ
䁵 三八一

Chhia ㄑㄧㄚ
硨 三三六 奢 二九 謻 三三〇 譇 五四 吒 六四 車 五四 推 三四 雌 三六 捙 三

Chhiá ㄑㄧㄚ
撦 三六 扯 五三 偖 三 哆 七 趚 五九 趄 五九

Chhià ㄑㄧㄚ
瘂 三六 斜 三〇

Chhiah ㄑㄧㄚㄏ
赤 五二 側 三六 刺 四六 鍘 六九 鍤 六九

Chhiâ ㄑㄧㄚ
斜 三〇

Chhiá ㄑㄧㄚ
撦 三六 扯 五三 偖 三 哆 七 趚 五九 趄 五九

Chhiā ㄑㄧㄚ

Chhiah ㄑㄧㄚㄏ

Chhiaⁿ ㄑㄧㄚⁿ
礓 五二 清 六八

Chhiáⁿ ㄑㄧㄚⁿ
笡 四三 且 五 担 五六 請 五三

Chhiàⁿ ㄑㄧㄚⁿ
倩 三

Chhiahⁿ ㄑㄧㄚㄏⁿ

Chhiâhⁿ ㄑㄧㄚㄏⁿ
成 六七

Chhiáⁿ ㄑㄧㄚⁿ
笡 四三 且 五 担 五六 請 五三

Chhiāⁿ ㄑㄧㄚⁿ

Chhiahⁿ ㄑㄧㄚㄏⁿ

Chhiam ㄑㄧㄚㄇ
簽 四二 籤 四三 憸 三六 憯 三八 僉 七 殲 六八 韱 五一 鐵 六七 䇳 四三 纖 五三 蹅 五九 纖 四三 孅 四四 襳 三九 鋟 三六 詀 三〇 尖 三 參 六 叅 六 襜 五三 檢 六八 穇 三九 襝 五二

Chhiâm ㄑㄧㄚㄇ
𨷌 六九 鐕 三三 鍇 三六 𠛓 四六

Chhiám ㄑㄧㄚㄇ
僭 三 憯 三 轇 六三 襜 三三 蒨 三〇 刣 四六

Chhiap ㄑㄧㄚㄅ
妾 三 踥 三六 眨 五三 唼 七 椄 三〇 竊 四六 竊 四九 唼 七 翣 四三 婜 三

Chhiâm ㄑㄧㄚㄇ
𥹾 五三 潛 二九 潛 五九 鐵 六七 蕈 四六

Chhiám ㄑㄧㄚㄇ
𨷌 六九 鐕 三四 鍇 六九 𠛓 四六

Chhiām ㄑㄧㄚㄇ

Chhiap ㄑㄧㄚㄅ

Chhian ㄑㄧㄢ
千 三七 仟 三三 阡 六四 迁 六二 遷 六九 韆 五三 蹮 五九 谸 五五 谺 五五 槤 三六 扦 二九 搴 三四 掐 二九 韆 三三 褼 五四 搴 五四 燀 三六 芊 四四 韆 六一

Chhián ㄑㄧㄢ
淺 六八 闡 六四 譂 五八 燀 四六 繟 四四 彈 六〇 諓 五三 繟 四二 錢 六八 鐔 六六

Chhiàn ㄑㄧㄢ
茜 四〇 蒨 五九 清 三五 刋 四 葥 三〇 倩 三 栫 三四 芊 四四 刋 四

Chhiat ㄑㄧㄚㄊ
沏 六九 切 四〇 扨 五三

Chhiân ㄑㄧㄢ
田 三三 延 三四 錢 六八

Chhián ㄑㄧㄢ
淺 六八 闡 六四 譂 五三 燀 四六 繟 四四 彈 六〇 諓 五三 繟 四二 錢 六八 鐔 六六

Chhiān ㄑㄧㄢ

Chhiat ㄑㄧㄚㄊ
跕 五三

Chhiang ㄑㄧㄤ
鎗 六三

Chhiáng ㄑㄧㄤ
兇 三 踉 五八 冗 四

Chhiàng ㄑㄧㄤ
唱 三五 踉 五八

Chhiak ㄑㄧㄚㄎ

Chhiâng ㄑㄧㄤ
鱨 六七 腸 四九 常 四五 場 三 橖 三六 牚 三 敞 三五 償 三五

Chhiáng ㄑㄧㄤ
兇 三 踉 五八 冗 四

Chhiāng ㄑㄧㄤ
敞 三五 遶 六三

Chhiak ㄑㄧㄚㄎ
咏 三 跡 五八

Chhiau
悄 六八 鍬 六三〇 摶 二四
懆 四四 超 五九
縲 六三 捷 三 剿 四九
鍪 六三 摎 三八 操 三〇
ㄑ一ㄚㄨ

Chhiáu
昭 三六 保 三四
悄 三 愀 一六
麯 二六 稍 四四
隋 六五
ㄑ一ㄚˊㄨ

Chhiàu
关 二九 少 二四
咲 三
笑 四三
愀 二四
ㄑ一ㄚˋㄨ

Chhiauh
敲 三七
ㄑ一ㄚㄨㄏ

Chhiâu
鍪 六三〇
鍬 六三〇
趟 二六
ㄑ一ㄚˆㄨ

Chhiáu
昭 三六 保 三四
悄 三 愀 二六
麯 二六 稍 四四
隋 六五
ㄑ一ㄚˊㄨ

Chhiàu
ㄑ一ㄚˋㄨ

Chhiàuh
晏 八
ㄑ一ㄚˋㄨㄏ

Chhim
深 六八 侵 三
祲 三六 侵 二九
駸 六二 寢 三
駸 六三
唚 七五
綅 四五
ㄑ一ㄇ

Chhím
鋟 六三六 侵 二九
寢 一五 遻 六五
踸 五八 檯 二四
棧 二五
賧 五六
侵 三
ㄑ一ˊㄇ

Chhìm
瘵 三
吣 六六
沁 六六
寑 四九
篒 四八
譖 五六
ㄑ一ˋㄇ

Chhip
蝍 三五 霰 六五 戢 八〇 桼 三五 硨 二九
楫 三五 濈 六五 葺 四八 輯 五九 遑 二〇
緝 四二 靃 六六 蕺 六七 藤 五九 濕 四八
咠 六九 職 四〇 職 二六 揖 八〇 湒 二二
瀸 三 偮 二 緝 四三 蹐 五八
諿 三五 湒 二二 咠 三 埥 二〇
ㄑ一ㄆ

Chhîm
尋 三
潛 二九
潛 二九
鐔 二七
ㄑ一ˆㄇ

Chhím
鋟 六三六 侵 二九
寢 一五 遻 六五
踸 五八 檯 二四
棧 二五
賧 五六
侵 三
ㄑ一ˊㄇ

Chhìm
ㄑ一ˋㄇ

Chhip
ㄑ一ㄆ

Chhin
親 三五
儭 二六
芊 四四
ㄑ一ㄣ

Chhín
亂 三五
亂 三五
ㄑ一ˊㄣ

Chhìn
嚫 六 襯 三五 青 四三 秤 四〇
齓 三五 櫬 三五 瀧 二六 稱 四三
儭 二六 劙 五 且 五
ㄑ一ˋㄣ

Chhit
七 五 漆 三五 唶 八
柒 四〇 拭 九 囑 四
榛 二六 拭 四三 迫 六三
蹉 六三
ㄑ一ㄊ

Chhîn
ㄑ一ˆㄣ

Chhín
亂 三五
亂 三五
ㄑ一ˊㄣ

Chhìn
ㄑ一ˋㄣ

Chhit
ㄑ一ㄊ

Chhio
鵂 六八 鷃 二九
哨 二五
ㄑ一ㄜ

Chhió
ㄑ一ˊㄜ

Chhiò
笑 四三
ㄑ一ˋㄜ

Chhioh
迹 六四 蹟 五九 臅 四〇 涕 三五
跡 六四 尺 九 膭 四三 啼 八
螫 二六 尺
ㄑ一ㄜㄏ

Chhiô
蹺 二七
ㄑ一ˆㄜ

Chhió
ㄑ一ˊㄜ

Chhiō
照 三
ㄑ一ㄧㄜ

Chhiòh
蔘 五〇
酌 六六
ㄑ一ㄜˋㄏ

Chhiong
菖 四九 憧 八〇 唫 八 倡 三
猖 三七 遻 六九 斨 三 將 三
冲 四 忡 二五 沖 六九 收 三〇
沖 六〇 鎗 三五 從 四 縱 四一
衝 三三 閶 六二 芫 四一
衝 三五 槍 三〇 錩 六九
ㄑ一ㄛㄥ

Chhióng
敞 七 廠 三五
搶 二 淶 四〇
鷩 六四
鶩 七二
聳 四八
昶 三五
ㄑ一ˊㄛㄥ

Chhiòng
唱 三五
錩 六八
銃 六四
淌 五九
瘲 三五
儱 三
ㄑ一ˋㄛㄥ

Chhiok
雀 六四 鋸 六六 矗 八〇 爵 四五
鵲 六八 穢 三〇 櫼 二〇 汋 三七
捉 九 举 七六 燭 三 歡 三七
綽 四三 閔 六四 啛 一四 鵧 六八
婥 二五 啾 六八 撻 三 頗 六八
促 三 戳 二九 碏 六八 俶 三
ㄑ一ㄛㄍ

Chhiông
嗇 三 嬙 四〇 牀 六八 墻 一四 檣 三 嬙 三
ㄑ一ˆㄛㄥ

Chhióng
廠 六 搶 二 鷩 六四 鶩 二 聳 四八 昶 三
ㄑ一ˊㄛㄥ

Chhiòng
敞 三五 潑 四〇
ㄑ一ˋㄛㄥ

Chhiōng
匠 五六 趙 五
ㄑ一ㄧㄛㄥ

chhiok
摶 二四
擄 三
ㄑ一ㄛㄍ

Chh　date　theme Chhiong, Chhiu, Chhiuⁿ, Chhng, Chho,　page

ㄑㄧㄛㄥ

昌三畫 充三七 克三七 娼一三 艙三三〇 樁四四 蹌五八 蹡五九〇 鏘六三三 轅五九九
鎗六三 猖三六 惆三四 流三三 恍六六 琉三三 猖四三 長龍六六 撚三七 蹤五三
從六二 傭一七 憃三九 鏦六三 鶬七〇 菘五〇三 搙三三 捉三三 瑲三四六 槍一八

ㄑㄧㄛㄥ

敞三七 儆三三 倈三九 磣三九 搀三六 慫一六〇 悚三三 竦四四 縱四〇 懺八

ㄑㄧㄛㄥ

數三九 揰三七 傖三 縱四四 從五九 抗一五九 蔥五〇三

ㄑㄧㄛㄣ

敕三七 淀五五 濟三三 嵩三三 鐲五八 蹤五九 蹩五〇 䟫五四 迮六一 浞三六
婼一三 㨘三八 篧四九 娕一四 娖一四 鯌六九 踖五五 亍 十 佽一七 踖三

ㄑㄧㄛㄥ

㗭五九 棫三三 棤六〇 棟五六 駷三三 磧三三 矸三 腡四四 鹹六六 蹿六六 之六三
蹙七六 齪七六 躪七六 猎三三七 數三三 焯三三 淖五九八 俶三三 擉三九 婧一四 棟五三

ㄑㄧㄛㄥ

檣三〇 藩五二 蔷五〇六 薔五〇

ㄑㄧㄛㄥ

敞三七 儆三三 倈三九 磣三九 挾三六 慫一六〇 悚一九 竦四〇 縱四四 懺八

ㄑㄧㄛㄥ　ㄑㄧㄛㄣ

Chhiu

秋四〇 穐四五 鞦六三 湫三三 楸三三
鞦五九八 萩四九 蘺七〇九 搊三三 瞅四三
瞅三八〇 瞷三八〇 緧四九 緧四九 鰍七〇
楢三四 啾一九 偢一四 雈五三 鰌七〇
瞅三三 熵三三 楸一六 鬏六九 鬚六九
抽三四 揪三三 楢三四

ㄑㄧㄡ

Chhiú

醜六九 醜六九 帚一四 手一九 首六八
取六三 䇂四六 菷四九

ㄑㄧㄡˇ

Chhiù

僦三六 僁六八 甃三三 廝三三 鞧六五
笸四〇 褐三〇 緅四〇 皺三三 嘷八

ㄑㄧㄡˋ

Chhiuh

ㄑㄧㄡㄏ

Chhîu

愁三六 愀三六 訓三三 揪三 揫三

ㄑㄧㄡˊ

Chhīu

醜六九 醜六九 帚一三 手一九 首六八
取六三 䇂四六 菷四九

ㄑㄧㄡ

Chhīu

楊三六 樹三六

ㄑㄧㄡ

Chhiuh

ㄑㄧㄡㄏ

Chhiuⁿ

象五六 萬四九 鯧六九
鎗六三 槍三四

ㄑㄧㄨ°

Chhiúⁿ

敞六〇 廠一三 搶三三
取六三

ㄑㄧㄨˇ

Chhiùⁿ

嗆八 唱三 揖三八
唱三〇

ㄑㄧㄨ˚

Chhiuhⁿ

ㄑㄧㄨㄏ

Chhîuⁿ

颶六九 墻三〇 牆三
蘠五二 隱三三 薔五〇六 蔷五〇

ㄑㄧㄨ˚

Chhīuⁿ

敞六〇 廠一三 搶三三
取六三

ㄑㄧㄨ˚

Chhiūⁿ

象五六 像三三 橡三六
匠三 蓄三三 折一三

ㄑㄧㄨ˚

Chhiuhⁿ

縔四三

ㄑㄧㄨㄏ

Chhng

穿四六 栓三三
倉三 艙四六
瘡三四 村三六
邨六二 霜六四 磨三

ㄑㄥ

Chhńg

嗆八 鯧七三

ㄑㄥˊ

Chhǹg

穿四六 竄四九
鎗三四 串六

ㄑㄥˋ

Chhngh

擤三 嗅八

ㄑㄥㄏ

Chhn̂g

牀三 床一九

ㄑㄥ

Chhn̄g

嗆八 鯧七三

ㄑㄥ

Chhn̄g

ㄑㄥ

Chhn̍gh

擤三 嗅八

ㄑㄥㄏ

Chho

搓三 髊六七
鹺七四 膗四四
差四八 搓三

Chhó

草四九〇 艸四四
十四

Chhò

挫三 糙四六
蔞五〇 脞四六
㛗三 脞三
措三五 操三

Chhoh

嗾八

Chhô

Chhō

草四四 艸四四
十四

Chhō

Chhoh

chh date theme chho, chho·, chhoa, chhoa", chhon, chhoang, page

音	字	注音
	瑳 磋 蓌 齹 溠 瑳 瘥 鎈 嵳 嵯 蹉 縒	ㄑㄜ
	騂 瑣 瑣 楚	ㄑㄜˊ
	慥 慅 鄒 蹉 莝 磋 謋 造 謎 蓋 侳 噪 銼 剉 銰 錯 翎	ㄑㄜˋ
		ㄑㄜˋㄏ
		ㄑㄜ̂
	騂 瑣 瑣 楚	ㄑㄜ̄
		ㄑㄜ
		ㄑㄜㄏ
Chho	初 狙 麁 跛 楚 麄 麤 怚 觕 蹉	ㄑㄛ
Chhó·	楚 濋 憷 礎 齼 儊 趣	ㄑㄛˊ
Chhò·	厝 措 酢 醋 錯 諎 措	ㄑㄛˋ
Chho·h		ㄑㄛㄏ
Chhô·		ㄑㄛ̂
Chhó·	楚 濋 憷 礎 齼 儊 趣	ㄑㄛˊ
Chhō·		ㄑㄛ̄
Chhó·h		ㄑㄛㄏ
Chhoa	髽 趰 膇 趰	ㄑㄨㄚ
Chhóa	娶	ㄑㄨㄚˊ
Chhòa	蔡	ㄑㄨㄚˋ
Chhoah	眣 擦 窃 竊 敨 劙 泏	ㄑㄨㄚㄏ
Chhôa		ㄑㄨㄚ̂
Chhóa	娶	ㄑㄨㄚˊ
Chhōa	𤆬	ㄑㄨㄚ̄
	娶 導	
Chhóah	斜	ㄑㄨㄚˊㄏ
Chhoaⁿ	閂 欅 蔴	ㄑㄨㄚ°
Chhóaⁿ	𤺪 剗	ㄑㄨㄚˊ°
Chhòaⁿ	閂 欅 撣 撣	ㄑㄨㄚˋ°
Chhoahⁿ		ㄑㄨㄚㄏ
Chhôaⁿ		ㄑㄨㄚ̂°
Chhóaⁿ	𤺪 剗 撣	ㄑㄨㄚˊ°
Chhōaⁿ	鱓 鱔 𩷶	ㄑㄨㄚ̄°
Chhoàhⁿ		ㄑㄨㄚˋㄏ
Chhoan	巛 川 穿 刋 跧 痊 筌 輇 詮 剶 荃 顓 湍 鐫 雋 鋑 鐫 悛 銓 栓 佺 釧 村 邨 拴 歂 錞 拴 端	ㄑㄨㄢ
Chhóan	歂 喘	ㄑㄨㄢˊ
Chhòan	竄 篡 簒 篹 鑹 琗 驪 攛 爨 串 綟 舛 僢 釧 臭 慣 篡 闖	ㄑㄨㄢˋ
Chhoat	剿 嚼 歠 敠 擫 最 蕞 蕝 娺 撮 啜	ㄑㄨㄚ˙ㄊ
Chhôan	遄 拴 惴	ㄑㄨㄢ̂
Chhóan	歂 喘	ㄑㄨㄢˊ
Chhōan		ㄑㄨㄢ̄
Chhóat		ㄑㄨㄚˊㄊ
Chhoang		ㄑㄨㄤ
Chhóang		ㄑㄨㄤˊ
Chhòang	闖	ㄑㄨㄤˋ
Chhoak		ㄑㄨㄚㄎ
Chhôang		ㄑㄨㄤ̂
Chhóang		ㄑㄨㄤˊ
Chhōang		ㄑㄨㄤ̄
Chhóak		ㄑㄨㄚˊㄎ

chh date theme chhoe, chhong, chhu, chhui, page

Chhoe	Chhóe	Chhòe	Chhoeh	Chhôe	Chhǒe	Chhōe	Chhóeh
初 四三 妻 三		糈 四二七 穄 四二八 刷 四六	慼 一八〇	趖 五六九 蹃 五九〇		尋 三七	
ㄑㄨㄝ	ㄑㄨㄝ	ㄑㄨㄝ	ㄑㄨㄝㄏ	ㄑㄨㄝ	ㄑㄨㄝ	ㄑㄨㄝ	ㄑㄨㄝㄏ

Chhong	Chhóng	Chhòng	Chhok	Chhông	Chhióng	Chhōng	Chhók
倉 三二 蒼 三〇 窗 四〇七 窻 四〇九 窓 四〇七 牕 三二 葱 四九八 匆 五四 悤 一六五 怱 一六七 囪 三二 聰 四六八 刅 四四 愴 三四 艙 四八二 滄 三四 驄 六八四 驄 六八三 鍯 六八八 聦 四六八 鎗 六八八 樅 三五九 嵏 三六 悤 三二 蔥 五三五 蜯 五三五 樬 三二 璁 三四七 摠 三六〇 謥 五三九 憁 一八四 糉 四三六 惚 一六〇 憁 一三 㧐 四六 創 四八 鶬 七二〇 捴 三三 搶 三四六 鏦 六二三 傖 二九 摐 三三 總 四三五	刺 四八	粽 四四 艙 五三 覷 五五三 㧐 四六 創 四八 愴 三八	削 四七 厝 八〇 昔 三三 簇 五三 簇 四一〇 錯 六六八 戚 三	踏 五六 觸 五五八 撮 三七 嘬 八五 齪 七六	床 四九 牀 三三 叢 八〇 蔟 三〇 霖 六三 簇 四二三 藂 二六九	漎 三〇 欉 二四 牀 一六八 灇 三五	刺 四八		戳 一八九 鑿 六八 㩳 一八六 蹴 五九二
ㄑㄛㄥ	ㄑㄛㄥ	ㄑㄛㄥ	ㄑㄛㄎ	ㄑㄛㄥ	ㄑㄛㄥ	ㄑㄛㄥ	ㄑㄛㄎ

Chhu	Chhú	Chhù	Chhuh	Chhû	Chhǔ	Chhū	Chhúh
樞 三五 趨 五九 趣 五八二 跐 五八五 雛 六五一 娵 一二 蛆 五三六 雎 六五〇 鶵 七〇九 趄 五七九 蛆 三七 苴 四八 雎 六五 疽 四五 妛 一三 雎 三六 差 一三 嗟 三七 皆 三五 眦 三五 趍 五八〇 跙 五八三	此 三七 鼠 七三 跐 五八三 鷟 六九六 佌 十六 佌 十九 瘟 三六 杵 三〇 泚 三九 取 六二 処 四四 處 五三 訾 五三二 訾 五三 跐 四八 鼠 三三 眦 三五 聚 四八 雌 六五〇	次 三四 佽 十八 載 三八 處 五三 觀 五四 覷 五四六 趣 五八〇 狙 三六 胆 四六三 偨 二四 取 八〇 処 四四 處 五三 朿 三四 疵 一五〇 娶 一二 佽 十三 厝 八〇	焠 三三 啐 七五 趀 五八〇 賊 五七	疵 三九 呰 七五 玼 三三 庛 一五〇 訿 五三 訾 五三 妛 一三 茈 四八 訾 三五 眦 三五 雛 六五一	此 三七 鼠 三三 跐 五八三 鷟 六九八 佌 十六 佌 十九 瘟 三六 杵 三〇 泚 三九 取 六二 处 四四 處 五三 訿 五三 訾 五三 茈 四八 皆 三五 眦 三五 聚 四八 雌 六五〇	趍 五八〇 啾 七七 娶 一二	
ㄑㄨ	ㄑㄨ	ㄑㄨ	ㄑㄨㄏ	ㄑㄨ	ㄑㄨ	ㄑㄨ	ㄑㄨㄏ

Chhui	Chhúi	Chhùi	Chhuih	Chhûi	Chhǔi	Chhūi	Chhuíh
炊 三七 崔 一五 催 二十 推 三四 吹 八五 歙 七八 摧 三五 蓷 五〇二	揣 三七 喘 一七五 灢 三四 饋 六五 餶 六七 饝 六八 髓 四四 髓 六八 髗 六七 揣 三七	翠 四五三 脆 四五 脃 四五 毳 三六四 膵 四六六 焠 三三 窡 四〇九 臇 四七三 碎 三六八 啐 七五 膵 四四 蟕 五三八 毳 三〇 吹 八五 歙 七八 峷 一三 峷 一三五 叩 八三 嘴 八八			揣 三七 喘 一七五 灢 三四 饋 六五 餶 六七 饝 六八 髓 四四 髓 六八 髗 六七 揣 三七		

Chhun ㄑㄨㄣ
鰆 七三 櫄 四三二 村 四六 邨 六二 杶 四三七
春 三三 萅 四七六 旾 三九 伸 一六
鶉 六八 椿 三八 剩 四八

Chhún ㄑㄨㄣˊ
忖 二四 唇 七九 蓴 四四 脣 三五 賰 三五
蒓 四九 扌 四四 喘 七八 賰 四九八 蹐 五八
蠢 五三 寸 三六 春 三五 萅 四六 旾 三九
舛 四九 僢 三

Chhùn ㄑㄨㄣˋ
寸 三六

Chhut ㄑㄨㄊ
出 四四 齣 七六 跆 五四

Chhûn ㄑㄨㄣ
存 三 僔 三

Chhńn ㄑㄨㄣˊ
忖 二四 唇 七九 蓴 四四 脣 三五 賰 三五
蒓 四九 扌 四四 喘 七八 賰 四九 蹐 五八
蠢 五三 寸 三六 春 三五 萅 四六 旾 三九
舛 四九 僢 三

Chhūn ㄑㄨㄣ

Chhu̍t ㄑㄨㄊ

e ㄝ
萵 四九八 蒿 四九 鍋 六三 哥 四八七 倭 二四

é ㄝˊ
挨 六九
痖 三六 啞 七六 矮 三三

è ㄝˋ
乀 七 裔 三五 曳 二四 夸 五四 袘 三五
袂 三五 枻 二九 靾 六八 拽 五四 栧 四三
呭 六八 呹 七 詍 五三 縊 四九 騔 五三
堅 [illegible] 勩 三 囈 五二 瘳 七九 医 [illegible]
瞖 三八 殪 六〇 曀 三四 饐 六七 壇 三三
吩 六 嫕 六 瘞 三〇 緊 四四 泄 九
洩 五一 絏 五三 緎 四五 撎 三七

eh ㄝㄏ
噫 六 呃 六三 阨 六三 厄 五九

ê ㄝ
譪 五四 瞑 五九 下 五

é ㄝˊ
痖 三五 啞 七六 矮 三六

ē ㄝ
系 四九 能 四五 會 三三

ēh ㄝㄏ
下 五 夏 六〇 禍 三七 厄 五九 係 三

e̍h ㄝㄏ
欝 六九 檜 四四

eⁿ ㄝ
嬰 二九 嚶 九

éⁿ ㄝˊ

èⁿ ㄝˋ

ehⁿ ㄝㄏ

êⁿ ㄝ
楹 二六

éⁿ ㄝˊ

ēⁿ ㄝ

e̍hⁿ ㄝㄏ
嚶 九〇 嬰 [illegible]

eng
英 四八 嬰 二九 櫻 三三 罌 四六 鸚 七三 鶯 七〇 鷹 七三 偀 二〇 媖 二六
瓔 三七 纓 四五 賏 五三 罌 七二 甇 三六 韅 六〇 賏 三二 膺 四四 嚶 一〇
嬰 九七 應 一四 嫈 二二 硬 三八 飛 六七 癰 三七 甇 [illegible] 韄 三五

éng
永 六八 栐 三三 穎 四〇 潁 六七 潁 三七 影 三九 穎 三六 璟 三八 郢 六三

ēng
瘖 六 膺 三七 應 九 饔 三 癰 三 甕 二四 應 四八 壅 五八

ek
益 三三 溢 三四 肐 四四 阸 六四 憶 一四 抑 五五 貌 五三 鎰 六四 鎰 六〇
繶 四四 檍 六三 餲 四四 艗 四四 鷁 七〇 薏 三 意 二三 隘 六七 嗌 六九

êng
羸 五七 羸 二九 營 三七 縈 四〇 楹 三〇 瀛 四五 瀯 二三 瑩 六三 瀅 三三
盈 三三 榮 三四 熒 三三 瀅 三五 瑩 三〇 瑩 三四 滎 三四 瑩 三 滢 三
劉 五 燈 八三 灐 三三 嬴 三九 榮 三九 閑 六九 閒 六九 嫈 三

éng
永 六八 栐 三 穎 四四 潁 六七 潁 三七 影 三九 穎 三六 璟 三八 郢 六三

ēng
詠 五三 咏 六 泳 六 醟 六八 縈 三七 甬 三

ek
疫 三八 弋 一五 亦 一 奕 一九 弈 一五 沶 一 帟 一四 液 三八
戒 三五 驛 六八 睪 三四 鵜 七五 嶧 一五 翼 十九 挖 一五 場 九八 役 一五
翊 五九 被 三五 屬 一三 圍 六二 埸 六 渃 五九 斁 三六 瀷 三 弑 三
蜴 五三 泆 三五 佚 十六 逸 六六 瘍 三六 迭 六三 昳 一三 煬 三三 軼 五六

E, G date theme eng, Ga, Gai, Gam, Gan, Gang page

ㄝㄥ: 瑛 模 瓔 瓔 攖 嬰 罌 甖 匋 鍈
ㄝㄥ: 景 浪 境 泳 詠
ㄝㄎ: 軛 隘 臆 億 搤 阨 厄 戹 軶 呃 扼 呝 啞
ㄝㄥ: 籯 籯 縈 嬴 蠑 嶸 滎 滎 嶸 瀛
ㄝㄥ: 景 浪 境 泳 詠
ㄝㄎ: 譯 腋 掖 役 懌 繹 睪 翌 杙 毅 殺 翊 默 翊 饍 醫 疫 翼 易 或 劃 斁 射 畫 浴

Ga (ㄫㄚ): 鬖
Gá (ㄫㄚˊ)
Gà (ㄫㄚˋ)
Gah (ㄫㄚㄏ)
Gâ (ㄫㄚˆ): 牙 芽 衙 痄 呀 玡 拚 閑 齖 庌
Gá (ㄫㄚˊ): 枒 伢
Gā (ㄫㄚ¯): 迓 研 訝 庌
Gàh (ㄫㄚㄏ)

Gai (ㄫㄞ)
Gái (ㄫㄞˊ): 豥 騃
Gài (ㄫㄞˋ)
Gaih (ㄫㄞㄏ)
Gâi (ㄫㄞˆ): 厓 崖 崕 涯 捱 痓 嘊 睚 敳 懝 皚 呆 剴 啀
Gái (ㄫㄞˊ): 豥 騃
Gāi (ㄫㄞ¯): 礙 碍 鴉 不 閡 乂
Gàih (ㄫㄞㄏ): 艾

Gam (ㄫㄚㄇ): 儑 岸
Gám (ㄫㄚㄇˊ): 齡 坎
Gàm (ㄫㄚㄇˋ)
Gap (ㄫㄚㄆ): 砝 哈
Gâm (ㄫㄚㄇˆ): 咎 讒 鹹 嵒 岩 碞 巖 巉 嚴 巖 癌
Gám (ㄫㄚㄇˊ): 唅 坎 甘
Gām (ㄫㄚㄇ¯): 戇 戇 戇 鑑
Gàp (ㄫㄚㄆ): 罨 咎

Gan (ㄫㄢ): 訏
Gán (ㄫㄢˊ): 眼
Gàn (ㄫㄢˋ): 澿
Gat (ㄫㄚㄊ)
Gân (ㄫㄢˆ): 顏 嚬 凝
Gán (ㄫㄢˊ): 眼
Gān (ㄫㄢ¯): 岸 雁 鴈 諺 諺 斥 彥 暫 傍 唁 这 过 喭 贗 贗 厂 這 行
Gàt (ㄫㄚㄊ): 垼 謝

Gang
Gáng Gàng
Gak Gâng Gáng Gāng: 戇 戇
Gák: 嶽 齶 雅 鸑 樂 獄

G　date　theme Gang, Gau, Ge, Geng, Gi, Gia, Giam　page

Gau ㄫㄚㄠ (ㄫㄚㄤ)
Gáu ㄫㄚˊㄠ
Gàu ㄫㄚˋㄠ
Gauh ㄫㄚㄠㄏ
Gâu ㄫㄚ̂ㄠ：贒 贒 嫯
Gáu ㄫㄚˊㄠ
Gāu ㄫㄚ¯ㄠ
Gau̍h ㄫㄚㄠㄏ

Ge ㄫㄝ：哾 詤 讛
Gé ㄫㄝˊ：睨 鯢 帠 齯 詣 盻 閱 掜 揑 揑
Gè ㄫㄝˋ：㖂
Geh ㄫㄝㄏ
Gê ㄫㄝ̂：伃 輗 睨 蜺 猊 霓 霓 郳 䩋 鶂 鯢 倪 牙 芽 衙 睨 詤 鯢
Gé ㄫㄝˊ：睨 鯢 帠 齯 詣 盻 閱 掜 揑 揑
Gē ㄫㄝ¯：羿 埶 寱 埶 藝 讛 囈 槸 杌 藙 褹 毅 額 詣 劓 㔝 詤
Ge̍h ㄫㄝㄏ：月

Geng ㄫㄝㄥ
Géng ㄫㄝˊㄥ：枖 眼 研 研
Gèng ㄫㄝˋㄥ
Gek ㄫㄝㄎ
Gêng ㄫㄝ̂ㄥ：迎 迎 凝 牙 竟 龍 龍
Géng ㄫㄝˊㄥ：枖 眼 研 研
Gēng ㄫㄝ¯ㄥ：迎 硬 勁
Ge̍k ㄫㄝㄎ：逆 額 額 嶺 䫕 鷊 屰 嶷 逆 鶂 鶂 疑 玉 獄 諮 鯢

Gi ㄫㄧ：㖂
Gí ㄫㄧˊ：儗 擬 薿 檥 蟻 艤 譺 螘 掜 揑 揑
Gì ㄫㄧˋ
Gih ㄫㄧㄏ：癯 臞
Gî ㄫㄧ̂：鱶 羛 巇 儆 疑 儀 宜 宜 嶷 枇 琵 菩 蓂 誼 誼
Gí ㄫㄧˊ：儗 擬 薿 檥 蟻 艤 譺 螘 掜 揑
Gī ㄫㄧ¯：義 議 誼 誼 額 毅 劓 劓 栗 埶 誼
Gi̍h ㄫㄧㄏ：癯 臞

Gia ㄫㄧㄚ
Giá ㄫㄧˊㄚ
Già ㄫㄧˋㄚ
Giah ㄫㄧㄚㄏ：攑 蹴
Giâ ㄫㄧ̂ㄚ：呀 鵝 鵞 蕽 鴃 迎 抬 撞 蜈 蝺 夯
Giá ㄫㄧˊㄚ
Giā ㄫㄧ¯ㄚ
Gia̍h ㄫㄧㄚㄏ：額 擇

Giam
Giám：儼
Giàm
Giap：衒
Giâm：嚴 巖 嵒 閻
Giám：儼
Giām：驗
Gia̍p：業 㡤

G date theme Giam, Gian, Giang, Giau, Gim, Gin, Gio, Giong page

喻 六七 撿 三九 兀ㄧㄚㄇ
唊 四二 鋏 六六 兀ㄧㄚㄆ
釅 六三 岩 二三 兀ㄧㄚㄇ
巖 四三 嵒 三六
碞 三九 巉 四三
噞 六七 撿 三九 兀ㄧㄚㄇ
驗 六三 噞 六七 兀ㄧㄚㄇ
齾 十 六五 鄴 兀ㄧㄚㄆ
孽 三

Gian 孯 三九 孯 三四 姸 三二 姸 三三 豜 五六 鳽 六七 蚈 三八 研 三六 研 三六 兀ㄧㄚㄋ
Gián 掔 三五 掔 三五 齞 七七 甗 三三 臉 四三 研 三六 巘 四三 研 三六 兀ㄧㄚㄋ
Giân 鬜 六七 癮 三三
Giat 齧 三三 齧 三六 齧 三二 隉 六四 槷 六七 兀ㄧㄚㄊ
噛 八 嚙 九 齸 四二 臬 四六 闑 六三
蝎 三三 齧 六 齧 五六
Giân 言 五八 訁 四五 姸 三二 姸 三三 巘 四三 兀ㄧㄚㄋ
Gián 掔 三三 掔 三三 齞 七七 甗 三三 臉 四三 兀ㄧㄚㄋ
研 三六 巘 四三 研 三六
Giān 掔 三五 掔 三六 研 三六 甗 六八 研 三六 兀ㄧㄚㄋ
Giat 孼 三三 孽 三三 櫱 三三 糵 三三 蘖 四九 兀ㄧㄚㄊ
蘗 三三 嶭 三九 屵 三三 巘 五三 蘗 七七
孽 三九 聐 四九 闑 六三 臬 四六 臲 三三
剌 四九 喫 六 齧 六三

Giang 釿 六三 鎟 六三 姸 三 姸 三 兀ㄧㄤ
Giáng 齴 七七 兀ㄧㄤ
Giak 礐 兀ㄧㄚㄎ
Giâng 岘 三三 兀ㄧㄤ
Giáng 兀ㄧㄤ
Giāng 掆 二九 兀ㄧㄤ
Giák 諤 三四 碑 三三 兀ㄧㄚㄎ

Giau 兀ㄧㄚㄨ
Giáu 㨐 三 兀ㄧㄚㄨ
Giâu 嘄 八 剩 三 兀ㄧㄚㄨ
Giauh 㨐 三 蚑 五六 兀ㄧㄚㄨㄏ
Giâu 堯 九 嶢 三 蕘 三 蟯 三七 撓 三 蕘 三四 僥 三 僥 八 兀ㄧㄚㄨ
Giáu 撓 三 兀ㄧㄚㄨ
Giāu 兀ㄧㄚㄨ
Giauh 蚑 五六 兀ㄧㄚㄨㄏ

Gim 兀ㄧㄇ
Gim 趛 五八 錦 六八 兀ㄧㄇ
Gím 矜 四二
Gìm 瘽 三七 兀ㄧㄇ
Gip 兀ㄧㄆ
Gîm 吟 六 唫 七 岑 三 涔 五 㱃 八 岑 四 砛 四 琴 四 崟 三 碒 三六 兀ㄧㄇ
Gím 趛 五八 錦 六八 矜 四二 兀ㄧㄇ
Gīm 噤 六七 拎 四二 撿 三 擒 三九 兀ㄧㄇ
Gíp 偯 三 岌 三 唈 四 岌 三 兀ㄧㄆ

Gin 釿 三 兀ㄧㄣ
Gín 听 六六 磭 三五 兀ㄧㄣ
Gìn 囯 八 垽 七七 兀ㄧㄣ
Git 汔 六六 迄 六 紇 四九 仡 七 屹 三 疙 三 齕 四三 乞 三 扢 五 兀ㄧㄊ
Gîn 齗 三五 皆 三五 兀ㄧㄣ
Gín 囯 七 听 六六 磭 三五 兀ㄧㄣ
Gīn 垽 七 憖 六三 兀ㄧㄣ
Git 憖 六 哏 七 兀ㄧㄊ

Gio 兀ㄧㄜ
Gío 兀ㄧㄜ
Gìo 兀ㄧㄜ
Gioh 兀ㄧㄜㄏ
Giô 嶢 三七 橈 六 蕘 三四 兀ㄧㄜ
Gío 兀ㄧㄜ
Giō 蕎 三四 兀ㄧㄜ
Gióh 礙 六七 譺 五八 兀ㄧㄜㄏ

Giong
Gióng 仰 四二 拱 六七
Giòng 卭 五○
Giok
Giông 卬 六○
Gióng 仰 四二 拱 六七
Giōng 岬 三
Giòk 玉 三四 瑀 三三 獄 三九 鈺 六四

G date theme Giong, Giu, Go, Go·, Goa, Goan, page

Giong
- ㄫㄧㄛㄥ: —
- ㄫㄧㄛㄥ: 卬 五八
- ㄫㄧㄛㄥ: —
- ㄫㄧㄛㄏ / ㄫㄧㄛㄥ: —
- ㄫㄧㄛㄥ: 卬 五八
- ㄫㄧㄛㄥ: 卬 五八
- ㄫㄧㄛㄏ: 虐 五三, 瘧 三四, 贑 五四

Giu
- Giu (ㄫㄧㄨ): —
- Gíu (ㄫㄧㄨ): 扭 五三
- Gìu (ㄫㄧㄨ): —
- Giuh (ㄫㄧㄨㄏ): 齺 三五
- Gîu (ㄫㄧㄨ): 牛 三三, 芉 四六, 𠂉 三三
- Gíu (ㄫㄧㄨ): 扭 五三
- Gīu (ㄫㄧㄨ): —
- Giuh (ㄫㄧㄨㄏ): 齺 三五

Go
- Go (ㄫㄜ): —
- Gó (ㄫㄜ): 厄 四, 娿 三, 婀 四
- Gò (ㄫㄜ): —
- Goh (ㄫㄜㄏ): —
- Gô (ㄫㄜ): 莪 四, 敖 三五, 鵝 七, 鷔 七, 梟 七, 鰲 七, 翱 四, 遨 六, 蛾 五九, 俄 二, 峨 四, 峩 四, 娥 三, 哦 四, 訛 二, 囌 八, 嶅 五九, 鰲 七, 鼇 三三, 化 六, 訛 三, 誐 三, 囮 九, 廒 五, 礠 三九, 皶 四, 鼇 四, 璈 三, 鼇 三五, 囮 九, 囂 九, 厄 四, 硪 三七, 贅 四, 譌 六, 敖 三
- Gó (ㄫㄜ): 鷘 六四, 鶩 七, 鷔 五九, 廒 六, 厄 四, 娿 三, 婀 四
- Gō (ㄫㄜ): 餓 六四, 傲 九, 奡 一, 慠 六, 卧 四, 臥 四
- Gòh (ㄫㄜㄏ): 鏊 六三, 敖 三, 鼇 五九, 鷔 六四, 鰲 七

Go·
- Go· (ㄫㆦ): —
- Gó· (ㄫㆦ): —
- Gò· (ㄫㆦ): —
- Go·h (ㄫㆦㄏ): —
- Gô· (ㄫㆦ): 峿 三, 珸 三, 蓇 四, 蒖 四三, 吳 六, 吴 六, 鋙 九, 梧 三, 蜈 五九, 鯃 六八, 鼯 七三
- Gó· (ㄫㆦ): —
- Gō· (ㄫㆦ): 俉 三, 迕 六, 悞 三, 悟 三, 誤 五, 寤 一, 𥊍, 晤 三, 逜 六九, 捂 三, 娪 三, 五 二, 午 三, 忤 一, 𠄡 三
- Gò·h (ㄫㆦㄏ): —

Goa
- Goa (ㄫㄨㄚ): —
- Góa (ㄫㄨㄚ): 我 七, 㦱 七
- Gòa (ㄫㄨㄚ): —
- Goah (ㄫㄨㄚㄏ): —
- Gôa (ㄫㄨㄚ): —
- Góa (ㄫㄨㄚ): 我 七, 㦱 七
- Gōa (ㄫㄨㄚ): 外 三, 訏 五九, 嚄 八
- Goàh (ㄫㄨㄚㄏ): —

Goan
- Goan (ㄫㄨㄚㄋ): —
- Goán (ㄫㄨㄚㄋ): 忨 五, 盶 五, 妧 三, 䯈 三, 阮 三, 翫 四, 玩 四, 杬 三, 沅 六九, 我 七, 㦱 七, 阮 三
- Goàn (ㄫㄨㄚㄋ): —
- Goat (ㄫㄨㄚㄊ): —
- Goân (ㄫㄨㄚㄋ): 刓 四, 岏 三, 蚖 六, 元 三, 頑 五, 原 七, 源 三, 邧 六, 嫄 三, 騵 六, 螈 三, 芫 四, 𡋯 四, 园 九, 㟍 五, 縓 四, 黿 七, 杬 三, 沅 六九, 縓 四, 玄 三, 玄 三, 員 三
- Goán (ㄫㄨㄚㄋ): 忨 五, 盶 五, 妧 三, 䯈 三, 阮 三, 翫 四, 玩 四, 杬 三, 沅 六九, 我 七, 㦱 七, 阮 三
- Goān (ㄫㄨㄚㄋ): 愿 一, 傆 三, 願 六八, 縓 五, 𦣦 五
- Goa̍t (ㄫㄨㄚㄊ): 月 四, 仴 三, 岄 三, 抈 一, 鈅 六, 刖 四, 跀 五, 軏 五

Romanization	Characters	Zhuyin
Goe	哾	ㄫㄨㄝ
Góe		ㄫㄨˊㄝ
Gòe		ㄫㄨˋㄝ
Goeh	挾	ㄫㄨㄝㄏ
Gôe	倪	ㄫㄨˆㄝ
Góe		ㄫㄨˊㄝ
Gōe	外 夥 埶 藝	ㄫㄨ¯ㄝ
Goéh	挾	ㄫㄨㄝㄏ
Gong	鈧	ㄫㄜㄥ
Góng	骯	ㄫㄜˊㄥ
Gòng		ㄫㄜˋㄥ
Gok	鑑	ㄍㄜ
Gông	骯 駉 茚 昂 枊 梍 峴 蜩 印 怫	ㄫㄜˆㄥ
Góng	骯	ㄫㄜˊㄥ
Gōng	枊 岇 聰 聽	ㄫㄜ¯ㄥ
Gók	愕 咢 鵠 鄂 鄂 鶚 愕 鱷 萼 蕚 噩 腭 齶 謔 偔 碍 盎 剾 剾 諤 鍔 遌 諮 鰐 咢 崿 顎 頷	ㄫㄜˊㄎ
Gu		ㄫㄨ
Gú	囿 俁 俑 鋙 圄 敔 蘌 噳 鷜 語 禦 齬	ㄫㄨˊ
Gù		ㄫㄨˋ
Guh		ㄫㄨㄏ
Gû	漁 漁 喁 鯛 驗 愚 虞 驉 娛 隅 腢 嵎 禺 鰅 齵 澞 鍝 歞 獻 蝸 驫 牛 牛 鸝 芋	ㄫㄨˆ
Gú	囿 俁 俑 鋙 圄 敔 蘌 噳 鷜 語 禦 齬	ㄫㄨˊ
Gū	御 遇 寓 馭 寓 語 喁 禦	ㄫㄨ¯
Gùh		ㄫㄨˋㄏ
Gui		ㄫㄨㄧ
Gúi	頠 隗 媿	ㄫㄨˊㄧ
Gùi		ㄫㄨˋㄧ
Guih		ㄫㄨㄧㄏ
Gûi	危 嵬 巍 峗 敳 滄 㕒 鮠 寓 偎 恑 謞	ㄫㄨˆㄧ
Gúi	頠 隗 媿	ㄫㄨˊㄧ
Gūi	僞 魏 巍 媯 魏 螝	ㄫㄨ¯ㄧ
Gùih		ㄫㄨˋㄧㄏ
Gun		ㄫㄨㄣ
Gún	齳 我 我 阮	ㄫㄨˊㄣ
Gùn	諢	ㄫㄨˋㄣ
Gut	屼 杌 仡 矻 仡 訖 矶 趷 忔 甈 隐 屹 迄 兀 抗 踖 芞 吃 曁 扢	ㄫㄨㄊ
Gûn	銀 垠 垠 狠 狺 哏 齗 誾 浤 嚚 鄞 憖 憖 齦	ㄫㄨˆㄣ
Gún	齳 我 氏 阮	ㄫㄨˊㄣ
Gūn		ㄫㄨ¯ㄣ
Gùt	兀 扤	ㄫㄨˋㄊ

G date theme Goe, Gong, Gu, Gui, Gun. page
Goe 㖾 三四 ㄫㄨㄝ
Góe ㄫㄨㄝˊ
Gòe ㄫㄨㄝˋ
Goeh 挾 一九九 ㄫㄨㄝㄏ
Gôe 倪 三三 ㄫㄨㄝˆ
Góe ㄫㄨㄝˊ
Gōe 外 三五 𦤎 三七 藝 五三 藝 五六九 ㄫㄨㄝ̄
Goe̍h 挾 一九九 ㄫㄨㄝ̍ㄏ
Gong 㧹 六三五 ㄫㄛㄥ
Góng 駀 六八〇 ㄫㄛˊㄥ
Gòng ㄫㄛˋㄥ
Gok 鱷 七五四 ㄫㄛㄎ
Gông 駀 六八〇 駠 六八〇 茚 四八六 昂 三四 柳 四六八 棉 三五九 峴 三三 螞 五三三 印 五八 㣟 一六六 ㄫㄛˆㄥ
Góng 駀 六八〇 ㄫㄛˊㄥ
Gōng 𨚗 五六〇 岇 三三 戇 一八七 戇 一八七 ㄫㄛ̄ㄥ
Go̍k 愕 一六二 咢 一三六 鶚 七七七 鄂 六三三 鄂 五九九 鶚 七七九 愕 一三六 鱷 七五四 萼 四九七 蘁 五五三 噩 八七 腭 四九九 齶 七七七 謔 五五四 偔 二二 碍 三九 崿 四四 剫 八八 剫 八八 諤 五五三 鍔 六三〇 遻 六二九 詻 五五三 鍔 七〇一 咢 七十 崿 一三六 顎 六六八 頟 六六七 ㄫㄛ̍ㄎ
Gú 圉 九二 俁 二三 偊 三三 鋙 六二七 圄 九二 敔 三三六 篽 四三三 噳 八七 麌 七七五 語 五五四 禦 三九七 齬 七七六 ㄫㄨˊ
Gû 漁 六六二 漁 三三七 喁 八十 鵩 六八〇 驗 六八四 愚 一三六 虞 五三三 驢 六八五 娛 二四 隅 六六七 腢 四六〇 嵎 一三六 禺 三九八 髃 六八七 齵 七七七 澞 三三一 鍝 六三一 歔 六八六 歔 七七二 螞 五三三 𤌴 七七二 牛 三三三 牛 三三三 鸆 七七二 芋 四八六 ㄫㄨˆ
Gú 圉 九二 俁 二三 偊 二三 鋙 六二七 圄 九二 敔 三三六 篽 四三三 噳 八七 麌 七七五 語 五五四 禦 三九七 齬 七七六 ㄫㄨˊ
Gū 御 三三 遇 六〇七 㝢 一三三 馭 六八〇 寓 一三三 語 五五四 喁 八十 禦 三九七 ㄫㄨ̄
Gúi 頠 六六六 隗 六四七 媁 二三 ㄫㄨㄧˊ
Gùi ㄫㄨㄧˋ
Gûi 危 三八 嵬 一三三 巍 一四〇 峗 一三四 敵 六六六 洈 三三四 展 一二〇 鮠 六九八 寫 一三六 㒎 一三五 桅 三三 譌 五五六 ㄫㄨㄧˆ
Gúi 頠 六六六 隗 六四七 媁 二三 ㄫㄨㄧˊ
Gūi 偽 二三 魏 六六四 巍 一三三 嬀 二八 魏 六六九 蜆 五三三 ㄫㄨㄧ̄
Gún 齳 七七七 我 一八七 我 一八〇 阮 六四三 ㄫㄨㄣˊ
Gùn 諢 五五三 ㄫㄨㄣˋ
Gut 屼 一三三 杌 三四六 仡 十三 矻 三六四 仡 十三 訖 五五三 矹 三六四 跖 五八〇 忔 一三四 㐂 三九 隐 三九 屹 一三三 迄 六〇〇 兀 三三 扤 一五九 瑚 三七 芞 四八六 吃 六四 暨 三四 扢 一五九 ㄫㄨㄊ
Gûn 銀 六三五 垠 三三 垠 六五 狠 三三六 狺 三七 哏 三二 齗 七七五 誾 五五三 沂 三四 嚚 八九 鄞 六四 慭 一八〇 憖 一八〇 齦 七七六 ㄫㄨㄣˆ
Gún 齳 七七七 我 一八〇 氏 一八七 阮 六四三 ㄫㄨㄣˊ
Gu̍t 兀 三七 扤 一五九 ㄫㄨ̍ㄊ

H date theme Ha, Haⁿ, Hai, Haiⁿ, Ham, page

Ha ㄏㄚ
噐 八四　呵 六七　嘘 八三　噓欶 八九

Há ㄏㄚˊ

Hà ㄏㄚˋ
西 五四三　鋅 四六　嘢 八七　嗥 八三
嘎 八一　孝 三　咏 二三　嚇 八八

Hah ㄏㄚㄏ
喊 二四　喝 六八　彼 三六〇　喝 三九

Hâ ㄏㄚˆ
瑕 三三五　颬 六九九　鰕 七〇　瘕 三六三　𧮫 三七
騢 五九四　赮 三八　谺 五三二　騢 六八三　呀 七九
鞎 六八三　蝦 三三　霞 六四　遐 六八六　遐 五〇六
段 六三　緞 四六　緞 四六　假 三五　眼 三七九
牙 三三　鍜 四〇　報 六六〇　鍜 六三

Há ㄏㄚˊ

Hā ㄏㄚ¯
夏 三六　二 十　廈 六〇　廈 三三　諕 五六八
痄 三八　䃰 三三　下 五　暇 三八　暇 三七九
唬 三六　哧 二三　嚇 八八　嘩 八五　譁 三六

Ha̍h ㄏㄚ̇ㄏ
絡 四四　合 六四　協 一六八　脅 四六四　脇 四六四
喝 六八　䕷 六三五　葉 四八

Haⁿ ㄏㄚ°
烘

Háⁿ ㄏㄚˊ°
哄 七

Hàⁿ ㄏㄚˋ°

Hahⁿ ㄏㄚㄏ
暍 三九　熻 三三

Hâⁿ ㄏㄚˆ°
懸 一六　嚹 八九　嚹 三〇

Háⁿ ㄏㄚˊ°
哄 七

Hāⁿ ㄏㄚ¯°
跨 五四　踍 五四　嚹 八九　躚 五三

Ha̍hⁿ ㄏㄚ̇ㄏ°
寫 四八　䳚 五八

Hai ㄏㄚ一
咍 六九　奒 三九

Hái ㄏㄚˊ一
海 三五　醢 六八　駭 六八　榼 三三　盒 三七
唉 三　誨 五五九

Hài ㄏㄚˋ一
欸 三四　欸 三六

Haih ㄏㄚ一ㄏ

Hâi ㄏㄚˆ一
孩 三　頦 六六　諧 五六七　鞋 三八　鞋 六五九
䙫 六〇　趕 五八〇　軆 五四　骸 六八七　䩡 六八〇
妎 三　械 五四　咳 七〇　鮭 六九七

Hái ㄏㄚˊ一
海 三五　醢 六八　駭 六八　榼 三三　盒 三七
唉 三　誨 五九

Hāi ㄏㄚ¯一
亥 二　獬 三四　懈 一八三　蟹 五三八　避 六〇九
械 三四　解 三　嗐 八　核 一六九　械 三〇
齥 六八七　瀣 三四　齘 七五　嶰 三九　薤 五〇六
𩠔 六三　玹 四〇　害 三　閡 六四〇　骸 五四七
論 五三　迦 六三　効 三

Ha̍ih ㄏㄚ̇一ㄏ
嗨 八〇

Haiⁿ ㄏㄚ一°
喛 八

Háiⁿ ㄏㄚˊ一°
揞 五四

Hàiⁿ ㄏㄚˋ一°
欸 二四　歀 三六　揞 五四

Haihⁿ ㄏㄚ一ㄏ°
喛 八

Hâiⁿ ㄏㄚˆ一°
還 六九

Háiⁿ ㄏㄚˊ一°
揞 五四

Hāiⁿ ㄏㄚ¯一°
喛 八

Ha̍ihⁿ ㄏㄚ̇一ㄏ°
喛 八

Ham
蚶 五六　酣 六七　峆 三四　賘 三三　欿 三四　佄 十七　蜬 五三
邯 六一　㶰 三九　蠚 五六　甘 三二　甜 四四

Hám
淊 三九　嵁 二八　䁙 三三　撼 二九　喊 七八　泔 二九〇　闞 六九二
闞 六三　嘁 八五　歁 三五　欿 二四

Hàm
僋 三　譀 五三　脄 四六　闞 六九二

Hap
呷 六七　哈 七　歙 六六　峇 七九

Hâm
咸 七〇　含 六六　銜 六四　啣 六　唅 六
菡 四四　涵 四四　涵 三　涵 三七　誠 五六　欽 三七
䜗 四四　鋡 五三　欽 三　琀 四四　涵 三六　頷 六七　䫲 六六
䜡 五六　嵁 五六　莟 四九三　唅 六　獬 六九　喊 六
鹹 三〇　硂 三　函 九二　咁 六九　哈 四

Hám
淊 六九　嵁 二八　䁙 三三　撼 二九　喊 七八　泔 二九〇　闞 六九二

Hām
陷 六四八　憾 六三　臉 四五　唅 四　餡 六七四　莟 四九三　臽 四七

Ha̍p
郃 六二　欱 三五　閤 六四〇　合 六四　哈 七

H

date　theme Ham, Han, Hang, Hau, Hauⁿ　page

鮎六九六一八 憨		頷六六六 撖三三九				頜三三 崡三	極三元 胵四六七	琙三四六 甗三三	嗛八二 緘四四八		頷六六六 撖三三		嗛八七			
ㄏㄚㄇ		ㄏㄚˊㄇ		ㄏㄚㄇ	ㄏㄚㄉ	ㄏㄚˆㄇ					ㄏㄚˊㄇ		ㄏㄚ̄ㄇ		ㄏㄚˊㄉ	

Han: 頇六二四 僐三 香三三六 畨三三四

Hán: 罕四六 僩三 熯三五二 悍三〇 捍一九 扞五 撊三八 瞯三八二 旰三四

閒覸五四六 䵎三四 喊七八

Hàn: 漢三四五 僙三 暵三四〇 熯三四 曤三三七 厂五九

Hat: 鎋六三 轄六六〇 褐三九 鶡七九 喝三九 瞎三九 害谷三四 偺六

磍三六 黠七九 轄三九 抇三九 齾三六 喝六八 害三 藒五三 歇三六

蝎三三 頜六六 曷三三 愒三三 嗧四九

Hân: 閑六九 邗六〇 韓六六 癇三六 寒三四 閒鵰三 嫻六 嫺二八 鷴三

邯六二 僩八〇 犴三 頇六四 軒三四 閈六九 間六九 擐三九

Hān: 旱三四 限六四 瀚三四 垾九 閈六九 釬六三 銲六六 哻三 浫六六

㬟三五 韓六三 豻三三 睅三七 閬六四 仠五 㒈二 鼾三四 㢨三三

汗六六 翰四三 鯇六六 𦞢三六 撊三八 焊三 撊八二 硍三六 研三四

骭六六 旰三四 扞一九一 捍一九 頇六四 軒三四 稈三四 焊三 駻六三

Hán: 罕四六 僩三 熯三五二 悍三〇 捍一九 扞五 撊三八 瞯三八二 旰三四

閒覸五四六 䵎三四 喊七八

Hát: 斅五四七 限六四 核三三 搰三

ㄏㄚㄢ	ㄏㄚˊㄢ		ㄏㄚˋㄢ	ㄏㄚㄉ				ㄏㄚˆㄢ		ㄏㄚ̄ㄢ						ㄏㄚˊㄉ

Hang: 夆三四 魧六五 峰三四 烘三九

Háng: 頏三八 夯一八 哄七

Hàng: 甿三五 瞚四三

Hak: 斅八 豿五九 殼五四七 覺五七

Hâng: 缸四五 䦳一八 駟六五 珩三三 迒六三 迖三六 行三三 降六五 杭三七 航四〇

Háng: 頏三八 夯一八 哄七

Hāng: 巷三四 闂六四 闀六九 䦳四九 蕻五〇 衖三三 銗四六 閧六四 憃三四 閧六四 啌八二 項六四 澒四八

Hák: 礐三五 學三 斈三 斆三四 觳四二 斛三九 鬲四三 觳三二 澩三四 嶨三〇 榷三五 斅三九 礐九 欋一七 觳五四七

ㄏㄤ	ㄏㄤˊ	ㄏㄤˋ	ㄏㄚㄎ	ㄏㄤˆ				ㄏㄤˊ	ㄏㄤ̄					ㄏㄚˊㄎ		

Hau: 痚三六 哮三七 侾三 㝂四七 唬五三 嗃八 猇三七 虖三四 謞五三 詨三五 休三三 烋三九 嗃八 嗥九七 荷四三 苛四七 唬三六

Háu: 吼六六 㺡三二 哮三

Hàu: 孝三 咟八 蔲五〇

Hauh:

Hâu: 姣三四 侾三 肱四四 瘊三四 鍭三五 㺅三六 侯十 戾三二

Háu: 吼六六 㺡三 哮七

Hāu: 効三 效三六 熏三 撐三 傚六 姣三 恔三六 斅三九 效三 傚三 校三 後六

Hauh: 瓦三五 候三 姣三 洨三四

ㄏㄠ				ㄏㄠˊ	ㄏㄠˋ	ㄏㄠㄏ	ㄏㄠˆ	侯三	ㄏㄠˊ	ㄏㄠ̄					ㄏㄠˊㄏ	

Hauⁿ: 㖃三

Háuⁿ: 㖃三

Hàuⁿ: 好三

Hauhⁿ: [illegible]三

Hâuⁿ: 懸六六

Háuⁿ: 㖃三

Hāuⁿ:

Hauhⁿ: 苛四七 磆三八 㖃三 [illegible]三

ㄏㄠ°		ㄏㄠˊ°		ㄏㄠˋ°		ㄏㄠㄏ°		ㄏㄠˆ°		ㄏㄠˊ		ㄏㄠ̄°	ㄏㄠˊㄏ°			

H date theme He, Heⁿ, Heng, Hi, page

He ㄏㄝ
杝 三六四、醯 六二九、痔 三六三、花 四六五、蘤 五二一、灰 三七七、嗄 八八、彼 三六九

Hé ㄏㄝˊ
火 三六、夥 二七、吙 三六、伙 七四、匚 三六

Hè · Heh ㄏㄝˋ ㄏㄝㄏ
貨 五三、歲 二六八、歲 二六八、嘿 八五、嗄 八八

Hê ㄏㄝˆ
攜 三〇、攜 三〇、兮 一九九、奚 一九九、徯 二七八、蹊 五九八、傒 三六、竪 三四七、嫨 三七、巂 三九、巂 三四九、蠵 五三、鑴 五四〇、酅 六二五、蠵 三五、蹊 三二七、謑 六九〇、鑴 六二五、徯 五四〇、畦 三五、畦 三八六、鞋 六七〇、睽 五八〇、謑 三九六、谿 五五、谿 五五〇、猗 三三七、霞 六五〇、夏 二〇一、和 一六、回 一九、回 一九〇、回 三〇、回 一九〇、攜 三〇、攜 三〇、巂 五三、謑 三八五、蝦 五三、瘄 三六三

Hé ㄏㄝˊ
火 三六、夥 二七、吙 三六、伙 七四

Hē ㄏㄝ
系 四九、係 三一〇、禊 五二九、繫 四二三、盻 三七四、繫 三〇〇、褉 五四〇、轂 六二一、夏 二〇一、奮 五三七、暇 三九八、岁 三三、會 三四三、廈 二六〇、置 四四七、抙 一九一、廈 一五二、暇 三九八

Héh ㄏㄝㄏ
嘿 八五

Heⁿ ㄏㄝ

Héⁿ ㄏㄝˊ
嚇 八八

Hèⁿ ㄏㄝˋ
呟 六九

Hehⁿ ㄏㄝㄏ
嚇 八八

Hêⁿ ㄏㄝˆ
懸 一八六

Héⁿ ㄏㄝˊ
嚇 八八

Hēⁿ ㄏㄝ
噲 八七

Héhⁿ ㄏㄝㄏ
赫 三五三

Heng ㄏㄝㄥ
兄 三七、脖 二六、哼 七四、脛 三一九、興 四八、罄 六七九、亨 一三、烹 三三〇、匈 五四、胷 四四五、胸 四六四

Héng ㄏㄝㄥˊ
冋 四七、悻 三三、緈 四五、詗 五二一、婞 三一四、婞 二四、悍 三三、迥 六〇三、涬 二九七

Hèng ㄏㄝㄥˋ
哼 七四、臀 四四七、興 四八、横 三八

Hek ㄏㄝㄎ
黑 七八、赫 五八、肸 四六五、鬩 六九九、盻 三四〇、眣 三七四、湱 二〇、齕 七四五、犵 七六、赦 五二八、畫 三三、虩 三二、虩 三三、鬩 六九二、畫 五三二、畫 五三三、咯 五六、哧 三五、嚇 八八、書 三二四、割 四八、減 一九九、翮 四五、佪 七〇、腎 三六八、劾 五二、東 三七、洫 五七

Hêng ㄏㄝㄥˆ
恒 三六、恒 三六八、亙 二二、邢 六〇、形 五九、刑 四〇、刲 四〇、刑 四〇、型 二九六、衡 五三、衕 七二、很 一九、硎 三六、鉶 六二、蘅 五三〇、姮 三三、侀 二〇、侀 二〇、銒 六七、荇 四〇、娙 三三、胻 四五、横 三六、珩 三五、桁 五三、璜 四六、鑚 三六四、紘 四三、羹 四四一、膜 四五、絚 四〇、絃 四九、拼 一九、陘 六二、莖 四五、行 四〇三、雄 六九、還 六九、肼 四四三、衡 五三

Héng ㄏㄝㄥˊ
冋 四七、悻 三三、緈 四五、詗 五二一、婞 二四、捍 三三、迥 六〇三、涬 二九七

Hēng ㄏㄝㄥ
幸 三〇〇、奔 三三、倖 三、杏 三四六、荅 四九、荇 四八九、諱 五四、詩 五三、婞 二四、胻 四五、脛 四六、行 四〇三、莧 四九、恳 三〇、恒 三六、恒 三六八

Hek ㄏㄝㄎ
或 一八、惑 三三、域 一九、閾 二一、惑 五二、閾 六二、馘 六八、檄 五一、覡 一二、獲 五三、惑 四〇、窢 四七、趧 五三、蜮 三三、咸 一八、緎 三二、棫 三二八、緘 三二、礣 三九、幗 四二、菽 四六、蠛 五三、嘘 八六、緎 三二、淢 四〇、鬼 六九、魊 六四、閾 四八、嚆 五六四、嘆 八、蒈 三六、割 四八、書 三三、減 一九、滴 三四、核 五三、棚 三三、戴 五四四、聝 四五、膕 四四、郝 六三、繳 四五、礉 五三、逆 六四、月 四六、肉 四六、閱 六四

Hi ㄏㄧ
希 三〇、悕 三、禧 五二七、羲 四五、睎 三七、爔 三六、巇 三〇、巇 三〇、睎 六二、許 五四九、唏 七四

Hî ㄏㄧˆ
喜 一八、嬉 五〇〇、憙 一八〇、僖 一八〇

Hì ㄏㄧˋ
餼 六八五、忥 一七六、氣 五三五、旣 三二、呬 六〇、愾 三〇

Hih ㄏㄧㄏ
呝 七六

Hī ㄏㄧ
魚 六九五、漁 三〇〇

Hí ㄏㄧˊ
喜 一八、嬉 五〇〇

Hī ㄏㄧ
耳 四七

Hih ㄏㄧㄏ
欯 三五

H　date　theme Hi, Hiⁿ, Hia, Hiaⁿ, Hiam, Hian,　page

Hi
浠 五六六　熙 三三　歙 三三五　晞 三三七　嘻 八五　熹 三三
譆 五六〇　僖 三一　嬉 三八　誒 五三三　曦 三三一　俙 十九
娭 三四　咲 三三　虗 五三　稀 四一　巇 三三一　櫼 三一
歖 三七六　狶 三三六　唏 七四　豨 五六七　巇 九十　巇 三三五
饎 六七　嬉 四八　憙 八二　僖 八二　屎 三〇　墟 三三
熙 三三　虛 三三
齂 七四　狶 三三六　豨 五六七　唏 七四　歖 三七六　齂 六三五
彼 三〇
咥 七　屭 三〇　屭 三三　氣 三三　巇 九十　餼 五六八
既 三三　嘷 八一　戲 一八九　戲 一八九　覤 六三　痔 三八
憙 八二　僖 八二　肺 四六二
ㄏㄧ

Hî　憙 八二　僖 八二　彼 三〇
齂 七四　狶 三三六　豨 五六七　唏 七四　歖 三七六　齂 六三五
ㄏㄧ　ㄏㄧˊ　ㄏㄧˊ　ㄏㄧㄏ　ㄏㄧˋ　ㄏㄧˊ　ㄏㄧ　ㄏㄧㄏ

Hiⁿ　譆 五六〇　ㄏㄧ˙
Hiⁿ　ㄏㄧˊ
Hiⁿ　拧 四一　ㄏㄧˊ
Hihⁿ　哯 七六　ㄏㄧㄏ˙
Hîⁿ　絃 四二　ㄏㄧ˙
Híⁿ　ㄏㄧˊ
Hiⁿ　硯 三七　ㄏㄧ˙　耳 四二
Hihⁿ　欵 三五　ㄏㄧㄏ˙

Hia　靴 六六　鞾 六五　鞾 八二　彼 三〇　櫼 三三　橇 三三　瓠 三四　ㄏㄧㄚ
Hîa　ㄏㄧㄚˊ
Hia　ㄏㄧㄚˊ
Hiah　彼 三〇　ㄏㄧㄚㄏ
Hîa　ㄏㄧㄚˊ
Hía　ㄏㄧㄚ
Hîa　瓦 三五　蟻 五六　ㄏㄧㄚ
Hiah　額 六七　ㄏㄧㄚㄏ

Hiaⁿ　兄 三三　兇 三四　ㄏㄧㄚ˙
Hiáⁿ　瞪 三九　ㄏㄧㄚ˙
Hiaⁿ　向 六四　ㄏㄧㄚ˙
Hiahⁿ　哧 三九　掮 三一　嚇 八八　掀 三三一　赫 六三　ㄏㄧㄚㄏ˙
Hîaⁿ　焚 三〇　燃 三五　惶 三五　ㄏㄧㄚ˙
Híaⁿ　瞪 三九　ㄏㄧㄚ˙
Hīaⁿ　艾 四四　ㄏㄧㄚ˙
Hiahⁿ　嚇 六三　ㄏㄧㄚㄏ˙

Hiam　杴 三〇　妗 三一　睒 三三　忺 三六三　枚 四三　欣 三三四　鍁 六六九　嫌 三三四　馦 六六九　ㄏㄧㄚㄇ
Hiám　險 六四　嶮 四〇　獫 三四　玁 三三一　嶮 一九　ㄏㄧㄚㄇ
Hiâm　趂 五九　姭 三三　喊 一八　ㄏㄧㄚㄇ
Hiap　頰 六六　ㄏㄧㄚㄅ
Hiâm　嫌 三三　慊 三六　謙 五九　ㄏㄧㄚㄇ
Hiám　險 六四八　獫 三四　玁 三三一　嶮 一九　嶮 四〇　ㄏㄧㄚㄇ
Hiām　ㄏㄧㄚㄇ
Hiap　熁 三九　脅 四四　脇 四四　熁 三三　歙 三七　協 三〇　拹 一九七　叶 六三　叶 三三　協 三六　挾 三六　愶 一六　洽 五九　劦 三〇　硤 三六　魏 三四　腤 四三　袷 三六　浹 三六　陜 六五　俠 十二　峽 三三　挾 一九　袷 三三五　陜 六五

Hian　軒 五九五　㐱 一三　掀 三三　蓒 五三　袄 三五　翾 四四
Hián　㬎 四一　顯 六六八　㬎頁 六六九　俔 十　峴 三四　䁂 四五　晛 三三　䁂 三七七　撼 三九　呟 六九　㬎 三九
Hiàn　憲 八二　獻 三九　獻 三四　絢 四三　拘 一九　眴 三九　巘 四〇　巘 八八　挸 三一　俔 三〇　覞 五四
Hiat　血 三三　乩 一九　猲 三八　歇 三三　歇 七六　沈 三〇　𤸫 三四　瞲 三八
Hiân　眩 三三　賢 五四　賢 五七　弦 三三　絃 四二　懸 八八　眩 三三　伭 十七　伭 三五　弦 三〇　蚿 三六　鉉 六三　炫 三八　衒 三三　縣 四九　袨 三三　繯 四三　玹 五四
Hián　㬎 四一　顯 六六八　㬎頁 六九　俔 十　峴 三四　䁂 四五　晛 三七　撼 三九　呟 六九　㬎 三九
Hiān　硯 六七　哯 七四　鋧 六七　現 三四　垷 九七　覞 四二　㥏 三四　炫 三八　衒 三三　袨 三三　靚 五四　莧 四九
Hiat　穴 四三　泬 一九　絜 四三

H date theme Hian, Hiang, Hiau, Him, Hin, Hio, Hiong, page

Hian

- 訮 五三三 忻 一六六 騫 六八三 鶱 七〇九 — ㄏㄧㄢ
- 蜆 五二八 覞 五二四 憓 一四〇 娊 一三 — ㄏㄧㄢ
- 𤅷 五六三 鸁 三三三 瓛 三四九 𡨄 一三六 — ㄏㄧㄢ
- 竊 四〇九 絜 四三三 弃 三四 棄 三五七 — ㄏㄧㄢ
- 玄 二四 玄 二四 玹 三九 舷 四〇 礥 三七 嚽 八〇 眩 四〇 駽 六八〇 — ㄏㄧㄢ
- 鞙 六五九 蜆 五八 覞 五二四 憓 四一 娊 三三 — ㄏㄧㄢ
- 見 五二四 縣 四九 睍 三七 晛 三二 — ㄏㄧㄢ
- 俔 一六〇 — ㄏㄧㄢ

Hiang

- Hiang: 香 六七八 馨 六七九 瘖 三四 — ㄏㄧㄤ
- Hiáng: 响 午 響 六三 膷 五七六 — ㄏㄧㄤ
- Hiàng: 向 六四 — ㄏㄧㄤ
- Hiak — ㄏㄧㄚㄎ
- Hîang — ㄏㄧㄤ
- Hiáng: 响 午 響 六三 膷 五七六 — ㄏㄧㄤ
- Hiāng — ㄏㄧㄤ
- Hiak — ㄏㄧㄚㄎ

Hiau

- Hiau: 梟 三四 枵 四九 獥 三四 号 六九 獢 三九 䴋 五五 僥 三 驍 五七 嘵 八五 儌 三七 獻 三六 嵒 三 驍 六四 傲 三 嬈 三九 哮 一七 鴞 七五 憿 三 撬 三七 邀 六九 鼎 三五 澆 三八 囂 七七 徼 三 — ㄏㄧㄠ
- Hiáu: 曉 四 膮 四 — ㄏㄧㄠ
- Hiàu: 曉 三七 — ㄏㄧㄠ
- Hiauh: 謼 五六 䶔 三四 — ㄏ
- Hiâu: 膮 四 嘐 三七 嬈 三 — ㄏㄧㄠ
- Hiáu: 曉 四 膮 四 — ㄏㄧㄠ
- Hiāu — ㄏㄧㄠ
- Hiáuh: 䶔 五四 — ㄏㄧㄠㄏ

Him

- Him: 忺 三五 訢 五九 炊 三 歆 三六 炘 三 欣 三四 昕 三四 忻 三六 俽 四 喊 六 㰻 三四 昕 三四 睎 四六 歆 脥 六八 鑫 六七 — ㄏㄧㄇ
- Hîm — ㄏㄧㄇ
- Hìm: 諴 五六 㰻 三 歡 三 炊 三 — ㄏㄧㄇ
- Hip: 翕 四 熻 三 歙 三 傛 三 瀹 三八 潝 三 噏 八五 歙 五六 闟 六四 — ㄏㄧㄆ
- Hîm: 龕 六 — ㄏㄧㄇ
- Hím: 熊 三 — ㄏㄧㄇ
- Hīm: 噤 八五 — ㄏㄧㄇ
- Hip — ㄏㄧㄆ

Hin

- Hin: 興
- Hín: 痚 三六
- Hìn
- Hit: 肹 三四 瞦 三八 彼 三五
- Hîn: 眩 三五 癇 三六 雄 六四九 翬 三九 筌 四三
- Hín: 痚 三六
- Hīn: 根 一六
- Hit: 衐 三七

Hio

- Hio — ㄏㄧㄜ
- Hío — ㄏㄧㄜ
- Hìo — ㄏㄧㄜ
- Hioh: 息 一九 歇 三六 — ㄏㄧㄜ
- Hîo — ㄏㄧㄜ
- Hǐo — ㄏㄧㄜ
- Hio: 後 三六 后 六四 — ㄏㄧㄜ
- Hiōh: 葉 四八 鴞 七五 — ㄏㄧㄜ

Hiong

- Hiong: 凶 四 凶 三七 香 六七八 洶 五三 詾 五三 𣢋 七五 胸 四四 胷 四四 匈 三四 鄉 五八 詾 三三 脚 四 馨 六七九 瘖 三四 鄉 六四
- Hióng: 享 二 响 十七 响 午 嚮 八九 饗 六七七 鼎 三四 亨 十一 烹 三 鄉 六四 響 六三
- Hiòng: 向 六四 嚮 八〇 餉 六三 痐 三六 珦 三八 鼎 三四 晌 三三 羌 四八 羗 四四 鄉 六四
- Hiok: 旭 三四 彧 三九 勖 三三 朂 三三 頊 五五 慉 一九 腴 四四 暵 一 謔 三八 隩 六八 燠 三 蓄 四九 薁 五七 懊 六三 澳 三一 噢 八七
- Hiông: 熊 三 雄 六四九 融 三四 顒 六三
- Hióng: 享 二 响 十七 响 午 嚮 八九 饗 六七七 鼎 三四 亨 十一 烹 三 鄉 六四 響 六三
- Hiōng
- Hiok

H date theme Hiong, Hiu, Hiuⁿ, Hm, Hng, Ho, Ho͘; page

窮 四〇八 㧬 一六八 雄 六四九 窮 四〇八 鑾 五三八 趨 五六一 珦 三三 郁 三三 炘 三三〇 畜 三三五 鑾 五三八

ㄏㄧㄛㄥ ㄏㄧㄛㄥ ㄏㄧㄛㄥ ㄏㄧㄛㄥ ㄏㄧㄛㄥ ㄏㄧㄛㄥ ㄏㄧㄛㄥ

Hiu 庥 三〇 咻 七十 㺄 五六九 鵂 七六 貅 五六九 休 七六 䅳 四九二 髹 六六九 髤 六六一 幽 一六九 烋 三二九 鵂 六六一

Hiú 朽 四五 缶 四四 歹 五七九 咻 七十

Hiù 臭 四五六 嗅 八十 溴 三三 餿 六五 鼽 三五四 歹 五七九 齅 三五四

趨 五六一 糗 四四七 復 六六 灚 三六

抙 一五四

Hiûh 㳷 四〇

Hiû 裘 三三〇

Hiū 朽 四五 缶 四四 歹 五七九 咻 七十

Hîu 緱 四九九

Hiuh 㳷 四〇 宩 三三

ㄏㄧㄨ ㄏㄧˊㄨ ㄏㄧˋㄨ ㄏㄧㄨㄏ ㄏㄧˆㄨ ㄏㄧ¯ㄨ ㄏㄧ¯ㄨ ㄏㄧㄨㄏ

Hiuⁿ 香 六六八 鄉 六二四 秎 三九九 香兼 六六九

Híuⁿ 㾽 三五四 響 六六三

Hìuⁿ

Hiuhⁿ 㾽 三五四

Hîuⁿ

Híuⁿ 㾽 三五四 響 六六三

Hīuⁿ

Hiuhⁿ 㾽 三五四

ㄏㄧㄨ° ㄏㄧˊㄨ° ㄏㄧˋㄨ° ㄏㄧㄨㄏ° ㄏㄧˊㄨ° ㄏㄧ¯ㄨ° ㄏㄧㄨㄏ°

hm

hḿ 撼 三九

hm̀

hmh 撼 三九

hm̂ 哼 七七 媒 三三 茅 四八七

hḿ 撼 三九

hm̄ 哼 七七

hm̍h 哼 七七

ㄏㄇ ㄏㄇˊ ㄏㄇˋ ㄏㄇㄏ ㄏㄇˆ ㄏㄇˊ ㄏㄇ¯ ㄏㄇㄏ

hng 方 三一 昏 三四 荒 四九 昬 三七 坊 九四 蚽 五五 哼 七七

Hńg 呟 九九 哼 七四

Hǹg 呟 九九

Hngh 呟 九九

Hn̂g 園 九三 黃 七七 何 一五

Hńg 呟 九九 哼 七四

Hn̄g 𡈼 三〇 遠 六八 圂 九三

Hn̍gh

ㄏㄥ ㄏㄥˊ ㄏㄥˋ ㄏㄥㄏ ㄏㄥˆ ㄏㄥˊ ㄏㄥ¯ ㄏㄥㄏ

Ho 𢉇 一九八 唬 八七 蒿 五〇七 𦶜 五三五 蒿 四九九 荷 四九二 熇 三三

Hó 倘 一九 䅳 五九八 抚 一九三 杲 二〇七 暠 三六九 夥 一〇七 好 一〇

Hò

Hoh 熇 三三

Hô 河 九〇 壕 二四 濠 三三 禾 三九 荷 四九二 豪 五六七 毫 六三

咊 九九 鮰 六七六 壕 八 壕 三三 號 五五六 嗥 八五 嚎 五九

盉 三三 犸 三三 蚵 五六 蠔 五六 蠔 五二九 遐 六六六 何 一五

餱 六五 𢣿 三七 和 九六 唬 七七 皋 五六九 号 三三 號 五三

呺 八〇 労 三三 僗 三三 勞 三三 瑚 三三 鯺 五八

Hó 倘 一九 䅳 五九八 抚 一九三 杲 二〇七 暠 三六九 夥 一〇七 好 一〇

Hō 浩 五五 賀 五七 昊 三四 皓 三九 囦 五 皞 五九 皡 五九

俰 四〇 浩 二〇 訶 九九 謞 五六〇 禍 三九七 顥 六八六 譹 五六

灝 三二八 調 三三 号 三三 號 五三 何 一五 和 六

Hōh 暠 三九 鎬 六二三 滈 五〇二 鄗 六三 皋 三六九 呺 八〇 皓 七四

Hoh 鶴 六九

ㄏㄜ ㄏㄜˊ ㄏㄜˋ ㄏㄜㄏ ㄏㄜˆ ㄏㄜˊ ㄏㄜ¯ ㄏㄜㄏ

Ho͘ 虖 五三三 虍 五三三

Hó͘ 虎 五三三 吼 六八 否 六三 唬 七六

Hò͘ 戽 一六八 呼 八〇

Hoh

Hô͘ 狐 三三 浮 三三 喉 七六 猴 三三 瑚 三三 衚 三三 𢮋 三六

Hó͘ 虎 五三三 吼 六八

Hō͘ 戶 九〇 苙 四八 㩗 五六 鑊 三三 鄠 六四 互 一〇 滬 二九七 護 三三

Hoh

ㄏㄛ ㄏㄛˊ ㄏㄛˋ ㄏㄛㄏ ㄏㄛˆ ㄏㄛˊ ㄏㄛ¯ ㄏㄛㄏ

H date theme Ho͘, Ho͘ⁿ, Hoa, Hoaⁿ, page

謼 孠 戱 歑 滹 嘑 戲 戱 膴 呼 嘑 憮 鷉 恗 呴 憮	犼 圮 虎 琥 虢 滸 犼 犼 許 缶 否 滹 火 虓 搋 海	滹 互 厚 乎 否	乎 弧 蜉 箶 瓳 鍸 睺 猴 鯸 嘑 烀 芐 睺 糇 賥 唉	瑚 瓠 鬍 蔛 糊 麹 黏 瑚 壷 壺 槲 胡 糊 饕 餬 湖	葫 鶘 蝴 楜 葫 候 矦 餱 涪 罘 桴 猴 猴 婟 萿 鰗	犼 圮 虎 琥 虢 滸 犼 犼 許 缶 否 滹 火 鵠 搋 海	嫮 後 后 逅 岵 扈 怙 沍 枑 笠 扈 護 跍 沍 楛 鱯	鱯 頀 祜 搵 滬 豞 婟 嫭 垕 帍 郈 蘳 芐 郈 梱	物 牯 詬 雇 僱 侯 矦 厚 臒 候 候 鱯 㡌 濩 穫 原	雨 鄠 与 與 互 給
厂ㄛ	厂ㄛˊ	厂ㄛˋ 厂ㄛˇ 厂ㄛˊ				厂ㄛˊ 厂ㄛˋ				厂ㄛˇ

Hoⁿ	Hó͘ⁿ	Hò͘ⁿ		Ho͘ⁿ Hô͘ⁿ		Hó͘ⁿ	Hō͘ⁿ	Ho͘ⁿ
嚎 鷈	火 夥 好	貨 耗 好 蔰	秏	熇 嚎		火 夥 好		
厂ㄛˇ	厂ㄛˇ	厂ㄛˋ		厂ㄛ 厂ㄛˊ		厂ㄛˇ	厂ㄛˋ	厂ㄛˇ

Hoa		Hóa	Hòa	Hoah Hôa		Hóa	Hōa	Hoah
嘩 譁 華 蘤 蹁 蔿 釫 花 雩 樺	鏵 華 灰	倮 艀 踝	匕 化 吴 華	喝 驊 划 找 釫 鏵	樺 花 雩 華 按	倮 艀 踝	崋 画 話 畫 畫 畫 繣 挂 擭 宮	限 跬 趏 跨 跨
厂ㄨㄚ		厂ㄨㄚˇ	厂ㄨㄚˋ	厂ㄨㄚ 厂ㄨㄚˊ		厂ㄨㄚˇ	厂ㄨㄚˋ	厂ㄨㄚˇ

Hoaⁿ	Hóaⁿ	Hòaⁿ	Hoah	Hôaⁿ	Hóaⁿ	Hōaⁿ	Hóahⁿ
懽 歡	擱	泛 旦		梟	擱	岸 畔 案 垵 鼾 焊	銲

H date theme Hoaⁿ, Hoai, Hoaiⁿ, Hoan, Hoang, page

ㄏㄨㄚ˙ ㄏㄨㄚˊ˙ ㄏㄨㄚˋ˙ ㄏㄨㄚㄏ ㄏㄨㄚ̂˙ ㄏㄨㄚ˙ ㄏㄨㄚ˙ 旱三四 釬六六三 ㄏㄨㄚㄏ˙

Hoai | Hóai | Hòai 潊三三 贘四五九 渠三三 | Hoaih | Hôai 槐三六三 淮三九七 褢五三四 褱五三四 滙三三 瀤五三三 懷一八六 瀕六六六 | Hóai | Hōai 壞三五 坏九四 | Hoaih

ㄏㄨㄞ ㄏㄨㄞˊ ㄏㄨㄞˋ ㄏㄨㄞㄏ ㄏㄨㄞ̂ ㄏㄨㄞˊ ㄏㄨㄞ̄ ㄏㄨㄞㄏ

Hoaiⁿ | Hóaiⁿ | Hòaiⁿ | Hoaiⁿh 框八四 | Hôaiⁿ 横三六〇 荻五三〇 桁三三 | Hóaiⁿ | Hōaiⁿ | Hoaiⁿh

ㄏㄨㄞ˙ ㄏㄨㄞˊ˙ ㄏㄨㄞˋ˙ ㄏㄨㄞㄏ ㄏㄨㄞ̂˙ ㄏㄨㄞˊ˙ ㄏㄨㄞ̄˙ ㄏㄨㄞㄏ

Hoan: 咺 粔四三三 幡一三六 謹五六四 驩六八五 翻四四 譒四三三 旛三三 獾三〇 嚾九七 鐇六三四 獾五〇三 轓五九九 潘三四 飜六二 番三六 嶓六五 膰四三三 燔三五 璠三八 歡二七 懽一八六 僠三三 拚一四 藩五九 播三三 旋三三 掟三〇 吩六五 还六二 瀿三五 蕃五四

Hóan: 反六六 仮三三 返六六三 坂九四 阪六三 飯六三 痃三六

Hòan: 氾六六 泛六七 汎六七 喚六 恢五三 販五三 畈五三 凢四三 渙三〇 奐一八 煥三三 幻四八 瑍三六 奐四六 畈三四 豗六七 芝四七 嬎三九 楦三六 痃三六 換三七 渢三〇 梭三六

Hoat: 髮六九 浟三三 釬三九 玹三四 發三六 法六九 瀳三五 瀎三三 狘三六 赩五二 醱六九

Hôan: 凡四三 九四三 煩三三 樊六五 垣九五 桓三五 蕃五四 蟠三七 貆五六 蠉三九 鐶六三 鐶六三 蹯五九 繁四三 蘩五一 儇三三 寰三六 礬三五 仉三一 闤六三 還三五 鬟六九 擐三三 瀿三四 笲四三 轘五九 蘋五七 萓四九 鷠七五 擎三四 擐四二 旙三三 萿三八 蕃五三 還三六 環四九 擐三三 環四三 鐶五三 騏六五 杋三六 嫣六九 畢六九 翻四三 繙四三 梵三三 襢三四 犁三四 鐶六三 峘三三 汎六八 洹五四 蠑三三 圜九三 紈四九 丸七 邡六三 芄四八 燔三五 璝三九 膰四三 璠三八 亘二

Hôan (cont.): 梵三四 帆三三 璠四六 繁四〇 擐三〇 環三〇 還六九 煩六四 墦三〇 藩五〇 園九三 擐三九 礬一四 噃六五 澴三三

Hóan: 反六 仮三三 返六三 坂九四 阪六三 飯六三 痃三六

Hōan: 侹三七 宦三三 犯三三 患一三 範四三 萬三三 嬏三九 范四三 豢五七 梓三六 軓五九 軋五九 軏五九 飯六二 換三〇 擐三九 宧三三 雯五四 園三三 繯四三 凡四三 還六九 槵三五 緩四七

Hoat: 伐七四 乏八 筏四三 閥六四 垡三九 垈九六 妭三 吰六 瞂三九 皷一八 畷四七 船四〇 栰三三 罰四八 茷四九 佸七 活三三 撥六九 傄三

ㄏㄨㄢ ㄏㄨㄢˊ ㄏㄨㄢˋ ㄏㄨㄚㄊ ㄏㄨㄢ̂ ㄏㄨㄢˊ ㄏㄨㄢ̄ ㄏㄨㄚㄊ

Hoang | Hóang 鈁六三 | Hòang | Hoak | Hôang | Hóang 鈁六三 | Hōang 䲰三五九 | Hoak

ㄏㄨㄤ ㄏㄨㄤˊ ㄏㄨㄤˋ ㄏㄨㄚㄎ ㄏㄨㄤ̂ ㄏㄨㄤˊ ㄏㄨㄤ̄ ㄏㄨㄚㄎ

H date theme Hoe, Hong, page

Hoe (ㄏㄜㄝ)
灰 灰 隨 豗 㦽 湏 須 虺 花 鷨

Hóe (ㄏㄜㄝ)
㑋 腿 佪 㶕 賄 悔 瘣 眍 伙 夥 火

Hòe (ㄏㄜㄝ)
廢 晦 誨 發 廢 頮 靧 秏 悔 沬 海 潰 聵 㵿 迴 化

Hoeh (ㄏㄜㄝㄏ)
血

Hôe (ㄏㄜㄝ)
茴 廻 迴 徊 洄 痐 蛔 蛕 恛 匯 栶 鮰 回 田 回 瘣 瑰 回

Hóe (ㄏㄜㄝ)
㑋 腿 佪 㶕 賄 悔 瘣 眍 伙 夥 火

Hōe (ㄏㄜㄝ)
潰 繪 僡 闠 襀 繪 譮 岁 會 憒 聵 蟹 薈 殨 滙

Hoeh (ㄏㄜㄝㄏ)

Hong
丰 伻 峯 豐 鋒 葑 艂 峯 峰 方 荒 慌 瘋 蜂 逢 坊 蟥 妦 穠 穠
㠾 芃 葑 駹 驍 僼 灃 訇 眸 眸 𧈬 澧 鍧 風 蜂 僼 呴 呴 諍 䧏
碰 渢 叿 郍 晄 鍠 舫 紭 謊 風 顢 烘 謊 梵 誵 雰 瘩 楓 謊 風

Hóng
昉 恍 倣 仿 訪 眆 髣 紡 諷 幌 熀 晄 滉 怳 愰 眡 榥 旿 橫 旇
況 況 贶 貺 放 嗊 纊 晃 潢 倴 汞 哄 彷 嗪 晄 熀 澒 拼 捧

Hòng
貺 況 況 放 貺 貺 嗊 纊 況

Hok
幅 蝠 福 複 霍 熇 格 蔓 𥫱 輻 蝮 馥 藿 㲉 嗃 蔔 复 劃 轑
矱 瀚 朦 腹 覆 蓄 濩 謢 㯴 貘 㲉 洫 洄 擭 復 郝 愎 畐

Hông
皇 隍 洪 鴻 宏 凰 蓬 黃 紅 鰉 廣 蝗 鏠 餭 防 遑 徨 篁 瑝 泓
虹 埄 縫 舡 鞃 颿 鱑 篊 偟 喤 媓 湟 凰 艎 簧 鍠 芃 鬉 鬔 紘
夆 缸 瞉 陾 埠 眩 竑 浲 逄 宏 俩 仜 吰 衖 紘 鴻 㶬 煌 碰 逢

Hōng
訌 䡌 硥 澒 淬 鍈 璜 碚 潢 瓨 洶 溝 漨 降 絳 縫 吭 礦 拼 捧
昉 恍 倣 仿 訪 眆 髣 紡 諷 幌 熀 晄 滉 怳 愰 眡 榥 旿 橫 旇
況 況 贶 貺 放 嗊 纊 晃 潢 倴 汞 哄 彷 嗪 晄 熀 澒 拼 捧

Hōng
鳳 奉 賵 港 俸 烘 哄 縫 汞 晝 庢 拌 捧 絳 澒 錄 閧

Hȯk
服 袱 茯 鰒 栿 般 洑 佫 復 鶴 鵬 紱 副 伏 虙 菔 貘 復 隺 復

H date theme Hong, Hu, page

烽	犎	豐	旍	鍒		焀		楻	莊	顚	馮	旍	鍒		潊
魴	葑	轟	風	凬		葍		弘	渶	谼	晃	凬	凬		護
匚	肪	慌	凬			塃		閎	烘	紘	瘇	凬			复
芳	峀		謊			蝱		呟	犇	硡	恒	謊			究
封	闀		謊			朦		喤	蟥	桁		謊			箙
枋	䩬		舫			攏		妨	磺	荃	洪	舫			歔
蘴	鈁		邡			彍		杭	硑	竑	粠	邡			
楓	酆		晄			攩		航	硡	吰	肪	晄			
佩	肓		鍠			灩		黌	宖	汎	轟	鍠			
ㄏㄥ			ㄏㄥ			ㄏㄥ	ㄏㄥˋ	ㄏㄥ				ㄏㄥ		ㄏㄥ	ㄏㄥˋ

Hu			Hú		Hù		Huh	Hû	Hú		Hū				Húh
虛	郛	袪	府	俯	赴	仆		扶	府	俯	附				嘑
膚	歆	跗	甫	莆	訃	撫		芙	甫	莆	蚹				
歔	泭	鄜	腑	輔	冨	附		符	腑	輔	蔀	賦			
墟	噓	孳	脯	訏	富	嘔		蚨	脯	訏	駙				
噓	敷	响	拊	栩	附	輻		苻	拊	栩	負	拊			
孚	楠	憮	釜	煦	仅			鳧	釜	煦	婦				
俘	糈	謼	斧	昫	付			鳧	斧	昫	婦				
鈇	麩	灰	簠	俛	賦			榑	簠	俛	鮒				
趺	麬	休	黼	痡	怀			莩	黼	痡	阝				
蘆	麸	咻	俌	昫	祔			泭	俌	昫	阜				
尃	夫	灰	盙	喣	酌			鼓	盙	喣	偩				
尃	蛆	椒	翊	踽	酕			翊	翊	踽	垣				
敷	扶	茁	黼	父	輔			翩	黼	父	蝮				
忏	桴	虎	魖	姁	怤			夫	魖	姁	蝨				
琈	哻		蜅	怤	咐			袍	蜅	怤	祔				
稃	痡		㕮	頫	傅			紨	㕮	頫	跗				
玞	罘		詡	補	賻			袪	詡	補	腐				
砆	树		撫	掮	覆			扶	撫	掮	父				
柎	枹		腐	响	蕾			涪	腐	响	賻				

漁

H date theme Hu, Hui, Huiⁿ, Hun, page

ㄏㄨ 孚 四四七 紑 四三〇

ㄏㄨˊ 許 五三九 稃 四四三

ㄏㄨˋ 副 四六

ㄏㄨㄏ

ㄏㄨ̂ 吋付 七

ㄏㄨˊ 許 五三九 稃 四四三

ㄏㄨˇ 傅 七七

ㄏㄨㄏ

Hui
妃 二〇 非 六五六 徘 三三 麾 七七 暉 三九 輝 五九七 扉 一九〇 裶 五三八 霏 六五三 褌 三五九 緋 四三 騑 六〇三 翬 三二 飛 六〇一 徽 一六三 犤 六七二 霏 六五四 徽 七三 黴 六五〇 撝 三三六 斐 三三九 斐 五三〇 騑 六七九 婓 一四 煇 三二 揮 三七 菲 四四四 裩 三六二 匪 五九八 輝 六一 鯡 六七〇
ㄏㄨ一

Húi
菲 四四四 篚 四八 悱 一三 毀 三六一 誹 五三四 棐 三六八 榧 三七三 俷 一〇四 燬 三七 烜 三九 譭 五六〇 諱 五五六 喟 六八 斐 三三九 蜚 五三〇 緋 六七九 芔 四〇四 蟁 五三〇 朏 三三 蝴 三三 虫 五三四 卉 二七 匪 五九八 恖 五五 翡 四三二
ㄏㄨˊ一

Hùi
諱 五五六 蟪 五三九 芔 四〇四 屝 一九七 屝 六〇七 狒 五三 吹 六八 吚 六八 佀 七七 傢 一〇 蟥 五三九 痲 三八九 刲 四八 誹 五三四 蔓 五三九 闠 三九 闤 五九九 賁 五〇三 識 四九〇 潰 三八 芔 四〇四 纘 四四三 痱 三六二 豯 六八〇 怫 一六 暈 六八九 肺 四〇 佡 九 佪 七 卉 二七 沸 三九 潰 三八 蝈 三六 嬇 一八 翡 四三 賁 五〇三
ㄏㄨˋ一

Huih
血 五三
ㄏㄨ一ㄏ

Hûi
肥 四四 腓 四四 淝 三七 蚿 五三〇 婓 一四 痱 三六二 磁 三九九 瓷 三八〇
ㄏㄨ̂一

Húi
菲 四四四 芔 四〇四 悱 一三 毀 三六一 誹 五三四 棐 三六八 榧 三七三 俷 一〇四 燬 三七 烜 三九 譭 五六〇 諱 五五六 喟 六八 斐 三三九 蜚 五三〇 緋 四八 篚 四八 蟁 五三〇 朏 三三 蝴 三三 虫 五三四 卉 二七 匪 五九八 恖 五五 翡 四三二
ㄏㄨˊ一

Hūi
惠 二三 慧 二九 緯 四六八 吠 六八 喙 六八 恚 一六八 蕙 四四 彗 一九八 篲 四三〇 嘒 八三 憓 二三 槥 三六三 儶 三六 蟪 五三七 櫘 三六三 憓 三六三 橞 二六九 譓 五六一 譿 五六三 繐 四四三 豫 六八〇 茷 四九一 卉 七七 嘒 二三 暳 二〇
ㄏㄨ一

Hùih
吋 六九
ㄏㄨ一ㄏ

Huiⁿ
橫 三六八
ㄏㄨ一ⁿ

Húiⁿ
ㄏㄨˊ一ⁿ

Hùiⁿ
ㄏㄨˋ一ⁿ

Huihⁿ
吋 七
ㄏㄨ一ㄏⁿ

Hûiⁿ
橫 三六八
ㄏㄨ̂一ⁿ

Húiⁿ
ㄏㄨˊ一ⁿ

Hūiⁿ
ㄏㄨ一ⁿ

Hùihⁿ
ㄏㄨ一ㄏⁿ

Hun
紛 四三 婚 一三五 惛 二三 惽 三五 葷 四九七 昏 二三四 昬 二三〇 醺 六九 燻 二〇四 臐 四四四 塤 二〇四 壎 二〇四 根 三九八 涽 三五〇 獯 二六五 膰 四四 滑 三二一 緡 四三〇 瘖 三三六 魏 四五五 輝 四三

Hún
粉 四四 很 二〇六 忿 一五二 黺 二〇 濆 三六六 豶 七三 黺 七三 詪 五五三 拚 一九四 僨 三三

Hùn
訓 四九 扮 一九二 刎 四二 糞 四三七 鱝 七〇三 瞓 三八〇 奮 一九九

Hut
忽 二五 惚 二五 彿 一六 笏 四二 唿 六六 颮 六九 颰 六六 愿 二三 愚 二三 惕 二三 豙 三六七 彖 三六七 歎 三六 窟 三四 莿 四八 窩 三三 飽 四三 拂 四九 髴 六九 入 七

Hûn
焚 三三 痕 二〇 魂 六四 僤 三七 粉 二四七 蕡 四四 瘴 三六五 紛 四三 紜 二九 濆 三三 雲 六三 蕡 四九 澐 三九 芬 四〇 賁 五〇三 紋 四三

Hún
粉 四四 很 二〇六 忿 一五二 黺 二〇 濆 三六六 豶 七三 黺 七三 詪 五五三 拚 一九四 僨 三三

Hūn
恨 二八 恩 二八 溷 三二 捆 二〇 俒 二〇 慁 二〇 圂 九二

Hùt
坲 九六 紼 四二八 岪 一三 第 三三 啖 七九 紇 四二九 敹 五四四

厂ㄨㄛ
核 三五二 棚 三七 佛 五五 僴 三六 勿 五四 咈 六〇

厂ㄨㄣ
混 六九七 分 四四 緄 七二〇 掍 二五二 諢 五三七 倱 二四 份 七四 渾 三三 焜 三二〇 殙 六九九 殙 六八〇 惛 一六三

厂ㄨㄣ
狠 三三六 扮 一九二 坋 九四 倱 二四 坌 九四 憤 一八二 墳 一〇三 黺 七一三 坆 九四 憤 一四〇 弅 五四 羵 四三二 幩 一四〇 惲 一七六

厂ㄨㄣ
懪 一六五 楎 六二二 墳 一〇三 鼢 七三三 豶 四五三 汾 六六七 憤 一四〇 鐼 六六四 揮 二〇七 坆 九四 錕 六六六 緄 六六四 渾 三三 緷 四三六
潰 三一〇 饙 五九六 鼖 七三三 朌 四一 棞 三六四 鼖 七三三 蒠 六九四 揮 二〇二 雲 五九五 煇 三一六 馚 六九九 饙 六九九 賁 七三二 頹 六二一

厂ㄨㄛ
盼 三五 肷 四六二 揹 三二 祓 三五三 揔 三三 佛 十五 僴 三六 沸 六九 渾 三三 扢 一九 苐 四八七 怫 一七六 蹄 五八四 拂 三〇
汳 四 脟 三四 惚 一三四 祓 三五五 帗 一四三 制 四三 蔽 三五三 颸 六〇七 欸 三二五 欻 三二七 敦 六五三 籲 六三 昢 三七六 冐 三七六

厂ㄨㄛ
弗 三六 袚 三九五 囫 九二 㧺 六六 第 四三 紱 四三 紼 四三 怫 一四〇 綍 四三四 紼 四三 紼 四三 昒 三五 智 三三五 昒 三五 由 三五

厂ㄨㄣ
爋 三一八 濆 三四 緄 六一〇 蚌 五三三 黌 六九 壆 二九 憤 一八二 憒 一四〇 馴 六八〇 賸 四六 僨 三一 拚 一九四 棱 六八〇 云 一〇
檀 厂ㄨㄣ

厂ㄨㄣ
爋 三三三 爋 三三七 勛 五三 勳 五四 翁 四三 棼 三七 氛 六八〇 雰 六五三 芬 四七三 焄 三九 薰 三〇 曛 三〇 臐 三七 閽 六四
惛 一四四 時 三七七 枌 三四 恢 一四一 棼 一四一 毹 六二三 鴿 七五 盼 三四 餴 六六 婚 三一五 饙 六七 纁 四四 榕 三六 奈 三七
葷 四三六

厂ㄨㄣ
殙 三九九 殙 六八〇 坋 九四 黺 七一三 汾 六七 鼢 七三三 分 四四 匪 三六 份 七四 吩 六三 緡 四三八 伸 一七 煙 三三 焚 三〇 烟 三九
酚 六〇

丨
胆 四六四 胰 四六四

丨
異 三三 肄 四五九 异 一五四 賆 三六 頥 六五

丨
宸 五九 以 十三 椅 三六 佁 十七 苡 四八七 莒 四九七 㠯 一四三 扆 一八九 迆 六〇二 輢 五九七 扆 五〇 倚 三三
錡 六六二 芑 四四 猗 三三 綺 四三五 齮 七三

丨
惟 一三七 維 四三 姨 一三 移 四二 蛦 五三 夷 一三 悽 一六九 椸 三三 移 三五 溸 六〇四 舜 一五九 彝 一五九
痍 三六〇 圯 九四 迤 六〇一 匜 九 咦 七一 廖 六九 踦 五八四 姨 三三 酏 六一五 傂 十七 傂 一〇七 宦 一九
胰 四六四 灕 三三 暆 三三 柂 三二 迤 六〇二 訑 五二八 弛 一三七 杝 三〇七 椸 三九 姬 三三 詒 五三六 謻 七二
治 六九 亂 九 詒 五三〇 衹 一六五 它 一三 佗 十五 施 三三 延 一四 余 一六 蛇 五三 遺 六〇九

丨
亂 九 憶 一八四

丨
薏 五八 瘞 五六四 亄 十 懿 一八〇 伿 十七 膉 四四二 譩 五三五 鷾 七二二 鷁 七一二 䙌 五九八 噫 八〇 醫 六一八
嫕 一六八 殪 三一〇 濟 三一〇 意 一四三 欭 三二七 殪 三三六 賢 五七六 緊 四四〇 劓 一〇一 㑊 十七 医 五 矣 三二八 欸 三二二

丨
伊 十四 依 十七 烏 八 禕 三九七 悠 三三 洢 三三 漪 三三 嵫 三六 蛜 三八 毉 六一八 咿 六九 咿 三六
預 六六五 猗 三二四 欹 三三五 陭 六〇八 猗 三三七 欹 三三七 緊 四四〇 唉 七三 医 三六 它 一三 恠 三三 扡 三三三

i 一	i ㄥ	i ㄴ	i 一ㄏ	i 二			i ㄥ	i 二	i 一ㄏ
醫 衣 八 醫 噫 旖 欹 黟	掎 倚 觭 蜻 旖 矣 迤 已	衣 医 噫 饐 壹 瞖 撎 吟	翳	入 匜 肔 怡 貽 匜 頤 頤	瓵 賭 蝭 誃 銕 鉇 貽 胵	饐 荑 台 唯 异 虵 蛇 柏	掎 倚 觭 蜻 旖 矣 迤 已		

iⁿ 二		iⁿ ㄥ	iⁿ ㄥ	iⁿ 一ㄏ	iⁿ ㄥ			iⁿ ㄥ	iⁿ ㄥ						iⁿ 一ㄏ
英 嬰 妟	嚶 蝘蜒	樣 蕿	唶 瘖	憶 憶	縈 楹	圓 丸	員 錢	樣 蕿	欹 猌	傷 勩	異 肄	异 易	隶 施	阬 嚶	噫 憶

ia 一Y	ia ㄥY		ia ㄥY	iah 一ㄏY	ia 二Y				ia ㄥY		ia 一Y		iah 一ㄏY		
肥 埃	埜 野 也 冶	抑	伿 猒 厭 唷	益 捝 悒	耶 釾 爺 椰	椰 挪 挪 鋣	膣 邪 荼 役	琊	埜 野 也 冶	抑	夜 喥 鵺 亦	敥	易 蝪 亦 役	驛 瘍 頁 葉	蝶 怢 逸

iam		iam			iam	iap	iam	iam		iam		(補訂) iam	iap	
蟾 劍 閹 醃 偣 懕 劍 崦 懨 奄	俺 鶬 腌 淹 猒 厭 陰 欽	揜 掩 裺 厴 罨 厴 掩 魘 厭 琰	㰰 腌 黭 魘 晻 渰 奄 靨 魘 魘	檿 广 剡 掞 弇 淹	魘 魇 猒 厭 俺 檿 檿 熌 弇	鹽 曄 爗 魘 魘 魘 魘 揜 掩	閆 閻 檐 塩 壛 鹽 閻 爓 炎 簷 瘍	揜 掩 裺 厴 罨 厴 掩 魘 厭 琰	㰰 腌 黭 魘 晻 渰 奄 靨 魘 魘	焰 豔 燄 艷 豔 豔 敥 灩 灩 灩	灩 豔 鹽 爓 閻 炎 鹽 塩 壛 鹽	檿 广 剡 掞 弇 淹	葉 葉 僷 楪 偞 頁 爓 爗 熌	頁

渰 琰 檿 淹 脂 琰 豔 偞

一ㄚㄇ 一ㄚㄇ 一ㄚㄇ 一ㄚㄆ 一ㄚㄇ 一ㄚㄇ

iang 央 殃 | iáng 養 | iâng | iak 約 | iâng 羊 陽 | iāng 養 | iāng 繈 | iak

一ㄤ 一ㄤ 一ㄤ 一ㄚㄎ 一ㄤ 一ㄤ 一ㄤ 一ㄚㄎ

ian 胭 淵 腷 渆 焉 臙 嚥 嫣 烟 煙 姻 蝂 堙 垔 湮 闉 陻 燕 傿 樧 甄 瘑 焉 咽 嚥 鴳 橪 焉 菸 蟡 鄢 鰋

ián 偃 演 衍 鶠 蝘 鼴 鷗 兗 嗔 台 褗 郾 堰 蜓 沇 縯 匽 鼹 堰 戭 嗔 鼴

ìan 宴 讌 嬿 燕 傿 匽 堰 鼹 焉 咽 嚥 | 甗 饜

iat 謁 蠮 蠍 黤 咽 嚥

iân 焉 捐 羨 莞 櫞 驗 胭 芫 延 沿 鉛 鈆 沇 蜒 梃 筵 鳶 緣 莚 鄢 綖 莚 櫞 涎 緣 蜒 埏 蜓 蜎 蟓 蕆

ián 偃 演 衍 鶠 蝘 鼴 鷗 兗 嗔 台 褗 郾 沿 銜 沇 縯 匽 腰 堰 戭 嗔 鼴

iān 院 衍 掾 羨 緣

iat 悅 閱 逸 軼 說 撊 恍

一ㄚㄋ 一ㄚㄋ 一ㄚㄋ 一ㄚㄊ 一ㄚㄋ 一ㄚㄋ 一ㄚㄋ 一ㄚㄊ

iaⁿ 纓 英 映 鍈 | iáⁿ 冶 影 | iàⁿ 影 映 | iahⁿ | iâⁿ 營 贏 捷 | iáⁿ 冶 影 | iāⁿ 鷹 | iàhⁿ

iau 幺 妖 祆 喓 腰 褄 吆 么 芺 婹 夭 要 要 邀 飢 枵

iáu 伕 舀 殀 窈 舀 溔 偠 騕 鷕 鷂 夭 淯 宎 呅 窅 也

iàu 袎 詏 靿 要 葽 窔

iauh

iâu 姚 傜 嗂 媱 珧 傜 瑤 窯 軺 僥 搖 遙 謠 徭 鰩 韶 䌛 蘨 嶢 蕘 繇 鷂 陶 匋 窑 窰 窯 洮 揄 僥 恌

iáu 伕 舀 殀 窈 舀 溔 偠 騕 鷕 鷂 夭 淯 宎 呅 窅 也

iāu 燿 耀 曜 耀 鷂 瀹 趭 䌛

iàuh 挍

猶 三六

猶 三六

I date theme iau, iau^n, in, io, iong, page

一ㄚㄨ	餶六三	一ㄚˊㄨ		一ㄚˋㄨ	一ㄚㄨㄏ	一ㄚ̂ㄨ				一ㄚˊㄨ		一ㄚ̄ㄨ			一ㄚㄨㄏ
iau^n		iáu^n		iàu^n		iauh^n		iâu^n		iáu^n		iāu^n		iauh	
喵															
一ㄚㄨ^n		一ㄚˊㄨ^n		一ㄚˋㄨ^n		一ㄚㄨㄏ^n		一ㄚ̂ㄨ^n		一ㄚˊㄨ^n		一ㄚ̄ㄨ^n		一ㄚㄨㄏ	

im				ím		ìm		ip				îm		ím	īm / ip
音六三	氤六五	醅六八	漲三三	飲六三		蔭三三	窨四八	邑六〇	俋三	唈七三		淫二九		飲六三	
喑七九	瘖三三	隌六四	淹二九			蔭五三	飲六三	筥四三	圓九三	熠三三		婬三五			
愔二六	阴三	窨四八	飲六三			許五三	熗三三	挹二四	鴕六九	肯七三		霪六四			
瘖三三	陰六四	吽六				癊三五		浥三六	蘥四	揖二八		宂四九			
会一九	陰六四	湈二九				檶三六		悒三	裛五三	腌四六		蟫三三			

一ㄇ | 一ㄣˊ | 一ㄣˋ | 一ㄆ | 一ㄣ̂ | 一ㄣˊ | 一ㄣ̄ | 一ㄆ

in				ín		ìn	it		în		ín		īn		it
因九	氤六五	堙九	陻六四	又三	戭六八	印九	乙八	妣二	寅三	又三	戭六八	孕三	賸五五	勝三	
回九	絪四三	湮三	闉六四	引三	允三	檼三	一五	圓六九	夤三	引三	允三	胤五	媵三六		
茵四九	鞇六九	姻三	垔三六	蚓五六	允三	瘖八七	弌三	饐六七	螾三六	蚓三六	允三	倭三	酳六七		
裀三六	禋七四	婣三	伊六四	紖四三	尹三	癊五三	壹三	泊二九	延三	紖四三	尹三	濥三	引三		
禋三七	駰六〇	烟三九		靷六八		噫九〇	噎六	益三		靷六八		胤四六	泣九七		
諲三八	歐三	煙三	捆二九	縯四三		癒六四	鳦七四	憶六四		縯四三		胃四七	運六四		

一ㄥ | 一ㄥˊ | 一ㄥˋ | 一ㄊ | 一ㄥ̂ | 一ㄥˊ | 一ㄥ̄ | 一ㄊ

io		ió		iò	ioh		iô			ió		iō		ioh	
幺三九	育四三	毆二八			蚴五五	約四〇	姚三	窑四八	窯四八	毆二八					葯四八
腰四六	邀六九	毆二八			喲九	憶六四	搖三	窰四八		毆二八				藥五〇	鑰六七

一ㄜ | 一ㄜˊ | 一ㄜˋ | 一ㄜㄏ | 啃六 | 一ㄜ̂ | 一ㄜˊ | 一ㄜ̄ | 一ㄜㄏ

iong		ióng		iòng	iok	iông				ióng		iōng		iok	
央三九	癰三四	勇三	瘽三六	怏二七	約四三	公三	鄘六四	垟九六	勇三	瘽三六	用三三			育四三	礿三九
殃三九	臃四四	甬三	癢三六	暎三九	蛸三三	容三	鏞六三	瑢三四	恿七	癢三六	恙一九			藥五〇	禴三九
鴦五九	饔六七	恿三	抉一九	盎三三	喲九	蓉五三	榕三四	烊三九	甬三	抉一九	羕四〇			葯四八	喤七九
邕六〇	雝六三	湧三	壅三四	映三六	唷三	揚三八	颺六三	傛六	湧三	壅三四	羔四五			欲三五	價三五
秧四三	廱三	涌三六	傛六	泱二六		庸三	楊三六	崵三	涌三六	傛六	様三			慾六八	鑰三八
咉九	灉九	踊三五	瀁三三	壅三四		羊四九	暘三九	湯三	踴	瀁三三	漾三四			鑰六三	籥三五

一ㄧㄥ: 㧯 ... [illegible]

一ㄧㄥ: 滕 ... [illegible]

一ㄧㄥ: 擁 ... [illegible]

一ㄧㄥ: 阳 氣 陽 佯 鎔 鏞 墉 佯 洋 慵 ... [illegible]

一ㄧㄥ: 易 ... [illegible]

一ㄧㄥ: 漾 樣 養 瀁 癢 ... [illegible]

一ㄧㄛ: [illegible]

iu 一ㄨ: 憂 呦 ... 幽

iú 一ㄨ: 友 ... [illegible]

iù 一ㄨ: 幼 優

iuh 一ㄨㄏ

iû 一ㄨ: 猶 游 由 尤 遊 ... [illegible]

iú 一ㄨ: 友 ... [illegible]

iū 一ㄨ: 又 宥 ... 右

iuh 一ㄨㄏ: 佑 ... [illegible]

iuⁿ 奮 慵

iúⁿ 舀 養

iùⁿ

iuhⁿ

iûⁿ 羊 洋 氤 庸 瘍

iúⁿ 舀 養

iūⁿ 樣

iuhⁿ 㨾

J . J date theme ju

蠮翁 三四	慵 二元	礸 三五一	嵷 四七			楊 三六	阳 三五	陽 六四	鎔 六三	融 五三	礸 五二	嵷 四七	搈 三四			
一ㄨˊ		一ㄨˊ		一ㄨˊ	一ㄨㄏˊ	一ㄨˊ	阳 三四	熔 三五	溶 三五		一ㄨˊ		一ㄨˊ		一ㄨㄏˊ	

je	jé	jè	jeh	jê 搉 三四	jé	jē	jèh	
ㄖㄝ	ㄖㄝˊ	ㄖㄝˋ	ㄖㄝㄏ	ㄖㄝ̂	ㄖㄝˊ	ㄖㄝ	ㄖㄝㄏˋ	

jeng | jéng | jèng | jek | jêng | jéng | jēng | jèk

趑 五三九 趧 五八 礽 三五 扔 五六 芀 四四 陾 六三六 陑 六三 隭 六二八 仍 三

ㄖㄝㄥ | ㄖㄝㄥˊ | ㄖㄝㄥˋ | ㄖㄝㄎ | ㄖㄝ̂ㄥ | ㄖㄝㄥˊ | ㄖㄝㄥ | ㄖㄝㄎˋ

ji | jí | jì | jih | jî | jí | jī | jih

jí: 子 三; 字 三

jî: 而 四三 洏 三五 鮞 六〇 荋 四〇 陑 六三; 兒 三八 胹 四三 栭 三一 皃 五 陾 六三六; 児 三四 袻 三七 咡 七 咡 十 隭 六二八; 侕 二九 輀 五六 髵 六九 耏 四三

jí: 子 三; 字 三

jī: 二; 式 三五; 貳 三五; 餌 六三; 眲 三; 鉺 六二; 咡 三; 蛁 五八; 刵 四八; 樲 六八; 膩 三; 咡 七; 洱 三五; 珥 三; 佴 十八; 字 三

jih: 廾 三四; 膩 四三; 廿 三四; 扼 五三

ㄖ一 | ㄖ一ˊ | ㄖ一ˋ | ㄖ一ㄏ | ㄖ一̂ | ㄖ一ˊ | ㄖ一 | ㄖ一ㄏ

jiⁿ | jíⁿ | jìⁿ | jihⁿ | jîⁿ | jíⁿ | jīⁿ | jihⁿ

jíⁿ: 絹 四三 洱 三五 尔 三 爾 三; 邇 六〇 珥 三 尒 三 禰 三九八; 駬 六二 耳 四七 你 十五 汝 六六

jíⁿ: 絹 四三 洱 三五 尔 三 爾 三; 邇 六〇 珥 三 尒 三 禰 三九八; 駬 六二 耳 四七 你 十五 汝 六六

ㄖ一ˋ | ㄖ一ˊ | ㄖ一ˇ | ㄖ一ㄏˇ | ㄖ一̂ | ㄖ一ˊ | ㄖ一ˇ | ㄖ一ㄏˇ

jia | jía | jìa | jiah | jîa | jía | jīa | jiàh

jia: 遮 六八

jía: 惹 三五 喏 六; 惹 三八 嗟 六 偌 三; 吤 六 誓 五三

jiah: 迹 六四; 跡 五四; 蹟 五九

jía: 惹 三 喏 六; 惹 三八 嗟 六 偌 三; 吤 六 誓 三

jīa: 偌 三五; 搩 三

ㄖ一ㄚ | ㄖ一ㄚˊ | ㄖ一ㄚˋ | ㄖ一ㄚㄏ | ㄖ一̂ㄚ | ㄖ一ㄚˊ | ㄖ一ㄚ | ㄖ一ㄚㄏ

jiam | jiám | jiàm | jiap | jiâm | jiám | jiām | jiap

jiám: 冉 四 染 二九 髯 六九; 冄 四 頮 六五 髥 六九; 苒 四六 蚺 五七 柟 三

jiàm: 妹 三; 衻 五三 枏 三 袡 二; 染 二六

jiàm: 呥 六〇

jiap: 聶 六五

jiám: 冉 四 染 二九 髯 六九; 冄 四 頮 六五 髥 六九; 苒 四六 蚺 五七 柟 三

jiām: 妹 三 染 三

jiap: 廾 三四 廿 三四

J date theme jian, jiau, jiauⁿ, jim, jin, jio page

jian
- jian — 日-ㄚㄅ
- jián — 撚 蹨 — 日-ㄚˊㄅ
- jiàn — 日-ㄚˋㄅ
- jiat — 日-ㄚㄊ
- jiân — 然 燃 肰 燃 繎 蹨 — 日-ㄚ̂ㄅ
- 𩀨 — 日-ㄚˊㄅ
- jián — 撚 蹨 — 日-ㄚˊㄅ
- jiān — 日-ㄚ̄ㄅ
- jia̍t — 熱 爇 熱 — 日-ㄚㄊ

jiau
- jiau — 日-ㄚㄨ
- jiáu — 爪 抓 㧷 攫 攫 叉 搔 嬈 遶 繞 抓 — 日-ㄚˊㄨ
- jiàu — 抓 繑 皺 — 日-ㄚˋㄨ
- jiauh — 日-ㄚㄨㄏ
- jiâu — 饒 橈 蟯 嬈 繞 遶 莠 嬈 蟯 澆 繑 皺 — 日-ㄚ̂ㄨ
- jiáu — 爪 抓 㧷 攫 嬈 遶 繞 抓 攫 叉 搔 搔 — 日-ㄚˊㄨ
- jiāu — 尿 溺 — 日-ㄚ̄ㄨ
- jiauh — 日-ㄚㄨㄏ

jiauⁿ
- jiauⁿ — 日-ㄚㄨ°
- jiáuⁿ — 鳥 爪 爬 — 日-ㄚˊㄨ°
- jiàuⁿ — 日-ㄚˋㄨ°
- jiauhⁿ — 日-ㄚㄨㄏ
- jiâuⁿ — 日-ㄚ̂ㄨ°
- jiáuⁿ — 鳥 爪 爬 — 日-ㄚˊㄨ°
- jiāuⁿ — 日-ㄚ̄ㄨ°
- jiauhⁿ — 日-ㄚㄨㄏ

jim
- jim — 日-ㄇ
- jím — 忍 荏 葱 腍 衽 袵 飪 餁 稔 脸 䏰 杒 扻 恁 涊 棯 — 日-ˊㄇ
- jìm — 日-ˋㄇ
- jip — 趇 — 日-ㄅ
- jîm — 壬 紝 絍 銋 任 恁 任 尋 妊 — 日-̂ㄇ
- jím — 忍 荏 葱 胚 衽 袵 飪 餁 稔 脸 䏰 杒 扻 恁 涊 棯 — 日-ˊㄇ
- jīm — 刃 忍 仞 牣 認 眒 朋 韌 韌 訒 㶧 妊 賃 鵀 紉 任 妊 潯 訒 — 日-̄ㄇ
- ji̍p — 入 仌 — 日-ㄅ

jin
- jin — 日-ㄣ
- jín — 日-ˊㄣ
- jìn — 日-ˋㄣ
- jit — 日-ㄊ
- jîn — 人 仁 芢 儿 朲 魜 紉 紉 齫 — 日-̂ㄣ
- jín — 日-ˊㄣ
- jīn — 認 — 日-̄ㄣ
- ji̍t — 日 馹 衵 衵 — 日-ㄊ

jio
- jio — 日-ㄜ
- jió — 日-ˊㄜ
- jiò — 日-ˋㄜ
- jioh — 日-ㄜㄏ
- jiô — 橈 — 日-̂ㄜ
- jió — 日-ˊㄜ
- jiō — 尿 — 日-̄ㄜ
- ji̍oh — 弱 偌 — 日-ㄜㄏ

J　date　theme jiong, jiu, joa, joan, joe　page

Romanization	Characters	Zhuyin
Jiong	茸 絨	日一ㄛㄥ
Jiong	冗 宂 搑 軵 壤 嚷 朥 瓖	日一ㄛㄥ
	穰 孃 茸 傇 攘 毴 鞲	
Jiòng	穰 釀	日一ㄛㄥ
Jiok	趌 趧	日一ㄛㄎ
Jiông	戎 絨 茙 拭 槦 囊 侙 杖	日一ㄛㄥ
	羢 狨 狨 鬆 鬆 毴 瀼 穰	
	瓤 鬟 孃 茸 傇 穰 穰 駥	
	儴 纕 勷 韈 毴 攘	
Jióng	冗 宂 搑 軵 壤 嚷 朥 瓖	日一ㄛㄥ
	穰 孃 茸 傇 攘 毴 鞲	
Jiōng	讓 毴 韈 攘	日一ㄛㄥ
Jiòk	辱 肉 肉 弱 若 捁 嗕 墚 溺	日一ㄛㄎ
	鄀 叒 蒻 箬 溽 蓐 遥 縟 搩	
	鄏 炎 搦 屻 衄 鶉 踍 褥 趘	
Jiu		日一ㄨ
Jiu	冈 煣 揉 楺	日一ㄨ
	蹂 鞣 韖 韖	
	內 厹	
Jiu		日一ㄨ
Jiuh		日一ㄨㄏ
Jîu	柔 渘 腬 喋	日一ㄨ
	腬 蝚 鍒 猱	
	蹂 鞣 韖 楺	
	韖 揉 揄 硫	
Jîu	冈 煣 揉 楺	日一ㄨ
	蹂 鞣 韖 鞣	
	內 厹	
Jīu		日一ㄨ
Jiuh		日一ㄨㄏ
Joa		日ㄨㄚ
Jóa		日ㄨㄚ
Jòa		日ㄨㄚ
Joah		日ㄨㄚㄏ
Jôa		日ㄨㄚ
Jóa		日ㄨㄚ
Jōa	若	日ㄨㄚ
Joàh	熱 熱	日ㄨㄚㄏ
Joan		日ㄨㄢ
Joán	楰 瑌 嬫 檽	日ㄨㄢ
	蝡 揀 擩 甐	
	耎 稬 瑌 碝	
	堧 輭 軟 蠕	
	腝 轉 禥	
Jòan		日ㄨㄢ
Joat	焫	日ㄨㄚㄊ
Jôan	撋	日ㄨㄢ
Jóan	楰 楰 揀 甐	日ㄨㄢ
	蝡 瑌 嬫 檽	
	耎 稬 瑌 碝	
	堧 輭 軟 蠕	
	腝 轉 禥	
Jōan	鍕	日ㄨㄢ
Joàt	爇	日ㄨㄚㄊ
Joe		日ㄨㄝ
Jóe		日ㄨㄝ
Jòe		日ㄨㄝ
Joeh		日ㄨㄝㄏ
Jôe	捼 綏 萎 痿	日ㄨㄝ
	蓑 撋 鶽 蕤 捸	
Jóe		日ㄨㄝ
Jōe	芮 枘 蚋 睿	日ㄨㄝ
	汭 銳 蜹 叡	
Joèh	䋶	日ㄨㄝㄏ

J, k date theme ju, jui, jun, ka, page

ju

ju 日ㄨ	jú 日ㄨˊ	jù 日ㄨˋ	juh 日ㄨㄏ	jû 日ㄨˆ	jū 日ㄨ	jùh 日ㄨㄏ
	愈 一七六 乳 九 庾 一五三 㪷 三〇 瘉 一三五 㺄 五六八 𩏂 六六八 茹 四〇九 匜 五六 㔷 五六 筎 四三 擩 一三	敊 四四 褸 一三六 瘐 三六三 𪆴 六六九 汝 六六 瘉 三六三 尒 一七 你 十五 尔 一三 爾 三三〇 女 一〇	𥧌 四八 𩏂 六六二	如 一〇 俞 二 愉 一六六 斎 四九九 萸 四三四 萸 四二 㬋 五八 瑜 三六〇 渝 三三 伽 十九 枷 五六 㶁 六九五 揄 一三四 褕 四〇 帑 一四 絮 三三 楰 一四 𧝎 四五 腴 四〇八 嚅 四八 鴽 七六六 鴾 三一 𥠧 三三 褕 三六〇 顬 六九五 餘 六四 逾 六一七 踰 五八〇 臑 四四 楰 三八 歈 三六六 蝓 五三二 揄 四二三 𨷲 六四一 𨔆 六四 傳 三三 儒 三三 隃 六四一 覦 四三三 褕 一〇 孺 五六 𤏳 四三 茹 四〇九 筎 四三 瘐 三六三 𩏂 六六九 擩 三六三 獳 三〇 郇 六一三 拏 一六九 絮 三三 諛 五三 濡 三三 鑐 五六 窬 四八 孺 一八五 𥧌 四八 瘉 三六三 曳 四四七 𧖴 五三九 揄 一〇六 婾 三八 愈 一七六 瘉 三六		宇 一〇 喻 五九 諭 五三七 裕 五八 㸒 三三 諛 五三五 𩏂 七九 𩏂 四〇三 瘉 三六三 揄 三三 女 一〇 曳 四四	

jui

jui 日ㄨ一	jûi 日ㄨ一	jùi 日ㄨ一	juih 日ㄨ一ㄏ	jûi 日ㄨ一ˆ	júi 日ㄨ一ˊ	jūi 日ㄨ一	jùih 日ㄨ一ㄏ
				緌 四五 桵 四三 蕤 三〇 𧖴 三五 桵 四三 綏 四五			

jun

jun 日ㄨㄣ	jún 日ㄨㄣˊ	jùn 日ㄨㄣ	jut 日ㄨㄊ	jûn 日ㄨㄣˆ	jún 日ㄨㄣ	jūn 日ㄨㄣ	jùt 日ㄨㄊ
	𠹀 五三				𠹀 五三	婉 三 閏 六三九 胸 四五 𨷲 三〇 潤 三〇 媆 三六	嫩 三

ka

ka	ká	kà	kah	kâ	ká	kā	kàh
家 三 袈 三五五 駕 六六六 佳 十七 加 五 嘉 八一 葭 四九七 瘕 五六〇 㗊 四六 䕒 七五 僈 十二 𪇎 七四 傢 二九 𧴌 六四 痂 三五九 瘸 三五 枷 三〇 膱 四〇三 交 二 咬 十七 鮫 七六〇 江 八六 鳩 七六四 甘 三三 归 一六八 歸 三八 笶 三三 咭 十七 恔 三六	椵 三六〇 櫝 三六四 檟 三七〇 斝 三〇 斚 三九 段 二六 暇 三六八 鮫 四五 攪 三三 枷 三〇 膱 三九 鉸 六三四	跏 六六 稼 三七 嫁 一五三 架 三六〇 稼 四五 價 三三 嫁 三 絞 四五 窖 四七 窌 四六 洨 二八 枷 三〇 蝦 八三	甲 三三 鉀 六三 胛 四〇三 神 三六 𦟽 四〇 敫 三六 合 一六四	㪷 四〇 評 五三 哈 十七 瞌 三五九 鴿 七六六	痂 三五九 瘸 三五 茄 四〇 枷 三〇 枷 一九六	椵 三六〇 櫝 三六四 檟 三七〇 斝 三〇 斚 三九 段 六三 暇 三六八 絞 四五 攪 三三	咬 十七 齩 七六 給 四三
							𠻳 八

K　date　theme ka, kaⁿ, kai, kaiⁿ, kam, kan,　page

ka

- ㄍㄚ: 笳四一三 跏六〇三 珈三四三 迦六〇七 瘕三六八 茄四八七 迦六〇三 伽一三 駕六八〇 蕸五八六 膠四二三 鴐七〇六 茭四九〇 痎三六八 篙四四四 磕三九〇 礚三九三 吉一〇四 尻一三九 傀一二八
- ㄍㄚˊ: 假三三 暇三七九 賈五七三 斝三五八 瘕三六〇
- ㄍㄚˋ: 駕六八〇 假三三 賈五七三 勅四〇八 敎二三六
- ㄍㄚㄏ: 到四六 較五九六 押一六八 笚四三三 鉀六九七
- ㄍㄚ̂:
- ㄍㄚˊ: 假三三 暇三七九 賈五七三 斝三五八 瘕三六〇
- ㄍㄚ-:
- ㄍㄚˊㄏ:

kaⁿ

- kaⁿ ㄍㄚ°: 監三三 橄三六
- káⁿ ㄍㄚˊ°: 敢三三
- kàⁿ ㄍㄚˋ°: 酵六七二 噉六五
- kahⁿ ㄍㄚㄏ°:
- kâⁿ ㄍㄚ̂°: 含六六 擎三三 擸三三
- káⁿ ㄍㄚˊ°: 敢三三
- kāⁿ ㄍㄚ-°:
- ka̍hⁿ ㄍㄚˊㄏ°:

kai

- kai ㄍㄚ一: 皆三六八 該五七三 偕三三 喈一八 荄四九二 階六六八 垓一〇〇 賅五七三 侅一七 湝三三 峐三三 眩三三 鮚五一 陔六〇五 鍇六二三 祴三九六 胲四四四 痎三六〇 鵖七〇九 街五三 堦一〇九 骸六八七 絯三二 楷四〇三 嗐一八 劊四八 佳一七
- kái ㄍㄚˊ一: 解五七 解五七 僻三四 薢五〇六 改三三 豈八二 鉙六二
- kài ㄍㄚˋ一: 界三四 介一 芥四八八 廨三三 丰六 屆三九 届三九 价一四 玠三四 夰一二 尬二一 衸三四 戒二〇 匃三四 砎三八四 悈三三 疥三六 价三五 齘六九五 斷六九五 襳三三 誡五三 課三三 犗三 繲四三 僟一二 顡六九 丐五 匄三四 妎一二 忍一六 蓋四九 剴四八 怪一三 檗三三 蓋三三 蓋三三
- kaih ㄍㄚ一ㄏ:
- kâi ㄍㄚ̂一:
- kái ㄍㄚˊ一: 解五七 解五七 僻三四 薢五〇六 改三三 豈八二 鉙六二
- kāi ㄍㄚ-一:
- ka̍ih ㄍㄚˊ一ㄏ:

kaiⁿ

- kaiⁿ ㄍㄚ一°: 耎七八
- káiⁿ ㄍㄚˊ一°:
- kàiⁿ ㄍㄚˋ一°:
- kaihⁿ ㄍㄚ一ㄏ°:
- kâiⁿ ㄍㄚ̂一°: 孩子三〇
- káiⁿ ㄍㄚˊ一°:
- kāiⁿ ㄍㄚ-一°:
- ka̍ihⁿ ㄍㄚ一ㄏ°: 耎七八

kam

- kam ㄍㄚㄇ: 甘三三 疳三九 笸四三 苷四八七 酣六三 霅六三 紮四三 緘四三 泔三五 監三三 柑三九 鉤六三 鈞六三 姏一二
- kám ㄍㄚˊㄇ: 感一三 箴四三 澉三五 橄三六 橄四三 敢三三 覵三三 礛三三 簣四九 鹹一七 鹹七 醯五六 灨三六 獭三九 噉六五 碱三九
- kàm ㄍㄚˋㄇ: 鑑六三 監三三 鑒六三 艦四三
- kap ㄍㄚㄅ: 甲三三 鉀六四 胛四八 胛四六 鴿七六 蛤五八 岬一三 佮一八 神三六 哈四八 祫三九 答七九 匧三六 篋四三 擸三三 與四八 給三五 与
- kâm ㄍㄚ̂ㄇ: 含六六 莟四八 銜六三 咁一九
- kám ㄍㄚˊㄇ: 感一三 箴四三 澉三五 橄三六 橄四三 敢三三 覵三三 礛三三 簣四九 鹹七 醯五六 灨三六 獭三九 噉六五 碱三九
- kām ㄍㄚ-ㄇ: 鑑
- ka̍p ㄍㄚˊㄅ: 答七九 蛤五八

kan

- kan: 奸一二 豻五六 㽉三九 刊四八
- kán: 柬五九 捍三四
- kàn: 紆四三 榦四三 干一八
- kat: 葛四九七 匃三四
- kân:
- kán: 柬五九 捍三四
- kān:
- ka̍t:

K date theme kan, kang, kau, ke, page

玕 三四	蕑 五二四	菅 四九四	堅 一九八	揀 二〇四	襉 五四一	斡 三	蠲 五二八	姦 二二三	割 四八	結 四五三		揀 二〇七	襉 五四一		
忓 一六四	榦 二六二	飦 六七三	樫 二三三	秆 三九九	擀 二二九	骭 六五七	覸 五四八	蜆 五二八	擖 二三〇	擊 一五四		秆 三九九	擀 二二九		
杆 二三六	鳱 七〇三	乾 一九		赶 五七〇	橌 二六九	幹 一〇八	骭 六八六		轕 五九九	澙 三二三		赶 五七〇	橌 二六九		
肝 四六〇	姦 二二三	乹 一九		趕 五八〇	簡 四三三	澗 三〇八	間 六二九		臈 四五三			趕 五八〇	簡 四三三		
干 一〇八	艱 四八三	間 六二九		鐗 六三五	囝 一九	諫 五五六	閒 六二九		轕 五九八			鐗 六三五	囝 一九		
竿 四三二	矸 三八四	閒 六二九		稈 四〇一		豻 七九	榦 二六三		丐 五			稈 四〇一			
ㄍㄢ				ㄍㄢˋ	園 九二	ㄍㄢˋ			ㄍㄜ		ㄍㄢ	ㄍㄢˇ	園 九二	ㄍㄢ	ㄍㄞ

kang	肛 四三	káng		kàng			kak				kâng	káng		kāng	kák
江 六六	公 三九	杭 三三	港 三〇	夅 一五	搼 二三	蝀 五三	角 五四六	埆 一九七	較 五九六	觳 四四七	同 六三	杭 三三	港 三〇	共 三九	擲 三二
杠 二六三	蚣 六九五	傋 二九		悻 一六五	洚 三五	壙 一五	捔 一九九	鷊 七〇八	傕 六八	蚼 五三		傋 二九		同 六三	礫 三九
矼 三八四	蚣 五三	構 四五六		蜂 五八	降 六四		珏 三五	覺 五四六	榷 六三	确 三七		構 四五六		捲 二〇	
工 一〇四	棒 二六	講 五五八		絳 四三	絳 四三		桷 二五四	䚡 五四四	㲉 四三	較 五九六		講 五五八			埆 一二
ㄍㄤ	功 三二	ㄍㄤˊ		ㄍㄤˋ			ㄍㄚˋ				ㄍㄤ	ㄍㄤˊ		ㄍㄤ	ㄍㄚ

kau			káu			kàu		kauh	kâu	káu			kāu		káuh
交 二	詨 五三	高 六八八	佼 六八	疚 三〇	口 六三	玟 三四	校 二五	䭆 六三	緱 四九	佼 六八	疚 三〇	口 六三	厚 六一		呴 六二
郊 六三	𠦜 四四	膏 四〇	絞 四五	校 二五	玖 三三	挍 一九	笅 四三	䬲 六四	㲉 六八	絞 四五	校 二五	玖 三四			垁 九七
蛟 五七	緱 四九	鉤 六三	漻 三三	笅 四三	狗 三三	觚 五一〇	鉸 六二四	𩅦 五三	侯 二八	漻 三三	笅 四三	狗 三八			齁 七四四
鮫 六九七	嘐 二八	勾 五四	狡 三三	鉸 六二四		餃 六七三	到 四八	垁 九七	侯 二	狡 三三	鉸 六二四				
膠 四七	咬 一七	句 六三	姣 二二	狗 三三五	犭 三五	滘 三一	够 一〇二	桍 三一	猴 三八	姣 二〇	狗 三三五	犭 三五			
鵁 七〇六	筊 四三	溝 三三	姣 三二	垢 九六		窌 四六〇		軜 五九七		姣 三二	垢 九六				
轇 五九九	鉸 六二四	鉤 六三	校 二九	犬 三五		窖 四六七				校 二六八	犬 三五				
茭 四〇	𢌬 三八		挍 二〇	九 八		教 二二六	狗 一〇二			挍 二〇	九 八				
粇 四三	烄 三〇		捁 二〇	蚼 五三四		酵 六一七				捁 二〇	蚼 五三四				
漻 三三	艽 四八四		𢌬 三八			較 五九六				𢌬 三八					
ㄍㄠ			ㄍㄠˇ			ㄍㄠˋ		ㄍㄠㄏ	ㄍㄠ	ㄍㄠˇ			ㄍㄠ		ㄍㄠㄏ

ke						ké	kè			keh		kê	ké	kē	kéh
卟 五八	騤 四四三	畦 三三	珪 三三	𥿡 三三	家 二	菓 四九四	薊 五二八	繼 四四四	嫁 二	垎 九七	篙 四三	枷 二五三	菓 四九四	低 一七	咯 八
卡 三九九	筓 四三	繫 五〇	街 三三	溪 二九		餜 六七四	髻 六九〇	繼 四四四	解 五四七	格 三三	郭 六三	跏 五三	餜 六七四	下 五	𨁂 五八
嗘 八	笄 四三	奎 一〇	堦 九九	洼 三〇四	鷄 九一	粿 四三六	髻 六八九	蟿 三九	解 五四七	膈 四〇	鍥 六三	枷 一六	粿 四三六		逆 六〇四
枅 二四八	暌 三九	㚷 一九	邽 六三	稽 四〇三	硅 三八〇	架 一〇	計 五四八	過 六一六	嶰 六九	隔 六四七	蕨 五二四	鮭 五三	架 一〇		

K date theme ke, keⁿ, keng, page

ke															
枅 三五	雞 六五	刲 四六	閨 六四	稽 四三	袈 五五	假 五	劌 四九	架 三〇	假 五	搞 三	鍋 六三	鮭 七三	假 五		
睽 三九	鶏 七〇	圭 九四	嵆 三六	加 五		果 四一	檻 三	價 三	过 六三	蔄 五〇			果 四一		
ㄍㄝ				傢 五九		ㄍㄝ	ㄍㄝ			ㄍㄝㄏ		ㄍㄝ	ㄍㄝ	ㄍㄝ	ㄍㄝㄏ

keⁿ				kéⁿ		kèⁿ	kehⁿ	kêⁿ	kéⁿ		kēⁿ	kéhⁿ	
更 四四	膭 四五	羹 四五	經 四四	骾 六六七	鯁 六九八			跏 四四	鯁 六九八	骾 六六七		哽 七三	逆 六四
		庚 一五											
ㄍㄝ				ㄍㄝ		ㄍㄝ	ㄍㄝㄏ	ㄍㄝ	ㄍㄝ		ㄍㄝ		

keng			kéng			kèng	kek			kéng			kēng	kêng	kék
鯨 六九	秔 四三	牼 三	儆 三	冋 四	境 三四	鏡 六三	革 六八	㗅 三	骼 四	儆 三	冋 四	境 三四	峺 三	檠 三〇	極 三
經 四四	粳 四三	鶊 六五	警 五三	冂 元		敬 三	格 三	骼 三	骼 六六	警 五三	冂 元		烴 三	瞏 三九	屐 一九
耕 四六	賡 五四	陘 六五	境 三	坰 九五		逕 六四	嘩 七九	戟 六八	滴 三	境 三	坰 九五		紘 四三	睘 三八	展 三〇
畊 三	鶊 七〇	挈 三九	景 三	扃 一六九		徑 三	隔 六四	擊 三九	咥 七	景 三	扃 六九		綆 四三	窮 四八	佫 三
刑 四九	羹 四五	莖 四五	耿 四六	䛵 三六		徑 六三	棘 三	蹴 五四	㬎 五	耿 四六	䛵 三六九		競 四三	窮 四九	局 三
巠 一	鶖 六四	肩 四六	耿 五〇	迥 六三		桱 三四	激 三	戟 五三	昊 三五	耿 五〇	迥 六三		頸 六六		劇 三
庚 一五	更 四四	冥 四	泂 三	竟 四〇		曒 四	膈 四	戟 七九	緙 四五	泂 三	竟 四〇		詰 五三		
兢 三	更 三六	弓 三	泂 三	墩 三六		獍 三九	殛 六	鵙 七八	撽 三	泂 三	墩 三六		譻 五五		
剠 四	羹 四五	供 一八	烱 三	梗 五四		便 三	蔄 五〇	鵙 七九	鴃 七〇	烱 三	梗 五四		㾘 三		
鯨 六九	膭 四五	宮 三	挭 三	鯁 六九八		㝗 三六	嗃 六	墼 三	菊 四四	挭 三	鯁 六九八		鞕 六九		
埂 九	餹 五三	腔 四	囧 九	骾 六六七		竟 四〇	傛 三	撠 三	氪 六五	囧 九	骾 六六七		䌄 四三		
警 五	鑛 三		剄 四六	哽 七三		墩 三	丮 六	搞 三	轂 六八	剄 四六	哽 七三		哽 七三		
粳 四五	冂 三	亐 四八	頸 三	影 一五九		垣 三〇	乳 六	轂 六八	鮹	頸 三	影 一五九		梗 三四		
厷 六	坰 九五	杚 三	褧 五	揀 三		亘 二	骼 三	䓘 三		褧 五	揀 三		骾 六六七		
肱 四	扃 六九	閒 六九	憼 六四	襇 四		陘 六五	敫 三	鶪 三		憼 六四	襇 四		鯁 六九八		
逕 六五	冏 四	㮌 一五	炯 三	酴 六七		勁 三	虼 五五	篙 四		炯 三	酴 六七		硬 三八		
康 三	絚 四	痙 三六	絅 三	酴 六七			蛒 三八	鬲 六八		絅 三	酴 六七		脛 四六		
勍 五	剠 四	鋧 三六	駉 六	筧 四四		警 五三	骯 六	鬲 四		駉 六	筧 四四		勁 三		
郢 六三	京 二		憬 六	梘 三			挌 九	摑 三		憬 六	梘 三		傢 三		
慶 七五	矜 三		璟 三	繭 四三			槅 三	䇷 三		璟 三	繭 四三		腰 四六		
磬 三	磴 三八		簡 三	龔 七八			毄 六八	茖 四		簡 三	龔 七八				
ㄍㄝㄥ			ㄍㄝㄥ			ㄍㄝㄥ	ㄍㄝㄎ			ㄍㄝㄥ			ㄍㄝㄥ	ㄍㄝㄥ	ㄍㄝㄎ

K date theme ki, kiⁿ, kia page

ki			kí		kì		kih	kî				kī		kī	kih
箕 基 乩 飢 稘 璣 僟 磯 肌 嘰 禨 鐖 璣 譏 饑 機 畸 羇 羈	璣 姬 机 蟣 幾 剞 掎 椅 碁 棋 碁 踑 朞 期 棊 淇 萁 錤 蟣	奇 蟣 覉 羇 亓 亓 其 妓 支 嗶 枝 嗶 吱 跂 技 歧 枝 肢 掎	几 杞 擧 圮 屺 紀 譽 麂 已 剞 机 蟣 幾 剞 异 玘 芑 指 嘰	妓 炬 舉	記 埼 洎 蒟 塈 綦 蓂 穊 幞 驥 寄 旣 旣 旡	庋 庪 庪 倚 覬 蘄 亓 亓 其 曁 計 痣 嗶 鋸 掎 掎 疧	箕 叻 嗶	祈 歧 祁 沂 淇 肵 圻 蚚 蚑 琪 鼓 琦 畸 祺 祇 芪 伱 旂 疧	奇 旗 岐 耆 蜞 碁 諆 棋 惎 碁 鵸 騏 豈 豈 琪 鄿 鼓 綦 蘄	麒 鬐 騏 鰭 軝 示 錡 奇 期 朞 棋 綦 碁 踑 錤 淇 綦 萁 蟣	齮 覉 覉 蟣 剞 伎 侯 蟜 踦 碕 崎 觭 跂 敧 傾 亓 亓 其 虬 虬	几 杞 擧 圮 屺 紀 譽 麂 已 剞 机 蟣 幾 剞 异 玘 芑 指 嘰	妓 炬 舉	技 忌 ヨ 邵 芰 妓 梞 惎 惎 惎 跽 伎 已 枝	嗶
ㄍㄧ	飢 軌		ㄍㄧˋ		ㄍㄧˋ		ㄍㄧㄏ	ㄍㄧˊ		蹶	湛	基 ㄍㄧˊ		ㄍㄧ˫	ㄍㄧˊㄏ

kiⁿ					kìⁿ	kīⁿ		kihⁿ	kîⁿ		kīⁿ	kīⁿ		kih
更 梔 經	庚 賡 鹼	鹻 屢 挭	幞 羹 京	桱 羹 踁	勑 枷	徑 桱 見	桱 徑	嗄	墘 踁 枷		勑 枷			哽
ㄍㄧⁿ					ㄍㄧˋⁿ	ㄍㄧ˫ⁿ		ㄍㄧㄏⁿ	ㄍㄧˊⁿ		ㄍㄧ˫ⁿ	ㄍㄧ˫ⁿ		ㄍㄧˊㄏⁿ

kia	kía	kia	kiah	kîa			kía	kīa		kiāh				
迦		寄		伽	飢	岐		崎	踦	撠	屐	屐	矍	攫
ㄍㄧㄚ	ㄍㄧˋㄚ	ㄍㄧㄚ	ㄍㄧㄚㄏ	ㄍㄧˊㄚ			ㄍㄧˋㄚ	ㄍㄧ˫ㄚ		ㄍㄧ˫ㄚㄏ				

K date theme kia^{n}, kiam, kian, kiang, kiau^{n}, page

kia^{n}

- kia^{n} ㄍㄧㄚ˚: 驚 六四, 京 二
- kía^{n} ㄍㄧㄚ˚: 子 三, 囝 九, 孧 三
- kià^{n} ㄍㄧㄚ˚: 寄 三, 鏡 六二
- kiah^{n} ㄍㄧㄚㄏ˚:
- kiâ^{n} ㄍㄧㄚ˚: 箬 四三, 行 五三, 檠 三
- kiá^{n} ㄍㄧㄚ˚: 子 三, 囝 九, 孧 三
- kiā^{n} ㄍㄧㄚ˚: 健 三, 建 三, 揵 三七, 件 十四
- kiah ㄍㄧㄚㄏ˚:

kiam / kiap

- kiam ㄍㄧㄚㄇ: 兼, 鰜, 蒹, 縑, 鎌, 熑, 㾌, 𩸄, 鶼, 鹼, 䭑, 搛, 鹹
- kiám ㄍㄧㄚㄇ: 鋑, 減, 減, 檢, 肷, 鹹, 𦡞, 撿, 臁, 鎌, 鹼, 鰜, 敢
- kiàm ㄍㄧㄚㄇ: 劒, 劍
- kiap ㄍㄧㄚㄅ: 刧, 刼, 刦, 㤼, 袷, 夾, 莢, 浹, 蛺, 鋏, 蛣, 裌, 郟, 鋏, 梜, 晗, 韐, 韐, 蜐, 匧, 篋, 㥦, 㥦, 餄, 飲, 祫, 跲, 极, 頰, 俠, 峽, 挾, 眏, 筴, 鞈, 𠯗
- kiâm ㄍㄧㄚㄇ: 鹹, 碱
- kiám ㄍㄧㄚㄇ: 鋑, 減, 減, 檢, 肷, 鹹, 𦡞, 揀, 臁, 鎌, 鹼, 鰜, 敢
- kiām ㄍㄧㄚㄇ: 趝
- kia̍p ㄍㄧㄚㄅ:

kian / kiat

- kian ㄍㄧㄢ: 肩, 堅, 鈃, 鏗, 豜, 鳽, 鞬, 幵, 慳, 奸, 奸, 犍, 健
- kián ㄍㄧㄢ: 胃, 囝, 寋, 蹇, 筧, 繭, 襇, 謇, 㒆, 謇, 譴, 譴, 驤, 蜆, 蹇, 褰, 趼, 研, 揵, 偃, 㒆
- kiàn ㄍㄧㄢ: 建, 毽, 見, 劇
- kiat ㄍㄧㄚㄉ: 佶, 拮, 桔, 㓤, 詰, 劊, 楔, 結, 橘, 潔, 潔, 鵊, 擦, 极, 咭, 姞, 蛣, 劫, 袺, 潏, 吉, 趹, 偈, 桔, 絜, 揭, 羯, 撒
- kiân ㄍㄧㄢ: 凝
- kián ㄍㄧㄢ: 胃, 囝, 寋, 筧, 繭, 襇, 謇, 㒆, 謇, 譴, 譴, 驤, 蜆, 蹇, 褰, 趼, 研, 揵, 偃, 㒆
- kiān ㄍㄧㄢ: 件, 健, 建, 腱, 踺, 鍵, 揵, 楗, 鞬, 犍, 堅, 揵, 強, 強, 研, 㹻
- kia̍t ㄍㄧㄚㄉ: 桀, 傑, 竭, 杰, 竽, 㮮, 㮮, 楬, 磔, 偈, 擽, 揭, 羯, 吷, 碣

kiang / kiak

- kiang ㄍㄧㄤ: 逹 六六
- kiáng ㄍㄧㄤ:
- kiàng ㄍㄧㄤ:
- kiak ㄍㄧㄚㄎ: 𡫸 三
- kiâng ㄍㄧㄤ:
- kiáng ㄍㄧㄤ:
- kiāng ㄍㄧㄤ:
- kia̍k ㄍㄧㄚㄎ: 矍, 擊, 𤃀, 嚄

kiau^{n}

- kiau^{n}
- kiáu^{n}
- kiàu^{n}
- kiauh^{n}
- kiâu^{n}
- kiáu^{n}
- kiāu^{n}
- kiauh^{n}

K date theme kiau , kiauⁿ, kim, kin page

ㄍㄧㄠ ㄍㄧㄠˊ ㄍㄧㄠˋ ㄍㄧㄠㄏ ㄍㄧㄠˆ ㄍㄧㄠˊ ㄍㄧㄠ ㄍㄧㄠㄏ

kiau
簥三四 嬌二六 僑一八〇 驕六〇四 憿三〇四 嘄八〇九 噭八〇四 鼎三三五 㬵三三五 獢三三九
驍六〇四 駠七〇四 鱎三〇七 蕎五〇四 鷮七三一 僥三一二 澆三一八 溝三〇三 嶠八〇四 嬈三〇五

kiáu
皦三六九 皎三〇三 鐓三六八 蟜五一八 鱎七〇三 敿三二九 譑五六二 皦三六九 曒三〇一 灚三六六
袎五〇七 搞三〇三 儌三〇三 皦六〇三 鱎三〇七 撟三二六 蟜三〇二 㬵三一三 繳三四三 蹻五九〇
賭五五五 賤五七七 褋五三八 攪三四〇 皎三六九 餃六七三

kiàu
訆五九八 叫六三 呌六九〇 噭八〇一 敫八〇一 徼六三三

kiauh
撟三二六 嘺八〇一

kiâu
喬六一 荍四〇四 嶠三一八 墧三二九 獢三二八 僑三一 橋三二六 翹四四〇 蹺四四〇 翹五一二
蕎五〇四 趫五八二 轎五九六 嶠六一八 轎六一八 鷮七三一

kiáu
皦三六九 皎三〇三 鐓三六八 蟜五一八 鱎七〇三 敿三二九 譑五六二 嘄三六九 曒三〇一 灚三六六
袎五〇七 搞三〇三 儌三〇三 曒六〇三 鱎三〇七 撟三二六 蟜三〇二 㬵三一三 繳三四三 蹻五九〇
賭五五五 賤五七七 褋五三八 攪三四〇 皎三六九 餃六七三

kiāu
撟三二六 蟜三〇七 轎五九六

kiauh
嘺八〇一

ㄍㄧㄠ ㄍㄧㄠˊ ㄍㄧㄠˋ ㄍㄧㄠㄏ ㄍㄧㄠˆ ㄍㄧㄠ ㄍㄧㄠ ㄍㄧㄠㄏ

kiauⁿ kiáuⁿ kiàuⁿ kiauh kiâuⁿ kiáuⁿ kiāuⁿ kiauhⁿ
趭六〇九

ㄍㄧㄠ° ㄍㄧㄠˊ ㄍㄧㄠˋ ㄍㄧㄠㄏ ㄍㄧㄠˆ ㄍㄧㄠ ㄍㄧㄠ° ㄍㄧㄠㄏ

kim
今十二 金六二三 唫二四三 禁三六六
給四三三 衿三三四 襟三三四 衾六二八

kím
錦六六八 埐九四 歀三一七

kìm
吟四六 勬三四四 襟四三 僸三一三
噤八一 撻五六〇 顉六六八 唫七一
禁三九六 歀三一七

kip
急六六 阪六二 靸六二八 岌三一三
跲五八四 伋十四 級四三三 极五三三

kîm
給四三三 扱九

kím
錦六六八 埐八四 歀三一七

kīm
妗三〇 㯲八一

kip
及六三 芨四八三 蚑五一八 趿六一八
馺六〇八 笈四三三

ㄍㄧㄇ ㄍㄧㄇˊ ㄍㄧㄇˋ ㄍㄧㄅ ㄍㄧㄇˆ ㄍㄧㄇ ㄍㄧㄇ ㄍㄧㄅ

kin
今十三 斤一三三 根五二三 均九四 肋四六〇

kín
堇五一三 謹五五九 緊四三一 巹五九五 巹五九六
僅一〇〇 緊四三六 菫四九〇 堇九八 墐三二七 菫四四四
僅九八 槿三二九 勤一三一 赾五七八 卺五六六 瑾三一五

kìn
靳六六八 絹四四四

kit

kîn
瑾三一五

kín
菫四四四 謹五五九 緊四三一 巹五九五 巹五九六
僅一〇〇 緊四三六 菫四九〇 堇九八 墐三二七
僅九八 槿三二九 勤一三一 赾五七八 巹五六六 瑾三一五

kīn
廑六一 廑三一 墐一〇 覲五三三 殣一八〇
饉六六一 搢三九九 菫九八 墐三三七 槿一三三
靳三一 近六〇二 僅九八 菫四九四

kit
趌四六

ㄍㄧㄣ ㄍㄧㄣˊ ㄍㄧㄣˋ ㄍㄧㄊ ㄍㄧㄣˆ ㄍㄧㄣ ㄍㄧㄣ ㄍㄧㄊ

k date theme kio, kiog, kioⁿ, kiu page

kio 溶 ㄍㄧㄜ

kío ㄍㄧㄜˊ

kìo 叫 吽 ㄍㄧㄜˋ

kioh 脚 喲 ㄍㄧㄜㄏ 脚

kîo 茄 橋 蕎

kío ㄍㄧㄜˊ

kīo 轎 ㄍㄧㄜ

kio̍h ㄍㄧㄜㄏ

kiong 宮 弓 芎 穹 恭 蛩 躬 躳 姜 韁 恐 畕 橿 腔 蜣 殭 僵 京 羌 疆 姜 供 羌 鍾 ㄍㄧㄜㄥ

kióng 鞏 珙 栱 廾 巩 拱 𢀜 恐 袴 鑛 ㄍㄧㄜㄥˊ

kiòng 糱 強 彊 𢀜 共 拳 彊 ㄍㄧㄜㄥˋ

kiong 杠 供 誇 倁 栱 ㄍㄧㄜㄥ

kiok 匊 麴 鞠 挶 跼 暴 鞫 掬 喲 跼 掬 勖 菊 鞠 鞫 脚 栱 橇 橋 躊 鍋 鷸 屩 脚 ㄍㄧㄜㄎ

kio̍k 蚰 麴 鞠 蹻 ㄍㄧㄜㄎ

kiông 蛬 蛩 邛 藭 蛩 桀 傑 筇 竆 邛 䓖 彊 強 強 蘢 窮 竆 窒 璧 彊 卭 窮 ㄍㄧㄜㄥˊ

kióng 巩 拱 拱 廾 巩 𢀜 拱 拳 供 腱 𢀜 鍾 ㄍㄧㄜㄥˊ

kiōng 鞏 華 蘢 強 強 蝪 共 拳 彊 ㄍㄧㄜㄥ

kiōng 譬 穠 穠 琼 共 倞 彊 ㄍㄧㄜㄥ

kio̍k 局 㷀 嚎 劇 跼 醵 矍 倔 衡 朦 俗 屐 屐 愯 屩 谷 ㄍㄧㄜㄎ

kioⁿ 薑 韁 齬 姜 姜 羌 羌 羌 ㄍㄧㄜ

kíoⁿ 姜 ㄍㄧㄜ

kīoⁿ ㄍㄧㄜ

kioh̍ⁿ ㄍㄧㄜ

kiôⁿ ㄍㄧㄜ

kíoⁿ ㄍㄧㄜ

kīoⁿ ㄍㄧㄜ

kio̍kⁿ ㄍㄧㄜ

kiu 亀 龜 艽 丩 鬮 疒 疚 虬 虯 繆

kíu 久 玖 久 糾 糾 糺 赳 赳 九 糾 韭 韮 灸 㚢 糾 非 殩 韮

kìu 究 究 疚 救 厩 糾 糾 糾 究 灸 糺 廐

kiuh 詘 糾 引 乩 㕤

kîu 求 仇 球 紮 林 蛷 蝨 漻 舊 毬 觩 紈 絨 球 銶 虯 鮂 虬 絿 艽 訄 璆 述 仇 剹

kíu 久 玖 久 紝 糾 紺 韭 莚 殩 灸 赳 㚢 糾 泉

kīu 咎 臼 俗 舅 柩 旧 舊 舊 舊 赳

kiu̍h 梂 咻 引

K date theme kiu, kiuⁿ, ko, ko· page

kiu

- ㄍㄧㄨ: 縮 四二
- ㄍㄧˊㄨ: 九 八
- ㄍㄧˊㄨ: 廄 五三
- ㄍㄧㄨㄏ
- ㄍㄧˋㄨ: 俅 六十　賕 五三　九 鼽 六八四
- ㄍㄧˊㄨ: 九 八
- ㄍㄧˉㄨ: 杋 三一二
- ㄍㄧˊㄨㄏ

kiuⁿ

- kiuⁿ (ㄍㄧㄨ°): 荆 四九〇　蠻 五二九　膠 四六九　麞 七五　齶 三七　薑 五〇六　姜 四九九　姜 一二　薑 五一〇　羌 四〇　韁 六六一　羌 四〇　張 三七　羌 四九
- kíuⁿ (ㄍㄧˊㄨ°)
- kìuⁿ (ㄍㄧˋㄨ°)
- kiuhⁿ (ㄍㄧㄨㄏ°)
- kîuⁿ (ㄍㄧˆㄨ°)
- kíuⁿ (ㄍㄧˊㄨ°)
- kīuⁿ (ㄍㄧˉㄨ°): 強 五七　强 三七
- kiúhⁿ (ㄍㄧˊㄨㄏ°)

kng

- kng: 光 三三　工 四　扛 一九　釭 四五　岡 三三　𠙶 五三　鋼 四六　指 五五　撞 三三
- kńg: 管 三九　管 四六　卷 五九　捲 三三　廣 一五三
- kǹg: 鋼 六三七　貫 五二一　槓 六三　券 五三　券 四四　㭾 三〇　卷 五九
- kngh: 閫 八四
- kn̂g
- kńg: 管 三九　管 四六　卷 五九　捲 三三　廣 三三
- kn̄g
- kńgh: 閫 八四

ko

- ko (ㄍㄜ): 戈 一八七　羔 四五〇　哥 三九　滒 三〇二　哥 二　高 六八八　歌 二七六　餻 六七六　篙 四八　膏 三六四　糕 四七　皋 四〇七　堝 一〇〇　嗝 八〇　格 三五九　誥 五五九　牁 三三〇　鬲 六九三　鬲 六九三　鷄 七一〇　篝 七三　稾 三三　槔 三六八　鍋 六三〇　渦 三〇三　膏 四〇〇　舸 四八〇　咼 十三八　趨 三六九　皋 三九　公 三九　科 四〇〇　犒 三六四　梓 三六三　杆 二六六　稿 四三三　稾 四三三
- kó (ㄍㄜˊ): 稾 四九四　槁 三二三　錁 六二九　裸 三三七　夰 一〇八　惈 二一四　犒 三六四　緱 四三五　蜾 五二〇　縞 四三九　槁 三六三　稾 三六四　藁 五〇八　鎬 七〇一　粿 四三六　餜 六七四　䴹 七一六　杲 二一七　暠 三六九　暠 三九　栲 一九二　槔 二七二　鎬 六三三　裹 五二八　稾 四〇三　稿 四〇三　倮 三三　笴 四二二　考 三五三　薨 五〇七　果 二四七　奔 一九
- kò (ㄍㄜˋ): 个 六九　個 三三　箇 四六　過 六〇六　过 六〇一　膏 四〇〇　裹 五三八　戈 四五　烐 三三　告 六六
- koh (ㄍㄜㄏ): 袼 五三六　閣 六四〇　擱 三三〇　胳 四四四　復 一六二　異 三五五　胣 四六〇
- kô (ㄍㄜˆ): 翗 四四〇　笴 四三二　翺 四四〇
- kó (ㄍㄜˊ): 稾 四九四　槁 三二三　錁 六三九　裸 三三七　夰 一〇八　惈 二一四　犒 三六四　緱 四三五　蜾 五二〇　縞 四三九　槁 三六三　稾 三六四　藁 五〇八　鎬 七〇一　粿 四三六　餜 六七四　䴹 七一六　杲 二一七　暠 三六九　暠 三九　槔 二七二　鎬 六三三　裹 五三八　稾 四〇三　稿 四〇三　倮 三三　笴 四二二　栲 三三三　薨 五〇七　果 二四七
- kō (ㄍㄜˉ): 号 三六　號 五一三　翺 四四〇
- kóh (ㄍㄜˊㄏ): 擱 三三　更 三三

ko·

- ko·: 枯 三五〇　姑 三　蛄 五二六　孤 三三　辜 六〇　菰 四九四　軲 五九六　柧 二五〇　菇 四九四　箛 四二六　笟 四三三　剆 四九　鈎 六三三　鉤 六三三　艄 四八〇　艄 四八〇　篝 四八二　韝 六六三　拘 一五四　箍 四二六　菁 四九　呱 一六　勾 八四　句 八三
- kó·: 枸 二四九　鈷 六二四　砧 三八五　狗 三三五　猗 三三八　苟 四八七　耇 四四四　盬 三七三　臌 四六四　瑕 八二　笱 四二二　股 四六一　沽 二九〇　胋 四六〇　岣 一三三　㺃 五三九　枸 三三三　賈 五三三
- kò·: 固 八三　錮 六三九　故 三六九　姑 三三　痼 三八三　構 二六三　覯 五四五　彀 一五七　㝅 一三　雇 六四九　僱 三三　詁 五五二
- ko·h
- kô·: 姑 三　糊 四六六　麮 七六六　黏 七六
- kó·: 枸 三九九　鈷 六二四　砧 三八五　狗 三三五　猗 三三八　苟 四八七　耇 四四四　盬 三七三　臌 四六四　瑕 八二　笱 四二二　股 四六一　沽 二九〇　胋 四六〇　岣 一三三　㺃 五三九　枸 三三三　賈 五三三
- kō·: 怙 二六六　苛 四八七
- kó·h

K　date　theme ko, koⁿ, koa, koaⁿ, koai, koaiⁿ　page

鮎 鯵 鴣 鮕 瓠 菰 蝴 跍 呴
胍 剄 褠 罛 瓢 嫴 酤 罣 溝
耩 骷 杍 沽 肪 搆 沟
高 膏 秙 篝 罟 鐯
估 咕 辜 牯 詁 古 羖 坫
鹽 鼓 皷 鼓 盬 盬 瞽 稿 稾
毒 管 管 砧 媾 稟 稿 考 覯
遘 雊 鯛 凋 痁 够 訽 顧 顑
媾 搆 購 枸 佝 勾 句 毒

估 咕 辜 牯 詁 古 羖 坫
鹽 鼓 皷 鼓 盬 盬 瞽 稿 稾
毒 管 管 砧 考 購

《ㄛ

koⁿ 嗝
kóⁿ
kòⁿ
kòhⁿ 嗝 罔
kôⁿ 嗝
kóⁿ
kōⁿ
kóhⁿ 嗝 罔

koa 瓜 抓 刷
腒 騧 媧
歌 枯 柯 擱
kóa 寡 些
kòa 蓋 逈 絓 盖
掛 卦 註 过
蒤 絓 祛
謑 挂 罣
介 芥 過
蓋 盖
koah 刮
葛 割 葛 刈
kôa 㯥
kóa 寡 些
kōa 逈
kóah

《ㄨㄚ

koaⁿ 肝 杆 竿
蔄 官 棺
菅 冠 乹
乾
kóaⁿ 欠 另 倜
剮 簡 寡
赶 趕
kòaⁿ 觀 覌
koahⁿ
kôaⁿ 寒
kóaⁿ 欠 另 倜
剮 簡 寡
赶 趕
kōaⁿ 攜 汧 攜
攜 綰 揎
kóahⁿ

《ㄨㄚ˙

koai 乖
kóai 拐
枴
夬
蒯
kòai 圣
怪
恠
koaih 踻
kôai 肦
kóai 拐
枴
夬
蒯
kōai 乖
kóaih 踻

koaiⁿ 杆 桿
闗
kóaiⁿ 稈 桿
拐 枴
kòaiⁿ 僫
koaihⁿ 踻 弜
kôaiⁿ 高 亰
權
kóaiⁿ 稈 桿
拐 枴
kōaiⁿ 縣 拐
kóaih 弜 踻

K date theme koaiⁿ, koan, koe, kong, page

ㄍㄨㄚ-

koan 官 三三, 唁 七六, 娟 一三, 涓 五五, 倌 三三, 棺 三三, 關 六三, 闊 六三, 棬 三三, 鵑 七七, 鰥 七二, 瘝 六四, 瘵 三四, 梋 四三, 鑵 三三, 蜎 五九, 痯 三六, 淪 元九, 冠 四, 观 三四, 觀 三四, 菅 四四, 埍 九二, 鞙 六九, 琯 三四, 琄 三四, 辦 二八, 拳 五六, 捐 三〇, 悁 二〇, 罥 五九, 菴 四六

koán 蕃 四六, 捲 九九, 逭 六五, 痯 三二, 館 六八, 脘 四六, 輨 五九, 錈 六八, 脘 四六, 筦 四五, 館 六四, 館 四九, 管 三九, 管 四六, 斡 三〇, 琯 三五, 宦 一三, 悺 二二, 綰 四三, 卷 五九, 盥 三二, 捲 三二, 綣 四六, 棺 三二, 捐 三〇

koàn 貫 五七, 慣 六二, 灌 三三, 摜 三二, 鑵 四四, 礶 五五, 涓 四四, 爟 三元, 狷 三三, 擐 三〇, 裸 五六, 鑵 三二, 丱 六, 桊 三三, 桊 四四, 桊 四四, 羂 四九, 懁 一八四, 鸛 七三, 瓘 三四, 鑵 五四, 睊 三七, 雚 六三, 拳 三三, 鄄 六三, 弓 三五, 拳 四三, 劵 三五, 餋 六四, 辦 四元, 拳 三六, 悹 三二, 悺 三二, 埍 九二, 爟 六八, 歡 三七, 縳 四四, 盥 三二, 冠 四, 观 三四, 觀 三六, 眷 三六, 婘 二五, 睠 三六, 卷 五九, 串 六, 券 四元, 悁 二〇, 櫬 三二, 顴 六九

koat 刮 四六, 亅 十, 决 四, 決 六六, 獝 三五, 芵 四六, 渋 四九, 訣 五九, 括 一九, 适 六二, 抉 二九, 玦 五六, 昏 六六, 玦 三二, 刔 三五, 吷 六六, 苦 四二, 蚗 五六, 映 三五, 聒 四三, 趏 五九, 趏 五九, 趹 六二, 蚗 三, 栝 三六, 契 四四, 鴂 七〇, 颳 六〇, 駃 六〇, 儞 三二, 劀 五〇, 髺 六九, 菰 五三, 趔 五八, 鐍 六五, 鱖 六八, 鱥 五四, 鴰 七八, 活 六一, 佸 七, 佸 三, 夬 三, 潏 六二, 歘 六三, 蛞 五六, 缺 五四, 乚 十, 橜 三六, 橜 二六, 蹷 一〇, 蹷 五六, 駃 七五, 邈 六〇, 怴 一六九, 栝 三三, 决 四, 聒 三六, 筈 四四, 葀 四九, 橘 三二

kôan 權 三三, 鬈 六〇, 蜷 五三, 踡 五八, 顴 六九, 捲 三二, 眷 三六, 睠 三六, 婘 二五, 拳 一九, 瘻 三二, 惓 三, 高 六八, 寬 六〇

kóan 蕃 四六, 捲 九九, 逭 六五, 痯 三二, 館 六八, 脘 四六, 輨 五九, 錈 六八, 脘 四六, 筦 四五, 館 六四, 館 四九, 管 三九, 斡 三〇, 琯 三五, 管 四六, 宦 一三, 悺 二二, 綰 四三, 卷 五九, 盥 三二, 捲 三二, 綣 四六, 棺 三二, 捐 三〇

kōan 倦 三三, 弓 三五, 惓 三, 縣 四九

koat

ㄍㄨㄝ

koe 鷄 七〇, 瓜 三九, 階 六四, 龜 七八, 街 五三, 雞 六三, 蛙 五六, 蝸 五九, 堦 二三, 鮭 六〇, 枅 二九

kóe 改 三三, 解 四七, 觧 五三, 粿 三六, 餜 六四, 菓 四四, 架 一〇

kòe 噲 八, 儈 三, 澮 二〇, 劊 五二, 膾 四三, 鱠 七三, 鄶 六五, 檜 四四, 鱠 六七, 獪 三四, 檜 七〇, 膾 三〇, 檜 三八, 檜 五三, 鱖 七三, 旝 三三, 儈 六四, 劊 五二, 癐 三六, 鬠 六九, 薈 五七, 獩 三九, 岁 三三, 會 三三, 蹶 五九, 髻 六九, 界 五四, 疥 三六, 械 五四, 怪 一六, 过 六一, 過 六六

koeh 潔 三八, 鍥 六三, 郭 六三, 鱖 七〇

kôe 鼃 三, 鼀 三六

kóe 改 三三, 解 四七, 觧 五三, 粿 三六, 餜 六四, 菓 四四, 架 一〇

kōe

koeh 鄶 六六

ㄍㄨㄝ

kong 罡 四七, 剛 四, 蚣 五三, 疘 三五, 石工 三〇

kóng 蟥 五三, 鑛 六二

kòng 貢 五七, 廣 三三

kok 谷 五〇, 攌 三九, 國 四

kông 抂 三

kóng 蟥 五三

kōng 擴 三

kôk 咯 下

K date theme kong, ku. page

ㄍㄨㄥ					ㄍㄨㄥ		ㄍㄨㄥ		ㄍㄨㄛ			萆享	ㄍㄨㄥ	ㄍㄨㄥ		ㄍㄨㄛ
肱	剛	儣	舡	宫	獷	港	潢	渦	各	穀	聝	佸	獷	嘖		
攻	剅	㭃	舩	拱	鉳		誑	絳	哈	蟈	胳	佂	鉳			
功	鋥	磺	戇		鑛		舡	佮	国	椁	骼	鉦	鑛			
厷	綱	愩	茳		穬		翁	过	國	槨	撓	揵	穬			
崮	鋼	鈆	訌		港		熕		郭	穀	滈	玀	港			
豈	釭	釭	赣		胱		攅		哼	彀	茖	佸	胱	ㄍㄨㄥ		
光	瓨	肛	蓅		逛		槓		嘓	轂	瑴		逛			
侊	錮	茼	杠		懬		贛		蔨	㲉	聱		懬			
玜	扛	魟	鈧		廣		烱		幗	瞶	鄠		廣			
洸	摃	笐	鱇		礦		逛		袼	欝	鄗		礦	kǒng		
罡	棡	梡	焵		管		俇		鄭	摑	谷		管			
豇	工	堈	啌		管		贑		閤	毂	頶		管	鍹		
疘	公	搁	伉		講		誆		崞	峪	舩		講	ㄍㄨㄥ		

ku			kú		kǔ		kuh	kū	kú		kū		kùh
凥	屋	响	矩	窶	倨	豦	唂	昫	懅	矩	窶	巨	坱	誤	唂
車	踞	鴝	莒	鼻	据	蘧	焐	渠	鐻	莒	鼻	具	苣	頊	焐
裾	俱	竜	筥	久	鋸	瞿		傑	朐	筥	久	岠	虡	蘮	
琚	朋	唵	椇	韮	據	勾		蕖	劬	椇	韮	佢	簴		
据	齁	欋	柜	拒	遽	句		豦	痀	柜	拒	柜	駏		
腒	踞	駒	奔	舉	屨	寠		灈	璩	奔	舉	鉅	俱		
崌	蝌	蝇	擧	非	臀	窶		癯	臞	擧	非	炬	豦		
腒	痀		蒟		泃	灸		鴝	遽	蒟		詎	岣		
涺	古		琡		鐻	灸		氍	軥	琡		颶	柜		
宮	鋷		擇		朋			磲	鐻	擇		拒	旧		
艍	踞		齲		踞			衢	鸜	齲		秬	蒦		
蝌	軀		踽		蘧			鸜		踽		秬	蒻		
居	軀		寠		據			瞿		寠		距	咯		
ㄍㄨ		ㄍㄨ			ㄍㄨ		ㄍㄨㄏ	ㄍㄨ		ㄍㄨ		ㄍㄨ			ㄍㄨㄏ

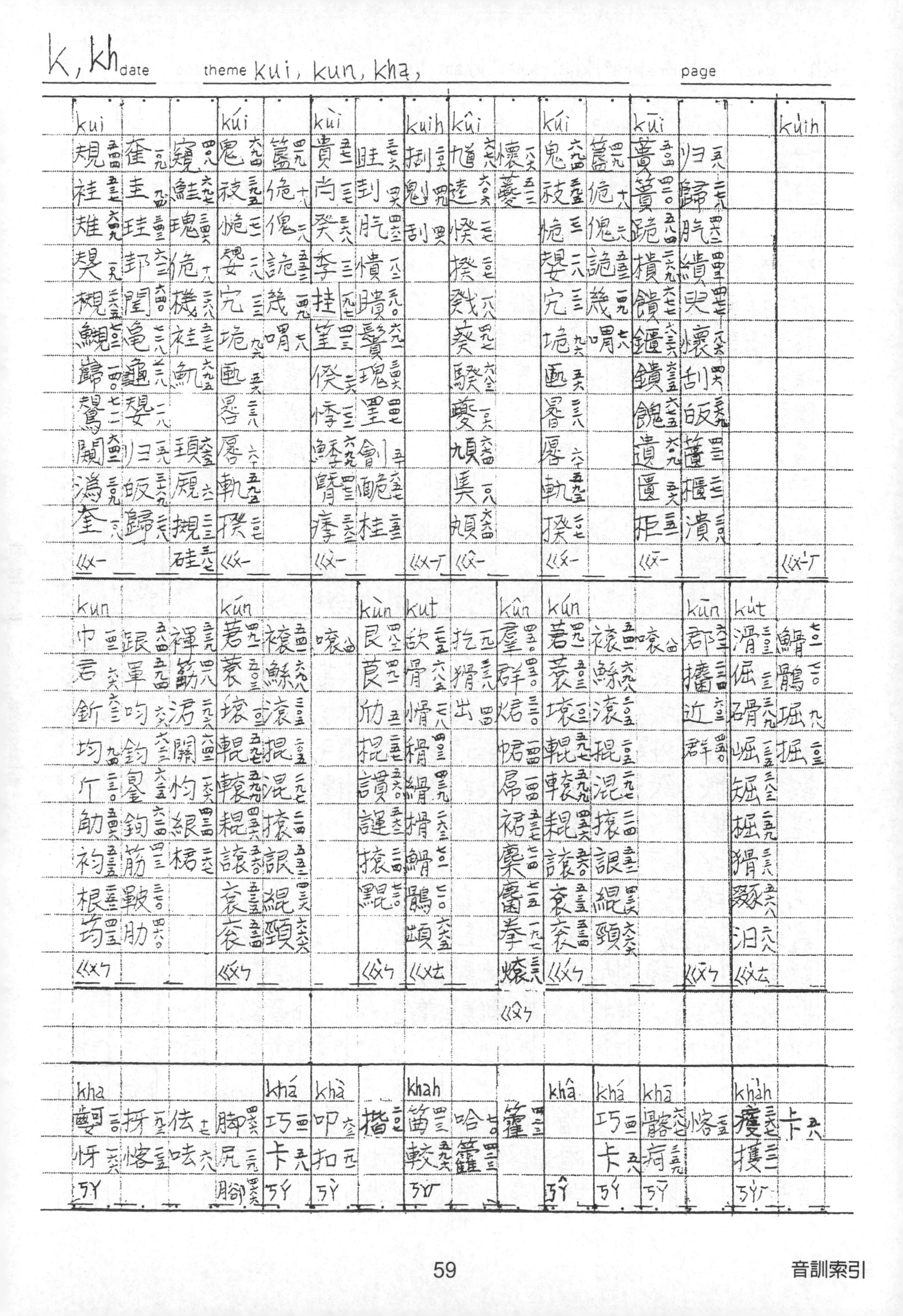

kui, kúi, kùi, kuih, kûi, kūi, kùih

kun, kún, kùn, kut, kûn, kūn, kút

kha, khá, khà, khah, khâ, khā, khàh

kh date theme khaⁿ, khai, khaiⁿ, kham, khan, page

khaⁿ	kháⁿ	khàⁿ	khahⁿ	khâⁿ	kháⁿ	khāⁿ	khȧhⁿ
坩 九三				含 六六			
ㄎㄚ˚	ㄎㄚˋ˚	ㄎㄚˋ˚	ㄎㄚㆷ˚	ㄎㄚˊ˚	ㄎㄚˋ˚	ㄎㄚ˫˚	ㄎㄚㆷ˚

khai	khái	khài	khaih	khâi	khái	khāi	khȧih
開 六九 閿 六四 偕 三六 揩 一九五 亥 二九 擡 三三 荄 二七 闓 六四 揩 三三	塏 二四 楷 二六 闓 六四 敳 三三 覬 五一 恗 四三 凱 四〇 暟 三五九 肯 四六二 愷 一五 豈 五一 剴 四八 鍇 六二 顗 六六八 颽 六〇 閿 六四	欬 二三五 歁 二三 揩 二三 嘅 八一 歖 三〇 塈 二四 溉 三〇 摡 二四 咳 八一 慨 三九 蕨 五三 愒 二三五 槩 二三五 壒 二四 概 三五 愾 三一			塏 二四 楷 二六 闓 六四 敳 三三 覬 五一 恗 四三 凱 四〇 暟 三五九 肯 四六二 愷 一五 豈 五一 剴 四八 鍇 六二 顗 六六八 颽 六〇 閿 六四		
ㄎㄞ	ㄎㄞˋ	ㄎㄞˋ	ㄎㄞㆷ	ㄎㄞˊ	ㄎㄞˋ	ㄎㄞ˫	ㄎㄞㆷ

khaiⁿ	kháiⁿ	khàiⁿ	khaihⁿ	khâiⁿ	kháiⁿ	khāiⁿ	khaihⁿ
唛 八一 鏗 六三	揩				揩		
ㄎㄞ˚	ㄎㄞˋ˚	ㄎㄞˋ˚	ㄎㄞㆷ˚	ㄎㄞˊ˚	ㄎㄞˋ˚	ㄎㄞ˫˚	ㄎㄞㆷ˚

kham	khám	khàm	khap	khâm	khám	khām	khȧp
堪 九九 嵌 一三六 坩 九三 歁 二三五 戡 六八 戡 一八八 嵁 一三六 敋 一三二 鷂 七八 龕 七七 歁 二三六 勘 三三	砍 二六四 歁 一三六 凵 四四 坎 九四 扣 六二 紺 四二 抌 六三 欿 三三五 扻 六九 憨 一八 埳 九 巧 一四 壈 一四 鑲 六三七 轗 六九 坎 三四 臽 四〇 顑 六六八 惂 一四	詌 一五 坎 九四 淦 三七 磬 六六八 瞰 八六 嵌 一三六 勘 三〇 憨 一八 磡 三五 蓋 二三 矙 三三 蓋 二三 薉 三三 蓋 四九 闞 六三 崁 一三 勘 五三 蓋 二三 紺 四二	峇 二四 瞌 三九 剨 四六 榼 三七 恰 三四 蓮 五三 溘 二四 磕 三五 葜 四九 礚 三 恰 一六 匼 五三 佮 二〇 殣 六三 搕 三 嗑 八一 匌 四〇 閤 六四 閵 六四 頜 六六	膉 四三 哈 七〇 蓋 三三 蓋 四九 蓋 三三 瘂 六六 礚 三三 蓋 三三 砛 六六 袷 五三六 鞈 六六五 搯 三五 歁 二三六 鶂 七〇七	嵁 一三 嗛 八一 黔 七九 鑲 六三	砍 二四 歁 一三六 凵 四四 坎 九四 扣 六二 紺 四二 抌 六三 欿 三三五 扻 六九 憨 一八 埳 九 巧 一四 壈 一四 鑲 六三七 轗 六九 坎 三四 臽 四〇 顑 六六八 惂 一四	砛 三六	磕 三五 礚 三五
ㄎㄚㄇ	ㄎㄚㄇˋ	ㄎㄚㄇˋ	ㄎㄚㆴ	ㄎㄚㄇˊ	ㄎㄚㄇˋ	ㄎㄚㄇ˫	ㄎㄚㆴ

khan	khán	khàn	khat	khân	khán	khān	khȧt
刊 四四 看 三六四 牽 五三 菞 二三五 翰 三七九 省 三七五	侃 六八 鵑 七〇七 衎 五三	昚 二五 衎 五三 勘 五三 春 二四 磬 三九 斡 二九 声 一三六	渴 三〇 䖑 四〇 剞 四六 尅 一三六 克 二三 缺 四六	憂 八〇	侃 六八 鵑 七〇七 衎 五三		

kh date theme khan, khang, khau, khe, kheⁿ, kheng page

khang: 工 眶 孔 空 腔

kháng: 眶 孔

khàng: 壙 槓 炕 空

抗 沆

khak: 埆 梏 設 確 推 慤 愨 磕 碻 觳 確 殼 穀 榷 搉 催 榷 激 恪 急 盜 壳 殼 穀 彀 殼 麯 麴 麹 硞

khâng: (no entries)

kháng: 眶 孔

khāng: (no entries)

khàk: 咯 喀

khau: 敲 磽 鄗 窑 窯 窯 屄 墝 礉 敲 鈎 鉤 叩 扣 闔 闖 闔

kháu: 巧 鴞 口 許

khàu: 墝 礉 叩 簆 哭 梏 釦 扣 銬

khauh: (no entries)

khâu: (no entries)

kháu: 巧 鴞 口 許

khāu: (no entries)

kháuh: 愕 礉 嗷

khe: 溪 磎 鸂 嵇 嵆 睽 嵠 谿 谿 稽 葵 科 斜 詼 稽

khé: 啟 啓 詧 啓 綮

khe (continued): 傒 稽 稽

khè: 憩 憇 契 祭 瘈 瞖 瞖 蹄 瓶 刧 契 愒 喫 揭 羯 絜 科 課 瞖

kheh: 瘂 客 搭 鈌 鶘

嗁 喀

khê: 珈 瘸 瘠 拐

khé: 啟 啓 詧 啓 綮

傒 稽 楷

khē: (no entries)

khéh: 愕 爒 魇 搭

kheⁿ: 坑

khéⁿ: (no entries)

khèⁿ: (no entries)

kheh̍ⁿ: 嗄 喀

khêⁿ: 拼

khéⁿ: (no entries)

khēⁿ: (no entries)

khéhⁿ: 嗄 喀

魘

kheng: 阬 坑 硜 卿 傾 磬 擎 硫 莖 筐 鋻 苘

khéng: 肎 綮 揯 苘 蕒 綮

khèng: 声 磬 揹 慶 磬 罄

khek: 刻 卻 克 尅 剋 客 硌 搭 給 喀 猇 黨 儯 鶪 具 繜 爍 御 咳 皝 皝 喫 莖 曲

khêng: 胸 脝 瓊 煢 僥 僥 夐 擎 罿 罝 鯨

khéng: 肎 綮 揯 苘 蕒 綮

khēng: 虹 涇 桁 楦

khėk: (no entries)

kh date theme kheng, khi, khiⁿ, khia, khiaⁿ, khiam page

ㄎㄝㄥ: 牼三三 黃三五 硻三三 擝三三 蕿三三 頃六四 匡三六 輕五七 框三五
ㄎㄝㄥ: 啨七六 肯四六 頃六四
ㄎㄝㄥ: 磬四六 亘二 揯二三 輕五七
ㄎㄝㄗ: 咯三五 郄三三 勀三五 喫六八 隙六四 隙六四 閴六四 喫六六 欲三三 谷三三 吃六四 劾三三
ㄎㄝㄥ: 㦒三五 嫇三六 嬛六八 嬛六九 傾三九 熒三二
ㄎㄝㄥ: 啨七六 肯四六 頃六四
ㄎㄝㄥ
ㄎㄝㄗ

khi (ㄎㄧ): 供四 欺三三 娸三三 榿三三 僛三三 欹三三 攲三三 徛三六 踦三五 踦三六 碕三七 崎二三 綺三四 犄三四 攲三三
khí (ㄎㄧˊ): 起三六 豈三五 苣三五 顗六六 芑四九 紀四九 玘三三 齒三五 綺四三 芑四四
khì (ㄎㄧˋ): 企四 氣六六 偈 佡三三 炁三三 伎三三 弃四 跂五六 去六 棄三七 亟十 汽六九 器八三 吱六三 去六 器八 气六三
khih (ㄎㄧㄏ): 缺四六 頪六六
khî (ㄎㄧˆ): 騎六二 隑六四 蜞三〇 碁五三 璂三三
khí (ㄎㄧˊ): 起三六 豈三五 苣三五 顗六六 芑四九 紀四九 玘三三 齒三五 綺四三 芑四四
khī (ㄎㄧ): 忌一四 柹三九 栜三三 錤六三 惧三三 諆六九 欋一六
khi̍h (ㄎㄧㄏ): 癯三七 臞四五 呋六六 壥三五

khiⁿ (ㄎㄧ°): 坑六四
khíⁿ (ㄎㄧˊ°): [illegible]
khìⁿ (ㄎㄧˋ°): [illegible]
khihⁿ (ㄎㄧㄏ°): [illegible]
khîⁿ (ㄎㄧˆ°): 鉗六三 麮三三 拎六三 掐三三 擒二九 拑五三 唅六八 拑五四
khíⁿ (ㄎㄧˊ°): [illegible]
khīⁿ (ㄎㄧ°): [illegible]
khi̍hⁿ (ㄎㄧㄏ°): [illegible]

khia (ㄎㄧㄚ): 奇六六 伽三三 单三三 單六六 迦六三 伽六七
khía (ㄎㄧˊㄚ): [illegible]
khìa (ㄎㄧˋㄚ): [illegible]
khiah (ㄎㄧㄚㄏ): 隙六四 隙六四 隙六四
khîa (ㄎㄧˆㄚ): 騎六二
khía (ㄎㄧˊㄚ): [illegible]
khīa (ㄎㄧㄚ): 豎四三 僊三六 竪五六 伽三五
khia̍h (ㄎㄧㄚㄏ): [illegible]

khiaⁿ (ㄎㄧㄚ°): 輕五七
khíaⁿ (ㄎㄧˊㄚ°): [illegible]
khìaⁿ (ㄎㄧˋㄚ°): [illegible]
khiahⁿ (ㄎㄧㄚㄏ°): [illegible]
khîaⁿ (ㄎㄧˆㄚ°): [illegible]
khíaⁿ (ㄎㄧˊㄚ°): [illegible]
khīaⁿ (ㄎㄧㄚ°): [illegible]
khia̍hⁿ (ㄎㄧㄚㄏ°): [illegible]

khiam (ㄎㄧㄚㄇ): 歉三六 慊三四 減三三 謙三六
khiám (ㄎㄧˊㄚㄇ): 槏三四 隒六三 歉三六 鰜三七 㾾六九 咁六九 嗛八 鹹六六 謙三六 敢三三 減三三 慊六六
khiàm (ㄎㄧˋㄚㄇ): 欠一四 芡四八 俽三五 傔六六
khiap (ㄎㄧㄚㄅ): 怯三六 㹤三六 痃三九 唰一七 劍四三 呦三三 呿六六 慊六六 儉三三 𠹭三三
khiâm (ㄎㄧˆㄚㄇ): 伶三五 鈐六三 拑六四 箝四六 鉗六三 黚二九 黔二九 麙四三 柑四九 鈷六三 黔六九 拎二九 掐三三 擒二九 緘四六 嵌三六
khiám (ㄎㄧˊㄚㄇ): 槏三四 隒六三 歉三六 鰜三七 㾾六九 咁六九 嗛八 鹹六六 謙三六 敢三三 減三三 慊六六
khiām (ㄎㄧㄚㄇ): 儉三三 傔六六 鐱六六
khia̍p (ㄎㄧㄚㄅ): 給四三

kh date theme khian, khiang, khiau, khim, khin。 page

khian 豣 堅 汧 岍 衍 愆 僁 牽 嗟 僁 諐 搴 縴 攐 鏗 幵 騫 | 蚈 趼 趼 騫 慳 褰 摼 襆 撳
khián 犬 畎 甽 遣 繾 堅 扌
khiàn 俔 椊 譴 韆 韆 愘 懺 爈
khiat 孑 訐 詰 拮 玠 頡 欯 袺 猲 猰 嘎 鶡 蝎 楔 挈 禊 戛 挈 戛 譎 稧 襭 纈 犵 楬 集 恝 刼 吉 劼 蛣 姞 譎 窫 咭 袺 僑 刦 喆 揭 暍 憍 契 挈 絜 擊 揭 鍥 擷 愒
khiân 虔 墘 乹 乾 劇 揵 擧 懊 運
khián 犬 畎 甽 遣 繾 堅 扌
khiān
khiat 硈 蝎 碣

khiang 鏗 腔 | khiáng 講 | khiàng 韆 | 愶 | khiak 瞌 嗒 | khiâng | khiáng 講 | khiāng | khiák 嗒
ㄎ一ㄤ ㄎ一ˊㄤ ㄎ一ˋㄤ ㄎ一ㄚㄎ ㄎ一ˆㄤ ㄎ一ˊㄤ ㄎ一ˉㄤ ㄎ一ˊㄚㄎ

khiau 蹺 蹺 撬 敲 橇 撳 蹻 蹻 曲 抽 | khiáu 竅 巧 | khiàu 竅 竅 剿 剿 嗷 譎 譤 徼 曲 | khiauh 礄 | 咖 咖 碻 | khiâu 挾 | khiáu 竅 巧 | khiāu | khiáuh 愕 碻 碻
ㄎ一ㄠ ㄎ一ˊㄠ ㄎ一ˋㄠ ㄎ一ㄠㄏ ㄎ一ˆㄠ ㄎ一ˊㄠ ㄎ一ˉㄠ ㄎ一ˊㄠㄏ

khim 欽 衾 炊 瘆 欽 衿 襟 紟 矜 | khím 螼 鬢 吟 圴 硶 潻 崟 | khìm 搇 | khip 涭 吸 泣 湆 鼤 歙 鈒 隰 笈 級 伋 給 礏 | khîm 芩 庈 檎 琴 禽 噙 螭 擒 拎 捡 襟 | khím 螼 鬢 吟 圴 硶 潻 崟 | khīm | khip 掐
ㄎ一ㄇ ㄎ一ˊㄇ ㄎ一ˋㄇ ㄎ一ㄅ ㄎ一ˆㄇ ㄎ一ˊㄇ ㄎ一ˉㄇ ㄎ一ˊㄅ

khin 輕 鏗 | khín 赶 淺 矸 硜 | khìn | khit 乞 气 氣 吃 給 | khîn 勤 | khín 赶 淺 矸 硜 | khīn 矸 硜 | khit 杙 揵
ㄎ一ㄣ ㄎ一ˊㄣ ㄎ一ˋㄣ ㄎ一ㄊ ㄎ一ˆㄣ ㄎ一ˊㄣ ㄎ一ˉㄣ ㄎ一ˊㄊ

Kh

date　　theme khio, khiong, khiu, khiuⁿ, khng, kho.　　page

khio (ㄎㄧㄜ)

khió 口 (ㄎㄧㄜˊ)

khiò 覓 徼 儌 (ㄎㄧㄜˋ)

khioh 拾 揤 卻 谻 (ㄎㄧㄜㄏ)

khiô (ㄎㄧㄜˆ)

khió 口 (ㄎㄧㄜˊ)

khiō (ㄎㄧㄜ)

khio̍h (ㄎㄧㄜㄏ)

khiong 羌 嗇 疆 羗 銎 畺 殭 羗 蛲 姜 腔 曲 蜣 蝹 跭 羌 (ㄎㄧㄜㄥ)

khióng 恐 跫 恐 娍 拳 (ㄎㄧㄜˊㄥ)

khiòng 誇 嗟 挎 他 (ㄎㄧㄜˋㄥ)

khiok 曲 卻 粬 茜 却 麯 蛐 葦 麴 笛 脚 攫 (ㄎㄧㄜㄎ)

khiông 蛩 (ㄎㄧㄜˆㄥ)

kióng 恐 跫 恐 娍 拳 (ㄎㄧㄜˊㄥ)

khiōng (ㄎㄧㄜㄥ)

khio̍k (ㄎㄧㄜㄏ)

khiu 句 蓖 鳩 卬 丩 摎 鬮 丘 疝 樛 闓 丩 坵 虯 鬮 艽 (ㄎㄧㄨ)

khíu 摸 醜 扭 豈 (ㄎㄧˊㄨ)

khiù 跏 趄 踱 鼽 (ㄎㄧˋㄨ)

khiuh 糾 (ㄎㄧㄨㄏ)

khiû 虬 虯 球 逑 (ㄎㄧˆㄨ)

khíu 摸 醜 扭 豈 (ㄎㄧˊㄨ)

khiū 柩 柩 糾 (ㄎㄧㄨ)

khiu̍h 糾 (ㄎㄧㄨㄏ)

khiuⁿ 腔 跭 (ㄎㄧㄨ°)

khíuⁿ (ㄎㄧˊㄨ°)

khiùⁿ (ㄎㄧˋㄨ°)

khiuhⁿ (ㄎㄧㄨㄏ°)

khiûⁿ (ㄎㄧˆㄨ°)

khíuⁿ (ㄎㄧˊㄨ°)

khiūⁿ 儉 (ㄎㄧㄨ°)

khiu̍hⁿ (ㄎㄧㄨㄏ°)

khng 康 糠 (ㄎㄥ)

khńg (ㄎˊㄥ)

khǹg 寬 劝 勸 藏 擴 (ㄎˋㄥ)

khngh (ㄎㄥㄏ)

khn̂g (ㄎˆㄥ)

khńg (ㄎˊㄥ)

khn̄g 擴 (ㄎㄥ)

khn̍gh (ㄎㄥㄏ)

kho 珂 箬 科 柯 科 髁 軻 蝌 邁 髋 偈 齣 莉 哥 窠 尻 (ㄎㄜ)

khó 可 涛 笴 丂 攷 稾 岢 考 舸 砢 钶 拷 問 烤 栲 筹 適 薨 坷 燺 (ㄎㄜˊ)

khò 破 顆 焗 焅 稞 部 靠 髁 醅 犒 滴 亢 誥 銽 銬 鮚 堁 課 騍 (ㄎㄜˋ)

khoh (ㄎㄜㄏ)

khô 憨 愘 (ㄎㄜˆ)

khó 可 涛 笴 丂 攷 稾 岢 考 舸 砢 钶 拷 問 烤 栲 筹 適 薨 坷 燺 (ㄎㄜˊ)

khō 裸 躶 (ㄎㄜ)

kho̍h (ㄎㄜㄏ)

kh date theme khо͘, khoa, khoaⁿ, khoai, khoaiⁿ, khoan, page

khо͘ ㄎㄛ
彄 三五 麴 七六 薖 四九 粆 四三四 簻 四六八 員 三三 劻 四九 呼 七七 𡙇 七六 元 二七 𡚒 七六

khó͘ ㄎㄛˊ
口 六三 許 五四九 苦 四八七 果 二四七 笘 四三 𧃍 五一〇 釦 六三 可 六三

khò͘ ㄎㄛˋ
扣 三三 攷 三八 筘 四九 訏 五八二 釦 六三 庫 一五〇 痞 三四 鞊 六五九 跨 五八二 胯 四六四 絝 四四 秙 四一 瞉 七一〇 佝 十七 袴 五三六 寇 一三 冦 三三 扣 一九 怐 一六八 跍 五八四 敂 三五 𧀒 五〇五 叩 六三 褲 五四〇 跨 五八四 絇 四三〇 鼩 七三四 蔻 五三二 呴 七一

khо͘h ㄎㄛㄏ

khô͘ ㄎㄛˆ
糊 四六 麯 七八 𥽉 七六

khó͘ ㄎㄛˊ
口 六三 許 五四九 苦 四八七 果 二四七 笘 四三 𧃍 五一〇 釦 六三 可 六三

khō͘ ㄎㄛ

kho̍͘h ㄎㄛ̍ㄏ

khoa ㄎㄨㄚ
夸 一八 恗 三九 侉 四三 跨 五八四 瓜 七 咼 七十 骻 六八七 侉 八 姱 三三 誇 五三二 夸 一八 刳 四八 胯 四六四 跨 五八四

khóa ㄎㄨㄚˊ
銙 六三五 牛 六 𠀋 一〇六 許 五四九

khòa ㄎㄨㄚˋ
踝 五八六 袴 五三六 骻 六八七 牛 一〇六 牛 大 罣 四四 跨 五八四 跨 五八四 靠 六五六 淴 三〇 掛 三二 顧 六六六
ㄎㄨㄚˋ 罜 三〇 牛 一〇六

khoah ㄎㄨㄚㄏ
渴 三〇 闊 六四 濶 三三

khôa ㄎㄨㄚˆ

khóa ㄎㄨㄚˊ
銙 六三 牛 大 𠀋 一〇六 許 五四九

khōa ㄎㄨㄚ
嗶 八五 譁 五二六

kho̍ah ㄎㄨㄚ̍ㄏ

khoaⁿ ㄎㄨㄚ°
寬 三五

khóaⁿ ㄎㄨㄚˊ°
欵 三七五 款 三七五

khòaⁿ ㄎㄨㄚˋ°
𩎙 三七九 快 一六五 寬 三五 看 三五 看 三四

khoahⁿ ㄎㄨㄚㄏ°

khôaⁿ ㄎㄨㄚˆ°

khóaⁿ ㄎㄨㄚˊ°
欵 三七五 款 三七五

khōaⁿ ㄎㄨㄚ°

kho̍ahⁿ ㄎㄨㄚ̍ㄏ°

khoai ㄎㄨㄚ一
𢥉 五三

khóai ㄎㄨㄚˊ一
蒯 三〇 蹶 五九〇 快 一六五 擓 三〇 塊 一〇 墤 二三 蒯 三〇

khòai ㄎㄨㄚˋ一
快 一六五 擓 三〇 塊 一〇 墤 二三 蒯 三〇

khoaih ㄎㄨㄚ一ㄏ

khôai ㄎㄨㄚˆ一

khóai ㄎㄨㄚˊ一
蒯 三〇 蹶 五九〇

khōai ㄎㄨㄚ一

kho̍aih ㄎㄨㄚ̍一ㄏ

khoaiⁿ ㄎㄨㄚ一°
鈌 六三

khóaiⁿ ㄎㄨㄚˊ一°

khòaiⁿ ㄎㄨㄚˋ一°
快 一六五

khoaihⁿ ㄎㄨㄚ一ㄏ°

khôaiⁿ ㄎㄨㄚˆ一°

khóaiⁿ ㄎㄨㄚˊ一°

khōaiⁿ ㄎㄨㄚ一°

kho̍aihⁿ ㄎㄨㄚ̍一ㄏ°

khoan ㄎㄨㄢ
寬 一三五 髖 六八八 圈 九二

khóan ㄎㄨㄢˊ
款 五〇五 梡 三四 欵 三六九 欵 三七五 款 三七五 窾 二二六 窽 四〇九 綣 四三六

khòan ㄎㄨㄢˋ
勸 四四 劝 三五 券 一五五 鏉 六三五 券 四六

khoat ㄎㄨㄚㄊ
闋 六四二 厥 六五 闊 六四二 劂 四九 廞 五四 噘 八五 鴃 六四六 嶡 一八 闊 六四二 蹶 三三 潤 三三 瘚 三四 厥 五三 撅 一七 鈌 五四六 蕨 三八 橛 二六 蚻 五一八 鴂 六三五 レ 一〇 獗 三九 蹷 三八 蹶 五九〇 礷 三九六 蠍 三六 憠 一八三 𤷒 三二八 欮 三五

khôan ㄎㄨㄢˆ
圈 九二 拳 一九七 瘸 三六二 惓 三三 環 三四八 鐶 六三五 盤 三三 鞶 六三三 環 三四七

khóan ㄎㄨㄢˊ
款 五〇五 梡 二三四 橛 二六九 欵 二七五 款 二七五 窾 二二六 窽 四〇九 綣 四三六

khōan ㄎㄨㄢ

kho̍at ㄎㄨㄚ̍ㄊ

kh date theme khoe, khong, khu, khui page

khoe

khoe: 盔 三三 恢 六一八 魁 六四 詼 五三 悝 三〇六 溪 三三 刔 四六 揆 二九 — ㄎㄜㄝ

khóe — ㄎㄜㄝˊ

khòe: 蹶 五六六 嗆 八〇 — ㄎㄜㄝˋ

架 五三〇 蕨 五二四 契 一六八 課 五三五

khoeh: 瞌 三九 夾 一八 — ㄎㄜㄝㄏ

匧 五六 篋 四〇三

嗇 三八

khôe: 慀 三九 揆 一九三 — ㄎㄜㄝ̂

葵 四九二

khóe — ㄎㄜㄝˊ

khōe — ㄎㄜㄝ

khòeh: 夾 一八 斛 三九 — ㄎㄜㄝㄏ

khong

khong: 康 三三 洭 六一四 框 一一〇 閶 六四〇 劻 五三 框 三三 痓 三三 崆 三三 硿 六一七 慷 三七 嗛 四一 褰 三三 腔 六一七 筐 四四 眶 三七 糠 四四 糠 四三 椌 三九 軀 五四 匡 三六 啌 五六 箜 五三 亢 十一 空 四八 閌 六三九 腔 四三 矼 三四 誆 五三 倥 三三 崆 三三 砊 三四 鋔 六九 箜 四六 羫 三五 — ㄎㄜㄥ

khóng: 孔 三 忼 五三 慷 三九 康 三七 夯 一八 骯 六八六 吭 六六 倥 三三 崆 三三

khòng: 抗 一三 控 三 抗 五三 炕 三九 匠 五三 沆 六〇 頏 六〇 靬 六三九 絖 四三 壙 四四 — ㄎㄜㄥˋ

壙 一三 曠 二四 懭 五六 曠 六三 曠 四〇 伉 十四 頑 六〇四 懭 六三 閌 六三九 亢 十一 礦 五三五

空 四八 鑛 六三六 廣 三三 矼 六四 吭 六六 倥 三三 誆 五三 倥 三三 硿 六四 蹟 五五 爌 六八

khok: 哭 三三 梏 五三 矍 六八二 碅 五三 廓 三三 酷 六二 佶 二十 嚳 九十 劇 五 玃 三三 — ㄎㄜㄎ

钁 六三 攫 五三 躩 五九三 擴 三三 篧 四三 籗 四三 告 六六 涸 五九 部 六三 霩 六四

郭 三七 急 六六 恣 三七 恪 一六九 壳 三三 殼 六三 殼 六三 硞 六七 攫 三四 雙 四九

殼 三六 皓 四四 梏 三三

không — ㄎㄜㄥ̂

khóng: 孔 三 忼 五三 慷 一七九 康 一七 夯 一八 骯 六八六 吭 六六 倥 三三 崆 三三

khōng: 矻 三四 硿 一〇 — ㄎㄜㄥ

khòk: 褚 五六 硞 六八七 踖 六八六 鱷 六四 槔 五六 鰐 七〇 — ㄎㄜㄎ̍

khu

khu: 樞 三三 駒 六八〇 孔 四三 抾 一六九 拘 五三 嶇 三三 嘘 五九 軀 五〇 驅 六四 軀 六八 瓢 三三 朐 四三 劬 五三 佉 十一 毆 五九 毆 六三 拘 一四 瞿 四八七 胠 四三 鮚 六九 陘 六四 夸 一八 去 六 胠 六 呿 六八 祛 五三 侉 一八 㘨 六三 邱 六三 胠 四三 約 四三 掏 五九 祛 五五 跔 五三 區 五三 駈 六八 軀 五四 丘 五 — ㄎㄨ

khú: 去 六 公 六 — ㄎㄨˊ

khù: 陆 六四 誇 五三 去 六 公 六 — ㄎㄨˋ

khuh: 熔 三 咚 四 — ㄎㄨㄏ

khû: 踞 五八六 屈 三九 — ㄎㄨ̂

khú: 去 六 公 六 — ㄎㄨˊ

khū: 惧 三三 愳 一八 懼 一六八 具 三九 臼 四七 — ㄎㄨ

柩 三三 呕 六九

khùh: 熔 三 咚 四 呕 六九 — ㄎㄨㄏ

khui

khui: 虧 五四 開 六九 — ㄎㄨㄧ

khúi: 庋 四九 庪 一四〇 詭 五三 頍 六四 氿 六八 魄 五九 宄 三 跬 五九 跬 五八四 窺 四八 晷 三八 軌 五五 屠 六〇 垝 九六 匭 五六 揆 三七 簋 四九 媿 三三 陒 三五 傀 六 傀 六 — ㄎㄨㄧˊ

khùi: 効 五 媿 三七 愧 六 傀 六 羔 三七 — ㄎㄨㄧˋ

khuih: 氣 六五 快 一五 — ㄎㄨㄧㄏ

khûi — ㄎㄨㄧ̂

khùi: 佹 六 庋 一四九 詭 五三 頍 六四 氿 六八 魄 五九 宄 三 跬 三九 跬 六四 窺 四八 晷 三八 軌 五五 屠 六〇 垝 九六 匭 五六 揆 三七 簋 四九 媿 一三 陒 五五 佹 六 — ㄎㄨㄧ

khūi — ㄎㄨㄧ

khùih — ㄎㄨㄧㄏ

Kh. L date theme khun。 La。 Lai。Lam。 page

khun 昆 坤 崑 蚰 髡 髨 崐 焜 琨 蜫 鵾 錕 鯤 褌 焜 貇 麇 鷵 堃 鯤 勳 ㄎㄨ

khún ｜ 捆 梱 稛 壼 綑 菌 倨 僒 菌 悃 梱 咽 咽 貇 綑 窘 闇 墾 梱 懇 頎 齳 齫 僤 貇 困 忘 誏 麇 緄 麕 ㄎㄨ

khùn 困 裍 睏 睏 睔 睔 掍 硍 靳 睡 臥 臥 ㄎㄨ

khut 朏 淈 胐 綑 猛 蜛 屈 窟 滵 搰 搰 堀 掘 蚍 詘 崛 倔 泏 ㄎㄨ

khûn 芹 勤 蝒 蜠 勤 懃 困 捆 ㄎㄨ

khún ｜ 捆 梱 稛 壼 綑 菌 倨 僒 菌 悃 咽 咽 貇 綑 窘 闇 墾 梱 懇 頎 齳 齫 僤 貇 困 忘 誏 麇 緄 ㄎㄨ

khūn ㄎㄨ

khút 殙 楗 屢 ㄎㄨ

La 拉 挪 嚠 啦 垃 ㄌㄚ

Lá 仔 ㄌㄚ

Là 縿 喇 㥮 啦 了 + 喇 ㄌㄚ

Lah 啦 ㄌㄚㄏ

Lâ 蝲 鯪 嚠 掠 膋 勝 膝 鎏 垃 ㄌㄚ

Lá 仔 ㄌㄚ

Lā 撈 ㄌㄚ

Lāh 層 勒 獵 蠟 爉 鑞 臘 掠 若 爉 蜡 ㄌㄚㄏ

Lai ㄌㄞ

Lái 歺 歹 ㄌㄞ

Lài ㄌㄞ

Laih ㄌㄞㄏ

Lâi 萊 唻 崍 睞 庲 筙 棶 郲 瘊 騋 鶆 棨 鑗 来 來 倈 徠 梨 棃 鯠 来 ㄌㄞ

Lái 歺 歹 ㄌㄞ

Lāi 涞 棶 鯠 勑 徠 倈 睞 來 来 利 事 内 俐 儢 賴 ㄌㄞ

Laih ㄌㄞㄏ

Lam 籃 擥 篕

Lám 揇 罱 腩 欖 攬 爦 𣛸 艦 臘

Làm 坔

Lap 塌 蹋 垃

Lâm 男 南 喃 諵 惏 嵐 㵏 擎 濫

Lám 揇 罱 腩 欖 攬 爦 𣛸 艦 臘

Lām 㛨 濫 攬 譼 纜 𥓇

Lap 衲 納 蒳 湿 内 臘

L date theme Lam。Lan。Lang。Lau。 page

裕 五一八	腩 四七〇 擥 二〇九 漤 三〇七 壈 二四 覽 五四五 覽 五四五 欖 三三五	纜 四四五 纜 四四五 擥 三三一 擥 三三一 瀸 三三四 爁 三三一 灠 三一六	弱 一五六 覽 五四六			蝻 五三二 婪 二一四 梻 三二六 梺 七六 僋 三 萬 四九三	儖 三三一 籃 四四三 藍 五〇八 爁 一〇六 躐 六四〇 襤 五一三 霖 六五四	篮 四四九 枏 三三一 枬 三二八 弇 一五五 淋 三一七	腩 四七〇 擥 二〇九 漤 三〇七 壈 二四 覽 五四五 欖 五三三 覽 五四五	纜 四四五 纜 四四五 擥 三三一 擥 三三一 瀸 三三四 爁 三三一 灠 三一六	弱 一五六 覽 五四六	艦 四八二 臨 五一七 轞 六〇〇 鬛 六九一 爁 三三一 灠 三三四 灠 三一六	㕋 三一〇	妠 三 抐 一九二 鈉 六三三 魶 六九六 軜 五九五 磖 三九一 歚 二七八	拉 一九五 蹋 五八八
ㄌㄚㄇ	ㄌㄚˊㄇ			ㄌㄚˊㄇ	ㄌㄚㄆ	ㄌㄚ̂ㄇ			ㄌㄚˊㄇ			ㄌㄚ̄ㄇ		ㄌㄚㄆ	
Lan 囒 五〇 趼 五八二 趼 五八四	Lán 赧 五六八 難 一六七 嬾 一二九 醂 六五七 醂 六五七 懶 一八六	咱 七 郝 六三三 輪 五九七	Lân	Lat 捺 三〇 喇 六 嵑 六三	Lân 蘭 五一三 闌 六四〇 襴 五一三 嘱 七八 攔 二三三 攔 三三三	欄 三〇七 籣 四四三 躝 五九一 喇 七九 勐 七一 蘢 五三三	讕 五六四 孄 三三九 难 六三二 難 六三三 瀾 三三三 鱗 七三	南 五一七 零 六三二 剗 五七 鑭 六三六 鸞 七一三	Lán 赧 五六八 難 一六七 嬾 一二九 醂 六五七 醂 六五七 懶 一八六	咱 七 郝 六三三 輪 五九七	Lān 瓓 三五九 爛 三〇 鑭 六三三 糷 四三九 欄 四二九 難 六三九	灘 六五 瀾 三三五 屛 一三 懶 一八六	Lát 剌 四七 犁 三五九 揀 二六〇 諫 五五七 涑 三三四 熏 三七〇	鯻 七〇〇 揦 二三〇 攋 三三三 辣 六〇〇 辢 六〇二 束 二五二	力 五二 叻 六四 瘌 三六七 睐 三七九
ㄌㄚㄋ	ㄌㄚˊㄋ		ㄌㄚ̂ㄋ	ㄌㄚㄊ	ㄌㄚ̂ㄋ				ㄌㄚˊㄋ		ㄌㄚ̄ㄋ		ㄌㄚˊㄊ		
Lang 弄 九 嚨 八九 拵 三二 浲 六九六	鯠 六九九 籠 四四三	Láng 籠 四四三 矓 一八六 拵 二二 朗 二四四		Lâng 弄 九		Lak 落 四九七 轆 五九九 䡒 三六八 鏕 六三三		Lâng 人 十三 膿 四四三 聾 四四九 朧 四五九	虫 五一四 聾 五四四 籠 四四三	Láng 籠 四四三 矓 一八六 拵 二二 朗 二四四		Lāng 罡 七七 項 六五四 弄 一二四 拵 二二	箾 三三 筭 四四五 浲 六九六	Lák 摝 三三 麃 三三九 鹿 三一四 慄 一七八	六 三九 陸 六四六 鏕 六三三 捸 二三二
ㄌㄚㄤ		ㄌㄚˊㄤ		ㄌㄚ̂ㄤ		ㄌㄚˊㄎ		ㄌㄚ̂ㄤ		ㄌㄚˊㄤ		ㄌㄚ̄ㄤ		ㄌㄚˊㄎ	
Lau 譊 五六五 呶 六八 憹 一八〇 䜀 五三七	Láu 撓 一九八 撓 三二七 老 四四四 荖 四八〇 蹘 五三〇 姥 三三三	䁢 七八六 鐃 六九七 惱 三五 䆿 五三三 捞 一九四 撈 三三五 憦 一八〇 撈 三三六	Làu 老 四四四 澇 三二六 勞 九		Lauh	Lâu 硇 三八六 詉 五五三 㑎 三六七 鐃 六三四 鐃 六三四	呶 六八 流 三三四 樓 六九七 劉 五十 留 三五三	留 三三六 鏐 三四四 瘤 三六八 腦 四七〇 朊 四七五	Láu 撓 一九八 撓 三二七 老 四四四 荖 四八〇 蹘 五三〇 姥 三三三	鐃 六九七 惱 一三五 䆿 五三三 捞 一九四 撈 三三五 憦 一八〇	䁢 七八六 撈 三三六	Lāu 吏 一四 閙 六四四 鬧 六九二 铣 五四五 撓 二三九	淖 二九八 老 四四四 㛠 三六六 痛 三二二 漏 三〇六	荳 四九三 荖 四八〇 摟 三五五 項 六六四	Làuh 落 四九七
ㄌㄚㄨ	ㄌㄚˊㄨ		ㄌㄚ̀ㄨ		ㄌㄚㄨㄏ	ㄌㄚ̂ㄨ			ㄌㄚˊㄨ			ㄌㄚ̄ㄨ			ㄌㄚ̀ㄨㄏ

L date theme Lauⁿ。Le。Leng。 page

Lauⁿ ㄌㄚㄨ˚
Láuⁿ 撈 二一六 ㄌㄚㄨˊ˚
Làuⁿ ㄌㄚㄨˋ˚
Lauhⁿ ㄌㄚㄨㄏ˚
Lâuⁿ ㄌㄚㄨˆ˚
Láuⁿ ㄌㄚㄨˊ˚
Lāuⁿ ㄌㄚㄨ˚
Làuhⁿ ㄌㄚㄨㄏˋ˚

Le ㄌㄝ: 絡 四三三　紦 四三一　[口累] 八三

Lé ㄌㄝˊ: 礼 三九四　禮 三九八　豊 五六六　澧 三二　豐 二三八　瀰 三三　鱧 七〇三　黏 七一八　醴 六九　鑈 六三八　蠡 五三〇　禰 三九八　儡 三五　礼 三九四　嬭 二九

Lè ㄌㄝˋ: 呢 六八　鑢 六三六

Leh ㄌㄝㄏ: 呢 六八　捌 一九九　咧 二〇

Lê ㄌㄝˆ: 犂 三三四　犁 三三三　藜 三〇五　蔾 五〇四　梨 三五四　棃 三五九　黎 七六八　蜊 五二九　黧 七七九　瓈 三四九　剺 三一　黐 四七六　孋 二九　鸝 七三三　驪 六八五　䴡 三八二　悝 一八二　坭 九六　泥 二九〇　酈 六二五　黐 七一八　埿 九九　[言尼] 五三二　刕 四八　蠡 三二〇　璃 三四七　螺 五二五　琉 三四四　麗 七五　蜓 五二九　[illegible] 七三　瑮 三四七　紦 四三一　樏 一八〇　[口累] 八三

Lé ㄌㄝˊ: 礼 三九四　禮 三九八　豊 五六六　澧 三二　豐 二三八　瀰 三三　鱧 七〇三　黏 七一八　醴 六九　鑈 六三八　蠡 五三〇　禰 三九八　儡 三五　礼 三九四　嬭 二九

Lē ㄌㄝ: 例 十八　勵 五四　厲 六十　礪 三九八　唳 七五　戾 一八九　悷 二四　[illegible] 三五六　莀 四六六　蜧 五三一　悷 二四　鱺 七〇四　隸 六四九　儷 三一　棙 三五九　綟 四三七　搚 三五三　盭 三七三　砅 三八四　濿 三三　荔 四九〇　隸 六四九　隸 六四九　蠣 五三〇　霓 六二三　礪 三九三　癘 三六六　㘑 九八　鱱 七〇四　糲 四一八　嚦 二四三　棣 三三三　棣 三二三　麗 七三五　蘺 五三三　泣 二九五　儷 三六　籭 四二九　鱧 七〇三　䟐 五八七　蠡 五三一　櫔 一八五　泪 二九〇　淚 二九七　捩 三〇三　洌 二九三　捌 三五三　刕 四八　尼 一三九　吏 六五　[口累] 八三　濾 三三三

Leh ㄌㄝㄏ: 靂 六五五　礪 五一　裂 五三六　笠 四二二　咧 七〇　洌 四三

Leng: 奶 二〇　嬭 二九　妳 三　乳 九

Léng: 袊 五三六　矃 三八二　領 六六五　嶺 一三九　䕘 六六九　冷 四一　濘 三三　兩 三九　两 之　伶 十三

Lèng: 踜 五八六

Lek: 慄 三六　慄 三四　疒 三八　傈 六　溧 三三　栗 三五三　篥 四一九　阞 六四三　凓 四三　剌 四七　臬 三五四　泐 三四二　瞖 三八〇　瞖 二四〇　紐 一七九　𢥷 一八〇　䴡 七一八　憑 一八〇　呃 六五　尼 二九　祖 五三四　陒 六四三　扭 一六五

Lêng: 苓 四八七　零 四四七　蛉 五三六　能 四六五　囹 九二　苓 四二三　聆 四五七　柃 一六七　凌 四三　崚 一三五　玲 三三二　砱 三八五　儜 三五　凌 二九七　翎 五六七　輘 五九六　菱 四九四　淩 五〇三　霿 五一　鈴 六二三　柃 二五一　橉 三〇　羚 四五〇　鴒 七一六　嚀 八五　泠 一九〇　檸 三二一　櫺 三三　欞 三二四　零 六三三　夌 一〇六　嬣 二九　寧 五〇八　停 三五　岭 三三　澪 三一　酃 六一五　酃 六一五　蘦 五二三　甯 一三五　鑏 六七八　靈 七一五　靈 七一五　䨩 六九二　醽 六二〇　蔆 四三〇　[illegible] 六七　冷 四一　明 三三四　朙 三三四　朋 三四四　櫺 三六六　竜 四一〇　龍 七七七　龍 一四七　睖 三七八　棱 四〇〇　綾 四三六　蔆 五〇六　嚀 八

Léng: 袊 五三六　矃 三八二　領 六六五　嶺 一三九　䕘 六六九　冷 四一　濘 三三　兩 三九　两 六　伶 十三

Lēng: 另 六四　凌 三六三　鴒 七〇七　儜 一三三　令 十三　剑 四八　[illegible] 五十　倰 三　甯 三五三　濘 三三　翎 四五三

Lék: 匿 三六　力 五一　歷 二九八　勒 五三　靂 五三六　靂 六五五　嚦 八九　櫪 二六七　秝 四三　仂 十三　屴 一三三　叻 八六　礫 三九三　[illegible] 五十　劚 三一　曆 二四〇　籭 四三三　闢 六四三　瀝 三三四　醨 七三三　艻 四四四　竻 四三二　蚸 五二七　泐 六九　轢 六〇〇　轣 六〇〇　扐 一九〇　苙 四九二　酈 六一五　昵 三三六　暱 二四〇　曠 三八〇　櫪 一八〇　鬲 六九三　鱳 七〇四　櫟 二七三　爍 三一八　掠 二〇三　悚 一七六　蒞 五〇〇　蝶 二四一　怩 一六五

L date theme Leng。Li。Liam page

ㄌㄜㄥ

ㄌㄜㄥ

ㄌㄜㄥ

ㄌㄜㄅ
剌四九 勒四九 鉋六三 殍六〇 颲六五 阨六九 戹六九 扼一九二 軛五九 昵三三八

爍三六 鑠三二七 戹五五 摽三三

稜五六 陵六〇 拎一九五 掕三五 領三三〇 獰三四〇 殘三九 楞三六〇 棱三四 棱三四

寧三 寍三 寗三 灵三七 霝六五四 靈六五 霧六四 齡七四 鈴四三 鯪六九

聆四〇 鱅四三 軨四三 吟三六 聆三四 嚀三二 嚀四五 聹四九 孁三五 靈三六

伶七 令四六 劉六〇 倰三 令三三 磷三九 瀊四三八 需三五 濘三三 銘六五

纏四四〇 醽六〇

ㄌㄜㄥ
楝三五 量六三 鴒七六

ㄌㄜㄥ
攊三六七 攊三六 鎘六三 鏖六三七 攊三三 昦七四 勳七四 轣七三 瓅三 麻三九

ㄌㄜㄅ
蘼五〇 鬲三九 汸三六 鉾三 嫐三九 砳五 瓅三四九 攊四五 蹀五九 遯五九

火六六 肋四六〇 搦三 袖五三四 溺三〇 陸六四六 菉四五四 蛀五〇 綠四三六 錄六八

Li
魑六七 咿 咿六六 厘六〇 哩七三

ㄌㄧ

Lî
里六〇 俚七 李一六 理三三 悝三四 娌三 裡三七 裏五七 鯉六九 履三 邐六〇 哩三

悝一〇 灑四五 瀍三六五 汝六六 介三七 伱七三 尔一三七 爾三〇 俚一〇 理三四 孚二〇 鋰六六

ㄌㄧˇ

Lì
劾四八

ㄌㄧˋ

Lih

ㄌㄧㄏ

Lî
离三九八 冗 犛三四 犛三〇四 璃四七 孷六〇 摛三四 摛三四 璃三〇七 籬四九 漓三六 狸三六

貍五九 魑六四 褵五〇 螭三五 犛三六 褵三九 離三三 摛二〇 謧五九 褵三六 膶三六〇 蘺四三

醨六八 褵四〇 攡四五 釐六三 釃六三 羅四九 羅四九 藜六〇 離五五 蘺三三 儷三六

驪三六〇 羅四九 黎三六 厘六〇 縭四〇 罹四五 纚四五 瀝五四 藜三五九 閭六〇 籬四三 尼三九

哩三

鵹七九

Lí
里六〇 俚七 李一六 理三三 悝三四 娌三 裡三七 裏五七 鯉六九 履三 邐六〇 哩三

悝一〇 灑四五 瀍三六五 汝六六 介三七 伱七三 尔一三七 爾三〇 俚一〇 理三四 孚二〇 鋰六六

ㄌㄧˊ

Lī
吏六五 利四五 俐七 唎三 浰三九 莉四九 痢三六 逯四六 詈五五 哩七三 檑一六 離六五

泣三九五 颲六〇 莅四九 蒞五〇 罝四七 二 十

ㄌㄧ

Lih
裂五三六

ㄌㄧㄏ

Liam
拈一九五 黏六九八 鯰七三 跕五三

Liám
撿四五 瀲三五 淰三九 臉四三

Liàm
捻三三

Liap
呈九四 涅五九 埕九七 苶四八

錜六五九 諗六三 澙三五 囁九五

焆三四 禢五四 緤四三 擸二六

聑三

Liâm
帘四三 奩五九六 溓四〇 溓三三四

謙五六 慊六四 慊三四 濂三三

薟五三 禢三五 簷四三 搛三三

臨四四 連三五 聯三〇 斂三三

Liám
撿四五 瀲三五 淰三九 臉四三

Liām
念一九五 殮三〇 殮六四 殮四三

Liap
囚九一 囤九一 垃五六 囤九三

躐五九 獵五三 鑞六三 鬣六九一

爉三三 蠟五三〇 鱲七三

ㄌ一ㄚㄇ ㄌ一ㄚㄇ ㄌ一ˊㄚㄇ ㄌ一ㄚㄎ ㄌ一ㄚㄇ ㄌ一ˊㄚㄇ ㄌ一ㄚㄇ ㄌ一ㄚㄎ

Lian Lián Liân Liat Liân Lián Liān Liat

ㄌ一ㄚㄋ ㄌ一ㄚㄋ ㄌ一ㄚㄋ ㄌ一ㄚㄊ ㄌ一ˆㄚㄋ ㄌ一ˊㄚㄋ ㄌ一ˉㄚㄋ ㄌ一ㄚㄊ

Liang Liáng Liāng Liah Liâng Liáng Liāng Liáh

ㄌ一ㄤ ㄌ一ˊㄤ ㄌ一ˉㄤ ㄌ一ㄚㄏ ㄌ一ˆㄤ ㄌ一ˊㄤ ㄌ一ˉㄤ ㄌ一ˊㄚㄏ

Liau Liáu Liâu Liauh Liâu Liáu Liāu Liauh

ㄌㄧㄠ: 蔦 五〇二 蔦 二七 嫽 二七 憀 八二

ㄌㄧㄠ: 蓼 三七 嵺 三九 熮 一八〇 蔡 四二

ㄌㄧㄠˊ: 撩 三九 獠 三〇 寥 三五

ㄌㄧㄠˊ: 繚 四三 鐐 六三 寮 三一 繚 三七

ㄌㄧㄠˊ: 膠 四九 膂 四〇 膋 四三 膫 四三

ㄌㄧㄠˊ: 燎 三五 熮 三四 撩 三七 澆 三〇

ㄌㄧㄠˊ: 瞭 六一 潦 三八 療 三六 谷翏 三六

ㄌㄧㄠˋ: 蔦 五〇二 蔦 二七 嫽 二七 憀 八二

ㄌㄧㄠˇ: 燎 三五 窌 四八 撩 三七 繚 四三

Lim ㄌㄧㄇ: 歆 六三

Lîm ㄌㄧㄇˊ: 亩 二 标 三五 懍 八〇 澟 三二 檁 三二 凜 四三 廩 三五 僱 三六 稟 四三 菻 四六 畬 三六 掭 三五 僅 二九

Lîm ㄌㄧㄇˊ: 槙 六七 臨 三六〇

Lip ㄌㄧㄆ: 菈 三九

Lîm ㄌㄧㄇˆ: 林 三九 箖 四六 琳 三五 霖 六四 痳 六七 淋 三七 臨 四六 臨 四六 罧 四三 菻 四六 槙 六七

Lím ㄌㄧㄇˊ: 亩 二 标 三五 懍 八〇 澟 三二 檁 三二 凜 四三 廩 三五 僱 三六 稟 四三 菻 四六 畬 三六 掭 三五 僅 二九

Lîm ㄌㄧㄇ: [illegible]

Lip ㄌㄧㄆˊ: 立 四九 苙 四七 砬 三八五 岦 一三 笠 四三 粒 四四 鴗 七六

Lin ㄌㄧㄣ: 乳 九 鈴 六三 鼞 七三 罗 四七 图 九二 怜 一七 零 五八 鏻 六三六

Lîn ㄌㄧㄣˊ: 您 一〇 僯 三 橉 三六八 們 三 爾 三〇

Lin ㄌㄧㄣˊ: 圖 九三 擝 三三 鏻 六三六

Lit ㄌㄧㄊ: [illegible]

Lîn ㄌㄧㄣˆ: 粦 四三 潾 三九 劙 二五 憐 六〇 隣 六九 鄰 六四 鏻 六三六 鱗 七一 璘 三八 燐 三五 嶙 三八 燐 三九 鄰 四一 轔 五九 麟 七五 僯 三 粦 四三 遴 六九 瞵 三七 廖 七四 驎 六四 鄰 四六 磷 三九二 淩 四六 膦 四三

Lín ㄌㄧㄣˊ: 您 一〇 僯 三 橉 三六八 們 三 爾 三〇

Lîn ㄌㄧㄣ: 吝 六六 佞 一五 悋 一〇 恡 一〇 蟒 三二七 藺 五一〇 躪 五九三 潾 三 橉 三六八 粦 四三 瞵 三九 廖 七四 遴 六九 驎 六四 僱 三六 掭 三五 鄰 四六 磷 三九二 甯 三五

Lit ㄌㄧㄊˋ: 怮 一六四 肆 四八〇

Lio ㄌㄧㄜ: 爒 三五 劉

Lîo ㄌㄧㄜˊ: 䀹 三六 覼 五三 覺 五五 瞭 三八一

Lio ㄌㄧㄜ: [illegible]

Lioh ㄌㄧㄜㄏ: 瞭 八〇 樛 三五

Lîo ㄌㄧㄜˆ: 撈 二七 劉 四九

Lío ㄌㄧㄜˊ: 䀹 三六 覼 五三 覺 五五 瞭 三八一

Lio ㄌㄧㄜ: 尿 二九

Lioh ㄌㄧㄜㄏ: 略 三六 畧 三五 撂 三五

Liong: [illegible]

Liòng: 兩 六 兩 三九 両 六 緉 四三 啢 八二

Liông: 踚 五七 踜 五六

Liok: 恧 一六九 忸 一五 鏁 六七

Liông: 梁 三五 梁 四五 椋 三五 涼 四三 隆 六四 鼕 三五 鑢 六三 綡 四五 巃 五九 蜋 五九 涼 五三 踉 五五 瓏 三九 良 四三 俍 三 踉 五五 龐 七 狼 三六

Lióng: 兩 六 兩 三九 両 六 緉 四三 啢 八二

Liōng: 晾 六八 量 六〇 喨 七 亮 二 俍 三 諒 五四 涼 五四 倞 三

Liok: 六 二九 坴 五五 洼 四 菉 四四 碧 三六 僇 二九 僗 三〇 磟 三四 略 三六 畧 三五 綠 四六 𨐰 三三 蓼 五〇二

L date theme Liong。Liu。Lo。 page

ㄌ一ㄜㄥ

- ㄌ一ㄜㄥ:
- ㄌ一ˊㄜㄥ: 倆三 魎六九四 輛五九七 壟一五 壠一五 瓏七六八
- ㄌ一ˇㄜㄥ:
- ㄌ一ˋㄜㄣ:
- ㄌ一ˊㄜㄥ: 悢三四 輬五九八 㝗三三六 娘三三 粮四二五 糧四二八 甌四六 窿四四九 瘽三三 㢙三三六 隆五三四 豅三二 篭四三 瀧三四 嚨八九 襱五四三 龍六七 聾三四 孃一九 竜四〇 龍三七 龐四七 螂三四 蘢五二
- ㄌ一ˇㄜㄥ: 倆三 魎 輛五九七 壟一五 壠 瓏七六八
- ㄌ一ˊㄜㄥ: 諒五五 痕三三 哴三四 㦾三三 輛五九七 良四二 隆六四 讓五四
- ㄌ一ˋㄜㄣ: 蛬五三 陸六四 逯六三 戮六八 錄六八 簪三三 騄六七 攈三三 稑四二 穋四四 簶四三 掠三三 勠五 騄六八二 略三六 硉三八 碌三八七 禄五四

Liu

- Liu ㄌ一ㄡ: 抽五四 鰡七〇 鰍七〇 溜三三 澑三三
- Líu ㄌ一ˊㄡ: 妞三 扭三五 鈕六三 紐四三 柳一五四 栁三〇 畱四八 聊五九六 綹四三六 扭五 熘一九 瀏六五 杻三八 忸一五 熮三四 蟉五六 飂六九
- Lìu ㄌ一ˋㄡ: 峁三八 霤六三 鷚七三 熘一〇 澑三〇 溜三三 翏四五 流五九四 播三 摎三五 遛六八
- Liuh ㄌ一ㄡㄏ:
- Lîu ㄌ一^ㄡ: 㐬十 流五九四 琉三四 硫三八 嚠八 漻四 瑠三四七 璢四八 廇三 瑠三八 瑬三四七 鎏六二 瀏三三 遛六七 榴三三 橊三九 旒三三 旈三 劉乎 留三三 畱三六 嚠三九 飀六三 鎏三三 鎦六六 鏐六二 鐂六六 鶹六二 鼦七三 鼬七三 鼦三 騮六二 駵六二 腦四七 瘤三四 瘤三六 騮六二 榴一九 懰六五 螺三六 塯二 摺三 潛三〇 溜三三 飂六二 鶹七三 熮三四 鏐七〇 揪三八 慉三九
- Lǐu ㄌ一ˇㄡ: 妞三 扭三三 鈕六三 紐四三 柳一五四 栁三〇 畱四八 聊五九六 綹四三六 扭五 熘三九 瀏六五 杻三八 忸一五 熮三四 蟉五六 飂六九
- Līu ㄌ一ˉㄡ: 煣三三 流三
- Liuh ㄌ一ˉㄡㄏ: 六三 畧三六 畧三三

Lo

- Lo: 囉九 烙三九 嘹八五
- Ló: 老四四 咾十 荖四九 佬七〇 栳三三 筬四四 荖三六 痁三〇 仫十九 蓏三〇 潦三八 硇三八 㺘五三 脑四九 羸四五 攞三四 蠃五九 橑三九 獠五〇 蓼五三 硓三八 嘹八五
- Lò: 遶五 膀五九
- Loh: 拉七
- Lô: 蝣五八 宇三三 哰四 挼三 罜八 侔三 猛三 菓五三 猛三 㑩十 羅四九 儺五六 鑼六八 瞜六八 勞五三 嘮五三 邏三九 饠六八 踋五九 哪八四 髝六八 躍五九 羅九 玀一六 螺五三 蘿五三 儸四八 腫四四 攞三四 蠃五九 癆三六 澇三九 勞三 嫪三 髞六二 摞三 憥八三 醪六四 鐒六二 接三 娜三 那六六 冉八三 哪三 膀四三 臁四 蠡三〇 嘮八 河九 瑚三五 鐐六四 濁三〇 覶四六 挪三〇 佬大
- Ló: 老四四 咾十 荖四九 佬七〇 栳三三 筬四四 荖三六 痁三〇 仫十九 蓏三〇 潦三八 硇三八 㺘五三 腦四九 羸四五 攞三四 蠃五九 橑三九 獠五〇 蓼五三 硓三八 嘹八五
- Lō: 哲八三 憿八三 攍三四 攍三四 穤四八 蕿五三 裸五九 躶五九 勞三 勞三 嫪三 摞三 澇三九 勞八二 髝六二 㥽四三 果二四 懦八五 栳三三 烙三九 嘹八五
- Lōh: 烙四三 落四七 駱六八 樂三六

鱙 惱 䜌 瑙

ㄌㄛˊ

ㄌㄛˊ

ㄌㄛˊㄏ

ㄌㄛˇ 籮 儸 䲞 㰁 覶 䯁 騾 驘

勞 憦 撈 邏 那

摞 䐤 膠 䏶 邏

ㄌㄛˊ 鱙 惱 䜌 瑙

ㄌㄛˊ 撈 嫪 邏 嫪

ㄌㄛˊ 膠

ㄌㄛ˙ㄏ

Lo˙ 嚕 烙

Ló 艛 磥 磂 碌

Ló 鹵 努 樐 滷 魯 櫓 弩 嘍 磠 嚕 樐 㯭 譾 瘻 㪹

擄 擄 擄 艪 魯 鑥 努 簍 努 箬 若 甊 噜

Lò

Loh

Lô 奴 㚢 婁 嘍 盧 奴 弩 駑 摟 樓 蔞 螻 瀘 劃 壚 龥

誈 邊 艛 籚 蘆 瀘 臚 嚧 攎 瀘 驢 鑪 壚 鑪

髏 顱 鸕 芦 蘆 瓐 鸕 炉 爐 謱 艫 轤 灚 鐪 䕯 甊

瞜 蔞 鏤 努 若 瞜 甊 僂 慺 甊 努 䁖 呶 螺 奴 廬 瀘

Lō 鹵 努 樐 滷 魯 櫓 弩 嘍 磠 嚕 樐 㯭 譾 瘻 㪹

擄 擄 擄 艪 魯 鑥 努 簍 努 箬 若 甊 嚕 碌

Lō 匠 陋 賂 輅 簬 路 扁 漏 瘺 怒 䅰 璐 露 鷺 螺

糯 㛿 鎒 簩 鏴 耨 努 瞜 甊 瘻 糯 䨁 糯 戶 鹵

Lòh 擄 㯭 烟 潞 絡 落 駱 樂

ㄌㄛ˙ ㄌㄛˊ ㄌㄛˊ ㄌㄛˊㄏ ㄌㄛˊㄏ ㄌㄛˇ ㄌㄛˊ 碌 ㄌㄛ ㄌㄛˊㄏ

Loa

Lóa 茖 磊

Lòa 瀨

Loah 捋 揦

Lôa 籮

Lóa 磊

Lōa 賴 賴 瀨 若 懶 蠟

Lòah 捋 辣 [illegible] 蛶 埒 蛶 蒋

ㄌㄨㄚ ㄌㄨㄚˊ ㄌㄨㄚˊ ㄌㄨㄚˊㄏ ㄌㄨㄚˇ ㄌㄨㄚˊ ㄌㄨㄚ ㄌㄨㄚˊㄏ

Loan 孌 孿

Lóan 晛 煗 暖 壖 渜 軟 壖 媆 嫩

Loàn

Loat 劣 鋝 鋝

Lôan 䜌 臠 孌 鑾 灤 灓 鑾 攣 孿

Lóan 晛 煗 暖 壖 渜 軟 壖 媆 嫩

Lōan 乱 亂 乿 堧 堧 碝

Loat 捋 辣 剁

L date theme Loan。Loe。Lom。Long page

Loan

燰 三三 餪 六七五 卵 五九 㮖 四四三

輭 五九八 耎 四五五 稬 五三九 暵 三三七

腝 四六九 臠 四七六

畤 三五六 捋 三〇 埒 九七

欒 四二九 孿 三五七 巒 一四一 鸞 七三

攣 三 戀 一八七 孿 三四 恋 一七〇

巒 一四〇 欒 二七四 圝 九三 羉 四五九 灓 四七六

燰 三三 餪 六七五 卵 五九 㮖 四四三

輭 五九八 耎 四五五 稬 五三九 暵 三三七

腝 四六九 臠 四七六

㝈 三五〇七 亂 一七〇 恋 一七〇 渜 三〇二

戀 一八七 孿 二二四 鸞 四七六

縝 六七 身 一三六 埒 九七 捋 三〇

Loe

Loe

Lóe 殍 三九 餒 六七四

鮾 六八 餧 六七五

礼 三五四 禮 三九八

詈 五三 礼 三五四

Lòe 鑢 六八六

Loeh

Lôe 儽 三六 犂 三四

犁 三三 㼲 五八七 擂 三〇

Lóe 殍 三九 餒 六七四

鮾 六八 餧 六七五

礼 三五四 禮 三九八

詈 五三 礼 三五四

Lōe 内 三八 䲉 七四

攂 三〇 鑢 六八六

Loéh 笠 四三 裂 五三六

Lom / Lop

Lom 袡 五二八 ㄌㄛㄇ

Lóm 坴 九五 ㄌㄛˊㄇ

Lòm 坴 九五 ㄌㄛˋㄇ

Lop 湯 三五 ㄌㄛㄆ

Lôm ㄌㄛˆㄇ

Lóm 坴 九五 ㄌㄛˊㄇ

Lōm ㄌㄛ[illegible]ㄇ

Lop 湯 三五 ㄌㄛ[illegible]ㄆ

Long / Lok

Long 澹 三三 瓏 三四九 梇 五六八 踜 五八五 矓 三八二 鋃 六二

Lóng 朗 三四 曩 一四 儱 三六 隴 六四九 竉 四九 攮 三四 瀼 三九 壤 一五 驤 三四 巃 七八 攏 三三 籠 四三 聾 四五九 朧 四五九 峎 一四 烺 三〇

諒 五三五 壟 一五 壠 一五 篭 六三 閬 六四〇 廊 一〇 㡣 三六

Lòng 曠 三一 磅 三八七 拼 三〇 蹠 五九二 鋃 六二

Lok 用 五三 甪 三三 㟁 一六九 䚄 五三 毋 五二 鴗 六八 稾 三八 噜 八二 峈 三四 漉 三六八 嚎 三四

Lông 郎 六三 廊 一三 農 六〇 稂 四二 根 五六 莭 五二 榔 三一 櫜 九 瀼 三一 狼 三六 宦 三 宸 一五 勆 三五 鋃 六六 琅 三四 瑯 三六

硠 六七 躴 五九 噥 八〇 檂 四八 禯 三五 囊 三五 聾 四九 朧 四五九 躘 三〇 龏 三三 儱 一六 鑨 六六 龔 三三 膿 四三 蘢 六三 儂 三三

聾 三三 櫳 三三 攏 五九 醲 六九 矓 三〇 臞 六六 穠 四三 鸗 三四 攮 三四 莨 四三 籠 四三 攏 三三 峎 三四 埌 九七 朗 一三 浪 三三

嚨 六七 瓏 三九 聾 五九四 筤 四三 嚨 八九 攏 五八 踉 五八三 瀧 三四 穲 四五 哴 三四 裍 三七 閬 六四〇 蜋 五四 龐 七三 蘢 三一 龓 三六

犛 七三 矓 三〇 鮮 六九

Lóng 朗 三四 曩 一四 儱 三六 隴 六四九 竉 四九 攮 三四 瀼 三九 驤 三四 壤 一五 巃 七八 攏 三三 籠 四三 聾 四五九 朧 四五九 峎 一四 烺 三〇

諒 五三五 壟 一五 壠 一五 篭 六三 閬 六四〇 廊 一〇 浯 三二 漉 三六

Lōng 哢 七 弄 一三 拼 三〇 倂 七 峅 一三 悀 三〇 儴 三 壤 一五 烺 三〇 眼 三三 諒 五三 浪 三五 埌 九七 朢 一三 閬 六四〇 梇 三六 襱 三三

Lok 絡 四三 鹿 七四 淥 三九 騄 六八 摝 三四 摝 三〇 落 四七 碌 三九 洛 四三 洛 三九 硌 三八 珞 三三 偬 三九 娽 七 錄 三七 螰 五三

略 六八 烙 三九 洛 三九 雒 六三 麓 七五 剹 四八 綠 四 蒶 四八 漉 三六 鏕 六三 簏 四三 犖 三四 彔 五八 濼 三三 觮 三六 誺 三四

盝 三七 鄜 六四 摝 三二 哈 七三 碌 三八 路 三六 踛 五八 騄 六八 攈 三八 樂 三六 貉 五九 噜 八二 轆 五九 轆 五九 騄 七〇

穲 一三

L, date theme Long, Lu. Lui. Lun page

Long

ㄌㄜㄥ　ㄌㄜㄥ 哴 三三七　ㄌㄜㄥ　ㄌㄜㄢ　ㄌㄜㄥ 莨 四九二　朧 三三四　蜋 五一九　蠪 七三　ㄌㄜㄥ 哴 三三七　ㄌㄜㄥ　ㄌㄜㄢ 麗 四四三　録 六八

Lu

Lu ㄌㄨ：噜 八五　捈 三〇　領 六六八

Lú ㄌㄨ：旅 三三　膂 四七三　膂 四七三　僂 三一九　謱 五九四　寠 四一八　漊 三三七　廔 三三　褸 三六八　穭 四〇五　艛 三三　屢 三三　褸 三六八　瞜 三五五　蔞 五二二　嘍 三一八　褸 四三五　汝 六〇六　臚 四〇五　裬 三九八　褸 三四四　籹 四〇四　蔞 一二五

Lù ㄌㄨ：鑢 六三六　滹 五二〇

Luh ㄌㄨ：硉 六〇五

Lû ㄌㄨ：閭 六一四　櫚 三三三　藘 三二〇　驢 六八〇　廬 二三三　驢 六八五　駼 六〇六　臚 四〇五　藺 五一九

Lú ㄌㄨ：（與第二音同）

Lū ㄌㄨ：呂 六〇六　侶 三〇　梠 三三三　焒 三六二　慮 六〇　儢 三三　鋁 六二七　濾 三三　勴 五〇四　讈 五三三　穭 四〇五　女 三〇　鑢 六三六　廻 六〇五

Lùh ㄌㄨㄏ：櫓 一六五　捈 三〇　鋁 六二七

Lui

Lui ㄌㄨㄧ：腄 四二六　櫑 三三〇　塠 九八

Lúi ㄌㄨㄧ：磊 三九〇　誄 五三三　漯 三三七　傫 十九　絫 四三三　嫘 三二〇　櫐 三六七　纍 四一五　儡 三六一　畾 五〇九　讄 五六三　蕾 五二六　壘 一二五　蔂 五二四　蕊 五二四　縲 三一一　瘰 三六六　篇 四二三　蘽 五二一　鸓 七三　儡 三一五　畾 三三七　欙 三三一　攂 三三九　礌 三九三　壘 五二一　虆 五二一　縲 四三三　傫 三十　累 四三三　磥 三九三　屢 一三　褸 五一二　縷 四三一　鷜 七二二　膇 四七五　蘽 五二三　鑘 六二八

Lùi ㄌㄨㄧ：磥 三九二

Luih ㄌㄨㄧㄏ

Lûi ㄌㄨㄧ：雷 六二三　擂 三八〇　擂 三六六　檑 三一〇　鐳 六二三　蠕 五一九　櫐 四四五　縲 四四四　罍 四四六　檑 六一〇　靁 五三九　畾 三三七　騾 三三九　騾 四三三　蘽 五二二　壘 五二三　欙 三三三　累 四三三　磥 三九三　儡 三六一　囵 九二　靁 六五五

Lúi ㄌㄨㄧ：磊 三九〇　誄 五三三　漯 三三七　傫 十九　絫 四三三　嫘 三二〇　櫐 三六七　纍 四一五　藟 五一九　讄 五六三　儡 三一五　蕾 五二六　壘 一二五　蔂 五二四　蕊 五二四　縲 三一一　瘰 三六六　篇 四二三　鸓 五二二　蘽 五二二　畾 三三七　欙 三三一　攂 三三九　礌 三九三　壘 五二一　虆 五二一　縲 四三三　傫 三十　累 四三三　磥 三九三　屢 一三　褸 五一二　縷 四三一　鷜 七二二　膇 四七五　蘽 五二三　鑘 六二八

Lūi ㄌㄨㄧ：類 六〇八　欙 三三二　彙 一五九　蕤 五六五　傫 三十　酹 六一七　銇 六二五　礌 三九三　纇 四四四　泪 二九〇　淚 三九七　耒 四五五　絫 四四三　磥 三九三　縋 四二九　内 七六

Lùih ㄌㄨㄧㄏ

Lun

Lun ㄌㄨㄣ：伸 二六　圇 九二　綸 四二二　蜦 三二　侖 二二

Lún ㄌㄨㄣ：惀 一六九　惀 一六九　棆 四三三　碖 三八七　輪 四五六　忍 一六四　怕 一六七　踚 五八七

Lùn ㄌㄨㄣ：踚 五八七

Lut ㄌㄨㄊ：甩 五一九　冄 三三　秃 三九九　點 七九　訡 五〇六　脖 四七二　捽 二九八

Lûn ㄌㄨㄣ：圇 九二　逾 五四　輪 五九七　崙 一二五　倫 二三　侖 二六　綸 四三六　掄 三三　輪 四八八　掄 四八一　碖 三八七　輪 四五六　論 五三五　崙 一二五　淪 三八九　侖 三三　蜦 三三　踚 五八七

Lún ㄌㄨㄣ：惀 一六九　惀 一六九　棆 四三三　碖 三八七　輪 四五六　忍 一六四　怕 一六七　踚 六〇五

Lūn ㄌㄨㄣ：喻 三〇　嗡 六八　惀 二〇四　論 二三三　潤 三八〇　崙 一二五　婾 二六　嫩 二〇　腝 四八五　畚 三三　閏 六〇九　惀 二〇四

Lút ㄌㄨㄊ：訥 六六　訥 五〇九　律 二二　律 十九　律 二二六　肆 五八五　律 一九八　捽 二九八　吶 六六　軸 四六六　朒 四七二　鈉 五五九　絀 五六九　綷 四四一

Lúh ㄌㄨㄏ：捽 三〇七　律 七一　捽 四九九　捽 三五一　腒 四四一　鷅 七二二　柮 三三〇　捽 四四四　律 四八八　辣 四四一　跡 五八七　驕 六八四　寽 一二六　硉 三八六　捽 三四一　捽 二二四　捽 四〇四

L, M date theme m。ma。mai。mau。me。mia page

ㄉㄨㄣ ㄉㄨㄣ ㄉㄨㄣ ㄉㄨㄊ ㄉㄨㄣ ㄉㄨㄣ ㄉㄨㄣ ㄉㄨㄊ

m **ḿ** 母 姆 脢 **m̀** **mh** **m̂** 梅 莓 茅 葶 苺 葶 苺 **m̄** 母 姆 脢 不 梅 **m̍h**

ㄇ ㄇˊ ㄇˋ ㄇㄏ ㄇ̂ ㄇ ㄇ ㄇㄏ

ma 嗎 嗎 嘛 磨 媽 嗎 **má** 馬 瑪 碼 螞 媽 螞 嗎 嗎 **mà** 嗎 **mah** 嗎 麼 媽 **mâ** 磨 麻 鷹 麻 麻 蔴 **má** 馬 瑪 碼 螞 媽 螞 嗎 姆 **mā** 罵 罵 傌 禡 隅 榪 獁 嗎 嘛 **ma̍h** 嗎 麼

ㄇㄚ ㄇㄚˊ ㄇㄚˋ ㄇㄚㄏ ㄇㄚ̂ ㄇㄚˊ ㄇㄚ ㄇㄚㄏ

mai **mái** 買 瀆 嘪 蕒 覭 **mài** 䁹 脣 **maih** **mâi** 覭 **mái** 買 瀆 嘪 蕒 覭 **māi** 佅 袂 賣 邁 勱 譪 萬 藹 **ma̍ih**

ㄇㄞ ㄇㄞˊ ㄇㄞˋ ㄇㄞㄏ ㄇㄞ̂ ㄇㄞˊ ㄇㄞ ㄇㄞㄏ

mau 抔 **máu** **màu** **mauh** 唱 **mâu** 茅 蝥 矛 鍪 媢 罞 蝥 蟊 髳 毛 **máu** **māu** 皃 偝 貌 貌 藐 貿 冒 冒 **ma̍uh** 唱

ㄇㄠ ㄇㄠˊ ㄇㄠˋ ㄇㄠㄏ ㄇㄠ̂ ㄇㄠˊ ㄇㄠ ㄇㄠㄏ

me 吀 咩 咪 蜢 **mé** 猛 **mè** 吀 咩 **meh** 蛘 蜢 **mê** 鋩 秠 芒 **mé** 猛 **mē** 罵 **me̍h** 脈 脉 吀 咩

ㄇㄝ ㄇㄝˊ ㄇㄝˋ ㄇㄝㄏ ㄇㄝ̂ ㄇㄝˊ ㄇㄝ ㄇㄝㄏ

mi 眲 佅 吀 咪 咩 搣 䋷 邊 瞇 **mí** 猛 **mì** **mih** 麼 乜 **mî** 夜 冥 綿 䋷 棉 鋩 芒 秠 秠 彌 瞑 帰 盲 **mí** 猛 **mī** 媚 尾 麵 麪 **mi̍h** 物 麼 么 广

ㄇㄧ ㄇㄧˊ ㄇㄧˋ ㄇㄧㄏ ㄇㄧ̂ ㄇㄧˊ ㄇㄧ ㄇㄧㄏ

mia **mía** **mìa** **miah** **mîa** 名 明 明 朙 䓗 **mía** **mīa** 命 **mi̍ah**

M, N date theme mng。mo·。moa。mui。na。 page

mng 毛 耄
mńg 莔 晚
mn̂g
mngh
mn̄g 毛 門 眠 莔 晚 問
mńg
mn̄g 門
mn̍gh 物

mo· 摸
mó· 亲 抈 嬷 冃 麽
mò·
mo·h 枂 韵
mô· 毛 庅 毨 旄 盘 毷 髦 髳 顐 饝 饕 摹 魔 礳 摩 磨 劘 芼 庅 麼 麻 蔴 髳 螃 无 無 摩 耗
mó· 亲 抈 嬷 冃 麽
mō· 毷 湣 冒 眉 娼 帽 耄 薹 帽 務 瑁 冃 芼 摩
mo̍·h 木 膜

moa 縵 帽 禍 庀 廡 闧
móa 滿
mòa 蔓
moah
môa 麻 蔴 瞞
móa 鰻 滿
mōa 蔓
mo̍ah

mui
múi 每 糯 浼 浼
mùi
muih
mûi 呆 囮 糜 蟆 梅 玫 枚 莓 梅 鋂 祺 鵜 腜 脢 媒 酶 某 煤 壓 霉 蔓 莓
múi 每 糯 浼 浼
mūi 妹 昧 眛 魅 魅 魃 抹 沫 痗 昒 糯
mu̍ih 蟆 蔓

na
ná 拏 拿 㩘 那 愈 欖 伲 瘁 那 郍 揽 挪 娜 哪 拏 郝 如
nà 諾 婼 楉 挪 垃
nah 塌 搪 楉
nâ 砦 巖 孍 楉 嵒 鐃 喦 喈 嚨 擱 礉 林 蘿 咽 燕 藍 籃
ná 拏 拿 㩘 那 愈 攬 伲 瘁 那 郍 攬 挪 娜 哪 拏 郝 如
nā 若 婼 諾
na̍h

N date theme nai・nau・ne。ni。nia。niau。 page

nai
- nai ㄋㄞ: 乃 七, 奶 三〇, 㚷 三〇
- nái ㄋㄞˊ: 乃 七, 迺 六三, 奶 三〇, 迺 五四, 妳 三, 嬭 二九, 𡢃 四七, 疓 三五八
- nài ㄋㄞˋ
- naih ㄋㄞˋㄏ: 𡎥 一三
- nâi ㄋㄞˆ: 𤵥 三六〇, 脫 四六七, 孻 三
- nái ㄋㄞˊ: 乃 七, 迺 六三, 奶 三〇, 迺 五四, 妳 三, 嬭 二九, 𡢃 四七, 疓 三五八
- nāi ㄋㄞ¯: 奈 五〇, 奈 一〇八, 賴 五七五, 賴 六六六, 耐 四五, 耐 四五, 賚 五七四, 㮈 七六, 藾 五〇, 褦 五四〇, 瀨 三二四, 癩 三六七, 鼐 七二, 𧈢 五三〇, 籟 四三, 𥢶 四八, 瀨 三九八, 耏 四五, 睞 三七八, 擷 三三
- nāih ㄋㄞ˙ㄏ: 佴 八, 𩏃 七四, 𦲷 四九〇

nau
- nau ㄋㄠ
- náu ㄋㄠˊ: 惱 三七, 腦 四九, 㛴 五五, 撓 三七, 𢸗 三六
- nàu ㄋㄠˋ
- nauh ㄋㄠˋㄏ: 嘵 八六
- nâu ㄋㄠˆ: 怓 三六, 鐃 六三四, 呶 六
- máu ㄋㄠˊ: 惱 三七, 腦 四九, 㛴 五五, 撓 三七, 𢸗 三六
- nāu ㄋㄠ¯: 㝹 十, 兜 一〇
- nauh ㄋㄠ˙ㄏ: 鬧 六九二, 閙 六四〇

ne
- ne ㄋㄝ: 奶 三〇
- né ㄋㄝˊ: 奶 三〇, 妳 三, 嬭 二九
- nè ㄋㄝˋ
- neh ㄋㄝˋㄏ: 㚷 六四
- nê ㄋㄝˆ: 拎 九五, 㨟 三〇
- né ㄋㄝˊ: 奶 三〇, 妳 三, 嬭 二九
- nē ㄋㄝ¯
- neh ㄋㄝ˙ㄏ: 𩂯 五五

ni
- ni ㄋㄧ: 闐 五九三, 奶 三〇, 妳 三, 嬭 二九, 𩰊 五三, 瀝 三四, 拈 一五五, 呢 六八, 乳 九, 㨟 三〇
- ní ㄋㄧˊ: 伲 十七, 伱 十七, 苨 四八九, 柅 五二, 䴴 六九九, 誽 五五一, 耳 四五七, 薾 五〇九, 濔 四五九, 尒 三七, 尔 三七, 你 十三, 爾 三〇, 禰 三九八, 沵 二四九
- nì ㄋㄧˋ: 企 五
- nih ㄋㄧˋㄏ: 呢 六八, 睨 三八二, 矑 三八二, 檷 二四
- nî ㄋㄧˆ: 呢 六八, 怩 一六七, 妮 三, 旎 三三, 柅 四〇, 泥 四九六, 屔 三, 哖 三, 坭 九六, 埿 九九, 泥 二九〇, 尼 一九, 彌 三九, 年 一〇八, 秊 三九九, 拎 一九五, 㨟 三〇, 䬣 四一, 䭲 六三五, 鏻 六三五, 謰 六三五, 簾 四三, 蚭 五二七, 䭲 四四, 蓮 三三
- ní ㄋㄧˊ: 伲 十七, 伱 十七, 苨 四八九, 柅 五二, 䴴 六九九, 誽 五五一, 耳 四五七, 薾 五〇九, 濔 四五九, 尒 三七, 尔 三七, 你 十三, 爾 三〇, 禰 三九八, 沵 二四九
- nī ㄋㄧ¯: 莉 四九二, 媔 一二三
- nih ㄋㄧ˙ㄏ: 裡 五二七, 勒 五三

nia
- nia ㄋㄧㄚ
- nía ㄋㄧㄚˊ: 嶺 一二九, 領 六六五
- nià ㄋㄧㄚˋ
- niah ㄋㄧㄚˋㄏ
- niâ ㄋㄧㄚˆ: 娘 一三
- nîa ㄋㄧㄚˆ: 領 六六五, 嶺 一二九
- nīa ㄋㄧㄚ¯: 陵 四八九, 夌 一六, 陵 六〇六, 岭 一三
- niah ㄋㄧㄚ˙ㄏ

niau
- niau ㄋㄧㄠ: 猫 三五八, 貓 五一〇, 䦊 五〇九
- niáu ㄋㄧㄠˊ: 裊 五二七, 㒟 五七, 㜵 三八, 㒡 五〇四, 嬝 二九, 蔦 五〇三, 嬲 七一四, 嫋 二九, 䄙 六〇七, 褭 五〇四, 樢 三二, 樢 三三
- niàu ㄋㄧㄠˋ: 䄙 六〇七
- niauh ㄋㄧㄠˋㄏ: 䁤 三八二, 䄙 六〇七
- niâu ㄋㄧㄠˆ
- niáu ㄋㄧㄠˊ: 裊 五二七, 㒟 一〇, 㒡 三八, 𩢆 五〇〇, 嬝 二九, 蔦 五三一, 鳥 七四, 嫋 二九, 䄙 六〇七, 褭 五〇四, 𣛧 三二, 樢 三三
- nīau ㄋㄧㄠ¯: 尿 二九
- niauh ㄋㄧㄠ˙ㄏ

n.ng date theme niu. nng. noⁿ. noa. ng. nga. ngi. ngam. page

niu ㄋ-ㄨ	níu 兩三九 兩六 ㄋˊ-ㄨ	㑳三四 鈕六三	niù ㄋˋ-ㄨ	niuh ㄋ-ㄨㄏ	nîu 涼四三 量六三 ㄋ^-ㄨ	粮三五 糧四八	娘三 孃二九	樑三六 蚕五五	蛪三四 蠶五三	㦖六三 梁三五	níu 兩三九 兩六 ㄋˊ-ㄨ	㑳三四 鈕六三	nīu 量六三 讓五六四 ㄋ-ㄨ̄	量 衝五四 㧯三五	niúh ㄋ-ㄨㄏ
nng 䐦五四 䐴 ㄋㄥ	䞁五〇	nńg 軟五五 輭五九八 ㄋˊㄥ		nn̂g 䞁五〇 ㄋˋㄥ	㜷四一	nngh ㄋㄥㄏ	nn̂g 椰三 郎六三 ㄋ^ㄥ	篗四三 團九三	䐴六〇七	nńg 軟五五 輭五九八		nn̄g 卵五九 蛋五六 ㄋ̄ㄥ	兩三九 兩六	浪六五	nńgh ㄋˊㄥㄏ
noⁿ ㄋㄛ°		nóⁿ ㄋˊㄛ°		nòⁿ ㄋˋㄛ°		noⁿh ㄋㄛㄏ	nôⁿ ㄋ^ㄛ°		nóⁿ ㄋˊㄛ°			nōⁿ 壖四一 嚅六五 ㄋ̄ㄛ°			nóⁿh ㄋㄛ
noa ㄋㄨㄚ		nóa 擱三六 懶六八 ㄋˊㄨㄚ	霦六五	nòa 淖三九 ㄋˋㄨㄚ		noah ㄋㄨㄚㄏ	nôa 擱三 擱三 ㄋ^ㄨㄚ		nóa 擱三六 懶六八 ㄋˊㄨㄚ	霦六五	nōa 涎三六 賴三三 ㄋ̄ㄨㄚ	賴六六 爛三九	鏈三九 妹三	懶六八	nóah ㄋˊㄨㄚㄏ
ng 央三六 秧四三 ㄥ	掩三四 揜三九	央六九	ńg 笐四三 抗六三 ㄥˊ	影三九 阮六四	衪三三 俺三 㽘五三	ǹg 黕五三 向 仰二四 ㄥˋ	奇	ngh ㄥㄏ	n̂g 彎三九 唯三九 ㄥ^	黃 三七 擴三六	礦六三 王三 亭三九	ńg 笐四三 抗六三 ㄥˊ	影三九 阮六四	衪三三 俺三 㽘五三	n̄g 暈三九 ㄥ̄	ńgh 㽘三 ㄥˊㄏ
nga ㄫㄚ		ngá 厊三九 ㄫˊㄚ	雅六五 鋨六九	ngà ㄫˋㄚ		ngah ㄫㄚㄏ			ngá 厊三九 ㄫˊㄚ	雅六五 鋨六九	ngā 㾊三 ㄫ̄ㄚ	戇六七 戇六八	ngáh ㄫˊㄚㄏ
ngai ㄫㄚ一		ngái 訝三九 ㄫˊㄚ一	研三六	ngài ㄫˋㄚ一	ngaih ㄫㄚ一ㄏ	ngâi ㄫ^ㄚ一	ngâi 研三六 ㄫ^ㄚ一	訝三九	ngāi 刈四三 ㄫ̄ㄚ一	㕚三四	哎七	敆六三	乂四	艾四四	ngáih 睨三九 ㄫˊㄚ一ㄏ
ngam ㄫㄚㄇ		ngám ㄫˊㄚㄇ		ngàm ㄫˋㄚㄇ		ngap ㄫㄚㄅ		ngâm ㄫ^ㄚㄇ		ngám ㄫˊㄚㄇ		ngām 鹻七四 戇七四 ㄫ̄ㄚㄇ		ngáp ㄫˊㄚㄅ

ng date theme ngau. nge. ngia. ngiau. page

ngau	ngáu		ngàu	ngauh	ngâu					ngáu		ngāu	ngàuh
	齩 嚙 咬	嚙		耦 齩	肴 淆	崤 殽	餚 爻	殽 嗃	嗃 揹	虓 熬 爻	齩 咬	嚙	藕	嚙
ㄥㄚㄨ	ㄥˊㄚㄨ		ㄥˋㄚㄨ	ㄥㄚㄨㄏ	ㄥ^ㄚㄨ						ㄥˊㄚㄨ			ㄥˋㄚㄨㄏ

nge	ngé	ngè	ngeh			ngê	ngé	ngē	ngéh
			筴 莢	挾	夾			硬 勁	挾 莢
ㄥㄝ	ㄥˊㄝ		ㄥㄝㄏ			ㄥ^ㄝ	ㄥˊㄝ	ㄥ¯ㄝ	ㄥˊㄝㄏ

ngi	ngí	ngì	ngih	ngî	ngí	ngī	ngih
齶	齶		癃 翹 腥		齶	硬 勁	疑
ㄥ一	ㄥˊ一	ㄥˋ一	ㄥ一ㄏ	ㄥ^一	ㄥˊ一	ㄥ¯一	ㄥˋ一ㄏ

ngia	ngiá	ngià	ngiah	ngiâ	ngiá	ngiā	ngiah
				迎			愕
ㄥ一ㄚ	ㄥ一ˊㄚ	ㄥ一ˋㄚ	ㄥ一ㄚㄏ	ㄥ一^ㄚ	ㄥ一ˊㄚ	ㄥ一¯ㄚ	ㄥ一ˋㄚㄏ

ngiau	ngiáu	ngiàu	ngiauh	ngiâu	ngiáu	ngiāu	ngiàuh
嫪	嘐 撟		撟 乳		嘐 撟		乳 撟 嘐
ㄥ一ㄚㄨ	ㄥ一ˊㄚㄨ	ㄥ一ˋㄚㄨ	ㄥ一ㄚㄨㄏ	ㄥ一^ㄚㄨ	ㄥ一ˊㄚㄨ	ㄥ一¯ㄚㄨ	ㄥ一ˋㄚㄨㄏ

ngiu	ngiú	ngiù	ngiuh	ngiû	ngiú	ngiū	ngiuh
	揉		齵		揉		齵
ㄥ一ㄨ	ㄥ一ˊㄨ	ㄥ一ˋㄨ	ㄥ一ㄨㄏ	ㄥ一^ㄨ	ㄥ一ˊㄨ	ㄥ一¯ㄨ	ㄥ一ˋㄨㄏ

ngo·	ngó·		ngò·	ngoh	ngô·					ngó·		ngō·		ngòh
	五 午 伍 仵 旿 乂 我 我 鯃 偶	藕 迕 硪 吾			吾 鋘 鋙 鼯 郚 浯 唔 廒 嘺	峨 峩 蛾 遨 娥 哦 訛 嗷 嶅 吪	蝥 厫 璈 磝 謸 聱 鰲 鼇 謸 鑁	蜈 蓍 莫 吳 吳 梧 鯃 齬 鋙 囮	硪 捂 牾 擜 鶩 鷔 鼇 敖 熬 鰲	五 午 伍 仵 旿 乂 鯃 我 我 偶	藕 迕 硪 吾	馮 餓 鏊 晤 寤 懊 誤 原 傲 悟	臥 擜 牾 聱 捂 聱 鋙 敖 鶩 鷔	

ng, o, ó date theme ngo. ngoe. o, o', oⁿ page

ㄥㄜ	忤 一六五 耦 四五六 ㄥㄜˊ		ㄥㄜˋ	ㄥㄜㄏ	莪 四九三 俄 六二 ㄥㄜˋ	珴 三一四 誐 三五	鵞 七一七 䳘 七一七	鵞 四六八 譌 五六二		忤 一六五 耦 四五六 ㄥㄜˊ		悞 三一 臥 四五六 ㄥㄜ	莪 三六二		ㄥㄜㄏ

ngoe ㄥㄜㄝ	ngóe 挾 一九九 ㄥㄜˊㄝ		ngoè ㄥㄜˋㄝ	ngoeh 挾 一九九 ㄥㄜㄝㄏ	夾 一〇八	莢 四九二	筴 四五一	ngôe ㄥㄜ̂ㄝ	ngóe 挾 一九九 ㄥㄜˊㄝ	ngōe 硬 三七 ㄥㄜ̄ㄝ	劲 五三	ngoeh 筴 四五一 ㄥㄜㄝㄏ	莢 四九二	挾 一九九 夾 一〇八

o 窩 四一七 萵 四九九 痾 三二〇 痾 三五二 碢 三九二 涹 三九九 擱 三一八 鍋 六二〇 錒 六二〇 訶 五三〇 爊 三八 呵 一七〇 踒 五八七 婀 三一 阿 二〇 蝸 三〇二 蒿 四九九 搞 五三〇 鎢 六二〇 藹 五三〇 婀 六〇四 疴 三五九 苛 四七 麞 六二三 猗 三七七 謳 五三〇 倭 二二四 渦 三二三 媧 三一五 荷 四九二 咼 三二三 棵 三六九 猗 三二七 ㄜ	ó 襖 五三二 婐 三二五 倮 二三五 嫛 三四 婀 三一 倭 二二四 果 三四七 ㄜˊ	ò 啊 七五 墺 三四 鰂 七三 擙 三二 䑶 六六 菝 六六 敫 三五 扶 一九二 澳 三一 懊 八六 隩 六〇八 炷 三二七 燠 三二 奧 五三七 奧 一〇九 倷 八 噢 一七 奧 五三七 ㄜˋ	oh 难 四九九 難 六五 鸃 一〇九 ㄜㄏ	ô 蠔 三五九 蚵 五二六 ㄜ̂	ǒ 倭 二四 果 三四七	襖 五三二 婐 三二五 倮 三五 嫛 三四 婀 三一 ㄜˇ	ō ㄜ̄	ò̍h 李 三一〇 學 三一 斈 八九 ㄜㄏ

o͘ 塢 八一 歍 三三八 軀 二〇八 鴣 三三九 鷗 二一〇 摳 四一二 玗 三五六 烏 三九九 鄔 四九九 瑦 三四七 謳 五六〇 鄔 六一四 洿 三二九 鴮 七一〇 區 一七〇 呱 六九 於 三〇二 扵 六三 剾 四九九 傴 三三 窩 四一七 棵 二六八 歐 三三六 罵 七一八 嗚 三〇 漚 三二六 隝 六〇六 於 四八六 ㄛ	ó͘ 埡 九八 嗚 三四 嗚 三二 嫗 二六 嵢 四三 喀 七一 搗 三二 爊 三三六 鴻 三三 嘔 八〇 隝 六〇四 塢 一〇二 謳 五六〇 瑪 三四七 歐 三三六 漚 三二六 鄔 六一四 剾 四九九 ㄛˊ	ò͘ 毆 三六三 毆 三三九 挖 一九八 惡 三一三 噁 八六 㥐 三一 ㄛˋ	oh ㄛㄏ	ô͘ 糊 三三 䴴 六六 胡 三三 壺 一三 壼 一三八 湖 三〇 葫 四一 瑚 三四 蝴 五一 楜 三三 胡 三三 葫 四一 衚 三三 葫 六八〇 猢 三八 鶘 七〇 餬 六五 饕 六七五 糊 四六八 黏 六八 麪 六八六 ㄛ̂	ǒ͘ 埡 九八 鴻 三三 嫗 二六 嵢 四三 喀 七一 搗 三二 鴮 三三 爊 三三六 嘔 八〇 隝 六〇四 塢 一〇二 謳 五六〇 瑪 三四七 歐 三三六 漚 三二六 鄔 六一四 剾 四九九 ㄛˇ	ō͘ 毆 三六三 毆 三三九 挖 一九八 ㄛ̄	o̍͘h 芋 四八五 ㄛㄏ

o͘ⁿ 呕 八一 ㆦ	ó͘ⁿ ㆦˊ	ò͘ⁿ 噁 八六 ㆦˋ	啞 七六 惡 三一三	瘂 三六五	ohⁿ	ô͘ⁿ 噁 八六 ㆦ̂	ǒ͘ⁿ ㆦˇ	ō͘ⁿ ㆦ̄	o̍͘hⁿ ㆦㄏ

O date theme Oa, Oaⁿ, Oai, Oaiⁿ, Oan, page

Oa ㄨㄚ
哇三三 娃三三 喎八十 呱六六 蛙三八 黽三三 鼃三三 蝸三五 窪四四 窊四七 流三四 窳四八 洼三二 啘八六 蹤五九 洼五九 蝸三三 洿三四 騧六三 洼五四 呢三六

Oá ㄨㄚˊ
瓦三五 倚三 蝽三四 偎三六

Oà ㄨㄚˋ
發三六

Oah ㄨㄚㄏ

Oâ ㄨㄚˆ
何三三

Oá ㄨㄚˊ
瓦三五 倚三 蝽三四 偎三六

Oā ㄨㄚ˗
瓦三五 完三三 搲三三 搲三四 話三三 畫三三 畫三六 畫四五九 繣四三

Oa̍h ㄨㄚ̍ㄏ
活三二

Oaⁿ ㄨㄚ°
安三三 埃九六 頞六六六 鞍六五九

Oáⁿ ㄨㄚˊ°
碗三八 腕四八 垸九

Oàⁿ ㄨㄚˋ°
晏三七 案三三 晚三七

Oahⁿ ㄨㄚㄏ°

Oâⁿ ㄨㄚˆ°

Oáⁿ ㄨㄚˊ°
碗三八 腕四八 垸九

Oāⁿ ㄨㄚ˗°
旱三四 換三七

Oa̍hⁿ ㄨㄚ̍ㄏ°

Oai ㄨㄚㄧ
歪三六 冤四 完三四

Oái ㄨㄚˊㄧ
跦五六五

Oài ㄨㄚˋㄧ

Oaih ㄨㄚㄧㄏ

Oâi ㄨㄚˆㄧ

Oái ㄨㄚˊㄧ
跦五六五

Oāi ㄨㄚ˗ㄧ
不好三

Oa̍ih ㄨㄚ̍ㄧㄏ

Oaiⁿ ㄨㄚㄧ°
挨三九 轟六〇 完三四 冤四 彎三八 彎三六 閭六

Oáiⁿ ㄨㄚˊㄧ°
椏三六 跦五六五

Oàiⁿ ㄨㄚˋㄧ°

Oaihⁿ ㄨㄚㄧㄏ°
閭六四

Oâiⁿ ㄨㄚˆㄧ°

Oáiⁿ ㄨㄚˊㄧ°
椏三六

Oāiⁿ ㄨㄚ˗ㄧ°
椏三八

Oa̍ihⁿ ㄨㄚ̍ㄧㄏ°
閭六四

Oan
肙四六 寃一四 捥三五 智三五 踠五六 鴛七六 鴛七六 彎五三 宛二四 冤四 灣三六 夗一七 惋三五 蠻三三 剜四八 彎五三 彎三九 蜿三三 苑四八 宛一三 捐三四 悁一七 菀四九 腕四八 飆三九 蛋三七 彎一五八

Oán
皖三九 智三四 婉三五 皖三七 畹三五 畹三五 倇三四 琬三五 盌三七 捥三八 晼三六 滓三〇 浣三五 腕四六 浣三九 菀四七 惋三四 腕六七 碗三八 蜿三三 遠三九 夗七 惋三五 宛四八 唍三四 莞四九 遠六八 睆三七 睅三七 鯇七〇 鯇六九 菀四六 綰四三 苑四八 宛三 捾三三 玩三四 捥三五 埦九九

Oàn
怨三七 宛三

Oat
空四五 挖三九 噦八二 斡三〇 捾三二 汩三九 越五九

Oân
爰三九 完三三 袁三五 袁三五 圓九三 猿三九 烷三三 猿三九 猨三八 湲三〇 園九三 嵮三七 幰三七 垸九七 蝯五三 鵷七五 員七三 轅五九 隕六〇七 蒧七〇七 唍三四 彎三八 彎五三 鬘四九 援四九 援五九 莞四九 檀三 沅六六 洹三四 丸七 圜九三 萑四四 芄四四 紈四九 宛三三 駉六四 榬二〇

Oán
灣三八 亢三 彎三六 皖三九 智三四 婉三五 皖三七 畚三五 畹三五 倇三四 琬三五 盌三七 捥三八 晼三六 滓三〇 浣三五 腕四六 浣三九 菀四七 惋三四 腕六七 碗三八 蜿三三 遠三九 夗七 剜四八 唍三四 莞四九 婉四三 遠六八 睆三七 睅三七 鯇七〇 鯇六九 菀四六 綰四三 苑四八 宛三 捾三三 玩三四 捥三五 埦九九

Oān
瑗三四 緩三九 緩三九 媛二六 綄四五 遠六八 鰀七〇 睅三七 睆三七 援二〇九 浣三五 輐五九 換二九

Oa̍t
曰三三 戉八二 蚻五八 嗢八二 搰二〇九 粵四五 鉞六五 越五九 樾三九 越三九

O, P

date　　theme Oan, Oang, Oe, Ong, Pa, Pai　　page

Oan / Oang

- ㄨㄚˇ Oang: 嚾 迋
- ㄨㄚˊ Oáng
- ㄨㄚˋ Oàng
- ㄨㄚㄊ Oak
- ㄨㄚˆ Oâng
- ㄨㄚˊ Oáng
- Oāng
- ㄨㄚㄊ Oa̍k: 喖

Oe

- ㄨㄝ Oe: 崴 蔓 㟪 挨 渨 碨 偎 椳 椳 猥 倭 隈 鍡 痿
- ㄨㄝˊ Oé: 矮 躷 挖
- ㄨㄝˋ Oè: 薉 譺 劌 濊 儈 黵 儈 積 穢 鱠 奩 樅 餯 噦 翽 薉
- ㄨㄝㄏ Oeh: 挖
- ㄨㄝˆ Oê: 鞋 唯 喂 挨
- ㄨㄝˊ Oé: 矮 躷 挖
- ㄨㄝ Oē: 衛 話 衞 能 衛 會 衛 劃
- ㄨㄝㄏ O̍eh: 挖 狹 陜

Ong

- ㄛㄥ Ong: 汪 尫 顉 翁 嗡 匡 尢 螉 尣 䈵 尪 蓊 尩 翁
- ㄛㄥˊ Óng: 往 翁 往 顉 滃 嵡 暡 枉 瞈 央 膉
- ㄛㄥˋ Òng: 瓮 擁 塕 擁 甕 儋 甕 甕
- ㄛㄎ Ok: 屋 腹 啞 垩 惡 劅 喔 齷 渥 噁 握 鳥 偓
- ㄛㄥˆ Ông: 任 王 隍
- ㄛㄥˊ Óng: 往 翁 往 顉 滃 嵡 暡 枉 瞈 央 膉
- ㄛㄥ Ōng: 旺 王 迋 尪 王
- ㄛㄎ O̍k: 鑊 鑊 喔 鑊 喔

Pa

- ㄅㄚ Pa: 巴 羓 舥 䰾 吧 妑 䩻 蚆 芭 疤 鲃 葩 笆 豝 䎬 苩 疤 鈀 鯊 扑
- ㄅㄚˊ Pá: 把 飽
- ㄅㄚˋ Pà: 弝 譨 霸 巴 䎱 爸 壩 把 豹 灞 靶 垻 欛 霸 覇 欛
- ㄅㄚㄏ Pah: 百 佰 爸
- ㄅㄚˆ Pâ: 趴 跁 杷 爸 爬 琶 芭 筢
- ㄅㄚˊ Pá: 把 飽
- ㄅㄚ Pā: 罷 耙 䎱 暴
- ㄅㄚㄏ Pa̍h

Pai

- Pai: 斑
- Pái: 擺 佃 回 跛
- Pài: 府 扒 拜 湃
- Paih
- Paî: 排 捭 徘 棑 簰 裴
- Pái: 擺 佃 回 跛
- Pāi: 敗 憊 稗 稗
- Pa̍ih: 韛

P date theme Pai, Pan, Pau, Pe, page

Pai

- ㄅㄚㄧ
- ㄅㄚㄧˊ — 回 次 撓
- ㄅㄚㄧ 回
- ㄅㄚㄧˊ — 牌 俳 棹 筏
- ㄅㄚㄧ — 回 次 追 糒
- ㄅㄚㄧㄏ

Pan

- Pan ㄅㄚㄋ — 瘢 瘫 班 玟 斒 攽 頒 鬢 般 便 扳 埔
- Pàn ㄅㄚˋㄋ — 板 版 舨 鈑 昄 阪 坂 阪 反 辦
- Pàn ㄅㄚˋㄋ
- Pat ㄅㄚㄊ — 八 仈 捌 喇 扒 叭 朳
- Pân ㄅㄚ^ㄋ — 瓶 缾 蝂
- Pán ㄅㄚˊㄋ — 板 版 舨 鈑 昄 阪 坂 阪 反 辦
- Pān ㄅㄚㄋ — 辦 湴 挀 扮 辦 辧 辦 販 湴 辯
- Pa̍t ㄅㄚㄊ — 菝 別

Pang

- Pang ㄅㄚㄤ — 挷 梆 帮 垹 鎊 幫 犎 枋 邦 敪 幫 封 封 綁 方 枋 封 崩 板
- Páng ㄅㄚˊㄤ — 綁
- Pàng ㄅㄚˋㄤ — 放
- Pak ㄅㄚㄎ — 駁 駮 膊 皺 剝 北 幅 腹 破
- Pâng ㄅㄚ^ㄤ — 逄 厖 庬 胖 龐 馮 房 縫 硼 逢 縫
- Páng ㄅㄚˊㄤ — 綁
- Pāng ㄅㄚㄤ — 玤 蚌 奉 棒 捧 怦
- Pa̍k ㄅㄚㄎ — 蹼 縛

Pau

- Pau ㄅㄚㄨ — 勹 邑 笣 胞 苞 包 鮑 泡
- Páu ㄅㄚˊㄨ — 飽 鮑
- Pàu ㄅㄚˋㄨ
- Pauh ㄅㄚㄨㄏ — 發 蝁
- Pâu ㄅㄚ^ㄨ — 庖 咆 刨 跑 袍 匏 齙 炮 苞 炰 枹 鉋 鞄 暴 鉋 包 泡 鮑
- Páu ㄅㄚˊㄨ — 飽 鮑
- Pāu ㄅㄚㄨ — 勺 雹 葩 暴
- Pa̍uh ㄅㄚㄨㄏ — 胞 蝁

Pe

- Pe ㄅㄝ — 皮 菠 飛
- Pé ㄅㄝˊ — 把 摻
- Pè ㄅㄝˋ — 敝 蔽 幣 斃 弊 草 桂 瞥 斃 覽 霸 填 背 斃 覽
- Peh ㄅㄝㄏ — 柏 栢 迫 迫 百 叭 伯 擘 擗 扒 把 爬
- Pê ㄅㄝ^ — 皮 鈀 爬 杷 琶 爬 杷 琶 跁
- Pé ㄅㄝˊ — 把 摯
- Pē ㄅㄝ — 負 焙 佩 父 增 杷 倍 背
- 陛 倂 斃 梐 蜌 陛 斃 弊 坒 斃
- Pe̍h ㄅㄝㄏ — 白 帛

P date theme Peng, Pi, page

Peng	冫 氷 冰 兵 仌 冱 冰 栟 掤 倗 栟 栟
	祊 怦 絣 弸 拼 崩 怦
Péng	丙 眪 蛃 鲂 炳 偈 眪 鉼 餅 餠 鞞 怦
	柄 寎 庰 偋 秉 邴 屛 屛 稟 反 仮 倂
	怦 偋
Pèng	迸 柄 摒 摒 並 竝 幷 并 併 併 並 拼
	栟 棅 鞴 寎 竉 寍 蛃 邴 庰 秉 寎
Pek	迫 迫 偪 逼 湢 楅 百 佰 栢 柏 煏 愊
	福 堛 畐 畟 伯 踾 緆 檗 檗 愎 嗶
Pêng	平 朋 胼 鵬 倗 傰 篣 抨 堋 拼 硼 枰
	掤 坪 磞 泙 屛 屛 枰 頩 便 騯 廝 阿
Péng	丙 眪 蛃 鲂 炳 秉 眪 鉼 餅 餠 鞞 怦
	柄 寎 庰 偋 寫 邴 屛 屛 反 稟 仮 倂
	怦
Pēng	病 痕 偋 偋
Pék	白 帛 帕 踾 舶 蕈 苩 愎 箔
Pi	卑 畀 屄 睥 箄 碑 螕 悲 蓖 萞 啡 砒 磇 捭
	箄 裨 錍 鵯 庳 埤 草 俾 俾 氷 冰 篦 笓 柀
Pí	妣 彼 匕 佊 粃 秕 吡 仳 貏 陛 比 庀 疕 柀
	詖 跛 狴 毘 皂 毗 魮 俻 備
Pì	庇 秘 閉 疪 箅 痹 痺 淠 篦 秘 芘 鎞 泌 筄
	詖 箄 章 捌 淠 鄍 贔 佊 鐴 悶 媲 渒 萚 瀆
	賁 詖 跛 芆 邲 萛 淠 篦 箄 鈊
Pih	弼 鷩 撇 擎 追 熚 鷩 鼊
Pî	脾 膍 琵 枇 毘 皂 陴 毗 魮 貔 蟚 鈚 岥 魮
	躲 躲 魄 媲 鎞 仳 裨 庳 埤 紕 掜 蚍 皮 狴
Pí	妣 彼 匕 彼 粃 秕 吡 仳 貏 陛 比 庀 疕 柀
	跛 跛 狴 毘 皂 毗 魮 俻 備
Pī	婢 避 脩 備 畀 卑 坒 鞴 髀 鼻 罷 㵒 禪 比
	濞 嚊 跐 骳 鞴 駜 鼻 紴 髮 被 薛 庳 埤 紕
	俾 俾 劓 辟 備 講
Pih	爆 踾 迫

P date theme Piⁿ, Pia, Piaⁿ, Pian, Piang, Piau. page

Syllable	Zhuyin	Entries
Piⁿ	ㄅ一ⁿ	全 六三八 邊 六三〇 併 二九 鞭 六二八 拚 二三 辺 六三一
Píⁿ	ㄅ一ˊⁿ	匾 六八
Pìⁿ	ㄅ一ˋⁿ	变 六二三 變 五五四 柄 三〇
Pihⁿ	ㄅ一ⁿㄏ	
Pîⁿ	ㄅ一ˆⁿ	平 三一九 棚 三七八 纏 四四 纏 四四
Pǐⁿ	ㄅ一ˇⁿ	扁 六一九
Pīⁿ	ㄅ一ˉⁿ	病 三二九 辮 四四 編 四四
Pi̍hⁿ	ㄅ一ㄏⁿ	
Pia	ㄅ一Y	
Pía	ㄅ一Yˊ	
Pìa	ㄅ一Yˋ	
Piah	ㄅ一Yㄏ	壁 二五 躃 三〇
Piâ	ㄅ一Yˆ	
Piá	ㄅ一Yˇ	
Piā	ㄅ一Yˉ	
Pia̍h	ㄅ一Yㄏ	
Piaⁿ	ㄅ一Yⁿ	兵 三九 拋 三九二
Piáⁿ	ㄅ一Yˊⁿ	丙 五 餅 六六三 餅 六六三 炳 三六
Piàⁿ	ㄅ一Yˋⁿ	並 六 併 三九 竝 四一 絣 三八 併 二五 併 三 并 三八 倂 三九 拼 三八
Piahⁿ	ㄅ一Yㄏⁿ	
Piâⁿ	ㄅ一Yˆⁿ	抄 六二
Piáⁿ	ㄅ一Yˇⁿ	丙 五 餅 六六三 餅 六六三 炳 三六
Piāⁿ	ㄅ一Yˉⁿ	
Pia̍hⁿ	ㄅ一Yㄏⁿ	
Pian	ㄅ一ㄢ	边 六三一 全 六三八 蹁 五七 鞭 六二八 碥 三八九 邊 六三〇 箯 四四三 籩 四四三 編 四四三 楄 三八三 傷 三一 扁 一八六 鯾 六四〇 編 四四八 鯿 六四〇 扳 三九二 邉 四三 拚 三一
Pían	ㄅ一ㄢˊ	匾 五八 藊 五四八 蝙 四三三 糄 四〇七 貶 五三七 辯 四四二 砭 三五 鯿 四四八 惼 三七一 諞 五三七 萹 四八八 扁 一八九 褊 五三七 騙 六六三 辯 六六〇 鶣 六六三 鴘 七三六
Piàn	ㄅ一ㄢˋ	遍 六五三 徧 二一五 窆 四六三 變 五五四 变 六二三 半 六三
Piat	ㄅ一ㄚㄊ	拙 一六一 撇 二三 彆 四一 鷩 七一六 鱉 六二 瞥 二二一 蹩 三八 撇 二三 蟞 二三八 謝 一三 瘪 三二六 癟 三二六 擎 三一七 撇 三一 龞 三一二 蹩 四二七 瞥 三三七 鼈 四一二 瞥 三八六 憋 三八六 別 四六 覕 五五四 八 三四 潎 三六五 懺 一八七 敝 三六五 香少 六九 瞞 二一八 澈 三一八 鼈 六八三 蹩 三七
Piân	ㄅ一ㄢˆ	胼 四八三 緶 四八九 胼 四八六 便 二一一 駢 六六 駢 六六〇 蜫 五三三 骿 六八七 骿 六八七 楩 三五五 楄 三八五
Piǎn	ㄅ一ㄢˇ	匾 五八 藊 五四八 蝙 三三三 蝙 四三七 貶 五三七 辯 四四二 砭 三五 鯿 四四八 惼 二七一 諞 五三七 萹 四八八 扁 一八九 褊 五三一 騙 六六三 辯 六六〇 鶣 六六三 鴘 七三六
Piān	ㄅ一ㄢˉ	卞 一五八 便 二一一 辡 六二一 釆 六三 辧 六二一 辧 六二一 汴 三六八 楩 三五五 拚 一四一 汳 三六 昪 三六八 編 四四八 芐 四八 辮 四四二 面 六一七 閞 六五一 抃 一五八 面 六一七 便 二一一 牑 四四 緶 四八 翸 五三一 弁 一三五 辯 六三一 忭 一五
Pia̍t	ㄅ一ㄚㄊ	別 四六 白 三三八
Piang	ㄅ一Yㄤ	冰 四九六 挨 三三 冰 四四
Piáng	ㄅ一Yㄤˊ	
Piàng	ㄅ一Yㄤˋ	乒 八 併 三五 徬 五五 併 九 趽 五九一
Piak	ㄅ一Yㄎ	揊 三九 熄 三 熇 三
Piâng	ㄅ一Yㄤˆ	
Piǎng	ㄅ一Yㄤˇ	
Piāng	ㄅ一Yㄤˉ	唍 四〇 彭 四〇
Pia̍k	ㄅ一Yㄎ	擅 三九 熄 三 爆 三八
Piau		標 三六六 膘 四四三 嘌 二二五 摽 三三
Piáu		表 五四 俵 三三 竅 五三五 殍 三九 鰾 六九九 褾 五三八 錶 六八 藨 五〇 鰾 七三 擦 三三 摽 三三 莩 四九 嘌 三三 錶 六八 錶 六八
Piàu		
Piauh		
Piâu		
Piǎu		表 五四 俵 三三 竅 五三五 殍 三九 鰾 六九九 褾 五三六 錶 六八 藨 五〇 鰾 七三 擦 三三 摽 三三 莩 四九 嘌 三七 錶 六八 錶 六八
Piāu		
Pia̍uh		

P date theme Piau, Pin, Piong, Pio, Piu, Png page

ㄅ一ㄚㄨ ㄅ一ˊㄚㄨ ㄅ一ˋㄚㄨ ㄅ一ㄚㄨ ㄅ一ˆㄚㄨ ㄅ一ˉㄚㄨ ㄅ一ㄚㄨㄏ

Pin	Pín	Pìn	Pit	Pîn	Pín	Pīn	Pit
剁 檳 檳 彬 蠙 獱 鑌 邠 豳 豳 賓 賓 / 乒 斌 瑸 繽 霦 繽 寳 觀 放 瀕 濱 汃 份 屏 浜	稟 牝 稟 算 屏 屏 鉼	鬢 鬢 儐 擯 殯 箆 蹁 觀 髕 凭 繽 乒 / 並 箆 篳 蹁	必 笔 筆 畢 華 篳 潷 吡 嗶 珌 彈 樺 / 嗶 蹕 滭 鷝 饆 滭 觱 觱 韠 鷝 熚 馝 / 跛 苾 飶 佖 邲 繹 坡 比 皴 伯 匹	貧 憑 憑 凴 憑 頻 苹 郉 軿 櫇 瓶 嚬 顰 / 瓶 鉼 凭 蘋 瀕 濱 嬪 臏 屏 屏 馮 憑	稟 牝 稟 算 屏 屏 鉼	蹁 牝 髕 嬪 臏 蹁 颮 屏	闢 弼 鼻 苾 咇 佖 飶 邺 苐 拂 擗 佛 / 鷩 劈 辟 熚 眫

ㄅ一ㄣ ㄅ一ˊㄣ ㄅ一ˋㄣ ㄅ一ㄊ ㄅ一ˆㄣ ㄅ一ˊㄣ ㄅ一ˉㄣ ㄅ一ㄊ

Piong	Pióng	Piòng	Piok	Piông	Pióng	Piōng	Pio̍k

ㄅ一ㄜㄥ ㄅ一ˊㄜㄥ ㄅ一ˋㄜㄥ ㄅ一ㄜㄎ ㄅ一ˆㄜㄥ ㄅ一ˊㄜㄥ ㄅ一ˉㄜㄥ ㄅ一ㄜㄎ

Pio	Pió	Piò	Pioh	Piô	Pió	Piō	Pio̍h
錶 標 剽 麃 嗃 錶 鑣	表 錶				表 錶		鰾

ㄅ一ㄜ ㄅ一ˊㄜ ㄅ一ˋㄜ ㄅ一ㄜㄏ ㄅ一ˆㄜ ㄅ一ˊㄜ ㄅ一ˉㄜ ㄅ一ㄜㄏ

Piu	Píu	Pìu	Piuh	Piû	Píu	Piū	Pi̍uh
彪 虎 滮 彪							

ㄅ一ㄨ ㄅ一ˊㄨ ㄅ一ˋㄨ ㄅ一ㄨㄏ ㄅ一ˆㄨ ㄅ一ˊㄨ ㄅ一ˉㄨ ㄅ一ㄨㄏ

Png	Pńg	Pǹg	Pngh	Pn̂g	Pńg	Pn̄g	Pn̍gh
方 楓 幫 幇 幫 枋 皷	榜 榜				榜 榜	榜 飯 傍 榜	

ㄅㄥ ㄅˊㄥ ㄅˋㄥ ㄅㄥㄏ ㄅˆㄥ ㄅˊㄥ ㄅˉㄥ ㄅㄥㄏ

Po	Pó	Pò	Poh	Pô	Pó	Pō	Po̍h
玻	保 葆 緥	報 譒	駁	婆 播	保 葆 緥	褒	薄

P date theme Po, Pó; Poa, Poan, page

ㄅㄜ: 菠 四九五 褒 五四〇 皤 一三八 艕 四八〇 褒 五三九

ㄅㄜˊ: 宝 一三 寶 一三六 寶 一三六 乇 五五 堡 九九 / 保 三三 賲 五七五 寚 一三五 鴇 七〇五 褓 五三九 / 爸 三九 宲 一三 呆 六七

ㄅㄜˋ: 報 一九六 㬥 三五 簸 四三 皤 三八 播 三七 / 颰 六七 蚾 五七

ㄅㄜㄏ: 卜 五八 鈈 六三

ㄅㄜ̂: 婆 五〇二 櫇 一〇 鷭 五一 皤 三六九 / 嬤 五二七

ㄅㄜˊ: 宝 一三 寶 一三六 寶 一三六 乇 五五 堡 九九 / 保 三三 賲 五七五 寚 一三五 鴇 七〇五 褓 五三九 / 爸 三九 宲 一三 呆 六七

ㄅㄜ̄: 曝 六九 虣 五〇四 暴 三〇 瀑 三〇三

ㄅㄜㄏ̍: 箔 四六 湢 四八 搏 三〇

Po· (ㄅㄛ): 晡 三七 埔 九七 夫 三七 枯 三〇 埠 九八 簠 四五

Pó·: 補 三七 鯆 四五 敷 三七 斧 三〇 脯 四六 黼 三

Pò· (ㄅㄛˋ): 布 四 佈 十六 怖 一六七 抪 一九五 誧 五一 播 三七 / 譒 五六二 磻 三九二 傅 三七

Po·h (ㄅㄛㄏ)

Pô· (ㄅㄛ̂): 匍 四八 匐 五五 庯 五 逋 三三 酺 六七 蒲 五〇 / 蒱 五〇 篷 四〇 蘠 五〇 補 三六 逋 六五 敷 三七 / 餔 六四 莆 四九 裒 五三六 抔 一九五 補 四三 菩 四九五 / 膴 三九 模 三六六 蚨 五五 芭 四八 袍 五三 房 一八九 褊 五三九 / 暴 三〇 鷭 四四 鵏 七八 槆 三三 榑 四三 簠 四五 蜅 五九

Pó·: 補 三七 鯆 四五 敷 三七 斧 三〇 脯 四六 黼 三

Pō· (ㄅㄛ̄): 步 二七 捕 三〇 蚹 五九 哺 三 部 六三 莎 四九三 / 簿 四〇 艕 四八〇 蔀 五〇 賻 五六 埠 九八 捗 二〇 / 餔 六四 跛 五八五 孛 三九 旲 三 候 三七 蜅 五九

Po·h (ㄅㄛㄏ̍): 皕 四八

Poa (ㄅㄨㄚ)

Póa (ㄅㄨㄚˊ)

Pòa (ㄅㄨㄚˋ): 簸 四三 貝 五七

Poah (ㄅㄨㄚㄏ): 鈸 六三 盋 三三 / 鉢 六三 撥 三七 咴 六九

Poâ (ㄅㄨㄚ̂)

Póa (ㄅㄨㄚˊ)

Pōa (ㄅㄨㄚ̄)

Poa̍h (ㄅㄨㄚㄏ̍): 賭 五三 敗 五三 / 鈸 六三 拔 一九五 / 跋 五八三 踆 五八三 / 㕸 六九 賻 五六 / 跌 五八三

Poaⁿ (ㄅㄨㄚ): 搬 三 般 四八〇

Póaⁿ (ㄅㄨㄚˊ): 鲅 六九五 坂 九四

Pòaⁿ (ㄅㄨㄚˋ): 半 五七 絆 四三 / 靽 六五八

Poahⁿ (ㄅㄨㄚㄏ)

Poâⁿ (ㄅㄨㄚ̂): 蹣 五八九 蹒 五八九 / 枰 三〇 拌 一九五 / 拚 二 磐 三九〇 / 蹩 五八 盤 三三 / 鑿 六三 拂 三〇 / 抄 九

Póaⁿ (ㄅㄨㄚˊ): 鲅 六九五 坂 九四

Pōaⁿ (ㄅㄨㄚ̄): 拂 四

Poa̍hⁿ (ㄅㄨㄚㄏ̍)

Poan (ㄅㄨㄚㄋ): 搬 三 盤 五二四 般 四八〇

Póan (ㄅㄨㄚˊㄋ)

Pòan (ㄅㄨㄚˋㄋ): 半 五七 絆 四三 靽 六五八 拌 一九五 姅 三

Poat (ㄅㄨㄚㄊ): 癶 三六八 砵 三八五 鉢 六三 盋 三三 襏 五四 / 鱍 七三 醱 六九 撥 三六九 撥 三七

Poân (ㄅㄨㄚ̂ㄋ): 拚 三 蹣 五八九 蹣 五八九 槃 三六三 鞶 二七 / 鞶 六〇 磐 三九〇 槃 五八 盤 三三 鎜 六三

Póan (ㄅㄨㄚˊㄋ)

Pōan (ㄅㄨㄚ̄ㄋ): 畔 三五 叛 拌 六五 拌 五五

Poa̍t (ㄅㄨㄚㄊ̍): 犮 三 犮 三 茇 四八 拔 一九五 妭 三 / 肢 四四 袚 五三六 骳 六八 黻 六九 韍 五九六 / 魃 六三 菝 四九六 柭 三二 祓 三五 鈸 六三 / 跋 五八三 踆 五八三 魃 六四 閥 六四〇 詙 五五

P

date　theme Poe, Pong, Pu, Pui, Pun　page

Poe ㄅㄨㆤ
杯 盃 桮 棓 錍 箆 賠不 笓

Póe ㄅㄨㆤˊ
掊

Pòe ㄅㄨㆤˋ
貝 莧 輩 輩 琲 棑 狽 柿 昁 唄 稍 垻 颶 背 倍 肺 珮 鋇

Poeh ㄅㄨㆤㄏ
八 捌 帕

Poê ㄅㄨㆤˆ
培 陪 碚 賠 徘 俳 裴 棓 踣 掊

Póe ㄅㄨㆤˊ
掊

Poē ㄅㄨㆤ
狽 焙 焙 焙 焙 琲 佩 珮 楓 俏 邶 蓓 背 倍 培 北 字 誖 發 枝 佸

Poéh ㄅㄨㆤˊㄏ
拔

Pong ㄅㆦㄥ

Póng ㄅㆦㄥˊ
蓬 琫 鞛 鞛 梈 榜 捀 膀 傍 縍 紡 鎊 髈

Pòng ㄅㆦㄥˋ
傍 謗 謗 艕 縍 胖 唪

Pok ㄅㆦㄎ
鵖 卜 烞 鳩 樸 蹼 北 駁 剝

Pông ㄅㆦㄥˆ
旁 旁 蒡 房 膀 搒 滂 霶 傍 鎊 蹃 螃 彷 螃 挷 髈 艕 傍 馮 唐

Pōng ㄅㆦㄥ
蓬 琫 鞛 梈 梈 榜 捀 膀 傍 縍 紡 鎊 髈 榜 陽 棒 磅 傍 唪 縫 毿 衛

Pok ㄅㆦㄎ
匐 亳 泊 鉑 鏷 薄 匐 墣 僕 僕 蹼 縛 樸 僰 僰 礴 跡 踣 菔 泊 簿 欂 轐 䤩 鏷 濮 爆 蹼 暴

Pu ㄅㄨ
哹

Pú ㄅㄨˊ

Pù ㄅㄨˋ
富 富

Puh ㄅㄨㄏ
發 沸 窋 鉏

Pû ㄅㄨˆ
匏 颮 炰 垺 㧡

Pú ㄅㄨˊ

Pū ㄅㄨ
婦 嬎 勺 毤 葩 胞 泡 吻 脬

Puh ㄅㄨㄏ
朴 咈 吻

Pui ㄅㄨㄧ
箄

Púi ㄅㄨㄧˊ
悎

Pùi ㄅㄨㄧˋ
沸 痱 痱

Puih ㄅㄨㄧㄏ

Pûi ㄅㄨㄧˆ
肥

Púi ㄅㄨㄧˊ
㤉

Pūi ㄅㄨㄧ
蟦 吠

Púih ㄅㄨㄧˊㄏ
拔

Pun 分 份

Pún 本 畚 畚 本

Pùn 畚 糞

Put 不 朳 扒

Pûn 噴 歕

Pún 本 畚 畚 本

Pūn 笨 体 体 坌

Pu̍t 孛 哱 桲 勃 沬 捽 浡 渤 浡 悖 郣 勃 錊 餑 脖 埻 桲 𩙿 彗 靌 發 字 誖 餑 鈸 佛 僠 鵓 䳝 艴

P.Ph date theme Pun, Pha, Phaⁿ, Phai, Phaiⁿ, Phan, Phang, Phau, page

ㄅㄨㄣ ㄅㄨㄣˊ ㄅㄨㄣˋ ㄅㄨㄊ ㄅㄨㄣˆ ㄅㄨㄣˇ ㄅㄨㄥ ㄅㄨㄊ˙

Pha 吩 蚆 葩 芭 脬 抛 ㄆㄚ
Phá 豝 ㄆㄚˊ
Phà 帕 怕 ㄆㄚˋ
Phah 打 撲 扑 拍 ㄆㄚㄏ
Phâ ㄆㄚˆ
Phá 豝 ㄆㄚˊ
Phā 皴 皰 皰 皰 ㄆㄚ¯ 怕 皴
Phàh 怸 怉 ㄆㄚㄏ

Phaⁿ ㄆㄚ˙
Pháⁿ ㄆㄚˊ˙
Phàⁿ 冇 帊 柏 袙 枇 枇 ㄆㄚˋ˙
Phahⁿ ㄆㄚㄏ˙
Phâⁿ ㄆㄚˆ˙
Pháⁿ ㄆㄚˊ˙
Phāⁿ 怸 怉 ㄆㄚ¯˙
Phàhⁿ ㄆㄚㄏ˙

Phai ㄆㄚㄧ
Phái 揹 ㄆㄚㄧˊ
Phài 派 派 沛 旆 旆 霈 林 旆 佈 汖 湃 肺 肺 胇 ㄆㄚㄧˋ
Phaih ㄆㄚㄧㄏ
Phâi ㄆㄚㄧˆ
Phái 揹 ㄆㄚㄧˊ
Phāiⁿ ㄆㄚㄧ¯
Phàih ㄆㄚㄧㄏ

Phaiⁿ 鉼 ㄆㄚㄧ˙
Pháiⁿ 歹 歺 惡 壞 呆 ㄆㄚㄧˊ˙
Phàiⁿ ㄆㄚㄧˋ˙
Phaihⁿ ㄆㄚㄧㄏ˙
Phâiⁿ ㄆㄚㄧˆ˙
Pháiⁿ 歹 歺 惡 壞 呆 ㄆㄚㄧˊ˙
Phāiⁿ 鉼 扉 ㄆㄚㄧ¯˙
Phàihⁿ ㄆㄚㄧㄏ˙

Phan 扳 攀 ㄆㄚㄋ
Phán 眅 ㄆㄚㄋˊ
Phàn 盼 閬 襻 ㄆㄚㄋˋ
Phat 覔 汃 ㄆㄚㄊ
Phân ㄆㄚㄋˆ
Phán 眅 ㄆㄚㄋˊ
Phān ㄆㄚㄋ¯
Phàt ㄆㄚㄊ

Phang 芳 蜂 逄 香 ㄆㄚㄤ
Pháng 紡 ㄆㄚㄤˊ
Phàng 胖 胖 ㄆㄚㄤˋ
Phak 朴 撲 仆 覆 矺 伏 膊 ㄆㄚㄎ
Phâng 篷 捧 帆 ㄆㄚㄤˆ
Pháng 紡 ㄆㄚㄤˊ
Phāng 縫 ㄆㄚㄤ¯
Phàk 曝 暴 闇 ㄆㄚㄎ

Phau 脬 捊 抛 泡 葩 ㄆㄚㄨ
Pháu 剟 跑 ㄆㄚㄨˊ
Phàu 皰 皰 砲 奅 駁 疱 怠 炮 抛 泡 袍 ㄆㄚㄨˋ
Phauh 搏 膊 ㄆㄚㄨㄏ
Phâu ㄆㄚㄨˆ
Pháu 剟 跑 ㄆㄚㄨˊ
Phāu 抱 皰 鉋 疱 ㄆㄚㄨ¯
Phàuh 皰 雹 鑤 皴 疱 ㄆㄚㄨㄏ

Ph date theme Phe, Pheng, Phi, Phiⁿ, Phia page

Phe 胚 胚 逼 — ㄆㄝ
Phé — ㄆㄝˊ
Phè 帕 㭊 配 葩 — ㄆㄝˋ
Phèh — ㄆㄝˋㄏ
Phê 皮 — ㄆㄝ̂
Phé — ㄆㄝ
Phē 皺 被 稗 — ㄆㄝ
Phéh 沫 逼 揊 — ㄆㄝㄏ

Pheng 砰 等 怦 恲 伻 俜 竮 儚 ... 泙 洴 湃 砅 姘 骈 湖 澎 屛 脉 朋 棚 繃 崩 堋 綳 緋 礴 娉 烹 亨 剨 浜 脈 閛 — ㄆㄝㄥ
Phéng 崩 揊 — ㄆㄝㄥˊ
Phèng 髮 鬔 磞 騁 騁 碰 掽 娉 倂 — ㄆㄝㄥˋ
Phek 珀 拍 碧 壁 劈 僻 擘 癖 襞 岶 癖 璧 霹 甓 鐴 辟 檗 蘗 辟 躄 躃 擗 鸊 薛 檗 辟 擗 魄 髀 — ㄆㄝㄎ
Phêng 評 彭 蟛 蟚 苹 萍 澎 膨 鵬 泙 洴 泙 枰 硼 坪 棚 枰 庄 — ㄆㄝㄥ̂
Phéng 崩 揊 傳 — ㄆㄝㄥˊ
Phēng 並 竝 并 幷 併 倂 傡 — ㄆㄝㄥ
Phek 甓 — ㄆㄝㄎ

Phi 丕 披 秠 陂 剕 胚 胚 鈈 鈹 秠 茎 痓 駓 伾 邳 邳 狉 毪 吥 豾 狉 誰 疲 鬏 剫 怌 咗 唔 紕 批 [illegible] 帔 坯 坏 紕 搥 啡 疕 披 絜 — ㄆㄧ
Phí 啚 鄙 啚 痞 怌 嚭 嚭 痞 庀 疕 披 吥 吥 否 諞 — ㄆㄧˊ
Phì 譬 睥 睥 窯 屁 辟 俾 俾 辟 — ㄆㄧˋ
Phih 秠 擗 妣 — ㄆㄧㄏ
Phî 皮 蚍 㩧 疲 罷 詖 捭 脾 — ㄆㄧ̂
Phí 啚 鄙 啚 痞 怌 嚭 嚭 庀 疕 披 吥 否 諞 — ㄆㄧˊ
Phī 敗 被 髮 皷 帔 砒 紕 — ㄆㄧ
Phih 妣 疕 — ㄆㄧㄏ

Phiⁿ 搌 偏 篇 編 — ㄆㄧ
Phíⁿ 片 — ㄆㄧˊ
Phìⁿ 片 吹 吪 — ㄆㄧˋ
Phihⁿ 氣 — ㄆㄧㄏ
Phîⁿ 平 抨 彭 澎 — ㄆㄧ̂
Phíⁿ 片 — ㄆㄧˊ
Phīⁿ 砒 吹 鼻 歎 — ㄆㄧ
Phihⁿ 氣 — ㄆㄧㄏ

Phiaⁿ
Phiá
Phià
Phiah 僻 癖 闢 避
Phiâ
Phiá
Phiā
Phiàh 癖 癖 㾊 鱉 擗 擗

Ph date theme Phia, Phiaⁿ, Phian, Phiang, Phiau, Phin, Phio, Phng page

Phiaⁿ 兵 㔙 胼 骿 箳 迸 抛 肨 胖 鉼 ㄆ一ㄚ ㄆ一ㄚˊ ㄆ一ㄚˋ ㄆ一ㄚㄏ

Phiáⁿ 胮 鉼 ㄆ一ㄚ˙

Phiàⁿ ㄆ一ㄚˋ˙

Phiahⁿ ㄆ一ㄚㄏ˙

Phiâ 堋 坪 棚

Phiáⁿ 胮 鉼

Phiāⁿ ㄆ一ㄚ˙

Phiahⁿ ㄆ一ㄚㄏ˙

Phian 翩 篇 扁 媥 偏 編 扁 諞 甂 翩 艑 天 ㄆ一ㄢ

Phián 貶 揙 ㄆ一ㄢˊ

Phiàn 片 肪 騗 騙 ㄆ一ㄢˋ

ㄆ一ㄚˊ 遍

Phiat 砭 瞥 撆 蹩 憋 潎 䥕 擎 撇 丿 瞥 覕 瞥 擎 潎 䭱 ㄆ一ㄚㄊ

Phiân 胼 蹁 ㄆ一ㄢˊ

ㄆ一ㄚˊ 貶 揙 ㄆ一ㄢˊ

Phiān ㄆ一ㄢ

Phiat 䭱 ㄆ一ㄚㄊ

Phiang 胮 吰

Phiáng

Phiàng 胖 吰

Phiak 䪅 烞 爆

Phiâng

Phiáng

Phiāng 棒

Phiàk 爆 卟 䪅 烞

Phiau 麃 鑣 漂 標 麃 鰾 儦 犮 飆 瀌 影 髟 颮 嘌 螵 颩 穮 勡 標 臕 嘌 飄 幖 熛 覭 杓 瞟 勡 飈 鷅 縹 膘 摽 儦 颩 儦 膘 魒 鏢 摽 僄 ㄆ一ㄠ

Phiáu 皫 醥 剽 ㄆ一ㄠˊ

Phiàu 勡 嘌 票 驃 漂 僄 ㄆ一ㄠˋ

僄 僸 瞟 剽 蔈

Phiauh ㄆ一ㄠㄏ

Phiâu 勡 嫖 漂 ㄆ一ㄠˊ

Phiáu 皫 醥 剽 ㄆ一ㄠˊ

Phiāu ㄆ一ㄠ

Phiàuh ㄆ一ㄠㄏ

Phin 天 乒 蘋 ㄆ一ㄣ

Phín 品 諞 笜 諞 ㄆ一ㄣˊ

Phìn ㄆ一ㄣˋ

Phit 疋 鴄 朳 匹 ㄆ一ㄊ

Phîn 淜 頻 胼 ㄆ一ㄣˊ

Phín 品 諞 笜 諞 ㄆ一ㄣˊ

Phīn ㄆ一ㄣ

Phit ㄆ一ㄊ

Phio ㄆ一ㄜ

Phío ㄆ一ㄜˊ

Phìo 票 漂 剽 ㄆ一ㄜˋ

Phioh ㄆ一ㄜㄏ

Phiô 瓢 薸 萍 ㄆ一ㄜˊ

Phío ㄆ一ㄜˊ

Phīo ㄆ一ㄜ

Phioh ㄆ一ㄜㄏ

Phng 鐇

Phńg

Phǹg 噃

Phngh 噃

Phn̂g

Phńg

Phn̄g 噃

Phngh 噃

Ph date theme Phng, Pho, Pho͘, Phoa, Phoaⁿ, Poan, Phoe page

Reading	Characters	Bopomofo
Pho	坡 波 陌 潞 皤 玻 頗 泡 陂	ㄆㄛ
Phó	岜 岠 叵 詖 笸 跛 櫇 蚾 頗	ㄆㄛˊ
Phò	破 冇 冇	ㄆㄛˋ
Phoh	粕 樸 朴 撲	ㄆㄛㄏ
Phô		ㄆㄛˆ
Phó	岜 岠 叵 詖 笸 跛 櫇 蚾 頗	ㄆㄛˊ
Phō	部 抱	ㄆㄛ¯
Phòh	朴 樸	ㄆㄛㄏ
Pho͘	踄 誧 鯆 抔 裒 掊 鋪 補 褿 菩 麩 麩 麩 埔 哹 稃	ㄆㄛ͘
Phó͘	圃 普 普 浦 剖 譜 溥 勍 瓿 吥 音 杏 掊 頗	ㄆㄛ͘ˊ
Phò͘	鋪 鋪	ㄆㄛ͘ˋ
Pho͘h		ㄆㄛ͘ㄏ
Phô͘	菩 蒲 蟠 蚨 扶	ㄆㄛ͘ˆ
Phó͘	圃 普 普 浦 剖 譜 溥 勍 瓿 吥 音 杏 掊 頗	ㄆㄛ͘ˊ
Phō͘	鄗 箔 簿 鋪	ㄆㄛ͘¯
Phò͘h		ㄆㄛ͘ㄏ
Phoa		ㄆㄨㄚ
Phóa		ㄆㄨㄚˊ
Phòa	𠻵 破 潑 剖	ㄆㄨㄚˋ
Phoah	潑	ㄆㄨㄚㄏ
Phôa		ㄆㄨㄚˆ
Phóa		ㄆㄨㄚˊ
Phōa		ㄆㄨㄚ¯
Phóah	拔 拔 跋 跋	ㄆㄨㄚㄏ
Phoaⁿ	潘 潘	ㄆㄨㄚ˙
Phóaⁿ		ㄆㄨㄚ˙ˊ
Phòaⁿ	判 販 販	ㄆㄨㄚ˙ˋ
Phoahⁿ		ㄆㄨㄚ˙ㄏ
Phôaⁿ		ㄆㄨㄚ˙ˆ
Phóaⁿ		ㄆㄨㄚ˙ˊ
Phōaⁿ	伴	ㄆㄨㄚ˙¯
Phòahⁿ		ㄆㄨㄚ˙ㄏ
Phoan	潘 潘 幡 番 番 蕃 拌	ㄆㄨㄢ
Phóan	䟦 坢	ㄆㄨㄢˊ
Phòan	泮 泮 判 袢 [illegible] 洗 頖 湀 姅 伴 胖	ㄆㄨㄢˋ
Phoat	潑 發 癹 𠻵 鏺 叭 撥 丿	ㄆㄨㄚㄊ
Phôan	縏 搬 磐 鄱 槃 鞶 磻 盤 盤 鑿 般 槃 槃 鞶 繁 盆 胖 般	ㄆㄨㄢˆ
Phōan	䟦 坢	ㄆㄨㄢ¯
Phoān	伴	ㄆㄨㄢ¯
Phoa̍t		ㄆㄨㄚㄊ
Phoe	衃 醅 胚 坏 坯 批 破 劇	ㄆㄨㄝ
Phóe	佰 醫 毗 皮	ㄆㄨㄝˊ
Phòe	配 龍 紕	ㄆㄨㄝˋ
Phoeh	沫	ㄆㄨㄝㄏ
Phôe	皮	ㄆㄨㄝˆ
Phóe	佰 醫 毗 皮	ㄆㄨㄝˊ
Phōe	菩 稗 被	ㄆㄨㄝ¯
Phòeh	沫	ㄆㄨㄝㄏ

Ph, S date theme Phong, Phu, Phui, Phun, Sa, page

Phong
䏺 胮 雱 磅
ㄆㄛㄥ

Phóng
覫 髈 抨 搼 滂 澎
嗙 拌 膰
ㄆㄛˊㄥ

Phòng
炐 膨 胖 掽 碰 凸

Phok
矼 朴 樸 博 擈 搏
扑 撲 攴 璞 粕 樸
愽 賻 襮 圤 墣 皰
ㄆㄛㄎ 賻 縛 攴 扢 凸

Phōng
漨 篣 膊 髈 膊 轐
鏄 剥 仆 鞄 暴 樽
濮 纀 鏄 熿 凸 嚗

Phông
逢 螃 煌 曝 泙
篷 蘋
ㄆㄛㄥ

Phóng
覫 髈 抨 搼 滂 澎
嗙 拌 膰
ㄆㄛˊㄥ

Phōng
毶 嗙 慿 踫 膀
ㄆㄛㄥ

Phók
爆 曝 暴 瀑 爆 扢
ㄆㄛㄎ

Phu
哹
ㄆㄨ

Phú
蚹 昔 胇
胇 髴 䩉
ㄆㄨˊ

Phù
ㄆㄨˋ

Phuh
噴 歕 膜 吹 歙
ㄆㄨㄏ 垺

Phû
芙 浮 葡
ㄆㄨ̂

Phú
蚹 昔 胇 胇 髴 䩉
ㄆㄨˊ

Phū
翶 翾 哹 歕
ㄆㄨ

Phúh
薄 歘 垺 膜
ㄆㄨㄏ

Phui
ㄆㄨㄧ

Phúi
呸
ㄆㄨˊㄧ

Phùi
屁 唾 呸
ㄆㄨˋㄧ

Phuih
ㄆㄨㄧㄏ

Phûi
ㄆㄨ̂ㄧ

Phúi
呸
ㄆㄨˊㄧ

Phūi
ㄆㄨㄧ

Phúih
ㄆㄨㄧㄏ

Phun
銯 䩿 奔 逩 犇
驓 沐 捹 僨 吩
轓 潘 駍 賁
ㄆㄨㄣ

Phún
呠 翉 播 撘 顴
奔 逩
ㄆㄨˊㄣ

Phùn
嗙 逩 唸 噴 歕
湓 吩 豨
ㄆㄨˋㄣ

Phut
朏 埻 婷 蝴 醇
甡 刜 跰 咄
ㄆㄨㄊ

Phûn
盆 唅 湓 盆 溢
ㄆㄨ̂ㄣ

Phún
呠 翉 播 撘 顴
奔 逩
ㄆㄨˊㄣ

Phūn
ㄆㄨㄣ

Phút
ㄆㄨㄊ

Sa
沙 砂 紗 渋
粆 魦 鯊 痧
䊛 裟 挲 髿
鯊 栅 硝 吵
硰 莎

Sá
耍 㴃 傻 謏
灑 洒 纚
ㄕㄚˊ

Sà
庍 㳂 晒 矖
嗄 歃 嗄 壇
ㄕㄚˋ

Sah
喋 歃
ㄕㄚㄏ

Sâ
ㄕㄚ̂

Sá
耍 㴃 傻 謏
灑 洒 纚
ㄕㄚˊ

Sā
囇 晒
ㄕㄚ

Sáh
煠 牒 喋
ㄕㄚㄏ

S date theme Saⁿ, Sai, Sam, San, Sang, page

Saⁿ 杉 二五四 三 五 相 三三四 式 三五三 參 六三
ㄙㄚ°

Sáⁿ ㄙㄚˊ°

Sàⁿ 杉 三五九 埸 三三四
ㄙㄚˋ°

Sahⁿ 埸 三三四 歃 三六六 唽 六
ㄙㄚㆷ°

Sâⁿ 承 六三
ㄙㄚˆ°

Sáⁿ ㄙㄚˊ°

Sāⁿ ㄙㄚ¯°

Sàhⁿ ㄙㄚㆷ°

Sai 節 四九 犀 三三 獅 三二九 搓 三二 私 二九 螄 六三 西 三五 師 三四 螄 三四
ㄙㄞ

Sái 㩙 二五 使 六 史 三四 屎 三三 駛 六八
ㄙㄞˊ

Sài 賽 三五 殺 六二 婿 三六 璽 三四 塞 三〇 使 六 杀 三六 壻 三六
ㄙㄞˋ

Saih ㄙㄞㆷ

Saî 䬽 六二
ㄙㄞˆ

Saí 㩙 二五 使 六 史 三四 屎 三三 駛 六八
ㄙㄞˊ

Saī 似 六 事 一〇 姒 三 祀 三五 姒 三 撒 三六
ㄙㄞ¯

Sàih ㄙㄞㆷ

Sam 杉 三六 髮 六九 雺 六三 酸 六八 毿 六四 衫 三三 參 三五 鬖 六三 掺 三三 萩 四六 彡 五九 梣 四四 鬆 六九 山 三 梣 三六 參 六 萩 四八 三 五 慘 三六 舢 六 弎 五三 衫 三四 梣 賧 三四
ㄙㄚㄇ

Sám 揕 三六 掺 四七 雺 六三 掺 三三 餕 六六 髟 六六
ㄙㄚㄇˊ

Sàm 彡 三九 殄 六八 傢 三 毿 六四 三 五 鬖 六三 鬖 六九
ㄙㄚㄇˋ

Sap 颯 六五 霎 五四 偛 三三 霅 六三 馺 六〇 屑 三三 鈒 六三 霅 六三 雭 六六 霏 三四 霫 六四 嗇
ㄙㄚㆴ

Sap 翣 四三 褶 二五 㷉 三六 圾 九四 屧 三三 唼 七七 搓 三九 位 二三

Sâm 彡 九四
ㄙㄚㄇˆ

Sám 揕 三六 掺 四七 雺 六三 掺 三三 餕 六六 髟 六六
ㄙㄚㄇˊ

Sām 黴 六三
ㄙㄚㄇ¯

Sàp 卅 三 圾 九四 唼 七七 屧 三三
ㄙㄚㆴ

San 山 三 衫 三四 芟 四六 纔 四三 刋 三三 訕 五九 邖 六〇 姍 三 删 四六 星 三六 跚 三四 壘 三四 珊 三三 喪 七六 潸 三九 舢 四三 跚 三三
ㄙㄢ

Sán 弗 六 鏟 六三 產 三三 散 三三 摌 三四 繖 四八 剷 四九 蹅 五九 摌 三四 繖 四八 樺 三六 彝 四三 滻 三三 瘦 三六四 鏟 三三
ㄙㄢˊ

Sàn 疝 三六 腺 四九 鬖 六九 汕 六五 散 三三 傢 三 傘 六 糤 四九 霓 三三 鐵 六七 繖 四三 散 三五 線 四八 鐵 六三 綫 四六 霰 五四 幢 六〇 散 三六 訕 五九
ㄙㄢˋ

Sat 薩 五六 煞 三三 雪 六三 瞰 六〇 撒 三六 霅 六四 撥 三三 杀 三六 塞 一〇 褹 三四 殺 六二 䊛 四七 姍 三 鎩 六三 搽 三三 姗 七 虱 五四 姍 六〇 蝨 五三
ㄙㄚㆵ

Sân ㄙㄢˆ

Sán 弗 六 鏟 六三 產 三三 散 三七 摌 三四 繖 四八 剷 四九 蹅 六九 摌 三四 繖 四三 樺 三六 彝 四三 滻 三三 瘦 三六四 鏟 三三
ㄙㄢˊ

Sān ㄙㄢ¯

Sàt ㄙㄚㆵ

Sang 鬆 六九 雙 六三 双 六
ㄙㄤ

Sáng 㨎 六〇 訟送 三五
ㄙㄤˊ

Sàng 送 六四 宋 三 送 六六
ㄙㄤˋ

Sak 鍊 六六 捒 三〇
ㄙㄚㄎ

Sâng 同 六三
ㄙㄤˆ

Sáng 㨎 六〇 訟送 三五
ㄙㄤˊ

Sāng ㄙㄤ¯

Sák ㄙㄚㄎ

Sau ㄕㄚㄨ
弰 二五七　鮹 六九八　髾 六九〇　䈾 二三八
筲 四五一　箾 四五一　旓 三三二　揱 三〇三
箱 四三一　綃 四四一　緔 四四四　梢 三一五
蛸 五一九　鞘 六三九　捎 二〇三　娋 一三四
消 二六五　𢒑 三八六　㺐 三〇三　鞘 六三六
(Sau, continued) 䈾　𩮜　鞘 六三五

Sáu ㄕㄚˊㄨ
數 三七　䨮 五〇三　潲 二三一　娋 一三四
稍 四四一

Sàu ㄕㄚˋㄨ
艄 六八一　哨 一二三　稍 四四一　掃 三〇三
嗽 八三　瘶 三六五　䏏 三二八　瘷 三六五

Sauh ㄕㄚㄨㄏ

Sâu ㄕㄚ̂ㄨ

Sáu ㄕㄚˊㄨ
數 三七　䨮 五〇三　潲 二三一　娋 一三四
稍 四四一

Sāu ㄕㄚ̄ㄨ

Sàuh ㄕㄚˋㄨㄏ
㖩 一七六

Sauⁿ ㄕㄚㄨ°

Sáuⁿ ㄕㄚˊㄨ°

Sàuⁿ ㄕㄚˋㄨ°

Sauhⁿ ㄕㄚㄨㄏ°

Sâuⁿ ㄕㄚ̂ㄨ°

Sáuⁿ ㄕㄚˊㄨ°

Sāuⁿ ㄕㄚ̄ㄨ°

Sàuhⁿ ㄕㄚˋㄨㄏ°
㖩 一七六　㾳 三六五

Se ㄕㄝ
西 五三一　栖 一六九　粞 四四四　接 三一五　棲 三六六　紗 四三〇
砂 三四〇　毿 三七一　䊔 五三七　鯊 六九八　鯊 六九八　筬 四五
鈔 五〇一　栖 三一一　棲 三一八　犀 三三一

Sé ㄕㄝˊ
洒 二三一　洗 二三一

Sè ㄕㄝˋ
勢 一三一　細 四三一　誓 五三四　䘜 三五六　貰 五三一　壻 一三六
世 一五　古 一五　婿 一三六　貨 三三一　賽 五五三　撒 三〇六
稅 四三一　捶 三〇三　小 三七

Seh ㄕㄝㄏ
雪 六六一　屑 一四三　刷 九六　雪 六六一　霎 六六四　說 五五四
撒 三〇六

Sê ㄕㄝ̂
垂 九七　捶 九七　乘 八　歲 三一八　嵗 三一八
䥶 一四一　𥛱 六三一

Sé ㄕㄝˊ
洒 二三一　洗 二三一

Sē ㄕㄝ̄
筮 四五三　逝 六六九　諡 五三四　噬 一四一　垂 九七
乘 八　垂 九七　顊 一四一　㹭 三三八　滋 二三一

Seh ㄕㄝㄏ
謚 五三八　亂 九

Sèh ㄕㄝˋㄏ
遾 五九〇　雪 六六一　襶 六三一　䟺 五三五

Seng ㄕㄧㄥ
升 三三　陞 六五三　生 三三三　牲 三三三　笙 四四三　昇 三五五　惺 一七一　腥 四九八　胜 四八三　星 三三六　曐 三六四　泩 二九九
篂 四六一　惺 一七一　㮐 三三四　鼪 七三三　猩 三三八　声 一〇六　聲 四八四　蛵 五三三　醒 六六八　勝 五三三　旌 三三三　鮏 六九六
𥗒 五七六

Séng ㄕㄧㄥˊ
省 三七四　眚 三七四　惛 一七六　瘖 三六五　偗 一三六　擤 三〇三　醒 六六八　㫮 四八

Sèng ㄕㄧㄥˋ
胜 四八三　勝 五〇三　性 一六七　聖 四八六　姓 一三三　勝 五〇三　甸 四五四

Sek ㄕㄧㄍ
索 四三〇　色 四八三　室 一三三　㣿 一九九　式 五〇三　瑟 三一六　息 一六九　蟋 五三六　飾 六三三　餙 六三四　錫 六三八　釋 六二〇
涑 二九一　㖊 一七〇　㝿 三三三　璱 三三八　𧎩 四〇四　涑 二九五　蒍 五三五　熻 三三六　奭 一〇九　㥛 八八　軾 五七六　㥛 三二三
析 三〇九　淅 二二三　晳 三八八　皙 三六九　淅 二九八　蜥 三〇四　析 三〇四　螫 五三六　虱 五三五　蝨 五三五　㨤 三三五　傃 六一
䋶 四一七　歒 三三七　剨 八一　㥢 一八三　潟 二九九　暘 三〇〇　緆 四三六　檡 二〇九　擇 三〇四　襫 六〇一　諰 四一四　蒠 四一九
蓄 三五四　適 六一六　商 三二三　塞 一一〇　識 五三六　蝪 五三三　淸 三三一　蒘 四六八　熻 三三〇　瘷 三一三　喝 一七六　嘶 一〇七
槭 三二七　摵 三二四　碏 三五八　菥 三一四　蓄 三四三　蒉 五一〇　赤 六二三　䓴 五一四　灕 五一四　猎 三五三　適 六一六　漱 二九九

Sêng ㄕㄧㄥ̂
丞 六　縢 四三一　成 一六〇　承 一五〇　城 一三七　晟 三四〇　誠 五三三　宬 一三三　膝 四三三　宬 一三九　筬 四五一　郕 六二三
神 三九五　渑 二八二　盛 三七一　晟 三八七　晠 三八七　䆑 一一一　乘 八

Sēng ㄕㄧㄥ̄
省 三七四　眚 三七四　惛 一七六　瘖 三六五　偗 一三六　擤 三〇三　醒 六六八　㫮 四八

Sēng ㄕㄧㄥ̄
剩 四八　㮕 三六二　盛 三七一　䀍 三七一　墭 一一五　墭 一一五　賸 五七五　賸 五七五　晟 三八七　晠 三八七　騬 六六三　盛 三七一

Sèk ㄕㄧㄍˋ
夕 一〇七　石 三八四　汐 二八七　穸 四六〇　碩 三八九　祏 三九五　席 五〇〇　席 一四四　鼫 七三三　䐼 四三三　妒 一三〇　妬 一三二

S date theme Seng, Si, Si^n, Sia, page

涅三三 拚一九二 煋三三 鍟六三 鉎六四	鯹七〇 錫六五 辛六〇 身五九三 先三〇			嗇八二 僐 慽 拭 鏼六三	媳三 檣四五 惜三 腊 易	憁 愁三 瀉三 鵗 鎴	鄎 晰 鞓 熄 浸	拭 扶 措 昔 棤	褸 栗 熟 膝 腠	繩 塖 蠅 繩 鱦		乘 尭 傢	塾 熟 褯
ㄒㄝㄥ			ㄒㄝㄥ	ㄒㄝㄥ	ㄒㄝㄋ		𣘤 矽	晰	ㄒㄝㄥ		ㄒㄝㄥ	ㄒㄝㄥ	ㄒㄝㄋ

Si	Sí	Sì	Sih	Sî	Sí	Sī	Sih
呞 尸 𠯗 詩 邿 蓍 鳲 鳾 蒒 葹 屍 絁 絲 訑 澌 施 西 私 書 榥 鷥 螄 糸 司 思 偲	矢 豕 始 乩 枲 葸 搋 弛 鰓 瘆 屎 死 恥 耻 諰	試 弑 駛 僿 𠂤 肔 涛 戠 澌 扡 拖 世 勢 四 示 肆 莳	嗉 薛 閃 顫 漇 𧍒 蟋	岁 時 茬 匙 澌 塒 蒔 榯 榯 鍉 蒔 提 旹 㡳 祭 辞 辭 辤	矢 豕 始 乩 枲 葸 搋 弛 鰓 瘆 屎 死 恥 耻 諰	是 昰 氏 寺 禔 恃 眎 視 峙 時 侍 咶 嗜 眂 諟 閍 酏 踶 跂 蒔 沶 隶	嗓 䴓 嗏 鉵
ㄒㄧ	ㄒㄧˊ	ㄒㄧˋ	ㄒㄧㄏ	ㄒㄧˆ	ㄒㄧˊ	ㄒㄧ˭	ㄒㄧㄏ

Si^n	Si^n	Si^n	Sih^n	Si^n	Si^n	Si^n	Sih^n
斯 茲 牲 銑 生 嘶 鉎 菘		扇 姓 性 㶖		踶 跂		踶 跂	嗉
ㄒㄧˑ	ㄒㄧˊˑ	ㄒㄧˋˑ	ㄒㄧㄏˑ	ㄒㄧˆˑ	ㄒㄧˊˑ	ㄒㄧ˭ˑ	ㄒㄧㄏˑ

Sia	Siá	Sià	Siah	Siâ	Siá	Siā	Siah
些 賒 尖 奓 賖 瀉 奓	蒍 舍 寫 寫 捨 寫	卸 厙 赦 瀉 駘 瀉 舍 蒍 祀 捨	𩿧 錫 削 趵	佘 衺 蛥 畬 邪 鉈 闍 斜 蛇 蛇	蒍 舍 寫 寫 捨 寫	社 榭 麝 榭 謝 射 卸 榭 窮	夕 石 席 匙 坧
ㄒㄧㄚ	ㄒㄧㄚˊ	ㄒㄧㄚˋ	ㄒㄧㄚㄏ	ㄒㄧㄚˆ	ㄒㄧㄚˊ	ㄒㄧㄚ˭	ㄒㄧㄚㄏ

S date theme Siaⁿ, Siām, Sian, Siang, page

Siaⁿ: 声 一二六 聲 四八 (T-Y°)
Siáⁿ: 甚 三五 (T-Ý°)
Siàⁿ: 聖 四六八 (T-Y°)
Siahⁿ: (T-Yㄏ)
Siâⁿ: 賊 四五 成 一八七 城 一九七 (T-Ŷ°)
Siáⁿ: 甚 三五 (T-Ý°)
Siāⁿ: 墭 三五 盛 三五 㙘 二六七 盛 三五 𥂴 四三 (T-Y°)
Siahⁿ: (T-Yㄏ)

Siam: 鐵 六六一 銛 六三五 瞻 三二 孅 三九 憸 一六三 韂 六八二 懺 四四 籤 三六二 韂 六八二 痁 三五九 纖 四三五 𢦏 三五 纖 四三五 苫 四八 韂 六八二 (T-Yㄇ)
Siám: 閃 三九 嶄 三三 睒 三八 嶄 一三七 㵸 三五 劖 五一 广 一四九 巉 一四〇 剡 四八 欿 三六 陝 六三五 艬 四八二 (T-Ýㄇ)
Siàm: 滲 三八 謙 三五 (T-Yㄇ)
Siap: 唼 三九 塞 一〇 以 三六 澁 三九 炸 三九 澀 三九 渫 三七 卅 三七 睞 三九 霎 六三五 攝 三三 (T-Yㄅ)
Siâm: 諃 三五 蟾 三九 棎 三六 簷 四三 蟾 三二 挾 二九 (T-Ŷㄇ)
Siám: 閃 六九 嶄 三三 睒 三八 嶄 一三七 㵸 三五 劖 一二 广 一四九 巉 一四〇 剡 四八 欿 三六 陝 六三五 艬 四八二 (T-Ýㄇ)
Siām: 暹 三〇 譫 一六三 贍 三二七 挖 二四 蟾 三九 蟾 三九 (T-Yㄇ)
Siap: 涉 三五 攝 三三 㭬 三三 揲 三八 攝 三三 洩 二九 拽 三三 楪 三六 卌 三七 (T-Yㄅ)

Sian: 菰 四九 姺 三二 私 三九 姍 三二 硃 三六 山 二二 仙 三二 身 五三 僊 三三 珊 三二 秈 四四 錎 六三五 鮮 六九七 銹 六二七 先 二二 鏾 六二四 挺 三二 宣 三二 躚 三四 蝖 三二 僊 三三 睠 四三五 壽 二四 禮 五五 蹮 五九 躚 五九 (T-Yㄢ)
Sián: 筅 四四 鮮 五二 痜 三六 洗 六九 癬 三六 鮮 六九七 跣 五八四 僎 三二 燹 三七 毨 六二 銑 六二五 燃 三二 尠 一二八 尟 一二六 獮 二四〇 抚 一九九 尠 六八六 癬 一三五 (T-Ýㄢ)
Siàn: 剸 四八 扇 一九 偏 六八 煽 二四 碥 三九 謆 三五八 騸 六八 搧 三二 線 四八 綫 四六 先 二七 善 七六 訕 五九 霓 六三五 (T-Yㄢ)
Siat: 設 五九 偰 三二 紲 四三 偶 六〇 世 六〇 嗖 五九 媒 三二 薛 五二 契 三九 卨 三九 屑 三五 偰 二六 蔑 五四 痆 三五 瘵 三六 薛 三二 屑 一三二 燹 三八 褻 三七 媟 三二 揳 三九 襏 三八 泄 三〇 洩 三五 緤 四三 橚 四二 揳 三九 榍 四七 蟾 七七 趙 七七 剸 四七 趄 七九 踺 五八四 勢 三八 契 一〇八 翠 四三 (T-Yㄊ)
Siâu: 赤 五七 謏 三五 撤 三三八 舌 四八 膌 四一 (T-Ŷㄢ)
Siân: 蟬 三七 嬋 一〇 壇 一〇 澶 三三 唌 二五 儃 三四 禪 三九 蟬 四三 涎 六九 (T-Ŷㄢ)
Sián: 筅 四四 鮮 五二 痜 三六 洗 六九 癬 三六 鮮 六九七 跣 五八四 僎 三二 燹 三七 毨 六二 銑 六二五 燃 三二 尠 一二八 尟 一二六 獮 二四〇 抚 一九九 尠 六八六 癬 一三五 (T-Ýㄢ)
Siān: 墠 三五 單 三七 僐 三五 單 二九 墡 三三 禪 三九 膳 三五 擅 三四 饍 六〇 鱣 七〇二 蟺 三九 鱣 五九四 譱 三五 善 六八 鱓 六九 燀 三六 繕 三八 剸 七七 擅 二九 羨 四〇 鱔 三二 腎 四六 蟬 二六 倦 三三 蟮 三七 樿 三九 僤 三三 譱 四四 (T-Yㄢ)
Siat: 舌 四九 䛡 五三 佚 一六 搓 三〇 劓 四九 楪 三七 碟 三九 揹 三〇 蛥 五八 (T-Ýㄊ)

Siang: 双 二七 雙 六三五 (T-Yㄤ)
Siáng: 誰 五三五 (T-Ýㄤ)
Siàng: 抄 一九 (T-Yㄤ)
Siak: 鑠 六二七 扚 九九 旳 三四 爍 一六二 (T-Yㄎ)
Siâng: 同 六三五 祥 三八 誰 五三五 (T-Ŷㄤ)
Siāng: 誰 五三五 (T-Yㄤ)
Siāng: 共 二九 同 六三五 上 五 (T-Yㄤ)
Siák: 鑠 六二七 (T-Yㄎ)

S date theme Siau, Siauⁿ, Sim, Sin, page

Siau (T-ㄧㄠ)
逍 宵 踃 痟 逍 硝 潚 魈 徜 蕭 箾 簫 鴞 消 焇 燒 銷 瘠 蠨 蟰 颵 蛸 梢 綃 揹 鞘 綃 肖 痟 霄 宵 俏 韶 儵 翛 蟰 揹 摯 肩

Siáu (T-ㄧㄠˊ)
小 篠 謏 少 鴞 羞 猜

Siàu (T-ㄧㄠˋ)
峭 誚 韒 劏 犕 嘯 歗 鞘 哨 肖 俏 霄 少 隋 鞘

俵 笑 數 秀 算 賬 帳 思

Siauh (T-ㄧㄠㄏ)

Siâu (T-ㄧㄠˆ)
韶 佋 迢 磬 精 膶 佋

Siáu (T-ㄧㄠˊ)
小 篠 謏 少 鴞 羞 猜

Siāu (T-ㄧㄠ¯)
紹 劭 邵 卲 袑 潲 佋 召 劭

Siauh (T-ㄧㄠㄏ)
召

Sim (T-ㄧㄇ)
心 芯 森 軸 葠 宋 寢 篸 蕩 槮 罧 沁 滲 參 參 身 媳 蔘

Sím (T-ㄧㄇˊ)
審 伈 諗 魫 瀋 訦 哂 嗇 稔 淰 覃 沈 沉 甚 淰 潤

Sìm (T-ㄧㄇˋ)
滲 滲 沁 吣 吣 趁

Sip (T-ㄧㄆ)
隰 習 溼 澁 熠 濕 溼 隰 霎 熠 雲 熠 趣 霫 濇 塌 啃 穸 濕 嘬

Sîm (T-ㄧㄇˆ)
尋 忱 諶 煁 鄩 蟳 鱘 鱏 恣 撏 鐔 鬵 蕁 燖 諶 葚 黮 訦 潯 瀳 蟫 湛 蕈

Sím (T-ㄧㄇˊ)
審 伈 諗 魫 瀋 訦 哂 嗇 稔 淰 覃 沈 沉 甚 淰 潤

Sīm (T-ㄧㄇ¯)
甚 侺 頗 瘎 瘎 踸

Sip (T-ㄧㄆ)
十 什 卄 習 嚮 熠 嵒 熠 襲 拾 褶 熠 霫 謵 石 嘬

Siauⁿ (T-ㄧㄠ°)

Siáuⁿ (T-ㄧㄠˊ°)

Siàuⁿ (T-ㄧㄠˋ°)

Siauhⁿ (T-ㄧㄠㄏ°)

Siâuⁿ (T-ㄧㄠˆ°)

Siáuⁿ (T-ㄧㄠˊ°)

Siāuⁿ (T-ㄧㄠ¯°)

Siauhⁿ (T-ㄧㄠㄏ°)
召

Sin
身 申 伸 辛 娠 神 娠 籸 莘 紳 新 薪 兟 詵 瘁 侁 駪 鮮 伩 信 姺 親 莘 鋅

Sín
哂 矧 矧 哂 蕈

Sìn
訊 汛 迅 傾 囟 顖

Sit
失 式 息 熄 熄 穡

Sîn
辰 臣 宸 晨 唇 啟 鷐 蔯 蠅 承 丞

Sín
哂 矧 矧 哂 蕈

Sīn
剩 蜃 慎 脅 瀓 脤 賸

Sit
瀸 價 殖 翅 實 蝕 寔 實 嚽 湜 殖 埴 植 食 翼 讀

S date theme Sin, Sio, Siong, Siu, page

Sin
訷 五二一 呻 六八
侚 三六 甡 三三
觲 五四七 騂 六八二
伈 十三 信 二十
神 三九五 䰠 七四
腎 四八 燼 三七
湜 三九 埴 三五

Sio
燒 三五 蕭 五四
㜺 三三 㬵 三九
霄 五三 相 三四

Sió
雙 五三 双 六
小 三七 鵃 二九
鮹 六六八

Sio
塆 三 鞘

Sioh
惜 三三 塆 三

Siô
常 一四三

Sió
雙 五三 双 六
小 三七 鵃 二九
鮹 六六九

Siō
卲 五九 鞘 六三 卲 六三

Sio̍h
誎 五九 㾗 三
俗 三 腈 四三

Siong
欀 三三 商 一五 賣 五六 傷 二十 襄 三四 殤 六一〇 觴 三四 嵩 三六 湘 三五 廂 三五 葙 四八 鑲 六三
驤 六五一 緗 四八 謪 五六〇 纕 三六 鑲 六八 葙 四八 娍 二三 瓖 三五九 禓 三九七 相 三四 纕 四五 駴 六八二
惕 三六 儴 三六 勷 一四 湯 三〇 蔏 五三

Sióng
賞 三四 倘 一九 饟 六七 想 一三六 鯗 六九七 鮝 六九七 鯗 六九 㼿 三八 㩫 三七 㥮 一八六 㩫 三四 晌 三七 傱 三〇
上 五 悚 三 竦 四〇 償 三三

Siōng
相 三四 像 三

Siok
叔 三 菽 四五 肅 四九 俶 五 倜 四 夙 三七 俶 八 嗖 八 涑 四 謖 五五 凨 四三 淑 六九
倏 三 倏 三 儵 三六 慄 一六 縮 四二 粟 四 摍 三六 箔 三 蹜 五九 鷫 七二 驌 六八四 鱅 四三
宿 三 踧 五六 削 四 倏 四三 翛 四三 橚 三九 犕 三九 爍 三八 鑠 六七 俶 三

Siông
祥 三九 詳 五三 淞 四 媶 六八 償 三 倯 四 漎 三七 裳 五八 松 三九 淞 三六 常 四三 嘗 三三
嘗 八三 崧 三五 庠 一三 菘 四九 徜 六 翔 四三 鴹 六七 鶬 七九 鱨 六三 庠 三六 漎 三〇 鋿 六三

Sióng
賞 三四 倘 一九 饟 六七 想 一三六 鯗 六九七 鯗 六九 㼿 三八 從 三七 㥮 一八六 㩫 三四 晌 三七 傱 三〇
上 五 悚 三 竦 四〇 償 三三

Siōng
象 五六 訟 五九 誦 三四 橡 三六 樣 三九 鴹 三 頌 六三 上 五 像 三 尚 三 二十 相 三四 錦 六七

Sio̍k
蜀 三九 俗 三 熟 三五 襡 三 贖 三 鸀 三 孰 三 續 三九 屬 三九 僑 三〇 蠋 五九 屬 三〇
屬 三 孎 三〇 蠋 三 擉 三九 鐲 六三五 誎 三九 塾 三 剶 四九 續 四五 續 五四

Siu
收 三五 攸 十九 修 三 脩 四六 羞 四〇 収 六 扌丩 二〇 脩 四三
脯 四三 饈 六六 膢 四三 攥 四七 滫 三六 受 六三 消 三五 秋 四〇
鵫 四五 咻 十

Siú
手 一九〇 艏 四八 攥 四七 守 三 首 六八 狩 三六 綇 四九 綺 四九

Siù
秀 三九 琇 三四 獸 三四 綉 四 繡 四三 銹 六三 銹 六六 鏽 六四
莠 四三 滫 三六 首 六八 守 一三 狩 三六 宿 一四 鞘 六五九 鞘 六六一

Siu
袖 五六 鞘 六三 饈 六六

Siuh
咻 十 瘦 三六

Siû
囚 九 莤 四九 訓 五三 泅 三五 汓 三〇 售 二 鰍 六九 雔 六三
犨 三五 讐 三四 讎 三 酬 六六 酧 六六 醻 九 讎 六九 讐 七三
疇 六九 酋 六五 仇 十三

Siú
手 一九 艏 四八 攥 四七 守 一三 首 六八 狩 三六 綇 四九 綺 四九

Siū
袖 五六 壽 一六 授 三四 䴀 四五 受 六 岫 一三 綬 四六 袞 五九

T-ㄧㄡ
怒 三〇 巢 一四

Siuh
咻 十 瘦 三六

date　　theme Siu, Siuⁿ, Sng, So, So͘　　page

Siuⁿ (T-X)

Reading	Entries
Siuⁿ	相 三一四　想 三七六　箱 四八　傷 三七　鑲 六二〇　廂 一五二　適 [illegible]
Siúⁿ	想 三七六　賞 五五四　鯗 六九七　鯗 六九九　湘 三七
Siùⁿ	相 三一四　肖 四八〇
Siuhⁿ	
Siûⁿ	承 [illegible]　常 一三五　[illegible] 三一七
Siúⁿ	想 三七六　賞 五五四　鯗 六九七　鯗 六九九　湘 三七
Siūⁿ	[illegible] 二〇四　想 三七六　尚 三七
Siu̍hⁿ	

Sng

Reading	Entries
Sng	孫 三一　[illegible] 四九　霜 六二四　瘦 三六二　喪 六八　[illegible] 五九　桑 三三　孀 一九　酸 六三　[illegible] 三二六　[illegible] 三三　門 六九　傷 三七　[illegible] 一八〇　[illegible] 四九
Sńg	損 三二　[illegible]　[illegible] 三〇　[illegible] 三〇
Sǹg	算 四八　[illegible] 四八
Snghⁿ	散 一四
Sn̂g	[illegible] 二一
Sńg	損 三二　[illegible]　[illegible] 三〇　[illegible] 三〇
Sn̄g	
Sn̍gh	散 一四

So

Reading	Entries
So	抄 三〇　唆 三三　梭 三六　鮻 六九八　娑 三一　挲 三一　杪 三三　騷 六六二　趖 五八〇　梭 二一　莎 四九二　傞 三六　莎 二〇　梭 五三三　[illegible] 四七〇　餿 六八〇　瘙 三六　[illegible] 六六四　[illegible] 六七　鬖 三〇一　傞 三六　搔 三六　[illegible] 六六一　溞 三三　[illegible] 四一五　抄 三一　挱 三一　[illegible] 四一三　[illegible] 四〇　搔 三一　[illegible] 三一九　臊 四一四　抄 二一〇　[illegible] 三一四　搜 三二　[illegible] 三三　艘 四〇二
Só	心 三一七　瑣 三六　瑣 三七　筱 四一八　鎖 六三二　鏁 六三二　鎖 六三二　嫂 三一　鮹 六九八　瑣 三六　磌 三九
Sò	燥 三一四　躁 五九二　[illegible] 五八〇　掃 三二　埽 一六八　嫂 三一　賥 五七三　睄 五七三　[illegible] 三一　噪 八一　噪 八七　[illegible] 三二　[illegible] 五〇七　鏁 六三二　[illegible] 六八九　[illegible] 五六三
Soh	索 四三一　塑 一九九
Sô	趖 五八〇　搜 三二
Só	心 三一七　瑣 三六　瑣 三七　筱 四一八　鎖 六三二　鏁 六三二　鎖 六三二　嫂 三一　鮹 六九八
Sō	唆 三三　[illegible] 五六三　搜 三二
So̍h	[illegible] 六三二　[illegible] 五八〇

So͘

Reading	Entries
So͘	[illegible] 三三　穌 四四〇　蘇 五一〇　搜 三二　[illegible] 三〇　酥 六六一　蒠 五一〇　梳 三五　蘓 [illegible]　[illegible] 四〇　[illegible] 三三　[illegible] 四〇　蘇 一三　[illegible] 三三　[illegible] 六六〇　[illegible] 三三　艘 四〇八　溲 三一　度 一五二　鎪 六三二　踈 三七　踈 五八五　[illegible] 三七　踈 五八五　[illegible] 四五　蓑 五〇九　簑 四九　[illegible] 四七
Só͘	所 六九　叟 六七　傻 三八　傁 三六　瞍 三九　叜 三一　嫂 三一　瘦 三六四　瞍 四〇二　藪 五一〇　藪 四三一　[illegible] 三三　擻 三三　度 一五二　溲 三一　嗾 八三　謏 五五九　瞍 三九
Sò͘	泝 三八　訴 五五　[illegible] 三九　愫 三六　[illegible] 三六　溯 三一　[illegible] 四三　[illegible] 五五九　[illegible] 六七六　嗉 八一　塑 一九九　[illegible] 二〇　[illegible] 三三　[illegible] 五一九　踈 五八五　[illegible] 五八五　素 四三一　[illegible] 七二　朔 八二　嗽 八二　[illegible] 三六五　遡 六五七　溯 三二四　[illegible] 八三　數 三九　[illegible] 五八五　[illegible] 二七五
So͘h	
Sô͘	
Só͘	所 六九　叟 六七　傻 三八　傁 三六　瞍 三九　叜 三一　嫂 三一　瘦 三六四　瞍 四〇二　藪 五一〇　藪 四三一　[illegible] 三三　擻 三三　度 一五二　溲 三一　嗾 八三　謏 五五九　瞍 三九
Sō͘	
So̍͘h	

S date theme So˙, Soa, Soaⁿ, Soaiⁿ, Soan, Soe, Som, page

注音	音	字
ㄕㄜ		
ㄕㄨㄚ	Soa	沙 鯊 紗 痧 紗 砂 耍
ㄕㄨㄚˊ	Sóa	徙
	Sòa	耍 磢 續
ㄕㄨㄚˋ	Sòa	
ㄕㄨㄚㄏ	Soah	位 煞 撒 息
ㄕㄨㄚ̂	Soâ	
ㄕㄨㄚˊ	Sóa	徙 耍 磢
ㄕㄨㄚ̄	Soā	速 趖
ㄕㄨㄚㄏ	Soah	曬
ㄕㄨㄚ°	Soaⁿ	山 喪
ㄕㄨㄚˊ°	Sóaⁿ	產 散
	Sòaⁿ	汕 傘 線 綫 散 腺
ㄕㄨㄚㄏ°	Soahⁿ	
ㄕㄨㄚ̂°	Soâⁿ	
ㄕㄨㄚˊ°	Sóaⁿ	產 散
ㄕㄨㄚ̄°	Soāⁿ	
ㄕㄨㄚㄏ°	Soahⁿ	
ㄕㄨㄞ°	Soaiⁿ	
ㄕㄨㄞˊ°	Sóaiⁿ	
ㄕㄨㄞˋ°	Sòaiⁿ	
ㄕㄨㄞㄏ°	Soaihⁿ	啢
ㄕㄨㄞ̂°	Soâiⁿ	㑳
ㄕㄨㄞˊ°	Sóaiⁿ	
ㄕㄨㄞ̄°	Soāiⁿ	檨
ㄕㄨㄞㄏ°	Soaihⁿ	啢
ㄕㄨㄢ	Soan	萱 痠 狻 誼 霰 酸 酸 喧 揎 暄 煊 咺 晅 宣 酸 門 檈 蠉 諼 楥 寰 蕙 烜 瑄 亘 擐 狻 腹 珊 旋
ㄕㄨㄢˊ	Sóan	樸 撈 撰 巽 選 涮 潠 撰
ㄕㄨㄢˋ	Sòan	蒜 筭 算 篡 纂 瀉 選 祘 匴 譔 選 鏇 蒜 撰
ㄕㄨㄚㄊ	Soat	刷 啐 捽 唰 拔 刷 刷 雪 雪 涗 茁 涮 鍘 說 蝍 鱈
ㄕㄨㄢ̂	Soân	旋 掟 船 漩 颸 囮 旋 蹮 鏇 蒡 璇 璿 鏇 還 翾 翾 鏇
ㄕㄨㄢˊ	Sóan	樸 撈 撰 巽 選 涮 潠 撰
ㄕㄨㄢ̄	Soān	檨 銓 鏇 羨 琁
ㄕㄨㄚㄊ	Soa̍t	揻
ㄕㄨㄝ	Soe	夊 榱 縗 衰 蓑 梳 疏 蔬 踈 蹂 疏 簑 蓑 疏
ㄕㄨㄝˊ	Sóe	黍 洗 銑 瘥 甩
ㄕㄨㄝˋ	Sòe	岁 歲 帥 悅 說 細 稅 涗 歲 悅 黍 洄 小 歲 穢
ㄕㄨㄝㄏ	Soeh	塞 說
ㄕㄨㄝ̂	Soê	垂 衰
ㄕㄨㄝˊ	Sóe	黍 洗 瘥 甩 銑
ㄕㄨㄝ̄	Soē	垂 亂
ㄕㄨㄝㄏ	Soe̍h	
ㄕㄜㄇ	Som	宋 參 叅 蔘 森
ㄕㄜㄇˊ	Sóm	
ㄕㄜㄇˋ	Sòm	
ㄕㄜㄆ	Sop	唼
ㄕㄜㄇ̂	Sôm	
ㄕㄜㄇˊ	Sóm	
ㄕㄜㄇ̄	Sōm	趂
ㄕㄜㄆ	So̍p	唼

Sōng
桑三三 鬆六九〇 霜六五三 孀二九 双 雙六五三 礵五四 艭四三
騻六八四 驦六八五 鷞七一一 鸘七一三 雙 㦼 喪
Pㄜㄥ

Sóng
爽三三〇 嗓八一 搡 縔四一 磉三九〇 鎟 爽三三〇
顙六六六 謥 鷞 鸘 㩳 慫 剌 悚三
竦四〇 騻六八四 驦 搡三三 㩳
Pㄜㄥ

Sòng
送六二四 送 宋 喪 㮸
Pㄜㄥ

Sok
涑六五 朔 束 餗 觫 簌 餗 槊
捒 遫 擞 摗 遬 簌 稍 㑰
搠 鎙 遡 嗽 瘷 味 嗍 敕
溯 嗽 康 揀 揧 數 肅 塑
縮 蒴 歗
Pㄜㄎ

Sōng
倯 松
Pㄜㄥ

Sóng
爽三三〇 爽 嗓八一 搡 縔四一 磉 鎟
顙六六 謥 鷞 鸘 㩳 慫 剌 悚三
竦四〇 騻六八四 驦六八五 搡三三 㩳
Pㄜㄥ

Sōng
愯
Pㄜㄥ

Sok
Pㄜㄎ

Su
私 胥 舒 需 衕 嘶 澌 須 鬚 鬚 斯 師 書 輸 偲 頿 揌 笥 厮
腮 顋 楈 獅 紓 捉 凘 㯕 撕 澌 眮 琗 蒒 㩳 褫 㵑 撕 䚡 諰 楒
毸 罳 颸 繻 緦 䰄 揟 簛 鷥 鱺 鰓 虒 厶 澌 渭 偦 楈 諰 鶈
思 司 伺 篩 餰 鄃 濡 鑐 㩴 虒 蒒 須 須 螄 鷈 鶶 菥 蟖 鋖

Sú
璽 璺 暑 死 徙 蓰 屣 史 黍 駛 鞁 縰 蠨 蹝 傾 僿 韡 醑 躧
湑 楈 諝 使 仳 佀 癡 屎 塵 恣 署 墅

Sù
四 肆 賜 焘 恕 隸 泗 戍 肂 謏 三 絮 燍 恣 駟 思 使 樹 戍
嗽 素 次 賊 相 㳊

Suh
涑 嗽 塑

Sû
祠 柌 徐 梭 叉 詞 辞 辤 辭 殊 洙 銖 蜍 余 嗣

Sú
璽 璺 暑 死 徙 蓰 屣 史 黍 駛 鞁 縰 蠨 蹝 傾 僿 韡 醑 躧
湑 楈 諝 使 仳 佀 癡 屎 塵 恣 署 墅

Sū
芧 士 仕 祀 似 署 事 飤 圯 氾 兕 罵 豺 序 涘 叙 敘 鉛 緒
祖 竢 野 禩 曙 醵 嗣 㠩 嘆 姒 姒 巳 危 俟 飤 樹 伺 司 孖
佀 俟 耜 潊 豎 豎 僿 鱮 㮂 已 飤 澍 藇 杝 侍 殊 思 吹

Sùh
嗽

S . T date theme Su, Sui, Sun, Ta, Taⁿ page

Su									
廝三三	簏四三	偲三	胥三六	姿三		胥三六	飼六三	孖三	
ㄕㄨ			ㄕㄨˋ	ㄕㄨ	ㄕㄨㄏ	ㄕㄨˆ	ㄕㄨˊ	ㄕㄨ	ㄕㄨˊㄏ

Sui: 荽四九三 雖六五 雖六五 奞三九 浽六五三 倠二 衰三五 梭四三 綏三三 蕤五四 綏四三五 蓑五〇 嗺八 睢三八 瘣六五 鐫四六 簑四九

Súi: 水六五 美四九 婧二六 僕七 髓六九 桵三六

Sùi: 睟三八 粹四六 邃六九 鏙四三 啐七五 碎三八

Sùi: 誶五五

Suih

Sûi: 垂九五 來八 垂七 隨六〇 箠四六 腄四六 陲六四 倕三 倕三 甀六七 瓗三九 誰五三 脽四六 隋六四 錘六七 甚四八

Súi: 水六五 美四九 婧二六 僕七 髓六九 桵三六

Sūi: 遂六七 瑞三四 繸四三 穗四四 睡三六 燧三六

崇三五 燧三一 遂三一 豙 燧三八 燧一〇 㒸三三 燧三 采四〇 鐩六五 燧三四 墜六四

Sùih: 鐩四三 璲三四 隧六四 術三三

ㄕㄨㄧ ㄕㄨˊㄧ ㄕㄨˋㄧ ㄕㄨㄧㄏ ㄕㄨˆㄧ ㄕㄨˊㄧ ㄕㄨㄧ ㄕㄨˋㄧㄏ

Sun: 蓀五〇 搎三 櫞五四 猻三九 飧六三 飧六三 孫三

Sún: 筍四四 栒四四 箕四三 損三三 箕四六 膜四三 榫五七 筍四三 榫六三 瀕四三

憤六三 膹四三

Sùn: 巽三三 遜六八 舜四九 愻六八 巽五五 徇六八 傳二六 蕣五四 橓二八 潠三九

噀六八 㬇六〇 瞬二八 瞚三〇 孫三 瞤二八

Sut: 戌六七 率三 卹三三 恤六九 蟀三六 俸 律六三 達六八 窣四七 貾三三

詸五五 珬三三 捽三 捽三七 剌四九 颷六七 颷六七 帥四三 哎 褙四七

麩三六 麩三六 捽三四 毳四 屑三 瞬三八 呔九 術四八 邮五九

Sûn: 旬三四 荀四四 巡四 巡六三 徇六三 狗三六 循六三 洵三 淳六七 純四五

醇六七 鶉六九 刹三六 殉三九 恂六九 洵六三 詢三三 珣三三 峋四四 惇三四

紃四〇 侚三六 恂 楯三四 循三九 蓴三三 莼三〇 敦 錞六九 瞤三八

毨六六 惇三三 插三九 馴六〇 郇六三 迿三四 紋四三

Sún: 筍四四 栒四四 箕四三 損三三 箕四六 膜四三 榫五七 榫三三 瀕四三 筍四三

Sūn: 順六四 揗三三 舜四九 循三三 船四〇

ㄕㄨㄣˋ 憤六〇 膹四三

Sùt: 沭三三 述六三 訹六八 䟣四一 嚾 鷸三三 遹六九 繘四三 術三三 朮三三

哎三 䘸四九 滓三八 咻六九

ㄕㄨㄣ ㄕㄨˊㄣ ㄕㄨˋㄣ ㄕㄨㄊ ㄕㄨˆㄣ ㄕㄨˊㄣ ㄕㄨㄣˋ ㄕㄨˋㄊ

Ta: 礁三三 唐七 焦三 乾九 乾九 燋三 當三六 当三九

Tá: 那六〇 郍六二 一 那六二

Tà: 罩四〇 箄四六 帳四〇

Tah: 答四 搭三 褡三四 貼五三 嗒六 嗤六 郍六三 那六

Tâ: 虛三 搓三 奈一九 柰三〇 燋三六 焦三

Tá: 那六一 郍六三

Tā: 奈一八 柰三〇

Tâh: 踏五六 值三

ㄉㄚ ㄉㄚˊ ㄉㄚˋ ㄉㄚㄏ ㄉㄚˆ ㄉㄚˊ ㄉㄚ ㄉㄚˆㄏ

Taⁿ: 擔三九 嘾四三

Táⁿ: 打九 胆四三

Tàⁿ: 呾六八 担五五

Tahⁿ

Tâⁿ: 瞳四五 耽四三

Táⁿ: 打九 胆四三

Tāⁿ: 瞳四五 耽四三

Tâhⁿ

T date theme Taⁿ, Tai, Taiⁿ, Tam, Tan, page

今 十 ㄉㄚ˚ | 耽 四五七 | 鰆 四三七 膽 四四四 ㄉㄚ˚ | 擔 三二九 ㄉㄚ˚ | ㄉㄚㄏ˚ | ㄉㄚ˚ | 鰆 四三七 膽 四四四 ㄉㄚ˚ | 憛 三五 ㄉㄚ˚ | ㄉㄚㄏ˚

Tai 懛 八二五 秪 四〇 觝 六九六 ㄉㄞ

Tái 歹 三六八 歺 三六八 滓 三四 ㄉㄞ

Tài 帶 四三 戴 六九 艜 四八二 縹 四四三 襶 五四三 靆 三五五 蔕 四九八 蔕 五〇三 蝳 五三六 遰 六〇八 踶 五八四 遞 六〇五 遞 六〇八 殺 三九五 貸 五五三 ㄉㄞ

Taih ㄉㄞㄏ

Tâi 蛤 五四〇 儓 三五 籉 四三三 薹 五三八 臭 三六八 炲 三六八 駘 六八〇 嚓 七八 檯 三五七 枱 三五七 臺 四八七 臺 四八七 詒 五六〇 台 七四 埋 九七 奈 一八 路 五八〇 ㄉㄞ

Tái 歹 三六八 歺 三六八 滓 三四 ㄉㄞ

Tāi 怠 二五〇 玳 三五 瑇 三八六 代 十三 岱 二三 貸 五五三 殆 三六九 佚 三〇 袋 五三六 黛 七一九 隸 六九 迨 六〇二 伏 十三 隸 六九八 逮 六〇八 棣 九八 棣 三五八 咍 七九 紿 四三一 汏 三六七 大 一〇七 隶 六四九 事 一〇 傳 三六 舵 四八〇 第 四三 奈 一八 柰 三五〇 ㄉㄞ

Taih ㄉㄞㄏ

Taiⁿ 冊 四三 ㄉㄞ˚

Táiⁿ 歹 三六八 歺 三六八 冊 四三 ㄉㄞ˚

Tâiⁿ ㄉㄞ˚

Taihⁿ ㄉㄞㄏ˚

Tâiⁿ ㄉㄞ˚

Táiⁿ 歹 三六八 歺 三六八 冊 四三 ㄉㄞ˚

Taīⁿ ㄉㄞ˚

Taihⁿ ㄉㄞㄏ˚

Tam 眈 三四 躭 五九三 耽 四五七 坍 九二 明 四三 聃 四五七 甔 三二一 譫 四三 儋 三四 擔 三二九 毿 四三 酖 六一六 煩 六六四 湛 三四〇 喃 八四 ㄉㄚㄇ

Tám 舀 四五 沈 三〇 宂 四八六 紞 四三〇 抌 二九 髧 六九 胆 四三三 膽 四四四 窞 四〇七 萏 五〇六 黮 七一七 磹 三九三 醓 六一七 唔 七五 啖 七五 葚 四九八 黮 七二〇 疣 三八八 痶 三六二 噉 八五 燂 六六四 禫 三九七 撢 五四一 憸 二四四 ㄉㄚㄇ

Tàm 擔 三二九 檐 三三五 襜 五三六 ㄉㄚㄇ

Tap 荅 四九 答 四四一 匌 各 四三七 僉 三七〇 剳 四八 褡 五四〇 搭 三二 偕 三二 瘩 三六三 踏 五八 嗒 八一 埮 九九 剔 四八 搨 三二 呫 八六 ㄉㄚㄆ

Tâm 郯 六一三 惔 三二 談 五六三 覃 五三 倒 三九 餤 六七五 譚 五六一 窞 四〇八 醈 六一六 倓 三一 澹 三二 痰 三六三 橝 三九 潛 三四三 砂 三八五 ㄉㄚㄇ

Tám 萏 四九五 沈 三〇 宂 四八六 紞 四三〇 抌 二九 髧 六九 胆 四三三 膽 四四四 窞 四〇七 萏 五〇六 黮 七一七 磹 三九三 醓 六一七 唔 七五 啖 七五 葚 四九八 黮 七一〇 疣 三八八 痶 三六二 噉 八五 燂 六六四 禫 三九七 撢 五四一 憸 二四四 ㄉㄚㄇ

Tām 淡 三八 賧 五七四 禫 三五七 禫 三四 酖 六一三 儋 一四四 箹 四六 倓 三一 澹 三二 唔 七五 啖 七五 蚼 四八 湛 三四〇 菼 四九五 談 五六三 ㄉㄚㄇ

Tāp 遝 六〇八 偕 四三 沓 六八 踏 五八六 龘 七一八 喒 七五 譶 五六二 讋 六九〇 沓 三四 鞜 六六三 蹹 五九七 踏 五八 蹋 五九二 嚃 九〇 錔 六二三 龘 三八八 遝 五五三 詟 五九〇 蹹 五八八 ㄉㄚㄆ

Tan 匰 五六 丹 七 彈 二六〇 單 三五

Tàn 圊 九二 呾 三九 旦 二三 亶 十三 憚 二六 擔 三二 但 三二

Tán 冊 四三 亶 十三 直 五三 疸 三九

Tat 噠 八七 妲 三二

Tân 壇 一四 檀 三五 壜 三六 亭 十三

Tán 冊 四三 亶 二三

Tān 但 十六 蛋 五三六 誕 五〇 憚 二六

Tát 達 六〇六 達 五〇六 僤 三三 覿 直 三

T date theme Tan, Tang, Tau, Te, page

鄲 六二五　禪 五〇二　箪 四三三　ㄉㄢ
單 三〇八　墰 三〇八　登 三〇八
坍 九五
等 四三四　ㄉㄢ
笪 四三三　呾 六八　鴠 七〇六　ㄉㄢ
担 六三五　怛 三三六　瘅 三六六
蛋 五二六　誕 五三四
怛 六〇六　撻 三三五　ㄉㄤ
彈 三三七　撣 三三七　繵 四三三　ㄉㄢ
陳 六四五　黴 三五一　歎 三二七
等 四三四　ㄉㄢ
蜑 五二〇　娫 三二一　誕 五三四　ㄉㄢ
彈 三三七　撣 三三七　繵 四三三
縺 四三一　鏈 八七　笪 四三三　ㄉㄤ

Tang
冬 四一　苳 四八　東 四八　蝀 四六　ㄉㄨㄥ
棠 三九　璫 三四　鶇 七〇六
路 五八七　荷 四九一
Táng
憧 六四　董 四六八　党 三八　黨 七〇九　ㄉㄨㄥ
涬 三〇四　蕫 五〇九
Tàng
凍 四一　當 三六　棟 三六　揀 三三六　ㄉㄨㄥ
当 一九八　橦 三六　可 六三
Tak
觸 五〇八　掾 三三五　ㄉㄚ
Tâng
同 六三　銅 六〇三　童 四〇一　筒 四三四　ㄉㄨㄥ
朣 六八　橦 三六九　桐 三六三　憧 一八一　仝 一三
Tāng
憧 一四〇　董 四六八　党 三八　黨 七〇九　ㄉㄨㄥ
涬 三〇四　蕫 五〇九
Tāng
甌 三二　重 六二〇　動 三三　慟 三三　ㄉㄨㄥ
Ta̍k
蔔 五〇二　毒 三六二　獨 三三四　碡 三九九　ㄉㄨ
鱒 七〇三　逐 六〇四　濁 三二〇　各 六四

Tau
吺 六二　兜 六一六　晅 三八〇　嘲 一四　篼 四三〇　ㄉㄡ
撓 三三一　斎 四三八　脰 四六六　攬 三三五　兜 一六六
Táu
斗 三五九　抖 三〇八　堵 九九　肚 四五〇　竇 四四九　ㄉㄡ
倒 三三　斜 三五九　斜 三五四
Tàu
罩 四三七　罩 四三六　到 三二七　踔 五八六　到 四八　ㄉㄡ
鬪 六九三　跳 五八四　畢 三二五　抖 一九二　鬧 六九二
鬥 六九三　鬪 六九三　鬭 五三五
Tauh
篤 四三九　搭 三四　錯 六〇六　沓 六八　ㄉㄡ
Taû
投 一九三　骰 六八八　葰 四九二　蝃 一三
Táu
斗 三五九　抖 三〇八　堵 九九　肚 四五〇　竇 四四九　ㄉㄡ
倒 三三　科 三五九　斜 三五四
Tāu
荳 四九三　豆 五五三　盜 三三三　盜 三三三　脰 四六六　ㄉㄡ
讀 五六三　梪 三三六　鮑 六九八　痘 三八三　逗 六〇五
Tauh
沓 六八　嗒 六〇六　錔 六〇九　ㄉㄡ

Te
秪 一〇　秖 四〇〇　胝 四六〇　羝 四五〇　碑 三九二　低 一六　氐 三六五　柢 三五〇　餵 六七五　牴 三三三　ㄉㄝ
Té
仾 十五　短 三五三　ㄉㄝ
Tè
帝 二三　偙 三六　渧 三〇二　僀 三一〇　瑅 三四六　褅 五三九　薹 五八九　虋 七〇四　蝭 五三三　蝃 五三三　ㄉㄝ
唬 一八二　揥 三〇五　棉 三三六　螮 三三六　蒂 四八八　蔕 五〇一　薹 三三八　諦 五五七　締 四四八　蝃 五三〇
蜥 五八一　地 一四〇　戴 六九　塊 一〇一　笮 四三三　從 一六一　哟 七〇七　坻 九五　隨 六四九　觝 四八二
Teh
的 三八一　哟 七〇七　啄 六〇　壓 一四〇　屬 一六〇　啅 六五　坻 九五　压 五九　ㄉㄝ
Tê
促 三〇六　禔 三三七　醍 六〇　罣 四三七　綈 四四〇　媞 二三六　踶 五八九　鍉 六三三　鯷 七〇〇　鯑 七〇〇　ㄉㄝ
稀 四〇三　稊 四〇一　題 六六七　蕛 六三三　萬 四九〇　嗁 八〇　鍉 六三〇　蝭 五三三　蝃 五三三　踶 五八七
蹄 五八七　荼 四九三　荼 四九三　鯑 七〇八
Té
仾 十五　短 三五三　ㄉㄝ
Tē
弟 一五〇　悌 一七二　地 一四〇　扶 一一〇　軑 五九五　睇 六二〇　鈦 六三〇　瑅 三四四　娣 二三四　軑 五九五　ㄉㄝ
軑 五九五　第 四三三　踶 五八七　蹄 五八七　遰 六〇六　逮 六〇八　棣 三六八　棣 三六八　第 四八八　褅 五九七
髢 六八九　蝷 一三三　蔕 一八一　滯 一八二　底 一五〇　底 一五〇　代 十三　袋 五三六　岱 一四三
Teh
汐 三〇一　奪 一一九　ㄉㄝ

T date theme Teng, Ti, page

Teng ㄉㄥ
丁 五 叮 仃 行 玎 虰 罒 疔 玎 靪 登 簦 墱 灯 燈 簦 掎

甓 登 撜 鼜 徵 鐙 登 鷺 徵 奵 町 釘 鐙 蹬 澄 燈 鐙 橙 懲

Téng ㄉㄥ
等 薡 頂 顶 戥 鼎 鼎 耵 酊 嵿 艼 奵 町 濎

Teng ㄉㄥ
張 鋥 蹬 凳 櫈 矴 碇 訂 飣 椄 蹬 霯 嶝 薆 釘 鐙 澄

盯 瞪 橙 綻 中 磴 叮 虰

Tek ㄉㄝㄎ
的 得 嫡 摘 樀 德 滴 謫 適 蹢 鏑 滴 悳 囚 玓 倘 葯

汋 悳 捋 覿 駒 駒 齁 勒 鷚 蹢 商 乇 艄 弔 杓 樀 適

適 菽 竹 哲

Têng ㄊㄥ
亭 廷 澄 滕 藤 籐 埕 渟 聤 娗 婷 楟 揨 霆 澂 幐 媵

定 莛 程 珵 葶 酲 惩 懲 滕 誇 縢 飣 澄 鼟 紽 庭 程

縢 呈 橙 裎 滕 重 磴

Téng ㄉㄥ
等 薡 頂 顶 戥 鼎 鼎 耵 酊 嵿 艼 奵 町 濎

Teng ㄉㄥ
定 掟 椗 錠 鄭 鄧 僜 有 殦 蹬 梃 限 閬 窦 蜓 碇

Tek ㄉㄝㄎ
狄 澤 敵 歒 擇 余 笛 廸 迪 軸 特 植 擲 菽 躑 翟 遏

逖 籊 棟 蠌 菽 鸐 滌 蟥 蟥 鷚 蹢 跛 滕 蓫 舳 適 擿

燿 皺 菽 柚 鏑

Ti
茹 蜘 鼅 知 椓 猪 豬 鋤

Tî
呧 軧 邸 詆 觝 底 鼬 偍 僀 坻

祗 氐 抵 牴 砥 秪 抳 扺 張 底 徵

Tì
致 智 置 寘 筏 質 緻 觶 知 癠

輊 撴 懥 懫 庛 蔕 蔕 戴

Tîh
底 玄 滴 樀 呧

Tî
池 遲 馳 墀 泜 蚳 趍 踟 篪 垛

綈 劚 箎 篪 偫 緁 杝 拖 沶 坻

褫 治 亂 鋤 持 持 褫

Tí
呧 軧 邸 詆 觝 底 鼬 偍 僀 埗

祗 氐 抵 牴 砥 秪 抳 扺 張 底 徵

Tī
痔 痔 彘 雉 稚 穉 穉 偫 儔 畤

棣 樴 滯 雉 値 治 亂 致 弟 地

在 薵 伫 徛 箸 織

Tih
詎 碟 犆 擿

T date theme Ti, Tiⁿ, Tia, Tiaⁿ, Tiam, Tian page

Ti

底 二五 底 四九 ㄉㄧˊ · 爹 五六八 薦 一三三 低 十六 · 埴 九八 植 三三七 ㄉㄧˋ · ㄉㄧ˙ㄏ · 佐 二五 地 九六 ㄉㄧˊ · 苲 四八九 宋 二六七 · 底 二五 底 四九 ㄉㄧˊ · 爹 五六八 薦 一三三 低 十六 · 時 二五 辞 四四 ㄉㄧˊ · 是 二七 是 三三七 · ㄉㄧ˙ㄏ

Tiⁿ

Tiⁿ 甜 三三 甛 三三 ㄉㄧˊ · 胖 四六 · Tíⁿ · Tîⁿ 盯 三三 淀 三四 ㄉㄧˊ · Tìhⁿ · Tîⁿ 纏 四四 纏 四四 擢 三六 ㄉㄧˆ · Tíⁿ ㄉㄧˊ · Tīⁿ 鋥 三〇 錠 三四 ㄉㄧˉ · 鄭 六四 張 三九 · 張 三七 程 二五 · 擢 三六 · Tìhⁿ 㥏 七 ㄉㄧ˙ㄏ

Tia

Tia 爹 三三 ㄉㄧㄚ · Tiá 㐌 十 訑 九 ㄉㄧㄚˊ · Tiā 㾗 一 ㄉㄧㄚ · Tiah 摘 三四 ㄉㄧㄚ˙ㄏ · Tiâ ㄉㄧㄚˆ · Tiá 㐌 十 訑 九 ㄉㄧㄚˊ · Tiā 吔 七 ㄉㄧㄚ · Tiáh 鑃 四八 ㄉㄧㄚ˙ㄏ

Tiaⁿ

Tiaⁿ 打 二五 晸 三八 · Tiáⁿ 鼎 二三 鼑 二三 · Tiàⁿ 碇 三八 · 矴 三四 · Tiahⁿ · Tiâⁿ 埕 九七 呈 六五 · 庭 三五 程 四三 · Tiáⁿ 鼎 二三 鼑 二三 · Tiāⁿ 定 三三 錠 六八 · 靛 六五八 訂 四八 · 椗 三九 · Tiahⁿ

Tiam

Tiam 敁 三六 貼 三五 閪 六四 沾 一三 覘 五四五 霑 六五 拈 三五 甚 · 琂 四四 碪 三八 坫 九五 鉆 六四 佔 十五 沾 六九 詀 五四 砧 三八五 · Tiám 者 四五 点 三八 㓠 四八 蔵 三一 點 七九 偡 二七 惉 三四 · Tiàm 阽 四四 唸 五五 埝 九九 熱 三五 玷 三五 店 三五 玷 三五 坫 九五 · 殿 六一 店 三四 站 四〇 沉 六七 沈 六七 惦 三四 · Tiap 輒 五九 輙 五九 佩 三四 乩 三四 摺 三三 跕 五三 沾 六九 霎 六五四 · 喋 六六 · Tiâm 甜 三三 甛 三三 湉 三一 銛 六二三 沈 六七 沉 六七 · Tiám 者 四五 点 三八 㓠 四八 蔵 三一 點 七九 偡 二七 惉 三四 · Tiām 厝 八九 栁 三五 簟 四三 墊 一三 荍 三一 站 四〇 恬 一九 · Tia̍p 渫 四三 堞 九九 喋 九九 諜 五七 鍱 六三 蝶 五三 牒 三一 渫 三一 · 蹀 五七 惵 三一 艓 四八 牒 三〇 楪 三一 牒 四〇 蹀 五九 艓 六九 · 蝶 四三 攝 一四 疊 六四 墰 一四 慄 三 鰈 七一 碟 九九 揲 八 · 牐 三 婕 五三 叠 六三 曡 三七 疊 三七 聶 四九 霎 六五四 揲 三六

Tian

Tian 趙 五八一 傎 六六 顛 六八 攧 三六 巔 七七 · 瘨 三六四 巓 三六 癲 三六七 槇 六四 窴 四八 · 寘 十三 · Tián 典 三九 倎 六九 振 三三 攇 三三 展 三 · 簟 五五 · Tiàn 殿 六一 · Tiat 哲 七三 悊 七三 嚞 八九 喆 七 喌 六 · Tiân 庙 三五 畋 三四 塵 三五 壥 三五 瀍 三三 · 填 三四 寘 四八 鷏 三四 滇 三四 田 三三 · 纏 四四 搷 三三 躔 三五 湉 三一 塡 一三 · Tián 典 三九 倎 六九 振 三 攇 三 展 三 · 簟 五五 · Tiān 淀 六 蜘 五九 靛 六五八 碇 三八 奠 一九 · 纏 四四 躔 五九 田 三三 佃 十五 荰 三三 · Tia̍t 秩 四〇 跌 五三 耋 四五 耋 四五 跌 三 · 詄 五一 昳 三六 峌 三四 絰 四三 跮 五四 · 䩞 五七 荎 四八 墆 二二 泆 六九 佚 十 · 迭 三九 䏲 四七 垤 五七 咥 七三 蜴 七六

109 音訓索引

驞六〇四 顚五六八 巔四〇四 滇三一四 鷏七〇一 槇三三 ㄉㄧㄢ
碾三九〇 輾五九八 琠三五四 碘三九八 ㄉㄧㄢˇ
ㄉㄧㄢˇ
ㄉㄧㄝˋ
輾五九七 磌三九〇 厘六〇一 纏四四四 甸三五四 鈿六二三 佃一五 蟺五三三 ㄉㄧㄢˋ
碾三九〇 輾五九八 琠三五四 碘三九八 ㄉㄧㄢˇ
電六二三 惦一五四 鈿六二三 澱三二三 殿二八一 甸三五四 靛四五三 纏四四四 ㄉㄧㄢˋ
朕四三四 袞五二五 轍五九五 忒一八六 屮一三 趃五七九 迭六〇一 怢一四四 垤九六 詄五四三 昳三七六 跌五七一 鉄六二三 軼五九六 ㄉㄧㄝˊ

Tiang 鋹六二九 ㄉㄧㄤ
Tiáng 長六一八 ㄉㄧㄤˊ
Tiàng 漲三一九 漲三二五 ㄉㄧㄤˇ
Tiak 椓三一 ㄉㄧㄚㄎ
Tiâng 長六一八 ㄉㄧㄤˊ
Tiáng 長六一八 ㄉㄧㄤˊ
Tiāng 丈五 ㄉㄧㄤˋ
Tia̍k 椓二〇三 ㄉㄧㄚㄎ

Tiau 剮四〇 琱三五三 雕六二〇 彫一五九 凋四三 碉三六〇 鯛六九九 貂五三九 貂七二三 船四〇〇 艒四〇二 鵰七〇六 鳲七〇四 鵰七〇八 弴三五 朝二二四 齠七二六 鵃七〇四 鳥ㄌ一六 鸐六六三 鋼六二八 啁七五 敦三二七 刁四四 調五三五 搠二二六 訂三八 ㄉㄧㄠ
打一九〇
Tiáu 杓二四 杓二九九 僤一三五 屌一二〇 褭五〇一 杓一六四 佻八 ㄉㄧㄠˊ
Tiàu 佛一四 綍四三 窵三六五 窎四一八 吊六〇 弔一五五 召六三 卧一五八 杓一四 釣六二三 掉一九三 ㄉㄧㄠˇ
Tiauh 揞二二 啫七六 ㄉㄧㄠㄏ
Tiâu 苕四八 芀四四 潮三二〇 蜩五三二 笤四二二 岧三二 岹一三 鼂七二一 鰷七一二 卣三九 條六五九 條三二五 鰷六九九 齠七二六 迢六〇一 髫六八九 晁三八六 朝二二四 桃六九九 庣一三二 莜四六二 篠三二五 越五七九 調五三五 嬥二二九 佻一八 特三二五 寮三二五 眺三二五 嘲八四 ㄉㄧㄠˊ
Tiáu 杓一四 杓三九九 僤一三五 屌一二〇 褭五〇一 杓一一四 佻八 ㄉㄧㄠˊ
Tiāu 兆一三 ㄆ六八 垗九六 銚四〇八 銚六二五 篠四八 趙五八〇 旐三三 駣六六二 肇四七〇 肈四七〇 晁三八六 眺三八〇 糶四九九 調五三五 掉二二四 料三九九 粜四九八 ㄉㄧㄠˋ
Tiauh 揞二二二 啫七六 ㄉㄧㄠㄏ

Tim 砧三五五 鴆七〇五 揕二一九 ㄉㄧㄇ
Tím ㄉㄧㄇˊ
Tìm 沊三四九 擲二二二 沈二九五 ㄉㄧㄇˇ 扰二二一 抌二二一 ㄉㄧㄇˇ
Tip ㄉㄧㄆ
Tîm 霃六二一 沈二九八 沉二九八 ㄉㄧㄇˊ
Tím ㄉㄧㄇˊ
Tīm 朕四四二 栚二四二 㴨三四二 燖三五六 鴆七〇七 踸五七八 ㄉㄧㄇˋ
Ti̍p ㄉㄧㄆ

Tin 珎三五四 珍三五四 玎三五四 徵一四二 貞六〇四 津二九三 ㄉㄧㄣ
Tín 振一九九 ㄉㄧㄣˊ
Tìn 鎮六三一 ㄉㄧㄣˇ
Tit 得一三六 ㄉㄧㄊ
Tîn 蔯四五三 塵一〇三 陳六四一 陣六四一 陣六四五 澄三二〇 藤五〇九 隤六四一 盾三四八 藤五〇九 ㄉㄧㄣˊ
Tín 振一九九 ㄉㄧㄣˊ
Tīn 陳六四一 陣六四一 陣六四五 ㄉㄧㄣˋ
Ti̍t 直三七四 囱一二 姪一二二 腟四四一 值一二二 秩三八五 垤九六 侄一七 膣四四〇 蟄五三五 ㄉㄧㄊ

Tio
Tió
Tiò 釣六二三
Tioh 著 憛二四一 着三七
Tiô 潮三二〇 投一九五 跳五七五
Tió
Tiō 銚六二三 趙五八〇 跳三二二 痛三二三
Tio̍h 着三七 著四九七

T date theme Tio, Tiong, Tiu, Tiuⁿ, Tng, To, page

ㄉ一ㄜ	ㄉ一ˊㄜ	ㄉ一ˇㄜ	ㄉ一ㄜㄏ			ㄉ一ˋㄜ				ㄉ一ˋㄜ	ㄉ一ㄜ				ㄉ一ㄜㄏ
Tiong 忠 二五三 謥 二五三 張 二五三 中 六 脹 二七二	粻 四六八 餦 六七五 蹱 五九〇 衷 二五四	Tióng 長 六二八	Tiòng 帳 二一二 幛 四四四 漲 五九九 漲 三二五 賬 五二三	中 六 脹 二七二 脹 四七 痮 三二六 瘬 三二六	韔 六二三 棟 三四八	Tiok 竹 四三 筑 四三 築 四一七 豖 五七 豖 五七	竺 四二	Tiông 萇 四九四 蝪 五三二 場 三九 塲 二〇 腸 四六九	穜 四四四 脹 四七 漲 三二五 瘬 三二五 長 六二八	重 六一〇 倀 三一 棖 三四七 帳 三三六 暘 三二七	Tióng 長 六二八	Tiōng 仲 一二 丈 五 仗 一三 杖 三四五 腫 五九四	韔 六二三 重 六一〇 撞 三二七	Tio̍k 蓫 五三一 逐 六〇四 着 三一七 爅 三三五 燭 三二七	舳 四八二 篴 四一〇 著 四九七 柚 三五〇 妯 一二
ㄉ一ㄜㄥ		ㄉ一ˊㄜㄥ	ㄉ一ㄜㄥ			ㄉ一ㄜㄎ		ㄉ一ㄜㄥ			ㄉ一ㄜㄥ	ㄉ一ㄜㄥ		ㄉ一ㄜㄎ	

Tiu 裯 四二一 丟 六 伷 一七 猸 一二	Tiú 肘 四六 鵃 七〇六 掫 三一六	Tiù 晝 三三三 咮 七十 噣 八六	Tiuh 掛 三一一	Tiû 裯 四二一 惆 四二一 綢 四三一 籌 四一三 躊 五九一	儔 三五 疇 三三三 椆 三四七 菗 四九六 幬 八二五	懤 六二三 醻 六二五 幬 四四四 倜 紬 四三一	燽 三二七 燾 三二七 裯 五二八 妯 一二 譸 五三五	掏 三一六 淘 六二六	Tiú 肘 四六 鵃 七〇六 掫 三一六	Tiū 宙 一二 紂 四二九 胄 四十 詘 五三〇 冑 四三	酎 六二五 褿 四二一 黈 六九〇 蕵 五二一 籀 四二三	伷 一七 壽 八九 檮 三五二 幬 二二三 盩 三二三	糟 四二一 杖 三四五 稻 四四四	Tiuh 腦	
ㄉ一ㄨ	ㄉ一ˊㄨ	ㄉ一ㄨ	ㄉ一ㄨㄏ	ㄉ一ㄨ					ㄉ一ㄨ	ㄉ一ㄨ				ㄉ一ㄨㄏ	

Tiuⁿ 張 一二三 輈 五九七		Tiúⁿ 長 六二八 鋹 六二九		Tiùⁿ 帳 四四四 脹 四七	痮 三二六 瘬 三二六	漲 三九九 漲 三二五		Tiuhⁿ	Tiûⁿ 場 二〇 塲 三九		Tiúⁿ 長 六二八 鋹 六二九		Tiūⁿ 丈 五		Tiuhⁿ
ㄉ一ㄨ˙		ㄉ一ˊㄨ˙		ㄉ一ㄨ˙				ㄉ一ㄨㄏ	ㄉ一ㄨ˙		ㄉ一ˊㄨ˙		ㄉ一ㄨ˙		ㄉ一ㄨㄏ˙

Tng 瞳 三八二 當 三五六	Tńg 返 六〇二 轉 五九九	Tǹg 頓 六六三 當 三五六	䟿 五八二	擋 三一九 当 三六八 烟 三三〇	Tngh	Tn̂g 童 四〇四 唐 八三	堂 九五 堂 九八	塘 一〇四 段 六二一 長 六二八	腸 四六九	Tńg 返 六〇二 轉 五九九		Tn̄g 撞 三二七 丈 五	斷 三三一 盪 三三七	跢 五八二 段 三八一 当 三六八	Tngh
ㄉㄥ	ㄉˊㄥ	ㄉㄥ	黑字 七二〇		ㄉㄥㄏ	ㄉㄥ				ㄉㄥ		ㄉㄥ			ㄉㄥㄏ

To 刀 四四 釖 六三二 多 一〇七 哆 七〇 舠 四七九 魛 六九五	Tó 朵 三四五 朶 三四五 陊 六四五 島 一三〇 垛 九五 跺 五八五	禱 四二 擣 三一 搗 一九八 裯 五二八 禱 三二八 檮 三五二	Tò 到 四八 剫 四八 剁 四八 鞾 九〇 桗 三六七 瘅 三三六	Toh 卓 五七 桌 三五二 棹 三五二	Tô 柁 三五〇 逃 六〇四 迯 六〇二 迯 六〇四 淘 三〇八 萄 四九五	跎 五八三 濤 三二 拕 三〇 酡 六二 鮀 六九六 鼧 七〇	駝 七〇六 鼉 七〇六 沲 砣 陶	度 二一 詑 五三一 掏 三〇四 搯 三一二 跳 五八四 跿 五八五	他 一二 它 一二 佗 一六 朵 朶 度 一二	Tó 朵 三四五 朶 三四五 陊 六四五 島 一三〇 垛 九五 跺 五八五	禱 擣 搗 裯 禱 檮	Tō 灺 三二九 炧 三二九 炨 跢 五八六 稻 四四四 導 二二三	衜 五三二 衟 鮀 道 六〇七 𡒿 一〇〇 燾	To̍h 着 三一七 爅 三三五 爉 三二七	

毲 五九三
毲 五九三

ㄉㄜ	ㄉㄜˊ		ㄉㄜˋ	ㄉㄜˊㄏ	ㄉㄜˆ					ㄉㄜˊ		ㄉㄜˋ		ㄉㄜˊㄏ
埵 傪 跢 裯 錭 啁 都 忉	倒 搗 擣 躲 幬 睡 鬌 躲	捶 棰 那 郍 挆 那	倒		砣 馱 駝 碢 陀 沱 咷 綯	鮀 鴕 驒 醄 鼗 鼗 淘 匋	瓻 檮 翿 埫 鉈 裯 鼉 陁	蛇 鑃 燾 燽 匋 陶 洮 銅	鮀 拕 㸰 拖 牠 鮀 駒 馱 鼉	倒 搗 擣 躲 幬 睡 鬌 躲	捶 棰 那 郍 挆 那	悼 盜 盜 情 穛 禱 隨 纛	隋 纛 匋 陶 燾 燽	

To· ㄉㄛ	Tó ㄉㄛˊ		Tò· ㄉㄛˋ		To·h ㄉㄛˊㄏ	Tô· ㄉㄛˆ				Tó ㄉㄛˊ		Tō· ㄉㄛ		Tò·h ㄉㄛˊㄏ
都 鄯 肚 闍	睹 賭 睹 覩 斗 堵 睹 陡 科 抖	亜 踷 科 蚪 楮 肚 鬪 鬬 鹽 褚 陼	鬥 鬦 鬪 鬭 鬬 氉 蠹 斁 蠹 肚 妒	妬 嗼 妬 蛇 柘 秅 斁 噣 咤 蠹 稌		途 屠 瘏 迌 徒 圖 圖 圖 瘏 嵞 投	涂 涂 稌 殺 酴 稌 酸 酴 䳜 駼 嵞	駼 荼 荼 余 荼 悇 廚 鵌 蒤		賭 賭 睹 覩 斗 堵 睹 陡 科 抖	亜 踷 科 蚪 楮 肚 鬪 鬬 鹽 褚 陼	腟 杜 渡 肚 豆 逗 梪 荳 荳 痘	竇 餖 鳩 壞 鍍 涇 度 土 劇 讀 蚪	摙 爦

Toa ㄉㄨㄚ	Toá ㄉㄨㄚˊ	Tòa ㄉㄨㄚˋ	Toah ㄉㄨㄚˊㄏ	Tôa ㄉㄨㄚˆ	Tóa ㄉㄨㄚˊ	Tōa ㄉㄨㄚ	Tòah ㄉㄨㄚˊㄏ
	渠	住 帶	掇	淘	渠	舵 大 舵	掇

Toaⁿ ㄉㄨㄚ°	Tòaⁿ ㄉㄨㄚˋ°	Toàⁿ ㄉㄨㄚ°	Toahⁿ ㄉㄨㄚˊㄏ	Toâⁿ ㄉㄨㄚˆ°	Toáⁿ ㄉㄨㄚˊ°	Toāⁿ ㄉㄨㄚ°	Tòahⁿ ㄉㄨㄚˊㄏ
端 單 單 嘽 癉	㸚	旦		壇 檀 彈 驙 團	㸚	憚 段 彈	

T date theme Toan, Toe, Tom, Tong page

Toan
偳 三六
剬 四九
端 四二
耑 四五五

Toán
短 三六三
歹 三七八
夕 三七八
裋 三九六
斷 三三

ㄉㄨㄢˇ

Toàn
斷 三三
鍛 三六

ㄉㄨㄢˋ

Toat
叕 六七
窡 四
裰 三六六
醊 六五九
啜 五九九
趨 五八〇
敪 三二七
鷚 七九九
掇 三四
惙 三五
轂 五九七
蝃 五八六
錣 六二七
蝃 五二〇
袳 三九五
綴 四五六四
餟 六八六
剟 四七
醊 六〇六
畷 三七六
啜 七五

ㄉㄨㄚˋ

Toân
槫 四八
團 九三

ㄉㄨㄢˊ

Toán
短 三六三
歹 三七八
夕 三七八
裋 三九六
斷 三三

ㄉㄨㄢˇ

Toān
段 六一
腶 四四〇
椴 三二二
葮 四九八
瑖 六二
斷 四三
緞 四五八
緞 四五八
縛 四四〇
傳 元

ㄉㄨㄢˋ

斷 三三

Toat
奪 一九九
莌 四九五
痥 三三二
敓 三三七

ㄉㄨㄛˊ

Toe
Toé
庈 一九
底 二五〇
貯 五三
抵 一九五

ㄉㄜˊ

Toè
摕 三五
悅 三四
隨 六四

ㄉㄜˋ

Toeh
壓 三五
丕 五九
㕓 六〇

ㄉㄜㄏ

Toê
隤 六四八
殨 三六
蘈 五三
魋 六四

ㄉㄜˊ

僓 三三
頹 六三七
頽 三六〇
頹 六六

虒 五三
兊 三七
嶊 三九九
壝 三三

自 八
堆 九
騩 七〇
鷄 七〇

題 六六七
蹄 五八〇
蕛 五〇
鷈 六七

Toé
庈 一九
底 二五〇
貯 五三
抵 一九五

ㄉㄜˊ

摕 三五

Toē
第 四三
地 九四
苐 四七
遞 六八

ㄉㄜˋ

遞 六五
兌 三三

Toéh
隮 六四八

ㄉㄜㄏ

Tom
井 七

ㄉㄛㄇ

Tóm

ㄉㄛㄇˇ

Tòm
祢 三九五

ㄉㄛㄇˋ

Top
回 九

ㄉㄛㄆ

Tôm
井 七

ㄉㄛㄇˊ

Tóm

ㄉㄛㄇˇ

Tōm

ㄉㄛㄇ

Tóp
回 九

ㄉㄛㄆ

Tong
冬 四一
東 二四八
苳 四八
董 四六
噹 三二
佟 十六
倲 三三
艟 四二
剬 三十
當 四二
瞻 四三九
璫 三四八
涷 三九

倲 三三
鼕 七三
鐺 六五
儅 三〇
侗 一八
倲 三三
当 一五八
鴉 七六

Tóng
攏 三三
党 元
黨 七九
擋 三九
董 四九八
懂 三二
朣 四三
攩 三四
讜 三六
懂 八四
董 四三五
党 三五
潒 三〇

Tòng
棟 三〇
涷 三〇
蝀 五二
蝀 五二〇
欜 三〇
闣 六四
倲 三七
倲 三七
當 三五
儅 三〇
檔 三二
湩 三〇

Tok
启 三九
卓 二五
倬 三三
督 三六八
琢 三四
斲 三九
斵 三三
劉 三三
篤 四九
椓 三三
涿 三七
諑 三四
豚 四六

桌 三五
棹 三六
啄 八〇
焯 六六
酷 六六
憎 八四
瓟 三六
啅 五五
喙 五五
悼 三五
腜 四七

Tông
仝 十三
同 六五
桐 三九
棠 三八
童 四四
唐 七三
搪 三三
僮 三八
偅 三八
幢 三四
旛 三三
螳 三五
瞳 三八

詷 三五
瞳 四三
橦 三四
朣 四三
艟 四二
彤 四二
彤 四四
疼 三九
蝀 五九
䖝 五九
峒 三三
艟 四三
洞 三三

碭 五九
潼 三〇
獞 三三
羶 四二
量 四四
輴 五九
糖 三四
憧 三八
甋 三三
鐘 六七
曈 六八
螗 三四
塘 二〇

蹤 五九
橦 四八
氃 八四
筩 四五
薑 五〇
葖 四九
捅 三九
筌 七三
潼 三二
鷸 七二
戙 三三
遢 六七
峒 三三
佟 三三

Tóng
攏 三三
党 元
黨 七九
擋 三九
董 四九八
潼 三三
朣 四三
攩 三四
讜 三六
懂 八四
董 四三五
党 三五
潒 三〇

Tōng
洞 三五
娟 三三
宕 三三
戙 三三
胴 四三
婸 三八
盪 三八
動 三三
蕩 三五
慟 八〇
撞 三八
燙 三九
碭 三九

壹 三三
桐 一九
菪 四九
惕 七六
恫 一六
盪 八二
蝪 三三
湯 三〇
盪 三三
文 五
撞 六八

Tók
瀆 四三
瀆 三三
櫝 三三
犢 六三
犢 三九
匱 三六
檳 三三
覿 三四
黷 七〇
讀 五二
韣 五九
鐸 三三
髑 六八

鵚 七九
蝫 五七
獨 六五
毒 三三
澤 三四
禪 三四
櫝 三三
讀 五三
牘 四五
嬻 二九
殰 三八
贖 三七
纛 四五

禿 五四三
秃 二
佗 二八
戳 三八
岳 三四
牘 三四
涿 三七

T date theme Tong, Tu, Tui, Tun, page

轄 五九九 蹚 五九二 襠 五四三 檔 二七〇 當 三五六 讜 五六三 ㄉㄛㄥ		嚑 三四 ㄉㄛㄥ	譡 五六三 擋 三五九 瀇 三五九 当 三五八 ㄉㄛㄥ	趤 五八〇 碭 三八八 蕩 四九 椓 五五九 敪 五五七 碫 五六八 ㄉㄛㄣ		堂 九三 堂 九八 筒 四四 銅 六三 僮 三一 筒 四九 ㄉㄛㄥ	庝 一五〇 衕 五六一 鮦 六〇一 硐 三八六 甋 三五三 甋 五八五 膛 四四	糖 四七 餳 六一五 餹 六一五 鶶 七三 鶶 七三 撞 三五九 瑭 三四	瞠 三八〇 踼 五八八 絧 四四〇 穜 四〇四 鼨 七二三 侗 六八 塘 三八六	嚑 三四 ㄉㄛㄥ	瀉 四三 崵 一五六 働 三 遏 六一〇 戙 一九八 湯 三五六 ㄉㄛㄥ		擅 三三 鯙 七〇 偆 五五 罜 四四 賈 四四九 瓄 三四九 ㄉㄛㄣ	啖 七七 剫 四八 度 一五〇 鐲 六三 濁 三〇〇 獨 二四
Tu 蛛 五七 誅 五六三 姝 一三 鼅 七二 椓 三六六 跦 五八四 ㄉㄨ	株 三三 邾 六三 猪 三六 豬 五六 都 六三 㠯 八	堆 九 嘟 八六 捈 三三 㹀 三三	Tú 柱 二九 拄 一九四 跓 五六三 詝 五五 抵 一九五 掋 二二 ㄉㄨˊ	遇 六〇七	Tù 齒 一三 腧 三二 著 四七 注 三六九 住 二 ㄉㄨˋ	Tuh 訥 五九 突 四六 㨄 朘 四七 㲉 三六 ㄉㄨㄏ	Tû 除 六〇 蒢 五三 滁 躕 蹰 蹰 ㄉㄨˆ	躇 五九 廚 一五三 廚 篨 四八 幮 跦	瘃 儲 褚 鋤 篨	Tú 柱 拄 跓 詝 抵 掋 ㄉㄨˊ	遇	Tū 筯 箸 瘃 楮 注 拄 ㄉㄨ		Tuh 訥 吶 擇 拄 突 ㄉㄨㄏ
Tui 追 六〇三 涫 趙 胝 八 ㄉㄨㄧ	鼉 䨹 餽 磓	㠯 八 堆 九 敦	Túi 叻 三 ㄉㄨㄧˊ	Tùi 对 對 碓 對 ㄉㄨㄧˋ	懟 憝 敦 隊	肖 貴 由	Tuih	Tuî 追 椎 ㄉㄨㄧ ㄏ		Túi 叻 三 ㄉㄨㄧˊ	Tūi 墜 膇 縋 碌 ㄉㄨㄧ	隊 懟 墜 硾	譈 隧 墜 磓	錞 䭔 兌 璲 Tuih ㄉㄨㄧㄏ
Tun 迍 墩 墪 墪 肫 窀 蜳 啍	鐓 鏊 鐜 瞰 惇 橔 墩 驐	弡 撴 諄 諄 墩 墩 屯 忳	Tún 盾 囤 笝 沌 笹 楯 笹 伅 ㄉㄨㄣˊ	腯 碷 不 朕 菌	Tùn 屯 頓 扽 吨 跓 ㄉㄨㄣˋ	Tut 朏	Tûn 吨 唇 脣 臀 豚 豘 魨 臀	魨 鈍 庉 芚 乇 忳	Tún 盾 囤 笝 沌 笹 楯 笹 伅	腯 碷 不 朕 菌	Tūn 沌 遁 遯 豚 瓞 鈍 惠 懟	忳 腯 懟	Tut 突 揬 湥 鋀 揬 㑊 咄 嘟	埃 鵽 凸 䩱 拙 柮 侁 遜	怞 朏

T, Th date theme Tun, Tha, Thaⁿ, Thai, Tham, Than, page

輴 衝 ㄉㄨ | 鼛 鼙 | 敦 鈍 | 邅 庉 ㄉㄨㄣ | ㄉㄨㄥ | ㄉㄨㄜ | 潡 軘 ㄉㄨㄣ | 蔓 庉 ㄉㄨㄣ | 鈍 屯 ㄉㄨㄣ | 盃 飿 ㄉㄨㄜ | 泏 腯

Tha 他 鉈 ㄊㄚ | Thá ㄊㄚˊ | Thà 蛇 膪 ㄊㄚˋ | 奼 姹 | 薩 詑 | 佗 佬 | 咤 拕 | Thah 踢 塔 ㄊㄚㄏ | 塌 疊 | 疊 疊 | Thâ ㄊㄚ̂ | Thá ㄊㄚˊ | Thā ㄊㄚ̄ | Thăh 疊 疊 ㄊㄚㄏ | 疊

Thaⁿ 他 | 牠 | Tháⁿ 坦 | 担 | Thàⁿ | Tahⁿ | Thâⁿ | Tháⁿ 坦 | 担 | Thāⁿ 餙 | 餙 | Thăhⁿ

Thai 邰 鮐 駘 胎 苔 ㄊㄚ一 | 抬 擡 炲 炱 擡 | 嗆 哈 紿 詒 駘 | 台 枱 臺 臺 氦 | 治 餙 颱 | Thái 檯 嚊 癩 豈 體 ㄊㄚ一ˊ | 怠 嗳 | Thāi 太 能 忲 汰 溙 ㄊㄚ一̄ | 黜 泰 態 汰 | 詒 杀 殺 豈 鈦 | Thih ㄊㄚ一ㄏ | Thâi 杀 殺 刣 ㄊㄚ一̂ | Thái 檯 嚊 癩 豈 體 ㄊㄚ一ˊ | 怠 嗳 | Thāi 待 駘 ㄊㄚ一̄ | Thăih ㄊㄚ一ㄏ

Tham 貪 醓 探 撢 歆 譚 ㄊㄚㄇ | Thám 憛 毯 菼 緂 膉 噴 緂 ㄊㄚㄇˊ | 忐 醓 裧 勐 | Thàm 僋 探 ㄊㄚㄇˋ | Thap 舡 傝 遢 塌 榻 塔 塌 ㄊㄚㄅ | 鎝 碣 溻 毾 鞳 鰨 搨 | 篛 鞜 傝 錔 磕 搨 嗒 | 沓 闒 剔 碴 啜 譅 喈 | 蹋 蹋 榙 鰈 嚃 陰 譗 | Thâm 曇 潭 鐔 橝 甎 墰 壜 ㄊㄚㄇ̂ | 譚 譚 驔 痰 覃 橝 瀪 | 撢 嚱 蟫 | Thám 憛 毯 菼 緂 膉 噴 緂 ㄊㄚㄇˊ | 忐 醓 裧 勐 | Thām 陰 陷 焰 陰 ㄊㄚㄇ̄ | Thăp 嗒 ㄊㄚㄅ

Than 嘽 | 攤 | Thán 袒 | 癉 | 綻 | Thàn 炭 | 畏 | That 奪 | 闥 | 塞 | Thân 談 | Thán 袒 | 癉 | 綻 | Thān | That 鬫

Th date theme Than, Thang, Thau, The, Theng page

ㄊㄚㄋ 潭 三一〇 坛 九三 抩 一九三 潄 三三 擻 三三
灘 三六七 疹 三六〇 蟶 五八 灘 三二六
ㄊㄚㄋ 靼 六五八 膻 四四四 坦 九五 疸 三五九 妲 三二
禮 四三 怛 六一七 担 一九五 亶 十二 癉 三六六
毯 六八四 憚 六三
ㄊㄚㄋ 嘆 八三 歎 三二六 湠 三三 趁 五七九 趂 三七九
ㄊㄚㄊ 韋 四五〇 韃 三四 達 三一 韃 六五
獺 三三 躂 五九 汏 六一七 鰊 七〇四 汰 六一八
踢 五八六 榻 六〇四 撻 三五 蝲 五三
ㄊㄚㄋ
ㄊㄚㄋ 靼 六五八 膻 四四四 坦 九五 疸 三五九 妲 三二
禮 四三 怛 六一七 担 一九五 亶 十二 癉 三六六
毯 六八四 憚 六三
ㄊㄚㄋ
ㄊㄚㄊ 煽 三〇

Thang
ㄊㄚㄥ 通 六五 三三 聰 三三
窻 四九 窓 四七
窗 四七 可 八三
Tháng ㄊㄚㄥ 桶 三五
Thàng ㄊㄚㄥ 靚 五三 疼 三五九
胨 四三 通 六五
痛 三六
Thak ㄊㄚㄎ 剔 四七 掾 三〇
Thâng 筒 四四 桐 三二
童 四〇 蟲 五七
虫 五四
Tháng ㄊㄚㄥ 桶 三五
Thāng ㄊㄚㄥ 弄 三四 拺 三三
笭 四三 箳 四五
Thåk ㄊㄚㄎ 讀 五六

Thau
ㄊㄚㄨ 偷 六一
Tháu ㄊㄚㄨ 鮮 五四 解 五四 透 六五
Thàu ㄊㄚㄨ 杏 六九 透 六五 遊 六八
Thauh ㄊㄚㄨㄏ
Thâu ㄊㄚㄨ 道 六〇七 頭 六八六
Tháu ㄊㄚㄨ 鮮 五四 解 五四 透 六五
Thāu ㄊㄚㄨ 毒 三六二 惸 五六
Thåuh ㄊㄚㄨㄏ 沓 六八

The
ㄊㄝ 梯 三五 胼 四一 鵜 七〇 鷈 七一〇 胎 四三
推 三〇 撑 三六 撐 三六
Thé ㄊㄝ 緹 四三 體 六八 体 十五 醍 六九
Thè ㄊㄝ 涕 三五 替 三四 朁 三一 剃 四四 薙 五九
揩 三七 屜 三九 傺 三一 殢 三〇
禘 五九 禘 三四 髢 六九 鬄 七〇 棣 三一
締 四八 掃 三一 髢 七〇 禘 五五 怫 三一
慸 三六 跡 五九 趯 五六 退 六四
Theh ㄊㄝㄏ 裼 三一
Thê ㄊㄝ 隄 六四 啼 七 堤 九 提 三四 醍 三五九
騠 六八三 鵰 七〇九 鵜 七〇六 鵜 七〇 禔 三九
提 三〇 諦 三六 醍 六九 瑅 三二 謕 三五
Thé ㄊㄝ 體 四三 体 十五 醍 六九
Thē ㄊㄝ 蛇 五三 鮓 六九 傺 三一
Théh ㄊㄝㄏ 宅 三三 提 三六

Theng
汀 六〇 骬 六六 鞓 六五九 鞮 六五九 鼮 六七 廳 三三 窺 四九 桯 三五
瞠 三〇 牚 三二 撐 三六 撐 三六 聽 四五 瞸 三〇 撐 三五
Théng 逞 六四 程 三二 壬 九三 圢 一四 侹 三二 梃 三五 艇 四三 艇 四八
脡 四六 鋌 六三 程 三六 頲 六七 郢 六二 梃 三一 蜓 五九 呈 六五
Thèng 听 六九 潻 三一 庭 三一 儓 三五 掌 三二 聽 四五 撐 三六 撐 三六
Thek 斥 三〇 叱 八三 敕 三六 勅 三五 剔 四七 飭 六五 忒 三〇 貮 五七
恜 一 伏 六五 怵 三一 忑 三四 遬 六五 愁 三一 揚 一四 惕 三一
趧 五八一 鵜 七〇 扶 一九 勅 三一 糖 四八 植 四三 栻 三一 慝 一八〇
眣 三七 嘖 三一 鷙 六九 拆 五九 坼 一八 趚 五九 趚 五七 皴 三七〇
Thêng 俶 四一 畜 三五 鷘 七二
Thêng 停 六六 謫 五三 騰 五四 儯 四一 滕 四一 騰 四四 程 四四 膡 五五
蒼 六二 縢 五九 亭 十二 悌 五二
Théng 逞 六四 程 三二 壬 九三 圢 一四 侹 三二 梃 三五 挺 三〇 艇 四八
脡 四六 鋌 六三 程 三六 頲 六七 郢 六二 梃 三一 蜓 五九 呈 六五
Thēng
Thėk 宅 三三 嵴 三五 躇 一九 侘 十二 咤 一九 岸 三三 岞 三五

Th date theme Theng, Thi, Thiⁿ, Thia, Thiaⁿ, Thiam, Thian, page

餳 五七七 餳 六七七 ㄊㄝㄥ		桯 三一 珽 三四 ㄊㄝㄥ	裎 三三	鐙 三四 等 四四 ㄊㄝㄥ	㽬 四七 陟 六四 ㄊㄝㄣ	踼 五六六 裼 三八	倜 三 趯 五八	㧗 三 擿 三			裎 三 桱 三五 ㄊㄝㄥ		桯 三 珽 三四 ㄊㄝㄥ	裎 三	ㄊㄝㄥ	ㄊㄝㄣ
Thi 粞 四四 締 四四 褫 四四 ㄊㄧ	郗 六三 鵗 六八 笞 四三	瓻 三三 睎 四六 絺 四三	Thî 恥 六八 耻 四七 褫 三四 ㄊㄧˊ	搋 三 陁 六四	Thì 滯 六五 遰 三八 懥 六四 ㄊㄧˋ	嚏 六 滯 五五 懫 六五	剃 四 鮷 六八 銻 六三	Thih 銕 六三 鐵 六三 鉄 六三 ㄊㄧㄏ	Thî 啼 六 苔 四八	Thí 恥 六八 耻 四七 褫 三四 ㄊㄧˊ	搋 三 陁 六四	Thī 雉 六四 ㄊㄧ		Thih 遲 六八 記 五三 ㄊㄧㄏ	臞 四五	
Thiⁿ 天 三 ㄊㄧ°	靝 六五	忝 六八		Thíⁿ ㄊㄧˊ°	Thìⁿ 撐 三六 ㄊㄧˋ°	撐 三六	Thihⁿ ㄊㄧㄏ°		Thîⁿ 瞪 三八 ㄊㄧˆ°		Thíⁿ ㄊㄧˊ°		Thīⁿ 緋 四 ㄊㄧ°	鉄 四三	Thihⁿ ㄊㄧㄏ°	
Thia ㄊㄧㄚ		Thía ㄊㄧˊㄚ		Thìa ㄊㄧˋㄚ		Thiah 拆 五六 ㄊㄧㄚㄏ		Thîa ㄊㄧˆㄚ		Thía ㄊㄧˊㄚ		Thīa ㄊㄧㄚ		Thiàh ㄊㄧˋㄚㄏ		
Thiaⁿ 廳 三 ㄊㄧㄚ°	聽 三九	惺 四	Thíaⁿ ㄊㄧˊㄚ°	Thìaⁿ 愛 三六 ㄊㄧˋㄚ°	痛 三六 疼 三八	疼 三九	Thiahⁿ ㄊㄧㄚㄏ°	Thîaⁿ 檤 三 ㄊㄧˆㄚ°	程 四三		Thíaⁿ ㄊㄧˊㄚ°	Thīaⁿ 脭 四九 ㄊㄧㄚ°	橀 三	䞓 五四	Thiàhⁿ ㄊㄧˋㄚㄏ	
Thiam 添 六八 苫 四八 栝 三 呫 六 沾 六九 ㄊㄧㄚㄇ	Thiám 餂 四九 諂 五四 䛚 五四 銛 六五 酉 六 ㄊㄧˊㄚㄇ	忝 六五 舔 三 㐁 六 桥 三 栝 三	掭 三五 餂 六三 殄 三九 舚 三	Thiàm 悿 四六 䩞 四八 譫 四九 㐁 六 ㄊㄧˋㄚㄇ	掭 三 掭 三五	Thiap 帖 四三 貼 五三 怗 六八 呫 六 跕 五五 ㄊㄧㄚㄆ	妾 三 睫 三八	Thiâm 恬 六九 ㄊㄧˆㄚㄇ	Thiám 餂 四九 舔 四三 㐁 六 掭 三五 栝 三 ㄊㄧˊㄚㄇ	掭 三五 餂 六三 殄 三九 舚 三 諂 五四	忝 六五 舔 三 㐁 六 諂 五四	Thiām 沉 六七 沈 六 墋 六四 酟 六三 磹 六四 ㄊㄧㄚㄇ			Thiàp 疊 六二 疉 三五 曡 三五 ㄊㄧˋㄚㄆ	
Thian 天 一 靝 六五 芺 四六 呑 六八 瀻 三九	Thián 㖞 八 倎 四 琠 九八 腆 四六 䩄 五四	拱 三 搌 三 蒧 五四 舔 五五 淟 六九	覥 九 㙉 四 晪 五三 殄 三九 琠 三四	跈 五三 蚕 五五 展 一三	Thiân 填 三六 掭 三五	Thiat 澈 三 徹 三 撤 五三 哲 八七 銕 六三	僣 三 餮 六三 驖 六四 怢 一七 鉄 五六	鉄 六三 脫 四六	Thiân 顛 五六 闐 六四 塡 三 瞋 三九 嗔 十	Thián 㖞 八 倎 四 琠 九八 腆 四六 䩄 五四	拱 三 搌 三 蒧 五四 舔 五五 淟 六九	覥 九 㙉 四 晪 五三 殄 三九 琠 三四	跈 五三 蚕 五一 展 一三		Thiān	Thiàt

Th date theme Thian, Thiau, Thim, Thin, Thio, Thiong, Thiu, Thiuⁿ page

偏 聘 鏜 靦 | 鉄 鐵 | 膯 聘 鏜 靦
ㄊ一ㄚㄋ ㄊ一ㄚˊㄋ | ㄊ一ㄚˊㄋ ㄊ一ㄚㄊ | ㄊ一ㄚ̂ㄋ ㄊ一ㄚˊㄋ | ㄊ一ㄚˊㄋ ㄊ一ㄚˊㄊ

Thiau 忉 刁 刣 祧 斛 庬 晀 莜 蓧 晀 挑 超 佻 | Thiáu 窕 叨 晀 晀 嶢 誂 啕 挑 挑 嬥 掉 晀 | Thiàu 覜 晀 晀 藋 頫 跳 趒 糶 超 粜 | Thiauh | Thiâu 挑 鮡 條 | Thiáu 窕 叨 晀 晀 嶢 誂 啕 挑 挑 嬥 掉 晀 | Thiāu 柱 | Thiàuh
ㄊ一ㄠ | ㄊ一ˊㄠ | ㄊ一ˋㄠ 晀 | ㄊ一ㄠㄏ | ㄊ一ˆㄠ | ㄊ一ˊㄠ | ㄊ一ˉㄠ | ㄊ一ˋㄠㄏ

Thim 郴 綝 琛 賝 鴆 酖 | Thím 扚 | Thìm 鴆 酖 灰 堪 枕 | Thip | Thîm | Thím | Thīm | Thi̍p
ㄊ一ㄇ | ㄊ一ˊㄇ | ㄊ一ˋㄇ | ㄊ一ㄅ | ㄊ一ˆㄇ | ㄊ一ˊㄇ | ㄊ一ˉㄇ | ㄊ一ˋㄅ

Thin | Thín 扚 | Thìn 趁 趂 疢 | thit ㄊ一ㄊ 迫 逹 | Thîn 斟 | Thín 扚 | Thīn 伨 | 袗 | Thi̍t 植
ㄊ一ㄣ | ㄊ一ˊㄣ | ㄊ一ˋㄣ | ㄊ一ˆㄣ | ㄊ一ˊㄣ | ㄊ一ˉㄣ | ㄊ一ˋㄊ

Thio 挑 跳 | Thió | Thiò 糶 漂 粜 | Thioh | Thiô 頭 挑 跳 | Thió | Thiō | Thio̍h
ㄊ一ㄜ | ㄊ一ˊㄜ | ㄊ一ˋㄜ | ㄊ一ㄜㄏ | ㄊ一ˆㄜ | ㄊ一ˊㄜ | ㄊ一ˉㄜ | ㄊ一ˋㄜㄏ

Thiong 衷 翀 | Thióng 冢 塚 寵 㙫 寵 竜 龍 龍 | Thiòng 邑 暢 悵 痛 暘 翀 | Thiok 滀 摍 慉 傗 畜 蓄 畜 豖 | 彰 | Thiông 盅 种 蟲 爞 虫 烛 翀 | Thióng 冢 塚 寵 㙫 寵 竜 龍 龍 | Thiōng | Thio̍k 築
ㄊ一ㄜㄥ | ㄊ一ˊㄜㄥ | ㄊ一ˋㄜㄥ | ㄊ一ㄜㄎ | ㄊ一ˆㄜㄥ | ㄊ一ˊㄜㄥ | ㄊ一ˉㄜㄥ | ㄊ一ˋㄜㄎ

Thiu 抽 搊 瘳 紬 妯 啾 | Thiú 杻 丑 | Thiù | Thiuh | Thiû | Thiú 杻 丑 | Thiū | Thi̍uh
ㄊ一ㄨ | ㄊ一ˊㄨ | ㄊ一ˋㄨ | ㄊ一ㄨㄏ | ㄊ一ˆㄨ | ㄊ一ˊㄨ | ㄊ一ˉㄨ | ㄊ一ˋㄨㄏ

Thiuⁿ | Thiúⁿ 丑 | Thiùⁿ | Thiuhⁿ | Thiûⁿ | Thiúⁿ 丑 | Thiūⁿ | Thi̍uhⁿ

Th date theme Thiuⁿ, Tng, Tho, Tho͘, Thoa, Thoaⁿ, Thoan, page

- Thng 湯 ㄊㄥ
- Thńg ㄊㄥˊ
- Thǹg 褪 飥 ㄊㄥˋ
- 㫰 湯
- Thngh ㄊㄥㄏ
- Thn̂g 糖 餹 ㄊㄥˆ
- Thn̄g 杖 段 檔 杖 璫 湯 歎 燉 ㄊㄥ
- Thngh ㄊㄥㄏ

- Tho 叨 滔 慆 謟 啕 幍 槄 縚 弢 韜 絛 抬 拖 駝 饕 搯 掏 夲 獴 扡 洮 ㄊㄜ
- Thó 討 妥 揺 媠 橢 可 ㄊㄜˊ
- Thò 套 涶 毻 韗 透 度 媠 㧋 㧋 妥 唾 飥 它 佗 ㄊㄜˋ
- Thoh 魠 鰖 ㄊㄜㄏ
- Thô 桃 逃 淘 詑 陀 跎 ㄊㄜˆ
- Thó 討 妥 揺 媠 橢 可 ㄊㄜˊ
- Thō 它 佗 ㄊㄜ
- Thòh 倒 頭 ㄊㄜㄏ

- Tho͘ 偷 鍮 喻 媮 歐 揄 ㄊㄛ
- Thó͘ 枓 訏 芏 鈄 斢 䵻 土 涃 吐 扗 肚 鮎 ㄊㄛˊ
- Thò͘ 兔 吐 菟 鬼 音 透 ㄊㄛˋ
- Tho͘h ㄊㄛㄏ
- Thô͘ 亠 頭 土 涂 涂 泥 除 ㄊㄛˆ
- Thó͘ 枓 訏 芏 鈄 斢 䵻 土 涃 吐 扗 肚 鮎 ㄊㄛˊ
- Thō͘ ㄊㄛ
- Thò͘h ㄊㄛㄏ

- Thoa 拖 拕 ㄊㄨㄚ
- Thóa ㄊㄨㄚˊ
- Thòa 泰 ㄊㄨㄚˋ
- Thoah 攤 拕 拖 躂 脫 汰 汏 抶 ㄊㄨㄚㄏ
- Thôa ㄊㄨㄚˆ
- Thóa ㄊㄨㄚˊ
- Thōa 汰 導 豸 ㄊㄨㄚ
- Thòah ㄊㄨㄚㄏ

- Thoaⁿ 灘 攤 ㄊㄨㄚ˙
- Thóaⁿ 挩 ㄊㄨㄚ˙
- Thòaⁿ 炭 湠 脫 ㄊㄨㄚ˙
- Thoahⁿ ㄊㄨㄚㄏ
- Thôaⁿ 攤 譠 ㄊㄨㄚ˙
- Thóaⁿ 挩 ㄊㄨㄚ˙
- Thóaⁿ ㄊㄨㄚ˙
- Thoàhⁿ ㄊㄨㄚㄏ

- Thoan 湍 貒 豫
- Thóan 澳 疃 畽 黗
- Thòan 掾 椽 鶨 煅 彖 搬 碫 篆 鍛 踹 貒 豫 縳
- Thoat 侻 敓 捝 脫 敓 梲 棳
- Thôan 漙 傳 瑑 團 椽 摶 糐 傳 欗 鱄 縳
- Thóan 澳 疃 畽 黗
- Thoân
- Thoa̍t

Th date theme Thoan, Thoe, Thong, Thu, Thui, page

Thoe 拕 拖 釵
Thóe 骸 體 体
Thòe 退 蜕 蝭 駾 䞨 媞 替 朁 褪
Thoeh 骹
Thôe 頹
Thóe 體 骸 体
Thōe
Thoéh 骹 提

Thong 蹘 蓪 㣚 蛹 通 通 膛 趤 漡 淎 鏜 鼟 炵 痌 鏜 絧 蝪 恫 曈 㼿 畽 湯 恫 瀿 淙 皖 統 驇
Thóng 統 皖 躺 倘 儻 楄 捅 搗 鐋 惝 儻 儻 儻 曭 帑 踢 曭 漡 裯 潒 盪 恫 埫 嗵
Thòng 痛 俑 盪
Thok 拓 托 託 沰 袥 飥 馲 杔 袥 跅 㯚 檡 檡 橐 鵵 櫜 櫜 柝 榜 紇 犢 騼 莌 侂 侘 馲 魄 套
Thông 餳
Thóng 統 皖 躺 倘 傷 楄 捅 搗 鐋 惝 儻 儻 儻 曭 帑 踢 曭 漡 裯 潒 盪 恫 埫 嗵
Thōng 㤰
Thòk 讀

Thom 丼
Thóm
Thòm
Thop 訊
Thôm 丼
Thóm
Thôm 陷 㤰
Thòp

Thu 擩 攄 摴 璷
Thú 宁 苧 紵 貯 佇 佇 竚 抒 杼 羜 泞 眝 詝 褚 柠 著
Thù
Thuh 套 托 拓 魠 犢 刌 捦
Thû 鋤 儲 耡 鉏 櫃
Thú 宁 苧 紵 貯 佇 佇 竚 抒 杼 羜 泞 眝 詝 褚 柠 著
Thū
Thùh 犢

Thui 煺 煺 髓 推 焞 梯
Thúi 俀 腿 腿 㾼 骸 㛣
Thùi 唾 替 朁 退 兑
Thuih
Thûi 夵 槌 鬌 錘 鎚 頹 椎
Thúi 俀 腿 腿 㾼 骸 㛣
Thūi 倕 傫 㵡
Thùih

Th, Ts date theme Thui, Thun, Tsa, Tsai, Tsaiⁿ, page

ㄊㄨ一 Thun 軵 暾 黗 燻 黗 噋 芚 吞 杶 椿 ㄊㄨㄣ

ㄊㄨ一 Thún 涒 燉 焞 豚 黗 鶉 汆 悿 氽 腯 蠢 ㄊㄨㄣ 跶 諄

ㄊㄨ一 Thûn 痻 黗 褪 悿 ㄊㄨㄣ

ㄊㄨ一ㄏ Thut 秃 柮 絀 誘 瘯 揬 黜 柮 詘 泏 ㄊㄨㄊ 柭 跶 跿

ㄊㄨ一 Thûn 氽 殫 豚 黗 黗 ㄊㄨㄣ 鎑 黗 塵

ㄊㄨ一 Thún 氽 悿 氽 腯 蠢 ㄊㄨㄣ 跶 諄

ㄊㄨ一 Thūn 坉 塡 ㄊㄨㄣ

ㄊㄨ一ㄏ Thút 秃 踿 搪 ㄊㄨㄊ

Tsa 查 咱 渣 柤 楂 樝 喳 皻 齇 奓 謯 蹅 齄 樝 抯 皻 摣 摣 戲 摣 皻 担 槎 皻 謄 ㄗㄚ

Tsá 鮓 早 昔 ㄗㄚˊ

Tsà 詐 炸 痄 醋 醡 蓙 作 鮓 笮 咋 笮 榨 作 措 苲 溠 舴 蜡 ㄗㄚˋ

Tsah 炸 拃 搾 ㄗㄚㄏ

Tsâ ㄗㄚˆ

Tsá 鮓 早 昔 ㄗㄚˊ

Tsā 乍 鮓 蚱 昨 ㄗㄚ

Tsáh 卡 截 閘 鍘 嵈 炸 ㄗㄚㄏ

Tsai 災 災 烖 灾 栽 災 菑 災 弐 弐 椑 賊 斋 齋 菑 哉 巀 巀 嚌 齊 才 知 擠 齋 ㄗㄞ

Tsái 滓 宰 ㄗㄞˊ

Tsài 再 債 榨 哉 載 ㄗㄞˋ

Tsaih ㄗㄞㄏ

Tsâi 材 栽 才 合 覞 臍 葚 ㄗㄞˆ

Tsái 滓 宰 ㄗㄞˊ

Tsāi 在 儎 臕 豸 載 合 財 臺 ㄗㄞ

Tsáih 截 ㄗㄞㄏ

Tsaiⁿ ㄗㄞ°

Tsáiⁿ 宰 乑 縡 第 寀 胏 滓 載 崽 儓 指 怎 睟 穀 韹 ㄗㄞˊ°

Tsàiⁿ ㄗㄞˋ°

Tsaiⁿh ㄗㄞㄏ°

Tsâiⁿ 齋 ㄗㄞˆ°

Tsáiⁿ 宰 乑 縡 第 寀 胏 滓 載 崽 儓 指 怎 睟 穀 韹 ㄗㄞˊ°

Tsāiⁿ ㄗㄞ

Tsáiⁿh ㄗㄞㄏ°

Ts date theme Tsam, Tsan, Tsang, Tsau, Tsng page

Tsam (ㄗㄚㄇ): 尖 二七　膤 四三　臢 四三　臢 四三　噆 二九　簪 四三　僭 三三　踏 五八　攢 三八

Tsám (ㄗㄚˊㄇ): 昝 三六　斬 三〇　噆 二九　寁 三四　鏨 六三六　參 六七六　瀸 六七六　噆 六五　賺 五六　潛 三三

Tsàm (ㄗㄚˋㄇ): 蘸 五三　踏 五九　站 四〇

Tsap (ㄗㄚㄆ)

Tsâm (ㄗㄚˆㄇ): 巉 二〇　巉 九〇

Tsám (ㄗㄚˊㄇ): 昝 三六　斬 三〇　噆 二九　寁 三四　鏨 六三六　瀸 六七六　鏨 六七六　噆 六五　賺 五六　潛 三三

Tsām (ㄗㄚ¯ㄇ): 暫 三〇　鏨 六三　聰 五六　墋 三五　槧 三六　塹 三三　擊 三三　撍 三五　賺 五五　賺 五七　站 四〇　詀 五〇　斬 三〇　䀐 四三

Tsap (ㄗㄚ¯ㄆ): 雥 六六三　雜 五三　謎 五三　磼 三九　雜 三五　襍 五三　雜 六六　卡 五八　十 三五　拾 二九　捷 二四　囃 九　什 十二　雧 六三

Tsan (ㄗㄚㄋ): 曾 四九　睜 四六　曾 二三　罾 二四　琖 二四　盞 三三　醆 六七　儧 三五　儹 三六　棧 四三　讚 五六四　趲 五八　㵴 四三　攢 三二

Tsàn (ㄗㄚˋㄋ): 贊 五七　瓚 三九　濽 三六　讚 三九　讃 二六四　纘 四五　讚 五六三　讚 五四　孅 三　贊 五四　鬢 六九　鬢 六九三　囋 二九　趲 五八　穳 四三　攢 三三　棧 二六　層 一三　站 四〇　揩 二九　揩 三八　蹔 五三　鬱 六五

Tsat (ㄗㄚㄊ): 札 三四　扎 九〇　咂 六六　拃 一九六　砸 三五　迊 六三　咂 二九　萴 六九　沛 六九　帀 三四　匝 五三　紮 三三　嘁 八〇　鷙 七六　鏩 六三　劄 四五　歃 六九　囋 九一　唼 七七　截 三九　巀 三九　詰 七七　卩 五八　巳 五八　節 四八　蚻 三七　諮 五五　鍘 六三

Tsân (ㄗㄚˆㄋ): 發 三三　戔 一八　殘 三九　層 三三　剿 四七

Tsán (ㄗㄚˊㄋ): 琖 二四　盞 三三　醆 六七　儧 三五　儹 三六　棧 四三　讚 五六四

Tsàn: 趲 五八　㵴 四三　攢 三三

Tsān (ㄗㄚ¯ㄋ): 贊 五七　助 三五　贊 五七

Tsat (ㄗㄚ¯ㄊ): 寔 三四　實 三五　賊 三三　鰂 七〇　鱡 七三　宋 一三　寂 一四

Tsang (ㄗㄚㄤ): 掮 三三　鰺 七〇　艘 四三　稯 三二　棕 五八　騌 六二　騣 六九　鬃 六九　騂 六八　鯮 七〇

Tsáng (ㄗㄚˊㄤ): 總 四四　鬃 六九

Tsàng (ㄗㄚˋㄤ): 粽 四六　稯 四六　綜 四六

Tsak (ㄗㄚㄎ): 蹐 七六　齪 七六　跡 五八

Tsâng (ㄗㄚˆㄤ): 藂 五九　叢 六三　欉 三三　灇 三三

Tsáng (ㄗㄚˊㄤ): 總 四四　鬃 六九

Tsāng (ㄗㄚ¯ㄤ)

Tsák (ㄗㄚ¯ㄎ): 族 三三　嗾 八〇

Tsau (ㄗㄚㄨ): 擢 三四　櫂 三六　糟 四三　蹧 五九　焦 三三　燋 三六　樵 三三

Tsáu (ㄗㄚˊㄨ): 爪 四三　傑 三九　走 五八　蚼 五五　蚤 五五　蝨 五四　草 四九

Tsàu (ㄗㄚˋㄨ): 奏 二九　灶 三三　竈 四九

Tsauh (ㄗㄚㄨㄏ): 宋 三三　寂 二四

Tsâu (ㄗㄚˆㄨ): 巢 二二　漅 三三　剿 四九　轈 五九　窠 四九　窼 四八　勦 三五　摷 三〇

Tsáu (ㄗㄚˊㄨ): 爪 三三　傑 三九　走 五八　蚼 五五　蚤 三五　蝨 五四　草 四九

Tsāu (ㄗㄚ¯ㄨ): 噪 八〇　燥 六九　擢 三七　找 二九　桌 三一　棹 三七　淖 六九　掉 二四

Tsáuh (ㄗㄚ¯ㄨㄏ): 捷 二四　宋 三三　寂 二四

Tsng (ㄗㄥ): 莊 四九　妝 二〇　粧 四四　賍 五三　臟 五七　甎 三三　裝 五七　庄 二九　塼 三三　磚 三九

Tsńg (ㄗㄥˊ): 指 二九

Tsǹg (ㄗㄥˋ): 鑽 六三八　鑚 六三七

Tsngh (ㄗㄥㄏ)

Tsn̂g (ㄗㄥˆ): 全 三九　全 三九

Tsńg (ㄗㄥˊ): 指 二九

Tsn̄g (ㄗㄥ¯): 狀 三五　臟 四六　饌 六七　藏 五八　鏇 三八

Tsńgh (ㄗㄥ¯ㄏ)

Ts date theme Tso, Tsò·, Tsoa, Tsoaⁿ, Tsoai, page

Tso 傮 遭 糟 醩 慒 蹧 蹧 譖 ㄗㄛ
侳 膭
Tsó 笊 蚤 蝨 蚤 棗 璪 璪 藻 ㄗㄛˊ
爪 ナ 屮 左 繰 早 阜
皂 皁 㴛 澡 走
Tsò 佐 唑 灶 竈 左 做 嘈 ㄗㄛˋ
Tsoh 作 筰 ㄗㄛㄏ
Tsô 曹 螬 漕 褿 艚 嘈 螬 漕 ㄗㄛˆ
痤 艚 槽 嘈 譖 趖 阜 皂
Tsó 笊 蚤 蝨 蚤 棗 璪 璪 藻 ㄗㄛˊ
爪 ナ 屮 左 繰 早 阜
皂 皁 㴛 澡 走
Tsō 坐 座 袏 做 早 阜 皂 造 ㄗㄛ
剉 艚 道 嘈 艚 住 造
Tsòh 擲 昨 射 怍 ㄗㄛㄏ

Tso· 祖 殂 芻 蒭 徂 娵 掫 棷 ㄗㄛ·
郰 棷 芻 鯫 鄒 緅 聚 諏
陬 鄒 鄒 菆 騶 趨 傱 搊
齺 鉏 且 謅 棷 組
Tsó· 祖 阻 詛 俎 組 走 組 咀 ㄗㄛ·ˊ
岨 岨 珇 跙 齟 齬 騆 騣
趨 敥 鉏 沮 瞅
Tsò· 阼 奏 腠 輳 湊 祚 簇 褥 ㄗㄛ·ˋ
造 蔟 縐 皺 湊 腠
Tsoh
Tsô· ㄗㄛ·ˆ
Tsó· 祖 阻 詛 俎 組 走 組 咀 ㄗㄛ·ˊ
岨 岨 珇 跙 齟 齬 騆 騣
趨 敥 鉏 沮 瞅
Tsō· 助 驟 驟 騶 廥 耡 胙 ㄗㄛ·
Tsòh 怍 ㄗㄛ·ㄏ

Tsoa 遭 搓 ㄗㄨㄚ
Tsóa 帋 紙 ㄗㄨㄚˊ
姐
Tsòa ㄗㄨㄚˋ
Tsoah 泏 ㄗㄨㄚㄏ
Tsôa 誰 蛇 ㄗㄨㄚˆ
虵 剎
Tsóa 帋 紙 ㄗㄨㄚˊ
姐
Tsōa 誓 誓 詛 ㄗㄨㄚ
叕 行
綴 趙
Tsòah 蠘 蠽 ㄗㄨㄚㄏ
差 截

Tsoaⁿ 煎 ㄗㄨㄚ°
Tsóaⁿ 怎 ㄗㄨㄚ°ˊ
盞
笊
Tsòaⁿ 煎 ㄗㄨㄚ°ˋ
燗
Tsoahⁿ ㄗㄨㄚㄏ°
Tsôaⁿ 殘 ㄗㄨㄚ°ˆ
泉
Tsóaⁿ 盞 ㄗㄨㄚ°ˊ
笊
怎
Tsōaⁿ 賤 ㄗㄨㄚ°
濺
Tsòahⁿ ㄗㄨㄚㄏ°

Tsoai ㄗㄨㄞ
Tsóai ㄗㄨㄞˊ
Tsòai ㄗㄨㄞˋ
Tsoaih ㄗㄨㄞㄏ
Tsôai 膗 ㄗㄨㄞˆ
㒜
Tsóai ㄗㄨㄞˊ
Tsōai 揣 ㄗㄨㄞ
踹
Tsòaih ㄗㄨㄞㄏ

Ts date theme Tsoan, Tsoe, Tsong, Tsu. page

Tsoan ㄗㄨㄢ
專二三七 磚三九一 甎三二五 諯五五六 嫥二二七 鄟六六四
趲五九五 躦五九二 攢四二五 巑四五 鱄七〇二 鑽六二七
巑六六七 攢三二四 欑三二 巑四〇四 鑽六六八 剸四九 塼二二
Tsóan ㄗㄨㄢˇ 轉五九九 囀九十 剸四九 剪四八 孌三三八 賺五五五
Tsòan ㄗㄨㄢˋ 欑三二四 攢三二四 撍三一八 揝三一九 鑽六六八 鑽六二七 攢三二四 篡四二九 簒四二九
Tsoat ㄗㄨㄛ 茁四〇七 拙一九四 繓四三三 竂八六一 蝍六五 劂四七
蚍五三六 棳三九 婌二三五 棁三四 啜七一 撮三三
啜三六 泏三六 竂四八
Tsôan ㄗㄨㄢˊ 全三八 詮三八 銓三一二 泉三九一 佺六〇四 筌八四九〇 荃
Tsóan ㄗㄨㄢˇ 轉五九九 囀九十 剸四九 剪四八 孌三三八 賺五五五
Tsōan ㄗㄨㄢˋ 譔三〇八 撰五五〇 籑六〇八 饌六七七 簒四二〇 撰三二六
鏇六二三 僎三二
Tsoàt ㄗㄨㄛˋ 絕四三三 蕝六五六 絕 劣五三

Tsoe ㄗㄨㄝ
劑五 臍五四
Tsóe ㄗㄨㄝˇ
Tsòe ㄗㄨㄝˋ 贅五六 蕝五二 最四三
嘬八〇 瀫三六 啐七五
餟六六四 綴四三五 最三四
啜三六 做六六
Tsoeh ㄗㄨㄝㄏ 卩三八 㔾五八 節四六
Tsôe ㄗㄨㄝˊ 漼七〇 璀四四 㵏五九
崔四三 摧三四 嗺八四
朘四六六 齊七五 臍五四
Tsóe ㄗㄨㄝˇ
Tsōe ㄗㄨㄝ 皋六〇 罪四七 辠一九
擠三九 蕞五五 蕝五五
多三
Tsoeh ㄗㄨㄝㄏ 截六八

Tsong ㄗㄛㄥ
宗一三 莊四七 妝二三 粧四三 豵五六八 椶三八 稯二二 蹤五八 蹤五九 淙三六 嵏四九
塽一〇〇 叟一〇 鍐六三〇 稯五〇四 樅三二 裝三二 倧三四 悰三二 葼三 稯四三 琮三
庄一五 牂三 鬷六六 餮六七 緵四七 嵏三九 鬉六〇 鬷四二 鬉四三 鬉六九〇 鬇六二
賨五四 賨三四 鬃六九〇 賍三五 贓三六 騌六二 騣六一 踪五八 椿三三 鬷五八〇 壯一五
庄四九 糉四五 鬉六九一 鬉六九二 總四九 臧四六 傯五九 綜四三 粽三五 贓四〇 鯮七〇
Tsóng ㄗㄛㄥˇ 總四三 摠三九 總四四 揔三四 傯三〇 騣三九 騘六一 鬉六九一 鬉六九一 惣三〇 傯六〇
蓯五三 傯六六
Tsòng ㄗㄛㄥˋ 粽三五 從二四 旻四八 糉五六 粽五六 綜四三 葬四三 葬一三 糉四三 糉四三 餯六八
壯一五 壯六二
Tsok ㄗㄛㄎ 作十六 迮六二 昨三六
Tsông ㄗㄛㄥˊ 崇三三 剢四九 琮六三 藏三九 嚴三三 藏三五 藏三五 藏五八 臧四六 跡六〇
Tsóng ㄗㄛㄥˇ 總四三 摠三九 總四四 揔三四 傯三〇 騣三九 騘六一 鬉六九一 鬉六九一 惣三〇 傯六〇
蓯五三 傯六六
Tsōng ㄗㄛㄥ 狀三三 臟四六 奘一九 剢四九 藏五〇八 臧四六 崇三九五
Tsók ㄗㄛㄎˋ 族三三 昨三六 鏃六三 濯三三 擢三二 擢三二 瘯三五 鷟七〇 濯六五 胙四六 濁三〇
苲四九 酢六六 醋六六 嗾八〇 柞一二 柞三〇一八一

Tsu ㄗㄨ
朱三 銖六八 孜三〇
侏二七 袾三九六 袾三九六
淄三九 緇四六 輜五七
齋三六 齍五四 齜六六
罝四七 蛆五〇 狙三八
Tsú ㄗㄨˇ 、七 子一〇 学一〇
籽四〇 諸四五 翥四三
Tsù ㄗㄨˋ 注二九 註三九 炷三〇
鑄六一八 澍三〇八 駐六一〇
Tsuh ㄗㄨㄏ 啐七五
Tsû ㄗㄨˊ 慈三〇 瓷三〇 瓷六四 諸五〇
Tsú ㄗㄨˇ 、七 子一〇 学一〇 籽四〇 諸四五 翥四三
Tsū ㄗㄨ 自四六 住七五 苔三三
Tsùh ㄗㄨㄏˋ 突四〇

Ts date theme Tsu, Tsui, Tsun, page

PX

Tsu

茱 砠 疸 眥 資 諸 滋 珠 頙 潴 瀦 伹 孖 甾 姝

脒 蝫 紫 嗞 嵫 咨 茲 玆 粢 髭 鼒 諮 趑 趦 注

錙 孳 稽 蟦 椔 鯔 緇 澬 緇 諸 鎡 樒 鰦 黰 書

諸 姿 銖 洙 茇 鉏 邾 猪 豬 株 咮 洓 秄 菑 痘

胆 怚 苴 雎 齋 沮 菹 且 齊 娄 雎 玆 蛛 鋅

PX

仔 隋 梓 煮 煑 渚 紫 麈 主 砫 鉾 哇 袿 宔 阻

龘 褚 楮 拄 秄 齟 呰 呰

PX

齜 鉒 蛀 骨 䶥 傳 劐 霔 霮 漬 截 崒 駐 軴 䵶

足 積 腧

PX-T

PX

糍 慈 薯 粢 磁 鎡 螆 鴜 鶿 鵌 茨 洲 咻 烋

PX

仔 隋 梓 煮 煑 渚 紫 麈 主 砫 鉾 哇 袿 宔 阻

龘 褚 楮 拄 秄 齟 呰 呰

PX

俶 冣 柱 堅 聚 筀 箿 跓 駐 字 胾 月 肉 啾 性

PX-T

Tsui

隹 觜 厜 鼶 錐 騅 雛 鵻 萑 檇 嗺 顀 鎚 臎 推 雎 珠 雎 隹 琗

PX-

Tsúi

蕞 嘴 捶 棰 觜 水

PX-

Tsùi

晬 醉 檇 崒 崪

PX-

Tsuih

PX-T

Tsûi

劑 埣

PX-

Tsúi

蕞 嘴 捶 棰 觜 水

PX-

Tsūi

萃 悴 膵 粹 顇 瘁 誶 誰

PX-

Tsùih

PX-T

Tsun

尊 墫 遵 樽 罇 嶟 鐏 蹲 僎 拵 澊 跧 罇

Tsún

准 隼 準 搏 準 譐 僔 鶽 縛

Tsùn

圳 竣 峻 捘 焌 夋 浚 晙 餕 駿 鵔 鵕 鵔 睃 儁 嶲 鋑 濬 迿 諄 踆 雋 嶲 鋑 鐫 梭 戳 踆

Tsut

捽 淬 倅 猝 猝 跻 捽

卒 啐 抝 椊 膵 淬 眹

Tsûn

存 拵 稕 蹲 游 濿 拵

Tsún

准 隼 準 撙 準 譐 僔 鵻 縛

Tsūn

鐏 轉 陣 阵 抻

Tsút

茦 秫 䘚 朮 椊 䘚 卒 誶 崒 崪 淬 捽 悴 淬

T, U date theme Tsun, u, ui, page

繜 踆 PXㄥ

剸 噂 PXㄥ

逡 俊 踆 儁 嶲 狻 鵔 PXㄥ

卒 卆 PXㄊ

前 船 剸 噂 PXㄥ

卆 卒 PXㄊ

䏸 突 穤 PXㄥ

u

圩 旴 圬 杅 紆 盱 吁 訏 迂 肝 盱 菸 埩

棜 䞣 迃 窊 汙 污 于 亐 芋 淤 瘀 訏 玗

瑦 樗 於 扵 夸 侉 窩 居 屋 窩 仟 吁 箊

ú

宇 寓 羽 傴 楀 萬 禹 偊 鄅 偊 懇 瑀 雨

ù

鬻 予 匧 匬 歈 栩 寓 噢 与 與

飫 淤 汙 污 瘀 雨 鬻 酗 飽 飫 軀 煦 昫

姁 齁 褸 跍 跱 迂 灸 澳 喣 聿

uh

吘

û

盂 盂 竽 旟 歟 餘 輿 轝 玗 杅 雒 璵 伃

妤 雩 雩 邘 罍 鷽 騟 于 亐 予 稞 揄 譽

鱮 畬 於 扵 余 与 與 舁 萸 悇

ú

宇 寓 羽 傴 楀 萬 禹 偊 鄅 偊 懇 瑀 雨

ū

鬻 予 匧 匬 歈 栩 寓 噢 与 與

ū

忬 豫 預 蕷 礜 澦 芋 譽 与 與 舁 稞 有

ùh

吘

ui

威 逶 葳 楼 械 蜮 䵵 踒 矮

衣 褽 鋺

uî

委 韋 葦 洧 萎 鮪 蜲 諉 喟

嬖 雖 冰 骫 痛 暐 闆 韙 賢

遺 捼 痏 噅 鷍 餧 餒 餧 寫

uì

畏 蔚 尉 褱 慰 蔚 慰 魅 尉

嬇 飫 餽 对 對 㥜 餽

uih

挖

uî

囗 圍 帷 違 幃 禕 桅 鄬 闈

撝 溈 遺 僞 緯 維

uí

委 韋 葦 洧 萎 鮪 蜲 諉 喟

嬖 雖 冰 骫 痛 暐 闆 韙 賢

遺 捼 痏 噅 鷍 餧 餒 餧 寫

uī

胃 位 渭 猬 蝟 謂 㥜 媦 蝟

畫 畫 繪

uih

畫 彧 劃 挖

U date theme Ui, Un, page

喂 膾 痿 窩 挖 ㄨㄧ

瑋 煒 韙 韡 偉 ㄨㄟˇ

唯 矮 骸 殘 湋

蔿 碨 鷸 謂

尉 喂 遠 婳 潰 ㄨㄟˋ

尉

ㄨㄧ一ㄏ

隨 湋 爲 隗 麾 ㄨㄟˊ

瑋 煒 韙 韡 偉 ㄨㄟˊ

唯 矮 骸 殘 湋

蔿 碨 鷸 謂

騙 磑 壝 爲 遺 ㄨㄧ

ㄨㄧ一ㄏ

ǔn
殷 恩 慇 昷 煴 藴 蒀 氳 蝹 薀 鰮 奫 韞 殟 暡 殟

榅 瘟 温 緼 韞 蘊 縕 涊 冤 寃 膃 阢 肮 温 昷

ǘn
允 吮 尹 殞 乚 毇 隱 峯 穩 狁 笂 碩 阢 僨 允 吮

阢 抎 磤 縫 隱 賱 憶 濦 隱 轀 櫶 抌 預 檼 僡 愪

隕 媼 蚓 晩 引 許 膭

ùn
搵 塭 愠 愠 醖 搗 擡 温 温 韞 蘊 緼 緼 僡 媼 鰛

ǔt
膃 寅 噎 嚎 欝 鬱 欝 欝 鬱 尉 軋 榲 黦 殟 尉 苑

殞 苑 媼 屈 尉 殿

ūn
云 芸 匀 沄 紜 耘 昀 頵 鄖 縜 擫 鋆 愪 笋 雲 忶

ún
憁 溳 澐 緩 圓 巡 巡 輪 駿 蜓 耘

允 吮 尹 殞 乚 毇 隱 峯 穩 狁 笂 碩 阢 僨 允 吮

阢 抎 磤 縫 隱 賱 憶 濦 隱 轀 櫶 抌 預 檼 僡 愪

隕 媼 蚓 晩 引 許 膭

ūn
暈 鴳 韗 韗 運 餫 鄆 韵 韻 緷 腪

ǘt
聿 欥 鷸 颶 瘟 遹 驕 鷸 鱊 潏 潏 繘 憰

ㄨㄥ ㄨㄥ ㄨㄥ ㄨㄊ ㄨㄥ ㄨㄥ ㄨㄥ ㄨㄊ

date theme 補訂 page

jiang	jiáng 穴三	jiàng	jiak	jiâng	jiáng 穴三	jiāng	jia̍k
ㄖㄧㄤ	ㄖㄧˊㄤ	ㄖㄧˋㄤ	ㄖㄧㄚㄎ	ㄖㄧ̂ㄤ	ㄖㄧˊㄤ	ㄖㄧ̄ㄤ	ㄖㄧ̍ㄚㄎ
Lia	Lía	Lìa	Liah 剝 摘	Lîa Lía	Līa Lia̍h 擊 擊	掠 捕	拿 拏
ㄌㄧㄚ	ㄌㄧˊㄚ	ㄌㄧˋㄚ	ㄌㄧㄚㄏ	ㄌㄧ̂ㄚ ㄌㄧˊㄚ	ㄌㄧ̄ㄚ ㄌㄧ̍ㄚㄏ		
moe	móe	mòe	moeh	môe	móe	mōe 妹	mo̍eh
ㄇㄨㄝ	ㄇㄨˊㄝ	ㄇㄨˋㄝ	ㄇㄨㄏ	ㄇㄨ̂ㄝ	ㄇㄨˊㄝ	ㄇㄨ̄ㄝ	ㄇㄨ̍ㄝㄏ
seⁿ 生 牲 鉎	séⁿ 省	sèⁿ 性 姓	sehⁿ	sêⁿ	séⁿ 省	sēⁿ	se̍hⁿ
ㄒㄝ	ㄒˊㄝ	ㄒˋㄝ	ㄒㄝㄏ	ㄒ̂ㄝ	ㄒˊㄝ	ㄒ̄ㄝ	ㄒ̍ㄝㄏ
teⁿ 睜	téⁿ	tèⁿ 掟	tehⁿ	têⁿ 摕	téⁿ	tēⁿ 掟 鄭	te̍hⁿ
ㄉㄝ	ㄉˊㄝ	ㄉˋㄝ	ㄉㄝㄏ	ㄉ̂ㄝ	ㄉˊㄝ	ㄉ̄ㄝ	ㄉ̍ㄝㄏ
tsaⁿ	tsáⁿ 簣 斬 整	tsàⁿ	tsahⁿ	tsâⁿ	tsáⁿ 簣 斬 整	tsāⁿ	tsa̍hⁿ
ㄗㄚ	ㄗˊㄚ	ㄗˋㄚ	ㄗㄚㄏ	ㄗ̂ㄚ	ㄗˊㄚ	ㄗ̄ㄚ	ㄗ̍ㄚㄏ

部首索引

date theme

部首索引

page

一畫	29 又 iū;	56 弋 Ėk;
1 一 It; Chit	三畫	57 弓 kiong; keng
2 丨 Khún; Thong	30 口 khó·; Kháu	58 ヨ彐彑
3 丶 Tsú; Tiám	31 囗 Ûi;	Kī; ti-Chhui
4 丿 Phet;	32 土 士 Thó·; Thô·	59 彡 sam; mn̂g
5 乙 It; Chit	33 士 Sū;	60 彳 Chhek; Siang-khia-lâng
6 亅 koat: kau-á	34 夂 Chí;	四畫
二畫	35 夊 Soe;	61 心 忄 ⺗
7 二 Jī; n̄ng	36 夕 Sėk;	Sim; khia-sim
8 亠 Thô·; khàm	37 大 Tāi; Toā	62 戈 ko; kan-ko
9 人 亻 Jîn; Lâng	38 女 Lú; Lí	63 戶 Hō·; mn̂g-hō·
10 儿 Jîn; Lâng	39 子 Tsú; Kiáⁿ	64 手 扌 Siú; Khia-siú
11 入 Jíp;	40 宀 Bián; ú Bô	65 支 Chi; ki
12 八 Pat; poeh	41 寸 Chhùn;	66 攴 Phok;
13 冂 kéng; kài	42 小 Siáu; Sòe	67 文 Bûn
14 冖 Bek; khàm	43 尢 尤 兀 尣	68 斗 Táu; Táu
15 冫 Peng;	Ong; iû; ang	69 斤 Kin; Kun
16 几 kí; Toh	44 尸 Si;	70 方 Hong; hng png
17 凵 khàm	45 屮 Tiat	71 无 旡 Bû;
18 刀 刂 To; Lai-To	46 山 San; Soaⁿ	72 日 Jit;
19 力 Lėk; lát	47 巛 巜 巜 川	73 曰 oat;
20 勹 Pau;	Chhoan;	74 月 Gō
21 匕 Pí; Sî-á	48 工 kong; kang	75 木 Bók; Bák
22 匚 Hong; Siuⁿ	49 己 Kí;	76 欠 khiam;
23 匸 Hé; khàm-Bat	50 巾 kun;	77 止 Chí;
24 十 Sip; t	51 干 kan;	78 歹 歺 Tai; Pháiⁿ
25 卜 Pok;	52 幺 Iau; Sòe	79 殳 sū;
26 卩 㔾 Chiat; In	53 广 Iám; Chhù-kóa	80 毋 Bû; Bô
27 厂 Hàn;	54 廴 Ín; Kiaⁿ	81 比 Pí;
28 厶 Su	55 廾 kióng	82 毛 mô; mn̂g

date theme page

83 氏 Sī;Jī-sī
84 气 khì;
85 水氵氺 Suí;Tsuí
86 火灬 Hó:Hóe
87 爪爫 jiáu;jiáu
88 父 Hū;pē
89 爻 Ngâu;
90 爿 Chiông;
91 片 Phiàn;
92 牙 Gâ;gê
93 牛 Giû;gû
94 犬 khiáng;káu

五 畫

95 玄 Hiân
96 玉王𤣩 Giók:Gėk
97 瓜 koa;koe
98 瓦 Oá;Hiā
99 甘 kam;tiⁿ
100 生 Seng;Siⁿ
101 用 lōng;eng
102 田 Tiân;Chhân
103 疋𤴔 Phit(Pō) Phit
104 疒 Pēng;Pīⁿ
105 癶 Poat:Sio-Tùi
106 白 Pėk;Pėh
107 皮 Phî;Phôe
108 皿 Béng;Pôaⁿ
109 目罒 Bók;Bảk
110 矛 Mâu;Chhiuⁿ
111 矢 Sí;Chiⁿ

112 石 Sėk:chiòh
113 示礻 Sī
114 禸 Jiú:kha-jiah
115 禾 Hô:gō-kak
116 穴 Hiat:
117 立 Lip:Khia

六 畫

118 竹⺮ Tiok:tek
119 米 Bí:
120 糸糹 Bėk:Si
121 缶 Hó:ang
122 网罒冈㓁 Bóng:bāng
123 羊 lông:îu
124 羽 Ú: Sit
125 老 Ló:lāu
126 而 Jî:koh
127 耒 Jōe:lōe
128 耳 Jí:ní:hī
129 聿 Ut:pit
130 肉月 Jiok:bah
131 臣 Sîn:Jîn-sîn
132 自 T
133 至 Chì:kàu
134 臼 kiū:khū
135 舌 Siat:chih
136 舛 Chhún
137 舟 Chiu:Tsûn
138 艮 kùn
139 色 Sek

140 艸艹 Chhó:Chhau
141 虍 Hó:hó-phê
142 虫 Thiông:Thâng
143 血 Hiat:huih
144 行 Hêng:kiâⁿ
145 衣衤 I:i-chiūⁿ
146 襾 Hà:Jia-khàm

七 畫

147 見 kiàn:kìⁿ
148 角 Kak:
149 言 Giân:
150 谷 kok:Soā-kok
151 豆 Tō:Taū
152 豕 Sí:Thûn
153 豸 Tsāi:
154 貝 Pòe:
155 赤 Chh...:Chhiah
156 走 Tsó:Tsáu
157 足 Chiok:kha
158 身 Sin:Seng-khu
159 車 ku:Chhia
160 辛 Sin:
161 辰 Sîn:Sî-Sîn
162 辵辶 Chiok
163 邑阝 Ip:
164 酉 Iú:Chíu
165 釆采 Piān:Hun-p
166 里 Lí:

八 畫

167 金 kim

date theme page

168 長镸Tiông;Tn̂g
169 門Bûn;mn̂g
170 阜阝Hū;
171 隶Tāi;
172 隹Tsi;
173 雨⻗ú;hō
174 青Chheng;Chhiⁿ
175 非Hui;

九 畫

176 面Biān;bīn
177 革kek;phê
178 韋Úi;phê
179 韭kíu;kú
180 音Im;Siaⁿ-im
181 頁lâp;láh
182 風Hong;
183 飛Hui;Pe Poe
184 食Sit;Chiah
185 首Siú;Thâu
186 香Hiong;phang

十 畫

187 馬Má:bé
188 骨kut:
189 高ko;koâiⁿ koân
190 髟Phiau:Thâu-mn̂g
191 鬥Tò;
192 鬯Thiòng
193 鬲kek;keh
194 鬼kúi

十一畫

195 魚Gû;hî
196 鳥Niáu;Chiáu
197 鹵Ló;kiâm
198 鹿Lòk;
199 麥Bèk;bèh
200 麻kúi:

十二畫

201 黃Hông;n̂g
202 黍Sú;Sóe-á
203 黑Hek;o·
204 黹Chí;Sìu

十三畫

205 黽Bín:Chiuⁿ-
206 鼎Téng;tía
207 鼓kó·:Ló-kó·
208 鼠Chhú;niáu-Chhú

十四畫

209 鼻Pī;phīⁿ
210 齊Chê;Tsôe

十五畫

211 齒Chhí;khí

十六畫

212 龍Liông;lêng
213 龜kui;ku

十七畫

214 龠lòk;

date theme page

date theme 一 部 1 page

一 部 1

一 it, 一ㄧ；Sò-jī ê khí-thâu it jī saⁿ, miⁿ ê chì kek sêng sit, it niām, thian hā tē it。
數字的起頭一二三，物的至極，誠實，一念，天下第一。
Chit ㄐ一ㄊ；Chit ê, chit iūⁿ, chit pīⁿ, chit lâng, siàu-bak chit, nn̄g, saⁿ
一個，一樣，一邊，一人，數目一二三，三

一 畫

丁 Teng ㄉㄧㄥ；thian-kan tē sì jī, ū chiam ê chhì, chhì-á, ióng-tsòng, tsòng-teng, peng-teng
天干第四字，有尖的刺，莿仔，勇壯，壯丁，兵丁。

丂 khó ㄎㄜˇ；chiū sī chhut-lát ê ì-sù, chhóan-khùi。
就是出力的意思，喘氣。

七 Chhit ㄑㄧ；Sò-bōk ê jī, tē chhit, chhit jit chit lé-pài, chhit tè
數目的字，第七，七日一禮拜，七塊。

二 畫

丈 tiōng, tn̄g ㄉㄤˋ；niū tn̄g té, tiōng liōng, tsap chhioh sī chit tn̄g。 tiūⁿ-lâng, lāu-tōa-lâng, lāu-tiūⁿ, tiūⁿ-hu
量長短，丈量，十尺是一丈。 丈人，老大人，老丈，丈夫。
tiūⁿ, tōng ㄉㄧˋ；it tōng hông = it tiōng hông, chiū sī chit khoán saⁿ chiap sòa ân sī khoe ê chháu。
一丈紅，＝一丈紅，就是一款相接續，紅色花的草。

下 hā, ē ㄒㄧㄚˋ；Siōng ê tùi-hoān, té, kē, hā-chiān, thian hā tē it。 thiⁿ-ē, ē-kha。
上的對反，底，低，下賤，天下第一。天下，下腳。
kē, ē；kē-kip, pàng-kē, lo̍h-kē。 ē-hng, jī-káu ê hng, tû-sek-àm。
下級，放下，落下。下昏，二九下昏，除夕晚。

三 Sam, Sàm, Saⁿ ㄙㄢ；Sò-jī, it jī sam, kúi-nā pái, tsài saⁿ, sam-tsâi chiā jit goat chheⁿ, jîn sìⁿ Sam, Sàm
數字，一二三，幾若次再三，三才者日月星，人姓三

上 Siōng, Siōng, Chiūⁿ ㄕㄤˋ；téng-bīn, koân tōa, ko-siōng。 peh koân sī chiūⁿ koân, chì kek chì siōng。 siōng-téng。 má siāng
頂面，高大，高上。爬高是上高，至極至上。上等。馬上
(margin: Siāng)

万 Bān ㄨㄢˋ；Sò-jī bān ê kán-siá, thâng-thōa ê miâ, chhin-chhiūⁿ phang
數字萬的簡寫，虫蛆的名類，像蜂。
Sûi sî liâm-piⁿ ê ì-sù。
隨時臨邊的意思。

丌 ki, kî, kì ㄐㄧ；Gú-tsō-sû pang-tsān ê jī, chí só kóng ê ōe lâng iā sī mih, kap kî kì jī tâng。
語助詞幫助的字，指所講的話人也是物，與亓其字同。

三 畫

丐 kài, kat, khit ㄍㄞˋ；kiû khit thó chia̍h ê, khit-chia̍h lâng
求乞，討食的，乞食的人。

丏 Bián ㄇㄧㄢˇ；kiû thó chia̍h ê, kap téng jī tâng ì-sù。
求討食的，與頂字同意思。

不 Put, m̄, bōe ㄅㄨˋ；Put sī, put khó, put piān, put lêng, bōe ōe, bōe hiáu-tit, m̄ ài, m̄ thang
不是，不可，不便，不能，不能，不曉得，不要，不可。

与 ú, û, ū, hō, kah ㄩˇ；kap, ú jī ê kán-siá。 kau hō lí, m̄ thang kau hō i。
與字的簡寫。交與你，毋可交與他。
(margin: hō)

丑 Thiú, thiúⁿ ㄔㄡˇ；thian-kan tē 2 jī, tsú thiú în, hì kha, sió-thiú, thiú kioh, thiúⁿ sî。
天干第二字，子丑寅，戲腳，小丑，丑腳，丑時。

丆 ...；Sò-jī sió khóa hun ..., ... á。
數字少許，分...，...仔。

四 畫

丘 khiu, khu, Bó ㄑㄧㄡ；Soaⁿ tiong ng lap ê, thô lún á khiu lêng, soaⁿ khiu, khóng-tsú ê miâ。 sèⁿ sī
山中央凹落，土崙仔丘陵，山丘，孔子的名。姓氏

丕 Phi ㄆㄧ；hèng-hiàn, sêng siū, tōa, phi kī phi giap, thâu, khah iāⁿ。
奉獻，承受，大，丕基丕業，頭，較贏。

丙 Péng, Piàⁿ ㄅㄧㄥˇ；thian-kan tē saⁿ jī, kah it piàⁿ teng, sio̍k hé, nî hō。
天干第三字，甲乙丙丁。屬火，年號。

世 Sè, Sì ㄕˋ；Sè-kan, sè-kài, sè-tāi, sam sè iú hēng, chhut-sì, chit sì lâng
世間，世界，世代，三世有幸。出世，一世人

且 Chhiáⁿ, tsoⁿ, tsu, chhiⁿ ㄑㄧㄝˇ；khì-khū ū kha ē tē tit chè-hiàn ê mih。 chhiáⁿ soeh chhiáⁿ tsáu, kóh tsài, iáu kú,
器具有腳能貯得祭獻的物。且說且走，傳再，也是，
chhiⁿ cheng, kiong kèng ê khoán sit, chhiⁿ chhiāi, chhiⁿ chhiāi lâng, chhiⁿ chhiāi só tsāi
進前，恭敬的款式，且睬，且睬人，且睬所在

五畫

丞 Sêng, Sîn ㄔㄥˊ ㄕㄥˊ Pang-tsān 幫助，hú-tsō 輔助，Sêng-hú 丞輔。kcaⁿ-hâm 官銜，Sêng-siōng, koān Sêng 丞相，縣丞。mn̂g-Sîn 門丞，mn̂g-Sîn hō-ùi 門丞戶尉。

両 liōng, niú, léng, n̄ng ㄌㄧㄤˇ ㄋㄧㄡˇ ㄌㄧㄥˇ ㄌㄥˇ liōng ê Siok-jī 兩的俗字。

丙 thiam, thìam ㄊㄧㄢ ㄊㄧㄢˇ ēng chih kau, thèh mih, chih ê khóan sit, ēng chih thò chhut gōa bīn. 用舌鉤，提物，舌的款式，用舌吐出外面。

丟 tiu ㄉㄧㄡ ûi sit 遺失，tiu 丟掉，hiat kak 拼棄，it khì put hôe 一去不回。tiu hē 丟下，tiu tsúi 丟水，tiu saⁿ lôh sì 丟三落四。

六—十畫

兩 liōng, niú, léng, n̄ng ㄌㄧㄤˇ ㄋㄧㄡˇ ㄌㄧㄥˇ ㄌㄥˇ liōng ê kán-thè-jī 兩的簡体字。

丣 iú ㄧㄡˇ kó-jī iú 古字酉。

並 Pēng, Phēng, Piāⁿ, Pìn ㄅㄧㄥˋ ㄆㄧㄥˋ ㄅㄧㄢˋ ㄅㄧㄣˋ kap ē 與下 jī tông 字同。Pēng pâi 並排，Pìn hêng 並行，Pìn chhiāⁿ 並且，Pēng keng tsok chiàn 並肩作戰，m̄ sī Pìn 不是並

竝 Pēng, Phēng, Piāⁿ, Pìn ㄅㄧㄥˋ ㄆㄧㄥˋ ㄅㄧㄢˋ ㄅㄧㄣˋ hui 非。Saⁿ phēng pí kàu 相並比較。sio piāⁿ 相並，piāⁿ seⁿ sí 並生死。chhut gōa phah piāⁿ 出外打並。

西 thiam, thìam ㄊㄧㄢ ㄊㄧㄢˇ ēng chih kau, thèh mih, chih ê khóan sit, ēng chih thò chhut gōa bīn. 用舌鉤，提物，舌的款式，用舌吐出外面。

亜 Tē ㄉㄜˋ Chiū sī chè hiàn lé sò ê khì kū. 就是祭獻禮數的器具。

丨部 2

丨 khún ㄎㄨㄣˇ Siōng hā siong thong ê ì sù. 上下相通的意思。

一—三畫

丩 kiu, khiu ㄐㄧㄡ ㄎㄧㄡ koe tîn ê lūi 瓜藤的類，tú tioh pat hāng mih chiū tì 抵着別項物就纏住它，kiu liâu 糾繚。

个 kò ㄍㄜˋ chiâ liap 成粒，chiâ tè 成塊，chiâ ki 成支，mih ê siàu giah 物的數額，kong tông ê hō chhù 公堂的戶處，kò tiaⁿ 孤單。

𠁽 khua, khiâ, kiâ ㄎㄨㄚ ㄎㄨㄚˇ kiâ khà pō 行腳步，n̄ng ki kha ê tiong kan 兩支腳的中間。

丫 a ㄚ siang chhe 雙叉，thih chhe 鐵叉，khui chhe 開叉。a thâu lú pī 丫頭女婢。

中 tiong, tiòng ㄓㄨㄥ ㄓㄨㄥˋ sim 心，lāi bīn 內面，chiàⁿ 正，tùi pòaⁿ 對半，ióh liōng 約量，tú hó 拄好，tiong ng 中央，tiong sim 中心，tiong kok 中國，tiong kan 中間，chiông, tèng 中，put tiòng iōng, put chiòng iōng 不中用，chiū sī bô lō͘ ēng ê ì sù 就是無路用的意思。tèng ì 中意，m̄ tèng ì 毋中意，m̄ tèng thiaⁿ 毋中聽。

丯 khéa, khiâ ㄎㄨㄚ ㄎㄨㄚˇ kap khéa jī siāng khoán 與𠁽字同款。

丰 Hong ㄈㄥ ām sēng 茂盛，hó khòa 好看，hong chhái 丰彩，bûn lí hó thiaⁿ 文理好聽。hong ê kán thé 豐的簡体。

丱 koàn ㄍㄨㄢˋ kak tsang 角髮，tsang kak liōng pêng pīⁿ ê mn̂g 髮角兩邊的毛，n̄ng ki kak ê khoán 兩支角的款。

丮 kek ㄐㄧˊ chiū sī kiáh 就是擎，thèh ê ì sù 提的意思，chhiú kiáh khí lâi 手擎起來。

丯 kài ㄐㄧㄝˋ chháu hoat sì sòaⁿ 草發四散，sio hāi 相害。

串 chhoàn, koàn, chhèng, kèng, chīn ㄔㄨㄢˋ ㄍㄨㄢˋ ㄍㄨㄢˋ chîⁿ kòng 貫錢，koàn liân 貫連。kui chhoàn 歸串，koàn chîⁿ 串錢，koàn kòe 串過，chhèng kòe 串通，chit chhèng 一串。

弗 sán ㄔㄢˇ sio bah ê khì kū 燒肉的器具，ēng bah lâi kìng kui chhoàn 用肉來貫歸串。

丳 kî ㄐㄧˊ chiū sī chham chha bô chê ê ì sù 就是參差無齊的意思。

四—八畫

九 畫

芈 Chhi ㄑㄧˇ
Chhâu ām ām, bō-sēng, ām hoat.
草蓊蓊，茂盛，蓊發。

丶 部 3

丶 Tsú ㄓㄨˇ
Chiū sī chit tiám, ia sī toā, ā sī tsú chāi ê ì sù.
就是一点，也是大，或是主宰的意思。

二·三 畫

丸 Oân, hoân, îⁿ; ㄨㄢˊ, ㄏㄨㄢˊ, ㄧ
Chiaⁿ liap ê mih, îⁿ liap, ioh oân, So îⁿ á. tāi khài lóng tsóng kap 凡 tāng ì
成粒的物，丸粒，藥丸，挼丸仔。大概攏總与凡同意。

丫 Î ㄧ
hit lâng, hit ê, in ê, i ê hù jī.
彼人，彼個，伊的，他的副字。

凡 hoân, Oân lóng tsóng, tak ê. Pêng siông, pêng hoân. ㄈㄢˊ, ㄨㄢˊ
攏總，逐個。平常，平凡。

丹 Tan ㄉㄢ
Chhiah sek, tsu se, tan se. ioh miâ, tan chheng. tan sim sī tiong sêng ê sim. kim tan.
赤色，朱砂，丹砂。藥名。丹青。丹心是忠誠的心。金丹。

四·五 畫

主 Tsú ㄓㄨˇ
Lâng kheh ê siong tùi, tsú kheh. Sī toā jîn kun. thâu ke tsú lâng, tsú jīm, tsú lâng, tsú koan.
人客的相對，主客。是大人君，頭家主人，主任，主人，主觀。

丼 Chéng, tom, tôm ㄐㄧㄥˇ, ㄉㄢˇ
tsuí khut ê khang, ū tiāu sū chéng jiân, mih lóh tsuí chē ê siaⁿ, tom chit ē, tôm chit ē.
水堀的孔，有秩序丼然，物落水井的聲，丼一下，丼一下。

乒 Piang ㄆㄧㄥ
Phah mih ê sia, pin piang kiò. pin pin piang piang. mih lóh tsuí ê siaⁿ, thom, thôm chit siaⁿ.
打物的聲，乒乓叫。乒乒乓乓。物落水的聲，丼，丼一聲。

囗 top, tóp ㄉㄡˋ
tsuí tih ê siaⁿ, top top kiò. nî chī tsuí top top chit ē.
水滴的聲，囗囗叫。簷簷水囗囗一下。

丿 部 4

丿 Phiat, Phoat ㄆㄧㄝ, ㄆㄨㄛ
Phoàn lóh oāi tsó pêng. Chit piat, piat chhem. Phoat sī phoah khí jū pêng chhim chhiū khí thâu.
叛落歪左平。一撇，丿又。丿是揪起右平親像撐起頭。

一——三 畫

乂 Gāi, ngāi ㄧ, ㄧˋ
koah ê pún jī, koah chháu. tī lí hó tsâi chêng ê lâng, tsûn ngāi.
刈的本字，刈草。治理好才情的人，俊乂。

乀 ê ㄝ
jī bú tùi (丿Phiat) chhut, thoa ê ì sù.
字母對（丿Phiat）出，拖的意思。

乃 nái ㄋㄞˇ
khì oh tit chhut ê khoán sit, nái sī, ná sī, kò jiân sī, ā sī, lí, in, nái sī, nái hū.
氣難得出的款式。乃是，若是，故然是，或是，汝，伊。乃是，乃父。

乄 Chhê, Chhē, koah, Soah khì, tsâu biat, húi hoāi. Gak khì ê miâ, kham chhēⁿ. Lô sia chhēⁿ chhēⁿ hāu.
ㄘㄜˇ, ㄘㄝˋ, 刈，煞去，剿滅，毀壞。樂器的名，㧒乄。鑼聲乄乄哮。

乁 hut, liát ㄈㄨ, ㄌㄧㄝ
sim bô pêng an, iu būn ut. Sī jī bú, khóan sit sī 丿 ê tò pêng.
心無平安，憂悶鬱悴。是字母，款式是丿的倒平。

𠂇 tsó
Put chèng, tò chhiu pêng, hù chhiu, kan chèng, tsò ūi kap 左 sio siāng.
不正，倒手平，副手，干證，左位与左相同。

乀 Â ㄚ
jī bú tùi, kap 乀 hut siāng ì sù.
字母對，与乀同意思。

久 kíu, kú ㄐㄧㄡˇ
chiam sî ê tùi hoán, éng kíu, kíu pêt, kíu jî kíu chi. kú tn̂g, kú kú, lióng kú.
暫時的對反，永久，久別，久而久之，久長，久久，長久。

乇 Tek, Chek ㄊㄜ, ㄓㄜ
Chhu bak ê kin hoat tī tōe bīn. kìa, óa khò, thok tiōng.
草木的根發佇地面。寄，依靠，託重。

夂 kíu ㄐㄧㄡˇ
kiu ê siok jī.
久的俗字。

么 iau mih ㄧㄠ, ㄇㄧㄝ
Sió khoa, sòe, iù, nńg chiáⁿ, 幺 ê siok jī. thang ēng tsòe mih, sím mih, sím mih.
少許，小，幼，軟弱，幺的俗字。可用做甚，甚麼，甚么。

丫 Chian ㄐㄧㄚ — Chian ê kan thé; âng tâng ê chîⁿ, chit níu ê tsap hun chi it. chîⁿ tsâi.
錢的簡体，紅銅的錢，一兩的十分之一。錢財。

之 Chi ㄓ — i à sī in. tong ú jī êng, chi tsú ū kui. jîn chi chho, lâng ê khí thâu.
他或是伊。當於字用，之子于歸，人之初，人的起頭。

四・五 畫

乍 Tsà, Tsā ㄓㄚˋ, ㄓㄚˋ — Chià ㄐㄧㄚ — Tsà jian huī jiân, tú chiah. khí thâu, chho lâi tsà tō. tōe miâ, Chià Phó; Oat Tī lêng Pho.
乍然忽然，纔即，起頭，初來乍到。地名，乍浦，係佇淺波。

乏 Hoat ㄏㄚˊ — Pìn kiōng, khiàm kheh, hōe bô ìng hōe. jia chîⁿ ê phôe pâi. iā siān, phì hoat.
貧窮，欠缺，廢無荒廢。遮箭的皮牌。厭倦，疲之。

乎 Hô, Hô ㄏㄨ, ㄏㄨ — Pang tsān ê jī, bóe kù gî ngāi teh mñg ê ì sù. Chhin chhiūⁿ mah mch. o hō. ī hō. sìm siông
幫助的字，尾句疑訝啲問的意思，親像嗎，麼。烏乎。異乎尋常。

乑 Chì, Tsūn ㄐㄧ, ㄗㄨㄣˇ — jī bú, soah, tsó chí, kim chí, bô hoan hí ê ì sù.
字母，息，阻止，禁止，無歡喜的意思。

乒 Pin pīn ㄆㄧㄥ, ㄆㄧㄥ — Sia im. Phah mih ê sia im, pin piang kiò. Pin pin piang piang.
聲音。打物的聲音，乒乓叫。乒乒乓乓。

乑 Phài ㄆㄞˋ — tsúi khui chhe, hun khui, hun Poah, tsong phài hun phài. phài Poah.
水開叉，分開，分閥，宗派分派。派閥。

乕 Tōe, Tui, tu ㄉㄨㄟ, ㄉㄨㄟ, ㄉㄨ — thô chek tsū, thô tui, tui chek. kap tui siāng khóan.
土積住，土臼，堆積。与堆同款。

乕 I ㄧ — Seng khu oat lìn tńg, tńg sin, hoan sin, kui à.
身軀越圈轉，轉身，翻身，歸倚。

乖 Gîm ㄧㄣˊ — Saⁿ kap tsòe hóe khiā ê ì sù.
相與做伙豎的意思。

乗 Chiùng, Chiòng ㄓㄨㄥˋ, ㄓㄨㄥˋ — Chiòng ê kan thé, chiòng lâng. Pehⁿ sìⁿ tsōe tsōe.
衆的簡体，衆人，百姓多多。

七一十一 畫

乖 koai ㄍㄨㄞ — khut khiok, koai biù, jú bán, koai tiuⁿ, keh tīng, hóan poē, kohiūⁿ. sūn chiōng. koai sūn koai phiān.
屈曲，乖謬，拗蠻乖張，隔斷，反背，異樣。順從，乖順，乖癖。

乗 Sêng, Sêng, Peh khí ㄔㄥˊ, ㄕㄥˋ — chiūⁿ khì, khiâ, sǹg hoat, sêng hoat. sêng chhia. sêng tsûn tsáu bé. sêng liông khoài sài.
TE乙 — 趴起，上去，騎。算法，乘法。乘車。乘船走馬。乘龍快婿。

乘 sûi, sê, sè — kap sûi jī tông.
ㄙㄨㄟ,ㄕㄜ,ㄕㄜ — 与垂字同。

乿 Tui ㄉㄨㄟ — tiām tiām chē teh, bô tín tāng, chhin chhiūⁿ lâng ê siōng. Lûi tui, chiū sī ng tńg bô kcai ê ì sù.
恬恬坐啲，無振動，親像人的像。傫乿，就是向跑無乖的意思。

乙 部 5

乙 it 一ㄜ — then kan tē jī jī. kah it piá téng. siok bo̍k. can khiok. ut. chit ê. soah ê kì hō.
天干第二字。甲乙丙等。屬木。彎曲。鬱。一個。息的記號。

乚 Ún ㄨㄣˇ — Sió sió, bô bêng, siu khǹg, m̄ kìⁿ, lāi bīn, siong sim, lîn bín, ún tsōng.
小小，無明，收藏，毋見，內面，傷心。憐憫，乚藏。

乙 At ㄧㄚˋ — Chit hō o chiáu ê miâ, iā sī oh tit chhut lâi ê ì sù.
一號黑鳥的名，也是艱得出來的意思。

一・二 畫

九 kiú, káu ㄐㄧㄡˇ, ㄐㄧㄡˇ — Sò͘ bo̍k miâ, tē káu, kiú gû jī hó. tōe miâ kiu liông. chê tsn̄g, káu ê. kiú kui. kok miâ, kiu háp tsu hô.
數目名，第九，九牛二虎。地名九龍。齊全，九個，九歸。國名，九合諸侯。

也 Beeh, ㄇㄧˇ — mih, Beh oai chhia, mn̄g ê ōe, Bō mih, min sái. beh thái, beh thāi, beh tāi, beh siá tsai, kap beh lia̍h lia̍h siāng.
ㄇㄧㄝˇ, ㄇㄧㄝˇ — 歪斜，問的話，甚乜，乜使。乜怎，乜怎，乜事，乜甚知，与乜略略同。

乞 khit ㄎㄧˋ — khun kiû, khit kiû, kiû khit, khit chia̍h.
懇求，乞求，求乞，乞食。

也 iā, ā, iā u, t ㄧㄝˇ, ㄧㄝˇ — kù ê jī, jī kù bé sī koat toàn bêng pe̍k ê ì sù. góa só͘ io̍k iā. ā bē, iā u bē, siâng siāng. iā ū, iā kú.
一般造句的字，字句尾是決斷明白的意思，魚我所欲也。也未，也未，相同。也有，也久。

三一五 畫

乩 khiu ㄎㄧㄡ — ba̍k chiu jiau jiâu, gāi bak.
目睭皺皺，礙目。

〔乜〕ì, 一 Chīu sī hhim siu ê mîa。
就是禽獸的名。

〔乣〕kiuh, kiúh, ㄍㄧㄡˊ, ㄍㄧㄡˇ Sng kiuh khiuh, nńg kiuh kiuh, Chin Sng Chin nńg。
酸乣乣，軟乣乣，真酸。真軟。

乣有帶彈性，用弓䒑來托頭，用乚來顯伸縮之意。

〔乩〕ki, ㄐㄧ mn̄g kùi sîn ê hoat tō, ki tông, tâng ki。
問鬼神的法度，乩童，童乩。

〔乨〕Sí, ㄒㄧˇ kap 始 jī Siāng khoan。khí thâu, khai sí
与始字同款。起頭，開始

六・七 畫

〔乱〕Loān, ㄌㄨㄢˋ kap 亂 jī Siāng khoán。bô tit sa chham, Loān Loān。tī Lí, Loān Sè, hun Loān, jiáu Loān。
与亂字同款。無得相參，乱乱。治理，乱世，汾乱，擾乱。

〔乪〕Hiat, ㄏㄧㄝˊ Chīu sī kok ê mîa
就是國的名。

〔乳〕jú, leng, Lin, ni, ㄖㄨˇ, ㄌㄧㄥ, ㄌㄧㄣ, ㄋㄧ jíu nńg, jú Pông, Chhiong móa。iúⁿ Chhī, Gû ni, leng thau, jú hiong, tāu jíu。
柔軟，乳房，充滿。養飼，牛乳，乳頭，乳香，豆乳。

〔黾〕Bín, ㄇㄧㄣˇ Thâng ê mîa, Chhin Chhīuⁿ tsúi koe ê khoan Sit。hî ê mîa。
虫的名，親像水蛙的款式。魚的名。

八——十一 畫

〔亀〕kui, kiu, ku, ㄍㄨㄟ, ㄑㄧㄡ, ㄐㄩ u khak ê thâng, hó khòa, hòe mih, O ku, O kui kim ku。
有殼的虫，好看，貨物，黑亀，烏亀，金亀。

〔乿〕Chiat, ㄐㄧㄝˊ koah tn̄g, tsám iù, hun khui, Piān Pok, tsoeh, tsám tsoeh。
刈斷，斬幼，分開，辯駁，截，斬截。

〔糺〕kiu, ㄐㄧㄡ Chèng khì, Lâm Lú Cheng khì Só í ke Lāi an jiân。
正氣，男女正氣所以家内安然。

〔乳〕Lāng, Lang Lāng khui, Lāng khang, Lāng Phāng, Lāng jit。khui Lang, khui thô Lang, khui hān khui Lang。
ㄌㄤˋ, ㄌㄤˊ 乳開，乳孔，乳縫，乳日。開乳，開土乳，開陷開乳。

乳即是有空隙，字音借弄，有孔的空間條件乚也。曰乳。

〔乵〕Sōe Sē, ㄙㄨㄟˋ ㄙㄜˋ lâu nōa, sōe Lóh Lâi, ko ko, tng tng it tit Sōe Lóh Lâi
流涎，乵落來，膏膏，湯湯一直乵落來。

乵有垂的意。因有流質之義及形乚也。曰乵。

〔乻〕ih, 一ˋ ih oat Chīu sī tāi Chì ìn tī bô Chheng Chhó ê ì sù。
乻越就是事誌縈纏無清楚的意思。

造字 乻借用葛字葛：瓜葛有藤形乚也，去之草頭，縈纏難解曰乻。

〔乶〕ngiauh, ngiáuh, ngiàu, ㄫㄧㄠˋ, ㄫㄧㄠˊ, ㄫㄧㄠˇ ngiàu ê ngiáuh ngiáuh ngiáuh Chhoah。ngih ngih ngiauh ngiauh。ngiàu ngiàu Soan。Sán ngiauh ngiauh。
能乶乶乶搽。 擬擬乶乶。 乶乶旋。 瘦乶乶。

造字 乶振動也。頻頻振動如虫。借蟯的近音，形虫之乚，頻動曰乶。

〔乹〕khiân, kan, koaⁿ ta, ㄑㄧㄢˊ, ㄍㄢ, ㄍㄨㄚ ㄉㄚ kap ē jī Siāng kóan。
与下字同款。

十・十一 畫

〔乾〕khiân, kan, koaⁿ, ta, ㄑㄧㄢˊ, ㄍㄢ, ㄍㄨㄚ, ㄉㄚ khiân Liông hông tè, khiân khun。kan kiat, kan sò, bah koaⁿ, tāu koaⁿ, Ta sip, Ta Pò。
乾隆皇帝，乾坤。乾詰，乾燥，肉乾，豆乾，乾濕，乾布。

〔亭乜〕Tiá, ㄉㄧㄚˋ Chīu sī Chiù Gú ê jī。
就是咒語的字。

〔乿〕Tī, Tī, tī, thai, ㄓˋ, ㄓˋ, ㄔˋ, ㄊㄞ kap jī Sio Siāng。tsúi ê mîa, Liāu Lí hó Sè, Tī Lí, thài Pêng。
与治字相同。水的名，料理好勢，治理，太平。

〔䣮〕Lâu, ㄌㄡˊ Lâu Bák, Chīu sī Lâu ham, Chhin Chhīuⁿ kam Chìa kap Tek ê ham khan tn̄g。
䣮寶，就是䣮肚，親像甘蔗与竹的肚數長。

十二・十三 畫

〔亂〕Loān, ㄌㄨㄢˋ Loān Loān bô Chéng Chê。tsok Loān Phò hoāi。Loān Sîn Chhat tsú。
亂亂無整齊。作亂破壞。亂臣賊子。

乩	i̇	Chiū sī thām Sim ê ì sù。 就是貪心的意思。
亂	Giáp	Chiū sī ín Chhoā, thoa Chhia ê ì sù。 就是引導，拖車的意思。

亅 部 6

亅	koat ㄍㄨㄝˊ	kau mih ā sī tiàu mih ê kau á。 鈎物或是吊物的鈎仔。
㇄	khoat ㄎㄨㄝˊ	kau á, Chhin Chhiūⁿ Liah Chiáu ê bāng á。 鈎仔，親像捕鳥的網仔。

一—五 畫

了	Liáu, Là ㄌㄧㄠˇ, ㄌㄚ˙	Sok Sū chêng kiat sok, Liáⁿ tiōh, koat toàn, bêng Pek, Lóng tsóng, Liáu jiân。cân Liáu, kù bóe ê oē, khì Là. 事情結束定着，決斷，明白，攏總，了然。完了，句尾的話，去了，啦了。
乢	koat ㄍㄨㄝˊ	hiat chioh thâu ê khì khū, khap thâu, té, hit ê。 斧石頭的器具，磕頭，短，彼個。
予	ú, û ㄩˇ, ㄩˊ	Chiū sī hō Lâng, kip ú, ú jîn。Góa Géan ê, Goa ê、û toat, û Chú û Kiû。 就是俾人，給予，予人、我，阮的，我的，予奪，予取予求。
乪	Tiā ㄉㄧˋㄚ	Chiū sī Chiù Gú ê ì sù。 就是咒語的意思。
争	Cheng ㄓㄥ	kap 爭 jī Siāng khóan。 与爭字同款。

七—九 畫

事	Sū, Sāi, Tāi, Lāi ㄕˋ, ㄕㄞˋ, ㄉㄞˋ, ㄌㄞˋ	só kiâⁿ só tsòe, hêng ûi, Sū but, hêng Sū。Pān tāi Chì, Pān Sū。hok sāi, beh tāi, beh Lāi。 所行所作，行為，事物，行事。辦代誌，辦事。服事，乜事，乜事。
𠄍	Sū ㄕˋ	chhâi soaⁿ ū kham sū ê hì, khóan sit ná khoa hū, tsóng sī tī bé iā kiò tsòe hì káⁿ。 豺山有堪𠄍的魚，款式如夸父，總是鹿尾也叫做魚子。
亱	Tiā ㄉㄧˋㄚ	Chiū sī Chiù Gú ê ì sù。 就是咒語的意思。

二 部 7

二	jī, Lī ㄖˋ, ㄌㄧˋ	Sò jī tsap ûi sò ê tē jī。nn̄g ê。hun khui, it hun ûi jī。 數字十位數的第二。兩個。分開，一分為二。
上	Siōng	sī kap Siōng Siong tông。koân toā, Sī toā。 是与上相同。高大，是大。
下	hā	kap Siāng khóan。téng bīn ê tùi hóan。 上下同款。頂面的對反。

一·二 畫

于	ú, û ㄩ, ㄩˊ	Pang tsān ê jī, kap û Siāng ì sù, Siok û Góa, Siok tī Góa。Sèⁿ u 幫助的字，与於同意思，屬於我，屬佇我。姓于
亐	ú, û ㄩ, ㄩˊ	kap téng bīn jī Sio Siāng。 与頂面字相同。
亍	Chhiok ㄔㄨˋ	sòe Pō Lâi kiâⁿ, Sió khóa thêng ê ì sù。 iū kha... heng kiò Chhiok, tsó kha Chiân hêng kiò Chhek。 小步來行，少許停的意思，右腳前行叫亍，左腳前行叫彳。
云	ûn, hùn ㄩㄣˊ, ㄏㄨㄣˋ	hûn ê kó jī。San Chhoan ê khì, hûn bū。kóng oē, jîn ûn ék ûn, hûn hûn, jû chhú jû chhú。 Sèⁿ Ûn。 雲的古字。山川的氣，雲霧。請話，人云亦云，云云，如此如此。 姓云。
互	hō, hò ㄏㄨˋ, ㄏㄨˋ	Chhe kah, Saⁿ kàu, Saⁿ tùi, hō Siōng。kau hō。Sip jī hò, Sì Liām hò, tiàu kak hò teh。 差甲，相較，相對，互相。交互。十字互，四瞼互，吊角互啲。
亓	kî ㄑㄧˊ	Chí Só kóng ê Sū, bu̍t, Lâng。in, i, hit ê, Gú tsō Sû。kap 丌 jī Sio Siāng Siok。 指所講的事，物，人。伊，他，彼的，語造詞。與丌字相同
井	Chéng ㄐㄧㄥˇ	Chíⁿ, Chéⁿ tsúi khut ê khang。Chhim, tiat sū, Chéng jiân。Tsúi chíⁿ, tsúi Chéⁿ, Pok kòa ê mîa, jī tsap Poeh-Siok。 水掘的孔，深，秩序，井然。水井，水井，卜卦的名，二十八宿。
亖	sù ㄙˋ	Sò jī 4, kap 四 jī Siāng khoan。 數字4，与四字同款。
补5畫 垐	ké, kóe ㄍㄝ, ㄍㄨㄝ	ké kha kóe kha。thiap koâiⁿ ê ì sù。ké toh。kóe í, tiâu。kóe khah koâiⁿ。 架腳。架腳。疊高的意思。架桌。架椅條。架較高。 造字

乂 ngó͘, Gō͘ Sò-jī 5, kap 五 Sio siāng. Gak-khì Pat im ê jī, tē Gō͘.
兀ㄜˇ, 兀ㄜˋ 數字5, 與五相同。樂器八音的字第五。

五 ngó͘, Gō͘ Sò-jī 5, Gō͘ⁿ heng, ngó͘ koan, ngó͘ hoa Pat mn̂g. Pâi hêng tē Gō͘. Gō͘ Sòaⁿ Phó͘. Lâng sìⁿ ngó͘.
兀ㄜˇ, 兀ㄜˋ 數字5, 五行, 五官, 五花八門。排行第五。五線譜。人姓五。

四·五畫

亙 kèng, Khêng kài-hān, kek-chīn, kèng kó͘ kim, mên kheng tsap lí, thong thàu. Gêh bâi. jī sìⁿ. Kó͘ tsá, kheng kó͘.
ㄍㄥˋ, ㄎㄥˋ 界限, 極盡, 亙古今, 綿亙十里, 通透。月眉。字姓。古早, 亙古。

亘 Soan, Hoân, Soan ê pún-jī, Soan thoân, Pò iông, Soan tek. Pôa hôan, oh tit chìn chêng.
ㄒㄩㄢ, ㄏㄨㄢˊ 宣的本字, 宣傳, 報揚, 亘德。盤亘, 難得進前。

些 Sia, kóa tām-póh, kúi liap á, put tēng sò͘, sió khóa. tāi iok. it sia. chit kóa. chit kóa á.
ㄒㄧㄝ, ㄍㄨㄚˇ 淡薄, 幾粒仔, 不定數, 少許。大約。一些。一些。一些仔。

亟 Hêng kap hêng siāng khóan
ㄏㄥˊ 與恒同款

六·七畫

亞 A, À A se À Chiu. Chhù téng á kun. khóng tsu chì sèng, bēng tsu A sèng. khiau ku, khiap sì.
ㄧㄚ, ㄧㄚˋ 亞細亞洲。次等亞軍。孔子至聖, 孟子亞聖。曲痀, 掠勢。

亝 Tsai tiū á beh thò sūi, Chê ê kó͘ jī. teng bīn pîⁿ pîⁿ. Soa ê miâ
ㄗㄞ 稻仔要吐穗, 齊的古字。頂面平平。山的名

亟 kek, khì kóaⁿ kín, Pek chhet, bín chiat. kan tsà, môa phiàn,
ㄐㄧˊ, ㄑㄧˋ 趕緊, 迫切, 敏捷。奸詐, 瞞騙,

亠 部	8

亠 thô Pō͘ siú chī it. bû tan tok sú iōng. Ū lâng kóng khàm kòa.
部首之一。無單獨使用。有人講蓋蓋。

一·二畫

bû 放 亡 Bông, Bô Sit lóh, Liû bông. Sí khì, bông kò͘. bêt bông, bêt bô. bôe bô. bông bēng chī tô͘. bû kap tâng.
ㄨㄤˊ, ㄨˊ 失落, 流亡。死去, 亡故。滅亡, 滅亡。廢亡。亡命之徒。亡與無同。

亢 khong, khòng, khò, Lâng ê âm kún. Chiau ê nâ âu. khong tit, Sèng cheng kong tit. khòng hōan, khò hōa
ㄎㄤ, ㄎㄤˋ, ㄎㄜˋ, 人的頷頸。鳥的咽喉。亢直, 性情剛直。亢旱, 亢旱

四·五畫

亥 Hāi toē chi ê tē tsap jī ūi. Sî sîn miâ hāi sî, Siok tsui.
地支的第十二位。時辰名亥時, 屬水。

交 kau, ka Saⁿ kap, Saⁿ kap, Pêng iú kau pôe, kau chiap, kau tāi. ka iah, chiū sī seng lí chhiong sēng tsòe lâng bóe bōe.
ㄐㄧㄠ, ㄐㄧㄚ 相與, 相合, 朋友交陪, 交接, 交代。交易, 就是賣理昌盛, 做人買賣。

亦 ek, á, iā, iáh, èk khó lóng tsóng, Lēng Gōa, koh tsāi, tong tsok iū. iā. á jī iōng. á sī iáh sī. iā hó͘. iáh hó͘.
ㄧˋ, ㄧㄚ, ㄧㄝ, ㄧㄚˇ, 亦可。攏總, 另外, 倘再, 當作又。也。或字用。或是亦是。亦好。亦好。

亨 Heng, Pheng, hióng. heng thong, tsòhòa sī. hó, thong thàu. Pheng kap Pheng siāng khóan, Pheng iû. hióng siū, hióng iōng.
ㄏㄥ, ㄆㄥ, ㄒㄧㄤˇ 亨通, 造化是。好, 通透。亨與烹同款, 烹油。享受, 享用。

㐬 Liû Pha hng. kî hō, Peng teng ê kî
ㄌㄧㄡˊ 拋荒。旗號, 兵丁的旗

[illegible] nāu tāng, bô an chēng ê [illegible]
ㄋㄠ 鬧動, 無安靜的[illegible]。

六·七畫

享 hióng, hiáng Siā un ê chê hiàn. kâm láp. hoaⁿ hí chiap siū, hióng siū, hiáng hok, hiáng lòk, Chè hióng.
ㄒㄧㄤˇ 謝恩的祭獻, 堅納, 歡喜接受, 享受, 享福, 享樂, 祭享

京 keng, kiong, kiaⁿ, kiⁿ, tōa, kek koân. kiaⁿ siâ, kok tō͘. Pak kiaⁿ, Lâm kiaⁿ, Chiat khì ê miâ kiaⁿ tit.
ㄐㄧㄥ, ㄐㄧㄥ, ㄐㄧㄚ, ㄐㄧ, 大, 極高。京城, 國都。北京, 南京, 節氣的名 京蟄
bûn thak keng. kiong, tōa iu būn ê khóan sit.
文讀京。京, 大憂悶的款式。

亩 Lím, Chhù ê khóan sit, tiong ng ū thang, tì hōng jiat khì.
ㄌㄧㄣˇ 厝的款式, 中央有窗, 持防熱氣。

亮 Liōng, Liāng, kng bêng, Chheng chēng, kng liāng, chhiⁿ liāng, Liāng chiat. Jîn sèⁿ Liāng,
ㄌㄧㄤˋ, ㄌㄧㄤˋ 光明, 清靜, 光亮, 星亮。亮節。人姓亮。

亭 têng tîn thêng ㄉㄧㄥ ㄉㄧㄢ ㄊㄧㄥ — khiām teh, khìh teh ê só͘ tsāi, Liâng têng. sú, thêng thêng — Giok Li̍p. 站的，歇的的所在，涼亭。 僕，亭亭玉立。 — bô hō͘ sū ê sîn tsú ê chhù á, bô sū tîn. 無後嗣的神主的厝仔，無嗣亭。

卣 tit ㄉㄧㄡ — Chiū sī khì Lat teh kiâⁿ, khit. 就是氣力啲行。氣啲行的款式

八·九 畫

亳 Po̍k, ㄅㄛˊ — kó͘ tōe miâ, Siong tiâu ê kiāⁿ siâⁿ, hiān kim hô Lâm Séng, Siong khiu khoān. 古地名，商朝的京城，現今河南省，商邱縣。

高 Koân ㄍㄠ — koân chiū sī ko. khiā koân tâi khoàⁿ bē sio thāt. Chhiū koân put pí tōa lâu koân. 高就是高。 竪高台看馬相踢。 樹高不比大樓高。

造字 與高的讀音分別出字意，致造字高，高出人的身長曰高。

雈 Tsui ㄗㄨㄟ — tsui chiū sī móa chhiâ chiam lâi ê ì sù. tsui khì lâi. tīn kàu tsui tsui. khì 雈就是滿且尖起來的意思，雈起來。漲到雈雈。

造字 雈如部首一凸出項面就是尖尖，借隹的音來，形音皆備曰雈。

乘 Sêng, sêng kap, Siāng khiān ㄕㄥˊ ㄕㄥˋ — thàn ki hōe, sêng ki, sǹg siàu, sêng hoat kiú kiú. 与乘同款。 趁機會，乘機，算數，乘法九九。

亶 Tán, Thán, chian, Tiân, Gō͘ kak tsōe tsōe ē khò, Sêng sit, jī sìⁿ. oh tit kiâⁿ, kiâⁿ bē chìn chêng. ㄉㄢˇ ㄊㄢˇ ㄓㄢ ㄉㄧㄢ 五穀多多可依靠，誠實，字姓。 難得行，行𣍐進前。

亹 Bí ㄇㄟˇ — bô pîn tōaⁿ, khûn kîn, koat ì, tsu tsu put koān, Bí Bí 無怠惰，勤謹，決意，孜孜不倦，亹亹

人 部 9

一·二 畫

人 jîn. Lâng ㄖㄣˊ ㄌㄤˊ — jîn lūi, jîn sèng, jîn seng, jîn bîn, jîn bûn tōe lí. Lâng miâ, Lâng kheh, kheh Lâng, Phah Lâng. 人類，人性，人生，人民，人文地理。人名，人客，客人，打人。

亼 Chip ㄐㄧˊ — Saⁿ ê sio ha̍p, chip ê kó͘ jī. 三個相合，集的古字。

仌 kóaⁿ ㄍㄨㄚˇ — kó͘ tōaⁿ 孤單 | kó͘ kóaⁿ 孤大 | kap 寡 jī Sio Siāng 与寡字相同

仍 Chiêng ㄐㄧㄥ — bêng tsú ê Lāu bú ê jī sìⁿ. 孟子的老母的字姓。

仇 kiû, Siû ㄑㄧㄡˊ ㄔㄡˊ — jī sìⁿ kiû. Phoè phoè, tùi ha̍p. kiat oan siû, siû jîn. 字姓仇。匹配，對合。結冤仇，仇人。

仆 Phok, Phak hù ㄆㄨ ㄈㄨˋ — tó, tó tit, Phak ê ì sù. Phak Lak, Chhiú Phak, thân Phak, Chiân hù hī kè. 倒，倒直，仆的意思。仆掠，手仆，祖仆，前仆後繼。

仁 jîn ㄖㄣˊ — tsun hó ê sim, jîn ài, Saⁿ thiàⁿ, jîn tsû. jîn chì gī chīn. kóe chí hu̍t ê jîn, thô jîn, hêng jîn. 存好的心，仁愛，相愛，仁慈。仁至義盡。果子核的仁，桃仁，杏仁

仍 jêng, ㄖㄥˊ — Chiàu an ni, só͘ í siáu kú, lêng jiân. it jêng kū koàn. Chiù kū. 照按呢，所以，也久。仍然。一仍舊貫。照舊。

介 kài, kòa, ㄐㄧㄝˋ — Pang tsān lâng, tiōng kài, tiong ng, tiong kan. ū kah khak ê tsui tsu̍k, kài lūi. jîn sìn, kài ì, m̄ kòa ì. 幫助人，仲介，中央，中間。有甲殼的水族，介類。人姓。介意，毋介意

今 kim, kin ㄐㄧㄣ — hiān tsāi, chit tiap, taⁿ, kim ji̍t, hiān kim, tong kim. kin á ji̍t. 現在，這霎，今，今日，現今，當今。今仔日。

仂 Le̍k ㄌㄜˋ — Siàu tiâu chhun ê, Lân san ê sò͘ bo̍k, khún kín. 賬條剩的，零星的數目。捆緊。

什 Si̍p, tsa̍p, ㄕˊ ㄗㄚˊ — ê tōa pún jī. Tsoe̍t oe hāng, tsa̍p hòe tsa̍p hòe. Si̍p it, tsa̍p hun chi̍t ê tiân 十的大本字。多多項，什貨雜貨。什一，十分之一的田賦

仃 Teng ㄉㄧㄥ — ko͘ toaⁿ kiâⁿ, ko͘ toaⁿ, bô thang í oá, Lêng teng. 孤單行，孤單，無可依偎，伶仃。

仄 Chek, Cheh, khi chhiá ㄗㄜˋ ㄓㄜˋ — kheng chek, sim lāi put an, kiám chek. Siok Pat im, Pêng cheh. 敧斜，傾仄，心內不安，歉仄。屬八音，平仄，仄聲

从 Ciông, ㄘㄨㄥˊ — Chiông ê kó͘ jī 從的古字

仪	Hù ㄏㄨˋ	thok thiōng kau hō Lâng, kià, kau hù, ê Siok jī。 託重，交付人，寄，交仪，付的俗字。
仈	Pat ㄅㄚ	Chiū sī Lâng ê jī sìⁿ 就是人的字姓
仌	Peng ㄅㄧㄥ	tsúi Gêng tēng ê khoán, kiàn Peng, kap 冰 Sio Siāng。 水凝硬的款，凝冰，与冰相同。

三 畫

乇	tok, thok ㄉㄜ, ㄊㄜ	kia mih, Pat ê, Siáu Liân ê tsa bó Gín á, kiau Gō 寄物，别個，少年的查某囝仔，驕傲
㐱	Chin,	thâu mn̂g tsōe tsōe Chhin Chhiūⁿ hûn。thâu mn̂g súi, thâu mn̂g o。 頭毛多多親像雲。頭毛僕，頭毛黑。
仗	Tiōng, ㄓㄤˋ	oá khò, ī Tiōng, thok tiōng, tiōng sè, ī khò sè Lek。 依靠，倚仗，托仗，仗勢，依靠勢力。
仞	Thîn ㄊㄧ	Saⁿ thîn, m̄ thîn, Kó Piáu thong hun, kó Piáu Sio thîn。bô sì thîn in thîn, thîn thâu。 相仞，姆仞，姑表通婚，姑表相仞，無四仞，姻仞，仞頭。
付	hù ㄈㄨˋ	thok tiōng kau hō Lâng kì Lâng, kau hù, hù thok, hù Gut。 託重，交付人，寄人，交付，付託，付託。
以	í ㄧ	Chiong, ēng, Pang tsān, Lâi, tì kàu, in ūi, í ūi, í chêng, í siōng, í hā, í tek Pò oàn。 將，用，幫助，來，致到，因為，以為，以前，以上，以下，以德報怨。
仞	jīm ㄖㄣˋ	Peh Chhioh tn̂g, Chit Siām。niū Chhim Chhián, kó tsa tn̂g tō miâ。jīm kau tī。 八尺長，一挟。量深淺，古早長度名。仞溝池。
令	Lēng, Lêng ㄌㄧㄥˋ, ㄌㄧㄥˊ	Sī tōa hoân hù sī Sòe, Lu̍t hoat, Chhe khián, bēng Lēng。Lēng Chhut jû San。kau tāi, teng Lêng。 是大煩付是小，律法，差遣，命令。令出如山。交代，叮令。
仕	Sū ㄕˋ	tam tn̂g chit jīm, o̍h, ho̍k Sāi, koaⁿ hú, koa Lī, Sū Lú, Sū tō, Chìn Sū。 担當職任，學，服事，官府，官吏，仕女，仕途，進仕。
仙	Sian, San ㄒㄧㄢ, ㄕㄢ	Lī khui sè kò bìn jip Soaⁿ, Siu Sian, Sian jîn, Chiú Sian, Sian Lú, Sian thô, khin khin kú khí, Phiau Phiau io̍k Sian 離開世故國入山，修仙，仙人，酒仙，仙女，仙桃，輕輕舉起，飄飄欲仙。
他	Tha, Thaⁿ, Tô, i ㄊㄚ, ㄊㄚˇ, ㄊㄨㄛˊ	hit ê, Pat ê, chī tsúi, kî tha, thaⁿ jit。Put Chèng, tha Sim。tha San Chi Chioh。 一，彼個，别個，是誰，其他，他日。不正，他心。他山之石。
		Kâu San á。 猴仙仔。
代	Tāi, Tē ㄉㄞˋ, ㄉㄜˋ	kóe oā, thòe oā, kó tāi, Sè tāi kau thòe, tāi Lí, tāi Su, Chit Tē, tiâu tē thân Chîⁿ bô kòe aū tē。 改換，替換，古代，世代交替，代理，代書，一代，朝代。賺錢無過後代。
仝	Tông, Tâng ㄊㄨㄥˊ, ㄉㄤˊ	kap 同 Siāng khoán。Saⁿ kap, Chhin Chhiūⁿ, jī sìⁿ tông。tâng Lūi, hô tông 与同同款。相与，親像。字姓仝。仝類，和仝
仠	Hān ㄏㄢˋ	Chiū sī hōaⁿ ê ì sù, Sòe tiâu ê hōaⁿ。 就是岸的意思，小條的岸。
仔	Tsú, á, áⁿ, Lá, bá ㄗˇ, ㄚ, ㄚˇ, ㄌㄚ, ㄅㄚ	tsú sòe, tsú keng, Só taⁿ ê Chek jīm, tam tn̂g, Sòe jī taⁿ。Gû á, ap bá, Chha̍t Lá, kong áⁿ tāu。 仔細，仔肩，所擔的責任，担當，小字擔。牛仔，盒仔，賊仔，管仔豆。
仡	Gut ㄨˋ	bô an ún ê ì sù。 無安穩的意思。
仡	Git, Gut ㄧˋ, ㄨˋ	ióng kiān, béng, koân tōa。Put an, iô tāng hut jiân。 勇健，猛，高大。不安，搖動忽然
㐲	tāi ㄉㄞˋ	Chiū sī hái tiong ng ê tōe hō miâ。 就是海中央的地號名。
㐰	Sìn, Sin ㄒㄧㄣˋ, ㄕㄣ	kóng oē tsòe tāi Chì khak Sit, kap 信 Siāng khoán。 講話做代誌確實。与信同款
仉	Hoān ㄏㄨㄢˊ	khòa khin, Chhó kok Lâng Saⁿ khòaⁿ khin ê ì sù。 看輕，楚國人相看看輕的意思。
仚	Hian ㄒㄧㄢ	khin khin kú khí ê khoán hî thiàu, Lâng tī Soaⁿ téng。 輕輕舉起的款，魚跳，人佇山頂。
仜	Hông, ㄏㄨㄥˊ	Chiū sī tōa Pak tó ê ì sù。 就是大腹肚的意思。
仟	Chhian, Chheng ㄑㄧㄢ, ㄑㄧㄥ	千 ê tōa siá, Chit Chheng Chîⁿ。Chèng Lâng, Chhian tsóng。 千的大寫，一仟錢。衆人，仟總。

四 畫

伀	Chiong ㄓㄨㄥ	Sim bô tiāⁿ, Phok Phok Chhéng, kiaⁿ hiâⁿ 心無定，把把張，驚惶
仲	Tiōng ㄓㄨㄥˋ	Saⁿ Lâng tiong ng ê Chit Lâng, Pâi tē jī。khun tiōng, hiaⁿ tī, Pek, Tiōng, Siok kùi。tiong Chhun 三个中央的一人，排第二。昆仲，兄弟，伯，仲，叔，季。仲春。
㐿	chiok, ㄐㄩㄝˊ,	Lâu chhiⁿ, Pe chhiⁿ, Phun chhiⁿ。tsòe kiô ê Pán。chit ki Sam tsòe kiô。kap 彴 jī Sio siāng 流星，飛星，奔星。作橋的板。一支杉做橋。与彴字相同

伐	hoa̍t, ㄈㄚˊ	kiah khì hāi, tsām chhiū, hoa̍t bo̍k, chhò chhiū. kong phah, siong hāi, chèng hoa̍t. khoa-iāu ka-kī, hoa̍t siān. 擇器械，斬樹，伐木，剉樹。攻打，傷害，征伐。誇耀家己，伐善。
份	hun, hūn, ㄈㄣˋ, ㄈㄣ	pin, pun. pun phì, pun liáu só͘ tit ê mi̍h, hūn gia̍h. pún hūn, pun khui, pun tsòe kúi hūn. ㄅㄧㄣ, ㄅㄣ 份捭，份了所得的物，份額。本份，份開，份作幾份。
		kó͘-tsá tha̍k pin, sī hoa pan sek bûn lí ê ì sù. 古早讀份，是花斑色文理的意思。
仿	hóng, ㄈㄤˇ	ôh bô siong sè, khoán sit chhin chhiūⁿ, chhin chhāi bô bêng. hóng tsō, hóng kó͘, hóng chiàu. 學無詳細，款式親像，且睬無明。仿造，仿古，仿照。
伏	ho̍k, pha̍k, ㄈㄨˊ, ㄈㄨˋ	thán tó, kūi phak, phak. sêng siū, hâng ho̍k, khut ho̍k, bâi ho̍k, tó phak, phak lo̍h tsāi tōe, ho̍k àn. 袒倒，跪仆，伏。承受，降伏，屈伏，埋伏，倒伏，伏落在地。伏案。
休	hiu, ㄒㄧㄡ	lâng tī chhiū kha hiu sek, hioh khùn. thêng chí, hiu ha̍k, hiu ká. 人佇樹腳休息，息睏。停止，休學，休假。
伊	i, in, ㄧ, ㄧㄣ	hit lâng, kap tha siāng ì sù, i ê, in ê, goán ê lán ê ê tùi hoán. i tiān lo̍k hn̂g. 彼人，与他同意思，伊的，伊的，阮的咱的的對反。伊甸樂園。
伙	hé, hóe, ㄏㄜˊ, ㄏㄨㄛˇ	chia̍h pn̄g ê hóe sit, chhù ní ê ke hóe. hé kì, tâng phōaⁿ, hóe hu. 吃飯的伙食，厝裡的傢伙，伙計，同伴，伙夫。
任	jīm, jîm, ㄖㄣˋ, ㄖㄣˊ	chit hūn, chit jīm, tsú jīm. tam tng, oē kham tit, sèng jīm, kiau ngō͘, jīm sèng, jīm ì. 職份，職任，主任。擔當，能堪得，勝任。驕傲，任性，任意。
伉	khòng, kong, ㄎㄤˋ, ㄍㄤ	pī phēng, phit phòe, khòng lē, hu hū. tùi te̍k, hun teng khòng lé. chèng tit, sêng sit ê khoán sit. 比併，匹配，伉儷，夫婦。对敵，分庭伉禮。正直，誠實的款式。
伎	kī, kì, ㄐㄧˋ, ㄐㄧˇ	kha, ke chit ki tsńg thâu á. tsâi lêng, gâu, kī khá. 伎 thong 技. 腳加一支指頭仔。才能，勢，伎巧。伎通技。
企	khì, nì, ㄑㄧˋ, ㄑㄧˇ	khì tô͘, khì gia̍p, khì gô͘. nì kha bóe teh khòa, khì bāng, khiā khí lâi, khì phàn. nì kha bóe. 企圖，企業，企鵝。企腳尾咧看，企望，豎起來，企盼。企腳尾。
价	kài, ㄐㄧㄝˋ	pang tsān ê lâng, po̍k ia̍h. sió khóa, hān tiā, kian teng, toaⁿ sin. 價 ê kán thé. 幫助的人，僕役。少許，限定，堅定，單身。價的簡体。
件	kiān, kiāⁿ, ㄐㄧㄢˋ, ㄐㄧㄚˋ	bûn tho̍k kiān. hun piat, hun khui, chit hāng chit hāng, chit kiāⁿ chit kiāⁿ. tiāu kiāⁿ. 文讀件。分別，分開，一項一項，一件一件。條件。
伋	kip, khip, ㄐㄧˊ, ㄎㄧˊ	bô iáⁿ kan tsà ê khoán sit. kó͘ tsá lâng ê miâ, khóng tsú ê sun, khóng khip. 無影奸詐的款式。古早人的名，孔子的孫，孔伋。
伕	kū, ㄍㄨˋ	chiū sī i ê, in ê, hit ê, hiah ê ê ì sù. 就是他的，伊的，彼的，彼個的意思。
伆	biáu, chhiâu, ㄇㄧㄠˇ, ㄑㄧㄠˊ	iù iù sòe sòe nńg nńg. kiaⁿ hiaⁿ. 幼幼小小軟軟。恐惶。
仳	pí, pì, ㄆㄧˇ, ㄆㄧˋ	lī piat hun khui ê ì sù, pí lī. khiap sì ê hū jîn lâng, pháiⁿ khòaⁿ ê khoán. 離別分開的意思，仳離。猥勢的婦仁人，歹看的款。
伈	sím, ㄒㄧㄣˇ	kiaⁿ hiaⁿ ê khoán sit. kiàn siàu. 恐惶的款式。見誚。
伄	tiàu, ㄉㄧㄠˋ	bô siong sè ê ì sù. tiàu tóng siâng tiúⁿ khoa hoa̍t ê sî. 無詳細的意思。伄儻廣場缺乏的時。
伆	bún, ㄨㄣˇ	hun khui, koah tn̄g, tsām tn̄g, at chih. 分開，刈斷，斬斷，抑折。
伍	ngó͘, ㄨˇ	tōa pún jī 五. chiāⁿ tin tūi ngó͘, hâng ngó͘. siu ú ūi ngó͘ tsa̍p chhù it khí. 大本字五。成陣隊伍，行伍。羞與爲伍，雜處一起。
仵	ngó͘, ㄨˇ	tùi te̍k, iā kap teng jī siāng ì sù. ngó͘ tsok tsá sî ê giám. 對敵，也与頂字伍同意思。仵作早時的驗屍官。
仰	gióng, ㄧㄤˇ	kiah thâu khòa téng bīn, óa khò, ǹg bāng, thèng hāu, gióng bāng, hi bāng. gióng bō͘, tui suāi bō͘. 擇頭看頂面，依靠，仰望，等候，仰望，希望。仰慕，追思哀慕。
伃	û, ㄩˊ	chia̍p û, hu jîn lâng ê koaⁿ. khoah tōa, hó, súi ê ì sù. 婕伃，婦仁的官。闊大，好，佚的意思。
伀	ông, ㄨㄥ	chiū sī kín kín kiâⁿ ê ì sù. o͘ àm ê khoán sit. 就是緊緊行的意思。黑暗的款式。
伅	tún, ㄉㄨㄣˋ	hūn tún, chiū sī bô khai thong ê ì sù. hūn tūn 倱伅，就是無開通的意思。倱沌
伖	lāu, nāu, ㄌㄠˇ, ㄋㄠˇ	kiau jiáu, soan hoa, kàu nāu, lāu tōng, lāu jia̍t. 攪擾，喧嘩，夠鬧，老動，老熱。
伌	ài, ㄞˋ	kan khó͘, ut tsut, chiū sī sim lāi bōe pêng an ê ì sù. 艱苦，鬱悴，就是心內膾平安的意思。
伔	tám, ㄉㄢˇ	thâu mn̂g sūi lo̍h ê khoán sit. soah, thêng ê ì sù. 頭毛垂落的款式。息，停的意思。

伶 khiām, ㄎ一ㄚㄇ, thiōng Lók ê Lâng. tōa. kín Sīn。 暢樂的人。大，謹慎。

佚 iau, 一ㄠ, bōe Chhun tit, ǹg Chiá", Chhin chhiūⁿ āng á。 獪伸直，軟弱，親像尪仔。

佯 Heng ㄏㄥ, ām Sēng, hó khòa, bûn Lí, hó thiaⁿ。 茂盛，好看，文理，好聽。

仮 Hóan, Péng ㄈㄢ, ㄅㄥ, tò tńg Lâi, Siu tò tńg。Saⁿ Pōe, koh tsāi。tò Péng, hóan tńg, tùi hóan, kap 反 Siāng khóan。 倒轉來，收倒轉。相背。閣再。倒仮，仮轉，對仮，与反同款。

佮 hiân, ㄏ一ㄢ, óan hūn, 怨恨， hiān kim ê Lâng bōe thang bêng Pėk, hiáu tit Liáu kái ê ì Sù。 現今的人獪可明白，曉得了解的意思。

伄 Goat, ㄫㄨㄚㄊ, Chiū Sī tōe hō miâ。 就是地號名。

佮 Gê ㄫㄝ, m̄ tsai iáⁿ ê khóan Sit。 唔知影的款式。

伇 ėk, ㄝㄎ, Chiū Sī Pàng Sak, khì Sak ê ì Sù。 就是放揀。去揀的意思。

佽 Khiām, Chhù, ㄎ一ㄚㄇ, ㄘㄨ, iā Siān Put Chiok ê khóan Sit. khiàm khoeh。 Lī Piān, Lī ek, Pang tsān。thòe, kàu。 厭倦不足 e 款式。佽缺。利便；利益，幫助。替，到。

低 Té, ㄉㄝ, sûi Lóh, àⁿ Lóh khì, kē, Chho Siók, kap 低 Siāng ì Sù。 垂落，向落去，低，粗俗，与低同意思。

伂 Phāi ㄆㄞ, Chiū Sī Poàh tó, tian tó, tian Phāi. kap Chit jī 沛 Sio Siāng。 就是跋倒，顛倒，顛伂。与這字沛相同。

众 Chiòng ㄓㄨㄥ, Saⁿ Lâng tsòe tui。Chiū Sī Chèng, ê ko͘ jī。 三人做一堆，就是眾人，眾的古字。

㐺 Chiòng ㄓㄨㄥ, kap téng bīn jī Sio Siāng。 与頂面字相同。

五畫

佔 Chiàm, Chiam, tiam, ㄓ一ㄚㄇ, ㄓ一ㄚㄇ, ㄉ一ㄚㄇ, Chim Chiàm, Pà Chiàm, thàn ka kī ê ì sù。khin Phiè, Chiam Chiàm, tsū tsoan。Chiàm tōa。 侵佔，霸佔，趁家己的意思。輕剽。佔佔，自專。佔大。

住 tsū, tòa, tsō, tū, ㄗㄨ, ㄉㄨㄚ, ㄗㄛ, ㄉㄨ, tsū Só, tsū Chí. tòa ê Só tsāi。kóng kàu ū tsō ū chí, Chiū Sī kong kàu ū in toaⁿ ê ì Sù。 住所，住址，住的所在。講到有住有址，就是講到有因端的意思。 tū teh, Chiū Sī thèng hāu Sǹg Siàu kàu bêng Pėk ê ì Sù。 住哟，就是等候算帳到明白的意思。

佇 thū, tī, kú kú khiā ㄊㄨ, ㄉ一, teh thèng hāu, thū hāu。him bō͘。tī hia, tī Chia, tī teh, kap 在 Siāng ì Sù。 久久竪哟等候，佇候。欣慕。佇彼，佇這，佇哟，与在同意思。

佛 hut, hut, Put, Pit ㄏㄨㄊ, ㄏㄨㄊ, ㄅㄨㄊ, ㄅ一ㄊ, hut kàu, hut hoat bû Pian。Put Siōng, Sîn Put, jiân beng khí, tōa Pang tsān, Pit jiân。 佛教，佛法無邊。佛像，神佛，忽然興起，大幫助，佛然。 Poaⁿ Lā Sâm, Chhéng, Chhit, hut khì。Sé Chheng。 拂垃圾，凊，拭，佛去。洗清。

何 Hô, Hō, hng, Oa, ㄏㄛ, ㄏㄛ, ㄏㄥ, ㄛㄚ, Siáⁿ sū, tsái iūⁿ, Hô Sū。Sím mih, Hô kò͘。tam tńg, taⁿ tàn Pōe Gîa, hū Hô, hng, 甚事，怎樣，何事。甚麼，何故。擔當，擔擔，背夯，負何。何， ìn tap ê Siaⁿ, tò hóan mng ê ì Sù, hng an ná。bô hoat Lang, bô tā ōa, tā ōa。 應答的聲，倒反問的意思，何按那。無法人，無奈何，奈何。

伽 ka, kiâ, khia, khiā, ㄍㄚ, ㄍ一ㄚ, ㄎ一ㄚ, ㄎ一ㄚ, Put ê miâ, Sek kàu èng ê jī, hōe Siūⁿ ê jī, ka Lâm。kia Lâm iâ。khiā Lâm。 佛的名，釋教用的字，和尚的字，伽藍。伽藍爺。伽藍。

估 kó͘ ㄍㄛ, tso͘ sè。Sion Liông kè Chîⁿ, Phah Sǹg, kó͘ kè, kó͘ Liōng, Phêng kó͘。 租稅。商量價錢，打算，估價，估量，評估。

伶 Lêng, Léng, ㄌㄥ, ㄌㄥ, Chhiòng hì ê Lâng, Lêng jîn。Chhong bêng Lêng Lī。tsò sū khîn khoài bô àm tsàm Lêng Lī。 唱戲的人，伶人。聰明伶俐。做事勤快無腌臢伶俐。

你 ní, Lí, ㄋ一, ㄌ一, Chí tùi hong, ní, Lí。óan ke Phah kàu ní Sí góa oàh。 指對方，你。你。冤家打到你死我活。

佞 Līn, ㄌ一ㄣ, tsâi tiāu, kan khiau, thiám Lîn, thiám bī。Sim Sut Put Chèng。 才料，奸巧，諂佞，諂媚。心術不正。

伮 Lô͘, ㄌㄛ, Chiū Sī Giam ngē, Chīn khùi Lat ê ì Sù。 就是儼硬，盡氣力的意思。

伴 Phōan, Phōan, Phōaⁿ ㄆㄨㄢ, ㄆㄨㄢ, ㄆㄨㄚ, Phōan, Phōan, Sio Pôe, Phōaⁿ, Pôe Phōaⁿ, tâng Phōaⁿ, Phōaⁿ Lū, Phōaⁿ tsàu。 文讀伴伴 相陪，伴，陪伴，同伴，伴侶，伴奏。

体 thé, Pūn ㄊㄝ, ㄅㄣ, thé ê kan Siá, Sin thé, thé biān。kap Pūn Siāng ì Sù, Loán jiók, Chhiūn Pūn, Chho Siók。 體的簡寫。身体，体面。与笨同意思，軟弱，蠢体，粗俗。

伻 Pheng, ㄆㄥ Chhe kah, Chhe eng, Chhan, Sūn thàn, Siū Chhe khian ê Lâng。
差甲，差用，趁，順趁，受差遣的人。

伾 Phi, ㄆㄧ ū khuì Lat, Tsōe tsōe, Chèng Lâng ê i sù。
有氣力，多多，眾人的意思。

佖 Pit, Pit ㄅㄧˋ ㄅㄧˊ ui Giâm ê hoat tō。 mōa, Tīⁿ, Chiok, kau Giah ê i sù。
威嚴的法度。滿，漲，足，夠額的意思。

伯 Pek, Peh ㄅㄛˊ ㄅㄞˇ Lāu Pē ê hiaⁿ, hiaⁿ, Sī toā, Pek hū, a Peh, Tsun kuì ê Chheng ho, koa Chiok, Pek Chiok。
老父的兄，兄，是大，伯父，阿伯，尊貴的稱呼，官爵，伯爵。

来 Lâi, Lāi ㄌㄞˊ ㄌㄞˋ kap jī Siāng khoán。kiâⁿ î, óng Lâi, Lâi khì。jîn Sìⁿ。 Pit Lô, Pit Lô chiáu
与來字同款。行移，往來，來去。人姓。伯勞，伯勞鳥。

佈 Pò, ㄅㄨˋ Piàn Piàn, Chhu, Sì kòe, Phò, Pâi Liat, thong ti, Pò kò。kon Pò。Pò tī。Pò tō。Pò hông
徧徧，超，四界，鋪，排列，通知，佈告。公佈。佈置。佈道。佈防。

伸 Sin, Chhun, ㄕㄣ ㄔㄨㄣ hun, Lun ㄏㄨㄣ ㄌㄨㄣ Thian khui, hō cān Piàn tit。Sin tiong, Sin Sok Chhioh。Chhun tit。hun Sò。hun hē, Chiū sī niū Lâng kóng ōe。Lun Chhut khì。Lun thâu bih âm。kong chèng tit Sin oan。Lun thâu bih ām。
展開，延長變直。伸張。伸縮尺。伸直。伸訴。伸會，就是讓人講話。伸出去。伸頭匿暗。公正得伸冤。伸頭匿頷。

佘 Siâ, ㄕㄜˊ Chiū sī Lâng ê jī Sìⁿ。
就是人的字姓。

佋 Siâu, Siāu, ㄕㄠˊ ㄕㄠˋ jit ê kng, kng bêng, hián Chhut。Siāu。Sì tiâu Saⁿ Chiap, Pâ kân, Sio Sòa, Saⁿ Pang Tsān。
日的光，光明，顯出。佋。絲條相接，縛緊，相續，相幫助。

佌 Siat ㄕㄜˋ Chiū sī Chhia Chhi, Lâm sám khai huì ê i sù。
就是奢侈，濫摻開費的意思。

似 Sū, Sāi ㄙˋ ㄙㄞˋ Chhin Chhiūⁿ, hóng hut, Siong sū。Sū sī jī hui。Sek Sāi, Siong sek ê i sù。
親像。彷彿，相似。似是而非。熟似，相識的意思。

伺 Su, Sū ㄙ ㄙˋ thèng hāu, tng tán, Séng Chhat, Su hāu。Sòe tsok, kui Sū。
等候，瞄等，省察，伺候。細作，窺伺。

但 Tān, Tàn, tok tok ㄉㄢˋ ㄉㄢˇ Chí iàu, tān kiû bû kò。tān sī, Put kòe Chí sī。it tàn, tàn Su。
獨獨。只要，但求無故。但是，不過只是。一但，但

低 Tī Te, kē, Sûi Loh, ㄉㄧ ㄉㄟ ㄉㄧˊ àⁿ Lóh khì, Te thâu。khah kē, kē Gûn。ko tī。tī seng hā khì。te kip Chhù
垂落，向落去，低頭。較低，低銀。高低。低聲下氣。低級趣味

佃 tiān, tiān, tsoh Chhân Lâng ㄉㄧㄢˋ ㄉㄧㄢˊ tso Chhân keng Chèng。tiān hō。Phah Lah, î tiān î Gû。tiān nông, keng Chèng ê Lâng。
作田人，租田耕種。佃戶。打獵，以佃以漁。佃農，耕種的人。

佗 tô, thô, thô, î, ㄊㄨㄛˊ ㄊㄨㄛ ㄧˊ hut tô。ûi ûi thô thô。kaP 它 Saⁿ tâng i sù，î，tsū Tsāi, toā hàn, hó khòa。
佛佗。委委佗佗。与它相同意思。佗，自在，大漢，好看。

佟 Tong ㄊㄨㄥˊ Lâng ê jī Sìⁿ
人的字姓

佐 tsò ㄗㄨㄛˋ Pang tsān, hû tsō, tōe jī, thòe Pān, hū Chhiú, koaⁿ Chit ê hō, Sûn tsò, tsò Lí, hū Tsò。
幫助，扶助，第二，替辦，副手，官職的號，巡佐，佐理，輔佐。

作 Tsok, Tsoh, ㄗㄨㄛˋ ㄗㄨㄛˊ tsoe kang, kang tsok, keng tsok, tsok ka, tsok Chiah。tsoh bāng, tsoh Khang khòe。Tsoh Phāⁿ
做工，工作，耕作，作家，作者。作夢，作工課。作伴。

佌 Chhú, Sú ㄘˇ ㄙˇ Sio khoa, tām Poh, Sòe Sòe, m̄ Chiaⁿ mih, bô oā。Chhâi liāu ê khì khū iu iu oeh Sòe, Chham Chhai。
少許，淺薄，小小，毋成物，無涵。材料的器具幼幼狹小，參差。

位 ūi, ㄨㄟˋ Số tsāi, ūi tī。Chē khia ê Số Tsāi, ūi。Pâi Liat, Liat ūi。tsu ūi。ūi bōng, tit jîn bōng。
所在，位置。坐豎的所在，位。排列，列位。諸位。位望，得人望。

侮 Bú ㄨˇ ki Chhì, khoa khin, hì Lâng, Pō jiok, mā Lâng ê ōe。bú jiok。khi bú。kap 侮 Siāng i sù。
譏刺，看輕，戲弄，暴辱，罵人的話。侮辱。欺侮。与侮同意思。

佚 Ek, tiat ㄧˋ ㄉㄧㄝˊ Sit Pún hūn, êng êng m̄ ài tioh boâ, Chhia hoa。Saⁿ thòe oāⁿ, Lûn Liû。Pîn toāⁿ
失本份，閒閒毋愛著磨，奢華。相退換，輪流。貪惰

佑 iū, iū ㄧㄡˋ ㄧㄡˊ khòaⁿ kò, Pang tsān, hū tsō, Pó hō, Pó Pì。Pó iū。
看顧，幫助，輔助，保護，保庇。保佑。

佘 î, û, Tô, ㄧˊ ㄩˊ ㄊㄨˊ Sû Pehōe ê Góa, Góan。Sì Goeh hūn ê miâ。Sìⁿ î û
白話的我，阮。四月份的名。姓佘，佘。

伹 Tsu, ㄗㄨ Bô kì khá, ham bān, bô Lō ēng, ê i sù。Lō tūn。
無奇巧，憨慢，無路用，的意思。魯鈍。

㑁 Tút ㄉㄨㄜˊ té té ê khoán Sit。
短短的款式。

佊 Pí, ㄅㄧˇ Chiū sī siâ khì, Siâ Phiah, Siâ sut ê i sù
就是邪氣，邪僻，邪術的意思

休 māi, ㄇㄞˋ Chiū sī ioh ê miâ。
就是藥的名。

征 Cheng ㄐㄧㄥ — kiaⁿhiâⁿ, kín kín kiâⁿ ê khoán sit。驚惶，緊緊行的款式。

佤 khoa ㄎㄨㄚ — Siâ khì lī khui, Tsoat tn̄g ê khoán sit, bô sì chiàⁿ。邪氣離開，絕斷的款式，無四正。

佉 khu, kha ㄎㄨ, ㄎㄚ — kok ê miâ, Lâng ê miâ, khu lô, kha sa Chiū sī sò lék, khek sip kat ní。國的名，人的名，佉盧，佉沙就是踈勒，喀什噶爾。

佝 kò, khò ㄍㄡ, ㄎㄡ — khiap sì phái khoàⁿ ê khoán sit。瘦勢歹看的款式。

佒 iong, ióng, iòng 一ㄤ, 一ㄤˊ, 一ㄤˋ — Sin thé bōe chhun tit ê ì sù。身体𣍐伸直的意思。

佚 ī, iā ㄧ, 一ㄚ — ī chī, Chiū sī iā siān, pîn tōaⁿ, lán tō。iā kàu beh sí。佚志就是佚倦，貪惰，懶惰。佚到乜死。

佁 ī ㄧ — kiàn teh, bô lāu, mih thāt tó hō lâng bōe thang kòe。凝的，無漏，物踢倒在人𣍐通過。

佀 hūi ㄏㄨㄟ — Chiū sī chit jī jī ê pún jī。就是這字似字的本字。

佡 hiân ㄏㄧㄢ — Oàn hūn, hiān kim ê lâng hūn bōe thang bêng pe̍k hiáu kái ê ì sù。怨恨，現今的人恨𣍐可明白曉解的意思。

佂 Chhiok — iu būn, hoân ló ê ì sù。憂悶，煩惱的意思。

伷 tiu, tīu ㄉㄧㄡ, ㄉㄧㄡˋ — hō è, sè hē, sī tōa, kap chit jī 胄 sio siāng。後裔，世系，是大，与這字胄相同。

伱 ní ㄋㄧ — Lí ê góa ê, Chiū sī kap 汝 jī sio siāng。你的我的，就是与汝字相同。

佞 ní ㄋㄧ — kap téng bīn jī sio siāng。与頂面字相同。

佄 Ham ㄏㄢ — chiàh chiú tsùi, khoài oah, hó khùn, iàu bē tsùi。食酒醉，快活，好睏，也未醉。＝酣

佪 Hek ㄏㄜ — Chiū sī thiâm chēng ê ì sù。就是恬靜的意思。

佷 Hōng ㄏㄨㄥ — bōe ōe khì ê ì sù, hóng hut khòa kìⁿ bô sím sit ê khóan。𣍐能去的意思，彷忽看見無審實的款。

六畫

侘 Thek, Chhà ㄊㄜ, ㄔㄚ — Sit lo̍h chì khì ê khoán sit。khoa kháu。theh thè。chhà thè。thà thè。失落志氣的款式。誇口。侘傺。侘傺。侘傺。

侜 Chiu ㄓㄡ — khàm bat, siu khǹg, phè à。蓋密，收藏，帕仔。

侈 Chhí ㄔ — Lām sám khai êng, chhia hoa bô tsún tsat。tōa, chhia chhí。濫摻開用，奢華無準節。大，奢侈。

侄 Chit, tit ㄓ, ㄉㄧ — Chit, kiān tēng, chhī gāi。ū lâng chhò sia, chit jī 姪。侄。堅定，痴呆。有人錯寫，這字姪。

侏 Tsu ㄓㄨ — tsu jû, sin thé óe sòe bōe ōe tōa。óe á, sòe hàn, óe lâng。侏儒，身体矮小𣍐能大。矮仔，小漢，矮人。

侀 hêng ㄒㄧㄥ — Chiū sī kiâⁿ ê ì sù。就是行的意思。

宦 Hoān ㄏㄨㄢ — Ông ê chhe èng, koaⁿ hú, chit jīm, hak sip。thài kàm, hók sāi lâng ê chheng hō。王的差用，官府，職任，學習。太監，服事人的稱呼。

佸 hoat, koat ㄏㄨㄛ, ㄍㄨㄛ — Saⁿ ha̍p, hia̍p le̍k。tsóng sōng, kàu, tsu hōe, ū la̍t, pau koat。相合，協力。總巢，到，聚會，有力，包佸。

依 i, oá ㄧ, ㄨㄛ — oá, oá khò, chhin chhiūⁿ, chiàu iūⁿ。pí jū, chèng tsoh。i óa, i kīu。依，依靠，親像，照樣。比喻，種作。依偎，依旧。

俛 î ㄧ — chéng lūi, mih ê miâ, sin si ê ì sù。種類，物的名，身屍的意思。

侙 jiông ㄖㄨㄥ — Lâng ê sin khu ū saⁿ kak。tâng chit jī 戎 jī。人的身軀有三角。同這字戎字。

侅 kai ㄍㄞ — hui siông, chiah mih ê nâ âu。非常，吃物的咽喉。

佳 ka, kai ㄍㄚ, ㄍㄞ — sùi, bí hó, bûn lí ê ì sù, ka bí, ka lē, tōe miâ ka lí。ka tsāi, ka tsāi。佳，美好。文理的意思，佳美，佳麗，地名佳里。佳哉，佳哉。

侃	khán ㄎㄢˇ	tit tit kóng, Chèng tit, Sèng Sit, ngī tit. Chiōng iōng ê khoán, khán khán jī tām. 直直講，正直，誠實，硬直。從容的款，侃侃而談。
俸	Hāng ㄏㄤˊ	Chiū sī m̄ hāng hok ê ì sù. 就是毋俸服的意思。
佼	káu ㄍㄠˇ	Lâng ióng tsòng, hó khóa, khong kiān. bí hó ê khóan, iông tiong káu káu. 人勇壯，好看，康健。美好的款，庸中佼佼。
佶	kiat ㄍㄧㄚ	Chèng tit, ióng tsòng, ióng kiān. 正直，勇壯，勇健。
侐	kiòng, khiong, khiòng ㄍㄧㄛㄥ, ㄎㄧㄛㄥ, ㄎㄧㄛㄥ	Sòe sòe ê khóan sit, Sa" khòa", khia khí. 小小的款式，相看，豎起。
佮	kap, ㄍㄚㄅ	theh, Lâng ê jī sì". 提，人的字姓。
供	kiong, keng, kiong, ㄍㄧㄛㄥ, ㄍㄝㄥ, ㄍㄧㄛㄥ	hiàn mih hō kui sîn, Siōng kiong, kiong mih, the kiong, kiong kip, kháu keng, hóan kháu kiong. 獻物給鬼神，上供，供物。提供，供給，口供，反口供。
侉	khoa, khu, u, o ㄎㄨㄚ, ㄎㄨ, ㄨ, ㄛ	khoa khau, kiau Chhia im Lōan, ê ì sù. o, thòng hūn kiù kiò ê sia". 誇口，驕奢，婬乱，的意思。侉，痛恨求叫的聲。
佹	kui, kúi, khúi, ㄍㄨㄟ, ㄍㄨㄟ, ㄎㄨㄟ	Liân Lūi, koāi Phiah, Lang oan khiau, kui ìn. kúi sû. 連累，乖癖，人彎曲，佹異。佹詞。
來	Lâi, Lāi, kiâ" ī ㄌㄞ, ㄌㄞ	kàu tè, óng Lâi, Lâi Lâi khì khì. Lâng ê sì". Lāi, tioh bòa ê Lâng, Chio iū". 行移，到地，往來，來來去去。人的姓。來，着磨的人，招叅。
例	Lē, ㄌㄝ	Pí Phēng, Pâi Liat, tsòe hoat tō, Chhin Chhiū", Lu̍t Lē, Lē Cèng, tiâu Lē. kui kú, Lē kui. 比並，排列，做法度，親像，律例，例證，條例。規矩，例規。
佬	Liâu, Ló ㄌㄧㄠ, ㄌㄠ	tōa ê khóan sit. Siōng hái Ló, hô Ló Lâng, hok Ló Lâng. 大的款式。上海佬，河佬人，福佬人。
侖	Lûn, ㄌㄨㄣ	tsū chip, chhù sū, kì tsài, siū" î ê khoan sit. hóan Séng. 聚集，次序，記載，想，圓的款式。反省。
佯	Bô ㄅㄛ	Chhin chhiū", Pîn Pîn, Sa" tâng Lūi, Siong téng, Siong Bô. 親像，平平，相同類，相等，相侔。
佩	Pōe, Pē, ㄆㄟ, ㄆㄝ	nn̄g hāng Sa" sûi ê ì sù. tōa tiâu Siù se kê tòa, io tòa, kì Liām, Pōe to, Pē hok, khim Pōe. 兩項相隨的意思。大條繡飾的帶，腰帶，記念，佩刀，佩服，欽佩。
佰	Pek, Pah ㄅㄛ, ㄅㄞ	Pah jī ê tōa sia. Pek tsóng, Chit Pah Lang ê thâu. 百字的大寫。佰總，一百人的頭。
佴	jī, nāi ㄦ, ㄋㄞ	Phit Phòe ê jī, nn̄g ê, tàu kha chhiú, kap chit jī sek jī Sio Siāng 匹配的字，兩個，抖脚手，与這字式字相同
侍	Sī, sū, ㄕ, ㄙ	Sêng siū, kūn óa. Sūn thàn. Sū hāu, hok sū. Sī Chiōng, Sī Lú, Sū Chiá kong Sī tōa bóe tsòa. 承受。近偎。順趁。侍候，服侍。侍從，侍女，侍者公是大尾蛇。
使	Sú, Sù, Sái, Sài, ㄕ, ㄕ, ㄕㄞ, ㄕㄞ	Chhe sú, bēng Lēng, thok tiōng, Sú iōng, Siat sú. Sù Chiá. Chhe Sái, Sái Sō, Sái Phài, thi" Sài, tsòe koan tsòe Sài, kong Sài tāi sîn, tāi Sài, Tāi Sài koán. 差使，命令，托重，使用，設使。使者。差使。使唆，使派，天使，做官做使，公使大臣，大使，大使館。
徇	Sūn, ㄒㄩㄣ	oàh Lâng Pōe Sí Lâng Lâi Tsòng, Sūn tsòng. hòe mih ê Sek tī. Chhia Lih khui, kín kín. 活人陪死人來葬，徇葬。貨物的色緻。推裂開，緊緊。
侁	Sin, ㄒㄧㄣ	bé tsōe tsōe ê khóan sit, kui kûn teh kiâ", Sa" Chi" tsòe tāi Seng ê ì sù, tsōe ê khóan. 馬多多的款式，歸群咧行，相爭做代先的意思。多的款。
侙	Siok, ㄒㄧㄛㄎ	Chiū sī bōe Chhun tit ê ì sù. 就是𣍐伸直的意思。
佻	Tiâu, tiáu ㄉㄧㄠ, ㄉㄧㄠ	thiau ㄊㄧㄠ	ka kī Chit Lâng kiâ" ê khoán, kan khó kiâ", bô tsún tsat, thau. khin Phū, kheng thiau 家己一人行的款，艱苦行，無準節，偷。輕浮，輕佻
侘	Tók, thok ㄉㄛㄎ, ㄊㄛㄎ	Siàu Liân ê tsa bó gín á, kiau ngō. hân tiok tīu sòng tiâu kan sîn. 少年的査媒囝仔，驕傲。韓侂冑，宋朝奸臣。
侗	tong, tōng, thong, thóng ㄉㄛㄥ, ㄉㄛㄥ, ㄊㄛㄥ, ㄊㄛㄥ	Chiū sī Láu sit, Chho Siok, bōe tián tōa, tit tit, bô tì Sek. 就是老實，粗俗，未長大，直直，無智識。
佺	Tsôan, Chhoan ㄗㄨㄢ, ㄑㄩㄢ	Chiâu tsn̄g ê Lâng, Lióh á Sī Chì Siān ê Lâng. Sian jîn ê mîa, tī Giâu tè ê Sî tsūn. 齊全的人，畧仔是至善的人。仙人的名，佇堯帝的時陣。
佽	Chhù, ㄘ	Lī Piān, koá" kín Chhin Chhiū" Pe, Pī Phēng. Lī ek, Pang tsān, tsòe kàu. 利便，趕緊親像飛，比並。利益，幫助。做到。
尪	ong, ang ㄨㄥ, ㄤ	Lám sin, ún ku Pái kha, khiû kha, oé té, Sán, Lám. Gia ang á, oân khū ê jîn hêng. 腩身，駝痀，跛脚，趜脚，矮，短，瘦，腩。迎尪仔，玩具的人形。
佯	iong, ㄧㄤ	tsng tsòe, ké tsòe, kan tsà, Tsà khì, iông tsong, iông Chhiò. 裝做，假做，奸詐，詐欺，佯裝，佯笑。

㑊	ēk, ㄝㄎ,	kái ēk, Chiū sī mêh bān kiâ ê ì sù. Sit ēk, Chiū sī Gâu Chiah ê pīⁿ. 解㑊，就是脈慢行的意思。食㑊，就是勢食的病。
佾	ēk, ㄝㄎ	tsok Gak bú Lâng ê Lâng. Chit Pâi Poeh Lâng, Pat ēk, Poeh hâng Poeh Liat, kiong Lák Tsáp Sì Lâng. 作樂舞弄的人。一排八人，八佾，八行八列，共六十四人。
侑	iū, ㄧㄡ,	khǹg ì sù hāu Lâng theh Chiah. khoán thāi. Pang tsān. Phit Phòe. Chit túi. 慶意伺候人家吃。款待。幫助，匹配，一對。
侒	an, ㄚㄢ,	êng êng, pīn tōa, bô thâu lō, Chiū sī bô tsòe sím mih. 閒閒，貪惰，無頭路，就是無做甚麼。
侸	thū ㄊㄡ	kú kú khiā teh ê ì sù. 久久豎咧的意思。
佲	Béng, ㄇㄧㄥ,	Toā tsùi, béng teng toā tsùi, hó koh kāu ê Chiú. hó, iù iù. 大醉 佲酊大醉，好擱厚的酒。好，幼幼。
侙	thek ㄊㄜㄎ	kiaⁿ, kèng uì, khûn kín, iu būn. 驚，敬畏，勤謹，憂悶。
侢	siu ㄒㄧㄡ	Chiū sī Chit ê Só tsāi, koān ê miâ. 就是一個所在，縣的名。
侐	Siok ㄒㄧㄛㄎ	tsa khí sî, ê kiong kèng, tsá tsá, khûn kín. 早起時，的恭敬，早早，勤謹。
併	Pèng, Piàng, Piàⁿ, Phēng, hng Lâng Saⁿ kap khiā, pîⁿ pîⁿ, kap, Saⁿ kap, tsòe Chit ē. háp Pèng, Pí Phēng, Phah Piàⁿ. ㄅㄧㄥ, ㄅㄧㄤ, ㄅㄧㄚ, ㄆㄧㄥ	兩人相与豎，平平，與，相與，做一下。合併，比併，打拼。 Liâm Pīⁿ, Liâm Pīⁿ Lâi Liâm Pīⁿ khì Sùi sî ê ì sù. 臨併，臨併來，臨併去。隨時的意思。
佗	ná, ㄋㄚ,	Chiū sī Phê khoah khoah, Lêng lêng ê ì sù. 就是皮潤潤，瘦瘦的意思。
侓	Lut, ㄌㄨㄊ,	thâu khak tōa ê ì sù. 頭殼大的意思。
倈	Lûi, ㄌㄨㄧ,	Chiū sī khiau ku ê ì sù. 就是曲痀的意思。
侶	Lô, ㄌㄛ,	Chiū sī Lâng ê sìⁿ 就是人的姓
侊	kong, ㄍㄛㄥ,	tōa Pn̄g bô kàu Giah thang tóe tī ô nih, tóe Pn̄g. 大。飯無夠額可貯佇壺裡，貯飯。
侞	jû ㄖㄨ	Chiū sī Pîⁿ pîⁿ ê ì sù. 就是平平的意思。
侕	jî ㄖ	Put Chí tsōe ê ì sù. 不止多的意思。
侌	im ㄧㄇ	陰 ê kó jī. 陰的古字。
佫	Hók ㄏㄛㄎ	Lâng e Sìⁿ. 人的姓。
佷	Hêng ㄏㄧㄥ	hêng Soaⁿ, koān miâ, Siók Ô kńg, Bú Lêng kūn, Chhut ê ioh Chháu. 佷山，縣名，屬湖廣，武陵郡，出的藥草。
㑳	Chhú, Sú ㄘㄨ, ㄙㄨ	sòe sòe, iù iù, Chhâi Liāu ê khì khū, oeh Sòe, Chhú sū, Chham Chha. 小小，幼幼，材料的器具，狹小，次序，參差。
俾	Bi, mi ㄅㄧ, ㄇㄧ	hō i Pêng tiāⁿ, kian kò, Siat Lip, Sim koaⁿ ài. 伍他平定，堅固，設立，心肝愛。
侐	Hùi, ㄏㄨㄧ,	Chiū sī thiam Chēng ê ì sù. 就是恬靜的意思。
佱	Hoat, ㄏㄨㄚㄊ,	Lut hoat, hoat tō, Chiū sī Chit jī 法 ê kó jī. 律法，法度，就是這字法的古字。
侷	Hôe, ㄏㄨㄝ,	khiap sì ê khoán sit. 狹隘勢的款式。

七畫

侲	Chin, Chin, ㄐㄧㄣ, ㄐㄧㄣ	Gín á, Gâu ê Gín á, Sòe kiáⁿ. 囝仔，勢的囝仔，細子。
㑥	Sek, chiat ㄒㄧㄝㄎ, ㄐㄧㄚㄊ	Chiū sī tiau khek in Pán ê ì sù. háp Pán chiap Phāng. chiat khek. Sek hōng 就是彫刻印版的意思。合版接縫。㑥刻。㑥縫。
俘	Hu, ㄏㄨ,	kau chiàn Liah tioh ê Lâng. Só Liah tioh ê Lâng mih, hu Ló, Chiàn hu 交戰掠着的人。所掠着的人物，俘虜，戰俘
俙	Hi, ㄏㄧ,	hóng hut, bô bêng Pek, bô Chhin Chhiūⁿ hûn. 彷忽，無明白，無親像雲。

【侯】Hô, Hō, kâu, Hâu, ㄏㄛˊ, ㄏㄛˋ, ㄍㄡ, ㄏㄡˊ
Chì^n pe, súi, hok khì. Sio kok ê kun chú, tsū hô, hô bûn. Gō tēng chiok ê tē jī ūi,
箭靶，美，福氣。小國的君主，諸侯，侯門。五等爵的第二位，
kong·Hô·Pek·tsú·Lâm. kâu koa^n hok kiàn Séng lāi chit ê miâ. jī sì^n
公·侯·伯·子·男。侯官，福建省内一個名。字姓。

【係】Hē, ē, ㄏㄝˋ, ㄝˋ
Sa^n sòa, kan siap, koan hē. koan liân, liân tāi. Phài ē.
相續，干涉，關係。關聯，連帶。派系。

【俔】Hián, ㄏㄧㄢˋ
Chhin chhiū^n, pí phēng, thàm khòa, tēng hong chiam. kiá^n hiá^n ê khóan, sìm sìm hián hián.
親像，比併，探看，定方針。驚惶的款，伈伈俔俔。

【俒】Hūn, ㄏㄨㄣˋ
Ciâu tsn̂g, tsòe kàu chiâ ê ì sù.
齊全，做到正的意思。

【俠】kiap, Hiap, ㄍㄧㄚˊ, ㄏㄧㄚˊ
Pi^n thâu, sa^n kap, sa^n ngóeh, ngóeh tio̍h. kiàn gī ióng ûi, kiap gī, kiap kheh, tāi kiap.
偏頭，相夾，相夾，夾着。見義勇為，俠義，俠客，大俠。

【俓】kèng, kì^n, ㄍㄧㄥˋ, ㄍㄧˋ
kha kiâ^n ê lō͘, sió lō͘, tit kiâ^n, keng kòe, oan oat, kín kín, oe̍h sòe, lō͘ kèng. chhia lián kì^n.
腳行的路，小路，直行，經過，逾越，緊緊，狹小，路徑。車輪俓。

【俅】kiû, ㄍㄧㄡˊ
bō á tsng thān ê khóan sit, kiong kèng sūn thān ê khóan. kiû kiû, kiong sūn.
帽仔裝飾的款式，恭敬順從的款。俅俅，恭順。

【偈】kio̍k, ㄍㄧㄛˋ
Pek oá, pek chhek, oá kūn ê ì sù, kio̍k chhek.
逼倚，逼促，倚近的意思，偈促。

【俈】khok, ㄎㄛˋ
kín kín kā lâng kóng, hông tè ê miâ
緊緊給人講，皇帝的名

【俇】kòng, kōng, ㄍㄨㄤˋ, ㄍㄨㄤˋ
koá^n kín ê khóan sit, hn̄g hn̄g teh kiâ^n ê ì sù.
趕緊的款式，遠遠咧行的意思。

【俚】Lí, ㄌㄧˇ
hiu^n siā ê lâng, chho· sio̍k, bô bûn lí, chiàu kò͘, oá khò, gâu kóng ōe. Lí gú, lí koa.
鄉社的人，粗俗，無文理，照顧，依靠，勢講話。俚語，俚歌。

【俐】Lī, Lāi, ㄌㄧˋ, ㄌㄞˋ
ū tsâi lêng, gâu, chheng sóng, lêng lī. koai lāi, sóng lī, chhong bêng hoat phoat.
有才能，勢，清爽，伶俐。乖俐，爽俐，聰明活潑。

【侶】Lū, ㄌㄩˇ
tâng phōa, siāng lū, kau pōe, óng lâi ê ì sù.
同伴，伴侶，交陪，往來的意思。

【俍】Lōng, ㄌㄨㄥˋ
Chiū sī gû lōng ê ì sù,
就是愚俍的意思。

【俛】Hú, bián, ㄈㄨˇ, ㄇㄧㄢˇ
a^n lo̍h, a^n thâu, bián lē, khûn khûn. tio̍h bôa.
向落，向頭，勉勵，勤勤。着磨。

【俄】Gô, ngô, ㄜˊ
tiap á kú, hut jiân, gô jiân. kok miâ, Gô lô su. khi khi. ngô jî, chit sî á.
霎仔久，忽然，俄然。國名，俄羅斯。峩峩，俄而，一時仔。

【俹】Lô, ㄌㄛˊ
Chiū sī khui thiah ê ì sù.
就是開拆的意思。

【保】Pó, ㄅㄠˇ
oá khò, an jiân, chiàu kò͘, iú^n chhī, pì iū, tam tng, pó pì, pó kah, pó chèng, pó tiōng.
依靠，安然，照顧，養飼，庇佑，担當，保庇，保甲，保證，保重。

【便】Piān, Piân, Pan, Pêng, ㄅㄧㄢˋ, ㄅㄧㄢˊ, ㄆㄧㄢˊ, ㄅㄧㄥˋ
Chiū sī hun bêng kóng ê ì sù. hiān hiān sûi ì, ha̍p sng sūn sūn, piān piān. pan gî
就是分明講的意思。現現隨意，合算順順，便便。便宜。
Pêng ì^n, chiū sī pan gî ê kè chî^n sio̍k ê ì sù.
便易，就是便宜的價錢俗的意思。

【俜】Pheng, ㄆㄧㄥ
Chiū sī oe̍h oe̍h, oe̍h sòe ê ì sù. lêng phen, ko͘ toa^n ê khóan.
就是狹狹，狹小的意思。伶俜，孤單的款。

【俲】Sin, ㄒㄧㄣ
Chiū sī sîn ê miâ, hoâi în ê seng khu.
就是神的名，懷孕的身軀。

【侺】Sîm, ㄒㄧㄣˊ
Chiū sī thâu khak a^n chìn chêng ê ì sù.
就是頭殼向進前的意思。

【侸】Sū, ㄕㄨˋ
khiā tit, u ku, khiau ku, sūi lo̍h kē ê ì sù.
豎直，痀痀，曲痀，垂落低的意思。

【信】Sìn, Sin, ㄒㄧㄣˋ, ㄒㄧㄣ
kóng ōe tsòe tāi chì khak sit, bô gî ngái, bô chha chhò. sìn sit, sìn iōng, thong sìn, sìn gióng.
講話做代誌確實，無疑訝，無差錯。信實，信用，通信，信仰。

【俗】Sio̍k, Sio̍h, ㄒㄧㄛˋ, ㄒㄧㄝ
ì ài, ha̍k si̍p, pêng siōng, bô bûn ngá, pan gî, chho· sio̍k. sio̍h, sio̍h phiah. hong sio̍k, sio̍k liām, sio̍k jī.
意愛，學習，平常，無文雅，便宜，粗俗。俗，俗癖。風俗，俗念，俗字。

【俟】kî sū, ㄑㄧˊ
Bān kî ho̍k sì^n. sù hāu, thêng hāu, n̄g bāng, pī pān, tsōe tsōe lâng ûn ûn á kiâ^n ê khóan sit.
万俟複姓。伺候，等候，向望，備辦，多多人穩穩仔行的款式。

【俽】Tân, ㄊㄢˊ
Chiū sī khui khoah, khoah tōa ê ì sù.
就是開闊，闊大的意思。

【俶】thek, ㄊㄜˋ
thàm thek, chiū sī chhī gâi, gōng gōng ê ì sù.
儳俶，就是痴呆，戇戇的意思。

【俿】Chhiah, ㄑㄧㄚˋ
Pháⁿ ê ì sù, chhiah tsa bó͘, chhiah pē pē, chhiah bé bé. chhiah kiû.
惡的意思，俿查某，俿爸爸，俿馬馬。俿鬥。
与赤分别字意，是人的雄俿。所以人加赤為俿。

侻	thoat ㄊㄨㄛˊ	
俏	Siau,Siàu, ㄑㄧㄠ,ㄑㄧㄠˋ	kim ê Sia, hó khòaⁿ ê khóan Sit, hū jîn Lâng ê iông māu hó khòa Súi ê khóan Sit。Súi ê ì Sù 琴的聲，好看的款式，婦仁人的容貌好看美的款式。美的意思
侵	Chhim,Chhìm, ㄑㄧㄣ,ㄑㄧㄣˇ	Phái ⁿí tan, Pà Chiàm, ûn ûn á jip。Chhim Chiam, Chhim Liok, Chhim Sit, Chhim jiau。 歹年冬，霸占，綫綫仔入。侵占。侵略，侵蝕，侵擾。
俎	tsó, ㄗㄨˇ,	Saⁿ kha ê pôaⁿ toe Seng Lé, teh Chè hiàn ê mih, tsó tāu。tiān Chiú ê Chiú Pân。 三脚的盤貯牲禮，啲祭獻的物，俎豆。奠酒的酒瓶。
促	Chhiok,Chhek, ㄘㄨˋ,ㄘㄨˋ	khùn Pek, Chhe ēng, tioh bôa, Chhek ôa。Chhui Chhek, Chhek Chhat, Chhok Chìn, tok Chhiok。 困迫，差用，着磨，促偎。催促，促膝，促進，督促。
俊	tsùn ㄐㄩㄣˋ	tsâi tiāu iā kòe Cheng Lâng, hó khòa, tōa, hô kiat。eng tsùn。tsâi tsùn。tsùn Siù。tsùn Gân。 才料瀛過衆人，好看，大，豪傑。英俊。才俊。俊秀。俊彥。
侮	Bú, ㄨˇ,	ki Chhi, khòa khin, hí Lâng, Pō jiok, mā Lâng。khi bú, bú jiok, bú bān, Gōa bú。 譏刺，看輕，喜弄，暴辱，罵人。欺侮，侮辱，侮慢，外侮。
俁	Gú ㄩˇ	Chiū Sī iông māu tōa ê ì sù, bí Lē ê khóan Sit。 就是容貌大的意思，美麗的款式。
俑	Ióng, thóng, ㄩㄥˇ,ㄊㄨㄥˇ	tâng bâi tsòng ê Gó Siōng, Chháu Lâng, Chhā Chháu Siong Thang Sio khì。thòng kap 痛 Siāng ì Sù。 同埋葬的偶像，草人，柴草的像可燒去。俑与痛同意思。
俇	kóng, ㄍㄨㄤˇ,	kóaⁿ kín teh kiâⁿ ê khóan Sit, hn̄g hn̄g the kiâⁿ ê ì sù。 趕緊啲行的款式，遠遠啲行的意思。
俀	thúi ㄊㄨㄟˇ	Chiū Sī nńg Chiáⁿ, Loán jiok ê ì sù。 就是軟弱，軟弱的意思。
俞		jû, Chiū Sī Lâng ê Sìⁿ。èng ún ê jī, jû ún。 ê Siók jī ㄩˊ 就是人的姓。應允的字，俞允。 的俗字
侹	Théng, ㄊㄧㄥˇ,	tn̂g tn̂g ê khóan Sit, kiong keng, Pîⁿ thán ê ì sù。 長長的款式，恭敬，平坦的意思。
倣	bâng ㄇㄤˊ	Lâng bô eng thiam mī ōe ê ì sù。 人無用諂媚的話的意思。
侱	théng ㄊㄧㄥˇ	Chhe ēng, Gê iah, keng kòe, kiâⁿ Lō ê ì sù。 差用，衙役，經過，行路的意思。
佴	tiap, ㄉㄧㄝˊ	Chiū Sī Lâng óe óe, Sòe hàn ê khóan Sit。 就是人矮矮，小漢的款式。
俶	So, ㄕㄨㄛ,	kiâⁿ Lō thiàu bú bô Soah ê khóan Sit。 行路跳舞無息的款式。
倸	Sàm, Sàng ㄕㄣˇ,ㄕㄤˊ	Chhī Gâi, Gōng ê khóan Sit。tùi Lâng Chheng ho, Láu Sàng khó Sàng Chheng ho Sian Siⁿ ê khóan。 痴呆，戇的款式。對人的稱呼，老倸，許倸，稱呼先生的款
倖	Put ㄅㄨˋ	khoah tōa, Put Chí tōa ê khoan Sit。 濶大，不只大的款式。
倍	Pōe, Phōe, ㄅㄟˋ,ㄆㄟˊ	hoán tńg, Phí Siok, kìm Chí, m̄ thang, kap 倍 Chit jī tâng。Chit Pōe。 反轉，鄙俗，禁止，毋可，与倍這字同。一倍。
俜	Péng ㄆㄧㄥ	Chiū Sī han tsà, kóe tsòe ê ì sù。 就是奸詐，假做的意思。
倠	Pē ㄅㄧ	khui kha kiâⁿ Lō ê ì sù。 開脚行路的意思。
倮	Lô ㄌㄨㄛˇ	khoah tōa。Lâng Chho tōa ê khóan Sit。 濶大。人粗大的款式。
倞	Liông, Liōng, ㄌㄧㄤˊ,ㄌㄧㄤˋ,	tn̂g tn̂g, hū jîn Lâng Chheng ho tiōng hu ê jī, Liông jîn。 Siān Liông, hó kang hu。 長長，婦仁人稱呼丈夫的字，倞人。善倞，好工夫。
倨	khún ㄎㄨㄣˇ	Sòe hàn, koai ⁿ, khu Sok ê khóan, khùn khó, khùn tiok。 小漢，關，拘束的款，困苦，倨逐。
倄	iû ㄧㄡ	Lâng ê jī Sìⁿ。 人的字姓。
俌	hū ㄈㄨˇ	Saⁿ Pang tsān, hō Lâng, kiap Chhia Pîⁿ ê Chhâ。 相幫助，徑人，夾車邊的柴。
倦	koat, hoát, ㄍㄨㄚˊ,ㄏㄨㄚˊ	Saⁿ hap, hap Lek, tsóng Sǹg, kàu, tsū hōe, ū Lat。kap 佸 Siāng khóan。 相合，合力，總算，到，聚會，有力。与佸同款。
俙	Hêng ㄏㄥˊ	Sòng hêng ê ì sù, tsa tsu hō Chhōa hu jîn ê Lé Sò。 送俙的意思，早請侯娶夫人的禮數。
侾	Hau, ㄒㄧㄠ,	Chiū Sī tōa hàn ê ì sù, Chho Phoh ê khóan Sit。 就是大漢的意思，粗朴的款式。
俗	kék, kiók ㄍㄜˊ,ㄍㄨㄛˊ	chiū sī ià Lán, ià Siān ê ì sù。 就是厭懶，厭倦的意思。

倍	Gō͘, ㄫㄛˊ,	Chiū sī ngiâ Chih ê ì sù。 就是迎接的意思。
偍	Chhi, ㄑㄧ,	kap jī Sion tông 与痴字相同。
俓	Chhò, tso, ㄑㄛ, ㄗㄛ,	thiam Chēng, khiā tsāi, Pêng an。 恬静，竪在，平安。
倲	Sok, ㄕㄛㄎ,	Chiū sī thâu khak tín tāng ê ì sù。 就是頭殼振動的意思。
倱	ip, ㄧㄅ,	Tóng tsòng ê khoán sit。tsoh sit lâng kiâⁿ ê khoán sit。 勇壯的款式。作穡人行的款式。
倗	Lâm, ㄌㄚㄇ,	ta Po͘ lâng, Chhut Lát tsoh Chhân, kap Chit jī Sio Siâng。 唐夫人，出力作田，与這字男相同。
𠊎	khì, ㄎㄧ,	kap 企 Siâng khoán 与企同款
偖	Gip, ㄫㄧㄅ,	Chiū sī lâng tsōe tsōe ê khoán。 就是人多多的款式。
倴	Peng, ㄅㄝㄥ,	Chiū sī 兵 ê kó͘ jī。 就是兵的古字。

八 畫

倀	tiông, Chhêng, Siau, tian kông, Loān Loān kiâⁿ m̄ tsai ê ì sù。ka kī khia khí ê k… ūi hó͘ tsok tiông。 ㄉㄧㄤ, ㄔㄥ,	猖，瘋狂，乱乱行 毋知的意思。家己竪起的款式。為虎作倀。
倡	Chhiong, Chhiòng, ㄑㄧㄤ, ㄑㄧㄤˋ,	Chhiù khek ê tsa bó͘ lâng。in Chhōa, hoat khí, Chhiòng tō。Chhiòng Gī。Chhiong iu。 唱曲的查某人。引導，發起，倡導。倡議。倡優。
值	tit, tī, tàh, tat, ㄉㄧㄊ, ㄉㄧ, ㄉㄚㄏ, ㄉㄚㄊ,	tit jit, tit Pan。kè tat, tat Chîⁿ。Sò͘ tat。m̄ tàh, tàh Chit hūn Chhân, tàh tōa Sun hūn。 值日，值班。價值，值錢。數值。毋值，值一份田，值大孫份。 tú tioh, Gū tioh, tek tī。 抵着，遇着，適值。
倬	Tok ㄉㄛㄎ	koâiⁿ, tōa, kng bêng。tok Pī hūn hàn。 高，大，光明。倬彼雲漢。
倕	Sûi, thūi ㄙㄨㄧ, ㄊㄨㄧ	tùi tiong, sûi Lóh, kap 垂 Siâng khoán。thūi thūi, thūi tāng, thūi khin tāng ê ì sù。 對中，倕落，与垂同款。倕倕，倕重，倕輕重的意思。
倣	Hóng ㄏㄛㄥ	Chiàu iūⁿ, bô͘ iūⁿ, Chhin Chhai, bô bêng。 照樣，模樣，且䁕，無明。
俯	Hú ㄏㄨ	àⁿ Lóh, àⁿ thâu, àⁿ Lóh Lâi khòa。Oan io hú Chhat。hú Chiū, úi khut ka kī。 向落，向頭，向落來看。彎腰俯察。俯就，委屈自己。
俸	Hóng, Hōng ㄏㄛㄥ, ㄏㄛㄥ	koaⁿ hú ê Sok kim。hōng Lōk, hoat hōng, Sin hōng。 官府的束金。俸祿，發俸，薪俸。
候	hō͘, Hō͘, bō͘, Pō͘, Hāu, Hāu。	Pang tsān ê jī, Súi, ū hok khì。thiⁿ hāu, khì hāu。hāu niáu, hāu Soán jîn。 幫助的字，倖，有福氣。天候，氣候。候鳥，候選人。 tán hāu。Pō͘, Chit Pō͘, Chhú Pō͘, khǹg Pō͘, Chhun āu Pō͘, hē tok Pō͘ 等候。候，一候，取候，藏候，剩後候，置毒候。
倖	Hēng ㄏㄝㄥ	ngó͘ jiân tú tioh, Chhùi khám tit tioh。thiòng aì, thiám bī, hiau hēng, êng hēng。 偶然抵着，嘴坎得着。寵愛，諂媚，僥倖，榮倖。
倠	Hui ㄏㄨㄧ	m̄ hó khòa, Chhin Chhiūⁿ khiap sī ê Lāu Pô。 毋好看，親像䆀勢的老婆。
倪	Gê, Gôe ㄫㄝ, ㄫㄛㄝ	Sòe hàn Gín á, Lī ek ê ì sù, toan Chiāⁿ, jī Sìⁿ。 小漢囝仔，利益的意思，端正，字姓。
倚	í, áⁿ, oá, ㄧ, ㄚ, ㄛㄚ,	ū Só͘ khò, Pian Piⁿ, oai。i oá, Saⁿ oá, í tiōng。í tiōng Chhùi āⁿ Chhùi。 有所靠，偏邊，歪。依倚，相倚，倚重。倚仗。嘴倚嘴。
倝	kàn ㄍㄢ	jit khí thâu Chhut, kng kng ê ì sù。 日起頭出，光光的意思。
俻	kiū ㄍㄧㄨ	Chiū sī húi hoāi ê ì sù。 就是毀壞的意思。
個	kò ㄍㄛ	Chiâⁿ Liap, Chiâⁿ tè, Chiâⁿ ki, mih ê Sò͘ Giáh。kò jîn, kò Piat, kò Sèng, kò thé。 成粒，成塊，成支，物的數額。個人，個別，個性，個体。
倞	kēng, kiōng, Liōng, ㄍㄝㄥ, ㄍㄧㄛㄥ, ㄌㄧㄛㄥ,	kióng tsòng, kiong kài, kiû Sek。 強壯，疆界，求索。
俱	kū, kū ㄍㄨ, ㄍ	Lóng tsóng, Saⁿ kap, tsòe Chit ē, Pī Pān, kū Pī。kū óng, tsòe hóe khì。 攏總，相與，做一下，備辦，俱備。俱往，做伙去。

date theme 人部 9 page

倨	kù ㄍㄨ	Chē bô sì chiàn, bô tit, kiau ngō, kióng béng, kù ngō·n, ngō·n bān, Chiân kù hō kiong。 坐無四正，無直，驕傲，強猛，倨傲，傲慢，前倨後恭。
倔	kut, khut, ㄍㄨㄛ, ㄎㄨㄛ	hoāi kehê khoán sit, kò chip khut kiông。 橫逆的款式，固執倔強。
倦	koān, Siān, ㄍㄨㄢ, ㄒㄧㄢ	iā Lán, Pîn tōa, kiau ngō·n。iā Siān Phì Lô。koān niáu ti hoân。 厭懶，貪惰，驕傲。厭倦疲勞。倦鳥知還。
倥	khong, khóng, khōng, ㄎㄨㄥ, ㄎㄨㄥ, ㄎㄨㄥ	bû ti, m̄ bat, Gōng Gōng, khong khám。tāi Chì bêng Pék, khùn khó iā Siān, khóng Tsóng。 無知，毋識，戇戇，倥憨。倥誌明白，困苦厭倦，倥傯。
倌	koan, ㄍㄨㄢ	Sio ê jîn sîn, koán Chhia ê Lâng, hū Chhiú。Pn̄g koán ê Pháu tn̂g, tông koan。 小的人臣，管車的人，副手。飯館的跑堂，堂倌。
倮	kó, Hóa, ㄍㄨㄛ, ㄏㄨㄚ	thn̂g Pak theh, Chhiah thé, thong 裸 kok ê mîa Hóa Hóa, 裸腹裼，赤体，通裸。國的名倮倮，
倈	Lâi, Lāi ㄌㄞ, ㄌㄞ	來 ê Pún jī。kap 徠 jī Sio Siāng。 來的本字。与徠字相同。
倰	Lêng, Lēng ㄌㄥ, ㄌㄥ	Pôa khe Soan nía, khi Phiàn ê ì sù。 蹳過山嶺，欺騙的意思。
倆	Liống ㄌㄧㄤ	khá。kì khá ê ì sù。 巧。奇巧的意思。
們	bûn, Būn, Lîn ㄇㄣ, ㄇㄣ, ㄌㄧㄣ	kúi nā ê。téng Pòe, Chit ê, Pûi ê khóan Sit。Lîn ê, Lîn tau。 幾若個。項輩，這個，肥的款式。們的，們兜。
倫	Lûn, ㄌㄨㄣ	Siông Siông, Chhù Sū, téng tāi, Pí Phēng, tsok Lūi, jîn Lûn, ngó Lûn, Lûn Lí, Put Lûn Put Lūi。 常常，處事，項代，比併，族類，人倫，五倫，倫理，不倫不類。
俺	iam, iàm ㄧㄚ, ㄧㄚ	iam, Chheng hō ka kī。tōa, tōa tōa, Siūⁿ tōa, kòe tōa。ng má, án kong, án Pē。ân tia。 俺，稱呼俗己。大，大大，過大，過大。俺媽，俺公，俺父。俺爹。
俳	Pâi, Pôe ㄆㄞ, ㄆㄟ	Chìn thòe, khì m̄ Chìn Chêng。oe Lâi Sak khì。Poaⁿ hì, Pâi iu, Pâi kù, Pôe, teh kiâⁿ ê khóan。 進退，去毋進前。挨來捒去。搬戲，俳優，俳句。俳，哟行的款。
倗	Peng, ㄅㄥ	Pang tsān, tam tn̄g thok tiōng, kau tiōng。 幫助，担當，托重，交重。
俾	Pì, Pī, Phì, ㄅㄧ, ㄅㄧ, ㄆㄧ	tì kàu, hō, tsún, ēng ê ì sù。Phì, Chiū sī Chhoáh bak khòa Lâng ê ì sù。 致到，俾，准，用的意思。俾，就是斜目看人的意思。
倍	Pōe, Pōe, Pē, ㄅㄟ, ㄅㄟ, ㄅㄟ	hoán tn̄g, Phì Siok, ke thi, têng Pōe, ka Pē, bān Pōe。 反轉，鄙俗，加添，重倍，加倍，萬倍。
偹	Pī, Pí, ㄅㄧ, ㄅㄧ	備 ê Siok jī。Chê Pī, tsún Pī, Pī Pān。 備的俗字。齊偹，準備，備辦。
俵	Piáu ㄅㄧㄠ	Sì Sòaⁿ, hun Lūi, kui Pau, hun Sàng, Piáu hun, Piáu Sàng。 四散，分類，歸包，分送，俵分，俵送。
併	Pèng, Piàⁿ, Phēng, Piàng ㄅㄧㄥ, ㄅㄧㄥ, ㄆㄧㄥ, ㄅㄧㄤ	kap 併 Siāng ì sù。Pah Piàⁿ。tsòe Chit ē。Lóng tsóng。Saⁿ kap。 与併同意思。打併。做一下。攏總。相與。
俶	Chhiok, Siok, thek, ㄔㄨ, ㄕㄨ, ㄊㄧ	khí thâu, Lâm Pêng ê hn̂g, hó, Chéng tùn。koh iūⁿ, Chhái ūi ê Chheh。 起頭，南呼的園，好，整頓。異樣，彩畫的書。
倏	Siok, ㄕㄨ	hut jiân kín kín tsáu ê ì sù, 忽然緊緊走的意思。
倐	Siok, ㄕㄨ	kap téng bīn jī Sio Siāng。 与頂面字相同。
修	Siu, ㄒㄧㄡ	Liau Lí kàu hó sè, tán tiap, teh tsòe, ke thiⁿ, tn̂g tn̂g。Siu Lí。Siu Pó。Siu Sū。 料理到好勢，打疊，啲做，加添，長長。修理。修補。修士。
倓	Tâm, Tām, an ún, ㄊㄢ, ㄊㄢ	Sok Chêng, thiām Chēng, an jiân bô Gî ngāi。 安穩，肅靜，恬靜，安然無疑訝。
倘	thóng ㄊㄤ	kiam Chhāi, Siat Sú, nā。thóng Sú。thóng jiân。 敢採，設使，若。倘使。倘然。
倒	Táu, tó, tò, thóh, ㄉㄠ, ㄉㄠ, ㄉㄠ, ㄊㄠ	Phak, Poah tó, Chhia tó, tò tn̂g, tò Pén, tò Chhut Lâi, thian thóh Lau thian thóh 仆，跋倒，推倒，倒轉，倒反，倒出來。癲倒，老癲倒。
倜	tìu, thek ㄊㄧ, ㄊㄧ	kóaiⁿ kóaiⁿ, bōe Pak tit, kiah khí, hut jiân。Tìu thóng tsâi ko Chì oán ê Lâng。 高高，膾縛得，攑起，忽然。倜儻，才高志遠的人。
倲	tong, tòng ㄉㄨㄥ, ㄉㄨㄥ	ham bān, bô tsâi tiāu ê khoán Sit。 憨慢，無才料的款式。
倉	Chhong, Chhn̄g, ㄘㄤ, ㄘㄤ	Chek thiok Gō kak ê Só tsāi, koáⁿ kín, Chhong Chhiok。Chhn̄g khò, Chhek Chhng bí Chhng。 積蓄五穀的所在，趕緊，倉促。倉庫，粟倉，米倉。
借	Chek, Chioh, Chià, ㄐㄧㄝ, ㄐㄧㄝ, ㄐㄧㄚ	thòe oāⁿ, Pang tsān, Chioh ēng, Chioh Chè, Chioh mih。Siat Sú, ká Chià。 替換，幫助，借用，借債，借物。設使，假借。

date theme 人部 9 page

倢	Chiap ㄐㄧㄝˊ	Chhoàh kiâ Chhut khì. Chiam chiam, ū Lī ek, Sūn Piān. 斜行出去。尖尖，有利益，順便。
俴	Chián ㄐㄧㄢˇ	Póh Póh, Chhin chhiū kim Póh. Chhián. tām Póh 薄薄，親像金箔。淺。淡薄
倩	Chhèng, Chhiàn, Chhiàⁿ ㄑㄧㄥˋ, ㄑㄧㄢˋ, ㄑㄧㄚˋ	Chhèng iáⁿ, bí hó ê iá Siōng. Lí Sài kiò hiân Chhiàn, mōe Sài kiò mōe Chhiàn. Chhiàⁿ kang, Chhiàⁿ Lâng. 倩影，美好的影像。女婿叫賢倩，妹婿叫妹倩。倩工，倩人。
㑏	Tsū ㄗㄨˋ	khùn Pek, Chheēng tiòh bōa, Pek oá. 困迫，差用，着磨，迫倚。
倅	Tsut ㄗㄨㄟˋ	Chiū sī Chit Pah miâ ê Peng ê ì sù. kap 卒 ê jī sio siāng. 就是一百名的兵的意思。与卒的字相同。
倊	Tsòng ㄗㄨㄥˇ	khùn khó ê khoán sit. kap 傯 Siāng khóan 困苦的款式。与傯同款
倳	Tsù ㄗˋ	Chhah to, khiā tit, tong hong Lâng ēng to Chhah tōe ê ì sù. 插刀，竪直，東方人用刀插地的意思。
倭	O, ô, oe, e ㄛ, ㄛˊ, ㄨㄟ, ㄨㄛ	hái tiong ê oé Lâng, kó tsá kiò jit Pún Lâng O hoan. Sūn thān ê ì sù, Lâng miâ. 海中的矮人，古早叫日本人倭番。順趁的意思，人名。
倚	a, á ㄚ, ㄚˇ	i oá, oá khò, oá Lōa, Chiū sī ǹg bāng Lâng Pān sū ê ì sù 依偎，依靠，依賴，就是向望人辦事的意思
俾	Pí, Pī, Phì ㄅㄧˇ, ㄅㄧˋ, ㄆㄧˋ	kap 俾 jī Sio Siāng. tì kàu, hō, tsun, ēng ê ì sù. Chhoah bàk khòa Lâng ê ì sù 与俾字相同。到到，往，准，用的意思。斜目看人的意思
倧	tsong ㄗㄨㄥ	Chiū sī Siōng kó tsá ê Sîn jîn. 就是上古早的神人。
倎	thián ㄊㄧㄢˇ	bùt bī, tsoe tsōe, kāu hó, kàu, bōe kì tit, kú kú, Gâu. 㕸味，多多。厚，好，到，𣍐記得，久久，勢。
倫	tî ㄉㄧˊ	Liû Lûn, Chhia Lûn, bô Chê tsáⁿ 流輪，車輪，無齊整
㑊	táp ㄉㄚˊ	Chiū sī bōe oē Pān tāi Chì ê ì sù. 就是𣍐能辦傳誌的意思。
倯	Siông, Sông, Soāiⁿ ㄒㄩㄥˊ, ㄙㄨㄥˊ, ㄙㄨㄥˋ	Lóe me, hêng tsīng Sōe Sōe, thang oàn hūn ê khoán sit. Sông, Sông Sông, thó sông, Chiū sī m̄ bat sé bīn Gōng Gōng ê khoán sit. Soāiⁿ, Chho Siok bōe hiáu Lé Sò, Soāiⁿ Soāiⁿ 胃属，形狀小小，可怨恨的款式。倯，倯倯，土倯，就是毋識世面戇戇的款式。倯，粗俗𣍐曉礼數，倯倯
俶	Siok ㄒㄧㄡˋ	kó tsá sî ê kiong kèng, tsá tsá, khùn kín. 古早時的恭敬，早早，勤謹。
倇	Oán ㄨㄢˇ	hoaⁿ hí, khoài Lòk, khó khǹg. 歡喜，快樂，苦勸。
倈	Lē ㄌㄞˋ	Chiū sī siū khì, oàn hūn ê ì sù 就是怒氣，怨恨的意思
倛	khi ㄑㄧ	ē tsóa ūi Lâng bīn, hō kui kiaⁿ Lâi Tsáu khì. 用紙畫人面，佮鬼驚來走去。
㑛	kiap ㄍㄧㄝˊ	kiōng kiōng Liàh Lâng theh i ê mih. Chhiúⁿ kiōng kiap. Chhiúⁿ kiap. 強強掠人提他的物。搶。強㑛。搶㑛。
倄	iòk, chiòk ㄧㄡˋ, ㄓㄨˋ	hoat bōe, bōe mih. Iún Chhī. iòk māi. thák chiok, bōe ê ì sù. chiok. kap 鬻 jī Sio Siāng. 發賣，賣物。養飼。倄賣。讀倄，賣的意思，粥。与鬻字相同。
倈	iàp ㄧㄝˊ	khin khin, Súi iông māu, iàm Chiān, Pi bī. 輕輕，俟容貌，厭賤，卑微。
偒	Iⁿ ㄧ	Chiū sī khòa khin, biáu sī ê ì sù. 就是看輕，藐視的意思。
倱	hūn, hūn ㄏㄨㄣˋ, ㄏㄨㄣˇ	bô khai thong ê khóan sit, hūn tūn. 無開通的款式，倱沌。
㑮	Hun ㄏㄨㄣ	O àm hông hun ê ì sù 黑暗黃昏的意思。
𠈈	húi ㄏㄨㄟˊ	Chiū sī Pāi hoāi, Pōe biu ê ì sù. 就是敗壞，悖謬的意思。
倇	hō ㄏㄜˊ	Chiū sī hô hàp ê ì sù. 就是和合的意思。
㑹	him ㄏㄧㄣ	hoaⁿ hí, Chiú ê miâ, hàn iông khiok kōan ê tōe hō miâ. 歡喜，酒的名，漢陽曲縣的地號名。

㑯	Hāu, ㄏㄡˋ	Chhì Chhak, thàng hūn ê Sian, thó khùi ê ì sù。 刺擊，痛恨的聲。吐氣的意思。
侵	Chhek, ㄑㄝㄎ	Gín á teh kiâⁿ ê khoán sit, 囝仔哟行的款式，
㑪	tók, ㄉㄛㄎ	Chiū sī tín tāng, Sóa ūi ê ì sù。 就是振動，徙位的意思。
倥	kòng, kōng ㄎㄨㄥ, ㄍㄨㄥ	kóaⁿ kín ê khoán, hn̄g hn̄g teh kiâⁿ ê khoán sit。 趕緊的款，遠遠哟行的款式。
㑭	Tô, ㄉㄨ	Chiū sī kiâ Lō ê ì sù。 就是行路的意思。
㑨	Hāu, ㄏㄡˋ	Oh, thàn hoat tō, hóng iūⁿ, bián Lē, hāu Giām kong hāu。 學趁法度，仿樣，勉勵，㑨驗，功㑨。
㑷	Ìn, ㄧㄣ	Sè tāi, hō sù。 世代，後嗣。

九 畫

偫	Tī ㄉㄧ	thèng thāi, khóan thāi, pī pān。 等待，款待，備辨。
偵	Cheng ㄓㄣ	tàⁿ thàm, thau khòa, Sòe tsok, thàm thiaⁿ。Cheng thàm, Cheng tsa, Cheng Chhat。 打探，偷看，細作，探聽。偵探，偵查，偵察。
偆	Chhún ㄔㄨㄣ	hó Giàh, tsōe tsōe, kāu kāu ê ì sù。 好額，多多，厚厚的意思。
偅	Chióng ㄓㄨㄥ	bô tú tioh, tòe āu, Phah Sit Loh。 無拄着，隨後，打失落。
偩	Hū ㄈㄨ	thiⁿ tōe ê Chêng, khóan Sit, kò ka kī。 天地的情，款式，靠家己。
偟	Hông ㄏㄨㄤ	bô êng kang, Chhiong kông。 無閒工，猖狂。
偯	Í ㄧ	Pi āi ê ì sù, khàu kàu bōe Chhoah khùi。 悲哀的意思，哭到𣍐喘氣。
偌	jiā, ㄖㄜ	Lâng ê jī Sìⁿ。 人的字姓。
假	ká, kà, Hâ, ké, kè, ㄐㄧㄚˇ, ㄐㄧㄚˋ, ㄏㄚˊ, ㄍㄜ, ㄍㄜˋ	kà jit, kà kî, hòng ká, ká Sú。Hâ, hn̄g hn̄g ê ì sù。ké hòe, ké Sian, kò kè, tōa kè。 假日，假期，放假，假使。假，遠遠的意思。假貨，假仙，告假，大假。
偕	kai ㄍㄞ	kiông béng, Saⁿ kap, Lóng tsóng, ióng tsóng。hu Chhe Saⁿ sûi kàu Lāu, kai Ló。 強猛，相與，攏總，勇壯。夫妻相隨到老，偕老。
偈	kiat, kiàt, khì, ㄐㄧㄝ, ㄐㄧㄝˋ, ㄑㄧˋ	bú Gōe, ēng khùi Lát ê khoán sit, kóaⁿ kín, an hioh。kiàt kù, hut kàu ê Sù kù。khì, ún Gú。 武藝，用氣力的款式，趕緊，安息。偈句，佛教的詞句。偈，穩語。
健	kiān, kiāⁿ, ㄐㄧㄢˋ, ㄐㄧㄚˋ	ióng tsòng, ū Lát。jī Sìⁿ。khong kiān, kiān bí, kiān tâm, ióng kiāⁿ, 勇壯，有力。字姓。康健，健美，健談，勇健，
㑾	khek, kheh, ㄎㄝㄎ, ㄎㄝㄏ	kha Siū khut, kha Siū khún Pak ê ì sù。ià Siān。 脚受屈，脚受綑縛的意思。厭倦。
偊	ú ㄨ	ka kī Chit Lâng teh kiâⁿ ê khoán sit。 家己一人哟行的款式。
偭	Biān ㄇㄧㄢ	hoan thâu khòa, kap Lâng Saⁿ kap khì, bīn oat tò tńg。 返頭看，與人相與去，面越倒轉。
偶	Ngó ㄫㄛ	Chit Siang Chit tùi, Saⁿ hâp, Phit Phòe, Chhin Chhiūⁿ。ngó Siōng, tut jiân, ngó jiân, Siang sò, ngó sò。 一双一對，相合，匹配，親像。偶像，突然，偶然。双數，偶數。
偄	Loān ㄌㄨㄢ	tsa bó Gín á kè Saⁿ jit ēng mih Sàng i, Saⁿ jit Chhiáⁿ Lâng kheh。 查某囝仔嫁三日用物送他，三日請人客。
偝	Pōe ㄅㄟ	Pōe biu, khì Sak, tāi Seng Sí ê koh tsài oàh, khiā bô sì Chiàⁿ。 偝謬，棄揀，代先死的閣再活，竪無四正。
偏	Phian, Phiⁿ ㄆㄧㄢ, ㄆㄧ, thian, ㄊㄧㄢ	Piⁿ thâu, Lióng Piⁿ, Chit Pòaⁿ。bô sì Chiàⁿ。Phian hiòng, Phiⁿ thâu, thian thian m̄。 邊頭，兩邊，一半。無四正，偏向，偏頭，偏偏毋。
偪	Pek, ㄅㄝㄎ	kap Pek jī Sio Siâng。kiông pek, Pek Chhiat, kóaⁿ kín。khùn Pek。 与逼字相同。強偪，偪切，趕緊。窘偪。
併	Pèng, Piàⁿ, Phēng, ㄅㄥ, ㄅㄧㄚ, ㄆㄥ	n̄g Lâng Saⁿ kap khiā, Pîⁿ pîⁿ, Pí Phēng, Phah Piàⁿ。 兩人相與竪，平平，比併，打併。
偲	Chhai, su, Chek Pī, ㄘㄞ, ㄙ	Siōng Sè bian Lē。tsōe Chhùi Chhiu ê khoán, bí Chhiá Su。 責備，詳細勉勵。多喙鬚的款，美且偲。

偷	tho;thau ㄊㄜ,ㄊㄠˇ	bô tsún tsat, Chhin Chhái, thau theh, thau tsáu, thau Siám, thau khòa, thau kè bo káu. 無準節，且睬，偷提，偷走，偷閃，偷看，偷鷄摸狗。
停	thêng ㄊㄧㄥˊ	Soah, hioh, Chhia hē teh, tiāⁿ tioh, hó sè, Sío thêng, khah thêng, thêng Ghi, thêng kang, thêng Chhia. 息，歇，請置哟，定着，好勢，小停，較停，停止，停工，停車。
倴	tùt ㄉㄨㄊ	bô Saⁿ niū, bô khiam Sùn ê ì sù. 無相讓，無謙遜的意思。
側	Chhek, Chhiah, ㄘㄜ,ㄑㄧㄚ	bô sì Chìa, oai khi, oeh Sòe, Pìⁿ thâu, Chhek mn̂g, Chhek bak, Chhek Sin jī kòe. 無四正，歪敧，狹小，邊頭，側門，側目，側身而過。
偢	Chhiu, Chhiau, ㄑㄧㄨ,ㄑㄧㄠ	Phòa Pīⁿ bô khui lat ê ì sù. 破病無氣力的意思。
做	tsò, tsòe, tso ㄗㄜ	Chhòng, Chiaⁿ, Liāu Lí, sī tsòe tāi Chì. tsòe lâng. tsò tsu. tsò koaⁿ. tsò ì hok, tsò Lōng. 創，成，料理，是做代誌。做人。做主。做官。做衣服。做弄。
傯	tsóng, ㄗㄨㄥ	m̄ tsai, tāi Chì Pek Chhek, khùn khó ê khóan. khóng tsóng, tsò sū kín sīn. 毋知，代誌迫促，困苦的款。倥傯，做事謹慎。
偎	oe, oá, ㄨㄟ,ㄨㄚ	kūn oá, hóng hut, khòaⁿ bô Chió, Chhin kūn, oe oá. 近偎，彷忽，看無少，親近，偎倚。
偉	úi, ㄨㄟˇ	tōa, koh īūⁿ, kî kòai, hán iú, súi, úi tōa, úi Giap, úi Chek. 大，異樣，奇怪，罕有，媠，偉大，偉業，偉績。
偓	ak, ㄨㄛˋ	ka kī iok Sok, Chiàu Chhù Sū Lâi Pâi Liat. 傢己約束，照次序來排列。
偠	iáu, ㄧㄠˇ	Sin io Sòe ê khóan Sit, 身腰小的款式。
偞	iap, ㄧㄝˋ	khin khin bî iông māu, iàm Chiān, Pi bî. 輕輕美容貌，厭賤，卑微。
偃	ián, ㄧㄢˇ	Soah, bô ì soah, hâng hók, Sit Chì ê khoan Sit, tó teh, iàn tó, thán tó, Sio ián. 息，征伐息，降服，失志的款式，倒哟，偃倒，袒倒，相偃。
偒	thóng, ㄊㄤˇ	tn̂g tn̂g ê khóan Sit, hòng tōng. 長長的款式，放蕩。
偙	thok ㄊㄜˋ	kià mih, thok tiōng, hioh khùn. 寄物，托重，歇睏。
偳	Toan ㄉㄨㄢ	Chiū sī Sòe Sòe hàn, oé oé ê ì sù. 就是小小漢，矮矮的意思。
偧	to ㄉㄜ	Chiū Sī Lâng ê jī Sìⁿ. 就是人的字姓。
偫	tī ㄓˋ	Chek tsū mih ê ì sù. 積住物的意思。
偙	tè ㄉㄧˋ	Chiàn Sèng, iāⁿ kè, kî īⁿ, tiâu tî, ham bān. 戰勝，贏過，奇異，持持，憨慢。
偍	tê ㄉㄧˊ	Chiū sī oh tit Chìn Chêng ê ì sù. 就是難得進前的意思。
偱	Sûn ㄒㄩㄣˊ	Chiū sī ín Chhōa, ín Sut ê ì sù. 就是引導，引述的意思。
偆	Sùn ㄕㄨㄣˋ	kap Siāng khoán, oah Lâng tè Sí Lâng Lâi tsòng. hè mih ê Sek tī. 与侚同款，活人隨死人來葬。貨物的色緻。
偦	Su. Sú ㄒㄩ,ㄒㄩˇ	ū tsâi tiāu, ū tì sek ê Lâng ê Chheng hō, Soe Pòh. 有才料，有智識的人的稱呼，衰薄。
偅	Sū, ㄕㄨˋ	khiā tit, u ku, khiau ku, Sûi Lòh kē ê ì sù. 竪直，痀病，曲痀，垂落低的意思。
傁	Só, ㄙㄡˇ	Chheng hō Lāu Lâng ê jī. Lāu, Lāu Lâng, Sóa Sóa háu. 稱呼老人的字。老，老人，涹涹哮。
偰	Siat, ㄒㄧㄝˋ	Siong tāi ê si tsó, khè Lâng ê Sìⁿ. 商代的始祖，契。人的姓。
偗	Séng, ㄕㄥˇ	tit tit ê khóan, tn̂g tn̂g ê khóan Sit. 直直的款，長長的款式。
偛	māu, ㄇㄠˋ	Chiū sī Súi, hó khòa ê ì sù. 就是媠，好看的意思。
偡	khiám ㄎㄧㄢˇ	ì kiàn bōe àn jiân, Phah Sǹg. 意見艙安然，打算。
傀	kùi ㄍㄨㄟ	Siang Pêng khòa ê ì sù 双平看的意思.

傁	Sú ㄙㄡˇ	Chiū sī Lâng ê jī sìn 就是人的字姓
傇	kóaⁿ ㄍㄨㄚˇ	kiâⁿ Lō͘ ê khóan sit。行路的款式。
傐	iû, 一ㄡˊ	kun Sûi hók sāi ê ì sù。跟隨，服事的意思。
傓	iam 一ㄚㄇ	hō͘ i Chheng khì ê ì sù, Sóe Chheng khì。伝他清氣的意思，洗清氣。
傗	hûn ㄏㄨㄣ	Chiū sī Lâng ê jī Sìn。就是人的字姓。
傤	hūi, ㄏㄨㄟ	kek thâu, kap 𧰲 jī Sio siāng, 極頭，与𧰲字相同，
傌	hong, ㄈㄥ	Chiū sī tōe hō miâ。就是地號名。
傚	Bō͘, ㄅㄛˊ	khiū, kiām Siap, kian Līn, khiām Phak. tsa bô Chit jī。虯，鹹澀，堅吝，儉樸。早無這字。
侯	hô͘, hō͘, bō͘, Pō͘, ㄏㄛˊㄏㄛˋㄅㄛˊㄆㄛ	Pang tsān ê jī, Súi ū hok khì, nā sī tsáiⁿ iūⁿ。幫助的字，儂有福氣，若是怎樣。
傉	Gok, ㄫㄛㄎ	Chiū sī tsōe tsōe ê ì sù。就是多多的意思。
偀	eng, 一ㄥ	hoe bōe ket Chí, hó khòa, Chhiong Sēng, Siok jī 英 jī。花𣍐結子，好看，昌盛，俗字英字。
偖	Chhé, Chhiá, ㄑㄝ ㄑ一ㄚ	khoan tōa, Liân Lūi, thiah Lih, Chhé oá, kap 扯 jī tāng。chhek bōng té。chhek oah kat。寬大，連累，拆裂，偖偎，与扯字同。偖長短。偖活結。 (margin: chhek ㄑㄝㄎ)
偂	chian, chiân, ㄐ一ㄢ ㄐ一ㄢˊ	Chîn Chêng jip khì ê ì sù。進前入去的意思。
偛	Chhap ㄘㄚㄆ	oé Lâng, Chiū sī Sóe hàn ê Lâng。矮人，就是小漢的人。
偨	Chhi ㄑ一	tn̂g tóe bô Chê, Chham Chhi。長短無齊，參差。
偐	Gān, ㄫㄢ	tsng tsòe bô Láu Sit, tsân jím, Chiáu ê miâ。裝做無老實，殘忍，鳥的名。
偮	Chhip, ㄑ一ㄆ	Chiū sī tsōe tsōe ê khóan Sit。就是多多的款式。
偧	tsa, ㄗㄚ	Chiū sī thian khui ê ì sù 就是展開的意思
偡	tiám ㄉ一ㄚㄇ	Chiū sī Chê Chê tsáⁿ tsáⁿ ê ì Sù。就是齊齊整整的意思。
偄	Piān, ㄅ一ㄢ	Sûi ì, háp Gî, Chiū sī, tàuh tàuh, Sūn Piān, Chhòng Piān, 便 jī tāng。隨意，合宜，就是，沓沓，順便，創便，便字同。
偺	Chím, ㄐ一ㄇ	Góa, Lán, hit sī, hán tit ēng jī 我，咱，彼是，罕得用的字
偋	Péng, Pēng, ㄅ一ㄥ	Siám Phiah, un bat, jia tsah, tû khì, khì Sak。閃避，穩密，遮截，除去，棄揀。
偞	īn, 一ㄣ	Sàng Sin niûⁿ kè an ê Lâng, kap Chit jī 媵 Sio Siāng。送新娘嫁拃的人，与這字媵相同。
媄	Súi, ㄙㄨㄟ	Súi tang tang, tsa bó͘ Gín á Chiâ Súi, kap 美 Siāng khóan。媄璫璫，查某囡仔正媄，与美同款。

造字 媄美有讀音的分別。因為美大部人不會讀做súi。

傒	Sēng ㄒ一ㄥ	théng sēng, Sēng ti Gia tsàu, Sēng kiáⁿ Put hàu。挺傒，傒豬夯灶，傒子不孝。

傒有加倍的意思。寵愛過頭的意思，故借乘的音來造字。及意。

十 畫

傗	thiok, jiòh, ㄊㄨㄛㄎ ㄖㄨㄛˋ	Chek tsū, Chek thiok, kap 畜 Sio Siāng。jiòh, Chiū sī bōe Chhun tit ê ì sù。積佳，積傗，与畜相同。傗，就是𣍐伸直的意思。
傅	Hù, Hū, Pò͘, ㄈㄨˋ ㄈㄨ ㄅㄛˋ	Pâi Liat, hián bêng Pang tsān。Sian Siⁿ, Su hū。Lâng ê jī Sìn Pò͘。排列，顯明，幫助。先生，師傅。人的字姓傅。

傒	hê ㄏㄝ	Lâng miâ 人名
倄	hat, ㄏㄚㄊ,	khong kiān ê khóan sit, bô ià siān, pin toāⁿ. 康健的款式，無厭倦，貪惰。
傑	kiat, ㄍㄧㄚㄊ,	tsâi tiāu iáⁿ kòe tsōe tsōe lâng, Lêng lī, kiau ngō, Seng tōa ê tīu, hô kiat, eng kiat. 才料 贏過多多人，凌利，驕傲，昇大的稠，豪傑，英傑。
傚	hāu, ㄏㄚㄨ,	òh, thàn hoat tō, hóng iūⁿ, chhut lát, bián lē, hāu giām, kong hāu, kap 效 siāng khóan. 學，趁法度，仿樣，出力，勉勵，傚驗，功傚，与效同款。
傔	khiàn, ㄎㄧㄢ,	kiàⁿ sio oā, sa kīn ê ì sù. 行相倚，相近的意思。
慊	khiam, khiām, ㄎㄧㄚㄇ, ㄎㄧㄚㄇ,	Sūn thàn, thàn khóan, kun sûi. 順趁，趁款，跟隨。
傕	kak, khak, ㄍㄚㄎ, ㄎㄚㄎ,	Lâng ê jī sìⁿ, Lâng miâ Lí kak, hàn tiâu lâng. 人的字姓，人名李傕，漢朝人。
傀	kúi, khúi, khùi, ka, ㄍㄨㄧ, ㄎㄨㄧ, ㄎㄨㄧ, ㄍㄚ,	thiⁿ ê khóan, tōa, koh iūⁿ, kî koài. ka lé, ka lé hì, iu lâng khan sòaⁿ ián chhut ê hì. 天的款，大，異樣，奇怪。傀儡，傀儡戲，由人牽線演出的戲。
傈	Lek, ㄌㄝㄎ,	kó tsá ê sîn tsu, chiū sī ēng káu lat ná chhâ lâi tsòe ê. 古早的神主，就是用狗傈籃柴來做的。
傌	mā, ㄇㄚ,	kap 馬 jī sio siâng. 与馬字相同。
傍	Pông, Pōng, Pōng pn̄g, ㄅㄛㄥ, ㄅㄛㄥ, ㄅㄛㄥㄅㄥ,	Chiū sī tsó iū lióng pêng piⁿ ê ì sù. Sin piⁿ, saⁿ pn̄g hok khì. 就是左右兩平邊的意思。身邊，相傍福氣。
備	Pī, Pì, ㄅㄧ, ㄅㄧ,	Chhong piān, chiâⁿ, tsōe tsōe, it chīn, lóng tsóng. Pī pān, tsún pī, pâi pī, siat hoat ê ì sù. 創便，成，多多，一盡，攏總。備辦，準備，排備，設法的意思。
傘	Sàn, Sòaⁿ ㄙㄢ, ㄙㄨㄚ	jia jit kap hō ê khì khū, hō sòaⁿ. iâng sàn. niūⁿ sòaⁿ. hō sòaⁿ tsat. 遮日与雨的器具，雨傘。陽傘。涼傘。雨傘節。
傁	Só ㄙㄛ	Chheng ho lāu lâng ê jī. lāu, lāu lâng, sōa sōa háu. 稱呼老人的字，老，老人，逷逷哮。
傓	Siàn ㄒㄧㄢ	hé tòh, ín iú, tōng iâu, hé iām. siàn hé, siàn hong, siàn chhùi phóe. 火燒，引誘，動搖，火炎。搧火，搧風，搧嘴䫌。
傞	So ㄙㄛ	Chiū tsùi teh thiàu bú ê khóan sit. 酒醉咧跳舞的款式。
傃	Sò ㄙㄛ	ì hiòng, ǹg, siú kí an hūn. 意向，向，守己安份。
傝	thap ㄊㄚㄆ	bōe ka kī an ún, bô lō ēng ê lâng, bô kín sīn ê khóan sit. 𣍐家己安穩，無路用的人，無謹慎的款式。
傏	tông ㄉㄛㄥ	tông tut, bô khiam sùn saⁿ niū ê ì sù. 傏突，無謙遜相讓的意思。
傷	Chhiu ㄔㄧㄨ	tsòe lâng chhìa kang ê, tsòe lâng khiā tsāi láu sit ê khóan. 做人倩工的。做人豎在老實的款。
傻	Chek ㄐㄝㄎ	Chì bī sòe, sòe hàn ê ì sù. 至微細，小漢的意思。
傜	iâu ㄧㄠ	tn̄g chit tsòe koaⁿ ê lâng, chhe iàh. 當職做官的人，差役。
傆	Goān ㄍㄨㄢ	hoâiⁿ gèk ê tsâi tiāu ê lâng, piān piān tàu kè bô tsoh phái. 橫逆的才料的人，便便鬪計謀作歹。
傛	iông, iông, ㄧㄛㄥ, ㄧㄛㄥ,	Súi ê hū jîn lâng, koaⁿ miâ. phòa pīⁿ, bōe an ún. 佚的婦仁人，官名。破病，𣍐安穩。
傎	Tian ㄉㄧㄢ	thâu téng bē bīn, tūi lòh, khí thâu, péng tó, kan khó, sún hōai, tian tó. jī sìⁿ. 頭頂馬面，墜落，起頭，反倒，艱苦，損壞，傎倒。字姓。
傊	ún ㄨㄣ	hô hàp, kàu giàh, ū chhun, khah iāⁿ, iu téng. 和合，夠額，有剩，較贏，優等。
傂	Tí, ㄉㄧ,	Liu lûn, chhia lûn, bô chêt sàⁿ, tí kî, só tsāi ê miâ. 流輪，車輪，無齊整，傂旗，所在的名。
傁	So, ㄙㄛ,	Chiū sī tsū ko, kiau ngō ê ì sù. 就是自高，驕傲的意思。
㥒	Siat, ㄒㄧㄚㄊ,	Siaⁿ seh, kóng oē ê siaⁿ im, sòe sòe siaⁿ. 聲說，講話的聲音，小小聲。
傃	Sek, ㄙㄝㄎ,	Chiū sī pháiⁿ phiah, pháiⁿ sèng tē ê ì sù. 就是歹癖，歹性地的意思。

僇	Lȯk, ㄌㄜˊㄎ,	Chiū sī saⁿ jī ê sìⁿ, 就是三字的姓,
傟	áng, ōng, ㄤˊ, ㄛㄥˋ	áng Lâng, áng Lâng Siùn, áng Lâng Phái ⁿ。ōng, Lām Sám, hô·tô, bô hoat tō, hòng Chhiòng。 傟儱, 傟儱相, 傟儱歹。傟, 濫摻, 糊塗, 無法度, 放縱。
傈	kiōng ㄍㄧㄥ	Chiū sī Lóe me ê ì sù。 就是詈罵的意思。
傋	káng ㄍㄤˇ	bô thiam mī, bô kiong kèng ê ì sù。 無諂媚, 無恭敬的意思。
傇	jióng, jiōng, ㄖㄨㄥˊ, ㄖㄨㄥˇ	Chháu tú tú hoat, tsōe tsōe, tsū Chip, Chí kah se ê só·tsāi, tsńg kah jiōng。Lȯk jiōng。 草抵抵發, 多多, 聚集, 指甲鼭的所在, 指甲傇, 鹿傇。
傐	hó, ㄏㄠˋ	Pak hng ê tōe mîa。 北方的地名。
傸	Chit ㄐㄧˊ	Phòa Pīⁿ, oàn tò, tȯk khì。 破病, 怨妒, 毒氣。
傻	Chhim, Chhím, ㄑㄧㄣ, ㄑㄧㄣˇ	Chhim hoān, Chhim ēng, Chhim khiàm, Chhim Chhú, Pà Chiàm, ûn ûn á jip Chhim Chiàm。 傻犯, 傻用, 傻欠, 傻取, 霸占, 緩緩仔入傻占。
傖	Chhong, Chheng, tsong ㄔㄤ, ㄔㄥ, ㄗㄤ,	Phái ⁿ kiaⁿ, hòng tōng ê Lâng, Lîu bîn。Chhong hông。Phí Chiān ê Lâng, Lāu Chhong。 歹子, 放蕩的人, 流氓。傖惶。鄙賤的人, 老傖。
傢	ka, ke, ㄐㄧㄚ, ㄍㄝ,	ka khū, ka kī, ke si, kang khū。 傢具, 傢己, 傢私, 工具。
態	Thāi, ㄊㄞˋ	khóan Sit, hêng tsōng, hêng Siōng, thé thāi, thé thóng。 款式, 形狀, 形像, 体態, 体統。
傄	Tâm, ㄉㄢ	an ún, Sok Chēng, thiām Chēng, an jiân bô Gâi 安穩, 肅靜, 恬靜, 安然無礙
傒	kùi, ㄎㄨㄟ,	Siang Pêng khòa ê ì sù。 双爿看的意思。
傿	tián ㄉㄧㄢ	Lâng ê hêng siōng, thé thāi tng tng ê khóan Sit。 人的形像, 体態長長的款式。
傝	Lâm ㄌㄢˊ	ka Lâm ia, Put ê mîa。 伽傝爺, 佛的名。

十一畫

債	tsài, Chè ㄓㄞˋ, ㄐㄝ	khiàm Lâng ê Chîⁿ Gûn, tsài koân, Chè tsu, khiàm Chè。Chè bū。 欠人的錢銀, 債權, 債主, 欠債。債務。
傽	Chiong ㄓㄤ	kiaⁿ hiaⁿ, āng ê hiaⁿ, ta koaⁿ。 驚惶, 尪的兄, 翁官。
傸	tsáu, ㄗㄠˋ	koāiⁿ koāiⁿ, tōa hàn ê khóan Sit, Sán Sòe, thiu ko。 高高, 大漢的款式, 瘦細, 抽高。
傶	Chia, ㄐㄧㄚ,	Lâng ióng kiāⁿ, tsóng sī bô tek hēng, khúi khiat, bô Pīn kù。 人勇健, 總是無德行, 詭譎, 無憑據。
傪	Chham, ㄘㄢ,	hó ê khóan Sit, Lâng mîa, tōng tiâu ū Chit ê Lek Chham 好的款式, 人名, 唐朝有一個傈傪
傻	chhióng, sńg ㄔㄨㄥˊ, ㄕㄥˊ	Chiū Sī ok Phái ⁿ ê ì sù。 就是惡歹的意思。 sńg, sńg chhiò, sńg kiáu。Gín á teh sńg。Sńg chîⁿ, chiū sī Poàh kiáu 傻, 傻笑, 傻賭。囝仔咧傻。傻錢, 就是賻賭。
傳	thoân, toān, ㄔㄨㄢˊ, ㄓㄨㄢˋ,	Sio Sòa, Pò iông, tiàu Lâi, Lîu thoân。thoân tō。Só thoân ê Su, keng toān, Chhun Chhiu toān。 相續, 報揚, 召來, 流傳。傳道。所傳的書, 經傳, 春秋傳。
僅	kín, kīn, Lîm, Liam, ㄐㄧㄣˇ, ㄐㄧㄣˋ, ㄌㄧㄣ, ㄌㄧㄢ,	tú tú hó, bô khiàm iā bô Chhun, tsóat bû kín iú。khah Lîm Chit Pah。kín kín jû Chhú。Lîm Lîm á。khah Liam Chit Chheng beh kàu beh kàu。chit Liam á。 抵抵好, 無欠也無剩。絕無僅有。較僅一百。僅僅如此。僅僅仔。較僅一仟 乜到乜到。一僅仔。
傾	kheng, khêng, Piàⁿ ㄎㄧㄥ, ㄎㄧㄥˊ, ㄆㄧㄚˇ,	Péng Phak, khi Chhia, kheng Sîa, khêng Gûn, khêng Chîⁿ bóe hòe。Piàⁿ khang it Chhè。 反仆, 攲斜, 傾斜, 傾銀, 傾錢買貨。傾空一切。
僆	Lián, Liān, nōa, ㄌㄧㄢˇ, ㄌㄧㄢˋ, ㄋㄨㄚ	Siang Siⁿ kiáⁿ ê ì sù。Lián tsu。koe nōa, koe nōa á, koe ê bú ê。 双生子的意思。僆子。雞僆, 雞僆仔, 雞的母的。
僂	Lô, Lú, ㄌㄡˊ, ㄌㄩˇ,	Un ku, khiau ku, àⁿ io, ê ì sù。iā sī Lâng ê Sìⁿ。Liâu Lô, tō húi ê Pō hā。 腰痀, 曲痀, 向腰, 的意思。也是人的姓。僂儸, 盜匪的部下。
僇	Lio̍k, ㄌㄧㄡˋ	Siong hāi, Pō jio̍k, kiàn siàu, Chhiⁿ Chhám。kap 戮 jī Siāng ì sù。 傷害, 暴辱, 見誚, 悽慘。与戮字同意思。
傲	Gō, ngō ㄫㄜˊ, ㄥㄜˊ	tsū ko, tāi bān, bú bān, khòa khin Lâng。 自高, 怠慢, 侮慢, 看輕人。

僄	Phiau, Phiàu,	ㄆㄧㄠ, ㄆㄧㄠˋ	khin khin, Pek kín, Sin khu khin khoài Lī Piān. Pê ê khóan sit. Phiau Phiat, sûi, ian tâu. 輕輕，迫緊，身軀輕快利便。飛的款式。僄瞥，傒，嫣嗀。
傻	Sá,	ㄕㄚˇ	Sió khóa tì hūi, Gōng Gōng, bô jîn ài. 少許智慧，戇戇，無仁愛。
傷	Siong, Siuⁿ, Sng,	ㄒㄧㄤ, ㄒㄧㄨ, ㄕㄥ	thiàⁿ thang, iu bū, Sún hoāi, Siong hāi, tio̍h Siong. Siuⁿ tsōe, Siuⁿ tsa, Sng Lâng, Sng Sóe Lâng. 痛疼，憂悶，損壞，傷害，着傷。傷多，傷早。傷人，傷洗人。
偢	Siat,	ㄒㄧㄝ	Siaⁿ Seh, kóng cē ê Siaⁿ im, Sòe Sòe Siaⁿ. 聲說，講話的聲音，小小聲。
僊	Sian,	ㄒㄧㄢ	bú Lâng ê khóan Sit, Lī khui Sè kò kiù jip Soaⁿ, khin khin kú khí ê khóan. ê Pún jī. 舞弄的款式，離開世故虬入山，輕乡擧起的款。仙的本字。
僋	thàm,	ㄊㄢˋ	Chhi Gāi, Gōng Gōng, ê khóan Sit. 痴呆，戇戇，的款式。
僈	Bān,	ㄇㄢˋ	ù oè, Pìn tōaⁿ, bān bān, bān Chiah, hām bān 汙穢，貪惰，慢慢，慢即，憨慢
傮	tso,	ㄗㄛ	kàu bóe, Liáu āu, tú Gū, tsō Gū. tsō Lān. 到尾，了後，抵遇，遭遇。遭難。
僉	Chhiam,	ㄑㄧㄢ	Chèng Lâng, tāi ke, saⁿ tâng ì sù. Chhiam tông. 眾人，大家，相同意思。僉同。
催	Chhui,	ㄘㄨㄟ	Chiàp Chiàp thó. kóaⁿ Pek, Chhui thó, Chhui Pek, Chhui bîn, Chhui miā, Chhui hòa Che. 捷捷討。趕迫，催討，催迫，催眠，催命，催化劑。
傿	ian, iàn	ㄧㄢ, ㄧㄢˋ	koān ê miâ. Sîn Sian ê miâ. 縣的名。神仙的名。
傴	ú	ㄩˇ	Chiū sī ún ku, àⁿ io ê ì sù. 就是隱痀，向腰的意思。
傭	iông, Chhiong,	ㄩㄥ, ㄔㄨㄥ	tsòe kang, Chhia kang, Iông jîn. Chhiung, Chiàu kong Pêng kong tō. khóan thāi Pîⁿ Pîⁿ. 做工，倩工，傭人。傭，照公平公道。款待平平。
傯	Tsóng,	ㄗㄨㄥˇ	tsòe tāi Chì Pek Chhek, khùn khó ê khóan sit. khong tsóng. 做事誌迫促，困苦的款式。倥傯。
傱	Tong, Tòng,	ㄉㄨㄥ, ㄉㄨㄥˋ	Gōng Gōng bô tì sek, ê khóan Sit. tòng Gōng. hām bān. 戇戇無智識，的款式。傱戇。憨慢。
傽	Tông,	ㄊㄤˊ	tông tut, bô khiam Sùn Saⁿ niū ê ì sù. 傽突，無謙遜相讓的意思。
俿	tì,	ㄉㄧˋ	kú kú, Ông Ông Lâi Lâi ê ì sù. 久久，往往來來的意思。
傺	tè,	ㄔˋ	Chiū sī tsâi tiāu, tsâi Chêng, ián kè ê ì sù. 就是才料，才情，漏過的意思。
僪	tek,	ㄉㄧˊ	Pîn tōaⁿ, Pháiⁿ. kiâⁿ Lō ê khóan Sit. 貪惰，歹，行路的款式。
傘	Sut,	ㄕㄨˋ	kiâⁿ Lō ê khóan Sit. 行路的款式。
傞	Sui,	ㄙㄨㄟ	Chiū sī móa sì kòe, Piàn Piàn, Piàn móa ê ì sù. 就是滿四界，遍遍，遍滿的意思。
傱	Chiông, Siông	ㄐㄩㄥ, ㄒㄩㄥ	tsáu ê khóan Sit, kóa kín ê ì sù. 走的款式，趕緊的意思。
傰	Pêng	ㄆㄥˊ	Pang tsān, tam tng, thok tiōng, kau tiōng. 幫助，擔當，託重，交重。
僤	Pit	ㄅㄧˋ	thâu Pâi kìm Lâng Chhōan tō, hông tè Chhut Lō ê Pâi. hông tè hioh ê Só tsāi. 頭牌禁人竄道，皇帝出路的牌。皇帝歇的所在。
僲	Pêng, Pēng,	ㄆㄧㄥ, ㄆㄧㄥˋ	kap 僲 Siāng khóan 與僲同款
僞	niau	ㄋㄧㄠ	ēng Sì tòa tsòe bé Chhiu, hó bé. 用絲帶做馬鬚，好馬。
傫	Lûi, Lūi,	ㄌㄟˊ, ㄌㄟˋ	thūi, thē, sūi Lóh ê khóan Sit, Phòa Pīⁿ, Lán tō, Pîn tōaⁿ, tsōe tsōe Lâng khiā teh ê khóan. 垂落的款式，破病，懶惰，貪惰，多多人豎咧的款。
僇	Lio̍k,	ㄌㄨˋ	thoa thūi, thām thūi, Sì kòe thām thūi Lâng, bó kiáⁿ thām thūi. thē thē bōe oa̍h tāng. 拖傫，隮傫，四界隮傫人，某子隮傫。傫傫𠰛活動。
僾	kài,	ㄎㄞˋ	Chiū sī kóe ê tsu Lâng. 就是假的主人。
僒	ka,	ㄎㄚ	kha Chhiu ê Pīⁿ, Pái kha. 脚手的病，跛脚。

僁	iâu, 一ㄠˋ,	hoaⁿhí, tōa sòe bô sio siāng ê ì sù. 歡喜，大小無相同的意思。
譁	Hoa, Hôa 厂ㄨㄚ, 厂ㄨㄚˊ	kap jī sio siāng. Hoe chháu ām, hoe súi, bûn lí, tek hēng, hoe lūi, hu hoa, hoa hùi, ian hoa. 与花字相同。花草艷，華美，文理，德行。華類，虛華，華貴，胭華。
圉	Gú, ㄩˇ,	Chhī bé ê lâng, chhī bé ê só-tsāi. hong tó, kok ê kau kài. 飼馬的人，飼馬的所在。荒島，國的交界。
働	tōng, tāng ㄉㄨㄥˋ, ㄉㄤˋ	Chiū sī chhut lat tsòe kang, ka kī chhut lat ê ì sù. Lô tōng, jit Pún tsòe ê jī. 就是出力做工，傢己出力的意思。勞働，日本做的字。
僕	Hân, 厂ㄢˊ,	Lâng ê jī sìⁿ. 人的字姓。
慹	Chip, ㄐ一ˊ,	thėh, liah. Chhī síu, chip tiòk. chhú tī, chip hēng. kò chip. chip sū. 提，捕。持守，慹着。處治，慹行。固慹。慹事。
僭	Chiam, ㄐ一ㄢˋ,	khiā teh thèng hāu, khiā oai chhoah. 豎啲等候，豎歪斜。
傶	Chhiok, Chhok ㄑ一ㄛˋ, ㄘㄛˋ,	Chiū sī lâng ê jī sìⁿ. 就是人的字姓。
僚	thè, ㄊㄝˋ,	thėk thè, sit chì ê khóan. hioh, thêng chí, ut tsut. 侘傺，失志的款。歇，停止，鬱悴。
儷	Lē, ㄌ一ˋ,	Phit phòe, chit tùi, tâng phōaⁿ, âng bó, pêⁿ pîn. 匹配，一對，同伴，尪媒，平平。
儃	Bát, ㄅㄚˊ,	Chhō iōng, chhin chhiūⁿ ōe kam tit tan tāng tàⁿ. 粗勇，親像能堪得擔重擔。
俻	Pī, ㄅ一ˋ,	kap 備 siāng khóan. Pī pān, tsún pī, chē pī. 与備同款。俻辦，準備，齊備。
偅	Chiong ㄓㄨㄥ,	Lâng khiā tit ê ì sù. 人豎直的意思。
衰	Soe, ㄕㄨㄞ,	Soe jiok, sio khóa, kiám, sí bô, soe bî. kap 衰 ê kó· jī. 衰弱，少許，減，死亡，衰微。与衰的古字。
偪	bih ㄅ一ˋ	kūn bih bih, chiū sī kūn oá ê ì sù. 近偪偪，就是近倚的意思。
傍	báng, ㄅㄤˋ,	kòng báng, chiū sī kè bô· lâi láu lâng ê chîⁿ. 摃傍，就是計謀來撈人的錢。

匿是借音，有人相近的意字。

造字 心有莽莽才能受騙，致到受損，受到人的瞞騙。字

十二畫

僝	Chhan, ㄔㄢˊ,	Phaiⁿ ōe mē lâng, khòa kìⁿ, pī pān, bâi oàn. 惡話罵人，看見，備辦，埋怨。
僎	Sián, tsoān, tsun, ㄒ一ㄢˋ, ㄓㄨㄢˋ, ㄗㄨㄣ	Pī pān, pān lí hiuⁿ sīa iân toh ê lâng, sǹg, pâi liat, siàu giah, chiáng kóan. 備辦，辦理鄉社筵桌的人，算，排列，帳額，掌管。
僢	Chhoàn, chhún, ㄔㄨㄢˋ, ㄔㄨㄣˇ	Pak saⁿ khò·, chhok loān, chhun chhok. 剝衫褲，錯亂，舛錯。
僨	hún, hùn, phun, ㄈㄣˋ, ㄈㄣˇ, ㄈㄣ	tó tit, pāi hoāi, tín tāng. Chiū sī kìm bōe tiàu ê ì sù. hėt hùn mėh tiong. 倒直，敗壞，振動。就是禁袂跳的意思。血僨脈張。
僖	hi, 厂一,	khoài lók, hoaⁿ hí, sio khóa kiaⁿ. khah iāⁿ. jī sìⁿ. 快樂，歡喜，少許驚，較贏。字姓。
僩	hán, 厂ㄢˋ,	tōa iōng béng, tsū tsāi, ui bú, bú iōng. Sek hē hán hê. 大勇猛，自在，威武，武勇。瑟兮僩兮。(詩經)
僛	khi, ㄎ一,	Chiú tsùi thiàu bú ê khóan sit. 酒醉跳舞的款式。
僟	khé, ㄎㄝˋ,	khui saⁿ á ê niá, kha kiâⁿ lō· ê khóan sit. 開衫仔的領，腳行路的款式。
僑	kiâu, ㄑ一ㄠˊ,	kôaiⁿ kôaiⁿ, kheh tiàm, chiām sī khiā ku, kiâu ku. kiâu bîn. hôa kiâu. tâi kiâu. Lâng ê jī sìⁿ. 高高，客店，暫時寄居，僑居。僑民。華僑。台僑。人的字姓。
僱	kò·, Hō· ㄍㄨˋ, 厂ㄨˋ,	kap 雇 jī siāng khóan. Saⁿ chioh tsò· sè, chhiâ kang, ín chhōa, kò· chhiâ. 与雇字同款。相借租稅，倩工，引導，僱傭。
僪	kû, ㄍㄨ,	tsúi tsū chip ê só· tsāi, tsúi kau, kang hô, tōa, khoah, kau kū, jîn kang khui ê tsúi tō. 水聚集的所在，水溝，江河，大，闊，溝僪，人工開的水道。
僚	Liâu, ㄌ一ㄠˊ,	Pêng iú, tâng chit ê lâng, tông liâu, tâng phōaⁿ, tiòh bôa. jī sìⁿ. 朋友，同職的人，同僚，同伴，着磨。字姓。

僯 Lîn, Lîn, Chiū sī kiàn siàu ê ì sù。
ㄌㄧㄣˊ, ㄌㄧㄣˇ, 就是見誚的意思。

僘 Piat, Pêng siông, Chhin chhī san bú lōa phái", iā bô thang hó。
ㄅㄧㄝˊ, 平常，親像相無賴歹，也無可好。

僰 Pók, hn̄g hn̄g ê Se hoan, Pek kin, bân hoan, kó chióng tsok ê miâ。hiān ku hūn Lâm, Sù Chhoan, Pái 仔。
ㄅㄛˊ, 遠遠的西番，逼緊，蠻番，古種族的名。現居雲南，四川，擺夷。

僕 Pók, tiòn bôa, hók sāi, chhe ēng, chhia hu, kun tòe, hák seng, lô tsâi, tsu khiam ê oē Lô Pók
ㄆㄨˊ, 着磨，服事，差用，車伕，跟隨，學生，奴才，自謙的話 女

僧 Cheng, Sek kàu ê lâng, cheng nî, cheng lū, cheng î"。Chiū sī hòe sīu, lóh miâ。Lâng sì"
ㄙㄥ, 釋教的人，僧尼，僧侶，僧院。就是藏壽，藥名。人姓

㒊 Sip, Chiū sī bô kàu giàh ê ì sù。
ㄒㄧˊ, 就是無夠額的意思。

像 Siōng, Chhiū", Siōng, hóng iū", Chhin chhiū", hêng siōng, Gō" siōng, Chiàu siōng, siōng māu。
ㄒㄧㄤˋ, ㄑㄧㄡˋ, ㄒㄧㄤˋ, 彷樣，親像，形像，偶像，照像，像貌。

㒋 Su, Chhò chhâ, koah chhàu ê lâng, phòa khui, at chih téng lūi。
ㄙㄨ, 剉柴，刈草的人，剖開，等類。

僤 Siān, tān, kiā" lō tin tāng khóan sit。kiā" hiā", tok sìn, kāu kāu, kóa" kín。
ㄒㄧㄢˋ, ㄉㄢˋ, 行路振動的款式。驚懼，篤信，厚厚，趕緊。

僜 têng, bōe oē lō chhut tāi chì ê ì sù。
ㄉㄥ, 獪能露出事誌的意思。

僭 Chhiàm, thiat, thàn ka kī ê ì sù, chhiàm kôan, thiat, Chiū sī kan kúi ê ì sù。
ㄑㄧㄢˋ, ㄊㄧㄝˋ, 趁依己的意思，僭權，僭，就是奸詭的意思。

僮 tông, Gín á, Sòe hàn ê Lô Pók, tsa bó kán á, Gōng, Chho· ló。ka tông。Su tông, kióng lâng sú hoān。
ㄊㄨㄥˊ, 囝仔，小漢的奴僕，查某囝仔，戇，粗魯。家僮。書僮。供人使喚。

僬 Chiau, ū tì sek ê ì sù, khoài oē hiáu tit, ū tsâi tiāu ê khóan。
ㄐㄧㄠ, 有智識的意思，快會曉得，有才料的款。

僦 Chiū, kò chhiā", chhiā" kang ê ì sù。
ㄐㄧㄡˋ, 雇倩，倩工的意思。

僔 tsún, Chhûn, tsū chip, chông lâng, kiong kèng, tsun chhûn lâng, chhûn tōa sòe, sa" chhûn。
ㄗㄨㄣˇ, ㄑㄩㄣˊ, 聚集，衆人，恭敬，尊僔人，僔大小，相僔。

僞 Gūi, ûi, ká mō ūi siān ê lâng, ûi kun tsú。hi ûi, kan tsà, Gūi tsō, tsà gūi, ké ê, ūi tsong。
ㄨㄟˋ, ㄨㄟˊ, 假冒爲善的人，僞君子。虛僞，奸詐，僞造，詐僞，假的，僞裝。

造音 Chhûn 僔字已經有尊人之意，故而應用之。

僥 Giâu, hiau, kiau, iâu, óe óe, óe lâng, sòe sòe hàn ê lâng。hiau, kiau, kan kúi, put gī tit tsâi, hiau hēng。
ㄧㄠˊ, ㄒㄧㄠ, ㄐㄧㄠ, ㄧㄠˊ, 矮矮，矮人，小小漢的人。僥，僥，奸詭，不義得財，僥倖。

儻 thóng, ì sù bô chiā", siat sú, bô tiā" tiōh。
ㄊㄤˇ, 意思無正，設使，無定着。

僓 tōe, Sūn thàn, sūn bēng, tn̂g tn̂g ê khóan sit。
ㄊㄨㄟˇ, 順趁，順命，長長的款式。

儔 tî, khóan thāi, tán thāi, pī pān, kap 侍 sio siāng。
ㄔㄡˊ, 款待，等待，備辦，与侍相同。

㒌 tap, Chiū sī hut jian liah lâng ê ì sù。
ㄊㄚˋ, 就是忽然掠人的意思。

僡 Sūi, kap 倕 sio siāng
ㄙㄨㄟˋ, 与倕相同

㒐 Siân, khoài phòa, chhè chhè, sèng kip, tsóng sī kia" hiā"。
ㄒㄧㄢˊ, 快破，脆脆，性急，總是恐惶。

㒆 Chhiòn, Chiū sī sià bián, khoan iông ê ì sù。
ㄑㄧㄢˋ, 就是赦免，寬容的意思。

僰 Pók, kap 僰 jī sio siāng。
ㄅㄛˊ, 与僰字相同。

噁 o, o, ok, bái, tsái" iū", beh thái, thó khùi ê sia", iàm chiān, kiàn siàu, khiap sì, kap 惡 siāng khóan。
ㄜ, ㄜˇ, ㄜˋ, ㄞˇ, 怎樣，也怎，吐氣的聲。厭賤，見誚，猴勢。与惡同款。

儚 Lô, Lô, bôa, hô, sin lô, lô sim lô lek, khùn khó, thoa bôa, iu būn, kong lô, an ūi, ūi lò。kap 勞 siāng khóan
ㄌㄠˊ, ㄌㄠˋ, ㄇㄛˊ, ㄏㄜ, 辛僗，僗心僗力，困苦，拖僗，憂悶，功僗，安慰，慰僗。与勞同款。

僒 khún, sòe hàn, koai", khu sok, khùn khó。khún tiòk。
ㄐㄩㄥˇ, 小漢，瞷，拘束，困苦。僒逐。

僁 khian, kòe thâu, kòe sit, chhò gō, tsōe khian。
ㄑㄧㄢ, 過頭，過失，錯誤，罪僁。

僥 khêng, ㄎㄥˊ, hoân ló, iu būn, bô lâng thang óa khò, ko·toaⁿ。 煩惱，憂悶，無人可依靠。孤單。

傄 hip, ㄏㄧㄡ, hô hap, khí lâi, hap bat bat, ín chhōa, tsu chip, siu liám, chhiong sēng。 和合，起來，合密密，引導，聚集，收斂，昌盛。

僙 kong, ㄍㄨㄥ, bú ióng ê khóan sit。 武勇的款式。

傄 koat, ㄍㄨㄛ, chhiⁿ kông, jit thâu pīⁿ á ê khì。 生狂，日頭邊仔的氣。

僟 kì, ㄐㄧ, kín sīn, kiong kèng, kūn óa。 謹慎，恭敬，近偎。

僬 chip, ㄐㄧˊ, lâng tsòe hóe, tsū chip 人做伙，聚集

儒 jû, ㄖㄨˊ, kap 儒 jī sio siāng。Phok hak ê lâng, thak su lâng ê chheng ho, jû kàu。 与儒字相同。博學的人，讀書人的稱呼，儒教。

僠 Han, Phoan, hoan, lá siù ê kha jiah, tńg lâi chit pái, ióng béng, hoan pang, chit jī 番 siong tông。 ㄏㄢ, ㄆㄢ, ㄈㄢ 野獸的腳跡，返來一次，勇猛，番邦，這字番相同。

僴 Hâm, ㄏㄢˊ, Chiū sī théng koâiⁿ ê ì sù。théng khí ê khóan sit。 就是挺高的意思。挺起的款式。

僐 Siān, ㄕㄢˋ, thé thài, iông māu, súi, sèng tē。 体態，容貌，美，性地。

僷 iōng, ㄧㄥ, khia teh tín tāng ê khóan sit。 豎咧振動的款式。

僗 Ek, ㄧˋ, it hoat chhiong sēng。ke thiⁿ, khah tsōe, lī ek, kap 益 jī siong tông。 一發昌盛。加添，較多，利益，与益字相同。

憮 Bú, ㄨˇ, sit chì ê khóan, kî koài ê oē, ài sioh, an ùi, thiàⁿ thàng。kap 憮 siong tông。 失志的款，奇怪的話，愛惜，安慰，痛疼。与憮相同。

僡 Hūi, ㄏㄨㄟˋ, un chêng, jîn ài, un tián, un hūi, siùⁿ sù。Chiū sī 惠 jī ê siok jī。 恩情，仁愛，恩典，恩德，賞賜。就是恩字的俗字。

僭 Chhiàm, ㄐㄧㄢˋ, bô tiong sìn, cheng chha, kè hūn, kè pí phēng, loān, tsū ko。Chhiàm bōng。Chhiàm oat。 無忠信，精差，過份，過比併，亂，自高。僭妄。僭越。

僨 jī, ㄖˋ, kap 貳 sio siāng。it hoat。 与貳相同。益發。

十三畫

儀 Gî, ㄧˊ, pêng siông ê hoat tō, lé sò, chiàu lé, tioh, eng kai kiâⁿ ê lé māu, phit phòe。 平常的法度，禮數，照禮，着，應該行的禮貌，匹配。

儇 hoân, ㄒㄩㄢ, kî khá, lī hāi, kín kín ê ì sù。 奇巧，利害，緊緊的意思。

價 kà, kè, ㄐㄧㄚˋ, ㄐㄧㄝˋ, tiōng tat, kè tat, kè chîⁿ, kè siàu, tēng kè, hó kè, loh kè。Chín thian kà hióng。 重值，價值，價錢，價數，定價，好價，落價。震天價響。

僵 kiong, ㄐㄧㄤ, chhia tó, tó teh, tó tit, ngī, kiong tit, kiong hòa, kiong ngī。kiong kiok。 推倒，倒咧，倒直，硬，僵直，僵化，僵硬。僵局。

儌 kiáu, hiau, ㄐㄧㄠˇ, ㄒㄧㄠ, kiâⁿ, tsòe, koan sim, tì ì ê ì sù。hiau hēng, khóa m̄ sī só ǹg bāng ê ì sù。 行，做，關心，致意的意思。儌倖，看毋是所向望的意思。

儉 khiām, khiap, khiùⁿ, ㄑㄧㄢˇ, ㄑㄧㄚˋ, ㄑㄧㄡˇ, iok sok, sió, khiām ēng, khiām sēng。Phok sò, khiap sái, gâu khiām。khiùⁿ chhùi, khiùⁿ chih。 約束，少，儉用，儉省。樸素，儉使，勢儉。儉嘴，儉舌。

僸 kim, ㄐㄧㄣˋ, gak khì ê miâ, kìm chí, kiah thâu ê khóan sit。 樂器的名，禁止，攑頭的款式。

儆 kéng, ㄐㄧㄥˇ, kéng kài, hêng hoat, kài thek, kám tōng, chhíⁿ gō, kéng séng。 儆戒，刑罰，戒敕，感動，醒悟，儆醒。

儈 kòe, ㄎㄨㄞˋ, kó·kè chîⁿ ê lâng, gê lâng, chhau chhiòng bóe bōe ê lâng, chhī kòe, gê kòe, tsú kòe。 估價錢的人，牙人。操縱買賣的人。市儈，牙儈，駔儈。

僶 Bín, ㄇㄧㄣˇ, tùi bián kióng chiah tsòe, chhut lat kó·bú。 對勉強即做，出力鼓舞。

僻 Phek, Phiah, ㄆㄧˋ, ㄆㄧˋ, hā chiān, siâ, phian thán, phian phiah, oan koe phiah hāng。Phiah hō lâng kòe。 下賤，邪，偏袒，偏僻，彎街僻巷。僻互人過。

僾 Ài, ㄞˋ, chhóan khùi, saⁿ tâng ná chhin chhiūⁿ oh tit thang hun piat。 喘氣，相同那親像難得可分別。

儂 Lông, ㄋㄨㄥˊ, góa, ka kī, lâng ê jī sìⁿ, o lông。Chiū sī i ê ì sù 我，家己，人的字姓，阿儂。就是他的意思。

傘	sap, ㄕㄚˋ,	bô kèng kìn ê khóan sit, Chhìn Chhìn Chhai Chhai ê ì sù. 無敬謹的款式，且且睬睬的意思。
僧	Sek, ㄕㄜˇ,	Siu tang, ài sioh, kian lîn, sim tham, khiām siap, Phái" nî tang. 收冬，愛惜，堅吝，心貪，儉澀，歹年冬。
儃	Siān, Siān, ㄒ一ㄢˇ, ㄒ一ㄢˇ,	thé thāi, kìa" bōe Chìn Chêng ê khóan sit. 体態，行𣍐進前的款式。 thoân hō Lâng, thóe ūi Lâi niū Lâng, kap 禪 jī Siong tông. 傳与人，退位來讓人。与禪字相同。
僤	that, ㄊㄚ,	Pûi Pûi ê khóan, tô tsáu, hóan Poān ê ì sù. 肥肥的款，逃走，反叛的意思。
儋	tam, ㄉㄢ,	Pē mih. tam ní, tōa hī" Sōe keng, Lâm hong bân tsok ê mîa. 背物。儋耳，大耳垂肩，南方蠻族的名。 kó kūn mîa tam kōai" sai Pêng. 古郡名 儋縣西隣。
儔	Siók, tók, ㄒ一ㄜˇ, ㄉㄜˇ,	oé oé khiap sì ê khóan, tín tāng thâu khak ê khóan sit. 矮矮𢳆勢的款，振動頭殼的款式。
僽	Chhiu, tsò, ㄑ一ㄡ, ㄗㄛ,	Phái" oē lóe mē. hoân Ló, iu Chhiu ê khóan sit. 歹話詈罵。煩惱，憂愁的款式。
僷	iap, 一ㄚ,	khin khin súi ê khóan sit, iông ún, bīn māu. 輕輕媠的款式，容允，面貌。
億	Ek, ㄝㄎ,	Sò jī, Chit bān bān tsòe chit ek. tsōe tsōe, Phah Sǹg, kiong kip, hioh, an jiân, ek bān. 數字，一萬萬做一億。多多，打算，供給，歇，安然。億萬。
儁	tsùn, ㄗㄨㄣ,	iā" kè, kó hiūn, kap Chit jī Siong tông. 瀛過，異樣，与這字 俊 相同。
儎	tsái", ㄗㄞ,	hô kiat, íong béng ê khóan sit. 豪傑，勇猛的款式。
儎	tsāi, ㄗㄞ,	tāng tsāi, móa tsāi, tsāi Gûn, khàu tsāi, tán tsāi, Pau tsāi, í tsāi, oá tsāi. 重儎，滿儎，儎銀，扣儎，打儎，包儎，允儎，偎儎。
儅	tong, tòng, ㄉㄛㄥ, ㄉㄛㄥ,	Chiū Sī Soah, hioh khùn ê ì sù. 就是息，歇睏的意思。
儦	Phiau, Phiau, ㄆ一ㄠ, ㄆ一ㄠ,	khin khin, Pek kin, Sin khu khin khòai, Lī Pian, Pe ê khóan Sit. 輕輕，迫緊，身軀輕快，利便，飛的款式。
僕	Pók, ㄅㄛˇ,	tióh bôa, hòk Sāi, Chhēeng, kun tè, hák Seng, Lô tsâi, tsu khiam ê oē, Lô Pók. 着磨，服事，差用，跟隨，學生，奴才，自謙的話，奴僕。
僊	kián, ㄍ一ㄢ,	kiau ngō, bú bān ê ì sù. 驕傲，侮慢的意思。
儍	kái, ㄍㄞ,	hô kiat, íong tsòng ê khóan sit. 豪傑，勇壯的款式。
匯	hōe, ㄏㄜ,	hè mih ê Chin hè, Sit tsāi, tiong tit. 貨物的真貨，實在，忠直。
儺	iong, 一ㄛㄥ,	bô hâng hok ê ì sù. 無降服的意思。
儇	Chhiáu, Siàu, ㄑ一ㄠ, ㄒ一ㄠ,	Chiū Sī tn̂g tn̂g ê ì sù. 就是長長的意思。
僁	khian, ㄎ一ㄢ,	kòe Sit, tsōe kò, tsōe khian. 過失，罪過，罪僁。
儲	Chhó, Chhù, ㄔㄜ, ㄔㄨ,	Chiū Sī bô kng kut ê ì sù. 就是無光滑的意思。
僿	Sì, ㄙ,	Sòe Sòe, Chhùi Chhùi bô Sêng Sit ê ì sù. 小小，碎碎，無誠實的意思。
儔	tī, ㄉ一,	khóan thāi, thèng thāi, Pī Pān kap 偫 Sio Siāng. 款待，等待，備辦与偫相同。
僼	hong, ㄏㄛㄥ,	Chiū Sī oē Piàn hòa ê Sian, Sian jîn. 就是能变化的仙，仙人。
過	kho, ㄎㄜ,	Chiū Sī Súi ê ì sù. 就是媠的意思。
儝	khêng, ㄎㄩㄥ,	kó toa", bô Lâng thang oá khò, iu būn. 孤單，無人可依靠，憂悶。

十四 畫

儕	Che, Chhâi, ㄐㄝ, ㄔㄞ,	kui nā Lâng, Chiah ê, hiah ê, téng Pòe. Lán Chiah ê. 幾若人，即個，彼個，頂輩。咱即的。
儗	Gí, ㄋ一,	Pí Phēng, Giâu Gî, Chhiàm kôan. 比併，憢疑，僭權。

儔	tiû ㄉㄧˊㄡ	Sì Lâng Sio hàp tóng Lūi, Phoāⁿ, tsōe tsōe Lâng, jia khàm, 四人相合當類，伴，多多人，遮蓋，
儒	Jû ㄖㄨˊ	Phok hák ê thák Chheh Lâng, thák Chheh Lâng ê Chheng hō͘, jû kàu。博學的讀書人，讀書人的稱呼，儒教。
儜	Lêng ㄋㄥˊ	khùn khó͘, Gàk khì ê mîa, aū kìo ê Siaⁿ。困苦，樂器的名，呼叫的聲。
儚	Lêng ㄇㄥˊ	khùn khó͘, Gàk khì ê mîa, aū kìo ê Siaⁿ。困苦，樂器的名，呼叫的聲。
儑	Gam ㄫㄢˊ	bô tì hūi, bōe ka kī an ún。Chīn thâu Chiu khì Sak。無智慧，𣍐做己安穩。盡頭就去揀。
儐	Pìn ㄅㄧㄣˋ	Chiap Lâng heh, Pang tsān, ín Chhōa, kiong keng, Pâi Liat, Chìn Chêng。接人客，幫助，引導，恭敬，排列，進前。
儓	tâi ㄊㄞˊ	Lô͘ Pók, Chhia kang ê Lâng。奴僕，倩工的人。
儘	Chín, Chìng, ㄐㄧㄣˇ, ㄐㄧㄣˋ	Lóng tsóng tsòe Chit ē, Liáu, bêng Pe̍k, it Chīn。攏總做一下，了，明白，一盡。
儛	bú, ㄨˇ	thiàu bú, tiô thiàu, Seng khu iā Pái, Sim koaⁿ Chhèng éng。跳舞，跳跳，身軀搖擺，心肝快樂。
儔	tiáu, ㄉㄧㄠˇ	Chiū Sī ka kī Chit Lâng khia teh ê ì sù, ka kī tiàm。就是家己一人豎咧的意思，家己站。
儩	ún, ùn, ㄨㄣˇ, ㄨㄣˋ	khóan sit Chhin Chhiūⁿ Lâng。thàn Lâng。款式親像人。趁人。
儗	ú, ㄧˇ	kín sīn, oá khò, i oá ê ì sù。謹慎，依靠，依偎的意思。
儚	Bêng, ㄇㄥˊ	hûn bū o͘ àm, bô bêng, Léng tām, Chêng tsauh。雲霧黑暗，無明，冷淡，靜寂。
儖	Lâm, ㄌㄢˊ	bīn māu Pháiⁿ khòaⁿ ê khóan Sit。Pháiⁿ iông māu。面貌歹看的款式。歹容貌。
儘	Chéng, thèng, ㄐㄧㄥˇ, ㄊㄧㄥˋ	khia tsāi, bōe tín tāng, bô iô oah ê khóan Sit。豎在，𣍐振動，無搖活的款式。
儙	kián, ㄑㄧㄢˇ	kiau ngō͘ bú bān ê ì sù。驕傲侮慢的意思。
儚	Pheng, Phèng ㄆㄥ, ㄆㄥˋ	Chiū Sī Chhe kah, Chheng ê ì sù。就是差甲，差用的意思。
儗	Gî ㄫㄧˊ	Chiū sī hô͘ Lî ê Siaⁿ。就是狐狸的聲。

十五 畫

償	Siông, Chhiâng, ㄒㄧㄤˊ, ㄔㄤˊ	hêng Só͘ tiōng tat, Pò tap, Pē Pó͘, Pōe Chhiâng, Pó͘ Siông, Siông hôan, Siông mīa, Siông Goān。還所重值，報答，賠補，賠償，補償，償還，償命，償願。（Chheng Siông, Pó͘ Siông, Pōe Siông 清償，補償，賠償。）
儡	Gûi, Lúi, Lé, ㄌㄟˊ, ㄌㄟˇ, ㄌㄟˋ	Pāi hōai, Saⁿ Phah ê khóan Sit。Chhā angá, bô Pêng an。ka Lé, ka Lé ang á, ka Lé hì。敗壞，相打的款式。柴尪仔，無平安。傀儡，傀儡尪仔，傀儡戲。
儠	Liap, ㄌㄧㄚˋ	tn̂g, iông tsòng, tsōe tsōe Chhùi Chhiu, tn̂g ê bé hāng tsang。Pháiⁿ ê khóan。長，勇壯，多多嘴鬚，長的馬項鬃。歹的款。
儢	Lū, ㄌㄩˇ	bô ài tsòe, m̄ bián kióng ê khóan Sit。Pīn toāⁿ。無愛做，毋免強的款式。貧惰。
儤	Pò, ㄅㄠˋ	tit tit, tiong tit, Láu Sit。theh bōe Chhut。直直，忠直，老實。提𣍐出。
儦	Phiau ㄆㄧㄠ	tsōe tsōe Lâng kiâⁿ Lâi kiâⁿ khì。tsōe tsōe。多多人行來行去。多多。
儥	Pian, ㄅㄧㄢ	Seng khu bô Sì Chiaⁿ, thiàu bú ê khóan Sit, 身軀無四正，跳舞的款式，
優	iu, iu ㄧㄡ	hô hiap, kàu Giàh, ū Chhun, Lūn tek, khoan khoah jiàu jū。iu Sìu, iu Liông, iu Seng。和協，夠額，有剩，潤澤，寬闊，饒裕。優秀，優良，優勝。
儥	iok, ㄧㄡˋ	bōe mih, bōe mih tiaⁿ kè Sò͘。賣物，賣物定價數。
儹	tsán, ㄗㄢˇ	tsū Chip, Chek tsū tsòe ke hóe Lâi Phah Sǹg ê ì Sù。聚集，積住做傢伙來打算的意思。
儧	Chiat, ㄐㄧㄝˊ	hō͘ tiōng, tsun kèng ê ì sù。hán tit ēng ê jī。厚重，尊敬的意思。罕得用的字。

〔儹〕 Sū, khiā, ㄕㄨˋ, ㄎㄧㄚ，
tit tit khiā, kap 竪 Sio Siāng, khiā sì Chiàⁿ, Chèng tit, Lô Pok。
直直儹，与竪相同。儹四正，正直，奴僕。

〔儣〕 khòng, ㄎㄨㄤˋ，
bú ióng ê khóan Sit。
武勇的款式。

〔儶〕 khek, ㄎㄜˋ，
tek Sèng Chiàn iâⁿ, iâⁿ kè, kî īⁿ, tiâu tî。
得勝戰贏，贏过，奇異，特持。

十六十七畫

〔儭〕 Chhìn, Chhìn, ㄑㄧㄣ，ㄔㄣ，
Chiū sī Pē bú ê Chheng ho。Chhìn, Saⁿ ê Lāi Pêng, Lāi bīn ê ì sù。
就是父母的稱呼。儭，衫的内平；内面的意思。

〔儲〕 Tû, Thû, ㄔㄨˊ, ㄔㄨˇ，
Chek tiok, Pang tsān, hū Chhiú, jī sìⁿ。tû thiok, thû tsûn, thû tsông。Ông tû。
積畜，幫助，副手，字姓。儲畜，儲存，儲藏。王儲。

〔儱〕 Lóng, ㄌㄨㄥˇ，
Chiū sī bōe Chiâⁿ khì kū ê ì sù。mih tsòe bōe Chiâⁿ。Lóng thóng。
就是𣍐成器具的意思。物做𣍐成。儱統。

〔儴〕 Niâu, ㄋㄧㄠˊ，
Sin îⁿ îⁿ, io sòe sòe, ēng si tòa tsòe bé Chhiu, hó bé。
身圓圓，腰小小，用絲帶做馬鬚，好馬。

〔儯〕 thêng, ㄊㄥˊ，
thiàu Chiūⁿ, Pháu tsáu, jī sìⁿ, thêng, thêng khí。
跳上，跑走，字姓，儯，儯起。

〔儚〕 Bêng, ㄇㄥˊ
kap 儚 jī Siāng khóan。hûn bū o àm, bô Bêng, Léng tām, Chēng tsauh。
与儚字同款。雲霧黑暗，無明，冷淡，靜寂。

〔儮〕 Lek, ㄌㄧˋ
Chiū sī Lâng ê miâ。
就是人的名。

〔儩〕 Hut, Hut, Pit, Put, ㄈㄨˊ, ㄈㄨˊ, ㄅㄧˋ, ㄅㄨˋ，
kap 佛 jī Sion tông。Pôaⁿ Lá sâm, ngó Siong ê tsóng Chheng ho。hut kàu。hut jiân。
与佛字相同。拂垃圾，偶像的總稱呼。佛教。忽然。

〔儾〕 jiông, Siong, ㄖㄤˊ, ㄒㄧㄤ，
Chiū sī in ūi ê ì sù。
就是因為的意思。

〔儽〕 kián, ㄐㄧㄢˇ，
kiau ngō, bú bān ê ì sù。
驕傲，侮慢的意思。

〔儳〕 Lím, Līn, ㄌㄧㄣˊ, ㄌㄧㄣˋ，
Chiū sī thâu khak àⁿ Chìn Chêng ê ì sù。
就是頭殼向進前的意思。

〔儵〕 Siok, ㄕㄨˋ，
Chhiⁿ o ê sek tì。hūn tūn。hut jiân, kap 倏 jī, 倐 jī, Siong tông。
青黑的色緻。混沌。忽然，与倏字，倐字，相同。

〔儳〕 Chhâm, ㄔㄢˊ
tāi ke bô Chéng Chê。Peng bô Chê tsuⁿ。koaⁿ kín。Pháiⁿ ê khóan。
大家無整齊，兵無齊整。趕緊。歹的款。

〔儇〕 Hoân, ㄏㄨㄢˊ
khiáu kut, ū lī ek, hó thàn Chîⁿ。
巧骨，有利益，好趁錢。

十八一二十一畫

〔儹〕 Hong, ㄈㄥ，
Sian jîn, Chiū sī oē Piàn hòa ê Sian。
仙人，就是能变化的仙。

〔儽〕 Lúi, ㄌㄟˇ，
kek khùn khó ê ì sù。
極困苦的意思。

〔儼〕 Liap ㄌㄧㄝˋ
kiaⁿ hiaⁿ, Sim koaⁿ hâng hok ê ì sù。
驚惶，心肝降服的意思。

〔儸〕 Lôe, ㄌㄜˊ，
káu ê siaⁿ, káu teh Pūi。káu kiaⁿ teh Pūi ê khóan Sit。Chhoe káu Lôe。
狗的聲，狗咧吠。狗驚咧吠的款式。吹狗儸。

〔儶〕 Hūi, ㄏㄨㄟ，
Chiū sī koāⁿ, thê khí, Lī khui ê ì sù。
就是携，提起，離開的意思。

〔儦〕 Phiau, Phiau, ㄆㄧㄠ, ㄆㄧㄠˇ，
thê khí, Lī khui ê ì sù。
提起，離開的意思。

〔儷〕 Lē, Lî, ㄌㄧˋ, ㄌㄧˊ，
Phit Phòe, Chit tùi, ang bó, Pîⁿ pîⁿ, Lhóng Lē。Lî, 儷, Chhiu ki ê ì sù。
匹配，一對，尪某，平平，伉儷。儷，樹枝的意思。

〔儸〕 Lô, ㄌㄨㄛˊ，
ióng kiāⁿ tsóng sī bô tek hēng。tō húi e Pō hā, Liâu Lô。
勇健總是無德行。盜匪的部下，僂儸。

〔儺〕 Lô, ㄋㄨㄛˊ，
kóaⁿ un ek ê kúi。koah hiuⁿ ê miâⁿ。ńg, bó Sêng, kiâⁿ Sì Chiàⁿ。
趕瘟疫的鬼。遏香的名。軟，茂盛，行四正。

〔儽〕 Tian, ㄉㄧㄢ，
thâu téng, bé bīn, tùi Lóh, khí thâu, Péng tó, kan khó, Sún hoāi, tian tó。
頭頂，馬面，墜落，起頭，反倒，艱苦，損壞，傎倒。

〔儹〕 tsán, ㄗㄢˇ，
Chek tsū, tsū Chip, tsòe hóe Lâi Phah Sǹg ê ì sù。
積住，聚集，做伙來打算的意思。

儱	Chhiòng, ㄑㄧㄛㄥ,	Sī Cheng, Phian Su ê ì sù. 偏私的意思。
僊	Sian, ㄒㄧㄢ,	Lī khui sè kò, khiā khí tī soaⁿ nih. tsòe Sian. kap 仙 Sio Siāng. 離開世故，豎起佇山裡。做僊。与仙相同。
儻	thóng, ㄊㄤˇ,	Siat sú, nā, koh iūⁿ. thóng lâi chi bu̍t, bô ì tit lâi ê. kiam chhái. 設使，若，異樣。儻來之物，無意得來的。敢採。
儼	Giám, ㄧㄢˇ,	hó bīn māu, toan tsong, ui giâm, kiong kèng. Chiàu goân lâi. Chhin chhiūⁿ, Giám jiân, Giám ngī. 好面貌，端莊，威嚴，恭敬。照原來。親像，儼然，儼硬。
儽	Lûi, ㄌㄟˊ,	Sūi lo̍h ê khoán sit, pîn tōaⁿ, phòa pīⁿ, chèng lâng khiā teh ê khoán sit, ûi lûi. 垂落的款式，貪惰，破病，眾人豎咧的款式，圍儽。
儌	Hiau, ㄒㄧㄠ,	Chiū sī kiau ngō ê ì sū. 就是驕傲的意思。
儾	Lōng, ㄌㄨㄥˋ,	Chiū sī iân oān ê ì sū. 就是延緩的意思。

儿 部 10

儿	Jîn ㄖㄣˊ	Lâng teh kiâⁿ ê khoán sit. 人咧行的款式。

一二三畫

兀	ㄨㄜˋ, ㄨˋ Gut, Gu̍t	Gûi hiám ê chio̍h, koân téng bīn pîⁿ, bōe tín tāng, bô pêng an. koat toàn, tsām tn̄g kha kut, gu̍t eng. 危險的石，高頂面平，𣍐振動，無平安。決斷，斬斷腳骨，兀鷹。
元	Goân, oân, khò ㄩㄢˊ, ㄩㄢˊ	thiⁿ tōe bān bu̍t ê khì. khí thâu, tōa, tn̂g, tiâu tāi ê miâ goân. Goân khì, Goân tàn, Goân nî. 天地萬物的氣。起頭，大，長，朝代的名元。元氣，元旦，元年。 Goân pó, Oân pó, Chit khò, tsa̍p khò, chit pah khò. 元寶，元寶，一元，十元，一百元。
允	Ún, ín ㄩㄣˇ, ㄧㄣˇ	Ún ê siok jī. 允的俗字。
允	Ún, ín ㄩㄣˇ, ㄧㄣˇ	tsún, kóng thang, sêng si̍t, ún tòng, ín tsún, ín khang khòe. èng ún. ún lo̍k. 准，講可，誠實，允當，允准，允工課。應允。允諾。
充	chhiong ㄔㄨㄥ	móa, chiâu pī, siuⁿ pá, tam tn̄g, koâiⁿ, tn̂g, sûi kiâⁿ. Chhiong hun, Chhiong bóan. 滿，齊備，過飽，担當，高，長，隨行。充分，充滿。
兄	heng, hiaⁿ ㄒㄩㄥ, ㄒㄧㄚ	Sī tōa, thâu, heng tióng, heng tē. hiaⁿ tī, tōa hiaⁿ, thâu hiaⁿ, piáu hiaⁿ, hiaⁿ só. 是大，頭，兄長，兄弟。兄弟，大兄，頭兄，表兄，兄嫂。

四・五畫

兆	tiāu, ㄓㄠˋ	Pok ku kòa, bōng ku. Chi̍t bān ek chiū sī chi̍t tiāu. tiāu thâu, ū tiāu. tiāu bîn, bān peh sìⁿ. 卜龜卦，墓龜，一萬億就是一兆，兆頭，預兆。兆民，萬百姓。
兇	hiong, ㄒㄩㄥ,	kiaⁿ ê siaⁿ, chhiⁿ chhám, tsân jím, ài hāi lâng, hāi sí lâng, hiong sîn, hiong chhiú, hiong hoān. 驚的聲，悽慘，殘忍，愛害人，害死人，兇神，兇手，兇犯。
光	kong, kng ㄍㄨㄤ, ㄍㄨㄤ	bêng ê ì sù, kim kim. kong êng, chhái sek, kng bêng hé kng, êng kng, kng liāng, kng iām. 明的意思，金金。光榮，彩色，光明，火光，榮光，光亮，光艷。
先	Sian, Siàn, Seng, ㄒㄧㄢ, ㄒㄧㄢˋ, ㄒㄧㄥ,	Chêng ê sî, khí thâu, khah tsá, Sian thian, Siān siⁿ, Sian siⁿ, khí seng, tāi seng, thâu seng. 前的時，起頭，較早，先天，先生，先生，起先，代先，頭先。
兑	Tōe ㄉㄨㄟˋ	Chiū sī kóng oē ê ì sù, Soat bêng, kái soat. 就是講話的意思，說明，解說。
充	Chhiong ㄔㄨㄥ	that, chhī pûi, jīn tsa̍t, chhiong, chhiong móa. 塞，飼肥，扼實，充，充滿。
克	khek, khat ㄎㄜˋ, ㄎㄜˋ	ēng keng thâu pē, tam tn̄g, ōe kham tit chè ap. khek chè, khek ho̍k. khat kun, m̄ khat kun. 用肩頭背，担當，能堪得，制壓。克制，克服。克肋，毋克肋。
免	bián, būn ㄇㄧㄢˇ, ㄨㄣˋ	thoat lī, tû khì. bián hùi, bián tû, bián e̍k, bián chit. Būn koan, kó tsá chi̍t chióng song lé. 脫離，除去。免費，免除，免疫，免職。免冠，古早一種喪禮。
兎	thò ㄊㄨˋ	Siù ê miâ, Soaⁿ thò, kap 兔 Sio Siāng. 獸的名，山兎，与兔相同。
兌	tōe, tōe, tūi, thìng, thùi ㄉㄨㄟˋ, ㄉㄨㄟˋ, ㄉㄨㄟˋ, ㄊㄥˋ, ㄊㄨㄟˋ	mih tit tio̍h kàu gia̍h, tiâu tit, thong tat, tūi gûn, tūi hiān, oāⁿ hiān kim. 物得着夠額，特直，通達。兌銀，兌現，換現金。 mih thìng lâng, Chiū sī mih bōe liáu, koh bōe pat lâng. thùi chîⁿ, thùi gōa pè, thùi hōe. 物兌人，就是物賣了，僴賣別人。兌錢，兌外幣，兌匯。

六一八畫

兒	jî ㄦˊ	eⁿ á, Gín á, kiáⁿ, iu iú, kiáⁿ jî. jî tông, jî hì, jî Sun。 嬰仔，囝仔，子，幼幼，子兒。兒童，兒戲。兒孫。
兕	Sū ㄙˋ	iá siù ê miâ, Chhin Chhiūⁿ Sai Gû. 野獸的名，親像犀牛。
兔	thò ㄊㄨˋ	siù ê miâ, Soaⁿ thò, thò á。 獸的名，山兔，兔仔。
羌	khiong ㄑㄧㄤ	Sai Peng ê hoan, kò iûⁿ ê Lâng, kap Chit jī 羌 Sio Siang. 西平的番，顧羊的人，与這字羌相同。
兗	ián ㄧㄢˇ	Só tsāi miâ, kim Sah tong, hô Pak。 Sêng Sit. 所在名，今山東，河北。誠實。
党	tóng, tang ㄉㄤˇ, ㄉㄤˇ	tóng ê kán thé, tóng Lūi, kiat tóng, jī sìⁿ。 ioh miâ, tóng Sam, tang Sam。 黨的簡体。党類，結党，字姓。藥名，党參，党參。
兟	kim ㄐㄧㄣ	kng kut, kng Siám siám, kim kim, Soān Chioh kim kim sin sin. 光滑，光閃閃，兟兟，鑽石兟兟閃閃。
造字	兟，光也。與金有所分別字意。物發出光鋩即是兟也。	

九一十三畫

兜	tau, ㄉㄡ,	ko tsá Chiàn sū thâu khoe, hêng kiông ê i sù. tō tau, tau hong。 古早戰士的頭盔，形狀的意思。肚兜，兜風。
兟	Sin, ㄒㄧㄣ,	Chìn Chêng ê i sù, tsoe tsoe ê khóan Sit. 進前的意思，多多的款式。
兡	Sah ㄕㄚ	Peh Lah Sah, Chiū sī Chin Peh ê i sù. 白勒兡，就是真白的意思。
造字	助詞的字，借音及形容之意。	
㷍	Sih ㄒㄧㄏ	kng Sih Sih, Chhiⁿ kng Siám Sih, Chhiān Lān ê khóan. teng kng Siám Sih. 光㷍㷍，星光閃㷍，燦爛的款。燈光閃㷍。
造字	光線的閃亮，光暗點亮之間之現像。光與借音的組合	
若	nà, nah ㄋㄚ	Sih nà, Chiū sī Phah Lûi ê sî ê Siám tiān kong。 kiò tsoe Sih nà。 Sih nah。 㷍若，就是打雷的時的閃電光。叫做㷍若。㷍若。
造字	瞬間的光線。那有若無。借若的音來組合而得意。	
兢	keng ㄐㄧㄥ	Sio Sim kín Sīn, Chiàn Chiàn keng keng。 kiông tō, kiong kèng, kéng kài, kiaⁿ hiâⁿ Put an。 小心謹慎，戰戰兢兢。強盜，恭敬，警戒，驚惶不安。
㲂	ngih, ㄋㄧㄏ,	ngih ngih ngiauh ngiauh, Chiū sī Seng khu Chìn tāng, Chhin Chhiūⁿ thâng tín tāng ê khóan Sit. 㲂㲂蛪蛪，就是身軀震振動，親像虫振動的款式。
造字	助語詞的字 蛪与兒的組合成字。	
7畫 㬉	nà, ㄋㄚ,	nà jit, chiū sī Phak tioh jit kng ê i sù. 㬉日，就是曝着日光的意思。 造字

一一二畫

亾	bông ㄨㄤ	Sit Lóh, bô khì, tsáu khui, Sí bông, biát bông 亡 ê kó jī. 失落之去，走開，死亾，滅亾，亡的古字。
亼	jip ㄐㄧˊ	Saⁿ háp, tsū Chip ê i sù, kap jī Sio Siâng. 相合，聚集的意思，与集字相同。
內	Lōe, Lap ㄋㄟˋ, ㄋㄚˋ	Lāi, Lūi ㄋㄞˋ, ㄌㄨㄟˋ	Lāe trong, Lōe tōe, sù hái Chi Lōe. Lāi bīn, jip Lāi, Chiap Lāp, bak Chiu ê pīⁿ Lūi Chiōng。 內中，內地，四海之內。內面，入內。接內，目睭的病內障。
仝	tsoân, tsng ㄑㄩㄢˊ, ㄗㄥ	Chê tsng, tsoân jiân kap 全 jī Siong tông。 齊全，全然 与全字相同。

四一七畫

㒰	Pian, Piⁿ ㄅㄧㄢ, ㄅㄧㄢ	Phah ê khì khū, Phah, kóaⁿ, bé Piⁿ, tin Piⁿ, Phah thih Piⁿ bōe kó ioh. Siù ê iông but Lók Piⁿ。 打的器具，打，趕，馬㒰，藤㒰，打鐵㒰賣膏藥。獸的陽物鹿㒰。
㒶	Chhâi, tsâi, tsài ㄔㄞˊ, ㄗㄞ, ㄗㄞˋ	kap 与財 jī Siong tông。 hòe mih Chîⁿ tsâi. Chîⁿ Gûn Chhâi Pó。 字相同。貨物錢財。錢銀財宝。
16畫 鐎	chiâu, ㄐㄧㄠ,	chiâu chiâu, Lâm hō chiâu, ká hō i chiâu. Lóng tsong ê i sù. chiâu tsng, chiâu Pī。 鐎鐎，濫伍鐎，攪伍它鐎。攏總的意思。鐎全，鐎備。 造字

全 tsoân, tsn̂g, Chiâu ㄗㄨㄢˊ, ㄆㄧˊ, ㄐㄧㄡˋ min Chiâu Pī。bô khoeh khiàm。Chê tsn̂g, tsoân Lėk, tsoân Pō, tsa̍p tsn̂g。
物全備。無缺欠。齊全，全力，全部，十全。

兩 Lióng, Léng, níu, nn̄g ㄌㄧㄤˇ, ㄌㄧㄥˇ, ㄋㄧㄡˇ, ㄋㄥ Phit Phè, Chiâⁿ tùi, Lióng jîn, Lióng Sèng ha̍p hun。Léng Lông, Chi̍t níu, nn̄g hāng。
匹配，成對，兩人，兩姓合婚。兩廊，一兩，兩項。

俞 jû ㄖㄨˊ Chiong Chhiū Sin Chhàk tsòe tsûn。Ìn tap ê jī, hó, tioh, hoaⁿ hí ê bīn。Jû ún, èng ún
將樹身鑿做船。應答的字，好，着，歡喜的面。俞允，應允。
kap 俞 Sio Siāng ì sù。Lâng ê sìⁿ
与俞相同意思。人的姓

八	部	12

八 Pat, Poeh ㄅㄚ, ㄅㄝ hun Piat, hun khui ê ì sù, Sò jī ê Poeh jī, tē Poeh, Pâi Poeh jī, Pat kòa, Pat kòa, Pat im。
分別，分開的意思，數字的八字，第八，排八字。八卦，八卦，八音。

二一五畫

兮 hê ㄏㄧ Chhiùⁿ koa ê Siaⁿ bé, khan siaⁿ, thêng khì, mn̄g Gî hiō ê ì sù。
唱歌的聲尾，牽聲，停氣，問疑叫的意思。

公 Piat ㄅㄧㄝ hun khui, hun Piat, Piān Piat, kap Chit jī Sio Siāng。
分開，分公，辯公，与這字別相同。

公 kong, ang, kang, ko ㄍㄨㄥ, ㄤ, ㄍㄤ, ㄍㄛ Pîⁿ Pîⁿ Pun, bû su, kong Chèng, kong Pêng。kang bó, kâu kang, ti ko, ang bó, ang Pô。
平平分，無私，公正，公平。公母，猴公，豬公，公媒，公婆。

六 Lio̍k, La̍k, Liu̍h ㄌㄧㄡˋ, ㄌㄨˋ, ㄌㄧㄡˋ Sò jī tē La̍k, Lio̍k kok, Lio̍k Chhin, Lio̍k Sîn bû tsú。La̍k kak, Gák khì im Chí ê miâ, Liu̍h。
數字第六，六國，六親，六神無主。六角，樂器音指的名，六。

共 kiōng, kiông, kāng, Siāng ㄍㄨㄥˋ, ㄍㄨㄥ, ㄍㄤ, ㄒㄧㄤ, ng, tùi bīn, tok kang。kiōng tông, kong kiòn, kiōng iú, kiōng hoān, kiōng sū。
向，對面，督工。共同，公共，共有，共犯，共事。
kāng khoán, Saⁿ kāng。Sio Siāng, Siāng Sim, Siāng iūⁿ。tàu chhut La̍t, tàu saⁿ kāng。
共款，相共。相共，共心，共樣。斗出力，斗相共。

关 chhiàu ㄑㄧㄠ 笑ê kó jī。hoaⁿ hí, hó chhiò, Chhiò iông。
笑的古字。歡喜，好笑，笑容。

兵 Peng, Piaⁿ, Phiaⁿ ㄅㄧㄥ, ㄅㄧㄚ, ㄆㄧㄚ Chiàn sū, Peng teng。Peng bé, Peng khì, to Peng, Saⁿ thâi ê bú khì。Piaⁿ Pō, Piaⁿ Pâng。
戰士，兵丁。兵馬，兵器，刀兵，相刣的武器。兵部，兵房。
Lûi Phiaⁿ, Phian Phiaⁿ, hoān Phian Phiaⁿ Sîn。Phin Phiaⁿ sîn。
雷兵，天兵，犯天兵神。天兵神。

六一八畫

其 kî, ki, kī ㄑㄧˊ, ㄐㄧ, ㄐㄧˋ Gú sû Pang tsān ê jī。thêng hioh ê ì sù, Chí Só kóng ê jîn bu̍t sū, kî tiong, kî si̍t, kî û。
語詞幫助的字。停歇的意思，指所講的人物事，其中，其實，其餘。

具 kū, khū ㄐㄩˋ, ㄎㄨ Saⁿ kap liâu lí, Pī Pān, ióng tsòng, kiōng kip。kū Pī, kū thé, tsâi kū。kang khū, khì khū。
相合料理，備辦，勇壯，供給。具備，具体，材具。工具，器具。

㒸 sūi ㄙㄨㄟˋ Sūn thàn, kun tè, kap Chit jī Sio Siāng。
順趁，跟隨，与這字遂相同。

典 tián ㄉㄧㄢˇ Lu̍t Lē, Lé Sò, hoat tō, Chiáng koán。tián Chiuⁿ, un hūi, jī tián, jī Sìⁿ。
律例，礼數，法度，掌管。典章，恩惠，字典，字姓。

兼 kiam ㄐㄧㄢ Saⁿ Chham, Saⁿ ha̍p, ke thiⁿ, saⁿ kiam, kiam koán, Lióng kiam。kiam Pī, kiam kò, Lâng ê Sìⁿ。
相參，相合，加添，相兼，兼管，兩兼。兼備，兼顧，人的姓。

兼 kiam ㄐㄧㄢ kap téng bīn jī Sio Siāng。
与頂面字相同。

十一十四畫

㵆 io̍k ㄩˋ tsúi teh kún ê siaⁿ。
水咧滾的聲。

冀 kì ㄐㄧˋ n̄g bāng, him bō, ài。toe miâ, kíu chiu chi it, kì Chiu。kì bāng, hi bāng
向望，欣慕，愛。地名，九州之一，冀州。冀望，希望。

兾 kì ㄐㄧˋ kap téng bīn jī Sio Siāng。
与頂面字相同

冂	部	13

冂 keng, kéng ㄐㄩㄥ, ㄐㄩㄥˇ 坰 ê kó jī, hn̄g ê kài hān, khang ê ì sù。
坰的古字。遠的界限，空的意思。

一—六畫

冃	Mō͘, mō͘, ㄇㄛˋ,ㄇㄠˋ	Chiū sī têng tsài ê ì sù. Khàm ê ì sù. 就是重戴的意思。蓋的意思。
冇	Phàⁿ, Phà, ㄆㄠˋ,ㄆㄛˋ	Lāi bīn bô mih, khang Phàⁿ, Phàⁿ Chhek, Phàⁿ Phùn Phùh. Phò͘, kam Chià Chin Phò͘, Pe̍h Phò͘ ké. 內面無物，空冇，冇粟，冇款款。冇，甘蔗眞冇，白冇粿。
冄	jiám, ㄖㄢˇ	kap 冉 Siong tông. 与冉相同。
冇	têng, ㄉㄥ	Phàⁿ ê tùi hóan, sêng se̍k, Pá tsúi, Chhek têng, thâu khak têng Gâu tōa hàn. Chîm têng. 冇的對反，成熟，飽水，粟有，頭殼有勢大漢。蟳有。
回	hôe, hê, Pái, ㄏㄨㄟˊ,ㄏㄜˊ,ㄅㄞˇ	tiong ng tsóan thg ê khóan sit, Chit hôe, āu hê, hê hūn. Chit Pái, nn̄g Pái, āu Pái. 中央轉轉的款式，這回，後回，回魂。一回，兩回，後回。
冊	Chhek, Chheh, ㄘㄜㄎ,ㄘㄜㄏ	hû ha̍p ê bōng Lēng, Chhek hong, Chhek bēng, tek Pán ū jī. Su Chheh, tsù Chheh, kì Liām Chheh. 符合的命令。冊封，冊命。竹板有字。書冊，註冊，記念冊。
冉	jiám, ㄖㄢˇ	nńg, ūn á kiâⁿ, Chìn, Chhim tio̍h, Lâng ê jī sìⁿ. jú jiám, Chiām Chiām Chim jiám. 軟，緩仔行，進，侵着。人的字姓。茹冉，漸漸侵染。
冋	héng, ㄏㄥˊ	khang ê só͘ tsāi, Chhīu nâ Gōa ê thó͘ tōe. 空的所在，樹林外的土地。
册	Chhek, Chheh, ㄘㄜㄎ,ㄘㄜㄏ	kap 冊 jī Siong tông. 与冊字相同。
再	Tsài, ㄗㄞˋ	nn̄g Pái ê ì sù, têng Pē, iu Goân, koh tsài. 兩回的意思，重倍，尤原，閣再。
冏	keng, kéng, ㄍㄥ,ㄍㄥˇ	thang á, kńg Kng ê ì sù. 窗仔，光光的意思。
冐	mō͘, māu, ㄇㄛˋ,ㄇㄠˋ	khàm thâu khak, Chhìn Chhái kiâⁿ ná Chhiⁿ mî. ké tsòe, hó táⁿ, tham bê, ké mō͘, mō͘ jīn. 蓋頭殼，目睭行那目青盲。假做，好胆，貪迷，假冒，冒認。 māu sit, Chiū sī m̄ bat ké bat ê ì sù. māu sit kúi, Chiū sī Lut á, Phian Chhú. 冒憤，就是唔識假識的意思。冒憤鬼，就是譁仔，騙子。

七—九畫

冑	tiū, ㄉㄧㄡˋ	thâu khoe, kah tiū. 頭盔，甲冑。
冒	mō͘, māu, ㄇㄛˋ,ㄇㄠˋ	kap 冐 sio siāng 与冐相同
冔	hu, Hú, ㄏㄨ,ㄏㄨˇ	khàm, tsng thāⁿ, Un tiāu ê bián Liû, Pó͘ kòa. 蓋，妝飾，殷召的冕旒，黼襹。
冓	ko, kó, kò, ㄍㄛ,ㄍㄛˇ,ㄍㄛˋ	Chhù ê Chhâ thiāu sāⁿ kau Chiap. Chîⁿ tsâi kau Chiap, Chhim bit ê Só͘ tsāi. 厝的柴柱相交接。錢財交接，深密的所在。
晟	sêng, ㄕㄥ	Chiū sī tóe Pn̄g ê khì khū. Pn̄g khoeh á, Pn̄g táu. 就是貯飯的器具。飯篋仔，飯斗。
冕	bián, ㄇㄧㄢˇ	kó͘ tsá kun Ông ê bō, bián Liû. 古早君王的帽，冕旒。
冐	Be̍k, ㄇㄜㄎ	tī Lâng ê bīn Chêng tsáu Lâi tsáu khì ê ì sù. 佇人的面前走來走去的意思。

二十畫

䍦	Lî, ㄌㄧˊ	Pe̍h ê bō, bō á téng bīn ê bō tà. 白的帽，帽仔頂面的帽罩。
䨪	ú, ù, hō͘, ㄨˇ,ㄨˋ,ㄏㄛˋ	kap 雨 Siāng khóan. hong ú, hō͘ tsúi Lo̍h hō͘, kam ú. 与雨同款。風雨，䨪水落䨪，甘雨。

冖	部	14

冖	Be̍k, ㄇㄜㄎ	Khàm ba̍t, jia khàm, Chiū sī tāi Chì m̄ hō͘ Lâng tsai. 蓋密，遮蓋，就是事誌唔便互人知。

二—七畫

冘	îm, iû, ㄧㄣˊ,ㄧㄡˊ	jī bú. Pō͘ kiâⁿ, hô͘ tô͘ îm îm kiâⁿ ê khóan sit. tîu tû bô tiāⁿ tio̍h, Phah sǹg, m̄ káⁿ Chìn Chêng. 字母。步行，糊塗冘冘行的款式，躊躇無定着，打算，不敢進前。

冗 jióng, jiáng, Chhiáng sī sòaⁿ, tó khì, i̍au Loān, ju̍ Chhiáng Chhiang, jióng hoân, jiáng ta̍p, bô êng。
ㄖㄜˊㄥ, ㄖㄧˊㄤ, ㄑㄧˊㄤ, 四散，倒去，擾乱，冗冗，冗煩，冗雜，無閒。

罙 Bî jip Lāi bīn sì kè kiâⁿ, thong hêng, Chhim Chhim, Lâm Sám, hó tá ⁿ。
ㄇㄧˊ 入内面四過行，通行，深深，濫摻，好胆。

冠 koan, koàn, koaⁿ tsáng thâu mn̂g, tsat thâu mn̂g, khàm thâu khak ê bō。 i koan, koan bián。 Ông koan。
ㄍㄨㄢ, ㄍㄨㄢˋ, ㄍㄨㄚ 鬃頭毛，扎頭毛，蓋頭殼的帽。衣冠，冠冕。王冠。
koàn kun, koàn mn̂g, koàn Sû。 hōng koaⁿ。 hōng koaⁿ hê Pòe, hông tè Sé Sù ê i koan。
冠軍。冠毛。冠詞。鳳冠。鳳冠霞珮，皇帝所賜的衣冠。

八·九畫

冢 thióng Soaⁿ á, Soaⁿ Chiam, tōa Pûn bōng, koân, thióng Soaⁿ。
ㄊㄧㄛˊㄥ 山仔，山尖，大墳墓，高，冢山。

取 tsū, thèh tsòe hóe, tsū Chip, Chek tsū, Chek thiok ê i Sù。 聚 ê kó jī。
ㄆㄨ 提做伙，聚集，積住，積畜的意思。聚的古字。

冥 bêng, keng, mî, o· àm, im kan, im im, bêng hú。 Sio keng tsóa, Sio keng i。 mî sî, àm mî。
ㄇㄜㄥ, ㄍㄜㄥ, ㄇㄧ 黑暗，陰間，陰陰，冥府。燒冥紙，燒冥衣。冥時，暗冥。

冤 oan, oai, Oaiⁿ, un, Oan Siû, oan óng。 oāi Lâng, tò oāi Lâng。 oaiⁿ koāi Lâng, tò oaiⁿ Chiâ ān。 un khut。
ㄨㄚㄢ, ㄨㄚㄧ, ㄨㄚㄧ, ㄨㄣ 冤讐，冤枉。冤人，倒冤人。冤拐人，倒冤成案。冤屈。

冡 Bōng Pún jī。 khàm Phak ê i sù, jī bó。 khàm bat, Gōng, hàm bān, bóe thong tát。
ㄅㄛㄥ 冡的本字。蓋仆的意思。字母。蓋密，戇，憨慢，𣍐通達。

富 hù, Pù tak hāng Chiâu Pī, Chhiong Sēng, kàu Giàh, tōa Lī ek, Pù ū, hù kùi, thó Pù, hù hō·
ㄈㄨ, ㄆㄨ 逐項全備，昌盛，夠額，大利益，富有，富貴，土富，富戶。

十一—十六畫

寠 nn̂g, khǹg nn̂g, Chiū sī Siu khǹg ê i sù。
ㄋㄥ 藏寠，就是收藏的意思。
有藏密之意，借攬，即摟的字義，摟住蓋眺，得之寠。

冩 Sía 寫 ê Siók jī, Chhau Sía, Sía jī。
ㄒㄧㄚ 寫的俗字，抄寫，寫字。

䨥 tìm kut tōe Chhah tiâu ê i sù。 o· tò āng ê sek, tìm āng
ㄉㄧㄇ 掘地插眺的意思。黑黖紅的色，䨥紅

冪 bék, tà Phè, tà mih ê Pò, khàm mih ê kun, jia mih ê kun。
ㄇㄧˋ 罩帕，罩物的布，蓋物的巾，遮物的巾。

寵 thióng, khia koân ê ūi, ài Sioh, Chhim ài。 kap 寵 Siāng khoán。
ㄊㄧㄛˊㄥ 堅妥的位，愛惜，深愛。与寵同款。

冫	部	15

冫 Peng tsúi Léng kiat Chiâ tè, Peng, iā sī jī Pō ê jī。
ㄅㄜㄥ 水冷結成塊，冫，也是字部的字。

三—五畫

冬 tong, tang, Chit nî ê tē sì kùi, kôaⁿ thiⁿ, tang thiⁿ, Siu tang, nî tang, Chhun hā Chhiu tong。
ㄉㄨㄥ, ㄉㄤ 一年的第四季，寒天，冬天，收冬，年冬，春夏秋冬。

冲 Chhiong Chhák Peng Sng ê Siaⁿ。 Sòe hàn, iù Chhiong, un hô, Chhiong tām。 Chhiong Phòa, Chhiong Chek。
ㄑㄧㄛㄥ 鑿冰霜的聲。小漢，幼冲。溫和，冲淡。冲破，冲積。

決 koat tsúi mîa, tsúi teh kiâⁿ, tsám tn̄g, koat toān, koat tēng, koat Chiàn。 koat Sèng, koat Sǹg, koat kháu。
ㄍㄨㄚㄊ 水名，水咧行，斬斷。決斷，決定，決戰。決勝，決算，決口。

冱 hō· kôaⁿ, Gêng tsòe hóe, Léng khì, hân khì Pì Sài。
ㄏㄛ 寒，凝做伙，冷氣，寒氣閉塞。

冰 Peng Léng ê i sù, Chheng khì, Chhin Pi Pi, kian Peng, Peng Sng。 tòng kiat。
ㄅㄜㄥ 冷的意思，清氣，清冰冰，凝冰，冰霜。凍結。

冹 hut kôaⁿ, kian Peng ê khóan Sit。
ㄏㄨㄊ 寒，凝冰的款式。

冷 Léng, Lêng jiat ê tùi hóan。 kôaⁿ, Chhìn, Gân Gân, Chheng Chēng, hān tit Léng mn̂g。 Léng loán, Peng Sng。
ㄌㄜㄥ, ㄌㄜㄥ 熱的對反。寒，清，凝凝，清靜。罕得冷門。冷暖，冰霜。

泮 Phoàn Peng Sng khui。 Siau iûn, kap 泮 Sio Siāng。 hun Sòa, Phòa khui。
ㄆㄨㄚㄢ 冰霜開。消溶，与泮相同。分散，破開。

冶	Peng ㄅㄝㄥ	Chiū sī Pe ê ì sù。 就是飛的意思。
冶	iá, iáⁿ ㄧㄚ,ㄧㄚ	iūⁿ iūⁿ, tsù tâng thih, tsù ê hóe Lô, iá Liān。Sái, tsng thāⁿ, iām iáⁿ, Lāu jiat hó khòaⁿ。 熔熔，鑄銅鐵，鑄的火爐，冶煉。佚，妝飾，艷冶，閙熱好看。
况	hóng, hòng ㄏㄛㄥ,ㄏㄛㄥ	Siúⁿ sù, tú tioh, kéng hóng, kīn hóng, hô hòng, hòng Chhiá。khah Chhim ê ì sù。Peng Léng ê tsúi。 賞賜，抵着，景況，近況，何況，況且。較深的意思。冰冷的水
涧	kéng ㄍㄝㄥ	Chiū sī Léng khì。kôaⁿ ê ì sù。 就是冷去。寒的意思。
冰	Peng, Piang, Pi, ㄅㄝㄥ,ㄅㄧㄤ,ㄅㄧ,	tsúi Léng kiat Chiâ tè, Peng Sng, Chheng khì, Peng Léng。kôaⁿ。 水冷結成塊，冰霜，清氣，冰冷。寒。
泯	Bín, ㄅㄧㄣ,	tsúi khoah hñg hñg。tsái Lâu Lô Lô。Chîn thâu。 水濶遠遠。水流濁濁。盡頭。

六一九畫

冽	Liat, Leh, Chhìn, ㄌㄧㄚㄊ,ㄌㄝㄏ	Léng, Chhìⁿ Léng, Chhìⁿ Chhìn。kôaⁿ, Lîn Liat, hui Siông hân Léng。 清，冷，青冷，青清。寒，凛冽，非常寒冷。
洛	Lók ㄌㄜㄍ	kiân Peng ê khóan Sit, Peng tàng。 凌冰的款式，冰凍。
浼	Bián, múi ㄅㄧㄢ,ㄇㄨㄧ	bak tioh, jiám tioh, kiáu jiáu, bô Sok Chēng。bak Lâ Sâm。 污着，染着，攪擾，無肅靜。污垃圾。
准	tsún ㄗㄨㄣ	Pîⁿ Chiaⁿ, un tsún ê ì sù。hí khó。èng ún。m̄ tsún。 平正，允准的意思。許可。應允。不准。
涸	kò ㄍㄛ	kian tàng, Gêng kiat, koaiⁿ mñg。 凝凍，凝結，関門。
凉	Liông, Liâng, niû, ㄌㄧㄛㄥ,ㄌㄧㄤ,ㄋㄧㄨ,	Léng tām, Chhìⁿ Chhìn, Liâng Léng, Chheng Liâng, Liâng Phîⁿ, Liâng hún。niû Sòaⁿ。 冷淡，青清，涼冷，清涼，涼棚，涼粉。涼傘。
凌	Lêng ㄌㄝㄥ	Peng Sng ê Chhùn。Pháiⁿ khóan thāi, Lêng jiok。Lêng Loān, Peng Lêng, Lêng ú。 冰霜的唇。歹款待，凌辱。凌乱，冰凌，凌雨。
凋	tiau ㄉㄧㄠ	Lich Lich á Siong hāi, Lóh hioh, tiau úi。tiau Sia hoe Lóh。Soe Pāi, tiau Pē。 略略仔傷害，落葉，凋萎。凋謝花落。衰敗，凋敝。
淨	Chēng, ㄐㄝㄥ,	Sóe Chheng khì, kôaⁿ Léng, tsúi mîa, Chēng Chēng, Chheng Chēng, it kan jī Chēng。Chēng tsúi。 洗清氣，寒冷，水名，靜靜，清淨，一乾二淨。淨水。
凄	Chhe, Chhi, Chhìⁿ ㄑㄝ,ㄑㄧ,	kan khó, Chhìⁿ Chhám, Chhìⁿ Chhìn, Léng Lóh, Chhìⁿ Liâng。Chhe hong Léng ú。 艱苦，凄慘，凄清，冷落，凄凉。凄風冷雨。
凊	Chhèng, Chhìn, ㄑㄝㄥ,ㄑㄧㄣ,	Léng, kôaⁿ, Chhìⁿ Chhìn, Chhìn Chhìn, Chhìn Sim。 冷，寒，凄清，清清，清心。
凍	tòng, tàng, ㄉㄛㄥ,ㄉㄤ	Léng kàu kiat Peng, kian tàng, Léng tòng, tòng kiat, tàng Chih, tàng Lō, ô Giô tàng。 冷到結冰，凝凍，冷凍，凍結，凍舌，凍露，萬蕘凍。
凌	Liok ㄌㄧㄛㄍ	Gêng Chip hō tsúi ê ì sù。 凝集雨水的意思。
凇	Siông ㄒㄧㄛㄥ	kiân tàng, kôaⁿ ê khì kiat tiâu tī Chhiū nih, Chhin Chhiūⁿ tsu á。 凝凍，寒的氣結趴佇樹裡，親像珠仔。
涵	hâm ㄏㄚㄇ	Ch 就是眞寒的意思

十一十二畫

減	kiám, ㄍㄧㄚㄇ,	Chió Chió, khin khin, Sún hoāi, tsúi mîa。kiám Chió, kiám Séng。kap 減 Siâng khóan。 少少，輕輕，損壞，水名。減少，減省。与減同款。
滄	Gân, ㄍㄚㄣ,	kôaⁿ Chhìn, Gân。Gân Sng, Peng Gân, Léng Gân。Gân kng。 寒清，滄。滄霜，冰滄，冷滄。滄鋼。
凭	Pîn, ㄅㄧㄣ	Pîn kù, ì khò, ì oá, Pîn tsún, kap 凴 Siâng khóan。 凭据，依靠，依偎。凭準，与凴同款。
凚	tiap, ㄉㄧㄚㄆ,	Chiū sī kiân tsòe hóe, kian tàng ê ì sù。 就是凝做伙，凝凍的意思。
湊	tsò, ㄗㄛ,	Lâng tsū Chip tī tsúi téng。Chek tsū, Saⁿ kūn oá, Lāu jiat, Saⁿ Chīⁿ Chiⁿ Chêng。 人聚集佇水頂。積住，相近偎，閙熱，相爭進前。
溰	kî ㄍㄧ	Chiū sī Sng Seh ê ì sù。 就是霜雪的意思。
凓	Lek ㄌㄝㄍ	kôaⁿ kôaⁿ ê khóan Sit, hân hong, Giâm hân Lek Liat。 寒，寒的款式，寒風，嚴寒凓冽。
凘	Sih, ㄒㄧ,	Léng Sih Sih, Chin Léng ê ì sù。kôaⁿ sih sih。kôaⁿ kàh Sih Sih tsún。 冷凘凘，眞冷的意思。寒凘凘。寒到凘凘殩。 造字

準	tsún, ㄓㄨㄣˇ	bô Cheng Chha, hóng-hoat, hóng iūⁿ. kap 準 Sion tông. 無精差，仿法 仿樣。与 準 相同。
溓	Liâm, ㄌㄧㄢˊ	Chiū Sī Peng ê ì sù. 就是冰的意思。
滭	Pit, ㄅㄧˋ	hong kôaⁿ, Léng khì ê ì sù. Pit hut hong hân. 風寒，冷氣的意思。滭浡 風寒。
潅	tsôe, ㄗㄨㄟ	Sng-Seh Chek tsū, tsū Chip ê khoan Sit. 霜雪積住，聚集款式。
㵎	Goân, ㄩㄢˊ	Chiū Sī Léng, koaⁿ Chhìn ê ì sù. 就是冷，寒清的意思。
漻	Liû, ㄌㄧㄡˊ	kha Chhiu Léng kôaⁿ kiân kiân ê ì sù. 脚手冷寒 凝凝的意思。
澌	Su, ㄙ	Peng iûⁿ Chiū Lâu, Peng tè tsúi Lâu ê ì sù, Lîu Su, . Lâu Peng ê Siaⁿ. 冰溶就流，冰隨水流的意思，流澌。流冰的聲。
潔	kiat, ㄐㄧㄝˊ	Chheng khì. Chheng khì siùⁿ. Chheng kiat. 清氣。清氣相。清潔。
㶏	Sún ㄙㄨㄣˇ	ka Lun Sún, Chiū Sī kiaⁿ Chhoah Chit ē ê ì sù. 㶏忍㶏，就是驚㨻一下的意思。
造字		受驚一時不自在，身心像身熱遇冰水澹而損而得意，㶏。

十三—十五畫

澿	kìm, khìm ㄐㄧㄣˋ, ㄑㄧㄣˋ	kôaⁿ ê khoan sit, kôaⁿ kàu kek. 寒的款式，寒到極。
凜	Lím, ㄌㄧㄣˇ	kôaⁿ Chhìn, Chhìⁿ Chhìn, hō Lâng kiaⁿ kàu ngiauh ngiauh Chhoah. ui hong Lím Lím. 寒清，凄清，使人驚到𠢕𠢕㨻。威風凜凜。
澤	tök ㄉㄨˊ	Peng kiân têng ê ì sù. 冰凝碇的意思。
凝	Gêng, Gân, kian ㄋㄧㄥˊ, ㄋㄧㄢˊ, ㄍㄧㄢ	tsúi kian Peng, Gêng kò, kian têng. Gêng huih. Thiⁿ khì Gân. Chhùi khí Gân. 水凝冰，凝固，凝碇。凝血。天氣凝。嘴齒凝。
瀆	tök ㄉㄨˊ	kiáu jiáu, Chiap Chiap thó, Chhòng tī, Siat tök ê ì sù. 攪擾，捷捷討，創治，褻瀆的意思。
凓	Chit, tsun, ㄐㄧˋ, ㄗㄨㄣ	tsun kàu beh Sí, Gih Gih tsun, Chiū Sī kôaⁿ Seng khu tín tāng ê ì sù. 凓到也死，𤺪𤺪凓，就是寒身軀振動的意思。

几	部	16

几	kí ㄐㄧ	Sió ê toh, àn toh, àn tiaⁿ, ê ì sù. 小的桌，案桌，案鼎，的意思。

一—十六畫

凡	hoân. hoân, ㄈㄢˊ, ㄈㄢˊ	Lóng tsóng, tak ê, Pêng Siông, khài, tóng hap. Sè kan, hoân kan. Pêng hoân, ho... 攏總，逐個，平常，大概，總合。世間，凡間。平凡，凡夫。
凢	hoân, hoân ㄈㄢˊ, ㄈㄢˊ	kap têng bīn jī, Siāng khoán. 与頂面字，凡同款。
処	Chhú, Chhù, khì, hit tè, hit uī, Sè bīn, Só tsāi. ㄔㄨˇ, ㄔㄨˋ	ui Chhù. 處 ê kán Siá. 彼地，彼位，勢面，所在。位処。處的簡寫。
凭	Pîn, Pīn ㄆㄧㄥˊ	the í, í oá, oá khò. 撐椅，依偎，偎靠。
風	hong, hóng, ㄈㄥ, ㄈㄥˇ	Siⁿ soàⁿ, thó siòk, Sè bīn, kàu hòa, Chhe hong, hong Siök, hong Siaⁿ. kap 風 Siāng khóan. 扇散，土俗，勢面，教化，吹風，風俗，風聲。与 風 同款。

九—十三畫

凰	hông, ㄏㄨㄤˊ	bú ê Chiau ông, hōng hông. Sī sūi Chiáu. 母的鳥王，鳳凰。是瑞鳥。
凬	Siok, ㄒㄩˋ	Chiū Sī Lâng ê jī Sìⁿ. 就是人的字姓。
凱	khái ㄎㄞˇ	Tiāi iāⁿ hoaⁿ hí, khoài Lök, hó, hô hó. khái Soân. khái ko. khái Sat tāi tè. 大贏歡喜，快樂，好，和好。凱旋。凱歌。凱撒大帝。

凳	tèng ㄉㄥˋ	í tiâu, í Liâu ê Lūi. kha tah, tah tau, tah tèng, bé tah tèng。 椅條，椅條的類。脚踏，踏斗，踏凳，馬踏凳。
凴	pîn ㄆㄧㄣˊ	oá khò, í oá, pîn kù, pîn tsún, pîn Lí kóng。pîn Chèng。 偎靠，依偎，凴据，凴準，凴理講。凴證。

凵	部	17

凵	khám, ㄎㄢˇ	khui Chhùi ê ì sù, tóe mih ê khì khū。 開嘴的意思。貯物的器具。

二一十畫

凶	hiong, ㄒㄩㄥ	Pháiⁿ ná thô hām。Pháiⁿ tiāu thâu, Put an, tōa Pháiⁿ, tsōe Giat, hiong hām。 歹那土陷。歹兆頭，不安，大惡。罪孽，凶陷。
凸	tút, Phok, Phòng, ㄉㄨㄊ,ㄆㄛㄎ,ㄆㄨㄥ	Phòng khí, thóng Chhut ê ì sù。Phok Chhut Lâi, Phok khí Lâi, Phòng Pán。tút kiàⁿ。 胖起，統出的意思。凸出來，凸起來，凸版。凸鏡。
凹	au ㄠ	Lap tóe, Lap kōe, Lap Lòh, Lap khang, Chiū sī bô Pîⁿ。au Pán, au hām kiàⁿ。 塌底，塌低，塌落，塌孔，就是無平。凹版，凹陷鏡。
出	Chhut, kut, ㄔㄨ,ㄍㄨ	Chháu bák Chhut Gê khoán Sit。Chhut khì Gōa bīn, Siⁿ Chhut Lâi。Chhut Sì。Chhut mn̂g。 草木出芽的款式。出去外面，生出來。出世。出門。
函	hâm, ㄏㄢˊ	tóe mih, iông ún, Pau tsāi Lāi, Chhùi Lāi bīn Chīⁿ hē, Phoe Lông, Sìn hâm。hâm Sīu。 貯物，容允，包在內。嘴內面舌下，批囊，信函。函授。
凾	hâm, ㄏㄢˊ	kap téng bīn jī Sio Siāng。 与頂面字相同。
𠚤	kiu ㄐㄧㄡ	Chhiah kiu, Chiū sī Pháiⁿ, Chhiah bé bé ê ì sù。Chhiah Pê Pê ê ì sù。 倲𠚤，就是惡，倲𩣡𩣡的意思。倲鈀鈀的意思。

造字 𠚤界界的意思，借丩的音來托顯𠚤的字意與形。

𩣡	bé, ㄅㄝ	Chhiah bé bé, Chhiah Pê pê, hêng iông Pháiⁿ。 倲𩣡𩣡，倲跁跁，形容惡。

造字 𠚤界界的意思，借馬的音來托顯像馬脫韁𩣡𩣡叫。

8畫 𡉚	Pauh, Puh ㄅㄠㄏ,ㄅㄨㄏ	Pauh Chhut Lâi, Puh chhut Lâi。Pauh Gê khí。Puh Ìⁿ, Puh Ìⁿ。Puh Liâp á。Puh tsúi tsu。**造字** 𡉚出來，𡉚出來。𡉚牙齒。𡉚芽，𡉚穠。𡉚疪仔。𡉚水疽。

刀	部	18

刀	to ㄉㄜ	Lāi ê khì khū ê miâ, thîⁿ to, to á, kó-tsá Chîⁿ ê miâ, Chit to tsóa Chit Pah tiuⁿ。tōa to。 利的器具的名，鋌刀，刀仔，古早錢的名，一刀紙一百張。大刀。

一一三畫

刃	jīm, ㄖㄧㄣ	hó kn̄g ê to, Lāi to, Sio thâi ê to, to kháu, 好鋼的刀，利刀，相刣的刀，刀口。
双	jīm, ㄖㄧㄣ	kah jī Siāng khoán。 与刃字同款。
刁	thiau, tiau, ㄊㄧㄠ,ㄉㄧㄠ	áu bân, Lām Sām, iô tāng, tiau bân, thiau Lân。kán tsà ê ì sù。 拗慢，濫摻，搖動，刁慢，刁難。狡詐的意思。
刅	Chhong ㄔㄨㄥ	tiòh Siong, Sīu Siong, Siong, to Siong, Phah Siong。 着傷，受傷，傷，刀傷，打傷。
分	Hun, Hūn, būn, Pun, ㄏㄨㄣ,ㄏㄨㄣˋ,ㄅㄨㄣ,ㄅㄨㄣ	Phoà khui, hun khui, hūn Giàh, Pún hūn, Pun ke hóe, Pun Phìⁿ。Poàh kiau ê tsóa, hō Lâ būn。 剖開，分開，分額，本分，分家伙，分擗。賭賭的紙，葫蘆分。
刈	ngāi, koah, ㄫㄞ,ㄍㄨㄚ	tsām tn̄g tsām sat, koah Chháu, ngāi tīu ki。ngāi hô ki。Lông khū, Liám to Lūi 斬斷，斬殺，刈草，刈稻機。刈禾機。農具，鐮刀類
切	Chhè, Chhiat, ㄑㄝ,ㄑㄧㄚㄊ	Lóng tsóng tsòh Chit ē, it Chhè, it khài。Chhiat Chhài, kiP Chhiat, Chhet Sit, Chhiat Sin。 攏總作一下，一切，一概。切菜，急切，切實，切身。
刊	khan ㄎㄢ	tsōeh tn̄g, khám, tsām, Phut, khau, Chhiân bók。Chhut khan, khan teng, khan ìn, khan Pán。 絕斷，砍，斬，刜，鉤，刊木。出刊，刊登，刊印，刊版。
刋	Chhiàn ㄑㄧㄢ	chhiat tn̄g, tsām, Chhò, chhiat。chhiat iù iù。 切斷。斬，剉，切。切切切。
刌	Chhún ㄘㄨㄣ	koah tn̄g, Chhiat, koah, tsōeh tn̄g, Chhiat mih ê Siaⁿ。 刈斷，切，刈，絕斷，切物的聲。

乇刂	thuh ㄊㄨㄏ	Ēng Lāi ê khì khū Lāi khau, à sī khoe, thuh tiān, thuh thô kha. thuh khí Lâi. 用利的器具來鉤，或是刷，乇鼎，乇土腳。乇起來。

造字 要刂要刷，總是要利器相助，借乇的音來表現乇刂的功能。

四畫

列	Liat ㄌㄧㄝ	Pun khui, hun Piat, khia kui tsoa, Pâi Liat, tūi Liat Chhia, Liat ūi, Liat kok, Liat Pang. 分開，分別，豎歸綴，排列，隊伍。列車，列位，列國。列邦。
仯刂	Sà ㄕㄚ	Chiu sī Chhi Chhak ê ì sù. 就是刺鑿的意思。
刪	San ㄕㄢ	koah, tû Chháu, koah Chháu, Chián Chháu ê khì khū. tû khì. San tû. 刈，除草，刈草，剪草的器具。除去。刪除。
刑	tán, tái ㄉㄢ, ㄉㄞ	Chiu sī koah tn̄g ê ì sù. táiⁿ kha, táiⁿ kha khū, táiⁿ ka Chiah, táiⁿ Chhiu ki, táiⁿ Lo̍h Lâi. 就是刈斷的意思。刑腳，刑腳具，刑尻脊，刑樹枝，刑落來。
刓	Goân, ㄨㄢ,	tsoeh tn̄g, Siah mih, Liâm Lek to, khek in á. Sì kak Siah tsòe în ê, Goân hong ûi Oân. 絕斷，削物，鐮劈刀，刻印仔。四角削做圓的，刓方為圓。
刎	Bún, ㄨㄣ,	thán hoâiⁿ koah, koah âu, Pun khui, tsū bún. bún thâu kau, ì Sin Siong hú ê Peng iú. 袒橫刈，割喉，分開，自刎。刎頸交，以身相許的朋友。
刖	Goat, ㄩㄝ,	Chéh tn̄g, tsām kha kut, kó tsa ê hêng hoat. 絕斷，斬腳骨，古早的刑罰。
刑	hêng, ㄒㄧㄥ,	kap Sio Siāng. hêng hoat, hêng khū, Chek hoat ê tsóng mîa. 与刑相同。刑罰，刑具，責罰的總名。
分刂	Pin ㄅㄧㄣ	Chiu sī hun Piat ê ì sù. 就是分別的意思。
刑	hêng ㄒㄧㄥ	Chek hoat ê tsóng mîa. Siông ēng ê hoat tō, hêng hoat, khok hêng, hêng sū, hêng kî. 責罰的總名。常用的法度，刑罰，酷刑，刑事，刑期。
划	hôa, kò, ㄏㄨㄚ, ㄍㄜ,	the ko, the tsûn Chin Chêng. kò tsûn á. kò tek Pâi á. tsām tn̄g ê ì sù. 撐篙，撐船進前。划船仔。划竹簰仔。斬斷的意思。
刲	khè, khiat, ㄎㄝ, ㄎㄧㄝ,	khì khū ê iok sok, khek ūi tek bák. Chhiam toá. 器具的約束，刻畫竹木。刲刀仔。
刮	koat, ㄍㄨㄚ,	thek kut, Pak bah ê ì sù. 剔骨，剝肉的意思。
刉	ki, ki, ㄐㄧ, ㄐㄧ,	Ēng to koah mih, khiau khiau ê to. 用刀刈物，曲曲的刀。
㓟	Pok ㄅㄛ	Pok Chhut Lâi, Chhin Chhiūⁿ Lâng ê bák Chiu thò chhut ê ì sù. 剝出來，親像人的目睭吐出的意思。

五畫

初	Chho, Chhoe ㄔㄨ, ㄔㄨㄝ	Lé sò ê khí thâu. khí thâu, khí Sin Lâi tsòe, khí Chho. tong Chhoe, Chhoe It, Chhoe Gō, Chho Pō. 禮數的起頭。起頭，起身來做，起初。當初，初一，初五，初步。
刣	chiong, thâi ㄐㄧㄥ, ㄊㄞ	Siah mih, tsó tòng, kìm Chí. thâi Lâng, thâi ti. thâi koe. thâi thâu. thâi Lâng Pàng hè 削物，阻擋，禁止。刣人，刣豬。刣雞。刣頭。刣人放火
刜	hut, Phut, Phah, ㄈㄨ, ㄈㄨ,	Chhò tn̄g, Phut mih. Phut sí. Phut Chhiu ki. Chiaⁿ Chhak tō Phut. 打，剉斷，刜物。刜死。刜樹枝。正鑿倒刜。
刦	kiap, ㄐㄧㄝ,	kiōng kiōng Liah Lâng, theh i ê mih. Chhiúⁿ, kiōng kiap, Chhiúⁿ kiap. 強強掠人，提他的物。搶，強刦，搶刦。
刧	kiap, ㄐㄧㄝ,	kap téng bīn jī Sio Siāng. 与頂面字刦相同。
㓠	koa, ㄍㄨㄚ,	Chiu sī koah ê ì sù. 就是刈的意思。
利	Lī, Lāi, ㄌㄧ, ㄌㄞ,	ū Chiam ū mí ê to, Lāi to, Lī ek, Lī Chhī, Lī Sek. tāng Lāi, bó Lāi, Lī iōng 有尖有鋩的刀，利刀，利益，利市，利息。重利，毋利，利用。
刡	bín ㄇㄧㄣ	khì khū ê mîa. bín á. khau, Siah, Lòe, bín mih, bín ôe, bín Se tsong. 器具的名。刡仔。鉤，削，鑢，刡物。刡鞋，刡西裝。
判	Phoàn, Phoàⁿ, ㄆㄨㄢ, ㄆㄨㄢ,	koah tsòe nn̄g Pêng. hun khui Sì Sòaⁿ, Phòa Pêng. Phoàn tōan, 割做兩平。分開四散，剖平。判斷，
刨	Pâu ㄅㄠ	Chiu sī Siah ê ì sù. 就是削的意思。
㓟	Phi, Phoe, ㄆㄧ, ㄆㄨㄝ,	Ēng to Siah mih Pòh Pòh, Phi han tsû Phìⁿ, Phoe Pòh Pòh, Phoe ô á Phìⁿ. Phat chih, Pak Phê. 用刀削物薄薄，㓟番薯片，㓟薄薄，㓟芋仔片。㓟折，剝皮。

〔別〕 Piat, Piat, Pat, hun khui, hun Piat, Pian Piat. Sa" Lī, Lêng Gōa, Lī Piat, Pài Piat: Pat ê, Pat hāng.
ㄅㄧㄝˊ, ㄅㄧㄝˋ, ㄅㄧㄝ, 分開，分別，辯別。相離，另外，離別，拜別。別個，別項。

〔刪〕 San, Siah. tû khì, San khì, San kái. San tû.
ㄕㄢ, 削。除去，刪去，刪改。刪除。

〔剢〕 Lêng, Lēng, ēng to Lâi Phoa mi ê ì sù.
ㄌㄥˊ, ㄌㄥˋ, 用刀來剖物的意思。

〔剮〕 ko, Chiū sī Liâm Lek to ê ì sù.
ㄍㄜ, 就是鐮劈刀的意思。

〔砧〕 tiám, to khih, Phah khih, khih tiám. Chhò.
ㄉㄧㄢˇ, 刀缺，打缺，缺砧。錯。

六畫

〔剎〕 Chhat thâi, thau, hoe Siū ê sī, Pó Chhat, kó Chhat. it chhat ná, tiap á kú.
ㄔㄚˋ 殺，逵，和尚的寺，寶剎，古剎。一剎那，霎仔久。

〔刱〕 Chhong, Chhòng Chè tsó ê hoat tō, kì Giap. kap 刱 kang ì sù. khí thâu.
ㄔㄨㄤ, ㄔㄨㄤˋ 祭祖的法度，基業。与創共意思。起頭。

〔制〕 Chè, hoat tō, kìm, kóan hat, Chè tō, Siú Chè, hān chè, chè tēng, Chè hók, Chè h.
ㄓˋ, 法度，禁，管轄，制度，守制，限制，制定，制服，制憲。

〔剨〕 khiat, khat, Chhiah jī, Chhiah bīn, Pāi hoāi iông māu.
ㄑㄧㄝˋ, ㄎㄚˋ, 刺字，刺面，敗壞容貌。

〔刻〕 khek, koah, khoe, Siah, Pak, thàng thiàn, Siong hāi, Chit khek, tsap gō hun Cheng. Sî khek.
ㄎㄜˋ, 刈，剾，削，縛，痛疼，傷害，一刻，十五分鐘。時刻。

〔刳〕 ko, khoa, Chiū sī ēng to Phoa khui ê ì sù. Phoàn toàn. Phoa chhâ tsòe tsûn. thâi.
ㄎㄨ, ㄎㄨㄚ, 就是用刀剖開的意思。判斷。剖柴做船。殺。

〔券〕 koàn, khoàn khòe tsóa, Pòh ê Chhâ Pán, iok jī, Pìn tsún, hoat tō, khòe koàn
ㄐㄩㄢˋ, ㄑㄩㄢˋ 契紙，薄的柴板。約字，憑準，法度，契券。

〔刮〕 koat, kuih, koah Siah, khau, koat Siat. kuih mih, kuih soa, koah hō Chhiu. koah bòk Siong khàn. kuih mih
ㄍㄨㄚ, ㄍㄨㄟ, ㄍㄨㄚ 削，鈎，刮剔。刮物，刮沙，刮鬍鬚。刮目相看。刮物

〔刺〕 Chhek, Chhì, Chhiah, tsân, iah khang, Chhng khang, Chhek sù, koa" ê mîa. Chhek bòk, Chiam Chhì, hî á chhì.
ㄘˋ, ㄘˋ, ㄑㄧㄚˋ, ㄗㄢ, 挖孔，穿孔，刺史，官的名。刺目，針刺，魚仔刺。
chhì", Chhiah jī, Chhiah Sat, Chhiah huih, Chhiah iân, tsân sí, tsân ti, tùh sí. hoân ló, chhì" sim koa".
ㄘˋ, 刺字，刺殺，刺血，刺瘍。刺死，刺豬，挂死。煩惱，刺心肝。

〔剐〕 Lòk, Chiū sī Pak kut, thek bah ê ì sù.
ㄌㄨㄛˋ, 就是剝骨，剔肉的意思。

〔刵〕 jī, koah hī á.
ㄦˋ, 刈耳仔。

〔刷〕 Soat, Chhòe, Seh, Chhè, Siah, bín, Lù, Sàu tû, bín á. ìn Soat, Chhat Seh, iû Chhat ê Chhéng á. tian Chhòe.
ㄕㄨㄚ, ㄘㄜ, ㄕㄜˋ, ㄘㄜˋ, 削，刷，鑢，掃除，刷仔。印刷，漆刷，油漆的筅仔。鼎刷。

kah, ㄍㄚ, 〔到〕 tò, tàu, kàu, Pò tò, Chiu tò. kàu uī, kàu Chhiu. tàu Chhù hoan Gêng. tàu toe.
ㄉㄠˋ, ㄉㄠˋ, ㄍㄠˋ, 報到，周到。到位，到手。到處歡迎。到底。

〔剕〕 thiau, thek kut, koah tn̄g ê ì sù.
ㄊㄧㄠ, 剔骨，割斷的意思。

〔剁〕 tò, khám, Chhò, tsoeh iù iù,
ㄉㄨㄛˋ, 砍，剉，截幼幼，

〔刴〕 tò, khám, Chhò, tsoeh iù iù ê ì sù.
ㄉㄨㄛˋ, 砍，剉，截幼幼的意思。

〔剑〕 khap, hām Lòh. tsa Chiū sī tsòe koah ê ì sù.
ㄎㄚˋ, 陷落。早就是做割的意思。

〔刲〕 ke, kui, Chhak, koah khui, thâi.
ㄍㄜ, ㄍㄨㄟ, 鑿，割開，殺。

〔㓦〕 Sian, iam koe. keng chì". Pàng keng chì" ê thih hé koe.
ㄒㄧㄢ, 閹雞。弓箭。放弓箭的鐵火雞。

〔剢〕 khoe, khoe tian ê ian thûn. khoe iû ka. khoe tian.
ㄎㄨㄟ, 剢鼎的煙塵。剢油膠。剢鼎。

造字 剢或是刮，總是要有利器，有刮的意思。去灰塵形也。

七畫

〔剄〕 kéng ēng to koah ām kún. tsām tn̄g i ê thâu khak.
ㄐㄧㄥˇ 用刀割頷頸。斬斷他的頭殼。

補6畫 〔尖刂〕 chhiám, chhiàm, chhiám to, chhiàm to, chiam chiam chhu chhu ê to. thâi ti chhiám ti huih.
ㄑㄧㄢˇ, ㄑㄧㄢˋ, 尖刂刀，尖刂刀，尖尖趨趨的刀。殺豬，尖刂豬血。

date theme 刀部 18 page

剋	khek, khat, ㄎㄜˋ, ㄎㄚˋ	thâi, khek Liām, Saⁿ khek, khek Sí, Saⁿ khat, khat Sî. Poah jī Saⁿ khat. 刣，剋殮，相剋，剋死，相剋，剋時。八字相剋。
剌	Lat ㄌㄚˋ	Lām Sām koah, ēng to Chhak, ûi kėh, bô jîn Chêng, kông Pō, Pō Giòk 濫摻刈，用刀鑿，違逆，無人情，狂暴，暴虐
削	Siat, Siok, Siah, ㄒㄧㄝˋ, ㄒㄩㄝ, ㄒㄧㄠ	khau, khek, Chhim Chhiam, tì Lí, Loán jiok, tû khì. Siok Chit, Siau Siok, koah Siah. 鉤，刻，侵占，治理，軟弱，除去。削職，修削，割削。
剃	thè, thì, ㄊㄧˋ	ēng to koah thâu mn̂g. thè thâu mn̂g, thì Chhùi Chhiu, thì thâu to, thì tō. 用刀刮頭毛，剃頭毛，剃喙鬚，剃頭刀，剃度。
則	Chek, ㄗㄜˊ	khòaⁿ iūⁿ, oh khoán Sit, Chiàu hoat tō, Goân Chek, Lu̍t Lē. Lâng ê mîa, bú Chek tian. 看樣，學款式，照法度，原則，律例。人的名，武則天。
前	Chiân, Chêng, Chîⁿ, tsûn, ㄑㄧㄢˊ	Chiân hong, Chiân tô, Chiân āu, Chiân sè. thâu Chêng, tsá Cheng, Chêng jit, bīn Chêng. 前方，前途，前後，前世。頭前，早前，前日，面前。
		nn̄g Chîⁿ, Chîⁿ kháu, Chîⁿ kháu hū jîn. tsûn nî, Lo̍h tsûn nî, Chí kòe khì Liáu ê nî. 兩前，前口，前口夫人。前年，落前年，指過去了的年。
剉	Chhò, ㄘㄨㄛˋ	Siah, at Chih, tsoėh, tsám, Lòe, kù Lòe, Chhò Chhâ. Chhò Chháu. 削，攔拆，截，斬，鑢，鋸鑢，剉柴。剉草
剔	thek ㄊㄧ	tû khì, thuh khì, koah bah kā̍u kut, thek kut, thak thek. 除去，扢去，割肉到骨，剔骨，剔剔。
剟	Loat, ㄉㄨㄛˊ	Chiū Sī Siah ê ì sù. 就是削的意思。
剛	kong, ㄍㄤ	kiong kiong, tsám tn̄g, ngī, tēng, kian kò, ióng kiāⁿ, kong kiong, tú á Chiah, kong tsâi. 強強，斬斷，硬，碇，堅固，勇健，剛強，拄仔即，剛才。
剄	hêng, ㄒㄧㄥˊ	kap 刑 Siāng khoán, Chek hoat ê tsóng mîa, hêng sū, khok hêng, hêng hoat. 与刑同款。責罰的總名，刑事，酷刑。刑罰。
剆	Lek, ㄌㄜˋ	Chiū Sī koah tn̄g, Siah ê ì sù. 就是割斷，削的意思。
剠	Pheng, ㄆㄥ	Pheng iûⁿ ko, Chiū Sī koah iûⁿ ko ê mn̂g Lâi Chit Pò ê ì sù. 剠羊羔，就是刮羊羔的毛來織布的意思。
		借亨的音來合字。

八畫

剗	chhán, chhóa, ㄔㄢˇ, ㄔㄨㄚˇ	Siah mih, Pín Pín. kong biat, Pêng tī, Pêng tēng, Pit Chhán jiok Lūi. chhóa tē, chhóa Pîⁿ 削物，扁扁。攻滅，平治，平定，以剗若類。剗地，剗平。
剛	kong ㄍㄤ	kian kiong ū Lat, kò Chip, kong hok, kong tit, kó ì. kong tsâi, tú á Chiah 堅強有力。固執，剛愎，剛直，古意。剛才，拄仔即
剞	kí, kì, ㄐㄧ, ㄐㄧˇ	Oan khiau ê to, khek mih ê to. 彎曲的刀，刻物的刀。
契	koat ㄍㄨㄚˋ	koah, thâi thâu ê ì sù. 刈，刣頭的意思。
剳	khap, khiap, ㄎㄚ, ㄎㄧㄚ	Chiū Sī jip Lāi bīn ê ì sù. 就是入內面的意思。
剠	keng, ㄐㄧㄥ	ēng o͘ bak Chhiah jī tī hoān Lâng ê bīn, hêng hoat i. bak hêng. kap 黥 Siāng khoán. 用黑墨刺字佇犯人的面，刑罰伊。墨刑。与黥同款。
剖	Phó, Phóa ㄆㄡˇ, ㄆㄨㄚ	kái Phó, hián bêng, Phòaⁿ tòan, hun Chiat, Phóa khui, Phòa Pak. Phòa Peh. 解剖，顯明，判斷，分析，剖開，剖腹。剖白。
剕	Phi, ㄆㄧ	Chiū Sī Phòa Pêng, tsām, Siah mih ê ì sù. 就是剖平，斬，削物的意思。
剝	Pak, Phok, ㄅㄛ, ㄆㄛ	Lì Phòa, Lì Phê, thn̄g, Siah, koah, Siong hāi, Pak Phê, Chhiúⁿ Pak. Phok toat, Phok Siat. 剝破，剝皮，褪，削，割，傷害，剝皮，搶剝。剝奪，剝削。
琱	tiau, ㄉㄧㄠ	khek hoe bûn, tiau kek, tiau tok, iā Pó Chioh ê mîa. 刻花紋，琱刻，琱琢，也宝石的名。
剔	thek, thak, ㄊㄧ, ㄊㄚ	koah bah kā̍u kut, Siah, tû khì, thuh khì, 割肉到骨，削，除去，扢去。
剟	toat, tsoat ㄉㄨㄛ, ㄓㄨㄛ	tiau khek, Siah, Chhì, koah, Chhak ê ì sù. 琱刻，削，刺，割，鑿的意思。
剒	Chhok, ㄘㄨㄛˋ	Chiong Sai Gû ê kak, tsòe àu á. khek Chhâ tsòe khì khū. 將犀牛的角，做甌仔。刻柴做器具。
剚	tsù, ㄗˋ	Chhah to, khia tit, ēng Chiam to Chhiah jip, tsù jīm hok tiong. ēng to Chhah tòe ê ì sù. 插刀，竪直，用尖刀刺入，剚刃腹中。用刀插地的意思。

剜	Oan, óan, ÉngtoSńiah, lah khang, ùi iah。 ㄨㄢ, ㄨㄢˇ	用刀削，挖孔，窩挖。
剡	iám, Siám, Chiam Lāi, tsām Phut Chhâ tsòe Chìⁿ, kng ê khóan Sit。tsui mîa, Siám khoe, tī Chiat kang Séng。 ㄧㄢˇ, ㄕㄢˋ	尖利，斬削柴做箭，光的款式。水名，剡溪，佇浙江省。
剻	Pheng, 女ㄥ	Chiū sī Phòa Chhâ ê ì sù。 就是剖柴的意思。
剺	Lê, Lé, Lî, 为ㄝ, 为ㄝ, 为ㄧ	khin khin á koah, Pak Phê, koah Pòh Pòh, ēng Chiam ùih。Lê Chhiū ki。Lì khui, Lì Phòa, Lì Pôe。 輕輕仔刈，剝皮，刈薄薄，用針剺。剺樹枝。剺開，剺破，剺皮。
㓷	ek, hek, Uih, ㄜˋ, ㄏㄜˋ, ㄨㄧ	Chiam ê to, tsng á, Lì Phòa, tiau khek, tsoet。uih hûn, uih Po Lê, thâu Phòa hī uih。 尖的刀，鑽仔，剺破，雕刻，做標誌。剨紋，剨玻璃，頭破耳剨。
剕	hūi, ㄈㄟˋ	Phut, Phut kha, khì Pín kut。kó sî ngó hêng Chi it。 刖，刖腳，去臏骨。古時五刑之一。
剄	a, ㄚ	thâi Cheng sìⁿ, Chhiah huih, koah ām kún。 殺牲牲，刺血，刈頷頸。
剙	Chhòng, ㄑㄧㄤˋ	kap Sio Siang, Chè tsó ê hoat tō, kì Giap, kap Chhòng Siang khóan。 与刱相同，祭祖的法度，基業，与創同款。
剦	iam, ㄧㄢ	thài kàm, kò mn̂g ê Lâng, Pì bit Bô Lâu Chhut, iam Cheng Sìⁿ。 太監，顧門的人，秘密無流出，剦牲牲。

九 畫

副	Hòk, hù, ㄈㄨˋ	Phòa khui, Liah Pâng, Phòa tsòe Pêng, thiah Lih, tùi Liân Chit hòk, tē jī, hù Chhiú, hù Pún, hù Giap。 剖開，剝阡，剖做阡，拆裂，對聯一副，第二，副手，副本，副業。
剮	kóaⁿ, ㄍㄨㄚˇ	thek kut, Pak bah ê ì sù。 剔骨，剝肉的意思。
剩	Sēng, Sīn, Chhun, ㄕㄥˋ, ㄕㄣˋ, ㄔㄨㄣ	Chhun tn̂g, ū Chhun。m̄ nā, kî ū, ū Sīn, Sēng û。 剩長，有剩。毋若，其餘，有剩，剩餘。
剫	tō, tòk, ㄉㄛ, ㄉㄨㄛˋ	Sím Ph, Phòa Chhâ, tsòe bōe Chìaⁿ khì khū。koaiⁿ mn̂g ê ì sù。Phòa Chhâ ê Siaⁿ。 審判，剖柴，做膾成器具。關門的意思。剖柴的聲。
剬	toan, ㄉㄨㄢ	Chhai tsóe, to Chhet mih ê Siaⁿ, Sòe jī, koah, Chê tsa ê khóan Sit。 裁齊，刀切物的聲，細膩刈，齊整的款式。
剪	Chián, tsoán, ㄐㄧㄢˇ, ㄗㄨㄢˇ	Chhai Chian, ēng ka to ka tsòe, Chián to, ka tn̄g, tsoán liông, Chiū sī Chit khóan ê mîa。 裁剪，用鉸刀鉸做，剪刀，鉸斷。剪毛絨，就是一款花的名。
㓹	Siat, ㄒㄧㄝˋ	ēng to hhau Phê, Lāi to Siah mih ê Siaⁿ。Siat Siat hau。 用刀鉤皮，利刀削物的聲。㓹㓹哮。
㓶	khiat, ㄑㄧㄝˋ	Chhiah mih, khek, khek khám, khek jī。 刺物，刻，刻嵌，刻字。
剦	iam, ㄧㄢ	Chiū sī iam ti, iam koe ê ì sù。 就是剦豬，剦雞的意思。
𠞊	Chhap, ㄑㄧㄚˋ	Chiū sī Chhiat mih ê Siaⁿ。 就是切物的聲。
剨	hek, hèk, ㄏㄜˋ, ㄏㄜˋ	Phòa khì ê Siaⁿ, Siak Lòh Phòa ê Siaⁿ。 破去的聲，抄落破的聲。
㓵	Gók, ㄜˋ	Chiū sī to kiam ê mîa。 就是刀劍的名。
剭	Ok, ㄨ	tû khì, Chek Pī。Siah mih ê ì sù。 除去，責備。削物的意思。

十 畫

創	Chhong, Chhòng, ㄔㄨㄤ, ㄔㄨㄤˋ	Siū Siong, tiòh Siong, to Siong, Phah Siong。hē tōe ki, Pī Pān, Chhòng tsō, Chhòng Sè kì。 受傷，着傷，刀傷，打傷。下地基，備辦，創造，創世記。
剴	Gâi, kai, kài, khai, ㄧㄞˊ, ㄍㄞ, ㄍㄞˋ, ㄎㄞ	Liâm Lék to, bôa Lāi, Chhiat tn̄g, 鐮磨刀，磨利，切斷，
𠞡	kian, khian, ㄍㄧㄢ, ㄑㄧㄢ	thek kut, Pak kut, Siah ê ì sù。khûn kín。kám tōng。 剔骨，剝骨，削的意思。勤謹。感動。
割	kat, kan, koah, ㄍㄜ, ㄍㄢ, ㄍㄨㄚ	ēng to Pak, Lėh, tsoeh, Siong hāi。Phòa khui, thâi koah。koat lé。iòk kan iòk Sat。 用刀剝，剺，截，傷害。剖開。宰割。割礼。欲割欲殺。
剶	Chhoan, ㄔㄨㄢ	Chiū sī tû khì Chhiū ki。Chhò Chhiū。 就是除去樹枝。剉樹。
剳	tap, ㄉㄚˋ	Chiū sī koah Chháu ê ke Si。 就是刈草的傢私。

九畫 㓲	Phian, ㄆㄧㄢ	chiū sī Siah mih ê ì sù, khau á, khau to。 就是削物的意思，鉤仔，鉤刀。

〔剽〕Lek, Liah, tsām tn̄g, siah ê ì sù. Lek hûn, Lek tsuí hûn. Liah khí lâi, Liah chit tè, Liah khuì, Liah phòa bīn。
ㄌㄜˋ, ㄌㄧㄚˋ, 斬斷, 削的意思。剽紋, 剽水紋, 剽起來, 剽一塊, 剽開, 剽破面。

〔剛〕kong, kap 剛 Siâng khóan。kong tsāi tú á chiah。ióng tsòng, kong kiông。
ㄍㄤ, ㄎ 剛 同款, 剛才, 抵仔即。勇壯, 剛強。

〔剳〕Chha, Chhak mih, sòe ki ê chhìu
ㄑㄚ, 鑿物, 小支的槍,

〔剟〕tok, Chhò lȯh, Phut lȯh, Phut tn̄g, sòe sòe chhn̄g, koah ê ì sù
ㄉㄛ, 剉落, 削落, 削斷, 小小穿仔, 刈的意思

〔劓〕Gī, ì, Giat, koah Phīⁿ, koah, koah tn̄g. ê ì sù
ㄧˋ, ㄧˋ, ㄧㄝˋ, 割鼻, 刈, 割斷。的意思

〔剳〕tap, thap, Saⁿ khap tioh ê siaⁿ, siah, khau ê ì sù。
ㄉㄚ, ㄊㄚ, 相磕着的聲, 削, 鉤的意思。

〔剶〕tsōng, Liú Phê, khau Phê, Lân Góa Phê khí Lâi。
ㄗㄨㄥ, 摎皮, 鉤皮, 剶外皮起來。

〔劇〕O' koah chhân nih ê chhau ê to。
ㄛ 刈田裡的草 的刀。

十一畫

〔劙〕tî, Chiū sī Phê Siong tioh ê ì sù。Lêng tî, Lêng tî koah bah
ㄉㄧˋ, 就是皮傷着的意思。凌遲, 凌遲割肉

〔剏〕Chhóng, Sóng, Chiū sī Phê ê Siong hûn, Phê koah tioh。
ㄔㄨㄥ, ㄙㄨㄥ, 就是皮的傷痕, 皮割着。

〔剸〕tsoan, tsóan, koah ìu ìu, Chhiat bah ê khóan sit. tsū tsoan。koah tn̄g, tsām tn̄g。
ㄓㄨㄢ, ㄓㄨㄢˇ, 割幼幼, 切肉的款式。自剸。割斷, 斬斷。

〔剽〕Phiau, Phiáu, Phiàu, Phìo, tōa Cheng ê Lāi bīn。tiong Pâⁿ ê Cheng, Chhak, Pak Phôe, tsoat tn̄g。
ㄆㄧㄠ, ㄆㄧㄠˇ, ㄆㄧㄠˋ, ㄆㄧㄛ, 大鐘的內面。中瓪的鐘, 鑿, 剝皮, 絕斷。
Phiáu hān, ióng tsòng。Phiau Liok, Chhíuⁿ toat。Phû Phìo, Phû Phìo ê ōe。
剽悍, 勇壯。剽掠, 搶奪。浮剽, 浮剽的話。

〔剷〕Soat, Chiū sī Siah mih ê ì sù。
ㄕㄨㄚ, 就是削物的意思。

〔剿〕tsâu, Chhiau, Chhau, tû khì chhat húi tsâu, Chhiau sām tsók, Chhau sam tsók, Siāng khoán ì sù。
ㄗㄠ, ㄑㄧㄠ, ㄔㄠ, 除去賊匪。剿, 剿三族, 剿三族。同款意思。

〔剺〕Sut, tsūi, tsōa, Chiū sī koah tn̄g, tsām, tsám, ê ì sù。tsûi kám chià. tsôat sôat sòe chit tui, thâi thâi tsòe chit tui
ㄕㄨ, ㄗㄨㄧ, ㄗㄨㄚ, 就是割斷, 斬, 斬, 的意思。剺甘蔗, 剺剺做一堆, 刣刣做一堆

〔剿〕tsōng, Chiū sī Siok tī chhak á ê lūi。
ㄗㄨㄥ, 就是屬竹鑿仔的類。

〔劇〕Hô, Phéng Chiū sī hiuⁿ siā ê mîa。
ㄏㄜ, ㄆㄥ, 就是鄉社的名。

〔剷〕Sán, Siah, khau Pîn, koah, thoaⁿ chháu ê ì sù。
ㄕㄢ, 削, 鉤平, 刈, 挩草 的意思。

〔劃〕kho, o, ó, Chiū sī khau siah ê ì sù。
ㄎㄜ, ㄜ, ㄜˇ, 就是鉤削的意思。

〔剷〕Lô, Chhn̄g, Chhiat ìu ìu ê ì sù。
ㄌㄨㄛ, 穿, 切幼幼的意思。

〔鬼刂〕kuih O' kuih kuih, O' kúi kúi ê ì sù。
ㄍㄨㄟ 黑剴剴, 黑鬼鬼的意思。

〔劉〕Liâu, Liô, Chê chhâi, Liâu chhâ, kù khui, Phòa khui, Liô Phê, Liô Pòh Pòh。Liô bah
ㄌㄧㄠ, ㄌㄧㄛ, 製材, 劉柴, 鋸開, 剖開, 劉皮, 劉薄薄。劉肉。

十二畫

〔劃〕ek, hek, ùih, oē, Chiam Lāi ê to, Loēh Phòa, tiau khek, ùih hûn, ùih Po Lê. kè oē, oē kài hān。
ㄝ, ㄏㄝ, ㄨㄧ, ㄨㄝ, 尖利的刀, 裂破, 雕刻, 劃紋, 劃玻璃。計劃, 劃界限。

〔劂〕khoat, khek ê to, Oan Chhak á。
ㄎㄨㄚ, 刻的刀, 彎鑿仔。

〔嫳〕Phiat, Ēng to than hoāi Phut。khin khin Phah ê Siaⁿ。
ㄆㄧㄚ, 用刀袒擲削。輕輕打的聲。

〔剷〕Siok, Chiū sī Chhiat kàu ìu ìu ê ì sù。
ㄒㄧㄛ, 就是切到幼幼的意思。

〔劁〕Chiâu, Chiāu, koah tīu, koah tn̄g, koah chháu。
ㄐㄧㄠ, ㄐㄧㄠˋ, 刈稻, 刈斷, 刈草。

⿰肅刂	Siàu, ㄒㄧㄠ,	Chiū sī koah ê ì sù。 就是割的意思。
⿱厤力	Lèk, ㄌㄝㄎ,	koah, koah chháu to, liâm lèk to, hî 刈，刈草的刀，鐮𠢛刀，鐮𠢛仔
⿰朁刂	Chhám, Chhâm, ㄑㄧㄢ,ㄑㄧㄢ,	kiu liu, tsân, chhak, ê ì sù。 縮溜，刺，鑿，的意思。
⿰替刂	Chhám, Chhâm, ㄑㄧㄢ,ㄑㄧㄢ,	kiu liu, tsân, chhak, ê ì sù。 縮溜，刺，鑿，的意思。
⿰堯刂	Giâu, ㄫㄧㄠ,	Chiū sī siah phê ê ì sù。siah mih ê ì sù。 就是削皮的意思。削物的意思。
剸	tsún ㄗㄨㄣ	kiám chió, tsām koah tn̄g ê ì sù。 減少，斬，割斷的意思。
⿰⿱𥫗至刂	tàu ㄉㄠ	khoah tōa, chhâu tōa tsâng ê ì sù。 濶大，草大欉的意思。
劀	koat, ㄍㄨㄚ,	koah khì, chhōng bah, koah lâng huih, koah。 割去，創肉，割人血，割。
⿰粦刂	Lîn, Lân ㄌㄧㄣ,ㄌㄧㄢ,	Chiū sī siah ê ì sù, lân kam chià。siah kam chià ê ì sù。 就是削的意思，⿰粦刂甘蔗。削甘蔗皮的意思。
⿰發刂	Phoat ㄆㄨㄚ	n̄g ki to ê chhâ pìⁿ, ē thang koah chháu ê to, chhì chhak。 兩支刀的柴柄，能通刈草的刀，刺鑿。
⿰孱刂	Chián, Chhîn, Siān, ㄐㄧㄢ,ㄑㄧㄣ,ㄒㄧㄢ,	chhâi chián, kong kek, iam cheng siⁿ, pān sū。 裁剪，攻擊，奄割牲牲，辨事。
⿰咢刂	Gok, ㄫㄜ,	Chiū sī to kiàm ê miâ。 就是刀劍的名。
⿰曾刂	Chêng ㄗㄥ	ngó͘ jiân koah tio̍h ê siong hûn。 偶然割着的傷痕。

十三畫

劍	kiàm ㄐㄧㄢ	kiàm, kiàm tiám, tī hông; siang chhùi (siang jīm) ê to, to kiàm, kiàm kheh, kiàm kiap。 劍，撿點，持防的意思，双嘴(双刃)的刀。刀劍，劍客，劍俠。
劇	kio̍k, ke̍k, ㄐㄧㄛ,ㄍㄜ,	put chí, ke thiⁿ, khah tāng, chhám, kiáu jiáu, hì chhut。kio̍k lia̍t, ke̍k io̍h。hì kio̍k, ke̍k tiūⁿ。 不止，加添，較重，慘，攪擾，戲出。劇烈，劇藥。戲劇，劇場。
劊	kòe, kùi, ㄍㄨㄝ,ㄍㄨㄟ,	tsām tn̄g, koah tn̄g, phut, kùi tsú chhiú。 斬斷，割斷，刜，劊子手。
劌	kòe, òe ㄍㄨㄝ,ㄨㄝ	lāi khì siong tio̍h, to ê siaⁿ, koah tio̍h, lâng miâ。 内氣傷着，刀的聲，割着，人名。
劉	Lîu, Lâu ㄌㄧㄡ,ㄌㄠ	lâng ê sìⁿ。ke sī ê miâ。thâi sí lâng, pâi lia̍t, chhiū miâ。Lâu Pī, Lâu Éng hok。 人的姓。傢私的名。剎死人，排列，樹名。劉備，劉永福。
劈	Phek, ㄆㄝㄎ,	phoà khui, thiah lih, koah ê ì sù。phek khui, phek chhì。 剖開，拆裂，刈的意思。劈開，劈刺。
⿰當刂	tong, ㄉㄤ,	kńg tang lâng kóng, sī sat seng, tsām kha chhiú ì sù。 廣東人講，是殺生，斬脚手的意思。
⿰嗇刂	Sek, ㄙㄝㄎ,	Chiū sī chhì chhak ê ì sù。 就是刺鑿的意思。
劒	kiàm ㄐㄧㄢ	劍 ê pún jī。kap siāng khoán。 劍的本字。与劍同款。
⿰零刂	Lêng, Lēng, ㄌㄥ,ㄌㄥ,	ēng to lâi phoà mi̍h ê ì sù。 用刀來剖物的意思。

十四・十五畫

劓	Gē, Gī, Pī, Pit, ㄫㄝ,ㄫㄧ,ㄅㄧ,ㄅㄧㄊ,	koah phīⁿ, koah tn̄g, koah。 刈鼻，刈斷，割。
劑	Che, tsoe, ㄐㄝ,ㄗㄨㄝ,	chhiat pìⁿ, chián pìⁿ, chhòng khì hó sè, tiau che, io̍h tsoe su, io̍h thiap。 切半，剪半，創去好勢，調劑，藥劑師，藥貼。
劖	Chhiam, ㄑㄧㄢ,	Chiū sī koah ê ì sù。 就是割的意思。
⿰尊刂	Chhoat, ㄑㄨㄚ,	chhiat mih ê siaⁿ, koah tn̄g, tsām tn̄g ê ì sù。 切物的聲，割斷，斬斷的意思。
劐	hok, ㄏㄛ,	thiah lih, koah, siu koah。 拆裂，刈五穀，收刈。

〔劉〕 tsō, koahtn̄g, Chhiat iujiu。Chhò Chhâ ê ì sù。
PÊ, 刈斷，切幼幼。剉柴的意思。

〔劆〕 Chhoah, Chhoah tn̄g, Chhoah Chhài thâu, Chhoah han tsû, Chhài Chhoah。
ㄑㄨㄚˊ, 剶斷，剶菜頭，剶番薯，菜剶。

〔劙〕 Lêk, Lêh, Lih khui, Phah, thiah Lih ê Siaⁿ。Lêh khui, Lêh tō͘, Lêh Chit khang, thâi Chit Lêh。
ㄌㄜㄎ, ㄌㄝ, 裂開，打，拆裂的聲。劙開，劙肚，劙一孔，刣一劙。

〔劗〕 Chit, toaⁿ, tǹg tiàm Chhut ê toaⁿ, tǹg toaⁿ。Bóe Bōe Pîn tsún ê toaⁿ。
ㄐㄧㄊ, 單，當店出的單，當單。買賣憑準的單。

〔劐〕 khok, Chiū sī khui thiah, thâu tit ê ì sù。
ㄎㄜㄎ, 就是開拆，解直的意思。

〔劙〕 Lê, Chiū sī tit tit phòa ê ì sù。
ㄌㄝ, 就是直直破的意思。

十六—二十一畫

〔歷〕 Lêk, koah, koah Chháu ê to, mī Lêkto,
ㄌㄜㄎ, 刈，刈草的刀，鐮歷刀，

〔劑〕 êng, tī koān Soaⁿ Chhò Chhiū ê ì sù。
ㄝㄥ, 佇高山剉樹的意思。

〔劖〕 Chhâm, Siâm, tsâm tn̄g, Chhak, á sī tsân ê ì sù。
ㄘㄚㄇ, ㄒㄧㄚㄇ, 斬斷，鑿，或是剸的意思。

〔𠠎〕 Lêng, ùn ǹn á Pak Phê ê khóan Sit。Lêng Phê, Lêng bah。
ㄌㄝㄥ, 緩緩仔剝皮的款式。𠠎皮，𠠎肉。

〔鑱〕 Chhiam koah, á sī tsân, Chhin Chhiūⁿ tsân ti。
ㄑㄧㄚㄇ, 割，或是剸，親像剸豬。

〔劘〕 Bî, Mô͘, koah, Siah, Phoa tsóe Pêng。
ㄅㄧ, ㄇㄛ, 割，削，剖做平。

〔劗〕 Oan, Chiū sī khau Siah ê ì sù。
ㄨㄚㄋ, 就是鉤削的意思。

〔劚〕 Chiok, Chhò, tsâm, thoa Chháu, tû biat Chháu kun。
ㄐㄧㄛㄎ, 剉，斬，拖草，除滅草根。

力 部 19

〔力〕 Lêk, Lát, ióng ê khóan Sit, hō tín tāng, Lêk Sū。Lêng, Lêng Lêk。khùi Lát, Chhut Lát, Lêk hák。
ㄌㄜㄎ, ㄌㄚㄊ, 勇的款式，互振動，力士。能，能力。氣力，出力，力學。

二—五畫

〔劝〕 khoàn, khǹg, 勸的 kàn Sía。bían Lē, kà sī, Pang tsān, khó khǹg, khoàn Siān。
ㄎㄨㄢ, ㄎㄥ, 勸的簡寫。勉勵，教示，幫助，苦劝，劝善。

〔加〕 ka, ke, kóng oē khah tsōe, thiⁿ khah tsōe, Sǹg Sut, ka hoat。ka jíp。ke thiⁿ, ke kiám。
ㄍㄚ, ㄍㄝ, 講話較多，添較多，算術，加法。加入。加添，加減。

〔功〕 kong, kang tioh bôa, kong Lô, kong hāu, kong tek, kang hu, bú kong hó。
ㄍㄛㄥ, ㄍㄤ, 着磨，功勞，功効，功德，功夫，武功好。

〔劦〕 hō, khan tsûn ê Siaⁿ。
ㄏㄛ, 牽船的聲。

〔劤〕 kùn, tsōe tsōe khùi Lát ê ì sù。
ㄍㄨㄣ, 多多氣力的意思。

〔劸〕 khùi, kiâⁿ Lō͘ ê khóan Sit。
ㄎㄨㄧ, 行路的款式。

〔劣〕 Loat, Liát, Lám, bô kàu Giáh, Póh, Chho Siok, iu ê Siong hóan。m̄ hó ê hòe, Liát hòe。
ㄌㄨㄚㄊ, ㄌㄧㄚㄊ, 膦，無夠額，薄，粗俗，優的相反。不好的貨，劣貨。

〔劦〕 hiap, tâng Lát, háp Lêk, kin kip。
ㄏㄧㄚㄆ, 同力，合力，緊急。

〔助〕 tsō͘, tsān, Pang tsō͘, Pang tsān。tàu Chhut Lát, hiap tsō͘。Lī ek, hû tsō͘。tsō͘ Chhiú。tsō͘ kàu。
ㄗㄛ, ㄗㄢ, 幫助，幫助。鬥出力，協助。利益，扶助。助手。助教。

〔劫〕 kiap, kiōng kiōng Liah Lâng, théh i ê mih, Chhiúⁿ, kiōng kiap, Chhiúⁿ kiap。
ㄍㄧㄚㄆ, 強強掠人，提他的物，搶，強劫，搶劫。

〔劬〕 kû, khu, tioh bôa ê Phòa Pīⁿ, Lô khó, kan khó, hoân Ló, khu Lô。
ㄍㄨ, ㄎㄨ, 着磨的破病，勞苦，艱苦，煩惱，劬勞。

努 Ló; ㄌㄛˊ; Chīn khùi Lat, bián Lē, kó bú, Ló Lek. Ló bak Sio khoa, Liong Gan toa Siu khì.
盡氣力，勉勵，鼓舞，努力。努目相看，兩眼大大怒氣。

劭 Siāu, ㄒㄧㄠˋ, bián kióng, ka kī bián kióng, hó, khoan bián.
勉強，傢己勉強，好，勸勉。

㔾力 ngh, ng ㄥˊ, ㄫˊ; ngh ngh háu, ngh ngh kio, Chiū sī tìn Lat ê khóan Sit. kā en á kho sái ê sian.
㔾力㔾力哮，㔾力㔾力叫，就是腚力的款式。給嬰仔呼屎的聲。
出力，出氣力就能發出聲。如放屎腚時。用㔾的偏音合力字來表字意及義。如㔾力（ng），是給嬰仔呼屎時母親助嬰仔出力㔾力㔾力（ng ng）。

六·七畫

効 hāu, ㄏㄠˋ; 效ê Siok jī, tioh bôa, Chīn Lat, thàn, oh, Chiaⁿ, èng Giām, kong hāu, hāu Lek, hāu Giām.
效的俗字，着磨，盡力，趁，學，成，應驗，功効，効力，効驗。

劾 hāi, hek, khek, ㄏㄞˋ, ㄏㄜˊ, ㄎㄜˊ; tsai ì sū m̄ ài kiâⁿ, Chhut Lat, tsa khó, tsa hek, Sit Tsāi, Chīn Lat, khòng kò.
知老兄毋倭行，出力，查考，查劾，實在，盡力，控告。

劼 kiat, khiat, ㄍㄧㄚˊ, ㄎㄧㄚˊ; kín Sīn, khûn kín, kian kò, Sió Sim.
謹慎，勤謹，堅固，小心。

劻 khong, ㄎㄨㄥ; Liam Piⁿ, Pek oá ê khóan Sit.
臨邊，逼倚的款式。

劳 Lô, Lō, bôa, hô, ㄌㄛˊ, ㄌㄛˋ, ㄅㄨㄚˊ, ㄏㄛˊ; kap 勞 Siāng khóan. thoa bôa, Lô Lek, an ùi, ùi Lō, Sin hô, Sin Lô Siāng khóan.
与勞同款。拖劳，劳力，安慰，慰劳，辛劳，辛劳同款。

㔦 tûi, ㄉㄨㄧˊ; Chiū Sī Chhut Lat bán, khan ê ì sù.
就是出力挽牽的意思。

券 koàn, ㄍㄨㄢˋ; thoa bôa, ià Siān, ià Lán ê ì sù.
拖劳，厭倦，厭懶的意思。

勅 thek, ㄊㄜˊ; kín Sīn, kā Lâng kóng, kian kò, sì Chiàⁿ, kóa kín, Sèng Chí, thek Leng. thek Chí.
謹慎，給人講，堅固，四正，趕緊，聖旨，勅令。勅旨。

勁 Gēng, kèng, kēng, ngī, ngē, ㄫㄧㄥˊ, ㄍㄧㄥˋ, ㄍㄧㄥ, ㄫㄧˊ, ㄫㄜˊ; kióng ngī, ióng kiāⁿ, kian kò, Sûn Sī ê khóan Sit.
強勁，勇健，堅固，巡視的款式。

勉 bián, ㄅㄧㄢˋ; bián Lē Lâng Chhut Lat, Ló Lek, Pek ka kī bián kióng.
勉勵人出力，努力，迫傢己勉強。

勃 Put, ㄅㄨㄊ; Piàn bīn Sek, Liâm Piⁿ, hut jiân, Put hoat, Put jiân.
變面色，臨邊，忽然，勃發，勃然。

勇 ióng, ㄧㄛㄥˋ; khùi Lat kióng kiāⁿ, Lō ēng, koat tòan, béng, hó táⁿ, ióng tsòng, ióng kiāⁿ, ióng béng.
氣力強健，路用，決斷，猛，好胆，勇壯，勇健，勇猛。

㔹 Lóng, ㄌㄛㄥˋ; Chiū sī ū khùi Lat ê ì sù.
就是有氣力的意思。

勀 khek, ㄎㄜˊ; koh khah, kek thâu, tek Sèng.
閣較，極頭，得勝。

㔺 biáu, ㄅㄧㄠˋ; khûn khûn, hán tit ēng ê jī.
勤勤，罕得用的字。

勄 bín, ㄅㄧㄣˋ; bián Lē, Chhui Pek, kó bú, iô tsoah, Chhang mīa, bín Chiat.
勉勵，推迫，鼓舞，搖泏，聰明，勄捷。

八·九畫

勑 Lāi, thek, ㄌㄞˋ, ㄊㄜˊ; tioh bôa, an ùi tioh bôa ê Lâng, Chio Lâng Lâi. thek Lēng, kèng kín, Sèng Chí, kap 勅 jī Siāng.
着劳，安慰着劳的人，招人來。勑令，敬謹，聖旨，与勅字同。

勍 keng, ㄍㄧㄥ; kui tīn Sio thâi, tùi tek ê Lâng. keng tek.
歸陣相刣，對敵的人。勍敵。

務 Bū, ㄅㄨˋ; Chhut Lat tsòe, Choan bū tsòe tai Chì. Sū Bū, Sū Chêng. Bū Pit, tek khak. Bū Pún, kun Pún.
出力做，全務做代誌。事務，事情。務必，得確。務本，根本。

㔵 Phó, ㄆㄛˊ; Chiū Sī ēng khùi Lat ê ì sù.
就是用氣力的意思。

㔥 khoai, ㄎㄨㄞ; Lâng ū tōa khùi Lat, ū khùi Lat ê khóan Sit.
人有大氣力，有氣力的款式。

劷 tàu, ㄉㄠˋ; hiap tsō tsòe tāi Chì, tàu Chhut Lat, tàu kha Chhiú,
協助做代誌，劷出力，劷脚手，
劷斗即是協助也，協助必出力相助也。斗大的物，用力相助意。形音·皆備。

〔勑〕thām, thiám, ㄊㄚㄇ, ㄊㄧㄚㄇ, thàm mé, thiám mé, kín mé sī siāng khoán ê ì sù. sī chhui chhiok ê ì sù. thiám mé lâi, thiám mé khì.
勑猛，勑猛，緊猛是同款意思。是推促的意思。勑猛來，勑猛去。

勑猛，就是推促較緊，要較緊需添加力氣，故用添力各取其義。

〔倂〕Piàng, ㄅㄧㄤ, Cheng Piàng, Chiū sī cheng lâng ê piàng kó tsá ê kiông tō, jip tsng lāi chhau koah jîn tiok tsâi bu̍t.
衝倂，就是衝人的倂。古早的強盜，入莊內𠞩劊人的財物。

衝倂強盜也。明目張膽的群賊，用全力倂入莊，人的家。

〔勘〕kham, khàm, khàn, ㄎㄚㄇ, ㄎㄚㄇ, ㄎㄚㄋ, chhin sin khì chhâ mn̄g. pí kàu, tàu khàm, tōng khàn, koaⁿ hú lâi kham chhâ, khó hek.
親身去查問。比較，到勘，段勘，官府來勘查，考核。

〔勒〕Lek, Lâ, nì, nih, ㄌㄜㄎ, ㄌㄞ, ㄋㄧ, ㄋㄧㄏ, pak bé ê soh, bé lek soh. ap lân, koán hat. nì sí, nih sí, ēng chhiú nih ām kún.
縛馬的索，馬勒索。壓勒，管轄。勒死，勒死，用手勒頷頸。

〔動〕Bián, Bīn, ㄅㄧㄢ, ㄅㄧㄥ, bián lē, chhui pek, kó bú, iô choah.
動勵，推迫，鼓舞，搖泏。

〔勗〕Hiok, ㄏㄧㄛㄎ, bián lē, hiok lē. kó bú pat lâng lō lek. bián kiông, chīn la̍t.
勉勵，勗勵。鼓舞別人努力。勉強，盡力。

〔動〕tōng, tāng, ㄉㄛㄥ, ㄉㄤ, bô pêng chēng, chín tōng, ūn tōng, lô tōng, tōng lek hak. oa̍h tāng, ngiàuh ngiàuh tāng.
無平靜，振動，運動，勞動，動力學。活動，蠕蠕動。

〔勖〕Hiok, ㄏㄧㄛㄎ, kap 勗 siāng khoán. Hiok lē, bián lē pat lâng lō lek, kó bú.
與勗同款。勖勵，勉勵別人努力，鼓舞。

十·十一畫

〔勛〕Hun, ㄏㄨㄣ, tio̍h bôa, pang tsān kok ka, ū kong lô, kong hun.
著磨，幫助國家，有功勞，功勛。

〔勞〕Lô, lō, bôa, hô, ㄌㄛ, ㄌㄛ, ㄅㄛㄚ, ㄏㄛ, tio̍h bôa, thoa bôa, lô tōng, sin lô, an ùi, ùi lô, khùn khó, lô lo̍k, lô sim, kong lô.
著勞，拖勞，勞動，辛勞，安慰慰勞，困苦，勞碌，勞心，功勞。

〔勝〕Seng, Sèng, ㄕㄥ, ㄕㄥ, seng jīm, tam tng. oē tong tit. sèng lī, khah iâⁿ. hong kéng bêng sèng, tek sèng.
勝任，担當。能當得。勝利，較贏。風景名勝，得勝。

〔勥〕kióng, kiōng, ㄍㄧㄛㄥ, ㄍㄧㄛㄥ, tui oá, pek kūn, chhut la̍t, chhut khùi la̍t.
追偎，逼近，出力，出氣力。

〔勤〕khûn, khîn, ㄎㄨㄣ, ㄎㄧㄣ, kip kè, chhut la̍t tio̍h bôa. kan khó, khûn lô, khîn khiam, khûn kín, khîn bū, khûn khó.
急過，出力著勞。艱苦，勤勞，勤儉，勤謹。勤務，勤苦。

〔勠〕Lio̍k, ㄌㄧㄛㄎ, ha̍p lek, chhut khùi la̍t, chhut la̍t ê siaⁿ. lio̍k lek tông sim.
合力，出氣力，出力的聲。勠力同心。

〔募〕bō, ㄅㄛ, chiau bō, chio lâng tàu pang tsān, khó chhú. bō chip, bō peng, bō koan.
招募，招人鬥幫助，可取。募集，募兵，募捐。

〔勢〕hô, Gâu, ㄏㄛ, ㄍㄠ, kiông kiān, kiông béng, ióng kiāⁿ. Gâu, ū tsâi lêng ê lâng, Gâu tsoè tāi chì, chin Gâu.
強健，強猛，勇健。勢，有才能的人，勢做事誌，真勢。

〔勡〕Phiàu, ㄆㄧㄠ, chhiúⁿ kiap, chhut la̍t ê siaⁿ, kiông kiông the̍h ê ì sù.
搶劫，出力的聲，強強提的意思。

〔勢〕Sè, Sì, ㄕㄝ, ㄕㄧ, móa móa ê koân lêng, khùi la̍t, koân sè. hóe iān iām, hóe sè. sè bīn. koân sì, téng sì, hong.
滿滿的權能，氣力，權勢。火炎炎，火勢。勢面。權勢，頂勢，方向。

〔勦〕Chhau, tsáu, ㄔㄠ, ㄗㄠ, kiáu jiáu, khûn khoài, tio̍h bôa, tsâu bia̍t, thâi sí. chhau bia̍t
攪擾，勤快，著磨，勦滅，殺死。勦滅。

〔勣〕Chek, ㄐㄧㄝㄎ, kong lô, khó chhú ê phín hēng. oē kham tit tit tio̍h pò siúⁿ.
功勞，可取的品行。能堪得得著報賞。

十二 畫

〔勩〕ē, ī, ㄝ, ㄧ, chiū sī tio̍h bôa kan khó ê ì sù.
就是勞艱苦的意思。

〔勥〕khoat, ㄎㄨㄚㄊ, tōa la̍t, ióng tsòng, ū khùi la̍t ê ì sù.
大力，勇壯，有氣力的意思。

〔勪〕hoat, tsoat, hiat, ㄏㄨㄚㄊ, ㄗㄨㄚㄊ, ㄏㄧㄚㄊ, chhiat tn̄g mih ê ì sù. thoa. hiat kak, hōng khì, hiat teh.
切斷物的意思。拖。勪擲，放棄，勪啲。

〔勞〕Lô, ㄌㄛ, chiū sī chho chho ê mih ê ì sù.
就是粗粗的物的意思。

〔勪〕kiok, ㄍㄧㄛㄎ, kiàh kha liaⁿ chhiuⁿ koân ê ì sù.
攑腳行上高的的意思。

【𠡠】iû, 一ㄡ, Chiū sī nńg nńg ê ì sù。就是軟軟的意思。

十三—十七畫

【勰】Hiáp, ㄒ一ㄝˊ, hô hiap, Chīn Lat, hap Lék, Lâng mîa。和協，盡力，合力，人名。

【勱】māi, ㄇㄞˋ, bián Lē, Chhut khùi Lat, kó bú Lâi Pang tsān Lâng ê kok ka。勉勵；出氣力，鼓舞來幫助人的國家。

【㔨】kìm, ㄍ一ㄣˋ, Chiū sī ēng khùi Lat ê ì sù。就是用氣力的意思。

【勳】hun, khun, tiòh bôa Pang tsān kok ka, ū kong Lô, kong hun, kong khun。khun Chiong, hun Chiok。ㄒㄩㄣ, ㄎㄩㄣ, 著勞幫助國家，有功勞，功勳，功勳。勳章，勳爵。

【勵】Lē, ㄌ一ˋ, hùn Chì, khó khǹg, Chhiok tiòh, bián Lē, khoàn bián ì sù。奮志，苦勸，促着，勉勵，勸勉的意思。

【勴】Lū, ㄌㄩˋ, Sim bián Lē, Pang tsān, ê ì sù。心勉勵，幫助，的意思。

【勷】jiông, Siong, khong jiông, kip Pek ê khóan sit。Chhut khùi Lat, tsáu ê khóan sit。ㄖㄤˊ, ㄒ一ㄤ, 劻勷，急迫的款式。出氣力，走的款式。

【勸】khoàn, khǹg, khǹg nńg, Sioⁿ khǹg, khó khǹg。khoàn sè, khoàn kò, khoàn bián, khoàn Siān。ㄑㄩㄢˋ, ㄎㄥ, 勸慔，相勸，苦勸。勸世，勸告，勸勉，勸善。

勹　部　20

【勹】Pau, ㄅㄠ, Chiū sī Lâng àⁿ io, Phô mih ê khóan sit。ê kó jī。就是人向腰，扶物的款式。包的古字。

一—三畫

【勺】Chiok, ㄕㄠˊ, ēng thng sî Lâi iúⁿ, sî á, tām Póh á, Chit tng sî á。Chiok Póh。用湯匙來舀，匙仔，淡薄仔，一湯匙仔。勺藥。

【勺】Chiok, ㄕㄠˊ, ēng sî iúⁿ, tām Póh, Chit hap ê tsap hūn Chit。Chiu kong ê koaⁿ。用匙舀，淡薄，一合的十分一。周公的官。

【勾】kơ, kòi, kù, kau, oan khiau, ēng Pit uih hûn tsòe kì hō。tiàu kau, kau Phòa, kù tiám, jī kù。ㄍㄡ, ㄍㄡˋ, ㄍㄨ, ㄍㄠ, 彎曲，用筆劃紋做記號。吊勾，勾破，句点，字勾。

【匇】Pāu, Pū, khàm, Chiáu Pū nňg ê ì sù。Pū koe nňg, Pū koe á, Pū ah nňg, Pū ah á。ㄅㄠˋ, ㄅㄨˋ, 蓋，鳥勹卵的意思。勹雞卵，勹雞仔，勹鴨卵，勹鴨仔。

【勿】Bút, hut Put khó, m̄ thang, bōh tit, bōe。bút bút, Pek Chhiat。kìm chì, hut Chìn。ㄨˋ, 不可，毋通，莫得，𣍐。勿勿，迫切。禁止，勿進。

【匀】ûn, ㄩㄣˊ, pîⁿ pîⁿ, Chiâu tsn̂g, Chío Chío, Piàn Piàn, Pêng kun。ûn Chhèng, hap Sek。平平，齊全，少少，徧徧，平均。匀稱，合式。

【勼】khiu, ㄐ一ㄡ, tsū Chip, Siaⁿ Soeh, iā kap 九 jī Sio Siāng。聚集，聲說，也与九字相同。

【匃】kài, kat, kap 丐 jī, 匄 jī, Sio Siāng。kiû khit, thó, hō i, khit Chiah ê Lâng。ㄍㄞˋ, ㄍㄜˊ, 与丐字，匄字，相同。求乞，討，給他，乞食的人。

【包】Pau, Pâu, hoâi īn ê khóan sit, kui Pau, iông ún, Pau iông, Pau hâm。Pau tsong。Lâng ê sìⁿ Pau。ㄅㄠ, ㄅㄠˊ, 懷孕的款式，歸包，容允，包容，包涵。包裝。人的姓包。

【匆】Chhong, ㄘㄨㄥ, sim koaⁿ kiaⁿ hiaⁿ, tín tāng, Chhong hông, Chhong Pông, tsōe tsōe。心肝驚惶，振動，匆惶，匆徬，多多。

【匄】kài, ㄍㄞˋ, kap 丐 jī, 匃 jī Sio Siāng。khit Chiah ê Lâng。与丐字，匃字相同。乞食的人。

四—八畫

【匈】hiong, heng, ㄒㄩㄥ, ㄒ一ㄥ, kiáu jiáu, jiông ê Siaⁿ, heng ê Pun jī。hiong Lô, Pak hng ê Chióng tsok。攪擾，嚷的聲，胸的本字。匈奴，北方的種族。

【匕比】Phī, ㄆ一ˋ, Phī Phā háu, hóe teh tòh ê Siaⁿ。Phī Phī Chhóan, Peh Lâu thui Phī Phē Chhoán。匕比匕皮哮，火的燒的聲。匕比匕比喘，趴樓梯匕比匕皮喘。

匕比匕皮是聲音的形容，勹有少許之意，另邊是借音。

【匕皮】Phā, Phē, Phī Phā háu, hóe tòh ê Siaⁿ。Phī Phē Chhóan, Peh Lâu thui Phī Phā Chhóan。ㄆㄚˋ, ㄆㄝˋ, 匕比匕皮哮，火燒的聲。匕比匕皮喘，趴樓梯匕比匕皮喘。

匊	kiok ㄍㄧㄛㄎ	Chit Pé á , Chit Chhiú Phóng . móa Chhiú , móa Chhiú Phóng . kap 掬 Siâng k. 一把仔，一手捧 。滿手，滿手捧 。与掬同款。
匋	iâu, tô, ㄧㄠ, ㄉㄛ,	tô, kap 陶 Sio Siâng , thô Sio thâⁿ. Sio hûi , hûi iô 。 khoài Lo̍k, Chèng tit . kóaⁿ tio̍k . Lâng ê Sìⁿ. 𫝊，与陶相同，陶堆叠 。燒磁，磁窯。快樂，正直 。趕逐 。人的姓 。
匌	khap, ㄎㄚㄆ,	tōa tè Chio̍h, tàng Sio thiap ê ì sù. 大塊石 ，重相疊的意思。
匍	Pô ㄆㄛ	ēng Chhiú kiâⁿ, Pê。 Pô Po̍k , Chhiú Chiok tio̍h kiâⁿ Lō. Phak , 仆 用手行 ，爬。匍匐 ，手足着地行路 。仆，跌倒
匎	ap ㄚㄆ	khàm bát, bih teh , bô Chhia Chhí, Chiū sī bô Lâm Sám tsòe. 蓋密 ，匿哟，無奢侈 ，就是無濫糝做 。

九一十四畫

匏	Pâu, Pû, ㄆㄠ, ㄆㄨ,	koe ê miâ, khak oē tsòe tit iûⁿ tsúi ê khì khū。Pû á . Pû hia . 瓜的名 ，殼能做得舀水的器具 。匏仔。匏瓠。
匐	Po̍k, ㄅㄛㄎ,	Phak tī tōe nih ēng Chhiú Chiok kiâⁿ Lō, Pô Po̍k。 Pê, Poah tó , Phak 仆佇地裡 用手足 行路 ，匍匐 。爬，跌倒，仆
匒	ap, ㄚㄆ,	ap chhái . hū jîn Lâng ê thâu mn̂g ê tsng thāⁿ. chhin chhiūⁿ o͘ kun ê khóan Sit. 匒絲 。婦仁人的頭毛的裝飾 ，親像黑巾的款式 。
匌	tap, ㄉㄚㄆ,	têng têng thiap thiap ê khóan Sit。 重重疊疊 的 款式 。
匑	kiok, ㄍㄧㄛㄎ,	Chiū Sī khiàu Chit ê ì sù。 就是彎屈 的意思。

匕 部 21

匕	Pí ㄅㄧ	Pn̄g sî , thng sî ê khóan Sit. Pí Phêng. to á , Pí Siú, té kiàm . 飯匙，湯匙的款式 。匕箸 。刀仔，匕首，短劍 。

一一三畫

𠤎	Hòa, ㄏㄨㄚ,	化的古字。 kó jī。 kàu Sî , kóe Pìⁿ, Piàn oāⁿ, tû khì, kui Chèng, Chhòng Sin . 到時，改变 ，变換 ，除去 ，歸正 ，創新 。
化	Hòa, hòe, ㄏㄨㄚ, ㄏㄨㄝ	kám hòa . Piàn hòa . tsō hòa . hòa Sin . hòa Sin . hòa ha̍k . hòa Chio̍h . bûn hòa . hòa iân, hòe iân. 感化 。变化 。造化 。化新 。化身 。化學 。化石 。文化 。化捐，化捐。
𠤏	Pí, ㄅㄧ,	Saⁿ Pí , tsáp ê Lâng ê saⁿ Pí ê ì sù 。 Saⁿ Pí Phêng. 相比，十個人的相比的意思。相比箸 。
北	Pok, Pōe Pak, ㄅㄛㄎ, ㄅㄜ, ㄅㄚㄎ	koāi tsūn, Pōe Ge̍k, thâi su , tô tsáu , hong hiòng. Pāi Pak , Pak hong, Pak ke̍k, Lâm Pak . 乖轉 ，北逆 ，杀輸 ，逃走 ，方向 。敗北，北方，北極，南北 。

九 畫

匙	Sî, Siâh ㄒㄧ, ㄒㄧㄚ	tah thng tê ê khì khū, thng Sî , tê sî , Pn̄g sî . bôe Siâh, ám Siâh , iû siâh 貼湯茶的器具 ，湯匙，茶匙，飯匙。糜匙 ，泔匙 ，油匙
𡿺	Ló, náu, ㄌㄛ, ㄋㄠ,	thâu khak oáⁿ Chhé, thâu Ló , thâu náu . tsòe thâu ê Lâng. Siu Ló , Chiuⁿ Chhiū ê Cheng hôa, Chiuⁿ Ló . 頭殼 碗髓 ，頭𡿺 ，頭𡿺 。做頭的人，首𡿺，樟樹的精華 ，樟𡿺。

匚 部 22

匚	Hong ㄏㄤ	tóe mih ê khì khū , oē tóe tit Cit tau, sì kak Siuⁿ。 貯物的器具，能貯得一斗，四角箱。

一一五畫

匛	Bông ㄇㄤ	tsâu khì bô khì , sit Lo̍h, sí , biat bông . biat bông. 走去，無去，失落，死，滅亡 。滅匛 。
匜	î, ㄧ,	tóe tsúi ê khì khū, tsúi koàn kap Bīn Phûn ê miâ. kó tāi ê ím khì . 貯水的器具，水罐与面盆的名 。古代的飲器 。
匝	tsat, ㄗㄚㄊ,	ūn tsóan , Chiu ûi , Piàn móa , Chiu Chì Chiâⁿ tsōa . tsat Go̍eh, móa Chit kó Go̍eh. It Chiu, It tsat . 運轉 ，迴圍，遍滿 ，週至成𢓜 。匝月 ，滿一個月 。一周，一匝 。
匟	khòng, ㄎㄤ,	Chiū sī Chē tī bîn Chhn̂g ê ì sù. 就是坐佇眠床的意思。

匡 khong, ong, kheng, tóe hn̄g ê khì khū, Sì kak Siuⁿ, khong thèng, kái Chèng, khong tsō ong, Phòa Siòⁿ.
ㄎㄨㄤ, ㄨㄤ, ㄎㄨㄤ, 貯飯的器具, 四角箱, 匡正, 改正。匡助。匡, 破相。

匠 Chhiōng, Chhiūⁿ, Chiong Pó thâu tsòe kang, bak kang Sai hū, thô-tsúi Sai hū. Chhiōng Sim, Lêng khiau.
ㄑㄧㄤˋ, ㄑㄧㄡˋ, 將斧頭做工, 木工師父, 木匠。土水師父。匠心, 靈巧。

匣 ap, ah, khoeh á, Chiàn ap, hoe ap, gek ah. hoe hún ah. Sòe hêng ê siuⁿ á.
ㄒㄧㄚˊ, ㄧㄚ, 篋仔, 箭匣, 花匣, 玉匣。花粉匣。小型的箱仔。

匴 Soàn, tek bih tsòe ê khì khū. Siuⁿ á. Pôaⁿ á, ê ì sù.
ㄕㄨㄢˋ, 竹篾做的器具。箱仔。盤仔, 的意思。

七一九畫

篋 kiap, kap, khoeh, khoeh á, Siu khǹg mih kiaⁿ ê Siuⁿ á. kap bān, khah iōng khah Chho ê Siuⁿ á, thang khǹg Saⁿ.
ㄑㄧㄝˋ, 篋仔, 收藏物件的箱仔。篋萬, 較勇較粗的箱仔, 可藏衫。

匪 húi, hui, hun, hui Só-su, m̄ sī Lâng Só Siōng Siōng. Chhat hái, húi lūi, Phái Lâng. hun hō Lâng, Pun Phìⁿ.
ㄈㄟˇ, ㄈㄟ, ㄈㄣ, 匪夷所思, 不是人所想像。賊匪, 匪類, 歹人。匪徑人, 份猜。

匭 kúi, khúi, Sió Siuⁿ á, thang hē jī iūⁿ, kap ìn á, ēng Soh á Pak ân.
ㄍㄨㄟˇ, ㄎㄨㄟˇ, 小箱仔, 可置字樣, 与印仔, 用索仔縛緊。

匬 jú, ú, mih Chhòng tsòe tui bô khí chhù khàm. jī sìⁿ. hûi ê khì khū, niūⁿ khin tāng ê ì sù.
ㄖㄨˊ, ㄩˊ, 物創作堆無起厝蓋。字姓。磁的器具, 量輕重的意思。

匬 jú, ú, kap téng bīn jī Siāng khoán. niū mih ê khì khū, oē tóe tit tsap Lak tau.
ㄖㄨˊ, ㄩˊ, 与頂面字同款。量物的器具, 能貯得十大斗。

十一二十四畫

匯 hōe, hōe, tsúi tn̄g seh, tsúi tsu Chip, tò tn̄g. hōe tsúi, hōe hap. Gōa hōe, Gûn kau, Gûn toa, hōe toa.
ㄏㄨㄟˋ, 水轉迴, 水聚集, 倒轉, 匯水, 匯合, 外匯, 銀交, 銀單, 匯單。

匰 ek, Chèng tsoh ê khì khū, tōa tiāⁿ ê ì sù.
ㄜˋ, 種作的器具, 大鼎的意思。

匱 kūi, ūi, tóe mih ê tû, tōa kha Siuⁿ. bô Lah, khiam kheh, kūi hoat. ūi á, Chîⁿ kūi, toh ūi.
ㄎㄨㄟˋ, ㄨㄟˋ, 貯物的廚, 大腳箱。無啦, 欠缺, 匱乏。匱仔, 錢匱, 桌匱。

匳 Liâm, kiàⁿ ah, hiuⁿ ah, Chîⁿ ah, kè tsng ap, tsong Liâm.
ㄌㄧㄢˊ, 鏡匣, 香匣, 錢匣, 嫁妝盒, 妝匳。

匰 tan, tsong biō tóe Sîn tsu ê khì khū. khì khū ê miâ.
ㄉㄢ, 宗廟貯神主的器具。器具的名。

匴 Soàn, ēng tek bih tsòe ê khì khū, tek Pôaⁿ, tóe bō ê Siuⁿ á.
ㄙㄨㄢˋ, 用竹篾做的器具, 竹盤, 貯帽的箱仔。

匵 tók, tóe mih ê khì khū, tû. Siuⁿ. kūi á. koaⁿ Chhâ. to Siù.
ㄉㄨˊ, 貯物的器具, 廚。箱。櫃仔。棺材。刀鞘。

匶 kám, Siuⁿ á ê Lūi, khàm thâu, Siuⁿ á.
ㄍㄢˇ, 箱仔的類, 蓋頭, 箱仔。

匸 部 23

匸 hé, Siu mih khàm bat ê ì sù.
ㄒㄧˋ, 收物蓋密的意思。

二一七畫

匹 bók, Phit, Pit, Sǹg Cheng Siⁿ ê jī, Sǹg Pò, Chit Phit Pò. nn̄g Pit bé, Saⁿ Pit Gû. Phit Phòe, Liap hap.
ㄆㄧ, 算牲牲的字, 算布, 一匹布。兩匹馬, 三匹牛。匹配, 撮合。

匼 Lō, thè khì, m̄ ài kap Lâng kau Pôe, Chit khoán ê thai, á sī sìⁿ.
ㄌㄡˋ, 退去, 毋要与人交陪, 一款的篩, 或是扇。

医 Ē, ì, ì, tóe keng Chìⁿ ê khì khū. ê kán thé, i Seng, i īⁿ.
ㄧˋ, ㄧ, ㄧ, 貯弓箭的器具。醫的簡体, 医生, 医院。

匽 ian, iàn, bih teh, ún tsóng ê ì sù.
ㄧㄢˇ, ㄧㄢˋ, 匿咧, 穩藏的意思。

九·十畫

扁 Pián, bô îⁿ, Chit Phìⁿ á, Pòh Pòh. Pìn tàⁿ. Pián Gek, Pián á, hoâiⁿ Pang tôe jī kòa mn̂g bâi.
ㄅㄧㄢˇ, 無圓, 一片仔, 薄薄。扁擔。匾額, 匾仔, 橫板題字掛門楣。

匿 Lèk, bih, bî sòe, bô khì, tô tsáu, Siu khǹg. ún tsóng, chiú ang, tô Lek, thau bih, Siám bih.
ㄋㄧˋ, 微細, 無去, 逃走, 收藏, 穩藏, 酒甕, 逃匿, 偷匿, 閃匿。

區	khu, o͘, ㄑㄩ, ㄡ,	Siu khǹg mih ê só͘ tsāi, hun piat, khu hun. kài hān, khu keh, khu khu, tsōe chió, khu kong só͘. 收藏物的所在，分別，區分。界限，區隔，區區，多少。區公所。
匼	Chhàng, ㄘㄤˊ,	Chhàng lâng tī hia, chiū sī phiah tī hia ê ì sù. Chiong mih kiāⁿ chhàng lâi bô ài lâng tsai. 匼人佇彼，就是避佇彼的意思。將物件匼起來無愛人知。

造字　人或物藏於蓋密所在，不欲外人知。曰匼。聲義皆有。

十　部　24

十	Sip, tsap ㄒㄧㄆ, ㄗㄚㄆ	Sǹg siàu ê jī, tē tsap, tsap ê chéng sò͘. Sip jī, Sip jī kè, âng Sip jī. it Gō͘ it tsap. 算數的字，第十，十個整數。十字，十字架，紅十字。一五一十。

一一四畫

千	Chhian, Chheng ㄑㄧㄢ, ㄑㄧㄥ,	Sò͘ bo̍k miâ, pah ê tsap pōe chit chheng. Chhian kó͘, Chhian kim. Chhian chhiu, Chhian chin bān khak. 數目名，百的十倍一千。千古，千金。千秋，千真萬確。
廿	jih, jiap, ㄖㄧㄆ, ㄖㄧㄚㄆ,	it tsap jī tsap, jī tsap chiū sī jiap, jih iā sī jī tsap, jī tsap ê siok sia. 一十二十，二十就是廿，廿也是二十，二十的縮寫。
卅	Sap, Siap ㄙㄚㄆ, ㄒㄧㄚㄆ	kiam Siap, kiam koa Siap, chiū sī ēng chîⁿ khiu khiam. Chiū sī saⁿ chhap tsap ê ì sù. Saⁿ tsap ê jī. 鹹卅，鹹掛卅，就是用錢虯儉。就是相囃雜的意思。三十的字。
升	Seng, Chin, ㄕㄥ, ㄐㄧㄣ,	tóe mih ê khì khū, Chin. tsap chin chit táu. Seng koan, ko Seng, Seng ha̍k, Seng koaⁿ. 貯物的器具，升。十升是一斗。升高，高升，升學，升官。
午	ngó͘, Gō͘, ㄫㄛ, ㄫㄛ,	tōe chi ê tē chhit jī, Siok Lâm hng. Ji̍t tàu, tiong ngó͘. Sî kan, Gō͘ sî, Gō͘ sî tsúi. ngó͘ mn̂g. 地支的第七字，屬南方。日晝，中午。時間，午時，午時水。午門
卆	tsut, tsut, ㄗㄨㄊ, ㄗㄨㄊ,	Peng á, Peng tsut. kap 卒 Siong tông. Chhe iah, sí bóng, pō͘ tsut, kóaⁿ kín, chhong tsut. 兵仔，兵卒。与卒相同。差役，死亡，暴卒，趕緊，倉卒。
卉	húi, hùi, hūi, ㄏㄨㄟ, ㄏㄨㄟ, ㄏㄨㄟ,	Chháu á ê tsóng miâ. tsōe tsōe. hoa húi. hoe ê chióng chióng. 草仔的總名。多多。花卉。花的種種。
半	Poàn, Piàn, Poàⁿ, ㄅㄨㄢ, ㄅㄧㄢ, ㄅㄨㄚ,	tùi tiong pun khui, chit poàⁿ. poàⁿ ji̍t. Poàn sian, saⁿ keⁿ pòan ia. Pái kha phòa siùⁿ, Piàn sūi. 對中分開，一半。半日。半仙，三更半夜。跛腳破相，半遂。
卐	Bān, ㄅㄢ,	in tō͘ ê kiat siong siōng teng, kó miâ ê jī, bān jī, bān jī keh, bān jī kha. 印度的吉祥象徵。好命的字，萬字，萬字格，萬字腳。
卋	Sè, Sì, ㄕㄝ, ㄒㄧ,	sè ê kó͘ jī. Chhut sì, chit sì lâng, kim sì, lâi sì. Sè kài, sè tāi, sè kan, sè hē. 世的古字。出卋，一卋人，今世，來世。卋界，世代，世間，世系。

六　畫

卓	tok, toh, ㄉㄛㄎ, ㄉㄛ,	kian kò͘, koân, hn̄g. ū oán kiàn, tok kiàn. hián bêng, tok tsú. Lâng ê sìⁿ toh. toh thong. 堅固，高，遠。有遠見，卓見。顯明，卓著。人的姓卓。桌通。
協	hiap, ㄏㄧㄚㄆ,	tāi ke hô, saⁿ pang tsān, hô ha̍p. hia̍p le̍k, hia̍p pān. hia̍p tsō͘. hia̍p hô, hia̍p iok. 大家和，相幫助，和合。協力，協辨。協助。協和，協約。
卑	Pi, pī ㄅㄧ, ㄅㄧ	kē, hā chiān, khiam sùn, tsū khiam. Pi chiān, khiam pi. Pi bî. tsū pī. pi kiong khut chhat. 低，下賤，謙遜，自謙。卑賤，謙卑。卑微。自卑。卑躬屈膝。
单	Siān, tan, khia, toaⁿ, ㄒㄧㄢ, ㄉㄢ, ㄎㄧㄚ, ㄉㄨㄚ,	tok tok chit ê, tan it. tan po̍h, ko͘ toaⁿ, toaⁿ sin, tan tok. Sìⁿ Siān. khia. 獨獨一個，单一。单薄，孤单，单身，单獨。姓单。单。
卒	tsut, tsut, ㄗㄨㄊ, ㄗㄨㄊ,	Sū peng, peng tsut. Chhe iah. Sí bóng, pō͘ tsut. kóaⁿ kín, chhong tsut. tsut giap, 士兵，兵卒。差役。死亡，暴卒。趕緊，倉卒。卒業。

七一十畫

南	Lâm, Lân, ㄌㄚㄇ, ㄌㄢ,	hong hiòng, tang sai lâm pak. Lâm kiaⁿ, Lâm koe, Lâm iûⁿ. Lâm kok. Lân thân, chiū sī tiô chiu hú ê hì. 方向，東西南北。南京，南瓜，南洋。南國。南談，就是潮州府的戲。
斟	Chip ㄐㄧㄆ	tsū hōe, chhiong sēng. 聚會，昌盛。
博	Phok, Phauh, khoah, phok tōa ㄆㄛㄎ, ㄆㄠ, ㄎㄨㄚ	eng phok. thong thàu, phok ài. kó͘ lauh phauh, sī kó͘ tsá ê mih, thàn kū ê khoán sit. 闊，博大。淵博。通透，博愛。古老博，是古早的物，趁旧的款式。
榫	Sún, ㄙㄨㄣ,	Siah chhâ jip khang, jip khang lāi ê chhâ, jip sún, mn̂g sún. chhak sún. tsoh sún. 削柴入孔，入孔内的柴，入榫，門榫。鑿榫。作榫。
卌	Siap, ㄒㄧㄚㄆ,	Chiū sī sì tsap ê jī. Sì tsap it, Sì tsap jī, kóng siap it. Siap jī. 就是四十的字。四十一，四十二，講卌一。卌二。

卜 部 25

卜 Pok, Poh ēngmih khòa tiāu thâu, Pok kòa。Chiam Pok。mn̄g Pok。Phah Poh, Sìⁿ mīa teh Phah Poh。
ㄅㄛˇ, ㄅㄛˊ 用物看兆頭，卜卦。占卜。問卜。打卜，性命咧打卜。

二一七畫

卞 Piān hoat tō, hoat Lu̍t, Su̍t Sûn tāi Piān。kín kín, Piān kip。Lang mîa Piān hô。Chhun Chhiu Chhó jîn。
ㄅㄧㄢˋ 法度，法律，率循大卞。緊緊，卞急。人名 卞和。春秋楚人。

占 Chiam, Chiàm, ēng Pok kòa Lâi mn̄g kiat hiong, Liâm khau, khòa tiāu thâu, Chiam Pok。Chiàm Chhân, Chiàm Léng。
ㄓㄢ, ㄓㄢˋ，用卜卦來問吉凶，拈鬮，看兆頭，占卜。占田，占領。

叶 ke, Pok kòa mn̄g Giâu Gî。khe khó。ke Gî。
ㄍㄜ, 卜卦問僥疑。稽考。叶疑。

卡 tsáh, tsáp, khá, hông tó ê Só tsāi, koan aì, káng kháu ê tsáh, koan tsáh, koan tsáp。khá Chhia。khá Phìⁿ。
ㄗㄚˊ, ㄗㄚˋ, ㄎㄚˇ, 防堵的所在，關隘，港口的卡，關卡。閘卡。卡車。卡片。
khàh, khàh tiāu, khàh tī tiong ng。koan khá
卡，卡跳，卡佇中央。關卡。

卧 Chiāu, tiāu, Pok kòa, Pok mn̄g ê ì sù。
ㄓㄠˋ, ㄉㄧㄠˋ, 卜卦，卜問的意思。

卣 iú, iû, tóe Chiú ê khì khū, âng tâng ê tiá。
ㄧㄡˇ, ㄧㄡˊ, 貯酒的器具，紅銅的鼎。

兆卜 tiāu, Pok ku kòa, mn̄g tiāu thâu。kap 兆 Siāng khóan。Chit bān ek sī chit tiāu。Chèng Peh Sìⁿ tiāu bîn。
ㄓㄠˋ, 卜龜卦，問兆頭。与兆同款。一萬億是一兆。眾百姓，兆民。

卦 kòa, khòa tiāu thâu, Pat kòa, Pok kòa, Liâm kòa。Piàn kòa。
ㄍㄨㄚˋ, 看兆頭，八卦，卜卦，拈卦。变卦。

𠧪 hóe, ka kī u̍t tsu̍t, hóan hóe, ké Pìⁿ, hóe Gō。
ㄏㄨㄟˊ, 傢已鬱悴，反𠧪，改变，𠧪悟。

卤 tiāu, Chiú sī tóe Chiú ê khì khū, Chiú Pân, Chháu bàk ê Chí Lak Lòk ê ì sù。
ㄉㄧㄠˋ 就是貯酒的器具，酒餅，草木的子落落的意思。

八畫

卨 Siat, ko tsa Lâng ê mîa, i ū Gō ê kìaⁿ Lóng Chìn mîa。Chìn Sū。bān sù Siat
ㄒㄧㄝˋ, 古早人的名，他有五個子攏晉名。進士。万俟卨

𠧧 îu, khì teh kìaⁿ ê khoán Sit。
ㄧㄡˊ 氣咧行的款式。

卩 部 26

卩 Chiat, tsat, tsoeh, chit tsat á, kun tsat, tek tsat, Chiat bók, bêng Chiat, tsoeh khì, Gō jit tsoeh。節 Siāng。
ㄐㄧㄝˊ, ㄗㄚˊ, ㄗㄜ, 一卩仔，筋卩，竹卩，節目，名卩，卩氣，五日卩。節同。

㔾 Chiat, tsat, tsoeh, kap téng bīn jī Siāng khoán。
ㄐㄧㄝˊ, ㄗㄚˊ, ㄗㄜ, 与頂面字同款。

二一四畫

卬 Gióng, Gông, kiah thâu bāng, kiah bak khòaⁿ。
ㄧㄤˊ, ㄤˊ, 擧頭望，擧目看。

邛 Giōng, kiông, tioh bôa, Phòa Pīⁿ, Loān Loān。Só tsāi mîa Sù Chhoan Séng koāiⁿ mîa, kiông Chiu。
ㄑㄩㄥˊ, ㄑㄩㄥˊ, 着磨，破病，乱乱。所在名，四川省縣名，邛州。

卯 Báu, Bō Sēng ê ì sù, Chí tang sì, Siok bók, Báu Sî。tóe Chi ê tē Sì jī。tiam mîa kìo ēng Báu。
ㄇㄠˇ 茂盛的意思，指東勢，屬木，卯時。地支的第四字。點名叫應卯。

夘 Báu, kap téng bīn jī Siāng khoán。
ㄇㄠˇ 与頂面字同款。

卮 Chi, îúⁿ mih ê au á, oē tóe tit Sì Chin, Chíu Pân ū Chhùi, Chíu tsoaⁿ。
ㄓ 𨋢物的甌仔，能貯得四升，酒餅有嘴，酒盞。

印 ìn, Pìn Chèng, Pìn kù, Pìn tsun, ì sìn, ìn kàm, hó tiāu thâu, khàm ìn, ìn Su, ìn tō。
ㄧㄣˋ 憑証，憑据，憑準，印信，印鑑，好兆頭。蓋印，印書。印度。

危 Gûi, tī koāiⁿ mih teh khìa, Gûi hiám。bô Sì Chiàⁿ, tó hōai, kín kín, hong hiám, Lîm Gûi, Pīⁿ tāng。
ㄨㄟˊ 佇高裡咧豎，危險。無四正，倒壞，緊緊，風險。臨危，病重。

五·六畫

却 khiok, khioh, tsún tsat Só aì, Soah, m̄ tih, tò thóe, khoksī, thóe khiok, Sîa khiok。khioh bōe ān ni。
ㄑㄩㄝˋ, ㄑㄩㄝˋ, 準節所愛，息，毋㩇，倒退。却是，退却，謝却。却𣍐按呢。

卵 Loán, nn̄g, ㄌㄨㄢˇ, ㄎㄜˊ | koe Chiáu hî tsôa só sin ê iáu bōe Pū hòa ê tān kiōnn̄g. Loán tsâu, Loán ek, ah nn̄g, tsôa nn̄g.
雞鳥魚蛇所生的也未孵化的蛋叫卵。卵巢，卵翼，鴨卵，蛇卵。

即 Chek, Chit, Chiah, Chiūⁿ, ㄐㄧˊ, ㄐㄧ–ㄊ, ㄐㄧ–ㄚ˙, ㄐㄧ–ㄨˋ | Liâm Pin, Chek sî, Chek khek. tá á Chiah, Chiah ê, Chiah hn̄g, Chiah kú. Chiah Soe.
臨邊，即時，即刻。抵仔即，即的，即遠，即久。即衰。
Chit ê, Chit tiap, Chit sî. Chiūⁿ Pêng, Chiūⁿ ê hng, Chiūⁿ tsá khì.
即個，即疊，即時。即平，即下昏，即早去。

卲 Siāu, Siō, ㄒㄧㄠˋ, ㄒㄧㄛ | Chiū sī koân koân ī sù, hó tek hêng. hî ko tek Siāu. Lâng ê jī sìn Siō
就是高高的意思，好德行。年高德卲。人的字姓卲

卷 koán, koàn, kńg, kǹg, ㄍㄨㄢˇ, ㄍㄨㄢˋ, ㄍㄥˇ, ㄍㄥˋ | ēng Chhiú Siu mih, kńg mih. kǹg Liân, su koàn, koàn tsong, koán thó tióng lâi. Phiò kǹg.
用手收物，卷物。卷聯，書卷，卷宗，卷土重來。票卷。

卺 kín, ㄍㄧㄣˇ | Lê khak, ēng Pū á Phòa Pêng tsòe Chiú Poe. kó tsa kiat hun só ēng ê Chiú Poe, kau Poe hap kín.
蠡殼，用匏仔剖平做酒杯。古早結婚所用的酒杯。交杯，合卺。

卸 Sià, Siā, ㄒㄧㄚˋ, ㄒㄧㄚ | thoat khì, Pàng sak, Lī khui, Sià hòe, Lóh hòe. Siā i, thǹg Saⁿ, Siā Chit, kái thoat Chit bū, Siā tsong.
脫去，放棄，離開。卸貨，落貨，卸衣，脫衫，卸職，解脫職務，卸妝。

卹 Sut, ㄒㄩˋ | iu būn Saⁿ thiàⁿ, thé thiap, Lîn bín, sià sì. jī sìⁿ. thé Sut, kìu Chè, Chiu Sut.
憂悶相憐，体貼，憐憫，捨施。字姓。体卹，救濟，周卹。

七－九畫

卻 khiok, khioh, ㄑㄩㄝˋ, ㄑㄩㄝ | tsún tsat só ài, Soah, m̄ tin, tò thòe, the sī. khiok sī, khioh sī. kap 却 Siāng khóan.
準節所愛，息，毋慄，倒退，推辭。却是，卻是。与却同款。

卽 Chek, Chit, Chiah, Chiūⁿ, ㄐㄧˊ, ㄐㄧ–ㄊ, ㄐㄧ–ㄚ˙, ㄐㄧ–ㄨˋ | kap 即 jī Siāng khóan. Lip Chek, Sûi sî, Chek khek. Chiah ê, Chit ê.
与即字同款。立卽，隨時，卽刻。卽的，卽個。

卼 Gut, ㄨˋ | Chiū sī Gûi hiám ê ī sù.
就是危險的意思。

卼 Gut, ㄨˋ | kap téng bīn jī Siāng khóan.
与頂面字同款。

卽 Chek, Chit, Chiah, Chiūⁿ, ㄐㄧˊ, ㄐㄧ–ㄊ, ㄐㄧ–ㄚ˙, ㄐㄧ–ㄨˋ | kap 即 jī Siong tông. Chek sú, ká sú. Chek ūi, jip Sek. Chek jit, tng jit.
与即字相同。卽使，假使。卽位，入席。卽日，當日。

卿 kheng, ㄑㄧㄥ | ko kip ê koaⁿ, tōa koaⁿ, bûn ngá, tsun kùi ê Chheng hō. kong kheng. Siong ài, kheng kheng ngó ngó.
高級的官，大官，文雅，尊貴的稱呼，公卿。相愛，卿卿我我。

卾 Gók, ㄜˋ | Chiū sī Chhùi Lāi ê Gók.
就是嘴內的卾。

厂 部 27

厂 Gān, hàn, ㄢˋ, ㄏㄢˋ | Soaⁿ khàm ê Pin, Lâng thang tòa ê khóan Sit. Giâm tōng, hah iō ê só tsāi.
山坎的邊，人可住的款式。巖洞，塌腰的所在。

二－六畫

厄 ek, eh, ē, ㄜˋ, ㄜ˙, ㄜ | Gûi hiám, tsai ek, eh ūn, tsai ē, tsai eh.
危險，災厄。厄運，災厄，災厄。

厈 Gān, ㄢˋ | Soaⁿ khàm ê Pin, Lâng thang tòa khóan Sit. Gān ê kó jī.
山坎的邊，人可住的款式。岸的古字。

灰 hoe, hoa, he, ㄏㄨㄟ | hóe sio Liáu só Chhun ê hu. hóe hu, Chióh hoe, hóe hún, hoe Sek, hé hoa khì. Phah hoa, Pûn hoa.
火燒了所剩的灰。火灰，石灰，灰粉，灰色。火灰去。拍灰，噴灰。

厊 ngáⁿ, ㄧㄚˇ | Chiū sī bōe Saⁿ hàp ê ī Sù. tsà ngá.
就是膾相合的意思。厏厊。

厏 Chek, tsá, ㄓㄜˋ, ㄗㄚˇ | Put hô, Chiū sī bô Saⁿ hàp ê ī sù.
不和，就是無相合的意思。

底 Chí, tí, ㄓˇ, ㄉㄧˇ | khah nńg ê Chióh, oē ēng tit tsòe bôa to Chióh, thong tí, tí Chióh. kàu ūi. tàu tí.
較軟的石，能用得做磨刀石，通砥，底石。到位。到底。

厇 Lut, ㄌㄨˋ | Chiū sī Lâng ê Sìⁿ.
就是人的姓。

厔 Chit, ㄓˋ | Soaⁿ oan, Soaⁿ khiau khiau ê Só tsāi. koāiⁿ miâ, Chiu Chit.
山彎，山曲曲的所在。縣名，盩厔。

厓 Gâi, ㄧㄚˊ | Soaⁿ Pin, tsúi Pin, bák Chiu Pin, Sīu khì teh khòa ê khóan Sit.
山邊，水邊，目睭邊，怒氣哟看的款式。

厌 Ì, ㄧˋ | ún khǹg, jia tsah, im ńg.
隱藏，遮截，陰影。

压 ap, teh, toeh, ㄧㄚ, ㄉㄜˊ, ㄉㄨㄝˊ | 壓字的簡寫。

七一十一畫

厚 hō, hō, kāu, tōa, khoah tōa, tōa Liōng, bô Pòh, kāu。kāu kāu, tiong hō, Sûn hō, Chhin hō hō, Chin Chhin。
ㄏㄡˋ, ㄏㄡˋ, ㄍㄡˋ, 大, 闊大, 大量。無薄, 。厚厚, 忠厚, 純厚。親厚厚, 真親。

厘 Lî, tiân, Li Sò ji Sòe Sòe, Sió khóa。tn̂g tô mia, tāng Liōng, kim Chîⁿ, ê tan ūi。tiân khóa tiân jī. Lî, Sió khóa.
ㄌㄧˊ, ㄌㄧˊ, ㄌㄧ 數字小小, 小許。長度名, 重量, 金錢, 的單位。厘看廛字。厘, 少許。

厖 bâng, Pâng, tōa tē Chioh ê khoán, tōa, ū kàu, tsōe tsōe。Pâng tāi。
ㄇㄤˊ, ㄆㄤˊ, 大塊石的款, 大, 有夠, 多多。厖大。

厙 Sià, jī sìⁿ, hō hàn thài siu ê koaⁿ, Sià kun。hiān kim hoān ê tiong kan, iā ū ê Sìⁿ Sià
ㄕㄜˋ, 字姓, 後漢太守的官, 厙軍。現今番的中間, 也有的姓厙。

厞 hūi, ún bāt, Siu khǹg, m̄ tsai Sîn ê só tsāi, Lâi kóe Chhiáⁿ i。
ㄈㄟˋ, 穩密, 收藏, 毋知神的所在, 來解請他。

厝 Chhò, Chhok, Chhù, khiā ke ê Chhù, Chhù, Chhù theh。àn hòng, Chhok khū。àn Chhò。khí Chhù, Chhù Lāi。
ㄘㄨㄛˋ, ㄘㄨㄛˋ, ㄘㄨˋ, 豎家的厝, 厝, 厝宅。安放, 厝柩。安厝。起厝, 厝內。

原 Goân, tōe koâiⁿ koh Pîⁿ, ko Goân, kun Pún Goân thâu。Sêng Sit Sià bián, Goân Liōng, koh tsài, iû Goân。
ㄩㄢˊ, 地高闊平, 高原。根本源頭。誠實赦免, 原諒。閣再, 猶原。

厜 tsui, Chiū sī Soaⁿ ê te it koân ê só tsāi。Soaⁿ bóe Liu。Soaⁿ Chiam。Sóaⁿ tsui。
ㄗㄨㄟ, 就是山的第一高的所在。山尾溜。山尖。山厜。

厠 Chhè, Chhek, Chhè, Chhè tî, Chiū sī ù oe ê só tsāi。mâu Chhek, Chhek Só。Sái hàk
ㄘㄜˋ, ㄘㄜˋ, 厠, 厠池, 就是汙穢的所在。茅厠, 厠所。屎礐。

厤 Lî, kóe Chí Sêng Sek ū bī, Chí bî sòe, hō Lî。
ㄌㄧˊ, 菓子成熟有味, 至微細, 河厤。

厥 khoat, hiat Chióh thâu ê khì khū, khap thâu。i, hit ê, hit。hun n̂g, hun khoat。khoat āu, kiā ū。
ㄐㄩㄝˊ, 砍石頭的器具, 磕頭。他, 彼個, 彼。昏暈, 昏厥。厥後, 其後。

厦 Hā, ē, hē, Pîⁿ thâu ê Chhù, tōa keng Chhù, tāi hē, tāi hā。ē mn̂g, hā bûn
ㄒㄧㄚˋ, ㄕㄚˋ, 邊頭的厝, 大間厝, 大厦, 大廈。厦門, 廈門。

厪 kîn, Sió, Sòe keng Chhù, Put tiòng iōng。kîn Sià, Sió ok。
ㄐㄧㄣˇ, 少, 小間厝, 不中用。厪舍, 小屋。

厫 Gô, ngô, hē Chhek ê só tsāi, Chhek Siāⁿ。Chhng Gô。
ㄠˊ, ㄠˊ, 存粟的所在, 粟城。倉厫。

厩 kì, kiù, bē tiâu, má kiù, tsū Chip, koaⁿ ê miâ。Lâng ê Sìⁿ。
ㄐㄧㄡˋ, ㄐㄧㄡˋ, 馬寮, 馬厩。聚集, 官的名。人的姓。

八畫 厝 à Pà。Chiū sī Chiàu ka kī ê ì sù, Lām sám tsòe。hoān Sū ap Lâng, Pà tō。
ㄧㄚˋ, ㄧㄚˋ; 厝霸。就是照依己的意思, 濫摻做。凡事壓人。霸道。

厝霸有大壓小, 強壓弱的意思。用壓的厂字冠於亞項, 凸顯厝霸。

十二一十七畫

廚 tû, tô, thâi Cheng Sìⁿ ê só tsāi, tsàu kha, tsu Chiáh, tû Pâng, tû khū, tû su, tô chí Chiū sī tû Su。
ㄔㄨˊ, ㄔㄨˊ, 殺牲牲的所在, 灶腳, 煮食, 廚房, 廚具, 廚師。廚子就是廚師。

厮 Su, Chhe ēng, iúⁿ Chhi, hok Sāi, hā Chiān, Phòa khui, àt Chih, Chhò Chhâ, koah Chháu,
ㄙ, 差用, 養飼, 服事, 下賤, 剖開, 攑折, 剉柴, 刈草。

厭 iàm, iām, iā, iàn, móa, Pá, àn Chēng, ti Chiok, Sim bû iàm。iàm sè。iàm ò-ǹ, iā Siān, iàn khì。
ㄧㄢˋ, ㄧㄢˋ, ㄧㄚ, ㄧㄢ, 滿, 飽, 安靜, 知足, 心無厭。厭世。厭惡, 厭倦, 厭氣。

廠 Chhióng, Chhiúⁿ tsûn Chhiúⁿ, kang Chhiúⁿ, Chhiuⁿ Pâng, Sī ū Chhù koà bô Chhù Chhiúⁿ。thih kang Chhióng。
ㄔㄤˇ, ㄔㄤˇ, 船廠, 工廠, 廠房, 是有厝蓋無厝牆。鐵工廠。

厬 kúi, khúi, tsúi ta ta ê ì sù。tsui Pîⁿ thô ta ê khoán Sit,
ㄍㄨㄟˇ, ㄍㄨㄟˇ, 水乾乾的意思。水邊土乾的款式,

辟 Phek Pîⁿ thâu khi Chhiā, oeh oeh ê só tsāi,
ㄆㄧˋ, 邊頭敧斜, 狹狹的所在,

厲 Lē, bôa tún ê Chióh, Chho Chióh。bôa Lāi。tok Chek, khoàn bián, ui Giâm。béng Liat Lē hāi。Giâm Lē。
ㄌㄧˋ, 磨礪的石, 粗石。磨利。督責, 勸勉, 威嚴。猛烈, 厲害。嚴厲。

厳 Gûi, hn̄g hn̄g ê Soaⁿ Chiam, ū Lâng Sia Chit jī, iā jī。
ㄨㄟˊ, 遠遠的山尖, 有人寫這字, 山巍字。

靨 iám, Chîm, mô hōe ê Pak tó ē ê tsāi, hōe tsāi。Chhân Lê Lûi khak kháu ê Phî。
ㄧㄢˇ, 蟬, 毛蟹的腹肚下的臍, 蟹臍。田螺類殼口的蚶。

歙 hip, Hâng hip, kióng hip, ap Chè Lâng ê ì sù。thi khì hip hip。tò hip, Phōe hip tiòh。tiòng Sú, hip tióh joáh。
ㄒㄧ, 哄歙, 強歙, 壓制人的意思。天氣歙歙。倒歙, 被歙着。中暑, 歙着熱。

造字 有壓制, 或是壓氣形成的氣與勢。厂是壓的簡意加歙音來組合。

廿一畫 厴 teh, ap ê ì sù, teh tiàu, teh pīⁿ, taⁿ teh, giâ teh, teh sí, teh ân
ㄧㄢˇ, 壓的意思, 厴𨑨, 厴扁, 擔厴, 夯厴。厴死。厴緊。

㕟	kuì, ㄍㄨㄟˋ,	thùt kuì, Chiū sī keh Piah tsòe khah kōe ê Chhù, thâu Chêng ê nî Chîⁿ khah khoàn. 跩㕟，就是隔壁做較低的厝，頭前的簷簷較濶
		厂亦有住處的意思，㕟顯表厝的高低無平匀，或物的無合或跩㕟。
㕡	khēh, khēhⁿ, ㄎㄝˊㄏ, ㄎㄝˊㄏ,	khēhⁿ Lōh, khēh Chi̍t ē, Chhin Chhiūⁿ Lûi tân, tōa Siaⁿ bô Pêng Siông ê khóan Sit. 㕡落，㕡一下，親像雷聲，大聲無平常的款式。
		採厥的抽象音，採雷電的瞬間爆發的能或聲音的表現造字的意義。
10畫 㕢	that, ㄊㄚㄉ,	that ta, that ám, that thng, chiū sī tē tsúi á sī kînmih hō ta ê ì sù. 㕢乾，㕢泔，㕢湯，就是管水或是濻物仔乾的意思。

厶 部 28

厶	Bó, Su, ㄅㄛˊ, ㄙㄨ	私 ê kó jī. iā sī kap Bó Siāng ì sù. Sī mih tsóng Chheng hō, bó mih, iā sī dat kak ê ì sù. 私的古字。也是与某同意思。是物總稱呼，厶物，也是越角的意思。

二·三畫

厷	keng ㄍㄥ	Chhiú tó, Chhiú kut, Pang tsān, kha Chhiú. Pì ê tē jī tsat, 肱 ê Pún jī. 手肚，手骨，幫助，脚手。臂的第二節，肱的本字。
厹	jiû, kiû ㄖㄡˊ, ㄍㄧㄡˊ	Saⁿ kak ê Chhiuⁿ, Saⁿ kak hêng ê mâu. iá Siū ê kha jiah, kha tôe, thún tàh. 三角的槍，三角形的矛。野獸的脚蹟，脚蹄，踐踏。
㕕	jiú, ㄖㄡˇ,	iá Siū ê kha jiah. kha tôe, thún tàh. 野獸的脚蹟。脚蹄，踐踏。
去	khu, khú, khù, khì ㄎㄨ, ㄎㄨˇ, ㄎㄨˋ, ㄎㄧˋ,	kin kin tsáu, tsáu hiông hiông, Saⁿ Lī khui, Lī khì. khì bīng. Lâi khù. khù hóe, khù hong. 緊緊走，毛雄雄，相離開，離去。去向。來去。去火，去風。
㚎	khu, khú, khù, khì ㄎㄨ, ㄎㄨˇ, ㄎㄨˋ, ㄎㄧˋ,	kap têng bīn jī Siāng khoán. 与頂面字同款。

六—十四畫

叄	Sam, Saⁿ, ㄙㄚㄇ, ㄙㄚⁿ	tōa Pún Sam jī. Chiū sī Sǹg Siàu ê tē Saⁿ jī. tē Saⁿ. 大本三字。就是算數的第叄字。第三。
參	Chham, Sim, Som, Chhiam, ㄘㄚㄇ, ㄒㄧㄇ, ㄙㄛㄇ, ㄑㄧㄚㄇ,	kè bô, Chham bô, Chham ú, tiâu kìⁿ, Chham kiàn. Chhe Chhiam. jîn Sim, Som á Chhiu, hái Som. 計謀，參謀，參與。朝見，參見。差參。人參，參仔鬚，海參。
叅	Chham, Sim, Som, Chhiam, ㄘㄚㄇ, ㄒㄧㄇ, ㄙㄛㄇ, ㄑㄧㄚㄇ,	kap têng bīn jī Sio Siāng. Chhiam Sìok Chit jī 粆. tāu Chhiam, hoan tsû Chhiam. 与頂面字相同。Chhiam 俗這字粆。豆粆，番薯粆。
㕦	tsùn, ㄗㄨㄣˋ,	káu koài ê thò miâ 狡怪的兔名

又 部 29

又	iū, ㄧㄡˋ,	Chhiú ê khóan Sit. Saⁿ Liân ê jī, koh tsài, iáu kú, iū koh. ê kiū hô kiû, tiōng hók ê ì sù. 手的款式。相連的字，擱再，也久，又擱。亦又何求，重複的意思。

一·二畫

叉	Chha, Chhe, ㄑㄚ, ㄑㄝ,	nn̄g Chhiú ê tsńg thâu á sa thap, Saⁿ kau, Chha Chhiú. khui Chhe, Phah Chhe, Siang Chhe Lō, hî Chhe bóe. 兩手的指頭仔相插，相交，叉手。開叉，打叉，双叉路，魚叉尾。
叉	jiáu, ㄖㄧㄠˇ,	kha Chhiú Chéng bé ê kah. tsńg thâu á bé hoat khí Lâi. 脚手指尾的甲。指頭仔尾發起來。
反	hoán, Péng, Pán, ㄏㄨㄢˇ, ㄆㄥ, ㄅㄢˇ,	tò tńg Lâi, Siu tò tńg, Saⁿ Pōe. hoán tńg. tùi hoán. Péng khí Lâi, Péng Phak. jī Pō Piⁿ á, Pán. 倒轉來，收倒轉，相背。反轉。對反。反起來，反仆。字部偏仔，反。
及	kip, ㄍㄧˊ,	Put jû i, Put kip i. kàu, bêng Pek, kip sî, kàp keh, kip Sî ú. Liân Lūi, tsōe kip Chhe Lô. 不如他，不及他。到，明白，及時，及格，及時雨。連纍，罪及妻孥。
双	Song, Siang, Sang, Sio, ㄕㄨㄤ, ㄒㄧㄤ, ㄙㄤ, ㄒㄧㄛ,	nn̄g ê Phit tùi, Sêng Siang. Lâng Sìⁿ Song. Chit Siang Chit tùi. Sang kó kiàm, Sang kha tàh Sang tsûn, Sim thâu Loān hun hun. Sió to hōe, Chiū sī àm Chīⁿ Saⁿ kap kè bô ê ì sù. 兩個匹對，成双，人姓双。一双一對。双股劍，双脚踏双船，心頭亂紛紛。双刀會，就是暗靜相與計謀的意思。
友	iú, ㄧㄡˇ,	tâng Sim ê Lâng, tâng Phōaⁿ. kau Pôe, Pêng iú. iú ài. iú Chêng, ū kau Chêng, iú Gī. 同心的人，同伴。交陪，朋友。友愛。友情，有交情，友誼。
叐	iú, ㄧㄡˇ,	kap têng bīn jī Sio Siāng. 与頂面字相同。

date theme page

〔叟〕bu̍t 㞢ㄨ㐅 Chhàng Lóh tsúi tóe, lâi bī. tîm tsúi bī.
藏落水底，來泳。沈水泳。

〔收〕Siu ㄒ一ㄨ theh, Siu Si̍p, Chih Chiap, Chek tsū, khṳ̀ng bat. Siu khṳ̀ng, Siu Sêng. kap 收 Siāng khóan.
提，收拾，接接，積住，藏密。收藏，收成。与收同款。

三一六畫

〔友〕Poa̍t ㄅㄨㄚㄊ Chhak tiāu ê ì sù, káu teh tsâu ê khóan sit.
鑿掉的意思，狗咧走的款式。

〔犮〕Poa̍t ㄅㄨㄚㄊ kap téng bīn jī ì sù Siāng khóan.
与頂面字意思同款。

〔叒〕Jio̍k ㄖ一ㄛㄍ Song jio̍k Chhiū, ji̍t khí thâu Chhut tī Pêng sì.
桑叒樹，日起頭出佇東平勢。

〔变〕Piàn, Pìn ㄅ一ㄢ, ㄅ一ㄣ kóe oān, kái Piàn, 變 ê kán thé. Piàn tōng, hô tāng, Piàn oān. Pìn Pìn, Piàn hêng.
解換，解变，變的簡体。変動，搖動，变換。変面，变形。

〔受〕Siū, Siu, ㄒ一ㄨ, ㄒ一ㄨ, Sa̋n kau hū, Sêng Siū. tit tio̍h, nía Siū. kim sî tsòe kim sì Siū. hiān tsòe hiān tam tng ê ì sù.
相交付，承受。得着，領受。今時做今世受，現做現擔當的意思。

〔叔〕Siok, Chek, ㄒ一ㄛㄍ, ㄐ一ㄝㄍ, Lâng ê Sìⁿ, Siok. Lāu Pē ê Sió tī, a Chek. tiōng huē Sió tī, Sió Chek. hiaⁿ tī Pâi hêng tē saⁿ
人的姓，叔。老父的小弟，阿叔。丈夫的小弟，小叔。兄弟拜行第三
kiò tsòe Siok. hiaⁿ tī ê Pâi hêng sī, Pek, tiōng, Siok, kùi. Sui, bō, Siok Sè.
叫做叔。兄弟的拜行是，伯，仲，叔，季。衰，末，叔世。

〔取〕Chhú, Chhù, Chhiú, Chhiúⁿ, ㄑㄨ, ㄑㄨ, ㄑ一ㄨ, ㄑ一ㄨⁿ, Lia̍h, thó, Siū, Siu, the̍h, Siu Chhú. Lo̍k Chhú, Chìn Chhú. Chhōa bó, Chhù Chhe.
掠，討，受，收，提，收取。錄取，進取。取媒，取妻。
Chhú Sio̍k. Chhiú Saⁿ Chhiú Chhân, Chiū sī Sio̍k hôe lâi ê ì sù. Chhiúⁿ Cheng Sîn, ē ì toan hō pìⁿ hó.
取俗。取衫，取田，就是贖回來的意思。取精神，用異端佮病好。

〔叕〕toat, tóaⁿ, ㄉㄨㄛ, ㄉㄨㄛ, Chiū sī Saⁿ Liân, Sio Liân sòa ê ì sù. tóaⁿ tóaⁿ tóaⁿ tóaⁿ lâi, tóaⁿ tóaⁿ m̄ tio̍h, tóaⁿ tóaⁿ to sū.
就是相連，相連續的意思。叕叕，叕叕來，叕叕毋着，叕叕多事。

〔㕞〕Soat ㄕㄨㄚㄊ Siah, bin, Chhit, Sàu tû, Sóe Chheng khì.
削，刷，拭，掃除，洗清氣。

〔㼊〕Pān ㄅㄢ, bô hêng, iōⁿ sit. hêng thé. Sen tsòe bô iūⁿ, tsòe Pān. tsu khì khū seng tsòe Chha Pān.
模型，樣式。形体。先做模樣，做㼊。鑄器具先做柴㼊。

造字 㼊者模型也。形也。仿其形式豫作成品之形而製之樣板曰㼊。鑄器模具有時相反的。形体反向也好，樣板也好，㼊也。

七一十六畫

〔叚〕hâ, ká, ㄏㄚ, ㄍㄚ, Chiū sī jī sìⁿ. 假 ê kó jī. Chhò Sia tsòe toān.
就是字姓。假的古字。錯寫做段。

〔叛〕Poān, ㄆㄨㄢ, Lî khui, hóan Loān, hóan Poān. Phoān Loān. Phoān kok. Pōe Lî, Chiòng Poān Chhin Lî.
離開，反乱，反叛。叛乱，叛國。背離，衆叛親離。

〔叙〕Sū, ㄒㄩ, Pâi lia̍t, téng tē, Chham Siông, Gī Lūn, Pho Pâi ê oē. Sū Su̍t. Sū Lūn, Sū Sū bûn.
排列，等第，參詳，議論，鋪排的話。叙述。叙論。叙事文。

〔叟〕Só, ㄙㄡ, Chheng hō Lāu Lâng ê jī. Lō Só. tōa Sòe Siāng khóan tùi thāi, tông Só bû khi.
稱呼老人的字。老叟。大小同款對待，童叟無欺。

〔叞〕ùi, ut ㄨㄟ, ㄩㄊ ùi, Chēng Chēng, Pêng tiāⁿ, an ùi, sū hāu. Ut, Ut tau, Ut saⁿ ê khì khū.
叞，靜靜，平定，安叞，伺候。叞，叞斗，叞衫的器具。

〔叠〕tia̍p, thah, thah, thia̍p, ㄉ一ㄝ, ㄊㄚ, ㄊㄚ, ㄊ一ㄝ, têng tia̍p, têng têng tia̍p tia̍p, koh thah koān khì. Chhâ Liâu, Chhâ thah khah koân lê.
重疊，重重疊疊，閣疊高去。柴寮，柴疊較高咧。
thia̍p khí lâi, thia̍p hó, thia̍p tsoh tui.
疊起來，疊好，疊作堆。

〔叡〕tsa ㄓㄚ, bán, kéng ê khóan sit, the̍h ê ì sù.
挽，揀的款式，提的意思。

〔叡〕jōe, ㄖㄨㄟ, Chhong bêng, thong ta̍t, ū tì hūi, Sèng jîn, Su Siúⁿ. jōe tì, jōe tia̍t, kap 睿 Siāng khóan.
聰明，通達，有智慧，聖人，思想。叡智，叡哲，与睿同款。

〔叢〕Chhông, tsâng, ㄘㄨㄥ, ㄗㄤ, Chhó bo̍k bō Sēng tsòe tsōe, Chhông Seng. Chi̍t Phō tōa Su, Chhông Su, tōa tsâng Chhiū.
草木茂盛多多，叢生。一部大書，叢書。大叢樹。

口 部 30

口 khó·, kháu, Chháu, Chhùi, káu。bûn thók im khó·。mn̂g kháu, jîn kháu, jip kháu, Chhut kháu, kháu tsâi。
ㄎㄛˋ, ㄎㄚˇ, ㄑㄧㄠˇ, ㄑㄨㄧ, ㄍㄠˇ。文讀音口。門口，人口，入口，出口，口才。
káu tōa Chiah Chháu, hó Chhī Chháu. Phīⁿ bák Chhùi。Chhùi kak, Chhùi khí。ê káu ê káu。
大食口，好飼口。鼻目口。口角，口齒。瘂口，啞口。

二畫

召 Siāu, tiāu, Chiau, Siok jī siāu。Chio Lâi, kiò Lâi, Sī tōa hoân hù sī sòe tioh Lâi, tiau Lâi。èn Chiau。
ㄒㄧㄠ, ㄉㄧㄠ, ㄐㄧㄠ, 俗字邵。招來，叫來，是大煩付是小着來，召來。應召。

只 Chí, tok tok, ûi ǔ, Chí ū, chit ê。Chí kim, Chí sī, Chí hó。tsóa Chit Chí。nn̄g Chí。
ㄓ, 獨獨，惟有，只有，一個。只今，只是，只好。紙一只。兩只。

叱 thek, hoah ê Siaⁿ, hoah hiàm, thek mā, thek Chek, Chhiàng, thek bêng。thek tō hong hûn, tit ì。
ㄊㄜˋ, 喝的聲，喝喊，叱罵，叱責，唱，叱明。叱咤風雲，得意。

号 Hô, Hō, ko, tōa Siaⁿ ho kiò, hô tô tāi kiò。kì hō, hō bé, hō mîa。nî kó, Sím mih nî kó。
ㄏㄠˊ, ㄏㄠˋ, ㄍㄠ, 大聲呼叫，号咷大叫。記号，号碼，号名。年号，甚麼年号。

叶 hiàp, thong hiap jī。hiap hô, Saⁿ Pang tsān, hô hàp。Lāi ke hô, hiap Lek, hiap Pān。
ㄒㄧㄝˊ, 通協字。叶和，相幫助，和合。大家和，叶力，叶辦。

叩 khò, khà, khau, khàu。khò thô kūi Pài。khà mn̂g, khà hun Chhe thâu。Sòa Chit khau。khàu tû, khàu kang Chîⁿ。
ㄎㄜˋ, ㄎㄚ, ㄎㄡ, ㄎㄡˋ。叩頭跪拜。叩門，叩煙吹頭。線一叩。叩除，叩工錢。

叫 kiàu, kiò, ēng Siaⁿ Chio Lâng Lâi, kiò Lâi。hō mîa, kiò Siaⁿ mîa。bûn thók kiàu khó· Liân thian。
ㄐㄧㄠˋ, ㄐㄧㄛˋ, 用聲招人來，叫來。号名，叫甚名。文讀 叫苦連天。

叴 kîu, Saⁿ kak ê Chhiuⁿ, koân koân ê khì。
ㄑㄧㄡ, 三角的槍，高高的氣。

可 khó, khó·, thó, thang, tsún, khó, hú khó, khó í。kó· Put Chiong, Put tek Put, Lêng khó。thái thó, ná oē tsai。
ㄎㄜˇ, ㄎㄛˇ, ㄊㄜˇ, ㄊㄤ, 准，可，許可。可以。孤不將，不得不，寧可。豈可，那會知。
tàng, thái thó oē tsai。thái thó àn ni。thang m̄ thang, m̄ thang Chit khóan。bōe tàng, Put khó í。
ㄉㄤˋ, 豈可會知。豈可按呢。可不可，不可這款。㑅可，不可以。

古 kó·, ku, Chêng tāi, kó· tsá, kó· kim, kó· Chíⁿ, kó· ì Láu Sit。ku koài, ì sù bô bêng kì koài。
ㄍㄛˇ, ㄍㄨ, 前代，古早。古今，古井，古意老實。古怪，意思無明奇怪。

句 ko·, kò·, kù, kau, oan khiau ēng Pit ūi hûn tsòe kì hō, kò· hō。jī kù, Gú kù, kù tiám, Sû kù。
ㄍㄛ, ㄍㄛˋ, ㄍㄨˋ, ㄍㄡ, 彎曲 用筆劃紋做記號，句號。字句，語句，句點，詞句。
kau Siau, kau tàng, kau tîn, kau Phòa。Si kù kù thók kau Chiân hok kok。
句消，句揀，句藤，句破。詩句，句讀，句踐復國。

叧 kóaⁿ thek kut Pak bah ê ì Sù。
ㄍㄨㄚˇ, 剔骨剝肉的意思。

叭 Phiak, Phah ê Siaⁿ im, Phiak Phiak kiò。Pa chhùi Phóe Phiak chit ē。 造字
ㄆㄧㄚˋ, 打的聲音，叭叭叫。扑嘴䫌叭一下。

另 Lēng ㄌㄧㄥˋ koah khui ê ì sù 割開的意思。hun Piat Khiā, Pun Lī 分別豎，分離，Lēng Gōa 另外，Lēng Jit 另日，Lēng Gán Sio khoà 另眼相看。

叭 Pat, Phoat, Peh, ㄅㄚ，ㄆㄨㄚ，ㄅㄝ，Siaⁿ Seh 聲說，Chhùi khui 嘴開。Lat Pat 喇叭，kun tūi ê hō tâng 軍隊的號筒。Peh khui Chhùi 叭開嘴，kóng ōe 講話。Siōng.

叵 Phó ㄆㄛˇ m̄ thang ê ì sù 毋可的意思，Chiū sī thang túi hoán 就是可的對反。bōe 獪。Chiū 就。Phó nāi 叵奈，bú nāi 無奈。Phó Chhek 叵測，Bōe Siōng 獪想像。

史 Sú, Sái ㄕˇ，ㄕㄞˇ kì kok sū ê koaⁿ 記國事的官，Sú koaⁿ 史官，thài Sú 太史。jī sìn Sú 字姓史。Lek Sú, Sú kì 歷史，史記。Sái hāng Lō thâu 史巷路頭，ē mn̂g Lō thâu ê mîa 廈門路頭的名。

台 Î, tâi, thai, ㄧˊ，ㄊㄞˊ，ㄊㄞ 个, hoaⁿ hí ê ì sù 台，歡喜的意思。tâi, kôai, tōa 台，高，大，ko tâi 高台，tâi toan 台端，tsun kéng Lâng ê Chheng hō 尊敬人的稱呼。thai Chiu 台州，Chiat kang kū hú mîa 浙江舊府名。

司 Su, Sū, Si, ㄙ，ㄙˋ，ㄒㄧ Pān tāi Chì 辦事務，Su Sū 司事。Chiáng kôan 掌權，Su Lēng 司令。Lâng Sìⁿ Su 人姓司。kong si 公司。Pò Chèng Si 布政司。Chè Si 祭司。

叨 tho, ㄊㄠ tham Chiah Siuⁿ kòe thâu 貪吃過頭，tham Sim 貪心。tho kàu 叨教，tsū khiam ê ōe 自謙的話。tiōh.

叮 teng, tèng, ㄉㄧㄥ，ㄉㄧㄥˋ koh tsāi hoân hù 閣再煩付，teng Lēng 叮嚀。teng Chiok 叮囑，tsāi Saⁿ Chiok thok 再三囑託。bāng á tèng 蚊仔叮，thâng tèng 虫叮着。

右 iū, iū, ㄧㄡ，ㄧㄡˋ Chiàⁿ Chhiuⁿ Pêng 正手平。tōa Pêng 大平。tsó ê túi hong 左的對方，iū bûn iū bú 右文右武。tsó iū Chhiú 左右手。

叴 kîu, ㄑㄧㄡˊ Saⁿ kak ê Chhiuⁿ 三角的槍，koân koân ê khì 高高的氣。

叼 thiau, ㄉㄧㄠ Chiū sī ēng Chhùi kâm mih, á sī Suh mih ê ì sù 就是用嘴含物，或是嗽物的意思。kā hun 咬烟，thiau tiòh hun 叼着烟。

叻 Lek, Lat, ㄌㄜˋ，ㄌㄚˋ só tsāi mîa 所在名，Lek hū 叻埠，Chiū sī Sin ka Pho 就是新加坡。Sit Lat Pho 實叻坡，Sin ka Pho 新加坡。

㕣 Iân, ㄧㄢˊ Lō kô bōe 路糊糜。tsúi Sún Siong ê khoán Sit 水損傷的款式。thô téng ū tām Poh tsúi 土頂有淡薄水。

進5畫 **叺** Phok, Phok, ㄆㄛˋ，ㄆㄛˋ Sim koaⁿ Phok Phok thiàu 心肝叺叺跳。Phok Phok háu 叺叺哮。Siaⁿ im 聲音。tín tāng 振動。

三 畫

吒 Chhiā, Chhia, ㄓㄚˋ，ㄔㄚ Siū khì teh hoah ê Siaⁿ 怒氣喝喝的聲。hiam 喊，Pùn khì 噴氣。thó khùi 吐氣。Lô Chhia 哪吒，Lô Chhia thài tsú 哪吒太子。

后 Hō, āu, ㄏㄡˋ，ㄧㄡˋ jîn kun jîn Sîn ê Chheng hō 人君人臣的稱呼。hông tè ê Chiàⁿ kiong 皇帝的正宮，hông hō 皇后，hō hui 后妃。thong 通 āu 後。āu 后，āu Lí 后里。ông hō 王后。

向 hiòng, àⁿ, hiàⁿ, ǹg. ㄒㄧㄤˋ Lâng Sìⁿ hiòng 人姓向。hong hiòng 方向，Chì hiòng 志向，Lâm Pak hiòng 南北向。àⁿ thâu kí tó 向頭祈禱。àⁿ Chêng 向前，àⁿ āu 向後，àⁿ Lóh 向落。hiàng hiàⁿ hiàⁿ 向向，hiàⁿ Sin 向身，hiàⁿ io 向腰，hiàⁿ Lâu 向流。ǹg bāng 向望，Saⁿ ǹg 相向，bô ǹg 無向，ǹg tīng 向趾。

合 hàp, àp, hah, kah, ㄏㄜˊ，ㄍㄜˇ hàp oá 合倚，hàp tsok 合作。Saⁿ tâng 相同，hô 和，hàp hô 合和。hû hàp 符合。thiàp àp Chiū sī thiⁿ o͘ o͘, o͘ im 天合合就是天黑黑，黑陰，beh Loh hō ê khoán Sit 乜落雨的款式。oē hah 能合，bōe hah 獪合，hah ì 合意，hah Lō eng 合路用，kah khoài 合意，kah kha 合腳，kah Chhùi 合嘴。

吁 u, x, thó khùi ê siaⁿ 吐氣的聲，kiâⁿ 行，Gî ngāi 疑訝。kî koài 奇怪。

吰 hong, hông, ㄏㄨㄥ O Ló 謳咾，koe Chhī Lâng ê Siaⁿ 街市人的聲，tōa Siaⁿ 大聲，Lāu Jiat 鬧熱，Lāu hông hông 鬧吰吰。

吉 kiat, khiat, ka, ㄐㄧˊ Lī ek hó 利益好，kai tsāi 該哉。kiat Lī 吉利，kiat Sî 吉時，kiat jit 吉日。tsûn kiat 竣吉，tāi kiat 大吉。Lâng ê Sìⁿ khiat 人的姓吉。tî hông 持防，kín Sin 謹慎。ka Pòa mî 吉貝綿，Chit Chióng Chhiⁿ mî 一種生綿。ēng tsòe Phōe 用做被。

吃 Gut, khek, khit, Chiah, ㄐㄧ，ㄔ khâu Gut 口吃，kóng ōe oh tit Chhut Chhùi 講話難得出嘴，thih thih kiò 詎詎叫。Chhiⁿ kiaⁿ 悽驚。khau khek 口吃。khit Chhiò 吃笑。khit khit tāi Chhiò 吃吃大笑，Chhiò Siaⁿ 笑聲。Chiah Lat 吃力，Chiah Pn̄g 吃飯，Chiah Sò Sit 吃素食。

各 kok, tàk ㄍㄜˋ kóng ōe bô Sio Siāng 講話無相同，bô Siāng Sim 無同心，kok hêng kî Sī 各行其是。kok ūi 各位，tàk Lâng 各人，tàk ê 各個，tàk Chióng 各種。

吏 Lī, Lē, koaⁿ Lī, tsòe koaⁿ ê Lâng。koaⁿ hú, koaⁿ Gê, Lē Pō·。Cheng Chek, Lē tī。Lē iah, Sìⁿ Lē。
ㄌㄧ˙, ㄌㄝ˙, 官吏, 做官的人。官府, 官衙, 吏部。政績, 吏治。吏役, 姓吏。

名 bêng, miâ, bûn bêng, bêng bōng, bêng bo̍k。Chhut miâ, miâ Siaⁿ, tsóng miâ, kòe miâ。hō miâ。Chîⁿ
ㄇㄧㄥ˙, ㄇㄧㄚ˙, 聞名, 名望, 名目。出名, 名聲, 總名, 過名。號名。

吊 tiàu, tiàu Chhia, tiàu kâu, khí tiōng kì。tiàu tāu, tiàu ām kún sí。Chi̍t Chheng Chîⁿ kat Saⁿ Liân, Chi̍t tiàu Chîⁿ
ㄉㄧㄚㄨ˙, 吊車, 吊猴, 起重機。吊脰, 吊頷頸死。一千錢結相連, 一吊錢

吐 thò, thó tùi Chhùi áu Chhut Lâi。áu thò。Jī sìⁿ thò。tó khùi, thàn khì。
ㄊㄛ˙, 對嘴嘔出來。嘔吐。字姓吐。吐氣, 嘆氣。

同 tông, tâng, Siâng, Sâng。tāi tông, thian hā it ka。tông jîn, tông Pau, tông tsong。tâng sìⁿ, Saⁿ tâng, tâng Sim。
ㄉㄛㄥ˙, ㄉㄤ˙, ㄒㄧㄤ˙, ㄒㄤ˙。大同, 天下一家。同仁, 同胞, 同宗。同姓, 相同, 同心。
kāng, kāng, Siāng khóan, sāng khóan。sāng Chi̍t iūⁿ。Saⁿ kāng。Saⁿ kāng。Sio Sâng。ū sâng, bô sâng。
ㄍㄤ˙, ㄍㄤ˙, 同款, 同款。同一樣。相同。相同。相同。有同, 無同。

吆 iau, Chhut tàⁿ ê Seng Lí Lâng hoah Siaⁿ bōe mih ê ì sù。tōa Siaⁿ hò kiò。
ㄧㄚㄨ, 出擔的生理人喝聲賣物的意思。大聲呼叫。

吽 Be, Bí, me, mi, meh, Chia ê im Lóng sī iûⁿ á teh háu ê Siaⁿ。
ㄅㄝ, ㄅㄧ, ㄇㄝ, ㄇㄧ, ㄇㄝㄏ, 這個音攏是羊仔哳哮的聲。

吳 hôa, tōa Siaⁿ, tōa Chhùi, hî á ê Chhùi, tōa ê ì sù。
ㄏㄨㄚ, 大聲, 大嘴, 魚仔的嘴, 大的意思

吔 Sì, Chiū sī Gîm Si ê ì sù
ㄒㄧ, 就是吟詩的意思

吮 ún, Chiū sī Suh, á sī Chīⁿ ê ì sù。
ㄨㄣ, 就是嗽, 或是舐的意思。

吰 u, uh, úh, hō· u á Phah eh ê Siaⁿ。uh, úh, Phah eh Phah bōe Soah ê Siaⁿ。
ㄨ, ㄨㄏ, ㄨㄏ, 呼吰仔, 打呃的聲。吰, 吰, 打呃打𣍐息的聲。

呃者, 腹部之汙氣形成而由口出的氣, 與聲。呼吰仔, 形意皆備。

四畫

呃 Ai, ek, Lek, eh, ài, Chiáu á háu, bô Pîⁿ ê siaⁿ。Ut khì ê ì sù, Phah eh。Lek khì。
ㄞ, ㄝㄎ, ㄌㄝㄎ, ㄝㄏ, 呃, 鳥仔哮, 無平的聲。鬱氣的意思, 打呃。呃氣。

吵 Chhaú, Chhá, Chhà, Chhā, Chhau nāu。kiáu jiáu, tsōe tsōe Chin Chhá。Chhà Chhà kiò, tōa Siaⁿ iá āu。
ㄔㄚㄨ, ㄔㄚ, ㄔㄚ, ㄔㄚ, 吵鬧。攪擾。多多聲真吵。吵吵叫, 大聲野吼。
Chhā Chhā háu。Chhi bú Chhi Chhā。kóng oē kóng bōe Soah。
吵吵哮。吱嘸吱吵。講話講𣍐息。

吱 Chi, khi, ki, Chhī, koat toàn bêng Pek ê ì sù, iā sī bô iàu kín ê sū。Siaⁿ Soeh, kiâⁿ Lō· teh Chhoán ê siaⁿ。
ㄐㄧ, ㄎㄧ, ㄍㄧ, ㄑㄧ, 決斷明白的意思, 也是無要緊的事。聲說, 行路的喘氣的聲。
Pò· ê miâ, Pek ki Pò·, âng ú Pò·。tsa̍p im kiáu jiáu, Chhī Chhī Chhā Chhā。
布的名, 百吱布, 紅羽布。雜音, 攪擾, 吱吱吵吵。

呈 têng, théng, tiāⁿ, Pîⁿ Pîⁿ tháu khui, théng khai。ē kip Pō Chhia Siōng kip, têng Sòng。têng Pò。têng hiàn。
ㄉㄧㄥ, ㄊㄧㄥ, ㄉㄧㄚ, 平平解開, 呈開。下級報請上級, 呈送。呈報。呈獻。
kò tsng, Jip tiāⁿ, tīa Chhiáⁿ。hó táⁿ bô Chim Chiok théng kiông。
告狀, 入呈, 呈請。好膽無斟酌逞強。

吹 Chhui, Chhùi, Chhe, Phuh, Pûn khì, Chhóan khùi, Pûn hong, hong teh kiâⁿ tāng, hong Chhui, hong Chhe。Chhe hong。
ㄔㄨㄧ, ㄔㄨㄧ, ㄔㄝ, ㄆㄨㄏ, 噴氣, 喘氣, 噴風, 風咧行動, 風吹, 風吹。吹風。
Pûn Kó· Chhe, tē it Soe thì tháu Pûn kó· Chhe。Phuh ioh hún, Phuh hun, Phuh a Phiàn。
噴鼓吹, 第一衰剃頭噴鼓吹。吹藥粉, 吹烟, 吹鴉片。

吨 tûn, kóng oē bōe bêng, khì Saⁿ Chhion ê ì Sù。
ㄉㄨㄣ, 講話𣍐明。氣相沖的意思。

吩 hun, Phun, Phùn, hoan, kā Lâng kóng tiàⁿ tsaiⁿ iūⁿ, hun hù, hoan hù。thok Lâng tsòe Sū。khì thò Chhut,
ㄏㄨㄣ, ㄆㄨㄣ, ㄆㄨㄣ, ㄏㄨㄢ, 給人講着怎樣, 吩付, 吩付。託人做事。氣吐出,
Phùn khì, Phùn Chhut。Phun, Phah ka Chhiùⁿ。
吩氣, 吩出。吩, 打飲嗆。

吠 hūi, Pūi, káu ê Siaⁿ, káu háu, káu Pūi, Pūi。It khián hūi éng, Pek khián hūi Seng。
ㄏㄨㄧ, ㄅㄨㄧ, 狗的聲, 狗哮, 狗吠, 吠。一犬吠影, 百犬吠聲。

吰 hông, Cheng ê Siaⁿ, kó· ê Siaⁿ。
ㄏㄛㄥ, 鐘的聲, 鼓的聲。

否 hó, Phí, m̄ sī, m̄ thang, bô, m̄ tsún。hó têng, hó jīn, sī hó。hoāi, Pháiⁿ, tsong Phí。hò têng。
ㄏㄛ, ㄆㄧ, 不是, 不可, 無, 不准。否定, 否認, 是否。壞, 歹, 臧否。否定。

咬 hú, kó tsá bô to, ēng Chhùi kā ê ì sù。kā mih。
ㄏㄨ, 古早無刀, 用嘴咬的意思。咬物。

含	hâm, kâⁿ, khâⁿ, kâm ㄏㄢˊ, ㄍㄢˋ, ㄎㄢˇ, ㄍㄢˋ	Chhùi ū mih, hâm mih. Pau hâm. kâm thn̂g kó. kâm Chhùi Pō-Chih. kâⁿ oá. kâⁿ tiāu. khâⁿ. 嘴有物，含物。包含。含糖菓。含嘴哺舌。含偎。含眺。交含。
吭	hông, khóng, khòng ㄏㄤˊ, ㄎㄤˇ, ㄎㄤˋ	Chiáu ê nâ âu, nâ âu khang. thun Lòh khì. Siaⁿ im, ín khóng ko koa. hông khì. 鳥的咽喉，咽喉孔。吞落去。聲音，引吭高歌。吭氣。
吼	hó, hāu ㄏㄛˇ, ㄏㄡˇ	Siù ê Siaⁿ, Siū khì ê Siaⁿ, hō hó. Sai hó. háu háu kìo. 獸的聲，怒氣的声，怒吼。獅吼。吼吼叫。
吸	khip, ㄒㄧ,	Suh khùi, ho khip. Suh tsúi, khip tsúi. khip ín, khip Lek, khip Siu, khip Pôaⁿ. 嗽氣，呼吸。嗽水，吸水。吸引，吸力，吸收，吸盤。
吷	koat, khih, Sòe Sòe ê Siaⁿ, Lim Chiáh, Chiáu ê Siaⁿ ㄍㄨㄚ, ㄒㄩㄝˋ	小小的聲，飲食，鳥的聲。khih khih khiauh khiauh, 吷吷啷啷，khih khih khū khū ê Siaⁿ im. 吷吷咀咀的聲音。
咿	i, Li, ㄧ, ㄌㄧ,	ké khian Chhìo, tìⁿ Chhìn Chhìo. Chìuⁿ Chìn ê Siaⁿ i i o o. Pò Lang Li, Pò Se Póh, Póh Li Li. 假虔笑，勁清笑。上憐的聲，咿咿呵呵。布佯咿，布疏薄，薄咿咿。
告	kò, khok, ㄍㄠˋ, ㄎㄨˋ	Gû tak Chhâ, thong ti Lâng ê khoán Sit, kò ti. Pò bêng, Pò kò. kò Sò. kò Sī. kiong tô boat Lō, khok tài bû bûn. 牛轆柴，通知人的款式，告知。報朗，報告。告訴。告示。窮途末路，告貸無門。
叫	kiàu, kìo, ㄐㄧㄠˋ, ㄍㄧㄛˋ	kap 与 叫 Siang khoán. 同款。Chhut Siaⁿ, ho kìo. hō mîa, kìo Sím mih mîa. kiàu hiau. 出聲，呼叫。號名，叫甚麼名。叫囂。
君	kun, ㄍㄨㄣ,	jîn kun, tsun kùi, kun Ông. kun Sîn. hông Lè, kun tsú, hu kun, tiōng hu. kun tsú, ū tsâi tek ê Lâng. 人君，尊貴，君王。君臣。皇帝，君主。夫君，丈夫。君子，有才德的人。
吻	kun, ㄍㄨㄣ,	Chiū Sī thò chhut ê ì sù. áu thò. 就是吐出的意思。嘔吐。
呑	koat, ㄍㄨㄚ,	that ê ì sù. that Chhùi. 塞的意思。塞嘴。
吝	Līn ㄌㄧㄣˋ	oàn hūn, kiâm Siap, tàng Sng. Pó Sioh. Ut tsut. Līn Sioh, Phí Līn, kian Līn, Lí Sek. 怨恨，鹹澀，凍酸，寶惜，鬱悴。吝惜，鄙吝，堅吝，吝嗇。
呂	Lū, ㄌㄩˇ,	ka Chiah kut, kó tsa kàu Chèng Gak khì Siaⁿ im ê khì khū. Lut Lū. Lâng mîa Lū Pò. Lū tong Pin. 尻脊骨。古早校正樂器聲音的器具，律呂。人名呂布。呂洞賓。
吪	Gô, ngô, ㄜˊ, ㄜˊ	tín tāng, kám hòa, Pōe biù, Chha Chhok. Chhùi khui ê ì sù. 振動，感化，悖謬，差錯。嘴開的意思。
吶	Lut, tuh, ㄋㄚˋ, ㄋㄜˋ	Siaⁿ kóng bōe Chhut oh tit kóng oē, kan kè, tì tūn, bam bām, tìh tùh. 聲講膾出，難得講話，奸計，遲鈍，懶慢，吶吶。
吧	Pa, ㄅㄚ,	tōa Chhùi ê khoán Sit, eⁿ á hāⁿ hāⁿ háu. Siaⁿ oh tit kóng Chhut, ê káu, a Pa. Pa Pa kìo. 大嘴的款式，嬰仔嚇嚇哮。聲難得講出，啞口，啞吧。吧吧叫。
咂	tsat, ㄗㄚ,	hî ê Chiah tit, thun Lòh khì, hioh téng Sûi Lòh ê Lō tsúi, ēng Chhùi Lāi Chīⁿ. 魚的食得，吞落去。葉頂垂落的露水，用嘴來舐。
吲	Sín, ㄒㄧㄣˇ,	Chiū Sī Lâng teh Chhìo bīn bô Piàn khoán ê ì sù. bi bi á Chhìo. 就是人咧笑面無变款的意思。微微仔笑。
吞	thian, thun, ㄊㄧㄢ, ㄊㄨㄣ,	Lâng ê jī sìn thian. Chiah, thun Chiah. thun Lòh khì. thun Lún. thun thò. Chhìm thun. 人的字姓吞。食，吞食。吞落去。吞忍。吞吐。侵吞。
吣	Chhìm, Sìm, ㄑㄧㄣˋ, ㄒㄧㄣˋ,	niau á Sī káu áu thò ê ì sù. 猫或是狗嘔吐的意思。
吮	Ún, ㄨㄣˇ,	Chiū Sī Suh á Sī Chīⁿ ê ì sù. 就是嗽或是舐的意思。
吻	bún, ㄨㄣˇ,	Chhùi tûn Sio háp, Chhùi ê Chiam Chhut Pō hūn. khau bún, kóng oē Gú khì. Chiap bún, Sio Chim. 嘴唇相合，嘴的尖出部分。口吻，講話語氣。接吻，相唚。
吾	ngô, ngó, ㄨˊ, ㄨˇ,	thong 通 我。ka kī Chheng ho ê oē, Góa, Góan, Lán, ngó jîn. iân oân, Chi ngô. ngó Pòe. 依已稱呼的話，我，阮，咱，吾人。延綫，支吾。吾輩。
吽	Chiong, im, ㄐㄧㄥ, ㄧㄣ,	Gû háu ê Siaⁿ, nn̄g Chiah káu Sio kā ê ì Sù. 牛哮的聲，兩隻狗相咬的意思。
吳	Gô, ngô, ㄨˊ, ㄨˊ,	Lâng Sìⁿ Gô. kok mîa Gô kok. tōa. hôa hōa lióng. ngô Sam kùi, Lâng mîa. kang mîa ngô Siōng kang. 人姓吳。國名吳國。大。嘩嘩嚷。吳三桂，人名。江名，吳淞江。
呀	Gâ, Gîa, ㄧㄚˊ, ㄧㄚˊ,	khui Chhùi ê khoán Sit, tōa khang. 開嘴的款式，大孔。
吟	Gîm, ㄧㄣˊ,	Sim Lāi teh Siūⁿ, Chhìuⁿ Liām, khan Siaⁿ, Chhau, thó khùi. Gîm Si. Gîm ēng, Gîm hong Lâng Goéh. 心内咧想，唱念，牽聲，嘲，吐氣。吟詩。吟咏，吟風弄月。
听	Gín, thèng, ㄧㄣˊ, ㄊㄧㄥ,	Chhùi tōa khui ê khóan, Chhìo ê khoán Sit. thiaⁿ, ēng hī khang thiaⁿ, Sêng Siū Phoàⁿ toàn, tâng. 嘴大開的款，笑的款式。聽，用耳孔聽，承受判断。同聽。
吣	Chhìm, Sìm, ㄑㄧㄣˋ, ㄒㄧㄣˋ,	niau á Sī káu áu thò ê ì sù. 猫或是狗嘔吐的意思。
吴	Gô, ngô, ㄨˊ, ㄨˊ,	kap 与 吳 Siang khoán. 同款。

date　theme 口部30　page

〔呆〕Bó, Gâi, mûi, Pó, Bāi, Gōng Gōng, Gû Chh Chhi Gâi, mûi, Lê chiê mûi 冇 ā, mûi koe, iōng mûi。
ㄉㄛˊ, ㄫㄞˊ, ㄇㄨㄧ, ㄅㄛ, ㄉㄞ。 戇戇, 愚蠢, 痴呆, 呆, 果子的名, 莓仔, 呆花, 楊呆。
Phāiⁿ, Pó, i khò, an jiân, Chiàu kò, tam tng, Chip Siu, Pó hō。 bái, Bái thâu Ló, bái khòaⁿ。
ㄆㄞˋ, 呆, 依靠, 安然, 照顧, 擔當, 執守, 保護。呆, 呆頭腦, 呆看。

〔吡〕Pí, ㄅ一ˇ, háu ê Siaⁿ, Chiáu teh háu ê Siaⁿ, Siaⁿ Soeh, the Sî。
哮的聲, 鳥啲哮的聲, 聲說, 推辭。

〔哘〕jiàm, ㄖㄢˇ, Chiū Sī Gê Lâng ê ì sù。
就是訝人的意思。

〔吟〕Ē, Î, ㄝˊ, ㄧˊ, thang, Lín, an ni。
可, 您, 按呢。

〔吥〕Phó, ㄆㄛ, Chiū Sī ho khip ê ì sù, khip khong khì。
就是呼吸的意思, 吸空氣。

〔叜〕tau, ㄉㄠ, tsōe tsōe oē, khoài khoài kóng oē, Chhùi Chih Lāi。
多多話, 快快講話, 嘴舌利。

〔呋〕áu, iáu, ㄠ, 一ㄠ, kiáu jiáu ê Siaⁿ, Chhin Chhiūⁿ teh Pūi á sī Loān Loān háu。 îm Loān ê siaⁿ, káu tsōe tsōe ê siaⁿ。
攪擾的聲, 親像狗的吠或是亂亂哮。嬈亂的聲, 狗多多的聲。

〔哎〕bun, ㄅㄨㄣ, Chhùi bun bun, Chhiò bun bun, Chiū sī Chhùi Sio khóa khui teh Chhiò ê ì sù。
嘴哎哎, 笑哎哎, 就是嘴小許開啲笑的意思。

字意真明顯文雅的笑容, 其笑由嘴甚至……。

〔呁〕Pū, Pûh, ㄆㄨ, ㄅㄨㄏ, hoàn Siōng ê jī。 hong Pū Pū hiuⁿ, Chiū Sī hong Pū Pū háu ê ì sù。 Lâng Siak tó Pûh Chit ē。Phah Phok á。
幻象的字。風呁呁響, 就是風呁呁哮的意思。人摔倒呁一下。打呁仔。

呁是聲音的幻象字。聲由口代之, 用勹來助音,

〔呴〕kauh, ㄍㄠㄏ, Chiáⁿ kauh kauh, tām tām bô bī。 nńg kauh kauh, Chiū sī Chin nńg ê ì sù。
餓呴呴, 淡淡無味。軟呴呴, 就是真軟的意思。

呴是幻象字, 只是將幻象形体化, 用勹來助音。

〔吥〕Phò, ㄆㄛ, Pe̍h Phò kóe, Chhin Chhiūⁿ hoat kóe, Pháⁿ Pháⁿ。 kam Chià Phò Phò。
白吥粿, 親像發粿, 冇冇。甘蔗真吥吥。

食物由嘴吃下, 吃就有口感。冇就能吥

五畫

〔咋〕Chek, tsà, ㄓㄜˊ, ㄗㄚ, Chho Ló ê Siaⁿ, kā mih tōa Siaⁿ Chhin Chhiūⁿ ti。 Chiām Sî。
粗魯的聲, 咬物大聲, 親像豬。暫時。

〔周〕Chiu, ㄐ一ㄡ, kok hō Chiu。 jī Sìⁿ Chiu。 Chiu kong, Chiu Chì, Chiu nî, Chiu bú ông。 Chiu tò, Chiu bit。
國號周。字姓周。周公, 周至, 周年, 周武王。周到, 周密。

〔咒〕Chiù, ㄐ一ㄡˋ, thòe Lâng kiû, Chiù mē Pat Lâng kiû kúi Sîn kàng Soe khì hō Lâng, tsó Chiù。
替人求, 咒罵別人, 求鬼神降衰氣往人, 詛咒。

〔咮〕tsú, tsu, ㄗㄨ, ㄗㄨ, Chhùi bô Sì Chiàⁿ, kho koe ê Siaⁿ, tsu tsu。 Chiáu Chhùi。
嘴無四正。呼雞的聲, 咮咮。鳥嘴。

〔咐〕hù, hû, ㄈㄨ, ㄈㄨ, kau thok, kàn Lâng, Chim Chiok tāi Chì。 hoan hù。 Chiok hù。 hû, Chiū sī khì Pûn Chhut。
交託, 訐人, 斟酌事誌。吩咐。囑咐。咐, 就是氣噴出。

〔咈〕hut, hut, Pûh, hut tsài, Gēk bēng, ûi keh, m̄ thiaⁿ thàn。 hut, Pûn hong ê siaⁿ。 Pûn tsoa Liâh hé。 Pûh, Chiaⁿ Pûh Pûh。
ㄈㄨㄊ, ㄅㄨㄏ, 咈哉, 逆命, 違逆, 毋聽趁。咈, 歕風的聲。歕紙燃火。咈, 淡咈咈,
Chiū Sī Pe̍h Chiaⁿ bô bī ê ì sù。
就是白淡無味的意思。

〔呬〕hì, Lêng, ㄏ一, ㄌㄥ, Chhoán khùi ê siaⁿ。 tsōe tsōe Lâng ê Siaⁿ。
喘氣的聲。多多人的聲。

〔呷〕ap, hap, ㄚㄆ, ㄏㄚㄆ, thun Lo̍h âu。 Chhì bī。 suh tsúi Chhin Chhiūⁿ hî。 Suh Lâi Lim ê ì Sù。 hap, i Chhiūⁿ hian khí ê khoán Sit。
吞落喉。試味。嗽水親像魚。嗽來飲的意思。呷, 衣裳掀起的款式。

〔咾〕hiau, hô, hō, ㄏ一ㄠ, ㄏㄛ, ㄏㄛ, tōa ê khoán, khang hī tōa。 hong ê Siaⁿ。 Sìu khì teh kìo Lâng ê Siaⁿ。
大的款, 空虛大。風的聲。受氣啲叫人的聲。

〔呵〕O, ha, ㄛ, ㄏㄚ, khì Chhut, hā hā Chhiò。 Chek Pī, o Chek。 kù bóe kù kiaⁿ thàn Siaⁿ。 ha Sio, Chhùi ha Sio。
氣出, 哈哈笑。責備, 呵責。句尾句驚歎聲。呵燒, 嘴呵燒。

〔呼〕Ho, Hô, au, kho, ㄏㄛ, ㄏㄛ, ㄠ, ㄎㄛ, ho khip, Chhùi Chhut jip khì。 Chhut Siaⁿ, ho im。 Cheng hō。 kìo ìn ê Siaⁿ, hò。
呼吸, 嘴出入氣。出聲, 呼音。稱呼。叫應的聲, 呼。
âu kìo, âu kiû。 Chhut tōa Siaⁿ kìo Lâng。 kho koe, kho káu, koe bu kho kiáⁿ, kho toaⁿ。
呼叫, 呼求。出大聲叫人。呼雞, 呼狗, 雞母呼子。呼膭。

呴 hò, hu, hà, kù, ㄏㄜˋ, ㄏㄨ, ㄏㄨˋ, ㄍㄨˋ,
àu thò, 嘔吐; khui Chhùi Chhut khùi 開嘴出氣。 kóng oē chiàu chhù sū 講話照次序。âu tiong ê siaⁿ 喉中的聲。 Chhùi 嘴 氣
he ku, 痚呴; khì Chhoán ê Pīⁿ 氣喘的病, he ku sàu ê Pīⁿ 痚呴嗽的病。

和 hô, hō, hê, ㄏㄜˊ, ㄏㄜˋ, ㄏㄜ˙,
hô sūn 和順, sūn sūn hô hô 順順和和, hô hàp 和合。 Chhut ke Lâng 出家人, hê siūⁿ 和尚。

呭 ē, 一ㄝˋ,
Chiū sī tsoē tsoē oē 就是多多話, iā sī hoaⁿ hí ê i sù 也是歡喜的意思。

呿 kha, khu, khiap, ㄎㄚ, ㄎㄨ, ㄎ一ㄚㄆ,
khui Chhùi ê khoán sit 開嘴的款式。 khùn Chhoán khui ê siaⁿ 睏喘氣的聲。

咎 kiū, ㄍ一ㄡˋ,
tsai ē 災厄, saⁿ ūi keh 相圍隔, tit tsōe 得罪, kòe sit 過失。oàn hūn 怨恨, chek pī 責備, kui kiū 歸咎。kiū iû tsū chhú 咎由自取。

命 bān, bēng, miā, ㄅㄢˋ, ㄅㄥˋ, ㄇ一ㄚˋ,
bēng lēng 命令, hôan hù 吩咐。sìⁿ miā 性命。oàh miā 活命。jîn pēng 人命。miā ūn 命運。jiâu miā 饒命。sin seng bēng 新生命。

呶 lau, lâu, lô, nâu, ㄌㄠ, ㄌㄠˊ, ㄌㄜˊ, ㄋㄠˊ,
hoaⁿ hí ê siaⁿ 歡喜的聲, jiōng ê siaⁿ 嚷的聲; kiáu jiáu ê siaⁿ 攪擾的聲。hōa hōa háu 嘩嘩吼。

呢 nî, nih, lè, leh, ㄋ一ˊ, ㄋ一ㄏ, ㄌㄜˋ, ㄌㄝㄏ,
sòe siaⁿ 小聲, oē bóe ê tsō sù 話尾的助詞。khì tó ūi lè 去那位呢, lí an ná lâi lè 你按那來呢。tsóa iūⁿ nih 怎樣呢。
nì, ㄋ一ˋ, bōe sái tit nih 𣍐使得呢, leh kap nih siāng khoán 呢与呢同款。nî 呢, pò ê miâ 布的名, pò bīn jiông jiông 布面絨絨。nî jiông 呢絨。

呠 phún, ㄆㄨㄣˊ,
thò khì 吐氣, sngh 歎, chhngh 擤, phah ka chhiùⁿ 打咳嚏, bū tsúi 噴水, phū chhut 噴出。

咆 pâu, ㄆㄠˊ,
tōa siaⁿ háu 大聲吼, pâu háu 咆哮, chhin chhīuⁿ béng siù ê lō hō 親像猛獸的怒號。lâng teh tōa siū khì ê tōa siaⁿ 人咧大怒氣的大聲。

呸 phi, phúi, ㄆ一, ㄆㄨㄟˊ, (phùi ㄆㄨㄟˋ)
saⁿ chiⁿ ê siaⁿ 相爭的聲, saⁿ kong kek 相攻擊, saⁿ jiōng ê siaⁿ 相嚷的聲。phì siáⁿ lâng kiaⁿ lí 呸甚人驚你。phúi thò khì ê i sù 呸唾棄的意思。

咇 pit, ㄅ一ㄊ,
chhùi phang phang 嘴香香。kóng oē 講話。oē bô bêng 話無明, kóng bōe liáu 講𣍐了。pek ki 吡支, pek ki pò 吡支布, pò miâ 布名。

呻 sin, ㄒ一ㄣ,
thó khùi khan siaⁿ 吐氣牽聲, khan siaⁿ liām chheh 牽聲念書。aiⁿ aiⁿ chhan 嗳嗳孱。sin gîm 呻吟。

呞 sì, ㄒ一,
gû chiàh chháu liáu āu, chiàh koh thò chhut lâi pō, hoan chhau. 牛食草了後, 即閣吐出來哺, 翻芻草。

呾 tàn, tàⁿ, ㄉㄚㄢˋ, ㄉㄚⁿˋ,
saⁿ kiò ìn ê siaⁿ 相叫應的聲, kóng oē bô chiàⁿ 講話無正。tàⁿ oē 呾話, gâu tàⁿ oē 勢呾話, lâm sám tàⁿ 濫摻呾, gâu chhap chhùi ê i sù 勢雜嘴的意思。

咅 phó, thò, ㄆㄛˊ, ㄊㄛˋ,
jī bú 字母, chiū sī phùi chhut i sù 就是唾出的意思。

咄 tut, ㄉㄨㄊ,
saⁿ kap kóng oē 相與講話。lō mā siaⁿ 怒罵聲, hoah ê siaⁿ 喝的聲。tsôaⁿ ê miâ 泉的名。kiaⁿ 驚, kî koài ê siaⁿ 奇怪的聲。

咀 tsó, ㄗㄛˊ,
ēng chhùi lâi suh 用嘴來嗍, chhì chiàh, tam khòaⁿ tsu bī 試食, 啖看滋味。

呱 ko, o, oa, ㄍㄜ, ㄜ, ㄨㄚ,
Chiū sī gín á teh háu ê siaⁿ 就是囝仔咧哮的聲。oa oa tūi tōe 呱呱墜地, eⁿ á chiàh chhut sì ê siaⁿ 嬰仔即出世的聲。

味 bī, ㄅ一ˋ,
mih ê phang chhàu ê khì 物的香臭的氣。chiàh mih ê kiâm sng khó siap ê khì bī kháu kám 食物的鹹酸苦澀的氣味口感。bī sò 味素。chhù bī 趣味。

呦 iu, 一ㄡ,
lòk teh háu ê siaⁿ 鹿咧哮的聲。siaⁿ hô 聲和, khó khǹg 苦勸。kan khó ê siaⁿ 艱苦的聲。iu iu lòk bêng 呦呦鹿鳴, (si keng) (詩經)。

咏 ēng, 一ㄥˋ,
hoaⁿ hí o ló siaⁿ 歡喜謳咾的聲, khan tn̂g siaⁿ 牽長聲, gîm si 吟詩, chhiùⁿ koa 唱歌。gîm ēng siōng tsàn 吟咏頌讚。koa ēng 歌咏。

呪 chiù, ㄐ一ㄡˋ,
kap 咒 siāng khoán 与咒同款。hiān kim khah siông sī chí tsai ē 現今較常是指求災厄, chiù mā 呪罵, chiù tsó 呪詛, chiù chhàm 呪讖。

咃 tho, ㄊㄛ,
Chiū sī hut kàu chit khoán chheh ê miâ 就是佛教一款書的名, chhit tho lô nî keng 七咃羅尼經。

呧 tí, tih, ㄉ一ˊ, ㄉ一ㄏ,
bū lōa 誣賴, húi pòng 誹謗, lóe mē 詈罵, kap chit jī 詆 sio siāng 与這字詆相同。tih tuh 呧吶, kóng oē bōe hó sè 講話𣍐好勢。

咔 sì, ㄙˋ,
ài, ài chiàh 僾, 僾食, hoaⁿ hí ê i sù 歡喜的意思。

哘 sat, soaihⁿ, ㄙㄚㄊ, ㄙㄨㄞㄏ,
hoat siaⁿ 發聲, pāi hoāi ê i sù 敗壞的意思。siaⁿ im piàn khoán 聲音變款。sihⁿ sihⁿ soaihⁿ soaihⁿ sauhⁿ sauhⁿ 嘶嘶哘哘。
chhéhⁿ, ㄑㄝㄏ, but khū iô tāng ê siaⁿ 物具搖動的聲。sau siaⁿ ê i sù 稀聲的意思, phòa chhéhⁿ 破哘。phah lûi ê siaⁿ 打雷的聲, chhéhⁿ chhéhⁿ háu 哘哘哮。

吚 jiâ, ㄖ一ㄚˊ,
Chiū sī ìn tap ê siaⁿ 就是應答的聲

呠 hùi, huih, hoab ê sian, Chhò hī. Ū sian, kiáu jiáu. huih huih thì, Chiū sī teh háu Lâu bak Sái.
ㄏㄨㄟ, ㄏㄨㄛ 喝的聲，譟耳。有聲，攪擾。呠呠啼，就是哭的時，流目屎。

咴 hoat, Poah, Poah tîn pāi, Cheng Chiàn ê khì khū, khau tô. Chit Poah hun, tōa Poah ian. bô Chîn
ㄏㄨㄚㄊ, ㄅㄨㄚㄏ, ㄅㄨㄚㄏ 藤牌，爭戰的器具，鉤刀。一咴烟，大咴菸。無錢菸
tōa Pōah thun, hian kim só kóng ê jī Chhiu hun.
大咴吞，現今所講的二手烟。

hēⁿ **呟** hiān, hng, hǹg, hngh, ìn tap ê Siaⁿ. Ū sī sī bô hoaⁿ hí, Sit bāng, khòa khin, biáu sī ê ìn tap.
ㄏㄧㄢ, ㄏㄥ, ㄏㄥ, ㄏㄥㄏ 應答的聲。有時是無歡喜，失望，看輕，藐視的應答。

咁 hâm, khiam, Chhùi kā mih, Chhùi kâm mih, kâm teh. kâu kui khiam tiòh Chiàh mih, bô kàu Giah,
ㄏㄚㄇ, ㄎㄧㄚㄇ 嘴咬物，嘴咁物。咁咧。猴朘咁著食物，無夠額，
Put ti Chiok.
不知足。

咍 hai, thai, Gōng Gōng Chhiò, Chhiò hai hai, jī sìⁿ. Chhiò ê ì sù.
ㄏㄞ, ㄊㄞ 戇戇笑，笑咍咍，字姓。笑的意思。

吰 hông, Chiū sī Gû teh háu ê Siaⁿ.
ㄏㄨㄥ 就是牛哞的哮的聲。

咊 hô, hó háp, hô sūn, Chiū sī Chit jī ê kó jī.
ㄏㄜ 好合，和順，就是這字和的古字。

呃 ek, Lek, koe á sī Chiau teh háu ê Siaⁿ, ek Chhut Lâi. Phah eh.
ㄜ, ㄌㄜ 雞或是鳥哞的哮的聲，呃出來，打呃。

杏 Phó, thâu, Phùi nōa, Saⁿ kap kóng oē ê ì sù.
ㄆㄛ, ㄊㄡ 唾涎，相與講話的意思。

呫 thiam, thiap, Chhì Chiàh, Chhì tsu bī, tam khòa. Un huih Lâi. Chiù tsōa. Sòe Sòe ê khóan Sit.
ㄊㄧㄚㄇ, ㄊㄧㄚㄆ 試食，試滋味，躡看。揾血來，咒詛。小小的款式。

咂 tsat, Jip Chhùi, Suh, Chhì Chiàh, ēng Chih Chīⁿ. hī teh Suh tsúi.
ㄗㄚ 入嘴，嗽，試食，用舌舐，魚哞的嗽水。

呰 Chí, tsú, Siuⁿ Giâm, kiáu jiáu, hiâm, hui Pōng, mâu Pēng, Chek Pī.
ㄐㄧ, ㄗ 過嚴，攪擾，嫌，誹謗，毛病，責備。

呡 bún, Chhùi kak, Chim Chhùi, Chhùi tûn Phôe, kóng oē.
ㄇㄧㄣ 嘴角，啖嘴，嘴唇皮，講話。

咉 iong, ng, ìn Lâng ê Siaⁿ, tsúi Lâu bōe thong. ng ng kiò, ng ng háu. Chiū sī háu ê ì sù.
ㄧㄤ, ㄥ 應人的聲，水流嬒通。咉咉叫，咉咉哮。就是哮的意思。

号 hiau, kiò Siū khì ê Siaⁿ. hong ê Siaⁿ. khang hi tōa ê khóan Sit.
ㄏㄧㄠ 叫怒氣的聲。風的聲。空虛大的款式。

哅 hong, Chhut tōa Siaⁿ, oh tit Chiàⁿ kong Lô.
ㄒㄩㄥ 出大聲，難得成功勞。

呕 khúh, khū, Sàu ê Siaⁿ im, khúh khúh Sàu. Pak tó iau, Pak tó Lāi khih khih khū khū.
ㄎㄡ, ㄡ 嗽的声音，呕呕嗽。腹肚餓，腹肚内呸呸呕呕。

造字 聲音的表達，較為抽象，聲以口來代之，区是借音。

吓 Phìⁿ Phē Chhóan. Phìⁿ Phìⁿ Chhóan. Phē Phē Chhóan. tsáu Put Chí Chhóan ê ì sù.
ㄆㄧ, ㄆㄝ 喘。吓吓喘。吓吓喘。走了不止喘的意思。

造字 聲音的表達，較為抽象，聲以口來代之，丕是借音。

呣 má, m̄ kap 不 Siāng khóan ì sù. má á, m̄ á, Chiū sī khui Chhùi ê oē thâu Gú ê Siaⁿ.
ㄇㄚ, ㄇ 与不同款意思。呣仔，呣仔，就是開嘴的話頭語的聲。
m̄ ài Chiū sī Put iàu ê Peh oē. Put hóⁿ = m̄ hó. Put ti = m̄ tsai.
呣便就是不要的白話。不好＝呣好。不知＝呣知。

造字 坊間早就已採用的字。

咔 Sut, Sút, chiàh mih ê Siaⁿ, suh mih ê Siaⁿ, Sut Sut kiò, Sút Sut kiò.
ㄕㄨㄊ, ㄕㄨㄊ 食物的聲，嗽物的聲，咔咔叫，咔咔叫。

六畫

咤 Chhà, tò, thà, kap 吒 jī Sio Siāng. Siū khì hoah ê Siaⁿ, thó khùi, hiàm. Lâng teh háu ê Siaⁿ,
ㄔㄚ, ㄉㄜ, ㄊㄚ 与吒字相同。怒氣喝的聲，吐氣，喊。人哞的哮的聲，
iā sī tiān Chiú ê ì sù. Pi Siong Lîn bín, Pi thà.
也是奠酒的意思。悲傷憐憫，悲咤。

哆	Chhī, Chhia, to, ㄑㄧ, ㄑㄧㄚ, ㄉㄨㄛ	khui Chhùi, tōa ê khóan. hî Chhùi khui ê khóan sit. hah hì, ha khiàm, khui Chhùi 開嘴，大的款。魚嘴開的款式。喝忥，呵欠，開嘴 tháu khì. to so, hân Léng tì kàu seng khu hoat tó. Pò ê mia, to Lô nî. 透氣。哆嗦，寒冷致到身軀發抖。布的名，哆羅哖。
咮	tiù, tsu, ㄉㄧㄡˋ, ㄗㄨ	Chiáu á ê Chhùi. tsōe tsōe oe ê khóan sit. Chhùi tok mih. Chiáu ê Siaⁿ. 鳥仔的嘴。多多話的款式。嘴啄物。鳥的聲。
咫	Chí, ㄓˇ	Chhioh ê mia. Chiu tiâu sî Poeh Chhùn kìo Chit Chí. Chí Chhioh, pí jū Chin kūn. Chí Chhioh thian Gâi. 尺的名。周朝時八寸叫一咫。咫尺，比喻真近。咫尺天涯。
响	hióng, hiáng, ㄏㄧㄤˇ, ㄏㄧㄤˇ	Chhut Siaⁿ, Siaⁿ im, hióng Liāng. Siaⁿ ê kán the. Soaⁿ tang hióng bé, kióng tō. 出聲，聲音，响亮。音的簡体。山東响馬，強盜。
咸	hâm, ㄒㄧㄢˊ	Lóng tsóng, Saⁿ tâng, Siông Siông, Pian Pian, Ló Siàu hâm Gî. kōan mia, hâm iông, Siám Sai Séng. 攏總，相同，常常，徧徧。老少咸宜。縣名，咸陽，陝西省。
咻	hiu, hiu, hu, Siu, Siuh, ㄒㄧㄡ, ㄒㄧㄡˇ, ㄒㄩ, ㄒㄧㄡ, ㄒㄧㄡˋ	Kan khó Chhan ê Siaⁿ. thòng hūn Liām ê siaⁿ. tang kì ê Siaⁿ, hiu hiu kio. 艱苦慘的聲。痛恨念的聲。童乩的聲，咻咻叫。 hong hu hu kio. Siu siu kio, hong thai kiông hong Siuh Siuh kio. 風咻咻叫。咻咻叫，風颱強風咻咻叫。
哈	ap, Gap, hap, khap, kah, hàh, ㄚˋ, ㄍㄚˊ, ㄏㄚˊ, ㄎㄚ, ㄍㄚ, hah	hî ê Chhùi, Chit kūn hî tsōe hóe teh Siu. tōa Chhùi Chheh, Lim Chiah teh Chheh. 魚的嘴，一群魚做伙啲泅。大嘴啜，飲食啲啜 khah, ㄎㄚ, ê Siaⁿ, Gap Gap. Gap tsúi, hap tsúi. Chhóe khóan. tōa Chhìo ê siaⁿ, hàh hàh tāi Chhìo, kah kah. 的聲，哈哈。哈水。哈水。喘的款。大笑的聲，哈哈大笑，哈哈。
咺	hoan, Soan, ㄏㄨㄢ, ㄒㄩㄢ	thòng hūn, ài khàu bô soah, Gín á háu bô Soah. kiaⁿ hiaⁿ. 痛恨，愛哭無息，囡仔哮無息。驚慌。 tōa chhìo khah khah tōa siaⁿ chhìo. 大笑，哈哈大聲笑。
哄	hóng, hōng, háⁿ, háng, ㄏㄨㄥˇ, ㄏㄨㄥˋ, ㄏㄚˇ, ㄏㄤˇ	hoah ê siaⁿ, háng Lâng. hóng Phian. hōng tōng, in tōng Chin tsōe Lâng. háⁿ Lâng. 喝的聲，哄人。哄騙。哄動，引動眞多人。哄人。
咿	i, ㄧ	kè khian Chhio, tìⁿ Chhin Chhio. Chhiuⁿ Chiⁿ ê Siaⁿ, i i. Lok háu ê Siaⁿ, i iu. 假虔笑，腚清笑。上儕的聲，咿咿。鹿哮的聲，咿呦。
咳	hāi, khai, khek, ㄏㄞˋ, ㄎㄞ, ㄎㄜˊ	Gín á Chhio. kheng khài, hiàng Liàng ê Siaⁿ, kóng Chhìo. khì Gek Siōng khài thâm. 囡仔笑。謦咳，嚮亮的聲，講笑。氣逆上咳痰。 khak khek. khehⁿ khehⁿ Sàu ê Siaⁿ, áu thò. hài Sàu. 喀咳，嗑嗑嗽的聲，嘔吐，咳嗽。
咼	ko, khoa, ㄍㄨㄛ, ㄎㄨㄚ	Chhùi oai bô Sì Chiaⁿ, hô háp ê ì Sù. jì Sì. 嘴歪無四正，和合的意思。字姓。
咾	Ló, ㄌㄠˇ	Chiū Sī Siaⁿ soeh, Chhut Siaⁿ ê ì Sù. hiān kim êng Lâi tsòe o Ló, tsàn bí ê jī. 就是聲說，出聲的意思。現今用來做謳咾，讚美的字。
咧	Liat, Leh, ㄌㄧㄝˋ, ㄌㄧㄝ˙	Gú tsō Sû. kap Lí Siāng ì sù. khiàn Leh Leh, Chiū Sī Chin hó Lé. Lí Lí Leh Leh. 語助詞。与哩同意思。虔咧咧，就是眞好礼。哩哩咧咧。 Leh, Liat, Chiáu ê Siaⁿ. tiuⁿ kháu Liat Chhùi, tōa Chhùi khui khui. ㄌㄧㄝ, 咧，鳥的聲。張口咧嘴，大嘴開開。
咯	kók, Lók, kū, khak, ㄍㄜˊ, ㄌㄨㄛˋ, ㄍㄨ, ㄎㄚˊ	koe háu, thí, ê siaⁿ. áu, Sàu. Lók thâm, Lók huih, thò ê ì Sù. 雞哮，啼的聲。嘔，嗽。咯痰，咯血，吐的意思。 kū kū háu, ki ki kū kū, hó kū, Chiáu ê mia kap Siaⁿ. khak thâm, khak âng, khak huih. 咯咯哮，吱吱咯咯，鶘咯，鳥的名与聲。咯痰，咯紅，咯血。
咩	Bí, ㄇㄧ	iûⁿ á teh háu ê Siaⁿ. iûⁿ me me kio ê Siaⁿ. 羊仔啲哮的聲。羊咩咩叫的聲。
哀	ai, ㄞ	Pi Siong, Pi ai, Lin bin, Pek Chhiat, khó Sioh. 悲傷，悲哀，憐憫，迫切，可惜。
咢	Gók, ㄜˋ	kiaⁿ hiaⁿ, kan ta Phah kó ê ì Sù. tit tit kóng, tì bō koâi ê khóan. 恐惶，乾乾打鼓的意思。直直講，戴帽高的款。
品	Phín, ㄆㄧㄣˇ	hun Lūi ê jī. mih kiaⁿ, Lóng tsóng, tsòe, Saⁿ tâng, hoat tō. Phín Chit, Phín hêng, Phín Phêng. 分類的字。物件，攏總，做，相同，法度。品質，品行，品評。
咡	Jī, jī, ㄖˋ, ㄦˋ	Chim Chhùi, Chhùi Pîn, àn thâu, kóng oē. kháu nī Chi kan. Phì jī, kheng thó ū Gú. 唚嘴，嘴邊，向頭，講話。口耳之間。辟咡，傾頭與語。
哂	Sím, Sín, ㄒㄧㄣˇ, ㄕㄣˇ	Chhio, ba bún Chhio, tōa Siaⁿ Chhio, tìⁿ khian Chhio. Sín Chhio, ki Chhio. Sím Lap, kheh khiōe 笑，麻吰笑，大聲笑，腚虔笑。哂笑，譏笑。哂納，客氣話
唦	Sù, Sut, Sū, Sút, ㄙㄨˋ, ㄙㄨㄛˋ, ㄙㄨ, ㄙㄨㄛ	Sù sù, kho káu ê Siaⁿ. Sū kau Sio kā, hōng Lâng oan ke ê ì Sù. Chhùi Pûn hong ê 唦唦，呼狗的聲。唦狗相咬，哄人冤家的意思。嘴噴風的 Siaⁿ. Sut Sut háu. Sih Sih Sut Sut, kho Sut á, êng Chhùi Sut. thiàⁿ kah Sū Sū kio. 聲。唦唦哮。唏唏唦唦，呼唦仔，用嘴唦。痛到唦唦叫。
咷	tô, ㄊㄠˊ	Gín á thì háu ê ì sù. hō tô, Pàng Siaⁿ tōa kháu. 囡仔啼哮的意思。號咷，放聲大哭。

咱 tsa, Lán, ka kī ê ì sù。tsa ka, Lán ê Lâng, Lán ka kī, Lán tau, Lán chhù.
ㄗㄚ,ㄌㄢˊ, 家己的意思。咱家，咱的人，咱家己，咱兜，咱厝。

哉 tsai, tsài, hoat Chhut, khí thâu, Pang tsān ê jī。hô khó Lâi tsài, o͘ Lô͘ ai tsài, ka tsài。Giâu Gī ê oē。
ㄗㄞ,ㄗㄞˋ, 發出，起頭。幫助的字。何苦來哉，嗚呼哀哉，佳哉。僥疑的話。
O Ló, Sèng tsai, Siān tsai。Chē Chhia, kiâⁿ tāng, tam tng, Pau hâm, Sêng Chiap。
謳咾，聖哉，善哉。坐車，行動，担當，包涵，承接。

咨 tsu, Chham Siông, tsu Sûn。ke bō͘, mn̄g Chhâ, Phín Phêng。thó khùi oàn hūn, thàn khì Siaⁿ, tsu Chia。
ㄗㄨ, 參詳，咨詢。計謀，問查，品併。吐氣怨恨，歎氣聲，咨嗟。

哇 oa, thiam bī ê Siaⁿ, ìm Loān ê Siaⁿ, eⁿ á thî khàu ê Siaⁿ。Chhiùⁿ koa ê Siaⁿ。thò͘ Chhut。
ㄨㄚ, 諂媚的聲，婬亂的聲。嬰仔啼哭的聲。唱歌的聲。吐出。

咬 kau, ngáu, ka, kā, kau kau hó ìm, Chiáu á Siaⁿ。im ūn。Pō͘, khòe, ēn Chhùi khí kā mih。kā Gê。
ㄍㄧㄠ,ㄧㄠˇ,ㄍㄚ,ㄍㄚˋ, 咬咬好音，鳥仔聲。音韻。哺，啃，用嘴齒咬物。咬牙。
ā kā tiau tiau, bé kā kiuⁿ。ka Lâ Pa, Só tsāi miâ。Phah ka chhiùⁿ, Phah ā chhiùⁿ。tioh ka tsak
咬跳跳，馬咬韁。咬𠯗巴，所在名。打咬嗆，打咬嚏。着咬嗒

咠 Chhip, ip, oá hī khang Sòe Siaⁿ thau kóng oē。Chhùi Chih ê tín tāng Siaⁿ。
ㄑㄧˋ,ㄧˋ, 偎耳孔細聲偷講話。嘴舌的振動聲。

咽 ian, làn, iat, nâ。ian âu, nâ âu。Chiah mih teh thun mih ê só tsāi, thun Lòh khì, iàn hā khì。iat, nâ âu that
ㄧㄢ,ㄧㄢˋ,ㄧㄝˋ,ㄋㄚˊ, 咽喉，咽喉。吃物哟吞物的所在，吞落去，咽下去。咽，咽喉塞哟

咹 àn, at, kóng oē Sòe Siaⁿ, kóng oē bêng Pèk, Soah, Siaⁿ Soah。
ㄢˋ,ㄚˋ, 講話細聲，講話明白，息，聲息。

咪 be, bí, me, mi iûⁿ teh hâu, be be, bī bī, me me。niau á teh háu, mi mi。
ㄇㄝ,ㄇㄧ,ㄇㄝ,ㄇㄧ, 羊哟哮，咩咩，咪咪，咪咪。貓仔哟哮，咪咪。

咶 Sek, Chhì, Chiū sī Chiong Pò͘ tsūn ta, Lâi Chhit mih。Chhit ta。Chhì Chhè kiò, Chhì Chhè hâu, hō͘ Lóh Siaⁿ。
ㄕㄜˋ,ㄑㄧˋ, 就是將布轉乾，來拭物。拭乾。咶嘍叫，咶嘍哮，雨落聲。

咋 nî, Pò͘ ê miâ, nî Pò͘, tsúi nî, o͘ nî, Chho͘ nî。to Lô nî。
ㄋㄧˊ, 布的名，咋布，水咋，黑咋，粗咋。哆羅咋。

咭 kiat, khiat, ka, Chhiò ê khóan Sit, hoaⁿ hí。kā Liô, khó káu ê siaⁿ。niáu Chhú ê Siaⁿ。
ㄍㄧㄝˊ,ㄎㄧㄝˊ,ㄍㄚ, 笑的款式，歡喜。咭嘮，呼狗的聲。貓鼠的聲。

咦 î, tōa siaⁿ kiò, Chhiò ê khóan Sit。
ㄧˊ, 大聲叫，笑的款式。

哅 hiong, tsōe tsōe oē ê ì sù。
ㄒㄩㄥ, 多多話的意思。

咥 hì, tōa Chhiò, hi hi Chhiò。
ㄒㄧˋ, 大笑，唏唏笑。

哦 ê, Chiū sī tsōe tsōe oē, iā sī hoaⁿ hí ê ì sù。
ㄜˊ, 就是多多話，也是歡喜的意思。

哎 ngāi, Chiū sī kî kòai, ā sī, hoân Lô, thó khùi ê Siaⁿ。
ㄞ, 就是奇怪，或是，煩惱，吐氣的聲。

哏 Gîn, Gûn Lâng Sīu khì teh Saⁿ jiōng ê Siaⁿ
ㄍㄣˊ,ㄍㄨㄣˊ, 人怒氣哟相嚷的聲

咻 Chiok, Chiu, tsū, kho͘ koe ê Siaⁿ, tsū tsū。koe tsū。
ㄐㄧㄡ,ㄐㄧㄡ,ㄗㄨ, 呼雞的聲，咻咻。雞咻。

诟 hāu, khò, kāu Sīu khì ê siaⁿ, mē, kiàn Siāu, thí jiok。
ㄏㄡˋ,ㄎㄡˋ, 厚怒氣的聲，罵，見誚，恥辱。

哷 Lùt, Chiū sī Siaⁿ Soeh ê ì sù。
ㄌㄩˋ, 就是聲說的意思。

咡 jī, Chiū sī Chīm Chhùi。àⁿ thâu kóng oē。
ㄖˋ, 就是唚嘴。向頭講話。

咲 Chhiàu, hoaⁿ hí, hó Chhiò, Chhiò iông, thí Chhiò
ㄑㄧㄠˋ, 歡喜，好笑，笑容，恥笑，

哊 iok, iok thò͘ Chhut, thò͘ ê Siaⁿ。
ㄧㄡˋ, 吐出，吐的聲。

咞 hùi huih, ū Siaⁿ, hoah ê Siaⁿ, Chhoh hī。huih huih thī chiū sī teh háu, Lâu bák sái ê ì sù。
ㄏㄨㄟˋ, 有聲，喝的聲，謗耳。咞咞啼就是哟哮，流目屎的意思。

哅 hong, Chhut tōa Siaⁿ, oh tit Chiâⁿ kong Lô。
ㄏㄨㄥ, 出大聲，難得成功勞。

哋 tia, Chiū sī Liām Chiù Gú ê jī。
ㄉㄧㄚ, 就是念咒語的字。

哷 Sat, hoat Siaⁿ, Pāi hoāi ê ì sù, Siaⁿ im Piàn khoán。
ㄙㄚˋ, 發聲，敗壞的意思，聲音變款。

咶 Chih ㄐㄧˊㄏ Chih tsuh Sī ài kóng oē, á sī Gâu óh oē 。tiāu Phî, tsok Giat.
咶啐是愛講話，或是㓗啐話。調皮，作孽。

造字 狀形字，咶啐，或形或聲表現的字。聲用口偏字嘴舌愛講話，多話之意。

唠 bùh, bú ㄅㄨˊ,ㄅㄨˇ Sìh bùh Sìh Sut, Chiū Sī Sòe Siaⁿ kóng oē ê ì sù.
嘶唠嘶咄，就是細聲講話的意思。

造字 狀形字，嘶唠嘶咄，或形或聲表現的字。聲用口偏字是借音。

咞 Chiù ㄐㄧㄡˋ Chiù khàng, Chiū Sī Bô tng bīn hiam Lâng. tī aū bīn Phoe Pheng, Phàu oàn ê oē, Chiù khàng Lâng.
咞伉，就是無當面嫌人。佇後面批評，抱怨的話，咞伉人。

造字 与咒咯同意思，又不是罵人，或便人不吉利，只是心內不平衡。借音成字。

乒 Phin, ㄆㄧㄣ Phin Phiang。Phin Phin Phiang Phiang. Gak khì ê Siaⁿ, kiám Chhái iā Sī tsap im.
乒乓。乒乒乓乓。樂器的聲，敢採也是雜音。

乓 Phiang, ㄆㄧㄤ Phin Phiang。Phin Phin Phiang Phiang. Gak khì ê Siaⁿ kiám Chhái iā Sī tsap im.
乒乓。乒乒乓乓。樂器的聲，敢採也是雜音。

造字 以上兩字皆為聲音的表達。口是出聲，偏字是借音成字。

哰 Lê, ㄌㄝˊ hoah Lê Long, hòan á kìo bōe ê Lâng, kìo hoah Lâi bōe. Li Lê háu, Chhin Chhiūⁿ Phah Lê á, Chiap Chiap kóng oē.
喝哰瓏，販仔叫賣的人，叫喝來賣。哩哰哮，親像打哰仔，捷捷講話。

造字 聲音近乎雜音，像流水般，流繪息，講喝不停。借音成字。

咴 hé, héⁿ ㄏㄝˊ, réⁿ Oē bú, hé, hé m̄ Sī, hé m̄ thang, hé kiám m̄ Sī an ni.
話母，咴，咴毋是，咴毋可，咴敢毋是按呢。

造字 半驚嘆的語句，口出聲灰借音。

吙 hauhⁿ, ㄏㄨㄛˋ hauhⁿ hauhⁿ háu, hauhⁿ hauhⁿ Pūi, káu teh Pūi ê Siaⁿ。hauⁿ hauⁿ háu。háu háu Pūi
吙吙哮，吙吙吠，狗吶吠的聲。吙吙哮。吙吙吠。

造字 狀形字，將聲音形体化，口出聲好是借音，

七畫

哳 tiat, Sek, Chiauh, ㄉㄧㄚㄊ,ㄕㄝㄎ,ㄐㄧㄠˊ Chiū Sī chiáu á tsōe tsōe teh háu ê Siaⁿ, Chiu tiat. kih kih kiuh kiuh. Chiauh Chiauh háu.
就是鳥仔多多吶哮的聲，啁哳。喋喋咻咻。哳哳哮。

哲 tiat, tek, ㄉㄧㄚㄊ,ㄉㄝㄎ Ū tì hūi, Chhang mîa, bêng tiat, tiat jîn. tek hak, tek Lí.
有智慧，聰明，明哲，哲人。哲學，哲理。

哮 hau, háu, ㄏㄠ,ㄏㄠˊ tōa Sìu khì ê Siaⁿ, kiaⁿ ê Siaⁿ, iá Sìu teh háu, tōa Siaⁿ kìo háu, Pàu hau. Lâng teh háu.
大受氣的聲，驚的聲，野獸吶哮，大聲叫吼，咆哮。人吶哮。

哽 kéng, kēng, keh, kihⁿ ㄍㄧㄥˊ Chiū Sī nâ âu that teh。kóng oē hō Lâng Sìu khì oē kóng bōe Chhut, kēng ian.
就是咽喉塞吶。講話互人怒氣 話講繪出，哽咽。
Lûi kehⁿ kehⁿ tân. Lûi tân kehⁿ neh。mih khū tín tāng ê Siaⁿ, kihⁿ kihⁿ koaihⁿ koaihⁿ.
雷哽哽霰。雷霰哽霹。物具振動的聲，哽哽夥夥。

㖪 kiap, khiap ㄍㄧㄚㄆ,ㄎㄧㄚㄆ Siaⁿ, Siaⁿ Soeh, Siaⁿ im ê ì sù.
聲，聲說，聲音的意思。

哿 khó, ㄎㄜˇ oē tsōe tit Put Chí hó. thang, háp Gî.
能做得不止好。可，合宜。

哥 ko, ㄍㄜ hiaⁿ tī tùi nī tióng ê Chheng hō, a ko, ah ko, hiaⁿ ko. Lāu tōa ko.
兄弟對年長的稱呼，阿哥，阿哥，兄哥。老大哥。

哭 khok, khàu, ㄎㄨ,ㄎㄨ Pi Siong tōa khàu, thî khàu. khàu iau, khàu Pē, khàu kiáⁿ, khok Song.
悲傷大哭。啼哭。哭餓，哭父，哭子。哭喪。

哩 Lí, Li, Li, Lī ㄌㄧ jī kù bóe Pang tsān ê kù. Li Li Lo Lo. Lô Lí thi, kô kô tîn ê oē.
字句尾幫助的句。哩哩囉囉。囉哩蒧，翹翹纏的話。

唎 Li ㄌㄧ Siaⁿ Soeh, tsōe oē, kàu ê Chheh, jī kù bóe Sī bêng Pek ì sù.
聲說，多話，釋教的書，字句尾是明白的意思。

哢 Lōng ㄌㄨㄥ hī khang Lōng háu, Lōng Lōng hau. Chiáu ê Siaⁿ im, niau Gîm, Lōng hông.
耳孔哢哮，哢哢哮。鳥的聲音，鳥吟，哢吭。

哤 bâng, ㄇㄤˊ Lâng ēng tsōe tsōe khiuⁿ, Loān Loān Siaⁿ teh kóng oē.
人用多多腔，乱乱出聲吶講話。

咩 be, bi, me, mi ㄅㄝ,ㄅㄧ,ㄇㄝ,ㄇㄧ Iûⁿ á teh háu ê Siaⁿ, be be, bi bi, me me, Niau á háu mi mi.
羊仔吶哮的聲。咩咩，咩咩，咩咩，貓仔哮咩咩。

八畫

售 Sīu, ㄕㄡˋ hoat bōe, Piàn bōe, chhut Sīu.
發賣，變賣，出售。

哪	Lô, ná, ㄌㄨㄛˊ, ㄋㄚˇ	Soan hoa ê Siaⁿ, thâng ê mîa. Lô hhi, Lô Chhia thài tsú. 喧嘩的聲，虫的名。哪吒，哪吒太子。
唉	Ai, hái, i, ah, aih, kiaⁿ hiâⁿ, ㄞ, ㄏㄞˊ, ㄧ, ㄞˋ, ㄏㄞˋ	Ut tsut thó khùi ê Siaⁿ. Chhin Chhīuⁿ ai ah. haiⁿ ah. ai ah 驚惶 鬱悴 吐氣的聲。親像 唉唉。欸唉。噯唉 háiⁿ ah, i ⋯⋯ Piáu sī sit bāng ê khoán. thàn khì siaⁿ. 唉唉。唉⋯⋯表示失望的款。歎氣聲。
哦	Gô, ngô, ㄜˊ, ㄛˊ	Liām Chheh Siaⁿ im tn̂g. Gîm Si Siaⁿ. kiaⁿ kî ê kám thàn siaⁿ 念書聲音長。吟詩聲。驚奇的感嘆聲
㖿	Pat, ㄅㄚˋ	Chiáu teh háu, Chiáu ê Siaⁿ. 鳥哰哮，鳥的聲。
唄	Pōe, ㄅㄟˋ	Sek kàu Chè hiàn Siōng keng ê Siaⁿ, ná Gîm Si ê khoán sit. Pō͘ jū, Pō͘ jū tōng bu̍t. 釋教祭献頌經的聲，郁吟詩的款式。哺乳，哺乳動物。
哺	Pō͘, ㄅㄨˇ	Chhī eⁿ á, Chhùi Pō͘ mih, eⁿ á Chia̍h mih ê khoán sit. 飼嬰仔，嘴哺物，嬰仔食物的款式。
哨	Sàu, Siàu, Chhio, ㄕㄠˋ, ㄒㄧㄠˋ, ㄑㄧㄛ	àng á Chhùi, Siak Phòa mih ê Sauh Siaⁿ. Sàu kak, kèng tek, kháu Siàu, ēng Chhùi 甕仔嘴，扸破物的啼聲。哨角，警笛，口哨，用嘴 Chhoe Chhut ê Siaⁿ. Sàu Peng, kèng kài ê Peng. bô Chhio, Chiū sī mih Chiam Chiam Chhīuⁿ tsûn bóe. 吹出的聲。哨兵，警戒的兵。蔘哨，就是物尖尖 像船尾。
嗽	Sò, Sok, ㄙㄡˋ, ㄙㄡ	Chiáu ê Chhùi, Sàu ê Phòa pīⁿ. he ku sàu. 鳥的嘴。嗽的破病。痀呴嗽。
唇	tûn, ㄉㄨㄣˊ	Chhùi kháu ê Phê bah, Chhùi tûn Phê. tûn khí Siong i. tûn bōng khí hân, Pí Chhú Siong i. 嘴口的皮肉，嘴唇皮。唇齒相依。唇亡齒寒，彼此相依。
唆	So, Sō, ㄙㄛ, ㄙㄛ	Gín á Saⁿ kap kóng ōe ê Siaⁿ. tauh tauh thó, So sú, Sái Sō, Sō kâu Saⁿ kā. kàu So. 囝仔相與講話的聲。沓沓討，唆使，使唆，唆猴相咬。教唆。
唐	tông, Pông, ta, tn̂g, ㄉㄛㄥˊ, ㄅㄛㄥˊ, ㄉㄚ, ㄉㄥˊ	Lâng sìⁿ tông. tiāu tāi mîa, tông tiâu. Pông tu̍t, hut jiân bû toan. Lâm tsu hàn. 人姓唐。朝代名，唐朝。唐突，忽然無端。男子漢 ta Po͘ Lâng, ta Po͘ kiáⁿ, ta Po͘ Sun. tn̂g Soaⁿ, tn̂g soaⁿ Lâng, tn̂g si, tn̂g jîn koe. 唐夫人，唐夫子。唐夫孫。唐山，唐山人，唐詩，唐人街。
㖸	ûi, bî, ㄨㄧˊ, ㄅㄧˊ	kho͘ ah ê Siaⁿ, kho͘ ah ê ì sù. bî bî bî kho͘ ah á sī kho͘ niau. 呼鴨的聲，呼鴨的意思。㖸㖸㖸呼鴨或是呼貓。
唁	Gān, ㄍㄢˋ	an ùi Song ka, ùi Gān. tiàu Gān. 安慰喪家，慰唁。弔唁。
唈	Ap, ip, ㄚㄅ, ㄧㄅ	Chhoán tōa khùi, Chhin Chhīuⁿ Lô Siong ê Pī Lâng. 喘大氣，親像勞傷的病人。
員	Oân, Gôan, ìn, khoi, ㄨㄢˊ, ㄍㄨㄢˊ, ㄧㄣˋ, ㄎㄨㄧ	Siàu Giah ê jī. în ê mih, în kho͘. Chiāⁿ kho͘ Gûn. Chiu ûi, Gûn oân. koaⁿ oân. 數額的字。圓的物，員箍。成員銀。週圍，銀員。官員。 ùi oân. Gōan Gōe. Chit kho͘, tsa̍p kho͘, Chit Pah kho͘. 委員。員外。一員，十員，一百員。
唔	ngô, ㄫㄛˊ	Chiū sī Gîm si ê siaⁿ. 就是吟詩的聲。
唋	khún, ㄎㄨㄣˋ	áu thò͘, thò͘ ê khoán. ài thò͘ ê khoán sit 嘔吐，吐的款。愛吐的款式
唌	iân, Siân, ㄧㄢˊ, ㄒㄧㄢˊ	thó khùi, kóng Phài ōe, kóaⁿ kín ê khoán sit. 吐氣，講歹話，趕緊的款式。
唝	hông, ㄏㄛㄥˊ	Cheng ê Siaⁿ, kó ê Siaⁿ. 鐘的聲，鼓的聲。
哹	hô, Pu, Phu, ㄏㄛˊ, ㄅㄨ, ㄆㄨ	Chhe ê Siaⁿ, nâ âu tiong ê siaⁿ, Pûn khì. Pu Pu hiu, ēng Chhùi Pûn, Phu hong. 吹的聲，咽喉中的聲，噴氣。哹哹咻，用嘴噴，哹風。 Phū, ㄆㄨˋ, Pu hóe, ēng Chhùi Pûn hóe. ê ì sù. Phū hong. Phū hé. 哹火，用嘴噴火。的意思。哹風。哹火。
哧	hek, hà, hā, hiahⁿ, Chhiak, ㄏㄝㄎ, ㄏㄚˋ, ㄏㄚ, ㄏㄧㄚ, ㄑㄧㄚㄎ	Chhiò ê Siaⁿ, Siū khì ê Siaⁿ, háng hoah hō͘ Lâng kiaⁿ. hà hà Chhiò, 笑的聲，怒氣的聲，哄喝給人驚。哧哧笑， Chhiò ê Siaⁿ. hā sau, Chhin Chhīuⁿ bo̍k tháng ta ta tóe tsúi bē siap lāu. tah hiahⁿ, hiahⁿ Chit ē, 笑的聲。哧痟，親像木桶乾乾貯水能沖漏。搭哧，哧一下 hō͘ hiahⁿ, Chhiⁿ kiaⁿ thah hiahⁿ. Chhiak Chhiak Chhiak kio. Chhiak Chit ē, Chhiak thiàu. 放哧，悽驚搭哧。哧哧哧叫。哧一下，哧哧跳。
唚	Chim, Chhim, ㄐㄧㄇ, ㄑㄧㄇ	Chim Chhùi, Chim Chhùi tûn, Chim Chit ē. Chhim Chit tiám á. 唚嘴，唚嘴唇，唚一下。唚一點仔。
哻	hān, ㄏㄢˋ	Chiū sī teh khùn ê ì sù, hān sūi. 就是哻睏的意思，哻睡。
九畫 喋	Sah, Sah, ㄙㄚ, ㄙㄚ	Sah Sah kio, ah kak Chhiò ê Siaⁿ. Pak tó iau chia̍h mih, Sah Sah kio. 喋喋叫，鴨鵝𠲎𠲎的聲。腹肚枵食物，喋喋叫。 造字

喥 Gip, 兀一ㄆ, tsōe tsōe Lâng, á sī Pat mih ê Siaⁿ. tsōe tsōe Siaⁿ
多多人，或是別物的聲。多多聲

嘆 Gi, 兀一, Lâng teh Chhiò ê Siaⁿ, Chhin Chhiūⁿ Gi Gi Chhiò. Chiū sī kap Gi Gi Chhiò Sio Siāng.
人哟笑的聲，親像嘆嘆笑。就是与嘆嘆笑相同。

啣 khiap, khiauh, ㄎ一ㄚㄅ, ㄎ一ㄚㄨㄏ, Chiū sī Chhiò ê ì sù. khiauh khiauh háu. tēng khiauh khiauh.
就是笑的意思。啣啣哮。碇啣啣。

唅 hâm, hām, ㄏㄚㄇ, ㄏㄚㄇ, Siaⁿ tín tāng, kiám Chhái iā sī tńg Siaⁿ. tńg Siaⁿ kap thak hâm Sio Siāng.
聲振動，敢採也是轉聲。轉聲与讀唅相同。

哼 heng, hńg, ㄏㄝㄥ, ㄏㄥ, Gōng kiaⁿ ūi ê khoán sit. thòng khó ê Siaⁿ heng Chhan. m̄ Goān ì ê ì sù hńg.
驚驚畏的款式。痛苦的聲哼孱。不願意的意思哼。

唏 hi, hí, ㄏ一, ㄏ一, Chhiò ê Siaⁿ, thòng hūn, thí. kiaⁿ hiaⁿ ê khoán sit.
笑的聲，痛恨，唏。驚惶的款式。

哯 hiān, ㄏ一ㄢ, bô khoàⁿ kìⁿ, Chiū thò Chhut, Gín á ek Leng.
無看見，就吐出，囝仔嗌奶。

唍 oán, oân, ㄨㄢ, ㄨㄢ, Sió khóa Chhiò ê khoán sit. hìⁿ hìⁿ Chhiò.
少許笑的款式。欸欸笑。

啓 kok, ㄍㄛㄎ, Chiáu teh háu, thî koe teh háu.
鳥哟哮，雉雞哟哮。

哰 Lô, ㄌㄠ, Chiap Chiap kóng oē, kóng oē bô Soah ê ì sù. kóng bōe Soah ū kàu Lô. Lô Lô thì.
捷捷講話，講話無息的意思。講膾息有夠哰；哰哰嗝。

哴 Liōng, Lông, ㄌ一ㄤ, ㄌㄤ, háu kàu Chīn thâu bô Siaⁿ ê ì sù. Gín á háu bô Soah. Chhe hong ê khoán sit.
哮到盡頭無聲的意思。囝仔哮無息。吹風的款式。

哩 Liap, ㄌ一ㄚㄅ, Siū khì. o Ló ê ì Sù.
怒氣。謳咾的意思。

唗 Phi, ㄆ一, Chhiah iah, khoàⁿ khin, tek ì tsáu khì ì sù.
刺瘍，看輕，得意走去的意思。

唔 Phi, ㄆ一, Chhiah iah, khoàⁿ khin, tek ì tsáu khì ê ì sù.
刺瘍，看輕，得意走去的意思。

哱 Put, ㄅㄨㄊ, Chhoán khùi ê Siaⁿ. kun Peng ê khì khū, Put Lô. Loān Loān, jiáu Loā.
喘氣的聲。軍兵的器具，哱囉。乱乱。擾乱。

哫 Chiok, Chhiok, ㄐ一ㄛㄎ, ㄑ一ㄛㄎ, ēng thiám bī ê oē Lâi kiû. kóng hó oē ê bīn Sek.
用謟媚的話來求。講好話的面色。

喊 hah, ㄏㄚㄏ, hah hah Chhiò. Chiū sī Chhiò ê Siaⁿ.
喊喊笑。就是笑的聲。

唋 Chhih, ㄑ一ㄏ, Chhih Chhngh háu, Chhih Chhngh kiò, khàu Chhì ê Siaⁿ. háu ê Siaⁿ
唋囋哮，唋囋叫，哭泣的聲。哮的聲

造字 聲淚俱下的情形，將徐的音借用而來成字。

咻 kiuh, kiúh, ㄍ一ㄨㄏ, ㄍ一ㄨㄏ, kiuh kiuh háu, kih kih kiuh kiúh, háu ê Siaⁿ
咻咻哮；嘆嘆咻咻；哮的聲

造字 借求的音來成字。狀形字。

啍 khuh, khuh, ㄎㄨㄏ, ㄎㄨㄏ, ūn á khuh, Suh a Phiàn bān bān Suh, khuh hun. Pak tó khuh khuh kiò, khū khū kiò.
緩仔啍，嗽鴉片慢慢嗽，啍煙。腹肚啍啍叫，啍啍叫。

造字 狀形字。借参字來顯形音化。
Kuh hun, Suh hun suh kah kuh kuh kiò.
啍菸，嗽菸嗽到啍啍叫。

嗃 hō, ㄏㄛ, tsō Gú jī. hō Lō sò, tsoh khah tāng ê khang khoe, tāi ke tāu Chhut Lat Chhut Siaⁿ ho hoah.
助語字。嗃嘮譟，作較重的工課，大家㪙出力出聲呼喝。

造字 純表達在聲音，合作出力，助力聲。

唊 Goe, Giap, 兀ㄝ, 兀一ㄚㄅ, Goe tioh, Goe tn̄g, Giap tn̄g, tsáng thâu á hō ki khì Giap tn̄g, Soh á Goe tn̄g khì.
唊着，唊斷，唊斷，指頭仔被機器唊斷，索仔唊斷去。

造字 傷害的形成。由機体人性化，口即是，因而成爲果，即是夾。成字。

哶 Piāng, ㄅ一ㄤ, Piāng Chit ē. Pàng Chhèng ê Siaⁿ. but khū Phah tó khì ê Siaⁿ im Piāng.
哶一下。放銃的聲。物具打倒去的聲音哶。

造字 哶哶只是半個聲音，由此可見哶是較大較重的聲音。

嘔 khū, ㄎㄨ, khū khū kiò, Pak tó bô hó khū khū kiò. kôaⁿ kàu khū khū tiô.
嘔嘔叫，腹肚無好嘔嘔叫。寒到嘔嘔跳。 造字

八畫

唱 Chhiòng, Chhiàng, Chhiùⁿ. tsòe thâu ín Chhōa, Chhiòng tō. koa Chhiòng, Chhiàng mîa. Chhiàng Siⁿ. Chhiù koa, Chhiùⁿ khek.
ㄑㄧㆲˋ, ㄑㄧㄚㆲˋ, ㄑㄧㆫˋ。做頭引導，唱導。歌唱。唱名。唱聲。唱歌，唱曲。

啁 Chiu, tiau, to. Chiáu háu ê Siaⁿ, Chiáu li Chiáu háu. Lâng kóng tsōe oē, kóng bōe Soah. Chiu Chiu, to to Put thêng.
ㄐㄧㄨ, ㄉㄧㄠ, ㄉㄜ。鳥哮的聲，喝喝哮。人講多話。講獪息。啁啁，啁啁不停。

啄 tok. teh koe Chiáu Chiah mih, teh Gō kak. teh Chiáu á kòa. tok Chhek á. tok bí. tok bok níau.
ㄉㄜㄎ。雞鳥吃物，啄五穀。啄鳥仔卦。啄粟仔。啄米。啄木鳥。

啅 tok. tsōe tsōe Chhùi ê khóan. tok mih. Chiáu teh háu ê Siaⁿ.
ㄉㄜㄎ。多多嘴的款。啅物。鳥啲哮的聲。

啜 Chhoat, toat, tsoat, Chheh. kóng oē tsōe tsōe, Chhoat oē. Chhì Chiah, Chheh Chhùi, Chhùi Saⁿ Chim, Chhì Chhak.
ㄑㄜㄚㄊ, ㄉㄨㄚㄊ, ㄗㄨㄚㄊ, ㄑㄝㄏ。講話多多，啜話。試吃，啜嘴，嘴相唚，刺鑿。
Chheh khip, Chheh khùi Lâu bák sái, Chhoat Siok ím Súi, Chiat khiām Lim Chiah.
啜泣，啜氣流目屎。啜菽飲水，節儉飲食。

唪 hóng, Pāng, Pōng. hóng keng, tōa Siaⁿ Liām keng. tōa Siaⁿ tōa Chhìo. Pōng Pōng háu, Pāng Pāng kìo.
ㄏㆲˋ, ㄅㄤ, ㄅㆲ。唪經，大聲念經。大聲大笑。唪唪哮，唪唪叫。

啓 khé. kóng bêng, khé bêng. khé Sī. khui thiah, khé khai. khé bōng, kà sī. Phah khui, khé hong.
ㄎㄝ。講明，啓明。啓示。開拆，啓開。啓蒙，教示。打開，啓封。

啟 khé. kap téng bīn jī Siong tōng.
ㄎㄝ。与頂面字相同。

啌 khiòng. Gín á háu bô Soah, tōa Lâng háu bô soah, khiòng khok.
ㄎㄧㆲˋ。囡仔哮無息，大人哮無息，啌哭。

咽 khún. thò, thò ê khóan. ài thò ê khóan Sit.
ㄎㄨㄣˋ。吐，吐的款。愛吐的款式。

唻 Lâi. Chhiùⁿ koa ê Siaⁿ, Siaⁿ Soeh, àu kìo ê Siaⁿ, Gîm Si ê Siaⁿ.
ㄌㄞˊ。唱歌的聲，聲說，呼叫的聲，吟詩的聲。

啐 tsut, tsòe, kiaⁿ hīaⁿ, kóng oē tsōe tsōe Siaⁿ ê ì sù. Chih tsuh, ài tsok Giát. tsuh Chhùi nōa. tsuh tsúi.
ㄗㄨㄊ, ㄗㄨㄝ。驚惶，講話多多聲的意思。咕啐，愛作孽。啐嘴涎。啐水。

唳 Lē. Chiáu ê Siaⁿ, hòh Gān ê Siaⁿ, hòh Lē. Siaⁿ im, chhuh chit ē. chhuh chit Siaⁿ. Siaⁿ im.
ㄌㄝ。鳥的聲，鶴雁的聲，鶴唳。聲音，啐一下。啐一聲。聲音。

唵 ám. ēng Chhiú théh khí Lâi Chiah. kām mih tī Chhùi nìn.
ㄚㄇ。用手提起來吃。含物佇嘴裡。

啊 a, á. khan tn̂g Siaⁿ kìo Lâng. ū sî ēng a jī tāi thòe kù bē jī. oē thâu oē bóe ê tsō kù,
ㄚ, ㄚˊ。牽長聲叫人。有時用仔字代替句尾字。話頭話尾的助句，
a ioh, a ià. m̄ à. à ioh. bêng á. kim á. a hoat á.
啊唷，啊呀。毋啊。啊唷。明啊。金啊。阿發啊。

啇 sek, tek. Gôan Pún, khí thâu, Pún jîan, hó háp ê ì sù.
ㄕㄝㄎ, ㄉㄝㄎ。原本，起頭，本然。和合的意思。

啖 tám, tām, Chiah. thun Lóh khì, Pō, Chhì Chiah, ín iú.
ㄉㄚㄇˋ, ㄉㄚㄇ。食。吞落去，哺，試吃，引誘。

啗 tám, tām, Chiah. thun Lóh khì, Pō, Chhì Chiah, ín iú.
ㄉㄚㄇˋ, ㄉㄚㄇ。食。吞落去，哺，試吃，引誘。

啕 tô. tsōe tsōe oē, óng Lâi, Gín á kóng oē bōe Chiaⁿ ê ì sù. tōa khàu, hô tô tāi khok.
ㄉㄜˊ。多多話，往來，囡仔講話獪正的意思。大哭，嚎啕大哭。

唸 tiām, Liām, Gîm Si, Liām Si, khan Siaⁿ, Chhiùⁿ koa, Liām Su.
ㄉㄧㄚㄇ, ㄌㄧㄚㄇ。吟詩，唸詩，牽聲，唱歌，唸書。

唾 thò, thùi, Phùi, thò khì, Phùi Chhùi nōa ê ì sù. Phùi nōa, Phùi huih, Phùi bīn.
ㄊㄜ, ㄊㄨㄧ, ㄆㄨㄧ。唾棄，唾嘴涎的意思。唾涎，唾血，唾面。

商 Siong. tùi Gōa bīn tsai Lāi bīn. Chham Siông, Siong Gī. keng Siong tsòe Seng Lí. Siong Giáp. Siong Phiau.
ㄒㄧㆲ。對外面知內面。參詳，商議。經商做生理。商業。商標。
Siong tiàm, Siong Sò, Sng tu hoat Só tit ê tap Sò. Sìⁿ Siong. tiāu tāi mîa, Siong tiāu.
商店。商數，算除法所得的答數。姓商。朝代名，商朝。

啍 kok, tun. Chhùi ê khì, tōa Chhia ê Siaⁿ. iân tî ê khóan. Tsōe oē. tāng. bān bān ê khóan Sit.
ㄍㄜㄎ, ㄉㄨㄣ。嘴的氣。大車的聲。延遲的款。多話。重。慢慢的款式。

啋 Chhai. Soan jiòng, tōa Siaⁿ, tín tāng, bô an Chēng, kóng oē.
ㄑㄞ。喧嚷，大聲，振動，無安靜，講話。

呰 Chhú, tsú. Chek Pī. Siòⁿ Giâm, kiáu jiáu, húi Pēng, nńg chiaⁿ, mâu Pēng.
ㄑㄨ, ㄗㄨ。責備。過嚴，攪擾，誹謗，軟弱，毛病。

問 Būn, mn̄g, ēng Chhùi Chhat tāi Chì. Sēng Chhat, Gí tòan, hóan hù, Sím mn̄g. Sùn būn, mn̄g oē, būn tôe.
ㄨㄣ, ㄇㄥ。用嘴察代誌。省察，指斷，吩咐，審問。詢問，問話，問題。

[口匊] kioh, tsai kioh, m̄ tsai kioh, kóng kioh, bôh kioh. khùⁿ kháu ê bé Siaⁿ. 造字
ㄍㄧㄜㄏ。知[口匊]，不知[口匊]，講[口匊]，莫[口匊]。腔口的尾聲

唲 jî, oa, hih, Ge, hih°, khiau tit ê khoán Sit, bián kióng chhìo, hih°hih°kio. hih hih hū hū. Gín á teh
ㄖˊ, ㄨㄚˊ, ㄏㄧˋ, ㄫㄝ, ㄏㄧㄏ, 曲直的款式，勉強笑，唲唲叫。唲唲呋呋。囡仔哟的
kóng oē ê Sian oa oa kio. Ge Lâng khòa Lâng bô khí, ēn oē tsau that Lâng.
講話的聲 唲唲叫。唲人，看人無起，用話蹧躂人

唯 î, ui, óe, ǹg, in Lâng ê oē, tok tok, nā sī, sī, in Lâng kóng oē. úi it, úi iú, Chí ū.
ㄧˊ, ㄨㄧ, ㄨㄝ, ㄥ, 應人的話，獨獨，若是，是，應人講話。唯一，唯有，只有。
in Lâng, bó bó Lâng --- oē! Lí khì Chhòng sím mih --- hō°m, 「ǹg」in hó ê ì sù.
應人，某某人 --- 唯！你去創甚麼 ---- 好哦，「唯」應好的意思。

啞 A, Â, ek, ok, é, ò° a a kio, é káu. Lóng à, bōe kóng oē ê Lâng. Ek kháu bû Giân. ok jiân sit Chhio.
ㄚ, ㄚˋ, ㄜˋ, ㄜˋ, 啞啞叫，啞口。聾啞，𣍐講話的人。啞口無言。啞然失笑。

啀 Gâi, káu ai khóe mih, káu Sio kā. = kóng oē bōe bêng ê Lâng i° ò°.
ㄞˊ, 狗傍嚙物，狗相咬。= 講話𣍐明的人咿嗚。

啘 iā, Chiáu á mî sî teh háu.
ㄧㄚˋ, 鳥仔冥時哟哮。

啉 Lâm, Chiú Sûn, Chhut Chiú ê hoat tō. Chiú Chiah bêng Pek ê ì sù.
ㄌㄢˊ, 酒巡，出酒的法度。酒吃明白的意思。

唷 iok, aih°, ioh, iā, Sian im, Chhut Sian. Phah eh ê Sian. ho thiàn ê Sian aih° ioh. āi iā.
ㄧㄛ, ㄚㄧ, ㄧㄛ, ㄧㄚ, 聲音，出聲。打呃的聲。呼痛的聲，噯唷。噯唷。

唼 Siap, Chiap Chiap kóng ōe, tsōe tsōe ōe.
ㄒㄧㄚ, 捷捷講話，多多話。

嗒 tap tauh, Sa° kap kóng ōe, Loān Loān kóng, Sio Chiap, tauh tauh kóng. tauh chit ē. tauh tauh kio.
ㄉㄚ, 相罵講話，乱乱講，相接，沓沓講。嗒一下。嗒嗒叫。

唽 Sek, tiat, Chiū sī Chiáu teh háu ê sian. | tih tih tiauh tiauh, chit khóan ê Sia° im.
ㄒㄧ, ㄉㄧㄚ, 就是鳥哟哮的聲。 | 𢱤𢱤嗒嗒，一款的聲音。

啫 Sek, tiat, Chiauh, Chiū sī Chiáu teh háu ê Sian. Chiáu á tsōe tsōe teh háu ê sian. Chiauh Chiauh háu.
ㄒㄧ, ㄉㄧㄚ, ㄐㄧㄠ, 就是鳥哟哮的聲。鳥仔多多哟哮的聲。啫啫哮。

啐 Phùn, ēn tsúi bū Chhut ê ì sù, Phùn tsúi, Phùn tsúi Chhia.
ㄆㄨㄣ, 用水噴出的意思，啐水，啐水車。

噴 Phùn, Phah ka Chhiu°, thò khì, Chhngh, bū tsúi, Phuh Chhut, Phùn Chhut.
ㄆㄨㄣ, 打咬嚏。吐氣，擤，噴水，歕出，噴出。

啚 Phí, Lī kian Siân hn̂g ê Sio Siân. Soa° tiû°, Chho Siok, Kóa° kín Phí Lî. Phí Lō. Phí jîn.
ㄆㄧ, 离京城遠的小城。山場。粗俗，趕緊，啚𠑽。啚陋。啚人。

嗌 ngâu, Chiū sī Sia° Soeh. Sia° im ê ì sù.
ㄫㄠ, 就是聲說。聲音的意思。

喻 Lūn, Chhùi Chih tńg, Sòa Chhut Sia° ê ì sù.
ㄌㄨㄣ, 嘴舌轉，續出聲的意思。

嗽 khek, khiauh, Chiū sī tōa Sia° Chhio ê ì sù. khiauh khiauh háu, khiauh khiauh kio. tēng khiauh khiauh.
ㄎㄜ, ㄎㄧㄠ, 就是大聲笑的意思。嗽嗽哮，嗽嗽叫。碇嗽嗽。

唿 hut, Chiū sī iu būn hôan Ló ê ì sù. hut Siau, Chhek Chhùi tún Pún Chhut ê Sia° im.
ㄏㄨ, 就是憂悶煩惱的意思。唿哨，蹙嘴唇吹出的聲音。

啈 hèng, Lī hāi ê Sia° kóng oē Siū khì ê oē. tiāu tit, kó ì.
ㄏㄥ, 利害的聲。講話怒氣的話。特直，古意。

啗 hâm, kóng bô bêng. Siū khì ê Sia, hâm hô, kóng bô bêng Pek.
ㄏㄢ, 講無明。怒氣的聲，啗胡，講無明白。

啫 Chià, thó khùi, ai ai Chhan, Chhut Sia° kio Lâng.
ㄐㄧㄚ, 吐氣，哀哀孱，出聲叫人。

唬 hā, hau, hô, hó, Sia Soeh, hó ê sia°. Chiáu teh háu ê Sia°. há° Lâng ê Sia°. hó Lâng, Phiàn Lâng.
ㄏㄚ, ㄏㄠ, ㄏㄛ, ㄏㄛ, 聲說，虎的聲。鳥哟哮的聲。哄人的聲。唬人，騙人。

啨 khéng, Sip, Chiū sī Chhùi kóng oē ê sia°. kā, khè.
ㄎㄥ, ㄒㄧ, 就是嘴講話的聲。嗑，齧。

啌 kong, khong, Sia° Soeh, Chhut Sia°, Sàu.
ㄍㄛㄥ, ㄎㄛㄥ, 聲說，出聲，嗽。

唁 koan, tsōe tsōe háu, nn̄g Chiah Chiáu á Pî° Pî° teh háu.
ㄍㄨㄢ, 嗐嗐哮，兩隻鳥仔平平哟哮。

啝 nāi, Soan hoa ê Sia°, oē ê tsō Sû.
ㄋㄞ, 喧嘩的聲，話的造詞。

唰 Sò, Sàuh, Sàuh°, kui kūn Chiau teh hau ê Sia°. Sàuh Sàuh Liām, Sàuh Sàuh kio. Sàuh° sàuh° háu,
ㄙㄛ, ㄙㄠ, ㄙㄠ, 歸群鳥哟哮的聲。唰唰念，唰唰叫。唰唰哮，
Chiū sī mih kiā° tín tāng ê Sia° im.
就是物件振動的聲音。

啰 chì°, Sa° chì°, kiōng kiōng chì°, chì° chhùi chì° chih, chì° sí chì° oah. kióng Piān ê ì sù. 造字
ㄐㄧ, 相諍，強強諍，諍嘴諍舌。諍死諍活。強辯的意思。

唰 Soat, ㄕㄨㄚ, Chiáu thóng mn̂g ê ì sù。Chiáu á chhéng sit。
鳥嘴毛的意思。鳥仔挑翼。

唼 Chhiap, tsat, Sap, Sop, ㄑㄧㄚ, ㄗㄚ, ㄒㄧㄚ, ㄙㄚ, Gô kap ah teh chiah ê sian, chhip chhiap, tsat tsat, sap sap kiò。Siat tók。Sop sop kiò
鵝与鴨哟吃的聲，唼唼，唼唼，唼唼叫。藝濱。唼唼叫

啑 Chiap, Chhiap, ㄐㄧㄚ, ㄑㄧㄚ, Gô kap ah teh chiah ê sian, tsui ah thun hî ê sian。kih kih chhiap chhiap。
鵝与鴨哟吃的聲，水鴨吞魚的聲。嗶嗶啑啑。

啾 Chek, Chiok, ㄐㄧㄝ, ㄐㄧㄛ, Sok chêng, tiām tiām, ko͘ toan, kóng oē bô chhut sian, an chēng。
肅靜，恬恬，孤單，講話無出聲，安靜。

唔 ngō͘, ㄫㄛ, Chiū sī chha chhok, pōe biū ê ì sù。ûi kéh, kò chip, Gō͘ Gek。
就是差錯，悖謬的意思。違逆，固執，忤逆。

唫 Gîm, kîm, ㄫㄧㄇ, ㄍㄧㄇ, Sim lāi teh siūn, chhiùn liām, khan sian, Gîm si。Chhan, thò khùi, sin gîm。kian tēng, that bat。
心內哟想，唱念，牽聲，唫詩。孱，吐氣，呻唫。堅定，塞密。

啷 Lâng, ㄌㄤ, ēn an ùi ê ōe
用安慰的話扭囝仔歡喜的意思。

喀 ò͘, ㄛ, áu thò, áu hông。thò, áu chhut, phùi noā。
嘔吐，嘔紅。吐，嘔出，唾涎。

啓 khé, ㄎㄝ, kap 啓 siāng khoán。
与啓同款。

嗾 kiat, ㄍㄧㄚ, Phah kàu kiat kiat háu。mih kiān sio khap ê sian kiat kiat kiò。
打到嗾嗾哮。物件相磕的聲嗾嗾叫。

造字 符合較爲結聲的杰音，借它作爲嗾。

嚐 hng, ㄏㄥ, hng hng háu, hng hng kiò, chhin chhiūn báng á ê sian。
嚐嚐哮，嚐嚐叫，親像蚊仔的聲。

造字 借昏的白話音最爲合適，配合而成字。

嘻 Chhè, ㄑㄝ, Lōh hō͘ ê sian chhì chhè kiò。Lûi tân ê sian, chhè lûi teh tân, chhì chhè háu。
落雨的聲吱嘻叫。雷霆的聲，嘻雷哟霆，吱嘻哮。

造字 借妻的音來成字。(隱咶赤𢳆𢳆的音与意)。字意在此。

啾 tsū, chhū, ㄗㄨ, ㄑㄨ, chi chí tsū tsū, chi bú chí tsū, chiū sī sòe sian kóng oē bô ài pat lâng thiaⁿ kìⁿ。
吱吱啾啾，吱嘸吱啾，就是小聲講話無愛別人聽見。

造字 借取的音來成字。

哟 teh, tè, ㄉㄝ, ㄉㄝ, í tsûn tsāi ê ì sù。teh kiâⁿ, teh khùn, teh chhiò, teh kóng oē, 「ū tī teh bô」「tī teh」
已存在的意思。哟行，哟睏，哟笑，哟講話，「有佇哟無」「佇哟」
tsō͘ gú kù。tè chhōng sím mih。
助語句。哟創甚麼

造字 基督教會已經採用的字。

嘜 Pio, ㄅㄧㄛ, Pio chhiò, kóng pio chhiò, chhiū sī kóng kún chhiò ê ì sù。
嘜笑，講嘜笑，就是講嗃笑的意思。

造字 借表的音來成字。

嗙 hm̂, hm̄, ㄏㄇ, ㄫㄇ, kan lók teh tńg ê sian, kì koài in tap ê sian。Lûi teh tân ê sian。
樫楮哟轉的聲，奇怪應答的聲。雷哟霆的聲。

造字 借芽的音來成字。

啦 La, Lah, Loh, ㄌㄚ, ㄌㄚ, ㄌㄛ, Sian im ê bóe kù。hó la, hó lah, lâi loh, tsō͘ gú sû。
聲音的尾句。好啦，好啦，來啦，助語詞。

九畫

喍 Chhâ, ㄑㄚ, kau oan ke ê khoán sit, kau sio kā。
狗冤家的款式，狗相咬。

喳 tsa, ㄗㄚ, Sian bô bêng。thiu chih kun ê ì sù。
聲無明。抽舌根的意思。

喆 Chiat, khiat, tiat, Tsat, Gāu, ㄐㄧㄚ, ㄎㄧㄚ, ㄉㄧㄚ, ㄗㄚ, 𠢕。tì sek ū lêng thong, sek bat, chhong bêng, tsâi chêng。
𠢕。智識有靈通。熟識，聰明，才情。
kap 哲 siāng khoán。ū tì hūi。
与哲同款。有智慧。

嗍 mauh, ㄇㄠ, mauh chhùi, bô chhùi khí ê lâng。mauh mauh。Lāu lâng chiah mih un a mauh。un un á mauh。 造字
嗍嘴，無嘴齒的人。嗍嗍。老人食物緩仔嗍。緩緩仔嗍。

啁 Chiok, Chiu, tsu, ㄐㄧㄛˋ, ㄐㄧㄡ, ㄗㄡˇ, kò koe ê Sian, koetsu, tsutsu。呼雞的聲，雞啁，啁啁。

喘 Chhún, Chhoán, ㄔㄨㄣˇ, ㄔㄨㄢˇ。khì Gek Siōng。khì kín. Chhoán, Chhoán khùi。Chhún Sek。Phīn Phīn。氣逆上。氣緊，喘，喘氣。喘息。氣喘喘。

喊 hám, hâm, hán, hiàm, him, ㄏㄢˇ, ㄏㄢˊ, ㄏㄢˋ, ㄏㄧㄢˇ, ㄏㄧㄣ。tōa Siaⁿ kiò, Siū khì ê Siaⁿ, hán hōa, hán hoah。jiōng ê Siaⁿ 大聲叫，怒氣的聲，喊喧，喊喝，嚷的聲
hoah hiàm, hiàm kiò, hiàm kiù Lâng。喝喊，喊叫，喊救人。

喉 hô, âu, ㄏㄡˊ, ㄡˊ, ian koán, âu, nâ âu。咽管，喉，咽喉。

喜 hí, ㄒㄧˇ, oáⁿ oah, khoàiⁿ Lók, hoaⁿ hí, kiong hí。快活，快樂，歡喜，恭喜。

啣 hâm, ㄏㄢˊ, Chhùi kā mim, bé kā kiuⁿ。嘴啣物，馬啣韁。

喝 hat, hah, hoah, ㄏㄜˋ, ㄏㄚ, ㄏㄨㄚ, nâ âu ta, ài Lim tsúi, âu ta ê Siaⁿ, hat tsúi。hah hì, khui Chhùi thàu khùi。咽喉乾，須飲水，喉乾的聲，喝水。喝氣，開嘴透氣。
hah hah Chhiò, hiàm hoah, hoah kiù Lâng, háng hoah, hoah kûn。喝喝笑。喊喝，喝救人，哄喝，喝拳。

喧 Soan, ㄒㄩㄢ, Soan hoa, tōa Siaⁿ jióng, kiáu jiáu, tsōe tsōe Lâng ê Siaⁿ。喧嘩，大聲嚷，攪擾，多多人的聲。

喚 hoàn, ㄏㄨㄢˋ, tōa Siaⁿ, ho kiò。Chhe kak, kiò miâ, kiò hoàn。hoàn khí, hoàn Chhíⁿ。大聲，呼叫。差設，叫名，叫喚。喚起，喚醒。

喤 hông, ㄏㄨㄤˊ, Sòe hàn Gín á ê Siaⁿ, Soan jióng ê Siaⁿ, Siū khì, hô hàp。小漢囝仔的聲，喧嚷的聲，怒氣，和合。

喙 hùi, ㄏㄨㄟˋ, Chhùi, tn̂g Chhùi, Chiáu Chhùi。khùn khó, Chhóan khùi, Chhóan, Soah, Chhiⁿ miâ。嘴，長嘴，鳥嘴。困苦，喘氣，喘，息，星名。

喏 jiá, ㄖㄜˇ, Chiū sī in tap ê Siaⁿ。就是應答的聲。

喈 kai, ㄐㄧㄝ, Chiáu ê Siaⁿ, hōng hông ê Siaⁿ。Pak hong kín ê Siaⁿ, Siaⁿ hô, Lô kó ê Siaⁿ。鳥的聲，鳳凰的聲。北風緊的聲，聲和，鑼鼓的聲。

喬 kiâu, ㄑㄧㄠˊ, koâiⁿ kap khiau ê khoán。koâiⁿ koâiⁿ tit thàu khí ê khoán Sit。kiâu Siông, kiâu bo̍k, kiâu tsong。高與曲的款。高高直透起的款式。喬松，喬木，喬妝。

喫 Giat, Giat, khè, khek, gè Chiah, Lim。kā。Siū。tam tng。khè, ēng chhùi khí khau mih。ㄋㄧㄝˋ, ㄋㄧㄝˋ, ㄎㄜˋ, ㄎㄜˋ, 吃。飲。咬。受。擔當。喫，用嘴齒鉤物。

喀 khek, ㄎㄜˋ, Chiū sī tōa Chhiò ê siaⁿ。tōa Chhiò ê ì sù。就是大笑的聲。大笑的意思。

喀 khak, ㄎㄚˋ, khek, khehⁿ, kheh, ㄎㄜˋ, ㄎㄜˊ, ㄎㄜ, áu thò ê Siaⁿ, Sàu ê Siaⁿ。khak。kheh, khehⁿ, tit tit khehⁿ。khak Sàu, khak hoeh。嘔吐的聲，嗽的聲。咯。喀，喀，直直喀。喀嗽。喀血。

喟 húi, úi, ㄎㄨㄟˋ, ㄨㄟˋ, thàn kùi, than Sek, thàn khì ê khoán。thó khùi, Chhī Chiah ê ì sù。歎喟，歎息，歎氣的款。吐氣，飼食的意思。

喇 Lat, Là, ㄌㄚˊ, ㄌㄚˇ, kóng oē kín, Là Là háu, jī kù bóe, bêng Pek ê ì sù。Se tsōng ê cheng Lū, Là ma。講話緊，喇喇哮，字句尾，明白的意思。西藏的僧侶，喇嘛。

喨 Liōng, Liāng, ㄌㄧㄤˋ, ㄌㄧㄤˋ, thì khàu kàu bô Siaⁿ, Siaⁿ bêng bêng, hiong Liāng, Lô kó Siaⁿ hiáng Liāng, Siaⁿ im。啼哭到無聲，聲明明，響喨，鑼鼓聲響喨，聲音。

喃 Lâm, ㄋㄢˊ, íⁿ á ê Siaⁿ, Chiap Chiap kóng, kóng oē bô soah。Lâm Lâm tsū Gí。Lâm Lâm Siōng keng Siaⁿ。燕仔的聲，捷捷講，講話無息。喃喃自語。喃喃誦經聲。

嵒 Gâm, Giâm, nâ, ㄧㄢˊ, ㄧㄢˊ, ㄋㄚˊ, Chhim Chhim Gûi hiám, Soaⁿ Gâm。Giâm Chio̍h。Lêng hâ, Gûi hiám ê Giâm Chio̍h。深深危險，山嵒。嵒石。崚嵒，危險的嵒石。
tsâm Gâm, kian kò, hó sè, Chiâu Pī。巉嵒，堅固，好勢，齊備。

喪 Song, Sòng, San, Sng, Soaⁿ, ㄙㄤ, ㄙㄤˋ, ㄙㄢ, ㄙㄥ, ㄙㄨㄚ, thòe Sí Lâng ai Siong, tiàu Song。Song ho̍k, hàu Saⁿ。Sng hà, tōa hà。替死人哀傷，弔喪。喪服，孝衫。喪孝，帶孝。
Chhut Soaⁿ, Chhut Pìn。khok San tiong, Chiú koáⁿ Lâng kiat koàiⁿ teh sâng tsōng。sit Chì, Sòng Chì。出喪，出殯。哭喪杖，守寡人攑枴仔哟送葬。失志，喪志。

唼 Chhap, Sahⁿ, ㄑㄧㄚ, ㄕㄚ, tsōe tsōe oē, Sòe Siaⁿ ê oē, Sòe hàn Lâng ê oē。Sahⁿ hô Sîn, Liàh hô Sîn。多多話，細聲的話，小漢人的話。唼唼蠅，掠唼蠅。

啼 thê, thî, ㄊㄧˊ, ㄊㄧˊ, Chhut Siaⁿ teh háu, bûn thak thê。thì khàu, thí Chhiò, koe thî, koe thî n̄ng Lóh。出聲哟哮，文讀啼。啼哭，啼笑，雞啼，雞啼卵落。

善 Siān, Siān, ㄕㄢˋ, ㄕㄢˋ, kóng hó ê ì sù, o Ló, Siān tsāi。Sim koaⁿ hó, hó, Gâu, tōa, Siān Liông, Siān ok。講好的意思，謳咾，善哉。心肝好，好，勢，大，善良，善惡。

㗊 kaiⁿ, kàih, hō Lâng Phah tio̍h thiàⁿ, ai thiàⁿ。kaiⁿ kaiⁿ kiò。kàih kàih kiò。ㄍㄞ, ㄍㄞˋ, 佳人打着痛，哀痛。㗊㗊叫。㗊㗊叫。造字

啻 chhì, ㄔˋ; tók tók, chí ū, Soah, nā ū, ū Chhun, koè thâu, tsoe tsoe。Put Chhì, Put Chí。
獨獨，只有，息，若有，有剩，過頭，多多。不啻，不只。

喋 tia̍p, ㄉㄧㄝˊ; tsōe oē, tia̍p tia̍p Put hiu。Lâu huih Lâi Chiù tsōa。Lâu huih, tia̍p huih。
多話，喋喋不休。流血來咒詛。流血，喋血。

單 Siān, tan, ㄒㄧㄢˋ, ㄉㄢ, ㄎㄧㄚ, ㄉㄨㄚ; khia, toaⁿ, tók tók Chit ê, tan it。tan Sûn。tan jī。Po̍h, tan Po̍h。ko· toaⁿ, toa tiuⁿ。
獨獨一個，單一。單純。單字。薄，單薄。孤單，單張。
lo̍h toa。toa Sin。khia Siang, it Sam ngō· khia, jī Sù Lio̍k Siang。Lâng ê Sìⁿ Siān。
落單。單身。單双，一三五單，二四六双。人的姓單。

噆 tsam, tsám, ㄗㄢ, ㄗㄢˇ; Chiū Sī tsu bī, bī Sò ê ì sù。
就是滋味；味素的意思。

喞 Chek, ㄐㄧˊ; Siaⁿ im tsōe tsōe, Chhin Chhiūⁿ Chiauh chiauh hâu。Chek chek hâu, Chek tâng, Pang Po·, thiu tsúi ki。
聲音多多，親像岀喝喝哮。喞喞哮，喞筒，幫浦，抽水機。

喂 ui, ùi, ōe, ㄨㄟ, ㄨㄟˋ; Chiū Sī kia ê ì sù。Chiū Sī Chhī Chiah ê ì sù。Chio ho· ê Siaⁿ, 「ūe oē Lí Sia Lâng」。
就是驚的意思。就是飼食的意思。招呼的聲，「喂喂你甚人」。

喔 Ak, ok, ㄚˋ, ㄛˋ; koe ê Siaⁿ, kók kók hâu。koe thî。
雞的聲，咯咯哮。雞啼。

喓 iau, ㄧㄠ; Chhau thâng teh hâu ê Siaⁿ。hòng Siaⁿ tōa khàu。kiaⁿ thàn Siaⁿ。
草蟲哟哮的聲。放聲大哭。驚歎聲。

喭 Gān, ㄢˋ; hiông, Chho· Sio̍k。an ùi khó khǹg ê Lâng。
雄，粗俗。安慰苦勸的人。

喑 im, ìⁿ, ㄧㄣ, ㄧˋ; ê káu hâu ê Siaⁿ。Sit Siaⁿ。kóng oē bōe bêng Lóng, ìⁿ óⁿ。
啞口哮的聲，失聲。請話𣍐明朗，喑啞。

喻 jū, ㄖㄨˋ; Sī tōa hoân hù Sī Sòe, kà Sī, kóng beng, Pí jū, Phì jū。Pí Phēng。
是大吩付是小，教示，講明，比喻，譬喻。比拼。

噴 Phùn, ㄆㄣ; thò· Chhut, tsúi Chheng chhut, tsúi ê Siaⁿ, ek moa, Chìm tsū。
吐出，水湧出，水的聲，溢滿，浸住。

潑 Phoat, ㄆㄛ; Lām Sám kóng oē, Lâng teh kóng oē ê ì sù。
濫摻講話，人哟講話的意思。

嘩 kek, ki, kih, kì, ㄍㄜˊ, ㄍㄧ, ㄍㄧˊ, ㄍㄧˋ; thî koe hâu ê Siaⁿ, kih kih hâu, kek kek kio。kuiá ki ki kio。âng ki kì,
雉雞哮的聲，嘩嘩哮嘩嘩叫。鬼仔嘩嘩叫。紅嘩嘩，
kih, ㄍㄧˊ; âng ki ki Chin âng ê ì sù。chiau teh hâu kih kih kiuh kiuh。
紅嘩嘩真紅的意思。鳥哟哮嘩嘩。

呦 Iu, ㄧㄡ; Lo̍k teh hâu ê Siaⁿ, iu iu Lo̍k bêng。Gîm Si ê Siaⁿ。
鹿哟哮的聲，呦呦鹿鳴。吟詩的聲。

喅 io̍k, ㄧㄛˋ; Siaⁿ im, tsoe tsōe ê Siaⁿ。
聲音，多多的聲。

喲 io̍k, ioh, ㄧㄛ; thiàⁿ á Sī Gông ngiàh ê Siaⁿ, âi ioh。âi ioh。
痛或是卬𠯗的聲，唉喲。噯喲。

吃 hut, ㄏㄨˋ; hut Lí kok, Chiū Sī Chit ê Gōa kok miâ。
吃理國，就是一個外國名。

嗬 hō, ㄏㄜˇ; Chiū Sī Chhài ê miâ。
就是菜的名。

咠 Chhip, ㄑㄧˋ; tsōe tsōe Chhùi, Chhùi kap Chih teh tín tāng ê Siaⁿ。
多多嘴，嘴與舌哟振動的聲。

噋 chhūn, Chhe, ㄔㄨㄣ, ㄑㄝ; Pûn, Pûn hong, Pûn Chhe, Chhe hong, Chhóan khùi。Pûn kó· Chhe, hun Chhe。
吹，吹風，吹噋，噋風，喘氣。吹鼓噋，煙噋。

嘏 hā, ㄏㄚˋ; Chiū Sī tsòe ǹa âu ê ì sù。
就是做咽喉的意思。

昫 hú, ù, ㄏㄨˇ, ㄨˋ; Pûn khùi, Sio Lō im Lūn ê ì sù。un sûn。
吹氣，煖烙陰潤的意思。温純。

唻 jiû, ㄖㄨˊ; Gín á teh hâu ê Siaⁿ, Phái oē。
囝仔哟哮的聲；歹話。

噫 tāi, thai, ㄉㄞˋ, ㄊㄞ; kóng oē bô Soah, oē tsōe tsōe m̄ tio̍h。kóng oē bô Chiàⁿ, Chhàu Leng tai。
講話無息，話多多毋着。講話無正，臭乳𢘊。

喉 hô, âu, ㄏㄡˊ, ㄡˊ; kap âu Siāng khóan, ian kǹg, âu, ǹa âu。
与喉同款，咽管，喉，咽喉。

嗻 tò, tók, ㄉㄛˋ, ㄉㄛˊ; Lâng teh hâu ê Siaⁿ, iā Sī tiān Chiú ê ì sù。Chiū Sī kóng oē bô thang Chhek tó kê ì sù。
人哟哮的聲，也是奠酒的意思。就是講話無可測嗻的意思。

Chih Chhiuh, Chih chih chiuh Chhiuh, tsōe tsōe Chiáu ā teh hāu, hiáu chhú ē Siaⁿ.
唓啾，唓唓啾啾。多多鳥仔啲哮。鼯鼠的聲。

〔喎〕oa, ㄨㄚ；
Chhùi bô sì Chiàⁿ, hô hàp ê ì sù.
嘴無四正，和合的意思。

〔嵎〕Gû, Gū, ㄫㄨˊ,ㄫㄨ；
hî Chhùi tèng bīn Phû chhut. tsúi Lô hî Chiū Phû Chhut Chhóan khùi。 kap eⁿ á kóng ōe Gū à.
魚嘴頂面浮出。水濁魚就浮出喘氣。与嬰仔講話喁啊。

〔哻〕Gâm, ㄫㄚㄇ,
khùn ê sî, Chhóan khùi Chhut siaⁿ, teh hôaⁿ ê Siaⁿ。
睏的時，喘氣出聲，啲鼾的聲。

〔哀〕hai", hāi", ㄏㄞ-,ㄏㄞ-, haih", ㄏㄞ-ㄏ,
hai" hai" Chhan, Chiū sī Chhan ê Siaⁿ. thó khùi hāiⁿ hāiⁿ háu. kan khó taⁿ tāng ê siaⁿ,
哀哀孱，就是孱的聲。吐氣哀哀哮。艱苦擔重的聲，
ai ㄞ-
hāiⁿ hāiⁿ kiò. haihⁿ ah, Chiū sī Siū khì, á sī hoân Ló ê Siaⁿ. ai ah
哀哀叫。哀呃，就是怒氣，或是煩惱的聲。哀唉

造字 嘴出哀怨的聲，這字字意字音字義都非常適合。

〔啼〕Chī ㄐㄧ＝
Chī bú Chī tsū, Chiū sī sòe Siaⁿ teh kóng ōe. hī Pīn oē. chī bú chī chū
啼嘸啼啾，就是細聲啲講話。耳邊話。啼嘸啼啾

造字 耳邊的話，是也講不是也講。拾來的。(檢來的)

〔喬〕u ㄨ
bák u, kha thâu u, kim kha thâu u, m̄ kūi. Pûn āuⁿ u, Sai kong teh Pûn ê Gû kak Chhe.
目喬，脚頭喬，金脚頭喬，毋跪。吹歐喬，司公啲吹的牛角哮。

造字 借禹的偏音而來。

〔嗯〕Si, ㄒㄧ；
Si jiō, Chiū sī kā Gín á Si jiō ê ì sù.
嗯尿，就是按囝仔嗯尿的意思。

造字 思有想之意。老母給孩兒嗯嗯，孩兒會有尿意。想尿。

〔唔〕oàk, ㄨㄚㄎ,
tōa teh oàk, oàk oàk háu, Chiū sī ah ê Sia. tsúi ah ê kiò Siaⁿ
住啲唔，唔唔哮，就是鴨的聲。水鴨的叫聲

造字 借活的音來成字。

〔嗙〕ngiàu, ngiàuh, ㄫㄧㄠ-,ㄫㄧㄠㄏ,
bô Siāng khiuⁿ kháu, kóng ōe thiaⁿ khí Lâi ngiàuh ngiauh kiò. ngiàu ngiàu
無同腔口，講話聽起來嗙 嗙叫。嗙嗙叫

造字 借咢的偏音來合成，而成字。

〔嗃〕hù ㄏㄨ
Sio hù hù, Chin Sio ê ì sù.
燒嗃嗃，真燒的意思。

造字 借畐的偏音來成字。

〔唩〕ōⁿ, ㄛ˙；
ōⁿ ōⁿ khùn, ōⁿ iⁿ, Siaⁿ im, io eⁿ á So Liām ê Sû kù. ōⁿ ōⁿ khùn iⁿ iⁿ khùn
唩唩睏，唩嚶，聲音。育嬰仔所念的詞句。唩唩睏，嚶嚶睏
ōⁿ ōⁿ khùn Chit mî tōa chit Chhùn Sioh á Sioh Chit mî tōa Chit Chhioh. io kiáⁿ koa.
唩唩睏一冥大一寸　惜仔惜一冥大一尺。育子歌。

造字 借臥的偏音來成字。抵好與睏有關。臥床是也。

〔嘛〕mā, mā, ㄇㄚ,ㄇㄚ,
Lā ma, Se tsōng ê hoe Siūⁿ. mā, mā oē, mā beh, mā m̄, mā ài, mā bô ài
喇嘛，西藏的和尚。嘛，嘛能，嘛乜，嘛毋，嘛愛，嘛無愛
mā ū, mā bô, tsō Gú sû ê jī.
嘛有，嘛無。助語詞的字。

〔嗔〕Chin, thiân, thūn, ㄐㄧㄣ,ㄊㄧㄢ,ㄊㄨㄣ,
Phah kó ê Siaⁿ, thūn thūn kiò. móa móa ê khì, tōa siū khì, tōa Siaⁿ me Lâng. tāi hoat kiau
打鼓的聲，嗔嗔叫。滿滿的氣，大怒氣，大聲罵人。大發嬌

〔嗤〕Chhi ㄑㄧ
Chiū sī Lâng teh Chhiò ê ì sù. Chhi Chhiò, ki chhiò. Chhi Chi í Pī, hui Siông kheng Sī.
就是人啲笑的意思。嗤笑，譏笑。嗤之以鼻，非常輕視。

〔嗅〕hiù, ㄏㄧㄨ,
Phī kiⁿ, ēng Phīⁿ Pān Chhut Phang kap Chhàu. á sī khì bī kiò hiù kak.
嗅見，用鼻辨出香与臭。或是氣味叫嗅覺。

〔嗑〕Ap, khap, ㄚㄆ,ㄎㄚㄆ,
Gâu kóng ōe, bat ēng tsōe Lim ê ì sù. Chhiò Siaⁿ.
勢講話，曾用做飲的意思。笑聲。

〔嗘〕ke, ㄍㄝ,
Siaⁿ, Siaⁿ Soeh, Siaⁿ im.
聲，聲說，聲音。

〔嗃〕kek ㄍㄝㄎ
thī koe ê Siaⁿ, kih kih háu.
雉雞的聲，嘰嘰哮。

〔嗨〕haih, ㄏㄞ-ㄏ,
ín ōe ê jī. haih haih, tùi jit Pún ōe ìn chìn.
應話的字。嗨嗨。對日本話引進。

嗛 hâm, khiām, ˙Chhùi kā mih, Chhùi kâm mih, kâm teh; kâu kui, Chek Chiàh mih Chhùi Lāi, hiâm bô kàu Giàn, Put ti Chiok.
ㄏㄧㄢˊ, ㄑㄧㄢˇ, 嘴咬物，嘴含物，含啲。猴胿，積食物佇嘴內，嫌無夠癮，不知足。

嗎 má, mā, ma, mah, mah, Sī Siaⁿ im tiāⁿ tiāⁿ ê ì sù. oē ê tsō sû. Gî bün ê tsō sû. hó mah. kap mah Siāng ì sù. Phái n oē, ka bû Lâng, mā Lâng. ma ma háu, má má khàu.
ㄇㄚˊ, ㄇㄚˇ, ㄇㄚ, ㄇㄚㄏ, ㄇㄚˇㄏ, 是聲音定定的意思。話的助詞。疑問的助詞。好嗎。與麼同意思。歹話，加誣人，嗎(罵)人。嗎嗎哮，嗎嗎哭。

嗇 Sek, Siu tang. Phái n nî tang. ài Sioh, kian Lîn, Lîn Sek. Sim tham, khiām Siap.
ㄙㄜˋ, 收冬。歹年冬。愛惜，堅吝，吝嗇。心貪，儉澀。

嗄 hà, Sà, kheh n, heh. he khì Gek Siōng ê Siaⁿ, khàu kàu Siaⁿ é é, Phòa Chhe Siaⁿ Sà Sà háu, khehⁿ khehⁿ kiò. Sàu Siaⁿ heh heh kiò, Sau Siaⁿ ê ì sù. he ku ū Lâng Siá he ku.
ㄏㄚˋ, ㄕㄚˋ, ㄎㄝㄏˊ, ㄏㄝㄏ. ㄏㄝ 氣逆上的聲，哭到聲瘂瘂，破叉聲嗄嗄哮，嗄嗄叫。嗽聲嗄嗄叫，啼聲的意思。痚痀有人寫嗄嗆。

嗜 Sī, ài, ài hóⁿ, Sī hóⁿ. hoaⁿ hí ê ì sù. Sī iok, hīⁿ bak kháu Phīⁿ ê Só ài.
ㄕˋ, 愛，愛好，嗜好。歡喜的意思。嗜欲，耳目口鼻的所愛。

嗍 Sò, Sok, Chiáu ê Chhùi. Sàu ê Phòa Pīⁿ, he ku Sàu. Suh khong khì.
ㄙㄛˋ, ㄙㄛㄎ, 鳥的嘴。嗽的破病，痚痀嗽。嗽空氣。

嗉 Sò, Chiáh mih ê Só tsāi, Chiáu ê nâ âu. Sò Lông, Chiáu Lūi ê Sit tō tiong khì koan. Chiáu kui.
ㄙㄨˋ, 吃物的所在，鳥的咽喉。嗉囊，鳥類的食道中的器官。鳥胿。

嗣 Sū, Sû, Soā Chiap, Sio Chiap, Chiap tióh. hō Sū, thoân Sû, Sū Giap, kè tsó San, Sū ūi, kè ông ūi.
ㄙㄨˋ, ㄙㄨˋ, 續接，相接，接着。後嗣，傳嗣，嗣業，繼祖產，嗣位，繼王位。

嗟 Chia, thó khùi, thó khùi ê Siaⁿ, ai Siong, ai Chhám.
ㄐㄧㄝ, 吐氣，吐氣的聲，哀傷，哀慘。

嗚 O, Chiū Sī thó khùi ê Siaⁿ, Pi kháu ê Siaⁿ im. Kám thàn Sû. O ho.
ㄛ, 就是吐氣的聲，悲哭的聲音。感歎詞，嗚呼。

嗌 ak, ek, nâ âu, Phaheh, ut khì. Chhiò ê Siaⁿ
ㄚㄎ, ㄝㄎ, 咽喉，打呃，鬱氣。笑的聲

嗈 iong, Chiáu ê Siaⁿ, Gak khì ê siaⁿ, Saⁿ hô ê Siaⁿ.
ㄧㄛㄥ, 鳥的聲，樂器的聲，相和的聲。

嗋 Lîu, Lâ, La, Só tsāi ê miâ, ka Lâ Pa. teh La, Chiáh Pá Siuⁿ êng, La thian. La êng.
ㄌㄧㄨ, ㄌㄚ, ㄌㄚ, 所在的名，咬嗋巴。啲嗋，吃飽適閒，嗋天。嗋閒。

嗐 khian, khaiⁿ, khoài Lók hoaⁿ hí ê khóan Sit. khaiⁿ khaiⁿ háu, Chiū Sī Lô tân Gîn Gong háu ê Siaⁿ
ㄎㄧㄢ, ㄎㄞ, 快樂歡喜的款式。嗐嗐哮，就是鑼鐔銀鈴鈧哮的聲

嗃 hok, koⁿ, kôⁿ, koh giâm hat ê khóan, Giâm hat Chhut tōa Siaⁿ jiòng. bián Lē, hoaⁿ hí. hôaⁿ ê Siaⁿ. ti háu ê Siaⁿ.
ㄏㄛㄎ, ㄍㄛ, ㄍㄛˊ, 嚴喝的款，嚴喝出大聲嚷。勉勵，歡喜。喜干的聲。豬哮的聲。

嗊 hāng, hōa, koe Chhī ê Lâng, tsōe tsōe ê Siaⁿ. hāng hāng kún, hōa hōa kiò. kóng hōa, kóng Chhiò.
ㄏㄤ, ㄏㄨㄚ, 街市的人，多多的聲。嗊嗊滾，嗊嗊叫。講嗊，講笑。

嗥 Giâu, Chiū Sī kiò ê ì sù.
ㄍㄧㄠ, 就是叫的意思。

嗔 thián, Chhī Gâi, Gōng Gōng ê khóan Sit.
ㄊㄧㄢ, 痴呆，戇戇的款式。

嗐 hāi, tōa khui Chhùi ê ì sù. Chhut Siaⁿ ê ì sù. kám thàn ê Siaⁿ, hāi à.
ㄏㄞ, 大開嘴的意思。出聲的意思。感歎的聲，嗐啊。

嗀 hak, Chhùi áu thò ê khóan Sit. áu ê Siaⁿ
ㄏㄚㄎ, 嘴嘔吐的款式。嘔的聲

嗊 hóng, hōng, kōng, koa khek, Chhiùⁿ koa khek. Liām kōng, Siām Lô kok hōe Siōⁿ teh Liām Chiù.
ㄏㄛㄥ, ㄏㄛㄥ, ㄍㄛㄥ, 歌曲，唱歌曲。念嗊，暹羅國和尚啲念呪。

嗕 jiòk, Pát Chéng tsók, hiong Lô ê Chéng, khó Lîn ê khóan Sit.
ㄖㄧㄛㄎ, 別種族，匈奴的種，苦憐的款式。

嘼 Lô, tû khì un ek, kóaⁿ un ek ê kúi. Pháiⁿ, hiong Ok ê ì Sù.
ㄌㄛ, 除去瘟疫，趕瘟疫的鬼。歹，兇惡的意思。

嗓 Sóng, nâ âu, nâ âu hoat Siaⁿ ê Só tsāi. iā ū kóng bé Phòa Pīⁿ Phīⁿ Lâu nōa ê ì Sù.
ㄙㄛㄥ, 咽喉，咽喉發聲的所在。也有講馬破病鼻流涎的意思。

喿 Sò, kui kûn Chiáu teh háu, tī Chhiū téng Pûn Phín á.
ㄙㄠ, 歸群鳥啲哮，佇樹頂吹笛仔。

嗖 Siok, Chhiò ê khóan Sit, Chiáu teh háu ê Siaⁿ.
ㄒㄧㄛㄎ, 笑的款式，鳥啲哮的聲。

嗁 tê, tê, âu kiò, Chhut Siaⁿ háu, koe thî, thî kháu, kap 啼 Sio Siāng
ㄉㄝ, ㄉㄝ, 呼叫，出聲哮，雞啼，啼哭，与啼相同。

㗎 chhńg, chhńg kut, chhńg bah kut. chhńg koe chhì. chhńg koe sit. chhńg kóe chí hút.
ㄑㄥ, 㗎骨，㗎肉骨。㗎雞刺。㗎雞翼。㗎菓子核。 造字

嗆 Chhiong, ㄑ一ㄜㄥ, Chiáu á teh mih, 鳥仔啄物, Sàu khí thâm ê Siaⁿ 嗽起痰的聲, Gōng ê khóan, 戇的款, khang kiâⁿ ê ì sù. 空行的意思。

嗌 Gèk, ㄫㄝㄎ, Chiū sī áu thò, 就是嘔吐, áu Gèk, 嘔嗌, khì Gèk ê ì sù. 氣逆的意思。

嗒 tap, thap, ㄉㄚㄅ, ㄊㄚㄅ, Sim bô tì ì. 心無致意。hóng hut, 彷忽, bô oân tsoân. 無完全。Ēng Chih Chīⁿ. 用舌舐。

嗞 tsu, ㄗㄨ, iu bun ê Siaⁿ, 憂悶的聲, khàu bô soah. 哭無息。

嗡 Ong, ㄛㄥ, Gû teh hâu ê Siaⁿ, 牛哟哮的聲, á sī thâng teh hau e Siaⁿ. 或是虫哟哮的聲。Phang Poe ê Siaⁿ. 蜂飛的聲。

嗀 Oa, ㄨㄚ, Soe hàn Gín á teh háu ê Siaⁿ, 細漢囝仔哟哮的聲, háu ê ì sù. 哮的意思。

嗢 oàt, ㄨㄚㄊ, nâ âu, thò Chhut. 咽喉，吐出。Lim ê khóan Sit. 飲的款式。oàt oè, 嗢噦, âu tiong kan Chhut Siaⁿ. 喉中間出聲。

嗂 iâu, 一ㄠ, hoaⁿ hí khoài Lók, 歡喜快樂, tek ì ê ì sù. 得意的意思。

嗈 ióng, 一ㄛㄥ, ài thò Chhut ê ì sù. 愛吐出的意思。

嗁 Chhioh, ㄑ一ㄜㄏ, Ah á sī Gô͘ t Chiah mih ê Siaⁿ. 鴨或是鵝哟吃物的聲。

造字 借席的偏音而成字。

嗝 keh, ㄍㄝㄏ, keh keh háu, 嗝嗝哮, Chiū sī koe teh háu ê Siaⁿ. 就是雞哟哮的聲。koe Chiáu Phah Phún ê siaⁿ. 雞鳥打奔的聲。

造字 借格的偏音而成字。

嘊 kái, thái, ㄍㄚ一, ㄊㄚ一, kái chhái Chiū sī kiáu Chhá ê ì sù. 嘊踹就是攪吵的意思。thái, Chiū sī hoah Siaⁿ hō͘ Cheng Sīⁿ kiaⁿ, Lâi tsáu khì. 嘊，就是喝聲互精牲驚，來走去。

造字 借豈音來成字。

嘑 hùh, ㄏㄨㄏ, hùh hùh kìo, 嘑嘑叫, Chiū sī hiàm koe ê Siaⁿ. 就是喊雞的聲。iā sī hiàm kôaⁿ ê siaⁿ. 也是喊寒的聲。

造字 借專的偏音而成字

嗙 Phóng, Phōng, ㄆㄛㄥ, ㄆㄛㄥ, Phin Phóng, 諞嗙, Chiū sī khoa kháu Pò hō͘ Lâng ì sù. 就是誇口報互人知的意思。Chiū sī tián Pó, 就是㖒寶, tián Súi. 㖒㨂。
Pōng ㄅㄛㄥ Phōng. 嗙。Phōng Phōng háu, 嗙嗙哮, hî tsûn á 漁船仔 Phōng Phōng háu. 嗙嗙哮。Phōng Phiang mî Phōe tiàm Phah mî Siaⁿ. 嗙咗 棉被店打棉聲。

造字 教會已採用在品嗙。著者造字在Phōng，較為有聲之音響。

嗒 thap, thàp, ㄊㄚㄅ, ㄊㄚㄅ, tsōe oē, 多話, kāu oē, 厚話, O͘ Peh thap oē. 黑白嗒話。tioh iā thap, 着也嗒, m̄ tioh iā thap. 毋着也嗒。

造字 借昜的音而成字。昜有輕浮之意，致以言有輕浮之字義。

轉11 嚷 Chip, Chih, ㄐ一ㄅ, ㄐ一ㄅ, Chip Chit Chhùi, 嚷一嘴, Chhì Chiāh, 試食, Lim kāu Chiú Chip teh, 飲厚酒嚷哟, Lim ioh Chiú Chip Chit ē. 飲藥酒嚷一下。

造字 借執的音來成字，執有取之意。致音意皆備。

轉11 嘦 Chhiāuh, ㄑ一ㄚㄨㄏ, Chhiāuh Chhiāuh kìo, 嘦嘦叫, Chhiāuh chhiāuh háu. 嘦嘦吼。Chhiāuh Chhiāuh Liām. 嘦嘦念。bák Chiu Chhiāuh Chhiāuh nih. 目睭嘦嘦䀹。
Chhiap, ㄑ一ㄚㄅ, 造字 一口少人知，兩口較利害，雜念。借妾的偏音成字。

十一畫

嘗 Siông, ㄒ一ㄛㄥ, Chhì tsu bī, 試滋味, tam bāi, 啪覓, Siông bī. 嘗味。Pêng Siông, 平常, Siông Siông. 嘗嘗。jī Sìn. 字姓。bat an ni. 嘗按呢。

嗻 Chia, ㄐ一ㄚ, jia iám, 遮掩, Gâu kóng oē, 勢講話, Loān Loān kóng. 乱乱講。

嘑 hà, ho, ㄏㄚ, ㄏㄛ, Sút Sút háu, 呲呲哮, Chiāh mih Sút Sút kìo ê Siaⁿ. 吃物呲呲叫的聲。tōa Siaⁿ kìo, 大聲叫。Pūn khùi, 噴氣, Chhut Siaⁿ, 出聲, thó khùi. 吐氣。

嘞 Liáng, Lióng, ㄌ一ㄚㄥ, ㄌ一ㄛㄥ。Saau hoa, 喧嘩, tōa Siaⁿ hoah. 大聲喝。tōa Siaⁿ Liáng. 大聲嘞。Sio mē Lióng kàu tōa Sòe Siaⁿ. 相罵嘞到大小聲。 造字

噓 huⁿha, ㄏㄨ,ㄏㄚ, Chhuì chhut jip ê khì, Pûn khùi。ha, ēng chhùi ha。ha ha chhìo。
嘴出入的氣，吹氣。噓，用嘴噓。噓噓笑。

嘒 hūi ㄏㄨㄟ、 Sòe siaⁿ, kín siaⁿ, hô hô, tsúntsat, sió khóa。hūi hūi, hêng iông siâⁿ siaⁿ。
小聲，緊聲，和和，準節，少許。嘒嘒，形容蟬聲。

嘅 khài, ㄎㄞ、 Sim koaⁿ hoân ló, ut tsut, thó khùi。
心肝煩惱，鬱悴，吐氣。

嘉 ka, ㄍㄚ, bí, súi, bûn lí, khoài lók, o ló。im iông, hô háp。háp hun。
美，媄，文理，快樂，謳咾。陰陽，和合。合婚。

嘏 kó, ká, ㄍㄨˇ,ㄐㄧㄚˇ, tōa, tn̂g, hn̄g, kian kò。hok khì。chiok hok, chiok kó。tōa, hn̄g, ká tāi。ká tn̂g。
大，長，遠，堅固。福氣。祝福，祝嘏。大，遠，嘏大。嘏長。

嘐 hau, kau, lô, ㄏㄠ,ㄍㄠ,ㄌㄠˊ, khoa kháu ê oē, bô iáⁿ ê oē。kiaⁿ ê khoán sit。koe teh háu ê khoán sit。
誇口的話，無影的話。驚的款式。雞啲哮的款式。
koe thî ê siaⁿ im。lô, kóng oē tsōe tsōe。Chiū sī kāu oē ê ì sù。Chin lô。
雞啼的聲音。嘐，講話多多。就是厚話的意思。真嘐。

嘓 kok, ㄍㄨㄛ, siaⁿ soeh, tōa chhiò ê khoán sit, tsúi koe ê siaⁿ kok kok。
聲說，大笑的款式。水蛙的聲嘓嘓。

嘍 lô, ㄌㄡˊ, ut tsut, hoân ló ê khoán sit, chiáu á háu ê siaⁿ。kióng tō ê pō hā liâu lô
鬱悴，煩惱的款式，鳥仔哮的聲。強盜的部下嘍囉

嗷 gô, ngô, ㄠˊ, tsōe tsōe lâng thî kháu ê siaⁿ, iu būn。háu
多多人啼哭的聲，憂悶。哮

嘔 ó, áu, ㄡˇ, thò, áu thò。áu huih, áu hông。khang áu, chiū sī beh thò k thò bô mih。
吐，嘔吐。嘔血，嘔紅。空嘔，就是也吐卻吐無物。

嘌 phiâu, ㄆㄧㄠ, kóaⁿ kín pûn ê khóan sit, siaⁿ soeh。chhia teh kiâⁿ kín bô tsún tsat。
趕緊吹的款式，聲說。車啲行緊無準節。

嗶 pit, pek, ㄅㄧˋ,ㄅㄝˋ, chhùi phang, phang phang。kóng oē, kóng oē bô bêng, kóng bōe liáu。pit ki pò, pò mīa。
嘴香，香香。講話，講話無明，講獪了。嗶吱布，布名。

嗽 sò, sok, sàu, suh, ㄙㄡˋ,ㄙㄨˋ, khì gėk siōng, chhoán, he sàu, khàm sàu。khip khì ê khóan sit。suh, ho khip。
氣逆上，喘，痚嗽，咳嗽。吸氣的款式。嗽，呼吸。
pháiⁿ siaⁿ sàu。suh leng, suh chhân lê, suh lâng ê huih。
歹聲嗽。嗽乳，嗽田螺，嗽人的血。

嗾 só, sò, tsok, tsak, chhoh, ㄙㄡˇ, káu teh pūi ê ì sù。hiàm káu ê sia。tsòk tsòk hiàm káu。
狗啲吠的意思。喊狗的聲。嗾嗾喊狗。
tióh ka tsák, chiū sī chiáh mih chhiong tióh, tì káu sàu, tò ka tsák。chhoh kàn kiāu。
著咳嗾，就是吃物充著，致到嗽，倒咳嗾。嗾姦撟。

嘈 síp, ㄒㄧˊ, thun lún kôaⁿ ê siaⁿ, kôaⁿ khū khū chhùi tio ê siaⁿ。
吞忍寒的聲，寒呃呃嘴跳的聲。

嗿 thám, ㄊㄢˇ, siaⁿ soeh, siaⁿ tsōe tsōe ê khóan sit。
聲說，聲多多的款式。

嘆 thàn, ㄊㄢˋ, sia háp sim ê ì sù。thó khùi, o ló, khan siaⁿ。
聲合心的意思。吐氣，謳咾，牽聲。

嘈 tsô, tsò, tsō, ㄘㄠˊ, soan jióng ê siaⁿ, chhò hī, tsô tsak, lô tsô。tsak tsō, hūi sîn lâng ê tāi chì,
喧嚷的聲，譟耳，嘈雜，嘐嘈。齪嘈，費神人的事誌，
「pháiⁿ sè pháiⁿ sè lâi ka lín tsak tsō」。chiâu tsō, iu būn kan khó sim。
「歹勢歹勢來技您齪嘈」。憔嘈，憂悶艱苦心。

嘖 chek, ㄗㄜˊ, jióng ê siaⁿ, tōa âu kìo, sa chiⁿ kóng oē。chek iû hoân giân, chèng lâng ū oàn giân。
嚷的聲，大呼叫，相爭講話。嘖有煩言，眾人有怨言。

嘑 ho, ㄏㄨ, tōa siaⁿ kìo, pûn khùi chhut siaⁿ, thó khùi。
大聲叫，吹氣出聲，吐氣。

嘸 sek, sih, sih, sihⁿ, ㄒㄧ,ㄒㄧ, sek chiū sī siaⁿ im hiáng liāng ê ì sù。sih sih sut sut, sih sih
噝，就是聲音響亮的意思。噝噝咻咻，噝噝
sì, ㄙˋ, sut sut。chiū sī pì àm hō, hō lâng tsai。sihⁿ sihⁿ soaihⁿ soaihⁿ thoa mih kiāⁿ ê siaⁿ。
咻咻。就是備暗號，互人知。噝噝唰唰拖物件的聲。

嘵 thiàu, ㄊㄧㄠ, saⁿ kìo ín iú ê ì sù。thit thô, hì lāng, ké tsòe。 sì sòa háu
相叫引誘的意思。迌迌，戲弄，假做。 噝疏哮。

噪 tsàu, ㄗㄠˋ, tsōe tsōe lâng ê siaⁿ soeh。
多多人的聲說。

嘞 lē, ㄌㄜ, chhùi tûn sûi lóh ê ì sù。
嘴唇垂落的意思。

嗹 liân, lian, ㄌㄧㄢˊ,ㄌㄧㄢ, tsōe tsōe oē。lô。liu lian, liu lông lian bû só put tâm
多多話。嘍。嘍嗹，嘍浪嗹。無所不談。

嘿 lē, le, lê, ㄌㄝ, háu ê siaⁿ, háu lē lē, lê lê háu。am pō chê háu lê lê。 造字
哮的聲，哮嘿嘿，嘿嘿哮。蝣蜅蠐哮嘿嘿。

嘹 khong, khâm, ㄎㄤ,ㄎㄚㄇ
Chīu sī Lâng teh Sàu ê Sian, khâm Sàu, khâm sàu. Sàu ê ì sù.
就是人咧嗽的聲，嘹嗽，嘹嗽。嗽的意思。

嗚 kiau, ㄍㄧㄠ,
Sian im, Sian Soeh, Siù ê miâ.
聲音，聲說，獸的名。

嗔 ián, ㄧㄢ,
Chīu sī tōa Chhiò ê ì sù.
就是大笑的意思。

嗘 Ái, ha, ㄞ,ㄏㄚ,
Lâng teh Chhiò ê Sian, Chhiò ê khoán Sit.
人咧笑的聲，笑的款式。

嘊 Gâi, ㄞ,
káu ài khòe mih, káu sio kā.
狗要啃物。狗相咬。

嗺 Chek, ㄐㄝ,
Loān Loān kóng. kóng oē bô tsún tsat.
乱乱講。講話無準節。

嗄 khiat, ㄎㄧㄚ,
Chiáu teh háu ê sian. Chhiò Sian
鳥咧哮的聲。笑聲

嘞 Lô, ㄌㄛ,
Sian Seh, Chhut tōa Sian. tsōe tsōe Sian teh tsò. ná Chhin Chhiūn Gak khì.
聲說，出大聲。多多聲咧嘈。那親像樂器。

嗼 Bók, ㄇㄛ,
tiām tiām. khiā tsāi, ka kī iok Sok
恬恬。豎在，像已約束。

啐 Soat, ㄕㄨㄚ,
Lim Chiáh, ūn ūn á chiáh, Chiáh tām Póh.
飲食，緩緩仔吃，吃淡薄。

嘁 tsat, Chheh, ㄗㄚ,ㄑㄝ,
thó khùi, Chhám Chheh, kiàn Siàu ê ì sù.
吐氣，慘嘁，見誚的意思。

嗺 tsôe, tsui, ㄗㄨㄝ,ㄗㄨㄧ,
khui Chhùi, Chhùi tín tāng ê khoán Sit. Chhùi khiap sì
開嘴，嘴振動的款式。嘴猴勢。

嘐 Lok, Lók, Lok kháu, ㄌㄛ,ㄌㄛ
Chīu Sī Lók Chhùi ê ì sù, koàn á Lók hō Chheng khì.
嘐口，就是嘐嘴的意思。罐仔嘐乎清氣。

造字 簡單漱口，或即畧以漱口之意。音借

嘇 toan. ㄉㄨㄢ。
koe nōa tè beh Sin nn̄g khò toan. kok kok koe bú Si nn̄g Seng khò toan. nn̄g toan.
鷄健咧也生卵呼嘇。嘓嘓鷄母生卵先呼嘇。卵嘇。

造字 卵即是蛋，鷄母生卵前必會呼嘓嘓作聲，好像這樣作，
卵即能生出。致以曰呼嘇。嘇屬卵巢也。字義在此。

嘺 khiak, khiák, ㄎㄧㄚ,ㄎㄧㄚ,
khiak khiak kìo, khiak khiak háu. ok khiak khiák. mih kiān ū sî iā oē khiak khiak háu.
嘺嘺叫，嘺嘺哮。惡嘺嘺。物件有時也能嘺嘺哮。
Sút, ㄕㄨ,
khúi khiat. Chiáu teh háu, Gûi hiám.
詭講。鳥咧哮，危險。

嗗 kún, ㄍㄨㄣ,
kún Chhiò, kóng kún Chhiò. kā kā kún. Gâu kún. m̄ thang Gâu kún.
嗗笑，講嗗笑。佼佼嗗。勢嗗。不可勢嗗。

造字 借袞來成字。講笑或是人多話多時，有如水滾，鶩鶩滾
之隱狀，或者是有形或是無形的。本出自鬧熱哄喝之際。

嗿 tam, ㄉㄚㄇ,
Chhì Chiáh, ēng Chhùi Chih kám kak, kiâm Sng khó Siap tin bī.
試食，用嘴舌感覺，鹹酸苦澀甜味。

造字 甜tin即是甘kam，加嘴舌tin的音，合成抽象音嗿也。音
義於是形成嘴舌功能嗿。

噩 kngh, kngh, koh, kòh., ㄍㄥ,ㄍㄥ,ㄍㄛ,ㄍㄛ
khùn ê Sian, hōan ê sian, Sat Pīn ê Sian im, ti kìo ê Sian im.
睏的聲，鼾的聲，塞鼻的聲音，猪叫的聲音。

造字 借岡的偏音來合成兩口，或爲抽像音，兩口爭相出声之意。

10 嗊 Ku, ㄍㄨ,
Sàu ê Pīn, hau Chhoán ê Pīn, he ku, he ku Pin.
嗽的病，痚喘的病，痚痀，嗄嗊病。

十二畫

嘲 tau, tiâu, ㄉㄚㄨ,ㄉㄧㄠ,
ki Chhì, ki tiâu, kún Chhiò. tau Chhiò.
譏刺，譏嘲，嗗笑。嘲笑。

嘺 kiau, ㄍㄧㄠ, 造字
kiau So, Chīu Sī Sái Sō ê ì sù. m̄ tsai. Chhùi bô Chiàn.
嘺唆，就是使唆的意思。不知。嘴無正。

囑 Chiok, ㄓㄨˇ; hoan hù, thok tiōng, kah, mái Chiok, Chiok thok。
吩付，託重，該，買囑，囑託。

嘬 tsōe, Chhok, ㄗㄨㄛ, ㄔㄨㄛ; hô Sîn báng á, tsōe tsōe Saⁿ kap tsam。tōa Chhùi Chiáh, khòe, Giat, Suh。Sip, Sip
蚊蠅蚊仔，多多相與踏。大嘴吃，嚙，嚼，嗽。嘬，嘬

嗥 hô, ㄏㄠˊ; iá Siù háu ê Siaⁿ。Lông hô。tōa kháu ê siaⁿ。Sip Sio chiú, ke kiám Sip, Sip Sip á Lim。
野獸吼的聲。狼嗥。大哭的聲。嘬燒酒，加減嘬，嘬嘬仔飲。

嘻 hi, ㄒㄧ; un hô khoài Lók ê Siaⁿ, hi hi Chhiò。hi Chhiò, hoan Chhiò。
溫和快樂的聲，嘻嘻笑。嘻笑，歡笑。

噏 hip, ㄒㄧˋ; Suh, ín, iā kap Chit jī 吸 sio Siāng。
嗽，引，也與這字 吸 相同。

嘩 hoa, hā, ㄏㄨㄚ, ㄏㄨㄚˊ, khôa。ㄎㄨㄚ。bô sok Chēng, hi hoa, Chhò hī。hā hā kún, Soan hoa ê Siaⁿ, khòa khòa kìo。
無肅靜，虛嘩，譟耳。嘩嘩滾，喧嘩的聲，嘩嘩叫。

嘵 hiau, ㄒㄧㄠ; kiaⁿ ê Siaⁿ, Liām kan khó ê siaⁿ。
行的聲，念艱苦的聲。

器 khì, ㄑㄧˋ; tóe mih ê ke Si。tō Liōng, tsâi tiāu, kùi tiōng, khì khū。tsâi khì, khì tiōng, bêng khì。
貯物的傢私。肚量，才料，貴重，器具。才器，器重，名器。

嘹 Lîau, Ló, ㄌㄧㄠˊ, ㄌㄠˊ; Lo, Lu Lō。háu, bêng, tân, ê Siaⁿ, Liâu Liang。Liâu Lē。tàu Chhut Lát Poaⁿ mih kiaⁿ
ㄌㄠˊ, ㄌㄜ, ㄌㄨˋ, ㄌㄛ。哮，鳴，彈，的聲，嘹喨。嘹唳。抖出力搬物件
hāiⁿ Ló Sō。ah bú Chhùi bóng Lo, ah chiáh mih ēng Lo。Lo Chîⁿ Lo mih ke kiám Lo。
哷嘹譟。鴨母嘴莽嘹，鴨吃物用嘹。嘹錢 嘹物加減嘹。
hāiⁿ Lō Sō, hoah Siaⁿ tàu Chhut Lát。ah bú Chhùi bóng Lo, jū ū bô Lóng hó ê ì sù。
哷嘹譟，喝聲抖出力。鴨母嘴莽嘹，喻有無攏好的意思。

嘪 mái, ㄇㄞˇ; Chiū Sī iûⁿ teh háu ê Siaⁿ。
就是羊哷哮的聲。

嚀 Lêng, ㄋㄧㄥˊ; teng Lêng, Chiū Sī hoan hù, tsài saⁿ hoan hù ê ì sù。bēng Lēng, kah, Chhe Kah。
叮嚀，就是吩付，再三吩付的意思。命令，該，差該。

嗄 Sà, ㄕㄚˋ; Sau Siaⁿ, Chhin Chhiūⁿ Lâng kú kú teh kìo, kóng oē, tì kàu bô Siaⁿ。
啼聲，親像人久久哷叫，講話，致到無聲。

嘿 bek, bók, heh, héh, ㄇㄛˋ, ㄏㄟ; O sek, mî sî, tiām tiām, ún bat。Sàm Su, bô Peng an。heh tsái iūⁿ, heh m̄ thang。
黑色，瞑時，恬恬，隱密。三思，無平安。嘿怎樣，嘿毋可。

嚩 hoan, hoân, Phn̄g, Phn̄g, Phngh, ㄈㄢ, ㄈㄢˊ; Chiū Sī Siaⁿ, Siaⁿ Seh。Phng Phng háu, Phng Phng kìo。Phāiⁿ sèng tē teh
就是聲，聲說。嚩嚩哮，嚩嚩叫。歹性地哷
ok Lâng ê Siaⁿ, Siā Chìⁿ Chìⁿ mn̂g teh Pe ê Siaⁿ。tiān hong ê siaⁿ。bák kiàⁿ tsôa, Png Sî Chhèng beh kā
惡人的聲，射箭箭毛哷飛的聲。電風的聲。目鏡蛇（飯匙銃）也咬
Lang ê sî tian ui ê siaⁿ, Phngh Phngh kìo。
人的時振威的聲，嚩嚩叫。

嘶 Su, Siⁿ, ㄙ, ㄒㄧ; Phah eh, Siaⁿ Phòa, Su à。tōa Siaⁿ。bé teh háu ê Siaⁿ。Siⁿ Siⁿ Soaihⁿ Soaihⁿ mih kiaⁿ ê Siaⁿ。
打呃，聲破，嘶啞。大聲。馬哷哮的聲。嘶嘶冊冊物件的聲。

嘯 Siàu, ㄒㄧㄠˋ; Pûn Chhe ê Siaⁿ, Pûn Pi á, háu khang Siaⁿ。hó Siàu, hoat Chhut hông oán ê Siaⁿ im。
吹嗜的聲，吹笛仔，哮空聲。虎嘯，發出宏遠的聲音。

噀 sùn, ㄒㄩㄣˋ; kâm tsúi bū chhut ê ì sù。bū tsúi。
含水噴出的意思。噴水。

噉 hám, kám, tám, kàⁿ, ㄏㄢˇ, ㄍㄢˇ, ㄉㄢˇ, ㄍㄢˋ; tōa Chhùi Chiáh, Pō Chiáh, thun Lóh khì。thun Lóh khì ê khóan。Chhì Chiáh。
大嘴吃，哺吃，吞落去。吞落去的款。試吃。
ín iú。Loān kàⁿ kàⁿ, Chin Loān ê ì sù。
引誘。乱噉噉，真乱的意思。

嘽 than, ㄊㄢ; Chhoán khùi, tsōe tsōe hoaⁿ hí。
喘氣，多多歡喜。

噋 tun, thun, ㄉㄨㄣ, ㄊㄨㄣ。Chhùi thò chhut ê khì。Chhia háu ê Siaⁿ, tāng bān bān ê khóan sit。tsōe tsōe Siaⁿ。
嘴吐出的氣。車哮的聲，重慢慢的款式。多多聲。

噆 Chhám, tsám, ㄘㄢˇ, ㄗㄢˇ。mih kâm tī Chhùi Lāi, kā tiāu, kâm tún。
物含佇嘴內，咬牢，含唇。

噌 Cheng, ㄘㄥ; koe Chhī tsōe tsōe Lâng ê Siaⁿ。hōa hōa háu, tōa Liōng ê ì sù。
街市多多人的聲。嘩嘩哮。大量的意思。

嘴 tsúi, Chhùi, Sui, ㄗㄨㄟˇ, ㄘㄨㄟˇ, ㄙㄨㄟˇ; tōng bu̍t Chiáh mih ê khì koan。Lâng ê Chhùi, Chiáu ê Chhùi。Ô Sui, tê koàn Sui, tê kó Sui。
動物吃物的器官。人的嘴，鳥的嘴。壺嘴，茶罐嘴，茶砧嘴。

噂 tsún, ㄗㄨㄣˇ; Chiū Sī tsū Chip tsòe hóe kóng oē ê ì sù。
就是聚集作伙講話的意思。

噎 it, ㄧㄝ; nâ aû that, Phah eh。
咽喉塞，打呃。

噁 ò, ok, ò͘, ò͘ⁿ. Siū khì, bô hoaⁿ hí ê khoán sit. ok Chiáu á ê Siaⁿ. kap ò͘ⁿ, ò͘ⁿ ò͘ⁿ kiò.
ㄜˋ,ㄜ˙,ㄜˇ,ㄜ˙。 怒氣，無歡喜的款式。噁，鳥仔的聲。与人噁，噁噁叫。

噔 ut, nâ âu lāi teh háu ê Siaⁿ. Gû teh háu ê Siaⁿ.
ㄨㄊ, 咽喉內哟哮的聲。牛哟哮的聲。

噍 Chiāu, Chiâu, kín kín, Chhiⁿ hiong. Chiāu Chiap Chiap háu ê Siaⁿ. kā, khōe, Pō, Chiah.
ㄐㄧㄠˋ,ㄐㄧㄠˊ, 緊緊，生雄。鳥捷捷哮的聲。咬，嚙，哺，吃。

噘 Phoat, Phòa, Lām Sám kóng oē. Lâng teh kóng oē ê ì sù. Chhàu jio Phòa, Chiū sī Chhàu jio bī ê ì sù.
ㄆㄨㄚㄊ,ㄆㄨㄚˋ, 濫滲講話。人的講話的意思。臭尿噘，就是臭尿味的意思。

嘰 ki, kí, Sió khóa Chiah. hoân Ló. Siaⁿ tín tāng. Chhùi khiap Sì. kí kí kiauh kiauh chiáu á ê Siaⁿ.
ㄍㄧ,ㄍㄧˊ, 少許吃。煩惱。聲振動。嘴掛勢。嘰嘰嘺嘺，鳥仔的聲。

嘼 thiok, Cheng Siⁿ tiok Siⁿ. kap Siāng khoán.
ㄊㄧㄛㄏ, 精牲，畜生。与畜同款。

嚄 hék, Chhut tōa Siaⁿ kiò Lâng ê ì sù.
ㄏㄝㄏ, 出大聲叫人的意思。

噙 khîm, khîⁿ, ēng Chhùi kā mih. Chhin Chhiūⁿ Chiáu á, thong Chhiū ki. khîm tiâu, ēng Chhùi khîⁿ tiâu.
ㄎㄧㄇˊ,ㄎㄧⁿˊ, 用嘴咬物，親像鳥仔，噙樹枝。噙牢，用嘴噙牢。

噘 khoat, Lâng Siū khì Chhùi tún tín tāng ê ì sù. bih Chhùi.
ㄎㄨㄚㄊ, 人怒氣嘴唇振動的意思。抿嘴。

噈 Chhiok, chim Chhùi, Chhùi teh tsap ê Siaⁿ. Suh jip ê ì sù.
ㄑㄧㄛㄏ, 唆嘴，嘴哟嘬的聲。嗽入的意思。

嚃 tah, tap, tiap, khah tap á kú á, Sió tán chit ē ê ì sù. Chiū sī khah thêng tiap á kú ê ì sù.
ㄉㄚㄏ,ㄉㄚㄆ,ㄉㄧㄚㄆ, 較嚃仔久仔，少等一下的意思。就是較停嚃仔久的意思。

造字 借音貼的偏音。少許的含意。

嗒 tah, oē thâu Gú ê jī. Chhin Chhiūⁿ tah, tah Lâi, tah Lâi khòaⁿ.
ㄉㄚㄏ, 話頭語的字。親像，嗒，嗒來，嗒來看。

造字 借音荅的偏音。

嘺 kiauh, kiàuh, Siaⁿ im, Siaⁿ Seh. kiauh kiauh jiòng. kiauh kiauh háu. kí kí kiauh kiauh.
ㄍㄧㄠㄏ,ㄍㄧㄠˋㄏ, 聲音，聲説。嘺嘺嚷。嘺嘺哮。嘰嘰嘺嘺。

造字 借喬的偏音來成字。

噋 thóng, koe Chiáu thóng thâng bī. koe Chiáu Chiam Chhùi, Chhú Sit ēng thóng ê.
ㄊㄛㄥˊ, 鷄鳥噋虫米。鷄鳥尖嘴，取食用噋的。

造字 借統音來合成字

嘟 tu, tsn̄g Siaⁿ jī. hu tu, Sáu kak ê Siaⁿ, hō thâu ê ì sù. Lat Pa ê Siaⁿ.
ㄉㄨ, 狀聲字。咻嘟，哨角的聲，號頭的意思。喇叭的聲。

造字 借都的偏音來合成字。

嘸 bú, tsō Gú sû. Chhī bú Chhī Chhū, hī Piⁿ oē, Sòe Siaⁿ oē ê hêng iông.
ㄅㄨˊ, 助語詞。吱嘸吱嘬，耳邊話，細聲話的形容。

造字 借無的音來成字。

嗷 aⁿ, âⁿ, aⁿ aⁿ hau. i i aⁿ aⁿ. kî koāi ê Siaⁿ, khui mn̂g ê Siaⁿ. Gû háu ê Siaⁿ âⁿ âⁿ.
ㄚⁿ,ㄚⁿˊ, 嗷嗷哮。咿咿嗷嗷。奇怪的聲，開門的聲。牛哮的聲，嗷嗷。

十三畫

嚨 iong, Chiáu ê Siaⁿ, Gák khì ê Siaⁿ. Saⁿ hô ê Siaⁿ.
ㄧㄛㄥ, 鳥的聲，樂器的聲，相和的聲

噸 tùn, Sn̂g tsûn Só tsāi mih kiāⁿ ê khin tāng. kok tùn Sī 40 Li̍p hong Eng Chhioh.
ㄉㄨㄣˋ, 算船所載物件的輕重：國噸是四十立方英尺

噫 jiá, Sim Loān. kek khì, Saⁿ keh, kiau Chhá, kan kûi, jiá Siū khì. jiá Sū.
ㄖㄧㄚˊ, 心乱。激氣，相逆，攪吵，奸詭，惹怒氣。噫事。

噆 tsoat, Chiū Sī Chhùi Lāi Kâm Chiah mih móa móa ê ì sù.
ㄗㄨㄚㄊ, 就是嘴內含食物滿滿的意思。

噣 tìu, tò, tok, Chiáu á ēng Chhùi teh mih, bāng tang tìu ka tsáu. tò, Chiáu á ēng Chhùi teh Chhek.
ㄉㄧㄨ,ㄉㄛˋ,ㄉㄛㄏ, 鳥仔用嘴啄物，網鵫噣狡蚤。噣，鳥仔用嘴啄粟。
tok thâng thōa. kap jī Siāng khoán.
噣虫蛆。与啄字同款。

十三畫 嘵 nauh, nauh nauh kóng tit tit kóng ê ì sù. nauh nauh chiah, tit tit chiah ê ì sù. 造字
ㄋㄚㄨㄏ, 嘵嘵講，直直講的意思。嘵嘵食，直直食的意思。

噫 i, ì, eh, ihⁿ ㄧ,ㄧˋ,ㄝㄏ,ㄧㄏ, Siong sim 傷心, kan khó 艱苦, oàn hūn thó khùi ê siaⁿ 怨恨吐氣的聲。thìa hūn ê siaⁿ 痛恨的聲。Phah eh 打噎, Phah chhiah sng 打側酸
eh 噎, eh chhiah sng 噎側酸, khó eh 苦噎。ihⁿ ihⁿ oaihⁿ oaihⁿ 噫噫闔闔, mih sio khoeh ê siaⁿ 物相夾的聲。

器 khì ㄎㄧˋ, tóe mih ê ke si 貯物的傢私, khì khū 器具。tō liōng, khì tō 肚量, 器度。tsâi tiau, tsâi khì 才料, 才器。iōng khū, khì bēng 用具, 器皿。khì tiōng 器重。

噭 kiàu, khiàu, khàuh ㄍㄧㄠˋ,ㄎㄧㄠˋ,ㄎㄠㄏˋ, khîm siù háu ê siaⁿ 禽獸哮的聲, chhim chhim ê siaⁿ 深深的聲。kiò 叫。âu kiò ê siaⁿ 呼叫的聲。khàuh khàuh pùi 噭噭吠, khàuh khàuh thî 噭噭啼。

噤 kìm, hām, hìm ㄍㄧㄇˋ,ㄏㄚㄇ,ㄏㄧㄇˋ, Chhùi bô khui, m̄ chhut siaⁿ 嘴無開, 毋出聲。hām mām 噤噤, hām chhùi 噤嘴。Chhùi hìm hìm 嘴噤噤, bô ài kóng oē 無愛講話。

噲 kòe ㄍㄨㄝˋ, nâ âu 嚨喉, Pa lun thun 巴圇吞, sóng khoài thun lóh nâ âu 爽快吞落嚨喉。kòe jiân 噲然, thiòng khoài 暢快。khoài khoài 快快。hē hē chhan 噲噲孱

噯 ài, âi, aihⁿ ㄞˋ,ㄞ,ㄞㄏ, bô hoaⁿ hí in ê siaⁿ 無歡喜應的聲。kî koài á sī hoân ló ê siaⁿ 奇怪或是煩惱的聲。ài à 噯呵。âi ioh 噯喲。ài ô 噯噢。
aihⁿ 噯, m̄ kam goān ê siaⁿ 毋甘願的聲。Chhin chhiūⁿ iⁿ iⁿ aihⁿ aihⁿ 親像咿咿噯噯。

噩 Gók ㄍㄛㄎ, Giâm kín ê khóan sit 嚴謹的款式。kiaⁿ hiaⁿ 驚惶。Gók bāng 噩夢。Phaiⁿ siau sit, Gók hóⁿ 歹消息, 噩耗。Put kiat siông 不吉祥。

噴 Phùn, bū ㄆㄨㄣˋ,ㄅㄨ, Pùn, Phuh ㄅㄨㄣˋ,ㄆㄨㄏ, thó khì 吐氣, Phah ka chhiùⁿ 打咬嗆, Phùn chhut 噴出。Phùn tsúi 噴水。bū tsúi tī chhài hn̂g 噴水佇菜園。ēng chhùi pùn hong 用嘴噴風。
Pûn khùi 噴氣。Pûn khì kiû 噴氣球。Phuh ioh hún 噴藥粉, Phuh nâ âu ê ioh hún 噴嚨喉的藥粉。

噬 Sē ㄕㄝ, kā, tok 咬, 啄, ae 嚙, chiáh 吃, iu būn 憂悶。

噢 hiok, ú ㄏㄧㄛㄎ,ㄨˋ, Âⁿ, ô ㄚ,ㄛ, Pi siong ê ì sù 悲傷的意思, Phòa pīⁿ chhan ê siaⁿ 破病孱的聲。ú 噢, chhan ê siaⁿ 孱的聲。ô 噢, thiàⁿ hoân ló ê siaⁿ sit 痛煩惱的聲

噦 oat, òe ㄨㄚㄊ,ㄨㄝ, khì gèk siong 氣逆上, Phah eh 打呃。khó eh 呼呃。oè 噦, chiàu ê siaⁿ 鳥的聲, chhia siaⁿ 車聲。tsun tsat kiâⁿ 準節行, kng bêng ê khóan 光明的款式

噠 tat, tát ㄉㄚㄊ,ㄉㄚㄊ, Sai pêng hoan kok ê miâ 西平番國的名。Giân gú bô chiàⁿ 言語無正。tát tát bé tê siaⁿ 噠噠馬蹄聲。

嚇 hia ㄏㄧㄚ, Chhoán khùi ê siaⁿ 喘氣的聲。

噟 èng, ìn ㄝㄥ,ㄧㄣ, Chiū sī ìn lâng ê oē ê ì sù 就是應人的話的意思。

噠 Chho ㄘㄛ, Chiū sī hoah lâng ê ì sù 就是喝人的意思。hoah hiàm ê siaⁿ 喝喊的聲。

嗬 hà ㄏㄚ, Chhiò, tōa siaⁿ, tōa chhiò, chek pī, siū khì 笑, 大聲, 大笑, 責備, 發氣。

噭 kiàu, khiàu ㄍㄧㄠˋ,ㄎㄧㄠˋ, bô an ún 無安隱, bōe an jiân 勿會安然。khiàu, kóaiⁿ kóaiⁿ ê ì sù 噭, 寡寡的意思, khiàu khiàu 噭噭。

噱 kiók ㄍㄧㄛㄎ, tōa chhiò, chhiò bô soah, chhiò ê siaⁿ 大笑, 笑無息, 笑的聲。

嘓 ko ㄍㄛ, Gín á saⁿ in tap ê siaⁿ 囝仔相應答的聲。

嚧 Lô ㄌㄛ, Gô kok lâng kho· ti ê siaⁿ 吳國人呼豬的聲。

噥 Lông ㄌㄨㄥ, kóng oē bô tiong iong 講話無中用, hó chiáh 好吃。kóng oē bô bêng láng 講話無明朗。Lông lông, khin siaⁿ kóng oē ê khóan 噥噥, 輕聲講話的款。

噪 Chhò, Sò ㄘㄛ,ㄙㄛ, thâng thōa ê siaⁿ 虫蛇的聲, ho· kiò 呼叫。tsōe tsōe chiáu ê siaⁿ 多多鳥的聲。Chhò hīⁿ 噪耳, kiáu jiáu 攪擾, sò siaⁿ 噪聲, sò im 噪音。

噞 Giám, Giâm ㄍㄧㄚㄇ,ㄍㄧㄚㄇ, hî chhùi téng bīn chhut hiān 魚嘴頂面出現。hî chhùi khui háp ê khóan sit 魚嘴開合的款式。

噳 Gú ㄍㄨ, kui kûn lók tsòe hóe tsū chīn ê khóan 歸群鹿做伙聚集的款。Chhiò ê khóan sit 笑的款式。

嘰 Chhih ㄑㄧㄏ, Chhih chhih háu 嘰嘰哮, chhih chhih kiò 嘰嘰叫, háu ê siaⁿ 哮的聲。

造字 借戟的偏音來成字。

嚎 ho ㄏㄛ, ho ho 嚎嚎, ho lô sō 嚎囉唆, hoah ho tàu chhut lat 喝嚎鬥出力。hoah ho chit ē 喝嚎一下。

造字 借號的音來成字，親像大家同齊喝號令出力。

嘽	tân，ㄉㄢˊ，	Siaⁿ im，Chhut Siaⁿ，tân tsúi Lê，tân Lûi，kèng tek teh tân。 聲音，出聲，嘽水螺，嘽雷，警笛哟嘽。
	造字	單与吹的合成。單是借音。吹出聲音。將它抽象成字。
𠯗	hiàn，ㄏㄧㄢˋ，	Chiáu hiàn。ka tsoàh hiàn。iûⁿ á hiàn。Chhâu ah hêng á hiàn。Chhâu Chhùi hiàn。 鳥𠯗。狡蠘𠯗。羊仔𠯗。臭鴨雄仔𠯗。臭嘴𠯗。
	造字	借獻字的音來成字

十四畫

嗿	hâm，ㄏㄚˊ，	Chhùi Lāi hâm，Chhùi kā mih，be kā kiuⁿ。 嘴內嗿，嘴咬物，馬咬韁。
嚇	hek，hà，hā，hiahⁿ，hénⁿ，hehⁿ，ㄏㄝㄎ，ㄏㄚˋ，ㄏㄚ，ㄏㄧㄚ，ㄏㄝˊ，ㄏㄝ	hek，hénⁿ，hehⁿ。khióng hek，ēng ui Lek hō Lâng kiaⁿ，hehⁿ kiaⁿ， 嚇，嚇，嚇。恐嚇，用威力征人驚，嚇驚， hánghehⁿ，Saⁿ heh。「hénⁿ heh」tsó Chí Pat Lâng ê oē。Chhiò ê Siaⁿ，hà hà Chhiò。Hā Sau。 哄嚇，相嚇。「嚇嚇」阻止別人的話。笑的聲，嚇嚇笑。嚇𥕞。
嚄	Gōa，hèk，kàh，ㄫㄨㄚ，ㄏㄝㄎ，ㄍㄚㄏ，	tsōe tsōe oē，kiaⁿ hiâⁿ ê khóan Sit。Sit Siaⁿ。Gông Giàh。 多多話，驚惶的款式。失聲。叩愣。
嚅	jû，ㄖㄨˊ，	tsōe tsōe oē，Chhùi te beh kóng ê ì sù。iok Giân jiu Chí ê khóan Sit。 多多話，嘴哟乜講的意思。欲言又止的款式。
嚀	Lêng，ㄌㄧㄥˊ，	kap 嚀 Siāng khóan。teng Lêng，Chiū Sī hoân hù，tsāi Saⁿ hoân hù，bēng Lēng，Chhe kah。 与 嚀 同款。叮嚀，就是吩付，再三吩付，命令，差詨。
嚭	Phí，ㄆㄧˇ，	khui khoah，khoah tōa ê ì sù。Lâng ê miâ，Gô thài tsāi Phí。 開濶，濶大的意思。人的名，吳太宰嚭。
嚎	tâi，thái，ㄉㄞˊ，ㄊㄞˊ，	kóng oē bô soah，oē tsōe tsōe m̄ tióh 講話無息，話多多毋着的
嚌	Chê，kai，tsai，ㄐㄝ，ㄍㄞ，ㄗㄞ，	Chhì Chiàh，Chip teh，ēng mih hō Chhùi tun tâm。 試吃，嚌哟，用物征嘴唇餤。
嚘	ut，ㄨㄊ，	nâ âu Lāi teh hau ê Siaⁿ 咽喉內哟哮的聲
嚉	tùt，ㄉㄨㄊ，	Saⁿ kap kóng oē，hoàh ê Siaⁿ，kiaⁿ kì koài ê Siaⁿ。 相啞講話，喝的聲，驚奇怪的聲。
嚔	Sit，ㄒㄧㄊ，	Sok Chēng。Chhim Chhim oh tit khòa kìⁿ ê ì sù。Só tsāi miâ，Sit Lek Pho，Sin ka Pho。 肅靜。深深艱得看見的意思。所在名，嚔叻坡，新加坡。
嚊	hì，Pī，ㄏㄧ，ㄅㄧ，	Phī teh Chhoán khùi ê Siaⁿ kap Chit jī 呬 Sio Siāng。Pī，hōaⁿ hōaⁿ háu。 鼻哟喘氣的聲。与這字 呬 相同。嚊，鼾鼾哮。
嚆	hau，ㄏㄠ，	kìo，khòa kháu，Phòng hong，kóng tōa Siaⁿ oē。hau Siâu，kóng bô Sit tsāi ê oē。 叫，誇口，膨風，講大聲話。嚆削，講無實在的話。
嚎	hô，hoⁿ，ㄏㄛˊ，	iá Siù teh háu ê Siaⁿ，káu Loān Loān Pūi ê ì sù。tōa Siaⁿ âu kìo。hoⁿ hoⁿ kìo。 野獸哟吼的聲。狗乱乱吠的意思。大聲呼叫。嚎嚎叫。
嚃	tap，thap，ㄉㄚㄆ，ㄊㄚㄆ，	Chiū Sī Chiàh mih，Pō Chhài Lāi thun Lóh khì ê ì sù。 就是吃物，哺菜來吞落去的意思。
嚁	Chip，ㄐㄧㄆ，	hau ê ì sù，hau ê Siaⁿ。 哮的意思，哮的聲。
√ 啣	hâm，ㄏㄚˊ，	Chhùi kā mih，bé kā kiuⁿ，Chhùi Lāi kâm mih，hâm teh。 嘴咬物，馬咬韁，嘴內含物，啣哟。

十五畫

嚜	bék，bī，ㄅㄝㄎ，ㄅㄧ，	kóng m̄ tióh ê oē，tiàm hō ê miâ。bák thâu。Chí tiám。 講毋着的話，店號的名。嚜頭。指點。
補 chhiù 嚏	thì，Chhiùⁿ，ㄊㄧ，ㄑㄧㄨ，	Sngh，Chhngh，Phùn thì，Phah ka Chhiùⁿ，Phīⁿ khang ngiau chhùi hut jiân chhut siaⁿ ê ì sù。 𪖐，擤，噴嚏，打咳嚏，鼻孔蟯嘴忽然出聲的意思。
嚖	Chek，ㄐㄝㄎ，	niáu Chhú á teh hau ê Siaⁿ。thâng teh hau ê Siaⁿ。 貓鼠仔哟哮的聲。虫哟哮的聲。
嚙	Giat，Chhit，khòe，ㄫㄧㄚㄊ，ㄑㄧㄊ，ㄎㄨㄝ，	khòe，Pō，ēng Chhùi khí kā。kā Gê。kap 齧 Siāng khóan。ū Lâng thak ngáu。 嚙，哺，用嘴齒咬。嚙牙。与 嚙 同款。有人讀 嚙。 Chhit，mauhⁿ Chhit，Chiū Sī hiau Phiàn thun Chiàh Lâng ê ì sù。 嚙，冒嚙，就是梟騙吞食人的意思。
嚪	Chhngh，Chhngh，ㄑㄥ，ㄑㄥ，	Siong hong kám mō tsát Phīⁿ，chhngh chhngh kìo。chhngh chhngh kìo， 傷風感冒窒鼻，嚪嚪叫，嚪嚪叫，
	造字	

嚚	Gûn, ㄫㄨㄣˊ	kúi hā Lâng Sáⁿ kap oē ê siaⁿ. kóng bô iáⁿ ê Oē. Gû Chhún. hū bân bú Gûn. 幾若人相与講話的聲。講無影的話。愚蠢。父頑母嚚。
嚦	Lē, ㄌㄧˋ	Chiū sī Giâm béng ê siaⁿ. 就是嚴猛的聲。
嚞	tiat, ㄉㄧㄚㄊ	ū tì hūi, Chhong bêng, bêng tiat. 有智慧，聰明，明喆。
嚕	Lūn, ㄌㄨㄣˋ	Chhùi chih tńg, sòa chhut siaⁿ ê ì sù. 嘴舌轉，續出聲的意思。
嚊	kiau, ㄍㄧㄠ	Siaⁿ im, Siaⁿ Soeh. Siù ê mîa. 聲音，聲說。獸的名。
嚽	Chhoat, ㄔㄨㄚㄊ	Chiū sī Chhùi oai, bô sì chiàⁿ ê ì sù. 就是嘴歪，無四正的意思。
嚽	hiân, ㄏㄧㄢˊ	Oh tit. Siaⁿ Soeh, ngī, kong kiông, Gûi hiám. 艱得。聲說，硬，剛強，危險。
嗽	Sok, Sù, ㄙㄡˋ, ㄙㄨˋ	Chiū sī Lâng teh hiàm káu ê siaⁿ, Sù Sù. 就是人咧喊狗的聲，嗽嗽。
嚘	iu, ㄧㄡ	kóng oē bōe tiāⁿ tio̍h ê khóan. thò khùi, khì G. 講話𣍐定着的款。吐氣，氣逆上
嘔	Aūⁿ, Aûⁿ, Aūⁿ, ㄧㄡˇ, ㄧㄡˋ, ㄧㄡˇ	auⁿ auⁿ háu, Gín á teh háu, á sī káu teh háu ê siaⁿ. Pûn aūⁿ u, Pûn Gû kak kó. 嘔嘔哮，囝仔咧哮，或是狗咧哮的聲。吹嘔吁，吹牛角鼓。
嚕	Lo, Ló, ㄌㄛ, ㄌㄛˊ	khang Lo so, Chiū sī bô mih tī teh, bô pòaⁿ hāng ê ì sù. 空嚕挼，就是無物佇咧，無半項的意思。
嚒	hāⁿ, hāⁿ, ㄏㄚ, ㄏㄚ	hāⁿ ah, hāⁿ, Sím mih. Chiū sī mn̄g Lí kóng Sím mih ê ì sù. in Lâng ê siaⁿ, "hāⁿ" 嚒唉，嚒，甚麼。就是問你講甚麼的意思。應人的聲，"嚒"。 bô Lâng tī teh, khui hāⁿ hāⁿ. m̄ tsai tāi chì, tōa chhùi khui hāⁿ hāⁿ. 無人佇咧，開嚒嚒。毋知代誌，大嘴開嚒嚒。
	造字	借懸的音來成字。有虛懸的意思。
	造字	借魯的偏音來成字助語詞。
	造字	借歐的偏音來成字狀形字。
嚸	Phngh, ㄆㄥˊ	Phngh, Siū khì mē Lâng. tāi chì tsòe m̄ tio̍h, hō Lâng Phngh. 嚸，怒氣罵人。代誌做毋着，被人嚸。 造字

十六畫

嚫	Chhìn ㄔㄧㄣˋ	Si chè, Siúⁿ sù hō Lâng mih. 施濟，賞賜与人物。
嚮	hiòng, hiàng, ㄏㄧㄥˋ, ㄏㄧㄤˋ	Siaⁿ tân, im ūn, im tap, Siaⁿ im, iáⁿ chiah, Phû Phiò, hiáng Liāng, éng hiòng. 聲歎，音韻，應答，聲音，影蹟，浮剽，响亮，影响。
嚨	Liông, Lông, nâ, Lang, ㄌㄧㄥˊ, ㄌㄨㄥˊ, ㄋㄚˊ, ㄌㄤ	Chiū sī nâ aû, nâ aû, hō Long. thun mih ê só tsāi. hoah Lê Lang, Long, 就是嚨喉，嚨喉，喉嚨。吞物的所在。喝唎嚨，嚨。 Chiū sī Chiong mih hoah Lâi kio Lâng bé. hoah Lin Long bē tsap Sè. 就是將物喝來叫人買。喝鈴瓏賣雜貨。
嚬	Pîn, ㄅㄧㄣ	Pîn bāi ê khóan sit, Chhiò ê khóan, Chhiò Sio khòa tín tāng. 嚬眉的款式，笑的款，笑相看振動。
嚥	ian, iàn, ㄧㄢ, ㄧㄢˋ	iat, nâ aû chiáh mih teh thun mih ê só tsāi. thun chiáh ê ì sù, thun Loh khì. ㄧㄝ，咽喉吃物咧吞物的所在。吞吃的意思，吞落去。
	nâ, ㄋㄚˊ	iat nâ aû bōe thun mih, sī nâ aû that teh. nâ âu 嚥，咽喉𣍐吞物，是咽喉塞咧。嚥喉。
嚭	Phí, ㄆㄧˇ	khoah tōa, khui khoah ê ì sù. Chhun Chhiu sî ê Lâng mîa, Pek Phí. 濶大，開濶的意思。春秋時的人名，伯嚭。
嚛	hu, ha ㄏㄨ, ㄏㄚ	Chhùi chhut jip ê khì. Pûn khùi, êng chhùi ha, kú chiàn. 嘴出入的氣。噴氣，用嘴嚛，舉薦。
嚦	Lek, ㄌㄧㄝˋ	Chiū sī kóng oē ê siaⁿ Soeh. 就是講話的聲說。
嚧	Lô, ㄌㄛˊ	kho ti ê siaⁿ. Chhiò ê ì sù. 呼豬的聲。笑的意思。
嚳	oh ㄛㄏ	ke pô Gâu oh oē, thia chit kù oh nñg kù. kā Lâng oh Phái oē. 雞婆賢嚳話，聽一句，嚳兩句。給人嚳歹話。
嚎 (補 15畫)	hoⁿ, hô, ㄏㄛ, ㄏㄛˊ	hoⁿ hoⁿ háu hoⁿ hoⁿ kiò. khùn kàu hoⁿ hoⁿ kiò. tōa Siaⁿ hô. 嚎嚎吼。嚎嚎叫。睏到嚎嚎叫。大聲嚎。 造字

造字 借學的白話音oh來成字。將甲的話講往乙的聽,变成搬弄的話。

礐 hak, ㄏㄚㄎ, Sái hak, chiū sī ù ùe ê sò tsāi, hiān sî ê Chhek só。
屎礐,就是汚穢的所在,現時的厠所。

造字 借學的白話音oh來成字。

十七畫

嚱 hi, hī, ㄏ一,ㄏ一, ēng chhùi lâi ha ê ì sù。
用嘴來吅的意思。

嚷 jióng, ㄖ一ㄤ, Chháu Chháu jióng, tōa sian kiáu jiáu ê ì sù。
吵吵嚷,大聲擾擾的意思。

嚳 khok, ㄎㄛㄎ, kín kín kā Lâng kóng, Siōng kó ê hông tè, ko sin sī。
緊緊給人講。上古的皇帝名,高辛氏。

嚻 Lân, ㄌㄢ, kóng oē bōe tháu, Lām sām kóng oē。
講話𫢗透,濫摻講話。

嚴 Giâm, ㄫ一ㄚㄇ, kà sī, bēng Lēng, kín kip, kiong kèng, tián ui。toan chiàn。kèng kài, Giâm kín, ui Giâm。
教示,命令,緊急,恭敬,展威。端正。警戒,嚴謹,威嚴。

嚶 eng, en, in, īn, in, ㄝㄥ,ㄝ,一,一,一, Chiáu háu ê sian, ìn á háu ê sian。o͘ in, o͘ in khùn ìn in háu, háu ê sian。
鳥哮的聲,嬰仔哮的聲。呣嚶,呣嚶睏。嚶嚶哮,哮的聲。
ēn, ㄝ, ìn ìn háu, Lâng sī háu ê sian im。ìn oaihn, ìn aihn, sio ngēh tín tāng ê sian。
嚶嚶哮,攏是哮的聲音。嚶闔,嚶嗌,相挾振動的聲。

𡃤 Siat, ㄒ一ㄚㄊ, Chiū sī mih tó hoāi ê sian。
就是物倒壞的聲。

𡃶 Bî, ㄅ一, Chiù Gū, Liām Chiù ê ì sù。
咒語,念咒的意思。

嚽 ēng, in, ㄝㄥ, chiū sī ìn Lâng ê oē ê ì sù。ìn oē。ēng sian。
就是嚽人的話的意思。嚽話。嚽聲。

𡅅 khó, ㄎㄛ, tiòh bôa kòe tháu。Seng khu ū pīn, kan khó。
着磨過頭。身軀有病,艱苦。

囀 tò, ㄉㄛ, Sùi Lòh ke ê khóan sit。Liú tò ang kiau hoa hok un。
垂落低的款式。柳囀鶯嬌花復殷。

囎 Chiam, ㄐ一ㄚㄇ, bô Láu Sit, kan kùi, Phiàn Lâng。
無老實,奸詭,騙人。

十八畫

嚼 Chiok, ㄐ一ㄛㄎ, Chhùi kā mih, Chhùi Lâi Pō mih, khòe mih。
嘴咬物,嘴來哺物,嚼物。

囀 tsoán, ㄗㄨㄚㄋ, Chiáu teh háu ê sian。Chhin Chhīun Chiauh Chiauh háu。
鳥咧哮的聲。親像喝喝哮。

囂 Gô, hau, hiau, ㄫㄛ,ㄏㄚㄨ,ㄏ一ㄚㄨ, bô iàu bô kín ê khóan sit。tōa sian kiò, khì pūn chhut, jióng mē, Soan hiau, hiau tiong。
無要無緊的款式。大聲叫,氣噴出,嚷罵,喧囂,囂張。

囁 Liap, ㄌ一ㄚㄆ, àm chīn mē Lâng, kóng tsōe oē, sim Lāi ut tsut。
暗靜罵人,講多話,心內鬱悴。

囃 iong, 一ㄛㄥ, Chiáu ê sian, hô sūn ê sian。Gàk khì ê sian。
鳥的聲。和順的聲。樂器的聲。

嚾 hoan, oang, ㄏㄨㄚㄋ,ㄛㄤ, Chhut sian kiò, hōa hōa háu。hoan hí。Soan jióng ê khóan kiò。
出聲叫,嘩嘩哮。歡喜。喧嚷的款叫。

囃 Chhap, tsap, ㄘㄚㄆ,ㄗㄚㄆ, Pang tsān, Gâu Chhap tāi chì。thiàu bû ê sian。Chhap tsap。tsap tsap kóng, tsap tsap。
幫助,勢囃事誌。跳舞的聲。囃雜。囃囃講,囃囃。

𡅏 Gân, ㄫㄢ, San chin ê khóan sit。Sio jióng。
相爭的款式。相嚷。

𡃁 aún, ㄠ, kóng oē ut aún, Chiū sī kóng oē bô bêng thiu chih kun。tih tih tùh tùh ohtit kóng oē。
講話鬱𡃁,就是講話無明抽舌根。哋哋訥訥難得講話。

造字 形容講話困難,用兩個口表現出。奥如是在深處講不出。

十九－二十畫

嚁 kiak, ㄍ一ㄚㄎ, kiak kiak kiò, chin chhá ê ì sù。chit kī chhùi kiak kiak kiò。
嚁嚁叫,眞吵的意思。一支嘴嚁嚁叫。

造字

囉	Lô, Lo, Lā, Lo So ㄌㄛˊ, ㄌㄛ, 囉, 囉唆	LoLo So so, Chiu Si tāi Chi Pān bōe tit ê ì sù. tsōe tsōe Siaⁿ im, Chiaⁿ Chhā 囉囉唆唆，就是律誌辦袂直的意思。多多聲音，正吵，
囊	Lông, ㄌㄛㄥˊ,	Tōa ê tē á, tōa khang. tōe mih tì tē á Lāi. Chhiú Lông, Phoe Lông. Chiaⁿ Lô. 大的袋仔，大孔。貯物件袋仔內。手囊，批囊。正囉。
嚵	Chhâm, thâm, ㄔㄢˊ, ㄊㄢˊ,	tham Chiah, Put ti Chiok. Chhì Chiah, teh mih. tsâm, Phòa chhùi tsâm, Phòa tsâm. Phah tsâm 貪吃，不知足。試食，咬物。嚵，破嘴嚵，破嚵，打嚵
囅	thián, ㄊㄧㄢˇ,	thián jiân, Lâng teh Chhiò ê khoán Sit. 囅然，人咧笑的款式。 tsó tòng Lâng ê ōe á sī chhah ōe, chhah sū. 阻擋人的話，或是插話，插事。
囈	Gē, ㄧˋ,	khùn ê Sî Chhut Siaⁿ, khùn khùn teh kóng ōe, bāng tiong kóng ōe. Gē Gú. 睏的時出聲，睏睏咧講話，夢中講話。囈語。
囋	tsàn, tsat, ㄗㄢˋ, ㄗㄚˊ,	kóng Sòe Siaⁿ ōe. Phah kó ê Siaⁿ. Siaⁿ im tsōe tsōe ê ì sù. ki Chhì. 講細聲話。打鼓的聲。聲音多多的意思。譏刺。
囇	Sā, Sōa ㄙㄚ, ㄕㄨㄚ,	Sā Sā kiò, Sōa Sōa háu, Chhin Chhiūⁿ iô tek tín tāng ê siaⁿ. Sih Sih Sōa Sōa. 囇囇叫，囇囇哮，親像搖竹振動的聲。唦唦囇囇。
造字	借灑的偏音去掉氵，合成字。	

廿一─廿三畫

囑	Chiok, ㄓㄨˇ,	Chiok hù, mái Chiok jîn Sim. Chiok thok, teng Chiok hù thok. 囑付，買囑人心。囑託，叮囑付託。
囓	Giat, Chhit, ㄋㄧㄝˋ, ㄑㄧˋ,	ēng Chhùi khí Lâi kā mih á sī khòe, Chiah. Pō. 用嘴齒來咬物，或是嚙，吃。哺。
讕	Lân, Lan, ㄌㄢˊ, ㄌㄢˇ,	kóng ōe bōe thâu, Lām Sám kóng ōe. Gia Lan, Gia Lâng bí, Gia Lan jī. 講話無透，濫摻講話。呀讕，呀讕米，呀讕字。
嘼	Siu, ㄒㄧㄡ,	Siang Chiah Chiáu. tóe bóe Chiáu ê miâ. 双隻鳥。短尾鳥的名。
嚙	ngáuh, ngáu, ngāu, ㄥㄠˊ, ㄥㄠˇ, ㄥㄠˋ,	káu teh Pūi, ngáu ngáu Pūi. ngāu ngāu háu, ngáuh ngáuh háu. ngáuh ngáuh Liām. 狗咧吠，嚙嚙吠。嚙嚙哮，嚙嚙哮。嚙嚙念。
造字	借齩音加口字改变為形聲字。	
鷄	ke, ㄍㄝ,	Phah kók ke, koe háu ê Siaⁿ. koe bú Sīⁿ nn̄g Liáu chhut ê siaⁿ. 打咯鷄，鷄哮的聲。鷄母生卵了出的聲。

囗 部 31

囗	ûi ㄨㄟˊ	Chiu ûi, ûi teh, sì ûi, ûi Lûi, 周囗，囗咧，四囗，囗圍，

二·三 畫

囚	Liap, ㄌㄧㄚˋ,	àm Chīⁿ theh mih Chhàng teh ê ì sù. 暗靜提物藏咧的意思。
囚	Siû, ㄒㄧㄡˊ,	kaⁿ hoān, kaⁿ Lô, kìm kaⁿ, khún Pak. kaⁿ Siû Siû hoān. 監犯，監牢，禁監，捆縛。監囚，囚犯。
四	Sù, Sì ㄙˋ, ㄒㄧˋ,	Sǹg Siàu ê jī, tsap ê ki Pún Sò ê tē Sì. Sì ê, Sì Chiàⁿ, Sù Phòe. Sì thīn, Sì Liām, Sù hong. 算數的字，十個基本數的第四。四個，四正，四配。四伨，四賢，四方。
囚	tek, ㄉㄜˊ,	tín tāng, Chiong mih àm Chīⁿ un Sòe Sòe Lâi khǹg teh. 振動，將物暗靜抗小小來藏咧。
回	hôe, hê; Pâi, ㄏㄨㄟˊ, ㄆㄞˊ,	tiong ng tsóan tǹg ê khoán Sit. tǹg Séh, ui kéh, tò Lâi, hôe kui, hê hok, hôe thâu. 中央轉轉的款式。轉廻，違逆，倒來，回歸，回復，回頭。
回	hôe, hê, Pâi, ㄏㄨㄟˊ, ㄆㄞˊ,	kap teng bīn jī Siang khoán. khut khiok. hê ōe. tak Pái, Chit Pái, Chêng Pái. 与頂面字同款。屈曲。回話。各回，一回，前回。
因	in, ㄧㄣ,	Chhe kah, in iû, in uī, in toaⁿ, Lâng ê jī Sìⁿ. 差諛，因由，因為，因端，人的字姓。
囝	kián, Gín, kán, kiaⁿ ㄐㄧㄢˇ, ㄐㄧㄣˇ, ㄍㄢˇ, ㄐㄧㄚˋ	Sio jī, tsa bó kán, iù kán, Lāu kán, Lú Pī. Gû Kiaⁿ, tsa bó kiaⁿ, kheh kiaⁿ. 小兒，查媒囝，幼囝，老囝，女婢。牛囝，查媒囝，客囝。 Chhin Sin kiaⁿ, Chêng Lâng kiaⁿ, Phái kiaⁿ. Gín á, Gín á thûn, Gín á Lâng. 親生囝，前人囝，歹囝。囝仔，囝仔猻，囝仔人。
囡	Liap, ㄌㄧㄚˋ,	àm Chīⁿ theh mih Chhàng teh ê ì sù. 暗靜提物藏咧的意思。
囟	Sìn ㄒㄧㄣˋ,	thâu khak Pó hō Náu ê koà. thâu khak téng ê mn̂g, Sìn á. 頭殼保護腦的蓋。頭殼頂的毛，囟仔。

因	in, ㄧㄣ,	tōa hô hōe. Goân iû, iân kò. Goân in. Sè Sip, Chiàu Goân. thā in sûn. in sò. 大和會。原由，緣故。原因。世襲，照原。趁㨂，因循。因數。

四・五畫

囬	hôe, hê, Pái. ㄏㄨㄟˊ, ㄏㄜˊ, ㄆㄞˊ。	hôe ê Siok jī. Chhiaⁿ khòaⁿ Saⁿ uih. 回的俗字。請看三畫。
囪	Chhong. ㄘㄨㄥ。	tòa tī Chhù ê Lāi bīn, thang á. thâu khang. ian Chhong, tsàu Lô ê thong khì kóng. 住佇厝的內面。窗仔。透孔。煙囪，灶爐的通氣管。
囫	hut, ㄏㄨˊ,	mih Chiâu tsn̂g ê ì sù. hut Lûn thun hā, Chiong mih Chéng kò thun Loh khì. 物齊全的意思。囫圇吞下，將物整個吞落去。
国	kok ㄍㄨㄛˊ	Pang thó, Pang kok, kok tō, kok hoat. kok jī ê kán thé. 邦土，邦国，国度，国法。國字的簡体。
困	khùn, ㄎㄨㄣˋ,	kū Chhù, kióng khó. Phòa Pīⁿ. ià Lái, bô Lat. iu Chhiu khùn khó. uî khùn. 旧厝，窮苦。破病。厭懶，無力。憂愁困苦。圍困。
囤	tún, ㄉㄨㄣ,	tek uî Lâi tóe ngó kok, Sòe Sòe ê Chhek Chhn̂g. tún hòe. 竹圍來貯五穀，小小的粟倉。囤貨。
囮	Gô, mûi, ngô, bôe ㄜˊ, ㄇㄟˊ, ㄜˊ, ㄛˊ	hoan èk im Gú, oh khim Siù ê Siaⁿ, Siaⁿ ì Lâi, ín íu jip Lâng, Chiáu mûi chí. 翻譯音語，學禽獸的聲，聲引來，引誘入籠，鳥囮子。
囝	Liap, ㄌㄧㄚˋ,	tsńg thâu á, mī Saⁿ oá. tsńg thâu á theh, Chhiu tín tāng. Liap oá. 指頭仔，械相倚。指頭仔捏，手振動。囝倚。
园	Goân, ㄩㄢˊ,	khau, Siah mih, hôe hok bô Sit tsāi. hō ī Pīⁿ. 鉤，削物，回復無實在。俾他鞭。
囧	kéng, ㄐㄩㄥˇ,	thang á hó khòaⁿ, kng bêng ê khóan Sit. Lâng miâ, Pek kéng. kéng kéng Chhiu Goat bêng. 窗仔好看，光明的款式。人名，伯囧。囧囧秋月明。
囲	tan ㄉㄢ	àn tan, Chiū Sī kiân kò ióng ê ì sù. têng tan. mih kiaⁿ tsòe kàu Chiok têng tan. 緊囲，就是堅固勇的意思。硬囲。物件做到足硬囲。
造字		囲是表現堅固的意思，雖是借丹音，有細心成事之意思。
囷	khûn, khún, ㄑㄩㄣ, ㄑㄩㄣˇ,	ī ê Chhek Chhn̂g, ī ê kio khún, Sì kak ê kio Chhn̂g. khut khi, kui khún, khún Pak. 圓的粟倉，圓的叫囷，四角的叫倉。屈曲，歸囷，囷縛。 tiu khún, un Lûn khún, Sòaⁿ khún. Chit khún tsóa. 稻囷，阮輪囷，線囷。一囷紙。
囹	Lêng, Lin ㄌㄧㄥˊ, ㄌㄧㄣˊ	thang á Chí, kaⁿ Lô, koaiⁿ kaⁿ, Lêng Gú. Lin Lin Gô, Lin Lin Séh, Lin Lin tńg, ī Lin Lin. 窗仔只，監牢，關監，囹圄。囹囹鵝，囹囹踅，囹囹轉，圓囹囹。
固	kò, ㄍㄨˋ,	sì bīn that bat, kian tēng, Sit tsāi kian kò. kò tēng, Pún jiân. Chip Siú, kò Siú. 四面塞密，堅定，實在，堅固。固定，本然。執守，固守。

六ー九畫

囿	iū, ㄧㄡˋ,	hoe hn̂g ê uî Chhiûⁿ. Chhī Cheng Siⁿ ê hn̂g, uî teh. bô thong, Pak. tīⁿ, hān Chè. 花園的圍牆。飼精牲的園，圍啲。無通，縛，纏，限制。
圅	hâm, ㄏㄢˊ,	函 ê Pún jī. Chhiaⁿ khòaⁿ hâm jī. 函的本字，請看函字。凵部
圂	hoān, hūn, hn̄g, ㄏㄨㄢˋ, ㄏㄨㄣˋ, ㄏㄥˊ,	Chhī ti. ti tī uî ê tiong kan. kun tsú bô hit (chiah) hō ê bah. Pû hn̂g, Chiū Sī 飼猪。猪佇圍的中間。君子無吃彼號的肉。匏園，就是 hō koe thang Soan ê só tsāi. Lî Pa. 徛鷄可旋的所在。籬笆。
圃	Phó, ㄆㄨˇ,	Chhài hn̂g, hoe hn̂g, hoe Phó. thit thô ê Só tsāi, hn̂g Phó, Sīa Phó. 菜園，花園，花圃。迌迌的所在，園圃，社圃。
圄	Gú, ㄩˇ,	Lâu teh, koaiⁿ teh, Pé Siú, kìm Chí, hóe Gō, kaⁿ Lô, koaiⁿ kaⁿ, Lêng Gú. 留啲，関啲，把守，禁止，悔悟，監牢，關監，囹圄。
圝	Lûi, ㄌㄨㄟ	uî Lûi teh khui hōe. uî Lûi teh Poah kiau. 圍圝啲開會。圍圝啲賭博。
圈	khoân, khoan, ㄑㄩㄢˊ, ㄑㄩㄢ,	koai Cheng Siⁿ ê tiau. īⁿ khó. īⁿ īⁿ, ûi teh, īⁿ khoân. khoân thò. 関精牲的寮。圓弧。圓圓，圍啲。圓圈。圈套。 uih īⁿ khoan, khoan tiám. khoan kháu. 畫圓圈，圈點。圈口。
國	kok, ㄍㄨㄛˊ	Pang thó, Pang kok, kok tō, kok hoat, kok ka. kok chè, kok ông, kok tsú. 邦土，邦國，國度，國法，國家。國際，國王，國主。
圇	Lûn, Lun ㄌㄨㄣˊ, ㄌㄨㄣ,	mih oân bêng, Chiâu tsn̂g, Chhín Chhái, Pa Lun, Pa Lun thun. kut Lân 物圓明，齊全，且採，囫圇，囫圇吞。骨圇

圊 Chheng, ㄑㄧㄥ, Chhè tî Chheng khì, 厠池清氣，Chhap tsap 嘈雜。

圉 Gú, ㄩˇ, Chhī bé ê Lâng, 飼馬的人，Chhī bé ê Só tsāi, 飼馬的所在，Gú jîn 圉人。bé Gú 馬圉。hong tó 荒島。kok ê kau kài 國的交界。

圍 ûi, ㄨㄟˊ, Chiu ûi, 周圍，Sì ûi, 四圍，ûi teh 圍啲。Pé Siu 把守。tek ûi 竹圍，Lî Pa 籬笆。ûi kin 圍巾。ûi Chhiū 圍牆。

圔 At, ㄧㄠ, Lòk tô Pi ai ê Sian 駱駝悲哀的聲。

十一十四畫

圛 ip, 一ㄆ, Lâu ē ê sian, Sian ē ê khóan Sit。樓下的聲，城下的款式。

圓 Oân, în, ㄩㄢˊ, ûn, ㄨㄣ, în ê mih 圓的物，în khoan 圓圈，Chiu ûi 周圍，oân móa 圓滿，Oân bāng 圓夢，în sim 圓心，ûn bāng 圓夢，Chiū Sī tòa bīo nih, tùi khùn bāng Lâi tit tioh hó tiau thâu. 就是住廟裡，對睏夢來得着好兆頭。

園 oân, hn̂g, ㄩㄢˊ, ㄏㄥ, tsai ké Chí ê Só tsāi, 栽果子的所在，ké Chí hn̂g 果子園。kong hn̂g 公園，hoe hn̂g 花園。Oân Gē 園藝，oân Phó 園圃，tōng but hn̂g 動物園。

圖 tô, ㄉㄛ, kè bô, 計謀，kè Chhek, 計策，tô bô 圖謀。Phah Sǹg, 打算，kè oē 計畫，khì tô 企圖。oē hûn 畫紋，oē tô 畫圖。tōe tô 地圖。hông tô tāi tián 鴻圖大展。

團 thoân, hoân, toân, n̂ng, ㄊㄨㄢ, ㄏㄨㄢ, ㄉㄨㄢ, ㄋㄥ, în hêng ê mih 圓形的物，Pô thoân 蒲團。thoân thé 團体，thoân tūi 團隊，thoân kiat 團結。toân în 團圓，kui Sîng 歸盛。
toān ㄉㄨㄚ, toân toân în 團團圓，kui ke ê Lâng Chiâu tsn̂g 歸家的人齊全。Liân hoân kiat 連團結，Siān Lāi kok kah hōe tiún 城内各甲會長，Sa iok Lâi tì hông Phái Lâng 相約來持防歹人。ka n̂g 歸團，ka n̂g tiâu 歸團條，ka n̂g Siu 歸團箱，ka n̂g tè 歸團塊，tsòe hóe bô Lan San ê ì sù 做伙無零星的意思。

圕 tô, ㄉㄛ, kap 与 圖 Siāng khóan 同款。toâ în, toân în, Sio Siāng 團圓，團圓相同；

圞 Gô, ngô, ㄜˊ, ㄛˊ, hoan ek im Gú 番羽譯音語，òh khîm Siù ê Sian 學禽獸的聲，kám hòa 感化，ín iú 引誘。

圗 tô, ㄉㄛ, kap 与 圖 Siāng khóan 同款。

圜 hoân, oân, ㄏㄨㄢ, ㄩㄢ, tsóan hoân 轉圜，în în Seh 圓圓趖。ûi Lûi 圍圍，ûi teh 圍啲。thi ê thé 天的体，tōa hoân 大圜。oân, în ê ì sù 圜，圓的意思。

圛 ek, ㄧˋ, hûn bū 雲霧，kńg Lê ê hun bū 捲螺的雲霧。

圝 Loân, Liân, Lin, ㄌㄨㄢ, ㄌㄧㄢ, ㄌㄧㄣ, în în ê ì sù 圓圓的意思。în Lin Lin 圓圇圇，kō kō Lin 翱翱圝。Chhia Lián ê kho 車輪的箍，Chit Lin 一圝。Chit Lián 一圝。Seh kúi Liân 趖幾圝。Liàn Liàn Gô 圝圝翱。tńg Seh ê ì sù 轉趖的意思。

圞 moa, ㄇㄚ, moa în 圞圓，Chiū Sī în în bô kak 就是圓圓無角，Chhin Chhiū ke Lāi în toh 親像家内的圓桌。

造字 文字囗的表達就是圓，爲符合音韵，加入滿而成字。

補遺 圂 kán, ㄍㄢ, Siū Sok Pak 受束縛，Chhe kah 差詃，Lô Pī 奴婢，tsa bó kán 查某囝，iù kán 幼囝，Lāu kán 老團，Sûi kè kán 隨嫁團。

造字 受約束佇囗内受主家所揀用，嵌入柬而成團。

土部 32

土 thó, tō, thô, ㄊㄛˇ, ㄉㄛ, ㄊㄛ, tōe 地，ki Giap 基業。Pang kok, kok thó 邦國，國土。Chhi mîa, thó Chhi 星名，土星。thô Soa 土砂，thô hún 土粉，thô tsúi 土水。thó húi 土匪，thó Sán 土產，thó Chit 土質，thó Gû 土牛。tō 土，Chhīu kun ê Phê 樹根的皮。tō ún 土蚓，bih tī thô Lāi ê thâng 匿佇土内的虫。

壬 théng, ㄊㄧㄥ, hó 好，Gâu 勢。kut 骨，Chhùe niû 度的梁。

圠 At, ㄧㄚ, thô hún tsòe Liâm 土粉做粘，á Sī kian teng ê ì Sù 或是堅定的意思。

一一三畫

圣	koài, ㄍㄨㄞˋ,	tī hō Lâm séng sī chí chhut Lat tsoh Sit ê ì sù. 仵河南省是指出力作穡的意思。 ê kán thé. 聖的簡体。
圤	Phok, ㄆㄛˋ,	Chit tè thô·. thô· that tsúi m̄ sī chit tè thô·. 一塊土。土塞水毋是一塊土。
圢	théng, ㄊㄧㄥˊ,	Pîn pîn, Pîn thán, Chhân thûn tah ê só·tsāi. 平平，平坦，田踐踏的所在。
圮	hō·, kí, ㄏㄜˊ,ㄍㄧˊ,	húi hoāi, thàn bēng Lēng, húi hoāi tsong tsók. tó hoāi, Phah Phái, Chhù tó ê ì sù. 毀壞。趁命令，毀壞宗族。倒壞，打壞，厝倒的意思。
圭	ke, kui, ㄍㄝ,ㄍㄨㄟ,	hó Gėk, koaⁿ Chiok hō ê Gėk, tsàu Pán ê Gek, niú mih ê khì khū 好玉，官爵號的玉，奏板的玉，量物的器具
圯	í, 一;	kòe tsúi ê kiô, Chiū sī ēng tek, á sī tsng Lâi Pho· Lī tsúi hō Lâng thang kòe. 過水的橋，就是用竹，或是磚來鋪離水予人可過。
地	tē, tè, tī, tōe, ㄉㄝˋ,ㄉㄝˋ,ㄉㄧˋ,ㄉㄨㄝˋ,	thiⁿ ê ê só·tsāi, thó· tē. tōe bīn, thiⁿ tōe. Sàu thô· kha, Sàu tè. thó· tī kong. 天下的所在，土地。地面，天地。掃土腳，掃地。土地公。
在	tsāi, Chhāi, sī, tī, ㄗㄞˋ,ㄑㄞˋ,ㄒㄧˋ,ㄉㄧˋ,	uī Chhù, só·tsāi. oah teh, kiān tsāi. bák Chiu chhāi chhāi, Gân sîn bô hó. 位處，所在。活咧，健在。目睭在在，眼神無好。 ām kún Chhāi chhāi, ām kún tsoāi tiòh. khah koâiⁿ sī thiⁿ. tī chia, tī hia, tī teh. 頷頸在在，頷頸擺着。較高在天。在這，在彼，在咧。
圬	u, ㄨ,	boah Piah, boah hoe. hoe sí 抹壁，抹灰。灰匙
圩	u, ㄨ,	hōaⁿ téng, Lap o, Chhân hōaⁿ. 岸頂，塌窩，田畔。
圳	tsùn, ㄗㄨㄣˋ	chhân hōaⁿ tsúi kau. koàn khài ê tsúi Lō·, Pí tsùn. tōa tsùn. ka Lâm tōa tsùn. 田畔水溝。灌溉的水路，埤圳。大圳。嘉南大圳
垦	Liap, ㄌㄧㄚㄆ,	that bát, ē bīn. 塞密，下面。
圾	sâm, ㄙㄚㄇ,	Lâ sâm, Lâ sâm siáh, bak Lâ sâm, Phah Lâ sâm, è Lâ sâm. am tsam ê mih. 垃圾，垃圾垢，污垃圾，打垃圾，穢垃圾。骯髒的物。
	造字	土隨物移，而变性從上下等級，和污穢即不純土，雖借三，實有其義。

四畫

址	Chí, ㄐㄧˊ,	kau kài, kài hān, tōe kài. tōe kī, kī tōe, tsū Chí. tōe Chí. 交界，界限，地界。地基，基地，住地。地址。
坂	hoán, Pán, Póaⁿ, ㄏㄨㄢˊ,ㄆㄢˊ,ㄆㄨㄚˊ,	Soaⁿ Pêⁿ, tsúi Pīⁿ ê hōaⁿ, só·tsāi miâ, Soaⁿ Pho. Lāu Póaⁿ, āu Póaⁿ. 山坪，水邊的畔，所在名，山坡。老坂，後坂。
坟	hûn, hūn, ㄏㄨㄣˊ,ㄏㄨㄣ,	hó Chèng tsoh ê thô·. Pûi ê thô·. Pûi ê thô· bah. hûi, bōng thô· Lui, tōa ê Pok gān, hûn bōng. 好種作的土，肥的土，肥的土肉。坟，墓土台，大的墳場，坟墓。
坌	hún, Pūn, thūn, ㄏㄨㄣˊ,ㄆㄨㄣ,ㄊㄨㄣ,	Chiū sī thô· Soa hún, tîn ai tsū Chip ê ì sù. 就是土砂粉，塵埃聚集的意思。
坋	hun, hún, ㄏㄨㄣ,ㄏㄨㄣˊ,	thô· hún, tîn ai, thô· Soa hún. 土粉，塵埃，土砂粉。
坊	hong, hng, ㄏㄜㄥ,ㄏㄥ,	koe Chhī, hiuⁿ Lí, hāng á, hōa, Chhiûⁿ, tī hông, nōa tsah, Chiòh hng. Chiat hng, Cheng Chiat hng. 街市，鄉里，巷仔，崖，牆，持防，攔截，石坊。節坊，貞節坊。
坎 Gám, ㄍㄚㄇ,	khám, khâm, ㄎㄚㄇ,ㄎㄚㄇ,	khang ê só·tsāi, tōe hām ê só·tsāi. teh beh hām ê thô· hōaⁿ. Phah mih ê siaⁿ. khám khám. khám tsām 孔的所在，地陷的所在。咧也陷的土岸。打物的聲，坎坎。坎站。
坑	kheng, khiⁿ, ㄎㄝㄥ,ㄎㄧ,	hām Lóh, Liân Lūi, khang khang, hām khiⁿ. kheng hām Pat Lâng. khiⁿ kau. Chhim khiⁿ. kheⁿ 陷落，連累，空空，陷坑。坑陷別人。坑溝。深坑。坑
圻	kî tē, ㄍㄧ	kài, kài Chí. Chit Chheng Lí Lō·. Siâⁿ Chiu uî Chit Chheng Lí ê só·tsāi. 地界，界址。一千里路。城周圍一千里的所在。
坅	Gîm, kîm, khím. ㄫㄧㄇ,ㄍㄧㄇ,ㄎㄧㄇ,	Chiū sī hām khiⁿ, thô· hām ê só·tsāi. khám á, Gîm kiⁿ, Chiòh Gîm. Chiòh khím. 就是陷坑，土陷的所在。坎仔，坅墘，石坅。石坅。
均	kun, kin, ㄍㄨㄣ,ㄍㄧㄣ,	Chiâu Chiâu, Pîn Pîn, Pī Pān. Piàn Piàn. Pêng kun it tì. Sionteng, kin sè. kin hêng. 齊齊，平平，備辦。徧徧。平均一致。相等，均勢。均衡。
坳	bút, ㄅㄨㄊ,	tâi Sin si. sí bô. sí Liâu. bâi bút 埋身屍。死亡。死了。埋坳
坏	Phi, Phoe, ㄆㄧ,ㄆㄨㄝ,	Soaⁿ á, Soaⁿ koh tsāi siⁿ Chiâⁿ. hûi ê mih bōe Sio, thô· ê bô, Chho· Phoe. Chhù āu ê Chhiûⁿ. 山仔，山閣再生成。磁的物未燒，土的模，粗坏。厝後的牆。 ēng nî thô· hong khiah, Phi Chhiûⁿ. 壞 ê kán thé. 用泥土封隙，坏牆。壞的簡体。
圾	Sap, ㄙㄚㄆ,	Là Sap, Lap sap, La Sam ang tsang ê mih. 垃圾，垃圾。垃圾骯髒的物。

坍 tan, tam ㄉㄢ, tsúi Chhiâng hōa, hōaⁿ Pang ê ì sù。tam thap, Chhù tó Lo̍h Lâi。
水氾岸，岸崩的意思。坍塌，厝倒落來。

坉 thūn. ㄊㄨㄣˋ Chháu Chham thô· nōa tsúi bōe Lâu。thūn bat.
草参土 攔水 勿會流 。坉密。

坐 tsō, Chē, ㄗㄨㄛˋ, ㄐㄝ, Chhē, ㄘㄝ, khìa ê tùi hóan, khû tah tōe tsō ūi, jip tsō, Chē teh. Chē kut Sîn keng。Chē Siâm.
豎的對反，屈踏地。坐位，入坐，坐咧。坐骨神經。坐禪。
tsō Lo̍h, Chēng tsō khòng Gī。tsō Chia̍h Soaⁿ khang. ām kún Chhē Chhē, ām kún tsqai tio̍h.
坐落，靜坐抗議。坐食山空。頷頸坐坐，頷頸擺着。

坻 tí, tè, teh, Chí ㄉㄧˊ, ㄉㄝ, ㄉㄝㄏ, ㄐㄧˊ。Chiū sī Lō Chhut, tù hiān, hián bêng thak Chí Sio Siâng。O· tè tè Chin O· ê ì sù。
就是露出，著現，顯明，讀坻相同。黑坻坻，眞黑的意思。
O· teh teh Chin O· Chí sī ke thiⁿ Gú khì.
黑坻坻，眞黑 只是加添語氣。

坶 Liap, ㄌㄧㄚㄆ, Chhim Chhim, Sok Chēng ê ì sù。
深深，肅靜的意思。

坔 Lâm, Lòm ㄌㄚㄇ, ㄌㄛㄇ, thiⁿ ē ê só· tsāi, tōe bīn, Lâm Lâm, Siuⁿ Lâm. Lâm thô·. Lâm Chhân. Lí sè bîn Lo̍h Lâm Chhân.
天下的所在，地面，坔坔，過坔。坔土。坔田。李世民落坔田。

坹 khiat, ㄎㄧㄚㄊ, Chiū sī Pún sò thiap tsòe Chit tui ê ì sù.
就是糞埽疊做一堆的意思。
Chhân thô· Lòm Lòm, Gû chhia kiâⁿ Lòm Lō·, tsúi Lòm Lòm.
田土坔坔，牛車行行坔路。水坔坔。

坒 Pī, ㄅㄧˋ, tōe Saⁿ, Phòe hàp, Phòe hàp, Lâng miâ, kap 陛 相同
第三 配合，配合，人名，与 陛 相同

垺 Sū, ㄕㄨˋ, Chhù Sū, tang Sai ê Chhiûⁿ ê ì Sù。
次序，東西的牆的意思。

坛 than ㄊㄢˊ; thiap thô· khí tī Pîⁿ tōe, tsòe Chè hiàn ê Lō· ēng. tiûⁿ Lāi ê tiâⁿ, Chè tōaⁿ。tōaⁿ ê kan thé.
疊土起佇平地，做祭獻的路用。場内的庭，祭壇。壇的簡体。

垼 ek, ㄝㄎ, hóe Lô· ê mn̂g hóe Lô· ê tsàu khang.
火爐的門，火爐的灶孔。

五 畫

垂 Sûi, sê, Sē, Sôe, Sōe, ㄕㄨㄧˊ, ㄕㄝ, ㄕㄝ, ㄕㄨㄝ, ㄕㄨㄝ, tùi téng bīn tùi Lo̍h Lâi, kàu, Pó· móa, sê sê, Sê Lo̍h khì, Sûi Lo̍h. Lo̍h Sê,
對頂面墜落來，到，補滿，垂垂，垂落去，垂落。落垂，
Chhùi ē tâu Sê sê Chhùi nōa Sôe Lo̍h Lâi. Liú Chhiū ki Sôe Sôe, Sûi iông.
嘴下斗垂垂：嘴涎垂落來。柳樹枝垂垂，垂楊。

坩 kham, khaⁿ ㄎㄚㄇ, ㄎㄚ, Chio̍h ê miâ, thô· ê khì khū. Cē tōe tit Gō· Chin. tōa khaⁿ, Pn̄g khaⁿ, hoe Khaⁿ, khaⁿ ko.
石的名。土的器具。能貯得五升，大坩，飯坩，花坩，坩堝。

坵 khiu, khu, ㄎㄧㄨ, ㄎㄨ, thô· koân ê só· tsāi thang Chè thiⁿ. Soaⁿ Lap o, tsū Chip, tōa. Chhân hn̂g, Chhân khu.
土高的所在可祭天，山塌窩，聚集，大。田園，田坵。

坰 keng, kéng, ㄍㄝㄥ, ㄍㄝㄥ, hn̄g khang ê Só· tsāi, Chhiū nâ Gōa ê thó· tōe.
遠空的所在，樹林外的土地。

坷 khó, ㄎㄜ, bô Pîⁿ ê tōe, m̄ hó, Lô So. khám khó, jîn Seng ê Lō· khám khó. bô Pîⁿ thán.
無平的地，毋好，囉唆。坎坷，人生的路坎坷。無平坦。

坤 khun, ㄎㄨㄣ, thiⁿ tōe, khiân khun. Sio̍k tōe Sio̍k im. Pat kòa ê miâ. khun tsō, Lú tsú,
天地，乾坤。屬地屬陰。八卦的名。坤造，女子。

坴 Lio̍k, ㄌㄧㄛㄎ, thô· koân ê Só· tsāi. thô· tui.
土高的所在。土堆。

坳 Au, Áu, ㄠ, ㄠˋ, thô· bīn Lap O, khám khám khiat khiat bô Pîⁿ.
土面塌窩，坎坎硈硈無平。

坯 Phi, Phoe ㄆㄧ, ㄆㄨㄝ, Soaⁿ á, Soaⁿ koh tsāi Siⁿ Chiâⁿ. hûi ê mi̍h bē Sio, thô· ê bô·, Chhù āu ê Chhiûⁿ. Chho· Phoe.
山仔，山偎再生成。磁的物未燒，土的模，厝後的牆。粗坯。
壞的簡体。ēng nî thô· that khiah, Phi Chhiûⁿ.
用泥土塞隙，坯牆。

Phîⁿ, ㄆㄧˊ。 **坪** Pêng, Phêng, Phiâⁿ, ㄅㄝㄥ, ㄆㄝㄥ, ㄆㄧㄚ, Pîⁿ Pîⁿ. Sò· bok ê miâ, La̍k Chhioh Sù hong tsòe Chit Phêng. Soaⁿ Phiâⁿ, thô· Phiâⁿ, tek á Phiâⁿ.
平平。數目的名，六尺四方作一坪。山坪，土坪，竹仔坪

坡 Pho, ㄆㄛ, Soaⁿ Phiâⁿ, Soaⁿ Po·, Soaⁿ á, Soaⁿ Pho, Pho tō· khah kē ê kiā. tōe miâ, Sin ka Pho.
山坪，山埔，山仔，山坡，坡度較低的崎。地名，新加坡。

坦 thán, thán, ㄊㄢ, ㄊㄚ, Pîⁿ ê Só· tsāi, khui khoah, Pêng Cheng. kiáⁿ Sài, Lêng thán. thán be̍h. Pîⁿ thán, thán Sêng.
平的所在，開濶，平靜。子婿，令坦。坦白。平坦，坦誠。

坫 tiam, tiàm, ㄉㄧㄢ, ㄉㄧㄢ, Chiū sī boah thô· àn Só· tsāi ê ì Sù. khè Chiú Poe ê Só· tsāi. keh tn̄g. téng tē, mn̂g tsah.
就是抹土按所在的意思。架酒杯的所在。隔斷。等第，門截。

堂 tông, tn̂g, ㄉㄤ, ㄊㄤ, Chhù tiong Sim, thia tn̂g, kong tn̂g, Chhin tông, hián bêng, Giâm, tsun kùi. jī Sìⁿ.
厝中心，廳堂，公堂，親堂，顯明，嚴，尊貴。字姓。

坼 Chhek, thek, ㄔㄜˋ, ㄊㄜˋ, Phah khui, thiah khui, Phah, hun thiah。Phoa Lih, thian Peng tē chhek。
打開，拆開，打，分拆。破裂，天崩地坼。

坱 iong, óng, ㄧㄤ, ㄤ, Chiu sī thô Soa hún, tîn ai。
就是土砂粉，塵埃。

坢 Pōan, Phoán, ㄆㄨㄢˇ, ㄆㄨㄢˋ, Pîn thán, thô Soa, tîn ai。bô khám khiat ê ì sù。
平坦，土砂，塵埃。無嵁硈的意思。

坲 hut, ㄈㄨˊ, tîn ai Pe chiūn koân ê khoán sit。
塵埃飛上高的款式。

坻 Chí, tî, ㄓˇ, ㄉㄧˊ, Soa Po, tiûn, Soah, tsúi tiong Phû Chhut ê tōe。Sio Phû sū。Soa Pho。ià thak tî。
砂埔，場，息，水中浮出的地。小洲嶼。砂坡。也讀坻。

⿰土乜 tî, ㄉㄧˊ, tsúi tiong Phû Chhut ê koân tōe。kap 坻 Sio Siāng。
水中浮出的高地。与坻相同。

⿰土示 tî, ㄉㄧˊ, tsúi tiong Phû chhut ê koân tōe。tsúi tóe。
水中浮出的高地。水底。

坭 Lê, nî, ㄌㄜˊ, ㄋㄧˊ, toē hō mîa, tsúi kiáu thô ê ì sù, thô bê, Lō kô bê。
地号名，水攪土的意思，土糜，路糊糜。

垃 Lap, La, Lâ, nà, ㄌㄚˋ, ㄌㄚ, ㄌㄚˊ, ㄋㄚˇ, Lap Sap, ù ùe bô Chheng khì ê ì sù。La sâm, Lâ sâm, hô nà sah。
垃圾，汙穢無清氣的意思。垃圾，垃圾，糊垃埸。

坧 Siàh, ㄒㄧㄚˋ, Lâ Sap Siàh, Lâ sâm Siàh, Chiu Sī ù oè bô Chheng khì。bô Lūn mih, á Sī Phín hēng。
垃圾坧，垃圾坧，就是汙穢無清氣。無論物，或是品行。

造字 借音及字意，土与石攏下賤之物，坧亦如是觀，而成字。

六畫

垡 hoàt, ㄈㄚˊ, keng êng, Chèng tsoh, kut thô。
耕營，種作，掘土。

垗 tiāu, ㄓㄠˋ, Chhân hōaⁿ, Chè hiàn ê mîa, Chè hiàn thiāh Sîn ê ì sù。
田畔，祭献的名，祭献宅神的意思。

垎 hek, keh, ㄏㄜˋ, ㄍㄜˊ, Chiu Sī tsúi ta, kian tēng ê ì sù。Chhân keh, kìⁿ Chhân keh, thô keh。chhân thô。
就是水乾，乾碇的意思。田垎，見田垎，土垎。田土。

型 hêng, ㄒㄧㄥˊ, bô iūⁿ, bô hêng, thô bô, hoan Soa bók hêng。hoat tō。
模樣，模型，土模，翻砂木型。法度。

垓 kai, ㄍㄞ, Pat kòa ê kek kak, kài hān, Pé Siú。kiā á tsàn, têng thiáp, Sò bok mîa
八卦的極角，界限，把守。崎仔層，重疊，數目名

垢 kó, káu, ㄍㄡˋ, ㄍㄡˇ, thô ê Che tāi, bak Lâ sâm, káu koeh Sian, iû káu。
土的渣滓，沭垃圾，垢潔膎，油垢。

垍 kì, ㄐㄧˋ, kian tēng ê thô, hûi khì。
堅定的土，磁器。

垝 kúi, khúi, ㄍㄨㄟˇ, ㄎㄨㄟˇ, húi hoāi, Phah Phāiⁿ, tó hoāi ê ì sù。
毀壞，打壞，倒壞的意思。

垤 tiàt, tìt, ㄉㄧㄝˊ, ㄉㄧˊ, Chiu sī soaⁿ á thô tui ê ì sù。Gî tìt, thâng hia ê thô tui。
就是山仔土堆的意思。蟻垤，虫蟻的土堆。

垛 tó, ㄉㄨㄛˇ, Chìⁿ Pé, Chiu Sī ēng thô tsò koân, thang siā Chìⁿ。
箭靶，就是用土造高，可射箭。

垟 iông, ㄧㄤˊ, thô nih ê iau koài。
土裡的妖怪。

垠 Gûn, ㄧㄣˊ, hōaⁿ, kài hān, kài Chí, toe kài。
畔，界限，界址，地界。

垔 ian, in, ㄧㄢ, ㄧㄣ, thô tui, thô Soaⁿ, that bàt。hō tsúi tò thg Lâu。
土堆，土山，塞窒。使水倒轉流。

垣 hoân, ㄏㄨㄢˊ, uî Chhiûⁿ, kē ê Chhiûⁿ, uî teh, Pó hō, Siâⁿ hoân。
圍牆，低的牆，圍啲，保護，城垣。

垵 An, oaⁿ, ㄢ, ㄨㄚ, oaⁿ ù, tsûn tī hái nih Pha tiàⁿ ê Só tsāi。Pak hong oaⁿ, koa oaⁿ, kàu oaⁿ, Soa oaⁿ。
垵澳，船仔海裡拋錠的所在。北風垵，擱垵，到垵，砂垵。

⿱在土 Chhāi, tsāi, ㄘㄞ, ㄗㄞˋ, Chhāi âm tòk, Chiu Sī thong bô âm Chīⁿ ài hāi Lâng。Chhāi thiāu。tsāi tsāi bōe tín tāng。
⿱在土暗毒，就是通謀暗靜傷害人。⿱在土柱。⿱在土⿱在土膾振動。

造字 借在音成字，心存在念頭的意思。釘貝兆心内的意思。

七畫

⿰土充 thóng, ㄊㄨㄥˇ, thóng Chhut, thóng thâu, Saⁿ tsáp thóng, thó Chhut ê ì sù。tsat thóng thóng, Chin tsat ê ì sù。
坑出，坑頭，三十坑，杜出的意思。實坑坑，真實的意思。

造字 借充的偏音成字，由土而充出坑也。

埕 têng, tiâⁿ, ㄉㄜㄥ,ㄉㄧㄚ ; hûi ê âng á, Chhùi oeh bô hī, thang tóe chíu, iû á sī tsúi. 磁的甕仔，嘴狹無耳，可貯酒，油或是水。 lâm tiâⁿ, Phak iâm. 塩埕，曝塩。

垾 hāⁿ, ㄏㄚㄢ ; Chīu sī hōaⁿ ê ì sù, Sòe tiâu ê tê hōaⁿ. 就是岸的意思，小條的堤岸。

垷 hiān, ㄏㄧㄢ ; thô bê, lō kô bê ê ì sù. 土糜，路糊糜的意思。

堬 kak, khak, ㄍㄚㄎ,ㄎㄚㄎ ; Soaⁿ tsōe tsōe tōa Chioh. bô Pîⁿ. sán chhián pôh. thô tōe Pîn Chek. 山多多大石。無平。瘦淺薄。土地貧瘠。

埒 Loat, Loat, Loah, ㄌㄨㄚㄊ,ㄌㄨㄚㄊ,ㄌㄨㄚㄏ ; kē ê chhîuⁿ, Chhân hoaⁿ. Pêng téng, Chhin chhīuⁿ. Chhân Loah, nâ tâu Loah, kài hān. 低的牆，田畔。平等，親像。田埒，林投埒，界限。

埍 koan, koàn, ㄍㄨㄢ,ㄍㄨㄢ ; Pō iah khiā khí ê só·tsāi, tsa bó· Lâng ê ka lō. hoe hn̂g ê Liâu á. 步役豎起的所在，查某人的監牢。花園的寮仔。

埋 bâi, tâi, ㄅㄞ,ㄉㄞ ; tâi Sin Si, bâi tsòng, Siu khǹg, khàm bát, bâi bút. tâi tōe Lûi, tâi Sí Lâng. 埋身屍，埋葬，收藏，蓋密，埋殁。埋地雷，埋死人。

埃 Ai, ia, ㄞ,ㄧㄚ ; thô Soa, thô hún, tîn ai. Chīu sī oē eng ê mih. eng ia. Chīu sī kia Lâng am tsam. 土砂，土粉，塵埃。就是能煙的物。煙埃。就是驚人骯髒。

垻 Pà, Poè, Pè, ㄅㄚ,ㄅㄜ,ㄅㄝ ; tsúi tsàh, tsòh bà, tsúi Pè, Chīu sī tsòh hōaⁿ tsàh tsúi. Siok kok Lâng kóng Pêng chhoan ê ì sù. kap 壩 jī Sio Siâng. 水截，作垻，水垻，就是作岸截水。蜀國人講平川的意思。与壩字相同。

埲 Pang, ㄅㄤ ; chīu sī chheng khì ê thô soa. 就是清氣的土砂。

埔 Po, Pho·, ㄅㄛ,ㄆㄛ ; Pîⁿ Pîⁿ ê tōe, Chháu Po·, Soa Po·, khoe Po·, bōng á Po·, Gû Po·, n̂g Po·, hn̂g Pho·. 平平的地，草埔，砂埔，溪埔，墓仔埔，牛埔，黃埔，園埔。

垺 Put, ㄅㄨㄊ ; thô Soa, tîn ai Pe khí ê khoán Sit. 土砂，塵埃飛起的款式。

埏 iân, ㄧㄢ ; tōe hn̂g, kau kài, bōng ê Lō. 地遠，交界，墓的路。

埀 Sûi, sê, Sê, ㄙㄨㄟ,ㄙㄜ,ㄙㄝ ; Lóh sê, sûi Lóh, tùi téng Bīn tūi Lóh Lâi. kap 垂 jī Siâng khoán. 落垂，垂落，對頂面墜落來。与垂字同款。

城 Sêng, Siâⁿ, ㄕㄥ,ㄒㄧㄚ ; thô Siâⁿ chhîuⁿ, Chiâⁿ, Pó hō, Pang kok, Siâⁿ Chhī, Siâⁿ hú, Siu Lí, jī sìⁿ Sêng. 土城牆，成，保護，邦國，城市，城府，修理，字姓城。

垸 Oân, ㄨㄢ ; ēng Chhat kiáu hoe Chhat. Chhat ta ēng Chioh Lâi bôa Pîⁿ. 用漆攪灰來漆。漆乾用石來磨平它。

埂 keng, ㄍㄥ ; Sió Sió ê khiⁿ. Chhan keng, Chīu sī Chhân Pīⁿ hōaⁿ, á sī sio Lō, koân khí Lâi ê Só tsāi. 小小的坑。田埂，就是田邊的畔，或是小路，高起來的所在。

埌 Lōng, Lōng, ㄌㄤ,ㄌㄤ ; thiáng Soaⁿ. khui khoah Pîⁿ iûⁿ, khòng iá ê khoán Sit. khòng Lōng. 壙山。開闊的平洋，曠野的款式。壙埌。

埕 Liap, ㄌㄧㄚㄆ ; thàt bat, ē bīn. 塞密，下面。

埄 hōng, ㄏㄨㄥ ; tîn ai Poe khí ê khoán Sit, Soa Sûi hong khí Lâi. 塵埃飛起的款式，砂隨風起來。

垽 Gīn, Gīn, in, ㄧㄣ,ㄧㄣ,ㄧㄣ ; kiaⁿ Lâng, tsáiⁿ Lék, Che tái, kiaⁿ Lâng Phoh. 驚人，滓瀝，渣滓，驚人怕。

埇 iōng, ㄩㄥ ; Lō téng ê thô, tōe hō miâ. 路頂的土，地號名。

垺 Phùh, Pû, ㄆㄨ,ㄅㄨ ; Chit Phùh Sái, Chit Pû sái ê ì sù. chit Pû Gû Sái. chit Pû chháu, chháu Pû. tōa Pû, Sòe Pû. 一垺屎，一垺屎的意思。一垺牛屎。一垺草，草垺。大垺，小垺。

造字 浮佇土頂一撮，即可形容為垺，音義皆備。

坏 Bu, ㄅㄨ ; Chit bu thô, Chīu sī Chit tui thô ê ì sù. á sī mih kiāⁿ khioh tsòe hóe ê ì sù. 一坏土，就是一堆土的意思。或是物件抾做伙的意思。

造字 借巫音成字。成堆。垺較小坏較大。

埉 kauh, kauh, ㄍㄠ ; O· kauh kauh, O· kauh kauh, Chīu sī Chin O· ê ì sù. 黑埉埉，黑埉埉，就是真黑的意思。

造字 狀形字。借來的偏音成字。形容及加重的語氣。

八畫

埴	Sit, tì, ㄒㄧㄠ,ㄉㄧˋ	Liâm thô, Chhiau thô kang, 粘土，搏土的工，
執	Chip, ㄓˊ	theh, Liah, Chhi Siu, Chip hêng, Chip Sîu。kò Chip, Chip Sū, Chip ì, Chip Giap, Chip bī Put Gō。 提，捕，持守，執行，執守。固執，執事，執意，執業，執迷不悟。
埻	tun, ㄉㄨㄣ	thiap thô tui, Chhiàm thô Lâi khàm bat kok ê mia。 疊土堆，鏟土來蓋密。國的名。
埶	Gē, ㄧˋ	tsai Chèng, kap Chit jī 藝 Sio Siāng。 栽種，与這字藝相同。
基	ki, kî ㄐㄧ	tī ê tóe thang oá khò ê, khí thâu, Chiàm。tōe ki, ki Pún, kun ki, ki tok kàu。 佇下底可依靠的，起頭，占。地基，基本，根基，基督教。
堅	kian, kan, ㄐㄧㄢ,ㄍㄢ	kiat Sit。Giám ngī, tsāi tsāi, tēng tēng, kian tàng kian kò kian tsòng, kan Lók。 結實。儼硬，在在，碇碇，凝凍，堅固，堅壯，堅搭。
堁	khò, ㄎㄜˋ	tîn ai Pòe khí ê Khoán Sit。thô Soà hún, Chhau ê khì khū。 塵埃飛起的款式。土砂粉，草的器具。
堀	kút, khut, ㄍㄨㄊ,ㄎㄨㄊ	hut jiân, khui thô kút Chhiā khang。thô khang, thô khut。tsúi khut。ti ko khut。 忽然。開土，掘成孔。土孔，土堀。水堀。猪公堀。
堊	ok ㄜˋ	thô Sóe thang Sio hûi。ū Sek ê thô, thô oē boah Piah tit。boah hoe。 土洗可燒磁。有色的土，土能抹壁得。抹灰。
堋	Pêng, Phiân ㄆㄥˊ,ㄆㄧㄢ	tsòng Sí Láng ēng thô khàm ê ì sù。tsúi tsah。Soaⁿ Phiâⁿ, hái Phiâⁿ, Chióh thâu Phiâⁿ, Sam… 葬死人用土蓋的意思。水截。山堋，海堋，石頭堋，杉堋
培	Pôe, ㄆㄟˊ	Pôe Lô, thô tún tsòe tui, thô tui。ke thiⁿ, iâⁿ Chhī, tsai Pôe, Pôe iúⁿ, Pôe iók。 培塿，土囤作堆，土堆。加添，養飼，栽培，培養，培育。
埤	Pi, Pî, Pī, ㄆㄧ,ㄆㄧˊ,ㄆㄧˋ	kē ê Chhiûⁿ, tsah tsúi ê só tsāi。tōa Pi, tsúi Pi, Pi tīⁿg, Pi tsùn。Chit Pah bó ê Chhân。 低的牆，截水的所在。大埤，水埤，埤塘，埤圳。一百畝的田。
埠	Pō, Po, ㄅㄨˋ	tsúi Piⁿ tsàn hòe ê Só tsāi Po thâu, tsûn thêng khò ê só tsāi, káng Pō。Siong Po。Pún Po。 水邊棧貨的所在，埠頭，船停靠的所在，港埠。商埠。本埠。
埽	Sò, ㄙㄠˋ	hiat kàk, Phoàⁿ, Lâ Sâm, Lâ Sap, Pùn Sò。 棄擲，拂。垃圾，垃圾，糞埽。
埭	tāi, tē, ㄉㄞˋ,ㄉㄜˋ	ēng thô that tsúi hoāⁿ, hô kau, tî tīⁿg, tē hoāⁿ, thô thê。 用土塞水。岸，河溝，池塘，地岸，土隄。
堂	tông, tn̂g, ㄊㄤˊ	Chhù tiong Sim。thiaⁿ tn̂g, kong tn̂g, tsun kùi, tông siōng。Chheng hō Lâng ê Lāu bú, Leng tông。 厝中心。廳堂，公堂，尊貴，堂上。稱呼人的老母，令堂。
埵	to, ㄉㄨㄛ	thô kian tēng ê ì Sù。iûⁿ kim Siók ê khì khū。 土堅碇的意思。鎔金屬的器具。
堆	tôe, tui, tu, ㄉㄨㄟ	Lui thô Chek tsū, thô tui, tui Chek。Chit tu, tōa tu, Sòe tu thô。chit Lui thô。 土積住，土堆，堆積。一堆，大堆，小堆土。一堆土。
埰	Chhài, ㄘㄞˇ	tsòng tōa koaⁿ ê só tsāi, tōa koaⁿ Chiah hōng Lók ê thó tōe。 葬大官的所在，大官食俸祿的土地。
埜	iá, ㄧㄝˇ	Siaⁿ kau Goa bīn ê Só tsāi。khòng khoah, Chho Siok, khòng iá, Chho iá, Goân iá。野 Siāng。 城郊外面的所在。空闊，粗俗，曠埜，粗埜，原埜。野同。
埯	iám, ㄧㄢˇ	ēng thô khàm bat, tâi, Siu khǹg。 用土蓋密，埋，收藏。
埸	Ék, ㄧˋ	Chhân hoāⁿ, kài hān, Piⁿ thâu ê Só tsāi。kài Chí, tē kài。kiong ék。 田畔，界限，邊頭的所在。界址，地界。疆埸。
域	hék, ㄩˋ	Pang kok kau kài。kài hān, hn̄g ê Só tsāi。bōng kài, Siu hek。khu hek, tē hek。 邦國交界。界限。遠的所在。墓界，壽域。區域，地域。
堊	Ó, ㄜˋ	Soaⁿ Phiâⁿ, thô Siâⁿ, Siâⁿ Chhiûⁿ, hiuⁿ Siā, khah Sòe ê Phàu tâi。 山坪，土城，城牆，鄉社，較小的砲台。
㙉	thián, ㄊㄧㄢˇ	bút bī tsōe tsōe, kāu, hó, kàu, bōe kì tit, kú kú, Gâu。 勁味多多，厚，好，到，𣍐記得，久久，勢。
埦	Oán, oáⁿ ㄨㄢˇ	Sió Sió ê Poe, oáⁿ á, Chhâ oáⁿ 小小的杯，碗仔，柴碗
埳	khám, ㄎㄢˇ	tōe khang ê tsúi koe。Chíⁿ Lāi ê tsúi koe。 地孔的水蛙。井內的水蛙。
堈	kong, ㄍㄤ	Chióh āng, tōe ê mia。 石甕，地的名。
堇	kín, kìn, ㄐㄧㄣˇ,ㄐㄧㄣˋ	tē Chhin Chhiūⁿ bēh Lê ko, Chhài, ióh ê mia。 茶親像麥藜膏，菜，葯的名。
堣	kū, ㄍㄨ	hoāⁿ, ēng thô tsoh hoāⁿ, hō tsúi bián ìm koe khì。khí hoāⁿ, tsō hoāⁿ。 岸，用土作岸，给水免淹過去。起岸，造岸。
埔	Pú, ㄅㄨˋ	Chháu Pú, tīu chháu Pú, chháu tui ê ì sù。thô Pú。chit Pú thô。 草埔，稻草埔。草堆的意思。土埔。一埔土。 [造字]

埢	koán, ㄍㄨㄢˇ,	thióng Pó ìn ìn ê Chhiūⁿ, khiau khiau ê khoán sit。 塚埔 圓圓的牆，曲曲的款式。
堃	khun, ㄎㄨㄣ,	kap 坤 Siang khoán。khiân khun, tōe, Siók Im ê ì sù, Sūn hok。 与 坤 同款 。乾坤，地，屬陰的意思。順服。
埿	Lê, nî, ㄌㄝˊ, ㄋㄧˊ,	Lō kô bê, thô bê ê ì sù。 路糊糜，土糜的意思。
堅	tsū, ㄗㄨˋ,	thô tsū Chip, Chek tiok, Chek tsū, tsoh hōaⁿ, khí Chhù。 土聚集，積蓄，積住，作岸，起厝。
埼	tap, thap, ㄉㄚˋ, ㄊㄚˋ,	mih tūi Lóh ê Siaⁿ, tūi thô ê ì sù。 物墜落的聲，隧土的意思。
埝	tiàm, ㄉㄧㄢˋ,	ē bīn, Chiong thô tsoh koân Lâi tsah tsúi。 下面，將土作高 來 截水 。
埡	u, ㄨ	Chiū Sī Lô Lô, khó khó ê Lō kô bê。 就是濁濁，洘洘的路糊糜。

九畫

塍	Sêng, ㄕㄥˊ,	Chiū Sī tiu á Chhân ê Chhân hōaⁿ。 就是稻仔田的田畔 。
堩	hok, ㄏㄜˊ,	kui khang ê Só tsāi Lâi khia khí, iô, tsng iô。 歸孔的所在來豎起，窯，磚窯。
堠	hō, ㄏㄡˋ,	Chiū Sī thô Siâⁿ ê ì sù。thô hō。thek hō, thàm ték Chêⁿ ê Lâng。 就是土城的意思。土堠。斥堠，探敵情的人。
堭	hông, ㄏㄨㄤˊ	Sêng ông biō Siâⁿ ê tî。 城隍廟；城的池。
堧	joân, Loân, ㄖㄨㄢˊ, ㄌㄨㄢˊ,	hô Pīⁿ ê tōe。Siâⁿ ē ê Chhân。Soa thô 河邊的地。城下的田。砂土
堪	kham, ㄎㄢ	khah iāⁿ, ū khùi Lát, tam tng。oē, thang, khàm kòa, oē kham tit。kham ū, khòa hong Súi。 較贏，有氣力，担當。能，可，蓋蓋，能堪得。堪輿，看風水。
堦	kai, ke, ㄍㄞ, ㄍㄝ,	thong Sù hong ê Lō。kap 階 Sio Siāng。Gîm tsân, Lâu thui, tâi kai, Chiūⁿ koâiⁿ。 通四方的路。与階相同。砛層，樓梯，台堦，上高。
堷	Am, ㄢ,	Pha hng bô Chèng tsoh ê tōe, thang tsòe Sàn hiong Lâng bāi tsòng Só tsāi。 拋荒無種作的地，可做惇窮人埋葬的所在 。
堡	Pó, ㄅㄠˇ,	Sòe Sòe ê Siâⁿ, iā kap 保 Sio Siāng。Pó Lūi, kun Sū iōng tē。 小小的城，也与保相同。堡壘，軍事用地。
報	Pò, ㄅㄠˋ,	thong hō Lâng tsai, Pò tō, Pò kò。tap siā, hôe Pò。Pò èng。Pò tsóa。Pò mîa, Pò bé á。 通知互人知，報導，報告。答謝，回報。報應。報紙。報名，報馬仔。
堤	thê, ㄊㄧˊ,	hōaⁿ, ēng hōaⁿ Sàn keh Lō。thê hōaⁿ, hông Pho thê, tsúi bà thê, tōa khe thê hông。 岸，用岸相隔路。堤岸，防波堤，水壩堤，大溪堤防。
堞	tiap, ㄉㄧㄝˊ,	Chiū Sī Siâⁿ tó Chih, Siâⁿ téng ê tóe Chhiūⁿ。 就是城倒折，城頂的短牆。
堵	tó, táu, ㄉㄨˇ, ㄉㄡˇ,	Hōa tsāh, ūi Chhiūⁿ, that bát, Chiàu kò。ún tàng, hông tó, tsó Chí。Sòaⁿ tàu, thòe ngó。 攔截，圍牆，塞窒，照顧。穩當，防堵，阻止。散堵，退伍。
堍	tō, ㄊㄨˋ,	tìn tiàu, that bát ê ì sù。 鎮跳，塞窒的意思。
塱	Chek, ㄐㄧˊ,	Chiong thô kat tsoh bō hiát, hé Chek ê hu, oàn hūn, tù khì 將土肉作墓穴，火燭的灰，怨恨，
堯	Giâu, ㄧㄠˊ,	koâiⁿ, hn̄g。hó tek hēng。kó tsá hông tè ê mîa, Giâu tè。Giâu Sūn。 高，遠。好德行。古早皇帝的名，堯帝。堯舜。
堰	ián, iàn, ㄧㄢˇ, ㄧㄢˋ,	that tsúi hō i bô Lâu。hōaⁿ, tsúi tsāh。hông tsúi thê Hōaⁿ。kang iàn。 塞水互它無流。岸，水截。防水堤岸。江堰。
堙	ian, in, ㄧㄢ, ㄧㄣ,	that bát, that tsúi hō i tò Lâu。thô Soaⁿ, in biat, ian sāi 塞窒，塞水互它倒流。土山。堙滅，堙塞
堛	Bî, ㄅㄧˋ,	ēng Chit tui ê thô Lâi tsòe tōaⁿ。 用一堆的土 來做壇。
堛	Pek, Phéh, ㄅㄧˋ, ㄆㄧˋ,	Peh, Chiū Sī tōe Lap o ê ì sù。thô Phéh, Chhân Phéh。Chhân thô Phéh。 塌，就是地塌窩的意思。土堛，田堛。田土堛。
場	tiông, tiôⁿ, ㄉㄧㄤˊ, ㄉㄧㄛˊ,	Chè hiàn ê Só tsāi, Siu Gō kak ê Só tsāi。tiôⁿ Só, kóng tiûⁿ。tiôⁿ bīn, Chhì tiôⁿ, kang tiôⁿ。 祭献的所在，收五穀的所在。場所，廣場。場面，試場，工場。
塅	thoàn, ㄊㄨㄢˋ,	keng tsoh, Lôe thô hō i Sang, Sàⁿ kap Lôe hn̂g。 耕作，犁土互它鬆，相與犁園。

塩 kèng, khèng, ㄍㄝㄥ, ㄎㄝㄥ, — oá hong súi ê Lō·, Siang Pêng Pîn ū sai tehkò. 倚風水的路，双平邊有獅咧顧。

堝 ko, ㄍㄜ, — Sio kim Gûn ê khì khū。iûⁿ tâng Siah ê kham ko。燒金銀的器具。鎔銅錫的坩堝。

堨 At, ㄚㄊ, — Pit Phang tī Piah nih, hé hu seh ê nōa thô·。比縫佇壁裡，火灰色的爛土。

墳 tô, tō, ㄉㄜˊ, ㄉㄜˇ, — Chiū sī hiat tsng thit thô ê ì sù。Phau tô。thô tsúi Sai hū hiat ts kap hīa khì chhù khàm hīa。就是拚磚迌迌的意思。拋墳。土水師父拚磚仔与瓦起厝蓋瓦。

堗 tu̍t, ㄉㄨㄊ, — tsàu ê tsàu khang ê ì sù。kap 突 Siong tông。灶的灶孔的意思。与突相同。

堫 tsong, ㄗㄜㄥ, — Chèng tsoh。bô keng êng Chiū Chèng ê ì sù。種作。無經營就種的意思。

堬 jû, ㄖㄨ, — thiông Soaⁿ。Chîn Chîn tiong kan ê thiông Soaⁿ。塚山。秦晉中間的塚山。

堘 Gān, ㄫㄚㄢ, — Pok Gān, thiap tī Piah kha ê thô á sī tsng。墣堘，疊佇壁脚的土或是磚。

造字 借音成字。

堲 Chhip, ㄑㄧㄆ, — O· Chhip, Chiū sī tsûn tóe sin chhip, tsûn ē kian ê mih, tê kó Chhip, niō tháng chhip, Piàn tī Chhip。黑堲，就是船底生堲，船下凝的物。茶砧堲，尿桶堲，便池堲。

造字 堲屬石灰質也，水的沈澱物，水垢之類，所謂滓，尿滓也。借音哥土質也。

埪 khōng, ㄎㄜㄥ, — ioh Chia khōng, Chiū sī ioh kam Chià ê ì sù。憶蔗埪 就是憶甘蔗的意思。

造字 早時農業社會，無論農工商比較現代，都生活自在而簡單。憶甘蔗是當時代農間娛樂，將甘蔗歸把，歸捆，歸堆。歸堆就是埪也。成埪的甘蔗，大家來賭輸贏，來猜憶有幾支，或是一支甘蔗有幾肋。埪也与堆同意思。一埪也是一堆。可應用在其他。

堦 Pan, ㄅㄚㄢ, — Sam Pan khiah, Chiū sī Siaⁿ Chhiûⁿ ê Làng khiah。Siaⁿ Chhiûⁿ á sī Piah tó chi ê khang khiah。墋堦隙，就是城牆的櫳隙。城牆或是壁倒坐的孔隙。

造字 借音成字，屬建築物，用土呼借扁音。

十畫

塚 thióng, ㄊㄧㄜㄥ, — bōng, thióng, thióng Soaⁿ, Gī thióng, thióng á Po·。墓，塚，塚山，義塚，塚仔埔。

塤 hun, ㄏㄨㄣ, — kó tāi Gák khì ê miâ, ēng nî thô tsòe ê。hun tî。hiaⁿ tī hô。古代樂器的名，用泥土做的。塤篪。兄弟和。

塏 khái, ㄎㄞ, — koâiⁿ koâiⁿ ê ta tōe, ta sò ê só tsāi。高高的乾地，乾燥的所在。

塊 khoài, tè, ㄎㄨㄞ, ㄉㄝ, — tōa tōe iáu kú hūn tūn ê miâ。thô thâu, kơ kiat ê thô。thô khoài。tè tsn̄g, Sò Liōng ê miâ。大地也久混沌的名。土頭，固結的土。土塊。塊狀，數量的名。

塓 bek, ㄅㄝㄎ, — boah he, á sī Chhèng he tsúi。抹灰，或是摚灰水。

塞 Sài, Sek, Soeh, that, Siap, ㄕㄞ, ㄕㄝㄎ, ㄕㄨㄝㄏ, ㄊㄚㄊ, ㄒㄧㄚㄆ, — Pian kéng, kau kài, iàu Sài。thūn bat, keh tn̄g, Put thong, tó Sek。邊境，交界，要塞。填密，隔斷，不通，堵塞。khoeh Soeh, oeh Soeh, Soeh Piah Phāng。Siap Piah khang。Siap thang。that 仔, that Lāu, that kha。挾塞，狹塞，塞壁縫。塞壁孔。塞桶。塞仔，塞漏，塞孔。Sat Phīⁿ, Phīⁿ khang Sat Sat。塞鼻，鼻孔塞塞。

塒 Sî, ㄒㄧ, — koe Sî, koe hioh ê só tsāi, koe Liāu ê ì sù。鷄塒，鷄息的所在，鷄寮的意思。

塐 Sò, ㄙㄜ, — kap 塑 jī Siong tông。与塑字相同。

塑 Sò, Sok, ㄙㄜ, ㄙㄜㄎ, — ēng thô tsòe bô。tsng Siōng, Sò Siōng, t. Sîn Put kúi ê thô Siōng。sok ka, kang Giap Sán Pín。用土做模。裝像，塑像，裝神佛鬼的土像。塑膠，工業產品。

塔 thap, thah, ㄊㄚㄆ, ㄊㄚㄏ, — thô ka Lauh ê siaⁿ。thô tui, thiap koâiⁿ, Saⁿ tsàn thah, káu tsàn thah。kì Liām thah, teng thah。土磕落的聲。土堆，疊高，三層塔，九層塔。記念塔。燈塔。

塘 tông, tn̂g, ㄉㄜㄥ, ㄉㄥ, — tsúi kiⁿ, hoāⁿ, thê tn̂g, tsúi tông, tî tn̂g, hô hoa tn̂g, Chhian tông ô·。水墘，岸，堤塘，水塘，池塘，荷花塘，錢塘湖。

塗 tô, thô, ㄉㄜˊ, ㄊㄜˊ, — boah, thô bê, bak tioh。Chhat Chiū Sī thô Liāu。ke Lō·, Lō· tô, kap thông。抹，塗糜，染着。漆就是塗料。街路，路塗，与途通。

塡	tiân, thiân, thūn, ㄉ一ㄢˊ, ㄊ一ㄢˊ, ㄊㄨㄣˊ	tiân Chhiong, ke thi móa. Pó-that. Sūn, thūn thô Pîⁿ. Pó-hó. thūn Chíⁿ. thūn Lō. 塡充，加添滿。補塞。順，塡土平。補好。塡井。塡路。 thiân Sia, Pió keh Lāi tiam Sia bûn jī. tiân Sû, tsoh khek thiⁿ Sû. 塡寫，表格內添寫文字。塡詞，作曲添詞。
塟	tsòng, ㄗㄤˋ;	kap 葬 Siāng khoán. tāi Sí Lâng. 与葬同款。埋死人。
塉	Chek ㄐ一ˊ;	Sán Sán ê thô tōe, Chhin Chhiūⁿ Soaⁿ nih ê Poh thô. kē kē ê hōaⁿ. 瘦瘦的土地，親像山裡的薄土。低低的岸。
塕	Ang, Ōng, ㄤ, ㄨㄥˋ;	Siâⁿ mn̂g Lāi Goā mn̂g ê khang tōe. Chiū Sī Lāi bīn ê khang tōe. 城門內外門的空地。就是內面的空地。
塢	Ó, Ó, ㄨˇ, ㄨˋ,	Soaⁿ Phiâⁿ, thô Siâⁿ, thô Chhiūⁿ. hiuⁿ Sīa. khah Sòe ê Phàu tâi. 山坪，土城，土牆。鄉社。較小的砲台。
塋	êng, ㄧㄥˊ;	hûn bōng, tāi Sin Si, bāi tsòng ê Só-tsāi. êng tē, tsó êng. bōng tē. 墳墓，埋身死，埋葬的所在。塋地，祖塋。墓地。
塭	ùn, ㄨㄣˋ;	hái tsúi im thang Liah hî ê só tsāi. ùn hōa, hî ùn, ùn khut. Chhī hî ê Só-tsāi. 海水淹可捕魚的所在。塭岸，魚塭，塭堀，飼魚的所在。
塠	tui, ㄉㄨㄟ;	ka Làuh, Lak Lòh. thô tui kap 堆 Siāng ì sù. 磕落，落落。土堆与堆同意思。
塾	jiók, ㄖㄨˋ;	Lō Chhiok, tâm Sip, joàh ê ì sù. 路摶，澹濕，熱的意思。
塌	thap, Lap, nah, naih. ㄊㄚ, ㄌㄚ, ㄋㄚ, ㄋㄞ.	tōe hām, Soaⁿ Pang, tó hoāi. Chit thap, Chit Lap, Lap o, Lap tōe, Lap khut. 地陷，山崩，倒壞。一塌，一塌，塌窩，塌底，塌堀。 Chit nah, nah io, nah Phīⁿ. naih Chit khang. Pak tó naih naih, Pak tó iau. 一塌，塌腰，塌鼻。塌一孔。腹肚塌塌，腹肚餓。
塍	sêng ㄔㄥˊ	Chiū Sī Chèng tīu á ê Chhân, Chhân hoāⁿ ê Lō. 就是種稻仔的田，田畔的路。
塯	Liù, Liû, ㄌ一ㄡˋ, ㄌ一ㄡˊ,	tóe Pn̄g ê hūi khì. hūi ê Pn̄g tau. 貯飯的磁器。磁的飯斗。
墪	tun, ㄉㄨㄣ;	thô tui, sì Chiàⁿ ê tui. ian tun tun á. 土堆，四正的堆。墶墪，墪仔。
墆	Siò, Sioh, ㄒ一ㄛ, ㄒ一ㄛˋ,	mih kiāⁿ bô kàu koân khiàm Sió khóa, aì thiap koân. Siò Chit ē. Sioh chit Sut á. 物件無夠高欠小許，愛疊高。墆一下。墆一屑仔。
造字		墆与墊的意思同款，但是語音不同總是不能無字。墆一張紙，比如機械的裝置，高度不夠用鉄片墆。借席音，字音義同在。

十一畫

塵	tîn, thûn, ㄔㄣˊ, ㄊㄨㄣˊ,	thô hún, sòe sòe ê mih. Sè kan, tîn sè. tîn ai, ian thûn 土粉，小小的物。世間，塵世。塵埃，煙塵
墋	Chhám, ㄘㄢˇ,	tsúi Lô bô Chheng khì. soa thô 水濁無清氣。砂土
障	chiong, Chiòng, ㄓㄤ, ㄓㄤˋ,	keh tn̄g, that Bat, tsó keh. 隔斷，塞密，阻隔。
場	tiông, Chhiâng, tiûⁿ ㄔㄤˊ, ㄔ一ㄤˊ, ㄉ一ㄡˊ,	Pîⁿ ê khang tē, tiûⁿ tē, hì tiûⁿ. kang tiûⁿ. khe tiûⁿ. Pâi Chhiâng, 平的空地，場地。戲場。工場。溪場。排場， kóng oē ài Pâi Chhiâng. kap 塲 Siāng khoán. Chhī tiûⁿ, tó tiûⁿ, Chiàn tiûⁿ 講話愛排場。与塲同款。市場，賭場，戰場
墀	tî, ㄔˊ;	Gîm kīⁿ téng ê tōe, tan tî. 砛墘頂的地，丹墀。
墌	Chek, ㄓˊ;	Piah ē ê tē ki tē hō mia. 壁下的地基。地號名。
堅	ê ㄧ	Chiū Sī thô Soa, tîn ai ê ì sù. 就是土砂，塵埃的意思。
墈	khàm ㄎㄢˋ	Soaⁿ Giâm kia Chhia, tóe thóng Chhut tsáp Chhùi ê thô Chioh. khàm khiat. 山巖崎斜，底坉出雜碎的土石。墈砝。
塈	kì ㄐ一ˋ	kō, boah, theh, hioh khùn. 糊，抹，提，歇睏。
墘	khiân, kîⁿ ㄑ一ㄢˊ, ㄍ一ˊ	kau khut ê Pîⁿ, khoe kîⁿ, Lîm kîⁿ. kau kîⁿ. Chhia Lō kîⁿ. 溝堀的邊，溪墘，臨墘。溝墘。車路墘。

墐 kīn，ㄍㄧㄣ， kô，kô Piah，bâi tsòng，kaú teng ê Lō。
黏，黏壁，埋葬，溝頂的路。

境 kéng，ㄍㄧㄥ， thô tōe Saⁿ Liân Chiap ê Só tsāi，kài hān，kéng kài，kiong kài，kok kài，kok kéng。
土地相連接的所在，界限，境界，疆界，國界，國境。

塿 Ló，ㄌㄡˇ， tām Pôh thô tui，Sòe Sòe ê thiong Soaⁿ。
淺薄土堆，小小的塚山。

墁 bān，ㄇㄢˋ， Phô Pîⁿ ê ke Si，hoe Sî，bān to。boah Piah。boah toe Phîⁿ，bān Chhiuⁿ，bān tōe。
鋪平的傢私，灰匙，墁刀。抹壁。抹地坪，墁牆，墁地。

塻 bók，ㄇㄛˋ， iù iù ê tîn ia。Goân tiám tsōe tsōe，Chiū sī Chì bî Sòe ê mih。
幼幼的塵埃。原點多多，就是至微細的物。

墓 bō，bōng，ㄇㄨˋ，ㄇㄛˋ， bâi tsòng ê Só tsāi，tâi Sin Si ê tōe，Soaⁿ á，hûn bōng。bō hiat，bōng khòng。
埋葬的所在，埋身屍的地，山仔，墳墓。墓穴，墓壙。

墅 Sū，Sú，ㄕㄨˋ，ㄕㄨˇ， Chhân hn̂g ê Chhù，Su ku ê Chhù。Piat Sū。
田園的厝，私居的厝。別墅。

墖 thap，thah，ㄊㄚˇ，ㄊㄚ， kap 塔 Siāng khóan。
與塔同款。

墊 tiām，ㄉㄧㄢˋ， tiām Lòh khì，hē teh，thìⁿ，tú，Pang tsān。î tiām，tiām Pó，Oê tiām。tiām koân。
沈落去，置咧，撐，拄，幫助。椅墊，墊補，鞋墊。墊高。

塹 tsām，ㄑㄧㄢˋ， khiⁿ kau，Siâⁿ Gōa ê hô kau。Chhim tsām。tsām hô Siâⁿ tî。
坑溝，城外的河溝。深塹。塹河，城池。

墉 iông，ㄩㄥ， thô Chhiuⁿ，uî Chhiuⁿ，Sòe ê Siâⁿ。hoân iông。
土牆，圍牆，小的城。垣墉。

壼 kún，ㄎㄨㄣˇ， thô ê khóan Sit。
土的款式。

塱 Lóng，Lông，ㄌㄤˇ，ㄌㄤ， tsoh Chhân hoāⁿ ê ì sù。á sī thiap koân ê Pîⁿ tōe。
作田畔的意思。或是疊高的平地。

墁 boān，ㄇㄢˊ， ēng thô Lâi kham。thih Sian。Phô tsng。
用土來蓋。鐵銹。鋪墁。

塺 mô，mûi，ㄇㄛˊ，ㄇㄟˊ， khì，hûn bū，bū bū，Chhin Chhiuⁿ tîn ai。
氣，雲霧，霧霧，親像塵埃。

墶 hông，ㄏㄨㄥˊ， tîn ai Pe khì ê khóan Sit。Soa tè hong khí Lâi。
塵埃飛去的款式。砂隨風起來。

塾 Siók，Sék，ㄕㄨˊ，ㄕㄡˊ， mn̂g Pîⁿ ê tn̂g，òh tn̂g，òh Sék，Su Siok。Siók Su，kà Chheh ê Sian Siⁿ。
門邊的堂，學堂，學塾，私塾。塾師，教書的先生。

墆 tē，tiát，ㄉㄧˋ，ㄉㄧㄝˊ， tóe mih，Chek tsū，Soah，koân koân ê khóan，im ńg ê khóan Sit。
貯物，積住，息，高高的款，陰影的款式。

墄 Chhek，ㄑㄧˋ， kiā á tsàn。tsàn khí。Saⁿ tsàn Lâu，ān t
崎仔層。層起，三層樓，限層

樅 tsong，ㄗㄨㄥ， Chit khóan hiuⁿ ko ê mia。ū Lâng kiò tsòe kúi hō Soaⁿ。
一款香菇的名。有人叫做鬼雨傘。

熞 eng，ㄥ， eng ia，hong Pe Soa eng Phóng Phóng。ian thûn eng Phóng Phóng。eng Phóng Phóng。
熞埃，風飛砂熞飄飄。煙塵熞飄飄。熞滃滃。

造字 熞。輕隨空氣流動而飛如煙，加央的白話音，音義皆全。

塸 au，ㄡ， au tsau，au Lâu，Chiū sī bīn Lâ Sâm bô Chheng khì。khiap Sì。
塸糟，塸膢，就是面垃圾無清氣。怯勢。

造字 借音成字土字表示無清氣。

埣 tsūi，ㄘㄨㄟˋ， Soa tsūi，chiū sī kha tah tiòh Soa oē Lap Lòh Chhim ê ì sù。Chit khóan Sòe Chiah Chîm á，
砂埣，就是腳踏著砂能踏落深的意思。一款小隻的蟳仔，
kiò tsòe Soa tsūi，jîn tsōe bah tiⁿ bí。
叫做砂埣，仁多肉甜美。

造字 借萃的偏音，行佇砂堆，砂灘，砂漠，往往徑砂淹腳曰埣。

墔 kák，ㄎㄜˋ， Pàng Sak ê ì sù。thó kák，hiat kák。m̄ ai ê mih tàn（tìm）hiat kák。hek kák。
放揀的意思。揣墔，拚墔。不愛的物挕拚墔。弃墔。

造字 借霍的偏音來成字。不需之物示之如土，棄之。即墔也。

十二 畫

墜 tūi, tūi, kôai ka Láuh Lóh kē, tūi Lóh, tūi Lóh Lâi. hī á tôa tūi. tūi tiông。
ㄉㄨㄧ, ㄉㄨㄧ, 高磕落落低，墜落，墜落來。耳仔大墜。墜腸。

墦 hoan, hôan, Phoan, Pô, Chiū sī Pha hng ê tōe, thiông Soaⁿ。 thô Pô, thô Pô êng, khí thô Pô。
ㄏㄨㄚ, ㄏㄨㄢ, ㄆㄨㄢ, ㄅㄛ, 就是拋荒的地，塚山。土墦，土墦壅，起土墦。

墳 hún, hûn, Pûi ê thô, hó Chèng tsoh ê thô tōe, Pûi ê thô bah。 bōng, ûn bō, tsó hûn,
ㄏㄨㄣ, ㄏㄨㄣ, 肥的土，好種作的土地，肥的土肉。墓，墳墓，祖墳，

壇 è, ì, thiⁿ o im, thô hún。 o àm ê ì sù
ㄝ, ㄧ, 天黑陰。土粉。黑暗的意思

墝 khau, khàu, sán ê tōe, thô Póh, kian tēng, ngī。
ㄎㄚㄨ, ㄎㄚㄨ, 瘦的地，土薄，堅碇，硬。

墟 hu, hi, khang ê tōe, Soaⁿ á, kó thiông, Pîⁿ Po, tó hoāi, Chèng Lâng tsū Chip bóe bōe, hi tiûⁿ, Gû hi。
ㄏㄨ, ㄏㄧ, 空的地，山仔，古塚，平埔，倒壞，眾人聚集買賣，墟場，牛墟。

墨 bek, bák, bat, o Sek, bák。 bûn ngá, bûn bek。 bák táu, Chîn Soaⁿ。 bát tsat Chiū sī hî mîa。 bák tsúi。
ㄅㄝㄎ, ㄅㄚㄎ, ㄅㄚㄊ, 黑色，墨。文雅，文墨。墨斗，繩線。墨賊就是魚名。墨水。

墣 Phok, Pók, thô tè, Pók Gân, Chiū sī Chiông tsng, á sī thô thiap tī Piah kha, hō ì khah ióng。
ㄆㄛㄎ, ㄅㄛㄎ, 土塊，墣墇，就是牆墇，或是土疊佇壁脚，予它較勇。

墠 Siān, tôaⁿ kha ê tē, Chhòng tē Pîⁿ koh tēng, Soaⁿ nih ê khàng tē。
ㄒㄧㄢ, 壇脚的地，創地平佫碇，山裡的空地。

墡 Siān, mih Pī Pān thang Chiah。 tû Pâng。 hó ê bút bī。 Cheng Si ê bah。 Péh Siān thô, tsng thāⁿ
ㄒㄧㄢ, 物備辦可食。廚房。好的滋味。犧牲的肉。白墡土，裝飾
khì bút, tiau iû á sī Chhat。
器物，調油或是漆。

壜 thâm, tōe hō mîa, Siok hûi ê Lûi, thang tóe Chiú, Chiú thâm。 tsng Lêng kut Lêng kut thâm。
ㄊㄚㄇ, 地號名，屬磁的類，可貯酒，酒壜。裝靈骨，靈骨壜。

墮 tūi, húi hoāi ka Láuh, tūi Lóh, Pîn tōaⁿ。
ㄉㄨㄧ, 毀壞磕落，墮落，貧惰。

墤 khòai, tōe kap Siāng ì sù, thiⁿ tē iáu kú hūn tūn ê mîa。
ㄎㄨㄞ, ㄉㄨㄟ 与塊同意思，天地也久混沌的名。

墩 tun, thô tui, Sì Chiàⁿ ê tui, kē, thô tun, ian tun, tun á。
ㄉㄨㄣ, 土堆，四正的堆，低，土墩，煙墩，墩仔。

增 Cheng, Chêng, têng Pōe, ke thiⁿ, khah tōe ka Cheng。 Chêng ka, Chêng tāng, Chêng kiám。
ㄐㄥ, ㄐㄥ, 重倍，加添，較多。加增。增加，增重，增減。

墫 tsun, kap 樽 Siāng khoán。 bō Sēng。 tóe Chiú e khì bút, ì tsun Chiú kàu。 tsun tsó Ch
ㄗㄨㄣ, 与樽同款。茂盛。貯酒的器物，移墫就教。墫俎折衝

墪 tun, Pîⁿ tōe ū thô tui, Chia an Sek tòa tī Pòaⁿ Soaⁿ, ū thô tui kiò Chia kong tun。 kap tōng
ㄉㄨㄣ 平地有土堆，謝安石住佇半山，有土堆叫謝公墪。与墩同。

𡒄 Chhēng, Sēng, Siāⁿ, tsōe tsōe mih tóe tī khì khū, Chhek Siāⁿ, Chek tsū Chhek ê Só tsāi。
ㄑㄥ, ㄕㄥ, ㄒㄧㄚ, 多多物貯佇器具，粟𡒄，積住粟的所在。

畿 kì, tōe kài, kài Chí, Chit Chheng Lí, hông tè ê hng 1,000 里。
ㄍㄧ, 地界，界址，一千里。皇帝的園1,000里。

墺 hok, khang, kui khang ê Só tsāi Lâi khia khí。 iô, tsng iô。
ㄏㄛㄎ, 孔，歸孔的所在來豎起。窯，墺窯。

墽 Liâu, Chiū sī sì ûi ê Chhiûⁿ ê ì sù
ㄌㄧㄠ, 就是四圍的牆的意思

墪 Piat, tōa Po thâu ê Só tsāi。 tōa Po thâu ê mîa。
ㄅㄧㄝ, 大埠頭的所在。大埠頭的名。

墱 teng, Sío Sío ê Pang, á sī Chhâ Pán。 Lō á, Sío Lō, hāng Lō。
ㄉㄥ, 小小的板，或是柴板。路仔，小路，巷路。

補11畫

塼 tsoan, tsng, kap 磚甎 jī Siāng khoán ì sù。
ㄗㄨㄢ, ㄗㄥ, 与磚甎字同款意思

黓 kiak, o kiak kiak, Chiū sī Chin o ê ì sù。 Lô kiak kiak, Lô tsúi khe ê tsúi Lô kiak kiak。
ㄍㄧㄚㄎ, 黑黓黓，就是真黑的意思。濁黓黓，濁水溪的水濁黓黓。

造字 狀形字。可謂助語詞、加強語句。借戟的偏音成字。

𪐴 tsau, au tsau, au au tsau tsau, Chiū sī thûn un ê ì sù, Lāu tsau, bīn tsau。 bô Chheng khì。
ㄗㄠ, 垢𪐴，垢垢𪐴𪐴，就是黗肮的意思，老𪐴，面𪐴。無清氣。

造字 借焦的偏音來成字。是無整齊無清氣的意思。

十三畫

墅 hák, ㄏㄚˇ, thô kian tēng, Soaⁿ tsōe tsōe tōa tè Chioh. 土堅碇，山多多大塊石。

墾 khún, ㄎㄨㄣˇ, khui Sin ê Chhân hn̂g, Chhut Lat tī Lí. Siong hāi khai khún, khai Pit hong tē. 開新的田園，出力治理。傷害；開墾，開闢荒地。

墼 kek, kat, ㄍㄝㄎ, ㄍㄚㄊ, ēng thô tsōe Chiāⁿ tè, Sì kak ê thô tsng, thang khí Chhu. ìn thô kat, thô kat Chhù. 用土做成塊，四角的土磚，可起厝。印土墼，土墼厝。

壁 Phek, Piah, ㄆㄝㄎ, ㄅㄧㄚㄏ, ēng Chhiûⁿ Lâi keh. khia khia tàⁿ Pôaⁿ. tí tng, Chhiûⁿ Piah, keh Piah. 用牆來隔。豎豎營盤。抵當，牆壁，隔壁。

墜 Sūi, tūi, ㄙㄨㄧ, ㄉㄨㄧ, 隧 ê Siok jī. hûn bōng ê Lō, thô khut ê Lō, tē hā ê Lō, Sūi tō. 隧的俗字。墳墓的路，土堀的路，地下的路，墜道。

壇 tân, tôaⁿ, ㄉㄢ, ㄉㄨㄚ, thiap thô khí tī Pîⁿ tōe, tsōe Chè hiàn ê Lō ēng. Chè tôaⁿ. thian tôaⁿ, káng tôaⁿ, hoe tôaⁿ. 疊土起佇平地，做祭獻的路用。祭壇。天壇，講壇，花壇。

墻 Chhiông, Chhiûⁿ, ㄑㄧㄛㄥ, ㄑㄧㄨ, Chhin Chhiūⁿ Lî Pa ê khoán sit. ēng thô ēng tsng thiap Chiāⁿ Chhiûⁿ. Pîn tó. ûi Pîn. 親像籬笆的款式。用土用磚疊成墻。屏墻。圍屏。

壅 ióng, lóng, ēng, ㄧㄛㄥ, ㄌㄛㄥ, ㄝㄥ, ēng thô Lâi that, ēng thô Png kô. that bat, tsó tòng. èng Pùi, èng Chhân, èng Pùn. 用土來塞，用土糞糊。塞窒，阻擋。壅肥，壅田，壅糞。

壞 hoân, ㄏㄨㄢ, ûi teh, tek ûi ê Chhiûⁿ. 圍的竹圍的牆。

壈 khám, ㄎㄚㄇ, te beh hām ê thô hōaⁿ. Soaⁿ khàm, Soaⁿ Phiâⁿ. 啲乜陷的土岸。山崁，山坪。

壈 Lám, ㄌㄚㄇ, khàm Lám, bōe tit Chì khì, Song hiong ê thak Chheh Lâng, Sit Lòh Chit jīm, Chì khì Bô àn Jiân. 坎壈，𣍐得志氣，慘窮的讀書人，失落職任，志氣無安然。

墺 ò, ㄛ, Chhù Lāi ê Pâng keng, khí Chhù ê tōe, Chēng, hōa, tsúi khut ê Só tsāi, oaⁿ ù, kap Siang. 厝內的房間，起厝的地，靜，岸，水堀的所在，按澳，与奧同。

壗 sàⁿ, Sahⁿ, sà, ㄙㄚ, hô nā sàⁿ, hô nā sahⁿ, hô Lâ sà, Lō Chhó tsōe tāi Chì Chhin Chhái. ê ì sù. 糊爛壗，糊爛壗，糊垃壗，潦草做事誌且採的意思。

造字 助語詞借𡋿的偏音成字。

壀 Phiàh, ㄆㄧㄚㄏ, Sí kui Phiàh, Chiū Sī kui tui ê ì sù. kui Phiàh ê ì sù. 死歸壀，就是歸堆的意思。歸遍的意思。

造字 借辟的偏音合成土阡成字及音，台灣話的語意有細分。如大中小的稱呼實，澗的語意堆較小，壀較中，遍較大，字義在此。

十四畫

壕 hô, ㄏㄛ, ûi Siâⁿ ê tōa tsúi kau. hô kau, Siâⁿ hô, tīn tē ê Chhim kau, Chiàn hô. 圍城的大水溝。壕溝，城壕，陣地的深溝，戰壕。

壑 hok, ㄏㄛㄎ, Soaⁿ kok, khiⁿ kháu, kau khut. hô, khang hu. kau hok. 山谷，坑口，溝堀。湖，空虛。溝壑。

壎 hun, ㄏㄨㄣ, Gak khì ê mîa, nî thô tsòe ê, ū Lak khang thang Pûn. Lōng hun, koàn Lōng hiân hi. 樂器的名，泥土做的，有六孔可吹。弄壎，慣弄玄虛。

壓 Ap, a, à, teh, toeh, ㄚㄆ, ㄚ, ㄚ, ㄉㄝㄏ, ㄉㄨㄝㄏ, Chhih Lòh, hūi hoāi, at Chè, noa tsah, at Chí. teh, teh tāng, tàⁿ teh. 扼落，毀壞，搤制，攔截，搤折。壓，壓重，擔壓。
ah, ㄚㄏ, Gia teh, teh sí. ap Chè, ap Pek, koaP. a Put tó Gín á thit thô mih. ā Pa, Pà tō. 夯壓，壓死。壓制，壓迫，高壓。壓𣍐倒囡仔𨑨迌物。壓霸，霸道。

壒 Āi, khái, ㄞ, ㄎㄞ, thô Soa, thô hún. tîn ai teh Pe, thô hún eng ê ì Sù. tîn thô, ai khái. 土砂，土粉。塵埃啲飛，土粉𩃲的意思。塵土，埃壒。

𡏭 Sip, tiap, ㄒㄧㄆ, ㄉㄧㄚㄆ, Chek tsu tsōe hóe, Saⁿ thiap ê thô. Lūn thô, kui kak ê teng thô, chhân thô. 積住做伙，相疊的土。潤土，歸角的碇土，田土。

壖 Loân, nō, ㄌㄨㄢ, ㄋㄛ, Siâⁿ ē ê Chhân, tsúi Pîⁿ ê hōaⁿ. Chhiûⁿ Góa ê té Chhiûⁿ. 城下的田，水邊的岸。墻外的短墻。

璽 sú, ㄙㄨ, hông tè ê ìn Sìn. Giók Sú. 皇帝的印信。玉璽。

壔 tó, ㄉㄛ, Sio ê Siâⁿ, koâiⁿ ê thó tē, jit Pún ēng thiau thé ìⁿ tsōe tó, tsōe Pin tsōe kak tó. 小的城，高的土地，日本用柱体圓做圓壔，多邊做角壔。

𡑞 sē, sê, ㄙㄝ, ㄙㄝ, ē hoâiⁿ ê ē bīn, ām sē. Pûi kàu Lâ sē, Chiah kah Lâu sē Lâu sē, Pûi Pûi ê ì Sù. 下頦的下面，頷𡑞。肥到膀𡑞，吃較膀𡑞膀𡑞，肥肥的意思。

造字 頷頸的項面下頦的下面叫頷𡑞 字有連貫性，字義夠。

15畫 壡 hoân, ㄏㄨㄢ, tsng á hoân khì, hu khì ê ì sù. thng á Piáⁿ hoân khì, tēng tēng ê mih Pháiⁿ khì ê ì sù. 磚仔壡去，灰去的意思。糖仔餅壡去，碇碇的物壞去的意思 造字

十五-十六畫

壥 tiân, ㄉㄧㄢˊ; koaⁿ hú sè Lâng bóe bōe só tsāi. 官府桃人買賣的所在。 Siok chit ke bō Pôaⁿ ê tōe, ke chhī. 屬一家畝半的地，街市。

壙 khòng, kàng, khàng ㄎㄨㄤˋ, ㄍㄨㄤˋ, ㄎㄨㄤˋ; khui khoah, khòng iá, bōng ê khang, bōng khòng, thô khòng, thô khàng. thô kàng Phang, 開濶，壙野。墓的孔，基壙，土壙，土壙。土壙蜂，kā thô lâi tsòe Siū ê Phang, Chiū sī Gân iuⁿ Phang, Gân iuⁿ thô. 啗土來做巢的蜂，就是蛋蝓蜂，蛋蝓土。

壘 Lúi, ㄌㄟˇ; thiⁿ thô tui, têng thiap, iâⁿ chhiūⁿ, iâⁿ Pôaⁿ, ióng tsòng, Chióh Lúi. Lúi kiû chit chióng Phah kiû ê ūn tōng. 添土堆，重疊，營墻，營盤，勇壯，石壘。壘球，一種打球的運動。

壞 hoāi, Pháiⁿ ㄏㄨㄞˋ, ㄆㄧˇ; Pāi hoāi, bô hó, Pang hoāi. húi hoāi, Phah Pháiⁿ. Pháiⁿ Lâng. 敗壞，無好，崩壞。毀壞，打壞。壞人。

壚 Lô, ㄌㄨˊ; khah Sán ê o· thô, iáu bē ēng thih jiáu lâi jiáu. bōe mih ê tiàm. 較瘦的黑土，也未用鐵抓來抓。賣物的店。

壜 thâm, ㄊㄢˊ; kap 罈 jī Sio Sâ. 与罈字相同。Siok húi ê Sòe ê àn á. tue chiú tóe tsúi ê mih. Lêng kut thâm. 屬磁的小個甕仔。貯酒貯水的物。靈骨壜。

壟 Lióng, Lóng, ㄌㄧㄥˇ, ㄌㄨㄥˇ; bōng, thióng Soaⁿ, thô tui ê ì sù. khu Lóng. Lióng tōan, tok chiàm Lī ek. 墓，塚山，土堆的意思。丘壟。壟斷，獨占利益。

壝 úi, ūi ㄨㄟˊ, ㄨㄟˋ; ēng thô tsoh hōaⁿ. Chhân Loāh ê ì sù. 用土作畔。田埒的意思。

壠 Lióng, Lóng, ㄌㄧㄥˇ, ㄌㄨㄥˇ; kap 壟 jī Sio Siāng. 与壟字相同。

墝 kiau, ㄍㄧㄠ; hoan kiau, Chiū sī Gû, bé tó tī thô teh kō ê ì sù. 翻墝，就是牛，馬倒佇土啲翻的意思。

造字 借堯的偏音成字

十七-二十二畫

壤 Jióng, ㄖㄤˇ; Sang ê thô, Pûi ê tōe, thô jióng. Pùn Sò, thó tōe, Pù chiok, chham tsap. thian jióng, thiⁿ tōe. 鬆的土，肥的地，土壤。糞埽，土地，富足，滲雜。天壤，天地。

壜 tsām, ㄗㄢˋ; kài hān, kài chí, tōe kài ê ì sù. 界限，界址，地界的意思。

壩 Pà, Pè, ㄅㄚˋ, ㄅㄜˋ; Chiū sī tsah tsúi ê tsúi tsah. thô Pà, tsúi Pà. tōa Pà. tsoh Pè tsoh hōaⁿ tsah tsúi. 就是截水的水截。土壩，水壩。大壩。作壩作岸截水。

𡓷 khiau, ㄎㄧㄠ; Chiū sī koâiⁿ koâiⁿ ê ì sù. 就是高高的意思。

壤 Lóng, ㄌㄨㄥˇ; thô khut. iā sī chí tîn ai, thô Soa ê ì sù. 土堀。也是指塵埃，土砂的意思。

𡓺 khih, ㄎㄧˋ; ū iû tai ê mih, Liâm Liâm khih khih, iû iû khih khih, Pháiⁿ sé. 有油滓的物，粘粘𡓺𡓺，油油𡓺𡓺，歹洗。

𡔀 kiak, kiak, ㄍㄧㄚㄎ, ㄍㄧㄚㄎ; kap 𡓺 Siāng khoán ì sù. 与𡓺同款意思。O· kiak kiak. tsúi Lô, Lô kiak kiak. Chin Lô ê ì sù. 黑𡔀𡔀。水濁，濁𡔀𡔀。真濁的意思。

造字 借矍的音成字，助語詞，加強語意。

造字 借瞿的音成字，助語詞，加強語意。

補 6 **坈** thóng, ㄊㄨㄥˇ; thóng chhut, thóng thâu, saⁿ tsap thóng. Tsát thóng thóng. 坈出，坈頭，三十坈。實坈坈。 造字 借充來成字。

士 部 33

士 Sū, ㄕˋ; Sū bîn ê thâu. thák chheh Lâng, Chèng keng Lâng, koaⁿ hú, Chiòng sū. Sū tāi hu, Sū Lîm, Sū kun tsú. 庶民的頭。讀書人，正經人，官府，將士。士大夫，士林，士君子。

一-六畫

壬 jîm, ㄖㄣˊ; thian kan ê tē káu. Siok Pak Sì. tōa, môa, Po So, thiám Lîn, jîm jîn. 天干的第九。屬北勢。大，滿，褒揚，諂佞，壬人。

壯 tsong, tsòng, ㄓㄨㄤ, ㄓㄨㄤˋ; Phah Siong, ióng tsòng, tsòng tán. tōa hàn, béng tsòng. tsòng koan, tōa, hó khòaⁿ. 打傷，勇壯，壯膽。大漢，猛壯。壯觀，大，好看。

殼 khak, khok, ㄎㄚˊ, ㄎㄜˊ; khà ê Siaⁿ, khok khok. Phoh Sít. mih ê khak, tēng ê Phê, ku khak, iâ chí khak. 叩的聲，殼殼。樸實。物的殼，碇的皮，龜殼，椰子殼。

声 声	Seng, Siaⁿ 尸ㄥ, T一丫	Só ōe thiaⁿ kìⁿ ê im. 所能聽見的音。Siaⁿ im, 声音，tōa sòe siaⁿ, 大小声，chhut siaⁿ, 出声，mîa siaⁿ, 名声，siaⁿ sè, 声勢，seng bêng, 声明。
声	khèng, khàn, 万ㄥ, 万丫ㄢ	Gak khì ê mîa, 樂器的名，cheng ê khóan sit, 鐘的款式，cheng khèng 鐘声，chio̍h khèng 石声，gek khèng 玉声，tâng khèng 銅声。Gak khì ê chio̍h. 樂器的石。kap 与 磬 jī 字 sio siāng 相同。

八一十一畫

壷	hô, ô 厂ㄨ, ㄨ	tóe tsúi ê khì khū. 貯水的器具。hûi ô 磁壷，tâng ô 銅壷，chhim ô 深壷。jio hô 尿壷。ô ô 胡壷。
壺	hô, ô 厂ㄨ, ㄨ	kap 与 壷 jī 字 sio siāng 相同。
壻	sè, sài 尸ㄝ, 尸丫	Lú sài, 女壻，tsa bó͘ kiáⁿ ê tiōng hu, 查媒子的丈夫，sī tōa ê ì sù. 是大的意思。hū jîn lâng chheng ho͘ tiōng hu ê jī. 婦仁人稱呼丈夫的字的字。
壹	it, 一	it ê tōa siá. 一的大寫。tsoan it, 專壹，it thé. 壹体。
壼	khún 万ㄨㄣ	hông kiong ê hāng lō͘, 皇宮的巷路，pâng keng ê hāng lō͘. 房間的巷路。hiān tsāi ēng tī tùi hū jîn lâng ê chheng ho͘. 現在用佇對婦仁人的稱呼。khún hoān. 壼範。
壽	Sīu, ㄕ一ㄡ	kú kú, 久久，nî hè, 年歲，lāu lâng ê siⁿ jit, 老人的生日，sí liáu ê lâng, 死了的人。hè sīu 歲壽。sīu gôan, 壽元，sīu mīa 壽命。sīu chhiⁿ 壽星

文 部 34

夂	chí, ㄓ	tè āu kiâⁿ, 隨後行，iā sī khah āu bóe kàu ê ì sù. 也是較後尾到的意思。

一一四畫

夅	khóa, khòa, 万ㄨ丫, 万ㄨ丫	kiâⁿ kha pō͘, 行脚步，nn̄g ki kha tó͘ ê tiong kan 兩支脚肚的中間
夅	kàng, ㄍㄤ	sī jī bú kap chit jī 是字母与這字 降 sīng ì sù. 同意思。
夆	hông 厂ㄨㄥ	Gû sio tak, 牛相觸，khan bán, 牽挽，sa tú tio̍h. 相抵着。thong 通 逢

文 部 35

夊	Soe ㄙㄨㄝ	Chiū sī bān bān kiâⁿ ê ì sù. 就是慢慢行的意思。

四一六畫

夋	tsùn, ㄗㄨㄣ	kiàn siàu, 見誚，tò thè, 倒退，the sī, 推辭，kiâⁿ bōe chìn chêng 行獪進前 kap 与 逡 siōng tông 相同。
夌	Lêng, nia, ㄌㄥ, ㄋ一丫	soaⁿ, 山，tôaⁿ ê thô͘ tui, 壇的土堆，hông tè ê bōng, 皇帝的墓，bú bān, 侮慢，pháu tsáu, 跑走，soaⁿ nia 山夌。khí nia. 起夌。soaⁿ ê chiah. 山的脊。
复	hok, bok 厂ㄨ	kiâⁿ kū lō͘ ê ì sù. 行旧路的意思。kap 与 復 siōng tông 相同。
夎	tsong, ㄗㄨㄥ	chiáu teh pe, 鳥哟飛，kiu kha. 踏脚。kheh chiáu pe khiap sì. 鵲鳥飛脚勢。bé thâu ê tsng thāⁿ. 馬頭的裝飾。

七一十八畫

夏	hā, hê, hē, 厂丫, 厂ㄝ, 厂ㄝ	joa̍h thiⁿ, 熱天，chit nî sù kùi, 一年四季，chhun hā chhiu tong. 春夏秋冬。tōa ê ì sù. 太的意思。hā tiâu. 夏朝。lo̍h hē bê, 落夏霉，mui mui hō͘, 毛毛雨，tip hē. 立夏。
夎	chhò, tsō, ㄘㄨㄛ, ㄗㄨㄛ	pài, 拜，kūi bô kàu tōe, 跪無到地，khiok lé ê ì sù. 鞠禮的意思。
敻	hiàn, khêng 厂一ㄢ, 万ㄥ	Chiū sī phah sǹg, 就是打算，kè bô͘, 計謀，khún kiû ê ì sù. 懇求的意思。khêng kó͘, 敻古，kú kú tn̂g tn̂g ê ì sù. 久久長長的意思。khêng khêng, 敻敻，tsù sîn khòa. 注神看
夔	kûi ㄎㄨㄟ	kèng kìn, 敬謹，kia hîaⁿ ê khoan. 驚惶的款式。kî koài ê mih. 奇怪的物。lâng ê mîa. 人的名。

夕部 36

夕 Sék, Siāh, ê hng sî。oàⁿ, bé bīn, aū bīn, Lō bē Lit, tû Sek, 7goeh 7jit, Chhit Siāh。Liû thoân kóng, Gû nn̂g Chhit Lú Sio kìⁿ ê tsoeh。jit thâu beh Lóh, Sek Chiàu。Sek iông。
ㄕㄝㄎ, ㄒㄧㄚㄏ, 下昏時。晚, 尾面, 後面, 路尾日; 除夕。七月七日, 七夕。流傳講, 牛郎七女相見的節。日頭也落, 夕照。夕陽。

二一八畫

外 Gōe, Gōa, Lāi bīn ê tùi hóan, mn̂g Gōa, hn̄g, Chhut Gōa, Gōa Lâng, Gōa kau, oân Gōe, Gōe bū chhù。
ㄫㄨㄝ, ㄫㄨㄚ, 內面的對反, 門外, 遠, 出外, 外人, 外交, 員外, 外務處。

夗 Oan, Oán, khùn hoan Sin ê khóan sit。
ㄨㄢ, ㄨㄢ, 睏翻身的款式。

夙 Siok, tsá khí sî ê kiong kèng。tsá tsá, khûn kín。Siok Goān, Pêng sî ê Chì Goān。
ㄒㄧㄛㄎ, 早起時的恭敬。早早, 勤謹。夙願, 平時的志願。

多 to, tsōe, Sò Liōng ê tsōe Chió。to to ek Siān, Khah tsōe hiâm。hiah tsōe, jōa tsōe, to sū, to Siā。
ㄉㄛ, ㄗㄨㄝ, 數量的多少。多多益善, 較多無嫌。彼多, 若多, 多事, 多謝。

夜 iā, mî, mî sî, mî sî, àm, Chiu iā, saⁿ kìⁿ Pòaⁿ mî。iā Chhim jîn Chēng。iā Chhī, iā kan hak hāu。
ㄧㄚ, ㄇㄧ, 冥時, 夜時, 暗, 晝夜, 三更半夜。夜深人靜。夜市, 夜間學校。

够 kò, kàu, kò Pún, hap Sòan。kàu Giah, ū kàu hó, ū kàu Pêng iú Chêng。tsū Chip tsōe tsōe, kàu tsōe
ㄍㄛ, ㄍㄠ, 够本, 合算。够額, 有够好, 有够朋友情。聚集多多, 够多

夠 kò, kàu, kap téng bīn jī ... jī Siong tông。
ㄍㄛ, ㄍㄠ, 与頂面字够字相同。

九一十一畫

夥 kai, khai, Chiū Sī tsōe tsōe ê ì sù。
ㄍㄞ, ㄎㄞ, 就是多多的意思。

夥 Gōe ... Gōe Seng, Gōe。Gōe Lú, Gōe Seng Lú, Chí mōe ê kiáⁿ jî。
ㄫㄨㄝ, 外甥, 夥。夥女, 外甥女, 姊妹的子兒。

夢 bōng, bāng, Goéh hō hûn jia, khòaⁿ bōe bêng, khùn khì, tī thâu náu tiong só ín khí ê kám kak, bô bêng。
ㄅㄛㄥ, ㄅㄤ, 月被雲遮, 看鱠明, 睏去, 佇頭腦中所引起的感覺, 無明。

夢 bōng, bāng, kap 夢 jī Siāng khóan。bang kìⁿ, bô iáⁿ bô Chhiah。oân bāng, tsòe bāng, thok bāng。
ㄅㄛㄥ, ㄅㄤ, 与夢字同款。夢見, 無影無跡。圓夢, 做夢, 託夢。

夤 în, kèng kín, kiong kèng。Chìn Chêng, hn̂g hn̂g, ê hng。Liân Sòa。tông Liâu ê koaⁿ。Pa kiat kiù Chìn, în ian
ㄧㄣ, 敬謹, 恭敬。進前, 遠遠, 下昏。連續。同僚的官。扒結求進, 夤緣

夥 hó, hóⁿ, hé, hóe, Chhiong Sēng, tsōe tsōe。tông Lūi, tâng Phōaⁿ, hó Phōaⁿ。tsòe hé。hap hé tsòe Seng Lí。
ㄏㄛ, ㄏㄛ, ㄏㄝ, ㄏㄨㄝ, 昌盛, 多多。同類, 同伴, 夥伴。做夥。合夥做生理。
hé tiúⁿ。Chhat hé, Chhat á Phōaⁿ。hóe kì, Chhià ê Lâng。tàu hóe kì, hian tāi Lâng kóng Gōa Gū。
夥長。賊夥, 賊仔伴。夥計, 倩的人。抖夥寄, 現代人講外遇。

大部 37

大 tāi, tōa ... Sió ê tùi hóan, koaiⁿ, tn̂g, khí thâu。khoah, Pûi, jî sìⁿ tāi。tōa ê, tōa Chiah, tōa hàn。
ㄉㄞ, ㄉㄨㄚ, 小的對反。高, 長, 起頭。濶, 肥, 字姓大。大個, 大隻, 大漢。
tōa ki, tōa Lâng, tōa Lō, tōa nâ。tāi jîn, kó tsa Chheng hō tsòe koaⁿ ê Lâng。tāi hu, i Seng。
大支, 大人, 大路, 大林。大人, 古早稱呼做官的人。大夫, 醫生。

一一二畫

夫 hu, hû, Po, tiōng hu, Lâm Lú ê kiat háp, Lâm ê hu, Lú ê Chhe。ū Lat ê huiāh, hu jîn, hū jîn Lâng
ㄏㄨ, ㄏㄨ, ㄅㄛ, 丈夫, 男女的結合, 男的夫, 女的妻。有力的夫役, 夫人, 婦仁人
ê Chheng hō。tāi hu, i Seng。kang hu, ki Gē。bûn Giân bûn jī kù khí thâu ê kù, hû, Lē,
的稱呼。大夫, 医生。工夫, 技藝。文言文的字句, 起頭的句, 夫, 例,
hû jîn Put Giân Giân iu tiōng。Gú bóe kù, Sē Chia jû su hû。ta Po, ta Po Lâng, Lâm Sèng。
夫人不言言必有中。語尾句, 逝者如斯夫。唐夫, 唐夫人, 男性。

夬 koài, koat。hun khui, koat toàn。Pok kòa ê jī。khui keng ê mih, Pan Chí。
ㄍㄨㄞ, ㄍㄨㄚㄊ, 分開, 決斷。卜卦的字。開弓的物, 扳指。

太 thài, kek, Chīn thâu, thài tōa, thài khong, thài kó, thài Sòe。thài tsú。thài hu jîn。thài Pêng。
ㄊㄞ, 極, 盡頭, 太大, 太空, 太古, 太小。太子。太夫人。太平。

天 thian, Phian, Phin, thiⁿ, tōe ê téng bīn Chiū Sī thiⁿ。Chì koân ê Só tsāi, thiⁿ。thian tē, thian khong。
ㄊㄧㄢ, ㄆㄧㄢ, ㄆㄧㄣ, ㄊㄧ, 地的頂面就是天。至高的所在, 天。天地, 天空。

date theme 大部 37 page

tùi Siōng-tè ê Chheng-hō, thī"Pē. Phian Phiā", hoān Phian Phiā" ài kái ūn. Phìn Phiā" Sîn.
對上帝的稱呼，天父。天兵，犯天兵得改運。天兵神。

夭 iau, iáu, —ㄧㄠ，ㄧㄠˇ
hoa" hí ê bīn sek, iau Gân iat Sek, Sūi. bōe Sêng Liân Chiū Sí khì, iáu Siū. tóe mīa. iáu Siong.
歡喜的面色，夭顏悅色，媄。未成年就死去，夭壽。短命。夭殤。

夯 háng, khóng, Gîa, ㄏㄤˊ，ㄎㄥ，ㄫㄧㄚˊ
háng, Chheng tōe kì ê tōa Chhâ thûi. ta" Gîa, Chhut khùi Lat ê kang. Gîa mih, bān khóng, Phái" mīa.
夯，舂地基的大柴槌。擔夯，出氣力的工。夯物，命夯，歹命。

夰 kó, ㄍㄜˇ
Pàng khì, Gôan khì kàng Lóh.
放去，元氣降落。

失 Sit, ㄕ
tit tióh ê tùi hoán. Pàng Lēng, Chhò Gō, ka Lauh, Sit Lóh, kòe Sit, Sit Chhek. Sit Chhiú.
得着的對反。放量，錯誤，磕落，失落，過失，失策。失手。

本 Pún, tho ㄅㄣˇ，ㄊㄠ
Chhó bók ê kun Gôan, khí thâu, kun Pún. Pún Sin. Chìn Chêng tsáu, óng Lâi khòa" ê khóan Sit.
草木的根原，起頭，根本。本身。進前走，往來看的款式。

央 iong, ng, ㄧㄤ，ㄥ (iang —ㄧㄤ)
tùi tiong, Chit Pòa". tiong ng. tiong Sim. Pài thok, iong kìu, tiong iong Chèng hú. iang chhiá"
對中，一半。中央。中心。拜託，央求，中央政府。央請

三—五畫

夷 î, ㄧ
ku teh Chē, Pî Pîn. kó tsá kóng tong hong bîn tsók kìo tong î. î Sat, tsâu biat. î iat, hoa" hí
痀咧坐，平平。古早講東方民族叫東夷。夷殺，剿滅。夷悅，歡喜

夸 khoa, khu, u, ㄎㄨㄚ，ㄎㄨ，ㄨ
kóng tōa oē, bô Lâu Sit, tōa, jī Sī", khoa kháu, Seng khu ū Phòa Pī" khiau ku, ún ku.
講大話，無老實，大，字姓，誇口，身軀有破病曲痀，隱痀。
u, Chiū Sī Sūi ê ì sù. u kâu.
夸，就是媄的意思。夸姣。

夾 kiap, khoeh, khoeh, ngoeh, ㄍㄧㄚㄏ，ㄎㄨㄝㄏ，ㄎㄨㄝㄏ，ㄫㄨㄝㄏ
Siang Chhiú, Siang Peng hû Chhah, Sa" kiam, kūn oá. kiap á, khiap i, Pò tsóa kiap.
双手提，双旁扶插，相兼，近偎。夾仔，夾衣，報紙夾。
ngoeh á, Chiū Sī kap khî" á beh Sio Siāng. oe khoeh, oe oe khoeh khoeh. Sa" khoeh, khit mn̂g khoeh tióh
夾仔，就是与鉗仔乜相同。偎夾，偎偎夾夾。相夾，給門夾着。

㚇 thûi, ㄊㄨㄟˊ
thûi thûi, Chiū Sī to, á sī Chiam á, tún tun bô Chiam bē ê ì sù.
㚇㚇，就是刀，或是鐵仔，鈍鈍無尖尾的意思。

夰 kó, ㄍㄜˇ
大 jī ê Gō Sia. hòng khì, Gôan khì kàng Lóh.
夰字的誤寫。放去，元氣降落。

奉 hōng, ㄏㄥ
êng Siang Chhiú Sêng Chiap. kiong kèng, Sêng Siu, hiàn hō, hok Sāi. hōng bēng, hōng thian.
用双手承接。恭敬，承受，獻祖，服事。奉命，奉天。

奇 ki, kî, khia, ㄍㄧ，ㄍㄧˊ，ㄎㄧㄚ
Chit kha, ko toa. Lân San, kì Sò. khia, khia, tan Sò. han íu hi kî. kî koài, kî khá.
一腳，孤單。零星。奇數。奇，單，單數。罕有，稀奇。奇怪，奇巧。

奊 kùi, khiat, ㄍㄨㄟˋ，ㄎㄧㄚㄊ
Chiū Sī thâu khak bô Chiā", khi khi ê ì sù.
就是頭殼無正，攲攲的意思。

奈 nāi, tā, ta, tāi, ㄋㄞ，ㄉㄚ，ㄉㄚ，ㄉㄞ
ká Chiā, tsái iū". bû khó jû hô, bû khó nāi hô. jit Pún kó to nāi Liông. bô tā oā.
假藉，怎樣。無可如何，無可奈何。日本古都奈良。無奈何。
bô tā tit oā, Sī ko Put Chiong ê ì sù. bô tā oā. bô hoat tit tāi oā. Lóng tsóng Siāng ì sù.
無奈得何，是孤不將的意思。無奈何。無法得奈何。攏總同意思。

奅 Phàu, ㄆㄠˋ
khoa kháu, tōa, Chióh Pán tó ê Sia".
誇口，大，石板倒的聲。

奄 iam, iám, ㄧㄢ，ㄧㄢˇ
thián khui, tōa ū Chhun. khàm, jia tsah, hut jiân, koa" kín. khòa" kú kú, Lâu teh, ún tsong.
展開，大有剩。蓋，遮截，忽然，趕緊。看久久，留咧，穩藏。

奓 khoa, ㄎㄨㄚ
khoa kháu, khoa kháu khoah t ê ì sù.
誇口，誇口濶大的意思。

奊 Liap, ㄌㄧㄚㄏ
kia" Lâng, Chhát bōe kìm Chí, kó Put Chiong, hoān tsōe bōe oē kìm Chí.
驚人，賊獪禁止，孤不將，犯罪獪會禁止。

六—八畫

奓 Chhî, Sia, ㄑㄧ，ㄒㄧㄚ
hian khui. khoa kháu ê oē, tōa Pò iâng.
掀開。誇口的話，大報揚。

奐 hoàn, ㄏㄨㄢˋ
tōa, ún á tōa, an jiân, hó khòa", êng êng. bí Lûn bí hoàn. hoàn Sàn. ká hoàn
大，穩仔大，安然，好看，閒閒。美輪美奐。奐散。暇奐

契 khè, khiat, Siat, khòe, ㄎㄝ，ㄎㄧㄚㄊ，ㄒㄧㄚㄊ，ㄎㄨㄝ
Phah kat ê ì sù, kiat iok, iok jī. Sa" háp, khè háp. khòe Pē, khòe kiá",
打結的意思，結約，約字。相合，契合。契父，契子，
khòe hiā". Chhân khòe, Chhù khòe, khòe iok. khiat, khún khó, khek khiām, ngī khiat ê. kó tsá Lâng mīa Sia
契兄。田契，厝契，契約。契，勤苦，克儉，硬契的。古早人名契。

奎 ke, kui, ㄍㄝ，ㄍㄨㄟ
Siang kha hoàh khui ê khóan Sit. khí kha kia" ê khóan. Chhi" ê mīa, jī tsáp Poeh Siok Chi it.
双脚跨開的款式。起脚行的款。星的名，二十八宿之一。

奔 Phun, Phún, koaⁿkín, tsáu, tô siám, Phuntô, Siōng ngô Phun Goeh. Phun Pàng, Sì kòe Phun. Lâng sìⁿ Phun
ㄅㄣ, ㄅㄣˋ, 趕緊, 走, 逃閃, 奔逃。嫦娥奔月。奔放, 四界奔。人姓奔

奏 tsò, tsàu, bûn thak tsò. tsàu Pán, tsàu Chiuⁿ, tsàu bêng. khé tsàu bān sòe iâ. tsàu Gak, Chiat tsàu, tsàu hāu.
ㄗㄛˋ, ㄗㄡˋ, 文讀奏。奏板, 奏章, 奏明。啓奏萬歲爺。奏樂, 節奏, 奏効。

奕 ek, kúi sîn ê mîa. Chhù sū, Sio sòa, tng tng, iu bun, tōa, tsōe tsōe. Cheng sîn hó, ek ek iu sîn.
ㄧˋ, 鬼神的名。次序, 相續, 長長, 憂悶, 大, 多多。精神好, 奕奕有神。

奓 khai, hai, Chiū sī khoah tōa ê ì sù, khui khoah ê khoán
ㄎㄚ, ㄏㄚ, 就是濶大的意思, 開濶的款

奘 tsōng, Chiū sī ké sí ê káu ê ì sù. tsòng tōa ê ì sù. hiân tsōng, tông tiâu ko Cheng
ㄗㄤˋ, 就是假死的狗的意思。壯大的意思。玄奘, 唐朝高僧。

奚 hê, ku sûi ê Lâng, chhe ēng, Pòk Pī. Gî ngái mng ê jī, Siáⁿ sū, Sím mih, tsái iūⁿ.
ㄒㄧ, 跟隨的人, 差用, 僕婢。疑訝問的字, 甚事, 甚麼, 怎樣。

套 thò, thok, thuh, khoah, tōa, Pau khoat, jia khàm, Gōa thò, thò bô, khoán thò, thong thò, Chéng thò.
ㄊㄠˋ, 濶, 大, 包括, 遮蓋。外套, 套謀, 圈套, 通套, 整套。
thok kéng á hì, tsòe hì Lioh á Chhin Chhiūⁿ Gōa kok ê teng iáⁿ. thuh chit tēng, thuh tiàu teh.
套景仔戲, 做戲略仔親像外國的燈影。套一重, 套跳啲。

奎 ke, kui, kap 夌 Siang khoán. Siang kha hoah khui ê khoán Sit. Chhìⁿ mîa.
ㄎㄨㄟˊ, 亐 全同款。双腳跨開的款式。星名。

奞 Sui Chiáu Chhéng mng Sit ka kī hiàn khui. Chhut Lat, hùn iōng.
ㄙㄨㄟ 鳥羌毛翼傢已獻開。出力, 奮勇。

九—十一畫

奡 Gō, ngō, tsū ko, tāi bān, hú bān, khóaⁿ khin Lâng.
ㄠˋ, 自高, 怠慢, 侮慢, 看輕人。

奢 Chhia, tōa só hùi, khai tiong, tiuⁿ khui, Chhia hoa, Chhia Chhi.
ㄕㄜ, 大所費, 開張, 張開, 奢華, 奢侈。

㚇 khoat, hūi khì Phòa, kiám Chió, húi hoāi, khiàm k
ㄎㄨㄝˋ, 磁器破, 減少, 毀壞, 欠缺

奠 tiān, tēng, tiāⁿ tioh, hē teh, hiàn Chè, tiān Chiú. koàn tiān
ㄉㄧㄢˋ, ㄉㄧㄥˋ, 定着, 下啲, 獻祭, 奠酒。灌奠

奣 êng, kng bêng, Chheng bêng, So Chiu khun Soaⁿ koān ê kiô mîa.
ㄥ, 光明, 清明, 蘇州昆山縣的橋名。

奧 ò, àu, chhù Lāi ê Se Lâm kak tong ò. Cheng Chhim, Chhim ò. Ò biāu, àu Pì. tōe mîa, àu tē Lī.
ㄠˋ, 厝內的西南角, 堂奧。精深, 深奧。奧妙, 奧秘。地名, 奧地利。

奩 Liâm kiàⁿ àh, hiuⁿ àh, Chiân àh. kè tsng, tsng Liâm.
ㄌㄧㄢˊ 鏡盒, 香盒, 錢盒。嫁妝, 妝奩。
tsàu kun kong ê sîn, chhoân sîn. chhoân sîn.
灶君公的神, 爨神。奧神。

奪 toat, teh, Chhiúⁿ teh, kióng kióng theh, Chhiúⁿ theh, Chhiúⁿ toat. toat Chhú, Pak toat, Chhâi toat.
ㄉㄨㄛˊ, 搶, 奪, 強強提, 搶提, 搶奪。奪取, 剝奪, 裁奪。

獎 Chióng, Chiáng, o Ló, Pang tsān, bián Lē, khó khǹg, Po Chiáng. Chióng Lē, Chióng kim, Chiáng Sióng.
ㄐㄧㄤˇ, 謳咾, 幫助, 勉勵, 苦勸, 褒獎。獎勵, 獎金, 獎賞。

奯 kui, Chiū sī tōa tōa ê ì sù.
ㄍㄨㄟ, 就是大大的意思。

奫 un, tsúi Chhim hn̄g khoah tōa khoán Sit.
ㄩㄣ, 水深遠濶大的款式。

十二—十五畫

獘 Pè, Pē, 弊 ê Siok jī. khùn khó, Pháiⁿ, Pāi hoāi, tó Pè, tsok Pè. Pē Pēng.
ㄅㄧˋ, 弊的俗字。困苦, 惡, 敗壞, 倒弊, 作弊。弊病。

奭 Sek, heng ōng, âng Sek, Chhiah Sek, Siū khì. Lâng ê sìⁿ. Chiu tiâu Siāu kong ê mîa.
ㄕˋ, 興旺, 紅色, 赤色, 怒氣。人的姓。周朝召公的名。

奮 hùn, Chhut Lat, hoat Chhut, Pek kín. Pò iông, hoaⁿ hí, heng hùn. hùn Chì, hùn iōng, hu bián, hùn tàu.
ㄈㄣˋ, 出力, 發出, 迫緊。報揚, 歡喜, 興奮。奮志, 奮勇, 奮勉, 奮鬪。

奇 kì, thèng hāu, koh ēng hó Lé Lâi khoán thāi ê ì sù.
ㄐㄧˋ, 等候, 擱用好禮來款待的意思。

奰 Pī, kiông tsòng, tōa, Pek kín, Siū khì. bô tsùi Lâi Siū khì.
ㄅㄧˋ, 強壯, 大, 迫緊, 怒氣。無醉來怒氣。

20畫 奧 oh, oh tit tsòe, oh tit kiâⁿ, khùn Lân tiōng tiōng ê ì sù. khah oh, oh kàu, khah bān ê ì sù. 造字
ㄜˋ, 奧得做, 奧得行, 困難重重的意思。較奧, 奧到, 較慢的意思。

女 部 38

女 Jú, Jū, Lú, Lū, ㄖㄨˇ,ㄖㄨˋ,ㄌㄩˇ,ㄌㄩˋ
Lí, Lín, Lín ê, kap 汝 tāng ì sù。jū, tsa bó Gín á Chhut kè, Chhut kè ê hū jîn Lâng.
你,您,您的,与汝同意思。女,查媒囝仔出嫁,出嫁的婦仁人。
tsa bó Lâng, Lú Sèng。Lú jîn。tsāi Sek Lú。Lū, Chiū sī tsa bó Lâng Chhut kè ê ì sù。
查媒人,女性。女人。在室女。女,就是查媒人出嫁的意思。

二·三畫

奶 nái, Leng, né, ni, ㄋㄞˇ,ㄌㄥ,ㄋㄝˇ,ㄋㄧ
ìm sèng tōng but Chhī kián khì koan。Chheng ho Lāu bú ê jī, nái bú。niû nái (Lé)
陰性動物飼子的器官。稱呼老母的字,奶母。娘奶
ne, nai, ㄋㄝ,ㄋㄞ
bú Leng, Leng Chiap, Gû Leng, iûⁿ ni, ni iû, ni bú。án né, Lāu bú ê ì sù。
母奶,奶汁,牛奶,羊奶,奶油,奶母。俺奶,老母的意思。

奴 Lô, ㄋㄨˊ
Sīu Gí tsōe, á sī ēng Gûn Chîⁿ bé, Chiah tsòe hā Chiān ê Chhe ēng. Lô tsâi。Lô iah。Lô Lē。
受擬罪,或是用銀錢買,即做下賤的差用。奴才。奴役。奴隸。

奵 teng, téng, ㄉㄧㄥ,ㄉㄧㄥˇ
tsa bó Lâng ê mîa, bīn Pîⁿ Pîⁿ, Súi, hó khòa。
查媒人的名,面平平,媄,好看。

妁 Chiok, ㄓㄨㄛˊ
tsòe Chhin Chiaⁿ ê Lâng, mûi Lâng, moâi Chiok, hm̂ Lâng。
做親戚的人,媒人,媒妁,媒人。

妃 hui, ㄈㄟ
Phit Phòe, tâng Phōaⁿ。thāi tsú ê bó, thāi tsú hui。hông tè ê tōa bo, hông hō, jī téng ê bó, Phian hui。
匹配,同伴。太子的媒,太子妃。皇帝的大媒,皇后,二等的媒,偏妃

好 hóⁿ, hòⁿ, nāuⁿ, hó, ㄏㄠˇ,ㄏㄠˋ,ㄏㄠˋ,ㄏㄠˇ
bí biāu, Súi, Siong hōe。bí hóⁿ, hoa hóⁿ Goat oân。hòⁿ Sū, hòⁿ kî Sim, hòⁿ Sèng.
美妙,美,相會。美好,花好月圓。好事,好奇心,好勝。
hāuⁿ Chiah Lán tsòe, hāuⁿ ēng iû Chhiu。hó Lâng hó Sū, hó Phaiⁿ, hó jit, hó nî tang.
好吃懶做。好閒遊手。好人好事,好惡,好日,好年冬。

如 jû, ná, ㄖㄨˊ,ㄋㄚˊ
Saⁿ Sûi, Saⁿ tè, Chhin Chhiūⁿ, saⁿ tâng, ná, Siat sú, nā, Chiū, Chiàu, khì, kàu, Lí, Lín.
相隨,相隨,親像,相同,如,設使,若,就,照,去,到,你,您。

奸 kan, ㄍㄢ
hòng Chhiòng, bô Chiàu Lé, bô Sêng sit. Loān Loān, kè bô。kan khiàu
放縱,無照礼,無誠實。亂亂,計謀。奸巧

妄 bōng, ㄨㄤˋ
Phian Lâng, Péh Chhat. Lām Sám, bô iá, bô, Loān, bōng tsōng.
騙人,白賊,濫摻,無影,無,亂,妄狀。

奼 tò, thà, ㄉㄨㄛˋ,ㄊㄚˋ
Súi ê tsa bó Gín á, Siàu Liân ê tsa bó Gín á。
媄的查媒囝仔,少年的查媒囝仔。

妭 it, ㄧˋ
hū jîn Lâng ê koaⁿ。
婦仁人的官。

姕 hāu, kāu, ㄏㄡˋ,ㄍㄡˋ
Súi, thiam bī îm Loān kan îm, în íu。kap 姣 Siāng khóan ì sù。
媄,諂媚淫亂;姦淫,引誘。与姣同款意思。

四畫

妝 tsong, tsng, ㄓㄨㄤ,ㄓㄨㄤ
hū jîn Lâng ēng ê mih, tiau Lí Seng khu kàu hó khoa. Soe tsng, tsng thāⁿ. hòa tsong, hòa tsong Phí
婦仁人用的物,調理身軀到好看;梳妝,妝飾。化妝,化妝品。

妨 hông, ㄈㄤˊ
Gāi tiòh, kan Gāi, Siong hāi, tsó tòng, hông Gāi。hô hông, Put hông。hông hāi hong hòa。
礙著,干礙,傷害,阻當,妨礙。何妨,不妨。妨害風化。

妤 û, ㄩˊ
hū jîn Lâng e koaⁿ. khoah tōa, hó, Súi ê ì sù。
婦仁人的官。濶大,好,媄的意思。

妊 jīm, ㄖㄣˋ
Pak tó Lāi ê the, hū jîn Lâng Só hoâi ê în Sin în
腹肚内的胎,婦仁人所懷的孕;身孕

妓 kī, ki, ki, ㄐㄧˋ,ㄐㄧ,ㄐㄧˇ
Chhiuⁿ khek ê tsa bó Lâng, koa kī。Pháiⁿ ê tsa bó Lâng, ki Lú, Chhiong ki. ki îⁿ。
唱曲的查媒人,歌妓。歹的查媒人,妓女,娼妓。妓院。
Ló kí, Ló kí á, Chiū sī kńg tang Lâng ê Chhion ki。
襤妓,襤妓仔,就是廣東人的娼妓。

妗 hiam, kīm, ㄒㄧㄢ,ㄐㄧㄣˋ
hó khóan ê Chhiò, Súi, hū jîn Lâng khin khòai ê khóan Sit。bú kū ê bó, bú kīm, a kīm。
好款的笑,媄,婦仁人輕快的款式。母舅的媒,母妗,阿妗。

妙 biāu, ㄇㄧㄠˋ
Cheng khá, bí biāu。bî biau, O biāu, Chhim, Súi, hó, biāu hoat, biāu Chhiu hôe Chhun.
精巧,美妙。微妙,奧妙,深,美,好,妙法,妙手回春。

妣 Pí, ㄅㄧˇ
Lāu bú Sí Liau ê Chhen ho. Sian Pí, hián Pí
老母死了的稱呼。先妣,顯妣。

妥 thó, thò, ㄊㄨㄛˇ,ㄊㄨㄛˋ
kian kò, ún tàng, tsū tsāi, thò tòng, hap Sèk. thò hiap Pān Sū thò Sian。
堅固,穩當,自在,妥當,合適。妥協。辦事妥善。

妒 Sèk, tò, ㄕㄜˋ,ㄉㄨˋ
Chek oàn, oàn tò, òⁿ tò, tò khì, Oàn hūn ê ì sù。
積怨,怨妒,嘔妒,妒氣。怨恨的意思。

妖 iau, ㄧㄠ
in íu, koh iūⁿ, kî koài koài but, iau koai, tiòh iau, Siáu iau, iau Chiaⁿ, iau Giân。
引誘,異樣,奇怪,怪物,妖怪,着妖,痟妖,妖精,妖言。

妍 Gián, Giân, Giang, kian, ㄫㄧㄢˊ, ㄫㄧㄢˋ, ㄫㄧㄤˊ, ㄐㄧㄥ, Chhiám bī, súi; hó khòa, tì hūi, kéng êng, tsai Chèng ê hoat tō. Chhèng Siù, Gâu.
諂媚，美；好看，智慧，經營，栽種的法度。清秀，勢。
Súi Giang Giang, Chiū Sī Chin Súi ê ì sù. hé ê sek Put chí kian, Put Chí Súi ê ì sù.
美妍妍，就是眞美的意思。火的色不止妍，不止美的意思。

娂 hong, ㄏㄨㄥˊ, hoān nā hó koh khin ê Lóng tsóng Chheng hō tsòe hong.
凡若好閣輕的攏總稱呼做娂。

妎 hāi, kài, ㄏㄞˋ, ㄍㄞˋ, Chiū Sī oàn tò ê ì sù. khàm. Loān Loān tín tāng.
就是怨妒的意思。蓋。亂亂振動。

妠 Láp, ㄌㄚˋ, Gín á Pûi ê khóan Sit. Chhōa bó. theh. Siu jip.
囡仔肥的款式。娶妻。提。收入。

妞 Liú, ㄋㄧㄡ, Lâng ê jī Sìⁿ, ko Lē Lâng ê sìⁿ. tsa bó Gín á, Lú Liú.
人的字姓，高麗人的姓。查某囡仔，女妞。

妑 Pa, ㄅㄚ, tsa bó Lâng ê mîa. tsa bó Gín á thâu mn̂g Siang Pêng ê kak tsang.
查某人的名。查某囡仔頭毛双平的角鬃。

姘 Chéng, ㄐㄧㄥˇ, hū jîn Lâng ê Lú tek, kap tsáp tsâi. Chēng Chēng.
婦仁人的女德，与十才。靜靜。

妧 Goân, ㄫㄨㄢˊ, Chiū Sī hó iông māu ê ì sù.
就是好容貌的意思。

妜 koat, ㄍㄨㄚㄊ, Súi ê khoán, êng êng ê khóan Sit. Oàn tò.
美的款，閒閒的款式。怨妒。

五 畫

妯 tiók, tiû, thiu, ㄉㄧㄛㄎ, ㄉㄧㄨ, ㄊㄧㄨ, tiók Lí, hiaⁿ tī ê bó, tōa m̄ Sió Chím. tâng Sāi. tiû, hiaⁿ ko ê bó. tâng Sāi á.
妯娌，兄弟的妻，大姆小嬸。同姒。妯，兄哥的妻。同姒仔。

姁 hú, ú, ㄏㄨˇ, ㄨ, Súi ê iông māu khoài Lók, hoaⁿ hí.
美的容貌。快樂，歡喜。

姑 ko, kó, ㄍㄛ, ㄍㄛˋ, Chheng hō hū jîn Lâng ê jī. Lāu Pē ê Chí bē a ko. tiong hu ê Lāu bú ta ke, ong ko. tiong hu ê
稱呼婦仁人的字。老父的姊妹阿姑。丈夫的老母，當家，翁姑。丈夫的
Chí bē, tōa níu ko Sió ko. jím nāi, ko sek. nî ko. ko níu. Chiām Chhiaⁿ ko Chhiaⁿ. kó chiâ.
姊妹，大娘姑小姑。忍耐，姑息。尼姑。姑娘。暫且 姑且。姑情。

妹 boát, ㄅㄨㄚㄊ, kó tsá ê Phaiⁿ hū jîn Lâng ê mîa. Pìⁿ kâu Lâng Sìa Sut.
古早的歹婦仁人的名。變猴弄，邪術。

姆 bó, m̄, ㄅㄛˋ, ㄇ, Lú hū, khioh Chiáu bú. m̄, m̄ Pô, Peh m̄. Gàk bú, tīuⁿ m̄. thòe Lâng kò Gín á ê Lâng Pó bó.
女婦，抾鳥母。姆，姆婆。伯姆。岳母，丈姆。替人顧囡仔的人，保姆。

妳 nái, Leng, né, ni, kap, ㄋㄞˇ, ㄌㄥ, ㄋㄝ, ㄋㄧ, tâng ì sù. ni Chiap, ni bú. an nái. Chheng hō Lú Sèng ê jī. Lí, kap Lí tâng
与奶同意思。妳汁，妳母。俺妳。稱呼女性的字。妳与你同。

妹 mūi, bē, mōe, nōa, ㄇㄨㄧˋ, ㄅㄝ, ㄇㄨㄝ, ㄋㄨㄚ, Lú tē, Chiū Sī sió mūi, Chí mōe, khah Sòe ê Lâng, bē hu, bē sài. koe á ê bú ê
女弟，就是小妹，姊妹，較小的人，妹夫，妹婿。雞仔的母的
kio koe nōa. koe kak ê tùi hóan.
叫雞妹。雞鵤的對反。

妮 nî, ㄋㄧˊ, hiān kim ê Lâng kio Lú Pī ê ì sù.
現今的人叫女婢的意思。

妸 O, ó, ㄛ, ㄛˋ, Chiū Sī bô koat toàn, bô tiāⁿ tióh ê ì sù. ó, hū jîn Lâng kiâⁿ ê khóan Sit. iù n̂ng. jī sìⁿ.
就是無決斷，無定着的意思。妸，婦仁人行的款式。幼軟。字姓。

姍 San, Sat, Sian, ㄕㄢ, ㄕㄚㄊ, ㄒㄧㄢ, hó, súi, húi Pòng, ki Chhì, chhiò. Sian Sian, kiâⁿ Lō bān bān. Sat, hū jîn Lâng ê Saⁿ
好，美，誹謗，譏刺，笑。姍姍，行路慢慢。姍，婦仁人的衫
thoa thô kha ê ì sù.
拖土脚的意思。

始 Sí, ㄕˇ, khí thâu, tāi Seng, Sí tsó, Sí Chiong. khai Sí.
起頭，代先，始祖，始終。開始，最初

妬 Sèk, tò, ㄕㄝㄎ, ㄉㄛˋ, kap 妒 Siāng khoán.
与妒字同款。

妻 Chhe, Chhè, bó, Chhoe, ㄑㄝ, ㄑㄝˋ, ㄅㄛ, ㄑㄨㄝ, tiong hu ê Saⁿ tùi, Pîⁿ Pîⁿ tōa, tōa bó, hu Chhoe, Chhe Chiū sī bó. hu Chhe
丈夫的相對，平平大，大妻，夫妻，妻就是妻。夫妻
Chiū sī ān bó, ān bó. Chhat kè, kè tiong hu, kè ūi jîn Chhè.
就是尪妻，尪妻。聚嫁，嫁丈夫，嫁爲人妻。

姐 Chí, Chia, Chiáu, tsóa, Ché, ㄐㄧˇ, ㄑㄧㄚ, ㄑㄧㄠ, ㄗㄨㄚˇ, Chheng hō hū jîn Lâng ê jī. a Ché, a Chí, Chí hu, Sió Chia, Chia Chia.
稱呼婦仁人的字。阿姐，阿姐，姐夫，小姐，姐姐
Chiau hu. Goán t, Chiū Sī Goán Chè ê tiong hu ê ì Sù.
姐夫。阮姐的，就是阮姐的丈夫的意思。

妾	Chhiap, thiap, hū jîn Lâng tsū khiam ê oē, tsa bó Lâng ê Chhek Sek, Sòe î。 ㄑㄧㄚㄆ, ㄊㄧㄚㄆ, 婦仁人自謙的話，查夫人的側室，細姨。
姉	Chí, Ché, Chheng hō tsa bó Lâng ì sù。Chhin Chhiū^n a Chí, a Ché。Chí mōe。Chí mōe hoe。 ㄐㄧ, ㄐㄝ, 稱呼查媒人的意思。親像 阿姉，阿姉。姉妹。姉妹花。
姊	Chí, Ché, kap 姉 Siāng khoán。Lú heng。Seng Sì^n ūi Ché, aū sì^n ūi bōe。 ㄐㄧ, ㄐㄝ, 与姉同款。女兄。先生爲姊，後生爲妹。
委	Úi Pē tāng tà^n bōe Chhun tit。tam tng, thok tiōng, Ú jīm。Oan khiau Úi khiok。hiat kak, Úi khì。 ㄨㄟ, 背重擔𣍐伸直，擔當，託重，委任。彎曲，委曲。挕墘，委棄。
姓	Sèng, Sì^n jī Sì^n, tsoh sì^n。Chiah Lâng ê sì^n ké Lâng miâ。Sèng bêng。tông tsok ê hō。Peh Sì^n, tông tsong。 ㄒㄧㄥ, ㄒㄧ, 字姓，作姓。食人的姓，假人名。姓名。同族的號。百姓。同宗。
姒	Sū, sāi Ū hè ê hū jîn Lâng, hia^n tī ê bó ê sa^n Chheng ho tâng sāi, tâng sāi á。 ㄙ, ㄙㄞ 有歲的婦仁人，兄弟的媒的相稱呼 同姒，同姒仔。
妲	tat, thán, tiū ông ê hō huī e miâ。thán kí。 ㄉㄚㄊ, ㄊㄢ, 紂王的后妃的名。妲己。
㚴	Chí, Ché, Peh só sì^n ê khah sī tōa ê, chiū sī Chheng ho a ché, a chí。 ㄐㄧ, ㄐㄝ, 伯所生的較是大的，就是稱呼 阿㚴，阿㚴。
姒	sū, Sāi, kap 姒 jī Siāng khoán ㄙ, ㄙㄞ, 与姒字同款
姃	Cheng, hū jîn Lâng ê jī, toan tsong ê hū jîn Lâng。un jiû ê khoán sit。 ㄐㄧㄥ, 婦仁人的字，端莊的婦仁人。温柔的款式。
姡	hoát, hū jîn Lâng ê iông māu, hó, súi, hó khoà^n。 ㄏㄨㄚㄊ, 婦仁人的容貌，好，媄，好看。
姅	Poàn, Phoàn, hū jîn Lâng âm tsam bô Chheng khì siū^n ê ì sù。 ㄅㄨㄢ, ㄆㄨㄢ, 婦仁人 腌臢無清氣相的意思。
妭	Poát, Súi ê hū jîn Lâng。Khòng hān ê kúi, hóan kóng tsòe hū jîn Lâng ê jī。 ㄅㄨㄚㄊ, 媄的婦仁人。亢旱的鬼。反講做婦仁人的字。
娶	Chhu, Chhû, tsu, Lām nōa ê tsa bó Lâng。 ㄑㄨ, ㄑㄨ, ㄗㄨ, 襤爛的查媒人。

六畫

姪	tit, hia^n tī ê kiá^n, tit á, tsú tit, tit Lú。 ㄉㄧㄊ, 兄弟的子，姪仔，子姪，姪女。
姝	tu, tsu, Chiū sī Súi, iù nńg, tsng thā^n ê ì sù。 ㄉㄨ, ㄗㄨ, 就是媄，幼軟，裝飾的意思。
姮	hêng, Chheng ho hū jîn Lâng ê jī。hêng ngô, Siông ngô, Siāng khoán。 ㄏㄥ, 稱呼婦仁人的字。姮娥，嫦娥，同款。
姶	ap, Súi ê hū jîn Lâng, kó tsa koa^n ê Sòe î ê miâ。 ㄚㄆ, 媄的婦仁人，古早官的細姨的名。
姨	î, Lāu bú kap bó ê Chí bōe。bó î, î á。tōa î, î tiū^n ang î ang î Sūn oē bóe。 ㄧ, 老母与媒的姉妹。母姨，姨仔。大姨，姨丈。尪姨，尪姨循話尾。
姤	kō, Sa^n tú tit hó, Phit Phòe。kau hap im iông hap。kòa miâ。 ㄍㄡ, 相抵着，好，匹配。交合，陰陽合。卦名。
姬	î, ki, hū jîn Lâng ê Chheng hō。Ông ê bó, Sòe î。Lâng ê jī sì^n ki。 ㄧ, ㄐㄧ, 婦仁人的稱呼。王的媒，細姨。人的字姓姬。
姜	kio^n ㄍㄧㄛ kiong, khiong, kiū^n, Lâng ê sì^n kap miâ, kiong thài kong tio hî Lī tsúi Sa^n Chhùn。kiū^n bú, Chî^n kiū^n。 ㄍㄧㄛㄥ, ㄎㄧㄛㄥ, ㄍㄧㄨ, 人的姓与名，姜太公釣魚離水三寸。姜母，茈姜。
姣	hāu, kau, Lâng ê jī sì^n。thiám bī, Súi。îm Loān, kan îm。káu bí。în iû ê ì sù。 ㄏㄠ, ㄍㄠ, 人的字姓。諂媚，媄。淫乱，姦淫。姣美。引誘的意思。
姦	kan, kam, kàn, Su khia tsa Po, îm Loān Su thong。kan îm, kan kúi, kan tsà。kam Chhng, ㄍㄢ, ㄍㄢ, ㄍㄢ, 私單，查夫，淫乱 私通。姦淫，姦鬼，姦詐。姦搶，
	Chiū sī Chit khoán Chhng miâ。kàn kiau。Sio kàn。Chhoh kan kiau。Chiū sī Chho chhō ê oē。 就是一款搶名。姦撟。相姦。㤙姦撟。就是粗粗的話。
姞	kiat, khiat, têng bûn kong ê Sòe î, kiat bōng。Lâng ê jī sì^n, khiat。 ㄍㄧㄚㄊ, ㄎㄧㄚㄊ, 鄭文公的細姨，姞夢。人的字姓。姞。
姥	bó, Láu, Chheng hō Lāu hū jîn Lâng ê oē, Láu Láu。Chhin Chhiū^n a ḿ, ḿ Pô。Goā tsó bú。 ㄇㄛ, ㄌㄠ, 稱呼老婦仁人的話，姥姥。親像 阿姆，姆婆。外祖母。
	thian bó Soa^n, tī Siāu hin Sin Chhiong koān。 天姥山，佇紹興 新昌縣。
㜁	Sian, Sin Kiâ^n Lō ê khoán sit, Pái kha teh kiâ^n ê khoán, kiâ^n bōe-Chìn Chêng。Sin, Chiū sī kok ê miâ, ㄒㄧㄢ, ㄒㄧㄣ 行路的款式，跛脚咧行的款，行𣍐進前。㜁，就是國的名，

Siong tiâu ū chit ê Só tsāi, kiò tsoè Sin Phi.
商朝有一個所在，叫做姺邳。

娍 Siong, T一ㄥ, kó tsa kok ê mîa. iu Siong Sī kan tek, Chiu sī hông tè khok ê Phian hui ê khòe bú.
古早國的名。有娍氏簡狄，就是皇帝嚳的偏妃的契母。

姿 Sū, tsu, ㄗ, ㄗ, hû thán, kóng hó oē, thiám bī, kè tsò. Sin the iông māu, tsu thāi, tsu sek, hó hong tsu
扶担，講好話，諂媚，假作。身体容貌，姿態，姿色，好風姿

娃 oa, ㄨㄚ, Súi ê tsa bó Gín á. kiau oa, îm oa, iûⁿ oa oa.
媄的查媒囝仔，嬌娃，婬娃，洋娃娃。

威 ui, ㄨㄟ, hō Lâng kiaⁿ ê khoán Sit, ui Giâm, ui hong, ui Lek, ui Sìn, ui Sè, ui bāng, ui bú.
乎人驚的款式，威嚴，威風，威力，威信，威勢，威望，威武。

姬 Gó, ㄜˊ, súi ê iông māu, jit Goat ê kng. Loán jiók, hó khoàⁿ ê khoán sit.
媄的容貌，日月的光。軟弱，好看的款式。

姚 iâu, iô, 一ㄠˊ, 一ㄛ, Súi, Chhîn Chhiⁿ, iâu iá, Phiau iâu, iông bēng. Lâng ê jī Sìⁿ iô.
媄，清靘，妖冶，嫖姚，勇猛。人的字姓姚。

姻 ian, in, 一ㄢ, 一ㄣ, Sin niû, hun ian, tsa bó Gín á tsòe tīaⁿ tiòh, Chhin Chiaⁿ. kiat hun. ian Chhin. in iân.
新娘，婚姻，查媒囝仔做定着，親情。結婚。姻親。姻緣。

姖 Chín, ㄐㄧㄣ, kin Sīn, tiuⁿ tī hông, Chiu sī teh tiuⁿ tī tāi Chì.
謹慎，張持防，就是咧張持代誌。

㛫 Siat, T一ㄝˋ, ap Siat, khí hè iok, Lî hun, bú bān ê ì sù.
壓㛫，起廢約，離婚，侮慢的意思。

姙 Jūn, ㄖㄨㄣ, Chiu sī Chí hū jîn Lâng ê jī. Súi, hó khoàⁿ ê ì sù.
就是指婦仁人的字。媄，好看的意思。

姌 jiám, jiam, ㄖ一ㄢ, ㄖ一ㄢ, an ún, Súi, hó khoàⁿ, Sim mn̄g, Chhat Lí.
安穩，媄，好看，審問，察理。

㜠 hiam, ㄏ一ㄢ, Súi hó ê iông māu, hó iông māu.
媄好的容貌。好容貌。

姽 Gúi, khúi, ㄍㄨㄟ, ㄎㄨㄟ, Chiu sī Sok Chēng hó ê ì sù.
就是肅靜好的意思。

姸 Gian, Giân, Giang, kian, ㄧㄢ, ㄧㄢ, ㄧㄤ, ㄍ一ㄢ, kap Sio siāng. khoa Lù Pō Sì uih.
与姸相同。看女部四畫。

姹 tò, thà, ㄉㄛ, ㄊㄚ, Súi ê tsa bó Gín á, Siàu Liân ê tsa bó Gín á.
媄的查媒囝仔，少年的查媒囝仔。

姼 Chhí, Sī, ㄔ, ㄒ一, Súi ê tsa bó Gín á, khin Pòh ê khoán Sit. Chhiong ki.
媄的查媒囝仔，輕薄的款式。娼妓。

㛼 hō, ㄏㄛ, Chiu sī tham sim ê ì sù.
就是貪心的意思。

姱 khoa, ㄎㄨㄚ, hó, khoa kháu, hó Phín hēng, Chiat Gī. Súi ê khóan Sit.
好，誇口，好品行，節義。媄的款式。

姛 tōng, ㄉㄨㄥ, ām kún tít tít ê khoán Sit. ām kún ê thâu.
頷頸直直的款式。頷頸的頭。

姷 iū, 一ㄡ, Chiu sī Phit Phòe ê ì sù.
就是匹配的意思。

姙 Jîm, jīm, ㄖㄣ, ㄖㄣ, hū jîn Lâng Só hoâi ê in, Pak tó Lāi ê the, Sin in.
婦仁人所懷的孕，腹肚內的胎，身孕。

七 畫

娸 kī, ㄑ一, Chiu sī Siu khì bô hoaⁿ hí ê ì sù.
就是怒氣無歡喜的意思。

娟 koan, ㄐㄩㄢ, Lí Lí á khiau, khin Sang Chhim hn̄g ê khóan Sit. Súi, tín tāng, kiau kiah, Siân koan, bí hó.
厘厘仔曲，輕鬆深遠的款式。媄，振動，嬌鬟，嬋娟，美好

娊 hián, ㄒ一ㄢ, Sin io Sòe. tsa bó Gín á ê jī.
身腰細。查媒囝仔的字。

娌 Lí, ㄌ一, hiaⁿ tī ê bó, tâng Sāi á, bûn hoat Chiu sī Sia tiu 妯娌。
兄弟的媒，同姒仔，文法就是寫妯娌。

娥 Gô, ngô, ㄜˊ, ㄜˊ, hó, khoài Lók, hông tè ê Sòe ì, Chhiuⁿ khek ê koh tòaⁿ. kiong ngô, Siông ngô.
媄，好，快樂，皇帝的細姨，唱曲的閣旦。宮娥，嫦娥。

娘 Liông, nîa, niû, ㄌ一ㄤ, ㄋ一ㄚ, ㄋ一ㄡ, Siau Liân ê hū jîn Lâng, ko niû. Chheng hō hông hō ê jī, tsu niû. niû niû.
少年的婦仁人，姑娘。稱呼皇后的字，娘。娘娘。
Liông tsú koan, tī Soaⁿ sai. án nîa, Chiu sī Lāu bú kiò hoat, a nîa.
娘子關，佇山西。俺娘，就是老母叫法，阿娘。

娜	Lô, ná, ㄌㄛˊ, ㄋㄚˇ,	Súi, hó khòa ê khoán sit, tsa bó Lâng hó iông māu, bān kiâⁿ ê khóan sit. Chiong tek ka kio Lâi kiâ. 倸，好看的款式。查媒人 好容貌，慢行的款式。將竹絞橋來行。
娉	Pheng, Phèng ㄆㄧㄥ, ㄆㄧㄥˋ	Súi, hó khòa ê ì sù. Pheng hōe, Chiu sī bī hun Chhe ê ì sù. Phèng kim, ôan Phèng. Phèng chhiáⁿ 倸，好看的意思。娉會，就是未婚妻的意思。娉金，完娉。娉請
娠	Sin, ㄒㄧㄣ,	Pak tó Lāi ū the, Siū thai Sin Tīn, ū Sin. 腹肚內有胎，受胎。娠孕，有娠。
娑	So, ㄙㄛ,	tîo thiàu, kiau kiah, bú Lāng, êng êng chē. So So. 跳跳，嬌翹，舞弄，閒閒坐。婆娑。
娣	tē, ㄉㄧˋ,	Sió bē, Sió Chím, tâng Sāi ê Sió Chím. 小妹，小嬸，同姒的小嬸。
娗	têng, ㄉㄧㄥˊ,	Chiū Sī hó kap Súi ê khc 就是好与倸的款式。
娩	bián, Bóan, ㄇㄧㄢˇ, ㄨㄢˇ,	hū jîn Lâng khioh Gín á. Sī Siⁿ kiáⁿ ê ì sù. hun bián. 婦仁人 抾囝仔。是生子的意思。分娩。
娛	Gû, Gō, ㄩˊ, ㄩˋ,	kek hoaⁿ hí, khoái Lók, khoài Lók. tsok Lók, Gû bóan Lian. tsū Gō ki Lók. Gō Lók. 極歡喜，快樂 快樂。作樂，娛晚年。自娛其樂。娛樂。
娉	Phut, ㄆㄨˋ,	ni bú, tsa bó Lâng Pûi Pûi ê khóan sit. 奶母，查媒人 肥肥的款式。
姦	hâu, ㄏㄡˊ,	Su thong, kan ts, îm Loān, kan îm, 私通，奸詐，婬亂，姦婬，
娥	Gó, ㄜˊ,	Súi ê iông māu. jit Goat ê kng, nńg jiòk hó khòaⁿ ê khóan Sit. kap 娥 Siāng khóan 倸的容貌。日月的光，軟弱 好看的款式。与 娥 同款
娬	bú, ㄨˇ,	thiam bī. Gâu Phō Sang, tsa bó the. nńg Chiaⁿ. kap Siāng khoán 諂媚。勢鋪送，查媒体。軟芘。与 嫵 同款。
娭	hi, ㄒㄧ,	hū jîn Lâng hā Chiān ê Chheng hō. hì Lāng. Lú Pī. 婦仁人 下賤的稱呼。戲弄。女婢。
娙	héng hêng ㄒㄧㄥˊ, ㄒㄧㄥ,	hū jîn Lâng Sin tn̂g hó khóaⁿ ê ì sù. Lu koaⁿ mîa. 婦仁人 身長 好看的意思。女官名。
娠	Sin ㄒㄧㄣ,	Chiu sī hū jîn Lâng ū Sin īn. Seng khu tín tāng ê khóan sit. hoâi īn. 就是婦仁人 有娠孕。身軀 振動的款式。懷孕。
娋	Chhiok, Sau, Sáu ㄑㄧㄠˋ, ㄕㄠ, ㄕㄠˇ	kúi nā ê Chí bē ê tiong kan ê tōa Chí. 幾若個 姊妹的中間 的 大姊。
嫂	So, ㄙㄠ,	Chiu sī Chí hū jîn Lâng ê jī. 就是指婦仁人的字。
姿	Chhan, ㄘㄢ,	Súi, hó khòa. Saⁿ ê tsa bó Gín á. it Chhe jī Chhiap ê, sù. 倸，好看。三個查媒囝仔。一妻二妾的意思。
娖	Chhiok, ㄑㄧㄛˋ,	kín Sin, kèng kín, Liam Chiat, tsôe tsáⁿ hó khóan Sit. 謹慎，敬謹，廉節，齊整，好款式。
娕	Chhiok, ㄑㄧㄛˋ,	kap téng bīn jī 娖 jī Sio Siāng. 与頂面字 娖 字相同。
娓	bí, ㄇㄟˇ,	Saⁿ nīu, koan Sim, hó khòaⁿ, kiau Sek. 相讓，關心，好看，嬌色。

八 畫

婦	hū, bó, Pū, ㄈㄨˋ, ㄅㄛˊ, ㄈㄨˋ,	Chhut kè ê tsa bó Lâng, ui jîn hū. hū jîn. Sim Pū. hū jîn Lâng. Lâng e bó. 出嫁的查媒人，為人婦。婦人。媳婦。婦仁人。人的婦。
婓	hui, hūi, ㄈㄟ, ㄈㄟˇ,	kang hui kap Sîn thit thô. Sîn ê tsa bó Gín á. 江婓与神迫迌。神的查媒囝仔。
婞	héng, hēng, ㄒㄧㄥˋ, ㄒㄧㄥˋ,	Put Chí, Saⁿ Chhin, Sīu khì. 不止，相親，怒氣。
婪	Lâm, ㄌㄢˊ,	Sim koaⁿ ài Pat Lâng ê mih. tham Sim. kòe thâu ài tsâi tham Lâm. 心肝便別人的物。貪心。過頭愛財，貪婪。
婁	Lô, ㄌㄡˊ,	Pàk, tìn, thoa, kiau jiau. Sió khóa. Gōng, Lâng ê Sìn. jī tsap Poeh Siok Chi 縛，纏，拖，攪擾。少許。戇，人的姓。二十八宿之一
婀	O, O, ㄜ, ㄜ,	hū jîn Lâng kiâⁿ ê khóan sit, iù nńg. jī sìn. O ná. O, Chiu sī bô koat toan 婦仁人 行的款式，幼軟。字姓。婀娜。婀，就是無決斷。
婢	Pī, ㄅㄧˋ,	tsa bó ê Sú iong Lâng, tsa bó kán, ha Chiān ê hū jîn Lâng, Lú Pī. 查媒的使用人，查媒嫺，下賤的婦仁人，女婢。
婊	Piáu, ㄅㄧㄠˇ,	Phaiⁿ ê tsa bó, Chhiong Piáu. Piáu kiáⁿ, Chhiong ki. 歹的查媒，娼婊。婊子 娼妓。

婆 Pô Lāu ê hū jîn Lâng, Lāu bú, Lāu Pô, kong Pô. Lāu thài pô. khó kháu Pô sim.
ㄆㄛˊ 老的婦仁人，老母，老婆，公婆。老太婆。苦口婆心。

婕 Chiap, Chiat, Chheng Siu hó khòa", hàn tiâu koán kiong Lú ê hū jîn Lâng.
ㄐㄧㄝˊ, ㄐㄧㄝˊ 清秀好看，漢朝管宮女的婦仁人。

娶 Chhù, chhū, Chhōa, Chhù Chhe, Chhù Siok, Chhù Chhiap, Siok Chhù. Chhōa bó, Chhōa Sin niû", Chhōa Sim Pū. kè Chhōa
ㄑㄩˇ, ㄑㄩˋ, ㄑㄨㄚ 娶妻，娶俗，娶妾，續娶。娶媒，娶新娘，娶媳婦。嫁娶

婐 Ó, Súi ê hū jîn Lâng, iù iù ê khóan Sit. tsa bó kán.
ㄛˇ 倸的婦仁人，幼幼的款式。查媒囝。

婭 À, nn̄g ê kiá" Sài Sa" kiò in ê jī. in à, Chhin Chiâ". à Sài, chí bē ê tiōng hu. Liân kim
ㄧㄚˋ 兩個子婿相叫伊的字。姻婭，親情。婭婿，姊妹的丈夫。連襟。

婣 ian, in kap 姻 jī Siāng khóan.
ㄧㄢ, ㄧㄣ 与姻字同款。

婉 oán, Súi, Sa" niū, hô Sūn, hō Lâng hoa" hí. oán tsoán. ī" kut. Oán iok. Oán khoàn.
ㄨㄢˇ 倸，相讓，和順，夻人歡喜。婉轉。圓滑。婉約。婉勸。

婬 îm, thit thô, tsū boán, Chìm tsū. hòng Chhiòng, kan Siâ, tham Sim kè thâu kú kú. kan îm.
ㄧㄣˊ 迌迌，自滿，浸住。放縱，姦邪，貪心過頭久久。姦婬。

婼 bám, hiu" sia ê mia, iā Sī Soa" sai i sī koai", bám hiong.
ㄖㄨㄛˋ 鄉社的名，也是山西猗氏縣，婼鄉。

婘 khiong, Chhap tsap, îm Loān, kiau jiau ê khóan Sit.
ㄎㄨㄥ 嘈雜，淫亂，攪擾的款式。

婘 koàn, koān, kap 眷 jī Siāng khóan. koàn kò, Chiàu kò, hôe thâu khòa". koàn Liām, Siàu Liām.
ㄍㄨㄢˋ, ㄍㄨㄢˋ 与眷字同款。婘顧，照顧，回頭看。婘念，數念。

嬡 Chhoat, tsoat, Siu khì Sa" mā ê sia",
ㄔㄨㄛ, ㄓㄨㄛ 怒氣相罵的聲，

婥 Chhiok, Súi ê khóan sit, hū jîng Lâng ê Pī". Chhiok iok bí māu. kap 綽 Siāng khóan.
ㄔㄨㄛˋ 倸的款式，婦仁人的病。婥約美貌。与綽同款。

媆 khi, khiap Sī, Phái" khoà", jī Sì".
ㄑㄧ 狭勢，歹看，字姓。

娽 Lòk, kun tè Chhoan hiok ài hui ê mia.
ㄌㄨˋ 跟隨顓頊愛妃的名。

婩 Gān, hū jîn Lâng Chê tsâ" ê khóan Sit. bô hiáu Gō ê khóan.
ㄢˋ 婦仁人齊整的款式。無曉悟的款。

姘 Pheng, tû khì, Lâm Lú Su thong ê ì sù. kap Chhe Pī kan îm ê ì sù. Pheng ku. Peng thâu.
ㄆㄧㄣ 除去，男女私通的意思。与妻婢姦淫的意思。姘居。姘頭。

婧 Chēng, Chhèng hū jîn Lâng Cheng Chiat, khiam Pī ê khóan, Sán Sòe, oàh tāng, ióng tsòng.
ㄐㄧㄥˋ, ㄑㄧㄥˋ 婦仁人貞節，謙卑的款，瘦細，活動，勇壯。

娵 tso, Chhù tang Pêng ê Piah. hū jîn Lâng ê mia. Súi ê tsa bó Gín á.
ㄗㄡ 厝東爿的壁。婦仁人的名。倸的查媒囝仔。

婚 hun, hū jîn Lâng kè tiōng hu, kiat Chhin, sin kiá" Sài. kiat hun, Sin hun, oân hun. hun Lé.
ㄏㄨㄣ 婦仁人嫁丈夫，結親，新子婿。結婚，新婚，完婚。婚禮。

娼 Chhiong, Phái" ê hū jîn Lâng hoe keng tsa bó, ki Lú, Piáu, Chhiong ki. bōe îm ê Lú tsu.
ㄔㄤ 歹的婦仁人，花間查媒，妓女，婊，娼妓。賣婬的女子。

九畫

媓 hông, Lú hông, Giau tè ê ài hui, Chhó bú ê hō
ㄏㄨㄤˊ 女皇，堯帝的愛妃，楚 的后

媧 koa, O, Oa, khai ki hū jîn Lâng ê mia. Lú koa, Lâng ê Sì" oa. Oa hông.
ㄍㄨㄚ, ㄜ, ㄨㄚ 開基婦仁人的名。女媧。人的姓 媧。媧皇。

媢 mō, m̄ khèng khòa", oàn tò, Siu khì.
ㄇㄠˋ 毋肯看，怨妒，怒氣。

媒 mûi, bôe, hm̂, bô, kè bô Sa" hap kiat Chhin ê tiong Lâng. bôe Lâng, hm̂ Lâng, kiau bôe.
ㄇㄟˊ, ㄇㄟˊ, ㄇㄟˊ, ㄇㄛˊ 計謀相合，結親的仲人。媒人，媒人，賭媒。
hm̂ Lâng Pô. hm̂ Lâng khan Sòa". ang bô, hu Chhe. bô kiá", Chhe tsú.
媒人婆。媒人牽線。尫媒，夫妻。媒子，妻子。

媚 Bī, mī, nī, kóng hó thia" ê oē, khoe hâi, tek thióng, thià" Sioh, Chhim ài, thiám mī. thiám mī
ㄇㄟˋ, ㄇㄟˋ, ㄋㄧˋ 講好聽的話，詼諧，得寵，痛惜，深愛，諂媚。諂媚
Phô thán ê oē. Bī Sè. Un jiû khó ài, bú bī. thiám nī.
扶担的話。媚世。溫柔可愛，嫵媚。諂媚。

媌 biâu, mâu, bâ, Súi ê hū jîn Lâng. ū só tsāi Sī Chí Phái" ê hū jîn Lâng, bâ thâu. Chiū Sī hoe keng
ㄇㄧㄠˊ, ㄇㄠˊ, ㄇㄚˊ 倸的婦仁人。有所在是指歹的婦仁人，媌頭。就是花間

ê Piáu thâu。 āu bú bā, Chhiong bā
的婊頭。後母媌，娼媌。

嫱	Am, ㄚㄇ,	ù oè, kan îm ê hū jîn Lâng, Chiū Sī Phái" ê hū jîn Lâng。 污穢，姦淫的婦仁人，就是歹的婦仁人
嫨	Jūn, Loán, Lūn, ㄖㄨㄣ, ㄌㄨㄢ, ㄌㄨㄣ,	iù iù, iù chí"。nńg chiá"。hó khoán Sit。khiu khiu。nńg Lūn。hó iông māu。 幼幼，幼茈。軟弱。好款式。粕粕。軟嫨。好容貌。
婿	sè, sài, ㄕㄝ, ㄕㄞ,	kiá" Sài, Sin kiá" Sài。Poàn tsu。tsa bó kiá" ê tiōng hu, hū jîn Lâng Chheng hō tiōng hu ê jī Sài 子婿，新子婿。半子。查媒子的丈夫，婦仁人稱呼丈夫的字，眭婿。
媟	Siat, ㄒㄧㄝ,	ap Siat, Lī hun, khí hoè iok。bú bān ê Sù。 狎媟。離婚，起廢約。侮慢的意思。
婷	têng, ㄊㄧㄥ,	Chiū Sī hó kap Súi ê khoán Sit, têng têng Giók Lip. 就是好与媄的款式，婷婷玉立。
媊	Chian, Chiân, ㄐㄧㄢ, ㄐㄧㄢ,	Lú chian Chhi", thài Pek Siong kong ê hū jîn Lâng, Chiū Sī Lâm táu chhi"。 女媊星，太白上公的婦仁人，就是南斗星。
婺	bók, bū, ㄇㄛ, ㄨ,	Chhi" ê miâ, bók Lú chhi"。kim hoa hú kó tsá ê miâ。 星的名，婺女星。金花府古早的名。
媮	jû, tho, ㄖㄨ, ㄊㄛ,	Pòh Pòh, bô kiong Chīn, khoài Lók, Sóng khoài。 薄薄，無窮盡；快樂，爽快。
媛	Oān, ㄨㄢ,	Súi ê tsa bó Lâng, tsa bó kiá", khan ín, kun Súi ê khoán Sit 媄的查媒人，查媒子，牽引，跟隨的款式
媎	Chia, ㄐㄧㄝ,	khiong Lâng kiò Lāu bú ê jī。Leng bú, khioh Chia bú。Sio bē。khòa khin。 羌人叫老母的字。奶母，抾媎母。小妹。看輕。
媖	eng, ㄧㄥ,	hū jîn Lâng Súi hó khoà" ê Chheng ho 婦仁人媄好看的稱呼
媿	khêng ㄑㄩㄥ	bô Lâng thang oá khò, ko toa", iu būn。 無人可依靠，孤單，憂悶。
媣	jiám, Jiàm ㄖㄢ, ㄖㄢ	an ún, Sím mn̄g, Chhat Lí。hó khoà" Súi。 安穩，審問，察理。好看。媄。
婚	hun, ㄏㄨㄣ,	kap 婚 Siāng khóan。kiat hun, hun ian。 与婚同款　結婚，婚姻。
媍	hū, Pū, ㄈㄨ, ㄆㄨ,	kap 婦 Siāng khóan。 与婦同款。
婼	chhiok ㄑㄩㄝ	bô hô Sūn bô Chiàu Chhù sū ê ì sù。Siok Sun Chhiok, Chhun Chhiu Sî ê Lâng miâ。 無和順，無照次序的意思。叔孫婼，春秋時的人名
媬	hâu, hô, ㄏㄡ, ㄏㄜ,	Chiū Sī hū jîn Lâng ê jī。 就是婦仁人的字。
媈	hūn ㄏㄨㄣ	Chheng ho hū jîn Lâng ê jī。 稱呼婦仁人的字。
嫂	Sò ㄙㄠ,	Chiū Sī hia ê bó, hia Só, iā thak Só。kap 嫂 Siong tông。 就是兄的媒，兄嫂。也讀嫂。与嫂相同。
媞	tê, ㄊㄧ,	an ún, Súi, hó khoà"。khi Phiàn, Chháu á Chí ê miâ。 安穩，媄，好看。欺騙，草仔子的名。
婸	tōng, ㄉㄤ,	hōng tōng, bô tsún tsat, thit thô。Îm Loān。 放婸，無準節，迌迌。淫亂。
婧	thó, thò, Súi, ㄊㄛ, ㄊㄛ, ㄕㄨㄟ,	Súi, hó khoà", bô kiong kèng ê ì sù。ū Lâng ēng Chit jī thak Súi。Súi iā。 媄，好看，無恭敬的意思。有人用這字讀媄。媄也。
媦	uī, ㄨㄟ,	kó tsá Lâng, Chí tsòe Chheng ho Sio bē ê jī。 古早人，指做稱呼小妹的字。
嫈	iau, ㄧㄠ,	nńg jiók ê khoán Sit。 軟弱的款式。
嫐	ngiau ㄋㄧㄠ	ngiau nā âu tóe, ngiau ngiau, ùi ngiau, kia" ngiau。ùi ngiau kia" bó。 嫐咽喉底，嫐嫐，畏嫐，驚嫐。畏嫐驚媒。

造字　嫐與癢偎意。兩人間，一人用指近觸對方敏感處、如胳邊，即有一種舒服而不舒服感，稱為嫐。就顯出如女子狀畏縮驚叫。致用女字俘借号成字。

十畫

嫩	Chhi, ㄑㄧ,	khiap Sì, Îm Loān。Chhi Gâi, Gōng。 抾勢，婬亂。痴呆，戇。

嫨	hê, ㄏㄝ,	Chīu Sī oàn tò ê ì sù. 就是怨妒的意思。
嫌	hiâm, ㄏㄧㄚㄇ,	Sim Put Pêng, Giâu Gî, m̄ ài, Chek Pī, siūⁿ, hiap hiâm, hoān hiâm. 心不平，懷疑，毋愛，責備，想，挾嫌，犯嫌。
媾	kò, kò, ㄍㄛ,ㄍㄛ	koh tsài kè Chhoā. sa nài. hô hó. thióng ài, kiat Liân. im hō. kau kò, kau hāp. kò hô, Gī hô. 個再嫁娶。相愛。和好。寵愛，結連，陰戶。交媾，交合。媾和，議和。
嫁	kà, kè, ㄍㄚ,ㄍㄝ	hū jîn Lâng kui tiōng huê ke. kè tiōng hu, kè ang. Chhut kè. Lú tōa tong kà, kà hō. 婦仁人歸丈夫的家。嫁丈夫，嫁尪。出嫁。女大當嫁。嫁禍。
媿	khùi, ㄎㄨㄧ,	kiàn Siàu, Siàu Lóe, ū khùi, Phāu khùi. kap 愧 Siong tông. 見誚，小礼，有媿，抱媿。与愧相同。
媽	má, ma, mah, ㄇㄚ,ㄇㄚ,ㄇㄚㄏ	Cheng Sin bé bú. Lau hū jîn Lâng, Lāu má. Pē bú ê bú, tsó bú, a má. 牲牲，馬母。老婦仁人，老媽。父母的母，祖母，阿媽。 má chhin. hiān kim kiò bú chhin tsòe ma ma, mah mah. 媽親。現今叫母親做媽媽，媽媽。
嫇	bêng, ㄅㄝㄥ,	tsàp Lak hòe ê bó. Chhen kiat, Chheng Chheng. 十六歲的媒。清潔，清清。
嫐	hiâu, Liâu, ㄏㄧㄠ,ㄌㄧㄠ,	kiáu jiáu, îm Loān ì sù. hiâu Siau, hiâu khān, Lāu hiâu, hiâu kih kih. 攪擾，婬乱意思。嫐猶，嫐孔，老嫐，嫐吱吱。
嫋	Liáu, ㄌㄧㄠ,	tsa bó Gín á ê khóan Sit. iù Siù. ió ió, níng chiaⁿ, hiōng hōng háu. Liáu Liáu hê Chhun hong. 查媒囝仔的款式。幼秀。殿殿，軟弱，哄哄哮。嫋嫋兮春風。
媻	Poân, Phoân, ㄅㄨㄢ,ㄆㄨㄢ,	óng Lâi ê khóan Sit. Lāu Pô, Chhia Chhî. Lāu hū jîn Lâng. 往來的款式。老婆，奢侈。老婦仁人。
媲	Pì, Pì, ㄅㄧ,ㄆㄧ,	Phit Phoe. Soe Soe ê khóan Sit, hū jîn Lâng ê jī. Pì, Pì bí. saⁿ Pì. 匹配。小小的款式，婦仁人的字。比，媲美。相比。
嫂	Sò, Só, ㄙㄛ,ㄙㄛ,	hiaⁿ ê bó, hiaⁿ só. Só jū bú. tsun Só, Lēng Só. Só hu jîn. 兄的媒，兄嫂。長嫂如母。尊嫂，令嫂。嫂夫人。
媳	Sek, Sim, ㄒㄧ,ㄒㄧㄣ,	kiáⁿ ê bó, hāu siⁿ ê bó. Sim Pū. tsu Sek, Sek hū. hāu Siⁿ Só Chhōa ê bó. 子的媒，後生的媒。媳婦。子媳，媳婦。後生所娶的媒。
嫉	Chek, chit, ㄐㄧ,ㄐㄧ,	oàn tò. ò tò. chit tò, Chek tò. Chek hāi, oàn hūn ê ì sù. 怨妒，嗯妒，嫉妒，嫉妒。嫉害，怨恨的意思。
媼	áu, ún, ùn, ut, ㄠ,ㄨㄣ,ㄨㄣ,ㄨㄊ	thó tē ê Sîn. Lāu hū jîn Lâng, Lāu ùn. Lāu bú, Lāu Pô. Pûi ê Gín á. 土地的神。老婦仁人，老媼。老母，老婆。肥的囝仔。
媵	ìn, ㄧㄣ,	Sàng Sin niû kè ang ê Lâng. Sàng hō Lâng, Pôe kheh, ìn Pì, ìn Sin. Sòe ì. Gō Phín ê Chhen hō. 送新娘嫁尪的人。送桓人，陪客，媵婢，媵臣。細姨。五品的稱呼。
嫈	eng, êng, ㄝㄥ,ㄝㄥ,	Sòe jī ê khoan Sit. hó. Siàu Liân ê hū jîn Lâng êng bêng. hū jîn Lâng ê Lé māu. 細膩的款式。好。少年的婦仁人。嫈嫇。婦仁人的禮貌。
嫄	Goân, ㄫㄨㄢ,	kiong Goân, Chīu Sī kek tsa hông tè Phiān hui ê miâ. 宮嫄，就是極早皇帝偏妃的名。
𡟫	hiâu, Liâu ㄏㄧㄠ,ㄌㄧㄠ	kap Siāⁿ khoán. 与嫐同款。
嫇	So ㄙㄛ,	Chheng hō hū jîn Lâng ê jī. 稱呼婦仁人的字。
嫋	Chhu, ㄑㄨ,	Chiu koàⁿ ê hū jîn Lâng. hū jīng Lâng ū Sin în ê ì sù. 守寡的婦仁人。婦仁人有娠孕的意思。
媺	bí, ㄇㄟ,	Lām Sin Sòe hàn ê hū jîn Lâng. hó khoàⁿ, kiau Sek. 腰身小漢的婦仁人。好看，嬌色。
媱	iâu, ㄧㄠ,	keng thâu Chhoáh chhoáh teh kiâⁿ ê khoán Sit. thit thô. Siu. hó. 肩頭斜斜哟行的款式。迌迌。佚好。

十一畫

嫜	Chiong ㄓㄤ,	tiōng huê Lāu Pē, Chīu Sī t koaⁿ. ko Chiong, ta ke kap ta koaⁿ. 丈夫的老父，就是當官。姑嫜，當家与當官。
嫥	tsoan, ㄓㄨㄢ,	Chit ê, tsoan it, thàng thiàⁿ ê khóan. bì Soe. 一個，嫥一，疼痛的款。微小。
嫭	hō ㄏㄨ	Súi, hó khoàⁿ ê ì sù. 佚好看的意思。
嫮	hō ㄏㄨ	khoa khau oàn tò ê ì sù. Se Si ê hák Seng. 誇口怨妒的意思。西施的學生。
嫪	Lō, Lō, ㄌㄠ,ㄌㄠ	ài Sek, Lek ài, hòⁿ Sek, oàn tò. Lâng ê jī sìⁿ. 愛色，溺愛，好色，怨妒。人的字姓。
嫩	jūn, Lóan ㄋㄨㄣ,ㄌㄨㄢ	Lūn, iù chíⁿ, nńg chiaⁿ, nńg jūn. Lūn Lūn. iù Lūn, khiū khiū ê khóan, hó iông māu, hông jîn thô hoa Lóan. 幼䓗，軟弱，軟嫩，嫩嫩，幼嫩，絢絢的款。好容貌，紅人桃花嫩。

嫠 Lî, ㄌㄧˊ; Chīu koàⁿ lâng, koàⁿ hū, chīu sī bô tiōⁿ huê hū jîn lâng. 守寡人，寡婦，就是無丈夫的婦仁人。

嫚 bān, ㄇㄢˋ; bak lâ sâm, khòaⁿ khin, chīu sī bú bān ê ì sù. 梁垃圾，看輕，就是侮慢的意思。

嫫 bėk, bô, ㄇㄛˋ, ㄇㄛˊ; chīu sī n̄g tè ê tē sì ê Phian hui. bô bú, kó tsá kóng khiap sì ê hū jîn. 就是黃帝的第四的偏妃。嫫母。古早講猴勢的婦人。

嬐 hám, ㄏㄢˇ; kh̄ng siu khì. oh tit tsai, súi, kng iām ê khóan sit. 勸怒氣。難得知，媄，光艷的款式。

嫖 Phiau, Phiâu, ㄆㄧㄠ, ㄆㄧㄠˊ; kap ki lú kau poê ê ta po lâng. Phiau ki, khai tsa bó. îm loān ê lâng, Phiâu kheh. 與妓女交陪的查夫人。嫖妓，開查媒。婬乱的人，嫖客。

嫦 Siông, ㄒㄧㄤˊ; Súi ê hū jîn lâng, Chheng hō hū jîn lâng ê jī. Siông ngô, Goat lú Sîon ngô. 媄的婦仁人，稱呼婦仁人的字。嫦娥，月女嫦娥。

嫡 tek, ㄉㄧˊ; tōa bó. hū jîn lâng, kín sīn sūn sūn ê khóan sit, tek chhe, tek bú. 大媒。婦仁人，謹慎順順的款式，嫡妻，嫡母。

嫣 ian, ㄧㄢ; bīn chhio chhio, súi, hó khòaⁿ, ian jiân it chhiàu. ó ló súi, ian tâu. ian tâu kut. ian tâu gín á. 面笑笑，媄，好看，嫣然一笑。謳咾媄，嫣骰。嫣骰骨。嫣骰囝仔。

嫗 ó, ㄩˋ; Lāu ê hū jîn lâng, lāu bú, īuⁿ chhī. ún sio. 老的婦仁人，老母，養飼。穩燒。

嫫 bėk, bô, ㄇㄛˋ, ㄇㄛˊ; Chīu sī hông tè ê tē sì khiap sì ê Pian keng. bô bú. kó tsá kóng khiap sì ê hū jîn lâng. 就是黃帝的第四猴勢的偏宮。嫫母。古早講猴勢的婦仁人。

嫕 ê, ì, ㄝ, ㄧˋ; Chīu sī sūn thàn ê ì sù. 就是順從的意思。

嫢 kui, kúi, ㄍㄨㄟ, ㄍㄨㄟˇ; Súi, hó khòaⁿ ê khóan sit. hū jîn lâng sòe io ê ì sù. sòe sòe. 媄，好看的款式。婦仁人細腰的意思。細細。

十二畫

嬉 hi, ㄒㄧ; Súi, thit thô, khoàiⁿ oah, hì hiok. 媄，迌迌，快活，戲謔。

嫻 hân, ㄒㄧㄢˊ; bûn ngá, hak sip, súi, liān sek, pîn tōaⁿ. hân sek. 文雅，學習，媄，練熟，貧惰。嫻熟。

嬈 jiâu, jiâu, ㄖㄠˊ, ㄖㄠˇ; kiáu jiâu, hì lâng, khek pȯk, jīu jiok. jiâu, kiau jiâu. Súi ê khóan sit, kiau kiah. 擾擾，戲弄，刻薄，柔弱。嬈，嬌嬈。媄的款式，嬌嬰。

嬌 kiau, ㄐㄧㄠ; thé thài, hó, súi. chhin chhīⁿ, íu íu. thióng ài. chheng hō ê oē. kiau jîu. iau kiau. ài kiau. 体態，好，媄。襯青。幼幼。寵愛。稱呼的話。嬌柔。妖嬌。愛嬌。

嬀 Gûi, ㄍㄨㄟ; tsui mîa, tī hó tong koàiⁿ Gûi hô. Chiu mîa Gûi chiu. Lâng ê sìⁿ. 水名，佇河東縣嬀河。州名嬀州。人的姓。

嫽 Liáu, Liâu, ㄌㄧㄠˊ, ㄌㄧㄠˇ; hì lâng, hó ê khóan sit, hū jîn lâng ê mîa. hó khòaⁿ. 戲弄，好的款式，婦仁人的名。好看。

嬋 Siân, ㄔㄢˊ; hó khóan sit, thé thài súi. Siân koan, tek ê sek súi chhiong sêng ê ì sù. 好款式，体態媄。嬋娟。竹的色媄昌盛的意思。

嫵 bú, ㄨˇ; thiám bī. Gâu pho sáng. tsa bó thé, nńg chiáⁿ. bú bī. kiau jîu khó ài. 諂媚。勢扶悚。查媒体，軟弱。嫵媚。嬌柔可愛。

嫺 hân, ㄒㄧㄢˊ; bûn nga, hak sip, súi, liān sek, pîn tōaⁿ. hân sek. 文雅，學習，媄，練熟。貧惰。嫺熟。

嫴 ko, ㄍㄜ; Pó jīm. tsá hū jîn lâng tsoē khin bô jip kaⁿ, Pó jīm lâi thèng hāu pān. 保任。早婦仁人罪輕無入監，保任來等候辦。

嬇 hòe, hui, ui, ㄏㄨㄟˋ, ㄏㄨㄟ, ㄨㄟ; hū jîn lâng ê jī. 婦仁人的字。

嫳 Piat, Phiat, ㄅㄧㄝ, ㄆㄧㄝ; khoài khoài siu khì. khin pȯh ê khóan sit. Lâng mîa. Chê jîn Lô Pô Phiat. 快快怒氣。輕薄的款式。人名。齊人盧蒲嫳。

十三畫

嬛 khêng, ㄑㄩㄥˊ; bô lâng thang oá khò, ko toa, iu būn. 無人可依靠，孤單，憂悶。

嬖 Pì, Phì, ㄅㄧˋ, ㄆㄧˋ; Lâng pi chiān iáu kú hō lâng thiàⁿ. Phian su, tiàⁿ thàn, kun súi ê lâng. 人卑賤也久互人疼。偏私，疼疹，跟隨的人。

嬗 Siân, ㄕㄢˋ; kap 嬋 jī siong tông. 與嬋字相同。

嬙 Chhiông, ㄑㄧㄤˊ; kiong lú, chīu sī hông tè ê hông kiong lāi ê hū jîn lâng. 宮女，就是皇帝的皇宮內的婦仁人。

嬴 êng, ㄝㄥ, khai khui, Puh chhut, ū chhun, kè thâu, móa móa, jī sìⁿ。iâⁿ。iâⁿ kè。
開開，蛮出，有剩，过頭，滿滿，字姓。贏。贏過。

嬕 Sek, ㄕㄝㄎ, hū jîn Lâng ê miâ
婦仁人的名

嬝 hiau, niáu, ㄒㄧㄠ, ㄋㄧㄠ, hong tín tāng ê khóan Sit。Chhiu hong, kap 嫋 Siāng khóan。
風振動的款式。秋風，与嫋同款。

嬛 hoān, ㄏㄨㄢ, hioh khùn, Chiáu bîn teh, àm chīⁿ chhut Lâi, thò ê kiáⁿ。
歇睏，鳥匿啲，暗靜出來，兔的子。

十四—十六畫

嬤 bó, ㄇㄛ, Chheng hô sī tōa Lâng, Chhin Chhiūⁿ kiò Lāu bó。
稱呼是大人，親像叫老嬤。

嬭 nái, Leng, ni, né, Lé, ㄋㄞ, ㄌㄝㄥ, ㄋㄧ, ㄋㄝ, ㄌㄝ, kap 奶 Siāng khóan ì sù。Lau bú ê jī, Niû Lé。tsoh Chhân khòaⁿ Chhan tóe。
与奶同款意思。老母的字，娘嬭。作田看田底
Chhōa bó· āi khòaⁿ niû Lé。
娶媒便看娘嬭。

嬲 Liáu, Siáu, Sio, ㄌㄧㄠ, ㄒㄧㄠ, ㄒㄧㄛ, kiáu jiáu, ìm Loān ê sū。Sit Sim ê khóan Sit。Siáu kōng, Siáu Gōng。Sio kiáⁿ, chhio, ㄑㄧㄛ, Chiū sī Chho· Chhùi ê oē, sī Chí Su thong só· siⁿ ê kiáⁿ。chhio, khí chhio chhio ko。Soa tsa bó· ê ì sù。
攪擾，淫乱的事。失心的款式。嬲狂，嬲戇。嬲子，就是粗嘴的話，是指私通所生的子。嬲，起嬲嬲哥。要查媒的意思。

嬪 Pîn, Pīn, ㄅㄧㄣ, ㄆㄧㄣ, Súi ê hū jîn Lâng, hō hui。hâng hok, Sòe ì, Sí Liáu ê bó·。kè tsa bó· kiáⁿ → sit
僕的婦仁人。后妃。降伏。細姨。死了的媒。嫁查媒子。

嬥 tek, tiáu, thiáu, ㄉㄧㄝ, ㄉㄧㄠ, ㄊㄧㄠ, thiám bī ê khóan Sit, kiáu jiáu, hiâu, Ong Lâi ê khóan。hoan ê koa。tit hó khòaⁿ ê khóan
諂媚的款式，攪擾，嬈，往來的款。番的歌。直好看的款式

嬰 eng, eⁿ, iⁿ, ㄝㄥ, ㄝ, ㄧ, Chho· Chhut Sì ê Gín á, Chiah Leng ê Sòe kiáⁿ。eng jī, eⁿ á, iⁿ á。tīⁿ Poāⁿ, ick Sok。
初出世的囝仔，吃奶的細子。嬰兒。嬰仔，嬰仔。纏絆，約束。

嬣 Lêng, ㄌㄧㄥ, thé thāi, hū jîn Lâng hám bān ê khóan Sit。
体態，婦仁人憨慢的款式。

嬮 iam, ㄧㄢ, hó, hô Cheng, Súi ê khóan Sit。
好，和靜，僕的款式。

嬸 Chim, ㄐㄧㄣ, hū jîn Lâng ê Chheng hô·。a Chek ê bó·, Chím。án Chím, a Chím。Sio Chek ê bó·, Sió Chím。
婦仁人的稱呼。阿叔的媒，嬸。俺嬸，阿嬸。小叔的媒，小嬸。

嬛 khêng, ㄑㄩㄥ, bô Lâng thang oá khò。ko toaⁿ, iu bun。
無人可依靠。孤單，憂悶。

嬴 êng, ㄧㄥ, hoat Chhut, móa móa, khai khui, kòe thâu, ū chhun, jī sìⁿ。kap 贏 Siong tông。
發出，滿滿，開開，過頭，有剩，字姓。与贏相同。

嬻 tók, ㄉㄨ, ān bó· bô Giâm tiōng, tân hô khì sak i ê Gôan Phòe Lâi kap hā sī Su thong。Siat tók。
狎媒無嚴重，陳侯棄揀他的元配，來與夏氏私通。媟嬻。

嬿 iàn, ㄧㄢ, Súi, an ún, hô sūn ê khóan Sit。
僕，安穩，和順的款式。

嬽 joán, ㄖㄨㄢ, nńg Chiáⁿ, tsa bó· thé, Siàu Liân koh Súi ê ì Sù。
軟弱，查媒体，少年閣僕的意思。

嬾 Lán, ㄌㄢ, Pîn toāⁿ, Lán tó, āi khùn。kap 懶 Siong tông
貪惰，懶惰，便睏。与懶相同

孃 niáu, ㄋㄧㄠ, tsa bó· Gín á ê khóan Sit, Lòh nńg, iu Siù。hong hong háa。
查媒囝仔的款式，落軟，幼秀。哄哄嗐。

十七—廿一畫

孃 Jiông, jiōng, Liông, niû, ㄖㄧㄤ, ㄖㄧㄤ, ㄌㄧㄤ, ㄋㄧㄡ, kiáu chhá, kiáu jiáu, Loān Loān, Loān kún kún。Pûi tōa。Chheng hô Lāu bú ê jī
攪吵，攪擾，乱乱，乱滾滾。肥大。稱呼老母的字。
Chhin Chhiū án niû。kap 娘 Siāng khóan。ko· niû。Chhin Liông。
親像俺孃。与娘同款。姑孃。親孃。

孀 Song, Sng, ㄕㄨㄤ, ㄕㄥ, Chiū sī Chiú koáⁿ ê hū jîn Lâng。ko· Sng, Chiū sī ko· tak ê ì sù。
就是守寡的婦仁人。孤孀，就是孤獨的意思。

孽 Giat, ㄋㄧㄝ, Lú Pì, Sòe ì ê tsóng Chheng。iau Giat, kap Chit jī 蘖 Sio Siāng。
女婢，細姨的總稱。妖孽，与這字蘖相同。

孅 Siam, ㄒㄧㄢ, Chiam Lāi koh Sòe Sòe。Loán jiok, nńg Chiáⁿ。Lâng miâ, Siam o。
尖利閣細細。軟弱，軟弱。人名，孅阿。

孋 Lê, ㄌㄧ, Súi ê hū jîn Lâng, Lâng ê Sìⁿ。
僕的婦仁人，人的姓。

孌	Loân, ㄌㄨㄢˊ,	hū jîn lâng ê súi, tsa bó thé. thàn, tòe. hìm bō. Lé kài. Phái"Gín á, Lôan tông. 婦仁人的水，查媒体。趁，隨。愛慕。溺愛。歹囝仔，孌童。
嫸	tsàn, ㄗㄢˋ,	Peh hó khòa" ê ì sù. 白 好看的意思。
齰	kha, ㄎㄚ,	hū jîn lâng ê thé thāi. 婦仁人的体態。
嬻	Chiok, Siók ㄐㄧㄛˋ,ㄒㄧㄛˋ,	hū jîn lâng kín sīn, sūn thàn ê khóan sit. ài thia" thàn ê ì sù 婦仁人謹慎，順趁的款式。要聽趁的意思

子 部 39

子	tsú, Chí, kiá", jí, ㄗˇ,ㄐㄧˇ,ㄍㄧㄚˇ,ㄖㄧˇ, tsṳ ㄗ,	tùi Sian Sin ê Chheng ho, hu tsú. iā 11 tiám kàu keh iā chit tiám, tsú sî. th 對先生的稱呼，夫子。夜十一点到隔夜一点，子時。天子 tsú lú, Gín á, kiá" jî. Chéng chí, kóe chí. jit chí, chit kah chí. kiá" sun, Pē kiá", Pē lāu 子女，囝仔，子兒。種子，菓子。日子，一甲子。子孫，父子，父老 kiá iù. jí á, kí jí á. Chioh thâu jí á. Phòa Pò jí, chit Chióng oē Chiah tit ê Chhiū á Chí. 子幼。子仔，棋子仔。石頭子仔。破布子，一種能吃得的樹仔子。
孑	khiat ㄎㄧㄚㄊ,	ko·toa", ū Chhun, āu lâi ê, té té, ióng kiā", Chhut thâu ê khóan sit. 孤單，有剩，後來的，短短，勇健，出頭的款式。

一——四畫

孔	khóng, khang, khang. ㄎㄨㄥˇ,ㄎㄤ,ㄎㄤ,	khóng tsú. khong chhiok. Lâng ê sì" khóng. ū khang, khang Phāng, thong thàu. 孔子。孔雀。人的姓孔。有孔，孔縫，通透。 khóng tsú biō. Phī khang, Chhùi khang. hô· Liu Sùi Piān khang. hiau kháng. bô Chèng keng ê tsa bó lâng 孔子廟。鼻孔，嘴孔。鰗鰍隨便孔。蹺孔，無正經的查媒人。
孕	īn, ㄧㄣˋ,	ū sin, ū the. Sin īn hoâi īn. 有娠，有胎。娠孕，懷孕。
存	tsûn, Chhûn, ㄗㄨㄣˊ,ㄘㄨㄣˊ,	só chhun ê, siu khǹg, tī teh, Pó tsûn, tsûn liû. Seng tsûn. Chhûn liông sim. Chhûn āu Pō. 所剩的，收藏，佇咧，保存，存留。生存。存良心。存後步。
孜	tsu, ㄗ,	ûn khûn bô soah. Siang sin kiá". 慇勤無息。双生子。
字	jū, jī, tsū, ㄖㄨˋ,ㄖㄧˋ,ㄗㄨˋ,	hià" sioh lâi jia khàm. Sì" kiá" lâi iú" chhī. kè tsa bó khá" kiò tsòe jū. jī, gú Gián ê hû hō. 愛惜來遮蓋。生子來養飼。嫁查媒子叫做字。字，語言的符號。 bûn jī, jī hō. miâ jī, Poeh jī, jī sò·, jī tián. tsū mia, Chiū sī thak chheh ê chheh mia. 文字，字號。名字，八字，字數，字典。字名，就是讀書的書名。
孖	tsú, Chí, kiá", jí, ㄗˇ,ㄐㄧˇ,ㄍㄧㄚˇ,ㄖㄧˇ,	kap 子 siong tông. 与子相同。
孚	hu, ㄈㄨ,	Pū nn̄g kap 勹 卵 与 勹 孵 nn̄g jī sian ì sù. Sìn sit, sit tsāi, oa khò. iú" chhī. Pok kòa ê mia. 兩字同意思。信實，實在，依靠。養飼，卜卦的名。
孝	hàu, hà, ㄏㄠˋ,ㄏㄚˋ,	Gín á hàu sèng Pē bú, Sūn bô ūi keh ê ì sù, hàu sūn. hàu kèng. Sng hà, tòa hà, hà tn̄g. 囝仔孝敬父母，順無違逆的意思，孝順。孝敬。喪孝，帶孝，孝杖。
孛	hák, ch, jip oh, ㄏㄚㄎ,	hák sip, hák hāu, hák būn, hák hú. 學 ê kán sía. 入學，學習，學校，學問，學府。學的簡寫。
孛	Pōe, Put, ㄅㄛㄝˋ,ㄅㄨㄊ,	Chhâu á hoat khí. áu bân. Piān bīn sek, Lâng ê jī sì". 草仔發起。拗慢，変面色，人的字姓。
孜	tsu, ㄗ,	khûn khûn bô soah, chīn thiá thàng, khip khip bô hioh án ni. tsu tsu put koàn. 勤勤無息，盡愛疼，汲汲無歇按呢。孜孜不倦。
孖	sū, ㄙˋ,	Chhái soa" ū kham sū ê hî, khóan sit ná khoa hú, tsóng sī tī bé iā kiò tsòe hî kiá. 豺山有堪孖的魚，款式那夸父，總是在尾也叫做魚子。
孖	kiān, ㄍㄧㄢ,	kiān tiu. Gín á khó ài kó· tsui. ā sī mih kiā" sòe sòe Cheng tì hó khòa", kiān tiu. 孖孖。囝仔可愛古擇。或是物件小小精緻好看，孖孖。
	造字	子即小小之意，开借音成字。
孖	tiu, ㄉㄧㄨ,	kiān tiu. Gín á khó ài kó tsui. ā sī mih kiā" sòe sòe Cheng tì hó khòa", kiān tiu. 孖孖。囝仔可愛古擇。或是物件小小精緻好看，孖孖。
	造字	子即小小之意，周借偏音來成字。

五——十畫

七畫 孩	kài", ㄍㄞˋ,	kāi" tsòe chit ē. kāi" kāi" tsòe chit hé. ū kā ê ì sù. 孩做一下。孩孩做一伙。有擘的意思。	造字

季 kùi ㄍㄨㄟˋ iù Chíⁿ Siàu Liân, Sio khóa, Sòa bóe. Saⁿ kò Ge̍h Chit kùi. Chit nî sì kùi. hiaⁿ tī Pâi keng Pek, tiōng, Siok
幼䓚，少年，小許，續尾。三個月一季。一年四季。兄弟排行 伯，仲，叔，季。

孤 ko· ㄍㄨ bô Pē ê kiáⁿ, bô Lâng thang Chiàu kò·, ko· jî. kok kun tsū khiam ê oē. tan tok, ko· Li̍p. kûi.
無父的子，無人可照顧，孤兒。國君自謙的話。單獨，孤立。

孟 bēng, bóng, béng ㄇㄥˋ, ㄇㄤˇ, ㄇㄥˇ hū jîn Lâng ê hiaⁿ tī. Sù kùi ê thâu Ge̍h, bēng Chhun, bēng hā. bēng tsú. Gô· béng Chhī bâng
婦仁人的兄弟。四季的頭月。孟春，孟夏。孟子。吳孟飼蚊。

孥 Lô·, ㄌㄡˊ Gín á, kiáⁿ jî. iù Chíⁿ. Loán jio̍k.
囝仔，子兒。幼䓚。軟弱。

孩 hâi, ㄏㄞˊ Sòe hàn ê Gín á. Gín á Chhio. ta Po· eⁿ á. iúⁿ Chhī, thâng Lūi, Chháu á ê miâ.
細漢的囝仔。囝仔笑。唐夫嬰仔。養飼，虫類，草仔的名。

娩 bián ㄇㄧㄢˇ Siⁿ kiáⁿ, eⁿ á tú á Siⁿ Chhut. bián, hun bián.
生子，嬰仔拄仔生出。娩，分娩。

孫 Sun, Sùn, Sng ㄙㄨㄣ, ㄙㄨㄣˋ, ㄙㄥ kiá ê kiá. koh tsài hoat, hoat Sùn. sun á, kiáⁿ sun. khiam Sùn. Sèⁿ Sng.
子的子。擱再發，發筍。孫仔，子孫。謙孫（遜同）。姓孫。

孬 Oāi, ㄨㄞ Chīu Sī m̄ hó ê ì sù.
就是不好的意思。

㜷 ban, ㄇㄢ Chit ê jī, hiān kim ēng tsòe bé kiáⁿ ê ì sù. ban á kiáⁿ. ban á.
這個字，現今用做尾子的意思。㜷仔子。㜷仔。

孰 Sio̍k, ㄕㄨˊ hó nî tang. Liān Sek. Chī tsûi, Sím mih, Sek Sī Sek hui, tio̍h á Sī m̄ t. môa hî.
好年冬。練孰。是誰，甚麼，孰是孰非，着或是不着。

孱 Chhan, Chhân, ㄔㄢˊ, ㄔㄢˊ Chhóan khùi Loán jio̍k, thó khùi. bô Lō· ēng, āi āi Chhan. Chhân Chhōaⁿ, Chit khóan Sòe bóe ê
喘氣，軟弱，吐氣。無路用，哀哀孱。孱鱓，一款小尾的鰻魚。

孳 tsu, ㄗ khûn khûn, Siⁿ kiáⁿ Lâi iúⁿ Chhī, tsu Seng. hôan ián. Siⁿ thōaⁿ. tsu Sek, Seng tióng, Siⁿ Lī Sek.
勤勤，生子來養飼，孳生。繁衍。生湠。孳息，生長，生利息。

彀 kò·, ㄍㄡˋ nī Gín á ê Siaⁿ.
奶。囝仔的聲。

十二—廿二畫

孺 jû, ㄖㄨˊ Chiáh nī ê sòe kiáⁿ. eⁿ. n̂g Chiáⁿ, Chhin āi, ī óa, tāi hu, jû jîn.
吃奶的小子。嬰仔。軟弱，親愛，依偎，大夫，孺人。

學 ha̍k, o̍h ㄒㄩㄝˊ, ㄒㄧㄠˋ thàn iūⁿ, Siu kà Sī, tha̍k Chheh. hiáu Gō·, tsai. o̍h tn̂g, ha̍k hāu. ha̍k Si̍p, ji̍p o̍h, Chhut o̍h.
趁樣，受教示，讀書，曉悟，知。學堂，學校。學習，入學，出學。

孺 jû, ㄖㄨˊ Chiáh nī ê sòe kiáⁿ. eⁿ á. n̂g Chiáⁿ, Chhin āi, ī óa, tāi hu, jû jîn.
吃奶的小子。嬰仔。軟弱，親愛，依偎，大夫，孺人。

孻 nâi, ㄋㄞˊ kńg tan Lâng kóng, Lāu Lâng Siⁿ Sòe kiáⁿ ê ì sù.
廣東人講，老人生細子的意思。

孽 Giat, ㄋㄧㄝˋ Sù Chhut ê kiáⁿ, bô Chèng keng Siⁿ ê. kiâⁿ Pháiⁿ ê koan hē.
庶出的子，無正經生的。行歹的關係。

孽 Giat, Giap, ㄋㄧㄝˋ, ㄋㄧㄝˋ tsòe Sio̍k, Puh íⁿ, Chhiong Sēng, tsòe Giat, tsok Giat, iau Giat.
罪屬，窣樣，昌盛，罪孽，作孽，妖孽。

孾 eng ㄧㄥ Chīu Sī Gín á. hâi jî ê ì sù.
就是囝仔。孩兒的意思。

孿 Loan, Loân, ㄌㄨㄢˊ, ㄌㄨㄢˊ Siang Siⁿ kiáⁿ, Siang Siⁿ ê ì sù. Siang Pau thai. Loân Seng jî.
双生子，双生的意思。双胞胎。孿生兒。

孌 Loan, Loân, ㄌㄨㄢˊ, ㄌㄨㄢˊ kap 孿 jī Siong tông.
与孿字相同。

補11 孵 Pū, ㄈㄨ Pū n̄g, Pū koe n̄g, Pū koe á, Pū ah n̄g, Pū ah á. Pū hòa, th Sêng Se̍k, kiáⁿ Chhut Lâi.
孵卵，孵鷄卵，孵鷄仔，孵鴨卵，孵鴨仔。孵化，胎成熟，子出來。

補7 𡥉 Sau, ㄙㄠ hoàn Sau, Chīu Sī bōe Gín á hō Lâng tsòe Lô· tsâi ê Lâng.
販𡥉，就是賣囝仔互人做奴才的人。

造字 既與囝仔有關就納入子部。借肖偏音，有銷之意。賣也。

宀 部 40

宀 Biân, bô·, ㄇㄧㄢˊ, ㄇㄛˊ Phak bô·, 40 jī Pō· ê miâ. khàm, Chhin Chhiūⁿ kham Chhù kòa ê ì sù.
覆宀，四十字部的名。蓋，親像蓋厝蓋的意思。

二—四畫

宇	thú ㄊㄨˇ	Pīn Gōa, kun Sûi ê Lâng, khiā teh ê só͘-tsāi。 屋外，跟隨的人，豎㖠的所在。
宂	jióng, Chhiáng, jiáng, ㄖㄨㄥˇ,ㄑㄧㄤˇ,ㄖㄤˇ	Chhamtsap, kiau jiau, jû Chhiáng Chhiáng. jû jióng, Loān Loān jû jiáng ê ì sù。 滲雜，攪擾，茹宂宂 。茹宂，亂亂茹宂的意思。
宄	kúi, khúi, ㄍㄨㄟˇ,ㄎㄨㄟˇ	kan tsa e Lâng, kan kúi, kúi khiat, kan kúi, ēng kan khiau Pō͘。 奸詐的人，奸宄，宄譎，奸詭，用奸巧步 。
它	ì, tô, thô, thō, i, ㄧ,ㄊㄨㄛˊ,ㄊㄜˊ,ㄊㄜ,ㄧ	tsū tsāi, tōa hàn, hó khòaⁿ ê ì sù. hut mîa, hut tô. thô, ke thiⁿ ê ì sù。 自在，大漢，好看的意思。佛名，佛它。它，加添的意思。 tsôa ê kó͘ jī。 i, bô Sèng ê tē saⁿ chiá ê Chheng hō͘; i, i, siāng ì sù。 蛇它的古字。它，無性的第三者的稱呼，它，他，伊，同意思。
安	an, àn, oaⁿ ㄢ,ㄢˋ,ㄨㄚ	ún tàng, tiāⁿ tiāⁿ, tiàm, Chēng Chēng, an ún. Pêng an. an sim. àn Sek hiuⁿ. tong oaⁿ, Lâm oaⁿ. (toe mîa) 穩當，定定，站，靜靜，安穩。平安。安心。安息香。東安，南安 (地名)
守	Siú, Siù, Chiú, ㄒㄧㄡˇ,ㄒㄧㄡˋ,ㄐㄧㄡˇ	Pá Siú, Siú thó͘. Siú hūn, kó͘ Siú. thài Siú. Chiu kiⁿ, Chiu iā, Chiu khang Pâng. toe mîa。 把守，守土。守份。固守。太守。守更，守夜，守空房 。地名。
宅	thek, theh, ㄊㄜˋ,ㄊㄜ	khiā khí ê só͘ tsāi, Chhù. Chhù theh. kóe Chí theh. ìm theh. in kúi jip theh. theh tē 豎起的所在，厝。厝宅。果子宅 。陰宅。引鬼入宅。宅第
宇	ú, ㄩˇ	Chhù theh, ok ú. Chhù koa, nî Chîⁿ, Chiau kò͘. Siōng hā sì kak ê khong kan, khoah tōa, ú tiū 厝宅，屋宇。厝蓋，簷簷，照顧。上下四角的空間，濶大，宇宙
宊	kiū, ㄍㄧㄡˋ	Sòng hiong ê Pē Pīⁿ, kú kú khiā khí ê ì sù 慘窮的弊病，久久豎起的意思。
宏	hông, ㄏㄨㄥˊ	tōa thiaⁿ Lāi ê ìn Siaⁿ, hông Liāng. khoah, tōa, hông tōa. hông tsòng. khoan hông. hông Giap。 大廳內的應聲，宏亮 。濶，大，宏大 。宏壯 。寬宏 。宏業 。
宋	Sòng, Sàng, ㄙㄨㄥˋ,ㄙㄤˋ	khiā khí. kok mîa, Sòng. Sòng tiau. Sìⁿ Sòng. Lū Sòng tó. Sòng thài tsó͘. Sìⁿ Sàng. 豎起。國名，宋。宋朝。姓宋。呂宋島。宋太祖 。姓宋。
宜	Gî, ㄧˊ	Chheng hō͘ hū jîn Lâng ê jī。 tāi Chì, êng kai, hó sè, tú hó háp. kap 宜 Siong tông。 稱呼婦仁人的字。 律誌，應該，好勢，抵好合。与宜相同。
完	Oân, ㄨㄢˊ	Chiâu tsn̂g, kian kò͘. Pó Síu. kàu hó, bêng Pek, Chhau Sia. oân tsôan, oân Chéng, oân hun。 齊全，堅固。保守。到好，明白，抄寫 。完全 。完整。完婚 。
宓	iông, ㄧㄨㄥˊ	tóe mih, Seng Siū. Pau hâm, jím Siū, kheng ì. an jiân. bīn māu. ê kó͘ jī. iông ìⁿ. Siong māu. 貯物，承受。包涵，忍受，輕易。安然。面貌。容的古字。容易。相貌。

五畫

宙	tiū, ㄓㄡˋ	tsài mih ê khì khū. tōe, tùi kó͘ tsa kàu taⁿ, éng oán sè tāi, khiā khí. ú tiū. bô hān sî kan. 載物的器具。地，對古早到今，永遠的世代，豎起。宇宙。無限時間。
宔	tsú, ㄓㄨˇ	Lâu thiāu, tsong biō ê thiāu, Lâu kông. thong tsok 主 jī。 樓柱，宗廟的柱，樓楗。通作 主字。
宜	Gî, ㄧˊ	tsū jiân tioh, Só͘ an hioh, hap Gî. Pan Gî. Sek Gî, tú hó. kéng Sek Gî jîn, hong kéng hó。 自然着，所安息，合宜。便宜。適宜，抵好。景色宜人，風景好 。
官	koan, koaⁿ ㄍㄨㄢ,ㄍㄨㄚ	Pān Chèng Sū ê Lâng. Sī tōa. Pē bú koaⁿ. Chiáng koan, Chiáng koan tāi Chì. Koaⁿ hú, khì koan. 辦政事的人 。是大。父母官。掌權，掌管律誌 。官府。器官。
宓	bit, hók, ㄇㄧˋ,ㄈㄨˊ	Chēng Chēng, hioh, an. Siap bát. Lâng mîa, Sam kok Chì, Chîn bit, bāi hók, khut hók. 靜靜，歇，安。塞宓。人名，三國志，秦宓，埋宓，屈宓 。
宝	Pó, ㄅㄠˇ	kùi khì ê mih, hó ê tiau thâu. hû hap. Chîⁿ. tùi tiōng Pó Pòe. tin Pó. jī Sìⁿ。 貴氣的物，好的兆頭。符合。錢，對重，宝貝。珍宝。字姓。
宕	tōng, ㄉㄤˋ	kè thâu, thoa iân, iân tōng. Chhù Chhim hn̂g, hiáng Liāng ê Siaⁿ. hòng tōng, bô tsún tsat. 過頭，拖延，延宕。厝深遠，響亮的聲 。放宕，無準節。
宗	tsong, ㄗㄨㄥ	tâng Sìⁿ ê Lâng, tsó͘ Chhù, tsong Chhin, tsong biō. tsong Su, kèng ùi. tsong Pài. tsong kàu. tsong tsú. 同姓的人，祖厝，宗親，宗廟。宗師，敬畏，宗拜。宗教。宗主。
宖	ōa, ㄨㄚˋ	Chiu Sī hia Chhù ì sù。 就是瓦厝的意思。
宛	oan, oán, oàn ㄨㄢ,ㄨㄢˇ,ㄨㄢˋ	Lâng ê jī Sìⁿ oan. bīn tī Chháu bak Lāi bīn. Chiàu Goân, oan jiân, Chhin Chhiūⁿ. oán tsóan, 人的字姓宛。匿佇草木內面 。照原，宛然，親像 。宛轉。 oân, ㄨㄢˊ Lêng oah ūn iōng. oân, Chiu Sī Sòe sòe kiaⁿ ê khoán sit. 靈活運用。宛，就是小小行的款式 。
弦	hông, ㄏㄨㄥˊ	Chhù Lāi ê Siaⁿ hiáng Liāng. an ún, Chhù Chhim, hiáng Liāng. 厝內的聲響亮 。安穩，厝深，響亮。
定	tēng, tiāⁿ ㄉㄧㄥˋ,ㄉㄧㄚˋ	ún tēng, an Chēng, sit tsāi, tek khak, koat toan. Sì Chiàⁿ. tiāⁿ tioh. tiāⁿ tiāⁿ. tēng kî. tēng iok, tēng Gī. 穩定，安靜，實在，得確，決斷。四正。定着。定定。定期。定約。定義。

六畫

宩	hiuh, ㄒㄧㄡˋ	Sàn hiuh hiuh, chiū Sī Chin Sàn hiong ê ì sù. Sòng hiuh hiuh. 慘宩宩，就是眞慘窮的意思。慘宩宩 。

宧 | î, ㄧˊ | iūchhī, chhù ê tang Pak kak. jit kng só sīa jip ê só tsāi. 養飼，厝的東北角。日光所射入的所在。

宦 | hoān, ㄏㄨㄢˋ | ông ê chhe ēng. koaⁿ hú, chit jīm, hak sip. thài kām, hok sāi lâng ê chheng hō. hoān koan, hoān tô. 王的差用。官府，職任，學習。太監，服事人的稱呼。宦官，宦途。

客 | khek, kheh, ㄎㄜˋ, ㄎㄜˋ | Gōa tē lâng, tsoh kheh. Chhut gōa lâng lâi hioh khùn, kheh tiàm. Lâng kheh, kùi kheh, kheh thiaⁿ, kheh lâng. 外地人，作客。出外人來歇脚，客店。人客，貴客。客廳。客人。

室 | Sek, ㄕˋ | Chhiong móa, khiā khí ê chhù, pâng keng, ngō͘ sek. ke lāi ê lâng. kàu sek, chèng sek, chhe. Sek lú, chhù lú. 充滿，豎起的厝，房間，臥室。家內的人。教室。正室，妻。室女，處女。

宣 | Soan, Siān, ㄒㄩㄢ, ㄒㄩㄢˇ | tiâu têng, piàn piàn, thong thàu, tù hiān, pò iông. Soan iông. Soan pò. Soan phòaⁿ. tâng Sian lô, tâng Soan lô. 朝廷，徧徧，通透，著現，報揚。宣揚。宣佈。宣判。銅宣爐，銅宣爐。

宗 | Chek, chip, tsat, tsauh, ㄐㄧˊ, ㄐㄧˊ, ㄗㄚˊ, ㄗㄚˊ | bô lâng tī teh, ka kī chit lâng tiam. bô siaⁿ. tiāⁿ tiāⁿ, chēng chēng. kap 寂 Siong tông. 無人佇咧，家己一人站。無聲。定定，靜靜。与寂相同。
Chip bok, chip jiān. oân chek, hôe siūⁿ khì sè. tiām tsat, chēng chēng ê ì sù. chēng tsauh tsauh. 宗寞，宗然。圓宗，和尚去世。恬宗，靜靜的意思。靜宗宗。

宥 | iū, ㄧㄡˋ | khoan iông, thun lún, sià bian. pang tsān. chhò gō͘, siap bat. khoan iū, sià iū. 寬容，吞忍，赦免。幫助。錯誤，塞密。寬宥，赦宥。

宲 | pó, som, ㄅㄠˇ, ㄕㄣ | ún khǹg, khǹg bat. Chiū sī kap 寶 Siong tông. ê kó͘ jī. 穩藏，藏密。就是与寶相同的古字。

安 | Só, ㄙㄡˇ | Chheng hō lāu hū jîn lâng ê jī. lāu. lāu lâng. sōa sōa háu. kap 叟 Sio Siāng. 稱呼老婦仁人的字。老。老人。逶逶哮。与叟相同。

七 畫

宬 | Sêng, ㄔㄥˊ | khǹg chheh ê chhù. chhù lāi só tóe ê mi. bêng tiâu kiong lāi ū hông sú sêng. 藏冊的厝。厝內所貯的物。明朝宮內有皇史宬。

宸 | Sîn, ㄔㄣˊ | chhù thēh, hông tè ê pâng keng. bat pâng. 厝宅，皇帝的房間。密房。

害 | hāi, hat, ㄏㄞˋ, ㄏㄜˊ | Siong tioh, tsāi ē, khī khek. Siong hāi. Lī hāi. tsai hāi. hat, mn̄g ê oē, siáⁿ sū, tsái lúⁿ, beh thái. 傷着，災厄，忌剋。傷害。利害。災害。害，問的話，甚事，怎樣，也岂毋。

宮 | kiong, keng, kong, ㄍㄨㄥ, ㄍㄧㄥ, ㄍㄨㄥ | sì bīn ûi chhiuⁿ. oân oân tà teh. tiong ng. hông tè ê chhù. hông kiong. tsúi chiⁿ kiong. 四面圍牆。圓圓罩咧。中央。皇帝的厝。皇宮。水晶宮。
kiong lú. keng biō, keng tiān, chiàⁿ keng, phian keng. kong tsú, chiū sī ông ê kiáⁿ, iā sī chheng hō ê oē. 宮女。宮廟，宮殿，正宮，偏宮。宮子，就是王的子，也是稱呼的話。

家 | ka, ke, ㄍㄚ, ㄍㄜ | chhù ê lāi bīn, chhù. khiā khí. ke lāi. kok tō͘, kok ka. ka koàn, tāi ke, thâu ke, thâu ke, oân ke. 厝的內面，厝。豎起。家內。國度，國家。家眷。大家，親家，頭家，冤家。

宸 | Lông, ㄌㄤˊ | chhù khang khang ê ì sù. tōa keng chhù. 厝空空的意思。大間厝。

宵 | Siau, ㄒㄧㄠ | àm, mî sî, āi kiâⁿ àm lō͘. Goân siau, thong siau. siau kìm, iā kan put khó gōa chhut. 暗，冥時，倭行暗路。元宵，通宵。宵禁，夜間不可外出。

宰 | tsáiⁿ, tsái, ㄗㄞˇ, ㄗㄞˇ | koaⁿ ê chheng hō, tsáiⁿ siōng. liāu lí, tsú chhî, tsái chè. thâi gû thâi ti, tô͘ tsáiⁿ. tsáiⁿ koah. 官的稱呼，宰相。料理，主持，宰制。殺牛殺猪，屠宰。宰割。

宴 | iàn, àn, ㄧㄢˋ, ㄢˋ | àn lok, hioh khùn, chhiàⁿ lâng kheh, iàn siah. Siat iàn. àn chhài, chiū sī pān chhiàⁿ lâng kheh ê mih. 安樂，歇睏，請人客，宴席。設宴。宴菜，就是辦請人客的物。

容 | iông, ㄖㄨㄥˊ | khoán sit, hêng iông. iông māu. iông ún, khoan iông. iông ī. iông jím. iông láp. bí iông. 款式，形容。容貌。容允，寬容。容易。容忍。容納。美容。

宷 | chhâ, ㄔㄚˊ | Sui, thé thāi ê khoán sit, bô sì chiàⁿ. 媄，体態的款式。無四正。

八 畫

寄 | kì, kià, kiàⁿ, ㄐㄧˋ, ㄐㄧㄚˋ, ㄐㄧㄚˋ | Chiām sî khiā, hioh lâng tau, kì khū. thok tiōng, kì thok. kì siok siá, kì siok. 暫時豎，歇人兜，寄居。託重，寄託。寄宿舍，寄宿。
kià sìⁿ, kià khā. kià poe. kià bōe. kiàⁿ sìⁿ, chiū sī hái nih sòe sòe ê hōe á. kiàⁿ sìⁿ hōe. 寄生，寄脚。寄批。寄賣。寄生，就是海裡小小的蟹仔。寄生蟹。

寇 | khò͘, ㄎㄡˋ | tsân jím tsòe húi lūi, oân siû, chhiúⁿ chhat. kiông pō͘, pō͘ giok. chhat khò͘. jī sìⁿ. 殘忍做匪類，寃讐，搶賊。強暴，暴逆。賊寇。字姓。

寇 | khò͘, ㄎㄡˋ | kap 寇 jī Siong tông. 与寇字相同。

寠 | ku, ㄍㄨˋ | tsân hòe ê chhù. bōe mih. chek thiok. 棧貨的厝。貨物。積畜。

密 | bit, bā, bat, bak, bih, ㄇㄧˋ, ㄇㄚˋ, ㄇㄚˊ, ㄇㄛˋ, ㄇㄧㄝˋ | iap siap, iù iù, bat, tiām bat. sì ûi ū soaⁿ, ki bit, pì bit, chhun gû tô͘ ê. 掩塞，幼幼，密，恬密。四圍有山，機密，秘密，春牛圖的

bitjī。bā bā，nn̄g ê Lâng chin bā。khn̄g bat，hong bat，bak sit，beh beh sī，Chin tsōe ê ì sù。
宻字。宻宻，兩個人真宻。藏宻，封宻。宻實，宻宻是，眞多的意思。

宻 bit, bā, bat, bak, bat, beh, ㄅ一ㄊ，ㄅㄚ，ㄅㄚㄊ，ㄅㄚㄎ，ㄅㄚㄊ，ㄅㄝㄏ
kap jī Siong tông。與宻字相同。

寧 Lêng, ㄌㄧㄥ，
kam Goān ê oē，Pêng an，iống kiàⁿ，tsa bò kiàⁿ chhéng an pē bú，kui Lêng。an Lêng。
甘願的話，平安，勇健，查某子請安父母，歸寧。安寧。

宿 Siok, Siù ㄒㄧㄛㄎ，ㄒㄧㄨ
Lō tsām ê Chhù。Siok iàⁿ。hioh mî。Lâu teh，iân Chhiân，Liû Siok。Siok Sià。Chhiⁿ Siù。Lâng ê Sìⁿ。
路站的厝，宿營。歇夜。留咧，延延，留宿。宿舍。星宿。人的姓。

寀 Chhái ㄑㄞ
koaⁿ hú ê thó tōe，tâng Liâu ê koaⁿ，koaⁿ tōe。
官府的土地，同僚的官，官地。

寁 Chiat, tsám, ㄐㄧㄚㄊ，ㄗㄚㄇ
kín Chiat，Liam Pīⁿ，Lêng khah kín teh kiâⁿ。koaⁿ kín kiâⁿ ê ì sù。
緊寁，臨邊，寧較緊咧行。趕緊行的意思。

寂 Chėk, Chip, tsat, tsauh, ㄐㄝㄎ，ㄐㄧㄆ，ㄗㄚㄊ，ㄗㄠㄏ
Chip bok，Chip Chēng，Chēng Chēng bô Sia ⁿim。oân Chėk，hê Siūⁿ khì Sè。tiām tsat，
寂寞。寂靜，靜靜無聲音。圓寂，和尚去世。恬寂，
Chiū sī Chēng Chēng ê ì sù。Chēng tsauh，Chēng tsauh tsauh，khah Chēng tsauh。
就是靜靜的意思。靜寂，靜寂寂，較靜寂。

宒 A, À, ㄚ，ㄚ，
Chhù bô Chiàⁿ，oai，khi khi ê khóan Sit
厝無正，歪，攲攲的款式。

寅 În, ㄧㄣ，
Chek Pī ê ì sù。koah kha thâu u ê hêng hoat。tē Chi tē saⁿ ui。tsá saⁿ tiám kàu ìm sî。kiong kèng。
責備的意思。割腳頭骨的刑罰。地支第三位。早三點到五點寅時。恭敬。

寃 oan, oai, oaiⁿ, un ㄨㄢ，ㄨㄞ，ㄨㄞ，ㄨㄣ，
Siong hāi，khut Lȯh。kiau jiau，Phái ⁿkhóan thāi。oan ong。oan Lâng，tò oan Lâng，Chiū sī tò oan óng Lâng。
傷害，屈落。攪擾，歹款待。寃枉。寃人，倒寃人，就是倒寃枉人。
Lâm Sám oaiⁿ Lâng，oaiⁿ koaiⁿ。oaiⁿ koaiⁿ Lâng。
濫滲寃人，寃拐。寃拐人。

㝅 khám, ㄎㄚㄇ，
Chit khám tiàm。thiàu khám。khám khó。heng khám。Chit khám Chit khám。
一㝅店。跳㝅。㝅坷。胸㝅。一㝅一㝅。

造字 一㝅即是一間，亦即間隔。借坎音。

九畫

富 hù, Pù, ㄈㄨ，ㄈㄨ，
tak hāng Chiau Pī，Chhiong Sēng，kàu Giàh。tōa Lī ek。kú tn̂g，tōa Pù，hù kùi。Pù Chiok，hù jū。
逐項齊備。昌盛，夠額。大利益。久長，大富，富貴。富足，富裕。

寒 hân, kôaⁿ, ㄏㄢ，ㄍㄨㄚ，
tàng Léng，kan khó，hân Liû，han khó。tsū khiam ê oē，hân Sia，hân mn̂g。kôaⁿ thiⁿ。tōa hân，Siό hân。
凍冷。艱苦，寒流，寒苦。自謙的話，寒舍，寒門。寒天。大寒，小寒。

寐 bī, bî, ㄅㄧ，ㄅㄧ，
tó teh khùn。hun bē。hî ê mîa，bī hî，boat hî。hioh khùn，tuh ka chē，bak Chiu bī bī，ài khùn。
倒咧睏。昏迷。魚的名，寐魚，鮇魚。歇睏，憰瞌睡。目睭寐寐，愛睏。

寍 Lêng ㄌㄧㄥ
tōa hà，tsái iūⁿ，kiám sī，Pí Phēng，khah hó，hoan hu，Lêng khó，teng Lêng。
帶孝。怎樣。敢是，比併，較好，吩付，寍可，叮寍。

寎 Péng, Pêng ㄅㄧㄥ，ㄅㄧㄥ，
khùn ê sî kiaⁿ tiȯh ê pīⁿ。Siông Siông khùn。
睏的時驚着的病。常常睏。

寔 sit, tsat, tōa Pù, mōa, ī iáⁿ, sī, Sit tsāi。Chin Sit。Sit Lėk。Sit iōng。tsat Sit。tsat Pak，Sim koaⁿ tsat tsat
ㄒㄧㄊ，ㄗㄚㄊ，大富，滿。有影，是，寔在。眞實。實力。實用。寔實。寔腹，心肝寔寔。

寓 Gū, ú, ㄩ，ㄩ，
oá kiā，khiā khí，Siok Lūi，thok tiong。Lú ku ê só tsāi。kheh Gū，kong Gū，Gū só，Siù mîa，jū bī kâu。
倚寄，豎起，屬類，託重。旅居的所在，客寓，公寓，寓所。獸名，如獼猴。

㝠 ut, ㄨㄊ，
Chiū sī hé ê hé bú，hé Chéng ê ì sù
就是火的火母，火種的意思

寔 ú, ㄩ，
kap 宇 Siang khóan。Chhù kòa，hî Chîⁿ，jia khàm Chiau kò，sì kak，khoan tōa。
與宇同款。厝蓋，簷簷，遮蓋，照顧，四角，寬大。

寬 bóan, ㄇㄨㄢ，
iok Sok，khu Sok，kìm Chí，Chiū sī tso chí ê ì sù。
約束，拘束，禁止，就是阻止的意思。

騫 kiàn, ㄍㄧㄢ，
Phah kó ê ì sù。Lâng ê jī sìⁿ。
打鼓的意思。人的字姓。

橐 tô, ㄊㄛ，
Lȯk tô ê Poe Lóng。tē á，bé teng Sio Liân ê tē á。tô hū
駱駝的背囊。袋仔，馬頂相連的袋仔。橐負

十畫

寘 tì, ㄓ，
hē teh，Siu jip，Soàh，hiat kak。
下咧，收入，息，拚擲。

㴾 Chim, ㄐㄧㄇ，
tsúi tsū chip ê só tsāi。tsúi mîa，Chìm tsúi，tī bú an koāiⁿ。kòan móa，it hoat，Chiām Chiām。
水聚集的所在。水名，浸水，佇武安縣。灌滿，一發，漸漸。

寍	ún, ㄨㄣ	Pêng an kian kò͘, thò tòng, àn ún, ún tàng. 平安堅固，妥當，安穩，穩當。
寫	Siá, ㄒㄧㄝˇ,	hē mih, tû khì, kang tiāⁿ, chhia tó, it Chhīn, thiu Chhut, pīaⁿ chhâu, o̍h, siá jī. 置物，除去，工程，推倒，一盡，抽出，傾草，學，寫字。
⿱宀翁	óng ㄨㄥ;	Chhù Lāi àm àm bô kng ê ì sù. 厝內暗暗無光的意思。
寚	Pó ㄅㄠˇ	kùi khì ê mih, hó ê tiau thâu, hû hāh, Chîⁿ, tùi tiōng, Pó Pòe, kap Siang khóan 貴氣的物，好的兆頭，符合，錢，貴重，寶貝 与 寶 同款
索	Sek, ㄕㄝㄎ,	ji̍p chhù Lāi chhiau chhē, chhē mih, it Chhīn, sì Sòaⁿ, tiām tiām jī sìⁿ. 入厝內搜尋，尋物，一盡，四散，恬恬，字姓。
寗	Lêng, ㄌㄧㄥˊ,	kam Goān, Lêng khó, jī sìⁿ. iā kap 寧 Siong tông 甘願，寗可，字姓。也与寧相同
甯	Lêng ㄌㄧㄥˊ,	kap jī Siong tông. 与寗字相同。
寙	jú, ㄖㄨˇ,	Pîn toāⁿ. Siat nāi ê Lâng bōe oē kā kī khí Lâi, ná tōe nih ê chhài koe. 貪惰。褻賴的人，𠢕能倚己起來，如地裡的菜瓜。
⿱宀韋	Pui, ㄆㄨㄧ	Pui thâu, Liam Pui thâu, Siu Pui, Pui tòa, thuh Pui, chhut Pui. Pui Piah. Pui Piah thâu. 韋頭，粘韋頭，修韋，韋帶，託韋，出韋。韋壁。韋壁頭。

造字 韋屬房屋邊間的外壁，韋壁。可謂旧建築物厝頂蓋磚瓦，蓋瓦畢在在外壁頂端鋪上保護瓦頭，謂韋頭，順壁頂緣瓦邊保護邊瓦便粘韋帶。宀宅也，借韋音，混合而成字。

十一畫

察	Chhat, ㄔㄚˊ,	Chhâ mn̄g, tsa si̍t, Siông Sòe, hián bêng, tsai bêng, Séng Chhat, Sím Chhat, koan Chhat. 查問。查實。詳細。顯明。知明，省察。審察。觀察。
寨	Chē, ㄓㄝ,	ûi Chhin Chhiūⁿ lî pa ê khóan Sit. tsat iâⁿ, Chē, Chē á, iâⁿ Chē. 圍親像籬笆的款式。紮營，寨，寨仔，營寨。
⿱宀康	khong ㄎㄨㄥ	bô teh tòa ê Chhù, Chhù êng êng. khang hi, khang khang. 無咧住的厝，厝閒閒。空虛，空空
寠	kú, kù, Lú, ㄍㄨˊ, ㄍㄨˋ, ㄌㄨˊ,	bô Lé ê só͘ tsāi, Sòng hiong. Chho͘ Ló͘. 無禮的所在，窮窮。粗魯。
寥	Liâu, ㄌㄧㄠ,	Chēng Chēng, khang, khang khang, khui khoah, êng êng. Chek Liâu khang hi. Liâu Liâu bû kí, hi Chió. 靜靜，空，空空，開闊，閒閒。寂寥 空虛。寥寥無幾，稀少。
寞	bo̍k ㄇㄛˋ	bô kóng oē, Chēng Chēng, bô Siaⁿ, tiāⁿ tiāⁿ. Chi̍p bo̍k. 無講話，靜靜，無聲，定定。寂寞。
寧	Lêng, ㄌㄧㄥˊ,	kam Goān ê oē, Pêng an, Lêng khó, an Lêng, teng Lêng. kui Lêng, tsa bó kiáⁿ Séng Chhin. 甘願的話，平安，寧可，安寧，叮寧。歸寧，查媒子省親。
實	Si̍t, tsa̍t, ㄕ, ㄓㄚˊ,	tōa Pù, móa, sī, si̍t tsāi, Si̍t Le̍k, Si̍t iōng. kóe Chí, kó Si̍t. kiat tēng, Tsa̍t. tsa̍t thóng thóng 大富，滿，是，實在，實力，實用。菓子，菓實。結碇，實。實統統。
寡	kóaⁿ, kóa, ㄍㄨㄚˇ, ㄍㄨㄚ,	kián kóa, Pān kóa, Pān kóa Liāu, tn̂g kóa chîⁿ, thó kóa Chîⁿ. Chió. tām Po̍h, hán tit, tsū khiam. kóaⁿ hū. 顯寡，辦寡，辦寡料，長寡錢，討寡錢。少。淡薄，罕得，自謙。寡婦
⿱宀執	tiàm, ㄉㄧㄢˇ,	Chiū sī chhù tò Lo̍h khì ê ì sù. kan khó͘, kiōng Chīn. 就是厝倒落去的意思。艱苦，窮盡。
寢	Chhim, Chhím, ㄑㄧㄣˇ, ㄑㄧㄣ,	kiong bīo ê aū Lo̍h. khia ke ê Chhù, khùn ê Pang keng, Chhím Sek, Pûn bōng, Siū Chhím. Chhim i hok kun. 宮廟的後落。竪家的厝，睏的房間，寢室。墳墓，壽寢。寢衣福巾。Sí Lâng ê siū i kap thâu kun. 死人的壽衣与頭巾。
寤	Gō͘, ngō͘, ㄫㄛˋ, ㄫㄛ,	khùn Chhíⁿ teh kóng oē, khùn Chhíⁿ. kìo Chhíⁿ. Cheng Sîn. Chhíⁿ Gō͘, kiaⁿ ngō͘. ngō͘ bī tiong. bōe Cheng Sîn. 睏醒咧講話，睏醒。叫醒。精神。醒寤，驚寤。寤寐中。𣍐精神

十二~十九畫

寬	khoan, khn̄g, khoaⁿ, khòaⁿ, ㄎㄨㄢ, ㄎㄥ, ㄎㄨㄚ°, ㄎㄨㄚ°	khoah tōa, khoan khoah. oān oān, khoan hō͘, jîn ài, khoan iông. khòaⁿ khn̄g, 闊大，寬闊。緩緩，寬厚。仁愛，寬容。寬寬，khui khoah ê ì sù. khoaⁿ khoaⁿ, khah khoaⁿ á sī, khoaⁿ khoaⁿ á kiâⁿ, ûn á Lâi ê ì sù. 開闊的意思。寬寬，較寬仔是，寬寬仔行，緩仔來的意思。
寮	Liâu, tiâu, ㄌㄧㄠˊ, ㄌㄧㄠˋ,	sòe ê thang á. Chhau Chhù, Chhâu Liâu, Chhân Liâu, Soaⁿ Liâu, bé tiâu, Gû tiâu, koe tiâu, 小的窗仔。草厝，草寮，田寮。山寮。馬寮，牛寮，雞寮，

ti tiau. ah tiau. tông Sek Song ko, Gû tiâu Lā Lak Gû bô.
猪寮。鴨寮 同室相戈，牛寮内觸牛母。

審 sím ㄕㄣˇ
Pau hâm Chhim Chhim hun Piat. Siok Sek, Siong sè. Sím mn̄g, Sím Sit, Sím têng, Sím tōan, Sím Pòan.
包含 深深 分別。審孰，詳細。審問，審實，審定，審断，審判。

寫 sía ㄒㄧㄝˇ
hē mih, tû khì, kang tîa^n. ôh, hak Sip Sia jī. Sia Phoe. Chhau, Sia Chin.
置物，除去，工程。學，學習 寫字。寫批。抄，寫真。

寪 Gûi, ûi, ㄨㄟˊ, ㄨㄟ
Chhù ê khoán, bô an ún ê khoán sit.
厝的款，無安穩的款式。

窾 khóan, ㄎㄨㄢˇ
khang, ko tâ, ta ê chhiū, i ê ki tín tāng thô bīn.
空，枯焦，乾的樹，它的枝振動，土面。

寰 hoân, ㄏㄨㄢˊ
hông tè ê tōe, ûi hông kiong ê Chhiû^n, sè kan.
皇帝的地，圍皇宮的牆，世間。

寱 Gē, ㄧˋ
khùn bāng ê tiong kan teh kóng oē, hâm bīn.
睏夢的中間 咧講話，含眠。

寶 tau, ㄉㄡ
Góan tau. Lín tau. Chiū Sī Góa ê Chhù, Lín ê Chhù, iā Chiū Sī ka teng.
阮兜。您兜。就是我的厝，您的厝，也就是家庭。

造字 宀即宅，宅即家也，借兜音，兜且有兜偎的意。兜偎家庭成員的意思，家即噓暖也，亦即兜字的字義所在。

寵 thíon ㄔㄨㄥˇ
khia koân ê ūi, ài sioh, Chhim thiàn, êng hián, tit tiòh un thióng.
豎高的位，愛惜，深愛，榮顯，得着，恩寵。

寶 Pó, ㄅㄠˇ
kùi khì ê mih, hó ê tiâu thâu, hû hap, tsâi, Chî^n, tùi tiōng, Pó Pòe, tin Pó, jī Sì^n.
貴氣的物，好的兆頭，符合，財，錢，貴重，寶貝，珍寶，字姓。

寳 Pó, ㄅㄠˇ
kap téng Bīn jī Siong tông.
与頂面字 寶 相同。

寢 jú, ū, ㄖㄨˊ, ㄨˊ
ké khùn, Chhó kok Lâng kóng tuh ka Chē ê ì sù.
假睏，楚國人講，㩑膝睡的意思。

竁 tian ㄉㄧㄢ
koân koh hn̄g ê ì sù. S a^n tian bé Liu ê ì sù.
高閣遠的意思，山巔尾溜的意思。

補 70 **箹** bák, ㄅㄛˊ
tek ê tsat Sò tsāi Chhiū bák hun oe ê Sò tsāi, Chhiū^n kiat Liu ê sò tsāi. Kam Chìa^n tsat tī khah teng ê só tsāi
竹的節的所在。樹木分椏的所在，像結瘤的所在。甘蔗節仔較碇的所在。

造字 竹仔一箹一箹，甘蔗也有一箹一箹，樹仔，木材結瘤的所在，謂箹。

寸 部 41

寸 Chhún, Chhùn, ㄘㄨㄣˋ, ㄘㄨㄣˋ
tiong tsái^n ê tiong tsat, tsap hun tn̂g, té té, hoat tō. tn̂g tō mia. Chhùn thó. chit Chhùn tn̂g.
中指的中節，十分長，短短，法度。長度名。寸土。一寸長。
Chhùn kong im, Chin Pó Pòe. Chhùn Pō Lân hêng. Chhùn Chhâu Put Liu.
寸光陰，真宝貝。寸步難行。寸草不留。

二——六畫

対 tùi, ùi, ㄉㄨㄟˋ, ㄨㄟˋ
Sio hap. Sio tùi, êng tùi. Chit tùi. kui tùi. Phòe tùi, tùi bīn. ùi Chit tiau, ùi hit tiau Lō.
相合，相对，應对。一对。歸对，配对，对面。对這條，对彼條路。

寺 Sī, ㄙˋ
tiâu têng. ū hoat tō. Chip Siú, Sòa Chiap. thài kàm, keng î^n, Sī î^n, Sī bio, Sī koan,
朝廷。有法度，執守，續接。太監，宮院，寺院，寺廟，寺觀。

寽 Loát, Lut, ㄌㄨㄛˋ, ㄌㄩˋ
Gō ki tsńg thâu á theh mih. Chit Chhiu theh mih. Chit Chhiu bán i.
五支指頭仔提物。一手提物。一手挽它。

叵 Phó, ㄆㄛˇ
m̄ thang ê ì sù, Chiū Sī thang ê tùi hóan, bōe, Liām Pî^n, Chiū.
毋可的意思，就是可的對反，袂，臨邊，就。

封 hong, Pang, ㄈㄥ, ㄅㄤ
ēng thó tōe ho tsu hó, hō Lâng koa^n Chit, tsai Pôe, hong koa^n Sù tōe. Pau tsong, bit hong. Pang tiau.
用土地任諸侯，任人官職，栽培，封官賜地。包裝，密封。封條。

尃 hu, ㄈㄨ
Pin Sī tōa. Pâi Liat, Phò, Pò iòng, kà Sī, sì Sòa^n.
乎是大。排列，鋪，報揚，教示，四散。

尅 khek, khat, ㄎㄜˋ, ㄎㄚ
Chè ap. Khah iâ^n. iok têng, tek khak. Pek Chhiat. kin kip, Siong hāi. Siong khat, Poeh jī Sa^n khek.
制壓，較贏。約定，得確。迫切。緊急，傷害。相尅，八字相尅。

射 ek, Siā, ㄧˋ, ㄕㄜˋ
tsōh, kó tsá Liók. keng Chì^n tùi Seng khu Sīa chhut. Sīa Chì^n. Sīa Lī, ài tsāi Lī.
射，古早六藝之一射，弓箭對身軀射出。射箭。射利，愛財利。

— Chìn tiâu koaⁿ miâ Po̍k ia̍h. bû ia̍h, kó Ga̍k Lu̍t miâ. tsò Chhut khì, tsò Sí Lâng, tsò chiáu á。
秦朝時官名 僕射。無射，古樂律名 。射出去 ，射死人，射鳥仔
tsò chit khang。
射一孔 。

七一十三畫

専 tsoan, ka kī Phah sǹg tok toân, tsū tsoan。tsoan koân。tsoan sim。tsoan it, Sêng sit。tsoan lī。tsoan iōng。
ㄓㄨㄢ，依己打算，獨斷，自專 。專權。專心 。專一，誠實 。專利。專用 。

將 Chiong, Chiòng, Chhiong, êng Sêng sit, kun tè, Sī tōa。thâu Lâng。Chiòng Siú。Chiong kun。tāi Chiòng。Chiong Chiū。
ㄐㄧㄤ，ㄐㄧㄤˋ，ㄑㄧㄤ，用誠實，跟隨，是大。頭人，將首 。將軍 。大將 。將就。
chiàng, chiàng Chiong Sū。Chiong Pún Kiù lī。chiàng Sim Pí Sim。Lāu chiàng。chiàng iā。
ㄐㄧㄤˋ，ㄐㄧㄤˋ將事 。將本求利 。將心比心。老將 。將爺 。

尉 ùi, ut, Chēng Chēng, Pêng tiāⁿ, an ùi, sū hāu。ut táu, ut saⁿ ê khì khū。bú koaⁿ ê koaⁿ miâ。Siōng ùi, ùi koaⁿ。Sìⁿ ut tî。
ㄨㄟˋ，ㄩˋ，靜靜 ，平定 ，安慰，伺候。尉斗 ，尉衫的器具。武官的官名 。上尉，尉官。姓尉遲。

尋 Sîm, Chhē jîm, Chhōng kàu hó Sè, Sîm kiû。Chhiau Chhē。Sîm Siōng Phó thong。Sîm kiû, tui kiû。Chhē hoa mn̄g Liú
ㄒㄩㄣˊ，ㄒㄧㄣˊ 日ㄣˊ，創到好勢，尋求 。搜尋 。尋常 ，普通 。尋求 ，追求 。尋花問柳。
Chhē Sí Lō。Chhōe, chhōe Lâng。chhōe mih。chhōe tioh。jîm chîⁿ, jîm bô chîⁿ, tùi ê tó jîm chîⁿ。
尋死路。尋，尋人 ：尋物 。尋着 。尋錢，尋無錢；對荷肚尋錢。

尊 tsun, kèng tiōng, tōa, tsun kùi, koâiⁿ, tsun kèng, tsun tiōng。
ㄗㄨㄣ， 敬重 ，大，尊貴，高，尊敬 ，尊重 。

尌 sū, khiā khì, Lâi。tsòe kang, Gín á tsòe kang, jī sìⁿ
ㄕㄨˋ， 豎起，來。做工 ，囝仔做工 。字姓。

對 tùi, Sio hâp, Sio tùi。ìn tap, èng tùi。Chit tùi, kui tùi。Phòe tùi, tùi Bīn。
ㄉㄨㄟˋ， 相合，相對。應答，應對。一對，歸對。配對，對面。

導 tō, Chhōa, thōa, Chí Sī tioh ê Lō, ín tō。khoàn tō。kà Sī, Chí tō。Chhōa Lō。thau Chhōa, Chhōa tsáu。
ㄉㄠˇ，ㄘㄨㄚ ㄊㄨㄚ，指示着的路，引導。勸導 。教示，指導。導路 。偷導，導走 。
thau Chhōa Gín á。Chhōa kiâⁿ。ûn á thōa, thōa kàu ōe。thōa Pháiⁿ ha̍k Seng。thōa hó kiáⁿ。
偷導囝仔 。導行 。緩仔導，導到能。導歹學生 。導好子 。

sè, sòe, 小 部 42

小 Siáu, Sió, mih ê bī bī, Sòe sòe, oeh。khòa khin, Sió khòaⁿ。Sòe î, Siáu jîn。Sió khóa, Sió thêng, Goeh Sió。
ㄒㄧㄠˇ，ㄒㄧㄠˇ，物的微微，小小，狹。看輕，小看 。小姨，小人 。小許，小停，月小。

一一五畫

少 Siáu, Siàu, Chió, tsòe ê tùi hoán。Pang tsān, Chió chió, kiám Chió, khat Siau, Siàu Liân, Siàu Chiòng。
ㄕㄠˇ，ㄕㄠˋ，ㄐㄧㄛˊ，多的對反。幫助，少少，減少，缺少，少年，少將 。

尐 Chek, Chiat, Sòe Sòe。iù iù。thâng ê miâ。Sió khóa ê ì sù。
ㄐㄧㄝˊ，ㄐㄧㄚˊ，小小 。幼幼。虫的名 。少許的意思。

尔 jíⁿ, jú, ní, Lí, Gú tsō sû, tek khak ê ì sù, tioh, an ni, Sóa ūi, Lí, Lín。
ㄖˇ，ㄖㄨˇ，ㄋㄧˇ，ㄌㄧˇ，語助詞，的確的意思，着，按呢，徙位，你，您。

尒 jíⁿ, jú, ní, Lí, kap téng bīn Siāng khóan。
ㄖˇ，ㄖㄨˇ，ㄋㄧˇ，ㄌㄧˇ，与頂面同款 。

尕 mó, but, Sòe Sòe, Sòe hàn。Sió khóa。Sòe Sòe bô tōa。iù but but。
ㄇㄛˊ，ㄅㄨㄊ，小小 ，小漢 。少許 。小小無大。幼尕尕 。

尖 Chiam, Chhiam, Chiam Liu Liu, bé Liu Lāi Lāi, Chiam Lāi, Chiam Chiam, Chhiam taⁿ (taⁿ mih), Siang thâu Chiam ê tek thang
ㄐㄧㄢ，ㄑㄧㄢ，尖溜溜，尾溜利利，尖利，尖尖 。尖擔，双頭尖的竹可擔物

尚 kùi, tùi, kap 貴 jī Siāng khóan。kùi ê kó jī。
ㄍㄨㄟˋ，ㄉㄨㄟˋ，与貴字同款 。貴的古字。

尜 Sia, Chiū Sī tām Poh, Sió khóa ê ì sù。
ㄒㄧㄚ，就是淡薄，少許的意思。

尖 tsam Chiū Sī Chiam Lāi ê ì sù。Chiam Chiam。
ㄗㄢ 就是尖利的意思。尖尖 。

尚 Siōng, Siūⁿ, iáu bōe, Siōng bē, Siōng Chhiáⁿ, iáu kú, ko Siōng。Siōng Chì。hê Siūⁿ。hê Siūⁿ saⁿ
ㄕㄤˋ，ㄕㄤˋ，也未 ，尚未 ，尚且 ，也久 。高尚 。尚志 。和尚 。和尚衫

尐 Sia, Chiū Sī tām Poh, Sió khóa ê ì sù
ㄒㄧㄚ，就是淡薄，少許的意思。

七一十八畫

㝩	khek, khiah, ㄎㄝㄎ, ㄎ一ㄚㄏ,	Piah ū khang。Phòa Lìh。khang Phāng，oàn hūn，khang khiah。Chhē khiah。khui khiah。bô khang khiah。 壁有孔。破裂。孔縫，怨恨，孔㝩。尋㝩。開㝩。無孔㝩。
尞	Liâu, ㄌ一ㄠˊ,	Pàng he，hé kng，hé toh，Chìⁿ Pé。Chek kng，teng hé khia。 放火，火光，火燭，箭把。燭光，燈火堅。
尟	Sián, ㄒ一ㄢˇ,	Chío Chío，bô tsōe。hán tit。bì boa̍t， 少少，無多。罕得。微末，
尠	Sián, ㄒ一ㄢˇ,	Chío Chío，bô tsōe。hán tit。bì boa̍t，kap Siong tông。 少少，無多。罕得。微末，與鮮相同。
尡	tsô, ㄗㄛˊ,	mi hiáu bē Chheng khì ê ì sù。 物也未清氣的意思。
尠	Lân, ㄌㄢˊ,	Chiū sī tām Pòh Sio khóa ê ì sù。 就是淡薄少許的意思。
尟	Chhâm, ㄑ一ㄢˊ,	Chiū sī Chió Chió ê ì sù。 就是少少的意思。

尢 部 43

尢	Ong, ㄨㄤ,	khiû kha Pái kha ê khóan Sit。oé，té，Chío，Sán，Lám，(Lám)。 趜脚跛脚的款式。矮，短，少，瘦，𦟛，(弱)。

一—四畫

尤	iû, 一ㄡˊ,	Put chí。koh tsài，koh iūⁿ kè thâu。Chhìⁿ Gō。tsōe kò，tsai ē，hiám， 不止。個再，異樣，過頭。醒悟。罪過。災禍，險，
尣	Ong, ㄨㄤ,	khiû kha，Pái kha ê khóan Sit。oé，té，Chío，Sán，Lám (Lám)。oàn hūn 趜脚，跛脚的款式。矮，短，少，瘦，𦟛(弱)。怨恨
尥	Liâu, ㄌ一ㄠˋ,	kiâⁿ Lō kha kut Sio kau，kun kut Lám，Gû kiâⁿ kha sio kau。 行路脚骨相交，筋骨弱，牛行脚相交。
尨	bâng, ㄇㄤˊ,	tn̂g mn̂g ê káu á，tn̂g mn̂g，Loān，chham lam，ngó sek。 長毛的狗仔，長毛，乱，摻濫，五色。
尬	kài, ㄍ一ㄝˋ,	kiâⁿ bô sì Chiàⁿ，kiâⁿ bōe Chìn Chêng。 行無四正，行𣍐進前。
尪	Ong, ang, ㄨㄤ, ㄚㄤ,	Lám Sin，ún ku，Pái kha，ang á，khiû kha。oé，té，Chío，Sán，Lám。 𦟛身，隱痀，跛脚，尪仔，趜脚。矮，短，少，瘦，𦟛。
尬	kài, ㄍ一ㄝˋ,	kiâⁿ bô sì Chiàⁿ，kiâ bōe Chìn Chêng。 行無四正，行𣍐進前。
尫	Ong, ang, ㄨㄤ, ㄚㄤ,	Lám Sin，un ku，Pái kha，ang á，khiû Kha。oé，té，Chío Sán Lám。 𦟛身，隱痀，跛脚，尫仔，趜脚。矮，短，少，瘦，𦟛。

五—九畫

尳	tsó ㄗㄛˊ	Kha Phoat，kha kiâⁿ bōe Sì Chiàⁿ ê ì sù。 脚𣊝，脚行𣍐四正的意思。
尵	thôe, thui, ㄊㄨㄟˊ, ㄊㄨㄟ,	kiâⁿ Lō Phòa Pīⁿ，hong ê Pīⁿ，Bâ hong 行路破病，瘋的病，痲瘋
尶	Chhau, Chhiok, ㄑㄧㄠ, ㄑ一ㄛㄎ,	Pái kha，Chhiok Kha koe，Pái kha teh kia ê khoan Sit。 跛脚，𡰪脚鷄。跛脚的行的款式。
就	Chiū, ㄐ一ㄡˋ,	Chèng Lâng Só hiòng ê só tsāi，kun oá，kun tè，it hoat，Chiū sī。Chiū uī。Sêng Chiū。tsō Chiū。 衆人所向的所在。跟偎，跟隨，一發，就是。就位。成就。造就。
尰	Chióng, ㄓㄨㄥˇ,	bah Chéng khí Lâi，tiùⁿ móa，Kha Chéng。khì Chéng。Sip khì Só Siⁿ ê Pīⁿ。 肉腫起來，漲滿，脚腫。氣腫。濕氣所生的病。

十—十二畫

尲	kiam, ㄍ一ㄢ,	Chiū sī kiâⁿ Lō bô sì Chiàⁿ ê ì sù。Pái kha。 就是行路無四正的意思。跛脚。
𡰲	kiâu, ㄍ一ㄠ,	bōe an jiân。bōe an ún ê ì sù。 𣍐安然。𣍐安穩的意思。
尵	tôe, ㄉㄨㄟ,	Chiū sī bé Phòa Pīⁿ ê ì sù。 就是馬破病的意思。
尷	kiam, ㄍ一ㄢ,	Chiū sī kiâⁿ Lō bô sì Chiàⁿ ê ì sù。Pái kha。 就是行路無四正的意思。跛脚。

尷 kiâu ㄍㄧㄠˊ
boe an jiân, boe an ún ê ì sù.
𣍐安然，𣍐安穩的意思。

尸 部 44

尸 Si, Chhi ㄕ, ㄔ
Pâi Liat, tó teh ê khoán sit. thián khui. sí ê seng khu. Sîn Siōng. Chiáng koán. Sin Si. kap 屍 Siāng khoán.
排列，倒咧的款式。展開。死的身軀。神像，掌管。身尸。与屍同款。
Chhiò Chhi, Chiū Sī tiám hé tī Sin Si Piⁿ. boah Chhi iû. kìⁿ Chhi.
照尸，就是點火佇身屍邊。抹尸油。見尸。

一—三畫

尺 Chhek, Chhioh ㄔˇ, ㄔㄜˇ
Gak khì Pat im ê jī, niú tn̂g té ê khì khū. Chhih. Chhek tō. Chhek tok. Chhùn Chhioh, ah Chhioh.
樂器八音的字，量長短的器具，尺。尺度。尺牘。寸尺，押尺。

尹 ún, ín ㄧㄣˇ, ㄧㄣ
Chhiú hoaⁿ, Pān Sū, Liāu Lí, Chìn Chêng, Sì Chiaⁿ, Sêng Sit. tsá sî koaⁿ miâ, tō ún. Sìⁿ ín.
手按，辦事，料理，進前，四正，誠實。早時官名，道尹。姓尹。

尻 khau, kho, ka, kha ㄎㄠ, ㄎㄜ, ㄍㄚ, ㄎㄚ
bé tsui kut, ka Chiah kut, kha Chiah kut. kha Chiah Phiaⁿ. kha Chhng. kha tó bô bah, oàn Lâng tōa kha Chhng. ka Chiah teng.
尾脽骨，尻脊骨，尻脊骨。尻脊餅。尻倉。腳肚無肉，怨人大尻倉。尻脊頂。

尼 Lê, Lek, nî, Lî ㄋㄧˊ, ㄋㄧˋ, ㄋㄧ, ㄌㄧˊ
Chiū Sī tsó chí ê ì sù. kūn oá. tiāⁿ tioh. kìm chí, tsó tòng. khóng tsú ê miâ, tiōng nî.
就是阻止的意思。近偎。定着。禁止，阻擋。孔子的名，仲尼。
kok miâ, ìn nî. nî ko. Lî ko. Lú nî, Chhut ke ê hū jîn Lâng.
國名，印尼。尼姑。尼姑。女尼，出家的婦仁人。

尻 ku ㄍㄨ
Chit jī hán tit ēng. kap Chit jī Siong tông.
這字罕得用。与這字居相同。

𡱂 tok ㄉㄨㄛˋ
Chiū Sī kha Chhng Phóe ê ì sù.
就是尻倉皮的意思。

尽 Chīn ㄐㄧㄣˋ
khì khū Lāi khang khang, bô Lah, bêng Pék. Liáu. Lóng tsóng. 盡 ê kan Sia
器具內空空，無啦，明白。了。攏總。盡的簡寫。

四—五畫

屐 kek, kiok, kiah ㄍㄜˊ, ㄍㄧㄛˊ, ㄍㄧㄚ
Chhàu Chhâ ê oê. Chhâ kiah. bàk kiah, tsang kiah. bàk kiah cheh.
草柴的鞋。柴屐。木屐，棕屐。木屐跕。

局 kiók, kék ㄍㄧㄛˊ, ㄍㄜˊ
Liah, khiú, khu Sok, bián kióng kài hān, Pō hūn. Kiók Pō. kiók Sè. kong kék. tsóng kék. kî kék.
捋，扭，拘束，勉強。界限，部份。局部。局勢。公局。總局。棋局。

尿 jiāu, niāu, jiō, Liō ㄖㄧㄠˋ, ㄋㄧㄠˋ, ㄖㄜˋ, ㄌㄜˋ
Sió Piān, Pàng jiō ê ì sù. Siáu Súi, niō. Liō. Liō Sng. jiō tō. Pâi Liō.
小便，放尿的意思。小水，尿，尿。尿酸。尿道，排尿。

屁 Phì, Phùi ㄆㄧˋ, ㄆㄨㄧˋ
tùi kha Chhng Chhut Lâi ê khì. Chhàu khì. Pàng Phùi. Pàng Chhàu Phùi. Liân hoân Phùi. Pàn káu Phùi.
對尻倉出來的氣。臭氣。放屁。放臭屁。連環屁。放狗屁。

尾 bí, bé, mí ㄅㄧˊ, ㄅㄜˊ, ㄇㄧ
khîm Siù ê Bé, āu bé bīn, Lō bé, bí Súi. kúi bé hî. tōa mí ô, Chit mí ô, ô á Chit mí.
禽獸的尾，後尾面，路尾，尾隨。幾尾魚。大尾蚵，一尾蚵，蚵仔一尾。

届 kài ㄍㄞˋ
ka n̂g toe, kék, kàu, kióng Chīn, kàu tè, kàu bé. kài sî. kài kî. tē kúi kài. tē it kài.
归圍地，極，到，窮盡，到地，到尾。届時。届期。第幾届。第一届。

居 ku, u ㄍㄨ, ㄨ
tiàm teh an hioh. khiā khí. Chē teh. kian kò. Chek thiok ku chek. ku tsū. ku bîn. tok tok, tok ku.
站咧安息。竪起。坐咧。堅固。積畜，居積。居住。居民。獨獨，獨居。

㞐 ku, u ㄍㄨ, ㄨ
kap téng bīn jī Siāng khóan.
与頂面字居同款。

屈 khut, khū, ut ㄎㄨㄜ, ㄎㄨ, ㄨㄜ
oan khiau, àⁿ Lóh, khut Lóh. uí khut. khut khiok. khū kha, kiaⁿ kàu khū kha. áu ut, khau ut tioh.
彎曲，向落，屈落。委屈。屈曲。屈腳，驚到屈腳。拗屈，腳屈着。

屄 Pi, bai ㄅㄧ, ㄅㄞ
hū jîn Lâng ê im bút. Lú jîn ê Seng Sit khì koan. Chiū Sī Chi bai. Chi bai
婦仁人的陰物。女人的生殖器官。就是屄。膣屄

屬 Chiok, Siok ㄐㄧㄛˊ, ㄒㄧㄛˊ
hoan hù, thok tiōng kian kò. kap Chit jī Siong tông.
吩付，託重，堅固。与這字屬相同。

屜 thè ㄊㄝ
Chiū Sī bé oāⁿ tsū ê ì sù.
就是馬鞍屜的意思。

屆 kài ㄍㄞˋ
kap Siong tông.
与届相同。

屐 Chi ㄐㄧ
hū jîn Lâng ê im but. Lú jîn ê Seng Sit khì koan. Chiū Sī Chi bai.
婦仁人的陰物。女人的生殖器官。就是屄屄。

造字 尸有身体之意。只，小小之意，借其音。身体之一部器官。

六—七畫

【屍】Si，ㄒㄧ； tú á sí ê Lâng。Sí Lâng ê seng khu。Sí thé。Sin Si。Si Siú。
抵仔死的人。死人的身軀。屍体。自屍。屍首。

【屎】hì, Sí, Sú, Sái，ㄏㄧ，ㄒㄧ，ㄕㄨ，ㄕㄞ； PakLāi Pàng ê Pùn。Sái。Pàng Sái。hī Sái。Gû sái，Gû sái ku。Pīⁿ sái。thih Sái。
腹內放出的糞。屎。放屎。耳屎。牛屎，牛屎龜。鼻屎。鐵屎。

【屌】tiáu, Chiáu。ㄉㄧㄠˇ，ㄐㄧㄠˇ， Chiū sī ta Po Lâng ê iông bu̍t。Lān tiáu。Lān Chiáu。Lâm jîn ê Seng sit khì koan。
就是查夫人的陽物。屦屌。屦屌。男人的生殖器官。

【屋】Ok, ak，ㄛㄎ，ㄚㄎ， Chhù，khiā khí，jia iam，Pang ok。Pī Pān，hioh。kim ok tsóng kiau。
厝，竪起，遮掩，房屋。備辦，歇。金屋藏嬌。

【屏】Peng, Peng, Pín, Pín, ㄅㄧㄥ，ㄅㄧㄥ，ㄅㄧㄣ，ㄅㄧㄣ， tû khì，kóaⁿ chhut，thè khì，Péng khì。uî，jia，nōa tsàh，Pêng Chiòng，Pêng tó。
除去，趕出，退去，屏棄。圍，遮，攔截，屏障，屏堵。
tek Pín，Pín á，bîh Pín，thiⁿ thang Pín。Pín tó，keh Pín。Gōa mn̂g á sī Lióng，Chiū sī kio mn̂g ak。
竹屏，屏仔，篾屏，天窗屏。屏堵，隔屏。外門或是兩廊，就是叫門屋。

thí 【展】tián, thián，ㄓㄢˇ，ㄊㄧㄢˇ， hoan tsóan，thí khui，thián khui。Siông Sòe tián hiān。tián Lám。thián Sit。tián Pó。jī sìⁿ tián。
反轉，展開，展開。詳細，展現。展覽。展翼。展寶。字姓展。

【屐】kék, kiók, kiáh，ㄍㄝㄎ，ㄍㄧㄛㄎ，ㄍㄧㄚ， Chháu Chhâ ê oê。Chhâ kiáh。bak kiáh。tsang kiáh。bak kiáh Cheh
草柴的鞋。柴屐。木屐。棕屐。木屐跑。

【屑】Siat, Sap, seh, Sut，ㄒㄧㄚㄊ，ㄕㄚㄆ，ㄕㄝ，ㄙㄨㄊ， tauh tauh tsòe，kèng kín，tioh bôa，Chim Chiok Sap Sap，Chhùi Chhùi Sap Sap。iù Seh Seh。
杏杳做，敬謹，着磨，斟酌。屑屑，碎碎屑屑。幼屑屑。
Chiniù ê ì sù。Sut Sut á，Chit sut á。Chió Chió ê ì sù。Put Siat it kò，bô tát tit koan Sim。
真幼的意思。屑屑仔，一屑仔。少少的意思。不屑一顧，無值得関心。

【屓】hì，ㄏㄧ， khùn teh Chhoan khùi ê siaⁿ。iông tsòng tōa ê khoán
睏啲喘氣的聲。勇壯大的款式

【屎】kiu，ㄍㄧㄨ， tā Po Lâng ê iông bu̍t ê Pat miâ。i seng teh ēng ê jī。
查夫人的陽物的別名。醫生啲用的字。

【㞘】kìn，ㄍㄧ， Sa kìⁿ，Chiū sī Cheng Sìⁿ saⁿ kau hap ê ì sù，Chhin Chhiūⁿ niau。káu。káu Sio tōa。
相㞘，就是精牲相交合的意思，親像貓。狗。狗相帶。

造字 尸有身体之意更的文音有交換的意思。身体即肉体的交換，借更的白話音成為㞘。字音字義皆備。

八—十一畫

【屝】hui，ㄏㄨㄟ， oê ê khóan，Chháu oê，Chho oê，ēng Chhau Chit Chiâ ê。
鞋的款，草鞋，粗鞋，用草織成的。

【屙】O，ㄜ， khu hak，chiū khì Chhè tì。
屎礐，上去廁池。

【屛】Péng, Pêng, Pín, Pín，ㄅㄧㄥ，ㄅㄧㄥ，ㄅㄧㄣ，ㄅㄧㄣ， kap Siong tông。tû khì，kóaⁿ chhut，Péng tû，uî jia，nōa tsàh，Pêng tó。
與屏相同。除去，趕出，屏除。圍遮，攔截，屏堵。
kek Pín，Pín hong。tōe miâ，Pín tong。Soaⁿ miâ，Pòaⁿ Pín San。Pín á，tek Pín。bih Pín
隔屏，屏風。地名，屏東。山名，半屏山。屏仔，竹屏。篾屏。

【屒】hut，ㄏㄨㄊ， Chiū sī Put ê miâ。
就是佛的名。

【屛】ék，ㄝㄎ， jit Goeh Lûn Liû Piàn oāⁿ。bóe bōe。hian Chheh，kau ék。
日月輪流变換。買賣。掀冊，交屛。

【屬】Chiok, Siok，ㄐㄧㄛㄎ，ㄒㄧㄛㄎ， hoân hù，thok tiong，Lîn bîn，kian kò，kiong kèng。Chiong Chiok，ūi Chiok。Liân sòa，tông Lūi，
吩付，託重，憐憫，堅固，恭敬。終屬。遺屬。連續，同類，
tông Siok。tsū Chip，Chhin Chhiūⁿ，Siong koan，Siong Siok。kūn oá，hā Siok，Pō Siok，koàn Siok。
同屬。聚集，親像，相關，相屬。近偎，下屬，部屬，眷屬。

【屜】thè，ㄊㄝ， tiong ng ū thang Pó hō ê，á sī hō i bōe tit thang Saⁿ oá。
中央有可保護的，或是互它膾得可相偎。

【屠】tô，ㄊㄨ， thâi Cheng Sìⁿ Phoa khui。tô tiûⁿ。ti tô。tô tsái。tô Sat，Chip thé Sat hāi。sìⁿ tô。
宰精牲剖開。屠場。豬屠。屠宰。屠殺，集体殺害。姓屠。

【屭】that，ㄊㄚㄊ， bô Chèng Siông ê Pàng Sái，bô Chêng ê kóng Lâng，iû kî sī Phòa Pīⁿ Lâng，á sī Gín á，that Sái。
無正常的放屎，無情的講人，尤其是破病人，或是囝仔，屭屎。
O Pèh that，sì kòe that。tì bîn Chhn̂g á sī bô it tēng ê só tsāi Pàng Sái Pàng jiō。that Sái，that jiō。
黑白屭。四界屭。佇眠床或是無一定的所在放屎放尿。屭屎，屭尿。

造字 身体的排泄，也是放出去意思。只是有罵的意思在。借曷的偏音成字。

【屠】 Chhng，ㄔㄥ； ka Chhng 尻屠 kha Chhng。Chiu sī kang-mng。Pàng sái ê sò-tsāi，jîn thé ê khì koan。
尻屠。就是肛門。放屎的所在，人体的器官。

造字 身体排泄的器官。坊間及以往用瘡。非也，肛門無病那裡有疒

【屢】 Lú，Lúi，ㄌㄨˇ，ㄌㄨㄧˇ kúi nā Pái，tàuh tàuh，chiap chiap，Kín kín。Lúi Lúi，Lúi Chhù。Chiu sī tàuh tàuh tsòe ê ì sù。
幾若回，沓沓，捷捷，緊緊。屢屢，屢次。就是沓沓做的意思。

【屣】 Sú，ㄕㄨˇ， Chháu oê。oê，Chiu sī ēng Chháu tsòe chiâⁿ ê。
草鞋。鞋，就是用草做成的。

【屜】 Chho，ㄑㄜ， kiaⁿ Lâng ê ì sù。Lā Sâm。Pùn Sò。
驚人的意思。垃圾。糞埽。

【屧】 Sap，Sáp，ㄕㄚˋ，ㄕㄚˊ kap 与 圾 Siāng ì sù。Sò Sap，Siau Sap，Lap Sap，am tsam ê ì sù。hô Sap Sap，hô Lap Sap
同意思。臊屧，臊屧，垃屧，腌臢的意思。糊屧屧，糊垃屧
Chiu sī Chin kiaⁿ Lâng siuⁿ siuⁿ ê ì sù。Soa Sap。
就是真驚人 滲滲的意思。沙屧。

十二—廿一畫

【履】 Lí，Lián；ㄌㄧˇ，ㄌㄧㄢˇ， kha Sò Chhēng ê，oê，chhēng oê，Lí hia。Lé Sò，Lí Lé，Lí hēng，Phín hēng，Lí Lek。
腳所穿的，鞋，穿鞋，履靴。礼數，履礼，履行。品行，履歷。
Lí iok，Sit hēng sò iok tēng tāi chì。Pō Lián，tit tit Lián，Chiu sī kiâⁿ Lō ê ì sù。
履約，實行所約定的事誌。步履，直直履，就是行路的意思。

補訂 造字 借雪音成字。

【層】 Chêng，tsân，tsân，ㄐㄧㄥ，ㄗㄢ，ㄗㄢ， chhù sū，têng thiap，chit tsân chit tsân。kiā á tsân。Saⁿ tsân Lâu。káu tsân thah。koân thah
次序，重疊，一層一層。崎仔層。三層樓。九層塔。高塔。
nā tsân，Sam tsân ti bah。Saⁿ Sì tsân hoat tō，chit tsân tō Lí。
籃層，三層豬肉。三四層法度，一層道理。

【屛】 Lîn，Lān，ㄌㄧㄣˇ，ㄌㄢˇ， Lâm jîn ê iông bùt，Lān Chiau。ta Po Lâng ê Seng Sit khì koan。
男人的陽物，屛屌。查夫人的生殖器官。

【屧】 Siat，ㄒㄧㄝˋ， Chiu sī Chhâ kiah ê ì sù。bák kiah
就是柴屐的意思。木屐

【屨】 kù，ㄍㄨˋ， khu Sok，Chháu oê。oê。môa oê，Chiàn Lí。
拘束，草鞋。鞋。麻鞋，踐履。

【屪】 Liâu，Chiau，ㄌㄧㄠˊ，ㄐㄧㄠ， Chiu sī Lâm jîn e iông bùt。kap 屌 Siāng khoán ì sù。Lān Chiau。
就是男人的陽物，与屌同款意思。屛屪。

【屩】 kiok，kiok，ㄍㄧㄜˋ，ㄍㄧㄜˋ， Chháu oê，oê，Chhâ k，Liap kiok。môa tsòe Chiâⁿ ê oê kiò kiok。
草鞋，鞋，柴屐，躡屩。麻做成的鞋叫屩。

【屬】 Chiok，Siok，ㄐㄧㄜˋ，ㄒㄧㄜˋ， hoan hù，Chiong Chiok，ûi Chiok，thok tiōng。Chiap Liân，Siong Siok。tâng Lūi，tông Siok。
吩付，終屬，遺屬，託重。接連，相屬。同類，同屬。
ka Siok。kim Siok。Siok kok。Siok tōe。Siok Sit。Siok Sèng。
家屬。金屬。屬國。屬地。屬實。屬性。

【屭】 hì，ㄏㄧˋ， khùn teh Chhóan khùi ê siaⁿ。iông tsòng tōa ê khoán Sit。chhut Lat ê khoán。
睏咧喘氣的聲。勇壯大的款式。出力的款。

屮 部 45

【屮】 tiat，ㄉㄧㄝˋ， tē 45 Pō ê jī bú。Chhó bók chho Sin Puh Gê。Puh íⁿ
第四十五部的字母。草木初生，發芽，發穎。

【屮】 tsò，ㄗㄛˇ， Chhiú ê tò Pêng。tò Chhiú。hù chhiú，kan Chèng。tsò ūi。kap 左 jī Siong tông。
手的倒爿。倒手。副手，干證。屮位。与左字相同。

一—七畫

【屯】 tun，tûn，tūn，ㄉㄨㄣ，ㄉㄨㄣˊ，ㄉㄨㄣˋ， Puh Gê oh tit Chhut，tun jiân jī Lân。kan khó，tún Lân。tsū Chip Pé Siú，tûn khún，
發芽艱得出，屯然而難。艱苦，屯難。聚集把守，屯墾，
tūn Chip。oh tit kia，tūn Lân。tūn Chek。tūn tsat。tūn hoan，khai khún bī khai hoat tōe。Lâng ê sìⁿ
屯集。艱得行，屯難。屯積。屯節。屯番，開墾未開發地。人的姓

【屰】 Gék，ㄫㄜˋ， Chiu sī Pōe biu bô Sūn thàn ê ì sù。kap Chit jī 逆 Siong tông
就是背謬無順趁的意思。与這字逆相同

{𡴘} hēng ㄏㄝㄥ — ê Púnjī. hó tsō hòa, kai tsāi. hoa^n hí, ài, n̄g bāng, Put kai tit Lâi tit tio̍h, hēng ūn.
幸的本字。好造化，該再。歡喜，愛，向望，不該得來得著，𡴘運。

山 部 46

{山} San, Sam, Sian, Soa^n — ㄕㄢ, ㄕㄚㄇ, ㄒㄧㄢ, ㄕㄨㄚ — koâi^n ê tōe, ta ê tōe, koâi^n soa^n. Soa^n tiû^n. Chiū^n soa^n. San súi, San iá. San Chhoan.
高的地，乾的地，高山。山場。上山。山水，山野。山川。
Sam Siau, Chit hō kúi ê mîa, koài bu̍t. Sian tsa, Chiū sī San tsa ê ì sù. Soa^n tang, Soa^n Sai, Soa^n kha.
山魈，一號鬼的名，怪物。山楂，就是山楂的意思。山東，山西，山腳。

一一三畫

{屹} at, ㄧㄚㄊ — Chit tiâu soa^n oai oai, chhoah chhoah, só tsāi.
一條山歪歪，斜斜的所在。

{屴} Le̍k, ㄌㄝㄎ — Soa^n koâi^n ê khóan sit, Soa^n sa^n liân. Chek Le̍k, Soa^n tsui chhin chhiū^n Lêng ê kha chiah chit.
山高的款式，山相連。崱屴，山錐親像龍的尻脊脊。

{屵} Giat, ㄫㄧㄚㄊ — hōa^n koâi^n koâi^n ê khóan sit.
岸高高的款式。

{屶} Sòe, ㄕㄨㄝ — chit nî kú, nî tang, nî kí, nî hè, kap Siong tông. Chiū sī kó jī.
一年久，年冬，年紀，年歲，与歲相同。就是古字。

{岁} hōe, kòe, hē, ha̍p, tsū chip, tú tio̍h, kau chhap, hiáu tit, thong ti, tsai. bêng pe̍k, hōe oē, kàu hōe — ㄏㄨㄝ, ㄍㄨㄝ, ㄏㄝ — 合，聚集，抵著，交𠯗。曉得，通知。知。明白，岁話，教岁。
Sǹg siàu, siàu hāng, siàu giah. kòe kè. hē thâu, chio hē, hē tiú^n, iò hē, hē oē, kap 會 Siāng khóan.
算數，帳項，帳額。岁計。岁頭，招岁，岁長，搖岁，岁話，与會同款。

{屺} kí, ㄍㄧ — Soa^n bô chháu ba̍k ê ì sù.
山無草木的意思。

{屼} Gut, ㄫㄨㄊ — Soa^n chiam bô chhiū ba̍k. koâi^n, Soa^n nîa. Git Gut, Soa^n koâi^n thut thut.
山尖無樹木。高，山嶺。屹屼，山高秃秃。

{屹} Git, Gut, ㄫㄧㄊ, ㄫㄨㄊ — kó toa^n soa^n, koâi^n kian kó. Git jiân, Git Li̍p, khiā tsāi.
孤單山，高，堅固，屹然，屹立，豎在。

四畫

{岔} Chha, ㄔㄚ — Siang chhe lō, sa^n pun lō, hun chhe ê ì sù.
双叉路，三分路，分叉的意思。

{岑} Gîm, ㄫㄧㄇ — Soa^n sòe koh tsāi koâi^n.
山小倒再高。

{岐} kî, ㄍㄧ — siang ê Soa^n chiam, Soa^n mîa. koân tōa, Siang chhe, hō tiōng toan chiâ^n. Oai chhoah.
双個山尖，山名。高大，双叉，厚重端正。歪斜。

{岊} Chiat, ㄐㄧㄚㄊ — kuâi soa^n ê khóan chhin chhiū^n lûn á. Soa^n khiau khiau ê ì sù.
高山的款親像崙仔。山曲曲的意思。

{岏} Goân, ㄫㄨㄢ — koân^n koân^n, Soa^n chiam ê khóan sit.
高高，山尖的款式。

{岉} bu̍t, ㄅㄨㄊ — koâi^n koâi^n chhin chhiū^n soa^n. thah, tōa keng chhù.
高高親像山。塔。大間厝。

{岌} Gip, ㄫㄧㄅ — iô tāng ê khóan sit, thi^n tín tāng tōe iô tsoah ê ì sù.
搖動的款式，天振動地搖泏的意思。

{岇} Gōng, ㄫㄛㄥ — Soa^n ê mîa, tī oa̍t tâm koâi^n ê tōe kài.
山的名，佇越郯縣的地界。

{岄} Goa̍t, ㄫㄨㄚㄊ — Chiū sī soa^n ê mîa.
就是山的名。

{岫} Giōng, ㄫㄧㄛㄥ — Chiū sī soa^n ê mîa.
就是山的名。

{岋} Gip, kip, ㄫㄧㄅ, ㄍㄧㄅ — koâi^n ê soa^n chiam. Gûi hiám, Gip Gip khó gûi.
高的山尖。危險，岋岋可危。

{岁} Sòe, ㄕㄨㄝ — nî tang, nî hè, kap Siāng khóan. Chiū sī hán siá.
年冬，年歲，与歲同款。就是簡寫。

五畫

{岵} hō, ㄏㄛ — tsōe tsōe chháu ba̍k ê soa^n. ū lâng kóng bô chháu ba̍k ê soa^n, èng kai sī kai jī.
多多草木的山。有人講無草木的山，應該是峐字。

岡	kong, kng, ㄍㄤ,ㄍㄤ,	Soaⁿ koâiⁿ ê só-tsāi, Soaⁿ Chiam, Soaⁿ tsō. Soaⁿ á téng bīn, San kong. tōe mîa, Chioh kng. 山高的所在,山尖,山脊。山仔頂面,山岡。地名,石岡。
岣	kó, kū, ㄍㄡ,ㄍㄡ,	Chiū sī soaⁿ ê mîa. 就是山的名。
岬	kap, ㄐㄧㄚ,	Soaⁿ Piⁿ, Soaⁿ Siang Pêng tiong ng ê Lō, Soaⁿ mîa. bōe hoat Chhâu ê thô. Liok tōe tut Chhut tī hái tiong kap kak. 山邊,山双平中央的路,山名。繪發草的土。陸地突出佇海中岬角。
岦	Lip, ㄌㄧ,	Soaⁿ ê khóan Sit. 山的款式。
岷	bîn, ㄇㄧㄣ,	Sù Chhoan Séng Chit ūi Soaⁿ ê mîa. koāiⁿ mîa tī kam Siok Séng. 四川省一位山的名。縣名佇甘肅省。
岸	Gān, hōaⁿ, ㄢ,ㄏㄨㄚ,	tsúi Piⁿ koâiⁿ ê só-tsāi. tōe hōaⁿ, hái hōaⁿ, hái Gān Sòaⁿ. Ui Giâm, Gān jiân. tsū hū, Gō Gān. 水邊高的所在。地岸,海岸,海岸線。威嚴,岸然。自負,傲岸。
岫	Siū, ㄒㄧㄡ,	Chiū Sī Soaⁿ khang, Soaⁿ khiⁿ ê ì sù. 就是山孔,山坑的意思。
岱	tāi, ㄉㄞ,	Soaⁿ Chiam ê mîa. San tong Séng Lāi ê Soaⁿ. tāi San, tāi Gak, tāi tsong. hīan sī kìo thài San. 山尖的名。山東省内的山。岱山,岱嶽,岱宗。現時叫泰山。
岧	tiâu, ㄊㄧㄠ,	Soaⁿ kôaiⁿ kôaiⁿ ê khóan Sit. Soaⁿ ê khóan. tiâu Giâu. ko tsùn. 山高高的款式。山的款。岧嶢。高山峻。
岨	tsó, ㄐㄩ,	Chioh tsài thô. Chioh Soaⁿ tsài thô ê ì sù. tsó Gō, Soaⁿ ê khóan Sit. 石戴土,石山戴土的意思。岨峿,山的款式。
岩	Gâm, Giâm, nâ, ㄧㄢ,ㄧㄢ,ㄋㄚ,	Chhim Chhim, Gûi hiám. Soaⁿ Giâm. Lêng nâ. tsam Gâm, Gâm Chioh. kap 巖 Siong tông. 深深,危險。山岩。峻岩。巉岩,岩石。與巖相同。
岳	Gak, ㄩㄝ,	kap 嶽 jī Siong tông. Lâng ê Sìⁿ Gak. Gak hū, Gak bó. koâiⁿ tōa ê Soaⁿ, Soaⁿ Gak. Gak iông koāiⁿ mîa. 與嶽字相同。人的姓岳。岳父,岳母。高大的山,山岳。岳陽縣名。
岜	Phó, ㄆㄛ,	Soaⁿ ê khóan Sit. Soaⁿ Pho. Soaⁿ nîa. 山的款式。山坡。山陵。
岥	Phó, ㄆㄛ,	Soaⁿ ê khóan Sit. Soaⁿ Pho. Soaⁿ nîa. 山的款式。山坡。山陵。
岹	tiâu, ㄊㄧㄠ,	Soaⁿ kôaiⁿ kôaiⁿ khóan Sit. Soaⁿ ê khóan. tiâu Giâu. ko tsùn. 山高高的款式。山的款。岧嶢。高山峻。
岶	Phek, ㄆㄛ,	Soaⁿ bàt bàt ê khóan sit. 山密密的款式。
岭	Lêng, nîa, ㄌㄧㄥ,ㄋㄧ,	Soaⁿ Chhim Chhim ê khóan Sit. Soaⁿ ê mîa. Soaⁿ nîa, Soaⁿ ê khah kôaiⁿ ê só-tsāi. kap 陵 Siong tông. 山深深的款式。山的名。山岭,山的較高的所在。與陵相同。
𡶀	hut, ㄈㄨ,	Soaⁿ Lō oéh, Soaⁿ oai Chhoāh, khiau sì bô tit ê ì sù. 山路狹,山歪斜,曲勢無直的意思。
岝	Chek, thek, ㄐㄧ,ㄊㄜ,	koâiⁿ koâiⁿ ê Soaⁿ. Soaⁿ ê mîa. Chek Gok San. 高高的山。山的名。岝崿山。
岞	Chek, thek, ㄐㄧ,ㄊㄜ,	kap téng bīn jī 岝 Siong tông 與頂面字岝相同
岪	hut, ㄈㄨ,	Soaⁿ Lō oéh, Soaⁿ oai Chhoāh, khiau sì bô tit ê ì sù. 山路狹,山歪斜,曲勢無直的意思。
岢	khó, ㄎㄜ,	Soaⁿ ê mîa, khó Lâm. iā sī chiu ê mîa, khó Lâm Chiu oá Soaⁿ ū ákoa tî. Chhut hó bé. 山的名,岢嵐。也是州的名,岢嵐州倚山有渟洼池。出好馬。
岠	kū, ㄐㄩ,	khí Sin, kàu ūi. tōa Soaⁿ. Soaⁿ Chiam ê mîa. kap 距 Sio Siang. 起身,到位。大山。山尖的名。與距相同。
屔	nî, ㄋㄧ,	Soaⁿ ê mîa, Sì hng kôan, tiong ng Lap O ê ì sù. 山的名。四方高,中央塌窩的意思。

六畫

峙	Sī, ㄓ,	Soaⁿ Chiam, koâiⁿ koâiⁿ teh khīa. Chek tsū. Pī Pān, sī chek. tùi Lip, Siong Sī. tùi Sī. 山尖,高高嘀豎。積住。備辦,峙積。對立,相峙。對峙。
峘	hoân, ㄏㄨㄢ,	Sió Soaⁿ khah koâiⁿ, tōa Soaⁿ kìo hoân. 小山較高,大山叫峘。
峣	Gông, Giâng, ㄧㄠ,ㄧㄠ,	Soaⁿ koâiⁿ ê khóan Sit. Soaⁿ Chioh koâiⁿ Gûi hiám ê khóan. 山高的款式。山石高危險的款。
峓	î, ㄧ,	Soa ê mîa, Gû î Soaⁿ. tang Pêng ê tōe. î tek. 山的名,嵎峓山。東平的地。峓澤。
峐	kai, ㄍㄞ,	Soaⁿ bô Chhâu bak, tē hō mîa 山無草木。地號名。

岍 khian, ㄑㄧㄢ, Soaⁿ ê mîa, tī iong chiu ê só͘ tsāi. Liāu Lí Soaⁿ hō͘ tsúi ê kîaⁿ lâu.
山的名，佇雍州的所在。料理山雨水的行流。

岔 bā, khap, ㄅㄚˊ, ㄎㄚˋ, Soaⁿ hia̍t, ìn tō͘ kûn tó ê hai sū. hàn jîn chhut sì tī hia. bā lí tó. Soaⁿ ê khóan, thô͘ khut.
山穴，印度群島的海嶼；漢人出世佇彼。岔里島。山的款，土堀。

峋 Sûn, ㄒㄩㄣˊ, Soaⁿ Pīn Chhim Chhim ê khóan Sit. Soaⁿ ū Lap a ê ì Sù.
山邊深深的款式。山有塌窩的意思。

峒 tông, ㄉㄨㄥˋ, Soaⁿ ê mîa, tī hiān kim kam Siok Séng Pêng Liông hú Sai Pêng, khong tông Soaⁿ.
山的名，佇現今甘肅省平涼府的西坪，崆峒山。

峗 Gûi, ㄨㄟˊ, Soaⁿ ê mîa, tī sa chiu tun hông Sîaⁿ ê tang Lâm Pêng, Só͘ í kìo tsòe Sam Gûi.
山的名，佇沙州燉煌城的東南坪，所以叫做三峗。

峌 tiat, ㄉㄧㄝˊ, koāiⁿ Soa ê khóan sit.
高山的款式。

峕 khiong, ㄑㄩㄥ, khiong, tó tiuⁿ, tiuⁿ ui.
峕，幬幔，帳围。

峈 Lok, ㄌㄨㄛˋ, kok Lok Phāng, chīu sī khah Chhim ê Soaⁿ kok.
谷峈縫，就是較深的山谷。

七 畫

峯 hong, hang, ㄈㄥ, ㄏㄤˊ, Soaⁿ Chiam, Lāi, Chiam Chiam, Chiam bóe, Soaⁿ hong. tô hong, Lók tô ê ka Chiah. hang tōe.
山尖，利，尖尖，尖尾，山峯。駝峯，駱駝的尻脊。峯地。

峽 hia̍p, kiap, ㄒㄧㄚˊ, ㄐㄧㄚˊ, Soaⁿ io Chhim Chhim, khoe tsúi Lióng Pêng. nn̄g Soaⁿ Saⁿ kiap ê só͘ tsāi. tōe kiap, hái kiap. Sam kiap
山腰深深，溪水兩坪。兩山相夾的所在。地峽，海峽，三峽

峴 hián, ㄒㄧㄢˋ, Soaⁿ ê mîa, Soaⁿ Sòe tsóng sī Gûi hiám. nîa teng Pîn, Sio khóa koāiⁿ.
山的名，山小總是危險。嶺頂，少許高。

㟝 Lóng, Lông, ㄌㄤˊ, ㄌㄤˋ, Soaⁿ khang khang khóan Sit. tong chì jit só͘ jip ê só͘ tsāi. Soaⁿ ê mîa tsùn Lông San.
山空空的款式。冬至日所入的所在。山的名 峻㟝山。

峹 Lô͘, ㄌㄨˊ, Chīu sī Soaⁿ ê mîa.
就是山的名。

峩 Gô͘, ngô͘, ㄜˊ, ㄥㄜˊ, Soaⁿ koāiⁿ koāiⁿ, ui hong, Gûi Gô͘. ngô͘ bî San.
山高高，威風，巍峩。峨眉山。

峰 hong, hang, kap jī Siāng khóan.
ㄈㄥ, ㄏㄤˊ, 与峯字同款。

峨 Gô͘, ngô͘, Soaⁿ koāiⁿ koāiⁿ, ui hong, Gûi ngô͘. ngô͘ bî Soaⁿ
ㄜˊ, ㄥㄜˊ, 山高高，威風，巍峨。峨眉山

峻 tsùn, ㄐㄩㄣˋ, koāiⁿ, kîa, Gûi hiám, tōa, tn̂g, koāiⁿ Soaⁿ, Giâm kín, hiám tsùn. tsùn nîa. Giâm Lē, tsùn hoat.
高，崎，危險，大，長，高山，嚴謹，險峻。峻嶺。嚴厲，峻法。

島 tó, ㄉㄠˇ, hái sū. Chīu sī hái tó ê ì sù. Lia̍t tó. Pòan tó.
海嶼。就是海島的意思。列島。半島。

峭 Siàu, ㄑㄧㄠˋ, Soaⁿ koāiⁿ koh kîa. Gûi hiám, tso k. ui Giâm. kóa kín, Pek Chhiat. Siàu Phek. Liāu Siàu. Siàu kip.
山高閣崎。危險，阻隔。威嚴。趕緊，迫切。峭壁。料峭。峭急。

峹 tô͘, ㄊㄨˊ, kòe khe Soaⁿ, iā kóng kíu kang tong tô͘ ê ì sù. kap 塗 Siāng khóan. Sêng.
會稽山，也講九江當峹的意思。与塗同款。

峿 Gô͘, ㄨˊ, Soaⁿ ê mîa, tōe hō mîa, Soaⁿ ê khóan Sit. bô an ún ê khóan. khu Gô͘, Soaⁿ mîa, tī Soaⁿ tang
山的名，地號名，山的款式。無安穩的款。岠峿，山名，佇山東省。

峹 tô͘, ㄊㄨˊ, kap 峹 Siong tông.
与峹相同。

峼 Lōng, ㄌㄨㄥˋ, Chīu sī thô͘ khang. khang hia̍t ê ì sù.
就是土孔。孔穴的意思。

峮 khun, ㄑㄩㄣˊ, Soaⁿ Saⁿ Liân ê khóan sit.
山相連的款式。

峺 kēng, ㄍㄥˇ, tsó Gāi, Gāi tioh. ngī ngī. thong 硬.
阻碍，碍着。硬硬。通硬。

峆 ham, ㄏㄢˊ, tōa ê Soaⁿ kok, Soaⁿ kok ê tiong kan ū tōa khang ê khóan. tsōe Soaⁿ.
大的山谷，山谷的中間有大孔的款。多山。

㳶 Gûn, ㄩㄣˊ, tsúi tn̄g séh teh Lâu ê khóan sit.
水轉趣咧流的款式。

峷 bông, ㄇㄤˊ, Chit ê Soaⁿ ê mîa.
一個山的名。

峌 tsò, 陸., Chīu sī Soaⁿ ê mîa.
就是山的名。

峪	iok, kok ㄧㄛㄎ, ㄍㄛㄎ	Pêng iok koāiⁿ ê mîa, hian kim siok Sūn thian hú。 平峪縣的名，現今屬順天府。
崁	khàm, ㄎㄚㄇ	tâi oân tōe hō mîa, Soaⁿ khàm, khàm téng, khàm khā, Chhin Chhiūⁿ Chhiah khàm Lâu。 臺灣地號名，山崁，崁頂，崁腳，親像赤崁樓。
		八 畫
崢	Cheng, ㄓㄥ	Soaⁿ thâu, Seng koāiⁿ Chhut thâu, tsun kùi。Cheng êng, Soaⁿ koāiⁿ Phòa hûn。jîn tsâi Chhut Chiòng。 山頭，升高，出頭，尊貴。崢嶸，山高破雲。人才出眾。
崇	tsông, ㄔㄨㄥ	kèk tsun kùi, koāiⁿ, tsông ko。Chìn tiong, tsông kèng, tsun tsông。tsông San tsùn niá, koāiⁿ tōa ê Soaⁿ。 極尊貴，高，崇高。盡忠，崇敬，尊崇。崇山峻嶺，高大的山。
嶅	ngâu, ㄠˊ	hô Lâm Séng ê Soaⁿ, Pôaⁿ ngâu San。tī hia ū Chit tiâu khoe kiò ngâu tsúi。 河南省的山，盤嶅山。佇彼有一條溪叫嶅水。
崡	hâm, ㄏㄢˊ	Soaⁿ ê mîa, hâm kok koan。iā thong Chit jī 函。 山的名，崡谷關。也通這字函。
崎	kî, kīa, khi, ㄑㄧˊ, ㄑㄧ, ㄎㄧ	khiau ê hōaⁿ, tn̂g tn̂g Chhu Chhu。kīa á, Gîm kīa, Soaⁿ kīa。Soaⁿ Lō͘ khàm khiat kî khu。 曲的岸，長長趖趖。崎仔，矜崎，山崎。山路磕碣，崎嶇。 Kî Gâi, Gûi hiám。jit Pún káng mîa tn̂g kî。khi khu。 崎崖，危險。日本港名長崎。崎嶇。
崛	kut, ㄐㄩㄝˊ	Soa Chiam koāiⁿ kīa, heng khí, kut khí。 山尖高崎，興起，崛起。
崆	khong, ㄎㄨㄥ	Chiū Sī Soaⁿ ê mîa。Soaⁿ koāiⁿ koāiⁿ khoán Sit。khong tông soaⁿ 就是山的名。山高高的款式。崆峒山。
崑	khun, ㄎㄨㄣ	Soaⁿ koāiⁿ bô thang Pí, tōa Soaⁿ, khun Lûn Soaⁿ。 山高無可比。大山，崑崙山。
崍	Lâi, ㄌㄞˊ	Soaⁿ ê mîa, Gông Lâi San, hit ê soa Chhut n̂g kim tsōe tsōe。 山的名，邛崍山，彼個山出黃金多多。
崚	Lêng, ㄌㄥˊ	Soaⁿ ê khoán Sit。Soaⁿ ê mîa。 山的款式。山的山崚。
崙	Lûn, Lūn, ㄌㄨㄣˊ, ㄌㄨㄣˋ	Soaⁿ mîa, khun Lûn Soaⁿ。Soaⁿ Lūn, Chit Soaⁿ Lūn, Lūn a bé, Soa Lūn, soa Chiu。 山名，崑崙山。山崙，一山崙，崙仔尾。沙崙，沙洲。
崩	Peng, Pheng, Pang ㄅㄥ, ㄆㄥ, ㄅㄤ	Soaⁿ thut Lo̍h khì。Pāi hoāi, Sí khì。Soaⁿ Pang tōe Li̍h。Peng hoāi, Pheng tso͘。 山墜落去。敗壞，死去。山崩地裂。崩壞，崩殂。
豳	Pin, ㄅㄧㄣ	Soaⁿ mîa, tī tsōe tsōe。jī Sìⁿ, Pin。tōe hō mîa, Siám Sai Séng ê koān mîa。thong Pin。 山名，豬多多。字姓，豳。地號名，陝西省的縣名。通邠。
崧	Siông, ㄙㄨㄥ	Soaⁿ ê mîa, koāiⁿ, tōa ê ì sù。thong 嵩 山的名，高，大的意思。通嵩
崒	Chhùi, tsùi, tsut, ㄘㄨㄟˋ, ㄗㄨㄟˋ, ㄗㄨˊ	Soaⁿ ê Soaⁿ bé Liu。koāiⁿ, Chiam Chiam。Gûi hiám。tsū Chip tsōe tsōe, Lut Chhùi。 山的山尾溜。高，尖尖。危險。聚集多多，嵂崒。
崔	Chhui, ㄘㄨㄟ	Gûi hiám。koāiⁿ。kīa。tōa。 危險。高。山奇。大。
崖	Gâi, ㄧㄚˊ	Soaⁿ koāiⁿ kīa, Soaⁿ Pīⁿ, tsúi Pīⁿ Pông hōaⁿ, tsoh koāiⁿ。Soaⁿ Gâi, Gâi kok。 山高崎，山邊，水邊傍岸，作高。山崖，崖谷。
崆	kiong ㄑㄩㄥ	Soaⁿ ê khoán, Soaⁿ ê khoán Sit, koān tōa 山的款，山的款式，高大
𡹇	thek, ㄊㄜˋ	Soaⁿ ê khoán Sit。Soaⁿ ê mîa。 山的款式。山的名。
崘	Lûn, Lūn, ㄌㄨㄣˊ, ㄌㄨㄣˋ	kap 崙 Siong tông 與崙相同
崪	Chhùi, tsùi, tsut, ㄘㄨㄟˋ, ㄗㄨㄟˋ, ㄗㄨˊ	kap 崒 Siong tông。 與崒相同。
崕	Gâi ㄧㄚˊ	Chio̍h bô Sì Chiàⁿ ê khoán Sit, Soaⁿ Pīⁿ。Soaⁿ Gâi。Gâi kok。kap 崖 Siāng khoán。 石無四正的款式，山邊。山崕。崕谷。與崖同款
崗	kong, ㄍㄤ	koāiⁿ Soaⁿ, Soaⁿ Chiam, Soaⁿ tsō。Soaⁿ á, téng bīn。 高山，山尖，山坐。山仔，頂面。
崋	hôa ㄏㄨㄚˊ	Siám Sai Séng koāiⁿ Soaⁿ ê mîa。hôa ê Pún jī。 陝西省高山的名。華的本字。
崌	ku, ㄐㄩ	Chiū Sī Soaⁿ ê mîa, ku Soaⁿ, kang tsúi tui Chia Chhut Lâi。 就是山的名，崌山，江水對這出來。
崞	kok, ㄍㄨㄛ	Gān bûn ê Soaⁿ mîa。koāiⁿ ê mîa。 雁門的山名。縣的名。

字	音	解說
崥	Pî, ㄅㄧˊ;	Soaⁿ ê khóan sit。Soaⁿ kha。 山的款式。山腳。
崦	iam, ㄧㄢ;	Soaⁿ ê miâ, jit só͘ chiò jip ê só͘ tsāi。 山的名，日所照入的所在。
崟	Gîm, khîm, ㄫㄧㄣˊ, ㄎㄧㄣˊ,	Soaⁿ ê lîm kiⁿ。Gûi hiám ê só͘ tsāi。Gîm, kia á Gîm。Gîm kiⁿ。 山的臨墘。危險的所在。岑，崎仔岑。岑墘。

九畫

字	音	解說
嵇	ke, khe, ㄍㄝ, ㄎㄝ,	Chiū sī Soaⁿ ê miâ, ke San, tī an hui Séng Siok koāiⁿ。jī sìⁿ khe。iā thak hê。 就是山的名，嵇山，佇安徽省宿縣。字姓嵇。也讀嵇。
嵁	kham, khâm, ㄎㄚㄇ, ㄎㄚˊㄇ,	tōa tiâu Soaⁿ。bô pîⁿ ê khóan sit。kham khiat。khâm khiat Lō͘ tô͘。thap lâi thap khì。 大條山。無平的款式。嵁硈。嵁硈路途，塌來塌去。
嵌	kham, khàm, khiàm, ㄎㄚㄇ, ㄎㄚˋㄇ, ㄎㄧㄚˋㄇ,	Soaⁿ khang chioh tōng。Chhim ê soaⁿ kok。khui khòaⁿ。khàm pîⁿ ê khang。chioh khiàm。Gûi hiám。 山孔石洞。深的山谷。開看。崁邊的孔。石嵌，危險。
嵐	Lâm, ㄌㄚˊㄇ	Soaⁿ téng bū bū ê Soaⁿ khì。ian Lâm。Sîn Lâm。 山頂霧霧的山氣。煙嵐。晨嵐。
嵂	Lu̍t, ㄌㄨㄉ,	Soaⁿ koāiⁿ koāiⁿ ê khóan, koāiⁿ tōa ê khóan sit。Lu̍t chhùi。 山高高的款。高大的款式。嵂崒。
嵋	bî, ㄅㄧˊ,	Soaⁿ ê miâ。nn̄g ê soaⁿ tùi, chhin chhiūⁿ ba̍k bâi。Soaⁿ bâi。Gô bî San, tī Sù chhoan Séng。 山的名。兩的山對，親像目眉。山眉。峨嵋山，佇四川省。
崿	Gok, ㄫㄛㄎ	Soaⁿ pîⁿ, tû khì, tiān ê Gîm kiⁿ koāiⁿ ê khóan sit。 山邊，除去，殿的岑墘高的款式。
崽	tsáiⁿ, ㄗㄞˋⁿ;	tsū ko Lâi bú bān Lâng。tsa bó͘ Gín á nn̄g chiáⁿ ê ì sù。 自高來侮慢人。查媒囝仔軟弱的意思。
嵴	Chek, ㄐㄝㄎ,	Chi̍t tiâu Soaⁿ chhin chhiūⁿ Lêng ê kha chiah chit。Chi̍t tsàn ê soaⁿ。 一條山親像龍的尻脊脊。一層的山。
崴	ôe, ㄨㄝ,	Gâm chioh koāiⁿ ê khóan, Gûi。koāiⁿ koh oan khiau put pêng ê khóan。 岩石高的款，崴嵬。高閣彎曲不平的款。
崵	iông, tông, ㄧㄛˊㄥ, ㄉㄛˊㄥ,	iông Soaⁿ, Soaⁿ ê Soaⁿ o, Lo̍k iông ê siú iông San。hòng tông。 崵山，山的山窩，洛陽的首崵山。放崵。
嵒	Gâm, Giâm, nâ, ㄫㄚˊㄇ, ㄫㄧㄚˊㄇ, ㄌㄚ,	kap 岩。巖 jī siāng khóan ì sù。Soaⁿ Gâm, Gûi hiám, Lêng nâ。 与岩巖字同款意思。山嵒，危險，山嵒。
嵎	Gû, ㄫㄨˊ,	Soa khut khiok。Só͘ tsāi ê miâ, kó͘ tsá kong tiâu Sián ê miâ。Pí jū Gûi hiám ê só͘ tsāi。 山屈曲。所在的名，古早講朝鮮的名。比喻危險的所在。
嵆	ke, khe, ㄍㄝ, ㄎㄝ;	kap jī Siong tông。 与嵇字相同。
嵏	tsong, ㄗㄛㄥ	Soaⁿ miâ, Kiú tsong Soaⁿ。Soaⁿ chiam tsōe tsōe ê khóan sit 山名，九嵏山。山尖多多的款式。
山亟	kek, ㄍㄝㄎ,	Chiū sī Soaⁿ ê miâ。 就是山的名。
崲	hông, ㄏㄛˊㄥ,	Chiū sī Só͘ tsāi ê miâ。hiu hông ô͘。 就是所在的名。休崲湖。
咢山	Gók, ㄫㄛˊㄎ,	kap Siong tông。 与崿相同。
崶	hong, ㄏㄛㄥ,	Soaⁿ ê miâ, Chi̍t miâ kiò tsòe Liông bûn San。Lâu tsúi tsu âng sek。 山的名，一名叫做龍門山。流水朱紅色。
山廻	hôe, hûi, ûi, ㄏㄨㄝˊ, ㄏㄨㄧˊ, ㄨㄧˊ	Soaⁿ bô chháu ba̍k ê ì sù。 山無草木的意思。
嵓	Gâm, Giâm, nâ, ㄫㄚˊㄇ, ㄫㄧㄚˊㄇ, ㄌㄚˊ,	kap Siong tông。 与嵒．巖．岩相同。
崺	i, ㄧ	Soaⁿ kē kap tn̂g ê khóan sit。tsōe tsōe Soaⁿ。 山低与長的款式。多多山。
嵊	Sēng, ㄕㄝㄥ,	Chiū sī soaⁿ ê miâ。koāiⁿ miâ Chiat kang 就是山的名。縣名 浙江紹興府嵊縣

十畫

字	音	解說
嵠	hê, khe, ㄏㄝˊ, ㄎㄝ,	Chhim khiⁿ, tsúi tùi Soaⁿ chhut ê ì sù。Soaⁿ kok Lâu tsúi ê só͘ tsāi。kau khut。jī sìⁿ。 深坑，水對山出的意思。山谷流水的所在。溝堀。字姓。
嵩	Siong, ㄒㄧㄛㄥ,	Chiū sī Soaⁿ ê miâ。koāiⁿ, tōa。jī sìⁿ。Siong San。 就是山的名。高，大。字姓。嵩山。
補9畫 崈	chhong, ㄘㄛㄥ,	Soaⁿ ê khóan sit, kui tsō ê Soaⁿ。 山的款式，歸座的山。

嵯	Chia, Chhi, Chho, Chhu, ㄐ一ㄚ,ㄑ一,ㄘㄜ,ㄘㄨ,	Soaⁿ téngbīn ū chióh。koâiⁿ tōa。Soaⁿ bô Pîⁿ, khamkhiat。 山頂面有石。高大。山無平，嵯𥔲。
嵬	Gûi ㄨㄟˊ	koâiⁿ, bô Pîⁿ ê Soaⁿ, koâiⁿ koâiⁿ tók Lip, Soaⁿ niaⁿ koân Gûi hiám。 高，無平的山。高高　獨立。山嶺高危險。
嵨	Ó, ㄜˇ,	Soaⁿ ê mîa, Soaⁿ Phiaⁿ, Siàⁿ Chhiùⁿ, hiuⁿ Sīa。 山的名，山坪，城牆，鄉社。
嵮	oân ㄨㄢˊ,	Chiū Sī Soaⁿ Pang ê hām khang。 就是山崩的陷孔。
嵤	êng, ㄧㄥˊ,	Soaⁿ Chhim Chhim khóan Sit。Soaⁿ kôai ê ì Sù。 山深深的款式。山高的意思。
嵳	Chia, Chhi, Chho, Chhu, ㄐ一ㄚ,ㄑ一,ㄘㄜ,ㄘㄨ,	Soaⁿ téng ū chióh。koâiⁿ tōa。Soaⁿ bô Pîⁿ, khamkhiat 山頂有石。高大。山無平，嵯𥔲
䠷	kîong ㄍㄨㄥ	Soaⁿ ê khóan Sit。 山的款式
嵦	kong, ㄍㄨㄥ,	kôaiⁿ s, Soaⁿ Chiam, Soaⁿ tsō。Soaⁿ á。téngbīn。 高山，山尖，山坐。山仔。頂面。
嵡	Ong, óng, ㄨㄥ,ㄨㄥˇ;	Soaⁿ ê mîa, Soaⁿ ê khóan Sit。 山的名，山的款式。
𡹷	thióng ㄊ一ㄨㄥ,	Soaⁿ ê mîa。Soaⁿ ê khóan Sit。Chhin Chhiūⁿ thióng Soaⁿ 山的名。山的款式。親像㟲山
嵞	tô, ㄊㄨˊ,	Soaⁿ ê mîa, tô Soa, iā kap 涂 jī Siong tông。 山的名，涂山，也与涂字相同。
嵫	tsu, ㄗ,	Soaⁿ ê mîa, kôaiⁿ kôaiⁿ Gûi hiám ê khóan Sit。iam tsu san, tī kam Siok Séng。 山的名，高高危險的款式。崦嵫山，佇甘肅省。

十一畫

嶃	Chhâm, Siâm, ㄔㄢˊ,ㄒ一ㄢˊ,	koaiⁿ kohhiám ê soaⁿ, kôaiⁿ kôaiⁿ, Chiam Lāi ê khóan sit。Chhâm Lō thâukak, Chhut thau, Chhut mîa。 高閣險的山，高高，尖利的款式。嶄露頭角，出頭，出名。
嵾	Chham, ㄘㄢ,	Chham Chhi bô Chê ê khóan Sit。bô Pîⁿ tn̂g。 參差無齊的款式。無平長。
嶂	Chiòng, ㄓㄤˋ,	Soaⁿ kôaiⁿ hiám, Soaⁿ keh tn̄g, Chhin Chhiūⁿ Chhù keh Pîn。 山高險，山隔斷，親像厝隔屏。
嶇	khu, ㄑㄩ,	Soaⁿ Lō bô Pîⁿ khâm khiat, Gûi hiam, khi khu。 山路無平。嵯𥔲，危險，崎嶇。
𡺃	kok ㄍㄨㄛˊ,	Soaⁿ kok Chhim Chhim ê khóan Sit。 山谷深深的款式。
嶚	Piau, Piáu, Phiau, ㄅ一ㄠ,ㄅ一ㄠˇ,ㄆ一ㄠ;	Soaⁿ Chiam thóng chhut ê khóan Sit。Soaⁿ Chiam。 山尖撓出的款式。山尖。
嵾	Chham ㄘㄢ,	Chham Chhi bô Chê ê khóan Sit。bô Pîⁿ tn̂g。 嵾差無齊的款式。無平長。
嵮	téng ㄉ一ㄥ	Chiū Sī Soaⁿ ê mîa。 就是山的名。
嶄	Chhâm, Siâm, ㄔㄢˊ,ㄒ一ㄢˊ,	kôaiⁿ koh hiam ê Soaⁿ。kôaiⁿ kôaiⁿ, Chiam Lāi ê khóan Sit。 高閣險的山。高高，尖利的款式。
嵷	Sióng, ㄙㄨㄥ,	Soaⁿ Chiam Chiam ê khóan, kôaiⁿ kôaiⁿ Gûi hiám ê Soaⁿ ê khóan Sit。 山尖尖的款，高高危險的山的款式。
𡻆	khūn, ㄎㄨㄣ,	Soaⁿ ê hêng tsōng khóan Sit。 山的形狀款式。
嵻	khóng, ㄎㄤ,	Soaⁿ ê mîa, Soaⁿ khang khak ê khóan。bô tsātPak ê kóan Sit, iā tāk khong ì Sù Siāng khóan。 山的名，山空殼的款。無實腹的款式，也讀山康意思同款。
嵭	bóng, bông, ㄅㄥ,ㄅㄥˊ,	tông bông Chiū Sī ū tsōe tsōe Soaⁿ ê khóan sit。 山唐嵭，就是有多多山的款式
嵻	khong ㄎㄤ,	kap 嵻 Siāng khóan。 与嵻同款。
嵧	bék, ㄇ一ˋ,	am Chīⁿ, jia khàm, ún bat ê ì Sù。 暗靜，遮蓋，隱密的意思。
嵺	Liâu ㄌ一ㄠ	Soaⁿ tit tit ê khóa Sit, khoah hn̄g ê ì Sù。 山直直的款式，濶遠的意思。
嵺	Liâu ㄌ一ㄠ	kap téng bīn jī Siāng khóan。 与頂面字嵺同款。

嵣	tông, ㄉㄤˊ,	tông bông, Soaⁿ ê khóan Sit, Soaⁿ Chiòh tsōe tsōe ê khóan。 嵣嵘，山的款式。山石多多的款。
嵷	Siông, ㄒㄧㄥ;	kap 嵷 Siông tông。 与 嵷 相同。
嵼	sán ㄕㄢˇ	Soaⁿ oan khiau ê khóan Sit. koâiⁿ koâiⁿ ê Soaⁿ。 山彎曲的款式。高高的山。
嶁	Lú, ㄌㄡˇ,	Chiū sī Soaⁿ ê bé Liu. Soaⁿ Chiam。 就是山的尾溜。山尖。
嶍	Sip, ㄒㄧˊ,	Chhut miâ ê soaⁿ, tī hûn Lâm ê só tsāi。Sip Gô San 出名的山，佇雲南的所在。嶍峩山
		十二畫
嶠	kiâu ㄍㄧㄠ	Soaⁿ chiam koh koâiⁿ. Soaⁿ ê miâ。 山尖擱高。山的名。
嶔	khim, ㄑㄧㄣ,	Soaⁿ ê sè bīm tit tit ê khóan Sit. Soaⁿ koâiⁿ 山的勢面直直的款式。山高
山虛	khu, ㄑㄩ,	Soaⁿ Lō bô Pîⁿ, khâm khiat, Gûi hiám, khi khu。 山路無平，嵁碣，危險，崎嶇。
嶡	khoat ㄎㄨㄚˋ	Soaⁿ koâiⁿ ke khí Loh, Phû thap ê khóan Sit。 山高低起落，浮塌的款式。
嶙	Lîn, ㄌㄧㄣ,	Soaⁿ khâm, koâiⁿ ê khóan sit. Soaⁿ tāng Chhim ê khóan sit。 山崁，高的款式。山重深的款式。
嶓	Po, Pô, ㄅㄛ, ㄅㄛˊ,	thióng Soaⁿ ê miâ. Lîong chiu ê Soaⁿ, khóan Sit Chhin Chhiūⁿ thióng Soaⁿ。 冢山的名。梁州的山，款式親像冢山。
嶝	tèng, ㄉㄥˋ,	khiàh thâu khoàⁿ。 Chiòh Liâu, Peh Chiūⁿ ê Lō 攑頭看。石條，爬上的路
嶞	tō, ㄉㄨㄛˋ,	Soaⁿ Sòe Sòe koh Chiam. Soaⁿ oèh koh tn̂g ê ì sù。 山小小擱尖。山狹擱長的意思。
嶒	Chêng, ㄘㄥ,	Chit tsàn Chit tsàn ê soaⁿ。 一層一層的山。
嶕	Chiau, ㄐㄧㄠ,	kúi nā tiâu ê Soaⁿ, Chit tsàn Chit tsàn ná koâiⁿ 幾若條的山，一層一層高
嶟	tsun ㄗㄨㄣ	Soaⁿ koâiⁿ koâiⁿ ê khóan. koâiⁿ Chiam Chiam hó khoàⁿ ê ì sù。 山高高的款。高尖尖好看的意思。
嶢	Giâu, ㄧㄠˊ,	Soaⁿ koâiⁿ ê khóan Sit. koâiⁿ koâiⁿ, thài San ê koâiⁿ。 山高的款式。高高，泰山的高。
嶏	Phòe, ㄆㄟˋ,	Pang tó ê Siaⁿ, Chiòh Sún Siong ê Siaⁿ. húi hoāi, tó hoāi。 崩倒的聲，石損傷的聲。毀壞，倒壞。
嵒	hiau, ㄒㄧㄠ,	Chū sī Soaⁿ ê miâ。 就是山的名。
山童	tông, ㄉㄨㄥˊ,	tông bông, Soaⁿ ê khóan Sit. Soaⁿ bô hoat Chháu ê ì sù。 山童嵘，山的款式。山無發草的意思。
嶚	Liâu ㄌㄧㄠ,	Chiū sī koâiⁿ koâiⁿ ê ì sù。 就是高高的意思。
嶛	Liâu ㄌㄧㄠ,	kap 嶚 jī Siong tông。 与 嶚 字相同。
山敦	tun ㄉㄨㄣ,	Soaⁿ ê khóan sit, Chhiū nâ ê tiong kan Lâi Chhī Cheng siⁿ 山的款式，樹林的中間來飼精牲
山閏	Jūn ㄖㄨㄣˋ	Chiū Sī tōe hō miâ. Pék jūn。 就是地號名。白山閏。
山忽	hut, ㄏㄨˋ,	Chiū Sī koaⁿ kín ê ì sù。 就是趕緊的意思。
山復	hòk ㄏㄛ	Soaⁿ ê miâ, Soaⁿ tò khâm ê ì sù。 山的名，山倒崁的意思。
嶤	Giâu ㄧㄠˊ,	Soaⁿ koâiⁿ ê khóan Sit. koâiⁿ koâiⁿ, thài San ê koâiⁿ。 山高的款式。高高，泰山的高。
山湯	iông, tông, ㄧㄤ, ㄉㄤ,	iông San, Soaⁿ ê Soaⁿ c. Lòk iông ê Siú iông San。 hōng tōng。 kap 崵 Siāng khóan。 崵山，山的山窩。洛陽的首陽山。放蕩。与崵同款。
		十三畫

崫	khut, ㄎㄨㄊ,	Soaⁿ ê khóan sit。Soaⁿ tóe koh koâiⁿ ê ì sù。 山的款式。山短閣高的意思。
嶲	hê, ㄏㄝ,	Chiáu á, ìⁿ á。kūn siāⁿ ê mîa。 鳥仔，燕仔。郡城的名。
嶵	tsōe, ㄗㄨㄝ,	Soaⁿ ê khóan sit。koâiⁿ koâiⁿ gûi hiám bô tsóe tsâⁿ ê ì sù。 山的款式。高高危險無齊整的意思。
嶧	ek, ㄝㄎ,	tsô koâiⁿ ê soaⁿ mîa。tī soaⁿ tang。 鄒縣的山名。佇山東。
㠗	tsùn, ㄗㄨㄣ,	chiū sī oat tsùn kūn siāⁿ ê mîa。 就是越嶲郡城的名。
嶮	hiám, ㄏㄧㄚㄇ,	tsó tòng, koâiⁿ koh gûi hiám ê khóan。 阻擋，高閣危險的款。
嶰	hāi, ㄏㄞ,	Sío soaⁿ ê hun piat。tōa soaⁿ。soaⁿ kok ê mîa。koâiⁿ koâiⁿ。hāi kok, khun lûn soaⁿ ê pak kok。 小山的分別。大山。山谷的名。高高。嶰谷，崑崙山的北谷。
巇	gî, ㄫㄧ,	soaⁿ ê mîa, soaⁿ chiam。gûi hiám koâiⁿ koâiⁿ, koâiⁿ soaⁿ ê khóan sit。 山的名，山尖。危險。高高，高山的款式。
義山	gî, ㄫㄧ,	kap téng bīn jī 巇 siāng khóan。 与頂面字巇同款。
嶭	giat, ㄫㄧㄚㄊ,	Soaⁿ ê khóan sit。kî têng chhī lâu, koâiⁿ koâiⁿ ê ì sù。 山的款式。旗亭市樓，高高的意思。
嵺	liâu, ㄌㄧㄠ,	Soaⁿ tit tit ê khóan sit。khoah hn̄g ê ì sù。 山直直的款式。濶遠的意思。

十四畫

嶷	gek, gî, ㄫㄝㄎ, ㄫㄧ,	Soaⁿ ê mîa, kíu gî, ū káu ê soaⁿ chiam, tī ô lâm。gín á put chì léng lī, tek hēng koâiⁿ。 山的名，九嶷，有九個山尖，佇湖南。囝仔不至冷俐，德行高。
嶸	êng, ㄝㄥ,	koâiⁿ soaⁿ, koâiⁿ, tōa, ui hong。 高山，高，大，威風。
嶺	léng, nía, ㄌㄝㄥ, ㄋㄧㄚ,	Soaⁿ tsó khah kē ê só tsāi。soaⁿ nía, chiūⁿ nía, ko san tsun nía。pôaⁿ soaⁿ kòe nía。 山坐較低的所在。山嶺，上嶺，高山峻嶺。蹳山過嶺。
嵻	bông, ㄅㄛㄥ,	chit ê soaⁿ ê mîa。 一個山的名。
嶼	sū, ㄙㄨ,	hái tiong ê sío tó, tsúi tiong ê soaⁿ á, hái sū, phû sū, tó sū。 海中的小島，水中的山仔，海嶼，浮嶼，島嶼。
㠍	un, ㄨㄣ,	Soaⁿ koâiⁿ koâiⁿ ê khóan sit。 山高高的款式。
嶽	gak, ㄫㄚㄎ,	koâiⁿ ê soaⁿ chiam, tn̂g ê kak, koâiⁿ, tsun kùi。soaⁿ gak, tong gak, gó gak。 高的山尖，長的角，高。尊貴。山嶽，東嶽，五嶽。
嶼	sū, ㄙㄨ,	hái tiong ê sío tó, tsúi tiong ê soaⁿ á, hái sū, phû sū, tó sū。 海中的小島，水中的山仔，海嶼，浮嶼，島嶼。
嶬	tsông, ㄗㄛㄥ	Soaⁿ koâiⁿ koâiⁿ khóan sit。 山高高的款式。
嵒	gân, ㄫㄢ,	Soaⁿ ê thé thāi, soaⁿ koâiⁿ koâiⁿ ê khóan sit。 山的体態，山高高的款式。
嶲	hê, tsùn, ㄏㄝ, ㄗㄨㄣ,	chiū sī oat tsùn kūn siāⁿ ê mîa。 就是越嶲郡城的名。
嶴	sī, sū, ㄒㄧ, ㄙㄨ,	kap 嶼 siāng khóan 与嶼同款
嚎	hô, ㄏㄛ	Soaⁿ ê mîa, tī hông lông ê só tsāi。 山的名，佇弘農的所在。
嶻	Chiat, tsat, tsai, ㄐㄧㄝㄊ, ㄗㄚㄊ, ㄗㄞ,	koâiⁿ koâiⁿ ê soaⁿ ê ì sù。 高高的山的意思。

十五一十七畫

𡾟	thek, ㄊㄝㄎ,	Soaⁿ ê mîa 山的名
巀	Chiat, tsat, tsai, ㄐㄧㄝㄊ, ㄗㄚㄊ, ㄗㄞ,	koâiⁿ koâiⁿ ê soaⁿ ê ì sù。 高高的山的意思。
巆	Gek, ㄫㄝㄎ,	Soaⁿ koâiⁿ koâiⁿ ê khóan sit。khé liông bûn ê chek gek 山高高的款式。啓龍門的岝嶺

嶈	kiông, ㄍㄧㆦㄥ,	Soaⁿ ê khóan Sit. 山的款式。
𡾞	khòng, ㄎㆦㄥ,	Chiū Sī Soaⁿ ê mîa. 就是山的名。
巇	hi ㄏㄧ,	Soaⁿ Sòe Sòe, Soaⁿ Sāⁿ tùi Gûi hiám. khàng khiah. 山小小,山相對危險。空隙。
嶮	hiám ㄏㄧㄚㄇ,	tsó tòng, kôaiⁿ koh Gûi hiám ê khóan. 阻擋,高閣危險的款。
巖	Gôk, ㄫㆦㆻ,	Chiū Sī Soaⁿ Pīⁿ, kap chit jī 𡿪 Sio Siāng. 就是山邊,与這字𡿪相同。
嶆	tsông ㄗㆦㄥ	Soaⁿ kôaiⁿ kôaiⁿ ê khóan Sit 山高高的款式
巈	Pèng, ㄅㄝㄥ,	Soaⁿ kôaiⁿ kôaiⁿ ê khóan Sit. 山高高的款式。
巇	hi, ㄏㄧ,	Sòaⁿ Sòe Sòe, Soaⁿ Sāⁿ tùi Gûi hiám. khàng khiah. 山小小,山相對危險。空隙。
巋	kui, ㄍㄨㄧ,	kôaiⁿ tōa ê khóan Sit, toaⁿ toaⁿ Chit ê, ū Chhun. 高大的款式。單單一個,有剩。
巉	Chhâm, tsâm, Siâm, ㄑㄚㄇ, ㄗㄚㄇ, ㄒㄧㄚㄇ,	kôaiⁿ Soaⁿ Gûi hiám, kôaiⁿ kôaiⁿ ê khóan Sit, Chhâm Gâm. tsâm Gâm, Chiū Sī mih kiāⁿ 高山危險,高高的款式,巉巖。巉巖,就是物件 tsòe Liáu têng tauh Chiau Pī koh hó Chhiu Lō ê ì Sù. Siâm, Chiam koh Lāi ê khóan Sit. Lāi Siâm Siâm 做了碇篤 齊備閣好手路的意思。巉,尖閣利的款式。利巉巉
𡾰	êng, ㄝㄥ,	Soaⁿ Chhim ê khóan Sit. Chioh Sāⁿ bōa ê Siaⁿ, Soaⁿ kôaiⁿ ê ì Sù. 山深的款式。石相磨的聲,山高的意思。
巊	eng, ㄝㄥ,	Soaⁿ ê khóan Sit. Soaⁿ kok. àm Sàm ê ì Sù. 山的款式。山谷。暗慘的意思。
𡿖	ún ㄨㄣ,	Soaⁿ kôaiⁿ kôaiⁿ ê khóan Sit. 山高高的款式。

十八一廿二畫

巍	Gûi ㄫㄨㄧ,	kôaiⁿ tōa, ui hong, Gûi ngô. Gûi jiân. kôaiⁿ tōa ê khóan. tòk Lip, Gûi jiân Chhióng Lip. 高,大,威風,巍峨。巍然。高大的款。獨立,巍然聳立。
巐	hong, ㄏㆦㄥ,	Chiū Sī Soaⁿ ê mîa. 就是山的名。
巐	thiâu, ㄊㄧㄠ,	Soaⁿ ê khóan Sit. 山的款式。
巒	Loân, ㄌㄨㄢ,	Soaⁿ Chiam Lāi Giàng Giàng. Liân biân ê Soaⁿ. Soaⁿ Loân. 山尖利 巑岏。連綿的山。山巒。
巔	tian ㄉㄧㄢ,	Soaⁿ bé Liu, kók kôaiⁿ ê Soaⁿ Chiam. Soaⁿ tian. 山尾溜,極高的山尖。山巔。
巑	tsoan ㄗㄨㄢ	Soaⁿ Pâi Liat ê khóan Sit. Chiam Lāi ê Soaⁿ. 山排列的款式。尖利的山。
巘	Gián, Giân, hiàn ㄫㄧㄢ, ㄫㄧㄢ, ㄏㄧㄢ,	Soaⁿ ê khóan Sit. Chhin Chhiuⁿ Lâng Sn̄g, Soaⁿ Chiam. Peh chiu tī hiàn, Loh Soaⁿ tī Pîn îuⁿ. 山的款式。親像籠甑,山尖。爬就佇巘,落山佇平洋。
巖	Gâm, Giâm, nâ, ㄫㄚㄇ, ㄫㄧㄚㄇ, ㄋㄚ,	Soaⁿ tōng, Gâm hiat. kôaiⁿ Soaⁿ Gûi hiám, Giâm tsùn. Lêng nâ, kap 岩 Siong tông 山洞,巖穴。高山危險,巖峻。崚巖。与岩相同
𡿬	Gâm, Giâm, nâ, ㄫㄚㄇ, ㄫㄧㄚㄇ, ㄋㄚ,	kap téng bīn jī Siong tông. 与頂面字相同。
巃	Lông, ㄌㆦㄥ,	Soaⁿ oan oan. Soaⁿ ū tsōe tsōe Chioh ê ì Sù. 山彎彎。山有多多石的意思。

川 部 47

川	Chhoan, ㄑㄨㄢ,	tsúi kau, khoe. hô Liû. Chhoan Liû. San Chhoan. Séng mîa, Sù chhoan. ioh mîa, Chhoan kiong. 水溝,溪。河流。川流。山川。省名,四川。藥名,川芎。
巛	Chhoan, ㄑㄨㄢ,	Soaⁿ nih Lâu Loh ê tsúi. khiⁿ kau. Chhng khang ê ì Sù. 山裡流落的水。坑溝。穿孔的意思。

三一四畫

州 Chiu ㄓㄡ — tsúi Phû Chhut ê tōe。Phû chiu, Sòa Chiu。Chhân hn̂g hiu" Lí, Chiu kūn。Khia khí。
水洋出的地。浮州，沙州。田園；鄉里，州郡。竪起。

巟 hong ㄏㄤ — tsúi khoah khoah。kàu, í kip。
水潤潤。到，以及。

巡 Sûn, Ûn ㄒㄩㄣˊ, ㄨㄣ — Sì kòe kiâ" Lâi khòa", Piàn Piàn, Sûn Sī, Sûn tsa, Chhut Sûn。Ûn Lâi Ûn khì。Sì kòe Ûn。
四界行來看，徧徧，巡視，巡查，出巡。巡來巡去。四界巡。

巤 Liat ㄌㄧㄝˋ — tsúi Lâu ê khóan Sit。tsúi ê ì sù。
水流的款式。水的意思。

巠 keng ㄐㄧㄥ — tsúi Lâu tī tōe nih ê hûn, tsúi meh。
水流佇地裡的紋，水脈。

巡 Sûn, Ûn ㄒㄩㄣˊ, ㄨㄣ — kap 巡 jī Siâng khóan。
與巡字同款。

八一十三畫

巢 tsâu, Sîu ㄔㄠˊ, ㄒㄧㄡ — Chiáu Sîu tī Chhiu téng。Chhat Sîu。hioh ê Só tsāi。jī sìn tsâu。tsâu hiat。nn̄g tsâu。tsâu khut。
鳥巢佇樹頂。賊巢。歇的所在。字姓巢。巢穴。卵巢。巢窟。

巤 Liap ㄌㄧㄝˋ — Chiū Sī niáu Chhú mn̂g ê ì sù。
就是貓鼠毛的意思。

巙 Lîn ㄌㄧㄣˊ — Chiū Sī koâi" koâi" ê ì sū。tsúi Chheng。
就是高高的意思。水清。

工 部 48

工 Kong, kang, kng, khang ㄍㄨㄥ — kî khá ê Siu Chéng, kong Chéng。Lô tōng ê Lô tsok, Chiū Sī kang。Pún hūn。
奇巧的修整，工整。勞動的勞作，就是工。本份。
tsòe kang, kang hu, kng kang。ah kng, tiàm tī tsûn Lāi bák kang Sai hū。khang khòe。kang tiû"。
做工，工夫，扛工。押工，站佇船內的木工師父。工課。工場。

二一三畫

左 tsó, tsò, tò ㄗㄨㄛˇ — Chhiu Pêng。Put Chèng, hū Chhiu, Chià" ê tùi hóan。Chiu kò, Pang tsān, hú tsō, kap 佐 Siâng khóan。
倒手爿。不正，副手，正的對反。照顧，幫助，輔佐，與佐同款。

巧 kháu, khá, khám, khiáu ㄑㄧㄠˇ — ki Gē Pún Sū, ki khá, bí biáu, Cheng khá。Kiông Piān, kháu Piān。kháu Chhú hó toát, kúi tsà kiông theh Pát Lâng tsâi but。kan khiáu。kî khiáu。hoa Giân khá Gú。
技藝本事，技巧，美好，精巧。強辯，巧辯。巧取豪奪，詭詐強提別人財物。奸巧。奇巧。花言巧語。
chit khám á。Soa" khám。téng khéng ē khám。tú khám, tú hó ê ì sū。
一巧仔。山巧。頂嶺下巧。拄巧，拄好的意思。

巨 kū ㄐㄩˋ — tē it tōa。thâu, Chin tsōe。kū tōa。kū thâu。kū bān。Lâng ê jī Sìn。
第一大。頭，真多。巨大。巨頭。巨萬。人的字姓。

巩 kiông ㄍㄨㄥˇ — thoa khui。Pâi ki khì hē teh ê ì Sù。
拖開。排機器置咧的意思。

四一十二畫

巩 kióng ㄍㄨㄥˇ — kap 巩 Siang khóan。
與巩同款。

巫 bû ㄨ — ang î, Sai kong, Chiok hok, Sià Sut, khòa" mia, bû su, Lú bû。bû Pô。bû i。Lâng ê Sì"。
尪姨，司公，祝福，邪術，看命，巫師。女巫。巫婆。巫醫。人的姓。

差 Chha, Chhi, Chhe, tsoah ㄔㄚ, ㄘ, ㄔㄞ, ㄘㄨㄛ — Chha Giah, Cheng Chha, Chha Piat, chha sò, Chha Chhò。Chhe ēng, Chhe khiáng。Chhe Sú, Chhe kah。Chham Chhi bô Chê, bô Pî"。bô khah tsoah, bô tsun, tsoah Chin tsōe。
差額，精差，差別，差數，差錯。差用，差遣。差使，差甲。參差無齊，無平。無較差，無準，差真多。

䂵 Phong ㄆㄤ — khang khang tiòng móa。Pak tó tiòng tōa。kap 肛 Sio Siâng。
空空漲滿。腹肚漲大。與肛相同。

已 部 49

已 î ㄧˇ — bêng Pe̍k, Soah, Liáu, Chhin thâu, Pàng Sak, cè thâu, thè khì。Put tek í。í keng。
明白，息，了，盡頭，放揀，過頭，退去。不得已。已經。

己	ki, kí, ㄐㄧˇ, ㄐㄧˇ,	tsū kí, Pún sin, ka kī, kí só Put iok bùt si ū jîn. ka kí sō m ai bô hō Pat Lâng. 自己，本身，傢己。己所不欲勿施於人。傢己所不愛無乎別人。
巳	Chī, Sū, ㄐㄧˋ, ㄙˋ,	iông khì hoat chhut ê sî. Chī Sî, Siōng ngó kau tiám kàu tsáp it tiám. toe Chi ê tē Lák ūi. Chhiong Sēng. 陽氣發出的時。巳時，上午九點到十一點。地支的第六位。昌盛。

一~三畫

巴	Pa, Pà, ㄅㄚ, ㄅㄚˋ,	thâng ê khoán sit, Pa sîa. Chhiú chiú, Pa Chiáng. Pa kiat. Pa Chio. Pa Lê. Pa Pí Lūn. au Lô Pà Chiu. 虫的款式，巴蛇。手掌，巴掌。巴結。巴蕉。巴黎。巴比倫。歐羅巴州。
卮	Gô, ㄜˊ,	Chhiū tsat. ké chí bô hút. bô bah kut. 樹節。菓子無核。無肉骨。
㠯	í, ㄧˇ,	ēng, Pang tsān. Chiong, Lâi, tsòe, tì kàu, in ūi, kap 以 jī siong tông. 用，幫助。將，來，做，致到，因為，与以字相同。

四~九畫

卮	Chi, ㄓ,	卮 ê Siok jī. Iúⁿ mih ê au á. oē tóe tit sì Chin. Chiú Pân ū chhùi, Chiú tsóaⁿ. 卮的俗字。舀物的甌仔。能貯得四升。酒瓶有嘴，酒盞。
巷	hāng, ㄏㄤˋ,	sòe tiâu ê koe Lō, hāng á, hāng Lō. 小條的街路，巷仔，巷路。
巽	sùn, ㄒㄩㄣˋ,	kòa ê mîa, kéng mih Lâi Pâi Liat. khiⁿ, un jiû, Saⁿ niū, Chhng jip. 卦的名，揀物來排列。擒，溫柔，相讓，穿入。
𢀳	pê, ㄅㄚ,	Chiah tsa bó, Chiah Pê Pê. Pí jū Chin Pháiⁿ ê ì Sù. 造字 借巴音成字。 赤查媒，赤𢀳𢀳。比喻真歹的意思。

巾	部	50

巾	kun, ㄐㄧㄣ,	Pò tiâu. Pò kun, Chhiú kun, bīn kun, io kun. 布條。布巾，手巾，面巾，腰巾。

一~三畫

帀	tsat, ㄗㄚ,	Ūn tsóan, Chiu ûi, Piàn móa, Chiu Chì Chiâⁿ tsōa. 運轉，週圍，遍滿，週至成綴。
布	Pò, ㄅㄨˋ,	mî se môa koah kiⁿ chit, Pò Liāu. Sòaⁿ khui, Sàn Pò. Pò tì, Pâi Liat. kiⁿ Pò, Pò Phit, Pò kiok. 綿紗麻葛經織，布料。散開，散布。布置，排列。經布，布匹，布局。
市	Chhī, ㄕˋ,	bóe bōe ê só tsāi, Lāu jiat. bián Lē. ke Chhī, Chhī tiúⁿ, Chhī Chip. to Chhī. Chhī kè, Chhī Chèng hú. 買賣的所在，鬧熱。勉勵。街市，市場，市集。都市。市價，市政府。
帆	hoân, hông, Phâng ㄈㄢˊ, ㄈㄢˋ, ㄆㄤˊ,	Sái tsûn ê Pò. tsûn Phâng, tui tsûn Phâng. Phâng Pò. hông hái, hông hái. it Phâng hong sūn. 駛船的布，船帆，追船帆。帆布。帆海，航海。一帆風順。
㠶	Sam, ㄕㄢ,	Saⁿ Phòa nōa ê khoán sit. 衫破爛的款式。
帄	tiáu, tiàu, ㄉㄧㄠ, ㄉㄧㄠˋ,	Chhái ui ê thâu, kìn Pò ê thâu ê ì Sù. tiàu ka, tiàu ka tsúi. Chiū sī ēng ka Lâi tsng thāⁿ mih hó khòaⁿ thang bōe ê ì Sù. 彩畫的頭，絹布的頭的意思。帄膠，帄膠水。就是用膠來裝飾物好看可賣的意思。

四畫

帋	Chí, tsóa, ㄓˇ, ㄗㄨㄚˇ,	teh Sia jī. Pìⁿ kut, tsóa, jī tsóa, Chhò tsóa. 紙 ê kán sia. 咱的寫字。平滑，帋，字帋，粗紙。紙的簡寫。
帉	hun, ㄈㄣ,	Chhit mih ê kun, tōa tiâu kun, Pē kun. 拭物的巾，大條巾，背巾。
希	hi, ㄒㄧ,	hán iú, Chió, hi hán, hi Chió, kap 稀 Siong tông. thìng hāu, ǹg bāng, hi bāng. kok mîa, hi Liap. 罕有，少，希罕，希少，与稀相同。等候，向望，希望。國名，希臘。
帍	hō, ㄏㄨˋ,	o kun, hū jîn Lâng ê nia kun. 黑巾，婦仁人的領巾。
帊	Phàⁿ ㄆㄚˋ	Pek tiû nñg hù, kiò tsòe Phàⁿ. ì Chhuⁿ ka Chian hó sè. báng tà. Phè á, hoe Phè. 帛綢兩副，叫做帊。衣裳鉸剪好勢。蚊罩。帕仔，花帕。
帉	hun ㄈㄣ	Chhit mih ê kun, tōa tiâu kun, Pōe kun. 拭物的巾，大條巾，背巾。
帆	jiau, ㄖㄧㄠˊ,	thâu khak ê kun. jiâu thâu. 頭殼的巾。帆頭。

五畫

帗	chiāⁿ ㄐㄧㄚˋ	ngī chiāⁿ chiū sī chho iông ê ì sù. chit ê mih tsòe Liáu ngī chiāⁿ ngī chiāⁿ. 造字 硬帗，就是粗勇的意思。這個物做了硬帗硬帗。

帚 Chiú, Chhiu, Pùn sò, Sàu Lâ Sâm, Sàu tû, tû khì。Sàu Chiu。sàu Chhiu。
ㄐㄧˇㄡ, ㄑㄧˇㄡ, 糞掃, 掃垃圾, 掃除, 除去。掃帚, 掃帚。

帙 e̍k, tia̍t, ia̍h, Phoe Lông。tóe Chheh ê tē á, Sòe Sòe ê tē á, Chhù Sū。Pau Chheh ê kun, Chheh Chih。
ㄝˋ, ㄉㄧㄝˊ, ㄧˋ, 封囊。貯冊的袋仔, 小小的袋仔, 次序。包冊的巾, 冊摺。
Chit thong ê Chheh。ka ia̍h, Seng Lí hó Lāu jia̍t。ka ia̍h Lī Chhī。ka ia̍h bōe bô Chîⁿ。
一封的冊。加帙, 賣理好鬧熱, 加帙利市。加帙賣無錢。

帘 Liâm, bōe Chiú ê Chiau Pâi, Chiú Liâm。kòa tī mn̂g Chiú ê Pò, mn̂g Liâm。thang Liâm。
ㄌㄧㄢˊ, 賣酒的招牌, 酒帘。掛佇門上的布, 門帘。窗帘。

帓 boa̍t, té té ê Pò boeh, Sok boeh ê tòa, hâ io ê kun, Pak io kun。
ㄇㄛˋ, 短短的布襪, 束襪的帶, 縛腰的巾, 縛腰巾。

帕 Phà, Phè, hū jîn Lâng jia thâu ê Pò。Pò kun, Chhiú Phà。Phè á, hoe Phè。
ㄆㄚˋ, ㄆㄜˋ, 婦仁人遮頭的布。布巾, 手帕。帕仔, 花帕。

帔 Phì, Phī, moa teh ê hiû, á sī tn̂g Saⁿ ê ì sù。Phì keng。hōng koan hê Phī。
ㄆㄟˋ, ㄆㄧˋ, 幔咧的裘, 或是長衫的意思。帔肩。鳳冠霞帔。

帛 Pe̍k, Pe̍h, tiù toān, Sò tiù, Sàng Lâng ê mih, Chîⁿ tsâi。hûn Pe̍h, thâu Pe̍h, kha Pe̍h, Gio̍k Pe̍k, tsâi Pe̍h。
ㄅㄛˊ, ㄅㄞˊ, 綢緞, 素綢, 送人的物, 錢財。雲帛, 頭帛, 腳帛, 玉帛, 財帛。

帒 tāi, tē, tóe mih ê khì kū。tē。tē á。Pò tē。Chîⁿ tē。kap 袋 Siāng khoán。
ㄉㄞˋ, ㄉㄧˋ, 貯物的器具。袋。袋仔。布袋, 錢袋。與袋同款。

帑 Lô, thóng, Sī Sòe ê Lâng, kiáⁿ jî。Gín á, Loán jio̍k。tsûn Pàng Chîⁿ tsâi ê khò Pâng, hú thóng。kok ka ê kong khóan, kong thóng。khǹg kong khóan ê hú khò, thóng tsōng。
ㄋㄨˊ, ㄊㄤˇ, 是小的人, 子兒。囝仔, 軟弱。存放錢財的庫房, 府帑。國家的公款, 公帑。藏公款的府庫, 帑藏。

帖 thiap, ēng tsoa, tiù toān Lâi Chih, ēng tsòe Chhiá Lâng Lé Sò。Pín thiap。io̍h Chit。Chit thiap。jī thiap。
ㄊㄧㄝ, 用紙, 綢緞來摺, 用做請人禮數。稟帖。藥一劑, 一帖。字帖。

帢 kû, Gín á ê bō, Chîⁿ bō。
ㄍㄨ, 囝仔的帽, 氈毛帽。

帗 hut, thâu kun, thang Pau thâu mn̂g ê ì sù。
ㄈㄨˊ, 頭巾, 可包頭毛的意思。

帗 hut, koáⁿ á ēng Sī Pò Lâi Pau, hō tsòe hì ê Lâng thang ēng ê。Chhiú kun。
ㄈㄨˊ, 杆仔用絲布來包, 給做戲的人可用的。手巾。

帥 tu̍t, tu̍t mih, Chiū sī Chiong nî Pò, á sī Pa̍t mih, bôa ke Sì hō i kng ku̍t, thut kng
ㄓㄨˋ, 帥物, 就是將呢布, 或是別物, 磨傢私佮它光滑, 帥光

造字 既是拭磨物件需布巾類, 借出的偏音成字。

帔 tsū, tsū tê koàn, tih á tsū tê âu。be̍h tsū。í tsū。bé oaⁿ tsū。
ㄓㄨˋ, 帔茶罐, 碟仔帔茶甌。襪帔。椅帔。馬鞍帔。

造字 隔離或是保護而用的墊, 既是布巾類加借主音成。

六畫

帤 Gé, hoat tō, hū jîn Lâng ēng Sím mih hoat tō tī thian hā Lâi kám kek Góan ê Sim, =
ㄖㄨˊ, 法度, 婦仁人用甚麼法度治天下來感激阮的心
帣 koàn, Lóng ū tóe thang tóe mih。Lak tē á。= Lú iū hô Gé í tī thian hā kám ú Chi Sim ian。
ㄍㄨㄢˋ, 攏有底可貯物。囊袋仔。=女又何帤以治天下感予之心焉。

帢 khái, khoa, Sòe niá saⁿ。Phàu kòa ê ì sù。
ㄎㄚˋ, ㄎㄨㄚ, 小領衫。袍掛的意思。

帨 Sek, Chhit, Pōaⁿ, Chheng, Sóe。Chheng khì。Chhit, Chhit Lâ Sâm, Chhit ta。kap 拭 jī Siāng khoán。
ㄕˋ, ㄑㄧˋ, 拂, 筅, 洗。清氣。帨, 帨垃圾, 帨乾。與拭字同款。

帥 Sòe, Sut, thâu tsāng, Chiáng koán ê thâu Lâng。jī Sìⁿ, Chiòng Sòe, Goân Sòe。thóng Sòe。Sut, ín chhoa, thóng hat, thân tsū Chi̍p。thong Sut
ㄕㄨㄞˋ, ㄕㄨㄛˋ, 頭鬃, 掌管的頭人。字姓, 將帥, 元帥。總帥。帥, 引導, 統轄, 趁, 聚集。統帥

帝 tè, Chì tsun ê ì sù。tōa tsú tsáiⁿ。Chiáng koán, Siōng tè。hông tè。tè ông。tè kok。tè chè
ㄉㄧˋ, 至尊的意思。大主宰。掌管, 上帝。皇帝。帝王。帝國。帝制

帟 e̍k, Sòe niá ê Pò Pîⁿ
ㄧˋ, 小領的布棚

帡 thong, Goa kok ê i ho̍k ê ì sù
ㄊㄨㄥˊ, 外國的衣服的意思

帕 Sûn, Chiū sī ām kún niá ê ì sù。
ㄒㄩㄣˊ, 就是頷頸領的意思。

帞 be̍k, khàm thâu khak ê kun。
ㄇㄛˋ, 蓋頭殼的巾。

帡 Phêng, io Phêng, Chiū sī tóe Chîⁿ ê tē á, tī Phian Piⁿ ê só tsâi。
ㄆㄧㄥˊ, 腰帡, 就是貯錢的袋仔, 佇偏邊的所在。

補8畫 造字 借並音來成字。

帔 tsū, ka tsū, ka tsū Pau, ka tsū tau。kè khit Chiah Phaiⁿ ka tsū tau。bōe Chhai ēng ka tsū。

帢 hông ㄏㄛㄥ — Siók tī Chit ê Lūi, chit bút, Pò Phit。屬佇織的類，織物，布疋。

帞 bėk, ㄅㄜㄎ — thâu khak ê kun。Chiū sī kap hoe Phè Sio Siāng 頭殼的巾。就是与花帕相同

帡 Peng, Pêng ㄅㄧㄥ,ㄅㄧㄥ — jia kham ê tiùⁿ bāng。moa jia。Chhù ê nôa tsàh。遮蓋的帳幔。庀遮。厝的欄截。

帤 jû, 日ㄨ — kun, tiū kun, tōa tiau kun。巾，綢巾，大條巾。

帢 khap, ㄎㄚㄆ — Chiū sī saⁿ á khò, i chiūⁿ, i hók。就是衫仔褲，衣裳，衣服。

㡉 hiuh, hiúh ㄏㄧㄨㄏ, ㄏㄧㄨㄏ — Pōh hiuh hiuh, Chiū sī Chin Pōh ê ì sù。Sòng hiuh hiuh, Chin sòng hiong ê ì sù。薄㡉㡉，就是真薄的意思。㤉㡉㡉，真㤉窮的意思。

造字 助語詞，單薄的意思。既是薄就用布以表之。休是借音。

移 7畫 **帉** thiaⁿ ㄊㄧㄚ — chit thiaⁿ Lit, Chiū sī tsûn nih tūi Phâng ê soh á。一帉䋢，就是船裡縋帆的索仔。

造字 帉即以呈也形也。像手指爪之骨幹之索，以利張帆、縋帆之用。

七 畫

裙 Kûn, ㄍㄨㄣ — ē bīn ê i chiūⁿ, kûn, sòa Chiap saⁿ ku ê kûn, saⁿ á kûn 下面的衣裳，裙，續接衫裾的裙，衫仔裙

帿 Li ㄌㄧ — tsûn ui ê pò, hō hong chhe lâi, hō tsûn chin chêng。tsûn phâng 船帷的布，征風吹來，征船進前。船帆

師 Su, Sai ㄕ, ㄙㄞ — tsōe lâng tsū chip。Chèng lâng, 2,500 lâng tsòe chit su。thâu lâng, Su tiúⁿ, Su piáu。多人聚集。眾人，2,500人做一師。頭人，師長，師表。Sian siⁿ, Lāu su。Sai hū, Sai hū。kûn thâu sai。thô tsúi sai hū。Sai kong。先生，老師。師父，師傅。拳頭師。土水師父。師公

帨 Sòe, tòe, iat, ㄕㄨㄟ, ㄉㄨㄟ, ㄧㄝ — Chhiú kun, hū jîn lâng ê Phè á。iat, Chiū sī ní kú sì pò ê ì sù。手巾，婦仁人的帕仔。帨，就是染久絲布的意思。

帬 kûn ㄍㄨㄣ — ē bīn ê i chiūⁿ, kûn, sòa Chiap saⁿ á ku ê kûn。saⁿ á kûn。下面的衣裳，帬，續接衫仔裾的帬。衫仔裙。

席 Sek, Siah, ㄒㄧ, ㄒㄧ — Pho Pîⁿ ê só tsāi, ian toh, Pho kài, bîn chhn̂g, oá khò, hioh, Pâi Liat, iân siah 鋪平的所在，宴桌，鋪蓋，眠床，依靠，歇，排列，筵席

帪 Chin, Chìn ㄓㄣ, ㄓㄣ — tē á pak tī bé ê ām kun hō i thang chiah mih 袋仔縛佇馬的頷頸，征牠可吃物。

幫 Pang ㄅㄤ — teh kun ê kîn, Pang tsān, Pó Sin Pò。koàn chhoàn ê jī。ê kán siá 啲衣鞋㭊，幫助，補新布。貫串的字。的簡寫。

帹 kiⁿ ㄍㄧ — kiⁿ á, Chiū sī Chhiah bāng ê ke sì。帹仔，就是刺網的傢私。

造字 刺網與經布同意義，致借巠來成字。

帿 khok, ㄎㄛㄎ — khok á Lâ, Gín á ê tōa téng bō。khok á, kap ap á ū tông gī。oē toe tit mih 帿仔帹，囝仔的大頂帽。帿仔；与盒仔有同義。能貯得物

造字 借告的音來成字。

帹 Lâ ㄌㄚ — 帿仔帹，Chiū sī Gín á teh êng ê toa téng bō。就是囝仔啲用的大頂帽。

造字 借麦的偏意成字

帹 Phà, Phā ㄆㄚ, ㄆㄚ — âng Phà Phà, âng Phā Phā, Chiū sī Chin âng ê ì sù。紅帹帹，紅帹帹，就是真紅的意思。

造字 借孚的偏音成音、助語詞。

八 畫

帳 tiòng, tà, tiùⁿ, tiò ㄉㄧㄤ, ㄉㄚ, ㄉㄧㄡ, ㄉㄧㄛ — ên tiong jia ê Pò, Pò Pîⁿ, jia keh, báng tà。khiā ê só tsāi, thián khui Phah sng。當帳遮的布，布棚，遮隔，蚊帳，豎的所在，展開，打算。Siàu, tiùⁿ Pâng koán lí kim Chîⁿ ê Pō mn̂g。tiòⁿ Pîⁿ。tiòng Phō, kì siàu ê Phō chheh。iā thang thák siàu。ㄒㄧㄠ，帳房管理金錢的部門。帳棚。帳簿，記帳的簿冊。也可讀帳。

九畫 **幐** têng, thêng ㄊㄥ, ㄊㄥ — kap 幐 jī Sio Siāng。chiū sī Pò tē á sī tē á ê ì sù。与幐字相同。就是布袋或是袋仔的意思。

date theme 巾部 50 page

帽	Chhiong, moa, moa saⁿ, moai saⁿ bô tòa. ó á. Phī chhiong chiū sī moai. moa tsang sui. sió moa. ㄑ一ㄜ乙, ㄇㄨㄚ	帽衫。帽衫無帶。襖仔。披帽 就是帽衣。帽棕蓑。小帽。
幗	hek, ㄏㄝㄎ	thâu kun hō hong chhe ê ì sù. 頭巾㧟風吹的意思。
帺	kî, ㄍ一	Chhiú kun, thâu kun, pak ê ì sù. 手巾，頭巾，縛的意思。
帲	Peng, Péng, ㄅㄝㄥ, ㄅㄝㄥ	jia kham ê tiuⁿ bān. moa jia. Chhù ê nóa tsáh 遮蓋的帳幔。走遮。厝的欄截
常	Siông, Chhiâng, Siô, Siûⁿ T一ㄜㄥ, ㄑ一ㄚㄥ, T一ㄜ, T一ㄨ	éng sī, tak sī, Siông siông, Pêng siông, ngó siông, jîn gī. Lé. tì sìn. 永時，逐時，常常，平常。五常 仁，義，禮，智，信。 Chhiâng tsāi, chiū sī kap put sī pêng siông sī siāng khoán. Siô siô, chiū sī khah phái ê mih. 常在，就是与不時平常時同款。常常，就是較歹的物。 bān bān tsòe kang. Pîn tōaⁿ, tsòe sū siô. Pêng siûⁿ, iûⁿ siûⁿ chū sī ham bān ê ì sù. 慢慢做工，貪惰，做事常。平常，閒常，就是憨慢的意思。
帶	tài, tòa, ㄉㄞ, ㄉㄨㄚ	tiâu tī hia, jī sìⁿ tòa. tài liām, it tài, pek tài, tài nía. tòa teh, si tòa, phôe tòa. tòa chîⁿ. tòa pīⁿ. 䟪佇彼。字姓帶。帶念，一帶，白帶，帶領。帶咧，絲帶，皮帶。帶錢。帶病。
帷	ûi, ㄨ一	saⁿ ê pò, pò pîⁿ, ûi su kûn, saⁿ á kûn, phè á, tiù ûi, kio ûi, ûi bō. 衫的布，布棚，圍私裙，衫仔裙，帕仔，帳帷，轎帷，帷幕。
綦	kî ㄍ一	Chhiú kun, thâu kun. pak ê ì sù. 手巾，頭巾，縛的意思。
㯓	tap, thap, ㄉㄚㄆ, ㄊㄚㄆ	Chiū sī báng tà téng bīn ê kòa. 就是蚊帳頂面的蓋。
帵	oan, oán, ㄨㄚㄢ, ㄨㄚㄢ	ka chián liâu só chhun ê pò. 鉸剪了所剩的布。

九 畫

幅	hok, pak, ㄏㄛㄎ, ㄅㄚㄎ	chit tiâu khoah ê pò, chit ê kńg ê tsóa. chit pak pò, chit pak tsóa. hok oân, khòng khoah ê só tsāi. chit pak chhak á 一條濶的布，一個捲的紙。一幅布，一幅紙。幅員，廣濶的所在。一幅漆仔
帽	Bō, mō, ㄅㄜ, ㄇㄜ	thâu khak só tì ê mih, thâu bō, tì bō, oáⁿ bō. mō chiong, mō teng. 頭殼所戴的物，頭帽，戴帽，碗帽。帽章，帽釘。
幫	Pang, Png, ㄅㄚㄥ, ㄅㄥ	Liāu lí sì pîⁿ. tí tng, tàu siong tsō. Lâng tsòe chit hóe, pang hōe. Pang tsān, saⁿ png, góa png i, png thiap. 料理四邊。抵當，參相助。人做一伙，幫會。幫助。相幫，我幫他，幫貼。
帤	Chiâu, ㄐ一ㄠ	bô teng tsòe ê o kun, tsá tsòe tòa hā ê lō ēng. 無訂做的黑巾，早做帶孝的路用。
幃	ûi, ㄨ一	hiuⁿ tē, toaⁿ phīⁿ ê tiùⁿ, hū jîn lâng ê pâng keng. hiong ûi. 香袋，單片的帳，婦仁人的房間，香幃。
幄	ak ㄚㄎ	pò pîⁿ. ûi tiùⁿ. ûi toh ê pò. jia kham ê pò. jia chah, ûi ak. 布棚。帷帳。圍桌的布。遮蓋的布，遮截，帷幄。
幭	Gek, ㄫㄝㄎ	tē á, Chiū sī hiuⁿ tē ê ì sù 袋仔，就是香袋的意思。
幕	bek, ㄅㄝㄎ	tà phè, tà chiah mih ê pò, jia mih ê kun 罩帕，罩食物的布，遮物的巾。

十 畫

幎	bek, beng, ㄅㄝㄎ, ㄅㄝㄥ	kham sī lâng ê bīn kun, pò lî. ēng pò lî lâi tsah 蓋死人的面巾，布籬。用布籬來截。
幠	ô, ㄜ	Chiū sī chhiú ê ì sù. 就是手巾的意思。
幏	bông, ㄅㄛㄥ	tōa tè pò, tōa tiâu kun 大塊布，大條巾。
幀	kong, ㄍㄛㄥ	Chiū sī saⁿ ê kûn. 就是衫的裙。
幐	têng, thêng, ㄉㄝㄥ, ㄊㄝㄥ	Chiū sī pò tē á sī tē á ê ì sù. kap 滕 siong tông. 就是布袋或是袋仔的意思。与滕相同。
幋	Phôan, ㄆㄨㄚㄢ	kham saⁿ ê tōa tiâu kun, thâu kun, thâu pò. 蓋衫的大條巾，頭巾，頭布。
𢄼	Sái, ㄕㄞ	Chiū sī i chhiuⁿ phòa nōa ê ì sù. 就是衣裳破爛的意思。
幍	tho, ㄊㄜ	kun á, pīⁿ si sòaⁿ tsòe soh. 巾仔，編絲線做索。

幌 hóng, ㄏㄛㄥˊ; Pò Lī. Kong kò bōe mih ê chh Pán, Siong tiàm Chiau Pâi. tsng thāⁿ ê pâⁿ bō.
布簾。廣告賣物的紫板，商店的招牌。裝飾的碗帽。

幁 ma, mā, ㄇㄚ, ㄇㄚˇ; o ma ma, Chiū sī Chin o ê ì sù. o mā mā, o sô sô sī Siāng khoán ê ì sù.
黑幁幁，就是眞黑的意思。黑幁幁，黑趖趖是同款的意思。

造字 助語詞，借馬音成字。

十一畫

幗 kok, ㄍㄛㄎ; hū jîn lâng ê tsng thāⁿ, hū jîn lâng ê thâu kun, kun kok.
婦仁人的裝飾，婦仁人的頭巾，巾幗。

幔 bān, ㄅㄢ; tiuⁿ ûi. Pò Pîⁿ, Chiū sī Chhut Gōa, tah Liâu biān tit tàng Lō tsúi khì kū. tiuⁿ bān, tiuⁿ bō.
帳帷。布棚，就是出外，搭寮免得凍露水的器具。帳幔；帳幕。

幕 bō, bók, ㄅㄛ, ㄅㄛㄎ; Chiong kun tiuⁿ, Pò Pîⁿ, ûi tiuⁿ, Pò bō. bók hu, kó tsá kun tūi Chiong kun sū ê só tsāi. bō chêng bō āu.
將軍帳，布棚，帷帳，布幕。幕府，古早軍隊將軍辦事的所在。幕前幕後。

幘 chek, ㄐㄝㄎ; kó tsá hong bō ê miâ. oáⁿ bō. thâu kun.
古早封帽的名。碗帽。頭巾。

幪 thong, ㄊㄛㄥ; Gōa kok ê i hok ê ì sù.
外國的衣服的意思。

幙 bō, bók, ㄅㄛ, ㄅㄛㄎ; kap 幕 jī Siong tông.
与幕字相同。

幖 Phiau, ㄆ一ㄠ; kî, Phiau kî. khiā chhâ kak chhái tī teng bīn ê ì sù. thâu khak teng ê kî.
旗，幖旗。豎柴結綵佇頂面的意思。頭殼頂的旗。

幓 Sam, ㄙㄚㄇ; khoàⁿ Sam Sek, Chiū sī khoàⁿ sè bīn ê ì sù.
看幓色，就是看勢面的意思。

造字 借参的音成字

幨 Chhak, ㄘㄚㄎ; chit Pak Chhak, Chhak á, Chhak tsóa, Chiū sī it Poaⁿ ê tiong tông tê jī, á sī jī ūi. kòa tī Piah Chiuⁿ hō Lâng him Sióng. Pòe Chhak, Chiong ūi hū ê Chhak tsóa Piáu Pòe tsng kheng. koan im Chhak.
一幅幨，幨仔，幨紙，就是一般的中堂題字，或是字畫。掛佇壁上互人欣賞。褙幨，將畫好的幨紙裱褙裝框。觀音幨。

造字 幨仔大体用布或紙，故用巾是合理的。再借用桼的偏音来合成字。

補10畫 幨 Liâm, ㄌ一ㄚㄇ; chhia ûi, tiuⁿ ûi. Liâm Liâm, Liâm thî. chiáu mn̂g ê khoán sit.
車帷，帳帷。幨康，康祉。鳥毛的款式。

十二畫

幝 chhian, ㄑ一ㄢ; jia Chhia ê Pò. Chhia ê tiuⁿ ûi, Chhia Saⁿ. Chhia Pē Phòa ê khoan Sit, tōaⁿ chhia chhian chhian.
遮車的布，車的帳帷，車衫。車弊破的款式，檀車幝幝。

幟 Chhì, Chì, ㄔ, ㄓ; kî chì, n̂g oeh ê kî, Chhiah kî. ēng kî Piau hō, kì tsài. Pak. tòk Chhiu it Chhì.
旗幟，黃狹的旗，赤旗。用旗表號，記載。縛。獨樹一幟。

幢 tông, ㄊㄨㄥ; Seng kî ê Lūi. tì im, ìm n̂g. îⁿ hêng Chhiuⁿ Sòaⁿ ê kî. Chhia kòa Lâi jia khàm ê khóan Sit.
旌旗的類，致蔭，蔭影。圓形像傘的旗。車蓋來遮蓋的款式。

幡 hoan, ㄈㄨㄢ; Chhit o ê Pò. Chhut kî hō Pò Lâng tsai. biō ú ê tông hoan. hoan jiân kái tô, kái Piàn Chin kín.
拭黑的布，出旗號報人知。廟宇的幢幡。幡然改圖，改變眞緊。

幩 hek, ㄏㄝㄎ; Chiū sī thiah tiû ê Siaⁿ.
就是折綢的聲。

幣 Pè, ㄅㄝ; tiû toān, tsâi Pék, tsòe Lé Lō ê mih, Chìn kòng. Chîⁿ Pè, kim Gîn Pè, tsóa Pè. kau ek ê mûi kài but.
綢緞，財帛，做禮路的物，進貢。錢幣，金銀幣，紙幣。交易的媒介物。

幞 Pòk, ㄅㄛㄎ; i Chiūⁿ ka Chian hó sè. hoe Phè. thâu kun. kui Pak.
衣裳鉸剪好勢。花帕。頭巾。歸幅。

幠 bû, ho, ㄨ, ㄏㄨ; ēng mih Lâi khàm, tōa khui khoah. ngō bān, kek Phài. bú bān, kiau ngō.
用物來蓋。大，開濶。傲慢，格派。侮慢，驕傲。

幧 Su, ㄕㄨ; kìn Pò ê thâu, ū hoe bûn ê thâu kun. hū jîn Lâng ēng chit ê Pò, tn̂g Poeh Chhùn Lâi Pak thâu mn̂g.
絹布的頭，有花紋的頭巾。婦仁人用這個布，長八寸來縛頭毛。

十三畫

幨 Chhiam, ㄑ一ㄚㄇ; bîn Chhn̂g ûi, Pò ûi, Chhia ûi, ûi kûn. Saⁿ á ku.
眠床帷，布帷，車帷，帷裙。衫仔裾。

幨 Chhiam, ㄑ一ㄚㄇ; téng bīn jī ê Siok jī. ì sù Siāng khoán.
頂面字的俗字。意思同款。

五畫 帹 tô, ㄊㄛ; tōa tô, tōa tô Saⁿ, chiū sī tōa ku saⁿ ê tô thâu ê ì sù. Sìn chit tè tōa tô.
大帹，大帹衫，就是大裾衫的帹頭的意思。剩一塊大帹。造字

date theme page

幁 hún, hûn, ㄏㄨㄣˊ,ㄏㄨㄣˋ, Chiū sī bé Lek soh tsng thān. 就是馬勒索的裝飾。

帘 Liâm, ㄌㄧㄢˊ, Chhia uî, tiūn uî, Liâm thî. Chiáu mn̂g ê khoan sit. 車帷，帳帷，帘耻。鳥毛的款式。kap 幨 Siang khóan. 与 幨 同款。

幦 bèk, ㄇㄧˋ, hó Phê ê Chhia tsah, hō tōa koaⁿ thang ēng. 虎皮的車截，互大官可用。

帝龍 Lîong, thiong, Gêng, Lêng, ㄌㄨㄥˊ,ㄊㄨㄥˊ,ㄌㄥˊ,ㄌㄨㄥˊ, kap 龍 Siang khóan. 与 龍 同款。ū Lân, tē it tōa ê thâng, tāi Piáu tè ông. 有鱗，第一大的虫，代表帝王。jîn kun. 人君。hó tiau thâu. kau Lêng, Lêng ông, o Lîong. bāng tsú sêng Lîong. thiong, khia koâiⁿ ūi, chhim aì. 好兆頭。蛟龍。龍王，黑龍。望子成龍。龍，竪高位，深愛。thiong aì. êng hian, kiau ngō. Gêng, Gêng Géng, koe chí ê mîa, Gêng Géng koa, Gêng Géng bah. 龍愛。榮顯，驕傲。龍，龍眼，菓子的名，龍眼乾，龍眼肉。

橐 thok, Lok, ㄊㄨㄛ, Siang Chhùi ê tē á, Lak Lē, tsóa Lok, Chhiu Lok kap 橐 Siang koan. 双嘴的袋仔，橐袋，紙橐，手橐。与 橐 同款。

幧 kiau, ㄑㄧㄠ, Pák kha ê kun, tsòe kang Lâng ēng Lāi tî hông kha kun Phû ê Pīⁿ. 縛脚的巾，做工人用來持防脚筋浮的病。

幧 Chhiau, ㄑㄧㄠ, bô tsng tsòe ê O kun. tsa tsòe tōa ha ê Lō ēng. thīⁿ Saⁿ. 無裝做的黑巾。早做帶孝的路用。繕衫。

幰 ìhⁿ, ㄧˋ, ìhⁿ aihⁿ, ìhⁿ ut, chiū sī Put ti Chiok bô Chhêng ê ì sù. ìhⁿ ìhⁿ oaihⁿ oaihⁿ chiū sī mih Saⁿ khoeh ê siaⁿ, tāng ìhⁿ ìhⁿ, chiū sī Chin tāng ê ì sù. ìhⁿ ìhⁿ khò, ìhⁿ ìhⁿ Lâu, ìhⁿ ìhⁿ Sia 幰嗳，幰鬱，就是不知足無稱意的意思。幰幰閣閣 就是物相夾的聲。重幰幰，就是真重的意思。幰幰哭，幰幰流，幰幰瀉。

造字 助語詞，用意的偏音成字 意境的字 本應採心旁。

幛 tioh, ㄉㄧㄛ, tioh ân, tioh Loh Lâi, tioh Chhut, Chhēng ôe tioh bóeh, tioh Chih bé, tioh hī á. 幛緊，幛落來，幛出，穿鞋幛襪，幛舌尾，幛耳仔。

造字 幛有扭(Giú)的意思，拼(Piàn)的意思 用這字做幛，應不太走意。

十四-十五畫

幪 bóng, bông, ㄇㄥˊ,ㄇㄥˋ, khàm bát. khàm teh ê Pò. 蓋密。蓋咧的布。

幫 Pang, Png ㄅㄤ,ㄅㄥ, kap 帮 Siong tông. 与 帮 相同。Liáu Lí Sì Pīⁿ. tī tn̄g, tàu Saⁿ tsō. Lâng tsòe Chit hóe, tāng Pang, Pang tsān. 料理四邊。抵當，𢬵相助。人做一伙，同幫，幫助。

幬 tó, ㄉㄠˋ, tiūⁿ uî jia tsàh, Chhin Chhiūⁿ thiⁿ khàm tōe. tiūⁿ uî. 帳帷遮截，親像天蓋地。帳帷。

幨 iám ㄧㄢˋ, Chiū sī Pì toāⁿ ê ì sù. 就是貪情的意思。

幮 tû, ㄔㄨˊ, bāng tà, tiūⁿ uî. Chhài tû ê ì sù. tû hêng ê tiūⁿ 蚊帳，帳帷。菜廚的意思。廚形的帳

幭 biát, ㄇㄧㄝˋ, Chhia ê kòa, Pò Phâng ê khoan sit. kiong Phâng ê iūⁿ. 車的蓋，布帆的款式。与帆的樣。

十六-十九畫

幯 nái ㄋㄞ, Saⁿ á Phòa ê khóan sit. 衫仔破的款式。

幰 hián, ㄒㄧㄢˋ, Chhia khàm, Chhia bān, Pò Pīⁿ. 車蓋，車幔，布棚。

幩 hûn, hùn, ㄏㄨㄣˊ,ㄏㄨㄣˋ, ēng tē á tóe ngó kok kek móa Chhiu Lih khui. 用袋仔貯五穀極滿就裂開。

幨 Chêng ㄓㄥ, hian khui tōe tô á sī Chhak á, hō Lâng Lâi khòa. 懸開地圖或是幨仔，互人來看。

幱 Lân, ㄌㄢˊ, Saⁿ á kûn, kûn khò saⁿ Liân ê ì sù. 衫仔裙，裙褲相連的意思。

幟 Chhiam, Siam ㄑㄧㄢ,ㄒㄧㄢ, Chhut àm hō. kì tsài. Phiau thâu, Phiau Chhiam. Chheh ê hō. Phiau Sek. 出暗號。記載。標頭，標幟。冊的號。標識。

帶䜌 Loân ㄌㄨㄢˊ, Chiū sī io tòa ê ì sù. Loân tòa 就是腰帶的意思。䜌帶。

補10畫 幱 oân ㄨㄢˊ, khoah, khui khoah ê ì sù. 潤，開闊的意思。

干 部 51

干 kan, kàn, Chhiokhoān, kanhoān。kīu, kansè。Siongkan, ū koanhē。thian kan, kah·it·Piáⁿ.
ㄍㄢ,ㄍㄢˋ, 觸犯, 干犯。求, 干世。相干, 有関係。天干, 甲乙丙.
teng·bō·kí·kiⁿ·sin·jîm·kùi。tsúi hoāⁿ, tí tng, kan siap。hô kan, Phia。
丁·戊·己·庚·辛·壬·癸。水岸, 抵當, 干涉, 河干, 坪。
kàn, Lí kàn tng, Chiū sī Lí siāⁿ sū Liân Lūi Pún Sin kàu ǹ ní。
干, 你干當, 就是係甚事連累本身到按呢。

二—四畫

平 Pêng, Pîⁿ, Phîⁿ, bîn, sī chiàⁿ, khui khoah, Pêng ún。Pêng Goân, saⁿ hô, hô Pêng, kong Pêng。Peng an。Peng sò。
ㄆㄧㄥˊ, ㄆㄧˊ, ㄆㄧˋ, ㄅㄧㄣˊ, 四正, 開濶, 平穩。平原, 相和, 和平, 公平, 平安, 平素。
Pîⁿ Pîⁿ, Peng téng, Pîⁿ tōa, Pîⁿ chiàⁿ, Phō Pîⁿ, Pîⁿ Pāng, Phîⁿ téng, Phîⁿ thô, thó Phîⁿ, kap ī thó
平平, 平等, 平大, 平正, 鋪平, 平放, 平頂, 平土, 討平, 与他討
Phîⁿ。tōe bîn bîn。Soaⁿ bîn bîn。tōe sió khóa Chhu chhu ê ì sù。
平。地平平。山平平。地小許趍趍的意思。

年 Liân, nî, tōe kiû kong tsoán it chiu kiò chit nî。sì kùi Lûn Liû chit Pái chiū sī chit nî。Siàu Liân。Chheng Liân
ㄌㄧㄢˊ, ㄋㄧˊ, 地球公轉一週叫一年。四季輪流一次就是一年。少年。青年。
nî ko, nî hè。nî kí。nî hō。nî tang, nî tsoeh, hó nî tang。Liân kheng māu bí, nî kí
年糕, 年歲。年紀。年號。年冬, 年節, 好年冬。年輕貌美, 年起
kheng bīn māu bí Lē。 hu Lek kiōng Chiàⁿ tng nî chheng khùi Lát ōng Sēng。
輕面貌美麗。年富力強, 正當年青氣力旺盛。

幵 kian, khian, Pîⁿ Pîⁿ ê ì sù, koāiⁿ ê miâ, thian tsúi kūn hán khian koāiⁿ。
ㄍㄧㄢ, ㄎㄧㄢ, 平平的意思, 縣的名, 天水郡罕幵縣。

并 Pēng, Piaⁿ, Phēng, n̄g Lâng saⁿ kap khiā Pîⁿ Pîⁿ, Pēng Lip, kap, saⁿ kap hap Pēng, tsòe chit ē, Piaⁿ thun。
ㄅㄧㄥˋ, ㄅㄧˋ, ㄆㄧㄥˋ, 两人相夾竪。平平, 并立。夾, 相夾, 合并。做一係, 并吞。
Pí khòaⁿ, Saⁿ Phēng。Sio Piaⁿ。Piaⁿ Lâi Piaⁿ khì。Phah Piaⁿ。Pí Phēng。Phēng Lí ê jī ūn。
比看, 相并。相并。并來并去。打并。比并。并你的字運。

五—十畫

幷 Pēng, Piaⁿ, Phēng, kap téng bīn jī Siong tōng, 并。
ㄅㄧㄥˋ, ㄅㄧˋ, ㄆㄧㄥˋ, 与頂面字相同, 并。

幸 hēng, hó tsō hòa, ka tsāi, hēng hok, hēng ūn。hoaⁿ hí khèng heng。Put kai tit Lâi tit, Put hēng。
ㄏㄧㄥˋ, 好造化, 佳哉, 幸福, 幸運。歡喜慶幸。不該得來得, 不幸。

幹 kàn, tsâi Lêng, tsâi kàn, Pún sū。Sin thé, khu kàn。Chhó bok tiong ê kut, chhīu kàn。tsú kàn。
ㄍㄢˋ, 才能, 才幹, 本事。身体, 軀幹。草木中的骨, 樹幹。主幹。
tsú iàu Lō sòaⁿ, kàn sòaⁿ, kàn tō。ka Chiah kut。
主要路線, 幹線, 幹道。尻脊骨。

𢆞 Pí, chit Pí, nn̄g Pí。chit Pí hî chí, chit Pí keng chio。造字 并
ㄅㄧˇ, 一𢆞, 两𢆞。一𢆞魚子, 一𢆞芎蕉。

幺 部 52

幺 iau, io, sió (嫋) ê ì sù。sòe, iù, chíⁿ té。tāu á ê chit tiam kiò io。io jī saⁿ sì。
ㄧㄠ, ㄧㄛ, 少許的意思。小, 幼, 茈, 短。骰仔的一點叫幺。幺二三四。

一—六畫

幻 hoàn, kòai sùt, hoàn sùt, bōng hoàn, khang hi, hi hoàn。môa Phian。Pái Lōng。bô iáⁿ。bī hek。
ㄏㄨㄢˋ, 怪術, 幻術。夢幻, 空虛, 虛幻。瞞騙。擺弄。無影。迷惑。

幼 iù, chíⁿ, ni jî, sió, iù jî, chíⁿ。sòe hàn。iù gê, iù chíⁿ。iù siù。hó khòaⁿ súi。
ㄧㄡˋ, ㄐㄧˇ, 奶兒, 少, 幼兒, 幼。小漢。幼芽, 幼茈。幼秀。好看媄。

應編草部

茲 tsu, sîⁿ, Chháu bak tsoe tsoe chit Chhioh ê Chháu, kin á jit, kim tsu。tsu sū thé tōa, Chit hāng tāi Chi
ㄗ, ㄒㄧ, 草木多多, 織蓆的草, 今仔日, 今茲。茲事體大, 這項代誌
tiōng iàu, m̄ thang kheng ì。Chit ê。Chháu Sîⁿ, Chiū sī ēng Chháu Lâi Liah tsoe Chhioh Pang tsān khah Sio
重要, 不可輕意。這個。草茲, 就是用草來掌掀席來幫助較燒

幽 hiu, iu, chhim kap im ngé Só tsāi。chhim līng, O ām, Pí Biāu。koai kaⁿ iu siù。iok sok, iu chêng iu kî。
ㄒㄧㄡ, ㄧㄡ, 深与陰影的所在。深遠, 黑暗, 微妙。關監, 幽囚。約束, 幽情, 幽期。

七—十一畫

緜 koan, koàn, koan hē。ēng si hng chit Pò, Pò hui。keⁿ lui。koàⁿ ê ì sù Siāng khoan。
ㄍㄨㄢ, ㄍㄨㄢˋ, 關係。用絲貫織布, 布機。經緯。与慣的意思。同款。

幾 ki, kí, kúi, bî sòe, pì bit, bî biāu. sió khóa. tiau thâu. Gûi hiám. kì bî. ki Gûi. kì hô.
ㄐㄧ, ㄐㄧˇ, ㄍㄨㄟˇ 微細，秘密，微妙。少許。兆頭。危險。幾微。幾危。幾何。
ti ki. kí hú, m̄ng ê oē. kúi ê, tē kúi, kúi nā ê. kúi kiā". kúi bé, kúi tè.
知幾。幾許，問的話。幾個，第幾，幾若個。幾件。幾尾，幾塊。

䜌 Sú, ㄕㄨˋ; Chiū sī sòe sòe, iù iù ê ì sù. Chhù sū
就是小小，幼幼的意思。次序

广 部 53

广 iám, Siám, ㄧㄢˇ, ㄕㄢˇ; Chhù kòa ê khoán sit. jia khàm ê ì sù. ok iám. Gâi Siám, Soa" Gâi ê tōng chhin chhiū" chhù.
屋蓋的款式。遮蓋的意思。屋广。崖广，山崖的洞親像厝。
am ê kán sia
庵的簡寫。

二—四畫

庀 Pí, Phí ㄆㄧˇ, ㄆㄧ; khì khū, tī Lí, Siat hoat. Pài Pí, iā kap Pí tông Gī. Chiâu Pí.
器具，治理，設法。拜它，也与比同義。齊備。

庄 Phêng, tsong, tsng ㄆㄥˊ, ㄗㄤ, ㄗㄨㄤ; khong hi jī tián ū Phêng im, tān Put ti jī Gī. tsng thâu, hiong chhun, tsng kha.
康熙字典有庄音，但不知字義。庄頭，鄉村，庄腳。
Chhân tsng. Pau tsong ì sù, kui tsong, tsng hè mih, chit tá" tsong, La̍k tè tsong.
田庄。包裝的意思，歸庄，庄貨物，一打庄，六塊庄。

庌 Sà, ㄕㄚˋ; keh Piah ê Chhù. hā Chiān.
隔壁的厝。下賤。

底 tí, tē, tih, tóe ㄉㄧˇ, ㄉㄜˇ; kap 底 Siong tông. thiat tí. tí kó. ē tīe, khah kē. oē tóe. tí Siók, hā Chiān.
与底相同。澈底，底稿。下底，較低。鞋底。底俗，下賤。
Khòa" Put khí Lâng, khòa" bô ba̍k tē. Phah tió̍h Lâng ê Sim koa" tīn, Chiū sī Liah tió̍h Lâng ê ì kiàn.
看不起人，看無目底。打着人的心肝底，就是掠着人的意見。

庇 bú, bû, moa, ㄈㄤˋ, ㄈㄤˇ, ㄇㄨㄚˊ; tōa Chhù ê Chhim Chí". Chiū sī tōa hīa Chhù ê Lāi Lông ê Liông Pâng ê Chhù, Liông bû. tsui Pân.
大厝的深井，就是大瓦厝的内廊的兩旁的厝，兩庑。水瓶。
Chhó bo̍k Chhiong Sēng, hoan bú. am am tsōe tsōe. hng hōe, hong bû. moa jia, moa Chia.
草木昌盛，蕃庑，艷艷多多。荒廢，荒庑。庑遮，庑遮。
moa Phia". tah moa Phia". kap 廡 jī Siāng khóan.
庑棚。搭庑棚。与廡字同款。

広 mô, mih Sio khóa, Sòe Sòe, m̄ng ê bé Sia, Sím mih, Sím mô, ㄇㄛ, ㄇㄧ; kap 麼 Siāng khóan.
少許，小小，問的尾聲，甚広，甚？，与麼同款。

床 Chhông, Chhn̂g, ㄔㄨㄤˊ, ㄔㄤˊ; hioh khùn, khùn ê khì khū, bîn Chhn̂g. Chhn̂g Pho. hô Chhn̂g tsúi tō. an Chhông, kiat jit tsng Chhn̂g.
歇睏，睏的器具，眠床。床鋪。河床水道。安床，吉日裝床。

庋 khúi, ㄎㄨㄟ; Lâu koh, tóe bí niū ê Chhù. Siu, hē, khòa.
樓閣，貯米糧的厝，收，置，架。

庈 khîm ㄑㄧㄣ; Chiū sī Lâng ê mîa, Pì khîm.
就是人的名，貴庈。

庇 Pì, tì ㄅㄧˋ, ㄉㄧˋ; jia khàm, Pó hō, Pó Pì, Pì iū. Po Pì
遮蓋，保護，保庇，庇佑。保庇

序 Sū, sī ㄒㄩˋ, ㄕˋ; kó tsá kong Chiū ê Chhiū", tang Sū, Sai Sū. keh ê Chhiū", tsó iū ê ui, téng tē. jī Sì". Chhù Sū. sù sī.
古早講厝的牆，東序，西序。隔的牆，左右的位，等第。字姓。次序。次序。

庉 tūn, tûn, ㄉㄨㄣˋ, ㄉㄨㄣ; Chiū sī Lâu a ê Chhiū". Chhù Lāi kìng teh. khiā khí. Siok Siā. hé iām iām teh tōh, hé tōh ê khoán Sit. tūn tūn.
就是樓仔的牆。厝內藏啲。竪起。宿舍。火炎炎啲燒，火燒的款式。庉庉。

庍 Pài ㄆㄞˋ; Chiū sī Sa" Lī Piat ê ì sù. kàu ūi.
就是相離別的意思。到位。

庀 Pa, ㄅㄚ; Chiū sī Chhù thē ê ì sù.
就是厝宅的意思。

庎 kài, ㄍㄞˋ; Chiah mih ê khì khū.
物的器具。

庌 Gà, Gē, ㄧㄚˇ, ㄧㄝˇ; tōa Chhù, tōa thia", tòa ê Só tsāi, bô tsōe tsa" ê ì sù. tōa tia".
大厝，大廳，住的所在，無齊整的意思。大庭。

五 畫

府 hú, ㄈㄨˇ; Siu khǹg hè mih Pó Pòe ê Só tsāi, hú khò. khò Pâng, chheng hō Pat Lâng ê Chhù, kùi hú.
收藏貨物寶貝的所在，府庫。庫房，稱呼別人的厝，貴府。

koanti, Ónghú, koàn sú, chènghú. hú sìan. it hú jī Lòk Sàn báng kah. hú Gê. thinhú.
官邸，王府。官署，政府。府城。一府二鹿三艋舺。府街。天府。

庚 keng, kiⁿ, 《ㄍㄥ,《ㄧ, thian kan ê tē chhit jī, kah. it. Piáⁿ. teng. bō. kí. keng. mn̄g kùi kiⁿ, chhiaⁿ mn̄g nî hè, tiong kok
天干的第七字，甲.乙.丙.丁.戊.己.庚。問貴庚，請問年歲。中國
keⁿ 《ㄝ Lâng kì sî kì téng tē ê hû hō. Saⁿ kiⁿ Piáⁿ mī, Gō kiⁿ tsá. keⁿ thiap, kè chhōa siang hong ê Poeh jī.
人記時記等第的符號。三庚半冥，五庚早。庚帖，嫁娶双方的八字。

庖 Pâu, ㄆㄠˊ, Pī Pān chhài bah ê só tsāi, Pâu tû, tû Pâng. Pâu jîn, tô chí, tû su.
備辨菜肉的所在，庖厨，厨房。庖人，厨子。厨師。

底 tí, tē, tih, tóe, ㄉㄧˇ,ㄉㄝˋ,ㄉㄧˋ,ㄉㄨㄝˇ, kap 广 ㄢ Chham khó Saⁿ uih. Siāng khóan.
参考三畫。同款。

庙 biāu, bīo, ㄅㄧㄠˋ,ㄅㄧㄛˋ, 廟 ê kán thé. hok sāi sian tsó, Sîn Put, Sèng hiân ê só tsāi, tsong bīo, khóng tsú bīo.
廟的簡体。服事先祖，神佛，聖賢的所在，宗廟，孔子廟。

店 tiàm, ㄉㄧㄚㄇˋ, bōe mih ê chhù, kheh tiàm, Lú koán. tiàm thâu, siong tiàm. khui tiàm tsòe Seng Lí.
賣物的厝，客店，旅館。店頭，商店。開店做生理。

庛 chhù, chhú, ㄘㄨˋ,ㄘㄨˇ, tsoh chhân khì khū, hun chhe ê chhiū ki.
作田的器具，分叉的樹枝。

庝 tông, ㄉㄛㄥˊ, Chhù Lāi chhim hn̂g. Chhù hiáng Liāng ê ì sù.
厝内深遠。厝響亮的意思。

庙 tián, ㄉㄧㄢˋ, Chiū sī Pîⁿ tháⁿ, bô khàm khiat ê ì sù.
就是平坦，無嵁硈的意思。

庢 tàn, ㄉㄚㄢˋ, Sòe Sòe keng ê chhù,
小小間的厝，

庋 hoán, hōng, ㄏㄨㄚㄢˇ,ㄏㄛㄥˊ, chiū sī hóan hok, khiam kheh ì sù.
就是反覆，欠缺的意思。

六　畫

庤 sī, tī, ㄒㄧˋ,ㄉㄧˋ, khǹg mih tī chhù Lāi, chek tsū, Pī Pān ê ì sù.
藏物佇厝内，積住，備辨的意思。

庢 chek, ㄐㄝㄎ, oan oat Lâu ê tsúi, chhin chhiūⁿ Soaⁿ sai Séng khoe Lîu. Gāi chí, chek Gāi.
彎越流的水，親像山西省的溪流。礙止，庢礙。

庈 chhek, ㄑㄝㄎ, m̄ tih ê chhù. Pàng Sang. chhiong móa. chió. tōa. bô Lō ēng.
毋楪的厝。放鬆。充滿。少。大。無路用。

㡯 hān, hō, ㄏㄚㄢˋ,ㄏㄛˋ, Chiū sī mn̂g ê hō teng. hō teng.
就是門的㡯閬。㡯限。

庥 hiu, ㄏㄧㄨ, im ńg, jia khàm, tì im. hioh. thok hok. bong hiu, m̄ hiu.
陰影，遮蓋，致蔭。歇。托福。蒙庥，蔭庥。

庠 siông, ㄒㄧㄛㄥˊ, Chiàu kò, Lāu Lâng ê chhù. Tī chhī. kà sī. oh tn̂g, jip óh. kū sî koāiⁿ hak sī ip siông hú hak sī kun
照顧，老人的厝。養飼。教示，學堂，入學。旧時縣學是邑庠，府學是郡庠 → siông.

庣 tiau, thiau, ㄉㄧㄠ,ㄊㄧㄠ, bô tīⁿ ê khoán sit. bô móa ê só tsāi. kè thâu.
無張的款式。無滿的所在。過頭。

度 tō, tók, tô, ㄉㄛˋ,ㄉㄛㄎ,ㄉㄛˊ, niú tn̂g té ê chhioh, niú tōa sòe, tsōe chió, tō niú hêng. kài hān, thêng tō. hoat tō. chè tō.
量長短的尺，量大小，多少，度量衡。界限，程度。法度。制度。
Phah sǹg, niú Pí, chhek tók, chhui tók. kàm khàm. tō chiah, tō chit chhùi chi. tō Pá. sì kòe tō.
打算，量比，測度。揣度。監勘。度食，度一嘴食。度飽。四界度。

庍 tông, ㄉㄛㄥˊ, Chhù Lāi chhim hn̂g. Chhù hiáng Liāng ê ì sù.
厝内深遠。厝響亮的意思。

庈 khap, ㄎㄚㄆ, teh tiâu, jih, kóe kha. khah kóe.
壓跳，扼，低脚。較低。

庡 í, ㄧ, Pâi hôe, Lâi Lâi khì khì. ún khǹg, khǹg bat.
徘徊，來來去去。穩藏，藏密。

庘 hāng, ㄏㄧㄤˋ, Chiū sī hāng chéng ê ì sù.
就是庘腫的意思。

七　畫

庨 hau, ㄏㄧㄠ, keng tiān ê khóan, keng chhù koāiⁿ. chhim hn̂g, khang ê khóan sit.
宮殿的款，宮厝高。深遠，空的款式。

庪 khui, ㄎㄨㄧ, Lâu koh, tóe bí niú ê chhù. siu, hē, khǹg.
樓閣，貯米糧的厝。收，置，架。

庫 khò, ㄎㄨˋ, tóe mih ê só tsāi, chhn̂g khò. siu chhia ê chhù, chhia khò. khò pâng. Gîn khò. 」 sìⁿ
貯物的所在，倉庫。收車的厝，車庫。庫房。銀庫。字姓。

庬	bâng, Pâng, ㄅㄤˊ, ㄆㄤˊ	tōa Chiōh Pôa", chin tōa, tsōe tsōe, chham Lām。ū ikàu。Pâng tōa。 大石盤，廣大，多多，參濫。有夠。庬大。
庯	Pô͘, ㄆㄛˊ	chiū sī chhù bô pî" ê ì sù 就是厝無平的意思
庭	têng, tiâ", thêng, ㄉㄧㄥˊ, ㄉㄧㄚˊ, ㄊㄧㄥˊ	Chhù Lāi ê Pâng, hông kiong Lāi, kiong têng。Gîm Kī" chêng bīn, tōa têng, Chêng tiâ"。 厝内的房，皇宮内，宮庭。砛墘前面，大庭，前庭。 Gōa tiâ"。ka têng, tiâu tit。mn̂g tiâ", bōng tiâ", Chiōh tiâ", biō tiâ"。têng hn̂g。têng hùn。 外庭。家庭，條直。門庭，墓庭，石庭，廟庭。庭園。庭訓， têng kàu, ka têng ê kàu io̍k。hoat têng。Sio chha thài hn̄g, tāi Siong kèng thêng。 庭教，家庭的教育。法庭。相差太遠，大相逕庭。
座	tsō, Chē, ㄗㄛˋ, ㄐㄝˋ	kôan tōa kùi khì ê ūi, tsō ūi。Chhi" tsō, thian bûn ê Su̍t Gú。Chē ūi。Pu̍t tsō。kong tsō 高大貴氣的位，座位。星座，天文的術語。座位。佛座。公座
庮	iú, ㄧㄡˊ	Chhù khi kú kú Chhā Chhàu nōa, chhâ àu。 厝起久久柴臭爛，柴臭。
庄	tsong, ㄗㄛㄥ	iōng tsòng khiā tit ê khoán Sit 勇壯豎直的款式
㢏	Lông, ㄌㄛㄥˊ	koâi" koâi" khì khū ê ì Sù。 高高，器具的意思。
痟	Siau, ㄒㄧㄠ	thâu khak thiàⁿ, kha Chhiú Sng nńg ê ì sù。 頭殼痛，脚手痠軟的意思。

八 畫

康	khong, khng, ㄎㄛㄥ, ㄎㄥ	Pêng an, kiān khong, khoài o̍ah, khong Lo̍k, khoah ê Lō͘, khong tsòng tāi tō。Chhiong Sēng, khong Chhiong。 平安，健康。快活，康樂。濶的路，康壯大道。昌盛，康昌。 khong Lêng, kiān khong an Lêng。khong hi, Chheng tiâu Sèng tsó ê nî hō。Se khong Séng ê séng hōe khng tēi 康寧，健康安寧。康熙，清朝聖祖的年號。西康省的省會，康定。
庳	Pi, Pī, Pî, ㄅㄧ, ㄅㄧˋ, ㄅㄧˊ	Chhù kē kē ê ì sù。Pi Chiān, kó tsá kok miâ, iú Pī。 厝低低的意思。庳賤，古早國名，有庳。
庵	am, ㄢ	he Siu" nî ko Siu hēng ê só tsāi, nî ko am, am ī"。Liâu á, Chháu bo̍k kûi Lû kiò tsòe am。 和尚尼姑修行的所在，尼姑庵，庵院。寮仔，草木為廬叫做庵。
庶	Sù, ㄕㄨˋ	Chêng Lâng tsōe tsōe, Sù bîn。Peh Sì"。Lāu Pē ê Sòe î, sù bú。kūn oá。nā sī, kiám Chhāi。 衆人多多，庶民。百姓。老父的細姨，庶母。近偎。若是。敢採。 Sù kī, Chha Put to。Sù chhí, Pûi Súi。Sù bu̍t, thi" ē bān bu̍t。 庶幾，差不多。庶膳，肥美。庶物，天下萬物。
庸	iông, iû", ㄧㄛㄥ, ㄧㄡ	Lō͘ êng, thong。tio̍h bôa, kong Lô。Siù iông, Pò tap。iông jîn, Chhe ēng ê Lâng。Pêng Siông, 路用，通。着磨，功勞。酬庸，報答。庸人，差用的人。平常， Siông Siông, Pêng iong, hoān iông。iû" Siû", Chiū sī Chiàu kò ê ì sù, Pôe iú" ê ì sù。 常常，平庸，凡庸。庸承，就是照顧的意思，培養的意思。
庾	jú, ㄖㄨˊ	tīu Chhek tī Chhân nih tsòe tui。tah Pî" á tī soa" nih, oē thiap tòe tsa̍p La̍k tau, chi̍t jú。 稻粟佇田裡做堆。搭棚仔佇山裡，能疊貯十六斗，一庾。
庰	Péng, Pêng, ㄆㄧㄥ, ㄆㄧㄥˊ	jia Pè, that mn̂g, jia tsah, ún khǹg。 遮蔽。塞門，遮截，隱藏。
扇	Lō͘, Lāu, ㄌㄡˋ, ㄌㄡˋ	tâng ó tòe tsúi, hun Piat sî khek, kó tsá niu Chhek sî kan khì khū。khang Phāng Chhng Chhut Siàng 銅壺貯水，分別時刻，古早量測時間的器具。孔縫穿出。漏同意。
㾮	Lâi, ㄌㄞˊ	Siok Sià, Lâng tòa ê só tsāi。tōe hō miâ, Lâi kàng。 宿舍，人住的所在。地號名，㾮降。
京	keng, ㄍㄧㄥ	Chiū sī Chek tsū bí niû ê só tsāi, Chhng khò。 就是積住米糧的所在，倉庫。
庹	tō͘, thò, ㄉㄛˊ, ㄊㄛ	Chiū sī Lâng ê jī Sì"。Chhun khui Siang chhiú nîu tn̂g té, Chi̍t Siâm Chiū sī Chi̍t tō。Siang Pêng ê 就是人的字姓。伸開双手量長短，一挾就是一庹。双平的 kha oá" ê ì sù。Lâng ê jī Sì" 脚碗的意思。人的字姓

九 畫

㢎	kà, ㄍㄚ	Chhù keh keng, Sa" khan Liân ê Chhù。 厝隔間，相牽連的厝。
廂	Siong, Siu", ㄒㄧㄛㄥ, ㄒㄧㄡ	Chhù Lāi Siang Pêng ê Pâng, Siong Pâng。Sîa mn̂g téng ê chhù, Sîa" Siong。Chhia Siu"。Se Siu" kì。 厝内双平的房，廂房。城門頂的厝，城廂。車廂，西廂記。
廁	Chhè, Chhk, ㄘㄜˋ, ㄘㄜˋ	khoe ê hōa"。Chhap tsap。kūn hô。chheng khì, Pâi Lia̍t, chhek tī, Chhek só, tōa Sió Piān ê só tsāi。 溪的岸。嘈雜。混和。清氣，排列，廁池，廁所，大小便的所在。

㢈	at, ㄧㄚ	Lâng khiā ke ê chhù oeh oeh。 人豎家的厝狹狹。
庽	Gū, ㄫㄨ	Chiām sî khiā hioh, tòa, khiā kha, kap chit jī 䧴 sio siāng 暫時豎,歇,住,豎腳,与這字 相同
㢍	Pēng, ㄅㄧㄥ	Siām phiah bô lâng ê só͘-tsāi。Pîn pâng。 閃僻無人的所在。邊房。
㢎	ùi, ㄨㄧ	Chiū sī ún-kì ê só͘-tsāi。 就是隱居的所在。

十畫

廌	tí, tsāi, ㄉㄧ, ㄗㄞ	Siù ê miâ, kái tí。Chhiūⁿ iû chit ki kak, sim sèng tiong, tak bōe tit。 獸的名,廌。像羊一支角,心性忠,觸鱠直。
廈	hā, hē, ㄏㄚ, ㄏㄝ	Chhù, tōa keng chhù, tāi hā, Léng Lông。ê mn̂g, hā mn̂g。tōa hē 厝,大間厝,大廈,兩廊。廈門,廈門。大廈
㢠	ap, ㄚㄅ	hiat, á sī tōng tī soaⁿ nih, chiong mih lâi khǹg。 穴,或是洞佇山裡,將物來藏。
廊	Lông, Lóng, ㄌㄛㄥ, ㄌㄛㄥ	Chhù ê liông pêng hō͘。tsáu bé lâu ê khoán-sit。Léng Lông。tsáu Lông, chiú Lông, bōe gōa kok 厝的兩平戶。走馬樓的款式。兩廊。走廊,酒廊,賣外國
		Chiú ê tiàm。hoat Lông, thòe lâng liāu lí thâu mn̂g ê tiàm。 酒的店。髮廊,替人料理頭毛的店。
廍	Phō͘, ㄆㄛ	khoeh kam-chià ê só͘-tsāi, chià phō͘, kam-chià phō͘。hiān-kim ê tn̂g chhiūⁿ。tsn̂g thâu ê miâ, Lōa chhù phō͘。 夾甘蔗的所,蔗廍,甘蔗廍,現今的糖廠。庄頭的名,賴厝廍。
廉	Liâm, Liám, ㄌㄧㄚㄇ, ㄌㄧㄚㄇ	Chiam kak, chheng, phian kak, chheng liâm。tông liâm。liâm gû。khiām liâm。liâm chiat。liâm thí 尖角,清,偏角,清廉。堂廉。廉隅。儉廉。廉節。廉恥。
廇	Liū, ㄌㄧㄨ	tiâⁿ tiong ng, chhù ê tiâⁿ。chhù ê tōa ki tòng niû。niû á。bēng liū, ok liū。 庭中央,厝的庭。厝的大支棟樑。樑仔。东廇,屋廇。
廋	So͘, Só͘, ㄙㄛ, ㄙㄛ	ún khǹg, kî khá。chhē ún khǹg ê mih。chhiau chhē。só͘ sû, mî gí。ún hâm ê cē。 穩藏,奇巧。尋穩藏的物。搜尋。廋辭,謎語。隱函的話。

十一畫

㢒	tsa, ㄗㄚ	Chhù teh beh pāi hoāi, chhù beh tó ê khoán-sit。 厝哟也敗壞,厝也倒的款式。
廑	kîn, ㄍㄧㄣ	Soè, soè keng chhù, put tiōng iōng。kîn sià。 小,小間厝,不中用。廑舍。
廐	kì, kiù, ㄍㄧ, ㄍㄧㄨ	bé tiâu。tsū chip。koaⁿ miâ。lâng ê jī sìⁿ。bé kiù。kap 廄 sio siāng 馬寮。聚集。官名。人的字姓。馬廐。与廄相同
廓	khok, ㄎㄛㄎ	Gōa bīn siâⁿ, siâⁿ khok。khui khoah, khong khok, liau khok。ēng to lâi siah, khok。lûn khok。 外面城,城廓。開闊,空廓,寥廓。用刀來削,廓。輪廓。
廖	Liāu, ㄌㄧㄠ	kok ê miâ。lâng ê jī sìⁿ, Chiu bûn ông Pek Liāu ê hō͘ ê。 國的名。人的字姓,周文王伯廖的後裔。
廕	ìm, ㄧㄣ	jia khàm, ńg, iáⁿ。pó pì。ìm ńg。tì ìm。hok ìm。 遮蓋,影,影。保庇。廕影。致廕。福廕。
廄	kì, kiù, ㄍㄧ, ㄍㄧㄨ	kap 廐 廐 nn̄g jī sio siāng。 与廐廐兩字相同。
廞	Chhim, ㄑㄧㄣ	tōa keng chhù。chhù tn̂g chhim hn̄g ê ì sù。 大間厝。厝長深遠的意思。
廒	Gô, ngô, ㄠ, ㄠ	hē chhek ê sí tsāi, chhek siâⁿ。tóe bí chhek ê chhù, chhek chhn̄g。kap 廒 siāng khoán。 囤粟的所在,粟墭。貯米粟的厝,粟倉。与廒同款。
廗	tsāiⁿ, tsāh, ㄗㄞ, ㄗㄚ	tn̂g tsāiⁿ āu, chiū sī chhù tōa thiaⁿ āu phah phiaⁿ ê chit poaⁿ。 堂廗後,就是厝大廳,後壁棚的一半。

造字 厝宅 宅第也,既是宅第,用广借第音成字。

十二畫

廠	Chhiong, chhiúⁿ, ㄑㄧㄛㄥ, ㄔㄧㄨ	bô chhù chhiūⁿ ê liâu。tsàn keng, tsòe kang ê sò-tsāi, kang chhiúⁿ。khòng chhiōng。 無厝牆的寮。棧間。做工的所在,工廠。礦廠。
廛	tiân, ㄉㄧㄢ	koaⁿ hú sè lâng bóe bōe ê sò tsāi, siók chit ke bó poàⁿ ê thó tōe, ke chhī, chhī tiân。 官府稅人買賣的所在,屬一家畝半的土地。街市,市廛。
廢	hòe, ㄏㄨㄝ	Chhù tó hoāi。phah pháiⁿ, bô lō͘ ēng, hòe but, tsok hòe, pò hùe。hiat kak, phòa sìu, tsàn hòe。 厝倒壞。打壞,無路用。廢物,作廢。報廢。棄壙。破相,殘廢。

廣 | kóng, kńg, khóng, kńg; ㄍㄨㄤˇ, ㄍㄨㄤ, ㄎㄨㄤˋ, ㄍㄨㄤˇ | tiān lāi ê tōa keng chhù. khoah tōa, kóng tāi. kóng kò, sì kòe pò lâng tsai. kau iû chin 殿內的大間厝。闊大，廣大。廣告，四界報人知。交遊真廣闊
khòng khoah. khang khang, khoan, tōa, khóng bō, khóng tiûⁿ, khóng tōe. kńg tang, kńg chiu, kńg sai. 廣闊。空空，寬，大，廣漠，廣場。廣地。廣東，廣州，廣西。

廟 | biāu, biō; ㄇㄧㄠˋ, ㄇㄧㄠˋ | biō ú, bīo, sèng biō, put biō. biō tn̂g, kó sî tè ông ê tsong biō. bûn thak biāu. 廟宇，祖廟，聖廟，佛廟。廟堂，古時帝王的宗廟。文讀 廟。

廝 | su; ㄙ | chhe eng, sio su. iúⁿ chhī, hòk sāi. hā chiān, su iàh. phòa khui, at chih, chhō chhâ, koah chháu. su tong. 差用，小廝。養飼，服事。下賤，廝役。剖開，攔折，剉柴，刈草。廝同。

廞 | ui; ㄨㄟ | chiū sī súi súi ê ì sù. 就是僕僕的意思。

廡 | bú, bû, moa; ㄨˇ, ㄨˊ, ㄇㄨㄚ | tōa chhù ê chhim chiⁿ, thian chiⁿ. lêng lâng, liong bú, thiaⁿ tńg ē bīn ê n̄ng pêng chhù. hông hòe. 大厝的深井，天井。兩廊，兩廡，廳堂下面的兩平厝。荒廢，
hng bú. chhó bok bō sēng, hoan bú. moa jia, moa chia, moa phiaⁿ. tah moa phiaⁿ. 荒廡。草木茂盛，蕃廡。廡遮，廡遮，廡棚，搭廡棚。

廚 | tû, tô; ㄉㄨˊ, ㄉㄛˊ | thâi cheng sì ê só tsāi, tsàu kha, tû pâng, tsú chiah, tsú chiah ê lâng, tô chí. tû kū. tòe mih 宰牲牲的所在，灶腳，廚房。煮食，煮食的人，廚子。廚具。貯物
ê khì khū. su tû, chhài tû, i tû. 的器具。書廚，菜廚，衣廚。

廞 | him; ㄏㄧㄣ | chhia, i chiūⁿ tī tiâⁿ nih. tsng thāⁿ phê chhia. gàk khì. siū khì ê khoán. 車。衣裳佇庭裡。妝飾皮車。樂器。怒氣的款。

十三·十四畫

廨 | kài; ㄍㄞˋ | siok gê mn̂g ê chhù, hō lâng thang hioh. gê iah ê chhù. koaⁿ sú, kong kài. 屬衙門的厝，在人可歇。衙役的厝。官署，公廨。

廥 | kòe; ㄍㄨㄞˋ | chek tsū niû chháu ê só tsāi, chhng khò. chhiⁿ mîa, kòe chek chhiⁿ. 積住糧草的所在，倉庫。星名，廥積星。

廩 | lím; ㄌㄧㄣˇ | gō kak sàng lâng, lîn bín. chhek chhng, chhng lím. pang lím, hong chhng. lím pó. 五穀送人，憐憫。粟倉，倉廩。封廩，封倉。廩保。

廧 | chhiông; ㄑㄧㄤˊ | chhiûⁿ ui, chhiûⁿ á, tek ui, kap 牆 sio siāng ì sù. 牆圍，牆仔，竹圍，与 牆 相同意思。

廞 | hìm; ㄏㄧㄣˋ | ióng béng ê ì sù, kóng mih sin súi ê ì sù. 勇猛的意思。講物新樣的意思。

廥 | keng; ㄍㄥ | sûi āu, saⁿ chiap sòa, sòa chiap. 隨後，相接續，續接。

廮 | soan; ㄕㄨㄢ | koaiⁿ mn̂g ê hoâiⁿ chhâ. mn̂g chhòa, kap 閂 sio siāng. 閂門的橫材。門𢳆，与 閂 相同。

廞 | jû, ú; ㄩˊ, ㄩˇ | kiah chhiú tsò lâng. 擧手哟弄

十六一廿二畫

廬 | lû, lô; ㄌㄨˊ, ㄌㄛˊ | chháu chhù, liâu á, hioh mí, kán tan ê chhù. mâu lû. soaⁿ ê mîa, lô san. 草厝，寮仔，歇冥，簡單的厝。茅廬。山的名，廬山。

廯 | so; ㄙㄨ | chiah chiú lâi tû un ek ê khì. 吃酒來除瘟疫的氣。

廥 | tsai; ㄗㄞ | chiū sī chháu chhù ê ì sù. mâu sià. 就是草厝的意思。茅舍。

廯 | sián; ㄒㄧㄢ | chhek chhng, khǹg ngó kok ê só tsāi, sió khòa, chió chió 粟倉 藏五穀的所在。少許，少少。

廱 | iong; ㄩㄥ | ho hâi. hông tè ê kàu kiong, ī kap 雍 jī sio siāng ì sù. 和諧。皇帝的教宮，也与 雍 字相同意思。

廳 | theng, thiaⁿ; ㄊㄧㄥ, ㄊㄧㄚ | chhù lāi kong ê só tsāi, tōa thiaⁿ, kong thiaⁿ. thiaⁿ tn̂g. gê mn̂g, koaⁿ thiaⁿ. 厝內公的所在，大廳，公廳。廳堂。衙門，官廳。

廴部 54

廴 | in; ㄧㄣ | tn̂g tn̂g, teh kiâⁿ, kiâ lō ê ì sù. 長長，哟行，行路的意思。引 的古字。

四·五畫

廷 têng ㄊㄧㄥˊ
Chèng Lâng tsū Chip ê só tsāi, têng thêng. hông tè ê kong thiaⁿ, tiâu têng.
眾人聚集的所在，廷停。皇帝的公廳，朝廷。

延 iân, î, îⁿ, ㄧㄢˊ, ㄧˊ, ㄧㄣˊ
Chhiân, kiâⁿ tn̂g Lō. tn̂g tn̂g, hn̄g, kú, bān bān, Sio Sòa. khì, kàu, Pâi Lia̍t, ín chhōa.
行長路。長長，遠，久，慢慢，相續。去，到，排列，引導。
iân chhiân, iân tn̂g, iân Sio̍k, î oān, iân oān, în oān, iân chhiân, ke iân chhiân.
延延，延長，延續，延緩，延緩，延緩。延延，加延延。

迫 Pek, Peh, ㄆㄛˋ, ㄆㄞˋ
khún Pek, Pek kūn, Pek oā, Pek Chhiat, koáⁿ kín. Pek hó Siong jîn. kiuⁿ Peh nî. Peh kàu.
窘迫，迫近，迫偎，迫切，趕緊。迫虎傷人。強迫伊。迫到。
Chiū sī bô, Siat hoat kàu ū ê ì sù.
就是無，設法到有的意思。

迪 te̍k ㄉㄧˊ
Chìn Chêng, kàu tè, tsòe hó bô·iūⁿ, ín chhōa, Chí sī, tòe Lō, khé te̍k, te̍k kiat, Siōng jîn Lâp hok.
進前，到地，做好模樣，引導，指示，跟路。啓迪。迪吉，頌人納福。

延 Cheng, ㄓㄥ
hō i kàng hòk, cheng hoat, cheng hoan. kap 征 Siāng khoán ì sù.
使他降服，延伐，延蕃。与征同款意思。

六一八畫

建 kiàn, ㄐㄧㄢˋ
Siat Li̍p, kiàn Siat. tiâu tn̂g ê hoat tō, kiàn tī. khiā khí, kiàn Li̍p. khí Chhù, kiàn tio̍k, ì kiàn, kiàn Gī.
設立，建設。朝堂的法度，建治。豎起，建立。起厝，建築。意見，建議。

廻 hôe, ㄏㄨㄟˊ
tn̄g Seh, tò Lâi, kui hok, kiâⁿ Lâi kiâⁿ khì. hôe Soân, hôe tn̄g, hôe ho̍k, hôe Siú, Lûn hôe.
轉踅，倒來，歸復，行來行去。廻旋，廻轉，廻復，廻首，輪廻。

廼 nái, ㄋㄞˇ
khì oh tit Chhut ê khóan Sit. Sòa Siōng, Chiap ê jī. jī, nā sī, Chiū sī, á sī, kò jiân, Lí, in.
氣難得出的款式。續上，接下字。字。若是，就是，或是，故然，你，伊。
kap 乃 jī Siāng khoán ì sù.
与乃字同款意思。

逾 Lûn, ㄌㄨㄣˊ
kéng Soán, kian Lîn, Lûn Lîu. kn̄g thâu. oh tit kiâⁿ ê ì sù.
揀選，堅吝，輪流。貫透。難得行的意思。

逼 Phe̍h, ㄆㄧㄝˋ
Sì kòe Phe̍h, Sī sì kòe khì thit thô ê ì sù.
四界逼，是四界去迌迌的意思。

造字 廴有行的意思，行到四界，借畐 偏音成字。

廾部 55

廾 kióng, ㄍㄨㄥˇ
ha̍p Chhuì ê ì sù, kióng Chhiú ê khóan Sit. kap Siāng khoán
合嘴的意思，拱手的款式。与廿同款

一一畫

廿 Jih, jiap, ㄖㄧˋ, ㄖㄧㄚˋ
jī tsa̍p ê ha̍p jī, jī ta̍p. it tsa̍p, jī jiap.
二十的合字，二十。一十，二廿。

弁 Piān, ㄅㄧㄢˋ
tiâu bō, Phê ê thâu khoe, Sòe ê bú koaⁿ. Poāⁿ kè, tōa, kín, kiaⁿ hiaⁿ. jī Sìⁿ.
朝帽，皮的頭盔，小的武官。蹳過，大，緊，驚惶。字姓。

异 ì, ī, îⁿ, ㄧˋ, ㄧˊ, ㄧˇ
í keng, thêng Chí, thó khuì. ì, îⁿ, ê kán thé. kú khí, tò thè, koh iūⁿ, bô tâng.
已經，停止，吐氣。异，异，異的簡体。舉起，倒退，異樣，無同。
Kî, ㄍㄧˊ
kî koài, koài ī, kî ìn, ú keh, ī Gī, īⁿ Sim. tò thè, kú khí, koh iūⁿ, bô tâng, kî koài.
奇怪，怪异。奇异。違逆，异議，异心。倒退，舉起，異樣，無同，奇怪。

弄 Lōng, Lāng, thāng, ㄌㄨㄥˋ, ㄌㄤˋ, ㄊㄤˋ
thit thô, hì hiok, bú bān, hì Lāng. Lōng hoat, Lām iōng kok hoat. Lōng oā, Siⁿ tsa bó kiáⁿ. Pìⁿ Lāng, Lāng Sai, Lāng Lâu, tsòe Sai kong. Lāng Sin niû. thiu thāng, Chhin Chhiūⁿ khan hong kūi, óng ho̍k it tit tsòe. Chhin Chhiūⁿ oe Chio̍h bô, oe koe.
迌迌，戲謔，侮慢，戲弄。弄法，濫用國法。弄瓦，生查某子。變弄，弄獅，弄鏡，做司公。弄新娘。抽弄，親像牽風櫃，往復一直做。親像挨石磨，挨粿。

弅 hún, hûn, ㄈㄣˊ, ㄈㄣˇ
Soaⁿ io koâiⁿ koâiⁿ ê khóan Sit. Chiūⁿ khì bih tī Soaⁿ ê Lap.
山腰高高的款式。上去匿佇山的塌窟。

弃 khì, hiat, ㄑㄧˋ, ㄏㄧㄝˋ
棄 ê kan thé. kū tsoa̍t, Chhia Sak, khì Sak. Săm khì. hiat ka̍k, Pàng hiat ka̍k, hiat tiu, bô ài ê mih hiat hìⁿ Sak ê ì sù. hiat ka̍k.
棄的簡体。拒絕，推揀，弃揀。厭弃。弃擲，放弃擲，弃丢，無愛的物，弃抨揀的意思。弃擲。

六一十二畫

弇	iám, iám; Lâm ㄧㄢˇ,ㄧㄢˇ;ㄌㄢˊ	jia khâm. nôa tsah. khì khū ê miâ. tō tōa chhùi sòe. Lâng ê jī sìⁿ Lâm. 遮蓋，擱載。器具的名。肚大嘴小。人的字姓弇。
巽	Sùn, ㄕㄨㄣˋ,	kêng mih Lâi Pâi Liat, kīⁿ, un jiû, saⁿ niū. kap 𠬠 Siāng khóan. 揀物來排列，擒，溫柔，相讓。与巽同款。
弈	ek, ㄝㄎˋ;	Súi ê bīn māu, ek iōng. kî Pôaⁿ, ûi kî, ek kî. tùi ek. tiuⁿ ûi. iā ū Lâng ēng 奕 jī. 美的面貌，弈容。棋盤，圍棋，弈棋。對弈。帳帷。也有人用奕字。
弮	khoân, ㄎㄨㄢˊ,	Chiū sī kîng Gû Phīⁿ ê ì sù. 就是貫牛鼻的意思。
弊	Pè, Pē ㄅㄜˋ,ㄅㄜˋ	khùn khó͘, Phái", Pāi hoāi, pē pīⁿ, tsak Pè, tó Pè, bú Pè, Pè toan. 困苦之乡，敗壞。弊病，作弊，倒弊，舞弊，弊端。
弴	Lāng, Lang ㄌㄤ,ㄌㄤ	Pò Lāng Lāng, Pò Lang Lang. Lāng khang, thiau Lāng, Lāng hoe, bák Sîn oàh Lāng 布弴弴，布弴弴。弴孔，挑弴，弴花，目神活弴
	造字	弴弴，疏疏的意思。布 tsóa 疏，(布䙯疏)。開潤，眼神活潑。弄与丁合成字。

弋部 56

弋	ek, ㄝㄎˋ;	kòa mih ê Piah khit, Chìⁿ Pák Sòaⁿ siā Chhut, ek Gān. Siā Chìⁿ. Chiáu hioh ê Chhâ. 掛物的壁杙，箭縛線射出，弋雁。射箭。鳥歇的柴。

一一三畫

弌	it ㄧ	it ê kó͘ jī. Pîⁿ Pîⁿ. jī sìⁿ. 一的古字。平平。字姓。
弍	jī ㄖˋ	jī ê kó͘ jī. jī ê kán thé. tē jī. Pun tsòe nn̄g ê, it hun ûi jī. 二的古字。貳的簡体。第弍。分做兩個，壹分為弍。
弎	Sam, Saⁿ ㄙㄢ,ㄙㄢ	Saⁿ ê kó͘ jī. 三的古字。
式	Sek, Sit ㄕㄝㄎ,ㄒㄧ	hoat tō͘, hong Sek. bô iūⁿ, iūⁿ Sek, hoat Chek, thêng Sek. kong Sek. Gî Sek. hap Sit. 法度，方式。模樣，樣式，法則，程式。公式。儀式。合式。 Sî Sit. khóan Sit. Sit iūⁿ. Sek bî. kok Sè á sī ka ūn Sòe bî ê ì sù. 時式。款式。式樣。式微，國勢或是家運衰微的意思。

四一六畫

戜	ek, ㄝㄎˋ;	Chiū sī bô Lûn ê kut ê ì sù. 就是無圇的骨的意思。
戙	tōng, tōng, ㄉㄨㄥˋ,ㄉㄨㄥˋ	tsûn Siang Pêng ê tōa ki Chhâ. Pak tsûn ê khit á. 船双平的大支柴。縛船的杙仔。
弒	Sì, ㄕˋ	Sī Sòe hāi Sí Sī tōa. àm Chīⁿ hāi Sí Lâng. Chhì khek. 是小害死是大。暗靜害死人。刺客。

弓部 57

弓	kiong, keng ㄍㄧㄥ,ㄍㄝㄥ	Siā Chìⁿ ê khì khū, oân oân tā teh ê ì sù. îⁿ oân oân. niú tn̂g tóe ê khì khū, Gō͘ chhioh tsòe Chit keng. 射箭的器具，圓圓罩罩的意思。圓弯弯。量長短的器具，五尺做一弓。 tek keng. keng oê. keng Chiok, kó͘ tsá hū jîn Lâng tîⁿ Chiok Sió khai. kiong Chìⁿ. kiong Chhiú. 竹弓。弓鞋，弓足，古早婦仁人的纏足小脚。弓箭。弓手。

一一三畫

弔	tek, tiàu, ㄉㄝㄎ,ㄉㄧㄠˋ	kàu tè, kàu kék, Poaⁿ khì, thèh. tiàu Song, khǹg, an ùi, Pi Siong. Ēng Soh kòa teh, Pak. 到地，到極。搬去，提。弔喪，勸，安慰，悲傷。用索掛哟，縛。
引	ín, ín, ún, khui keng ㄧㄣ,ㄧㄣ,ㄨㄣ	ín keng. Sio khan, ín Chhōa. Chí sī, chí ín. ín iú, Sìaⁿ Lâng tsòe hó á sī Pái". Ín 開弓，引弓。相牽，引導。指示，指引。引誘，賊人做好或是歹。引 tōa tiâu Soh, thoa Gû, thoa Chhia, chit ín ûi chit tn̄g. Chit ín iā sī Chit Pah kin. ún tsúi chio, ín tsúi 大條索，拖牛，拖車，一引為一丈。一引也是一百斤。引水椒，引水 Chio, Chiū sī Chit khóan ioh Chháu ê miâ. 椒，就是一款藥草的名。
弖	koàn, ㄍㄨㄢˋ,	kha oan, Chheh Chiaⁿ Pún, Chheh kǹg, tsóa Chiaⁿ Pak. 脚彎，冊成本，冊卷，紙成幅。
弖	kiuh, kiú ㄍㄧㄡ,ㄍㄧㄡˇ	Sng kiuh kiuh, nńg kiuh kiuh. Sng kiuh kiuh. tsō Gú sû ê jī. 造字 酸弖弖。軟弖弖。酸弖弖。助語詞的字。

弗 hut, ㄈㄨˊ, m̄ thang, m̄ sī, m̄. khut khiok, Put cheng. Lī khui, ūi kéh.
不可,不是,毋。屈曲,不正。離開,違逆。

弘 hông, ㄏㄨㄥˊ, keng hiân ê sia" tiu" ūi tín tāng. khoah tōa, hông tāi. tōa Liōng, hông Liōng. hông oán, oan tōa.
弓弦的聲。帳帷振動。闊大,弘大。大量,弘量。弘遠,遠大。

弖 koān, ㄍㄨㄢˋ, Chiū sī Chheh chit iah ê ì sù.
就是冊一頁的意思。

引 kiuh, ㄍㄧㄡˊ, kiuh Siu á, tsah tī Seng khu ê Sòe ki to, thang tsân Lâng
引鞘仔,拃佇身軀的小支刀,可剗人

造字 借弓的偏音合成刂,成為小刀。

弛 î, sí, ㄧˊ, ㄕˇ, Pàng keng Soh, hē teh, hiat kak. Sí kiong. Pàng sang, î kim. î hòe. hòe tūi, î theh.
放弓索,遏哟,拂墘。弛弓。放鬆,弛禁。弛廢。廢墜,弛宅。

弙 ō, ㄨ, móa keng. n̄g hiòng, n̄g bok tek khui Sia bio tsún. khui keng. tiu" keng Chì".
滿弓。有向向,向目的開射瞄準。開弓。張弓箭。

四·五畫

弡 koat, ㄍㄨㄝˊ, khui keng, kiò tsòe koat. koat toān ê ì sù. Gí toān. tsám tīng. Sia Chì" ê Lông.
開弓,叫做決。決斷的意思。擬斷。斬斷。射箭的囊。

弝 Pà, ㄅㄚˋ, kiong Chì" chhiu kiah ê Só tsāi. tek keng. Chhiu Pèn.
弓箭手擇的所在。竹弓。手柄。

弟 tē, tī, ㄉㄧˋ, ㄊㄧˋ, tē jī ê. khah Sòe ê, heng tē, hia" tī. Pau tē, Chhin hia" tī. hak Seng, tē tsú. Chía tē á
第二的,較小的,兄弟,兄弟。胞弟,親兄弟。學生,弟子。姊弟仔
hia" tī Chí bē ê ì Sù. Peng íu tāng Pòe tsū khiam, Sió tī.
兄弟姊妹的意思。朋友同輩的自謙,小弟。

弨 Chiau, ㄔㄠ, kiong Chì" hē teh. keng chì" ê Soh tò tóa. tông kiong Chiau hê, Pang keng Liau tín tāng ê hêng tsōng.
弓箭遏哟。弓箭的索倒彈。彤弓弨兮,放弓了弓索振動的形狀。

弦 hiân, ㄒㄧㄢˊ, khîm ê sòa", keng ê Soh. khîm Sek ê Sòa", hiân sòa", hiân Soh. Pòa" Géh, Géh bāi, hiân Goát. Siok hiân, koh Chhōa.
琴的線,弓的索。琴瑟的線,弦線,弦索。半月,月眉,弦月。續弦,閣娶。

弧 hô, ㄏㄨˊ, tek keng, bok keng, oan ê kî Koâi". î" khò, hô hêng. Chhì" ê mia, hô sí. koat hū, koat hô.
竹弓,木弓,彎的旗桿。圜軀,弧形。星的名,弧矢。括號,括弧。

弩 Ló, Lō, ㄋㄨˇ, keng oē Sia kúi nā ki Chì". oē tsòe tit oah tauh Liah iá Siù. keng Ló. Ló Chì". kiong Ló chi boat, bô Lêng
弓能射幾若支箭。能做得活窞捕野獸。弓弩。弩箭。強弩之末,無能
ūi Lėk. Ló kiong kiam Poat, Chêng hêng kín tiu".
為力。弩弓劍拔,情形緊張。

弢 tho, ㄊㄠ, kiam Sok. keng tē. Gī Lí, Siu khǹg, hoat Sut, tsāi tiau.
劍束,弓袋。義理,收藏,法術,才料。

弤 tí, tun, ㄉㄧˇ, ㄉㄨㄣ, Chiū sī Chhat Chhiah Sek ê keng.
就是漆赤色的弓。

弣 iû, ㄧㄡˊ, Chiū sī Chhiū khui Chhe bō Sēng ê ì sù.
就是樹開叉茂盛的意思。

弣 hù, ㄈㄨˇ, keng ê tiong ng, Lâng Só kiah ê Só tsāi. ēng Chhiu hōa. tsò Chhiu Seng hù, tò Chhiu theh keng.
弓的中央,人所擇的所在。用手按。左手承弣,倒手提弓。

弰 koaih, koaih", ㄍㄨㄞ, ㄍㄨㄞ, koaih Chit ē, koaih" koaih" kiò. koaih koaih háu. bô chêng Siong ê Sia" im.
弰一下,弰弰叫。弰弰哮。無正常的聲音。

造字 狀聲字,聲音形体化的字。借另的偏音,採弓的彈性成字。

六·七畫

弮 koan, kòan, ㄍㄨㄢ, ㄍㄨㄢˋ, keng Chì" Sia Liau ê ì sù. iā sī Siok koàn.
弓箭射了的意思。也是俗卷。

弭 bí, ㄇㄧˇ, keng ê bóe Liu. Chí Soah, Siau bí. bí Loān, Chè ap. bí Peng, hioh Peng thêng Chiàn. bí tsai. bí Pōng.
弓的尾溜。止息,消弭。弭亂,制壓。弭兵,息兵停戰。弭災。弭謗。

䠷 tio, tiō, ㄉㄧㄠ, ㄉㄧㄠˋ, thiau tio, Chhin Chhiū" tāng ki, iô Lian thiau. tín tāng. Chiap Chiap tín tāng. khèh khèh tio.
跳䠷,親像重乩,搖連跳。振動。捷捷振動。慄慄䠷。
khèh khèh tsùn ê ì sù. oah oah tio Sí. Chhin Chhiū" Chē chhia keng kè Chioh thâu á Lō.
慄慄戰的意思。活活䠷死。親像坐車經過石頭仔路仔路。

造字 䠷有彈性,致用弓併借兆的音成字,義應不離譜。

弱 jiok, jioh, Chía", Lám, ㄖㄨㄛˋ, ㄖㄨㄛˋ, ㄐㄧㄚˋ, ㄌㄢˇ, bô Lō iong, Sit Chì, Loán jiok. n̄g Chía". jioh jioh, Chiū sī Seng khu kan khó m̄ tsai
無路用,失志,軟弱。軟弱。弱弱,就是身軀艱苦毋知

tāi chí。Sin thé Lám, Sin thé soe Lám, Soe jiok。Lám sin miā, hām bān sai hū, Lám sai hū。
衰誌。身体弱，身体衰弱，衰弱。弱身命。憨慢師父，弱師父。

弰 Sau, ㄕㄠ; keng tóaⁿ chìⁿ, keng ê bóe liu。
弓彈箭，弓的尾溜。

弢 tsùn, tsun, ㄗㄨㄣ、ㄗㄨㄣ; Chhiú tsùn kha chhoah, put toān tín tāng, koâⁿ kàu sih sih tsùn。Kha chhiú sin khu put tsū kak tín tāng。
手弢脚擦，不斷振動，寒到顫顫弢。脚手身軀不自覺振動。

造字 弢与跳略有同義，故採弓字旁，借发的偏音成字。

弫 Chhéng ㄔㄥ; Phok phok chhéng, sim koaⁿ phok phok chhéng, sim kùi, kiaⁿ hiaⁿ ê sim thiàu。tsòe koe ā chhén, tsòe lâng ā péng, Chhiū sī kóng lâng á sī koe, lóng ā khó phah piaⁿ。
㕷㕷弫，心肝㕷㕷弫，心悸，驚惶的心跳。做雞要弫，做人要仮，就是講人或是雞，攏要靠打拚。

造字 㕷㕷，捷捷振動，親像弦線振動的形狀。

八・九畫

張 tiong, tiuⁿ, Chiang, kiuⁿ, ㄉ一ㄛㄥ、ㄉ一ㄨ˚、ㄐ一ㄚㄤ、ㄍ一ㄨ˚; khui keng。ke thiⁿ。toa, phó siat, pò iông。tiuⁿ keng。phó tiong, keng tiong, hiau tiong。khai tiong, khui giap。Lâng ê jī sī tiuⁿ。koāi chiang, chiū sī kò chip thàn ka kī ê ì sù。kín kiuⁿ。kiuⁿ khìⁿ, kiuⁿ khèⁿ, kín kiuⁿ。Chiū sī kín chiat ê ì sù。
開弓。加添。大，鋪設，報揚。張弓。鋪張，更張，囂張。開張，開業。人的字姓張。乖張，就是固執趁你己的意思。緊張。張拑，張拑。緊張，就是緊捷的意思。

弶 kiōng ㄍ一ㄛㄥ; khan Lô bāng tī Lō nih。Liah iá siù。ēng keng tóa chiáu siù。
牽羅網佇路裡。掠野獸。用弓彈鳥獸。

強 kiông, kiōng, kiāng, kiang, kiuⁿ, ㄍ一ㄛㄥ、ㄍ一ㄛㄥ、ㄍ一ㄚ、ㄍ一ㄚㄤ、ㄍ一ㄨ˚; Chiáh bí ê thâng, kiông bí。ngī ê keng。ióng tsòng, kiông kiān。kiông。
吃米的虫，強蚌。硬的弓。勇壯，強健。強猛。

强 kiông, kiōng, kiān, kiāng, kiuⁿ, ㄍ一ㄛㄥ、ㄍ一ㄛㄥ、ㄍ一ㄢ、ㄍ一ㄚㄤ、ㄍ一ㄨ˚; Pō giók, kiông pō。kiông chè。kiông to。bián kiông, bián lē。chiáh kiàng, chhêng。kiān koai, kap góa kiān。ké kiān koai。khut kiuⁿ。kiuⁿ phiah, kùn kiuⁿ。kiuⁿ chhùi。khut chhêng (chiòng)。
暴虐，強暴。強制。強盜。勉強，勉勵。吃強，強乖，与我強。過強乖。倔強。強癖。擴強。強嘴。倔強。

弸 Peng, Pheng, ㄅㄥ、ㄆㄥ; keng iong ê khóan sit。keng ngī ê khóan。ān。móa。ngī peng peng。pheng tiong piu góe, gî piáu chhut
弓勇的款式。弓硬的款。緊。滿。硬弸弸。弸中彪外，儀表出眾

弴 tiau, tun, ㄉ一ㄠ、ㄉㄨㄣ; uī hoe ê keng, tiau hoe bûn ê keng。
畫花的弓，雕花紋的弓。

弳 Cheng, Chèng, ㄐㄥ、ㄐㄥ; khui keng chìⁿ。khui mih lâi khòaⁿ。
開弓箭。開物來看。

弸 Pheng, ㄆㄥ; tiuⁿ hiân á, tóaⁿ keng chìⁿ á sī chhèng ê ì sù。
張絃仔，彈弓箭或是銃的意思。

弲 ian, 一ㄢ; keng siang thâu bóe, khah oan ê só tsāi。
弓双頭尾，較彎的所在。

弼 Pit, Pih, ㄅ一、ㄅ一; Chhōa, pang tsān, tiau keng ê khì khū。hū pit, hú tsō。kok pih, chiū sī léng chhiò ê oē, gâu kàu kòe thâu ê ì sù。ké kok pih。
導，幫助，調弓的器具。輔弼，輔助。嗶弼，就是冷笑的話，勢到過頭的意思。假嗶弼。

弽 Siap, T一ㄚ; khui keng siā chìⁿ。tiòng tioh chìⁿ, chìⁿ pé。
開弓射箭。中着箭，箭把。

十一十二畫

彀 kò, ㄍㄡ; khui keng kàu móa。thián khui, móa。kò, tsáp bān lâng。kàu kek。kàu giáh, móa chiok。
開弓到滿。展開，滿。彀，十萬人。到極。夠額，滿足。

彭 Phóng ㄆㄥ; tîn phóng, chiū sī bîn chhng, tîn ê jiok á。tîn phóng í, sī tîn tsòe ê thê。
藤彭，就是眠床，藤的褥仔。藤彭椅，是藤做的推椅

造字 用竹或藤弓張而成的，致用弓做字旁，借旁偏音成字。且有彈性。

彄 khō, ㄎㄡ; Chhiú khóan ê lūi, keng khui kàu móa。îⁿ khō。îⁿ îⁿ。oan oan。jī sìⁿ。
手環的類，弓開到滿。圓彄。圓圓。彎彎。字姓。

彇 Siau, T一ㄠ; keng ê siang thâu bóe ê thâu, chhin chhiūⁿ siau, thong tsok siau keng thâu。tōng siau。
弓的双頭尾的頭，親像簫，通作簫弓頭。洞彇。

彈 tân, tān, tóaⁿ, tōaⁿ, ㄉㄢ、ㄉㄢ、ㄉㄨㄚ、ㄉㄨㄚ; hō oân liap á kiâⁿ, ēng siā khì siā chhut, tóaⁿ oân, tóaⁿ chhut。chhèng tóaⁿ。
予丸粒仔行，用射器射出。彈丸。彈出。銃彈。

Phàu tân, iā sī kóng sòe sòe tōaⁿ oân chi tōe. tôaⁿ khîm. tsū tôa tsū chhiùⁿ. chheng sim tôaⁿ.
砲彈,也是講小小彈丸之地。彈琴。自彈自唱。清心彈。
khí chhùi ām tōaⁿ chîn. sim koaⁿ phòk phòk tōaⁿ.
起唇搭彈繩。心肝噗噗彈。

十三—十九畫

彊 kiong, kióng, kiông, kiōng; ㄍㄧㄤ,ㄍㄧㄤˊ,ㄍㄧㄤˇ,ㄍㄧㄤˋ;
kài hān. sí liáu iáu bē nōa, kiàn tēng, kiông chîn. kiong sí. kap 強 siāng khóan.
界限。死了也未爛,凝碇,彊盡。彊死。与強同款。
bián kióng, chhut lat, ūn khún, khó khǹg. ū la̍t ê keng kian kò. tam tńg, chhiong sēng. ui giâm.
勉彊,出力,殷勤,苦勸。有力的弓,堅固。擔當,昌盛。威嚴。
kiōng, ngī chhâ bô nńg ê khoán sit, kiau ngō, tsū sí, khiūⁿ peh nī, khiūⁿ phiah.
彊,硬柴無軟的款式,驕傲,自死,強趴企,彊癖。

弯 keng, ㄍㄥ; Chiū sī keng chiàⁿ chiàⁿ ê ì sù.
就是弓正正的意思。

彌 bí, bī, mī, nī, ㄅㄧˊ,ㄅㄧˋ,ㄇㄧˋ,ㄋㄧˋ; keng tsōh chìⁿ soah, sī keng. pàng ê keng chìⁿ. móa móa, bī gēh. piàn piàn, bí bí, bī bāng.
弓擲箭息,弛弓,放下弓箭。滿滿,彌月。徧徧,彌彌,彌漫。
it hoat, bī kian. kú oán, bī kiú, o mî tô hu̍t, nî le̍k hu̍t, hu̍t kàu ê hu̍t miâ.
益發,彌堅。久遠,彌久,阿彌陀佛,彌勒佛,佛教的佛名。

彍 hok, ㄏㄨㄛˋ; khui keng, chìⁿ móa, siā chìⁿ ê ì sù. hok ló, móa keng.
開弓,箭滿,射箭的意思。彍弩,滿弓。

彏 jiōng, ㄖㄨㄥˊ; oan oan ê keng.
彎彎的弓。

彎 oan, oân, oaiⁿ, ng, ㄨㄢ,ㄨㄢˊ,ㄨㄞ,ㄥ; chiong keng in móa, oan keng. oan oat, oan oan. oân khiok. ìⁿ oaiⁿ toh, chiū sī ē hap oá tit ê toh.
將弓引滿,彎弓。彎越,彎彎。彎曲。圓彎桌,就是能合偎得的桌。
lê ng. chiū sī lôe hit ki khiau khiau ê lôe pòe.
犁彎,就是犁很支曲曲的犁背。

補6畫 弯 oan, oân, oaiⁿ, ng, ㄨㄢ,ㄨㄢˊ,ㄨㄞ,ㄥ; Chiū sī téng bīn jī 彎 ê kán thé.
就是頂面字彎的簡体。

補21畫 彏 tān, ㄉㄢˋ; tsúi lê tân, tsûn lê tân, sî kan í keng kàu hóe chhia lê teh tân. 造字 弾字加吹字成字。
水螺彈,船螺彈,時間已經到火車螺咧彈。

彐	部	58

↓落二格

彐 kì, ㄐㄧˋ; ti ê chhùi kóng ê khóan sit
豬的嘴管的款式

二·三畫

归 kui, kūi, ka, ㄍㄨㄟ,ㄍㄨㄟˇ,ㄍㄚ; 歸 ê kán thé. tò tńg lâi, hêng lâng. oá kūn. hâng hòk jip lâi. kiat bé. ka nńg. Chiū sī
歸的簡体,倒轉來,返人,偎近。降服入來。結尾。归團,就是
kui ê bô lân san ê ì sù.
歸下無零星的意思。

当 tong, tòng, tàng, tng, tǹg, tǹg, ta, ㄉㄤ,ㄉㄤˋ,ㄉㄤˊ,ㄉㄥ,ㄉㄥˋ,ㄉㄥˋ,ㄉㄚ; 當 ê kán thé. èng kai, èng tong. ha̍p gî, thò tòng. tek khak
當的簡体。應該,應当。合宜,妥当。的確
ún tàng tián tǹg, tǹg tiàm. hū chek, tam tng, tng sî. tiong hu ê pē bú, ta koaⁿ, ta ke.
穩当。典当,当店。負責,擔当。当時。丈夫的父母,当官,当家。

七—九畫

彔 lo̍k, ㄌㄨˋ; Chiū sī khek chhâ ê ì sù.
就是刻柴的意思。

彖 thoàn, ㄊㄨㄢˋ; ti teh tsáu, kòa miâ. thoàn jī.
豬咧走。卦名。彖字。

彗 hūi, ㄏㄨㄟˋ; tek ê sàu chhiú, tek sàu. tn̂g bé chhiⁿ, sàu chhiú chhiⁿ, chiū sī hūi chhiⁿ.
竹的掃帚,竹掃。長尾星,掃帚星,就是彗星。

彘 tī, ㄓˋ; ti á, ti bú. lâng, jī sìⁿ. káu tī put jû. ti ê āu tê phaiⁿ khì.
豬仔,豬母。人的字姓。狗彘不如。豬的後蹄壞去。

十—十五畫

彙 Lūi, ūi ㄌㄨㄟˋ ㄨㄟˋ
thâng ê mîa, chhin chhiūⁿ hô·-ti, m̂ng chhiūⁿ chiam。jī Lūi, tsū chip tâng lūi ê mih, lūi chip。
虫的名，親像豪豬，毛像針。字彙，聚集同類的物，彙集。

彝 î ㄧˊ
Chiu Pân, hoat tō·, tiaⁿ î。Pêng î, kok î, kok ka hoat tō·。ngó· Lûn ngó· Siông。
酒瓶，法度，鼎彝。秉彝，國彝，國家法度。五倫五常。

彛 î ㄧˊ
彝 ê Siok jī。
彝的俗字。

彡 部 59

彡 Sam, ㄕㄢ
tn̂g ê m̂ng　êng m̂ng lâi Siuⁿ Sek ê ì sù。
長的毛，用毛來鑲飾的意思。

四一七畫

形 hêng, ㄒㄧㄥˊ
mih ê Siōng, Sin thé, thé thāi, hêng thé。hêng thāi。hêng Siōng。Chêng hêng。Piáu hiān, hí hêng ū Sek。
物的像，身体，体態，形体。形態。形像。情形。表現，喜形於色。

彤 tông, ㄊㄨㄥˊ
Lâng ê sìⁿ。Chhiah Sek, tsu âng Sek ê Pit。tông kiong kó· tsá hông tè Só· Sù tōa koaⁿ âng Sek ê keng。
人的姓。赤色，朱紅色的筆。彤弓，古早皇帝所賜大官紅色的弓。

彡 Sàm, ㄕㄢ
Saⁿ Chiap mih。Lāi, Lī Piān。Chhut jī Phó·
相接物。利，利便。出字譜

彥 Gān ㄧㄢˋ
bûn Gān, hiáu Lí ê Lâng, Sek Gān, ū tsāi hak ê Lâng, tsùn Gān, tsâi tek kiam Pī Siu ióng hó ê Lâng。
文彥，曉理的人，碩彥，有才學的人，俊彥，才德兼備修養好的人。

彧 hiok ㄩˋ
bûn Lí, bûn Chhái hôa Lē。bō· Sēng ê khoán。Chhiong Sēng ê ì sù。
文理，文采華麗。茂盛的款。昌盛的意思。

彩 Sàⁿ ㄕㄢˇ
kim nà Sàⁿ, kim à nà, o· Sàn nà, Chiū Sī Chhin Chhiūⁿ kng bīn ê mih kiaⁿ hoán Sìa。Chìn kim Sih Sih, ê ì sù, o· nà Sàⁿ, Chìn o· ê ì sù, o· kàu hoat kng。
金爍彩，金彩爍，黑光爍，就是親像光面的物件反射。真金閃閃的意思。黑爍彩，真黑的意思，黑到發光。

造字 光發鬚，光線，狀形字，故光加彡成字。

八·九畫

彬 Pin ㄅㄧㄣ
hoe Pan, Sek tē hó, bûn Chit Pin Pin, bûn Chit Chiâu pī。bûn Lí。
花斑，色地好。文質彬彬，文質齊備。文理。

彪 Piu ㄅㄧㄠ
iá Siù, khah Sòe Chiah ê hó·。hó· Pan tiám。Piu Pêng, kong Chhái hoàn hoat。Piu hêng tōa hàn。
野獸，較小隻的虎。虎斑點。彪炳，光彩煥發。彪形大漢。

彫 tiau ㄉㄧㄠ
khek hoe ūi Sek tē, tiau khek。tiau hoe Sek ūi。hoe Siā, tiau Lo̍h。tiau tok, Giok Sek tiau bûn。
刻花，畫色地，彫刻。彫花飾畫。花謝，彫落。彫琢，玉石彫文。

彩 Chhái, Chhài ㄘㄞˇ ㄘㄞˋ
Chhái Sek, ngó· Chhái Sek, Sùi ê Piáu hiān。hoe Pan Sek。Cheng Chhái, Chheng Chhái, bí biāu。
彩色，五彩色，媠的表現。花斑色。精彩，清彩，美妙。
Chhái ūi, Chiū Sī ūi hoe Chhái Sek ê ì sù。
彩畫，就是畫花彩色的意思。

𢒰 Phùn ㄆㄣ
Sang Phùn Phùn Chiū Sī Chin Sang ê ì sù。Chhin Chhiūⁿ hoan tsû Sang Phùn Phùn。Gín á Sang Phùn Phùn
鬆𢒰𢒰，就是真鬆的意思。親像番薯鬆𢒰𢒰。囡仔鬆𢒰𢒰

造字 借奔的偏音成字。

彭 Phêng, Phîⁿ ㄆㄥˊ
kiaⁿ Lō·, Lō·, móa, Pîⁿ thâu。Phah kó· ê Siaⁿ, Pîn Pōng。ū Chhiuⁿ to ê chhia。Lâng ê Sìⁿ, Phîⁿ。Phîⁿ tsó·, Phîⁿ tsó· Chiah kàu Peh Pah hòe。tōe mîa Phîⁿ Sîaⁿ Soaⁿ mîa Phîⁿ bûn San。
行路，路，滿，邊頭。打鼓的聲，蹦嗙。有槍刀的車。人的姓，彭。彭祖，彭祖吃到八百歲。地名彭城。山名彭門山。

十一·十二畫

彯 Phiau ㄆㄧㄠ
Chhái Sek, Chhái ūi。tn̂g tn̂g Sì Sòaⁿ ê khoán Sit。Phiau Phiau, Chhiūⁿ kî ê tōa teh hui bú ê khoán。
彩色，彩畫。長長絲線的款式。彯彯，像旗的帶的飛舞的款。

彰 Chiong ㄓㄤ
khîm Siù ê m̂ng, hoe Pan Sek, Sùi hó khòaⁿ。hián bêng, Chiong hiān, Piáu Chiong, Piáu iông。
禽獸的毛，花斑色，媠好看。顯明，彰顯，表彰，表揚。

影 éng, iáⁿ ㄧㄥˇ
kéng, ńg, mih tsâi kng ê hêng。jit iáⁿ。im ńg。tsúi iáⁿ。tiān iáⁿ。iáⁿ Sīa, iáⁿ hì。ū iáⁿ, bô iáⁿ。Éng hióng。ūi Siōng, Sió éng。thoh kêng á hì, Liok á Chhin Chhiūⁿ Gōa kok ê teng iáⁿ。im ńg, Chhiū ńg。
景，影，物載光的形。日影。陰影。水影。電影。影射。影戲。有影，無影。影響。畫像，小影。桌影仔戲，略仔親像外國燈影。陰影，樹影。

彳 部 60

彳 Chhek, ㄔㄜˋ; kiâ ê khoán sit, sóe kha pō, ún á kiâⁿ ê ì sù。
行的款式，小脚步，緩仔行的意思。

三一四畫

行 teng, ㄉㄥ; ka kī chit lâng teh kiâⁿ ê khoán sit, lêng teng ì sù.
像己一人咧行的款式，伶仃的意思。

彴 Chiok, ㄐㄧㄛˊ; Liû chhiⁿ, pe chhiⁿ, phun chhiⁿ。tsòh kiô ê pang, chit ki sam tsòe kiô, chiok hông ghhiu súi.
流星，飛星，奔星。作橋的板，一支杉做橋，彴横秋水。

彸 Chiong, ㄐㄧㄥ; Cheng chiong kiaⁿ hiaⁿ m̄ káⁿ chìn chêng, sim koa bô tiāⁿ.
征彸，驚惶毋敢進前。心肝無定。

彷 hóng, Pông, ㄏㄤ, ㄆㄤ; khoán sit chhin chhiūⁿ, bô hóng, tiû tû, bô bêng, hóng hut。kiâⁿ bōe chìn chêng, pông hông。
款式親像，模彷。躊躇，無明，彷彿。行獪進前，彷徨。

役 ek, ìa, iah, ㄝ, ㄧㄚ, ㄧㄚˋ; Gê mn̂g ê lâng, iâu ek。tng peng, peng ek。hō lâng sái iōng ê lâng, iah sú。Gê iah。
衙門的人，徭役。當兵，兵役。互人使用的人，役使。衙役。
Chhe iah。tōa iâ, mn̂g kháu tōa iâ, hiān kim ê mn̂g oē。chiàng iâ。tōa koaⁿ ê chêng aū oē。
差役。大役，門口大役，現今的門衛。將役。大官的前後衛。

彾 Gông, ㄫㄥ; kiâⁿ bô toan chiàⁿ ê ì sù
行無端正的意思

彺 hō, hông, ㄏㄛ, ㄏㄥ; siū siū, hō lâng mih kiāⁿ, hō lâng khòai lòk。hō i, hō lí, hō góa, hō lâng phah, hông phah.
授受，彺人物件。彺人快樂。彺他。彺你。彺我。彺人打，彺打。

造字 彺有給的意思。坊間採互，究意是互相，与授受不干，故以分别兩個人以上的，物質的，形質的，精神的，的互相授受。

五 畫

彽 te, ㄉㄝ; Pâi liat。kiâⁿ lâi kiâⁿ khì ê ì sù。te hôe, pâi hôe
排列。行来行去的意思。彽徊。徘徊

征 Cheng, ㄐㄧㄥ; Chhut góa bīn kiâⁿ, chhut góa tsòe sū ê lâng, cheng hu。Cheng sòe, kiau sòe。Chhut cheng, tng peng。
出外面行，出外做事的人，征夫。征税，繳税。出征，當兵。

彿 hut, ㄏㄨˋ; Chhin chhiūⁿ, bô bêng, hóng hut。
親像，無明，彷彿。

彼 Pí, hí, hit, hia, hah, ㄅㄧ, ㄏㄧ, ㄏㄧㄊ, ㄏㄧㄚ, ㄏㄚ; i, in, hit ê, hit ê lâng, lí góa, pí chhú, chí mih kiāⁿ, tī hí te, tī hí lâi,
他，伊，彼個，彼個人。你我，彼此。指物件，佇彼地，佇彼内，
hiah, he, tī hí toh téng。hit ê mih, hit pâi, hit ki, hit tá, hah kú, hiah kú, hit kú。he, che。
佇彼桌頂。彼個物，彼囬，彼支，彼那。彼久，彼久，彼久。彼，這。

徂 tso, ㄗㄛ; khì, chìn chêng, tsūn hē teh, kok miâ, tso。Soaⁿ miâ, tso lâi san。
去，進前，存置咧，國名，徂。山名，徂來山。

往 Óng, ㄛㄥ; kiâⁿ, khì, chiân óng。kè khì liáu tsá chêng, óng sū, kè óng。tauh tauh, óng óng。óng lâi。
行，去，前往。過去了，早前，往事，過往。沓沓，往往。往來。

彸 Sap, Soah, ㄙㄚㄆ, ㄙㄨㄚˋ; kiâⁿ lō ê khoán sit。Soah kiâⁿ, chiū sī sūn sòa khí sin ê ì sù。
行路的款式。彸行，就是順續起身的意思。

徃 óng, ㄛㄥ; kap 往 siāng khoán。óng sek, tsá chêng ê sî tāi。óng hòk, lâi lâi khì khì。óng aū, chiong chhú í aū。
与往同款。往昔，早前的時代。往復，来来去去。往後，將此以後。

六 畫

很 hún, ㄏㄣ; m̄ thiaⁿ thàn, aú bān, chip aú。hiong béng, m̄ kiaⁿ sí, sio kò, put chí。kap 狠 siāng khoán ì sù。
毋聽趁，拗慢，執拗。雄猛，毋驚死，相告，不止。与狠同款意思。

後 hō, āu, hāu, ㄏㄛ, ㄠ, ㄏㄠ; iân chhiân, ian aū。aū piah, aū lâi, liáu aū, hō sin, hō ē, hō tāi, aū jit, ke aū,
延延，延後。後壁，後来，了後，後身，後裔，後代，後日，家後，
hio; ka chhiah aū。aū tāi kia kia。hāu siⁿ, hāu siⁿ sun, kiáⁿ, kiáⁿ sun。Goán hāu ê, goán kiáⁿ。
尻脊後。後臺峙峙。後生，後生孫，子，子孫。阮後的，阮子。

徊 hôe, ㄏㄨㄝ; tiû tû, kiâⁿ lâi kiâⁿ khì, pâi hôe。bô chìn chêng ê khoán sit。tī hôe, tsāi saⁿ su niū。
躊躇，行來行去，徘徊。無進前的款式。低徊，再三思量。

律 Lu̍t, ㄌㄩˋ; tiāⁿ tiòh hoat tō。Pun pîⁿ pîⁿ, it lu̍t。hoat lu̍t, lu̍t lē, iok sok。ìm gak chiat tsàu, gak lu̍t。
定着法度。分平平，一律。法律，律例，約束。音樂節奏，樂律。

徇 Sûn, ㄒㄩㄣ; Piàn piàn, chiâu tû。Sûn chiat, ūi gī hi seng。Sûn su, phiān hō。kap 殉 siāng khoán。
徧徧，週遊。徇節，為義犧牲。徇私，偏護。与殉同款。

覛 造 7畫 hiān, hiān, ㄏㄧㄢ; hiān sī, hiān sī。chiū sī tsòe m̄ hó, m̄ tsai kiàn siàu ê ì sù。hiān sī lâng。造字
覛示。覛示。就是做毋好，不知見誚的意思。覛示人。

待 thāi, ㄊㄞˇ; thêng hāu, Pī Pān, ǹg bāng, khóan thāi, Chiap tāi. thāi jîn Chiap bu̍t. tùi thāi, tùi hù
等候，備辦，向望。款待，接待。待人接物。對待，對付

後 kek, ㄍㄜˊ; kàu, ông Lâi, Chiūⁿ. ké tsòe. ké tsòe m̄ tsai, kek m̄ tsai. kek Súi, kek Phài thâu.
到，往來，上。假做。假做毋知，徦毋知。徦僐，徦派頭。

徳 ㄔˋ ㄔ; kiâⁿ Pîⁿ, iông î khòai. tōa Lō͘ Put Chí Pîⁿ.
行平，容易快。大路不止平。

洲 Chiu, ㄐㄧㄡ; Chiū sī kiâⁿ ê ì sù.
就是行的意思。

衚 hêng, ㄏㄥˊ; Chiū sī kiâⁿ ê khóan Sit.
就是行的款式。

徉 îong, ㄧㄤˊ; oá khò, thit thô hòng tōng. bô só͘ oá khò khoah tōa bô Pîⁿ.
依靠，迌迌放蕩。無所依靠闊大無平。

彸 Siám, ㄒㄧㄢˇ; bát Siám Siám, Chiū sī Chin bát ê ì sù, chhin Chhiūⁿ Lâng tsōe tsōe.
密彸彸，就是真密的意思，親像人多多。

造字 人多，从人山人海來比喻，用彸字，密不可洩。助語詞

袷 kap, ㄍㄚˊ; kap tsōa, nn̄g tè Pò͘ thīⁿ tsòe Chi̍t tè, Sio kap. kap tsòe hōe.
袷綴，兩塊布縫做一塊，相袷。袷做夥。

造字 彳双竪人，兩個人合起來，兩項物合起來。

七 畫

徎 thêng, ㄊㄥˊ; kiâⁿ Lō͘, hāng á, sió Lō͘. Sòe tiâu koh oe̍h ê Lō͘.
行路，巷仔，小路。小條閣狹的路。

徑 kèng, kì, ㄐㄧㄥˋ, ㄍㄧˋ; kha kiâⁿ ê Lō͘, Lō͘ kèng. Sio Lō͘ tit kiâⁿ, keng kòe oan oat, kín kín thong kè ìⁿ sim kàu îⁿ Chiu
脚行的路，路徑。小路直行，經過，彎越，緊緊，通過圓心到圓周
ê tit sòaⁿ, tit kèng. Soaⁿ kèng, Soaⁿ Lāi Sio Lō͘. Chiat kèng, Chhau kīn Lō͘ kiâⁿ. chhia Lián kìⁿ.
的直線，直徑。山徑，山内小路。捷徑，抄近的路行。車輪徑。

徐 Sû, chhî, ㄒㄩˊ, ㄑㄧˊ; ûn ûn á kiâⁿ, Sû sû hêng, Sû Pō͘. toan tsong, an ún. jī sìⁿ Chhî.
緩緩仔行，徐徐行。徐步。端莊，安隱。字姓徐。

徒 tô͘, ㄊㄨˊ; kiâⁿ Lō͘ ê Lâng. khang khang kiâⁿ, tô͘ Pō͘. tô͘ Chhiú. hak seng, bûn tô͘. Pō͘ Peng, tô͘ Peng.
行路的人。空空行，徒步。徒手。學生，門徒，步兵，徒兵。

俏 Siau, ㄒㄧㄠ; kiâⁿ Lō͘ ê khóan Sit.
行路的款式。

八 畫

徟 Chiu, ㄐㄧㄡ; kóaⁿ kín kiâⁿ ê khóan Sit.
趕緊行的款式。

徛 tī, ㄉㄧˋ; Sek tsū, Pī Pān ê ì sù.
積住，備辦的意思。

徛 kì, khi, ㄍㄧˋ, ㄎㄧ; kha Lîau kè tsúi. khiā, tsū chip, Chioh ti tsúi nih thang kiâⁿ. kiâⁿ kìo.
脚踏過水。竪，聚集，石佇水裡可行。行橋。

徠 Lâi, Lāi, ㄌㄞˊ, ㄌㄞˋ; kap 来 Siāng khóan, Chiū sī 來 ê Pún jī. chio ho͘, chiau Lâi. Soaⁿ mîa, tsó Lâi San.
與来同款，就是來的本字。招呼，招徠。山名，徂徠山。

徘 Pâi, Pôe, ㄆㄞˊ, ㄆㄟˊ; Chìn thè, khì m̄ Chìn Chêng. oe Lâi Sak khì. Pâi hôe, Lâi Lâi khì khì. teh kiâⁿ ê khóan Sit, tn̂g saⁿ.
進退，去毋進前。挨來揀去。徘徊，來來去去。咧行的款式。長衫。

徜 Siông, ㄒㄧㄤˊ; kè tsòe êng êng. thit thô hòng tōng. oá khò, ì oá ê ì sù. Siông îong. Lâi khì Put têng.
假做閒閒。迌迌放蕩。依靠，依偎的意思。徜徉。來去不定。

徙 Sú, Sóa, ㄕㄨˇ, ㄕㄨㄚˇ; Poaⁿ khì, Siám Phiah, kè thâu. Poaⁿ Sóa, chhian Sú. Sóa khui. Sóa Pō͘. Sóa ūi. Sóa tsai.
搬去，閃避，過頭。搬徙，遷徙。徙開。徙步。徙位。徙栽。

得 tek, tit, ㄉㄜˊ, ㄉㄧˊ; Chiâⁿ. oē, beh, ài, tham, tiâu tī, tit tioh. oē tit, thang tit. tit ì. Put tek Put.
成。能，也，要，貪，特持，得着。能得。可得。得意。不得不。
tek Sit Chham Pôaⁿ, iú Lī iu Pē. tek chhùn Chìn Chhioh, m̄ tsai móa Chiok. tek tsòe mō͘ hoan.
得失參半，有利有弊。得寸進尺，不知滿足。得罪，冒犯。

從 Chiông, Chhiong, Chhiông, ㄐㄩㄥˋ, ㄘㄨㄥ, ㄘㄨㄥˊ; thiaⁿ, thiaⁿ Chiông. hok Chiông. Sûi Chiông, kun tòe. thàn, o̍h, chiông Sū.
聽，聽從。服從。隨從，跟隨。趁，學，從事。
iû Gôan, Chiông jiân. kì jiân. ûn ûn á, ban bān, tsū tsāi, chhiong îong. hòng Chhiong.
尤原，從然。既然。緩緩仔，慢慢，自在，從容。放從。
Chhiông hêng, chhiông kôan, Pian thong tiâu kiāⁿ. tè Lâng kiâⁿ, tè Góa Lâi, tè Lâng tsáu.
從行，從權，變通條件。從人行，從我來，從人走。

徥 tāi, ㄉㄞˋ; tāi Chì, sū chêng. hó tāi, Pháiⁿ tāi. bô Góa ê tāi Chì. bô Lí ê tāi Chì. bô Sian tāi
徥誌，事情。好徥，歹徥。無我的徥誌。無你的徥誌。無甚徥

造字 徥誌，人与人的事，坊間有用事讀tāi，也有用代，應不符合。

御	Gū, ㄫㄨ,	Chiáng kóan, Liāu lí. kòachhia, Gū kà. chìn Chêng, kun tōe, tī tn̂g, su hāu, kok kun, hioh ê sò tsāi. 掌管，料理。官車，御駕。進前，跟隨，抵當，伺候。國君，歇的所在。
御	tī, ㄉㄧˊ,	Chiū sī kiâ lō ê ì sù. 就是行路的意思。
綴	tsōa, ㄗㄨㄚ,	kap tsōa, n̄ng tè pò thìn tsōe chit tè, ū tsōa. chit tsōa n̄ng tsōa. tōa tsōa, sòe tsōa. pò tsōa, pâi kui tsōa. 佮綴，兩塊布紩做一塊，有綴。一綴兩綴。大綴，小綴。布綴。排歸綴。
造字		排列，喻人的排列及字形來表現字意。
𢓜	hūn, ㄏㄨㄣ,	sin hūn, chhin hūn, chiū sī bô siōng sek ê lâng, 生𢓜，生𢓜，就是無常熟的人，
造字		人与人之間，不甚熟識的意思，或久未謀面，而致疏遠時見面的情境，有人的意思，有昏忳的意思。
𧗽	hit, ㄏㄧㄊ	hit lâi hit khì, chiū sī iô lâi iô khì ê ì sù. Lō nih hit, tàu chhut lát chē sia hiàm hoah ê sia. 𧗽來𧗽去，就是搖來搖去的意思。擒勒𧗽，抖出力的齊聲喊喝的聲。
造字		幾若個人協力來搖，夯，扶，扛。總纓出力。借彼音，加行字成字。

九畫

復	hiū, hók, hok, koh, ㄏㄧㄨ, ㄏㄛㄎ, ㄏㄛㄎ, ㄍㄛㄏ	koh, koh tsāi ì sù. óng lâi, óng hók. hêng khí, hók hêng. tò tn̂g, hôe hók. kong hók. 復，復再的意思。往來，往復。興起，復興。到轉，回復。光復。 hók sìn, hôe hók pún sìn. hók goân, hók sip, hók giap, koh oáh, hók goân. 復姓，回復本姓。復原，復習，復業，復活，復元。
徨	hông, ㄏㄛㄥ,	kia m̄ kán chìn, tiû tû. tsái iū. Pông hông. 驚毋敢進，躊躇。怎樣。彷徨。
偕	khai, ㄎㄞ,	Chiū sī kiâ phái ê ì sù. Pâi khai hêng ok. 就是行歹的意思。徘偕行惡。
徤	kiān, kiā kap, ㄍㄧㄢ, ㄍㄧㄚ	与健 jī siōng tông. Iòng kiā, kiān khong. 与健字相同。勇健，健康。
徧	piàn, ㄆㄧㄢ,	sì kòe kiâ, tà sò tsāi kàu, piàn piàn, chit piàn. kui piàn. 四界行，逐所在到，徧徧，一徧。歸徧。
循	sûn, sūn, ㄙㄨㄣ, ㄙㄨㄣ,	hō lâng chhōa tè, thàn. Chiàu iū, sûn lē. sûn hoân chiū jî hók sí. sūn sū, sūn kui kú. 互人導來隨，趁。照樣，循例。循環，週而復始。循序，循規矩。
徝	Chhèng, ㄑㄧㄥ	Chiū sī tsáu ê ì sù. 就是走的意思。
徻	khiat, ㄎㄧㄚㄊ,	o͘ khiat, o͘ o͘ ê ì sù. O͘ lâng siⁿ tsòe o͘ khiat o͘ khiat. tsoh sit lâng hō jit thâu phak kàu o͘ kh o͘ khiat. Pū hoan tsû hé ta, pū kàu o͘ khiat o͘ khiat. 黑徻，黑黑的意思。黑人生做黑徻黑徻。作穡人互日頭曝到黑徻黑徻。烰番薯臭火焦，烰到黑徻黑徻。
造字		助語詞。借曷的偏音成字。
偌	jiá, ㄖㄧㄚ,	jîn jiá, Chiū sī lâng lâng hó, gâu kau pôe lâng 人偌，就是人人好，勢交陪人
造字		借若的偏音成字。

十—十一畫

徯	hê, ㄏㄝ,	thèng hāu, su hāu, ǹg bāng, oeh ê lō͘, sio lō͘. 等候，伺候，向望。狹的路，小路。
徬	Pông, ㄆㄛㄥ,	San oá kiâ. Pin á. tiû tû, Pông hông. 相倚行。邊仔。躊躇，彷徨。
微	bî, bi, bui, ㄅㄧ, ㄅㄧ, ㄅㄨㄧ,	bī sió, sió khóa. sòe sòe. bī biāu. iù iù, bi bi á. bi hong chheng liâng. 微小，少許。小小。微妙。幼幼，微微仔。微風清涼。 bák chiu bui bui. sa bui. Chiū sī ài khùn ê khoàn poàn háp poàn khoeh ê ì sù. 目睭微微。眇微，就是𤆬睏的款半合半瞌的意思。
徭	iâu, ㄧㄠ,	chhe iah. tn̂g chit tsòe koaⁿ ê lâng, iâu iah. hák seng chit pah jī tsap lâng. 差役。當職做官的人，徭役。學生一百二十人。
㣯	siat, ㄒㄧㄚㄊ,	kiâ iô tāng ê ì sù. 行搖動的意思。

徸	Chiông, Chiòng, ㄐㄧㄥ, ㄐㄧㄥˋ;	kiâⁿ bô sì chiaⁿ, kiâⁿ ê khoán sit, hóaⁿ kín kiâⁿ. kiâⁿ bô sì chiaⁿ. 行無四正，行的款式，趕緊行。行無四正。
䢦	Sut, ㄕㄨㄜ;	kiâⁿ lō͘ ê khoán sit. 行路的款式。
微	bî, bî, ㄨㄟˊ;	íu, bî soe, ò biau, bî biau. soe bî. kap 㣲 siāng khoán. 幼，微小，奧妙，微妙。衰微。与㣲同款。
徲	tî, ㄉㄧˊ;	kú kú, óng óng lâi lâi ê ì sù, tî tî. 久久，往往來來的意思，徲徲。

十二—十三畫

徹	thiat, ㄔㄜˋ;	thong thàu, sió lō͘, pîⁿ, pak, tû khì, húi hoāi, pâi liat. koàn thiat. thiat té. thiat thâu 通透，小路，平，縛，除去，毀壞，排列。貫徹。徹底。徹頭 thiat bé, sí chiong jû it. Chiu tiâu ê sî kiau soe ê hoat tō͘, sip it soe. iat 徹尾，始終如一。周朝的時繳稅的法度，什一稅。徹通
徵	teng, tin, khiò, tí, ㄓㄥ, ㄓ, ㄔㄥ, ㄉㄧˇ;	hō͘ mih tín tāng. Chhâ mn̄g, tin sûn. ēng giām, teng tiāu. teng soe, teng hiòng. 使物振動。查問，徵詢。應驗，徵兆。徵稅，徵餉。 tin kiû. teng hāu. teng sìn, teng giām. ngó͘ im ê miâ, kiong siong kak tí ú. 徵求。徵候。徵信，徵驗。五音的名，宮·商·角·徵·羽。 khit lâng tsoh khiò, tsòe khiò, ang î kā lâng tsòe khiò, ēng sia, ēng hû, tsòe khiàn sng 給人作徵，做徵，尪姨給人做徵，用邪，用符，做㑳愪 ê ì sù. kóe khiò, thâu khiò, chhiáⁿ sai kong á sī bû su lâi kái. 的意思。改徵，解徵，請司公或是巫師來解。
德	tek, ㄉㄜˊ;	hó phín tek, jîn tsû, un tián, kám un. tek hēng, jîn tek, tek bāng, tō tek. 好品德，仁慈，恩典，感恩。德行。仁德。德望。道德。
徻	hōe, oè, ㄏㄨㄟˋ, ㄨㄟˋ;	Chhù koâi koh hiáng liāng, kng bêng ê ì sù. 厝高𠕇響亮，光明的意思。
㣯	sām, ㄙㄢˇ;	sām sām, kiâⁿ lō͘ sām sām, chiū sī kiâⁿ lō͘ bān bān ê ì sù. tòe sām, bóng tòe lō͘. 㣯㣯，行路㣯㣯，就是行路慢慢的意思。隨㣯，莽隨路。
造字		㣯，閒散也。
徼	hiau, kiàu, khiàu, khiò, ㄒㄧㄠ, ㄐㄧㄠˋ, ㄑㄧㄠˋ, ㄑㄧㄜˋ;	lām sām kiû, thau khóaⁿ iūⁿ, hiau hēng. sì kòe kiâⁿ kiàu sûn, sûn sī. 濫滲求。偷看樣。徼幸。四界行，徼巡，巡視。 pian kiàu, pian kài. sió lō͘, jia ûi. tsòe khiò, kap khiò ê kái soeh siāng khoán. 邊徼，邊界。小路，遮圍。做徼，与徵的解說同款。
䙴	siām, ㄒㄧㄢˊ;	kiâⁿ lō͘ kín kín ê khoán sit. 行路緊緊的款式。
邅	chian, ㄓㄢ;	oát tńg, sóa ūi. àm chīⁿ, siu khǹg, tè i kiâⁿ, kiâⁿ bōe chìn. 越轉，徙位。暗靜，收藏，隨他行，行𣍐進。

十四—十七畫

徽	hui, ㄏㄨㄟ;	kiong lú só͘ ēng ê tòa. saⁿ kó͘ soh. khîm ēng gek tsòe hui. hui chiong. tē miâ, an hui séng. 宮女所用的帶。三股索。琴用玉做徽。徽章。地名，安徽省。
𢕟	lêng, ㄌㄥˊ;	kiâⁿ lō͘ ê khoán sit. 行路的款式。
䙶	tsoan, ㄗㄨㄢ;	kiâⁿ m̄ tioh lō͘ ê khoán sit. 行毋着路的款式。
𢖍	thuh, ㄉㄨˊ;	thuh thuh, thuh thuh ná hāu lâm, gōng thuh tuh. 𢖍𢖍，𢖍𢖍那孝男，戇𢖍𢖍。
𢖤 (Lóng, ㄌㄨㄥˊ)	Liông, Lōng, ㄌㄧㄥˊ, ㄌㄨㄥˊ;	kiâⁿ lō͘ bô sì chiaⁿ. tit tit kiâⁿ ê ì sù. 行路無四正。直直行的意思。
𢖶	Siong, ㄒㄧㄤ;	siong iông, pâi hôe, siau iâu. ké sí, hn̄g hn̄g, kiâⁿ lō͘ ê khoán sit. 儴佯，徘徊，逍遙。假死，遠遠，行路的款式。
𢖾	Loā, ㄌㄨㄚˋ;	chiâⁿ loā, chiū sī kui hûn kui tsoā ê ì sù. kap 𢖾 ū siāng khoán ê ì sù. 成𢖾，就是歸紋歸綫的意思。与綴有同款的意思。
造字		借賴音成字。

心忄⺗部 61

心	Sim, ㄒㄧㄇ;	kun Pún, Seng khu ê tsú, Sim Sū i Liām cheng Sîn ê tsóng chheng hō。ngó tsong ê chit hāng, 根本，身軀的主，心思意念精神的總稱呼。五臟的一項， Sim tsōng 心臟。tiong ng, tiong Sim 中央，中心。Sim koaⁿ 心肝。sim Sîn 心神。Sim Le̍k 心力。Sim Pâng 心房。Sim Sū 心事。

一·二畫

必	Pit, ㄅㄧㄊ;	Pun kàu kek iù。tek khak, tiāⁿ tio̍h, Pit têng, it têng, Pit su. Pit iàu. koat toàn Pit hoat。分到極幼。得確，定着，必定，一定，必須。必要。决斷，必罰。
忉	to, ㄉㄜ;	Sim koaⁿ chhì chhak, iu būn ê ì sù. 心肝刺鑿。憂悶的意思。
忉	thiau, ㄊㄧㄚㄨ;	Sim koaⁿ iu būn Pi Siong ê khóan Sit, thiau tàn。心肝憂悶悲傷的款式，忉怛。
忞	ngāi, ㄥㄞ;	Chiū sī kéng kài ê ì sù 就是警戒的意思。
忇	Lit, ㄌㄧㄊ;	Lit khì, Sit Lit khì, Sit khì chin khì。忇氣，失忇氣，失去真氣。 造字
忛	neh, ㄋㄝ;	Lún neh, khū Phà Saⁿ hun m̄ káⁿ chiân chêng ê ì sù. Sió tàⁿ. 怕忛，懼怕三分不敢進前的意思。小膽。 造字

三畫

志	Chì, ㄓˋ;	Sim koaⁿ Só hiòng tīaⁿ tio̍h ê ì sù。Chì khì, Li̍p Chì, Chì hiòng。ì Chì。Siàu Liām Chì Sū, koàⁿ Chì。心肝所向定着的意思。志氣，立志，志向。意志。數念，志事，縣志。
忍	jím, Lún, ㄖㄣ, ㄌㄨㄣ;	oē kham tit, hó tàⁿ, kiông, ka kī io̍k Sok, Siu khì, thun Lún, jím nāi, tsân jím. jím Sim. jím Siū. 能堪得，好膽，強，傢己約束，忍氣，吞忍，忍耐。殘忍。忍心。忍受 Lún khì kiû tsâi, jím khì hô Sūn, jím jio̍k hū tiōng, jím ki nāi hân 忍氣求財，忍氣和順。忍辱負重，忍飢耐寒。
忌	kī, khī, ㄐㄧˋ, ㄑㄧˋ;	oàn tò, oàn hūn, kī tò. kiaⁿ hiaⁿ, kī tàn. ūi kī. kī ji̍t, kìm khì, khī khek, tsòe k 怨妒，怨恨，忌妒。驚惶，忌憚。畏忌。忌日。禁忌，忌剋，做忌。
忔	Gut, ㄍㄨㄊ;	hoaⁿ hí, Sim koaⁿ Só bô ài ê ì sù. Sim koaⁿ m̄ ài 歡喜，心肝所無愛的意思。心肝毋愛。
忙	bông, bâng, ㄅㄛㄥ, ㄅㄤ;	Sim koaⁿ Pek chhiat, bông Loān. hong bông, bô êng, hoân bông. Pang bâng, sim bâng bâng 心肝迫切，忙亂。慌忙，無閒，繁忙。幫忙，心忙忙。
忐	khún, thám, ㄎㄨㄣ, ㄊㄚㄇ;	Chiū sī Sim koaⁿ Phû Phiò khang hi ê ì sù. thám thek. Sim Sîn Put an têng. 就是心肝浮漂空虛的意思。忐忑，心神不安定。
忑	thek, ㄊㄝㄎ;	Chiū sī Sim koaⁿ Phû Phiò khang hi ê ì sù, thám thek. Sim Sîn Put an teng 就是心肝浮漂空虛的意思，忐忑，心神不安定。
忒	thek, ㄊㄝㄎ;	kóe, Gî ngāi, Piàn oāⁿ, kè thâu, Chha chhok, Put Chí. thek Lêng Lêng, hong á Sī Chiáu Pe ê Siaⁿ 假，疑訝，變換，過頭，差錯，不止。忒楞楞，風忒是鳥飛的聲。
忖	Chhún, ㄘㄨㄣ;	Liāu, Phah Sǹg, Siūⁿ, ioh. Chhún Liōng, Chhún tok, Chhek tō. 料，打算，想，臆。忖量，忖度，測度。
忘	bông, ㄅㄛㄥ;	bōe kì tit, bô Siūⁿ, bông kì. hut Lio̍k, bông hêng. bông Pún, bōe kì tit kun Pún. bông un hū Gī, 獪記得，無想，忘記。忽略，忘形。忘本，獪記得根本。忘恩負義，
忕	thài, ㄊㄞ;	Chhia chhì, Chhia hoa kàu kek ê ì sù. chhi thài 奢侈，奢華到極的意思。侈忕。
忓	hu, u, ㄏㄨ, ㄨ;	iu būn。Sim koaⁿ hoân Ló ê ì sù. u thū, u u thū thū Chiū sī ham bān koh kò chip ê ì sù. 憂悶。心肝煩惱的意思。忓慎，忓忓慎慎就是憨慢擱固執的意思。
㣊	kiong, ㄍㄧㄛㄥ;	Chiū sī iu būn ê ì sù 就是憂悶的意思。
忚	he, ㄏㄝ;	khi môa, Sim koaⁿ m̄ ài ê khóan Sit。欺瞞，心肝毋愛的款式。
忉	jím, ㄖㄧㄇ;	Saⁿ thiàⁿ, chhin ài, thun Lún, jîn ài, jîn tek。相疼，親愛。吞忍，仁愛，仁德。
㣿	Chiok, Liāu, ㄐㄧㄛㄎ, ㄌㄧㄠ;	iu būn, hoân Ló, kiaⁿ hiaⁿ。憂悶，煩惱，驚慌。
忓	kan, ㄍㄚㄋ;	kek thâu, kiáu jiáu, hó, 極頭，攪擾，好，
忐	Chiūⁿ, ㄐㄧㄨ;	Chiūⁿ Chhīⁿ, Chiū sī Gín á ài khiàu Lâng ê ì sù, ū Sai nai ê ì sù. Chin Chiūⁿ Chhīⁿ 忐懀，就是囝仔便扶人的意思，有撒嬌的意思。真忐懀

造字 忐懀，心想，隨便，佮父母或是親人身上挾。借上的白話音成字。

四畫

忮	Chì, chhì, kì, khì, ㄐㄧˋ,ㄑㄧˋ,ㄍㄧˋ,ㄎㄧˋ	hiong ok, àu bān, Siong hāi, oàn hūn, tham Sim, oàn tò。Chì Sim。Chì kiû。Put khì Put kiû。 凶惡，拗慢，傷害，怨恨，貪心，怨妒。忮心。忮求。不忮不求。 bô oàn hūn iā bô Siū" iàu kiû Sím mih。 無怨恨也無想要求甚麼。
忠	tiong, ㄉㄧㄛㄥ	Sêng Sit, Chīn tiong, tiong Sit, tiong hō, tiong Sìn, tiong hàu Siang tsôan。tiong kò。tiong Liông。 誠實，盡忠，忠實，忠厚，忠信，忠孝双全。忠告。忠良。
忪	Chiong, ㄐㄧㄛㄥ	Sim koa" Phok Phok Chhéng, bô tiā" ê khóan Sit。kia" hia" Cheng Chiong。 心肝抨抨彈，無定的款式。驚惶，怔忪。
忡	Chhiong, ㄑㄧㄛㄥ	Sim koa" ut tsut bōe Peng an, iu būn, hōan Ló。iu Sim Chhiong Chhiong。 心肝鬱悴𣍐平安，憂悶，煩惱。憂心忡忡。
忿	hún, ㄏㄨㄣ	bô hoa" hí, Siū khì, oàn hūn, ut tsut, hoat hún。hún hūn。hún Lō。 無歡喜，怒氣，怨恨，鬱悴，發忿。忿恨。忿怒。
忺	hiam, him, ㄏㄧㄚㄇ,ㄏㄧㄇ	hoa" hí, Chhiò, thiòng Lok, ài, him bō, him Soān, jī sìn him。 歡喜，笑，暢樂，愛，忺慕，忺羨，字姓忺。
怀	hù, ㄏㄡ	Chiū sī Siū khì bô hoa" hí ê ì sù。 就是怒氣無歡喜的意思。
忽	hut, ㄏㄨㄊ	Sim bô tiā" bōe kì tit。khin khin。Sò hut。hut jiân。hut Liòk。kek Sòe, Chit Lî ê Chheng hun Chi it, chit hut。 心無定𣍐記得。輕輕。疏忽。忽然。忽略。極細，一釐的千分之一，一忽。
忨	Goán, ㄫㄨㄚㄢ	tham Sim, ài Sioh, thià" thàng, tham oàh ê ì sù。Goán Sòe hat jit, Lōng hùi Sî kan。 貪心，愛惜，疼痛，貪活的意思。忨歲愒日，浪費時間。
快	khoài, khoà", khoai, khui, ㄎㄨㄞˋ,ㄎㄨㄚ",ㄎㄨㄞ,ㄎㄨㄧ	Sim koa" hoa hí, khoài Lok。Chheng êng khoa" oàh。khoài" oàh。Chiam Lāi, khoài to。 心肝歡喜，快樂。清閒，快活。快活。尖利，快刀。 Sóng khoài, Sim Chêng Chheng Sóng, khùi oàh。jû khoài, khin khoài。khoài Chhia。kín kín, khoài khoài。 爽快，心情清爽。快活。愉快，輕快。快車。緊緊，快快。
忞	bîn, ㄅㄧㄣ	bián Lē ka kī Chhut Lat, hák Síp。Láu Liān。bōe Chiâ" Sim Só ài。 勉勵家己出力。學習。老練。𣍐成心所愛。
念	Liām, ㄌㄧㄚㄇ	Sióng Sióng Siū", Chhin ài Sim Sio Liâm, bô bōe kì tit ê ì sù, Siàu Liām。Liām Su。Liām keng。Liām thâu。 常常想，親愛心相黏，無𣍐記得的意思，思念。念書。念經。念頭。
忸	Lek, Liok, Líu, ㄌㄜㄎ,ㄌㄧㄛㄎ,ㄌㄧㄨ	kiàn Siàu, bīn Lek Sek。Liú, kiau ngō, hák Síp, ut tsut。 見誚，面忸色。忸，驕傲，學習，鬱悴。
忭	Piān, ㄅㄧㄢ	hoa" hí, thiòng Lok, tek ì ê ì sù。hoan Piān。 歡喜，暢樂，得意的意思。歡忭。
忱	Sîm, ㄒㄧㄇ	Siong Sìn, Sêng Sit。sim Siū"。jiat Sîm, Chin Sit ê Chêng ì。 相信，誠實。心想。熱忱，真實的情意。
忲	thài, ㄊㄞ	Chhia hoa, Chì khì Chhia Chhi, Sin thé kiau thài。kap 忕 Sio Siāng ì Sù。chhi thài 奢華，志氣奢侈，身体驕泰。5 忕相同意思。侈忲
忝	thiám, ㄊㄧㄚㄇ	kiàn Siàu, Lêng jiok, iu būn。 見誚，凌辱，憂悶。
忼	khóng, ㄎㄛㄥ	khóng khài, ì kiàn kám kek Put Pêng, kám Siong。thó khùi。 忼慨，意見感激不平，感傷。吐氣。
忤	ngó, Gō, ㄫㄛ,ㄫㄛ	uî kèh, kò Chip, ngó Gèk。Gō tsoh。Gō tsoh Giām, Chiū sī Giām Sin sī ê koa"。 違逆，固執，忤逆。忤作。忤作驗，就是驗身屍的官。
忬	ū, ㄨ	Chhiū" ê Lūi, koai koai, an ún, thiòng Lok, Pin tōa" êng êng。ū Chêng。 象的類，乖乖，安穩，暢樂，貪惰，閒閒。忬情。
志	Chì, ㄐㄧ	kì tsài, Chì khì, Lip Chì, ioh mia。kap Sīng khóan。ioh mia oán Chì。 記載，志氣，立志，葯名。与志同款。葯名遠志。
㤃	hong, ㄏㄛㄥ	khī khek, Siong hāi。 忌剋，傷害。
忥	hì, ㄏㄧ	Gōng ê khoán, Sok Chêng hioh khùn。hoa hí。hà hì, khui Chhui Su khì。ha khiàm。 戇的款，肅靜歇睏。歡喜。噓氣，開嘴舒氣。呵欠。
忩	Chhong, ㄑㄛㄥ	Sim koa" kia" hia", tín tāng, Chhong hông, Chhong bông, Chhong Pōng, to tsōe。 心肝驚惶，振動，忩惶，忩忙，忩㥬，多多。
㤆	hoán, ㄏㄨㄚㄢ	Phái" Sim。kip Sèng, Phái" Sèng tē。Kín kip。hoán hóe。 歹心。急性，歹性地。緊急。反悔。
忶	hûn, ûn, ㄏㄨㄣ,ㄨㄣ	Chiū sī Sim Lāi iu būn ê ì sù。Chhun ûn。Lâng iā Siān sī kha Lêng tit。 就是心內憂悶的意思。伸忶。人厭倦四脚踜直。
忯	Chî, Sî, î Sî, ㄐㄧ,ㄒㄧ,ㄧ,ㄒㄧ	tsun kèng, tùi tiong, hoa" hí Chiap Lap ê ì sù。 尊敬，貴重，歡喜接納的意思。
㤂	Lek, Lék, ㄌㄜㄎ,ㄌㄜㄎ	Lek Sek。Lek Sek Sio Siāng ì sù。Lek Sek Lâng, khok Sek Lâng, Phái" khóan thāi Lâng ê ì Sù 㤂嗇。㤂嗇相同意思。㤂嗇人，酷嗇人，歹款待人的意思。 造字

㤞	Gâ, khâ ㄫㄚ, ㄎㄚ	Chiū sī jīm. kiaⁿ hiaⁿ hâng hòk ê khóan sit, Phak teh ê khóan sit。 就是認。恐惶降伏的款式，仆咧的款式。
怦	Pāng ㄅㄤ,	Chiū sī oàn hūn ê ì sù。 就是怨恨的意思。
忻	hian, him ㄏㄧㄢ, ㄏㄧㄇ	hoa hí, Chhiò, thiòng Lók, ài, him bō͘, jī sìⁿ him。him Soān。hian hí。kap 欣、忺 siāng khoán。 歡喜，笑，暢樂，愛，忻慕，字姓忻。忻羨。忻喜。與欣、忺同款。
忎	Sîm ㄒㄧㄇ,	Chiū sī Sìn Sit, Siong Sìn, Sêng Sit ê ì sù。 就是信實，相信，誠實的意思。
忕	Siàt ㄒㄧㄚㄊ,	hák sip, Chhia Chhi, ìm Loān, koàn sip, Lek siàt。 學習，奢侈，婬亂，慣習，忸忕。
忳	tun, tūn ㄉㄨㄣ, ㄉㄨㄣ	tūn, iu būn, hoân Ló, kiau jiau, Loān Loān, iu Chhiû ê khóan sit, tūn iu。bô tek ì bōe hoa hí, ㄉㄨㄣ, 憂悶，煩惱，攪擾，乱乱，憂愁的款式。忳憂。無得意，𣍐歡喜。 tun sùn。Gû Gōng ham bān, Gû tūn。kha Chhiú tūn tūn。thâu khak tūn tūn。 忳遜。愚戇，憨慢，愚忳。腳手忳忳。頭殼忳忳。
㤉	Gông ㄫㄛㄥ,	Gông ngiáh, Chiū sī kiaⁿ hiaⁿ ê ì sù。 㤉愕，就是驚惶的意思。
造字		一時的驚惶不安表露的心情意境，借卬音成字，音義具備。
怐	kun ㄍㄨㄣ,	khat kun, Chiū sī kam Goān tsòe khah oh tit. hùi khì á sī khai hùi ê ì sù。m̄ khat kun, 克怐，就是甘願做較艱得。費氣或是開費的意思。毋克怐， Chiū sī bô Goān ì hù Chhut sim Lek but chit。 就是無願意付出心力物質。
怺	Sa, Soa ㄕㄚ, ㄕㄨㄚ	Sa bui, bák Chiu Sa bui siap ah khùn ê khóan sit。Soa Sap, Chiū sī Pān sū ū tsòe tsòe tìn phoāⁿ 怺微，目睭怺微澀偎睏的款式。怺䛽，就是辦事有多多纏拌 ê ì sù。Soa Soa Sap Sap tāi chì tsòe。kāu Soa Sap kāu oē ê ì sù 的意思。怺怺䛽䛽事誌多。厚怺䛽，厚話的意思。
造字		怺屑不只事物多，心事也定多，致採心怦，借少的偏音成字。
怉	Phāⁿ ㄆㄚⁿ,	ū Phāⁿ, ké ū Phāⁿ, Chin Phāⁿ, bô Phāⁿ。Phāⁿ, Phiau Phiat ê ì sù。hó khòaⁿ, ū súi ê ì sù。 有怉，假有怉，真怉，無怉。怉，漂贅的意思。好看，有媠的意思。
	Phā ㄆㄚ,	ū thit thô ê ì sù, kau Peng iú, Phāⁿ tsa bó Gín á。Sì kòe Phā, chiaⁿ Phā。 有迌迌的意思，交朋友，怉查某囡仔。四界怉，正怉。
造字		要怉必須由心出發由心拋出去，借抛偏音成字。

五畫

怞	îu, iû ㄧㄡ, ㄧㄡ	iu būn ê khóan sit, hoân Ló kiaⁿ hiaⁿ。 憂悶的款式，煩惱驚惶。
怔	Cheng ㄓㄥ,	Sim Sîn bô tiaⁿ, iu ut kè thâu, Cheng Chhiong。kiaⁿ hiaⁿ, Sim koaⁿ Phók Phók Chhíng, Cheng Chiong。 心神無定，憂鬱過頭，怔忡。驚惶，心肝扑扑踜，怔忪。
怢	tut, thut ㄉㄨㄊ, ㄊㄨㄊ	iu būn ê Sim koaⁿ。kiaⁿ hiaⁿ。Sim koaⁿ hut jiân Sin khí ì kiàn 憂悶的心肝。驚惶。心肝忽然生起意見
怵	thut ㄊㄨㄊ,	Sió tàⁿ, kiaⁿ, iu hek。thut jiâng, Sim hō͘ iu hek Lâi Lóh nńg ê khóan。Sim thut, kiaⁿ hiaⁿ。 小膽，驚，誘惑。怵然，心被誘惑來落軟的款。心怵，驚惶。
怤	hú, hù ㄏㄨ, ㄏㄨ	Su Siūⁿ, Siàu Liām, hoaⁿ hí ê ì sù。 思想，思念，歡喜的意思。
怫	hùi, hut ㄏㄨㄧ, ㄏㄨㄊ	Sim koaⁿ bô Peng an, Siū khì ê khóan sit, hùi ūi。hut ut, iu būn, bô hoaⁿ hí。Put an。 心肝無平安，怒氣的款式，怫帽。怫鬱，憂悶，無歡喜。不安。
怙	hō͘, kō͘ ㄏㄛ, ㄍㄛ	Pí jū Lāu Pē, oá khò。Pang tsān, ng bāng。Sit hō͘, bô Lâng Chiàu kò。kō͘ chit ki chhùi, beh kō͘ Lâng 比喻老父，依靠。幫助，向望。失怙，無人照顧。怙一支嘴，也怙人。
怳	hóng ㄏㄛㄥ,	Siau ê khóan sit, Sit Chì ê khóan, Sim Loān, hóng hut。kap 恍 Siāng ì sù。 猶的款式，失志的款，心乱，怳惚。與恍同意思。
怡	î ㄧ,	Saⁿ hoaⁿ hí, hô Sūn, khoài Lók。î iat。î jiân。î Chêng iōng Sèng。 相歡喜，和順，快樂。怡悅。怡然。怡情養性。
怯	khiap ㄎㄧㄚㄆ	Sió tán, kiaⁿ hiaⁿ, Lún neh, Loán jiok, pîn toāⁿ。Sit Chì。tám khiap, khiap jū, ùi khiap。 小膽，驚惶，怕仂，軟弱，貧惰。失志。膽怯，怯懦，畏怯。
急	kip ㄐㄧˊ,	Oeh toeh ê khóan sit, koáⁿ kín, kip Pek, khùn khó͘ kò kip。Pek Chhiat, kip Chhiat。kín kip。Lîm kip。 狹隘的款式，趕緊，急迫。困苦，告急。逼切，急切。緊急。臨急。
怇	kū ㄍㄨ,	bú bān, kiau ngō ê khóan sit。 侮慢，驕傲的款式。
怜	thîn ㄊㄧㄣ,	thîn thōng, thîn thōm, chiū sī ham bān, Gōng Gōng ê ì sù。thîn thîn thōng thōng o͘ Pèh Kóng oē。 怜㤯，怜㤯，就是憨慢，戇戇的意思。怜怜㤯㤯黑白講話。
造字		

怪 koài, koè, kài, 《ㄨㄞˋ,《ㄨㄝˋ,《ㄞˋ
kohiūⁿ, kî-ī, Gî ngāi, kiaⁿhiaⁿ, koài sū, kî koài, koài bu̍t, koài īⁿ, koài tō。
異樣，奇異，疑訝，驚惶。怪事，奇怪，怪物，怪異，怪道。
kiàn koè, koè Lâng, hō Lâng koè, bōh tit koè, bē koè tit。iau koài, koài tsāi, kiaⁿ thàn ê oē
見怪，怪人，乎人怪，莫得怪，𣍐怪得。妖怪，怪哉，驚歎的話。
hiông kài kài, chiū sī oē o͘ chhat pe̍h phaiⁿ khoàⁿ ê ì sù。
雄怪怪，就是畫黑漆白歹看的意思。

怓 Lâu, nâu, ㄌㄠˊ,ㄋㄠˊ
kiáu chhá, kiáu jiáu, jiáu Loān ê ì sù。hun Lāu, tsa̍p Loān
攪吵，攪擾，擾亂的意思。惛怓，雜亂。

怩 nî, ㄋㄧˊ
kiàn siàu ê bīn sek。
見誚的面色。

怒 Lō͘, siū, ㄌㄨˋ,ㄒㄧㄡˋ
hùn khì, hùn Lō͘。siū khì。Saⁿ chek, Lō͘ chek。hoat khì, chhó bo̍k Lō͘ seng。Lō͘ tiâu, hiông iông tiâu sè。Lō͘ tō, hiông iông ê hái éng。siū khì, siū khì siū toàn。siū khì kau iô thâu poa̍ⁿ hī。
憤氣，憤怒。怒氣。相責，怒責。發起，草木怒生。怒潮，洶湧的潮勢。怒濤，洶湧的海浪。怒氣，怒氣怒喧。怒氣到搖頭拂耳。

怕 Phàⁿ, Poeh, Lún, ㄆㄚˋ,ㄆㄨㄝ,ㄌㄨㄣˋ
kiaⁿhiaⁿ, kiaⁿ Liau。khū Phàⁿ, Put Phàⁿ。Poeh sí, chiū sī kiaⁿ sí ê ì sù。Phàⁿ sū,
驚惶，驚了。惧怕。不怕。怕死，就是驚死的意思。怕事，
ka Lún sún, ka iám koàⁿ。Lún Lâng, m̄ sāi Lún, jím jiōng。Lún neh, m̄ káⁿ chìn chêng, sió tán。
佼怕惇，佼魘寒。怕人，毋使怕，忍讓。怕怮，不敢進前，小膽。

怦 Pheng, ㄆㄥ
Sim koaⁿ kín kip tiōng tit ê khoán sit。Pheng Pheng hê。
心肝緊急，忠直的款式。怦怦兮。

怌 Phi, Phî, ㄆㄧ,ㄆㄧˊ
kiaⁿ hiaⁿ, bú bān。sim tōa, khoa kháu。
驚惶，侮慢。心大，誇口。

怭 Pit, Pit, ㄅㄧㄝ,ㄅㄧㄝ
bú bān, chiú tsùi í keng soah, ui giâm ê hoat tō͘。
侮慢，酒醉已經息，威嚴的法度。

怖 Pò͘, ㄅㄨˋ
chiū sī sim bô peng an, kiaⁿ hiaⁿ, khióng pò͘。tah hiahⁿ。
就是心無平安，驚惶，恐怖。搭嚇𠯗。

性 Sèng, sìⁿ, ㄕㄥˋ,ㄒㄧˋ
Sim pún ê khoán sit, sim sèng, pún sèng。sèng chit, kì sèng, sèng tē, kip sèng, bān sèng。
心本的款式，心性，本性。性質，記性，性地，急性，慢性。
Lâm Lú sèng piat。sèng kau, kau kò͘。sìⁿ miā。sim sìⁿ。kì sìⁿ。
男女性別。性交，交媾。性命。心性。記性。

思 Su, sù, si, sū, siàu, ㄙ,ㄙˋ,ㄒㄧ,ㄙㄡˋ,ㄒㄧㄠˋ
su sióng, su chhin, su bō͘, su lū, su khó, su liōng, su lō͘, su tiâu。sam su,
思想，思親，思慕，思慮，思考，思量，思路，思潮。三思。
sím mih ì sù。sim su ì liām, ì sù。su niû, siūⁿ si, siūⁿ si pīⁿ。su liām, siàu liām
甚麼意思。心思意念，意思。思娘，想思，想思病。思念，思念。

怛 tàn, thán, tat, ㄉㄚˋ,ㄊㄢˊ,ㄉㄚㄊ
sim koaⁿ kiaⁿ hiaⁿ。tio̍h bôa, Lîn bín, koáⁿ kín, pek thán。chhi chhám, khì, lō͘ sim, chhám
心肝驚惶。着磨，憐憫，趕緊，愊怛。悽慘，忌，勞心，慘怛。
tàn。chhek tat, pi siong。iu lō͘, tat tat。
惻怛，悲傷。憂勞，怛怛。

怠 tāi, ㄉㄞˋ
chhín chhái, pîn tōaⁿ, bô lé māu。tāi bān。tāi chēng。tāi tō。tāi kang。
且採，貪惰，無禮貌。怠慢。怠情。怠惰。怠工。

怎 Chím, thái, tsáiⁿ, tsóaⁿ, ㄐㄧㄇ,ㄊㄞˊ,ㄗㄞˋ,ㄗㄨㄚˋ
tàu kù ê jī。mn̄g ê ì sù, tsáiⁿ iūⁿ sím mih。chím mó, chím mó pān。beh thái,
抖句的字。問的意思，怎樣，甚麼。怎麼，怎麼辦。也怎，
beh thái oē, beh thái ū, iā sī mn̄g ê oē。tsóaⁿ iūⁿ。tsóaⁿ oē。àn tsóaⁿ。
也怎能，也怎有，也是問的話。怎樣。怎能。按怎。

怍 tsà, tsok, ㄗㄚˋ,ㄗㄜㄎ
chiū sī kan tsà ê ì sù。khùi tsok, kiàn siàu, bû tsok, pìn piàn sek。
就是奸詐的意思。愧怍，見誚，無怍，面変色。

怚 chho͘, tsū, ㄑㄛ,ㄗㄨˋ
Sim koaⁿ bô lêng thong。gû chhún, kiáu jiáu。chîn ông kiau ngō͘ m̄ sìn lâng。
心肝無靈通。愚蠢，攪擾。秦王驕傲毋信人。

怱 Chhong, ㄘㄨㄥ
sim koaⁿ kiaⁿ hiaⁿ。tín tāng。chhong hông。chhong pōng。chhong chhong bâng bâng。
心肝驚惶。振動。怱惶。怱憕。怱怱忙忙。

怷 Pūn, ㄅㄨㄣˋ
sim sîn Ló tūn。bô tì hūi。gōng gōng。
心神鹵钝。無智慧。戇戇。

怏 iòng, ㄧㄤˋ
gîn sîn lâng, sim bô móa chiok。ut tsut。iòng iōng。iòng tiōng。
眈神人，心無滿足，鬱悴。怏怏。怏悵。

怨 oàn, ㄨㄢˋ
hâm hūn, iàm ò͘, ut tsut, kîu siû, oàn hūn, oàn tò͘。
含恨，厭惡，鬱悴，仇讎，怨恨，怨妒。

怢 tu̍t, thiat, ㄉㄨㄊ,ㄊㄧㄝㄊ
hut jiân, bōe kì tit, bô hun piat ê khoán, hòng sū。hòng tōng。
忽然，𣍐記得，無分别的款，放肆。放蕩。

怜 Lêng, Lin, ㄌㄧㄥˊ,ㄌㄧㄣˊ
sim koaⁿ bêng pe̍k, lîn bín, khó lîn ê ì sù。lêng lī, chhong bêng bín chiat ê ì sù。
心肝明白，憐憫，可憐的意思。怜俐，聰明敏捷的意思。

㤠 khia, ㄎㄧㄚ
khia lâng, ēng oē khia lâng, chiū sī kóng oē oan óng lâng ê ì sù。hoān lâng khia。
㤠人，用話㤠人，就是講話冤枉人的意思。患人㤠。
造字

hoe Lin miau, hoe Lin niau, Chi sī hoe kô kô ê ì sù。hoe hoe ê ì sù。
花怜猫，花怜貓，就是花翲翲的意思。花花的意思。

怊 Chhiau, ㄑㄧㄠ，
Pi ai, hoân Ló。iu būn。Chhia Chhi。Chhiau tiòng, Sit ì。
悲哀，煩惱。憂悶。奢侈。怊悵，失意。

怐 kò, khò; ㄍㄡˋ, ㄎㄡˋ,
Gū Gōng ê khóan Sit。kiaⁿ hiaⁿ ê ì sù, hit ê Lâng Siⁿ tsòe Gōng Gōng khò khò。kek khò khò。
愚戇的款式。驚惶的意思，彼的人生做戇戇怐怐。格怐怐。

怉 ap, kah; ㄧㄚˋ, ㄍㄚˊ,
khòai Lók, Sim koaⁿ khui, Chiū sī hoaⁿ hí ê ì sù。kám kah, Chiū sī Gâu tsòe tak hāng khang khòe ê ì sù。Ia Gâu thun Lún ū nāi Sèng, chit ê Lâng Chin kám kah。
快樂，心肝開，就是歡喜的意思。感怉，就是勢做逐項工課的意思。也勢吞忍，有耐性，這個人真感怉。

怗 thiap, ㄊㄧㄝˋ,
hâng hòk, Sūn Chiōng。bô jiau Loān ê ì sù。
降服，順從。無擾亂的意思。

怮 iu, ㄧㄡ,
iu būn ê khóan Sit, khǹg Siū khì bô kong chhut。
憂悶的款式，藏怒氣無講出。

怋 bāu, ㄇㄠˇ,
bōe bāu tit, Sī hō Lâng bōe Phiàn tit ê ì sù。
𣍐怋得，是給人𣍐騙得的意思。

造字 不要受騙必心有警戒，致採心怦借卯音，成字。

六畫

恥 thí, sí, ㄔˇ, ㄕˇ,
kiàn Siàu, Liâm thí, thí Chhiò。bû thí。thí Jio̍k。Pheh sí, kiàn Siàu ê khóan Sit, khiam Pi, á sī tsòe m̄ tich。
見誚，廉恥，恥笑。無恥。恥辱。怕恥，見誚的款式，謙卑，或是做毋着。

恀 Chhí, ㄔˇ,
í Chhí, í nāi, oá khò ê ì sù。
維持，依賴。依靠的意思。

恜 thek, ㄊㄜˋ,
kiaⁿ, kèng ùi, khûn kín, iu būn。
驚，敬畏，勤謹，憂悶。

㤝 Chhiong Chhèng, ㄔㄨㄥ, ㄔㄥ,
Chiū Sī sim koaⁿ tín tāng。Chhèng éng, chiū sī Lâng hián chhut hoaⁿ hí ê ì sù。chhèng éng kiau ngō, hiau Pai, Lâng thàn tích Chîⁿ, tit ì ê Sî, ū Chîⁿ ê sî oē Chhèng èng。
就是心肝振動。㤝㬥，就是人顯出歡喜的意思。㤝㬥，驕傲，僥𤗄，人趁着錢，得意的時，有錢的時能㤝㬥。

恨 hūn, hīn ㄏㄣˋ, ㄏㄣˋ,
kek khì。hoán hóe。hūn khì, oàn hūn。un oàn。hūn Lâng jip kut。hóe hūn。oàn hīn。
激氣。反悔。恨氣，怨恨。恩怨。恨人入骨。悔恨。怨恨。

恆 hêng, hèng, ㄏㄥˊ, ㄏㄥˋ,
tn̂g kú, hêng kiu, Siông Siông, hêng Siōng。Geh Siōng hian kiò hêng。Pok koa ê mîa。Soaⁿ mîa, khóa
長久，恆久。常常，恆常。月上弦叫恆。卜卦的名。山名。

恒 hêng, hêng, ㄏㄥˊ, ㄏㄥˋ,
hêng San, tī hô Pak kap Soaⁿ Sai kéng Lāi。hêng Chhun tī tāi Oân bóe。téng ê jī Siāng。
恒山，佇河北与山西境內。恒春佇台灣尾。頂下字同款。

恔 hāu, káu, ka, ㄏㄠˇ, ㄍㄠˇ, ㄍㄚ,
tì hūi, Chhang mîa, Sóng khoài, khoàiⁿ oàh。ka Lún Sūn, ka iám koaⁿ, khí koe bú Phê, Chhin Chhiūⁿ Léng ùi koaⁿ á sī kiaⁿ àm Sàm ê Lō。Sim kiaⁿ bah thiau ê ì sù。
智慧，聰明，爽快，快活。恔怕慎，恔寒寒，起雞母皮，親像冷畏寒，或是行暗滲的路。心驚肉跳之意思。

恊 hiap, hàh, ㄒㄧㄝˊ, ㄒㄧㄚˊ,
hô hàp, hâng hòk, Saⁿ Pang tsān。Lún neh, kiaⁿ, tiàn ùi, háng Lâng。hàh ūn, chiū sī hó ūn ê
和合，降服，相幫助。怕恊，行，展威，哄人。恊運，就是好運的

恟 hiong, ㄒㄩㄥ,
kiaⁿ hiaⁿ, Sim Lāi, Giâu Gî ê ì sù。hiong khū。
驚惶，心內，憢疑的意思。恟懼。

恍 hóng, ㄏㄨㄤˇ,
hóng bóng, tiû tû, iu būn, kóng。hóng hut, hut jiān Léng Gō。
惶忙，躊躇，憂悶，狂。恍惚，忽然領悟。

恛 hôe, ㄏㄨㄟˊ,
Sūn Lâng ê ì sù, Sim Chì bô kian kò。bì Loān ê khóan Sit。
順人的意思，心志無堅固。迷亂的款式。

恚 hūi, ㄏㄨㄟˋ,
tōa Siū khì, oàn hūn。hùn hūi。
大怒氣，怨恨。憤恚。

恁 jím, jîm, ㄖㄣˇ, ㄖㄣˊ,
Siàu Liām, jû Chhú, àn ni。Loán jio̍k, Sìn Sit。
思念，如此，按呢。軟弱，信實。

恝 kài, khiat, ㄍㄞˋ, ㄑㄧㄚˊ,
bô hoân Ló。bô Chêng Gī。bô iàu kín。
無煩惱。無情義。無要緊。

恰 khap, ㄎㄚˋ,
tú tú hó, kai tsāi, ēng Sim Sîn。khap hó, khap tong,
抵抵好，該再，用心神。恰好，恰當，

恐 khióng, ㄎㄨㄥˇ,
kap 巩 Siāng khóan。khiong Pò, khióng hông, khióng khū, khióng Phàⁿ
与巩同款。恐怖，恐惶，恐懼，恐怕

恢 khoe, ㄎㄨㄟ,
tōa Liōng, khoe Hóng, hō i tōa。khoe ho̍k, Sit khì koh tit tio̍h。
大量，恢宏。給它大。恢復，失去閣得着。

恪	khak, khok, ㄎㄚㄎ, ㄎㄛㄎ,	kèng kín, kiong kèng。Lâng ê jī sìⁿ, sêng khok。khak sit ê ì sù。 敬謹，恭敬。人的字姓。誠恪。恪實的意思。
恭	kiong ㄍㄧㄛㄥ，	ka kī chéng tùn, ēng lé māu khoán thāi lâng, koâiⁿ koh chiàⁿ。kiong kèng。kiong sūn。kiong hō。kiong hí。 傢己整頓，用禮貌款待人，高倜正。恭敬。恭順。恭賀。恭喜。
㤓	Lún, ㄌㄨㄣ，	chiū sī lâng chhiong kông lâi tsòe, bô sió sim ê ì sù。 就是人衝狂來做，無小心的意思。
恩	un, ㄨㄣ，	jîn chêng, un tián, un chêng, un ài。Lâng hō goá ê lī ek。un hūi, un jîn, un tèk, un oàn。 人情，恩典，恩情，恩愛。人恆我的利益。恩惠，恩人，恩澤，恩怨。
恧	Liok, Lok ㄌㄧㄛㄎ, ㄌㄛㄎ,	chiū sī kiàn siàu, sim khùi。siàu lé ê ì sù。 就是見誚，心愧。小禮的意思。
恃	sī ㄒㄧ，	chiū sī thok tiōng。oá khò ê ì sù。sī sè, ì tiōng pa̍t lâng sè lek。sit sī, lāu bú ê ì sù。 就是託重。依靠的意思。恃勢，倚仗別人勢力。失恃，老母的意思。
恕	sù, ㄕㄨ，	khoan iông, jîn tsû, sù sim, khoan sù, sù tsōe。sù tō。tiong sù。goân liōng ê ì sù。 寬容，仁慈，恕心，寬恕，恕罪。恕道。忠恕。原諒的意思。
息	Sek, hioh, sit, soah, chhoán khùi, thó khùi, khì sek。Lī sek。sek sū lâng jîn, soah soah khì。hiu sek, ㄕㄝㄎ, ㄏㄧㄛㄏ, ㄒㄧㄊ, ㄙㄨㄚㄏ,	喘氣，吐氣，氣息。利息。息事寧人，息息去。休息， hioh khùn。hioh kang。hioh chhoán。hioh ńg。siau sit, hó siau sit, iám kî sit kó。 息睏，息工。息喘。息影。消息，好消息，掩旗息鼓。
恂	Sûn, ㄕㄨㄣ，	sìn sit, kiong kèng, giâm hat, kiaⁿ hiâⁿ, un chêng, saⁿ niū 信實，恭敬，嚴愒，驚惶，溫情，相讓。
恤	sut, ㄕㄨㄊ，	iu būn saⁿ thiàⁿ。thé thiap, Lîn bín, sia sī, thé sut 憂悶相疼。体貼，憐憫，捨施，体恤
恌	tiâu, thiau, ㄉㄧㄚㄨ, ㄊㄧㄚㄨ,	khin khin bô tsū tsāi。Pe̍h chha̍t, thau, kheng thiau, 輕輕無自在。白賊，偷，輕恌，
恬	thiâm, tiām ㄊㄧㄚㄇ, ㄉㄧㄚㄇ,	chēng chēng, thiâm chēng, tiām chēng。thiâm pho, tsúi pêng bû pho。tiām tiām m̄ kóng oē。 靜靜，恬靜，恬靜。恬波，水平無波。恬恬毋講話。
恫	tōng, thong, ㄉㄛㄥ, ㄊㄛㄥ,	thòng hūn, hoân ló。bōe tit tio̍h chì khì。 hong thiâm lōng chēng。thiâm chēng。 痛恨，煩惱。𣍐得着志氣。風恬浪靜。恬靜。
恣	sù, sú, ㄕㄨ, ㄕㄨ,	hòng chhiòng, lām sám, hòng sù。hòng jīm, sù ì。sù chêng。o͘ pe̍h kóng oē, lām sú kóng 放縱，濫滲，放恣。放任，恣意。恣情。烏白講話，濫恣講。
恗	hāi ㄏㄞ，	kan khó。sim koaⁿ kan khó ê siaⁿ, iu chhiû, kiaⁿ ūi 艱苦，心肝艱苦的聲，憂愁，驚畏。
恭	kiong, ㄍㄧㄛㄥ，	kap 恭 jī siong tông。 与恭字相同。
恙	iōng, ㄧㄛㄥ，	sim koaⁿ iu būn, ut tsut, seng khu m̄ ài, phòa pīⁿ, iōng iu。bû iōng, pêng an。thiong mîa iōng, chia̍h lâng sim。 心肝憂悶，鬱悴，身軀毋愛，破病，恙憂。無恙，平安。蟲名恙，食人心。
恪	khak, khok, ㄎㄚㄎ, ㄎㄛㄎ,	kèng kín, kiong kèng, khok sit, sêng khok。 敬謹，恭敬，恪實，誠恪。
㤓	Lún, ㄌㄨㄣ，	kap 㤓 siong tông 与㤓相同
侘	thà, thek, ㄊㄚ, ㄊㄝㄎ,	chhek tok, siūⁿ, phah sǹg, hoân ló, sì chiàⁿ, ì kiàn, bōe tiāⁿ tio̍h。thek tok。thek thek 測度，想，打算。煩惱，四正，意見，𣍐定着。侘㥂。侘侘
恓	Se, ㄒㄝ，	kiaⁿ hiâⁿ hoân ló ê khoán sit。 驚惶煩惱的款式。
怦	Pheng, ㄆㄥ，	pak tó thiàⁿ, sim koaⁿ kín kip, tiong tit ê khoán sit。 腹肚痛，心肝緊急，忠直的款式。
㥜	î, ㄧ，	hoaⁿ hí, khoài lo̍k, ku teh chē, pîⁿ pîⁿ, pâi lia̍t, an jiân, î iat。 歡喜，快樂，痀咧坐，平平，排列，安然，㥜悅。
恾	kàng, ㄍㄤ，	chiū sī oàn hūn ê ì sù。 就是怨恨的意思。
㤜	kiat, koat, thut, ㄍㄧㄚㄊ, ㄍㄨㄚㄊ, ㄊㄨㄊ,	siáu, hoat kông, siū khì, gōng ê khoán sit。 猜，發狂，怒氣，戇的款式。
恐	khióng, ㄎㄧㄛㄥ，	hiong ok, kiaⁿ hiâⁿ, khióng pò͘, khióng phàⁿ。khióng hông。khióng khū。khióng hek。khiong hong。 兇惡，驚惶，恐怖。恐怕。恐惶。恐懼。恐嚇。恐慌。
烘	kióng ㄍㄧㄛㄥ，	chiū sī kiaⁿ hiâⁿ ê ì sù。 就是驚惶的意思。
㤉	ho͘, khoa, ㄏㄛ, ㄎㄨㄚ,	khô, ka kī khoa kháu, pa chhî, tsū tōa。m̄ chhēng ì。khô khô, kiâⁿ lō͘ khô khô, bōe mih 誇，傢己誇口，把持，自大。毋稱意。㤉㤉，行路㤉㤉，賣物 khô khô, tsòe seng lí khô khô, khô teh teh, kek khô khô。 㤉㤉，做賣理㤉㤉，㤉咧咧，洛㤉㤉。

【恠】 koài, ㄍㄨㄞˋ; kap 怪 Siāng khóan, koài sū, koài mih, koh iūⁿ。 与怪同款。恠事，恠物，異樣。

【恇】 khong, ㄎㄨㄤ; to gî, sim koaⁿ kiaⁿ hiâⁿ ê siaⁿ, kiaⁿ hiâ, khì khek. khong khū。 多疑，心肝驚惶的聲，驚惶，忌尅。恇懼。

【恋】 Loân, Loàn, ㄌㄨㄢˊ, ㄌㄨㄢˋ; siàu Liām, Chhin aì, thiàⁿ thàng, kap 戀 Siong tâng。 思念，親愛，疼疼，与戀相同。

【恑】 Gûi, kúi, ㄨㄟˊ, ㄍㄨㄟˇ; Piàn oāⁿ, koh iūⁿ, hoán hóe, ka kī khiā ê khoán sit。 Gûi ī, bú bān。 变换，異樣，反悔，像己豎的款式。恑异，侮慢。

【恅】 Ló, ㄌㄠˇ; Chiū sī sim koaⁿ bī Loān ê ì sù。 就是心肝迷乱的意思。

【悋】 Līn, ㄌㄧㄣˋ; kian Līn, Phí Pók, kiām Siap, kò ka kī ê ì sù。 kap 吝 Siāng khóan。 堅悋，鄙薄，鹹澀，顧像己的意思。与吝同款。

【怞】 tsiu, ㄓㄡ; Sim iu būn, Su Liām kòe thâu, Siūⁿ kàu tsiu tsiu。 Sit Sîn ê khóan, Sim koaⁿ kan khó。 ut tsut。 心憂悶，思念過頭，想到怞怞。失神的款，心肝艱苦。鬱悴。

造字 借州的偏音來成字。

【恳】 hêng, ㄏㄥˊ; êng hêng, kāu hêng, kek hêng, ū hūn ê ì sù, oé Lâng kāu hêng。 閒恳，厚恳，氣恳，有恨的意思，矮人厚恳。

造字 恨与恳應有分别為字。

【悗】 iah, ㄧㄚˋ; bâng iah iah, Chiū sī Sim koaⁿ hun Loān ê ì sù。 忙悗悗，就是心肝紛乱的意思。

造字 借穵的偏音成字。

【悿】 bōng, ㄇㄤˋ; bōng bōng hîn, chiū sī sim koaⁿ Phû Phiò ì sù。 sim sîn bô tiāⁿ, Gōng ngiah。 悿悿暈，就是心肝浮漂的意思。心神無定，恛愕。

造字 借妄音成字，因妄字意，有乱之意，故心乱也。

【㤅】 hai, ㄏㄞ; Sai nai, sāi kiau, Gín á kā pē bú sai nai ài chîⁿ thó mih。 Chiūⁿ chîⁿ ê ì sù。 Lâm Lú su chêng ê kau óng hō siong ê kiau Chêng Piáu hiān。 㤃㤅，撒嬌，囝仔給父母㤃㤅慢錢討物。上檯的意思。男女私情的交往互相的嬌情表現。

造字 㤃㤅，應以私情視之，心之舒坦心之有奶，故採用奶成㤅。

七 畫

【悊】 tiat, ㄉㄧㄝˊ; ū tì hūi, chhang mîa, bêng tiat。 kap 哲 Siāng khóan。 有智慧，聰明，明悊。与哲同款。

【悍】 hán, hān, ㄏㄢˊ, ㄏㄢˋ; kín sèng, béng kiông, iōng, tsân jím。 kiông hān。 hān Lē, Chin Lī hāi, Cheng hān。 緊性，猛强，勇，殘忍。強悍。悍戾，真利害，精悍。

【悎】 hō, ㄏㄠˋ; kiaⁿ, kiaⁿ hiâⁿ, Sim koaⁿ tín tāng。 驚，驚惶，心肝振動。

【患】 hoān, ㄏㄨㄢˋ; kan khó, Pháiⁿ tāi chì, tsai ē, hoân Ló, iu būn, Phòa Pīⁿ。 hoān Lān, hoān Pīⁿ, hoān khó, hoan (Chiáh)。 艱苦，歹代誌，災厄，煩惱，憂悶，破病。患難，患病，患苦，患者。

【悔】 hóe, hòe, ㄏㄨㄟˇ, ㄏㄨㄟˋ; ka kī ut tsut, kóe Piⁿ。 hoán hóe, hóe ngō。 像己鬱悴，改变。反悔，悔悟。

【悁】 koan, koàn, Oan, ㄍㄨㄢ, ㄍㄨㄢˋ, ㄩㄢ; siū khì, sò sèng, iu būn。 oan hūn。 koàn kip。 怒氣，燥性，憂悶。悁恨。悁急。

【悃】 khún, ㄎㄨㄣˇ; tioh bôa, ià Lán ê ì sù。 Sêng Sit, Sêng khún。 khún Pok, Chì Sêng。 着磨，厭懶的意思。誠實，誠悃。悃愊，至誠。

【悝】 khoe, Lí, ㄎㄨㄟ, ㄌㄧˇ; sim koaⁿ iu būn ê siaⁿ, Pi ai。 kó tsá Lâng ê miâ, Chhun Chhiu sī khóng khoe, Chiàn kok sī Lí khoe。 心肝憂悶的聲，悲哀。古早人的名，春秋時孔悝，戰國時李悝。

【悋】 Līn, ㄌㄧㄣˋ; kian Līn, Phí Pók, kiām Siap, kò ka kī ê ì sù。 堅悋，鄙薄，鹹澀，顧像己的意思。

【悰】 Lōng, ㄌㄨㄥˋ; Chiū sī Gû Chhún, Gōng Gōng ê ì sù。 就是愚蠢，戇戇的意思。

【您】 Lín, ㄌㄧㄣˇ; Góan, Lín, in。 Lín ê, Lín Chhù, Lín tau, Lín hia。 Góan kap Lán ê tùi hóan。 阮，您，伊。您的，您厝，您兜，您彼。阮与咱的對反。

【悉】 Sek, ㄒㄧˋ; Chin Siong sòe, thong tát, tsai, Lóng tsóng, Sek Sek, Sek Sò。 Sek Sim。 Sek Lek。 Lâng ê Sìⁿ。 真詳細，通達，知，攏總，熟悉。悉數。悉心。悉力。人的姓。

悖 Pōe, ㄅㄟˋ hoan Poān, heng Gėk, Chhiong Sēng, jī sī, pōe poān, pōe gėk, Pōe Lē. Pōe biū. Pōe tek, Pōe bān
反叛，刑逆。昌盛，字姓，背叛，背逆。悖戾。悖謬。悖德，悖慢。

悚 chhióng, Sióng, Sóng, ㄔㄨㄥˇ,ㄒㄩㄥˇ,ㄙㄨㄥˇ，Chiū sī kiaⁿ hiaⁿ ê ì sù，iā kap 慫 Siong tông。Lún nehê ì sù。Sió tánⁿ，tiû tû
就是驚惶的意思，也与慫相同。怕怮的意思。小膽，躊躇。

悌 tē, ㄊㄧˋ，Sió tī kèng hiaⁿ ê Sim，kiong kèng sī tōa。Saⁿ kèng，saⁿ niū，bô soe jī，tāi bān，khái tē，hô lo̍k。
小弟敬兄的心，恭敬是大。相敬，相讓，無細膩，怠慢。愷悌，和樂。

悄 chhiáu, ㄑㄧㄠˇ，hoan Ló。tio̍h bôa。iu būn。kóaⁿ kín。Pek chhiat。Chēng Chēng。Chhiáu jiân。Chhiáu Chhiáu。
煩惱。着磨。憂悶。趕緊。迫切。靜靜。悄然。悄悄。

悛 Chhoan, tsun, ㄑㄩㄢ,ㄗㄨㄣ，hóan hóe，ké piⁿ，ūi chí，chhù sū。hō͘ ok put tsun。chhoan kái。
反悔，解變，違止，次序。怙惡不悛。悛改。

悤 Chhong, ㄘㄨㄥ，kap 忽 Sion tông。
与忽相同。

悟 Gō͘, ngō͘, ㄨˋ,ㄨˋ，thong thàu，hiáu Gō͘，chhíⁿ Gō͘，hóe Gō͘，hiáu ngō͘。kak ngō͘。bêng Pe̍k。bat。tsai。hiáu tit。
通透，曉悟，醒悟，悔悟，曉悟。覺悟。明白。識。知。曉得。

悞 Gō͘, ngō͘, ㄨˋ,ㄨˋ，khi Phiàn。Chha biū。Gî ngāi，bī hek，sit chhò，Gō͘ sū，tsū Gō͘。kap 誤 Siōng tông
欺騙。差謬。疑訝，迷惑，失錯，悞事，自悞。与誤相同。

悒 ip, ㄧˋ，iu būn bô Pêng an，hoan Ló，ut tsut。iu ip。ip ut。
憂悶無平安，煩惱，鬱悴。憂悒。悒鬱。

悅 iat, ㄩㄝˋ，hoaⁿ hí khoài Lo̍k，hí iat。iat ho̍k，Sêng Sim hâng ho̍k。iat ní，hó thiaⁿ ê。
歡喜快樂，喜悅。悅服，誠心降服。悅耳，好聽的。

恿 ióng, ㄩㄥˇ，sim Siu khì，hó táⁿ，kap 勇 Siāng khoan。
心怒氣，好膽，与勇同款。

悠 iû, ㄧㄡ，ut tsut，kòa Lū，Siūⁿ。hn̂g hn̂g。kú kú。tauh tauh，bān bān，êng êng。iû iû。iû jiân。iû hut。
鬱悴，掛慮，想。遠遠。久久。沓沓，慢慢，閒閒。悠悠。悠然。悠忽。

惛 thún, thûn, ㄊㄨㄣˇ,ㄊㄨㄣˊ，un thún，bô tì Sek，Gōng Gōng ê ì sù。un thûn Chiū sī ham bān bô kì khá ê ì sù。
慍惛，無智識，戇戇的意思。混惛就是憨慢無奇巧的意思。

悟 Púi, ㄅㄟˋ，Chiū sī ì oá，oá khò ê ì sù。
就是依偎，倚靠的意思。

悸 kī, ㄐㄧˋ，kiong kèng ê ì su。
恭敬的意思。

悜 théng, ㄊㄥˇ，ì kiàn bô kiong chīn ê ì su。
意見無窮盡的意思。

悕 hi, ㄒㄧ，Siūⁿ Liām，kam Goān，tsu Pi，khiam Pi。
想念，甘願，慈悲，謙卑。

八畫

惾 thōng, thōm, ㄊㄨㄥˇ,ㄊㄢˇ，thīn thōng，thīn thōm，chiū sī ham bān Gōng Gōng ê ì sù。thīn thīn thōng thōng bô cheng kong。造字
㤝惾，㤝惾，就是憨慢，戇戇的意思。㤝㤝惾惾無精光

悈 kài, ㄍㄞˋ，kèng kín。Sim koaⁿ kèng kài ê Siaⁿ，kín kip。
警緊。心肝警戒的聲，緊急。

悗 bôan, ㄇㄨㄢˊ，kiaⁿ hiaⁿ，Giâu Gî，Gōng ngiah，kan ta chit ê bô phōaⁿ ê ì sù。
恐惶，憢疑，忡愕，乾乾一個無伴的意思。

恾 bông, ㄇㄤˊ，tah hiahⁿ，hong bông，chhin chhiūⁿ tú tio̍h Gûi hiám ê khoan Sit。
搭嚇，慌恾，親像抵着危險的款式

惁 thek, ㄊㄜˋ，iu būn，kiaⁿ hiaⁿ ê khoan Sit。kiong keng。
憂悶，驚惶的款式。恭敬。

悇 tô͘, thô͘, tû, û, ㄊㄨˊ,ㄊㄨˊ,ㄕㄨ,ㄩˊ，kan khó iu būn ê ì sù，khǹg iu būn ê khoan Sit。hō͘ hok boe tīa tio̍h，tàn tô͘。
艱苦憂悶的意思，藏憂悶的款式。禍福膾定着，憚悇。
û，khoài Lo̍k iā。tû，Gû tû，Gû tû ok，Chiū sī Chho͘ Sio̍k kò chip，m̄ thiaⁿ khó khǹg ê Lâng。
悇，快樂也。悇，愚悇，愚悇惡，就是粗俗固執，毋聽苦勸的人

惄 tsû, ㄘˊ，Lāu bú thiàⁿ kiáⁿ，tsû Sim，tsû Pi，ài Sioh，un jiû，kap 慈 jī Sio Siāng。
老母疼子，慈心，慈悲，愛惜，溫柔，与慈字相同。

悘 î, ㄧˊ，î chì，Chiū sī bak tio̍h Lâ sâm kám kak Sóng khoài，iu būn Sit chì ê sî，Sim î chì
悘恚，就是染着垃圾感覺無爽快。憂悶失志的時，心悘恚

造字 借矣音成字。

恚 Chì, ㄓˋ，î chì，Chiū sī bak tio̍h Lâ sâm kam kak bô Sóng khoài，iu būn Sit chì ê sî，Sim î chì。
悘恚，就是染着垃圾感覺無爽快。憂悶失志的時，心悘恚。

造字 借志音成字。

悏 kauh, ㄍㄠˋ，tam kauh kauh，chhì kauh kauh，nńg kauh kauh。
湆悏悏，滌悏悏，軟悏悏。

造字 助語詞的字。借夾的偏音成字。

ngā。

㤘 ngā, ㄥㄚˊ; Gōng ngiah ê ì sù. chitsī Gāng khì ê ì sù. ū Sit Sîn ê ì sù. ngā ngā, thiaⁿ oē thiaⁿ kàu ngā
怄㤘的意思。一時戇去的意思。有失神的意思。㤘㤘，聽話聽到㤘㤘。

造字 借牙的偏音成字。失神時，有時啞口，牙。適合的合成字。

怍 tsóh, ㄗㄜˊ; tsàp tsóh, tsâm tsóh, Chiū sī Loān Loān Sūn Liû ê ì sù
雜怍，慚怍，就是乱乱無順㳅的意思

㳅 Liû, ㄌㄧㄡˊ; Sūn Liû, thong thàu, thong tát, Sūn Sim Chhèng ì. bô Sūn Liû, bô Sūn Sim ê ì sù.
順㳅，通透，通達，順心稱意。無順㳅，無順心的意思。

造字 借作成字。心的作為也。

造字 借㐬的音成字心的所想的流通。

㥮 tâu, ㄉㄡˋ; iân tâu, iân tâu sī, kek iân tâu, súi ê ì sù, Phiau Phiat ê ì sù. Siān iân tâu, ân hēng Chhut Chhiūⁿ.
緣㥮，緣㥮生，極緣㥮，美的意思，漂𤺪的意思。揊緣㥮，紅杏出牆。
thó khe hiaⁿ. iân tâu á kut, Pe̍h bīn Su Seng, iân tâu à Sàng.
討契兄。緣㥮仔骨，白面書生，緣㥮仔倯。

造字 對人之投其所好。心之意愛也。

八 畫

惝 thóng, ㄊㄤˇ; ì sù bô Chiaⁿ. Siat Sú, bô tiaⁿ tioh, thóng jiân.
意思無正。設使，無定着，惝然。

悵 tiòng, ㄔㄤˋ; ut tsut, oàn hūn, Sit bāng, tiòng hūn tiòng bóng, tióng bāng, tióng jiân. tiû tiòng.
鬱悴，怨恨，失望，悵恨。悵惘，悵望，悵然。惆悵。

惉 tiam, ㄓㄢ; Chiū Sī hôan Ló thó khùi ê Siaⁿ, iā ū thàk Chiam, ì sù Siāng khóan.
就是煩惱吐氣的聲，也有讀沾，意思同款。

悶 būn, ㄇㄣˋ; kap 悶 Siāng khóan. Sim koaⁿ iu būn, hôan Ló
ㄎ悶 同款。心肝憂悶，煩惱。

惆 tiû, ㄔㄡˊ; Sit bāng, iu būn, ut tsut, oàn hūn. tiû tiòng.
失望，憂悶，鬱悴，怨恨。惆悵。

懲 têng, ㄔㄥˊ; keng kài, iok Sok, Siu Chéng, khoàn tng. ê kan thé.
警戒，約束，修整，勸轉。懲的簡体。

惙 toat, ㄔㄨㄛˋ; hôan Ló, iu būn. ì kiàn bô tia tioh. toat thán. té khì ê khóan toat toat.
煩惱，憂悶。意見無定着。惙怛。短氣的款 惙惙。

悱 húi, ㄈㄟˇ; ài beh kóng, kóng bōe Chhut Chhùi ê ì sù. Put húi Put hoat. húi hūn, Pi ai ê khóan Sit.
想也講，講𣍐出嘴的意思。不悱不發。悱憤，悲哀的款式。

悻 hēng, ㄒㄧㄥˋ; Siū khì, hūn khì, Saⁿ Chhin
怒氣，潛去，相親

惑 hėk, ㄏㄨㄛˋ; hun bê, Loān, bê hėk. Phiàn Lâng Gî ngāi, Gî hėk, iú hėk. iàu Giân hėk Chiòng.
昏迷，乱，迷惑。騙人疑訝，疑惑，誘惑。搖言惑眾。

Chèng。

惠 hūi, ㄏㄨㄟˋ; un tián, un Chêng, jîn ài. Siùⁿ sù. Sūn Sūn. Siu Chéng. un hūi. Siū hūi. hūi Chèng jîn
恩典，恩情，仁愛。賞賜。順順。修整。恩惠。受惠。惠政，仁政。

惚 hut, ㄏㄨ; Chhim Tîm, bî biāu. hun Loān, Chhìn Chhái, hong hut.
深沉，微妙。紛乱，且採，恍惚。

惛 hun, ㄏㄨㄣ; bô Chhang mía, bô bêng, O àm, bōe kì tit, Chhìⁿ tsóh ê khóan Sit. bê hėk. hun Loān.
無聰明，無明，黑暗，𣍐記得，悽怍的款式。迷惑。惛乱。

悸 kùi, ㄐㄧˋ; Sim koaⁿ Phók Phók Chhéng, Sim kùi. kiaⁿ kùi, kiaⁿ hiâⁿ ê Sim thiàu. Sim iú ū kùi, iā ū teh kiaⁿ.
心肝𠲿𠲿㨂，心悸。驚悸，驚惶的心跳。心有餘悸，也有咧驚。

惃 khun, ㄎㄨㄣ; hūn Loān, Chhap tsàp ê ì sù.
混乱，嘈雜的意思。

惧 khū, khī, ㄐㄩˋ, ㄎㄧ; Sim koaⁿ kiaⁿ hiâⁿ, khū Phàⁿ. Sù bû khī tân, Lâm Sám tsòe m̄ kiaⁿ Pòaⁿ Lâng ê ì sù.
心肝驚惶，惧怕。肆無惧憚，濫滲做毋驚半人的意思。

惓 koân, koān, khoân, ㄑㄩㄢˊ, ㄑㄩㄢˋ, ㄎㄨㄢˊ; kín Sīn, khún Chhiat. Pek Chhiat. koān Liām. Soah, iu būn, iā Siān, Pìn toāⁿ, iàm koān.
謹慎，懇切，迫切。惓念。息，憂悶，厭倦，貪情，厭惓。
khoân, Sim koan tì hông, kín Sīn.
惓，心関持防，謹慎。

惎 kī, ㄐㄧˋ; kà Sī, tok ê mih
教示。毒的物。

棉 mî, ㄇㄧˊ; mî mî khùn, chiū sī tit tit khùn bô cheng Sîn. mî chiⁿ, mî mî chiⁿ chiⁿ beh thàn chîⁿ
棉棉睏，就是直直睏無精神。棉精，棉棉精精要趁錢

造字

悾	khong, khóng, khòng, ㄎㄜㄥ, ㄎㄜˊㄥ, ㄎㄜˋㄥ,	m̄ bat, 毋識, Gōng, 戇, tiong tit, 忠直, Sêng sit, 誠實。bô tit ì, 無得意, khong khám, 悾憨。khong khong, 悾悾。
		khòng Chheng, 悾憁, bô tit Chì ê ì sù, 無得志的意思。khóng, 悾, tāi Chì bêng Pėk ê khoán, 待誌明白的款。
悹	koán, koàn, 《ㄨㄢˇ,《ㄨㄢˋ	bô thang Oá khò, 無可倚靠。iu Chhiû, 憂愁, hoân Ló, 煩惱。iu būn hoân Ló ê ì sù, 憂悶煩惱的意思。
悺	koán, koàn, 《ㄨㄢˇ,《ㄨㄢˋ	kap téng bīn jī 官 Siong tông, 与頂面字悹相同。
悶	būn, ㄅㄨㄣˋ,	Sim koaⁿ iu būn, 心肝憂悶, kiáu jiáu, 攪擾, hoân Ló, 煩惱, iu būn, 憂悶。
悲	Pi, ㄅㄧ,	Lîn bín, 憐憫, Siong Sim, 傷心, Pi Siong, 悲傷, Pi ai, 悲哀, tsû Pi, 慈悲。Pi tsòng, 悲壯。Pi thiàⁿ, 悲痛。Pi Chhám, 悲慘。Pi koan, 悲觀。
惜	Sek, Sioh, ㄕㄜㄎ, ㄒㄧㄛㄏ,	thiàⁿ thàn, ài Sioh, 愛疼, 愛惜。Sek Piat, 惜別。Sek hok, 惜福。tin Sek, 珍惜。khó Sioh, 可惜。Sioh Chêng, 惜情。Pó Sioh, 寶惜。Sioh bīn Phê, 惜面皮。
惢	Só, ㄙㄛˇ	Sim koaⁿ Giâu Gî, 心肝憢疑, Gî ngái, 疑訝, Sam Sim Lióng ì, 三心兩意。
惔	tâm, ㄉㄚㄇ,	Sio bah, 燒肉, hóe toh, 火着, iu būn ê sim ná hóe teh toh, 憂悶的心如火咧燒。iu sim jû tâm, 憂心如惔。
悼	tō, tok, ㄉㄜ, ㄉㄛㄎ,	Siong Sim, 傷心, Lîn bín, 憐憫, khoan iông, 寬容, kiaⁿ, 驚, iáu Siū, 殀壽。tui tok, 追悼, ai tok, 哀悼, oán tō, 惋悼, tō Sek, 悼惜。
悳	tek, ㄉㄜㄎ,	Láu Sit, 老實, tiong tit, 忠直, bô kan khiáu, 無奸巧。tit Sim, 直心, kap 德 Sio Siāng, 与德相同。
惕	hut, thek, ㄏㄨㄊ, ㄊㄜㄎ,	kiong kèng, 恭敬, iu būn, 憂悶, kiaⁿ hiaⁿ, 驚惶。thiàⁿ Sioh, 疼惜。kài khū, 戒懼, kéng thek, 警惕, khûn kín, 勤謹。
悠	ì, 一,	Liām thiàⁿ hūn ê Siaⁿ, 念痛恨的聲
悳	tek, ㄉㄜㄎ,	Láu Sit, 老實, tiong tit, 忠直, bô kan khiáu, 無奸巧, kap 悳 Siong tông, 与悳相同。
惆	hō͘, ㄏㄜ,	oá kho, 倚靠, ǹg bāng, 向望。Pang tsān ê Lâng Lāu Pē Lāu bó, 幫助的人 老父老母。
惇	Sûn, tun, ㄕㄨㄣ, ㄉㄨㄣ,	Sit Chì, 失志, hoân Ló, 煩惱, iu Chhiû, 憂愁, Pi Siong ê ì sù, 悲傷的意思。
悚	tong, ㄉㄜㄥ,	Chiū Sī Gû Chhún, 就是愚蠢, Gōng Gōng ê ì sù, 戇戇的意思。
悽	Chhe, Chhê, Chhiⁿ, ㄑㄝ, ㄑㄝˊ, ㄑㄧ,	kiau Gō ê Pīⁿ, 驕傲的病, hoân Ló, 煩惱, Pi ai, 悲哀, thiàⁿ thàng, 愛疼, Lîn bín, 憐憫。Chhiⁿ Chhám, 悽慘, Chiū Sī tú tioh, 就是抵着
		Chhì Liān Sí Sit kan khó ê ì sù, 刺煉死失艱苦的意思。Chhe Chhiong, 悽愴。Chhe Chhek, 悽惻。Chhiⁿ Liâng, 悽涼。Chhe khó, 悽苦。
情	Chêng, Chiâⁿ, ㄐㄧㄥ, ㄐㄧㄚˊ,	Sim Lāi ê Chì khì, 心內的志氣, Chhit Chêng Liok iok, 七情六欲。tāi Chì, 待誌, Sū Chêng, 事情, ài Chêng, 愛情, Chêng bīn, 情面。Chêng Lông, 情郎。Chêng hòng, 情況。
		Chêng sè, 情勢。Chêng Goān, 情願。Chhin Chiâⁿ, 親情, tsòe Chhin Chiâⁿ, 做親情, Sim Chiâⁿ, 心情,
悰	tsong, ㄗㄜㄥ	khoài Lok, 快樂, Sim koaⁿ hoaⁿ hí só chhut ê Siaⁿ, 心肝歡喜所出的聲, hoan tsong, 歡悰。
悴	tsūi, tsut, ㄗㄨㄧ, ㄗㄨㄊ,	Sim koaⁿ iu būn hoân Ló, 心肝憂悶煩惱, khùn khó, 困苦。Chiau tsūi, 憔悴。Chhiû tsūi, 愁悴。ut tsut, 鬱悴。
惘	bóng, ㄅㄜㄥˇ,	Sim koaⁿ jū Chhiáng Chhiáng, 心肝茹冗冗, hóng hut, 恍忽。ài bōe kì tit, 愛𣍐記得。
惟	ì, 一,	Phah Sǹg, 打算, Su ì, 思惟。Siūⁿ, 想。ū, 有, tok tok, 獨獨, ì it bû jī, 惟一無二。Chí ū, 只有, ì ū, 惟有。Lâng ê sìⁿ, 人的姓。
惡	ok, òⁿ, bái, Pháiⁿ, ㄜㄎ, ㄜˋ, ㄅㄞˊ, ㄆㄞ,	ok sim, 惡心, ok tō͘, 惡毒, tsōe ok, 罪惡。ok hêng ok tsōng, 惡形惡狀。khó òⁿ, 苦惡, iàm òⁿ, 厭惡, iàm Chiān, 厭賤, kian Siâu, 見誚。
		bái, 惡, Chiū Sī Pháiⁿ, 就是歹。bái Lâng, 惡人。bīn Siⁿ tsòe bái bái, 面生做惡惡。Pháiⁿ Lâng, 惡人, Pháiⁿ sim, 惡心, tók hêng, 毒行。Pháiⁿ kiáⁿ, 惡子。
惵	tiáp, ㄉㄧㄚㄆ,	Chiū Sī an ún, 就是安穩, an Sim, 安心, Pêng an ê ì sù, 平安的意思。
惚	hut, ㄏㄨㄊ,	kiong kèng, 恭敬, iu būn, 憂悶, kiaⁿ hiaⁿ, 驚惶。thiàⁿ Sioh, 疼惜。
惎	kī, 《ㄧ,	kap 惎 Siāng khoán, 与惎同款。kà sī, 教示。tók ê mih, 毒的物。
悴	tsut, ㄗㄨㄊ	ut tsut, 鬱悴, Chiū Sī Sim koaⁿ kan khó, 就是心肝艱苦。bōe Pêng an ê ì sù, 𣍐平安的意思。

㤤 Ong, ㄤˇ, chiū sī kiáu chhá, kiáu jiáu ê ì sù.
就是攪吵，攪擾的意思。

㥄 Lêng, ㄌㄥˊ, khó lîn, ai siong. kiaⁿ hiâⁿ.
可憐，哀傷。驚惶。

惄 Lek, ㄌㄜˋ, iu būn, iau, him bō-, kòa lū, su siūⁿ.
憂悶，飢，欣慕，掛慮，思想。

㥏 khám, tiám, ㄎㄢˇ, ㄉㄧㄢˇ, iu būn, khùn khó, sim koaⁿ hoân ló thó khùi ê siaⁿ.
憂悶，困苦，心肝煩惱吐氣的聲。

惄 kiû, kiū, ㄑㄧㄡˊ, ㄍㄧㄡˋ, oàn tò, kiû siû, chiū sī saⁿ chek oàn ê lâng.
怨妒，仇讎，就是相積怨的人。

㤹 kiû, ㄍㄡˋ, kap téng bīn jī 惄 sio siāng.
与頂面字惄相同。

惍 kim, ㄍㄧㄣ, chiū sī tsâi lī, lī ek ê ì sù.
就是財利，利益的意思。

㥯 hut, ㄏㄨˊ, chiū sī koân koân ê ì sù.
就是高高的意思。

惷 hāng, ㄏㄤˋ, só pō, kiông kiông ê ì sù.
跰暴，強強的意思。

惈 kó, ㄍㄨㄛˇ, chiū sī hó taⁿ ióng kám ê ì sù.
就是好膽勇敢的意思。

惏 Lâm, ㄌㄢˊ, tham sim, kiaⁿ hiâⁿ, bô kín sīn. hó phái n tiāu thâu.
貪心，驚惶，無謹慎。好歹兆頭。

悷 Lē, ㄌㄧˋ, khiam sūn tsu pi ê khoán sit.
謙遜，慈悲的款式。

悢 Liông, ㄌㄧㄤˋ, chiū sī pi siong, oàn hūn ê ì sù.
就是悲傷，怨恨的意思。

惗 Liap, ㄌㄧㄝˋ, bōe tit tióh ì sù ê khoán sit. bōe tit ì ê ì sù.
𠶧得着意思的款式。𠶧得意的意思。

惁 Sek, ㄒㄧ, chiū sī iu chhiû. kiong kèng ê ì sù.
就是憂愁。恭敬的意思。

惦 tiàm, ㄉㄧㄢˋ, siūⁿ liām, tiàm liām. ōe kì tit, tiàm kì. kòa kì. kòa liām. tiàn liām. tiàn kì.
想念，惦念。能記得，惦記。掛記。掛念。惦念。惦記。

㥏 thián, ㄊㄧㄢˇ, m̄ hó. kian siàu ì sù.
毋好。見誚的意思。

惋 Oán, ㄨㄢˋ, thiàⁿ hūn, oàn hūn. kiaⁿ hiâⁿ, thó khùi. oán sioh, thiàⁿ sioh.
痛恨，怨恨。驚惶，吐氣。惋惜。痛惜。

惓 iam, am, ㄧㄢ, ㄢ, tsōe ì khì ê khoán sit. thiàⁿ sioh. kám sim, un thun, am khàm, am tham, chiū sī gōng ê ì sù.
多意氣的款式。愛惜。感心。肮髒，惓蓋，惓貪，就是戇的意思。

惧 jû, ㄖㄨˊ, iu būn, kiaⁿ hiâⁿ, kín sim sèng.
憂悶，驚惶，緊心性。

惌 Oān, ㄨㄢ, oan óng, oan siû, oàn hūn. sòe sòe khang ê khoán sit. sim koaⁿ ut tsut.
冤枉，冤讎，怨恨。小小孔的款式。心肝鬱悴。

㥐 tiⁿ, ㄉㄧㄥˋ, tiⁿ sí, tiⁿ chhin chhiūⁿ, tiⁿ bô lát, khah sēng tsòe. tiⁿ bô khòaⁿ, tiⁿ m̄ bat. tiⁿ gōng.
㥐死，㥐親像，㥐無力，較省做。㥐無看，㥐毋識。㥐戇。
tiⁿ khong, tiⁿ kan sîn. ké tsòe ê ì sù. tiⁿ jio, tiⁿ lát, tiⁿ sái. chhut lát ê ì sù.
㥐悾，㥐奸臣。假做的意思。㥐尿，㥐力，㥐屎。出力的意思。

造字 㥐，假意真做的意思。借定的偏音成字。

㥈 niú, ㄋㄧㄡˇ, bô niú siūⁿ, bô niú bô siūⁿ, chiū sī chhin chhiūⁿ khin khin, hō lâng khòaⁿ bô bák tē.
無㥈相，無㥈無相，就是親像輕輕，徑人看無目地。

造字 用看的輕重，是由心的評定的，再用量輕重的兩合成，成字

㥍 Chiⁿ, ㄐㄧㄥˋ, mî chiⁿ, chiū sī khûn ê ì sù. mî chiⁿ tsòe kang thàn chîⁿ. mî chiⁿ thák chheh ūi chiong lâi.
綿㥍，就是勤的意思。綿㥍做工賺錢。綿㥍讀書為將來。

造字 心內的爭扎也。對自己爭戰着就是心，㥍也。

惀 Lūn, ㄌㄨㄣˋ, hūn lūn sit lit khì, chiū sī sit khì m̄ tsai lâng ê ì sù.
殙惀失仂氣，就是失氣毋知人的意思。

造字 殙去，已失智。心輪不知去處也。借侖倫音成字。

㥷 thām, ㄊㄢˇ, thām thām, chiū sī bô cheng kong, bô tì hūi ê ì sù. o͘ péh thām, o͘ péh kóng ōe.
㥷㥷，就是無精光，無智慧的意思。黑白㥷，黑白講話。 **造字**

㤁	thiāⁿ ㄊㄧㄚ˙	thiāⁿchit ē, sió khóa thiāⁿ Lát. thiāⁿ tán, chiū sī tsān tán ê ì sù. thiāⁿ pó. Pó íong sin thé。 㤁一下，少許㤁力。㤁膽，就是助膽的意思。㤁補，補養身体。
造字		幫助。對心理影響最大，添心的信心也。即是㤁的字義。
㥉	tāⁿ, ㄉㄚ˙	Chhiò tāⁿ, Chiū sī Lâng hoaⁿ hí bīn chhin chhiūⁿ beh chhiò ê khóan sit。 笑㥉，就是人歡喜，面親像乜笑的款式。
造字		心内的歡樂，自我發洩，不知奈何的表達。借奈的白話音成字。
㥦	keng, ㄍㄧㄥ	keng hōan, keng thóe, Léng chhiò Lâng ê ì sù. Phí siùⁿ Lâng ê ì sù. Lâng chin sán, keng thé tsòe 㥦凡，㥦體，冷笑人的意思。部相人的意思。人真瘦，㥦體做 kau san á. Chhiah tsa bó keng thé tsòe hó pà bú 猴仙仔。赤查媒㥦體做虎豹母。
造字		㥦體，原來的更換另外一種來替代醜化。借更成字。
㥒	Sōng ㄙㄨㄥ	Sōng sōng, kiâⁿ Lō sōng sōng, Lok sōng, bān bān, á sī gōng sit sîn ê ì sù。 㥒㥒，行路㥒㥒，恧㥒，慢慢，式是戇失神的意思。
造字		借松的偏音成字。

九畫

惴	Chhúi, Chhōan ㄔㄨㄟ, ㄔㄨㄢ	Chhúi, Chhōan, iu būn, ut tsut, hoân Ló. kiaⁿ hiâⁿ, bōe Pêng an. Chhúi chhúi. Chhōan chhiok, Chhōan Lâng, Chiū sī àm chīⁿ 憂悶，鬱悴，煩惱。驚惶，𣍐平安。惴惴。惴㦸，惴人，就是暗靜 kè bō hāi Lâng ê ì sù。 計謀害人的意思。
㥶	Soan ㄕㄨㄢ	oàn hūn, bōe kì tit. Soan Liōng, tì Sek。 怨恨，𣍐記得。㥶諒，智識。
惶	hông, hiâⁿ ㄏㄨㄥ, ㄏㄧㄚ	hông, hiâⁿ, hun Loān, kiaⁿ, kiaⁿ hiâⁿ, Chhiong hông. hông bông. hông khiong 汾亂，驚，驚惶，傖惶。惶忙。惶恐。
惛	hun ㄏㄨㄣ	bô chhong bêng, bô bêng, o· àm, bōe kì tit. Chhiⁿ tsoh ê khóan sit. bê hek, hun Loān. 無聰明，無明，黑暗。𣍐記得。悽怍的款式。迷惑，汾亂。
意	ek, ì ㄝㄎ, ㄧ	iok sok, tī Lí, at chì, siūⁿ, sim Lāi số hoat chhut ê ì sù. Sim chì số hoat chhut ê. Phah Sǹg, su siūⁿ, 約束，治理，擲拆，想，心内所發出的意思。心志所發出的。打算，思想， ì kiàn, ì Liām, ì chì, sim gōan, tsú ì. ì tô. ì sek, ì kéng, ì khì。 意見，意念，意志，心願，主意。意圖，意識，意境，意氣。
惹	jiá ㄖㄜ	Sim Loān, kek khì, saⁿ kéh, kiáu jiáu, kan kúi. jiá siū khì, jiá sū, jiá hō. jiá chháu Liâm hoa。 心亂，激氣，相逆，攪擾，奸詭。惹怒氣，惹事，惹禍。惹草拈花。
感	kám ㄍㄢ	sim chêng tín tāng, saⁿ chiok kám kek, kám tōng, kám hòa, kám un, kám siā. kám kak. kám sim。 心情振動，相祝感激，感動，感化，感恩，感謝。感覺。感心。
㥲	kha, khā ㄎㄚ, ㄎㄚ	tsōe tsōe bāi hók ê kè chhek, bih teh ê khóan sit。 多多埋伏的計策。匿咧的款式。
愒	hat, khè ㄏㄚ, ㄎㄜ	khat khiat, ēng ūi giam hō Lâng hâng hók, háng hat. hioh khùn, thêng soah ê ì sù, hiu khè, kim chi 用威嚴乎人降服，哄愒。歇睏，停息的意思，休愒，今之 khè, hiu khè. Goán khài, aì Lâng ê mih, tham sim, kin kip. khiat, hioh khùn ê ì sù。 憩，休憩。忨愒，要人的物，貪心，緊急。愒，歇睏的意思。
㥦	kiap ㄑㄧㄚ	hoaⁿ hí, thiong Lók, hap ì, tit ì. kiap ì. kiap chì. móa chiok, chhèng sim móa ì。 歡喜，暢樂，合意，得意。㥦意。㥦志。滿足，稱心滿意。
愆	khian ㄑㄧㄢ	kè thâu, kè sit, chhò gō, tsōe khian. khian gī, bô kiâⁿ chèng tō. khian tāi, tî gō 過頭，過失，錯誤，罪愆。愆義，無行正道。愆滯，遲誤
㦑	khiam, khiám ㄑㄧㄢ	Phah Sǹg, ì kiàn bōe an jiân ê ì sù。 打算，意見𣍐安然的意思。
惸	khêng ㄑㄩㄥ	bô Lâng thang oá khò, ko· toaⁿ, iu būn. khêng bô hiaⁿ tī. bô kiáⁿ kiò tók. khêng tók。 無人可倚靠，孤單，憂悶。惸，無兄弟。無子叫獨。惸獨。
㥧	mō ㄇㄛ	Chiū sī tham sim ê ì sù。 就是貪心的意思。
愍	bín, bián ㄇㄧㄣ, ㄇㄧㄢ	thiàⁿ thàng, khó sioh, kiōng, pi siong. Chîn tiong, tú tioh tsai ē, bín siong, bián kì, Chiū sī 痛疼，可惜，強，悲傷。盡忠，抵着災禍，愍傷。愍忌，就是 Lâng kè sin Liáu aū, ēng seng Lé Lâi kì Liām i ê ì sù。 人過身了後，用牲禮來記念他的意思。
惱	Ló, Láu ㄌㄠ	náu, oàn hūn, siū khì, kiáu jiáu, hoân Ló. Láu hūn. khó Ló. hoat Láu. Láu Lō. Láu Lâng. 怨恨，怒氣，攪擾，煩惱。惱恨。苦惱。發惱。惱怒。惱人。

(懊) àu náu, khó náu, hoân náu, náu siū :: Lō, kiàn siàu tńg siū khì.
懊惱。苦惱。煩惱。惱羞成怒，見誚轉怒氣。

【愛】 ài, thiàⁿ, ㄞˋ, ㄊㄧㄚˋ; ài sim, thiàⁿ sim. jîn ài, jîn tsū. Chhinbi̍t, Chhinài. ài jîn, Chêng Lâng. ài Chêng. ài kok.
愛心，疼心。仁愛，仁慈。親密，親愛。愛人，情人。愛情。愛國。

【愕】 Go̍k, ngia̍h, khauh, khe̍h, Ge̍h, ㄫㄜㄏ, ㄫㄧㄚㄏ, ㄎㄠㄏ, ㄎㄝㄏ, ㄫㄝㄏ; Go̍k sī, kiaⁿ kî teh khòa. kiaⁿ Go̍k, kiaⁿ hiâⁿ ê khoán. Gōng ngia̍h, kiaⁿ hiâⁿ ê
愕視，驚奇的看。驚愕，驚惶的款。仰愕，驚惶的
khiàuh, ㄎㄧㄠㄏ; ì sù. kiaⁿ khauh khauh, khauh khauh tsùn, Chin kiaⁿ ê ì sù. khe̍h khe̍h Chhoán. khe̍h khe̍h tiô.
意思。驚愕愕，愕愕戰，真驚的意思。愕愕喘。愕愕跳。
Ge̍h Ge̍h tiô. Ge̍h Ge̍h tsùn, Ge̍h Ge̍h tsùn. khiàuh khiàuh tsùn, khiàuh khiàuh tsùn.
愕愕跳。愕愕戰，愕愕潑。愕愕戰，愕愕潑。

【惼】 Piǎn, ㄅㄧㄢˇ; kín kip, Sèng oe̍h, Pháiⁿ Sèng tē.
緊急，性狹，歹性地。

【愊】 Pek, ㄅㄝㄎ; Chì khì. ut tsut. sim koaⁿ bē Loān. khún Pek.
志氣。鬱悴，心肝迷亂。悃愊。

【愎】 hok, Pek, Pe̍k, ㄏㄜㄎ, ㄅㄝㄎ, ㄅㄝㄎ; ngē sim, kò chip, áu bân, jīm Sèng khut kiōng, kong hok tsū iōng.
硬心，固執，拗慢，任性倔強，剛愎自用。

【想】 Sióng, Siūⁿ, Siūⁿ, Siūⁿ, ㄒㄧㄛㄥ, ㄒㄧㄨ, ㄒㄧㄨ, ㄒㄧㄨ; Su Sióng, Lí Sióng, sim Phah Sǹg. Liāu Sióng, Chhai Chhek. Siūⁿ si, Siūⁿ si Pīⁿ, Pīⁿ Siūⁿ si.
思想，理想，心打算。料想，猜測。想思，想思病，病想思。
Su Siūⁿ, Chiū sī him bō ì ài ê ì sù. ì tô. kap Liām thâu. Siūⁿ Liām. Siūⁿ kìⁿ. Siūⁿ ài jîn. Siūⁿ boeh hui.
思想，就是欣慕意愛的意思。意圖，与念頭。想念。想見。想愛人。想欲開。

【愚】 Gû, ㄫㄨˊ; kâu ê sim. àm àm bōng bū. jia khàm. Gōng Gōng. Gû Gōng. áu bân, Gû bōng. Gû Chhún.
猴的心。暗暗朦霧，遮蓋。戇戇，愚戇。拗慢愚妄。愚蠢。

【惺】 Séng, ㄒㄝㄥ; Chiū sī Chhíⁿ ngō͘, hiáu ngō͘ ê ì sù.
就是醒悟，曉悟的意思。

【愓】 Siong, tōng, ㄒㄧㄛㄥ, ㄉㄛㄥ; Chiū sī hòng tōng thàm ka kī Lām Sám tsòe ê ì sù. hòng Chhiòng ê ì sù. îm tōng.
就是放蕩，趁家己濫滲做的意思。放縱的意思。婬愓。

【惰】 tō, toāⁿ, ㄉㄜ, ㄉㄨㄚ; bô Chì khì, tāi bān. Lán tō. ià Lán. noāⁿ Chhoāⁿ. Pîn toāⁿ. toāⁿ kut. khah toāⁿ Sí Lâng.
無志氣，怠慢。懶惰。厭懶。爛懊。貧惰。惰骨。較惰死人。

【惻】 Chhek, ㄑㄝㄎ; thiàⁿ thàng, Siong Sim, Lîn bín, kan khó. Chhek ún, Chhek jiân.
痛疼，傷心，憐憫，艱苦。惻隱，惻然。

【愁】 Chhiû, ㄑㄧㄨˊ; hoân Ló, Pi ai, iu būn, kiaⁿ hiâⁿ, tsū Chip. iu Chhiû. Chhiû iông. Chhiû khó. Chhiû bî.
煩惱，悲哀，憂悶，驚惶，聚集。憂愁。愁容。愁苦。愁眉。

【愀】 Chhiáu, Chhiu, Chhiú, ㄑㄧㄠ, ㄑㄧㄨ, ㄑㄧㄨˇ; kín sīn, Pìⁿ bīn Sek, hoat hông. Chhiú bīn. Chhiu Chhìn, Liâng hong Sóng khoài.
謹慎，變面色，發烘。清面。愀清，涼風爽快。

【慍】 ùn, ㄨㄣˋ; Sim khǹg oàn hūn, Siū khì. ùn Sek, bô hoaⁿ hí ê bīn Sek. ùn Lō͘.
心藏怨恨，怒氣，慍色，無歡喜的面色。慍怒。

【慔】 bó, bú, ㄅㄛˊ, ㄅㄨˊ; ì ài, thiàⁿ, Pōe iúⁿ, Pó hō͘. an ùi.
意愛，疼，培養，保護。安慰。

【愔】 im, ㄧㄇ; an ún, hô Sūn ê khoán Sit. Chhim Chhim Sok Chēng ê khoán Sit.
安穩，和順的款式。深深肅靜的款式。

【愉】 jû, ㄖㄨˊ; hoaⁿ hí, Chhiò bīn, khoài Lo̍k. jû khoài, hoan jû, jû ia̍t, jû Chêng. jû Sek.
歡喜，笑面，快樂。愉快，歡愉，愉悅，愉情。愉色。

【慗】 Chéng, ㄐㄧㄥˇ; Chéng tsòe. siu Lí, tsôe tsēⁿ, Chéng tùn, Chhòng hó, Siu Chéng. kap 整 tông ì sù.
慗齊，修理，齊整，頓，創好，修慗。与整同意思。

【惲】 hún, khún, ㄏㄨㄣˇ, ㄎㄨㄣˇ; tiong hō͘, kè bô͘. Gī Lūn. jī Sìⁿ.
忠厚，計謀，議論。字姓。

【惹】 jiá, ㄖㄧㄚˇ; Sim Loān. kek khì. Saⁿ keh. kiáu Chhá. kan kúi. jiá Siū khì. jiá Sū.
心亂，激氣，相逆，攪吵，奸詭，惹怒氣，惹事。

【慊】 kiap, ㄍㄧㄚㄆ; hoaⁿ hí, thióng Lo̍k, ha̍p ì, tit ì. kiap ì. kiap Chì. móaⁿ Chiok, Chhèng Sim móa ì. kap 愜 tâng.
歡喜，暢樂，合意，得意。慊意。慊志。滿足，稱心滿意。与愜同。

【惢】 Súi, ㄙㄨㄧ; Chhim Chhim, Sim koaⁿ tek ì ê Siaⁿ.
深深，心肝得意的聲。

【㤿】 ná, Lia̍h, ㄋㄚˊ, ㄌㄧㄚㄏ; khiú Lák, khan ín, Lia̍h tio̍h. Sim koaⁿ tit tsai ê ì sù. Lia̍h Chha̍t, Lia̍h khì tiàu. kap 拿 Siāng khoán.
攜掠，牽引，㤿着。心肝得知的意思。㤿賊，㤿去弔。与拿同款。

【愈】 jú, ná, ㄖㄨˇ, ㄋㄚˊ; kè thâu, khah iâⁿ, it hoat, Lī ek. jú tsòe jú Se̍k. Chìn Chêng, Chha, hó, Gâu, ná thak
過頭，較贏，益發，利益。愈做愈熟。進前，差，好，勢，愈讀
jû, ㄖㄨˊ; ná thè Pō͘. ná ū keng Giām. Pīⁿ tit tio̍h i hó. Pīⁿ Chhoan jû.
愈退步。愈有經驗。病得着醫好，病痊愈。

【慐】 bō͘, ㄅㄛˊ; Siông sè Gī Lūn tiān tio̍h, kè Chhek, hoat tō͘, Pun Sū. Pe̍h Chha̍t.
詳細議論定着，計策，法度，本事。白賊。

【㥩】 thāu, ㄊㄠˋ; kap Lâng thāu khì, kap Lâng oan ke khioh hūn ê ì sù.
與人㥩氣，與人冤家抾恨的意思。

愙 khak, khok, kèng kín, kiong kèng。Sêng khok。khok Sit。kap 恪 Siāng khóan。
ㄎㄚㄎ, ㄎㄜㄎ; 敬謹，恭敬。誠愙。愙實。与恪同款。

㦛 Chhong, tsóng, Chiū sī bô têng ì ê khóan, bōe thàn ì kiàn ê khóan Sit。Siók
ㄘㄜㄥ, ㄗㄜㄥ; 就是無中意的款，𣍐趁意見的款式。俗 㦛。

愞 joán, noán jiók, Sim tsōe tsōe kiaⁿ ūi。
ㄖㄨㄢ; 軟弱，心多多驚畏。

㦖 kiok, tiòh bôa, ià siān ê ì sù。
ㄍㄧㄜㄎ; 着磨，厭倦的意思。

㥯 kûi, Sim koaⁿ Phòk Phòk Chhéng。Sim koaⁿ tín tāng
ㄍㄨㄧ; 心肝，叱叱張。心肝振動

愐 bián, biān, Chhim Chhim teh Siūⁿ, hóan hok Lâi Phah Sǹg ê ì sù。Siūⁿ Liām, biān hoāi
ㄇㄧㄢ, ㄇㄧㄢ; 深深咧想，反復來打算的意思。想念，愐懷。

偲 Su, ì kiàn bô hàp, chek Pī, hiâm Lâng
ㄙㄨ; 意見無合，責備，嫌人。

愖 Sîm, Siong Sìn, Sêng Sit。thak hîm Chiū sī sim bô sì chiaⁿ
ㄒㄧㄣ; 相信，誠實。讀愖就是心無四正。

惺 Seng, hiáu Gō, Siūⁿ, tsai, kiaⁿ, tsū tsāi, Chēng Chēng。Seng Gō。
ㄕㄥ; 曉悟，想，知，驚，自在，靜靜。惺悟。

㵼 Siát, tiáp, Siūⁿ kiaⁿ hiâⁿ ê khóan Sit。kiaⁿ hiâⁿ。Scah。
ㄒㄧㄝ, ㄉㄧㄝ; 想驚惶的款式。驚惶。息。

㥁 tòk, Phah Sǹg, Siūⁿ, chhek tòk ê ì sù。
ㄉㄨㄛ; 打算，想，測度的意思。

㥜 uī, sim koaⁿ bōe Pêng an, khóng khài ê ì sù
ㄨㄟ; 心肝𣍐平安，慷慨的意思。

㥩 Siūⁿ, bô niúⁿ Siūⁿ, bô niúⁿ bô Siūⁿ, Chiū sī khin khin, hō Lâng khòaⁿ bô bák tē。
ㄒㄧㄤ; 無㥩㥩，無㥩無㥩，就是輕輕，互人看無目地。

造字 看的輕重，是由心評定的，無形的形象，謂形相，像与相略有相似。

㥧 hiⁿh, hiⁿh hiⁿh, kek hiⁿh hiⁿh, chiū sī hìm hìm ê ì sù。Chiū sī siū khì chhùi m̄ kóng oē。
ㄏㄧㄥ; 㥧㥧，格㥧㥧，就是噷噷的意思。就是怒氣嘴毋講話。

造字 人若怒氣時心懊惱毋講話，歹看面。心思表現出面，就是㥧也。

㥈 Lek, Lek tn̂g Lek tō, Chiū sī Put chí Chhau hoân ê ì sù。
ㄌㄜㄎ; 㥈腸㥈肚，就是不止焦煩的意思。

造字 心焦，借彔的偏音成字。

㤓 Phûn, khê Phûn, Chiū sī Put hô, nn̄g Lâng saⁿ tò khó ì sù。
ㄆㄨㄣ; 𢪃㤓，就是不和，兩人相妒苦的意思。

造字 借盆成字。

㥮 Sòng, Sàn, Sòng kiōng, Chhiah sàn, Sàn hiúh hiúh, Sàn kiúh kiúh, Sàn Góa Pún têng。
ㄕㄜㄥ, ㄕㄢ; 㥮窮，赤㥮；㥮㑻㑻，㥮㗂㗂；㥮我本等。

造字 人的㥮，不是無錢無財，而是心的無富有借宋字加穴字心空也。

㥄 thû, u thû, u u thû thû, Chin ham bān koh kò Chip ê ì sù。khah hoan, khah tì, Lūi tui sèng。
ㄊㄨ; 忬㥄，忬忬㥄㥄，真憨慢個固執的意思。較番，較纏，儡自性。

造字 忬㥄，心內嘈雜無伸捙，以致採苴來合成㥄字。

㤲 tī, tìh, ài tìh, m̄ tìh, ài tī mih, m̄ ài tī hit hāng mih。Chhat á ài tī Lâng ê mih。m̄ tìh
ㄉㄧ, ㄉㄧㄏ; 𢜮㤲，毋㤲。𢜮㤲物，毋𢜮㤲彼項物。賊仔𢜮㤲人的物。毋㤲

造字 借持的白話音成字。

㥣 koe, koe Liu, Chiū sī ēng chîⁿ kiâm Siap ê ì sù。
ㄍㄨㄝ; 㥣抽，就是用錢鹹澀的意思。

造字 借皆的偏音成字。

㥶 Siòh, bô Siòh bô Siòh。bô siòh bô Lioh。Chiū sī bô iàu bô kín ê ì sù。
ㄒㄧㄜㄏ; 無㥶無㥶。無㥶無略。就是無要無緊的意思。

造字 借席的偏音成字。

㥐 ài, ài Lí ê mih, ài sím mih, ài tìh Lâng ê mih, m̄ ài, bô ài。
ㄞ; 㥐你的物；㥐甚麼；㥐㤲人的物，毋㥐，無㥐。

造字 分別要与愛，有同款意思在，其實有所不同。出自心所要。

date theme 小心部61 page

十畫

慉	hiok, thiok ㄏㄧㄜㄎ, ㄊㄧㄜㄎ,	hoat khí Cheng Sin ê Sian. íun Chhī, kiau ngō. Sim koan hoân Ló ê Sian. oàn hūn. 發起。犉牲的聲。養飼，驕傲。心肝煩惱的聲。怨恨。
愴	Chhiòng, Chhòng, ㄑㄧㄜㄥ, ㄑㄜㄥ,	Siong Sim, Pi Siong, Pi Chhiong, Chhin Chhiong. Chhin Chhám ê khóan Sit. iu būn. Chhòng hóng 傷心，悲傷，悲愴，悽愴。悽慘的款式。憂悶：愴恍 Sit ì ê khóan Sit. Sim Loān Loān. Sim Chhòng Siong. 失意的款式。心乱乱。心創傷。
愾	hì, khài ㄏㄧ, ㄎㄞ,	Lâng teh thó khùi ê sian. khài hūn, sim koan bô hoan hí, Siū khì, oàn hūn. 人哟吐氣的聲。愾恨，心肝無歡喜，怒氣，怨恨。
愶	hiàp ㄏㄧㄚㄆ,	kian, Lún neh. tián ui háng Lâng, ui hiap 驚，怕伢。展威哄人，威愶。
慌	hong ㄏㄜㄥ,	bô bêng, hong bông, kip Pek. kian, Sim hong. hoat kông. hong Loān, hun Loān. khióng hong. 無明，慌忙，急迫。驚，心慌。發狂。慌乱，紛乱。恐慌。
愰	hóng, ㄏㄜㄥ,	Sim koan kng bêng. hóng lóng, Sim koan bô tiān tiòh ê ì sù. 心肝光明。愰㦬，心肝無定着的意思。
慁	hūn, ㄏㄨㄣ,	hoân Ló, iu būn, kiáu jiáu. Lêng jiok, bê Loān. 煩惱，憂悶，攪擾。凌辱，迷乱。
愷	khái, ㄎㄞ,	hoan hí, khoài Lok, hó, Peng an, khah iān, khái tē. kap tâng ì sù 歡喜，快樂，好，平安，較贏，愷悌。ㄎ 凱 同意意
慊	hiâm, khiám, khiap, ㄏㄧㄚㄇ, ㄎㄧㄚㄇ, ㄎㄧㄚㄆ,	Gî Gái. Giâu Gî, Sim Put Pêng, m̄ ài, Chek Pī, hiáp hiâm, hoân hiâm, hiâm Gî. 疑訝。惶疑，心不平，毋愛，責備，挾慊，犯慊，慊疑。 khiám, iàm hūn, Put ti Chiok, iám Chiān, oàn hūn. khiap, ti Chiok, kàu Giàh, khoài khoài. tsu Chiok 慊，厭恨，不知足，厭賤，怨恨。慊，知足，夠額，快快。自足。
愮	iâu, ㄧㄠ,	iu būn, kian hian, bô thang kò sò, Loān Loān, Giâu Gî. 憂悃，驚惶，無可告訴，乱乱，愮疑。
愳	khū, khī, kap ㄎㄨ, ㄎㄧ, ㄎ 惧	Siāng khóan. Sù bû khì tān Chiū Sī Lām Sám tsòe Lóng m̄ kian Sī tōa ê ì sù. 同款。肆無忌憚，就是濫滲做攏毋驚是大的意思。
愲	kut, ㄍㄨㄊ,	Sim koan bê Loān, kiáu jiáu ê ì sù 心肝迷乱，攪擾的意思
愧	khùi ㄎㄨㄟ,	kiàn Siàu, iú khùi, Siáu Lé, Phāu khùi. Chhâm khùi, khùi kìu 見誚，有愧，小禮，抱愧。慚愧，愧疚
慄	Lek, Lák, ㄌㄜㄎ, ㄌㄚㄎ,	Sio tán, kian hian, kiuh oá, bīn Lek Sek. Lák Lák Chhoah, Chiū Sī kian ê khóan sit. 小膽，驚惶，孔偎，面慄色。慄慄掣，就是驚的款式。
慅	So ㄙㄜ,	tín tāng, sim koan ut tsut ê Sian, hoân Ló. tham Sim. khí Lâi. 振動，心肝鬱悴的聲，煩惱。貪心。起來。
慎	Sīn ㄒㄧㄣ,	kèng kín, Sêng Sit, thiām Chēng, Sòe jī. Su Siúⁿ, kim kài ê oē. jī sìn. kín Sīn 敬謹，誠實，恬靜，細膩。思想，禁戒的話。字姓。謹慎。
愫	Sò, ㄙㄜ,	Chiū Sī Sêng sit Chheng khì ê ì Sù. 就是誠實清氣的意思。
愬	Sò, ㄙㄜ,	kā Lâng kóng, kóng bêng kò Lâng, húi Pòng, sio kò, kò Sò, Sò Sû 給人講，講明告人，誹謗，相告，告愬，愬詞。
愻	Sùn ㄙㄨㄣ,	Sūn thàn, kiong kèng, khiam Pī, San niū, khah Su. khiam Sùn. tô tsáu. Siám Pī. Sùn uī. 順趁，恭敬，謙卑，相讓，較輸。謙愻。逃走。閃避。愻位。
㥭	thài, ㄊㄞ,	Chhia Chhí, chhia hoa ê ì Chì. Sin thé kiau thài. 奢侈，奢華的意志。身体嬌㥭。
態	thài, ㄊㄞ,	hêng Siōng, thé thóng, khóan Sit, thé thài. hêng thài. tsōng thài. thài tō. tsu thài. 形像，体統，款式，体態。形態。狀態。態度。姿態。
慆	tho, ㄊㄜ,	hoan hí, Chhin Chhái, tāi bān, kî kòai, kú kú, Siu khǹg 歡喜，且採，怠慢，奇怪，久久，收藏。
慈	tsû, ㄗㄨ,	Laū bú thian kián ê ì sù, ài sioh, hó, un jiû, tsû Pi, tsû sim, jîn tsû, jī sìn. 老母愛子的意思，愛惜，好，温柔，慈悲，慈心，仁慈，字姓。
慇	un, ㄨㄣ,	khûn khín, iu būn, un khun. 勤謹，憂悶，慇懃。
㥯	ún, ㄨㄣ,	Sòe Sòe, bô bêng, Siu khǹg, m̄ kìn, Lāi bīn, Siong Sim, Lîn bín, ún tsōng. 小小，無明，收藏，毋見，内面，傷心，憐憫，隱藏。
愿	Goān, ㄍㄨㄢ,	keng kín, tiong hō, Sêng Sit. hó, kam un. hē Goān, hoat Goān. 敬謹，忠厚，誠實。好，感恩。下愿，發愿。
慍	ún, ùn, ㄨㄣ, ㄨㄣ,	iu būn ê khóan Sit, tín tāng ê ì sù. 憂悶的款式，振動的意思。

慂	iōng, 一ㄥˇ,	khó khǹg, Sái sō, Chhiónn iōng. 苦勸，使唆，慫慂。
慍	ùn, ㄨㄣˋ,	Sim khǹg oàn hūn, Siū khì. Ùn Lō. 心藏怨恨，怒氣。慍怒。
慉	Liû, Liū, ㄌㄧㄡˊ,ㄌㄧㄡˋ,	Chiū sī oàn hūn, kiat oàn ê ì sù. 就是怨恨，結怨的意思。
慁	hūn, ㄏㄨㄣˋ,	iu būn, hoân Ló. Lêng jiók, kiáu jiáu, kiáu Chhá, jiáu Loān. 憂悶，煩惱。凌辱，攪擾，攪吵，擾亂。
愨	khak, ㄎㄜˋ,	hó, Goān, kín Sīn, Sêng Sit, khak Sit. tek khak. 好，願，謹慎，誠實，確實。得確。
慤	kiong, ㄍㄨㄥ	Sió Sim, kun tsat, ū sim sū, Gāu Siūⁿ, kiong kèng. 小心，節節，有心事，勢想，恭敬。
慏	béng, ㄇㄧㄥˊ,	bô kóng chhut Liām thâu, in ūi m̄ kam Goān, ā sī bōe ōe. 無講出念頭，因為唔甘願，或是繪能。
慃	Pōng, Pōng, ㄆㄤˊ,ㄆㄤˋ,	kiaⁿ kiaⁿ hiaⁿ hiaⁿ ê khoán Sit. Pōng hông. chhong Pōng, chhiong Pōng. 驚驚惶惶的款式。慃惶。急慃，衝慃。
慱	Phok, ㄆㄛˋ,	thong thàu, Piàn Piàn, thōe oāⁿ. tó Phok, Phok hāk, Phok Sū, kap 博 thong. 通透，偏偏，退換。賭慱，慱學，慱士，与博通。
慴	thap, ㄊㄚˋ,	Chiū sī hoân Ló, Chhau Sim, Peh Pak, tsoat bāng ê ì sù. 就是煩惱，操心，擘腹，絕望的意思。
慳	khiàn, ㄎㄧㄢˋ,	khiàn Sńg, kāu khiàn Sńg, tsòe khiàn Sńg, khiàn Siūⁿ. bê sìn ê Siūⁿ hoat. Sim Lāi ê khī khek. 慳憤，厚慳憤，做慳憤，慳相。迷信的想法。心内的忌剋。
造字	凌心畏思，忌剋的事物，心借凌的偏音成字。	khiàn Leh Leh, ké khiàn, chiū sī ké tsòe ê ì sù. 慳咧咧，假慳，就是假做的意思。
慃	Phōng, ㄆㄥˊ,	Phōng Phōng Siⁿ, Siⁿ Chin tsōe ê ì sù. 慃慃生，生真多的意思。
造字	助語詞的字。	
慼	khōe, ㄎㄨㄝ,	kau khōe, Lâng kap Lâng hiap hiâm, Chiū sī oan ke ê ì sù. bó Lâng kap bó Lâng khōe. 交慼，人与人有挾嫌，就是冤家的意思。某人与某人有交慼。
造字	借慼成字	

十一畫

慞	Chiong, ㄐㄧㄤ,	kiaⁿ hiaⁿ. Chin kiaⁿ ê ì sù. 驚惶。真驚的意思。
慹	Chip, ㄐㄧˋ,	kiaⁿ hiaⁿ. kiaⁿ. Chin kiaⁿ ê ì sù. 驚惶。驚。真驚的意思。
憃	Chiong, Chhiong, ㄐㄩㄥ,ㄑㄩㄥ,	Gōng Gōng, bô tì Sek, Gū Chhī, Gū Chhūn. 戇戇，無智識，愚痴，愚蠢。
慧	hūi ㄏㄨㄟˋ,	Sim kng bêng, thong tát. tì hūi, tì Sek. Chhong bêng, hūi Gán, hūi kun, hūi Sim, Chhong hūi. 心光明，通達。智慧，智識。聰明，慧眼，慧根，慧心，聰慧。
慵	iông, iuⁿ, 一ㄥ,一ㄨ,	Pīn tōaⁿ, Lán tō, bô ài tsòe kang. So· lông. iuⁿ Siūⁿ, chiū sī Pê iúⁿ chiàu kò ê ì sù. 貪惰，懶惰，無愛做工。疏慵。慵承，就是培養照顧的意思。
慨	khài, ㄎㄞˋ,	toā Liōng Sim, hó, thó khùi. Piai. hūn khài. khóng khài. khài jiân, kám khài. khài thàn. 大量心，好，吐氣。悲哀。憤慨。慷慨。慨然。感慨。慨歎。
慷	khóng, ㄎㄤ,	Sim hó kian kò, bián Lē, toā Liōng, khóng khài, hó khoán thāi, Khóng kau. 心好堅固，勉勵，大量，慷慨，好款待，慷交。
憩	khè, ㄑㄧˋ,	hioh khun, hiu khè, thêng Soah, hiu Sek, ê ì sù. 歇睏，休憩，停，息，休息，的意思。
慳	kian, khian, ㄍㄧㄢ,ㄑㄧㄢ,	khiām Liām, Sioh, kian Lîn. 儉廉，惜，堅吝。
慶	khèng ㄑㄧㄥˋ	hok khì, hó Sū. hó Lé. khèng hō, khèng Chiok, khèng hêng, khèng tián, khèng kong, kiat khèng. 福氣，好事。好禮。慶賀，慶祝，慶幸，慶典，慶功，吉慶。
懜	Bōng ㄇㄥˊ,	ut tsut, Sim koaⁿ bô bêng, Gōng Giah, Gōng, iu būn. 鬱悴，心肝無明，戇愕，戇，憂悶。
慤	khak ㄎㄜˋ,	hó, Goān, kín Sīn, Sêng Sit, khak Sit. tek khak. 好，願，謹慎，誠實，確實。得確。
慢	bān, bān, ㄇㄢˋ,	bū bān, khòaⁿ khin, Pīn tōaⁿ, bô iàu kín, tāi bān. áu bān, bān Phōe, bān Gû kāu Sái jiò. 侮慢，看輕，貪惰，無要緊，怠慢。拗慢，慢皮，慢牛厚屎尿。
慛	tsoāi, ㄗㄨㄞ,	chin tsoāi. chiū sī Sáng Sè ê khoán Sit, khòaⁿ koâiⁿ bô khòaⁿ kē, tsū ko tit ì ê khoán Sit. 真慛。就是謎勢的款式，看高無看低，自高得意的款式。 造字

慺	Lô, Lû ㄌㄛˊ, ㄌㄡˊ	khûn khûn, kiong kèng, Peng an, khoài oah, jī sìn, khng nng. Chiū sī Chhut Lat khó khng Lâng ê ì sù. 勤勤，恭敬，平安，快活，字姓，勸慺，就是出力苦勸人的意思。
憀	Liâu, Lau, Lâu ㄌ一ㄠˊ, ㄌㄠ, ㄌㄠˊ	nā sī. oá khò. koh tsài. oàn hūn. Lau oē, Lau Chhut Lâi, Lau i kóng chhut, thò Chhut oē Lâi ê ì sù. Láu Phiàn, Láu Phiàn Siat, Láu á kòng kùn, tōa Láu chiah sió Láu. Phiàn tsú 若是。倚靠。僯再。怨恨。憀話，憀出來，憀他講出，套出話來的意思。憀騙，憀騙舌，憀仔摃棍，大憀吃小憀。騙子
慮	Lū ㄌㄩˋ	ke bô Lâi siūⁿ, iu būn, Gî ngāi, Chhui tok, koà Lū, khó Lū, iu Lū, Gî Lū. Chhim bô oán Lū. 計謀來想，憂悶，疑訝，惴度，掛慮，考慮，憂慮，疑慮。深謀遠慮。
慔	bō, bók ㄇㄛˋ, ㄇㄛˊ	khûn khûn chhut Lat thák, Chhut khùi Lat. 勤勤出力讀，出氣力。
慕	bō ㄇㄨˋ	him bō, aì, aì bō. Siàu Liām, su bō. Loân bō. Sim koaⁿ aì ê ì sù. 忻慕，愛，愛慕。思念，思慕。戀慕。心肝愛的意思。
慴	Lek, Lek ㄌㄜˋ, ㄌㄜˋ	kiàn siàu, Siáu Lé, ti thí ê ì sù. 見誚，小禮，知恥的意思。
慝	Lek, thek ㄌㄜˋ, ㄊㄜˋ	Siâ, Phaiⁿ, Lâ sâm siáh, Siâ thek, kan thek. 邪，歹，垃圾圾，邪慝，奸慝。
慟	tōng ㄊㄨㄥˋ	Chiū sī Pi aì, ai tōng, iu būn ê ì sù. tōng khàu, ai Siong tōa khàu. 就是悲哀，哀慟，憂悶的意思。慟哭，哀傷大哭。
慚	Chhâm ㄘㄢˊ	tsai ka kī ê khiàm kheh. Chhâm khùi. kiàn Siàu. Sit tsún tsat. 知傢己的欠缺。慚愧。見誚。失準節。
慙	Chhâm ㄘㄢˊ	kap teng bīn jī jī Siong tông. 与頂面字慚字相同。
慘	Chhám ㄘㄢˇ	Chhiⁿ Chhám, ai Chhám. tsân jím, thiàⁿ thàng. Chhám tok. khó Chhám. Chhám khok. Chhám Pāi. 悽慘，哀慘。殘忍，痛疼。慘毒。苦慘。慘酷。慘敗。
慥	Chhò ㄘㄠˋ	Sim koaⁿ Sit tsāi bô Peh Chhat, Sêng sit. hoaⁿ hí tsòe. 心肝實在無白賊，誠實。歡喜做。
慼	Chhek, Chhoeh ㄑ一ˋ, ㄘㄨㄝˋ	Pi aì, kan khó, iu būn, hoân Ló, Chhám Chhoeh, Pi Chhek. Chhoeh Sim. khó Chhoeh. oàn Chhoeh 悲哀，艱苦，憂悶，煩惱，慘慼。悲慼。慼心。苦慼。怨慼。
慫	Chhong, tsóng ㄘㄨㄥ, ㄗㄨㄥˇ	chiū sī bô tèng ì ê ì sù. bōe thàn i kiàn ê khoán sit. 就是無中意的意思。𣍐趁意見的款式。
慫	Chhióng, Sóng, khǹg ㄑ一ㄨㄥ, ㄙㄨㄥˇ	bián Lē, hō Lâng kiâⁿ. Sái Sō. Sō Lōng. Chhióng sū. Chhióng ióng. 勸，勉勵，俾人行。使唆。唆弄。從事。慫恿。
慰	uì ㄨㄟˋ	khǹg Peng an, an uì ê ì sù. an bú, bú uì. uì būn. uì Lô. 勸平安，安慰的意思。安撫，撫慰。慰問。慰勞。
憂	iu 一ㄡ	Pi Siong, hoân Ló, Phòa Pīⁿ. iu būn. su siūⁿ, iu ut. iu Siong. iu Chhiû. iu Lū. 悲傷，煩惱，破病。憂悶。思想，憂鬱。憂傷。憂愁。憂慮。
慾	iók ㄩˋ	Sim Put Chí aì, tham, su iók, aì iók, sèng iók, iók hé, iók bāng, iók Liām, sit iók. 心不止愛，貪，私慾，愛慾，性慾，慾火，欲望，慾念，食欲。
慱	thôan ㄊㄨㄢˊ	iu Chhiû. iu būn Lô khó ê ì sù. 憂愁。憂悶勞苦的意思。
慴	sip ㄒ一ˊ	kiaⁿ kàu tó teh, Lún neh, uì khū. Chin sip. 驚到倒咧，怕㤙。畏懼。震慴。
慓	Phiau ㄆ一ㄠ	kín kín, kín kip, kín Sèng, sò Pō ê ì sù. Phiau hān. 緊緊，緊急，緊性，躁暴的意思。慓悍。
憑	Pîn ㄆ一ㄥˊ	oá khò, í oá. Pîn kù. Pîn tsún, Pîn Lí kóng oē. 倚靠，依倚。憑据。憑準，憑理講話。
慮	Ló ㄌㄨˇ	Sim koaⁿ Giâu Gî ê ì sù. bó Ló Sim hek. 心肝憢疑的意思。憮慮心惑。
慲	Lî ㄌ一ˊ	tsōe tsōe in toaⁿ, siūⁿ ê Pek Chhiat. 多多因端，想的迫切。
慲	bôan ㄇㄢˊ	bōe kì tit, Sim koaⁿ hông bông Phah Sit Lóh. 𣍐記得。心肝惶忙拍失落。
懜	bōng ㄇㄥˊ	kiàn siàu, hoân Ló, Sim koaⁿ Peh Pak. 見誚，煩惱，心肝劈腹。
㥊	ùi ㄨㄟˋ	kap 慰 Siāng ì sù. 与慰同意思。
懝	ài, Gâi ㄞˋ, ㄞˊ	khiû khiám, Liâm Sêng, kiám Siap, tàng Sng. 虯儉，廉省，鹹澀，凍酸。
慬	kîn ㄑ一ㄣˊ	iu būn ai siong, ióng tsòng, iu Chhiû. 憂悶哀傷，勇壯，憂愁。
𢤻	Lê, Lûi ㄌㄟˊ, ㄌㄨㄟˊ	ê Lê, chiū sī Lûi tui Lô So chhin chhiū bô koai ê Gín á. 奇𢤻，就是𢤻𥑮，嘮唆親像無乖的囝仔。 造字

懴	Chhàm, sàn, ㄔㄢˋ, ㄕㄢˋ,	chiàu tsêng tek hēng, tsōe tsōe ê ì sù. 齊全德行，多多的意思。
憖	kiû, ㄍㄧㄡ,	hoaⁿ hí. kín sīn. kiong kèng ê ì sù. 歡喜。謹慎。恭敬的意思。
㥿	bó, ㄅㄛˊ,	Sim koaⁿ chhap tsap. bōe oē hun piat tāi chì. 心肝嘈雜。勿會能分別事誌。
慪	au, ㄡˋ,	kek lâng siū khì, au lâng. au khì 激人怒氣，慪人。嘔氣
慠	Gō, ngō, ㄠˋ, ㄥㄛ,	khòng kū, kiau Gō. khòaⁿ khin lâng. ngō sè, Chhut sì chiū hó giàh. 抗拒，驕傲。看輕人。傲世，出世就好額。
慸	tē, thè, ㄉㄝ, ㄊㄝ,	kôaiⁿ kôaiⁿ, kek thâu, kan khó. Sim koaⁿ bô pêng an. 高高，極頭，艱苦。心肝無平安。
懘	tē, thè, ㄉㄝ, ㄊㄝ,	kap teng bīn jī 慸 Siong tông 与頂面字慸相同
慒	tso, ㄗㄛ,	kòa lū, sim koaⁿ hôan ló ê siaⁿ, loān loān. 掛慮，心肝煩惱的聲，乱乱。
慼	Chhek, ㄑㄧ,	pi ai, kan khó, iu būn, hôan ló, chhám chhoeh, khó chhoeh. kap 慽 Siong tông 悲哀，艱苦，憂悶，煩惱，慘慼，苦慽。与慽相同
憱	tsok, ㄗㄨ,	Pò tì siuⁿ tsok, chiū sī siuⁿ hun tsap ê ì sù. Chhin chhiūⁿ chhù lāi tīn tsōe tsōe ke si mih kiāⁿ. 佈置過憱，就是過紛雜的意思。親像厝內鎮多多傢私物件。
造字		心内感覺真齷齪，借族的音成字。
慡	sáng, ㄕㄤ,	Phô sáng, chiū sī phô thāⁿ ê ì sù. Phô kha sáng chhiú. 扶慡，就是扶担的意思。扶脚慡手。
造字		借爽的偏音成字。
㦀	ba, bâ, bah, ㄅㄚ, ㄅㄚ, ㄅㄚ,	Phah ba ba, kap lâng phah ba ba. Chhiò ba ba, ba bún chhiò. bâ bui chhiò, chiū sī 打㦀㦀，与人打㦀㦀。笑㦀㦀，㦀吻笑。㦀微笑，就是 hoaⁿ hí chhiò bô chhut siaⁿ. bah bún chhiò. long siāng khóan ì sù. bâ bû chhiò 歡喜笑無出聲。㦀吻笑。攏同款意思。㦀文笑
造字		歡喜在心内，總是微微表達，借麻來成字。
㤅	thiàⁿ ㄊㄧㄚ,	ài sim chiū sī thiàⁿ sim. thiàⁿ ang, thiàⁿ bó tāi tiong hu. thiàⁿ hiaⁿ tī. thiàⁿ sè kan lâng. 愛心就是㤅心。㤅尪，㤅媒大丈夫。㤅兄弟。㤅世間人。
造字		与愛・疼分別的字，無論音或義，有愛的義，有疼的音。
憤	chè, ㄐㄝ,	oan ke niû chè, chiū sī siông siông oan ke ê ì sù. 冤家㦡憤，就是常常冤家的意思。
造字		冤家是心内的責憤，打量對方的歹所致，借責成字。

十二畫

憧	Chhiong, tâng, ㄔㄨㄥ, ㄉㄤ,	Sim koaⁿ iô tāng kiau jiau, bô tiaⁿ tiòh, chhiong chhiong. hūn gû. chhiong kéng, siōng siōng 心肝搖動，攪擾，無定着，憧憧。昏愚。憧憬，想像 him soān ê ì sù. sông tāng chiū sī tōa hàn. chhún pun gong gong ê ì sù. 欣羨的意思。傯憧就是大漢。蠢笨，戇戇的意思。
憤	hún, hùn, ㄈㄣ, ㄈㄣ,	tōa siū khì, sim koaⁿ jiat. chek tsū, ut tsut, kek khì, hoat hún, khì hùn. hùn khài. hùn lō. hùn hūn. 大怒氣，心肝熱。積住，鬱悴，激氣，發憤，氣憤。憤慨。憤怒。憤恨。
憨	ham, khám, khàm, ㄏㄢ, ㄎㄢ, ㄎㄢ,	ham bān gōng gōng khám gōng. khám sîn. pòaⁿ khám, khong khám. àm khám 憨慢，戇戇，憨戇。憨神。半憨，悾憨。腌憨。 khàm khàm, kek khàm khàm. khàm thâu khàm bīn, sī gōng ê ì sù, mā lâng ê oē. 憨憨，格憨憨。憨頭憨面，是戇的意思，罵人的話。
憙	hí, hí, hì, ㄏㄧ, ㄏㄧ, ㄏㄧ,	chiū sī thò khùi ê ì sù. chiū sī khoài lòk hoaⁿ hí ê ì sù. iā chiū sī ài ê ì sù. 就是吐氣的意思。就是快樂歡喜的意思。也就是愛的意思。
憪	hân, hān, ㄏㄢ, ㄏㄢ,	sóng khoài, sim koaⁿ sok chēng, khoah tōa, bô an ún ê khoán sit. 爽快，心肝肅靜，濶大，無安穩的款式。
憲	hiàn, ㄒㄧㄢ,	kèng kài lâng m̄ thang hoān hoat. chiáng koân, hoat lu̍t, hoat tō, lip hiàn, hiàn hoat, hiàn chèng. 警戒人毋可犯法。掌權，法律，法度，立憲，憲法，憲政。
憍	kiau, ㄐㄧㄠ,	khoan khoah, khoài oah. lîn bîn. kiau gō kap 驕 siāng ì sù. 寬濶，快活。憐憫。憍傲。与驕同意思。

憬	kéng, ㄐㄧㄥˇ	hiáu Gō͘, kéng Gō͘. hut jiân kak Gō͘ ê ì sù. hn̄g hn̄g, bān kiâⁿ ê khoán sit. 曉悟，憬悟。忽然覺悟的意思。遠遠；憬行的款式。
慣	koàn, Chhoàn, koāiⁿ, ㄍㄨㄢˋ, ㄍㄨㄢˋ, ㄍㄨㄞˋ	hak Sip. bat. koàn Sì. koàn Liān, koàn Sio̍k, Sip koàn. Su khong kiàn koàn. 學習。識。慣勢。慣練，慣俗，習慣。司空見慣。 Chhoàn kóng bô hó oē. Chhoàn tsòe bô hó tāi chì. koāiⁿ sì, m̄ koāiⁿ sì. oē koāiⁿ. boē koāiⁿ. 慣講無好話。慣做無好事誌。慣勢，毋慣勢。能慣。袂慣。
憒	hōe, kùi, ㄏㄨㄟˋ, ㄍㄨㄟˋ	Sim koaⁿ bē Loān, Sim koaⁿ ì āi, tsu kèng ê Siaⁿ. 心肝迷乱，心肝意爱，尊敬的聲。
憥	Lō, ㄌㄠˋ	Chiū sī hóan hóe ê ì sù. 就是反悔的意思。
憭	Liâu, Liáu, ㄌㄧㄠˊ, ㄌㄧㄠˇ	tì hūi, khoàiⁿ oah, Séng Chhat. khang khang ê khóan Sit. 智慧，快活，省察。空空的款式。
憐	Lîn, Liân, ㄌㄧㄣˊ, ㄌㄧㄢˊ	thiàⁿ thàng, ai Siong, thé Sut, khó Lîn, Lîn bín. ai Sioh, Lîn Sioh. khó Liân, ài Liân. 痛疼，哀傷，体卹，苦憐，憐憫。愛惜，憐惜。苦憐，愛憐。
憫	bín, ㄇㄧㄣˇ	thé Sut, thè Lâng iu būn, hoân Ló, Lîn bín. Pi bín. 体卹，替人憂悶，煩惱，憐憫。悲憫。
憑	Pîn, ㄆㄧㄥˊ	oá khò. Pîn kù. ì oá. Pîn tsún. Pîn toaⁿ. Pîn Sìn. Pîn tiōng. Pîn Phiò. Pîn Chèng. 偎靠。憑据。依偎。憑準。憑單。憑信。憑仗。憑票。憑證。
憸	Sip, ㄒㄧㄝ	khiam Liam, Sioh. kiâm Siap, kian Lîn. 儉廉，惜。鹹澀，堅吝。
憚	tàn, tān, tōaⁿ, thán, ㄉㄢˋ, ㄉㄢˋ, ㄉㄨㄚˋ, ㄊㄢˇ	khī kan khó, ùi bôa, ià Lán, Pîn tōaⁿ, Pî tōaⁿ kut. kut Lat Chiah Lat. Pîn tōaⁿ 忌艱苦，畏磨，厭懶，貪惰，貪憚骨。骨力食力。貪憚
	chhóa, ㄑㄨㄚ	thun nōa. Lan thân Chiū sī Pîn tōaⁿ ê ì sù. nōa chhóa, Pîn tōaⁿ hô͘ tô͘ ê khóan Sit. 吞涎。懶憚就是貪憚的意思。懶憚，貪憚胡塗的款式。
憝	tùi, tūn, ㄉㄨㄟˋ, ㄉㄨㄣˋ	oàn hūn, Sim koaⁿ thiàⁿ hūn ê Siaⁿ, oàn tò͘. 怨恨，心肝痛恨的聲，怨妒。
憯	Chhám, ㄑㄧㄢˇ	keng kè, khó khîn, tú tio̍h. bat, Sek sāi. 經過。苦勤。抵着。識，熟似。
憎	Cheng, ㄐㄥ	oàn hūn, Chiū sī Sim koaⁿ khǹg Pháiⁿ ì sù Lâi hāi Lâng. Cheng hūn. Cheng ok. 怨恨，就是心肝藏歹意思來害人。憎恨。憎惡。
憔	Chiâu, ㄐㄧㄠ	iu būn, kiàn Siàu, Chiâu Sim, Chiâu tsūi, Chiâu Sán. 憂悶，見誚，憔心，憔悴，憔瘦。
憮	bú, bû, hô, hu, ㄨˇ, ㄨˊ, ㄏㄜ, ㄏㄨ	Sit Chì ê khóan Sit, kî koài ê oē, ài Sioh, an ùi, thiàⁿ thàn. an bú, ài bú. 失志的款式，奇怪的話，愛惜，安慰，痛疼。安憮，愛憮。 ho, kiau Gō͘ ê ì sù. tōa. hu tāi. bu jiân, Sit ì ê khóan. 憮，驕傲的意思。大。憮大。憮然，失意的款。
憖	Gîn, Gûn, ㄧㄣˊ, ㄧㄣˊ	mn̄g, kín Sìn. koh tsài. kam Goan, Chhiò ê khóan Sit. 問，謹慎。擱再。甘願，笑的款式。
憗	Gîn, Gûn, ㄧㄣˊ, ㄧㄣˊ	kap téng bīn jī 憖 Siâng khóan. 与頂面字 憖 同款。
憘	hì, hí, hì, ㄒㄧˋ, ㄒㄧˇ, ㄒㄧˋ	Chiū sī thó khùi ê ì sù. khoài Lo̍k khoaⁿ hí ê ì sù. iā Chiū sī ài ê ì sù. kó bûn hí jī. 就是吐氣的意思。快樂歡喜的意思。也就是愛的意思。古文喜字。
憩	khè, ㄑㄧˋ	hioh khùn, thêng, Soah ê ì sù. hiu khè. 歇睏，停，息的意思。休憩。
憞	tūn, tùi, ㄉㄨㄣˋ, ㄉㄨㄟˋ	oàn hūn, Sim koaⁿ thiàⁿ hūn ê siaⁿ, oàn tò͘. 怨恨，心肝痛恨的聲，怨妒。
憓	tōng, thóng, ㄉㄤˋ, ㄊㄤˇ	Chiū sī iô tāng ê ì sù. 就是搖動的意思。
憓	hūi, ㄏㄨㄟˋ	kong Gī, Cheng hoat bô hâng ho̍k ê, bô thàn Sūn. 公義，征伐無降服的，無趁順。
憥	Lô, Lō, ㄌㄠˊ, ㄌㄠˋ	Sim Lat khiàm kheh, Phòa Pīⁿ. hóan hóe. 心力欠缺，破病。反悔。
憠	koat, khoat, ㄍㄨㄚˊ, ㄎㄨㄚˊ	Chhut khùi Lat, Chhut Lat tsòe, biān Lē 出氣力，出力做，勉勵
憰	koat, khiat, ㄍㄨㄚˊ, ㄎㄧㄚˊ	kan tsà, kan kúi, kúi khiat, Sim koaⁿ kúi khiat. kau khiat. ih ùt, chiū sī Put ti chiok 奸詐，奸詭，詭憰，心肝詭憰。狡憰。懤憰，就是不知足
ùt, ㄨˋ		bô chhēng ì ê ì sù. ih ùt. 無稱意的意思。懤憰。
譆	Lê, Lî, ㄌㄜˊ, ㄌㄧˊ	tsōe tsōe oē, bú bān ê oē, khi Phiàn ê oē. 多多話，侮慢的話，欺騙的話。
愕	Gók, ㄜˋ	Chhok Gók, kiaⁿ hiaⁿ ê khóan Sit. tsó Gāi bô Chiàu Chhù Sū. 錯愕，驚惶的款式。阻礙無照次序。
憤	Sún, Sńg, ㄙㄨㄣˇ, ㄕㄥˇ	khiàn Sńg, khiàn Sún, kàu khiàn Sńg, chiū sī khī khek ê ì sù. tsòe khiàn Sńg bē Sìn teh tsoh hoat. 造字 慊憤，慊憤。厚慊憤。就是忌剋的意思。做慊憤迷信啲作法。

憋	Phiat, Piat, ㄆ一ㄚㄊ, ㄅ一ㄚㄊ,	kóa" kín. kín kip ê khóan sit, sò sèng, kip sèng. Phái" sèng tē. 趕緊。緊急的款式，躁性，急性。歹性地。
憋	Piat, Phiat, ㄅ一ㄚㄊ, ㄆ一ㄚㄊ,	kap téng bīn jī Siāng khóan. 与頂面字憋同款。
㦗	Su, ㄕㄨ,	Chiū sī sim koa" lún neh, kia" hia" ê ì sù. 就是心肝怕怕，驚惶的意思。
懆	Siok, ㄕ一ㄛㄎ,	kúi khiat. bīn piàn sek ì sù. bīn sek. 詭譎。面変色的意思。面色。
憛	thám, ㄊㄚㄇ,	Sim koa" gî ngāi bōe pêng an ê ì sù. 心肝疑訝，膾平安的意思。
憿	Chhióng, ㄑ一ㄛㄥ,	kia" hia" ê khóan sit. 驚惶的款式。
憢	Giâu, ㄫ一ㄚㄨ,	Giâu gî, hoān giâu, táu á giâu. Chhai gî ê ì sù. to gî ê ì sù. 憢疑，犯憢，斗仔憢。猜疑的意思。多疑的意思。
造字		心想多多。借堯意成字
憰	Sai, ㄙㄞ,	Sai nai, sāi kiau, gín á kā pē bú sai nai ài chî" thó mih. Chiū" chî" ê ì sù. Lâm lú su chêng kau ong hō siōng ê kiau chêng piáu hiān. 憰㚷，撒嬌，囝仔給父母憰㚷要錢討物。小上錢的意思。男女私情交往互相的嬌情表現。
造字		憰㚷應以私情視之，心之舒坦心之有奶，故採舒之偏意。
憹	niū, ㄋ一ㄨ,	oan ke niū chè, chiū sī siōng siōng oan ke ê ì sù. an á bô oan ke niū chè. 冤家憹憒，就是常常冤家的意思。尪仔媒冤家憹憒。
造字		冤家是心内的責憒，打量對方的歹所致，借量成字。

十三畫

懈	hāi, ㄏㄞ,	Pîn toā", bô tì ì, bān bān, lán tō. thoa thih. hāi tāi. Song hāi. 貪惰，無致意，慢慢，懶惰。拖遲。懈怠。鬆懈。
憾	hām, ㄏㄚㄇ,	Sim bô hoa" hí, oàn hūn, ut tsut. ui hām. khoat hām. 心無歡喜，怨恨，鬱悴。遺憾。缺憾。
懇	khún, ㄎㄨㄣ,	Chhiat iàu, chì sêng sit, sêng khún. khún kiû, khún chhiat. Chin sêng ê ì sù. 切要，至誠實，誠懇。懇求，懇切。真誠的意思。
憊	Pāi, ㄅㄞ,	ià lán, ià lāi, ià siān, khùn khó. Phî pāi. 厭懶，厭懶，厭倦，困苦。疲憊。
憿	hiau, ㄏ一ㄚㄨ,	kai tsai, ēng sêng sit kā lâng kóng. kóa" kín. 佳哉，用誠實給人講。趕緊。
憷	kìm, ㄍ一ㄇ,	Sim koa" kian kò ê khóan sit. 心肝堅固的款式。
懃	khûn, ㄎㄨㄣ,	kòa lū, kín kip, un khûn, khûn sim. khûn kín. 掛慮，緊急，慇懃，懃心。懃謹。
懍	Lím, ㄌ一ㄇ,	kèng kín, kia" hia". kín sīn, gûi hiám, ēng ui giâm hō lâng kia". ui hâng lím lím. lím jiân. 敬謹，驚惶。謹慎，危險，用威嚴伍人驚。威風懍懍。懍然。
懋	bō, ㄇㄛ,	sim koa" tì ì. hîm bō, bián lē, tōa, bō sēng. sēng tōa. bō siōng. 心肝致意。欣懋，勉勵，大，懋盛。盛大。懋賞。
懊	hiok, ò, àu, ㄏ一ㄛㄎ, ㄛ, ㄠ,	hiok hūn, tham sim, chiū sī sim koa" siū" ài lâng ê mih. ò hóe, hoân ló, ò ut. àu nau. àu lâu. àu ut. Sim koa" ut tsut bô hoa" hí. 㤲恨，貪心，就是心肝想要人的物。懊悔，煩惱，懊鬱。懊憹。懊惱。懊鬱。心肝鬱悴無歡喜。
㥠	Sek, ㄕㄝㄎ,	Chiū sī bô hoa" hí oàn hūn ê ì sù. 就是無歡喜怨恨的意思。
憴	Sêng, ㄕㄥ,	Chiū sī kèng kài, kín sīn ê ì sù. 就是警戒，謹慎的意思。
憸	Chhiam, Siam, ㄑ一ㄚㄇ, ㄒ一ㄚㄇ,	kóng hó thia" ê oē, gâu kóng oē, piān lūn, piān pok. put chèng tong, chiàm lâng ê pan gî, lîn siam, siam lâng. iam chhiam. 講好聽的話，勢講話，辯論，辯駁。不正當，佔人的便宜，佞憸，憸人。憸憸。
懆	Chhò, ㄘㄠ,	bô an ún, hoân ló, bô pêng an, ut tsut. chhò sim. 無安穩，煩惱，無平安，鬱悴。懆心。

14畫

懝	ngih, ㄫ一ㄏ,	ngih ngih ngiauh ngiauh, seng khu chiū" tín tāng ê khóan sit. thâng tín tāng ê khóan sit. 懝懝𠹭𠹭，身軀癢振動的款式。虫振動的款式。
造字		

【憺】 tām, tám, chīⁿ ㄉㄢˇ, ㄉㄢˋ, ㄐㄧㄣˋ; an ún 安穩, thiām chēng 恬靜, tín tāng ê ì sù ，振動的意思。tám hóng 憺謊，就是提物恌毋知。chīu sī théh mih tīⁿ m̄ tsai。
tsú lâng bô ún tsún ê ì sù。主人無允准的意思。chīuⁿ chīⁿ 忄上憺，gín á kā pē bú sai nai ê ì sù 囝仔給父母□□的意思。ké chīuⁿ chīⁿ 假忄上憺。

【懂】 tóng, táng ㄉㄨㄥˇ, ㄉㄤˇ; sim chhiⁿ chhai hun 心且採分，hô͘ tô͘ 糊塗，bóng tóng 懵懂。bóng tóng 㤇懂。oē hiáu tit 能曉得，tóng tit 懂得。tóng hiáⁿ 懂㦬，kiaⁿ thiòh 驚着。

【儁】 tsùn ㄗㄨㄣˋ; chīu sī tsâi tiāu ê ì sù 就是才料的意思，ū tì hūi ê ì sù 有智慧的意思。

【憶】 ek, ioh, it ㄝㄎ, ㄧㄜㄏ, ㄧㄊ; siàu liām 思念，kì tit tāi chì 記得事誌，kì ek 記憶。hôe ek 回憶，ioh siūⁿ 憶想，ioh tiòh 憶着，ioh jī 憶字，ioh bī 憶謎。
ih ㄧㄏ，tsap ioh kàu m̄ tiòh 十憶九毋着。ioh kam chia 憶甘蔗。it tit 憶得，it tiòh 憶着，chīu sī ū khòaⁿ kò͘ ê ì sù 就是有看顧的意思。ih ut 憶惕，put ti chiok bô chêng ê ì sù 憶惕，不知足無節度的意思。

【懌】 ek ㄝㄎ; khoài oah 快活，ài 愛，hoaⁿ hí 歡喜，sim koaⁿ sóng khoài 心肝爽快。him ek 欣懌。

【應】 eng, èng, ìn ㄝㄥ, ㄝㄥˋ, ㄧㄣˋ; tioh 着，hap kai 合該，eng kai 應該。eng tong 應當。phah sǹg 打算，liāu lí 料理，èng hù 應付。tah èng 答應，èng tùi 應對。
èng iōng 應用，èng khó 應考，èng ún 應允，èng siù 應酬。ìn oē 應話，ìn tap 應答，ìn chhùi 應嘴，ìn chih 應舌，ìn thîn 應伨。

【憷】 chhó ㄑㄜˋ; thòng hūn 痛恨，sim koaⁿ lī hāi 心肝利害，léng lāi 冷利，chheng chhó 清楚，thiàⁿ chhó 痛憷，khó chhó 苦憷。

【憝】 kek ㄍㄝㄎ; chīu sī kóaⁿ kín ê ì sù 就是趕緊的意思。

【懈】 phek ㄆㄝㄎ; sò pō 躁暴，pháiⁿ sèng tē 歹性地，kóaⁿ tiok lâng chhut khì 趕逐人出去。

【懥】 ló ㄌㄛˊ; sim koaⁿ giâu gî ê ì sù 心肝僥疑的意思。

【懅】 sūi ㄕㄨㄧ; chhim chhim 深深，sim koaⁿ tek ì ê siaⁿ 心肝得意的聲。

【懀】 kòe, oè ㄍㄨㄝ, ㄨㄝ; hiâm 嫌，ok tok 惡毒，sim pháiⁿ 心歹。iu būn 憂悶。oàn hūn 怨恨。iàm ok 厭惡。

【憼】 kéng ㄍㄧㄥ; kiong kèng 恭敬，kéng kài 儆戒。kóng oē bô pian sim 講話無偏心。phê ê khoe kah 皮的盔甲。

【懅】 kù, kū ㄍㄨ, ㄍㄨˋ; khī khek 忌剋，kiaⁿ hiaⁿ 驚惶。kian siàu 見誚。

【懁】 koàn ㄍㄨㄢ; kín kip 緊急，kóaⁿ kín ê ì sù 趕緊的意思。sèng chêng 性情

【憹】 lông ㄌㄨㄥ; hoaⁿ hí 歡喜，sim koaⁿ bê loān 心肝迷亂，hóan hóe 反悔。

【憽】 chhong, song ㄑㄜㄥ, ㄕㄜㄥ; ū tsâi tiāu 有才料，chhang mia 聰明，kì khá ê ì sù 奇巧的意思。

【懫】 sǹg, sng ㄕㄥ, ㄕㄥ; khiàn sǹg 懞懫，kāu khiàn sǹg 厚懞懫，tsòe khiàn sǹg 做懞懫，bê sìn ê siūⁿ hoat 迷信的想法，sim lāi ê khī khek 心內的忌剋。

造字 懞懫，心內的忌剋也。借損的音成字。

【懥】 tuh, tok ㄉㄨㄏ, ㄉㄛㄎ; tuh bîn 懥眠，tuh ka chē 懥瞌睡，tuh ku 懥龜，chē kàu tuh ku 坐到懥龜，thâu khak tuh tuh 頭殼懥懥。tok ku 懥痀，tok ku 懥龜。

造字 借著偏音成字。

【懥】 hoaiⁿ ㄏㄨㄞ; tāng hoaiⁿ hoaiⁿ 重懥懥。chhó͘ hoaiⁿ hoaiⁿ 粗懥懥。tēng hoaiⁿ hoaiⁿ 硬懥懥。

造字 助語詞的字。懥，心內思緒，借匯的偏音成字。

【懺】 chhih ㄑㄧㄏ; bih chhih 匿懺，bih bih chhih chhih 匿匿懺懺。hé kiah khah chhih 火攑較懺，sì kòe chhih 四界懺，thâu khak chhih chhih 頭殼懺懺。

造字 借戰的偏音成字。

十四畫

【懥】 tì, thì ㄉㄧ, ㄊㄧ; khì 怒氣，khǹg oàn hūn 藏怨恨，hâm hūn 含恨。hūn thì 恨懥。

【懥】 khó ㄎㄛ; khó khó 懥懥，khó teh teh 懥哟哟，kek khó khó 格懥懥。kek sái ê khoán 格使的款。hiān tāi oē sī ko tsu thài 現代話是高姿態。造字

懢	Lâm ㄌㄢˊ	Sim koaⁿ ài Pat Lâng ê mih, tham sim。 心肝愛別人的物，貪心。
懣	boán, būn, ㄇㄢˇ,ㄇㄣˋ	iu būn, sim koaⁿ bōe Pêng an, kiáu jiáu ê ì sù。 憂悶；心肝𣍐平安，攪擾的意思。
懜	bōng, ㄇㄥˊ	ut tsut, sim koaⁿ bô bêng, Gōng ngiáh, Gōng, iu būn。 鬱悴，心肝無明，忡愣，戇，憂悶。
懦	jû, Lō, nō, ㄖㄨˊ,ㄋㄨㄛˋ,ㄋㄨˋ	Sió táⁿ, bô chì khì, nńg jio̍k, jū jio̍k, Pin toāⁿ。Lō hu。khóng tsú kóng nō· hu iú Li̍p Chì。 小膽，無志氣，軟弱，懦弱，貧惰。懦夫。孔子講 懦夫有立志。
懛	tai ㄉㄞ；	Gōng, kiaⁿ, tai tai, tai, tōa khō· tai, Gōng tōa tai。 戇，驚，懛懛，懛，大𠕇懛，戇大懛。
懟	tūi, ㄉㄨㄟˋ；	Chiū sī oàn hūn m̄ ài ê ì sù。Oàn tūi。 就是怨恨毋愛的意思。怨懟。
憯	Chhám, ㄘㄢˇ；	keng kè, khó· kǹg, tú tio̍h, bat, Sek sāi 經過，苦勸，抵着，識，熟似。
懠	Che, Chê, ㄐㄧˋ,ㄐㄧˊ	kāu sèng tē, siū khì, Giâu Gî。hoân Ló。 厚性地，怒氣，憢疑。煩惱。
懕	iam, ㄧㄢ	an ún, thò tòng, iā Lán。 安穩，妥當，厭懶。
懘	thì ㄊㄧˋ；	bô hô hap。Sim koaⁿ bōe Pêng an。 無和合。心肝𣍐平安。
懡	mó, ㄇㄛˇ	Chiū sī kiàn Siàu ê ì sù。 就是見誚的意思。
懯	hu, ㄈㄨ	kín kip ê khoán Sit。 緊急的款式。
忄蒐	hûn, ûn ㄏㄨㄣˊ,ㄨㄣ	Chiū sī sim koaⁿ iu būn ê ì Sù。 就是心肝憂悶的意思。
懤	tiû, tiū, ㄉㄧㄡˊ,ㄉㄧㄡˋ	iu Chhiû, tok ê khoán Sit。iu būn hoân Ló ê ì sù。 憂愁，毒的款式。憂悶煩惱的意思。
懙	ú, ㄩˊ	Phâu tsáu, sim koaⁿ iu būn ê siaⁿ。kiong kèng。 跑走，心肝憂悶的聲。恭敬。
忄瑩	êng ㄧㄥ,	Chiū sī khǹg Siū khì oàn hūn ê ì sù。 就是藏怒氣怨恨的意思。
壽心	tiû, tiū, ㄉㄧㄡˊ,ㄉㄧㄡˋ	iu Chhiû, tok ê khoán Sit。iu būn hoân Ló ê ì sù。 憂愁，毒的款式。憂悶煩惱的意思。
忄赫	hiah, hiáhⁿ ㄏㄜˋ,ㄏㄜˋ	hiahⁿ hong, Chiū Sī tín tāng hong ê ì sù, hiah Chi̍t ē, Chiū Sī Chhiⁿ kiaⁿ tan hiahⁿ ê ì sù。 忄赫風，就是振動風的意思，忄赫一下，就是悽驚搭忄赫的意思。

造字 心内着驚一時忡愣，借赫的偏音成字。

十五畫

懫	Chì, tì, thì, ㄓˋ,ㄉㄧˋ,ㄊㄧˋ	khǹg oàn hūn, siū khì, thêng chí。ēng Phái Sio hāi。 藏怨恨，怒氣，停止。用歹相害。
懲	teng, têng ㄔㄥˊ	keng kài, iok Sok, Siu Chéng, khoàn tńg。teng kài, teng hoa̍t, teng tī。thák têng Sio Siāng。 警戒，約束，修整，勸轉。懲戒，懲罰，懲治。讀懲相同。
懰	Liû, Lîu ㄌㄧㄡˊ,ㄌㄧㄡˊ	Chiū Sī oàn hūn, kiat oàn ê ì Sù。 就是怨恨，結怨的意思。
懩	ióng ㄧㄤˇ	Sim koaⁿ Só ài, khang khang hoân Ló, Phê chiūⁿ。ū kì Gē Chin Siūⁿ Piáu tat, kì ióng。 心肝所愛，空空煩惱，皮癢。有技藝真想表達，技癢。
懮	iu, iú, ㄧㄡ,ㄧㄡˇ	bān bān ê khoán Sit, iu Chhiû ê 慢慢的款式，憂愁的
懭	kóng, khòng, ㄍㄨㄤˇ,ㄎㄨㄤˋ	oàn hūn, thòng hūn bōe oē Chiàu ì Sù。 怨恨，痛恨𣍐能照意思。
忄厲	Lat, Lē, ㄌㄚˋ,ㄌㄧˋ	Pháiⁿ。kiaⁿ hiaⁿ, Chhiⁿ kiaⁿ ê ì Sù。 歹。驚惶，悽驚的意思。
忄魯	Lū ㄌㄨˇ	Lū kū, chiū Sī ēng bô Lé ê oē Lâi ìn Lâng ê ì Sù。 忄魯誤，就是用無禮的話來應人的意思。

造字 魯字粗魯也，已具無禮。

忄樂	Siak, ㄒㄧㄚˋ	kiak Siak。Chiū sī Cheng Sîn oa̍h tāng ê ì Sù。Chin oa̍h tāng。 矍忄樂。就是精神活動的意思。真活動。

造字 矍懔，精神活動，心神快樂。借樂白話音成字。

〔懫〕 Sit，ㄒㄧㄊ；
mău sit，Chiū sī kă chiă Phiàn Lâng ê ì sù。
冒懫，就是假粧騙人的意思。

造字 實在的心志（冒懫，假冒實在的心志。）

〔懪〕 Phiăk，ㄆㄧㄚㄎ；
Phiăk Phiăk Chhéng。Phiăk Phiăk toăⁿ。Phiăk Phiăk thiàu。Sim koaⁿ Phiăk Phiăk thiàu。
懪懪張。懪懪彈。懪懪跳。心肝懪懪跳。

造字 造音的字，借暴成字。

十六畫

〔懸〕 hiân，hâⁿ，hâuⁿ，ㄏㄧㄢ，ㄏㄚ，ㄏㄠ，
kùi teh，tiàu teh，kòa Lū，tī Gî，cheng tsoăh，hiân teh，hiân Liām，hiân Gâi。
挂哟，吊哟，掛慮，滯疑，精差，懸哟，懸念，懸崖。
hêⁿ，ㄏㄝ，
hiân ō Chè sè，Pì jū i Seng kìu Lâng。hâⁿ teh，Pòaⁿ Lām hâⁿ，Pàng Pòaⁿ Lām hâⁿ，Pòaⁿ chīuⁿ Lō ē。khang khòe chit Pòaⁿ Chīu Siu kang。
懸壺濟世，比喻医生救人。懸哟，半濫懸，放半濫懸，半上路下。工課做一半就收工。
hâuⁿ teh chīu sī tāi chì Pān boe，Chiām sî hê teh。
懸哟就是事誌辦未好，暫時置哟。

〔懷〕 hoâi，kûi，kui，ㄏㄨㄞ，ㄍㄨㄧ，ㄍㄨㄧ，
Sim Lāi Siu khǹg，Sim hoâi，heng hoâi。siàu Liân，hoâi Chhun。Sīuⁿ，hoâi Siōng。
心内收藏，心懷，胸懷。少年，懷春。想，懷想。
hoâi Phāu。hoâi īn。hoâi Liām。thau kûi，kûi kûi tsah tsah，kûi Gín á，bak Chiu kûi kûi，
懷抱。懷孕。懷念。偷懷，懷懷拃拃，懷囝仔，目睭懷懷，
Chiū sī Chian Liú á，Sió Chhat á ê ì sù。kòa kûi，kūi tsúi，koàn kūi。
就是剪鈕仔，小賊仔的意思。掛懷，懷水，灌懷。

〔懿〕 ì，ㄧ，
tsoan it，Chiâu tsn̂g hó，un jîu。sêng siān ê ì sù。Chiu ông ê miâ。
專一，齊全好，温柔。善的意思。周王的名。

〔懶〕 Lán，Lān，nóa，nōa，ㄌㄢ，ㄌㄢ，ㄋㄨㄚ，ㄋㄨㄚ，
Lán，Pìn toāⁿ，Lām tō，nóa chhóaⁿ，ià nóa，ià Siān。nōa Chhóaⁿ。
懶，貪惰，懶惰，懶憚，厭懶，厭倦。懶憚。

〔懵〕 bōng，ㄅㄛㄥ，
Sim koaⁿ bô bêng，ut tsut，Gōng，Gōng ngiăh，kiàn siàu。bōng tong。bōng jiân，hô͘ tô͘。
心肝無明，鬱悴，戆，戆愕，見誚。懵懂。懵然，糊塗。

〔憯〕 Chhám，ㄑㄧㄚㄇ，
keng kè。khó͘ khǹg。tú tiâh，bat，Sek Sāi。
經過。苦勸。抵着，識，熟似。

〔儱〕 Lông，Láng，ㄌㄨㄥ，ㄌㄤ，
Chiū sī Sim koaⁿ oàn hūn ê ì sù，Lóng Lē，ăng Láng，ăng Láng Siùⁿ，ăng Láng Phái，Gōng ê ì sù。
就是心肝怨恨的意思，儱儻。偷儱，偷儱相，偷儱歹，戆的意思。

〔懲〕 Ôe，ㄨㄝ，
hâm bîn kóng oē bô thong tat。hâm bîn ê ì sù。
含眠講話無通達。含眠的意思。

〔慳〕 khiàng，ㄎㄧㄤ，
khiàng tâu，béng khiàng khiàng，Chiū sī Chin béng ê ì sù。khiàn ta ke。khiàng Sim Pū。khiàng bô͘。
慳頭，猛慳慳，就是真猛的意思。慳當家。慳媳婦。慳媒，
tsoh tioh Phāiⁿ Chhân bāng āu tang，Chhoā tiŏh khiàng bô͘ Chit sì Lâng。
作着歹田望後冬，娶着慳媒一世人。

十七・十八畫

〔懺〕 Chhàm，Chhiàm，ㄔㄚㄇ，ㄑㄧㄚㄇ，
jīn tsōe，hóan hóe，Chhàm hóe。Che Chhàm，hoe Siūⁿ á sī tō Sū thè Lâng Liām keng kái ē。
認罪，反悔，懺悔。齋懺，和尚或是道士替人念經解厄。

〔懻〕 kì，ㄍㄧ，
kiông Pō，kùi khiat。kiau ngō͘，Gâu ăn Lâng。
強暴，詭譎。驕傲，勢壓人。

〔慴〕 Liap，ㄌㄧㄚㄆ，
kiaⁿ hiaⁿ，Sió tăⁿ，hâng hŏk ê ì sù。Liap hŏk。Liap Sek。Chín Liap。
驚惶，小膽，降服的意思。慴服。慴息。震慴。

〔雙〕 Siông，Song，ㄒㄧㄛㄥ，ㄕㄛㄥ，
kiaⁿ hiaⁿ，Lún neh。tōng Sim，hâng Phiàn，kín Sīn。
驚惶，怕怮。動心，哄騙，謹慎。

〔懼〕 khū，khī，ㄎㄨ，ㄎㄧ，
Sim koaⁿ kiaⁿ hiaⁿ，khū Phàⁿ。kiong khū。Sū bû khī tān，Lâm Sām tsòe m̄ kiaⁿ Pòaⁿ Lâng。
心肝驚惶，懼怕。恐懼。肆無懼憚，濫摻做毋驚人。

〔懽〕 hoan，hoaⁿ，koàn，ㄏㄨㄢ，ㄏㄨㄚ，ㄍㄨㄢ，
hí Lŏk，khoài Lŏk，thiòng Lŏk，hoan Lŏk。hoaⁿ hí。hoan Chhiò。tek ì ê ì sù。
喜樂，快樂，暢樂，懽樂。懽喜。懽笑。得意的意思。
koàn koàn，iu būn，iu Chhiu，hoân Ló。
懽懽，憂悶，憂愁，煩惱。

〔懺〕 Chhok，ㄑㄜㄎ，
chhoán Chhok，Lâng beh Chhoán Chhok Lí。Chhoán Chhok Lâng。Chiū Sī ăm Chīⁿ kè bô͘ hāi Lâng ê ì sù。
惴懺，人也惴懺你。惴懺人。就是暗靜計謀害人的意思。

造字 心内的計謀設定，借戳成字。

十九—廿四畫

戀 Loân, Loâm ㄌㄨㄢˊ,ㄌㄨㄢˋ, Siàu Liām 思念, thiàⁿ thàng 痛疼, Chhinài 親愛, Loân bō 戀慕, Lōng ài 寵愛, tham Loân 貪戀。Lâng ê sìⁿ 人的姓。

戁 Lán ㄌㄢˇ, kiong kèng 恭敬, kèng hōng 敬奉, sim koaⁿ kan kè ê siaⁿ 心肝訐的聲。kiaⁿ hiaⁿ 驚惶。

懡 Lô ㄌㄨㄛˊ, Chiū sī chhâm khùi kiàn siàu ê ì sù 就是慚愧,見誚的意思。

戃 thóng ㄊㄤˇ, ì sù bô chiaⁿ 意思無正, bô tiaⁿ tiòh 無定着, siat sú 設使, kap chit jī 与這字 惝 siong tông 相同。

戄 hák, kiók ㄏㄨㄛˋ,ㄐㄩㄝˊ, kiaⁿ hiaⁿ 驚惶, koaⁿ kín khoàⁿ 趕緊看。Liam piⁿ 臨邊, hut jiân 忽然。kiók jiân 戄然。

戇 Gōng, Gām, Gāng ㄓㄨㄤˋ,ㄍㄤˋ,ㄍㄤˋ, bô tì sek 無智識, Gû chhún 愚蠢, Gōng Gōng 戇戇, Gōng tit 戇直。Gām Gām 戇戇, Gām bák 戇目, Gām sìⁿ 戇生。

戅 Gōng, Gām, Gāng ㄓㄨㄤˋ,ㄍㄤˋ,ㄍㄤˋ, 与戇 jī tâng 字同。thiaⁿ oē thiaⁿ kàu Gāng Gāng 聽話聽到戇戇。Gōng ngiah iā oē Gāng khì 怔愕也能戇去。

ngā ㄧㄚˋ, ngā ngā 戇戇, Gōng ngā 怔戇, Gōng ngā khì 怔戇去。chit sî m̄ tsai beh tsái iūⁿ 一時不知也怎樣。

戈 部 62

戈 ko ㄍㄜ, Sio thâi ê ke si 相殺的傢私, bô chiam bé ê kek 無尖尾的戟, chhiuⁿ 槍, khì hâi 器械, kan ko 干戈。

一·二畫

戊 Bō ㄨˋ, hó tsō hoà ê ì sù 好造化的意思。bō sēng 戊盛。thian kan ê tē Gō jī 天干的第五字。sî sîn ê miâ 時辰的名, iā kan Gō kiⁿ 夜間五更, tsá khí saⁿ tiám kàu Gō tiám 早起三點到五點。kah it piáⁿ teng bō 甲乙丙丁戊。

戉 Oát ㄩㄝˋ, sī jī bú 是字母。kap chit jī 与這字 鉞 siāng khoán 同款。sio thâi ê khì khū 相殺的器具。

成 Sêng, Chiâⁿ, Chhiâⁿ, Siâⁿ ㄔㄥˊ,ㄐㄧㄚˊ,ㄑㄧㄚˊ,ㄒㄧㄚˊ, pang tsān hō mih chiâⁿ 幫助使物成。tsòe bêng pek 做明白, seah 息, sêng kong 成功, sêng sū 成事。sêng chiū 成就, sêng pāi 成敗。sêng pún 成本。chiâⁿ lâng 成人, chiâⁿ mih 成物, tsoh chiâⁿ 作成, m̄ chiâⁿ lâng 毋成人, chiâⁿ tsòe gâu lâng 成做勢人。chhiâⁿ sò 成數, sêng hun ê tsōe chió 成份的多少。nn̄g chhiâⁿ 兩成, Gō chhiâⁿ 五成, choân chhiâⁿ 全成。siâⁿ kap chhiâⁿ siāng ì sù 成与成同意思。siâⁿ sek 成色, chiok siâⁿ 足成。

戎 jiông ㄖㄨㄥˊ, saⁿ thâi ê khì khū 相殺的器具, khì hâi 器械, peng teng 兵丁, peng jiông siong kiàn 兵戎相見。bú koaⁿ 武官, sio thâi ê chhia 相殺的車, Goân jiông 元戎, Goân sòe 元帥。

戍 Sù ㄕㄨˋ, hông tó 防堵, kò siu 顧守, kok ê kau kài 國的交界。siu oē 守衛, oē sù 衛戍, sù siú 戍守。at chí 搵折, chè ap 制壓。tōa 大。

戌 Sut ㄒㄩ, tē chi ê tē tsáp it jī 地支的第十一字, tsú thiú în báu sîn chī Gō bī sin iú sut 子丑寅卯辰巳午未申酉戌。káu Geh 九月。sut sî 戌時, ē ngó chhit tiám kàu káu tiám 下午七點到九點。ngó hêng siok thó 五行屬土。

我 ngó, Góa, Goán, Gún ㄨㄛˇ,ㄍㄨㄚˇ,ㄍㄨㄢˇ,ㄍㄨㄣˇ, thoàn bûn 篆文 我 jī 字, chhiá chhâ iát 請查閱 saⁿ ūe 三畫。

三—七畫

戔 tsai ㄗㄞ, siong hāi 傷害, siong tiòh 傷着。tsai hō 災禍, tsai eh 災厄。

戒 kài ㄐㄧㄝˋ, chí tiám 指點, thong ti 通知, hoan hù 吩咐, kìm 禁, chek pī 責備, kín sīn 謹慎。pī pān 備辦, chip siu 執守, kéng kài 警戒。tsáp kài 十戒。

我 ngó, Góa, Goán, Gún ㄨㄛˇ,ㄍㄨㄚˇ,ㄍㄨㄢˇ,ㄍㄨㄣˇ, ka kī chheng hō ê oē 家己稱呼的話, Goán 阮, lán 咱。Góa 我, lí 你, i 他。khoàⁿ bô ka kī 看無家己, bû ngó cheng sîn 無我精神。tsū ngó an ùi 自我安慰。ngó pòe 我輩。Goán, Gún 我,我, lóng siāng khoán 攏同款, tān hiān kim bô thong iōng 但現今無通用, sī Goán jī 是阮字, Gún jī 阮字 chhiá chhâ hu pō 請查阜部。

戕 tsai ㄗㄞ, kap 与 戔 siāng khoán 同款。siong hāi 傷害, siong tiòh 傷着。tsai hō 災禍。tsai eh 災厄。

戕 Chhiông, Chhông, ㄑ一ㄤˊ, ㄑㄤˊ; khì hāi, chhiùⁿ ê khóa sit, tsàn sí siong hāi, hiông chek. Chhiông sat, tsū chhiông.
器械，槍的款式，刺死傷害，戕賊。戕殺，自戕。
Chhiông chek, chiū sī kiâⁿ phāiⁿ, tì kàu sìⁿ miāⁿ khah toé.
戕疾，就是行歹，致到性命較短。

戔 Chian, tsân, ㄐ一ㄢ, ㄗㄢˊ; sió khóa, oeh toeh, sòe sòe, khin pòh. ê kó jī, tsàn jím chhiùⁿ kiap, ok tok, khok hêng.
少許，狹隘，小小，淺薄。戔的古字，殘忍，搶劫，惡毒，酷刑。

或 hek, á, ㄏㄨㄛˋ, ㄧˋ; bô ún tàng ê só tsāi. Gî ngāi, bô tiāⁿ tioh, kián chhái, ū ê, á sī, hek sī, hek chiā.
無穩當的所在。疑訝，無定着，敢採，有的，或是，或是。或者。

戡 kham, ㄎㄢ; chhì, chhak, thâi. tam tng, khah iáⁿ, ū khùi lat. ê kó jī.
刺，鑿，殺。担當，較贏，有氣力。堪的古字。

戙 tōng, ㄉㄨㄥˋ; Tsûn siang pêng ê tōa ki chhâ, pak tsûn ê khit á.
船双旁的大支材，縛船的杙仔。

㦻 hek, ㄏㄜˋ; Pang kok, giâu gî, kî koài, tiâu tī, chhim ian.
邦國，僥疑，奇怪，特持，深淵。

戚 Chhek, ㄑ一ˋ; siū khì, àu náu, ai siong, iu būn. kūn oá, chhin āi, chhin chhek.
怒氣，懊惱，哀傷，憂悶。近偎，親愛，親戚。

戛 khiat, ㄐ一ㄚˊ; khì hāi ê miâ, tn̂g kek, tsàn, pêng siông, bô pîⁿ, bô iūⁿ.
器械的名，長戟，刺，平常，無平，模樣。

戜 tiat, ㄉ一ㄝˊ; chiū sī lāi khì, pak bah, chhak ê ì sù.
就是利器，剝肉，鑿的意思。

八·九畫

戟 kek, ㄐ一ˇ; Chiâⁿ keh chiâⁿ keh. Siang chhe ê chhiùⁿ to. Saⁿ thâi ê to, kek. kek chhiú, kí mē lâng.
成格成格。双叉的槍刀。相殺的刀，戟。戟手，指罵人。

戡 kham, ㄎㄢ; chhì, chhak, thâi, tam tng, khah iáⁿ, ū khùi lat. Pêng têng, kham têng, pêng loān, kham loān.
刺，鑿，殺，担當，較贏，有氣力。平定，戡定，平亂，戡亂。

戢 Chit, sì, ㄐ一ˊ; kiàm khioh tsòe hé, liâm thô.
劍掛做伙，粘土。

戥 téng, ㄉㄥˇ; chhìn kim gûn ê khì khū, téng téng á. Gûn téng, téng tāng.
秤金銀的器具，戥，戥仔。銀戥，戥重。

戢 Chhip, ㄐ一ˊ; khì hāi siu khì, pàng hē, soah. Chhip peng, theng chí êng peng. thài pêng. tsū chhip, chhip tsong.
器械收去，放下，息。戢兵，停止用兵。太平。聚集，戢藏。

戛 khiat, khat, ㄐ一ㄚˊ, ㄍㄚˊ; chian khì ê miâ, tn̂g kek, tsàn, pêng siông, bô pîⁿ, bô iūⁿ.
戰器的名，長戟，刺，平常，無平，模樣。

戫 hoat, ㄈㄚˊ; tún pâi, cheng hoat ê ke sì, tîn pâi ê pat miâ.
盾牌，征伐的傢私，藤牌的別名。

戣 kûi, ㄎㄨㄟˊ; kek ê lūi, chiū sī sam hong mâu. Lâng miâ, khóng tsú hō ê kiò kûi jī kun giâm. Peng teng.
戟的類，就是三鋒矛。人名，孔子後裔叫戣字君嚴。兵丁。

十·十一畫

截 Chiat, tsah, tsoeh, ㄐ一ㄝˊ; koah tn̄g, tsám iù, pun, khui, chiat tn̄g. chiat khui. tsám tsoeh. pān pok, tsoeh.
割斷，斬幼，分，開，截斷。截開。斬截。辯駁，截。
tsah tn̄g, chiat chí, tsah chhâu, tsah to, tsah hong, jia tsah, àⁿ tsah.
截斷，截止，截草，截刀，截風，遮截，攔截。

戧 Chhong, ㄑㄧㄤ; chiū sī siong hāi, kap sio siâng.
就是傷害，与創相同。

戩 Chián, ㄐ一ㄢˇ; chian chê, ka tn̄g, chīn, kàu, chīn thâu, biat bô. Chián kok, oân bí.
剪齊，鉸斷，盡，到，盡頭，滅亡。戩穀，完美。

戯 Pâu, ㄆㄠˊ; chiū sī chiong tsûn phâng lâi tsah hong ê ì sù.
就是將船帆來截風的意思。

戮 Liok, ㄌㄨˋ; thâi sí, sin sī piàn piàn. thí jiok, phòa pīⁿ, sat liok. Liok sī, ka hêng sī thé.
殺死，身屍遍遍。恥辱，破病，殺戮。戮屍，加刑屍体。

戭 ián, in, iû, 一ㄢˇ; tn̂g ê chhiùⁿ, tîn pâi, chhiùⁿ ê lūi. Lâng ê miâ, tô ián.
長的槍，藤牌，槍的類。人的名，檮戭。

戲 ho, ㄏㄨ; chhut siaⁿ kiò ê ì sù. àu kiò.
出聲叫的意思。呼叫。

十二—十四畫

戰 Chiàn, tsūn, ㄓㄢˋ; sio thâi, chiàn cheng. chiàn tē. chiàn sū. chiàn chhia. kau chiàn. chiàn kok.
相殺，戰爭。戰地。戰士。戰車。交戰。戰國。

Sio Chiàn, chiàn tàu. kha chhoah chhiú tsùn, kha chhiú sin sih tsùn, Gèh Gèh tsùn。
相戰。戰鬪。脚擦手戰，脚手顫顫戰，癯癯戰。

戲 hì, hoˑ, ㄒㄧˋ, ㄏㄨ，
Ēng khì hâi bú Lâng, thit thô, iû hì. hì Lâng. iǎn hì. bé hì. kiaⁿ hì. koa á hì。
用器械舞弄，迌迌，遊戲。戲弄。演戲。馬戲。京戲。歌仔戲。
hì pîn kha khia kú Lâng ê. Pò tē hì. hoˑ, thó khùi, khó sioh. Poaⁿ hì, ki chhì;
戲棚脚豎久人的。布袋戲。戲；吐氣，可惜。搬戲，譏刺；

戱 hì, hoˑ, ㄒㄧˋ, ㄏㄨ，
kap teng bīn jī Sio Siāng。
与頂面字 戲 相同。

戳 Pòe, Put, ㄅㄨㄛ ㄅㄨㄟ，
jiáu Loān, kóng oē Loān Loān. bē hék. chhi Gâi, Gōng. ngó Gėk。
攪乱，譫譫乱乱。迷惑。痴呆，戇。忤逆。

戳 Chhók, ㄔㄨㄛ，
Chhók kì, tìng chhók, Pó tiuⁿ chhók, tô kì chhók. tô chiōng。
戳記，揞戳，保張戳，圖記戳。圖章。

戴 tài, tè, tì, ㄉㄞˋ, ㄉㄜˋ, ㄉㄧˋ，
tam tng, khàm thâu khak, tì bō. tam tāi, Siū Lâng tsun kèng, ài tài. jī sìⁿ tè。
担當，蓋頭殼，戴帽。担戴。受人尊敬，愛戴。字姓戴。
tì Loēh, tì têng, tì báng kun, tì Phì, tì kah hǎh. Put kiōng tāi thian, Lí Sí Góa oah.
戴笠，戴頂，戴蚊巾，戴疕，戴甲菜。不共戴天，你死我活。

户 部 63

户 hō, Lō, ㄏㄨˋ, ㄌㄨˋ，
Pé hō, mn̂g koaiⁿ bat ê ì sù. khang chhù ê mn̂g. mn̂g hō. hō kháu, hō chėk, hō tsú.
把户，門關密的意思。空厝的門。門户。户口，户籍，户主。
thong Lō kùi, mn̂g ê ì sù. kap thong hō kùi sio siāng。
通户樻，門的意思。与通户樻 相同。

一 ~ 四畫

戹 ek, Lek, ㄜˋ, ㄌㄜˋ，
koan ai ê sió mn̂g. oéh oéh ê ì sù. khun khó. thong
關隘的小門，狹狹的意思。困苦。通 阨。

戺 sì, sū, ㄙˋ, ㄙㄨˋ，
tsng chioh, Phò tsng, Gîm kīn ê ì sù.
磚石，鋪磚，砛墘的意思。

戽 sì, sū, ㄙˋ, ㄙㄨˋ，
kap téng bīn jī Siong tông。
与頂面字 戺 相同。

房 Pông, Pâng, Pô, ㄅㄛㄥˊ, ㄅㄤˊ, ㄅㄛˊ，
khia ê chhù, chhù Lāi Pīⁿ thâu ê keng, Pâng keng, khùn Pâng. Pông ok. Pông Sán.
豎的厝，厝內邊頭的間，房間，睏房。房屋。房產。
Pông koan. Pông khè. tōng Pông hoa chiok. bit Pô. chiū sī bit Phang chè tsō bit khǹg ê mih.
房捐。房契。洞房花燭。蜜房，就是蜜蜂製造蜜藏的物。

戽 hò, ㄏㄨˋ，
tsûn Lāi iúⁿ tsuí ê khì khū. hì ūn ēng Lâi hò tsuí, hò hî á. hò tàu. hò chhan tsuí.
船内舀水的器具。魚塭用來戽水，戽魚仔，戽斗。戽田水。

扂 hō, khiàm, ㄏㄨˋ, ㄎㄧㄢˋ，
chiū sī sió mn̂g, Pîⁿ mn̂g ê ì sù. sòe sòe ê mn̂g.
就是小門，邊門的意思。小小的門。

戾 Lē, ㄌㄧˋ，
khut khiok, khiau, àⁿ Lòh, ūi chí, tiaⁿ tioh, kàu. koāi Phiah. ngó Gėk. Pō Lē. Lē khì.
屈曲，曲，向落，為止，定着，到。乖癖。忤逆。暴戾。戾氣。

所 Só, ㄙㄨㄛˇ，
Chhò chhâ ê siaⁿ. Giân Gú Lip Sè. chhu só. só tsāi. Só iú. Só í. tsū só.
斲柴的聲。言語立誓。處所，所在。所有。所以。住所。
Só tit. Só tiúⁿ. Só siok. Só iú koan. Só tek sòe. Só tsok Só ûi.
所得。所長。所屬。所有權。所得稅。所作所為。

五·六畫

扃 keng, kéng, ㄍㄧㄥ, ㄍㄧㄥˇ，
Gōa bīn ê mn̂g koaiⁿ, mn̂g chhòaⁿ, chhòaⁿ mn̂g, chhia ê hoâi koaiⁿ. chhòaⁿ kun.
外面的門關，門閂，閂門，車的橫杆，門關。

扁 Pian, Pián, Phian, Pīⁿ, ㄅㄧㄢ, ㄅㄧㄢˇ, ㄆㄧㄢ, ㄅㄧˊ，
Lâng ê jī sìⁿ Pian. Pian chhiok, chiū sī chhut miâ ê i seng. Pian thô sòaⁿ, nâ âu
人的字姓扁。扁鵲，就是出名的医生。扁桃腺，嚨喉
Pīⁿ ê Liâm môh. mn̂g téng ê Pâi, Pâi Pián. kòa Pián, thong Pián. Pīⁿ, Pīⁿ Pīⁿ, Pīⁿ siuⁿ,
邊的粘膜。門頂的牌，牌扁。掛扁，通匾。扁，扁扁，扁箱，
Pīⁿ Lâng, Pīⁿ tsǹg. Pīⁿ thâu. Pīⁿ chhùi. Pīⁿ Peh. Phian chiu, sòe chiah tsûn ê ì sù.
扁籠，扁鑽。扁頭。扁嘴。扁柏。扁舟，小隻船的意思。

扂 tiām, ㄉㄧㄢˋ，
mn̂g chhòaⁿ ê tauh á. tín tāng soah ê ì sù.
門閂的鐙仔。振動息的意思。

扅 î, ㄧˊ，
mn̂g chhòaⁿ, mn̂g koaiⁿ.
門閂，門杆。

扆 í, ㄧˇ，
tsah Pîn, mn̂g hō ê thang, hú í. Lâng ê sìⁿ
截屏，門户的窗，斧扆。人的姓

扇 Siàn, sìⁿ T-ㄧㄢˋ, T-ˋ iat hong ê khì khū, mn̂g pán, khoe sìⁿ, mn̂g sìⁿ pán。Siàn tōng, jiá sū toan, tiān sìⁿ ki。
搧風的器具，門板，葵扇，門扇板。扇動，惹事端，電扇機。

扆 hān, tēng ㄏㄢ, ㄉㄥ; chiū sī hō͘ tēng。mn̂g hān。
就是戶扆。門扆。

扃 Sióng, T-ㄩㄥ, mn̂g ê mn̂g chhòaⁿ。chhòaⁿ mn̂g ê ì sù。
門的門閂。閂門的意思。

扉 Pin, Pìn ㄅㄧㄣ, ㄅㄧㄣˋ; Pin tàⁿ, Lông giap sî tāi tàⁿ mih ê khì khū, khòa tī keng thâu ê hôaiⁿ tek koaiⁿ, chhiam tàⁿ
扉擔，農業時代擔物的器具，掛佇肩頭的橫竹杆，尖擔

造字 扉擔，擔，負重也，肩負也，并有平衡作用，故採户及并結合成字。

九畫 扉 Phāiⁿ ㄆㄞˋ Phāiⁿ mih k, Phāiⁿ Pò͘ tē, Phāi hêng Lí, Phāiⁿ Pau hòk。
扉物件，扉布袋，扉行李，扉包袱。

造字 扉，負重也，肩負也，不用器具而負，与縫同義，其狀如 拜，故採户及拜結合成字。

七一十三畫

扈 hō͘ ㄏㄨˋ; kun sûi ê lâng, sûi hō͘。pó hō͘ siōng si, hō͘ chiông。Poat hō͘, kiông lîong khui khoah。
跟隨的人，隨扈。保護上司，扈從。跋扈，強梁，闊闊。

扉 hui ㄈㄟ; toaⁿ sìⁿ mn̂g, chhâ ê mn̂g。hui iah, chheh ê thâu chêng iah, á sī tsòe āu chit iah。
單扇門，柴的門。扉頁，書的頭前頁，或是最後一頁。

扊 iám ㄧㄢˇ chiū sī mn̂g ê khiā lōng。kap mn̂g chhòaⁿ beh siāng。
就是門的豎楗。与門閂也同。

扊 soan ㄕㄨㄢ chhòaⁿ mn̂g ê ke si, mn̂g chhòaⁿ。mn̂g sng。
門閂的傢私，門閂。門㦸。

手 部 64

手 Siú, Chhiú T-ㄡˇ, ㄑ-ㄡˇ, Seng khu sù chi ê chit ki。Jîn iú Lióng siu it siu gō͘ chí。bong, khìⁿ, chiáng, tsòe, Pang tsān。
身軀四肢的一支。人有兩手，一手五指。摸，擒，掌，做，幫助。
kha chhiú。tsō͘ chhiú。chhiú kang, chhiú sim。chhiú kūn。chhiú chiok。
腳手。助手。手工，手心。手巾。手足。

才 Chhâi, tsâi ㄘㄞˊ, ㄗㄞˊ, tsai, chhó bók tú á hoat ìⁿ, phín liāu, chhâi liāu。tsâi lêng, tsâi hāk, tsâi tì, tsâi chêng。
草木抵仔發芽，品料，才料。才能，才學，才智，才情。
tsâi māu。tsâi tsú。tsâi ko Pat tau。thian tsâi。tsâi tek kiam pī。
才貌。才子。才高八斗。天才。才德兼備。

一一三畫

扎 tsat ㄓㄚ; Pì, thóaⁿ, chhì, chhàk, Pàk, Pàk tsat。ēng lát khòng kū, cheng tsat。
拔，挩，刺，鑿。縛，縛扎。用力抗拒，掙扎。

扏 kek ㄍㄜˊ, chiū sī kiah, theh ê ì sù。chhiú kiah khí lâi。
就是擇，提的意思，手擇起來。

扔 jêng ㄖㄥ; in ui, ín chhōa。chiū kūn。jī sìⁿ。sé mih。hiat kàk, jêng tiau。
因為，引導。就近。字姓。推物。棄擲，扔掉。

扐 Lék ㄌㄜˋ, chhiú teh Pàk ê ì sù。koāiⁿ ê miâ。
手咧縛的意思。縣的名。

扒 Pat, Pâi, Put, Peh ㄅㄚ, ㄆㄚˊ, ㄅㄚ, ㄅㄛ; ēng chhiú Peh mih, Peh phòa, Put oa, Put Lut, Peh khí, Peh khui, Peh khui chhùi。
用手扒物，扒破，扒偎，扒禿，扒起，扒開，扒開嘴。

打 táⁿ, Phah, tah ㄉㄚˇ, ㄆㄚ; Phah, teh tsòe, tsòe liāu, Phah sǹg, táⁿ sǹg。kong kek, kong táⁿ。táⁿ kiap。táⁿ thàm。
打，咧做，做了，打算，打算。攻擊，攻打。打劫。打探。
tsàp jī tè ê tsòe chit táⁿ。Phah thong, Phah thong lō͘。Phah chhiú, Phah tó, Phah chheng。
十二塊個做一打。打通，打通路。打手，打倒，打銃。
Phah mē, Phah kûn, Phah siong, Phah sí, kó tsá keng chè bô hoat tat bóe iû bóe chiú, tah iû tah chiú
打罵，打拳，打傷，打死，古早經濟無發達買油買酒，打油打酒

扣 khám ㄎㄢˇ, chhiú theh mih, Lák, khiú, khìⁿ, ê ì sù。chhiú khám mih。
手提物，捺，扭，擒，的意思。手扣物。

扑 Phok, Phah, Pa ㄆㄨ, ㄆㄚ, ㄅㄚ, sió khóa kòng, oe, chhia, khiú, Lak, sak, Piⁿ Phah, Pian Phok。Pa chhùi phóe。
小許摃，挨，推，扭，捺，揀，鞭扑，鞭扑。扑嘴頰。

扚 tiau

杈 Chha, ㄔㄚ, theh mih, khì khū ê miâ. Liàh hî Pin
提物，器具的名。捕魚。

扞 hán, hān, ㄏㄢˊ, ㄏㄢˋ, theh khí, iô tāng, Chhiú Liáh, tsó chí, Pé khui, kóaⁿ khui, Chiàu kò, tí tng, hán oē.
提起，搖動，手掠，阻止，擘開，趕開，照顧，抵當，扞衛。
hán kū, Pó hō, hān Gū, nâ tsàh, hān Pè.
扞拒，保護，扞禦，攔截，扞蔽。

扛 kong, kng, ㄍㄤ, ㄍㄤˋ, nn̄g lâng ēng hoâiⁿ koaiⁿ Giâ mih. Pē, khí, thai kong. kong hu. kng mih. kng kiō. kng kāng.
兩人用橫杆夯物。背起，抬扛。扛夫。扛物。扛轎。扛工。

扣 khò, khà, khau, khàu, hah, ㄎㄜˋ, ㄎㄚˋ, ㄎㄡ, ㄎㄡˋ, iô tāng, khin khin kòng. khà chit ē, khàu thâu, khàp thâu. khàu tû.
打，搖動，輕輕摃。扣一下。扣頭，磕頭。扣除。
khàu ah. khò Liû. khò mn̄g. Soaⁿ chit khau. tòa á chit khau. Chit sok ê ì sù.
扣押。扣留。扣問。線一扣。帶仔一扣。一束的意思。

扢 Git, Gut, hut, kut, ㄍㄧㄊ, ㄍㄨㄊ, ㄏㄨㄊ, ㄍㄨㄊ, Phah, tiàu bū ê khóan Sit, hoaⁿ hí, ín Chhōa. hut, bôa, Lôe, Chhit bôa ê
打，跳舞的款式，歡喜，引導。扢，磨，鑢，拭磨的
ì sù. Chhit Chè tôaⁿ, kut Siāng ì sù.
意思，拭祭壇，扢同意思。

扚 Chiok, tek, ㄐㄧㄛˋ, ㄉㄧㄛˋ, ēng Chhiú Lâi Phah. kín Phah. ēng chhiú khan. ín Chhōa, kín kín, Chhiú tsńg thâu ê hûn.
用手來打。緊打。用手牽。引導，緊緊，手指頭的痕。

托 thok, thuh, ㄊㄛ, ㄊㄨㄛ, ēng Chhiú thuh koâiⁿ, thaⁿ koâiⁿ. thok tiōng, thok hù. Chhèng thok. thok Sin, í oá.
用手托高，担高。托重，托付。銃托。托身，依偎。

扦 Chhian, ㄑㄧㄢ, Chhah tiâu, Chhah Lóh, Chiū Sī Chhah ân ê ì sù.
插牢，插落，就是插緊的意思。

扤 Gut, Gút, ㄍㄨㄊ, ㄨˋ, iô tāng, that bat. bô Peng an, kám tōng.
搖動，塞窒。無平安，感動。

扪 mô, ㄇㄛ, Chiū Sī hû Chhî ê ì sù.
就是扶持的意思。

扐 Siu, ㄒㄧㄡ, kap Siong tông. siu jip, Chih Chiap, theh, Chiap Siu. Chek tsū, Siu khǹg. Siu Sêng.
与收相同。扐入，接接，提，接扐。積聚，扐藏。扐成。

扡 Sî, Sū, tho, ㄒㄧ, ㄙㄨ, ㄊㄛ, khan, ín Chhōa. sì Chè ê ì su. sū, Chhian Sóa, Liân Lūi, iân Chhian, óá teh.
牽，引導。施濟的意思。扡，遷徙，連累，延延，偎啲。
tho, thoa khui. Chhò Chhā kap jī thong.
扡，拖開。剉柴。与扡字通。

扗 thó, ㄊㄛˋ, thó Chhut Lâi, thóng Chh ê ì sù. tút Chhut ê ì sù. thó Chhùi Chih. thó Lūi. Chit Pah khah thó.
扗出來，挩出的意思。突出的意思。扗嘴舌。扗瘰。一百較扗。

造字 借土音成字，也有出土的意味，土即扗也。

扸 hē, ㄏㄝ, hē mih, hē teh, hòng tì, hong hā ê ì sù. Chiām sî khǹg teh, Chhiáⁿ hē teh.
扸物，扸啲，放置，放下的意思。暫時藏啲，請扸啲。

造字 物將手放下，扸也。

抄 Siak, ㄒㄧㄚㄎ, Siak Lóh Lâi, Siak tó. Siak tiū, Siak tháng, Chiong tiū Pé n̄g Siak tháng Phah taⁿ hō Chhek Liáp
抄落來，抄倒。抄稻，抄桶，將稻把向抄桶拍打至粟粒
Siàng ㄕㄧㄤˋ Lóh tī Siak tháng. Siak Sau. Siak Sin. káⁿ Phah Siak, khéng hùn tàu. Siàng Lóh khì, Siàng tó.
落佇抄桶。抄碡。抄身。敢打抄，肯奮鬬。抄落去，抄倒。

造字 借夕的偏音成字，用手抄。 Siak mih kiāⁿ, Siàng mih kiāⁿ, Siàng Poe á. 抄物件；抄物件；抄杯仔。

四畫

扱 Chhap, kip, Siu, ㄔㄚㄆ, ㄍㄧㄆ, ㄒㄧㄡ, theh, ín Chhōa. Siū. Chhu kip. kú khí. Chih Chiap. Siu Chhu, kì Chhap.
提，引導。受。取扱。舉起。接接。收取，箕扱。

抓 jiàu, jiàu, tsó, ㄖㄧㄠˋ, ㄖㄧㄠ, ㄗㄨㄚ, ēng jiàu So Pê, khàng, ēng jiàu Lâi jiàu. jiàu Pê á. Siáu káu jiàu Soa. tso thô.
用爪抄爬，㧅，用爪來抓。抓爬仔。猶狗抓砂。抓頭。

找 hôa, tsāu, the, ㄏㄨㄚ, ㄗㄠ, 撐，tek ko. the tsûn Chìn chêng. hoat tsûn. khiàm khen, Pó chiok tsāu. tsau Chîⁿ. tsāu Chhē.
撐，竹杆。撐船進前，找船。欠缺，補足，找。找錢。找尋。

抄 Chhau, so, Piàⁿ, Pòaⁿ, ㄔㄠ, ㄕㄛ, ㄅㄧㄚⁿ, ㄅㄨㄚⁿ, ēng Chhiú Chhau Siá. Chhau Pún. Chhau Liáh, Chhiúⁿ kiap tsâi bùt. Chhau ke, but Siu
用手抄寫。抄本。抄掠，搶劫財物。抄家，沒收
ka Sán. ēng Chhiú Lâi bong, bôa, So Loàh, So Soh á. Piàⁿ jī, Piàⁿ chit tiuⁿ, Piàⁿ ioh toaⁿ.
家產。用手來摸，磨，抄捋，抄索仔。抄字，抄一張，抄藥單。
Poàⁿ Siàu, Poàⁿ kè Phō, Poàⁿ Chheh, Chiū Sī Chhau ê ì sù.
抄帳，抄過簿，抄冊，就是抄的意思。

【折】 Chiat, Chih, at chih, bán, khut, oān, Chiat tn̂g。khiok Chiat。hun Chiat。Chiat hôe。Chiat khàu。
ㄓㄜˊ、ㄓㄜ，摺折，挽，屈，換，折斷。曲折。分折。折回。折扣。
Chiat hok。chiat bôa。Chiat kū。Chiat io。kut Chih bah Lih。Chih Lī Lī。Chih hûn。
折福。折磨。折舊。折腰。骨折肉裂。折離離。折痕。

【扯】 Chhé, Chhiá, khoan, tōa, Liân Lūi。thiah Lih, Chhé khui。Chhé oá。khan Chhé。Chhé Pîn。hô·Chhé。
ㄔㄜˇ，寬，大，連累。折裂；扯開。扯偎。牽扯。扯平。胡扯。
chhek, Chhiá āu thúi。La La Chhiá Chhiá。thian khui, Chhé kî。chhek oàh kat。chhek tn̂g té。
扯後腿。拉拉扯扯。展開，扯旗。扯活結。扯長短。

【拼】 Seng, Chhiūn, kú khí ê ì sù。Puih, kiù。Pang tsān, bé sóng tsóng ê ì sù。Chhiūn tsúi, Chhiū Chí tsúi。
舉起的意思。拔，救。幫助，馬勇壯的意思。拼水，拼井水。

【承】 Sêng, Sâⁿ, Sîn, Siûⁿ, hōng hō· ì hōng Sêng。Siū Lâi, Seng Siū。Chhù Sū, kè Sêng, tam tng, Sêng tam。
奉侍他，奉承。受來，承受。秩序，繼承。担當，承担。
Sâⁿ mih。ēng Chhiú Lâi Sâⁿ, Chiū Sī Chiong Chhiú Lâi Lak á Sī ê ì sù。Sîn hō· tsúi, Sîn kiû。
承物。用手來承，就是將手來捺或是截的意思。承雨水，承球。
Sîn tsúi。Sîn khí Lâi。iûⁿ Siûⁿ, Chiū Sī Pôe Iúⁿ ê ì sù。ū thêng Sêng khóan。
承水。承起來。犧承，就是培養的意思。有挺倯的款。

【抉】 khám, ㄎㄢˇ，Phah ê ì sù。Soe thâu, Chhā soe。
打的意思。梳頭，柴梳。

【扶】 hû, Phô·, ㄈㄨˊ，ㄆㄨˊ，Pang tsān, Pó hō·, hû Chhî。Phô· khí Lâi, hû khí Lâi。hû Chhah。Phô· sàng, Phô· tháⁿ。
幫助，保護，扶持。扶起來，扶起來。扶插。扶送，扶担。

【抗】 khòng, khàng, ㄎㄤˋ，ㄎㄤˊ，noā tsàh, tí tng, tùi khòng。tí khòng。kú khí。hóan Pōe, khòng kū, khòng kò, khòng Gī。
攔截，抵當，對抗。抵抗。舉起。反背，抗拒，抗告，抗議。

【技】 kī, kì, ㄐㄧˋ，tsâi tiāu, tsâi Lêng, Gāu, Chhiú Gōe, kī Sút, kī Gōe。kī Khá。kī kang。kī Su。kī Lêng。
才料，才能，勢，手藝，技術，技藝。技巧。技工。技師。技能。

【抉】 koat, ㄍㄨㄚˋ，thiau Chhut, thek Chhut, kau, ó, iah。koat tek, Soán tek。
挑出，剔出，鈎，挖，挖。抉擇，選擇。

【抐】 Lap, ㄌㄚˋ，hiat mih tī tsúi tiong。ùn tsúi。
捺物佇水中。揾水。

【扼】 ek, Lek, Chhih, jih, Chhiú Chhih, Chhih ân, Chhih sí。at ê ì sù。ek Siu, Siú tiāu tiōng iàu ê So tsāi。
ㄜˋ，ㄌㄜˋ，ㄑㄧˋ，ㄖㄧˋ，手扼，扼緊，扼死。搦的意思。扼守，守跳重要的所在。
ek iàu, Pa ap iàu tiám。ek oán, sú Lâng oán Sioh。thak Lek ì sù Siāng khóan。jih
扼要，把握要点。扼腕，使人腕惜。讀扼意思同款。扼，
jih Pín, jih tîm, jih Lóh khì, jih khîm, at jih, kiông jih。
扼扁，扼沉，扼落去，扼琴，搦扼，強扼。

【扭】 Liú, Giú, khiú, ㄌㄧㄡˇ，ㄋㄧㄡˇ，ㄎㄧㄡˇ，Chhiú tsoán kè。Liah, khiⁿ, tsūn。Giú Lâi Giú khì, Sāⁿ Giú, Sāⁿ Giú Chhiú。Liú oá。
手轉過。掠，擒，轉。扭來扭去，相扭，相扭手。扭偎。
Liú Lat, Liú táⁿ。khiú khiú Lak Lak。khiú heng khám。oan ke khiú thâu tsang。
扭力，扭打。扭扭拣拣。扭胸坎。冤家扭頭鬃。

【把】 Pá, Peh, Pé, Pà, ㄅㄚˇ，ㄅㄜˊ，ㄅㄜˋ，ㄅㄚˋ，ēng Chhiú Liàm, hû, théh, iā。Pé Siu, Chiàⁿ Pé, kui Pé, Chìⁿ Pé, hé Pé,
用手捻，扶，提，鼓。把守，成把，歸把，箭把，火把，
Pá ap, Pá hìⁿ, Pá Pìⁿ。chit Peh。Chit Peh Chhang。chi Chhài。bóe Pà。
把握，把截，把柄。一把。一把葱。一把菜。尾把。

hùn ㄏㄨㄣˋ 【扮】 hún, Pān, ㄏㄨㄣˇ，ㄅㄢˋ，ēng Chhiú Gím, Liàm, Lák, tín tāng。táⁿ Pān, tsng tháⁿ, tsng tsòe。Pān ián。Pān tsong
用手扲，捻，掠，振動。打扮，粧飾，裝做。扮演。扮裝。

【扳】 Phan, Pian, Pan, ㄆㄢ，ㄅㄧㄢ，ㄅㄢ，ēng Chhiú khan Lâi, khiⁿ, Puih, Phan tsán, Phan tó。Pian khui, Pian chhut khì。
用手牽來，擒，拔，扳轉，扳倒。扳開，扳出去。
Pan Chí Chiū Sī Gek ê Chhiú Chí, koa tōa Pō· bú, thang tsòe tsng tháⁿ。kap Siā Chìⁿ ê Lō· iōng。
扳指就是玉的手指，掛大擘拇，可做裝飾。与射箭的路用。

【拌】

chit Phóng mih, Phóng tsúi, Phóng tsúi Lâi Lim。móa Phóng。
一拌物，拌水，拌水來飲。滿拌。

【抛】 Phau, Phàu, Pha, Phiā, Piā, ㄆㄠ，ㄆㄠˇ，ㄆㄚ，ㄆㄧㄚ，ㄅㄧㄚ，hiat kak, m̄ tih, khàu tû。Phau khì。Pha Lâi, Pha khì, Pha tiāⁿ。
拚墘，毋持，扣除。抛棄。抛來，抛去，抛碇。
Pha bāng, Phau Siù kiû。Pha hî。Pha hng。Pha kì Lin。Phàu tsoan in Giok, Sui jiân hiān
抛網，抛繡球。抛魚。抛荒。抛棋圈。抛磚引玉，雖然献
chhut chió chió, tit Pát Lâng tsōe tsōe hôe in。Phiā chhut Phiā jip。Sì kòe Piā Phai kui kú。
出少少，得別人多多回應。抛出抛入。四界抛歹規矩。

【抒】 thú, ㄊㄨˊ，thèh Chhut, ín chhut, hián bêng, tû khì。thú Chêng, kóng chhut Sim Lâi ōe。thú hoâi。
提出，引出，顯明，除去。抒情，講出心內話。抒懷。

【㧗】 Phóah, ㄆㄨㄚˇ，Phóah chhiú, Phóah kha, Sio Phóah ê ì sù。Phóah Sàⁿ, Phóah khí Lâi, Phóah koâiⁿ, Phóah kē。造字
㧗手，㧗脚，相㧗的意思。㧗衫，㧗起來，㧗高，㧗低。

【抔】Pô, Phô, 㐆ㄡ, ㄆㄡ, Chhiú Phóng mih, ēng Chhiú Phóng Lâi Lim. Chit Phóng thô. Chit Phó ng thô, Pí jū chit tsō bōng
手掬物，用手掬來飲。一掬土。一抔黃土，比喻一座墓。

【批】Phi, Phoe, ㄆㄧ, ㄆㄨㄝ, Phah, Siàn, koat. sak. khau. Siah. Phi Phòaⁿ. Phi Sī. Phi bûn. Phi kái. Phi hoat.
打，摑，抉，揀。鉤。削。批判。批示。批文。批改。批發。
Phoe Phêng, Phoe tsún, Phoe àn, Phoe khè bé. kià Phoe. Siá Phoe.
批評，批准，批案，批契尾。寄批。寫批。

【抖】tó, tàu, ㄉㄛ, ㄉㄡ, chiū sī kiàh mih ê ì sù, kiàh khí mih ê khoán sit. tàu, tàu kha Chhiú, tàu Chhut Lát.
就是擧物的意思，擧起物的款式。抖，抖腳手，抖出力。

【投】tô, tâu, 㐆ㄛ, ㄉㄡ, tiô, hiat kak, Pàng khì, óa khò, hiàn hō. tsū tô Lô bóng. Chêng tô ì hàp. tô kî Só hò.
ㄉㄧㄛ，拵堨，放去，偎靠，獻佮。自投羅網。情投意合。投其所好。
tâu ki, tâu hioh. tâu tsùi sí. tâu thai. tâu Lâng. tâu Pē bú. tiô thiàu, tiô Lòh, tiô tāng
投機，投歇。投水死。投胎。投人。投父母。投跳，投落，投重。
Chhio tiô, tò tiô, tiô Chhut tiô jip.
哨投，倒投，投出投入。

【抌】tūn, ㄉㄨㄣ, iô tāng, ín chhōa, bôa, Lòe ê ì sù.
搖動，引導，磨，鑢的意思。

【抆】bún, būn, ㄨㄣ, ㄨㄣ, bún Chhí, bôa hō ì Pìn, Chhit hō ta. that tīⁿ.
抆拭，磨佮它平，拭佮乾。塞滇。

【抌】tám, tím, ㄉㄢ, ㄉㄢ, Chhim Chhim Phah ê ì sù, Chhó kok ēng tsòe Phah ê ì sù. tím hiat kak. tàn sak.
深深打的意思，楚國用做打的意思。抌拵堨。抌揀。

【抑】ek, á, ah, ià, ㄧˋ, ㄧ, ㄧㄚ, ㄧ, Chhiú hōaⁿ, at, jih, iok sok, ek chè, ek chí. áp Pek. tī Lí, khut khiok.
手按，揭，扼，約束，抑制，抑止。壓迫。治理，屈曲。
tńg oē ê jī, ū á bô, sī á m̄ sī, an ni. bēng Lēng Lâng tsòe tāi chì. ah jih
轉話的字，有抑無，是仰毋是，按呢。命令人做事誌。抑扼。
ah Lah. mn̄g ê oē, sī àn ni iá m̄ sī.
抑勒。問的話，是按呢仰毋是。

【㪺】O, u, û, o, ch, ㄜ, ㄨ, ㄨ, 㪺, thó khùi ê ì sù. u, û, Pang tsān ê jī, tī, tī teh, Siók tī Góa, ū sī in chhú
就是吐氣的意思。㪺㪺幫助的字，佇，佇咧，屬佇我，㪺是，因此。
Sio u Góa ê, tùi û, iû û, téng û, u chhú u sū. kap 亐 方 仒 Siong tông
屬之的，對㪺，由㪺，等㪺，㪺此㪺事。与亐方仒相同。

【抈】Goat, ㄩㄝ, at chih, Chhia Sim Sit khì Pêng hêng. thiah khui.
揭折，車心失去平衡。拆開。

【扢】ún, ng, ㄨㄣ, ㄥ, chiū sī iô tín tāng ê ì sù. ng mih, chiū sī ēng chhiú ng, ng saⁿ. á sī Phō ê ì sù.
就是搖振動的意思。扢物，就是用手扢，扢衫。或是抱的意思。

【拎】khiâm, Gîm, khîm, Liah tioh, khīⁿ tit tiâu, khîm Liah, Gîm tiâu, Gîm ān, Gîm mih. ēng Chhiú Lák ān ê ì sù.
擒着，擒得牢，擒捕。拎牢，拎緊，拎物。用手掠緊的意思。

【拐】khôe, Gâ, kha, khē, khē teh, kau khē, kau khè Gâ, kha, bô sì Chiàⁿ ê khoán sit. Chhih, jih ê ì sù. khiu, khīⁿ
ㄍㄚ, ㄎㄚ, ㄎㄝ, 抵的，狡拐，交拐，拐，拐，無四正的款式。扼，扼的意思。扭，擒。

【抇】bùt, ㄅㄨㄜ, Phah, bùt, ēng bé Pìn Lâi Sut. kiàh koaiⁿ á Lâi kòng. bùt hō thiàⁿ thiàⁿ, bùt kàu Póaⁿ sí.
打，抇，用馬鞭來摔。擧拐仔來摃。抇佮痛痛，抇到半死。

【扨】chhiat, tsut, ㄑㄧㄝ, ㄗㄨㄜ, chiū sī ēng chhiú bôa ê ì sù.
就是用手磨的意思。

【抅】khu, ㄎㄨ, thêng chí, mih Lī khui chhiú oē tiām tiām. théh. khu sok, khu Liû. khu kìm. bô tsū iû.
停止，物離開手能恬恬。提。抅束，抅留，抅禁，無自由。

【抃】Piān, ㄅㄧㄢ, hù chhiú. Chhiú Saⁿ Phah, nn̄g chhiú saⁿ Phah, Phah Chhiú, kó chiáng.
拊手。手相打，兩手相拍，拍手，鼓掌。

【抍】than, ㄊㄢ, ēng Chhiú thuh mih hō i koàiⁿ koàiⁿ. á sī Gîa mih ê ì sù.
用手托物佮它高高。或是夯物的意思。

【抲】hó, o, ㄏㄜ, ㄜ, chiū sī niú mih ê ì sù. niú mih khin tāng.
就是量物的意思，量物輕重。

【扚】tiàu, ㄉㄧㄠ, ēng Chhiú Lâi théh, á sī Pē mih ê ì sù.
用手來提，仰是背物的意思。

【抎】ún, ㄩㄣ, Sit Lòh. tùi koâiⁿ Phah Lòh. Phah Sńg ê ì sù. ún Sit.
失落。對高打落。打損的意思。抎失。

【扚】thím, ㄊㄧㄇ, thím thâu khak, chiū sī ēng tsńg thâu á Lâi kí tioh ê thâu khak.
扚頭殼，就是用指頭仔來指着的頭殼。
造字 借勺的偏音成字。

【扰】tìm, ㄉㄧㄇ, tìm hiat kak, tìm chioh thâu, chiū sī hiat chioh thâu ê ì sù. tìm chhut khì. tâu tìm.
扰拵堨，扰石頭，就是拵石頭的意思。扰出去。投扰。
tìm khoàⁿ, chhiú tìm khoàⁿ, tìm tāng, khah tìm tāng.
扰看，手扰看，扰重，較扰重。

造字 借冗字偏音成字。

【拎】 hīⁿ, hāiⁿ, hìu, ㄏㄧˋ, ㄏㄞˋ, ㄏㄧㄡ
hīⁿ hiat kak 拎拚罐，hīⁿ Lâi hīⁿ khì 拎來拎去，hng hng hīⁿ hīⁿ 荒荒拎拎，Chiū sī sì kòe bô Chéng kiat 就是四界無整潔。hīⁿ Chhian Chhiu 拎韆鞦。
hāiⁿ kap hīⁿ Siāng khóan ì sù 拎与拎同款意思。hìu Chhut 拎出去，hìuⁿ tsúi 拎水。Lâng Phái tàu tin, niāi hìuⁿ i 人歹鬬陣，㩆拎他。

【汰】 thoah ㄊㄨㄚㄏ
Siū bôa thoah 受磨汰，bôa Liān ê ì sù 磨煉的意思。tio̍h bôa ê ì sù 着磨的意思。kham tit bôa thoah 堪得磨汰。

造字 借太偏音成字。

造字 借介偏音成字

五 畫

【招】 Chiau, Chio, ㄐㄧㄠ, ㄐㄧㄛ
iàt Chhiú kiò Lâng 搧手叫人，Chio Lâng 招人。kiò Lâng 叫人，Chio Chhiú 招手，Chio ho͘ 招呼。Chiau Pâi 招牌，khòaⁿ Pán 看板。Chiau... 招待。
Chio Chhin 招親，Chio Peng bé bé 招兵買馬。Chio Pio 招標。Chiau Chip 招集。Chiau khó 招考。Chiau nia 招領。Chiau tsâi Chìn Pó 招財進寶。

【抽】 thiu, Chhiu, Liu, ㄊㄧㄡ, ㄑㄧㄡ, ㄌㄧㄡ
ēng Chhiú the̍h khì 用手提去，thiu Chhut 抽出，thiu khí Lâi 抽起來。thiu tsúi 抽水，thiu hun 抽煙。thiu Sòe 抽稅。thiu Si 抽絲。
Chhiu Siōng, Pí Gôan Lâi ê koan Liām Piàn hoa Leng Gōa Chit Chióng thè Chhâi 抽象，比原來的觀念変化做另外一種体裁。Liù hó͘ Chhiu 抽虎鬚。
Liu khau, Chiū sī Liu Chhiám hō ê ì sù 抽鬮，就是抽籤號的意思。hó͘ Liu 拔虎抽，tsòe khau á Lâi Liu 做鬮仔來抽。

【拙】 tsoat ㄓㄨㄛˊ
Gâu ê tùi hóan 勢的對反，Gōng 戇，ham bān 憨慢，Gû tsoat 愚拙。tùi ka kī 對家己

【拄】 tú, tsu, tùh, tu, ㄉㄨˋ, ㄓㄨˋ, ㄉㄨㄏ, ㄉㄨˋ
Chiong thiau tú mih hō ì tiâu 將柱拄物給它跳。tek Chhe 竹叉，tú tek ko 拄竹杆。hiâm Lâng kí kí tùh tùh 嫌人指指拄拄。
tsńg thâu á tùh thâu khak 指頭子拄頭殼。Chi tsú 支拄，tsú tsú 拄柱。tú mn̂g 拄門，Lēng Gōa ēng tāng ê mih khoa tiâu 另外用重的物靠跳。
tū Lâng ê oē 拄人的話，tū Lang kóng oē 拄人講話，ēng oē tū oē 用話拄話。bī àu bīn Chhàu 面歐面臭，àu tū tū 歐拄拄。

【拚】 hoan, hùn, Piàn, ㄏㄨㄢ, ㄏㄨㄣ, ㄅㄧㄢ
Chiū sī Pê Chiūⁿ koâiⁿ ê ì sù 就是爬上高的意思。hùn 拚，Chhiú Saⁿ tah 手相搭，Chhiú bú Lōng 手舞拚，Pòaⁿ Lâ sâm 拚垃圾。
hiat kak 拚罐。Piàn tû 拚除。hùn ki 拚箕，Sàu Lap Sap ê khì khū 掃垃圾的器具。

【拊】 hú ㄏㄨˇ
ēng Chhiú bong 用手摸，so 抄，áⁿ 攬，Phó 抱，tah 搭，Phah 打，khì khū ê Pìⁿ 器具的柄，Gak khì ê mîa 樂器的名。hú kó͘ 拊鼓。

【拂】 hut, Pit, Poaⁿ, ㄏㄨㄊ, ㄅㄧㄊ, ㄆㄨㄚ
hut Siù 拂袖，Chìn tōng Lióng Siú 振動兩手，hut Siù jī khì 拂袖而去，Siū khì Lâi Lī khui 怒氣來離開。Pit 拂，hong tín tāng 風振動
Pang tsān ê ì sù 幫助的意思。Pòaⁿ chhiú tsàm khā 拂手 蹔脚。Pòaⁿ thâu mn̂g 拂頭毛。Pòaⁿ báng 拂蚊。Pòaⁿ Lâ sâm 拂垃圾。Pòaⁿ thûn 拂塵。

【拑】 khiâm, khîⁿ, ㄎㄧㄚㄇ, ㄎㄧㄣ
nī ôa 勤偎，ngoe̍h 夾，nīh chhùi 勤嘴，Só am kún 鎖頷頸，khîⁿ teh 擒咧，kap 鉗，箝 thong 通。thih khîⁿ 鐵拑。

【拘】 kó͘, khu, ㄍㄛ, ㄎㄨ
hioh 歇。tiaⁿ tio̍h 定着。thêh 提，Saⁿ Liân 相連。Oe khoeh 挨夾。Liāh Lâi 捕來，Lâu teh 留咧，khu Pó͘ 拘捕，khu Lîu 拘留。
khu Sok 拘束。khu iah 拘役。khu àh 拘押。khu Phiò 拘票。khu kìm 拘禁。Chiū sī hān Chè bô tsū iû 就是限制無自由。

【拒】 kū, kú, ㄍㄨ, ㄍㄨ
ēng Chhiú tsàh 用手截。keh tn̄g 隔斷，ùi keh 違逆，tí tng 抵當，khì tsoat 氣絕，kū tsoat 拒絕，khòng kū 抗拒，kū tek 拒敵。

【抓】 koa, ㄍㄨㄚ
ín chhōa 引導，Phah ê ì sù 打的意思。kong kek 攻擊。

【拐】 koai, Láu, ㄍㄨㄞ, ㄌㄠ
Phiàn Lâng 騙人，Gâu Siat 勢設，Láu á 拐仔，koáiⁿ á 枴仔，kóai á 拐仔，kóai Phiàn 拐騙。kóai kùn 拐棍。Láu thâu 拐頭
koáiⁿ ㄍㄨㄞ tsūn tau 轉脰。Láu tio̍h 拐着。Láu tio̍h kun 拐着肋。kap 与枴通 thong。koáiⁿ tio̍h 拐着。

【拉】 Liap, ㄌㄧㄚㄆ
Liāu Lí 料理，ì chhî 維持，at chi̍h 搣折，mih Phah Phòa ê Siaⁿ 物打破的聲。

【抑】 Liu, ㄌㄧㄡ
the̍h mih 提物，bong 摸，Siang Chhiú the̍h ê ì sù 双手提的意思。

date theme 扌手部64 page

拉 La, Lap, Liap, Liap, thoa Lâi, tsang Lâi, bán at chih, Pāi hoāi. La Lâi, La Chhia, La chhiú, La kì.
ㄌㄚ, ㄌㄚㄊ, ㄌㄧㄚㄊ, ㄌㄧㄚㄊ 拖來, 搶來, 拽。掣折, 敗壞。拉來, 拉車, 拉手, 拉鋸。
Lap, Liap, Liap, Pì kàu ēng tī bûn im. Se tsōng ê síu hú, Lap Sat.
拉, 拉, 拉, 比較用佇文音。西藏的首府, 拉薩。

nê, ㄋㄝ 拎 Lêng, nî, Chhíu khiú mih, theh, khan. Lêng Gû Pīⁿ. Leng mn̂g bé, Lêng Lâi. nî hīa, nî Saⁿ Phi Saⁿ.
ㄌㄧㄥ, ㄋㄧ, 手扭物, 提, 牽。拎牛鼻。拎毛尾, 拎來。拎瓦, 拎衫, 披衫。

抹 boat, boah, Chhit, Sat Chiong Chhíu bôa, kô, boah kô. boah iû. boah Pò. boah Piah. thô boat. boat Sat.
ㄅㄨㄚㄊ, ㄅㄨㄚㄏ, 拭, 殺將手磨, 糊, 抹糊。抹油。抹布。抹壁。塗抹。抹殺。

拇 bó, bú, Chhíu tōa thâu bú. tōa bō bú sī tsńg thâu ê thâu Chit tsáiⁿ. tōa bó Chí. toā thâu bú.
ㄅㄛ, ㄅㄨ, 手大頭拇。大拇拇是指頭的頭一指。大拇指。大頭拇。

抹 bī, bōe, mūi, ēng Chhíu mi Lâi Chiah. hōaⁿ, á sī bong.
ㄅㄧ, ㄅㄨㄝ, ㄇㄨㄧ, 用手搣來食。按, 或是摸。

拏 ná, Liáh, khiú Lák, khan ìn, Liáh tiòh, khu Pó. kap 拿 Siong tông, ná, theh, ná mih kīaⁿ.
ㄋㄚ, ㄌㄧㄚㄏ, 扭捒, 牽引, 拏着, 拘捕。与拿相同, 拏, 提, 拏物件。

扼 ek, Chiu sī Chhíu Chhih, jih, Liám, at ê ì sù.
ㄝㄎ, 就是手扼, 扼, 捻, 掣的意思。

拈 Liam, Liâm, ni, ēng tsńg thâu á theh mih, nî mih, ēng Chhíu ni. Gín á bô ēng ngoeh, ēng ni ê.
ㄌㄧㄚㄇ, ㄌㄧㄚㄇ, ㄋㄧ, 用指頭仔提物, 拈物, 用手拈。囝仔無用筴, 用拈的。
Liam khau á. Liam hiuⁿ. Liâm hoa jīa Chhau, Sûi Piān hong So kau Lâm Lú.
拈鬮仔。拈香。拈花惹草, 隨便風搔交男女。

拔 Poat, Poáh, Púih, Phoáh, thiu Chhut, Póat Chhut, khan Sêng, thê Poat. Poat to Siong tsō. Phō Put Pêng.
ㄅㄨㄚㄊ, ㄅㄨㄚㄏ, ㄅㄨㄧㄏ, ㄆㄨㄚㄏ, 抽出, 拔出, 牽成, 提拔。拔刀相助, 抱不平。
Póeh, Poáh tháng, Chit Poáh tsúi. Poáh tit khì, Poáh thán hoāiⁿ. Púih to á, Pháiⁿ Gín á Púih to.
ㄅㄨㄝㄏ, 拔桶, 一拔水。拔直去, 拔袒橫。拔刀仔, 歹囝仔拔刀。
Poéh khí Lâi, Giú khí Lâi ê ì Sù. Phoáh mih, Saⁿ Phoáh, thâu khak Phoáh Phoáh.
拔起來, 扭起來的意思。拔物, 相拔, 頭殼拔拔。

拜 Pài, kiâⁿ Lé, kèng ùi ê khóan Sit, kèng Pài, kàu thâu. Pài Siòng, hong koaⁿ. Pài hō. kiat Pài.
ㄅㄞ, 行禮, 敬畏的款式, 敬拜, 叩頭。拜相, 封官。拜賀。結拜。

拌 Poàn, Poān, Phoan, Poāⁿ, hun khui, koaⁿtn̄g, Poāⁿ Lâ sâm, hiat kak, Poàn. Poān Pāng Chhu tsu.
ㄅㄨㄚㄋ, ㄅㄨㄚㄋ, ㄆㄨㄚㄋ, ㄅㄨㄚ, 分開, 割斷, 拂垃圾, 拌擢, 拌。拌蚌取珠。
hiat Pāng khak aì Chìn tsu. Poān, Poān tsòe hòe, Poān Chiâu. kiáu Poān, kiáu Poān ki.
拌蚌殼要真珠。拌, 拌做伙, 拌齊。攪拌, 攪拌機。
Poāⁿ tsai, Poāⁿ hoe Sóa Chhiū. Phoan Chhùi, oan ke kháu kak, Poāⁿ chhùi, Poāⁿ hoe, Poāⁿ tsai.
拌栽, 拌花徙樹。拌嘴, 冤家口角, 拌嘴。拌花, 拌栽。

抨 Pêng, Phīⁿ, tōaⁿ keng Chìⁿ, Chhe kah, kun Sûi ê ì sù, Pêng Sú. Pêng kek, kong kek. thó Phīⁿ.
ㄅㄧㄥ, ㄆㄧ, 彈弓箭, 差詨, 跟隨的意思, 抨使。抨擊, 攻擊。討抨。

抱 Phāu, Phō, ēng Siang Chhíu Pau oá, Lám Phō Phō. Saⁿ Phō. Chhíu Phō Sòe kiaⁿ Chiah tsai bó ùn. Phāu hū.
ㄆㄠ, ㄆㄛ, 用双手包倚, 攬抱。抱。相抱。手抱小子即知母恩。抱負。
Phāu oàn. Phāu Pīⁿ Chiong sū. Phāu khiàm. Phau hūn jî Chiong.
抱怨。抱病從事。抱歉。抱恨而終。

披 Phi, Siang Pêng hû hun Sòaⁿ, hian khui, Phi khui. Phi Saⁿ. Phi thâu sàn hoat. Sâm thâu sàm bīn.
ㄆㄧ, 双平扶, 分散, 掀開, 披開。披衫。披頭散髮。鬖頭鬖面。

拍 Phek, Phah, Phek Chiáng, Phah chhíu. Phek Pán, Gák khì ê chit Chióng. Phah tiān Pò. Phah tiān iáⁿ.
ㄆㄝㄎ, ㄆㄚㄏ, 拍掌, 拍手。拍板, 樂器的一種。拍電報。拍電影。

抪 Pò, kiah khí, tîn ai iā sòaⁿ tó khàm. thian khui, iā Sòaⁿ. Phah.
ㄅㄛ, 擽起, 塵埃敨散倒蓋, 展開, 敨散。打。

抬 thai, Gîa, kng, khai, kú kh. thai thâu, thai kio, kng kio. thai kú, thê Pát. kng mih, nn̄g Lâng
ㄊㄞ, ㄍㄧㄚ, ㄍㄥ, ㄎㄞ, 舉起, 抬頭。抬轎, 抬轎。抬舉, 提拔。抬物, 兩人
kng Chit Pau. Gîa Soa Pau tsáu tōa tiâⁿ. khai kú, Chiu sī kau koan ê ì sù.
抬一包。抬砂包走大庭。抬舉, 就是交關的意思。

抵 Chí, tí, tóe, tú, tsó tòng, tsáh, tí tng, tak tiòh, Chhiong tut, tí tak. thòe oā, tí oā, tí ah.
ㄐㄧ, ㄉㄧ, ㄉㄨㄝ, ㄉㄨ, 阻當, 截, 抵當。觸着, 衝突, 低觸。退換, 抵換。抵押。
oan ke, Tóe Chhíu, Saⁿ Phah ê ì sù. tú tiòh, Lí tú Góa, Poāⁿ Lō tú tiòh.
冤家, 抵手, 相打的意思。抵着, 你抵我, 半路抵着。

担 tàn, thán, tháⁿ, Chhéng Sàn, Poāⁿ Chheng khì, Chheng á, kiah khí. Phah. tàⁿ, tàⁿ á, mī tàⁿ.
ㄉㄚㄋ, ㄊㄚㄋ, ㄊㄚ, 筅掃, 拂清氣, 筅仔, 擽起。打。担, 担仔, 麵担。
tàⁿ, tam, tàⁿ á mī. tháⁿ koai, ēng Chhíu tháⁿ, tháⁿ khí Lâi. Phō tháⁿ, kán Sia.
ㄉㄚ, ㄉㄚㄇ, 担仔麵。担高, 用手担, 担起來。扶担, 擔的簡寫。

押 ap, ah, áh, ap Lâng, Chhe ap, khu kim khu ap. ah tng, ah kim. tí ah. ah Sàng.
ㄚㄆ, ㄚㄏ, ㄚㄏ, 押人, 差押。拘禁拘押。押當, 押金。抵押。押送。

ah tsó。ah ūn。ah chiūⁿ，chiū sī hō tsûn oē oat ê khì khū。ah chhioh。chiū sī
押租。押韵。押攤，就是徍船能越的器具。押尺。就是
sì kak ê keh chhioh，thang keh sóa koah tsóa ê chhioh。
四角的格尺，可格徙割紙的尺。

拕 tô, tho, thoa, thoe, tô liân, liân lūi, iân chhiân。tho iân，thoa kú，thoa ê ì sù。thoa khui。thoa kng。
ㄊㄛˊ,ㄊㄛ,ㄊㄨㄚ,ㄊㄨㄝ, 拕連，連累，延延。拕延，拕久。拕的意思。拕開。拕光。
thoah, hō lâng khan thoa。gâu thoa tāi chì。thoa bôa，lô lok。siū thoa。thoe thoah，thoe sî。
ㄊㄨㄚㄏ, 徍人牽拕。勢拕事誌。拕磨，勞碌。受拕。拕脫，拕辞。
oe thoe，saⁿ oe thoe。thoah kè khì，bóng thoah bóng kè。thoah kè ūn，kap 拖 siâng khoán。
挨拕，相挨拕。拕過去，夯拕夯過。拕過運，与拖同款。

拖 tô, tho, thoa, thoe, thoah, kap téng bīn jī 拕 siâng khoán。
ㄊㄛˊ,ㄊㄛ,ㄊㄨㄚ,ㄊㄨㄝ,ㄊㄨㄚㄏ, 与頂面字拕同款。

拓 thok, thuh, tsòe, chìn kêng, khai thok。khai khún, thok hng, thok tē。khok tōa, thok tián。
ㄊㄛㄎ,ㄊㄨㄏ, 做，進行，開拓。開墾，拓荒，拓地。擴大，拓展。
thok sit khai khún thó tē hō lâng tòa。thuh koâiⁿ，thuh khí lâi。thuh chhiú。
拓殖，開墾土地徍人住。拓高，拓起來。拓手尾。

拆 chhek, thek, thiah, chhek sàn, chhek húi, húi hoāi。phah phái ê ì sù。sì sòaⁿ，thek khui, thek hōe。
ㄑㄝㄎ,ㄊㄝㄎ,ㄊㄧㄚㄏ, 拆散，拆毀，毀壞。打壞的意思。四散，拆開，拆夥。
thiah khui，thiah chhù。thiah tsóa，lì tsóa。hun thiah。thiah bêng。
拆開，拆厝。拆紙，剺紙。分拆。拆明。

拗 áu, àu, koâi piah，phái sèng tē，à pà，pà tō。áu bān，lām sám tsòe。khiau，áu khiau，áu chih，áu tńg
ㄠˇ,ㄠˋ, 怪癖，歹性地，壓霸，霸道。拗蠻，濫糝做。曲，拗曲，拗折，拗斷。
áu kiông，khut kiông。kò chip，chip áu。ûi kèh，ûi àu。
拗強，倔強。固執，執拗。違逆，違拗。

報 pò, thong ti kā lâng kóng，pò lâng tsai。pò èng，pò tap。sin bûn pò tsóa。
ㄅㄛˋ, 通知給人講，報人知。報應，報答。新聞報紙。

拵 tsu, chek tsū，chek thiok，tsū chip ê ì sù。ka tsū，ka tsū pau，kè khit chiah pē ka tsū。
ㄗㄨ, 積佇，積畜，聚集的意思。傢拵，傢拵包，嫁乞食夯傢拵。

抧 chí, hian khui，thí khui。phah，kòng。
ㄐㄧˇ, 掀開，展開。打，摃。

扎 tsat, kòng，ā sī phah ê ì sù。
ㄗㄚㄊ, 摃，或是打的意思。

柄 péng, pèng, théh，kiáh，chip siú，chiáng koán。
ㄅㄧㄥˊ,ㄅㄧㄥˋ, 提，攑，執守，掌管。

枷 kâ, kê, gia kê, kap 枷 siâng ì sù。kéng kài lâng ê ke si，
ㄍㄚ,ㄍㄝ, 夯枷，与枷同意思。警戒人的傢私，

捉 su, chhiuⁿ tsúi，kūi miâⁿ，su chhù koāiⁿ。liah hî ê ì sù。
ㄙㄨ, 拵水，縣名，捉次縣。捕魚的意思。

担 chhé, chhiaⁿ, tsa, ēng chhiú théh，iúⁿ théh，hō khí lâi，iā ū ó ê ì sù。
ㄑㄝ,ㄑㄧㄚˇ,ㄗㄚ, 用手提，舀提，扶起來。也有挖的意思。

扯 chhé, ēng chhiú lâi liah。liah khîm siù，khiú lak，bán khí lâi。
ㄑㄝ, 用手來捕。捕禽獸，扭拉，挽起來。

抶 sek, thek, chiū sī phah ê ì sù。that，ēng chhiú lâi phah ê ì sù。ēng tek tsòe kùn lâi phah。
ㄕㄝㄎ,ㄊㄝㄎ, 就是打的意思。踢，用手來打的意思。用竹做棍來打。

抿 bín, ēng chhiú loáh，loáh mih hō i tit。puih ê ì sù。bín khip，būn lē，chhit bák sái。
ㄅㄧㄣˋ, 用手捋，捋物徍它直。拔的意思。抿泣，拔淚，拭目屎。

抄 piat, at chih，phah tó，phah thit thô，chhak，siàn ê ì sù。
ㄅㄧㄚㄊ, 擲折，打倒，打迌迌，鑿，搧的意思。

抰 iong, iòng, chiū sī phah ê ì sù。ēng chhia soh lâi phah ê ì sù。
ㄧㄛㄥ,ㄧㄛㄥˋ, 就是打的意思。用車索來打的意思。

抾 khu, bong，théh khì，phâng，kiah，théh，siang chhiú koāⁿ。
ㄎㄨ, 摸，提去，捧，攑，提，双手攜。

㧮 láu, jiáu jī ê siok jī。kiáu jiáu，áu khiau，khut lòh，péng lìn tńg。pê chiūⁿ。
ㄌㄠˊ, 撓字的俗字。攪擾，拗曲，屈落，反輪轉。爬癢。

拥 iong, hiat kak chhin chhiūⁿ bô lō ēng ê mih。chhia tó。
ㄧㄛㄥ, 棄墟親像無路用的物。推倒。

抻 tsūn, tsūn lô si，tsūn tsúi liông thâu，tsūn tsúi。tsūn saⁿ ê tsúi。tsūn hō ta
ㄗㄨㄣ, 抻螺絲。抻水龍頭，抻水。抻衫的水。抻徍乾

造字 与鋛轉分別，比較有意義用操作的抻。

【扚】Phok,Phók, ㄆㄛˇ,ㄆㄛˋ; Phah Phok á, 打扚仔; Phók Phók chhéng, 扚扚漲。Phók Phók toāⁿ, 扚扚彈; Phók Phók thiàu, 扚扚跳。

造字 借𠃑的音成字。這字扚是助語詞的字。也是音形化的字。

【挷】mau ㄇㄠ; Phah ê ì sù. 打的意思。kā lí mau Lóh khì. 給你挷落去。tùi thâu khak kā i mau. 對頭殼給他挷。

造字 打是由手的，借矛音成字。

【拃】tsah, ㄓㄚˇ; ēng Chhiú tsńg thâu á níu mih ê mīa, 用手指頭仔量物的名, Chit tsah tn̂g, 一拃長。ap tsah, 壓拃, tsah ê ì sù. 搾的意思。tsah iû. 拃油。tsah thn̂g. 拃糖。
Chek, Chek Chhut Lâi ê ì sù. 拃出來的意思。Chhin Chhiūⁿ Chek thiau á, 親像拃疕仔, Chek Liap á Lâng. 拃疕仔膿。Sóe ò Giô Chek i ê Chiap → 洗薁蕘拃它的汁。→ tsah to, thau tsah, tsah mih kiāⁿ, Pih tsah, Pih khò kha. 拃刀，偷拃，拃物件，撇拃，撇褲腳

六畫

【搢】Chín, ㄐㄧㄣˋ; hō Lâng. 俇人。iok Liōng. 約量。chhit mih, 拭物, Sóe Chheng khì. 洗清氣。Sóe Saⁿ. 洗衫。

【拁】Chíu, ㄐㄧㄡ; théh, Chhiu theh bô Pàng. 手提無放。

【指】Chí, kí, tsáiⁿ, tsńg, ㄓˇ, ㄍㄧˇ, ㄗㄞˇ, ㄗㄥˇ; Chhiu Chí, 手指, chit ki Chhiu Gō ki tsńg thâu á. 一支手五支指頭仔。tiám Chhut, 点出, Chí tiám, 指点, mā, 罵, chí mā. 指罵。Chí sī. 指示。Chí tō. 指導。Chí hióng. 指向。kí mih. 指物。kí Lí. 指你。kí tang kí sai. 指東指西。kí thiⁿ kí tē. 指天指地。chit ki kí Lí sì ki tsńg thâu á kí ka kī. 一支指你四支指頭仔指家己。tsáp it tsáiⁿ. 十一指。ke Chit tsáiⁿ. 加一指。tiong tsáiⁿ. 中指。bóe tsáiⁿ. 尾指。

【持】Chhî, tî, ㄔˊ, ㄉㄧˊ; Chhiu theh bô Pàng, 手提無放; Chhî iú. 持有。Pó Chhî. 保持。Pa Chhî. 把持。tsú Chhî ka bū, 主持家務; chhî ka. 持家。Chhî Siok. 持續。Chhî kú. 持久。uî chhî. 維持。tiau tî, 特持, bô tiau tî, 無特持, kò ì ê ì sù. 故意的意思。tiuⁿ tî, 張持, tî hông ê ì sù. 持防的意思。bô kì tî, 無記持, Pháiⁿ kì tî, 歹記持, Chiū sī kì ek Lek ê ì sù. 就是記憶力的意思。kì tî. 記持。

【揤】Chek, ㄐㄧㄝˋ; teh koah ngó kok ê sia. 啲刈五穀的聲。Chit jī hán tit ēng. 這字罕得用。

【拯】Chín, ㄐㄧㄣˇ; ēng Chhiu khan, 用手牽, kiù, 救, Pang tsān, 幫助, Chín kiù. 拯救。kú khí, 舉起, Chín khí. 拯起。Chín Sut, 拯恤, oān tsō. 援助。

【拹】hiap, ㄏㄧㄚㄆ; aú khiau. 拗曲。at chih, 揠折, chih, 折, kéng, 揀, khiph, 掐, thoa, 拖, theh khí. 提起。hiap Lâi hiap khì. 拹來拹去。hiap khí Lâi. 拹起來。

【拽】ê, ㄝ; thoa. 拖。ín Chhoa, 引導, theh khì. 提去。

【拷】kó, khó, ㄍㄛˇ,ㄎㄛˇ; Phah, 打, khó tàⁿ, 拷打, ēng hēng khū Phah Lâng. 用刑具打人。khó mn̄g, 拷問, ēng Phah Lâi mn̄g Chhut kháu keng. 用打來問出口供。khó Pòe, 拷貝, hian tāi Lâng ê oē, 現代人的話, hók Sia á sī hók Chè á sī Pùn, 複寫或是複製或是抄本, COPY ê ì sù. COPY的意思。

【挍】kàu, ㄍㄠˋ; Saⁿ Pí, 相比, Phah Sǹg, 打算, Pò tap, 報答, khe khó, 考考, kàu chèng, 挍正, kàu tui, 挍對, iā ū ēng Chit jī 也有用這字校。

【揢】khiat, ㄎㄧㄚㄊ; ēng Chhiu Puih Chhau Phō. 用手拔草部。tion bôa, 着磨, kiau jiau, 攪擾, tui jip. 追入。

【挈】khiat, ㄎㄧㄚㄊ; théh, 提, koāⁿ, 攜, hû chhî, 扶持, Pang tsān, 幫助, thèh khì, 提起, siu chéng, 修整, bô tsap, 無雜, ko toaⁿ. 孤單。

【拳】koân, khoân, kûn, ㄍㄨㄢ, ㄎㄨㄢ, ㄍㄨㄣ; Chhiu tsńg thâu á nih oá, 手指頭仔勒倚。kûn thâu. 拳頭。kûn thâu bú. 拳頭母。kiaⁿ kûn. 行拳。kûn su, 拳師, kûn thâu Sai hū. 拳頭師父。

【拱】kióng, Gióng, kong, ㄍㄧㄛㄥ, ㄫㄧㄛㄥ, ㄍㄛㄥ; Chhiu thong Siu, 手通袖, Chhiu Saⁿ Chhe, 手相叉, Liah, 掠, Phóng, 捧, kióng kèng ê khoán Sit, 恭敬的款式, kióng Chhiu. 拱手。Gióng Chhiu Chiū sī kióng Chhiu ê ì sù. 拱手就是拱手的意思意思。oân kong mn̂g, 圓拱門, oân kong kiô, 圓拱橋, oân kho heng ê mn̂g kiô. 彎砸形的門橋。

【挂】hōa, kòa, kùi, ㄏㄨㄚ, ㄍㄨㄚ, ㄍㄨㄟ; Chhai ūi, 彩畫, ūi hûn, 畫紋, kòa teh. 挂啲。théh mih. 提物。hun Piat, 分別, tiàu teh. 吊啲。khàm tiāu, 蓋朓, kap 与掛 Siong tông. 相同。kòa koan kiû khì, 挂冠求去, sî koaⁿ. 辭官。kòa khì, 挂齒, Put Sî hióng. 不時請。kùi teh, 挂啲, kùi Saⁿ tī Piah. 挂衫佇壁。

【括】koat, ㄍㄨㄚㄊ; tsóng kiat, 總結, Pau hâm, 包含, hap oá, 合倚, koaiⁿ kàu, 関到, tsū Chip, 聚集, Pau koat. 包括。koat hō. 括號。Chhiau koat. 搜括。

date theme 扌手部 64 page

拿 ná, Liah, ㄋㄚˊ, ㄌㄧㄚˊ; khíu Lak, theh, ná mih kiaⁿ. ná kè Lâi. Liah Phái Lâng, Chhip ná. Liah tioh. Liah Lâng.
扭掠, 提, 拿物件。拿過來。拿歹人 緝拿。拿着。拿人。
Liah Chhat. Liah khì tiàu. ná teng tsúi, ū koat Sim. ná Chhiu hó hì, ū Pún Sū ê Chhut thâu.
拿賊。拿去吊。拿定主意, 有決心。拿手好戲, 有本事的齣頭。

按 àn, an, hōa, hōaⁿ, ㄢˋ, ㄢ, ㄏㄨㄚˋ, ㄏㄨㄚ; bong, khìⁿ, tiā tioh, àn mô, àn Peng, àn Pō Chiu Pan. an kì khì, an Sîn uī.
摸, 擒, 定着, 按摩, 按兵, 按部就班。按機器, 按神位。
an khang, àn Phīn á khang. hōaⁿ Chhíu, hōaⁿ keng thâu, hōaⁿ ke, hōa sng, hōa khòaⁿ, hōa sng khòaⁿ.
按孔, 按鼻仔孔。按手, 按肩頭, 按家。按算, 按看, 按算看。

拾 sip, tsap, khioh, ㄒㄧˊ, ㄕㄜˋ, ㄎㄜˋ; siu khioh, siu sip. khioh sip. sip kip jī siōng, Peh chiūⁿ khì. tsap ê tōa siá, tsap.
收拾, 收拾。撿拾。拾級而上, 爬上去。十的大寫, 拾。
tsap ê, khioh tioh mih, khioh tioh chîⁿ. khioh khau á. khioh Pâi.
拾個, 拾着物, 拾着錢。拾鬮仔。拾牌。

拭 sek, chhit, ㄕˋ, ㄑㄧㄜ; poaⁿ, chhéng, sóe, chheng khì. chhit mih, chhit Lâ sâm. chhit ta. sek bòk í thāi.
拂, 洗, 洗, 清氣。拭物, 拭垃圾。拭乾。拭目以待。

拴 chhoan, chhoàn, ㄕㄨㄢ, ㄑㄨㄢˋ; Pī Pān, chiàu tsńg, chhoān hó sè, chhoān chē. Pak, chhoan sok. Pak bé, chhoan má.
備辦, 齊全, 拴好勢, 拴齊。縛, 拴束。縛馬, 拴馬。

捝 sián, ㄒㄧㄢ; Chiū sī Chhiu Liam mih ê ì sù.
就是手捻物的意思。

挑 thiau, thiáu, thio, thiô, ㄊㄧㄠ, ㄊㄧㄠˇ, ㄊㄧㄛ, ㄊㄧㄛˊ; ēng tek ko taⁿ, pē, kéng. thiau tàⁿ, thia tsúi. thiau soán. thiau chiàn.
用竹竿擔, 揹, 揀。挑擔, 挑水。挑選。挑戰。
thiáu Phoat. thio hoe chhiah siù. thio gán. thio chhut lâi. ka kī kéng ê, chhin thiô.
挑撥。挑花刺繡。挑眼。挑出來。家己揀的, 親挑。

拚 hêng, pêng, ㄏㄥˊ, ㄆㄥˊ; toāⁿ, toāⁿ khîm, sûi sî, kun sûi. khì sak, tû khì, koaⁿ tiok, pêng tû, pêng khì.
彈, 彈琴, 隨時, 跟隨。棄揀, 除去, 趕逐, 拚除, 拚棄。
Piàⁿ Piàⁿ miā, phah piàⁿ. Piàⁿ hiat kak. Piàⁿ tsòe hé. Piàⁿ tsòe tui. Pêng im, Piàⁿ hap im bó.
拚命, 打拚。拚棄堆。拚做伙。拚做堆。拚音, 拚合音母。

揉 tô, ㄉㄨㄛˊ; chhìn, niû ê hoat tō, iô tín tāng ê ì sù. ↷ Chiâ tsòe chit jī ê im. 成做一字的音。
秤, 量的法度, 搖振動的意思。

搎 soán, ㄕㄨㄢˇ; chhui pek, saⁿ pâi. lêng, hêng, kau hoâiⁿ pe ê ì sù.
催迫, 相排。[illegible], 鳳, 交橫飛的意思。

挖 oat, iah, ó, ui, uih, ㄨㄚ, ㄧㄚ, ㄛ, ㄨㄟ, ㄨㄧ; thiau oat. oat khóng. ó khang, iah khang. ui khang. uih khang.
挑挖。挖孔。挖孔, 挖孔。挖孔。挖孔。
oé, oeh, ㄨㄝ, ㄨㄝㄏ; iah khí lâi, iah thô. ó chhut lâi, ó hoan tsû. ó bák chiu. ui hī khang. uih ham á.
挖起來, 挖土。挖出來, 挖蕃薯。挖目睭。挖耳孔。挖蚶仔。
oeh, uih, ㄨㄝㄏ, ㄨㄧㄏ; oé khang, oeh hī sái, oeh koe ko pīn khòaⁿ bāi, chhàu. khiuⁿ khau ê koan hē, oé, oeh, oeh
挖孔, 挖耳屎, 挖雞膏歕看覓, 臭。腔口的關係, 挖, 挖, 挖
Siāng khoán iōng lō.
同款用路。

捘 tsūn, ㄗㄨㄣ; Chiū sī chhah an, chhah tiàu ê ì sù. ↷ Chheng khì.
就是插緊, 插跳的意思。

捋 lut, Lut, ㄌㄩㄝ, ㄌㄨㄛ; khíu lak, púih, chhih. loah, tû khì che tái ê ì sù. thut lut, ēng chhiu thut mih hō
扭掠, 拔, 扼。捋, 除去渣滓的意思。搡捋, 用手搡物徑清氣。

挓 tsa, thà, ㄓㄚ, ㄊㄚˋ; chiàn khui ê khoán sit, tsa so. thà, thà tín tāng, thà lóh lâi, thà chhut lâi, thà khui.
剪開的款式, 挓抄。挓, 挓振動。挓落來。挓出來。挓開。

搣 ho, ㄏㄜ; tû khì, púih khì, chhân chháu.
除去, 拔去, 田草。

捒 chhiòng, ㄑㄧㄥ; tiô thiàu, chhiok kha koe, tsông khí lâi.
跳跳, 踔腳雞, 趖起來。

捆 hun, ㄏㄨㄣ; koaⁿ kín ín chhōa. khan chhōa ê ì sù.
趕緊引導。牽導的意思。

挦 hiàn, ㄏㄧㄢ; phah, kòng, ēng chhiu thoeh.
打, 摃, 用手提。

扨 jiōng, ㄖㄨㄥ; pang tsān, pang tsō, tūi, sak, kū tsoát.
幫助, 幫助, 推, 揀, 拒絕。

挈 kiat, ㄍㄧㄝ; chhíu niû mih kiaⁿ, kiàh koâiⁿ.
手量物件, 攑高。

挌 kek, ㄍㄜˊ; phah, saⁿ tàu, kek tàu. chhiu phah béng siù. kiàh koâiⁿ.
打, 相鬥, 格鬥。手打猛獸。攑高。

拏 jû, ná, ㄖㄨˊ, ㄋㄚˊ; theh, khan, jiàu loān. jī sìⁿ. lâng ê miâ. hun jû. jiû tsap, chhap tsap. than ēng tsoe ná.
提, 牽, 擾亂。字姓。人的名。紛拏。糅雜, 喙雜。可用做拏。

拳 kióng, khióng ㄍㄧㄛㄥ, ㄎㄧㄛㄥ; nn̄g ki Chhiú tsòe hé Pak Siāng chit tè chhà, Chhiú khau, kha Chek. khok kióng jî chek. 兩支手手做伙縛同一塊柴，手梏，腳桎。梏拳而桎。

扻 jím ㄖㄣˇ, kiah, Lak, keng Chîⁿ ê khóan Sit. 攑，掠，弓箭的款式。

挆 tó, ㄉㄨㄛˇ; Chhìn, niúⁿ ê hoat tō, iô tín tāng ê ì sù. 秤，量的法度，搖振動的意思。

挏 tōng, tòng ㄉㄨㄥˋ, ㄉㄨㄥˇ; ín chhōa, tín tāng, ēng bé Leng tsòe Chiú, tōng má Chiú. Lâi Lâi khì khì bô tiāⁿ tio̍h. 引導，振動，用馬乳做酒，挏馬酒。來來去去無定着。

捒 Chhek, Sak, kéng; theh mih, hû chiūⁿ koâiⁿ. 揀，提物，扶上高。

挻 Chhian ㄑㄧㄢ, oāⁿ ūi, Chhian Sóa, Piàn oāⁿ, Poāⁿ Sóa, Sóa ūi. kap 遷 Siāng khóan. 換位，挻徙，變換，搬徙，徙位。與遷同款。

捆 in ㄧㄣ; kap 因 Siāng khóan, in sòaⁿ, in khah ân, Chháu in, hiāⁿ hé ēng Chháu in, Chit in sòaⁿ. 與因同款，捆線，捆較緊。草捆，燃火用草捆。一捆線。

挒 Leh ㄌㄝˋ; Leh Soa, Chiū Sī Liah Soa ê ì sù. ū kap koah Soa Siāng ì sù. khit kúi Leh khì, Chiū Sī hō kúi Liah khì ê ì sù. hêng iông Chhin Chhiūⁿ hō hong koāⁿ khì, á Sī So khì ê khóan sit. 挒痧，就是掠痧的意思，有與刮痧同意思。給鬼挒去，就是互鬼掠去的意思。形容親像互風捲去，或是搔去的款式。

造字 借列的偏音成字。搖拧的意思在。

抽 khiau ㄎㄧㄠ; khiau khì, chit ê Lâng Chiok khiu khì, Siūⁿ chin tsōe, bô hó tsòe hòe. kau khiàn Sńg ê ì sù. 抽敧，這個人足抽敧，想真多，無好做伙。厚慶懶的意思。

造字 借曲的白話音成字，與曲有同意思，但分別抽敧不是拗曲。

七 畫

挨 ai, oaiⁿ, oe, ôe ㄞ, ㄨㄞ, ㄨㄝ, ㄨㄝˊ; ai taⁿ, hō Lâng Phah. ai mā, hō Lâng mē. ai kīn, kūn oá. oaiⁿ kóng á hiân, 挨打，互人打。挨罵，互人罵。挨近，近倚。挨嗩仔絃，

e, ㄝ Gak khì ê miâ. Saⁿ oe, oe khoeh, oe tio̍h, oe oe Sak Sak. oe bò tsòe kóe. Saⁿ oe the. 樂器的名。相挨，挨夾，挨着，挨挨揀揀。挨磨做粿。相挨推。

oē Lôe Chhut Lâi, Chiū Sī oe Chhut Gōa bīn ê ì sù. e im sio Siāng. 挨碧出來，就是挨出外面的意思。挨音相同。

振 Chìn, Chín, tín ㄓㄣ, ㄓㄣˋ, ㄉㄣˋ; Chin Chin iú Sû, Lí tit khì tsòng. kù khí, Chín tsok. Chín hùn. Chín heng. 振振有辭，理直氣壯。舉起，振作。振奮。振興。

Chín Chè, kiù Chè. tín tāng, bo tín tāng. m̄ tín m̄ tāng. Pîn toāⁿ m̄ tín tāng. 振濟，救濟。振動，無振動。毋振毋動，貧憚毋振動。

搊 thiu ㄊㄧㄡ; kap 抽 Siāng khóan. ēng Chhiú theh khì, thiu Chhut. 與抽同款。用手提去，搊出。

捉 chhiok ㄑㄩㄛ; Chiū Sī Liah, khîⁿ, chhiok ná, jio̍k, Giú ê ì sù, tui Chhiok. 就是捕，擒，捉拿。趉，扭的意思，追捉。

捍 hán, hān ㄏㄢˋ, ㄏㄢˋ; theh khì, iô tāng, Chhiú Liah, tsó chí, Pé khui, kóa khui, Chiàu kò, tí tng, hān oē. 提起，搖動，手掠，阻止，擘開，趕開，照顧，抵當，捍衛。

捖 oân, oān ㄨㄢˊ, ㄨㄢˋ; koah, bôa. bôa Gek. Phah. bôa Gek ê Khang. oân bôa. 割。磨。磨玉。打。磨玉的孔。捖磨。

扻 khám ㄎㄢˇ; khap tio̍h. Phah ê ì sù. Sóe thâu, Chhà Soe. 磕着。打的意思。洗頭，柴梳。

挾 hia̍p, kia̍p, khiàu, ngeh ㄏㄧㄚˊ, ㄍㄧㄚˊ, ㄎㄧㄠˇ, ㄥㄝˊ; hia̍p Chè, kia̍p Chhî, Siū Lâng Sok Pa̍k. hia̍p hiâm, hiâm khiah. kia̍p kiû. 挾制，挾持，受人束縛。挾嫌，嫌隙。挾仇。

Siâm ngeh ㄒㄧㄚˊ, ㄥㄝˊ; kia̍p Sè. ún tsōng, hoâi. khiàu tiàu, khiàu khó Lâng, khiàu Lâng. khiàu tang khiàu Sai, tsāu mâ hoân. 挾勢。穩藏，懷。挾佻，挾苦人，挾人。挾東挾西，找麻煩。

ngoeh ㄥㄨㄝˊ; ngeh hō tiàu, ngeh hó Sè, Chîm kóng ngeh. ngeh ân. ngeh oá. hō Lâng Siâm, Siâm hia̍p ē. 挾互牢，挾好勢，蟳管挾。挾緊。挾倚。互人挾，挾腋下。

捔 kak ㄍㄚˊ; Liah Siù ê kak Lâi tsân; tī Sí. Chêng khîⁿ kak, aū khiú kha. 捕獸的角來刺死。刺死。前擒角，後扭腳。

捃 khùn ㄎㄨㄣˋ; the̍h, Siu Sip, khioh Sip. 提，收拾，拾拾。

捄 kiû ㄐㄧㄡˊ; tóe thô tī bāi tsòng ê tiong kan. tn̂g ê khóan. kak e khóan. Chiàu kò. 貯土佇埋葬的中間。長的款。角的款。照顧。

挶 kiok ㄐㄩˊ; kiah, theh, kng thô ê khì khū. kiok khū. Pùn kiok. Pùn ki ê ì sù. 攑，提，扛土的器具。挶具。畚挶。畚箕的意思。

【捐】iân, koan, Oân, koan, hiat kak, tû khì, sún hōai. tôe iân, tôe iân chîⁿ, lôk koan ê
ㄧㄢ,ㄍㄨㄢ,ㄒㄩㄢ,ㄍㄨㄢ, 捨棄,除去,損壞。題捐,題捐錢,樂捐的
ì sù. hong hiàn. koan tsō. koan sòe, sòe kim. koan khoán. koan khu, hi seng
意思:奉献。捐助。捐稅,稅金。捐款。捐軀,犧牲
sìⁿ miā. ū koán kok, chiū sī niá sin kim. sak sin ê ì sù. oan thak koan siāng khóan
性命。有捐穀,就是領薪金。束薪的意思。捐讀捐同款。

【捆】khún, khún, khà, tok, pak mih hō àn pìⁿ hó, khún pak, kui khún, chit khún. khún pak
ㄎㄨㄣ,ㄎㄨㄣ,叩,椓,縛物互緊乎好,捆縛,歸捆,一捆。捆縛。

【捋】Loat, Loat, Loah, Loah, ēng tsńg thâu á lâi theh, bán, so. So loah. So iâm, Loah iâm. Loah tit.
ㄌㄨㄚㄊ,ㄌㄨㄚㄊ,ㄌㄨㄚㄏ,ㄌㄨㄚㄏ, 用指頭仔來提,挽,搔。搔捋,搔塩,捋塩。捋直。
Loah chhùi chhiu. Loah thâu mn̂g. Loat Loat sī bûn im.
捋嘴鬚。捋頭毛。捋捋是文音。

【捏】Gé, Gí, Liap, Liap. Gé, Gí ná theh thit thô mih ê ì sù. Gí, koat toàn, Gí tēng ê ì sù.
ㄫㄝ,ㄫㄧ,ㄌㄧㄚㄆ,ㄌㄧㄚㄆ, 捏,囝仔提迌迌物的意思。捏,決断,捏定的意思。
Ēng tsńg thâu bé lâi theh, lâm sám chhòng. nih oá. Liap an á, Liap thô ang á.
用指頭仔尾來提,濫滲創。勤倚。捏尪仔,捏土尪仔。
Liap phīⁿ, tìn phīⁿ. Liap chhiú liap kha, khin siaⁿ tsáu tāng.
捏鼻,捏鼻。捏手捏脚,輕聲走動。

【挪】Lô, ná, La, Lô khui, sóa khui. Lô iōng kong khóaⁿ, Loān ēng kong kim. ná kap lô siāng khóan
ㄌㄛ,ㄋㄚ,ㄌㄚ, 挪開,徙開。挪用公款,乱用公金。挪与挪同款用法
iōng hoat. La. La chioh, sì koe La sì koe chioh.
用法。挪,挪借,四界挪四界借。

【捌】Pat, Poeh, Pan khui. thiah khui. siàu bak ê mîa Pat, Poeh. Poeh ê toā siá.
ㄅㄚㄊ,ㄅㄨㄝㄏ, 扳開。拆開。數目的名捌,捌。八的大寫。

【挈】Phái, Pé, chhak mih, Phah mih ê ì sù. Phah gûn khì, Pé lâi pé khì, pé khui, chiáh lāu pé bô thô tāu
ㄆㄞ,ㄅㄝ, 鑿物,打物的意思。打銀器。挈來挈去,挈開,食老挈無土豆。

【挷】Pang, Pōng, iám khàm, sái tsûn ê lâng. chheng khì thô, chhiú bak tiòh chiah bōe phòa pī. kap siāng
ㄅㄤ,ㄆㄥ, 掩蓋,駛船的人。清氣土,手染着即獪破病。与挷同

【挬】Put, chiū sī puih ê ì sù, puih khí, puih khí lâi.
ㄅㄨㄊ, 就是拔的意思,拔起,拔起來。

【捕】Pō, Pó, Liah, khu pó, chhiok ná, pō koaⁿ, pō thâu, hiān sī ê hêng kèng. sûn pō koaⁿ. pó chhiok.
ㄅㄛ,ㄅㄛ,ㄌㄧㄚ, 拘捕,捉拿。捕官,捕頭,現時的刑警。巡捕官。捕捉。
Pó sit, Liah oah mih lâi chiàh. Liah hî. Liah káu. Liah ō hî. Liap phaiⁿ lâng.
捕食,捕活物來食。捕魚。捕狗。捕烏魚。捕歹人。

【捎】Sau, Siau, Siat, sau sóan, kéng sóan. chek tsū mih. Pô sau, hó bé ê mîa. Pōaⁿ ê ì sù.
ㄙㄠ,ㄒㄧㄠ,ㄒㄧㄚㄊ, 捎選,揀選。積聚物。蒲捎,好馬的名。拂的意思。
siau, tû khì, iô tín tāng ê khóan sit, iâu siau. Siat, phah ê ì sù.
捎,除去,搖振動的款式,搖捎。捎,打的意思。

【抄】So, ēng chhiú lâi bong. bôa, so loah, so kng.
ㄙㄛ, 用手來摸。磨,抄捋,抄光。

【捒】Sok, Sak, kiong kèng, tín tāng, pak, théh, soe tsng. Oe oe sak sak, sak oá, sak hō i
ㄙㄛㄎ,ㄙㄚㄎ, 恭敬,振動,縛,提,梳妝。挨挨捒捒,捒倚,捒互他。
Sak sau. Pàng sak. Sak lâi sak khì. khì sak
捒捎。放捒。捒來捒去。棄捒

【挺】théng, Puih khí, ín chhut, tit tit théh, khoan iōng. khì hâi. théng tit, théng to, théng sēng.
ㄊㄧㄥ, 拔起,引出,直直提,寬容。器械。挺直,挺刀,挺倖。

【挫】Chhò, tsām, tsoeh, at chih, sak lōh, siong hāi, khiⁿ tsó chí. Chhò chiat, chhò bôa, tùn chhò.
ㄘㄛ, 斬,截,拗折,捒落,傷害,擒,阻止。挫折,挫磨,頓挫。

【捘】tsùn, tû, bong, hōaⁿ, ê ì sù.
ㄗㄨㄣ, 搥,摸,按,的意思。

【挽】bán, bóan, sáng tsòng ê koa, bóan koa. khan koaⁿ chhâ ê soh, bóan ín. bán hoe, puih, bán chhài.
ㄅㄢ,ㄅㄨㄢ, 送葬的歌,挽歌。牽棺柴的索,挽引。挽花,拔,挽菜。
bán liû, khǹg lâng lâu teh. bán kiù, pó kiù. bán hôe, kiù tò tńg.
挽留,勸人留咧。挽救,補救。挽回,救倒轉。

【捸】thut, ēng koaiⁿ á lâi chí tēng ê ì sù.
ㄊㄨㄊ, 用枴仔來指定的意思。

【挹】ip, Piàⁿ mih ōa khì khū, iúⁿ tsúi, iúⁿ chiú, thīn. ip kiak, ēng chhiú phóng tsúi.
ㄧㄆ, 傾物換器具,舀水,舀酒,斟。挹掬,用手捧水。

【挰】têng, tiⁿ, théng khí, kéng mih, kú chiàn ê ì sù. tìⁿ khui, tìⁿ hō nn̄g. saⁿ tìⁿ. tìⁿ sí.
ㄉㄥ,ㄉㄧ, 逞起,揀物,舉薦的意思。挰開。挰互軟。相挰。挰死。

【旋】Soân, hoan, iât, kì thong ti Peng teng. tò khì, tò tńg, hôe Soân. Soân tsóan. khái Soan.
ㄕㄨㄢˋ, ㄏㄨㄢˊ, 撝旗通知兵丁。倒去，倒轉，回旋。旋轉。凱旋。
Chiu Soan. Soân hong. Soân Lùt. Soân o. hoanhoe, Chiū chit hō khui hoe khoài hoat tîn ê mi̍h.
週旋。旋風。旋律。旋渦。旋花，就是一號開花快發藤的物。

【挵】Lōng, Lāng, thāng, thit thô, hì hiok. bú bān. hì Lāng. Sai Lōng. kiáu jiáu. thiu thāng. Pìn Lāng.
弄ㄌㄨㄥˋ, ㄌㄤˋ, ㄊㄤˋ, 迌迌，戲謔。侮慢，戲挵，使挵。攪擾。抽挵。變挵。
Láng, Lang, Lòng
Lāng Lêng. Lāng Sai. Lāng Lâu. Sai kong tsoh Sū. Lāng Sin niû.
挵龍。挵獅。挵鐃，師公作事。挵新娘。
Láng khò. Láng kûn. Láng khò kha. tsóng Láng khì. Lang khì, Chiū sī hō Lāng thau théh
挵褲，挵裙，挵褲腳。總挵去。挵去，就是俾人偷提
Sió khóa mi̍h ê ì sù. Lòng mn̂g, Lòng khui, kiâⁿ Lō Lòng tio̍h Lang.
少許物的意思。挵門，挵開，行路挵着人。

【搣】hāi, Chiū sī kiah, chhî siú ê ì sù.
ㄏㄞˋ, 就是擎，持守的意思。

【挭】kéng, kiⁿ, kiáu, Chhiau Lām ê ì sù. kiⁿ tio̍h, kiⁿ kha kiⁿ chhiú, kiⁿ tio̍h ti tu si. kiⁿ Lâng kha.
ㄍㄥˇ, ㄍㄧˇ, 攪，撓濫的意思。挭着，挭腳挭手，挭着蜘蛛絲。挭人腳。

【拲】kióng, thoa khui, kióng chhiú. Pai mi̍h hē tch ê ì sù.
ㄍㄨㄥˇ, 拖開，拲手。排物置的的意思。

【捩】Liap, Liam mi̍h, kian kò, Liam mi̍h.
ㄌㄧㄚˋ, 拈物，堅固，捻物。

【挼】Lô, Chia̍h Pn̄g bô sóe chhiú. khiu, Phah, bong. in chhōa. Liáu Lí.
ㄌㄛˊ, 食飯無洗手。扭，打，摸。引導。料理。

【挻】iân, Sian, tn̂g tn̂g, in chhōa, khan, Phah. Chhim Chhù. un jiû. hô Pêng. khiu
ㄧㄢˊ, ㄒㄧㄢ, 長長，引導，牽，打。深處。溫柔，和平。扭。

【掊】Pâu, Phau, the̍h, tsai Pôe, Phah, bong, bōa ê ì sù. keng tsoh. thoaⁿ chhâu ì sì.
ㄆㄡˊ, ㄆㄡ, 提，栽培，打，摸，磨的意思。耕作，拖草的意思。

【挲】So, êng chhiú lâi bôa. bong. So Loāh, so kng. So soh á. kap 抄 Sio Siāng.
ㄙㄛ, 用手來磨。摸，挲捋，挲光，挲索仔。与抄相同。

【捝】thoat, thóaⁿ, thòe oāⁿ, tû khì. chhò Gō. Phah sit Lo̍h. thu thóaⁿ. thóaⁿ hiat kak. thóaⁿ pîn. thóaⁿ chháu.
ㄊㄨㄛ, ㄊㄨㄚˇ, 退換，除去，錯誤，打失落。勸捝，捝棄抾，捝手，捝草。

【捅】thóng, Chìn chêng, in chhōa, Phah ê ì sù.
ㄊㄨㄥˇ, 進前，引導，打的意思。

【捂】Gō, ngō, ngō, ùi kèh, tùi bīn Saⁿ tek tsōe. chhiâ chhiâ, tûh khì ê ì sù. tú teh.
ㄨˇ, ㄥˇ, ㄥˇ, 違逆，對面相得罪。斜斜，拄去的意思。抵的。

【挪】iâ, Pí chhiú ōe to, khí kha tāng chhiú ê ì sù. kap 揶 jī Siāng khoán. iâ jû, hì Lāng ê ì sù.
ㄧㄚ, 比手畫刀，起腳動手的意思。与揶字同款。挪揄，戲弄的意思。

【捁】kâu, kiau, kiáu jiáu, sòaⁿ sòaⁿ ê mn̂g khioh tsòe hé. Loān Loān. thong
ㄍㄠˊ, ㄍㄧㄠ, 攪擾，散散的毛抾做伙。乱乱。通攪。

【拚】Poàn, Pòaⁿ, Pun khui, koah tn̄g, Pòaⁿ tsai, Pòaⁿ hoe chhêng. Pòaⁿ Lā sâm. hiat kak.
ㄅㄨㄢˋ, ㄅㄨㄚˋ, 分開，刈斷，拚栽，拚花榕。拚垃圾。棄墘。

【捗】Pō, Siu koah. khioh siu sòaⁿ sòaⁿ Loān Loān jiû jiû ê chháu.
ㄅㄛˋ, 收刈。抾收散散乱乱紊紊的草。

【捙】Chhia, Pòaⁿ chhia, chiū sī chhē Phah m̄ kìⁿ ê mi̍h. Chhē bô sim koaⁿ iah iah chhia. Chhia Pòaⁿ, Chiū sī
ㄑㄧㄚ, 搬捙，就是尋拍毋見的物。尋無心肝瘍瘍捙。捙盤，就是
oan ke tak chhùi. hu chhe kháu kak chhia Pòaⁿ bōe soah.
冤家觸嘴。夫妻口角捙盤獪息。

(造音) 捙。本音讀斎。釋為牽引，拖曳。也有白話車的意思，故移音於
捙。捙有形之表的俥，搬捙，捙躂即是。心理的俥，瘍瘍捙即是。

【捈】tu, Lu, Lū, tu teh, tu khì, tu khui, tu hong, tu chhat, tu chhiu bé, Saⁿ kha tu. Lu tsúi, Lu chìn chêng
ㄉㄨ, ㄌㄨ, ㄌㄨˋ, 捈的，捈去，捈開，捈風，捈賊，捈手尾，三腳捈。捈水，捈進前
Lu chhip, Chiū sī thó Lia̍h ê Lâng, ēng sòe ê bāng Lu lâi Lu khì hō hî jip Bāng. Lū khì, kut Lo̍h.
捈罩，就是討掠的人，用小的網捈來捈去徑魚入網。捈去，滑落。

造字 借余來合成字，

【挕】Siap, Siap Lâng ê chîⁿ, Siap Lâng ê chîⁿ Gûn. Chiū sī àm chīⁿ thau chîⁿ ê ì sù.
ㄒㄧㄚˋ, 挕人的錢，挕人的錢銀。就是暗靜偷錢的意思。

造字 用手漏洩人的錢或貨，挕也。

掬 khioh ㄎ一ㄜㄏ; khioh sip, khioh tioh mih kiāⁿ, khioh tioh chîⁿ. khioh pâi á. khioh khau.
掬拾，掬着物件，掬着錢。掬牌仔。掬鬮。

造字 借却成掬。与拾分別音的應用。

挸 hiàn, ㄏ一ㄚㄋ; Chhùi hiàn hiàn, hiàn khui, hiàn heng, hiàn chhiú. khui khui ê ì sù.
嘴挸挸，挸開，挸胸，挸手。開開的意思。

造字 借見偏音成字

捎 siau, ㄒ一ㄠ; ēng to pám siau. kòng ê ì sù, phah ê ì sù. Phah khah giâm tiōng ê ì sù. iōng pîn tàⁿ siau.
用刀板捎。摃的意思，打的意思。打較嚴重的意思。用屏擔捎。

造字 打借勍來成字。

拼 piang, ㄅ一ㄤ; Pòk piang pòk piang, chiū sī mī phōe tiàm, phah mî ê siaⁿ. pòk piang thûi. phah mî keng.
撲拼撲拼，就是棉被店，打綿的聲。撲拼槌。撲棉弓。

造字 聲形化的字，打棉弓，打出弓絃線響出的聲撲拼。

八畫

掀 thián, ㄊ一ㄢ; chhun chhiú theh mih ê ì sù.
伸手提物的意思。

掌 chióng, chiáng, chiúⁿ, ㄐ一ㄛㄥ, ㄐ一ㄤ, ㄐ一ㄨ; chhiú tiong sim, ēng chhiú phah, koán hat, chiáng koán. chhiú chióng, chhiú chiúⁿ. chióng ap.
手中心，用手打，管轄，掌管。手掌，手掌。掌握。
chip chiáng, chiang kùi, hiān sī ê keng lí. chiáng tiong hì, pò tē hì. chiúⁿ bûn, tǹg chiúⁿ.
執掌。掌櫃，現時的經理。掌中戲，布袋戲。掌紋，斷掌。

掙 chèng, chheng, chìⁿ, chìⁿ, ㄐ一ㄥ, ㄑ一ㄥ, ㄐ一, ㄐ一; tsng, tsàn, chhak, chhò, ēng lát chhut tōa lát ê ì sù. hêng lát lòe mih.
鑽，鏨，刺，鑿，剉，用力出大力的意思。行力鎚物。
chheng chhò, chèng tsat, chèng thoat, chèng khai. chìⁿ khui, chìⁿ khui. chìⁿ chhut lâi.
掙剉，掙扎，掙脫。掙開。掙開，掙開。掙出來。
chìⁿ iû, chek iû ê ì sù. lâng tsōe saⁿ khoeh ê ì sù. chèng chîⁿ, mî chìⁿ thàn chîⁿ ê ì sù.
掙油，榨油的意思。人多相夾的意思。掙錢，棉掙賺錢的意思。

掣 chè, ㄐ一ㄝ; tsó tòng, khan, thoa, thiu, theh, nā kng. chè tiú. chè ê. chè tiān. chè chhú.
阻擋，牽，拖，抽，提，扯光。掣肘。掣曳。掣電。掣取。

thak ㄊㄚㄎ 搒 tok, tak, ㄉㄛㄎ, ㄉㄚㄎ; phah ê siaⁿ, tûi, tok, tok chhâ. chhò chhâ ê ì sù. phah phòa, tok koe nn̄g. tok bah.
打的聲，搥，搒，搒柴，剉柴的意思。打破，搒雞卵。搒肉。
tiak, tiák tak sng pôaⁿ. ta ji á. tak thiau á. tak siàu, kì siàu ê ì sù. tiak tiak kiò.
ㄉ一ㄚㄎ, ㄉ一ㄚㄎ 搒算盤。搒字仔。搒痱仔。搒帳，記帳的意思。搒搒叫。

拊 bú, hú, hù, ㄅㄨ, ㄏㄨ, ㄏㄨ; ēng chhiú hōa loāh, tah. an ùi. an bú. kap 撫 siāng khoán. liāu lí, bong.
用手按。拊，搭。安慰。安拊。与撫同款。料理，摸。
tōa khîm, bú khîm. hú ùi. hú iok. hú ióng. ài hù.
彈琴，拊琴。拊慰。拊育。拊養。愛拊。

捧 hóng, hông, hōng, phâng, ㄏㄛㄥ, ㄏㄛㄥ, ㄏㄛㄥ, ㄆㄤ; hóng tê, siang chhiú kiong kèng phâng tê chhiáⁿ lâng. hông hok tāi chhiàu.
捧茶，双手恭敬捧茶請人。捧腹大笑。
lám pak tó tōa chhiò ê ì sù. hóng tê, hóng chhiú sàng lâng, pí jū phêh phêh su lâng. ì sù.
攬腹肚大笑的意思。捧茶，捧手送人，比喻白白輸人。

掀 hian, hiaⁿ, ㄏ一ㄢ, ㄏ一ㄚ; chhiú theh khí. koāiⁿ koāiⁿ, hian khí, hian khui. chhiú hian khui chiū sī chhiú thián khui ê
手提起。高高，掀起，掀開。手掀開，就是手展開的意思。

掎 í, 一; phō kha, thoa, hoat chhut. í kak, nn̄g bīn khan chè tek jîn
扶脚，拖，發出。掎角，兩面牽制敵人

揹 khèng, ㄎ一ㄥ; tsó tòng, khiàu khó, khiàu lâng. kiōng kiōng beh, lek kheng.
阻擋，挾苦，挾人。強強也，勒揹。

掐 khap, khip, ㄎㄚㄆ, ㄎ一ㄆ; chiū sī jiàu chiam chiam teh chhak ê ì sù. khap pīⁿ bak bāi thâu.
就是爪尖尖啲鑿的意思。掐鼻，眉頭。

捦 khîm, khiâm, ㄎ一ㄇ, ㄎ一ㄚㄇ; khîm nâ. liàh lâng. liàh chhat. khîm tiâu. khiâm teh. kap 擒 siāng khoán.
捦拿，拿人，捕賊。捦牢。捦啲。与擒同款。
gîm, khīⁿ gîm tiâu. gîm ân. gîm mih. ēng chhiú lák ân ê ì sù. khīⁿ lâi. khīⁿ teh. khīⁿ piah.
捦牢。捦緊。捦物。用手掠緊的意思。捦來。捦啲。捦壁。

据 kù, ㄍㄨ; chhiú teh mih, chhiú phòa pīⁿ. kan khó, kiat kù. kiau gō. kun kù. kù ê kán thé.
手厲物，手破病。艱苦，拮据。驕傲。根据。據的簡体。

掬 kiok, ㄍ一ㄛㄎ; siang chhiú phóng. phóng mih. móa phóng. kiok chhiú. kiok chhú. ēng chhiú phóng.
双手捧。捧物。滿捧。掬手。掬取。用手捧。

揥 tiauh, tiàuh, ㄉ一ㄠㄏ, ㄉ一ㄠㄏ; tiauh tiauh kiò. tiauh tiauh háu, tih tih tiauh tiauh. chiū sī siaⁿ im.
揥揥叫。揥揥哮。揥揥揥揥。就是聲音。 造字

掘 kút, khut, khui thô, ô, kút thô khang。kút Chia khang。kút Chiⁿ。hut jiân
ㄍㄨㄛˊ, ㄎㄨㄛˊ, 開土, 挖, 掘土孔。掘成孔。掘井。忽然

捲 koán, koàn, boán, kńg, ēng chhiú siu, kńg, kńg tsóa, kńg Pò。kńg Liân, kńg tsōng, kńg Lê á hong。
ㄍㄨㄢˇ, ㄍㄨㄢˋ, ㄎㄨㄢˇ, ㄍㄥˇ, 用手收, 捲, 捲紙, 捲布。捲捷, 捲狀, 捲螺仔風。
koân Chiū sī koân。ū Lat, tóng kiāⁿ。Chhiú tsńg thâu á tìⁿ oá。Chit hō Chhiⁿ iû ê kóe,
捲就是拳。有力, 勇健。手指頭仔捻倚。一號燒油的粿,
boán Chian kóe, boán Chian ko。koán tô, khóan Chiⁿ hoe tô tsáu。koán thó tióng Lâi。
捲煎粿, 捲煎糕。捲逃, 款錢貨逃走。捲土重來。

控 khòng, ín chhōa, khòng gū, khong Chè。kò sò, khòng sò。khong kò。
ㄎㄨㄥˋ, 引導, 控御, 控制。告訴, 控訴。控告。

掛 kòa, khòa, hun Piat, ūi kài, tiàu teh, khàm tiàu, kòa teh。kòa Lū。kòa hō thâu。kòa sim。Kòa ì。
ㄍㄨㄚˋ, ㄎㄨㄚˋ, 分別, 劃界。吊啲, 蓋跳, 掛啲。掛慮。掛號頭。掛心。掛意。
kòa miâ。kòa Liām。kòa tô。kòa iûⁿ thâu bōe kàu bah。khòa Sim, khòa Liām, khòa ngāi。
掛名。掛念。掛圖。掛羊頭賣狗肉。掛心, 掛念, 掛礙。

捾 koán, oán, oat, kōaⁿ, théh, kiàh, Lák, Giàh Pit, bán khui, bán óa, kiù oān, oat, kōaⁿ mih,
ㄍㄨㄢˇ, ㄨㄢˇ, ㄨㄚ, ㄍㄨㄚ, 提, 攑, 掠, 攑筆, 挽開, 挽倚, 救援。捾, 捾物,
thek kut。bôa, Lōe。kōaⁿ mih, kōaⁿ tsúi, kōaⁿ tiám sim。kop kōaⁿ Siāng khóan。
剔骨。磨, 鑢。捾物, 捾水, 捾点心。与攜同款。

捇 kek, kok, kap, Siāng khóan。chiū sī Phah ê ì sù。Siàn。kek tán, Siàn Chhui Phóe。
ㄍㄜˋ, ㄍㄜˋ, 与摑同款。就是打的意思。搧。捇打, 搧嘴䫌。
hó, hó Lâng, Phiⁿ khàm Lâng, Chiàh Lâng ê Piān Gî。á sī ēng khùi Lat kióng kióng Chhiuⁿ Lâng。
ㄏㄜˊ, 捇人, 偏蓋人, 食人的便宜。或是用氣力強強搶人。

捩 Lē, Liat, Poah khui, tńg, gô, tsūn, hoan。
ㄌㄧㄝˋ, ㄌㄧㄝˋ, 撥開, 轉, 翺, 抻, 翻。

掠 Liok, Lák, Liah, Lâ, thau théh, Chhiuⁿ kiap, Chhiuⁿ théh, Liok toat。Liok chhú。khiú Lák, Saⁿ khiú。
ㄌㄩㄝˋ, ㄌㄩㄝˋ, ㄌㄧㄚˋ, ㄌㄚˊ, 偷提, 搶劫, 搶提, 掠奪。掠取。扭掠, 相扭。
Lah, Lák Lâi Lák khì。Liàh khì, Liàh tâng, Liàh tâng ki。Liàh kiô。Liàh Lêng。Liàh Lâu, tsòe
ㄌㄚˋ, 掠來掠去。掠去, 掠童, 掠童乩。掠轎。掠䑐。掠漏, 做
thô tsúi kiaⁿ Liàh Lâu。kóng Lâ Liâng, kap Lâng kóng Chhiò ê ì sù。êng êng bóng Lâ Liâng。
土水驚掠漏。講掠涼, 与人講笑的意思。閒閒罔掠涼。
Lek, Lek khah khí Lâi。Lek khah kôaiⁿ ê ì sù。Lek khí Lâi, Lák khí Lâi。oai kô Lah chhoah bōe kə ióh
ㄌㄜˋ, 掠較起來。掠較高的意思。掠起來, 掠起來。歪䏮掠斜。

掄 Lûn, keng Soán, Lûn tsâi, kng thàu ê ì sù。Lûn to Lûn kùn, bú Lâng to kùn, Phah kûn thâu
ㄌㄨㄣˊ, 揀選, 掄才, 貫透的意思。掄刀掄棍, 舞弄刀棍, 打拳頭賣膏葯

捫 bûn, bûn, Chiong Chhiú Lâi bong Sim koaⁿ, bûn Sim。hû, Seng Chhat, Chhâ, khìⁿ, khàm, So, bong
ㄇㄣˊ, ㄇㄣˊ, 將手來摸心肝, 捫心。扶, 省察, 查, 擒, 蓋, 挲, 摸

掹 béng, Chhun tit, Puih khí Lâi, jia khàm, Chho Chho, Phê tòa。
ㄇㄥˇ, 伸直, 拔起來, 遮蓋, 粗粗, 皮帶。

捺 Lat, Chhiú tāng tāng hōaⁿ teh, chhih, jih, jiok tsòe hè。Lat Chí ìn, tng Chhiú bô。
ㄌㄚˋ, 手重重按啲, 扼, 扼, 揉做伙。捺指印, 擋手摸。

捻 Liàm, Liap, ēng tsńg thâu á tsūn mih, Liàm Chhài, Liàm Lâng, Liàm bák Chiu Phê。
ㄌㄧㄢˋ, ㄌㄧㄚˋ, 用指頭仔抻物, 捻菜, 捻人, 捻目睭皮。

挼 jôe, Lô, ûi, jê mih, bôa mih, ēng Chhiú Saⁿ Chhiat bôa。
ㄖㄨㄛˊ, ㄋㄨㄛˊ, ㄨㄟ, 推物, 磨物, 用手相切磨。

排 Pâi, Chhia, Sak, Pâi Chê。Pâi thek。kui Liat, Pâi Liat, Pâi Pí, Pâi hì, Pâi tūi, Pâi siat。
ㄆㄞˊ, 推, 捒, 排擠。排斥。歸列, 排列, 排比, 排戲, 排隊, 排泄。

掊 Pôe, Phó, Phó, Pâ á, iâm koaⁿ jip tsúi théh iâm ê ì sù。Siu jip。Chhim chhim。
ㄆㄡˊ, ㄆㄡˇ, ㄆㄡˇ, 杷仔, 塩官入水提塩的意思。收入。深深。

拼 Peng, Pheng, Piⁿ, Pian, tòaⁿ keng chìⁿ。tû khì, Chhe kah, Peng tû。Pheng tông。Piⁿ khui, Piⁿ kó, Piⁿ Phòaⁿ
ㄆㄧㄥ, ㄆㄧㄥ, ㄆㄧㄣ, ㄆㄧㄢ, 彈弓箭。除去, 差設。拼除。拼同。拼開, 拼鼓, 拼破
Piⁿ ân, Pian khui, Pian khí Lâi, Pian Chhiú bé。Pheng im, Pheng hap im bó Sêng jī im。
拼緊, 拼開, 拼起來, 拼手尾。拼音, 拼合音母成字音。

掃 Sò, sàu, tû khì Lâ Sâm, Sàu tû, Sàu Chhiú, Sàu tōng, Sàu tû Phaiⁿ Lâng, Sàu bōng, Sàu Siā。
ㄙㄠˋ, ㄙㄠˇ, 除去垃圾, 掃除, 掃帚。掃蕩, 掃除歹人, 掃墓, 掃射。

捨 Siá, Sià, Pàng Sak, hiat kak, Sià khì, jī sìⁿ Sià。Sià bēng, Pàng Sak Sìⁿ miāⁿ。koah Sià。
ㄕㄜˇ, ㄕㄜˋ, 放捒, 棄壇, 捨棄。字姓捨。捨命, 放捒性命。割捨。
sì Sià, kiù Chè。hō Lâng Chîⁿ hè。Siá Sì。
施捨, 救濟。与人錢貨。捨施。

採 Chhái, thêh, kéng, Suh, bán, Chhái iōng。Chhái hoe。Chhái chhú。Chhìn Chhái。kiám Chhái。
ㄘㄞˇ, 提, 揀, 嗽, 挽, 採用。採花。採取。凊採。敢採。

担 tàn, ēng chhiú Phiaⁿ chhut khì, tàn chhut khì。tàn hiat kak。tàn kiû。tàn chioh thâu。 造字
ㄉㄢˇ, 用手抛出去, 担出去。担棄壇。担球。担石頭。

【授】 Siū, Siūⁿ ㄒ一ㄡ,ㄒ一ㄡ̊ thôan hō Lâng 傳給人, kau hù 交付, Siū ú 授與。Lâm Lú Siū Siū Put Chhin 男女授受不親。kàu Siū 教授 Chiong hak būn kā hák Seng 將學問教學生。Siūⁿ Chheh 授書, Chiū Sī siū chheh 就是授書, Sī kà Chheh ê ì sù 是教書的意思。

【搭】 tap, tauh ㄉㄚㄆ,ㄉㄠㄏ Pâng chhiu Lok 縫手橐, tô Siù 刀鞘。Siàn, Phah 搧,打。bong 摸, ê ì sù 的意思。tih tauh 摘搭, ch'ín á tsok giat 囝仔作孽, tih tauh ke 摘搭家。

【探】 tham, thàm ㄊㄚㄇ,ㄊㄚㄇ̊ thàm khòa 探看, saⁿ thàm 相探, taⁿ thàm 打探, thàm chhin 探親, thàm hoe 探花, thàm hiám 探險, tham thiaⁿ 探聽。

【掏】 tô, tho ㄉㄜ̂,ㄊㄜ 就是揀物的意思 Chiū Sī kéng mih ê ì sù。kéng Soán 揀選。thau 偷, bong 摸, tho bô 掏摸。

【掉】 tiāu, thiáu, tsāu ㄉ一ㄠ,ㄊ一ㄠ,ㄗㄠ lô tāng 搖動, saⁿ khap tio̍h 相磕着, thòe oāⁿ 退換, tio̍h Lo̍k 着落, tiāu oāⁿ 掉換。tiāu Lo̍h 掉落, ka Lauh 石壽落。
hòe tiāu 廢掉。thiáu bé 掉尾, iô bé 搖尾。tsāu thâu 掉頭, tìm thâu 枕頭。

【揚】 thek ㄊㄝㄎ, ēng tek Lâi tàn 用竹來揚, théng khí 趕起, thek kut 剔骨。

【掟】 tēng, tìⁿ ㄉㄝㄥ,ㄉ一ⁿ Chiū Sī thián khui 就是展開, thí khui ê ì sù 展開的意思。tìⁿ ân 掟緊, tìⁿ sí 掟死, tìⁿ kûn thâu bú 掟拳頭母, bong 摸, so 挲, tìⁿ 掟。

【掇】 toat, toah ㄉㄨㄚㄊ,ㄉㄨㄚㄏ theh 提, khioh 拾, bán 挽, Pâi Liat 排列, Chéng tún ê ì sù 整頓的意思。toah chhàu 掇草, toah khui 掇開, tiuⁿ toah 張掇, siū khì 怒氣
siū toah 怒掇, an bô oan ke 尪媒冤家, siū khì siū toah 怒氣怒掇, Piàⁿ oáⁿ Siak ti 摒碗扔箸。siū khì siū toah 怒氣怒掇。chè toah 摘掇。

【推】 Chhui, thui, Chhia ㄑㄨ一,ㄊㄨ一,ㄑ一ㄚ Saⁿ chhui 相推, Sak khui 揀開, Chhui khui 推開。o Lô 謳咾, Chhui chiáng 推獎。Chhui tōng 推動。Chhui Siau 推銷。Chhui Chiàn 推薦。
the, ㄊㄝ, thui chhut 推出, thui koân 推高, thui ko ki 推高機。the khui 推開。the Sî 推辭。the thoah 推拖。Saⁿ oe the 相換推。Saⁿ the 相推。
Chhia tó 推倒。oan ke Saⁿ chhia 冤家相推, chhia Pha Lìn táu 推拋翻斗。

【接】 Chiap, chih, siu ㄐ一ㄚㄆ,ㄐ一ㄏ, 收, ēng chhiú siu 用手收, chiap siu 接收。chiap 接。Sio Liân 相連, Saⁿ chiap 相接, chiap Sòa 接續, chiap Siòk 接續。
Gêng chiap 迎接。Gîa Chih 迎接。Chih chiap 接接, Gîa Lâng khí kheh tsòe Seng Lí 迎人起客做生理。Chih Lâng kheh 接人客。

【捷】 Chiat, Chiap, iāⁿ ㄐ一ㄚㄊ,ㄐ一ㄚㄆ,一ㄚ̊ Phah Lah 打獵, thâi iāⁿ 殺贏, Pò iāⁿ 報贏, tsàu chiat 奏捷。chiat Pò 捷報。kha chhiu mé Liah 腳手猛掠, bín chiat 敏捷。
tsauh ㄗㄠㄏ; Chiap Chiap 捷捷, kín chiap 緊捷, chiap chiap kóng 捷捷講。Liâm chiap 連捷。iāⁿ 捷。chiàn iāⁿ 戰捷。tsauh tsauh bô hioh khun 捷捷無歇睏。
tsap ㄗㄚㄆ; tsauh tsauh kóng oē sio sòa soah 捷捷講話相續無息。kap thak chiap sio siāng 与讀捷相同。thak tsap kap chiap sio siāng ì sù 讀捷与捷相同意思。

【措】 Chhò, Sek ㄘㄜ̀,ㄕㄝㄎ Phò Siat 鋪設, ēng 用, hut jiân 忽然, Pâi Liat 排列, Chhò Sî 措施。Chhò chhiú 措手。chhò tì 措置。Pek sek 迫措, tui Liah 追捕。
tui jiok 追逐。Sek Chí 措指, Siong hāi 傷害。Chêng bûn Sek Chí 爭門措指, kè mn̂g saⁿ khoeh Siong tio̍h chhiú 過門相夾傷着手。

【捽】 Sut, tsut ㄕㄨㄊ,ㄗㄨㄊ Chiū Sī bôa mih 就是磨物, chhè 刷, Lòe 鑢, ê ì sù 的意思, sut kng 捽光。khiú Lak 扭捽, Puih 拔, khiú thâu mn̂g 扭頭毛, khap tio̍h 磕着
tsut jih 扼。tsut chhàu 捽草。tú tak 抵觸, Siong tsut 相捽。tsut ta 捽焦, chhit thó ta 拭徑焦。tsut Poh Piáⁿ 捽薄餅, chhit Lūn Piáⁿ 拭潤餅。

【挜】 À, oe ㄚ,ㄨㄝ thèh mih khí Lâi chhek 提物起來搏, ó bak chiu 挖目睭, bián kióng Lâng bóe mih 勉強人買物。oe mih 挜物, chiū sī thèh mih ê ì sù 就是提物的意思。

【捱】 Gâi ㄫㄞ; chiū sī tí tng 就是抵擋, ui keh 違逆, tsó chí ê ì sù 阻止的意思。

【掞】 iám, Siām 一ㄚㄇ,ㄒ一ㄚㄇ chhân Lân 燦爛, kng bêng 光明, an sim 安心, Phi khui 披開。khàm bat 蓋密。hó khòaⁿ 好看。

【掩】 iám, iap, ng 一ㄚㄇ,一ㄚㄆ,ㄥ jia iám 遮掩, iám bat 掩密, iám mn̂g 掩門, iam Pè 掩蔽。jia khàm ê ì sù 遮蓋的意思。khioh oá Lâi jia 拾倚來遮。thau iap 偷掩。
am, ㄚㄇ, ng iap 掩掩, iap chîⁿ 掩錢, thau iap chîⁿ 偷掩錢。iap chhiú 掩手, chhiú iap aū 手掩後。ng thâu iap bé 掩頭掩尾。ng Pak tó 掩腹肚。
ng chhùi 掩嘴, ng Phīⁿ khang 掩鼻孔。ng bak chiu 掩目睭。ng hī khan 掩耳孔。am hī khan 掩耳孔。

【掖】 ek ㄝㄎ, taⁿ tsah 打扶, hû chhah Lâng 扶插人, khan 牽, hōaⁿ 按, hû ek 扶掖。hû chhî ê ì sù 扶持的意思。

【㩷】 Soat ㄕㄨㄚㄊ, Soat Soat háu 㩷㩷哮, Soat Soat kiò 㩷㩷叫, Lòe mih ê siaⁿ 鑢物的聲, chhè mih ê siaⁿ 刷物的聲。 造字

搋 Chí tí, tóe, tú, ㄐㄧˇ,ㄉㄧˇ,ㄉㄨㄝ,ㄉㄨˇ
tsún tòng ê mih tí tng. tsó tòng, tú tiòh, tóe chhiú. kap 抵 siāng khóan.
准當的物；搋當。阻擋，搋着；搋手。与抵同款。

捿 Se. ㄕㄝ
hioh khùn ê só-tsāi, chiām sî toa. koe chiau hioh khùn ê chhâ bòk, koe tiàu. se bòk.
歇睏的所在，暫時住。鷄鳥歇睏的柴木，鷄寮。捿木。

掙 teng, tsang, ㄉㄝㄥ,ㄗㄤ
chiū sī khan, ín chhōa ê ì sù. tsang khí lâi, chiū sī ēng chhiú Lak khí lâi.
就是牽，引導的意思。掙起來，就是用手掠起來。

捏 Gé, Gí, Liap ㄫㄝ,ㄫㄧ,ㄌㄧㄚㄆ
Sòe hàn gín á theh thit thô ê mih. Gí tiān, koat toan, tiān tiòh. khîn
小漢囡仔提迌迌的物。捏定，決斷，定着。擒
Liap, ēng tsńg thâu á thèh mih ê ì sù. Liap khí lâi.
捏，用指頭仔提物的意思。捏起來。

摐 Chhiong, Chhong, ㄑㄧㄛㄥ,ㄑㄛㄥ
Phah kó á sī lô. Chhek oá, pâi liat.
打鼓或是鑼。促倚，排列。

掅 Chhèng, ㄑㄝㄥ
ēng chhiú théh, khiú lak, khap tiòh.
用手提，扭掠，磕着。

捶 tó, tsûi, sè, ㄉㄛ,ㄗㄨㄧ,ㄕㄝ
ēng koáiⁿ á lâi phah ê ì sù. tsûi tán, tsûi kek, tûi, kòng ê ì sù. sè
用枴仔來打的意思。捶打，捶擊，搥，摃的意思。捶；
ēng koáiⁿ á lâi but lâi kòng, sè phah.
用枴仔來扨來摃，捶打。

掝 hék, ㄏㄝㄎ
bê hek, á sī. thiah lih, thiah lih ê siaⁿ.
迷惑，或是。拆裂，拆裂的聲。

揔 hut, khut, ㄏㄨㄊ,ㄎㄨㄊ
Phah, pōaⁿ tîn ai ê ì sù. saⁿ tûi.
打，拌塵埃的意思。相搥。

掍 hūn, kún, ㄏㄨㄣ,ㄍㄨㄣ
saⁿ tâng. khek siuⁿ. hōe hàp, puih khí lâi.
相同。刻鑲。會合，拔起來。

掆 kong, ㄍㄛㄥ
kú khí kiah koâiⁿ. ēng thâu kng.
舉起，撟高，肩頭扛。

掔 khian. ㄎㄧㄢ
kian kò, kāu kāu, kiàh, phah, bán, ín chhōa, khan.
堅固，厚厚，撟，打，挽，引導，牽。

掕 kiòng, khiòng, ㄍㄧㄛㄥ,ㄎㄧㄛㄥ
chhiú tāng tāng hōaⁿ teh. chhiú thoa. tāng chhiú thâu.
手重重按哟。手拖。重手頭。

掭 Lám, Lím, Lîn, ㄌㄚㄇ,ㄌㄧㄇ,ㄌㄧㄣ
tâi, tsân jím ê ì sù
刣，殘忍的意思

掕 Lêng, ㄌㄝㄥ
tsó chí, tsó chí bé ê ì sù. Lêng bé kiuⁿ.
阻止，阻止馬的意思。掕馬韁。

捰 ó, ㄛ
chiū sī thiah khui, thiah mih ê ì sù.
就是拆開，拆物的意思。

捭 Pâi, ㄆㄞ
nn̄g chhiú saⁿ phah. phah chhiú, tìm lòh.
兩手相拍。拍手，扻落。

捹 Pūn, Phun, ㄅㄨㄣ,ㄆㄨㄣ
chhiú hun loān ê khóan sit. chhiú loān loān.
手汾乱的款式。手乱乱。

掤 Peng ㄅㄥ
khàm chìⁿ, chìⁿ tháng, ēng chhiú khàm chìⁿ.
蓋箭，箭桶，用手蓋箭。

掟 Sit, ㄒㄧˋ
hiat lòh. hû chhî. kiāh, kiāh koáiⁿ á ê ì sù.
拂落。扶持。撟，撟枴仔的意思。

掦 tek, ㄉㄝㄎ
Gîm kûn thâu bú lâi phah. cheng, phah, thoa, ê ì sù.
擒拳頭母來打。衝，打，拖，的意思。

掂 tiam, ㄉㄧㄚㄇ
ēng chhiú lâi chhìn mih. niú khin tāng ê ì sù.
用手來秤物。量輕重的意思。

掭 thiám, thiàm, thiàn, ㄊㄧㄚㄇ,ㄊㄧㄚㄇ,ㄊㄧㄢ
hé sio ê koáiⁿ á, teng thiám. ēn pit tī bak pôaⁿ lâi ùn bak tsu, thian pit.
火燒的枴仔，燈掭。用筆佇墨盤內搵墨水，掭筆。
kiaⁿ tī tsàu khang ê chhâ. hé tiōng. Lā hé ê koáiⁿ.
柨佇灶孔的柴。火杖。撈火的枴。

掫 tso, ㄗㄛ
chiu kiⁿ ê lâng phah kiⁿ khok ê ì sù. ēng chhiú théh, á sī tūn chhiú ê ì sù.
守更的人打更硞的意思。用手提，或是扽手的意思。

捥 oan, oán ㄨㄢ,ㄨㄢˇ
chiū sī ēng chhiú théh mih, bán, ut ê ì sù. oán teh, oán sí, oán tiâu
就是用手提物，挽，撋的意思。捥哟，捥死，捥貝𨉼，
sn̄g tiâu teh ê ì sù á sī pak tiâu teh. ēng chhiú oan sn̄g tiâu.
縒𨉼哟的意思，或是縛𨉼哟。用手腕縒𨉼。

掹 bú, ㄅㄨˇ
bú lâi bú khì bōe thàn chîⁿ. kiah kùn á o· pèh bú. tsoh khang khòe bô ēng bú kui ji̍t.
掹來掹去𣍐賺錢。撟棍仔黑白掹。作工課無閒掹歸日。

tsòe nî kang bú kui ām。bú thán chhoah。bú tit，bú hoâiⁿ。bú ti，bú káu。
做冥工 拭歸暗。拭租斜 。拭直，拭橫。拭豬，拭狗。

造字 与舞分別的拭，如以上解釋文所述，有不同含義，拭也。

〔搯〕Láuⁿ，Láu，náu，ㄌㄠˇ，ㄌㄠˊ，ㄋㄠˊ；
Láuⁿ thâu tsûn ām。Chiū sī thâu khak iô。ū chhiò khoe，khoe hâi ê ì sù。
搯頭抻頷。就是頭殼搖。有笑詼，詼諧的意思。

造字 借匘字來成字。應与扮相通。

〔擓〕kuih，ㄍㄨㄧㄏ；
thui kuih，kuih ham á，kuih ô，kuih ô khak。kuih khí lâi。kuih po lê。kuih soa。
推擓，擓蚶仔，擓蠔，擓蠔殼。擓起來。擓玻璃。擓沙。

造字 借刮成擓字，有撈的意思。

〔拋〕Phiak，Phiák，ㄆㄧㄚㄎ，ㄆㄧㄚㄎ；
Phiak lo̍h lâi，Phiak lâi phiak khì，Phiak chiūⁿ koâiⁿ。Phiak chiau á。ēng tôa keng phiak。
拋落來，拋來拋去，拋上高。拋鳥仔。用彈弓拋。
Phiak thô，Phiak he，thô tsúi sai hū phiak thô hoe tī piah。boah piah。Phiak phiak kiò。
拋土，拋灰，土水師父拋土、灰佇壁。抹壁。拋拋叫。

造字 借迫的偏音成字，並借其義。用手迫去即能拋出去。

〔掏〕tíu，tîu，tiau，ta tíu，ㄉㄧㄨ，ㄉㄧㄨˊ，ㄉㄧㄠ；
chiū sī sek，koaⁿ tôa ê ì sù，chin hó sè，chheng khì siùⁿ。tîu，kéng soan。
乾掏，就是熟，乾淘的意思，真好勢，清氣相。掏，揀選。
tîu tsúi hún，chiū sī kè lī ê ì sù，kè khêng ê ì sù。tiau tah，chiū sī siat hoat，hoat lo̍h ê ì sù，tiau tat oē hiáu chhu lí tāi chì ê ì sù。
掏水粉，就是過濾的意思，過傾的意思。掏躂，就是設法，找落的意思，掏躂能曉處理事誌的意思。

造字 做事周至，借周的偏音成字。

〔揕〕tiuh，ㄉㄧㄨㄏ；
tiuh chi̍h kun，tiuh chi̍h bé。tiuh tôe，chiū sī kha phòa siùⁿ kiāⁿ bōe chiāⁿ。sán sán，sán tiuh tiuh。a bú phah kiáⁿ，thiàⁿ tiuh tiuh。to siong thiàⁿ tiuh tiuh。
揕舌根，揕舌尾。揕蹄，就是腳破相行袂正。瘦瘦，瘦揕揕。阿母打子，痛揕揕。刀傷痛揕揕。

造字 揕，親像有甚麼啲抽。少許少許的，以才代之，即是揕也。

〔揲〕tia̍p，ㄉㄧㄚㄆ；
Phah，siu lí，i tī，tān tia̍p。kiàn chhōe á phah kiáⁿ。sian siⁿ tia̍p ha̍k seng。
打，修理，醫治，打揲。擇揕仔打子。先生揲學生。
kóaⁿ khang khòe tia̍p nî kang。tô tia̍p，chiū sī pháiⁿ khoán thāi tsa bó kán lô tsai ê ì sù。ki khì kò chiòng siu lí，pháiⁿ tān tia̍p。siⁿ gâm pháiⁿ tān tia̍p ê pīⁿ。
趕工課揲冥工。拕揲，就是歹款待查某嫺奴才的意思。機器故障歹修理，歹打揲。生癌歹打揲的病。

造字 借揲字成字。

〔揀〕tàng，ㄉㄤ；
tak ba̍k，tàng ba̍k，ba̍k chiu tàng tàng。kap góa tàng ba̍k，thâu lê ba̍k chiu gín ê ì sù。
觸目，揀目，目睭揀揀。与我揀目，頭犁目睭眦的意思。
tàng chi̍h，ēng tsíng thâu á lâi tàng。chhiah tsa bó phah lâng liám kā tàng。
揀舌，用指頭仔來揀。赤查某打人捻含揀。

造字 借東的偏音成字

〔拕〕tô，ㄊㄨㄛ；
tô tia̍p，pháiⁿ khoán thāi sī sòe，khó tók tsa bó kán lô tsâi ê ì sù。
拕揲，歹款待是小，苦毒查某嫺奴才的意思。

造字 借拕字成字

九 畫

〔揸〕tsa，ㄓㄚ；
bán，khiú，kéng ê khoán sit。thê ê ì sù。
挽，扭，揀的款式。提的意思。

〔插〕chhap，chhah，ㄔㄚㄆ，ㄔㄚㄏ；
chham ji̍p，chhì chhak ê ì sù。chham chhap。tōa chhah。chhah kak，chhah koh。
參入，刺鑿的意思。參插。栽插。插角，插閣。

〔揷〕chhap，chhah，ㄔㄚㄆ，ㄔㄚㄏ；
kap teng jī siāng khoán。chhah ng。tōa chhah。chhah ji̍p。chhah chhiú。
与頂字插同款。插秧。大插。插入。插手。
chhah chhiok。chhah khek。chhah hoe。chhah ki。chhah oe。chhah chhùi。
插足。插曲。插花。插枝。插椏。插嘴。

揰 chhiōng, tiōng, chiū sī tùi Phah ê ì sù. khì sak, hiat kak.
ㄑㄧㄛㄥ, ㄉㄧㄛㄥ, 就是搥打的意思。棄揀，拵堆。

揣 chhúi, ēng chhiú bong. nìu pí. séng chhat. Phah sǹg. tû khì. chhúi mô. chhúi chhek. chhúi tók.
ㄑㄨㄧ, 用手摸。量比。省察。打算。除去。揣摩。揣測。揣度。

換 hoān, hoān, oā", ī ek, kóe oā", thòe oā", keng hoān. hoān sin. oā" sin. thòe oā". oā" khùi.
ㄏㄨㄚㄢ, ㄏㄨㄚㄢ, ㄨㄚ˙, 移易，改換，退換，更換。換新。換新。替換。換氣。
oā" thiap, kiat pài tsòe hia" tī. oā" tng bô oā" ioh.
換帖，結拜做兄弟。換湯無換藥。

揮 hui, hûn, ēng chhiú tín tāng, chín khí, bú láng, hoah loāh, hiù tsúi sì sòa", hui chhiú, hui tōng.
ㄏㄨㄧ, ㄏㄨㄣ, 用手振動，振起，舞弄，喝捋，灑水四散，揮手，揮動。
hui kûn, hui hoat. hui hoat iû. hui hok. hûn, lóng chiàu kū tī teh, chiau tsông.
揮拳，揮發。揮發油。揮霍。揮，攏照旧佇哟，齊全。

揉 jiû, jîu, ngíu, ēng chhiú chhōa, hang chhá hō i nńg ut khiau, thit tit, hō lâng thàn hó. jiû chho.
ㄖㄡ, ㄖㄡ, ㄑㄧㄡ, 用手導，烘炊侮它軟，攪曲，揗直，佮人趁好。揉搓。
kiau jiû. chhin chhiū" ēng chhâ ut khiau tsòe lôe. tsūn thâu ngíu tāu, chiū sī lau thâu tsūn tāu
矯揉。親像用柴屠曲做犁。抻頭揉脰，就是扮頭抻脰
ê ì sù. jiû gán, jē bak chiu. hun jiû, tsap loān. jiû thô kha, chhit thô kha ê ì sù.
的意思。揉眼，揬目睭。紛揉，雜乱。揉土腳，拭土腳的意思。

揯 khéng, kín kín chhōa chhut ê ì sù.
ㄎㄥ, 緊緊導出的意思。

揩 khai, khài, khà, lām sám tsùt, chhit, bôa. gak khì ê miâ, giok khèng khai kó. kái" tioh, khái" thâu khak, gî.
ㄎㄞ, ㄎㄞ, ㄎㄚ, 濫滲挬，拭，磨。樂器的名，玉磬揩鼓。揩着，揩頭殼，
kái" kái" gō kun kê, ēng gō kì tsńg thâu kut phah thâu khak. khà iû, bú pē chhú lī, pēh chiam piān
揩五仟枷，用五支指頭骨打頭殼。揩油，舞弊取利，白佔便宜

揭 kiat, kiàt, khiat, khè, hian koà. thng bō. chhia phái" khì ê khoán. kiāh koāi". kiāh khí. tam tng, ta" pē.
ㄍㄧㄝ, ㄍㄧㄝ, ㄎㄧㄝ, ㄑㄧ, 掀蓋。褪帽。車壞去的款。擗高，擗起。擔當，擔，背。
lek sa" á, liàu ke tsúi ê ì sù, khè i, chhiân chek khè
掠衫仔，潦過水的意思，揭衣，淺則揭（詩經）

揀 kán, liān, kéng, sóan, chhoân, hun piat, kán chiat, kán séng, kéng sóan, kéng tioh. liān, tùi,
ㄍㄢ, ㄌㄧㄢ, ㄍㄥ, 選，拴，分別，揀捷，揀省。揀選，揀着。揀，搥，
phah, kòng. liān kí" chiū sī kòng tāu ê ke si.
打，摃。揀枷就是摃豆的傢私。

揵 kiān, kiān, khiān, kiā", kiāh, ēng keng thâu pē mih, kú khí, koai" teh. kiā" sin, iōng kiā",
ㄍㄧㄢ, ㄍㄧㄢ, ㄎㄧㄢ, ㄍㄧㄚ, 擗，用肩頭背物，舉起，關哟。揵身，勇揵，
sin thé kiā" kiā".
身体揵揵。

搭 khek, kheh, chhiú lak mih, jih, théh, gīa teh ê ì sù. khek chhí. khek jîn, ùi lân lâng.
ㄎㄝ, ㄎㄝ, 手掠物，扼，提，夯哟的意思，搭持。搭人，為難人。
kheh, kheh tioh, kheh mih, chiū sī ēng chhiú kiah á sī ngbeh ê ì sù.
ㄎㄝ, 搭着。搭物，就是用手來擗或是夾的意思。

揆 kúi, khúi, kûi, Phah sǹg, chhún tók, pí phēng, phì jū. chhek tók. siū". kúi chhek.
ㄍㄨㄟ, ㄎㄨㄟ, ㄍㄨㄟ, 打算，忖度，比併，譬喻。測度。想。揆測。
kûi tók, khúi chêng tō lí. koa" mîa, siú kûi, chiū sī tsái siòng.
揆度，揆情度理。官名，首揆，就是宰相。

揦 lat, loah, ēng chhiú phi khui, hûi hoāi, phah lih. hiat khì. loah khui. loah khì.
ㄌㄚ, ㄌㄨㄚ, 用手披開，毀壞，打裂。弃去。揦開。揦去。

揨 lut, khiú lak, puih, chhih. loah, tû khì che tái ê ì sù. lut hiat kak. lut leng.
ㄌㄨ, 扭掠，拔，扼。捋，除去渣滓的意思。揨拵堆。揨乳。

描 biâu, biô, kong bêng. phah. hiat kak. ūi bûn. ūi siōng. biâu ūi chiàu iū" ūi chhut. biô jī.
ㄇㄧㄠ, ㄇㄧㄛ, 講明。打。拵堆。畫紋。畫像。描畫，照樣畫出。描字。
biâu tán, biâu tek. biô hông oh siá jī ê lâng chiàu âng jī biô siá jī.
描打，描擲。描紅，學寫字的人照紅字描寫字。

揇 lám, ēng chhiú liap mih, jiok jiok tsòe chit ē.
ㄌㄚㄇ, 用手捏物，揉揉撖一下。

揞 am, ám, ēng chhiú loah, ēng chhiú tah, jia iám, iám bat.
ㄚㄇ, ㄚㄇ, 用手捋，用手搭，遮掩，掩密。

揑 gé, gí, liap, liap, théh thit thô mih ê ì sù. gí, koat toàn, gí tēng ê ì sù. liap, ēng tsńg thâu
ㄫㄝ, ㄫㄧ, ㄌㄧㄚ, ㄌㄧㄚ, 提迌迌物的意思。揑，決斷，揑定的意思。揑，用指頭
á théh. lām sám chhòng. jī sìn. liap thô ang á. liap bah pau.
仔提。濫滲創。字姓。揑土尪仔。揑肉包。

掽 Pang, Png, kap 幫 Siāng khoán. Liāu Lí Sì Pîn, tì tng. tàu Sa"tsō, Pang tsān. Sa" Png, Png thiap.
ㄅㄤ,ㄅㄥ, ㄅ 幫同款。料理四邊;抵當。抖相助,幫助。相幫;幫貼。

摓 Phèng, Phòng, tōng tio̍h, Sa" tn̄g thâu. Phòng tio̍h, Phòng teng, Phòng Phê, Phòng Phā.
ㄆㄝㄥ,ㄆㄛㄥ, 撞着,相撞頭。摓着;摓釘,摓皮,摓拋。

摒 Pèng, Phì", koá"chhut, khí sak, tû khì, Chiap bûn bô bat. Pun Phì" Phì"hêng Chî", ûn a Phì".
ㄅㄝㄥ,ㄆㄧ。趕出,棄揀;除去,接紋無密。份摒;摒還錢,錢仔摒。
Pèng khì, hiat kak. Pèng thek, Pāi tû. Pèng tōng, Siu Sip Liāu Lí.
摒棄,拚壙。摒斥,排除。摒擋,收拾料理。

搜 So, Sò, Chhiau, So kng kng, Chiū sī the̍h mi̍h kàu chheng khì ê ì sù. Chhâ mn̄g, tsa chhat, tsa khoà", kàng-
ㄙㄜ,ㄙㄜ,ㄑㄧㄠ, 搜光光,就是提物到清氣的意的意思。查問,查察,查看,講究
kiù, Chek tsū, Chhiau Chhē, So Pó, So tsa, So soh, Chhiau Lia̍h. kap
,積住,搜尋,搜捕,搜查,搜索,搜拿 。ㄅ

揎 Soan Chhiú Phī Sa", Chhiú ńg thóng chhut, chhiú kut, Chhng ê ì sù. Lō Siù soan kûn. Pìh chhiú ńg.
ㄒㄩㄢ, 手披衫,手袂捅出,手骨,穿的意思。裸袖揎拳。撇手袂。

提 Sî, thê, the̍h, thoe̍h, Sî, Sô tsāi mîa, tsu Sî koān. thê tok, tsá ê koa" mîa. Put ê mîa, Phô thê.
ㄕ,ㄊㄝ,ㄊㄝㄏ,ㄊㄨㄝㄏ, 提,所在名,朱提縣。提督,早的官名。佛的名,菩提。
thê khí. thê Sîn. thê mîa. thê àn. the̍h khí Lâi, thau the̍h. the̍h mi̍h. thau thoe̍h.
提起。提神。提名。提案。提起來,偷提。提物。偷提。

揥 tè, thè, Lák thâu mn̂g, ēng Chhiū" kut Loáh thâu mn̂g Lâi tsng tha" ê Lō iōng.
ㄉㄝ,ㄊㄝ, 掠頭毛,用象骨捋頭毛來 妝飾 的路用。

揲 Siàp, tiàp, Chiū sī the̍h mi̍h ê ì sù. ēng tsńg thâu á Chih mi̍h ê ì sù.
ㄒㄧㄚㄆ,ㄉㄧㄚㄆ, 就是提物的意思。用指頭仔 摺物的意思。

揬 tu̍t Chhiok hōan, Chhiok tio̍h, tōng tu̍t, Chin tōng tu̍t, bô Sio niū ê ì sù.
ㄉㄨㄊ, 捉犯,捉着,搪揬,真搪揬,無相讓的意思。

揃 Chian, Chiàn, tsām tn̄g, Chhiú Pák iap aū. keng Soan, Phah khok.
ㄐㄧㄢ,ㄐㄧㄢ, 斬斷,手縛掩後。揀選,打硞。

揫 Chiu, Chhiu, Siu khǹg, tsū chip, khiú, Lák. Chhiu Soh, Chhiu Soà". Chhiu kun Goân. bán koe Chhiu tîn.
ㄐㄧㄡ,ㄑㄧㄡ, 收藏,聚集,扭,掠。揪索,揫線。揪根原。挽瓜揪藤。

揪 Chiu, Chhiu, kap teng jī 揫 Siāng khoán. Chhiu tîn Chhē kun. Liu oá Lâi. khiú oá ê ì sù.
ㄐㄧㄡ,ㄑㄧㄡ, ㄅ 頂字 揫 同款。揪藤尋根。揪倚來。扭倚的意思。

握 ak, ok, ap, ak tsak, Sim koa" ak tsak. ak Chhiú. the̍h mi̍h. ok Pit, the̍h Pit. Chit ok,
ㄚㄎ,ㄛㄎ,ㄚㄆ, 握齪,心肝握齪。握手。提物。握筆,提筆。一握,
tām Po̍h Sió khóa. Chit Liam, Chhiú Liam, Chit Gîm, Chit Lak ê ì sù. Chiáng ak. ak koân
淡薄少許。一睔,手睔,一扲,一搦的意思。掌握。握權。
Pá ap, Chiáng ap, ap Chhiú
把握,掌握,握手。

揠 at, Chhak. Puih khí Lâi, Chhin chhiū" Puih Chháu ê khoán Sit. Puih Chháu Sim.
ㄚㄊ, 鑿。拔起來,親像拔草的款式。拔草心。

揚 iông, Poah khí, Pe khí, kû khí, iông Chhiú, hui iông, Phiau iông. hián bêng, iông Siān.
ㄧㄤ, 撥起,飛起,舉起,揚手,飛揚,飄揚。顯明,揚善。
iông Phâng, iông ui, iông Seng, tōa Sia" kóng oē. iông iông tek ì.
揚帆,揚威,揚聲,大聲講話。揚揚得意。

揜 iám, iap, ng, khìch oá Lâi jia. ēng Chhiú Loáh, Lia̍h t jia iám iám bat. ng iap, ng iap
ㄧㄢ,ㄧㄚㄆ,ㄥ, 搦倚來遮。用手捋,掠着,遮揜,揜密。掩揜,揜掩。
thau ng, thau iap. iap Chî" hō i. iap Chhiú. ng thâu iap bé. Chhiú iap aū. ng Phī"
偷揜,偷揜。揜錢互他。揜手。掩頭揜尾。手揜後。揜鼻
ng hī khang, ng Chhùi. ng ba̍k Chiu. Pak tó: thiàn ng tō tsaî.
揜耳孔,揜嘴。揜目睭。腹肚痛揜肚臍。

揖 Chhip, ip, Chhiú", jia, ip Lé. kióng Chhiú kiâ", tsok Chhip. Sa" niū, ip jiā. khiam Sūn.
ㄑㄧㄆ,ㄧㄆ,ㄑㄧㄨ,ㄖㄧㄚ, 揖禮。拱手行禮,作揖。相讓,揖揖。謙遜。
Chhiú" jia; ip Lé ê ì Sù. tsok ip.
揖揖,揖禮的意思。作揖。

揄 iâu, iû, jû, tho, Chhái ui ngó sek tī Lâng ê Sa" nih. Cheng bí ê khì khū, iû. jû in Chìn.
ㄧㄠ,ㄧㄨ,ㄖㄨ,ㄊㄛ, 彩畫五色佇人的衫裡。舂米的器具,揄。揄,引進。
thoa chhut, o Ló, kû Chiàn, tah Chhiú Chhiò. tho Sûi Lo̍h, Chhiú Sûi Lo̍h Lâi.
拖出,謳咾,舉薦,搭手笑。揄,垂落,手垂落來。
iâ iû, Pí Chhiú oē tō, hī Lâng tau Chhiò.
揶揄,比手畫刀,戲弄 嘲笑。

掾 iān, Chin Sit, hiān jīm ê tōa koa"
ㄧㄢ, 真實,現任的大官

援 oân, oān, khan, ín chhōa, hū tsō. khīⁿ, kiù, chih chiap. oân ín, oân lē, oān tsō, oān peng.
ㄩㄢˊ, ㄩㄢˋ; 牽, 引導, 扶助. 擒, 救, 接接. 援引, 援例, 援助, 援兵.

搬 thoân, tûi, kòng, Phah hō i Piàn thé.
ㄊㄨㄢˊ; 搥, 摃, 打佮他遍体.

揓 sī, Chiū sī ēng chhiú Pê oá ê ì sù, hiat kak, khì sak. tiah.
ㄒㄧ; 就是用手耙倚的意思, 棄擲, 棄揀. 擿.

揗 su, Chhūⁿ tsúi, koāi ê miâ, bú ui kūn su chhù koāiⁿ. Liah hî ê ì sù.
ㄕㄨ; 扸水, 縣的名, 武威郡揗次縣. 捕魚的意思.

捐 oat, Chiu sī tìm Loh, hiat kak ê ì sù.
ㄨㄚˋ; 就是抧落, 棄擲的意思.

揤 chek, Chiat, ēng chhiu théh mih. Chhit mih. Lak thâu mn̂g. ni mih. Liam mih.
ㄐㄧˊ, ㄐㄧㄝˊ; 用手提物. 拭物. 捋頭毛. 拈物. 拈物.

揁 cheng, khan, á sī chhōa, Gak khì ê khím siaⁿ.
ㄓㄥ; 牽, 或是導, 樂器的琴聲.

揈 hong, Phah, kòng, Phah ê siaⁿ.
ㄏㄨㄥ; 打, 摃, 打的聲.

揕 chìm, tìm, thìm, ēng to Lâi tsân. Chhiu tó ê siaⁿ.
ㄓㄣˋ, ㄉㄧㄣˋ, ㄊㄧㄣˋ; 用刀來刺. 樹倒的聲.

揳 joán, Chiu sī jê, joán ê ì sù, jê mih. iā ū thak Lóan.
ㄖㄨㄢˊ; 就是搓, 揳的意思, 推物. 也有讀揳.

揞 bín, ēng chhiu Loah. Lóah mih hō i tit. Puih ê ì sù.
ㄇㄧㄣˇ; 用手捋. 捋物佮它直. 拔的意思.

揦 Lat, Géng, ēng chiòh Géng Pîⁿ ê ì sù.
ㄌㄚˋ; 研, 用石研平的意思.

揔 Su, Chiu sī tín tāng, kéng sóan, Sóan tek ê ì sù.
ㄙㄨ; 就是振動, 揀選, 選擇的意思.

揱 Siau, Siok, Sok, chiu sī tsām kàu iu iu sóe sóe ê ì sù. Chhiú kut tn̂g, hó khóaⁿ ê khóan sit.
ㄒㄧㄠ, ㄒㄧㄝˋ, ㄕㄨㄛˋ; 就是斬到幼幼細細的意思. 手骨長, 好看的款式.

揗 sûn, sún, bôa, ēng chhiu saⁿ an ùi. ēng sim saⁿ Lîn bín.
ㄕㄨㄣˊ, ㄕㄨㄣˇ; 磨, 用手相安慰. 用心相憐憫.

揳 Siat, bô sì chiaⁿ, that bát, Chhit biat. Niū i ê tōa sòe.
ㄒㄧㄝ; 無四正, 塞密. 拭滅. 量它的大小.

搸 tèng, Chi Lí, hū tam, tam tng ê ì sù.
ㄉㄥ; 支理, 負担, 擔當的意思.

揽 Lám, Liàh, théh, khīⁿ, Lám oá. Pau Lám. Phō oá. Saⁿ Lám.
ㄌㄢˇ; 捕, 提, 擒, 揽倚. 包揽. 抱倚. 相揽.

揞 ân, kîn, Pak ân, Chiu sī ēng soh á Pak ân ê ì sù. ân ân, khún ân. Chhui ân.
ㄧㄢˊ, ㄍㄧㄣˊ; 縛揞, 就是用索仔縛揞的意思. 揞揞, 捆揞. 推揞.

揤 Chek, Chhek, ēng Chhiu Lâi Phah, bu̍t, á sī kòng.
ㄐㄧˊ, ㄑㄧˊ; 用手來打, 抇, 或是摃.

揔 tsóng kap siāng khoán ì sù. khioh Lâi hā tsòe hê. hap tsòe chit ē. Lóng tsóng. tsóng Pau Lám.
ㄗㄨㄥˇ 与總同款意思. 抾來鬥做伙. 合做一下. 攏總. 揔包揽.

揝 tsān, tsoàn, chiu sī chhiú tín tāng ê ì sù, Chīn thâu.
ㄗㄢˋ, ㄗㄨㄢˋ; 就是手振動的意思, 盡頭.

揶 iâ, Pí chhiú ê to, khí kha tāng chhiú ê ì sù. hì Lāng tau chhiò, iâ iû.
ㄧㄝˊ; 比手的刀, 起腳動手的意思. 戲弄嘲笑, 揶揄.

揅 Gian, Géng Phòa, bôa, bō ê ì sù.
ㄧㄢˊ; 研破, 磨, 磨的意思.

揈 hong, Gôa hong chit ē hō Lí, Chhùi Phóe siang pêng hong. Phah ê ì sù, siàn chhùi phóe.
ㄏㄨㄥ; 我揈一下佮你, 嘴䫌双平揈. 打的意思, 搧嘴䫌.

造字 借風成字, 揈成揈.

揊 Piak, Piak kó, chiu sī chit khoán kó ê miâ. Piak khui, sim koaⁿ kióng beh Piak khui;
ㄅㄧㄚˋ; 揊鼓, 就是一款鼓的名. 揊開, 心肝強也揊開;
Si koaⁿ Peh Pak chhau hoân ê ì sù. tāi chì Piak khui, sū kiāⁿ Piak Phòa.
心肝擘腹焦煩的意思. 代誌揊開, 事件揊破.

造字 借畐成字.

搸 tō, khit i tō khì, chiu sī tùi Lāng Liám tioh pīⁿ, tō kàu Phàiⁿ, hō Lāng ín iú.
ㄉㄨˋ. 給他搸去, 就是對人染著病, 搸到歹, 佮人引誘.

揅 Giāng, Giāng Gîm Pòe. chiu sī ēng chhiú chiuⁿ chhai, chioh thâu, tsóa, ka to. hoah chiú kûn. 造字
ㄧㄤˋ; 揅拎背. 就是用手掌來猜, 石頭, 紙, 鉸刀. 喝酒拳.

ín Chhōa. ín tō. tō sa" tng, bóng tō bóng kè jit. tō sî ki.
引導。引搪。搪三當，夯搪夯過日。搪時機。

【捲】kāng ㄍㄨㄤ; kāng Lâng, ū Phah ê ì sù. Lí ê kiá" kāng Góa ê kiá". Chhiu Chiān ê ì sù.
捲人，有打的意思。你的子捲我的子。手賤的意思。

造字 借卷成字，

搪的 造字 借度成字，有渡的意思。

【撓】ngiauh ㄥ一ㄚㄨㄏ; ngiauh Lâng ê Phái", ó Lâng ê Phái" sū. ngiauh chit-ē. ngiauh han tsū. ngiauh Chhùi.
撓人的惡，挖人的惡事。撓一下。撓番薯。撓嘴。
ngiauh ㄥ一ㄚㄨㄏ; ngiauh Chhùi tûn. ngiauh khui. ngiauh, ngiauh ngiauh tāng, ná thâng. ngiauh chhùi khí Phāng.
撓嘴唇。撓開。撓，撓撓動，那虫。撓嘴齒縫。

造字 借号偏音成字。

【搲】oā ㄨㄚ; oā hō sí, chiu sī khò tsûn hō i tiām tiām. oā teh, oā teh khah tsāi. oā tī thiāu á.
搲伊死，就是靠船伊它恬恬。搲喲，搲喲較穩。搲佇柱仔。
khan bán ê ì sù. Pak oā, khò ê ì sù. Chhiu theh mih, Chhiu Pē mih.
牽挽的意思。縛，倚，靠的意思。手提物，手耙物。

【搊】tsâu ㄗㄡˊ; tsâu sip, chiu sī thau chhau Lâng ê jī kù, hō ka kī ū kong lô. ū Phah ê ì sù,
搊襲，就是偷抄人的字句，給家己有功勞。有打的意思，
kā Lí tsâu, kā Lí Phah ê ì sù.
給你搊，給你打的意思。

【揙】Phéng, Phiàn ㄆㄥˊ, ㄆ一ㄢˋ; Phéng thô. Phiàn soa. Phiàn khui. iau koe Phiàn Piah kha. tsòe Lâng ài Phéng, tsòe koe
揙土。揙砂。揙開。餓雞揙壁腳。做人愛揙，做雞
ài chhéng. Pí jū ài kut Lat Phah Piàⁿ, Chhiau chhē ì sù. hoan Phéng, chhē mih kiāⁿ.
愛撐，比喻愛出力打拚，搜尋的意思。翻揙，尋物件。

造字 借扁的偏音成字，一揙再過一揙，用手去翻揙。

【摸】hiah" ㄏ一ㄚㄏ; hiah" saⁿ, thau hiah", chit tōa hiah". kap ng ū Siāng ì sù. hiah" pò. hiah" pò Phit.
摸衫，偷摸，一大摸。与拕有同意思。摸布。摸布疋。
hiah Phōe, hiah Phōe Lâi kah. hiah chhau Lâi Gû chiah. hiah Chhâ Chhau Lâi hiāⁿ.
摸被，摸被來甲。摸草來牛食。摸柴草來焚。

造字 借頁的偏頁成字，提的意思，比較輕鬆時用這字摸。

十畫

【搷】thiân ㄊ一ㄢˊ; Chiu sī Phah ê ì sù.
就是打的意思。

【搘】chí ㄐ一; Chioh Pâi kha ê chioh. hit tè chioh ê sún khang. thì koāⁿ. Chi Chhî ê ì sù. Chi Chhî.
石牌腳的石。彼塊石的榫孔。撐高。支持的意思。搘持。

【搥】tûi ㄉㄨㄟˊ; Cheng kong, Phah. hiat kak. tsoh khì. Cheng tûi, tûi heng. io sng, tûi io.
衝，攻，打。棄捔。擲去。衝搥，搥胸。腰痠，搥腰。

【携】hê, koāⁿ ㄏㄝˊ, ㄍㄨㄚ; thê hê, khan sêng. hê chhiu, khan chhiu, ín Chhōa. hû Lō hê iù. koāⁿ khí Lâi.
提携，牽成。携手，牽手，引導。扶老携幼。携起來。
koāⁿ tsúi, koāⁿ hoe, tō koāⁿ, hā tī Pak tó ê tó tau, pó hō tō tsāi ia thang tóe chîⁿ.
携水，携花，肚携，繫佇腹肚的肚兜，保護肚臍也可貯錢。
bō koāⁿ, Lcē á koāⁿ. koāⁿ Piān tong. tsòe kang koāⁿ Png.
帽携，笠仔携。携便當。做工携飯。

【搋】thí ㄊ一; at chih, thoa, thoa khui, khì sak, hiat kak
搣折，拖，拖開，棄揀，棄捔

【摑】hūn, hng ㄏㄨㄣ, ㄏㄥ; ēng chhiu sak, khìⁿ ê ì sù. hng Pun, chiu sī tōe chhek ê só tsāi. sng seh Pau teh.
用手揀，擒的意思。摑笨，就是貯粟的所在。霜雪包喲。

【摃】kong ㄍㄛㄥ; kù khí, keng thâu kng, kng mih kiāⁿ. kap kng siāng khoán ì sù.
舉起，肩頭扛，扛物件。与扛同款意思。

【搆】kò, kò ㄍㄛ, ㄍㄛ; khan, thoa, bak tiòh, kiat Liân, kiat oàn. kò kiat, kò oàn, kò hō.
牽，拖，染著，結連，結怨。搆結，搆怨。搆禍。

【搴】khian ㄎ一ㄢ; kiu oá, chhiu theh, Puih, khiⁿ, chhiúⁿ, khan, jī sìⁿ.
縮倚，手提，拔，拎，搶，牽，字姓。

【撳】khîm ㄎ一ㄇ; chiu sī hōaⁿ, bong ê ì sù. tāng tāng jih ê ì sù.
就是按，摸的意思。重重拁的意思。

【搒】Pông ㄆㄛㄥ; jia iam. tsûn ê Lâng, Pông jîn. sái tsûn chìn chêng. saⁿ khan.
遮掩。船的人，搒人。駛船進前。相牽。

搕	khap, ㄎㄚˋ,	theh, Phah, ēng Chhiu khàm teh。Chhiu khap mih, tò kap, 提，打，用手蓋哟。手搕物，倒搕。
摞	Lek, jiok ㄌㄜˋ,ㄖㄨㄛˋ,	ēng chhiu theh mih, ā sī Pâi mih. ēng chhiu jiok mih, jiok tsòe Chit bô。 用手提物，或是排物。用手摞物，摞做一摸。
搣	biat, mi, ㄇㄧㄝˋ,ㄇㄧ,	Puih khí Lâi, thoa tsáu, Chhek mih tsòe hé, khoeh tiòh。Chit mi, mi oá, mi bí chhī koe。mi chit ē。 拔起來，拖走，搏物做伙，夾着。一搣，搣倚，搣米飼雞。搣一下。
摙	Lák, Lō, ㄌㄧㄢˇ,ㄌㄨㄛˊ,	Liám, ēng Chhiu Lák, khiu Lák。tuh ê ì sù。 斂，用手摙，扭摙。拄的意思。
撿	ek, ㄝˋ,	Liàh, khīⁿ, jiok, kiáh, Chhiu Liám, tùn Chhiu, Lā ê ì sù。 捕，擒，摞，舉，手斂，托手。撈的意思。
搬	Poan, Poaⁿ, ㄅㄨㄢ,ㄅㄨㄚˇ,	Chhian Sóa, Poaⁿ Sóa。ūn Poaⁿ, Poaⁿ Lâi Poaⁿ khì。Poan î。Poan Lōng sī hui。Poaⁿ Chhia, Poaⁿ Chhù。 遷徙，搬徙。運搬，搬來搬去。搬移。搬弄是非。搬車，搬厝。
搏	Phok, ㄆㄛˊ,	ēng Chhiu Saⁿ khap。theh, tsòe, khiú, Phah, chhiu Phah。Phok tàu, Phok chiàn, Phok kek。 用手相磕。提，做，扭，打，手打。搏鬥，搏戰，搏擊。
搡	Sóng ㄙㄤˇ,	Chiū sī kū tsa̍t, Lī khui ê ì sù。 就是拒絕，離開的意思。
搔	Jiáu, So ㄖㄧㄠˇ,ㄙㄠ,	jiàu, jiáu, tsńg thâu á bé ê kah。tsńg kah。kha jiàu Chhiu jiàu。So, So chhiu, 搔，指頭仔尾的甲。指甲。腳搔手搔。搔，搔手， So Loáh, So hún, So iû, So chîⁿ kńg, jiàu, jiàu Chiūⁿ, jiàu thâu khak, jiàu Seng khu。 搔捋，搔粉，搔油，搔錢貫。搔，搔癢，搔頭殼，搔身軀。
搧	Siàn, iat, ㄕㄢ,ㄧㄝˋ,	ēng Chhiu Phiat, chhiu Siàn。Siàn Chhùi Phóe。Siàn hong。iat hong, iat sìⁿ, iat hé。 用手撇，手搧。搧嘴䫌。搧風。搧風，搧扇，搧火。
搜	Sō, So, Chhiau, Sō, ㄙㄛ,ㄙㄛ,ㄑㄧㄠ, ㄙㄛ,	Chhâ mn̄g, tsa chhat, tsa khòaⁿ, So tsa。So Pó。So kiû。So Sek。So koat 查問，查察，查看，搜查。搜捕。搜求。搜索。搜括。 So kng kng, so chheng khì。Chhiau Chhē, Chhiau khòaⁿ, Chhiau ū, chhiau bô。Chhiau mih。 搜光光，搜清氣。搜尋，搜看，搜有，搜無。搜物。
摗	Sek, ㄙㄜˋ,	bong, kéng Sóan。chhē, theh, kap 索 jī Siong tông。 摸，揀選。尋，提。與索字相同。
搠	Sok, ㄕㄨㄛˋ,	Chiū sī kô thô ê ì sù。 就是糊土的意思。

chìn àm, àm So So。àm Sô sô。
眞暗，暗搜搜。暗搜搜。
àm So Sō。Phô thâ ê óe, Pô So。
暗搜搜。扶担的話，褒搜。

損	Sún, Sńg, ㄙㄨㄣˇ,ㄙㄥ,	kiám chió, sit Lòh, Siong hāi。Sún sit, Sún hāi。Phoe Phêng Lâng, Sńg Lâng Lī kí。 減少，失落，傷害。損失，損害。批評人，損人利己。 Phah Sńg, Sńg tn̄g, bô chiat Chè ê ì sù。Sńg Sin, Sńg Sim Sîn 打損，損盪，無節制的意思。損身，損心神。
搭	tap, tah, ㄉㄚˊ,ㄉㄚ,	khin khin Phah, oá teh, kòa, moa, bong, kùi, thìⁿ。tap Phòe, hō Siong Phòe ha̍p。 輕輕打，倚哟，掛，幔，摸，拄，添。搭配，互相配合。 tah chhiu, tah Chhia, tah keng thâu, tah í, tah toh。tûi heng tah Chhiu。tah hiahⁿ。 搭手，搭車，搭肩頭。搭椅，搭桌。搥胸搭手。搭嚇。
搨	tap, thap, ㄉㄚˊ,ㄊㄚˊ,	Chhun Chhiu Phah, Siàn。bong ê ì sù。tah, bôa, Lòe ê ì sù。 伸手打，搧。摸的意思。搭，磨，鑢的意思。
搪	tông, ㄊㄤˊ,	khui, thián khui, tông tut, bô sio niū ê ì sù。tông sài, Sûi Piān tsún tú hó。 開，展開，搪突，無相讓的意思。搪塞，隨便準抵好。
搗	tó, ㄉㄠˇ,	ēng thûi Lâi Cheng, thûi, tûi, Phah。tó bí, Cheng bí。tó Loān, jiáu Loān。 用槌來舂，槌，搥，打。搗米，舂米。搗亂，攪亂。
搯	tô, tho, ㄊㄠ,ㄊㄛ,	theh, kiáh, Giah Pit, tú teh, kéng mih, thiu Chhut。 提，擧，擧筆，拄哟，揀物，抽出。
搶	Chhióng, Chhiuⁿ, ㄑㄧㄤˇ,ㄑㄧㄡˇ,	kióng kióng theh, Chhióng sian, Chhióng siu。Chhiuⁿ toat。Chhiuⁿ kiap。Chhiuⁿ àn。Chhiuⁿ kiù。 強強提，搶先。搶修。搶奪。搶劫。搶案。搶救。
搢	Chìn, Chìⁿ, ㄐㄧㄣˋ,ㄐㄧˋ,	Chhah mih, kiàh tsàu Pán。Chin khí ê ì sù。chìn, nī teh, chì khui。Chì kui, bōe koe ê Lâng 插物，擧奏版。振起的意思。進，企哟，搢開。搢胜，賣雞的人 kióng Chì mih hō koe Chiah, thang niū chhin khah ū tāng。Chìⁿ kà kui。 強搢物互雞食，可量秤較有重。搢猴胜。
搵	ùn, ㄨㄣˋ,	Chhiu hòaⁿ mih, ēng mih jip tsúi。ùn tsúi, ùn tām。 手按物，用物入水。搵水，搵澹。
搖	iâu, iô, ㄧㄠˊ,ㄧㄛˊ,	tín tāng, tsōe, iô tāng, sim bô Peng an, tōng iâu。iâu iâu Pái Pái。iâu kî Lût hiàm。 振動，多，搖動，心無平安，動搖。搖搖跛跛。搖旗吶喊。 iô tsoah。iô tâu á, iô Giang á, iô Cheng á, iô kô, io kiaⁿ ê khì khū。 搖泏。搖骰仔，搖鈃仔，搖鐘仔。搖笱，育子的器具。
搓	Chho, So, ㄘㄨㄛ,	ēng Sòaⁿ Lâi so, jâ mih。jê, Lòe, bôa, ēng môa Lâi So。áu khiau。Chho Chîn。 用線來抄，挼物。挼，鑢，磨，用麻來抄。拗曲。搓繩。 tsoa, ㄗㄨㄛ, Soa môa Soh, So tōe á Sī, So tōe á Sòa, tsoa chhiam, tsoa Pâi á, chhap Pâi á hō : chiâu。 搓麻索，搓苧仔糸，搓苧仔線。搓籤，搓牌仔，插牌仔互它齊。

搒 Phûn, Chhia keng, Chhia khit, Chhia Phâng ê ì sù。
ㄆㄨㄣˊ； 車弓，車杙，車篷的意思。

摸 khiu, Chhiu kiah khí Lâi, Saⁿ khiu, khiu Lák。 Kōng kèhⁿ。kōng hián
ㄎㄧㄡ， 手攑起來，相摸，摸掠。 摃逆。摃撼

摃 kòng, kōng theh kûn á Lâi Phah。Phah kòng。Phian, kòng Phàn, kòng bāng。kòng Cheng。kòng kó。
ㄍㄨㄥˋ，提棍仔來打。打摃。騙人，摃攀，摃傍。摃鐘。摃鼓。

搹 kek, keh, Lám, jih, Chhih ê ì sù。keh khui, jia keh, Chiū sī tsó Chiè ì sù。
ㄍㄜˊ，ㄍㄜˋ，攬，扼，扼的意思。搹開，遮搹，就是阻止的意思。

搽 Chhâ, boah, So, Phì khui。Chhat Siau。
ㄔㄚˊ， 抹，挲，披開。搽消。

搌 tián, tián khui, Chīn thâu, Pak ân, kńg, Chhit ê ì sù。
ㄓㄢˇ， 搌開，盡頭，縛緊，捲，拭的意思。

摯 Chì, tì, Chhak, tsng。Chhiuⁿ, Liàh, kí, kàu ūi。
ㄓˋ，ㄉㄧˋ， 鑿，鑽。搶，捕，指，到位。

搐 thiok, khan, Chè ap, iô tāng。thòng hūn。thiu thiok, kun bah hut jiân khan tōng Lâi thiàⁿ。
ㄔㄨˋ， 牽，制壓，搖動。痛恨。抽搐，筋肉忽然牽動來痛。

搰 hut, khut, kút, Loān Loān, Lô Lô, ēng Lát ê khoán sit。kút, hoat chhut。
ㄏㄨˊ，ㄎㄨ， 滑，乱乱，濁濁，用力的款式。掘，發出。

搑 jióng, Chiū sī tūi ê ì sù。
ㄖㄨㄥˊ， 就是推的意思。

揳 kiat, Chhiu niu mih kiaⁿ, kiah koāiⁿ。
ㄐㄧㄝˊ， 手量物件，攑高。

搛 kiam, Liâm, Chiū sī Phah kó ê ì sù。theh。
ㄐㄧㄢ，ㄌㄧㄢˊ，就是打鼓的意思。提。

搉 khak, Phah, khau hō i Chheng khì。kú khí, ín chhōa。
ㄑㄩㄝˋ， 打，鉤伊乞清氣。舉起，引導。

搯 Liû, Liū, ín Chhōa, Puih, Sàu tû。thiu chhì Lâi siā ê ì sù。
ㄌㄧㄡˊ，ㄌㄧㄡˋ，引導，拔，掃除。抽箭來射的意思。

搦 jiok, Lek, ēng Chhiu Liap mih。jiok jiok tsòe chit ē。khiú, khiⁿ, hû Chhî, hōaⁿ chhiu。
ㄋㄨㄛˋ，ㄌㄜˋ，用手捏物。搦搦做一下。扭，擒，扶持，按手。

捭 Pì, Phì, Phì, hóan Chhiu ê ì sù。Chhiu Poāⁿ ê khoán sit。tńg。Chhiu hōaⁿ ê khoán。
ㄅㄧˋ，ㄆㄧ，ㄆㄧˋ，反手打的意思。手拂的款式。轉。手按的款。

摋 Sat, ēng Péng Chhiu ê ì sù。Péng Chhiu, boah, tsâu biát, iā sī Sòaⁿ。
ㄙㄚˋ， 用反手打的意思。反手，抹，剿滅，散四散。

搻 Lek, Phóng, hōaⁿ, bong, theh, Chhiu hōaⁿ, Chhiu hōaⁿ mih。Chhiu Phóng mih。Phóng tsúi, Phong tsúi Lâi Lim。
ㄌㄜˋ，ㄆㄥˇ，按，摸，提，手按，手按物。手搻物。搻水，搻水來飲。

揳 kiat, hâ, Pák, Chhiūⁿ tsúi ê khì khū, tiàu ô。
ㄐㄧㄝˊ， 綰，縛，扚水的器具，吊壺。

搩 Siat, théh mih, théh mih chhut Lâi ê ì sù。
ㄒㄧㄝˋ， 提物，提物出來的意思。

搎 Sun, bô Sek, bong, keng Sóan。theh。
ㄙㄨㄣ， 摸搎，摸，揀選。提。

搑 tóng, Peng iú kûn, tóng Lūi。Phah, kòng, ê ì sù。
ㄉㄨㄥˇ， 朋友群，黨類。打摃，的意思。

搷 tian, tiân, Phah, ín Chhōa, Pò iông, Chhun tit。tûi chioh, Phah chioh。
ㄉㄧㄢ，ㄉㄧㄢˊ，打，引導，報揚，伸直。搥石，打石。

搊 chhiu, tso, ēng tsńg thâu á Lâi ngoeh。Lek Chhiu ńg, thián khui。tháu khui, Chhâ khó。
ㄔㄡ，ㄗㄡ，用指頭仔來挾。掠手碗，展開。解開，查考。

搗 ó, ēng chhiu chhiuⁿ khàm。chhiu chhiuⁿ thiàⁿ, Lâi chhih。ó tiàu。ó bōe tiàu。
ㄜˋ， 用手掌蓋。手掌痛，來扼。搗跳。搗膾跳。

搜 Sò, tû khì Lâ sâm。Piàⁿ sàu, Sàu Chhiú。Pùn sò。kap Siong tông
ㄙㄡ， 除去垃圾。偋掃，掃帚。糞埽。与 掃 相同

搽 thuh, tng bīn thuh i。thuh Lâng ê thâu Lō。tek sit Lâng ê ì sù。
ㄊㄨ， 當面搽他。搽人的頭路。得失人的意思。

造字 借套音成字。

搛 Chhán, kap i chhán chhiu。kap Lâng chhánⁿ chhiu。Chiū sī kap Lâng kè kàu ê ì sù。
ㄔㄢˋ， 與他搛手。與人搛手。就是与人計較的意思。

造字 手提紫，有糾結，搛手。

撽 kiat, khian, kiat mih kiāⁿ, siō Phah kiat chioh thâu, khian chioh thâu。káu koài khian thâu khak。 造字
ㄐㄧㄝˊ ㄑㄧㄢ，撽物件，相打撽石頭，撽石頭。狡怪撽頭殼。

十一畫

摣 tsa, theh, Phah, bán ê khoán sit. kéng.
ㄓㄚ, 提, 打, 挽的款式。揀。

摺 Chiap, Liap, tiap, Chih, áu tsóa, áu pò͘, Siong hāi, têng tiap, Pín thiap, têng tiap, áu Chih. Chih tsóa
ㄓㄜˊ, ㄌㄧㄝˋ, ㄉㄧㄝˊ, ㄓㄜˊ, 拗紙, 拗布, 傷害, 重疊, 稟帖, 重摺, 拗摺。摺紙。
Chih áp á. Chih Sìn. Chih hûn, Liap tsóa, Liap Pò͘. Chiat Chiap.
摺盒仔。摺信。摺痕, 摺紙, 摺布。折摺。

摯 Chì, Chit, chhiú theh mih, hiàn hō͘. Chìn chêng, kàu, Phòa thiah, Chìn thâu.
ㄓˋ, ㄓ, 手提物, 獻予。進前, 到, 破拆, 盡頭。

摭 Chek, Chiā, siu sip, khioh, khioh chek, khioh mih. Khioh chhek. khioh mih.
ㄓㄜˊ, ㄓˊ, 收拾, 抾, 抾積, 拾物。拾冊。抾物。

摳 thu, thián khui, Chhun tit, thit, tōe hō miâ, thu Lí.
ㄊㄨ, 展開, 伸直, 迫迌, 地號名, 摴里。

摐 Chhiong, Chhong Phah kó á sī Lô, Chhek oá, Pâi Liat.
ㄔㄨㄥ, ㄘㄨㄥ, 打鼓或是鑼, 促倚, 排列。

摼 kheng, khian, in chìn chêng, bán, Sa Liân. tíu tú, jī sìⁿ, khan thoa, khan Liân.
ㄎㄥ, ㄑㄧㄢ, 應進前, 挽, 相連。躊躇, 字姓, 牽拖, 牽連。

摳 khu, chhiú Lak Saⁿ chhiūⁿ koâiⁿ. bong khòaⁿ, Siu teh.
ㄎㄡ, 手摳衫上高。摸看, 收咧。

摫 kui, Chhâi Liāu, Chhâi Liāu tsòe khì khū. thiah si tsòe Saⁿ.
ㄍㄨㄟ, 裁料, 裁料做器具。拆絲做衫。

摑 kek, kok, chiū sī Phah ê ì sù. Siàn.
ㄍㄜˊ, ㄍㄨㄛˊ, 就是打的意思。搧。

摟 Lô͘, khan, thoa oá, Phō, Phō oá, Lám oá ê ì sù. Lô͘ Phō.
ㄌㄡˊ, 牽, 拖倚, 抱, 抱倚, 攬倚的意思。摟抱。

摙 Lián, Lian, Poē, á sī tàⁿ mih, ūn sàng mih kiāⁿ. Lâng sak ê chhia. Lián kiō. iā chiū sī Lián kiō.
ㄌㄧㄢˇ, ㄌㄧㄢˊ, 背, 或是擔物, 運送物件。人揀的車。摙轎。也就是輦轎。
Lian, kńg Lian. Pī á Lian, chit khoán Gín á teh thit thô ê Piá, Pûn khì chhun tit, Pûn Soah
摙, 卷摙。箆仔摙, 一款囝仔咧迫迌的箆仔, 吹去伸直, 吹息
oē kńg Lian. khau to Lian. chhiū hioh kńg Lian. Phak ta kńg Lian.
能卷摙。鉤刀摙。樹葉卷摙。曝乾卷摙。

摮 Liòk, Liah, chiū sī théh mih ê ì sù. théh tiāⁿ. kap tâng ì sù. Liah tioh. Liah tiàu. Liah Lau.
ㄌㄩㄝˋ, ㄌㄩㄝˊ, 就是提物的意思。提定。与掠同意思。摮着。摮跳。摮漏。

摞 Lô, Lō, Liāu Lí, théh mih khí Lâi. thoa kun Lâi kham teh. khiú, Phah, bong, ín chhōa.
ㄌㄨㄛˊ, ㄌㄨㄛˋ, 料理, 提物起來。拖巾來蓋咧。扭, 打, 摸, 引導。

摭 Lô, Lō, kióng béng, ióng tsòng, iô tāng, Lô Lō, bô tsai. Sim Lô Lō, Lô Lō hián.
ㄌㄨㄛˊ, ㄌㄨㄛˋ, 強猛, 勇壯, 搖動。摭摭, 無齋。心摭摭, 摭摭撼。
Lô nih hit, Lô nih hīⁿ, chiū sī tāi ke hoah siaⁿ chhut Lat khoán Sit.
摭勒衖, 摭勒抑, 就是大家喝聲出力的款式。

摩 mô͘, mō͘, bong, so, bôa, Lu, biat, mô͘ so. mô͘ chhat. Put ê miâ. tat mô͘. tat mō͘.
ㄇㄛˊ, ㄇㄛˋ, 摸, 抄, 磨, 鑢, 滅, 摩抄。摩擦。佛的名。達摩。達摩
tsó͘ su. chhek tok. chhui mō͘. hō͘ Siong Géng Sip. koan mô͘.
祖師。測度。揣摩。互相研習。觀摩。

摸 bô͘, bok, bong, mo, chhiú bong, ēng chhiú Lâi chhā. ēng chhiú Lâi Liap. bong khòaⁿ. bô͘ sek. mo jī
ㄇㄛˊ, ㄇㄛˋ, ㄇㄛ, 手摸, 用手來查。用手來捏。摸看。摸索。摸字
Poah kiáu mo jī á. mi mi mo mo. thau thau mo mo.
博賭摸字仔。搣搣摸摸。偷偷摸摸。

摹 bô͘, bō͘, bio, hóng bô͘. oh khoán Sit. chiàu kui kí. tò Péng jī. bio jī. thàn iūⁿ. bô͘ Gí.
ㄇㄛˊ, ㄇㄛˋ, ㄇㄧㄠ, 仿摹。學款式。照規矩。倒反字。摹字。趁樣。摹擬。
bio jī, bio siá. bio chhio, chiū sī mih chiam chiam chhin chhiūⁿ tsng bé.
摹字, 摹寫。摹哨, 就是物尖尖親像鑽尾。

摽 Piáu, Piau, Lak Loh, Siong sek, Sio bat. Phah, tùi Sim koaⁿ khoán Sit.
ㄆㄧㄠˇ, ㄆㄧㄠ, 落落, 相熟, 相識。打, 搥心肝的款式。

摻 Chham, Sam, Sám, bong, so, kiáu, thèh ê ì sù. chham chhiú. Chham tsap. Sam, hū jîn Lâng ê
ㄔㄢ, ㄕㄢ, ㄕㄢˇ, 摸, 抄, 攪, 提的意思。摻手。摻雜。摻, 婦仁人的
khoán Sit. Lám. chit si, tsoe i chhiūⁿ. kap Siāng ì Su.
款式。攬。織絲, 做衣裳。与纖同意思。

擒 Chiong, cheng, tng, á sī tùi, Cheng tioh, khap tioh, cheng bīe ì sù. Chiong kî âu.
ㄐㄧㄥ, ㄐㄧㄥ, 擋, 或是搥, 擒着, 磕着, 擒米的意思。擒其喉。

摶 thoân, chhek, thoân thô͘。Chhiok thô͘ chiong thô͘ ka tsúi kiáu, chhiok, ka ńg。thoân soa, bián-
ㄊㄨㄢˊ, ㄑㄧㄜˋ, 摶土。摶土；將土加水攪，摶 ，歸圓。摶沙，勉強
Chhiau, Chhiok, kiong kiat hap Liam pīⁿ soàⁿ. Pang Lio chhiau soa tsòe hé。bô thoân kiat ê ì sù。
ㄑㄧㄚˊ, ㄑㄧㄜˋ, 結合 臨邊散。放尿摶沙 膾做夥。無團結的意思。
Chhiau kàⁿ, chhiau mī hún. mī hún chhiau tsúi. Lō͘ chhiok, Lōh hō͘ Lō͘ tâm ū Lâm thô͘
摶酵，摶麵粉。麵粉摶水。路摶，落雨路濇有坌土。
ê ì sù。Chhek tsòe chit tui。Chhek tsòe hé。
的意思。摶做一堆。摶做夥。

摘 tek, Liah, tiah, ēng tsńg thâu á theh, tiah hoe。tiah khí lâi。bán。kí, chí tek。tiah iàu,
ㄉㄜˋ, ㄌㄧㄚˇ, ㄉㄧㄚˇ, 用指頭仔提，摘花。摘起來。挽。指，指摘。摘要，
kéng soán, tiah soán。Liap khí lâi, Liah chit tè, Liah kui pêng, Liah chhoaⁿ。
揀選，摘選。摘起來，摘一塊，摘歸平，摘門。

攙 Chhian, Chhiⁿ, chhian chhah, chhah tiàu, chhah lòh, chhah ân, chian ki chhah thô͘ lâi chèng。chhiⁿ,
ㄑㄧㄢ, ㄑㄧ°, 攙插，插跳，插落，插緊，剪枝插土來種。攙，
Chhak á sī tsàn ê ì sù。Chhah ê ì sù。chhiⁿ poh, sī ū tī tsúi nih ê soè mn̂g bāng。
鑿或是刺的意思。插的意思。攙罟，是圍仔水裡的小網網。

摧 tsoê, jê, jôe, ēng chhiú jê mih。Phah phái, tsoê húi。nóa tsah。at chih, chhò chiat, tsoê tsân
ㄘㄨㄟ, ㄖㄨㄟ, ㄖㄨㄟ, 用手摧物。打壞，摧毀。攔截。攔折，挫折，摧殘。
Lôe, jê sí, jôe sí kâu hia, jê saⁿ。jôe ai gío chí。jê bák chiu, jê chheng khì
ㄌㄨㄟ 摧死，摧死蚼蟻。摧衫。摧愛菁子。摧目睭，摧清氣。

摠 tsóng, hô hap, tsū chip kui sok, Lóng tsóng, tsoè tsoè, kiáh, kat tiàu。
ㄗㄨㄥˇ, 和合，聚集歸束，攏摠，多多，擗，結眺。

撙 ùn, chhâi pîⁿ, chhiat tn̄g ê ì sù。
ㄨㄣˇ, 裁平，切斷的意思。

㨰 kún, kùn, chiū sī tǹg sèh ê ì sù, kún Lûn tsūn, kún Liông, kún kiūⁿ ê ì sù。kùn tsáu。
ㄍㄨㄣˇ, ㄍㄨㄣˋ, 就是轉遶的意思，㨰輪伸，㨰踚，㨰強的意思。㨰走。

摎 iōng, iūⁿ, hoat tō͘, bō͘ iūⁿ ê ì sù。kap 樣 Siong tông。
ㄧㄤˋ, ㄧㄤˋ, 法度，模樣的意思。与樣相同。

揅 Gian, Gêng phòa, bôa, bô ê ì sù。kap 研 Siong tông。
ㄧㄢˊ, 研破，磨，磨的意思。与研相同。

摓 hông, Pâng, thīⁿ saⁿ, tōa niá ê saⁿ, kap 縫 Siong tông。
ㄈㄥˊ, 縫，紩衫，大領的衫，与縫相同。

摢 hô͘, bô chiau Lí khì, ûi keh。
ㄏㄨˊ, 無照理氣，圍隔。

摡 khài, theh mih, chhit mih, jiû koan ak ê ì sù。
ㄎㄞˋ, 提物，拭物，揉，灌沃的意思。

攲 ki, ki, ēng tī goeh mih, khǹg chiáh mih。
ㄐㄧ, ㄐㄧ, 用箸挾物，藏食物。

摎 khiu, Pák, chhē, hâ, Lóah, tìn, so, pâng ê ì sù。
ㄐㄧㄡ, 縛，尋，縖，捋，纏，抄，捧的意思。

摜 koàn, hák sip, koàn sì, koan siók。kap 慣 Siong tông。
ㄍㄨㄢˋ, 學習，摜勢，摜俗。与慣相同。

摛 Lî, thian khui, pâi Liat, thí khui, tián khui。Lî tsó, pho͘ tiuⁿ。pò sàn。
ㄌㄧˊ, 展開，排列，展開，展開。摛藻，鋪張。播散。

摝 Lòk, kiâⁿ Lō͘ chhóan khùi, tín tāng, iô tāng。
ㄌㄨˋ, 行路喘氣。振動。搖動。

㨊 bát, phah。phah ê ì sù。
ㄅㄚˊ, 打。打的意思。

摮 ngô, ngô, chiū sī tín tāng ê ì sù。phah。
ㄠˊ, ㄠˊ, 就是振動的意思。打。

撊 pì, ēng chhiú siàn, phah ê ì sù。
ㄅㄧˋ, 用手搧，打的意思。

摵 Chhiok, sek, phah。bôa, kè thài。Lak Lòh khì。chhin chhiūⁿ hioh ka Lauh。sńg hāi, Lòh hioh ê khóan sit。
ㄑㄧㄜˋ, ㄕㄜˋ, 打。磨，過節。落落去。親像葉磕落。損害，落葉的款式。

摌 sán, ēng chhiú iô mih, ēng chhiú thut mih kàu chheng khì。
ㄕㄢˇ, 用手搖物，用手挩物到清氣。

摔 sut, Lút hiat kak tī tōe nih ê ì sù。sut lòh。sut tó。sut phòa。Lút ta, Lút chheng khì。
ㄕㄨㄞ, ㄕㄨㄞˋ, 棄擲佇地裡的意思。摔落。摔倒。摔破。摔乾，摔清氣。

摋 soat, chiū sī thiah lih, sàu biat ê ì sù。tsút, tsút ta, tsút chheng khì。gín á tsut phí。
ㄙㄨㄚˋ, 就是拆裂，掃滅的意思。摔，摔乾，摔清氣。囝仔摔䶚。

搒 thóng, ㄊㄥˊ, Chiū sī Pâi Lia̍t ê ì sù。就是排列的意思。

摫 tau, ㄉㄡ, ēng Chhiú khì Lâi。ēng Chhiú Phah。ēng tsńg thâu á kí, tau oá, tau Lîu。用手撓來。用手打。用指頭仔指，摫倚，摫留。

暫(扌) tsām, ㄗㄢˋ, Chiām sî, Chhù sū, tsa̍h tīng, Phah。kí Chiàn 暫時，次序。截斷。打。攀薦

擶 tsām, ㄗㄢˇ, kap téng bīn jī Siong tông。与頂面字相同。

擓 chhò, tsō, ㄘㄛˊ, ㄗㄛˋ, ēng Chhiú kiáu mi̍h ê ì sù。用手攪物的意思。

撨 chiong, ㄐㄧㄥ, Chhak á sī tsān。hû khí Lâi。鑿或是刺。扶起來。

擶 chian, ㄐㄧㄢ, tsām tn̄g, Chhiú Pak iap āu, kéng, Soán te̍k, kòng khok。斬斷，手縛揜後，揀，選擇，摃硞。

撽 iāu, So, ㄧㄠ, ㄕㄛ, ēng Chhiú iap, Chih, ûi keh, áu chih, Chip áu, áu bân, Pê ê ì sù。ēng chhiú chhih, chih。用手揜，接，違逆，抝摺，執抝，抝蠻，爬的意思。用手扼，折。

撨 chhióng, ㄑㄧㄤˊ, bôa, Sóe, kióng kióng theh, Chhiúⁿ kiap, chhiúⁿ theh。磨，洗，強強提，搶劫，搶提。

擗 Pèng, ㄅㄧㄥˋ, khoà chhut, khì sak, tû khì。Chiap hûn bô bā。趕出，棄揀，除去。接紋無痕。

摰(掛) Gē, Gī, ㄫㄝ, ㄫㄧ, ûn á Gē, kè Gē。tsòe kang Gē。Chiū sī bô tì ì tsòe ê ì sù。tsòe Gī nīu, 緩仔摰，過摰。做工摰。就是無致意做的意思。做摰擰，
chiū sī ēng ēng Chhiú bóng tín tāng tsòe iā hó, bô tsòe iā hó ê ì sù。bóng tsòe Gī nīu。就是閒閒手莽振動，做也好，無做也好的意思。莽做摰擰。

造字 借摰的偏音成字。做工摰，做摰擰，總是懶(Lān sī)思的表現。

補畫 **擰** nīu, ㄋㄧㄨ, tsòe Gī nīu, chiū sī ēng ēng bóng tín tāng ū tsòe iā hó, bô tsòe iā hó。bóng tsòe Gī nīu。做摰擰，就是閒閒莽振動，有做也好，無做也好。莽做摰擰。

造字 兩手莽振動做工的意思。摰擰。

撂 Lio̍h, ㄌㄧㄛㄏ, khioh Lio̍h, chiū sī tsū chip mi̍h tsòe hè ê ì sù, ū khûn khiām ê ì sù。抾撂，就是聚集物做伙的意思，有勤儉的意思。

造字 借畧音成字，抾拾的意思。

撻 tat, tah, ㄉㄚㄊ, ㄉㄚㄏ, that, Phah tat, Phah Chhú tat, oē Phah tat。Phah tat ê khang khòe sī sai hū thâu, sī hoa̍t Lo̍h khang khè 打撻，打厝撻，能打撻。打撻的工課是師父頭，是伐落工課
ê Lâng, sī ēng náu La̍t ê Lâng, oē thòe Lí Phah tat, bōe thòe Lí Chhu La̍t。的人，是用腦力的人，能替你打撻，㑹替你出力。
tiau tat, Chiū sī Léng Lī hó khoàⁿ, chhin chhiūⁿ Saⁿ hāh su ê ì sù。tiau tah, Chiū sī Gâu 搁撻，就是伶俐好看，親像相合私的意思。搁撻，就是勢
Siat hoat, hoa̍t Lo̍h ê ì sù。Gâu Pān tāi chì ê ì sù。Gâu thah Sng。設法，伐落的意思。勢辦事誌的意思。勢打算。
that, Chek hoa̍t, Phah, Piⁿ Phah, Pian that。Cheng hoa̍t, that hoa̍t。that hoa̍t, hêng hoa̍t。撻，責罰，打，鞭打，鞭撻。征伐，撻伐。撻罰。刑罰。

撨 iōng, iūⁿ, ㄧㄤ, ㄧㄡ, kap Siāng khoán ì sù。与撨同款意思。

摎 khiu, Lîu, Lâu, ㄎㄧㄡ, ㄌㄧㄡ, ㄌㄠ, khiu, Pak, chhē, hâ, Lóah, tīⁿ, So, Phâng ê ì sù。摎，縛，尋，搖，捋，纏，抄，捧的意思。
Lâu, Lâu Phiàn, Phiàn Siat, Lâu á。Lâu á kong kùn, tōa Lâu Chia̍h Sió Lâu。摎，摎騙，騙設。摎仔。摎仔扛棍，大摎食小摎摎。
Lîu káu, Lîu ti, Lîu Lâng khì Poa̍h。ēng Soh á Lîu Lâng。Chhòng mī sòa Lîu ah, Gōng Lâng。摎狗，摎猪。摎人去縛。用索仔摎人。創麵線摎鴨，戇人。

造(扌) tsō, ㄗㄛ, O͘ Pe̍h tsō, Loān Loān tsō, Gín á tsok Giàt Loān Loān ūi, tī Piah á Sī tsóa。黑白造，乱乱造，囝仔作孽乱乱畫，佇壁或是紙。

造字 借造字及音合成字。

摧(扌) Chhui, ㄔㄨㄟ, chhui ân, Chhui sí, chhui oá, Chhui tiàu tiàu 摧挾，摧死，摧倚，摧跳跳

造字 借推字成字，再加一支手，比較有力來推。

【捏】tīⁿ, tīⁿ ㄉ一ㄥ˚, ㄉ一ㄥ˚ tīⁿ Lóh khì, Chiū sī Chiong tháng Khò tīⁿ Lóh ê ì sù. tīⁿ tháng khò. tīⁿ ân.
捏落去；就是將桶箍捏落桶的意思。捏桶箍。捏按。

造字 早時做桶，用木板料做桶牆，再用亞鉛線（鍍鋅鉄線）或是竹篾
撒箍來函束桶板，將桶箍捏緊。

【㧖】at, ㄚㄊ， at Chih, at tn̄g. Phah tn̄g. nn̄g tsat, tsiat tn̄g. aú tn̄g.
㧖折，㧖断。打断。兩節，截断。拗断。

造字 用手提來打断，借曷音借刀來切，成㧖。

補十一畫【搾】tsah, chek, chiⁿ, ㄗㄚㄏ, ㄐ一ㄝㄎ, ㄐ一ˋ tsah iû, Chek iû, Chiⁿ iû. tsah chhú, chek Chhut Lâi. Chiⁿ chhut Lâi.
搾油，搾油，搾油。搾取，搾出來。搾出來。
ap tsah, ap Chè. ap tsah ki
壓搾，壓制。壓搾機。

十二畫

【撐】theng, thèng, the, thìⁿ ㄊㄝㄥ, ㄊㄝㄥ, ㄊㄝ, ㄊ一ˋ tú mih ê thiāu, tú khui ê koaiⁿ, tú teh, Poah khui. thìⁿ kôaiⁿ. the ko,
拄物的柱，拄開的杆，拄咧，撥開。撐高。撐竿，
the tek Pâi ê tek ko. theng kan thiàu ko, ūn tōng ê chit khoán. thìⁿ khí Lâi. thìⁿ ām kún.
撐竹筏的竹竿。撐竿跳高，運動的一款。撐起來。撐頷頸。

【撑】theng, thèng, the, thìⁿ ㄊㄝㄥ, ㄊㄝㄥ, ㄊㄝ, ㄊ一ˋ kap téng bīn jī 撐 Siong tông. the tsûn. the kau í. the tō, the tō
ㄎ 頂面字撐相同。撐船，撐交椅。撐渡，撐渡
tsûn. the í, Pòaⁿ the. thèng io, ū Lâng kā Lí chi chhî.
船。撐椅，半撐。撐腰，有人給你支持。

chhek ㄑㄝㄎ【撦】chhé, Chhia, khan, thoa, Liân Lūi. thiah Lih. Chhé oá, khan chhé, chhé khui. chhek tn̂g té. chhek oah kat.
ㄑㄝ，ㄑ一ㄚ，牽，拖，連累。折裂。撦倚，牽撦，撦開。撦長短。撦活結。

【撒】sat, Sài, sè, Soah, sì Sòaⁿ ㄙㄚㄊ, ㄙㄞ, ㄙㄝ, ㄙㄨㄚㄏ, 四散，歛散，拋，棄擲。ia Sòaⁿ. Pha, hiat kak. Sat hong, kong Pèh chhât oē. Sat chhiú, Pàng Chhiu
撒謊，講白賊話。撒手，放手。
siat, seh, ㄒ一ㄚㄊ, ㄙㄝㄏ, sai Phoat, jim ì Loān Lâi. Siat nāi. Pîn tōaⁿ ì sù. sè ê tī thô kha, è sè,
撒潑，任意亂來。撒賴。貪懶的意思。撒穢佇土腳，穢撒，
bak Lâ sâm ê ì sù. m̄ thang è sè Lāi bīn. ê sè tōe hn̄g. Phah Pháiⁿ miâ siaⁿ. Soah iâm
染垃圾的意思。不可穢撒內面。穢撒地方；打壞名聲。撒鹽。
Soah kiâm Chiâⁿ. Soah iû Soah Chhò. Soah bí khng chhī ti. Seh Seh, ìa ìa teh
撒鹹餌。撒油撒醋。撒米糠飼豬。撒撒，歛歛咧。

【撞】tōng, tn̄g ㄉㄛㄥ, ㄉㄥ chhiu khiⁿ Lâi Phah, hut jiân tú tio̍h, sio tōng, tōng tio̍h. tn̄g tio̍h, sio tn̄g, Sio tn̄g thâu.
手擒來打，忽然抵着，相撞，撞着。撞着，相撞，相撞頭。
tōng kiû, tōng tio̍h Lâng, tōng tó. nn̄g tsn̄g m̄ tat tú tn̄g
撞球，撞着人，撞倒。兩鑽毋值抵撞。

【撰】Soán, Soàn, tsoān ㄕㄨㄢ, ㄕㄨㄢ, ㄕㄨㄢ, Pī Pān, Chhòng tsō, kui Chek. Liāu Lí, Pī Pān, tîn bêng. Soán bûn, Soán Sut.
備辦，創造，規則。料理，備辦，陳明。撰文，撰述。
kéng. tsoān thok. tsoān Siu. tsoān tēng. Soān Chip. Soān Lok.
揀；撰讀。撰修。撰定。撰集。撰錄。

【撫】bú, hú ㄨˇ, ㄏㄨˇ, bong, so, Chhiu hōaⁿ. an ùi, an bú, an hú, hú ùi, hú mô. bú khîm, bú kiàm.
摸，挲，手按。安慰，安撫，安撫，撫慰，撫摩。撫琴，撫劍。
hú io̍k, Pó hō iōng io̍k. bú Chiáng, Phah Chhiú.
撫育，保護養育。撫掌，拍手。

【撝】hui, ûi ㄏㄨㄟ, ㄨㄟ, ēng chhiu kí mih. thiah khui. chí tiám. khiam sūn. ûi khiam.
用手指物。拆開。指點。謙遜。撝謙。

【撋】joân, jôe, hóaⁿ, nóa, jôan ㄖㄨㄢ, ㄖㄨㄝ, ㄏㄨㄚ, ㄋㄨㄚ, 挼 Ēng Chhiu Chhit mih, 用手拭物，jê mih, 挼物，jôe mih. 撋物。hóaⁿ sóe, chiū sī sóe ê ì sù.
撋洗，就是洗的意思。
nóa saⁿ, nóa kiâm chhài, nóa ké, Phah nóa
撋衫，撋鹹菜，撋粿，打撋。

【撟】kiáu, kiāu, kiauh ㄍ一ㄠ, ㄍ一ㄠ, ㄍ一ㄠㄏ, kiah khí Chhiu, khiⁿ, theh, ngī kéng. ēng khì khū chhiāu, kiāu khí Lâi
擧起手，擒，提，硬，揀。用器具撨物，撟起來
kiāu tín tāng. kiāu khui. ēng chhâ khō. Chhah jip tāng ê mih kiāⁿ ê ē bīn kiāu tín tāng.
撟振動。撟開。用柴棰插入重的物件的下面撟振動。
Lâng ê pháiⁿ oē, kàn kiāu, Chhoh kà kiāu. kàn kiāu Lâng. kiauh khí Lâi. kiāu khí Lâi ê ì sù.
人的歹話，姦撟，嚉姦撟。姦撟人。撟起來。撟起來的意思。

〔撬〕 hiau, khiau, Giâ, ku khí, kiah khí ê ì sù. kiah kôain. hiau mih kiā, hiau saⁿ, hiau siuⁿ.
ㄏ一ㄚㄨ，ㄎ一ㄚㄨ，夯，舉起，擧起的意思。擧高。撬物件，撬衫，撬箱。

〔撇〕 khoat, ㄎㄨㄚ，Chhiú ū mih lâm teh, phah, hiat lòh, kút thô.
手有物攬咧，打，棄落，掘土。

〔撈〕 Lô, Lō, Lā, Liò, ㄌㄠ，ㄌㄠ，ㄌㄚ，ㄌ一ㄠ，ēng khì khū thèh mih chhut tsúi. kau khí lâi. tsāⁿ, hia. Lā, Lā tsúi, Saⁿ Lā.
用器具提物出水。鈎起來。搾。撈。撈，撈水，相撈。
Chhá Lā, Lā tìn tāng, Lā oē thâu. Lā niáu chhù khang. Lô hî, tsúi toe Lô chiam, khong-
炒撈，撈振動，撈話頭。撈鶴鼠孔。撈魚，水底撈針，空中
tiong Lô Goat, Pí jū khùn lân tiōng tiōng. Liò mih, Liò koah, Liò bah, Liò âm Phoeh.
撈月，比喻困難重重。撈物，撈割，撈肉，撈泔沫。

〔撩〕 Liáu, Liâu, Liāu, ㄌ一ㄠ，ㄌ一ㄠ，ㄌ一ㄠ，Liâu Lí. thèh mih. taⁿ, hì lāng. Liâu Phoat, Liâu khí, Liâu Loān. Liâu Lâng
料理。提物。撈，戲弄。撩撥，撩起，撩亂。撩人。
Liāu, hē bāng á Liah cheng siⁿ. Liāu kó. kap 撈 ì sù siāng khóan.
撩，置網仔捕精牲；撩苦。与撈意思同款。

〔撓〕 Láu, náu, kiáu jiáu. áu khiau khut lòh. Péng lìn tńg. pê chiuⁿ. Put khut put láu. Láu Loān
ㄌㄠ，ㄋㄠ，攪擾。拗曲。屈落，反覆轉。爬癢。不屈不撓。撓亂。
Láu chiat. Láu thâu tsūn tâu, chiū sī iô thâu khak, khe hāi ê ì sù. náu thâu tsūn tâu
撓折。撓頭轉脰，就是搖頭殼，詼諧的意思。撓頭轉脰。

〔撚〕 Lián, ㄌ一ㄢ，ēng tsńg thâu á thut. Lián Gô, Lián tsóa, tsóa Lián. Lián Pò. ēng ēng Lián chhùi chhiu.
用指頭仔挩。撚鵝，撚紙，紙撚。撚布。閒閒撚嘴鬚。

〔擘〕 Piat, Phiat, Pih, Phoat, ㄅ一ㄝ，ㄆ一ㄝ，ㄅ一ㄛ，ㄆㄨㄛ，Chhiú chhu chhu siàn, iat lâi iat khì ê siaⁿ. Poah khui, Phoah, Liò, Poaⁿ, in, thóa.
手揎揎揙，搧來搧去的聲，撥開，潑，撈，拂，引，汰。

〔撇〕 Piat, Phiat, Pih, Phoat, ㄅ一ㄝ，ㄆ一ㄝ，ㄅ一ㄛ，ㄆㄨㄛ，kap téng bīn jī siong tông. Phiat khì, siá jī tōa phiat. Phiat khui. Chit phiat chhiu.
与頂面字相同。撇去，寫字大撇。撇開。一撇鬚。
Chit phoat nn̄g phoat. Phoat chhe, Pih saⁿ, Pih khò kha, Pih tsah. Pih chhùi. Pih chhiu ńg.
一撇兩撇。撇叉，撇衫，撇褲腳，撇扎。撇嘴。撇手袖。

〔播〕 Pò, Pò, ㄅㄛ，ㄅㄛ，iā chéng chí, iā chéng, Pò chéng. sì kòe iā, kóng Pò. Pò sàng. Pò iông, Pò chhân.
敥種子，敥種，播種。四界敥，廣播。播送。播揚，播田。

〔撥〕 Poat, Phoat, Poah, ㄅㄨㄛ，ㄆㄨㄛ，ㄅㄨㄛ，kū tsoát. Poat khui. Puih khí. Poah thô. Chhiâu Poah, Poah chîⁿ, Pun Poah, Poah khóan.
拒絕，撥開。拔起。撥土。調撥，撥錢，分撥，撥款。
thiau Phoat sī hui. Poat hûn kiàn jit. Poat Loān hóan chèng.
挑撥是非。撥雲見日。撥亂反正。

〔撲〕 Phok, Phah, ㄆㄨ，ㄆㄚ，sió khóa kòng oe, chhia. sak, khiu, lak, chhiu phah, Pìⁿ phah, phah mē, phah kûn, phah siong.
少許摃，挨，推，捒，扭，摭，手打，鞭打，撲罵，撲拳，撲搗。
Sio phah. Phah chhiu. Phok hún, hún phok. hun hong phok Pīⁿ. Phok biat hé sio chhù, Phok sat iá káu.
相撲。撲手。撲粉，粉撲。芬芳撲鼻。撲滅火燒厝，撲殺野狗。

〔撤〕 thiat, ㄊ一ㄝ，Sóa, m̄ tìn, thiat, thiat khì. thiat thè. thiat hôe. thiat siau. thiat oāⁿ. thiat chit.
徙，毋持，撤，撤去。撤退。撤回。撤銷。撤換。撤職。

〔撎〕 ê, ì, ㄝ，一，Chhiú teh Pài, Chhiú kiong keng ip lé kàu tōe. ip lé ê ì sù. kiah chhiu.
手咧拜，手恭敬揖礼到地。揖礼的意思。擧手。

〔撕〕 Su, ㄙ，thiah khui, thèh, phah, at chih, chhò tn̄g. Su phòa. Su khui. Su phiò. Páng phiò ê lâng
拆開，提，打，扚折，挫斷。撕破，撕開。撕票。綁票的人
hō húi tô sat sí. thê su, ēng oē thèh chhìⁿ lâng.
徦匪徒殺死。提撕，用話提醒人。

〔撣〕 tân, tān, ㄉㄢ，ㄉㄢ，ì chhî, thèh, kiong keng. chhiok tioh, tōaⁿ Gak khì. kiû hok khì hoán tńg tú tioh tsai hō.
維持，提，恭敬。捉着，彈樂器。求福氣反轉抵着災禍。
Chhoāⁿ ㄔㄨㄢ，Chhoāⁿ tn̄g lâng ê oē. Chiū sī phah tn̄g lâng ê oē.
撣斷人的話。就是打斷人的話。

〔撮〕 Chhoat, Chhok, Chheh, ㄘㄨㄛ，ㄘㄛ，ㄘㄝ，Chiong tsńg thâu lâi thèh. bán, kéng. Lóng tsóng hiu tsōe chió. Chhoat háp.
將指頭仔來提。挽，揀，攏總量多少。撮合。
tsoat, ㄗㄨㄛ，hō lâng hó hó. Chhoat iàu, Chhái chhú tiōng iàu ê. Chit chhok á, chit chhok thâu. ìng. kui chhok.
徦人和好。撮要，採取重要的。一撮仔，一撮頭毛。歸撮。
Chheh, chit chheh á, kap thak chhok siong tông. tsoat, iông Liōng ê miâ. Chit chiok tsap hun it.
撮，一撮仔，与讀撮相同。撮，容量的名。一勺的十分一。

〔撙〕 tsún, ㄗㄨㄣ，Chiàu hoat tô kiâ, Siat hoat kàu hó sè. tsū chip, iok sok, tsún tsat.
照法度行，設法到好勢。聚集，約束，準節。

〔擺〕 Pài, ㄅㄞ，kap 拜 Siāng khóan. kiâ Lé ê khóan sit. hâng hòk. Pài. kèng Pài. Pài kiàn.
与拜同款。行禮的款式。降服。擺。敬擺。擺見。

〔撢〕 Phún, ㄆㄣ，Chhia keng, Chhia khut, Chhia Phāng ê ì sù.
車弓，車杙，車蓬的意思。

撠 kek, Giah, kiáh, ㄍㄜˇ, ㄐㄧㄚˊ, ㄍㄧㄚˇ; Chiū sī théh, kiâh koâiⁿ ê ì sù. khì hâi. Phok kek. Giah khui, Giah Phòa,
就是提，擧高的意思。器械。搏撠。撠開，撠破，
Giah chhì, Giah Lâng huih, Giah mn̂g sui. kiah tsâi, chiū sī jī Pō· 64 Pō· ê miâ, thio Chhiú
撠刺，撠人血，撠門綏。撠才，就是字部六十四部的名，挑手
Pêng ê ì sù, Chhiú jī Peng.
平的意思，手字平。

撨 Chiau, chiauh, ㄐㄧㄠ, ㄐㄧㄠˊ; kéng soán, théh, chhái chhú. chhit, chhit mih. Chiauh khok jí, chiū sī Gín á ēng
揀選，提，採取。拭，拭物。撨碻子，就是囝仔用
Chioh thâu tìm koâiⁿ teh thit thô
石頭擲高啲迌迌的意思。

撔 háng (kang) ㄏㄥˊ; Soaⁿ tang Lâng kio tāⁿ mih tsòe háng. kap 夯 ê ì sù siâng khoán, chhut lat théh, chhut lat tsòe
山東人叫擔物做撔：与夯的意思同款，出力提，出力做工

撊 hán, hān, ㄏㄢˊ, ㄏㄢˋ; tōa ióng béng, tsū tsāi.
大勇猛，自在。

撥 Pān ㄆㄢ; ín chhōa, Phah, tīⁿ Poāⁿ.
引導，打，纏絆。

撼 su, ㄙㄨ; Chiū sī Phah soàⁿ sit Lóh ê ì sù.
就是打散，失落的意思。

撏 Sîm, ㄒㄧㄣˊ; Chiū sī théh mih, chhim chhú ê ì sù.
就是提物，侵取的意思。

撨 Siok, ㄒㄧㄠˋ; Chiū sī Phah ê ì sù. Liām mih ê khoán sit
就是打的意思。撨物的款式

撢 tham, thâm, ㄊㄢ, ㄊㄢˊ; thàm khoàⁿ, chhì khoàⁿ, tàⁿ thàm ông ê ì chì, kap thàp siāng ì sù. thak thâm siāng
探看，試看，打探王的意志，与探同意思。讀撢同款
khoán. Chhiú tham chhut khì. thâu khak tham chhut thang á Gōa. chē chhia tham thâu Gûi hiám
。手撢出去。頭殼撢出窗仔外。坐車撢頭危險。

撐 thong ㄊㄨㄥ; ēng chhiú tsó tòng mih, hō· i tiām tiām.
用手阻擋物，互它恬恬。

撯 thó, thò, ㄊㄛ, ㄊㄛˋ; oéh ko tn̂g, sòe sòe ê thâng thoa, hiat kak
狹閣長，小小的虫蛆，棄壚

撉 tun, ㄉㄨㄣ; Chiū sī Phah ê ì sù.
就是打的意思。

撍 tsàn, tsoan, ㄗㄢˇ, ㄗㄨㄢˇ; chiū sī chhiu tín tāng ê ì sù. Chin thâu
就是手振動的意思。盡頭

撠 Chì, tì, ㄐㄧ, ㄉㄧ; chì, Phín Phêng mih, chhì khoàⁿ, chhâ bêng. tì, théh mih sio khap ê ì sù.
撠，品評物，試看，查明。撠，提物相磕的意思。

撨 chhiau, ㄑㄧㄠ; Chhui chhiau, bōe chhiau tit, ì sóa mih kiāⁿ. chhui chhiau kè chîⁿ, chhiau tām Póh, chhiau sóa
推撨，𣍐撨得，移徙物件。推撨價錢，撨淡薄。撨徙

撽 hô, ㄏㄛˊ; hô khí lâi, hô Pn̄g, hô tsau, hô Phio, hô hî.
撽起來，撽飯，撽糟，撽萍，撽魚。

撻 thit, ㄊㄧㄊ; thit hō· tit, thit bōe tit. kong thih Pán hō· Pîⁿ tit. thit hō· Pîⁿ. thit thit thit ún ku thit bōe tit.
撻互直，撻𣍐直。摃鐵板互平直。撻互平。撻撻撻駝痀撻𣍐直。

撐 tsāⁿ, ㄗㄚ; tsāⁿ khí, tsāⁿ khí lâi, ēng bāng á tsāⁿ. hoâⁿ tsāⁿ, tsòe seng lí tsāⁿ chit tè á. tsāⁿ Lóh lâi.
撐起，撐起來，用網仔撐。橫撐，做生理撐一塊仔。撐落來。

撨 造字 加適成字，有振動，徙振動叫撨。

撽 造字 手加瓠也是讀撽，但是實際動手去撽物不是器具的瓠。

撻 造字 動手去撻直，整直整平，謂撻。借撻音成字。

撐 造字 借詐的偏音成字与撽略同意思。

十三畫

撾 Chhoa, ko, ㄓㄨㄚ, ㄍㄜ; Phah ê ì sù, Phah, thah kó·. Chhoa kó·. Gû iông chham chhoa. tsá khí sî ê koe bōe thî.
打的意思，打，打鼓。撾鼓。漁陽參撾。早起時的雞未啼。
kiⁿ kó· tit tit Phah.
更鼓直直打。

擂 Lûi, ㄌㄟˊ; ēng mih Géng iû. Géng á sī Lûi mih, Lûi boâh. Lûi Poat, Lûi thûi. Lûi kó·. Lûi ioh.
用物研幼。研仔是擂物，擂末。擂缽，擂槌。擂鼓。擂藥。

擗 Phih, ㄆㄧˋ; Poàⁿ kóng chhiò ê ōe, khì hō· Lâng Phih. hō· Lâng Phih chit ē. bōe hō· Lâng Phih chit ē.
半講笑的話，去互人擗。互人擗一下。𣍐互人擗一下。（接下頁18行）

撼 hám, hián, hḿ, hmh, lô tāng, kōng tioh, hám tioh, hám tōng。oē hián, Lō hián, Lō Lō hián。
ㄏㄧㄢ,ㄏㄧㄚ,ㄏㆬ,ㄏㆬ, 搖動, 摃着, 撼着, 撼動。能撼, 掄撼, 掄掄撼。
khōng khōng hián, hián Lâi hián khì, hḿ Loh khì, hḿ sí, Chiū sī Phah sí ê ì sù。hmh
硿硿撼。撼來撼去。撼落去, 撼死, 就是打死的意思。撼
ēng mih Lâi kòng, hmh sí, Piah hmh, chiū sī khap tioh Piah ê ku a, ā sī Chho Pūn ê Lâng。
用物來摃, 撼死。壁撼, 就是磕着壁的蝹仔, 或是粗笨的人。

擐 hoān, Soān, hoān, hān, Chhēng khoe kah。hoān kah Chip Peng。chhēng, kǹg, Pàk。Soan i, Chiū sī thǹg Saⁿ
ㄏㄨㄢ,ㄙㄨㄢ,ㄏㄨㄢ,ㄏㄢ, 穿盔甲。擐甲執兵。穿, 貫, 縛。擐衣, 就是褪衫
ê ì sù。hoān mn̂g Lî, hoān báng tà。hân báng tà。hân Pò Lî。
的意思。擐門簾, 擐蚊帳。擐蚊罩。擐布簾。

擀 kán, ēng Chhiú theh mih。kán mī, Chiong hoa hó ê mī Lún tsòe Poh Phìⁿ。
ㄍㄢ, 用手提物。擀麪, 將摑好的麥麪碾做薄片。

撿 kiám, Liām, khiú Sok, ká, So, kiàh khí ê ì sù, kiám tsa, Chhâ mn̄g。kap Siāng khóan。
ㄍㄧㄢ,ㄌㄧㄢ, 拘束, 絞, 抄, 攑起的意思, 撿查, 查問。与檢同款。
Giám, Liām, chiū sī Chhiú khioh kióng Chhiú ê ì sù。Giám, chit Giám á, chiū sī chit Lák á。chió chió ê ì sù。
ㄫㄧㄢ 撿, 就是手卻拱手的意思。撿, 一撿仔。就是一抹仔。少少的意思。

擊 kek, kòng, tah, Phah, kek Phah, kong kek, chhiong tioh, chhiong kek。thāi。kek Phòa, Sip kek。
ㄍㄝㄎ, 摃, 搭, 打, 擊打, 攻擊, 衝着, 衝擊。刣。擊破。襲擊。

擉 Chiok, Chhiok, Siok, tsān, chhàk, ēng Chhiú Lâi theh, tak tioh, Pio á。
ㄐㄧㄛㄎ,ㄑㄧㄛㄎ,ㄒㄧㄛㄎ, 刺, 鑿, 用手來提, 觸着。錶仔。

擒 khiâm, khîm, Gîm, khiⁿ, Liàh tioh, khiàm Chhiòng, Páng khì。khîm chhat khîm ōng, Liàh chhat Liàh chhat thâu。
ㄎㄧㄚㄇ,ㄎㄧㄇ,ㄫㄧㄇ,ㄎㆪ, 捕着, 擒縱, 放去。擒賊擒王, 捕賊拿賊頭。
Gîm tiâu, Gîm ân, Gîm mih, ēng Chhiú Lák ân ì sù。Chhiú khiⁿ Lâi, khiⁿ teh, khiⁿ hō tiâu。
擒牢, 擒緊, 擒物, 用手抹挨的意思。手擒來, 擒咧, 擒乎牢。

擎 keng, kheng, khêng, kiàh koāiⁿ, thuh khí, ēng Chhiú kiàh Chiūⁿ koāiⁿ。
ㄍㄝㄥ,ㄎㄝㄥ,ㄎㄝㄥ, 攑高, 托起。用手攑上高。

據 kù, oá khò, chhim chiàm, Pîn ì, Pîn kù, chiàu àn ni。Chhiú hoāⁿ, khiā khí, kun kù, chiàm kù, kù sit。
ㄍㄨ, 倚靠, 侵占。憑依, 憑據, 照按呢。手按, 豎起, 根據。占據。據實。

擄 Ló, Chhiⁿ khîm oàh Liàh。Liàh Lâng Chhiúⁿ toat, Ló Liòk。hu Ló。chiàn cheng Só Liàh ê tek jîn。Ló hek。
ㄌㄛ, 生擒活拿。拿人搶奪, 擄掠。俘擄。戰爭所捕的敵人。擄獲。

擃 Lông, Chiū sī iô tāng, chhì chhàk, chhng chiam ê ì sù。
ㄌㄛㄥ, 就是搖動, 刺鑿, 穿針的意思。

擗 Pit, Phek, Peh, Phiah, tùi sim koaⁿ, thí khàu, Pit ióng, àt chih kha chhiú ê ì sù。Peh khui。Phek khai,
ㄅㄧㄊ,ㄆㄝㄎ,ㄅㄝㄏ,ㄆㄧㄚ, 搥心肝, 啼哭, 擗踴。撾折脚手的意思。扒開。擗開,
thian khui, Pun Peh, Peh khui。Peh ké chí。Phiah chhat, Chhiū sī hēng hoat chhat ê ì sù。
展開, 分擗, 擗開。擗菓子。擗賊, 就是刑罰賊的意思。

擘 Phek, Peh, Pō, Pun khui, Phek khai。Peh khui。Phek thúi, Peh thúi。tōa Pō bú, tōa thâu bú, tōa ki tsńg thâu
ㄆㄝㄎ,ㄅㄝㄏ,ㄅㄛ, 分開, 擘開。擘開。擘腿, 擘腿。大擘母, 大頭母, 大支指頭
á。Peh Phòa, Peh khak, Peh Pak, Peh Sí。Peh Phôe。
仔。擘破。擘殼。擘腹。擘死。擘皮。

擊 Phek, Piák, Sia chì tiòng tioh mih ê sian。Chhiú Phah ê sian
ㄆㄝㄎ,ㄅㄧㄚㄎ, 射箭中着物的聲。手打的聲

擸 Sap, Chhùi Sap Sap, kiáu tsòe hé, Chhap tsàp, Phòa ê siaⁿ。Pūn ê Sek。
ㄙㄚㄅ, 碎擸擸, 攪做夥, 囃雜, 破的聲。糞的色。

擅 Siān, tsū tsoan, tsoan kòan, Pà Chiàm。Siān tsoan, Siān kòan, Siān bí, Siān tiông。
ㄕㄧㄢ, 自專, 專權, 霸占。擅專, 擅權, 擅美, 擅長。

擺 tsoāi, tsōe, oāi tsoāi Poáh tó tioh siong。khiⁿ, khiú, oāi khiau, oāi tsoāi。Oāi tsoāi, chiū sī kan khiáu。
ㄗㄨㄞ,ㄗㄨㄝ, 跦擺跋倒着傷。擒, 扭, 歪曲, 歪擺。好擺, 就是奸巧。

擔 tam, tàm, taⁿ, tàⁿ, tng khí, tí tng, hù tam, tam tng。taⁿ mih, taⁿ tsúi。tàm kà, tàm iu。
ㄉㄚㄇ,ㄉㄚㄇ,ㄉㄚ,ㄉㄚ, 當起, 抵當, 負擔, 擔當。擔物, 擔水。擔架, 擔憂。
taⁿ tāng tàⁿ。tōa tàⁿ, taⁿ kang, Gû taⁿ, Pîn taⁿ, Gû Sái ku taⁿ teng。tàⁿ ūi, tàⁿ kha。
擔重擔。大擔, 擔工, 牛擔, 屏擔, 牛屎龜擔灯。擔位, 擔脚。
tsàp sè tàⁿ。thì thâu tàⁿ。bōe Chhài tàⁿ。Chhut tàⁿ tsòe Seng Lí。
雜貨擔。剃頭擔。賣菜擔。出擔做生理。

擋 tóng, tòng, tǹg, Pêng iú kûn, tóng Lâi。Phah, kòng, ê ì sù。Pèng tòng, tsó tòng ê ì sù。
ㄉㄛㄥ,ㄉㄛㄥ,ㄉㆭ, 朋友群, 擋麵。打, 摃, 的意思。摒擋, 阻擋的意思。
tòng tsū, tòng kà, m̄ sio kìⁿ。tòng Lō。tǹg Sim koaⁿ, tǹg Loh khì, tǹg Chhe Loh khì。
擋住。擋駕, 毋相見。擋路。擋心肝, 擋落去。擋生落去。
tǹg í tǹg toh。tǹg heng khâm。tǹg ìn。
擋椅擋桌。擋胸坎。擋印。

㨴 khoe, khoe tsa bó, sì kòe khoe, khoe Sian, chhit á khoe, thit thô ê ì sù。bô chèng tong ê Lâng。造字
ㄎㄨㄝ, 㨴查某, 四界㨴, 㨴仙, 七仔㨴, 迌迌的意思。無正當的人。

【操】Chhò, Chhò, Chhau, Chhiàu, Chip siu, Liāu lí, chhò hêng, chhò chhī, chhau tsok。Chhau ián, thé chhau
ㄘㄠ, ㄘㄠˋ, ㄑㄧㄠ, ㄑㄧㄠˋ, 執守, 料理, 操行, 操持或操作。操演, 体操
iok sok ka kī, chhò siu, cheng chhò, Chhau Liān。Chhiau sim, Chhiau sim Peh Pak, hoân ló ê ì sù。
約束傢巳, 操守, 貞操。操練。操心。操心擘腹。煩惱的意思。

【擇】tek, tùh, kéng sóan, kéng tùh。tek sóan。sóan tek。tek jit khai tiong。tek phòe, sóan phòe gū
ㄉㄜˊ, ㄓㄞˊ, 揀選, 揀擇。擇選。選擇。擇日開張。擇配, 選配偶
kéng chì tùh phiàn, chiū sī gâu kéng, hiâm tang hiâm sai ê ì sù。
揀赤擇骿, 就是勢揀, 嫌東嫌西的意思。

【擁】iong, iòng, thèh, phō, iong phō, jia tsah, pó hō, iòng hō, pōng kò, iong pè, oe khoeh iong chè。
ㄩㄥ, ㄩㄥˇ, 提, 抱, 擁抱, 遮截, 保護, 擁護。看顧, 擁蔽。挾夾, 擁擠。

nê 㧣, 【擰】Lêng, nī, chhiú khiú mih, thèh, khan。Lêng gû phīⁿ, Lêng mn̂g bé, Lêng lâi, nī saⁿ, nī hiā, nī tsóa。
ㄋㄧㄥˊ, ㄋㄧˇ, 手扭物, 提, 牽。擰牛鼻, 擰毛尾, 擰來。擰衫, 擰瓦, 擰紙。

【擐】hoân, ēng chhiú lâi jê, chhin chhiūⁿ sóe saⁿ。tsōe tsōe ê ì sù。hoân nóa
ㄏㄨㄢˊ, 用手來挼, 親像洗衫。多多的意思。擐攔。

【攜】hê, koāⁿ, thê hê, khan chhiú, khan sêng, hê chhiú。ín chhōa, hû ló hê iù。koāⁿ khí lâi, koāⁿ tsúi
ㄏㄧˊ, ㄍㄨㄚˇ。提攜, 牽手, 牽成, 攜手。引導, 扶老攜幼。攜起來, 攜水。
koāⁿ hoe, tō͘ koāⁿ, hā tī pak tó͘ ê tó͘ tau, pó hō͘ tó͘ tsái iā thang tóe chîⁿ, bō koāⁿ,
攜花。肚攜, 結佇腹肚的肚兜, 保護肚臍也可貯錢。帽攜,
Loeh á koāⁿ。koāⁿ piān tong, tsòe kang koāⁿ pn̄g。
笠仔攜。攜便當, 做工攜飯。

【撽】kek, khiau, Phah, jia tsah ê ì sù。
ㄍㄜˊ, ㄑㄧㄠ, 打, 遮截的意思。

【擖】kat, koah, thiah lih, so, bong, têng chiap ê ì sù。
ㄍㄚˊ, 刮, 折裂, 抄, 摸。重接的意思。

【擓】khoài, bôa, Lòe, chhit ê ì sù。
ㄎㄨㄞˇ, 磨, 鑢, 拭的意思。

【擙】ō, chiū sī bôa mih, Lòe mih ê ì sù。
ㄛ, 就是磨物, 鑢物的意思。

【擡】Sai, su, that bat, that khang, chhin chhiūⁿ ēng chhó that jip tī kan ná ê chhùi。Pak kiaⁿ lâng kóng su sī
ㄙㄞ, ㄙ, 塞密, 塞孔, 親像用草塞來入佇矸仔的喙。北京人講擡是
chiong mih that khang ê ì sù。
將物塞孔的意思。

【擕】Sau, siau, chiū sī tek bìn tsòe ê pn̄g khoeh á, oē tóe tit gō͘ chin, tsûn ê tōa。
ㄕㄠ, ㄒㄧㄠ, 就是竹篾做的飯篋仔, 能貯得五升, 船的舵。

【搩】siàt, chiū sī kiah mih, theh mih ê ì sù。
ㄒㄧㄝˋ, 就是擎物, 提物的意思。

【擻】iû, û, tn̂g tn̂g ê chhiū ng, thèh chhut sòa tsàn sêng, o ló。
ㄧㄡ, ㄨ, 長長的樹影, 提出續贊成, 謳咾。

【擕】hê, koāⁿ, kap 与 攜 ji, 攜字。携字。Lóng siong tông
ㄏㄧˊ, ㄍㄨㄚˇ, 与攜字, 攜字。携字。攏相同

【擈】Pòh, Saⁿ pn̄g pòh chiū sī lâng tsòe hè bān tāi chì ê ì sù。hō͘ siong pang tsān, saⁿ pn̄g lát。
ㄆㄛˋ, 相楅擈就是人做夥辦代誌的意思。互相幫助, 相楅力。

造字 借濼的偏音成字。

【擳】Chhih, ok chhih chhih, kiong pō͘ ap lâng ê ì sù。bih chhih, hé kiah khan chhih, sì kòe chhih。thâu khak
ㄑㄧㄏ, 惡擳擳, 強暴壓人的意思。匿擳, 火擎較擳, 四界擳。頭殼
chhih chhih。thâu khak chhih chhih teh thâu khòaⁿ
擳擳。頭殼擳擳咧偷看

造字 借戢的偏音成字

十四畫

【擢】tsok, seng khí, chhōa thâu, ín chhut, thiu, pu̍ih, kéng sóan, tû khì。tsok seng, tsok siù, tsok kun。
ㄓㄨㄛˊ, 升起, 導頭, 引出, 抽, 拔, 揀選, 除去。擢升, 擢秀, 擢根。

【擤】hèng, séng, chhèng, chhngh, hèng chhiú nih phīⁿ lâng ê ì sù。chhiú tīⁿ phīⁿ lok kóng ê ì sù。chhèng phīⁿ
ㄏㄥˇ, ㄒㄧㄥˇ, ㄑㄧㄥˇ, ㄑㄥㄏ, 擤, 手搦鼻囊的意思。手捏鼻囊管的意思。擤鼻,
chhngh ㄑㄥㄏ tīⁿ phīⁿ khang ēng lát chhut khùi, hō͘ phīⁿ sái kó chhut lâi。chhngh phīⁿ chhng phīⁿ siāng khoán
捏鼻孔用力出氣出氣, 予鼻屎膏出來。擤鼻与擤鼻同款。
phīⁿ khang tsàt tsàt chhngh chhngh kio。chhngh phīⁿ hong。chhngh jip chhngh chhut
鼻孔窒窒。擤擤叫。擤鼻風。擤入擤出

【擄】Lōe, Lē, Pa Lē, sûi tsāi lâng pa lōe。ū sím mih thang pa lē。chí sù, lēng tī, ê ì sù。造字
ㄌㄟ, ㄌㄜ, 把擄, 隨在人把擄。有甚麼可把擄。指使, 凌治, 的意思。

擭 hō, hōa, hok, Pâi Liat, hun khui ê ì sù. Liáh lá siù ê khì khū, oàh tauh kì koan. kó hōa.
ㄏㄜˇ, ㄏㄨㄚˋ, ㄏㄜˇ, 排列，分開的意思。捕野獸的器具，活套機關，罟擭。
khàh, hok, ēng chhiú théh. ēng chhiú koāⁿ. á sī Liàh. khàh, khàh teh. Saⁿ khàh. khàh ōng. khàh bá.
ㄋㄚˋ, 擭，用手提。用手攜。或是拏。擭，擭咧。相擭。擭罔。擭傍。

擧 kú, kí, kong oē, Siat Lip. O Ló, chheng-ho, tín tāng Puih khí, kú chí, kú hēng, kú tōng, kú Sek.
ㄍㄨˇ, ㄍㄧˇ, 講話，設立。謳咾，稱呼，振動，拔起。擧止，擧行，擧動，擧措。

擙 Piáu, Phiau, Lak Lòh, Siong Sek, sio bat, Phah, tùi sim ê khoán sit. to bé. Phiau thâu.
ㄅㄧㄠˇ, ㄆㄧㄠ, 落落，相熟，相識，打，捶心的款式。刀尾。標頭。

擰 Lêng, chiū sī jiáu Loān, kiáu Chhá, Lêng Loān. ká tsūn, tńg seh. Lêng tsoán.
ㄋㄧㄥˊ, 就是擾亂，攪吵，擰亂。絞撐，轉踅，擰轉。

擬 Gí, chhin chhiūⁿ, Pí Phēng. khún tiok Phoàⁿ toàn, Giâu Gî. Pí Gí, Gí Gī, Gí tēng, Gí àn.
ㄋㄧˇ, 親像，比併。僭逐，判斷，訝疑。比擬，擬議，擬定，擬案。

擩 jú, jû, chiū sī ni, Lak, Gīm, ēng chhiú théh mih chìn chêng. bak tioh, ní jú bak jiám.
ㄖㄨˇ, ㄖㄨˊ, 就是拈，搙，擒，用手提物進前。染着，耳擩目染。

擱 kok, koa, koh, tsó chí. khap tioh, kok tì. iân kok. koh chhian, khóa soa, tsûn bōe tín tāng.
ㄍㄜ, ㄍㄨㄚ, ㄍㄜˇ, 阻止，磕着，擱置。延擱。擱淺，滯沙，船鱠振動。
kok Pit, chiam sī Pàng Pit m̄ sia. tam koh. koh tsài, koh tsài chit Pái. koa oāⁿ, koa khì hia.
擱筆，暫時放筆毋寫。躭擱。擱再，擱再一回。擱鞍，擱去彼。
koa chia koa hia. koa kha.
擱這 擱彼。擱脚。

擥 Lám, Lâm, kāⁿ, kéng iàu kín ê, théh, Liàh, Phō, khīⁿ. Lám oá, kap Lám sio siāng. kāⁿ Lâi kāⁿ khì.
ㄌㄢˇ, ㄌㄢˊ, ㄍㄚˋ, 揀要緊的，提，掠，抱，擒。擥倚，与攬相同。擥來擥去。
ū tīⁿ Poàⁿ ê ì sù. chit chhiú kāⁿ kiaⁿ, chit chhiú Lâ tiaⁿ. théh Lâi theh khì ê ì sù.
有纏絆的意思。一手擥子，一手撈鼎。提來提去的意思。

擥 Lám, Lâm, kāⁿ, kap téng bīn jī Siong tông. khang khè tsòe bōe Liáu, tsòe bōe oân Sêng, Pòaⁿ Lâm hâⁿ.
ㄌㄢˇ, ㄌㄢˊ, ㄍㄚˋ, 与頂面字相同。工課做鱠了，做鱠完成，半擥懸。

擯 Pìn, hiat kak, kek chhut. ngiâ chih. Pìn khì, Pìn thek, Sêng Pìn, ngiâ chih kok Pin.
ㄅㄧㄣˋ, 棄壙，激出。迎接。擯棄，擯斥。承擯，迎接國賓。

擡 thai, Giâ, kng, khai, kú khí, kng mih, Giâ teh, khai kú, thê thâu, thai khí, thai thâu, kiah khí thâu.
ㄊㄞˊ, ㄍㄧㄚˊ, ㄍㄥ, ㄎㄞ, 擧起，擡物，擡硩，擡擧，提頭，擡起，擡頭，擧起頭。
Giâ kang, Giâ Siuⁿ, Giâ í, kng kio, kng Pang, kng tsúi. khai kú, thê Poat, kó Lē.
擡工，擡箱，擡椅，擡轎，擡枋，擡水。擡擧，提拔，鼓勵。

擣 tó, Phah, tùi, cheng, Cheng. kong Phah.
ㄉㄠˇ, 打，捶，衝，舂。攻打。

擦 Chhat, Chhoah, bôa kng, Bín, bôa bô, chhat, chhat biat. Sih Chhoah, chhih chhoah, bah Chhoah, ngiauh ngiauh chhoah.
ㄘㄚ, ㄘㄨㄚ, 磨光，抿，磨模，擦，擦滅。閃擦，擑擦，肉擦，蠕蠕擦。

擠 che, ché, chè, tsai, oe khoeh, nih oá, sak tùi Lòh, Chhia tó, chhia sak. ap Peh, chè ap. Pâi chè.
ㄐㄧ, ㄐㄧˇ, ㄐㄧˋ, ㄗㄞ, 挨夾，勒倚，揀墜落，推倒，推揀。壓迫，擠壓。排擠。
iông chè, ché chhut khì, che Leng. tò thâu tsai, tò tsai Lòh khì, thap thâu tsai.
擁擠，擠出去，擠奶。倒頭擠，倒擠落去，塌頭擠。

擪 iám, iap, ēng chit ki tsńg thâu á hoaⁿ, bong, kiāh, théh. Chhiú nih teh. iám meh, tsat meh.
ㄧㄢˇ, ㄧㄚ, 用一支指頭仔按，摸，攑，提。手勒咧。擪脈，節脈。
Pûn Siau ēng tsńg thâu á an tiàu iap tek jī chhe.
吹簫用指頭仔按跳，擪笛而吹。

擪 ùn, chhâi Pīⁿ, chhiat tn̄g ê ì sù.
ㄨㄣˇ, 裁平，切斷的意思。

擳 chek, Chiat, tiah mih, ēng chhiú at chih. at tn̄g. Chiat toān.
ㄐㄧㄝˊ, ㄐㄧㄚˊ, 摘物。用手扭折。扭斷。擳斷。

擫 hô, Phêng mih ê tōa sòe tsōe chió ê ì sù.
ㄏㄜˊ, 秤物的大小多少的意思。

擴 khǹg, khǹg, khǹg Lòh khì, khǹg hia, khǹg chia. ki koan khǹg tī tá Lòh. mih kiāⁿ khǹg hó sè.
ㄎㄥˋ, 擴落去，擴彼，擴這。機關擴佇那落。物件擴好勢。

造字 提物，手放開，寬下，擴落去，借寬白話音成字。

擿 tih, tih, tih Lâi tih khì, Gâu tih, Gín á tsok Giat. tih tauh, Put chí tih tauh. khin khin Phah ê ì sù.
ㄉㄧ, ㄊㄧ, 擿來擿去，勢擿，囝仔作孽。擿搭，不止擿搭。輕輕打的意思。
tih tauh, tih tih tauh tauh, bó chióng ê siaⁿ im, tauh á siaⁿ im, tih tauh chit ē. chhím tih chhiaⁿ.
擿嗒，擿擿嗒嗒，某種的聲音，嗒仔聲音，擿嗒一下。鐕擿鎗吵。

擣 tau, bô tau Sau, bô tau bô Sau, bô sio chiàh ǹg, bô saⁿ chiàh chhêng, Sau Sau ê ì sù.
ㄉㄠ, 無擣舔，無擣無舔，無相食向，無相食穿。舔舔的意思。

擨 Giáu, Giáu khui, Giáu Phòa, Giáu ô á. Giáu Liap á.
ㄍㄧㄠˇ, 擨開，擨破，擨蚵仔。擨粒仔。

ô á tau, Chiū sī ēng ô á kó hún Lâi tsú ê ì sù. ô á tau mī
蠔仔攪，就是用蠔仔糊粉來煮的意思。蠔仔攪麵。

十五畫

【擲】têk, kák, tìm, tsòh　têk tē iú seng, mih kiā tìm Lòh tē ū sian, tsòh chhut, tìm chhut khì ê
ㄉㄜˊ,ㄍㄚˊ,ㄉㄧㄣˋ,ㄗㄜˊ,　擲地有聲，物件擲落地有聲，擲出去，擲出去的
ì sù. hiat kák, tìm chioh thâu. tìm kîu, tsòh Lâi tsòh khì.
意思。棄擲，擲石頭。擲球，擲來擲去。

【攄】thu, ㄊㄨ,　chhun tit, thian khui, pâi Liat, sì soaⁿ, thoân Pò. thit thô. kap 摢 siāng khoán.
伸直，展開，排列，四散。傳布。迌迌。与摢同款。

【擷】khiat, ㄎㄧㄚˊ,　théh mih, ēng saⁿ tóe mih, tiah chhú, chhái khiat.
提物，用衫貯物，摘取，採擷。

【擾】jiáu, ㄖㄧㄠˇ,　kiáu chhá, hóan Loān. tioh bôa, hoân jiáu. kiáu jiáu, ka thiok bé, gû, iûⁿ, sí, khian, koe,
攪吵，反亂。着磨，煩擾。攪擾，家畜，馬，牛，羊，豕，犬，雞
Liok jiáu, Liok thiok. sūn jiáu, sūn thàn, un sūn.
六擾，六畜。馴擾，順趁，溫純。

【擸】Liap, ㄌㄧㄚˊ,　Liāu Lí, Lí chhî, ì chhî, at chih, mih phah phòa ê sian. Līu sòaⁿ, Liap sòaⁿ.
料理，理持，維持，搠折，物打破的聲。擸線，擸線。

【擂】Lûi, ㄌㄟˊ,　kín kín phah kó, hiat chioh, géng mih
緊緊打鼓，棄石，研物

【擽】Liok, ㄌㄧㄛˋ,　phah, siàn, siāu, théh mih, phah thih.
打，搧，摑。提物，打鐵。

【擴】khok, ㄎㄨㄛˋ,　sòe tiuⁿ hō i tōa, pàng tōa, khok tōa. khok tiong, khok chhiong. khok sàn. khok im ki
細張給它大，放大，擴大。擴張，擴充。擴散。擴音機。

【擷】biat, ㄇㄧㄝˋ,　bô tiâu tit ê ì sù. bô chiaⁿ, oai oai, bô tit. bòk bô chiaⁿ kìo biat siat, Lâng bô chiaⁿ
無條直的意思。無正，歪歪，無直。木無正叫擷揳，人無正
kìo biat siat. chhit biat ê ì sù,
叫儥傑。拭滅的意思。

【攀】phan, ㄆㄢ,　ín chhōa, khan khí Lâi, tiau Lòh Lâi, peh khí Lâi, ko phan. phan chhin, khan chhin ín chhek.
引導，牽起來，掉落來，趴起來，高攀。攀親，牽親引戚。

【擈】phok, ㄆㄛˋ,　phah, phah mih ê sian. phah kòng ê ì sù.
打，打物的聲。打摃的意思。

【擺】pái, ㄅㄞˇ,　poah khui, pâi Liat, iô tāng, phah. iô pái, iô iô pái pái. pài pò, pài Lōng.
撥開，排列，搖動，打。搖擺，搖搖擺擺。擺布，擺弄。

【擻】só, ㄙㄡˇ,　chiū sī kiàh koân ê ì sù. kiàh khí Lâi. chín tsok, hùn hoat, cheng sîn tó só.
就是擧高的意思。擧起來。振作，奮發，精神抖擻。

【擿】tòk, ㄉㄨˊ,　ēng chhiú théh khì, thiu chhut ê ì sù.
用手提起，抽出的意思。

【擼】Ló, ㄌㄨˇ,　chhiú chhut Lat Ló. iô Ló, iô iô Ló Ló, Ló khì. oah beh Ló sí.
手出力擼，搖擼，搖搖擼擼，擼氣。活也擼死。

【攦】tián, Lián, Lìn, ㄉㄧㄢˇ,ㄌㄧㄢˇ,ㄌㄧㄣˋ,　ēng chhiú Lián tńg teh gô ê ì sù. kō kō Lián, kō kō Lìn, Lìn Lâi
用手撚轉哋翱的意思。翱翱攦，翱翱攦，攦來
Lìn khì, Lìn Lòh khì. în Lián Lián. kóng oē bōe Lián tńg. kap 囫 siong tông.
攦去，攦落去。圓攦攦。講話繪攦轉。与囫相同。

【擮】chhek, chhiok, ㄑㄜˋ,ㄑㄧㄛˋ,　bôa, phah, kè thai. Lak Lòh khì, chhin chhiū hioh ka Lauh, chhek chhek, hong iap
磨，打。過篩。落落去，親像葉磕落，擮擮，楓葉
tek hoa chhiū chhek chhek. chhiok. Lō chhiok, chiū sī Lō tâm kohū Lâm thô ê ì sù.
荻花秋擮擮。擮，路擮，就是路溶擱有坐土的意思。

【撵】Lián, ㄌㄧㄢˇ,　ūn poaⁿ, poaⁿ mih kiāⁿ, Lián chhia, Lián Lián á.
運搬，搬物件，撵車，撵撵仔。

【擿】tek, tek, thek, ㄉㄜˋ,ㄉㄜˋ,ㄊㄜˋ,　taⁿ teh, thiau mih, théh mih ê ì sù. tìm Lòh ê ì sù, hiat kák ê ì sù.
擿席，挑物，提物的意思。抛落的意思，棄擢的意思。
poah tín tāng, tek tsâu thâm Loân. pê chhiūⁿ, thek tōng.
撥振動，擿巢探卵。爬癢，擿癢。

【攤】than, ㄊㄢ,　khui, chhiú Lâi pâi Liat, bān bān hoāⁿ, poah kiáu.
開，手來排列，慢慢按，博賭。

【擦】chhat, sat, ㄑㄧㄚˋ,ㄕㄚˋ,　kha tín tāng chhāu ê sian, bôa, boah, bong. sat, ià sòaⁿ, chhiⁿ chhin chhiūⁿ ià
脚振動草的聲，磨，抹，摸。擦，殺散，星親像殺散
soàⁿ chhut Lâi, chhin chhiū ià soa.
出來，親像殺沙。

補【攬】Lam, ㄌㄢˇ,　chham Lam, chiū sī chham tsap tsoe chit ē.
參攬，就是參雜做一下。

攕 Chiān, ㄐ一ㄢ, Chiān thâng, Gâu chiān, Chian mih. Chhiú chiān, kha chhiu Chiān. thau theh mih.
攕虫，勢攕，攕物。手攕，脚手攕。偷提物。

造字 手攕，本就是賤也，借賤成字。也有作孽的意思。

攢 tsán, ㄗㄢ, o Ló, tsân bí ê ì sù. hó. tsán. Siōng tsán.
謳咾，讚美的意思。好。攢。上攢。

造字 借贊成字，一般講攢啲讚美時，能擇大聲拇唱攢。

十六畫

攪 hāu, ㄏㄠ, kiáu jiáu, kiáu chhá, jiáu Loān ê ì sù.
攪擾，攪吵，擾亂的意思。

攉 hok, ㄏㄛ, Chhiú Péng tín tāng, Poaⁿ Chhiu hì.
手反振動，搬手戲。

攋 Lat, nāi, ㄌㄚ, ㄋㄞ, ēng chhiú Phí khui, húi hoāi, Phah Lih, hiat khì. Chhiú thián khui, tû khì.
用手披開，毀壞，打裂，棄去。手展開，除去。

攏 Lóng, Lông, hû, theh, Liah, ㄌㄨㄥ, khioh Liōh tsòe Chit hè, Lóng tsóng. Lông, chiū sī Liāu Lí Siat hoat ê ì sù.
扶，提，捕，抾攏做一夥，攏總。攏，就是料理設法的意思。

礱 Lông, ㄌㄨㄥ, Chiū sī Phah ê ì sù, kòng mih. Siu Lông, tsū Chip, khò Lông, khò kūn.
就是打的意思，摃物。收攏，聚集，靠攏，靠近。

攐 khian, ㄑ一ㄢ, ēng chhiu Chhiâu saⁿ á khah koâiⁿ ê ì sù.
用手 攐衫仔較高 的意思。

攗 so, ㄙㄛ, Chiū sī bong ê ì sù.
就是摸的意思。

攎 Lô, ㄌㄨ, Liah, theh, khiu, í chhōa, hâ, Siu Liám.
捕，提，扭，引導，譆，收斂。

十七畫

攙 Chhâm, ㄔㄢ, Chhì chhak, Lāi. hû khí. chhiⁿ ê miâ, thian Chhâm chhiⁿ. khan chhiu, Chhâm tioh chhiu.
刺鑿，利。扶起。星的名，天攙星。牽手，攙着手。

攘 jióng, jiông, jiōng, ㄖㄤ, kiáu jiáu, kiáu chhá. Phah Loān, Loān Loān. jiáu jióng. thau theh, thê sì, jióng toat.
攪擾，攪吵。打亂，亂亂。擾攘。偷提，攘□，攘奪。
khan Lâi Sak khì, thiah, tû khì, jióng Gōa. jiōng, saⁿ chhūn, saⁿ chek pī, khiam sùn, saⁿ niū.
牽來揀去，拆，除去，攘外。攘，相傳，相責備，謙遜，相讓。

攔 Lân, āⁿ, nôa, ㄌㄢ, nôa chí, nôa tsah, nôa tsó, nôa kīo, nôa chhia, nôa Lō, nôa khui. Lân tsū.
攔止，攔截，攔阻，攔轎，攔車，攔路，攔開。攔住。
nā, Lân Lō, tsó chí ê ì sù. āⁿ tsah, ēng chhiu khì tsó chí. āⁿ kui Peng, tōa sòe sim.
攔路，阻止的意思。攔截，用手去阻止。攔歸平，大小心。

攖 eng, ㄧㄥ, Chiong Chhiu Liáp, kiáu jiáu, chhiong tioh, hoān tioh, Phah Loān, Pek kūn.
將手拉，攪擾，衝着，犯着，打亂，迫近。

擧 kiat, khiat, khiân, kiah, Giáh, chêng saⁿ im Chió ēng, kiah koâiⁿ, kiah Pit, kiah Pō, kiah Chhiu.
前三音少用，擧高，擧筆，擧步，擧手。
kiah thâu, kiah tsan, kiah khí, Giáh thâu, Giáh Pit, Giáh Chhiu.
擧頭，擧曹，擧起。擧頭，擧筆，擧手。

擐 hōan, ㄏㄨㄢ, kng chhin chhiuⁿ kng chîⁿ, tsng khang ê ì sù.
貫親像貫錢，鑽孔的意思。

攦 teng, ㄉㄥ, khui khoah, khoah tōa, chhái ūi ê ì sù.
開闊，闊大，彩畫的意思。

十八十九畫

攜 hê, kōaⁿ, kap, ㄏㄝ, ㄍㄨㄚ, 与，携，擕，攜，Lóng Sio Siāng, 攏相同，Chhiaⁿ chham khó 13 ūi 請參考十三畫 攜。

攝 Liap, Siap, Siap, Chhiu Liah, theh, khīⁿ, Chiàm kòan, Siu Liám, saⁿ kiam, an Chēng, Liap jiân.
手拿，提，擒，佔權，收斂，相兼，安靜，攝然。
Liap chèng, Liap iáⁿ, Liap Chhú. Siap Seng Chi tō, Pó iōng Sin thé. khòng Siap, koán chè.
攝政，攝影，攝取。攝生之道，保養身体。控攝，管制。
khit kúi Siap khì, sam Siau Siap khì. chiū sī hō kúi bē khì ê ì sù.
給鬼攝去，山魈攝去。就是被鬼迷去的意思。

攛 Chhòan, ㄘㄨㄢ, hiat kak. ín iú Lâng tsòe m̄ tioh ê ì sù, kìo tsòe Chhòan toat.
棄捱。引誘人做毋着的意思，叫做攛掇。

擭 Sióng, Sŏng, kiàh, Liàh, tûi, kòng, Phah ê ì sù。cheng, so, bong
ㄒ一ㄤㄥ, ㄕㄤㄥ, 擭, 掠, 搥, 摃, 打的意思。衝, 抄, 摸。

攕 Chhiok, bôa, chhat khí Lâi, chhit mih
ㄑ一ㄜㄢ, 磨, 攕起來, 拭物。

攛 tsau, chhâ Sio Liau só chhun ê ì sù。chhâ tsau
ㄗㄨ, 柴燒了所剩的意思。柴攛

攗 kūn, theh, Siu jip, Lap chhut。Siu Sip, khioh。
ㄍㄨㄣ, 提, 收入, 納出。收拾, 抾。

攣 Loân, Loān, khún Pak, khan Liân, kha khut khiok, khan, thoa。Loan Siok, keng Loân, kha chhiú khut
ㄌㄨㄢ, ㄌㄨㄢ, 捆縛, 牽連, 脚屈曲, 牽, 拖。攣縮, 痙攣, 脚手屈曲
khiok ê pīn。kap 戀 ĩ thong。koan Liām, Loân Loân kò Liām。
的病。与戀字通。眷念, 攣攣顧念。

攞 Ló, Lô, chiū sī thiah Lih ê ì sù。kéng Sóan ê ì sù。
ㄌㄜ, ㄌㄜ, 就是拆裂的意思。揀選的意思。

攢 tsàn, tsoan, tsòan, tsong tsok tsū chip, tsàn tsū。bô bâi tsòng chiū iám koan chhâ kiò tsòe tsàn
ㄗㄢ, ㄗㄨㄢ, ㄗㄨㄢ, 宗族聚集, 攢聚。無埋葬就掩棺材, 叫做攢
tòe hō mîa, tsòan mâu tiân, tsoan siâⁿ
地號名, 攢茅田, 攢城:

攭 Lō, chiū sī Phah mih ê mîa。
ㄌㄜ, 就是打物的名。

攭 Lō, chiū sī Phah mih ê mîa。
ㄌㄜ, 就是打物的名。

攤 than, thoaⁿ, thôaⁿ, khui, chhíu Lâi Pâi Liat, bān bān, hōaⁿ。Su than, Lō pīⁿ ê bōe mih só tsāi。
ㄊㄢ, ㄊㄨㄢ, ㄊㄨㄢ, 開, 手來排列, 慢慢, 按。書攤, 路邊的賣物所在。
than hoàn。thoaⁿ hoân, hun kî Lâi hêng。thoaⁿ Phài, Pêng kun Pun Phòe。thoaⁿ tsòe kúi hūn。
攤販。攤還, 分期來還。攤派, 平均來分配。攤做幾份。
thoaⁿ i; thoaⁿ i ê chîⁿ, thoaⁿ i khah chió。
攤他; 攤他的錢, 攤它較少。

廿·廿一畫

攪 kiáu, ká, Loān, chhíu tín tāng, kiáu, Lā, kiáu tín tāng, kiáu jiáu, kiáu chhá。kiáu Pōan。
ㄍ一ㄠ, ㄍㄚ, 亂, 手振動, 攪, 撈, 攪振動, 攪擾, 攪吵。攪拌。
ká chhá, ká Lā, ká Lā chhá。chin Gâu ká。
攪吵, 攪撈, 攪撈吵。真勢攪。

攫 khiok, khok, ēng chhíu thèh mih, ēng kha ngēh, eng sit Phah ê ì sù, Cheng Siⁿ ēng Chêng kha Lâi jih。
ㄎ一ㄜㄢ, ㄎㄜㄢ, 用手提物, 用脚挾, 用翅打的意思, 猜狌用前脚來扼。
toat chhú, khiok chhú。ēng jiáu Phok chhú, Gō hó khok iûⁿ。
奪取, 攫取。用爪撲取, 餓虎攫羊。

攩 tóng, Pêng iú kûn, tóng Lūi。Phah kòng ê ì sù。kap 擋 Siāng khóan。
ㄉㄤ, 朋友群, 黨類。打摃的意思。与擋同款。

攨 oā, chhíu thèh mih, chhíu Pê mih, khan bán ê ì sù。
ㄨㄚ, 手提物, 手爬物, 牽挽的意思。

攬 Lám, áⁿ, Liám, Liân, kéng iàu kín ê, Liāh, thèh, Phō, khīⁿ。Lám oá, Pau Lám, Lám bé。
ㄌㄢ, ㄚ, ㄌ一ㄢ, ㄌ一ㄢ, 揀要緊的, 捕, 提, 抱, 擒。攬倚, 包攬, 攬尾。
Phō tsòe hé, chhin chhiūⁿ áⁿ áⁿ tsòe chit ē。áⁿ kíaⁿ khùn。Pau Liám bé, bô kàu Giàh
抱做夥, 親像攬攬做一下。攬子睏。包攬尾, 無夠額
ê Góa Lóng chhut。Lián bé, Pi sài múi múi su, Lóng tì bé á mîaⁿ, Pau Lian bé。
的我攤出。攬尾, 比賽每每輸, 攏佇尾仔名, 包攬尾。

欛 Pà, to Pìⁿ ê mîaⁿ, thûi, Siók pà
ㄅㄚ, 刀柄的名, 槌, 俗把

廿二—廿九畫

攮 Lóng, chiū sī chhíu toat ê ì sù。chhui Lóng。Lóng chit to, chhia chit to ê ì sù。
ㄌㄤ, 就是搶奪的意思。推攮。攮一刀, 刺一刀的意思。

攝 tiap, kòa teh, kùi teh, Pâi Liat。Siu jip ê ì sù。
ㄉ一ㄝ, 掛啲, 挂啲, 排列。收入的意思。

攀 bàn, Loân, kńg tang im ê kóe seh, chiū sī thèh Lóh, Sak, Ló tsûn。
ㄇㄢ, ㄌㄨㄢ, 廣東音的解說, 就是提落, 揀, 撸船。

𢹿 ut, aú khiau, aú bàn, aú ut, ut khiau。
ㄨㄜ, 拗曲, 拗彎, 拗𢹿, 𢹿曲。

支 部 65

【支】Chi, ki　ㄓ一，ㄍ一
Chhíu at tek, chhiū kun ê khoán sit, chhiū ki hun chhe. hû chhî. hun chi, chi tsū, chi chhî.
手擲竹，樹根的款式，樹枝分叉。扶持。分支，支柱，支持。
tē chi, tsap jī chi. chi lîu, chi phòe, chi chhut. chi tiàm, chi phiò, chi oān, chi lī phò chhùi.
地支，十二支。支流，支配，支出。支店，支票，支援，支離破碎。
chi tiám, chi soàn. ki, hun ki, chit ki, nn̄g ki. hun kúi nā ki.
支點，支線。支，分支，一支，兩支。分幾若支。

四畫

【㧗】Pí, phí, pit, khì khū phah phái, pit hûn, bē phòa lī. phí lī. chhíu pit, pit khui
ㄅ一，ㄆ一，ㄅ一ˋ，器具打壞，比支紋。未破離。比支離。手比支，比支開，

六一八畫

【㩭】Chi, ㄓ一，
tsōe tsōe ê ì sù. hok kiàn séng lâng siōng teh ēng ê.
多多的意思。福建省人，常啲用的。

【攲】khi, ㄎ一，
khìn hō i khì. bô khìa tit, oai khi, thán khi, khi chhia.
拎徑它去；無竪直，歪攲，袒攲，攲斜。

【㪚】Sàn, ㄙㄢˇ，
Pàng khui. pho. sàn lī. sì soàn, iā soàn, sù sàn. kap 散 siong tông.
放開。波。相離。四散，㪚散，四散。与散相同。

攴 部 66

【攴】Phok, ㄆㄛˋ，
Chiū sī khin khin phah ê ì sù. kap 撲 siong tông.
就是輕輕打的意思。与撲相同。

【攵】Phok, bûn　ㄆㄛˋ，ㄨㄣˊ，
kap 攴 jī siong tông. 攴 ê siok jī. 66 pō ê jī bú
与攴字相同。攴的俗字。六十六部的字母。

二·三畫

【攷】khó, ㄎㄠˇ，
Lāu lâng, pē bú sí liáu chheng hō, sian khó. 考 ê siok jī. chhâ mn̄g, phah, khó kàu.
老人；父母死了的稱呼；先攷。考的俗字。查問，打，攷教。

【收】Siu, ㄕㄡ，
théh, siu sip, chih chiap. chek tsū. khǹg bat. tsòe soah, siu hûn. siu tsông, siu sêng.
提，收拾，接接。積住。藏密。作煞，收魂。收藏，收成。

【改】kái, kóe　ㄍㄞˇ，ㄍㄨㄝˇ，
ka kī chek pī, hóe kái. oān, khah hó, keng kái. thòe oān, kái pìn, kái oān. kái tsō.
像已責備，悔改。換，較好，更改。替換，改變，改換。改造。
kái chìn. kái siān. kái kek. kái chiàn. kóe hó, kóe mîa oān sìn. kóe thâu oān bīn.
改進。改善。改革。改正。改好，改名換姓。改頭換面。

【攻】kong, ㄍㄨㄥ，
phah, tsoan bū, tsòe kang. liāu lí, bián lē. kong thok, kong kek, kong tán, ēng kong.
打，專務，做工。料理，勉勵。攻讀，攻擊，攻打，用功。

【攸】iu, iû　一ㄡ，一ㄡˊ，
kiâⁿ tī tsúi nih, siû tsúi, tsúi chhim ê só tsāi teh tsông, kap sìⁿ mīa ū só koan hē, sèng bēng
行佇水裡，泅水，水深的所在啲趖；与性命有所關係，性命
iu koan. siong iû, thòe tsa bó kiáⁿ kéng kè ê só tsāi. iû jiân jī sè. lâng ê jī sìⁿ
攸關。相攸，替查某子揀嫁的所在。攸然而逝。人的字姓。

四畫

【政】Cheng, chèng　ㄓㄥ，ㄓㄥˋ，
thiu hiòng, hòk sāi, kok ka, kok ê hoat tō, kok chèng. chèng tī, chèng tóng.
抽餉，服事，國家，國的法度，國政。政治，政黨。
chèng thè, chèng piàn. chèng chhek, chèng hú. tē cheng, hù sòe. (kun tsú í bêng sià chèng)
政體，政變。政策，政府。地政，賦稅。(君子以明庶政。)
(chèng tian í pêng pang kok, í chèng pek koan í kun bān bîn)
(政典以平邦國，以正百官以均萬民。)

【放】hóng, hòng, Pàng　ㄈㄤˇ，ㄈㄤˋ，ㄅㄤˋ，
hóng, khòaⁿ iūⁿ, oh, kàu, oá khò, pí phēng, ū hóng ê ì sù. hòng,
放，看樣，學，到，依靠，比並，有仿的意思。放，
khu tiòk, liû hòng. hiat kak, hòng khì. hòng sim. hòng chhiú. hòng chhiòng. hòng tōa.
驅逐，流放。棄壙，放棄。放心。放手。放縱。放大。
Pàng phàu, pàng sìⁿ, pàng chhèng, pàng phùi, pàng hé.
放炮，放生，放銃，放屁，放火。

攽 Pan, Pin ㄅㄢ,ㄅㄧㄣ Sīuⁿ sù, Pan sù. Pun hō-Lâng, Pan hoat. kóng bêng Pan chiàu. hun khui, hun sòaⁿ. kiám chió,
賞賜，攽賜。分彶人，攽發。請明，攽照。分開，分散。減少，
Pìn kiám。khì hūn tsap。
攽減。氣混雜。

Pe, ㄅㄝ **攺** Pa, Pê ㄅㄚ,ㄅㄝ chiū sī siu Liám, Siu jip, Chek tsū ê ì sù. Pê, bak Pê, Chhioⁿ to bak Pê.
就是收斂，收入，積住的意思。攺，木攺，鎗刀木攺。

敀 Phí ㄆㄧ khì khū Phah Pháiⁿ, Phòa bē Lī ê ì sù. bē oân tsoân Phòa ê ì sù.
器具打壞，破未離的意思。未完全破的意思。
Pe Pn̄g, ēng tī 攺敀飯，用箸 Pe Pn̄g jip chhùi. 攺飯入嘴。

五·六畫

叜 keng, kèng, kiⁿ, kap ㄍㄥ,ㄍㄥ,ㄍㄧ,ㄅ Siong tông, kian kò ê khóan. kóe oāⁿ. nî hòe. in toāⁿ. keng oāⁿ.
更 相同，堅固的款。改換。年歲。因端。更換。
keng thòe, koh tsāi. koh hah, kèng ka. Saⁿ kiⁿ Poaⁿ mî. kiⁿ chhim jîn Chēng. Chiú kiⁿ.
更替，閣再。閣較，更加。三更半冥。更深人靜。守更。
kiⁿ Liâu, kiⁿ khok. kò kiⁿ. jī kiⁿ, Gō kiⁿ kó.
更寮，更柝。顧更。二更，五更鼓。

敂 khò ㄎㄡ Phah, khin khin kòng. khap thâu, khàu tû. thong
打，輕輕摃。磕頭，扣除。通 扣。叩。

故 kò ㄍㄨ kah i khì tsòe, kò sú chi. tāi chì kū kū, kò sū. kò ì. iân kò. kò hiong. kò Chiōng
該他去做，故使之。傳誌旧旧，故事。故意。緣故。故鄉。故障

敃 bín, bîn ㄇㄧㄣ,ㄇㄧㄣ iông, ū khùi Lát, oē kham tit tsòe Chiaⁿ sū.
勇，有氣力，能堪得做成事。

敁 tiam ㄉㄧㄢ chiū sī chhìn mih, á sī niū mih ê ì sù.
就是秤物，或是量物的意思。

敂 Phâu ㄆㄠ Chiū sī ēng chhiú Phah ê ì sù.
就是用手打的意思。

敆 hut ㄏㄨㄛ chiáng koán, tī Lí. Phah Phòa.
掌管，治理。打破。

敋 khò ㄎㄜ chiū sī Phah ê ì sù.
就是打的意思。

效 hāu ㄒㄧㄠ hóng iūⁿ, óh, Chhin Chhiūⁿ, hóng hāu. hāu hoat. èng Giām, hāu Giām. hāu Lėk. hāu Lô.
仿樣，學，親像，仿效。效法。應驗，效驗。效力。效勞。

敉 bí ㄇㄧ Pêng tiāⁿ, bí Pêng. kian kò, an ùi, bí an. Siat Lip. sim koaⁿ ū ài.
平定，敉平。堅固，安慰，敉安。設立。心肝有愛。

敤 Pheng ㄆㄥ Phah mih ê siaⁿ. Phah Chhâ Pán ê siaⁿ.
打物的聲，打柴板的聲

七 畫

敕 thek ㄔ Chhì khoàⁿ, Saⁿ iok, Lô khó ê ì sù. bián Lē, hoat tō, kéng kài, Liāu Lí. iā thang tsoh 勅.
試看，相約，勞苦的意思。勉勵，法度，警戒，料理。也可作勅。

教 kàu, kà, kah ㄐㄧㄠ,ㄐㄧㄠ,ㄐㄧㄠ sī tōa ēng hoat tō, kà sī soè. bēng Lēng, óh. káu iòk, kàu hák, tsong kàu, kàu hōe.
是大用法度，教是小。命令，學。教育，教學，宗教，教會。
kàu sū, kàu hùn. kàu tsú. kà sī, kà koai, kà kiaⁿ, kà chheh, kà sai á, kà óh.
教士，教訓。教主。教示，教乖，教子，教書，教師仔，教學。
Chhe k, khoài kah, kah i tsòe sū.
差教，快教，教他做事。

救 kiù ㄐㄧㄡ Pang tsān, Pó hō. ùi chí. kìm, kiù, chín kiù, kiù sè, kiù hé, kiù Lâng, kiù Chè, kiù kok.
幫助，保護。圍止。禁，救，拯救，救世，救火，救人，救濟，救國。

敏 bín ㄇㄧㄣ chhang mîa, thong tát, kín, Chiap, khoài. Chhong bín. bín Chiat. bín jōe.
聰明，通達，緊，捷，快。聰敏。敏捷。敏銳。

敖 Gô, Gō ㄠ,ㄠ ngô, ngō, kiaⁿ sóa, hì hiok, khoàⁿ oàh. kú kú tn̂g tn̂g. Gō bān, khoàⁿ khin Lâng.
厶会，厶云，行徙，戲謔，快活。久久長長。敖慢，看輕人。
tāi bān, bú bān, tsū ko. Lâng ê jī sìⁿ. kiaⁿ iû, Gô iû. bô khiam Pi.
怠慢，侮慢，自高。人的字姓。行遊，敖遊。無謙卑。

敗 Pāi ㄅㄞ Phah Pháiⁿ, tó hoāi, sì sòaⁿ. Sún Siong. Pāi hoāi. Pāi Peng, Chiàn Pāi, Sit Pāi.
打壞，倒壞，四散。損傷。敗壞。敗兵，戰敗，失敗。

敘 Sū ㄒㄩ Pāi Liát, téng tē, Chham Siông, Gī Lūn, Phô Pāi ê oē. Sū Lūn, Sū sút, Sū sū.
排列，等第，參詳，議論，鋪排的話。敘論，敘述，敘事。

敔 Gú ㄩ Gák khì ê mîa, kìm chí, soàh, Gák tsàu Liáu Só Phah ê Gák khì. Chhī bē ê só tsāi. kau kài.
樂器的名，禁止，息，樂奏了所打的樂器。飼馬的所在。交界。

【敓】 toat, thoat, ㄉㄨㄚㄊ, ㄊㄨㄚㄊ; kiōng kiōng thèh, 強強提; cheng toat, 爭敓; chhiūⁿ toat, 搶敓。jī sìⁿ, 字姓。

【敀】 Pó, Pô, ㄅㄜ, ㄅㄜ; Chhù teh beh tó hoāi ê khóan sit, 厝哟乜倒壞的款式。

【敥】 iām, iā, 一ㄚㄇ, 一ㄚ; ēng chhiú iā mih hō i sòaⁿ sòaⁿ, 用手敥物伓它散散。iā sòa, 敥散; iā kháng chhī ti, 敥糠飼豬; sì kòe iā, 四界敥; iā soa, 敥沙; iā ng á, 敥秧仔。

【敐】 Sìn, ㄒ一ㄣ; saⁿ kap tín tāng lâi hoaⁿ hí ê khóan, 相與振動來歡喜的款。Phah ê siaⁿ, 打的聲。

八畫

【敞】 chhióng, ㄑ一ㄜㄥ; khui, 開; lō hian, 露現; bōa, 磨; bōa kng, 磨光; hián bêng, 顯明; koâiⁿ koâiⁿ, 高高; thóaⁿ pîⁿ, 挖平。

【敡】 Īⁿ, 二; Chiū sī bú bān, 就是侮慢; kóe oāⁿ ê ì sì, 改換的意思。

【敢】 kám, káⁿ, kiám, khiám, ㄍㄚㄇ, ㄍㄚ, ㄍ一ㄚㄇ, ㄎ一ㄚㄇ; chin chêng khì thèh, 進前去提; hó tāⁿ, 好胆。bô ià, 無厭。tam tng, 担當; chhiⁿ chhái, 且採; khí kám, 豈敢。kám tng, 敢當。
kám giân, 敢言; káⁿ kóng, 敢講; kám lō put kám giân, 敢怒不敢言。káⁿ, 敢; m̄ káⁿ, 唔敢。káⁿ sí, 敢死。kiám chhái, 敢採。kiám oē, 敢能。
kiám bōe, 敢𣍐; chiū sī in bô koat tēng ê ì sù, 就是應無決定的意思。khiám chhái, 敢採; chiū sī kap kiám chhái siāng khoán ì sù, 就是与敢採同款意思。

【𢻘】 kham, ㄎㄚㄇ; chiū sī chiáu tok mih ê ì sù, 就是鳥啄物的意思。

【敝】 Pè, ㄅㄝ; Phòa saⁿ, 破衫; khì sak, 棄揀; bô lō ēng, 無路用; pāi hoāi, 敗壞。pè pāi, 敝敗。tsū khiam ê jī, 自謙的字。pè sìa, 敝舍; pè jîn, 敝人; pè kok, 敝國。

【散】 sán, sàn, sóaⁿ, sòaⁿ, ㄙㄚㄋ, ㄙㄚㄋ, ㄙㄨㄚ, ㄙㄨㄚ; sàn khai, 散開; sòaⁿ khui, 散開。chiú tsoaⁿ ê mîa, 酒盞的名; chiok sán, 酌散。tan ko óan sán, 丹膏丸散; iòh sán, 藥散。
saⁿ lī, 相離; sì sòaⁿ, 四散; hun sòa, 分散。sòaⁿ iā, 散敥; sóaⁿ sóaⁿ bô sit, 散散無實。

【敦】 tun, tui, tiau, tùi, ㄉㄨㄣ, ㄉㄨㄟ, ㄉ一ㄠ, ㄉㄨㄟ; siū khì, 怒氣; tōa, 大; kāu, 厚; ke thiⁿ, 加添; bō sēng, 茂盛; tiong hō, 忠厚; bián lē, 勉勵; sêng sit, 誠實; tun tok, 敦篤。
tun hō, 敦厚; tun bók, 敦睦; tun phèng, 敦聘; tun lûn, 敦倫。tui, ka kī chit ê lâng, 敦,家己一個人; tui jiân tok siok, 敦然獨宿。tui pí, 敦彼
tok siok, 獨宿。tui, chiū sī tóe mih ê pôaⁿ, 敦,就是貯物的盤。tiau, 敦; tit sèng tē, 直性地; tiau tī, 敦迺; chiū sī chhai ūi ê ì sù, 就是彩畫的意思。tiau kiong ūi, 敦弓畫。

【敤】 chhiok, chhoah, ㄑ一ㄜㄎ, ㄑㄨㄚㄏ; chhiūⁿ kiap lâi thèh lâng ê mih, 搶劫來提人的物。Phah, 打。chhoh khì, 敤去; chiū sī kiông chhiūⁿ khì ê ì sù, 就是強搶去的意思。

【敧】 chhâm, tsam, ㄑㄚㄇ, ㄗㄚㄇ; chiū sī chiáu á teh mih ê ì sù, 就是鳥仔啄物的意思。chiáu chhâm mih, 鳥敧物。

【敧】 i, khi, 一, ㄎ一; i, 敧; bô tsôe ê khóan sit, 無齊的款式。khì khū bô pîⁿ ê ì sù, 器具無平的意思。

【𢾑】 Liap, ㄌ一ㄚㄆ; that bàt, 塞密; khui toē hām lâi liàh khîm siù, 開地陷來捕禽獸。bong, 摸; koaiⁿ, 關。

【敪】 toat, ㄉㄨㄚㄊ; tsai khin tāng, 知輕重; niú mih, 量物。Lâng chiah mih bô koaⁿ kín ê ì sù, 人食物無赶緊的意思。

九十畫

【敬】 kèng, ㄍ一ㄥ; kèng pài, 敬拜; kín sīn, 謹慎; hōng sêng, 奉承; pài, 拜。kèng tiōng, 敬重。kèng ûi, 敬畏; kiong kèng, 恭敬; kèng ài, 敬愛; kèng gióng, 敬仰。

【敫】 kek, ㄍㄝㄎ; kèng jîn, 敬人; kong kéng, 光景; chhiūⁿ koa, 唱歌; Phah, 打; kiong kèng, 恭敬。

【敹】 Liân, ㄌ一ㄚ; kéng mih, 揀物; tûi, 搥; Phah mih ê ì sù, 打物的意思。

【敁】 tiam, ㄉ一ㄚㄇ; Phah, tûi chioh, 打,搥石; tok chiòh ê ì sù, 琢石的意思。

【敷】 sáu, ㄙㄚㄨ; Chiū sī Phah ê ì sù, 就是打的意思; Lám, 攬; kiáu, 攪; chham tsap, 參雜。

【敳】 khái, ㄎㄞ; Phah kó, 打鼓。khui thiah lí khì, 開折理氣; tī lí, 治理。

【敲】 khau, ㄎㄚㄨ; Phah, khā, 打,叩; khiat, 揭; pê, 爬; tah kau, 搭鉤; khau to, 鉤刀; khau cheng, 敲鐘。lûi kó, 擂鼓。chhiah, 敲; Phah chhiauh, 打敲
chhiauh, ㄑ一ㄠㄏ; chiū sī Phah tek kóng chhiūⁿ koa ê ì sù, 就是打竹管唱歌的意思。chhiauh chhiauh kìo, 敲敲叫。chhiauh chhiauh háu, 敲敲哮。

date theme 支部 66 page

毄 kî, ㄍㄧˋ; keng chhiⁿ ê khóan sit. ngī ê khóan
弓箭的款式。硬的款

歉 khiam, ㄎㄧㄢˋ; tham sim, mih ê kè tat sāⁿ hap. Chiáu teh mih ê ì sù.
貪心，物的價值相合。鳥啄物的意思。

敠 Lek, ㄌㄜˋ; théh, kiáh, hōaⁿ ê ì sù.
提，擧，按的意思。

十一—十二畫

敷 hu, ㄈㄨ; Pin sī tōa. Pâi liat. Phó. Pò iòng, kà sī, sì soàⁿ. hu tîn, hu siat, hu ēng, hu iân.
布是大。排列，鋪，報揚，教示，四散。敷陳，敷設，敷用，敷衍。

毆 áu, khu, ó, ió, ēng koáiⁿ á sa Phah, kòng mih, áu jiok, áu tán, áu chih, chiū sī at tn̄g ê ì sù.
ㄡˇ，ㄑㄩ，ㄛ，ㄧㄛ，用杨仔相打，擴物，毆辱，毆打，毆折，就是拗斷的意思。
khu, kó bûn ê khu jī, koáⁿ kín, hut jiân, Páu tsáu. ó táⁿ, ó jiok kap thak áu siāng
毆，古文的驅字，趕緊，忽然，跑走。毆打，毆辱与讀毆同
khóan. ió chih, kha kut ió chih. á sī ió tn̄g.
款。毆折，脚骨毆折。或是毆斷。

敹 Liâu, ㄌㄧㄠˊ; khoe kah, kéng, Liâu lí.
盔甲，簡，敹理。

數 Chhiok, Sò, Sok, Siàu, Chhiok, sòe sòe khòaⁿ bōe kìⁿ, iú iú bát bát. Sò, Sò bók. Sò Giáh.
ㄘㄨˋ，ㄕㄨˋ，ㄕㄨㄛˋ，ㄒㄧㄠˇ，數，細細看膾見，幼幼密密。數，數目。數額。
Sò Liōng, Sò jī, it, jī, sam, Sò hak. tam póh, toaⁿ toaⁿ, Sò chhù, sim nih iú sò.
數量，數字，一，二，三，數學。淡薄，單單，數次，心裡有數
Pō sò, thian sò. sok, Pín sok, Chiap chiap tn̄g séh, tauh tauh. Siàu, Siàu giah.
步數，天數。數，頻數，捷捷轉𨑨，沓沓。數，數額。
Siàu bak, siàu tiâu. kóan siàu. hó lâng kheh, hó kha siàu.
數目，數條。管數。好人客，好脚數。

敵 ték, ㄉㄧˊ; kîu sîu, tí tng, sāⁿ tùi, Phit phòe, tùi ték, tí ték. ték chhíu. jîn chiá bû ték.
仇讐，抵當，相對，匹配，對敵，抵敵。敵手。仁者無敵。

敾 Chha, tsa, ㄑㄚ，ㄗㄚ; Chiong chhiu tsng thâu á hōaⁿ. théh. (ê ì sù 意思)
將手指頭仔按。提。

整 Chéng, tsáⁿ, ㄓㄥˇ，ㄗㄚˇ; chéng chê, siu lí, siu chéng. Chéng tùn, oân chéng. tsôe tsáⁿ, chiū sī chhù sū tsôe tsôe
整齊，修理，修整。整頓，完整。齊整，就是次序齊齊的

敿 hûn, ㄏㄨㄣˊ; tōa kó, tn̄g Poeh chhioh.
大鼓，長八尺。

敽 kiáu, ㄍㄧㄠˇ; Pak tiâu, Pak sāⁿ liân ê ì sù.
縛跳，縛相連的意思。

敲 khiau, ㄎㄧㄠ; chiū sī phah ê ì sù. chhân.
就是打的意思。田，

敹 tèng, ㄉㄥˋ; chiū sī phah, tín tāng, tōng tóh, iô ê ì sù.
就是打，振動，動着，搖的意思。

㪔 Sàn, ㄙㄢˋ; Chhap tsap ê bah, chhùi chhùi ê bah, tsām bah ê siaⁿ.
囃雜的肉，碎碎的肉，斬肉的聲。

十三—十六畫

敳 khài, ㄎㄞˋ; Chhim chhim kian tēng ê ì sù. Lê khak tēng ê pó pòe.
深深堅定的意思。螺殼碇的宝貝。

斁 ék, tò, ㄧˋ，ㄉㄨˋ; tók, kóe pìⁿ, iàm chiān, kau bé. kng bêng. Pāi hoāi, húi hoāi. hók chi bû ék,
改变，厭賤，到尾。光明。敗壞，毀壞。服之無斁，
tò, boah. bak tioh, Pāi hoāi, hòⁿ tò. tò Pāi. tók Pāi, ì sù siāng khóan.
斁，抹。染着，敗壞，耗斁。斁敗。斁敗，意思同款。

斂 Liám, Liām, ㄌㄧㄢˇ，ㄌㄧㄢˋ; tsū chip, siu sip, chek tsū, siu khǹg, séng ēng. jī sìⁿ. Siu liám, liám sò.
聚集，收拾，積聚，收藏，省用。字姓。收斂，斂數。
Siu tāng hiòn, kiòng kiòng théh, Liām tsâi. Liām chiok, m̄ káⁿ chìn chêng.
收重餉，強強提，斂財。斂足，不敢進前。

斄 Lê, ㄌㄧˊ; chiū sī tùi ték ê ì sù.
就是對敵的意思。

斃 Pē, ㄅㄧˋ; tó tit, sí. Cheng sìⁿ kap hā chiān ê lâng sí ê ì sù. Pē phak. to kiâⁿ put gī pit tsū pē.
倒直，死。精牲與下賤的人死的意思。斃仆。多行不義必自斃

斅 Chhiong, ㄑㄩㄥ; chiū sī bô chhiáⁿ ka kī lâi ê ì sù.
就是無請，家己來的意思。

斁 chhiok, ㄑㄧㄛˋ thoân hō͘ Lâng。傳給人。chhak, tsân, thiàⁿ thàng。鑿，剗，痛，疼。

斀 chhoân ㄔㄨㄢ Cheng khū, hō͘ bí ê khak Lut khí Lâi。舂臼，給米的殼脫起來。

斆 hák, hāu, ㄏㄚˊ, ㄏㄧㄠˋ chiū sī óh tn̂g, hak jī ê Pún jī。就是學堂，學字的本字。hak hāu, hiān tsāi tsoh hāu。學斆，現在作校。hak sip, hak sip ê só͘ tsāi, kàu, kà Lâng kak Gō͘。kà sī Lâng hiáu Gō͘。hau hak Siong tióng。學習，學習的所在，教，教人覺悟。教示人曉悟。斆學相長。

文部 67

文 bûn, bū̍n ㄨㄣˊ, ㄨㄣˋ Lâng ê sìⁿ。人的姓。Gú Giân ê kì hō。語言的記號。bûn jī, bun chiuⁿ, tsoh bûn。文字，文章，作文。Chéng Chê ê ì sù，整齊的意思。bûn ngá, bun jîn, bûn sū, bun hòa, bûn chhái。文雅，文人，文士，文化，文采。bûn kò͘ sek hui, iám khàm, tsng tsòe。文過飾非，掩蓋，妝做。

四一八畫

斈 kú, ㄍㄨˇ Siang chhíu Lâi théh, nn̄g Lâng Lâi kng。双手來提，兩人來扛。chhia, chhia Lián, kng, Giâ, théh。車，車輪，扛，夯，提。

斉 tsai, ㄗㄞ 齊·齋 ê kan siá, tsū kí iok sok, chheng khì, tsòe tsáⁿ。的簡寫，自己約束，清氣，齊整。

斐 hui, húi, ㄈㄟ, ㄈㄟˇ Lâng ê sìⁿ。人的姓。hoe jī hun bêng, bûn chhái súi。花字分明，文采美。bûn Lí hó khòaⁿ。紋理好看。chhin chhiūⁿ pà phê ê khoan sit。親像豹皮的款式。hoe pan。花斑。húi jiân sêng chiong, hêng iông bûn chiong khó koan。斐然成章，形容文章可觀。

斌 Pin, ㄅㄧㄣ bûn chit kiam pī, bûn chit Pin Pin, kap 彬 sio siāng ì sù。文質兼備，文質斌斌，与彬相同意思。

斑 Pan, ㄅㄢ tsap sek, chhai sek, hoe tiám, hoe pan, pan tiám。雜色，彩色，花點，花斑，斑點。Pan bûn。斑紋。Pan bé。斑馬。Pan Pe̍h。斑白。

九一十七畫

斔 hoàn, ㄏㄨㄢˋ Sek tī súi hó khòaⁿ ê ì sù。色緻美好看的意思。hoàn Lân 斔斕

斒 Pan ㄅㄢ kap 斑 Siāng khoán。与斑同款。Pan Lân, hó khòaⁿ, Sek chhái súi。斒斕，好看，色彩美。

斕 Lân, ㄌㄢˊ hoàn Lân。斔斕。Pan Lân。斒斕。Sek chhai súi, hó khòaⁿ。色彩美，好看。

斗部 68

斗 tó, táu, ㄉㄡˇ tóe mih ê khì khū, 貯物的器具，tsap chin sī chit táu。十升是一斗。niū mih ê tan ūi。量物的單位。chiú pân。酒瓶。chhiⁿ ê mîa，星的名，Pak táu chhiⁿ。北斗星。tau á，斗仔，chiu táu，酒斗，bí táu，米斗，tōa táu，大斗，sòe táu。小斗。táu kài。斗槩。

六一九畫

斟 hat, ㄏㄚˊ théh, théh mih, kiah, tú ê ì sù。提，提物，擇，拄的意思。

斝 ká, ㄍㄚˇ Gek ê chiú poe 玉的酒杯。

料 Liāu, tiāu, ㄌㄧㄠˋ, ㄌㄧㄠˊ niū tsōe chió, 量多少，phah sǹg 打損，Liāu tō͘。料度。Liāu Liōng。料量。Sǹg Liāu。損料。tī Lí, 治理，Liāu Lí。料理。chhâi Liāu, bók Liāu, chháu Liāu, chia̍h Liāu, bu̍t Liāu。材料，木料，草料，食料，物料。ū Liāu 預料，Liāu Sióng。料想。Liāu Sǹg 料算 tsâi tiāu, ū tsâi tiāu, Gâu ê ì sù。才料，有才料，勢的意思。ū tsâi tiāu tsoh Lí Lâi。有才料作你來。

斛 hák, khoe̍h, ㄏㄨˊ, ㄎㄨㄝˋ tóe mih ê khì khū, 貯物的器具，tóe tsap táu。貯十斗。ioh chháu mîa，藥草名，chioh hák。石斛。chhiūⁿ khoe̍h。牆斛。chiū sī，就是

ēng Sam àh thô Lâi tsòe Chhiûⁿ。
用杉 押土 來做牆。

〔斜〕Chhiâ, Chhiâ, Siâ, Chhoah, ûn ûn á hē Lòh, Sì Sòaⁿ, bô Chiàⁿ, Oai, bô Pîⁿ, Chhiâ Chhiâ,
ㄑㄧㄚˊ, ㄑㄧㄚˊ, ㄒㄧㄚˊ, ㄑㄨㄚ, 緩緩仔向落去, 四散, 無正, 歪, 無平, 斜斜,
khi Chhiâ。Chhiâ, Chiū sī bô Pîⁿ Sió khóa kiā, Chhu Chhu ê ì sù。Siâ sòaⁿ。Siâ tō。
敧斜。斜, 就是無平小許崎, 斜斜的意思。斜線。斜度。

〔斝〕ká, ㄍㄚˇ; kap 斝 Siong tông。Gėk ê Chiú Poe。
与斝相同。玉的酒杯。

〔斞〕jú, ㄖㄨˇ; Chiū sī niū mih ê khì khū。tsap Lák táu。
就是量物的器具。十六斗。

〔斟〕Chim, thîn, iúⁿ mih ê khì khū, iúⁿ mih, Chim Chiok。thîn, thîn tām Póh, thîn tê, thîn Chiú,
ㄓㄣ, ㄊㄣ, 舀物的器具, 舀物, 斟勺。斟, 添淡薄, 斟茶, 斟酒,
thîn iû, thîn tīⁿ, Chim Chiok, Chhek tók sū Lí, khó Lū tāi Chì, Sī m̄ sī thang tsòe
斟油。斟滇。斟酌, 測度事理, 考慮事誌, 是毋是可做。

十一十二畫

〔斡〕koán, Oat, koán koaⁿ, tsú Lâng, tsū tsoan, tsú Léng。Lê á ê Pìⁿ, ūn tsóan, oat ūn。tò tńg,
ㄍㄨㄢˇ, ㄨㄛˋ, 斡官, 主人, 自專, 主領。犁仔的柄, 運轉, 斡運。倒轉,
oat Sòan, í keng Phah Pháiⁿ ê tāi Chì, Chiong tiong tiau theng, mî Pó hó。
斡旋。已經打壞的事誌, 從中調停, 彌補好。

〔斢〕Ló, Láu, kun Peng Chhiúⁿ toat Lâng ê mih。thó Lâu
ㄌㄛˊ, ㄌㄠˊ, 軍兵搶奪人的物。斢斢。

〔斠〕ku, khu, tùi tsûn Poaⁿ kè Pat Chiah。hē mih Lòh tsûn。
ㄍㄨ, ㄎㄨ, 對船搬過別隻。置物落船。

〔斛〕ku, ㄍㄨ; koáⁿ, Lák, Chiáh Chiú。ku Chiú。Kiû Siû
携, 掠, 食酒。斛酒。仇讐。

〔斢〕thó, ㄊㄛˊ; kun Peng Chhiúⁿ toat Lâng ê mih。thó Láu
軍兵搶奪人的物。斢斢。

斤 部 69

〔斤〕kun, ㄍㄨㄣ; Chhò Chhâ。ēng thih tsòe, khiau bók tsòe Pìⁿ, á sī kun, Pó thâu。niū khin tāng ê mîa。
剉柴。用鐵做, 曲木做柄, 或是斤, 斧頭。量輕重的名。
kin, ㄍㄧㄣ; chit kun, tsap Lák niú。kong kun。kun Liōng。kun kun kè kàu, teng Chin。
一斤, 十六兩。公斤。斤量。斤斤計較, 戥真。

一一七畫

〔斥〕thek, ㄊㄜˋ; kóaⁿ Chhut, kek tiók, Pâi thek, Chek Pī, o thek。Chhiong móa, Chhiong thek。thiah khui,
趕出, 擊逐, 排斥。責備, 呵斥。充滿, 充斥。拆開,
thek tē。thek hāu, kun sū Siōng ê Cheng thàm。thek tsu, the̍h chhut tsâi Lek。
斥地。斥候, 軍事上的偵探。斥資, 提出財力。

〔斧〕hú, Pó, ㄈㄨˇ, ㄅㄛˇ; Chhò, khám, khám Chhâ ê khì khū, Pó thâu。hú oat, tsòe Peng khì iōng á sī tsám hêng。
剉, 砍, 砍柴的器具, 斧頭。斧鉞, 做兵器用, 或是斬刑。
hú Peng, thian hân tsúi tòng。Chiok Peng tsok Chiok。tiam Pó, kā Lâng Siu kái bûn ê khiam
斧冰, 天寒水凍, 斫冰作粥。點斧, 給人修改文字的謙詞

〔斨〕Chhiong, ㄑㄧㄤ; tōa ki ê Pó thâu, Sio thâi ê tōa Pó。Lōan Phut。
大支的斧頭, 相殺的大斧。亂刜。

〔斫〕Chiok, Chhiok, Chioh, ㄓㄨㄛˊ, ㄑㄩㄝ, ㄓㄨㄛ; ēng to Lâi tsām, tsām Chhò, Chiok Chhiū。to chhiok。Chiok tsám。Chioh Chhâ。
用刀來斬, 斬剉, 斫樹。刀斫。斫斬。斫柴。
Chhin chhiūⁿ Chhò sòe chhiū ê ì sù。Gông tit ê khóan Sit。
親像剉小樹的意思。戇直的款式。

〔斬〕tsám, tsam, tsáⁿ, ㄓㄢˇ, ㄓㄢ, ㄗㄢˇ; tsām thâu, chiū sī thâi thâu, tsām chhiú tòe。tsám koe thâu Chiù tsoa。ēng tsòe tsàm jī。
斬頭, 就是殺頭, 斬手蹄。斬雞頭咒詛。用做暫字。
tsán tn̄g, Chhia kòng tn̄g, koah tn̄g。koat tòan, tsám choa̍t, tsám Siu sī Chiòng。
斬斷。車摃斷。割斷。決斷, 斬絕。斬首示衆。
tsáⁿ saⁿ, tsáⁿ chhiú ng, tsáⁿ Piah, Poàⁿ tsáⁿ。ēng chhiú to tsáⁿ。tsáⁿ tn̄g。
斬衫, 斬手碗。斬壁, 半斬。用手刀斬。斬斷。

八一十畫

【斮】Chhiok, Chhek, ㄑㄧㄜˋ, ㄘㄜˋ, ēng to tsām tsòe n̄ng Pêng, tsām, khám, chih, tn̄g。Chhiok kēng, tsām n̄ng kha。
用刀斬做兩爿，斬，砍，折，斷。斮脛，斬兩腳。
Chhik toān。Chhiok hî, Chiū sī siah hî Lân。Chhek thâu kóe bé, Chiū sī mih kiāⁿ siu Lí kàu Chhin-chhiūⁿ sin ê。
斮斷。斮魚，就是削魚鱗。斮頭改尾，就是物件修理到親像新的。

【斯】Su, Sin, ㄙ, ㄒㄧ, Phòa khui, su chiat。Su chiân, hā chiân。su, chit ê, che, hit ê, àn ni, Su sî
剖開，斯折。斯賤，下賤。斯，這個，這，彼個，按呢，斯時
Su sū, chek sî, Seng û Su, tióng û Su。Lâng ê sìⁿ。Su bûn, thài tō bûn ngá。
斯事，即時，生於斯，長於斯。人的姓。斯文，態度文雅
Su bîn, it Poaⁿ jîn bîn。Pho su kok hiān kim i Lông。àn ni sìⁿ, m̄ thang àn ni sìⁿ,
斯民，一般人民。波斯國現今伊朗。按呢斯，毋可按呢斯，
Chiū sī kā Lâng kóng koat toàn tiāⁿ tiōh ê ì sù。Sī jû chhú, Put khó jû chhú。
就是給人講決斷定着的意思。是如此，不可如此。

【斲】thiau, ㄊㄧㄠˊ, tsoh Chhân ê khì khū。
作田的器具。

【新】Sin, ㄒㄧㄣ, Chhò chhâ。khí chho。kū ê tùi hoan。Sin kū。Oāⁿ Sin。jī sìⁿ。Sin jîn。tsoân sin。
，剉柴。起初。旧的對反。新旧。換新。字姓。新人。全新。
Sin niû。tōe mîa Sin kiong。Sin ka Pho。Sin bûn。Sin kì Lók。Sin Seng。Sin hun。
新娘。地名；新疆。新加坡。新聞。新記錄。新生。新婚。

【斷】tok, ㄉㄜˊ, Siah, tsām, tsoeh ê ì sù。
削，斬，截的意思。

【斸】Chiok, ㄐㄩㄝˊ, chhò, tsām, thóaⁿ Chhàu, tû biat Chháu kun。
剉，斬，挩草，除滅草根。

【蘄】kîn, kīn, ㄍㄧㄣˊ, ㄍㄧㄣˋ, Chiū sī tsúi tiong ê khûn chhài。
就是水中的芹菜。

十三—廿一畫

【斶】Chhiok, ㄔㄨˋ, Lâng ê mîa, Chiàn kok sî, Chê kok ê chhù sū Gân Chhiok。
人的名，戰國時，齊國的處士顏斶。

【斲】tok, ㄉㄨㄛˊ, kap 斲 jī siong tông。
与斲字相同。

【斷】toān, toàn, toān, tn̄g, ㄉㄨㄢˋ, ㄉㄨㄢˋ, ㄉㄨㄢˋ, ㄉㄥ, koah khui, at chih, kìm chí, táiⁿ, toán chiat。koat ì, tek khak,
割開，擲折，禁止，刑，斷截。決意，得確，
tńg, ㄉㄥ; koat toàn。toàn tēng, toàn jiân, Phòaⁿ toàn。toàn khì, toàn tsoat, toàn hûn, toàn thâu。
決斷。斷定，斷然，判斷。斷氣，斷絕，斷魂，斷頭。
tn̄g Lō, tn̄g thâu, tn̄g khì, tn̄g tsòe n̄ng tsat。tn̄g tsòe n̄ng koėh。tn̄g, tn̄g tsâi。
斷路，斷頭，斷去，斷做兩節。斷做兩骱。斷，斷臍。
Siⁿ kiáⁿ tn̄g tō tsâi。tsa bó kiáⁿ kà Lāu bú tn̄g tsâi ké Gâu。
生子斷肚臍，查某子教老母斷臍，假勢。

【斸】Chiok, ㄐㄩㄝˊ, kap 斸 Siāng khoán。Chhò, thoáⁿ Chhàu, tû biat chháu kun。
与斸同款。剉，挩草；除滅草根。

方 部 70

【方】hong, hng, Pang, Png, ㄈㄤ, ㄈㄤ, ㄅㄤ, ㄅㄥ, n̄ng Chiah tsûn Sio Phēng, sió hoat kió hù, toa ê kiò hong chiu, hong tsûn。
兩隻船相併，小筏叫泭，大的叫方舟，方船。
Sì kak, hong Chèng。hoat tō, hong hoat, n̄ng Pêng, Siang hong。ūi tì, hong hiòng。Piān Lī,
四角，方正。法度，方法。兩爿，双方。位置，方向。便利，
hong Piān。Só tsāi, tē hng。ioh toa, ioh hng。sì hng。Lâm Pak hng。bīn bé sì Pang,
方便。所在，地方。藥單，藥方。四方。南北方。面尾四方，
Siⁿ tsòe sì Pang, bīn māu hó khòaⁿ, toa hàn tú hó。Sì Pang hō tiong。Lâng ê sìⁿ, Png。
生做四方，面貌好看，大漢抵好。四方互重。人的姓，方。

四—五畫

【旁】Pông, ㄆㄤˊ, Pīⁿ á, oá kūn。toa, khoah, Piàn Piàn。Pông Piān。kap 傍 jī Siāng khoán。
邊仔，倚近。大，闊，徧徧。旁邊。与傍字同款。

【於】O; u, Ô, ㄛ, ㄨ, ㄨ, o, thó khùi ê ì sù。thàn khì ê sû kù, O hô。u, Pang tsān jī。Siok u, Siok tì。
於，吐氣的意思。歎氣的辭句，於乎。於，幫助的字。屬於，屬佇。

tùi û， têng û， àn nî， û chhú tī chia， jī sìn。
對於，等於，按呢。於此，佇這。字姓。

【旆】Phāi，ㄆㄞˋ，kî tōa，kî bé，kî sûi loh lâi，chhut lō͘ ê kî。kî iān ê khoán sit。
旗帶，旗尾，旗垂落來，出路的旗。旗颺的款式。

【施】î，ī，si，sì，ㄧˊ，ㄧˋ，ㄕ，ㄕˋ，î sóa，sa" liân thoā" ê ì sù，ī iân。ī ī。Si，lâng ê sì"。siat tì，
施徙。相連淡的意思，施延。施易。施，人的姓。設置，
siat si。sit hêng，si tiân，sit si。si hêng，si chèng。si siā，si û。si un。
設施。實行，施展。實施。施行，施政。施捨，施與。施恩。
si pûi。si tsú。sì，sòa" khui，sàn tsâi，un hūi，hō͘ lâng，sia si。
施肥。施主。施，散開，散財，恩惠，施人，捨施。

【斿】iû，ㄧㄡˊ，kî chhì teh tín tāng。kî ê chiam bé sûi loh khì。kî ê kòa，kî ê liû。kap siâng。
旗織的振動。旗的尖尾垂落去。旗的褂，旗的旒。与游同。

六畫

【旃】Chian，ㄓㄢ，ēng si lâi tsòe ê kî。kî chhì。ū hiau ê pì"。tàu kù ê jī，chi。
用絲來做的旗。旗織。有曲的柄。抖句的字，之。

【旂】kî，ㄑㄧˊ，tek ko bé pak hām lêng，bêng lêng chhèng lâng。sa" î oá，kî chhì。
竹竿尾縛鈴，命令衆人。相移倚，旗織。

【旅】Lú，ㄌㄩˇ，lâng kheh，chhut gōa。chiàm sî tòa，lú kheh，lú ku，lú tiàm。lú siā。lú hêng。lú hùi。
人客，出外。暫時住。旅客，旅居，旅店。旅社。旅行。旅費。
gō͘ pah lâng ê peng kiò tsòe chit lú。lú tiú"，kun koa" ê miâ。
五百人的兵叫做一旅。旅長，軍官的名。

【旆】Phāi，ㄆㄞˋ，kap 斾 siong tông。kî tōa，kî bé sûi loh lâi，chhut lō͘ ê kî。kî iā" ê khoán sit。
与斾相同。旗帶，旗尾垂落來，出路的旗。旗風颺的款式。

【旁】Pông，ㄆㄤˊ，pī" á，oá kūn，tōa，khoah，piān piān，pông pian。
邊仔，倚近，大，闊，徧徧，旁邊。

【旄】mô͘，ㄇㄠˊ，ēng gû ê bé tsòe kî hioh。báu chhit chhi"，chiū sī mô͘ thâu chhi"。lāu lâng，thong mō͘。
用牛的尾做旗葉。昴七星，就是旄頭星。老人。通耄。

七畫

【旊】hóng，ㄈㄤˇ，chhiok thô͘，tsòe hûi ê kang，chhiau liâm thô͘ ê kang。
捧土，做磁的工，摶粘土的工。

【尃】hu，ㄈㄨ，pì" sī tōa，pâi liat，pho，pò iông，kà sī，sì sòa"。
旉是大，排列，鋪，報揚，教示，四散。

【旎】nî，ㄋㄧˇ，kî tè hong chhe ê khoán sit，hûn ê khoán，chhiong sēng ê khoán。î nî，uí oán jiû sūn ê khoán。
旗隨風吹的款式，雲的款，昌盛的款。旖旎，委宛柔順的款。

【旒】Liû，ㄌㄧㄡˊ，kî chhì sûi loh，kî ê liû。tsu ê liû，bian liû。
旗織垂落，旗的旒。珠的旒，冕旒。

【旇】Phi，ㄆㄧ，i chhiu" ê khoán。kî ê khoán sit。kî teh iat ê ì sù。
衣裳的款。旗的款式。旗咧搧的意思。

【旋】Soân，hoan，ㄕㄨㄢˊ，ㄒㄩㄢˊ，iat kî thong ti peng teng。tò khì，tò tńg，hôe soân。soân tsóan。lô soân，chhin
搧旗通知兵丁。倒去，倒轉，迴旋。旋轉。螺旋，親像
Soan，ㄕㄨㄢ，chhiu" lê bûn。liâm pì"，soân chek。chiàn iâ"，khái soân。soân o，ká lê tsn̄g ê
螺紋。臨邊，旋即。戰贏，凱旋。旋渦，絞螺狀的
tsúi liû。hoan hoe。chiū sī chit hō khui hoe khoài hoat tîn ê miâ。tô tsáu khì，soân khì，soân tsáu。
水流。旋花。就是一號開花快發藤的名。逃走去，旋去。旋走。

【族】tsók，tsák，ㄗㄨˊ，ㄘㄡˋ，tông siók chit kî ê lâng，tông tsók。tâng chéng lūi，bîn tsók，tsúi tsók。ū hiat thóng ê
同屬一旗的人，同族。同種類。民族，水族。有血統的人
lâng，ka tsok。chéng tsák，hó chéng tsák，phái" chéng tsák。
家族。種族，好種族，歹種族。

【旌】Cheng，Seng，ㄐㄧㄥ，ㄕㄥ，kî ê tsóng miâ。kî ê thâu。kî ê hō，piáu bêng，hun piat，sek piat。
旗的總名。旗的頭。旗的號，表明，分別，識別。

八一十二畫

【旐】tiāu，ㄓㄠˋ，kî ūi ku tsôa lêng ê siōng pī siâ ê kî chhì。
旗畫龜蛇龍的像，避邪的旗織。

【旒】Liû，ㄌㄧㄡˊ，kî chhì tui loh，kî ê liû，tsu ê liû，bian ê liû。
旗織。垂落，旗的旒，珠的旒，冕的旒。

【旓】Sau，Siau，ㄕㄠ，ㄒㄧㄠ，kng koh sûi ê tn̂g kî。ì" á bé ê kî。
光閣垂的長旗。燕仔尾的旗。

【旖】 ì, í, 一ˇ, 一ˊ,
kì chhiong hong khóan sit, sûi hong Phiau bú jîu sûn hó khòaⁿ. í nî. í nî hong kong,
旗衝風的款式，隨風飄舞柔順好看。旖旎。旖旎風光，
un jîu ê khì hun kì Lē. hong kéng bêng bí.
溫柔的氣氛綺麗。風景明媚。

【旗】 kî, ㄑㄧˊ,
ûi Giâm béng ê khóan sit. êng Pò á sì tsóa ûi tô tsòe kì hō. Lâi tāi Piau ì Gī. hō Lēng,
威嚴猛的款式。用布或是紙畫圖做記號。來代表意義。號令，
kî Chhì, hián bêng. kok kî, thôn kî, hāu kî, kím kî, bêng kî. kî Phâu, tsa bó Lâng
旗幟，顯明。國旗，團旗，校旗，錦旗，盟旗。旗袍，查某人
ê tn̂g Saⁿ. kî hî, chit chhióng tn̂g Chhùi kóng ê tōa bé hî. kî kàm, Su Lēng koaⁿ Só Chē ê tsûn.
的長衫。旗魚，一種長嘴管的大尾魚。旗艦，司令官所坐的船。

【幟】 Chì, Chhì, ㄓˋ, ㄔˋ,
kî Chì, Phiau Chì, kì hō, Êng kok Chióng Sek Chhái ûi tô tī Pò á sì tsóa, Pak.
旗幟，標誌，記號，用各種色彩或是畫圖佇布或是紙，縛。

十四·十五畫

【旛】 hoan, ㄈㄨㄢ,
tn̂g ê kî, tông hoan, khiā kî.
長的旗，幢旛，豎旗。

【幢】 tông, ㄔㄨㄤˊ
Seng kî ê Lūi, tì ìm, ìm ńg, Chhia ê Chhia kòa, Lâi jiâ tsàh ê khóan sit. tông hoan. →Pâi.
旌旗的類，致蔭，蔭影，車的車蓋，來遮截的款式。幢旛。

【幌】 hóng, ㄏㄨㄤˇ
kap 幌 Siāng khóan. Pò Lî, kóng kò bōe mih Chhâ Pán, tsng sek ê oaⁿ bō. kheh tiàm ê Chiau
与幌同款。布簾，廣告賣物的柴板，裝飾的碗帽。客店的招牌。

【旜】 Chian, ㄓㄢ,
Saⁿ kak âng sek ê sì kî. kó tsá kok kun êng ê.
三角紅色的絲旗。古早國君用的。

【旟】 û, ㄩˊ,
Saⁿ kak ê kî ûi Chiau ê Siōng. iô, Phiau iông, Chèng Lâng, O Ló.
三角的旗畫鳥的像。搖，飄揚，眾人，謳咾。

【旝】 kòe, ㄎㄨㄞˋ,
khí tōa chhù tī Chioh téng bīn, hoat ki Lâi jiok tui ték. kó tāi Chiong kun hoat Lēng ê kî.
起大厝佇石的頂面，發機來趁對敵。古代將軍發令的旗。

補畫 【㫙】 Pāng, ㄅㄤˋ,
Pîⁿ Pāng, chiū sī Pîⁿ Pîⁿ ê ì sù. tsòe Lâng Pîⁿ Pāng bōe tek sit Lâng.
平㫙，就是平平的意思。做人平㫙，𣍐得失人。

造字 㫙。做人方正，無論人或物有承受的雅量，致以奉配合方成字。

无部 71

【无】 bû, ㄨˊ,
khiàm kheh. bōe, m̄ sī, bē ū, bû Siōng, bû ê kó jī. bû bōng chi tsai, Pe Lâi ê tsai hō.
欠缺。𣍐，毋是，未有，無常，無的古字。无妄之災，飛來的災禍。

【旡】 kì, mō, ㄐㄧˋ, ㄇㄛˋ,
Lâng Chiah Pá Phah eh. khì Gèk Chiu koaiⁿ. khiàm kheh bô khì. mō Sîn, mō Sîn kau. Siau kau ê ì sù.
人食飽打呃。氣逆上高。欠缺無氣。旡神，旡神狗。痟狗的意思。

【旡】 tsù, ㄗㄨˋ,
Chhùi Sòe Sòe ê khóan sit.
嘴小小的款式。

【既】 hì, kì, ㄏㄧˋ, ㄐㄧˋ,
Chiah tām Poh. bí ê khì, bí sió khóa chiah. í keng Chin, Soah, hit tiap, sit Lóh. koh.
食淡薄。米的氣，米小許食。已經盡，息，彼霎，失落。佫。

【旣】 hì, kì, ㄏㄧˋ, ㄐㄧˋ,
kap téng bīn jī Siong tông. kì jiân, kì sī, kì óng, kì tit, kì tēng, kì bāng, kì ti.
与頂面字相同。旣然，旣是，旣往，旣得，旣定，旣望，旣知。

日部 72

【日】 jit, ㄖˋ,
jit sit, tsat tsat. kng bêng Chhiong sēng ê ì sù. thài iông, jit thâu. jī tsap sì tiám Cheng,
日實，實實。光明昌盛的意思。太陽，日頭。二十四點鐘，
tsòe chit jit. tàu kan, jit sî. kim jit. bêng jit. múi jit. tōe miâ, jit Pún.
做一日。晝間，日時。今日。明日。每日。地名，日本。

一二三畫

【旧】 kiū, kū, ㄐㄧㄡˋ, ㄍㄨˋ,
Chhâu miâ, kò ńg Chiau. Pún jiân, Sin ê tùi hóan, kū, kú kú. Gîa Sin khì kū. kū ê kan thé.
草名，枯黃鳥。本然，新的對反，旧，久久。迎新去旧。舊的簡体。

【旦】 tàn, hòaⁿ, tòaⁿ, ㄉㄢˋ, ㄏㄨㄚˋ, ㄉㄨㄚˋ,
tsá khí sî, tsá tsá, tàn tsá, tàn bêng. oē hiáu tit, kng bêng. Goân tàn, chit nî
早起時，早早，旦早，旦明。能曉得，光明。元旦，一年
ê thâu chit jit. bîn hòaⁿ jit, chiū sī Liâu āu, āu jit ê ì sù. tòaⁿ, hì tòaⁿ, Lāu tòaⁿ,
的頭一日。明旦日，就是了後，後日的意思。旦，戲旦，老旦，

Sió tòaⁿ, khó tòaⁿ, bú tòaⁿ, hoe tòaⁿ, tsng tòaⁿ, Gē tòaⁿ。to má tòaⁿ。chhái tòaⁿ。
小旦，苦旦，武旦，花旦，妝旦，藝旦。刀馬旦。彩旦。

【旨】Chí，ㄓˇ；hó ê bī sò，kam chí，chí bí，bí bī。hông tè ê bēng Lēng，sèng chí。ì sù，chí ì。
好的味素，甘旨，旨美，美味。皇帝的命令，聖旨。意思，旨意。

【旪】hiáp，ㄒㄧㄝˊ；kó bûn ê hiáp jī。hiáp hô，saⁿ pang tsān，hô pêng，tāi ke hô，hiáp Le̍k，hiáp pān。
古文的協字。旪和，相幫助，和平，大家和，旪力，旪辦。

【旬】Sûn，ㄒㄩㄣˊ；piàn piàn，múi tsa̍p ji̍t ūi chit sûn，tsa̍p nî kú，sûn Liân。chiâu tsn̂g。móa móa。tsòe sûn。
徧徧，每十日為一旬，十年久，旬年。齊全。滿滿。作旬。

【旭】hiok，ㄒㄩˋ；ji̍t chhut，tsá khí sî。kng kng。chiah chhut Lâi ê thài iông，hiok ji̍t。
日出，早起時。光光。即出來的太陽，旭日。

【早】tsó，tsō，tsá，ㄗㄠˇ；thiⁿ kng ê sî。tú chiah，Liâm pīⁿ，tāi seng，tsó í，tsó sian，tsá khí，thàn tsá，tsá chêng。
天光的時。抵即，臨邊，代先，早已，早先，早起，趁早，早前。
tsá tsá，tsá oàⁿ，tsá àm，thàu tsá，Gâu tsá，kó tsá。
早早，早晚，早暗，透早，勢早，古早。

【旱】hān，oāⁿ，hōaⁿ，ㄏㄢˋ；thó tōe ta ta，bô Lo̍h hō，khò oāⁿ。khòng hān。khò hōaⁿ。hān tiân，tōe sè
土地乾焦，無落雨，亢旱。亢旱。亢旱。旱田，地勢
khah koâiⁿ ê chhân hn̂g。hān tsai，bô Lo̍h hō tì kàu ê tsai hāi。khòng hōaⁿ
較高的田園。旱災，無落雨致到的災害。炕旱

【阳】iông，iûⁿ，ㄧㄤˊ；陽 jī ê kán siá。thài iông，ji̍t，kng。iông kan，
陽字的簡寫。太阳，日，光。阳間，

【旰】hán，hān，ㄏㄢˋ；ji̍t Lo̍h ê hng。chhiong sēng ê khóan sit。ji̍t hàn。hō hō hān hān
日落下昏。昌盛的款式。日旰。皓皓旰旰。

【旴】u，ㄒㄩ；ji̍t khí thâu chhut kng bêng ê khóan sit。khoah tōa。
日起頭出光明的款式。闊大。

【㫆】Siak，ㄒㄧㄚˋ；àm siak siak，chiū sī chin àm chhin chhiūⁿ mî sî àm bong bong
暗㫆㫆，就是真暗親像暝時暗摸摸。

造字 夕日已落，即暗。暗。借夕偏音合成字助語詞，加強意思。

四畫

thài kùi 太貴。

【昂】Gông，ㄤˊ；ji̍t khí khah koâiⁿ，kiàh khí，koâiⁿ，kng bêng。Gông siu，kiàh thâu，Gông jiân，tsū ko。Gông kùi，
日起較高，攑起，高，光明。昂首，攑頭。昂然，自高。昂貴，

【昌】Chhiong，ㄔㄤ；ji̍t ê kng，súi，tāi kiat tāi Lī。bō sēng，tú hó，heng ōng，chhiong sēng。hó ê ì sù
日的光，媠，大吉大利。茂盛，抵好，興旺，昌盛。好的意思。

【昐】hun，ㄈㄣ；chiū sī ji̍t kng ê ì sù。
就是日光的意思。

【昉】hóng，ㄈㄤˇ；ji̍t tú á kng，chhut hiān，bêng pe̍k，tú tú á，tú tio̍h。hóng chhú khai sí，khí thâu。
日抵仔光，出現，明白，抵抵仔，抵著。昉此，開始，起頭。

【昊】hō，ㄏㄠˋ；hā thiⁿ ê khóan sit，hō thian。khì khoah tōa mi̍h chhiong sēng。hō hō tōng tōng。
夏天的款式，昊天。氣闊大物昌盛。昊昊蕩蕩。

【昕】him，ㄒㄧㄣ；tsá khí sî ê ji̍t，teh beh chhut。kng bêng。
早起時的日，啲乜出。光明。

【昏】hun，hng，ㄏㄨㄣ，ㄏㄨㄥ；ji̍t tú á Lo̍h，teh beh àm。bô bêng。hun Loān，hông hun。hun in。sńg sit，hun sún。
日抵仔落，啲乜暗。無明。昏亂，黃昏。昏姻。損失，昏損。
hun kun，bê Loān bí sek ê hông tè。hun bê，chhin chhiūⁿ khùn。tsa hng，ē hng，jī kàu ē hng
昏君，迷亂美色的皇帝。昏迷，親像睏。昨昏，下昏，二九下昏。

【易】e̍k，ī，ㄧˋ，ㄧˋ；iah，ji̍t Ge̍h Lûn Liû。im iông piàn tsoán。e̍k siōng im iông。e̍k keng，tiat ha̍k ê chheh。
一丫，日月輪流。陰陽變轉。易象陰陽。易經，哲學的書。
bóe bōe，kau e̍k，bō e̍k，iông īⁿ，kán īⁿ，chhin chhái ê ì sù。iah keng，iah Lí。
買賣，交易，貿易。容易，簡易，且採的意思。易經，易理。

【昆】khun，ㄎㄨㄣ；chhin chhiūⁿ，sio siāng，khun tông，hiaⁿ tī，khun tiong，āu tāi，hō khun。chheng hō pa̍t Lâng ê
親像，相同，昆同。兄弟，昆仲。後代，後昆。稱呼別人的
hiaⁿ tī，khun Gio̍k，khun thiông，thâng ê tsóng miâ。tōe miâ khun bêng，hûn Lâm séng ê siú hú
兄弟，昆玉。昆虫，虫的總名。地名，昆明，雲南省的首府。

【旻】Bîn，Bûn，ㄇㄧㄣˊ，ㄇㄨㄣˊ；chhiu thiⁿ ê chheng hō，bîn thian，chhong bîn。chhiu thiⁿ ê khóan sit。iu bûn，Lîn bîn。
秋天的稱呼，旻天，蒼旻。秋天的款式。憂悶，憐憫。

【明】bêng，bîn，Lêng，miâ，ㄇㄧㄥˊ；ji̍t Ge̍h piàn piàn chiò，hián bêng，thong，kng kng。kng bêng，kng Liāng。
日月徧徧照，顯明，通透，光光，光明，光亮。
thàu bêng，bêng bêng，chheng chhó，bêng Lóng，bêng Lí，bêng tiat，bêng chhiⁿ，bêng àm，bêng pe̍k。
透明，明明，清楚，明朗。明理，明哲，明星，明暗，明白。

bêng jit, kehjit ê i sù, bîn á jit, bîn á tsài. Lêng, Lêngkak, Chiū sī kak ê Lūi, khau
明日，隔日的意思，明仔日，明仔再。明，明角，就是角的類，鉤
Pôh Pôh Lâi tsòe teng ê Lō eng. miâ, chhiⁿ miâ, Chheng bêng, Chhang miâ, ū tì sek.
薄薄來做燈的路用。明，清明，清明。聰明，有智識。

昄	Pán, ㄅㄢˇ	khoah tōa, tōa, kng bêng ê ì sù. jit tōa. 闊大，大，光明的意思。日大。
昔	chhok, Sek, tsá, ㄑㄛㄅ, ㄏㄝㄅ, ㄗㄚ	chhok, Chiū sī Gû tak tioh ê ì sù. kó sek, kè khì ê sū, kó tsá, kó tsá. 昔，就是牛觸著的意思。古昔，過去的事，古早，古昔。 kú kú, tsāi tsá, tsá bô jit, chit mî kú. Sekjit, Ōng jit. Sek sî, kè khì sî jit. 久久，在昔，昔候日，一冥久。昔日，往日。昔時，過去時日。
昇	Seng, ㄕㄝㄥ	jit thâu Chhut koâiⁿ chhiūⁿ khì, thài iông tong Seng. Seng kip. Seng Pêng, thài Pêng, Pêng an. 日頭出高。上去，太陽東昇。昇級。昇平，太平，平安。
昃	chek, ㄐㄝㄅ	jit Chhia, jit tàu kè, ē Po sî, un á kè, jit thâu Phian tang á sī sai. jit Chek. 日斜，日晝過，下晡時，緩仔過，日頭偏東式是西。日昃。
旺	Ōng, ㄛㄥ	jit kng khah sùi. heng khí, heng Ōng. êng kng, jiat, heng Sēng. Ōng Sēng. hé Ōng. 日光較美。興起，興旺。榮光，熱，興盛。旺盛。火旺。
旿	ngó, ㄫㄛ	kng bêng, jit tiong tàu, Put chí kng ê ì sù. saⁿ kì bīn. 光明，日中晝，不至光的意思。相見面。
旹	sî, ㄒㄧ	kó bûn ê sî jī 古文的時字。
曶	hut, ㄏㄨㄊ	iáu kú àm, thiⁿ kng, tsá khí sî. jit iáu kú àm bē kng. 也久暗，天光，早起時。日也久暗未光。
昒	hut, ㄏㄨㄊ	kap têng bīn ji Siong tông. 与頂面曶字相同。
昳	koat, ㄍㄨㄚㄊ	Chiū sī jit ê sek, 就是日的色，
昲	Pòe, ㄅㄨㄝ	chiū sī jit thâu bô kng ê ì sù 就是日頭無光的意思
昬	koat, ㄍㄨㄚㄊ	hiat chioh thâu ê khì khū. tóe. hit ê, jī sìⁿ 兼石頭的器具。貯。彼的，字姓。
昑	khim, ㄎㄧㄇ	Chiū sī kng bêng ê ì sù. 就是光明的意思。
昼	tàu, ㄉㄡ	jit tiong ngó, tiong tàu, ē tàu, kè tàu, chiah tàu, jit tàu tàu, Chiah tàu Pn̄g. 日中午，中晝，下晝，過晝，食晝，日晝晝，食晝飯。

造字 日在正斗上，借斗偏音。合成字。音義皆備。

五 畫

昣	Chín, ㄓㄣ	kng bêng, chin kng, kng kng bêng bêng ê ì sù. 光明，真光，光光明明的意思。
昶	Chhióng, ㄔㄤ	jit thâu tn̂g, thong thâu, kng kú kú, thián khui, khoan khoah. thiòng thong. Chhióng thong. 日頭長，通透，光久久，展開，寬闊。暢通。昶通。
昭	Chiau, ㄓㄠ	jit ê kng, kng bêng hián Chhut, chiau tiok, Chiau Chiong. Chiau bêng, Chiau kò, bêng Pe̍k. 日的光，光明顯出，昭著，昭彰。昭明，昭告，明白。
春	chhun, chhún, ㄔㄨㄣ, ㄔㄨㄣˇ	Sù kùi ê thâu, Chhun hā Chhiu tong. chit nî ê khí thâu, Chhun. khì chheng, Sio Lō. 四季的頭，春夏秋冬。一年的起頭，春。氣清，溫烙。 Chhéng Chhun Siàu Liân. Chhun Sim, Chhun Chêng, Chhun Chiú. Chhun thiⁿ, Chhun Sek, Chhun hong. 青春少年。春心，春情，春酒。春天，春色，春風。 chhún, chhut, hoat khí, tsòe ê ì sù. 春，出，發起，做的意思。
昡	hiân, ㄒㄩㄢ	Chiū sī jit ê kng. chhì ba̍k, hîn Gan. hiân iāu, tsū khoa kè thâu. 就是日的光。刺目，眩眼。眩耀，自誇過頭。
昫	hú, ù, ㄒㄩ, ㄩ	jit thâu chhut, Sio Lō, un Sio. kap 煦 Siong tông. ù sio. 日頭出，燒烙，溫燒。与煦相同。昫燒。
昴	bâu, ㄇㄠ	Chhiⁿ miâ, jī tsa̍p Poeh Siok Chi it, chhit kó Chhiⁿ, bâu Chhiⁿ 星名，二十八宿之一，七股星，昴星
昧	mūi, ㄇㄟ	bô Chhut jit, bô bêng, àm àm ê ì sù. Gū mūi, Put bêng Sū Lí. sip kim Put mūi 無出日，無明，暗暗的意思。愚昧，不明事理。拾金不昧 khioh Chîⁿ bô su thun. mūi Sim, bô Liông Sim. 抾錢無私吞。昧心，無良心。

【昵】Lek, Lėk, jit kūn oá, Sa͘ⁿ kūn. hók sāi. Sa͘ⁿ Chhin kūn, Chhin Lek ; kap Siāng khóan.
ㄌㄝˋ, ㄋㄧˋ; 日近倚，相近 。服事。相親近，親昵；与 暱 同款。

【昪】Piān, hoaⁿ hí khòai Lók ê khóan Sit. jit kng kng ê khóan, kng bêng.
ㄅㄧㄢˇ; 歡喜快樂的款式 。日光光的款，光明。

【昺】Péng, kng, mîa siaⁿ, ka 炳 Siāng ì sù.
ㄅㄧㄥˇ; 光，名聲，与 炳 同意思。

【昢】Phut, jit bē bêng ê khóan Sit, jit Géh khí thâu chhut kng bē chiok ê ì sù.
ㄆㄨˋ; 日未明的款式，日月起頭出光未足的意思。

【是】Sī, Chī, tī, jit chiàⁿ tit tit, chiàⁿ Lí, bô m̄ tio̍h. tio̍h, chiū sī sī. khén têng, koat têng.
ㄕˋ, ㄐㄧˋ, ㄉㄧˋ; 日正直直，正理，無毋着。着，就是是。肯定，決定。
Sī hui, sī á sī m̄ sī. sī kò, só͘ í. chí tsūi, chí tsūi á, mn̄g ê ì sù, sī sián Lâng
是非，是或是不是。是故，所以。是誰，是誰仔，問的意思，是甚人
ê ì sù. chit im han ēng. tī, tī sî, tī chit jit. tī tó Lóh, tī tá Lóh, tī hia, tī chia.
的意思。這音罕用。是，是時，是這日。是那落，是那落，是彼，是這。

【星】Seng, Chhiⁿ, san, thiⁿ nih ê sòe Liap kng, ú tiū ê chhiⁿ siù, jit Goat Seng. Chhiⁿ kiû, chhiⁿ tsō.
ㄕㄥ, ㄑㄧ, ㄙㄢ; 天裡的小粒光，宇宙的星宿，日月星。星球，星座。
Chhiⁿ hô. bêng seng. chit Seng kî, chit Lé Pài. chhiⁿ sîn, chhit chhiⁿ, tn̂g bé chhiⁿ, Pháiⁿ chhiⁿ.
星河。明星。一星期，一禮拜。星辰，七星，長尾星，歹星。
Chit Lú Chhiⁿ. San, Lân San, chiū sī sió sió ê sò bok, chhun ê mih sió kó.
織女星。星，零星，就是小小的數目，剩的物少許

【昝】tsám, hit tiap, sî kî, Góa, Lán, ka kī.
ㄗㄢˇ; 彼霎，時期，我，咱，家己。

【昨】tsók, tsā, tsoh, kè khì Liáu ê ì sù. chhin chhiūⁿ chêng jit, tsók jit, tsā jit. tsók thian. tsā bō jit;
ㄗㄨㄛˊ, ㄗㄚ, ㄗㄜ; 過去了的意思。親像前日，昨日，昨日。昨天。昨昨日；
tsā bō tsā khí, tsā hng, tsā ê Po͘. tsoh jit, tsoh jit mê, tsoh jit ē hng, Lóh tsoh jit.
昨候昨起，昨昏，昨下晡。昨日，昨日冥，昨日下昏，落昨日。

【昜】iông, khui, tián khui, Pe khí, kng kng, kng kiông. iông ê kó jī.
ㄧㄤˊ; 剖開，展開，飛起，光光，光強。陽的古字。

【映】iòng, iàⁿ, iàⁿ, jit tú á kè tàu. kng kng chiò, ún bat. kng iàⁿ iàⁿ, chin kng ê ì sù.
ㄧㄥˋ, ㄧㄤˋ, ㄧㄤˋ; 日抵仔過晝。光光照。穩密。光映映，真光的意思。
kng iaⁿ iaⁿ, sio siāng ì sù. iòng Sīa, jit kng ê hóan Sīa. jit iòng, thài iông ê im ńg.
光映映，相同意思。映射，日光的反射。日映，太陽的陰影。

【昱】iok, jit kng, bîn á jit
ㄩˋ; 日光，明仔日

【昞】Péng, kap 昺 jī siong tông.
ㄅㄧㄥˇ; 与 昺 字相同。

【昤】Lêng, chiū sī jit kng bêng ê ì sù.
ㄌㄧㄥˊ; 就是日光明的意思。

【昬】hun, hng, kap 昏 jī siong tông.
ㄏㄨㄣ, ㄏㄥ; 与 昏 字相同。

【昳】tiat, jit kng iám, tùi tsá khí kàu tiong tàu.
ㄉㄧㄝˊ; 日光豔，對早起到中晝。

【昲】Phú, Phú sek, Phú Phú. jit thâu bē chhut, thiⁿ sió khóa kng, Phah Phú kng, Phú Phú
ㄈㄨˋ; 昲色，昲昲。日頭未出，天少許光，打昲光，昲昲
bē kng. hé hu sek, àm Phú sek. Lí khòaⁿ Góa Phú Phú, Góa khòaⁿ Lí bū bū.
未光。火灰色，暗昲色。你看我昲昲，我看你朦朦。

造字 日不出，色彩不好，昲也，不也，弗也。日也，光也，日借弗成字。

六 畫

【晁】tiâu, tiâu, kó tsá ê 朝 jī. tiâu Lâng ê jī sìn. tōe mîa tiâu tông koāiⁿ,
ㄉㄧㄠˊ, ㄉㄧㄠˊ; 古早的朝字。晁人的字姓。地名 晁陽縣，

【晊】chit, jit tōa, kng bêng
ㄓˋ; 日大，光明

【晄】hóng, kóng, chiū sī kng bêng ê ì sù. jit thâu kng kng ê khóan sit. hóng iāu, kong chhái hoàn hoat.
ㄏㄨㄤˇ, ㄍㄨㄤˇ; 就是光明的意思。日頭光光的款式。晄耀，光彩煥發。

【晃】hóng, hōng, kng chhiūⁿ, ná kng, hóng iāu, kng chhái hoàn hoat. iô hóng, iô tāng. hóng,
ㄏㄨㄤˇ, ㄏㄨㄤˋ; 光閃，若光，晃耀；光彩煥發。搖晃，搖動。晃，
Put chí hóng, ài hóng, kè thâu hiàn iāu ê ì sù. ài hóng m̄ kiaⁿ sí.
不止晃，愛晃，過頭眩耀的意思。愛晃毋驚死。

晅 soan, ㄏㄨㄢˇ; jit ê khì, Phak ta, hang ta ê ì sù。日的氣，曝乾，烘乾的意思。

晐 kai, ㄍㄞ; jit kng, chiau pī, ióng tsòng。日光，齊備，勇壯。

晒 sà, ㄕㄞˋ; Phak jit ê ì sù Phak ta。曝日的意思，曝乾。

晌 hiòng, Siòng, ㄒㄧㄤˇ, ㄒㄧㄤˇ; jit thâu tùi tiong, chiàⁿ ngō͘. hiòng ngó͘, tùi tàu。Chiū sī jit tiong tàu kng bêng ê ì sù。日頭對中，正午。晌午，對晝。就是日中晝光明的意思。

時 sî, ㄕˊ; tseh kî, sù sî, Chhun hā chhiu tong, sî kan。hap sî。sî tāi。sî tseh。sî kng。節期，四時，春夏秋冬。時間。合時。時代。時節。時光。

晉 chìn, ㄐㄧㄣˋ; Chhah jip。á sī só͘ tsāi miâ, chìn kang, chìn tiâu。thong chìn jī。chìn kiàn, chìn iat。插入。或是所在名，晉江，晉朝。通進字。晉見，晉謁。

晋 chìn, ㄐㄧㄣˋ; jit chhut tak hang heng khí, chìn chêng, ke thiⁿ, heng ōng。ê siok jī。日出逐項興起，進前，加添，興旺。晉的俗字。

昰 sī, chī, tī, ㄕˋ, ㄐㄧˋ, ㄉㄧˋ; kap 是 jī siong tâng。sī ê kó͘ jī。与是字相同。是的古字。

晏 àn, oàⁿ, ㄢˋ, ㄨㄢˋ; thiⁿ chheng chheng, chēng chēng, an jiân, hó hó, mî pō͘ an jiân, tsá oàⁿ, khah oàⁿ, oàⁿ khùn。天清清，靜靜，安然，和好，晚晡，晏然，早晏，較晏，晏睏。

晈 kiáu, ㄐㄧㄠˇ; Geh ê peh ê ì sù, jit kng, pe̍h, chheng khì, kng bêng。月的白的意思，日光，白，清氣，光明。

晆 hong, ㄏㄨㄥ; jit khò hoāⁿ, jiat ê ì sù。日亢旱，熱的意思。

七畫

晨 sîn, ㄔㄣˊ; jit chhut。tsá khí sî, kng kng, kng bêng。日出。早起時，光光，光明。

晝 tiù, chiù, ㄉㄡˋ, ㄓㄡˋ; jit sî, tùi thiⁿ kng kàu àm, jī sìⁿ tiù, pe̍h tiù。chit chiū iā, jī tsa̍p sì sió sî。日時，對天光到暗。字姓晝。白晝。一晝夜，二十四小時。

晢 chè, chiat, ㄓㄜˊ, ㄓㄜˊ; Lio̍h lio̍h á kng, kng, chhiⁿ ê kng, bêng, bêng bêng。bêng pe̍k, chiau chiat。略略仔光，光，星的光，明，明明。明白，昭晢。

晣 chè, chiat, ㄓㄜˊ, ㄓㄜˊ; kap teng bīn jī 晢 siong tâng。与頂面字晢相同。

晞 hi, ㄒㄧ; Phak ta, hang ta, tang hng ê sek。Phah phú kng。sîn hi。曝焦，烘焦，東方的色。打殕光。晨晞。

晛 hián, hiān, ㄒㄧㄢˋ, ㄒㄧㄢˋ; jit thâu chhut, jit ê khì, kng bêng, thiⁿ chheng。日頭出，日的氣，光明，天清。

晥 oán, ㄨㄢˇ; kng bêng ê khoán sit, jit beh àm, koāiⁿ miâ oán koāiⁿ sio̍k Lô͘ kang kūn。光明的款式，日也暗，縣名晥縣屬盧江郡。

晦 hòe, ㄏㄨㄟˋ; Ge̍h bé 30 jit ê miâ, hòe jit。àm, bô kng, bū bū, hòe bông。mî sî, oàⁿ, hòe bêng。月尾三十日的名，晦日。暗，無光，朦朦，晦蒙。冥時，晏，晦明。

晲 lóng, lōng, ㄌㄤˇ, ㄌㄤˋ; chiū sī jit iām。kng bêng ê ì sù。Phak jit ê ì sù。就是日焰。光明的意思。曝日的意思。

晡 po͘, ㄅㄨ; sin sî, po͘, téng ê po͘。chiū sī téng po͘, ē po͘ ê ì sù。pòaⁿ po͘。申時晡，頂下晡。就是頂晡，下晡的意思。半晡。

晙 tsùn, ㄗㄨㄣˋ; kng bêng, tsá khí sî。kng kng ê ì sù。tsùn tsó。光明，早起時。光光的意思。晙早。

晚 bóan, mńg, ún, oàⁿ, àm, ㄨㄢˇ; jit beh àm, ē po͘, ē hng, iā boán。jit boán, boán Liān, boán hun, boán chiau。tsá mńg, tsa oàⁿ。mńg po͘。mńg á kiáⁿ, chiū sī ban á kiáⁿ, tsú lú tiong sòe hàn kiáⁿ。日也暗，下晡，下昏，夜晚。日晚，晚年，晚婚，晚照。早晚，早晚。晚晡。晚仔子，就是屘仔子，子女中的小漢子。ún á tang chiū sī tsa̍p geh tang, ún á kùi, ún á bí, tsá chhut oàⁿ jip, tsá khùn oàⁿ khí, pin tsiân。晚仔冬，就是十月冬，晚仔季，晚仔米。早出晚入，早睏晚起，貪情。tsá àm, iā àm jîn chēng, kim àm, tsā àm, mìn á àm。boán seng, boán pòe, tsū khiam ê ōe。早晚，夜晚人靜，今晚，昨晚。明仔晚。晚生，晚輩，自謙的話。

晤 gō͘, ngō͘, ㄨˋ, ㄨˋ; tú tio̍h, tùi bīn, bêng, kóng bêng。gō͘ bīn, gō͘ tâm, gō͘ tùi。hōe ngō͘, jû ngō͘。抵着，對面，明，講明。晤面，晤談，晤對。會晤，如晤。

晟 sêng, sēng, ㄕㄥˊ, ㄕㄥˋ; kng bêng, kng put chí chhiong sēng, hé iām toh。pn̄g tau。光明，光不止昌盛，火炎燭。飯斗。

晠 sêng, sēng, ㄕㄥˊ, ㄕㄥˋ; kap teng bīn jī 晟 siong tâng。与頂面字晟相同。

昏	Sìn, ㄒㄧㄣˋ;	kap 晨 jī Siong tông。与晨字相同。
睏	khùn, ㄎㄨㄣˋ;	chit thò sī tiāu ê ì sù。一套

八畫

智	tì, ㄓˋ;	Gâu, chhang bêng, tì hūi, tì sek. bêng tì. tì Lek. tì Lêng。tì io̍k。Lâng ê sìⁿ 勢，聰明，智慧，智識。明智。智力。智能。智育。人的姓
晸	Chéng, ㄓㄥˇ;	jit thâu Chhut tú tú kàu Soaⁿ téng。日頭出抵抵到山頂。
景	kéng, éng ㄍㄧㄥˇ, ㄧㄥˇ;	jit kng kng. bêng, Pe̍h. toā. kài hān. khoán sit. hó khoàⁿ, ǹg bāng, kéng hóng 日光光。明，白。大。界限。款式。好看，向望，景況 kéng tì, keng sek, keng khì, kong kéng. éng, kap 影 thong。Chhèng éng, Chiū sī 景致，景色，景氣，光景。景，与影通。憬景，就是 hián Chhut hoaⁿ hí ê ì sù。tit ì kè thâu ê ì sù Chin chhèng éng 顯出歡喜的意思。得意過頭的意思，真憬景。
晷	kúi, khúi ㄍㄨㄟˇ, ㄎㄨㄟˇ;	jit sî, jit iáⁿ。jit kúi. Lī iōng jit iáⁿ Lâi Chhek sî kan ê khì khū。tiap á kú。日時，日影。日晷。利用日影來測時間的器具。霎仔久。 kui kù, khúi khek, sî khek. 規矩，晷刻，時刻。
晾	Liōng, ㄌㄧㄤˋ;	Chiū sī Phak jit ê ì sù。jit iām iām。就是曝日的意思。日炎炎。
普	Phó, ㄆㄨˇ;	o im thiⁿ tak só tsāi jit jit Pîⁿ Pîⁿ kng. Phiàn Phiàn, Phó Phiàn。toā, khoah。Phó kip 烏陰天逐所在日日平平光。徧徧，普徧。大，闊。普及。
晉	Phó, ㄆㄨˇ;	kap téng bīn jī Siāng khóan。Phó thian tông khèng. Phó thong。Phó tō。Phó Chè。与頂面字普同款。普天同慶。普通。普度。普濟。
晰	Sek, ㄒㄧ;	Chiū sī kng bêng ê ì sù。就是光明的意思。
晶	Cheng, Chiⁿ, ㄐㄧㄥ, ㄐㄧ;	kng ê Chio̍h。kng kng。Chheng chheng。tsúi cheng, tsúi chiⁿ。kiat chiⁿ。chiⁿ thé。cheng cheng。光的石。光光。清清。水晶，水晶。結晶。晶體。晶晶。
晬	tsùi, ㄗㄨㄟˋ;	kiaⁿ Chhut sì chit nî kú, chiu chiu nî, chiu Sòe, tō chè, Chiu tsùi。子出世一年久，一週年，週歲，渡歲，週晬。
晴	Chêng, chîⁿ, ㄑㄧㄥˊ, ㄑㄧˊ;	hō Soah, hō chîⁿ, hó thiⁿ, thiⁿ chîⁿ, kng kng。Chêng thian, Chîⁿ Lóng, Chêng ú kè。雨息，雨晴，好天，天晴，光光。晴天，晴朗，晴雨計。
晻	ám, iám ㄢˇ, ㄧㄢˇ;	hûn jia jit thâu。ē hng sî ê hûn。bū bū bô bêng。bô bêng mî sî, jit bô kng iám jit 雲遮日頭。下昏時的雲。矇矇無明。無明，暝時，日無光，晻日
晹	Sek, ㄒㄧ;	jit bô kng。hûn jia jit, Chiām Chiām kìn chhut kng。日無光。雲遮日，漸漸見出光。
晼	khùn, ㄎㄨㄣˋ;	jit kng kng ê ì sù。日光光的意思。
晾	khiong, ㄎㄧㄤ;	jit Phak ta ê mih。日曝乾的物。
晰	Piat ㄅㄧㄝ;	jit Phak ta mih ê ì sù。日曝乾物的意思。
晼	oán ㄨㄢˇ;	Chiū sī jit teh beh àm ê ì sù。就是日昀乜暗的意思。
補畫 晸	tiaⁿ ㄉㄧㄥˋ;	jit thâu iām iām, bak Chiu Chhì kng, tiaⁿ kng. tiaⁿ bak Chiu。kng chin kiōng, bak Chiu tiaⁿ。日頭炎炎，目睭刺光，晸光。晸目睭。光真強，目睭晸。

造字 日光呈顯，晸的字義也。

九畫

暇	hā, ká, hē ㄏㄚˊ, ㄍㄚˇ, ㄏㄝˊ;	Chheng êng, êng êng. Pàng hē, hân hā。Pàng hē, hòng ká, ká jit。kap ká thong。清閒，閒閒。放下，閒暇。放暇，放暇，暇日。与假通。
暄	Soan, ㄒㄩㄢ;	Chhun thiⁿ ê jit。Phak jit。Sio Lō。hân Soan。Soan Gián 春天的日。曝日。燒烙。寒暄。暄妍。
暉	hui, ㄏㄨㄟ;	jit ê kng, kng kng, chhàn Lān, kng iām。kng hui, kng Chhái。Chhun hui, Chhun thiⁿ jit kng。日的光，光光，燦爛，光焰。光暉，光彩。春暉，春天日光。
暆	î, ㄧˊ;	jit kng kng。jit teh kiâⁿ。Só tsāi mîa, Lo̍k Lōng kūn tong î 日光光。日昀行。所在名，樂浪郡東暆。
補8畫 晳	Sek, ㄒㄧ;	kng bêng. Piān Lūn. hun Piat. bêng Piān. Pe̍h Sek. Gâu 光明。辯論。分別。明辨。白晳。務。

暌	ke, 《ㄝ,	Lī khui hn̄g chhin chhiūⁿ jit Ge̍h sa"tùi。sa"Lī。keh Lī, ke ûi。ke Lī, hun Lī。 離開遠 親像日月相對 。相離。隔離,暌違。暌離,分離。
暋	bín, bín ㄇㄧㄣˇ,ㄇㄧㄣˊ	iōng ū khùi Lat oē kham tit tsòe chiâⁿ sū。 勇有氣力 ,能堪得做成事。
暗	àm, ㄚˋ,	jit ū hûn jia, thiⁿ àm。bô bêng。bô kng。chhim, o·àm。àm chīⁿ。àm àm。àm chìⁿ。 日有雲遮,天暗。無明 。無光。深,黑暗。暗靜。暗暗。暗箭。
暖	Lóan, ㄌㄨㄚ,	Chiū sī sio joah un hô ê ì sù。 就是暖熱溫和的意思。
暖	Lóan, Sio, ㄌㄨㄚˇ,T一ㄜ,	Sio Lō ê hong, Lioh Lioh á sio, un Loán。un jiat。Sek tòng ê un tō。Loán hô。 暖烙的風,略略仔暖,溫暖。溫熱。適當的溫度。暖和。 Chhun Loán hoa khai。Loán hong, Loán khì Lîu。sio khì, un sio ū ka têng chin sio Lō。 春暖花開 。暖風 ,暖氣流。暖氣,溫暖。有家庭真暖烙。
暑	Sú, ㄕㄨˇ,	hē thiⁿ joah, sio joah, sú khì。tsoeh Lêng ê miâ, tāi sú, siáu Sú。sēng sú, tng joah。Sú kà 夏天熱 ,燒熱,暑氣。節令的名 ,大暑,小暑。盛暑,當熱。暑假。
睹	tó, ㄉㄜˊ,	chiū sī tsá khí sī jit chhut kng bêng ê ì sù。 就是早起時日出光明的意思。
暘	iông, 一ㄛㄥ,	jit chhut, thiⁿ chheng chheng。kng, Phak jit。 日出 ,天清清 。光,曝日。
暍	hat, hah, hahⁿ, ㄏㄚㄊ,ㄏㄚㄏ,ㄏㄚㄏ,	Siong sú, hiān tāi kóng tiòng sú, tiòng jiat。hē thiⁿ tōa joah, Peh sìⁿ tsōe joah sí。hì 傷暑 ,現代講中暑 。中熱 。夏天大熱 ,百姓多熱死。 hat jiat。hah tioh khì, hah tioh tok khì。hah tioh jit。hahⁿ sio, hahⁿ tioh hé。hahⁿ Lang 暍熱。暍着氣,暍着毒氣。暍着日。暍燒,暍着火。暍人氣。
暎	iòng, 一ㄛㄥ,	chiò, jit tú kè tàu, kng iàⁿ iàⁿ, chiò jit, ǹg jit。kap 映 jī sio siāng。 照,日抵過晝,光映映,照日,向日。与映字相同。
暈	ūn, n̄g, hīn, ㄨㄣ,ㄥ,ㄏ一ㄣ,	ngó sek hûn teh ûi jit Ge̍h, jit ūn Ge̍h ūn。hûn bū bô bêng。ian n̄g。bak chiu n̄g 五色雲的圍日月,日暈,月暈。雲霧,無明。淵暈,目睭暈。 bak chiu khí ian n̄g。khòaⁿ kàu ian n̄g。thâu hîn bak àm。hîn tó。hîn tsûn。hîn chhia 目睭起淵暈。看到淵暈。頭暈目暗。暈倒。暈船。暈車。
暚	tho·, ㄊㄛ,	Chiū sī jit ìm n̄g ê ì sù。 就是日陰影的意思。
㬎	chhán, ㄑㄚˇ,	âng ê sek。un sip ê khóan sit。 紅的色。溫濕的款式。
萅	chhun, chhún, ㄑㄨㄣ,ㄑㄨㄣˇ	春 ê kó· jī。chhiàⁿ khòaⁿ Gō· ūi。 春的古字。請看五畫。
睺	hô·, ㄏㄛˊ,	Poeh jī ê Sîn。ū Lâng kóng sī Phàiⁿ chhai thâu ê ì sù。 八字的神。有人講是歹彩頭的意思。
暒	Chêng ㄐㄧㄥ	kap 晴 sio siāng。hō· soah thiⁿ chêng。hó thiⁿ。 与晴相同。雨息天暒。好天。
昷	un, ㄨㄣ,	kng bêng, chheng Pia̍t ê khóan sit。jit chhut。 光明,清白的款式 。日出。
暐	úi, ㄨ一,	kng chhiong sēng ê khóan sit。jit thâu ê kng。 光昌盛的款式 。日頭的光。

十 畫

暢	thiòng, ㄊ一ㄛㄥ,	sim Lāi ê ì sù hoat chhut。thong thiòng, thiòng tat。khoàiⁿ oah, thiòng Lok。thiòng só· io̍k ūi。 心内的意思發出。通暢 ,暢達。快活,暢樂。暢所欲為。
㬧	Gap, hián ㄍㄚㄆ,ㄏ一ㄢ,	bî biāu, tsoe tsoe chhùi ê khóan。kng bêng, tsng thāⁿ。kng kng, jī sìⁿ。Si 微妙 ,多多嘴的款。光明 ,妝飾,光光,字姓。絲。
暠	hō, kó, ㄏㄜ,《ㄜ,	bêng Pe̍k ê khóan sit, Pe̍h Pe̍h ê ì sù。kap 白告 Siāng khóan。 明白的款式,白白的意思。与白告同款。
暝	bêng, ê, ㄇ一ㄥ,ㄝ,	jit thâu hō· hûn jia mî sî。o· àm。ê hng。kin ê hng。ê hng àm。ê Po·。àm mî 日頭在雲遮,冥時,黑暗。暝昏,今暝昏,暝昏晚。暝晡。暗暝
暡	óng, ㄛㄥ,	jit bōe bêng, thiⁿ khì bô kng bêng ê ì sù。 日𣍐明,天氣無光明的意思。
㬶	Le̍k, ㄌㄜㄎ,	Chiū sī kng bêng ê ì sù。 就是光明的意思。
暞	kiáu, 《一ㄠˇ,	kng bêng, chheng Piat ê khóan sit。 光明,清別的款式。
昷	un, ㄨㄣ,	kng bêng, chheng Piat ê khóan sit, jit chhut。 光明,清白的款式 。日出。

十一畫

暳 hūi, ㄏㄨㄟ, tsōe tsōe ê khóan sit, sòe Liáp Chhiⁿ ê ì sù.
多多星的款式，小粒星的意思。

暡 bóng, ㄅㄥˊ, thiⁿ o͘ ìm, chiū sī jit thâu hō͘ hûn jia teh.
天黑陰，就是日頭給雲遮啲。

暼 Piat, ㄆㄧㄝ, jit thâu beh Lóh ê khóan sit.
日頭也落的款式。

暯 bók, ㄇㄛˋ, am am, ò biāu, iā ū kè seh khang khang tiām tiām.
暗暗。奧妙，也有解說空空恬恬。

暮 bō͘, ㄇㄨˋ, jit thâu beh Lóh soaⁿ. Poàⁿ Po͘, jit àm, ê hng, oàⁿ, Lāu. Póh bō͘, bō͘ Liân, bō͘ kéng.
日頭也落山。半晡，日暗。下昏，晚，老。薄暮，暮年，暮景。

暱 Lek, Lék, kūn oá, saⁿ chhin kūn. jit kūn oá ê ì sù.
ㄌㄧˋ，ㄋㄧˋ，近倚，相親近。日近倚的意思。

暴 Pō, Phók, Pāu, Pôi, jit iām. kiông hiông, tsân jím, hut jiân, kín, Phah, Pō hêng, kiông Pō, Pō tōng.
ㄅㄠˋ，ㄆㄨˋ，ㄅㄛˋ，日炎。強兇，殘忍，忽然，緊，打，暴行，強暴，暴動。
Pā, Pō Lék, Pō tô͘, Pō chèng. Phók thiàu jû Lûi. Phók kun bû tō. Phók hoat chîⁿ tsâi. Pō jiók.
ㄅㄚˋ，暴力，暴徒，暴政。暴跳如雷。暴君無道。暴發錢財。暴辱。
Pók, Phák, Pō Lâng. khit i Pō khì. Pāu thâu khak, ng thâu kù i Pāu. khit Lûi Pā tióh. Pā thâu khak.
ㄅㄛˊ，ㄆㄨˋ，暴人。給他暴去。暴頭殼，掩頭據他暴。給雷暴着。暴頭殼。

暩 Phiau, Phiàu, ta ta ê mih, Phák, Phak ta ê mih. Pók Lī. Pók chèng. iā kap Phák Sio Siāng ì sù.
ㄆㄧㄠ，ㄆㄧㄠˋ，乾乾的物，曝，曝乾的物。暴利。暴政。也与曝相同意思。

暬 Siat, ㄒㄧㄝˋ, jit jia tsàh, am am ê ì sù. bêng hōe. iā thong Siat. Chho͘ Siòk, Sûi Piān.
日遮截，暗暗的意思。瞑晦。也通褻。粗俗，隨便。

暫 Chiām, ㄓㄢˋ, tiap á kú, chiām sî, hut jiân, Liâm Piⁿ, Sûi sî. té Chiām. Chiām Chhiá. oàn Lōng Siat oân.
霎仔久，暫時，忽然，臨邊，隨時。短暫。暫且。玩弄，褻玩。

暵 hàn, ㄏㄢˋ, ta ê khì, Phak ta, hang ta, ta ta.
乾的氣，曝乾，烘乾，乾乾。

暶 sūn, ㄕㄨㄣˋ, chiū sī jit thâu kng bêng ê ì sù.
就是日頭光明的意思。

暪 bún, ㄇㄣˊ, am am bô kng bêng ê ì sù.
暗暗無光明的意思。

㬐 hóng, ㄏㄨㄥ, khong hān, jiat, Chhin Chhiūⁿ joàh thiⁿ ê sî.
亢旱，熱，親像熱天的時。

暳 tsàⁿ, ㄗㄢˇ, chiū sī tiap á kú Lâi Phák jit ê ì sù. tsàⁿ jit. Lâi tsàⁿ chit ê jit thâu.
就是霎仔久來曝日的意思。暳日。來暳一下日頭。

[造字] 借責偏音來合成字。

十二畫

曉 hiáu, ㄒㄧㄠˇ, kng kng, bêng bêng, tsá khí sî. hiáu bêng, Phò hiáu, chhang mîa, bêng Pėk, hiáu ngō͘. hiáu sū.
光光，明明，早起時。曉明，破曉，聰明，明白，曉悟。曉事。

曀 è, ì, ㄧˋ, o͘ im Chiū khí hong. jia tsàh jit ê kng bô bêng. ū hong, ū hûn, hûn jia.
黑陰就起風。遮截日的光無明。有風，有雲，雲遮日。雲風曀日光。

㬎 hián, ㄒㄧㄢˇ, kap 㬎 Siāng khóan. kng hián bêng. Sì, jī sìⁿ.
与㬎同款。光㬎明。姓，字姓。

暨 Gut, kì, khài, Gut, Lâng ê jī sìⁿ. Phó Phó Khoàⁿ. soah bé, Chīn, soah. kàu. Saⁿ kap. Lóng tsóng.
ㄍㄨˇ，ㄐㄧˋ，ㄎㄞˋ，暨，人的字姓。頗頗看。煞尾，盡，煞。到。相與。攏總。
tú tú (Lē) êng tē kap kap kip ê ì sù. bó bó kong sī Sêng Lip kì (khài) tsóng keng Lí chiū chit tián Lé.
抵抵。(例)用作與与及的意思。某某公司成立暨(暨)總經理就職典禮。

暸 Liâu, ㄌㄧㄠˊ, Chiū sī kng bêng ê ì sù.
就是光明的意思。

曆 Lėk, Làh, ㄌㄧˋ，ㄌㄚˋ, jit Géh chhiⁿ sîn hun Piát sî tsòh ê hoat tō͘. nî Lėk. Lėk hoat. thài iông Lėk. im Lėk.
日月星辰分別時節的法度。年曆。曆法。太陽曆。陰曆。
Làh jit, kì tsài nî Géh jit ê tsóa Pún, chit jit thang Liàh chit tiuⁿ. kè sî Làh jit.
曆日，記載年月日的紙本，一日可剝一張。過時曆日。

暹 Siâm, ㄒㄧㄢ, jit chhut, jit ná chiū koâiⁿ. Chìn. kok ê mîa. Siâm Lô.
日出，日愈上高。進。國的名。暹羅。

曇 thâm ㄊㄢˊ
chiū sī chhiūⁿ hûn, o͘ hûn ê ì sù. jit hō hûn jia. thâm thiⁿ, o͘ hûn bit pò thiⁿ khì.
就是像雲，黑雲的意思。日被雲遮。曇天，黑雲密佈的天氣。

暾 thun, ㄊㄨㄣ，
jit thâu taⁿ chiah chhut, jit khí thâu chhut ê ì sù.
日頭　噹即出　。日起頭出的意思。

曈 tông, ㄊㄨㄥˊ，
tông tông, tông lông, jit teh beh kng ê ì sù.
曈曈，曈曨，日要也光的意思。

曄 iap, ㄧㄝˋ，
kng iāⁿ iāⁿ, sih nā ê khóan sit. bō͘ sēng ê khóan sit.
光映映，𤏻𤏻的款式。茂盛的款式。

十三畫

晉 Chìn ㄐㄧㄣˋ，
jit chhut, ták hāng heng khí, heng ōng, chìn chêng. 晉 jī ê kó͘ jī.
日出，逐項興起，興旺，進前。晉字的古字。

曏 hióng, hiòng, ㄒㄧㄤˇ，ㄒㄧㄤˋ，
kng bêng. siàu liân sî. chêng bêng chióng chiân ê sū. kap 晑 siāng ì sù. kóng kè khì.
光明。少年時。證明從前的事。与晑同意思。講過去。

曖 ài, ㄞˋ，
jit hō͘ hûn jia, bô bêng. ài ài chiū sī geh hō͘ hûn jia ê ì sù. ài mūi, bô chiàⁿ ê hêng ûi.
日被雲遮，無明。曖曖就是月被雲遮的意思。曖昧，無正的行為。

燠 hiok ㄒㄩˋ
chiū sī jit ê khì, jiat khì.
就是日的氣，熱氣。

曔 kèng, ㄐㄧㄥˇ，
kng bêng, ta ta ê ì sù.
光明，乾乾的意思。

曎 ek ㄧˋ，
kng bêng chiū sī hé ê kng
光明，就是火的光。

皦 kiáu, ㄐㄧㄠˇ，
kng bêng, gek ê pe̍h. chheng pe̍h ê khóan sit. kap 皎 jī siāng khóan
光明，玉的白。清白的款式。与皎字同款

曞 lêng ㄌㄧㄥˊ
chiū sī jit kng bêng ê ì sù.
就是日光明的意思。

曐 seng, san ㄒㄧㄥ，ㄕㄥ，
kó͘ bûn ê jī. chhiáⁿ khòaⁿ gō͘ ūi.
古文星的字。請看五畫。

暗 chhiùⁿ ㄑㄧㄤˋ，
àm chhiùⁿ, chiū sī àm àm chhin chhiūⁿ mî sî ê khóan sit.
暗暗，就是暗暗親像冥時的款式。

造字 日就是光，日被牆截遮即暗，借嗇偏音成字。

十四·十五畫

曛 hun ㄒㄩㄣ，
jit lo̍h iáu bē àm, ē hng, jit hông hun, sek hun. hun hông.
日落也未暗，下昏，日黃昏，夕曛。曛黃。

矇 Bông, phông ㄇㄥˊ，ㄆㄥˊ，
jit thâu bē chhut lâi. bô kng bêng, jit bô kng. hun àm, bông lông. àm phông, àm phông.
日頭未出來。無光明，日無光。昏暗，曚曨。暗曚，暗曚曚。

曙 sū ㄕㄨˋ，
jit chhut ê kng, tsá khí sî jit taⁿ chiah chhut ê kng, sū kong. kng bêng. sū sek, lê bêng
日出的光，早起時日噹即出的光，曙光。光明。曙色，黎明

曜 iāu, ㄧㄠˋ，
jit kng, kng bêng. chhit iāu, jit, goa̍t, hé, súi, bo̍k, kim, thó͘, chhit chhiⁿ lâi chheng ho͘.
日光，光明。七曜，日，月，火，水，木，金，土，七星來稱呼
chit ê lé pài chhit jit. kng iāu. kap 耀 siāng khoán. 燿 siāng khoán
一個禮拜七日。光曜。与耀同款。燿同款

曠 khòng, lōng ㄎㄨㄤˋ，ㄌㄤˇ，
khang khang, kng kng, khang khoah, khòng iá. hòe tūi, hn̄g, tōa, kú. hng hòe,
空空，光光，空闊，曠野。廢隊，遠大，久。荒廢，
khòng tōe, khòng tat, khòng khoah ê khóan. khoah lōng, khoaⁿ lōng, lōng lōng khòng khòng.
曠地，曠達，廣闊的款。闊曠，寬曠，曠曠廣廣。

曝 Pho̍k, phak ㄆㄨˋ，ㄆㄨˋ，
iām jit hah, pho̍k lē. phak, phak jit. phak ta. phak pà, phak koaⁿ, phak iâm.
炎日暍，曝曬。曝，曝日。曝乾。曝粑，曝乾，曝塩。

曨 hūi, ㄏㄨㄟˋ，
tsōe tsōe chhiⁿ ê khóan sit, sòe lia̍p chhiⁿ ê ì sù.
多多星的款式，小粒星的意思。

曆 lek ㄌㄧˋ，
chiū sī tsa̍p sek ê gû.
就是雜色的牛。

十六—廿四畫

曦 hi, ㄒㄧ，
jit sî ê kng, jit ê sek tī. sîn hi, tsá khí sî ê jit kng.
日時的光，日的色緻。晨曦，早起時的日光。

曨 lông, ㄌㄨㄥˊ，
chiū sī jit thâu chhut ê ì sù, tông lông. bông lông, jit kng àm àm.
就是日頭出的意思，曈曨。曚曨，日光暗暗。

曩 Lóng, ㄋㄤˇ, tsāi tsá 在早；Chêng ê sî 前的時，kú kú 久久。Lóng sek 曩昔。Lóng jit 曩日。

曬 Liap, ㄌㄧㄝˋ, Sio lō 暖烙，Sió khóa joah ê ì sù 少許熱的意思。

曬 Lē, sà, ㄌㄧˋ, ㄕㄞˋ, Phak 曝，Chiong mih hō jit Phak ta ê ì sù 將物給日頭曝乾的意思。Lē kan 曬乾。sà kng 曬光，Phak jit 曝日。

曫 Loân, ㄌㄨㄢˊ, jit kng bêng ê hng sî 日光明的下昏時。

曬 hān, ㄏㄢˋ, jit hān soaⁿ 日曬山，chiū sī jit Lòh thiⁿ piⁿ sòaⁿ 就是日落天邊線。jit hān Pòaⁿ thiⁿ 日曬半天。jit thâu chhin chhiūⁿ tī Pòaⁿ thiⁿ ê ì sù 日頭親像掛佇半天的意思。hān o͘ chiū sī jit teh beh àm ê ì sù 曬黑就是日咧欲暗的意思。Pòaⁿ lâm hān 半濫曬，Pàng Pòaⁿ lâm hān 放半濫曬。

造字 借曬的白話音成字。

曭 tóng, thóng, ㄉㄤˇ, ㄊㄤˇ, chiū sī jit bô kng bêng ê ì sù 就是日無光明的意思。

曨 Lêng, ㄌㄧㄥˊ, kap 與 昤 Siong tông 相同。chiū sī jit kng bêng ê ì sù 就是日光明的意思。

補17畫 曮 chiàu, chiok, ㄐㄧㄠˋ, ㄐㄩㄝˊ, Lâng ê miâ 人的名；Liông tiâu ū chit ê Gû chiàu 梁朝有一個虞曮。Sòng tiâu ū chit ê Siā chiok 宋朝有一個謝曮。

曰 部 73

曰 oat, ㄩㄝ, khui chhui khì chhut 開嘴氣出。kóng oē 講話，kóng chhut siaⁿ 講出聲，kiò miâ 叫名，chheng hō 稱呼。kóng 講，tsú oat 子曰，Khóng tsú kóng 孔子講。

二一七畫

曳 ē, ㄧㄝˋ, in chhōa 引導。thoa 拖。theh khí 提起。ē in 曳引，khan thoa 牽拖。ē ín ki 曳引機。tsng hoat tōng ki lâi khan thoa tsoh sit keng chhân ê ki khì 裝發動機來牽拖作穡耕田的機器，á sī thoa chhia 或是拖車。

曲 khiok; khek, khiau, khiàu, ㄑㄩ, ㄑㄩˇ, ㄑㄧㄠ, ㄑㄧㄠˋ, oan oat 彎越。oai 歪，khut khiok 屈曲。sim ê hêng tsōng oan khiok 心的形狀，彎曲。khiok sòaⁿ 曲線。khiok tit 曲直，sī hui khiok tit 是非曲直。koa khiok 歌曲，khiok phó͘ 曲譜。koa khek 歌曲，khek tiāu 曲調。thiaⁿ khek 聽曲，chhiùⁿ khek 唱曲。khek pôaⁿ 曲盤，chhiùⁿ phìⁿ 唱片。khiau khiau 曲曲，khiau ku 曲痀，áu khiau 拗曲，chhiú áu khiau 手拗曲。Phīⁿ khiàu 鼻曲，khiàu chhiu 曲鬚。chhùi tûn khiàu khiàu 嘴唇曲曲。tó khiàu khiàu 倒曲曲，sí khiàu khiàu 死曲曲。

更 keng, kèng, kiⁿ, ㄍㄥ, ㄍㄥˋ, ㄍㄧ, thòe oāⁿ 退換，keng oāⁿ 更換，piàn keng 變更。lûn liû 輪流，keng thè 更替。kóe chèng 改正，kèng chèng 更正。kòh ㄍㄜˊ, kòh khah 更較，kèng ka 更加。kèng hó 更好，khah hó 較好。kèng chìn chit pō͘ 更進一步。chiú kiⁿ 守更，saⁿ kiⁿ 三更，saⁿ kèⁿ 三更。keⁿ ㄍㄝ, pòaⁿ mî 半暝。kiⁿ chhim jîn chēng 更深人靜。kiⁿ liâu 更寮。kiⁿ khok 更硞。kòh khah 更較，kèng ka ló lėk 更加努力的意思。

曷 at, hat, ㄚㄊ, ㄏㄚㄊ, mn̄g ê ì sù 問的意思，beh tsáiⁿ iōⁿ 也怎樣，siàⁿ sū 甚事，sím mih 甚麼，tsó͘ chí 阻止，hāng 哄，lún neh 小伯仍。hat chí 曷止。

書 su, si, tsu, chheh, ㄕㄨ, ㄒㄧ, ㄗㄨ, ㄑㄝˊ, chheh ê tsóng miâ 書的總名。phoe 批，siá jī 寫字，su sìn 書信，su hoat 書法。siá jī ê lâng 寫字的人，su hoat ka 書法家。su kì 書記。su keng 書經。bûn su 文書。tāi su 代書，su pâng 書房。siū si 授書，si keng 書經，tāi si 代書。tsu chheh 書冊，thak tsu 讀書，tsu kù 書句。lī tsu 勢書，hûn tsu 焚書，tsu pâng 書房。tsu īⁿ 書院。thak chheh 讀書，chheh pau 書包，chheh kiok 書局。

曼 Bān, Bân, ㄇㄢˋ, ㄇㄢˊ, tn̂g tn̂g 長長；bân tn̂g 曼長。koh 側，iáu bē 也未，khah sòe 較細。bān bān 曼曼，tn̂g khoah 長闊。bān iân 曼衍，bô chīn 無盡，put toān 不斷。

曹 tsô, ㄘㄠˊ, koaⁿ ê miâ 官的名，hun kho tī sū ê koaⁿ chit 分科治事的官職，pō͘ tsô 部曹。tōe miâ 地名，san tong tsô koāiⁿ 山東曹縣。lâng ê sìⁿ 人的姓。tsū chip ê só͘ tsāi 聚集的所在，tsô kûn 曹群。chhâi phòaⁿ koaⁿ 裁判官，gak tsô 獄曹。koaⁿ si sio kò n̄ng hong 官司相告兩方，liông tsô 兩曹。

八一十二畫

【替】thè, thòe, thùi ㄊㄝˋ, ㄊㄨㄝˋ, ㄊㄨㄟˋ；Pàng sak hòe tūi 放揀廢墜；oā" 換，thòng 停。thùi oā" 替換，sa" thùi 相替，Sa" thòe 相替，thòe oā" 替換。téng thòe 頂替。
thòe Lâng sí 替人死，thòe sin 替身。Liah kau thòe 掠交替，thòe sí kúi 替死鬼。thùi mn̂g 替毛，sa" thùi 相替，thùi pâi 替牌，thau thùi 偷替。

【朁】Chiám, Chhám ㄐㄧㄢˇ, ㄑㄧㄢˇ；m̄ kia" kiàn siàu 唔驚見誚。bô kèng ùi 無敬畏；tsō sû ê thâu jī 造詞的頭字；chhin chhiū" 親像，siat sú 設使。
bat 曾，koh iū" 異樣，Gú sû 語詞，ké iá" 假影。

【曾】Cheng, Chêng, tsan, bat ㄗㄥ, ㄗㄥˊ, ㄗㄢ, ㄘㄢˊ；ke thi" 加添，khah tāng 較重。tāi seng 代先，Chêng keng 曾經，í keng 已經，Siông siông 常常。beh thái 也怎。
Sun ê kiá" 孫的子，cheng sun 曾孫。chêng tsó hū 曾祖父，a kong ê lāu pē 阿公的老父。Lâng ê sì" 人的姓，tsan 曾。bat 曾，kè khì ê 過去的。
Góa bat tsòe hó sū 我曾做好事，Góa m̄ bat tsòe khui sim sū 我唔曾做虧心事。chêng keng chhong hái 曾經滄海，kiàn sek khòng khoah ê Lâng 見識廣闊的人。

【最】Chhoat, tsòe ㄘㄨㄛˋ, ㄗㄨㄟˋ；bán 挽，keng 揀，Lóng tsóng 攏總，niú tn̂g té 量長短，kap 撮 ê jī gī siāng khoán 与撮的字義同款。tsòe 最，kek thâu 極頭，
tē it 第一，tsòe tōa 最大，tsòe koân 最高，tsòe hó 最好。tsòe āu 最後，tsòe sòe 最小，tsòe kūn 最近，tsòe iàu kín 最要緊。

【會】hōe, kòe, ōe, hē ㄏㄨㄟˋ, ㄎㄨㄞˋ, ㄨㄟˋ, ㄏㄟˋ；tsū chip ê só tsāi 聚集的所在，kiat háp 結合，tsū hōe 聚會，siong hōe 相會，hōe gī 會議。kàu hōe 教會，kong hōe 公會，
ē 会，kang hōe 工會，siong hōe 商會。sî ki 時機，ki hōe 機會。tùi ōe 對話，hōe ōe 會話。kòe 會，sǹg siàu 算賬，kòe kè 會計。
Soa" miâ" 山名，kòe khé soa" 會稽山。hē thâu 會頭，chio hē 招會，hē tiú" 會長，iô hē 搖會。ōe hiáu 會曉，bōe ōe 𣍐會。ē hiáu 會曉。

【朅】khiat ㄑㄧㄝˋ；khì 去，tò lâi 倒來，tò tńg 倒轉，béng ióng 猛勇，kiông tsòng ê khoán sit 強壯的款式。

【朁】thè, thòe, thùi ㄊㄝˋ, ㄊㄨㄝˋ, ㄊㄨㄟˋ；kap 替 jī siong tông 与替字相同。

月 部 74

【月】Goát, Géh ㄩㄝˋ, ㄩㄝˋ；Chhi" siù thian thé ê chit hāng 星宿天体的一項。jit goát chhi" 日月星。thài im ê cheng 太陰的精。Géh jit 月日。Géh niû 月娘。
Géh khim 月琴，Géh kiong 月宮，Géh piá" 月餅，Géh lēng 月令，Géh thò 月兔，Géh sit 月蝕，Géh bé 月尾，Géh bêng 月明。

二一五畫

【有】iú, iū, ū ㄧㄡˇ, ㄧㄡˋ, ㄧㄡˋ；bô ê tùi hóan 無的對反，ū 有。tit tio̍h 得着，iōng iú 擁有，tī teh 佇咧。kó jiân 果然。koat toàn 決斷。iú sim 有心，
iú hēng 有幸，iú chì 有志，iú hāu 有効。iū 有，koh tsāi ê ì sù 個再的意思，sio liân ê jī 相連的字，bó bó lāu sian sin kim liân 某某老先生今年
kiú sip iū lák hè 九十有六歲，chiū sī káu tsáp lák hè 就是九十六歲。kap iū thong 与又通。ū bô 有無，ū miâ bô sit 有名無實，ū iá" 有影。
ū sî 有時，ū hè 有貨，ū sin 有娠，ū tiā" tio̍h 有定着。sim nih iú sò 心裡有數，iú kiû pit èng 有求必應。iú kàu bû lūi 有教無類。

【阴】im ㄧㄣ；àm 暗，jit iá" 日影，im ńg 陰影，chhiu chhin 秋清，chēng chēng 靜靜，tsa bó lâng siok im 查媒人屬阴。kap 陰 siāng khóan 与陰同款。

【服】hók ㄈㄨˊ；ēng 用，kiâ" 行，kun sūi 跟隨，hâng hók 降服。hók io̍h 服藥，tsúi thó put hók 水土不服。i chiū" 衣裳，hók tsong 服裝，hók sāi 服事。

【朋】Pêng ㄆㄥˊ；tâng phoā" 同伴，nn̄g ê chit tùi 兩個一對，kiat tóng 結黨，kau pôe 交陪。pêng iú 朋友，pêng che 朋儕，pêng tóng 朋黨，chhin pêng 親朋。

【朏】húi, Phut ㄈㄟˇ, ㄆㄨㄛˋ；Géh bē kàu giàh kng 月未夠𠢕光。teh beh kng ê ì sù 咧也光的意思。jit chiū" tī hû song ê só tsāi 日上佇扶桑的所在，kiò tsòe phut bêng 叫做朏明。

【朏】húi, Phut ㄈㄟˇ, ㄆㄨㄛˋ；sin Géh ê sî kiò húi phek 新月的時候叫朏魄。kap téng bīn jī siong tông 与頂面字相同。

六·七畫

【朕】tim ㄓㄣˋ；Góa 我。chiū sī hông tè ka kī chheng ho͘ ê ōe 就是皇帝傢己稱呼的話。tiāu thâu 兆頭，tim tiāu 朕兆。

朔 Sok, ㄕㄜˋ, Gėh thâu im Lėk Chhoe it jit, jit Gėh Siong hōe kiò Sok. Pak Sì. tsáp Gō kiò bōng. Sok bōng.
逆頭，陰曆初一日，日月相會叫朔。北勢。十五日叫望。朔望。

朓 thiau, ㄊㄧㄠˇ, im Lėk Gėh bé, khòaⁿ kìⁿ Gėh tī sai Pêng, Gėh kiâⁿ kīn tī ê thâu chêng, kiò tsòe thiau.
陰曆月尾，看見月佇西爿，月行緊日的頭前，叫做朓。

朗 Lóng, Láng, ㄌㄤˇ, ㄌㄤˇ, Gėh ê kng, kng kng, bêng, bêng Lóng, bêng Liàng ê ì sù. Lâng ê jī sìⁿ. thiⁿ khì Chheng Lóng
月的光，光光，明，明朗，明亮的意思。人的字姓。天氣清朗。
bêng Láng. Sèng Chêng khai Láng, hoat Phoat khai thong.
明朗。性情開朗，活潑開通。

朙 bêng, bîn, Lêng, mîa, ㄇㄧㄥˊ, 明 ê kó jī. Chhiáⁿ khòaⁿ Gō ūi.
明的古字。請看五畫。

望 bōng, bāng, bōng, ㄨㄤˋ, him bō, Liau bāng, ǹg bāng, kiah thâu, khòaⁿ hn̄g. Gėh móaⁿ tsáp Gō kio bōng Gėh.
欣慕，瞭望，向望。攑頭，看遠。月滿十五叫望月。
hi bāng, bāng kiàⁿ Sêng Liông, bāng Lú Sêng hōng. tek ko bōng tiōng, bōng oán kiàⁿ. bōng tsòk
希望，望子成龍，望女成鳳。德高望重。望遠鏡。望族。

八—十六畫

朝 tiau, tiâu, ㄓㄠ, ㄔㄠˊ, tsá khí sî, tsá, chit jit, tiau jit, tiau sek, tsá oàⁿ. Iōng kun Chhian jit iōng tsāi it
早起時，早，一日。朝日。朝夕，早晚。養軍千日用在一朝
tiau. tiau têng, kun sîn Pān sū ê só tsāi. tiâu tāi, kun tsú kok ê Chit ê sî tāi. tiâu sèng,
朝。朝廷，君臣辦事的所在。朝代，君主國的一個時代。朝聖，
kàu tô khì Sèng tōe tiâu Pài. kok mîa, tiâu Siān. jī sìⁿ tiau. Sam tiau, ngó tiau, Saⁿ jit
教徒去聖地朝拜。國名，朝鮮。字姓朝。三朝，五朝，三日
Gō jit. tiâu kìⁿ, sîn Chham kìⁿ ông, á sī kiáⁿ kìⁿ Pē bú. tiâu tē. tiâu kòng, tiâu hōe.
五日。朝見，臣參見君王，或是子見父母。朝代。朝貢。朝會。

朞 ki, kî, ㄐㄧ, ㄐㄧˊ, kap bīn jī Siong tông. chit tùi sî, nî tú nî, chit ê Gėh.
與下面字相同。一對時，年抵年，一個月。

期 ki, kî, ㄐㄧ, ㄐㄧˊ, sî jit, sî kî, iok Sok, Siong hōe, tiā tiōh, kî iok, kî hān, tēng kî, kî thāi, kî bāng, kî Phiò.
時日，時期。約束，相會，定着。期約，期限，定期，期待，期望，期票。

朢 bōng, ㄨㄤˋ, Gėh îⁿ, kiah thâu khòaⁿ hn̄g. jîn sîn tī Gėh îⁿ sî tiâu kìⁿ jîn kun ê ì sù. iā thong 望 jī.
月圓，攑頭看遠。人臣佇月圓時朝見人君的意思。也通望字。

朣 tông, ㄊㄨㄥˊ, Gėh thóng thâu, bô kng bêng. tông Lông. Gėh Chiah Chhut ê khoán.
月坑頭，無光明。朣朧。月即出的款。

朦 bông, ㄇㄥˊ, jit teh beh Lóh, Gėh bô kng, bông Lông. Siat Lâng, bô kng bêng.
日咧也落，月無光，朦朧。媟人，無光明。

朧 Lông, ㄌㄨㄥˊ, Gėh tú á Chhut, bô bêng. bông Lông. Chiū sī Gėh Lóh. Gėh kng hun àm.
月抵仔出，無明。朦朧。就是月落，月光昏暗。

木部 75

木 bók, bát, bàk, mòh, ㄇㄨˋ, Chhâ Liāu, bók Liāu. Chhiū tsâng, Chhiū bók. Chhiⁿ ê mîa, bók Chhiⁿ. ngó hêng Chi it,
柴料，木料。樹欉，樹木。星的名，木星。五行之一，
Kim bók tsúi hé thó. Phoh Sit. bák kang, tsòe bák, bók chhiūⁿ, bák kiah, bák Sat, chhiū bàh. bat
金木水火土。朴實。木工，作木，木匠，木屐，木虱，樹木。木蝨
tsát. bat Sat. thâng ê Lūi, óng óng bih tī bîn Chhn̂g, ì á. bat Sat Chiah kheh. bók nî,
。木虱。虫的類，往往匿佇眠床，椅子。木虱食客。木耳，
tsáp mòh hiòh, Chiū sī ēng Chit ê hióh Chham tê Sim Lâi khah hó thàn Chîⁿ. bók koe, bók Châi
雜木葉，就是用一個葉摻茶心來較好趁錢。木瓜，木材。

朩 Gāi, tún, ㄞˋ—ㄉㄨㄣˇ, Chhiū oan khiau tâm tâm bô thóng chhut. chhiū bô koân. Chhiū bô thâu ê ì sù. chhiū só chhun ê
樹彎曲檯檯無坑出。樹無高。樹無頭的意思。樹所剩的。

一畫

札 tsat, ㄓㄚˊ, Chheh Pán, su sìn, Phoe tsat, Phoe Sìn, bûn su. Su tsat. kán tsat. Pit tsat.
冊版，書信，批札，批信，文書。書札。簡札。筆札。

末 boat, boah, bóah, but, bé, ㄇㄛˋ, ㄇㄨˋ, Lō bé, Chhiu bé Liu, boat bé. Chīn thâu, tsòe āu, sí bóat. hún boah
路尾，手尾溜，末尾。盡頭，最後，始末。粉末
ioh boah, hiuⁿ boah, tê boah, Sio hu Géng boah. iù boah boah, Chhin Chhiūⁿ koe á kiáⁿ mn̂g.
藥末，香末，茶末，燒灰研末。幼末末，親像雞仔子的毛。
Gín á ê Phê iù iù ê hûn. iù but but, but but á, Chhin Chhiūⁿ âng eⁿ á, á sī Sòe bé hî.
囡仔的皮幼幼的紋。幼末末，末末仔，親像紅嬰仔，或是小尾魚。

hé thòaⁿ bē，chiū sī iù iù ê hé thòaⁿ。
火炭末，就是幼幼的火炭。

【本】Pún，ㄅㄣˇ；Chho bók ê kun thâu，kun Goân，khí thâu，Pun Goân，kun Pún，Pun Lâng。bú chîⁿ，Pun Chîⁿ。su Pún。
草木的根頭，根原，起頭，本原，根本，本人。母錢，本錢。書本。

【朮】Su̍t，tsu̍t，ㄕㄨˊ，ㄓㄨˊ；tiū á ê oē Liâm ê，tsu̍t á，chiū sī Lô bí。tsu̍t bí。Su̍t bí。ioh mîa Peh tsu̍t，tiⁿ tsong sī
稻仔的能黏的，朮仔，就是糯米。朮米。朮米。藥名白朮，甜總是
Chiaⁿ chió，Chhiah tsu̍t khó，m̄ ku Chióⁿ tsōe。Chhong tsu̍t，kun thang tsòe ioh。
誠少，赤朮苦，毋久賰多。蒼朮，根可做藥。

【未】bī，bē，ㄨㄟˋ，ㄇㄟˋ；kàu taⁿ bô，bī iú。tē chī ê te Poeh jī，La̍k Geh。bī sî ē Po͘ chi̍t tiám kàu Saⁿ tiám Cheng。
到瞭無，未有。地支的第八字，六月。未時下晡一點到三點鐘。
bōe，ㄇㄨㄝˋ；iā u bē，á bē，bē bat，Chia̍h Pá bē。bī bián，bī Lâi，bī Sêng Liân，bī Pok Sian ti。
也未，也未，未曾，吃飽未。未免，未來，未成年，未卜先知。

二 畫

【朱】tsu，ㄓㄨ；hó tāi chì ê sek tī。tsu âng sek。âng sim ê chhiū。tsu se，chè tsō âng sek Gân Liāu。
好代誌的色緻。朱紅色。紅心的樹。朱砂，製造紅色顏料。

【朽】hiú，ㄒㄧㄡˇ；noā，noā chhâ，hiú noā。bô Lō͘ ēng。Chhàu chhâ。hiú bók。Soe Lāu，Lāu hiú。
爛，爛柴，朽爛。無路用。臭柴。朽木。衰老，老朽。

【机】ki，kí，ㄐㄧ，ㄐㄧˇ；kan siá ê 機。kap 几 thong，tē kí hē mih ê khì khū。chi̍t khoán chhiū ê mîa。
簡寫的機。與几通，茶几置物的器具。一款樹的名。

【朹】kiû，kiū，ㄑㄧㄡˊ，ㄐㄧㄡˇ；chhiū ê mîa，khoán sit chhin chhiūⁿ mûi á，âng sek，
樹的名，款式親像梅仔，紅色，

【朳】Pat，Put，ㄅㄚ，ㄅㄨ；bô khí ê Pê á。Pê Put，Pê Put á。kiàh Pê Put ka kì kòng hiah。Pûn kì ê Lûi。
無齒的耙仔。耙朳，耙朳仔。攑耙朳佮己損額。畚箕的類。

【朴】Phok，Phak，Phoh，Pho̍h，ㄆㄛˋ，ㄆㄚˊ，ㄆㄛ，ㄆㄛˊ；sò sò ê chhâ，tēng chhâ，chhê Liāu。khì khū chhòng bōe hó sè。chho Pho，
素素的柴，碇柴，柴料。器具創獪好勢。粗朴，
Phoh Sit，Phok Sò。Phak Sò，Phak Sit，khiam Phak，kam chìa Phoh，Phóh á hio̍h，Phóh á chhiū。
朴實，朴素。朴素，朴實，儉朴，甘蔗朴，朴仔葉，朴仔樹。
i ê Phê kāu，kiò hō͘ Phóh thang tsòe ioh。Lâng ê jī sìⁿ。kap 樸 Siong tông。
它的皮厚，叫厚朴可做藥。人的字姓。與樸相同。

【朾】teng，tiaⁿ，ㄉㄥ，ㄉㄧㄥ；tek ko。mn̂g siang Peng Pîⁿ ê chhâ thiāu。Chhō chhiū ê siaⁿ。ka tiaⁿ，hái ka tiaⁿ，ka tiaⁿ Phê
竹篙。門双平邊的柴柱。剉樹的聲。茇朾，海茇朾，茇朾皮
ka tiaⁿ chiap。ka tiaⁿ Siap，chiū sī ka tiaⁿ Phoh，thang tsòe Siap thâng ê Lō͘ ēng。
茇朾汁。茇朾塞，就是茇朾朴，可做塞桶的路用。

【朶】tó，tô，ㄉㄨㄛˇ，ㄉㄨㄛˊ；tó，chhiū ê mîa，chhiū ki Sûi Loh Lâi，hoe kè chí Chìa Pha，tín tāng，chi̍t tó hoe。
朶，樹的名，樹枝垂落來，花菓子成葩，振動。一朶花。

【朵】tó，tô，ㄉㄨㄛˇ，ㄉㄨㄛˊ；kap téng bīn jī Siong tông。kui Pha Chìa tó，chiū sī hoe á sī kè chí Siⁿ kàu Lúi Lúi
与頂面字相同。歸葩成朵，就是花或是菓子生到蕊蕊。
tûi tûi，kui Pha kui tó ê i sù。Pí jū chiap kàu Pa̍t Lâng ê Phoe，khéng chiap tó hûn。
垂垂，歸葩歸朵的意思。比喻接到別人的批，頃接朵雲。

【朿】Chhì，Chhù，ㄘˋ，ㄘㄨˋ；chhâ ê chiam bé，Chhng，ui，Siong hāi，thâi，thau khoàⁿ。Chhù，Chhàu bák àm àm
柴的尖尾，穿，挖，傷害，刣，偷看。朿草木豔豔
ê i sù。Chhì Phé
的意思。莿䔟。

【朲】Jîn，ㄖㄣˊ；chhuì teng。chhuì ê chhâ Liāu
唇頂。唇的柴料。

【朻】kiu，ㄐㄧㄡ；chhiū kē koh khiau khiau，koâiⁿ koâiⁿ ê chhiū
樹低擱曲曲：高高的樹：

三 畫

【杈】chha，chhai，ㄔㄚ，ㄔㄚˋ；chhiū ki，hun chhe ê chhiū ki，Liah hî ê khì khū，iā sī tsoh sit ê khì khū。
樹枝，分叉的樹枝，掠魚的器具。也是作穡的器具。

【杖】tiōng，tiū，thn̄g，ㄓㄤˋ，ㄉㄧㄡˋ，ㄊㄥˋ；koâiⁿ á，Lāu Lâng oá khò ê，koâiⁿ tiāng。Phah，tiāng tán。bók tiāng。tiū Phah，
楞仔，老人依靠的，楞杖。打，杖打。木杖。杖打，
chiū sī kó tsá hêng hoa̍t ēng Pāng kòng thah hong hoat。thn̄g，hā thn̄g，hàu thn̄g，hàu thn̄g
就是古早刑罰人用棒摃打的方法。杖，下杖，孝杖，孝杖
tsat，sek thn̄g，sek thn̄g Chiam。
節。錫杖，錫杖簪。

【杓】Chiok，Phiau，ㄐㄧㄠˊ，ㄆㄧㄠ；tsuí Poe，iûⁿ，hoâiⁿ ê chhâ ki，táu ê Pìⁿ，sî ê khoán sit。ín chhoa，Pák。
水杯，舀，横的柴枝，斗的柄，匙的款式。引導，縛。

杋 hoân ㄈㄨㄢˊ
chhiū sī chhiū ê miâ。
就是樹的名。

杏 hēng, ㄒㄧㄥˋ;
kê chí miâ, mûi kap lí á ê khoán sit。hēng jîn。thang tsòe ioh。
菓子名；梅与李仔的款式。杏仁。可做藥。

杆 kan, koaⁿ, koaiⁿ, ko, ㄍㄢ, ㄍㄨㄢ, ㄍㄨㄞ, ㄍㄜ;
bo̍k ê miâ, tēng jūn。koaiⁿ á, thiāu á, chhâ kûn, kî kan, kî koaⁿ,
木的名，碇潤。桿仔，柱仔，柴棍，旗杆，旗杆，
kî ko, tek ko, tiò hî koaⁿ。nôa, lân kan, tsûn ui, tsûn phâng koaⁿ。hioh koaiⁿ, í koaiⁿ
旗杆，竹杆，釣魚杆。欄，欄杆。船桅，船帆杆。葉杆，椅杆
toh koaiⁿ, chhn̂g koaiⁿ, jia hong koaiⁿ。
桌杆，床杆，遮風杆。

杠 kang, kong ㄍㄤ, ㄍㄨㄥ;
bîn chhn̂g tō, hôaiⁿ chhâ。kî koaⁿ thiāu thúi, kiō kng, kú khí, sòe tiâu kiô, kong bo̍k:
眠床脚，横柴。旗杆柱腿，轎槓，舉起，小條橋，杠木：
oē tang taⁿ hū tāng liōng hôaiⁿ chhâ。
能當擔負重量的横柴。

杞 kí, ㄑㄧˇ;
chháu ê miâ, io̍h miâ, kó kí, kí liú。kok ê miâ, lâng ê sìⁿ。kí jîn iu thian, o͘ pe̍h hoân-
草的名，藥名，枸杞，杞柳。國的名，人的姓。杞人憂天，黑白煩惱

来 lâi ㄌㄞˊ;
hêng í, au kiò, kàu tè。óng lâi, lâi khì, lâi lâi khì khì。kap sio̍ng tông。
行移，呼叫，到地。往来，來去，來來去去。与來相同。

李 lí, ㄌㄧˇ;
kê chí miâ, lí, lí á。thô lí móa thian hā。pī pān lō͘ thêng ê mih, kêng lí。lâng ê sìⁿ。
菓子名，李，李仔。桃李滿天下。備辦路程的物，行李。人的姓。

宋 bêng, bông ㄇㄥˊ, ㄇㄤˊ;
chhù ê tòng niû, á sī chhù téng pa̍t hō tōa kiā liāu。
厝的棟樑，或是厝頂別號大支的料。

呆 bó, pó, gâi, mûi ㄅㄛˇ, ㄆㄛˇ, ㄞˊ, ㄇㄟˊ;
gông gông, gû chhûn。chhi gâi, oá khò, an jiân, chiàu kò。iúⁿ chhī, pì iū。tam tng。
戇戇，愚蠢。痴呆。依靠，安然，照顧。養飼，庇佑。担當。
chip siú。pó hō。thong。pó jī。sit chì ê khoán sit, sit sîn, chhi gâi。thong mûi, mûi á。
執守。保護。通。保字。失志的款式，失神，痴呆。通梅，呆仔。
iûⁿ mûi。mûi hoe, m̂ á。
楊呆。呆花，呆仔。

杉 sam, ㄕㄢ;
chhiū ê miâ, sam bo̍k, sam liāu。sam chhâi。tōa sam。
樹的名，杉木。杉料。杉材。大杉。

束 sok, ㄕㄨˋ;
kúi nā kî pa̍k chi̍t pé, pa̍k, chi̍t sok, sok。chi̍t khún。khu kìm, khu sok。iok sok。jī sìⁿ。
幾若支縛一把，縛，一束，束。一綑。拘禁，拘束。約束。字姓。

杕 tē, ㄉㄧˋ;
chhiū ko͘ tōaⁿ siⁿ chhiū chhiong sēng。chhut thâu, hô kia̍t。
樹孤單生，樹昌盛。出頭，豪傑。

杜 tō͘ ㄉㄨˋ;
chhiū miâ。pa̍t miâ, kam tông, chhiah sek tō͘。pe̍h sek sī tông。tsó͘ chí, tō͘ tso̍at。tō͘ sài that
樹名。別名，甘棠，赤色是杜，白色是棠。阻止，杜絶。杜塞，塞
bat。o͘ pe̍h kóng, tō͘ tsoān。tō͘ tiōng io̍h miâ。siā tso̍at kìⁿ kheh, tō͘ bûn siā kheh。lâng sìⁿ
密。黑白講，杜撰。杜仲藥名。謝絶見客，杜門謝客。人姓。

材 chhâi, tsâi, chhâ ㄘㄞˊ, ㄗㄞˊ, ㄘㄚˊ;
chhâi liāu, chhâ liāu。phín liāu。kiàn chhâi。kàu chhâi。bo̍k chhâi。tôe chhâi。
材料，材料。品料。建材。教材。木材。題材。
io̍h tsâi。jîn tsâi, thong tsâi。tsâi chit。koaⁿ chhâ, siu khǹg sin sī ê khì khū。
藥材。人材，通才。材質。棺材，收藏身屍的器具。

村 chhoan, chhun, chhn̂g ㄘㄨㄢ, ㄘㄨㄣ, ㄘㄥ;
hiuⁿ siā, tsū chi̍p ê só͘ tsāi, hiong chhoan, chhoan, chhoan tsong。chhun, siāng í sù。
鄉社，聚集的所在，鄉村，村，村莊。村，同意思。
hiuⁿ chhn̂g。chhn̂g lâng thâu。chhn̂g kha hàn。chhn̂g ko͘, tsng kha ko͘ niû。
鄉村。村人頭。村脚漢。村姑，莊脚姑娘。

杇 u, ㄨ,
boah piah, boah hoe。he sî。
抹壁，抹灰。灰匙。

杌 gut ㄨˋ;
chhiū bô ki。chhiū pûh íⁿ。í thâu。tô gut, ok siù ê miâ, lâng ê miâ。bô an jiân。
樹無枝。樹発樣。椅頭。檮杌，惡獸的名，人的名。無安然。

杙 e̍k, khi̍t ㄧˋ, ㄎㄧˋ;
kê chí miâ, chhin chhiūⁿ lâi sng tiⁿ, chí kian chhut tī kau chí。khi̍t, gû khi̍t。khi̍t á。bo̍k thûn。
菓子名，親像梨酸甜，子堅出佇交趾。杙，牛杙。杙仔。木樁。

杅 û, ㄩˊ;
iú tsúi ê khì khū, sóe e̍k ê khì khū, tóe tng chiuⁿ ê khì khū。
舀水的器具，洗浴的器具，貯湯醬的器具。

杊 sûn, ㄕㄨㄣˊ;
chhiū ê miâ, i ê chhâ thang tsòe ti thâu pìⁿ。
樹的名，它的柴可做鋤頭柄。

杀 sài, sat, thài, thāi, ㄕㄞˋ, ㄕㄚ, ㄊㄞˋ, ㄊㄞˋ;
ka chiān, siah。áu chih。pâng saⁿ, kàng téng, sài khì。hāi sìⁿ miā, phah sí, sat
鉸剪，削。拗折。縫衫，降等，杀去。害性命，打死，杀
sí, soah sí。sat seng, sat lio̍k。thāi khì, thāi tsûn ī bô, chiū thāi。thāi sí lâng。
死，煞死。杀生，杀掠。杀去，杀盡他們亡，就杀。杀死人。

thâi Lâi thâi khì。thâi sù。sio thâi，thâi Lâng Pàng hé。thâi ti，thâi Gû。
刣來刣去。刣輸。相刣，刣人放火。刣豬，刣牛。

杒 moh，ㄇㄛㄏ，
moh khí Lâi，chiū sī theh khí Lâi，Lám khí Lâi ê ì sù。thau moh，thau theh khì。
杒起來，就是提起來，攬起來的意思。偷杒，偷提去。

杝 î，tī，ㄧˊ，ㄉㄧˋ，
chhâ，ka Lauh，chhâ ê mîa，chhâ chhò tn̄g。ká tī ná Peh iông bo̍k，thang tsòe koan chhâ。
柴，礚落，柴的名，柴剉斷。椵杝如白楊木，可做棺材。

杔 thok，ㄊㄛㄎ，
chhiū ê mîa，tòe chiù ê khì khū。thok Lô bo̍k。
樹的名，貯酒的器具。杔櫨木。

杛 keng，ㄍㄥ，
keng hō i ân。keng Pa，Siang thâu keng。thâu bé keng。keng khui。
杛伊它緊。杛芭，双頭杛。頭尾杛。杛開。

造字 杛，張開之意，如製皮，製鼓，用木或竹板固之，曰杛也。

四畫

枕 chím，chìm，Chiám，ㄐㄧㄇˇ，ㄐㄧㄇˋ，ㄐㄧㄚㄇˇ，
khòa thâu khak khì khū，Chím thâu。oá khò，chhin chhiūⁿ kóng，tong chím Giok San
靠頭殼的器具，枕頭。倚靠，親像講，東枕玉山
Se ngō ka Lâm Pêng Goân。chím bo̍k，hé chhia thih kùi khòa tehē hoâiⁿ bo̍k。Chìm，Pâk cheng sìⁿ ê
西臥嘉南平原。枕木，火車鐵軌靠响的橫木。枕，縛牲牲的
khit。Chiám thâu，kap chím thâu sio siāng ì sù。
杙。枕頭，与枕頭相同意思。

枝 Chi，ki，ㄓ，ㄍㄧ，
chhiū oāiⁿ khui chhe，Chhiū tsat，ki tsat。ki hio̍h，Chhiū ki。Chi Gô，kū tsoa̍t。ké chí，Lāi chi。
樹椏開叉，樹節，枝節。枝葉，樹枝。枝梧，拒絕。菓子，荔枝。

杼 thū，ㄊㄨˋ，
chit Pò ê So。Pôh Pôh，tn̂g。chhiū ê mîa，hā ông ê mîa
織布的梭。薄薄，長。樹的名，夏王的名

杵 Chhú，thú，ㄔㄨˇ，ㄊㄨˇ，
thú á，tsòe sóe saⁿ ê Lō ēng。hâng mô thú，cheng khū thûi。in chiūⁿ thûi。chim thú。
槌仔，做洗衫的路用。降魔杵。舂臼槌。絪裳槌。砧杵。

杶 chhun，thun，ㄔㄨㄣ，ㄊㄨㄣ，
tōa tsâng chhiū ê mîa。chhun á hoe。thun chhiū，oē oah kek kú，Lāu Pē ê Chheng hō。
大欉樹的名。杶仔花。杶樹，能活極久。老父的稱呼。

枌 hûn，ㄈㄣˊ，
chhiū mîa，jû Pe̍h hûn，chiū sī jû chhiū，thang tsòe khì khū ê iōng tô。
樹名，榆枌枌，就是榆樹，可做器具的用途。

枋 hong，Pang，ㄈㄤ，ㄅㄤ，
chhâ thang tsòe Chhia，So hong bo̍k oē thang tsòe âng sek kap n̂g sek ê sek Liāu。Pang
柴可做車，蘇枋木，能可做紅色与黃色的色料。枋，
Png tsûn Sai hū，to Pìⁿ。chhu Pang，khau Pang，Pò Pang，Lâu Pang，jia hong Pang，tàh Pang。Png Sī Pìⁿ
ㄅㄥ，船師父，刀柄。趄枋，鉤枋，布枋，樓枋，遮風枋，踏枋。枋是柄

杮 Phâi，Phè，ㄆㄞˇ，ㄆㄟˋ，
Siah Chhâ tsòe kui Phìⁿ。Chhâ Phìⁿ。Chhâ Phè。oáⁿ Phè，hīa Phè，mih kiāⁿ Phòa khì。Chit Phè Chit
削柴做歸片。柴片。柴杮。碗杮，瓦杮，物件破去，一杮一杮
Phè，Phòa Phè。Phâi，chhiū á bō sēng tsòe tsòe ê khóan。
，破杮。杮，樹仔茂盛多多的款。

Chiok

杭 hông，hâng，ㄏㄤˊ，ㄏㄤˊ，
sì kak ê tsûn。kè tsúi。Só tsāi mîa，hâng Chiu。So hâng hong kéng kàh thian hā。ioh mîa hâng
四角的船。過水，所在名，杭州。蘇杭風景甲天下。藥名杭芍。

杸 bûn，ㄅㄨㄣ，
Liân bûn，Goā kok ê ké chí，Chhin chhiūⁿ Pêng kó。
棯杸，外國的菓子，親像蘋果。

造字 借文音成字。

杴 hiam，ㄏㄧㄚㄇ，
tu thâu ê Lūi。Lāu tsúi ê khì kū。
鋤頭的類，漏水的器具。

枘 jōe，ㄖㄨㄝˋ，
khek Chhâ jīp Chhák。to Pìⁿ。jōe Chhák。Pêng jōe。Chhâu khí thâu hoat ê khóan sit
刻柴入鑿。刀柄。枘鑿。枘枘。草起頭發的款式

杲 hó，kó，ㄏㄛˇ，ㄍㄛˇ，
jit tī chhiū téng。jit khí。kng kng。Kôaiⁿ kôaiⁿ，jī sīⁿ
日佇樹頂。日起。光光。高高，字姓

杰 kiat，ㄐㄧㄝˊ，
傑ê siok jī。Lâng mî。Gūi kiat tsòe koaⁿ Chham kun。Chheng hō tsòe hô kiat
傑的俗字。人名，魏杰做官參軍。稱呼做豪傑

果 kó，Lô，ó，khó，ké，ㄍㄛˇ，ㄌㄛˇ，ㄛˇ，ㄎㄛˇ，ㄍㄝˇ，
Chhiū só kiat ê ké chí，kiat kó。Sit tsāi，sêng kó。koat toan，kó koat。ēng Giām
樹所結的果子，結果。實在，成果。決斷，果決。應驗
kó chin。Lô thé，chhiū sī Chhiah thé thn̂g Pak theh ê ì sù。ó，Chhiū sī kap ó thong，tsa bó kán ê
果真。果体，就是赤体袒腹裼的意思。果，就是与婐通，查媒團的
ì sù。khó，bô khó beh tsòe，bô khó sái kang，m̄ khó káⁿ，Góa m̄ khó tsai。kó jiân，Put Chhut
意思。果，無果乜做，無果使工，毋果敢，我毋果知。果然，不出
só Liāu。kó hōh，Chiah Pá。ké chí，ké chí chiap，ké chí hn̂g，ké chí bâ。
所料。果腹，食飽。果子，果子汁，果子園，果子貓。

林 Lîm, nâ ㄌㄧㄇ, ㄋㄚ
Pîⁿ iûn kóng thó, ām ām ê chhiū bak, chhiū nâ, sim lîm. bō Sēng. San lîm. Lîm bo̍k.
平洋廣土，黯黯的樹木，樹林，森林。茂盛。山林。林木。
hān Lîm, sū kiat sū í siōng ê kho kú tit tiòng ê lâng. chhiū nâ, tek á nâ, Lâng sìⁿ Lîm.
翰林，庶吉士以上的科舉得中的人。樹林，竹仔林，人姓林。

枚 mûi ㄇㄨㄟ
Sòe tsâng chhiū, ki oāiⁿ, kóaiⁿ á, bé kā kiuⁿ, chhùi kā teh ê hoâiⁿ hâm. chit ê chit ê.
小欉樹，枝椏，楊仔。馬咬韁，嘴咬啲的橫銜。一個一個。
chit ki chit ki. ah nn̄g tsa̍p mûi, chiū sī tsa̍p lia̍p. Put sèng mûi kú, bōe thang it it lâi sǹg.
一支一支。鴨卵十枚，就是十粒。不勝枚舉，袂可一一來算。

杪 biáu ㄇㄧㄠˇ
ki bé, chhiū tsâng ê bé liu, sòe ki, sòe sòe. sî tsoeh ê bé, sòe chi biáu. Ge̍h biáu.
枝尾，樹欉的尾溜，小枝，小小。時節的尾，歲之杪。月杪。

杻 Liú, thiú ㄌㄧㄡˇ, ㄊㄧㄡˇ
chhâ ê miâ, oē tsòe tit keng kut. khì hāi, tek Poe, chhiú khàu
柴的名，能做得弓骨。器械，竹盃，手梏。

杷 Pâ, Pê ㄅㄚˊ, ㄆㄚˊ
tsoh chhân ê khì khū, Pê á, Pê Put. Pî Pê, Pî Pâ, Gî Pê ké chí ê miâ.
作田的器具，耙仔，耙杌。枇杷，枇杷，枇杷菓子的名。

板 Pán, Pang ㄅㄢˇ, ㄅㄤ
Phòa khui. Po̍h ê Pang. ke kah Pang, sé sàⁿ Pang, kha ta̍h Pang, toh Pang, bo̍k Phìⁿ, chhâ Pang
剖開。薄的枋。家甲板，洗衫板，腳踏板，桌板，木片，柴板。
keh Pán, toa sòe Pan, tek Pán, tōe Pán, chheh Pán, bo̍k Pán. khí chhù ê Pang bō
格板，大小板，竹板，地板，冊板。木板。起厝的板模

枇 Pî, Gî ㄆㄧˊ, ㄫㄧˊ
chhiū ê miâ, i ê ké chí oē chia̍h tit, Pî Pê, Pî Pâ, Gî Pê. nn̄g hêng n̂g sek.
樹的名，它的菓子能食得，枇杷，枇杷，枇杷。卵形黃色。

杯 Poe ㄅㄨㄝ
chia̍h chiú, lim tê ê khì khū, tng au, tê au, chiú Poe, tê Poe. Mn̄g kúi sîn ê khì khū, siūⁿ Poe
食酒，飲茶的器具。湯甌，茶甌，酒杯，茶杯。問鬼神的器具，尚杯

柿 khī ㄎㄧ
chhiū miâ, ké chí miâ, âng khī, bī Phang tiⁿ bí. chìm khī, chìm chio̍h he tsúi hō i se̍k,
樹名，菓子名，紅柿，味香甜美。浸柿，浸石灰水來恆它熟，
bī bí chhè tiⁿ. khī ké, chiong âng khī Pha̍k koaⁿ tsòe chiaⁿ
味美脆甜。柿粿，將紅柿曝乾做成

松 Siông, Chhêng, Sông ㄒㄧㄥ, ㄑㄧㄥ, ㄕㄥ
chhiū miâ. hio̍h chiam hêng. tn̂g hè siu. ū chhiah Siông, o· Siông. Siông Pek tióng
樹名。葉針形。長歲壽。有赤松，黑松。松柏長青
chheng, kú kú tn̂g tn̂g. tōe miâ, Siông kang. Siông ka, Chhêng Peh, chhêng Peh lūi, chhêng Lin.
，久久長長。地名，松江。松膠。松柏，松柏瘤，松奶。
Sông tâng chit khóan Phàⁿ Phàⁿ chhiū. Sông ka, Siông ka, thang tsòe liâm mih ê lō·ēng.
松桐，一款冇冇的樹。松膠，松膠，可做粘物的路用。

枓 tó, táu ㄉㄛˊ, ㄉㄠˇ
thiāu téng sì kak ê chhâ, thiāu táu. kióng tó. koe chih táu, táu á, Pn̄g táu, hò táu, oaⁿ táu.
柱頂四角的柴，柱枓。栱枓。鷄舌枓，枓仔，飯枓，戽枓，碗枓

東 tong, tang ㄉㄨㄥ, ㄉㄤ
tōe sì hong ê chit sì, tang sai lam Pak tong hong, tang sì. jit chhut ê hong kiòng. tang iûⁿ Lâng
地四方的一勢。東西南北，東方，東勢。日出的方向。東洋人
tōe miâ, tang kiaⁿ, jit Pún kok ê siú tó. tang hái, chí thài Pêng iûⁿ.
地名，東京，日本國的首都。東海，指太平洋。

枉 óng ㄨㄥˇ
khut khiok, oan khiok, siū Put Gī ê khóan thāi, oan óng. bô lō· ēng, óng hùi, óng jiân.
屈曲，彎曲，受不義的款待，冤枉。無路用，枉費，枉然。

杳 biáu ㄇㄧㄠˇ
o· ām, bô bêng, hn̄g hn̄g, chhim biáu. chip chêng, biáu jiân. bông bông biáu biáu.
黑暗，無明。遠遠，深杳。寂靜，杳然。朦朦杳杳。

杬 Goân, Goân ㄫㄨㄢˊ, ㄫㄨㄢˊ
chhiū ê miâ, tōa tsâng chhiū, Phê kāu, bī khó siap.
樹的名，大欉樹，皮厚，味苦澀。

枅 ke ㄍㄝ
thiāu téng ê hoâiⁿ chhâ, thang chiap tú hit ki tòng niû.
柱頂的橫柴，可接抵彼支棟樑。

枊 Gōng ㄫㄛㄥ
Pa̍k bé ê thiāu, kian tēng.
縛馬的柱，堅定。

扶 hu, hû ㄏㄨ, ㄏㄨˊ
chit khóan chhiū ê miâ, hoa Go̍k. chhiū bo̍k hu so, bō sēng.
一款樹的名，花萼。樹木扶疏，茂盛。

枑 hō· ㄏㄛ
kè á á sī lî Pa, m̄ tsún Peh sìⁿ kūn oá ê só· tsāi. Pē hō·, chiū sī kū má.
架仔或是籬笆，毋准百姓近倚的所在。梐枑，就是拒馬。

柝 Sek ㄕㄝㄎ
chhò chhâ ê ì sù, chhò chhâ tsòe chhâ Pán.
剉柴的意思，剉柴做柴板。

枏 jiâm, Lâm ㄖㄧㄚㄇ, ㄌㄚㄇ
chhiū ê miâ, mûi chhiū, thong Lâm á. kang Lâm Lâm tsú chhiū.
樹的名，梅樹，通楠仔。江南出枏子樹。

极 kiap, kiat ㄍㄧㄚㄆ, ㄍㄧㄚㄊ
Lû ka chiah ê Pán, chhâ Pán thang Pē mih. á sī chhah.
驢尻脊的板，柴板可背物。或是插。

杸 Sû ㄕㄨ
kun sū só· kiâh ê Lāi khì, sī sio̍k n̄ jī. tn̂g jī thûi.
軍士所擎的利器，是俗叉字。木二槌。

析 Sek ㄕㄝㄎ
Phòa chhâ, hun khui. hun Piat, khui thiah. hun Sek, Sek kù, lī Sek.
剖柴，分開。分別，開拆。分析，析居，離析。

枒 Gâ, ㄧㄚˊ
chhia Lián Piⁿ ê chhâ ê ì sù。
車輪邊的柴的意思。

枍 koe, ㄍㄨㄝ
koe jîu, koe jîu chhâ, chiū sī chhâ ê mîa, thang tsòe chhia, khì khū, èng kai sī kú bok, chit kian tī。
枍榆，枍榆柴，就是柴的名，可做車，器具，應該是櫸木，質堅緻。

造字 借介的偏音成字。

五畫

柤 tsa, ㄗㄚ
ēng chhâ tsòe Lân kan, tsó tòng, saⁿ keh, Lī khui, tōe hō mîa
用柴做欄杆。阻擋，相隔，離開。地號名

柂 î, tī, ㄧˊ, ㄉㄧˋ
Pî koan。chhâ ka Lauh
椑棺。柴礚落

查 tsa, che, ㄗㄚ, ㄓㄜ, ㄔㄚˊ
Chhâ, tsúi Phû ê chhâ。Sian tsa ke chí mîa。kiò hū jîn Lâng ê siaⁿ。khe khó, tsa khó。Sûn chhat
水浮的柴。仙查菓子名。叫婦仁人的聲。稽考，查考。巡察
Sûn tsa。tsa kìm。che, ioh che, chiū sī tē jī Piàn tsoaⁿ ê ioh ê ì sù。chhâ khoàⁿ, chhâ bāi
巡查。查禁。查，藥查，就是第二徧煎的藥的意思。查看，查覓，
chhâ khó, chhâ hong, chhâ kiù, chhâ siàu。kiám tsa, khó tsa, Lâng ê jī sìⁿ。
查考，查封，查究，查賬。檢查，考查，人的字姓。

柴 chhâ, chhāi, ngī, ㄔㄞˊ, ㄔㄞˋ
thatbat, jia。Pó hō。hiāⁿ hé ê chhâ。chhâ khò。ioh mîa chhâi ô。jîn seng Pit
硬，塞窒，遮。保護。焚火的柴。柴塊。藥名柴胡。人生必
Su Phín, chhâi bí iû iâm。seng oàh khùn khó ê hu chhe, chhâi bí hu chhe。
需品，柴米油塩。生活困苦的夫妻，柴米夫妻。

柘 chià, tò, ㄓㄜˋ, ㄉㄨㄛˋ
Sng á chhiū, chhiū mîa, sng tsâi ê Lūi。ū Lâng kóng kam chià, kam chià。chhiū Phê oē tsòe
桑仔樹，樹名，桑葉的類，有人講甘柘，甘蔗。樹皮能做
tit n̂g sek kap âng sek ê ní Liāu, tò hong thian tsú hòk。chhiū hioh chhī chhâm。
得黃色与紅色的染料，柘黃天子服。樹葉飼蠶。

柵 chhek, sa, ㄔㄜˋ, ㄕㄢ
ēng thiāu Lâi khia ê Lân kan, Lī Pa, sa Lân。Sū bók í Li̍p chhek。bák sa
用柱來豎的欄杆，籬笆，柵欄。豎木以立柵。木柵

枳 chí, ㄓˇ
chhì Phê, chhì á tsâng, chhin chhiū kiat á。siong hāi, chí hāi, ioh mîa chí khak。
莿葩，莿仔欉，親像桔仔。傷害，枳害。藥名枳殼。

柱 tú, tsū, thiāu, ㄓㄨˇ, ㄓㄨˋ
chhâ khia tit thang oá khò, chi tsū。tsū khò, bók tsū, chhâ thiāu, chióh thiāu, tang thiāu
柴豎直可倚靠，支柱。柱靠，木柱。柴柱，石柱，銅柱。
thiāu chióh。sì thiāu, Poeh jī Pâi sì thiāu。thiāu Poāⁿ, chhiû thiāu。tiān soàⁿ thiāu, chióh tú
柱石。四柱，八字排四柱。柱盤，厝柱。電線柱。石柱。

柷 chiok, ㄓㄨˋ
ū khang ê Gák khì, bók mîa, chiok chiu bók。
有孔的樂器。木名，柷州木。

柎 hu, hū, ㄈㄨ, ㄈㄨˋ
Lân kan ê ē bīn, hoe tsâng ê thâu。kè tsúi ê Pâi, to Piⁿ。ēng kiⁿ tsúi Lâi Phiò。
欄杆的下面。花欉的頭。過水的筏，刀柄。用鹼水來漂。

柙 ap, ㄧㄚˊ
chhiū ê mîa, koaiⁿ iá siù ê tû。tsa, àh, Lân kan chí。kòng Lâng ê só tsāi。koan àp。
樹的名。關野獸的廚。截，押，欄杆軟。摃人的所在。關柙。

枹 hu, hû, ㄈㄨ, ㄈㄨˊ
Phah kó ê kó thûi。bé tsáu bōe oē soah。chháu ê mîa, iûⁿ hû kè
打鼓的鼓槌。馬走𣍐能息。草的名，楊枹薊

枵 hiau, iau, ㄏㄧㄠ, ㄧㄠ
chhiū téng khang hu。khang khang。iau gō, iau koāⁿ, iau Pá, siuⁿ iau, khàu iau。
樹頂空虛。空空。枵餓，枵寒，枵飽，過枵，哭枵。

栧 ê, ㄧˋ
tn̂g tn̂g ê tsûn chiûⁿ ê ì sù。chèng keng Lô ê khì khū, kèng ê。
長長的船槳的意思。正弓弩的器具，檠栧。

染 jiám, bak, ní, ㄖㄢˇ, ㄅㄢ, ㄋㄧˋ
chhòng sek tī tò tióh, chhìm, jiám sek。jí Liāu, ní Pò。kam jiám, éng hióng, si̍p jiám。
創色致，戮着，浸，染色。染料，染布。感染，影響。習染。
thoân jiám, bak Lâ sâm, ní Pâng。Peh Peh Pò ní kàu o。kiông kiông oan óng Lâng
傳染。染垃圾。染房。白白布染到黑，強強冤枉人

柑 kam, khiâm, ㄍㄢ, ㄑㄧㄢˊ
ké chí mîa, kiat á Lūi, kam, kam á, Phòng kam, âng kam。bī tiⁿ bí。khiâm thong
菓子名，橘子類，柑，柑仔，椪柑，紅柑。味甜美。柑通
鉗，chiū sī bé ká kiuⁿ, í bók ham bé kháu, khiâm má jī boat chi。
鉗，就是馬咬韁，以木銜馬口，柑馬而秣之。

柔 jiû, ㄖㄡˊ
oē khiau oē tit ê ì sù。n̂g, niú Lâng, saⁿ niū。hâng hòk。hó khoán thāi, un jiû, jiû jio̍k。
能曲能直的意思。軟，讓人，相讓。降服。好款待，溫柔，柔弱。

枸 kó, ㄍㄡˇ
chhiū ê mîa, kó chhiū。ioh mîa kó kí, âng sek bī kam。Phê kiò tē kut Phê。
樹的名，枸樹。藥名枸杞，紅色味甘。皮叫地骨皮。

柬 kán, ㄐㄧㄢˇ
hun Piat, soán, chió。Phiàn toaⁿ, thiap á。chhiáⁿ kán, Phoe sìn, su kán。kè nî ê Lián tsòng
分別，選，少。片單，帖子。請柬。批信，書柬。过年的年狀。

枷 ka, kà, kâ, kê, ㄍㄚ, ㄍㄚˇ, ㄍㄚˋ, ㄍㄝ, Phah Gō̍ kak ê ke sī Liân kiⁿ. ko tsá ê hêng khū, Sok tī ām kún kéng kài Lâng.
打五穀的傢私鏈枷。古早的刑具，束佇頷頸警戒人。
kíⁿ, kīⁿ, ㄍㄧˊ, ㄍㄧˋ, ka só　Gia kê　kha kê. kê tiāu khā tsū ê ì sù. Gia í kê. Liân kīⁿ.
枷鎖。夯枷。脚枷。枷跳，卡住的意思。夯椅枷。鏈枷。

架 kà, kè, ㄍㄚˋ, ㄍㄝˋ, khoa mih ê khì khū, koh Pîⁿ, chhông kè á. kà but, i kà, Sng kúi chiah, hui ki ū
掛物的器具，閣棚，創架仔。架物，衣架，算幾隻，飛機有
khòa, ㄎㄨㄚˋ, Lak kà　kè á　Sip jī kè. saⁿ á kè. to kè, Phàu kè. khoa mih. khè chhiú khòe chhiú
六架。架仔。十字架。衫仔架。刀架。砲架。架物。架手。架手。

柩 kiū, khū, ㄍㄧㄡˋ, ㄎㄡˋ, Pī Pān kú kú bô Piàn oā. khǹg sin si ê koaⁿ chhâ. Lêng kiū, koan kiū. koaⁿ khū, tōa khū.
備辦久久無變換。藏身屍的棺材。靈柩。棺柩。棺柩，大柩。

柯 kho, koa, ㄎㄜ, ㄍㄨㄚ, chhiū ê tōa ki oe, chhiū oāiⁿ. hoat kho, tsòe hm̂ Lâng. Pó thâu Pìⁿ. hoat tō. kho chhiū.
樹的大枝椏，樹椏。伐柯，做媒人。斧頭柄。法度。柯樹。
Lâng ê sìⁿ koa
人的姓柯。

柧 ko͘, ㄍㄛ, sì kak ê chhâ Pán. chiú Poe.
四角的柴板。酒杯。

枯 ko͘, koa, Po͘, ㄍㄛ, ㄍㄨㄚ, ㄅㄛ, chhâ nōa. ta sò, ta Lian khì, ko͘ ta ko͘ tâ bô tsúi ko͘ chíⁿ ko͘ tsúi. ko͘ sò.
柴爛。乾燥，乾礫去，枯乾，枯焦。無水，枯井，枯水。枯燥。
koa sò. bīn Phê khah koa, koa Sau, bô iû tsúi ê khoán sit. Po͘ khì, Po͘ Lo͘ khì, Po͘ sim, bô oah khì.
枯燥，面皮較枯，枯碭，無油水的款式。枯去，枯烙去，枯心，無活氣。

柺 koái, koaiⁿ, ㄍㄨㄞˇ, ㄍㄨㄞ, Lāu Lâng Só͘ oá khò ê chhâ kì, koaiⁿ á. koái á. Pat Sian chi it. Lí thok koái.
老人所依靠的柴枝，柺仔。柺仔。八仙之一，李　柺。

柳 Liú, ㄌㄧㄡˇ, chhiū ê mîa, chhìⁿ, chhia ê mîa. jī sìⁿ. iûⁿ Liú. Chio̍h Liú, sûi si Liú. Liú Lio̍k hoa hông.
樹的名，星，車的名。字姓。楊柳。石柳，垂絲柳。柳綠花紅。

某 bó͘, m̄ui, ㄅㄛˊ, ㄇㄨㄧ, mih tsóng chheng ê jī. chhin chhiūⁿ bó͘ mih. m̄ tsai mîa kóng bó͘. bó͘ Lang, bó͘ bó͘ sū. m̄ui ê
物總稱的字。親像某物。不知名講某。某人，某某事。梅的
kó͘ jī, m̄ui. Sng ê ké chí.
古字，某。酸的果子。

柰 nāi, tā, tā, tāi, ㄋㄞ, ㄉㄚ, ㄉㄚ, ㄉㄞ, ké chí ê mîa, chhin chhiūⁿ Lí á. ū Lâng kóng soāiⁿ á, iā kóng ēng tsòe Lāi chi. nāi chi.
果子的名，親像李仔。有人講檨仔，也講用做荔枝。柰枝。
tā, bô tā oā　bô tā tit oā. chiū sī ko͘ Put Chiong ê ì sù. bô tā oā, bô tāi oā, Lóng Siāng khoán.
柰，無柰何，無柰得何，就是孤不將的意思。無柰何，無柰何，攏同款。

柄 Pèng, Pìⁿ, ㄅㄝㄥˋ, ㄅㄧˋ, chhiū ê ki oāiⁿ, Pún Goân kun Pún, ū kôan, koan Pèng, to Pìⁿ, chhâ Pìⁿ, Lê Pìⁿ, oē Pìⁿ.
樹的枝椏，本源，根本。有權，權柄，刀柄，柴柄，犁柄，話柄。

枰 Pêng, Phêng, Pôaⁿ, ㄅㄝㄥˊ, ㄆㄝㄥˊ, ㄅㄨㄚˊ, chhâ khau Pî thang ui kî, chhâ Pán, Pîn, kî Pôaⁿ, kia kî ê khì khū. Phêng siāng khoán
柴鉤平可圍棋，柴板，平。棋枰，行棋的器具。枰同款。

柏 Pek, Peh, ㄅㄝㄎ, ㄅㄝㄏ, chhiū ê mîa, pìⁿ Peh, n̂g Peh, chhì Peh, Siông Pek. jī Sìⁿ. tōa, Pek Chhia toa chhia. io̍h mîa.
樹的名，扁柏，黃柏，刺柏，松柏。字姓。大，柏車，大車。藥名。

枲 Sí, ㄒㄧˊ, iûⁿ môa. tōe á. chiū sī tsòe chit Pò͘ í kip Phah Soh ê Lō͘ ēng. Sí ní, Chhau á mîa.
洋麻。苧仔。就是做織布以及打索的路用。枲耳，草仔名。

柢 te, tí, ㄉㄝ, ㄉㄧˊ, kun Pún, chhiū ê kun, chhim kun kian kò͘, kun te. kun chhim tí kò͘. kun bōe Lak Lo̍h. kàu tóe
根本，樹的根，深根堅固，根柢。根深柢固。根繪落落。到底

柁 tô, ㄉㄛˊ, tsûn tô, tsûn bé ê khì khū. hō͘ tsûn sī chiā ê ì sù.
船柁，船尾的器具，使船四正的意思。

柝 thok, khok, ㄊㄛㄎ, ㄎㄛㄎ, chiú kìⁿ teh ēng ê khì khū. Phah khok, kìⁿ khok, kòng khok. kek thok.
守更哨用的器具。打柝，更柝，擊柝。擊柝。

柮 Lut, tut, ㄌㄨㄊ, ㄉㄨㄊ, tsám tn̄g, chhiū ê thâu. chhiū bô ki, thiāu ê bé Liu. chiū sī chhiū thâu ê ì sù, kut Lut.
斬斷，樹的頭。樹無枝，柱的尾溜。就是樹頭的意思，榾柮。

柒 chhek, chhit, ㄑㄝㄎ, ㄑㄧㄊ, chhiū ê mîa. chhek bo̍k. chiap oē ēng tit tsòe nī sek. 七 ê tōa Pún jī chhit. tē chhit.
樹的名。柒木。汁能用得做染色。七的大本字柒。第柒。

柞 chek, chèk, tsok, ㄐㄝㄎ, ㄐㄝㄎ, ㄗㄛㄎ, tn̄g iá siù ê khì khū, chhiū ê mîa, tsok chhiū. bûn Lí sè, kian teng. ông kiong
撐野獸的器具，樹的名，柞樹。紋理細，堅碇。王宮
ê mîa, ngó͘ tsok kiong. tsok chhiū ê hio̍h á oē thang chhī chhâm. tsok chhâm, chit chéng iá chhâm
的名，五柞宮。柞樹的葉仔能可飼蠶。柞蠶，一種野蠶。

柚 iū, tek, tio̍k, ㄧㄡ, ㄉㄝㄎ, ㄉㄧㄛㄎ, ké chí chhiū, ké chí mîa. iū á. bûn tàn iū, Pe̍h iū. tek. chit Pò͘ ê khì khū,
果子樹，果子名，柚仔，文旦柚，白柚。柚，織布的器具，
thú tek, thú tio̍k. thong tio̍k. tio̍k Sū, chhia Lûn Sim.
杼柚，杼柚。通軸，柚受，車輪心。

柌 Sû, ㄙㄨˊ, chiū sī Liâm Lek to ê Pìⁿ. 就是鐮磨刀的柄。 chiap ōe thang tsòe io̍h. 汁能可做藥。 造字

柫 hut, Pôaⁿ, ㄏㄨㄊ, ㄅㄨㄚˊ, hut, chiū sī Phah ngó͘ kok ê kang khū Liân kìⁿ Pôaⁿ, khó͘ nâ Pôaⁿ, sòe tsang chhiū, i ê hio̍h chin khó͘,
柫，就是打五穀的工具鏈枷。柫，苦藍柫，小欉樹，它的葉真苦，

梅 bó, bô· ㄅㄛˊ, ㄅㄛˋ chit hō chhīu ê mîa, i ê chhâ oē tsòe tit chin hó ê kì^n. iā thak bû
一號樹的名，它的柴能做得真好的屐。也讀梅

梭 Poat, Pōe, ㄅㄨㄛˊ, ㄅㄟˋ Phah khak ê khì khū. Phah tīu ê kì^n. chhīu hoat hioh. Phah chhek ê khì khū.
打殼的器具。打稻的枷。樹發葉。打粟的器具。

柟 jiám, Lâm ㄖㄢˇ, ㄋㄢˊ chhīu ê mîa, mûi chhīu kang Lâm chhut Lâm tsú chhīu. thong 楠 jī.
樹的名；梅樹，江南出柟子樹樹。通楠字。

栐 éng ㄩㄥˇ éng bók ēng Lâi tsòe tsàu Pán.
栐木用來做奏版。

亲 chin, ㄐㄧㄣ chhīu mîa, ē sì^n sòe Liap chí, chhin chhīu^n Lat chí. koa^n chin, koa^n chhau ê kó.
樹名，能生小粒子，親像栗子。菅亲；菅草的稿。

柜 kū, kūi ㄐㄩˇ, ㄍㄨㄟˋ chhīu, Líu chhīu, kū Líu tōa hioh ê chhīu. tóe tsúi ê khì khū. sia^n ê mîa.
樹，柳樹，柜柳；大葉的樹。貯水的器具。城的名。

标 Lím ㄌㄧㄣˇ Pak kia^n teh ēng ê jī kap chit jī 檩 siong tông. chīu sī chhù téng hoâi^n teh ê chhâ.
北京咧用的字，与這字檩相同。就是厝頂橫咧的柴。

柃 Lêng, ㄌㄧㄥˊ chhīu, thang ní mih, bûn Lí thang Sioh.
樹，可染物；文理可愛惜。

柅 ní ㄋㄧˇ chhīu ê mîa, ké chí ná Lâi á, tòng chhia ê chhâ, chháu bô· sēng ê khóan.
樹的名，果子那梨仔，擋車的柴，草茂盛的款。

柀 Pí, Phí, ㄅㄧˇ, ㄆㄧˇ chit hō bô Lak hioh, siông chhi^n chhīu mîa. tsá chí sam chhīu.
一號無落葉，常青的樹名。早指杉樹。

柛 Sin ㄕㄣ chīu sī chhīu á ka kī sí ê ì sù.
就是樹仔像已死的意思。

枱 î, tâi, thâi, ㄧˊ, ㄊㄞˊ, ㄊㄞ î, chhīu ê mîa. Lê bé ê chhâ, pì^n. toh á, tâi, toh kiû tâi, hì tâi, thâi kiû,
柂，樹的名。犁尾的柴，柄。桌仔，枱，桌球枱，戲枱。枱球；
tong kiû ê Gô· Lók, kap 檯 siang khóan.
撞球的娛樂。与檯同款。

桒 iap, ㄧㄝˋ Pòh Pòh ê chhâ thang tsòe Lî Pa ê Lō· ēng. tek ê chhiam á
薄薄的柴可做籬笆的路用。竹的檐仔

柹 khī, sī, ㄎㄧˋ, ㄕˋ kap 柿 siong tông. âng khī, chîm khī.
与柿相同。紅柹；浸柹。

柚 iū, ㄧㄡˋ chit khóan ké chí ê mîa. iū á kap chit jī 柚 siong tông.
一款果子的名。柚仔。与這字柚相同。

六畫

栴 Chian, ㄓㄢ chit khóan tēng ê chhâ, oē khek tit, tsòe tit ke si. tōa^n hiu^n ê Pat mîa, chian tōa^n bók, Sek chí,
一款堅定的柴，能刻得，做得傢私。檀香的別名，栴檀木，色紫，
iàh kiò chí tōa^n. chian tàn jī iap í hun hiong, Pí jū chit ê eng hiông chhut sì sī chīu kap Lâng Put siong
亦叫紫檀。栴檀二葉已芬香，比喻一個英雄，出世時就與別人不相同
tông. tōa^n hio, Phang Liau ê ông.
。檀香，香料的王。

桎 Chek, Chit, ㄓㄜˋ, ㄓˋ hêng hoat ê khì khū, kha khàu, chhì chhak, chek khok. tsó· chí chhia Lûn ê tòng tsū, chit hat
刑罰的器具，脚梏，刺鑿，桎梏。阻止車輪的擋住，桎害

栻 Sek, thek ㄕˋ, ㄊㄜˋ chhīu ê mîa. tsá ê sî ēng tsòe chiam Pok ke si, chiong tsó á chhīu sim tsòe ê. bák chhī^n, tsòe bák ê ke si.
樹的名。早的時用做占卜的傢私，將棗仔樹心做的。木栻，做木的傢私。
(chhī^n ㄔˋ)

桌 tok, toh, tsâu ㄓㄨㄛ, ㄉㄜ, ㄗㄡ kò chhiâu, tok oát, tok kiàn, tok tù. kap 卓 siang khóan. toh téng, ian toh, an toh.
高超，桌越，桌見，桌著。与卓同款。桌頂，宴桌，安桌。
toh kiû. kiû toh. Lêng toh. chhía^n toh. thak tsâu, kap 棹 櫂 jī sia siang ì sù.
桌球。球桌。靈桌。請桌。讀桌，与棹櫂字相同意思。

株 tu, tsu, ㄓㄨ, ㄓㄨ chhīu thâu thó· pin téng ê kun puh i^n. tóe ê chhīu thâu. kè sǹg chhīu ê sò· bak, chit tu chhīu.
樹頭土面頂的根發株。短的樹頭。計算樹的數目，一株樹。
siu tsu thāi thò·, khùn siu Put Pìan. tsu Lián sam tāi, chit Lâng tsòe sū, Lián Lūi kiá^n sun.
守株待兔，固守不变。株連三代，一人做事，連累子孫。

栰 hoàt, ㄈㄚˊ tek Paî, hái tiong ê tōa tsûn. Phû tī tsúi Bīn. tō· tsûn.
竹筏，海中的大船。浮佇水面。渡船。

桁 hêng, hông, hoâi^n ㄏㄥˊ, ㄏㄤˊ, ㄏㄨㄞˊ Chhù téng thán hoâi^n chhâ, tsòe tsáu chhu, Pán tsòe kio. koa^n chhâ ê kè. hông chīu sī
厝頂袒橫柴，做走鼠。板做橋。棺材的架。桁，就是
tōa ê kha khàu, hoâi^n bah bīn, hoâi^n kiâ^n tit tông, kap hoâi^n siong tông
大的脚梏。桁肉面，桁行直撞，与横相同

槑 hān, ㄏㄢˋ chīu sī hō· téng ê ì sù.
就是戶閬的意思。

棚 hú, ú ㄏㄨˊ, ㄨˊ; chhiū ê miâ, hiān kim kiò Lôk chhiū. hoaⁿ hí, hoat Phoat, hú hú jiân. un jiû,
樹的名，現今叫樸樹。歡喜；活潑；棚棚然。溫柔。

核 hėk, hut, hat ㄏㄜˊ, ㄏㄨˊ, ㄏㄚˊ; kóe chí lāi ê chí, hut. chhâ sit, hėk sit. sêng sit. sǹg siàu, hėk soàn. thô á hut
果子內的子，核。查實，核實。誠實。算數，核算。桃子核。
hut kó, chhin chhiūⁿ thô. Lí. hēng. muî, chí lāi bīn ū jîn ê. khan hat á, siⁿ liap á khan hat.
核果；親像桃·李·杏·梅，子內面有仁的。牽核仔；生疿仔牽核。

桓 hôan ㄏㄨㄢˊ; têng á sì kak thâu ê chhâ thiāu. chióh pâi, chhâ thiāu. oh tit chìn chêng, poâⁿ hôan. ui bú.
亭仔四角頭的柴柱。石牌；柴柱。難得進前；盤桓。威武。

根 kun, kin ㄍㄨㄣ, ㄍㄣ; chhiū thâu, chhiū kun. khí thâu, kun goân, kun tóe, kun pún. kun kù. kun kù tōe.
樹頭；樹根。起頭，根源，根底，根本。根據。根據地。

栲 kó, khó ㄍㄠˇ, ㄎㄠˇ; chhiū ê miâ, i ê chiap oē tsòe tit chhat.
樹的名，它的汁能做得漆。

枅 ke ㄐㄧ; thiāu téng ê hoâiⁿ chhâ, thang chiap tú hit ki tōng niû. kap 枅 siāng khoán.
柱頂的橫材，可接抵彼支棟樑。與枅同款。

校 hāu, kàu, kàu, ōh ê miâ ㄒㄧㄠˋ, ㄐㄧㄠˋ, ㄐㄧㄠˋ; thoân siū hak būn ê só tsāi, hak hāu. koaⁿ ê miâ, chiòng chi hā, ùi chi siōng
學的名。傳授學問的所在，學校。官的名，將之下，尉之上；
siōng kàu, siáu kàu. kàu iat, kiám iat hak seng á sī kun tūi. kàu tùi, kàu chèng. hāu tiúⁿ
上校；少校。校閱，檢閱學生或是軍隊。校對，校正。校長，
hāu sìa, hāu iú. kàu, kín kín ê ì sù.
校舍，校友。校，緊緊的意思。

桔 kiat ㄐㄧㄝˊ; chhiūⁿ tsúi khì khū, tiàu o. kóe chí miâ, kiat á. ioh miâ, kiat kēng.
汲水的器具，吊鍋。果子名，桔仔。藥名，桔梗。

桀 kiat ㄐㄧㄝˊ; phòa khui thiah lih ê ì sù. hiong ok. tam tng, giâ khí. bān lâng ê thâu. koe hioh ê só tsāi.
剖開拆裂的意思。兇惡。擔當，夯起；萬人的頭。雞歇的所在。

栲 khiu, khêng ㄎㄧㄡ, ㄎㄥ; chhiū ê miâ, o khiu. chhâ oē tsòe tit khì khū. hioh thang nì tê á, khêng á chhiū.
樹的名，烏栲。柴能做得器具。葉可染袋仔。栲仔樹。
khêng á chí, thang chiⁿ iû, iû oē ēng tit tsòe sap bûn.
栲仔子，可榨油，油能用得做雪文。

格 kek, keh ㄍㄜˊ, ㄍㄜˊ; chhiū koâiⁿ ki tn̂g. kàu be liu, thong tat. piàn oāⁿ, hoat tō. lâi. lâng ê thêng tō. tsu keh.
樹高；枝長。到尾溜，通達，變換；法度。來。人的程度；資格。
hap keh. phò keh. sio phah, kek tò. kek sat, kek sat. chit keh chit keh. keh sek.
合格。破格。相打，格鬥。擊殺，格殺。一格一格。格式。

桊 koàn, kǹg ㄐㄩㄢˋ, ㄍㄨㄥˋ; gû phīⁿ thâu kǹg, gû kǹg, oai chhâ. gû phīⁿ khian ê ì sù.
牛鼻頭的桊，牛桊，歪柴。牛鼻牽的意思。

栱 kióng ㄍㄨㄥˇ; tōa ki khit, thiāu kha, thiāu táu. táu kióng.
大支杙，柱脚，柱斗。斗栱。

栝 koat, thiám, thiám ㄍㄨㄚ, ㄊㄧㄢˇ, ㄊㄧㄢˇ; chhâ ê koâiⁿ á. sio hé lô ê chhâ. hé sio ê koâiⁿ á.
柴的杆仔，燒火爐的柴。火燒的杆仔。

桄 kong ㄍㄨㄤ; chhiong móa. chit ê ki khì. tsûn thâu chêng ê chhâ. thui ê hoâiⁿ bok. chhiū miâ, kong lông.
充滿。織的機器；船頭前的柴的柴。梯的橫木。樹名，桄榔。

框 khong, kheng ㄎㄨㄤ, ㄎㄨㄤ; koaⁿ chhâ kòa ê mn̂g, koaⁿ chhâ thâu. mn̂g tong, mn̂g kheng. kiàⁿ kheng. gán kiàⁿ kheng.
棺材蓋的門，棺材頭。門檔，門框。鏡框。眼鏡框。

桂 kùi ㄍㄨㄟˋ; chhiū ê miâ, ū lóah phang ê bī, jio̍k kùi. kùi hoe, bo̍k tī. kùi koan, êng iāu. tōe miâ, kùi lîm.
樹的名，有辣香的味，肉桂。桂花，木樨。桂冠，榮耀。地名，桂林。

栳 ló, lō ㄌㄠˇ, ㄌㄠˇ; tòe mih ê khì khū, ēng tek tsòe ê. khó ló. chhek lō.
貯物的器具，用竹做的。栲栳。粟栳。

栵 lē, liat ㄌㄧˋ, ㄌㄧㄝˋ; chhiū ê miâ, koàn ak. chhiū hoat siⁿ ê ì sù. hioh chhin chhiūⁿ sn̂g tsāi chhiū. bo̍k chit kian jīm,
樹的名，灌沃；樹發生的意思。葉親像桑荖樹。木質堅韌，
âng sek, thang tsòe chhia oân.
紅色，可做車轅。

栗 lek, gī, lat ㄌㄧˋ, ㄌㄧˋ, ㄌㄧˋ; chhiū miâ. tēng chhâ. tēng, giⁿ. kèng kín. ui giâm. kian kò. chin bit i lek.
樹名。碇柴。碇，硬。敬謹。威嚴。堅固。緝密以栗。
lek chhiū, lat chí, lat chí chhiū. lat chhú. gí gí chhoah, chiū sī gih gih chhoah ê ì sù.
栗樹，栗子，栗子樹。栗鼠。栗栗掣，就是顫顫掣的意思。

案 àn, oàn ㄢˋ, ㄨㄢˋ; phoàⁿ toàn sim mn̄g ê toh, àn toh. hiuⁿ oàn, hiuⁿ oàn toh. àn kiāⁿ. phoàⁿ àn. àn chêng.
判斷審問的桌，案桌。香案，香案桌。案件，判案。案情。
chhám àn. bû thâu kong oàn. oàn thâu, toh téng ê ì sù.
慘案。無頭公案。案頭，桌頂的意思。

桃 thô ㄊㄠˊ; kóe chí ê miâ, thô á. thô á chhiū. lâng ê sìⁿ. sè goā thô goân. sian thô.
果子的名，桃子。桃子樹。人的姓。世外桃源。仙桃。

date theme 木部75 page

栟 Peng, Pèng, ㄅㄥ, ㄅㄧㄥ, chhiū koāiⁿ chit n̄ng tn̄g, hioh ē ū m̂ng chhin chhiūⁿ tsang, Phê thang tsòe soh。Pèng, thiāu téng ê hoâiⁿ chhâ, chiap tòng niû ê hoâi Pîn。
樹高一二丈，葉下有毛，親像棕，皮可做索。栟，柱頂的桁柴，接棟梁的桁屏。

栢 Pek, Peh, ㄅㄜˋ, ㄅㄞˇ, 柏 ê siók jī。Pîⁿ Peh, n̂g Peh, chhì Peh, Siông Pek。
柏的俗字。扁栢，黃栢，刺栢，松栢。

桑 Song, Sng, ㄙㄤ, ㄙㄥ, chhiū ê miâ, kúi nā hāng ê miâ, Sng tsâi chhiū, Sng á hioh。iâm sng。hioh thang chhī chhâm。
樹的名，幾若項的名，桑苗樹，桑仔葉。塩桑。葉可飼蠶。

栓 Chhoan, Chhng, ㄑㄨㄢ, ㄑㄩ, chhâ teng, tek teng, kǹg mih。bok chhoan, tek chhoan。kan á that, chhoan sài。
柴釘，竹釘，貫物。木栓，竹栓。矸仔塞，栓塞。
ī Chhoan koàn but。Chhia Chhng chiū sī kap Chhia sim sio siāng ì sù。
以栓貫物。車栓，就是与車心相同意思。

栖 chhe, se, ㄑㄧ, ㄒㄧ, hioh khùn ê só͘ tsāi, hioh, chiáu hioh ê chhâ, chiàm sî tòa, an jiân。kap 棲 tōng Gī。
歇睏的所在，歇，鳥歇的柴，暫時住，安然。与棲同義。
jit tsāi se hong niáu ī bòk ūi se。se sin, tòa ê só͘ tsāi。
日在西方鳥以木為栖。栖身，住的所在。

條 tiâu, Liâu, thiâu, ㄊㄧㄠˊ, ㄌㄧㄠˊ, ㄊㄧㄠ, chhiū ê sè ki, tiâu kan, Liú tiâu。tn̂g hêng ê mih, kúi tiâu, Sò͘ Liōng miâ, kúi tiâu。
樹的細枝，條幹，柳條。長形的物，歸條。數量名，幾條。
tsàn chhù hun bêng, tiâu lí hun bêng, iú tiâu put būn。tiâu iok, tiâu Lē, tiâu bûn, tiâu kiāⁿ。
層次分明，條理分明，有條不紊。條約，條例，條文。條件。
chit bé kng thiâu thiâu, chiū sī kng kng chhin chhiūⁿ chhiah thé, bô mih ê ì sù。Liâu, ì Liâu,
一尾光條條，就是光光親像赤体，無物的意思。條，椅條，
chioh Liâu, tsóa Liâu。kun Liâu, Liâu kù。tn̂g saⁿ, tn̂g Liâu。
石條，紙條。衮條，條據。長衫，長條。

桐 tông, thâng, tâng, ㄊㄨㄥˊ, ㄊㄤˊ, ㄉㄤ, chhiū ê miâ, tông chhiū, Gô͘ tông。chit khin, thang tsòe khîm, siuⁿ á。Lâng ê sìⁿ thâng
樹的名，桐樹，梧桐。質輕，可做琴，箱仔。人的姓桐。
thâng chí, thâng iû, thâng á iû, tsòe chhat ê iōng tô͘。tâng iû, iû tâng chí, tâng chí。
桐子，桐油，桐子油，做漆的用途。桐油，油桐子，桐子。

栽 tsai, ㄗㄞ, tiāu chhó bok。pôe iúⁿ, tsai pôe。chhiū ê iù biâu, chhiū tsai, Lí á tsai。hoe tsai。hî tsai, sat bak hî tsai
調草木。培養，栽培。樹的幼苗，樹栽，李仔栽。花栽。魚栽，虱目魚栽。

桅 ûi, ㄨㄟˊ, Chhiū ê miâ, oē ēng tit ní n̂g sek。Phâng tsûn ê Phâng kan, tsûn ûi, ûi kan。
樹的名，能用得染黃色。帆船的篷杆，船桅，桅桿。

桫 soan, ㄕㄨㄢ, Lâng ê miâ, chhut sì tī sòng tiâu ê sî tsūn, kì tsāi tī Sòng sú sin Phian。
人的名，出世佇宋朝的時陣，記載佇宋史新編。

桍 ko͘, ㄎㄨ, Chhiū ê miâ, khang khak。
樹的名，空殼。

栈 jiông, ㄖㄨㄥˊ, Chhiū ê miâ chhin chhiūⁿ hoâi chhiū。
樹的名，親像槐樹。

栯 iú, iū, ㄧㄡˇ, ㄧㄡˋ, thài Sek ê Soaⁿ ū chhiū chhin chhiūⁿ Lâi á。
太室的山有樹親像梨仔。

栚 tīm, ㄓㄣˋ, thúi á hoâiⁿ teh。chhiū ê miâ, i ê hioh sio hu Lâi tsòe ní sek ê Lō͘ ēng。
槌仔橫啲。樹的名，它的葉燒灰來做染色的路用。

栿 hók, ㄈㄨˊ, Chhù téng ê niû, ēng sió chhâ Lâi oá tòa chhâ ê téng bīn。
厝頂的樑，用小材來倚大材的頂面。

栕 hôe, ㄏㄨㄟˊ, chhiū ê miâ, kó chí âng, chhâ teng, hoat tī hûn Lâm kap O͘ Lâm Séng。
樹的名，果子紅，柴碇，發佇雲南与湖南省。

栘 î, ㄧˊ, chhiū ê miâ, oē kiat kó chí chhin chhiūⁿ sian tsa。
樹的名，能結果子親像仙查。

栥 tsoa, ㄗㄨㄚ, Chiū sī ēng chhiú Lám mih ê ì sù。pê mih。
就是用手攬物的意思。爬物。

栧 î, ㄧˊ, Soaⁿ sai Séng chit hō chhiū ê miâ
山西省一號樹的名。

栞 khan, ㄎㄢ, Chhò chhiū, kiâ tī chhiū nâ tiong kan Lâi chhò chhiū ki。kap 刊 siāng khoán ì sù。
剉樹，行佇樹林中間來剉樹枝。与刊同款意思。

桏 kiông, ㄑㄩㄥˊ, kū Liú, ko Lêng thó͘ Soaⁿ chhiū miâ。
柜柳，高陵土山的樹名。

栛 Lē, ㄌㄧˋ, kó chí chhin chhiūⁿ pî pê chí。
果子親像枇杷子。

栭 jî, ㄖˊ, Chiū sī tàu kài ê ì sù。
就是枓槩的意思。

栔 khè, ㄑㄧˋ, koeh á, khek mih。tsoat tn̄g, khiàm kheh。iu chhiû。khè khoat。khè iu。
鍥仔。刻物。絕斷。欠缺。憂愁。栔缺。栔憂。

栒 Sûn, ㄕㄨㄣˇ; tiàu chêng ê chhâ tit tit khiā teh. Sîa soaⁿ chhut tsōe tsōe sûn bo̍k.
吊鐘的柴直直豎啲。蛇山出多多栒木。

栫 Chhiàn, tsun, tsûn, ㄑㄧㄢˋ, ㄗㄨㄣ, ㄗㄨㄣˊ; Lia̍h hî ê khì khū. ū teh, tek ui, lî pa. tsun, ēng chhâ tsa̍h tsúi. Chhiū ê miâ.
捕魚的器具。圍啲，竹圍，籬笆。栫，用柴截水。樹的名。
hiān sî khah bô tha̍k tsûn. kap tha̍k chhiàn siāng khoán.
現時較無讀栫。与讀栫同款。

七 畫

桅 Chi, kiⁿ, ㄐㄧ, ㄍㄧˊ; Chháu bo̍k ê miâ, ōe ní tit n̂g sek. Chi chí thang tsòe io̍h. n̂g kiⁿ, n̂g kiⁿ hoe, soaⁿ n̂g kiⁿ.
草木的名，能染得黃色。梔子可做藥。黃梔，黃梔花，山黃梔。

桉 (柵 6畫) àn, an, ㄢˋ, ㄢ; kap àn jī tōng gī. ū chit hō kiò iu ka lí ê jia̍t tài chhiū ba̍k chiū sī an chhiū.
与案字同義。有一號叫「有加理」的熱帶樹木，就是桉樹。
iā ū chit hō kiò liâu an, chhut sán tī Lâm iûⁿ it tài, ēng tsòe chè tsō saⁿ kiap pán.
也有一号叫柳桉，出產佇南洋一帶，用做製造三夾板。

棁 thoat, tsoat, ㄊㄨㄛ, ㄓㄨㄛ; chhù lāi thong niû téng bīn ê té thiāu. siù thoat, chit chióng chhāng chhiú ngê
厝內通樑頂面的短柱。袖棁，一種 囥佇手袂的杖

梵 hoàn, hong, ㄈㄢˋ, ㄈㄥ; thian tiok kok ê tsun kùi chheng hō. Chheng chēng ê só tsāi. hong, chhiū téng hō hong tín tāng.
天竺國的尊貴稱呼。清淨的所在。梵，樹頂被風振動。

桴 hô, hu, ㄈㄨˊ, ㄈㄨ; Chhù ê chit, tòng niû, Phah kó ê kùn. Chi̍p thô ê khì khū. hu, sam pâi, tek pâi, sòe chiah
厝的脊，棟樑，打鼓的棍。集土的器具。桴，杉排，竹排，小隻
tsûn, tóe thô ê khì khū, pín tó, kó thûi.
船，貯土的器具，屏堵，鼓槌。

械 hāi, hāi, kōe, ㄏㄞˋ, ㄏㄞˋ, ㄍㄨㄝ; kéng kài ê ì sù, hêng hoa̍t ê khì khū, kha khàu, bú khì, khì hāi, hāi tàu, kiah ke si
警戒的意思，刑罰的器具，腳梏，武器，器械，械鬥，攑傢私
sio phah, sio chiàn ê ì sù. ke kōe, iàn ke kōe, ke kōe thâu, bôa ke kōe.
相打，相戰的意思。機械，偃機械，機械頭，磨機械。

梟 hiau, ㄒㄧㄠ; Put hàu ê chiáu. Phaiⁿ, hiong ok. hiau hiông. tsáu su hòe ê lâng, su hiau. hiau siú, tsám siú.
不孝的鳥。歹，兇惡。梟雄。走私貨的人，私梟。梟首，斬首。

桿 hān, kán, koaiⁿ, ㄏㄢˋ, ㄍㄢˇ, ㄍㄨㄞˇ; chhâ ê miâ, kian jīm, thiāu á, koaiⁿ á, chhâ kùn. Lân kan. hān bo̍k.
柴的名，堅韌，柱仔，楞仔，柴棍。欄桿。桿木。
Chhài koaiⁿ, chhèng koaiⁿ, kî koaiⁿ, pit koaiⁿ, chhìn koaiⁿ, kòng kán.
菜桿，銃桿，旗桿，筆桿，秤桿。槓桿。

梗 kéng, kéng, ㄍㄥˇ, ㄍㄥˇ; chhì á ê chháu, chhì [illegible]. chêng tit. ki hio̍h ê kut. kéng tit, ki kéng, kéng khài,
刺仔的草，刺[illegible]。正直。枝葉的骨。梗直，枝梗，梗概，
tāi lio̍k. io̍h miâ kiat kéng.
大略。藥名桔梗。

梜 kiap, ㄐㄧㄚˊ; ngeh kha. khoeh á, tóe chhài kiⁿ ê khoeh á. kiap chhài, chhin chhiūⁿ tī.
梜腳。筴仔，貯菜羹的筴仔。梜菜，親像箸。

梘 hiān, kián, kéng, ㄒㄧㄢˋ, ㄐㄧㄢˇ, ㄍㄥˇ; thong tsúi ê khì khū. kiám tsa. tsúi kéng, tsúi kéng.
通水的器具。檢查。水筧，水梘。

桱 kèng, kì, ㄍㄥˋ, ㄍㄧˋ; chhâ chhin chhiūⁿ sam, tsóng sī khah tēng. kiⁿ sī ê khì khū. bîn chhn̂g, lák kì. poeh kiⁿ. tsa̍p kì.
柴親像杉，總是較碇。經絲的器具。眠牀，六桱，八桱。十桱。

桷 kak, ㄐㄩㄝˊ; pín pín, sì kak. ngī tit ê chhâ. thûi á, kak á, ī á kak, kak chhâi.
扁扁，四角。硬直的柴。槌仔，桷仔，椅仔桷，桷材。

梡 khak, ㄎㄜˋ; chí khak, io̍h miâ, ū chí chhin chhiūⁿ iū á.
枳梡，藥名，有子親像柚仔。

梏 khok, khàu, ㄎㄨˋ, ㄎㄠˋ; hêng hoa̍t ê khì khū. chit khok. kha khàu, chhiú khàu. Loān, ka kī io̍k sok.
刑罰的器具，桎梏。腳梏，手梏。亂，像已約束。

梮 kiok, ㄐㄩˊ; chia̍h mih ê khì khū. ú ông liāu lí tsúi tī soaⁿ lìh lâu.
食物的器具。禹王料理水佇山裡流。

梡 khoán, ㄎㄨㄢˇ; khû thûi ê siaⁿ hô hô ê ì sù. chhò chhâ
臼槌的聲和和的意思。剉柴

梱 khún, ㄎㄨㄣˇ; mn̂g khiā kap hō tēng, ōe sóa tit. iā nih ê mn̂g. siu sip, chiâⁿ, teh beh, kàu bé.
門豎与戶閬，能徙得。營裡的門。收拾，成，啲也，到尾。

梨 Lê, Lâi, Lî, ㄌㄝˊ, ㄌㄞˊ, ㄌㄧˊ; chhiū ê miâ. ké chí miâ. bīn chhiūⁿ ō khóan lāu lâng ê khoán sit. Lâi á. Lê hn̂g.
樹的名。菓子名。面像黑款老人的款式。梨仔。梨園，
pí jū tsòe kiaⁿ hì ê hì pan. hoe lî bo̍k, iù si ê tēng chhâ, ōe tsòe tit ke lāi ê ke si.
比喻做京戲的戲班。花梨木，幼絲的碇柴，能做得家內的傢私。

梩 Lî, ㄌㄧˊ; Chhah tiâu, lâng chhah ê lūi, chhiū ê miâ. Poaⁿ thô ê chhia.
插跳，籠插的類，樹的名。搬土的車。

梁	Liông, niû, ㄌㄧㄤˊ, ㄋㄧㄤˊ	kè tsuí ê kiô, tiong chit ê îⁿ. tsāi tsúi ê só͘ tsāi, kiô liû, chit niû, tòng niû, tòng Liông. 過水的橋，中脊的樑。截水的所在，橋梁，脊梁，棟梁，棟梁。
		kiông ok, kiông Liông. Lâng ê miâ niû san Pek. tōe miâ, Liông Chiu. Lâng ê sìⁿ niû. 強惡，強梁。人的名梁山伯。地名，梁州。人的姓梁。
梠	Lū, ㄌㄩˇ	m̂ng bâi, kak á bé saⁿ Liân ê chhâ. 門眉，角仔尾相連的柴片。
梅	mûi, bôe, m̂, ㄇㄟˊ, ㄇㄛˊ, ㄇˊ	kè chí ê miâ, hoe ê miâ, mûi á, bôe hoe. iûⁿ mûi. jī sìⁿ. bôe á Piáⁿ. sng bôe. 菓子的名，花的名，梅仔，梅花。楊梅。字姓。梅仔餅。酸梅。
		m̂ á, chhiû m̂, Peh m̂, âng m̂, chhâu m̂. bôe hō͘, kùi tsoeh ê hō͘. 梅仔，楊梅，白梅，紅梅，草梅。梅雨，季節的雨。
梆	Pang, ㄅㄤ	chhiū ê miâ, Pang Liāu, tek tâng siang thâu bak, Pìⁿ á ū khang, Phah ū siaⁿ. tsòe Gak khì. 樹的名，梆料，竹筒双頭留竅。偏仔有孔，打有聲。做樂器。
梦	bōng, bāng, ㄇㄥˋ, ㄇㄤˋ	khùn ê sî khòaⁿ kìⁿ ê tāi chì, bông bông biáu biáu. bāng kìⁿ. tsoh bāng. kap 夢 Siāng khoán. 睏的時看見的代誌，矇矇渺渺。夢見。作夢。与夢同款。
梹	Pin, ㄅㄧㄣ	chit khoán chhiū ê miâ, Pin nn̂g. kap 檳 Siāng khoán. 一款樹的名，梹榔。与檳同款。
桮	Poe, ㄅㄟ	chiah chiú ê khì khū, thng au. m̂ng kùi sîn ê khì khū. siūⁿ Poe, chiú Poe. kap 杯 Siāng khoán. 食酒的器具，湯甌。問鬼神的器具。尚桮，酒桮。与杯同款。
梫	Chhím, ㄑㄧㄣˇ	Peh ê kùi hoe chhiū. kùi hoe, i ê hio̍h chhin chhiūⁿ pî pê. kap 槿 Siāng khoán. 白的桂花樹。桂花，它的葉親像枇杷。与槿同款。
梢	sau, siau, ㄕㄠ, ㄒㄧㄠ	chhiū ki bé. Sòe ki chhâ. tsoh chhân ê khì khū, tsûn ê toā, kiâⁿ tsûn ê Lâng, Sau kong. 樹枝尾。小枝柴。作田的器具。船的舵，行船的人，梢公。
梳	So, Soe, ㄕㄨ, ㄕㄨㄝ	chhóng thâu m̂ng ê khì khū, chhâ soe, kak soe. Soe thâu, Soe tsng. So͘ tsong. So͘ sóe. 創頭毛的器具，柴梳，角梳，梳頭，梳妝。梳粧。梳洗。
梯	the, thui, ㄊㄝ, ㄊㄨㄧ	koaiⁿ kē chiūⁿ Lo̍h ê kiā, Lâu thui. i oá, the. Peh chiūⁿ. to thui, tiàu thui, tiān thui. 高低上落的崎，樓梯。依倚，梯。趴上。刀梯，吊梯，電梯。
		hûn the, hûn the chhia. Soa á thui. the tiân, siā Pho ê tsúi chhân. the kai, chit tsân chit tsân. 雲梯，雲梯車。索仔梯。梯田，斜坡的水田。梯階，一層一層。
桯	theng, tīⁿ, ㄊㄧㄥ, ㄉㄧˋ	bîn chhn̂g chêng ê toh. thiāu ê Lûi theng tèng. tháng tīⁿ, chiū sī tīⁿ thang khò͘ ê ke si. 眠床前的桌。柱的頭，桯凳。桶桯，就是桯桶箍的傢私。
梃	théng, ㄊㄧㄥˇ	thûi á chit ki, chit théng, ki koan chheng chit théng. théng théng tok tok, ngī tit, théng jiân. 槌仔一支，一梃，機関銃一梃。梃梃，獨獨，勁直，梃然。
梌	tô͘, ㄊㄨˊ	chhiū ê miâ, chhut tī Pak hng. jiat hô tē it tsōe. Lam hong Lâng kiò tsòe hong chhiū. 樹的名，出佇北方。熱河第一多，南方人叫做楓樹。
桶	thóng, tháng, ㄊㄨㄥˇ, ㄊㄤˇ	tóe mih ê khì khū, bo̍k tháng, tsúi tháng, îⁿ tháng, sì kak tháng. iû tháng, bīn tháng. 貯物的器具，木桶，水桶，圓桶，四角桶。油桶，面桶。
		kha tháng. Poa̍h tháng. chho͘ tháng. jiō tháng. Sái tháng. Siak tháng, koa̍h tiū Liâu Siak tiū, 脚桶，拔桶，粗桶，尿桶，屎桶。抄桶，刈稻了便抄稻，
		theh chhek. bé tháng, tōa tháng, Sòe tháng. 提粟。馬桶，大桶，小桶。
梼	Soán, ㄕㄨㄢˇ	Lâng ê miâ, chhut sì tī Sòng tiâu ê sî tsūn. kì tsāi tī Sòng sú Sin Phian. 人的名，出世佇宋朝的時準，記載佇宋史新編。
桼	Chhek, chhip, ㄑㄧ, ㄑㄧㄡ	chhiū chiap thang Lâi tsòe chhat. iā sī thong ēng tsòe ka chhat ê jī. Chhiū miâ 樹汁可來做漆。也是通用做膠漆的字；樹名
觜	tsúi, ㄗㄨㄧˇ	Sek bat, ún khǹg, chhùi, chiáu chhùi. 熟識，穩藏，嘴，鳥嘴。
梓	tsú, ㄗˇ	Lāu Pē ê só͘ tsāi ê chhiū tsâng, Pún só͘ tsāi, Lûn chhâ, chhiū nâ, tsòe ba̍k ê khì khū. tsú jîn 老父的所在的樹欉，本所在，閭柴，樹林，做木的器具。梓人，
		tsoh ba̍k Sai hū, tsú Lí, kò͘ hiong. tsú kiong, kó͘ tsá hông tè koaⁿ chhâ ēng tsú bo̍k tsòe ê. 作木師父。梓里，故鄉。梓宮，古早皇帝的棺材，用梓木做的。
梧	Gô͘, ngô͘, ㄨˊ, ㄨˊ	chit hō chhiū ê miâ, Gô͘ tông. ngô͘ tông. Sin thé tsòng tōa, khôe ngô͘. tōe miâ, ngô͘ chiu. i ê 一號樹的名，梧桐。梧桐。身体壯大，魁梧。地名，梧州。它的
		chhâ thang tsòe khì khū. tsòe khîm sek. kó͘ sit Pui toā bī kam Phang. 柴可做器具。做琴瑟。果實肥大味甘香。
梛	iâ, ㄧㄚˊ	chhiū ê miâ, chí oe chia̍h tit, iâ, iâ khak. chiū sī iâ chí. kap 椰 Siāng khoán. 樹的名，子能食得，梛瓢，梛殼，就是梛子。与椰同款。
梴	iân, ㄧㄢˊ	chhâ tn̂g kī, tùi koaiⁿ tùi tn̂g. Siông kak iú iân. (Si keng) 柴長枝，對桯，對捲。松角有梴。(詩經)
梎	tiàm, ㄉㄧㄢˋ	chiū sī koaiⁿ m̂ng ê khì khū, m̂ng chhoàⁿ. 就是關門的器具，門櫎。

【梚】boán ㄅㄨㄢ， chit khoán chhiū ê mîa。 chhiū khùi ê chhe。
一款樹的名。 樹開的叉。

【棔】hun ㄏㄨㄣ， chiū sī chit khoán ê Phang chhâ。
就是一款的香柴。

【梡】hoān ㄏㄨㄢ， chhiū ê mîa, Phê ōe thang ká chiap, sio bī kek Phang, khì siâ khì。 bû hoān bòk。
樹的名，皮能可絞汁，燒味極香，去邪氣。無梡木。

【桷】hêk ㄏㄜˋ， Lâu koh。 sio bēh ê ì sù。
樓閣。燒爇的意思。

【梌】ti, tu, ㄉㄧ、ㄉㄨ， sí ko͘ tâ ê chhiū khiā teh ê ì sù。
死枯焦的樹豎咧的意思。

【梂】kiû ㄑㄧㄡˊ， siông chhiū chí ê bīn ê khak。 Sam Pán á sī tek Pâi。 chhak á thâu。
松樹子下面的殼。杉板或是竹排。鑿仔頭。

【栝】koat ㄍㄨㄚ， khǹg chìⁿ kap keng ê só͘ tsāi。 chhiū ê mîa。
藏箭与弓的所在。樹的名。

【桹】Lông ㄌㄤˊ， koâiⁿ koâiⁿ ê chhiū, i ê sap á chhin chhiūⁿ mī hún thang chiàh, Phê ū mn̂g。 kong Lông bòk
高高的樹，它的屑仔親像麵粉可吃，皮有毛。桄桹木

【梐】Pē ㄅㄧˋ， ēng chhâ tèng ê Lî Pa, Lâi ûi iâⁿ chē ê ì sù。
用柴釘的籬笆，來圍營寨的意思。

【梖】Pòe ㄅㄟˋ， chhiū ê mîa, tn̂g Lák chhit tn̂g, tang thiⁿ sī bô Lak hio̍h。 kiat chí ná iâ。 chhut sán tī biān tiān。
樹的名，長六七丈，冬天時無落葉。結子如椰。出產佇緬甸。

【桲】Put ㄅㄨˊ， Phah khak ê khì khū。 Liân kiⁿ。 koâiⁿ á。 ke chí ê mîa un Put
打殼的器具。榲桲。楊仔。果子的名，榲桲。 (lông sin 籠身)

【桬】Sa ㄕㄚ， chhiū ê mîa, chhut tī khun Lûn soaⁿ, sa tông bòk。 hoe âng sit bī ná Lí á bô hut chiàh hō͘ Lâng
樹的名，出佇崑崙山，桬棠木。花紅實味那李仔無核，食互人

【桫】So ㄙㄨㄛ， chhiū ê mîa so Lô bòk, chhut tī khun Lûn soaⁿ, chhin chhiūⁿ kon Lông ū mī hún。
樹的名，桫欏木，出佇崑崙山，親像桄榔有麵粉。

【梂】hu, Pô, ㄈㄨ、ㄆㄨˊ， Pô kiuⁿ, chit khoán ê chhiū á mîa。 hu, chhâ ê koâiⁿ á。 chhia ê chhia kn̄g。 Lâu téng ê hoâiⁿ chhâ
梂羌，一款的樹仔名。梂，柴的楊仔。車的車貫。樓頂的橫柴。

【梀】chhiok, Sok, ㄑㄧㄛ、ㄙㄛ， chhiū ê mîa, chhiah sok bòk, chhin chhiūⁿ hoa chhiū。 i ê chhâ thang tsòe chhia koa。
樹的名，赤梀木，親像樺樹。它的柴可做車蓋。

【桪】tō͘, tāu ㄉㄡˋ、ㄉㄡ， thang tsòe chiàh bah ê khì khū。 tok tō͘ chhiū, koâiⁿ 10 tn̂g Gōa, Phê chhiⁿ kut。 tāu, kn̄g tāu,
可做食肉的器具。獨桪樹，高十丈外，皮青滑。桪，扛桪，
chiū sī n̄ng kì tn̂g Sam, khǹg tī tsûn tó͘ Pîn, thang kè teh, Lâi jia mih。
就是兩支長杉，藏佇船肚邊，可架咧，來遮物。

【梭】So ㄙㄨㄛ， chit Pō͘ ê khì khū, so á。 hiⁿ so。 bāng so。 jit Goat jû so, Pí jū sī kan khoài kè。
織布的器具，梭仔。絃梭。網梭。日月如梭，比喻時間快過。

【梇】Long, Lōng, ㄌㄨㄥ、ㄌㄨㄥˋ， Long kè Lâi, Long tsàu khang, thiàu Piah Long, Long jip khì。 m̂ng Lōng, thang á Lōng m̂ng hō͘ ê ke Si。
梇過來，梇灶孔，跳壁梇，梇入去。門梇，窗仔梇，門戶的傢私。
chhiū mîa。 tōe mîa, Lōng tōng koāiⁿ。
樹名。地名，梇棟縣。

【栖】iû ㄧㄡˊ， chek tsū chhâ, sio chē hiàn thiⁿ。
積住柴，燒祭獻天。

【梈】kang ㄍㄤ， kang bó͘, chiū sī chit hō chhiū ê mîa。 i ê hu ōe tsòe tit kìⁿ。
梈梅，就是一號樹的名。它的灰能做得鹼。

造字 借夅的偏音成字。

【桵】Súi ㄖㄨㄟˊ， jiáuⁿ súi, chiū sī chhâ khek ê hoe, chhin chhiūⁿ Lân kan chí。
爬桵，就是柴刻的花，親像欄桿只。

造字 借妥的偏音成字。

【䆶】tuh ㄉㄨˋ， o͘ tuh tuh, chiū sī chin o͘ ê ì sù, tsō͘ Gú sû ê jī。
黑䆶䆶，就是眞黑的意思，助語詞的字。

造字 朱与乇的合成，䆶字。

八畫

【棧】Chiàn, tsàn, tsàn Pâng, ㄐㄧㄢˋ、ㄓㄢˋ， sī siu hè ê só͘ tsāi。 koh Pîⁿ, hiâm ài ê Lō͘, tsàn tō͘。 tsàn keng, tsàn Pang。
棧房，是收貨的所在。閣棚。險隘的路，棧道。棧間。棧板。

棖	Chhêng, tiông ㄔㄥˊ, ㄉㄧㄥˊ	m̂ng Siang Pêng thiāu, m̂ng khia. koáiⁿ á. Png Lát. hoat tō. tiông tsū, San Sūi. 門双旁的柱，門豎。枴仔。幫力。法度。棖柱，相隨。
棹	tok, toh, tsāu ㄉㄠˋ, ㄓㄨㄛ, ㄓㄠˋ	kap 桌 Siangk. Chhiū mîa tok chhiū. àn toh, î toh, téng toh, ē toh 与桌同款。樹名，棹樹。案棹，椅棹，頂棹，下棹。 tsāu, tsûn ê Ló, iô Ló, Ló tsûn, kò Chiūn. kap 櫂 Siang khóan. 棹，船的槽，搖槽，槽船，划槳。与櫂同款。
椆	tiû ㄉㄧㄡ	chhiū ê mîa, kôan thiⁿ sî bô Lòh hiòh, hó thâu soaⁿ chhut tsōe tsōe. i ê chhâ oē tsòe tit tsûn ko. 樹的名，寒天時無落葉，虎頭山出多多。它的柴能做得船篙。
植	sit, tī ㄕˊ, ㄓˋ	tsai Chèng khiā tit sit bók, Sit chhiū. oá khò, sit tiōng. Chháu bák tsóng chheng hō. Sit bút 栽種，豎直，植木，植樹。倚靠，植丈。草木的總稱呼，植物。 Sit bút hn̂g. Lâng ê sìⁿ. thak tī 直 Siong tông, iā ū thak tit. 植物園。人的姓。讀植義相同，也有讀植。
棰	tó, tsûi ㄉㄨㄛˇ, ㄔㄨㄟˊ	Chiū sī ēng koáiⁿ á Phah ê ì sù. tó, chhiū bák bō sēng ê khóan. 就是用枴仔打的意思。棰，樹木茂盛的款。
椎	tûi, thûi ㄓㄨㄟ, ㄔㄨㄟˊ	tsui, chhâ ê khì khū, Phah mih ê khì khū, chhâ thûi, thih thûi. tsui, tsńg á. thih tûi. ㄓㄨㄟ，柴的器具，打物的器具，柴椎，鐵椎。椎，鑽仔。鐵椎。 chhiú tûi kha that. tûi io kut. thûi kap 槌 thong. 手椎脚踢。椎腰骨。椎与槌通。
樊	hôan ㄈㄢˊ	tsah Pìn. Lî Pa. kap chit jī 藩 Siong tông 截屏。籬笆。与這字藩相同
棼	hun ㄈㄣˊ	chhù ê tōa thiāu, tiong chit ìn, jia Chhia ê môa Pò. Chhiū bák Chhap tsáp hun Loān. tī sì ek hun 厝的大柱，中脊樞，遮車的麻布。樹木嘈雜棼亂。治絲益棼。
棻	hun ㄈㄣ	Chiū sī chit khóan Phang chhâ. 就是一款香柴。
棐	húi ㄈㄟˇ	Chhâ ê mîa, oē ēng tsòe kí toh, Oan keng só Liâm ê chhâ, Pang tsān, oá khò. 柴的名，能用做几桌，彎弓所粘的柴，幫助，倚靠。
椅	î ㄧ	chhiū ê mîa, î chhiū, î tī. Lâng chē ê khì khū, kau î, î thâu. the î. 樹的名，椅樹，椅梓。人坐的器具，交椅，椅頭。撐椅。
棋	kî, kî ㄑㄧˊ, ㄐㄧ	kî tóe. tī ē tóe thang oá khò ê, tōe kî, kap 基 thong. Siat kau chiàn kiók ēng o Pèh chí 棋底。佇下底可倚靠的，地棋，与基通。設交戰的局，用黑白子 kek sim sū lâi su iâⁿ, ûi kî, kun kî, kiâⁿ kî, chhiūⁿ kî. kî kiók. kî Poâⁿ. kî Phó. 氣心事來輸贏，圍棋，軍棋，行棋，象棋。棋局。棋盤。棋譜。
綦	kî, kî ㄑㄧˊ, ㄐㄧ	kap téng bīn jī Siong tông. kî hông tek chhiú, tú tioh Put Siong Siong hā ê tùi chhiú. 与頂面字相同。綦逢敵手，抵著不相上下的對手。
棄	khì, hiat, hek ㄑㄧˋ	kū tsaòt. chhia sak, bōe kì tit, khì sak iàm sak, hòng khì. Phau khì hiat kak hek kak. tang 拒絕，推揀，㑳記得，棄揀，厭揀，放棄，拋棄，棄擲棄擲。
棘	kek ㄐㄧˊ	Chhì á ê chhiū tsāng, tsó á ê chhiū hoat kui Phō ê khoán. chhì á. iòh mîa thian kek thian bûn 刺仔的樹欉，棗仔的樹發歸抱的款。刺仔。藥名天棘，天門冬。
極	kèk ㄐㄧˊ	tiong chit ìn, ok chi tòng, kek iā. tē it koâiⁿ, kek hoaiⁿ. Put chí, kek kui. tē kiû ê Liông toan. 中脊樞，屋之棟，極也。第一高，極高。不止，極爲。地球的兩端， Pak kek, Lâm kek. kek Lók sè kài. kek toan. teng hong tsō kek. kek kôan. 北極，南極。極樂世界。極端。登峰造極。極權。
棬	koan ㄑㄩㄢ	khiau chhâ só tsòe ê Pôaⁿ. koâiⁿ mîa Se koan koāiⁿ. Gû Phīⁿ kng. 曲柴所做的盤。縣名，西棬縣。牛鼻棬。
棺	koan, koaⁿ ㄍㄨㄢ, ㄍㄨㄢˋ	koaiⁿ bat, oân tsoân. siu sin sî ê khì khū. koaⁿ chhâ, koaⁿ chhâ, koan bók. 關密，完全。收身屍的器具。棺材，棺柴，棺木。
槨	kok ㄍㄨㄛ	tóe koaⁿ chhâ sì kak ê khì khū, bâi tsòng ê sî tsūn, kó tsá ēng chhâ tsòe. iā ū ēng tsng chioh tsòe 貯棺材四角的器具，埋葬的時陣，古早用柴做。也有用磚石做 ê. chhiū mîa. niú tn̂g té. 的。樹名。量長短。
椐	ku ㄐㄩ	chhiū ê mîa, i ê ki oē tsòe tit koáiⁿ á. chhâ thang tsòe khì khū, ku kui chhiū. 樹的名，它的枝能做得枴仔。柴可做器具。椐樻樹。
棍	kùn ㄍㄨㄣˋ	Pák chhâ chiâⁿ khún. chhâ ê mîa, Phah mih ê khì khū, kòng kùn, kùn Pāng. bû Lōa hàn, kong kùn. 縛柴成捆。柴的名，拍物的器具，槓棍，棍棒。無賴漢，光棍。
棱	Lêng ㄌㄥˊ	sì sì kak kak ê chhâ. tiān tn̂g tsòe tē it koâiⁿ ê só tsāi, kó Lêng. kong Leng. Pháiⁿ. bô Lêng 四四角角的柴。殿堂最第一高的所在，觚棱。剛棱。惡。模棱 Lióng khó, bô tēng kiàn. ui Lêng, ui Giâm. 兩可，無定見。威棱，威嚴。
椋	Liông ㄌㄧㄤˊ	Chhiū ê mîa, Lâi Liông bók. chhâ thang chhia Lián. Liâm Pīⁿ Lâi. 樹的名，棶椋木。柴可做車輪。臨邊來。

棉 biân, mî, chhiū ê miâ, hoe ê miâ, biân hoa。mî。mî hoe。bok mî。Pian Chi hoe mî。
ㄅㄧㄢˊ, ㄇㄧˊ, 樹的名, 花的名, 棉花。棉。棉花。木棉, 扳芝花棉。
mî Pò͘, mî Se, mî hiu。Liân Siok, Liân biân Put tsoat。tām Poh, Liok chin biân,
棉布, 棉紗, 棉裘。連續, 連綿不絕。淡薄, 略盡棉薄。

桲 Pâi ㄆㄞˊ; chhiū ê miâ, tsûn chêng āu ê chhâ, Pâi bo̍k。Pâi hoa̍t, tek Pâi, tîn Pâi, bo̍k Pâi。
樹的名, 船前後的柴, 排木。排筏, 竹排, 藤排。木排。

棒 Pāng, Pōng, Phiang ㄅㄤˋ, ㄅㄛㄥˋ, ㄆㄧㄤ; chhâ á, thûi á, koái á, tek Poe。Phah, kòng, bo̍k Pāng, tek Pāng, kim kong Pāng。
柴仔, 槌仔, 枴仔, 竹篦。打, 摃, 木棒, 竹棒, 金剛棒。
tong thâu Pōng hat。Pōng tán。Phiāng kó͘ chit khoan ê kó͘ miâ。Phiāng Phiāng háu kó͘ ê Siaⁿ Pāng kiû
當頭棒喝。棒打。棒鼓, 一款的鼓名。棒棒哮, 鼓的聲。棒球

棚 Pêng, Phêng, Pîⁿ, Phiaⁿ ㄆㄥˊ, ㄆㄥˊ, ㄅㄧˊ, ㄆㄧㄚˊ; tsàn, koh。hì Pîⁿ, Chiàn Pîⁿ。Chhài koe Pîⁿ, Liâng Pîⁿ。chheng tiâu Lio̍k kun
棧, 閣。戲棚, 戰棚。菜瓜棚。涼棚。清朝陸軍
ê Phian Chè, 14 Lâng tsòe Chit Pêng。Pò͘ Phêng, tsàn Phêng。Chit Phiaⁿ, chhù Phiaⁿ, Chit Phiaⁿ
的編制, 十四人做一棚。布棚。棧棚。一棚, 厝棚, 一棚厝

棓 Poe, Pôe ㄅㄨㄝ, ㄅㄨㄝˊ; koáiⁿ á, Phah khak ê khì khū, Liân kíⁿ。Pôe chhiū, chhiū ki Chhin Chhiūⁿ bāng。Chhiⁿ miâ thian Pôe
枴仔, 打殼的器具, 揀枷。棓樹, 樹枝親像網。星名, 天棓星

森 sim, Som ㄒㄧㄣ, ㄕㄣ; chhiū tsâng tsōe, bō͘ sēng, Sim Lîm, Som Lîm。ìm n̂g, ìm sim sim。Giâm Sok khó Phàⁿ, Som...
樹欉多, 茂盛, 森林, 森林。陰影, 陰森森。嚴肅可怕, 森嚴

棎 siâm ㄒㄧㄢˊ; ké chí ê miâ, chhin chhiūⁿ nāi chi, tsóng sī sng sng, tang thiⁿ sî sêng se̍k。
菓子的名, 親像荔枝, 總是酸酸。冬天時成熟。

棲 Chhe, Se ㄑㄧ, ㄒㄧ; hioh khùn ê só͘ tsāi, hioh, tòa ê só͘ tsāi, Chhe só͘, Chhe sin, Chhe Sek, Chiáu ê siū, koe chiáu hioh
歇睏的所在, 歇, 住的所在, 棲所, 棲身, 棲息, 鳥的巢, 雞鳥歇
ê Chhâ, koe tiâu, àn jiân。Se se Put an ê khoán。
的柴, 雞寮, 安然。棲棲不安的款。

棠 tông, tang ㄊㄤˊ, ㄉㄤ; chhiū ê miâ, kam tông, hái tông。Chhia Pîⁿ ê Chhâ, tông Tông。Lâng ê sìⁿ tang。ka tang chhiū
樹的名, 甘棠, 海棠。車邊的柴, 棠蹚。人的姓棠。茄棠樹。
ka tang hio̍h。soa miâ Lo̍k tông san。
茄棠葉。山名 落棠山。

棣 tāi, tē, tī ㄉㄞˋ, ㄉㄧˋ, ㄉㄧˋ; hoe, bo̍k, ké chí ê miâ。ké chí ná Lí á。hio̍k Lí hoe, bû Lí, thong tat。Lâng ê sìⁿ
花, 木, 菓子的名。菓子那李仔。郁李花。文理, 通達。人的姓。

棟 tòng, tàng, tiòng ㄉㄨㄥˋ, ㄉㄤˋ, ㄉㄧㄥˋ; tiong thiāu, tiong chit。iā sī bo̍k miâ。tòng Liông。tàng á, sī thiāu téng bīn ê
中柱, 中脊。也是木名。棟樑。棟仔, 是柱頂面的
Sòe ki thiāu。hó ka tàng chiū sī hó Giàh。tek tàng, thih tàng, tek chhâi khí ê chhù thiⁿ
小支柱。好家棟就是好額。竹棟, 鐵棟, 竹材起的厝; 鐵
chhâi khí ê chhù。tiong Liông, chiū sī Chhù téng thiⁿ chhiū kòa hoāiⁿ Chhâ。
材起的厝。棟樑, 就是厝頂 撐厝蓋的橫材。

棗 tsó ㄗㄠˇ; chhiū ê miâ, tsó chhiū, ké chí ê miâ tsó á, âng tsó, O͘ tsó。
樹的名, 棗樹, 果子的名, 棗仔。紅棗, 黑棗。

椒 Chiau, Chio ㄐㄧㄠ, ㄐㄧㄛ; chhì á tsâng ōe siⁿ Loáh ê chí, Loáh chio。hô͘ chio, hoan chio, hoa chiau。kó͘ tsá hông hō ê miâ。
莿仔欉能生辣的子, 辣椒。胡椒, 番椒, 花椒。古早皇后的名。

椊 tsūi, tsut ㄗㄨㄟˋ, ㄗㄨㄛˊ; thiāu thâu, chhiū té té thóng chhut ê khoán。chhàu chhâ。chhiū sī chhàu nōa ê ì sù。
柱頭, 樹短短突出的款。臭柴。就是臭爛的意思。

棕 tsong, tsang ㄗㄨㄥ, ㄗㄤ; chhiū ê miâ, tsong Lû chhiū。Phê ōe ēng tsòe tit hō͘ Sa, tsang Sui。tsang chhè。tsang Sek。
樹的名, 棕櫚樹。皮能用做得雨衫, 棕蓑。棕刷。棕色。

椀 oán ㄨㄢˇ; Sió Sió ê Poe, oáⁿ á, Chhâ oáⁿ。
小小的杯, 碗仔, 柴碗。

椏 A, oāiⁿ, oe ㄚ, ㄨㄞˋ, ㄨㄝ; Siang chhe ê chhiū ki, Siang chhe ê koáiⁿ á, a chha。ki oāiⁿ, chhiū oāiⁿ, tōa oāiⁿ,
双叉的樹枝, 双叉的枴仔, 椏杈。枝椏, 樹椏, 大椏,
oāiⁿ ㄨㄞˋ; Sòe oāiⁿ。chhiū oe, tōa ki oe, sòe ki oe。
小椏。樹椏, 大枝椏, 小枝椏。

椃 號 chit hō chhiū ê miâ。Chhin chhiūⁿ hoāi chhiū。
一號樹的名。親像槐樹。

棫 he̍k ㄏㄜˋ; chhì Phè, Sòe tsâng chhiū tsōe tsōe ū chhì, chí ōe chia̍h tit, âng Sek。
莿蓓。小欉樹多多有莿有莿, 子能吃得, 紅色。

梱 khún ㄎㄨㄣˇ; chhiū ê miâ, khún bo̍k。m̂ng khia, hō͘ tēng ōe sóa tit, siu sip。Jiàn ê m̂ng。
樹的名, 梱木。門竪, 戶閾能徙得, 收拾。營的門。

棇 chhong ㄑㄨㄥ; Chiū sī tàⁿ mih ê ke si, Chhiam táⁿ。Chhiū ê miâ。
就是擔物的傢私, 尖擔。樹的名。

樦	tsu, ㄗㄨˋ,	kò tâ ê chhiū khiâ tehê ì sù 枯焦的樹；竪的的意思。
栟	Peng, Pêng, ㄅㄧㄥ, ㄅㄧㄥˊ,	Chhiū kôai^n chit n̄g tn̄g hioh ê ū m̂ng Chhin chhiū^n tsang Phê thang tsòe Soh。Peng Lû bo̍k. 樹高一二丈，葉下有毛；親像棕皮可做索。栟櫚木。
棸	tso˙, ㄗㄛ,	chit khóan Chhiū ê mîa, Lâng ê jī Sì^n。 一款樹的名，人的字姓。
椖	Póng, Pn̂g, ㄅㄛˊ, ㄅㄥˊ,	Pn̄g, Liâm oan keng ê chhâ。tsûn Chiah, kò tsûn, Phah, tah bêng, Phiau Póng。chhut Póng, chhut Pn̂g, Lôe Pông, N̂g Pn̂g, Pn̂g Pún, tsâu Pn̂g, kim Pn̂g tê mîa。Pn̂g, Sa^n Pn̂g, Sa^n Pn̂g hok khì。Sa^n Pn̂g khùi La̍t。Káu Pn̂g hó· ui Pn̂g Sè。kap jī Siong tông。 ㄅㄥ，粘書弓的柴。船隻。划船。打，貼明；標椖。出椖，出椖。犁椖。黃椖。椖本。秦椖，金椖是馬名。椖，相椖，相椖福氣。相椖氣力。狗椖虎威，椖勢。与榜字相同。
桪	ngâu, ㄠˊ,	thô á ê mîa, thô Chi tsú. 桃仔的名，桃梔子。
椢	kong, ㄍㄨㄥ,	hôai^n chhiū^n ê chhâ。Kôai^n ê chhâ。 橫牆的材。高的柴。
棃	Lê, Lâi, Lî, ㄌㄜˊ, ㄌㄞˊ, ㄌㄧˊ,	chhiū ê mîa, ké chí ê mîa。Lâi á, Lâi á chhiū。Lê hn̂g, chiū sī kia^n hì ê hì Pan。hiang tsúi Lâi, tsúi Lâi, Chiau Lâi á。hoa Lî bo̍k, iù Si ê têng chhâ, oē tsòe tit ka Lāi ke Si。 樹的名，果子的名。棃仔，棃仔樹。棃園，就是京戲的戲班。香水棃，水棃。鳥棃仔。花棃木，幼絲的碇柴，能做得家內傢私。
棍	kut, ㄍㄨㄊ,	chiū sī chhò chhâ ê ì sù 就是剉柴的意思。
棊	kiok, ㄍㄧㄛㄎ,	theh khí Lâi chiah chhia ê ì sù 提起來食。車的意思。
椈	kiok, ㄍㄧㄛㄎ,	chhiū ê mîa, Pek kiok chhiū, chit têng koh bat, Lâng ēng tsòe Cheng khū。 樹的名，柏椈樹，䗋椗倜瓷，人用做舂臼。
棉	Gông, ㄫㄛㄥ,	chhù ê chhia kak, kiò tsòe hui Gông。 厝的斜角，叫做飛棉。
棦	Chheng, theng, thêng, ㄑㄝㄥ, ㄊㄝㄥ, ㄊㄝㄥˊ,	chit Pé chhâ。chit khóan chhiū ki ê chhâ。 一把柴。一款樹枝的柴。
椓	tok, ㄉㄛㄎ,	Phah, kong kek, tùi。kiong hêng, khi jîm ê hêng。iam Lâng ê ì sù。 打，攻擊，搥。宮刑，去陰的刑。閹人的意思。
棳	thoat, tsoat, ㄊㄨㄚㄊ, ㄗㄨㄚㄊ,	kōai^n ê mîa, bó thoat kōai^n Siok ek chiu kūn。kap jī Sio Siāng。 縣的名。母棳縣，屬益州郡。与梲字相同。
棯	jîm, Liám, Liâm, Liām, jim, ㄖㄧㄇ, ㄌㄧㄚㄇ, ㄌㄧㄚㄇˊ, ㄌㄧㄚㄇˋ,	ké chí ê mîa, i ê ké chí bô Sim mih tsu bī。Liâm tsó á chhiū。Liân, Liân būn, chiū sī chit khoan ê Gōa kok ké chí mîa, chhin chhiū^n Pêng kó。Liâm bū ké chí mîa chhiū mîa, Liâm bū ê hoe Chheng Phang hó khì bī, i ê ké sit Chheng ti^n, ū âng sek, ū Pe̍h ê。 棯，菓子的名，它的果子無甚麼滋味。棯棗仔樹。棯，棯杖，就是一款的外國果子的名，親像蘋果。棯棗，果子名，樹名，棯棗的花清香好氣味，它的果實清甜，有紅色，有白的。
桵	ui, ㄨㄟ,	Sòe Sòe tsâng ê chhiū。tsoh chhân ê khì khū。 小小欉的樹。作田的器具。
棔	ko, ㄍㄛ,	ko chhiū, chhâ oē tsòe tit ki khì ê khì khū ê chhiū。Cheng khū。 棔樹，柴能做得機器的器具的樹。舂臼。
椉	Sêng, ㄕㄥˊ,	chhia, tsài mih, chhia kòa。chha^n tùi, sè chiah bé hap chit tiu^n chhia。 車，載物，車蓋。成對，小隻馬合一輛車。
椗	têng, tiā^n, ㄉㄧㄥ, ㄉㄧㄚ,	chiū sī tsûn tiā^n ê ì sù。Sī hō· tsûn tiām tiām ê khì khū。 就是船椗的意思。是使船恬恬的器具。
椷	hâm, ㄏㄢˊ,	khoeh á, Chiú Poe, iông ún。 篋仔，酒杯，容允。
棨	khé, ㄎㄧˇ,	kiá Phoe, hong Phoe chhùi。khek chhâ tsòe hû。âng o· ūi chiâ ê。 寄批，封批嘴。刻柴做符。紅黑畫成的。
椌	khong, ㄎㄨㄥ,	Gak khì ê mîa。chhâ khang khang ê sia^n。khì khū ê mih Phoh。khang hi。 樂器的名。柴空空的聲。器具的物朴。空虛。
棶	Lâi, ㄌㄞˊ,	chhiū ê mîa, Lâi Liông bo̍k。hio̍h ná khì á, n̂g hio̍h Sa^n tùi sè î^n, ná Gû Lí chí。 樹的名，棶棶木。葉那柿仔，兩葉相對細圓，那牛李子。
棙	Lē, Lia̍t, ㄌㄝˋ, ㄌㄧㄝˋ,	Pó hō tsng kah ê Lok á, hō Lâng thang Gêh khîm, tsûn tńg, ín chhōa。 保護指甲的囊仔，使人可彈月琴，轉斷，引導。
棅	Pèng, ㄅㄧㄥˋ,	chhâ Pì^n, to Pì^n, ū koân, kun Pún, kôan Pèng, kôan Pèng。 柴柄，刀柄，有權，根本，權柄，權棅。
椇	kú, ㄐㄩˇ,	chí kú, chí thang chiah, chhâ thang tsòe khì khū。 枳椇，子可食，材可做器具。

椑 Pâi, Pi, ㄅㄞ-,ㄅ- ; Pó thâu Pìn 。Chiú Poe。Chit hō ké chí, chhin chhiūⁿ âng khī 。
斧頭柄 。酒杯 。一號果子，親像紅柿 。

楋 Lat, ㄌㄚˋ ; Chhiū bé, Chhiū ê mîa, hó tau 。
樹尾，樹的名，虎豆 。

楷 tap, thap, ㄉㄚˋ,ㄊㄚˋ ; thiāu téng ê chhâ, thiāu tau, thiāu téng ê Lân kan 。
柱頂的柴 ，柱斗 ，柱頂的欄桿 。

棌 Chhái, ㄘㄞˇ ; Chhiū ê mîa, chhái bók, iā ēng tsòe tau ê i sù 。
樹的名 ，棌木 ，也用做斗的意思 。

棷 tso, ㄗㄡ ; Chhiū ê chhâ, chhâ Pé 。chhiū ê mîa, tso Chiān bók 。tsū chip chháu á 。
樹的柴 ，柴把 。樹的名 ，棷櫸木 。聚集草仔 。

椄 Chiap, Chhiap, ㄐㄧㄝ,ㄑㄧㄝ ; Sio Chiap, Chiap Chhiū ki, chiap bók, î hoa Chiap bók, Phín Chéng kái Liông。
相接 ，接樹枝 ，椄木 ，移花椄木 ，品種改良 。

䎀 Chhiok, Sek, ㄑㄩㄝˋ,ㄒㄧˋ ; chhiū ê Phê, jiâu jiâu koh Pit, Chhó Chhó bô Pîⁿ sek sek 。
樹的皮 ，皺皺假比坡，粗粗 無平 。䎀皵 。

椆 bóng, ㄅㄥ ; kó bûn Chhia ê thih khó。chiū sī tī Chhia Lián kíⁿ。 hiān kim sī ké chí mîa, Soāiⁿ á bóng kó 。
古文是車的鐵箍。就是佇車輪墘。 現今是果子名 ，檨仔，椆果 。

棜 u, ㄩ ; kí toh ê Lūi khì khū chhin chhiū àn toh, tsóng sī bô kha, tn̂g sī chhioh。
几桌的類，器具親像案桌 ，總是無腳，長四尺 。

九畫

楂 tsa, ㄓㄚ ; ēng chhâ tsòe Lân kan 。tsó tòng, saⁿ keh, Lī khui, ke chí mîa, bī sng, thang Chiáh 。Sian tsa 。
用柴做欄桿 。阻擋 ，相隔 ，離開 。果子名 ，味酸 ，可食 。仙楂 。

椹 Chim, ㄓㄣ ; chit hō Chhâ, oē tsòe tit chìⁿ 。Chhah Pio 。chim Pán ；
一號柴 ，能做得箭 。插鏢 。椹板 ；

楮 tó, tsú, ㄉㄨˇ,ㄓㄨˇ ; chhiū mîa, Phê oē thang chè tsóa 。Gûn toaⁿ ê tsóa, Phe tsóa, Chîⁿ tsóa
樹名 ，皮能可製紙 。銀單的紙 ，批紙 ，錢紙

楚 Chhó, Chhó, Chháu, ㄔㄨˇ,ㄔㄨˇ,ㄔㄠˇ ; Chhì á tsâng, chhiū tsâng bat bat。 thàng thiàⁿ thiàⁿ chhó. Sian bêng, i koan Chhó Chhó 。
刺仔欉，樹欉密密 。疼痛 ，痛楚 。鮮明 ，衣冠楚楚 。
kan khó, khó Chhó, kó kok mîa, Chhó kok, bêng Pėk, chheng Chhó. chháu Pà ông, chiū sī hāng ú
艱苦，苦楚 。古國名 ，楚國 。明白 ，清楚 。楚霸王，就是項羽
kap Lâu Pang cheng thian hā ê Lâng。iā thang Pí jū Chiàm koàn ê Lâng。
與劉邦爭天下的人 。也可比喻占權的人 。

椿 Chhun, thun, ㄔㄨㄣ,ㄊㄨㄣ ; tōa tsâng chhiū ê mîa chhun á hoa 。Lāu Pē ê chheng hō. Chhun têng 。Pí jū Pē bú, chhun Soan 。
大欉樹的名 。椿仔花 。老父的稱呼，椿庭 。比喻父母 ，椿萱 。
thun á chhiū, oē oáh tit kek kú ê chhiū。 Chhun Siū, tn̂g mīa, ko nî, iā kóng chhun Lêng。
椿仔樹 ，能活得極久的樹 。椿壽 ，長命 ，高年 ，也講 椿齡 。

椽 thoân, ㄔㄨㄢˊ ; Chhù téng ê îⁿ á kap kak á 。 thoân Pit, kiong î Pát Lâng ê bûn jī 。
厝頂的 楹仔 与 桷仔 。椽筆 ，恭維別人的文字 。

楓 hong, Png, ㄈㄥ,ㄅㄥ ; Chhiū ê mîa, hong chhiū。 Png chhiū。 Chhiu thìⁿ hiōh oē Piàn âng Sek, it Poaⁿ kìo tsòe hông iap。
樹的名 ，楓樹 。楓樹 。秋天葉能變紅色 ，一般 叫做紅葉 。
Png Lūi, Png kia Seng, Png thâng
楓瘤 ，楓寄生 ，楓虫 。

楛 hō, ㄏㄨˋ ; Chiū sī chit khoán ê Chhiū ê mîa, chhiūⁿ keng chhiū, chhâ thang Chìⁿ. khì bùt chho ok kìo kong hō.
就是一款的樹的名 ，像荊樹 ，柴可做箭 。器物粗惡 ，叫功楛 。

楥 hoàn, Oàn, hùn, ㄏㄨㄢˋ,ㄒㄩㄢˋ,ㄏㄨㄣˋ ; chhiū ê mîa, kiaⁿ tah ê hoat tō. bô iūⁿ tsng tsòe hùn, ōe hùn, hùn thâu
樹的名 ，行踏的法度 。模樣 。做 做 。楥 ，鞋楥 ，楥頭 ；
hùn ōe ê chhâ bô, hùn Pit khì, hùn chhut Lâi 。hùn toa, hùn khoah。
楥鞋的柴模 ，楥比去 ，楥出來 。楥大 ，楥闊 。

椳 jôan, ㄖㄨㄢˊ ; tsó á chhin chhiūⁿ âng khī ê khoán sit
棗仔親像紅柿的款式

椵 ká, ㄍㄚˇ ; Chhâ thang tsòe bîn chhn̂g, kí toh 。
柴可做眠床 ，几桌 。

楷 khái, ㄎㄞˇ ; Chhiū ê mîa, khái bók, tit, sì chiàⁿ, bô iūⁿ, khái bô 。hoat tō。 khái jī, khái Su,
樹的名 。楷木 。直 ，四正 ，模樣 ，楷模 。法度 。楷字，楷書 ，
chiàⁿ thé ê jī hoat
正體的字法 。

椷 hâm, ㄏㄢˊ ; khoeh á, Chiú Poe, iông ūn 。
篋仔 ，酒杯 ，容允 。

楞 Lêng, ㄌㄥˊ ; sì sì kak kak ê chhâ, tiān tn̂g tsòe tē it koâiⁿ ê só tsāi 。Pháiⁿ
四四角角的柴 ，殿堂做第一高的所在 。歹 。

【楗】kiān, kông, hō͘ têng。mn̂g chhoāⁿ。mn̂g kông, mn̂g lông, tsó͘ chí, that bat。khiā kông, hoāiⁿ kông。
ㄐㄧㄢˋ, ㄍㄨㄥ; 戶閾。門閂。門楗，門槓，阻止；塞窒。豎楗；橫楗。

【楝】Liān, Lēng, chhiū, chhiū koāiⁿ tn̂g goā, hioh bat bat chhin chhiūⁿ hoāi chhiū。khó͘ Lēng chhiū。hoe chí âng。
ㄌㄧㄢˋ, ㄌㄥˋ; 樹，樹高枝外，葉密密親像槐樹。苦楝樹。花紫紅。

【楣】bî, bâi, mn̂g khiā ê hoāi bok, mn̂g bâi, bûn bî。chhù ê tē jī tiâu niû。thang á bâi。kè bâi。
ㄇㄟˊ, ㄇㄞˊ; 門豎的橫木；門楣，門楣。厝的第二條樑。窗仔楣。架楣。

【楘】bo̍k, Phê tòa pak tī chhia chêng hō͘ i iông ia hó khoàⁿ
ㄇㄨˋ; 皮帶縛佇車前，互它勇也好看

【楠】Lâm, chit khoán chhiū ê miâ, Lâm á chhiū。Siau Lâm。
ㄋㄢˊ; 一款樹的名，楠仔樹。肖楠。

【楯】tún, Lân kan tit ê kiò Lâm, hoāiⁿ ê kiò tún。
ㄉㄨㄣˋ; 欄桿。直的叫檻，橫的叫楯。

【楔】siat, Saⁿ á ê tòa。mn̂g siang pêng ê chhâ。tōa mn̂g, mn̂g khiā。chhiū miâ, siat keng thô, kim eng thô。
ㄒㄧㄝ; 衫仔的帶。門双爿的柴。大門，門豎。樹名，楔荊桃，今櫻桃。

【楒】Su, Si, chit khoán chhiū ê miâ, Siuⁿ si chhiū, tōa tsâng chhiū。chhâ ū hûn, thang tsòe khì khū。
ㄙ, ㄒㄧ; 一款樹的名，相楒樹，大欉樹。柴有紋，可做器具。

【楫】chhip, kín, chiūⁿ, ló͘, kò chiūⁿ, kò tsûn ê khì khū。kò tsûn ê tōng tsok。chhip。poah tsúi。
ㄐㄧˊ; 緊，槳，櫓，划槳，划船的器具。划船的動作。楫，撥水。

【楖】chek, chhiū ê miâ, chhin chhiū hoāi chhiū, i ê ki ōe tsòe tit koáiⁿ á。chek lek bo̍k。
ㄐㄧㄝˊ; 樹的名，親像槐樹，它的枝能做得枴仔。楖栗木。

【楸】chhiu, chit khoán sûi ê chhâ。chhiu pêng, kî kio̍k。koan kî ê si, siá kóng hān tùi loân chhiu keng it ô͘。
ㄑㄧㄡ; 一款美的柴。楸枰，棋局。觀棋的詩，寫講：閒對夾楸傾一壺。

【椶】tsong, tsang, kap 棕相同。tsong lû chhiū。tsang sui。
ㄗㄨㄥ, ㄗㄤ; 与棕相同。椶櫚樹。椶蓑。

【楊】iông, iûⁿ, chhiū, kúi nā hō͘ chhiū ê miâ。iông liú。ké chí miâ, iûⁿ thô。Lâng ê jī sìⁿ iûⁿ。pe̍k iông chhiū。iûⁿ môa, ū kiò tsòe n̂g môa。iûⁿ mûi, chhiū m̂, chhiū m̂。
ㄧㄤˊ, ㄧㄡˊ, ㄑㄧㄡ; 幾若號樹的名。楊柳。果子名，楊桃。人的字姓楊。白楊樹。楊麻，有叫做黃麻。楊梅，楊梅，楊莓。

【椰】ia, kap 椰同款。chhiū ê miâ, jia̍t tāi ê chhiū, ia chí chhiū。ké chí lāi ū tsúi, kiò tsòe ia phiò, kam tīⁿ hó lim, thè hé。ia koa ōe thang chīⁿ iû, ia chí iû。
ㄧㄝ; 与椰同款。樹的名，熱帶的樹，椰子樹。果子內有水，叫做椰瓢，甘甜好飲，退火。椰乾能可榨油，椰子油。

【楪】ia̍p, siap, ia̍p, chhiū sī thang á。mâi siap, chhiū sī chit khoán têng koh âng ê chhâ。
ㄧㄝˋ, ㄒㄧㄝˋ; 楪，就是窗仔。楳楪，就是一款硬擱紅的柴。

【業】Gia̍p, tiàu cheng ê ìⁿ á kiò tsòe gia̍p。ióng tsòng。pun hūn。thâu lō͘, sū gia̍p。ki gia̍p。sán gia̍p。kang siong gia̍p。chè sū kong gia̍p。í keng gia̍p í。gia̍p chiòng, ok kó。
ㄧㄝˋ; 吊鐘的楹仔叫做業。勇壯。本份。頭路，事業。基業。產業。工商業。祭祀公業。已經；業已。業障，惡果。

êⁿ【楹】êng, îⁿ, chhù tiong chhâ thiāu, hoāiⁿ thiāu。lâu îⁿ。îⁿ á。êng liân, chhiū sī mn̂g ê tùi liân。
ㄧㄥˊ; 厝中的柴柱，橫柱。樓楹。楹仔。楹聯，就是門的對聯。

【楡】jû, jiû, chhiū ê miâ, liú ê khoán sit, jû chhiū, chhiū koāiⁿ 10 tn̂g, bo̍k chit kian tī, thang tsòe khì khū; chhia kok, koe jiû, chhâ miâ, tsá chêng ēng chit khoán chhâ tsòe gû chhia, bé chhia。lông khū
ㄩˊ, ㄖㄡˊ; 樹的名，柳的款式，楡樹，樹高有十丈，木質堅緻，可做器具；車轂。枌楡，柴名，早前用這款柴做牛車，馬車。農具

【楀】ú, chhiū ê miâ。Lâng ê jī sìⁿ。
ㄩˇ; 樹的名。人的字姓。

【榛】thok, khok, chíu kiⁿ ê khì khū, phah khók, kiⁿ khók, chíu khók。kòng khók
ㄊㄨㄛˋ, ㄎㄨㄛˋ; 守更的器具，打榛，更榛，守榛。槓榛

【楟】têng, chhiū ê miâ, i ê hoe chhin chhiūⁿ lâi á hoe, phak ta ōe chia̍h tit。
ㄊㄧㄥˊ; 樹的名，它的花親像梨仔花，曝乾能食得。

【楈】Su, sú, chit khoán chhiū ê phê, thang lâi tsòe soh。chit khoán chhiū ê chhâ ōe tsòe tit lōe pìⁿ。
ㄙ, ㄙㄨˇ; 一款樹的皮，可來做索。一款樹的柴能做得犁柄。

【楜】hô͘, ô͘, chhì á tsâng ōe siⁿ loāh ê chí。hô͘ chio。ô͘ chio。
ㄏㄨˊ, ㄨˊ; 莿仔欉能生辣的子。楜椒。楜椒。

【楧】eng, mûi, chhek chiau mûi, hēng。chhiū miâ, eng chià。koáiⁿ á。tiong ng。
ㄧㄥ; 梅，雀鳥梅。杏。樹名，楧柘。枴仔。中央。

【楨】cheng, tang thiⁿ bōe lak hioh ê chhiū, kian kò ê bo̍k chhâi。chí thang tsòe íoh。chhâ than tsòe mn̂g。
ㄓㄥ; 冬天𣍐落葉的樹，堅固的木材。子可做藥。柴可做門

【椸】î, saⁿ á ê kè, ta pō͘, tsa bó͘, bô siâng saⁿ á kè。hui î
ㄧˊ; 衫仔的架，唐夫，查某，無同衫仔架。楎椸。

楦 hoān, oān, hùn, ㄏㄨㄢˇ, ㄨㄢˇ, ㄏㄨㄣˋ; kap 楥 sio siāng 相同。chham siōng 參詳 楥 jī 字

楎 hui, hûn, ㄏㄨㄟ, ㄏㄨㄣˊ; hui, 楎, tī chhiûⁿ nih ê khit á 佇牆裡的杙仔。tiàu saⁿ ê khì khū 吊衫的器具。tit ê ì sù 直的意思。hûn, 楎, Lôe téng ê can chhâ 犁頂的彎柴; Lôe oān 犁轅, Lôe nǹg 犁管。hui î 楎椸, tiàu saⁿ ê kè 吊衫的架。

楺 jiú, jiû, ㄖㄡˇ, ㄖㄡˊ; ut chhâ 熨柴; ēng chhâ ut khiau Lôe 用柴熨曲做犁。

楉 jiok, nâ, ㄖㄨㄛˋ, ㄋㄚˊ; jiok Liû 楉榴, chhiū ê miâ 樹的名。chhin chhiūⁿ Lí á 親像李仔。Lâng Liah tsòe tōa chhiū ū Lêng chiah hok sāi 人掠做大樹有靈感即服事。nâ, 楉; nâ á Put 楉仔菝, nâ á Poat 楉仔菝, sī ké chí ê miâ 是果子的名。iā ū kiò tsòe ná Poat 也有叫做楉菝。

榦 kan, ko, ㄍㄢ, ㄍㄜ; kap 竿 siāng khoán 同款。tek ê kàn 竹的幹, kui ki ê tek 歸枝的竹。tek ko chhoàn 竹榦串。kui Lek á tn̂g tn̂g 規竹仔長長, tek ko 竹榦。

楬 kiat, ㄍㄧㄝˊ; khit á 杙仔; kiat khit 楬杙, siá sí Lâng ê miâ tī khit á 寫死人的名佇杙仔, chhāi tī tsòng ê só͘ tsāi 𡳞佇葬的所在。kiat tû 楬櫫, ū só͘ piàu sek 有所表識。

楇 kó, ㄍㄨㄛ; tóe iû ê khì khū 貯油的器具; chhia tiong tóe iû Lâi boah chhia Lián 車中貯油來抹車輪

楙 bō͘, ㄇㄠˋ; bō͘ sēng 茂盛, chhin chhiūⁿ chhiū nâ 親像樹林; bòk koa ké chí ê kó͘ tsá miâ 木瓜果子的古早名。茂 ê kó͘ jī 茂的古字

楄 Pian, Piân, ㄆㄧㄢ, ㄆㄧㄢˊ; chhiū ê miâ 樹的名。sì sì kak kak ê chhâ 四四角角的柴。té té ê kak á 短短的桷仔。

楩 Piân, Piān, ㄆㄧㄢˊ, ㄅㄧㄢˋ; chhiū ê miâ 樹的名; Piân chhiū chhin chhiūⁿ ū chiong ê khoán sit 楩樹親像豫章的款式。

楅 Pek, ㄅㄧˋ; chhâ Pak tī Gû kak 柴縛佇牛角, hō͘ i bōe tak tit 予伊𣍐觸得。Lok chîⁿ ê tâng 盝錢的筒。Phak hì ê kè 曝戲的架。

楴 tè, thè, ㄉㄧˋ, ㄊㄧˋ; soe tsng thâu mn̂g ê chiam á 梳妝頭毛的簪仔。chhiūⁿ 象骨做的。

㮇 thiám, thiàm, ㄊㄧㄢˇ, ㄊㄧㄢˋ; hia tī tsàu khang ê chhâ 焚佇灶孔的柴。hé sio ê koaiⁿ á 火燒的桿仔。hé chhiê 火䈂。

楤 Chhong, ㄘㄨㄥ; chiū sī tan chhâ ê ke sì 就是擔柴的傢私, chhiam tan 尖擔。chhiū ê miâ 樹的名。kap 樬 sio siāng 相同。

㮚 Lek, ㄌㄧˋ; chhiū ê miâ 樹的名。tēng chhâ 碇柴; ngī 硬。Giâm kín 嚴謹。Lat chí chhiū 栗子樹。

楦 khiū, khēng, ㄎㄧㄡˇ, ㄎㄧㄥ; kap 栖 jī sio siāng 字相同。chhiū ê miâ 樹的名, o͘ khiū 黑柾。chhâ oē tsòe tit khì khū 柴能做得器具。hio̍h thang ní tiē á 葉可染袋仔, khēng á chhiū 柾仔樹。khēng á chí 柾仔子, thang chiⁿ iû 可榨油, iû oē ēng tit tsòe sap bûn 油能用得做雪文。

楶 tút, ㄉㄨˊ; tsai chèng 栽種, chèng tsoh 種作。Liû thoân ê ì sù 流傳的意思。

椴 tōan, ㄉㄨㄢˋ; chhiū sī chhiū ê miâ 就是樹的名, tōan î bok 椴椸木。chhin chhiūⁿ Pek iông hit ê chhâ oē tâm sip 親像白楊彼的柴能潸濕。khit á 杙仔。

楶 chiat, ㄐㄧㄝˊ; chhù téng ê koe chih tâu 厝頂的雞舌斗, niû téng ê tóe thiāu 樑頂的短柱。thiāu téng ê táu 柱頂的斗。táu kióng 斗栱。

椳 oe, ㄨㄟ; chiū sī téng bīn kap ē bīn ê mn̂g khū 就是頂面与下面的門臼。mn̂g chhu 門樞。

楲 ui, ㄨㄟ; tóe ū oe mih ê khì khū 底有穢物的器具, chhin chhiūⁿ jio tháng 親像尿桶。sòe chiah ê hó͘ 小隻的虎。

楠 Pô͘, Po͘, ㄆㄨˊ, ㄆㄨ; Pô͘ kiuⁿ 楠薑, Pô͘ iam 楠鹽, chiū sī chit khoán nńg nńg ê chhiū á 就是一款軟軟的樹仔。mih kè thâu tá khì 物過頭焦去, Pô͘ khì 楠去, Po͘ khì 楠去。

造字 借楠音成字。樸枯 枯焦白話讀枯(Po͘), 應與楠同義。

十畫

榨 tsà, tsài, chìⁿ, ㄓㄚˋ, ㄓㄚˋ, ㄐㄧˋ; Phah iû ê khì khū 打油的器具, iû chhia 油車, ap tsà 壓榨, tsà iû ki 榨油機。tsài iû 榨油。chìⁿ iû 榨油。chìⁿ bah iû 榨肉油。

槎 tsa, ㄓㄚ; chhò chhâ 剉柴, Phû tī tsúi nih ê chhâ 浮佇水裡的柴, sòe chiah tsûn 小隻船; tek Pâi 竹排, sam Pâi 杉排。

榟 tsai, ㄗㄞˇ; ko͘ ta ê chhiū 枯焦的樹, i ê kun Lō͘ hiān 它的根露現。siaⁿ tn̄g ê ì sù 聲轉的意思。

榛 chin, ㄓㄣ; Chhiū mîa, oē sin sòe liap chí, chhin chhiūⁿ lat chí. koaⁿ chin, koaⁿ bâng ê kó.
樹名，能生小粒子，親像栗子。菅榛，菅芒草的稿。

槌 thûi, ㄔㄨㄟˊ; Phah, Phah ê khì khū, tsńg á, nìu ê kè, chhâ thûi. Pāng thûi. thûi Phah.
打，打的器具，鑽仔，量的架，柴槌。棒槌。槌打。

椢 hûi, ㄏㄨㄟˊ; chhiū ê mîa, chí oē chiah tit, chhin chhiūⁿ hu̍t thô
樹的名，子能食得，親像核桃

榼 hái, ㄏㄞˊ; tóe chíu ê khì khū, chíu hái, ēng chhâ tsòe ê.
貯酒的器具，酒榼。用柴做的。

槐 hoâi, iû, ㄏㄨㄞˊ, ㄧㄡˊ; chhiū ê mîa, hoâi chhiū. hoâi hoe. iû hoe, chit khóan ê chhiū, i ê hoe thang chhat chhâ tsòe chhiⁿ sek. hā ông ê mîa
樹的名，槐樹。槐花。槐花，一款的樹，它的花可漆柴做青色。夏王的名。

榥 hóng, ㄏㄨㄤˇ; thak chheh ê chhn̂g, kng bêng ê thang.
讀書的床，光明的窗。

榦 kàn, ㄍㄢˋ; Chhâ thûi. nóa chíⁿ ê chhâ, chíⁿ kàn. chhiū thâu, chhiū kàn, chhiū ê pún sin. thâu lō.
柴槌。欄井的柴，井榦。樹頭，樹榦，樹的本身。頭路。

槁 kó, ㄍㄠˇ; chhó bòk kó tâ. nōa, bô hoat ìⁿ. chek tsū. ioh mîa. kó bòk sí hoe, bô iok bāng ê ì sù.
草木枯焦。爛，無發樣。積住。藥名。槁木死灰，無欲望的意思。

構 kò, ㄍㄡˋ; chhù kòa íⁿ á kak. chhòng tsō. chiâⁿ. hôa kò, kò tsō, kò sêeng. kiat liân. khì khū. ki kò.
厝蓋檐仔角。創造。成。華構，構造，構成。結連。器具。機構。

榷 kak, khak, ㄍㄨㄛˋ, ㄎㄨㄛˋ; tsúi téng ê hoâiⁿ chhâ thang kè tsúi. tsúi kiô. Chhâ kiô ê Pang. khak, chí khak. ná iu á.
水頂的橫柴可過水。水橋。柴橋的板。榷，枳榷。那柚仔。

槅 kek, ㄍㄜˊ; tōa tiuⁿ chhia ê gû tàn. ké chí ê hu̍t.
大輛車的牛擔。果子的核。

榼 khap, ㄎㄜ; tóe chíu ê khì khū. chek tsū tsúi ê khì khū. tîn ê mîa, khap tîn, ná thong chháu.
貯酒的器具。積住水的器具。藤的名，榼藤，那通草。

榾 kut, ㄍㄨˊ; chhiū ê mîa, kó kut bòk. chhiū tsoân thé Pe̍h chhin chhiūⁿ kut, tsòe khì khū put chí ho.
樹的名，枸榾木。樹全体白，親像骨，做器具不止好。

穀 kok, ㄍㄨˇ; chhiū ê mîa, hio̍h oē ēng tit tsòe tsóa Phê. Pe̍h Pe̍h. Pháiⁿ chhâ.
樹的名，葉能用得做紙皮。白白。惡柴。

榔 Lông, nn̂g, ㄌㄤˊ; chhiū ê mîa, Pin nn̂g chhiū, Pin nn̂g.
樹的名，檳榔樹，檳榔。

榴 Liû, ㄌㄧㄡˊ; Chhiū kap ké chí ê mîa, siā liû. hoan siā liû. Liû liân, sī lâm iûⁿ ê tsúi kó. chhiū liû tôaⁿ
樹与果子的名，石榴。番石榴。榴槤，是南洋的水果。手榴彈。

槓 kòng, kǹg, khǹg, ㄍㄤˋ; kǹg mih ê chhâ, kio kǹg. Liân kǹg. koaⁿ chhâ kǹg, kim kòng thûi. kòng kan. ēng lek hak goân lí lāi khí tiōng ê hong hoat. khǹg khū, chiū sī khì khū mîa.
扛物的柴，橋槓。輪槓。棺材槓，金槓槌。槓桿，用力學原理來起重的方法。槓具，就是器具名。

榪 mā, ㄇㄚˋ; chhn̂g thâu ê hoâiⁿ chhâ. chhâ chím thâu.
牀頭的橫柴。柴枕頭。

榓 bit, ㄇㄧˋ; ìn tō kok chit khóan ê chhiū mîa. Gōa Phê Phàⁿ. Lāi sim Phang.
印度國一款的樹名。外皮冇。內心香。

榜 Póng, Pn̄g, Pn̂g, ㄅㄤˇ; Liâm oan keng ê chhâ. tsûn chiah. kò tsûn, Phah, tah bêng, Phiau Póng. chhut Póng.
粘弯弓的柴。船隻。划船，打，貼明，標榜。出榜。
chhut Pn̂g. Lôe Pn̂g. n̂g Pn̂g, Pn̂g Pún, tsàu Pn̂g, kim Pn̂g tê mîa. Pn̂g, saⁿ Pn̂g, Saⁿ Pn̂g
出榜，梨榜。黃榜，榜本，奏榜，金榜題名。榜，相榜，相榜
hok khì. saⁿ Pn̂g khùi lat. káu Pn̂g hó ūi, Pn̂g sè. kap 㮄 Siong tông.
福氣。相榜氣力。狗榜虎威，榜勢。与㮄相同。

槃 Poân, Phoân, ㄆㄢˊ; chiū sī hoaⁿ hí Poân lòk, ūn tsoán, Phoân soân. tóe mih ê Pôaⁿ, thok Phoân. thong 盤.
就是歡喜，槃樂。運轉，槃旋。貯物的盤，托槃。通盤。

榯 sî, ㄕˊ; Chhiū bák khiā tit ê ì sù. tit tit khiā teh ê ì sù
樹木豎直的意思。直直豎的的意思。

槊 Sok, ㄕㄨㄛˋ; Chhiūⁿ ê mîa, tn̂g Poeh tn̂g. ūi kî, kî sok.
槍的名，丈八長。圍棋，棋槊。

榭 Siā, ㄒㄧㄝˋ; Pîⁿ ê soaⁿ á, tsòe hiàn chè ê só tsāi, sì ûi ū chhiū. Liān kûn thâu ê keng. gàk khì Pâng.
平的山仔，做獻祭的所在，四圍有樹。練拳頭的間。樂器房。

榫 Sún, ㄙㄨㄣˇ; siah chhâ jip khang. jip khang lāi ê chhâ. mn̂g sún. bak sún. jip sún. sún thâu, sún thâu.
削柴入孔。入孔內的柴。門榫。木榫。入榫。榫頭，榫頭。

榱 Soe, ㄘㄨㄟ; chhù kòa ê chhâ, chiū sī íⁿ á kak á. Soe lūi.
厝蓋的柴，就是檐仔桷仔。榱桷。

【榻】thap, that, bîn chhn̂g khòng chhn̂g。pò ê mîa。Pit thap kap Pit that Sio Siāng î sù。
ㄊㄚˋ,ㄊㄚˋ, 眠牀，矮牀 。布的名。比榻 与 比挞榻 相同意思 。

【槙】Chin, tian, chhiū am am bat bat, Chhiū kun saⁿ pek oā, tian, chhiū téng, chhiū bé, chhiū tian。
ㄐㄧㄣ,ㄉㄧㄢ, 樹豐豔豐豔密密，樹根相迫倚。槙，樹頂，樹尾，樹槙。

【槍】chhiong, chhiuⁿ, chhèng, ke Sì ê mîa, chhâ siang thâu ū chiam。tú tek。kó tsá kîⁿ Gak Lī thâu khak àⁿ
ㄑㄧㄤ,ㄑㄧㄡ,ㄔㄥ, 像私的名，柴双頭有尖 。抵敵。古早見獄吏，頭殼向
Lòh, thâu chhiong tōe。bòk Piⁿ ēng kim siòk tsoh chiam Lāi ê bé, chhiuⁿ。hiān tāi, ēng tsòe
落，頭槍地 。木柄用金屬作尖利的尾，槍。現代用做
chhèng, chhiú chhèng, Pō chhèng, Li koan chhèng, chhèng koat。kap chhèng thong。Chhiuⁿ to。
槍，手槍，步槍，機關槍。槍決。与 銃 通 。槍刀。

【槝】O˙, o˙ bak chhâ。chhiⁿ ê âng khi, O˙ Pi, chhut tī tiông Sa só tsāi。
ㄜ, 黑墨柴。青的紅柿，槝椑，出佇長沙的所在。

【榮】êng, chhiū mîa, êng tông bòk, Chiū sī ngô tông。Chhù ê chit。chhó bok bō sēng, hoat êng。êng hôa
ㄖㄨㄥˊ, 樹名，榮桐木，就是梧桐。厝的脊。草木茂盛，發榮。榮華
hù kùi, Sùi, hó khòaⁿ, hiòng êng。kong êng, êng iāu, êng kng。êng ū。Lâng ê sìⁿ。
富貴。媠，好看，向榮。光榮，榮耀，榮光。榮譽。人的姓。

【榕】iông, chhêng chhiū ê mîa, iông chhiū。jiat tāi ê siông Liòk kiau bòk。ki hiòh bō sēng, ki oē Sìⁿ khì
ㄖㄨㄥˊ,ㄔㄥˊ，樹的名，榕樹。熱帶的常綠喬木。枝葉茂盛，枝能生氣
kun, tūi Lòh tōe oē tsài Sìⁿ kan, chiâⁿ tsòe kiōng Seng ê chhiū。tī tāi oân kiò tsòe chhêng。
根，垂落地能再生幹，成做共生的樹 。佇台灣叫做榕。

【槀】kó, kó, kap Sio Siāng。
ㄍㄠˇ,ㄍㄠˇ, 与 槁 相同。

【槆】Sûn, chiū sī thun chhiū ê Pat mîa。
ㄕㄨㄣˊ, 就是杶樹的別名。

【樴】tek, chiū sī Pák Gû ê khit。Gû khit。khit á。
ㄉㄜˊ, 就是縛牛的杙。牛杙。杙仔。

【槤】Seng, chhâu bak chhiong sēng ê khóan sit。Chhiū nā am am ê ì sù。
ㄕㄥ, 草木昌盛的款式 。樹林豐豔豐豔的意思。

【榫】Sun, chiū sī chit khóan chhiū ê mîa, kong sun chhiū。
ㄙㄨㄣ, 就是一款樹的名，公孫樹。

【槐】Phî, chhù ìn ê sòe ki thiau ê ì sù。
ㄆㄧˊ, 厝楹的小支柱的意思。

【槏】khiam, mn̂g hō, thang á Pìⁿ ê thiâu。
ㄑㄧㄢ, 門戶，窗仔邊的柱。

【榤】kiat, chhiuⁿ tsúi ê khì khū。tiau ô。ke chí mîa kiat á thong jī。
ㄍㄧㄝˊ, 抒水的器具。吊壺。果子名 榤仔。通桔字。

【槶】hûn, kui tè ê chhâ bōe oē chih tn̄g。
ㄏㄨㄣˊ, 歸塊的柴，𣍐能折斷。

【梫】chhim, Pe̍h ê kùi hoe chhiū, kùi hoe, i ê hiòh chhin chhiuⁿ Pî Pê。kap Sio Siāng。
ㄑㄧㄣ, 白的桂花樹，桂花，它的葉親像枇杷 。与 梫 相同 。

【楮】Chì, thiâu kha ê tún, tsá ēng chhâ ê。taⁿ ēng chiòh ê。thiâu kha ê tōe ki。
ㄐㄧ, 柱腳的礩，早用柴的 。㽝用石的 。柱腳的地基。

【榑】hû, chit hō chhiū。hû Song。Lâng kóng, hoat tī jit chhut ê só tsāi。Sng tsāi。
ㄈㄨˊ, 一號樹 。榑桑 。人講，發佇日出的所在 。桑梓。

【榿】khi, chit khoan chhiū ê mîa。
ㄑㄧ, 一款樹的名 。

【槅】kà, kòa mih ê khì khū, chhòng kè á。Siòk jī
ㄍㄚˋ, 掛物的器具，創架仔。俗 架 字

【榎】ká, khó tê, chhiū sòe chhin chhū chí tsú, tang thiⁿ hoat hiòh thang tsòe kiⁿ。
ㄍㄚˇ, 苦茶，樹小 親像 梔子，冬天發葉 可做羹 。

【榤】kiat, Gû khit, khit á, koe tiâu khit。
ㄍㄧㄝˊ, 牛杙，杙仔，鷄寮杙 。

【槈】Lō, chit jī hán tit ēng。tì thâu, khau chhau。hak Sip。
ㄌㄡˋ, 這字罕得用。鋤頭，扣草 。學習。

【槄】tho, chit hō chhiū ê mîa, kui tiâu Sam ê ì sù。
ㄊㄠ, 一號樹的名，歸條杉的意思。

【槱】Chhiu, tso, Gû ê Gû Phīⁿ khian, Gû kng。Pàng hē bōe Pîⁿ。tso koàn koàn。
ㄑㄧㄡ,ㄗㄡ, 牛的牛鼻牽，牛桊。放下𣍐平。槱炊灼。

【榗】Chiàn, Chìn, chit khóan chhâ ê mîa, Sì keng kóng sī tek ê chìⁿ。kó ê mîa, ū 6 chhioh 6 chhùn。
ㄐㄧㄢˋ,ㄐㄧㄣˋ, 一款柴的名。詩經講是竹的箭。鼓的名，有六尺六寸。

榅 un, ut, ㄨㄣ, ㄨㄜ, Sam, kun. Chhiū bák Chhiong Sēng ê khoán sit. thiak á
杉，棍。樹木昌盛的款式。桂仔。

枓 kho, ㄎㄜ, Pėh kho, Chiū sī chit hō Pėh chhê oē tsòe tit tsûn chiuⁿ tiam.
白枓，就是一號白柴能做得船獎鉆。

造字 借科音成字。

㮔 Sìⁿ, ㄒㄧˋ, kah sìⁿ, khia kah sìⁿ, hiong chhoan khah ū ēng, ēng tek bín pîn ê, pîn hong á sī kehkeng ēng ê. mn̂g chit sìⁿ, mn̂g sìⁿ pán
筍㮔，竪筍㮔，鄉村較有用，用竹篾篾的，屏風或是隔間用的。門一㮔，門㮔板

造字 借扇來成字。

十一畫

樝 tsa, ㄓㄚ, Chhiū ê mîa, i ê ké chí chhin chhiūⁿ Lâi á.
樹的名，它的果子親像梨仔。

樟 Chiong chhiuⁿ, ㄓㄤ, ㄓㄤˋ, chhiū ê mîa, chiong chhiuⁿ, chiuⁿ á chhiū. ū phang ê chhâ. chiuⁿ chhâ. chiuⁿ Ló.
樹的名，樟樹，樟仔樹。有香的柴。樟柴。樟腦。

橾 chhau, ㄘㄠ, bāng ko Liâu, hō Lâng thang kò ngó kok. Liàh hî ê khah. thoa bāng.
望高寮，給人可顧五穀。捕魚的篙。拖網。

樞 Chhu, ㄔㄨ, chhiū mîa, Chhiⁿ mîa, thian chhu chhiⁿ. iàu kín. kun pún tiong ng. tiong chhu. chhu ki. chhu iàu.
樹名，星名，天樞星。要緊，根本，中央。中樞。樞機。樞要。
Chhu ték, mn̂g sún kap mn̂g khū.
樞軸，門榫与門臼。

樗 thu, u, ㄊㄨ, ㄨ, Chhiū ê mîa. bô Lō ēng ê chhâ. tsū khiam ê chheng ho.
樹的名。無路用的柴。自謙的稱呼。

樁 chiong, tsong, ㄓㄤ, ㄔㄨㄤ, Pák bé ê chhiū ki. chhah kbit, kun, bók kùn. Kòng ê ì sù. bók chiong.
縛馬的樹枝；插杙，棍，木棍，摃的意思。木樁。

樊 hoân, ㄈㄢˊ, eng chiáu tī chiáu Lang Lāi. chiáu Lang, hoân Lang. keh tsoat ê mih. Lî Pa. Lâng ê mîa hoân Lê hoa.
鶯鳥佇鳥籠內。鳥籠。樊籠。隔絕的物。籬笆。人的名樊梨花。
noa tsáh bōe kiâⁿ. hoân jiân. toe mîa hoân Sîaⁿ tī Ô Pak Séng.
攔截膾行；樊然。地名樊城佇湖北省。

橪 hoân, ㄈㄢˊ, chhiū ê mîa, bu hoân bók. Phê oē ká chiap. sio bī kék Phang. khì sîa khì.
樹的名，無橪木。皮能絞汁。燒味極香。去邪氣。

槩 khài, kài, ㄎㄞˋ, ㄍㄞˋ, niū pîn ê chhâ. Pîn pî, Lóng tsóng, it khài, tāi khài. khì Lióng, khì khài. Chêng hong khài hóng. khài Lūn, it Poan Lâi kóng. Pîn táu hák ê khì khū, táu kài.
量平的柴。平平，攏總，一槩，大槩。氣量，氣槩。情況，槩況。槩論，一般來講。平斗斛的器具，斗槩。

㮣 khài, ㄎㄞˋ, kap téng bīn jī Sio Siâng.
与頂面字槩相同。

槲 hák, ㄏㄨˊ, chhiū ê mîa, tn̄g Goa koàiⁿ tōa tsâng chhiū
樹的名，丈外高，大欉樹

槿 kín, kìn, ㄐㄧㄣˇ, ㄐㄧㄣˋ, bók kín. Chhiu mîa. tsá khí hoat ē po sî thang chiáh. iā oē tsòe tit tê. chhó chhiu khui chí âng ê hoe. kín, chiū sī to chhiuⁿ ê pìⁿ.
木槿。樹名。早起發下晡時可食。也能做得茶。初秋開紫紅的花。槿，就是刀槍的柄。

樛 khiu, ㄐㄧㄡ, chhiū mîa. khiu bók. ki ê ē bīn khiau khiau ê ì sù. Lâng ê jī sìⁿ. → Sek.
樹名，樛木。枝的下面曲曲的意思。人的字姓。

槻 kui, ㄍㄨㄟ, chhiū ê mîa, oē tsòe tit keng chìⁿ ê Lō ēng. Chhiū Phê chìm tsúi kàu o sek. Sîa jī bōe thòe sek.
樹的名，能做得弓箭的路用。樹皮浸水到黑色。寫字膾退色。

槨 kok, ㄍㄨㄛˊ, tóe koaⁿ chhâ sī kak ê khì khū. kó tsá eng chhâ tsòe ê. koan kok. kap 椁 Siâng khoán.
貯棺材四角的器具。古早用柴做的，棺槨。与椁同款。

樓 Lô, Lâu, ㄌㄡˊ, ㄌㄡˊ, koàiⁿ ê chhù, téng tsàn, ko Lâu, Lâu téng. Lâu koh. Lô chhia kó tsá kong Sîaⁿ ê khì khū, kap hiān tāi ê hûn thui Siâng ì sù. kó kok mîa Lô Lân. Lâng ê sìⁿ Lô. Lâu thui.
高的厝，頂層，高樓，樓頂。樓閣。樓車，古早攻城的器具，与現代的雲梯同意思。古國名樓蘭。人的姓樓。樓梯。

樆 Lî, ㄌㄧˊ, Soaⁿ Lâi, bát bát ê chhiū. tī Soaⁿ nih ê kiò tsòe Lî. Lâng tsai ê kiò tsòe Lâi.
山梨，密密的樹。佇山裡的叫做樆。人栽的叫做梨。

樠 bân, ㄇㄢˊ, tham sim. Lôe thâu. ū chhì ê chhiū mîa, bān keng.
貪心。犁頭。有刺的樹名，樠荊。

樑 Liông, Lâng, niû, ㄌ一ㄤˊ,ㄌㄤˊ,ㄋ一ㄡˊ, chhiū téng ê tiong chit ìn, tòng Liông, tòng niû. kiông tō, kiông Liông. Phīⁿ Lêng
厝頂的中脊樑，棟樑，棟樑。強盜，強樑。鼻樑
Phīⁿ ê chit. hō Lêng, chiū sī chhù ê chhun chhiú, Sù hap ìⁿ ê chiàⁿ Sin hō Lêng.
鼻的脊。户樑，就是厝的伸手，四合院的正身户樑。

樂 Gák, Lók, ngāu, ㄩㄝˋ,ㄌㄜˋ,ㄧㄠˋ, Lóh, Pat im ê tsóng mîa, im Gák. Gák khì, Gák tūi, hàn Gák, se Gák.
ㄌㄜˋ，八音的總名，音樂。樂器，樂隊，漢樂，西樂。
tsok Gák. Gák Phó. Lók hoaⁿ hí. khoài Lók, khoài oáh. an Lók. thiòng Lók. Lók koan.
作樂。樂譜。樂，歡喜。快樂，快活。安樂。暢樂。樂觀。
hàuⁿ ngāu Sio Chiú. ì ài, ngāu iàn Lók. koāiⁿ mîa tiò Lóh koāiⁿ Lī hok Chiu Siâⁿ bô Loa hn̄g.
好，樂燒酒。意愛，樂宴樂。縣名長樂縣離福州城無若遠。

樠 boân, bûn, mîa, ㄇㄢˊ,ㄇㄣˊ,ㄇ一ㄚˊ, chit hō ê chhêng Peh chhiū; Lāi sim ê chhâ, oē Lâu chhut ka. siông boân.
一號的松柏樹，它內心的柴，能流出膠。松樠。

榓 bit, ㄇ一ˋ, in tō kok chit khoán ê chhiū mîa, Gōa Phê Phàⁿ, Lāi Sim Phang. tîm tsúi ê kio tîm hiuⁿ.
印度國一款的樹名，外皮冇，內心香。沈水的叫沈香。

模 bô, Pô, ㄇㄛˊ,ㄆㄛˊ, ēng chhâ tsòe kui kú. bô iūⁿ, bô Sek, bô hêng, hoat tō, khoán Sit. bīn Pô, Bīn Pô Sio Siâng.
用柴做規矩。模樣，模式，模型，法度，款式。面模，面模相同。

標 Piau, Phiau, Pio, ㄅ一ㄠ,ㄆ一ㄠ,ㄅ一ㄜ, koâiⁿ ê chhiū ki, chhiū be. bók Piau, Piau tek. kì hō, Piau chì. Piau chhiuⁿ.
高的樹枝，樹尾。目標，標的。旗號，標誌。標槍。
chiau Pâi, Siong Piau. kì tsài, Phiau kì. sui, Phiau tì. bók tek, chhah Pio. Phiau thâu.
招牌，商標。記載，標記。美，標緻。目的，插標。標頭。
Phiau tsún. Phiau kè. tn̂g Pio, té Pio, Pàng Pio, chhiúⁿ Pio, chhiúⁿ thâu Pio, Pí sài ê ì sù.
標準。標價。長標，短標，放標，搶標，搶頭標，比賽的意思。

樺 Pit, ㄅ一ㄠ, chiū sī chhiū ê ì sù.
就是樹的意思。

槮 Sam, Sim, ㄕㄢ,ㄒ一ㄣ, chhiū tn̂g tn̂g ê khoán Sit. chìm chhâ tī tsúi tiong than Liáh hî.
樹長長的款式。浸柴佇水中可捕魚。

樨 Se, ㄒ一, chit khoán chhiū ê mîa, kang Lâm Lâng jiók kùi tsòe bók se. Siok mîa Gām kùi, kùi hoe.
一款樹的名，江南人叫肉桂做木樨。俗名巖桂，桂花。

樕 Sok, ㄙㄨˋ, Sòe Sòe tsâng ê chhiū, chit mîa hák sok. ū sim oē tâm, oē tsoe tit thiāu.
小小欉的樹，一名槲樕。有心能潛，能做得柱。

槽 tsô, ㄘㄠˊ, Cheng siⁿ chiáh mih ê khì khū, bé tsô, ti tsô. chit kau tít tít, tsúi tsô, kau tsô. Chiú tsô.
精牲食物的器具，馬槽，豬槽。一溝直直，水槽，溝槽。酒槽。

槳 Chiông, Chiáng, Chiúⁿ, ㄐ一ㄤ,ㄐ一ㄤˇ,ㄐ一ㄡˇ, kò tsûn ê khì khū, tōa oāiⁿ, tsûn chiúⁿ, kò chiúⁿ. iô chhip tsûn hō kiâⁿ, tit ê
划船的器具，大槳，船槳，划槳。搖揖船徃行，直的
kio Ló, hoâiⁿ ê kio Chiúⁿ. Pat chiáng tsûn, chiū sī hái koan ê Lâng teh ēng ê Sòe chiah tsûn.
叫櫓，橫的叫槳。扒槳船，就是海關的人咧用的小隻船。

槧 tsām, ㄑ一ㄢˋ, Siah chho chho ê Phoh. chiām sî. chhâ Pán tn̂g Saⁿ chhioh. kó tsá Siá jī ēng ê bók Pán.
削粗的朴，暫時。柴板長三尺。古早寫字用的木板。

樣 iōng, iūⁿ, ìⁿ, 一ㄤˋ,一ㄡˋ,ㄧㄥ, chhiū ê mîaⁿ. hoat tō, khoán Sit, iūⁿ Sek. iūⁿ Pún. ī iūⁿ ui hô Lô. Siâng khoán.
樹的名。法度，款式，樣式。樣本。依樣畫葫蘆。同款。
bô iūⁿ. iūⁿ siùⁿ. hoat ìⁿ, Puh ìⁿ, thò ìⁿ, Sim koaⁿ ìⁿ, thiàⁿ ná Sim koaⁿ ìⁿ á.
模樣。樣相。發樣，窑樣，吐樣，心肝樣，愛那心肝樣仔。

樎 Sok, ㄙㄨˋ, kap Siâng khoán.
与樕同款。

槴 hō, ㄏㄨˋ, Chheh Siuⁿ. Liáh hî ê khì khū.
書箱。捕魚的器具。

穎 êng, 一ㄥ, chiū sī chit hō chhâ ê mîa, êng bók.
就是一號柴的名，穎木。

櫏 chhian, ㄑ一ㄢ, chhiū mîa, kun chhian chhiū, chhut tī kau chí. chí ná koe á kiáⁿ.
樹名，梠櫏樹，出佇交趾。子如雞仔子。

樏 chhat, ㄘㄚ, chhiū ê mîa. Chháu bák tìn tāng ê Siaⁿ.
樹的名，草木振的聲。

樼 Sán, ㄕㄢˇ, chhiū ê mîa, Sán chhiū. chhiū ê ké chí ná thô á.
樹的名，樼樹。樹的果子如桃子。

樜 chia, ㄐ一ㄚ, khoeh thn̂g ê koan tsâng. kam chia, tek chia, âng kam chia, kái Liông chia.
挾糖的管欉。甘樜，竹樜，紅甘樜，改良樜。

槷 Gē, ㄫㄝ, chhiū Saⁿ khap tioh, chhiū ki Saⁿ bôa chhoe ê ì sù.
樹相磕着，樹枝相磨刷的意思。

槔 ko, o, ㄍㄠ,ㄜ, chhiúⁿ tsúi ê khì khū, tiàu o. chhiū ê mîa. tiàu ko.
抍水的器具，吊槔。樹的名，吊槔。

椅 kì, kî ㄍㄧˋ, ㄍㄧˊ, êng tī ngeh mih 用箸挾物, khǹg chiah mih 藏食物。

榼 Sêng, Siaⁿ ㄕㄥ, ㄒㄧㄚ, tóe mih ê khì khū 貯物的器具。Siaⁿ nâ 榼籃。kè chhōa khah ū teh êng 嫁娶較有咧用, chit siaⁿ 一榼, kúi nâ Siaⁿ 幾若榼。siaⁿ nâ 榼籃
tsàn 層。Siaⁿ kǹg 榼貫。chit kǹg Siaⁿ 一貫榼。kè tsng kúi nâ siaⁿ 嫁粧幾若榼。Siaⁿ nâ Lâi Phōaⁿ tāⁿ 榼籃來伴擔。

槑 Lûi ㄌㄟˊ, Pôaⁿ nih chhin chhiūⁿ ū keh 盤裡親像有格。ké chí ê mîa 果子的名, kiat sit ū Phê bô khak 結實有皮無殼。

槤 Lián ㄌㄧㄢˊ, ô Lián 瑚槤, chhâ tsòe ê khì khū 柴做的器具。tāng tāng ê khì khū 重重的器具。Lâu, koh 樓,閣, Pīⁿ ê sió chhù 邊的小厝。

櫓 Lô ㄌㄨˇ, tîn pâi khoah tōa 藤排闊大。Siaⁿ têng kò siu ê Lâu 城頂觀守的樓。chûn tsûn ê khì khū 進船的器具。kap 與 櫓 Siong tông 相同。

樚 Lók ㄌㄨˋ, chíⁿ téng chhiū tsúi ê khì khū 井頂扲水的器具, ka Lák 鉸轆。chhiū ê mîa 樹的名。Gín á teh thit thô ê mih, kan Lók 囡仔咧迌迌的物,楤樚。

櫟 Lék ㄌㄧˋ, chhiū ê mîa 樹的名, tsa kà Lék 柤榨櫟。Lâm hng Pha hng ê tōe ū chhiū 3000 nî, koâiⁿ 100 chhioh 南方拋荒的地有樹三千年,高百尺。

橬 Sut ㄕㄨㄟˋ, chhiū sī chhiū ê mîa 就是樹的名。

槢 Sip ㄒㄧˊ, chhâ, kian tēng ê chhiū, khì hâi, ke si 柴,堅碇的樹,器械,傢私。

櫘 hūi ㄏㄨㄟˋ, sió sió ê koaⁿ chhâ 小小的棺材, chiong kun sí ê ì sù 從軍死的意思。Pók hūi 薄櫘。

樀 tek ㄉㄧˊ, nî chîⁿ 簾簷, chhù téng ê nî chîⁿ saⁿ kau kài ê só tsāi 厝頂的簾簷相交界的所在。kǹg si sòaⁿ ê khì khū 捲絲線的器具。

梌 tô ㄊㄨˊ, chhiū ê mîa 樹的名, chhun thiⁿ sî khǹg i ê hiòh thang Lâi tsòe tê 春天時藏它的葉可來做茶。khó tê 苦茶。

桼 chhek, chhit ㄑㄧˋ, ㄑㄧ, chhiū ê mîa 樹的名, chhiū chiap thang Lâi tsòe chhat 樹汁可來做漆, iā sī thong êng tsoh ka chhat ê jī 也是通用作膠漆的字。chiap 汁
iā ōe êng tit nî mih 也能用得染物。chhat chhiū 漆樹。

槭 Chhiok, Sek ㄑㄩˋ, ㄙㄜˋ, chit hō chhiū ê mîa 一號樹的名。chhâ ōe tsòe tit chhia jiû 柴能做得車輮。Lak hiòh 落葉, bô hiòh ê ki 無葉的枝。kàu ūi 到位。
Sek 槭, chhiū ki khang khang ê khoán sit 樹枝空空的款式。tiau khek 刜刻。Pó thâu Pìⁿ 斧頭柄。

樅 Chhiong ㄘㄨㄥ, chhiū ê mîa 樹的名, chhiong Siông 樅松。chhin chhiūⁿ Pīⁿ Peh 親像扁柏, chhâ thang chè tsóa 柴可製紙。kó thûi 鼓槌。Pauh khí 發齒。

槷 Giat ㄋㄧㄝˋ, chit ki chhâ tèng tī tōe nih 一支柴釘佇地裡。Chhōaⁿ mn̂g ê mn̂g khīa 閂門的門豎。

槱 iû ㄧㄡˊ, chek tsū chhâ sio chè hiàn thiⁿ 積住柴燒祭獻天。

槑 m̄ ㄇㄟˊ, hó m̄ 火梅, chiū sī ké chí ê mîa 就是果子的名, hoat tī tîn á sī chhiū 發佇藤或是樹。

造字 借莓偏音成字。

楘 bū ㄇㄨˋ, ké chí mîa 果子名, Liam bū 槏楘。chheng Phang hó khì bī 清香好氣味。

造字 借務音成字。

補7畫 棍 kun ㄍㄨㄣˋ, chhiū ê mîa 樹的名, kun chhiam chhiū 棍檬樹, chhut tī kau chí 出佇交趾, chí ná koe 子如雞

十二畫

橖 têng ㄊㄥˊ, chhiū ê mîa 樹的名, i ê hoe chhin chhiūⁿ Lâi á hoe 它的花親像梨仔花, Phak ta ōe chiah tit 曝乾能食得。

橙 têng, têng, chhêng, chhiâng ㄉㄥ, ㄉㄥˋ, ㄔㄥˊ, ㄑㄧㄤ, kiat á ê chhiū 桔仔的樹, ná iū á ê khoán sit 如柚仔的款式。kām têng 柑橙, têng Phê 橙皮。Líu teng 柳橙。teng hoe 橙花。
teng ㄉㄥ, chhiâng chhiàm 橙襍, ké chí ê mîa 果子的名, chhin chhiūⁿ kam á 親像柑仔。têng Sek 橙色, n̂g ang Sek 黃紅色。chhiàm chhiâng 襍橙, ná kam 如柑。

橆 bú, bû ㄨˇ, ㄨˊ, hù sû ê jī 副詞的字, tsòe bô 做無, á sī bêng Pék ê ì sù 或是明白的意思。

【橫】hêng, hoâiⁿ; chhiòng hêng, hêng Gėk, Chiū sī bô chiàu hoat tō Phoàⁿ toàn Lâng, hoâi Gėk, tit ê
ㄏㄝㄥ, ㄏㄨㄞˉ; 縱橫，橫逆，就是無照法度判斷人；橫逆。直的

hûiⁿ, hoâiⁿ ê. hoâiⁿ hêng Pà tō. hoâiⁿ chhiong tit tōng. hoâiⁿ tsâi. Lâng ê sìⁿ hêng. hûiⁿ tsâi.
ㄏㄨˉ; 橫的。橫行霸道。橫衝直撞。橫財。人的姓橫。橫財。

【樺】hoa, hôa, chhâ ê miâ, chhiū Phê thang tsòe chek, Phê iā oē ēng tit tsòe bō.
ㄏㄨㄚ, ㄏㄨㄚˊ; 柴的名；樹皮可做燭。皮也能用得做帽。

【橈】jiâu, Giô, jiô, Lâu, Lâng tī tsûn Lāi bīn, hō tsûn chìn chêng, Lō jiâu Lō Chhip tsāi Goā jîn tsāi tsûn tiong
ㄖㄧㄠ, ㄫㄧㄜˊ, ㄖㄧㄜˊ, ㄌㄠˊ; 人佇船內面，為船進前，露橈露楫在外人在船中。
Giô Poe, chiū sī tsûn ê chiúⁿ, tsòe Pê ê Lō ēng. Lâu, khiau khiau ê chhâ, chhù ê tsng thāⁿ,
橈杯，就是船的槳，做爬的路用。橈，曲曲的柴，厝的妝飾，
tōng Lâu. khiok bók. Chhia kòa. óng khut, óng Lâu. thêng tsûn, thêng Lâu.
棟橈。曲木。車蓋。枉屈，枉橈。停船，停橈。

【橄】kám, kaⁿ Chhiū ê miâ kó chí miâ. kám Lám chhiū. kaⁿ ná. kaⁿ ná iû, thang tsòe ioh, hông sà
ㄍㄢˇ, ㄍㄚˇ; 樹的名果子名。橄欖樹。橄欖。橄欖油，可做藥，防曬
iû. kang Giáp iōng iû. Chiah iōng iû. kaⁿ ná kiû, hiān tāi Lâng sî kiâⁿ ê ūn tōng.
油。工業用油。食用油。橄欖球，現代人時行的運動。
kaⁿ ná síⁿ, chhò kaⁿ ná á, Lām kam chhò síⁿ ê.
橄欖豉，草橄欖仔，濫甘草豉的。

【機】ki, kui, khì khū oē tín tāng ê Pún Goân. ki khì. ki koan. īn toaⁿ. thian ki. ki hōe. ki ūn.
ㄐㄧ, ㄍㄨㄧ; 器具能振動的本源。機器。機關。因端，天機。機會，機運。
kè kui, Pìⁿ kui, chit Pò kui, chhia kui, hun kui. → Seh khiau.
計機，手機，織布機，車機，分機。

【橇】khiau, kiâⁿ tāh, kiâⁿ thô bē tèng, kiâⁿ kiô kè tsúi. tī Seh téng kiâ tsáu ê kang khū
ㄎㄧㄠ; 行踏，行土糜頂，行橋過水。踏橇。佇雪頂行走的工具雪橇。

【橋】kiâu, kiô, kiô, kè tsúi ê Pang. thán hoâiⁿ ê chhâ. chhâ kiô, kè tsúi kiô, Phû kiô. kiau Liông. kiâu tun.
ㄐㄧㄠˊ, ㄍㄧㄜˊ; 橋，過水的板。袒橫的柴。柴橋，過水橋，浮橋。橋樑。橋墩。
kiâu Pâi, Se iû thoân Lâi ê Poah kiau Pâi á
橋牌，西洋傳來的博賭牌仔。人的姓

【橜】koat, khoat, mn̂g khia, mn̂g bâi. thiāu, khit, Chhia Lûn koaiⁿ. Phah kó ê thûi. tsám tn̄g.
ㄍㄨㄚㄊ, ㄎㄨㄚㄊ; 門豎，門眉。柱，杙，車輪杆。打鼓的槌。斬斷。

【橛】Koat, khoat, kap téng bīn jī Siong tōng.
ㄍㄨㄚㄊ, ㄎㄨㄚㄊ; 与頂面字相同。

【橘】kiat, kiok, kó chí miâ, chhin Chhiū kam, kiat á. kim kiat. kiat a Píaⁿ.
ㄐㄧㄚㄊ, ㄍㄧㄜㄎ; 果子名，親像柑，橘仔。金橘。橘仔餅。

【橉】Lín, Lîn, chhiū ê miâ, Lîn bók. i ê Chiap thang kek chíu. Sim Pak thang ní Sek.
ㄌㄧㄣˊ, ㄌㄧㄣˇ; 樹的名，橉木。它的汁可煮酒。心腹可染色。

【樠】bêng, chit hō chhiū ê miâ, Chhiū Phàⁿ Phàⁿ ê sim.
ㄅㄝㄥ; 一號樹的名，樹柭柭的心。

【樸】Phok, Phak, Phoh, Phoh, só só ê chhâ, teng chhâ, chhâ Liāu, khì khū chhòng bē hó. Phok sò. Phok tit.
ㄆㄛㄎ, ㄆㄚㄎ, ㄆㄛㄏ, ㄆㄛㄏ; 素素的柴，碇柴，材料，器具創未好。樸素。樸直。
Phak sit, khîm Phak. Chhò Phoh, Phoh Sit. Chia Phoh, kam chia Phoh. Phoh á chhiū, Phoh á hioh.
樸實，儉樸。粗樸，樸實。蔗樸，甘蔗樸。樸仔樹，樸仔葉。

【樲】jī, sng tsó á, chhiū ê kó chí Sòe Sòe.
ㄖˋ; 酸的棗仔；樹的果子小小。

【樹】Sù, Sū, chhiū, tsāi Pôe Lâng, Pah nî sū jîn. Sū iók chēng jî hong Put chí. Liōng im kai bûn im.
ㄕㄨˋ, ㄕㄨˋ, ㄑㄧㄡ; 栽培人，百年樹人。樹欲靜而風不止。兩音皆文音。
chhiū bák, chhiū tsâng, chhiū ki, chhiū oāiⁿ, chhiū Phê. Chhiū thâu khiā hō tsāi, m̄ kiaⁿ Chhiū bé
樹木，樹欉，樹枝，樹椏，樹皮。樹頭豎徛在，不驚樹尾
tsòe hong thai. chhiū ná. Chhiū Lip, kiàn Lip ê ì sù. chhiū chi, chhiū ê ka.
做風颱。樹林。樹立，建立的意思。樹脂，樹的膠。

【橓】Sùn, chhiū á tsá khí sī Put chí sûi, kàu ē Po sî chiū Lōh hióh, chit bák nih kú.
ㄕㄨㄣˋ; 樹仔早起時不只媠，到下晡時就落葉，一目躡久。

【橡】Siōng, Chhiūⁿ, Soaⁿ kó chí chhiū ê miâ. chhin Chhiūⁿ nāi chi. chiap thang ngâu ka, chhâ thang tsòe ke si.
ㄒㄧㄤˋ, ㄑㄧㄡ; 山果子樹的名。親像荔枝。汁可熬膠，柴可做傢私。
Chhiūⁿ, chhiūⁿ chhiū, chhut tī Lâm iû má Lâi a, i ê ka kiò chhiūⁿ ka, tsòe Lûn thai ê Goân Liāu.
橡，橡樹，出佇南洋馬來亞，它的膠叫橡膠，做輪胎的原料。

【橐】thok, Lak, Lok, siang chhùi ê tē á. Sòe ê kio thok, toā ê kio Lông. Lak á, Lak tē, Lak tē á.
ㄊㄛㄎ, ㄌㄚㄎ, ㄌㄛㄎ; 双嘴的袋仔。小的叫橐，大的叫囊。橐仔，橐袋，橐袋仔。
chiū sī tē mih ê khì khū. tsóa Lok, chit Lok hún. hiuⁿ soàⁿ Lok. Chhiu Lok. Pó hō Lok.
就是袋物的器具。紙橐，一橐粉。香線橐。手橐。保護橐。
Phīⁿ Lok, Phīⁿ Lok kóng, chiū sī Phīⁿ kóng ê ì sù.
鼻橐，鼻橐管，就是鼻管的意思。

樵	chiâu ㄑㄧㄠˊ	chhò chhâ, chhò chhâ ê Lâng. chiâu hu. hé chhâ。 剉柴，剉柴的人，樵夫。火柴。
樽	tsun, ㄗㄨㄣ	chhiū nâ àm àm. bō sēng. soah, tsó chí。 tsun tsó, kó tsá hióng iàn sī ê tóe chiú ê khì khū。 樹林暗暗，茂盛，息，阻止。樽俎，古早享宴時的貯酒的器具。
樾	oat ㄩㄝˋ	ūng tsāng chhiū tsóe hé ê bīn, ê chhiū ńg。 Lîm oat 兩欉樹做伙的下面，的樹影。林樾
橅	bô, Pô ㄇㄛˊ,ㄆㄛˊ	ēng chhâ tsóe kui kú, bô iūⁿ, bô sek, bô hêng. hoat tō, khóan sit, bīn Pô, bīn Pô sio siāng. tông 用柴做規矩。橅樣，橅式，木型，法度，款式。面橅，面橅相同。同模。
橒	ûn, ㄩㄣˊ	chiū sī chhiū ê mîa. chhiū Liap keng ê hûn。 就是樹的名。樹瘤果的紋。
樣	Soān, Soāiⁿ ㄕㄨㄢ,ㄕㄨㄞ	ké chí ê mîa, Soāiⁿ á, chhâ Soāiⁿ, bah Soāiⁿ, Lâm iûⁿ Soāiⁿ。 Chiū sī bông kó。 tiⁿ Phang 菓子的名，樣仔，柴樣，肉樣，南洋樣。就是檬果。甜香。
櫐	Lûi ㄌㄟˊ	chhiū ê kê chí ê ì sù 樹的果子的意思。
橊	Lîu ㄌㄧㄡˊ	kap siang khóan。 与榴同款。
橔	khoán ㄎㄨㄢˇ	kap siang khóan. khū thûi ê siaⁿ hô hô ê ì sù. chho chhâ。 与梡同款。臼槌的聲和和的意思。粗柴。
橪	ián, jian ㄧㄢˇ,ㄖㄢˇ	sng, sòe sòe Liap ê tsó á. ní sek. Phang chháu。 酸，小小粒的棗仔。染色。香草。
橡	hun, ㄏㄨㄣ	chiū sī chit khóan ê Phang chhâ。 就是一款的香柴。
橞	hūi ㄏㄨㄟˋ	chiū sī chhiū ê mîa. sòe sòe ê koaⁿ chhâ。 就是樹的名。小小的棺材。
樿	chiàn, siān, ㄓㄢˋ,ㄕㄢˋ	ū bûn ê chhâ, thang tsòe chhâ soe kap sî。 有紋的柴，可做柴梳與匙。
橃	hoát, Poat, ㄈㄚˊ,ㄅㄚˊ	hái tiong ê tōa tsûn。 chhiū chhin chhiūⁿ iū á。 chhù ê tòng nîu。 海中的大船。樹親像柚仔。厝的棟樑。
橺	kan, kán, ㄍㄢ,ㄍㄢˇ	chiū sī tōa tsāng ê chhiū。 就是大欉的樹。
樫	khiàn ㄑㄧㄢˋ	chhiū ê mîa, chhâ, chhâ Liāu, khiàn chhâ。 樹的名，柴，材料，樫柴。
樻	kūi, ㄍㄨㄟˋ	chhiū ê mîa, i ê ki Gâu siⁿ kat. iā oē tsòe tit koaiⁿ á. kūi ngô chhiū. Lêng siu bȯk. 樹的名，它的枝勢生結。也能做得枴仔。樻梧樹。靈壽木。
橑	Liâu, Ló, ㄌㄧㄠˊ,ㄌㄠˇ	ní chîⁿ chêng ê chhê。 chhia chêng ê kòa. chhin chhiūⁿ keng ê khóan sit。 簷簷前的柴。車前的蓋，親像弓的款式。
橚	siau, siok, ㄒㄧㄠ,ㄒㄧㄡˋ	chhâ tn̂g ê khóan, tn̂g tit ê khóan, chhó bȯk chhiong sēng ê khóan sit。 柴長的款，長直的款，草木昌盛的款式。
橝	tâm, thâm, ㄉㄢˊ,ㄊㄢˊ	chhù ê ní chîⁿ chêng, bȯk hoe thang ní sek. Lîn bȯk ê Pat mîa。 厝的簷簷前，木灰可染色。橉木的別名。
樍	thó, thò ㄊㄠˇ,ㄊㄠˋ	chhia Phâng tiong ê khì khū. khì khū oéh koh tn̂g ê ì sù。 車篷中的器具。器具狹倜長的意思。
橔	tun, tóe, ㄉㄨㄣ,ㄉㄨㄟˋ	chiū sī chhiū ko tâ ê ì sù。 thák tóe, chiū sī koaⁿ chhâ kòa ê ì sù。 就是樹枯焦的意思。讀橔，就是棺材蓋的意思。
橦	tông, tâng, ㄊㄨㄥˊ,ㄔㄨㄤ	chhiū ê mîa, hoe thang chit Pò. kìo tong Pò。 tâng chiū sī tòng Lîong tiong ng ê té thiāu, tâng á 樹的名，花可織布。叫橦布。橦，就是棟樑中央的短柱，橦仔
	tâng, tâng á, ㄔㄨㄤ	chiu chhiong, hoân tông, kî kan, kî tông 橦仔。舟橦，帆橦。旗杆，旗橦。
橧	cheng, ㄗㄥ	chhiū nâ Lāi ê Liāu á. hō jîn kun hioh joah. bāng ko Liāu. cheng tsāu. ti tiāu。 樹林內的寮仔。經人君歇熱。望高寮。橧巢。豬寮。
樷	chhông, ㄘㄨㄥˊ	chiū sī Liah hî ê khì khū. ko tsá jī 就是掠魚的器具。古早叢字。

十三畫

檉	chheng, ㄔㄥ	hô nih ê Liu chhiū, chheng chhiū, chheng Liú. koan im Liú. hioh ná Lân phì。 河裡的柳樹，檉樹，檉柳。觀音柳。葉如鱗片。
檛	chhoa, ㄓㄨㄚ	chhê á, tek Pán, koaiⁿ á。 箠仔，竹板，枴仔。
檒	hong ㄈㄥ	hong chhe tī chhiū téng, hong chhe chhiū ê siaⁿ 風吹佇樹頂，風吹樹的聲

檄 hek, ㄏㄝㄎ；
ēng chhâ pán siá jī, tsòe bûn su. kò sī, kóaⁿ kín, chek pī, tiàu lâng, sio thai. hek kò
用柴板寫字，做文書。告示，趕緊，責備，弔人，相刣。檄告。
ú hek, chhah koe mn̂g piáu sī kín kip ê thong kò. bô ki ê chhiū
羽檄，插雞毛表示是緊急的通告。無枝的樹。

檟 ká, ㄍㄚˊ；
khó tê, chhiū sòe chhin chhiū chi tsú. tang thiⁿ hoat hio̍h thang tsòe kiⁿ.
苦茶，樹小，親像梔子。冬天發葉可做羹。

橿 kiong, ㄍㄧㄛㄥ；
pang. ti thau pîⁿ. cheng tit, bān nî chhiū. kiong kok soaⁿ, chhut chhiah tâng.
枋。鋤頭柄。正直，萬年樹。橿谷山，出赤銅。

檢 kiám, ㄍㄧㄚㄇˊ；
pau bûn su ê lông. chheh kè. hoat tō, bô͘ iūⁿ, iok sok. tsa giām, kiám tsa. kiám giām.
包文書的囊。冊架。法度，模樣，約束。查驗，檢查。檢驗。
kiám tēng, kiám chhat, kiám tiám, kiám kú, kiám jī, kiám chhat koaⁿ.
檢定，檢察，檢點，檢舉。檢字。檢察官。

檥 gí, ㄫㄧˊ；
chhōng tsûn kàu hoāⁿ. sì chiaⁿ, oá kūn. chhiū oāiⁿ. khin tsûn.
創船到岸。四正，倚近。樹椏。輕船。

檎 khîm, ㄎㄧㄇˊ
ké chí ê miâ, lîm khîm. la̍k, chhit ge̍h chiū sêng sio̍k. sio̍k miâ sa kó.
果子的名，林檎。六，七月就成熟。俗名沙果。

檠 kêng, kiâⁿ, ㄍㄝㄥˊ，ㄍㄧㄚˊ，
tiàu teng ê kè á. khǹg keng á sī hē hûi ê kè. tiau keng ê khì khū. teng kiâⁿ.
弔燈的架仔。藏弓或是置磁的架。調弓的器具。燈檠。
nâ kiâⁿ, chhài nâ kiâⁿ, nâ á kiâⁿ.
籃檠，菜籃檠，籃仔檠。

檜 kòe, ㄍㄨㄝˋ；
tōa tsâng chhiū, nāi koâⁿ, peh hio̍h siông sin. ū phang bī, chhâ chit iu bí. kòe bo̍k.
大欉樹，耐寒，柏葉松身。有香味，柴質優美。檜木。

檑 lûi, lūi, ㄌㄨㄟˊ，ㄌㄨㄟˋ
chhiū ê miâ, chio̍h tùi koâiⁿ ka lauh. chio̍h saⁿ khok ì sù. lûi, cheng lûi, kòng cheng ê thûi.
樹的名，石對高磕落。石相硞的意思。檑，鐘檑，摃鐘的槌。

檁 lím, ㄌㄧㄣˇ
chiū sī chhù téng, hoâiⁿ tē ê chhâ.
就是厝頂，橫的的柴。

櫓 ló, ㄌㄛˇ；
tōa tún pâi, siāⁿ chhiūⁿ téng bô koà ê lâu. iô tsûn ê khì khū, ló, iô ló. 櫓 siāng khóan
大盾排，城牆頂無蓋的樓。搖船的器具，櫓，搖櫓。櫓同款。

檗 phek, ㄆㄝㄎ；
n̂g chhiū, phê oē thang nî tit. chhiū sòe sòe ê khoán, chhin chhiūⁿ chio̍h liû.
黃樹，皮能可染得。樹小小的款，親像石榴。

檖 sûi, ㄙㄨㄟˊ；
chhiū ê miâ, i ê ké chí chhin chhiūⁿ lâi á, tsóng sī khah sòe, iûⁿ sûi.
樹的名，它的果子親像梨仔，總是較小，楊檖。

檀 tân, tōaⁿ, thiâⁿ, ㄉㄢˊ，ㄉㄨㄚˋ，ㄊㄧㄚˊ，
kúi nā hō chhâ ê miâ, têng oē tsòe tit khì khū, phang ê oē tsòe tit phang liāu, hiuⁿ.
幾若號柴的名，碇能做得器具，香的能做得香料，香。
lâng ê sìⁿ, tân. tôaⁿ hiuⁿ. tôaⁿ hiuⁿ iû. tôaⁿ chhâ, tôaⁿ hiuⁿ bo̍k. o͘ tôaⁿ, chí tôaⁿ.
人的姓，檀。檀香。檀香油。檀柴，檀香木。黑檀，紫檀。
pe̍h tôaⁿ, n̂g tôaⁿ, thiâⁿ hiuⁿ sek, sī chit khoán chhió n̂g sek ê miâ. chiân tôaⁿ.
白檀，黃檀。檀香色，是一款笑黃色的名。栴檀。

檔 tong, tòng, thòng, ㄉㄛㄥ，ㄉㄛㄥˋ，ㄊㄛˋ，
chhiū ê miâ, i ê chhâ thang tsòe bîn chhn̂g. khì khū ê hoâiⁿ bo̍k. tòng àn, hun lūi ê pó tsûn.
樹的名，它的柴可做眠床。器具的橫木。檔案，分類的保存。
tòng kî, an pâi ê sî ji̍t. kui tòng, chi̍t hāng chi̍t hāng. mn̂g thǹg, tn̂g koh tōa kì ê chhâ thang lóng mn̂g.
檔期，安排的時日。歸檔，一項一項。門檔，長擱大支的柴可拚門。

檣 chhiông, ㄑㄧㄛㄥˊ；
tsûn ûi, sī tsûn tiong ng ê thiâu, thang tiàu tsûn phâng.
船桅，是船中央的柱，可弔船篷。

檐 iân, liâm, tâm, ㄧㄢˊ，ㄌㄧㄚㄇˊ，ㄉㄚㄇˊ，
chhù koà kîⁿ, nî chîⁿ. ok iâm.
厝蓋墘，簾簷。屋檐。

檳(?) phó, pô, ㄆㄛˊ
chiū sī ké chí ê miâ.
就是果子的名。

檋 kio̍k, ㄍㄧㄛㄎ，
chhia chia̍h mih ê khì khū. ú ông liāu lí tsúi tī soaⁿ nih lâu.
車食物的器具。禹王料理水佇山裡流。

槃 hê, ke, ㄏㄝˊ，ㄍㄝ，
chhia á chíⁿ ka la̍k ê sn̂g. ké chí ê miâ, chhin chhiūⁿ lí á. chhiūⁿ tsúi hoâiⁿ chhâ.
車仔井鈙轆的轄。果子的名，親像李仔。折水的橫柴。
chhiūⁿ tsúi ê soh. chhiū ê miâ, ke bí bo̍k.
折水的索。樹的名，槃迷木。

楪 tia̍p, ㄉㄧㄚㄆ，
pâng keng ê thian lô pán. ū sî kheh bûn lâi sòa iû chhat.
房間的天羅板。有時隔紋來續油漆。

檄 chhiok, ㄑㄧㄛㄎ
chhiū ê phê, jiâu jiâu koh pit hûn, ná chhêng peh chhiū.
樹的皮，皺皺側破紋，如松柏樹。

檇 tsui, tsūi, ㄗㄨㄟ，ㄗㄨㄟˋ，
ēng chhâ lâi tûi ê ì sù. tsūi lí, tōe miâ, hiān kim gô͘ kūn ê, ka heng koāiⁿ.
用柴來搥的意思。檇李，地名，現今吳郡的，嘉興縣。

檍 ek, ㄝㄎ, Chit khóan jūn jūn ê chhâ, oē tsòe tit keng kap chiⁿ ê Lō eng。
一款 嫩嫩的柴，能做得弓與箭的路用。

檮 māi, ㄇㄞˊ, māi siap, chiū sī chit khoan âng chhâ ê mîa, kú kú bōe hiu nōa。
檮 楪；就是一款 紅柴的名 ，久久 繪朽 爛。

造字 借萬的偏音成字。

櫺 Lian, ㄌㄧㄢˊ, hoe Lian khì, chhiū á Lian Lian。bô tsúi ko tâ。chhiū hio̍h Lian khì。Chhó bok Lian Lian。
花 櫺去，樹仔 櫺櫺 。無水 枯焦。樹葉 櫺去 。草木 櫺櫺。

造字 枯零，凋謝，枯萎。借零偏音成音，音義皆備。

十四 畫

櫂 tsāu, ㄓㄠˋ, tsûn ê Ló, chiū sī chìn tsûn ê khì khū, chiúⁿ, iô Ló, tsûn chiúⁿ, kò tsûn。
船的櫓，就是進船的器具，槳，搖櫓，船槳，划船。

檻 Lām, ㄌㄢˇ, Lân kan, thâ khîm siū ê khì khū, oâh tauh ê Lāi bīn。
欄杆，關禽獸的器具，活窗的內面。

櫅 hék, hut, hat, kap 核 siāng khóan, ké chí Lāi ê hut. chhiáⁿ chham khó Lák ūi。
ㄏㄜˊ, ㄏㄨˊ, ㄏㄜˊ, 与 核 同款 ，果子內的核。請參考 六畫。

櫑 kè, ㄍㄜˋ, Chiū sī chit khóan chhiū ê mîa。
就是 一款樹的名。

檾 khéng, kheng, n̂g môa, môa ê Lūi。keng môa, Lám Lám ê môa。
ㄎㄥˇ, ㄎㄥ, 黃麻，麻的類。檾麻，膦膦的麻。

櫃 kūi, ㄍㄨㄟˋ, tóe mih ê tû, tōa kha ê siuⁿ, khiàm khoeh, Liau, bô Lah。kūi á。Chîⁿ kūi。i kūi。
貯物的廚，大腳的箱，欠缺 ，了，無啦。櫃仔。錢櫃。衣櫃。

檬 bông, ㄇㄥˊ, chhiū mîa, ké chí mîa, Lêng bông chhiū, Lêng bông, bī sng。n̂g hoāi。bông kó, Siok chheng Soāiⁿ á。kó bah n̂g, bī tiⁿ phang。Chhut sán tī tâi oân Lâm Pō。
樹名，果子名，檸檬樹，檸檬，味酸。黃槐。檬果，俗稱 樣仔。果肉黃，味甜香。出產佇台灣南部。

櫺 Joán, Lō, ㄖㄨㄢˇ, ㄌㄨㄛˇ, Chhiū phê thang ní tsòe chí sek, kó Lō ibok。kang Lâm Lâng ēng tsòe koan kok。
樹皮可染做紫色 ，橋櫺木。江南人用做棺椁。

檳 Pin, ㄅㄧㄣ, chit khóan chhiū ê mîa。Pin Lông, Pin nn̂g, chhin chhiūⁿ iâ chí chhiū
一款樹的名 。檳榔，檳榔：親像椰子樹

檯 tâi, thai, ㄊㄞˊ, ㄊㄞ, chit khóan chhiū ê mîa。Lê bé ê chhâ。toh á, Siá jī tâi, tông kiû thai。
一款樹的名 。犁尾的柴。桌仔，寫字檯，撞球檯。

櫈 tèng, ㄉㄥˋ, í tiau, í Liau ê Lūi。kha tàh, kha táu, tàh tèng, bé tàh tèng。
椅條，椅條的類。腳踏，腳斗，踏櫈，馬踏櫈。

檮 tô, tō, ㄊㄠˊ, ㄊㄠˇ, tō Gut, Chhó koh ê sú su mîa。Phaiⁿ siù ê mîa。m̄ tsai iáⁿ ê khoán sit。
檮杌，楚國的史書名。惡獸的名。不知影的款式。

檿 iám, iàm, ㄧㄢˇ, ㄧㄢˋ, sng sûi chhiū。Soaⁿ sng tsâi chhiū ū chit tsōa chit tsōa ê hûn ê。
桑垂樹。山桑垂樹有一綫一綫的紋的。

櫅 chhat, ㄑㄧˋ, Chhiū ê mîa。Chháu bák tín tāng, iô ê siaⁿ。
樹的名。草木振動 ，搖的聲。

檺 hô, kó, kôa, ㄏㄜˊ, ㄍㄜˇ, ㄍㄨㄚˇ, Chiū sī chhiū ê ì sù。Chhiū ê mîa。kôa chhiū, kôa hoe。
就是樹的意思。樹的名 。檺樹，檺花。

櫁 bit, ㄇㄧˋ, in tō kok chit khoán ê chhiu mîa, Gōa Phê Phaⁿ, Lāi Sim Phang。
印度國 一款的樹名 ，外皮粃，內心香。

檿 iám, iàm, ㄧㄢˇ, ㄧㄢˋ, kap 檿 Siong tông
与 檿 相同

櫼 Chian, ㄐㄧㄢ, Phang chhâ ê mîa。
香柴的名。

櫄 thun, ㄊㄨㄣ, Chhiū ê mîa, oē oâh kek kú, kap 杶 Siong tông。
樹的名，能活極久，与 杶 相同。

檴 hô, hok, ㄏㄨㄛˋ, ㄏㄨㄛˋ, chit hō hoe chhiū ê mîa。i ê Phê oē tsòe tit soh, chhâ thang tsòe Pôaⁿ。tsòe khì khū。
一號花樹的名 。它的皮能做得索，柴可做盤 。做器具。

檸 Lêng, ㄌㄧㄥˊ, Lêng Bông chhiū, Lêng bông, bī sng。Lêng chhiū Phê chìm chiú Lâi i tī hong ê chèng thâu。
檸檬樹 ，檸檬，味酸。檸樹皮浸酒來醫治風的症頭。

櫡 Siā, ㄒㄧㄚˋ, hó bāng, sim sîn khoàⁿ kìⁿ Sian keng。
好夢，心神看見仙宮。

櫅 che, chê, ㄐㄧ, ㄐㄧˊ, Pėh tsó, chiū sī hô Lâm séng ké chí ê mîa。
白棗 就是河南省 果子的名 。

檼 ìn, ún, ㄧㄣˇ, ㄨㄣˇ
Chhù ê chhù chit, tòng Liông, ìⁿ thiāu.
厝的厝脊，棟樑，檼柱。

樢 niáu, ㄋㄧㄠˇ
niáu Poat, ké chí mîa. Chiū sī hoan siah Liû. Poat á
樢菝，果子名。就是番石榴。菝仔。

造字 借蔦音成字。

槤 Liân, ㄌㄧㄢˊ
ké chí mîa, Liû Liân. Lâm iûⁿ ê tsui kó
果子名，榴槤。南洋的水果。

造字 借蓮音成字。

十五畫

櫜 ko, ㄍㄠ
Chhia téng tóe tōa keng chìⁿ ê Phê Lông. keng chìⁿ tē, chiàn kah.
車頂貯大弓箭的皮囊。弓箭袋，戰甲。

櫑 Lûi, Lûi, ㄌㄟˊ, ㄌㄟˇ
Chhâ kiàm, khek chhâ tsòe Soaⁿ hêng, Chhin chhiūⁿ Liân hoe khí thâu hoat ê sî. Chhâ Siōng.
柴劍，刻柴做山形，親像蓮花起頭發的時。柴像。

櫟 Lėk, Lo̍k, ㄌㄧˋ, ㄌㄨㄛˋ
chhiū ê mîa, mîa Lėk chhiū. bô Lō ēng ê, tsū khiam ê chheng ho; thu Lo̍k.
樹的名，麻櫟樹。無路用的，自謙的稱呼；樗櫟。

櫓 Ló, ㄌㄨˇ
tōa tîn Pâi, sîa chhiūⁿ téng bô kòa ê Lâu. iô tsûn ê khì khū. iô Ló.
大盾牌，城牆頂無蓋的樓。搖船的器具。搖櫓。

櫚 Lû, ㄌㄩˊ
chhiū ê mîa, tsang Lû chhiū. tsang Lû ê Phê thang chè Soh, tsòe tsang sui. tsong Lû iû
樹的名，棕櫚樹。棕櫚的皮可製索，做棕蓑。棕櫚油

櫝 to̍k, ㄉㄨˊ
tóe mih ê khì khū, tû, siuⁿ, kui á. koaⁿ chhâ, hūi to̍k. to siù, khé to̍k.
貯物的器具，廚，箱，櫃仔。棺材，櫘櫝。刀鞘，杏櫝。

櫛 Chiat, ㄐㄧㄝˊ
Soe thâu mn̂g ê mih, Chhâ Soe, Soe thâu. Soe chiat. Chiat hoat. Chiat Pī, Chhin chhiūⁿ chhâ Soe ê khí bat bat Liân chiap.
梳頭毛的物，柴梳，梳頭。梳櫛。櫛髮。櫛比，親像柴梳的齒，密密連接。

櫌 iu, ㄧㄡ
khàm chéng chí khì khū. tī thâu Pìⁿ.
蓋種子的器具。鋤頭柄。

鼜 Sóng, ㄙㄨㄥˇ
tsòe kó ê chhâi Liāu. kó kheng ê chhâ.
做鼓的材料。鼓匡的柴。

櫘 hūi, ㄏㄨㄟˋ
Chiū sī chhiū ê mîa, sòe sòe ê koaⁿ chhâ. kap 櫝 Siong tông.
就是樹的名，小小的棺柴。與櫝相同。

櫏 chhian, ㄑㄧㄢ
Chhiū ê mîa, kun chhian chhiū, chhut tī kau chí ê só͘ tsāi. kap 櫏 Siāng khoán.
樹的名，桾櫏樹，出佇交趾的所在。與櫏同款。

櫡 Chiok, tū, ㄓㄨㄛˊ, ㄓㄨˋ
tsām tn̄g Phut, chhiat. chhò chhiū. Chiah Pn̄g ê khì khū, tī ê ì sù.
斬斷，剕，切。剉樹。食飯的器具，箸的意思。

櫋 biân, ㄇㄧㄢˊ
Chhù ê nî chìⁿ ê ì sù.
厝的簷簷的意思。

横 hóng, ㄏㄨㄥˊ
tōa chhù ê mn̂g thang ê tsóng mîa. hōaiⁿ chhâ, Lân kan.
大厝的門窗的總名。横柴，欄杆。

櫞 iân, ㄧㄢˊ
ké chí ê mîa, Chhin chhiūⁿ kiat á. Chhiū mîa, kó iân, Chhut tī kau chí.
果子的名，親像橘仔。樹名，枸櫞，出佇交趾。

櫼 kap, ㄍㄚˋ
tsòe kap tsoh, chiū sī tsòe í toh ka khū bák tsoh ê tsóng chheng. kap tsoh tiàm.
做櫼作，就是做椅桌傢具木作的總稱。櫼作店。

造字 借篋成字

樫（補12畫） kan, ㄍㄢ
Gín á ê thit thô mit kan Lo̍k. ēng iû soh tîn jiáu, jiân āu Phau chhut hō kan Lo̍k tn̂g seh.
囝仔的迌迌物 樫樂。用幼索纏繞，然後拋出 給樫樂轉旋。

造字 借堅音成字，樫樂本就是用堅碇，重的柴做的。

十六畫

櫬 chhàn, Chhìn, koàn, ㄔㄣˋ, ㄑㄧㄣˋ, ㄍㄨㄢˋ
koaⁿ chhâ, Lāi téng ê koaⁿ chhâ. Chiū sī kūn sin sī ê só͘ tsāi. Lêng chhìn.
棺材，内重的棺材。就是近身屍的所在；靈櫬。

櫧 tsu, ㄓㄨ
chhiū ê mîa, chiân soaⁿ ū chhut tsòe tsōe. tsòe chhù téng ê thiāu Put chí oh nōa.
樹的名，前山有出多多。做厝頂的柱不只難爛。

櫪 Lėk, ㄌㄧˋ
Chhiū ê mîa. Bé khit. má Lėk khâ. Chhī chhâm ê kè á. chhâm Po̍k, kiò tsòe Lėk.
樹的名。馬枤。馬櫪兮 飼蠶的架仔；蠶薄，叫做櫪

櫳	Lông, ㄌㄨㄥˊ;	Chiū sī chhiū ê mîa, Lâm á, íuⁿ chhī cheng siⁿ ê só tsāi. thang á, Liâm Lông. 就是樹的名；欄仔；養飼牲牲的所在。窗仔；簾櫳。
櫯	So, So, ㄙㄜ,ㄙㄜ;	So bák, so bák ko, chit khoán bák, thang Siá jī Lō ēng. iā thang nî sek. 櫯墨，櫯墨膏，一款的墨，可寫字的路用。也可染色。
櫟	Lē, ㄌㄧˋ;	chit khoán chhiū ê mîa, 一款樹的名，
欖	Lám, ná, ㄌㄢˇ,ㄋㄚˇ;	chhiū ê mîa, kám Lám chhiū. kaⁿ ná. kaⁿ ná iû. 樹的名，橄欖樹。橄欖。橄欖油。
櫰	hoâi, ㄏㄨㄞˊ;	chhiū ê mîa, Phê thang Pák tsûn. 樹的名，皮可縛船。
櫼	hi, hia, ㄒㄧ,ㄒㄧㄚ;	chhiū ê mîa, chiap oē chiáh tit, iā oē tsòe tit khì khū. chiok. 樹的名，汁能食得，也能做得器具，杓。
櫋	biân; ㄇㄧㄢ;	chhù ê nî chîⁿ ê ì sù. 厝的簷簷的意思。
櫨	Lô, ㄌㄨˊ,	thiāu téng ê Lân kan kha. chháu bák hoe ê Gók. ke chí mîa kiat á. 柱頂的欄杆脚。草木花的萼。菓子名橘仔。
櫳	Lông, ㄌㄨㄥˊ,	kap 櫳 Liók tông. Pâng keng soe soe, thang á soe hn̄g ê ì sù. 与櫳略同。房間疏疏，窗仔疏遠的意思。
櫽	niáu, ㄋㄧㄠˋ,	chhâ tn̂g sòe sòe ê khoán sit. 柴長小小的款式。
櫇	Pîn ㄆㄧㄣˊ;	Chiū sī chit khoán chhiū ê mîa. iā ū Lâng thák Pîn. 就是一款樹的名。也有人讀櫇。
櫫	tu, ㄓㄨ;	khit á kiat tu, Siá jī tī khit á Piáu bêng. 杙仔。楬櫫，寫字佇杙仔表明。

十七畫

櫱	Giat, ㄋㄧㄝˋ;	Chhiū chhò Liáu koh tsài hoat íⁿ, Puh íⁿ. 樹剉了，再發芽，萌芽。
欃	chham, chhâm, ㄔㄢ,ㄔㄢˊ,	chhiū Lân. chhiⁿ ê mîa, hūi chhiⁿ. Lāi. chhâm hûn chhin chhiūⁿ gû. 樹蘭。星的名，彗星。利。欃雲親像牛。
欅	kú, ㄐㄩˇ,	chhiū ê mîa, kú chhiū. kú Liú. chhâ chit kian tī, thang tsòe khì khū ê Lō ēng. 樹的名，欅樹。欅柳。柴質堅緻，可做器具的路用。
欄	Lân, nôa, ㄌㄢˊ,ㄋㄨㄚ;	tsó chí, nôa tsah, Lân kan, Gû Lân, iûⁿ Lân 阻止，欄截，欄杆，牛欄，羊欄
欆	Soan, Chhoaⁿ, chhòaⁿ, Sng, ㄕㄨㄢ,ㄔㄨㄚ,ㄔㄨㄚˋ,ㄙㄥ,	koaiⁿ mn̂g ê hoâiⁿ chhâ, mn̂g soan. mn̂g chhòaⁿ, chhòaⁿ mn̂g. téng chhòaⁿ, ē chhòaⁿ. Chhòaⁿ sún. Sng mn̂g tek sng, chhâ sng. thih sng, sng á. Chhoaⁿ, Chhoaⁿ chhì. Chiū sī hèng sū ê ì sù, chhì Gia Cia. Chhì á chhoaⁿ tioh, hō chhì á chhak tioh ê ì sù. 關門的橫柴，門欆。門欆，欆門。頂欆，下欆。欆榫。欆門，竹欆，柴欆。鐵欆，欆仔。欆，欆刺，就是興事的意思，刺夯夯。刺仔欆着，住刺仔鑿着的意思。
櫽	ún, ㄧㄣˇ;	bák sai hū ê chhioh, sio chhâ ut khiau Lâi tsō tsûn, á sī chhia. 木師父的尺，燒柴熨曲來造船，或是車。
櫻	eng, ㄧㄥ;	ke chí ê mîa, eng thô. eng hoa chhiū, eng hoe. Súi tsa bó Gín á chhùi, eng hoe tûn 果子的名，櫻桃。櫻花樹，櫻花。美查某囝仔嘴，櫻花唇
櫺	Lêng ㄌㄧㄥˊ;	chiū sī thang á ê hoâiⁿ chhâ. thang Lêng. 就是窗仔的橫柴。窗櫺。
櫟	Lē ㄌㄧˋ	kap 16 ūi Siāng khoán. Chhiū ê mîa. 与十六畫櫟同款。樹的名。
櫼	hi, hia, ㄒㄧ,ㄒㄧㄚ,	chhiū ê mîa, chiap oē Chiáh tit. iā oē tsòe tit khì khū, chiok. 樹的名，汁能食得。也能做得器具，杓。
欂	Pók, Phók, ㄅㄛˊ,ㄆㄛˊ,	Piah ê thiāu. Lân kan, thiāu téng ê thiāu, thiāu téng ê sì kak chhâ. 壁的柱。欄杆，柱頂的柱，柱頂的四角柴。
欀	Siong ㄒㄧㄤ;	chhiū ê mîa, Siong bók. Chhiū Phê tiong ū chhin chhiūⁿ Peh bí sap. i ê hún thang tsòe Piáⁿ 樹的名，欀木。樹皮中有親像白米屑。它的粉可做餅

十八畫

權	koân, ㄑㄩㄢˊ; koâi, ㄍㄨㄞ;	Chhìn thûi, Chhòng Pìⁿ. koân Liōng. koân khin tāng. Chiáng koán, koân Pèng. koân Lêng. koân Lek. koân sè. kong koân. koân ui. koân Lī. koân Piàn. koân bô. koân hān. 秤錘，創平。權量。權輕重。掌管，權柄。權能。權力。權勢。公權。權威。權利。權變。權謀，權限。

櫵 tsau, ㄗㄠ; chhâ sio liáu só͘ chhun ê ì sù. chhâ tsau. 柴燒了所剩的意思。柴櫵。

欉 Chhông, tsâng ㄘㄨㄥ, ㄗㄤ; chháu bo̍k tsōe tsōe hoat siⁿ. chháu bo̍k chhông seng. chhiū tsâng, tōa tsâng chhiū. chi̍t tsâng 草木多多發生，草木欉生。樹欉，大欉樹。一欉樹

欇 Liap, Siap, nih ㄌㄧㄝˋ, ㄒㄧㄝˋ, ㄋㄧㄝ; chhiū ki teh iô. hong tín tāng ê khoán sit. nih, ba̍k nih chiū sī chhài 樹枝哨搖。風振動的款式。欇，木欇就是坐船掟的架。

欋 ku, ㄑㄩˊ; khau chháu sì khí ê pê á, jiáu á. chhoân lâi chhoân khì ê chhiū kun. 扣草四齒的鈀仔，抓仔。竄來竄去的樹根。

十九畫

欏 Lô ㄌㄨㄛˊ; Lô ba̍k chhâ, chhut tī O͘-kóng. Lâm an, iā chhut tī khun lûn soaⁿ. 欏木柴，出佇湖廣南安，也出佇崑崙山。

欒 Loân ㄌㄨㄢˊ; chhiū ê miâ, chhin chhiūⁿ lân. iòh chháu, loan keng. lâng ê sìⁿ. loân loân, sán ê khoán sit 樹的名，親像蘭樹。藥草，欒荊。人的姓。欒欒，瘦的款式。

欑 tsoân ㄗㄨㄢˊ; tek tsòe kóaiⁿ. tsài koaⁿ chhâ ê chhia. chhiuⁿ kek ê pìⁿ. 竹做楊仔。載棺柴的車。鎗戟的柄。

欑 tsoân ㄗㄨㄢˊ; kap téng bīn jī sio siāng 与頂面字相同。

廿一廿四畫

欓 tòng ㄉㄤˇ; tsu jû ê lūi, sam hiong siok. tòng kiuⁿ. chhâ ê poàh tháng. 茱萸的類，三香椒。欓薑。柴的拔桶。

欔 khok ㄎㄜˋ; chhiū ê miâ. tī thâu ê lūi, tsoh chhân ê ke si. kap 钁 siāng ì sù. 樹的名。鋤頭的類，作田的傢私。与钁同意思。

欖 Lám, ná ㄌㄢˇ, ㄋㄚˇ; kap 橄 siong tông. kám lám chhiū, ká ná, ká ná iû 与木覽相同。橄欖樹，橄欖，橄欖油。

欛 Pà ㄅㄚˋ; to pìⁿ ê miâⁿ. pn̄g á. thúi. ēng tsòe 把 jī. Pà pèng 刀柄的名。枋仔。捶。用做把字。欛柄。

欝 ut ㄩˋ; chhiū tsâng ba̍t, phang chháu ê miâ. ut kim hiong, ut kim. kiáu jiáu, aù chhàu. ut tsut. ut pūn 樹欉密，香草的名。欝金香，欝金。攪擾。臥臭。欝悴。欝[illegible]

欞 Lêng ㄌㄧㄥˊ; chiū sī thang á ê hoâi chhâ. thang lêng. 就是窗仔的橫柴。窗欞。

欕 iâm ㄧㄢˊ; chhiū ê miâ, ka thang tsòe hiuⁿ. 樹的名，腰可做香。

欠部 76

欠 khiàm ㄑㄧㄢˋ; khui chhùi thàu khùi. iā siān, put chiok ê khoán sit. khiàm kheh, thoa khiàm. ha khiàm. 開嘴透氣。厭倦，不足的款式。欠缺，拖欠。呵欠。

二一五畫

次 Chhù, Pái, Sù ㄘˋ, ㄘ, ㄙˋ; chhù sò͘, it chhù. kheh kóan, lú chhù. tiong pān, chhù téng. téng tē, bêng chhù. 次數，一次。客館，旅次。中販，次等。等第，名次。

Sò͘ pái, kúi pái, tē jī pái. sù sī, chiong mi̍h chhong hó sè. chê tsâⁿ ê ì sù 數次，幾次，第二次。次序，将物創好勢，齊整的意思。

欣 hiam, him ㄒㄧㄢ, ㄒㄧㄣ; hoaⁿ hí, chhiò, thiòng lo̍k, him hí. him io̍k. him bō͘. him siān. him him hiòng êng. 歡喜，笑，暢樂，欣喜。欣躍。欣慕。欣羨。欣欣向榮。

欯 hài, hàiⁿ ㄒㄧˋ, ㄒㄧˋ; kin kin siū khì ê khoan sit. hàiⁿ ah, ūi tioh lâng hián chhut siū khì hoân ló thó khùi ê siaⁿ. 緊緊怒氣的款式。欯唉，為着人顯出怒氣煩惱吐氣的聲。

欶 khiǹ, ㄎㄧㄣ; chhiò ê ì sù. sàu ê khoán. hê ku sàu. tōa 笑的意思。嗽的款。痚痀嗽。

Phi, ㄆㄧ; 欰 phi, phìn ㄆㄧ, ㄆㄧㄣ; chiū sī siū khì chhut siaⁿ ê ì sù. phiah phìn. hó phiah phìn, pháiⁿ phiah phìn, chiū sī pháiⁿ sèng 就是怒氣出聲的意思。癖欰。好癖欰，歹癖欰，就是歹性地。

欲 ham, hám ㄏㄢ, ㄏㄢˇ; á sī. kiám chhái. tín tāng ê siaⁿ, thg siaⁿ. hám, âng hám hám, chin âng ê ì sù. 或是。敢採。振動的聲，轉聲。欲，紅欲欲，真紅的意思。

欨 hù ㄒㄩ; chhe, chhiò ê ì sù, chhiò ê khoán sit. 吹，笑的意思，笑的款式。

六畫

【欯】khiat, ㄎㄧㄚㄊ, hoaⁿ hí, toa chhiò, chhiò ê siaⁿ。歡喜，大笑，笑的聲。

【欱】hap, ㄏㄚㄆ, chiū sī saⁿ hap。toa chiah toa lim ê ì sù。就是相合。大食大飲的意思。

【欭】i, in, 一，一ㄣ, bô hô peng ê siaⁿ, thó khùi。oē bē tiāⁿ tio̍h ê khóan sit。 in thàn。無和平的聲，吐氣。話未定着的款式。 欭歎。

【欬】khài, ㄎㄞ, khì gėk siōng sàu, kám hong tì kàu sàu ê pīⁿ。kóng chhiò, chiah pá。氣逆上，嗽，感風致到嗽的病。講笑，食飽。

【欯】kut, ㄍㄨㄊ, Lim chiah ê siaⁿ。kut kut kiò。飲食的聲。欯欯叫。

【欮】koat, khoat, kut。hoat khí, chhng, khì gėk koaiⁿ, sàu ê ì sù。ㄍㄨㄚㄊ，ㄎㄨㄚㄊ，掘。發起，穿，氣逆高，嗽的意思。

七畫

【欲】hâm, ㄏㄚㄇ, kâm teh chhiò。tam sim ài ê ì sù。含哟笑。貪心悽的意思。

【欷】hi, hiⁿ, ㄏ一，ㄏ一ㄏ, chheh khùi, chhóan khùi。hi hu。hiⁿ hiⁿ thí thí。Pūn, kiaⁿ, sió táⁿ。吸氣。喘氣。欷歔。欷欷啼啼。噴，驚，小膽。

【款】khóan, khóaⁿ, ㄎㄨㄢ，ㄎㄨㄚ, ài bōe oē tit tio̍h, ì iú só͘ io̍k, khóan jiân, chhin tiong, sêng sit, kiong kèng, khún kiû, 愛膾能得着，意有所欲，款然，盡忠，誠實。恭敬，懇求，

saⁿ thiaⁿ。khóan khóan。khóan kau。khóan liû。khóan ho̍k。khóan hāng, ch. hāng。khóan sit 相聽。款款。款交。款留。款服。款項，錢項。款式

iūⁿ siùⁿ。khóaⁿ hāng。chit khóaⁿ chit khóaⁿ。kúi nā khóaⁿ。khioh khóaⁿ。khioh khioh tsòe chit khóaⁿ。樣相。款項。一款一款。幾若款。抾款。抾抾做一款。

【欸】i, ò, 一，ㄜ, kiaⁿ hiaⁿ, ut tsut thó khùi ê siaⁿ, chhin chhiūⁿ ai ah, hai ah。saⁿ in tap ê ì sù。àn ni。驚惶，鬱悴吐氣的聲，親像哀唉，欸唉。相應答的意思。按呢。

【欶】sò, sok, ㄕㄛ，ㄕㄛㄎ，ㄙ, kap 嗽 sio siāng。khì gėk siōng, he sàu, khàm sau。sok, khip khì ê khoan sit。suh, ho͘ khip。與嗽相同。氣逆上，痔嗽，嚎嗽。欶，吸氣的款式。嗽，呼吸。

【歁】khò, tho, ㄎㄜ，ㄊㄜ, chiū sī gín á hiong ok。phái ê ì sù。lo̍k khò。就是囡仔兇惡，歹的意思。歁歁。

【欲】io̍k, 一ㄛㄎ, hìm bō͘, ài, tham, beh, teh beh, oán tsóan ê khoan sit。su io̍k, chêng io̍k。io̍k bāng。欣慕，愛，貪，乜，哟乜。婉轉的款式。私欲，情欲。欲望。

八畫

【欼】chhí, ㄑ一, kā mih, pō͘ mih, khè。giat ê ì sù。嚙物，哺物，齧。齧的意思。

【欻】hut, ㄏㄨㄊ, chhe khì, tín tāng, hut jiân, pūn khóaⁿ kín。kó tsá suh tsúi hun chhe tiám tsóa liân hé, 吹氣，振動，忽然，噴趕緊。古早嗽水煙嗜點紙燃火，

pūn khì hut hō͘ i toh lâi tiám hun。噴氣欻袂它焫來點煙。

【欹】i, khi, 一，ㄎ一, thó khùi, o lo ê siaⁿ, oa khò, tn̂g, chê。吐氣，謳咾的聲，倚靠，長，齊。

【欿】hám, khám, khám, tham, ㄏㄚㄇ，ㄎㄚㄇ，ㄎㄚㄇ，ㄊㄚㄇ, ài tit tio̍h, tham sim ê ì sù。tham lâm。put ti chiok ê ì sù。iu būn。悽得着，貪心的意思。貪婪。不知足的意思。憂悶。

khám chhiû。tham, thong tham jī。欿愁。欿，通貪字。

【欺】khi, ㄎ一, ki chhì, bú bān, khi hu。khi phiàn, môa phiàn。lêng jio̍k, khi lêng。tsū khi khi jîn。譏刺，侮慢，欺負。欺騙，瞞騙。凌辱，欺凌。自欺欺人。

【欽】khim, ㄎ一ㄣ, kiong kèng, khim kèng。tsun kùi ê ì sù。hông tè ê lēng, khim bēng。khim chhe。khim pōe。恭敬，欽敬。尊貴的意思。皇帝的令，欽命。欽差。欽佩。

【款】khóan, khóaⁿ, ㄎㄨㄢ，ㄎㄨㄚ, kap 款 jī siong tông。chhiáⁿ chham khó 7 ūi。與款字相同。請參考七畫。

【歅】A, Á, À, àⁿ, 丫，丫，丫，丫, a, lû teh háu ê siaⁿ, chhin chhiūⁿ pi ai ê khóan sit。á, à。iû teh háu ê 歅，驢哟哮的聲，親像悲哀的款式。歅歅，羊哟哮的

siaⁿ。pi ai ê khóan sit。àn, gû ê siaⁿ, àn àn kiò。聲。悲哀的款式。歅，牛的聲，歅歅叫。

補7畫【欶】phùh, ㄆㄨㄏ, siaⁿ phùh phùh。hàm phùh。phàⁿ phùh。phùh phùh bô kiat tēng ê ì sù。聲欶欶。陷欶。粃欶。欶欶無結碇的意思。

【造字】借字的偏音成字。

九畫

歇 hat, hiat, hioh, ㄏㄚㄊ,ㄏㄧㄚㄊ,ㄏㄧㄜㄏ; hat kiat, í chîn, hiat Sek, hioh khùn. hiu sek, hioh kang. hioh chhóan。
歇竭，已盡。歇息，歇睏。休息，歇工。歇喘。
hioh kha, Chiām tòa。hioh Giap, thêng Chí êng Giap。
歇脚，暫住。歇業，停止營業。

歆 him, ㄏㄧㄇ; Sîn Lâi Chiah mih khì bī。kàm Lap, ài, kám tōng, him bō, him Soān。
神來食物的氣味。監納。愛，感動，欣慕，歆羨。

歁 kham, khám, ㄎㄚㄇ,ㄎㄚㄇ; Chiah bô Pá, ì sù sī bô kàu Giah. chhī Gāi ê khóan Sit。
食無飽，意思是無夠額。癡呆的款式。

⿰客欠 khap, khek, ㄎㄚㄆ,ㄎㄝㄎ; chiū sī chhut khì ê ì sù。
就是出氣的意思。

歃 chhap, ㄑㄚㄆ; ēng huih Sa" chham Lâi kiat iok, Chhap hiat。Lim chiah, chham Chhap。
用血相參來結約，歃血。飲食，參歃。

歈 jû, ㄖㄨ; koa ê miâ, thiàu bú, kiàn chhiú tōa Chhiò。
歌的名，跳舞，擧手大笑。

歂 chhoan, chhóan, ㄑㄨㄚㄋ,ㄑㄨㄚㄋ; chhùi thò chhut ê khì。chhóan khùi。chit Sek, kín kín chhóan。Lâng ê sìⁿ
嘴吐出的氣。歂氣。疾息，緊緊歂。人的姓

十畫

歊 hiau, ㄏㄧㄠ; khì chhut ê khóan Sit。tsúi bū ê khì, ná hûn chhèng khì bô bêng。
氣出的款式。水霧的氣，如雲蒸氣無明。

歉 khiám, ㄑㄧㄢ; Put ti chiok, chiah bô Pá, khiàm khen, chio。hâm hūn。khiám ì。Phō khiám。khiám kiū。
不知足，食無飽，欠缺，少。含恨。歉意。抱歉。歉疚。

歌 ko, koa, ㄍㄜ,ㄍㄨㄚ; ko iâu, ko ko it khiok, khan tn̂g siaⁿ ū tiāu, ko èng。chhiùⁿ koa, chhiù chhut Siaⁿ
歌謠，高歌一曲，牽長聲有調，歌詠。唱歌，唱出聲
koa khiok, koa chhiú, koa chhiⁿ, koa sû。ko siōng。ko bú Seng Pêng。
歌曲。歌手。歌星，歌詞。歌頌。歌舞昇平。

歍 o͘, ㄛ; thò bōe tit thang chhut Lâi, thò, beh áu
吐𩛩得可出来，吐，也嘔。

⿰害欠 hài, hàiⁿ, ㄏㄞ,ㄏㄞ; kín kín Siū khì ê khóan Sit。hàiⁿ ah, chiū sī ūi tio̍h Lâng hián chhut Siū khì, thó khùi ê Siaⁿ。
緊緊怒氣的款式。⿰害欠唉，就是為着人顯出怒氣，吐氣的聲。

歙 hiap, ㄏㄧㄚㄆ; iat khì ê ì sù, iat khong khì。
搧氣的意思，搧空氣。

⿰夏欠 Sà, ㄕㄚ; Sau Siaⁿ, chhin chhiū Lâng kú kú teh kiò tì kàu bô siaⁿ。
𠼭聲，親像人久久㖄叫致到無聲。

⿰息欠 Sahⁿ, ㄕㄚ; Sahⁿ chīn, chiū sī hong hut jiân hioh Soah ê ì sù。Sahⁿ tio̍h tiong khùi, tsáu chhóan chhóan Put Sūn
⿰息欠靜，就是風忽然歇，息的意思。⿰息欠着中氣，走喘喘不順着
tio̍h khùi Lim tsúi, chhiong tio̍h tiong khùi ê ì sù。
氣飲水，充着中氣的意思。

十一畫

歑 ho͘, ㄏㄜ; Sio khì Pùn chhut, ēng chhùi ha, ha Sio。
燒氣歕出，用嘴呵，呵燒。

⿰習欠 Lap, ㄌㄚㄆ; chiah bô kàu Pá ê khóan Sit, Lap kham, Put bóan ê khóan
食無夠飽的款式，⿰習欠歁，不滿的款

歐 Au, O͘, O͘, ㄡ,ㄛ,ㄛ; chhiùⁿ koa ê Siaⁿ。Lâng ê sìⁿ au。Phah, àu taⁿ, chiu ê miâ, au chiu。to ê miâ, au to,
唱歌的聲。人的姓歐。打，歐打。洲的名，歐洲。刀的名，歐刀，
hêng hoat Lâng ê to。ó͘, thò, àu thò, àu hông。O͘, O͘ Lô Pa, sī au chiu ê miâ。
刑罰人的刀。歐，吐，嘔吐，嘔紅。歐，歐羅巴，是歐洲的名。

歎 thàn, ㄊㄢ; Siaⁿ hap Sim ê ì sù。thó khùi, thàn khì, thàn Sek, hêng hūn ê siaⁿ。o͘ Lô, tsàn thàn。
聲合心的意思。吐氣，歎氣。歎息，興奮的聲。謳咾，讚歎。

⿰責欠 Chek, ㄗㄜㄎ; kóng oē Sòa hó chhiò, Lâng hoaⁿ hí teh chhiò ê Siaⁿ。
講話續好笑，人歡喜㖄笑的聲。

歒 tek, ㄉㄜㄎ; Gín á hoaⁿ hí teh chhiò ê siaⁿ。Chhiò ê khóan Sit, tek hek。
囝仔歡喜㖄笑的聲。笑的款式。歒欶。

十二畫

歖 hi, hí, ㄏㄧ,ㄏㄧ; khoàiⁿ oàh, khoài Lok。thó khùi。
快活。快樂。吐氣。

歎 tân ㄉㄨㄢ Lûi tân，Phah Lûi ê siaⁿ。tsúi Lê siaⁿ，tân tsúi Lê。khîm teh tân。
雷歎，打雷的聲。水螺聲，歎水螺。琴咧歎。

造字 借單字及音戉為歎。

歙 hip, siap ㄏㄧˋㄒㄧㄝˋ kiù Phīⁿ，khip khì，Chhèng Phīⁿ。Koaiⁿ mîa，Siap koaiⁿ。Siap hiān，kang Se chhut ê Pit bak hīⁿ。
縮鼻，吸氣，擤鼻。縣名，歙縣。歙硯，江西出的筆墨硯。

歔 hu ㄏㄨ Phīⁿ chhut ji̍t ê khì，Chheh khùi，thì háu，kiaⁿ，hu hu háu。
鼻出入的氣，啜氣，啼哮，驚，歔歔哮。

歗 siàu ㄒㄧㄠˋ Pûn chhe ê siaⁿ，Pun Pi á，háu Khan siaⁿ。ho hiàm。hó siàu。kap 嘯 siāng khóan。
歕嗜的聲，歕笛仔，哮牽聲。呼喊。虎歗。与嘯同款。

欻 hut ㄏㄨㄊ kap 欻 ji siong tông。Chhiáⁿ chham khóaⁿ 6 ūi。
与欻字相同。請參看六畫。

歕 Phûn, bū, Pûn, Phuh, Phûn ㄆㄣˊ,ㄅㄨˋ,ㄆㄨㄣ,ㄆㄨㄏ tho khùi，Sngh，Chhngh，Phah ka chhiùⁿ。Phûn chhut，Phûn tsúi，Pûn hong。
歕，吐氣，噴，擤，打咳嗆。歕出，歕水，歕風。
Pûn chhe，Pûn khùi，Pûn koe kui，chiū sī khì kiû。Phuh iôh hún。bū tsúi tī chhài hn̂g。
歕嗜，歕氣，歕雞胿，就是氣球。歕藥粉。歕水佇菜園。

十三—十八畫

歜 Chiok, Chhiok ㄐㄩˊ,ㄑㄩˋ kék siū khì kàu tông bōe tiàu。Lâng ê mîa Gân Chiok。
極怒氣到擋膾牢。人的名顏歜。

歛 hâm ㄏㄢˊ kún chhiò thó mih。ai，hō lâng。
謔笑討物。嘜，給人。

歁 kim, kìm ㄐㄧㄣ,ㄑㄧㄣ Lâng ê mîa，hàn tiâu ū chit ê Lâu Kim。thak kim iā sī siāng khóan。
人的名，漢朝有一個劉歁。讀歁也是同款。

歗 sek ㄕㄜˋ hóan Ló ê ì sù。Sio khóa kiaⁿ ê khóan sit。
煩惱的意思。小許驚的款式。

歟 û ㄩˊ Pêng an ê khì，Gî Gâ ê ì sù。tsòe jī kù ê bé。ah，mah。
平安的氣，疑訝的意思。做字句的尾。唉，嗎。

歠 chhoat ㄔㄨㄛˋ Lim，Suh，Lim chiáh，chim chhùi。Chheh khùi。
飲，嗽，飲食，唚嘴。啜氣。

歡 hoan, koan, hoaⁿ ㄏㄨㄢ,ㄍㄨㄢ,ㄏㄨㄚ hí Lók，khoài Lók，thiòng Lók，hoan Lók。hoan Gêng，hoan sòng，hoan ho，hoan kim。
喜樂，快樂，暢樂，歡樂。歡迎，歡送，歡呼，歡欣。
koan koan，iu būn，iu chhiû，hóan Ló。hoaⁿ，hoaⁿ hí。hoaⁿ thâu hí bīn。Chin tit ì ê ì sù。
歡歡，憂悶，憂愁，煩惱。歡，歡喜。歡頭喜面。真得意的意思。

止 部 77

止 chí ㄓˇ hioh khùn，kàu Giáh，tiàm teh，Lâu teh。soah ê ì sù。thêng chí。kìm chí。chí soah。
歇睏，夠額，站咧，留咧。息的意思。停止。禁止。止息。

一—三畫

正 cheng, chèng, chiaⁿ, chiàⁿ ㄓㄥ,ㄓㄥˋ chìⁿ pà ê tiong sim，Cheng Gók。nî ê thâu chit Géh，Cheng Goat。Chiaⁿ Géh。
箭靶的中心，正鵠。年的頭一月，正月。正月。
khi chhiá，kan siâ ê tùi hóan，sì chiàⁿ，hong chèng。kong chèng。kong bêng chèng tāi。chèng tit。
敧斜，奸邪的對反，四正，方正。公正。公明正大。正直。
chèng khì。chèng Gī。chèng tong。chèng tō。chiàⁿ Lō。chiàⁿ sī。chiàⁿ hoat。chiàⁿ mîa。chiàⁿ chhiú。
正氣。正義。正當。正道。正路。正是。正法。正名。正手。
chiàⁿ thâu，kong chiàⁿ。sin chiaⁿ，Pài chiaⁿ，hō chiaⁿ。
正頭，公正。新正，拜正，賀正。

此 chhú ㄘˇ chiah ê，chit ê，chit nih，chit tiap。tsāi chhú，chhú sî，chhú sū，tò chhú ūi chí，in chhú。
即的，這的，即裡，這塞。在此，此時，此事，到此為止，因此。

步 Pō ㄅㄨˋ kha chìn chêng kiâⁿ，chìn Pō。kha hoáh，kiâⁿ Lō。Pō hêng。sàn Pō，ûn á kiâⁿ。Liok Lō ê Peng。
腳進前行，進步。腳跬，行路，步行。散步，緩緩行。陸路的兵。
Pō Peng。kéng hóng，tōe Pō。kok ūn，kok Pō thian ūn。Pah Pō tsôa。chhùn Pō Lân hêng。
步兵。境況，地步。國運，國步天運。百步蛇。寸步難行。

四—八畫

歧 kî, ki ㄑㄧˊ,ㄑㄧ Pun khui，siang chhe，bô saⁿ háp，koh iūⁿ，hun chhe ê ì sù。kî Lō。ì kiàn hun ki，kî kiàn。
分開，双叉。無相合，異樣，分叉的意思。歧路。意見分歧。歧見。

武 bú, ㄨˇ, Saⁿ thâi ê tāi chì。bú Lėk, tāng bú, bú khì, bú sū, bú kong, bú gē, ui bú, bú chek thian
相殺的事誌。武力，動武，武器，武士，武功，武藝，威武。武則天。

歪 oai, ㄨㄞ, bô sì chiaⁿ, oai chhoah, oai kô, oai khiau, Siōng put chèng, hā chek oai。
無四正，歪斜。歪筍。歪曲。上不正，下即歪。

齒 tù, ㄉㄨˋ, Chiū sī tóe mih ê khì khū
就是貯物的器具。

九·十畫

踵 Chióng, ㄓㄨㄥˇ, kha aū tiⁿ, tè Lâng, kun sûi, tè aū, thàn hoat。Chióng chì。Chiap chióng。chióng sū。
脚後跟，隨人，跟隨，隨後，趁發。踵至。接踵。踵事。

歰 Sip, ㄒㄧˋ, bô kut, oh tit tńg, chhò Siap, tsúi ta oh tit kiâⁿ。
無滑，難得轉，粗澀，水乾難得行。

歲 Soè, Chè, hè, sè, ㄕㄨㄟˋ, ㄐㄧㄝˋ, ㄏㄜˋ, ㄕㄜˋ, kap ē bīn jī Siang khóan。chit nî kú, it soè。Sòe goat。nî tang, nî hè。
與下面字同款。一年久，一歲。歲月。年冬，年歲。

歲 Soè, Chè, hè, sè, ㄕㄨㄟˋ, ㄐㄧㄝˋ, ㄏㄜˋ, ㄕㄜˋ, kui hè, hè siū, bān Soè, Chiu Soè。ê a chhut sì chit nî kú, tō chè。
幾歲，歲壽，萬歲，守歲。嬰仔出世一年久，度歲。
Chiū sī chiu Soè。sè, chhī haū siⁿ iân sè。chiū sī iống jî thāi Lō ê ì sù。
就是週歲。歲，飼後生延老歲。就是養兒待老的意思。

十一·十四畫

嘖 Chek, thek, ㄐㄧㄝˊ, ㄊㄧㄝˊ, chhim, un bat, chim chiok, sì chiaⁿ, tsôe tsáⁿ。hó khòaⁿ
深，隱密，斟酌，四正，齊整。好看。

歷 Lėk, ㄌㄧˋ, bat tú tioh, keng kè, Liân Liân, keng Lėk, iat Lėk, Lėk Lėk, Lėk tāi, Lėk sú, Lėk chhù, Lâi Lėk。
曾抵着，經過，連連，經歷，閱歷，歷歷，歷代。歷史。歷次。來歷。

歸 kui, kūi, ka, ㄍㄨㄟ, ㄍㄨㄟˋ, ㄍㄚ, hôe ka, tò tńg, kiat kiok, hôe kui, kui hôan, tông kui。kui tsong。kui siok。kui sūn
回家，倒轉，結局，回歸，歸還，同歸。歸宗。歸宿。歸順。
kui thêng, kui tsōe, the chek jīm。kui Lêng, tńg gōa ke thàm chhin。tong kui, iōh mîa。
歸程。歸罪，推責任。歸寧，轉外家探親。當歸，藥名。
kūi, ēng Lé mih sio sàng ê ì sù, kūi hō i, ū kui ê ì sù。kui tui, kui tè, kui hng,
歸，用禮物相送的意思，歸伊他，有饋的意思。歸堆，歸塊，歸園，
hap khí Lâi ê ì sù。ka, ka ńg, chiū sī kui ê bô Lân san ê ì sù。
合起來的意思。歸，歸園，就是歸下無零星的意思。

歹歺部 78

歹 tái, Lái, ㄉㄞˇ, ㄌㄞˇ, Pháiⁿ, táiⁿ, ㄆㄞˇ, ㄉㄞˇ, chhùi chhùi ê kut, hó ê tùi hóan, Pháiⁿ。ûi hui tsok tái。ok ê ì sù。Lí Lái,
碎碎的骨，好的對反，歹。為非作歹。惡的意思。理歹，
Chiū sī m̄ hó, sū tsòe bōe tit ê ì sù。Pháiⁿ, Pháiⁿ Lâng, Pháiⁿ kiáⁿ, Pháiⁿ ēng。Pháiⁿ sí。
就是毋好，事做𣍐直的意思。歹，歹人，歹子。歹用。歹死。
Pháiⁿ sim, Pháiⁿ sim hēng。tāiⁿ, kap thak tái sio siāng, ûi hui tsok tāiⁿ。tái tô。
歹心，歹心行。歹，与讀歹相同，為非作歹。歹徒。

一·四畫

歺 tái, Lái, ㄉㄞˇ, ㄌㄞˇ, Pháiⁿ, táiⁿ, ㄆㄞˇ, ㄉㄞˇ, kap téng bīn jī Siong tông。
与頂面字歹相同。

殀 hiú, hiù, ㄒㄧㄡˇ, ㄒㄧㄡˋ, hiu nōa, Pāi hoāi, chhàu。Soa mîa, hiu thô soaⁿ。
殀爛，敗壞，臭。山名，殀塗山。

死 Sú, sí, ㄙㄨˇ, ㄙˇ, oah khì soàⁿ bô。kòe khùi。Soàh, jī sìⁿ sù。sit, sí bô, sí sit。Seng sú iú bēng。
活氣散亡。過氣。息。字姓死。失，死亡，死失。生死有命。
Sù tóe mîa sí hái, tī í sek Liat, iok tàn ê Pian kài ê chit ê kiam tsúi ô。sí Lō, sí tsōe。
地名死海，佇以色列，約但的邊界的一個鹹水湖。死路，死罪。

歾 tóanˇ, ㄉㄨㄢˇ, tóe tóe, oah khì soàⁿ bô, kòe khùi, Soah, sí bô, sí sit。àn khong hi jī tián èng kai thak sú。
短短，活氣散亡，過氣，息，死亡，死失。按康熙字典應該讀死。

歿 tòan, ㄉㄨㄢ, kap téng bīn jī siong tông。kap — tông gī。
与頂面字相同。与死同義。

殁 bút, ㄇㄛˋ, tiām Lòh tsúi, tiām bút, sí, Pīⁿ bút, sí bô。sí Liáu, bâi bút。
沉落水，沉歿，死。病歿，死亡。死了，埋歿。

歾 bún, bút, ㄨㄣˇ, ㄇㄛˋ, iáu siū。Lâng beh kàu Lîm chiong ê sî ê ì sù。
殀壽。人要到臨終的時的意思。

【殀】 iáu, ㄧㄠˇ; siàu Liân sí, sí sit. iáu siū. iáu chiat
少年死，死失。殀壽。殀折

五 畫

【殆】 tāi, ㄉㄞˋ; gûi hiám, hiám hiám, gûi tāi. kūn oá. khí thâu. teh beh. Chha put to, tu Liok tāi chīn.
危險，險險，危殆。近倚。起頭。呐乜。差不多，誅戮殆盡。

【殄】 Chín, thián, Chéng, thiám, ㄐㄧㄣˇ, ㄊㄧㄢˇ, ㄐㄧㄥˇ, ㄊㄧㄢˇ; Chīn thâu, chín tsoat. tsoat tn̄g, tsâu biat, Chín biat. kāu kāu, tsōe tsōe.
盡頭，殄絕。絕斷，剿滅，殄滅。厚厚，多多。
Chéng, Pō chéng thian bu̍t, chiū sī Lâm sám khai hùi á sī, iū iōng ê mih Piàn tsòe hòe bu̍t.
殄，暴殄天物，就是濫滲開費或是，有用的物，變做廢物。

【殂】 tsô, ㄘㄨˊ; thong óng sí. sí. ka Lauh, tsô Lōh. tsô sīa. Lóng sī sí ê ì sù
通往死。死。磕落，殂落。殂謝。攏是死的意思。

【殃】 iong, iang, 一ㄤ, 一ㄤ; thiⁿ hêng hoa̍t Lâng, tsai iong, tsai ē, hêng hoa̍t, kui kiù Pāi hoāi, tsô iong. Siū Liân Lūi, tsô iang.
天刑罰人，災殃，災厄，刑罰。歸咎敗壞。遭殃，受連累。遭殃。

【破】 Phi, Phoe, ㄆㄧ, ㄆㄨㄝ; thiah Lih, Phi chiat. Phi teh, chiū kiat sit tsōe tsōe tī kinih ê ì sù. kap thong Phoe.
折裂，破折。破呐，樹結實多破忤枝裡的意思。與披通。破，
Phoe Phoe tsoeh tsoeh. Phoe tsòe nn̄g Pêng. chiū sī Phòa tsòe nn̄g Pêng ê ì sù.
破破截截。破做兩平，就是剖做兩平的意思。

【殉】 iù, ㄧㄡˋ; teh beh sí, teh beh Pháiⁿ. Chhàu, àu khì, àu chhàu. O͘ áu.
呐乜死，呐乜歹。臭，臥去，臥臭。黑拗。

【殂】 tan, ㄉㄢ; Liân tan, chiū sī sin niû kap kau ê Lâng têng chhin, bē kè ê sî, in Lóng kè sin.
連殂，就是新娘與交的人訂親，未嫁的時，伊攏過身。

造字 借旦的偏音成字。殂。或可釋為英才早逝。

六·七 畫

【殊】 Sû, sū, ㄕㄨˊ, ㄕㄨ; tsâu biat, thâi, Siong hāi, iú tsōe tong sû. sû sí, tsám síu ê hêng hoa̍t. koat sí chiàn.
剿滅，殺，傷害，有罪當殊。殊死，斬首的刑罰。決死戰，
sû sí chiàn. ték sû, ték Pia̍t, hun Pia̍t. Sû eng, iu īn ê ēng tián. sû hông koh iūⁿ.
殊死戰。特殊，特別，分別。殊榮，優異的恩典。殊方，異樣。
sû, sû Put ti, Chiū sī tāi chì bô chiàu só ǹg bāng. Sû tô tông kui. hong hoa̍t Put tông
殊，殊不知，就是事誌無照所向望。殊途同歸，方法不同
bók ték Siāng khoán. sū siok Put sī, Sit tsāi m̄ tio̍h.
目的同款。殊屬不是，實在毋着。

【殉】 Sûn, ㄒㄩㄣˋ; oa̍h Lâng tè sí Lâng Lâi tsòng. Sûn tsòng, tham sim kiû, Sûn Lī. Sûn chêng, tè chêng jîn sí.
活人隨死人來葬，殉葬。貪心求，殉利。殉情，隨情人死。

【殀】 Loān, ㄌㄨㄢˋ; m̄ Chiaⁿ sí. bu̍t Loān. chiū sī teh beh sí ê hun Loān
不成死。没乱，就是呐乜死的昏乱

【殍】 Piáu, ㄆㄧㄠˇ; Gō sí. chhó bok ko͘ ta.
餓死。草木枯焦。

【娞】 Lóe, ㄌㄨㄝ; chiū sī nńg chiáⁿ, Loán jiok ê ì sù.
就是軟弱，軟弱的意思。

八 畫

【殖】 Sit, ㄒㄧˊ; tâm Lūn, tsai chèng, Lūn, ke thiⁿ, seng sit, hoân sit. heng ōng, Seng sán, chèng sit. Sit bîn.
浴潤，栽種，潤，加添，生殖，繁殖。興旺，生產，種殖。殖民。

hūn 【殙】 būn, hun, ㄇㄨㄣˊ, ㄏㄨㄣ; Lîm chiong ê sî bak chiu bū. thun kim tsū chīn. Sí Liáu bô miâ. khì tsoat. chiū sī sí ê ì sù.
臨終的時目睭霧。吞金自盡。死了無名聲。氣絕。就是死的意思。

【殘】 Lêng, ㄌㄧㄥˊ; Phòa Pīⁿ ê khoán Sit, khùn khó. kùi chhut Lâi.
破病的款式，困苦，鬼出來。
hūn khì. Chiū sī Sit khì m̄ tsai Lâng.
殙去，就是失氣毋知人。

【殔】 ì, ㄧˋ; chiū sī tâi koaⁿ chhâ ê ì sù, bâi tsòng.
就是埋棺柴的意思，埋葬。

【殘】 tsân, chhân, tsôaⁿ, ㄘㄢˊ, ㄔㄢˊ, ㄘㄨㄢˊ; Phah Pháiⁿ, ok tók, chhiúⁿ kiap, hiong tsân, tsân jím, tsân Sat, tsân Pō, tsân khok.
打歹，惡毒，搶劫，兇殘，殘忍，殘殺，殘暴，殘酷。
chho͘ chhân, Lân San, chhân ú. khiàm kheh, chhân khiàm. Sim chhân chhiú Loa̍t, tsôaⁿ, Chhùi tsôaⁿ.
粗殘，零星，殘餘。欠缺，殘欠。心殘手辣。殘，嘴殘。
bak chhùi tsôaⁿ, niau tsôaⁿ, bak káu tsôaⁿ.
染嘴殘，貓殘，染狗殘。

【殍】 tsut, ㄗㄨˊ; kàu bé, sí, Lîm Chiong, tāi hu koaⁿ kè sim ê ì sù.
到尾，死，臨終，大夫官過身的意思。

殮	Liām, ㄌㄧㄢˋ,	Siu Liām。Pī Pān sin sī thang bāi tsòng kap 殮 jī Siāng khóan。 收殮。備辦身死可埋葬。与殮字同款。
痿	ui, úi, ㄨㄟ, ㄨㄟˇ,	Phòa Pīⁿ, ko tā sí khì。kú tn̂g Pīⁿ。kap 萎 jī Siāng khóan。 破病，枯焦死去。久長病。与萎字同款。

九·十畫

殛	kek, ㄍㄜˊ,	tōa koh iūⁿ。tāng ê hêng hoat, hō i sí。kek sû。Phah Lûi Lâng sí, Lûi kek。 大異様。重的刑罰，征他死。殛殊。打雷人死，雷殛。
殙 (hūn)	būn, hun, ㄇㄣˊ, ㄏㄨㄣ,	kap 殙 jī Siōng tông。hūn khì, chiū sī sit khì m̄ tsai Lâng。Lâng hūn hūn。 与殙字相同。殙去，就是失氣毋知人。人殙殙。
殡	hùi, hūi, ㄏㄨㄟˋ, ㄏㄨㄟ,	kek thâu。ià siān ê siaⁿ tn̂g。 極頭。厭倦的聲轉。
殪	ài, khap, ㄞˋ, ㄎㄜˋ,	Sūn thān, Saⁿ sūn hòk, kè ōn, chiū sī Lâng Lī khui sè kan。 順趁，相順服。過往，就是人離開世間。
殞	ún, ㄩㄣˇ,	ka Lauh, tūi Lóh, hòe bô, sí。ún bēng。ún Lóh。thīⁿ tūi Loh ê Chioh, ún chioh。 殞落，墜落，廢亡，死。殞命。殞落。天墜落的石，殞石。
殟	un, ut, ㄨㄣ, ㄨㄊ,	sim koaⁿ iu būn。Phòa Pīⁿ ê ì sù。 心肝憂悶。破病的意思。
殜	Lek, ㄌㄜˋ,	Lek Lóh Lâi, Lek Lóh khì, chiū sī hūn Lóh khì。 殜落來，殜落去，就是殙落去。

造字 借栗的偏音來成字。

殰	khut, ㄎㄨㄊ,	kng khut khut, bô Phòaⁿ hāng。ko khut, chiū sī sí Liáu chhun chit sin, á sī Lóng bô Lâng。 光殰殰，無半項。孤殰，就是死了剩一身，或是攏無人。

造字 孤殰是人生悲哀的事，是生如同死，於此殰成字。

十一·十二畫

殣	kīn, ㄍㄧㄣˋ,	Gō sí, bâi tsòng ê ì sù。kīn Lō kut。 餓死，埋葬的意思。殣露骨。
殤	Siong, ㄒㄧㄤ,	iáu bē chiâⁿ tōa Lâng chiū sí。tsá sí, sí, iáu siū。 也未成大人就死。早死，死，夭壽。
殨	hōe, ㄏㄨㄟˋ,	nōa, chhàu nōa ê ì sù。 爛，臭爛的意思。
殦	Liâu, ㄌㄧㄠˊ,	chiū sī Phah Pháiⁿ, Pāi hoāi ê ì sù。 就是打歹，敗壞的意思。
澌	Sù, ㄙˋ,	chiū sī sí khì, tsū chīn。chīn thâu ê ì sù。 就是死去，自盡。盡頭的意思。
殫	chhian, tan, ㄑㄧㄢ, ㄉㄢ,	Siong hāi, tsâu biat, thài, chīn, chīn thâu。tan bông。 傷害，剿滅，杀，盡，盡頭。殫亡。
殕	tēng, ㄉㄥˋ,	khùn khó Phòa Pīⁿ ê khoán sit。 困苦破病的款式。
殪	è, ì, ㄧˋ, ㄧˋ,	hō chìⁿ siā sí。tsâu biat。tsoát tn̄g。chīn thâu。sí。Phak teh。 征箭射死。剿滅。絕斷。盡頭。死。仆的。

十三—十七畫

殭	kiong, khiong, ㄍㄧㄤ, ㄎㄧㄤ,	sí Liáu iáu bē nōa, kiong si。ngī Chhin chhiūⁿ sí, kiong ngī。kiong chhâm, bē thó si 死了也未爛，殭尸。硬親像死，殭硬。殭蠶，未吐絲 chiū ngī hòa sí khì ê chhâm, thang tsòe ioh Lâi ēng。 就硬化死去的蠶，可做藥來用。
殮	Liām, Liám, ㄌㄧㄢˋ, ㄌㄧㄢˇ,	Pī Pān Sin si thang tâi。Siu Liām。jip Liām, Siu Liām。Sin si khǹg jip koaⁿ chhâ Lāi。 備辦身屍可埋。收殮。入殮，收殮。身屍藏入棺柴内。
殯	Pìn, ㄅㄧㄣˋ,	Sin si siu sip。kng, chhut。chhut Pìn。Lóh khòng。chhut soaⁿ。eng kai sī chhut song, chhut soaⁿ。 身屍收拾。扛，出。出殯。落壙。出山。應該是出喪，出喪。
殪	ài, khap, ㄞˋ, ㄎㄜˋ,	kap 殪 jī Siōng tông, chhiaⁿ chham khó to ùi 十畫。 与殪字相同，請參考十畫。
毙	būt, ㄅㄨㄊ,	beh sí, būt Loān。chiū sī beh sí ê bē Loān。 乜死，毙乱。就是乜死的迷乱。
殰	tòk, ㄉㄨˊ,	Sin īn Pāi hoāi, bē kàu siⁿ chiū sí khì, thai tòk。bô siū thai。 身孕敗壞，未到生就死去，胎殰。無受胎。

殲 chhiam, siam, hāi sí, tsâu biat chīn, chiū sī sí liáu liáu ê ì sù. Chhiam biat. Siam biat.
ㄑㄧㄢ, ㄒㄧㄢ; 害死, 剿滅盡, 就是死了了的意思。殲滅。殲滅。

殳 部 79

殳 Sû, ㄕㄨ; Saⁿ thâi ê khì khū, khì hâi, tn̄g jī thûi. Kó tsá ê Peng khì. Sìⁿ.
相殺的器具, 器械, 丈二槌。古早的兵器。姓。

五一八畫

段 toān, tn̄g, tōaⁿ, thn̄g, tn̄g, ㄉㄨㄢ, ㄉㄥ, ㄉㄨㄚ, ㄊㄥ, ㄉㄥ; hun khui chit tè chit tè, chit hāng, chit Pêng, hun toān. Lâng ê sìⁿ toān.
分開一塊一塊, 一項, 一陣, 分段。人的姓段。
téng tōaⁿ, ē tōaⁿ. hit tōaⁿ chit tōaⁿ, Lō tōaⁿ. kui tōaⁿ. tōaⁿ sò. Chhiú tōaⁿ hó. tn̄g,
頂段, 下段。彼段, 這段, 路段。歸段。段數。手段好。段,
tùi tn̄g, tiong tn̄g, Pòaⁿ tiong tn̄g, téng tn̄g, ē tn̄g. chit tè bô oân tsoân, chhin chhiūⁿ chhiū thn̄g,
對段, 中段, 半中段, 頂段, 下段。一塊無完全, 親像樹段,
chhiú thn̄g, kha thn̄g. tn̄g, Lō tn̄g, tōa Lō tn̄g, hit ê sī Lō tn̄g, m̄ thang chē tī Lō tn̄g.
手段, 腳段。段, 路段, 大路段, 彼個是路段, 毋可坐佇路段。

敂 khak, khok, ㄎㄚㄎ, ㄎㄜㄎ; khok khok háu, tēng khok khok, khà ê siaⁿ. tēng ê Phê, khak, ku khak, tāu khak.
敂敂哮, 碇敂敂, 扣的聲。碇的皮, 敂, 龜敂, 豆敂。

殷 un, ㄨㄣ; khûn khûn, tōa, móa, tsōe, chiâⁿ, un khûn, un sū, un sit. Lûi ê siaⁿ, un un. tiâu tāi miâ un tiâu.
勤勤, 大, 滿, 多, 成, 殷勤, 殷事, 殷實, 雷的聲, 殷殷, 朝代名殷朝。
Lâng ê sìⁿ un. ìu bûn, un iu, un tōa.
人的姓殷。憂悶, 殷憂。殷大。

殺 Sài, sat, thâi, thāi, ㄕㄞ, ㄕㄚ, ㄊㄞ, ㄊㄞ; ka chiǎn, siah. áu chih. Pàng saⁿ, kàng tèng. Sài khì. Sat, hāi sìⁿ miāⁿ, Phah sí,
鉸剪, 削。拗折。縫衫, 降等, 殺去。殺, 害性命, 打死,
thâi sí, Soah sí, Sat sí. Sat Seng, Sat jîn, Sat sin sêng jîn. Sat Liok. thâi khì, thâi tsún
殺死, 煞死, 殺死。殺生, 殺人, 殺身成仁。殺掠。殺去, 殺準
i. Chiū thâi. koán thâi i khì, Put iàu koán i ê ì sù. Sio thâi, thâi su, thâi iâⁿ. thâi Gû.
伊, 就殺。管殺他去, 不要管他的意思。相殺, 殺輸, 殺贏。殺牛。

殽 ngâu, ㄧㄠ; chiū sī tsap Lōan, chham Lām, ngâu Lōan. chiah ê mih, mih Phòe, chhài soe, ngâu tsoan, hūn ngâu.
就是雜亂, 參濫, 殽亂。吃的物, 物配, 菜蔬, 殽饌。混殽。

殼 khak, khok, ㄎㄚㄎ, ㄎㄜㄎ; tēng ê Phê, tēng khak, ku khak, tāu khak, n̄ng khak, tiū khak, chiū sī chho khng. khok,
碇的皮, 碇殼, 龜殼, 豆殼, 卵殼, 稻殼, 就是粗糠。殼,
Phoh sit. khà ê siaⁿ, khok khok kìo, tēng khok khok. khok khok háu.
朴實。扣的聲, 殼殼叫。碇殼殼。殼殼哮。

殴 áu, ㄡ; Gîm kûn thâu bú, á sī chhā thûi Lâi saⁿ tú tek. Lâng hòⁿ iòng.
拎拳頭母, 或是柴槌來相抵敵。人好勇。

九十畫

毀 húi, ㄏㄨㄟ; Phah chiâⁿ khiah, Phah Pháiⁿ, at chih, húi hoāi, húi sún. Pāi hoāi, chhui húi, húi Pòng, húi biat.
打成隙, 打壞, 拗折, 毀壞。毀損。敗壞, 摧毀, 毀謗。毀滅。

㲉 hē, kek, hē, ㄏㄝ, ㄍㄝㄎ; chiū sī Pak ê ì sù. Pak mih. kek, khûn khûn ēng Lat ê ì sù.
㲉, 就是縛的意思。縛物。㲉, 勤勤用力的意思。

㱿 khak, ㄎㄚㄎ; áu thò ê khoán sit, chhùi āu ê siaⁿ. Sìu khì ê oē.
嘔吐的款式, 嘴後的聲。怒氣的話。

殿 tiām, tiān, tiān, ㄉㄧㄢ, ㄉㄧㄢ, ㄉㄧㄢ; tè āu ê kun Peng, tìn siu, tìn tiām. Siat Lip. tiān, Pí sài ê Pāi miâ, koan,
隨後的軍兵, 鎮守, 鎮殿。設立。殿, 比賽的排名, 冠,
a, kùi. tiān kun. tiān tōa thiaⁿ tn̄g, tiān tn̄g. kiong tiān. chiàⁿ tiān. kim Lôan tiān.
亞, 季, 殿軍。殿, 大廳堂, 殿堂。宮殿。正殿。金鑾殿。

毃 khak, khau, khok, ㄎㄚㄎ, ㄎㄚㄨ, ㄎㄜㄎ; khak, Phah thâu khak ì sù, tiāng khak. khau thâu. khok, khok thâu.
毃, 打頭殼的意思, 杖毃。毃頭。毃, 毃頭。

[illegible] tsáiⁿ, ㄗㄞ; Liáu Lí, thâi cheng sìⁿ ê ì sù. kap [illegible] thong. tsáiⁿ sat.
料理。殺牲牲的意思。与[illegible]通。[illegible]殺。

擊 kek, ㄍㄝㄎ; saⁿ Phah, chhin chhiūⁿ chhia sio tōng. Pòaⁿ. tiau hô. Phah Lâng, kek Peng.
相打, 親像車相相撞。拂, 調和。打人, 擊兵。

十一—十三畫

毅 Gē, Gī, ㄫㄝ, ㄫㄧ; Lām Sám siū khì. hó tán, ū koat toān, kong Gē. tam tng, Gē Lek. Gī jiân, koat ì.
濫滲怒氣。好膽, 有決斷, 剛毅。擔當, 毅力。毅然, 決意。

毆	áu, khu, ó, ió, ㄡˇ, ㄡ	ēng koáiⁿ á saⁿ Phah, áu tánⁿ。kòng mih。ió chih, at tn̄g ê ì sù。áu jiók； 用楞仔相打，毆打。損物。毆折，攔斷的意思。毆辱； bú jiók。ió tn̄g kha kut, kòng chih ê ì sù。ó tánⁿ。ó jiók。khu, koáⁿ kín, kap 驅 侮辱。毆斷脚骨，損折的意思。毆打。毆辱。毆，趕緊，与驅 Gī siāng khóan。 義同款。
㲉	khak, ㄎㄜˊ,	Pū nn̄g, Chiáu nn̄g。Pū chhut ê nn̄g。nn̄g khak。 菢卵，鳥卵。菢出的卵，卵殼。

毋 部 80

毋	Bô, bú ㄇㄛˊ, ㄨˇ	bû, O:Pò ê bō。kìm chí ê ì sù, Chhin chhiūⁿ m̄ thang, bòh tit。bô Lêng, bô Lêng sú, ㄨˊ，黑帽的帽。禁止的意思，親像毋可。莫得，毋寧，毋寧死， Put jû sí。bô iông, but Pit iàu。bô iông tī Gī, m̄ bián chham siông。bú。bû。siāng khóan 不如死。毋庸，不必要。毋庸置議，不免參詳。毋。毋。同款
母	bó, bú, ㄇㄛˇ, ㄇㄨˇ	ḿ, siⁿ chhut ê。Lāu bó。bú chhin。bú kiáⁿ。Cheng siⁿ ê bú ê。kàn bú。bú chîⁿ。 ㄇ，生出的。老母。母親。母子。精牲的母的。酵母。母錢。 bó ḿ, chiū sī siok tī bú ê, tók tók cheng siⁿ kap chîm á nā tiāⁿ。ḿ ê, kâu ḿ, chîm ḿ。 ㄇㄛˇ 毋，就是屬佇母的，獨獨精牲及蟳仔若定。母的，猴母，蟳母。

二 · 三 畫

每	múi, ㄇㄟˇ,	siông siông, táuh táuh, tak ê。sī siông, múi múi。múi ê。sui bóng tham sim。múi Pái。 常常，沓沓，逐個。時常，每每。每個。雖蒙貪心。每回。
毐	ái, ái ㄞ, ㄞ	bô thān cheng lí ê lâng。lô ái, chîn sí ōn ê Lāu bú ê chêng hu, sī chit ê îm hêng ê Lâng, 無趁情理的人。嫪毐，秦始王的老母的情夫，是一個淫行的人， āu Lâi hō Lâng mē tsòe ê tāi Gîan sû, lô ái。mē Lâng ê oē。 後來予人罵做的代言詞，嫪毐。罵人的話。
毑	Chiá, tsó, ㄐㄧㄚˇ, ㄗㄛˇ	Lāu má, Lāu bú, cheng siⁿ ê bú ê, hīan sī siá chit jī 姐。 老媽，老母，精牲的母的，現時寫這字 姐。
毑	Chiá, tsó, ㄐㄧㄚˇ, ㄗㄛˇ	kap téng bīn jī sio siāng。 与頂面字相同。

五 — 九 畫

毒	tók, tak, thāu, ㄉㄨˊ, ㄉㄞˋ, ㄊㄡˋ	Lī hāi ê mih, oàn hūn, tók ióh。ok tók。tók sim ták hêng。hē tók chhiú。tók khì 利害的物，怨恨，毒藥。惡毒。毒心毒行。置毒手。毒氣 thāu sí。thāu hî。thāu káu。thāu sí Lâng。àm ták hāi Lâng。ták chit。 毒死。毒魚。毒狗。毒死人。暗毒害人。毒質。
毓	iók, ㄩˋ,	siⁿ Lâi iúⁿ chhī, kap 育 siāng ì sù。siⁿ thoàⁿ。Pôe iúⁿ。nńg chiáⁿ。 生來養飼，与育同意思。生湠。培養。軟弱。

比 部 81

比	Pí, Pì ㄅㄧˇ, ㄅㄧˋ	saⁿ tùi, sio Pí, Pí tùi。Pí kàu, Pí Phēng, Pí bú。Pí Lîn, saⁿ keh Piah。Pí chiàu。 相對，相比，比對。比較，比並，比武。比鄰，相隔壁。比照。 Pí tiōng。Pí Lē。Pí keng。Pí koâiⁿ Pí kē。Pí Pn̄g khaⁿ Pí Pn̄g Lē。 比重。比例。比肩。比高比低。比飯坩比飯濾。

五 畫

毖	Pì ㄅㄧˋ,	kín sīn, tióh bôa。sin Lô。tsoāⁿ Lâu ê khóan sit, Pì Pì tsoān súi。 謹慎，着磨。辛勞。泉流的款式，毖彼泉水。
毘	Pî, Pí ㄆㄧˊ, ㄅㄧˇ	kng bêng, kāu kāu, Pí hō。Pang tsān, Pí hù。Pí tsō。thó tōe saⁿ Liân, Pí Liân。 光明，厚厚，毘厚。幫助，毘輔。毘助。土地相連，毘連。
毗	Pî, Pí, ㄆㄧˊ, ㄅㄧˇ	kap téng bīn jī sio siāng。 与頂面字相同。

六 — 十三 畫

毚	Pî, Pí ㄆㄧˊ, ㄅㄧˇ	kap 毘毗 nn̄g jī sio siāng。 与毘毗，兩字相同。

毞	Pí, Pì ㄆㄧˊ, ㄆㄧˋ;	kap 㿫 毗 毘 sa 字 Sio Siāng。 与 㿫 毗 毘 三字相同。
毚	Chhâm, ㄔㄢˊ;	tōa chiah ê thò͘, Gâu tsok Giat, chhâm thò͘。káu kut。 大隻的兔；势作孽。毚兔。狡猾。

毛 部 82

毛	mô͘, māu, mn̂g, ㄇㄠˊ, ㄇㄠˋ, ㄇㄥˊ;	Gōa māu, jia khàm。Chháu á, mô͘ chháu。Lâng kap khîm siù só͘ hoat ê mn̂g。thâu mn̂g。 外貌，遮蓋。草仔，毛草。人及禽獸所發的毛。頭毛。 mô͘ i, mô͘ tāng, hi tāng。mô͘ pit。Chhi mô͘ thâng。māu pēng, chiū sī pē pīⁿ ê ì sù。 毛衣。毛重，虛重。毛筆。刺毛虫。毛病，就是弊病的意思。

四·五 畫

毡	Chi, ㄓ;	khin khin ê mn̂g。iù iù ê mn̂g jiông。 輕輕的毛。幼幼的毛絨。
毜	hun, ㄈㄣ;	mn̂g lak loh ê ì sù。 毛落落的意思。
毡	Chian, ㄓㄢ;	Chiong mn̂g chit tsòe pò͘。chiⁿ bō, chiⁿ tiâu, mô͘ chian。kap 氈 Siāng ì sù。 將毛織做布。氈帽，氈條，毛毡。与 氈 同意思。
毥	Pāu, Pū, ㄅㄠˋ, ㄆㄨˋ;	khàm, chiáu pū nn̄g ê ì sù。kap 勹 菢 nn̄g jī sio Siāng。 蓋，鳥毥卵的意思。与 勹 菢 兩字相同。
毞	Phi, ㄆㄧ;	Chiū sī seng khu ê mn̂g ê ì sù。 就是身軀的毛的意思。

六 畫

毧	jiông ㄖㄨㄥˊ	mn̂g sòe sòe iù iù ê ì sù。ah jiông。jiông mn̂g。 毛細細幼幼的意思。鴨毧。毧毛。
翍毛	bok, ㄅㄛˋ;	hong tsòe chit ē kè khì。teh siūⁿ ê khoán。thâu mn̂g tâm tâm。 風做一下過去。啲想的款。頭毛濕濕。
耗	jī, ㄖˋ;	Chiáu mn̂g tsòe tsng thāⁿ。ú mn̂g tsòe saⁿ。Phang chháu。tîn miâ, jī tîn。 鳥毛做妝飾。羽毛做衫。香草。藤名，耗藤。
毦	jī, ㄖˋ;	kap téng bīn jī sio siāng。 与 頂面字 相同。
毨	Sián, ㄒㄧㄢˇ;	Liāu lí。khîm siù ê mn̂g。mn̂g koh hoat chē tsáⁿ。mn̂g sit sùi ê khoán sit。 料理。禽獸的毛。毛復發齊整。毛翅媄的款式。
毤	thò͘, thòe, thǹg, ㄊㄛˋ, ㄊㄨㄟˋ, ㄊㄥˋ;	Chiáu siù thǹg mn̂g ê ì sù。Lak mn̂g。thòe gê。oāⁿ sin ê chhùi khí。 鳥獸毤毛的意思。落毛。毤牙。換新的嘴齒。
毰	Phông, ㄆㄥˊ;	Phông song, Phông Phông Song Song, khah khin。chiū sī Phông Phông Lâng Sang ê ì sù。 毰毸，毰毰毸毸，較輕。就是拢拢冇鬆的意思。

退一格七畫

造字 借夆字來合成，毛輕，夆部遞各部首得以作用消遙的意思。

七 畫

毬	kiû, ㄑㄧㄡˊ;	thit thô ê mih。Phê kiû, siù kiû, Phah kiû, that kiû。kap 球 thong。 迌迌的物。皮球，繡球，拍毬，踢球。与 球 通。
毟	Sa, Se, ㄕㄚ, ㄕㄝ;	mô͘ ê saⁿ, mn̂g tn̂g tn̂g ê khoán sit。ka se, tōng ka se。moa ka se, hoe siūⁿ ê ô͘ á kûn。 毛的衫，毛長長的款式。袈裟，同袈裟。帽袈裟，和尚的襖仔裙。
毫	hô, ㄏㄠˊ;	Chháu bak hoat ê iù mn̂g。siⁿ tn̂g mn̂g。Chhiu Chhiu chiam lāi, mn̂g bé iù iù。hun hô, hô mô͘。 草木發的幼毛。生長毛，鬚鬚尖利，毛尾幼幼。分毫。毫毛。
毹	Siau, ㄒㄧㄠ;	chiáu ê bé, sit ê mn̂g。chiáu sit jia teh ê khoán sit。 鳥的尾，翅的毛。鳥翅遮啲的款式。

八 畫

毷	khut, ㄎㄨˋ;	chiáu tóe tóe ê mn̂g, bô mn̂g。khut khut, khut bé。 鳥短短的毛，無毛。毷毷，毷尾。
毱	kiok, ㄐㄩˊ;	Chiū sī mn̂g kui kiû。Phê ê mn̂g。 就是毛歸球。皮的毛。
毰	Pôe, ㄆㄟˊ;	thí sit ê khoán sit。hông teh thiàu bú, Pôe Su。 展翅的款式。鳳啲跳舞，毰毸。

九畫

毸	Su, ㄙ;	thián sit chhāng mn̂g ê khoán sit。hōng teh thiàu bú ê ì sù, Pôe Su。 展翼鬆毛的款式。鳳啲跳舞的意思，毰毸。

毯	thám, thán, ēng mn̂g chit chiáⁿ ê chhiòh, mô͘ thám, mô͘ thán, tōe thán, thán á, thán ná, jiông thán。	ㄊㄢˇ, ㄊㄢˋ, 用毛織成的蓆, 毛毯。毛毯, 地毯, 毛毯仔, 毯仔。絨毯。
毮	Sut, tsút, mn̂g ê khoán sit, mn̂g tóe tóe ê ì sù。tsút, mn̂g hoat sīⁿ ê khoán sit。	ㄙㄨㄛ, ㄙㄨㄛ, 毛的款式, 毛短短的意思。毮, 毛發生的款式。
毳	chhùi, khîm siù iù iù ê mn̂g, iù iù nńg nńg。iù siù	ㄘㄨㄟˋ, 禽獸幼幼的毛; 幼幼軟軟。優秀

九·十畫

毼	at, bóan chiu lâng teh ēng ê chhó͘ ná pò͘。Súi ê phê。Phú ê sek。Sòng hiong。	ㄏㄜˊ, 滿州人咧用的粗麻布。美的皮。晡的色。窮窮。
毽	kiàn, Pák kha lâi thit thô ê khì khū。Gín á pàng khang cheng。hiān sî ēng phê mô͘ tsòe ê, ēng kha that ê。	ㄐㄧㄢˋ, 縛腳來迌迌的器具。囡仔放空鐘。現時用皮毛做的, 用腳踢的。
毺	jû, mn̂g chit chiáⁿ ê jiok á。Siòk mn̂g ê lūi, thán á, chiⁿ, kû jû, tōe thán。	ㄖㄨˊ, 毛織成的褥仔。屬毛的類, 毯仔, 氈毛。氍毹。地毯。
毹	jû, kap téng bīn jī sio siāng。	ㄖㄨˊ, 与頂面字相同。
毻	thò, thǹg, chiáu siù thǹg mn̂g ê ì sù。Lak mn̂g。thùi	ㄊㄨㄛˋ, 毻, 鳥獸毻毛的意思。落毛。毻。
毛辱	jiok, mn̂g tsòe ê chiⁿ tiâu。thán á, jiok á。Phē jiok。	ㄖㄨˋ, 毛做的氈條。毯仔。褥仔。被褥。
毛息	Sek, Sit, chiū sī oē thang chhéng hīⁿ khang ê chhéng á。Siau sit。Siau sit kóng。	ㄒㄧˊ, ㄒㄧ, 就是能可箒耳孔的箒仔。毸毸。毸毸管。
毾	thap, mn̂g chit chiáⁿ ê chhiòh。thian tiok kok ū iù iù ê pò͘。thap teng。hó ê thán lūi。	ㄊㄚˋ, 毛織成的蓆。天竺國有幼幼的布。毾㲪。好的毯類。

十一一十二畫

毿	Sam, Sâm, tn̂g mn̂g, sàm sàm, chê ê tùi hóan。jû chhiâng chhiâng。	ㄙㄢ, ㄙㄢˇ, 長毛, 毿毿, 齊的對反。茹冗冗。
氂	Lî, Gû bé。siù chhin chhiūⁿ gû, ū sì tsat hoat mn̂g。Gû ê lūi, o͘ sek。Lî gû, chhut tī se tsông。	ㄌㄧˊ, 牛尾。獸親像牛, 有四節發毛。牛的類, 黑色。犛牛, 出佇西藏。
氅	Chhióng, Chiáu ê iù iù koh tsát ê mn̂g, thang tsòe hiû。tōa tsúi chiáu ê sit。tōa chhióng, kôaⁿ thiⁿ ê tōa hiû。	ㄔㄤˇ, 鳥的幼幼佮實的毛, 可做裘。大水鳥的翼。大氅, 寒天的大裘。
氄	jióng, khîm siù iù iù ê mn̂g。mn̂g tsát tsát。	ㄖㄨㄥˇ, 禽獸幼幼的毛。毛實實。
氆	Póng, se hoan chit ê jiông pò͘。ēng mn̂g chit chiáⁿ ê。	ㄆㄨˇ, 西蕃織的絨布; 用毛織成的。
氃	tông, mn̂g sòaⁿ sòaⁿ ê khoán sit。chiáu ê miâ, tông bông。	ㄊㄨㄥˊ, 毛散散的款式。鳥的名, 氃氋。
㲪	teng, thap teng, mn̂g chit chiáⁿ ê chhiòh。thian tiok kok ū iù iù ê pò͘。hó ê thán lūi。	ㄉㄥ, 毾㲪, 毛織成的蓆。天竺國有幼幼的布。好的毯類。

十三一廿二畫

氈	Chian, chiⁿ, ēng mn̂g lâi chit chiáⁿ pò͘。chit phit。chiⁿ tiâu。chhó͘ chiⁿ。mn̂g pò͘。mô͘ chian。	ㄐㄧㄢ, ㄐㄧ°, 用毛來織成布。織匹。氈條。粗氈。毛布。毛氈。
毛亶	chian, chiⁿ, kap téng bīn jī sio siāng。	ㄐㄧㄢ, ㄐㄧ°, 与頂面字相同。
氋	bông, mn̂g sòaⁿ sòaⁿ ê khoán sit。chiáu ê miâ, tông bông。	ㄇㄥˊ, 毛散散的款式。鳥的名, 氃氋。
氌	Lô, Ló, se hoan ēng mn̂g chit chiáⁿ jiông ê ì sù。jiông pò͘。Póng lô͘。Póng ló͘。	ㄌㄨˊ, ㄌㄨˇ, 西蕃用毛織成絨的意思。絨布。氆氌。氆氌。
氍	kû, mn̂g chit ê thán á, mô͘ thán, mô͘ chian。	ㄑㄩˊ, 毛織的毯仔, 毛毯, 毛氈。
氎	tiap, chiū sī chit khoán iù iù ê mn̂g pò͘。	ㄉㄧㄝˊ, 就是一款幼幼的毛布。

氏 部 83

氏	Sī, jī sìⁿ kap tsong tsók ê chheng hō͘, tsong tsók tsun kùi ê lâng, hū jîn lâng ê jī。Sìⁿ sī。	ㄕˋ, 字姓及宗族的稱呼, 宗族尊貴的人, 婦仁人的字。姓氏。

date theme 氏部83 气部84 水氵部85 page

一畫

氏 te, tí ㄉㄧㄝ, ㄉㄧˊ; kàu thô kha, tōe kī ê tōe, kun Pún, hioh mí, tò tńg Lâi. Chhiⁿ ê miâ, tí sù chhiⁿ.
到土脚，地基下底，根本。歇瞑，倒轉來。星的名，氐四星。

民 bîn ㄇㄧㄣˊ; Chèng Peh sìⁿ, jîn bîn, bîn chiòng, bîn ka, sù bîn, Lâng, kong bîn, kok bîn, bîn tsók.
眾百姓，人民，民眾，民家，庶民，人，公民，國民。民族。

四·十畫

氓 bîn ㄇㄧㄣˊ; Chhut Gōa ê Peh sìⁿ, hòa Gōa ê Lâng, iá siok ê Lâng. Liû bîn, bû só sū sū ê Lâng.
出外的百姓，化外的人，野俗的人。流氓，無所事事的人。

㥸 bîn ㄇㄧㄣˊ; hoân Ló ê ì sù, thé thiap Lâng ê kan khó. kòa Lū.
煩惱的意思。體貼人的艱苦。掛慮。

气 部 84

气 khì, khit ㄑㄧˋ, ㄑㄧˋ; hûn bū, thian tōe Lâng mih ê khì ê ì sù. khì ê kó jī.
雲霧，天地人物的氣的意思。氣的古字。

四畫

氛 hun ㄈㄣ; khì, Pháiⁿ ê khì, in hun, in hun, chiū sī hó ê khì. khì hun, Cheng hêng sè bīn.
氣，歹的氣，煙氛。氤氛，就是好的氣。氣氛，情形勢面。

氜 iông, iûⁿ ㄧㄤˊ, ㄧㄡˊ; iông ê siok jī. kng, jit, koâiⁿ, thiⁿ. chheng khì, jit sī. jia iûⁿ. Poàⁿ iam iûⁿ, Chiū sī
陽的俗字。光，日，高，天。清氣，日時。遮氜。半陰氜，就是
m̄ Chiaⁿ kang bú. iông kong, tōa thài iông.
呣成公母。氜光，大太氜。

氛 im ㄧㄣ; im ê siok jī. àm, jit iáⁿ, ìm ńg, chhiu chhìn. Chēng chēng, tsa bó Lâng.
陰的俗字。暗，日影，蔭影，秋凊。靜靜。查某人。
tōe, Geh, mê sî, ka iám koaⁿ, ìm Léng.
地，月，暝時，咬掩寒，陰冷。

氕 Phiⁿ, Phiⁿ ㄆㄧㄝ, ㄆㄧㄝ; Phiⁿ Phiⁿ chhoán, chiū sī tsáu Liáu chhoán khùi kín ê ì sù.
氕氕喘，就是走了喘氣緊的意思。

造字 气借比的偏音來合成字。

六·十畫

氣 khì, khùi ㄑㄧˋ, ㄎㄨㄟˋ; thiⁿ tōe ê khì, khong khì. Lâng í kip it chhiat tōng but sit but ho khip ê khì. chhoán khùi.
天地的氣，空氣。人以及一切動物植物呼吸的氣。喘氣。
khùi Lat, hiat khì. siū khì, hé khì. khì bī. khì siōng. khì thé. khì ūn. khì hāu.
氣力，血氣。怒氣，火氣。氣味。氣象。氣體。氣運。氣候。

氤 in ㄧㄣ; hó ê khì, thiⁿ tōe saⁿ hap ê khì, sio Lō hō mih oah. thian tē in un bān but hòa sûn.
好的氣，天地相合的氣，燒烙葅物活。天地氤氳萬物化醇。

氪 kek ㄎㄜˋ; kek sio chiú. kek chiuⁿ Ló. kek khì. kek Phang Liāu.
氪燒酒。氪樟腦。氪氣。氪香料。

造字 將某種物加以蒸溜，提出一種或多種物質，叫做氪。或化學合成亦如是。將氣各以分離，字·義·音皆備。

氳 un ㄨㄣ; hó ê khì, thiⁿ tōe ê khì, sio Lō hō bān mih oah. thian tē in un bān but hòa sûn.
好的氣，天地的氣，燒烙葅萬物活，天地氤氳萬物化醇。

水 部 氵 85

水 súi, chí, tsúi ㄕㄨㄟˇ, ㄓˇ, ㄕㄨㄟˇ; ngó hêng ê chit hāng, kim bok tsúi hé thó. ū Lâu ê khì chit. bô tiāⁿ bô tioh.
五行的一項，金木水火土。有流的氣質。無定無着。
jī sìⁿ súi. Chhī koe chiau Cheng siⁿ, chit Pái kóng chit tsúi. thâu tsúi. ū kàu tōa chiah, kóng
字姓水。飼雞鳥精牲，一回講一水。頭水。有夠大隻，講
kàu tsúi. Lâng ài chiáh tsúi. tsûn kè tsúi. tsúi khì. tsúi tsai. tsúi hé bô chêng.
到水。人愛食水。船過水。水氣。水災。水火無情。

tsúi Chhia, tsúi Gû, tsúi mn̂g, chhiⁿ ê mîa, tsúi Chhiⁿ, n̂g chí kio, chiū sī chháu ioh mîa.
水車，水牛，水門，星的名，水星，黃水茄，就是草藥名。

一 畫

氷 Peng, Pi, Piang, Léng ê ì sù. Peng Léng. Chheng khì, Peng Chheng Giok kiat. kiān Peng, Peng Sng
ㄅㄧㄥ，ㄅㄧ，ㄅㄧㄤ，冷的意思。氷冷。清氣，氷清玉潔。凝氷，氷霜
Chhin Pi Pi, Chin Léng ê ì sù. Léng Piang Piang, Chin Kōaⁿ ê ì sù. kap 冰 Sio Siāng.
清氷氷，真冷的意思。冷氷氷，真寒的意思。与 冰 相同。

永 éng, ㄩㄥˇ; kú tn̂g, hn̄g hn̄g. tsúi tn̂g. Siông Siông. kàu bé, bêng Pe̍k. éng éng. éng oán. éng Kiú.
久長，遠遠。水長。常常。到尾，明白。永永。永遠。永久。

氹 thún, ㄊㄨㄣˇ; chiū sī tóe Pùn sò ê khut, á sī hak á ê ì sù.
就是貯糞埽的堀，或是學仔的意思。

二 畫

汁 Chiap, ㄓ; mih ê Lāi bīn ū thng chhin chhiū tsúi ê khóan. thng Chiap. bah chiap. ké chí chiap.
物的內面有湯親像水的款。湯汁。肉汁。果子汁。

氾 hoàn, ㄈㄢˋ; tōa tsúi, tsúi móa, hoàn Lām. khoah, kóng hoàn. iô tsoah, iô tāng ê khóan.
大水，水滿，氾濫。濶，廣氾。搖泏，搖動的款。

求 kiû, ㄑㄧㄡˊ; chhiau chhē, bā, thó, khit. chio Lâi. Chhiau kiû. khún kiû. khì kiû. kiû chêng.
搜尋，覓，討，乞。招來，搜求，懇求。去求。求情。

氿 khúi, ㄍㄨㄟˇ; tsúi Piⁿ ta ta ê thô, tsúi ta Liáu, tsúi khut Piⁿ chhut tsoāⁿ, khúi tsoāⁿ.
水邊乾乾的土，水乾了。水堀邊出泉，氿泉。

氼 jio̍k, Le̍k, ㄋㄧˋ; thiām Lo̍h tsúi. tóan jio̍k. Le̍k ài. tsúi kek sí, jio̍k sí. kap 溺弱 Sio Siāng ì sù. jio̍k bu̍t.
沉落水。軟弱。氼愛。水激死，氼死。与 溺弱 相同意思。氼没。

汀 theng, ㄊㄧㄥ; Soaⁿ kē kē thó chhut tī tsúi nih. tsúi Piⁿ ê tóe. Só tsāi mîa, hok kiàn séng theng chiu hú.
山低低扗出佇水裡。水邊的地。所在名，福建省汀州府。

氻 Le̍k, ㄌㄜˋ; tsúi Lâu ê siaⁿ, tsúi tsoāⁿ chhèng ê siaⁿ.
水流的聲，水泉湧的聲。

氽 thún, ㄊㄨㄣ; tsúi Chhiâng mih. Lâng tī tsúi téng sìu ê ì sù. Lâng tī tsúi téng kio thún. tī tsúi ê kio jio̍k.
水煮物。人佇水頂泅的意思。人佇水頂叫氽。佇水下叫氼。

氿 Chek, ㄐㄧㄝˋ; tsúi àm chīⁿ Lâu chhut Lâi. hiu tsúi.
水暗靜流出來。灑水。

汃 Pin, Phat, ㄅㄧㄣ，ㄆㄚ; se kek ê tsúi, tsúi ê khóan Sit. tsúi Pho saⁿ kek ê siaⁿ.
西極的水，水的款式。水波相激的聲。

三 畫

汊 Chha, Chhe, ㄔㄚˋ，ㄑㄧㄝ; chiū sī tsúi hun teh Lâu. Sam Chhe hô, tī Liâu tong.
就是水分叉啲流。三汊河，佇遼東。

池 tî, ㄔˊ; tóe tsúi ê só tsāi. jī sìⁿ tî. tsúi tî. tî tn̂g. Siâⁿ tî. tî chiáu.
貯水的所在。字姓池。水池。池塘。城池。池沼。

汎 hoàn, oàn, ㄈㄢˋ，ㄨㄢˋ; Lâu bak Sái ê khóan Sit. hō tsū Chip. kap 洹 Siāng khóan. Lūi hoàn Lān jī ú chip.
流目屎的款式。雨聚集。与 洹 同款。淚汎瀾而雨集。

汗 hān, kōaⁿ, ㄏㄢˋ，ㄍㄨㄚˋ; hān tsúi, Phê hu Lâu chhut ê kōaⁿ. tio̍h bôa, kōaⁿ Lâu kiap Pōe. kōaⁿ Lâu sám tih. hoat kōaⁿ.
汗水，皮膚流出的汗。着磨，汗流浹背。汗流摻滴。發汗。

汔 Git, ㄑㄧˋ; tsúi ta, sió khóa, Gûi hiám, tsúi ê mîa, Git tsúi, chhut tī Ká San.
水乾，少許，危險，水的名，汔水，出佇賈山。

汞 hóng, hōng, ㄍㄨㄥˇ; tsúi Gûn. hoa ha̍k ê Gôan sò. tsòe kiàⁿ ê Lō eng. tan se só hòa ê tsúi Gûn.
水銀。化學的元素。做鏡的路用。丹砂所化的水銀。

汝 jú, Lú, Lí, ㄖㄨˇ; tsúi mîa, jú súi. jú hô. Lú hô. kap Lí siāng khóan ì sù. Lí Góa, Lí ê. Lín.
水名，汝水。汝河。汝河。与你同款意思。汝我，汝的。您。
jī, ㄖˇ; Lú Pōe, Lú tèng. tōe mîa Lú chiu, Lú Lâm.
汝輩，汝等。地名汝州，汝南。

江 kang, ka, ㄐㄧㄤ; tōa hô, tōa khoe. kang hô. iûⁿ tsú kang. Chìn kòng. kang tsúi. kang San. kang ô.
大河，大溪。江河。楊子江。進貢。江水。江山。江湖。
tōe mîa, kang So séng. ka chhio chiū sī hái nih sòe chiah ê Gîo á.
地名，江蘇省。江鰷就是海裡細隻的鱙仔。

汒 bóng, bông, ㄇㄤˊ; hong bóng. tah hiahⁿ. khui khoah, bóng bóng. Soaⁿ kok ê mîa.
風汒。搭嚇。開闊，汒汒。山谷的名。

汕 Sàn, Sòaⁿ, ㄕㄢˋ; hî iû tsúi ê khóan Sit. Cheng jiân Sàn Sàn. tōe mîa Sòaⁿ thâu. tī kńg tang Séng.
魚游水的款式。烝然汕汕。地名汕頭。佇廣東省。

汐 Sek, teh ㄕㄝㄎ,ㄉㄝㄏ；mī sî tiòng ê hái tsúi 冥時漲的海水。ē pō Lâu 下晡流。boán tiâu 晚潮。tiâu sek 潮汐。hái teh 海汐，Lîau teh 遼汐。
tsúi teh 水汐，thô teh 土汐，Lâu teh 流汐，tâm teh teh 潘汐汐。Sek Lō 汐路，hái tiâu chìn thòe ê Lō hūn 海潮進退的路痕。

汜 Sū ㄙㄨ；Sóe tiâu khoe tùi tōa tiâu khoe hun khui 小條溪對大條溪分開，oan Lâu kau koh hap bā 彎流到閣合倚。tsúi mîa 水名，Sū tsúi 汜水。

汋 Chiok, Chhiok ㄐ一ㄜㄎ,ㄑ一ㄜㄎ，that tsúi ê sian 踢水的聲。ū sî thêng bô chhut tsúi ê tsôa 有時停無出水的泉，chè chiok 漏汋。Siat hoat 設法。

汛 Sìn ㄒ一ㄣ；thê hông ê só tsāi 堤防的所在，hông sìn 防汛，sìn hōng 汛防，kang hô khoe ê tiòng tsúi tiâu sìn 江河溪的漲水潮汛。sìn tōe 汛地。chhun sìn 春汛。
Chhiu sìn 秋汛。hiù tsúi 灑水，sìn sàu 汛掃。

污 u, ù, bak ㄨ,ㄨˋ,ㄅㄚㄎ，tsúi bô Lâu 水無流，Lâ sâm 垃圾，ù oè 污穢。污着 bak tioh。Phah Lâ sâm ó khang 打垃圾挖孔，ak tsúi 沃水。Put Liâm 不廉，thàn ù 貪污。

汙 u, ù, bak ㄨ,ㄨˋ,ㄅㄚㄎ，kap téng bīn jī Siāng khoán 与頂面字同款。bak Lâ sâm 汙垃圾，bak tâm 汙澹，ài bak chhiú 愛汙手。ba chhàu mîa 汙臭名。

汰 tāi, that, thoah ㄉㄞ,ㄊㄚㄊ,ㄊㄨㄚㄏ；tsúi sio chhiong kè khì 水相衝過去，sóe 洗，kek tāi 擊汰。sóe thoah 洗汰。Pho Lōng tōa tāi 波浪大汰。tsah tsúi 截水。
thoh bí 汰米。thoah saⁿ Liâu tioh ài thôa 汰衫了着愛汰。thoah ko á hu 汰糕仔麩。

汖 Phài, tī ㄆㄞ,ㄉ一；chiū sī thiah iû môa, á sī tōe á ê phê 就是拆洋蔴，或是苧仔的皮。

泝 chek, chhek ㄐㄝㄎ,ㄑㄝㄎ，sip sip bô kàu Giān ta 濕濕無夠乾。tsúi teh Lâu ê khoán sit 水咧流的款式。tsúi ê sè bīn 水的勢面。

汓 Siû ㄒ一ㄡ；Phû khiā tī tsúi bīn 浮豎佇水面，khiā siû 豎泅，oh siû 學泅。Siû tsúi 泅水。kap 泅 jī thong 与泅字通。

汎 hoàn ㄏㄨㄢ；Phû tī tsúi nih 浮佇水裡。Lâu Lâi Lâu khì 流來流去。Phû Phiô 浮萍，bô tiaⁿ tioh 無定着。tōa tsúi 大水，khoah tōa 闊大。hoàn ài 汎愛，
Phok ài 博愛。hoàn Lūn 汎論，Phó Phiàn kóng 普遍講。kap 泛 jī thong 与泛字通。

四畫

沈 Sím, tîm, thiâm, tiâm ㄒ一ㄇ,ㄉ一ㄇ,ㄊ一ㄚㄇ,ㄉ一ㄚㄇ，sím 沈，kó tsá kok mîa 古早國名。Lâng ê sìⁿ Sím 人的姓沈。tîm 沈，tîm tī tsúi tōe 沈佇水底。tîm tsúi 沈水。
tiâm，tîm but 沈没，tī Lóh khì 沈落去。tūi Lóh 墜落，tîm Lūn 沈淪。tîm hiuⁿ 沈香，chit chióng Phang chhâ 一種香柴。tîm bê 沈迷。tiâm 沈
tiâm Lóh khì 沈落去。tiâm Lóh tsúi 沈落水。jih tiâm khì 扼沈去。ū tiâm tōe 有沈底，hún tîm tiān ê ì sù 粉沈澱的意思。tîm thiàn 沈痛。
hiat mih Lóh tsúi tōe 棄物落水底，thiâm tsúi 沈水，thiâm hái 沈海 thiâm Lóh chíⁿ 沈落井。tiâm bî 沈泳，siū sī kìm khùi tī tsúi tiong ng 就是禁氣佇水中央。

沉 Sím, tîm, thiâm, tiâm, tiâm ㄒ一ㄇ,ㄉ一ㄇ,ㄊ一ㄚㄇ,ㄉ一ㄚㄇ,ㄉ一ㄚㄇ，kap téng bīn jī Siāng khoán 与頂面字同款。

沚 Chí ㄐ一；tsúi tiong ê soa Lūn 水中的沙崙，Lâng oē tit thàng hioh ê só tsāi 人能得可歇的所在。

沊 ûi ㄨㄟ；ńg khoán ê tsúi 雨款的水，chhiⁿ hoan kóng tsòe tsúi ê ì sù 生番講做水的意思。

沖 Chhiong ㄑ一ㄜㄥ；Síu sek sì bīn sûi 首飾四面垂，chhiong 沖，chhiong thian 沖天。chhiong tsúi 沖水。chhiong sóe 沖洗。chhiong hí 沖喜。tsú ngó sio chhiong 子午相沖。
Chhiong tê 沖茶。chhiong chek 沖積，chhiong chek tsàn 沖積層，hô soa ê chhiong chek hêng sêng ê tōe tsàn 河沙的沖積形成的地層。

汾 hun, hûn ㄏㄨㄣ,ㄏㄨㄣˊ，tsúi ê mîa 水的名，hun tsúi 汾水，tōe mîa 地名，hun iông 汾陽。tsōe tsōe ê ì sù 多多的意思。hûn Loān 汾亂。

沆 khōng ㄎㄤ；tōa tsúi 大水，tōa Lūn tek ê khoán sit 大潤澤的款式，tsúi chhim khoah tōa ê khoán 水深闊大的款。khōng bōng 沆茫。

沍 hō ㄏㄨ；tsúi ê khoán sit 水的款式，koaⁿ 寒，that bát 塞密，that tsúi 塞水。hō kò 沍涸，khì bōe soaⁿ 氣繪散。hō hân 沍寒，kôaⁿ bōe soah 寒繪息。

沂 kî ㄍ一；tsúi ê mîa 水的名，kî tsúi 沂水，chhut thài San 出泰山。soaⁿ mîa 山名，kî San 沂山。Lâng ê sìⁿ 人的姓。

汭 jōe ㄖㄨㄟ；tsúi ê mîa 水的名，jōe tsúi 汭水。tsúi saⁿ chhiong ê khoán sit 水相衝的款式，tsúi oan ê só tsāi 水彎的所在。

汲 khip, ㄐ一ˊ;
chhiūⁿ tsúi 扸水，ín chhōa 引導，khan 牽。khip tsúi 汲水，khip ín 汲引。khip khip 汲汲，bô soah ê khoán sit 無息的款式。khip chhú 汲取

決 koat, ㄐㄩㄝˊ;
tsúi mîa 水名，koat tsúi 決水，chhut tsū 出自 Lô kang 盧江。tsúi teh kîaⁿ 水咧行，koat koat 決決。koat toān 決斷，tsám tn̄g 斬斷。hun piat 分別。
koat sim 決心。hô thê pang hoāi 河堤崩壞，koat thê 決堤。phòaⁿ koat 判決，chhú koat 處決。koat tēng 決定。koat gī 決議。piáu koat 表決。
io̍h mîa 藥名，koat bêng 決明。Piàⁿ su iâⁿ 拚輸贏，koat sèng 決勝。koat lia̍t 決裂，phòa li̍h 破裂。koat chì 決志。koat ì 決意。

汨 be̍k, kut, ㄇ一ˋ, ㄍㄨˇ;
tsúi ê mîa 水的名，be̍k Lô kang 汨羅江。loān loān 乱乱，liāu lí 料理，saⁿ chham 相參，thong thàu 通透，be̍k thong 汨通。
Pho lōng ê siaⁿ 波浪的聲，hông hông kut kut 泓泓汨汨。

泐 le̍k, ㄌㄜˋ;
tsúi gêng tsòe hê ê khoán sit 水凝做縫的款式。

沔 bián, ㄇ一ㄢˇ;
tsúi móa 水滿，tsúi mîa 水名，bián súi 沔水。tōe mîa 地名，bián kháu 沔口，tī hàn iông 佇漢陽。

沒 bu̍t, ㄇㄛˋ;
tîm lo̍h tsúi 沈落水，tîm bu̍t 沈沒。sí 死，bu̍t sè 沒世。bô 無。bu̍t siu 沒收，chhiong kong ê ì sù 充公的意思。io̍h mîa 藥名，bu̍t io̍h 沒藥。

沐 bo̍k, ㄇㄨˋ;
boah thâu 抹頭，sóe thâu mn̂g 洗頭毛，sóe lé 洗禮，bo̍k io̍k 沐浴。siū un hūi 受恩惠，bo̍k un 沐恩。ak tâm 沃潛，bo̍k ú 沐雨。

汴 piān, ㄅ一ㄢˋ;
tsúi mîa 水名，piān hô 汴河。piān chiu 汴洲，sio̍k Chîn kok 屬秦國。piān kiaⁿ 汴京，hô lâm khai hong ê kū mîa 河南開封的旧名。

沙 sa, soa, ㄕㄚ, ㄕㄨㄚ;
iù ê mih 幼的物。iù iù ê chio̍h 幼幼的石，soa chio̍h 沙石。soa thô 沙土。tōe mîa 地名，tn̂g sa 長沙。soa khu 沙丘。soa chiu 沙洲。

沓 ta̍p, chhauh, tauh, ㄉㄚˋ, ㄘㄨㄚˊ, ㄉㄨㄚˊ;
tsúi oaiⁿ oaiⁿ lâu ê siaⁿ 水䆗䆗流的聲，ek chhut 溢出。sio chiap 相接。têng thâu 重頭。siông siông 常常。jī sìⁿ ta̍p 字姓沓。
thauh, tauh, ㄊㄨㄚˊ, ㄉㄨㄚˊ;
chhauh chhauh 沓沓，chiū sī kap tauh tauh siāng khoán ì sù 就是与沓沓同款意思。tauh tauh 沓沓。tauh tauh lâi 沓沓來。
tauh tauh kóng 沓沓講。chhauh chhauh 沓沓念。tha̍k thauh kap tauh 讀沓与沓，Lóng siāng khoán ì sù 攏同款意思。

汰 thāi, that, thōa, ㄊㄞˋ, ㄊㄚˋ, ㄊㄨㄚˋ;
sóe 洗，thōa 汰。sóe thōa 洗汰。kut kut 滑滑，ke thâu 過頭，jūn 潤。kut that 滑湊，kut kut 滑滑，kim kut ê ì sù 全滑的意思。
thoah, ㄊㄨㄚˇ;
sóe thōa chheng khì 洗汰清氣，thōa saⁿ 汰衫。thāi soa 汰沙，chhin chhiūⁿ tô kim 親像淘金。thāi chhí 汰侈，lōng hùi 浪費。thāi kán 汰揀，kéng sóan 揀選。

沌 tūn, ㄉㄨㄣˋ;
khì bē tīaⁿ tio̍h 氣未定着，bē khai thong ê khoán sit 未開通的款式。tsúi ê sè bīn 水的勢面。hūn tūn 混沌。hūn tūn 渾沌。tūn tūn hūn hūn 沌沌混混。

沁 sìm, sim, ㄒ一ㄣˋ, ㄑ一ㄣˋ;
tsúi ê mîa 水的名，sìm tsúi 沁水，chhut tsū iû thâu soaⁿ 出自羊頭山。thàm chhim chhiàn 探深淺，sìm chíⁿ 沁井。chhiūⁿ tsúi 扸水，lo̍h khì 落去。
sóe chheng 洗清。sim ji̍p 沁入，siàm ji̍p 滲入。sim jîn sim pî 沁人心脾，kám [illegible] chì chhim 感人至深，kám tōng lâng chin chhim 感動人真深。

汪 ong, ang, ㄨㄤ, ㄤ;
tsúi chhim koh khoah 水深閣闊，pêng chēng 平靜。ong iûⁿ tōa hái 汪洋大海。ô͘ 湖，tî 池，chhim chhim ê tsúi 深深的水，ong ong 汪汪。
oāng, ㄨㄤˋ;
ong jiân pêng chēng 汪然平靜，chi̍p jiân chheng têng 寂然清澄。lâng ê sìⁿ ang 人的姓汪。ang iûⁿ tōa tō 汪洋大盜。

汶 bûn, būn, ㄨㄣˊ, ㄨㄣˋ;
soaⁿ tang séng hô ê mîa 山東省河的名。bûn súi 汶水。bûn kang 汶江。bûn bûn sī lêng jio̍k 汶汶是凌辱。kek khì ê ì sù 激氣的意思。

沃 ak, ㄨㄛˋ;
koàn ak 灌沃。sóe 洗，pûi 肥，ak sóe 沃洗。ak chhân 沃田。hong sēng ê tōe 豐盛的地，ak iá chhian lí 沃野千里。sip lūn 濕潤，ak tâm 沃潛。

沕 bit, bu̍t, ㄇ一ˋ, ㄨˋ;
chhim chhim hn̄g hn̄g 深深遠遠，chhim tūn 深潡。bu̍t bo̍k 沕穆，sū lí chhim bî ê khoán 事理深微的款。kiaⁿ lâng ê mih 驚人的物。

沇 ián, 一ㄢˇ;
tsúi mîa 水名，tsúi chhut tī hô tong ê tang pêng 水出佇河東的東坪。ián súi 沇水。ián ián 沇沇，tsúi lâu ê khoán sit 水流的款式。

沛 phài, ㄆㄟˋ;
kîaⁿ ê khoán sit 行的款式。tōa 大，tsōe 多，ū chhun 有剩。ak tâm 沃潛，chhiong phài 充沛。kiáu jiáu 攪擾，tian tó 顛倒，poah tó 跋倒，
tian phài 顛沛。phài phài 沛沛，tsúi lâu chin tōa ê khoán 水流真大的款。lâng ê sìⁿ phài 人的姓，沛。

汳 piān, ㄅ一ㄢˋ;
kap 与汴 siāng khoán 同款。

沄 ûn, ㄩㄣˊ;
tsúi tsah koâiⁿ tò tńg lâu 水截高倒轉流。tsōe tsōe 多多，tiōng ûn 漲沄，soa ûn 沙沄。

【泮】Phoàn, tsúi teh lâu, tsúi pîⁿ. tsu hó khó pîⁿ thâu chêng ê Géh pâi tî. thong.
ㄆㄨㄢˋ, 水咧流，水邊。諸侯考棚頭前的月眉池。通泮·畔

【沛】tsat, sip khì. khip tsat. kún tsúi ê khoán sit.
ㄗㄚˊ, 濕氣。湒沛。滾水的款式。

【沏】Chhiat, chiū sī tsúi ê siaⁿ, tsúi kín lâu ê khoán sit. bōa ê ì sù. Phàu tê, chhiat tê.
ㄑㄧㄝˋ, 就是水的聲，水緊流的款式。磨的意思。泡茶，沏茶。

【次】iân, ê Pún jī. chhùi nōa, chhùi ê chin ek.
ㄧㄢˊ, 涎的本字。嘴涎，嘴的津液。

【汩】it, oat, tsúi teh lâu, kín ê khoán, chheng khì ê khoán, kng bêng ê khoán sit. tín tāng
ㄧˋ, ㄩㄝˋ, 水咧流，緊的款，清氣的款。光明的款式。振動

【沅】Goân, Goân, tōa tiâu khoe ê mîa, tī hûn lâm séng sai pêng.
ㄩㄢˊ, ㄩㄢˊ, 大條溪的名，佇雲南省西爿。

【汐】tek, tsúi thòe khó khó ê ì sù, khó lâu. tsúi teh, kap 汐 siong thong.
ㄉㄜˊ, 水退涔涔的意思，涔流。水汐，与汐相通。

【汽】khì, kap 气 Lioh lioh siāng khoán. sī tsúi ê khì. sī ek thé hòa tsòe khì thé ê hiān siōng. khì iû.
ㄑㄧˋ, 与氣略略同款。是水的氣。是液体化做氣体的現像。汽油。
cheng khì. khì chhia. khì tsûn. khì tek. khì lek
蒸汽。汽車。汽船。汽笛。汽力

五 畫

【沾】tiam, tiap, thiam, siu un, tiam un. ak tâm, tiam tsúi, tiam jû, jiám tioh, tiam jiám, bak tioh.
ㄓㄢ, ㄓㄢˇ, ㄊㄧㄢ, 受恩，沾恩。沃澹，沾水，沾濡，染着，沾染，染着。
tiap, tiap tiap, ka kī chêng tùn ê ì sù. khin pòk. thiam, tsúi mîa, thiam súi, chhut tī ô koan
沾，沾沾，傢己整頓的意思。輕薄。沾，水名，沾水，出佇壺關
ê tang pêng lâu jip kî tsúi. moá, ke thiⁿ.
的東爿流入淇水。滿，加添。

【治】ī, tī, tī, thai, ī, tsúi nih ê mih. Liāu lí kàu hó sè. tī, Liāu lí, tsúi mîa, tī tsúi, chhut tī
ㄓˋ, ㄓˋ, ㄓˋ, ㄊㄞˊ, 治，水裡的物。料理到好勢。治，料理，水名，治水，出佇
thài san kūn lâm bú iông. tī, koán hat ê ì sù. tī lí. thài pêng chèng tī, tī loān, tī tsōe.
泰山郡南武陽。治，管轄的意思。治理。太平政治，治亂，治罪。
tī an. tī kok. tī pīⁿ. tī pún. tī liâu. thai, thai tsúi, chhut Gān bûn kūn ìm koan
治安。治國。治病。治本。治療。治，治水，出佇雁門郡陰館
lûi thâu soaⁿ, tang chì tsoân chiu jip hái.
累頭山，東至泉州入海。

【沼】Chiáu, oan oat ê tsúi tî, hî tî, tî chiáu, chiáu tek, chiáu ô. ū tsúi ê só tsāi.
ㄓㄠˇ, 彎越的水池，魚池，池沼，沼澤，沼湖。有水的所在。

【注】tsù, tù, tù, tsu, ēng tsúi tsōaⁿ chhut, tsù tsúi, tsù sīa. tsù chhut tsù jip. tit tit siūⁿ, koàn tsù, tsù ì.
ㄓㄨˋ, ㄉㄡˋ, ㄉㄡˋ, ㄓㄨ, 用水濺出，注水，注射。注出注入。直直想，灌注，注意。
koàn ak. ín chhoa, koan tsù. tsù bók. tsù bûn. tsù tiōng. poah kiáu, hē tù, tōa tù, sòe tù.
灌沃。引導，關注。注目。注文。注重。博賭，下注，大注，小注。
kiáu tù. tó sù iâⁿ, kó tù it tek. tù tsúi, liah hî tsúi nih tù, khit tsúi tù sí, tù iâm.
賭注。賭輸贏，孤注一擲。注水，掠魚水裡注，給水注死，注塩。
tsu tsu siōng, chiū sī tit tit siōng ê ì sù. it tit tsù ì khòaⁿ ê ì sù.
注注相，就是直直相的意思。一直注意看的意思。

【法】hoat, iok sok, hoat tō. chè tō, hiàn hoat, hoat lu̍t, hêng hoat, hêng hoat. chhin chhiūⁿ hāu hoat.
ㄈㄚˇ, 約束，法度。制度，憲法，法律。刑罰，刑法。親像，效法。
hong hoat. hoat koaⁿ. pān hoat. hoat kui. hoat chek. kok ê mîa, hoat lân se, hoat kok.
方法。法官。辦法。法規。法則。國的名，法蘭西，法國。

【泛】hoàn, hòaⁿ, phû tī tsúi nih, lâu lâi lâu khì. phû phiō bô tiāⁿ tioh. tōa tsúi, khoah tōa, hoàn ài,
ㄈㄢˋ, ㄈㄢˋ, 浮佇水裡，流來流去。浮萍，無定着。大水，闊大。泛愛，
phok ài. hoàn lūn, phó phian kóng, hòaⁿ hòaⁿ, hòaⁿ hòaⁿ tiuⁿ. hòaⁿ hòaⁿ chiū sī kek bô iàu kín.
博愛。泛論，普遍講。泛泛，泛泛張。泛泛就是格無要緊。

【沸】hùi, hut, pùi, puh, tsúi tsōaⁿ chhēng koâiⁿ ê khoán sit, tsúi kún kún hōa hōa, hùi thêng. tsúi kún ê
ㄈㄟˋ, ㄈㄨˊ, ㄅㄟˋ, ㄅㄨˊ, 水泉湧高的款式，水滾滾喧喧，沸騰。水滾的
ê sî, hut tiám. hù tsúi. pùi kap thak hut hut siāng ì sù. puh, puh kóng á
的時點，沸點。灑水。沸与讀沸沸同意思。沸，沸蹟仔，
chiū sī tsúi hoán chhàu, oē puh phok á ê ì sù.
就是水反臭，能沸抱仔的意思。

【泭】hu, sái sòe tek pâi á, pák chhâ kè tsúi. hong hu. sió pâi
ㄈㄨ, 駛小竹排仔，縛柴過水。舫泭。小簰。

河 hô, Lô, ㄏㄜˊ, ㄌㄜˊ — tsúi tsū chip, kē tōe, tsúi Lâu ê só-tsāi, hô Liû, kang hô. hô kháu. thian Lô Pán
水聚集，低地，水流的所在，河流，江河。河口。天河板
kap thian hô Pán sio siāng. Gîn hô, chiū sī thian hô, sī thian the chhiⁿ ê chip hap. hô san.
与天河板相同。銀河，就是天河，是天體星的集合。河山。

泬 hiat, hiat, ㄏㄧㄚ, ㄏㄧㄚ — tsúi tùi khang hīn koaⁿ kín Lâu chhut. tsúi miâ, hiat, kim sim súi thiⁿ kôaiⁿ khì chheng
水對孔裡趕緊流出。水名，泬，今沈水。天高氣清。

泫 hiân, ㄒㄧㄢˋ — Lâu tsúi, hoe têng ê Lō-tsúi, Lō-tsúi Sūi Lōh ê khoán. tsúi chhim.
流水，花頂的露水，露水垂落的款。水深。

泓 hông, ㄏㄨㄥˊ — tsúi chhim chēng, hông hông. tsúi chheng ê khóan, hông têng. tsúi miâ, Liông hông
水深靜，泓泓。水清的款，泓澄。水名，龍泓。

況 hóng, hòng, ㄏㄨㄤˋ, ㄏㄨㄤˋ — siùⁿ sù, kap hóng thong. hân Léng ê tsúi. chêng hêng, chêng hóng. kéng hóng, kīn hóng
賞賜，与貺通。寒冷的水。情形，情況。景況，近況
khah chhim ê ì sù. hóng chhia. hô hòng
較深的意思。況且。何況

泜 sī, tī, ㄙˋ, ㄉㄧ — chiū sī koāiⁿ ê miâ, sī hiong koāiⁿ. tī, tsúi ê miâ chhut tī ô Pak
就是縣的名，泜鄉縣。泜，水的名，出佇湖北

泄 ē, siat, ㄧˋ, ㄒㄧㄝˋ — sì soàⁿ lī khui khì ûn ûn teh Pe. hoat chhut. tsōe tsōe. tsúi miâ, siat tsúi. tû khì.
四散離開去，緩緩咧飛。發出。多多。水名，泄水。除去。

泔 hām, kām, ㄏㄢ, ㄍㄢ — pàng siat. Lāu chhut. Lāu tsúi, siat tsúi. siat sià. siat lāu. siat hūn. hioh khùn.
排泄。漏出。漏水，泄水。泄瀉。泄漏。泄恨。歇睏。

泔 ham, kam, âm, kam, ㄏㄢ, ㄍㄢ, ㄢ — sóe bí ê tsúi, Phun, bí chiap. hám, tsúi moa ê khóan sit. Ē mn̂g
泔，洗米的水，潘，米汁。泔，水滿的款式。廈門
Pēh oē sià tsōe âm bē. âm, tsú pn̄g sî ê thng chiap.
白話寫做泔糜。泔，煮飯時的湯汁。

泣 khip, ㄑㄧˋ — Lâng hoân Lô ê khóan sit. Lâu bak sái, iu būn. khau khip. thè khip. chheh khip. im khip.
人煩惱的款式。流目屎，憂悶。哭泣。涕泣。啜泣。飲泣。

沽 kó, kó, ㄍㄨ, ㄍㄨ — tsúi miâ, kó tsúi, chhut tī gû iông sài gōa, tang chì tsoân chiu jip hái. chíu ê bóe bōe,
水名，沽水，出佇漁陽塞外，東至泉州入海。酒的買賣，
kó chíu. chho khì ê mih. tāi Liók
沽酒。粗氣的物。大略。

泂 kéng, ㄐㄩㄥˇ — hn̄g hn̄g, chhim. khoah khoah. khang. chhiⁿ chhiⁿ.
遠遠，深。闊闊。空。青清。

泪 Lē, Lūi, ㄌㄟˋ, ㄌㄟˋ — bak sái. Lâu bak sái. Gán Lūi. Liû Lē. kap Siāng khóan.
目屎。流目屎。眼泪。流泪。与淚同款。

泠 Lêng, ㄌㄧㄥˊ — tsúi ê miâ, ū n̄ng ūi, kńg tang Gák chhiong koāiⁿ, kap kóng sē ūi Lâm koāiⁿ. hong kap tsúi ê siaⁿ.
水的名，有兩位，廣東樂昌縣，与廣西渭南縣。風與水的聲。

沬 mūi, hōe, ㄇㄟˋ, ㄏㄨㄟˋ — só tsāi ê miâ, hian kim hô Lâm séng kî koāiⁿ. tsúi miâ. thiⁿ sió khóa kng, jit tiong kiàn mūi
所在的名，現今河南省淇縣。水名。天少許光，日中見沬。
hōe, sóe bīn. sóe bīn ê Lâ sâm.
沬，洗面。洗面的垃圾。

沫 boat, Phèh, Phoeh, ㄅㄛˊ, ㄆㄝ, ㄆㄨㄝ — tsúi miâ, boat súi, soaⁿ tang sù tsúi ê chi Liû. tsúi Phèh, tsúi Phoeh, tsúi bīn
水名，沫水，山東泗水的支流。水沫，水沫，水面
Phoeh, ㄆㄨㄝ — ê Phû Phau. thò boat, Phùi noāⁿ. âm Phèh. Pēh Phoeh noāⁿ. Lâu Pēh Phèh noāⁿ.
的浮泡。唾沫，唾涎。泔沫。白沫涎。流白沫涎。

泯 bín, ㄇㄧㄣˇ — hun Lōan, bín Lōan, biat bô, chhin chhái. sio hap.
紛亂，泯亂，滅亡，且採。相合。

泥 Lê, nî, bē, thô, ㄌㄧˊ, ㄋㄧˊ, ㄋㄧˋ, ㄊㄨˊ — tsúi miâ, nî súi. thô bē, nōa thô. hiu nōa, kô kô. Lâng ê sìⁿ Lê.
水名，泥水。土糜，爛土。朽爛，糊糊。人的姓泥。
nî, chiū sī kò chip, Put thong. chip î. nî thô. nî sa. thô bē, thô bē chiuⁿ. chhàu
泥，就是固執，不通。執意。泥土，泥沙。土泥，土泥漿。臭
kau bē. Lō kô bē. thô bē, thô bē chiuⁿ. tsoe thô tsúi sai hū, tsoe thô tsúi
溝泥。路糊泥。泥糜，泥糜漿。做泥水師父，做泥水。

泮 Phoàn, ㄆㄢˋ — tsu hô khó hāu tháu chêng ê Gêh bāi tî. tùi Poàⁿ, hun soàⁿ, Phòa khui.
諸侯考椈頭前的月眉池。對半，分散，剖開。

泡 Pau, Pâu, Phau, Phâu, Phō, ㄆㄠ, ㄆㄠˊ, ㄆㄠˋ, ㄆㄠ, ㄆㄜˋ — Pâu, Lâm hái ū Pau hî. Pâu, tsúi Lâu, tsúi kún ê siaⁿ. Puh Pheh,
泡，南海有泡魚。泡，水流，水滾的聲。沸沫，
khí Phau, khí Phō ê ì sù. ēng sap bûn sóe saⁿ ōe khí Phō. Phàu, ēng kún tsúi
起泡，起泡的意思。用雪文洗衫能起泡。泡，用滾水
Phàu tê, Phàu tn̂g sng, Phàu ioh, Phàu chhài. Phàu tng.
泡茶，泡糖霜，泡藥。泡菜。泡湯。

泌 Pì, ㄅㄧˋ, tsúi kín kín teh lâu. tsôaⁿ chhêng ê khóan sit. Pì iông koâiⁿ mîa. hun Pì, Pì jiō.
水緊緊哟流。泉湧的款式。泌陽，縣名。分泌，泌尿。

泙 Pêng, Phêng, Phông, ㄆㄥˊ, ㄆㄥˊ, ㄆㄥˊ, soaⁿ kok, khiⁿ kau. tsúi mîa. tsúi siaⁿ. Phang Phong, Phîn Phông. hái êng
山谷，坑溝。水名。水聲，淜泙，淜泙。海浪
ê siaⁿ. tsúi chhiang ê siaⁿ. Phông chit ē. Phîn Phông. Phîn Phông háu. Phah Phîn Phông.
的聲。水衝的聲。泙一下，淜泙。淜泙哮。打淜泙。

波 Pho, ㄅㄛ, hiông lâu ê tsúi. Pho Lōng. tsúi Pho. tsúi hō hong tín tāng. tiān Pho, im Pho, sàng chhiu Pho.
雄流的水。波浪。水波。水經風振動。電波，音波，送秋波。

泊 Po̍k, ㄅㄛˊ, tsúi bīn kng kng ê khóan sit. ūi chí. sòe sòe ê tsúi êng. thêng, Pha tiāⁿ. theng Po̍k. Phiau Po̍k.
水面光光的款式。為止。小小的水浪。停，拋錠，停泊。飄泊。

泅 Sîu, ㄒㄧㄡˊ, Phû tsúi bīn kiâⁿ. sîu tsúi, chiū sī iû éng ê ì sù. khiā sîu. tsúi koe sîu. Phah Phông sîu.
浮水面行，泅水，就是游泳的意思。豎泅。水蛙泅。打泙泅。

泝 Sò, ㄙㄨˋ, chiū sī tsúi gek lâu ê ì sù. sò hôe. sūn lâu, sò îu → lîu.
就是水逆流的意思。泝洄。順流，泝游。

泗 Sù, ㄙˋ, chiū sī tsúi mîa, sù tsúi. chhut san tong sù súi koāiⁿ, jip hoâi hô. ba̍k sái, Phīⁿ tsúi, thè sù kau
就是水名，泗水，出山東泗水縣，入淮河。目屎，鼻水，涕泗交流

泰 thài, thòa, tōa, kek, kiau, chhia, an, heng ōng. thài Phòaⁿ. kok thài bîn an. khong thài. thài jiân.
ㄊㄞˋ, ㄊㄨㄚˋ, 大，極，驕，奢，安，興旺。泰半。國泰民安。康泰。泰然。
thài san, ngó gak chi it. kok mîa, thài kok. tiô thòa, chiū sī chiang chiu hú chit ūi koāiⁿ sêng mîa.
泰山，五嶽之一。國名，泰國。潮泰，就是漳州府一位縣城名。

泜 tî, ㄉㄧ, tsá tsúi mîa, tî súi. chiū sī hiān kim ê lú chiu.
昔水名，泜水。就是現今的汝州。

沴 chín, ㄌㄧˋ, Pháiⁿ ê khì, iau khì. ngó hêng put hô. im iông saⁿ khek.
惡的氣，妖氣。五行不和。陰陽相尅。

沱 tô, ㄊㄨㄛˊ, kûi nā chhe ê tsúi. lâu lo̍h, tōa, lo̍h hō, Pông tô. tsúi mîa. lâu ba̍k sái, chhut thè tô jio̍k.
幾若叉的水，流落，大，落雨，滂沱。水名。流目屎，出涕沱若。

沰 thok, ㄊㄨㄛ, ka lauh, tūi lo̍h. tsúi teh tih ê ì sù.
磕落，墮落。水哟滴的意思。

沮 chian, tsó, tsu, ㄐㄧㄢ, ㄗㄨˇ, ㄗㄨ, tsúi mîa, tsu súi. chhut tī tsu iông koāiⁿ. chian, tsúi sió khóa lâu, tām po̍h lâu chhut,
水名，沮水，出佇沮陽縣。沮，水少許流，淡薄流出，
tsúi teh lâu, koan chian siáu lîu. tsó, tsó chí, tsó at. Pāi hoāi, tsó Pāi. lāu chhut, tsó siat.
水哟流，涓沮小流。沮，沮止，沮遏。敗壞，沮敗。漏出，沮泄。

泉 tsôan, tsôaⁿ, ㄑㄩㄢˊ, chhut tsúi ê só tsāi. chhut tsôaⁿ, tsôan gôan. tōe mîa tsôan chiu. sí lâng teh tòa ê
出水的所在。出泉，泉源。地名泉州。死人哟住的
só tsāi, kiú tsôan tōe ē. kiàm mîa, lîong tsôan kiàm. un tsôaⁿ, léng tsôaⁿ, oa̍h tsôaⁿ,
所在，九泉地下。劍名，龍泉劍。溫泉，冷泉，活泉，
sí tsôaⁿ, tsôa tsúi, khui chíⁿ chhú tsôaⁿ. Puih tsôaⁿ. lâng ê sìⁿ. hòⁿ tsôan, kó tsá ê chîⁿ.
死泉，泉水，開井取泉。拔泉。人的姓。貨泉，古早的錢。

泲 Ché, ㄐㄧˇ, tsúi teh lâu. chit tiâu khoe lâu jip hái. kó chè jī. chiū sī ché súi. ché su, chheng chiú.
水哟流。一條溪流入海。古濟字。就是濟水。泲釃，清酒。

泚 chhé, chhú, ㄘˇ, ㄘˇ, thang kng. lâu koāⁿ. sin sián. chheng tsúi. tsúi mîa, chhú súi, chhut chhú iông tōa ô soaⁿ
通光。流汗。新鮮。清水。水名，泚水，出泚陽大胡山

沿 iân, ㄧㄢˊ, tsúi lâu lo̍h, tè tsúi kiâⁿ. sio liân sòa. sūn lâu. iân lō, iân hái, iân tô, iân kek, iân si̍p.
水流落，隨水行。相連續。順流。沿路，沿海，沿途，沿革，沿襲。

泱 iong, iōng, ㄧㄤ, ㄧㄤˇ, hûn khí ê khóan sit, tín tāng. tsúi chhim khoah. koāiⁿ tōa. iong iong, hông tōa.
雲起的款式，振動。水深闊。高大。泱泱，宏大。

泆 e̍k, tia̍t, ㄧˋ, ㄉㄧㄝˊ, tsúi hiông lâu, tōa tīⁿ. e̍k móa. kap e̍k thong. hòng tōng im lōan, im [illegible]. thit thô.
水雄流，大漲。泆滿。與溢通。放蕩淫亂，淫泆。迭宕。
tia̍t tōng, e̍k iông, chit khoan sîn chiáu siù ê mîa, Pà thâu bé bé.
泆蕩。泆陽，一款神鳥獸的名，豹頭馬尾。

油 îu, ㄧㄡˊ, bah ê ko. kng kng, kut kut. bah îu, ti îu, gû îu, îu chi. khòng îu, chio̍h îu.
肉的膏。光光，滑滑。肉油，豬油，牛油，油脂。礦油，石油
mûi îu, teng hé îu. hoan á îu. îu chhat. îu chiah ké.
煤油，燈火油。番仔油。油漆。油炙粿。

泳 ēng, éng, bī, ㄩㄥˇ, ㄩㄥˇ, ㄅㄧˋ, iû éng, iû hêng tī tsúi bīn. bih kìa tī tsúi nih, chhàng tsúi bī. tîam bī.
游泳，游行佇水面。匿行佇水裡，藏水泳。沈泳。
bī tsúi. chhin chhiūⁿ ah bī tsúi chiah hî.
泳水。親像鴨泳水食魚。

洢 Seng, ㄕㄥ, tsúi tiông móa. tsúi chhim chhim khoah tōa ê khóan sit.
水漲滿。水深深濶大的款式。

沭 Pūn, Phun, tsúi kín kín 。tsoāⁿ chhêng khí ê khoán sit 。kín kín lâu。
ㄆㄨㄣ, ㄆㄨㄣ, 水緊緊。泉湧起的款式 。緊緊流。

泏 khut, tút, thut, tsoah, chhoah, tsúi lâu chhut ê khoán, tsúi siap lâu, tsúi tsoah。tsoah chhut。iô tsoah。
ㄎㄨㄊ, ㄉㄨㄊ, ㄊㄨㄊ, ㄗㄨㄚㄏ, ㄑㄨㄚㄏ, 水流出的款, 水洩流, 水泏。泏出。搖泏。
tsoat, khut, tsúi tiâ tiòh, ō tî。chhoah, koe bó chhoah nn̄g, chhoah nn̄g, hō lâng jiok kàu chhoah nn̄g。
ㄗㄨㄚㄊ, 泏, 水定着, 洿池。泏, 鷄母泏卵, 泏卵, 彼人趕到泏卵。
chhoah sái, chhoah sái chhiⁿ, chhoah sái hoe, chhoah lòh khì。chhoah kui khò, tsúi móa, tsoat chhut。
泏屎, 泏屎青, 泏屎花, 泏落去。泏歸褲。水滿, 泏出。

泞 thú, chē chheng, têng chheng, thiām chēng。chē tóe。tîm tiān ê ì sù。
ㄊㄨˇ, 坐清, 澄清, 恬靜。坐底。沈澱的意思。

泼 hoat, kòaⁿ, thong lâu, tih, koàn tsúi, koàn ak。hoat koàn。
ㄏㄨㄚㄊ, 寒, 通流, 滴, 灌水, 灌沃。泼灌。

泃 kō, kù, tsúi ê siaⁿ, tsúi ê miâ。
ㄍㄡ, ㄍㄡˋ, 水的聲, 水的名。

泦 kiok, tsúi ê hûn, tsúi pīⁿ gōa ê ì sù。
ㄐㄩˊ, 水的紋, 水邊外的意思。

泐 Lek, tsúi tōng chióh ê ì sù。tsúi chióh ê bûn lí。kái khui, lek khui。iā tsòe siá jī。thâm miâ, lek thâm
ㄌㄜˋ, 水撞石的意思。水石的紋理。解開, 泐開。也做寫字。潭名, 泐潭

泖 báu, tâm sip, chhàu tsúi。thêng teh ê tsúi。tsúi miâ, kang so sêng chit tiâu khoe ê miâ。
ㄇㄠˇ, 潛濕, 臭水。停咧的水。水名, 江蘇省一條溪的名。

沭 sut, tsúi ê miâ, chhut tī chheng chiu ê só tsāi。kōaiⁿ ê miâ, sut iông kōaiⁿ。
ㄕㄨˋ, 水的名, 出佇青州的所在。縣的名, 沭陽縣。

沲 tô, tsúi hun chhe teh lâu, lâu lòh。tōa lòh hō, lâu bak sái。tōa ū pōng tô, chhut thè tô jiók。
ㄊㄨㄛˊ, 水分叉咧流, 流落。大落雨, 流目屎。大雨滂沲, 出涕沲若。

沿 iân, ê siók jī。
ㄧㄢˊ, 沿的俗字。

泂 sòe, sòe tiāⁿ, chiū sī tùi tsúi nih hō mih chhin chhiūⁿ tsûn tiāⁿ。
ㄙㄨㄟˋ, 泂椗, 就是對水裡砌物親像船椗。

六畫

洲 chiu, kang hô ê lāi phû chhut ê sū á, soa chiu。tōa liók tóe, a chiu, au chiu, bí chiu。
ㄓㄡ, 江河的內浮出的嶼仔, 沙洲。大陸地, 亞洲, 歐洲, 美洲。

洙 sû, tsu, tsúi ê miâ, sû súi chhut tī thài san, lâng ê sìⁿ tsu。
ㄕㄨ, ㄓㄨ, 水的名, 洙水, 出佇泰山, 人的姓洙。

洂 chhiong, soaⁿ ē ê tsoāⁿ, lâu tsúi ê siaⁿ。chhiong tsong。
ㄑㄧㄥ, 山下的泉, 流水的聲。洂淙。

洽 hiap, hô háp, tiâu hô。hiap pí, hô hâi chhin kūn。chhìm tâm sip lūn, tsū chip, iông hiap, chiap hiap
ㄒㄧㄚˋ, 和合, 調和。洽比, 和諧親近。浸濕, 濕潤, 聚集。融洽, 接洽

洪 hông, âng, tōa tsúi lām sám lâu, hông tsúi。tōa khoah, hông bô。hông bú, bêng thài tsó ê nî hō。
ㄏㄨㄥˊ, ㄤ, 大水濫糝流, 洪水。大闊, 洪模。洪武, 明太祖的年號。
hông chì, tōa chì。hông hong, bē khai thong。lâng ê sìⁿ, âng。thài pêng ông ê miâ, âng siù choân
洪志, 大志。洪荒, 未開通。人的姓, 洪。太平王的名, 洪秀全。

活 hoat, koat, oah, siⁿ, ū sìⁿ miā, tín tāng, oah miā。khoàiⁿ oah, oah tāng。hoat phoat, hoat tōng。
ㄏㄨㄛˊ, ㄍㄨㄛ, ㄨㄚˊ, 生, 有性命, 振動, 活命。快活, 活動。活潑, 活動。
bōe oah, koh oah, koh tsài oah, oē oah。oah khì。oah lō。oah tsúi。oah lek。hoat iâu。
繪活, 復活。倒再活。能活。活氣。活路。活水。活力。活躍。
oah kháu。oah iōng。oah hé。oah hé soaⁿ。tsúi teh lâu ê siaⁿ, koat koat kiò。
活口。活用。活火。活火山。水咧流的聲, 活活叫。

洄 hôe, tsúi lâu sèh, tsúi tò tńg lâu, gek lîu。hôe hôk。hôe sok。keng siong hôe tsù。
ㄏㄨㄟˊ, 水流廻, 水倒轉流, 逆流。洄洑。洄溯。更相洄注。

洢 i, tsúi ê miâ, i súi, tī hô lâm liok hûn soaⁿ lâu jip hô。
ㄧ, 水的名, 洢水, 佇河南陸渾山流入河。

洳 jū, lâm kūn ê tsúi miâ。chhìm tsúi。tâm sip, tsu jū。
ㄖㄨˋ, 南郡的水名。浸水。潛濕, 沮洳。

洎 kì, koàn ak, lūn tek, tsúi tāng lô。tsúi ê miâ, kì súi, chiū sī sìm súi, bah chiap
ㄐㄧˋ, 灌沃, 潤澤, 水重濁。水的名, 洎水, 就是沁水。肉汁

洶 hiong, tsúi tín tāng ê siaⁿ, tsúi sè hiong bēng, hiong hiong。hiong iông。chhā chhā háu, lîn
ㄒㄩㄥ, 水振動的聲, 水勢凶猛, 洶洶。洶湧。吵吵哮, 鏻
lîn lông lông ê siaⁿ, hōa hōa háu, hiong hiong。
鏻鎯鎯的聲, 嘩嘩哮, 洶洶。

洚 hông, kàng, kàng tsúi, hông tsúi, chiū sī hông tsúi, bô chiàu hô tō teh kiâⁿ Lâu ê tsúi. tsúi Lâm sám
洚水，洚水，就是洪水，無照河道咧行流的水。水濫滲
Lâu, Gėk Lâu, hóan Lâu. tsúi tsōaⁿ chhut ê khoán Sit.
流，逆流，反流。水泉出的款式。

汧 khian, tsúi ê miâ, khian súi, chhut tī Siám Sai Séng khia San. tsúi chhèng chhut bô Lâu tsáu.
水的名，汧水，出佇陝西省 汧山。水湧出無流走。

洸 kong, kong súi, Soaⁿ tang bûn súi ê chi Liû, tsúi chhèng khí ê kng, tsúi chhim khoah ê khoán Sit.
洸水，山東省汶水的支流。水湧起的光，水深闊的款式。

洌 Lē, Liat, tsúi Lâu saⁿ chhiak ê ì sù, tsúi ê siaⁿ, Lē Lē. Liat, Chheng ê tsúi. chheng chiú, chiú Liat.
水流相蹉的意思，水的聲，洌洌。洌，清的水。清酒，酒洌。
Chheng khì, Liat tsúi. Kôaⁿ thiⁿ ê hong, Liat hong kè jî chêng Pi ai.
清氣，洌水。寒天的風，洌風過而增悲哀。

洛 Lók, tsúi sio chiap Lâu, téng bīn kim kim. tsúi miâ, Lók chhoan, Lók hô. tōe miâ Lók iông.
水相接流，頂面金金。水名，洛川，洛河。地名洛陽。

洣 bí, Ô Lâm Séng chit tiâu khoe ê miâ.
湖南省一條溪的名。

洺 bêng, tsúi miâ, bêng hô. Gôan chhut hô Lâm séng bú àn kōaiⁿ.
水名，洺河，源出河南省武安縣。

派 Phài, tsúi khui chhe, tsúi hun chhut kiò tsòe Phài. hun Poah, hun hoat, hun Phài, Phài Piat, tsong Phài.
水開叉，水分出叫做派。分撥，分閥，分派，派別，宗派。

洏 jî, Lâu bák sái, Liân jî. tsúi.
流目屎，漣洏。水。

洱 jíⁿ, jī, jíⁿ, tsúi ê miâ, jíⁿ súi, chhut tī Lô sī kōaiⁿ ê hîm jíⁿ soaⁿ. tsúi ê miâ, se jī hái,
洱，水的名，洱水，出佇盧氏縣的熊耳山。水的名，西洱海，
ū chit miâ, se jī hô.
有一名，西洱河。

洒 Sá, Sé, hìu tsúi, kap Siāng khoán. Sóe tû, Sì Sòaⁿ, kèng kín, hó khòaⁿ, khoàiⁿ oah, Sá thoat.
灑水，与灑同款。洗滌，四散，敬謹，好看，快活，洒脫。

洗 Sián, Sé, Sóe, sé chheng khì. se ėk, sé saⁿ, tû khì Lâ Sâm. Sóe Lé, Sóe kha, Sóe chhíu.
洗清氣。洗浴，洗衫，除去垃圾。洗禮，洗腳，洗手。
Lâng ê sìⁿ, Sián. Sóe chhè, Sóe Pâi. Sián má, kó tsá ê koaⁿ miâ.
人的姓，洗。洗刷，洗牌。洗馬，古早的官名。

洩 È, Siat, Siap, kap Siāng khoán. Sì sòaⁿ, Lī khui khì. ûn ûn, teh Pe. hoat chhut, tsōe tsōe.
与泄同款。四散，離開去。緩緩，咧飛。發出，多多。
siat, hoat Siat, Su thiòng. Siat Lō, Siap Lâu, Siap tsúi. jī sìⁿ siat.
洩，發洩，舒暢。洩漏，洩漏，洩水。字姓，洩。

洵 Sûn, tsúi tò tńg Lâu. tsúi miâ, Sûn súi, chhut Sûn iông kōaiⁿ. Lâu bák sái bô chhut siaⁿ. hńg hńg.
水倒轉流。水名，洵水，出洵陽縣。流目屎無出聲。遠遠。

洫 hek, hok, Chhân tiong ê tsúi kau. Siâⁿ ê hô kau. tsúi tiòng móa. Phah Phâiⁿ. tsúi kín Lâu.
田中的水溝。城的濠溝。水漲滿。打歹。水緊流。

洮 iâu, tô, thô, iâu, chiū sī Ô ê miâ, iâu Ô. tī kang So Seng Gî heng kōaiⁿ. tsúi miâ, tô tsúi,
洮，就是湖的名，洮湖，佇江蘇省宜興縣。水名，洮水，
hàn tiâu ê chiong kun Phah Pò kun tō tsúi ê Lâm Pak Pêng. tho kap thak tó siāng khoán.
漢朝的將軍打布軍佇洮水的南北平。洮与讀[illegible]同款。
Sóe chhíu, Sóe tsák, thô thài.
洗手，洗濯，洮汰。

洞 tōng, tsúi kín Lâu, koh chhim, kúi ūi tōng hô. Soaⁿ khang, soaⁿ tōng, chiòh tōng. khang hi,
水緊流，擱深，潰渭洞河。山孔，山洞，石洞。空虛，
khong tōng, thàu thiat bêng Pėk, tōng kiàn. Sin hun chi iā, tōng Pông hoa chiok. tōng siau.
空洞，透澈明白，洞見。新婚之夜，洞房花燭。洞簫。

洊 chiàn, tsûn, tsúi Lâu kàu ūi. kàu tè koh tsāi Lâu. koh tsāi kàu. Chiàn chì. tauh tauh. thong chiàn jī
水流到位。到地擱再流。擱再到，洊至。沓沓。通薦字。
ki kīn, tsûn ki. ki kīn tsûn chin.
饑饉，洊饑。饑饉洊臻。

津 Chin, tin, kè tō ê só tsāi, koan chin. chhùi nōa, chin ėk. tsúi ek chhut, chin chin. ū tsu bī,
過渡的所在，關津。嘴涎，津液。水溢出，津津。有滋味，
á sī ū chhù bī. tin tin iú bī. tōe hō miâ, thian tin. iàu chin, tiōng iàu ê só tsāi. tin tiap
或是有趣味，津津有味。地號名，天津。要津，重要的所在。津貼
Pó tiap Put chiok. Chin Liông, chiap ín, kiô ê ì sù. kè tō ê só tsāi, tō thâu.
補貼不足。津梁，接引，橋的意思。過渡的所在，渡頭。

【洼】A, ke, oa, ㄚ,ㄍㄝ,ㄨㄚ, khut á tsúi, 堀仔水, kau lâu tsúi 溝流水。tōe kē ê só tsāi 地低的所在, tī oa tōe 低洼地, oa tî 洼池。kam siok séng chit tiâu khoe ê miâ 甘肅省一條溪的名。lâng ê jī sìⁿ 人的字姓, koe 洼。

【洧】úi, ㄨㄟˇ, tsúi ê miâ 水的名, úi hô 洧河, Goân chhut hô lâm séng 源出河南省, teng hong koāiⁿ 登封縣。

【洿】O, oa, ㄛ,ㄨㄚ, tsúi lô lô bô lâu 水濁濁無流, tsúi chhim ê ì sù 水深的意思, kiaⁿ lâng 驚人, lâ sâm tsúi 垃圾水。oa tî 洿池。u oe 污穢。

【洋】iông, iûⁿ, ㄧㄤˊ,ㄧㄡˊ, iûⁿ 一ㄡˊ, tsúi tsōe 水多, tōa hái 大海, hái iông 海洋, hái iûⁿ 海洋。ong iông 汪洋。tōa iûⁿ 大洋。chhân iûⁿ 田洋, khòng khoah 廣闊。thài pêng iûⁿ 太平洋。Gōa kok ê 外國的, iûⁿ hé 洋火, iûⁿ lâu 洋樓, iûⁿ pâng 洋房, iûⁿ chhang 洋蔥。iû âng 洋紅, tōa âng ê ì sù 大紅的意思。Se iû lâng 西洋人。Pîⁿ iûⁿ 平洋。tang iû 東洋, se iûⁿ 西洋, lâm iûⁿ 南洋。iông iông tit ì 洋洋得意。

【涍】khó, ㄎㄜˇ, tsúi ta 水乾, tsúi khó 水涍, khó tauh tauh 涍啫啫。chiū sī thng chió liap tsōe ê ì sù 就是湯少粒多的意思。

【洂】ek, ㄝㄎ, tsúi ê chiap 水的汁, tâm lâu chhut 潛流出。lâng ê sìⁿ 人的姓。kap 液 siang khoán 与液同款。

【洑】hok, ㄏㄛㄎ, tsúi tò tńg lâu 水倒轉流, tsúi tńg sèh ê ì sù 水轉迺的意思。hôe hok 洄洑。bīn tī tōe lāi ê lâu tsúi 匿佇地内的流水, hok lîu 洑流。

【洟】î, ㄧˊ, lâu phīⁿ tsúi 流鼻水, thè î 涕洟。sûi thè î 垂涕洟。un î 溫洟, tek miâ 澤名。

【涑】sek, ㄙㄝㄎ, sió khóa loh hō ê khoán sit 少許落雨的款式。tsúi ê miâ 水的名, tī pak hng 佇北方。

【洯】kiat, ㄍㄧㄚㄊ, tsúi ê miâ 水的名, chhut tī iông chiu ê lâm san 出佇雍州的南山。chheng khì 清氣。kap 潔 jī siang khoán 与潔字同款。

【洭】khong, ㄎㄨㄥ, tsúi ê miâ 水的名, chhut tī kùi iông koāiⁿ 出佇桂陽縣。

【洴】phêng, ㄆㄧㄥˊ, soaⁿ kok 山谷, tsúi ê miâ 水的名, chhiáⁿ chham khó 請參考 泙 jī siang khoán 字同款。

【洔】chí, sī, ㄓˇ,ㄙˋ, tsúi nih phû chhut ê tōe 水裡浮出的地。tsúi tiòng bô thè 水漲無退。

【洬】siok, ㄒㄧㄛㄎ, loh hō 落雨。tōa hong hō ê khoán sit 大風雨的款式。

【洎】tui, ㄉㄨㄟ, thô chek tsū 土積住, thô tui 土洎, tsōe tui 做洎, kap 堆 jī sio siāng 与堆字相同。

【洤】tsoân, ㄗㄨㄢˊ, kap 泉 jī sio siāng 与泉字相同。chiū sī kó jī 就是古字。

【洈】Gûi, ㄨㄟˊ, chiū sī tsúi ê miâ 就是水的名, Gûi súi 洈水, chhut tī lâm kūn 出佇南郡。

【洹】hoân, oân, ㄏㄨㄢˊ,ㄨㄢˊ, tsúi ê miâ 水的名, oân súi 洹水, tī hô lâm séng 佇河南省。iā kiò an iông hô 也叫安陽河。tsúi chhèng chiūⁿ 水湧上, hoân hoân 洹洹。

【流】Lîu, lâu, lîu, ㄌㄧㄡˊ,ㄌㄠˊ, tsúi teh kiâⁿ 水咧行, tsúi lîu 水流, hô lîu 河流, lîu tsúi 流水。tǹg tǹg, saⁿ liân 長長相連, tióng lîu 長流。siōng, tiong, hā lîu 上、中、下流。lîu hêng 流行。téng kip 等級, it lîu 一流。tsoán tōng 轉動, lûn lîu 輪流。sūn lâu 順流。gek lâu 逆流。lîu chhiⁿ 流星。lîu tōng 流動。khoe lâu 溪流。tsúi lâu lâng 水流人。lâu bak sái 流目屎。lâu koaⁿ 流汗。lâu leng 流奶。lâu bit 流蜜。lâu huih 流血。lâu lâng 流膿。lîu, bô sūn lîu 流,無順流, chiū sī hoán tńg thé thiap 就是反轉體貼, kap lán tsoè tùi ték ê lâng 與咱做對敵的人。

【浗】kà, ㄎㄚˋ, kà kà 浗浗, tsúi khah tsōe 水較多, thng khah tsōe ê ì sù 湯較多的意思。khó · kà 涍·浗。chiah kà 即浗, tâm kà kà 潛浗浗。kà lok lok 浗渃渃。tsúi miâ 水名, tsúi chhut Phài kun 出佇沛郡, hāu koāiⁿ 洨縣。hâu súi 洨水。

七 畫

【涔】Gîm, ㄍㄧㄣˊ, chhim tsù 浸注, tsúi miâ 水名, gîm tsúi 涔水。chhut hàn tiong lâm koāiⁿ 出漢中南縣, chiū sī n̂g tsúi 就是黃水。Gîm gîm 涔涔, loh hō tsōe ê khoán sit 落雨多的款式。iā sī lâu bak sái ê khoán 也是流目屎的款, Gîm gîm lūi hā 涔涔淚下。hî tî 魚池。

date　theme 水氵部 85　page

浙	chiat, ㄓㄜˋ,	tsúi Gėk Lâu, tsúi thoa mih, tsúi tò Lâu. tsúi mia chiat kang. chiat kang séng. 水逆流，水淤物。水倒流。水名浙江。浙江省。
浞	chhiok, ㄔㄨㄛˊ,	chìm tsúi, ùn tsúi, ùn tàm, sip Lūn, chìm tsù. 浸水，搵水，搵湆，濕潤，浸注。
浮	hô, Phû, ㄈㄡˊ,	sūn Lâu, hêng Gėk, ek chhut Lâi. khin, mih ti tsúi bīn. Phû Phiò, Phû Phiò ê oē. khin Phû. 順流，橫逆，溢出來。輕，物佇水面。浮飄，浮飄的話，輕浮。 Phû Phû, Phû tsúi, Phû Phiò, Phû Phû ió ió, Phû thâng, Phu thâng, Phû tîm, Phû Chioh. 浮浮，浮水，浮萍，浮浮搖搖，浮筌，浮筒。浮沈。浮石。
海	hái, hó, ㄏㄞˇ, ㄏㄜ,	khoah ê tsúi, tōa, khoah. tōa hái, tang hái, Gōa hái, Lāi hái. hái tsúi, hái iûⁿ, hái kun. 闊的水，大，闊。大海，東海，外海，內海。海水，海洋，海軍。 hái tsúi kiâm kiâm, jîn san jîn hái. o' àm, hái hòe. hó, hó thî, chit chióng hái chhài ê mîa. 海水鹹鹹。人山人海。黑暗，海晦。海，海苔，一種海菜的名。
浩	hō, ㄏㄠˋ,	tōa tsúi ê khoan sit, hō biáu, hō hō. khoah, tōa, ū chhun, tāi Liōng. hō tōa, hō jiân, hō hān. 大水的款式，浩渺，浩浩。闊，大，有剩，大量。浩大，浩然，浩瀚。
浣	oán, oān, ㄨㄢˇ, ㄨㄢˋ,	sóe chheng khì, sóe saⁿ, oán i, oán se. oān soat, sóe chheng tsōe mîa. oān tiōng, koàn tn̂g. 洗清氣，洗衫，浣衣，浣紗。浣雪，洗清罪名。浣腸，灌腸。
涇	keng, khêng, ㄐㄧㄥ, ㄎㄧㄥ,	tsúi ê mîa, keng súi chhut kam siok Lâu jip siam sai kap ūi súi sio hap. keng ūi hun bêng 水的名，涇水，出甘肅流入陝西，與渭水相合。涇渭分明 keng tsúi chheng, ūi súi Lō, só í ēng chit kù Lâi Pí jū chheng Lō siān ok. thong thàu. chheng tsúi. 涇水清，渭水濁，所以用這句來比喻清濁善惡。通透。清水。 khêng, khêng tsóa, chiū sī chit khoán ê tsóa mîa. 涇，涇紙，就是一款的紙名。
涓	koan, ㄐㄩㄢ,	sóe kang tsúi teh Lâu. koan tih, koan Liû. chheng khì. kéng jit, koan kiat. 小港水咧流。涓滴，涓流。清氣。揀日，涓吉。
浪	Lōng, Lông, ēng, n̄g, ㄌㄤˋ, ㄌㄤˊ, ㄥ, ㄋ,	tsúi teh Lâu ê khoán sit, Lông Lông. tsúi hō hong chhe koaiⁿ, Pho Lōng, hái Lōng 水咧流的款式，浪浪。水從風吹高，波浪，海浪， hái ēng, hong ēng, tōa ēng, ēng thâu. Pho Lōng, Lōng huì, Liû Lōng, Phái kiaⁿ Lōng tōng. 海浪。風浪，大浪，浪頭。波浪。浪費，流浪，歹子浪蕩。 n̄g, Pho n̄g, chiū sī hái ēng teh kûn ê ì sù. 浪，波浪，就是海浪咧滾的意思。
涖	Lē, Lī ㄌㄧˋ, ㄌㄧˋ,	Lóh Lòa ê tsúi siaⁿ, Lē Lē hā Lòa. Lîm kàu, Lē Lîm. khòaⁿ. Lē jīm, chiūⁿ koaⁿ. Lī Lī siaⁿ. 落瀨的水聲，涖涖下瀨。臨到，涖臨。看。涖任，上官。涖涖聲。
浼	bián, múi, ㄇㄧㄢˇ, ㄇㄟˇ,	tsúi Lâu Pîⁿ Pîⁿ. tīⁿ tīⁿ, tsúi Pîⁿ Pîⁿ kàu móa chhut Lâi. hô tsúi bián bián. múi, 水流平平。浼浼，水平平到滿出來。河水浼浼。浼， bak Lâ sâm, bak tjòh, kiáu jiáu. Pài thok Lâng siat hoat, múi jîn siat hoat. 沬垃圾，污着，攪擾。拜託人設法，浼人設法。
浜	Pheng, Pin, ㄆㄥ, ㄅㄧㄣ,	Pheng, Pha tiāⁿ ê só tsāi, oàⁿ tsûn ê kau sái, tsòt tn̄g hoâi chhā that káng ê ì sù. tsúi kau. 浜，拋碇的所在，按船的溝，絕斷橫柴塞港的意思。水溝。 ê siok jī. 濱的俗字。
浦	Phó, ㄆㄨˇ,	tsúi Pîⁿ, hái Pîⁿ, kang Phó, hô Phó. koāiⁿ mîa Phó kang koāiⁿ. 水邊，海邊，江浦，河浦。縣名浦江縣。
浡	Put, ㄅㄛˊ,	tsúi móa Puh chhut. hut jiân, chhiong sēng, iô tāng. Put jiân. 水滿沸出。忽然，昌盛，搖動。浡然。
涉	siap, ㄕㄜˋ,	Liâu tsúi, siap tsúi, saⁿ chham, saⁿ siap. keng kè, siap sè. kau siap, kan siap, khan siap 遼水，涉水。相參，相涉。經過，涉世。交涉，干涉，牽涉。
消	siau, sau, siu, ㄒㄧㄠ, ㄕㄠ, ㄒㄧㄡ,	chīn Liáu, hòa, iûⁿ, bô. siau sit, siau hòa, siau tû, siau sit, siau huì, siau khián. 盡了，化，溶，無。消失，消化，消除，消失，消費，消遣。 sau, bōe tsáu sau tit. chiū sī bōe tsáu siám tit ê ì sù. siu, siu tsúi, siu tòk, siu Phí, siu chhùi. 消，𣍐走消得。就是𣍐走閃得的意思。消，消水，消毒，消痞，消嘴。
涑	Sek, ㄙㄨˋ,	tsúi ū Pāi hoāi. sóe saⁿ. tsúi ê mîa Sek tsúi chhut hô tang. bûn tsúi koāiⁿ, iā thák sok, só. 水有敗壞。洗衫。水的名涑水，出河東，聞水縣。也讀涑，涑。
浚	tsùn, ㄐㄩㄣˋ,	khui chhim chhim ê khut, tsùn chīⁿ, tsùn kang, tsùn tiáp. tsúi tsúi. hiám tsùn. 開深深的堀，浚井，浚江，浚渫。水浚。險浚。
浽	Sui ㄙㄨㄟ,	tām Póh, sió khóa ê hō. tsúi ê mîa, sui súi. Lô Lô. 淡薄，少許的雨。水的名，浽水。濁濁。
涘	Sū, ㄙˋ,	chiū sī tsúi kîⁿ, tsúi hoāⁿ ê ì sù. hô sū. tsúi Gâi. 就是水墘，水岸的意思。河涘。水厓。
涕	thè, ㄊㄧˋ,	bak sái, Phīⁿ Liâm nōa, thè Lūi, Phīⁿ thè. thè khip. thè Lêng. 目屎，鼻黏涎，涕淚，鼻涕。涕泣。涕零。

涂 tô, thô, tsúi mîa, tô sūi. tsúi chhut ê khiu, kau kau ê tô tsúi. lâng ê gìn thô
ㄉㄨˊ, ㄊㄨˊ, 水名，涂水。水出益州，厚厚的露水。人的姓涂。

涒 kun, thun, un, kun, tsúi lâu khiau khiau ê khóan sit. un lin. thun chiah jip koh thò chhut ê ì sù, thun sit.
ㄍㄨㄣ, ㄊㄨㄣ, ㄨㄣ, 涒，水流曲曲的款式。涒鄰。涒，食入閣吐出的意思，涒食。

浹 chiap, hiap, kiap, chìm tâm, thàu thiat, oân moá, chiu chì, hô hâp. chiu chiap, chiap hiap. lûn lîu chiu tńg
ㄐㄧㄚˊ, ㄏㄧㄚˊ, ㄍㄧㄚˊ, 浸潛，透徹，圓滿，週至，和合。周浹，浹洽。輪流周轉
tōe chi tùi tsú jit kàu hāi jit, kiōng 12 jit, kìo kiap sîn. thian kan tùi kah jit kàu hāi jit kìo kiap jit.
地支，對子日到亥日，共十二日，叫浹辰，天干對甲日到亥日叫浹日。

涎 iân, nōa, siân, chhùi ê chin ek, nōa, lîu iân, lâu nōa, thâm nōa, thâm iân, chhùi nōa. Pèh Phoeh nōa
ㄧㄢˊ, ㄒㄧㄢˊ, ㄒㄧㄢˊ, 嘴的津液，涎，流涎，流涎，痰涎，痰涎，嘴涎。白沫涎。
pîn tōaⁿ thun chhùi nōa. siân, liông siân hiuⁿ sī chit khoán ioh ê mîa. iā sī ko kùi ê phang liāu.
貪惰吞嘴涎。涎，龍涎香，是一款藥的名。也是高貴的香料。

浸 chìm, chiong mih khǹg tī tsúi nih, chìm tsúi. lūn tèk ê tsóng mîa, hâm, tîm. sip lūn. chìm ìm, hòng tōng
ㄐㄧㄣˋ, 將物藏佇水裡，浸水。潤澤的總名，涵，沈。濕潤。浸淫，放蕩。

浯 ngô͘, tsúi ê mîa, tsôan chiu ngô͘ kang. ngô͘ khoe tī éng chiu hú, kî iông koān.
ㄨˊ, 水的名，泉州有浯江。浯溪佇永州府，祁陽縣。

浥 ip, sip lūn, tâm, chìm tsù, tâm sip. ip lūn.
ㄧˋ, 濕潤，潛，浸注，潛濕。浥潤。

浴 io̍k, ek, seng khu khí loh tsâm tsúi, sóe seng khu. bo̍k io̍k, chìm tsúi. sóe ek, tsâng ek, ek tî, bo̍k ek têng
ㄩˋ, ㄧˋ, 身軀起落蘸水，洗身軀。沐浴，浸水。洗浴，叢浴，浴池，沐浴亭。

涌 ióng, kap 湧 jī siong tông. tsúi mîa, ióng tsúi. thêng khí, ióng chhut, chhiang chhiang kún.
ㄩㄥˇ, 与湧字相同。水名，涌水。騰起，涌出，瀄瀄滾。

涚 soat, sòe, chiū sī chhit chiú poe lâi tóe chiú. sòe, hē mih bak tio̍h tsúi hōe chiap, hó, kiáu, chheng khì.
ㄕㄨㄛˋ, ㄕㄨㄟˋ, 就是拭酒杯來貯酒。涚，貨物污着水，灰汁，和，攪，清氣。

浰 lī, chiū sī tsúi kín kín teh lâu ê ì sù.
ㄌㄧˋ, 就是水緊緊咧流的意思。

浲 hông, tsúi mîa, hông tsúi. tsúi tsoāⁿ chhut ê khóan sit.
ㄈㄥˊ, 水名，浲水。水泉出的款式。

漩 soân, chiū sī tò tńg lâu ê tsoāⁿ, kap 漩 siong tông.
ㄒㄩㄢˊ, 就是倒轉流的泉，与漩相同。

浡 pì, tsúi ê mîa, tsúi chhut lú lâm ko iong sūi san. tsúi lâu ê siaⁿ. tsōe tsōe. sái tsûn ê khóan sit.
ㄅㄧˋ, 水的名，水出汝南，古陽垂山。水流的聲。多多。駛船的款式。

淠 pì, kap téng bīn jī sio siāng ì sù. tsúi tín tāng. bō͘ sēng.
ㄅㄧˋ, 与頂面字相同意思。水振動。茂盛。

涆 hān, ta ta. tsúi kín kín lâu ê ì sù. kap 汗 thong. lâu koāⁿ.
ㄏㄢˋ, 乾乾。水緊緊流的意思。与汗通。流涆。

浺 chhiong, khui khoah koh pîⁿ ê tsúi. khoah tōa. chhiong iông.
ㄔㄨㄥ, 開闊閣平的水。闊大。浺瀜。

浠 hi, ō͘ pak séng, sio̍k iông tsú kang chit tiâu khoe ê mîa.
ㄒㄧ, 湖北省，屬楊子江一條溪的名。

浝 bâng, hô lâm séng chit tiâu khoe ê mîa.
ㄇㄤˊ, 河南省一條溪的名。

涅 liap, tsúi mîa, liap sūi, ū nn̄g ūi, chit tiâu tī hô lâm. chit tiâu tī soaⁿ sai. tsúi tóe ê o͘ thô͘.
ㄌㄧㄝˋ, 水名，涅水，有兩位，一條佇河南。一條佇山西。水底的黑土。
lâ sâm. o͘ sek. o͘ sek ê ní liāu. liap poân, hu̍t ka kong lâng ê sí, iā sī oân chhek.
垃圾。黑色。黑色的染料。涅槃，佛家講人的死，也是圓寂。

涊 jím, lián, tsúi mîa, jím sūi tī siōng tóng ê só͘ tsāi. lián thian lián, kó͘ lô͘ bô chheng. phái, tsùi
ㄖㄣˇ, ㄋㄧㄢˇ, 水名，涊水佇上黨的所在。涊，淟涊，垢濁無清。歹，醉
ê khóan sit. koāⁿ lâu chhut ê khóan, lián jiân hān chhut.
的款式。汗流出的款，涊然汗出。

浢 tō͘, thó͘, hô pak koān ū chhut tō͘ súi jip lâm hô.
ㄉㄡˋ, ㄊㄡˋ, 河北縣有出浢水入南河。

涮 soán, tsoat, tsúi tsoāⁿ chhèng chhut ê ì sù.
ㄕㄨㄢˋ, ㄕㄨㄚ, 水泉湧出的意思。

浤 hông, hāi tsúi thêng koāiⁿ ê khóan sit. pho lōng ê siaⁿ, hông hông kut kut.
ㄏㄨㄥˊ, 海水騰高的款式。波浪的聲，浤浤汩汩。

浪 lâng, lāng, tsúi ê mîa, tsúi chheng, tsúi chhim khoah, chhiⁿ lâng lâng, chiū sī chhiⁿ sek, chin chhiⁿ ê ì sù
ㄌㄤˊ, ㄌㄤˋ, 水的名，水清，水深闊，青浪浪，就是青色，真青的意思。

八畫

涿 tok, tok ㄉㄨㄛˊ, ㄓㄨㄛˊ tsúi Lâu Lo̍h kē, tih tsui, tsúi mîa, chhut tok Lo̍k koāiⁿ, tī chhat hap jīⁿ Séng. chiu mîa, tok chiu.
水流落低，滴水。水名，出涿鹿縣，佇察哈爾省。州名，涿州。
Soaⁿ mîa, tok Lo̍k san。tek mîa, tok tek。
山名，涿鹿山。澤名，涿澤。

涪 hô, hû ㄏㄜˊ, ㄈㄨˊ tsúi ê mîa, hô súi, chhut kóng hàn Siok kok, hô kang chhut Sù Chhoan tiong khèng hú.
水的名，涪水，出廣漢蜀國。涪江，出四川省重慶府。
hû Lêng kang tī kùi chiu Séng, hû Lêng koāiⁿ, Sù Chhoan Seng. hû au, tsúi Phèh。
涪陵江，佇貴州省。涪陵縣，四川省。涪漚，水沫。

淝 hûi ㄈㄟˊ tsui mîa, hûi súi, chhut tī kiu kang san, chit tiâu Lâu jip hoâi hô, chit tiâu Lâu jip tsâu ô,
水名，淝水，出佇九江山，一條流入淮河，一條流入巢湖，

涵 hâm ㄏㄢˊ Chìm tâm, tsúi tsōe Phoah jip tsûn。Chhim tîm, hâm tîm。Pau hâm, Pau iong。tsúi tek tsōe,
浸潭，水多潑入船。深沉，涵沈。包涵，包容。水澤多，
hâm tek。hâm iong siu iong。hâm tōng, thong tsúi ê am khang。
涵澤。涵養，修養。涵洞，通水的暗孔。

淆 ngâu ㄧㄠˊ tsúi mîa, ngâu súi chhut tī hô Lâm iông Siaⁿ koāiⁿ tang Pak Soaⁿ。hūn ngâu Lô tsúi,
水名，淆水，出佇河南陽城縣東北山。混淆濁水，
ngâu chi put Lô。tsap Lām。Loān tsap, chham Lam。
淆之不濁。雜濫。亂雜，參濫。

涬 hêng ㄒㄧㄥˋ toā tsúi ê khoán, hun Loān ê khoán, tsū jiân ê khì。
大水的款，汾亂的款，自然的氣。

涸 hok, khok ㄏㄜˊ, ㄎㄜˋ tsúi ta, Liáu, bô, chīn。ok khat, khut nih bô tsúi。tsúi hok, khok kan。kó kiat。
水乾。了，無，盡。涸渴，堀裡無水。水涸，涸乾。枯竭。

滬 hó, hò, hō ㄏㄜˊ, ㄏㄜˋ, ㄏㄜ hò táu, thák hó hō Lóng Siāng khoán。tsûn Lāi iúⁿ tsúi ê khì khū。hî tî hò tsúi ê ke si。
滬斗，讀滬滬攏同款。船內舀水的器具。魚池戽水的傢私。

淈 khut ㄎㄨˋ Lô tsúi, Lô kô bê, Loān Loān, tsúi khut ta ná Lô。
濁水，路湖泥，亂亂，水堀乾愈濁。

淮 hôai ㄏㄨㄞˊ tsúi ê mîa, hoâi súi, hoâi hô。Pîⁿ Pîⁿ, ui teh。
水的名，淮水，淮河。平平，圍啲。

混 hūn, kún ㄏㄨㄣˋ, ㄍㄨㄣˇ toā tsúi Lâu Lô Lô, chhap tsap, hūn tsap, hūn Liû。Loān Loān, hūn Loān。hūn tūn, khì bē
大水流濁濁，雜雜，混雜，混流。亂亂，混亂。混沌，氣未
tiaⁿ tio̍h, hūn Lô。kún hap, hūn ngâu。tsúi tsoāⁿ chhèng khí ê khoán sit, Goân tsoāⁿ kún kún。
定着。混濁。混合，混淆。水泉湧起的款式，原泉混混。

淦 khàm ㄍㄢˋ tsúi jip tsûn tiong kan。Lô kô bê, tsúi mîa, chhut kang se chheng kang koāiⁿ jip kóng kang tîm Lo̍h
水入船中間。路糊泥，水名，出江西清江縣入贛江。沈落。

淇 kî ㄑㄧˊ tsúi ê mîa, kî súi。Soaⁿ mîa, koāiⁿ mîa, tóng tī hô Lâm Séng。
水的名，淇水。山名，縣名，攏佇河南省。

淚 Lē, Lūi ㄌㄟˋ, ㄌㄨㄟˋ bak Sái, Lâu bak Sái, Gán Lē, Liû Lē, Liû Lūi。Siong Sim Liû Lūi。
目屎，流目屎，眼淚，流淚，流淚。傷心流淚。

涼 Liông, Liông, Liâng ㄌㄧㄤˊ, ㄌㄧㄤˊ, ㄌㄧㄤˊ Pôh Pôh, tōe mîa, Liông Chiu。Lâng ê sìⁿ Liâng。Liâng Léng, Chhiu chhin ê ì sù。
薄薄，地名，涼州。人的姓涼。涼冷，秋清的意思。
Liâng tê, Liâng hún, Liang têng, Liâng Pîⁿ, Liâng Sóng, Liâng Pôh, tsòe Lâng khek Pók, Pi Liâng
涼茶，涼粉，涼亭，涼棚，涼爽，涼薄，做人刻薄。悲涼。
Liông Pang tsān, Phah Sǹg, Sêng Sit, Séng chhat。
涼，幫助，打算，誠實，省察。

淜 Phêng ㄆㄥˊ Soaⁿ kok, tsúi ê mîa, khiⁿ kau, tsui ê siaⁿ, tsúi chhiang ê siaⁿ, chham khó ǜ
山谷，水的名，坑溝，水的聲，水衝的聲，參考五畫 泙 字。

淋 Lîm, Lâm, Liam, Chhē ㄌㄧㄣˊ, ㄌㄢˊ, ㄌㄧㄢˊ, ㄑㄧㄝ tsúi teh tih, Chhē chhē tò, ak tsúi, Lâm tsúi。Lâm hō。toā ú Lîm Lî。chhē chhē tò。
水啲滴，淒淒倒，沃水，淋水。淋雨。大雨淋漓。淋淋倒。
Lâm Lo̍h Lâi, bak Sái Sì Lâm súi。Lâm thǹg, hiān tāi Lâng kóng hoat Lông, oē thang hông Chí Siⁿ Sian。
淋落來，目屎四淋垂。淋璫，現代人講琺瑯，能可防止生銹。

淩 Lêng ㄌㄧㄥˊ Lâng ê sìⁿ。keng kè, Pháu tsáu, kiaⁿ hiaⁿ, kha chhiú bah chhoah, Lêng kù chiàn Lek。tsúi mîa, Lêng Súi。
人的姓。經過，跑走，驚惶，腳手肉擦，淩兢戰慄。水名，淩水。

淪 koan, Lûn ㄍㄨㄢ, ㄌㄨㄣˊ tsúi Lâu tńg Gô, tsúi Pho, sòe Pho kiò Lûn。tîm but, tîm Lûn, biat bô。bûn Lí ê oē,
水流轉翻，水波，小波叫淪。沈沒，沈淪，滅亡。文理的話，
San Liû ji hong, kóng Lûn Lûn。hô tsúi Chheng chhiaⁿ Lûn hê。koan, Lâng ê sìⁿ
順流而風，講淪淪。河水清且淪猗。淪，人的姓。

淼 biáu ㄇㄧㄠˇ khui khoah, Chhin chhiūⁿ toā hái, Gōa hái。biáu bāng。bōng bōng biáu biáu。biáu
開闊，親像大海，外海。淼茫。茫茫淼淼。浩淼。

淳 Sûn ㄔㄨㄣˊ tsúi chheng。Chheng khì。ak tsúi。Phoh sit, Sûn Phok。kiâm tōe Sûn Lô tōe Pók。Sûn hō。
水清。清氣。沃水。樸實，淳樸。鹹地，淳鹵地薄。淳厚。

深	Chhim, ㄑ一ㄇ	chhián ê tùi hoán, bî biāu, khǹg teh, chhim ò, chhim tsông. Chhim Èim, chhim hňg, Chhim Su. 淺的對反，微妙，藏哋，深奧，深藏。深沉，深遠，深思。
淖	Chhiok, tsāu, Lāu, nōa, ㄑ一ㄜㄎ, ㄗㄠ, ㄌㄠ, ㄋㄨㄚ	Chim tī thô bē Lâi, nī tsūu, nī Lêng. chhiok iok, nńg chiáⁿ ê khoán Sit. 浸佇土泥內，泥淖，泥濘。淖約，軟弱的款式。bô khùi Lat. Lāu jiok, kap thā Chhiok î sū siāng khoán. nōa, tó teh nōa, nōa Lâi nōa khì. 無氣力。淖溺与讀淖意思同款。淖，倒哋淖，淖來淖去。Pê chhńg nōa chhioh, tsúi Gû nōa thô khut. 爬床淖蓆。水牛淖泥堀。
淑	Siok, T一ㄜㄎ	Chheng khì, tsúi chheng, Siān Liông, bí tek, Cheng chiat. Siok bí, Siok kéng, hiân Siok, Siok tek. 清氣，水清，善良，美德，貞節。淑美，淑景，賢淑，淑德。
淅	Sek, ㄕㄝㄎ	Sóe bí ê tsúi, bí Phún. thoah bí. Sek Lėk, Lo̍h hō ê Siaⁿ. Lo̍h hio̍h ê Siaⁿ. Sek chhoan, tsúi. 洗米的水，米潘。汰米。淅瀝，落雨的聲，落葉的聲。淅川，水名
淞	Siông, T一ㄜㄥ	Só tsāi mîa, Siông kang. Gô Siông kang, it Poaⁿ kiò So chiu hô. 所在名，淞江。吳淞江，一般叫蘇州河。
淡	tām, ㄉㄚㄇ	Po̍h Po̍h ê bī. tām tām. bī tām, chheng tām. Sek Po̍h, Sek tām. Chiáⁿ bī. Léng tām. 薄薄的味，淡淡。味淡，清淡。色薄，色淡。䬮味。冷淡，bô jiat sim. tām tsúi, chiáⁿ tsúi. 無熱心。淡水，䬮水。
淘	tô, tôa, ㄉㄜ, ㄉㄨㄚ	thoah bí ê Siaⁿ, sóe, chheng khì. tôa bí, tôa soa, tôa chheng khì, tôa kim. tô chíⁿ. 汰米的聲，洗，清氣。淘米，淘沙，淘清氣，淘金。淘井。
淂	tek, ㄉㄝㄎ	tsúi ê iūⁿ siūⁿ. ū sî thong iōng tsòe 得 jī. 水的樣相。有時通用做得字 二tiu, kè tiu, kè kèng á sī chē chheng. 二淘，過淘，過揀或是坐清。
淀	tiān, ㄉ一ㄢ	chhián tsúi, tsúi chhián ê ô Pók. 淺水，水淺的湖泊。
添	thiam, thiⁿ, ㄊ一ㄚㄇ, ㄊ一ⁿ	thiⁿ, ke thiⁿ, Lī ek, tiam, ka thiam. Chēng ka ê ì sù. thiam teng hoat tsâi. 添，加添，利益，添，加添。增加的意思。添丁發財。
涶	thò, ㄊㄜ	chhùi Lāi ê tin ek, chhùi nōaⁿ. kap 唾 sio siāng. 嘴內的津液，嘴涎。与唾相同。
淒	chhe, Chhē, ㄑㄝ, ㄑㄝ	khí Hûn beh Lo̍h hō ê khoán Sit, hân Liâng, kap 凄 thong Chhe Liâng, Chhi chhám. 起雲也落雨的款式，寒涼，与凄通。淒涼，淒慘。
	Chhi, ㄑ一	Chhē, Chhē chhē kiò, hō Lo̍h tōa ê Siaⁿ. Chhē chhē tò, chiū sī chin tsōe ê ì sù. 淒，淒淒叫，雨落大的聲。淒淒倒，就是真多的意思。
淺	Chhián, Chhiⁿ, khín, ㄑ一ㄢ, ㄑ一ⁿ, ㄎ一ㄣ	Chhim ê tùi hoán, Chhián chhián, khín Po̍h, Chhián Po̍h. Chhián hiān. Chhián bêng. Chhián kūn. 深的對反，淺淺。輕薄，淺薄。淺現。淺明。淺近。
淨	chēng, ㄐㄝㄥ	Sóe chēng, Chēng Sit, chēn tāng, sit chit e tāng Liōng. Chēng tsúi, chheng khì ê tsúi, Chēng hiuⁿ. 洗淨，淨實，淨重，實質的重量。淨水，清氣的水，淨香。Chheng khì Siùⁿ. bô Lâ sâm. Chhēng chēng. Chēng Pân. Chēng thó. Chēng Lī. 清氣相。無垃圾。清淨。淨瓶。淨土。淨利。
清	Chheng, chin, chhiⁿ, chhiaⁿ, ㄑㄝㄥ, ㄐ一ㄣ, ㄑ一ⁿ, ㄑ一ㄚⁿ	Chheng khì, bô Lâ sâm. kng kng, kim kim. tsúi Chheng. chheng êng. Chin 清氣，無垃圾。光光，金金。水清，清閒。清 tsúi chin hī hiān. tāi chì kui bé ōe bêng Pėk. Lâng ê hó ōe hián hiān. Chhiⁿ, Chhiⁿ mîa. 水清見現，事誌歸尾能明白。人的好能顯現。清，清明。Chheng bêng tsoeh. Chiū sī Saⁿ Ge̍h Chhoe Saⁿ Pē bōng ê tsoeh. 清明節。就是三月初三，耙墓的節。
淬	tsut, tsūt, ㄗㄨㄊ, ㄗㄨㄊ	Phah hāi ê khì khū, ní Sek. í ióh tsut chi. tîm Lo̍h tsúi ê khoán sit, tsut bút. bián Lē. 打鐵的器具。染色。以藥淬之。沉落水的款式，淬沒。勉勵。ka kī, tsut bián tsut Lē. tsut. khó tsut tsut. chin khó ê ì sù. 家己，淬勉，淬勵。淬，涔淬淬。真涔的意思。
淙	tsong, thong, ㄗㄜㄥ, ㄊㄜㄥ	tsong, tsúi ê siaⁿ. Lâu tsúi ê khóan Sit, tsúi chhē chhē hāu. thong, thong thong, tsúi Lâu ê siaⁿ. 淙，水的聲，流水的款式，水淒淒哮。淙淙淙哮，水流的聲。
淄	tsu, ㄗㄨ	O͘ Sek. tsúi mîa, tsu Sui, Chhut thài San Lâi bû koāiⁿ Goân San. 黑色。水名，淄水。出泰山萊蕪縣原山。
涯	Gâi, ㄧㄞ	tsúi khín, tsúi kiⁿ, Pin thâu, kiong Chīn. Gâi sū. bû Gâi. Gâi chè. thian Gâi. 水墘，水墘，邊頭，窮盡。涯涘。無涯。涯際。天涯。
淹	iām, iám, iàm, im, 一ㄚㄇ, 一ㄚㄇ, 一ㄚㄇ, 一ㄇ	chìm tsúi kú kú, iam Chìm. Lâu teh kú kú, iám Lîu. iám bút. im tsúi. 浸水久久，淹浸。留哋久久，淹留。淹沒。淹水。ìm Sí. im Phóng Phóng. 淹死。淹滂滂。
液	ėk, ㄝㄎ	tâm Lâu Chhut Lâi. tsúi iû ê hêng tsōng. ōe Lâu ê mih ėk thé. tin ėk. ėk chiap. 滲流出來。水油的形狀。能流的物。液体。津液。液汁。

淢 hek, hek, tsúi kín kín lâu, tsúi éng chhiau chhek。siâ ê hô kau。
ㄏㄝˋ,ㄏㄝˋ; 水緊緊流，水浪撐措。城的溝濠。

淫 îm, Lâm lú bô cheng tong ê kau chiap, kan îm。chîm tsū, chîm îm。hòng chhiòng, îm lōan。Îm tōng。
ㄧㄣˊ; 男女無正當的交接，姦淫。浸住，浸淫。放縱，淫亂。淫蕩。

淤 u, ù, tsúi tiong tiòng thô, soa ûn, lâ sâm, thô bê。u soa, u nî, u chek, u sài。
ㄩ,ㄩˋ; 水中漲土，沙沄，垃圾，土泥。淤沙，淤泥，淤積，淤塞。
ù huih, gêng huih ê ì sù。tsúi tiong ê thô nî chek tsū。
淤血，凝血的意思。水中的土泥積住。

淵 ian, tsúi tńg ê só tsāi, siang pêng pīⁿ ū hōaⁿ。ian sui。ian hái。gān ian。chhim ian。lâng ê sìⁿ。
ㄧㄢ; 水轉的所在，双平邊有岸。淵水。淵海。岸淵。深淵。人的姓。

淊 hám, ám, thô bê lô lô。tsú nīu á kiân ê thng。tsúi móa ê khóan sit。tiâm lo̍h khì。ám bê, thô bê ê ì sù。
ㄏㄢˇ,ㄢˇ; 土泥濁濁。煮麵仔繭的湯。水滿的款式。沉落去。淊濊，土泥的意思。

淴 A, ke, oa, khut á tsúi, kau lâu tsúi, iā sī kó tsá kam siok séng chi̍t tiâu khoe ê mîa。kap
ㄚ,ㄍㄝ,ㄨㄚ; 堀仔水，溝流水，也是古早甘肅省一條溪的名。与

淁 Chiap, khoe ê mîa, tsúi teh lâu ê siaⁿ。
ㄐㄧㄚˋ; 溪的名，水咧流的聲。

涰 toat, chiū sī lâu bak sái ê ì sù。toat khip。kap 啜 thong。
ㄉㄨㄛˋ; 就是流目屎的意思。涰泣。与啜通。

淂 tiông, im, tiⁿ, tiuⁿ, kap 漲 jī siong tông。chhiáⁿ chham khó 11 uī。tiòng tsúi。tiàng tsúi。
ㄓㄤˊ,ㄧㄣ,ㄓ,ㄓㄨ; 与漲字相同。請參考十一畫。漲水。漲水。

淗 ku, tsúi, tsúi ê mîa,
ㄍㄩ; 水，水的名，

浖 iû, kap 游 jī siong tông。chhiáⁿ chham khó 9 uī。
ㄧㄡˊ; 与游字相同。請參考九畫。

淌 chhiòng, tsúi tsoe pho, tsúi ê khóan, tsúi sè ê khóan sit。teh háu ê khóan sit, chhiòng gán boat lē。
ㄔㄤˇ; 水多泡，水的款，水勢的款式。咧哮的款式，淌眼抹淚。

淊 ham, hâm, á sī, kiám chhái。siaⁿ tín tāng, tńg siaⁿ。
ㄏㄢ,ㄏㄢˊ; 或是，敢採。聲振動，轉聲。

淶 Lâi, tsúi ê mîa, lâi sui, iā kìo kū má hô, goân chhut lâi san, lâu ji̍p pe̍h kau,
ㄌㄞˊ; 水的名，淶水，也叫拒馬河，源出淶山，流入白溝，

淥 lo̍k, tsúi mîa, lo̍k sui。tsúi tsùn, koan ak thô tōe。
ㄌㄨˋ; 水名，淥水。水圳，灌沃土地。

淔 be̍k, chhiān chhiān ê tsúi ê ì sù。kà lōng lōng, chiū sī ám ám bô teng ê ì sù。
ㄇㄛˋ; 淺淺的水的意思。淡淥淥，就是泔泔無碇的意思。

淰 Liám, sím, liám, tsúi lâu ê khóan。tsúi lô。tsúi bô phèh。tsúi tín tāng ê khóan。sím, hî kiâⁿ ê khóan。
ㄌㄧㄢˇ,ㄕㄣˇ; 淰，水流的款。水濁。水無沫；水振動的款。淰，魚行的款。

淜 Pheng, phîn, tsúi ê siaⁿ, hong siàn mih ê siaⁿ, pheng pông háu; phîn phông háu, phah tsúi siaⁿ。
ㄆㄥ,ㄆㄧㄣ; 水的聲，風搧物的聲，淜滂哮；淜泙哮，打水聲。

涮 Soán, soat, sóe chheng khì, sóe ê ì sù。soán sóe。soat, tsúi mîa, soat tsúi。
ㄕㄨㄢˋ,ㄕㄨㄚ; 洗清氣，刷洗的意思，涮洗。涮，水名，涮水。

淟 thián, lâ sâm, lô lô, tiâm tī tsúi nih。thián jím。
ㄊㄧㄢˇ; 垃圾，濁濁，沈佇水裡。淟涊。

涷 tong, tsúi ê mîa, tong sui, chhut hoat khiu san, lâu ji̍p hô。lo̍h tōa hō ê ì sù, tong ú。
ㄉㄨㄥ; 水的名，涷水，出發鳩山流入河。落大雨的意思，涷雨。

涴 oán, tsúi tńg seh [illegible] khóan sit, tsúi ê mîa oán súi, chhut eng tê san。
ㄨㄢˇ; 水轉踅曲曲的款式。水的名，涴水，出英鞮山。

淒 O, lô lô, kiaⁿ lâng。soaⁿ ê mîa, o soaⁿ。tsúi tsū chi̍p ê só tsāi, tsúi khut。
ㄛ; 濁濁，驚人。山的名，淒山。水聚集的所在，水堀。

洒 sá, pun khui, hīu tsúi, sóe tû, kèng kín, sin oan, sá that。chiū sī 灑 ê kó jī。
ㄕㄚˇ; 分開，灑水，洗除，敬謹，申冤，洒汰。就是灑的古字。

添 [illegible], ke thiⁿ, móa kàu tiⁿ, nōa。io̍h ê mîa,
ㄊㄧㄢ; 加添。滿到漲。爛。藥的名，

淯 io̍k, tsúi ê mîa, io̍k súi, chhut ian lâm。koāiⁿ mîa, io̍k iông koāiⁿ。
ㄩˋ; 水的名，淯水，出燕南。縣名，淯陽縣。

涽 hun, lōan lōan bē tiaⁿ tiòh khóan sit。hun hun - lô tsúi。
ㄏㄨㄣ; 亂亂未定着的款式，涽涽 - 濁水。

㟁 Gam, gâm gâm, tsúi pīⁿ, gûi hiám, soaⁿ khâm, gān pīⁿ。
ㄧㄢˊ; 㟁㟁，水邊，危險，山崁，岸邊。

造字 借岸字成字，可說危險的代言字

泡 Pū, ㄆㄡˊ; Chìm tsúi chē kàu pū pū pū, chiū sī chìm siuⁿ kē thâu ê ì sù. Pū tu. hàm Pū.
浸水 浸到泡泡泡，就是浸傷過頭的意思。泡豬。膨泡。

造字 泡就是抱水，含水的現象。借抱的偏音成字。

渀 Pūn, ㄅㄣˇ; Lâu Pūn, hong tò Pūn, tò Pūn. tò Pūn Lâu, chiū sī tsúi tò Lâu ê ì sù.
流渀，風倒渀，倒渀。倒渀流，就是水倒流的意思。

造字 流就是行，行就是奔的意思。借奔成渀。

九 畫

渣 tsa, che, ㄓㄚ, ㄐㄧㄝ; tsúi ê mîa, tsa súi, chhut Gī iông. Lô tái, che tái, ioh che, taū che.
水的名，渣水，出義陽。濁滓，渣滓，藥渣，豆渣。

湛 chim, sîm, tam, tām, chim, chhim, ㄐㄧㄇ, ㄒㄧㄇ, ㄉㄚㄇ, ㄉㄚㄇˋ; Chim tsu, hō tiōng, chheng, an jiân. Chim chhim, Chim jiân.
湛，深，浸住，厚重，清，安然。湛深，湛然。
Sîm, Lòh hō kú kú, tim Lòh khì. Chim kang, chhī mîa tī kńg tang Séng. tsúi mîa, Chim súi,
湛，落雨久久，沈落去。湛江，市名 佇廣東省。水名，湛水，
Lâng ê sìⁿ [illegible]. tām chiāⁿ chiāⁿ ê ì sù. tam, khoài Lok kú kú, chheng chēng ê ì sù. tam Lok.
人的姓 湛。湛，飷飷的意思。湛，快樂久久，清靜的意思。湛樂。

渚 tsú, ㄓㄨˇ; tsúi mîa, tsú súi. Soa chiu, oē tsah tsúi ê Lûn á. chiu tsú. sū á.
水名，渚水。沙洲，能截水的崙仔。洲渚。嶼仔。

渢 hoân, hong, hông, ㄈㄢˊ, ㄈㄥ, ㄈㄥˊ; [illegible] ê siaⁿ, tōa siaⁿ. súi. Phû ê khoán sit.
水的聲，大聲。美。浮的款式。

湖 hô, ô, ㄏㄨˊ; tsúi tsū chip ê só tsāi, îⁿ ê khoán sit. ô. kang ô. Só tsāi mîaⁿ, ô Lâm, ô Pak.
水聚集的所在，圓的款式。湖，江湖。所在名，湖南，湖北。
hô Pok. ô chiáu. ô Poān. ô Piⁿ. ô chhoan. ô kong San Sek tsúi chheng Soaⁿ iá.
湖泊。湖沼。湖畔，湖邊。湖川。湖光山色，水青山映。

滄 chheng, hông, chhêng, ㄑㄧㄥ, ㄏㄨㄥ; chiū sī koāⁿ léng ê ì sù. hông, tsúi éng ê siaⁿ, tsúi chioh saⁿ khap ê siaⁿ.
滄，就是寒冷的意思。滄，水浪的聲，水石相磕的聲。

湲 oân, ㄩㄢˊ; tsúi Lâu ê khoán sit. Chhan oân Lîu súi.
水流的款式。潺湲流水。

渙 hoàn, ㄏㄨㄢˋ; tsúi mîa, hoàn súi. tsúi tsōe tsōe. khoah, Sòaⁿ sòaⁿ. hoàn hoàn. hoàn sàn.
水名，渙水。水多多。闊，散散。渙渙。渙散。

湟 hông, ㄏㄨㄤˊ; tsúi mîa, tùi kim siaⁿ chhut, Lâu kàu hoan tōe ê khong iá jip tong hô.
水名，對金城出，流到番地的廣野入東河。

淴 hek, ㄏㄜˋ; Pho Lōng siak Lâi siak khì ê siaⁿ. Pheng hek. hek súi chhut se khe.
波浪揀來揀去的聲。澎淴。淴水出西谿。

湝 kai, ㄐㄧㄝ; tsúi teh Lâu, tsōe tsōe tsúi teh Lâu ê khoán sit. hong hō bô hioh.
水咧流，多多水咧流的款式。風雨無歇。

港 hông, káng, kóng, ㄏㄨㄥˋ, ㄍㄤˇ, ㄍㄤ; hông, tsúi Lâu Lâi Lâu khì, siong thong ê khoán sit, hông tōng. Káng kháu, kang hô kháu.
港，水流來流去，相通的款式，港洞。港口，江河口。
hoāⁿ thêng khò tsûn chiah ê só tsāi. tsúi chhut jip ê Lō, tsûn chhut jip ê só tsāi, káng oāⁿ.
岸，停靠船隻的所在。水出入的路，船出入的所在，港灣。
tōe mîa hiong kóng. kóng kiú, chiū sī hiong káng kiú Lîong. Sîn kóng.
地名 香港。港九，就是香港 九龍。神港。

減 kiám, ㄐㄧㄢˇ; Chío chío, khin khin. khah chío khì, kiám chío. kiám séng. Sǹg sút ê hong hoat, ka kiám.
少少，輕輕。較少去，減少。減省。算術的方法，加減。
tsōe seng lí ài kiám kè. kiám khin. kiám thòe. kiám sún. kiám hêng.
做生理愛減價。減輕。減退。減損。減刑。

渮 khò, khoa, ㄎㄜˋ, ㄎㄨㄚ; tsûn chhuh tiâu tī soa nih, khò soa, khò tsûn, bōe tín tāng. khò ngī. khòa sió tsúi.
船趄牢佇砂裡，渮砂，渮船，𣍐振動。渮硬。渮小水。

渴 khat, khoah, ㄎㄚㄏ, ㄎㄨㄚㄏ; tsúi ta, chhùi ta. chhùi ta āu khoah. Lim tê chí khoah. bāng mûi chí khoah. chin ài. khat ài.
水乾，嘴乾。嘴乾喉渴。飲茶止渴。望梅止渴。真愛，渴愛。
hìm sòan, khat bō. huī siōn hi bāng, khat bōng. Sīuⁿ Liām, khat Liām.
欽羨，渴慕。非常希望，渴望。想念，渴念。

渠 kû, ㄑㄩˊ; tsúi tsū chip ê só tsāi, tsúi kau, tsûn kau, kau kû. kang hô. tōa. chhat thâu kû khoe. kû sòe, tsú
水聚集的所在。水溝，圳溝，溝渠。江河。大。賊頭，渠魁。渠帥，主帥。

湄 bî, ㄇㄟˊ; tsúi kîⁿ, tsúi bî, tsúi kîⁿ ê chhau bák, hoat tī tsúi khut Pīⁿ. tōe mîa, bî chiu.
水墘，水湄，水墘的草木，發佇水堀邊。地名，湄州。

渺 biáu, ㄇㄧㄠˇ; bōng bū, khoàⁿ bōe bêng. tsúi tng hn̄g ê khoán sit, biáu biáu. tōa, khoah, biáu bâng.
濛霧，看𣍐明。水長遠的款式，渺渺。大，闊，渺茫。

湎 Biān, Biǎn, bín, ㄇㄧㄢˇ,ㄇㄧㄢˋ,ㄇㄧㄣˇ; Lâng ài chiáh chiú tsuì. tîm lóh tsúi tóe thiàu lóh khì. tîm biān.
人嗜食酒醉。沉落水底。跳落去。沈湎。

涽 bín, bîn, hun; ㄇㄧㄣˇ,ㄇㄧㄣ,ㄏㄨㄣ; Lô Lô, au tsau. hūn tūn tsá kè sin. hun, Chiū sī bē tiā tiòh, bô koat tēng ê ì sù.
渴濁,垢穢。混沌,早過身。涽,就是未定着,無決定的意思。

湼 Liap, ㄌㄧㄚˋ; tsúi khut tóe ê o thô. bak tiòh. hô Lâm séng chit tiâu khoe ê mîa.
水堀底的黑土。污着。河南省一條溪的名。

湃 Pài, Phài, ㄅㄞˋ,ㄆㄞˋ; tsúi sè tōa, hái éng sa^n phah ê sian. Phêng Pài. Phài Phài.
水勢大,海浪相打的聲。澎湃。湃湃。

湓 Phûn, Phún, ㄆㄣˊ,ㄆㄣˋ; tsúi ê mîa, Phûn kang. tsúi chheng chhut, chîm tsù, ek móa. tsúi ê sian.
水的名,湓江。水湧出,浸注,溢滿。水的聲。

渤 Put, ㄅㄛˊ; hái pin thóng chhut ê ì sù. hái oan. hái ê mîa, Put hái oan. tsúi ê sian Phêng Put.
海邊垰出的意思。海灣。海的名,渤海灣。水的聲,澎渤。

湜 sit, ㄕˊ; tsúi chheng khòan kìn tóe, sêng sit, sì chiàn.
水清看見底,誠實,四正。

湑 sûn, ㄒㄩˇ; tsúi chheng, chheng khì. ak tsúi, Phoh sit, kiâm tóe. kap 渟 siāng khoan
水清,清氣。沃水,樸實,鹹地。与渟同款。

湘 Siong, ㄒㄧㄤ; Soa^n tsúi, thó tóe ê mîa, Siong chiu. ô Lâm séng ê kán chheng. kang mîa Siong kang.
山水,土地的名,湘州。湖南省的簡稱。江名,湘江。

溯 sò, ㄙㄨˋ; chhui kun goân. tùi gek lâu khì, tè sūn lâu lóh. ǹg hiòng
推根源。對逆流起,隨順流落。向向。

湏 hoe, su, ㄏㄨㄟ,ㄒㄩ; bīn mn̂g, chhiu, chhùi chhiu. tâm pòh, tiap á kú, iân oân, thêng hāu, iàu kín, èng kai.
面毛,鬚,嘴鬚。淡薄,霎仔久,延緩,等候,要緊,應該。

湑 su, sú, ㄒㄩ,ㄒㄩˇ; chiú, hó ê chiú. Lō tsúi tī mih ê téng bīn. Lóh Lō ê khoán. Chhiong sēng. Lī chiú, chheng khì.
酒,好的酒。露水佇物的頂面。落露的款。昌盛。濾酒,清氣。

湯 Siong, tong, thong, thng, ㄒㄧㄤ,ㄉㄤ,ㄊㄤ,ㄊㄤˋ; Siong, chiū sī tsúi teh lâu ê khoán sit. tōng, chiū sī hòng lōng ê ì sù. thong, thng, tsúi sio kún kún oē thng lâng, hù thong tō hóⁿ. thong thong tsúi lâu ê sian. thng thâu, thng thâu hó.
湯,就是水咧流的款式。湯,就是放湯的意思。湯,湯,水燒滾滾能燙人。赴湯蹈火。湯湯,水流的聲。湯頭,湯頭好。
thng sî, thng ioh, tê thng, chhài thng, gû bah thng, în á thng.
湯匙,湯藥,茶湯,菜湯,牛肉湯,圓仔湯。

渧 tè, ㄉㄧˋ; tih tsúi, tsúi sòe sòe teh tih, chit tih chit tih.
滴水,水小小咧滴,一滴一滴。

渫 tiap, ㄉㄧㄝˊ; tû khì, soah, Là sâm. tiap chín, tô chín ê ì sù. tiap nî soa.
除去,息,垃圾。渫井,淘井的意思。渫泥沙。

渟 têng, ㄊㄧㄥˊ; tsúi lâu soah, tsúi thêng chí bô lâu ê ì sù.
水流息,水停止無流的意思。

渡 tō, ㄉㄨˋ; kè tsúi, tō tsûn, kè tō, tō tsúi, tō kháu, tō hoāⁿ. tō sè. Phó tō. tō jit. tō nî
過水,渡船,過渡,渡水,渡口,渡岸。渡世。普渡。渡日。渡年

湩 tòng, tóng, ㄉㄨㄥˋ,ㄉㄨㄥˇ; jú ê chiap, Leng ê chiap. Phah kó ê sian. tsúi Lô. chhia Phâng ê ì sù
乳的汁,奶的汁。打鼓的聲。水濁。車篷的意思。

湍 Chhoan, thoan, ㄔㄨㄢ,ㄊㄨㄢ; tsúi kín kín teh lâu. tsúi tńg seh, kín lâu ê tsúi. Chhoan liû. thoan kip. thoan lōa.
水緊緊咧流。水轉踅,緊流的水。湍流。湍急。湍瀨。

測 chhek, ㄘㄜˋ; Phah chhim chhián, chhek tōk, chhek liōng, chhui chhek. chhek giām. chhek tēng. chhek hāu. chhek hōe.
打深淺,測度,測量,推測。測驗。測定。測候。測繪。

湊 tsò, chhàu, ㄘㄡˋ,ㄔㄡˋ; Lâng tsū chip tī tsúi téng. chek tsū. saⁿ kūn oá, saⁿ chiⁿ chìn chêng. Lāu jiat. tsò chip. tsò hap.
人聚集佇水頂。積住。相近倚,相爭進前。鬧熱,湊集。湊合。
chhàu khám, chhàu tú khám, chhàu khiáu, chhàu tú khá.
湊嵌,湊抵嵌,湊巧。湊抵巧。

游 iû, ㄧㄡˊ; tsúi mîa, iû súi, tsúi lâu, siōng iû, hā iû. Phû teh kiâ, iû éng. khang éng, iû éng. iû bîn.
水名,游水。水流,上游,下游。浮咧行,游泳。空閒,游閒。游民。

温 un, ùn, ㄨㄣ,ㄨㄣˇ; La lûn sio. un hô, hô sūn. un bûn. un sûn. un jiû. Lâng ê sìⁿ un. un tō.
燉熱燒。温和,和順。温文。温順。温柔。人的姓温。温度。
un chêng. un lóan. un liông. un hé. un tsôaⁿ. ùn sip.
温情。温暖。温良。温火。温泉。温習。

渭 ūi, ㄨㄟˋ; tsúi ê mîa, ūi hô. chiau, niáu chhú tâng hiat. chiu mîa. bōe an ún ê khóan sit.
水的名,渭河。鳥,鳥鼠同穴。州名。膾安穩的款式。

渥 ak, ㄨㄛˋ; tsúi mîa. sip tâm. Púi, tōa sì un. ní sek, âng sek, ak tan. un tek chhim, ak un.
水名。濕潤,肥,大時運。染色,紅色,渥丹。恩澤深,渥恩。

湫 chhiu, chiuh, chiúh, ㄑㄧㄡ,ㄐㄧㄠ,ㄐㄧㄠˇ; tsúi mîa, chhiu ián. un būn iu chhiu ê khóan sit, chhiu chhiu. Liâng, chhiu chhìn. chhiu hé jû hong.
水名,湫淵。愠悶憂愁的款式,湫湫。涼,湫清。湫兮如風。
chiuh, chiuh, tâm tâm, tâm chiuh chiuh. bàt bàt bàt chiuh chiuh. ńng, ńng chiuh chiuh.
湫,湫,潛潛,潛湫湫。密密,密湫湫。軟,軟湫湫。

渰	iam, iám, ㄧㄢ,ㄧㄢˇ	khí hun jia Pe ê ì sù, hûn hō ê khoán sit. Chìm tsùi, Sip Lūn 起雲遮蔽的意思，雲雨的款式。浸注，濕潤。
湮	ian, in, ㄧㄢ,ㄧㄣ	tîm Lôh, bô khì, ian bùt. tâm. bak tioh, tò tioh. that bat ut in. ian biat. 沉落，無去，湮沒。潛。汚着，斁着。塞窒，鬱湮。湮滅。
渝	jû, ㄩˊ	tsúi Pìn Lô, Piàn oān, Pìn Phāin. jû bêng, Piàn keng iok Sok. tsùi mōa chhut, jû ek. 水變濁，變換，變歹。渝盟，變更約束。水滿出，渝溢。
湧	ióng, Chhèng, ㄩㄥˇ,ㄔㄥ	tsúi thêng khí, íong tsôa". Chhiâng Chhiâng kún. Chhèng Chhut, chhèng tsôa". 水騰起，湧泉。鶯鶯滾。湧出，湧泉。
湦	Seng, ㄕㄥ	Lâng ê mîa, tsô hoân kong Chiong Seng 人的名，曹桓公 終生
渼	bí, ㄇㄟˇ	só tsāi mîa, iā sī chit tiâu khoe ê mîa, bí Pho, tī hō koāi". tsúi ê Pho bûn. 所在名，也是一條溪的名，渼陂，佇鄠縣。水的波紋。
湠	thàn, thòa", ㄊㄢˋ,ㄊㄨㄚˋ	tōa tsúi khoah khoah teh Lâu ê ì sù. thàn bàn. thòa", thòa" thòa", tit tit thòa" thòa" Lâi thòa" khì, sì" thòa". thòa" khui. 大水闊闊咧流的意思。湠漫。湠，湠湠，直直湠，湠來湠去，生湠。湠開。
潛	tsám, tâm, ㄗㄢˇ,ㄉㄢ	sip tâm, thàu tòe tâm, tâm kà kà, tâm Lok Lok. ak tâm. Phah tâm. 濕潛，透衣潛，潛洨洨，潛淥淥。沃潛。打潛。
湥	tút, ㄉㄨˊ	chiū sī tsúi teh Lâu ê ì sù. 就是水咧流的意思。
渘	jîu, ㄖㄡˊ	chiū sī tsúi ê mîa. 就是水的名。
㵦	hoāi ㄏㄨㄞˋ	tsúi Lâu sa" khàp ê sia" 水流相磕的聲
湒	chhip, sip, chhih, ㄑㄧˋ,ㄒㄧˋ,ㄑㄧˋ	Lôh hō. Chhut tsôa". tsúi kún ê khoán sit. Sip, hō á sip sip, sip sip á tsúi. 落雨。出泉。水滾的款式。湒，雨仔湒湒，湒湒仔水。
	chhih ㄑㄧˋ	chhip chhip á tsúi. chiū sī tām Pòh á tsúi ê ì sù. tâm chhih chhih, tâm chhih chhih, chin tâm ê ì sù. 湒湒仔水。就是淡薄仔水的意思。潛湒湒，潛湒湒，真潛的意思。
湔	Chian, Chiàn, Chiān, ㄐㄧㄢ,ㄐㄧㄢˇ,ㄐㄧㄢˋ	Sù chhoan Séng chit tiâu khoe ê mîa, iā kìo chheng Pèh kang. Sóe, Chiān Sóe, Sóe chheng khì. hìu tioh, Phùn tioh, hìu tsúi. Chiān Soat, Sóe chheng oan óng. chiān ô. iòh mîa. 四川省一條溪的名，也叫清白江。洗，湔洗，洗清氣。灑着，噴着，灑水。湔雪，洗清冤枉。湔胡，藥名。
渾	hûn, hūn, hut, ㄏㄨㄣˊ,ㄏㄨㄣˋ,ㄏㄨˊ	tsúi tōa Lâu ê sia". tōa. Lô Lô, hûn Lô. hûn hûn Pho Siong Sûi. hûn Goan ûn but. Chhap tsáp, hûn tsáp. hûn sin, tsoân Pō. Lâ Sâm, hûn ngâu, chham Lâm. 水大流的聲。大。濁濁，渾濁。渾渾波相隨。渾元運物。囃雜，渾雜。渾身，全部。垃圾，渾淆，摻濫。
湞	Cheng, ㄓㄥ	kńg tang Séng chit tiâu khoe ê mîa. cheng iông koāi" ê kó tsá mîa. 廣東省一條溪的名。湞陽縣的古早名。
潝	hip, ㄒㄧˋ	tsúi kín ê sia", tsúi Lâu ê khoán sit. 水緊的聲，水流的款式。
湆	khip, ㄑㄧˋ	Sok Seng, chheng iu, Léng Chēng, tâm Sip ê ì sù. 肅靜，清幽，冷靜。潛濕的意思。
渮	ko, ㄍㄜ	tsúi ê mîa, ko ték súi, tī San iông Ô Lêng. 水的名，渮澤水，佇山陽湖陵。
湅	Liān, ㄌㄧㄢˋ	tsú sī kián kàu sèk. kìn Pò ê sī 煮絲繭到熟。絹布的絲。
湄	mō, ㄇㄛˋ	chiū sī tsúi tiong tī" ê ì sù. 就是水漲漲的意思。
㴐	biàn, biān, ㄇㄧㄢˇ,ㄇㄧㄢˋ	khui khoah ê tsúi, tian biàn. chhin chhiū" hûn Lam Séng tiān ô. 開闊的水，滇㴐。親像雲南省的滇湖。
渜	Loán, Loān, ㄌㄨㄢˇ,ㄌㄨㄢˋ	thng. tsúi ê mîa, Loan Súi, tī Liâu Se, Pûi jû koāi". Loān, Sóe mih. Só Chhun ê Chiap. 湯。水的名，渜水，佇遼西，肥如縣。渜，洗物。所剩的汁。
湴	Pān ㄅㄢˋ	chhim chhim ê Lō kô bê, kiâ" tī thô bê ê tiong kan. Pān hô, kong hām ūn, khong bông. 深深的路糊泥，行佇土泥的中間。湴河，講陷運，空亡。
湢	Pek, ㄅㄧˋ	tsúi kín kín teh Chheng khí ê khoán sit. Chéng tùn ê khoán, Pek jiân. 水緊緊咧湧起的款式。整頓的款，湢然。
湉	tiâm, tiān, ㄊㄧㄢˊ,ㄊㄧㄢˋ	tiâm tiâm teh Lâu ê khoán sit. tsúi ûn ûn á Lâu ê ì sù. tiâm tiâm. 恬恬咧流的款式。水緩緩仔流的意思。湉湉。
湭	iû, ㄧㄡˊ	Phû kiâ" tī tsúi téng. tsúi ê mîa, tī iong chiu. chiú chiap. 浮行佇水頂。水的名，佇雍州。湭汁。

濊	Oe, ㄨㄝ,	tîm Lo̍h tsúi, tsúi chek thiok, tsúi Phô thiàu khí ê khoán sit, tsúi chhim á sī oan khiau ê só͘ tsāi。 沈落水，水積蓄，水波跳起的款式，水深或是彎曲的所在。
溳	úi, ûi ㄨㄟˇ, ㄨㄟˊ,	Lûn hôe, tn̍g seh。tsúi ê miâ, chhut ui kok。 輪迴，轉踅。水的名，出[illegible]谷。
渦	ko, o ㄍㄜ, ㄜ,	Lâng ê sìⁿ ko。tsúi miâ, ko Súi, Goân chhut hô Lâm。tsúi tn̍g seh teh Lâu, Soân o。chiú o。 人的姓渦。水名，渦水；源出河南。水轉踅咧流，旋渦。酒渦。

十畫

溱	Chin ㄐㄧㄣ	tsúi miâ, Chhiong sēng, khoàⁿ oah, an ún, kàu kek。Phah kok chin chin。 水名，昌盛，快活，安隱，到極。百穀溱溱。
滜	hiu, ㄏㄧㄡ,	Chiū sī tsúi khì。 就是水氣。
滁	tû, ㄔㄨˊ,	tsúi ê miâ, Chhut P[illegible] kì soaⁿ, ji̍p hái。chiu ê miâ, tû chiu。 水的名，出[illegible]山，入海。州的名，滁州。
準	tsún ㄓㄨㄣˇ	bô cheng chha, hóng iūⁿ, hóng hoat, Pîⁿ chiaⁿ。Phīⁿ tsún tsún。Pîⁿ tsún。Phiau tsún。ki tsún。 無精差，仿樣，仿法，平正。鼻準準。平準。標準。基準。
滈	Hō, kok, ㄏㄠˋ, ㄏㄜˋ,	kú kú Lo̍h hō。tsúi miâ, hō súi chhut iong chiu tióng an koāiⁿ。tsúi kún, tsúi Pe̍h kng ê khoán。 久久落雨。水名，滈水出雍州長安縣。水滾，水白光的款。
滑	ku̍t, ㄍㄨˇ,	thong lī, kan tsà, loān, tī lí。kan ku̍t。ku̍t ku̍t, ku̍t tó。kng ku̍t。káu ku̍t。ku̍t lūn。 通利，奸詐，亂，治理。奸滑。滑滑，滑倒。光滑。狡滑。滑潤。
滙	hoāi, hōe, ㄏㄨㄞˋ, ㄏㄨㄟˋ,	hoe kam, tsúi tn̍g seh, tsū chi̍p ê só͘ tsāi。Lok Gûn。Gûn toaⁿ。nía Gûn。hōe toaⁿ。 花石干，水轉踅，聚集的所在。彙銀。銀單。領銀。滙單。
溷	hūn, ㄏㄨㄣˋ,	tsúi lô, lâ sâm, chhè tī, hun loān。hūn oē。ti hūn。hūn ngāu。 水濁，垃圾，廁池，混亂。溷穢。豬溷。溷淆。
溰	Kî, ㄑㄧ,	Chiū sī sng seh ê ì sù, 就是霜雪的意思，
溽	jio̍k ㄖㄨˋ,	Lō͘ chhio̍k tâm sip。tsúi ê miâ, jio̍k súi。sip joah ê thiⁿ khì, jio̍k sú。 路溽，濕濕。水的名，溽水。濕熱的天氣，溽暑。
溝	ko, kau, ㄍㄜ, ㄍㄡ	kiau, tsúi lâu ê só͘ tsāi, tsúi kau, ko͘ kū。tsūn kau。kau khut。kau á。kau âm。khiⁿ kau。 ㄍㄧㄡ, 水流的所在，水溝，溝渠。圳溝。溝堀。溝仔。溝領。坑溝。 han tsû kau。ko͘ thong, siang hong ê lîu thong。Put tek khai kiau, bōe oē kā lâng chhù hô ê ì sù。 蕃薯溝。溝通，双方的流通，不得開溝，膾能給人處和的意思。
溪	khe, khoe, ㄎㄜ, ㄎㄨㄝ,	Lâu tsúi ê só͘ tsāi, Pí kang hô khah sòe。khe lîu。khoe tsúi。khoe Pō͘。khoe mn̂g。tōa khe。 流水的所在，比江河較小。溪流。溪水。溪埔。溪門。大溪。
滘	kàu ㄐㄧㄠˋ,	kng tang lâng kóng sī chhī lâi káng tsúi tīⁿ ê sî tsûn chiah oē kiâⁿ tit。 廣東人講是指內港水漲的時船即能行得。
溜	Liu, Lîu, Liu, ㄌㄧㄡ, ㄌㄧㄡˊ, ㄌㄧㄡˋ,	tsúi ê miâ, tsúi lâu tsòe hé。tsúi lâu lo̍h。kiâⁿ tsûn gū tio̍h hong tiâm lo̍h。Liu, Liu Peng。 水的名，水流做夥。水流落。行船遇着風沈落。溜，溜冰。 kóng oē liu chhùi。ku̍t liu liu。Liu tsáu, thau liu。Soaⁿ bé liu。 講話溜嘴。滑溜溜。溜走去，偷溜。山尾溜。
滅	bia̍t, ㄇㄧㄝˋ,	bia̍t bô, hé sio bia̍t, bia̍t tsoa̍t, tû khì, Phah bia̍t。siau bia̍t。bia̍t hé。bia̍t chéng。bia̍t mn̂g。 滅亡，火燒滅，滅絕，除去，打滅。消滅。滅火。滅種。滅門。
溟	bêng, ㄇㄧㄥˊ,	hō͘ á sap sap。hái hn̄g hn̄g khoah khoah。bū bū。bêng bêng。bêng bo̍k。bêng bông。 雨仔霎霎。海遠遠闊闊。矇矇。溟溟。溟沐。溟濛。
溺	Jiāu, jio̍k, Le̍k, ㄋㄧㄠˋ, ㄋㄧˋ,	Piàn jiāu, Pàng sái jiō ê ì sù。tiâm lo̍h tsúi, jio̍k súi。kek sí, Le̍k sí。thiàⁿ kè thâu, Le̍k ài。jiāu khì, Piān ō。 便溺，放屎尿的意思。沈落水，溺水。氣死，溺死。[illegible]過頭，溺愛。溺器，便壺。
滂	Pông, ㄆㄤ,	hō͘ tōa lo̍h, tsúi tōa, tōa ú Pông tô。tsúi tōa lâu ê siaⁿ, Phîn Pông hō͘ sè tōa, Pông Phài。 雨大落，水大，大雨滂沱。水大流的聲，淜滂。雨勢大，滂沛。
溥	Phó, ㄆㄨˇ,	khoah tōa, Piàn Piàn, móa, Lâng ê miâ Phó Gî, boán chheng ê boat tāi hông tè。 闊大，徧徧，滿，人的名溥儀，滿清的末代皇帝。
溞	So, ㄙㄠ,	Sóe bí tī hui ê siaⁿ 洗米佇磁的聲。
溲	So͘, Só͘, ㄙㄡ, ㄙㄡˇ,	thoah bí ê siaⁿ。Pe̍h chiú, Sòe á chiú。tsúi tsòe chhiong sēng ê khoán sit。Só͘, chim tsù, 汰米的聲。白酒，柰仔酒。水多昌盛的款式。溲，浸注， tsúi hô mī hún kap bí chiuⁿ chè tsò chiú。 水和麵粉與米漿來製造酒。
溼	Sip, ㄕ,	tâm。iu būn, Lóe chì。tsúi miâ。Sip Lūn, Sip khì。Sio̍k tsok 濕。 濕。憂悶，矮志。水名。溼潤，溼氣。俗作濕。

date theme 水氵部 85 page

溯 Sò, Sok, ㄙㄛˋ, ㄙㄛㄎ, chhui kun Goân, tui sok, Sò Goân。tsúi tùi Gek Lîu khí, tè Sūn Lâu Lòh. tsúi Sóe bī ê
催根源，追溯，溯源。水對逆流起，隨順流落。水洗米的
tsúi chiap, bī Phun, Chheng bī Phun。
水汁，米潘，清米潘。

滔 tho, ㄊㄠ, tsúi tōa Lâu Lòh, tho tho Put tsóat。tsōe ok tho thian, tsōe tōa ok kek。chhèng kôai^n, tho thian。
水大流落，滔滔不絕。罪惡滔天，罪大惡極。湧高，滔天。

滕 têng, ㄊㄥˊ, tsúi Chhèng kôai^n, khang khang, Phín Phóng。kó tsá kok ê mîa。
水湧高，空空，品嗙。古早國的名。

滇 tian, tiân, ㄉㄧㄢ, ㄉㄧㄢˊ, tī ê mîa, tī hûn Lâm Séng khun bêng tian tī, iā kìo khun bêng tī. hûn Lâm Séng ê kán Chheng。
池的名，佇雲南省昆明滇池，也叫昆明池。雲南省的簡稱。

滌 tek, ㄉㄜˊ, Sóe Lòe, Sóe chheng, Sóe tek。kóe Pì^n。chhī cheng si^n ê tiâu。hān khì, ta Lî Lî。
洗鑢，洗清，洗滌。解變。飼精牲的寮。旱氣，乾離離。

滄 Chhong, ㄘㄤ, hái tōa khoah chhi^n Sek, chhong hái。tsúi mîa, chhong Súi, hô mîa chhong hô。kôa^n, Léng。
海大闊青色，滄海。水名，滄水。河名滄河。寒，冷。

滋 tsu, ㄗ, tsúi mîa, Pà Lêng kōai^n Pà tsúi, kó mîa tsu Súi。Si^n thóa^n tsōe tsōe, tsu Seng。Sip Lūn,
水名，霸陵縣霸水，古名滋水。生湠多多，滋生。濕潤，
tsu Lūn。tsu Pó。tsu iōng。tsu bī。Lô Lô。
滋潤。滋補。滋養。滋味。濁濁。

滓 tsái, tsái^n, tái, táng, ㄗㄞˇ, ㄗㄞˇ, ㄉㄞˇ, ㄉㄤˇ, tsúi Lô chē toe, che tái, Lô tái。tsa tsái。tsa tsái^n。tē tái, iōh tái, jīo tái
水濁坐底，渣滓，濁滓。渣滓。渣滓。茶滓，藥滓，尿滓。
huih tái, iû tái, tái bī。jīo ó tái。huih táng, chiū sī huih khó khó。ia sī biáu Sī Lâng ê oē。
血滓，油滓，滓味。尿壺滓。血滓，就是血洘洘。也是藐視人的話。

滃 Óng, ㄨㄥˇ, tōa tsúi ê khóan。hûn khì teh khí, tōng óng ùi koe, óng ut。ô ê mîa, óng ô。
大水的款。雲氣咧起，潼滃蔚薈，滃鬱。湖的名，滃湖。

溦 bî, ㄨㄟˊ, Sap Sap ê hō teh lóh ê ì sù。
霎霎的雨咧落的意思。

淼 iáu, ㄧㄠˇ, hō iáu, tsúi bô Pian Chè。tsúi Sek chhim Péh ê khóan Sit, kéng iáu。
浩淼，水無邊際。水色深白的款式，皛淼。

溢 ek, ㄧˋ, khì khū ê tsúi Lâu chhut。tī^n, móa, ek chhut, Pò iông, chēng chēng, sì sòa^n, Phit ek。
器具的水流出。滇，滿，溢出，報揚，靜靜，四散，匹溢。
móa ek。ek Lîu。ek Lī。hī khì iông ek。
滿溢。溢流。溢利。喜氣洋溢。

源 Goân, ㄩㄢˊ, tsúi tsoa^n ê kun Pún。tsúi Goân。Goân thâu。Goân Lîu。kun Goân。
水泉的根本。水源。源頭。源流。根源。

滎 êng, ㄧㄥˊ, tsúi mîa, Soa^n mîa, kūn mîa, êng iông kūn, êng San, êng Súi。Sòe Sòe ê tsúi。Pho Lōng khí ê khóan。
水名，山名，郡名。滎陽郡，滎山，滎水。小小的水。波浪起的款。

溶 iông, îu^n, ㄖㄨㄥˊ, ㄖㄨㄥˊ, tsúi tsōe, ûn á Lâu, móa, ûn ûn á, Chhiong Sēng ê khóan Sit。iû^n, iû^n hòa, iû^n ek, iû^n kái。
水多，緩仔流，滿，緩緩仔，昌盛的款式。溶，溶化，溶液，溶解。

溫 un, ùn, ㄨㄣ, ㄨㄣˋ, kap 温 jī Siong tōng, Chhiá^n khòa^n 9 ūi
與温字相同，請看九畫

滖 oa, ㄨㄚ, kia^n Lâng, Lâ Sâm, thō khut, bô Pî^n ê khóan Sit。
驚人，垃圾，土堀，無平的款式。

溩 ó, ㄨ, tsúi ê mîa, tsúi tōa ê khóan Sit。
水的名，水大的款式。

淪 Lūn, ㄌㄨㄣˋ, tsûn tī tsúi tiong thoa ê ì sù。
船佇水中拖的意思。

溠 Chha, tsà, ㄔㄚ, ㄓㄚˋ, tsúi ê mîa, tī hàn Lâm keng chiu ê Só tsāi。
水的名，佇漢南荊州的所在。

滀 thiok, ㄔㄨˋ, tsúi tsū chip, Sek hûn khí ê khóan Sit。kóa^n kín ê ì sù。
水聚集，色憤起的款式。趕緊的意思。

滆 hék, kek, ㄏㄜˊ, ㄍㄜˊ, ô ê mîa, hék ô, tī iông iàn tiong kang。
湖的名，滆湖，佇陽羨中江。

滉 hóng, ㄏㄨㄤˇ, tsúi chhim khoah ê khóan Sit。
水深闊的款式。

湏 kòng, ㄍㄨㄥˋ, kòng Súi, tī ù chiong。
湏水，佇豫章。

溘 khap, ㄎㄜˋ, hut jiân, kàu ūi, chiàu khóan, tsûn khap tióh Soa。
忽然，到位，照款，船磕着沙。

濂 Liâm, ㄌㄧㄢˊ, tiong ng tsóat tn̄g Sòe Sòe ê tsúi。Liâm Liâm。Chek tsū。Chheng Chēng ê khóan。
中央絕斷小小的水。黏黏。積住。清靜的款。

溧	Lek, ㄌㄧˋ,	tsúi mîa, Lek súi, tsúi chhut tan iông Lek iông koāi. chiu ê mîa, Lek chiu. 水名，溧水，水出丹陽溧陽縣。州的名，溧州。
潤	Siám ㄒㄧㄢˇ	tsúi tín tāng ê khóan sit. tsúi Lâu kín kín ê khóan sit. 水振動的款式。水流緊緊的款式。
滺	bíau, iáu, ㄅㄧㄠˇ, ㄧㄠˇ,	chhim chhim bô té. àm àm. chhim oang oang 深深無底。暗暗。深汪汪
淸	chhiàn, ㄑㄧㄢˋ,	chhìⁿ chhìn koāⁿ kín ê khóan sit. 凄清，趕緊的款式。
溦	chím, ㄐㄧㄣˇ,	khoe ê mîa, ûn ûn á, á sī Liâu ê ì sù. 溪的名，緩緩仔，或是遼的意思。
澌	si, su, ㄒㄧ, ㄙㄨ,	tsúi ê mîa, su tsúi, chhut tī tōa hûi soaⁿ. chiu ê mîa, 水的名，澌水，出佇大濆山。州的名，
澤	sek, ㄕㄜˋ,	tsúi pho, tsúi ê sè bīn. pho ê sè bīn, chham chhî ná Lêng ê Lân khóan 水波，水的勢面。波的勢面，參差像龍的鱗。
濕	thap, Lop ㄊㄚˋ, ㄌㄚˋ,	tâm sip, sip Lūn ê ì sù. Lop, Lop Lop, chiū sī tâm tâm nńg nńg ê ì sù. Lop siāng 沓濕，濕潤的意思。濕，濕濕，就是沓沓軟軟的意思。濕同款
溳	hûn, ûn, ㄏㄨㄣˊ, ㄨㄣˊ,	chiu ê mîa, ûn chiu. tsúi mîa, hûn súi, chhut tī chhài iông tang Lâm ê tōa hông soaⁿ 州的名，溳州。水名，溳水，出佇蔡陽縣東南的大洪山
灌	kín, kìn ㄍㄨㄢˋ ㄍㄨㄢˋ	kín mih hō i ta. ûn ûn á chiong tsúi á sī mih pun khui ê ì sù. kìn, chheng khì, chìm tsū. 灌物給它乾。緩緩仔將水或是物分開的意思。灌，清氣，浸住。
溡	sî, ㄕˊ,	tsúi ê mîa, chhut tī chê kok ê só tsāi. ū sî êng kap jî sio siāng. 水的名，出佇齊國的所在。有時用與時字相同。
滀	chhioh, chhì, chhioh tsúi ㄑㄧㄝˋ, ㄑㄧˋ,	chhioh tâm, chiū sī sip sip tâm tâm ê ì sù. chhì chhì tâm tâm, tâm sip ê ì sù. 滀水，滀沓，就是濕濕沓沓的意思。滀滀沓沓，沓濕的意思。

造字 借席偏音成字

十一畫

漳	Chiang, Chiong ㄓㄤ, ㄓㄤ,	tsúi mîa, chiang súi, tī hok kian chhut hô pêng koāiⁿ tāi hong san. hú mîa, chiong chiu hú. 水名，漳水。佇福建省出和平縣大峯山。府名，漳州府。
漲	tiòng tiùⁿ, tīⁿ, im, ㄉㄧㄤˋ, ㄓㄤˇ, ㄓ, ㄧㄣ,	tsúi móa, tiòng tsúi. tiòng tiau, tsa Lâu tsúi. tiùⁿ, pak tó tiùⁿ tiùⁿ. 水滿，漲水。漲潮，早流水。漲，腹肚漲漲。
	tiàng ㄓㄤˋ	Phòng tiòng, phòng tiùⁿ, siuⁿ kè tōa. tiùⁿ khì. tīⁿ, tīⁿ móa móa, tīⁿ Lâu Lâu, tóe tīⁿ, pá tīⁿ. 膨漲，膨漲，過過大。漲氣。漲，漲滿滿，漲流流，貯漲，飽漲。
		tsúi tīⁿ. im tsúi, im sī, im phóng phóng. kap im siāng khóan. tiàng tsúi. 水漲。漲水，漲元，漲瀁瀁。與淹同款。漲水。
潮	tsâu, ㄗㄠ,	ô ê mîa, tsâu ô chhut n̂g kim. hiān kim tī Lô chiu ê só tsāi. 湖的名，潮湖出黃金。現今佇廬州的所在。
滯	tī, thì ㄓˋ, ㄊㄧˋ,	tsúi kian tēng. khì ut, tī khì. tsúi tsah, thì chek. gêng chek, gêng thì. bōe Liû tōng, 水凝碇。氣鬱，滯氣。水截，滯積。凝積，凝滯。繪流動，
		thêng thì. kú kú Lâu teh, thì Liû. hè mih bōe bōe chhut khì, thì siau. 停滯。久久留咧，滯留。貨物繪繪出去，滯銷。
漨	hông, ㄈㄥˊ,	tsúi mîa, hông súi, tsúi tsoāⁿ chhut ê khóan sit. 水名，漨水，水泉出的款式。
漢	hàn, ㄏㄢˋ,	thian hô. tsúi mîa, hàn súi, goân chhut siám sai po thiông san. tiong kok Lâng, hàn bîn tsok. 天河。水名，漢水，源出陝西嶓冢山。中國人，漢民族。
		tiâu tāi mîa, hàn tiâu. tn̂g soaⁿ Lâng, hàn jîn. hó hàn. tōe mîa, hàn khau, bú hàn. hàn kan. 朝代名，漢朝。唐山人，漢人。好漢。地名，漢口，武漢。漢奸。
滹	ho, ㄏㄨ,	tsúi ê mîa, ho tô, tī sìn tô ê pak pêng jip hái. 水的名，滹沱，佇信都的北平入海。
滸	hó, ㄏㄨˇ,	thô phiâⁿ. tsúi hōaⁿ. tsúi mîa, hoâi súi ê piat mîa. 土坪。水岸。水名，淮水的別名。
滬	hō, ㄏㄨˋ,	tsúi ê mîa. Liah hî êng bāng kap tek ûi tī hái nih. hiân hō. siōng hái ê kán chheng, hō. 水的名。捕魚用網與竹圍佇海裡。玄滬。上海的簡稱，滬。
漪	i, ㄧ,	tsúi pho, ná chhin chhiùⁿ kím tiû ê hûn. Liân i. hong chhe tsúi bīn ê pho bûn. 水波，如親像錦綢的紋。漣漪。風吹水面的波紋。
漑	khài, ㄍㄞˋ,	tsúi ê mîa, khài súi. chìm tsù, koàn tsù, sóe chheng khì. koàn khài, ín tsúi ak chhân. 水的名，漑水。浸注，灌注，洗清氣。灌漑，引水沃田。
滾	kún, ㄍㄨㄣˇ,	tsúi kín kín Lâu, kún kún. pùi khí Lâi, kún khí Lâi. kún tsúi. Lōan Lōan kún. phah kún. 水緊緊流，滾滾。沸起來，滾起來。滾水。亂亂滾。打滾。

Lún á, kún tâng, kún Liâu, kún Pîⁿ, tsòe chhâi hóng kang gē.
碖仔，滾筒。滾條，滾邊，做裁縫的工藝。

漏 Lō, Lāu, ún khìng, àm chī / ㄌㄡˋ, ㄌㄡˋ;
kìⁿ Lāu, kó tsá ēng tâng ô tóe tsúi, khek tsat, hō i Lāu chhut kè sǹg
穩藏，暗靜。見漏，古早用銅壺貯水，刻節，给它漏出來計算
sî kan ê khì khū. Lāu tsúi. Lāu táu. siap Lō. Lāu hō. tī Lō. Lō bóng chi hî.
時間的器具。漏水。漏斗。滲漏。漏雨。痔漏。漏網之魚。

漓 Lî / ㄌㄧˊ;
Lóh hō tih tàuh ê siaⁿ. tsúi siau, soe Póh, hō tsúi Lîm Lî.
落雨滴啲的聲。水消，衰薄，雨水淋漓。

漦 Lâi, Lî / ㄌㄞˊ, ㄌㄧˊ;
Sūn Lâu. tsúi mîa. tōe hō mîa, iong Lâi siâⁿ. nōa boat, boat Lî, Liông Lî.
順流。水名。地號名，雍漦城。涎沫，沫漦，龍漦。

漣 Liân / ㄌㄧㄢˊ;
tsúi ê Pho bûn, Liân i. tsúi teh Lâu. Lâu bák sái ê khoan sit, khip thè Liân Liân
水的波紋，漣漪。水啲流。流目屎的款式，泣涕漣漣

滷 Ló / ㄌㄨˇ;
Sai hng chhut iâm ê tōe, kiâm khó ê tōe, Ló tōe. ēng kiâm chiap tiau Lí chiah mih, Ló bah
西方出塩的地；鹹苦的地，滷地。用鹹汁調理食物；滷肉；
Ló nn̄g, Ló chhài.
滷蛋；滷菜。

漩 Soân / ㄒㄩㄢˊ;
tò tńg Lâu ê tsoâⁿ, Pho Lōng tò tńg Lâu ê khoan sit, Soân o. tsúi teh hôe Soân. Soân tsoán.
倒轉流的泉，波浪倒轉流的款式，漩渦。水啲迴漩。漩轉。

滿 boán, bán, móa, chhiong móa / ㄇㄢˇ, ㄇㄢˇ, ㄇㄨㄚˇ, 充滿;
móa móa, tīⁿ kàu ek chhut Lâi. boán chiok. boán chheng. boán chiu.
滿滿，漲到溢出來。滿足。滿清。滿洲。
boán ì, sim móaⁿ ì chiok.
滿意，心滿意足。

漫 bān / ㄇㄢˋ;
hûn ê sek tī. tōa tsúi. móa, bān thian. tn̂g, bān bān tn̂g iā. hng, bān soaⁿ Phian iá.
雲的色緻。大水。滿，漫天。長，漫漫長夜。荒，漫山遍野。

漭 bóng / ㄇㄤˇ;
Pîⁿ Pîⁿ chhin chhiūⁿ khóng iá. khui khoah chhin chhiūⁿ Gōa hái. bóng bóng.
平平親像曠野。開闊親像外海。漭漭。

漠 bō, bòk, bák / ㄇㄛˋ, ㄇㄛˋ, ㄇㄞˋ;
tsúi ê mîa, bòk iông kang. Soa teh Pe ê só tsāi, khòng khoah ê soa tōe, soa bô. hong bô.
水的名，漠陽江。沙啲飛的所在，廣闊的沙地，沙漠。荒漠，
tōa bô. Léng tâm, chheng chēng, tâm bô. bô koan sim, bô tsù ì, bô sī. bô jiân.
大漠。冷淡，清靜，淡漠。無關心，無注意，漠視。漠然。
bák, àm bák bák. chiū sī àm bong bong ê ì sù.
漠，暗漠漠。就是暗矇矇的意思。

漚 au, o, ó / ㄡ, ㄛ, ㄛˋ;
chìm mih hō i nn̄g, á sī hō i nōaⁿ, á sī sīⁿ mih, au saⁿ. au kiâm chhài. au móa Phê.
浸物给它軟，或是给它爛，或是豉物，漚衫。漚鹹菜。漚麻皮。
tsúi bīn ê tsúi Phèh, Phû o. ó jiû.
水面的水沫，浮漚。漚柔。

漰 Pheng / ㄆㄥ;
hái éng ê siaⁿ, Phin Phong.
海浪的聲，漰湃。

滮 Piu / ㄅㄧㄡ;
tsúi Lâu ê khoan sit, tsúi ê mîa, Piu tî.
水流的款式，水的名，滮池。

漂 Phiau, Phiàu, Phiò, thiò / ㄆㄧㄠ, ㄆㄧㄠˋ, ㄆㄧㄛˋ, ㄊㄧㄛˋ;
Phû tī tsúi Lâu, Phiau Liû. tòa Put tēng só, Phiau Pòk. Phiau Phû. Phiau iû kè hái.
浮佇水流，漂流。住不定所，漂泊。漂浮。漂洋過海。
ùn tsúi Phah siak, Phiàu Pèk, Phiò Pe̍h. Phiò Pò. Phiò Pe̍h Pò. Phiò Pe̍h hún. kè Phiò.
搵水打扸，漂白，漂白。漂布，漂白布，漂白粉。過漂。
thiò, thiò Pe̍h, kap thák Phiò Pe̍h sio siāng.
漂，漂白，与讀漂白相同。

滲 Sim, Sìm, Siàm, Sám / ㄒㄧㄣ, ㄒㄧㄣˋ, ㄒㄧㄢˋ, ㄙㄢˇ;
mn̂g thú á teh hoat ê ì sù, Sìm chhut. Sìm chhut. tsúi teh siap Lâu, Siàm chhut.
毛抵仔啲發的意思，滲出。滲出。水啲洩漏，滲出。
Sìm Lók, sìm thàu, mih kap mih hō siōng kiat háp. Lâm sám, bô chiàu kui kú.
滲漉。滲透，物與物互相結合。濫滲，無照規矩。

漱 Sò, sek / ㄙㄡˋ, ㄕㄨˋ;
sóe chhùi, sò kháu. sóe saⁿ, sò chiû. sóe Lóe. sek kháu.
洗嘴，漱口。洗衫，漱裘。洗禮。漱口。

漘 tûn / ㄔㄨㄣˊ;
tsúi ê Pîⁿ, tsúi Pîⁿ téng bīn Pîⁿ Pîⁿ, tsóng sī ē bīn tsúi chhim, hô tûn.
水的邊，水邊頂面平平，總是下面水深，河漘。

滫 Siu, Siù / ㄒㄧㄡ, ㄒㄧㄡˇ;
chiū sī àm chīⁿ. chiap ê ì sù.
就是暗靜。汁的意思。

漵 Sū / ㄒㄩˋ;
tsúi ê mîa, chhó sîn chiu ê Sū Phó koāiⁿ ū Sū khoe chhut tī Lók kù soaⁿ.
水的名，楚辰州的漵浦縣有漵溪出佇鹿踞山。

漉 Lók, Lok, Lóng / ㄌㄨˋ, ㄌㄨˋ, ㄌㄨㄥˊ;
tsúi tsun, kàn ak thó tōe, tsúi ê mîa, Lók súi. tsúi bān bān Lâu chhut, Siàm Lók. kè Lū.
水圳，灌沃土地，水的名，漉水。水慢慢漏出，滲漉。過濾。
Lók chiú. chin tâm, tâm Lok Lok. tâm Lók Lók. tâm Lóng Lóng.
漉酒。真潹，潹漉漉。潹漉漉。潹漉漉。

漯 Lúi, ㄌㄨㄟˋ, tsúi ê mîa, Lúi Súi, chhut tang kūn, tong bú iông koāiⁿ. tâm sip, Sip Lūn.
水的名，漯水，出東郡，東武陽縣。濕溼，溼潤。

滴 tek, tih, ㄉㄧ, ㄉㄧˊ, tsúi Lâu Loh, tsúi Sîam chhut, tsúi tih, tih tsúi. chit tih á, nâ aû tih á, tih bák Sái.
水流落，水滲出，水滴，滴水。一滴仔，咽喉滴仔，滴目屎。

漙 thôan, ㄊㄨㄢˊ, Lō tsúi tsōe tsōe.
露水多多的款式

漕 tsô, ㄘㄠˊ, khioh tsúi ê tōa kau, ūn mih ê káng Lō. ēng tsûn ūn mih. tsô ūn. tsô bí, kióng kiaⁿ sîaⁿ ê bí.
挖水的大溝，運物的港路。用船運物。漕運。漕米，供京城的米。

漿 Chiong, Chiuⁿ, bí chiuⁿ, hún chiuⁿ, chiū sī Gō kak ê chhé, ēng Gō kak Lâi Chè tsō.
ㄐㄧㄤ, ㄐㄧㄤˋ, 米漿，粉漿，就是五穀的醋，用五穀來製造。

漸 Chiam, Chiâm, chhâm, tsúi Lâu Jíp, Chìm tsù, ní sek. Chhiⁿ mîa, Chiam tāi Sù Chhiⁿ. ûn ûn á, Chiām Chhù.
ㄐㄧㄢ, ㄐㄧㄢˋ, ㄔㄢˊ, 水流入，浸注，染色。星名，漸臺四星。緩緩仔，漸次。
Chiām chiām. Chiām chìn. chhâm, koāiⁿ koāiⁿ. teh Lâu ê tsúi. Lâu tsúi, chhâm chhâm.
漸漸。漸進。漸，高高；哟流的水。流水，漸漸。

漆 Chhek, Chhit, Chhat, chhiū mîa, chhek chhiū. chhek chhiū ê chiap ōe thang tsōe Chhat. Chhat îu, iû chhat.
ㄑㄧ, ㄑㄧˋ, ㄑㄧㄚ, 樹名，漆樹。漆樹的汁能可做漆。漆油，油漆。
tsú chhat, ká chhat, kiáu chhat, chhat sek. hái mîa, hek kok ê Pak Pêng chhit hái.
煮漆，絞漆，攪漆。漆色。海名，黑谷的北平有漆海。

漼 tsōe, ㄘㄨㄟˇ, chhim chhim, chhiⁿ bêng. bák sái Lâu Loh ê khóan. tsúi ê mîa tsōe súi.
深深，鮮明。目屎流落的款。水的名漼水。

漥 oa, ㄨㄚ, chheng tsúi. Lap o, Gû kha khut ê tsúi, chhim chhim ê tî.
清水，塌窩，牛腳屈的水，深深的池。

漾 iōng, ㄧㄤˋ, tsúi iô tāng ê khóan sit, iōng iōng. tsúi tsoah. tsúi mîa. tn̂g, khoah tōa. ek tsoah.
水搖動的款式，漾漾。水泏。水名。長，闊大。溢泏。

演 ián, ㄧㄢˇ, tsúi tn̂g Lâu. tn̂g, khoah, thong thàu, hák Sip, Sip Lūn. thian ián, tsū jiân Piàn hòa. ián hì. ián chhut.
水長流。長，潤，通透，學習，濕潤。天演，自然變化。演戲。演出。
ián káng. ián ôan. ián soat. ián tsàu. ián Sip. ián Gī. ián Chìn.
演講。演員。演說。演奏。演習。演義。演進。

潁 éng, ㄧㄥˇ, tsúi ê mîa, Chiam Lāi. Pip bé. chhang mîa. kap 穎、頴 nn̄g jī siāng khóan.
水的名，尖利。筆尾。聰明。与穎、頴兩字同款。

滺 iu, iû, ㄧㄡ, ㄧㄡˊ, tsúi kín Lâu ê ì sù.
水緊流的意思。

漁 Gû, hû, hî, thó hî, Gû Giap, hî hu, hî bîn, hû tsûn. chhim chhú, chhim chiàm, Gû Lī. Gû Sek, tham Sek.
ㄩˊ, ㄩˊ, 𠆢, 討魚，漁業，漁夫，漁民，漁船。侵取，侵占，漁利。漁色，貪色。

漬 tsù, Chè, chìm tsúi, ní sek, Sì kha Sìu ê Sí. Chìm tsù. bít chè. chìuⁿ chè.
ㄗˋ, ㄐㄧㄝ, 浸水，染色，四脚獸的死。浸漬。蜜漬。醬漬。

滯 Siōng, Sīuⁿ, Sīⁿ Liàp á, bah nōa ê nōa mih, Lâng Sīuⁿ. Liàp á sīuⁿ, sīuⁿ sīuⁿ. tn̂g á Sīuⁿ. môa Sīuⁿ.
ㄒㄧㄤˋ, ㄒㄧㄨˋ, 生疶仔，肉爛的爛物，膿滯，疶仔滯，滯滯。腸仔滯。鰻滯。

潼 thong, ㄊㄨㄥ, tsúi teh Lâu ê siaⁿ.
水哟流的聲。

漈 chè, ㄐㄧˋ, tsúi hōaⁿ. tsúi Pīⁿ, tsúi Lōa. Loh chè, hái tsúi kē ê só tsāi. Gâi chè.
水岸。水邊，水瀨。落漈，海水低的所在。涯漈。

漹 ian, ㄧㄢ, tsúi ê mîa, chhut tī Siōng iông ê Gî Siâⁿ.
水的名，出佇襄陽的宜城

滻 sán, ㄔㄢˇ, tsúi ê mîa. tsōe tsōe. chhut thè ê khoan sit.
水的名。多多。出退的款式。

滸 hû, ㄏㄨˇ, Pàk chhâ Lâi kè tsúi ê ì sù. tek Pâi.
縛柴來過水的意思。竹排。

漷 kok, khok, ㄍㄨㄛ, ㄎㄨㄛ, tsúi ê mîa, kok súi. tsúi ê sè bīn saⁿ that, saⁿ kek Lâu ê khóan sit.
水的名，漷水。水的勢面相踢，相激流的款式。

漯 Phòan, ㄆㄨㄢ, chiū sī tsúi thè khó Lâu ê ì sù.
就是水退涸流的意思。

漀 khèng, ㄎㄧㄥˇ, sin Piⁿ chhut. chhut chiú, khì khū Piⁿ chhia tó tsúi chiuⁿ.
身邊出水泉。出酒，器具邊推倒水漿。

漤 Lám, ㄌㄢˇ, sì ké chí ê ì sù. tih tsúi tī ku khak Lâi Pok kòa.
豉菓子的意思。滴水佇龜殼來卜卦。

漻 Liâu, ㄌㄧㄠˊ, chheng chheng chhim chhim ê ì sù. koāiⁿ, hn̄g ê khóan. tsúi ê mîa, Liâu Súi, chhut kang hā Pêng Chhun (koāiⁿ).
清清深深的意思。高，遠的款。水的名，漻水，出江夏平春縣。

漊 Lú, ㄌㄩˇ, sió sió ê hō Loh bô soah ê khóan. Lím chiú koàn sī bōe tsùi.
小小的雨落無息的款。飲酒慣勢繪醉。

瀐 òe, ㄨㄝ, òe tioh, òe tioh Pīⁿ. hō Lâng òe tioh Pīⁿ. hiān kim kóng thoân jiám Pīⁿ.
瀐着，瀐着病。俾人瀐着病。現今講傳染。

造字

澤 pit, ㄅㄧㄠ, tsúi tsōaⁿ chhèng khí, tsúi kún ê khóan sit.
水泉湧起，水滾的款式。

溡 chhî, sî, ㄔˊ, ㄒㄧˊ, Phû Soa Lûn â tī khoe ê tiong ng. tsúi im kàu koàiⁿ chiah thêng.
浮沙崙仔佇溪的中央。水淹到高即停。

滰 chhióng, sng, ㄑㄧㄤˋ, ㄕㄨㄤ, chheng khì, Leng, kōaⁿ. Sng sóe, chiū sī chiong mih kè sng, chiah sóe hō͘ i chheng khì.
清氣，冷，寒。滰洗，就是將物過滰，即洗乎它清氣。

滓 sút, tsut, tsút, ㄈㄨㄊ, ㄗㄨㄊ, ㄗㄨㄊ, tit lut sut, chiū sī chin tit ê i sù. kut Lut sut, chiū sī chin kut ê i sù. khó tsut tsut, chiū sī chin khó ê i sù. khó tsut tsut, siāng khoan i sù
直踕滓，就是真直的意思。滑踕滓，就是真滑的意思。洘滓滓，就是真洘的意思。洘滓滓，同款意思

造字 助語詞的字，借華字音來成字。

十二畫

潮 tiâu, tiô, ㄉㄧㄠˊ, ㄉㄧㄜˊ, hái Lâu tsúi ê im khó tiau sek. tsá Lâu kiò tiâu, àm Lâu kiò sek. tiâu Lîu, hái tsúi ê Lîu tōng. hiān tāi Lâng kóng sî tāi ê sè bīn. toe mîa, tiô chiu. tiô chiu ai, tiô chiu hú Lāi ê hī.
海流水的淹洘，潮汐。早流叫潮，晚流叫汐。潮流，海水的流動。現代人講，時代的勢面。地名，潮州。潮州𤆬，潮州府內的𤆬。

澈 thiat, ㄊㄧㄚㄊ, tsúi chheng, chheng thiat. kng bêng, têng thiat. tsúi chīn, thiat tí. thàu thiat. tōng thiat.
水清，清澈。光明，澄澈。水盡，澈底。透澈。洞澈。

澄 têng, tîn, ㄉㄧㄥ, ㄉㄧㄣ, tsúi chheng, chheng khì, têng chheng. têng thiat, chheng têng, thàu bêng. sớ tsāi mîa, hái têng. tîn kè tîn, chiū kè tiû, kè chē chheng ê i sù.
水清，清氣，澄清。澄澈，清澄，透明。所在名，海澄。澄，過澄，就是過淘，過乎清的意思。

潴 tsu, ㄗㄨ, tsúi bô kiaⁿ Lâu ê só tsāi, iā sī bô kiâ Lâu ê tsúi, khui tsúi khut.
水無行流的所在，也是無行流的水，開水堀。

澍 sū, tsù, ㄙㄨ, ㄗㄨ, hap sî ê hō͘, hoat siⁿ bān mih, ka sū. koàn ak sit but ê i sù. chìm tsù, chìm tsù, thong tsù.
合時的雨，發生萬物，嘉澍。灌沃稼物的意思。浸澍，浸注，通注。

潺 chhan, ㄑㄧㄢ, tsúi Lâu ê siaⁿ, tsúi Lâu ê khóan sit. chhan chhan. chhan oân. Lâu bak sái ê khóan.
水流的聲，水流的款式。潺潺。潺湲。流目屎的款。

潰 hùi, pì, ㄏㄨㄧ, ㄅㄧ, tsōaⁿ chhèng chhut, ūi tsúi piàn piàn Lâu ê khóan sit
泉湧出，渭水徧徧流的款式

潝 hip, ㄏㄧㄆ, tsúi kín Lâu ê siaⁿ, tsúi teh Lâu ê khóan sit.
水緊流的聲，水咧流的款式。

澒 hāng, hōng, hóng, ㄏㄤ, ㄏㄛㄥ, ㄏㄛㄥ, âng ê soa hòa tsòe súi gîn. khì bōe hun piat ê khóan. tsúi chhim khoah. bông hóng. hāng iông.
紅的沙化做水銀。氣未分別的款。水深闊。濛澒。澒溶。

潢 hông, hông, ㄏㄛㄥ, ㄏㄛㄥ, tsúi mîa, hông tî, hông hô. chek tsū tsúi ê tî. tsúi chhim khoah ê khóan sit.
水名，潢池，潢河。積住水的池。水深闊的款式。

潰 hōe, hùi, ūi, hōe, kùi, ㄏㄨㄝ, ㄏㄨㄧ, ㄨㄧ, ㄏㄨㄝ, ㄍㄨㄧ, tsúi hoaⁿ kek phoa loān Lâu, hōe koat. sì soàⁿ, hùi san. ūi thè, pāi thè. ūi Loān, pāi Loān. hùi tsáu, pāi tsáu. kùi nōa, hú nōa. i siōng gō͘ im Lóng siāng khóan.
水岸激破亂流，潰決。四散，潰散。潰退，敗退。潰亂，敗亂。潰走，敗走。潰爛，腐爛。以上五音攏同款。

潤 jūn, Lūn, ㄖㄨㄣ, ㄌㄨㄣ, sip tâm, sip jūn. hó khòaⁿ, Lūn sek. Lī Lūn, Lī jūn. Lūn tek, tsu Lūn. Lūn kut. Lūn âu.
濕澹，濕潤。好看，潤飾。利益，利潤。潤澤，滋潤。潤滑。潤喉。

澉 kám, ㄍㄚㄇ, chiaⁿ, bô bī, bī sò khin khin, bī pòh, kam tsām. sóe chheng khì, tām kam.
飷，無味，味素輕輕，味薄，澉𩜍。洗清氣，澹澉。

澆 hiau, jiâu, kiau, Liâu, ㄏㄧㄠ, ㄖㄧㄠ, ㄍㄧㄠ, ㄌㄧㄠ, ēng tsúi ak. Lâm. hìu. koàn khài, hiau tsúi. jiâu hoa. kiau tiân. kiau chhiû. Lim chiú siau chhiû. hiau pòh, jîn chêng chhian pòk. Liâu, chiū sī tsúi tńg seh ê i sù.
用水沃，淋，灑，灌漑，澆水。澆花。澆田。澆愁，飲酒消愁。澆薄，人情淺薄。澆，就是水轉𨑨的意思。

潔 kiat, koeh, ㄍㄧㄚㄊ, ㄍㄨㄝ, chheng khì, chheng khì siùⁿ, chheng kiat. kiat pe̍h, kiat chēng. Liâm kiat. kiat phiah. koeh, kng koeh. kàu koeh sian, chiū sī Lâ sâm ê sian.
清氣，清氣相，清潔。潔白，潔淨。廉潔。潔癖。潔，光潔。垢潔膠，就是垃圾的膠。

澗 kàn, ㄍㄚㄢ, soaⁿ tsùn, chhim khiⁿ, khiⁿ kau. soaⁿ kàn, kàn tsúi. kàn khoe, kàn siaⁿ, khoe kok ê siaⁿ.
山峻，深坑，坑溝。山澗，澗水。澗溪。澗聲，溪谷的聲。

澌 sî, ㄒㄧ, chiū sī chhùi Lāi ê tin ek, chhùi nōa ê i sù.
就是嘴內的津液，嘴涎的意思。

潦 Ló, Liâu, ㄌㄜ, ㄌㄧㄠ, hō͘ tōa ê khóan sit, ka Lauh tsúi. tsúi khut. Liâu kàn. Liâu tó. Lók phek. tsúi mîa,
雨大的款式。磕落水。水堀。潦淦。潦倒，落魄。水名，

		Liâu hô, tī hô Lâm Séng iông koāiⁿ chhin chhai, Lô Chhó。Chhin chhin chhái chhái, Lô Lô chhó chhó 潦河，佇河南省 陽縣 。且採，潦草。且且採採，潦潦草草。
澇	Lô, Lō, ㄌㄠˊ,ㄌㄠˋ,	tsúi ê mîa, kotsá kiò Liautsúi. tsúi Pho tōa, hui Lô。tsúi tsai, Lō。tsúi im móa ê ì sù。 水的名，古早叫潦水。水波大，飛澇。水災，澇。水淹滿的意思。
潾	Lîn, ㄌㄧㄣˊ,	tsúi chheng ê khóan sit。tsúi Peh chiók kham khiat。tsúi mîa 水清的款式 。水白石嵁硈 。水名
澫	mâi, ㄇㄞˋ,	tsúi ê mîa, tsúi chhut Û Chhiong。tsúi Lâu chhut ê ì sù。 水的名，水出豫昌 。水流出的意思。
潘	Phoan, Phoaⁿ, Phun, ㄆㄢ,ㄆㄢˋ,ㄈㄣ,	tsúi mîa, Phoan Súi, chhut tī hô Lâm êng iông。Lâng ê sìⁿ, Phoan, Phoaⁿ。Phun, 水名，潘水，出佇河南滎陽。人的姓，潘，潘。潘，
		bí Phun, sóe bí ê tsúi。Sng Phun, Phun ām, Phun tsô, Phun tháng, Pak tó ná Phun tháng 米潘，洗米的水。酸潘，潘泔，潘槽，潘桶，腹肚如潘桶
澎	Phêng, Phîⁿ, ㄆㄥˊ,ㄆㄥ,	hái éng ê siaⁿ Phêng Phài。tōe mîa, Phîⁿ ô。tī tâi oân kap tn̂g soaⁿ ê tiong kan。 海浪的聲，澎湃。地名，澎湖。佇臺灣與唐山的中間。
潑	Phoat, Phoah, Phòa, ㄆㄛ,ㄆㄛˋ,ㄆㄛ,	tsúi Lâu, oah tāng。Phoah tsúi, hoat Phoat。Phaiⁿ, Phoat hū。Phoah chhut khì。 水流，活動。潑水，活潑。惡，潑婦。潑出去。
		tsúi Phoah Lòh tōe oh tit siu。Phòa nōa, Chhái Phòa nōa, bô kut Lát ê ì sù。Pîn tōaⁿ。 水潑落地難得收。潑爛，柴潑爛，無出力的意思。貪惰。
澀	Sip, Siap, ㄙㄜˋ,	bô kng kút, chho Siap。bī sng siap。bak chiu Siap。kiâm siap。Chhùi Siap。Pak Siap。 無光滑，粗澀。味酸澀。目睭澀。鹹澀。喙澀。剝澀。
澁	Sip, Siap, ㄙㄜˋ,	kap teng bīn jī siāng khóan。 与頂面字同款。
潸	San, ㄕㄢ,	chiū sī Lâu bak sái ê ì sù。San hiân。San jiân。 就是流目屎的意思。潸泫。潸然。
潯	Sîm, jîm, ㄒㄩㄣˊ,	chhim tsúi Phiaⁿ, só tsāi mîm, Sîm iông。tsúi mîa Sîm kang, tī kńg se。jîm, sái tsûn kàu 深水坪，所在名，潯陽。水名潯江，佇廣西。潯，駛船到
		chîn bé ê só tsāi。chhin chhiūⁿ chiòh jîm, kang jîm。tsui Piⁿ。 盡尾的所在。親像石潯，江潯。水邊。
潠	sùn, ㄙㄨㄣˋ,	kâm tsúi bū chhut, kâm chiú saⁿ chhùi。sóe chhen khì。 含水噴出，含酒三喙。洗清氣。
澌	Su, ㄙ,	tsúi Liáu, sì sòaⁿ, bêng Pek, biat bô, siau iûⁿ。 水了，四散，明白，滅亡，消鎔。
潭	thâm, ㄊㄢˊ,	tsúi mîa, bú Lêng thâm, jit goat thâm。tsúi tî, tî thâm, tsúi khut chhim khoah。thâm khut。 水名，武陵潭，日月潭。水池，池潭，水堀深闊。潭堀。
潼	tông, tòng, ㄊㄨㄥˊ,ㄉㄨㄥˋ,	tsúi ê mîa, tsúi chhut kóng hàn, tsú tông Pak kài, tông súi。hái ê mîa, Pak kek Gōa ū 水的名，水出廣漢，梓潼北界，潼水。海的名，北極外有
		tông hái。koāiⁿ koāiⁿ ê khóan sit。tsúi koah Phāiⁿ Lō ê ì sù。tông koan, chiū sī koan mîa。 潼海。高高的款式。水刮壞路的意思。潼關，就是關名。
潛	Chiâm, Chhiâm, chhîm, ㄐㄧㄢˋ,ㄑㄧㄢˊ,ㄑㄧㄣˊ,	tsú sè chēng chēng, tiām chēng, Chiâm sim, chiâm ì bok hòa。tsúi ê mîa, Chiâm tsúi。 仔細靜靜，恬靜，潛心。潛移默化。水的名，潛水。
		koāiⁿ mîaⁿ chiâm kang koāiⁿ。ún tsông, chiâm tsông。Chiâm tsúi, bih tī tsúi tiong。Chhiâm 縣名潛江縣。隱藏，潛藏。潛水，匿佇水中。
		bak sái chhiâm chhiâm Lâu ê ì sù。bak sái chhîm chhîm Lâu。 目屎潛潛流的意思。目屎潛潛流。
潗	chip, ㄐㄧˊ,	chhut tsoāⁿ, tsúi sió khóa Lâu ê khóan sit。tsúi kún。 出泉，水少許流的款式。水滾。
潕	bú, ㄨˇ,	ô Lâm Séng chit tiâu khoe ê mîa。 湖南省一條溪的名。
澐	hûn, ûn, ㄏㄨㄣˊ,ㄩㄣˊ,	kang ê tsúi tōa khí Pho ê ì sù。 江的水大起波的意思。
潙	kui, ûi, ㄍㄨㄟ,ㄨㄟˊ,	kui súi, chhut tī ek iông koāiⁿ ê má thâu soaⁿ。ûi tsúi。 潙水，出佇益陽縣的馬頭山。潙水。
澓	hok, hòk, ㄈㄨˊ,ㄈㄨˋ,	tsúi Lâu ê ì sù, tsúi tn̂g seh。ji sìⁿ。 水流的意思，水轉走。字姓。
湜	sit, ㄕˊ,	tsúi chheng khoàⁿ kìⁿ tóe。Sêng sit, sì chiàⁿ。 水清看見底。誠實，四正。
潻	Sek, ㄕㄜˋ,	hō á sió khóa teh Lòh ê khóan sit。 雨仔少許咧落的款式。
濳	Chiam, chhiam, Chhîm, ㄐㄧㄢˋ,ㄑㄧㄢˊ,ㄑㄧㄣˊ,	kap 潛 字相同。
潚	chhih, ㄑㄧˋ	tâm tâm ê ì sù, tâm Lok Lok, Lok chhih chhih, tâm chhih chhih。 湆湆的意思，湆渃渃，渃潚潚。湆潚潚。

濮 Phok, ㄆㄛㄎ, chit tiâu khoe ê mîa 一條溪的名。

澑 Lîu, Líu, Liu, ㄌㄧㄨ, ㄌㄧˋㄨ, ㄌㄧ-ㄨ, kap 10 ūi 溜 jī Siong tông, Chhían Chham khó. 与十畫溜字相同，請參考。

澂 têng, ㄉㄧㄥ, tsúi chheng, têng chheng, chheng khì. kap 澄 jī Siāng khoán. 水清，澂清，清氣。与澄字同款。

濄 kiat, khiat, tsúi ê mîa, kiat tsúi, tī Soan Sai Séng Lîm hun koāin. tsúi chhèng chhut. tsúi tiong ê tóe. 《ㄧㄚㄊ, ㄎㄧㄚㄊ, 水的名，濄水，佇山西省臨汾縣。水湧出。水中的底。
tsúi Lâu ê khóan sit. 水流的款式。

澷 bān, ㄅㄚㄋ, tsúi im tio̍h, Pang Lo̍h, Pau hâm, khui khoah, hong tōng, kap 漫 Siong tông. 水淹着，崩落，包，閒闊，放蕩，与漫相同。

潣 bín, ㄅㄧㄣ, khui khoah ê tsúi. tsúi ûn á teh Lâu. 開闊的水。水緩仔的流。

滗 Pit, ㄅㄧㄊ, Poan á, tóe chiap ê khì khū. khì kian Lâng, tû khì Lā Sâm. 盤仔，貯汁的器具。棄驚人，除去垃圾。

潎 Piat, Phiat, ㄅㄧㄚㄊ, ㄆㄧㄚㄊ, tī tsúi tiong Phah soh. Chheng khì. hî iû tsúi ê khóan sit, Phó Lōng ê khóan sit. 佇水中打索。清氣。魚游水的款式，波浪的款式。

潲 Sáu, Siàu, Sáu, ㄙㄠ, ㄒㄧㄠ, tsúi san kek Lâu, ēng bí Phun chhī ti ê ì sù. Siàu, tsúi Gek Lâu ê ì sù. Sóe mih. 潲，水相激流，用米䊪飼豬的意思。潲，水逆流的意思。洗物。

澙 Sek, ㄒㄧㄝㄎ, kiâm tóe, kiâm thô, Sek Lô. Gek tsúi ê Só tsāi. Sek ô, tī hái Pin hō hái Soa tsū jiân Sin Chían ê chiâu. 鹵鹹地，鹹土，澙滷。逆水的所在。澙湖，佇海邊徑海沙自然生成的湖沼。

潯 Sîm, ㄒㄧㄣ, siok 潯 jī. 俗潯字。

潬 than, ㄊㄢ, tsúi thoan, tsúi tōa, tsúi Lâu ê khóan sit. Sa than. 水灘，水大，水流的款式。沙潬。

潒 tóng, thóng, ㄉㄤ, ㄊㄤ, tsúi teh Lâu, tsúi Lâu kín ê khóan sit. 水咧流，水流緊的款式。

𣹟 Pih, Pih, ㄅㄧ-ㄏ, ㄅㄧ-ㄏ, khó Pih Pih, chiū sī kāu, tsúi chió, khó khó ê ì sù. kap khó kit kit Siāng khóan, chhin chhiūn khó âm bê. 涔𣹟𣹟，就是厚，水少，涔涔的意思。与涔𣹟𣹟同款，親像涔湛糜。

造字 助語詞的字，既與水有關，採水旁加迫之偏音成字。

潨 Chhông, ㄘㄨㄥ, Sió sió ê tsúi chiap jip tōa káng ê tsúi. chiong tsúi tsū chip ê Só tsāi. 小小的水接入大港的水。衆水聚集的所在。

十三畫

濁 to̍k, ta̍k, tso̍k, Lô, ㄉㄛㄎ, ㄉㄚㄎ, ㄗㄛㄎ, ㄌㄛ, tsúi Ló bô chheng. tsúi ê mîa, tso̍k súi, chhut tī Lâm Chhiong, tāi oân tiong Pō͘ ū to̍k tsúi khoe. tsúi Lô Lô. Chhin ê mîa. iû tái khó khó Liâm Liâm, iû ta̍k. ta̍k ta̍k ê bī. Lâng ê Sìn, tso̍k. tso̍k Chhin. Liâm Lô. Lô Liâm hiun. Lô thi thi, bô chheng ê ì sù. 水濁無清。水的名，濁水，出佇南昌。臺灣中部有濁水溪。水濁濁。星的名。油滓涔涔黏黏，油濁。濁濁的味。人的姓，濁。濁星。黏濁。濁黏香。濁𥽜𥽜，無清的意思。

濋 chhó, ㄘㄛ, tsúi mîa. tōa tsúi ek chhut hun Piat tsòe sòe tsúi ê mîa. 水名。大水溢出分別做小水的名。

濆 hûn, ㄏㄨㄣ, tsúi Pin, tōa tsúi ek chhut hun Piat Sòe tsúi ê mîa. tsúi chhut. 水邊，大水溢出分別小水的名。水出。

澩 ha̍k, ㄏㄚㄎ, ta ê tsoān, hē thin ū tsúi, tang thin bô tsúi. tsúi ê Sian. 乾的泉，夏天有水，冬天無水。水的聲。

澣 oán, ㄨㄚ, Sóe san, Sóe Chheng khì. kap 浣 Siāng khoán. 洗衫，洗清氣。与浣同款。

澺 ê, ì, ㄝ, ㄧ, tsúi ê khoán sit. ēng tōa ê ì sù. Lōan Lōan Lâu. iông ì. 水的款式。滾大的意思。亂亂流。溶澺。

激 kek, 《ㄧㄝㄎ, kín ê tsúi ēng, tsúi hō mih tsah. jia khàm, sio chhiong. kek tsúi. kám kek. chhì kek. kek Lē. 緊的水浪，水拄物截。遮蓋，相衝。激水。感激。刺激。激勵。

瀄 khut, ㄎㄨㄊ, tsúi chhim ê khoán sit, tsúi khut. 水深的款式，水堀。

澮 kòe, 《ㄨㄝ, tsúi mîa, kòe súi, tsúi chhut Siông ko San. Sió Lâu. kúi nā tiâu tsúi ha̍p chían. chhim khoah. 水名，澮水，水出詳高山。小流。幾若條水合成。深闊。

澧	Lé, ㄌㄝˊ;	tsúi ê mîa, Lé súi, chhut tī Lâm iông tī hêng san tsúi tsôa", chhèng khí. 水的名，澧水，出佇南陽「雉衡山之水泉」……起。
濂	Liâm, ㄌㄧㄢˊ;	tsúi sòe sòe kàng. khoe ê mîa, Liâm khoe, Goân chhut ô· Lâm tō koā" khin pôh ê khóan sit. 水小小港。溪的名。濂溪，源出湖南道縣。輕薄的款式。
潞	Lō·, ㄌㄨˋ;	tsúi ê mîa, só· tsāi mîa. 水的名，所在名。
澳	hiok, ò, ù, ㄏㄧㄛ, ㄠˋ, ㄩˋ;	hiok, tsúi pī" ū hōa", ùn hōa". chhim tsúi ê só· tsāi, khū tsûn ê só· tsāi, tsûn ò, oa" ù. 澳，水邊有岸，堤岸。深水的所在。靠船的所在，船澳，垵澳。
		ù lāi, tsûn ù. só· tsāi mîa, ò mn̂g. so· ò. ò chiu. 澳內，船澳。所在名，澳門。蘇澳。澳洲。
濃	Lông, ㄋㄨㄥˊ;	khó khó, kāu kāu, lō· tsúi tsōe, Lêng lō· lông lông. Lông tām, Lông hō. Lông tō. Lông bit. 滂滂，厚厚。露水多，零露濃濃。濃淡，濃厚。濃度。濃密。
澼	Phek, ㄆㄧˋ;	tsúi phèh. tng á keh kài ê tsúi. tsúi Lōan Lōan Lâu. tī tsúi nih phiau jû, phêng phek khòng. 水沫。塘仔隔界的水。水亂亂流。佇水裡漂絮，洴澼絖。
澀	Sek, ㄙㄜˋ;	sip, bô kng kut, bô kut tiah, siap siap ê ì sù. chho· siap, tsúi khó oh tit kiā". kap 澁 siang khóan. 澀，無光滑，無滑搐，澀澀的意思。粗澀，水滂難得行。與澁同款。
滏	Se, ㄙㄜ;	tsúi ê mîa, Goân chhut ô· Pak keng san kōai, tông sōa" soa". tsúi pī", pún tē lâng só· tiàm ê só· tsāi. 水的名，源出湖北京山縣潼泉山……。水邊，本地人所站的所在。
澠	bín, sêng, ㄇㄧㄣˇ, ㄕㄥˊ;	soa" tang séng chit tiâu khoe ê mîa, sêng tsúi. hô Lâm ê sia" mîa, bín tī. 山東省一條溪的名，澠水。河南的城名，澠池。
澹	tâm, tām, ㄊㄢˊ, ㄉㄢˋ;	tsúi mîa, tām súi. tsúi chēng, thiām chēng, tām pòk. tín tāng, tām tām. 水名，澹水。水靜，恬靜，澹泊。振動，澹澹。
濎	téng, thèng, ㄉㄧㄥˇ, ㄊㄧㄥˋ;	tsúi ê khóan sit, tsúi sòe sòe teh lâu ê khóan. tsúi lâu bān bān ê khóan sit. thèng êng. 水的款式，水小小咧流的款。水流慢慢的款式。濎濙。
濜	tông, ㄉㄨㄥˋ;	chiū sī mih tūi lòh tsúi tiong ê sia". 就是物墜落水中的聲。
澡	chho, tsó, ㄘㄠ, ㄗㄠˇ;	ēng tsúi sóe seng khu, sóe chho. chheng khì, chho soat. gek lūi, tsó tông gī. chheng khì sim koa" 用水洗身軀，洗澡。清氣，澡雪。玉類，璪同義。清氣心肝心肝
		ê ì sù, tsó sin iòk tek. tsó sek, 的意思，澡身浴德。澡室，澡堂
濈	chhip, ㄑㄧˋ;	hàp hô, tsúi lâu chhut. koa" kín ê khoan sit. 合和，水流出。趕緊的款式。
濊	hoat, oe, ㄏㄨㄛˋ, ㄨㄟˋ;	khap tioh tsúi ê sia", hoat hoat. oe, tsúi tsōe ê khóan, tsúi chhim khoah ê khóan, lô lô, ong oe 磕着水的聲，濊濊。濊，水多的款，水深闊的款，濁濁，汪濊
澦	ū, ㄩˋ;	chiū sī tsúi ê mîa. iām ū súi, tī sù chhoan kù tông kiap kháu. 就是水的名。灩澦水，佇四川瞿塘峽口。
濨	tsu, ㄗ;	kú kú lòh hō·. tsúi ê mîa, chhut tī siông san kūn. kú ú gím tsu. 久久落雨。水的名，出佇常山郡。久雨淫濨。
瀀	tong, thong, Long, ㄉㄨㄥ, ㄊㄨㄥ, ㄌㄨㄥ;	chiū sī tsúi ê ì sù, tsúi tih ê sia" tong tong háu. thong thong háu, Long Long kiò. Long Long háu, tsúi lâu sia". 就是水的意思，水滴的聲，瀀瀀哮。瀀瀀哮，瀀瀀叫，瀀瀀哮，水流聲。
澟	Lím, ㄌㄧㄣˇ;	chiū sī chheng khì ê ì sù. iā sī chhe chheng. 就是清氣的意思。也是凄清。
澪	Lêng, ㄌㄧㄥˊ;	tsúi ê mîa, tsúi teh lâu ê ì sù. 水的名，水咧流的意思。
澥	hāi, ㄏㄞˋ;	pút hái ê pát mî. pút hāi. tsoat tn̄g tsúi, sòe sòe ê tsúi mîa, Liâu hāi. 渤海的別名。渤澥。絕斷水，小小的水名，潦澥。
濊	bî, ㄇㄟˊ;	sap sap ê hō· teh lòh, khoe pī", chhâu hoat tī tsúi nih. 霎霎的雨咧落，溪邊，草發佇水裡。
澶	Siân, ㄔㄢˊ;	siân ian ê tsúi tī sòng tiâu, tōe hō mîa, oe. siân chiu phī. 澶淵的水佇宋朝，地号名，衛。澶州陂。
澻	Sūi, ㄙㄨㄟˋ;	chhân tiong ng sòe sòe tiâu ê kau. kap 遂 thong 田中央小小條的溝。与遂通
澾	that, ㄊㄚˋ;	kng kut, kim, kim kut, kut kut ê ì sù. 光滑，金，金滑，滑滑的意思。
濼	Gû, ㄫㄡˊ;	soa" tsúi kio tsòe kàn. nîa" tóe tsúi kio tsòe gû. nîa tóe tsúi ê ì sù. 山野水叫做澗。陵貯水叫做濼。陵貯水的意思。
澤	tek, ㄉㄜˊ;	tâm sip ê tōe, tsúi tsū chip ê só· tsāi, tōa tek, chiáu tek. ak tsúi, Lūn tek. un hūi, 湆濕的地，水聚集的所在，大澤，沼澤。沃水，潤澤。恩惠，
		un tek, kng kut, kong tek. tsōe tsúi ê só· tsāi, tek kok. 恩澤。光滑，光澤。多水的所在，澤國。

灉 iong, ㄧㄜㄥ; tsúi ê mîa, tsúi tùi hô-nih lâu chhut. 水的名，水對河裡流出。

澱 tiān, ㄉㄧㄢˋ; che tāi, tîm tiān. mih lā tsúi hō͘ i chheng mih oē tîm tóe, kio tîm tiān. tiān hún. 渣滓，沈澱。物攪水予它靜，物能沈底，叫沈澱。澱粉。

十四畫

濯 tsók, ㄗㄜㄎ; tōa tsúi. sóe ek, tsók tek. chheng khì. iû iáh, lók lók tsók tsók. soaⁿ téng bô chhau, thâu khak thuh thuh, tōng san tsók tsók. iā sī kng bêng ê ì sù. 大水。洗浴，濯滌。清氣。悠逸，鹿鹿濯濯。山頂無草，頭殼禿禿，童山濯濯。也是光明的意思。

濩 hō͘, hok, ㄏㄜ, ㄏㄜㄎ; hō͘ lâu lóh bīn ê khoán sit. tsú mih. tsúi saⁿ kek ê khoán sit, hòe hok tsúi. 雨流落面的款式。煮物。水相激的款式，濩濩水。

濠 hô, ㄏㄜ; tsúi ê mîa, tsúi chhut bók ia san tang pak ê khoe. sio chiàn pó hō͘ sin thé ê kau, hô kau. 水的名，水出莫耶山東北的溪。相戰保護身体的溝，濠溝。

濡 jû, su, ㄖㄨˊ, ㄏㄨ; chìm tsúi, ùn tâm, sip lūn, jû pit. jû sip. jio tsúi, jû jiok. khó khó, su tī. thun lún, su jím. 浸水，搵澹，濕潤，濡筆。濡溼。尿水，濡溺。涔涔，濡滯。吞忍，濡忍。

濶 khoat, khoah, ㄎㄨㄚㄊ, ㄎㄨㄚㄏ; soe, hn̄g, khoan, khui khoah, khoan khoah. khè khoat, khun khó. 疏，遠，寬。開濶，寬濶。契濶，困苦。

濫 lām, ㄌㄚㄇ; tsúi ek, hoān lām. tsoè tōa tsúi. kè thâu, lām iōng. bô iáⁿ, sit sit, bîn theng lām î. lām chhú. lām sat. lām tsō. lām eng chit koân. lām û chhiong sò. lām sam. 水溢，泛濫。做大水。過頭，濫用。無影，失實，民聽濫矣。濫取。濫殺。濫造。濫用職權。濫竽充數。濫滲。

濛 bông, bang, ㄅㄛㄥ, ㄅㄤ; tsúi ê mîa, bông kang. goân chhut kùi chiu sèng tēng hoan koāiⁿ. bông hông, goân khì bē hun. 水的名，濛江，源出貴州省定番縣。濛鴻，元氣未分。
bū, ㄅㄨ; ê khoán. sòe sòe ê hō͘ tit tit lóh, bang bang hō͘. lóh bông thiⁿ bū bū. ū tsúi khì. 的款。小小的雨直直落，濛濛雨。落霧天濛濛。有水氣。

濔 lé, ㄌㄝ; tsúi tīⁿ, tsoe tsoe, móa. saⁿ liân sòa chiām chiām pîⁿ ê khoán sit. 水滇，多多，滿。相連續漸漸平的款式。

濘 lêng, lēng, lèng, ㄌㄝㄥ; tsúi teh tsoah. lō͘ kô͘ bê, nî lêng. tsúi kún ê khoán sit, téng lêng. sòe sòe ê tsúi, êng lêng. lêng tī, nî tsúi chek tsū lō͘ phái kiâⁿ. 水咧泏。路糊泥，泥濘。水滾的款式，汀濘。小小的水，滎濘。濘滯，泥水積住路歹行。

濱 pin, pîn, ㄅㄧㄣ; tsúi kîⁿ, phiâⁿ, thô͘ phiâⁿ. hái pin. pîn hái. pek kūn, pîn sí. 水墘，坪，土坪。海濱，濱海。迫近，瀕死。

濮 pók, phok, ㄅㄜㄎ, ㄆㄜㄎ; chiu ê mîa, tō pók chiu. tsúi mîa, pók súi, tsúi chhut tong kūn pók iông lâm pêng jip kū iá. pek phok, chéng tsók ê mîa, chhun chhiu sî ê î jîn. ô͘ pak ê hoan. koāi mîa, phok iông koāiⁿ. 州的名，隋濮州。水名，濮水，水出東郡濮陽南平入鉅野。百濮，種族的名，春秋時的夷人，湖北的蕃。縣名，濮陽縣。

濕 sip, ㄒㄧㄆ; kap 溼 siong tông, chham khòaⁿ 10 ūi (lâng). 与溼相同，參看十畫。

濬 tsùn, ㄗㄨㄣ; khui chhim chhim ê tsúi khut, tsúi kau, chhim khut, tsùn hô. chhim ò. tsùn tì. tsùn tiat gâu lâng. 開深深的水堀，水溝，深堀，濬河。深奧。濬智。濬哲，勢人。

濤 tô, ㄉㄜ; tsúi mîa, tōa ê pho lōng, tōa hái éng, pho tô. éng phah hōaⁿ, kiaⁿ tô hái lōng. hong chhe siông chhiū ê siaⁿ, siông tô. tô siaⁿ, hái éng ê siaⁿ. tô lân, tōa hái éng. 水名。大的波浪，大海浪，浪濤。浪打岸，驚濤駭浪。風吹松樹的聲，松濤。濤聲，海浪的聲。濤瀾，大海浪。

濟 ché, chè, ㄐㄝ; tsúi mîa, ché súi. sū oē tsòe tit hó, chè sū. pang tsān, chè kip, kiu chè. bû chè û sū, bô lī ek. 水名，濟水。事能做得好，濟事。幫助，濟急。救濟。無濟於事，無利益。

濜 chīn, ㄐㄧㄣ; tsúi kin lâu ê khoán. khoe ê mîa. phui nōaⁿ. 水緊流的款。溪的名。唾涎。

濰 î, ㄧ; tsúi mîa, î súi. iā kio î hô, goân chhut soaⁿ tang séng kú koāiⁿ ki ok soaⁿ. 水名，濰水，也叫濰河，源出山東省莒縣箕屋山。

潕 bú, ㄅㄨ; ô͘ lâm séng chit tiâu khoe ê mîa, bú khoe, bú lêng gō͘ khoe chi it. kap 潕 siāng khoán. 湖南省一條溪的名，潕溪，武陵五溪之一。与潕同款。

濴 êng, ㄝㄥ; tsoat tn̄g sòe sòe ê tsúi. tsúi tò tńg lâu ê khoán sit. 絕斷小小的水。水倒轉流的款式。

濗 bek, ㄅㄝㄎ; chhián chhián ê tsúi. 淺淺的水。

濞 pì, pī, ㄆㄧ, ㄅㄧ; tsúi ê siaⁿ, tsúi kín kín lâu kàu ê siaⁿ. pōng pì. tsúi chhim ê khoán sit, ì pì. 水的聲，水緊緊流到的聲；滂濞。水深的款式，懿濞。

濴	êng, ㄧㄥ,	tsúi tò tńg Lâu ê khóan sit 水倒轉流的款式
灩	chhêng ㄑㄧㄥ,	chiū sī Léng kôaⁿ ê ì sù。kap 瀞 Siong tông 就是冷寒的意思。与 瀞 相同
壍	tsām, ㄗㄢˋ,	Siâⁿ Gōa ê hô kau。ak chhân ê khiⁿ kau。kut thô ê ì sù。 城外的壕溝。沃田的坑溝。掘土的意思。
濥	în, ㄧㄣˋ,	tsúi mêh teh Lâu tī tōe ê tiongkan。tsúi mn̂g。 水脈咧流佇地的中間。水門。

十五畫

瀍	tiân, ㄔㄢˊ,	tsúi ê mîa, chhut tī hô Lâm Séng ê hô Lâm hú Pak Pêng ê só tsāi。 水的名，出佇河南省的河南府北平的所在。
漻	kau, ㄍㄠ,	tsúi ê mîa。tsúi ê khóan Sit, kau kat, tsúi chhim ê khóan。tsúi Pho ê sè bīn。 水的名。水的款式，漻滆，水深的款。水波的勢面。
濿	Lē, ㄌㄧˋ,	tah chioh kè tsúi, tsúi tōng tio̍h ê Siaⁿ。êng saⁿ ùn tsúi 踏石過水，水撞着的聲。用衫搵水。
瀏	Lîu, ㄌㄧㄡˊ,	tsúi chheng ê khóan Sit, chhim ê khóan。hong kin ê khóan。tsúi mîa, Lîu hô, chhut tī, 水清的款式，深的款。風緊的款。水名，瀏河，出佇， kang So Séng Gô kōaiⁿ chitang。Lîu îong, iā kìo Lîu Sūi, chhut tī Ô Lâm, Lîu îong kōaiⁿ。 江蘇省 吳縣之東。瀏陽，也叫瀏水，出佇湖南，瀏陽縣。 Lîu Lâm, Sûi ì khoaⁿ khóaⁿ。Lîu Liāng, Chheng bêng, hiáng Liāng。 瀏覽，隨意看看。瀏亮，清明，響亮。
濼	Lo̍k, ㄌㄨㄛˋ,	Chê Ló tiong kan ê tsúi hōaⁿ, khoe hōaⁿ。 齊魯中間的水。岸，溪岸。
瀌	Phiau, ㄆㄧㄠ,	hō seh tsōe tsōe ê khóan sit。 雨雪多多的款式。
瀑	Pō, Pho̍k ㄅㄠˋ, ㄆㄨˋ,	chhiⁿ kōng ê hō。tsúi Phéh。tsúi kún ê siaⁿ, Pho Lōng chhèng khí ê khóan, koan im Pō, kang chiat it tāi 凄狂的雨，水沫。水滾的聲，波浪湧起的款。觀音瀑，江浙一帶 Lāk Geh kan só Lóh ê tōa hō。hui Pō, Pō, Pò, Lóh thoaⁿ ê tsúi Pho̍k Pò。Pho̍k tsōaⁿ Pho̍k tsúi 六月間所落的大雨。飛瀑，瀑布，潜灘的水，瀑布。瀑泉，瀑水。
瀋	Sím, ㄕㄣˇ,	tóe tsúi tī khì khū nih。chiap。tsu hî tsoe chiap ê ì sù。Chhī ê mîa Sím îong Chhī。 貯水佇器具裡。汁。煮魚做汁的意思。市的名 瀋陽市。
瀉	Sià, ㄒㄧㄝˋ,	tsúi Lāu, Siàm Chhut, tò chhut lâi, Sià tsúi。it sià chhian Lí。kheng sià。thò Sià。Lāu Sià 水漏，滲出，倒出來，瀉水。一瀉千里。傾瀉。吐瀉。痢瀉。
瀆	to̍k, ㄉㄨˊ,	Phah Lâ Sâm, bak tio̍h, ù to̍k, ù to̍k。Lêng jio̍k, Siat to̍k。to̍k chit, iú khúi chit Siu 打垃圾，污着，污濁，汙瀆。淩辱，褻瀆。瀆職，有虧職守。
濺	chiān, tsōaⁿ ㄐㄧㄢˋ, ㄗㄢ,	tsúi kín kín teh Lâu, Phùn tio̍h tsúi Phéh, chiā chiā。Chiān。tsōaⁿ tsúi。tsōaⁿ chhut。 水緊緊咧流，噴着水沫，濺濺。濺血。濺水。濺出。 tsōaⁿ jio。tsōaⁿ huih。tsōaⁿ báng á tsúi。tsōaⁿ Lóng io̍h。Chhun kôaⁿ hō ná tsōaⁿ。 濺尿。濺血。濺蚊仔水。濺農藥。春寒雨愈濺。
瀁	ióng, iōng, ㄧㄤˇ, ㄧㄤˋ,	tsúi khoah tōa bô Pîⁿ ê Khóan Sit。tsúi mîa。tsúi iô tāng。kap 漾 Siāng khóan。 水濶大無平的款式。水名。水搖動。与漾同款。
瀅	êng, ㄧㄥ,	Sòe Sòe ê tsúi, tsúi têng chheng。oan oat ê kang tsúi Pîⁿ, theng êng。tsoat tn̄g Sòe tsúi。 小小的水，水澄清。彎越的江水平，汀瀅。絕斷小水。
灘	than, ㄊㄢ,	tsúi thoaⁿ, tsúi Lōa, tsúi kín Lâu ê Khóan Sit。Sio̍k jī 水灘，水瀨，水緊流的款式。俗灘字。
[illegible]	Só, ㄙㄡˇ,	chiū sī khah kē tâm sip ê tōe ê mîa 就是較低淤溼的地的名
濾	Lū, Lē ㄌㄩˋ, ㄌㄧˋ, Lī	tè tsúi, te à sâm。Sóe chheng khì。kè Lū。Pn̄g Lē, tek bih Pîⁿ ê, tsàu kha teh êng ê 笮水，笮垃圾。洗清氣。過濾。飯濾，竹篾編的，灶腳咧用的 ke si。Lū tsúi。Lū iû。Lū kè khì。Lī tsúi khì。Lī chheng。 傢私。濾水。濾油。濾過器。濾水器。濾清。
漨	Phóng, ㄆㄥˊ,	tōa tsúi, îm Phóng Phóng。hong Poe Soa, thó hún, eng Phóng Phóng。Chin eng ê ì sù。 大水，淹漨漨。風飛沙，土粉，煙漨漨。真煙的意思。
造字		助語詞的字。
補13畫 滆	kat, ㄍㄜˊ,	tsúi mîa。tsúi Pho Lōng ê sè bīn, kau kat。tsúi Chhim khoah ê khóan Sit。 水名。水波浪的勢面，漻滆。水深濶的款式。

十六畫

date theme 水氵部85 page

〔瀦〕	tsu, ㄓㄨ,	tsúi ê mîa, tī Pak Gėk ê só-tsāi 水的名，佇北嶽的所在。
〔瀚〕	hān, ㄏㄢˋ,	Pak hái ê mîa, hān hái, kó-tsá kóng bông Pak hng ê tōa Soa bô. tsúi tsoe tsoe, hō hān. 北海的名，瀚海，古早講蒙古北方的大沙漠。水多多，浩瀚。 khoah tōa ê khóan Sit. bān Lí tn̂g Siā ê mîa. 闊大的款式　。萬里長城的名。
〔瀨〕	nāi, Lōa, ㄌㄞˋ, ㄌㄨㄚˋ	tsúi Lâu Soa bīn téng, Chhian Lōa. Lâu Lȯh tī chiȯh Pôa tiong kan, Lȯh Lōa. khoe nih ê Lōa. 水流沙面頂，淺瀨，流落佇石盤中間　，落瀨。溪裡的瀨。
Lōa ㄌㄨㄚˋ		tsúi Lōa, chiū sī chhu sè chhu sè tèh Lâu ê tsúi ê ì sù. Chiȯh Lōa. Kip Lōa. chiȯh Lōa. 水瀨，就是趁勢趁勢的流的水的意思。石瀨。急瀨。石瀨。
〔瀝〕	Lėk, ni, ㄌㄧˋ, ㄋㄧ	tsúi tih, tih tauh, tih Lėk. kè Lī, Lėk chiú. tsúi tē ta. hō seh ê sia im Chiat Lėk. 水滴，滴咑，滴瀝。過濾，瀝酒。水貯乾。雨雪的聲音，淅瀝。 Chhiu ka, á sī chit chióng chiȯh iû Che tái, ēng tī Phò Lō, hông Lâu ê iong tô. Lėk chheng 樹膠，或是一種石油的渣滓，用佇鋪路，防漏的用途，瀝青。 ni, a ni, chiú ê mîa. a ni thàu Lô chiú, chiū sī Lâng sio kek ê oē. 瀝，阿瀝，酒的名。阿瀝透臘酒，就是人相激的話。
〔瀘〕	Lô, Lū, ㄌㄨˊ, ㄌㄩˊ	chiū sī tsúi ê mîa. Lô súi tī Sù chhoan. Lô kang, Gôan chhut kang sai Lô siau San. 就是水的名。瀘水佇四川　。瀘江，源出江西瀘瀟山。
〔瀧〕	Lîong, Lông, ㄌㄨㄥˊ, ㄕㄨㄤ	hō tsúi tsoe tsoe ê khóan sit. chìm tsù tâm sip. ū Lông Lông. Lîong tong. 雨水多多的款式　。浸注，沓溼。雨瀧瀧。瀧涷。 Jit Pún Lâng kóng Phóh Pò thâu khì. tsúi mîa, Lîong súi. Soaⁿ mîa, Lîong kong. 日本人講瀑布　瀧。水名，瀧水。山名，瀧岡。
〔瀕〕	Pin, Pîn, ㄅㄧㄣ, ㄆㄧㄣˊ	tsúi kîⁿ, Phiaⁿ, thô Phiaⁿ. kūn kūn, chiap kūn, Pîn Sí. Pîn Gûi. Pin hêng. 水墘，坪，土坪。近近，接近，瀕死。瀕危。瀕行。
〔瀟〕	Siau, ㄒㄧㄠ,	hong hō chin tōa ê khóan sit, hong ū Siau Siau. tsúi ê mîa, Siau kang. tsúi chheng chhim chhim ê khóan 風雨眞大的款式　，風雨瀟瀟。水的名，瀟江。水清深深的款。
〔瀡〕	chhúi, ㄙㄨㄟˇ,	chiū sī kut kut ê ì sù. siū chhúi. 就是滑滑的意思。滫瀡。
〔瀛〕	êng, ㄧㄥˊ,	hái tiong ê tōa chhim kau. êng chiu, thôan soeh tong hái tiong saⁿ sîn soaⁿ chi it. iáu ū 海中的大深溝　。瀛洲，傳說東海中三神山之一　。也有 hông Lâi, hong tiong. tōe mîa, êng tâi, tī Pak kiaⁿ kò kiong Lāi. kong sū hông tè koái tī chia. 蓬萊，方丈　。地名，瀛臺，佇北京故宮內　。光緒皇帝關佇這。
〔瀾〕	Lám, Lâm, ㄌㄢˇ, ㄌㄢˊ	chhiang chhiang kún ê tsúi tsoaⁿ. kap 灠 siong tông. 滾滾滾的水泉。　与灠相同。
〔瀦〕	tsu, ㄓㄨ,	kap 潴 siong tông. tsúi bô kiaⁿ Lâu ê só tsāi, bô kiaⁿ Lâu ê tsúi. khui tsúi khut. 与潴相同。水無行流的所在，無行流的水。開水堀。
〔潠〕	Soàn, ㄙㄨㄣˋ,	chiū sī chhùi kâm tsúi bū chhut ê ì sù. 就是嘴含水噴出的意思。
〔潘〕	hoan, ㄈㄢ,	tōa êng tōa tsúi Phō. tsúi Phėh. 大浪，大水波。水沫。
〔澩〕	hȧk, ㄏㄜˊ,	ta ê tsoaⁿ, hē thiⁿ ū tsúi, tang thiⁿ bô. tsúi ê siaⁿ. kap 嶨 sio siāng. 乾的泉，夏天有水，冬天無　。水的聲　。与嶨相同。
〔瀅〕	êng, ㄧㄥˊ,	tsúi sėh Lâi, sòe sòe tiâu kang ê tsúi. êng hôe. 水趨來，小小條江的水。瀅洄。
〔瀣〕	hāi, ㄒㄧㄝˋ,	hái ê khì. Lō tsúi ê khì. Pak hng Pôaⁿ mîⁿ ê khì. tsúi ê khóan sit. không hāi it khì 海的氣。露水的氣。北方半暝的氣　。水的款式　。沆瀣一氣
〔潛〕	chiâm, ㄑㄧㄢˊ,	Lâu tsúi, siû tsúi, tiâm bī, àm chēng, ún tsông. bāi tiȧk 流水，泅水，沉泳，暗靜，隱藏。
〔瀜〕	iông, ㄖㄨㄥˊ,	tsúi chhim koh khoah ê khóan sit. chhiong iông 水深閣闊的款式　沖瀜。

十七畫

〔灌〕	hōan, ㄏㄨㄢˋ,	ēng tsúi kòan ak chháu chhài. Lūn tėk ê ì sù. 用水灌沃草菜　。潤澤的意思。
〔瀵〕	hùn, ㄈㄣˋ,	tsúi ê mîa, Lâm hùn tsúi chhut hun im koāiⁿ. tsúi tsoaⁿ khí Lâi, tsoaⁿ sòaⁿ. 水的名，南瀵水出汾陰縣南　。水濺起來　，濺散。
〔瀼〕	jiông, ㄖㄤˊ,	Lō tsúi tsoe tsoe ê khóan sit. khoe ê mîa, jiông khoe. tsúi teh Lâu ê khóan sit. 露水多多的款式　。溪的名，瀼溪。水的流的款式　。
〔瀷〕	ėk, ㄧˋ,	hô, hô Lâm séng chit tiâu hô, tsúi chhut hô Lâm bit koāiⁿ. 河，河南省一條河　，水出河南密縣　。

瀾 Lân, Lān, tsúi Pho tōa, Phoⁿ nn̄g, hun Sòaⁿ, kông Lân。Lān bān, Sàn bān, Lîm Lî ê khoán。Sóe bī Phun。
ㄌㄢˊ, ㄌㄢˋ, 水波大, 波浪, 分散, 狂瀾。瀾漫, 散漫, 淋漓的款。洗米潘。

瀲 Liām, tsúi ek Chhut ê khóan Sit, tsúi Pho ê Piⁿ á, tsúi teh Lâu ê khóan Sit。
ㄌㄧㄢˋ, 水溢出的款式, 水波的邊仔, 水的流的款式。

瀰 bî, bí, kui Phiàn ê tsúi Chhin Chhiūⁿ Lāi hái。bí bān。tsúi teh Lâu ê khóan Sit, hô tsúi bí bí。
ㄇㄧˊ, ㄇㄧˇ, 歸遍的水, 親像內海。瀰漫。水咧流的款式, 河水瀰瀰。

瀓 teng, tèng, soaⁿ tsúi Sio thīⁿ it hoat móa, tīⁿ ê khóan Sit。
ㄉㄥ, ㄉㄥˋ, 山水相添益發滿, 漲的款式。

瀯 êng, tsúi tò tńg Lâu ê khóan Sit。Sòe sòe ê tsúi。tsúi ê Siaⁿ。hoân êng。têng êng。êng êng。
ㄧㄥˊ, 水倒轉流的款式。小小的水。水的聲。瀠瀯。渟瀯。瀯瀯。

瀹 iāu, iok, iāu, tsúi chheng ê ì sù。iok, chìm tsù。tsú mih iok bêng。tsúi Lâu kín ê khóan Sit, sím iok。
ㄧㄠ, ㄩㄝˋ, 瀹, 水清的意思。瀹, 浸漬。煮物, 瀹茗。水流緊的款式, 瀶瀹。

瀳 chiàn, tsûn, chiap Sòa tit tit Lâu。tauh tauh。Lâu kàu kàu tē, koh tsāi Lâu。tsúi Chiam Chì。
ㄐㄧㄢˋ, ㄗㄨㄣˊ, 接續直直流。沓沓。流到, 到地, 閣再流。水瀳至。

瀶 Lêng, tsúi Lâu oan oan ê ì sù。
ㄌㄧㄥˊ, 水流彎彎的意思。

瀴 hoân, tsúi。tsúi Chhèng khí ê khóan Sit。 → kōaⁿ
ㄏㄨㄢˊ, 水。水湧起的款式。

瀺 chhâm, tsúi Lâu Lóh ê khóan Sit, Chhâm chhiok。tsúi ê Siaⁿ。tsúi sio Lâu。hî Phû tîm ê khóan chhiu chiok ê
ㄔㄢˊ, 水流落的款式, 瀺灂。水的聲。水小流。魚浮沉的款。手足的汗。

𤄫 hoan, tōa êng, tōa tsúi Pho。tsúi Phēh。
ㄏㄨㄢ, 大浪, 大水波。水沫。

瀚 hok, tsúi ta ê ì sù。tsúi ta iām Chhut hiān。tsûn tī iām ê Piⁿ á。
ㄏㄜˊ, 水乾的意思。水乾鹽出現。船佇鹽的邊仔。

瀸 chiam, Siam, tsúi tsôaⁿ, (ū sî chhut tsúi, ū sî thêng ê)。tsâu biat, thong Chiam biat。chìm tsù, chiam Sek。
ㄐㄧㄢ, ㄒㄧㄢ, 水泉, (有時出水, 有時停的)。勦滅, 通殲滅。浸漬, 瀸漇。

補13畫 **澴** hoân, tsúi mîa, tī kang sai tek an hú, hoân hô。tsúi tò tńg Lâu ê khóan sit, hoân êng。Soân hoân。
ㄏㄨㄢˊ, 水名, 佇江西德安府, 澴河。水倒轉流的款式, 澴瀯。漩澴。

十八畫

灋 hoat, ê kó jī, Chham khòaⁿ 5 ūi。
ㄈㄚˇ, 法的古字, 參看五畫。

灃 hong, tsúi ê mîa, hong Súi。tsúi chhut Siām Sai Lêng hiāp。tsúi chhut ê khóan Sit。
ㄈㄥ, 水的名, 灃水。水出陝西寧陝縣。水出的款式。

灌 koàn, tsúi tsū chip tsòe chit tiâu, kòng tsū。ak tsúi, koàn khài, ak chhân。koàn tsúi。hái tsúi tò koàn。koàn móa。koàn bòk, bô tsú kan ê chhiū chéng。Chiau mîa, koàn koàn。
ㄍㄨㄢˋ, 水聚集做一條, 灌聚。沃水, 灌溉, 沃田。灌水。海水倒灌。灌滿。灌木, 無主幹的樹種。鳥名, 灌灌。

灄 Liap, tsúi ê mîa, Liap Súi。hō tsúi tsōe。Lō tsúi ê khóan sit。
ㄌㄧㄚˋ, 水的名, 灄水。雨水多。露水的款式。

灂 Chhiok, tsúi Sè ê Siaⁿ, hî Phû tī tsúi nih, chhâm chhiok。Chioh Lī tsúi ê khóan Sit。
ㄑㄩㄝˋ, 水勢的聲, 魚浮佇水裡, 瀺灂。石離水的款式。

灉 iong, hô iong Súi, tsúi tùi hô nih Lâu chhut kiò tsòe iong。tsúi mîa, iong hô。ô mîa, iong ô。
ㄩㄥ, 河灉水, 水對河裡流出叫做灉。水名, 灉河。湖名, 灉湖。

㶆 tsông, chiū sī tsúi teh Lâu ê siaⁿ。
ㄗㄨㄥ, 就是水咧流的聲。

𤃻 tsông, chiū sī tsúi teh Lâu ê siaⁿ。tîm bút ê ì sù。
ㄗㄨㄥ, 就是水咧流的聲。沉沒的意思。

灈 kû, tsúi ê mîa, kû súi, chhut tī Lí Lâm Pok heng Soaⁿ。koāiⁿ ê mîa, kû iông koāiⁿ。
ㄑㄩˊ, 水的名, 灈水, 出佇汝南北興山。縣的名, 灈陽縣。

𤅊 hoân, chiū sī bí ê chiap。
ㄈㄢˊ, 就是米的汁。

灎 iām, tsúi tín tāng ê khóan Sit。Liām iām。
ㄧㄢˋ, 水振動的款式。瀲灎。

灊 chiam, Sîm, khoe ê mîa, tī sù chhoan Séng。Só tsāi mîa, tī an hui Séng
ㄐㄧㄢ, ㄒㄧㄣˊ, 溪的名, 佇四川省。所在名, 佇安徽省

𤅷 Sîm, tsúi kín kín Lâu ê khóan Sit, sím iok。
ㄒㄧㄣˊ, 水緊緊的款式, 瀶瀹。

灇 Chhông, tsâng thong chhông。tsâng, tsâng tsúi, tsâng ek, chiū sī êng tsúi Lâm Lâi sóe Seng khu ê ì sù。
ㄘㄨㄥˊ, ㄗㄨㄤˋ, 通漴。灇, 灇水, 灇浴, 就是用水淋來洗身軀的意思。

十九畫

灑 Lô ㄌㄨˊ tsúi ê mîa, oat Lô tsúi, tī tiông Sa Lô koāi. 水的名，汨灑水，佇長沙灑縣。

灑 sá, hìu ㄕㄚˇ, ㄏㄧㄡ sóe tû, Pun khui, sá sàu. hái Lōng Pō sá. sá thoat, bô khu sok. sá Lē, Siong sim Lâu bák sái. Siau sá, hó khòaⁿ. hìu tsúi. hìu Phang tsúi. ēng tsúi hìu tâm. 洗除，分開，灑掃。駭浪暴灑。灑脫，無拘束。灑淚，傷心流目屎。瀟灑，好看。灑水。灑香水。用水灑濕。

灘 than, thoaⁿ ㄊㄢ, ㄊㄢˋ tsúi kín Lâu, Lâu Lóh chióh Pôaⁿ, Lâu tī Soa téng, Lōa ê khóan. sa than. Gâm chióh tui chek ê hô chhn̂g hiám than. Chīuⁿ thoaⁿ, Lóh thoaⁿ, hái thoaⁿ. 水緊流，流落石盤，流佇沙頂，瀨的款。沙灘。岩石堆積的河床。險灘。上灘，落灘，海灘。

灒 tsàn ㄗㄢˋ Sóe chheng khì. tsúi tiong ê Lâng. tsúi tsū chip ê khóan sit. 洗清氣。水中的人。水聚集的款式。

灓水 Lôan ㄌㄨㄢˊ chek tsū, Lāu tsúi, tsóat tn̄g tsúi Sòa Sòa Loān Loān Lâu, Gek Lâu. 積住，漏水，絕斷水 散散亂亂流，逆流。

灔 iām 一ㄢˋ tsúi tín tāng ê khóan sit. 水振動的款式。

廿一廿二畫

灚 kiáu ㄐㄧㄠˇ Chiū sī tsúi ê siaⁿ. 就是水的聲。

灝 hō ㄏㄠˋ tsúi sè hn̄g ê ì sù. tāu Chiap. Lâng mîa, Lîong hō 水勢遠的意思。豆汁。人名，梁灝

灠 Lám, Lām ㄌㄢˇ, ㄌㄢˋ kap 濫 Siong tông. Chhiang Chhiang kún ê tsúi tsôaⁿ. móa sì kòe. ní sek. 与濫相同。瀶瀶滾的水泉。滿四界。染色。

灞 Pà ㄅㄚˋ tsúi ê mîa, chhut tī Lâm tiân kōaiⁿ, tī hia ū tsōe tsōe Gék. 水的名，出佇藍田縣，佇彼有多多玉。

灢 Lóng ㄋㄤˇ tsúi Lô Lô, tsúi tâm Sip ê ì sù. 水濁濁，水濕溼的意思。

灣 Oan, Oân ㄨㄢ, ㄨㄢˊ tsúi khiau oat ê só tsāi. hái oan. Káng oan. tsúi oan. oan khiok. tâi oân 水曲越的所在。海灣。港灣。水灣。灣曲。臺灣。

廿三一廿八畫

灤 Loân ㄌㄨㄢˊ Lāu tsúi. tsúi ê mîa, Loân hô, tī éng Pêng hú. chiu ê mîa, Loân chiu. Soa Lāu. 漏水。水的名，灤河，佇永平府。州的名，灤州。沙漏。

灥 soàn ㄕㄨㄢˋ tsúi ê mîa, Sóe chheng khì, Sóe ê ì sù. Sóe bē 水的名，洗清氣，洗的意思。洗馬

灧 iām 一ㄢˋ kap 灔 Siong tông. tsúi tín tāng ê khóan sit. 与灔相同。水振動的款式。

灨 Lêng ㄌㄧㄥˊ Chiū sī tsúi Lâu oan oan ê ì sù. 就是水流彎灣的意思。

灨 kam ㄍㄢˋ tsúi ê mîa, chhut tī, ū chiong kám kōai Sai Lâm Pak jip tōa kang. 水的名，出佇，豫章灨縣西南北入大江。

灩 iām 一ㄢˋ kap 灔 Siong tông, tsúi tín tāng ê khóan sit. 与灔相同，水振動的款式。

灩 iām 一ㄢˋ kap 灔 Siong tông, tsúi tín tāng ê khóan sit. 与灔相同，水振動的款式。

火灬 部 86

火 hóⁿ, hé, hó ㄏㄨㄛˇ, ㄏㄜˇ, ㄏㄜˇ ngó hêng ê chit hāng, kim bák tsúi hé thó. Sio khì, Sio hòa, Siau hòa, húi hoāi, hé hòa Liat, kín, jiat, hé sèng. hé kip. hé jiat. iām hé. tsúi hóⁿ tông hiat. hóⁿ hó sī bûn Giân im. 五行的一項，金木水火土。燒氣，燒化，消化，毀壞，火化。烈，緊，熱，火性。火急。火熱。炎火。水火同穴。火火是文言音。

一一二畫

炏 siap ㄒㄧㄝˋ chian bah, ēng iû tsú mih, chiūng kún tsúi thn̄g, Sáh mih. 煎肉，用油煮物，將滾水燙，煠物。

灰 hoe, he; hu, hé Sio Liáu só chhun ê, khang khang, bô, Liáu. hoe thûn. Chióh hoe. hoe Sim. hoe Sek.
ㄏㄨㄝ, ㄏㄝ; ㄏㄨ, 火燒了所剩的，空空，無，了。灰塵。石灰。灰心。灰色。
he hún. khak á he. he iô. hoe Sî. hé hu. hu hu. Sio hu Géng boah. tsng á hu.
灰粉。殼仔灰。灰窯。灰起。火灰。灰灰。燒灰研末。磚仔灰。

灯 teng, hé iām, teng tâi téng ê hé. teng hé. Lō͘ teng. iûⁿ teng. tiān teng.
ㄉㄥ, 火焰，燈台頂的火。灯火，路灯。洋灯。電灯。

炆 thn̄g, tn̄g, thn̄g Sio. Chiū sī koh tsài hiaⁿ hō͘ i sio ê ì sù. thn̄g Chhài, thn̄g Chhài thng. thn̄g bah. tn̄g Sio
ㄊㄥ, ㄉㄥ, 炆燒，就是閣再焚硬它燒的意思。炆菜，炆菜湯。炆肉。炆燒。

造字 借丈偏音成字。

三畫

炕 hiok, ò, hé iām, hé toh ê Siaⁿ, jiat ún tsòng tī Lāi bīn, jit iām, Sio. kāu kāu. kap 燠 Siāng khóan
ㄏㄧㄛ, ㄛ, 火炎，火燒的聲，熱隱藏佇內面，日炎，燒。厚厚。与燠同款。

赤 chhek, Lâm hng ê Sek tī. Chiū sī 赤 ê Pún jī. âng Sek ê ì sù.
ㄔㄝ, 南方的色緻。就是赤的本字。紅色的意思。

灼 Chiok, hé Sio, kù, ù, nà, bêng, kng, Sêng, hé Chek. Chiok jiân. hûn chiok. hé kng chiok thian.
ㄓㄨㄛ, 火燒，灸，灸，爀，明，光，盛，火燭。灼然。焚灼。火光灼天。

灴 hông, hé iām, hé chhiong Sêng ê ì sù.
ㄏㄨㄥ, 火炎，火昌盛的意思。

灸 kiu, kiù, kù, ù, hé toh, tī Phê hu bīn téng Sio tioh ngāi hioh, á sī Pát ê ioh chháu Lâi tī Pīⁿ ê hong
ㄐㄧㄡ, ㄐㄧㄡ, ㄍㄨ, ㄨ, 火著，佇皮膚面頂燒著艾葉，或是別個藥草來治病的方法

灸 kiu, kiù, kù, ù, hoat, chiam kiù. kap téng bīn jī Siāng khóan. kù hûn, êng thih Sio âng Lâi ūi
ㄐㄧㄡ, ㄐㄧㄡ, ㄍㄨ, ㄨ, 發，針灸。与頂面字同款。灸紋，用鐵燒紅來畫
hûn, tsòe kì hō. ù tioh hé, ù bah, ù hûn.
紋，做記號。灸著火，灸肉，灸紋。

灵 Lêng, hián hek, Sîn, Gâu, hok khì, hó, bû Sit, thiong ài. Lêng hûn. Lêng thong. 靈 ê kan Siá jī.
ㄌㄧㄥ, 顯赫，神，勢，福氣，好，無實，寵愛。灵魂。灵通。靈的簡寫字。

灺 tō, tiám Chek, Chek tiám Liáu Só chhun ê. chiok chīn. tō chiok ū.
ㄉㄨㄛ, 點燭，燭點了所剩的。燭盡。灺燭餘。

災 tsai, thiⁿ ê hé, Siong hāi, tsòe kò. tsai ē, tsai hāi. thian tsai, tsúi tsai, tsai Piàn.
ㄗㄞ, 天的火，傷害，罪過。災厄，災害。天災，水災，災變。

灾 tsai, kap téng bīn jī Sio Siāng. 災 jī.
ㄗㄞ, 与頂面字相同。災字。

灶 tsò, tsàu, tsú mih ê hé Lô. khí hé, kúi Sîn ê mîa, tsàu kun. tsàu kha. Sī 竈 ê kán Siá jī.
ㄗㄠ, ㄗㄠ, 煮物的火爐。起火，鬼神的名，灶君。灶脚。是竈的簡寫字。
tiáⁿ tsàu. tsàu Pīⁿ. tsàu thâu. tsàu hiah. tsàu koe á. kháu tsàu. kúi kháu tsàu, kui hō͘ ê ì sù.
鼎灶。灶邊。灶頭。灶額。灶雞仔。口灶。幾口灶，幾戶的意思。

四畫

炒 chháu, chhá, chiong Sòe Sòe ê hé Lâi chian, á sī Pek mih. chháu bah, chhá bah. chháu Pn̄g, chhá Pn̄g.
ㄔㄠ, ㄔㄚ, 將小小的火來煎，或是煏物。炒肉，炒肉。炒飯，炒飯。
chian chhá, kan ta chhá, chhá mī, chhá bí hún. chhá chhài.
煎炒，乾焦炒，炒麵，炒米粉。炒菜。

炙 chek, chià, chiàh, êng hé Pú mih. Sio. chian. jiat. chek jiat. chhin chià, chhin kūn ka sī. chīⁿ iû.
ㄓㄜ, ㄓㄚ, ㄓㄧ, 用火炰物。燒。煎。熱。炙熱。親炙，親近教示。煎油。
Chek Siu khó jiat, Pí jū koân Sè tōa ap Lâng. iû chiáh ké, êng mī hún tsòe chiah chīⁿ iû ê mih.
炙手可熱，比喻權勢大壓人。油炙粿，用麵粉做炙煎油的物。

炊 chhui, chhe, hé ian chhèng chiūⁿ koâiⁿ, chhui ian. tsú chiáh, chhui Sū. chhe mih. chhe ké. chhe Pn̄g. chhe táu
ㄔㄨㄟ, ㄔㄝ, 火煙湧上高，炊煙。煮食，炊事。炊物。炊粿。炊飯。炊斗。

炘 him, hé jiát, kng ê khóan. chhiong Sêng ê khóan Sit. him him.
ㄒㄧㄣ, 火熱，光的款。昌盛的款式。炘炘。

炕 khòng, khàng, khòng tá. khòng hān ta kàu kek Sio. tī hé téng Lâi hang. khòng bah. khàng, khàng Phí
ㄎㄤ, ㄎㄤ, 火亢，乾。炕旱。乾到極燒。佇火頂來烘，炕肉。炕，炕疕；
iah khàng, Pê chhn̂g khàng chhioh, chiu khàng.
挖炕。爬床炕蓆，蛀炕。

炁 khì, khùi, kap Siāng khóan.
ㄑㄧ, ㄎㄨㄧ, 与氣同款。

炉 Lô, tòe hé ê khì khū, hia hé ê khì khū, hé Lô. Lô khū. kim Lô. kap 爐 Siong Tông.
ㄌㄨ, 貯火的器具，燃火的器具，火炉。炉具。金炉。与爐相同。

炎 iâm, iām, hé kńg thêng khí. hé tòh, Sio, jiát, hé iām. iām jiát. iām sù. iām iông, iām jit.
ㄧㄢˊ, ㄧㄢˋ, 火光昇起。火燒，燒，熱，火炎。炎熱。炎暑。炎陽，炎日。
iām thi chhiah jit thâu. Sîn Lông sì ê Pat miâ, iām tè. iām hông tsú sun, hàn bîn tsok ê chheng
炎天赤日頭，神農氏的別名，炎帝。炎黃子孫，漢民族的称呼。

㶲 Liāu, hé kńg ê khóan sit.
ㄌㄧㄠˋ, 火光的款式。

災 tsai, kap 災 Siāng khóan.
ㄗㄞ, 与 災 同款。

炐 Phòng, hé teh tòh ê Siaⁿ, mih Gū tioh hé tiòng khí Lâi ê ì sù. Phòng Phòng. Phōng Phōng.
ㄆㄥˋ, 火响燒着的聲，物遇着火張起來的意思。炐炐。炐炐。

炰 chhōa, in chhōa. chhōa. chhoa Lō.
ㄔㄨㄚ, 引炰。炰。炰路。

炥 Phih, Phih, Phih Phih Phiak Phiak, chiū sī hé teh tòh ê siaⁿ. Phih Phih Phiak Phiak.
ㄆㄧ ㄏㄧ, 炥炥炮炮，就是火响燒的聲。炥炥炮炮。

造字 tsō Gú Sû, hêng iông sû ê jī
助語詞，形容詞，的字。借比的偏旁成字。

五畫

炤 Chiau, chiàu, kńg, bêng, chiau chiau bêng kiàn. hé kim chhiⁿ àm sî teh Pe oē kńg ê thâng êng hé thâng.
ㄐㄧㄠ, ㄐㄧㄠˋ, 光，明，炤炤明見。火金星，暗時咧飛能光的虫，螢火虫。

炷 tsù, chek sim, teng hé á sī hiuⁿ tiâu teh tòh. it tsù hiuⁿ, sam tsù hiuⁿ
ㄓㄨˋ, 燭心，灯火或是香條咧火燒。一炷香，三炷香

炫 hiān, hiān, hé, kńg. kńg iām iām, hiān iāu. hiān bák. khoa iāu, tsū hiān
ㄒㄧㄢˋ, ㄒㄧㄢˋ, 火，光。光焰焰，炫耀。炫目。誇耀，自炫

炯 kéng, hé jiát, kńg, bêng, Giām Giām, bêng chhat, kéng kàm. Séng chhat. Kéng kài, kéng kài.
ㄐㄩㄥˇ, 火熱，光，明。嚴嚴，明察，炯鑒。省察。炯戒，警戒。

炬 kū, kí, hé Pé, chek, kńg bêng, sio. hé kū, Lāh kū. hé kí
ㄐㄩˋ, ㄐㄧˋ 火把，燭，光明，燒。火炬，蠟炬。火炬。

炦 boat, bái, beh hoa ê hé, hé bé. bái, chek hé bái bái, sī chek hé bô kàu Giàh kńg
ㄅㄚˊ, ㄅㄞˋ, 也灰的火，火尾。火𤆬，燭火𤆬𤆬，是燭火無夠額光。

炰 Pâu, Phâu, Pū, êng mih Pau bah Lâi Sio ê Pheng tiau hong hoat. Pâu bah. kap 炮 Siāng khoan.
ㄅㄠ, ㄆㄠˊ, ㄆㄨ, 用物包肉來燒的烹調方法。炰肉。与炮同款。
Phàu, tōa chhèng, tōa Chhèng, tōa Phàu. Pàng Phàu, Phàu tek, tsóa tsat chhèng ioh hé oē
炰，大槍，大銃，大炰。放炰，炰竹，紙扎槍藥點火能
tân. Pū, ù, sio. Pū kiuⁿ, Pū hoan tsû. Pū e á. Pū e á bê. Pū sí.
鳴。炰，炰，燒。炰薑，炰蕃薯。炰鍋仔。炰鍋仔糜。炰死。

炮 Pâu, Phàu, Pâu bah, êng mih Pau bah Lâi Sio Pheng tiau hong hoat. tōa chhèng, tōa chhèng, tōa Phàu
ㄅㄠ, ㄆㄠˋ, 炮肉，用物包肉來燒的烹調方法。大槍，大銃，大炮。
Phàu tâi. Phàu Lòk, kó tsá ê hêng hoat. Phàng Phàu, Pòk tek.
炮臺。炮烙，古早的刑罰。放炮，爆竹。

炳 Péng Piáⁿ hé kńg. kńg bêng, tù hiān. êng iāu, kong Giáp Piu Péng.
ㄅㄧㄥˇ ㄅㄧㄚˇ 火光。光明，著現。榮耀，功業彪炳。

炱 tâi, thai, chiū sī hé ian ê hun, kiaⁿ Lâng ê mih, ian thûn. o sek ê, sek tâi.
ㄉㄞˊ, ㄊㄞ, 就是火煙的煙，驚人的物，煙塵。黑色的，色炱。

炲 tâi, thai, kap téng bīn jī Siāng khóan. hiaⁿ mûi thòaⁿ ê ian thûn.
ㄉㄞˊ, ㄊㄞ, 与頂面字同款。燃煤炭的煙塵。

炭 thàn, thòaⁿ, chhâ sio Liáu Piàn o ê mih, hé thòaⁿ. tō thoaⁿ, chiū sī mûi thòaⁿ. tsai ê,
ㄊㄢˋ, ㄊㄢˋ, 柴燒了變黑的物，火炭。土炭，就是煤炭。災禍，
jîn bîn thô thàn. Sio hé thòaⁿ.
人民塗炭。燒火炭。

点 tiám, Sio jiah ê o. o tiám. 點 jī ê kán siá. tiám hé, khiàm tiám.
ㄉㄧㄢˇ, 小跡的黑，黑点。點字的簡寫。点火，欠点。

炵 tông, thong, hé teh tòh, hé ê sek, hé chhiong Sēng ê khóan. hé ui Giám ê khóan sit.
ㄊㄨㄥˊ, ㄊㄨㄥ, 火咧燒，火的色，火昌盛的款。火威嚴的款式。

炧 tō, tiám chek, chek tiám Liáu só chhun ê. chek chīn, tō chiok 亼
ㄉㄨㄛˋ, 点燭，燭点了所剩的。燭盡，炧燭餘。

炨 tō, kap teng bīn jī Siong tông.
ㄉㄨㄛˋ, 与頂面字相同。

㶳 Liù, chiū sī hé ê ì sù. hé Liù.
ㄌㄧㄡˋ, 就是火的意思。火㶳。

【炸】siap, tsah, tsàh, tsà, Chhian bāh, chīⁿ bāh, tsah bah。tsàh koe bāh, tsah āh, tsú chiah ê hong hoat。
ㄒ一ㄚㄆ, ㄗㄚㄏ, ㄗㄚㄏ, ㄗㄚ, 煎肉, 煠肉, 炸肉, 炸鷄肉, 炸鴨, 煮食的方法。
kap siāng khoán ì sù。tsàh iòh, tsah tōaⁿ, Pòk tsà, tsàh sí。hé Lek Pòk hoat ê ì sù。
与 灱 同款意思。炸藥, 炸彈, 爆炸, 火乍死。火力爆發的意思。

六畫

【焓】hiâp, ㄏ一ㄚㄆ, hé ê khoán sit, 火的款式。

【烋】hau, hiu, ㄏㄚㄨ, ㄏ一ㄨ, súi, 傃, hok khì 福氣。khèng hō 慶賀, sió khóa 少許。hó 好, hô hap 和合。ut tsut 鬱悴,

【烜】húi, Soan, ㄏㄨㄟ, ㄒㄩㄢ, Phak ta 曝焦, jit Lâi Phak ta 日來曝焦。hé chhiong sēng ê khoán 火昌盛的款。kng bêng 光明。Soan kan 烜乾。húi hé 烜火。húi hek 烜赫。

【烝】cheng, ㄓㄥ, chhèng khì 蒸氣, chhe ké 炊粿, kap 蒸 thong 与烝通。chèng Lâng tsōe tsōe 衆人, 多多。cheng bîn 烝民。sī sòe ìm sī tōa 是小婬是大, cheng ìm 烝婬。

【烘】hong, hōng, hang, ㄏㄨㄥ, ㄏㄨㄥ, ㄏㄤ, hé iām khí 火炎起, jiat hong hong 熱烘烘。Lāu jiat hong ho 鬧熱烘烘。hé ê khán sit 火的款式, hoat hōng 發烘。hang 烘。
hang hé 烘火, hang sio 烘燒, hang Lô 烘爐, hang hé thang 烘火窗, hang mī Pau 烘麵包, hang Piáⁿ 烘餅。hang Pōe 洪焙。

【烈】Liat, ㄌ一ㄝ, hé iām 火炎, jiat jiat 熱熱, Liat hé 烈火。kiông Liat 強烈。kong tit 剛直, kong Lô 功勞, chiat Liat 節烈。Liat sū 烈士, Liat Lú 烈女。
Liat jit 烈日, Liat Sèng 烈性, Liat hong 烈風。bēng Liat 猛烈。Liat Liat 烈烈。

【烙】Lok, Lo, Lo·, Lō, ㄌㄨㄛ, ㄌㄠ, ㄌㄠ, ㄌㄠ, sio 燒, ù 灹, sio thih tsoe in 燒鐵做印, hé khīⁿ 火鉗, Lok hō 烙號。Lok in 烙印。kè thâu jiat 過頭熱, chhàu hé Lo 臭火烙。
Chhàu hé Lo· 臭火烙。chhàu hé Lo· bī 臭火烙味。Chhàu hé ta ê ì sù 臭火焦的意思。Chhàu tiáⁿ Lo 臭鼎烙。Sio Lō 燒烙, un Loan ê ì sù 溫暖的意思。
Sio Lo 燒烙, hé sio Lo 火燒烙, chiū sī hé sio Liáu chhun ê mih 就是火燒了剩的物。

【烕】biat, ㄇ一ㄝ, hé sio biat 火燒滅, Phah biat 打滅, biat tsoat 滅絕, biat bô 滅亡, tû khì 除去。

【烖】tsai, ㄗㄞ, tsai ê Pún jī 災的本字。Siông Sòe khoàⁿ tsai jī 詳細看災字, 3 ūi 三畫。

【烏】O·, ㄨ, ìu hàu ê chiáu 有孝的鳥。oē hoán Pō· ê chiáu 能反哺的鳥。Sek tī ê miâ 色緻的名, O· Sek 烏色。Lâng ê sìⁿ 人的姓。O· a 烏鴉。O· chhiu 烏鷲。
O· hî 烏魚。O· Liông tê 烏龍茶。O· hàp chi chiòng 烏合之衆, bô kui Lut ê kûn chiòng 無規律的群衆。O· Lō· bok che 烏魯木齊, tōe miâ 地名。

【烊】iông, 一ㄤ, ēng hé sio 用火燒, hé iām 火焰, jiat 熱。hang mih 烘物, chīⁿ iû 煎油。Siong tiàm àm sī siu tiàm 商店晚時收店, táⁿ iông 打烊。

【烟】ian, in, hun, 一ㄢ, 一ㄣ, ㄏㄨㄣ, hé ê khì 火的氣, hé ian 火烟。ian bū 烟霧。ian thûn 烟塵。hun hioh 烟葉, Lâng teh suh ê tsóa kng hun 人吻嗽的紙捲烟。
ìuⁿ hun 洋烟。ian tâng 烟筒。in hoa 烟花, thit thô keng 迌迌間。in siau bū sàn 烟消霧散, chhin chhiūⁿ hûn siau sit 親像雲消失。

【烞】Pok, ㄆㄛ, hé teh tóh 火吻燔, Piak tek ê siaⁿ 搞竹的聲

【烛】chiok, thiông, ㄓㄨ, ㄊㄨㄥ, hé Pé ê kng 火把的光, Lah chek 蠟燭。tiám chek 点燭, kng chió 光照。Siók 俗 燭 jī 字。

【烤】khó, ㄎㄠ, hang hé 烘火, chian mih 煎物, chhá kè 炒過, hé sio 火燒, khó ah 烤鴨。khó chhat 烤漆。hang ta 洪乾。Pû 炰。khó hé 烤火。

【烬】chīn, ㄐ一ㄣ, chīn û 烬餘, só chhun ê 所剩的。kap 燼 siāng khoán 与燼同款。chek tiám Liáu só chhun ê 燭点了所剩的, chiok chīn 燭烬。

七畫

【焊】hō·, ㄏㄜ, chhèng khì 蒸氣, khì chhut chin tsōe 氣出真多, hé ê khì 火的氣。

【烽】hong, ㄈㄥ, ian tun 煙墩, hong ian 烽煙, kó tsá Pian kéng 古早邊境, ko tài kiò ian tun 起高臺叫煙墩, ū tek jîn Lâi hōan 有敵人來犯, chiū khí hé 就起火
tsòe sìn hō 做信號, thong ti Lâi kiù oān 通知來救援。hong hé ê ian 烽火的煙。hong hé Lian thian 烽火連天, chiàn cheng Phian tōe 戰爭遍地。

【焄】hun, ㄏㄨㄣ, kap 熏 siāng khoán 与熏同款。hé ian khì 火煙氣, tsú bah ê khì bī 煮肉的氣味。hun bah 焄肉。hé hun 火焄。

焀 hok, ㄏㄜˋ, hé ê khoán sit. 火的款式。

烺 Lōng, Lông, ㄌㄤˇ, ㄌㄤˋ, hé ê khoán sit, hé Lōng, thóng Lōng, hé kng chiàu iāu. 火的款式，火烺。爞烺，火光照耀。

烹 heng, hióng, Pheng, ㄏㄥ, ㄒㄧㄤˇ, ㄆㄥ, hō· tsúi kún, tsú mih, Pheng jim. Pheng tiau, tsú, chian, chìn, tsà, chhá. 徑水滾，煮物，烹飪。烹調，煮，煎，燂，炸，炒。
Pheng îu. Pheng sek. heng, kiong, sī pun Lâi hiong jī Lâi ê. 烹油。烹熟。烹，亨，是本來亨字來的。

焌 tsùn, ㄗㄨㄣˋ, hé teh toh, hé ê kng, hé toh iām iām. hé hoa ê ì sù. 火咧燒，火的光，火燒炎炎。火灰的意思。

焉 ian, iân, iân, ㄧㄢ, ㄧㄢˊ, ㄧㄢˇ, n̄g chham o· tsap sek ê chiáu. jī kù bé eng, Gī ngái ê ì sù, thái thó, sím mih. 黃參黑雜色的鳥。字句尾用，欽訝的意思，豈討，甚麼。

焄 kun, ㄍㄨㄣ, hé chhèng chhut, Phang chhau ê khì, sio ê hé ian. 火湧出，香草的氣，燒的火煙。

尉 ùi, ut, ㄨㄟˋ, ㄩˋ, chiū sī chiong mih kiong kip sī toā ê ì sù. ut, ut saⁿ ê khì khū, ut táu. 就是將物拱給是大的意思。尉，尉衫的器具，尉斗。

焇 siau, ㄒㄧㄠ, ta ta, ha ta, Phák ta, ēng hé ûn mih ê ì sù. 乾乾，呵乾，曝乾，用火溶物的意思。

烷 oân, ㄨㄢˊ, chiū sī hé ê ì sù. hian tāi ēng tī iú ki hòa hák tiong, chhin chhiūⁿ kah oân. 就是火的意思。現代用佇有機化學中，親像甲烷。

烴 keng, ㄍㄥ, sio lō, hé sio ê chhàu bī. hé toh ê khoán sit. iú ki hòa hák, ēng tī thòaⁿ hòa khì ê miâ. 燒烙，火燒的臭味。火燒的款式。有機化學，用佇碳化氣的名。

欷 hi, ㄒㄧ, tham sim, ài chiàh ê khoa sit, khit chiàh lâng khìⁿ tioh chiàh ê khóan. 貪心，慄食的款式。乞食人見着食的款。

焅 khò, ㄎㄠˋ, khóng hān ê khì, jiát khì ê ì sù. 亢旱的氣，熱氣的意思。

烱 kéng, ㄍㄥˇ, kng, hé kng. iām jiát ê ì sù. chheng khì. 光，火光。炎熱的意思。蒸氣。

焮 khùn, kuh, ㄎㄨㄣˋ, ㄍㄨˋ, suh á Phian, suh a Phian ê sî, ài chiong hun chhe thâu tóe a Phian tī a Phian hun teng sio, ná sio ná suh. khùn a Phian, kuh a Phian hun, chin sóng khoài ê khóan. kuh hun. 嗽阿片。嗽阿片的時，便將煙嘴頭貯阿片佇阿片煙燈燒，愈燒愈嗽。焮阿片，焮阿片煙，真爽快的款。焮煙。

造字 借焮字音成字。其實與其字義亦

焏 Piak, Piák, ㄅㄧㄚˋ, ㄅㄧㄚˊ, hé teh toh ê siaⁿ, Piak Piak kiò. Piak Piak háu. mih tn̄g mih Phòa, ê siaⁿ. 火咧燒的聲，焏焏叫。焏焏哮。物斷，物破，的聲。

造字 助語詞的字，有破壞的意思。可讀焏 (Phiak)。

八畫

焯 chiok, chhiok, tok, chiok, ㄐㄧㄛˋ, ㄑㄧㄛˋ, ㄉㄛˋ, kng bêng, hé khì, sio lō, kún, teh kún. tōa Liōng, chhiok hō. 焯，光明，火氣，燒烙，滾，咧滾。大量，焯厚。
Lâng ê miâ, Ló kok ū chit ê bēng kong chhiok. tok, bêng tī, tok kian. tok Lók. 人的名，魯國有一個孟公焯。焯，明顯，焯見。焯爍。

焚 hûn, hun, hiâⁿ, ㄈㄣˊ, ㄈㄣ, ㄏㄧㄢˊ, ēng hé Lâi sio, hé tóh, sí, bô. ín hé tsū hûn. Giok sék kū hûn. hûn hòa. 用火來燒，火燒，死，亡。引火自焚。玉石俱焚。焚化。
hûn húi, hun hiuⁿ, hun hong, sio koh ta ê hong. hiâⁿ hé. hiâⁿ chhâ. hiâⁿ thô thòaⁿ. 焚毀。焚香。焚風，燒閣乾的風。焚火。焚柴。焚土炭。

焜 hūn, khun, ㄏㄨㄣ, ㄎㄨㄣ, hé iām, hé kng, bēng bēng. hui iāu, khun iāu. sek Piàn bái ê khóan, hūn n̂g. 火焰，火光，明明。輝燿，焜燿。色變惡的款，焜黃。

然 jiân, Pîn, ㄖㄢˊ, ㄅㄧㄣˋ, jiân, kó tsá ēng kap jiân tōng Gī. tsū jiân, thian jiân. hêng iông sû ê aū bīn ê kù 然，古早用與燃同義。自然，天然。形容詞的後面的句，
sī sī ê ì sù, jû chhú, àn ni. kó jiân, kim jiân, jiân iā, jiân aū, jiân jî. 是是的意思，如此，按呢。果然，今然，然也，然後，然而。
Pō· Pîn. hut jiân ê ì sù. ngó· Gū jiân. Pêng siông hán kìⁿ, hut jiân saⁿ tú. Lâng ê sìⁿ jiân 暴然，忽然的意思。偶遇然。平常罕見，忽然相遇。人的姓然。

焵 kong, kòng, kǹg, ㄍㄤ, ㄍㄤˋ, ㄍㄥˋ, to kian teng, koh Lāi, Peng khì Lāi, kǹg to, hó kǹg, Phái kǹg, ngī kǹg, 刀堅定，閣利，兵器利，焵刀，好焵，歹焵，硬焵，
nńg kǹg. Pau kǹg. Phah to Lóh kǹg. Lí ê to Lóh kǹg bô Lóh tán. 軟焵。包焵。打刀落焵。你的刀落焵無落胆。

炮 Phā, Phāⁿ, ㄆㄚ, ㄆㄚˋ, Phā Phā kiò, Phāⁿ Phāⁿ toh, hêng iông ê tsō· Gú sû. âng Phā Phā, n̂g Phā Phā. 炮炮叫，炮炮燒，形容的助語詞。紅炮炮，黃炮炮。 造字

焙 Pōe, Pē, ēng hé Lâi hang, hang Pōe, Pōe tê. Pē sio, Pē ta, Pē Lô. Pōe Lêng Géng koaⁿ。
ㄅㄟˋ,ㄅㄟˊ, 用火來烘, 烘焙, 焙茶。焙燒, 焙乾, 焙爐, 焙龍眼乾。

焞 Sûn, thun, thui, kng bêng, hé ê Sek。hé iām iām Chhiong Sēng ê khóan Sit。
ㄕㄨㄣˊ,ㄊㄨㄣ,ㄊㄨㄟ, 光明, 火的色。火炎炎昌盛的款式。

焫 joat, Chiū sī Sio ê khóan Sit。
ㄖㄨㄛˋ, 就是燒的款式。

焭 khêng, hôan Ló, iu bûn, bô Lâng than oá khò, ko toaⁿ。
ㄑㄩㄥˊ, 煩惱, 憂悶, 無人可依靠, 孤單。

舄 Sù, iá siù ê miâ, chhin chhiūⁿ Sai Gû。
ㄕㄨˋ, 野獸的名, 親像犀牛。

焦 Chiau, ta, tâ, tsau, hé Sio Siong, Sio o͘, Pún jī Chiau jī chek lié só͘ Siong ê ì Sù。Chiau thâu nōa hiáh
ㄐㄧㄠ,ㄉㄚ,ㄉㄚˊ,ㄗㄠ, 火燒傷, 燒黑, 本字雥字即火所傷的意思。焦頭爛額。
chhau, Chiau o͘。hé sio ê Chhàu bī, Chhàu hé ta bī。hoan Ló, Sim chiau。chhùi ta。Phak ta。ta Lī
ㄑㄧㄠ, 焦黑。火燒的臭味, 臭火焦味。煩惱, 心焦。嘴焦。曝焦。焦離。
ta Sin。Chhàu ta。ko͘ tâ。ko͘ tâ khì。O͘ tâ。bīn Lóng tâ。tsau, tsau Lōan, bīn tsau
焦身。臭焦。枯焦, 枯焦去。黑焦。面攏焦。焦, 焦亂。面焦
tsau。Lōan tsau tsau。hé Sio ê thô͘, tsau thô͘。Sim kip, tsau kip。tsau Lū。
焦。亂焦焦。火燒的土, 焦土。心急, 焦急。焦慮。

焠 chhùi, chhuh, chhùi, Phah hé hō͘ hoa ê khì khū。hé jip tsúi, ùn tsúi im hoa, Gàn tsúi。Gàn kng。
ㄘㄨㄟˋ,ㄘㄨㄛˋ, 焠, 打火短灰的器具。火入水, 搵水熄灰, 淬水。淬鋼。
chhuh, chhuh hiuⁿ。chhuh hé hō͘ i tòh。chhuh chit ē。Pàng Phàu ēng hiuⁿ chhuh。
焠, 焠香。焠火互它燒。焠一下。放炮用香焠。

尉 ùi, ut, kap jī Siong tông
ㄨㄟˋ,ㄩˋ, 与熨字相同

無 bû, bô, mô͘, bû, chiū sī bô。bû Lūn。bû ngó͘。bû su。bû nāi。bû tō͘。bû hêng。bû Liōng。
ㄨˊ,ㄇㄛˊ, ㄇㄛˊ, 無, 就是無。無論。無我。無私。無奈。無度。無形。無量。
bû thí。bû sim。Sek kàu ēng ê jī Lâm bû, chiū sī chí kui oá ê ì sù。ū bô。á bô。
無恥。無心。釋教用的字南無, 就是指歸依的意思。有無。或無。
bô ài。Lóng bô。bô ì Gī。bô sòaⁿ tiān。mô͘, mô͘ sîn, mô͘ sîn kâu。siáu káu ê ì sù。
無愛。攏無。無意義。無線電。無, 無神, 無神狗, 猶狗的意思。

焱 iām, hé ê kng, hé ê hoe, hé ê jiat, hé iām, jit iām。
ㄧㄢˋ, 火的光, 火的花, 火的熱, 火焱, 日焱。

焰 iām, hé ê kng, hé ê hoe, hé ê jiat, hé iām, jit iām。
ㄧㄢˋ, 火的光, 火的花, 火的熱, 火焰, 日焰。

焲 ek, Chiū sī Chek hé ê kng。kng bêng ê ì sù
ㄧˋ, 就是燭火的光。光明的意思。

焟 Sek, Chioh, chioh hé, chioh sio, chioh jit, chioh hé thang。Sek, ta ta, ha ta, Phak jit ê ì sù。
ㄒㄧˊ,ㄐㄧㄝˊ, 焟火, 焟燒, 焟日, 焟火窗。焟, 焦焦, 呵焦, 曝日的意思。

焮 hìm, hìm, hé ê khì, sio, hé tòh, kng móa tōe bīn。
ㄒㄧㄣˋ,ㄒㄧㄣˊ, 火的氣, 燒, 火著, 光滿地面。

焰 Ap, iām, iap, im, beh hoa ê hé。ēng hé hu Lâi khàm hé bōe siuⁿ iām。im, im hè, khàm hoa, tū tsúi hō͘ hoa。
ㄧㄚˋ,ㄧㄢˋ,ㄧㄚ,ㄧㄣ, 也灰的火。用火灰來蓋互火燄道炎。焰, 焰火, 蓋灰, 注水互灰。

㷠 Lun, Lûn, Lâ Lun sio, chiū sī tām Poh sio ê ì sù。Sóe Seng khu ài ēng Lâ Lun sio ê tsúi。Lâ Lûn sio。
ㄌㄨㄣ,ㄌㄨㄣˊ, 㷠㷠燒, 就是淡薄燒的意思。洗身軀愛用㷠㷠燒的水。㷠㷠燒。

造字 借俞音成字。

補7畫 **焊** hān, hoāⁿ, 銲 ê Siok jī。mih kap mih ê chiap hap, hān chiap。tiān hān, iōng khì hān, a khì hān,
ㄏㄢˋ,ㄏㄨㄚˋ, 銲的俗字。物與物的接合, 焊接。電焊, 氧氣焊, 氫氣焊,
ēng kok chióng hong hoat kim siok chiap。hoāⁿ siah, hoāⁿ tâng, hoāⁿ Peh kim, hoāⁿ kim á。
用各種方法來互金屬接合。焊錫, 焊銅, 焊白金, 焊金仔。

九 畫

煬 ek, Sek, ta ta ê ì sù。hé ê kng, kap Sio tâng。ha ta, hoh ta。
ㄧˋ,ㄒㄧˋ, 乾乾的意思。火的光。与焲相同。呵焦, 熇乾。

煠 iap, sah, chìⁿ bah, ēng iû tsú mih, ēng kún tsúi thng。ke Sah, sah koe, sah ah, sah bah, Sah ah nn̄g。
ㄧㄚˋ,ㄕㄚˋ, 煎肉, 用油煮物, 用滾水燙。過煠, 煠雞, 煠鴨, 煠肉, 煠鴨卵。

照 Chiau, chio, chhio, khoàⁿ kò͘, chiàu kò͘。kng bêng, kong chiau, chiàu iau。Pîn chèng, Chip chiau, hō͘ chiau
ㄓㄠˋ,ㄓㄠˊ,ㄔㄠˋ, 看顧, 照顧。光明, 光照, 照耀。憑証, 執照。護照。
kì jiân, tsun chiau。koan Sim, koan chiau。chiò bêng, chiò kiàⁿ, chiò Lâng iáⁿ, jit chiò sīa, kng chiò ńg。
既然, 遵照。關心, 關照。照明, 照鏡, 照人影, 日照射, 光照影。

chhiò kng, chhiò chhát, chhiò chhì, jip soaⁿ tōng ēng hé chhiò. chiū sī chiò ê ì sù.
照光，照賊，照刺，入山洞用火照。就是照的意思。

煮 tsú, ㄓㄨˇ, ēng hé lâi pheng mih. sek, á sī chian, tsú, tsú pn̄g, tsú chhài.
用火來烹物佮它熟，或是煎，煮，煮飯，煮菜。

熏 chióng, chéng, ㄐ一ㄥˋ，ㄓㄥˇ， hé sio khí lâi. hé toh. hé chéng, chiū sī khí hé ê hé bú.
火燒起來，火著。火熏，就是起火的火母。

煩 hoân, ㄈㄨㄢˊ, ū jia̍t, thâu khak thiàⁿ, bô chhìn chhái tio̍h bôa, ut tsut, tsoe tsoe. hoân ló. mâ hoan. hoân jiáu.
有熱，頭殼痛。無且採。着磨，鬱悴，多多。煩惱。麻煩。煩擾。

熙 hi, ㄒ一， kng bêng, êng hián, hô sūn, khoah tōa, heng khí, pek oá. hi tiau, hi hi, hi hia̍p, hi chhun.
光明，榮顯，和順，闊大，興起，迫偎。熙朝，熙熙，熙洽，熙春。

煦 hú, ù, ㄒㄩˇ，ㄩˋ， sio lō, un sio, pū sio. un sūn, jîn ài. ji̍t kng, jia̍t, kún. hú ó. hô hú. ù sio.
燒烙，溫燒，莩燒。溫純，仁愛。日光，熱，滾。煦嫗。和煦。煦燒。

煥 hoàn, ㄏㄨㄢˋ, bêng bêng, hé kng. chhàn lān, êng hián, chhái sek. hoàn hoat. hoàn jiân it sin.
明明，火光。燦爛，榮顯。彩色。煥發。煥然一新。

煌 hông, phông, ㄏㄨㄤˊ，ㄆㄤˊ， hé kng, kng kng. tōa chhiong sēng. hui hông. phông hé iām phông phông. hé iām iām ê ì sù.
火光，光光。大昌盛。輝煌。煌，火炎煌煌。火炎炎的意思。

煇 hun, hui, ㄏㄨㄣ，ㄏㄨㄟ， hé kng, kng iām, kng kng, chhàn lān, kng bêng, âng sek.
火光，光焰，光光，燦爛，光明。紅色。

煣 jiú, liú, ㄖㄡˊ，ㄌ一ㄡˇ， ut chhun ê chhâ, ēng hé ut ti̍t. ut chhâ hō i khiau sī. liú ké, liú sio, chiū sī koh tsāi hō i chhe.
熨伸的柴，用火熨直。熨柴佮它曲勢。煣粿，煣燒，就是擱再佮它炊。

煢 khêng, ㄑㄩㄥˊ, ko toaⁿ, bô lâng thang oá khò. pīⁿ koh khí. iu būn. khêng khêng. khêng to̍k. khêng ku.
孤單，無人可依靠。病倒起。憂悶。煢煢。煢獨。煢居。

煖 loán, sio, ㄋㄨㄢˇ，ㄒㄩㄢ， hé ê khì, lâ lun sio, sio lō, un sio, un loán. sio sio. sio tsúi. kap 暖 sio siāng.
火的氣，燒勞倉煖，煖烙，溫煖，溫煖。煖煖。煖水。与暖相同。

煉 liān, ㄌ一ㄢˋ, ēng hé sio chin kú. khêng kim, khêng gûn. hé liān, iá liān, liān kng. thoàn liān. liān tan.
用火燒真久。傾金，傾銀。火煉，冶煉，煉鋼。鍛煉。煉丹。

煤 mûi, bôe, ㄇㄟˊ，ㄇㄛˊ， o ian, mûi ian. hé thoàⁿ. bôe thoàⁿ. thô thoàⁿ. bôe iû, hoan á iû. mûi khòng.
黑煙，煤煙。火炭，煤炭，土炭。煤油，蕃仔油。煤礦。

煲 pó, ㄅㄠˇ, ēng tsúi lâi hiaⁿ hō i sio. hûi ê ô á. thang hia̍t hō i to̍h ê hé io̍h koàn.
用水來焚佮它燒。磁的壺仔。可弄佮它燒的火藥罐。

煏 pek, piak, ㄅㄜˋ，ㄅ一ㄚˋ， ēng hé hang ta, piak. ēng hé piak. chian, piak bah. piak koe, piak ah.
用火烘乾，火煏。用火煏。煎，煏肉。煏雞，煏鴨。

煞 sat, ㄕㄚˋ, soah, ㄕㄨㄚ， siâ ê khì. tsai ē, hāi sí, sat chhiⁿ, sat khì. sat chhia. tsai soah, tsoh soah.
邪的氣。災厄，害死，煞星，煞氣。煞車。災煞，作煞。

tio̍h soah, tiòng siâ ê ì sù. soah hùi khó sim, to hùi sim ki.
着煞，中邪的意思。煞費苦心，多費心機。

煁 sîm, ㄔㄣˊ, hé teh to̍h, ēng chhâ hiaⁿ hé ê ì sù.
火咧燒，用柴焚火的意思。

煋 seng, ㄒ一ㄥ， hé jia̍t jia̍t ê ì sù, hé iām iām teh to̍h.
火熱熱的意思，火炎炎咧燒。

煅 thoàn, ㄉㄨㄢˋ, ēng hé sio chin kú, liān kàu se̍k, thoàn liān. iá kim. kap 鍛 siāng khoán.
用火燒真久，煉到熟，煅煉。冶金。与鍛同款。

煎 chian, tsoaⁿ, ㄐ一ㄢ，ㄗㄨㄚ， ēng hé hō tsúi kún, ēng hé hang ta, ū chiap ê tsú hō bô chiap kiò chian, chhin chhiūⁿ
用火佮水滾，用火烘乾，有汁的煮佮無汁叫煎，親像

chian, chián, tsoaⁿ, ㄐ一ㄢ，ㄐ一ㄢˇ，ㄗㄨㄚ， chian hî, chian bah, chian nn̄g. tsoaⁿ iû, tsoaⁿ ti iû, tsoaⁿ bah iû. chián pek, pek chhiat
煎魚，煎肉，煎卵。煎油，煎豬油，煎肉油。煎迫，迫切

ê ì sù. chian ngāu, pheng tiau ê hong hoat, iā sī pí jū thiàⁿ khó ê kéng gū. chian sim,
的意思。煎熬，烹調的方法，也是比喻痛苦的境遇。煎心，

iu sim ê ì sù. tsoaⁿ tê. tsoaⁿ io̍h. tsoaⁿ chháu á tê.
憂心的意思。煎茶。煎藥。煎草仔茶。

煍 chiáu, ㄐ一ㄠ， bīn pîⁿ âng sek, chiū sī kiàn siáu ê ì sù, soe jī. phài se.
面變紅色，就是見誚的意思，細膩。歹勢。

煨 oe, ㄨㄟ， pôaⁿ tiong ê hé. hé hu lâi teh pû, hé lô hu, sio hé phûn.
盤中的火。火灰內的烳，火爐灰，燒火盆。

煒 úi, ㄨㄟˇ, kng bêng, chhiong sēng ê khóng sit. kong úi. úi chhek. âng kng.
光明，昌盛的款式。光煒。煒赤。紅光。

煬 iōng, 一ㄤˋ, hé ōng, hang ta, ēng hé iûⁿ mih, jia̍t. hiong chêng.
火旺，烘乾，用火鎔物，熱。向前。

煊 soan, ㄒㄩㄢ， chiū sī hang hé, soan un. hân soan, un hô. kap 暄 sio siāng.
就是烘火，煊溫。寒煊，溫和。与暄相同。

煙 ian, in, hun, 一ㄢ,一ㄣ,ㄏㄨㄣ
kap Siāng khóan, hé ê khì, hé Ian, ian tâng, ian chhâu, ian hé, ian bū.
与 烟 同款。火的氣，火煙。煙筒。煙草，煙火，煙霧。
Lîu Liân îu hoan Siap Goat mî Sûn iā jîat kau kū Lêng hong in. Hong in, hun, hun chiu, îu^n hun.
留連遊歡涉月彌旬夜熱膏炬淩風煙。風煙。煙，煙酒。洋煙。
hun chhe, hun îu, a Phian hun, ian hoa, ian hoa keng.
煙嗜，煙油，鴉片煙。煙花，煙花間。

煜 iok, 一ㄛㄎ
hé kng, kng bêng. kng iām. Chhiong Sēng. iok iok. kng iāu ê khóan.
火光，光明。光焰。昌盛。煜煜。光耀的款。

煑 tsú, ㄗㄨˇ
kap Siāng khóan.
与 煮 同款。

焙 Pōe, ㄅㄨㄝ
Pek ta, hang Lô, Pōe ta, Piak ta, Pōe Lêng Gêng koa^n. kap Siāng khóan.
煏乾，烘炉，焙乾，煏乾，焙龍眼乾。与 焙 同款。

煖 Lóan, ㄌㄨㄢ
Sio Lō, un hô Sio jîat, hái tsōe tōa hong ê ì sù.
煖烙，溫和煖熱，海多大風的意思。

焗 kò, khò, 《ㄜ, ㄎㄜ
ta La khì, Chhin chhīu^n hé Sio tio̍h.
焦拉去，親像火燒着。

煳 ô, ㄛ
tsú mih Sio tio̍h, Phê tiâu tī tiá^n nih. Chhàu ta tiá^n O O. kap Siāng khóan.
煮物燒着，皮黏佇鼎裡。臭焦鼎黑黑。与 炁 同款。

煪 chiu, chhiu, îu, ㄐㄧㄡ, ㄑㄧㄡ, ㄧㄡ
Sio, hé Sio, ta Sò, hé ê khoan Sit.
燒，火燒，乾燥，火的款式。

煓 Chhoan, ㄔㄨㄢ
hé teh to̍h, hé ong ong, kng bêng, chhiong Sēng.
火咧燃着，火旺旺，光明，昌盛。

煬 hah^n, ㄏㄚ
kap Siāng khóan, hah^n tio̍h, hah^n tio̍h hé, hah^n tio̍h Sio khì.
与 暍 同款，煬着，煬着火，煬着燒氣。

造字 借昜字偏音成字。

炰 O, ㄛ
o koe, o ah, chiū sī tsú mih ta ta sió khóa thng, hoh^n ê. tsap o kî^n, ēng chhun ê
炰雞，炰鴨，就是煮物乾乾少許湯，熇的。雜炰羹，用剩的
chhài bah Lām tsòe chit ê, tsòe mih Phòe.
菜肉濫做一下，做物配。

造字 借咼的偏音，其實本意是鍋，鍋加熱之意。

煻 tō, ㄊㄛ
hé thòa^n tō Lō khì, chiū sī hé thòa^n sio Liáu hu hu khì ê ì sù.
火炭煻摘去，就是火炭燒了灰灰去的意思。

造字 借度音成字。

焫 nà, nā, ㄋㄚ, ㄋㄚ
nà tio̍h jit, Phak jit. nà tio̍h hé, hah^n tio̍h hé ê ì sù. nà, chiū sī sùn kan só kám
焫着日，曝日。焫着火，煬着火的意思。焫，就是瞬間所感
sīu ê chêng hóng. Sih nà, Lûi tiān ê kng iā^n. nā tio̍h, nā tio̍h hé, nā tio̍h jit.
受的情況。閃焫，雷電的光映。焫着，焫着火，焫着日。

造字 借若的偏音成字。

十畫

熇 hok, ho, ㄏㄜ, ㄏㄜ
hoh, hoh^n, hok, hé ê jîat, Sio, jîat ê khoan Sit. iām khì. hok hok. ho, chhui ho.
熇，火的熱，燒，熱的款式。焰氣。熇熇。熇，嘴熇。
Put chí ho, Chin Sio ê ì sù. jit ho Lâng. hoh, hoh jit, hoh Sio, hoh ta, hoh tsúi khì.
不止熇，真燒的意思。日熇人。火熇，熇日，熇燒，熇乾，熇水氣。
hō ta, hoh^n, chiū sī ēng ta ê tiá^n Lâi chian ê ì sù.
焙乾。熇，就是用乾的鼎來煎的意思。

熁 hiap, ㄏㄧㄚ
hé ê khì chhêng chiū^n, hé Pek.
火的氣蒸上，火煏。

熏 hun, ㄏㄨㄣ
hé ian khì, O jîat chhiong Sēng khóan Sit, Sio hō ì ta, Sio Lō, hô Sūn. ian hé
火煙氣，黑熱昌盛的款式，燒伊它乾，燒烙，和順。煙火
hun thian, hun hong. hon O. hun hiu^n. hun hun.
熏天，熏風。熏黑。熏香。熏熏。

熊 hiông, hîm, ㄏㄧㄥ, ㄏㄧㄣ
ia Sīu ê mîa, ū O kap Pe̍h, thâu tōa tōa, Sin Pûi Pûi. hîm, hîm Chiáng. hîm tá^n.
野獸的名，有黑與白，頭大大，身肥肥。熊，熊掌。熊膽。
hîm niau, chit chióng Sù Chhoan ê hîm. hé kng hiông hiông, kng bêng ê ì sù.
熊貓，一種四川的熊。火光熊熊，光明的意思。

熀	hóng, Liap ㄏㄨㄥˇ, ㄌㄧㄚˋ	hé kng chhiong sēng ê khóan sit. khoah tōa, kng bêng. khèng hóng. 火光昌盛的款式。闊大，光明。熿熀。
煽	Siàn, ㄕㄢ	hé tòh, hé chhiong sēng, hé iām iām. Siàn hé, Siàn chhì, Siàn tōng. 火着，火昌盛，火炎炎。煽火，煽熾，煽動。
粦	Līn ㄌㄧㄣˊ	Peng sí kap gû bé ê huih tsòe hé, piàn tsòe kui á hé. Līn hé. àm sî oē hoat chhiⁿ kng. 兵死與牛馬的血做伙，變做鬼仔火。粦火。晚時能發青光。 tòe Lâng ê kiâⁿ ê hong tsáu. Sòe sòe ê siaⁿ. 隨人的行的風走。細細的聲。
煼	chháu, tsó, ngâu mih, chian chhá, chhiⁿ t ta ê ì sù. ㄔㄠˇ, ㄗㄠˇ	熬物，煎炒，煎乾乾的意思。
熄	Sek, Sit ㄒㄧˊ, ㄒㄧˋ	hé biat, sit hé. hé hoa. Soah. an chēng. an ku jî thian hā sek. Pûn sit Lah 火滅，熄火。火灰。息。安靜，安居而天下熄，吹熄蠟 chek. eng hé hu khàm hé, im sit. hé sio chhù phah hé oh tit sit. 燭。用火灰蓋火，掩熄。火燒厝打火難得熄。
煻	tông, ㄊㄤˊ	Sio mih á sī hang hé ê ì sù. 燒物，或是烘火的意思。
㷟	thui ㄊㄨㄟ	ēng kún thng thng Lâi Lut mñg khí Lâi. iā ū thak thòe ì sù tâng. 用滾湯燙來肉毛起來。也有讀煺，意思同。
熅	un ㄩㄣ	hé bô iām, ian bô tháu, hé ûn ûn, sio Lō, ut khì, un sio. 火無炎，煙無透，火緩緩，燒烙，鬱氣，熅燒。
熒	êng ㄧㄥˊ	chhù Lāi teng chek ê kng, kng bêng. êng hek, giâu gî. 厝內燈燭的光，光明。熒惑，僥疑。
㷔	tsáiⁿ ㄗㄞˇ	chiū sī tsú mih, ta ta pheng ê ì sù. 就是煮物，乾乾烹的意思。
㷓	thùi ㄊㄨㄟˋ	kap 煺 jī sio siāng. 与煺字相同。
燂	tîm, ㄊㄢˊ	tîm mih. tîm sio ê ì sù 燂物。燂燒的意思
熑	khiam, Liâm ㄑㄧㄢ, ㄌㄧㄢˊ	hé sio chhia ê bāng tng khì. hé bōe hoa. 火燒車的網斷去。火燴灰。
熔	iông, iûⁿ ㄖㄨㄥˊ, ㄧㄡˊ	kap 鎔 siong tông. iûⁿ thih, iûⁿ thng, iûⁿ siah, iûⁿ ti iû, iûⁿ hòa iûⁿ kái. 与鎔相同。熔鐵，熔糖，熔錫，熔豬油，溶化，溶解。
熕	kòng, ㄍㄨㄥˋ	tōa tâng kòng, chiū sī tōa mn̂g ê tâng chhèng. chiū sī tōa phàu, kó tsá kóng tōa kòng. 大銅熕，就是大門的銅銃。就是大砲，古早講大熕。
熙	hi, ㄒㄧ	kap 熈 siong tông. kng bêng, hô sūn, khoah tōa, êng hián, heng khí, tn̂g, hé pek. 与熈相同。光明，和順，闊大，榮顯，興起，長，火迫。
爆	Pók, Phok, Phòk ㄅㄛˊ, ㄆㄛˋ, ㄆㄛˋ	hé sio, jiat, pek, sio mih ê sia. Pàng phàu, phàu á. Piàk chit ē, Pit Pit Pòk Pòk. 火燒，熱，熇，燒物的聲。放炮，炮仔。爆一下，熚熚爆爆。
熓	ó, ㄛˊ	Phah sit hé. sio hé thoàⁿ. kap 熓、煳 n̄ng jī tâng. 打熄火。燒火炭。与熓、煳兩字同。
燂	khiàn, ㄑㄧㄢˋ	khiàn phang, khiàn chhang á, khiàn soàn thâu, khiàn hê pì, khiàn iû chhang, khiàn kô. 燂香，燂蔥仔，燂蒜頭，燂蝦皮，燂油蔥，燂糊。

造字 借遣字成字。

十一畫

熯	hàn ㄏㄢˋ	sio ta hang hé. kèng kín kap 暵 siāng khoán. 燒乾，烘火。敬謹。与暵同款。
熱	jiat, joah ㄖㄜˋ, ㄖㄜˋ	hé iām ê khì, chin sio, un sio, sio jiat, jiat khì. jiat chèng. jiat sim. Lāu jiat. 火焰的氣，真燒，溫燒，燒熱，熱氣。熱症。熱心。鬧熱。
熱	jiat, joah ㄖㄜˋ, ㄖㄜˋ	kap téng bīn jī sio siāng. sio joah. khah joah. Pàng joah. ut joah. tham joah. 与頂面字相同。燒熱。較熱。放熱。鬱熱。貪熱。
㷗	khéng, ㄎㄥˇ	hé tòh chhut Lâi ê ì sù. 火着出來的意思。
熲	kéng, ㄍㄥˇ	hé kng, iām sûi, kng bêng. 火光，焰隨，光明。
熮	Liâu, Liú, Liû ㄌㄧㄠˊ, ㄌㄧㄡˇ, ㄌㄧㄡˊ	hé ê khoán, sio, hiú nōa. bī Loah ê ì sù. 火的款，燒，朽爛。味辣的意思。
熰	au, ㄡ	joah thiⁿ tōa khong hōaⁿ ê sî Lâng ēng chè hiàn Lâi kiû. 熱天太亢旱的時，人用祭獻來求。

熬 Gô, ngô, ㄫㄛˊ, ㄥㄛˊ, ngâu ㄥㄠˊ, tsú mih, tsú kàu ta ta. ìu būn ê siaⁿ. Gô nàu. ngô Liān. ngô chian. ngâu tng.
煮物，煮到乾乾。憂悶的聲，熬惱。熬煉。熬煎。熬湯。
ngâu ioh. ngâu kut. ngâu ka. ngâu iû. ngâu iā.
熬藥。熬骨。熬膠。熬油。熬夜。

熚 Pit, Pih, Pit ㄅㄧˋ, ㄅㄧㄝˋ, ㄅㄧˋ, hé iām ê khoán sit. hé teh teh ê siaⁿ, Pih Pih Piak Piak. Pit Pit Pok Pok.
火炎的款式。火哟燒的聲，熚熚爆爆。熚熚爆爆。

熟 Siok, Sek, Sek ㄒㄧㄡˊ, ㄕㄡˊ, ㄕㄨˊ, tsú mih kàu hó. nōa, chiaⁿ, tsú sek. kê chí sêng sek. Lâng sek sāi. nî kí
煮物到好。爛，成，煮熟。果子成熟。人熟似。年紀
tōa khah sêng siok. ioh mîa, sek tē. ngó kok sek. sek chí. koe sòe chí sek. sek chhiú.
大較成熟。藥名，熟地。五穀熟。熟子。瓜小子熟。熟手。
chhiⁿ hoan sek hoan. Pòaⁿ chhiⁿ sek. sek hâng. bīn sek.
生番熟番。半生熟。熟行。面熟。

熨 ùi, ut ㄨㄟˋ, ㄩˋ, chiū sī ut táu, ēng hé tòe tī khì khū lāi, lâi ut saⁿ ê ke si. hiān kim ū tiān ut táu.
就是熨斗，用火貯佇器具內，來熨衫的傢私。現今有電熨斗。

熠 ip, sip ㄧˋ, ㄒㄧˊ, tōa kng, kng bêng. siam sih. sip sip. hé kim chhiⁿ, ēng hé thâng ê kng iāⁿ.
大光，光明：閃閃。熠熠。火金星，螢火虫的光映。

熛 Phiau ㄆㄧㄠ, hé Phā Phā toh. Phā khí lâi. iām chhì Phiau Lō.
火熛熛著，熛起來。炎熾熛怒。

熷 iú ㄧㄡˇ, chek tsū chhâ sio chè hiàn thiⁿ.
積住柴燒祭獻天。

槱 iú ㄧㄡˇ, kap téng bīn jī sio siāng.
与頂面字相同。

𤍠 Chhiâng, chhiâng ㄑㄧㄤˊ, chiū sī tsúi tōa kún ê ì sù. chhiâng chhiâng kún. kún chhiâng chhiâng.
就是水大滾的意思。𤍠𤍠滾。滾𤍠𤍠。
chhiâng chhiâng kún. Pho lōng chhiâng chhiâng kún. hoan kún ê ì sù. chhiâng tsúi.
𤍠𤍠滾。波浪𤍠𤍠滾。翻滾的意思。𤍠水。

造字 形容詞的字，借常的白話音成字。

十二畫

燂 tsâu ㄗㄠˊ, hé kin kin tsoaⁿ ê khoán sit. hiaⁿ hé. iām iām ê ì sù.
火緊緊煎的款式。焚火炎炎的意思。

熾 chhì ㄔˋ, hé teh toh, iām iām, ōng ōng. kng bêng. chhiong sēng, tsōe tsōe. chhì sēng. hé chhì.
火哟著，炎炎，旺旺。光明，昌盛，多多。熾盛。火火熾。

燋 tiok, toh ㄉㄧㄠˊ, ㄓㄨㄛˊ, chiū sī hé iām iām teh toh ê ì sù. tiok hé. sim hé toh, jú toh jú iām. Phông Phông toh.
就是火炎炎哟著的意思。燋火。心火著，愈著愈炎，烰烰著。

燔 hoan, hoân ㄈㄢˊ, ㄈㄢˊ, sio bah, chìⁿ iû. sio chè hiàn ê bah. chek, sio, Pek, hang jiat.
燒肉，煎油。燒祭獻的肉。炙，燒，煏，烘熱。

熹 hi ㄒㄧ, hang, sio, Pek, chhe. jiat kng, khui khoah, chhiong sēng. Lâng ê mîa, tsu hi.
烘，燒，煏，炊。熱光，開闊，昌盛。人的名，朱熹。

熻 hip ㄒㄧˋ, Pek, sio. hip, hip sio, hip sek sek. hip joah, būn joah. thiⁿ khì hip hip.
煏，燒。熻，熻燒，熻熟熟。熻熱，悶熱。天氣熻熻。

燃 jiân, hiaⁿ ㄖㄢˊ, ㄏㄧㄚ, hūn sio, jiân sio, hé toh. jiân Liāu. tsū jiân. tsō jiân. hiaⁿ hé, hiaⁿ chhâ.
焚燒，燃燒，火著。燃料。自燃，助燃。燃火，燃柴。
hiaⁿ kún tsúi. hiaⁿ sio. hiaⁿ sio tsúi. hiaⁿ chhâ thiⁿ hé toh.
燃滾水。燃燒，燃燒水。燃柴添火著。

燎 Liâu, Liāu ㄌㄧㄠˊ, ㄌㄧㄠˋ, Pàng hé, hé kng, hé Pé, chek kng. hé sio soaⁿ iá. Liâu goân. Liâu bêng. teng hé khiā
放火，火光，火把，燭光。火燒山野，燎原。燎明。燈火豎
Lio ㄌㄧㄛ, sio Lio. khì, chiū sī sio khì ê ì sù.
燒燎去，就是燒去的意思。

燐 Lîn ㄌㄧㄣˊ, hòa hak goân sò ê mîa, thang tsòe hé ioh, tsòe hoan á hé, chiū sī hé chhâ. hé kim ko ê
化學元素的名，可做火藥，做番仔火，就是火柴。火金姑的
kng. Lîn kng, kut thâu kú kú Piàn hòa, àm sî hoat chhut chhiⁿ sek ê tòe hong
光。燐光，骨頭久久的變化，晚時發出青色的，能隨風
tsáu ê kng, kio tsòe kúi á hé. bōng á Po siōng khoaⁿ tioh. Lîn hé.
走的光，叫做鬼仔火，墓仔埔常看着。燐火。

燒 Siau, sio ㄒㄧㄠ, ㄒㄧㄛ, hé teh toh, sio Lio. hé sio mih. hūn sio. hé sio. hé sio chhù. siau hiong.
火哟著，燒燎。火燒物，焚燒。火燒。火燒厝。燒香。

燈 teng ㄉㄥ, hoat kng chiò bêng ê khì khū. teng hé, teng tâi. Lō teng, tiān teng, teng sim, teng lâng.
發光照明的器具。燈火，燈臺，路燈，電燈，燈心，燈籠。

【燀】chhian, Siān, chhe mih. hé bô iām, sio, kng bēng ê khóan sit. khí hé ê khóan.
ㄑ一ㄢ, ㄒ一ㄢ, 炊物 。火無炎，燒，光明的款式 。起火的款 。

【燖】Chiām, siām, tîm, un sio, tîm sėk, tîm sio, tîm mih. tîm bah tī tng nih. iām sîm.
ㄐ一ㄚㄇ, ㄒ一ㄢ, ㄉ一ㄣ, 溫煖，燖熟，燖煖，燖物。沈肉佇湯裡。爓燖。
tîm, tîm koàn, tîm e, tîm koe, tîm ah kang, tîm pó ióh. tîm pn̄g hō sio.
燖，燖鑵，燖鍋，燖雞，燖鴨公，燖補藥。燖飯佮煖。
Gōa ko hē tsúi, Lāi ko hē bah á sī Pat mih, ka jiat Lâi tsú kiò tsòe tîm.
外鍋置水，內鍋置肉或是別物，加熱來煮，叫做燖。

【燙】tōng, thǹg, tōng, sián tōng, sóe chheng khì, ka jiat lâi sóe oh tit sóe ê mih. thǹg, jiat kôai,
ㄉㄤ, ㄊㄤ, 燙，洗燙，洗清氣，加熱來洗難得洗的物。燙，熱高；
kún tsúi, sio thǹg thǹg. thǹg chhiú. thǹg siong. thǹg hoat, tiān thâu mn̂g ê ì sù.
滾水，燒燙燙。燙手 。燙傷。燙髮，電頭毛的意思。

【燉】tun, thun, tūn, hé ōng, hé sek, tsú mih. kap 火享 thong. tsú chiān hong hoat, tūn. tîm.
ㄉㄨㄣ, ㄊㄨㄣ, ㄉㄨㄣ, 火旺，火色，煮物。与 火享通 。煮食的方法，燉。燖。
thǹg ㄊㄥ, tsú mih kiāⁿ kú kú, bān bān ê hé lâi tsú kún. tūn koe, tūn ah. thǹg, thǹg sio.
煮物件久久，漫漫的火來煮燉。燉雞，燉鴨。燉，燉煖。

【燋】Chiau, tsau, tâ, kap 焦 Sio siāng, chham khó 8 ūi.
ㄐ一ㄠ, ㄗㄠ, ㄉㄚ, 与 焦 相同 ，參考 八畫。

【燕】ian, iàn, ìⁿ, kiàn, ian, Lâng ê sìⁿ. kok ê miâ, ian kok. ian kiaⁿ, hian kim ê Pak kiaⁿ. iàn, chiáu miâ.
一ㄢ, 一ㄢ, 一, ㄍ一ㄢ, 燕，人的姓。國的名，燕國。燕京，現今的北京 。燕，鳥名。
Chhai iàn, iàn o. iàn hónⁿ, ang bó hô hó. êng iàn, êng êng chēng chēng. iàn an, an ún.
菜燕，燕窩。燕好，尪媒和好。閒燕，閒閒靜靜 。燕安，安穩。
iàn siáh, sek iàn í ngó. ìⁿ á, kim ìⁿ, ìⁿ bé. jiat kiàn, hiat kiàn, thiat ki
筵席，式燕以敖。燕仔，金燕，燕尾。熱燕，血燕，脫燕，

【燄】iām, 一ㄢ, kap 焰 Siāng khóan. hé ê hoe, hé ê kng, hé ê jiat. hé iām, jit iām.
与 焰 同款 ，火的花，火的光，火的熱。火燄，日燄。

【燅】Lîm, Sîm, chhim chiàm. hé ê khóan sit. hé iām iām ê ì sù.
ㄌ一ㄣ, ㄒ一ㄣ, 侵占 。火的款式 。火炎炎的意思。

【火厥】khoat, khéh, chiū sī ēng hé lâi tsú mih ê ì sù. khéh, khéh hé, chiū sī ēng he to Phah chioh hō chhut
ㄎㄨㄚㄊ, ㄎㄝㄏ, 就是用火來煮物的意思。火厥，火厥火，就是用火刀打石佮出火
hé. khéh hé toh
。火厥火燭

【火華】iap, hé kng kng, sih nà ê khoan sit, iap iap sih. siám sih.
一ㄚㄆ, 火光光，爍爍的款式，火華火華爍。閃爍。

【火閒】hêe, nōa nōa, mih tsú kàu sėk sėk ê ì sù. hôe hôe Lān iā.
ㄏㄝ, 爛爛，物煮到熟熟的意思。火閒火閒爛也。

【熺】hi, kap 熹 Siāng khóan.
ㄏ一, 与 熹 同款。

【火無】ō, kap 煳·熓 nn̄g jī sio siāng. Phah sit hé. sio hé thòaⁿ.
ㄛ, 与 煳·熓 兩字相同，打熄火。燒火炭。

【燍】su, hé sio ê khì, sio tióh ê chhàu bī, un sio, hé tóh ê khóan sit.
ㄙㄨ, 火燒的氣，燒著的臭味，溫燒，火著的款式。

【熸】Chiam, hé hoa, biat bô tsâu biat, hé tóh soah. Chiam biat.
ㄐ一ㄚㄇ, 火灰，滅亡，勦滅，火著息。熸滅。

【燂】chiâm, thâm, hang hé, u tióh. he tī hé nih hō i sio.
ㄐ一ㄚㄇ, ㄊㄚㄇ, 烘火，炰著。置佇火裡佮它燒。

【燜】būn, būn, ū hip ê ì sù, būn sio. būn pn̄g. būn koe. tsú ê ì sù. būn joah.
ㄇㄨㄣ, 火悶，有熻的意思，燜燒。燜飯。燜雞。煮的意思。燜熱。

【火勞】Lâ, Sio khóa sio, tām poh sio, Lâ Lûn sio.
ㄌㄠ, 少許燒，淡薄燒，火勞愈燒。

造字 借勞的偏音成字字義是火已疲勞，熱已勞也。失熱。

【陽灬】Chhiūⁿ, kng chhiūⁿ, kng chhiūⁿ chhiūⁿ, chiū sī kng kng ê ì sù.
ㄑ一ㄤ, 光陽，光陽陽，就是光光的意思。

造字 借陽的偏音成字。

十三畫

【燭】chiok, chek, hé pé teh toh. teng hé, tiám chek. he chek. Lâh chek. Chek tâi. hoa chiok iā.
ㄐ一ㄛㄎ, ㄐ一ㄝ, 火把照的燈。燈火，點燭。火燭。蠟燭。燭臺。花燭夜。

【燬】húi, ㄏㄨㄟˇ; hé chin iām, hé sio, Sio Liáu Liáu. hûn húi. húi hé.
火真炎，火燒，燒了了。焚燬。燬火。

【燩】khak, khek, ㄎㄚˋ, ㄎㄜˋ; ēng hé chian mih, ta ta chian. ta ta, ta sò ê ì sù. Phak.
用火煎物，乾乾煎。乾乾，乾燥的意思。曝。

【燥】sò, ㄗㄠˋ; ēng hé hang mih, Phak jit. ta, jiat, sio, ta sò, sò jiat, koa sò, sò chhùi.
用火烘物，曝日。乾，熱，燒，乾燥，燥熱，枯燥，燥嘴。

【燮】Siat, ㄒㄧㄝˋ; ēng hé tsú kàu sék. Gâu Pheng tiâu, Liâu Lí. hô hap. jī sìⁿ.
用火煮到熟。善烹調，料理。和合。字姓。

【燧】sūi, ㄙㄨㄟˋ; ēng kiàⁿ chiò jit in hé, ēng chhâ Lâi bôa hoat Sio in hé. bok sūi, iông sūi.
用鏡照日引火，用柴來磨發燒引火。木燧，陽燧。

【燦】Chhàn, ㄘㄢˋ; hó khoàⁿ, kng iàⁿ iàⁿ, súi. kng bêng, Chhàn jiân. kng chhái iàu Gán, chhàn Lān.
好看，光映映，美。光明，燦然。光彩耀眼，燦爛。

【營】êng, iâⁿ, ㄧㄥˊ, ㄧㄚˊ; khiā khí ê só tsāi, iâⁿ chē, kun iâⁿ. Peng iâⁿ. khí chhu, iâⁿ kiàn. keng êng, Lí Lí sū but. êng iōng, sin thé ê su iàu. êng Giap, êng Lī ê sū Giap. iâ Poâⁿ, iâⁿ khu.
豎起的所在，營寨，軍營。兵營。起厝，營建。經營，料理事物。營養，身体的需要。營業，營利的事業。營盤，營區。

【燠】hiok, ò, ㄏㄧㄛˋ, ㄠˋ; jiat ún khǹg tī Lāi bīn. jit iām, sio. kāu kāu. ò jiat. hé tóh ê siaⁿ,
熱穩藏佇內面。日炎，燒。厚厚。燠熱。火着的聲，

【爉】Liap, Lah, ㄌㄧㄝˋ, ㄌㄚˋ; hé ê khóan Sit, hé teh tóh ê siaⁿ. Peh Lah Sah, chiū sī bô chham iû kan ta kûn ê ì sù.
火的款式，火咧燵的聲。白爉𤒢，就是無參油乾焦滾的意思。

【火着】tiok, tóh, ㄉㄧㄛˋ, ㄉㄜˊ; kap 火着 Siong tông.
与火着相同。

【火禀】Lâm, ㄌㄢˊ; n̂g sek, n̂g ta ê ì sù.
黃色，黃焦的意思。

【火雋】chian, tsùn, ㄐㄧㄢ, ㄗㄨㄣˋ; ēng hî, chîm, kap thng tsú nōa chhin chhiūⁿ bê. tsùn, hé teh tóh ê khóan sit.
用魚，蟳，與湯煮爛親像糜。火雋，火咧燵的款式。

【火煎】chìⁿ, tsòaⁿ, ㄐㄧˋ, ㄗㄨㄚˋ; chìⁿ, ēng iû tsú mih, chìⁿ hî, chìⁿ bah. chìⁿ iû chiah ké. chìⁿ khok á te. chìⁿ iû.
火煎，用油煮物，火煎魚，火煎肉。火煎油炙粿。火煎殼仔餅。火煎油。
tsòaⁿ, tsòaⁿ iû, tsòaⁿ ti iû, tsòaⁿ Gû iû, tsòaⁿ bah iû.
火煎，火煎油，火煎豬油，火煎牛油。火煎肉油。

造字 與煎分別出來，煎(chian)与讀煎(tsoa)來料理火煎(tsòaⁿ)与火煎(chìⁿ)是行不通的，致以加火傍，來示爲加熱，如欲火煎(chìⁿ)或火煎(tsòaⁿ)必以烈熱施之。

【火感】hìm, ㄏㄧㄣˋ; hìm hé, chiū sī kham hé hu hō bô hoa, āu Lâi thang ēng ê ì sù. hìm, hé thoàⁿ.
火感火，就是蓋火灰復無灰，後來可用的意思。火感火炭。

造字 借感的偏音成字。

十四畫

【燻】hun, ㄏㄨㄣ; chiú tsùi, khoài oah, hun hun tùn tùn. bô bêng. Put an. hun mih, hun bah, hun iû.
酒醉，快活，燻燻拖拖。無明。不安。燻物，燻肉，燻油。

【燺】khó, ㄎㄠˇ; ēng hé chian ta ê ì sù. ta sò.
用火煎乾的意思。乾燥。

【爁】Lám, Lâm, ㄌㄢˇ, ㄌㄢˋ; hé ê khóan sit, hé iām bōe hoa, hé teh tóh, hé saⁿ sòa tóh ê khóan sit.
火的款式，火焰𤏸灰，火咧燵，火相續燵的款式。

【燹】Sián, ㄒㄧㄢˇ; Soaⁿ iá ê hé. ēng hé Phah Lah. Sio thâi. hé Sio. Peng Sián. Pàng hé.
山野的火。用火打獵。相刣。火燒。兵燹。放火。

【燾】tiū, tō, tō, ㄉㄠˋ; tù hiān, Piàn chiò, Phó chiò. khàm.
著現，遍照，普照。蓋。

【燽】tiû, tô, tō, ㄉㄠˋ; kap téng bīn jī Siong tông.
与頂面字相同。

【燼】Chīn, Sīn, ㄐㄧㄣˋ, ㄒㄧㄣˋ; hé hu, hé sio Liáu ê mih, hé chīn. û sīn. Sio chhun ê mih.
火灰，火燒了的物，灰燼。餘燼。燒剩的物。

【燿】iāu, ㄧㄠˋ; hé kng, hé chiò. kap 曜 Siāng khoán.
火光，火照。与曜同款。

【[目/火]】eng, ㄧㄥ; chheng chheng, kng bêng ê ì sù.
清清，光明的意思。

十五畫

爇 jiat, joat, Siat, hé sio, jiat, pē hé, ù sio, ù he, sio joah。
ㄖㄧㄝˋ, ㄖㄨㄛˋ, ㄒㄧㄝˋ, 火燒, 熱, 焙火, 炙爇, 炙火, 爇熱。

爊 O, un sio。sio bah, chìⁿ bah ê ì sù。
ㄠ, 溫燒。燒肉, 煎肉的意思。

爆 Phok, Piak, PhiakPok, hé sio, jiat, Pek。sio mih phòa khì ê siaⁿ, Phiak Phiak, Piak Piak,
ㄅㄠˋ, ㄆㄠˋ, ㄅㄛˊ, 火燒, 熱, 迫。燒物破去的聲, 火暴爆, 爆爆,
Phok Liat。Phok hoat。Pok tsah, hé ioh tsah khui。Pok khui。Pok tek, Phau á。
爆裂。爆發。爆炸, 火藥炸開。爆開。爆竹, 炮仔。

爍 Lek, Lok, Lek, Siok, Lek, sio mih kau iûⁿ。Siau iûⁿ。Siok, hé toh, kng nà nà, hó khòaⁿ, Siam Siok。
ㄌㄧˋ, ㄌㄨㄛˋ, ㄌㄧㄝˋ, ㄒㄧㄝˋ, 爍, 燒物到鎔。銷鎔。爍, 火著, 光焳焳, 好看, 閃爍。
Lek kim, chiū sī ēng kim siuⁿ lâi tsng thāⁿ ê ì sù。Lok, chhiū ki ta, hioh Lut ê khoan sit。
爍金, 就是用金鑲來妝飾的意思。爍, 樹枝乾, 葉冇的款式。

爕 Siat, ēng hé tsú kàu sek。Gâu Pheng tiau, Liāu Lí, hô hap。jī sìⁿ。
ㄒㄧㄝˋ, 用火煮到熟。勢烹調。料理, 和合。字姓。

爉 Liap, Lah, kap 火巤 siāng khoán, hé ê khoán sit, hé teh toh ê siaⁿ。Peh Lah sah, kan ta kûn。
ㄌㄧㄝˋ, ㄌㄚˋ, 与火巤同款。火的款式, 火哷燒的聲。白爉爍, 乾焦焜。

爌 khòng, kng bêng, hé ê kng, khòng hông。
ㄎㄨㄤˋ, 光明, 火的光, 爌煌。

補畫 熴 kûn, ēng tsúi lâi tsú, kûn bah, kûn koe, kûn ah。kûn chhài thng。kûn bah kut。
ㄍㄨㄣˇ, 用水來煮, 熴肉, 熴雞, 熴鴨。滾菜湯。熴肉骨。

十六—十七畫

爦 Lám, hé Loān Loān ê khoán sit。
ㄌㄢˇ, 火亂亂的款式。

爐 Lô, tóe hé ê khì khū, hiaⁿ hé ê khì khū, hé Lô。Lô khū, kim Lô, kap 炉 siong tong。
ㄌㄨˊ, 貯火的器具, 焚火的器具, 火爐。爐具, 金爐, 与炉相同。

爓 iap, hé bô kng ê khoán sit。
ㄧㄝˋ, 火無光的款式。

爓 iām, iām, hé ê mn̂g, hé teh toh, hé iām iām, thong iām。
ㄧㄢˋ, ㄧㄢˋ, 火的門, 火哷燒, 火爓爓。通焰。

爋 hùn, ēng hé lâi Pek ta mih ê ì sù。
ㄒㄩㄣ, 用火來焙乾物的意思。

爛 Lān, nōa, tsú kàu sek sek, nōa kô kô, hé jiat, kng bêng, chhàn Lān。Lān bān。hú hōai, kūi
ㄌㄢˋ, ㄋㄨㄚˇ, 煮到熟熟, 爛糊糊。火熱, 光明, 燦爛。爛漫。腐壞, 潰
Lān。Phòa nōa, chhēng Phòa nōa, chhàu nōa, hiú nōa。Lám nōa。
爛。破爛, 穿破爛, 臭爛, 朽爛。襤爛。

爚 iok, hé teh Pe, kng kng, tiān ê kng, kng bêng。iok iok, tsáu ê khoan sit。
ㄩㄝˋ, 火哷飛, 光光, 電的光, 光明。爚爚。走的款式。

爢 bî, sah hō i nōa, chìm kàu iûⁿ。tsàu biat。
ㄇㄧˊ, 煠互它爛, 浸到溶。勦滅。

十八—廿九畫

爟 koàn, kiah hé, Pàng hé, eng hé hiāⁿ tiam hé。koàn hé, hong hé。
ㄍㄨㄢˋ, 擧火, 放火, 用火艾點火。爟火, 烽火。

爉 Liap, sio Lō, sio joah, sió khóa joah ê ì sù
ㄌㄧㄝˋ, 燒烙, 燒熱, 少許熱的意思,

爝 Chiok, hé Pé teh toh, kng bêng, kng, hé, sio, he chek。
ㄐㄩㄝˊ, 火把哷燒, 光明, 光, 火, 燒, 火燭。

爞 thiông, khong hōaⁿ jiat khì, hé ian, iā kap 虫 jī thong。
ㄔㄨㄥˊ, 亢旱的熱氣, 火煙, 也与虫字通。

爨 Chhòan, tsoán, chhe ké ê khì khū, tiaⁿ tsàu, Lâng sìng, tsú mih, hun chhòan。Lâng ê sìⁿ。chian tsoán,
ㄘㄨㄢˋ, ㄗㄨㄢˇ, 炊粿的器具, 鼎灶, 籠甑, 煮物, 分爨。人的姓。煎爨,
Chiū sī tāi seng chian, āu lâi tsú ê ì sù。hun chhòan, hiaⁿ tī Pun ke, tak Lâng ka kī khí tiāⁿ tsau
就是代先煎, 後來煮的意思。分爨, 兄弟分家, 逐人傢己起鼎灶。

爑 Chiau, chiau ê Pun jī, hō hé só siong。
ㄐㄧㄠ, 焦的本字, 互火所傷。

爩 ut, ut ê Pun jī。ut saⁿ ê khì khū, ut táu。tiān ut táu。thong jiat lâi ut saⁿ hō pîⁿ。
ㄨˋ, 熨的本字。熨衫的器具, 熨斗。電熨斗。通熱來熨衫互平。

爪 部 87

【爪】jiáu, jiáuⁿ, Chhiú kha ê Chéng kah, ēng chéng kah Lâi jiàu. khîm siù ê jiáu, Chhiú jiáu. Phaiⁿ Chhiú jiáu,
ㄖ一ㄠˇ, ㄖ一ㄠˇ, 手脚的指甲, 用指甲来抓。禽獸的爪, 手爪, 歹手爪
Jū Lâng ài thau theh Pat Lâng ê mih kiāⁿ. kha jiáuⁿ Chhiú jiáuⁿ eng jiáuⁿ hoe, eng jiáuⁿ thô. hoe miâ.
喻人慣偷提別人的物件。脚爪, 手爪。鷹爪花, 鷹爪桃。花名。

二一五畫

【爬】jiáuⁿ, ㄖ一ㄠˇ; jiáuⁿ súi, chiū sī toh Pīⁿ chhâ khek ê hoe. jiáuⁿ Súi teng, chiū sī thih teng Lâi tèng hit ê hoe.
爬桜, 就是桌邊柴刻的花。爬桜釘, 就是鐵釘, 來釘彼的花。

【爬】Pâ, Pê, Peh, ㄆㄚˊ, ㄆㄝˊ, ㄆㄝㄏ; Chhin chhiūⁿ ku-tsôa. thâng thoa. Gok hî, ēng kha Sang khu tah tōe teh kiâⁿ ê, Pâ thiông
親像龜蛇。虫豸。鱷魚, 用脚身軀貼地咧行的, 爬蟲
Lūi. Pê, Gín á ēng Pê ê. Pià sāi ê ēng Pê ê. Pê Liông tsûn. Pê Chhiuⁿ. Pê chháu.
類。爬, 囝仔用爬的。跛腫的用爬的。爬龍船。爬癢。爬草。
Peh Soaⁿ, Peh Lâu thui, Peh kiā, Peh kôaiⁿ Peh kē.
爬山, 爬樓梯, 爬崎, 爬高 爬低。

【爭】Cheng, chiⁿ, ㄐㄝㄥ, ㄐ一ˊ; ēng nn̄g chhiú thoa khui, cheng khui. Sio Phah, Sio chen. Chiàn cheng. Piān Lūn, cheng Piān.
用兩手拖開, 爭開。相打, 相爭, 戰爭。辯論, 爭辯。
Saⁿ chiⁿ, Saⁿ chiⁿ thàn chîⁿ. hiaⁿ tī á chiⁿ ke hé.
相爭, 相爭趁錢。兄弟仔爭家伙。

【爰】oân, ㄨㄢˊ; in chhōa, Sòa kàu, tī oân, Piàn oāⁿ. Pi ai, Siū khì. àn ni, Só í, oân ín.
引導, 續到, 遲緩, 變換。悲哀, 怒氣。按呢, 所以, 爰引。

七一十四畫

【管】kóan, kńg, kóng, kó, ㄍㄨㄢˇ, ㄍㄥˇ, ㄍㄜˇ; Gak khì ê miâ, koán hiân, chhin chhiū tông siau. tek tsat ê khóan Lāi bī khang khak
樂器的名, 管絃, 親像筒簫。竹節的款, 內面空殼。
tek kńg tek kóng. thih kóng. tsúi kóng. Phīⁿ kóng. Gû kak kóng. bī kńg. hì kńg. nâ âu kńg.
竹管, 竹管。鐵管。水管。鼻管。牛角管。米管。肺管。咽喉管。
ngī kńg nńg kńg. Gû kak kó. Sai kong Pûn Gû kak kó.
硬管, 軟管。牛角管, 師公噴牛角管。

【爲】ûi, ūi, ㄨㄟˊ, ㄨㄟˋ; kâu bú kha chhiú teh tín tāng, chhiūⁿ hêng ê jī. hêng ûi, kiâⁿ tsòe. tsok ûi. ūi jîn,
猴母脚手咧振動, 象形的字。行爲, 行做。作爲。爲人,
tsòe Lâng. ūi hô, Sím mih iân kò. ūi Lâng, thòe Lâng. Chhòng tsō, Pan Lí, khó ûi
做人。爲何, 甚麼緣故。爲人, 替人。創造, 辦理, 可爲。
ūi bô. ūi kok ūi bîn. Put ûi Put Gī. in ūi.
爲謀。爲國爲民。不爲不義。因爲。

補5畫【哥】ko, ㄍㄜ; Siaⁿ im, kap 可 Siong tông. hiaⁿ ko, án ko, a ko.
聲音, 与可相同。兄哥, 阿哥, 阿哥。

【寮】Lek, Lak, ㄌㄝㄎ, ㄌㄚㄎ; ēng tsńg thâu á thèh mih. Lak mī, Lak chhài, Lak mih kiāⁿ chit Lak á. Lām Sám Lak.
用指頭仔提物。寮麵, 寮菜, 寮物件, 一寮仔。濫滲寮。
O Peh Lak. Lak khí Lâi. Lak sái Lak jio.
黑白寮。寮起来。寮屎寮尿。

【爪蚤】jiáu, So, ㄖ一ㄠˇ, ㄕㄜ; tsńg thâu á bé ê kah, tsńg kah, chhiú tsńg kah, kha tsńg kah. So, chhiú bong, So chhiú.
指頭仔尾的甲, 指甲, 手指甲, 脚指甲。搔, 手摸, 搔手。
So hún. So îu. So îⁿ á, so îⁿ á thng. So îⁿ tíⁿ pîⁿ.
搔粉。搔油。搔圓仔, 搔圓仔湯。搔圓掟扁。

【爵】Chiok, ㄐㄩㄝˊ; Chè Lé ê Chiú Poe. hong jîn Sin ê koaⁿ chiok, koaⁿ chit. Chiok ūi. Chiok Lo̍k. Chiok Sū.
祭礼的酒杯。封人臣的官爵, 官職。爵位。爵祿。爵士。

補4畫【爪亢】khàng, ㄎㄤˋ; khàng Phīⁿ sái, khàng hīⁿ sái, khàng Liap á Phí. ēng tsńg kah Lâi ó ê ì sù.
爪亢鼻屎, 爪亢耳屎, 爪亢疕仔疕。用指甲來挖的意思。 造字

父 部 88

【父】hú, hū, Pē, ㄈㄨˇ, ㄈㄨˋ, ㄅㄝ; tōa tōa, ta Po Lâng, hó ê chheng ho, khóng tsú ê chheng ho, nî hú. kóan tiōng,
大大, 唐夫人。好的稱呼, 孔子的稱呼, 尼父。管仲,
kiò tiōng hū. khí thâu, ke tiúⁿ, hoat tō, sī tōa. Lāu tōa Lâng ê chheng ho. hū bó,
叫仲父。起頭, 家長, 法度, 是大, 老大人的稱呼。父母,
Siⁿ Góa ê Lâng. hū Lō, hū heng. hū tsú. Lāu Pē, niû Pē, iúⁿ Pē, kheh Pē, Siⁿ Pē.
生我的人。父老。父兄。父子。老父, 娘父, 養父, 契父, 生父。

【爸】Pà, Pó, Pah, ㄅㄚˋ, ㄅㄛˊ, ㄅㄚㄏ; Lāu Pē ê chheng ho. a Pah, a Pa, a Pâ.
老父的稱呼。阿爸, 阿爸, 阿爸。

爹 tia, ㄉㄧㄚ; Lāu Pē, sī tōa ê chheng hō, a tia. Ló tia.
老爹，是大的稱呼，阿爹。老爹。

爺 iâ, ㄧㄚˊ; Lāu Pē, sī tōa ê chheng hō. iâ niû. a iâ. Lāu iâ. Ong iâ.
老父，是大的稱呼，爺娘。阿爺。老爺。王爺。

爻 部 89

爻 hāu, ngâu, ㄏㄧㄠˊ, ㄧㄠˊ; chhin chhiūⁿ, thàn iūⁿ, kong hāu. Saⁿ kau, chham chhap. Pat kòa ê miâ, Li̍ok ngâu.
親像，趁樣，功効。相交，參雜。八卦的名，六爻。

五一十畫

俎 tsó, ㄗㄨˇ; Saⁿ kha ê Pôaⁿ tóe Seng Lé, teh chè hiàn ê mih, tiān chiú ê chiú Pân.
三腳的盤貯牲禮，啲祭獻的物，奠酒的酒瓶。

爽 Sóng, Sńg, ㄕㄨㄤˇ, ㄕㄤˇ; Sit Lo̍h, Cheng chha, sóng sit. Chhò, kè sit, Sóng io̍k. su hok, sóng khoài. Chheng sóng
失落，精差，爽失。錯，過失，爽約。舒服，爽快。清爽
Sóng jiân jio̍k. Sóng lóng. hô sóng. khin sńg, chiū sī oa̍h tāng khin Phiò ê ì sù. bô sim mih.
爽然若失。爽朗。豪爽。輕爽，就是活動輕飄的意思。無甚麼。

塽 Sóng, Sńg, ㄕㄨㄤˇ, ㄕㄤˇ; kap téng bīn jī Sio Siāng. khin sang ê ì sù, bián siàⁿ chhut la̍t chiok khin sńg ê.
與頂面字相同。輕鬆的意思，免甚出力足輕爽的。

爾 jíⁿ, jú, ní, Lí, ㄖˇ, ㄖㄨˇ, ㄋㄧˇ, ㄌㄧˇ; chit jī Pí kàu khah tī sú iōng bûn Gân sî. sī ní. Lí ê ì sù.
這字比較較佇使用文言時：是你。你的意思。
Lín, ㄌㄧㄣˇ; ní téng, ní jú. tsō Gú sû ê jī, án ni, kó jíⁿ. jíⁿ jíⁿ, jû chhú jû chhú.
爾等，爾汝。助語詞的字，按呢，果爾。爾爾，如此如此。
jú kim, chhú āu. jú Lâi, tsòe kin. jú sî. hit sî. jú tsô, Lín. jú û. kî tha.
爾今，此後。爾來，最近。爾時，彼時。爾曹，您。爾餘，其他。
Lín, Góan. Lín chhù, Góan chhù.
爾，阮。爾厝，阮厝。

爿 部 90

爿 Chiông, ㄐㄧㄤˊ; Phòa tsòe Pêng ê chhâ. thang ioá ê ì sù. tsó Pêng ê Pòaⁿ Phìⁿ.
剖做平的柴。可依倚的意思。左平的半片。

二一六畫

戕 Chiong, Chiòng, chhiong, chiàng, ㄐㄧㄤ, ㄐㄧㄤˋ, ㄑㄧㄤ, ㄐㄧㄤˋ; kap 將 Siāng khóan. Chiong. Chhiong, Pang tsān, hû chhî, Pin thâu;
與將同款。戕。戕，幫贊，扶持，偏頭；
hók sāi. teh beh ê ì sù. Siaⁿ im. Giâm Chèng. tsū chip. iōng tsòng. eng hiông. Lī hāi.
服事。啲乜的意思。聲音。嚴正。聚集。勇壯。英雄。利害。
Chiòng. Chiàng, thâu Lâng, Chiòng Síu. chiòng sòe. tāi chiòng. chiàng iâ. Lāu chiàng. tāi chiàng
將。將，頭人，將首。將帥。大將。將爺。老將。大將

牀 Chhông, chhn̂g, ㄔㄨㄤˊ, ㄔㄤˊ; hioh khùn ê khì khū, bîn chhn̂g. chhn̂g Phō. mn̂g chhn̂g. Phòng chhn̂g. khòng chhn̂g. hô chhn̂g.
歇睏的器具，眠牀。牀鋪。眠牀。膨牀。礦牀。河牀。

㽵 Chiong, Chiúⁿ, ㄐㄧㄤ, ㄐㄧㄡˇ; kap 將 Siāng khóan. Chhiáⁿ chham khó tsúi Pō 11 uē.
與將同款。請參考水部十一畫。

牁 Sek, ㄒㄧˋ; hun khui. hun Pia̍t, khui thiah. hun Sek. Sek ku, Lī Sek. Phòa chhâ.
分開。分別，開拆。分析，析居，離析。剖柴。

牁 ko, ㄎㄜ; Pa̍k tsûn. kó tsá kūn miâ. tsong ko kūn. kang miâ, tsong ko kang.
縛船。古早郡名，牂牁郡。江名，牂牁江。

牀 tiāu, thiāu, ㄉㄧㄠˋ, ㄊㄧㄠˋ; chhn̂g Pán. bîn chhn̂g Pang ê ì sù.
牀板，眠牀板的意思。

牂 tsong, ㄗㄤ; iûⁿ káng, á sī iûⁿ bú. hàn tiâu khui khoah ê so tsāi. tsong ko kūn.
羊公，或是羊母。漢朝開闊的所在。牂牁郡。

九一十三畫

牒 tia̍p, ㄉㄧㄝˊ; chhâ Pán, chheh Pán, bûn Sū, Phoe tsat, tsok Phó. bûn Pîn. Sio kò ê siaⁿ.
柴板，冊板，文書，批札，族譜，文憑。相告的聲。

牄 Chhiong, ㄑㄧㄤ; Chiáu Siù teh chia̍h mih ê siaⁿ.
鳥獸啲食物的聲。

牗 Sam, ㄙㄢ; Sam Pan khiah, Chiū sī siaⁿ chhiûⁿ ê siaⁿ tó chhí, á sī khang khiah.
牗墻隙，就是城牆的城倒拆，或是空隙。

造字 牆城牆，的一部份。借爿成字。

牆 Chhiông, Chhiûⁿ ㄑㄧㄤˊ，ㄎㄧㄨˊ； chhin chhiûⁿ Lî Pa ê khoán sit, chhiûⁿ, chhiûⁿ Lō, chhiûⁿ Piah. Siâⁿ chhiûⁿ, ûi chhiûⁿ, thang chhiûⁿ 親像籬笆的款式，牆，牆路，牆壁。城牆，圍牆，桶牆。

牆 Liâm, ㄌㄧㄢˊ， Chhù ê chhù téng ê kîⁿ, nî chîⁿ 厝的厝頂的墘，簾簷。

片 部 91

片 Phiàn, Phìⁿ, Phíⁿ ㄆㄧㄢˋ，ㄆㄧˋ，ㄆㄧˊ； Phòa Pêng ê chhâ, Phòa khui. chit Pòaⁿ, Póh Póh, Phiàn Pêng, chit Phìⁿ, Phiàn toaⁿ 剖平的柴，剖開。一半，薄薄，片平，一片，片箋。 chit Phìⁿ á, hia Phìⁿ, oê Phìⁿ, chit Phìⁿ oê, hia Phìⁿ á chhù. chit Phíⁿ á, Siāng khoán. 一片仔，瓦片，鞋片，一片鞋。瓦片仔厝。一片仔，同款。

四一八畫

版 Pán ㄅㄢˇ； Phòa khui, Póh ê Pang. ìn chhè teh ēng ê mih, iân Pán, oah Pán, bák Pán, chióh Pán 剖開，薄的板。印刷的用的物，鉛版，活版，木版，石版。 Pán Pún. Pan ūi. chhut Pán. Pán tô. Pán koân. Pán Sòe. 版本。版畫。出版。版圖。版權。版稅。

牉 Phoàn, ㄆㄨㄢˋ， chit Pòaⁿ, Pòaⁿ hūn, tùi Pòaⁿ. ang bó saⁿ Phòe háp 一半，半份，對半。尪媒相配合。

牊 Chiat ㄐㄧㄝˊ， Pun khui, chhiat tn̄g ê ì sù 分開，切斷的意思。

牋 Chhek, thek, ㄔㄜˋ，ㄊㄜˋ， Puh chhut chhin chhiūⁿ ín. Piak khui, Pit Lih. 突出親像芽。爆開，𪸩裂。

牏 ian, ㄧㄢ， tsúi tn̂g ê Só tsāi, Siang Pêng Piⁿ ū hōaⁿ. tsúi chhim, chhim hái, chhim ian. kap 淵 Siāng khoán 水轉的所在，双平邊有岸。水深，深海，深淵。与淵同款。

牌 Pâi ㄆㄞˊ， chhâ Pán Sià jī. mn̂g Pâi, chiau Pâi. jia tsah ê mih, chhâ Pâi, Phín Pâi, hun Pâi, chiú Pâi 柴板寫字。門牌，招牌。遮截的物，柴牌。品牌。煙牌。酒牌。

牑 iám ㄧㄢˇ， Chhù iám, chhù ê nî chîⁿ 厝牑，厝的簾簷。

九·十畫

牕 Chhong, ㄔㄨㄤ， kap 与窗·窻·窓·牕 Siāng khóan 同款。tòa tī chhù Lāi. thàu khang. thang á 住佇厝內。透孔。窗仔。

牐 Siap, tiap, ㄒㄧㄚˊ，ㄉㄧㄚˊ， koaiⁿ Siâⁿ mn̂g ê ì sù. ēng mih Lâi jia teh. ēng Pang Lâi khàm teh. 關城門的意思。用物來遮啲。用板來蓋啲。

牒 tiáp ㄉㄧㄝˊ， chiū sī bîn chhn̂g Pán, bîn chhn̂g Pang ê ì sù 就是眠牀板，眠牀板的意思。

牏 jū, tù, tsù, ㄖㄨˊ，ㄉㄡˋ，ㄖㄨˋ， chiū sī khí chhiūⁿ tóe Pang. chhè tī chhek tù. 就是起牆的短板。廁池，廁牏。

牓 Póng, Pông ㄅㄤˇ，ㄆㄤˊ， Pâi, kòa Pâi. chhâ ê Pâi. kòa Pâi Pián. Póng Sù, tōa jī hoaiⁿ Sià ê Pián Gek. 牌，掛牌。柴的牌。掛牌匾。牓書，大字橫寫的匾額。 Pông, oê ê iūⁿ. oê ê bó. iūⁿ. oê iūⁿ. tsòe oê bó. oê Pông 牓，鞋的樣。鞋的模。樣。鞋樣。做鞋模。鞋牓。

十一一十五畫

牕 Chhong, thang ㄔㄨㄤ，ㄊㄤ， kap 与窗·窻·窓·牕 Siāng khóan 同款。

牖 iú, ㄧㄡˇ， chhù khui thang kìⁿ jit, chit sìⁿ ê thang, thang á mn̂g. n̄. tùi hiòng, kà sī, ín chhōa, khui bêng 厝開窗見日，一扇的窗，窗仔門。向，對向，教示，引導，開明。

牘 Chhiâm, Siâm, ㄔㄧㄢˊ，ㄒㄧㄢˊ， chiū sī chhù ê nî chîⁿ 就是厝的簾簷。

牚 thái, ㄊㄞˊ， Gô kok Lâng kóng Phòa chhâ Liah Pêng ê ì sù. 吳國人講剖柴剩平的意思。

牘 tók, ㄉㄨˊ， Chhâ Pán, chheh Pan, bûn Su, Phoe tsat, Sio kò ê tiâⁿ. chhek tók. Gak khì ê miâ, Chiong tók. 柴版，冊版，文書，批札，相告的呈。尺牘。樂器的名，舂牘。

牋 chian, ㄐㄧㄢ， Sià jī ê tsóa. chian tsóa. kap 箋 jī Sio Siāng ì sù 寫字的紙。牋紙。與箋字相同意思。

牙 部 92

【牙】Gâ, Gê, Gêng, hâ, ㄫㄚ, ㄫㆤ, ㄫㆤㄥ, ㄏㄚ,
chhùi khí hoat chhut, hoat Gê, Gê khí。chhùi Pîⁿ thóng chhut ê khí, chhòan Gê。
嘴齒發出，發牙，牙齒。嘴邊坮出的齒，竄牙。
Gê tsô。kā mih ê khí koan。Gâ Gâ hák Gú, Géng á ōh kong oē。Lâng ê mîa, khiong tsú G[illegible]
牙槽。嚙物的器官。牙牙學語，囝仔學講話。人的名，姜子牙。
chhiūⁿ Gê, Gêng chio, ké chí ê mîa。hâ Lan chiū sī Gîa Lan ê ì sù。
象牙，牙蕉，菓子的名。牙蘭就是牙蘭的意思。

註：甘為霖牧師所著廈門音新字典，牙蘭一語，讀 hâ Lan, Gîa Lan，語意不詳。[illegible]賴深研者繼續探究，是所企盼也。

【犽】Gâ, ㄫㄚ,
Gô kok Lâng chheng ho Sòe kiaⁿ jī。kiò Gín á ê siaⁿ。
吳國人稱呼小子的字。叫囝仔的聲。

【牚】theng, thèng, ㄊㆤㄥ, ㄊㆤㄥ,
jī bú, Siok jī sī 撐 jī。tú mih ê thiāu。tú khui ê koaiⁿ。thìⁿ koâiⁿ, thìⁿ tiàu。
字母，俗字是撐字。拄物的柱。拄開的杆。撐高，撐跳。
hiān kim ê ūn tōng, theng kan thiàu。theng io。thèng thian tú tōe。
現今的運動，撐竿跳。撐腰。撐天拄地。

牛牛部 93

【牛】Gîu, Gû, ㄫ一ㄨ, ㄫㄨ,
Cheng Siⁿ ê mîa, tsáp jī Siⁿ Siùⁿ ê chit hāng, Gû。ū kak, ū Lát, Pang tsān Lâng k[illegible] tiân,
精牲的名，十二生相的一項，牛。有角，有力，幫助人耕[illegible]，
thoa chhia。chhiah Gû, tsúi Gû, Sai Gû。Gû Lin。Gû iû。Gû hông。Gû Phê。Gû Ch[illegible]。
拖車。赤牛，水牛，犀牛。牛乳。牛油。牛黃。牛皮。牛車[illegible]。
ióh mîa, Gîu hông, Gîu Chhek。Lâng ê sìⁿ Gîu。Phì Siùⁿ Lâng ê oē。Gû thâu Liók tsu[illegible]
藥名，牛黃，牛七。人的姓牛。譬相人的話，牛頭六卒

【牜】Gîu, Gû, ㄫ一ㄨ, ㄫㄨ,
jī bú。kap téng bīn jī Sio Siāng。Gû jī Peng。
字母。与頂面字相同。牛字平。

二·三 畫

【牟】bô, ㄅㄛ,
tóe Gō kak ê khì khū。tīaⁿ Sioh。Gû háu ê Siaⁿ。kè thâu, bô chhú。têng Pē。
貯五穀的器具。愛惜。牛哮的聲。過頭，牟取。重倍。

【牝】Pín, Pīn, ㄅ一ㄣ, ㄅ一ㄣ,
bú ê khîm Siù, bú ê Liók tiok。Soaⁿ kok。
母的禽獸，母的六畜。山谷。

【牣】jīm, ㄖ一ㄇ,
móaⁿ móaⁿ, tsát tsát。kian tēng。ke thīⁿ。ek chhut。jīm Sài, jīm Sit。
滿滿，實實。堅定。加添。溢出。牣塞，牣實。

【牢】Lô, ㄌㄛ,
koaiⁿ chhī Cheng Siⁿ ê só tsāi, nôa tsâh Gû bé iû ê tiâu, bong iūⁿ Pó Lô。thài Lô, Siàu Lô,
關飼精牲的所在，欄截牛馬羊的寮，亡羊補牢。太牢，少牢，
chè khóng tsú ê Seng Lé。kàm Gák, kaⁿ Lô。kian kò, Lô kò。
祭孔子的牲禮。監獄，監牢。堅固，牢固。

【牡】bó, bú, ㄅㄛ, ㄅㄨ,
mn̂g chhoàⁿ ê tauh á。khîm Siù ê kang ê, bó Gû, bó koe。bó bé。hoe mîa bó tan。
門閂的鐺仔。禽獸的公的，牡牛，牡雞。牡馬。花名牡丹。
bó Lē, ô á。kang bú, kang bó, chit hō Phāⁿ ê chhiū, oē kek tit kiⁿ。
牡蠣，蠔仔。梇牡，梇牡，一号粃的樹，能氣得鹼。

【犰】khò, ㄎㄛ,
Gû ê mîa, Gû káng, tsúi Gû ê ì sù。
牛的名，牛犺，水牛的意思。

四 畫

【牧】bók, ㄅㄛㄎ,
chhī Cheng Siⁿ, kò Gû iûⁿ ê Lâng, bók tiûⁿ, bók chiáh, nîu chháu, bók chháu。tī Lí,
飼精牲，顧牛羊的人，牧場，牧者，糧草，牧草。治理，
koán Lí, kàu hòa, bók bîn, bók ióng, bók su。
管理，教化，牧民，牧養，牧師。

【牦】mô, ㄇㄛ,
Gû ê mîa, iá Gû, mn̂g chhap tsáp Péh Sek。
牛的名，野牛，毛囃雜白色。

【犻】Pòe, ㄅㄨㆤ,
n̄ng nî ê Gû。Gû Sin thé tn̂g tn̂g。Gû kha tn̂g tōa。
兩年的牛。牛身体長長。牛腳長大。

【物】bút, mih, ㄅㄨㄊ, ㄇ一ㄏ,
hoān Só ū ê, tāi chì, Sū bút。bān bút, jîn bút, tsâi bút。bút Phín。bút Sek。
凡所有的，事誌，事物。萬物，人物，財物。物品。物色。
mngh, ㄇㄏ,
mih kiāⁿ, bān mih, Pah hāng mih, m̄ chiâⁿ mih, mih Phòe, mih chiah。mngh kiāⁿ, bān mngh。
物件，萬物，百項物。毋成物，物配，物食。物件。萬物。

牨 kāng, ㄍㄤ; Chiū sī tsúi Gû ê ì sù。 就是水牛的意思。 tsúi Gû kāng 水牛牨

五畫

㹧 hó, hō, kó; ㄏㄛˊ, ㄏㄛˋ, ㄍㄛˊ; Gû teh háu ê siaⁿ, kho Gû á kiáⁿ ê siaⁿ。 牛的哮的聲，呼牛仔子的聲。

牯 kó, ㄍㄜˇ; tōa chiah Gû, Gû bó。iam Liáu ê Gû。tōa Gû kó。 大隻牛，牛母。閹了的牛。大牛牯。

牲 Seng, Sin, ㄕㄥ, ㄒㄧ; Lio̍k thiok, Cheng siⁿ。má Gû iông, koe khián sí。Sam Seng, ti, Gû, iûⁿ。Seng Lé。 六畜，精牲。馬牛羊，雞犬豕。三牲，豬，牛，羊。牲禮。
thiok Siⁿ, Cheng siⁿ。hī Seng, Chè hiàn ê Cheng Siⁿ。Pàng Sak ka kī, Lī ek Pat Lâng。 畜生，精牲。犧牲，祭獻的精牲。放捒傢已，利益別人。

牴 te, tí, ㄉㄝ, ㄉㄧ; tak tn̍h, kak kap kak Sio tōng。tí chhiok。chêng āu mâu tún。kóng tāi khài, tāi tí。 觸着。角与角相撞。牴觸。前後矛盾。講大概，大牴。
Siù ê Sèng tiong tit。Chhiong hoān, tí tng, tam tng。tí ngō。 獸的性忠直。衝犯，牴當，担當。牴牾。

牮 Chiàn, ㄐㄧㄢ; thuh chhù hō i Chiàⁿ。Chiàn ok。tsúi tsah, á sī tsúi kau。 托厝予它正。牮屋。水截，或是水溝。

牥 Phi, ㄆㄧ; Sái Gû á sī hiàm Gû ê siaⁿ。 使牛或是喊牛的聲。

補 **牠** tô, thaⁿ, i, ㄊㄛ, ㄊㄚ, ㄧ; thong siông sī chí Lâng í Góa ê oah mih, ná chhin chhiūⁿ i sī Gû, i sī káu。 通常是指人以外的活物。如親像牠是牛，牠是狗。

六畫

㹩 hó, hō, ㄏㄛˊ, ㄏㄛˋ; kap 狗 Siāng khoán。 与狗同款。

桊 kòan, ㄍㄨㄢ; Gû Phīⁿ ê chhā khoân。Gû Phī ê Soh。 牛鼻的柴環。牛鼻的索。

特 te̍k, tiāu, ㄊㄜˋ, ㄉㄧㄠ; Gû kang, bé kang, Saⁿ hī ê Cheng Siⁿ。Chit Chiah, ko toaⁿ, to̍k to̍k。to̍k te̍k。 牛公，馬公，三年的精牲。一隻，孤單，獨獨。獨特。
te̍k Li̍p。te̍k Pia̍t, te̍k sek, te̍k tiám。tiāu kò ì, tiāu tî, tiāu kang, tiāu kang lâi 特立。特別，特色，特點。特故意，特持，特工，特工來。

牷 Chhoan, tsôan, ㄑㄩㄢ, ㄗㄨㄢ; Seng khu chiâu tsn̂g, Gû Sek tī Sun tsôan bô hà hûn。Seng tsôan 身軀齊全，牛色緻純全無瑕痕。牲牷。

牸 jū, ㄖㄨ; Chiū sī Gû bú ê ì sù。 就是牛毋的意思。

七畫

牼 keng, kheng, ㄍㄥ, ㄎㄥ; Gû kha thâu u ē ê kut。kó tsá Lâng ê mîa, Song kheng 牛脚頭骨下的骨。古早人的名，宋牼

牽 khian, khan, ㄑㄧㄢ, ㄎㄢ; ín chìn Chêng。bán, Sio Liân, khan Liân。Pek sok, khan thoa。Kíu tîn, khian Chè。 引進前。挽，相連，牽連。迫速，牽拖。糾纏，牽制。
kòa Liām, khian kòa。Liân Lūi, khian Lūi。khan chhiú chit sè Lâng, khan Gû kàu Pak kiaⁿ。 掛念，牽掛。連累，牽累。牽手過一世人。牽牛到北京。

牿 kiàu, khok, ㄍㄧㄠ, ㄎㄛ; Chiū sī Gû bé ê tiâu, Chiū sī Pak Gû bé ê só tsāi。hōa tsáh。khok Lô。 就是牛馬的寮，就是縛牛馬的所在。欄截。牿牢。

犁 Lê, Lôe, ㄌㄧ, ㄌㄛㄝ; tsoh chhân ê khì khū。Lê Pê。Lôe chhân。kiat Liân, Lê kiat。tsáp sek Gû, Lôe Gû。 作田的器具。犁耙。犁田。結連，犁結。雜色牛，犁牛。
Lôe thâu, Lôe thâu siⁿ。Sái Lê á koa, tâi oân ê bûn hòa tsoeh kùi teh êng ê Piàu ián。 犁頭，犁頭銑。駛犁仔歌，台灣的文化節季咧用的表演。

㹫 Sa, ㄕㄚ; Chiū sī Gû ê mîa。 就是牛的名。

犀 se, Sai, ㄕㄝ, ㄙㄞ; tōa chiah ê iá Siù mîa, Chhin chhiūⁿ Gû, se Gû, Sai Gû, Phī thâu hoat kak。 大隻的野獸名，親像牛，犀牛，犀牛，鼻頭發角。
ū hé sai, tsúi Sai, sai kak thang hô ioh。Sai Gû Phê thang tsòe Chiàn kah。Sai Lī, Lī hāi 有火犀，水犀，犀角可和藥。犀牛皮可做戰甲。犀利，利害。

犎 hong, ㄈㄥ; Gû, iá Gû, Soaⁿ Gû。bô koaiⁿ ê Gû。 牛，野牛，山牛。無關的牛。

牻 bâng, ㄇㄤ; hoe tiám ê Gû, u chit tiám chit tiám ê o kap Pe̍h ê mn̂g。 花點的牛，有一點一點的黑与白的毛。

犋 Pòe, nn̄g nî ê Gû. Gû sin thé tn̂g tn̂g. Gû kha tn̂g tōa.
ㄅㄟˋ, 兩年的牛。牛身体長長。牛脚長大。

牾 ngô, ngō, Siù ê mîa, tī ngô sio tak, Chhò Gō ê ì sù. Pōe bīu ê ì sù, ngô Gek.
ㄨˊ, ㄨˇ, 獸的名。抵牾，相觸。錯誤的意思。悖謬的意思，牾逆。

八畫

犄 ì, khi, Gû ê mîa, ióng, tn̂g, oá, Síuⁿ sù. khi kak, Siù Lūi tut chhut ê kak.
一，ㄎ一，牛的名，勇，長，倚，賞賜。犄角，獸類突出的角。

犅 kong, Gû káng. Phit Phòe. chhiah Gû.
ㄍㄤ，牛犅，匹配。赤牛。

掔 kiān, khiān, Gû Sio tak m̄ hō Lâng khan. tōa ê khóan sit.
ㄑ一ㄢ，ㄎ一ㄢ，牛相觸毋互人牽。大的款式。

犇 Phun, Gû kiaⁿ, tsáu, koaⁿ kín tsáu, Phun chhut, Phun Pho. kap 奔 Sio Siāng.
ㄆㄨㄣ，牛驚，走，趕緊走，犇出，犇波。与奔相同。

犉 Sûn, Gû n̂g sek, Chhùi tûn o͘. chhit chhioh koâiⁿ ê Gû.
ㄕㄨㄣ，牛黃色，嘴唇黑。七尺高的牛。

犂 Lê, Lôe, kap 犁 Sio Siāng, Chhiaⁿ khòaⁿ 7 ūi.
ㄌ一ˊ，ㄌㄨㄝ，与犁相同，請看七畫。

犆 tek, chit ê, tók tók, ko͘ toaⁿ ê ì sù. in ūi.
ㄉㄜˊ，一個，獨獨，孤單的意思。因為。

犄 Cheng, thiok Seng, cheng siⁿ. Chiáu Siù ê Lūi.
ㄐㄧㄥ，畜生，精牲。鳥獸的類。

造字 牛借青的偏音成字。

九・十畫

犎 hong, Gû, iá Gû, soaⁿ Gû, bô iam ê Gû.
ㄈㄥ，牛，野牛，山牛，無閹的牛。

犍 kian, kiān, ióng ê Gû. Siù Chhin Chhiūⁿ Pà, Lâng thâu Gû hī Chit bák kianuî koâiⁿ tī Sù Chhoan Séng.
ㄐ一ㄢ，ㄐ一ㄢ，勇的牛。獸親像豹，人頭牛耳一目。犍為縣佇四川省。

犏 Phian, nn̄g khóan ê Gû saⁿ kau só sin Gû Kiaⁿ ê mîaⁿ.
ㄆ一ㄢ，兩款的牛相交所生牛子的名。

犔 hì, Gû bô chháu thang chiáh. Gû Phòa Pīⁿ.
ㄒ一，牛無草可食。牛破病。

犒 khò, thâi cheng siⁿ chhiaⁿ Peng, khò Sióng Sam kun. khò chiòng. ēng chîⁿ mih síuⁿ sù iú kong ê Lâng.
ㄎㄠˋ，殺精牲請兵，犒賞三軍。犒將。用錢物賞賜有功的人。

犗 kài, Gû béng, hoān nā ióng ê cheng siⁿ ê tsóng Chheng hō.
ㄍㄞˋ，牛猛，凡若勇的精牲的總稱呼。

犖 Lók, Pak Gû, ū tsap sek ê mn̂g, Gû ê Lūi. tok Lók, khah iâⁿ Lâng.
ㄌㄨㄛˋ，駁牛，有雜色的毛，牛的類。卓犖，較贏人。

犉 Chîn, tsá, Chheng kok Pak Pêng ê Lâng ēng chit jī tsòe Gû ê mîa.
ㄐ一ㄣ，昔，清國北平的人用這字做牛的名。

十一一十二畫

犍 Sán, Cheng Siⁿ, Gû Seng San ê Siaⁿ.
ㄕㄢ，精牲，牛生產的聲。

犛 Lî, Siù chhin chhiūⁿ Gû, tsóng sī bé tn̂g. Gû tn̂g mn̂g, Gû o͘ sek. Lî Gû.
ㄌ一ˊ，獸親像牛，總是尾長。牛長毛，牛黑色。犛牛。

犘 mô, Gû ê mîa, Gû tāng chit chheng kun ê ì sù.
ㄇㄛˊ，牛的名，牛重一千斤的意思。

犝 tông, bô kak ê Gû, Gû ê mîa, tông Gû.
ㄊㄨㄥˊ，無角的牛，牛的名，犝牛。

撓 Giâu, Lâu, Siù ê mîa, tiō Gûi Lâng kóng Gû bé thiàu iok ì sù.
ㄫ一ㄠ，ㄌㄠ，獸的名。趙魏人講牛馬跳躍的意思。

十三一十六畫

犦 hoān, Chiū sī ham bān ê ì sù. bô Lō͘ ēng ê ì sù.
ㄏㄨㄢ，就是憨慢的意思。無路用的意思。

犢 tók, Chiū sī sòe chiah Gû á, Gû á kiaⁿ.
ㄉㄨˊ，就是小隻牛仔，牛仔子。

犨 Siû, ㄒㄧㄡ; Gû teh chhoán khùi ê siaⁿ, Gû ê miâ, Lâng ê sìⁿ.
牛喘氣的聲，牛的名，人的姓。

犧 hi, ㄒㄧ; tsong biō ê Seng Lé. hiàn chè ê Cheng Siⁿ Sek tī Sûn Sûn. hi Seng Pàng sak ka kī Lī ek Pat Lâng.
宗廟的牲禮。獻祭的牲牲，色緻純純。犧牲，放捒家己利益別人。

犪 jiâu, ㄖㄠˊ; Gû un jîu, kín sīn. thàn, an ún, koai khá.
牛溫柔，謹慎。趁，安穩，乖巧。

犬犭部 94

犬 khián, káu, ㄑㄩㄢˇ,ㄍㄡˇ; tōa chiah ê káu. tsū khiam chheng hō ka kī ê Kiáⁿ, Sió khián. tsū khiam ê oē, khián má chi Lô.
大隻的狗。自謙稱呼家己的子，小犬。自謙的話，犬馬之勞。
tsap jī siⁿ siùⁿ ê chit hāng, khín, iā chiū sī káu, káu. kā Lâng kò mn̂g ê káu. káu bó, káu kang.
十二生相的一項，犬，也就是犬，狗。給人顧門的犬。犬母，犬公。

犭 khián, káu, ㄑㄩㄢˇ,ㄍㄡˇ; kap téng bīn jī Siāng khoán. Sī jī bú.
與頂面字同款。是字母。

二·三畫

犯 hoān, ㄈㄢˋ; Chhiong tio̍h, Gāi tio̍h, Chhiong hoān. chiàm koân, Chhim chiàm, hoān tio̍h, hoān hoat, hoān tsōe.
沖着，碍着，沖犯。占權，侵占，犯着，犯法，犯罪。
hoān Lâng. Chhim hoān. hoān kui. hoān kìm. hoān àn. hoān Lān.
犯人。侵犯。犯規。犯禁。犯案。犯難。

犲 chhâi, ㄔㄞˊ; Chhâi Lông, Soaⁿ káu ê Lūi Pháiⁿ. kap Chhâi Siong tông. Soaⁿ ê miâ, Chhâi Soaⁿ
犲狼，山狗的類。惡。与豺相同。山的名，犲山

犴 Gān, hān, ㄢˋ,ㄏㄢˋ; Sòe chiah káu, Chhùi o. Chhin chhiūⁿ hô lî. kaⁿ Lô, Lô Ga̍k, Ga̍k hān.
小隻狗，嘴黑親像狐狸。監牢，牢獄，獄犴。

犵 Git, khiat, ㄍㄜ,ㄑㄧㄝ; kùi chiu séng, hoan ê miâ, Git Ló.
貴州省，蕃的名，犵狫。

四畫

狀 tsōng, chiōng, tsn̄g, ㄓㄨㄤˋ; hêng siōng thang khòaⁿ, hêng tsōng. chêng hêng, tsōng hong. tîn bêng, sò tsn̄g.
形像可看，形狀。情形，狀況。陳明，訴狀。
Chèng Su, Chèng tsn̄g. tsn̄g tsóa. kò tsn̄g, siá tsn̄g, ji̍p tsn̄g. kiat tsn̄g. Chiōng Goân, koaⁿ chit ê miâ.
證書，證狀。狀紙。告狀，寫狀，入狀，結狀。狀元，官職的名。

犼 hó, háu, ㄏㄡˇ; Pak hng ê iá Siù, chhin chhiūⁿ káu, oē chia̍h Lâng. Sèng hiong béng. háu kiò. béng háu.
北方的野獸，親像狗，能食人。性兇猛。犼叫。猛犼。

狂 kông, ㄎㄨㄤˊ; Phòa Pīⁿ Sim Loān. chhiⁿ kông, jia̍t kông, Chhiong kông. kông hong Pō ú. hong kông.
破病心亂。生狂，熱狂，衝狂。狂風暴雨。瘋狂。

狃 Liú, ㄋㄧㄡˇ; kiau ngō. káu ê sèng. àu bīn. ha̍k si̍p. Si̍p koàn khì, Liú si̍p.
驕傲。狗的性。歐面。學習。習慣去，狃習。

狄 te̍k, ㄉㄧˊ; Pak Sì ê hoan, hoan. Ga̍k Pō ê Lī iàh, tsá tiāu Lāi chhe ēng ê, Pi chiān.
北勢的蕃，蕃。樂部的吏役，昔朝內差用的，卑賤。

狁 ún, ㄩㄣˇ; Chiū sī hiong Lô ê Pa̍t miâ. hoan ê hō. hiám ún.
就是匈奴的別名。蕃的號。玁狁。

犺 khòng, ㄎㄤˋ; iōng kiàn ê káu, bêng bô beh hō Lâng khan. Siù ê miâ, khòng Lông.
勇健的狗，猛無乜予人牽。獸的名，犺狼。

豜 Giân, Giān, ㄧㄢˊ; Pak Pêng ê só tsāi ê iá káu, Chhin chhiūⁿ hô lî, tsóng sī khah sòe. tio̍k hó khián.
北平的所在的野狗，親像狐狸，總是較少。逐虎犬。

五畫

狒 hùi, ㄈㄟˋ; kî koài ê iá siù, chhin chhiūⁿ Lâng, kín tsáu oē chia̍h Lâng, kìⁿ Lâng chiū chhiò. hùi hùi.
奇怪的野獸，親像人，緊走能食人，見人就笑。狒狒。

狎 a̍p, ㄒㄧㄚˊ; ha̍k si̍p, koàn sì. Chhin kūn. a̍p kūn. a̍p kì. a̍p kheh. hut Lio̍k. a̍p Siat.
學習，慣勢。親近。狎近。狎妓。狎客。忽略。狎褻。

狐 hô, ㄏㄨˊ; iau koài ê iá siù, chhin chhiūⁿ soaⁿ káu. sèng káu kut. hô Gî, Gâu Giâu Gî. hô Lî.
妖怪的野獸，親像山狗。性狡猾。狐疑，勢撓疑。狐狸。

狗 kó, káu, ㄍㄡˇ; Cheng siⁿ ê miâ, káu, tsap jī siⁿ siùⁿ, Pâi 11. káu thâu kun su. ham káu.
牲牲的名，狗。十二生相，排十一。狗頭軍師。膨狗。
La̍h káu. káu bú tsōa, káu bú so. káu bé chháu. tsáu káu. thian káu.
獵狗。狗母蛇，狗母鮻。狗尾草。走狗。天狗。

狊 kek, khek, ㄍㄜˊ,ㄎㄜˊ; káu teh khòaⁿ. Chiáu Siang Sit thián khui. Siù ê miâ, ná káu.
狗的看。鳥双翼展開。獸的名，如猴。

【狙】Chhù, tsu, chit khoán ê káu, Gâu bih, káu kut. tsu kek, àm sat. chhù tsà, hi Gūi kan tsà.
ㄑㄩˋ, ㄐㄩ, 一款的猴；善匿；狡猾。狙擊；暗殺。狙詐，虛僞奸詐。

【狖】iū ō ê tn̂g bé kâu.
一ㄡˋ；黑的長尾猴。

【㹤】khiap ê Pun jī. Sio tán kiaⁿ hiaⁿ, Lún neh. Loán jio̍k. Pîn tōaⁿ. Sit chì.
ㄎ一ㄚˋ 怯的本字。小胆；驚惶，怕怮。軟弱。貪惰。失志。

【狉】Phi hô· Lî kiaⁿ. Lo̍k kui tīn teh tsáu ê ì sù.
ㄆ一；狐狸子。鹿歸陣咧走的意思。

【狘】hoat, oa̍t, Siù ê mîa Siù tsáu ê khoán. kiaⁿ hiaⁿ tsáu ê khoán sit. Siù ê mîa.
ㄏㄨㄚˊ, ㄨㄚˋ, 獸的名，獸走的款。驚惶走的款式。獸的名。

六畫

【狠】Gûn, hún chiū sī káu sio kā ê Siaⁿ. hiong béng m̄ kiaⁿ sí, hún Sim hún to̍k, hún Lē,
ㄧㄣˊ, ㄏㄣˇ；就是狗相咬的聲。兇猛呣驚死，狠心，狠毒，狠戾，

【狢】hâng, kàng, káu m̄ hō· Lâng khan ê ì sù. iong kàng
ㄏㄤˊ, ㄍㄤˋ，狗呣互人牽的意思。𤞲狢。

【狨】jiông iù iù ê Pò·, kap jiông thong. béng siù, tn̂g bé kâu
ㄖㄨㄥˊ；幼幼的布，与絨通。猛獸，長尾猴

【狡】káu, ka, Sòe chiah káu o· Sek Chhùi khoah. ku kòai Pe̍h chha̍t, káu kòai, káu kut, káu tsà.
ㄍㄧㄠˇ, ㄍㄚ，小隻狗黑色嘴闊。古怪，白賊，狡怪，狡猾，狡詐。
káu Piān káu Lōa káu kè. ka tsáu, ka tsoa̍h, thâng ê mîa
狡辯。狡賴。狡計。狡蚤，狡蠘，虫的名。

【狤】kiat Siù ê mî, Kông Sèng, Siâu ê ì sù. kiat khut. kông kiat.
ㄐ一ㄚˊ；獸的名，狂性，猾的意思。狤猛。狂狤。

【狫】Ló, Chit khoán hoan ê mîa, bân hoan, Git Ló.
ㄌㄠˇ；一款番的名，蛮番，犵狫。

【狩】Siú, Siù, tang thiⁿ Pha̍h La̍h, Pé siù, chiàu kò·. Chhân nih ê káu. thian tsú Sûn chhat, Sûn siù.
ㄕㄡˇ, ㄕㄡˋ, 冬天打獵。把狩；照顧。田裡的狗。天子巡察，巡狩。
Siù La̍h, hé tiân Pàng hé Sio chháu Lia̍h iá siù.
狩獵，火田，放火燒草掠野獸。

【㺯】Sûn, Piàn Piàn, Chiu iû. iâⁿ chē. Kín kín chiàu iūⁿ, thàn, sái ēng, keng êng. kap Sûn tông.
ㄒㄩㄣˊ；徧徧，週遊。營寨。緊緊，照樣，趁，使用，經營。与徇同。

【犴】Giân, Giân, kap 豻 Siāng khoán.
ㄫ一ㄢˊ, ㄫ一ㄢˋ；与豻同款。

七畫

【狶】hi, hî, Chhó kok Lâng kho· ti ê Siaⁿ. Chit khoán ê ti mîa.
ㄒ一, ㄒ一ˊ；楚國人呼猪的聲。一款的猪名。

【狹】hia̍p, oe̍h, Saⁿ oá ê khoán Sit. hia̍p Gī, hoān ûi Sòe ê ì Gī. Oe̍h Sòe. Oe̍h toe̍h
ㄒ一ㄚˊ, ㄨㄝˊ；相倚的款式。狹義，範圍小的意義。狹小。狹隘。
khoah oe̍h, oe̍h khoeh. hia̍p ài, khì Liōng oe̍h.
濶狹，狹夾。狹隘，器量狹。

【狷】koàn m̄ Goān tsòe, iú só· Put ûi, Sio Sim koàn kài Put kam hêng. koàn kip, Chhiⁿ tsoh.
ㄐㄩㄢˋ；不願做有所不為，小心狷介不敢行。狷急，生怍。
Kông koàn, koaⁿ kín. Giâu Gî. tîu tû.
狂狷，趕緊。憢疑。躊躇。

【狼】Lông, Liông iá Siù Chhin Chhiūⁿ káu. Sèng tsân jím, hiong ok. Lông. Chhâi Lông. Lông sim káu hì,
ㄌㄤˊ, ㄌ一ㄤˊ；野獸親像狗。性殘忍，兇惡。狼。豺狼。狼心狗肺，
jū Phaiⁿ sim to̍k hêng ê Lâng. Liông Pōe ûi kan. jū ông hiaⁿ Liú tī kau kiat tsòe Phaiⁿ.
喻惡心毒行的人。狼狽爲奸，偷王兄柳弟交結做歹。

【狸】Lî kui ná hō· iá Siù ê mîa Chhin Chhiūⁿ Soaⁿ káu. hô· Lî. Lî bâ. Lî bâ oāⁿ thài tsú.
ㄌ一ˊ；幾若號野獸的名，親像山狗。狐狸。狸貓，狸貓換太子。

【狵】bâng mn̂g jū jū ê káu, Se tsōng ê tōa Chiah káu. Chham Lām ê ì sù
ㄇㄤˊ；毛茹茹的狗，西藏的大隻狗。參濫的意思。

【狽】Pōe Lông ê Sio̍k Lūi, Chêng kha té, Lông Pōe, Liông Pōe, ì oá Lông teh kiaⁿ tāng.
ㄅㄟˋ；狼的屬類，前脚短，狼狽，狼狽，依倚狼咧行動。

【狴】Pè, Pē, Pî, béng ê iá Siù mîa, Pē Gān. koaiⁿ kaⁿ, kaⁿ Lô, Pī Lô
ㄅ一ˋ, ㄅ一ˋ, ㄅ一ˊ，猛的野獸名，狴犴。關監，監牢，狴牢。

【猆】Chhiok chit khoán hó ê káu, Chhut tī Sòng tiâu ê sî.
ㄑ一ㄛˋ；一款好的狗，出佇宋朝的時。

狻 tsùn, Soān, ㄗㄨㄣ, ㄙㄨㄢ; káu tsáu kín kín ê ì sù. Sāi á chhut tī Se hék ê só͘ tsāi. Soan Gê
狗走緊緊的意思。獅子出佇西域的所在。狻猊。

狺 Gûn ㄧㄣˊ; káu sio kā ê siaⁿ. Gûn Gûn.
狗相咬的聲。狺狺。

猡 Lô, ㄌㄨㄛˊ; Soaⁿ ê miâ, tī soaⁿ tang.
山的名，佇山東。

猲 khiap, ㄒㄧㄝˋ; khiap sì, siⁿ tsòe bô hó khòaⁿ. ngó͘ koan bô toan chiàⁿ. Pháiⁿ khòaⁿ bīn. khoat hām ê khoán. khiap ì, Sán Giàn Giàn Pháiⁿ khòaⁿ.
猲勢，生做無好看。五官無端正。歹看面。缺陷的款。猲臆，瘦骨兼骨兼歹看。

造字 借却偏音成字。

猜 Siáu ㄒㄧㄠˋ; Kông pīⁿ, Cheng sîn ū pīⁿ. Siáu. Siáu pīⁿ. kóng siáu ōe. Siáu Lâng. Siáu káu.
狂病，精神有病。痟。痟病。講痟話。痟人。痟狗。

八畫

猖 Chhiong ㄔㄤ; Chhìⁿ tsoh, Lām sám tsáu. kiaⁿ hiâⁿ, Lām sám, Chhiong kông. Chhiong khoat.
生作，濫滲走。驚惶，濫滲，猖狂。猖獗。

猗 hê, i, í, o, ㄧ, ㄧˇ, ㄜ; Chhiūⁿ koa ê bé siaⁿ. khan siaⁿ thêng khùi, mn̄g Gì kiò ê ì sù, hê. i, bēng ê káu,
唱歌的尾聲。牽聲停氣，問疑叫的意思，猗。猗，猛的狗，
béng, Pai oá. tn̂g, tsoe, oá khò. thò͘ khùi, hó. Sûi ê khoán sit. í, ēng Lek Lâi
猛，排倚。長，齊，倚靠。吐氣，好。媠的款式。猗，用力來
sok. Liân í. o, chiū sī nńg jiók bô ngē chhah ê ì sù.
束牠。漣猗。猗，就是軟弱無硬插的意思。

猊 Gê ㄋㄧˊ; iá siù ê miâ. Chhin chhiūⁿ sai á ê khoán sit. iā ū kóng Lo̍k ê kiáⁿ.
野獸的名。親像獅仔的款式。也有講鹿的子。

猛 khut ㄎㄨ; siù ê miâ, kiat khut, chhut tī se e̍k. i ê bah Phang, tsóng sī bô mn̂g, sio bô tio̍h siong.
獸的名，猾猛，出佇西域。牠的肉香，總是無毛，燒無着傷。

猛 béng, mé, mí, ㄇㄥˇ, ㄇㄜˋ, ㄇㄧˊ; hó tá, Pháiⁿ, Lī hāi, ui Giâm. ióng béng ê káu, ióng béng, béng hó͘. béng Chiòng.
好膽，惡，利害，威嚴。勇猛的狗，勇猛，猛虎。猛將。
hé mé. kín mé. Gû mí, kín mí hó sái. kha chhiú mé Liāh. béng siù.
火猛。緊猛。牛猛，緊猛好使。腳手猛擊。猛獸。

猋 Phiau ㄅㄧㄠ; káu teh tsáu, tsáu Lâi tsáu khì, kńg Lê hong. kap 飆 siāng khoán.
狗咧走，走來走去，捲螺風。與飆同款。

猜 Chhai ㄘㄞ; Giâu Gî, Chhai Gî. oàn hūn, kiaⁿ hiâⁿ, Chhai hūn. Chhai bē, teng chhai, ioh chhai.
僥疑，猜疑。怨恨，驚惶，猜恨。猜謎，燈猜，臆猜。
Chhai siōng. Chhai khī. Chhai Chhek. Lióng siáu bû chhai.
猜想。猜忌。猜測。兩小無猜。

猎 Chek, Chhiok, Sek, ㄐㄧㄝˋ, ㄑㄧㄝˋ, ㄒㄧㄝˋ; chi̍t khoán hó ê káu ê miâ. un sûn ê káu. Chhut tī Sòng tiâu. ná hîm.
一款好的狗的名。溫純的狗。出佇宋朝。如熊。

猝 tsut ㄘㄨˋ; káu koaⁿ kín chhut Lâi Pūi Lâng. hut jiân, tsut jiân, Chhong tsut. Chhiⁿ Chhìn.
狗趕緊出來吠人。忽然，猝然，倉猝。生凊。

猔 tsòng ㄗㄨㄥ; chiū sī káu siⁿ chi̍t chiah kiáⁿ ê ì sù.
就是狗生一隻子的意思。

猒 iam, iàm, iān, iá, ㄧㄢ, ㄧㄢˋ, ㄧㄢˇ, ㄧˋ; chhiong chiok, móa, pá, an chēng, ti chiok. iam ò͘. bô iàm. Chiah Liáu iá.
充足，滿，飽，安靜，知足。猒惡。無猒。食了猒。
m̄ ài koh chiah. iá siān. mih hó chiah, chiah bōe iá. iàn khì, kian Lîn ê ì sù.
毋愛閣食。猒倦。物好食，食𣍐猒。猒氣，堅吝的意思。

猏 Chhan ㄘㄢ; kā ê ì sù, chiū sī káu teh chiah mih. káu ê siaⁿ.
咬的意思，就是狗咧食物。狗的聲。

猙 Cheng ㄓㄥ; siù miâ, Chhin chhiūⁿ pà, ū chi̍t ki kak, gō͘ ki bé, Chhin chhiūⁿ hô lî ū sit, cheng,
獸名，親像豹，有一支角，五支尾，親像狐狸有翼，猙，
kî lîn. Cheng lêng, Pháiⁿ khòaⁿ bīn, khòaⁿ liáu ōe kiaⁿ ê bīn māu thé thāi.
麒麟。猙獰，歹看面，看了能驚的面貌體態。

猓 kó ㄍㄨㄛˇ; bēng ê khîm siù, Chhin chhiūⁿ káu.
猛的禽獸，親像猴。

猇 hau, ngâu, tī, ㄏㄠ, ㄧㄠˊ, ㄒㄧ; hó͘ teh beh kā Lâng ê siaⁿ, hā hā háu. aū kiò. tōa siū khì. tōe hō miâ,
虎咧欲咬人的聲，唬唬吼。呼叫。大怒氣。地號名，
Chè Lâm kūn tī. káu ê siaⁿ.
濟南郡猇。狗的聲。

九畫

猪 tu, tsu, ti ㄉㄨ, ㄗㄨ, ㄉㄧ；
Lâng teh chhī ê cheng siⁿ, tu, ti. tsap jī sin siùⁿ ê chit hāng. Pâi 12
人咧飼的精牲，猪，猪。十二生相的一項。排十二。
ti kong, ti bú, Pûi ti, hô ti, hái ti. Liû ti, Gōng tōa ti. bûn im tsu.
猪公，猪母，肥猪，河猪，海猪。摺猪，戇大猪。文音猪。

猭 iàn 一ㄢˋ，
thò á tsáu, siù teh tsáu.
兔仔走，獸咧走。

猴 hô, kâu ㄏㄡˊ, ㄍㄡˊ，
iá siù ê miâ, tsap jī sin siùⁿ ê chit hāng, kâu. bî hô. tn̂g bé kâu. ké chí miâ
野獸的名，十二生相的一項，猴。獼猴。長尾猴。果子名
hô tsó, hô mûi. Poaⁿ kâu hì. kâu kui. Phah kâu kûn. kâu thâu niáu chhú hīⁿ.
猴棗，猴梅。搬猴戲。猴頭。打猴拳。猴頭猫鼠耳。

猲 hiat ㄏㄧㄚˋ，
tóe chhùi ê káu, kiaⁿ hiaⁿ. káu chhàu ê ì sù. hiat kiau. khióng hiat.
短嘴的狗，驚惶，狗臭的意思。猲獢。恐猲。

献 hiàn ㄒㄧㄢˋ，
káu tsòe seng lé, gâu, chìn chêng, sèng, hiàn lé. hiàn sin. hiàn kim. hiàn hoe. bûn hiàn
犬做牲禮，㤼，進前，聖，献禮。献身。献金。献花。文献。

猢 hô, ô ㄏㄨˊ, ㄨˊ，
siù ê miâ chhin chhiūⁿ kâu ê khoán sit. ô sun
獸的名，親像猴的款式。猢猻。

猫 biâu, bâ, niau ㄇㄧㄠˊ, ㄇㄚˊ, ㄋㄧㄠ，
hô lî ê lūi, Lâng chhī ê siù, oē kā niáu chhú. biâu lî, chit khoán iá niau
狐狸的類，人飼的獸，能咬貓鼠。猫狸，一款野猫。
Soaⁿ bâ. iá bâ. ké chí bâ. lî bâ oāⁿ thài tsú. niau thâu eng. bīn niau, niau pà pà.
山猫。野猫。果子猫。狸猫換太子。猫頭鷹。面猫，猫豹豹。

猱 jiû, lô ㄖㄡˊ, ㄌㄠˊ，
khîm siù, kâu ê lūi, gâu peh chhiū, chhiú tn̂g, tn̂g pì oân, jiû oân
禽獸，猴的類，㤼爬樹，手長，長臂猿，猱猿。

猩 seng ㄒㄧㄥ，
káu pūi ê siaⁿ. iá siù ê miâ, seng seng, kâu oân ê lūi. chhin chhiūⁿ lâng ê iūⁿ siùⁿ.
狗吠的聲。野獸的名，猩猩，猴猿的類。親像人的樣相。
chhiú tn̂g kàu tōe, kui sin tsoân o͘ mn̂g. seng hông, gûn tsu ê pat miâ, chhim âng sek.
手長到地，歸身全黑毛。猩紅，銀硃的別名，深紅色。

猥 oe ㄨㄟˇ，
káu háu ê siaⁿ, tsōe tsōe, chhiong sēng, chek tsū, chham chhap, saⁿ oe, bóng oe bóng kè.
狗哮的聲，多多，昌盛，積聚，參嗹，相猥，莽猥莽過。
pi phí, oe phí. oe chiān, pi chiān. oe siat, îm oe. oe seng.
卑鄙，猥鄙。猥賤，卑賤。猥褻，淫穢。猥瑣。

猬 ūi ㄨㄟˋ，
mn̂g chhì chhì. kiò chhì ūi. chit khoán sòe chiah ê siù. chhin chhiūⁿ hô ti. oē chiah thâng.
毛刺刺。叫刺猬，一款小隻的獸。親像河猪。能食蟲。

猶 iû, iáu 一ㄡˊ, 一ㄠˊ，
kâu ê lūi, kâu to gî, iû gî. chhin chhiūⁿ, tùi tiong, ná, àn ni. kè bô͘, iû bô͘.
猴的類，厚多疑，猶疑。親像，貴重，若，按呢，計謀，猶謀。
put koat, iû û. bîn tsok miâ, iû thài lâng. iû thài káu. èng kai. iû gôan.
不決，猶豫。民族名，猶太人。猶太教。應該。猶原。

猳 kó, kâu ㄍㄡˋ, ㄍㄡˊ，
kap sio siāng.
与狗相同。
iáu ū, siōng iû ê ì sù. iáu bōe, siōng bī ê ì sù
猶有，尚有的意思。猶未，尚未的意思

猨 oân ㄩㄢˊ，
kap siāng khoán. kâu ê lūi. oân hô.
与猿同款。猴的類。猨猴。

猷 iû 一ㄡˊ，
tô͘ bô͘, chham siông, tō, hoat tō͘, tō lí. ka iû. sin iû. ūi tô͘, ūi siōng.
圖謀，參詳，道，法度，道理。嘉猷，新猷。畫圖，畫像。

猳 ka ㄍㄚ，
ti kang, kui kûn ti tiong kan. kang kiông bú jio̍k.
猪公，歸群猪中間。公強母弱。

猰 khiat ㄑㄧㄚˋ，
siù ê miâ, káu, tsap lām ê káu. chhap tsap ê ì sù.
獸的名，狗，雜濫的狗。嗹雜的意思。

猧 o ㄨㄛ，
káu ê miâ, teh khùn chhin chhiūⁿ siū khì.
狗的名，咧睏親像怒氣。

㺄 sē ㄙㄜ，
sē káu, chiū sī chit khoán ê siù, chhin chhiūⁿ chhâi lông ê khoán sit.
㺄狗，就是一款的獸，親像豺狼的款式。

造字 借垂成字。

十畫

猾 kut, kut ㄍㄨˊ, ㄍㄨㄚˊ，
loān, kan tsà. bô sêng sit. pāi lōng. káu kut. káu kut, ké kut, kè kut, kek kut.
乱，奸詐。無誠實。擺弄。狡猾。狡猾，假猾，過猾，後猾

獵 liû ㄌㄧㄡˊ，
chit khoán káu ê miâ, gâu liah khîm siù, chip liû. tek chhú.
一款狗的名，㤼捕禽獸，執獵。竹鼠。

猹 tsn̂g ㄗㄥ，
kńg tsn̂g, kńg lê á tsn̂g, ká lê á tsn̂g. thâu mn̂g tsn̂g, n̄ng ê tsn̂g phāiⁿ kah bô lâng mn̂g.
捲猹，捲螺仔猹，絞螺仔猹。頭毛猹，兩個猹悪到無人問。
造字

獃	Gâi, ㄞˊ,	káu á bōe hiáu hun piat。Gōng, Sit chì。Pháiⁿ chhì Gâi。Gâi thâu Gâi náu。 狗仔膾曉分別。戇，失志。歹，痴獃。獃頭獃腦。
獅	Su, Sai ㄕ,ㄕㄞ,	béng Siù ê mîa, Sai。hó sian tōa. Lāng Sai. Chióh Sai. hó Phīⁿ sai。iô Sai。 猛獸的名，獅。吼聲大。弄獅。石獅。虎鼻獅。搖獅。
猻	Sun, ㄙㄨㄣ	káu sun, chiū sī chit khoán iá siù ê mîa。hô sun。 猴猻，就是一款野獸的名。猢猻。
猺	iâu, ㄧㄠˊ	Siù ê mîa, káu ê chéng Lūi。iū, Chéng tsók mîa, tòa tī hûn Lâm, kńg tang, kńg sai soa Lāi 獸的名，猴的種類。又，種族名，住佇雲南，廣東，廣西山內。
猿	oân ㄩㄢˊ,	iá siù ê mîa, Siok káu ê Lūi。oân hô。oân jîn, bô bé。 野獸的名，屬猴的類。猿猴。猿人，無尾。
獄	Giók, Gék, Gák ㄩˋ,ㄩㄝˋ,ㄩㄚˋ,	nn̄g chiah káu teh Siù。Sit Sit ê oē。koaiⁿ hoān Lâng ê số tsāi, kaⁿ Lô, kaⁿ Gák。 兩隻犬咧守。實實的話。關犯人的所在，監牢，監獄。 Sí āu Siū Sím Phoàⁿ ê số tsāi tōe Gék。Lô Giók chi tsai。 死後受審判的所在地獄。牢獄之災。
猨	oân ㄩㄢˊ,	iá siù ê mîa, Siok káu ê Lūi。kap nn̄g jī Siāng khoán。 野獸的名，屬猴的類。與猿·猨兩字同款。
獐	Chhi ㄔ,	Phah Lah。tn̂g mn̂g ê káu。 打獵。長毛的狗。
獁	mā ㄇㄚˇ,	Chiū sī siù ê mîa, béng mā, chit chéng tn̂g mn̂g ê Chhiūⁿ。 就是獸的名，猛獁，一種長毛的象。

十一畫

獑	Chhâm, ㄔㄢˊ,	iá siù ê mîa, chhin chhiūⁿ oân káu, ná káu tsóng sī Pe̍h sek, Chhâm ô。 野獸的名，親像猿猴，如猴總是白色，獑猢。
獍	kèng ㄐㄧㄥˋ	iá siù ê mîa, Siok hó Pà ê Lūi。oē chiah ka kī ê Siⁿ bú。hiau kèng。 野獸的名，屬虎豹的類。能食家己的生母。梟獍。
猓	Lúi, Lûi, Lúi ㄌㄟˇ,ㄌㄟˊ,	niáu chhú ê khoán Sit, oē Pe, hui chhú。Lûi, Siù ê mîa, chhin chhiūⁿ hô Lî。 猓，鼯鼠的款式，能飛，飛鼠。猓，獸的名，親像狐狸。
獒	Gô, ngô, ㄠˊ,ㄠˊ,	tōa chiah káu, béng koh kôaiⁿ。Gô khián。 大隻狗，猛僩高。獒犬。
獐	Chiong, Chiuⁿ, ㄓㄤ,ㄓㄤ,	Sòe sòe ê iá siù, chhin chhiūⁿ Lo̍k, thâu sòe bô kak, chiuⁿ á。iā ū Lâng kiò kiuⁿ á 小小的野獸，親像鹿，頭小無角，獐仔。也有人叫姜仔 chiuⁿ, ㄓㄤ Chiong thâu chhú ba̍k, Phī Siùⁿ chit ê im hiám kan tsà ê Lâng ê Siòng māu。chiuⁿ á 獐頭鼠目，鄙相一個陰險奸詐的人的相貌。獐仔。
獏	be̍k, bō, ㄇㄛˋ,ㄇㄛˋ,	khîm siù chhin chhiūⁿ hîm, ū o· kap Pe̍h ê mn̂g。 禽獸親像熊，有黑與白的毛。
歐	àu, ㄡˋ,	àu chhàu, àu chiat, àu chiat bī, chiū sī mih Pháiⁿ bī ê ì Sù。àu kiâm hî。 歐臭，歐折，歐折味，就是物歹味的意思。歐鹹魚。
造字	借區的偏音成字。犬有分泌物的臭味故以犬旁加區旁。	

十二畫

獞	tông, ㄊㄨㄥˊ,	Chiū sī káu ê mîa, iā sī Chéng tsók ê mîa, hiān kim ēng tông jī, tông tsók, tòa kńg Sai。 就是狗的名。也是種族的名，現今用僮字，僮族，住廣西。
獥	hám, kám ㄏㄢˇ,ㄍㄢˇ,	Sòe chiah káu teh Pûi ê siaⁿ。káu ê siaⁿ。 小隻狗咧吠的聲。狗的聲。
獗	kòe, khoat, ngó Gék, ㄍㄨㄝˋ,ㄎㄨㄚˋ,	kiōng chhin chhiūⁿ chhat。Chhiong khoat。 忤逆，強親像賊。猖獗。
獝	khiat, ㄎㄧㄚˋ,	kiaⁿ, koaⁿ kín tsáu ê khoán Sit, Pe ê khoán, kiaⁿ teh Pe。Siù teh tsáu。Siáu, khiat jîn。 驚，趕緊走的款式，飛的款，驚咧飛。獸咧走。狷，獝人。
獠	Liâu, ㄌㄧㄠˊ,	káu ê siaⁿ, Lah káu。mî sî Phah Lah。Pháiⁿ khoaⁿ bīn, Chhiⁿ bīn Liâu Gê。 狗的聲，獵狗。暝時打獵。歹看面，青面獠牙。
獜	Lîn ㄌㄧㄣˊ,	khong kiān ióng kiān。Siù chhin chhiūⁿ káu hó, jiáu ū kah ê ì Sù。 康健，勇健。獸親像犬虎，爪有甲的意思。
獴	Siōng ㄒㄧㄤˋ,	kap 像 Siāng khoán ê ì Sù。 與像同款的意思。
獢	hiau, kiau, hiat hiau, ㄏㄧㄠ,ㄍㄧㄠ,	tóe chhùi ê káu, kiaⁿ hiaⁿ káu chhàu ê ì sù。 獢獢，短嘴的狗，驚惶，狗臭的意思。
獤	jiân ㄖㄢˊ,	siù ê mîa, Chhin Chhiūⁿ káu, kó jiân。Chhiⁿ Sin, Chhùi Phoe o·, ū chhiu。 獸的名，親像猴，猓獤。青身，嘴面比黑，有鬚。

【弊】Pè, Pē ㄅㄧˋ, ㄅㄧˊ
Pè, hut jiân Poah tó chhin chhiūⁿ sí. 斃，忽然跋倒親像死。tó tit. 倒直。Siak Lóh khì. 抄落去。Pāi hoāi, 敗壞，khùn khó. 困苦。tsoh Pē. 作弊，
Pē Pēng. 弊病。Pē toan 弊端，bú Pē 舞弊，bô Cheng tong tāi chì. 無正當的律誌。kap 斃·獘 Sio Siāng Sù. 与斃·獘相同意思。

十三畫

【獬】hāi ㄏㄞˋ；
iá Siù ê miâ, i ê Siōng Siù tī koaⁿ hū ê Saⁿ. 野獸的名，牠的像繡佇官府的衫。hai tsāi. 獬豸。Pó kòa. 黼褂。

【獫】hiám ㄒㄧㄢˇ；
tn̂g chhùi káu, O· káu, n̂g âm. 長嘴狗，黑狗，黃頷。hiám ún. 獫狁。

【獧】koàn ㄍㄨㄢˋ；
koàⁿ kín thiàu, Chhiⁿ tsoh, Gî ngāi, tîu tû. 趕緊跳，生作，疑訝，躊躇。kông koàn. 狂獧。

【獪】kòe ㄍㄨㄞˋ；
kan tsà. 奸詐。kiáu jiáu. 攪擾。káu kòe. 狡獪。bô Sêng Sit. 無誠實。

【獴】Lông, tho· ㄌㄨㄥˊ, ㄊㄨ；
Phái káu ê mn̂g, 惡狗的毛，tsōe tsōe ê mn̂g káu, 多多的毛的狗，tn̂g mn̂g káu 長毛狗

【斁】tò· ㄉㄨˋ；
Chiū sī Pāi hoāi, Sún Siong ê ì Sù. 就是敗壞，損傷的意思。

【獨】tók, ták ㄉㄨˊ, ㄉㄨˊ；
ko· toaⁿ, 孤單，ko· tók. 孤獨。tók tók. 獨獨。tók tsú. 獨子。tók Lėk. 獨力。tók Chhâi. 獨裁。tók Lip. 獨立。Lâng ê Sìⁿ ták, 人的姓獨。ko· ták, 孤獨，
Sī tàng Sng ê ì Sù. 是凍酸的意思。Lín Sek ê ì Sù. 吝嗇的意思。

【獾】iong ㄩㄥ；
iong kàng. 獾狳。káu bōe oē khan tit ê ì Sù. 狗𣍐能牽得的意思。

【獠】Liâu ㄌㄧㄠˊ；
獠 ê Pun jī. 獠的本字。

【獥】hiau ㄒㄧㄠ；
chhâi Lông kiáⁿ, 豺狼子，Sòe chiah ê chhâi Lông 小隻的豺狼

十四畫

【獯】hun ㄒㄩㄣ；
hun iók, 獯鬻，hàn tiâu kiò tsòe hiong Lô·. 漢朝叫做匈奴。thài Ông Sū hun iók 太王事獯鬻

【獲】hek ㄏㄨㄛˋ；
iá Siù ê miâ. 野獸的名。tit tióh, 得着，Phah Láh Só· tit tióh ê mih. 打獵所得着的物。Siū, tek Sî. 受得時。tit tióh, 得着，hék tit. 獲得。tek Sèng 得勝，
hek Sèng. 獲勝。tit kiù 得救，hek kiù. 獲救。tek tsōe 得罪，hek tsōe. 獲罪。Lâng ê Sìⁿ. 人的姓。

【獰】Lêng ㄋㄧㄥˊ；
cheng Lêng, 猙獰，káu ê mn̂g, 狗的毛，Phái. 惡。hiong OK Phái khoàⁿ ê khoán. 兇惡歹看的款。Lêng chhiò 獰笑，im hiám ê chhiò. 陰險的笑。

【獳】jû, Lō· ㄖㄨˊ, ㄋㄡˋ；
jû khián, 獳犬，Lō· khián, 怒犬，Siū khì ê káu. 怒氣的狗。káu Siū khì ê khoán Sit. 狗怒氣的款式。Lâng ê miâ. 人的名。

【獱】Pin ㄅㄧㄣ；
tsúi thoah ê Lūi. 水獺的類。thoah ê Pát miâ. 獺的別名。thoah Pin. 獺獱。ná hô· Lî chhiⁿ Sek, 如狐狸青色，toà tī tsúi tiong Chiáh hî. 住佇水中食魚。

【獮】Sián ㄒㄧㄢˇ；
thâi. 殺。chhiu thiⁿ Phah Láh. 秋天打獵。Sián Sat. 獮殺。Sūn Sat khì. 順殺氣。

十五·十六畫

【獷】kóng ㄍㄨㄤˇ；
káu, 狗，káu Pháiⁿ bōe thang kūn oá. 狗惡𣍐可近倚。Lók Pháiⁿ ê khoán Sit. 鹿歹的款式。Pháiⁿ ê khoán Sit, 惡的款式，chhó· kóng. 粗獷。

【獵】Liap, Láh ㄌㄧㄝˋ, ㄌㄚˋ；
Liáh iá Siù, 掠野獸，Phah Láh. 打獵。Láh Sat, 獵殺，Liáh Lâi thâi. 掠來殺。Láh káu. 獵狗。Liap chhú, 獵取，toat chhú ê ì Sù. 奪取的意思。
Chiong kun bô tì teh, 將軍無佇的，Sió kun khì Phah Láh. 小軍去打獵。Liap iām, 獵豔，hò· chiú Sek tui tsa bó·. 好酒色追查媒。

【獸】Siù ㄕㄡˋ；
sì kha ū mn̂g, 四腳有毛，oáh ê mih, 活的物，iá siù. 野獸。khîm Siù. 禽獸。Put hāp Lé hoat ê, 不合禮法的，Siù Sim, 獸心，Siù Sèng, 獸性，
Siù hêng, 獸行，Siù iók, 獸慾，i koan khîm Siù. 衣冠禽獸。

【獵】Lûi ㄌㄟˊ；
Chiū sī khîm siù ê miâ. 就是禽獸的名。hui Lûi. 飛獵。Poe chhú, 飛鼠，chhin chhiūⁿ Piàn hok ê khoán sit. 親像蝙蝠的款式。

【獻】hiàn ㄒㄧㄢˋ；
kap 与 Siāng khoán. 献同款。káu tsòe Seng Lé, 犬做牲禮，Gâu, 勢，Chin Chêng, 進前，Sèng. 聖。hiàn Lé, 獻禮，hiàn Sin, 獻身，hiàn kim. 獻金。bûn hiàn. 文獻。

獺 that, thoah, ㄊㄚˇ,ㄊㄨㄛˇ; siù ê mîa, thoah。ū hái thoah, tsúi thoah, hān thoah。Chhin chhiūⁿ sòe chiah káu, tòa tī tsúi nih Liah hî Lâi Chiah。Phê thang tsòe saⁿ, bô su tiau Phê。
獸的名，獺。有海獺，水獺，旱獺。親像小隻狗，住佇水裡捕魚來食。皮可做衫，無輸貂皮。

獜 Liân, ㄌㄧㄢˊ; thò teh tsau ê khoán sit。káu teh tsau ê ì sù。khian tsó chhó。
兔咧走的款式。狗咧走的意思。犬走草。

獹 Lô, ㄌㄨˊ; hân Lô, chiū sī thiⁿ ē ê tōa chiah káu, Sòng tiau ê káu。
韓獹，就是天下的大隻狗。宋朝的狗。

十七—廿畫

獼 bî, ㄇㄧˊ; bî kâu, tōa chiah kâu。bīn âng sek ê kâu。tâi oân ê kâu Siòk chit Lūi。
獼猴，大隻猴。面紅色的猴。台灣的猴屬這類。

貛 hoan, ㄏㄨㄢ; Chiū sī Soaⁿ nih ê iá ti, Soaⁿ ti。
就是山裡的野豬，山豬。

獵 Chiap, ㄐㄧㄚˊ; Siòk ti ê Lūi, Liông chiu Lâng kiò tsòe àn ni。
屬豬的類，梁州人叫做按呢。

玁 hiám, ㄒㄧㄢˇ; hiong Lô ê Pat hō。hiám ún。
匈奴的別號。玁狁。

玃 khok, ㄎㄨㄛˊ; bú ê kâu, kâu ê siaⁿ。tōa chiah oân kâu, chhin chhiūⁿ Lâng。
母的猴，猴的聲。大隻猿猴，親像人。

玄 部 95

玄 hiân, Goân, ㄒㄩㄢˊ,ㄩㄢˊ; O͘ sek chham n̂g, o͘ chhiⁿ, thiⁿ ê sek tī, hiân sek。Chēng chēng, chhim, oh tit Lí kái,
黑色參黃，黑青，天的色緻，玄色。靜靜，深，難得理解，
hiân hák, bī biāu, hiân biāu。im Le̍k káu Ge̍h hiân Goa̍t。hiân thian, ú tiū。O͘ mîa,
玄學。微妙，玄妙。陰曆九月，玄月。玄天，宇宙。湖名，
hiân bú ô͘。Gâm chio̍h ê mîa, hiân bú Gân。Goân, jîn som ê mîa, Goân Som。Sun ê kiaⁿ ê Kiaⁿ,
玄武湖。岩石的名，玄武岩。玄，人參的名，玄參。孫的子的子，
Goân Sun。hiân chi iū hiân, pí jū Gī Lí chhim O͘。
玄孫。玄之又玄，比喻義理深奧。

𤣥 hiân, Goân, ㄒㄩㄢˊ,ㄩㄢˊ; jī bú ê jī, ì sù kap téng bīn jī sio siāng。
字母的字。意思與頂面字相同。

四·五畫

玅 biāu, ㄇㄧㄠˋ; kap 妙 siāng khóan。bī biāu, bí biāu, o͘ biāu。chhim, súi。
与妙同款。微玅，美玅，奧玅。深，美。

玆 tsu, ㄗ; Lâ sâm, ù oè ê tsúi, O͘ sek ê khóan sit。Sek tī o͘ o͘。Lô。kap 茲 Siang khóan。
垃圾，汙穢的水，黑色的款式。色緻黑黑。濁。与茲同款。

六畫

率 Sut, Lu̍t, ㄕㄨㄞˋ,ㄌㄩˋ; Lia̍h chiáu ê bāng khit。tè Lâng kiâⁿ, thàn, siú。ìn chhōa, tòa nîa, sut Léng tsoh thâu, jī sìⁿ。
捕鳥的網栨。隨人行，趁，守。引導，帶領，率領，作頭。字姓。
hó bô͘ iūⁿ, Piáu Sut。bóng tóng, chhó sut。thàn ka kī ê ì sù, Sut sèng。Sèng tit, Sut tit。
好模樣，表率。莽懂，草率。趁家己的意思，率性。性直，率直。
Pí Lē, Pah hun Lu̍t, Piau tsún, Sok Lu̍t, hāu Lu̍t。
比例，百分率。標準，速率。効率。

玈 Lô, ㄌㄨˊ; o͘ ê sek, o͘ ê keng, Lô keng。Ông su chìn hô͘ Lô keng sī chhian。
黑的色，黑的弓，玈弓。王賜晉侯玈弓矢千。

玉王部 96

玉 Gio̍k, Ge̍k, ㄩˋ,ㄩˋ; kùi khì ê chio̍h, Pó Ge̍k, Phek Gio̍k。Pe̍h Sek, Chheng khì, Súi, Gio̍k kiat Peng chheng。Sêng tsôan
貴氣的石，寶玉，璧玉。白色，清氣，美，玉潔冰清。成全
Gio̍k Sêng。tin tiōng, ì Gio̍k。Soaⁿ ê mîa, Gio̍k San。âng Ge̍k, Chhùi Ge̍k, Ge̍k khoân。
玉成。珍重，移玉。山的名，玉山。紅玉，翠玉，玉環。

王 Ông, Ōng, n̂g, ㄨㄤˊ,ㄨㄤˋ,ㄨˊ; Jîn kun, kun tsú, kun ông, kok ông。Lâng ê sìⁿ。Ông kong kùi tsio̍k。Ông hoat。
人君，君主，君王，國王。人的姓。王公貴族。王法。
Peh sìn kui oá ê, Chiáng koân, Chhiong Sēng, ōng Sēng。n̂g, Lâng n̂g, Lêng n̂g, hái Lêng n̂g。
百姓歸倚的，掌權，昌盛，王盛。王，人王，龍王，海龍王。

二·三畫

【玎】teng, tin, ㄉㄥ, ㄉㄧㄥ, Chiū sī Gėk Sa khap tioh ê sian. teng tang. tin tin tong tong. teng Lêng kim Gėk ê sian.
就是玉相碰着的聲。玎璫。玎玎璫璫。玎玲，金玉的聲。

【玔】Chhoan, ㄔㄨㄢ, Chiū sī Gėk ê chhiú khoân, Gėk khoân. Giok Chhoan.
就是玉的手環，玉環。玉玔。

【玕】kan, ㄍㄢ, Súi ê chioh, tiong Pān ê Gėk, chhin chhiūⁿ bé Ló, iāh chhin chhiūⁿ tsu. Lông kan.
美的石，中版的玉，親像瑪瑙，亦親像珠。琅玕。

【玖】kiú, káu, ㄐㄧㄡˇ, ㄍㄡˇ, tiong Pān ê Gėk, khêng kiú, O sek ê Gėk. Sò jī tē káu, káu ê tōa bún jī kau.
中版的玉，瓊玖，黑色的玉。數字第九，九的大本字，玖。

【玓】tek, ㄉㄧˋ, tsu kng bêng ê sek tī, tek chhan, tek Lėk. bêng Gėh ê tsu Chiò tī kang ê Pin.
珠光明的色緻，玓瓚，玓瓅。明月的珠照佇江的邊。

【玘】kí, khí, ㄐㄧˇ, ㄑㄧˇ, Gėk ê mîa, Pē Giok ê ì Sù.
玉的名，佩玉的意思。

四畫

【玞】hu, ㄈㄨ, Súi ê chioh, tiong Pān ê Gėk. kòe khe Soaⁿ ē ê chioh.
美的石，中版的玉。會稽山下的石。

【玠】kài, ㄐㄧㄝˋ, Chiū sī Gėk ê mîa. tōa ke, nî ngá sek khì. ke tōa chit chhioh chhùn.
就是玉的名。大圭，爾雅釋器。圭大一尺兩寸。

【珏】kak, ㄐㄩㄝˊ, nn̄g tè Gėk Saⁿ hap tsòe chit tè ê ì sù.
兩塊玉相合做一塊的意思。

【玦】koat, ㄐㄩㄝˊ, Gėk khoân ê chit Poàⁿ. Gėk tùi, Gėk Phoāⁿ. Pan chí, iū chhiú Pó bú kòa ê kài chí.
玉環的一半。玉對，玉伴。扳指，右手大拇指掛的戒指。

【玫】mûi, ㄇㄟˊ, Chhiah Sek ê Gėk, Pó chioh. tsu hó koh îⁿ. hoe ê mîa, mûi kùi, ki ū chhì, mûi kùi hoe.
赤色的玉，寶石。珠好閣圓。花的名，玫瑰，枝有刺，玫瑰花。

【玟】bîn, bûn, ㄇㄧㄣˊ, ㄨㄣˊ, tiong Pān ê Gėk, hó ê chioh, ū tsōa ê khóan Sit.
中版的玉，好的石，有綴的款式。

【玩】Goān, oán, ㄨㄢˊ, ㄨㄢˋ, thit thô ê Gėk. hì Lōng, bú bān. kó oán, oán bút, oán Sióng, oán khū. Oán Lōng.
坦迌的玉。戲弄，侮慢。古玩，玩物，玩賞，玩具。玩弄。
Goān hoat, kheng sī hoat Lút. Goán sè Put kiong, biáu sī Lé hoat, iû hì jîn kan.
玩法，輕視法律。玩世不恭，藐視禮法，遊戲人間。

【玗】û, ㄩˊ, chit khóan ê chioh, ná chhin chhiūⁿ Gėk ê khóan Sit. tiong Pān ê Gėk.
一款的石，如親像玉的款式。中版的玉。

【玤】Pāng, ㄅㄤˋ, chioh, chhin chhiūⁿ Gėk. tiong Pān ê Gėk. tōe hō mîa.
石，親像玉。中版的玉。地號名。

【玜】kong, ㄍㄨㄥ, Chiū sī Gėk ê mîa.
就是玉的名。

五畫

【珍】tin, Chin, ㄓㄣ, ㄐㄧㄣ, Pó Pòe, kùi khì, hán iú, hó, kî īⁿ, tùi tiōng, tin Pó. tin kùi. tin bút.
寶貝，貴氣，罕有，好，奇異，貴重，珍寶。珍貴。珍物。
tin Phín. tin Sioh. tin tiōng. Chin tsu. káng mîa, Chin tsu káng.
珍品。珍惜。珍重。珍珠。港名，珍珠港。

【珎】tin, ㄓㄣ, kap téng bīn jī Sio Siāng.
與頂面字珍相同。

【珈】ka, ㄐㄧㄚ, Gėk ê mîa, hū jîn Lâng thâu khak ê tsng thāⁿ, ka ke.
玉的名，婦仁人頭殼的裝飾，珈笄。

【珂】kho, ㄎㄜ, Gėk ê mîa, tiong Pān ê Gėk. bé Ló chheng khì Peh ná Seh.
玉的名，中版的玉。瑪瑙清氣白如雪。

【玲】Lêng, ㄌㄧㄥˊ, Gėk ê sian, kim Gėk ê sian, têng Lêng. Liông Lêng. Lêng Lông, Cheng khá. Cheng êng.
玉的聲，金玉的聲，玎玲。瓏玲。玲瓏，精巧。晶瑩。

【珉】bîn, ㄇㄧㄣˊ, ū hoe hoe ê tāi Lí Chioh. Chhiūⁿ Gėk ê chioh á. kùi Giok Chian bîn.
有花花的代理石。像玉的石仔。貴玉賤珉。

【珌】Pit, ㄅㄧˋ, Pē to ē bīn ê tsng thāⁿ, hông tè ēng Gėk Lâi Siuⁿ. Lâng ê mîa, Chiu Pit.
佩刀下面的妝飾，皇帝用玉來鑲。人的名，周珌。

【玻】Po, ㄅㄛ, Gėk ê Lūi, Po Lê Giók. Po Lê, thàu bêng ê mih, tsòe mn̂g thang, kiàⁿ, ê iōng tô. ēng chit khóan kiò tsòe ke Chioh Sio iûⁿ chè chiâ ê.
玉的類，玻瓈玉。玻璃，透明的物，做門窗，鏡，的用途。用一款叫做硅石燒鎔製成的。

【珀】Phek, ㄆㄛˋ; kùi khì ê chioh mîa, hó Phek. chhin chhiū siōng hiong, siōng ka ê khóan, bôa oē Phang.
貴氣的石名，琥珀。親像松香，松膠的款，磨能香。

【珊】San, sian, ㄕㄢ, ㄒㄧㄢ; hái nih siⁿ ê mih, chhin chhiūⁿ chhiū, Sian ô. Sī hái tiong ê chit chióng thâng
海裡生的物，親像樹，珊瑚。是海中的一種虫的
Soan, ㄕㄨㄢ; chip háp thé ê siⁿ chiâⁿ, i ê ki thang tsòe tsng thāⁿ ê mih, Soan ô tsu. Soan ô Chiau.
集合體的生成，它的枝可做裝飾的物，珊瑚珠。珊瑚礁。

【玳】tāi, ㄉㄞˋ; ku khak ê Lūi, tāi mō. tāi Poê. thang tsòe tit tsng thāⁿ ê mih. Gán kiàⁿ kheng.
龜殼的類，玳瑁。玳瑁。可做得裝飾的物。眼鏡框。

【玵】Gâm, ㄢˊ; Súi ê Giók ê ì sù.
僕的玉的意思

【玷】tiam, tiàm, ㄉㄧㄢ, ㄉㄧㄢˋ; Gêk ê Pē Pēng, khih, khih tiám. Gêk bô Sûn Sek, ū hâ chhû, tiam khoat. tiàm jiók.
玉的弊病，缺，缺點。玉無純色，有瑕疵，玷缺。玷辱。

【玼】Chhé, Chhû, ㄘˇ, ㄘ; Gêk ê Sek tī, Súi. hó khòaⁿ, bō sēng, kiò tsòe Chhé. Gêk ū Pē Pēng, khih tiám
玉的色緻，僕。好看，茂盛，叫做玼。玉有弊病，缺點，
mih kiāⁿ bô oân tsoân, hâ chhû. ū mâu Pēng Gêk, Pan Chioh.
物件無完全，瑕玼。有毛病的玉，斑石。

【珇】tsó, ㄗㄨˇ; chiū sī Gêk ê ì sù, Gêk ê téng bīn thóng chhut, Súi, hó khòaⁿ, Gêk ê bûn.
就是玉的意思，玉的頂面坑出，僕，好看，玉的紋。

六畫

【珠】tsu, tsui, ㄓㄨ, ㄓㄨㄧ; ham khak Lāi ê îⁿ Liáp, chin tsu. tsúi mîa, tsu kang, tī kńg tang séng níaLâm.
蚶殼內的圓粒，珍珠。水名，珠江，佇廣東省嶺南
chhiū mîa, tsu chhiū. hó bûn chiuⁿ, jī jī tsu ki. tsu kong Pó khì, hêng iông hoa kùi.
樹名，珠樹。好文章，字字珠璣。珠光寶氣，形容華貴。
tsu Lūi, bák sái teh tih ná tsu. kńg tsu, kńg tsui, tâng tsui, beh tsòe khì khū ê Lō ēng.
珠淚，目屎咧滴如珠。鋼珠，鋼珠，銅珠，也做器具的路用。

【珦】hiòng, ㄒㄧㄤˋ; chiū sī Gêk ê mîa.
就是玉的名。

【珩】hâng, hêng, ㄏㄤˊ, ㄏㄥˊ; Gêk koaⁿ ê tōa tè Gêk, Bō chhiu ê Gêk, thán hî ê Gêk.
玉冠的大塊玉，帽楸的玉，袒橫的玉。

【珝】hú, ㄒㄩˇ; Gêk ê mîa. Lâng ê mîa.
玉的名。人的名。

【珢】Gûn, ㄧㄣˊ; Chioh Chhin chhiūⁿ Gêk.
石親像玉。

【珓】kàu, ㄐㄧㄠˋ; Gêk Súi. Poe Pôaⁿ ēng Gêk Lâi tsòe ê. kàu Poe, mn̄g kúi sîn ê khì khū, Siūⁿ Poē.
玉僕。杯盤用玉來做的。珓杯，問鬼神的器具，尚杯。

【珙】kióng, ㄍㄨㄥˇ; tōa tè ê Gêk, Phek Giók. Kióng Phek. iā thák tsòe hông. Lâng ê mîa, Ông hông.
大塊的玉，璧玉。珙璧。也讀做珙。人的名，王珙。

【珪】ke, kui, ㄍㄟ, ㄍㄨㄟ; hó Gêk, Súi Gêk, koaⁿ Chiok hō ê Gêk. tsàu Pán ê Gêk. kui Chiong. kùi tiōng ê Gêk.
好玉，瑞玉。官爵號的玉。奏版的玉。珪璋。貴重的玉。

【珞】Lòk, ㄌㄨㄛˋ; ām kún ê tsng thāⁿ, Sòe tè Chioh, eng Lòk.
頷頸的粧飾，小塊石，瓔珞。

【班】Pan, Pai, ㄅㄢ, ㄅㄞ; hō Lâng Pâi Liat, thóan, tūi, Pun khui. chit Pan, hun Pan. Pâi Pan. Kiō Pan, Chhia Pan.
使人排列，團，隊，分開。一班，分班。排班。轎班，車班。
téng thòe, oāⁿ Pan. hia Pai, ai hia Pai, hiau Pai. kóng oē tsòe Lâng Chin Sáng sè ê ì sù.
頂替，換班。轍班，憢轍班，囂班，講話做人真驕勢的意思。

【珮】Pōe, Pòe, ㄆㄟˋ, ㄅㄟˋ; kùi Seng khu ê Gêk tòa. Giók Pōe. Gin Giang ê mih. hong koan hâ Pōe. Chiū sī hó Giah
掛身軀的玉帶。玉珮。鈴鉼的物。鳳冠霞珮。就是好額
ê hū jîn Lâng ê tsng thāⁿ. kap 佩 Siāng i sù.
的婦仁人的妝飾。与佩同意思。

【珥】jīⁿ, jī, ㄖˇ, ㄦˇ; hī kau, ēng tsu Gek tsng thāⁿ hī á. Chiam jīⁿ. Giók jī.
耳鈎，用珠玉妝飾耳仔。簪珥。玉珥。

【珣】Sûn, ㄒㄩㄣ; Gêk ê Lūi, Gêk ê mîa Gêk ê khì khū.
玉的類，玉的名。玉的器具。

【琉】Chhiong, ㄑㄩㄥ; chit khóan Gêk chioh ê mîa. Chhiong nî. thong 充.
一款玉石的名。琉耳。通充。

【珬】Sut, ㄒㄩˋ; Gêk ê mîa, Chhin chhiū hái khak, bé Lô.
玉的名，親像海殼，瑪瑙。

【珧】iâu, ㄧㄠˊ; Lê khak Lāi bīn ê kng Phē. thang tsòe tsng thāⁿ ê Lō ēng.
螺殼內面的光皮。可做裝飾的路用。

琰 iám, 一ㄢˇ, Gėk ê mîa. Phek Gėk ê súi sek, kap 琰 Sio siāng. Gėk ê kng.
王的名。璧玉的媄色，与琰相同。王的光。

七 畫

珵 têng, ㄔㄥˊ, Súi ê Gėk, khàm Lak chhùn ka kī kng.
媄的王，蓋六寸能僚己光。

琀 hâm, ㄏㄢˊ, Chiū sī hâm Gėk, sàng sng hā ê pó khì. jit Liam ê sî khǹg jip sí Lâng chhùi Lāi ê Gėk.
就是琀王，送喪孝的寶器。入殮的時藏入死人嘴内的王。

現 hiān, ㄒㄧㄢˋ, Gėk ê kng. hián chhut, hián bêng, Lō chhut, chhut hiān. hiān hêng. hiān Lō. hiān Siōng.
王的光。顯出，顯明，露出，出現。現形。現露。現像。
Chit tiáp, hiān sî, hiān tsāi. hiān tāi. hiān kim. hiān tsōng. hiān hóng. hiān sit.
這霎，現時。現在。現代。現金。現狀。現況。現實。

球 kiû, khiû, ㄍㄧㄡˊ, ㄎㄧㄡˊ, hó ê Gėk, kiû Gėk, Gėk khèng. în hêng ê, kô kô în ê thé, kiû. Phê kiû.
好的王，球王，王磬。圓形的，翸翸圇的體，球。皮球。
Chhiūⁿ Phê kiû. tōe kiû. Liû kiû. Liû khiû. kiat khiû, kiat kui khiû.
橡皮球。地球。琉球。琉球。結球，結歸球。

琅 Lông, ㄌㄤˊ, tiong Pān ê Gėk, chhin chhiūⁿ tsu ê khóan sit. Lông kan. Lâng ê sìⁿ.
中瓪的王，親像的珠的款式。琅玕。人的姓。

理 Lí, ㄌㄧˇ, tok Gėk hō i Chiàⁿ. tī Giók tī bîn Long ài Lí. tō, Gī, Sèng Chêng, tō Lí. kóng Lí.
琢王乎它正。治王治民攏嘜理。道，義，性情，道理。講理。
Lí khì, Lí iû. Lí Sèng, hoat Lí. Lí Siōng, Lí Lūn. Lí kái, bút Lí.
理氣，理由。理性，法理。理想，理論。理解，物理。
Pān Lí, Liāu Lí. Sū Lí, Chéng Lí. Lí tì, sim Lí, Seng Lí.
辦理，料理。事理，整理。理智，心理，生理。

琉 Liû, Lê, ㄌㄧㄡˊ, ㄌㄧˊ, Pó Pòe ê mih, chhin chhiūⁿ tsu kim kim, Liû Lí tsu. tōe mîa, Liû kiû. Lê,
寶貝的物，親像珠金金，琉璃珠。地名，琉球。三琉，
Po Lê, thàu bêng ê mih. tsòe mn̂g thang, tsòe kiàⁿ ê iōng tô.
玻琉，透明的物。做門窗，做鏡的用途。

琇 Siù, ㄒㄧㄡˋ, Gėk ê mîa, Chióh chhin chhiūⁿ Gėk, tiong Pān ê Gėk. Súi. súi ê chióh, siù êng.
王的名，石親像王，中瓪的王。媄。媄的石，琇瑩。

珷 bú, ㄨˇ, Pó chióh chhin chhiūⁿ Phek Giók, tsóng sī bô hiah tēng, hiah kim.
寶石親像碧王，總是無彼碇，彼金。

珴 Gô, ngô, ㄜˊ, ㄜˊ, hiàn Gėk, á sī sàng mih hō Lâng ê khóan sit.
獻王，或是送物佮人的款式。

琈 hu, ㄈㄨˊ, Gėk chhái ê sek, Gėk ê mîa, Súi ê Gėk.
王采的色，王的名，媄的王。

琄 Pòe, ㄅㄟˋ, chiū sī khì khū ê tsng thāⁿ.
就是器具的裝飾。

琋 tē, ㄉㄧˋ, Gėk ê mîa, tē tông Giók. Pē Gėk á ê ì sù.
王的名，琋瑭王。佩王仔的意思。

珽 théng, ㄊㄧㄥˇ, Gėk ê mîa. théng Giók. Gėk ê tsàu Pán, théng hut. tsàu Pán, bián Liû ê Gėk.
王的名。珽王。王的奏版，珽笏。奏版，冕旒的王。

琄 hiān, koān, ㄒㄧㄢˋ, ㄍㄨㄢˋ, Gėk ê khóan sit, Pē Gėk ê ì sù.
王的款式，佩王的意思。

琗 Chhoàn, ㄔㄨㄢˋ, Gėk ê chhiú chí, á sī chhiú khoân, chhiú Liān ê ì sù.
王的手指，或是手環，手鍊的意思。

珸 Gô, ㄨˊ, Chióh, tiong Pān ê Gėk, Súi ê chióh, khun Gô chióh. Soaⁿ ê mîa, khun Gô Soaⁿ chhut hó kim.
石，中瓪的王，媄的石，琨珸石。山的名，琨珸山出好金。

琊 iâ, 一ㄚˊ, chit ê tōe hng ê kó tsá mîa, Lông iâ tâi, tī Soaⁿ tang Séng.
一個地方的古早名，瑯琊臺，佇山東省。

八 畫

琖 tsán, ㄓㄢˇ, Gėk ê Poe, Gėk tsòe ê sòe tè Poe. iā kóng sī tsóaⁿ ê ì sù. chiú tsóaⁿ. Giók tsán.
王的杯，王做的小塊杯。也講是盞的意思。酒盞。王琖。

琛 thim, ㄔㄣ, Pó Gėk, chìn kòng hông tè ê Pó mih. thian thim, tsū jiân ê Pó Pòe.
寶王，進貢皇帝的寶物。天琛，自然的寶貝。

琢 tok, ㄓㄨㄛˊ, tiau khek, kéng sóan, chhòng, tok Gėk, tiau tok. Giók put tok put sêng khì.
彫刻，揀選，創王，琢王，彫琢。王不琢不成器。

琥 hó, ㄏㄨˇ, Gėk ê khì khū, hó hông chiok. Gėk ê mîa, hó Phek, siōng ka ê hòa chióh, bôa ē Phang.
王的器具，琥璜爵。王的名，琥珀，松膠的化石。磨能香。

琗 tsui, ㄘㄨㄟˋ, Súi, tit lâng thìaⁿ ê ì sù, kó tsui. bīn māu hó khòaⁿ thé thài Lêng Lông, chin kó tsui. 造字
婧，得人黌的意思，古琗。面貌好看體態玲瓏，真古琗。

琪 kî, ㄑㄧˊ Gėk Gėk ê mîa, Gėk, Súi Sek
王的類，王的名，玉，僙色。

琦 kî ㄑㄧˊ Chiū sī Gėk ê mîa。
就是玉的名。

琴 khîm, ㄑㄧㄣˊ Gak khì, hong khîm, hiân khîm, kng khîm, tôaⁿ khîm。khîm Sek hô bêng, Pì jū hu hū hô hap。
樂器，風琴，絃琴，鋼琴，彈琴。琴瑟和鳴，比喻夫婦和合。

琚 ku, ㄐㄩ Gėk ê mîa, khêng ku。Pē Gėk。
玉的名，瓊琚。佩玉。

琯 koan, koán, ㄍㄨㄢ, ㄍㄨㄢˇ Gėk ê mîa。Chioh, Chhin chhiūⁿ, kng Gėk ê tsng thāⁿ。
玉的名。石，親像玉，貫玉的妝飾。

琨 khun, ㄎㄨㄣ Súi ê Chioh, Gėk ê mîa, Súi Gėk。Chioh ná tsu, tiong Pān ê Gėk。
僙的石，玉的名，僙玉。石如珠，中版的王。

琳 Lîm ㄌㄧㄣˊ Gėk ê mîa, Lîm Gėk。Súi ê Gėk。Lâng ê mîa, kok ê mîa。
玉的名，琳玉。僙的玉。人的名，國的名。

琵 Pî, Gî, ㄆㄧˊ, ㄍㄧˊ Gak khì ê mîa, hiân Gak khì, Pî Pê。i ê seng khu tn̂g în hêng, Chhin chhiūⁿ tōa Pî Pê。
樂器的名，絃樂器，琵琶。它的身軀長圓形，親像大枇杷。

琶 Pâ, Pê, ㄆㄚˊ, ㄆㄝˊ Gak khì ê mîa, hiân Gak khì, Gî Pê, Pî Pâ, Gėk khîm ê Lūi, i ê seng khu tn̂g în hêng,
樂器的名，絃樂器，琵琶，琵琶，月琴的類。它的身軀長圓形，
Chhin chhiūⁿ tōa Gî Pê。Pî Pê ô, Jit Pún tē it tōa ô, ô hêng ná Gî Pê。
親像大枇杷。琵琶湖，日本的第一大湖，湖形如琵琶。

琫 Póng ㄅㄥˇ, Pē to ê bīn ê tsng thāⁿ, hông tè êng Gėk, tsu hô êng kim, Lâi tsng thāⁿ to Siù。Póng Péng。
佩刀下面的裝飾，皇帝用玉，諸侯用金，來裝飾刀鞘。琫珌。

琲 Pōe ㄆㄟˋ, tsu gō Pah Liap, kn̄g tsu, tsu tsap kn̄g tsòe Chit Pōe, Pōe koàn。chháu bak súi ná tsu。
珠五百粒，貫珠，珠十貫做一琲，琲貫。草木美如珠。
chhó bók hôa bī hu Pōe Lúi jû tsu。
草木華未男琲磊如珠。

琱 tiau, ㄉㄧㄠ tok Gėk, tiau tok。tiau khek ê ì sù。
琢玉，琱琢。彫刻的意思。

琠 tián, thián, ㄉㄧㄢˇ, ㄊㄧㄢˇ Chiū sī Gėk ê mîa, êng Gėk Lâi tsòe hī kau。
就是玉的名，用玉來做耳鉤。

琮 tsong, ㄗㄨㄥ Súi Gėk, tōa Poeh chhùn, ná chhia thâu ê thih, Gōa bīn Poeh kak, tiong ng în în。
瑞玉，大八寸，如車頭的鐵，外面八角，中央圓圓。

琰 iám, ㄧㄢˇ Gėk ê mîa, Phek téng ê Súi Sek。Lâng ê mîa。
玉的名，璧頂的僙色。人的名。

玷 tiàm, ㄉㄧㄢˋ Gėk ū hâ hûn, khiàm kheh, hâ chhū ê ì sù。bak Lâ sâm。
玉有瑕紋，欠缺，瑕疵的意思。染垃圾。

琤 Cheng, ㄔㄥ Pėh chioh á sī Po Lê San khap ê Siaⁿ。Gėk ê Siaⁿ。Cheng cheng。khîm ê Siaⁿ。
白石或是玻璃相磕的聲。王的聲。琤琤。琴的聲。

琺 hoat, ㄈㄚˋ Chhit Pó Sio, hoat Lông Pîn, hoat Lông Chit khoán hûi ê Séng chit mih ná Pó Lê。Chhat tī Kim Siok ê
七寶燒，琺瑯瓶。琺瑯，一款磁的性質的物如玻璃。漆佇金屬的
khì bīn ê Piau bīn Lâi Sio。ōe thang koan koh bōe Siⁿ Sian。Lâm thn̂g。kè thn̂g ê hûi。
器皿的表面來燒。能可美觀偶勿會生銹。琺瑯。過瑯的磁。

琬 oán ㄨㄢˇ Súi Gėk ê mîa, Súi Sek ê Gėk, oán iám。Lâng ê mîa。
僙玉的名，僙色的玉，琬琰。人的名。

九 畫

瑑 thoân, ㄊㄨㄢˊ kó tsá tōa koaⁿ hông tè kìⁿ tsàu Pán ê Gėk tūi。Gėk khì khek hoe Phû chhut ê hoe bûn。
古早大官見皇帝操奏版的玉縋。玉器刻花浮出的花紋。

瑕 hâ ㄒㄧㄚˊ, Gėk sió khóa Chhiah Sek, Pháiⁿ Gėk。Chhiah hâ, Chhiah Gėk。khiàm kheh, Pē Pēng, kè Sit。
玉少許赤色，歹玉。赤瑕，赤玉。欠缺，弊病，過失。
Gėk ū mâu Pēng, hâ chhū。hâ jû, Gėk ū Pan hûn, á sī Pì jū Lâng ê tek hêng。
玉有毛病，瑕疵。瑕瑜，玉有斑痕，或是比喻人的德行。

瑚 hô, ô, hô, ㄏㄨˊ, ㄜˊ, ㄏㄜˊ, Siⁿ tī hái nih ê mih Chhin chhiūⁿ chhiū。Sian ô Soan ô。San hô chiau, Sian hô tsu。
生佇海裡的物，親像樹。珊瑚，珊瑚。珊瑚礁，珊瑚珠。
Lô ㄌㄨˊ, hô Liân, kó tsá tóe ké Lâi hiàn chè khì khū。Sian Lô chhiū, hái nih ê chhiū。
瑚璉，古早貯粿來獻祭的器具。珊瑚樹，海裡的樹。

琿 hûn, ㄏㄨㄣˊ Gėk ê mîa, Súi ê Gėk。
玉的名，僙的王。

瑌 joán, Loán, ㄖㄨㄢˇ, ㄋㄨㄢˇ tiong Pān ê Gėk。Pėh ê ná Peng。ū ê Lông tâm Pōh ū Chhiah Sek。
中版的玉。白的如冰。有的攏淡薄有赤色。

瑙 Ló ㄋㄠˇ, chhù Gėk, bé Ló。thang tsòe tsng thāⁿ ê mih。ū kúi ná Chiong Sek tī。
次玉，瑪瑙。可做裝飾的物。有幾若種色緻。

瑁 mō, Pōe, Pē, tāi Pōe, chit khoán hái kú, ā ê ku kah hoe bûn Súi, oē tsòe tit tsng thāⁿ ê mih.
ㄇㄜˋ, ㄅㄨㄟˋ, ㄇㄟˋ; 玳瑁，一款海龜，牠的龜甲花紋媄，能做得裝飾的物。
bak kiàⁿ kheng. tāi Pē, tāi Pōe. mō, hông tè Sù tsu hō khàm háp ê Gėk.
目鏡框。玳瑁，玳瑁。瑁，皇帝賜諸侯嵌合的玉。

瑟 Sek, ㄙㄜˋ; Gák khì ê mîa, Súi, tsōe tsōe ê khóan Sit. khîm Sek hô bêng, Pí jū hu hū hô háp.
樂器的名，媄，多多的款式。琴瑟和鳴，比喻夫婦和合。

瑞 Sūi, ㄖㄨㄟˋ; Gėk ê in Sìn, ūi kì. ke Phek ê tsóng mîa. hó ê tiāu thâu, Siông Sūi. Sūi khì.
玉的印信，為記。圭璧的總名。好的兆頭，祥瑞。瑞氣。

瑄 Soan, ㄒㄩㄢ; Gėk Lák Chhùn, ū Si koaⁿ hìan Soan Gėk. Phek tōa Lák chhùn kiò tsòe Soan.
玉六寸，有司官獻瑄玉。璧大六寸叫做瑄。

瑇 tāi, ㄉㄞˋ; kap 玳 Siāng khoán, chhiaⁿ khoàⁿ Gō ūi.
與玳同款，請看五畫。

瑋 úi, ㄨㄟˇ; Gėk ê mîa, Súi ê Gėk kui úi. hó khòaⁿ. tāng tāng, tìn tiōng, ú tiōng. Lâng ê mîa.
玉的名，媄的玉，瑰瑋。好看。重重，珍重，瑋重。人的名。

瑛 eng, 一ㄥ; Gėk ê kng, Súi ê Gėk, Chhin Chhiūⁿ tsúi Chiⁿ. Giók eng. → Sin Sút.
玉的光，媄的玉，親像水晶。玉瑛。

瑜 jû, ㄩˊ; hó Gėk kong chhái, Súi ê khóan Sit. hó. kín jû. jû ka, jû ka Sút, chit khoan kiān
好玉光彩，媄的款式。好。瑾瑜。瑜伽，瑜伽術，一款健身術

瑀 ú, ㄩˇ; Chiòk Chhin Chhiūⁿ Gėk, tiong Pān ê Gėk. Pėh tsu.
石親像玉，中瓣的玉。白珠。

瑗 oān, ㄩㄢˋ; tōa ê Gėk khóan. tsa koaⁿ hū ēng chit ê, tī hông tè ê bīn chêng Lâi hián bêng i ê koaⁿ chit.
大的玉環。早官府用這個，佇皇帝的面前來顯明他的官職。

瑅 thê, ㄊㄧˊ; thê tông, chiū sī Gėk ê mîa.
瑅瑭，就是玉的名。

瑒 tè, ㄉㄧˋ; Chiū sī chit khóan Pó Gėk ê mîa.
就是一款寶玉的名。

瑒 iông, 一ㄤˊ; Gėk ê chiú Poe, Lâng ēng tsòe tiān chiú ê Lō iōng.
玉的酒杯，人用做奠酒的路用。

瑝 hông, ㄏㄨㄤˊ; Gėk Sio khap ê Siaⁿ.
玉相磕的聲。

瑊 Chim, hâm, ㄐㄧㄣ, ㄏㄢˊ; Chiòh Chhin Chhiūⁿ Gėk, tsóng sī khah m̄ hó. kat soaⁿ ê tsōe tsōe hâm chiòh.
石親像玉，總是較毋好。葛山下多多瑊石。

瑍 hoàn, ㄏㄨㄢˋ; Gėk ū hûn kui tsoā ê ì sù.
玉有紋，歸綴的意思。

瑸 Pin, ㄅㄧㄣ; hoe bûn chhái Sek ê khóan Sit, ēng bé Ló chhiūⁿ tsng thāⁿ tiān Piah
花紋彩色的款式，用瑪瑙象牙裝飾殿壁。

十畫

瑰 hôe, kùi, kui, ㄏㄨㄟˊ, ㄍㄨㄟˋ, ㄍㄨㄟ; hó koh îⁿ ê tsu, mûi kùi tsu, Chhiah Sek ê Gėk. hán iú Pó Pòe. khêng kui
好閣圓的珠，玫瑰珠。赤色的玉。罕有寶貝。瓊瑰
Giók, chhiah Gėk mûi kùi. kùi Lē, Sian iām bí Lē. kùi Pó hi Pó
玉，赤玉玫瑰。瑰麗，鮮豔美麗。瑰寶，稀寶。

瑯 Lông, ㄌㄤˊ; kap 琅 Sio Siāng. tiong Pān ê Gėk, Chhin Chhiūⁿ tsu ê khoan Sit.
與琅相同。中瓣的玉，親像珠的款式。

瑪 má, bé, ㄇㄚˇ, ㄇㄜˇ; má Ló, bé Ló, bé Ló chiòh, bé Ló tsu. ū kùi nā sek, tsòe tsng thāⁿ.
瑪瑙，瑪瑙，瑪瑙石，瑪瑙珠。有幾若色，做裝飾。

瑣 Só, Chhó, ㄙㄨㄛˇ, ㄑㄛ; Gėk ê Siaⁿ, Gėk ê Sut á. Sòe Sòe, iù. Só chhùi, Só Sòe. Saⁿ Liân, Liân Só.
玉的聲，玉的屑仔。細細，幼，瑣碎，瑣細。相連，連瑣。
Chhó Chhùi, chiū sī Pòaⁿ chhùi Gú. kap Lâng teh chhó Chhùi tap chhùi kó ê ì sù.
瑣嘴，就是拌嘴語。與人的瑣嘴。搭嘴鼓的意思。

瑱 Chìn, tiàn, thiàn, ㄓㄣˋ, ㄉㄧㄢˋ, ㄊㄧㄢˋ; ēng Gėk that hī á Gėk, hông tè ēng Gėk, tsu hō ēng chiòh. tiàn, thiàn, Gėk mîa,
用玉塞耳仔玉，皇帝用玉，諸侯用石。瑱，瑱，玉名，
tiàn ke, Chiong Gėk tsòe hī kau ê ì sù.
瑱圭，將玉來做耳鉤的意思。

瑲 Chhiong, Chhong, ㄑㄧㄤ, ㄑㄤ; Gėk ê Siaⁿ, Gėk khì ê Siaⁿ, Gák khì ê Siaⁿ, kim Chiòh á sī Cheng ê Siaⁿ.
玉的聲，玉器的聲，樂器的聲，金石或是鐘的聲。

瑨 Chìn, ㄐㄧㄣˋ; hó Chiòh, tiong Pān ê Gėk. Chiòh Chhin Chhiūⁿ Gėk ê khóan Sit.
好石，中瓣的玉。石親像玉的款式。

瑳 Chho, ㄘㄨㄛ; Gėk ê Sek chhìⁿ Pėh ê ì sù. hó Chhiò ê khóan Sit.
玉的色鮮白的意思。好笑的款式。

瑤 iâu, 一ㄠˊ; hó ê Gêk, Chióh Chhin Chhiūⁿ Gêk, iâu khuⁿ. khêng iâu. iâu tî, Sîn oē ê só·tsāi。
好的玉，石親像玉，瑤琨。瓊瑤。瑤池，神話的所在。

瑩 êng, ㄧㄥˊ; hó ê Chióh Chhin Chhiūⁿ Gêk, Gêk kng kng, kim kim, kng bêng。
好的石親像玉，玉光光，金金，光明。

瑢 iông, ㄖㄨㄥˊ; Pē Gêk teh Kiâⁿ Pē Gêk teh Kiâⁿ ê Siaⁿ。
佩玉啲行；佩玉啲行的聲。

瑬 Liû, ㄌㄧㄡˊ; sūi Lóh ê Gêk, bián Liû ê tsng thāⁿ, kí Sūi Lóh ê Gêk。hó Gêk。
垂落的玉，冕旒的妝飾，指垂落的玉。好玉。

瑣 Só, Chhó, ㄙㄨㄛˇ; kap 瑣 Siāng khóan。
与瑣同款。

瑦 o·, ó·, ㄨ, ㄨˇ; Chióh Chhin Chhiūⁿ Gêk, tiong Pān ê Gêk。
石親像玉，中販的玉。

瑠 Liû, ㄌㄧㄡˊ; Pó Lê, hûi ê khì khū, tóe Pn̄g ê Lō êng. kap 琉·璢 Siāng khóan。
玻璃，磁的器具，貯飯的路用。与琉·璢同款。

瑭 tông, ㄊㄤˊ; Gêk mîa,
王名，

十一畫

璋 Chiong, ㄓㄤ; kó·tsá tsàu Pán ê Gêk。Gîn á thit thô ê chióh。Lōng Chiong Siⁿ Kiáⁿ ê ì sù。
古早奏版的玉。囡仔迌迌的石。弄璋；生子的意思。

瑦 thu, u, ㄊㄨ, ㄨ; Chiū sī Gêk ê mîa, Siáu hoa ê Soaⁿ ū chhut tsōe tsōe。
就是玉的名，小華的山有出多多。

瑿 hê, ㄧ; Sūi ê chióh, o· sek ê Gêk。hó· Phek, Chhia Lûn ê tōa。O· Gêk Kiàⁿ。
僕的石，黑色的玉。琥珀，車輪的大。黑玉鏡。

璂 Kî, ㄑㄧˊ; ngó· Chhái Giók kî, êng tsap jī tè ngó· Chhái Gêk Lâi tsng thāⁿ。
五彩玉璂，用十二塊五采玉來妝飾。

瑾 kín, kìn, ㄐㄧㄣˇ, ㄐㄧㄣˋ; Súi ê Gêk, Gêk hó tēng iā ū kng。âng Gêk。
僕的玉，玉好碇也有光。紅玉。

璃 Lî, Lê, ㄌㄧˊ, ㄌㄧˊ; Lî, tsuê mîa, Liû Lî。Liû Lî teng。Po Lê chit khóan thàu bêng ê mih, thang tsòe kiàⁿ。
瓈，珠的名，琉璃。琉璃燈。玻璃一款透明的物。可做鏡。

璉 Liân, ㄌㄧㄢˇ; ô· Liân, tóe ké Lâi hiàn chè ê khì khū。
瑚璉，貯粿來獻祭的器具。

璇 Soân, Soān, ㄒㄩㄢˊ, ㄒㄩㄢˊ; bí biāu ê Gêk, kó· tsá ông kòa ê。hiu thiⁿ ê khì khū。Soân chióh, hé Soân, kim Gêk Soân, Sàn Pit。
美妙的玉，古早王掛的。量天的器具。璇石，火璇，金玉璇，璇筆。

璀 tsōe, ㄘㄨㄟˇ; Gêk ê mîa, Gêk ê kng, tsōe Chhàn。tsu Sūi Lóh ê khóan Sit。
玉的名，玉的光，璀璨。珠垂落的款式。

璄 êng, kéng, ㄧㄥˇ, ㄐㄧㄥˇ; Gêk ê kng, Chhái sek ê ì sù。Kng Chhái sek。kap 璟 Siong tông。
玉的光，彩色的意思。光彩色。与璟相同。

璢 Pit, ㄅㄧˋ; Pē to ê bīn ê tsng thāⁿ, hông tè êng Gêk Lâi Siuⁿ。Lâng mîa, Chiu Pit。kap 珌 Siāng。
佩刀下面的妝飾，皇帝用玉來鑲。人名，周璢。与珌同。

璆 kiû, ㄑㄧㄡˊ; hó ê Gêk, Gêk khêng, Súi ê Gêk ê mîa。Gêk ê Siaⁿ im, kiû jiân。
好的玉，玉磬，僕的玉的名。玉的聲音，璆然。

璊 boân, bûn, ㄇㄣˊ, ㄇㄣˊ; âng âng ê Pó Gêk, Chhin Chhiūⁿ bé Lô。
紅紅的寶玉，親像瑪瑙。

璈 Gô, ngô, ㄠˊ, ㄠˊ; Gák khì。ông bú bêng sī Lú tōa hûn hô ê khek。hōng bú Liông Gô tsàu。
樂器。王母命侍女彈雲和的曲。鳳舞龍璈奏。

璓 Su, ㄒㄧㄡ; Súi ê Gêk, tsàu Pán, jîn Sîn tiâu kìn hông tè ê Lé Sò·。Su Pan, hut. tsàu Pán。
僕的玉，奏版，人臣朝見皇帝的禮數。璓班，笏。奏版。

璅 tsó, ㄗㄠˇ; Chióh Chhin Chhiūⁿ Gêk, Gêk ê Siaⁿ。Sòe Sòe, Chhùi Chhùi。Só Chhùi, kap 巛 Siāng ì Sù。
石親像玉，玉的聲。小小，碎碎。璅碎，与瑣同意思。

瑽 chhiong, ㄘㄨㄥ; Gêk á kap Siu Sek Pák tī io tóa tin tāng ê Siaⁿ。Chhiong chhiong。
玉仔與首飾縛佇腰帶振動的聲。瑽瑽。

瓌 hoân, khoân, ㄏㄨㄢˊ, ㄎㄨㄢˇ; ìⁿ khó ê Gêk。[redacted]。Gêk khoân。kap 環 Sio Siāng。
圓弧的玉。[redacted]。玉環。与環相同。

璁 Chhong, ㄘㄨㄥ; Chhin Chhiūⁿ Gêk ê chióh。Súi ê Chióh。
親像玉的石。僕的石。

璖 Lê, ㄌㄧˊ; Lê á, Phah Lê á, Phah Lê。Chiū sī thih khó á Lâi bīn ū tsu ōe Gîn Giang háu。
璖仔，打璖仔，打璖。就是鐵箍仔內面有珠能鈴鋃哮。

造字 借累偏音成字。

十二畫

璞 tsoān, ㄗㄨㄢ; Siók Gėk ê Lūi, Pó Pòe ê ì sù. tin tsoān
屬王的類，寶貝的意思。珍璞。

璠 hoan, hôan, ㄈㄢ,ㄈㄢˊ; Súi ê Gėk, û hôan. Ló-kok ê Pó Pòe, khóng tsú o Ló súi ê.
美的玉，璵璠。魯國的宝貝，孔子謳咾美的。

璜 hêng, hông, ㄏㄥˊ,ㄏㄨㄤˊ; Gėk ê mîa, Pòa Phek Gėk, Gê ê Lūi. Pėh Gėk.
玉的名，半璧玉，牙的類。白玉。

璣 ki, ㄐㄧ; bô în ê tsu, Chin tsu. nńu thiⁿ ê khì khū. Séng Chhat ê ì sù.
無圓的珠，珍珠。量天的器具。省察的意思。

璟 éng, kéng, ㄧㄥ,ㄐㄧㄥˇ; Gėk ê kng, chhái sek ê ì sù, kng chhái sek.
玉的光，彩色的意思，光彩色。

璘 Lîn, ㄌㄧㄣˊ; Chit tsōa chit tsōa ê hûn ê khóan sit, Gėk ê sek kng chhái. Gėk ê kng sek chhap tsáp.
一綴一綴的紋的款式，玉的色光彩。玉的光色嚨雜。

璞 Phok, ㄆㄨˊ; Tiong Pān ê Gėk, bô iù iù. Chho Gėk. Phok Giók, bōe tok ê Gėk. Chin Sit, kui chin hoán Phok.
中瓣的玉，無幼幼。粗玉。璞玉，未琢的玉。真實，歸真返璞。

璡 Chin, Chîn, ㄐㄧㄣ,ㄐㄧㄣˊ; Chioh chhin chhiūⁿ Gėk ê khóan sit. Lâu hian hian ê sió tī ê mîa, sī chit ūi Siù sū. mîa Chin.
石親像玉的款式。劉瓛瓛的小弟的名，是一位秀士。名璡。

璢 Lîu, ㄌㄧㄡˊ; kap 瑠 Sio Siāng.
与瑠相同。

璗 tōng, ㄉㄤˋ; kim ê hó ê kap Gėk ê Sek Sio Siāng. n̂g kim ê Pát mîa, kìo tsòe tōng.
金的好的，與玉的色相同。黄金的別名，叫做璗。

十三畫

環 hoân, khôan, ㄏㄨㄢˊ,ㄎㄨㄢˊ; Phek ê Lūi ê Gėk, în kho á ê Gėk, Gėk khoân, hī khoân. ûi Lûi, Khôan Chiu. în hoân. Sè kài it Chiu, hoân Kîu it Chiu. Sì Pîⁿ ê kéng kài, khôan kéng.
璧的類的玉，圓弧仔的玉，玉環，耳環。圍囮，環周。圓環。世界一周，環球一周。四邊的境界，環境。

璩 kû, ㄑㄩˊ; Lâng ê jī sìⁿ, kû. Lâng mîa, kû êng, Gûi kok tāi Chiong kun. hoân ê mîⁿ, êng Lâi chhng hīⁿ.
人的字姓，璩。人名，璩應，魏國大將軍。環的物，用來穿耳。

璐 Lō, ㄌㄨˋ; Gėk ê mîa, Súi ê Gėk, Pó Pòe ê Gėk, Pó Lō.
玉的名，美的玉，寶貝的玉，寶璐。

璧 Phek, ㄅㄧˋ; Pó Gėk, Gōa bīn khóan sit îⁿ, Lāi bīn sì kak khang. Phek jîn, Pí jū Lâng súi ná Gėk.
寶玉，外面款式圓，内面四角孔。璧人，比喻人美如玉。

璲 Sūi, tūi, ㄙㄨㄟˋ,ㄉㄨㄟˋ; Gėk ê mîa, hó ê Gėk. Giók Sūi, Gėk tūi, ēng Gėk Lâi tsng thāⁿ tsòe Pē Gėk.
玉的名，好的玉。玉璲，玉璲，用玉來妝飾做佩玉。

璫 tong, tang, thng, ㄉㄤ,ㄉㄤ,ㄊㄤ; hī kau ê Gėk, Gėk tūi, Gėk Phōaⁿ, Gėk Phōaⁿ ê Siaⁿ. tin tin tang tang. tin tong hāu. Chiū sī Gėk tin tang Saⁿ khap ê Siaⁿ. mih Saⁿ khok ê Siaⁿ, tsa bó Gín á Súi tang tang. thng, Lâm thng, kè thng, thng kng, Lâm thng tiaⁿ á, Lâm thng o á, Lâm thng Poe. hiān Chhú sī Kóng hoat Lông. Sī ēng Pó Lê chit ê hòa hap bút, Chhat á sī Lâm tī kim Sio̍k ê khì bīn ê Piáu bīn Lâi sio, oē bí koan koh bōe Sin Sian. Sī kè thng ê hûi.
耳鉤的玉，玉璲，玉伴，玉伴的聲。玎玎璫璫。玎璫哮。就是玉振動相磕的聲。物相碰的聲。查媒囝仔美璫璫。璫，淋璫，過璫，璫光，淋璫鼎仔，淋璫鍋仔，淋璫杯。現此時講琺瑯。是用玻璃質的化合物，漆感是淋佇金屬的器皿的表面來燒，能美觀僴膾生銹。是過璫的磁。

璨 Chhàn, ㄘㄢˋ; Gėk ê kng. Súi ê Gėk, tsòe chhàn. tsu tūi Lóh ê khóan Sit.
玉的光。美的玉。璀璨。珠垂落的款式。

璪 tsó, ㄗㄠˇ; biān Lîu ê tsuá tūi. Gėk tsòe ê. biān tsó.
冕旒的珠仔璲。玉做的。冕璪。

璵 hiòng, ㄒㄧㄤˋ; Chiū sī Gėk ê mîa, kap 珦 Siāng khóan.
就是玉的名，与珦同款。

璺 iong, ㄧㄥ; Gėk ê khì khū, tiong Pān ê Phek.
玉的器具，中瓣的璧。

璥 kéng, kèng, ㄐㄧㄥˇ,ㄐㄧㄥˋ; Chiū sī Gėk ê mîa.
就是玉的名。

璱 Sek, ㄙㄜˋ; Gėk kng, Súi, Chheng khì. Gėk chhiⁿ Chheng khì khóan Sit. Phek tsu.
玉光，美，清氣。玉鮮清氣的款式。璱珠。

十四十五畫

瓀 joán, 日ㄨㄢ, Chioh ê mîa, joán chioh. Chioh Chhin Chhiūⁿ Gek.
石的名，瓀石。石親像玉。

璽 Sú, ㄕㄨ, Gek ê ìn, hông tè tsu hō ê ìn. Sìn Pîn, tsun kùi ê Chheng ho.
王的印，皇帝諸侯的印。信憑，尊貴的稱呼。

璵 û, ㄩ, Súi ê Gek, hôan û. Ló kok ê Pó Gek.
媄的玉，璠璵。魯國的寶玉。

璿 Soân, ㄒㄩㄢ, kap 璇 Siāng khoán. ê Pún jī.
与璇同款。的本字。

璺 būn, hùn, ㄨㄣ, ㄏㄨㄣ, Ū Pit hûn ê Gek, á sī hûi ê ke si. Phah Phòa Soa ko būn tàu tóe.
有破紋的玉，或是磁的傢私。打破砂鍋璺到底。

瓊 khêng, ㄑㄩㄥ, Pó chioh, Chhiah Sek ê Gek, Súi ê Gek. hó, Súi, kng. khêng Chiong Giok ek, bí Chiú.
宝石，赤色的玉，媄的玉。好，媄，光。瓊漿玉液，美酒。

瓈 Lê, ㄌㄧ, Pó ê mîa, Pó Gek ê mîa, Pho Lê Pó.
寶的名，寶玉的名，玻瓈寶。

瓅 Lek, ㄌㄧˋ, kng kng ê tsu. kng Geh ê tsu, i ê kng Chio tī kang Pîn.
光光的珠。光月的珠，它的光照佇江邊。

瓄 tók, ㄉㄨˊ, Gek ê mîa, khun San chhut tók Gek, Gek ê khì khū.
王的名，崑山出瓄玉，玉的器具。

十六·十七畫

瓐 Lô, ㄌㄨˊ, Gek ê mîa, Peh Gek, Phek Gek. Phek Lô Giók.
王的名，白玉，璧玉。碧瓐玉。

瓏 Liông, Lông, Long, ㄌㄧㄥˊ, ㄌㄨㄥˊ, ㄌㄨㄥ, Chiū sī Gek ê Siaⁿ, Gek kng ê khoán hong ê Siaⁿ. Lêng Lông, Liông Lêng, Liông Liông
就是王的聲，王光的款。風的聲。玲瓏，瓏玲，瓏瓏。
Lin Long, Séh Lin Long, Lin Long kó bōe tsap Sè. Lin Lin Long Long. hoah Lin Long.
玲瓏，遶玲瓏，玲瓏鼓賣雜貨。玲玲瓏瓏。喝玲瓏。

瓍 Sûi, ㄙㄨㄟˊ, chiū sī Chin tsu ê ì Sù.
就是珍珠的意思。

瓓 Lān, ㄌㄢˋ, Chiū sī Gek ê chhái Sek.
就是王的彩色。

瓖 Siong, ㄒㄧㄤ, Gek ê mîa, bé téng bīn ê tsng thāⁿ, bé tòa ê tng thāⁿ. Siuⁿ Gek ê ì sù.
王的名，馬頂面的裝飾，馬帶的裝飾。鑲王的意思。

瓔 eng, ㄧㄥ, Chioh Chhin Chhiūⁿ Gek, ām kún ê tsng thāⁿ. eng Lók.
石親像王，頷頸的妝飾。瓔珞。

環 hoân, ㄏㄨㄢˊ, Chiū sī în în ê Pó Gek.
就是圓圓的寶王。

十八－廿畫

瓘 koàn, ㄍㄨㄢˋ, Gek ê mîa, koan kui. Lâng mîa, tân koàn, Chê tāi hu.
王的名，瓘珪。人名，陳瓘，齊大夫。

瓚 tsàn, ㄗㄢˋ, Saⁿ tè Gek, nn̄g tè Chioh ê tsàu Pán, Gek ê Chiu tsoaⁿ ēng Lâi hiàn Chè.
三塊王，兩塊石的奏版，王的酒盞，用來献祭。

瓛 hiàn, hôan, ㄒㄧㄢˋ, ㄏㄨㄢˊ, Gek ê Lâng Sn̄g. Gek ê ì Sù. Lâng ê mîa, Lâu hôan hôan, sī chit ūi Siù Sū.
王的籠罩。王的意思。人的名，劉瓛瓛，是一位秀士。

瓜 部 97

瓜 koa, koe, ㄍㄨㄚ, ㄍㄨㄝ, Chhài Lūi, Soan tîn só kiat ê Liáp, oē Chiáh tit. kim koe, Chhài koe, koe Chí, koe Phîⁿ.
菜類，旋藤所結的粒，能食得。金瓜，菜瓜，瓜子，瓜棚。
Si koe, Chiùⁿ koe, koa kat, koa kó, koa tiân Lí ha, koa Sek tì Loh.
西瓜，醬瓜，瓜葛，瓜果，瓜田李下，瓜熟蒂落。

四－六畫

瓞 tîm, ㄉㄧㄇ, Siók Chhiⁿ Phê ê koe mîa.
屬青皮的瓜名。

瓟 Pâu, Pû, ㄅㄠ, ㄆㄨ, koe ê mîa, khak oē tsòe tit iúⁿ tsúi ê khì khū. Gák khì ê mîa, Pû á, Pû hia. hô Lô Pû.
瓜的名，殼能做得舀水的器具。樂器的名，瓟仔，瓟瓠。葫蘆瓟。
Chhài koe Pû. hoe tau Pû. nā teh Soe chèng Pû á Sìⁿ Chhài koe.
菜瓜瓟。花斗瓟。若咧衰種瓟仔生菜瓜。

【瓞】tiat, ㄉㄧㄝˊ, sòe Liap koe tsōe tsōe Sin tī tîn nih。 hō è。 koa tiat biân biân。
細粒瓜 多多 生佇藤裡。後裔。瓜瓞綿綿。

【瓠】hô, ㄏㄛˊ, Pûn ê Phē tē á, hō Lâng Phû tī tsúi bīn, tùi tsúi nih hô mih。→ hia。
噴的皮袋仔，1予人浮佇水面，對水裡 瓠物。

【瓠】hô, hia, ㄏㄛˊ, ㄏㄧㄚ, koe ê mîa, Pû á。khì khū, 夼, Pû hia。hô Lô Pû。tsúi hia, hāu hia, bāng hia, Pûn
瓜的名，瓟仔。器具，壺，瓟瓠。瓠瓤瓟。水瓠，礜瓠，網瓠，糞瓠。

【瓡】kau, ㄍㄡ, chiū sī koe ê mîa,
就是瓜的名，

十一—十七畫

【瓢】Phiâu, Phiô, ㄆㄧㄠˊ, ㄆㄧㄛˊ, Pû á ê khak, hāu Phiô。îa Phiô。Chhâ Phiô。thih Phiô。iún tsúi ê khì khū。
瓟仔的殼，礜瓢。椰瓢。柴瓢。鐵瓢。舀水的器具。

【瓤】Lô, Lō, ㄌㄛˊ, ㄌㄛ˙, Lô, kau Lô, chit mîa kìo tsòe Ông koe。Pû á ê Lūi。khó koe ê ì sù。
瓤，鉤瓤，一名叫做王瓜。瓟仔的類。苦瓜的意思。

【瓣】Pān, bān, ㄅㄢˋ, ㄅㄢˋ, ké chí ê bah sin chiân chiu。kam á Pān, iū á Pān, Soàn thâu Pān, Chhang á Pān。
果子的肉生成州。柑仔瓣，柚仔瓣，蒜頭瓣，葱仔瓣。
hoe Pān。kam á bān, iū á bān, kiat á bān。
花瓣。柑仔瓣，柚仔瓣，桔仔瓣。

【瓤】Lô, ㄌㄛˊ, Pû á ê Lūi, hô Lô Pû。ōe thang tsòe tòe Chiú, tòe Png ê khì khū。
瓟仔的類，瓠瓤瓟。能可做貯酒，貯飯的器具。

【瓤】jiông, ㄖㄤˊ, koe ê Lūi, Chhài koa。
瓜的類，菜瓜。

瓦 部 98

【瓦】Ôa, oā, hāu, hiā, ㄨㄚˇ, ㄨㄚˋ, ㄏㄚㄨ, ㄏㄧㄚ, thô Sio tsòe ê khì khū, hûi khì, ê tsóng mîa。tang Liông Chit 公克 kìo tsòe Chit Ôa。chhù téng jia hō ê mih, hīa。âng hia。Liû Lî hia。tsúi nî hia。Chioh mî hia。
土燒做的器具，磁器，的總名。重量一公克叫做一瓦。厝頂遮雨的物，瓦。紅瓦。琉璃瓦。水泥瓦。石棉瓦。
Chhù hia。hia tsô。hia iô。hōe thâu hia。hia iún。hāu Phia Phè, hāu hian Phòe。
厝瓦。瓦槽。瓦窯。圓頭瓦。瓦礎。瓦胱栿，瓦胱栿。

四·五畫

【瓪】Pán, ㄅㄢˇ, chiū sī Pāi hoāi, Phah Phái ê ì sù。
就是敗壞，打壞的意思。

【瓮】ông, ㄨㄥˋ, âng ê Pún jī。âng á, hûi ê Pân。sin âng, tsúi âng, chioh âng。
甕的本字。甕仔，磁的瓶。鉎甕，水甕，石甕。

【瓬】hóng, ㄈㄤˇ, kui sng, Liâm thô, chhiâu thô, chhiau Lâm thô ê kang。Lâng ê mîa。
歸算，粘土，摶土，摶濫土的工。人的名。

【瓪】Phoe, ㄆㄨㄝ, hia iau bē sio ê ì sù。hia Phoe, tsng á Phoe。thong 坏·坯
瓦也未燒的意思。瓦瓪，磚仔瓪。通 坏·坯

【瓴】Lêng, ㄌㄧㄥˊ, hûi ê khì khū, sòe sòe ê Pân ū hī ê。chhù téng ân khàm ê hia, Lêng tek。
磁的器具，小小的瓶有耳的。厝頂仰蓋的瓦，瓴甋。

【瓳】hô, ô, ㄏㄨˊ, ㄨˊ, chiū sī tsng ê ì sù。
就是磚的意思。

【瓵】î, ㄧˊ, tsng á sī hia ê ì sù,
磚或是瓦的意思，

【瓦它】tô, thôh, ㄊㄨㄛˊ, ㄊㄨㄛ, chiū sī siok hûi ê khì khū ê mîa。chiú thoh, chiū sī sui tòe chiú ê hûi koàn。
就是屬磁的器具的名。酒瓦它，就是鐫貯酒的磁鑵。

六·七畫

【瓶】Pîn, Pân, ㄆㄧㄥˊ, ㄅㄢˊ, chiú Pân, tê Pân, hoe Pân, hûi Pân, tsúi Pân。tòe tsúi ê khì khū。Po Lê Pân。
酒瓶，茶瓶，花瓶，磁瓶，水瓶。貯水的器具。玻璃瓶。
chhùi sòe tō tōa。Lâng ê sin Pîn。
嘴小肚大。人的姓 瓶。

【瓦同】tông, ㄊㄨㄥˊ, tông hia, sī chhù téng teh khàm ê hia, khoán sit chhin chhiūn kóng 介介。
瓦同瓦，是厝頂哟蓋的瓦，款式親像管圓圓。

【瓷】tsû, hûi, ㄘˊ, ㄏㄨㄟˊ, tsû khì, hûi ê khì khū。kap siāng ì sù。êng tsû thô sio chiâ ê。
瓷器，瓷的器具。与磁同意思。用瓷土燒成的。

瓻 chhi, thi, tóe chúi ê khì khū, chíu kan, tōa ê tóe chit chioh, sòe ê tóe gō͘ chin.
ㄔ一，ㄊ一，貯酒的器具，酒矸，大的貯一石，小的貯五升。

瓾 hâm, âm, Lâu tsúi ê hûi kóng. ū hī ê tsúi âng. tsúi âm, kau âm, âm khang, chiū sī tī Lâu tsúi ê sò͘ tsāi.
ㄏㄢˊ，ㄢˊ，流水的磁管。有耳的水甕。水瓾，清瓾，瓾孔，就是佇流水的所在。

甋 tông,
ㄉㄨㄥˊ， kap ㄅ 同瓹 siāng khóan 同款。

八 — 十畫

瓿 Phó͘
ㄆㄡˇ hûi khì, àng ê Lūi, sòe sòe ê àng, pân, chíu pân.
磁器，甕的類，小小的甕，瓶，酒瓶。

甀 tun,
ㄉㄨㄣ， hûi ê khì khū, chhin chhiūⁿ au á ê khóan sit.
磁的器具，親像甌仔的款式。

甌 kong, kng, tóe mih ê hûi khì, tsúi kng, tōa kng, kng á, àng á. Phun kng, jīo kng. kap Siāng khóan
ㄍㄤ，ㄍㄨㄤ，貯物的磁器，水甌，大甌，甌仔，甕仔。糞甌。尿甌。ㄅ 缸同款。

甏 tóng, tōng, tōa Phûn, tōa àng, iā sī Lâng kiat tóng ê ì sù.
ㄉㄨㄥˊ，ㄉㄨㄥˋ，大盆，大甕，也是人結黨的意思。

甐 tiām, tiān chiū sī mih bô Pîn, chho͘ chho͘ ê ì sù.
ㄉ一ㄢˋ，ㄉ一ㄢˋ，就是物無平，粗粗的意思。

瓶 Pîn, kap Sio Siāng
ㄆ一ㄣˊ， ㄅ 并瓦 相同。

甄 chin, ian, sio hûi, hûi khì, tô khì, tsng hiā. chin tô, chhòng tsō. chin piat hun piat iu Loat.
ㄓㄣ，一ㄢ，燒磁，磁器，陶器，磚瓦。甄陶，創造。甄別，分別優劣。
chin Poat thê Poat hiân tsâi. chin sím, séng chhat, kèng kín. piáu bêng tsū chin.
甄拔，提拔賢才。甄審，省察，敬謹。表明，自甄。

甃 Chhiu, tsúi chíⁿ ê tsng á piah. siu lí hit ê piah ê ì sù.
ㄑ一ㄡ，水井的磚仔壁，修理彼的壁的意思。

甈 Giat, khè, Phòa àng. ta sò. Phòa Lih, Lih khui ê ì sù. khang khak ê pû.
ㄧㄝˋ，ㄎㄝˋ，破甕。乾燥。破裂，裂開的意思。空殼的炮。

十一畫

甌 au, Lim tsúi ê khì khū, au á, tê au, hûi á au.
ㄡ， 飲水的器具，甌仔，茶甌，磁仔甌。

甍 bêng, bông chhù ê tōa ki thiau, á sī chhù téng ê ìⁿ.
ㄇㄥˊ，ㄇㄥˊ，厝的大支柱，或是厝頂的楹。

甋 tek, hûi ê khì khū, tn̂g am ê kan, hûi Pân ê ì sù.
ㄉ一ˊ， 磁的器具，長頷的矸，瓷瓶的意思。

甊 Ló͘, Sòe sòe ê hûi khì. hûi ê Pân. sòe ê àng á.
ㄌㄡˇ， 小小的瓷器。瓷的瓶。小的甕仔。

甎 tsoan, tsng, kap 磚 Siong tóng. ēng thô͘ Lâi tsòe, chiah Lâi sio ê mih. ēng Lâi khí chhù, khí piah, Pho͘ thô͘ kha.
ㄓㄨㄢ，ㄓㄨㄥ，ㄅ 磚相同。用土來做，即來燒的物。用來起厝，起壁，鋪土腳。
âng tsng, tōe tsng, tsoan hiā, tsoan iô. tsng piah, sio tsng. Pho͘ tsng. iô thâu tsng.
紅甎，地甎，甎瓦，甎窯。甎壁，燒甎。鋪甎。窯頭甎。

十二畫

甏 Phêng, chiū sī Pân, á sī àng ê ì sù.
ㄆㄥˊ， 就是瓶，或是甕的意思。

甑 cheng, chēng, sn̄g, chhe mih ê khì khū, tiāⁿ, lâng sn̄g. gô͘ chiu tháng. chēng chháu, tī hong jia̍t ū kong hāu.
ㄗㄥ，ㄗㄥˋ，ㄕㄥ，炊物的器具，鼎，籠甑。熬酒桶。甑草，治風熱有功効。

甒 bú, tóe chiú ê hûi àng á, chhùi oeh tō͘ tōa.
ㄨˇ， 貯酒的磁甕仔，嘴狹肚大。

甄 tông, tāng hûi ê khì khū, sio àng á ê Lūi. tāng á, kim tāng. chîⁿ tāng á. kau hê siūⁿ tò tāng á bī.
ㄊㄨㄥˊ，ㄉㄤˋ 磁的器具，屬甕仔的類。甄仔，金甄。錢甄仔。交和尚倒甄仔未。

甏 Phiat, tóe thng kap chhài ê khì khū, Phiat á, chit Phiat chhài, sī Phiat chit óaⁿ thng.
ㄆ一ㄝ，貯湯與菜的器具，甏仔，一甏菜，四甏一碗湯。

十三·十四畫

甓 Phek, Phiah, thô͘ sio ê kāu tsng, tsng Phiah. chhiⁿ Phiah, sek Phiah. Phiah Pêng. Phiah tsng.
ㄆ一ˋ，ㄆ一ˋ，土燒的厚磚，磚甓。青甓，色甓。甓坪。甓石磚。

甔 tam, hûi ê khì khū, tōa àng, oē tóe tit chit chioh.
ㄉㄢ， 磁的器具，大甕，能貯得一石。

【甕】iòng, òng, àng, èng oehchhùi ê tsúi kng。tsúi ô。hûi àng, tsúi àng。sìⁿ àng。chioh àng。
ㄧㄛㄥ, ㄛㄥ, ㄤ, ㄝㄥ；狹嘴的水缸。水壺。磁甕，水甕。錫甕。石甕。
Gín á chiàh bīt àng。ī kun jīp àng。khan ku jīp àng。Chiú àng。àng tiong Liah F
囡仔食蜜甕。引君入甕。牽龜入甕。酒甕。甕中捕鱉。

【甖】eng, ㄝㄥ；àng á, hûi ê khì khū。甕仔，磁的器具。

【甔】hám, ㄏㄚㄇ；tōa Phûn, tōa àng ná Phûn, tóe Peng khǹg chiàh mih, Lâi bián tit Sio。
大盆，大甕如盆，貯水藏食物，來免得燒。

十六·十七畫

【甗】Gián, hiàn, ㄫㄧㄢ, ㄏㄧㄢ；Lâng Sn̂g, thong thau, bô tóe ê Lâng Sn̂g。籠甑，通透，無底的籠甑。

【甕】thâm, ㄊㄚㄇ；Siok hûi ê Lūi, un Sio Chiú ê khì khū。屬磁的類，溫燒酒的器具。

【甕】Lông, ㄌㄨㄥ；thô khí chhiûⁿ。hûi ê khì khū bôa mih。土起牆。磁的器具磨物。

【甕】Chhâm, ㄑㄧㄢ；hûi ê kòan, thang tsú àm bē。磁的金罐，可煮泔糜。

甘部 99

【甘】ham, kam, ka, ㄏㄚㄇ, ㄍㄚㄇ, ㄍㄚ；ham, Chhiong Chiok, khoaⁿ oàh, bô kiaⁿ, hó khùn。kam, ngó bī chi it, kiam sng khó
甘，充足，快活。無驚，好睏。甘，五味之一，鹹酸苦
Siap kam。bī Sò tiⁿ。hó bī, kam tiⁿ。Gōan ì, kam Gōan, kam sim。kam chià, kam bí。
澀甘。味素甜。好味，甘甜。願意，甘願，甘心。甘蔗。甘美。
kam Lō。kam Lîm。kam iû, tām n̂g sek ê ek thé, ēng Lâi tsòe ioh, kang Giap。ka tang chhiū。
甘露。甘霖。甘油，淡黃色的液体，用來做藥，工業。甘棠樹。

四一六畫

【甚】Sīm, Sím, Siáⁿ, ㄒㄧㄣ, ㄒㄧㄣ, ㄒㄧㄚ；tōa an Lók, sīm hó。thài hó。Put chí, kè thâu, thài sīm。Sīm chì。mn̂g Lâng ê
大安樂，甚好。太好。不止，過頭，太甚。甚至。問人的
ì sù, sím mih, sím mih mih kiāⁿ。sím mih tāi chì。Siáⁿ sū, ū Siáⁿ sū。bô Siáⁿ tsai。
意思，甚麼，甚麼物件。甚麼事誌。甚事，有甚事。無甚知。
bô Siáⁿ hong。Lâng chin chió, bô Siá Lâng。tsúi chhiân chhiân, bô Siáⁿ tsúi。
無甚風。人真少，無甚人。水淺淺，無甚水。

【甛】tiâm, tiⁿ, ㄉㄧㄚㄇ, ㄉㄧ；hó ê bī sò, kam tiⁿ, tiⁿ bit, tiⁿ but but。tiâm chhài ná chhài thâu thang chè thn̂g。
好的味素，甘甛，甛蜜，甛勃勃。甜菜，如菜頭可製糖。

【甜】tiâm, tiⁿ, ㄉㄧㄚㄇ, ㄉㄧ；hó ê bī sò, kam tiⁿ, tiⁿ bit, tiⁿ but but。tiⁿ chhài ná chhài thâu thang chè thn̂g。
好的味素，甘甜，甛蜜，甜勃勃。甛菜，如菜頭可製糖。

八一十畫

【嘗】Siông, ㄒㄧㄤ；chhì tsu bī, tam bāi, chhì khoàⁿ。Siông bī, Siông chhì。Pêng sò, Siông Siông, bat àn ni, Siông tông。
試滋味，啖覓，試看。嘗味，嘗試。平素，嘗嘗，曾按呢。同嘗。

【甘庶】chià, ㄐㄧㄚ；khoeh thn̂g ê koaⁿ tsâng。kam chià, tek chià, kap 蔗 Siāng khoán。
挾糖的菅欉。甘蔗，竹甘蔗。与蔗同款。

【甘兼】hiam, ㄒㄧㄢ；Phang ê bī sò, hiam, hiam hiam Phang Phang。Phái bī chhàu hiam hiam。chhàu jiò hiam。
香的味素，甘兼，甘兼甘兼香香。歹味臭甘兼甘兼。臭尿甘兼。

生部 100

【生】Seng, Siⁿ, chhiⁿ, ㄕㄥ, ㄒㄧ, ㄑㄧ；Chìn, khí, chhut, Seng khí。Chhut siⁿ, siⁿ chhut, Chhòng tsō。oah ê ì sù, Seng
進，起，出，生起。出生，生出，創造。活的意思，生
Seng oàh。hak Seng, Sian Seng。siⁿ sian。siⁿ kò。siⁿ Phú, siⁿ thoàⁿ, siⁿ thâng, siⁿ tsúi。
生活。學生，先生。生銹。生菰。生肺，生炭，生虫，生水。
bô sek ê mih, chhiⁿ ê。chhiⁿ chhiⁿ。chhi so, chhiⁿ kông, chhiⁿ kiaⁿ, chhiⁿ hoan, chhiⁿ bīn。
無熟的物，生的。生生。生疏，生狂，生驚，生番，生面。

五·六畫

【甡】Sin, T一ㄣ; tsōe tsōe hoat Siⁿ, 多多發生; khiā tit ê khóan Sit, 豎直的款式; tsōe tsōe oàh mih tsū chip khiā tehê khóan sit. 多多活物聚集豎咧的款式。

【產】Sán, Sóaⁿ, ㄕㄢˇ, ㄕㄨㄚˇ; siⁿ chhut, 生出; seng sán, 生產; thó sán, 土產; chhut sán, 出產; sán giap, 產業。siⁿ kiáⁿ, 生子; seng sán, 生產; sán pô, 產婆。tsâi sán, 財產。sán koân, 產權。khòng sán, 礦產; lîm sán, 林產; hái sán, 海產; soaⁿ sán, 山產。siu tso chiàh sóaⁿ, 收租食產。sóaⁿ lāi, 產內; gėh lāi ê ì sù, 月內的意思。sóaⁿ pâng, 產房。

七畫

【豨】Jûi, Sui, ㄖㄨㄟˊ, ㄕㄨㄟ; chháu bak ê chí, 草木的子。ti ê siaⁿ. 豬的聲。

【甥】Seng, ㄕㄥ; chí bē ê kiáⁿ, 姊妹的子; kiò gōe seng, 叫外甥。jī sìⁿ seng. 字姓甥。

【甦】So, ㄙㄨ; koh oah khí lâi, 復活起來; hok so. 復甦。kap 穌·蘇 sio siāng 相同

用部 101

【用】iōng, ēng, 一ㄥˋ, ㄩㄥˋ; chhe sái, 差使; sú iōng, 使用。iōng lâng, 用人; iōng lat, 用力; iōng sim, 用心。iōng tô, 用途; iōng khū, 用具。iōng peng, 用兵; iōng bú, 用武。lō ēng, 路用。séng chiah khiam ēng, 省食儉用。ēng to koah, 用刀刈。ēng pit sia, 用筆寫。bô ēng, 無用; m̄ ēng, 毋用。khai ēng, 開用。

【甪】Lok, ㄌㄨˋ; pàng khì, 放去; kak thâu, 角頭; hoat kak, 發角; gû kak, 牛角。chit kak gûn, 一角銀。lut kak, 甪角; lut koaⁿ, 甪官。kap 角 siāng ì sù 与角同意思。

【甩】Sòe, sóe, ㄕㄨㄞˋ, ㄕㄨㄞˇ; sòe, 甩, kap 歲 siāng ì sù 与歲同意思。sóe, 甩; sng sóe, 傷甩; khoe sóe, 刖甩; sóe lâng, 甩人; tsau that lâng ê ōe ê ì sù, 蹧蹋人的話的意思。sóe lâng ê bīn phê, 甩人的面皮。sóe lâng ê pn̄g tūng, 甩人的飯當。khau sóe lâng ê ì sù, 鉤甩人的意思。sóe chhiú, 甩手; poaⁿ chhiú bô ài chhap, 拂手無愛諮。

二畫

【甪】Lok, Lut, ㄌㄨˋ, ㄌㄩˋ; pàng khì, kak thâu, 放去角頭; hoat kak, 發角; gû kak, 牛角。lut chhut, 甪出; chiū sī lut khì ê ì sù. 就是甪去的意思。

【甫】hú, ㄈㄨˇ; khí thâu, 起頭; tú á chiah, 抵仔即; tú chiah, 抵即。ta po· lâng ê chheng hō, 膚夫人的稱呼。chheng hō pat lâng ê lāu pē, 稱呼別人的老父; tsun hú, 尊甫。

【甬】iōng, 一ㄥˇ; chháu bak âm âm hoat chhut, 草木豔豔發出; puh chhut, 窋出。niú mih ê khì khū, 量物的器具。iōng tō, 甬道; hāng lō, 巷路。

四·七畫

【甭】mài, ㄇㄞˋ; m̄ bián ê ì sù, 毋免的意思; mài lā, 甭啦。bián kheh khì, 免客氣; mài kheh khì, 甭客氣。mài án ni, 甭按呢。

【甯】Lêng, Lēng, Lîn, ㄋㄧㄥˊ, ㄋㄧㄥˋ, ㄋㄧㄣˊ; chiū sī só ài, 就是所愛; só goān, 所願; lēng khó, 甯可。kap pêng an ê ì sù, 與平安的意思; an lêng, 安甯。kap 寧 siāng khóan 与寧同款。

田部 102

【田】tiân, tiān, chhân, chhiân, ㄊㄧㄢˊ, ㄊㄧㄢˋ, ㄑㄧㄢˊ, ㄑㄧㄢˋ; khang tōe, 空地; thó tōe, 土地; thang chèng tsoh ê tōe, 可種作的地; tiân tōe, 田地。chhân tōe, 田地。tiū chhân, 稻田。tiân lông, 田農; tiân tso, 田租。chhân hn̂g, 田園; chhân lê, 田螺。chhân kap á, 田蛤仔; kap chhân kap á siāng khóan, 与田蛤仔同款。tsúi koe, 水蛙。

【由】iû, tùi, ēng, kiâⁿ, 一ㄡˊ, ㄉㄨㄟˋ, 用, 行。tsū iû, 自由。iân kò, 緣故; goân iû, 原由。tùi chia, 對這; iû chhú, 由此。keng kè, 經過; pit iû chi lō, 必由之路。tsún i khì, 准他去; iû i khì, 由他去。lí iû, 理由。chiông chhú, 從此; iû tang chì sai, 由東至西。tùi tang kàu sai, 由東到西。hoān sū tùi góa tsòe khí, 凡事由我做起。

【甲】kap, kah, ㄍㄚˇ, ㄍㄚ; chháu bak hoat chhut, 草木發出; khak pit khui, 殼比皮開; kap khai chhek, 甲開坼。khí thâu, 起頭; kah teng, 甲等; kah chí, 甲子。khak, 殼; thih kah, 鐵甲。khoe kah, 盔甲。ku kah, 龜甲。chéng kah, 指甲。thian kan ê tē it ūi, 天干的第一位, kah, 甲。tâi oân ê thó tōe bīn chek tan ūi, 臺灣的土地面積單位; chit kah sī 二九三四 phīⁿ, 一甲是二九三四坪。ke kah, 家甲; kah tiúⁿ, 甲長。kah hāh, 甲葉。

申 Sìn, ㄕㄣ; tē chì ê tē káu jī。Sî sîn ê miâ, ê pō· saⁿ tiám kàu gō· tiám。kóng bêng, sin bêng, Pin
地支的第九字，時辰的名，下晡三点到五点。講明，申明，稟
sī tōa。mih ê hêng tsng lōng chiâⁿ, sin sin。jī sìⁿ sin。Sin sò·, Sin oan, Sin kò·。
是大。物的形狀攏成，申申。字姓，申。申訴，申冤，申告。
Sin chhéng。Sin pò·。Sin thek。Sam sin gō· lēng。
申請。申報。申斥。三申五令。

一．二畫

由 hut, ㄈㄨˊ; kúi ê thâu khak。
鬼的頭殼。

男 Lâm, ㄋㄢˊ; ta pó· lâng, lâm jîn, oah mih ê sèng piat。Lâm tsú。hong chiok, lâm chiok。Chhut lát tī chhân。
唐夫人，男人，活物的性別。男子。封爵，男爵。出力佇田。

甸 Sèng, tiān, tiān, ㄕㄥˋ, ㄉㄧㄢˋ, ㄊㄧㄢˊ; Sèng, chiū sī tsòe koaⁿ lâng ê chhia。tiān, tiān, kó· tsá kiaⁿ siâⁿ chiu úi
甸，就是做官人的車。甸，甸，古早京城周圍
Gō· pah lí ê tōe。Phah lah ê ì sù。tī lí ê ì sù。koaⁿ ê miâ, tiān jîn, tiān chiok,
五百里的地。打獵的意思。治理的意思。官的名，甸人，甸祝，
tiān su。théng khí ê ì sù。
甸師。挺起的意思。

町 teng, téng, ㄉㄧㄥ, ㄉㄧㄥˇ; chhân keh kài ê hoāⁿ。Chhù ê khàng tōe。Jit pún sò· bo̍k ê jī 36 teng tsòe chit lí。
田隔界的畔。厝的空地。日本數目的字，三十六町做一里。

甹 Pheng, ㄆㄧㄥ; Pài thok, kau tāi, thok tiōng。thoa chhut lâi ê ì sù。
拜託，交代，託重。拖出來的意思。

三畫

画 hōa, ūi, ㄏㄨㄚˋ, ㄨㄟˋ; 畫 ê kán thé, ēng pit ūi hō, ūi ang á, chhái ūi, hōe ūi。chhái sek。
畫的簡体，用筆画號，画尫仔，彩画，繪画。彩色。

甽 khiàn, ㄑㄧㄢˇ; Chhân hn̂g ê tsúi kau, hun lâu koàn tsù。khiàn lîu。
田園的水溝，分流灌注。甽流。

甿 bêng, bông, ㄇㄥˊ, ㄇㄥˊ; tsoh sit lâng。Kóng chho· ló· oē ê chháu tē lâng。
作穡人，講粗魯話的草地人。

畀 Pì, ㄅㄧˋ; Siúⁿ sù, hō· i ê ì sù。
賞賜，給他的意思。

甾 tsu, ㄗ; Pha hng ê chhân hoat tsōe tsōe chháu。tsai ē, Phòa khui tû chhó bo̍k。
拋荒的田發多多草。災禍，破開除草木。

畁 chhek, ㄑㄧㄢˇ; chiū sī chhân ê khì khū。
就是田的器具

甼 hóng, ㄏㄥˊ; chiū sī kiâm tōe ê ì sù。
就是鹹地的意思。

畀 Pì, ㄅㄧˋ; kē, sòe, hā chiān, Pi bî。khiam sun, tsū khiam ê oē, khiam pi。kap 卑 siāng khóan。
下，小，下賤，卑微。謙遜，自謙的話，謙卑。与卑同款。

四畫

畃 chhâu, ㄔㄠˇ; chiū sī tsoh sit keng êng chhân ê ì sù。
就是作穡經營田的意思。

畈 hoàn, ㄈㄢˋ; chhân, Phah pì ê chhân。
田，打手的田。

畗 hok, ㄈㄨˊ; khoah ê pò·。móa móa ê ì sù。
闊的布。滿滿的意思。

畊 keng, ㄍㄥ; ê kó· jī, Lê chhân hn̂g。keng tsok。khûn khûn chhut lát, keng ûn
耕的古字，犁田園。畊作，勤勤出力，畊耘。

界 kài, ㄐㄧㄝˋ; kòe keng lāi, chhân hoāⁿ。hān tiāⁿ, hun khui kài hān。kài kài。kai chí。hun kài。kéng kài。sì kài
境內，田畔。限定，分開，界限。隔界。界址。分界。境界。四界

畎 khián, ㄑㄩㄢˇ; kap 甽 jī sio siāng。
与甽字相同。

畝 bó, ㄇㄨˇ; soaⁿ miâ, bó khu。niú tōe ê sò· jī, 240 pō· tsòe chit bó。kap 亩 jī sio siāng。
山名，畝丘。量地的數字，二百四十步做一畝。与亩字相同。

畋 tiân, ㄊㄧㄢˊ; Sin khui hn̂g ê chhân hn̂g。keng tsoh phah lah。
新開園的田園。耕作打獵。

畏 ùi, ㄨㄟˋ; kiaⁿ, ù kiaⁿ, ùi khì。khûn kín, kèng ùi。ùi tsōe, ùi khì。ùi hok。ùi siok。
驚，畏驚，畏懼。勤謹，敬畏。畏罪，畏忌。畏服。畏縮。

畇 ûn, ㄩㄣˊ; chhân ê ì sù. khai khún ê khoán sit. keng hō i Pîⁿ thánⁿ. ûn ûn
田的意思。開墾的款式。耕佮它平坦。畇畇。

畋 Chi, ㄐㄧ; keng tsoh, Lôe hn̂g ê ì sù
耕作，犂園的意思。

甿 kong, ㄍㄤ; keng Lāi. iâm tek.
境內。塩澤。

五畫

畛 Chín, ㄓㄣˇ; Chhân hōaⁿ tsòe Lō. kài hān, soah bé, khí thâu, hông tè sûn siú tsu hô chè kúi sîn. chín kúi sîn.
田畔做路。界限，位尾，起頭。皇帝巡狩諸侯祭鬼神，珍鬼神。

畜 hiok, thiok, chhiūⁿ, thek, chhī, iúⁿ, ㄏㄨˋ, ㄔㄨˋ, ㄒㄩˋ, ㄊㄧˋ; chhī cheng siⁿ, hiok bók, hiok sán, hiok iông. chit im hán ēng.
飼，養飼精牲，畜牧，畜產，畜養。這音罕用。
thiok bók, thiok sán. thek seng, thek siⁿ biáu sī lâng ê oē. Pau iông, hâm thiok. Chek tsū
畜牧，畜產。畜生。畜生藐視人的話。包容，涵畜。積聚，
chek thiok, thú thiok, chhī chhiūⁿ. bô chhī chhiūⁿ. Chit im mā hán tit ēng.
積畜。儲畜。飼畜。無飼畜。這音嘛罕得用。

畇 ko, ㄍㄡ; chiū sī chhân ê keh kài, chhân hōaⁿ.
就是田的隔界，田畔。

留 Lîu, Lâu, ㄌㄧㄡˊ; iân chhiân tsó chí. chhûn teh, siu teh, Lîu tsûn. Lîu tī. bán Lîu. Lîu Lân. Lîu chêng.
延延阻止。存咧，收咧，留存。留置。挽留。留難。留情。
Lâu teh. Lâu thâu mn̂g. Lâu Lâng tòa. bô bī Lâu Lâng kheh. Lâu bīn Phê. Lâu Chhuì Chhiu.
留咧。留頭毛。留人住。無未留人客。留面皮。留嘴鬚。

畝 bó, ㄇㄨˇ; kap 畞 Siāng khoán. hun Pia chhân hn̂g tōa sòe ê jī. kài hān, tōe mîa.
与畞同款。分别田園大小的字。界限，地名。

畔 Poān, hōaⁿ, ㄆㄢˋ, ㄏㄨㄢˋ; kang Poān, káng Poān, kang hōaⁿ, káng hōaⁿ. chhân hōaⁿ, chhân hōaⁿ Lō. hn̂g ê keh kài.
江畔，港畔，江岸，港岸。田畔，田畔路，園的隔界。

畚 Pún, Pùn, ㄅㄣˇ, ㄅㄣˋ; khì khū ê mîa, chhau Pún, chhek Pún, chhân tsn̂g khah ū, thiap chháu Pū. tsòe ∅ á chhng.
器具的名，草畚，粟畚，田莊較有，疊草埔。做粟仔倉。
Pùn kì, chiū sī thang tàⁿ Pùn sò ê khì khū
畚箕，就是可擔糞埽的器具。

畟 Chek, Chhek, ㄐㄧㄝˋ, ㄑㄧㄝˋ; tsoh sit. Lôe, chiū sī Lôe hn̂g ê khì khū, chiam Lāi.
作穡。犂，就是犂園的器具，尖利。

畂 tsó, ㄗㄨˇ; chiū sī chhân ê ì sù.
就是田的意思。

畐 hok, ㄈㄨˊ; thiⁿ Pó Pì Lâng. hó, chiâu Pī. Pì iū, Pù ū, kap 福 Saⁿ tâng. hok khì.
天保庇人。好，齊備，庇佑，富有，与福相同。福氣。

畹 oán, ㄨㄢˇ; chhân jī tsap bó. Chhân hn̂g.
田二十畝。田園。

畞 bó, ㄇㄨˇ; kap 畝·畝 jī Siong tông.
与畝·畝字相同。

畕 kiong, ㄍㄧㄤ; Chhân, n̄ng khu chhân ê ì sù.
田，兩區田的意思。

六畫

畛 Chín, ㄓㄣˇ; Chhân hōaⁿ tsòe Lō. kài hān, soah bé, khí thâu. hông tè sûn siú tsu hô chè kúi sîn. chín kúi sîn.
田畔做路。界限，位尾，起頭。皇帝巡狩諸侯祭鬼神。畛鬼神。

畤 chī, sī, ㄓˋ, ㄕˋ; koâiⁿ tōe, tsá hông tè hók sāi ngó tè tī hia. hô lâm Séng chit só tsāi ê mîa. ê ì sù.
高地，早皇帝服事五帝佇彼。河南省一所在的名。的意思。

畦 hê, ke, ㄒㄧ, ㄑㄧ; chí khu chhân ū gō tsap bó. chhân khu. Chhài hê. tsoh chhân ê tiòh bôa. ke, chhân hōaⁿ khah koâi ê ì sù.
一區田有五十畝。田區。菜畦。作田的着磨。畦，田畔較高的意思。

異 ī, iⁿ, koh, ㄧˋ, ㄧˋ, ㄍㄜˊ; iô tāng, hun khui, ī hun, Lī ī. kî koài, koài īⁿ, īⁿ iūⁿ. bô tâng, īⁿ sèng.
搖動，分開，異分，離異。奇怪，怪異，異樣。無同，異性。
īⁿ bī, īⁿ bút, ī toan, bô chèng tō. īⁿ bú hiaⁿ tī. kāng pē koh bú. koh iūⁿ.
異味，異物。異端，無正道。異母兄弟。共父異母。異樣。

略 Liók, Liāh, Lióh, Liúh, ㄌㄩㄝˋ, ㄌㄧㄚˋ, ㄌㄧㄛˋ, ㄌㄧㄨˋ; hun Piat, hun khui thó tōe, Liók tōe, Chhim Liók. kè bō, kè Liók.
分别，分開土地，略地，侵略。計謀，計畧。
Chiàn Liók, keng Liók. kán tan, Chiòng Liók, kán Liók. Liāh khòaⁿ, Liāh siàu, chiū sī sng siàu ê ì sù.
戰略，經畧。簡單，從畧，簡略。畧看，畧數，就是算數的意思。
Lióh, Lióh Lióh á, Chiū sī sió khóa sió khóa ê ì sù. Liúh Liúh á, kap Lióh Lióh á, Siāng khoán.
畧，畧畧仔，就是少許少許的意思。略略仔，与畧畧仔，同款。

略 Liók, Lióh, Liáh, Liúh, kap 畧 jī Siong tông。
ㄌㄧㄝˋ,ㄌㄩㄝˋ,ㄌㄧㄠˋ,ㄌㄩˋ，与 畧字相同。

畢 Pit bêng Pék, Soah, it Chūn, tsòe chit ê, oân Pit, Sū Pit, Pit Seng, Pit chì。Pit Chīn。
ㄅㄧˋ，明白，息，一盡，做一下，完畢，事畢，畢生，畢至。畢盡。
Chiáu bāng hui Pit chì Lô, Sió bāng。chè hiàn ê khì khū，
鳥網，飛畢之羅，小網。祭獻的器具，

畱 Lē，chiū sī hām Lòh ê ì sù。
ㄌㄧㄝˋ；就是陷落的意思。

七畫

番 hoan, Phoan, han, iá siù ê kha jiah, kiò hoan。tò tńg, Lûn Liû, Lûn hoan。chit Pái, chit hoan。
ㄈㄢ,ㄆㄢ,ㄏㄢ，野獸的脚蹟，叫番。倒轉，輪流，輪番。一回，一番。
iong béng, Gōe Pang Lâng, chhin hoan, hoan Pang。Phoan Phoan, iong béng ê khoán。tōe miâ，
勇猛，外邦人，生番，番邦。番番，勇猛的款。地名，
Phoan Gû, tī Lâm hái。han, han tsû, chiū sī kap hoan tsû Siāng khoán ì sù。
番禺，佇南海。番，番薯，就是與番薯同款意思。

畫 ek, hōa, ūi, ūih kè ek, ek hun。kè ūi, ūi hun。Siat kè, Pun khui。ēng Pit ūi âng á, hōe hōa，
ㄏㄨㄚˋ,ㄏㄨㄚˋ,ㄨㄟˋ,ㄨㄟˋ，計畫，畫分。計畫，畫分。設計，分開。用筆畫尪仔，繪畫，
Chhái ūi, Chhái Sek。ūi hō, ūi kài。ūi Siong, ūi Lêng ūi hó。chit ūih, kúi ūih, Saⁿ ūih。
彩畫，彩色。畫號，畫界。畫像，畫龍畫虎。一畫，幾畫，三畫。

畱 Lîu, Lâu, kap 留 jī Siong tông。
ㄌㄧㄡˊ,ㄌㄡˊ，与 留字相同。

畯 tsùn, Chhân hn̂g ê siu bêng。kóan Chhân hn̂g ê koaⁿ tiān tsùn。Chho Siók Lâng, hān tsùn。
ㄗㄨㄣˋ，田園的修明。管田園的官，田畯。粗俗人，寒畯。

畬 Siâ, û tsoh Chhân Saⁿ nî kú ê Chhân kiò tsòe û。hé sio chhân hn̂g，
ㄕㄜ,ㄩ，作田三年久的田叫做畬。火燒田園，

畤 Loat, Loàh, tsoh Chhân, kut thô tsoh hōaⁿ ê ì sù。Loàh Pîⁿ, keng êng chhân chhòng thô hō i Pîⁿ Pîⁿ。
ㄌㄨㄚˋ,ㄌㄨㄚˋ，作田，掘土作畔的意思。畤平，經營田創土予伊平平。

八畫

畷 toat, tsoat, tsòe, tsòa, Chhân tiong ng ê Lō, chhân ê keh kài, Chhân hōaⁿ。Chín toat chhân
ㄉㄨㄛˋ,ㄓㄨㄛˋ,ㄓㄨㄟˋ,ㄓㄨㄚˋ，田中央的路，田的隔界，田畔。田吟畷。田畔
tsòa，chiū sī chhân hōaⁿ ê kài chí。
畷，就是田畔的界址。

畸 kî，tsoh Chhun ê Chhân, kî û ê chhân, kî Lêng ê tōe。kî hêng ê Lâng, ū Phòa Siùⁿ ê Lâng。
ㄐㄧ，作剩的田，畸餘的田，畸零的地。畸形的人，有破相的人。

畺 kiong, khiong kài hān, ūi hûn。Sí bô nōa。
ㄐㄧㄤ,ㄎㄧㄤ，界限，畫紋。死無爛。

當 tong, tòng, tàng, tǹg Sio tùi, tú hó, Siong tong。būn tong hō tùi。èng kai, èng tong。Chek jīm，
ㄉㄤ,ㄉㄤˋ,ㄉㄤˋ,ㄉㄥ，相對，抵好，相當。門當戶對。應該，應當。責任，
tǹg ta, tam tong, tam tńg hàp Gî, Sek tòng, thò tòng tián mih, tián tóng, tsún tǹg, tǹg tiàm。
ㄉㄥ,ㄉㄚ，擔當，擔當。合宜，適當，妥當。典物，典當，準當，當店。
tong Sî, tǹg Sî。tǹg Pan。tǹg Chit。tǹg jīm。ta koaⁿ, ta ke, Chiū sī tiong huē Pē bú
當時，當時。當班。當職。當任。當官，當家，就是丈夫的父母。

畹 oán，Chhan 20 bó。Chhân hn̂g。kap 留 Sio Siāng。Pún tàng
ㄨㄢˇ，田二十畝。田園。与 留相同。穩當。

畹 hek，kap 域 Sio Siāng。chhiáⁿ chham khó thó Pêng Poeh ūi。
ㄏㄜˋ，与 域相同。請參考土坪八畫。

睥 Pì，chhân, tsah tsúi koàn ak chhân。Pì tiân, kap Sio Siāng Pì tsùn。
ㄅㄧˋ，田，截水灌沃田。睥田。与 埤相同。睥圳。

畚 Pún，kap 畚 jī Sio Siāng。
ㄅㄣˇ，与 畚字相同。

畭 thian，thiu hiòng ê chhân ê khoán Sit。Lók ê kha jiah。
ㄊㄧㄢ，抽向的田的款式。鹿的脚蹟。

睞 Lâi，Pha hn̂g ê Chhân, hioh khùn bô tsoh Sit。
ㄌㄞˊ，拋荒的田，歇睏無作穡。

畮 kiok，chiū sī chhân ê keh kài。Chhân hōaⁿ。
ㄐㄩˋ，就是田的隔界。田畔。

畼 tiông, thiông, chhân bōe hoat Siⁿ mih ê ì sù。
ㄉㄧㄥˊ,ㄊㄧㄥˊ，田，繪發生物的意思。

【畫】hōa, ōa, ēng Pit ūi ang á, ūi hō, chhái ūi, chhái sek, kap 畫 Sio Siāng.
ㄏㄨㄚˋ, ㄨㄚˋ; 用筆畫尪仔，畫號，彩畫，彩色。与畫相同。

九・十畫

【暘】tiông, thiông, kap 𤲶 Siāng khoán.
ㄉㄧㄤˊ, ㄊㄧㄤˊ; 与𤲶同款。

【㽘】jóan, Lóan, Siâⁿ kha ê chhân, khang tōe, hô pin ê tōe. Chhiûⁿ Gōa ê té chhiûⁿ.
ㄖㄨㄢˇ, ㄌㄨㄢˇ; 城脚的田，空地，河邊的地。墻外的短墻。

【畽】thoán, thong, chhù thèh Gōa khang khiah ê só tsāi. hiuⁿ sia. Lók á kiâⁿ kè ê jiah. bô chim chiok.
ㄊㄨㄢˇ, ㄊㄨㄥˇ; 厝宅外空隙的所在。鄉社。鹿仔行過的跡。無斟酌。

【畻】Sêng, chiū sī chèng tiū á ê chhân, ê chhân hōaⁿ.
ㄕㄥˊ; 就是種稻仔的田，的田岸。

【畿】ki, kî, hông tè ê tōe 1.000 Lí sù hong. kì Lāi. kok to hù kūn ê só tsāi, kiaⁿ ki, kūn ki.
ㄐㄧ, ㄐㄧˊ; 皇帝的地一千里四方。畿内。國都附近的所在，京畿，近畿。
kiaⁿ Siâⁿ. mn̂g Lāi, kiò tsòe ki. hō tēng Lāi mn̂g ki. kài hān. Sù hong ê tōe.
京城。門内，叫做畿。戶閬内，門畿。界限。賜封的地。

【畾】Lûi, Lûi, chiū sī chhân tiong ng ê ì sù.
ㄌㄟˊ, ㄌㄟˋ; 就是田中央的意思。

十一一十三畫

【嗇】Sek, ngó kok Sêng Sek Siu Sêng. Chhiu thiⁿ Siu koah ê mîa.
ㄙㄜˋ; 五穀成熟可收成。秋天收刈的名。

【暵】hàn, chèng beh ê tōe. Chhân á.
ㄏㄢˋ, 種麥的地。田仔。

【疁】Liû, Sio chèng, hé Sio Liau āu chiah Lâi chèng, Liû tiân. jī sìⁿ.
ㄌㄧㄡˊ; 燒種，火燒了後即来種，田疁田。字姓。

【疄】Lîn, Lìn, chiū sī chhân Loah ê ì sù.
ㄌㄧㄣˊ, ㄌㄧㄣˋ; 就是田埒的意思。

【疃】thoán, thong, khîm Siù só thún tàh ê só tsāi.
ㄊㄨㄢˇ, ㄊㄨㄥˇ; 禽獸所踐踏的所在。

十四一十七畫

【疇】tiû, chèng móa ê chhân. tsoh chhân, téng tē, chhù Sū, Phit tùi, jī sìⁿ. kè khì. hoān tiû.
ㄉㄧㄡˊ; 種滿的田。作田，等第，次序，匹對。字姓。過去。範疇。

【疆】kiong, khiong, kài hān, ūi chí, kiong chìn, só tsāi mîa, Sin kiong. kiong thó, kiong ek, kiong kài.
ㄐㄧㄤ, ㄎㄧㄤ; 界限，國址，疆畫。所在名，新疆。疆土，疆域，疆界。

【疊】tiáp, thiáp, thah, thāh, tiōng tiáp, têng thah, têng têng thah thah. Sio thiáp ê ì sù. hè mih tsōe, koh thah khì khì. thah khah koâiⁿ. tsóa kui thah. thah Lâu. thah Lák Lâu. thiáp chhâ tui.
ㄉㄧㄝˊ, ㄊㄧㄝˊ, ㄊㄚˋ, ㄊㄚˋ; 重疊，重疊，重重疊疊。相疊的意思。貨物多，閣疊起去。疊較高。紙歸疊。疊樓。疊六樓。疊柴堆。

【曡】tiáp, thiáp, thah, thāh, kap 疊・曡 Sio Siāng. chit tsàn chit tsàn, thiáp chhù. thiáp Lô hàn.
ㄉㄧㄝˊ, ㄊㄧㄝˊ, ㄊㄚˋ, ㄊㄚˋ; 与疊・曡相同。一層一層，疊次。疊羅漢。

疋 部 103

【疋】Phit, Sng tiû toān Pò ê jī. Pò Phit. ka nn̂g tè kui Phit. Pò thâu bé, Phit thâu.
ㄆㄧ; 算綢緞，布的字。布疋。歸圍塊，歸疋。布頭尾，疋頭。

七 畫

【疎】So, Sò, Soe, thong thàu, So thong, So tō, So Sàn khui chhe, saⁿ Lî, So Lî, So oán, tōa chhin chhái, so hut. Chheng Lí, So tsún. Lâng ê sìⁿ. So Lāng. sò, tiâu tîn, kò sò, ê ì sù. khòng Sò. tsù bêng, kì tsāi. chhin Soe, khah Soe, Soe chit ūn, Soe chí thang.
ㄕㄨ, ㄕㄨˋ, ㄕㄨㄝ; 通透，疎通，疎導，疎散。開叉，相離，疎離，疎遠，大且採，疎忽。清理，疎濬。人的姓。疎亂。疎，條陳，告訴的意思，抗疎。註明，記載。親疎，較疎，疎一巡，疎只窗。

【疏】So, Sò, Soe, kap 疋東・疎・疏 jī Siāng khoán.
ㄕㄨ, ㄕㄨˋ, ㄕㄨㄝ; 与疋東・疎・疏字同款。

九 畫

字	音	解釋
疐	tè, thì ㄉㄝ,ㄊㄧˋ	chiū sī kóe chí ê tì 。Poah tò bōe tín tāng, thêng tùn, tè Phok。kha kiâ bōe chìn chêng。tsò Gāi, tó Phak 就是菓子的蒂。跋倒𣍐振動，停頓，疐仆。腳行𣍐進前。阻礙。倒仆。
疑	Gî 兀ㄧˊ	tiû tû, m̄ sìn, bô tiāⁿ tio̍h. Giâu Gî。oàn hūn Phah sǹg kiaⁿ, tsó chí, hiâm Gî, Gî ngāi。 躊躇，毋信，無定着。憢疑。怨恨，打算，驚，阻止，嫌疑，疑訝。

疒 部 104

字	音	解釋
疒	Lek, chhông ㄌㄜˋ,ㄔㄨㄤˊ	Phòa Pīⁿ the teh, oá khò ê ì sù 破病撐咧，倚靠的意思

二 畫

字	音	解釋
疔	kau, káu, kiu, ká, kau, káu, káu thòng ㄍㄠ,ㄍㄠˇ,ㄍㄧㄡ,ㄍㄚˇ	疔，疔，疔痛。Pak tó· kín kín thiàⁿ。腹肚緊緊痛。Sió khoa thiàⁿ。小許痛。kiu thiàⁿ。疔痛。Pak tó· kiâu ká thiàⁿ。腹肚撓疔痛。kiu ká thiàⁿ。糾疔痛。Pak tó· tn̂g á kiu ká thiàⁿ。腹肚腸仔糾疔痛。
疒九	khiu ㄎㄧㄡ	Chiū sī Phòa Pīⁿ ê ì sù。 就是破病的意思。
疒乃	nái ㄋㄞˇ	Chiū sī Phòa Pīⁿ ê ì sù。 就是破病的意思。
疔	teng ㄉㄧㄥ	Seng khu siⁿ ê Liap á, ok tòk ê Liap á。Siⁿ teng á, ài kóaⁿ kín i, nā bô Gûi hiám。 身軀生的症仔，惡毒的症仔。生疔仔，愛趕緊醫，若無危險。
疚	iú, iū ㄧㄡˇ,ㄧㄡˋ	thâu khak bô sī chiàⁿ。thâu khak khâuh khâuh tsùn。iô thâu khak ê khoán sit。 頭殼無四正。頭殼愕愕踆。搖頭殼的款式。
疕	Pí, Phí ㄅㄧˇ,ㄆㄧˇ	thâu khak thiàⁿ ê ì sù。thâu khak hîn。Lâng ê miâ, èng Phí。 頭殼痛的意思。頭殼眩。人的名，應疕。

三 畫

字	音	解釋
疜	hā ㄏㄚˋ	Pīⁿ chèng, tsòe Lī. Lī chit。 病症，做痢。痢疾。
疚	kiù ㄍㄧㄡˋ	kú tn̂g Pīⁿ. ut tsut. khòa Lū。 久長病。鬱悴。掛慮。
疙	Git, kì 兀ㄜ,ㄍㄧˋ	Chhi Gâi, Gōng sîn ê khoán sit, sit náu ê Pīⁿ。kì, thâu khak tut ê Liap á, kì thut。 癡呆，戇神的款式，失腦的病。疙，頭殼突起的症仔，疙禿。
疘	kong ㄍㄨㄥ	ē Pō· ê Pīⁿ, kang mn̂g ê Pīⁿ, thoat kang。thoat kong。 下部的病，肛門的病，脫肛。脫疘。
疝	Sàn ㄕㄢˋ	Pak tó· thiàⁿ ê Pīⁿ, tūi tiông. chhoan tiông tī. Lān hut ê Pīⁿ。 腹肚痛的病，墜腸。穿腸痔。羼脬的病。

四 畫

字	音	解釋
疢	thìm, thìn ㄊㄧㄣ,ㄊㄧㄣ	jiat Pīⁿ, jiat bōe thè ê khoán sit。 熱病，熱𣍐退的款式。
疲	hoān, hoàn ㄏㄨㄢ,ㄏㄨㄢ	sim Pháiⁿ, hóan ok, hián chhut m̄ hó。hoàn, Chhi Gâi, Gōng。Phái sim。 心歹，疲惡，顯出毋好。疲，痴呆，戇。歹心。
疥	kài, kòe ㄍㄞˋ,ㄍㄨㄝˋ	sió khoa ê siⁿ thiàⁿ, Phê hu ê Pīⁿ, kài Siān。siⁿ kòe。nōa kòe。iōng kòe, oē chiūⁿ。 少許的生痛，皮膚的病，疥癬。生疥。爛疥。癢疥，能瘙。
疫	ek ㄝㄎ	tsōe tsōe Lâng Phòa Pīⁿ。Pīⁿ ê khì teh hoat, teh kîaⁿ。un ek, Lîu hêng Sèng ê Pīⁿ。 多多人破病。病的氣咧發，咧行。瘟疫，流行性的病。
疣	iû ㄧㄡˊ	kiat Pīⁿ, Liap á, Phê têng tsū chip kôaiⁿ kôaiⁿ ê bah Lîu。Chhin chhiūⁿ kì。 結病，症仔，皮頂聚集高高的肉瘤。親像疙。
疒心	Sīm, tám ㄒㄧㄣ,ㄉㄢˇ	Pak tó· ê Phòa Pīⁿ。Pak tó· Lāi kú kú ê Pīⁿ。 腹肚的破病。腹肚內久久的病。
疪	Pì ㄅㄧˋ	kha Léng sip khì, kha Pì, bâ Pì。Lâng ê miâ, èng Pì。 腳冷濕氣，腳疪，痲疪。人的名，應疪。
疧	kî ㄍㄧˊ	kî Pīⁿ, Phòa Pīⁿ, Pīⁿ chèng, chèng thâu。 疧病，破病，病症。症頭。
疨	Gâ 兀ㄚˊ	Phòa Pīⁿ Put chí, Siong tiōng, nâ âu ê Pīⁿ。 破病不止。傷重。咽喉的病。
疤	ài ㄞˋ	un ài, Siⁿ un ài chiū sī hīⁿ á Pīⁿ chéng khí tī kàu bīn Pûi Pûi ê Pīⁿ 瘟疤，生瘟疤就是耳仔邊腫起致到面肥肥的病

造字 借厄的偏音成字

疤	Pa, ㄅㄚ,	kut tsat ê Pīⁿ。 Siⁿ thiaⁿ ê jiah, Siong hûn。Phī huih Pa kui Pa, kian Pa。 骨節的病。生病的跡，傷痕。疕，血疤，歸疤，乾疤。

五畫

疹	Chín, Phiah, ㄓㄣˇ, ㄆㄧˋ,	chhuì tûn thiaⁿ, Phòa Pīⁿ。 jiat Pīⁿ。 chhut Phiah, Siⁿ tī Phê hu Chhin chhiūⁿ tāu tsu。 嘴唇痛，破病。熱病。出疹，生佇皮膚親像豆痘。 mâa chín, sip chín, hong chín。 Lîu hêng sèng ê Pīⁿ。 chhut Phiah。 麻疹，濕疹，風疹。流行性的病。出疹。
疻	chi, chí, ㄓ, ㄓˇ,	chéng, in ūi cheng tióh, á sī Phah tióh。 Phê o chhiⁿ。 Chí íu。 腫，因為衝着，或是打着。皮黑青。疻痏。
症	chèng ㄓㄥˋ,	Pīⁿ chèng, chèng thâu。 Phòa Pīⁿ, Chèng tsōng, jiat chèng, iâm chèng, tsóat chèng。 病症，症頭。破病，症狀，熱症，炎症，絕症。
疺	hoat ㄈㄚˊ,	ià Siān, siau Sán ê ì sù。 Phī hoat 厭倦，消瘦的意思。疲疺。
疿	hùi, Pùi, ㄈㄟˋ, ㄅㄟˋ,	jóah thiⁿ Phê hoat ê chiaⁿ tiám。 Pùi, Siⁿ Pùi, Pùi á。 kap 痱 Sio Siāng。 熱天皮發的疵點。疿，生疿，疿仔。与痱相同。
痃	hiân, ㄒㄧㄢˊ,	hiân Phek Pīⁿ。 hoaiⁿ hiân, hoa Liu Pīⁿ ê chit khoán, tōa thúi Lāi chhek Siⁿ ngī oē thiàⁿ。 痃癖病。横痃，花柳病的一款，大腿内側生硬塊能痛。
疳	kam ㄍㄢ,	kam chek, Gín á Chiāh tiⁿ kè tsōe ê Pīⁿ。 hā kam, kam chhng, hoa Liu Pīⁿ ê chit khoán。 疳積，囝仔食甜過多的病。下疳，疳瘡，花柳病的一款。
痂	ka, kâ, khê, ㄍㄚ, ㄍㄚˊ, ㄎㄝ,	kha chhiu ê Pīⁿ。 Pái kha khê chhiu。 khe kha Phòa siùⁿ。 Siong hûn ê jiah ê ngī tè, kâ。 脚手的病。跛脚痂手。痂脚破相。傷痕的跡的硬塊，痂。
痃	khiap ㄎㄧㄚ,	Phòa Pīⁿ Liáu āu tì kàu har hân, Gōng。 khiap Pīⁿ。 破病了後致到憨慢，戇。痃病。
痁	kò, ㄍㄛˋ,	kú tñg Pīⁿ, Gín á chhuì ê Pīⁿ。 久長病，囝仔嘴的病。
痀	ku, khu, ㄍㄨ, ㄎㄨ,	io kut, ka chiah kut ê Pīⁿ, can khiau ê Pīⁿ。 Ku Lô, ún ku。 腰骨，尻脊骨的病，彎曲的病。痀僂，腰痀。
痾	khā, o, ㄎㄚ, ㄜ,	chiū sī Phòa Pīⁿ ê ì sù。 tāng Pīⁿ, tîm O。 Gín á kiaⁿ tióh ê Pīⁿ, khā 就是破病的意思。重病，沈痾。囝仔驚着的病，痾。
疱	Phau, Phâu, Phā, Phauh, ㄆㄠˋ, ㄆㄠˊ, ㄆㄚ, ㄆㄠㄏ,	Phê bīn chéng。 Chéng ê Phòa Pīⁿ, Phong Phā。 khí Phā。 Phê bīn tsúi Pau Lâng, khí Liap á。 皮面腫。腫的破病，胖疱。起疱。皮面包水包膿，起疱仔。 tsúi Phau, tsúi Phâu。 jiat Phauh, hoat jiat Phauh, khí Phauh。 水疱，水疱。熱疱，發熱疱，起疱。
疲	Phî, ㄆㄧˊ,	tióh bóa chhut Lát, ià Lái。 Siān。 Pîn tōaⁿ。 Phî hoat, Phî koān, Phî nńg。 Phî Lô。 着磨出力，厭懶。倦。貪惰。疲乏，疲倦，疲軟。疲勞。
病	Pēng, Pīⁿ, ㄅㄧㄥˋ, ㄅㄧˋ,	Sim Put an, iu būn, kan khó, Sin thé kám kak bô Sóng khoài, ū Pī。 chit Pīⁿ。 kú tñg Pīⁿ。 心不安，憂悶，艱苦，身体感覺無爽快，有病。疾病。久長病。 jiam tióh Pīⁿ, Pīⁿ Chèng。 Pē Pēng, mâu Pēng。 Pīⁿ īⁿ, Pīⁿ Lí, Pīⁿ khún, Pīⁿ tok。 染着病，病症。弊病，毛病。病況，病理，病菌，病篤。
痖	Siat ㄒㄧㄚ,	Chiū sī Phòa Pīⁿ ê mîa, tsòe Lī, tsòe Lâu。 Lī chi 就是破病的名，做痢，做痢。痢疾
疸	tàn, thán, ㄉㄢˋ, ㄊㄢˇ,	Lô khó ê Pīⁿ, n̂g sek ê Pīⁿ, n̂g thán。 hoat Pīⁿ ê sî, bák chiu kap Phê hu Lóng oē n̂g sek。 勞苦的病，黄色的病，黄疸。發病的時，目睭與皮膚攏能黄色。
疼	tông, thàng, thiaⁿ, ㄉㄛㄥ, ㄊㄤˋ, ㄊㄧㄚ,	thàng thiaⁿ, kap thòng Siong tông ê ì sù。 Pó Sioh ê ì sù, thiaⁿ sioh。 Sim thiaⁿ。 痛疼，与痛相同的意思。宝惜的意思，疼惜。心疼。 khó thàng, Siong Sim khó thiaⁿ。 thiaⁿ Sim。 苦疼，傷心苦疼。疼心。
痆	tí, ㄉㄧˊ,	Chiū sī Phòa Pīⁿ ê ì sù。 就是破病的意思。
痁	Siam, tiàm, ㄒㄧㄚㄇ, ㄉㄧㄚㄇ,	ū jiat chèng ê Phòa Pīⁿ, kōaⁿ jiat。 Jiat kúi nā jit Sio sòa ê ì sù。 tiàm chit, Giók chit。 有熱症的破病，寒熱。熱幾若日相續的意思。痁疾，瘧疾。
疾	chit, chek, ㄐㄧㄊ, ㄐㄝㄎ,	chit Pīⁿ, Phòa Pīⁿ ê ì sù。 oàn hūn, chit ok jû kiû。 kóa kin, chit tsáu jû hui。 chit sú。 疾病，破病的意思。怨恨，疾惡如仇。趕緊，疾走如飛。疾駛。 Chit hong, Giâm ê oē, chit Giân Lē sek。 Lī chek, Chiū sī tsòe Lī ê Pīⁿ。 aì khí kò chek。 疾風。嚴的話，疾言厲色。痢疾，就是做痢的病。愛起痼疾。
疽	tsu, ㄗㄨ,	Seng khu Siⁿ eng kú kú, khang chhuì chhim, tsat tsu, iong tsu, Pōe tsu。 Phê hu Chéng nōa ê Pīⁿ。 身軀生癰久久，孔嘴深，節疽，癰疽，背疽。皮膚腫爛的病。
疵	chhû, ㄘㄨ,	mâu Pēng, Pē Pēng, Sio khóa mâu Pēng, hâ chhû。 Sió chhû。 Chhe mâu kiu chhû。 毛病，弊病，小許毛病，瑕疵。小疵。吹毛求疵。

疰 tsà, ㄓㄨˋ; Phòa Pī Put chí Siong tiōng, Sìⁿ thiàⁿ, chhut Lâng。su Pō chéng, tsà su, nī ē Sòaⁿ iām。
破病不止傷重，生痛，出膿。腮部腫，疰腮，耳下腺炎。

痏 Phì, ㄆㄧˇ; Pak tó Lāi Sìⁿ thiàⁿ ê ì sù。
腹肚內生痛的意思。

疸 tô, ㄉㄨㄛˊ; Chiū sī Phòa Pīⁿ ê ì sù。
就是破病的意思。

痘 Liàp, ㄌㄧˋㄉㄡˋ; Phê hu ê Pīⁿ, Sìⁿ Liap á, Liap á。eng á teng á Lóng sī ok tok ê Lia á。
皮膚的病，生痘仔，痘仔。癰仔，疔仔，攏是惡毒的痘仔。

造字 借立的偏音成字。皮膚的生痛一粒一粒，用粒分別病的痘。

疱 Phí, Phih, ㄆㄧˊ, ㄆㄧˋ; Lâng Phòa Pīⁿ kú kú, sit Gôan khì, Pīn bah n̂g Phí Phí。n̂g Phih Phih。Phê sek bô hó。
人破病久久，失元氣，面肉黃疱疱。黃疱疱。皮色無好。

造字 借白來托顯病後身色。

補4畫 疙 ài, ㄞˇ; Sìⁿ un ài, Chiū sī hī á Pīⁿ chéng khí, tì kàu bīn Pûi Pûi ê Pīⁿ, ū Lâng kóng tsòe ti thâu Pûi。
生瘟疙，就是耳仔邊腫起，致到面肥肥的病，有人講做豬頭肥。

造字 借厄偏音來成字。

六畫

痔 tī, ㄓˋ; Kha Chhng ê Pīⁿ, kang mn̂g ê Pīⁿ, tī chhng, ū Lāi tī, Gōa tī。tī Lāu。
尻脽的病，肛門的病，痔瘡，有內痔，外痔。痔漏。

痕 hûn, ㄏㄣˊ; Sìⁿ thiàⁿ ì keng hó ê jiah, niau tiám。ûi hûn。Siong hûn, hûn jiah, hâ hûn
生痛已經好的跡，瘢點。遺痕。傷痕。痕跡，瑕痕。

痐 hôe, ㄏㄨㄟˊ; Pak tó Lāi tn̂g tn̂g ê thâng, bīn thâng, hôe thâng。kap jī Siāng khoán ì sù。
腹肚內長長的虫，蛔虫，痐虫。与蛔字同款意思。

痍 î, ㄧˊ; Siong hāi tioh Siong, Siong hûn。sìⁿ thiàⁿ。Chhong î。chhong î mòa bak。
傷害，着傷，傷痕。生痛。瘡痍。瘡痍滿目。

痎 Gâi, ㄞˊ; Sim Sîn Phòa Pīⁿ, Chhī Gâi Pīn toāⁿ ê māu Pēng, Pī Liâu Gōng khì。
心神破病，癡痎。貪懶的毛病，病了戇去。

痔 Ló, ㄌㄨㄛˇ; Chiū sī koe, chhng ê ì sù。
就是瘰，瘡的意思。

痌 nāi, ㄋㄞˋ; Phòa Pīⁿ, ham bām, Gōng, bô Lō ēng ê ì sù。
破病，憨慢，戇。無路用的意思。

痑 Sī, than, ㄒㄧˊ, ㄊㄚㄋ; bé ê Phòa Pīⁿ, khui Lat chīn thâu。than than Phî ia。hòng chhiòng。ià siān。
馬的破病，氣力盡頭。痑痑疲也。放縱。厭倦。

痌 tông, thong, ㄉㄨㄥˊ, ㄊㄨㄥ; Chiū sī kan khó, thiàⁿ thâng ê ì sù。tông koan Sin thé thâng thiàⁿ ê ì sù。
就是艱苦，痛疼的意思。痌瘝。身体痛疼的意思。

痊 chhoan, ㄑㄩㄢˊ; Phòa Pīⁿ ì keng hó ê ì sù, chhoan jū。chhoan。chhoan an。
破病已經好的意思，痊癒。痊。痊安。

痏 iú, úi, ㄧㄡˇ, ㄨㄟˇ; bah chhoah, Phê chī。chhàu khì。Phàiⁿ bī。Phah Siong Phê o chhiⁿ chí úi。Sìⁿ chhng。
肉擦，皮潰。臭去。歹味。打傷皮黑青，痕痏。生瘡。

痒 iông, iông, Siông, chiūⁿ, ㄧㄤˊ, ㄧㄤˇ, ㄒㄧㄤˊ, ㄐㄧㄤˋ; Phòa Pīⁿ Siong tioh, Sìⁿ thiàⁿ, iông Pīⁿ。Siông Phê ngiau ngiau, chhiah iah。
破病，傷着，生痛，痒病。痒，皮蟯蟯，刺瘍。
Phê chiūⁿ, hoat chiūⁿ, Pê chiūⁿ, hī khang chiūⁿ。kap 癢 Siāng khoán。ê kán sià。
皮痒，發痒，爬痒，耳孔痒。与癢同款。的簡寫。

痜 thiâu, ㄊㄧㄠˊ; bīn Sìⁿ thiâu á。Chiū sī hian sī teh kóng ê bīn Phàu。
面生痜仔。就是現時的講的面疱。

痖 Siat, ㄒㄧㄝˋ; kap Siāng khoán。Chiū sī Phòa Pīⁿ ê mîa tsòe Lī, Lī chit。
与痢同款。就是破病的名。做痢，痢疾。

痟 Siān, ㄒㄧㄢˇ; kap 癬 Siāng khoán。Phê hu ê Pīⁿ, Sī Gâu thoàⁿ ê Pīⁿ。Sìⁿ Siān, koe Siān, ta Siān, Gû Phê siān。
与癬同款。皮膚的病，是勢湠的病。生癬，疥癬，乾癬，牛皮癬。

痰 káu, kiu, ká, kau, ㄍㄡˇ, ㄍㄧㄡ, ㄍㄚˇ, ㄍㄠ; Pak tó kín kín thiàⁿ, kàu thong, ká thiàⁿ。kiáu ká thiàⁿ。kap Sio Siang。
腹肚緊緊痛，痰痛。痰痛。攪痰痛。与疠相同。

痐 hiông, ㄒㄩㄥ; iu chhiû, hoân Ló, thòng hūn。
憂愁，煩惱，痛恨。

痎 kai, ㄍㄞ; koāⁿ jiat, nn̄g jit jiat chit Pài。oē koāⁿ oē hoat jiat。
寒熱，兩日熱一囬。能寒能發熱。

痳 Sek, Sok, ㄕㄜˋ, ㄕㄡˋ; Chiū sī koāⁿ tioh ê Pīⁿ。hē ku Sàu
就是寒着的病。瘔呴嗽。

七畫

痣 chì, kì, ㄓˋ, ㄐㄧˋ, Seng khu sin o͘ tiám, o͘ chì, o͘ kì. iā ū âng ê, âng kì. bak sái lâu kì.
身軀生黑點，黑痣，黑痣。也有紅的，紅痣。目屎流痣。

㾫 kēng, ㄍㄥ, Chiū sī Phòa pīⁿ ê ì sù.
就是破病的意思。

痢 lī, lāu, ㄌㄧˋ, ㄌㄠˋ, Pīⁿ ê chèng thâu, tsòe lī, lī chit, chhiah lī. Lāu sái, Lāu thò͘ chèng.
病的症頭，做痢，痢疾，赤痢。痢屎，痢吐症。

痗 hōe, mūi, ㄏㄨㄟˋ, ㄇㄟˋ, Chiū sī ut tsut kàu Phòa pīⁿ ê ì sù. Sim mūi. hōe pīⁿ.
就是鬱悴到破病的意思。心痗。痗病。

痞 phí, ㄆㄧˇ, Pak tó͘ lāi kiat kiû, Pak tó͘ lāi thiàⁿ. hiat khì chek teh bōe thong. Liap á phí. kian phí.
腹肚內結球，腹肚內痛。血氣積咧膾通。疕仔痞。乾痞。

痡 hu, hú, ㄏㄨ, ㄈㄨˊ, Chiū sī Phòa pīⁿ ê ì sù. hu pīⁿ.
就是破病的意思。痡病。

痧 sa, soa, ㄕㄚ, ㄕㄨㄚ, Phòa pīⁿ ê miâ, tio̍h soa, Lāu thò͘ chèng ê ì sù, tiòng sù mā kóng tio̍h soa. Lāu thò͘ soa.
破病的名，著痧，痢吐症的意思，中暑嘛講著痧。痢吐痧。

痒 sin, ㄒㄧㄣ, koâⁿ ê Phòa pīⁿ, kám tio̍h hong, sin thé ngauh ngauh chhoah.
寒的破病，感著風，身体愕愕掣。

痟 siau, ㄒㄧㄠ, thâu khak sng thiàⁿ. thâu khak thiàⁿ ê Phòa pīⁿ, siau thâu pīⁿ.
頭殼痠痛。頭殼痛的破病，痟頭病。

痠 soan, sng, ㄙㄨㄢ, ㄙㄥ, sng nńg, thàng thiàⁿ. sng thiàⁿ, kut thâu sng thiàⁿ, io sng pōe thiàⁿ. kha chhiú sng.
痠軟，痛疼。痠痛，骨頭痠痛，腰痠背痛。腳手痠。
kha sng chhiú nńg. Chio̍h ê miâ, hong pek ê soaⁿ tsōe tsōe soan chio̍h.
腳痠手軟。石的名，風伯的山多多痠石。

痘 tō, tāu, tsu, ㄉㄡˋ, ㄉㄠˋ, ㄗㄨ, thai to̍k, chhut tsu ê ì sù. hiān kim kóng thian hoa. Chèng tsǹg, kui seng khu puh chhut
胎毒，出痘的意思。現今講天花。症狀，歸身軀突出
chhin chhiūⁿ tāu á. Ē thoân jiám ê pīⁿ. Chèng tsu, chiū sī tsù siā gû tāu biâu lâi hông
親像豆仔。能傳染的病。種痘，就是注射牛痘苗來預防。

痜 thut, ㄊㄨㄊ, Chiū sī thâu khak ê Phòa pīⁿ.
就是頭殼的破病。

痛 thòng, thàng, thiàⁿ, thiòng, ㄊㄨㄥˋ, ㄊㄤˋ, ㄊㄧㄚˋ, ㄊㄧㄨㄥˋ, Phòa pīⁿ ai kiò, ai thiàⁿ. Siong sim. Pi thòng, thòng khó͘, thòng sim.
破病哀叫，哀痛。傷心，悲痛，痛苦，痛心
khó͘ thàng, thiàⁿ thàng. Sim teh thiàⁿ. Siⁿ thiàⁿ. thiòng hūn, thiòng ím, sī tham chia̍h chiú kè thâu.
苦痛，疼痛。心咧痛。生痛。痛恨，痛飲，是貪食酒過頭。

痤 tsô, ㄗㄛˊ, Phòa pīⁿ, sió khoa chéng. tsô chhong. siⁿ eng.
破病，小許腫。痤瘡。生癰。

㾯 thûn, ㄊㄨㄣˊ, Chiū sī Phòa pīⁿ lâng gâu chia̍h pn̄g ê ì sù.
就是破病人𠢕食飯的意思。

痥 toa̍t, thê, ㄉㄨㄛˊ, ㄊㄝ, bé kha kut siong tio̍h. Chiòng koaⁿ tio̍h siong.
馬腳骨傷著。將官著傷。

㾖 lū, ㄌㄩˇ, chhngē ê pīⁿ, kú tńg ê pīⁿ.
瘻的病，久長的病。

痕 liōng, ㄌㄧㄤˊ, chiū sī ba̍k chiu ê pīⁿ, kap 眼 jī sio siāng.
就是目睭的病，与眼字相同。

㾜 kông, ㄍㄨㄥ, Chiū sī jia̍t pīⁿ, jia̍t kông.
就是熱病，熱㾜。

痟 ian, koan, ㄧㄢ, ㄍㄨㄢ, kut tsat thàng thiàⁿ. kut sng nńg. ut tsut. kha tó͘ sng thiàⁿ.
骨節痛疼。骨痠軟。鬱悴。腳肚痠痛。

㾘 hì, hín, ㄏㄧˋ, ㄏㄧㄣˋ, jia̍t khì chhut phê hu, chéng khì, thiàⁿ thàng.
熱氣出皮膚，腫氣，痛疼。

㾓 chhìa, ㄑㄧㄚˋ, Lāu siat, Lāu sià ê ì sù.
漏泄，痢瀉的意思。

㾮 hau, he, hê, ㄏㄠ, ㄏㄝ, ㄏㄝˊ, nâ âu ê pīⁿ, kú kú liân liân chhoán, hau chhoán pīⁿ. ke ku, hê ku sàu. Léng he.
咽喉的病，久久連連喘，㾮喘病。㾮呴，㾮呴嗽。冷㾮。
hê ku tu. ham he. hê ku chhoán.
㾮呴豬。𤶃㾮。㾮呴喘。

痙 keng, ㄍㄥ, iûⁿ hîn ê pīⁿ, iû tian hong, keng loân, oē kiu kin, thò͘ pe̍h phoeh nōa. kha chhiú chhoah.
羊癇的病，羊癲瘋，痙攣，能疚筋，吐白沫涎。腳手掣。

八畫

瘬 tiòng, tióng, tiùⁿ, ㄉㄧㄤˋ, ㄉㄧㄤˊ, ㄉㄧㄨˋ; Pak tó͘ bōe siau, Pak tó͘ tiùⁿ. kó͘ tiòng, ngó͘ tsōng ê chit hāng ê miâ;
腹肚 𣍐消，腹肚瘬。臌瘬。五臟的一項的名；
tōa tn̂g sió tn̂g, tōa tiòng sió tiòng. Phōng hong pá tiùⁿ, siau hòa bô hó.
大腸小腸，大瘬，小瘬。胖風飽瘬，消化無好。

痴 Chhi, ㄑㄧ; bô tì sek, Gōng, Peh chhi. Sim sîn phòa pīⁿ, chhi gāi.
無智識，戇。白痴。心神破病，痴呆。

瘃 Chiok, ㄐㄩㄝˋ; in ūi kôa, kha chhiú siⁿ tàng chí. tòng chhng ê ì sù. tòng siong ê ì sù. hân chiok.
因為寒，腳手生凍 指。凍瘡的意思。凍傷的意思。寒瘃。

痱 hùi, hūi, Pūi, ㄈㄨㄟˋ, ㄈㄨㄟˊ, ㄆㄨㄟˋ; kap 疿 jī siāng khoán. chiū sī jia̍t chhng chèng thâu. hong ê pīⁿ. jia̍h thiⁿ ê lâu
與 疿 字同款。就是熱瘡的症頭。風的病。熱天的流
kōaⁿ tsōe ín khí ê. Pūi á. Siⁿ pūi á, pūi á chhùi, hoat kàu chi̍t thâu chi̍t bīn.
汗多引起的。痱仔。生痱仔，痱仔嘴，發到一頭一面。

瘁 kùi, ㄍㄨㄟˋ; khì bô tiāⁿ tio̍h, sim koaⁿ tín tāng, Phòa pīⁿ tiong kan kiaⁿ hiaⁿ.
氣無定着，心肝振動，破病中間驚惶。

痙 khong, ㄎㄨㄥ; nâ âu thiàⁿ ê pīⁿ, nâ âu khang phû lap ê khoán sit.
咽喉痛的病，咽喉孔 浮 塌的款式。

瘆 khîm, ㄑㄧㄣ; kôaⁿ jia̍t ê pīⁿ. kôaⁿ hong ê pīⁿ.
寒熱的病。寒風的病。

痼 kò͘, ㄍㄨˋ; kú tn̂g pīⁿ. Sòe hàn gín á chhùi lāi siⁿ thiàⁿ. kò͘ chit, pháiⁿ i ê pīⁿ.
久長病。細漢囝仔嘴內生痛。痼疾，歹醫的病。

痯 koán, ㄍㄨㄢˇ; Phòa pīⁿ, Gâu lâng sit lo̍h chì khì, khn̂g iu būn ê pīⁿ. kóan kóan pēng iā.
破病，賢人失落志氣，藏憂悶的病。痯痯病也。

痳 Lâi, ㄌㄞˊ; ok pīⁿ, kú pīⁿ, un e̍k ê pīⁿ.
惡病，久病，瘟疫的病。

痲 bâ, mâ, bā, ㄇㄚˊ, ㄇㄚˊ, ㄇㄚˋ; Phê bah m̄ tsai thiàⁿ, thái ko, bâ hong pīⁿ. jia̍t pīⁿ. bâ pì. kha chhiú bâ.
皮肉毋知痛，瘋痀，痲風病。熱病。痲痺。腳手痲。
mâ tsùi, m̄ tsai kám kak khùn khì. bâ, siⁿ mi̍h m̄ hó khì ê khoán. chhin chhiū chhiūⁿ bū.
痲醉，毋知感覺睏去。痲，鼓物毋好去的款。親像絹霧。
bâ bū. mâ chín, chi̍t chióng kip sèng thôan jiám, ōe kôaⁿ ōe jia̍t chin gûi hiám ê pīⁿ.
痲霧。痲疹，一種急性傳染病。能寒能熱真危險的病。

痳 Lîm, ㄌㄧㄣˊ; chek teh thiàⁿ, siáu piān ê phòa pīⁿ. Lîm pīⁿ, lîm pīⁿ. sàn thiàⁿ.
積的痛，小便的破病。痳病，淋病。疝痛。

痾 o, ㄜ; phòa pīⁿ, kap siāng ì sù. tāng pīⁿ, tîm o.
破病，與 疴 同意思。重病，沈痾。

瘍 e̍k, iâh, e̍k, ㄧˋ, ㄧㄤˊ; phòa pīⁿ, pīⁿ sàⁿ tò, sàⁿ thôan jiám. gōng gōng. iâh, chhiah iâh, siⁿ phīⁿ iâh, tio̍h iâh.
瘍，破病，病相黏，相傳染。戇戇。瘍，刺瘍。生鼻瘍。着瘍。

㿉 Pheng, ㄆㄥ; hū jîn lâng huih lâu bōe chí. Pak tó͘ tiùⁿ móa. Chéng móa ê khoán sit. hiat pheng.
婦仁人血流𣍐止。腹肚瘬滿。腫滿的款式。血㿉。

痺 Pì, ㄅㄧˋ; sip khì ê phòa pīⁿ, kha chhiú bōe tín tāng. bâ pì. phê hu m̄ tsai thiàⁿ. kha bâ chhiú pì.
濕氣的破病，腳手𣍐振動。痲痺。皮膚不知痛。腳痲手痺。

痰 tâm, thâm, ㄉㄢˊ, ㄊㄢˊ; chhùi nih ê nōa, chiū sī thâm nōa. Lô tâm nōa. hì kn̂g ê pīⁿ e̍k.
嘴裡的涎，就是痰涎。濁痰涎。肺管的病液。

瘁 tsūi, ㄘㄨㄟˋ; kan khó͘ ê pīⁿ, tio̍h bōa, Lô khó͘, Lô tsūi. Sim la̍t kàu tsūi. kiok kiong chìn tsūi.
艱苦的病，着磨，勞苦，勞瘁。心力交瘁。鞠躬盡瘁。

痿 jôe, oe, ui, ㄖㄨㄟˊ, ㄨㄟ, ㄨㄟ; sip pīⁿ, bōe ōe kiâⁿ, bâ hong ê pīⁿ. kha hong, nńg kha, ki bah ūi siok ê pīⁿ. kú tn̂g pīⁿ.
濕病，𣍐能行，痲瘋的病。腳瘋，軟腳，肌肉萎縮的病。久長病。

瘐 jú, jú, ㄩˇ, ㄩˇ; Phòa pīⁿ, iau kôaⁿ sí ê, Gâu lâng sit chì khn̂g iu chhiû ê pīⁿ.
破病，枵寒死的，賢人失志藏憂愁的病

瘀 u, ù, ㄩ, ㄩˋ; chek tsū huih, Gêng huih. Phòa pīⁿ kú kú, seng khu ko͘ ta ê ì sù, ù chit. u hiat.
積住血，凝血。破病久久，身軀枯乾的意思，瘀疾。瘀血。

痷 am, ㄢ; pīⁿ ê miâ, chiū sī oh tit tàⁿ tia̍p ê pīⁿ.
病的名，就是難得打噎的病。

痻 bîn, hun, ㄇㄧㄣˊ, ㄏㄨㄣ; seng khu ū pē pēng, bô sóng khoài. Phòa pīⁿ.
身軀有弊病，無爽快。破病。

痿 Lēng, ㄌㄥˊ; kám hong phòng khí ê hûn. Phê bah phòng khí chiâⁿ tsōa. chiâⁿ lēng.
感風腫起的紋。皮肉腫起成條。成痿。

瘸 koân, khoân, khê, ㄍㄨㄢ, ㄎㄨㄢ, ㄎㄜ; chhiú khiau, chhiú khiu khiu, chhiú khê khê ê pīⁿ. khê chhiú.
手曲，手趜趜，手瘸瘸的病。瘸手。

瘂 á, é, ò͘ ê kâu, ㄚˇ, ㄜˋ; chiū sī bōe ōe kóng ōe ê lâng. Ìn ò͘. khàu kàu ê siaⁿ. kap 啞 siāng ì sù
瘂口，就是𣍐能講話的人。瘖瘂。哭到瘂聲。與 啞 同意思

瘦 Siuh, Siuh, ㄒㄧㄡˋ, ㄒㄧㄡˋ; siuh siuh kiò, thiàⁿ siuh siuh, thiàⁿ kah siuh siuh kiò. chin thiàⁿ ê ì sù.
瘦瘦叫，痛瘦瘦。痛到瘦瘦叫。真痛的意思。 造字

瘛	chìh, ㄔˋ;	âm kún ásī thâu khak sin ê Liap á。 頷頸 或是頭殼 生的疕仔。
痺	pì, ㄅㄧˋ;	kap 痹 Siong tông。bâ pì, Sip khì ê Phòa Pīⁿ, kha chhiú bōe tín tāng。Phê hu m̄ tsai thiàⁿ。 与痹 相同。麻痺，濕氣的破病，脚手𣍐振動。皮膚毋知痛。
瘖	im, ㄧㄣ;	Chiū sī Sim koaⁿ ê Pīⁿ。Sim khì thiàⁿ。 就是心肝的病。心氣痛。
痮	tio, ㄉㄧㄛ;	Pe̍h tio, khí Pe̍h tio, siⁿ Pe̍h tio。Sī Lâng seng khu Phê hu só͘ hoat ê, Chhin chhiūⁿ sián Pe̍h pe̍h。 白痮，起白痮，生白痮。是人身軀皮膚所發的，親像癬白白。
	造字	借凋偏音成字，白痮，症状，有的小白點，甚至手掌大。
瘍	sauhⁿ, ㄕㄚㄨ;	Sauh sauhⁿ, Sauhⁿ sauh á Pīⁿ。bô khin bô tāng ū thoa ê Pīⁿ。hō͘ á Sauhⁿ Sauhⁿ Lo̍h, hō͘ Sap sap Lo̍h。 瘍瘍，瘍瘍仔病。無輕無重有拖的病。雨仔瘍瘍落。雨㴙㴙落。
	造字	借帚偏音成字。
瘼	kî, khî, ㄍㄧˊ, ㄎㄧˊ	kù khong hi jī tián ê kái sek, Sī Lâng miâ Gūi jû tsú kî。tio̍h Siong hó khì ê jiah。Siⁿ Liap á ê jiah。 據康熙字典的解釋，是人名魏孺子瘼。着傷好去的跡。生疕仔的跡。 Liap á khî, chit Liap khî, chit jiah khî。Siong hûn ê jiah。Siong khî。 疕仔瘼，一粒瘼，一跡瘼。傷痕的跡。傷瘼。

九畫

瘇	chióng, chéng, ㄐㄧㄛㄥ, ㄐㄧㄥ	kha chéng, Seng khu chéng, tīⁿ móaⁿ, hâm chéng。 脚瘇，身軀瘇，滇滿，𦜆瘇。
瘋	hong, ㄏㄛㄥ;	Pīⁿ chèng, Seng khu hong。bâ hong。thâu hong。thiàⁿ hong。than hong, hong tian, Siáu ê。 病症，身軀瘋。麻瘋。頭瘋。痛瘋。癱瘋。瘋癲，猾的。
瘓	thoán, ㄊㄨㄢ	Phòa Pīⁿ ê khoán sit, Sin thé bâ pì sù ki bōe tín tāng。than thoán。 破病的款式，身体麻痺四肢𣍐振動。癱瘓。
瘈	khè, ㄎㄝ;	Siáu káu。iûⁿ hî ê Pīⁿ。khè káu。 猾狗。羊癇的病。瘈狗。
瘕	hâ, ㄏㄚ;	tsa bó͘ Lâng Pīⁿ, Pak tó͘ tiong kú tn̂g ê Pīⁿ。 查娒人病，腹肚中久長的病。
瘖	ná, ㄋㄚ;	Chiū sī Phòa Pīⁿ ê ì sù。 就是破病的意思。
瘏	tô͘, ㄉㄛ;	Chiū sī Phòa Pīⁿ ê ì sù。 就是破病的意思。
瘷	chhiu, Liau, ㄑㄧㄨ, ㄌㄧㄚㄨ	táⁿ tiap beh Siu Chhùi ê ì sù。Liap á khang Siu Sok ê ì sù。Chhiu Siok。Liau, 打𣿅也收嘴的意思。疕仔孔收縮的意思。瘷縮。瘷， kha Liau chhiu Liau, kha chhiu Liau。ngī Liau。 脚瘷手瘷，脚手瘷。硬瘷。
瘍	iông, iûⁿ, iâm, ㄧㄛㄥ, ㄧㄨ, ㄧㄚㄇ	Chhàu thâu, Siong tio̍h, Siⁿ thiàⁿ, Siⁿ kōe。nōa khì, hùi iông。chhiūⁿ Phòa khang。 臭頭，傷着，生痛，生疥。爛去，潰瘍。瘍破孔。 iûⁿ iûⁿ, nōa nōa ê ì sù。iûⁿ hī, chiū sī hī khang iûⁿ iûⁿ tâm tâm ê ì sù。iâm, Chhùi khì。 瘍瘍，爛爛的意思。瘍耳，就是耳孔瘍瘍澹澹的意思。瘍，碎去。 Chhùi iâm iâm。mih kiāⁿ Lòng Phòa, Lòng kàu Chhùi iâm iâm。Phah kàu Chhùi iâm iâm。 碎瘍瘍。物件挵破，挵到碎瘍瘍。打到碎瘍瘍。
瘖	im, in, ㄧㄇ, ㄧ	Chhùi bōe kóng ōe, tiuⁿ chih bé, ut āuⁿ。Kóng ōe bōe hó sè, ìn ōn ê káu, im á。 嘴𣍐講話，抽舌尾，鬱𪙌。講話𣍐好勢。瘖喑。啞口。瘖啞。
瘉	jú, jù, jū, ㄖㄨˊ, ㄖㄨˋ, ㄖㄨ	Phòa Pīⁿ, Sió khóa。Pīⁿ Lio̍h Lio̍h á hó ê ì sù。kî khá。 破病，小許。病略略仔好的意思。奇巧。
瘎	sîm, tâm, ㄒㄧㄇ, ㄉㄚㄇ	Pak tó͘ ê Phòa Pīⁿ, Pak tó͘ Lāi kú kú ê Pīⁿ。 腹肚的破病，腹肚内久久的病。
瘦	séng, ㄕㄝㄥ;	Chiū sī bô bah sán sán ê ì sù。 就是無肉瘦瘦的意思。
瘙	Liông, ㄌㄧㄛㄥ;	Phòa Pīⁿ hó, nî Lāu Phòa Pīⁿ, io khiau Pōe Liông。Pì kiat。 破病好，年老破病，腰曲背瘙。秘結。
瘔	khó͘, ㄎㄛ;	khùn khó͘, Lâng Phòa Pīⁿ Bōe hó。 困苦，人破病𣍐好。
瘒	hûn, ㄏㄨㄣ;	Chhi Gâi ê khoán sit 痴呆的款式
瘚	hô͘, ㄏㄛ;	Giàn Giàn, mih tsò tòng tī nâ âu ê tiong kan。 瘚瘚，物阻擋佇嚨喉的中間。
瘥	che, ㄐㄝ	cheng siⁿ ê un e̍k, tio̍h koe che。ah che。tio̍h ti che。 精牲的瘟疫，着鷄瘥。鴨瘥。着豬瘥。 造字

字	音	解說
⿸疒香	hiong, hong, hiaⁿ ㄏㄧㄛㄥ,ㄏㄛㄥ,ㄏㄧㄚ	Phīⁿ ê chèng thâu, Phīⁿ ê thàn khì hiang ê ì sù。hiang hiang, kóng Phang m̄ sī Phang 鼻的症頭，鼻的嘆氣⿸疒香的意思。⿸疒香⿸疒香，講香不是香
	hiang ㄏㄧㄤ	oē chhák Phīⁿ ê bī。khì Bī bô hó hiang hiang kap hiam hiam kūn ì sù。 能鑿鼻的味。氣味無好⿸疒香⿸疒香：与甘嗛嗛近意思。
瘝	koan 《ㄨㄚㄢ	Seng khu thàng thiàⁿ ê Pīⁿ。kng bêng。bô Lát。 身軀痛疼的病。光明。無力。
瘊	hâu ㄏㄡ	Lîu eng, Sòe sòe ê Lîu ê ì sù。 瘤瘿，小小的瘤的意思。
瘌	Lat ㄌㄚㄊ	ioh tok, thiàⁿ, kan khó。Siong tiong, Sìⁿ kòe。 藥毒，痛，艱苦。傷重，生疥。
⿸疒扁	Phian ㄆㄧㄢ	Seng khu ko· tâ。chit Pôaⁿ ko· tâ。 身軀枯焦。一半枯焦。
⿸疒皇	kông ㄏㄛㄥ	Pīⁿ。hiān tāi oē kóng iām。hoat hông, Sìⁿ Liap á ū hông, Sìⁿ teng á ū hông, tioh Siong ū hông。 病。現代話講炎。發⿸疒皇，生疶仔有⿸疒皇；生疔仔有⿸疒皇。着傷有⿸疒皇。
瘑	ko· 《ㄛ	Phòa Pīⁿ, thái ko, chiū sī bâ hong Pīⁿ ê ì sù 破病，癩瘑，就是痲瘋病的意思

十畫

字	音	解說
瘡	Chhong, Chhng ㄑㄛㄥ,ㄑㄥ	Siong hāi, Siong hûn。Phòa Pīⁿ, Sìⁿ thiàⁿ, tòk chhong。to chhong。Sìⁿ chhng。Pan chhng。 傷害，傷痕。破病，生痛，毒瘡。刀瘡。生瘡。斑瘡。 tī chhng。kam chhng。kan chhng。chhng hûn。 痔瘡。疳瘡。乾瘡。瘡痕。
瘣	hóe, hôe ㄏㄨㄝ,ㄏㄨㄝ	Phòa Pīⁿ, chéng。Chhiū ū Pē Pīⁿ bô hioh。Chhiū Lîu。 破病，瘇。樹有斃病無葉。樹瘤。
⿸疒高	kó 《ㄛ	chiū sī Sìⁿ kòe ê Pīⁿ。 就是生疥的病。
瘞	ì ㄧ	hiu ām bâi khǹg ê só· tsāi。bī biāu。bâi tsòng。ì bâi。bâi tsòng ê chè hiàn, chè tōe, chè Géh 幽暗埋藏的所在。微妙。埋葬。瘞埋。埋葬的祭獻，祭地，祭月。
瘚	khoat ㄎㄨㄚㄊ	khì Gék chiūⁿ。ē bīn ê khì Gék chiūⁿ kôaiⁿ ê ì sù。 氣逆上。下面的氣逆上高的意思。
瘤	Lîu, Lâu ㄌㄧㄡ,ㄌㄡ	bah chéng, Phê hu kiat chiâⁿ Liáp。hong Lîu, Sìⁿ Lîu, huih Lîu, chéng Lîu, tòk Lîu。 肉腫，皮膚結成粒。風瘤，生瘤，血瘤，腫瘤，毒瘤。
瘧	Giok ㄫㄧㄛㄎ	jiat Pīⁿ。kôaⁿ jiat。chiū sī tāi seng kôaⁿ āu Lâi jiat ê Pīⁿ。Giok chit。oē thoân jiám。 熱病。寒熱。就是代先寒後來熱的病。瘧疾。能傳染。
瘢	Pan ㄅㄚㄢ	Siong hûn, tioh Siong ê jiah。Sìⁿ o· tiám。chhut Pan, Pan tiám。 傷痕，着傷的跡。生黑點，出瘢，瘢點。
瘦	Só, Sán ㄕㄛ,ㄕㄚㄢ	bah Siau Siau, Siau Sán, bô bah, Sán Giân。Siau Só, Só jiók。 肉消消，消瘦，無肉，瘦[illegible]。消瘦，瘦弱。
瘨	tian ㄉㄧㄢ	Phòa Pīⁿ, iu būn, Siáu。tian kông, Loān sim, tsu tian。 破病，憂悶，猶。瘨狂，乱心，書瘨。
瘠	chek ㄐㄝㄎ	Lâng Seng khu bô bah, Sán。Phòa Pīⁿ。khiām Séng。chek má kut to。 人身軀無肉，瘦。破病。儉省。瘠馬骨多。
瘥	chhà, chho ㄑㄚ,ㄑㄛ	Phòa Pīⁿ í keng hó, iā sī Pīⁿ hó ê ì sù。Sió khóa ū un ek。Sió Pīⁿ。 破病已經好，也是病好的意思。小許有瘟疫。小病。
瘟	un, ut ㄨㄣ,ㄨㄊ	tsōe tsōe Lâng Phòa Pīⁿ。thoân jiám Pīⁿ ê ì sù。un ek。ti un, koe un。 多多人破病。傳染病的意思。瘟疫。猪瘟，雞瘟。
⿸疒追	tūi, thúi ㄉㄨㄧ,ㄊㄨㄧ	Phòa Pīⁿ, kha chéng, kha ê Pīⁿ。Phê hu chéng khí。 破病，脚瘇，脚的病。皮膚腫起。
⿸疒奇	ko 《ㄛ	chiū sī Phòa Pīⁿ ê ì sù。thái ko。bâ hong Pīⁿ。 就是破病的意思。癩⿸疒奇。痲瘋病。
瘝	koan 《ㄨㄚㄢ	kap 瘝 jī Siong tông。Seng khu thàng thiàⁿ ê Pīⁿ。kng bêng。bô Lát。 与瘝字相同。身軀痛疼的病。光明。無力。
⿸疒烝	cheng ㄐㄧㄥ	kut chhé ê Pīⁿ。Chhin chhiūⁿ hong thiàⁿ。huih ū tòk，in ūi kiâⁿ Phaiⁿ。 骨髓的病。親像瘋痛。血有毒，因為行歹。
⿸疒徐	tû, tū ㄉㄨ,ㄉㄨ	Siong hûn, Liap á。jiàu。ham bām bōe hiáu tit tāi chì。 傷痕，疶仔。抓。憨慢𣍐曉得代誌。
⿸疒兼	hiam, kiam, Liam ㄏㄧㄚㄇ,《ㄧㄚㄇ,ㄌㄧㄚㄇ	Phòa Pīⁿ, nâ âu ê Pīⁿ, nâ âu ê chèng thâu。bô bah Sán Sán ê Pīⁿ。 破病，咽喉的病，咽喉的症頭。無肉瘦瘦的病。
⿸疒桑	Sóng ㄙㄛㄥ	chiū sī bé ū Phòa Pīⁿ ê ì sù。 就是馬有破病的意思。
補9畫 ⿸疒休	hiúⁿ, hiuh, hiúh ㄏㄧㄨ,ㄏㄧㄨㄏ,ㄏㄧㄨㄏ	Phòa Pīⁿ sit khì khùi Lát, kiuⁿ hiuh。Sàu kàu hiúh hiúh。hē ku hiuh。 破病失去氣力，⿸疒休⿸疒休。嗽到⿸疒休⿸疒休。哮呴⿸疒休。 造字

瘙 So, ㄙㄠ, Siong hāi, Siong hûn, tióh Siong ê ì Sù。傷害，傷痕，着傷的意思。

瘜 sek, ㄒㄧ, kìa bah, ok bah, Pháiⁿ ê bah。Liap á, nâ âu siⁿ Liap á Chhak Phòa hō huih Lâu chhut。寄肉，惡肉，歹的肉。痣仔，咽喉生痣仔鑿破互血流出。
Phaiⁿ bī ê bah, Phīⁿ Sek bah, Phīⁿ Pīⁿ, Phīⁿ khang Lāi tē ke Siⁿ chhut Lâi ê bah。歹味的肉，鼻瘜肉，鼻病，鼻孔内底加生出來的肉。

瘶 sui, sóe, kiám chió, Phòa Pīⁿ, Sio Lám, Soe jio̍k。hian kim kap Soe Sio Siāng。Sóe, Sng Sóe。kut thâu。ㄕㄨㄟ, ㄙㄠ, 減少，破病，相攬，衰弱。現今與衰相同。瘶，痠瘶。骨頭
Sng Sóe, chiū sī kut thâu Sng nńg ê ì sù。痠瘶，就是骨頭痠軟的意思。

瘩 tap, ㄉㄚˊ, Seng khu bah chêng khí ê Pīⁿ。Liap á。身軀肉腫起的病。痣仔。

瘝 Goân, ㄍㄨㄢ, bâ Pī, kha chhiú m̄ tsai thiàⁿ bâ Pī。麻痺，腳手毋知痛麻痺。

十一畫

瘵 chè, chhâi, hông thán ê khoán sit, Lô khó ê Pīⁿ, tit tit sán。hoân ló。hì Lô Pīⁿ。Lô chhâi。ㄓㄞ, ㄔㄞ, 瘵瘵的款式，勞苦的病，直直瘦。煩惱。肺癆病。癆瘵。

瘴 tiòng, tiōng, tiùⁿ, Pak tó bōe Siau, kó tiōng, tiùⁿ tiùⁿ, tiùⁿ khí, tiòng móa。Chiáh kè Pá Pak tó tiùⁿ。ㄓㄤ, ㄊㄤ, ㄓㄤˋ, 腹肚繪消，臌瘴。瘴瘴，瘴起，瘴滿。食過飽腹肚瘴。

瘴 chiòng, un ek ê Pīⁿ, jiat Pīⁿ, Siⁿ thiàⁿ, ek chèng。Chiòng khì。Chiòng Lē, Lāi Pīⁿ sī chiòng Gōa Pīⁿ sī Lē。ㄓㄤˋ, 瘟疫的病，熱病，生痛，疫症。瘴氣。瘴癘，内病是瘴，外病是癘。

瘳 thiu, ㄔㄡ, Pīⁿ í keng hó。Pīⁿ í hó。tāi chì cheng chha, thiu chha。Sún hāi, thiu Sún。病已經好。病醫好。律誌精差，瘳差。損害，瘳損。

瘸 ka, kâ, khê, kha chhiu ê Pīⁿ, Pái kha。khê chhiú, khê kha。chhiú khê, kha khê。khê kha Phòa Siùⁿ。ㄍㄚ, ㄍㄚˊ, ㄎㄝ, 腳手的病，跛腳。瘸手，瘸腳。手瘸，腳瘸。瘸腳破相。

瘻 Lō, Lú, Phê chéng, kú kú ê chhng, tī chhng ê khoán sit。eng Lāu。tī Lāu。ām kún chéng。ㄌㄡˋ, ㄌㄩˊ, 皮瘴，久久的瘡，痔瘡的款式。癰瘻。痔瘻。頷頸腫。
Lāu, Lú, kû Lú, ún ku, khiau ku ê ì sù。ㄌㄡˊ, 瘻，痀瘻，腹痀，曲痀的意思。

瘺 Lō, Lāu, Phê chéng, kú kú ê chhng, tī chhng ê khoán sit。kan Lāu, eng Lāu, siⁿ chhng Phah Lāu。kan ím Lāu。hiat Lāu。ㄌㄡˋ, ㄌㄡˊ, 皮瘴，久久的瘡，痔瘡的款式。乾瘺，癰瘺，生瘡打瘺。姦婬瘺。血瘺。

瘰 Lúi, bī, Lí, Lúi Lek, Pīⁿ ê mîa。Lí Lek, chiū sī chit khoán kun kiat chiâⁿ ê Pīⁿ。tī ām kún khah tsōe。ㄌㄨㄟˇ, ㄌㄟˇ, ㄌㄧˇ, 瘰癧，病的名。瘰癧，就是一款筋結成的病。佇頷頸較多。

瘼 bók, Phòa Pīⁿ。Pen Pak。Pháiⁿ khoán thāi Lâng tī kàu Pīⁿ thiàⁿ。thòng khó。jîn bîn ê khó chhó, bîn bók。ㄇㄛˋ, 破病。壁膜。歹款待人致到病痛。痛苦。人民的苦楚，民瘼。

瘢 Pan, Siⁿ Pan, chhut o͘ Pan。chhut âng Pan, Pan tiám。ㄅㄢ, 生瘢，出黑瘢。出紅瘢，瘢點。

瘷 Sò, Sok, Sàu, khì Gék chhiùⁿ chhoán, he sàu。sàu sàu。khâm Sàu。ho͘ khip, Sok khì。Pháiⁿ Siaⁿ sàu。ㄙㄡˋ, ㄙㄨˋ, ㄙㄠˋ, 氣逆上，喘，痔瘷。瘷瘷。嗽瘷。呼吸，瘷氣。歹聲瘷。

瘶 Sò, Sok, Sàu, kap téng bīn jī Sio Siāng。ㄙㄡˋ, ㄙㄨˋ, ㄙㄠˋ, 与頂面字相同。

瘯 tài, tī, hū jîn Lâng ê Pīⁿ chèng, Péh tài。tī, thâu khak chit Pôa siⁿ thiàⁿ。tsòe Lī ê Pīⁿ, chhiah Péh Lī。ㄉㄞˋ, ㄉㄧˋ, 婦仁人的病症，白瘯。瘯，頭殼痛半生痛。做痢的病，赤白痢。

瘲 Chhiong, Sòe hàn Gín á ê Pīⁿ, hong Pīⁿ, hong chèng。ㄗㄨㄥˋ, 細漢囡仔的病，風病，風症。

瘯 tsók, chiū sī Phê hu ê Pīⁿ, siok siⁿ kòe ê Lūi, á sī siⁿ Sián ê ì sù。tsók Lê。ㄘㄨˋ, 就是皮膚的病，屬生疥的類，或是生癬的意思。瘯蠡。

瘥 tsō, ū Pīⁿ, Phòa Pīⁿ, khiàm an ê ì sù。ㄘㄨㄛˊ, 有病，破病，欠安的意思。

瘹 tiàu, siáu, tian kóng, Loān sim。Gín á ê Pīⁿ。ㄉㄧㄠˋ, 猶，癲狂，亂心。囡仔的病。

瘴 Pī, kha ê khì bô kàu, bōe thang tín tāng kun kut。kha Léng sip ê Pīⁿ。ㄅㄧˋ, 腳的氣無夠，繪可振動筋骨。腳冷濕的病。

瘖 im, chiū sī sim koaⁿ ê Pīⁿ, sim khì thiàⁿ。ㄧㄣ, 就是心肝的病，心氣痛。

瘿 êng, âu kio ê Siaⁿ, tōa Siaⁿ teh kio。ㄧㄥ, 呼叫的聲，大聲喲叫。

瘥 tsa, Liap á Siu Phí, in ūi teh beh hó ê ì sù。ㄗㄚ, 痣仔收疕，因為喲乜好的意思。

12畫 **癉** toaⁿ, hóe nâ toaⁿ, Gín á ê Phê hu Pīⁿ。chit Liap chit Liap ê Phā。ㄉㄢˋ, 火焰癉，囡仔的皮膚病。一粒一粒的疱。(接366頁八行)

十二畫

癇 hân, hîn, Sòe kiaⁿ tian tó ê Pīⁿ. tian hân. îu hîn ê Pīⁿ. îu tian hong. îu hîn koe á.
ㄏㄧㄢˊ,ㄏㄧㄣˊ, 細子癲倒的病。癲癇。羊癇的病。羊癲瘋。羊癇鷄仔。

癀 hông, n̂g, Pīⁿ ê mîa, n̂g chéng, hâm n̂g. hông thán, hoat hông. n̂g chéng, n̂g thán, hâm n̂g, n̂g chéng hâm.
ㄏㄨㄤˊ,ㄤˊ, 病的名,黃疸,脝黃。癀疸,發癀。癀腫,癀疸,脝癀,癀腫脝。

癆 Lô, Lō, bān Sèng ê Pīⁿ, thoa kú ê Pīⁿ, thâng thiaⁿ, Siau Sán. Lô Pīⁿ, Lô Siong, hì Lô.
ㄌㄠˊ,ㄌㄠˋ, 慢性的病,拖久的病,蟲疼,消瘦。癆病,癆傷,肺癆。

療 Liâu, Liâu chiū sī i Pīⁿ, i tī ê ì sù.
ㄌㄧㄠˊ,ㄌㄧㄠˋ 就是醫病,醫治的意思。

癃 Liông, Phòa Pīⁿ hó, nî Lāu Phòa Pīⁿ. Pì kiat.
ㄌㄨㄥˊ, 破病好,年老破病。秘結。

㿠 Phoan, Phòa Pīⁿ Sí ê ì sù.
ㄆㄨㄢ, 破病死的意思。

癉 tan, tàn, thán, tō, Lô khó ê Pīⁿ, Gín á ê Pīⁿ, kan khó, tioh bôa, Siū khì.
ㄉㄢ,ㄉㄢˋ,ㄊㄢˇ,ㄉㄨㄛˋ, 勞苦的病,囝仔的病,艱苦,着磨,受氣。

㿥 chiau, chiâu, Seng khu bô bah Gián Gián ê ì sù.
ㄐㄧㄠ,ㄐㄧㄠˊ, 身軀無肉 癬癬的意思。

㿟 tsòe, sīⁿ thiaⁿ, bah chéng khí Lâi, sīⁿ Liap á.
ㄗㄨㄝˋ, 生痛,肉腫起來,生疱仔。

瘤 Lîu, Lâu bah chéng, Phê hu kiat chiâ Liap. hong Lîu, sīⁿ Lîu, huih Lîu. tòk Lîu, tōa âm kui, kap 瘤 tâng.
ㄌㄧㄡˊ,ㄌㄡˊ 肉腫,皮膚結成粒。風瘤,生瘤,血瘤。毒瘤,大頷䫜,与瘤同。

㿓 hòe, bōe hó ê Pīⁿ, Siong tiong ê Chèng thâu
ㄏㄨㄝˋ, 𣍐好的病,傷重的症頭

癍 Piat, Chéng móa, Phê chiū Phòa Lih khui ê ì Sù.
ㄅㄧㄝ, 腫滿,皮就破裂開的意思。

瘍 Sia, Sià, Chiū sī Phê hu ngiau ngiau ê ì sù. Phê chiūⁿ, chiūⁿ chiūⁿ.
ㄒㄧㄚ,ㄒㄧㄚˋ, 就是皮膚蟯蟯的意思。皮癢,癢癢。

癊 îm, chiū sī sim koaⁿ ê Pīⁿ, sim khì thiaⁿ.
ㄧㄣ, 就是心肝的病,心氣痛。

癌 Gâm, chit khoan ok Sèng ê Chéng Lîu. iā ū sīⁿ tī ngó tsōng. Pháiⁿ tàⁿ tiap ê Pīⁿ. bô hó i tī ê Pīⁿ.
ㄧㄢˊ, 一款惡性的瘴瘤。也有生佇五臟,歹打撲的病。無好醫治的病。

十三畫

㿗 hún, ìu būn ê khoán Sit, jiat tông. Pīⁿ Sim būn
ㄏㄨㄣˋ, 憂悶的款式,熱瘍。病心悶

癐 kòe, ui, Pīⁿ Put chí Siong tiōng. hoah hiàm ê Siaⁿ.
ㄍㄨㄝˋ,ㄨㄟ, 病不只傷重。喝喊的聲。

癗 Lûi, Phê Sió khóa chéng. Chhin chhiūⁿ jiat kat á ê khoán Sit. chéng chit Lûi, thâu khak kòng chit Lûi.
ㄌㄟˇ, 皮少許腫。親像熱結仔的款式。腫一癗,頭殼摃一癗。

癘 Lē, un ek ê Pīⁿ, sīⁿ thiaⁿ. kài Lē. ek Lē. Chiong Lē.
ㄌㄧˋ, 瘟疫的病,生痛。疥癘。疫癘。瘴癘。

癖 Phek, Phiah, Phiah, Chiah bōe Siau. ài Siūⁿ kè thâu chiaⁿ tsòe Sip koàn, Chiâ Phiah. Sèng Phiah. Pháiⁿ Phiah
ㄆㄧˋ,ㄆㄧˇ,ㄆㄧˋ, 食未消。愛過頭成做習慣,成癖。性癖。歹癖。
Pháiⁿ Chiú Phiah, chiú tsùi Phah bó kiáⁿ. koài Phiah. Pháiⁿ Phiah Phīⁿ. chhut Phiah, Chiū Sī chit khoán
歹酒癖,酒醉打某子。怪癖。歹癖些。出癖,就是一款
Pīⁿ miâ, chhut móa á, Môa chín ê ì sù. chhut Phiah Siāng ì Sù
病名,出麻仔,麻疹的意思。出疹同意思。

癙 Chhú, sú, hoân Ló kàu Phòa Pīⁿ. kiaⁿ hiaⁿ, tài ìu iông. sú Pīⁿ.
ㄔㄨˇ,ㄕㄨˇ, 煩惱到破病。驚惶,帶憂容。癙病。

癉 tân, thán, Phòa Pīⁿ, Lô khó ê pīⁿ, un ek ê Pīⁿ, kan khó. n̂g sek Pīⁿ, n̂g thán, n̂g chéng hâm
ㄉㄢˋ,ㄊㄢˇ, 破病,勞苦的病,瘟疫的病,艱苦。黃色病,黃疸,黃瘇脝

㿗 Sūi, Chiū sī kàm tioh hong ê Phòa Pīⁿ. hong Sūi Pīⁿ
ㄙㄨㄟˋ, 就是感着風的破病。風㿗病。

癒 jū, Pīⁿ í keng hó, Pīⁿ chhoan jū.
ㄩˋ, 病已經好,病痊癒。

十四畫

癡 chhi, kap 痴 Siong tông, bô tì Sek, Gōng, Sim Sîn ū Pīⁿ. Peh chhi. Chhi Gâi.
ㄔ, 与痴相同,無智識戇,心神有病。白癡。癡呆。

癠	Ché, Chê, ㄐㄝ,ㄐㄝ,	bô khoàⁿ oah。Phòa Pīⁿ, Chèng thâu。m̄ chiâⁿ mih。 無快活。破病，症頭。毋成物。
[疒蒦]	hok, khah ㄏㄜˇ,ㄎㄚ,	mih khê tī nâ âu Lāi。hô khah, chiū sī mih khah tiàu tī nâ âu nih。 物梗佇咽喉內。喉𤺄，就是物𤺄跳佇咽喉裡。
癟	Piat, ㄅ一ㄚ,	bōe oē Pe。ko tâ ê Pīⁿ。oai oai bô sì chiâⁿ。 𣍐能飛。枯焦的病。歪歪無四正。

十五畫

癥	teng, ㄉㄝㄥ,	Pak tó chek tsū kui tè tēng tēng ê ì sù。 腹肚積住歸塊碇碇的意思。
癢	iōng, iōng, chiūⁿ 一ㄛㄥ,一ㄛㄥ,ㄐ一ㄡ,	Phê ngiau ngiau chhiah iah。hoat khí, Phê chiūⁿ, ai Pê, ai khàn, Phê hu chiūⁿ。 皮蟯蟯刺癢。發起，皮癢，愛爬，愛抗，皮膚癢。
癢	iōng, iōng, chiūⁿ 一ㄛㄥ,一ㄛㄥ,ㄐ一ㄡ,	kap téng bīn jī Sio Siāng。chiūⁿ iah iah。hī khang chiūⁿ。Phê teh chiūⁿ。 与頂面字相同。癢瘍瘍。耳孔癢。皮的癢。
[疒盧]	Lô, ㄌㄛ,	Seng khu só hoat Sòe Sòe ê tsu。 身軀所發小小的痘。
癤	Chiat, ㄐ一ㄚ,	thiāu á, Sòe Liap Chhin chhiūⁿ Pùi á。jiat Chiat。 痱仔，小粒親像痱仔。熱癤。

十六·十七畫

癨	hok, ㄏㄜ,	Phòa Pīⁿ, Pīⁿ jiáu Lōan, Pak tó thiàⁿ。Làu thò chèng, Gûi hiám ê thoân jiám Pīⁿ。hok Lōan。 破病，病攪亂，腹肚痛。痢吐症，危險的傳染病。癨亂。
癩	nāi, thái, ㄋㄞ,ㄊㄞ,	Phê hu ok tók ê Pīⁿ。Siⁿ kòe。nāi Pīⁿ。thái ko ê Pīⁿ。 皮膚惡毒的病。生疥。癩病。癩痀的病。
[疒盧]	Lô, ㄌㄛ,	eng á ê Lūi, khì keh bô thong thâu。kek Liap á。 癰仔的類，氣膈無通透。氣疕仔。
癧	Lék, Lat, ㄌㄝ,ㄌㄚ,	kun chèng tī Phê Lāi, Lí Lat。Siⁿ tī ām kún ê kiat hut Pīⁿ。 筋症佇皮內，瘰癧。生佇頷頸的結核病。
[疒蘇]	So, ㄙㄛ,	Chiū sī Phòa Pīⁿ ê ì sù。 就是破病的意思。
[疒頹]	tôe, ㄉㄨㄝ,	im ê Pīⁿ。Pak tó kín kín thiàⁿ ê ì sù。tôe Sàn。 陰的病。腹肚緊緊痛的意思。𤻞疝。
癬	Sián, chhóaⁿ, ㄒ一ㄢ,ㄑㄨㄚ,	Phê hu ê Pīⁿ, Sī Gâu thoàⁿ ê Pīⁿ, kòe Sián。Sip Sián, nōa Sián, ta Sián, Gû Phê Sián, 皮膚的病，是𠢕湠的病，疥癬。濕癬，爛癬，乾癬，牛皮癬， káu chhóaⁿ, Chhàu káu chhóaⁿ, tio̍h hong chhóaⁿ。 狗癬，臭狗癬，着風癬。
癮	Ún, Giàn ㄨㄣ,兀一ㄢ,	Phê Siⁿ Phā。koan Sì ê Pē Pīⁿ, Giàn, ai Giàn。Giàn a Phiàn。Giàn hun。Giàn Chiú。 皮生疱。慣勢的弊病，癮，愛癮。癮鴉片。癮煙。癮酒。
癭	eng, ㄝㄥ,	ām kún Siⁿ Liû, Chiū sī Liû Siⁿ tī ām kún nih。 頷頸生瘤，就是瘤生佇頷頸裡。

十八一廿五畫

癯	kû, Gih, khih ㄍㄨ,兀一ㄏ,ㄎ一ㄏ,	tām Póh bah sán sán, hêng iōng Put chí Sán。Chheng kû。Sán khih khih, Chiū sī 淡薄肉瘦瘦，形容不只瘦。清癯。瘦癯癯，就是
	Gím, 兀一ㄇ,	Chin Sán ê ì sù。Gih, Gih Gih Chhoah。Gih Gih tsùn。Gím Gím, ngih ngih ÷ chin kôaⁿ ê khoán。 真瘦的意思。癯，癯癯𢯾。癯癯戰。癯癯 癯癯殘 真寒的款。
癰	iong, eng 一ㄛㄥ,ㄝㄥ,	Chéng in ūi khì that bát bōe thong, ok tók ê Chhng, si eng, iong tsu。Siⁿ eng á。 腫，因為氣塞密𣍐通。惡毒的瘡，絲癰，癰疽。生癰仔。 Leng eng, Lin eng, Chē bé eng, tōa thúi eng。 奶癰，奶癰，坐尾癰，大腿癰。
癱	than, ㄊㄚㄢ,	kha chhiú kín kín bā Pì, Piàn Sūi。hong than。sù ki bōe oē hêng tōng, than thoán。 腳手緊緊痲痺，變㾓。瘋癱。四肢𣍐能行動，癱瘓。
癲	tian, thian, ㄉ一ㄚㄢ,ㄊ一ㄚㄢ,	Gōng, Sim bô tiāⁿ, kóng, hong tian。tsu tian, tian kóng。Lāu khong tian。Lāu hoan tian。 戇，心無定，狂，瘋癲。書癲，癲狂。老悾癲。老番癲。 thian thian thóh thóh, chiū sī kóng oē m̄ tio̍h hóan hok ê ì sù。 癲癲倒倒，就是講話毋着反覆的意思。
癵	Lôan ㄌㄨㄢ,	Phòa Pīⁿ, Sin thé khiau ku。Sán Sán bô bah ê ì sù。 破病，身体曲痀。瘦瘦無肉的意思。

癶 部 105

【癶】Poat，ㄅㄨㄚㄊ， n̄g kha thián khui，Sio Pōe ê khóan Sit，ka chiah Sio tùi，Poat kha kiâⁿ。
兩腳展開，相背的款式，尻脊相對，癶腳行。

四 畫

【癸】kùi，ㄍㄨㄧ， thian kan ê tē 10 jī，Siók Pak Sì，Siók tsúi，Phah Sǹg，hū jîn Lâng ê keng kì，kùi súi á sī thian kùi。
天干的第十字，屬北勢，屬水。打算。婦仁人的經期，癸水，或是天癸。

【發】Phoat，ㄆㄨㄚㄊ， ēng kha that chháu ê ì sù。tû chháu，thóaⁿ chháu。
用腳踢草的意思。除草，挩草。

七 畫

【登】teng，tan，ㄉㄝㄥ，ㄉㄢ， chiūⁿ koâiⁿ，khí sin tiāⁿ tio̍h，teng San，teng ki。teng thian。teng ko。teng Lo̍k。teng tâi
上高，起身定着，登山。登基。登天。登高。登錄。登臺
kì tsāi，teng Pò。teng tsāi。Liâm Pîn teng Sî。teng kì。teng ke̍k。
記載，登報。登載。臨邊，登時。登記。登極。

【發】hoat，Pauh，Puh，òa，ㄏㄨㄚㄊ，ㄅㄠㄏ，ㄅㄨㄏ，ㄨㄚ， tsóh chìⁿ，hoat Sìa。chhut，chhut hoat。tín tāng，hoat tōng，tián khui，khai hòng。Pò iông，
撇箭，發射。出，出發。振動，發動。展開，開放。報揚，
hoat iông。Pôaⁿ kè，hoat hêng，kú khí，kú hoat。hoat bêng。hoat tsâi。hoat kiàn。
發揚。踫過，發行。舉起，舉發。發明。發財。發見。
òa he，òa thô chiuⁿ，chiū sī chhiau thô chiuⁿ ê ì sù。
發灰，發土漿，就是摷土漿的意思。

白 部 106

【白】Pe̍k，Pe̍h，Pia̍t，ba̍t，ㄅㄝㄍ，ㄅㄝㄏ，ㄅㄧㄚㄊ，ㄅㄚㄊ， Sai hng ê Sek。khai khé，Sò sek，chheng khì，kng bêng。chheng Pe̍k，thán Pe̍k。
西方的色。開啓，素色，清氣，光明。清白，坦白。
bêng Pe̍k。Pe̍h Pe̍h，O Pe̍h，Pe̍h Saⁿ，Pe̍h chha̍t，kò Pe̍h，Sòan á Pe̍h。kò Pia̍t，thán Pia̍t，ba̍t，
明白。白白，黑白，白衫，白賊，告白，蒜仔白。告白，坦白。白，
saⁿ ba̍t，ba̍t jī，ba̍t Gûn，ba̍t jîn chêng，ba̍t kûn thâu。
相白，白字，白銀，白人情，白拳頭。

一·二 畫

【皀】kiâ，ㄍㄧㄚ， chiū sī Lâng ê jī sìⁿ。
就是人的字姓。

【百】Pek，Pah，Peh，á，ㄅㄝㄍ，ㄅㄚㄏ，ㄅㄝㄏ，ㄚ， Sò jī，10 ê 10。it，sit，Pek，chhian。Lóng tsóng，chin tsōe，Pah hāng，Pah Sū。
數字，十個十。一，十，百，千。攏總，眞多，百項，百事。
Pah hoe。Pah chiok，thân mîa，chiū sī Gîa kang。Peh，Peh Sìⁿ，chiū sī jîn kun koán hat ê Lâng，
百花。百足，虫名，就是蜈蚣。百，百姓，就是人君管轄的人，
jîn bîn。thòe Pah jī ê jī，chhin chhiūⁿ kóng Saⁿ á Lák。jī á Gō。Sì á sì。
人民。替百字的字，親像講三百六。二百五。四百四。

【皃】māu，ㄇㄠ， bīn māu，Pe̍h chhiūⁿ Lâng bīn ê khóan。iông māu。kó tsá ê māu jī。
面貌，白象人面的款。容貌。古早的貌字。

【皂】tsō，tsō，tsô，ㄗㄛ，ㄗㄛ，ㄗㄛ， O sek。Gō kak iáu bē sek，kong tsó hó。chhe iāh ê mîa，tsó Lē。bê nōa，tsô tsô。
黑色。五穀猶未熟，講皂好。差役的名，皁隸。糜爛，皂皂。
chhī cheng Si ê tsô，tsô Le̍k。Sóe saⁿ ê mi̍h，beh Sóe chheng khì ê mi̍h，hiān tāi Lâng kóng Pûi tsô
飼精牲的槽，皁櫪。洗衫的物，也洗清氣的物，現代人講肥皂，
Phang tsō，chiū sī Sap bûn。Sī Phû tô Gâ Gú ê tâi oân im。
香皂，就是雪文。是葡萄牙語的台灣音。

【皁】tsó，tsō，tsô，ㄗㄛ，ㄗㄛ，ㄗㄛ， kap téng bīn jī Sio siâng。
与頂面字相同。

三一五 畫

【的】tek，teh，ê，Pe̍h，ㄉㄝㄍ，ㄉㄝㄏ，ㄝ， bêng，kng。Sit tsāi，tek khak。bo̍k Phiau，bo̍k tek。Phiau tek。Gô tek。
白，明，光。實在，的確。目標，目的。標的。鵠的。
teh，teh kiâⁿ，teh kóng，teh Sàu，teh sàu，teh chhiò，teh khùn。Góa ê，Lí ê，i ê。
的，的行，的講，的嗽，的掃，的笑，的睏。我的，你的，伊的。

【皇】hông，ㄏㄛㄥ， thiⁿ，chì tsun，chì toa，kun ông，hông tè。hông hō。hông kiong。Súi，tōng hông。chhiong Seng hông iā。
天，至尊，至大，君王，皇帝。皇后。皇宮。佳，堂皇。昌盛，皇也。

【皆】kai，ㄍㄞ， Lóng tsóng ê Gian sû。tsòe chit ē，Lóng tsóng san tâng。kai jiân。kai bô。Sì bīn kai Peng。
攏總的言詞。做一下，攏總相同。皆然。皆無。四面皆兵。

皈 kui, kū ㄍㄨㄟ, ㄍㄨㄟ chhut ke kui i ；出家，皈依。Sêng sim kuiⁿ tsong kàu 誠心歸向宗教。kui óa 皈倚。kui hok 皈服。êng mih lâi sio sàng, kui hō i 用物來相送，皈伊他。

盼 Pha ㄆㄚ, hun hun Loān Loān 紛紛亂亂。tsap Loān tsóng sī iáu ū bêng bêng ê hun tō 雜亂總是猶有明明的分度。

皋 hô, hō ㄏㄠ, ㄏㄠ, ㄍㄠ ko, Pîn kù 憑據, tiāu thâu 兆頭。Siok jī kap 俗字与 Siong tông 號相同。ko, êng Lé sò Lâi o Ló 皋，用禮數來謳咾；khan tn̂g Siaⁿ 牽長聲。chiūⁿ chhù téng hoah tōa Siaⁿ 上厝頂喝大聲。tsúi kîⁿ 水墘，kang ko 江皋。chhim tsúi ê só tsāi 深水的所在，kiu ko 九皋。

皕 Pek, Phek ㄅㄛ, ㄆㄛ, Peh Sek 白色，bêng Pek 明皕。kap 与 Sio Siang 白相同。

六一十畫

皎 kiáu ㄐㄧㄠ, Geh Peh kap kng 月白與光；kiáu Goat 皎月。jit kng 日光，Peh 白，chheng khì 清氣，kng 光，bêng 明。kiáu Pek 皎白。kiáu kiáu 皎皎。

皓 hō ㄏㄠ, thiⁿ ê kng 天的光，Peh 白。chheng khì 清氣。kng kng 光光，khang khang 空空。hō hō 皓皓。ka ê tsúi kiàn tàng 膠的水凝凍。

皖 oán ㄨㄢ, chhiⁿ kng bêng 星光明，kng kng ê khóan sit 光光的款式。tōe hō mîa 地號名，oán San 皖山，oán Súi 皖水。an hui séng ê kán chheng 安徽省的簡稱皖。(oán)

皙 Sek ㄒㄧ, Lâng ê Sek tī Peh 人的色緻白，Peh Sek 白皙。Peh Peh 白白。tsó á mîa 棗仔名，bô Sit tsó 無實棗，bô chí ê tsó á 無子的棗仔。

皞 hō ㄏㄠ, kng 光，Peh 白，Chheng khì 清氣。khoah 闊，kng bêng 光明

皐 hō ㄏㄠ, Sī 是皞 Siok jī 俗字。

皛 biáu, kéng ㄅㄧㄠ, ㄐㄧㄥ, Pōaⁿ tōe Pn̄g Chhài thâu 盤貯飯菜頭，Peng tông 冰糖，Saⁿ hāng Peh ê mih 三項白的物，bêng bêng 明明。

皚 Gâi, khâi ㄞ, ㄎㄞ, chiū sī Sng Seh ê Peh Sek 就是霜雪的白色。Gâi Gâi 皚皚。Peh Peh ê ì sù 白白的意思。Sng Seh Chek tsū tsōe tsōe 霜雪積住多多。

皜 hó, kó ㄏㄠ, ㄍㄠ, kng bêng 光明，Peh 白。chheng khì 清氣。thiⁿ ê kng 天的光。kap 与皓 jī thong 字通。

7畫 皬 Phò ㄆㄛ, Chhùi Phò 嘴皬，bô ài Chiah mih 無愛食物，in ūi Chhùi Siap Phòa Pīⁿ ê ì sù 因為嘴澀破病的意思。Chhùi Phò Phò ta ta 嘴皬皬乾乾。

造字 嘴皬，唇白涎少而浮。

十二一十八畫

皤 Pô, Pho ㄆㄛ, ㄆㄛ, Peh Peh 白白，tsōe tsōe 多多，Pìn Pìn peh 鬢邊白。Lāu Lâng Peh Peh 老人白白，Peh sek 白色，Sò Sek 素色。tōa Pak tó ê khóan Sit 大腹肚的款式

皦 kiáu ㄐㄧㄠ, chin tsu Gek chioh ê Peh 珍珠玉石的白。Chhiⁿ kng bêng ê khóan 星光明的款。kng 光，bêng 明，Peh 白。

皫 Phiáu ㄆㄧㄠ, Peh Sek 白色，Chiáu mn̂g Piàn Sek 鳥毛變色。Sit sek bô kng tek ê ì sù 失色無光澤的意思。

皪 Lek ㄌㄧ, Peh Peh ê khóan Sit 白白的款式，kng bêng 光明。tek Lek 的皪。tsap Sek ê Gû 雜色的牛。

皭 Chick ㄐㄧㄠ, Chheng khì 清氣，sek tī Peh Peh 色緻白白，Súi 媄，hó khòaⁿ 好看。

皮 部 107

Phôe, ㄆㄧ 皮 Phî, Pî, Phê ㄆㄧ, ㄆㄧ, ㄆㄜ, bah hn̂g ê Gōa tēng 肉體的外重，Gōa bīn 外面，Phê hu 皮膚。Gōa Phê 外皮。Phê 皮。Pau Phê 包皮。Phê Pau 皮包。hê Pî 蝦皮 chiū sī 就是：Soe bé ê hê á koaⁿ 小尾的蝦仔乾。Pî ㄆㄧ, chiú ê mîa 酒的名，ngó ka Pî 五加皮，ngó ka Phî chiú 五加皮酒。káu koài ê Lâng 狡怪的人，Gôan Phî 頑皮，Phî Phî 皮皮。

二一四畫

皯 Chéng ㄐㄧㄥ, Lâng ê Phê hu teh Chhoah ê ì sù 人的皮膚咧瘆的意思。

皰 Pak, Phauh, Pha ㄅㄠ, ㄆㄠ, ㄆㄚ, bah chéng khí Lâi 肉腫起來，Phê Phòa 皮破，Phê bīn chéng khí Phauh 皮面腫起皰。Phōng Phā 肨皰。

比皮	Pí, Phí, Pit, ㄅㄧˇ, ㄆㄧˇ, ㄅㄧ去,	khì khū Pit hūn Phòa bē Lī ê ì sù. khì khū Phah Pháiⁿ. Pit khui, Pit hūn. chhiú Pit, Pit haùh haùh. tē tāng thō kha Pit Lih. mī Pit ké 器具比皮紋破未離的意思。器具打壞。比皮開，比皮紋。手比皮，比皮皺皺：地動，土腳比皮裂。麵比皮粿。
旋皮	Pì, ㄆㄧˋ,	môa tōe á bô khui chhun bōe Lóh khì. Phê bô khui. Pì thâu. 麻笠仔無開，伸繪落去。皮無開。旋頭。
內皮	Lām ㄌㄚㄇ,	chiū sī Lāi têng Phê, nńg nńg ê Phê. 就是內重皮，軟軟的皮。
皮內	Lām ㄌㄚㄇ,	kap téng bīn jī sio siāng. 与頂面字相同。

五·六畫

皰	Phàu, Phā, ㄆㄠˋ, ㄆㄚ,	bīn sīⁿ khì, bīn chhng, Phòa Pīⁿ sīⁿ thiau á ê ì sù. Phōng Phā, tsúi Phā, hoat Phā, sio Phā 面生氣，面瘡，破病，生痱仔的意思。肨皰，水皰，發皰，燒皰。
包皮	Phàu, Phā, ㄆㄠˋ, ㄆㄚ,	kap téng bīn jī Siāng khóan. bīn Phàu. 与頂面字同款。面皰。
皮皮	chho, ㄘㄛ,	tang thiⁿ ê sī chhiú Pit Pit, Pit Lih. 冬天的時，手比皮比皮，比皮裂。
柀	boat, ㄅㄨㄚ去,	Pòh Pòh ê ì sù. Phê mòh. kim mòh tsáp mòh, bô Sóng khoài ê ì sù. 薄薄的意思。皮膜。金膜。雜膜，無爽快的意思。
召皮	Chiau, ㄐㄧㄠ,	Pèh Phā ê Liap á á sī Pèh mòh. 白皰的疱仔，或是白膜。
斥皮	chhek, thek, ㄑㄧㄝㄎ, ㄊㄧㄝㄎ,	bīn Liap Liap jiâu jiâu chhin chhiūⁿ Lāu Lâng. 面皺皺皺皺，親像老人。
皮	Pì, tsu, ㄆㄧˋ, ㄗㄨ,	Phê bōe chhun tit jiâu jiâu ê ì sù. Phê Liap Liap ê ì sù. 皮繪伸直皺皺的意思。皮皺皺的意思。
吉皮	kiat, ㄍㄧㄚ去,	Phê o· ê ì sù. o· kiat. 皮黑的意思。黑吉皮。
皮	tap ㄉㄚㄆ,	chiū sī Phê Lēng Lēng ê ì sù. 就是皮瘦瘦的意思。

七畫

皴	tsūn, Pit, ㄗㄨㄣ, ㄅㄧ去,	Phê iù iù Lak khí Lâi, chho· Phê. kha Pit, kha tóe Pit, chhùi Phóe Pit chhùi tûn Pit. 皮幼幼落起來，粗皮。腳皴，腳底皴，嘴比面皴。嘴唇皴。
告皮	khak, ㄎㄚㄎ,	chiū sī Phê ta ta ê ì sù 就是皮乾乾的意思。
折皮	Soat ㄕㄨㄚ去,	ko· tâ, iā sī Pak Phê ê ì sù. 枯焦，也是剝皮的意思。
兌皮	thoat, ㄊㄨㄚ去,	Phê Pak khí Lâi ê ì sù. Phê Pāi hoāi. 皮剝起來的意思。皮敗壞。
旱皮	hān, ㄏㄢ,	Phê ê chhiú Sok tsòe Siā chì ê Lō· ēng. 皮的手束，做射箭的路用。

八—十畫

皮	Lók ㄌㄛㄎ	Pháiⁿ Phê bah ê ì sù. Sán Sán. 歹皮肉的意思。瘦瘦。
皵	chhiok, Sek, ㄑㄧㄛㄎ, ㄕㄝㄎ,	chhiū ê Phê, jiâu jiâu koh Pit Pit, ū Pit hūn. Lāu Lâng Phê jiâu jiâu ê ì sù. Phê chho·. 樹的皮，皺皺個比皮比皮，有比皮紋。老人皮皺皺的意思。皮粗。
皮	khím ㄎㄧㄇ,	Phê kāu kāu ê khóan sit. 皮厚厚的款式。
皮	chhoat, ㄑㄨㄚ去,	chiū sī Phê chhiat tn̄g ê ì sù. 就是皮切斷的意思。
皻	tsa ㄗㄚ,	Phīⁿ téng bīn ê Phā âng âng ná chhng hoat khí Lâi. tsòe kang só· chhut ê kōaⁿ. 鼻頂面的皰，紅紅如瘡發起來。做工所出的汗。
皸	kun ㄍㄨㄣ,	kha chhiú thiah Lih. tàng chhng. Phê hu Pit, in ūi kôaⁿ Léng thiⁿ khì ta. 腳手折裂。凍瘡。皮膚比皮，因為寒冷天氣乾。
皷	kó, ㄍㄛ,	Phê tsòe ê Gàk khì, keng àn Piak chhut ê ì sù. Phah kó·. kó· bú. hong kó·, chhe chhek á ê Lō· ēng. 皮做的樂器，弓緊搗出的意思。打鼓。鼓舞。風鼓，吹粟仔的路用。
羞皮	chhò, Chhùi ㄘㄨㄛ, ㄘㄨㄟ	bī khak saⁿ chhap tsáp. bī bōe cheng chhò bī. chhò chhò. chhùi chhek ê Phê, chho· khng. 米殼相噬雜。米未舂。皮米，皮皮。皮，粟的皮，粗糠。
坐皮	Phóe, ㄆㄨㄝ,	kha chhng Phóe. chē chit Phóe. chiū sī toā thúi téng bīn, io ē ê Pō· hūn. tûn ê Phê hu. 尻層坐皮。坐一坐皮。就是大腿頂面，腰下的部份。臀的皮膚。 [造字]

Phê hu chhin chhiūn chhek khak。chho· chho·，chho· Phê。kap 糙 Siāng ì sù。
皮膚親像粟殼 。粗粗，粗皮。与糙同意思。

〔皺〕chhiū, tsō, jiâu, jiâu，khiu khiu bô tit，bô kng tsng Phê jiâu，jiâu jiâu。bak bâi thâu iu iu būn
ㄑㄧㄡ,ㄗㄡˋ,ㄖㄧㄡ,ㄖㄧㄡ，趨趨無直，無光全，皮皺，皺皺。目眉頭憂，憂悶，
chhiū bī khó Liam。jiâu būn。bô Pîⁿ ê ì sù。jiâu se，jiâu Pò·，jiâu kim，o· jiâu som。
皺眉苦臉 。皺紋 。無平的意思。皺紗，皺布，皺金，黑皺參。

〔皼〕Pang, Png，kún oê kîn，Pang Pîⁿ。Pang chhiú。Png tù，chiū sī Png Lâng Poāh kiau ê ì sù。Png Lí。Góa Png Lí。
ㄆㄤ,ㄆㄥ，衮鞋墘，皼邊。皼手 。皼注，就是皼人賭賭的意思。皼你。我皼你。

十一～十五畫

〔皺〕Liap 为ㄧㄚˋ；Phê Liap Liap，chiū sī ū jiâu jiâu，bô Pîⁿ。Lāu Lâng bīn Phê Liap Liap。Liap kéng。
皮皺皺，就是有皺皺 ，無平。老人面皮皺皺 。皺景。

造字 借習成字與摺分別，摺是被動，而皺是比較自動。

〔皻〕tsa ㄗㄚ；kap 𪍑 jī Sio Siāng。Phīⁿ téng bīn ê Phā，âng âng ná chhng。tsòe kang só· chhut ê koāⁿ。
与𪍑字相同 。鼻頂面的皰，紅紅如瘡 。做工所出的汗 。

〔皵〕tsu ㄗㄨ；kha chhiú Siⁿ tēng tēng ê Phê，kiat Lan ê ì sù
脚手生碇碇的皮 ，結趼的意思。

〔皽〕chián, tān, thiah Lóh。khàng Liap á Phê。thng Phê。tān，bīn Phê hu ê Pīⁿ，bah ê Phê mòh
ㄐㄧㄢˇ,ㄉㄢˇ，拆落 。抗疤仔皮 。燙皮 。皽，面皮膚的病 ，肉的皮膜。

〔皾〕iám 一ㄢˇ；Liap á jiah，á sī tiòh siong ê jiâu Phê。
疤仔跡 ，或是着傷的皺皮。

〔皸〕Pak ㄅㄛ；bah chéng koāiⁿ Phê Phòa。Phā Phòa。
肉腫高 ，皮破 。皰破 。

〔皺〕Liap 为ㄧㄚˋ；chiū sī tōa kó· ê ì sù。Lâng Sán Phê Lêng。
就是大鼓的意思。人瘦皮瘦 。

皿 部 108

〔皿〕béng, bīn ㄇㄧㄥˇ,ㄇㄧㄣˇ；oáⁿ Phiat，Poâⁿ tih，tóe chiáh mih ê khì khū。khì béng。khì bīn。
碗砸，盤碟。貯食物的器具 。器皿 。器皿。

三·四畫

〔盂〕û ㄩ；tóe chiáh mih ê khì khū，oáⁿ，Phiat，Poâⁿ。jī sìⁿ。
貯食物的器具 ，碗，砸，盤 。字姓。

〔盲〕bóng ㄇㄤˊ；bóng Lōng，bô cheng iàu ê khóan Sit。
盲浪 ，無精要的款式 。

〔盂〕û ㄩ；kap 盂 Sio Siāng ì sù。oáⁿ Phiat，Poâⁿ tih。tóe chiáh mih ê khì khū。
与盂相同意思。碗砸，盤碟。貯食物的器具 。

〔盅〕thiông ㄊㄨㄥ；khì khū khang hi，tóe ngó· kok ê khì khū ê mîa。kok thiông。Sòe ê Poe，chiú thiông。
器具空虛 ，貯五穀的器具的名。穀盅 。小的杯，酒盅。

〔盇〕Ap ㄧㄚˋ；Lâng hiap Lek tsòe chit tsân sū。ēng mih Lâi khàm。tò hóan mn̄g ê jī。
人協力做一層事 。用物來蓋 。倒反問的字。

〔盆〕Phoân ㄆㄨㄢˊ,ㄆㄣˊ；Phûn，tóe mih ê khì khū hûi khì，bīn Phûn hoe Phûn。Phôan tōe。Phôan kéng。
貯物的器具。磁器，面盆，花盆。盆地 。盆景 。

〔盃〕Poe ㄅㄟ；chiáh chiú ê khì khū，Poe Poâⁿ，thng au。m̄ng kúi Sîn ê khì khū，Siūⁿ Poe。chiú Poe。
食酒的器具，盃盤，湯甌。問鬼神的器具，尚盃。酒盃。

〔盈〕êng ㄧㄥˊ；tóe mih，khì khū tīⁿ móa，móa móa，kàu Giàh，kè thâu。boán êng，hong êng，êng ū，êng Lī。
貯物，器具漲滿，滿滿，够額，過頭。滿盈，豐盈，盈餘，盈利。

五畫

〔盎〕iòng 一ㄤˋ；tóe tsúi ê hûi àng。Phûn，àng，ek chhut Lâi。chhiong Sēng ê khóan Sit。iòng jiân。
貯水的磁甕。盆，甕，溢出來 。昌盛的款式 。盎然。

〔盉〕hái ㄏㄜˊ；khì khū thang tóe chiú，ēng chhâ tsòe ê。
器具可貯酒 ，用柴做的。

〔盍〕ap ㄏㄜˊ；khàm teh。Sio háp。Siá sū m̄，tò hóan mn̄g ê ì sù。
蓋哟。相合。甚事母，倒反問的意思。

〔盉〕hô ㄏㄜˊ；tiau hô ngó· bī ê khì khū。tiau hô bī sò·。
調和五味的器具。調和味素。

盋 Poat, Poah ㄅㄨㄚㄊ, ㄅㄨㄚㄏ; tóe chiah mih ê khì khū, Poaⁿ ê lūi. Chhián Poah. kap Siāng khoán. 貯食物的器具，盤的類。淺盋。与鉢同款。

盌 oán ㄨㄢˇ; Sòe Sòe ê Poe, oáⁿ á. Chhā oáⁿ. tê oáⁿ, Pn̄g oáⁿ. Siók tsoh 石宛 jī. 小小的杯，碗仔，柴碗。茶盌，飯盌。俗作 石宛 字。

盈 un ㄨㄣ; jîn ài, hô Pêng, Sio Lō. kap 温 thong. Lâng mîa, tiuⁿ un chi. 仁愛，和平，熓烙。与温通。人名，張昷之。

益 ek, ah, iah, it ㄝㄎ, ㄚㄏ, ㄧㄚㄏ; Chhiong Sēng, chēng ek. Lī ek. to to ek Siān. chìn chêng, chìn ek. Siū ek Lióng to. 昌盛，增益。利益。多多益善。進前，進益。受益良多。
ioh mîa, ah bú chháu. chìn iah. iah Lâng. Phòa chîⁿ iah mīa. Pe̍h ba̍k Put iah Goā kéng. 藥名，益母草。進益。益人。破錢益命。白目不益外境。
ke thiⁿ, ek Sīm. khah tsōe, ek ka. hùn hoat, it hoat. tōe mîa, ek Chiu. 加添，益甚。較多，益加。奮發，益發。地名，益州。

六畫

盒 ap, ah ㄚㄆ, ㄚㄏ; tóe Sio Sàng ê mih ê Siuⁿ á. Poaⁿ ap. iā Sī ū kòa ê Poáⁿ. tsóa ap, Piáⁿ ap, hún ap. 貯相送的物的箱仔。盤盒。也是有蓋的盤。紙盒，餅盒，粉盒。
hún ah, hoe ah, Ge̍k ah, Pn̄g ah, Piān tong ah, ba̍k ah. 粉盒，花盒，玉盒，飯盒，便當盒，墨盒。

盖 kài, khap, kòa, khàm ㄍㄞ, ㄎㄚㄆ, ㄍㄨㄚ, ㄎㄚㄇ; 蓋 ê Kán Siá. Pho kài. Phē. kàm kài kài bīn. khàm kòa. jia khàm. 蓋的簡寫。鋪盖，被，蓋盖，盖面，盖蓋。遮盖。
khap. mih tian tó khàm, tò khap. thán khap. Siuⁿ Poe Khap Chhiò. hian kòa, chhù kòa, tiaⁿ kòa. 盖，物顛倒蓋，倒盖。袒盖。尚杯盖笑。掀盖，厝盖，鼎盖。

盔 khoe ㄎㄨㄝ; tóe mih ê khì khū, bīn Poah. hûi khoe. oā khoe. chhian bō, thâu khoe, kn̄g khoe, khoe kah. 貯物的器具，面盔。磁盔。瓦盔。淺帽，頭盔，鋼盔，盔甲。

盗 tō, tāu ㄉㄠ, ㄉㄡ; àm chīⁿ theh Lâng ê mih, tō hūi. chhiuⁿ, kiông tō. hái iuⁿ chha̍t, hái tō. tō chha̍t. 暗靜提人的物，盗匪。搶，強盜。海洋賊，海盗。盗賊。
Láu khiang tāu, chiū sī mē Lâng au bān Lâng ê chîⁿ ê ì sù. 撈慳盗，就是罵人拗慢人的錢的意思。

盡 chīn ㄐㄧㄣ; sī 盡 jī ê Siók jī. 是盡字的俗字。

補遺 盍 tók ㄉㄛㄎ; tók Pân, chiū sī chi̍t khoán hoe Phûn chhah hoe ê ì sù. 盍瓶，就是一款花盆可插花的意思。

造字 借毛偏音來成字。

七·八畫

盛 Sêng, sēng, siāⁿ ㄕㄝㄥ, ㄕㄝㄥ, ㄒㄧㄚ; khì khū tóe mih hiàn chè, siū, siu, tóe. chek tsū chiāⁿ. sú sêng. Sēng hók. Sēng Pn̄g. 器具貯物獻祭，受，收，貯，積住成，豢盛。盛服，盛飯。
tsōe, tōa, tn̂g, hó. hong Sēng, Sēng tāi. Sēng Sū. Sēng hēng. Sēng khì. Siāⁿ, Lâng ê jī Sìⁿ. 多，大，長，好。豐盛，盛大。盛事。盛行。盛氣。盛，人的字姓。

盙 hû ㄏㄨ; tóe Sòe á, sek á ê în Poâⁿ ê khì khū. 貯柔仔，稷仔的圓盤的器具。

盝 kài, khap, kòa, khàm ㄍㄞ, ㄎㄚㄆ, ㄍㄨㄚ, ㄎㄚㄇ; kap 盖 jī Sio Siāng. Chhiáⁿ khòaⁿ 6 uih. 与盖字相同。請看六畫。

盜 tō, tāu ㄉㄠ, ㄉㄡ; kap 盗 jī Sio Siāng. Chhiáⁿ khòaⁿ 6 uih. 与盗字相同。請看六畫。

盞 tsán, tsóaⁿ ㄗㄢ, ㄗㄨㄚ; Sòe tē chiu Poe. chiu tsóa, Ge̍k tsóaⁿ. chi̍t tsáⁿ teng. teng tsán. 小塊酒杯，酒盞，玉盞。一盞灯。灯盞。

盠 Lôk ㄌㄛㄎ; Pû á, ēng Pû Lâi Lim tsúi ê khì khū. Pû hia. Pû hia. 匏仔，用匏來飲水的器具，匏。匏瓠。

盡 kài, khap, kòa, khàm, ㄍㄞ, ㄎㄚㄆ, ㄍㄨㄚ, ㄎㄚㄇ, kap 盖·盝·盞 Siāng khóan. Chhiáⁿ chham khòaⁿ. 与盖·盝·盞同款。請參看。

盟 bêng ㄅㄝㄥ; Chham huih tsòe hé chiù tsōa. Lip iok, kiat Pài. bêng iok. kiat bêng. tông bêng. bêng Sè. ka bêng. 參血做夥咒誓。立約，結拜。盟約。結盟。同盟。盟誓。加盟。

盐 iâm, iām ㄧㄚㄇ, ㄧㄚㄇ; chhiu sīⁿ kiⁿ ê bī. Lang só chiah ê iâm. 樹鼓鹹的味。人所食的塩。

九·十畫

監 kàm, kām, kàⁿ ㄍㄚㄇ, ㄍㄚㄇ, ㄍㄚ; tùi téng bīn khòaⁿ Lòh Lâi. kam tok, kam khòaⁿ. kàm kóan. Kàm sū. kàm kìm. 對頂面看落來。監督，監看。監管。監事。監禁。

盚 tsāi ㄗㄞ; tsāi tsāi, ún tàng ê ì sù. mih kiāⁿ khǹg tsāi tsāi. tiān hé thiâu khiā tsāi tsāi. 造字 盚盚，穩當的意思。物件藏盚盚。電火柱竪盚盚。

thài kàm, kàm sī, chiáng koán, kàm chhat, kàm kok, kaⁿ lô, kaⁿ hōan, kò kaⁿ
太監，監視，掌管，監察，監國，監牢，監犯，顧監。
koaiⁿ kaⁿ, thàm kaⁿ, kaⁿ siû, kam ìn, kam siu, kam hō
關監，探監，監囚，監印，監修，監護。

【盛】chhêng, sêng, siāⁿ, tsōe tsōe mih tōe tī khì khū, tóe, iā kap 盛 jī sio siāng, tóe mih ê khì khū, chhek sêng
ㄔㄝㄥˊ, ㄕㄝㄥˊ, ㄒ一ㄚ˫, 多多物貯佇器具，貯，也與盛字相同，貯物的器具。粟盛。
chhek siāⁿ, chiū sī chek tsū chhek ê só͘ tsāi.
粟盛，就是積佳粟的所在。

【盡】chīn, kàu kèk, chīn thâu, chīn lat, it chīn, kóng chīn, tsū chīn, chīn sim, chīn siān chīn bí.
ㄐ一ㄣ˫, 到極，盡頭，盡力，一盡，窮盡，自盡，盡心，盡善盡美。

【盤】poân, phoân, khoân, poâⁿ, tóe mih ê khì khū, bók iók ê khì khū, iók poâⁿ, chhián poâⁿ, tê poâⁿ,
ㄅㄨㄚˊ, ㄆㄨㄚˊ, ㄎㄨㄚˊ, ㄅㄨㄚˊ, 貯物的器具，沐浴的器具，浴盤，淺盤，茶盤，
poe poâⁿ, tsòe sēng lí khui poâⁿ, phoân kó͘ khai thian tē, phoân tsu, lú huì, phoân soân.
杯盤，做生理開盤，盤古開天地，盤資，旅費，盤旋。
thia̍p khoân teh chē, kha khioh thia̍p khoân, iàn poâⁿ, kun iàn, tsòe sēng lí, sǹg poâⁿ
疊盤哟坐，腳却疊盤，營盤，軍營，做生理，算盤。

【餔】pô͘, ē hng sī chia̍h ê pn̄g tn̄g, chia̍h ē hng tn̄g.
ㄅㄛˊ, 下昏時食的飯當，食下昏當。

十一畫

【盥】kó͘, chiū sī khì khū ê ì sù.
ㄍㄛˋ, 就是器具的意思。

【盥】koán, koàn, ēng bīn phûn tsúi lâi lâm, sóe chhiú teh beh hiàn chè, sóe, sóe chhiú, koàn sóe, ak koàn
ㄍㄨㄚˋ, ㄍㄨㄚ˪, 用面盆水來淋，洗手哟乜獻祭，洗，洗手，盥洗，沃盥。

【盦】am, ap, saⁿ kha tiáⁿ, oáⁿ, á sī au á ê koà, chhin chhiūⁿ hip au, khì bín ê koà
ㄚㄇ, ㄚㄅ, 三腳鼎，碗，或是甌仔的蓋，親像熻甌，器皿的蓋。

【盧】lô͘, tóe pn̄g ê khì khū, oá lô͘, tóe hé ê khì khū, o͘ sek, thâu khak kut, thâu lô͘, lâng ê sìⁿ.
ㄌㄛˊ, 貯飯的器具，瓦盧，貯火的器具，黑色，頭殼骨，頭盧，人的姓。

【盬】mô͘, chiū sī chiú poe ê ì sù.
ㄇㄛˊ, 就是酒杯的意思。

十二—十五畫

【盩】chiu, tiu, tōe hō miâ, chiu chit, siám sai séng koāiⁿ miâ, soa oan ê ì sù, phah tun
ㄐ一ㄨ, ㄉ一ㄨ, 地號名，盩厔，陝西省的縣名，山彎的意思，打盹。

【盪】tōng, thóng, thòng, tn̄g, sóe sēng khu ê tháng, tōa, iô tāng, chhìn tōng, hòng chhiòng, hòng tōng.
ㄉㄛㄥ˫, ㄊㄛㄥˋ, ㄊㄛㄥ˪, ㄊㄥ˫, 洗身軀的桶，大，搖動，盪，放縱，放盪。
jī sìⁿ, tōng, kek tōng, tōng tōng, sóe tn̄g, sóe kha chhiú ê ì sù, sóe saⁿ khò͘ ê ì sù.
字姓，盪，激盪，動盪，洗盪，洗腳手的意思，洗衫褲的意思。

【盬】kó͘, chhut iâm ê só͘ tsāi, tī soaⁿ sai hê sī koāⁿ, bô kian kò͘, chiām sī, bóng, koh, kóaⁿ kín, chhìn chhái.
ㄍㄛˋ, 出塩的所在，佇山西猗氏縣，無堅固，暫時，莽，擱，趕緊，且採。

【盫】am, ap, kap 盦 jī sio siāng.
ㄚㄇ, ㄚㄅ, 与盦字相同。

【盪】kàu, khì khū, un sio ê khì khū.
ㄍㄠ˪, 器具，溫燒的器具。

【盭】lē, khut khiok, ûi kéh, phòa pīⁿ ê miâ, pīⁿ m̄ sī kan ta chéng bōe kiâⁿ.
ㄌㄝ˫, 屈曲，違逆，破病的名，病毋是乾乾腫，𣍐行。

目 部 109

【目】bók, ba̍k, thâu ba̍k, ba̍k chiu, ì chhōa, khòaⁿ, bók sī, siang ba̍k, bók phiau, bók tek, bók lok.
ㄅㄛㄎ, ㄅㄚㄎ, 頭目，目睭，引導，看，目視，双目，目標，目的，目錄。
ba̍t, siàu ba̍k, tōe ba̍k, kang bók, pe̍h ba̍k, tsok giat ê ì sù, hî ê miâ, sat ba̍t hî.
帳目，地目，綱目，白目，作孽的意思，魚的名，虱目魚。

二·三畫

【盯】teng, têng, tìⁿ, khòaⁿ ê khoán sit, ti̍t ti̍t khòaⁿ, têng sī, khòaⁿ bô soah, têng tsù, tìⁿ, tìⁿ ba̍k
ㄉㄝㄥ, ㄉㄝㄥˊ, ㄉ一˪, 看的款式，直直看，盯視，看無息，盯注，盯，盯目，
ba̍k chiu tìⁿ tōa lúi, ba̍k chiu tìⁿ tōa bóng lúi.
目睭盯大蕊，目睭盯大莽蕊。

直 tit, ㄉㄧˊ; bak chiu sì chiaⁿ khoàⁿ, sì chiaⁿ, bô khiau. Siông siông, hap kai, sūn. tit sèng, tiau tit. Lâng ê sìⁿ.
目睭四正看，四正，無曲。常常，合該，順。直性，敦直。人的姓。

盱 u, ㄒㄩ; bak chiu thiàn khui, kiah bak ǹg bāng, u u. hoaⁿ hí, gî, ut tsut. jī sìⁿ.
目睭展開，擧目向望，盱盱。歡喜，疑訝，鬱悴。字姓。

盲 bêng, bông, mî, ㄇㄥˊ, ㄇㄤˊ, ㄇㄧˊ; bak chiu bô tông tsú khoàⁿ bōe bêng. bêng a, Lóng sī tsân chiong ê Lâng. chhiⁿ mî,
目睭無瞳子看𣍐明。盲啞，攏是殘障的人。睛盲，
bông jîn, bûn bông, m̄ bat jī ê Lâng. bông bok, kóng bô it teng bak phiau ê Lâng. mî chiông.
盲人。文盲，毋識字的人。盲目，講無一定目標的人；盲從。

眀 jîm, ㄖㄣˊ; khoàⁿ ê khoán sit. thâu hîn bak àm.
看的款式。頭眩目暗。

四畫

盺 him, ㄏㄧㄣ; hoaⁿ hí, khoàⁿ bô bêng. chhiong sēng.
歡喜，看無明。昌盛。

曶 hut, ㄏㄨˋ; koáⁿ kín khoàⁿ ê khoán sit.
趕緊看的款式。

看 khan, khàn, khoàⁿ, koan, ㄎㄢ, ㄎㄢˋ, ㄎㄨㄚˋ; Siòng, chìn, khoàⁿ kìⁿ, chim chiok khoàⁿ, khàn siu. khan hō. khoàⁿ phòa, khàn tiōng.
觀，相，瞭，看見，斟酌看，看守。看護。看破，看重。

盻 Gé, hē, ㄫㄝˋ, ㄏㄝˋ; oàn hūn teh khoàⁿ ê khoán, hē hūn. khûn khó bô soah ê khoán sit, sú bîn Gé Gé jiân.
怨恨咧看的款，盻恨。勤苦無息的款式，使民盻盻然。

眊 mō, ㄇㄠˋ; bak chiu hoe bô bêng. Lāu Lâng. Gōng gōng. sī mō. hun mō. Lāu mō.
目睭花無明。老人。戇戇。視眊，昏眊。老眊。

眉 bî, bâi, ㄇㄟˊ, ㄇㄞˊ; bak chiu téng bīn ê mn̂g, bak bâi. jîn iú Liong bî. Lāu Lâng. mn̂g bâi, mn̂g khia téng. bî kip,
目睭頂面的毛，目眉。人有兩眉。老人。門眉，門豎頂。眉急，
chin iàu kín, kip pek. Geh bâi. bî bak thoân chêng. chíⁿ bâi, tsúi chíⁿ pīⁿ.
眞要緊，急迫。月眉。眉目傳情。井眉，水井邊。

眇 biáu, ㄇㄧㄠˇ; bak chiu sòe chhim. chhiⁿ mî chit bak, hn̄g, sòe. biáu siáu. biáu biáu. biáu oán.
目睭細深。睛盲一目，遠，小，眇小。眇眇。眇遠。

眄 bián, biān, ㄇㄧㄢˇ, ㄇㄧㄢˋ; chit bak tńg lûn, chit bak khoeh, chhiâ khoàⁿ. àn kiàm siong bián. bián bián, bô tì khá ê khoán.
一目轉輪，一目瞌，斜看。按劍相眄。眄眄，無智巧的款。

眅 Phan, Phán, ㄆㄢ, ㄆㄢˇ; tńg bak ê khoán sit, bak chiu tsōe tsōe pe̍h jîn. Lâng ê miâ, tīⁿ iû phan, jī tsu bêng.
轉目的款式。目睭多多白仁。人的名，鄭游眅，字子明。

盼 Phàn, ㄆㄢˋ; bak chiu o͘ pe̍h jîn, hun bêng. bak chiu tín tāng, khoàⁿ, hìm bō. hi bāng. phàn bāng, kî phàn.
目睭黑白仁，分明。目睭振動，看，炊暴。希望，盼望。期盼。

省 Séng, Séⁿ, ㄕㄥˇ, ㄕㄝˇ; Siông sè khoàⁿ, Séng chhat. chhâ bêng, Séng sī. sòe jī ēng, chió, chiat séng. kán lio̍k
詳細看，省察。查明，省視。細膩用糧，節省。簡略
Séng lio̍k. jī sìⁿ. séⁿ chia̍h khiām. chiat séⁿ. séⁿ sū. hêng chèng khu he̍k ê miâ, séng chhī.
省略。字姓。省食儉用。節省。省事。行政區域的名，省市。

相 Siong, Siòng, Saⁿ, Siuⁿ, Siōng, ㄒㄧㄤ, ㄒㄧㄤˋ, ㄙㄚ, ㄒㄧㄨ, ㄒㄧㄤ; séng chhat teh khoàⁿ, kau pōe, kau siong. siong ú. hō͘ siong. siong sìn.
省察咧看，交陪，交相。相與。互相。相信。
Sio, Sū, ㄕㄜ, ㄕㄨ; Siong chhin siong ài. siong hōe. sio siāng. sio chio khì chit thô. saⁿ jī ài. saⁿ kap hoaⁿ hí.
相親相愛。相會。相同。相招去坦迌。相意愛。相及歡喜。
Siùⁿ, ㄒㄧㄨˋ; pháiⁿ bīn siùⁿ, pháiⁿ khoàⁿ siùⁿ, iân tâu hó bīn siùⁿ. siòng miā, siòng chhin, tsái siòng.
歹面相，歹看相，緣投好面相。相命，相親，宰相。
siòng phìⁿ. siòng siaⁿ. siòng kì hōe. hip siòng. Liap iáⁿ ê ì sù. saⁿ tâng. sù phòe, sek hā.
相片。相聲。相機會。翕相，攝影的意思。相同。相配，適合

苜 bo̍k, ㄇㄨˋ; chit khoán saⁿ hio̍h chháu ê miâ. ōe thang chhī bé iā thang tsòe pûi. Siuⁿ sī, siuⁿ sī pīⁿ.
一款三葉草的名。能可飼馬也可做肥。相思，相思病。

眈 tam, ㄉㄢ; sim ài thióng ài. thau khoàⁿ. siuⁿ kè thâu thióng lo̍k, tam koh, tam gō͘.
心愛寵愛。偷看。適過頭暢樂，眈擱，眈誤。

盾 tún, tīn, ㄉㄨㄣˇ, ㄉㄧㄣˋ; tô siám, tīn pâi, pó hō͘ seng khu ê khì khū, tîn pâi. mâu tún, tsū siong tì tak. āu tún
逃閃，盾牌，保護身軀的器具，籐牌。矛盾，自相牴觸。後盾

明 bêng, bîn, Lêng, miâ, ㄇㄥˊ, ㄇㄧㄣˊ, ㄌㄥˊ, ㄇㄧㄚˊ; kap 明 siāng khoán. chhiáⁿ khoàⁿ jit pō͘ 4 uīh.
與明同款。請看日部四畫。

眛 Pōe, Phāi, ㄆㄨㄝˋ, ㄆㄞˋ; bak chiu bōe bêng, bô kng ê khoán sit. Pōe boa̍t
目睭𣍐明。無光的款式。眛眛

眪 hong, ㄏㄤ; chiū sī bak chiu pîⁿ.
就是目睭邊。

盻 hek, hit, ㄏㄝˋ, ㄏㄧˋ; bak chiu bô sì chiaⁿ. bak chiu phû chhut ê khoán sit.
目睭無四正。目睭浮出的款式。

県 hiau, kiau, pò tōng, chhut siaⁿ, kā kī pá chhî ê ì sù.
ㄏㄧㄠ, ㄍㄧㄠ, 報揚，出聲，像已把持的意思。

県 hiau, kiau, kap téng bīn jī siong tōng.
ㄏㄧㄠ, ㄍㄧㄠ, 与上面字相同。

盶 Goán, chiū sī khòaⁿ mih ê ì sù, khòaⁿ kìⁿ.
ㄨㄢˊ, 就是看物的意思，看見。

昉 hóng, hóng hut, khòaⁿ bô chin. Sió khóa khòaⁿ kìⁿ.
ㄈㄤˇ, 目方瞜，看無真。小許看見。

昒 hut, mūi, bák chiu àm, bák chiu bū, hn̄g hn̄g teh khòaⁿ, bô sì chiàⁿ teh khòaⁿ.
ㄏㄨ, ㄇㄟˋ, 目睭暗，目睭朦，遠遠咧的看，無四正咧的看。

眂 sī, khòaⁿ ê khoán sit, kap 視 thong. Pe̍h ek chiáu kang bú saⁿ khòaⁿ chiū ū sin in. Siong sī jî în.
ㄕˋ, 看的款式，与視通。白鷁鳥公母相看就有娠孕。相眂而孕。

盹 tún, bák chiu bô lāi, bák àm tsōng. tūn bák, táⁿ tún, bî chit ē, tuh ku.
ㄉㄨㄣˇ, 目睭無利，目暗藏。鈍目。打盹，寐一下，盹龜。

五畫

眨 chhiap, bák chiu tín tāng, chhiap gán. chi̍t khoeh chi̍t khui chiap chiap. bák chiu téng lûn.
ㄓㄚˇ, 目睭振動，眨眼。一瞌一開捷捷。目睭轉輪。

眞 chin, chin chiàⁿ, bô pe̍h chhat. Sûn chin, jīn chin, chin hó. chin ké. chin sit. chin siōng.
ㄓㄣ, 真正，無白賊。純真，認真，真好。真假。真實。真像。

真 chin, kap téng jī siāng. chin tsu. chin lí. chin siān chin bí. chin sûi. chin chêng.
ㄓㄣ, 与上面字同。真珠。真理。真善真美。真媠。真情。

貼 tiam, thau khòaⁿ, bák chiu sòe lo̍h ê khóan sit. tiam liâm, îm lōan.
ㄉㄧㄢ, 偷看，目睭垂落的款式。貼瞜，淫乱。

眓 hiat, kiaⁿ hiaⁿ teh khòaⁿ, bák chiu chhim chhim ê khóan sit.
ㄒㄩㄝˋ, 驚惶咧的看，目睭深深的款式。

眩 hiân, hīn, bák chiu lōan lōan khòaⁿ. hun lōan, gî hek. hiân hek. bák chiu hîn. O͘ àm hîn.
ㄒㄩㄢˋ, ㄒㄩㄣˋ, 目睭乱乱看。昏乱，疑惑。眩惑。目睭眩。黑暗眩。

眖 hòng, khòaⁿ ê ì sù, hóng hut. Lâng miâ, bêng hóng.
ㄏㄨㄤˇ, 看的意思，昉忽。人名，孟眖。

看 khan, khàn, khòaⁿ, ê siók jī.
ㄎㄢ, ㄎㄢˋ, ㄎㄚ, 看的俗字。

眀 ku, kù, siang pêng khòaⁿ, bák chiu sòe sòe lúi.
ㄍㄨ, ㄍㄨˋ, 双平看，目睭小小蕊。

眛 mūi, māi, bák chiu hoe bô khòaⁿ kìⁿ, khòaⁿ bô bêng. ài māi.
ㄇㄟˋ, ㄇㄞˋ, 目睭花無看見，看無明。曖眛。

眠 biân, bîn, mn̂g, bák chiu khoeh, thâu khak àⁿ lo̍h, khùn. an biân. Sūi biân. hūn bê, bîn hiân lōan.
ㄇㄧㄢˊ, ㄇㄧㄣˊ, ㄇㄥˊ, 目睭瞌，頭殼向落，睏。安眠。睡眠。昏迷，眠眩乱。
bîn chhn̂g, tuh bîn, an bîn, bîn bāng, hâm bîn. mn̂g chhn̂g kap bîn chhn̂g siāng ì sù.
眠床，憮眠，安眠，眠夢，含眠。眠床，与眠床同意思。

眚 séng, bák chiu phòa pīⁿ, chhiūⁿ ê, kè sit, tsai ē. Sió khóa siong hāi.
ㄕㄥˇ, 目睭破病，像翳。過失，災禍。小許傷害。

眎 sī, khòaⁿ kìⁿ, séng chhat, bêng pe̍k, chiàu kò, chiap la̍p, thàn hoat tō͘, pí phēng, sûn sī. 視 tōng
ㄕˋ, 看見，省察，明白，照顧，接納，趁法度，比並，巡眎。視同

眢 oan, bák chiu jîn hòe bô, bák chiu bô bêng, oan bô. tsúi chíⁿ ta, khang khang, oan chíⁿ.
ㄩㄢ, 目睭仁廢無，目睭無明，眢眸。水井乾，空空，眢井。

眥 chhù, chhū, chhū, gîn, bák chiu ê pīⁿ. chhit bák chiu lâi khòaⁿ, oàn hūn lâi khòaⁿ. gîn lâng, saⁿ gîn bák chiu
ㄗˋ, ㄗˋ, ㄗˋ, ㄧㄣˊ, 目睭的病。拭目睭来看，怨恨来看，眥人，相眥，目睭
kek gîn gîn. Lí gîn góa. bák chiu kak, bák chiu pīⁿ. i chhiūⁿ ê niá, i chhū.
格眥眥。你眥我。目睭角，目睭邊。衣裳的領，衣眥。

眦 chhu, chhū, chhū, gîn, kap téng bīn jī sio siāng.
ㄗˋ, ㄗˋ, ㄗˋ, ㄧㄣˊ, 与上面字相同。

眘 sīn, kèng kín, sêng sit, thiām chēng. sòe jī. su siūⁿ, kìm kài ê oē, sīn tiōng, kín sīn. 愼 tâng
ㄕㄣˋ, 敬謹，誠實，恬靜。細膩。思想，禁戒的話，愼重，謹眘。愼同

眗 phauh, bák chiu gîn gîn, siū khì ê khóan sit.
ㄆㄠˊ, 目睭眦眦，怒氣的款式。

眪 péng, khòaⁿ, bák chiu kng. sió khóa teh khòaⁿ. Lâng miâ, liú pêng.
ㄅㄧㄥˇ, 看，目睭光。小許咧看。人名，柳眪。

眐 cheng, chêng, ka kī teh khòaⁿ, sim koaⁿ teh siūⁿ, sàm su.
ㄓㄥ, ㄓㄥˊ, 像已咧看，心肝咧的想，三思。

眵 hut, Phú, ㄏㄨㄊ,ㄈㄨˊ; bák chiu bô kng, bák chiu bô bêng. khòaⁿ ê khoán sit. bák chiu Phú Phú, Lí khòaⁿ Góa Phú Phú,
目睭無光；目睭無明。看的款式。目睭眵眵，你看我眵眵，
Góa khòaⁿ Lí bū bū. hóng hut, kap hóng hut chha put to
我看你矇矇。昉眵，与彷彿差不多。

昚 hut, Phú, ㄏㄨㄊ,ㄈㄨˊ; kap téng bīn jī sio siāng
与頂面字相同

眧 chhiau, ㄑ一ㄠˊ; nih bák tsòe àm hō ê ì sù.
瞷目做暗號的意思。

眕 chín, ㄓㄣˇ; ka kī iok sok, hō bák chiu bô hoat khí siū khì. jím ê ì sù. Lâng miâ, Chin iū oē chiong kun.
傢己約束，予目睭無發起怒氣。忍的意思。人名，晉右衛將軍
(tân chín 陳眕)

眝 thú, ㄊㄨˊ; thí khui bák chiu. tit tit khòaⁿ, khòaⁿ bô soah.
展開目睭。直直看，看無息。

眙 î, ㄧˊ; tit tit khòaⁿ, khòaⁿ bô soah, kiaⁿ khòaⁿ ê khoán sit.
直直看，看無息，驚看的款式。

眑 pì, ㄅㄧˋ; tit tit khòaⁿ, kiàn siáu, Pháiⁿ khòaⁿ.
直直看，見誚，歹看。

眮 su, ㄕㄨ; chiū sī thau khòaⁿ tng tán ê ì sù.
就是偷看，瞷等的意思。

眣 hek, tiát, thek, ㄏㄝㄎ,ㄉㄧㄝˊ,ㄊㄝㄎ; bák chiu bô sì chiàⁿ, bák chiu Phû chhut ê khoán sit. bák chiu thong thong ê ì sù.
目睭無四正；目睭浮出的款式。目睭坑坑的意思。

眑 áu, ㄠˇ; bák chiu thap u. tsù bák teh siūⁿ. bák bô chheng siù. chhim hn̄g ê khoán sit.
目睭塌窩。注目咧想。目無清秀，深遠的款式。

眜 bóat, ㄇㄨㄛˋ; bák chiu bōe bêng, bô kng ê khoán sit. Pòe boát.
目睭𣍐明。無光的款式。眛眜。

六畫

眹 chiap, ㄐ一ㄚㄆ; bák chiu jîn, chiū sī tông tsú. hó Pháiⁿ tiāu thâu ê jī. tiāu chiap.
目睭仁，就是瞳子。好歹兆頭的字。兆眹。

眵 chhi, ㄔ; bák chiu tâm, chia bák âng bák kîⁿ. bák chiu Phòa Pīⁿ. Lióng bák chhi hun.
目睭澹，汁目紅目墘。目睭破病。兩目眵昏。

眾 chiòng, chèng, ㄓㄨㄥˋ,ㄓㄥˋ; saⁿ Lâng tsòe chit tui, tsòe tsòe, Lóng tsóng, Peh sìⁿ. kap 从 sio siāng.
三人做一堆，多多，攏總，百姓。与从相同。

眕 kiap, ㄍ一ㄚㄆ; bák chiu tauh tauh nih tín tāng. ài khùn ê khoán sit.
目睭沓沓瞷振動。愛睏的款式。

眷 koàn, koàn, ㄍㄨㄢˋ; khòaⁿ kò, koàn kò. hôe thâu khòa, koàn Loân. koàn siok, ka siok. siàu Liām, koàn Liām.
看顧，眷顧。回頭看，眷戀。眷屬，家屬。數念，眷念。

眡 koat, ㄍㄨㄚㄊ; khòaⁿ, siū khì khòaⁿ ê khoán sit. bák àm.
看，怒氣看的款式。目暗。

眶 khong, khang, kháng, ㄎㄨㄥ,ㄎㄤ; bák chiu khang, bák chiu Pīⁿ, tông tsú chhim chhim ê ì sù. Gán khong. bák khang.
目睭孔，目睭邊，瞳子深深的意思。眼眶。目眶。
bák khang oeh, bák khang tōa. bák khang khū. tōa bák khang.
目眶狹，目眶大。目眶臼。大目眶。

略 Liòk, Lòk, ㄌㄩㄝˋ,ㄌㄨㄛˋ; bák chiu tńg Lûn khòaⁿ ê ì sù.
目睭轉輪看的意思。

脈 bèk, Lió, ㄇㄛˋ; sì kòe khòaⁿ, saⁿ khòaⁿ, sái bák bé. Lió chit ē, chiū sī tsòe chit ē oat thâu kè Lâi khòaⁿ.
四界看，相看，使目尾。脈一下，就是做一下越頭過來看。

眸 bô, ㄇㄡˊ; Lâng bák chiu Lāi bīn ê tông tsú. oē hun Piat tak hāng mih.
人目睭內面的瞳子。能分別各項物。

眯 bí, bì, ㄇㄧˇ,ㄇㄧˋ; tîn ai Pe jip bák chiu, khòaⁿ bōe bêng. hâm bîn, Pháiⁿ bāng.
塵埃飛入目睭，看𣍐明。含眠，歹夢。

眴 hiàn, ㄒㄩㄢˋ; bák tín tāng, khòaⁿ bōe bêng. hun Loān. ûn ûn. Sūn thân.
目振動，看𣍐明。紛亂。緩緩，順趁。

眺 thiàu, thiau, ㄊㄧㄠˋ; bák chiu bô sì chiàⁿ, bák chiu chhoah. hn̄g hn̄g khòaⁿ, oán thiàu. thiàu bāng.
目睭無四正，目睭𤺪。遠遠看，遠眺。眺望。(koaⁿ)

眼 Gán, Géng, ㄧㄢˇ; bák chiu, siang Gán. mih ū sòe khang, chiam Gán, tsoán Gán, jī Gán. Gán kho.
目睭，双眼。物有小孔，針眼，泉眼。字眼。眼科。
Gán Lē. Gán kiàⁿ. Gán tsu. Gán hok. Lêng Géng Gêng Géng, hok Géng, Liú á Géng Lêng Geng.
眼淚。眼鏡。眼珠。眼福。龍眼，龍眼，福眼，鈕仔眼，龍眼乾

眭 hê, kui, ㄏㄨㄟ,ㄍㄨㄟ; bák chiu chhim chhim, khong kiān ê khoán. bák chiu chhim Pháiⁿ khòaⁿ. Lâng ê sìⁿ.
目睭深深。康健的款。目睭深歹看。人的姓。

眅 hóe, ㄏㄨㄝ; hóe bák, bák chiu hóe, chiū sī bák chiu khòa" bô bêng。
眅目，目睭眅；就是目睭看無明。

造字 借灰字成字。

睋 sù, chhuh, ㄕㄡ ㄍㄨㄚ; bák chiu sù sù, chiū sī bák chiu sòe sòe lúi, pòa" háp pòa" khoeh。bák chiu chhuh chhuh, bák chiu khòa" bōe bêng, iā sī mē lâng ê oē。Lí bák chiu chhuh chhuh。hô sîn pàng sù
目睭睋睋，就是目睭細細蕊，半合半瞌。目睭睋睋，目睭看𣍐明，也是罵人的話；你目睭睋睋。蚊蠅放睋；

造字 借戍成字。

晒 sā, ㄙㄚ; sā bák sā sī, chiū sī ài khùn tuh ka chē ê khoán sit。sā bui, bák chiu sā bui sā bui。
目晒目晒眎；就是愛睏㨂瞌睡的款式。晒微，目睭晒微晒微。

造字 借西偏音成字。

七畫

睉 hong, ㄏㄛㄥ; chiū sī bák chiu pi"。
就是目睭邊。

睅 hān, oán, oān, ㄏㄢ,ㄨㄢ,ㄨㄢ; tōa bák chiu。bák chiu khui ê khoán sit。thó bák, bák chiu thó chhut ê khoán sit。
大目睭。目睭開的款式。吐目，目睭吐出的款式。

睍 hián, hiān, ㄏㄧㄢ,ㄏㄧㄢ; bák chiu khui, sòe lúi khòa", kia" hia" ê khoán。bák chiu sòe。pàng khoeh。
目睭開，細蕊看，驚惶的款。目睭小。放瞌。

睆 oán, oān, ㄨㄢ,ㄨㄢ; tōa bák chiu, bák chiu khui ê khoán sit。thó bák, bák chiu thó thó ê khoán sit。
大目睭，目睭開的款式。吐目，目睭吐吐的款式。

睊 koàn, ㄍㄨㄢ; khòa" ê khoán sit, bák chiu sa" khòa" ê khoán sit。
看的款式，目睭相看的款式。

睇 tē, 姼; bák chiu sòe sòe lúi teh khòa"。phak teh teh khòa"。sió khóa khòa" ê khóan。
目睭小小蕊咧看。覆的咧看。少許看的款。

睞 chiap, kiap, ㄑㄧㄚ,ㄍㄧㄚ; bák chiu phê ê mn̂g, bák chiu mn̂g, bák chiah mn̂g。kap 睫 siāng ì sù。
目睭皮的毛，目睭毛，目睫毛。与睫同意思。

睃 tsùn, ㄗㄨㄣ; khòa" ê ì sù。lâng ê miâ。
看的意思。人的名。

睉 chhò, tsô, ㄘㄜ,ㄗㄜ; bák chiu sòe lúi。bák chiu ok hêng, phái" bák ê ì sù。
目睭細蕊。目睭惡形，歹目的意思。

晢 chè, thè, ㄐㄝ,ㄊㄝ; bák chiu kim kim。tùi bīn chêng keng kè。ū khòa" tioh。bák chiu kng。bák chiu kng bêng。
目睭金金。對面前經過。有看着。目睭光。目睭光明。
bák chiu sūi sūi ê ì sù。
目睭倦倦的意思。

睎 hi, ㄏㄧ; ǹg bāng khòa", him bō。
向望看，欣慕。

睏 khùn, ㄎㄨㄣ; tuh bîn, chhin chhiū" chí ki" ê lâng, chiàm sî thêng teh khùn, hioh khùn, thêng khùn。
㨂眠，親像宇更的人，暫時停咧睏，歇睏；停睏。
ài khùn, sūi bîn, khun bîn。tó teh khùn。tsá khùn, àm khùn。
愛睏。睡眠，睏眠。倒咧睏。早睏，晚睏。

眉 bî, bâi, ㄅㄧ,ㄅㄞ; 眉 ê pún jī。
眉的本字。

着 tiók, tióh, tioh, tóh, ㄉㄜ,ㄉㄧㄜ,ㄉㄧㄛ,ㄉㄛ; kiâ" kî, tiók kî。khai sí, tiók chhiú。tióh lát, tióh bōa, tióh chhèng。
行棋，着棋。開始，着手。着力，着磨，着銃。
tióh pan。tiā" tióh。m̄ tióh。chhut tioh, khah chhut tioh, chiū sī pí pát lâng khah gâu ê ì sù。
着班。定着。毋着。出着，較出着，就是比別人較勢的意思。
m̄ tóh khì, chiū sī kap m̄ tióh khì siāng ì sù。sī bái ê ì sù。
毋着去，就是與毋着去同意思。是𢢆的意思。

八畫

睖 tiong, tiōng, ㄉㄧㄥ,ㄉㄧㄥ; tiong, 睖; bák chiu tōa lúi ê khoán sit。tiōng sit chì ê khoán sit, khòa", oàn hūn。
目睭大蕊的款式。睖失志的款式，看，怨恨。

睜 cheng, chèng, ㄐㄧㄥ,ㄐㄧㄥ; bák chiu jîn, o" jîn。khòa" kì"。m̄ ài khòa"。thí khui bák chiu khòa", gán chēng chēng。
目睭仁，黑仁。看見。毋愛看。展開目睭看，眼睜睜。

睧 hun, ㄏㄨㄣ; bák chiu àm àm, bê loān, tì sè lī put ti chiok ê ì sù。
目睭暗暗，迷乱，智勢利不知足的意思。

睘 kêng, khêng, sôan, kia"teh khòa", kò toa", hoân ló, iu būn. sôan, chiū sī tò tńg lâi ê ì sù.
ㄍㄥˊ, ㄑㄩㄥˊ, ㄒㄩㄢˊ, 驚咧看, 孤單, 煩惱, 憂悶。睘, 就是倒轉來的意思。

睠 koàn, koàn khòa" ê ì sù. Lâu bák sái. koàn koàn lâu thè.
ㄍㄨㄢˋ, ㄐㄩㄢˋ 看的意思。流目屎。睠睠流涕。

睞 Lāi, nāi, bak chiu ê tông tsu bô sì chiâ". tī pi" thâu teh khòa", chhoah gán, thoah thang.
ㄌㄞˋ, ㄋㄞˋ, 目睭的瞳子無四正。佇邊頭咧看, 斜眼, 脫窗。

睦 bòk, khiong kèng, hô hó, sìn sit, hô bòk, tun bòk. bòk lîn. bak chiu sūn sūn, chhin à".
ㄇㄨˋ, 恭敬, 和好, 信實。和睦, 敦睦。睦鄰。目睭順順, 親向。

瞢 bêng, bāng ki", hu hoa, khòa" hêng siōng, gî chia koài, bô bêng.
ㄇㄥˊ, 夢見, 虛華, 看形象, 疑成怪, 無明。

睨 Gé, gê, jit chhiâ. chhiâ bak teh khòa". Gîn. Phì Gé, bak chiu thán chhiâ khòa" ê ì sù. Gê bak.
ㄋㄧˋ, ㄋㄧˊ, 日斜。斜目咧看。眥。睥睨, 目睭袒斜看的意思。睨目。

睥 Phì, Phì Gé, bak chiu thán chhiâ khòa" ê ì sù. siâ sī.
ㄆㄧˋ, 睥睨, 目睭袒斜看的意思。斜視。

睡 Sūi, chē, khùn, tuh bîn, sūi bîn, sūi liân, ài khùn, hioh khùn, khùn pá, tsá khùn, àm khùn.
ㄕㄨㄟˋ, ㄓㄜ, ㄎㄨㄣˋ, 瞌眠, 睡眠, 睡蓮。愛睏, 歇睏, 睏飽, 早睏, 暗睏。
tuh ka chē, tuh ku ê ì sù. ài khùn ê khoán sit.
瞌瞌睡, 瞌病的意思。愛睏的款式。

睢 chhu, tsu, sui, tsui, kiàh bak khòa", siū khì ê khoán sit, sù ì lō sī, sù sui. tsúi kap koài" ê miâ,
ㄑㄩ, ㄗㄨ, ㄙㄨㄟ, ㄙㄨㄟ, 舉目看, 怒氣的款式, 恣意怒視, 恣睢。水与縣的名,
tsui iông koāi, bān chiông tsui tsui, chêng lâng bak chiu tit tit tsù bak khòa". chhi" miâ, sui chhi.
睢陽縣。萬眾睢睢, 眾人目睭直直注目看。星名, 睢星。

睟 Sùi, sì chiâ" teh khòa" ê khoán sit. bak chiu chheng pèh kng bêng. chiâu tsng kng kut ê khoán.
ㄙㄨㄟˋ, 四正咧看的款式。目睭清白光明。齊全光滑的款。

督 tok, chhâ, in chhōa, bián lē, liāu lí, kàm tok, tok chek, ki tok, tok tō. koa" miâ, tsóng tok.
ㄉㄨ, 查, 引導, 勉勵, 料理。監督。督責。基督。督導。官名, 總督。

睬 chhái, chiap láp, lí chhái, khoán thāi, chhín chhái, má hué ê ì sù, chhín chhín chhái chhái. chhap góa,
ㄘㄞˇ, 接納, 理睬。款待。且睬, 馬虎的意思, 且且睬睬。睬我
chhap, m̄ chhap góa, m̄ chhap lí. kia" teh khàu. Lâu bu bô chhap i.
毋睬我, 毋睬你。子哭了, 老母無睬他。

睫 chiap, chiat, liap, chiah, bak chiu phê, bak chiu pi" ê mn̂g, chiat mn̂g, bak chiah mn̂g. bak chiap mn̂g.
ㄐㄧㄝˊ, ㄐㄧㄝˊ, ㄌㄧㄝˋ, ㄐㄧㄚˊ, 目睭皮, 目睭邊的毛, 睫毛, 目睫毛。目睫毛。
Liap, bak chiu tín tāng, bak chiu phê hap khí lâi, liap bak, liap á kú, bak nih kú.
睫, 目睭振動, 目睭皮合起來, 睫目, 睫仔久, 目躡久。

睛 Cheng, chhi", bak chiu jîn, o· jîn, khòa" kì". gán cheng. chhi" mî, chiū sī bak chiu bô khòa" kì".
ㄐㄧㄥ, ㄑㄧ, 目睭仁, 黑仁。看見。眼睛。睛盲, 就是目睭無看見。

睪 ék, ko·, thèng hāu khòa". liàh lâng. in chhōa. ko·, ko· oân, kang ê seng sit khì koan, lān hut.
ㄧˋ, ㄍㄠ, 等候看。掠人。引導。睪, 睪丸, 公的生殖器官, 羼核。

睤 Phì, kap 睥 jī sio siâng.
ㄆㄧˋ, 与睥字相同。

瞌 khoeh, hek, hèk, chiū sī bak chiu hàp khoeh khoeh ê ì sù. khoeh bak, bak chiu khoeh siân siân.
ㄎㄜ, ㄏㄜˋ, ㄏㄜˋ, 就是目睭合, 瞌瞌的意思。瞌目, 目睭瞌禪禪。

睖 Lêng, tit tit khòa" ê khoán sit. Lêng teng.
ㄌㄥˊ, 直直看的款式。睖瞪。

睒 Siám, chiàm sī khòa" ê khoán sit. thau khòa". tiān ê kng. i ê kng siám siám. kok miâ, kò siám ní.
ㄕㄢˇ, 暫時看的款式。偷看。電的光, 它的光睒睒。國名, 拘睒彌。

睭 chiu, chiu, chiu, chiū sī chhim ê ì sù, chhim tsái chiu chiu. chiu, chiū sī bak chiu ê ì sù, liông gán.
ㄓㄡ, ㄐㄧㄡ, 目睭, 就是深的意思, 深我睭睭。睭, 就是目睭的意思, 兩眼。

睫 thiap, iap thiap, chiū sī tsòe sū, m̄ ài hō· pat lâng khòa" kì", á sī tsai iá". tsòe sū ài iap thip.
ㄊㄧㄝˋ, 掩睫, 就是做事, 毋愛予別人看見, 或是知影。做事愛掩睫。
Lâm lú ê tāi chì ài iap thiap. chî" gûn put lō· pèh chiū sī iap thiap.
男女的代誌愛掩睫。錢銀不露白就是掩睫。

造字 妾字, 妾身匿佇後面, 不欲露面之意, 借其白話音顯其字義。

補7畫 睮 chhî, khùn chhî chhî, chiū sī tāng bîn teh khùn ê ì sù. chhiò chhî, chiū sī hoa" hí hó bīn sek.
ㄔˊ, 睏睮睮, 就是重眠的睏的意思。笑睮, 就是歡喜好面色。

造字 形容的字。借余的偏音成字。

補5畫 睬 tsut, tsút, àm tsut tsut, chiū sī chin àm, àm bong bong ê ì sù. àm tsut tsut.
ㄗㄨㄊ, ㄗㄨㄊ, 暗睬睬, 就是真暗, 暗摸摸的意思。暗睬睬。

造字 助語詞的字，借木音成字。

九 畫

睺 hô·，ㄏㄜˊ，chit Pòaⁿ chhiⁿ mî，chhim bàk。
一半睛盲，深目。

瑕 hâ, hā, hê, ká，ㄏㄚˊ，ㄏㄚˇ，ㄏㄜˊ，ㄍㄚ，bàk chiu Pe̍h Pe̍h teh khòaⁿ。êng êng teh khòaⁿ。ûn ûn teh khòaⁿ。hē sī。ká sī。
目睭白白咧看，閒閒咧看，緩緩咧看。暇視。暇視。

睿 jōe，ㄖㄨㄟˋ，khòaⁿ chhim koh bêng，thong ta̍t，tì hūi。Sèng jîn。Su Siūⁿ。chhang mîa。jōe tia̍t。jōe tì。jōe tô·。
看深閣明，通達，智慧。聖人。思想。聰明。睿哲。睿智。睿圖。

睽 ke，ㄍㄜ，bàk chiu bô sió khóa。koh iūⁿ，thí khui bàk chiu，ke ke。chiòng bàk ke ke。
目睭無少許。異樣，展開目睭，睽睽。衆目睽睽。

瞀 bō·, bók，ㄇㄠˋ，ㄇㄡˋ，chim chiok khòaⁿ。àⁿ thâu teh kiâⁿ。bū bū。Phah sòaⁿ。Gû chhun。bōng bók。Gû bō·。bō· sī。
甚斗酌看。向頭咧行。矇矇。打散。愚蠢。矇瞀。愚瞀，瞀視。

睼 thê，ㄊㄧˊ，ngiâ chih teh khòaⁿ，hn̄g hn̄g teh khòaⁿ，chē teh khòaⁿ。
迎接咧看，遠遠咧看，坐咧看。

睹 tó·，ㄉㄨˇ，khòaⁿ kìⁿ，tó· bàk，bàk tó· it chhiat。tó· būn，khòaⁿ kìⁿ thiaⁿ tioh。
看見，睹目，目睹一切。睹聞，看見聽着。

睃 tsóng，ㄙㄨㄛ，khòaⁿ，thau khòaⁿ，khòaⁿ ê khoán sit。bōng tsóng。
看，偷看，看的款式。矇睃。

䀹 Siap，chhoah，ㄒㄧㄚˋ，ㄔㄨㄚ，bàk chiu tín tāng ê khoán sit。bàk chiu Phê chhoah。bàk chiu chhoah。
目睭振動的款式。目睭皮䀹。目睭䀹。

睫 La̍t，ㄌㄚˋ，chiū sī tông tsú bô sì chiàⁿ ê ì sù。
就是瞳子無四正的意思。

瞍 Só·，ㄙㄡˇ，bàk chiu bô tông tsú。Lāu Lâng ê chheng ho，Ló Só·。
目睭無瞳子。老人的稱呼，老瞍。

瞕 hiâⁿ，ㄏㄧㄥˊ，hiâⁿ bàk，hiâⁿ tiûⁿ，Put chí hiâⁿ tiûⁿ，chin hó khòaⁿ ê ì sù。ū khì Phài ê khoán sit。
瞕目，瞕場，不止瞕場，真好看的意思。有氣派的款式。

造字 瞕目，堂皇也，借皇偏音成字，意義皆備。

瞆 Sek，ㄙㄜˋ，bàk chiu sek khok，sek khiat，chiū sī bàk chiu sì kòe khòaⁿ ê ì sù。
目睭瞆矍，瞆瞯，就是目睭四界看的意思。

造字 借态字成字。

十 畫

瞋 Chin, thian，ㄔㄣ，ㄊㄧㄢ，thí khui bàk chiu。Siū khì。bô hoaⁿ hí teh khòaⁿ ê ì sù。chin bàk Siong hiòng。thian Lō·。
展開目睭。怒氣。無歡喜咧看的意思；瞋目相向。瞋怒。

韓 khan, khàn, khòaⁿ，ㄎㄢ，ㄎㄢˋ，ㄎㄨㄚˋ，kap 看 jī Siong tâng。
與看字相同。

瞎 hat，ㄏㄚ，hat tsú，bàk chiu chhiⁿ mî ê Lâng。chit Lúi bàk chiu khoeh。o· Pe̍h Kóng hat Soeh。
瞎子，目睭睛盲的人。一蕊目睭瞌。黑白講，瞎說。

瞏 kêng, khêng, Soân，ㄍㄥ，ㄎㄥ，ㄒㄩㄢ，kap 睘 jī Siāng khoán ì sù。
與睘字同款意思。

瞌 khap, kah, ka, khoeh, Gán khap，ㄎㄚ，ㄍㄚ，ㄍㄚ，ㄎㄨㄜ，ài khùn ê khoán sit。Lâng tioh bôa iā Siān。bàk chiu khoeh khoeh。
眼瞌，愛睏的款式。人着磨厭倦。目睭瞌瞌。
Sì bàk m̄ Gōan khoeh。tuh kah chē，tuh ku ê ì sù，tuh ka chē。tuh ku。
死目毋願瞌。懵瞌睡，懵痀的意思；懵瞌睡。懵龜。

睚 Gâi，ㄧㄞˊ，bàk chiu kiah khí，bàk chiu Pin，oàn hūn teh khòaⁿ，bàk chiu Gûn。
目睭攑起，目睭邊，怨恨咧看，目睭睚。

瞑 bêng，ㄇㄧㄥˊ，biân，ㄇㄧㄢˊ，mî，ㄇㄧˊ，hun Loān，khòaⁿ bô bêng。bàk chiu khoeh，biân bàk。Sí Put bêng bàk。
昏亂，看無明。目睭瞌，瞑目。死不瞑目。
thâu hun bàk àm，biân hiân。khòaⁿ bōe bêng，bô khòaⁿ kìⁿ，chhiⁿ mî。
頭昏目暗；瞑眩。看袂明，無看見，睛瞑。

瞍 Só·，ㄙㄡˇ，kap 瞍 Sio Siāng。bàk chiu bô tông tsú。Lāu Lâng ê chheng ho。Ló Só·。
與瞍相同。目睭無瞳子。老人的稱呼，老瞍。

瞈 ông，ㄨㄥ，bàk chiu bô kng bêng ê ì sù。ông bông。
目睭無光明的意思。瞈矇。

瞂 hoa̍t，ㄈㄚˊ，tún Pâi，tîn Pâi，cheng hoa̍t ê ke si，tún Pâi ê Pa̍t mîa。
盾牌，籐牌，爭伐的傢私，盾牌的別名。

睽 hê, khe, bák chiu tńg tāng ê ì sù。bák chiu tńg Lûn ê ì sù。
ㄏㄝ,ㄎㄝ, 目睭轉動的意思。目睭轉輪的意思。

眥 chhāi, bák chiu Pīⁿ, bák chiu kak, oàn hūn Lâi khòaⁿ, Saⁿ Gîn
ㄑㄞ, 目睭邊,目睭角, 怨恨來看, 相眥。

睊 hùn, teh khùn, ài khùn ê ì sù。kńg tang Lâng teh eng ê oē。
ㄏㄨㄣ, 啲睏,慢睏的意思。廣東人啲用的話。

睖 têng, bák chiu sûi hó khòaⁿ ê khoán sit
ㄉㄥ, 目睭佚好看的款式。

睲 tau, khòaⁿ, tit tit khòaⁿ, khòaⁿ bōe Soah。bák chiu chhim, tau au
ㄉㄡ, 看,直直看,看𣍐息。目睭深,睲瞘。

瞅 chhiu, tsò, tsù bák khòaⁿ ê ì sù。
ㄑㄧㄡ,ㄗㄛ, 注目看的意思。

瞋 chîn, tiam Liâm bîn chîn, îm Loān。Siông sè khòaⁿ, chîn。chîn Siông sè。
ㄐㄧㄣ, 貼賺眠瞋,淫乱。詳細看,瞋。瞋詳細。

瞵 Liâm, Liâm tiam bák chiu sûi Loh ê khoán sit。îm Loān。thau khòaⁿ
ㄌㄧㄢ, 賺貼,目睭垂落的款式。淫乱。偷看

瞇 bí, mi, biáu bák, bí bí Gán bák chiu Sòe Sòe Lúi。bí hông bák chiu sió khòa khui ê
ㄇㄧ,ㄇㄧ, 眇目,瞇瞇眼;目睭小小蕊。瞇縫,目睭少許開的
Phāng bák Chiu mi mi mi mi Gán
縫。目睭瞇瞇,瞇瞇眼。

十一畫

瞠 tông, theng tit tit khòaⁿ, khòaⁿ bô Soah ê ì sù tông bák。khòaⁿ bô nih ê khoán sit。
ㄉㄥ,ㄊㄥ, 直直看,看無息的意思,瞠目。看無瞌的款式。

瞖 è, ì, bák chiu Phòa Pīⁿ, chhin chhiūⁿ ū hûn jia khí è。khí ì Chhiūⁿ è。
ㄝ,ㄧ, 目睭破病,親像有雲遮,起瞖。起瞖。像瞖。

瞞 boân, môa, bák chiu Pàng sù bàng bák chiu bô thò bô thap khòaⁿ bô bêng。khi Phiàn, môa Phiàn。
ㄇㄢ,ㄇㄚ, 目睭放賒矇,目睭無吐無塌。看無明。欺騙,瞞騙。
ún môa sio môa môa thiⁿ kè hái môa Pē Phiàn bú
隱瞞。相瞞。瞞天過海。瞞父騙母。

瞙 bók, bák chiu bū bū in ūi khí ì
ㄇㄛ, 目睭矇矇因為起瞖。

瞢 bông, kiàn siàu, O· àm, iu būn。bák chiu bô bêng。jit Goat bông bông, bô kng。
ㄇㄥ, 見誚,黑暗,憂悶。目睭無明。日月瞢瞢,無光。

瞘 O·, au, chhim bák ê khoán sit tau au
ㄛ,ㄡ, 深目的款式。睲瞘。

瞟 Phiau, bák chiu Pīⁿ, chit bák Phòa Pīⁿ, bák Chiu Sòe Sòe ê khóan。bô bêng ê khóan, Phiau biáu。
ㄆㄧㄠ, 目睭邊,一目破病,目睭小小的款。無明的款,瞟眇。

瞗 Gû, bé ê bák chiu Péh, chhin chhiūⁿ hî bák chiu。Peh Gû。
ㄩ, 馬的目睭白,親像魚目睭。白瞗。

瞕 Chiông, bák chiu Siⁿ mih jia teh, khí ì, kap 障 thong。Gán chiông, Lāi chiông, Péh Lāi chiông。
ㄓㄤ, 目睭生物遮啲,起瞖,与障通。眼瞕,内瞕,白内瞕。

瞝 Lî, khòaⁿ ê ì sù。tit tit khòaⁿ。
ㄌㄧ, 看的意思。直直看。

瞪 chheng, theng thíⁿ khui bák chiu, bô hoaⁿ hí teh khòaⁿ。Siū khì。kap 瞋 Siāng khoán ì sù。
ㄔㄥ,ㄊㄥ, 展開目睭。無歡喜啲看。怒氣。与瞋同款意思。

瞀 bā, mā, tsù bák khòaⁿ chin kú。bák chiu bū in ūi àn ni。chiú tsùi, tsùi ma ma, tsùi ma ma。
ㄇㄚ,ㄇㄚ, 注目看真久。目睭矇,因為按呢。酒醉,醉瞀瞀。醉瞀瞀。

瞘 Lek, Lek, bák chiu Sòe Sòe Lúi ê ì sù。
ㄌㄜ,ㄌㄜ, 目睭小小蕊的意思。

瞚 Sùn, bák chiu khui háp sòe sòe Lúi, bák chiu tín tāng, chiong jit khòaⁿ bô nih。
ㄕㄨㄣ, 目睭開合細細蕊,目睭振動,終日看無瞌。

瞞 bân, khàm ê ì sù, am khàm, bân môa, môa koh chit têng。
ㄇㄢ, 蓋的意思,菴蓋,瞞瞞,瞞僩一重。

造字 借曼字音成字。有一直的意思,長期的意思。

十二畫

瞶 hōe, kùi, bák chiu hoe。beh khòaⁿ chin hùi khì。khòaⁿ bōe bêng。
ㄏㄨㄟ,ㄍㄨㄟ, 目睭花。也看物真費氣。看𣍐明。

補 12畫 **瞵** Lîm, Lîm khì, Lîm chit chhíⁿ, chiū sī sió khùn chit chhíⁿ ê ì sù。
ㄌㄧㄣ, 臨去,臨一醒,就是小睏一醒的意思。 造字

瞤 Sùn, Sǔn, ㄕㄨㄣˋ, ㄕㄨㄣˇ,
bak chiu tín tāng, khui hap bak chiu, sòe sòe Lúi bô tín tāng. bak chiu nih ê ì sù.
目睭振動，開合目睭，細細蕊無振動。目睭矏的意思。

瞰 khàm, ㄎㄚㄇˋ,
bak chiu kim kim thau khòaⁿ, àⁿ teh khòaⁿ. hú khàm. niáu khàm.
目睭金金，偷看，向哟看。俯瞰。鳥瞰。

曉 au, ㄠˊ,
bak chiu thap thap, chhin chhiūⁿ Lâm Pō͘ ê Lâng.
目睭塌塌，親像南部的人

瞭 Liâu, Lío, Lioh, Liáu, ㄌㄧㄠˊ, ㄌㄧㄛˋ, ㄌㄧㄛㄏ, ㄌㄧㄠˋ,
bak chiu kng, khòaⁿ tit hn̄g. it bók Liâu jiân. Liâu kái. Lío chit ē, khòaⁿ chit ē. bak chiu Lío chit ē chiū tsai, bak chiu Lioh chit ē. chit khòaⁿ chiū tsai ê ì sù.
目睭光，看得遠。一目瞭然，瞭解。瞭一下，看一下。目睭瞭一下就知，目睭瞭一下。一看就知的意思。
bêng Liâu, bêng Pe̍k ê ì sù. Liâu bāng, Liâu bōng tâi. Liâu jû chí chiáng. Lioh chit ē
明瞭，明白的意思。瞭望，瞭望臺。瞭如指掌。瞭一下。

瞥 Pe̍, Piat, Phiat, ㄆㄝ, ㄅㄧㄝ, ㄆㄧㄝ,
chhē, kè bak, khòaⁿ kìⁿ, it Pe̍. tiap á kú ê ì sù. khòaⁿ chit tiap á kú.
覔，過目，看見，一瞥。霎仔久的意思。看一霎仔久。
Pe̍ jiân chiam kò. keng hông it Piat. chit Gán Phiat kè.
瞥然暫過。驚鴻一瞥。一眼瞥過。

瞨 Phok, ㄆㄛㄎ,
bak chiu khoeh khoeh, àm àm bô bêng ê ì sù.
目睭瞌瞌，暗暗無明的意思。

瞬 Sùn, nih, Sut, ㄕㄨㄣˋ, ㄋㄧˊ, ㄕㄨㄊ,
bak chiu tín tāng, nih bak, bak nih kú, chit sùn kan. Sùn sek bān Piàn.
目睭振動，矏目，目矏久，一瞬間。瞬息萬變。
bak nih kú, nih chit ē, iô chhiu nih bak. Sut bak, chit bak Sut á, bak chiu sut khok, Sut khiat.
目瞬久，瞬一下，搖手瞬目。瞬目，一目瞬仔，目睭瞬矍，瞬瞲。

瞳 tông, ㄉㄨㄥˊ,
bak chiu chí, ang á thâu, tông tsú. tông khóng. bô sim tit tit khòaⁿ. tông tsu, tông jîn.
目睭子，尪仔頭，瞳子。瞳孔。無心直直看。瞳珠，瞳仁。

瞪 tèng, têng, thîⁿ, ㄉㄥˋ, ㄉㄥˊ, ㄊㄧ,
khòaⁿ ê khoán sit, tit tit khòaⁿ, khòaⁿ bô soah, tèng Gán. têng bak. thîⁿ bak.
看的款式，直直看，看無息，瞪眼。瞪目。瞪目。
thîⁿ jit, thîⁿ kng, thîⁿ Pe̍h.
瞪日，瞪光，瞪白。

瞧 chiâu, ㄐㄧㄠˊ,
thau khòaⁿ ê khoán sit. m̄ káⁿ hián jiân khòaⁿ ê ì sù. chiâu kiàn.
偷看的款式。毋敢顯然看的意思。瞧見。

曌 chiàu, ㄐㄧㄠˋ,
chiū sī bú chek thian ê Pa̍t miâ. bú chiàu.
就是武則天的別名。武曌。

瞰 tun, ㄉㄨㄣ,
bak chiu bô Lāi, bak àm tsōng, tūn bak.
目睭無利，目暗藏，鈍目。

瞲 hiat, hit, khiat, khiak, ㄏㄧㄚㄊ, ㄏㄧㄊ, ㄎㄧㄚㄊ, ㄎㄧㄚㄎ,
bak chiu chhiⁿ kiaⁿ teh khòaⁿ, bak chiu chhiⁿ tsòh ê khoán. Sut khiat. Sek khiak.
目睭生驚哟看，目睭生䟽的款。瞬瞲。瞁瞲。

瞮 chhip, chhih, chhihⁿ, ㄑㄧㄆ, ㄑㄧㄏ, ㄑㄧㄏ,
chhoeh chhoeh thì. chiū sī thì khàu bak sái ê ì sù. chhih chhih thì, chhihⁿ chhihⁿ háu.
感感啼。就是啼哭流目屎的意思。瞮瞮啼，瞮瞮哮。
iu Siong teh háu ê khoán sit. háu ê siaⁿ. chhihⁿ chhngh kio.
憂傷哟哮的款式。哮的聲。瞮搡叫

瞯 hán, hān, ㄏㄢˊ, ㄏㄢˋ,
Siông sè khòaⁿ, kim kim Siòng, thau khòaⁿ, bak chiu Pêng Pe̍h, bak chiu tsōe tsōe Pe̍h.
詳細看，金金相，偷看，目睭反白，目睭多多白。
bé ê bak chiu. Sió jî ê hânⁿ. Iûⁿ hîn.
馬的目睭。小兒的癇病。羊癇。

瞮 Sat, ㄕㄚㄊ,
chiū sī kng bêng ê ì sù.
就是光明的意思。

瞢 cheng, ㄐㄧㄥ,
bak chiu bū bū, chì bî sòe.
目睭矇矇，至微小。

十三畫

瞻 Chiam, Siam, ㄐㄧㄚㄇ, ㄒㄧㄚㄇ,
chiam, kiah thâu khòaⁿ, Lâi khòaⁿ, kèng tiōng. Chiam Gióng. chiam bāng. chiam chêng kò āu. kín sīn kiam kò. siam, thau Siam. thau khòaⁿ ê ì sù. àm chīⁿ khòaⁿ ê ì sù.
瞻，擧頭看，來看，敬重，瞻仰。瞻望。瞻前顧後，謹慎兼顧。瞻，偷瞻，偷看的意思。暗靜看的意思。

瞽 kó, ㄍㄛˊ,
bak chiu bô tông tsú, bak chiu ū Phê tà. Chhīⁿ mî ê Lâng. Ga̍k koaⁿ ê miâ, Lâng miâ, kó só.
目睭無瞳子，目睭有皮罩。睛盲的人。樂官的名，人名，瞽瞍。

瞿 kù, kû, ㄍㄨˋ, ㄍㄨˊ,
ok chiâu teh khòaⁿ, kiaⁿ hiâⁿ teh khòaⁿ. bīn Piàn sek. kiap miâ kù tông kiap.
惡鳥哟看，驚惶哟看。面變色。峽名瞿塘峽。

曖 aì, ㄞˋ,
tūn tūn, bū bū, bóng tóng. bô sek chhái. bô iàu kín ê khoán. aì māi.
忳忳。矇矇。莽懂。無色彩。無要緊的款。曖昧。

矏 niauh, ㄋㄧㄠˊ,
bak chiu niauh khí Lâi, bak chiu niauh niauh. bā chiu niauh khui.
目睭矏起來，目睭矏矏。目睭矏開。

造字

瞍	tsó; ㄗㄛˇ	iu chhiu bô hoaⁿ hí ê khóan。bak chiu Gîn Gîn ê khóan Sit 憂愁無歡喜的款。目睭眺眺的款式
瞰	kek, kiáu ㄍㄜˊ,ㄍㄧㄠˇ	bak chiu bô nih。kng bêng chheng Piat ê khóan Sit。 目睭無瞞。光明清別的款式。
瞅	chhiu, tsó; ㄑㄧㄡ,ㄗㄛˇ	tsù bak teh khoàⁿ ê ì sù。chhiu kiàn。 注目哟的意思。瞅見。
瞳	tng ㄉㄥ	tng niau chhú, tng ké chí bâ。tng soaⁿ niau。tng chhat á。beh Liah ê ì sù 瞳貓鼠，瞳菓子猫。瞳山猫。瞳賊仔。也捕的意思。

造字 有看字的意思,當注目注意也。

十四-十五畫

矇	bông, bâng, bū, bong, báng ㄇㄥˊ,ㄇㄤˊ,ㄇㄨˋ,ㄇㄛㄥ,ㄇㄤˇ	khoàⁿ bōe bêng, tông tsú sit bêng。m̄ tsai ka kī, bô hak būn, bông bông。 看𣍐明，瞳子失明。毋知家己，無學問，矇矇。 bông bū。bak chiu bū khoàⁿ bōe chheng。khoàⁿ bōe bêng, tsùi bong bong, tsùi bông bông。àm 矇矇。目睭矇看𣍐清。看𣍐明，醉矇矇，醉矇矇。暗 bong bong。chhú bâng, Lâng bak chiu sòe khoàⁿ bōe bêng。chhú bâng chhú báng 矇矇。眺矇，人目睭小惢看𣍐明。眺矇眺矇。
矄	hun ㄏㄨㄣ	bak chiu bū bū o àm。bak chiu khoàⁿ kàu hun biáu 目睭矇矇黑暗。目睭看到矄渺。
矃	Léng ㄌㄥˊ	têng Léng, chiū sī khoàⁿ ê ì sù。 盯矃，就是看的意思。
矍	kiók, khok, kiàh, kiak ㄍㄧㄛˊ,ㄎㄛ,ㄍㄧㄚ,ㄍㄧㄚˊ	aì tô tsáu, kín kín khoàⁿ ê khóan sit。bak chiu bô sì chiàⁿ。tín tāng。 愛逃走，緊緊看的款式。目睭無四正。振動。 chiáu bak chiu chhiⁿ kiaⁿ teh khoàⁿ, bak chiu chhiⁿ tsòh, sek khok。kiak siak, chiū sī 鳥目睭生驚哟看，目睭生作，瞁矍。矍㑊，就是 chin oah tāng ê ì sù。kiau kiah, chiū sī Léng Lī ê ì sù。 真活動的意思。嬌矍，就是伶俐的意思。
矌	khòng ㄎㄨㄥˋ	bak chiu bô tông tsú, bak bô sek, khui bak chiu ê khoán。Lê khòng 目睭無瞳子，目無色，開目睭的款。矖矌。
矊	khiàng ㄑㄧㄤˇ	khiàng chiáu, chiū sī chhoah bak teh khoàⁿ, chhin chhiūⁿ beh Phah chiáu。 矊鳥，就是𣁳目哟看，親像哟乜打鳥。

造字 借遣偏音成字。

十六-廿一畫

矑	Lô ㄌㄨˊ	khoàⁿ ê ì sù。bak chiu Lāi ê tông tsú。 看的意思。目睭內的瞳子。
矙	Liap, nih ㄌㄧㄚˋ,ㄋㄧˋ	bak chiu tín tāng khóan sit, nih bak。Liap gán, Liap bak。bak nih kú。iô chhiu nih bak。 目睭振動的款式，矙目。矙眼，矙目。目矙久。搖手矙目。
矗	chhiok ㄑㄧㄛˋ	tsōe tsōe, chháu bak bō sēng, tông tit ê khóan sit, koâiⁿ koâiⁿ chhiok Lip。tsông san chhiok chhiok。 多多，草木茂盛。長直的款式，高高。矗立。崇山矗矗。
矖	Lê, Lí ㄌㄟˊ,ㄌㄧ	khoàⁿ, chhē khoàⁿ khóan sit。khoàⁿ ê ì sù 看，尋看的款式。看的意思。
矙	khàm ㄎㄢˋ	bak chiu kim kim。tsù sîn teh khoàⁿ, thau khoàⁿ, àⁿ teh khoàⁿ。 目睭金金。注神哟看，偷看，向哟看。
矘	thóng ㄊㄤˇ	bak chiu bô chiàu goân, tit tit khoàⁿ, khoàⁿ bô bêng。 目睭無照原，直直看，看無明。
矚	chiok ㄓㄨˇ	khoàⁿ, tsù bak khoàⁿ, khoàⁿ bô nih。chiòng só chiok bok。ko chiam oán chiok。 看，注目看，看無瞬。衆所矚目。高瞻遠矚。
補16畫 矓	Lông, Long ㄌㄨㄥˊ,ㄌㄨㄥ	bū bū bô bêng, khoàⁿ bōe chheng, bông Lông。 矇矇無明，看𣍐清，矇矓。
補9畫 瞅	chhiu, tsó, iu ㄑㄧㄡ,ㄗㄛˇ,ㄧㄡ	kap 瞅 siāng khoan ì sù。 仝 瞅 同款意思。

矛 部 110

矛	bâu, mâu ㄇㄠˊ,ㄇㄠˊ	chiam Lāi kek, oē tsàn tit e chhiuⁿ。tńg Lāi oē siong Lâng ê khì hāi。mâu tún, 尖利的戟，能剌得的鎗。長利能傷人的器械。矛盾， hō siong tí tak ê sū kap tsok ûi。hō siong mâu tún。 互相抵觸的事與作為。互相矛盾。

【矜】keng, khim ㄍㄥ, ㄎㄧㄣ； mâu chhiuⁿ ê Pìⁿ 矛鎗的柄。ai khó, Lîn bín 哀苦，憐憫；khó sioh 可惜；keng Lîn 矜憐。keng sut 矜恤；keng bín 矜憫。
keng tiōng 敬重；khim Sek 矜式。tsū Gō 自傲；kiau khim 驕矜。khim khoa 矜誇。khim Sī 矜恃。

【矟】Sok ㄕㄨㄛ； chhiu 鎗，tn̂g chit tn̂g Poeh chhioh 長一丈八尺。tī bé téng oē thang sa thâi 佇馬頂能可相刣。tn̂g chhiuⁿ 長鎗。

【矞】hut, ut ㄏㄨ, ㄩ； kiaⁿ hiaⁿ kín kip ê khoán 驚惶緊急的款。tsōe chiah bé teh tsáu ê khoán 多隻馬咧走的款。ut, mih toa ê khoán sit 矞，物大的款式。
kúi nā Sek ê hûn 幾若色的雲，ut hûn 矞雲。hó khòaⁿ 好看，sûi 媠，ut hông 矞皇。

矢部 111

【矢】sí, chí ㄕ, ㄓ； keng ê chìⁿ 弓的箭，Pàng hiat kak 放弃壑，kiong sí 弓矢。chí hiòng 指向，tsù sîn 注神。kóaⁿ kín 趕緊，Pâi Liat 排列，tam tng 擔當；
sí chì 矢志；sí Giân 矢言。sí sè 矢誓。sí kháu Put ì 矢口不移。keng chìⁿ 弓矢。sí tsāi hiân Siōng 矢在弦上。chìⁿ tī hiân chiūⁿ 矢在弦上。

二一五畫

【矣】ī, í ㄧ, ㄧ； hu jī 副字，jī kù bé bêng Pek ê ì sù 字句尾明白的意思。kàu tsām ê jī 到站的字，kóaⁿ kín tit tit ê oē 趕緊直直的話。

【知】ti, tì, tsai ㄓ, ㄓ, ㄗㄞ； hiáu tit 曉得，hiáu ti 曉知。bat, tsai iáⁿ 識，知影。bêng ti 明知。ti tō 知道。Siong ti 相知。ti sek 知識。tì Sek 知識。
tsai bat 知識；chhang mia ê ì sù 聰明的意思。tsai háu m̄ tsai tsáu 知哮毋知走。tsai iau 知枵。tsai khó 知苦；tsai thiàⁿ 知痛，m̄ tsai thâu 毋知頭。

【矤】Sín ㄕㄣ； keng tián hō i khui 弓展互伊開，iau kú 猶久，hō hòng 豪放。khí jîn 齒齦。

【矦】hô, hō, hâu, kâu, kap ㄏㄡ, ㄏㄡ, ㄏㄡ, ㄍㄡ, ㄍㄡ； Siang khoán 与侯同款。chhiaⁿ khòaⁿ jîn Peng 7 ūi 請看人部七畫。

【矨】Géng ㄧㄥ； keng thian hō khui 弓展互它開。keng chìⁿ tn̂g tn̂g ê ì sù 弓箭長長的意思。

【矩】kú ㄐㄩ； khut chhioh 屈尺，tsòe Sì kak ê hoat tō 做四角的法度。Lō Pan chhioh 魯班尺。kú chhioh 矩尺。kui kú 規矩，hoat chek 法則，hoat tō 法度。

七·八畫

【短】toán, té ㄉㄨㄢ, ㄉㄜ； khiam kheh 欠缺，toán Siáu 短少。chhián kiàn 淺見，toán kiàn 短見。toan Sī 短視。té 短。tn̂g té 長短，te Lō 短路，té hiû 短裘，té miā 短命。

【矬】tsô ㄘㄨㄛ； té té ê ì sù 短短的意思。iâm tiûⁿ ê miâ 塩場的名，kńg tang iâm tiûⁿ 廣東塩場，13 só tsāi ê chit ê 十三所在的一個。tsô tong tiûⁿ 矬峒場。

【矮】ái, úi, óe ㄞ, ㄨㄟ, ㄨㄝ； tóe 短，óe 矮，óe Sòe 矮小，óe Lâng 矮人。Sòe hàn 小漢。ái sòe 矮小。úi tóe 矮短。é Lâng 矮人，é é 矮矮。

【矹】kút ㄍㄨ； tóe tóe ê khoán Sit 短短的款式。kút kút 矹矹。

十二·十四畫

【矯】kiáu, kiāu ㄐㄧㄠ, ㄐㄧㄠ； thīt keng chìⁿ ê khì khū 揰弓箭的器具。kiáu jiû 矯揉。kái chiàⁿ 改正，kiáu chêng 矯正。kiáu kiông 矯強。kiáu óng kòe chèng 矯枉過正，
kè thâu 過頭，hóan tit hāu kó 反得效果。kiāu 矯，ēng khì khū chhiâu mih chhah jip 用器具㧣物插入，kiáu khí 矯起，kiāu tín tāng 矯振動，
kiāu khui 矯開。kiāu Sóa ūi 矯徙位。kng kiāu 扛矯。

【矰】cheng ㄗㄥ； chit hō chìⁿ 一號箭，á sī tóe ê chhiuⁿ á 或是短的槍仔。tsòe Phah chiáu ê Lō ēng 做打鳥的路用。

【矱】hō ㄏㄨㄛ； khan chîn 牽繩，chîn soh 繩索，tsún chîn 準繩，hō chhioh 矱尺。hoat tō 法度，kui kú 規矩，kú hō 矩矱。

石部 112

石	Sek, Chioh, Siah, Sip, ㄕㄝㄎ,ㄐㄧㄜㄏ,ㄒㄧㄚㄏ,ㄒㄧㄆ	Soaⁿ ê kut. 山的骨。Gâm chioh. 岩石。Giok sek, 玉石，kim sek. 金石。Pat im ê mîa, 八音的名，sek kheng. 石磬。kian tēng, 堅定，tōa, 大，sek tāi 碩大。niumih ê mîa, 量物的名，10 tau sī chit chioh. 十斗是一石。chioh thâu. 石頭。Lâng ê sìn. 人的姓。Chioh Pâi, 石牌，Chioh Pi 石碑。chioh Poâⁿ 石盤。chioh khì. 石器。siah Liu, 石榴，siah hún 石粉。Siu Sip tan, 收石丹，chiū sī ioh oân 就是藥丸。Sī ta ê jio Sip kap ioh Lâi tsòe chiâⁿ ê. 是乾的尿石和藥來做成的。

二·三畫

石丁	tèng, tiaⁿ ㄉㄧㄥ,ㄉㄧㄚ	ēng chioh hō tsûn bōe khì. 用石碇船𣍐去。Pak chioh hō tsûn bōe kiâⁿ. 縛石碇船𣍐行。chioh tāng Pha tiàⁿ, 石重拋矴，kap 碇 Siāng khóan. 与碇同款。chit kêng tiàⁿ, 一間矴，tōa tiàⁿ, 大矴，chhian tiàⁿ, 淺矴，sóa tiàⁿ, 徙矴，thoa tiàⁿ. 拖矴。
石卜	Phok, Phak ㄆㄛㄎ,ㄆㄚㄎ	Phok Siau, 朴硝，chiū sī chit khóan ioh ê mîa. 就是一款藥的名。Phak Siau. 朴硝。
石干	hān, kan ㄏㄢ,ㄍㄚㄢ	Soaⁿ chioh ê khóan. 山石的款。chioh chheng khì ê khóan. 石清氣的款。Lâm San hān Pėk sėk Lān. 南山矸白石爛。chiu kan, hoe kan. 酒矸，花矸。
石工	kang, kong, khong ㄍㄚㄤ,ㄍㄛㄥ,ㄎㄛㄥ	chioh Kio. 石橋。Sòe tiâu kio. 小條橋。tsū chioh sêng kang. 聚石成矼。khong, 矼，khak sit ê khóan sit 確實的款式，sêng kìn khōng tek hō sìn 誠謹，德厚信矼。
石乞	Gut ㄫㄨㄊ	tioh bôa 着磨，chin thâu. 盡頭。khong kiān ê khóan sit. 康健的款式。Chioh kian tēng ê khóan. 石堅碇的款。
石亡	bông ㄅㄛㄥ	chhō ê Phok Siau, 粗的朴硝，ū sī ēng tsòe ioh 有時用做藥：bông Siau 硭硝。
石兀	Gut ㄫㄨㄊ	Chioh koâiⁿ bô ún bat ê khóan Sit. 石高無隱密的款式。Soa chioh tùn Loh tsúi. 砂石抌落水。Lut Gut. 硉矹。

四畫

石夫	hu ㄏㄨ	Súi chioh, 僕石，tiong Pān ê Gek, 中版的玉，kòe khe Soaⁿ ê ê chioh. 會稽山下的石。kap 玞 Siāng khóan. 与玞同款。
砉	hek, hėk ㄏㄝㄎ,ㄏㄝㄎ	Phê kut Saⁿ Lī ê sian. 皮骨相離的聲。hek jiân. 砉然。
石欠	khám ㄎㄚㄇ	chhò chhiu, 剉樹，chhò chhâ, 剉柴，khám bak, 砍木，khám chhiu, 砍樹。tsām thâu, 斬頭，khám thâu, 砍頭，khám chiok. 砍斫。ēng to tsām. 用刀斬。
石亢	kheng, khong, khòng, khōng ㄎㄝㄥ,ㄎㄛㄥ	Chioh ê Siaⁿ, 石的聲，Lûi ê Siaⁿ. 雷的聲。khong Lông, 硫碇，khòng khap. 硫磕。khin khōng, 硜硫，khin khin khōng khōng 硜硜硫硫。khin khōng khoa 硜硫嘩。khong khiang. 硫鏗。khōng khōng hián. 硫硫攇。khōng khōng iô. 硫硫搖。
石水	Lē ㄌㄝ	tah chioh kè tsúi, 踏石過水，tsúi tong tioh ê Siaⁿ. 水撞着的聲。ēng Saⁿ ùn tsúi. 用衫搵水。
石文	bîn ㄅㄧㄣ	hoe hoe ū hûn ê tāi Lí chioh. 花花有紋的代理石。
石比	Pi, Phi, Phi, Phiⁿ ㄅㄧ,ㄆㄧ	chioh ioh, 石藥，Pi Sng 砒霜，chiū sī tok ioh ê mîa. 就是毒藥的名。Phi Sng. 砒霜。Phì sng. 砒霜。Phiⁿ Sng. 砒霜。
石少	Sa, Soa, Se ㄙㄚ,ㄙㄨㄚ,ㄙㄝ	iù iù ê chioh, 幼幼的石，tōa Liap Soa, 大粒砂，Soa chioh. 砂石。Soa Pò, 砂布，Soa tsóa, 砂紙，Soa Gán. 砂眼。Soa thn̂g. 砂糖。tan Sa, 丹砂，ioh mîa Sa jîn, 藥名砂仁，iā bêng sao 夜明砂。tsu se, 朱砂，Pêng se, 硼砂，Pâng se, 硼砂。
石切	Chhè, kih ㄑㄝ,ㄍㄧ	tsng chioh, 磚石，Phō Pâi thiap tsng, 鋪排疊磚，thô tsúi khí chhù, 泥水起厝，chhè Chhiuⁿ 砌牆。Siuⁿ Gek, 鑲玉，Chhè Gek. 砌玉。kih kih khí Lâi. 砌砌起來。kih tsng á chhù, 砌磚仔厝。kih Gîm kîn 砌砛墘。kih chhiuⁿ thâu á. 砌牆頭仔。
石匹	Phiat ㄆㄧㄚㄊ	tóe thng kap chhài ê khì khū, 貯湯與菜的器具，Phiat á, 砸仔。chit Phiat chhài, 一砸菜，sì Phiat chit oáⁿ thng. 四砸一碗湯。
石今	Gîm ㄍㄧㄇ	Chiū sī chit tsàn chit tsàn ê Gîm. 就是一層一層的砛。Gîm á. 砛仔。Gîm kîn. 砛墘。Gîm Chîⁿ. 砛簷。
石介	kài ㄍㄞ	ngī, 硬，Sòe Liap chioh 小粒石。chioh ê khóan sit. 石的款式。
石斤	khin, khin ㄎㄧㄣ	khin khin khòng khòng, 斫斫硫硫，khin khin khōng khōng, 斫斫硫硫。chhia bé siaⁿ. 車馬聲。tsap tsap ê siaⁿ. 雜雜的聲。 造字

泵	tūn, ㄉㄨㄣˊ,	ta chióh kè tsúi。tsúi tōng chióh ê sian。ēng Sian ùn tsúi。 乾石過水。水撞石的聲。用袮搵水。
砑	Gā, ㄧㄚˋ,	chióh Lún。kng kut ê chióh thâu，súi ê chióh thâu，Lún tsóa á sī Pò hō i kng。Gā Kng。 石碖。光滑的石頭，媄的石頭，碖紙或是布互它光。砑光。
砣	tâm, ㄉㄢˋ,	tâm á iû，chiū sī chit khoán iû。tâm á ka。Sek tī o o，hiān tāi kong，Lék chheng。 砣仔油，就是一款油。砣仔膠。色緻黑黑，現代講，瀝青。
造字		借冘偏音成字。
砶	táu, ㄉㄡˇ,	Chhīn tau chióh，chiū sī chit khoán chióh ê mîa。hoa kong chióh ê chit chióng。 青砶石，就是一款石的名。花剛石的一種。
造字		借斗字成字

五畫

呰	Chē, ㄐㄧㄝ,	Piáu keng，ui Lî Pa ê khoán Sit，chhat iān chē á，iān chē。 婊間，圍籬笆的款式。賊營，呰仔，營呰。
砥	chí, tí, ㄓˇ, ㄉㄧˇ,	bôa chióh，Pîn pîn。tí Lē，bôa Liān。tí chióh。 磨石，平平。砥礪，磨鍊。砥石。
砫	tsú, ㄓㄨˋ,	chiū sī tsong bio ê chióh thiāu。chióh tsú。 就是宗廟的石柱。石砫。
砬	Lip, ㄌㄧˋ,	chióh ê sian，chióh oē chē tit tók iòh。 石的聲，石能煮得毒藥。
砢	khó, ㄎㄜˇ,	tsōe tsōe sòe tè chióh ê khoán Sit。tiong Pān ê Gėk，tsúi ê mîa，Lûi khó khe。Lûi khó。 多多小塊石的款式。中版的玉，水的名，壘砢溪。磊砢。
砰	Pheng, ㄆㄥ,	chióh ka Lauh ê Sian。Chhin chhiūn tân ê Sian Pheng Pheng，Pheng Pōng。Pheng jiân jû Lûi 石磕落的聲。親像雷戰的聲，砰砰，砰磅。砰然如雷
砲	Phàu, ㄆㄠˋ,	tsāi tsá sī hīn chióh ê khì khū。hiān sī sī tōa m̂ng chhèng，tōa Phàu。Pàng Phàu。 在早是抒石的器具。現時是大門銃，大砲。放砲。
砭	Pián, ㄅㄧㄢ,	chióh chiam，i Pīn Lâng ēng chióh chiam Lâi ui。Pián kù 石針，醫病人用石針來挖。砭灸
破	Phò, Phòa, ㄆㄛˋ, ㄆㄨㄚˋ,	Pāi hoāi，thiah Lih，Piak khui，Phah Phòa。Phò hoāi。Phò sán。Phò hui。Phò kong。 敗壞，折裂，爆開，打破。破壞。破產。破費。破功。
		Phòa nōa。khòan Phòa hông tîn。Phòa Sàm。Phòa chhùi。Phòa tsâi。Phòa àn。 破爛。看破紅塵。破衫。破碎。破財。破案。
砣	tô, ㄊㄨㄛˊ,	hiat tsng tsòe Pá hì，Lián Lûn chióh，chióh tsng。tô chí，chhin thûi。 挦磚做把戲，碾輪石，石磚。砣子，秤錘。
砠	tsu, ㄐㄩ,	chióh kap thô chham tsāp ê Soan。Phái kian，tsó tòng，tsó keh，tsó ngāi ê ì sù。 石與土參雜的山。歹行，阻擋，阻隔，阻礙的意思。
砵	Poat, ㄅㄨㄚˋ,	tóe chiah mih ê khì khū。Pôan ê khoán Sit。kap 鉢 Sio Siāng ì sù。 貯食物的器具。盤的款式。與鉢相同意思。
砵	áu, àu, ㄧㄠˇ, ㄧㄠˋ,	thô bīn ū chióh thâu á iā bô Pîn。 土面有石頭仔也無平。
砱	Lêng, ㄌㄧㄥˊ,	chióh khang khui bêng。chióh ê Sian。 石孔開明。石的聲。
砧	Chim, tim, tiam, ㄓㄣ, ㄉㄧㄣ, ㄉㄧㄢ,	Sóe Sān Phah Sān ê chióh tún。thih tiam。Chhì khùi Lat ê chióh。Chióh tiam，tsoh Sit 洗衫拍衫的石砸。鐵砧。試氣力的石。石砧，作穡
		Lâng，tó chhau ê chióh，tsām，kòng，ê chióh。Chim kut，hī khang thian kut ê chit hāng。 人，擣草的石，斬，摃，的石。砧骨，耳孔聽骨的一項。
砳	Ló, Lô, ㄌㄨㄛˇ, ㄌㄨㄛˋ,	chióh Liap á thang tsòe chìn，ēng Soh Pák chióh á Lâi hīn 石粒仔可做矢，用索縛石仔來抒
砯	Pheng, ㄆㄥ,	tsúi San chhiāng chhut Soan Giâm ê Sian。Pheng Pheng。 水相衝出山巖的聲。砯砰。
砸	tsat, ㄗㄚˊ,	Phah，á sī kòng。tōng mih ê Sian，tûi hō i chhùi chhùi。tsat chhùi。tsat Sí。 打，或是摃。撞物的聲，槌互它碎碎。砸碎。砸死。
砦	chhu, ㄘㄨ,	chiū sī n̂g chióh ê ì sù。chhu n̂g chióh。 就是黃石的意思。砦黃石。
砧	kó, ㄍㄨˇ,	hia tsúi ê khì khū tê kó。tâng tê kó。chiú tê kó。Ló kó chióh。Ló kó Chióh， 焚水的器具，茶砧。銅茶砧。酒茶砧。砳砧石；砳砧石，
		Sī San hô chiau ê chióh thâu。tī hái Pīn ê chhù，khí chhiūn Piah ê Lō ēng。 是珊瑚礁的石頭，佇海邊的厝，起牆壁的路用。

【砳】Siauh, Siauh", Siauh, Chū sī mih Phah Phòa ê sian. Siauh chit ē. Siauh chit ē.
ㄒㄧㄚㄨㄏ, ㄒㄧㄚㄨㄏ, ㄒㄧㄚㄨㄏ, 就是物打破的聲。砳一下。砳一下。

造字 借乃的偏音成字。

補3畫 【矽】Sek, chit khóan chiòh thâu ê mîa. Sek Gân. Sek, chit chióng hòa hak Gôan Sò. Sek Sia.
ㄕㄝㄎ, 一款石頭的名。矽岩。矽, 一種化學元素。矽砂。
Sī Chè tsò Po Lê ê tiōng iàu Gôan Liāu.
是製造玻璃的重要原料。

六畫

【硃】tsu, tōa Liàp koh âng ê Soa, Gûn tsu, âng bak, tsu Se. tan Se. tsu Phoe, tsu Pit.
ㄗㄨ, 大粒閣紅的砂, 銀硃, 紅墨, 硃砂。丹砂。硃批, 硃筆。

【硎】hêng, Soa" kok ê mîa, Soa" kok tiong ng, un Sio ê só tsāi, tī chiòh.
ㄏㄧㄥ, 山谷的名, 山谷中央, 溫燒的所在; 砥石。

【硍】hān, khùn, chiòh ê sian, chiòh ū hà hûn ê ì sù. Lûi ê Sian, Lûi khùn. Cheng hiáng ê Sian, hān.
ㄏㄢ, ㄎㄨㄣ, 石的聲, 石有瑕紋的意思。雷的聲, 雷硍。鐘響的聲, 硍。
Gîn Gîn tsu, Chhiah Sek ê Gân Liāu.
硍硃, 赤色的顏料。

【硈】khiát, chiòh ê khóan, tēng, kiān tsòng. tōe thong chhut, tsap chhùi ê thô chiòh. kham khiát.
ㄎㄧㄚㄊ, 石的款, 碇, 建壯。地坑出, 雜碎的土石。嵁硈。

【硌】Lòk, Soa" téng ê tōa chiòh. Soa" bô Chháu bák tsōe tsōe chiòh, Lòk chiòh. tiong Pān ê Gék.
ㄌㄛㄎ, 山頂的大石。山無草木, 多多石, 硌石。中瓪的玉。

【硇】Lâu, iòh ê mîa, Lâu Se. ū tōk. Sī kang Giap iong ê Gôan Liāu.
ㄌㄠ, 藥的名, 硇砂。有毒。是工業用的原料。

【硄】Sian, chiòh ê ì sù, tiong Pān ê Gék. kap 玉先 Sian khóan.
ㄒㄧㄢ, 石的意思, 中瓪的玉。与玉先同款。

【硐】tông, bôa, Lōe ê ì sù. tūi Lòh. ēng to thong tek Lâi tsòe Phiâ á.
ㄉㄨㄥ, 磨, 鑢的意思。墜落。用刀通竹來做箭仔。

【硏】Gian, Gián, Gian, Géng, kàu khám, bôa, tsúi mîa, Gian Chhoan. Géng chhùi. Géng boáh.
ㄍㄧㄢ, 到坎, 磨, 水名, 硏川。硏碎。硏末。
ngái, Geng Lûn. Kng kút ê chiòh, chioh hīn chiòh, Gián. Gián, Gián kiù, chhim jip Su khó.
ㄥㄞ, 硏輪。光滑的石, 石硯石, 硏。硏, 硏究, 深入思考。
Gián thó, thàm thó. Gián Sip, hak Sip. Géng Piah. Géng tsô. Géng thûi. Géng chiòh.
硏討, 探討。硏習, 學習。硏壁。硏槽。硏槌。硏石。

補4畫 【研】Gian, Gián, Giân, Géng, kap 硏 jī Sio Siâng. ngái iu ngái Phòa.
ㄍㄧㄢ, 与硏字相同。研幼。研破。

【硆】Gap, khap, khām, chiòh ê khóan Sit, chiòh ê mîa, Gap chiòh. khap chiòh. khām, khām tiòh.
ㄍㄚㄆ, ㄎㄚㄆ, ㄎㄚㄇ, 石的款式, 石的名, 硆石。硆石。硆, 硆着。
khām oá. Sa" khām, khām Lâi khām khì.
硆倚。相硆, 硆來硆去。

【硦】hong, hông, chiòh Sa" khap ê sian.
ㄏㄨㄥ, 石相磕的聲。

【㔿】Liók bôa to, bôa to kàu Lāi ê ì sù.
ㄌㄧㄛㄎ 磨刀, 磨刀到利的意思。

【硉】Liók, Lút, chiòh thóng chhut bô ún bát ê khóan, Soa" chiòh tè tsúi Lâu ê khóan.
ㄌㄧㄛㄎ, ㄌㄨㄊ, 石坑出無隱密的款, 山石隨水流的款。

【硓】Ló, Ló, Ló kó chiòh, Ló kó chiòh, San hô chiau ê chiòh thâu. tī Phî ô ū chin tsōe Ló kó chiòh
ㄌㄛ, ㄌㄛ, 硓砧石, 硓砧石, 珊瑚礁的石頭。佇澎湖有真多硓砧石
khí ê chhù kap chhiû" thâu á.
起的厝與牆頭仔。

七畫

【硨】chhia, tiong Pān ê Gék, chhia, chhin chhiū" chhia kû Gék. chhut tī thian tiok kok.
ㄑㄧㄚ, 中瓪的玉, 硨。親像硨磲玉。出佇天竺國。

【硤】hiáp, ô Pak Séng ko tsá Sian ê mîa. hiáp chiòh, hiáp chiu.
ㄏㄧㄚㄆ, 湖北省古早城的名。硤石, 硤州。

【硜】keng, kheng, khin, khin, keng, kheng, chiòh thâu ê sian. ngī, tēng. bô Lō ēng.
ㄍㄧㄥ, ㄎㄧㄥ, ㄎㄧㄣ, ㄎㄧㄣ, 硜, 硜, 石頭的聲。硬, 碇。無路用。
khin khin khōng khōng chhia bé ê sian. khin khōng chhia kiân ê sian.
硜硜硡硡, 車馬的聲。硜硡, 車行的聲。

【硞】khak, khok, khòk, chiòh ê sia". tsúi tōng tio̍h chio̍h ê sia". Gûi hiám bô pî" ê khóan sit.
ㄎㄚㄎ, ㄎㄛㄎ, ㄎㄛˋㄎ, 石的聲，水撞着石的聲。危險無平的款式。
khok khok kiò, ngī tú ngī ê sia". khok khok tiò, khok khok thiàu.
硞硞叫，硬抵硬的聲。硞硞跳，硞硞跳。

【硠】Lông, chio̍h ê sia", chio̍h sio phah. Lûi tân tōa sia".
ㄌㄛˊㄥ，石的聲，石相打。雷歎大聲。

【硫】Liû, jiû, Phā" ê chio̍h ǹg sek, oē tsòe tit io̍h. jiû ǹg. Liû hông. Liû Sng. Sī chit khóan kióng ê sng.
ㄌㄧㄡˊ, ㄖㄧㄡˊ, 有的石黃色，能做得藥。硫磺。硫磺。硫酸。是一款強的酸。

【硭】bông, chit hō ê thô, á sī nî Pân chio̍h, oē kek tit Phok siau. bông siau.
ㄅㄛˊㄥ，一號的土，或是泥板石，能氣得朴硝。硭硝。

【硪】Gô, ngó, ngô, Soa" Giâm, chio̍h thâu Soa" Giâm. Chio̍h kham khiat ê ì sù. Chio̍h khang, chio̍h khut.
ㄫㄛˊ, ㄫㄛˋ, ㄫㄛ, 山巖，石頭山巖。石嵁硈的意思。石孔，石窟。

【硝】Siau, Sa, kian tēng ê chio̍h, thàu bêng ê khòng but, oē tsòe tit Po Lê, hé io̍h, kang Giap
ㄒㄧㄠ, ㄕㄚ, 堅碇的石：透明的礦物，能做得玻璃，火藥，工業
Gôan Liāu. Siau Sng, chit chióng kek kióng ê sng. iâm sa chiū sī io̍h ê miâ.
原料。硝酸，一種極強的酸。塩硝就是藥的名。

【硰】chhò, chiū sī chhùi chhùi ê chio̍h.
ㄘㄛˋ，就是碎碎的石。

【硯】hiān, hī", kut kut ê chio̍h, Géng, bôa, bôa bak ê hī", Siāh hī". hiān tâi. hiān tî.
ㄏㄧㄢˋ, ㄏㄧˋ, 滑滑的石，研，磨，磨墨的硯，石硯。硯臺。硯池。

【硬】Gēng, kēng, ngī, kian tēng, tēng. Giâm ngī. kióng ngī. kian ngī. Gēng tsúi, chí khòng
ㄫㄝㄥˋ, ㄍㄝㄥˋ, ㄫㄧˋ, 堅定，碇。巖硬。強硬。堅硬。硬水，指礦
ngē, but chit tsòe ê tsúi. kēng hòa, mi̍h sit khì oa̍h sèng. ngī nńg. ngī tú ngī. ngī sèng.
ㄫㄝ，物質多的水。硬化，物失去活性。硬軟。硬抵硬。硬性。

【确】khak, kak, chio̍h tōe, Soa" tsōe tsōe chio̍h, khau khak. kian teng koh chiā". Soa" ê hāng á.
ㄎㄚㄎ, ㄍㄚㄎ, 石地，山多多石，磽确。堅定偶正。山的巷仔。

【硿】khòng, koāi" kē bô Pî" ê khóan sit. kiau khòng.
ㄎㄛˋㄥ，高低無平的款式。磽硿。

【硩】thiat, chio̍h tiong ê hé. tîm, Ēng Chio̍h á tîm chiáu á siū hō͘ i Phái".
ㄊㄧㄚㄊ，石中的火。抌，用石仔抌鳥仔巢互它壞。

khiah, ㄎㄧㄚㄏ 【硴】khiauh, ta khiauh khiauh, chiū sī chin ta ê ì sù. kú bô Lo̍h hō͘, chhân hn̂g ta khiauh khiauh.
ㄎㄧㄠㄏ，乾硴硴，就是眞乾的意思。久無落雨，田園乾硴硴。

造字 借却的偏音成字。

【硦】Lòng, kòng Lòng Phòa. chiū sī kòng Phòa ê ì sù. Lòng Phòa oá". Lòng Phòa Po Lê. Lòng Phòa kiàn".
ㄌㄛˋㄥ，摃硦破。就是摃破的意思。硦破碗。硦破玻璃。硦破鏡。

造字 借弄音成字。

補6畫 【硅】ke, kui, Sek ê kū miâ. ke soa, hâm Chio̍h eng Sêng hun ê tsòe Po Lê ê Gôan Liāu.
ㄍㄝ, ㄍㄨㄧ, 矽的舊名。硅砂，含石英的成分的做玻璃的原料。

八畫

【碁】ki, kî, ki tóe, tī ê tóe thang oá khò ê. tōe ki. kî, Siat kau chiàn ê kio̍k, kiâ" kî. ûi kî. chhiū kî.
ㄍㄧ, ㄍㄧˊ, 碁底。佇下底可依靠的。地碁。碁，設交戰的局，行碁，圍碁，象碁。

【碕】kî, khi, khiau ê hōa", tn̂g tn̂g chhu chhu, kiā a, Gîm kiā. khi, Soa" Lō͘ kham khiat, bô Pî",
ㄍㄧˊ, ㄎㄧ, 曲的岸，長長趖趖，崎仔，硶崎。山奇，山路嵁硈，無平，
Gûi hiám, khi khu, Lō͘ Phái" kiâ".
危險。碕嶇，路歹行。

【硿】khong, Chhi" io̍h chio̍h, chhut tī kōe khoe ê só tsāi. Chio̍h Siak Lo̍h ê sia".
ㄎㄛㄥ，青藥石，出佇會礦的所在。石抄落的聲。

【碌】Lio̍k, Lo̍k, chio̍h tōe kham khiat, bô Lō͘ ēng, Lo̍k Lo̍k iông tsâi. tsū khiam ê oē. Lô Lo̍k. bông Lo̍k.
ㄌㄧㄛㄎ, ㄌㄛㄎ, 石地嵁硈。無路用，碌碌庸才。自謙的話。勞碌。忙碌。
tio̍h bôa, thoa boa. bô sî êng, khîn hun tsòe kang.
着磨，拖磨。無時閒，勤奮做工。

【碖】Lûn, Lūn, chio̍h, Chio̍h Poa̍h Lo̍h ê khóan sit. chio̍h Lûn, Lûn chio̍h, kó tsá ēng kng bīn ê chio̍h
ㄌㄨㄣˊ, ㄌㄨㄣˋ, 石，石跋落的款式。石碖，碖石，古早用光面的石
Lâi ap bôa tsóa á sī Pò hō͘ Pî". hiān kim ēng kun tâng. Lûn Pî".
來壓磨紙或是徑平。現今用滾筒。碖平。

【碍】Gāi, Gio̍h, khòng kū, tsó tòng, nôa tsa̍h, kha̍p tio̍h, Siong hāi, tsó Gāi, kòa Gāi, Gāi sū, Gāi ba̍k.
ㄫㄞˋ, ㄫㄧㄛㄏ, 抗拒，阻擋，攔截，磕着，傷害，阻碍，掛碍，碍事，碍目。

Gāi chhiú Gāi kha, tìn kha tìn chhiú ê ì sù。Gāi Gióh, thiaⁿ Liáu put chí Gāi Gióh。
碍手碍脚，鎮脚鎮手的意思。碍碍，聽了不止碍碍。

硼 Pêng, Phêng, Pâng, Chióh mîa。Pang, Pêng se, Pâng se, Phêng se, Phêng sng, sī ióh mîa。
ㄆㄥˊ, ㄆㄥˊ, ㄅㄤ, 石名。硼，硼砂，硼砂，硼砂。硼酸。是藥名。

碑 Pi ㄅㄟ; khiā teh ê chióh pâi。chiū sī chióh pi。kì liām pi。bōng pi。pi bûn
豎的的石牌。就是石碑。記念碑。墓碑。碑文。

碆 Pho, ㄆㄛ; chióh chhin chhiūⁿ hé chióh ê khoán sit。
石親像火石的款式。

碎 chhùi, Sùi, ㄙㄨㄟˋ, ㄕㄨㄟˋ; Phòa iù iù。Sì sòaⁿ, sap sap。chhap tsap。chhùi chhùi, só chhùi。Phò sùi。Só sùi。
破幼幼。四散，屑屑。囃雜。碎碎，瑣碎。破碎。瑣碎。

碏 tàp, thap, ㄉㄚˊ, ㄊㄚˋ; chiū sī ēng kha tah tùi lâi cheng bí ê ì sù。
就是用脚踏碓來舂米的意思。

碇 tèng, tiaⁿ, tēng, ㄉㄧㄥˋ, ㄉㄧㄚˋ, ㄉㄧㄥ; ēng chióh thâu lâi teh tsûn tiaⁿ tiaⁿ bōe kiaⁿ。hā tiaⁿ, Pha tiaⁿ。Lóh tiaⁿ。
用石頭來壓船徛定定袂行。下碇，抛碇。落碇。
tōa tiaⁿ, thoa tiaⁿ, chhián tiaⁿ, sóa tiaⁿ。tēng pók。tēng, kian tēng ê ì sù, nńg ê sio hóan。
大碇，拖碇，淺碇，徙碇。碇泊。碇，堅定的意思。軟的相反。
tēng tēng。Chióh thâu tēng。thâu khak tēng hó io chhī。
碇碇。石頭碇。頭殼碇好育飼。

碏 Chhiok, sek, ㄑㄩㄝˋ, ㄒㄧˋ; Lâng ê mîa, oē tāi hu chióh chhiok。Chióh ū tsap sek。tsó Gāi。kiong kèng。
人的名，衛大夫石碏。石有雜色。阻碍。恭敬。

碓 tùi, ㄉㄨㄟˋ; cheng bí ê khì khū, tùi khū, tsúi tùi, tah tùi。
舂米的器具，碓臼，水碓，踏碓。

碗 oán, oáⁿ, ㄨㄢˇ; ēng hûi tsòe ê khì khū, oáⁿ pôaⁿ。kūn tāi kang giáp hoat tát, ū chhâ oáⁿ, Peh thih oáⁿ。
用磁做的器具，碗盤。近代工業發達，有柴碗，白鐵碗。
Sok ka oáⁿ。kim Png oáⁿ。thâu khak oáⁿ, bák chiu oáⁿ, Phêng oáⁿ, oáⁿ bō, kha thâu oáⁿ。
塑膠碗。金飯碗。頭殼碗，目睭碗，秤碗，碗帽，脚頭碗。

碔 bú, ㄨˇ; Pó chióh, chhin chhiūⁿ Phek Gek。tsóng sī bô hiah tēng, hiah kim。
寶石，親像碧玉。總是無彼碇，彼金。

碒 Gîm, khím, koāⁿ soaⁿ, ㄧㄣˊ, ㄎㄧㄣˇ; chhim hiám, saⁿ chiap sòa ê khoán sit。Gîm kìⁿ。
高山，深險，相接續的款式。碒屹。

碁 hōan, ㄏㄨㄢˋ; chhiū nā ū chióh, chhim hn̄g ê khoán sit。
樹林有石。深遠的款式。

碾 tèng, ㄉㄧㄥˋ; bôa, chhè, Lòe, that ê ì sù。
磨，刷，鑢，塞的意思。

硾 tūi, ㄓㄨㄟˋ; tāng tāng teh tiàu, Phah, ēng chióh thâu lâi tūi。
重重的吊，打，用石頭來硾。

碉 tiau, ㄉㄧㄠ; chióh khí ê chhù, hiuⁿ siā ê tìn, khí lâi tí hông chhat khò, tiau pó, tiau lâu。
石起的厝，鄉社的鎮，起來持防賊寇，碉堡，碉樓。

椓 tok, ㄉㄨㄛˋ; Chiū sī phah ê ì sù。Phah chióh, tok bôa。
就是打的意思。打石，椓磨。

碰 a, ㄚ; thap ê tōe, tōe bīn bô pîⁿ。kham kham khiát khiát。oe a
塌窩的地，地面無平。嵁嵁碣碣。石碨碰。

磖 sau, sa, ㄙㄠ, ㄙㄚ; hâm sau, ū pit bô phòa ê ì sù。sau sau, chhin chhiūⁿ soa chhiau tsúi bô liâm,
磯磖，有比無破的意思。磖磖，親像砂摶水無粘，
bô tau sau。hâm sau hūi nāi khok。háng sau, háu sau, sau siaⁿ, bô siaⁿ ê ì sù。
無兜磖。磯磖磁耐硞。哄磖，吼磖，磖聲，無聲的意思。
=hah sa, hah sau。chhâ tháng hah sa siap tsúi。
喝磖，喝磖。柴桶喝磖洩水。

九 畫

碁 Chim, tiam, ㄐㄧㄣ, ㄉㄧㄢ; chióh tún, thih tiam, soaⁿ ê khoán sit, chim gók。chióh tiam。kap Siāng khoán
石碪，鐵砧，山的款式，碪礐。石碪。与砧同款。

磈 tūi, ㄉㄨㄟˋ; tūi lóh, tūi koâiⁿ [illegible] lóh kē, ka lauh。
磈落，對高[illegible]落低，磕落。

碝 joán, loán, ㄖㄨㄢˇ, ㄌㄨㄢˇ; tiong pān ê gek。peh ná peng ū tām póh âng sek。
中板的玉。白如水有淡薄紅色。

碣 kiát, ㄐㄧㄝˊ; tiāu tì khiā teh ê chióh, chióh hn̂g, ĩⁿ thâu ê pi。pi kiát。tang hái ū chióh kiát soaⁿ。
特持豎的的石，石坊，圓頭的碑。碑碣。東海有石碣山。

碯 Ló, ㄌㄠˇ; Chhù gek, ló, chiū sī bé ló。kap 王囟 siang khoán
次玉，碯，就是瑪碯。与王囟同款

碧 Phek, ㄅㄧˋ; chhiⁿ sek chióh, gek ê lūi, jī sìⁿ Phek。Phek gio̍k。liók phek chí eng。
青色石，玉的類。字姓碧。碧玉。綠碧紫英。

碕 hauhⁿ, ㄏㄜˊ; ngī hauhⁿ, sī pòaⁿ chhiⁿ sek hauhⁿ hauhⁿ bô nōa。han tsû bô sek hauhⁿ hauhⁿ。
硬碕，是半生熟碕碕無爛。番薯無熟碕碕。

碰 Phêng, Phōng, tong tióh, Sa" tīng thâu, Sa" Phêng thâu, Phêng bīn。Phōng thâu。Phōng tióh。Phōng ūn khì。chiáh Phōng teng。Phōng Phê, Phōng Phā。
ㄆㄥˋ,ㄆㄛˋ,撞着,相撞頭,相碰頭,碰面。碰頭。碰着,碰運氣。食碰釘。碰皮,碰疱。

碩 Sėk, ㄕㄜˋ; Chiū sī tōa, Sėk tāi。Chhiong móa ê ì sù。Phok sėk。hàk ūi, ū Phok sū, Sėk sū, hak sū。
就是大,碩大。充滿的意思。博碩。學位,有博士,碩士,學士。

碭 tōng, ㄉㄤˋ; hoe hoe ê chióh。Soa" mîa, bong tōng San。khòng tōng, Péh khì ê khóan Sit。
花花的石。山名,芒碭山。沆碭,白氣的款式。

碟 siát, tiáp, tih, ㄒㄧㄝˋ,ㄉㄧㄝˊ,ㄉㄧˊ; Siát, chiū sī hoán Sit Phê ê ì sù, tī Phê。tiáp, Sòe tè Phiat á, Sòe tè Poâ" á, oá" tiáp, tāu iû tih á, tih á。tê tih。Poâ" tih。au á thâu tih á。
碟,就是攀生皮的意思,治皮。碟,小塊碗仔,小塊盤仔,碗碟,豆油碟仔,碟仔。茶碟。盤碟。甌仔疊碟仔。

碡 tók, ták, ㄉㄨˊ,ㄉㄚˊ; tsoh chhân ê khì khū, ēng Lâi kāi chhân hō· ī Pî"。nâ ták, Lâ tah, Phah nâ ták。
作田的器具,用來整田使它平。碌碡,磟碡,打磟碡。

碫 thòan, ㄊㄨㄢˋ; chit hō khah chho· thang bôa to ê chióh。Lû chiam tê。kim kng Soa。
一號較粗可磨刀的石。鑪針茶。金鋼砂。

碨 oe, ㄨㄟ; chióh khâm khiat ê khóan sit。Chióh bô Pî" ê ì sù。oe Lûi。oe a
石嵔碨的款式。石無平的意思。碨礧。碨砐。

碦 khek, ㄎㄜˋ; chiū sī chióh têng têng ê ì sù。
就是石碇碇的意思。

碍 Gók, ㄜˋ; thiáp chióh bô tsāi Gûi hiám ê khóan Sit。
疊石無在危險的款式。

碢 o, ㄛ; Pe tsng tsòe hì, Lûn chióh á ê ì sù
飛磚做戲,碖石仔的意思。

磆 eng, hông, ㄥ,ㄏㄨㄥ; chióh Sa" khap tióh ê sia"
石相磕着的聲

碈 bîn, ㄇㄧㄣˊ; hoe hoe ū hûn ê tāi Lí chióh khah Pêng Siông ê。
花花有紋的代理石。較平常的。

碥 Pian, ㄅㄧㄢ; teh beh chiū" chhia táh chióh。chhā kín kín tó Lóh ê ì sù。
咧也上車踏石。柴緊緊倒落的意思。

碡 tô, ㄊㄛˊ; tìm tsng á Lâi thit thô。Lìn chióh ê ì sù。Pe tsng hì。
抌磚仔來迌迌。攎石的意思。飛磚戲。

嵒 Gâm, Giâm, nâ, ㄧㄢˊ,ㄧㄢˊ,ㄋㄚˊ; chhim chhim, Gûi hiám, soa" Giâm, Soa" Gâm, Leng nâ, châm Gâm。kap Gâm tōng
深深,危險,山嵒,山嵒,山菱嵒,巉嵒。与巖同。

碱 kiâm, ㄐㄧㄢˇ; kap Siāng ì sù。Sio kiâm, kėk kiong ê ki", tī kang Giáp iōng tô chin tōa, ēng iâm hun kái Piàn chiâ" iâm sng kap kiâm。oē khì iû káu hō· mih nōa。
与鹼同意思。燒碱,極強的鹼,佇工業用途真大,用塩分解,變成塩酸及碱。能去油垢,使物爛。

碿 Sóa, ㄕㄚˇ; Sóa kak chiū sī chit hō têng ê chióh, oē thang Sio tsòe chiâ" he, he sóa
碿硈,就是一號碇的石,能可燒做成灰,灰碿。

造字 借要成字。

碃 chhip, ㄑㄧˋ; tê kó· chhip, tê chhip, jiō tháng á chhip, hîa" tsúi ā sī Pàng jiō tī kàu khah tiâu tī tê kó·, jiō ōe ê tái。sī chit chióng chióh he chit。o· chhip, tsûn tóe si" chhip chiū sī tsûn ê kian ê mih。
茶砧碃,茶碃,尿桶仔碃,焚水或是放尿致到瘠跳佇茶砧,尿壺的滓。是一種石灰質。黑碃,船底生碃就是船下凝的物。

造字 借咠字成字碃屬石灰質順理成章音義完整。

碷 tún, ㄉㄨㄣˋ; chióh tún, bō á tún, chit tún bō á, téng tún, ē tún, chiah tōa tún, Sòe tún。
石碷,磨仔碷,一碷磨仔,頂碷,下碷,即大碷,小碷。

造字 成為碷必須重疊在,負重載的,音義皆備。

補8畫 碘 tián, ㄉㄧㄢˇ; hòa hák Gôan sò chi it。ióh mîa, tián chiú, tsòe Siau tók Siau iâm ê Lō ēng。
化學元素之一。藥名,碘酒,做消毒消炎的路用。

十畫

磆 kut, ㄍㄨˊ; kut chióh, kut chióh。ióh mîa。chióh thang tsòe khì khū。
滑石,磆石。藥名。石可做器具。

硡 hông, kiong, chio̍h hia̍t Lo̍h ê sian. Chiū sī chio̍h Poa̍h Lo̍h ê sian.
ㄏㄜㄥ, ㄍㄧㄜㄥ; 石墜落的聲。就是石跋落的聲。

磑 ūi, bôa, tsòe mi̍h hō i iû iû ê khì khū. chio̍h bō. Géng bō. tián ūi.
ㄨㄟ; 磨, 做物互它幼幼的器具。石磨。研磨。碾磑。

確 khak, chio̍h thóng chhut, tēng. chhiat sit, tek khak, khak sit. khak tēng. khak jīn. Cheng khak.
ㄎㄚㄎ, 石坑出, 石碇。切實, 得確, 確實。確定。確認。正確。

磕 khap, khàp, ka, tó khap, Chiàn khap. khàp tio̍h, Saⁿ khap, Saⁿ khap ê sian, khap chih, khap thâu
ㄎㄚㄆ, ㄎㄚㄆ, ㄍㄚ; 倒磕, 正磕。磕着, 相磕, 相磕的聲, 磕折, 磕頭。
Chio̍h thâu Sio khàp. ka Lauh, Phah ka Lauh Chiū sī mi̍h ka Lauh ê ì sù.
石頭相磕。磕落, 打磕落。就是物磕落的意思。

磊 Lúi, tsōe tsōe chio̍h tsòe tui. khóng khài, hô kia̍t, chio̍h Lúi. Lúi Lo̍h, Sim tōe kng bêng.
ㄌㄨㄟ; 多多石做堆。慷慨, 豪傑, 石磊。磊落, 心地光明。

碼 má, bā, bé, Gék Lūi ê chio̍h, má Lō. niū tāng ê tô chí. kì Siàu ê hō, hō bé. bit mā.
ㄇㄚ, ㄅㄚ, ㄅㄝ, 玉類的石, 碼碯。量重的鉈子。記數的號, 號碼。密碼。
bé chí, kè má, tsûn thau Pō, bé thâu. Chhio̍h tō ê mîa, 3 Chhio̍h 1 hun 8 Lí tsòe 1 bā.
碼子, 價碼。船頭埠, 碼頭。尺度的名, 三尺一分八厘做一碼。

碾 Lián, tián, khoeh mi̍h ê chio̍h Lûn. chio̍h Lûn, Chio̍h Lián, hiān tāi kóng kún tāng Lûn á. Chhia Lián
ㄌㄧㄢ, ㄉㄧㄢ, 夾物的石碖。石碖, 石碾, 現代講滾筒, 碖仔。車碾。
Géng mi̍h ê khì khū, tián bôa ki. tián Lō ki. Lián bí ki.
研物的器具, 碾磨機。碾路機。碾米機。

磐 Poân, Phôan, Poāⁿ tōa tè chio̍h, an ún, kian kò, Poân Chio̍h. Chio̍h Poāⁿ. khoah tōa, kiat Liân,
ㄆㄨㄢ, ㄆㄨㄢ, ㄆㄨㄚ 大塊石。安隱, 堅固, 磐石。石磐。闊大, 結連,
Phôan Gâ. Phôan Po̍k. thiāu Poāⁿ, ēng chio̍h chha̍k chiaⁿ ēng Lâi chhai thiāu.
磐牙。磐礴。柱磐, 用石鑿成用來在柱。

磅 Pōng, Phong, niû khin tāng, kè Pōng. Phêng jí, Pōng chí. chit Pōng sī 12, sī 450 kong khek
ㄅㄤ, ㄆㄤ, 量輕重, 過磅。秤子, 磅子。一磅是十二兩, 是四百五十公克
chio̍h ka Lauh ê sian, Lûi tân, Pheng Phong. khoah tōa ê khóan Phong Po̍k kóng tāi.
石磕落的聲, 雷彈, 砰磅。闊大的款, 磅礴廣大。

磉 Sóng, thiāu ē ê chio̍h, tōe ki. ki chhó ê ì sù.
ㄙㄤ; 柱下的石, 地基。基礎的意思。

石扇 Siàn, chiū sī Phah Ge̍k ê ì sù. tok Ge̍k ê mîa.
ㄒㄧㄢ, 就是打玉的意思。琢玉的名。

磄 tông, chiū sī koh iūⁿ kî koài ê chio̍h ê ì sù.
ㄉㄤ; 就是異樣奇怪的石的意思。

磌 tiân, chio̍h ka Lauh ê sian. thiāu ē ê chio̍h.
ㄉㄧㄢ, 石磕落的聲。柱下的石。

磓 tui, tūi, chek tsū chio̍h, ēng chio̍h hia̍t Lo̍h, hái éng Saⁿ kek ê ì sù. Siong tui. tūi, ēng
ㄉㄨㄟ, ㄉㄨㄟ, 積住石, 用石棄落, 海浪相激的意思。相磓。磓, 用
chio̍h thâu Lâi tūi. tāng tāng teh tiàu.
石頭來磓。重重哟吊。

磋 Chho, chiong mi̍h Lâi bôa, Lòe, chhè, kng ku̍t, bôa Lian, Gián kiù, chhit chho.
ㄘㄛ; 將物磨, 鑢, 刷, 光滑。磨練, 研究, 切磋。

磁 tsû, khip, hûi, tsû khì, Siok hûi ê khì khū. hûi á. hûi iô. Sio hûi. Sio hûi ê Chiah khīh.
ㄗ, ㄎㄧㄆ, ㄏㄨㄟ, 磁器, 屬磁的器具。磁仔。磁窯。燒磁。燒磁的食缺。
Kap tsû, hûi, Siāng khóan. tsû chio̍h, khip chio̍h. ū khip Lat, oē thang khip ín thih,
与瓷, 瓷, 同款。磁石, 磁石。有磁力, 能可吸引鐵,
kó, Giat ê kim Sio̍k. tsû Seng, tsû khì, tsû ke̍k, tsû tiûⁿ, Chí Lâm chiam,
鈷, 鎳的金屬。磁性, 磁氣, 磁極, 磁場, 指南針,
Chiū sī Lī iōng tsû tiûⁿ Siong khip Lâi chí Lâm Pak ê khì khū.
就是利用磁場相磁來指南北的器具。

磈 khúi, úi, Soaⁿ ê mîa, khúi San. Sîn ê mîa. Chio̍h Soaⁿ ê khóan Sit, Gûi hiám.
ㄎㄨㄟ, ㄨㄟ, 山的名, 磈山。神的名。石山的款式, 危險。

磒 ún, Lak Lo̍h, tūi Lo̍h, ún Lo̍h, ka Lauh ê ì sù. ún chio̍h, tùi thài khong ê chio̍h.
ㄩㄣ; 落落, 墜落, 磒落, 磕落的意思。磒石, 對太空落來的石。
碻 khak, khiauh, chio̍h thóng chhut, tēng, chhiat sit, khak sit, khak sit. tōe mîa, khak Gô Siaⁿ
ㄎㄚㄎ, ㄎㄧㄚㄏ, 石坑出, 碇, 切實, 確實, 碻實。地名, 碻磝城
khiauh, khiauh, tēng khiauh khiauh, chin tēng ê ì sù. khiauh khiauh háu, khiauh khiauh k
碻, 碇碻碻, 真碇的意思。碻碻哮, 碻碻叫。

碽 kong, Phah chio̍h ê sian, Lâng ê sìⁿ bêng tsó ê hui kong Sī
ㄍㄨㄥ; 打石的聲, 人的姓, 明祖的妃碽氏。

磔 kiat, kak, ㄍ一ㄚㄊ ㄍㄚㄎ khui, Lih, thekkut, thâi cheng sìⁿ, Pak kut。Sí hêng hong hoat, kiat sì tang mn̂g.
開，裂，剔骨，杀牲牲，剝骨。死刑方法，磔尸東門。
kák, chiū sī thiah Lih ê ì sù。Chiau háu ê Siaⁿ, Pàng Phàu ê Siaⁿ, kiat kiat。kak kak。
磔，就是拆裂的意思。鳥嗁的聲，放炮的聲，磔磔。磔磔。

礉 hek, ㄏㄜㄎ, chio̍h toē Phái", toe kùi tiōng thô bah kàu, só í chio̍h toē m̄ hó。 Chio̍h hek.
石地歹，地貴重土肉厚，所以石地唔好。石礉。

㱿 khak, ㄎㄚㄎ, Chio̍h toē, Soaⁿ tsoe chio̍h, kian tēng koh chiaⁿ。Soaⁿ ê hāng á。toē bô Pûi, khakkhak.
石地，山多石，堅定價正，山的巷仔。地無肥，磽㱿。

瑣 só, ㄙㄛˇ, kap 王貞 Siāng khóan。Chhiáⁿ chham khóaⁿ Giok Pō.
与王貞同款。請參看玉部。

磎 khe, ㄎㄝ, Soaⁿ kok tsúi Lâu ê só tsāi。tōe hō mîa, Pak Lek khe。
山谷水流的所在。地號名，北礫磎。

磏 Liâm, ㄌ一ㄚㄇˊ, chio̍h, âng Sek。tsún tsat, khiam Liâm, Liâm chiat。Liâm jîn。
石，紅色。準節，儉廉。磏節。磏仁。

磇 Pi, ㄆ一, kap Siāng ì sù, chio̍h jio̍h, Pi Sng.
与砒同意思，石藥，磇霜。

磹 thap, ㄊㄚㄆ, kha tah ê cheng khū。tōa âng thang un sio tsúi, á sī khǹg mi̍h.
脚踏的舂臼。大甕可溫燒水，或是藏物。

十一畫

嶄 chhâm, ㄑ一ㄢ, Soaⁿ kia ê khoán sit, koáiⁿ tōa Gûi hiám ê khoán。
山崎的款式，高大危險的款。

磛 Chhâm, ㄑ一ㄢ, kap teng bīn jī Sio Siāng。
与頂面字相同。

磣 Chhám, ㄑ一ㄢˇ, mi̍h bak tio̍h Soa ê ì sù。
物染着砂的意思。

磢 chhióng, ㄑ一ㄤˇ, ēng Soa á sī Pat mi̍h Lâi bôa tsòe chheng khì。
用砂或是別物來磨做清氣。

磚 tsoan, tsng, ㄗㄨㄢ, ㄗㄥ, ēng thô Lâi tsòe, chiah sio ê mi̍h, oē Pho tit thô kha kap khí chhù, tsng Piah。
用土來做，即燒的物，能鋪得土脚與起厝，磚壁。
tsng hīa。tōe tsoan。kim tsoan。Pho tsng。Sio tsng。tsng iô。kap Siāng khóan。
磚瓦。地磚。金磚。鋪磚。燒磚。磚窯。与甎同款。

磡 khàm, ㄎㄢˋ, Soaⁿ Giâm kia chhia。tōe thóng chhut tsap chhùi ê thô chio̍h。Giâm Gâi ê ē bīn。
山巖崎斜。地坑出雜碎的土石。巖崖的下面。

磬 khèng, khàn, ㄎㄥˋ, ㄎㄢˋ, Gak khì ê chio̍h, tâng khàn, cheng khàn, chio̍h khèng, Gèk khèng, Gak khì ê mîa。
樂器的石，銅磬，鐘磬，石磬，玉磬，樂器的名。

磖 Lap, ㄌㄚㄆ, mi̍h Phah Phòa ê Siaⁿ。
物打破的聲。

磠 Ló, ㄌㄛˇ, Sòe Sòe tè ê chio̍h á, Soa chio̍h。hái Pīⁿ ê chio̍h thâu。
小小塊的石仔，砂石。海邊的石頭。

磟 Liok, ná, ㄌ一ㄡˋ, ㄋㄚˊ, Chio̍h Lún, Géng chhân hō i Pīⁿ。tsòe chhân kàu Pīⁿ, Liok tók。ná tak。Pê tâm thô ê jiàu á。
石碖，研田使它平。做田到平，磟碡。磟碡。耙溜土的抓仔。

甌 au, ㄡ, kap Siāng khóan。Lim tsúi ê khì khū。chhin chhiūⁿ hûi au, tê au。
与甌瓦同款。飲水的器具，親像磁甌，茶甌。

磜 chhè, ㄑㄝˋ, chit tsàn chit tsàn ê chio̍h。kai chhè。
一層一層的石。階磜。

磨 mô, bō, bôa, ㄇㄛˊ, ㄅㄛˋ, ㄅㄨㄚˊ, ēng chio̍h Géng mi̍h, khoeh mi̍h, bôa mi̍h。Chio̍h bō。bō á。Lián bōa。
用石研物，夾物，磨物。石磨。磨仔。碾磨。
mô Liān, khó chhó。Géng chhùi, Géng bôa。bôa to。bôa bak。bôa kiàⁿ。bôa kim。
磨鍊，苦楚。研碎，研磨。磨刀。磨墨。磨鏡。磨金。

磧 Chek, ㄐㄝㄎ, bô chhut tsúi ê chio̍h Pôaⁿ。Chhián tsúi ê soa chio̍h, chek Lek。Soa bô; Soa chek。
無出水的石磐。淺水的砂石，磧礫。沙漠，沙磧。

磪 tsôe, ㄗㄨㄝ, Soaⁿ kôanⁿ kôaiⁿ, kôaiⁿ kôaiⁿ ê khóan。Si tōa tiâu ê khóan sit。tsôe Gûi。
山高高，高高的款。絲大條的款式。磪嵬。

磞 Pêng, Pheng, ㄆㄥ, ㄆㄥ, Chiū sī Phah chio̍h ê ì sù。tìm chio̍h thâu á。ún bat ê khóan。Pêng Lông。
就是打石的意思。抌石頭仔。隱密的款。磞硠。

磏 Chhiaⁿ, ㄑ一ㄚˇ, Chiū sī chio̍h thâu ê ì sù。
就是石頭的意思。

碅 khok, ㄎㄛㄎ, Chiū sī chio̍h Saⁿ khók ê Siaⁿ。
就是石相碰的聲。

磭 chhiok, Gîn, tōa chhùi tûn ê khoán sit。
ㄑㄧㄝˋ, ㄧㄣˊ, 大嘴唇的款式。

䂻 hā, chiū sī chio̍h Lih khui ê ì sù。
ㄏㄚ, 就是石裂開的意思。

磬 kheng, chio̍h thâu ê siaⁿ, tēng ngī bô lō ēng。
ㄎㄥ, 石頭的聲。硿硬無路用。

磝 Gô, ngô, Soaⁿ tsōe tsōe sòe tè chio̍h á, koâiⁿ ê só͘ tsāi chiū chhut hiān。
ㄠˊ, ㄠˊ, 山多多小塊石仔。高的所在就出現。

磤 ún, chiū sī Lûi tân ê siaⁿ。Seng eng ún kî jio̍k chin。
ㄧㄣˇ, 就是雷歎的聲。聲訇磤其若震。

䃘 Lô, Lûi, Lô, chio̍h ê ì sù。Lûi chhùi, chiū sī Lân san, tsa̍p mih ê ì sù。
ㄌㄨㄛˊ, ㄌㄟˊ, 䃘, 石的意思。䃘碎, 就是零星, 雜物的意思。

十二畫

磺 hông, n̂g, chiū sī chio̍h miâ, chit khoán Phoh chio̍h。Liû hông, jiû n̂g, io̍h ê miâ。ióng béng。
ㄏㄨㄤˊ, ㄨㄤˊ, 就是石的名, 一款樸石。硫磺, 硫磺, 藥的名。勇猛。

磯 ki, kek tsúi chhēng koâiⁿ ê chio̍h, tsúi tiong ê chio̍h, tsó͘ tòng, nōa tsa̍h。chio̍h ki。ki Pin。
ㄐㄧ, 激水湧高的石。水中的石, 阻擋, 攔截。石磯。磯濱。

磽 khau, ū chio̍h ê tōe。thô͘ Po̍h, kian tēng ngī, sán ê tōe。
ㄑㄧㄠ, 有石的地。土薄, 堅定, 硬。瘦的地。

磲 kû, tiong Pān ê Gio̍k, chhia kû Gêk。
ㄑㄩˊ, 中瓣的玉, 硨磲玉。

磷 Lêng, Lîn, Lîn, chiū sī koâiⁿ koâiⁿ ê ì sù, Lêng tsûn。tsúi Lâu koah chio̍h ê siaⁿ。Gek Pe̍h kng,
ㄌㄥˊ, ㄌㄧㄣˊ, ㄌㄧㄣˋ, 就是高高的意思, 磷峻。水流刈石的聲。玉白光,
Lîn Lîn, chio̍h Po̍h ê ì sù, Lîn, bōa jî Put Lîn。chhiah Lîn, n̂g Lîn, tsòe hoan á hé。
磷磷。石薄的意思。磷, 磨而不磷。赤磷, 黃磷, 做番仔火。

磻 Pô, Phoân, Pô, chio̍h ê miâ, chio̍h thang, Phoân khoe, kó͘ tsá thài kong tiò ê só͘ tsāi。
ㄆㄛˊ, ㄆㄢˊ, 磻, 石的名, 可做箭。磻溪, 古早太公釣魚的所在。

磴 teng, tèng, têng, chio̍h sa̍ thiap, chio̍h Liâu, chio̍h teng, hiám tsùn ê chio̍h。Soaⁿ kiⁿ ū chio̍h Pōaⁿ ê Lō͘。
ㄉㄥ, ㄉㄥˋ, ㄉㄥˊ, 石相疊, 石條, 石磴。險峻的石。山墘有石磐的路。
Gân tèng, chio̍h kiô, hiân tèng, chio̍h têng soaⁿ,
岩磴。石橋, 懸磴。石磴山,

磾 te, O͘ chio̍h, thang tsòe ní Liāu ê Lō͘ ēng, chhut tī, Lông iâ Soaⁿ。Lâng ê miâ, kim jit te。
ㄉㄧ, 黑石, 可做染料的路用, 出佇, 瑯琊山。人的名, 金日磾。

礁 Chiau, Chiâu, ta, khám bāt, tī tsúi Lāi tóe ê Gâm chio, Chiau Chio̍h, àm chiau, Lô͘ kó͘ chio̍h。
ㄐㄧㄠ, ㄐㄧㄠˊ, ㄉㄚ, 礁窟, 佇水內底岩石, 礁石, 暗礁, 硓𥑮石。
Khòa ta, khò ta, tsûn á á sī tek Pâi, sái jīp hōaⁿ tēng, khò soa ê só͘ tsāi。
洘礁, 洘礁, 船仔或是竹排, 駛入岸頂, 洘沙的所在。

礅 tun, chio̍h thang thiap khòan Lâi chē ê ì sù。Pí jû kong kiô tun, chio̍h tun。
ㄉㄨㄣ, 石可疊起來坐的意思。比如講橋礅, 石礅。

䃮 khoat, hoat chio̍h ê ì sù。
ㄎㄨㄚˋ, 發石的意思。

磞 Phêng, chiū sī khap chio̍h ê siaⁿ。khio̍k chio̍h ê ì sù。
ㄆㄥˊ, 就是磕石的聲。石昔石的意思。

磰 Siān, mih Pī Pān thang Chia̍h, tû Pâng, Siān Pâng。Pe̍h thô͘ ê ì sù, Pe̍h Siān thô͘。
ㄕㄢˋ, 物備辦可食, 廚房, 磰房。白土的意思, 白磰土。

磶 Sek, thiāu ê ê chio̍h, tōe ki ê ì sù。chhó sek。
ㄒㄧˋ, 柱下的石, 地基的意思。礎磶。

磼 tsa̍p, Soaⁿ koâiⁿ koâiⁿ khoán sit, mih Phah Phòa ê siaⁿ。tsa̍p tsa̍p。La̍p tsa̍p。
ㄗㄚˊ, 山高高的款式。物打破的聲。磼磼。磖磼。

磳 Cheng, tsōe tsōe chio̍h thau á, tī hn̂g nih。chio̍h beh ka Lau̍h ê khoán sit。
ㄗㄥ, 多多石頭仔, 佇園裡。石也磕落的款式。

礒 Giák, chho͘ Giák Giák, chiū sī chho͘ chho͘ chho͘ ê ì sù。
ㄧˊ, 粗礒礒, 就是粗粗粗的意思。

造字 借戟偏音成字。

十三畫

礎 chhó, chiū sī thiāu ê ê chio̍h, chio̍h tsu, tōe ki, ki chhó, kun thâu。chho͘ chio̍h。
ㄔㄨˇ, 就是柱下的石, 石硅。地基, 基礎。根頭。石礎石。

礐	hák, ㄏㄜˊ，	Soa" nih ū tsōe tsōe tōa ê chiōh。chiōh ê sia"。 山裡有多多大的石。石的聲。
礧	Lûi, Lūi, ㄌㄟˊ，ㄌㄟˋ，	chiōh tùi koân koân ê só͘-tsāi ka Lauh ê ì sù。ka Lauh tsōe tsōe。 石對高高的所在磕落的意思。磕落多多。
礉	hek, khau, khàu, khauh, hek, tsat, khek jī。 ㄏㄜˊ，ㄎㄠ，ㄎㄠˋ，ㄎㄠˋㄏ， khauh"	khau, khàu, chiōh bô pî" ê ì sù, ū chiōh ê tōe, 礉，實，刻字：礉，礉，石無平的意思，有石的地， Sán ê tōe。khauh, ngī khauh khauh, tēng khauh khauh, khih khih khauh" khauh"。 瘦的地。礉，硬礉礉，碇礉礉，吠吠礉礉。
礓	kiong, ㄍㄧㄛㄥ，	Sòe tè ê chiōh thâu á。Lek chiōh。 小塊的石頭仔。礫石。
礸	tám, ㄉㄚˇㄇ，	chiōh tám, ioh ê mîa, chhut tī Siok tiong。chiōh tám chiōh Lāi ū chiap, chhin chhiū" tá"。 石礸，藥的名，出佇蜀中。石礸石內有汁，親像膽。
礷	kám, ㄍㄚˇㄇ， hâm, ㄏㄚˊㄇ，	hâm sau, hâm sau hûr khah bōe phòa, chí mih kiā" pit bô phòa ê ì sù。hâm sau hûi 礷磣，礷磣瓷較袂破，指物件比較，無破的意思。礷磣瓷 khah nāi khok。chhâ tháng hâm sau oē siàp tsúi。kám, chiōh kiap, chiōh kóa。 較耐硞。柴桶礷磣能洩水。礷，石莢，石蓋。

十四畫

礞	bông, ㄇㄥˊ；	chit hō ê chhiah khiu thô, ū sî ēng tsòe ioh。chhi" bông chiōh, chhi" sek, thang tsòe ioh。 一號的赤粘土，有時用做藥。青礞石，青色，可做藥。
礙	Gāi ㄞˋ；	khòng kū, tsó tòng, nōa tsàh。hong Gāi, tsó Gāi, Gāi kha Gāi chhiú。kap 碍 Siong tông 抗拒，阻擋，攔截。妨礙，阻礙，礙腳礙手。与碍相同
礮	Phàu, ㄆㄠˋ；	tsóa tsat chhèng ioh, tiám hé oē tàn, tàn tōa Phàu, tōa Phàu。Pàng Phàu。kap 砲 Siāng khóan。 紙扎銃藥，點火能彈，彈大礮，大礮。放礮。与砲同款。
礜	ū ㄩˋ，	tok chiōh, chhut tī hàn tiong, Pe̍h sek, Lâi thau niáu chhú。 毒石，出佇漢中，白色，來毒貓鼠。
礚	khap, khàp, ka, kap ㄎㄜ，ㄎㄜˋ，ㄍㄚ，	与 石盍 Siong tông。 与石盍相同。
礤	héh" ㄏㄜˋ；	hâm héh", kap hâm sau ū sio siāng ì sù。oa" héh" héh", sī hûi pit phòa ê sia"。 礷礤，與礷磣有相同意思。碗礤礤，是瓷欲破的聲。 héh" héh" kio, héh" héh" sàu, ka sàu ê sia"。 礤礤叫，礤礤嗽，敆嗽的聲。

造字 助語詞的字，借赫的偏音成字。

十五畫

礬	hoân, ㄈㄢˊ，	khó bī ê chiōh, oē tsòe tit ioh。Pe̍h hoân, bêng hoân, hoân chiōh。Pó bit ê Phoe, hoân su。 苦味的石，能做得藥。白礬，明礬，礬石。保密的批，礬書。
礥	hiân, ㄒㄧㄢˊ，	Gûi hiám。oh tit, ngī, kong kiông。 危險。艱得，硬，剛強。
礦	hông, kóng, khòng ㄏㄨㄥˊ，ㄍㄨㄥˇ，ㄎㄨㄥˋ，	hông im, sī hông im, nn̄g jī Pún tông Gī。khòng chiōh, kóng chiōh, chiū sī kim 礦音，是礦音，兩字本同義。礦石，礦石，就是金銀 Gûn Gek tâng thih Lūi ê Goân chiōh á sī i ê Soa", khòng khi", khòng Soa"。kim khòng, mûi khòng。 玉銅鐵類的原石，或是它的山，礦坑，礦山。金礦，煤礦。
礨	Lûi, Lûi, Lūi, ㄌㄟˊ，ㄌㄟˇ，ㄌㄟˋ，	tōa tè chiōh thâu, Soa" ê khoán sit, Lûi Lo̍k。Chiōh Sa" khap, chiōh tn̄g ka Lauh ê ì sù, 大塊石頭，山的款式，礨硌。石相礚，石轉磕落的意思， Lûi chiōh。chiōh tùi koâi" ka Lauh sio khòk ê ì sù, Lûi tūi。 礨石。石對高磕落相硞的意思，礨碓。
礪	Lē ㄌㄧˋ，	chho͘ chiōh, bôa chiōh, bôa kng, tí Lē。 粗石，磨石，磨光。砥礪。
礫	Lek, ㄌㄧˋ，	Sòe tè chiōh, chiōh thâu á, tōa Liap Soa。Soa Lek, Lek chiōh, Lek Gân。 小塊石，石頭仔，大粒砂。砂礫。礫石。礫岩。
礤	chhat, ㄘㄚ；	chho͘ chho͘ ê chiōh, bôa ê ì sù。chhat bôa。 粗粗的石。磨的意思。礤磨。
礢	iông, iûn ㄧㄤˊ，ㄧㄤˋ，	khah Sòe tè ê tsng á, Pí" Pí", hē tī hia ê tóe。iûn á 較小塊的磚仔，扁扁，下佇瓦下底。礢仔。
礣	bék, biat, ㄇㄛˋ，ㄇㄧㄝˋ，	tsōe tsōe ê chiōh thâu á tī tōe bīn, tēng tēng, tsa̍t Pak。biat kài。 多多的石頭仔佇地面，碇碇，實腹。礣石介。

十六—十九畫

礱 Liông, Lông, Lâng, ㄌㄧㄥˊ, ㄌㄨㄥˊ, ㄌㄤˊ; bôa ê chioh, chioh bō, oe khoeh ê khì khū; bôa. thô Lâng, ēng tek Pán tsòe khong, Lāi bīn thūn jip chhiah khiu thô chhah tek Phìⁿ, chiâⁿ tsòe téng ē tún, sái Gû Lâi thoa, oe bôa, oe chhek á. kiò tsòe oe thô Lâng. thô Lâng keng. iā ū chioh Lâng. thô Lâng khí, thô Lâng kau, thô Lâng hī. bôa Lòe, tun kim tek khak tāi seng bôa Lòe, jîan aū chiū Lāi, to Lông.
磨的石，石磨，挨夾的器具，磨。土礱，用竹板做箍，內面填入赤粘土插竹片，成做頂下碏，駛牛來拖，挨磨，挨粟仔。叫做挨土礱。土礱間。也有石礱。土礱齒，土礱溝，土礱耳。磨鑢，鈍金得確代先磨鑢，然後就利，刀礱。

礵 Song, ㄕㄨㄤ; chiū sī Siok iòh ê Lūi, iòh mîa, Phīⁿ Sng. 就是屬藥的類，藥名，砒霜。

磗 Pòk, ㄅㄛˊ; Sio hàp, hūn hàp. Pōng Pòk, kóng khoah bû Pian ê ì sù. chhiong móa ê ì sù. 相合，混合。磅礴，廣闊無邊的意思。充滿的意思。

礶 koàn, ㄍㄨㄢˋ; Chhiūⁿ tsúi tóe mih ê khì khū, tsúi Pân. tê koàn, tsúi kòng. ūn tsúi koàn. tông 扸水貯物的器具，水瓶。茶礶，水礶。溫水礶。同鑵。

礳 mô, ㄇㄛˊ; ēng chioh Lâi khoeh, á sī bôa mih, Géng boáh. Lêng tî. ê Pún jī. 用石來夾，或是磨物，研末。淩治。磨的本字。

示 部 113

示 kî, sī, sì, kì, ㄑㄧˊ, ㄕˋ, ㄕˋ, ㄑㄧˊ; thó tōe ê sîn, tōe kî, tōe kî tsú, tōe siⁿ chhut bān mih. Lâng ê sìⁿ. thiⁿ chí tiám Lâng, sī jîn, thian Siōng sī jîn. kà sī, chí sī, kò sī, thong ti Lâng. sī ì. sī ti. sī ui. Lîan hôe sī chèng, sià sī chèng, chiū sī Lâm Sám tsòe, tì kàu hō Lâng chhiò hiān sī. chiū sī tsòe m̄ hó, m̄ tsai kiàn Siàu ê ì sù.
土地的神，地示，地示主，地生出萬物。人的姓。天指點人，示人，天象示人。教示，指示，告示，通知人。示意。示知。示威。難迴示眾，卸示眾，就是濫滲做，致到徑人笑。覘示；就是做毋好，毋知見誚的意思。

一二三畫

礼 Lé, Lóe, ㄌㄧˇ, ㄌㄧˇ; kiaⁿ tsún tsat. hòk sāi kúi sîn, chiap Làp Lâng, Lé sò, Lé Lō. ê kán Sia. 行有準節。服事鬼神，接納人；礼數，礼路。禮的簡寫。

礼 Lé, Lóe, ㄌㄧˇ, ㄌㄧˇ; 禮 ê kó jī. 禮的古字。

礽 jêng, ㄖㄥˊ; hok khì. chiū kūn. chiong chiū. 福氣。就近。將就。

祁 kî, ㄑㄧˊ; tōa, tsōe, chhiong Sēng, ûn ûn, Siông siông. Lâng ê sìⁿ, kî. 大，多，昌盛，䝆䝆，常常。人的姓，祁。
(kiat Siā 結社)

社 Siā, ㄕㄜˋ; thó tōe ê sîn, chè thó tōe ê sò tsāi, chè Siā, Siā chek. 25 ke khiā ê sò tsāi. hiuⁿ Siā. 土地的神，祭土地的所在，祭社，社稷。二十五家豎的所在，鄉社。

祀 sū, chhāi, sāi, ㄙˋ, ㄑㄧㄚ, ㄙㄚ; hiàn chè kúi sîn, nî hè, chè sū. hòk sāi sîn bêng. hòk sāi Siōng Lè. chhāi, chhāi kui jit, chhāi tèng hēng, khiā tī hia chhāi m̄ tín tāng ê ì sù. 獻祭鬼神，年歲，祭祀。服祀神明。服祀上帝。祀，祀歸日，祀釘恆，豎佇彼祀毋振動的意思。

礿 iòk, ㄧㄛˋ; chè hiàn ê mîa. hông tè chhun thiⁿ ê sî ê chè hiàn. 祭獻的名。皇帝春天的時的祭獻。

四 畫

祉 chí, ㄓˇ; hok khì, Sim ti chiok. Sêng siu, hó tiau thâu. hok chí. Siū chí. 福氣，心知足。承受，好兆頭。福祉。受祉。

祅 iau, ㄧㄠ; tōe khì hoán Pháiⁿ ê tiau thâu. iau Giat. kap. Siāng khoán. 地氣反惡的兆頭。祅孽。与妖同款。

祈 kî, ㄑㄧˊ; kîu hok khì, kî tó. ho kìo, kî kîu. ai Siong ê Sian, kî ú. kî an Sù hok. 求福氣，祈禱。呼叫，祈求。哀傷的聲。祈雨。祈安賜福。

祇 kî, ㄑㄧˊ; thó tōe ê Sîn, tōe siⁿ chhut bān mih, tōe an ún, tōa, tú hó, nā sī, ū sî. 土地的神。地生出萬物。地安穩，大，抵好，若是，有時。

祊 Pang, Peng, ㄅㄤ, ㄅㄥ; khang tī kong sū ê tōa mn̂g Lāi, hō Lâng tī hia thang chè hiàn. 䆶地佇公祠的大門內；徑人佇彼可祭獻。

殺 tāi, toat, Peng ê khì khū, tsá ê sî ēng iû Phê tiàu teh Lâi kiaⁿ Gû bé。
ㄉㄞˋ, ㄉㄨㄛˊ; 兵的器具, 早的時用羊皮吊咧來驚牛馬。

祾 kúi, chè hiàn Soaⁿ ê sîn, hok khì。Pêng an。
ㄍㄨㄟˇ; 祭獻山的神。福氣。平安。

祆 hian, koan ê tiong kan, kóng thiⁿ tsòe hian。koaⁿ ê mîa, hian Chèng。Pho Su ê Chit chióng Pài hé kàu, hian kàu。
ㄒㄧㄢ; 關的中間, 講天做祆。官的名, 祆正。波斯的一種拜火教, 祆教。

枕 tím, thím, tím thâu, thím thâu。thâu khak tím tím。thím thím。tìam thâu ê ì sù。tòm thâu
ㄉㄢˇ, ㄊㄢˇ; 枕頭, 枕頭。頭殼枕枕。枕枕。點頭的意思。枕頭。

造字 枕頭屬囗禮也。借冘字偏音成字。

五 畫

祡 chhâi, Chè hiàn thian Sîn。khim chhâi tsong kî。Pún chhâi jī in ūi chè thian, kái tsòe chhâi jī, Sio chhâi hûn Liâu, chè thian Sîn。ìn sū tsok chhâi。kap tông
ㄔㄞˊ; 祭獻天神。欽祡宗祈。本柴字, 因為祭天, 改做祡字, 燒柴焚燎以祭天神。引書作柴。与柴同。

祗 chi, tí, hok khì, kèng khiân, tú hó, tók tók。kiong kèng ê oē kù。tí chhia kūn an。tí siōng hák an。
ㄓ, ㄉㄧˇ; 福氣, 敬虔, 抵好, 獨獨。恭敬的話句。祗請近安。祗頌學安。

祩 tsú, tsong biō ê thiāu。Lâu kông。Lâu thiāu。
ㄓㄨˋ; 宗廟的柱。樓楗。樓柱。

祝 chiok, Chiù, Lâng ê Sìⁿ。Sîn chêng kiû hok, chiok hok。chiok siū。hé sîn ê mîa chiok iông。kó biō ê Lâng, biō chiok。chiok hō。Chiok Sû。ēng Phái" oē me Lâng chiù tsó。Lóe me, chiù me。
ㄓㄨˋ, ㄓㄡˋ; 人的姓。神前求福, 祝福。祝壽。火神的名, 祝融。顧廟的人, 廟祝。祝賀。祝詞。用惡話罵人, 祝詛。詈罵, 祝罵。

祓 hut, chè hiàn tû tsai ē, kiû hok khì。Sóe chheng khì。hok khì。hut tû
ㄈㄨˊ; 祭獻除災禍, 求福氣。洗清氣。福氣。祓除。

祂 è, chiū sī chè hiàn ê ì sù。
ㄝ; 就是祭獻的意思。

祓 hut, kap 祓 Siāng khoán。
ㄈㄨˊ; 与祓同款。

祜 hō, kāu kāu ê hok khì, Sêng thian chi hō。hàn tiâu hông tè ê mîa
ㄏㄨˋ; 厚厚的福氣, 承天之祜。漢朝皇帝的名。

祛 khu, tû khì Lâ sâm。chhe khian, kóaⁿ chhut, khu Siâ。khu khui, Sóaⁿ khui。iông kiāⁿ。
ㄑㄩ; 除去垃圾。差遣, 趕出, 祛邪。祛開, 散開。勇健。

祕 pì, Sîn bêng ê khoán sit, Siap bát。ún khǹg。ò biāu, chhim, tioh bôa。Lâng ê Sìⁿ。pì bit
ㄅㄧˋ; 神明的款式, 塞密。隱藏, 奧妙, 深, 着磨。人的姓。祕密。

神 sêng, Sîn, bô hêng Siōng ò biāu Sū bút Lí。bān mih ê tsú tsáiⁿ。Chhòng tsō ú tiū bút ê tsú, Sêng, Sîn。Sîn bêng。Sîn biāu, kúi Sîn, Sim Sîn。Sîn Sian, Sîn hū, Sîn bók, Sîn tsú
ㄕㄣˊ, ㄕㄣˊ; 無形像奧妙的事物理。萬物的主宰。創造宇宙萬物的主, 神, 神。神明。神妙, 鬼神, 心神。神仙, 神父, 神木, 神主。

祏 Sék, tsong biō tiong kan, khǹg Sîn tsú ê chioh chhù。Sék sek。
ㄕˊ; 宗廟中間, 藏神的石厝。祏室。

祟 Sūi, tsōng, kúi Sîn kàng tsai ē。Sîa khì, tsok tsōng。kúi sūi, hêng tōng mâi, kúi kúi Sūi Sūi。
ㄙㄨㄟˋ, ㄗㄨㄥˋ; 鬼神降災禍。邪氣, 作祟。鬼祟, 行動曖昧, 鬼鬼祟祟。

祖 tsó, Pē ê Sī tōa, tsó hū, tsó bú。Pún Goân, Goân tsó。tsó kong。tsó biō。Lâng ê Sìⁿ。tsó Sian。
ㄗㄨˇ; 父的是大, 祖父, 祖母。本源, 元祖。祖公。祖廟。人的姓。祖先。

祚 tsà, tsò, hōng Lók, ki Giap, hok khì, kok ūn, Siúⁿ sù, nî hè。hok tsà, thian tsà, Goân tsà, Liân tsò。
ㄗㄨㄛˋ, ㄗㄨㄛˋ; 俸祿, 基業, 福氣, 國運, 賞賜, 年歲。福祚, 天祚, 元祚, 年祚。

祠 Sû, chè sū, chhun thiⁿ ê chè sū。Chè sū tsó Sian ê Só tsāi, tsong sû, Sû tn̂g, tiong Liat Sû, tsó biō。
ㄘˊ; 祭事, 春天的祭事。祭祀祖先的所在, 宗祠, 祠堂, 忠烈祠, 祖廟。

祐 iū, Sîn ê Pang tsān, Pó Pì, Pì iū, thian iū。
ㄧㄡˋ; 神的幫助, 保庇, 庇祐, 天祐。

祑 tiat, tit, chè hiàn ū chhù sū, koaⁿ chit, téng tē, hōng Lók, Sio Chiap。kap 秩 Sio Siāng。
ㄉㄧㄝˊ, ㄉㄧˊ; 祭獻有次序, 官職, 等第, 俸祿, 相接。与秩相同。

祘 Soàn, bêng bêng khòaⁿ Lâi Sǹg ê ì sù。kap 算 Sio Siāng。
ㄙㄨㄢˋ; 明明看來算的意思。与算相同。

祔 hù, hū, chè hiàn ê mîa, hāu Sian tsó。āu Lâi Sí ê kap Sian tsó háp chè。
ㄈㄨˋ, ㄈㄨˋ; 祭獻的名, 孝先祖。後來死的與先祖合祭。

祅 iong, tsai ē, hêng hoat, tsai iong thiⁿ hêng hoat Lâng。kap 殃 Sio Siāng。
ㄧㄤ; 災厄, 刑罰, 災祅, 天刑罰人。与殃相同。

祀 Sià ㄒㄧㄚˋ； Saⁿ Phoáh siàⁿ, chiū sī chit hō sîn bêng, nn̄g siaⁿ Lông ū tīⁿ kûn thâu bú ê khoán. 相帕祀，就是一號神明，兩身攏有捉拳頭母的款

造字 借它偏音成字。

六畫

祩 tsu ㄓㄨ； chiū sī chiù tsó, Lóe mē ê ì sù. chiù tsu 就是呪詛，詈罵的意思。呪祩

祣 Lú ㄌㄩˇ； chiū sī sîn bêng ê ì sù. 就是神明的意思。

票 Phiàu, Phiò ㄆㄧㄠˋ，ㄆㄧㄛ， hé kng kín kín chhin chhiūⁿ pe. ēng hé tsòe kì hō. khin khoài, Phiàu jiân kheng kú. 火光緊緊親像飛 。用火做記號。輕快，票然輕舉 。
Phiò, Pîn tsún, Pîn kù, Phiò kng, Phiò kù, tng Phiò, Gûn Phiò, chi Phiò, Pîn Phiò. 票，憑準，憑據，票卷。票據。當票。銀票。支票。憑票。

祥 Siông Siâng ㄒㄧㄤˊ，ㄒㄧㄤˊ； hó Pháiⁿ ê tiāu thâu. sim hêng hó. hok khì, Siông sūi, kiat Siông, Siông hûn, hô khì tì Siông 好歹的兆頭 。心行好。福氣，祥瑞，吉祥 ，祥雲 ，和氣致祥。

祧 thiau ㄊㄧㄠ； chhian sóa tsó biō, hok sāi sîn tsú. tsong thiau, sū thiau, Sêng thiau. 遷徙祖廟 ，服祀神主 。宗祧 ，祀祧，承祧。

祭 chè ㄐㄧˋ； kèng hōng kúi sîn. Chè sū, hiàn chè chè tián, chè si, Chè Phín, chè chiú, ēng mih Pài kúi sîn 敬奉鬼神 。祭祀，獻祭 ，祭典 ，祭司 ，祭品 ，祭酒。用物拜鬼神

祫 hia̍p ㄒㄧㄚˊ； chiū sī tsong tso̍k ha̍p chè tsó kong. Sam sòe it hia̍p. 就是宗族合祭 祖公 。三歲一祫。

移7畫 **祰** khok ㄎㄠˋ； khok khok kiû. khok khok Pài, khok khok kūi, khok khok hō. m̄ tsai teh Pài sím mih, thâu khak tìm, Siang chhiú ha̍p si̍p Pài bōe Soah. 祰祰求 。祰祰拜 。祰祰跪。祰祰戽 。毋知咧拜甚麼 ，頭殼 枕，双手合十 拜鱠息 。

造字 祰祰拜，行禮也，借告成字。

七畫

祴 kai ㄍㄞ； chhut tsàu, hā tiâu kó Gák ê mîa. 出奏 ，夏朝 鼓樂的名 。

祳 Sîn ㄕㄣˋ； Chè hiàn ê chhiⁿ bah. Chè hiàn Siā chek tóe bah, hông tè tio̍h chhin sin Lâi sàng. 祭獻的生肉 。祭獻謝稷肸肉 ，皇帝着親身來送

祲 chhim ㄑㄧㄣ； ji̍t Pîⁿ o chhiah khì ê tiāu thâu. hó Pháiⁿ ê bī chiām 出. Chhiong sēng. 日邊黑赤氣的兆頭 。好歹的味漸 。昌盛 。

祱 toán ㄉㄨㄢˋ； Chè hiàn Lâi kiû hok khì. 祭獻來求福氣。

八畫

禇 Chhò; tsà ㄘㄨˋ，ㄓㄚˋ； chiū sī nî bé chè hiàn ê mîa, thong ji̍ tsà chè. 就是年尾祭獻的名 ，通蜡字。禇祭。

祺 kî ㄑㄧˊ； hó tiāu thâu. an chēng, khoàiⁿ oa̍h, hok khì. kî jiân, kî an thài. 好兆頭 。安靜，快活 ，福氣 。祺然。祺安泰。

禁 kìm, kim ㄐㄧㄣˋ，ㄐㄧㄣ； chè ap, kéng kài, at chí, khah iàⁿ, m̄ tsún. kín sīn. kìm chí. kìm Lēng kìm khī. 制壓，警戒，遏止，較濫。毋準。謹慎。禁止。禁令。禁忌。

祼 koàn ㄍㄨㄢˋ； ēng chiú Lâi hiàn chè koàn chiú. ēng chiú koàn tōe. 用酒來獻祭 ，祼酒。用酒灌地。

祾 Lêng ㄌㄧㄥˊ； hiàn chè ê mîa, Sîn ê hok khì. 獻祭的名，神的福氣。

祿 Lo̍k ㄌㄨˋ； hok khì, hó, hok Lo̍k, Lī Lo̍k. hōng Lo̍k. Lo̍k ūi. hé Sîn, hôe Lo̍k. 福氣，好，福祿，利祿。俸祿。祿位。火神，回祿。

稟 Pín, Péng ㄅㄧㄣˇ，ㄅㄧㄥˇ； tùi thiⁿ nía Lâi, Pún séng. Sī Sòe kā sī tóa Pín tài chì Pín bêng. Péng Sèng, Péng khì, 對天領來，本性 。是小給是大稟傳誌，稟明 。稟性，稟去，
Soe Po̍h. Péng khì kāu Po̍h. Pín kò, kèng Pín, Pín thiap. Pín hū. 梳薄，稟去厚薄薄。稟告，敬稟，稟帖。稟賦。

禂 tó ㄉㄠˇ； kap ji̍ thong, kì tó ēng cheng Sì chè hiàn ê ì sù. 與禱字通，祈禂，用牲牲祭獻的意思。

禍 tô ㄉㄠˊ； hok khì. tsō hòa sī ê ì sù. 福氣。造化是的意思。

九畫

禎 Cheng, ㄓㄥ; hó ê ì sù chiū sī hó tiāu thâu. kiat Siông, Cheng siông
好的意思，就是好兆頭。吉祥，禎祥。

福 hok, ㄈㄨˊ; thiⁿ Pó Pì Lâng. hó, chê pī, pì iū, pù ū, hok khì. hông hok, Kēng hok, hok hūn
天保庇人。好，齊備，庇祐，富有，福氣。鴻福，幸福，福分。

禊 khiat, ㄒㄧˋ; tû khì chē ok ê chè hiàn. iā thak khè
除去罪惡的祭獻。也讀禊。

禍 hō, ē, ㄏㄨㄛˋ; Siong hāi. biat bô. húi hoāi. tsi iong tsi hō, tsai ē. Lâng ū hō hok. hō kun. hō hoān.
傷害。滅亡。毀壞。災殃，災禍，災禍。人有禍福。禍根。禍患。
hok bû jī chì hō Put tan hêng. jiá ē khí ē, Gín á khí tōa Lâng ē.
福無二至，禍不單行。惹禍，起禍，囝仔起大人禍。

禕 i, ㄧ; súi, hoaⁿ hí, hó khòaⁿ, Pó Pòe, tin tiōng.
美，歡喜，好看，寶貝，珍重。

禖 mûi, ㄇㄟˊ; chiū sī hông tè tùi Sîn bêng kiû kiáⁿ ê chè hiàn. mûi Sîn
就是皇帝對神明求子的祭獻。禖神。

禘 tē, thè, ㄉㄧˋ, ㄊㄧˋ; hông tè chè sū ê mîa, chè hiàn ê mih.
皇帝祭祀的名，祭獻的物。

禔 tê, thê, ㄉㄧˊ, ㄊㄧˊ; hok khì, an ún, an jiân ê ì sù, kèng Sîn.
福氣，安穩，安然的意思，敬神。

禓 iông, Siong, ㄧㄤˊ, ㄒㄧㄤ; Lō chiūⁿ ê chè hiàn, Lō ê Sîn, koán tiok bêng iông ê kúi.
路上的祭獻，路的神，趕逐猛勇的鬼。

禋 in, ㄧㄣ; Chheng khì chè sū, ēng tsoan Sim Lâi hiàn. chhin chhiūⁿ hông tè ê Lé.
清氣的祭祀，用專心來獻。親像皇帝的禮。

禈 hui, ㄏㄨㄟ; chiū sī chè hiàn ê ì sù.
就是祭獻的意思。

𥛜 hâu, ㄏㄡˊ; ēng chè sū Lâi kiû hok khì.
用祭祀來求福氣。

十畫

䄷 Chiok, ㄐㄩㄝˊ; kó siāⁿ ê mîa, tī soa tang séng.
古城的名，佇山東省。

禡 mā, ㄇㄚˋ; chhut Lō Lâng ê chè sū. kun iâⁿ ê chè sū. kó tsá chhut Peng sî ê chè kî, mā Gê.
出路人的祭事。軍營的祭事。古早出兵時的祭旗，禡牙。

禜 êng, ēng, ㄩㄥˊ, ㄩㄥˋ; Chè hiàn ê mîa. Che San Chhoan ê Sîn, Lâi bián tit khòng hān un ek.
祭獻的名。祭山川的神，來免得亢旱瘟疫。

稷 Chek, ㄐㄧˋ; ēng ngó kok chè hiàn Sîn bêng ê ì sù.
用五穀祭獻神明的意思。

禛 chin, ㄓㄣ; in ui chin sit chiah Siū hok khì.
因為真實即受福氣。

禠 Su, ㄙ; hok khì, kiû hok khì ēng chè hiàn Lâi tû khì tsai hō. kî Su jiông tsai.
福氣，求福氣用祭獻來除去災禍。祈禠禳災。

十一·十二畫

禼 Lī, ㄌㄧˋ; hok khì, hāi Lâng ê koài but.
福氣，害人的怪物。

禦 Gú, Gū, ㄩˇ, ㄩˋ; kū tsoát, chip Siú. tsó chí. tiuⁿ tî, tí tng. Soah. tí Gū. Gú bú, Gū chí.
拒絕，執守。阻止。張持，抵當。息。抵禦，禦侮，禦止。

禧 hi, ㄒㄧ; Siū Sîn ê hok khì, hó tiāu thâu, hoaⁿ hí, kā i kóng, kî tó. hi kò.
受神的福氣，好兆頭，歡喜，給祂講，祈禱。禧告。

禨 ki, ㄐㄧ; hok khì, Lim chiú, chiú Pó ek khì. ki chiú, chìn ki.
福氣，飲酒，酒補益氣。禨酒，進禨。

禩 Sū, ㄙˋ; chiū sī hok sāi, chè hiàn Sîn bêng. kap 祀 Sio Siāng.
就是服祀，祭獻神明。与祀相同。

禪 Siân, Siān, ㄔㄢˊ, ㄕㄢˋ; chhin chhiūⁿ hê siūⁿ chē teh Lâi siūⁿ, chē Siân, Siân Su. Siān īn, sī īn. Siān,
親像和尚坐咧來尚，坐禪，禪師。禪院，寺院。禪，
Siâm chhòng só tsai Pîⁿ pîⁿ chè hiàn. thè ūi Lâi niū Lâng chē, niū ūi, Siāng jiōng.
剷所在平平可祭獻。退位來讓人坐，讓位，禪讓。

禫 tām, tám, ㄉㄢˋ, ㄉㄢˇ; thìng hà chè hiàn ê mîa. Pē bú ê Song kî, tòa hà jī tsáp chhit Geh ê kú. tām hòk.
褪孝祭獻的名。父母的喪期，帶孝二十七月的久。禫服。

補四畫 禨 ui, ㄨㄟ; Ui Sit, chiū sī tōa heng ōng, hó mīa, hó tsō hòa, kiat jit ê ì sù.
禨禟，就是大興旺，好命，好造化。吉日的意思。

造字 借畏音字成字。

禟 Sit, ㄒ一ㄠ; Ui Sit, ū tōa hok khì, chhin chhiūⁿ hó hong súi, á sī Lâng hó tsō hòa.
禨禟，有大福氣，親像好風水，或是人好造化。

造字 借賓音字成字。

十三—十五畫

禬 kòe, ㄍㄨㄟ; Chè hiàn, tû khì tsai ē ê chè hiàn. hok khì ê chè hiàn.
祭獻，除去災厄的祭獻。福氣的祭獻。

禮 Lé, Loé, ㄌ一ˇ, ㄌㄨㄟˇ; kiâⁿ ū tsún tsat, Lé Sò, Lé chiat, Lé Gî. hok sāi kúi sîn, chiap Láp Lâng. Siông keng Lé hut. kè cheh sàng Lé. Siáu Lóe, ūi Siáu Loé, Pê Siáu Lóe, Pê Lâng siáu Loé.
行有準節，禮數，禮節，禮儀。服事鬼神，接納人。頌經禮佛。過節送禮。小禮，畏小禮，賠小禮，賠人小禮。

禪 Siān, ㄕㄢˋ; chè hiàn thiⁿ. saⁿ niū khiam sūn ê ì sù.
祭獻天。相讓，謙遜的意思。

禰 Bí, jín, Lé, ní, ㄇ一ˇ, ㄖㄣˊ, ㄌ一ˇ, ㄋ一ˇ; chiong Lé mih teh hiàn Lāu Pē ê Chhù,
將禮物咧獻老父的厝，

禱 tó, ㄉㄠˇ; Pò tāi chì, Pài kúi sîn. kî kiû, kî tó. tó kò. tó hok. khún tó.
報代誌，拜鬼神。祈求，祈禱。禱告。禱福。懇禱。

禳 iám, 一ㄢˇ; tùi sîn bêng kiû hok khì ê ì sù.
對神明求福氣的意思。

禲 Lē, ㄌ一ˋ; béng Liat, tsòe tāi chì, Pō Giòk, tsân jím, téng bīn Liâu tsúi, khiap Sì.
猛烈，做代誌，暴虐，殘忍，頂面，遼水，劫勢。

補13畫 禶 Chhiam, tàm, ㄑ一ㄢ, ㄉㄢˋ; chhiam, chéng tsôe, hó sè, sī chhiam ê Gō. tàm sī Pú su tsok Chiah ê tsō im thâu khak tàm, kiâⁿ Lé thâu khak tàm. Pháiⁿ sè thâu tàm tàm.
禶，整齊，好勢，是禶字的誤。禶是本書作者的造音。頭殼禶，行禮頭殼禶。歹勢頭禶禶。

十六—十九畫

禷 nāi, ㄋㄞˋ; Pāi hoāi, pîn tōaⁿ chè hiàn. chiù tsó. tsu nāi.
敗壞，貪惰祭獻。咒詛，袾懶。

禩 ī, ㄧˋ; hok sāi, chè hiàn, ng bāng. hông tè chē ūi ê hō.
服祀，祭獻，向望。皇帝坐位的號。

禳 jiông, ㄖㄤˊ; Piàn oāⁿ ê ì sù. tû khì tsai ē. tû khì siâ.
變換的意思。除去災禍。除去邪。

禴 iòk, 一ㄜˋ; chè hiàn ê mîa, hông tè chhun thiⁿ sī ê hiàn chè. kap 礿 Sio Siâng.
祭獻的名，皇帝春天時的獻祭。與礿相同。

禶 tsàn, ㄗㄢˋ; tsam; Chè hiàn ê mîa, chiok hok sîn bêng. Lé tsàn. tsam koa, chiū sī eng kim hoe kap âng tòa tsòe chin mîa Lâng ê Lé Sò.
祭獻的名，祝福神明。禮禶。禶絲，就是用金花與紅帶做著名人的禮數。

禸 部 114

禸 jiú, kiû, ㄖㄡˊ, ㄍㄡˋ; iá siù ê kha jiah, kha tôe, thún tah. kau ū siâng khoán ì sù.
野獸的腳跡，腳蹄，蹂踏。與蹂有同款意思。

四 畫

禹 ú, ㄩˇ; khai tián, thâng thōa, jī sì. tāi ú, tāi ú tī tsúi. hā ông ê mîa.
開展，虫爬，字姓。大禹，大禹治水。夏王的名。

禺 Gû, ㄩˊ; kâu ê Lūi, chhiah bak tǹg bé. Soaⁿ mia Gû Soaⁿ. tāi chì tú tú hiān. Soaⁿ koâiⁿ.
猴的類，赤目長尾。山名，禺山。代誌抵抵現。山高。

六—八 畫

离 Lî, ㄌ一ˊ; béng Siù, kng bêng. Sì Sòaⁿ, ui kéh, hun khui ê ì sù. ê kán siá.
猛獸，光明。四散，違逆，分開的意思。離的簡寫。

禼 Siat, ㄒ一ㄝˋ; kó tsá Lâng ê, i ū Gō ê kiaⁿ Lóng chin mîa tsòe Chìn Sū. jī sì.
古早人的名，他有五個子攏著名，做進士。字姓。

禽 khîm ㄑㄧㄣˊ
Chiáu chiah ê tsóng mîa. Pe khîm tsáu siù. ka khîm, khîm siù. i koan khîm siù. ū Lâng ê mîa.
鳥隻的總名。飛禽走獸。家禽，禽獸。衣冠禽獸。有人的名。

九—廿畫

禺 hùi, ㄏㄨㄟˋ
siù ê mîa, chhin chhiūⁿ Lâng Gâu tsáu, oē chiáh Lâng. hiān kim siá hùi hùi.
獸的名，親像人赘走，能食人。現今寫狒狒。

禺 hùi ㄏㄨㄟˋ
kap téng bīn jī sio siāng.
与頂面字相同。

禺 hùi ㄏㄨㄟˋ
Chiū sī téng bīn nn̄g jī ê Pún jī.
就是頂面兩字的本字。

禾 部 115

禾 hô ㄏㄜˊ;
ngó kok chèng tī chhân nih tiū chhek, béh, ê Lūi. hô Pún kho.
五穀種佇田裡：稻粟，麥，的類。禾本科。

一·二畫

禾 ke ㄍㄝ
chit khoán ké chí ê mîa, Lát chí.
一款菓子的名，栗子。

秀 siù, siàu, ㄒㄧㄡˋ, ㄒㄧㄠˋ
tiū khui hoe sûi hó, ām sui, bûn Lí. jī sìⁿ. tsùn siù, iu siù, siù bō, siù tsâi.
稻開花，美，好，豐色，美。文理。字姓。俊秀，優秀，秀茂，秀才。
(tsùn siàu, sī Lâng hó khòaⁿ, kiau kiáh ê ì sù.
俊秀，是人好看，嬌巧的意思。)

私 Su, Sai, Si ㄙ, ㄙㄞ, ㄒㄧ
chhân nih ê tiū, hô tsú Lâng kiò su. bô kong Pêng, tsū su, su sim. tsū kí ê.
田裡的稻，禾主人叫私。無公平，自私，私心。自己的。
hông tè í hā, kong í Gōa lóng si su. jī sìⁿ, Su. kong su hun bêng. Sai, Sai khia,
皇帝以下，公以外攏是私。字姓，私。公私分明。私，私單，
chiū sī ka kī só chek tsū ê chîⁿ. tsa bó Lâng chek Sai khia. Si, ke si, ke si thâu. Pí
就是傢己所積住的錢。查某人積私單。私，傢私，傢私頭。比
ke si, Pí kiông ê ì sù. ián ke si. bôa ke si. kang khū ì sù. to chhiuⁿ ê ì sù.
傢私，比強的意思。演傢私。磨傢私。工具的意思，刀槍的意思。

禿 thut, thút, Lut ㄊㄨ, ㄊㄨ, ㄌㄨ
bô thâu mn̂g. Chin Liáu. thut mn̂g. thut Lû. mē hê siūⁿ ê oē. Pit thut bé,
無頭毛，盡了。禿毛。禿驢，罵和尚的話。筆禿尾，
Pit bé thut thut, thút Pit. Lut, Lut khì, Lut Loh khì, Lut koaⁿ chit. Lut khū. Lut thâu mn̂g.
筆尾禿禿，禿筆。禿，禿去，禿落去，禿官職。禿白。禿頭毛。

三畫

秅 chhâ, tò ㄔㄚˊ, ㄉㄨㄛˋ
siau bák ê mîa, sì Pah Pêng ūi chit tò. kok mîa, o· tò kok.
數目的名，四百秉為一秅。國名，烏秅國。

秎 bông, mî ㄇㄤˊ, ㄇㄧˊ
tiū á chiam chiam ê mî, siā khì ê ngó kok.
稻仔尖尖的秎，謝去的五穀。

秉 Péng, Pèng ㄅㄧㄥˇ, ㄅㄧㄥˋ
tiū chit Pé, niū ngó kok ê khì khū. theh, chip siù, chiáng kóan. jī sìⁿ Péng. Péng chhî,
稻一把，量五穀的器具。提，執守，掌管。字姓秉。秉持，
Péng kong. Pún sèng, Péng Sèng. Pèng, Chhiū ê ki oāiⁿ, kun Pún, ū koân, koân Pèng.
秉公。本性，秉性。秉，樹的枝椏，根本，有權，權柄。

秈 Sian, ㄒㄧㄢ
Sian tiū, bô Liâm sèng sek ê tiū. kang Lâm êng chit jī tsòe chí chhiah bí ê ì sù.
秈稻，無黏性早熟的稻。江南人用這字做指赤米的意思。

杓 tiau, ㄉㄧㄠˋ
tiū á sūi Lòh ê khóan sit. tiàu mih ê ì sù.
稻仔穗落的款式。弔物的意思。

秊 Liân, nî ㄌㄧㄢˊ, ㄋㄧˊ
年 ê Pún jī.
年的本字。

秇 Gē, ㄧˋ
kang hu, tsai chèng, chhiú Gē, ki Gē, tsai tiau, Pún sū. hun Piát. kap 藝 siāng khóan.
工夫，栽種，手執，技執，才料，本事。分別。与藝同款。

秆 kán, ㄍㄢˇ
chiaⁿ ki, tiū kó. Lám, Lák.
成支，稻稿。攬，掠。

秄 tsu, tsú, ㄗ, ㄗˇ
teh tiū á ê thâu. khau tiū á chháu ê ì sù. tsú, tiū á hoat sìⁿ ê ì sù.
壓稻仔的頭。敲稻仔草的意思。秄，稻仔發生的意思。

補二畫 杍 hiuⁿ ㄏㄧㄡ
hiuⁿ hiuⁿ, m̄ chiaⁿ mih, sòe ki, sòe chiah, sòe bé, soe hàn, hiuⁿ hiuⁿ á.
杍杍，毋成物，小支，小隻，小尾，小漢，杍杍仔。

造字 借丂的偏音(杍)。成字，丂的義。

四 畫

秈 thiông, ìu chíⁿ, sòe sòe tsâng, ìⁿng tiū. jī sìⁿ
ㄊㄧㄢ，幼莖，小小欉，晚稻。字姓。

秏 hòⁿ, hòe, kiám chió, pāi hoāi, khang hi, loān loān, bô bêng, jī sìⁿ. hó ê bí, kap siāng
ㄏㄠˋ，ㄏㄜˋ，減少，敗壞，空虛，乱乱，無明，字姓。好的米，与耗同。

秔 keng, tiū á, chhò bí, tiū á ê bōe liâm ê, tiū ū mê. sian tiū ê lūi
ㄍㄥ，稻仔，糙米，稻仔的𣍐黏的，稻有芒。秈稻的類。

科 kho, ko, khe, khè, nǹg ke kiám, kho khò, kho hêng, chek pī. hoat tō, phòaⁿ toàn. kho hoat
ㄎㄜ，ㄍㄜ，ㄎㄜ，ㄎㄜˋ，量加減，科課，科刑，責備。法度，判斷。科罰。
kho bo̍k, kho ha̍k, kho kú, kho tiûⁿ. phín kip, hun kho. téng tē, keh, kho tiúⁿ. ko
科目，科學。科舉，科場。品級，分科。等第，格，科長。科，
ko chhioh, chiū sī ba̍k sai hū teh êng ê, tn̂g ê chhâ chhioh. khe chîⁿ, khe tiûⁿ, khe nî.
科尺，就是木師父咧用的，長的柴尺。科錢，科場，科年。
lāi khe, gōa khe, gán khe, hū khe. chi̍t phiⁿ khe, tha̍k khe, tsòe khò, khang khè.
內科，外科，眼科，婦科。一編科，讀科，做科，工科。

秒 biáu, ngó͘ kok chiam chiam ê mî, sòe sòe, hô biáu. chi̍t hun cheng ê 60 hun chi it.
ㄇㄧㄠˇ，五穀尖尖的芒，小小，禾秒。一分鐘的六十分之一。

秕 pí, phàⁿ, m̄ chiâⁿ chhek, phàⁿ chhek, chhò khng, khng eh. phàⁿ chhek, khang khak ê ngó͘ kok.
ㄅㄧˇ，ㄆㄧˇ，毋成粟，冇粟，粗糠，糠穢。秕粟，空殼的五穀。

采 sūi, tiū á sêng se̍k, sūi sūi bō sēng, tiū á am am ê ì sù.
ㄙㄨㄟˋ，稻仔成熟，傑傑茂盛，稻仔豐豐的意思。

秋 chhiu, siu, sì kùi ê miâ, ngó͘ kok siu sêng ê kùi tsoeh. chhiu siu. chhun hā chhiu tong. chhiu ko
ㄑㄧㄡ，ㄒㄧㄡ，四季的名。五穀收成的季節。秋收。春夏秋冬。秋高
khì sóng. tiong chhiu tsoeh. siu, siu si̍p tan, sī io̍h oân, sī ta ê jiō si̍p hô io̍h lâi tsòe ê.
氣爽。中秋節。秋，秋石丹，是藥丸，是乾的尿石和藥來做的。

秐 ûn, chiū sī khau tiū á chháu, tu thóaⁿ ê ì sù.
ㄩㄣˊ，就是敲稻仔草，除挩的意思。

秖 chí, ngó͘ kok teh beh sêng se̍k. êng n̂g pò tī chhân nih.
ㄓˇ，五穀咧也成熟。用秧播佇田裡。

五 畫

秮 te, tai, tiū á taⁿ chiah sêng se̍k ê ì sù. koh tsāi chéng ngó͘ kok. tai, káu bú tai
ㄉㄜ，ㄉㄞ，稻仔旦才成熟的意思。傑再種五穀。秮，狗母秮，
tai á, tai á bí, chiū sī chi̍t khoán ê bí.
秮仔，秮仔米，就是一款的米。

秩 tia̍t, chhù sū, tia̍t sū. téng tē, sa chiap. hōng lo̍k, tia̍t sū. chéng chê, tsa̍p hè ê ì sù. jī sìⁿ.
ㄓˋ，次序，秩序。等第，相接。俸祿，秩敘。整齊，十歲的意思。字姓。

秤 chhèng, pêng, phêng, chhìn, nǹg khin tāng ê khì khū, chhèng, chhìn, chhìn tāng. chhìn tô. chhìn hoe.
ㄔㄥˋ，ㄆㄥˊ，ㄆㄥˊ，ㄔㄣˋ，量輕重的器具，秤，秤，秤重。秤鉈。秤花。
thian pêng, tian phêng, kong pêng, kong phêng chiam, kiâⁿ hē chiàⁿ.
天秤，天秤，公秤，公秤針，擺下正。

秣 boa̍t, bōe, ēng chháu chhī bé. nǹg chháu, chháu liāu. nǹg boa̍t.
ㄇㄛˋ，ㄇㄛˋ，用草飼馬。糧草，草料。糧秣。

秜 nî, tiū á kin nî la̍k hio̍h, mê nî koh hoat ê ì sù. tiū têng oa̍h. sió be̍h.
ㄋㄧˊ，稻仔今年落葉，明年傑發的意思。稻重活。小麥。

秠 phi, o͘ sek ê sóe á, ēng lâi khiàⁿ chiú.
ㄆㄧ，黑色的黍仔，用來醸酒。

秘 pì, siap ba̍t, ún khǹg, ó biāu, chhim, pì koat, pì bi̍t, pì hng, pì sū. pì jī sio siāng.
ㄅㄧˋ，塞密，隱藏，奧妙，深，秘訣，秘密，秘方，秘書。祕字相同。

秛 phi, tiū á ê tso͘. chhek tso͘ ê ì sù.
ㄆㄧ，稻仔的租。粟租的意思。

秫 tsu̍t, ōe liâm ê bí, chhin chhiūⁿ tsu̍t bí. ēng lâi keh chiú. tan tsu̍t, chhiah chhek.
ㄕㄨˊ，能黏的米，親像糯米。用來氣酒。丹秫，赤粟。

秦 chîn, thó͘ tōe pûi. hó ê bí. chin hô. kok ê miâ, chîn kok. chîn tiâu. chîn sí hông. lâng ê sìⁿ.
ㄑㄧㄣˊ，土地肥。好的米。秦禾。國的名，秦國。秦朝。秦始皇。人的姓。

租 tso͘, chhân sè, sè tōe, sè chîⁿ, chhân tso͘. chhù tso͘. tōe tso͘. tiân hù. chek tsū, thio̍k tso͘.
ㄗㄨ，田稅，稅地，稅錢，田租。厝租。地租。田賦。積聚，蓄租。

秭 chí, sò͘ bo̍k ê jī, chi̍t bān ê chi̍t ek, ūi chi̍t chí. siau bā̍k tsoe tsoe. sǹg siàu.
ㄗˇ，數目的字，一萬的一億，爲一秭。數目多多。算數。

秧 iong, ng, ㄧㄤ,ㄥ; tiū á tú hoat, iân kú sòe tsâng, tiū chéng, chhân nih ê ng。iong tiân, ng chhân, chhah ng。
稻仔抵發，猶久小欉，稻種，田裡的秧。秧田，秧田，插秧。

秙 khò͘, kò͘ ㄎㄨˋ,ㄍㄨˇ; chiū sī tiū á bô kiat chí ê ì sù。khò͘ Liâm。 sia ko͘ bí, chit khoán sòe sòe ê ngó͘ kok。
就是稻仔無結子的意思。秙穲。 稷秙米，一款小小的五穀。

秿 hu, ㄈㄨ; bí ê khak, chhek khak, chho͘ khng。
米的殼，粟殼，粗糠。

秬 kú, ㄍㄨˋ; o͘ ê sòe á, eng lâi kek chiú, o͘ sóe á chiú。
黑的黍仔，用來激酒，黑黍仔酒。

秝 Le̍k, ㄌㄧˋ; ngó͘ kok ê miâ, oē Liâm ê chhek, tsu̍t á。
五穀的名，能黏的粟，糯仔。

六畫

移 î, ㄧˊ; tiū sa" óa, chhek ng chhian sóa, chhian î。thòe oā", î tsoán。iô tāng, î tōng。î soā" tó hái。
稻相倚，粟秧遷徙，遷移。退換，移轉。搖動，移動。移山倒海。

秸 khiat, ㄐㄧㄝ; tiū á ê tsâng, tiū kó, tiū kó tsâng。
稻仔的欉，稻稿，稻稿欉。

秷 chek, ㄓˋ; teh koah ngó͘ kok ê sia"。
咧刈五穀的聲。

秴 hok, ㄏㄜˊ; tiū á ê lūi, sio̍k tī sóe á, tsóng sī khah sòe,
稻仔的類，屬佇黍仔，總是較小，

秾 hong, ㄏㄨㄥ; Phái" nî tang, khang khang, kē chì bōe sêng se̍k。
歹年冬，空空，果子𣍐成熟。

秵 ê, ㄜ; chiū sī tiū á ê miâ, Pe̍h ê。
就是稻仔的名。白秵。

栔 kiōng ㄍㄨㄥˇ; chiū sī siu koah ê ì sù。
就是收刈的意思。

稊 tê, ㄊㄧˊ; chhin chhiū" Phê á, hoat si" tī tōe nih ū bí tsóng sī sòe sòe。
親像稗仔，發生佇地裡，有米總是小小。

稌 tô, ㄊㄨˊ; khioh óa, chek thiok ngó͘ kok ê ì sù
抾倚，積畜五穀的意思。

七畫

程 têng, thêng, tia", thia", ㄔㄥˊ,ㄊㄥˊ,ㄉㄧㄚ,ㄊㄧㄚ; mih ū tsún tsat, niū tn̂g tóe, hoat tō͘, kài hān, Lō͘ tô͘, kang tia"。Lâng sì" thia"。
物有準節，量長短，法度，界限，路途，工程。人姓程。
kang têng, Lō͘ têng, thêng tō͘, thêng sū, ji̍t thêng, têng sek, khò têng, hêng têng, thêng bûn
工程，路程，程度，程序，日程，程式，課程。行程。程文。

稃 hu, Pho͘, ㄈㄨ,ㄆㄨ; bí ê khak, be̍h ê Phê, chho͘ khng, be̍h Pho͘。bí khng。
米的殼，麥的皮，粗糠，麥稃。米糠。

稀 hi, ㄒㄧ; sòe Lâng, sòe bī。Lân san, Lâng sang, Pôh, té, chió, kàu。hi chió。La hi hi Po̍h hi kî
疎亂，衰微。零星，亂鬆，薄，短，少，夠。稀少。拉稀。稀薄。稀奇。

稈 kán, koái", ㄍㄢˇ,ㄍㄨㄞˇ; tiū kó chia" ki ê ì sù。tiū kán, be̍h kán, tiū koái", be̍h koái"。Chhèng koái", kî koái"。
稻稿成支的意思。稻稈，麥稈，稻稈，麥稈。槍稈，旗稈。

稉 keng, ㄍㄥ; tiū á, chhò bí, tiū á ê bōe Liâm ê。tiū ū mê。
稻仔，糙米，稻仔的𣍐黏的。稻有芒。

稇 khún, ㄎㄨㄣˇ; tiū sêng se̍k, há chia" pé。
稻成熟，縛成把。

稂 Lông, ㄌㄤˊ; chháu ê miâ, chhin chhiū" tiū nih ê Phê á。Lông siù
草的名，親像稻裡的稗仔。稂莠。

稍 chhiáu, chháu, sáu, sàu ㄑㄧㄠ,ㄑㄧㄠˋ,ㄕㄠ,ㄕㄠˋ; chiām chiām ngó͘ kok ún á tōa。tām Po̍h Lio̍h Lio̍h á。Pî" Pî"。chhiáu chhiáu;
漸漸，五穀穩仔大。淡薄。略略仔。平平。稍稍；
chháu chháu, sió khóa ê ì sù。sáu, sàu, siāng ì sù, sáu sū hioh khùn。Lio̍h Lio̍h hioh khùn。
稍稍，少許的意思。稍，稍，同意思，稍事歇睏。略略歇睏。

税 sòe, sè, ㄕㄨㄟˋ,ㄕㄜˋ; tso͘ hióng, tso͘ sòe, soe hù。sòe hoat, sòe kim, sòe koan。sòe khè。sòe toa。sòe ba̍k
租餉，租税，税賦。税法，税金，税關。税契。税單。税目。
chhân sè, chhù sè, Lō͘ thâu sè, tiàm sè, tōe thâu sè。bān bān sòe
田税，厝税，路頭税，店税，地頭税。萬萬税。

稊 tê, ㄊㄧˊ; chhin chhiū" Phê á, hoat si" tī tōe nih, ū bí tsóng sī sòe sòe。
親像稗仔，發生佇地裡，有米總是小小。

稌 tô, ㄊㄨˊ; chiū sī oē Liâm ê bí, tsu̍t bí。
就是能黏的米，糯米。

稨 hú, pô, phô, beh ê khak, beh phô. koah tiū á, tī hú, tōa liap tāu, pô.
ㄏㄨˊ, ㄅㄛˋ, ㄆㄛ, 麥的殼，麥稨。刈稻仔，治稨。大粒豆，稨。

秡 bông, mî, mê, kap 杧 Sio siāng. tiū á chiam chiam ê mî. siā khì ê ngó͘ kok, chhek á mê chin chhiah iah.
ㄇㄤˊ, ㄇㄧˊ, ㄇㄝˊ, 与 杧 相同。稻仔尖尖的秡。謝去的五穀，粟仔秡真刺瘍。

稄 jûi, sui, sak tsòe hé, sì liām ê ngó͘ kok. jiâu hûn.
ㄖㄨㄟˊ, ㄙㄨㄟ, 揀做伙，四貼的五穀。皺紋。

稍 koan, beh koái, beh kó ê ì sù.
ㄍㄨㄢ, 麥稈，麥稿的意思。

稏 têng, théng, tiū á, beh khiā teh ê khóan sit.
ㄉㄥˊ, ㄊㄥˊ, 稻仔，麥豎咧的款式。

八 畫

稠 tîu, tiu, tiū ām, tsōe tsōe bát bát, siap bát, kāu kāu, tîu bit. Lông tîu, lông kāu, khó khó.
ㄉㄧㄡ, ㄉㄧㄡ, 稻囊色，多多密密，寒密，厚厚，稠密。濃稠，濃厚，洘洘。
tiâu, bát tiu tiu, sán tiu tiu, âng tiu tiu, chin âng ê ì sù. tiâu tit, kó͘ ì, chèng tit, sèng tit.
密稠稠，瘦稠稠。紅稠稠，真紅的意思。稠直，古意，正直，性直。

稚 tī, sòe sòe, iù tsáng ê tiū á, khah ìm ê tiū, khah ìm, iù tī, gín á. iù tī hng, jī sìn.
ㄓˋ, 小小，幼欉的稻仔，較晚的稻，較晚，幼稚，囝仔。幼稚園。字姓。

稙 sit, thek, tāi seng chèng tsoh ê tiū. ng á tn̂g tn̂g ê ì sù. seng chèng ê kiò thek, āu chèng ê kiò tī.
ㄓ, ㄊㄜˋ, 代先種作的稻。秧仔長長的意思。先種的叫稙，後種的叫穉。

稔 jím, sím, gō͘ kak sêng sek. chit nî. nî tang. chek tsū kú, koàn sì. sek jím, chit jím, hong sím.
ㄖㄣˇ, ㄒㄧㄣˇ, 五穀成熟。一年。年冬。積聚久，習慣勢。熟稔，一稔，豐稔。

稂 lâi, chê kok lâng kóng, kiò tsòe beh ê ì sù. sió beh
ㄌㄞˊ, 齊國人講，叫做麥的意思。小麥

稜 lêng, lím chiú ê khì khū, ū liâm kak, kó͘ lêng. chhân khu tōa sòe, kiò kui lêng. han tsû lêng.
ㄌㄥˊ, 飲酒的器具，有廉角，觚稜。田區大小，叫幾稜。蕃薯稜。
ui giâm, ui lêng. ioh mîa, sam lêng, koh hiong hù chí, tsúi sam lêng. bô lêng lióng khó.
威嚴，威稜。藥名，三稜，閣香附子，水三稜。模稜兩可。

稟 lím, pín, chhek chhng, kiong kip, êng gō͘ kak hō͘ lâng, siù sù, hōng lók, sêng siū. pín jī
ㄌㄧㄣˇ, ㄅㄧㄣˇ, 粟倉，供給，用五穀給人，賞賜，俸祿，承受。稟字
sio siāng ì sù, chhiáⁿ chham khó, 示部八畫。
相同意思，請參考，示部八畫。

稑 liok, khoài khoài sêng sek. āu bé chèng tāi seng siu ê ì sù. tōng liok.
ㄌㄨˋ, 快快成熟。後尾種代先收的意思。穜稑。

稐 lún, tiū á pák kui pé ê ì sù.
ㄌㄨㄣˊ, 稻仔縛歸把的意思。

稗 pāi, phōe, phē, chháu chhin chhiūⁿ ngó͘ kok, chí khah sòe. tê pāi. pāi koan, sòe sòe ê koaⁿ.
ㄅㄞˋ, ㄆㄞˋ, ㄆㄝˋ, 草親像五穀，子較細。稊稗。稗官，小小的官。
phōe á, peh phōe, phē á, tsap tī tiū chhân lāi. pāi koan iá sú, bîn kan thoân kì.
稗仔，白稗，稗仔。雜佇稻田內。稗官野史，民間傳記。

稫 tsu, keng tsoh, tsoh sit. tiū á sí khì.
ㄗㄨ, 耕作，作穡。稻仔死去。

稖 chhiong, chhek ê phê, chhek khak ê ì sù, chhò khng ê ì sù.
ㄑㄧㄥ, 粟的皮，粟殼的意思，粗糠的意思。

稕 tsûn, chiū sī tsáng tiū chháu ê ì sù. sok khún ê ì sù.
ㄓㄨㄣ, 就是欉稻草的意思。束綑的意思。

稄 jûi, sì liām ê ngó͘ kok. sak tsòe hé, jiâu hûn.
ㄖㄨㄟˊ, 四貼的五穀。揀做伙，皺皮紋。

稴 hiam, tiū á siùⁿ pûi ê ì sù.
ㄏㄧㄢˇ, 稻仔過肥的意思。

稘 ki, ka nāg nî, koh kàu hit ê sî hāu. chiu liân kiò ki. tiū ê kó. tāu ê kó.
ㄐㄧ, 歸圍年，復到彼的時候。周年叫稘。稻的稿。豆的稿。

稞 khò, chheng chiu lâng kiò khò, sī beh ê mîa. hó ê ngó͘ kok. bô phê ê ngó͘ kok.
ㄎㄜ, 青州人叫稞，是麥的名。好的五穀。無皮的五穀。

稡 tsut, tiū á têng koh tsài hoat íⁿ, chhiⁿ chhùi. tsū chip ê ì sù. hōe tsut.
ㄗㄨˊ, 稻仔重倒再發芽，青翠。聚集的意思。會稡。

稏 à, ngó͘ kok ê sūi, iā sī lēng gōa chit hō bí ê mîa. pà à.
ㄚ, 五穀的穗，也是另外一號米的名。䆉稏。

九 畫

〔稱〕Chheng, Chhèng, Chhìn, Chheng hō, tsun chheng, thong chheng, bêng chheng. Chheng tsàn, O Ló
ㄑㄥ，ㄑㄥˋ，ㄑㄧㄣˋ，稱呼，尊稱，通稱，名稱。稱讚，謳咾。
Chhèng, Pang tsān, kú khí. Chhèng sim jû ì. Chhèng ì, bô chhèng ì. Sù Phòe, Siong chhèng.
稱，幫助，舉起。稱心如意。稱意，無稱意。相配，相稱。
chhèng, chiū sī kap chhèng siāng khóan. niū khin tāng ê ì sù. Chhìn kin niú. Chhìn tāng Liōng.
稱，就是與秤同款。量輕重的意思。稱斤兩。稱重量。

〔種〕Chióng, Chiòng, Chéng, Chèng, Chháu bák só kiat ê chí, Chéng chí. Chióng Lūi. Chióng tsók, O Lâng,
ㄐㄧㄛㄥˇ，ㄐㄧㄛㄥˋ，ㄐㄥˇ，ㄐㄥˋ，草木所結的子，種子。種類。種族，黑人，
Pe̍h Lâng, N̂g chióng Lâng. Chiòng, Chèng, Pò chèng, Chèng koe tit koe, Chèng tāu tit tāu.
白人，黃種人。種，種，播種，種瓜得瓜，種豆得豆。
Chhek chéng, iā chéng, tsa̍p chéng. chèng tsoh, tsai chèng, chèng chhài. Chèng tsu.
粟種，殼種，雜種。種作，栽種，種菜。種痘。

〔稭〕kai, khiat, chhau tún. tiū kó Lut Phê tsòe chhioh chè hiàn thiⁿ.
ㄍㄧㄞ，ㄎㄧㄝ，草毛。稻稿禿皮做簾來祭獻天。

〔稬〕Lō, Loán, oē Liâm ê tiū á thang tsòe chè chiú ê Lō ēng, tsu̍t bí.
ㄋㄨㄛˋ，ㄋㄨㄢˇ，能黏的稻仔，可做製酒的路用，糯米。

〔稨〕Pian, Lî Pa téng bīn ê tāu á.
ㄅㄧㄢ，籬笆頂面的豆仔。

〔稩〕tiū, tiū á Sêng sek, Siu Sêng, Siu koah.
ㄉㄧㄡˋ，稻仔成熟，收成，收刈。

〔稯〕tsong, tiū kó há chiaⁿ pé. chháu oá tsòe tui. Sī sòaⁿ chiaⁿ khau, Chháu tsang.
ㄗㄨㄥ，稻稿縛成把。草倚做堆。絲線成扣，草鬃。

〔稏〕iû, tsá iû, iû á bí chiū sī khah tsá sêng sek ê tiū á mîa.
ㄧㄡˋ，早稏，稏仔米，就是較早成熟的稻仔名。

造字 借酉字音成字。

十畫

〔稺〕tī, Sòe sòe. iù tsàng ê tiū, khah m̄ng ê tiū kap Sio Siāng ì sù.
ㄉㄧˋ，細細，幼欉的稻，較晚的稻，與稚相同意思。

〔稾〕kó, khó, tiū tsâng ê kut. Jī chho siá bē téng chin. tiū kó, chho kó. kap 稿 Siāng khóan.
ㄍㄠˇ，ㄎㄠˇ，稻欉的骨。字草寫未戥真。稻稾，草稾。與稿同款。
kó, khó, chhó bók ko tā, noā bô hoat íⁿ, chek tsū, ioh mîa.
稾，草木枯焦，爛無發芽，積聚，藥名。

〔稿〕kó, kó, kó, tiū tsâng ê kut, tiū kó. bûn chiuⁿ ê té, Chho kó. kó tsóa. bûn kó. kó kiāⁿ.
ㄍㄠˇ，ㄍㄠˇ，稿，稻欉的骨，稻稿。文章的底，草稿。稿紙。文稿。稿件。

〔稽〕ke, khe, khé, Chhâ khó, khe tsa. Phah sǹg, khe gī, khe khó, tam koh, khe iân, khe hek, hek sǹg
ㄐㄧ，ㄑㄧ，ㄑㄧˇ，查考，稽查。打算，稽議，稽考，耽擱，稽延。稽核，核算

〔稽〕ke, khe, khé, kap téng bīn jī Sio Siāng. khé Sóng, khé Siu, chiù Song ê sî ê khau thâu Lé.
ㄐㄧ，ㄑㄧ，ㄑㄧˇ，與頂面字相同。稽顙，稽首，守喪的時的叩頭禮。

〔稼〕kà, Pò tiū, ngó kok tú á chèng tiū kiat bí, hó ê chhek. ho kà. kà sek, tsoh sit. ke Lāi sū
ㄐㄧㄚˋ，播稻，五穀抵仔種，稻結米。好的粟。禾稼。稼穡，作穡。家內事。

〔穀〕kok, kak, kok bu̍t ê tsóng mîa. hó, kiat, hōng Lo̍k. kok tàn. Chiat kùi mîa, kok ú. ngó kok
ㄍㄨˇ，ㄍㄨˇ，穀物的總名。好，吉，俸祿。穀旦。節季名，穀雨。五穀，
tiū, be̍h, chhek, Liông, sek. Gō kak. kak bu̍t, kak hún, Siu Sêng Gō kak
稻，麥，粟，粱，稷。五穀。穀物，穀粉，收成五穀

〔稷〕Chek, Sek, ngó kok ê mîa, Sòe á. kà Lâng tsoh chhân ê sîn ê mîa. ngó kok sîn. Li̍p Chek jî chè.
ㄐㄧˋ，ㄕㄜˋ，五穀的名，黍仔。教人作田的神的名。五穀神。立稷而祭。
Sek á, Sòe Sek be̍h tāu, Sòe Sek thô tāu, ah kha Sek.
稷仔，黍稷麥豆，黍稷土豆，鴨腳稷。

〔穋〕kut, tiū á ê tiū kó, tiū á t
ㄍㄨˇ，稻仔的稻稿，稻仔欉。

〔穆〕hú, Pô, Phó kap 稀 Siāng khóan.
ㄈㄨ，ㄆㄛ，ㄆㄛˇ，與稀同款。

〔穇〕tsò, chiū sī ngó kok ê mîa, Sio̍k Sòe á ê Lūi.
ㄗㄛˋ，就是五穀的名，屬黍仔的類。

〔穔〕hong, kap jī sio siāng. Phāiⁿ nî tang, khang khang, ke chí bô Sêng Sek.
ㄏㄨㄤ，與𥝩字相同。歹年冬，空空，果子無成熟。

〔穁〕jiông, tiū á Chhiong sêng, am am, tiū á chiú. Lông jiông.
ㄖㄨㄥˊ，稻仔昌盛，黯黯，稻仔酒。穠穁。

【穛】Liâm, boē Liâm ê tiū á Pe̍h bí, tiū á bô kiat chí ê khoán sit.
ㄌㄧㄢˊ，袂黏的稻仔，白米，稻仔無結子的款式。

【稻】tō, tiū, tsúi chhân tiū. chhek. Sian tiū, keng tiū, Lō tiū. tsúi tiū. tiū chháu.
ㄉㄠˋ，ㄉㄧㄡˋ，水田的稻。粟。秈稻，杭稻，糯稻。水稻。稻草。

【榭】Siā, Siā kò bí, chiū sī chit khoán sòe sòe ê ngó kok. Sòe á ê mîa.
ㄒㄧㄝˋ，榭秙米，就是一款小小的五穀。黍仔的名。

造字 借射字成字。

十一畫

【穉】tī, kap 稺·稚 Sio Siāng. sòe sòe, iù tsàng ê tiū, khah mn̂g ê tiū,
ㄉㄧˋ，与稺·稚相同。細細，幼穉的稻，較晚的稻，

【穚】Chhiong, ngó kok Poàⁿ Sek. á sī ta ta khì. bô sûi. koah ngó kok.
ㄑㄧㄤ，五穀半熟。或是乾乾去。無媄。刈五穀。

【穊】kì, tiū á, tiū khau khah soe. tiū âm âm. tōe mîa, Kì chiu, tī kim Lêng Siâⁿ tang pak.
ㄐㄧˋ，稻仔，稻敲較疏。稻黯黯。地名，穊州，佇金陵城東北。

【穅】khong, ngó kok ê Phê, bí khng, chho khng, kap 糠 Siāng khoán.
ㄎㄤ，五穀的皮，米糠，粗糠，与糠同款。

【穈】bûn, âng Sek ê Sóe á. oē kek tit chiú. chhiah Liông siok.
ㄇㄣˊ，紅色的黍仔。能氣得酒。赤粱粟。

【穆】bo̍k, tiū á hó khoàⁿ, súi, hó, hô sūn, chheng khì, chhiong Sēng, chhù sū kāu kāu. hô bo̍k,
ㄇㄨˋ，稻仔好看，媄，好，和順，清氣，昌盛，處事厚厚。和穆，
Siok bo̍k bo̍k bo̍k bo̍k jiân, chēng su.
肅穆。穆穆。穆然，靜思。

【穌】So͘, tiū chit Pé, Soah. an hioh. khoàiⁿ oa̍h. tùi sí kòh oa̍h, So͘ seng, ho̍k So͘. kiù sè tsú ia so͘ ki tok.
ㄙㄨ，稻一把。息。安息。快活。對死復活，穌生，復穌。救世主耶穌基督。

【穄】Chè, chit hō sóe á, ū îⁿ îⁿ sòe sòe ê hoe. chhin chhiūⁿ Sóe á, bōe Liâm. chè be̍h.
ㄐㄧˋ，一號黍仔，有圓圓小小的花。親像黍仔，袂黏。穄麥。

【穛】Chiau, Chiàu, thiap chhâ sio chè sū. tsòe hiàn thiⁿ ê Lō͘ eng.
ㄐㄧㄠ，ㄐㄧㄠˋ，疊柴燒祭祀。做獻天的路用。

【積】Chek, tsū, ke thiⁿ, khioh oá, chek tsū, tsū chip. Chek tek. chek siān. Liap chek. thiap koân, tui chek.
ㄐㄧ，ㄗˋ，加添，拑倚，積住，聚集。積德。積善。拉積。疊高，堆積。
Chek Siáu Sêng to. chek Lô Sêng Chit. ùi tsù, Chió kiò tsòe ùi, tsōe kiò tsòe tsū.
積少成多。積勞成疾。委積，少叫做委。多叫做積。

【穗】tsóng, tiū á tsū chip kui Pé. tiū kó tsâng thang khng teh chhī gû bé.
ㄗㄨㄥˇ，稻仔聚集歸把。稻稿欉可藏咧飼牛馬。

【穞】Lu̍t, Chiū sī chit khóan bí ê mîa.
ㄌㄩˋ，就是一款米的名。

【穲】Lî, tiông Sa Lâng kóng tiū á nn̄g pé ê ì sù. tiū kui Lia̍t.
ㄌㄧˊ，長沙人講稻仔兩把的意思。稻歸列。

【穎】éng, ngó kok Sūi ê chhiu, tiū á ê chiam bé, Chiam, Lāi, Pit bé, Chhang mîa. tiū éng, hong éng.
ㄧㄥˇ，五穀穗的鬚，稻仔的尖尾，尖，利，筆尾，聰明。稻穎。鋒穎。
chhong éng. Lêng Lī, Lêng khiáu, éng îⁿ. thoat éng jî chhut, tsâi Lêng chhut chiòng.
聰穎。伶俐，靈巧，穎異。脫穎而出，才能出衆。

【穓】tsa, Chiū sī âng bí ê chhek á ê ì sù. Chhiah tsa.
ㄓㄚ，就是紅米的粟仔的意思。赤穓。

【穖】ka, chiū sī keng tsoh ê ì sù.
ㄐㄧㄚ，就是耕作的意思。

【穋】Lio̍k, khoai khoai sêng se̍k. āu bé chèng tāi seng siu ê ì sù. kap 稑 Siāng khóan, tōng Lio̍k.
ㄌㄨˋ，快快成熟。後尾種代先收的意思。与稑同款，穜穋。

【穇】Sam, tiū á tn̂g tn̂g ê khóan sit. tiū sūi bōe oē kiat chí.
ㄙㄢ，稻仔長長的款式。稻穗袂能結子。

十二·十三畫

【穤】mūi, mūi, tiū á Siong tio̍h hō͘, Pāi hoāi, O͘ Pan Sek, o͘ o͘.
ㄨㄟˇ，ㄨㄟˇ，稻仔傷着雨，敗壞，黑斑色，黑黑。

【穗】Sūi, tiū á ê hoe hó khoàⁿ, kiat chhek chiâⁿ Pha. tiū á sūi, be̍h Sūi.
ㄙㄨㄟˋ，稻仔的花好看，結粟成葩。稻仔穗，麥穗。

【穜】tiông, tông. Chiū sī tiū á tāi Seng chèng āu bé sêng se̍k ê ì sù, tōng Lio̍k.
ㄉㄨㄥˊ，ㄊㄨㄥˊ。就是稻仔代先種後尾成熟的意思，穜穋。

【穭】kòe, e̍h, chho͘ khng, chiū sī chhek á khoeh khak khí Lâi. khng e̍h. thák kòe Sio Siāng.
ㄍㄨㄟˋ，ㄜˋ，粗糠，就是粟仔夾殼起來。糠穭。讀穭相同。

穠 jiông, Lông, ㄖㄨㄥˊ, ㄋㄨㄥˊ; Súi ê tiū á, 倈的稻仔; tsōe tsōe ê khoán sit, 多多的款式。bō͘ Sēng ê khoán, 茂盛的款; iau thô Lông Lí, 夭桃穠李。jiông Lek. 穠綠。

穡 Sek, Sit, ㄕㄜˋ, ㄒㄧˋ; ngó͘ kok thang Siu sêng, 五穀可收成; kà Sek。稼穡。Sit tiûⁿ. 穡場。tsoh sit. 作穡。chiū sī keng êng tsoh ngó͘ kok ê ì sù. 就是經營作五穀的意思。

穟 Sūi, ㄙㄨㄟˋ; ngó͘ kok khui hoe kiat chí ê hó khòaⁿ. 五穀開花結子的好看。tiū sūi, 稻穟; thong sūi. 通穟。

穚 tō, ㄉㄠˋ; kéng soán, 揀選; oe chhek tsōe bí, 挨粟做米; chiáng kóan bí chhek ê ì sù. 掌管米粟的意思。tī chhek ê sū. 治粟的事。

穧 tsu, ㄗㄨ; chek tsū tiū á, 積住稻仔; chek tiok ê ì sù. 積蓄的意思。

穢 oe, ê, ㄨㄟˋ, ㄜˋ; ngó͘ kok hō͘ Pháiⁿ chháu àⁿ, 五穀給歹草餡; Pháiⁿ, 歹; Lâ sâm. 垃圾。chhân Lai tsap chháu. 田內雜草。ù oe, 污穢; bû oè. 蕪穢。hêng uî Sōe, ㄙㄨㄟˋ; m̄ hó, 毋好; oè hêng. 穢行。è tioh Lâng, 穢著人; è Lâ sâm, 穢垃圾; Pīⁿ thoân jiám, 病傳染; Pīⁿ sio è. 病相穢。è sōe. 穢穢。

穯 chiàn, ㄐㄧㄢˋ; chit Pé ngó͘ kok. 一把五穀。ngó͘ kok koah Liáu thiap kui tui. 五穀刈了疊歸堆。

十四·十五畫

穪 chheng, chhèng, ㄔㄥ, ㄔㄥˋ; 稱 ê siók jī. 的俗字。ì sù sio siāng. 意思相同。

穫 hō͘, ㄏㄨㄛˋ; koah ngó͘ kok, 刈五穀; siu sêng, 收成; koah hō͘. 刈穫。chit nî saⁿ hō͘. 一年三穫。khún Pek sit chì ê khoán, 窘迫失志的款; ún hō͘. 隕穫。

穤 Lō͘, ㄋㄨㄛˋ; chit khoán oē Liâm ê chhek á. 一款能黏的粟仔。tsút á chhek, 秫仔粟; tsút bí. 糯米。kap 糯 sio siāng. 与糯相同。

穧 chè, ㄐㄧˋ; koah ngó͘ kok hē teh, 刈五穀置的; thang Pák sóa siu khí Lâi. 可縛續收起來。

穩 ún, ㄨㄣˇ; theh tiū tsōe tui thang siak, 提稻做堆可扚; pêng an, kian kò͘, thò tòng. 平安,堅固,妥當; an ún. 安穩。ún tàng. 穩當。

穥 ū, ū, ㄩˋ, ㄩˇ; sóe á súi súi bō͘ sēng, 黍仔倈倈茂盛; chhiong sēng ê khoán sit. 昌盛的款式。

穮 Phiau, ㄅㄧㄠ; tsoh chhân, 作田; thóaⁿ chháu, 挩草; thóaⁿ chháu bô hioh khùn. 挩草無歇睏。tiū á Pha hng ê khoán. 稻仔拋荒的款。

穭 Lú, Lū, ㄌㄩˇ, ㄌㄩˋ; ka kī hoat ê tiū á, 傢己發的稻仔; iá siⁿ ê tiū á. 野生的稻仔。sòa sòa ê tiū á. 散散的稻仔。

穬 kóng, ㄍㄨㄥˇ; tiū á ê mí. 稻仔的秠。tiū á bō sêng sek. 稻仔無成熟。

十六—廿一畫

穮 Lông, ㄌㄨㄥˊ; tiū á, 稻仔; tiū á hoān Pīⁿ ê ì sù. 稻仔患病的意思。

穰 jiông, ㄖㄤˊ; hong sēng, 豐盛; ngó͘ kok hó siu sêng, 五穀好收成; tsōe tsōe, 多多; chhiong sēng, 昌盛。tōa jiông. 大穰。jiông jiông. 穰穰。

穱 chiok, chhiok, ㄐㄩㄝˊ, ㄑㄩㄝˊ; chèng bêh tī tiū á ē. 種麥佇稻仔下。sòe sòe, 小小; tsá sêng sek. 早成熟。tang tō͘ hā chiok. 冬稌夏穱。

穲 Lî, ㄌㄧˊ; kap 穲 jī siāng, 与穲字相同; chhiáⁿ chham khó 11 uih. 請參考十一畫。

穳 tsàn, tsoan, ㄗㄢˋ, ㄗㄨㄢˋ; tiū á chek tsū tsōe hé. 稻仔積住做伙。tiū á bō sēng bōe kiat chí. 稻仔茂盛膾結子。

穐 chhiu, siu, ㄑㄧㄡ, ㄒㄧㄡ; 秋 ê kó͘ jī. 的古字。iu būn, 憂悶; ui giâm. 威嚴。chhiⁿ chhin. 青清。chhiu chhin. 穐清。siu sip tan, ioh oân miâ. 穐石丹,藥丸名。

穴部 116

穴 hiat, ㄒㄩㄝˊ; thô͘ chhù, 土厝; chioh tōng, 石洞; soaⁿ khang. 山孔。bōng khòng, 墓壙; khut, ui khang. 堀,挖孔。tōng hiat. 洞穴。tsâu hiat. 巢穴。hiat tō. 穴道。

二—三畫

空 oat, ㄨㄚˋ; khang khang, 空空; khoah tōa. 闊大。khang tōa. 孔大。chhiú thâm khang. 手探孔。chhim khang. 深孔。

【究】kiù ㄍㄧㄡ kàu kėk, chīn thâu, chhim, chhui sǹg, kè bô, sa"oàn hūn, chhâ mn̄g, kiù kèng, Giân kiù.
到極，盡頭，深，推算，計謀，相怨恨，查問。究竟，研究。
tui kiù, thàm kiù, tsa kiù, kiù mn̄g, kiù Pān, kiù bô, kiù ok.
追究，探究，查究，究問，究辦，究謀，究惡。

【穹】kiong ㄑㄩㄥ tōa, koâi", kiong chīn, kiong chhong. that bat, kiong kok.
大，高，窮盡。穹蒼。塞窒，穹谷。

【空】khong, khòng, khang, khàng ㄎㄨㄥ，ㄎㄨㄥˋ，ㄎㄤ，ㄎㄤˋ thian khong, thài khong, khong tiong, khoah tōa, bû hān tōa. khòng,
天空，太空，空中，闊大，無限大。空，
khòng toe, khang toe. khang khang, khòng Peh. khang Phāng. khang hì. thô khang,
空地，空地。空空，空白。空縫。空虛。土空，
sī thô kh, hām khi" ê ì sù. khang khak. khong kun, khang khiah. khong khì.
是土孔，陷坑的意思。空殼。空軍。空隙。空氣。

【穸】Sėk, Sip ㄕㄜˋ，ㄒㄧ bōng Lāi ê thia" tn̂g. o· àm, tn̂g mî. Sip, Sip chhù, chiū sī Liâu á Lāi koa" chhâ,
墓內的廳堂。黑暗，長夜。穸，穸厝，就是寮仔內棺柴，
thèng hāu Lāi chhē hó hong Súi. ēng kāu kāu Lé Sò· Lâi an tsòng, tun Sėk.
等候來尋好風水。用厚厚禮數來安葬，窀穸。

四畫

【窀】tun ㄉㄨㄣ ēng kāu kāu Lé Sò· Lâi an tsòng, tun Sėk.
用厚厚的禮數來安葬，窀穸。

【穿】chhoan, chhēng, chhn̄g, chhǹg ㄔㄨㄢ，ㄔㄥ，ㄔㄥ，ㄔㄥˋ chhi̍a" khang, thong thàu, chhoan tōng, chhāk, tsǹg, jī Pat Loān chhoan i.
成孔，通透，穿洞，鑿，鑽。二八亂穿衣。
sī jī Gėh Peh Gėh thi" khì bô tia" tiōh, kāu Pōh Loān Loān chhēng. chhēng sa". chhēng ôe.
是二月八月天氣無定着，厚薄亂亂穿。穿衫。穿鞋。
chhn̄g chiam, chhn̄g khang, chhn̄g kè, chhn̄g tîn, chhn̄g bih. n̄g chhn̄g, Gōng Lâng ū Gōng hok,
穿針，穿孔，穿過，穿藤，穿篾。趣穿，戇人有戇福，
n̄g chhn̄g Phōe Pōh hok. kóng kan khiau bô it tēng tit hok Pò.
趣穿配薄福。講奸巧無一定得福報。

【宏】hông ㄏㄨㄥ tōa keng chhù, chhù chhim hiáng Liāng.
大間厝，厝深響亮。

【突】tūt, tuh, tùh, tsuh ㄉㄨㄊ，ㄉㄨㄏ，ㄉㄨㄏ，ㄗㄨㄏ hut jiân, tūt jiân. oan ke, chhiong tūt. thó thó. tūt chhut. tūt khí.
忽然，突然。冤家，衝突。吐吐，突出。突起。
tūt ûi. tiám tuh, chiū sī thong tì, kiò chhi", thau tiám tuh, chí tiám ê ì sù. tuh koâi" á,
突圍。點突，就是通知，叫醒，偷點突，指點的意思。突桿仔，
tuh toe, tuh thô kha. tùh Phoà, tùh Phoà koe kui. tsùh tsui, tsúi tsùh tsoa" tsúi ê khì khū.
突地，突土腳。突破，突破雞胿。突水，水突，濺水的器具。

【竊】chhiap ㄑㄧㄝˋ chhoah, tsoh chhat, thau theh, su khia, àm chī", ka kī siū". chhiap tô. chhiap su. chhip khoà".
ㄑㄩㄝˋ 作賊，偷提，私騎，暗靜，家己想。竊盜。竊思。竊看。
chhiap thia". chhiap tsū. Lí ū chhoah Góa, chhoah Lâng ê chî". Seng kā Lâng chhoah.
竊聽。竊自。你有竊我，竊人的錢。先給人竊。

【穽】chēng ㄐㄧㄥˇ chiū sī toe ê khang, Lap o ê só· tsāi. hām khi". kap 阱 同意思. Pēng kak.
就是地的孔，塌窩的所在。陷坑。與阱同意思。陲角。

【窔】iáu, iàu ㄧㄠ，ㄧㄠˋ chhim chhim, ún khǹg tī àm ê só· tsāi, Giâm iáu tōng Pâng. siang Loh chhù, chhù ê tang.
深深，穩藏佇暗的所在，嚴窔洞房。双落厝，厝的東陲角。

【罙】sim ㄒㄧㄣ hut jiân, Poah Loh. chhim chhim ê ì sù.
忽然，跋落。深深的意思。

【窅】biáu ㄇㄧㄠˇ tiām tiām. chhim. o· àm.
恬恬。深。黑暗。

五畫

【窌】kàu, kà ㄍㄠˋ，ㄍㄚˋ khui toe khang. thô khut, thô khò, sì kak, chhim. tn̂g kà toe.
開地孔。土堀，土庫，四角，深。塘窌地。

【窋】tūt, Puh ㄉㄨㄊ，ㄉㄨㄏ teh beh chhut khang sit. mih tī khang nih ê khoan. Puh chhut. chiū sī mih tī
咧也出孔的款式。物佇孔裡的款。窋出。就是物佇
soa" hiat, á sī soa" khang nih tsáu chhut Lâi. Puh Gê, Puh í". chháu bák hoat í".
山穴，或是山孔裡走出來。窋芽，窋芽。草木發芽。

【窆】Piàn ㄅㄧㄢˋ tsòng koan bók. an tsòng ê khì khū. ēng chhâ chiòh Lâi khàm. bōng Pâi.
葬棺木。安葬的器具。用柴石來蓋。墓牌。

【窄】chek ㄓㄜˇ oeh toeh, Pek oá. oe khoeh, bô só· tsāi. oan ke Lō· chek. oan ke Phian Phian tú tiòh Lō· oeh.
狹隘，迫倚。挨夾，無所在。冤家路窄，冤家偏偏抵着路狹。

窊 oa, ㄨㄚ, thô khut, Lap o, khah kē ê só-tsāi, oa Liông. bô tīⁿ ê khoan sit
土堀，塌窩，較低的所在，窊隆。無滇的款式。

窈 iáu, 一ㄠˇ, chhim, hn̄g, súi, hó. an chēng, Chheng hiu. iáu thiáu. iáu iáu. iáu thiáu Siok Lú.
深，遠，美，好。安靜，清幽。窈窕。窈窈。窈窕淑女。

窅 biân, biáu, iáu, ㄇㄧㄢˊ, ㄇㄧㄠˇ, 一ㄠˇ, thap bak. chhim hn̄g, chheng hiu. khiau ê khoán sit. iáu bêng. biān, iu būn,
塌目。深遠，清幽。曲的款式。窅冥。窅，憂悶；
oàn hūn, sī bô hoaⁿ hí Lâng ê ì sù.
怨恨，是無歡喜人的意思。

六 畫

窒 Chek, ㄓˋ, Put thong, that bat, móa móa, tsat tsat. Chek Sek. Chek sài. Chek Gāi.
不通，塞密，滿滿，實實。窒息。窒塞。窒礙。

窓 chhong, thang, ㄔㄨㄤ, ㄊㄤ, ê Siok jī, thàu khang. mn̂g thang, thiⁿ thang, khong khì thang. Pah iap thang.
窗的俗字，透孔。門窗，天窗，空氣窗。百葉窗。
thak su ê tông ôh, tông chhong. chhong bêng kí chēng, chheng khì siūⁿ. thang á mn̂g.
讀書的同學，同窗。窗明几淨，清氣相。窗仔門。

窕 thiáu, ㄊㄧㄠˇ, kek chhim, chheng hân. Súi, hó ê sek, sòe sòe, Sió khoa. iáu thiáu. iáu thiáu Siok Lú.
極深，清閑。美，好的色，小小，少許。窈窕。窈窕淑女。

窔 biáu, ㄇㄧㄠˇ, chhù ê tang Lâm kak.
厝的東南角。

窑 iâu, khau, iô, 一ㄠˊ, ㄎㄠ, 一ㄛ, Sio hûi ê tsàu, hûi iô, tsng iô, hiā iô. hoe iô. Gū iâu. khau, chiū sī
燒瓷的灶，瓷窑，磚窑，瓦窑。灰窑。御窑。窑，就是
khang khang Léng chēng ê ì sù. tōe ê khǹg mih kiāⁿ ê só tsāi. tōe khau.
空空冷靜的意思。地下藏物件的所在。地窑。

七・八 畫

窊 chhâ, tô, ㄔㄚˊ, ㄉㄛ, chhim chhim ê khoan sit. oa chhâ.
深深的款式。窊窊。

窗 chhong, thang, ㄔㄨㄤ, ㄊㄤ, kap 窓. 窻 Sio Siāng. mn̂g thang, tông chhong
與窓。窻相同。門窗，同窗

窖 kàu, kà, ㄍㄠˋ, ㄍㄚˋ, khui tōe khang, thô khut, thô khò, sì kak, chhim. tǹg kà tōe.
開地孔，土堀，土庫，四角，深。埋窖地。

窘 khún, ㄎㄩㄣˇ, kiông Pek, khùn khó, khùn khún, khún Pek, khún thài, kan khó ê chêng hêng.
強迫，困苦，困窘，窘迫。窘態，艱苦的情形。

窙 hau, ㄏㄠ, koāiⁿ chì khì. khai tat ê khoan sit.
高志氣。開達的款式。

窡 toat, ㄉㄨㄛˊ, khang ê tiong ng, tùi khang nih chhut Lâi ê khoan sit.
孔的中央，對孔裡出來的款式。

窠 kho, ㄎㄜ, khang, khang tiong ê Siū. Chiau Siū. Chiau kho. hó kho. chhiū téng ê kiò Siū, hiat khut ê kiò kho.
孔，孔中的巢。鳥巢。鳥窠。虎窠。樹頂的叫巢，穴窟的叫窠。

窟 khut, ㄎㄨ, kut tōe tsòe chhù. thô hām, thô khang, thô khut. chióh khut. iâ khut. chhat khut.
堀地做厝。土陷，土孔，土窟。石窟。營窟。賊窟。

窣 Sut, ㄙㄨˋ, hiat tiong ê Peng tsáu chhut. kiâⁿ Lō bān bān ê khoan, bô an ún. hong sia Sut Sut.
穴中的兵走出。行路慢慢的款，無安穩。風聲窣窣。

窞 tām, ㄉㄢˋ, kham tiong sòe ê khàm, Phian Piⁿ Lâi jip khì.
坎中的小的坎，偏邊來入去。

窨 Sim, ㄒㄧㄣ, hut jiân Poah Lóh. chhim chhim ê ì sù.
忽然跋落。深深的意思。

窮 Pêng, ㄅㄥ, tsòng sí Lâng ēng thô khàm ê ì sù.
葬死人用土蓋的意思。

窢 hek, ㄏㄜˋ, chiū sī Gèk hong ê Siaⁿ.
就是逆風的聲。

九 畫

窩 O, O, u, ui, ㄜ, ㄛ, ㄨ, ㄨㄟ, O. khang tsòe Siū. thô khut, khǹg bat, Soaⁿ O. iàn O. O ka, O tsông.
挖孔做巢。土窟，藏密，山窩。燕窩。窩家，窩藏。
O ka, chiū sī bóe chhat hè ê Lâng, Siu tsōng ê Lâng. oá u, Lap u, chiū sī
窩家，就是買賊貨的人，收贓的人。坱窩，塌窩，就是
Lap o. bih u. Phāiⁿ Lâng bih tehê Só tsāi. tsúi koe u. chhat u. iàn o, iⁿ á
塌窩。匿窩，歹人匿的的所在。水蛙窩。賊窩。燕窩，燕仔

ê Siū, it Poaⁿ sī chí chhai iàn, sī iⁿ á ê nōa kiat chiâⁿ. Ui khang, ui hī khang. ēng
的巢，一般是指紫燕，是燕仔的唾結成。窩孔，窩耳孔。

【窨】 im, ìm, 一ㄣ,ㄧㄣˋ; im, chiū sī O Sek ê ì sù。ìm, thô hām, khui thô khang tsòe chhù, tōe kàu, khng chiú ê Lō
窨，就是黑色的意思。窨，土陷，開土孔做厝，地窖，藏酒的路用

【窬】 jû, tau, ㄖㄨˊ, ㄉㄡ; tsn̂g chhâ mn̂g. chhng khang. chhiûⁿ ū khang. Chhak Pán tsòe mn̂g. Sio chhat á, Chhoan jû chi
鑽柴門。穿孔。牆有孔。鑿板做門。小賊仔，穿窬之盜
tō. tau, chiū sī Chhim kē ê ì sù. Sek tau siat khì, chhek só ê ì sù.
。窬，就是深低的意思。械窬褻器，厠所的意思。

【窪】 oa, ㄨㄚ; chhim chhim, chheng tsúi. khoah tōa. tsúi ê miâ, ak oa tī Siám Sai. Oa tōe, kē hām ê tōe
深深，清水。闊大。水的名，渥窪佇陝西。窪地，低陷的地。

【䆪】 hong ㄏㄨㄥ; kn̂g ê sek, hé ê khoán Sit.
光的色，火的款式。

【窩】 hàhⁿ ㄏㄚˋ; hàhⁿ hàhⁿ. chiū sī Lāi bīn khang khak, bô mih tī teh.
窩窩。就是內面空殼無物佇哋。

造字 借窩的偏音成字。

十畫

【窮】 kiông, kêng ㄍㄧㄥˊ,ㄍㄩㄥˊ; Chīn thâu, kėk, kàu bé, kiông chīn. San kiông tsúi chīn thàt bàt, kiông tô boat Lō.
盡頭，極，到尾，窮盡。山窮水盡。塞窒，窮途末路。
hiong, ㄒㄩㄥ; kiù kèng, kiông Lí. khùn khó. kiông khùn. Sàn hiong, kêng Sàn, Sàn chhiah, Pîn kêng. tsòe m̄
究竟，窮理。困苦，窮困。㤺窮，窮㤺，㤺赤，貧窮。做呣
kiaⁿ sin Lô sí, chiah m̄ kiaⁿ thâu ke kêng. thâu ke Lâng Chhiàⁿ Lâng ê tsū su.
驚薪羅死，食呣驚頭家窮。頭家與倩人的自私。

【窺】 Phì, ㄆㄧˋ; chiū sī khì tūi Lòh Lâu chhut ê ì sù.
就是氣墜落流出的意思。

【窱】 tiāu, ㄉㄧㄠˋ; tsa khòaⁿ, chhim hn̄g ê khoán sit.
查看，深遠的款式。

【窴】 tian, tiân, ㄉㄧㄢ,ㄉㄧㄢˊ; tian, thūn thô. that bàt, kan khó. tian tó, Sún hoāi. tiân, Pūn Phín á ê Siaⁿ
窴，填土，塞窒，艱苦，顛倒，損壞。窴，噴笛仔的聲；
bān bān, iân oān ê ì sù. oa ip tiân Lán.
慢慢，延緩的意思。窊圓窴赧。

【窯】 iâu, khau, iô, ㄧㄠˊ, ㄎㄠ, ㄧㄛˊ; kap 窑·窰 Sio Siāng. hûi iô, tōe khau.
與窑·窰相同。瓷窯，地窖。

【窰】 iâu, khau, iô, ㄧㄠˊ, ㄎㄠ, ㄧㄛˊ; kap 窑·窯 Sio Siāng. hûi iô, tōe khau.
與窑·窯相同。瓷窰，地窰。

【窳】 jú, jû, oa, ㄖㄨˇ, ㄖㄨˊ, ㄨㄚ; khì khū khang khang, iā ū Pē Pēng. Pháiⁿ. Pîn tōaⁿ. Loán jiòk. jú bin,
器具空空，也有弊病。壞。貪惰。軟弱。窳民，
jú Lō, tsú jú. Liông jú Put hun, hó Pháiⁿ bô hun ê ì sù.
窳陋，呰窳。良窳不分，好歹無分的意思。

【寥】 Liâu, tsâu, ㄌㄧㄠˊ, ㄗㄠ; Chhù chhim ê khoán Sit, Liâu ok. Sėk Cheng. Chhim chhim ê khoán Sit.
厝深的款式，寥屋。寂靜，深深的款式。

【窮】 hiong, Siâ, ㄒㄩㄥ, ㄒㄧㄚˊ; Sòng hiong, chiū sī Pîn kiông ê ì sù. bô chîⁿ, bô tsâi sán ê ì sù.
㤺窮，就是貧窮的意思。無錢，無財產的意思。

【䆷】 tsoat, ㄗㄨㄛˊ; Chhùi Lāi kâm chiàh mih móa móa ê ì sù
嘴內含食物滿滿的意思。

十一畫

【窶】 kû, kù, Lû, ㄐㄩˋ, ㄐㄩˋ, ㄌㄩˊ; bô Lé ê só tsai. Sòng hiong, chhó Lō. Pîn kû. Lû jîn.
無禮的所在。㤺窮，粗魯。貧窶。窶人。

【窺】 kui, khui, ㄍㄨㄟ, ㄎㄨㄟ; Sió khòa khòaⁿ, thau khòaⁿ, Siam bih Lâi khòaⁿ Lâng. khui kap khúi, khúi Siāng ì sù,
少許看，偷看，閃匿來看人。窺與跬，跬同意思，
chìn chit kha, chit hoah Saⁿ chhioh.
進一腳，一跬三尺。

【窞】 tâm, ㄉㄢˋ; Pòh koh khoah tōa, Pìⁿ koh Pòh ê ì sù. Chhim chhim ê khang.
薄倜闊大，扁倜薄的意思。深深的孔。

【窵】 tiàu, ㄉㄧㄠˋ; chhim chhim, hiān kim iā kóng hn̄g hn̄g, keh teh ê ì sù. tiàu oán. Lō tô hn̄g khun Lân.
深深，現今也講遠遠，隔哋的意思。窵遠。路途遠困難。

【窳】 u, ㄨ; chiū sī Soaⁿ khang ê ì sù.
就是山孔的意思。

窼 tsâu, ㄗㄚㄨ; chiau á tsoh siū tī khang ê tiong ng. 鳥仔作巢佇孔的中央。

窻 chhong, thang, ㄘㄛㄥ, ㄊㄤ; kap siāng khoán. 与 窓·窗 同款。

寖 chîm, chhîm, ㄐㄧㄇ, ㄑㄧㄇ; hô Lâm séng siā" ê miâ, tī hia ū tsúi kau. tâm sip. 河南省城的名，佇彼有水溝。浸濕。

十二畫

⿱穴登 teng, ㄉㄝㄥ; chhù khoa" khìng, khoah tōa ê khoán sit. chhù lāi hiáng liāng. 厝寬寬，闊大的款式。厝內嚮亮。

⿱穴商 hiat, khiat, ㄏㄧㄚㄊ, ㄎㄧㄚㄊ; khang ê khoan, chhng khang ê khoan sit. 孔的款，穿孔的款式。

窾 khoán, ㄎㄨㄢ; khang, kó tâ, ta ê chhiū, khoán bók. i ê ki tín tāng. 空，枯焦，乾的樹；窾木。它的枝振動。

⿱穴覘 theng, ㄊㄝㄥ; sì chiā" teh khoà", âng sek, khoà" chiā" chiā" ê ì sù. 四正咧看，紅色，看正正的意思。

窿 liông, ㄌㄧㄛㄥ; tōa, koâi", thi" ê khoán sit. khiong liông. 大，高，天的款式。穹窿。

竁 chhui, ㄑㄨㄧ; ó khang, sòe chiah niáu chhú ê sia". khut. khui khòng. 挖孔，小隻貓鼠的聲。窟。開壙。

十三·十四畫

竅 khiàu, ㄑㄧㄠˋ; khang phāng. gâu ioh tāi chì. sim khiàu. gâu piàn khiàu. pì koat, koat khiàu. khui khiàu. 孔縫。敖臆事誌。心竅。敖變竅。秘訣，訣竅。開竅。

竄 chhoàn, chhìng, ㄘㄨㄢ, ㄘㄥ; hun niáu chhú, tsóng chhut, loān loān tsóng, tô phun, loān chhoàn. chhoàn chhut. siám pī 燻貓鼠，踪出，乱乱踪，逃奔，乱竄。竄出。閃避；
ún bát, hêng hoat, chhoàn hók. phang bī chhìng phī", chhìng jip, chhìng chhut, chhìng tsáu. 隱密，刑罰，竄伏。香味竄鼻。竄入，竄出，竄走。

竆 kiông, kêng, ㄍㄧㄛㄥ, ㄍㄝㄥ; kap 窮 sio siāng. 与窮相同。

⿱穴監 lám, lām, ㄌㄚㄇ, ㄌㄚㄇ; pôh koh tōa, bô pî" chhim chhim ê khang. 薄閣大，無平深深的孔。

⿱穴躳 kiông, ㄍㄧㄛㄥ; kok ê miâ, hō Gē tī hia tsòe koa". sòa chhoân ūi. 國的名，后羿佇彼做官；纘纂位。

十五—十七畫

竇 tō, táu, ㄉㄜ, ㄉㄠ; khang phāng, tsúi âm, phòa khui. táu âm. kau á bé ê khang, hō tsúi thang lâu chhut. 孔縫，水飯，破開。竇飯。溝仔尾的孔，予水可流出。
khǹg ngó kok tóe kàu, tō kàu. chêng táu chho khai, siàu lú khé hoat kám chêng sū. Lâm ê sì". 藏五穀佇地窖，竇窖。情竇初開，少女啓發感情事。人的姓。

竉 lóng, ㄌㄨㄥ; khang hiat, tōe hō miâ, ū lóng chiu. 孔穴。地號名，于竉州。

竈 tsò, tsàu, ㄗㄜ, ㄗㄠ; tsú mih ê hé lô. khí hé, kúi sîn ê miâ, tsàu kha, tsàu kun. tiā" tsàu, tōa tsàu. 煮物的火爐。起火，鬼神的名，竈脚，竈君。鼎竈，大竈。

竊 chhiap, chhoah, ㄑㄧㄚㄆ, ㄑㄨㄚㄏ; tsū tsoan, lām sám tsòe. tsū khiam ê oē, tsū chhiap. chhat á, sió chhiap, chhiap hōan. 自專，濫滲做。自謙的話，自竊。賊仔，小竊，竊犯。
thau théh, chhia chhú. thau chhiò, chhiap chhiò. chhoah chî". seng kā lâng chhoah. poah chî" ê ì sù. 偷提，竊取。偷笑，竊笑。竊錢。先給人竊。撥錢的意思。
chhiap giók thau hiong, jū ta pò lâng kan siā hêng ūi. chhiap chhiap su gú, kóng oē m̄ hō goā lâng tsai. 竊玉偷香，喻唐夫人姦邪行為。竊竊私語，講話毋予外人知。

立 部 117

立 lip, ㄌㄧˋ; khiā lip, chhòng, chhòng lip. kiàn lip. liâm pī", lip chek, lip khek. siat lip. sûi sî 竪立。創，創立。建立。臨邊，立即，立刻。設立。隨時，
lip sî. tsoeh kúi miâ, lip chhun, lip tang. lip tiû". lip chêng. lip tōe. lip kong. 立時。節季名，立春，立冬。立場。立正。立地。立功。
lip hoat, lip hoat ī". lip chiok. lip sè. lip lūn. lip hong hêng. 立法，立法院。立足。立誓。立論。立方形。

四・五 畫

【竑】hông, ㄏㄨㄥˊ; khòng khoah, nīu, chhek tok。廣闊，量，測度。

【竒】kî, ㄑㄧˊ; hán tit, koh iūⁿ, kî koài, kî khá, kî īⁿ。罕得，異樣，奇怪，奇巧，奇異。

【䇑】phá, ㄆㄚˋ; té pán, té té ê khoán sit。短板，短短的款式。

【站】tiām, tiàm, tsām, tsàn, ㄉㄧㄢˋ, ㄉㄧㄢˋ, ㄗㄢˋ, ㄗㄢˋ; tiām tiām khiā, tiām tiām chē。Lō͘ tiām, tiām tēng。tiàm tī hia, tiàm tī chia。站站豎，站站坐。路站，站定。站佇彼，站佇這。tiàm tī ńg。tiàm chhù lāi。tiàm bát bát。chit tsām, kè tsām, chhia tsām, Lō͘ tsām。kiong èng tsām。站佇影。站厝內。站密密。一站，過站，車站，路站。供應站。tsàn tēng, khiā tiāⁿ ê ì sù。tsàn kong, kun keng khia pan, siú oē ê ì sù。站定，豎定的意思。站崗，軍警豎班，守衛的意思。

【竚】thú, ㄊㄨˋ; kú kú khiā teh thèng hāu, kú, him bō͘。kap 佇 sio siāng。久久豎咧等候，久，欣慕。与佇相同。

【竜】Liông, thióng, Gêng, Lêng, ㄌㄧㄥˊ, ㄊㄧㄥˊ, ㄫㄥˊ, ㄌㄥˊ; 龍 ê kán thé jī。ū lân, tē it tōa ê thâng。Liông, chhiⁿ Liông, 龍的簡体字。有鱗，第一大的虫。竜，青竜，tiong kok Lâng jīm ūi sī hông tè siōng tin。tsáp jī siⁿ siàu tē gō͘。thióng, khiā koâiⁿ ūi, 中國人認為是皇帝的象徵。十二生肖的第五。竜，豎高位，chhim ài, ài sioh, thióng ài。êng hián。Gêng, Gêng géng kè chí ê mîa。Gêng géng koa。深愛，愛惜，寵愛。榮顯。竜，竜眼，果子的名。竜眼乾。Lêng, tsúi Lêng, hái Lêng ông。Liah Lêng, chhiⁿ mî Lâng teh àn mô͘ ê ì sù。竜，水竜，海竜王。掠竜，瞎盲人咧按摩的意思。

【竝】Pēng, Piāⁿ, Phēng, ㄅㄥˋ, ㄅㄧㄚˋ, ㄆㄥˋ; nn̄g Lâng saⁿ kap khiā。kap。saⁿ kap。pîn pîⁿ。Lóng tsóng, tsòe chit ē。tek khak 兩人相與豎。與，相與。平平。攏總，做一下。的確。pí khoàⁿ。Pēng pâi。Pēng lip。Pēng keng。Pēng chìn。Piāⁿ。saⁿ piāⁿ。Piāⁿ lâi piāⁿ khì。Piāⁿ siⁿ sí。比看。竝排。竝立。竝肩。竝進。竝，相竝。竝來竝去。竝生死。Phēng, pí phēng, phēng khoàⁿ, phēng lí ê soe ōng, phēng lí ê jī ūn。竝，比竝，竝看，竝你的衰旺。竝你的字運。

六・七 畫

【章】Chiong, chiuⁿ, ㄐㄧㄛㄥ, ㄐㄧㄨˋ; chhái sek, hó khoàⁿ, hián bêng, bûn lí, bûn chiong, gák chiong, kui chek, tiâu khoán, 彩色，好看，顯明，文理，文章，樂章。規則，條款，Chiong chiat。iok chiong。chiong kù。tsàu chiong。tô͘ chiong。khun chiong。bûn chiuⁿ。tián chiuⁿ 章節。約章。章句。奏章。圖章。勳章。文章。典章。Piáu chiuⁿ, chit chiuⁿ, kúi chiuⁿ。ìn chiong。Lâng ê sìⁿ chiong。表章，一章，幾章。印章。人的姓章。

【竩】hāi, ㄏㄞˋ; sîn ê mîa, sū hāi, khí lâi ê ì sù。神的名，豎竩。起來的意思。

【竟】kéng, kèng, ㄍㄥˊ, ㄍㄥˋ; thó͘ tōe saⁿ liân, kài hān, khiā khí ê só͘ tsāi, kéng kài, kap 境 siang ì sù。kéng jiân, 土地相連，界限，豎起的所在，竟界，与境同意思。竟然，kù jiân。kéng jit, kéng iā, kui jit, káng kìu kàu tóe, pit kèng, chīn sū, kèng tsoân 居然。竟日，竟夜，歸日。講究到底，必竟。盡事，竟全功。

【竦】chhióng, sióng, sóng, ㄑㄧㄛㄥˊ, ㄒㄧㄛㄥˊ, ㄙㄛㄥˊ; kiong kèng。kiaⁿ hiâⁿ。tín tāng。sóng hông。sióng jiân。tòe, chhióng, chióng 恭敬。驚惶。振動。竦惶。竦然。隨，竦從。Chiáu ê mîa, chhióng su。sóng tōng, khéh khéh tiō。鳥的名，竦斯。竦動，愕愕跳。

【竢】sū, ㄙㄨˋ; khóan thāi, thèng hāu, ǹg bāng。kap 俟 siong tông。sū thāi。款待，等候，向望。与俟相同。竢待。

【童】tông, tâng, tn̂g, thâng, ㄉㄛㄥˊ, ㄉㄤˊ, ㄉㄥˊ, ㄊㄤˊ; ko͘ toaⁿ, gín á, siáu tông, jî tông, tông tsú。kok kun ê bó͘ tsū khiam ê 孤單，囝仔，小童，兒童。童子。國君的媒自謙的話 oē, siáu tong。tâng, tâng ki, thòe kúi sîn kóng oē ê Lâng, thiàu tâng, chiūⁿ tâng, thè tâng。小童。童，童乩，替鬼神講話的人，跳童，上童，退童。chin tâng, ké tâng, koan tâng。tn̂g tn̂g, Lâng tn̂g á, chiâⁿ Lâng tn̂g。Lâng ê sìⁿ thâng。ū kong tông 眞童，假童，棺童。童童，人童仔，成人童。人的姓童。有講童。

【竣】tsùn, ㄗㄨㄣˋ; kang tiāⁿ bêng pėk, tsùn kang。oân tsùn。soah。the, hók。工程明白，竣工。完竣。息。退，伏。

【竨】phut, ㄆㄨㄊ; hoāⁿ mih ê siaⁿ seh。按物的聲說。

【竮】Pheng ㄆㄥˊ; chhiū sī chhe ēng, chhe kah ê ì sù。
就是差用，差誤的意思。

八·九畫

【竪】Sū, khiā, ㄕㄨˋ, ㄎㄧㄚ; Sū Lip。Lâng ê Sìⁿ。khiā chiaⁿ chiaⁿ。Chêng tit。Lô Pók, Lô sū。khiā tit tit。
竪立。人的姓。竪正正。正直。奴僕，奴竪。竪直直。

【竢】thiám ㄊㄧㄢˇ; Chiū sī kiong kèng ê ì sù。
就是恭敬的意思。

【竫】Chēng ㄐㄧㄥˋ; Chiam sī thêng。khì tsāi。tiām tiām。chēng Lip。
暫時停。竪在。靜靜。竫立。

【竭】kiat ㄐㄧㄝˊ; Liáu。Chīn, hó, kiat chīn。kiat Sêng。Pōe, Gîa, Pāi, ūn tsoán。kiat Lėk。
了。盡，好，竭盡。竭誠。背，夯，敗，運轉。竭力。

【端】toan, toaⁿ ㄉㄨㄢ, ㄉㄨㄚ; khí thâu, sì chiàⁿ, tiâu tit, toan chiàⁿ。khai toan。thâu bé, boat toan。in iû, in toaⁿ。Sū toaⁿ。kū Lėk Gō Géh Chhe Gō toan ngó tsoeh。
起頭，四正，特直，端正。開端。頭尾，末端。因由，因端，事端。旧歷五月初五 端午節。

十二—十四畫

【竲】Cheng ㄗㄥ; kôaiⁿ ê khóan Sit。bāng ko Liâu。chhiū nâ Lāi ê Liâu á，hō jîn kûn hioh。
高的款式。望高寮。樹林内的寮仔，經人群歇。

【竵】hoa ㄏㄨㄚ; chiū sī bô sì chiàⁿ ê ì sù。
就是無四正的意思。

【競】kēng ㄐㄧㄥˋ; kôaiⁿ kôaiⁿ。kiông béng。Saⁿ chiⁿ, kēng cheng。kóaⁿ kín, kóaⁿ tiòk, cheng kēng。Pí Sài, kēng ki。Soán kú, kēng Soán。kēng Sài。
高高。強猛。相爭，競爭。趕緊，趕逐，爭競。比賽，競技。選舉，競選。競賽。

竹 部 118

【竹】tiok, tek ㄓㄨˊ, ㄉㄝˊ; bûn im tiok。chhiū ê mîa, tek, tek tsâng。tek tsat。khang sim。tek kóng。tek Sún。tek Pâi。Lėk tek。Chhì tek。môa tek。kùi tek。tek hioh。tek tsóa。tiok Pò Pêng an。
文音竹。樹的名，竹，竹欉。竹節，空心。竹管。竹筍。竹排。綠竹，刺竹，麻竹，桂竹。竹葉。竹紙。竹報平安。

二·三畫

【竺】tiok ㄓㄨˊ; tek tsâng ê mîa, tek tsâng。kó tsá kok mîa, thian tiok kok。Lâng ê Sìⁿ。
竹欉的名，竹欉。古早國名，天竺國。人的名。

【竻】Lėk ㄌㄜˋ; Chiū sī tek kun。tek ê mîa, Lėk tek, chiū sī chhì tek。tēng tham ūi Lî Pa。
就是竹根。竹的名，竻竹，就是刺竹。碇可圍籬笆。

【竿】kan, koaⁿ ㄍㄢ, ㄍㄨㄚ; (ko, ㄍㄜ) tek ko chhoân, tek ko。tiò koaⁿ。tek koaⁿ。tek ko。
竹篙串，竹篙。釣竿。竹竿。竹竿。

【竽】û ㄩˊ; Gák khì ê mîa, chhin chhiūⁿ tōng Siau, Seng ê Lūi。ké Pún Sū ê Lâng, Lām û chhiong sò。
樂器的名，親像筒簫，笙的類。假本事的人，濫竽充數。

四畫

【笊】tsó, tsáu, tsóaⁿ ㄓㄠˇ, ㄗㄨ, ㄗㄨㄚ; tek tsòe ê khì khū, chhin chhiūⁿ Pn̄g Lê, tsóaⁿ Lî。tek bih tsòe ê khì khū, thang tùi tiáⁿ nih Lâi hô Pn̄g。tsáu chhiu, tsáu bé, tsáu thàu, tsáu tāng, tsáu Pak, tsáu hō; Lau tiāu ê ì sù。
竹做的器具，親像飯筥，笊籬。竹篾做的器具，可對鼎裡來撈飯。笊手，笊買，笊透，笊重，笊腹，笊雨，漏掉的意思。

【笐】kong ㄍㄤ; tek Pâi Liat, tek ê Lūi, tek ê mîa。Gák khì。tek ko。
竹排列，竹的類，竹的名。樂器。竹篙。

【笏】hut ㄏㄨˋ; tsàu Pán, chiū sī Pah koaⁿ beh tiâu kìⁿ hông tè só kiah ê mih。
奏版，就是百官也朝見皇帝所攑的物。

【笄】ke ㄐㄧ; tek Chiam á。Pák tiâu, kùi teh。chhiū thâu。tsa bó Gín á chhut kè ê sî。
竹簪仔。縛䠷，掛䠷。簪頭。查某囡仔出嫁的時。

【笈】kip, khip ㄐㄧˊ, ㄑㄧˋ; Pē chheh Siuⁿ, hū khip chiông Su, kun sûi Sian sìⁿ thák chheh ê ì sù。tóe chheh ê Láng。
背書箱，負笈從師，跟隨先生讀書的意思。貯書的籠。

【笆】Pa ㄅㄚ; ū chhì ê tek Lî, Lî Pa。tek Pīⁿ ê khì khū, Pa tau。
有刺的竹籬，籬笆。竹編的器具，笆斗。

笔 Pit, ㄅ一ㄊ, kap 与 筆 Siong tông 相同。Sut tîn, kì tsai, Siá jī. 述陳，記載，寫字。Siá jī ê khì khū. 寫字的器具。Siá jī ê Pit. 寫字的笔。

笑 Chhiàu, Siàu, chhiò, 《一ㄚ, T一ㄚ, 《一ㄜ, hoaⁿ hí, hoan chhiàu. 歡喜，歡笑。bú bān, chhi chhiàu. 侮慢，嗤笑。chhiò iông, 笑容，hó chhiò, 好笑，bî chhiò. 微笑。
ba bún chhiò. 嘛吻笑。chhiò oē. 笑話。thí chhiò. 恥笑。Siàu Gân Siong khai. 笑顏常開。Siàu Lí tsóng to. 笑裏藏刀。Chhiò bīn hó. 笑面虎。Kún chhiò. 哏笑。

笋 Sún, ûn, ㄕㄨㄣ, ㄨㄣ, kap 与 筍 Siāng khóan. 同款。tek hoat ê Gê, 竹發的芽，tek sún. 竹筍。Chhó bòk só hoat ê ìⁿ. 草木所發的芽。Chiam Lāi ê mih. 尖利的物。

笓 tún, ㄉㄨㄣ, tóe ngó kok ê khì khū, 貯五穀的器具，Pūn á, 笨仔，Sòe sòe ê chhek chhng. 小小的粟倉。

笎 ún, ńg, ㄨㄣ, ㄥ, chiū sī tóe mih Lâi chhin bōe Lâng ê khì khū. 就是貯物來拜賣人的器具。ńg á. 笎仔。tiàu ńg. 吊笎。→hó.

笠 hô, ㄏㄜ, tek ê mîa, 竹的名，Sún bī khó, 筍味苦，tek tsat Pì chìⁿ tek sò tōa, 竹節比箭竹疏大，bàk soe. 窗疏。Soaⁿ nih Lâng chhò Lâi sīⁿ put chí hó. 山裡人到來跂不止好。

笓 Pî, Pi, ㄆ一, ㄅ一, Pî, 笓，tek tsòe ê khì khū, 竹做的器具，thang Lâi Liàh hê á. 可來捕蝦仔。Pî á, 笓仔，Gín á ê thit thô mih, 囝仔的迌迌物，Pûn oē háu. 噴能哮。

五 畫

笞 thai, thi, ㄊㄞ, ㄊ一, ēng tek Pán Phah Seng khu, 用竹板打身軀，Pian thai, 鞭笞，thi táⁿ 笞打。Kéng kài. 警戒。tek Pê. 竹跛。

笠 tsū, ㄗㄨ, Gak khì, 樂器，ēng tek Lâi tiau tsòe hiân á. 用竹來調做絃仔。

符 hû, ㄈㄨ, nn̄g tè tek Sio háp 兩塊竹相合。khàm bāt. 蓋密。tek tsat, 竹節，Pîn sìn. 憑信。hû hoat, 符法，tek hû, 竹符，thó hû. 土符。Siong hû. 相符。hû háp. 符合。

笰 hut, ㄈㄨㄊ, chhia aū ê tsah 車後的截。Pī Pān chì thang Sià. 備辦箭可射。

笱 kó, kô, 《ㄡ, 《ㄡ, tek ut khiau tsòe Liàh hî ê khì khū, 竹彎曲做捕魚的器具，oē jip boē oē chhut. 能入艙能出。hî kô, 魚笱，ti kô, 猪笱，hê kô. 蝦笱。
iô kô, 搖笱，chiū sī iô nâ, 就是搖籃，tsòe io eⁿ á ê Lō ēng. 做育嬰仔的路用。

笳 ka, 《ㄚ, tek hióh tsòe thit thô ê mih. 竹葉做迌迌的物。chhin chhiūⁿ Pî á. 親像笓仔。ka Siau. 笳簫。

笴 kó, khó, 《ㄜ, ㄎㄜ, chìⁿ. 箭。Kóe tsòe. 假做。tōe hō mîa, 地號名，Pek kó Phî. 白笴陂。kng bêng. 光明。chì Pé. 箭把。

笘 khó, ㄎㄜ, tek ê mîa. 竹的名。Liàh hî ê khì khū. 捕魚的器具。

笠 Lip, Loeh, ㄌ一ㄆ, ㄌㄨㄝㄏ, (Léh, ㄌㄝㄏ) tek tsòe ê bō 竹做的帽。jia hō, 遮雨，jia jit, 遮日，hō Loeh 雨笠。Loeh á. 笠仔。koe Léh á, 瓜笠仔，chháu Léh á. 草笠仔。

笝 Liap, ㄌ一ㄚㄆ, Pak tsûn 縛船，tek ê soh á. 竹的索仔。Pó Lî Pa. 補籬笆。Kah tsûn kap tek ê ì sù. 單船與竹的意思。

笨 Pūn, ㄅㄨㄣ, tek mòh. 竹膜。chho Siok. 粗俗。Gû Pūn, 愚笨，chho Pūn. 粗笨。Puî Puî ê Lâng, 肥肥的人，Pūn Peh. 笨伯。Chhun Pūn. 蠢笨。Pūn téng. 笨頂。
tsûn Lâi Pho Pî ê Pang. 船來鋪平的板。Pūn tāng. 笨重。Pūn chhiu Pūn kha. 笨手笨脚。Pūn thâu Pūn náu. 笨頭笨腦。

笙 Seng, ㄕㄥ, Gak khì ê mîa. 樂器的名。Kó Sek chhui Seng. 鼓瑟吹笙。hoat Gê, 發芽，Sìⁿ chhut, 生出，iù Sòe. 幼少。

笥 Su, ㄙ, chiū sī i sit Siuⁿ 就是衣食箱，sì kak Siuⁿ ê ì sù. 四角箱的意思。Soaⁿ mîa, 山名，Giók Su Soaⁿ. 玉笥山。hòk Su Kóng, 腹笥廣，hàk Sek hong hù. 學識豐富。

笪 tàn, ㄉㄚ, Phah, 打，Lâng ê Sìⁿ. 人的姓。thai á 篩仔。khàm tsûn ê kòa. 蓋船的蓋。tōe hō mîa, 地號名，O tàn Soaⁿ. 烏笪山。

第 tē, tāi, toē, ㄉ一, ㄉㄞ, ㄉㄨㄝ, chhù sū, 次序，Pâi Liat, 排列，téng tē, 等第，chhù tē. 次第。tsū theh, 住宅，ka sè, 家世，bûn tē. 門第。tāi thâu, 第頭，toē kúi, 第幾，toē it. 第一。
tāi Seng, 第先，khí thâu ê ì sù. 起頭的意思。khó chhì, 考試，kip tē, 及第，Lòk tē. 落第。chhù théh. 厝宅。théh tē. 宅第。

笭 Lêng, thâng, ㄌ一ㄥ, ㄊㄨㄤ, tsûn Lâi chhia Lāi ê Láng, 船内車内的籠。Liàh hî ê khì khū, 捕魚的器具，Lêng Séng. 笭箵。tè tsúi. 笭水。Phû thâng, 浮笭，tek thâng, 竹笭，
bâng bé thâng. 網尾笭。hê thâng, 蝦笭，chiū sī ēng tek bîn, 就是用竹篾，á sī tîn tsòe ê hia 或是藤做的瓠，thang Liàh hê á. 可捕蝦仔。

笤 tiâu, ㄊ一ㄠ, sàu chiú, 掃帚，tiâu chiú, 笤帚，sàu tē ê khì khū. 掃地的器具。Siūⁿ Poe. 尚杯。

笒 m̂, hîn, ㄇ, ㄏ一ㄣ, Gín á ê thit thô mih, 囝仔的迌迌物，ēng tek kóng tsòe ê, 用竹管做的，khui Pì á khang, 開管仔孔，ná kan Lòk tńg oē háu 如樫樚轉能哮。 造字

笛	tek, tat, ㄉㄧㄝㄎ, ㄉㄚㄊ	Gák khì ê mîa, Phín á. ēng tek kóng tsng khang ê. tat á. tat Lá. Pûn tat Lá. 樂器的名，笛仔。用竹管鑽孔的。笛仔。笛仔。吹笛仔。 khì tek, tek sian. Giók tek. 汽笛，笛聲。玉笛。
笮	Chek, tsà, tè, ㄐㄧㄝㄎ, ㄗㄚ, ㄉㄝ	chhù téng ê Pang. Oe khoeh. chìⁿ tē. chiú chē chheng. tek Pâi ê Soh. tè, 厝頂的板。挨夾。箭袋。酒生清。竹排的索。笮， tè ta, tè hó ta, tè tsúi, tè am, tè kiaⁿ lâng 笮乾，笮手乾，笮水，笮泔，笮驚人。
笫	Chí, tsáiⁿ, ㄐㄧ, ㄗㄞ	bîn chhn̂g chhioh, bîn chhn̂g, bîn chhn̂g Pang, sī hioh khùn ê só tsāi. chhn̂g chí. chhn̂g tsáiⁿ chi kan, hu chhe ê su sū. 眠床蓆，眠床，眠床板，是歇睏的所在。牀笫。牀笫之間，夫妻的私事。
笘	chhiam, ㄑㄧㄚㄇ	chih tek chhe. Gín á só Sia ê jī ê ì sù. 折竹箠。囡仔所寫的字的意思。
笩	Phài, ㄆㄞ	chiū sī Pe khí, Pò iông ê ì sù. 就是飛起，報揚的意思。
笣	Pau, ㄅㄠ	tek ê mîa, tang thiⁿ chiū hoat Sún. 竹的名，冬天就發筍。
笡	Chhiáⁿ, ㄑㄧㄚ	chiū sī Gó Gek, ui kėh ê ì sù. 就是忤逆，違逆的意思。
笴	kam, ㄍㄚㄇ	tek ê mîa, toā tek. 竹的名，大竹。
笲	hoân, ㄏㄨㄢ	chhâu ê nâ á. chhùi oeh. ēng sì Pò khàm. tsá sin-niû ēng ê. 草的籃仔。嘴狹。用絲布蓋。早新娘用的。
笟	ko, ㄍㄛ	ēng bih Pak mih, ēng bih Lâi tsat 用篾縛物，用篾來紮。
笢	bín, ㄅㄧㄣ	tek ê Goā Phê. thâu khak ê bín á. bín á. 竹的外皮。頭殼的笢仔。笢仔。
笸	Phó, ㄆㄛ	khah chhián ê nâ á, thang hē Gō kok tī chhia nih. 較淺的籃仔，可置五穀佇車裡。
笚	ap, kah, ㄚㄅ, ㄍㄚㄏ	tek mîa. kah, tī sit but ê Goā Phê, á sī tēng khak, chhin chhiūⁿ tek Sún ê Pau hioh; 竹名。笚，佇植物的外皮，或是碇殼，親像竹筍的包葉； kah hah. kah sìⁿ. Pòa kì kah. thih kah Saⁿ. 笚葉。笚扇。簸箕笚。鐵笚衫。

六畫

筑	tiok, ㄉㄧㄛㄎ	cheng thô kha, cheng chhiûⁿ, khí hoāⁿ, khí chhù. kó Gák khì ê mîa, ēng tek chhioh Phah chhut Siaⁿ. 舂土腳，舂牆，起岸，起厝。古樂器的名，用竹尺打出聲
筏	hoat, Pâi, ㄏㄨㄚㄊ, ㄆㄞ	tek Pâi, tō tsúi ê kang khū. tek hoat, tek Pâi. bok hoat. Phê hoat. Pâi á. 竹排，渡水的工具。竹筏，竹筏。木筏。皮筏。筏仔。
筕	hêng, kiaⁿ, ㄏㄝㄥ, ㄍㄧㄚ	chhó ê jiok á, ēng tek bih tsòe ê, bih chhioh. kiaⁿ, thai tau kiaⁿ, Pòa ki kiaⁿ, nâ kiaⁿ, chhài nâ kiaⁿ 粗的褥仔，用竹篾做的，篾蓆。筕，篩斗筕，簸箕筕，籃筕，菜籃筕，
筎	jû, jû, ㄖㄨ, ㄖㄨ	tek Phê. ēng tek jû Lâi that tsûn. thak jû Sio Siâng. 竹皮。用竹筎來塞船。讀茹相同。
筓	ke, ㄍㄝ	kap 笄 jī Sio Siâng. tek chiam á. Pak tiàu, kùi teh. chhiūⁿ thâu, tsa bó Gín á chhut kè 與笄字相同。竹簪仔。縛髻，掛咧。上頭，查某囡仔出嫁時
筊	kau, kâu, kàu, ka, ㄍㄠ, ㄍㄠ, ㄍㄠ, ㄍㄚ	tek ê Soh á. Sûi ê Gek. tōng Siau ê mîa. kau Poe, tek tsòe ê Siùⁿ Poe. 竹的索仔。隨的玉。筒簫的名。筊杯，竹做的尚杯。 ka Liah, chiū sī tek bih tsòe toā ê thai, thang Phak mih, á sī bōe mih. ka Pek Sún, tsúi Sún. 筊簟，就是竹篾做大的篩，可曝物，或是賣物。筊白筍，水筍。
筁	khiok, khah, ㄎㄧㄛㄎ, ㄎㄚㄏ	Liah hî ê khì khū, tek khah. khah á. 捕魚的器具，竹筁。筁仔。
筋	kun, ㄍㄨㄣ	bah ê khùi Lat, kun Lėk. khùi Lat. kun kut. kun Le. huih kun. kun Phî Lek chīn 肉的氣力，筋力。氣力。筋骨。筋絡。血筋。筋疲力盡
筇	kiông, ㄍㄧㄛㄥ	tek ê mîa. ē tsòe tit koaiⁿ á. hû kiông. 竹的名。能做得拐仔。扶筇。
筀	kùi, ㄍㄨㄧ	tek ê mîa, hioh sòe sòe, tsat bak sòe sòe, sī bat bat. kùi tek. 竹的名。葉小小，節目小小，絲密密。筀竹。
[造字]	Pėh, ㄅㄝㄏ	ka Pėk Sún, chiū sī tsúi Sún. ū lâng kiò i kha Peh Sun. 筊白筍，就是水筍。有人叫它筊白筍。 造字

【筐】khong, kheng, sì kak siuⁿ. kheng á, nā ê khoán sit, tóe chhài ê khì khū, chhài kheng. tóe chheh ê siuⁿ, chheh kheng. kheng khong tò kiap, chhiau chhē mih kiāⁿ. an chhn̂g, khong chhn̂g.
ㄎㄨㄤ，ㄎㄜㄥ，四角箱。筐仔，籃的款式，貯菜的器具，菜筐。貯冊的箱，書筐。傾筐倒篋，搜尋物件。安牀，筐牀。

【笔】Lô, khì khū ê lūi, siok tek lâi tsòe chiâⁿ ê.
ㄌㄨㄛˊ，器具的類，屬竹來做成的。

【筆】Pit, sut tîn kì tsài, siá jī, siá jī ê kang khū, mô͘ pit. iân pit. lah pit. bûn pit. pit kì.
ㄅㄧˇ，述陳記載，寫字，寫字的工具，毛筆。鉛筆。蠟筆。文筆。筆記。

【笠】Liap, chiū sī tek ê ì sù. tek liap
ㄌㄧㄚˋ，就是竹的意思。竹笠

【筅】sián, chhéng, tek tsòe sàu tiáⁿ tiō ê khì khū. tek ko chhiuⁿ, lông sián, chit chióng peng khì.
ㄒㄧㄢˇ，ㄑㄧㄥˇ，竹做掃鼎銚的器具。竹篙鎗，狼筅，一種兵器。
chhéng, tek chhéng, chhéng á, koe mô͘ chhéng. chhéng thûn.
筅，竹筅，筅仔，雞毛筅。筅塵。

【筍】Sún, tek puh gê, tek ê kiáⁿ, tek sún. sún koaⁿ. lô͘ sún. phái tek chhut hó sún, hó tek chhut ku lún, pí jū sū kap goān ūi keh ê ì sù.
ㄕㄨㄣˇ，竹萌芽，竹的子，竹筍。筍乾。蘆筍。歹竹出好筍，好竹出痀崙，比喻事與願違逆的意思。

【答】tap, tah, thoa tsûn ê tek soh. pò èng, ìn tap. pò tap. kái tap. tap àn. tap hok. tap siā.
ㄉㄚˊ，ㄉㄚ，拖船的竹索。報應，應答。報答。解答。答案。答復。答謝。
tah, tah èng, chiū sī sêng lo̍k pa̍t lâng pài thok ê ì sù.
答，答應，就是承諾別人的拜託的意思。

【等】téng, tán, thèng, pí phēng, pìn pōe, saⁿ tâng, téng hun. téng piat. pêng téng. téng kip. siong téng.
ㄉㄥˇ，ㄉㄢˇ，ㄊㄥˇ，比並，平輩，相同，等分。等別。平等。等級。相等。
it téng. chhù téng. siōng téng. tán, tán hāu, tn̄g tán. thèng hāu, kap tán hāu sio siāng.
一等。次等。上等。等，等候，膛等。等候，與等候相同。

【筒】tông, tâng, thâng, tông, tek ê miâ, siā tông tek. tek tâng, pit tâng, hō tâng, tông siau. ian tâng.
ㄊㄨㄥˊ，ㄉㄤˊ，ㄊㄤˊ，筒，竹的名，射筒竹。竹筒，筆筒，號筒，筒簫。煙筒。
chîⁿ tâng, hiuⁿ tâng. ian tâng khò͘. thâng, hiā thâng, chiū sī khàm chhù téng ê chit poàⁿ îⁿ ê.
錢筒，香筒。煙筒箍。筒，瓦筒，就是蓋厝頂的一半圓。

【策】chhek, kè chhek, phah sǹg. bé piⁿ, chip chhek. koáiⁿ á. siá bûn jī ê tek pán, chhek kán. kek lē,
ㄘㄜˋ，計策，打算。馬鞭，執策。枴仔。寫文字的竹板，策簡。激勵，
piàn chhek. sòe ê pùn ki. chhek sū. chhek lio̍k. tùi chhek. chhek tōng.
鞭策。小的畚箕。策士。策略。對策。策動。

【筌】chhoan, tek ko pák sòaⁿ kap jī lâi liah hî ê khì khū. tek gû bōng chhoan.
ㄑㄩㄢˊ，竹杆縛線與餌來捕魚的器具。得魚忘筌。

【筹】khó, ka, chiū sī ut tek á sī chhâ lâi tsòe khì khū ê ì sù. ka lô, chiū sī tek bih tsòe ê ka tû, thang tóe gó͘ kok.
ㄎㄜˇ，ㄍㄚ，就是熨竹或是柴來做器具的意思。筹笔，就是竹篾做的筹廚，可貯五穀。

【筭】chhún, chhǹg, ēng tek siu chiam lâi kǹg mih. chhǹg, chit chhǹg mih. chit chhǹg chit chhǹg, chiū sī ēng sòaⁿ pák mih tī tek ko nih.
ㄘㄨㄣˋ，ㄑㄩ，用竹修尖來貫物。穿，一筭物。一筭一筭，就是用線縛物佇竹杆裡。

【筈】koat, chîⁿ thâu ê khàm, hō͘ lâng thang siā chìⁿ.
ㄍㄨㄚˊ，箭頭的坎，給人可射箭。

【笵】iâu, chhù téng po̍h po̍h ê ì sù. chhù koa.
ㄧㄠˊ，厝頂薄薄的意思。厝蓋。

七畫

【筯】tū, chia̍h ê khì khū. kap 箸 siāng khoán.
ㄉㄨˋ，食的器具。與箸同款。

【筧】kián, kéng, khió, ēng lâi thong tsúi ê tek kóng. tek kéng, tsúi kéng, tsúi khió. tōe miâ, kián kiô, tī hâng chiu chhī pak pêng. nî chîⁿ kéng.
ㄐㄧㄢˇ，ㄍㄥˇ，ㄎㄧㄛ，用來通水的竹管。竹筧，水筧。水筧。地名，筧橋，佇杭州市北爿。籬笆筧。

【筥】kú, tóe mih ê khì khū, îⁿ îⁿ nâ ê khoán sit. tóe bí ê khì khū.
ㄍㄨˇ，貯物的器具，圓圓籃的款式。貯米的器具。

笎 koán, ㄍㄨㄢˇ Gak khì ê miâ, Phìn siau ê hiân sòaⁿ, chiong kó koán hiân。chit pò ê so á。 jī sìⁿ。
樂器的名，笛簫的絃線。鐘鼓笎絃。織布的梭仔。字姓。

筤 Liông, Lâng, ㄌㄧㄤˊ, ㄌㄤˊ Sòe sòe ê tek, chhong liông tek。Soaⁿ ê miâ, Sûn lông san。nâ á ê ì sù。
小小的竹，蒼筤竹。山的名，筼筤山。籃仔的意思。

筢 Pâ, Pê, ㄆㄚˊ, ㄆㄝˊ siu chhau á ê tek khì, pê á, tek pê, pê soe。khí pê。gō khí pê。
收草仔的竹器，筢仔，竹筢，筢梳。齒筢。五齒筢。

筲 Sau, So, ㄕㄠ, ㄕㄛ tóe pn̄g ê khì khū。pn̄g táu nâ。chin, táu。
貯飯的器具。飯斗籃。升，斗。

筮 sē, ㄕˋ ēng koaⁿ bâng lâi pok kòa, khòaⁿ miā。pok sē。
用菅芒來卜卦，看命。卜筮。

筭 Soàn, Lâng, thâng, ㄙㄨㄢˋ, ㄌㄤˊ, ㄊㄤˊ Soàn, kap 算 sio siāng。Lâng, tī lâng, chiū sī khǹg tī ê khì khū, tng hê á ê khì khū, hê lâng, hê thâng, chiū sī tek bih á sī tîn tsòe ê hia, oē jip bōe oē chhut。
筭，与算相同。筭，箸筭，就是藏箸的器具，撯蝦仔的器具，蝦筭。蝦筭。就是竹篾或是藤做的瓠，能入𣍐能出。

豆 tō, ㄉㄡˋ kó tsá chiah bah khì khū, chè hiàn ê lé sò ê khì khū。
古早食肉的器具，祭獻的禮數的器具。

筩 tong, tông, ㄊㄨㄥ, ㄉㄨㄥˊ tong, chiū sī chhì tē ê ì sù。tông, tek ê khì khū, Gak khì ê miâ, Liah hî ê khì khū。chîⁿ tâng, tek tâng, pit tâng。
筩，就是箭袋的意思。筩，竹的器具，樂器的名，捕魚的器具。錢筒，竹筒，筆筒。

筴 chhek, kiap, ngoeh, ㄘㄜˋ, ㄍㄧㄚˊ, ㄏㄨㄜˋ chhek, kè bô, kè chhek, kap 策 sio siāng。ēng sì chháu lâi pok kòa。chheh pán。
筴，計謀，計筴，与策相同。用蓍草來卜卦。冊版。
ngoeh kiap, tek tī, kiah tī, kiap mih。kiap bah, kiap hî。tāu ngoeh, tōa ngoeh, sòe ngoeh, tāu á ngoeh。
筴，竹箸，攑箸，筴物。筴肉，筴魚。豆筴，大筴，小筴，豆仔筴。
kiah tī ngoeh mih kiāⁿ。ngoeh á, thih ngoeh, hé ngoeh。
攑箸筴物件。筴仔，鐵筴，火筴。

筵 iân, ㄧㄢˊ tek chhioh, toh, pho siat, iân siah, siat iân siah, chhiáⁿ lâng kheh。
竹蓆，桌，鋪設，筵席，設筵席，請人客。

筠 Kun, ㄍㄨㄣ tek ê phê tēng tēng。tek bô sim。tek ê chhiⁿ phê。
竹的皮碇碇。竹無心。竹的青皮。

笛 tún, ㄉㄨㄣˋ tóe ngó kok ê khì khū, tún hê。kap tún sio siāng。
貯五穀的器具，笛[illegible]。与笆相同。

笆 ip, ㄧˋ Liah hî ê tek ê khì khū。
捕魚的竹的器具。

筡 Chhek, ㄘㄜˋ iû kho, tāu kho。khoeh iû ê mih。iû phoh ê ì sù。
油粿，豆粿。夾油的物。油粕的意思。

筬 Sêng, se, ㄕㄥˊ, ㄕㄜ tek ê miâ, nâ á, kheng á, chiū sī pīⁿ tek tsoe ê khì khū。se, hiân se, chiū sī chit pò ê ke si, hō sòaⁿ oē thang chit tiâu chit tiâu。
竹的名。籃仔，筐仔，就是編竹做的器具。筬，絃筬，就是織布的傢私，互線能可一條一條。

笹 tún, ㄉㄨㄣˋ tóe ngó kok ê khì khū, pūn á。kap 笆 sio siāng。
貯五穀的器具，笨仔。与笆相同。

管 Gián, ㄧㄢˇ kn̄g tn̂g chit chhioh sì chhùn, lák ki ê tōng siau, tōng siau ê siaⁿ。
管長一尺四寸，六支的筒簫，筒簫的聲。

箁 Pò, Pô, ㄅㄛˋ, ㄅㄛˊ chhe pò。láng pò, chiū sī chhe ké ê khì khū。lang pò。
炊箁。籠箁，就是炊粿的器具。籠箁。

造字 古早一般的炊事用具，非瓷即木即竹，故採竹字頭加甫成箁

笊 jiáu, ㄓㄠˇ jiáu á, chiū sī ū khí thang pê chhâ ê lō ēng。
笊仔，就是有齒可扒柴的路用。

造字 借抓的形成字。

筚 Pi, ㄅㄧ Pi á, hō tek, pûn pi á, chhe hō lêng ê mih, gín á thit thô ê mih。
筚仔，號笛，吹筚仔，吹號令的物，囝仔廸迌的物。

造字 屬笛的類，出尖聲，早用小竹管做成。

八畫

箚 tsat, ㄗㄚˊ ēng chiam á lâi chhak ê ì sù。tsat kì, su siá tiong tek tiám ê tsù hō。
用簪仔來鑿的意思。箚記，書寫中特點的注號。

【箏】cheng, ㄓㄥ, Gak khì ê mîa, chhin chhiūⁿ khîm. nî chīⁿ chêng ê thih bé. hong chieng, hong chhe.
樂器的名，親像琴。簾簷前的鐵馬。風箏，風啫。

【篧】tàu, tà, ㄉㄠˋ, ㄉㄚˋ, Liàh hî ê khì khū. tek Lāng, tek khah, khah á, hî tàu. Khàm mih ê khì khū. jia khàm ê khì khū, koe tà, báng tà.
捕魚的器具。竹籠，竹笛，笛仔，魚篧。蓋物的器具。遮蓋的器具，雞篧，蚊篧。

【篘】chiú, chhiu, ㄐㄧㄡ, ㄑㄧㄡ, tek ê mîa, chiu tek, biau sòe iap bat chhin chhiūⁿ chiu. Sàu chiú. Sàu chhiu. chiu ê Siok jī.
竹的名，篘竹，杪細葉密親像篘。掃篘。掃篘。帚的俗字。

【篙】tīⁿ, ㄉㄧˊ, tek ê mîa, koâi chiaⁿ pah tn̄g.
竹的名，高成百丈。

【箠】Sûi, chhê, ㄙㄨㄧ, ㄑㄜ, tek ê mîa, tek tsat, tek Poe, ēng tek Poe Phah, chhê á, ko chhê. hé chhê. Phah Lâng ê chhê á. mī soàⁿ chhê. kiò koaⁿ chhê.
竹的名，竹節，竹篦，用竹篦打，箠仔，篙箠。火箠。打人的箠仔。麵線箠。叫棺箠。

【箕】ki, ㄐㄧ, chhiⁿ ê mîa, khí hong ê tiau thâu. tóe mih ê khì khū. Poà ki. Pùn ki. kè Pē Giap ki kiû.
星的名。起風的兆頭。貯物的器具。簸箕。畚箕。繼父業，箕裘。

【箝】khiâm, ㄑㄧㄢˊ, só am kún, ngoéh, nih chhùi, chēng chēng, khìⁿ teh, khî á. khiâm chè.
鎖頷頸，筴，勒嘴，靜靜，擒哟，鉗仔。箝制。

【箇】kò, ㄍㄜˋ, chiâⁿ Liap, chiâⁿ Liap, chiâⁿ ki. mih ê siàu Giàh. kò ê Pun jī. chit kò, tsap kò.
成粒，成粒，成支。物的數額。個的本字。一箇，十箇。

【箍】ko, khó, ㄍㄜ, ㄎㄜ, ēng bih Pák mih, ēng thih khoân tiâu Sok teh. chhin chhiūⁿ bok tháng kho. kho tháng. ûi kho, bih kho, thih kho, în kho. hiuⁿ chhng tī hái tó tiong kan, sì ûi Lóng kang, toā chhng kiò toā ko ûi, sió chhng kiò sió ko ûi.
用篾縛物，用鐵環束的。親像木桶箍。箍桶。圍箍，篾箍，鐵箍，圓箍。鄉村佇海島中間，四圍攏江，大村叫大箍圍，小村叫小箍圍。

【[竹+狐]】ko, ㄍㄜ, tek ê mîa, ko tiok tek, sìⁿ tī hàn iông, tsá tsòe Pûn chhe ê khì khū. tsòe bé Pìⁿ.
竹的名，菰築竹，生佇漢陽，早做噴啫的器具。做馬鞭。

【箜】khong, ㄎㄨㄥ, Gak khì ê mîa, khong hô. koh tsài iā sī tsòe bih nâ ê ì sù.
樂器的名，箜篌。擱再也是做篾籃的意思。

【管】koán, kńg, kóng, ㄍㄨㄢˇ, ㄍㄥ, ㄍㄜㄥ, Gak khì ê mîa, koán Gak, siau tek Lūi, jû tōng siau. tek tsat khang sim ê khoán. tek kńg, bí kńg, chhang kńg, nâ âu kńg, hì kńg, ngī kńg, ńng kńg. tī Lí, chhú Lí, koán Lí, koán ke, koán sū, koán kà. koán hat. thih kóng, tsúi kong, Phīⁿ kong, Gû kak kó.
樂器的名，管樂，簫笛類，如洞簫。竹節空心的款。竹管，米管，蔥管，咽喉管，肺管，硬管，軟管。治理，處理，管理，管家，管事，管教。管轄。鐵管，水管，鼻管，牛角管。

【箖】Lîm, ㄌㄧㄣˊ, tek ê mîa, Lîm o tek, tek hioh Pòh Pòh koh khoah. i ê sún Put chí hó chiàh.
竹的名，箖箊竹，竹葉薄薄擱闊。它的筍不止好食。

【箊】O, u, ㄛ, ㄨ, tek ê mîa, Lîm u tek, tek hioh Pòh Pòh koh khoah. i ê sún chiok hó chiàh.
竹的名，箖箊竹，竹葉薄薄擱闊。它的筍足好食。

【箄】Pi, Pin, ㄅㄧ, ㄅㄧㄣ, Sòe Sòe ê tek Lāng, hî khū ê hî khū. Pin, hàp tek tsòe ê khì khū. tiau Pin, kok tat Pin.
小小的竹籠，捕魚的魚具。箄，合竹做的器具。吊箄，茖蓮箄。

【箔】Pòk, Pòh, Phō, ㄅㄛˊ, mn̂g Lî, tsu Pòk. kim siok tûi chiâⁿ Pòh Phìⁿ. Pòh Pòh, kim Pòh, Gîn Pòh, Siah Pòh, Lū Pòh. chhiat kim Pē Pòh. chhī chhâm á ê khì khū, chhun chhâm khoàⁿ móa Pòh. kì siàu ê chheh, tiòng Phō.
簾，門簾，珠箔。金屬搥成薄片，箔箔，金箔，銀箔，錫箔，鋁箔。切金精箔。飼蠶仔的器具，春蠶看滿箔。記賬的冊，賬箔。

【箑】chiat, ㄐㄧㄚˊ, iat hong ê sìⁿ, kín kín, tín tāng. chiap chiap iat.
搧風的扇，緊緊，振動。捷捷搧。

【算】Soàn, Siàu, Sǹg, ㄙㄨㄢˋ, ㄒㄧㄠˋ, ㄙㄥˋ, Giàh siàu, siàu bák, Sǹg siàu. Sòan Sút, tsu Soàn, Soàn kè, kè Sǹg, Sǹg Poâⁿ, Sǹg mīa. hut Soàn, u soàn, chhui Soàn. Siàu Giàh, hó kha siàu, Phaiⁿ kha siàu, koán siàu.
額數，數目，算數。算術，珠算，算計，計算。算盤，算命。核算，豫算，推算。數額，好脚數，歹脚數，管數。

【箋】chian, ㄐㄧㄢ, Siá si, Siá Phoe ê tsóa, Siá jī ê tek Pâi á. Sìn chian, hoa chian. thong 牋.
寫書，寫批的紙。寫字的竹牌仔。信箋，花箋。通牋。

【䇯】tam, ㄉㄢ, chiū sī chit khoán tek ê mîa.
就是一款竹的名。

【篦】Pì, Pìn, ㄅㄧ, ㄅㄧㄣ, Liàh hî, Liàh sat bú ê khì khū, chhin chhiūⁿ chhiuⁿ Pê. Sat Pìn, Pì tsat. kap 篦 Siāng khoán.
捕魚，捕虱母的器具，親像鋤耙。虱篦，篦櫛。与篦同款。

【箙】hók, ㄈㄨˊ, tóe keng chìⁿ ê khì khū, keng chìⁿ ê Pâng. hók sì Pâng.
貯弓箭的器具，弓箭的房。箙矢房。

筕 hông, Kong, hông, ㄏㄤˊ,ㄍㄤ,筕,
chiū sī nî Sa"ê khì khū。tek ko。kong, tek kui Liat。
就是拎衫的器具。竹竿。 莖,竹歸列。

箘 khún, ㄐㄩㄣˋ;
Súi ê tek thang tsòe chi" Phā kim o' Sek。tek sún, khún tek sún。khún kùi, hoe Pe̍h Lúi n̂g。
媄的竹可做箭。皮金黑色。竹筍,箘竹筍。箘桂,花白蕊黃。

筣 Lâi, ㄌㄧˊ;
chiū sī tek ê mîa,
就是竹的名。

箄 Pi, ㄅㄧ;
jia khàm, Lâng sn̂g kòa thang khàm Lâng sn̂g tóe, cheng Pi。Lûn Pi, chhia kiâ" bô khàm。
遮蓋,籠甑蓋可蓋籠甑底,甑箄。輪箄,車行無蓋。

箐 cheng, ㄑㄧㄥ;
sòe khaê nâ á, Lêng cheng。tiu" tek ê keng chì, tek ê mîa, sòe ki tek á, bû cheng chi Liû。
小腳的籃仔,笭箐。張竹的弓箭。竹的名,細枝竹仔,簝箐之流。

箢 oán, ㄨㄢˇ;
tek tsòe ê khì khū, tek ê mîa。
竹做的器具。竹的名。

箝 am, Lam koe am, chiū sī koai" koe hō' i bōe chhut Lâi ê khì khū, ah Lam。khàm koe ah ê Lâng。
ㄧㄢ,ㄌㄢ 雞箝,就是關雞予伊絵出來的器具。鴨箝。蓋雞鴨的籠。

造字 箝也就是蓋住,早攏从竹編成。

九 畫

箴 chim, chiam chiōh chiam, ui khang, chiam á chhì。keng kài, hoat tō。khoàn kai, chiam kàn, chim Giân。
ㄓㄣ,ㄐㄧㄢ 石鍼,挖孔,仔刺。儆戒,法度。勸戒,箴諫,箴言。

箸 tū, tī, tek ê mîa, chiah Pn̄g ê khì khū。chit kha tī, khia tī。tek tū, Gûn tū, Gê tī, hé tī, tī Lâng。
ㄉㄨˋ,ㄉㄧˋ 竹的名。食飯的器具。一腳箸,奇箸。竹箸,銀箸,牙箸,火箸,箸籠。

築 tiok, kih, tsoh, cheng thô kha, cheng chhiû", khí hōa", tiok chhiû", tiok Gān, kiàn tiok, khí chhù。tiok tsau。
ㄓㄨˊ,ㄐㄧˊ,ㄗㄛ 舂土腳,舂牆,起岸,築牆,築岸,建築,起厝。築巢。
thiap tsng, kih khí Lâi, kih chhâ thah, kih Gîm kîn, thiap tsng kih chhiû" kih thô' kat chhù
疊磚,築起來,築柴塔,築矜墘,疊磚築牆。築土砮厝。
tsoh chhiû", tsoh tsàu, tsoh Pi, tsoh tsúi。
築牆,築灶,築埤,築水。

篆 thoàn, ㄓㄨㄢˋ;
tsu chheh, siá jī, khek jī, in chiong, jī thé ê mîa, thoàn jī。tōa thoàn, Sió thoàn, thoàn Su。
書冊,寫字,刻字,印章,字體的名,篆字。大篆,小篆。篆書。

範 hoān, ㄈㄢˋ;
kui kú, bô' iū", hoat tō, hak Sip, kui hoān, bô' hoān, hoān Lē, Su hoān, ûi teh, hoān ûi。
規矩,模樣,法度,學習,規範,模範,範例,師範。圍啲,範圍。

篌 hô, ㄏㄡˊ;
Gák khì ê mîa, khong hô。hô, tóe ioh ê khì khū = 籂 kò。
樂器的名,箜篌。篌,貯藥的器具 = 搖箔。

箶 hô, ô, ㄏㄨˊ,ㄨˊ;
tek ê mîa。chi" tiâm, o' Lók。kám ô, chiū sī kámá。ô nâ, chiū sī e" á teh khun ê chhiu
竹的名。箶店,箶簏。簸箶,就是簸仔。箶籃,就是嬰仔啲睏的。

篂 hông, ㄏㄨㄤˊ;
kian tēng ê tek, té tsat。tek mîa, hông tek。tek ê chhiū nâ。
堅定的竹,短節。竹名,篁竹。竹的樹林。

箬 jiok, Lō', ㄖㄨㄛˋ,ㄌㄨㄛˋ;
tek bih, tek n̂g, tek Phê, tek jio̍k。chháu ê mîa, jiok chháu, chhin chhiū" tek hio̍h,
竹篾,竹簑,竹皮,竹箬。草的名,箬草,親像竹葉,
i ê hio̍h thang Lâi Lóeh, iā thang tsū oê tóe。Lō' Lóeh, Lō' Lóeh iā" chiū sī chit khoán ê Lóeh ū
它的葉可來做笠,也可柱鞋底。箬笠,箬笠纓,就是一款的笠有鬚。

篋 kiap, kap, khoeh, hong bat, siu khǹg, hē sa" hē tsu, hē mih ê siu" á, siu" kiap, tsu kiap。Sa" mîa kiap sa
ㄑㄧㄝˋ,ㄐㄧㄚˊ,ㄎㄨㄝˊ 封密,收藏,置衫,置書,置物的箱仔,箱篋,書篋。衫篋,篋山。
kap bān, chiū sī khah chho' iong ê siu" á, thang khǹg chî"。khoeh á, chhâ khoeh á, tsóa khoeh á,
篋萬,就是較粗勇的箱仔,可藏錢。篋仔,柴篋仔,紙篋仔,
chiam khoeh á, hún khoeh á, hé hiā" khoeh。Piá" khoeh á。
針篋仔,粉篋仔,火艾篋。餅篋仔。

篙 kóa", ㄍㄨㄢ;
tî" si sòa" ê khì khū。
纏絲線的器具。

箯 Pian, ㄅㄧㄢ;
tek ê chhia, pi" tek chhâ tsòe chhia, Pian û。thang ta" thô' ê khì khū。
竹的車,編竹柴做車,箯輿。可擔土的器具。

篇 Phian, Phi", ㄆㄧㄢ,ㄆㄧˊ;
tek ê mîa, Phian tek, chhin chhiū" sió Lê chhiah keng oē thang chia̍h。tek Pán。si bûn chiâ" chiu"
竹的名,篇竹,親像小藜赤莖能可食。竹版。詩文成章,
Phian chiu, Phian hok, Si Phian。kúi Phi", tē it Phi"。chit Phi" bûn chiu"。chit Phi" Lūn bûn。
篇章,篇幅,詩篇。幾篇,第一篇。一篇文章。一篇論文。

箷 Si, ㄒㄧ;
tek ê mîa。sa" á kè, nê sa" ê tek ko。
竹的名。衫仔架,拎衫的竹竿。

箾 Siau, ㄒㄧㄠ;
Gák khì, Siong siau。thiàu bú ê ì sù。thiàu bú khek ê mîa。thiàu bú teh kiah ê mih。
樂器,象箾。跳舞的意思。跳舞曲的名。跳舞啲攑的物。

箱 Siong, Siuⁿ, tóe mih ê khì khū, tû chhek chhng. Siuⁿ. Siuⁿ Láng. Siu khoeh. Phê Siuⁿ.
ㄒㄧㄤ, ㄒㄧㄡˇ, 貯物的器具, 廚 。粟倉 。箱。箱籠 。箱篋 。皮箱。
chhia Siuⁿ kap Sio Siāng. tong Siong, Se Siong.
車箱 。与廂 相同 。東箱, 西箱。

節 Chiat, tsat, tsoeh, Lâng ê Sìⁿ, chiat, chì khì, khì chiat. chhò Sīu, Sīu chiat, Lé chiat, Liâm chiat.
ㄐㄧㄝˊ, ㄗㄚˊ, ㄗㄨㄝˊ, 人的姓, 節 。志氣, 氣節 。操守, 守節, 禮節, 廉節 。
tek tsat, chit tsat chit tsat. jîn Sim tsat tsat ko. Chiat iok, chiat tsàu, chiong chiat. tsoeh,
竹節, 一節一節 。人心節節高 。節約, 節奏, 章節 。節,
tsoeh khùi, nî tsoeh, sî tsoeh, tsòe tsoeh, Saⁿ jit tsoeh, Gō jit tsoeh.
節氣, 年節, 時節, 做節, 三日節, 五日節 。

箭 chiàn, chìⁿ, chìⁿ, keng Siā chhut ê tek. tī chiàn tiûⁿ ê mih. kín kín, jit Goat sū chìⁿ. hé chìⁿ.
ㄐㄧㄢˋ, ㄐㄧˋ, 箭, 弓射出的竹 。佇戰場的物 。緊緊, 日月似箭 。火箭 。
keng chìⁿ. Lō chìⁿ, chiū sī chhù mn̂g chêng tùi chhah ê Lō. chiàn, bûn im. kui sim jû chiàn.
弓箭 。路箭, 就是厝門前對插的路 。箭, 文音 。歸心如箭 。

筑 tsū, Gàk khì, ēng tek Lâi tiau tsòe hiân á.
ㄓㄨˋ, 樂器, 用竹來調做絃仔 。

篌 Sô, chit khóan tek ê miâ, i ê tek bih oē thang tsòe tit chhioh, chhioh á, bih chhioh.
ㄙㄛ, 一款竹的名, 它的竹篾能可做得蓆, 蓆仔, 篾蓆 。

箟 Phín, Gàk khì ê miâ, Phín Siau, Phín á, Phín ná, Phín koán, Phín á mo̍h.
ㄆㄧㄣˇ, 樂器的名, 品簫, 品仔, 品仔, 品管, 品仔膜 。

箵 kho, khe, chiū sī tek ê miâ, khe, khe tîn, chiū sī chháu tîn, oē tsòe tit io̍h.
ㄎㄜ, ㄎㄝ, 就是竹的名 。箵, 箵藤, 就是草藤, 能做得藥 。

筋 kun, kap 竹 Sio Siāng bah ê khùi Lát, khùi Lát, kun Le, huih kun, kun tek Sún.
ㄍㄨㄣ, 与筋相同 。肉的氣力, 氣力, 筋絡, 血筋, 筋竹筍 。

箊 iû, chiū sī tek ê miâ.
ㄧㄡˊ, 就是竹的名 。

篊 hông, tek ê khì khū, Liah hî ê khì khū. ēng tek Lâi hō· tsúi Lâu.
ㄏㄨㄥˊ, 竹的器具, 捕魚的器具 。用竹來堵水流 。

篾 biat, bih, tek ê jī n̂g. tek ê miâ. tek ê Phê, tek bih, bih n̂g, bih ki á. Phòa bih. bih Phê.
ㄇㄧㄝˋ, ㄇㄧˋ, 竹的膩膜 。竹的名 。竹的皮, 竹篾, 篾膜, 篾支仔 。剖篾 。篾皮 。
bih ná, bih chhioh, bih thô ki, bih chhiⁿ.
篾籃, 篾蓆, 篾桃枝, 篾青 。

篹 Sún, kap 筍 Sio Siāng.
ㄙㄨㄣˇ, 与筍相同 。

箣 chek, thiah Phòa, ā sī Phah Pháiⁿ mih ê siaⁿ.
ㄐㄝˊ, 拆破, 或是打壞物的聲 。

篸 chim, chhim, tsoh bák ê ke Si, bák tsū Pit, bih chhīm,
ㄐㄧㄣ, ㄑㄧㄣ, 作木的傢私, 墨註筆, 篾栻,

箵 cheng, Séng, tóe hî ê nâ á, Liah hî ê khì khū. Leng séng. khah á.
ㄐㄧㄥ, ㄒㄧㄥ, 貯魚的籃仔, 捕魚的器具 。笭箵 。篙仔 。

篂 Seng chhia ê tsàh, bô Lūn sī Pò, ā sī tek bih tsòe ê.
ㄒㄧㄥ, 車的載, 無論是布, 或是竹篾做的 。

十 畫

篸 chhi, chho, tek ê miâ, Sim chho, oē tsòe tit tōng Siau.
ㄘ, ㄘㄛ, 竹的名, 篸篸, 能做得筒簫 。

篪 tî, Gàk khì ê miâ, chhe tî, chhin chhiūⁿ tōng Siau.
ㄔˊ, 樂器的名, 吹篪, 親像筒簫 。

篨 tû, tek bih tsòe ê chhioh, bih chhioh. kù tû. chho ê tek chhioh.
ㄔㄨˊ, 竹篾做的蓆, 篾蓆 。籧篨 。粗的竹蓆 。

篡 chhoàn, tsoàn, gek Lí Lâi Pà chiàm, chhiúⁿ theh, chhiàm koân, chhoàn ūi, tsoàn thâu Lō, khit i
ㄘㄨㄢˋ, ㄗㄨㄢˋ, 逆理來霸占, 搶提, 僭權, 篡位 。篡頭路, 給他
tsoàn khì, tsoàn bô khì ê ì Sù. tsoàn toat.
篡去, 篡無去的意思 。篡奪 。

篚 húi, tek tsòe ê khì khū, tek Siuⁿ. Siuⁿ Láng. sì kak ê kiò kheng. în ê kiò húi.
ㄈㄟˇ, 竹做的器具, 竹箱 。箱籠 。四角的叫筐 。圓的叫篚 。

篙 Ko, koâi ê tek, tek ko ê ì Sù. tek ko.
ㄍㄠ, 高的竹, 竹篙的意思 。竹竿 。

篝 ko·, he thāng, hang saⁿ ê Láng. teng Láng. ko· Láng.
ㄍㄡ, 火笭 。烘衫的籠 。燈籠 。篝籠 。

【簕】Lek, ㄌㄝㄎ, tek ê mîa, Lek tek. tek ngī Lāi, thang mâu, chit khoán Gak khì, Pit Lek. chhiūⁿ ô ka. 竹的名，簕竹。竹勁利可厲做矛，一款樂器，觱篥。像胡笳。

【篦】Pì, Pìn, Poe, ㄅㄧ,ㄅㄧㄣ,ㄅㄨㄝ, kap 箆 sio siāng. Sat Pìn, chéng lí thâu mng. Liah Sat bú ê soe á. tek Poe 与箆相同。虱篦，整理頭毛，捕虱母的梳仔。竹篦，
thoa tek Poe, pē tek Poe. Liah hê á ê khì khū. 拖竹篦，背竹篦。捕蝦仔的器具。

【篩】Sai, su, ㄒㄧ, ㄒㄩ, thai, tōa tsâng tek ê mîa, Su tek. tek ê khì khū, bí thai, ēng tek bih pîⁿ ū sòe khang 大ㄧ，大欉竹的名，篩竹。竹的器具，米篩，用竹篾編有細孔
thang lū chhoi ù. thai á. ēng bang á tsòe ê. Sai táu, Sai táu kiaⁿ. thai bí. kè thai. 可濾粗幼。篩仔。用網仔做的。篩斗，篩斗行。篩米。過篩。

【篠】Siáu, ㄒㄧㄠ, Sòe tsâng ê tek. oē ēng tsòe tit Gak. á sī tsòe chìⁿ. 小欉的竹。能用做得樂器。或是做箭。

【篛】thap, ㄊㄚㄆ, thang á, mng thang. thang á kng bêng ê ì sù. 窗仔，門窗。窗仔光明的意思。

【篤】tok, tauh, ㄉㄛㄎ, ㄉㄠㄏ, bé Phòa Pīⁿ bān kiâⁿ. Phòa Pīⁿ tāng, Pīⁿ tok. Sêng Sit ún tiōng, tok hō. sūn tsoân, tok sit. 馬破病慢行。破病重，病篤。誠實穩重，篤厚。順全，篤實。
chhim Sìn, tok Sìn. tok hêng. tok chì. tēng tauh, chhùi khì teng tauh. mih kiāⁿ tēng tauh. chhin-tauh tauh. Sìn tauh tauh. ū ióng, á sī kian tēng ê ì sù. 深信，篤信。篤行。篤志。定篤，嘴齒定篤。物件定篤。親篤篤。信篤篤。有勇，或是堅定的意思。

【篘】tso, ㄗㄛ, chiú Láng thang tóe chiú ê ì sù. tè chiú ê Láng. 酒籠可貯酒的意思。貯酒的籠。

【篔】hûn, oân, ㄏㄨㄣ, ㄨㄢ, tek ê mîa, hûn tong tek. Siⁿ tī tsuí Pīⁿ, kúi nā tn̄g koân, ûi chhoh Gō Lak. Lâng ēng Lâi chit Pò. chhut tī Siong ô. 竹的名，篔簹竹。生佇水邊，幾若丈高，圍尺五六。人用來織布。出佇湘湖。

【蓑】So, Soe, Sui, ㄙㄛ,ㄙㄨㄝ,ㄙㄨㄧ, chhau tsòe Saⁿ thang jia hō, tsang sui. Sûi Loh. So Loēh. 草做衫可遮雨，棕蓑。垂落。簑笠。

【簀】Sek, ㄙㄝㄎ, chiū sī tek tsòe ê khì khū, Sūn sek. 就是竹做的器具，簨簀。

【蒲】Pô, ㄅㄛ, Sòe Sòe ê tek bang. Liah hî ê khì khū, Pô Si. 小小的竹網，捕魚的器具，蒲篩。

【篋】Khó, ㄎㄛ, chhâ tsòe ê chhâ Liân. îⁿ khó á. kap 箍 Siāng khoán. 柴做的柴輪，圓箍仔。与箍同款。

【簟】kám, ㄍㄚㄇ, bîn chhng Pán chhioh, bih chhioh. 眠床板，簟，篾簟。

【篹】ak, ok, khok, ㄚㄎ,ㄛㄎ,ㄎㄛㄎ, Lâng teh Phang Soe, teh tîⁿ Soe Sòaⁿ ê chiam. Sī Sòaⁿ ak. Se Sòaⁿ khok. 人咧紡紗，咧纏紗線的針。絲線篹。紗線篹。

【篧】chhiok, ㄑㄧㄛㄎ, hî tà, Liah hî ê Lâng. khah á. 魚罩，捕魚的籠。笛仔。

十一畫

【簄】hō, ㄏㄛ, hái tiong Liah hî ê tek. 海中捕魚的竹。

【簆】khò, khau, ㄎㄛ,ㄎㄠ, chiū sī chit mi ê khì khū. khau tsâng chiū sī chit Pò ê Pò kui thán tit ê Sòaⁿ. 就是織物的器具。簆綜就是織布的布機相直的線。

【篁】kîn, ㄍㄧㄣ, tek ê mîa, kîn tek. tek tēng thé îⁿ Phê Peh chhin chhiūⁿ Seh. kun 竹的名，篁竹。竹碇體圓皮白親像雪。根

【簋】kúi, khúi, ㄍㄨㄧ,ㄎㄨㄧ, Lāi bīn îⁿ, Gōa bīn sì kak ê Pôaⁿ, tóe kè hiàn chè. hú khúi. 內面圓，外面四角的盤，貯粿獻祭。簠簋。

【篱】Lî, Lê, ㄌㄧ,ㄌㄝ, tek ê khì khū, tsóaⁿ Lî. thang tūi tiáⁿ nih Lāi hō Png. Png Lê. 竹的器具，笊篱。可對鼎裡來瓠飯。飯篱。

【簕】Lek, ㄌㄝㄎ, tek tsòe ê khì khū, tek nā. 竹做的器具，竹簕。

【簏】Lók, ㄌㄛㄎ, tek koâiⁿ koâiⁿ ngoêh ngoêh ê ì sù. tek tsòe ê khì khiū, khieng Lók. tsu Lók. Láng ha 竹高高笑笑的意思。竹做的器具，篋簏。書簏。籠，簏。

【篺】Pheng, Phiaⁿ, ㄆㄝㄥ,ㄆㄧㄚ, chhia āu jia tîn ai ê chhioh. ka chiah Phiaⁿ. Phiaⁿ Liâu. thoa Phiaⁿ. 車後遮塵埃的席。尻脊篺。篺條。拖篺。

【篾】biat, bih, ㄅㄧㄚㄊ,ㄅㄧㄏ, kap 篋 Siāng khoán. 与篋同款。

簰	Pâi, ㄆㄞˊ	tek Pâi. tîn Pâi. ēng tek á sī ēng tîn tsòe ê Pâi. Pâi hoat, tek kóng tsòe ê. 竹簰。藤簰。用竹或是用藤做的簰。簰筏，竹管做的。
篷	hông, Phông, Phâng ㄏㄨㄥˊ,ㄆㄥˊ,ㄆㄤˊ	tek Phah ê chhiòh. tsûn chiah, chhia, ê Phâng kâm. tsûn Phâng, chhia Phâng. tek tsòe ê 竹打的席。船隻，車，的篷蓋。船篷，車篷。竹做的 Phâng. Phâng Pò. Phâng Liâu. Phòa Phâng. tiong Phông 篷。篷布。篷寮。破篷。中篷。
篳	Pit ㄅㄧˋ	tek ûi, tek mn̂g, Lî Pa, chhâ chhia. Pí jū chhòng Giap kan Lân, Pit Lō Lâm Lúi 竹圍，竹門，籬笆，柴車。比喻創業艱難，篳路藍縷。
簌	Sok, ㄙㄨˋ	bí thai. bō sēng bat bat ê khoán sit. hong chhe tín tāng hoe ka Lauh 米篩。茂盛密密的款式。風吹振動花磕落。
篲	hūi ㄏㄨㄟˋ	tek sàu, sàu chiú, iōng hūi í sū, Gêng Pin thāi kheh ê kheh khì oē 竹掃，掃帚，擁篲以俟，迎賓待客的客氣話。
篴	tek, tio̍k ㄉㄧˊ,ㄉㄧˊ	tek ê tông Siau, Siok chhit khang ê. kap tat á Sio Siâng. tek mîa, tio̍k tek. 竹的筒簫，屬七孔的。與笛仔相同。竹名，篴竹。
篸	Sim ㄒㄧㄇ	chham chhî, tek tn̂g ê khoán sit, tông Siau, Sim chhî 參差，竹長的款式，筒簫，篸篪。
簀	Chè, Chek ㄐㄝ,ㄐㄝˊ	teh chiú ê khì khū, chè, kap 醡 siâng í sù. chek, tek chhiòh, tek Pan, Lô úi 壓酒的器具，簀與醡同意思。簀，竹席，竹板。蘆葦。 khâng chhîng Pán, chhn̂g tsàn, chek tsū, chek chek 牀床板，牀棧，積聚，簀積。
⿱竹將	Chiong, chióng ㄐㄧㄤ,ㄐㄧㄤˇ	tek bē khì tsat, tek bih, chhio̍h, kiàm Pìⁿ 竹未去節，竹篾，席，劍柄。
簇	chhok, tsò ㄘㄨˋ,ㄗㄡˋ	hō niau á kiat keng ê ka á. tsòe Piáⁿ ê khì khū. chìⁿ bah. sòe tsâng tek. 給蠶仔結繭的架仔。做餅的器具。箭肉。小欉竹。
篰	Pō, ㄅㄨˋ	tek Siah ê Poe, chit tè Pìⁿ pìⁿ ê tek. 竹削的杯，一塊扁扁的竹。
⿱竹陵	Lêng, nn̂g ㄌㄥˊ,ㄋㄥˊ	tek ê mîa, Lêng tek. ńg, jī ńg, Lāi bīn têng ê ì sù. bih ńg. tîn ńg. koe á ńg 竹的名，篕竹。膖，膩膖，內面重的意思。篾篕。藤篕。瓜仔篕。
篹	Soán, tsoán ㄙㄨㄢˇ,ㄗㄨㄢˇ	kó tsá tòe chiah mih ê khì khū. ēng tek bih tsòe ê, Lâi tòe ké chí. in sut 古早貯食物的器具。用竹篾做的，來貯果子。引述。
⿱竹斛	hak ㄏㄨˊ	tōa kha Siùⁿ, tòe bí ê khì khū. chháu ê mîa, chio̍h hak chháu 大腳箱，貯米的器具。草的名，石斛草。
簍	Lô, Lò ㄌㄡˊ,ㄌㄡˇ	tek Lang, soe bak Lang, chhia keng ê Lang. Lang á. chit Lô, kúi Lô. jī tsóa Lô. 竹籠，疏目籠，車弓的籠。籠仔。一簍，幾簍。字紙簍。
簁	Su ㄙ	thai mih. tek bih Lâi tsòe ê, thang tû khì chho, theh iù ê. bí thai. kap 篩 siâng khoán 篩物。竹篾來做的，可除去粗，提幼的。米篩。與篩同款。
篼	tau ㄉㄡ	bé Lim tsúi ê khì khū, bé tsô. tek chhia. gû chhùi Lam 馬飲水的器具，馬槽。竹車。牛嘴籠。
簉	Chhiù, tsò ㄑㄧㄡˋ,ㄗㄠˋ	Lú Pī, tsa bó kán. chhiap, hù sek. hù ê. Pîⁿ Pòe ê Lâng, pîⁿ pîⁿ ê ì sù. 女婢，查媒嫺，妾，副室。副的。平輩的人，平平的意思。
簎	chék, chhek ㄐㄝˊ,ㄑㄝˊ	ēng mih Siāⁿ ku Pih, chiah ēng chhiuⁿ chhak Lâi Liah ê khì khū. 用物臧龜鼈，即用槍鑿來掠的器具。
簒	Chhoàn, tsoàn ㄘㄨㄢˋ,ㄗㄨㄢˋ	篡 ê Siok jī. khòaⁿ 10 uēh. 篡的俗字。看十畫。
⿱竹梳	Soe, ㄙㄨㄝ	Sàu soe, chiū sī ēng kùi tek ê chhe Lâi Pak, tsòe Sàu chiú. tek sàu. 掃梳，就是用桂竹的叉來縛，做掃帚。竹掃。

造字 借梳的臺語音成字。其義也略有。

十二畫

⿱竹發	hoè, ㄏㄨㄝˋ	ka tū, chiū sī chek tsū bí niû ê khì khū. Lô hoè kū tū 篕篨，就是積住米糧的器具。蘆籊蘧篨。
簠	hú, ㄈㄨˇ	tóe hiàn chè ê mih ê Poâⁿ, Gōa bīn sì kak, Lāi bīn îⁿ. oē tóe tit chit táu nn̄g chin. hú kúi. 貯獻祭的物的盤，外面四角，內面圓。能貯得一斗兩升。簠簋。
簧	hông ㄏㄨㄤˊ	tát á chhùi ê thih Pí á, Phín á mo̍h. Só ê chhi. hông Phìⁿ, tâng á sī Po̍h tek Phìⁿ tsòe ê; 笛仔嘴的鐵箅仔，笛仔膜。鎖的鑰。簧片，銅或是薄竹片做的； Só hông. toāⁿ hông. ēng kǹg soàⁿ kǹg Phìⁿ tsòe chiâⁿ. 鎖簧。彈簧，用鋼線鋼片做成。
簣	kūi ㄎㄨㄟˋ	tóe thô ê tek Lang, Pùn kì. tek chìⁿ. kong khui it kūi, bô chhái kang. 貯土的竹籠，畚箕。竹箭。功虧一簣，無採工。
⿱竹彭	Phiâng, ㄆㄧㄤˊ	ēng tek kóng Pî Phê tsòe ê kó, Phiâng kó. tāi iok nn̄g chhioh tn̂g khah Siông sī khit chiah teh ēng 用竹管拼皮做的鼓，篣鼓。大約二尺長，較常是乞食咧用 造字

簡 kán, kéng, ㄍㄧㄢˇ, ㄍㄧㄥˇ
Siá jī ê Pâi, chheh Pán, bûn su, Phoe tsat. Su kán; tek kán, kán tsat. kán su.
寫字的牌，冊版。文書，批札。書簡，竹簡，簡札。簡書。
lông ī", kán tan. hong Piān, kán Piān. kán Liok, tāi Liok. Lâng ê sìn, kéng.
容易，簡單。方便，簡便。簡略，大略。人的姓，簡。

簚 bék, ㄇㄧㄝˋ
hó á sī Pe̍h mô káu Phê ê chhia tsài. bek hok.
虎或是白毛狗皮的車載。簚覆。

簙 Phok, ㄆㄛˊ
thit thô. kó tsá Lâng ēng La̍k tè chhâ Lâi kiâ" kî. tàu su iâ" ê ì sù.
迌迌。古早人用六塊柴來行棋。鬪輸贏的意思。

簛 Su, ㄒㄨ
tek bih tsòe ê khì khū, thang tû khì chho· kheng iû ê, tek thai
竹篾做的器具，可除去粗傾幼的，竹篩

簫 Siau, ㄒㄧㄠ
Ga̍k khì ê mîa, tōng siau. chhe siau.
樂器的名，筒簫。吹簫。

簨 Sún, ㄙㄨㄣˇ
tiàu kó ê hoâi" chhâ", tī koâi" koâi" ê só tsāi. tek tsòe ê khì khū. sún kū.
吊鼓的一橫柴，佇高高的所在。竹做的器具。簨虡。

簞 tan, ㄉㄢ
tóe Pn̄g ê sòe kha nâ. tek mîa, tan tek, hioh soe koh toa. Pū á. tsoa" Lī.
貯飯的小腳籃。竹名，簞竹，葉疎閣大。匏仔。笊籬。

簜 tōng, ㄉㄤˋ
tōa tek, siáu tōng tek; i ê bak sa" Lī chit tn̄g hn̄g.
大竹，篠簜竹，它的竇相離一丈遠。

簦 teng, ㄉㄥ
Loéh ê Lūi, ū Pìn thang ēng chhiú kiah Lâi kiâ", hō· Loéh, hō· Sòa". teng Loéh.
笠的類，有柄可用手擎來，雨笠，雨傘。簦笠。

簟 tiām, ㄉㄧㄢˋ
tek ê mîa, tiām tek. bih chhioh, iù chhau ê chhioh.
竹的名，簟竹。篾蓆，幼草的蓆。

簪 Chiam, chim, tsam, chiam á, ㄐㄧㄢ, ㄐㄧㄣ, ㄗㄢ
Gėk chiam, chiam thâu chhah. kek thâu tsang ê chiam. chiam hoe. chhah tī
簪仔，玉簪，簪仔頭插。絡頭鬃的簪。簪花。插佇
thâu tsang tsng thā" ê mih. tek ê khì khū, tī Lâng. koa" kín, tsam chit. tsam á hoe.
頭鬃的妝飾的物。竹的器具，著等。趕緊簪疾。簪仔花。

箵 Sēng, siā", ㄒㄧㄥ, ㄒㄧㄚ
chit khoán tek tsòe ê ke si. thang Lâi tóe mih. Siā" nâ. chit siā", kui nā siā".
一款竹做的傢私，可來貯物。箵籃。一箵，幾若箵。

簝 Liâu, ㄌㄧㄠˊ
tsong biō tóe bah tek ê khì khū. Phûn Lâi tóe huih, Poâ" Lâi tóe bah. Phûn Liâu.
宗廟貯肉竹的器具。盆來貯血，盤來貯肉。盆簝。

簥 Kiau, ㄍㄧㄠˊ
Ga̍k khì ê mîa, toā koán kiò kiau. tsoh chhân ê khì khū. ū sî tsòe kiō ê ì sù.
樂器的名，大管叫簥。作田的器具。有時做轎的意思。

⿱竹敢 kám, ㄍㄢˇ
ut tek bih tsòe khì khū. hē mih kiā". tek kám, kám á. tsa̍p hè tiàm, kám á tiàm. kám ô.
熨竹篾做器具。置物件。竹敢，敢仔。雜貨店，敢仔店。敢餬。

⿱竹稍 Sau, Siau, ㄕㄠ, ㄒㄧㄠ
tek tsòe ê Pn̄g khoeh á oē tóe tit Gō· chin.
竹做的飯篋仔，能貯得五升。

⿱竹最 tsòe, ㄗㄨㄝˋ
chiū sī tek bih tsòe ê khì khū,
就是竹篾做的器具，

十三畫

簻 khó, ㄎㄜ
chhâu á, khoah toā ê khoán sit, iâu ê ì sù. bé Pìn.
草仔，闊大的款式。樗的意思。馬鞭。

簳 kàn, ㄍㄢˋ
chiū sī sòe ki ê tek á.
就是小支的竹仔。

簴 kū, ㄐㄩˋ
chè hiàn ê khì khū, tiàu cheng, tiàu kó ê hoâi" chhâ. ga̍k khì.
祭獻的器具，吊鐘，吊鼓的橫柴。樂器。

簾 Liâm, Lî, nî, ㄌㄧㄢˊ, ㄌㄧˊ, ㄋㄧˊ
jiá ûi ê ì sù, mn̂g Liâm. thang Liâm. mn̂g Lî, tiù" Lî. môa Lî. Pò· Lî. Pâng mn̂g Lî.
遮圍的意思，門簾。窗簾。門簾，帳簾。麻簾。布簾。房門簾。
nî chîn, oá chhù téng ê só tsāi, teh tih tsúi ê
簾簷，倚厝頂的所在，咧滴水的位

簸 Pò, Poà, ㄅㄛˋ, ㄅㄨㄚ
iân bí ê khì khū, Poà ki. Poà bí. Poà khng. Pò Lâng tsò iâu Giân Seng Sū hui ê ì sù.
颺米的器具，簸箕。簸米。簸糠。簸弄；造謠言生事非的意思。

簿 Pōk, Phō·, ㄅㄛˊ, ㄆㄨˋ
chhī niû á ê Poâ", chhâm Pōk. mn̂g Lî, Pōk Liâm. thong 竹. Phō·, kì siàu ê chheh, siàu Phō·.
飼蠶仔的盤，蠶簿。門簾，簿簾。通箔。簿，記賬的冊，賬簿。
Phō· kì, Phō· á. Phō· chheh. hō· kháu miâ Phō·. Sio kò, tùi Phō· kong tn̂g.
簿記，簿仔。簿冊。戶口名簿。相告，對簿公堂。

簹 tong, ㄉㄤ
tek ê mîa, hûn tong tek. bák tn̂g tn̂g chiu ûi chhioh Gō· La̍k. tek ê tsòe tē it toā.
竹的名，篔簹竹。竇長長周圍尺五六。竹的最第一大。

簽 chhiam, ㄑㄧㄢ
âng tsóa Liâu, tek Lâng, chhiam ēng Lâng. tek siah chiâ" ki siá jī, chhiam. chhiam jī. chhiam mîa.
紅紙條。竹籠，簽籠籠。竹削成支寫字，籤。簽字。簽名。

篱 Kek, keh, ㄍㄝㄎ, ㄍㄝㄏ, chiū sī tek tsah tī mn̂g Gōa ê ì sù. kek tsú. keh, n̂a keh, chiū sī n̂a tsâne ì sù.
就是竹截佇門外的意思。篱子。篱，籃篱，就是籃層的意思。

簬 Lō͘, ㄌㄛˋ, súi ê tek, thang tsòe chìⁿ ê ì sù
美的竹，可做箭的意思。

簺 sài, ㄙㄞˋ, kiaⁿ kî sio that lō͘ ê ì sù. pīⁿ tek chhâ tsah tsúi lâi liah hî.
行棋相塞路的意思。編竹柴截水來捕魚。

簷 iâm, Liâm, Siâm, chîⁿ, 一ㄚㄇ, ㄌ一ㄚㄇ, ㄒ一ㄚㄇ, ㄐㄧ, chhù ê nî chîⁿ. chhù ê chêng āu. o.k. iâm. bō á ê piⁿ, bō iâm.
厝的簷簷，厝的前後。屋簷。帽仔的邊，帽簷。
chhù kòa piⁿ á, chhù Liâm, chhù Siâm. Lóh hō͘, chhù tīⁿ tsúi ê só͘ tsāi. nî chîⁿ
厝蓋的邊仔，厝簷，厝簷。落雨，厝滴水的所在。簷簷。

十四畫

籌 tiû, ㄉ一ㄡˊ, kè bô͘, Phah sǹg, tiû siong ūn tiû, kiáh tiû, tiû ūi, tiû má, chiú tiû, kè sǹg ê chí.
計謀，打算，籌商，運籌，擲籌，籌畫，籌碼，守籌，計算的子。

匱 kūi, ㄍㄨㄟˋ, tóe mih ê tû, toā kha ê siuⁿ, khiàm khoeh, kūi hoat. kūi á. chîⁿ kūi. kap 櫃 Sio Siāng.
貯物的廚，大腳的箱，欠缺，匱乏。簣仔。錢簣。与櫃相同。

籃 Lâm, n̂a, ㄌㄚㄇ, ㄋㄚ, tóe mih ê khì khū. kheng, Láng, tek n̂a. Siaⁿ n̂a, iô n̂a, tîn n̂a, n̂a kiâⁿ hiān tāi Lâng
貯物的器具。筐，籠，竹籃。籃籃，搖籃，藤籃，籃将。現代人
teh ūn tōng ê, n̂a kiû. tiàu n̂a. chhài n̂a.
啲運動的，籃球。吊籃。菜籃。

篆 chhông, ㄘㄨㄥ, chiū sī Liah hî ê khì khū, chhông Láng. tek ê khì khū.
就是捕魚的器具，篆籠。竹的器具。

籋 Liap, ㄌ一ㄚㄆ, chiū sī siuⁿ á ê ì sù
就是箱仔的意思

簵 tek, ㄉㄝㄎ, tek tn̂g koāiⁿ koh chiam Lai ê ì sù
竹長高個尖利的意思。

籍 chek, chip, ㄐ一ㄝㄎ, ㄐ一ㄆ, tsu chheh, ū kì Lók ê ì sù ê chheh. ke kah phō͘, hō͘ chek, bîn chek, kó͘ chek. chek
書册，有記錄的意思的册。家甲簿，户籍，民籍。古籍。籍
koàn. chek bùt, chhau ke ê ì sù. chek chek, tsōe tsōe Lâng kóng ōe ê siaⁿ.
貫。籍没，抄家的意思。籍籍，多多人講話的聲。

籉 tâi, ㄉㄞˊ, Loēh á thang Lâi tī tn̂g hō͘. tâi Loēh. Kó͘ tsá kap tâi sio siāng.
笠仔可來抵擋雨。籉笠。古早與臺相同。

籧 Pêng, ㄆㄥ, Gô͘ kok Lâng tsòe chhī niû á ê khì khū.
吳國人做飼蠶仔的器具。

籗 Sóng, ㄙㄨㄥ, tóe tī ê ke si, tī Lâng. thang Sóng.
貯箸的傢私，箸籠。桶籗。

十五畫

籀 tiū, ㄉ一ㄡˋ, chiu tiâu ê thài sú ê miâ. toā Pun thoân jī ê thé Sek ê miâ. tiū bûn.
周朝的太史官的名。大本篆字的体式的名。籀文。

籓 hoân, ㄈㄢ, toā kha Pôa ki. ûi tsáh, jia khàm, ûi tsū, nôa tsáh. Lî Pa. hoân ki. hoân Lî.
大腳簸箕。圍截，遮蓋，圍住，攔截。籬笆。籓箕。籓籬。

籔 Só͘, ㄙㄡˇ, tek bih tsòe ê khì khū. oē tóe tit tsáp Lák táu.
竹篾做的器具。能貯得十六斗。

籐 têng, tîn, ㄊㄥ, ㄊㄣ, kap 藤 Sio Siāng ì sù. chhiū bak ê miâ. bān Seng ê Sít bùt ê tsong miâ. Siⁿ tsòe n̂ng n̂ng,
与藤相同意思。樹木的名。蔓生的植物的總名。生做軟軟，
chhiū tîn, Soân tîn. tîn tiâu, tîn Phê, tîn n̂ng. tîn í. tîn chhn̂g. tāu tîn, khan tī in tāu.
樹藤，旋藤。藤條，藤皮，藤篾。藤椅。藤床。豆藤，牽藤引豆。

籯 O͘, ㄛ, tek ê khì khū, hō͘ Gín á khùn iô ko.
竹的器具，夜囝仔睏，搖篙。

籕 Lûi, ㄌㄨㄟˊ, tek bih tsòe ê khì khū, Lâi tóe ngó͘ kok.
竹篾做的器具，來貯五穀。

十六畫

籟 nāi, ㄋㄞˋ, Gák khì ê miâ, tát á saⁿ khang, Siók tiong Pān ê Gák khì.
樂器的名，笛仔三孔，屬中版的樂器。

籚 Lô͘, ㄌㄛˊ, chit khoán tek ê miâ, Lô͘ se tek, chhut tī koe khe. kheng á, Pí n̂a khah toā ê. chhiuⁿ Pìⁿ,
一款竹的名，蘆西竹，出佇會稽。筐仔，比籃較大的。鎗柄，

籙 Liók, ㄌ一ㄛㄎ, tsu chheh, ūi tô͘, tô͘ Liók. hû Liók. Sit Liók. tsók Phó͘.
書册，畫圖，圖籙。符籙。實籙。族譜。

籠 Lóng, Lông, Lam, Lâng, Láng, toā ê nâ, chiū sī tek Láng, chhī chiáu ê khì khū, chiáu Láng, Pau koat, Lóng koat。
ㄌㄨㄥˊ, ㄌㄨㄥˇ, ㄌㄢˊ, ㄌㄨㄥˊ, ㄌㄨㄥˇ, 大的籃, 就是竹籠。飼鳥的器具, 鳥籠。包括, 籠括。
Lang, ēng Put chèng tong chhiú toāⁿ Sái iōng Lâng, Lóng Lók, tiàu Lâng, Liu Lông, koe Lam, káu Lam。
ㄌㄤˊ, 用不正當手段駛用人, 籠絡, 吊籠, 溜籠。雞籠, 狗籠。
ah Lam。kī Liông ê kó tsá mîa, koe Lâng。Lâng sńg, chhe ké ê khì khū。koe Lang。
鴨籠。基隆的古早名, 雞籠。籠甑, 炊粿的器具。雞籠。

籜 thok, tek Phê。kah hàh, tek sún ê hiòh。chháu mîa,
ㄊㄨㄛˋ, 竹皮。筍葉, 竹筍的葉。草名,

籛 Chian, Chiân, Lâng ê Sìⁿ。Siong chiū tiāu ê Lâng, Phîⁿ tsó oàh kàu 767 hè, mîa Chiân kian
ㄐㄧㄢ, ㄐㄧㄢˊ, 人的姓。商周朝的人, 彭祖活到七百六十七歲, 名籛鏗。

籝 êng, tek ê khì khū, tek Láng。kè thâu, móa móa。
ㄧㄥˊ, 竹的器具, 竹籠。過頭, 滿滿。

籞 Gú, ēng tek Pâk hō Lâng bōe tit óng Lâi。tî Pīⁿ ûi tek lâi chhī hî。tî Gú。
ㄩˋ, 用竹縛住人繪得往來。池邊圍竹來飼魚。池籞。

籗 khok, khah, Liah hî ê tek Láng, tà hî khok。tek khah, khah á。
ㄎㄨㄛˋ, ㄎㄚˋ, 捕魚的竹籠, 罩魚籗。竹籗, 籗仔。

籚 Lêk, Liàh, tek bih tsòe ê toā Pôaⁿ。khì khū ê mîa ka Liàh。nn̄g ê Lâng kng chit ê ka Liàh。
ㄌㄜˋ, ㄌㄧˋ, 竹篾做的大盤。器具的名笶籚。兩個人扛一個笶籚。

十七·十八畫

籧 kû, kû, chhiòh, bih chhiòh, chhī chhâm á ê khì khū, kû tû。chit khoán bōe oē àn kē ê Pīⁿ。
ㄑㄩˊ, ㄑㄩˊ, 篨, 篾篨, 飼蠶仔的器具, 籧篨。一款繪能向低的病。

籣 Lân, Lâng Pē teh tóe keng chìⁿ, hit ê khóan Sit ná chhâ tháng。tōe hō mîa, ok Lân koāiⁿ。
ㄌㄢˊ, 人揹哟貯弓箭, 彼的款式如柴桶。地號名, 屋蘭縣。

籤 tiap, chiū sī Poà Lâ Sâm ê khì khū, Poà kì。
ㄉㄧㄝˊ, 就是簸垃圾的器具, 簸箕。

籤 chhiam, Giām hó Pháiⁿ ê mih, ū Siā jī á sī kì hō ê tsóa Liâu。tek Phìⁿ。nn̄g Sîn, Siòng mîa ê
ㄑㄧㄢ, 驗好歹的物, 有寫字或是記號的紙條。竹片。門神, 相命的
chhiam Si。kiû chhiam。tek chhiam。Su chhiam。chiam Lāi, chhiam Lāi。
籤詩。求籤。竹籤。書籤。尖利, 籤利。

籥 iok, Gak khì ê mîa, chhin chhiūⁿ tát á。iok tek。Siuⁿ Láng
ㄩㄝˋ, 樂器的名, 親像笛仔。籥笛。箱籠。

籩 Pian, tek Poâⁿ tóe chè sū ê mih, Pian tō。koaⁿ mîa
ㄅㄧㄢ, 竹盤貯祭事的物, 籩豆。官名

十九—廿六畫

籬 Lî, ēng tek chhâ Lâi ûi tsah, tek ûi, Lî Pa。ûi chhiūⁿ。
ㄌㄧˊ, 用竹柴來圍截, 竹圍, 籬笆。圍牆。

籮 Lô, Lôa, tek ê khì khū chhin chhiūⁿ bí thai。bí Lô。bí Loâ。Lô kheng, tóe sì kak téng bīn îⁿ ê tek khì
ㄌㄨㄛˊ, ㄌㄨㄛˊ, 竹的器具親像米篩。米籮。米籮。籮筐, 底四角頂面圓的竹器。

籭 Su, tek bih tsòe ê khì khū, thang tû khì iù iù, khêng chhò ê。bí thai, tek thai。
ㄙ, 竹篾做的器具, 可除去幼幼, 揀粗的。米篩, 竹篩。

籪 toān, chiū sī ēng tek bih Pīⁿ Lâi tsòe Liah hî ê khì khū。Liah chîm hôe ê khì khū。
ㄉㄨㄢˋ, 就是用竹篾編來做捕魚的器具。捕蟳蟹的器具。

籰 ok, ak, Siu Si Sòaⁿ ê khì khū, ok á。kap 籆 Sio Siāng。si sòaⁿ ok。
ㄩㄝˋ, ㄩㄝˋ, 收絲線的器具, 籰仔。與籆相同。絲線籰。

籯 êng, Siuⁿ á ê Lūi。tek ê khì khū, oē tóe tit Saⁿ Sì táu。tek Siu chiam。kūi á。
ㄧㄥˊ, 箱仔的類。竹的器具, 能貯得三四斗。竹修尖。匱仔。

籲 Gâm, Giâm, chìⁿ Siā Liâu Só jia Pē ê mih tí tng。jia tsah, ìm ńg。
ㄧㄢˊ, ㄧㄢˊ, 箭射了所遮蔽的物抵擋。遮截, 蔭影。

籱 khok, khah, Liah hî ê khì khū, tek khok, tek khah, khah á。kap 籗 Sio Siāng。
ㄎㄨㄛˋ, ㄎㄚˋ, 捕魚的器具, 竹籱, 竹籱, 籱仔。與籗相同。

籲 iok, jū, Siak thâu âu kiò, chhiat Sim kiû thiⁿ, khún kiû, hó hiàm, hó iòk, iòk chhiáⁿ, hô sūn
ㄩˋ, ㄩˋ, 抄頭呼叫, 切心求天, 懇求, 呼喊。呼籲。籲請。和順。

米部 119

米 Bí, ngó kok ê sūi, chhò bí, tiū bí, Giók bí, chiū sī hoan beh, Giok Siok Sú。Sòe Liap ê。hê bí。
ㄇㄧˇ, 五穀的穗, 糙米, 稻米。玉米, 就是番麥, 玉蜀黍。小粒的。蝦米。

bí hún, ēng bí bôa tsòe hún, Lâi tsòe chiāi sòaⁿ ê Liâu. bí khng chhò bí ê Phê mo̍h.
米粉，用米磨做粉，再做成線的條。米糠，糙米的皮膜。

一、二、三畫

籴 tek, ㄉㄧˊ；Chham tsa̍p, bé ngó͘ kok, tia̍h bí, tia̍h be̍h, chhái tia̍h. ê kán siá.
參雜，買五穀，糴米，糴麥，採糴。糴的簡寫。

籹 jú, Lú, ㄖㄨˇ, ㄌㄩˇ；bí, be̍h, kiáu bit tsòe Piáⁿ ê ì sù. kū jú.
米，麥，攪蜜做餅的意思。粔籹。

籸 sin, khó͘, ㄒㄧㄣ, ㄎㄜ；bí Phoh, iû Phoh, be̍h Phoh. iû khó͘, tāu khó͘. tê khó͘.
米粕，油粕，麥粕。油籸，豆籸。茶籸。

粠 hông, kiòng, ㄏㄨㄥˊ, ㄍㄨㄥˋ；toā chhng ê chhek, âng noā. chhàu bí, âng bí. kap 粠 jī sio siāng.
大倉的粟，紅爛。臭米，紅米。與粠字相同。

籼 sian, ㄒㄧㄢ；kang Lâm Lâng tsòe chí chhiah bí ê jī, kap 秈 sio siāng.
江南人齊指赤米的字，與秈相同。

籽 tsú, ㄗˇ；ngó͘ kok só͘ kiat ê si̍t, kiat chí. chéng tsú.
五穀所結的實，結子。種籽。

四、五畫

粉 hún, ㄈㄣˇ；bí cheng iù iù bí ê boa̍h, bí hún. hún boa̍h, chhái ūi, hún sek. mī hún, thó͘ hún, Pe̍h hún.
米舂幼幼。米的末，米粉。粉末。彩畫，粉飾。麵粉，土粉，白粉。

粃 Pí, Phàⁿ, ㄅㄧˇ, ㄆㄧˇ；chhek bô chiuⁿ, Phàⁿ Phàⁿ, Phàⁿ chhek. khang khak ê ngó͘ kok. kap 秕 siāng khoán.
粟無漿，粃粃，粃粟。空殼的五穀。與秕同款。

粄 bí, ㄅㄢˇ；Pêng tiāⁿ, kian kò͘, an ùi, siat li̍p. sim koaⁿ ài.
平定，堅固，安慰，設立。心肝愛。

粠 hông, kiòng, ㄏㄨㄥˊ, ㄍㄨㄥˋ；kap 粠 siāng khoán. tōa chhng ê chhek âng noā, chhàu bí, âng bí.
與粠同款。大倉的粟紅爛，臭米，紅米。

粆 sa, ㄕㄚ；kam chià chiap tsú gô͘ chiâⁿ be̍h Lê ko, hiān tsāi kóng soa thn̂g.
甘蔗汁煮熬成麥黐膏，現在講沙糖。

粔 kū, ㄐㄩˋ；tiong ng ū khang ê bí hu Piáⁿ, sī ēng chhe ê. kū Lú.
中央有孔的米麩餅，是用炊的。粔籹。

粒 Li̍p, Lia̍p, ㄌㄧˋ, ㄌㄧㄚˋ；bí Lia̍p, chi̍t Lia̍p, kui Lia̍p. kè sǹg sòe kiāⁿ ê mi̍h ê miâ. tsa̍p kô͘, tsa̍p Lia̍p.
米粒，一粒，歸粒。計算小件的物的名。十個，十粒。
Pn̄g Lia̍p, bê Lia̍p. tsāi sīⁿ chi̍t Lia̍p tāu khah iâⁿ sí āu Pài ti thâu.
飯粒，糜粒。在生一粒豆較贏死後拜豬頭。

粘 Liâm, Lia̍p, ㄌㄧㄢˊ, ㄌㄧㄚˋ；ēng kô͘ hō͘ mi̍h saⁿ chia̍h chhēng. saⁿ Liâm, Liâm tsóa, Liâm thi, Liâm Liâm, Liâm kô͘.
用糊互物相食穿。相粘，粘紙，粘黐，粘粘，粘糊。
Lia̍p, Put chí Lia̍p, Pn̄g Lia̍p Lia̍p ê ì sù.
粘，不止粘，飯粘粘的意思。

粕 Phok, Phoh, ㄆㄛˋ, ㄆㄛ；chiú tái, bí tāu hoat Liâu ê, tsau Phoh, chiú tsau. tāu sīⁿ Phoh. iû Phoh, iû khó͘. tê Phoh, tê khó͘.
酒滓，米豆發了的，糟粕，酒糟。豆豉粕。油粕，油籸。茶粕，茶籸。

粗 chho͘, ㄘㄨ；iù ê tùi hoan, tōa. bô chheng khì, chho͘ chhò. kán Lio̍k, chho͘ Ló͘, chho͘ Pò͘. chho͘ tê tām Pn̄g.
幼的對反，大。無清氣，粗糙。簡略。粗魯。粗布。粗茶淡飯。

粚 thì, ㄊㄧ；mī thi, Liâm Liâm ê mi̍h. thang Lâi Liâm chiau á, Liâm am Po͘ chê. Liâm thi. kiap tiau tiau.
麵粚，粘粘的物。可來粘鳥仔，粘蝽蛁蟧。粘粚。夾跳跳。

六畫

粥 chiok, ㄓㄡ；bí tsú noā, bê, àm bê, khó khó ê khoán si̍t. chiok siáu cheng tō͘ jū Lâng tsòe sū chió.
米煮爛，糜，泔糜，洘洘的款式。粥少僧多，喻人多事少。

粧 tsong, tsng, ㄓㄨㄤ；hū jîn Lâng ēng mi̍h tiau Lí seng khu kàu hó khoàⁿ. soe tsng, tsng thāⁿ, kè tsng, hòa tsong.
婦仁人用物調理身軀到好看，梳粧，粧飾，嫁粧，化粧。
hòa tsong Phín. siá Phoe tùi hū jîn Lâng ê kèng tiōng, tsong chhù. tsong sek. tsng siong.
化粧品。寫批對婦仁人的敬重，粧次。粧飾。粧傷。

粦 Lîn, Līn, ㄌㄧㄣˊ, ㄌㄧㄣˋ；Peng sí chham gû bé ê huih, Pìⁿ kui á hé. hé kim chhiⁿ. Lîn hé. thong 燐.
兵死參牛馬的血，變鬼仔火。火金星。粦火。通燐。

粞 se, ㄒㄧ；bí chhùi chhùi ê ì sù. chhùi bí. toàn se tsok hoān chiong Liân Páu.
米碎碎的意思，碎米。斷粞作飯終年飽。

粟 siok, chhek, sek, ㄙㄨˋ；siok, ngó͘ kok ê miâ. sek á chi̍t chióng sòe Lia̍p ê bí. koàⁿ khí koe bú Phê,
粟，五穀的名。粟仔一種小粒的米。寒起雞母皮，
hū khí hân siok. chhek, Lâng ê sìⁿ chhek. bí chhek, chhek chéng, chhek thâu, Phàⁿ chhek,
膚起寒粟。粟，人的姓粟。米粟，粟種，粟頭，粃粟，

chhek siā, chek tsū chhek ê só tsāi. eng sek hoe, chiū sī a phiàn hoe. eng sek khak.
粟塭，積住粟的所在。罌粟花，就是鴉片花。罌粟殼。

粢 tsu, ㄗㄨ，ngó͘ kok ê tsóng miâ, gō͘ kak iā chhin chhiūⁿ sòe á, chè hiàn ê ke liāu. tsu
五穀的總名，五穀也親像黍仔，祭献的粿料。粢稷

粤 oat, ㄩㄝˋ，jī kū thâu ê hujī. chhâ khó. hó, tioh, o ló, hó ê oē. kńg tang séng ê miâ, oat
字句頭的虛字。查考。好，着，謳咾，好的話。廣東省的名，粤。

粬 kiok, khiok, khak, ㄑㄩ，ㄎㄧㄡ，ㄎㄚ，hiú noā, kàⁿ bú ê miâ, âng khak, pe̍h khak. oē eng lâi kek chiú, pe̍h khak chiú.
朽爛，酵母的名，紅粬，白粬。能用來氣酒，白粬酒。
âng khak êng lâi tsòe âng tsau. ū miâ ê siau hin chiú. ioh miâ, sîn khak. tāu khak.
紅粬用來做紅糟，有名的紹興酒。藥名，神粬。豆粬。

粿 kau, ㄍㄠ，chiū sī bí hún piáⁿ ê ì sù.
就是米粉餅的意思。

粯 hoan, ㄏㄨㄢ，chiū sī cheng liáu ê bí. pe̍h bí.
就是舂了的米。白米。

粷 chhek, ㄑㄧㄝˋ，phah phāiⁿ ê bí. piáⁿ liâm liâm ê ì sù. tek chhek
打壞的米。餅粘粘的意思。糴粷。

粆 bêng, ㄇㄧㄥˊ，iù iù kng kng ê bí.
幼幼光光的米。

粱 kiông, ㄍㄨㄥ，chiū sī chheng khì cheng pe̍h ê bí.
就是清氣舂白的米。

粑 poē, ㄅㄚ，géng bí lâi tsòe kiⁿ.
研米來做羹。

粰 hu, ㄈㄨ，bí ê hún, hún boáh. ko á hu. bí hu. iù iù ê hún, hu hu.
米的粉，粉末。糕仔粰。米粰。幼幼的粉，粰粰。

造字 粉即粰也。借白話音的夫來成字。

粡 kiū, ㄑㄧㄡ，ngó͘ kok chhá se̍k cheng hún tsòe koá. ta ê pn̄g, pn̄g sap.
五穀炒熟舂粉做糕仔。乾的飯，飯屑。

粙 khiū, ㄎㄧㄡ，khiū khiū, chhiah khiū, chhiah khiū thô͘, chiū sī liâm thô͘. pn̄g khiū khiū. môa chî khiū
粙粙，赤粙，赤粙土，就是粘土。飯粙粙。麻糍粙，
tiⁿ ké khiū khiū. lūn lūn, sió khóa liâm, ū toāⁿ sèng. kiò tsòe khiū.
甜粿粙粙。潤潤，少許粘，有彈性。叫做粙。

造字 米煮成飯，用舂臼加以舂，糕，粿，麻糍也，其性即粙。

七畫

粳 keng, ㄍㄥ，boē liâm ê bí. bí ê miâ, tô͘ keng.
𣍐粘的米。米的名，稌粳。

粮 liông, niû, ㄌㄧㄤˊ，ㄋㄧㄡˊ，糧字的簡寫。chiah ê mih, chiah niû. bí niû, niû chháu. chîⁿ niû
糧字的簡寫。食的物，食粮。米粮。粮草。錢粮。

粱 liông, ㄌㄧㄤˊ，gō͘ kak ê miâ, pak sî chhut ko liông, chhin chhiūⁿ sek á.
五穀的名，北勢出高粱，親像粟仔。

粺 mûi, ㄇㄟˊ，kàⁿ bú, mûi khak, chiú bú. pe̍h khak
酵母，粺粬，酒母。白粬。

粹 put, ㄆㄨㄛˊ，chiū sī khah chhùi ê bí. bí sap.
就是較碎的米，米屑。

粲 chhàn, ㄘㄢˋ，ba bun chhiò, chhiò ê khoán, chhàn jiân. pn̄g tn̄g, chhàn tông chhan. siōng hó ê bí.
微吻笑，笑的款，粲然。飯當，粲同餐。上好的米。
chhàn chhàn, kng bêng ê khoán sit. thit thô.
粲粲，光明的款式。迌迌。

粲 so, ㄙㄛ，chit khoán tiⁿ ê mih. sio̍k tī ko phín ê lūi.
一款甜的物。屬佇糕品的類。

粯 hiān, ㄒㄧㄢˋ，hún thâu, chhò ê mih. bí sap.
粉頭，粗的物。米屑。

粷 khiuh, ㄎㄧㄡ，nńg khiuh khiuh, lūn khiuh khiuh. nńg tēng, lūn khiū ê ì sù. san khiuh khiuh, chiok san hiong
軟粷粷，潤粷粷。軟碇，潤粙的意思。[illegible]粷粷，足[illegible]
kiuh, khiuh, ㄍㄧㄡ，ㄎㄧㄡ，ê ì sù.
的意思。

造字 助語及形容詞的字，不足再言形來表現，用乚來托出。

八畫

【粿】kó, ké, 《ㄜˋ,《ㄝ, bí sóe chhîn chheng khì, hó ê kok but. bí mī só tsòe ê mih, bí ké, hún ké, hoat ké
米洗真清氣，好的穀物。米麵所做的物，米粿，粉粿，發粿，
kóe, 《ㄨㄝ, tiⁿ ké, kiâm ké, chhài thâu ké, oī á ké. khơ á ké. îⁿ á chhè, ké chhè
甜粿，鹵咸粿，菜頭粿，芋仔粿。箍仔粿。圓仔粞，粿粞。

【粼】Lêng, Lîn, Lîn, ㄌㄧㄥ, ㄌㄧㄣ, ㄌㄧㄣ, tsúi Lâu koah chioh, súi tsāi sek kan Lêng Lêng iā. tsúi chheng kìⁿ tiòh Chioh thâu,
水流刈石，水在石間粼粼也。水清見着石頭
Lîn Lîn. chioh Pòh ê ì Sù. Péh chioh. chit khoán sit sim ê tek.
粼粼。石薄的意思。白石。一款實心的竹。

【粺】Pāi, ㄆㄞˋ, Péh chheng khì iù iù ê bí. iù sòe. hó ê bí.
白清氣幼幼的米。幼細。好的米。

【粹】Sùi, ㄙㄨㄟˋ, bí bô chham Lâ sâm. bô chhap tsap tsoan it. Sûn tsoân, chiâu tsn̂g, Sûn Sùi. Cheng Sùi.
米無參垃圾。無嗤雜專一。純全，齊全，純粹。精粹。

【精】Cheng, chiⁿ, Siau, ㄐㄧㄥ, ㄐㄧ, ㄒㄧㄠ, Súi ê bí, cheng bí. iù iù bat bat, iù sòe ê, cheng bit. Cheng Sòe. Cheng khak.
媄的米，精米。幼幼密密，幼細的，精密。精細。精確。
Chiaⁿ ㄐㄧㄚ, hiông sèng, kang ê hun pì but cheng ek, Siâu. Lâng ê kut chèng chhé. chiⁿ, iau chiⁿ, hô Lî
雄性，公的分泌物精液，精。人的骨精髓。精，妖精，狐狸
chiⁿ, tsôa chiⁿ. iā ū kóng chiaⁿ, iau chiaⁿ kúi kòai. chhih bah, Chiaⁿ bah.
精，蛇精。也有講精，妖精鬼怪。赤肉，精肉。

【粽】tsòng, tsàng, ㄗㄨㄥˋ, ㄗㄤˋ, chiong soe á, á sī tsut bí, êng ngī thô hioh tek hioh Lâi Pau, chiah sáh tsòe ké ê.
將黍仔，或是糯米，用䓫桃葉，竹葉來包，即煠做粿的。
bah tsàng, chhài tsàng, kiâm tsàng, kìⁿ tsàng. Pak tsàng, tsàng hioh. tsàng koāⁿ.
肉粽，菜粽，鹵咸粽，鹼粽。縛粽。粽葉。粽棺。

【粶】Lók, ㄌㄨˋ, êng hé Lâi Piak bí hō i sek ê ì sù.
用火來煏米乎伊熟的意思。

【粻】chiong, tiong, ㄐㄧㄤ, ㄉㄧㄤ, bí niû, tiong Liông. hé sit. iû Pn̄g.
米糧，粻糧。伙食。油飯。

【粸】Kî, ㄍㄧˊ, chiū sī Piáⁿ ê Lūi.
就是餅的類。

九畫

【糊】hô, ô, kô, khô, ㄏㄨˊ, ㄨˊ, ㄍㄨ, ㄎㄨ, bí tsú kàu iûⁿ, Liâm Liâm, tah mih kiāⁿ ê mih kô. kô tiâu. Piáu Pòe ê kô.
米煮到溶，粘粘，貼物件的物，糊。糊牢。裱褙的糊。
kô kô. Saⁿ tǹg chiah Pá, ô khàu. khô chhùi. khô khah, chiū sī khah teh ê ì sù.
糊糊。三頓食飽，糊口。糊嘴。糊揩，就是揩咧的意思。
Lâm sâm, bô bêng Pék, hô tô. bô hô.
濫糝，無明白，糊塗。模糊。

【糈】tsû, ㄗㄨ, Siok bí tsòe ê Piáⁿ ê Lūi, ko Piáⁿ.
屬米做的餅的類，糕餅。

【糇】hô, ㄏㄡˊ, Saⁿ tǹg teh chiah ê mih bí niû, hô niû
三頓咧食的物，米糧，糇糧。

【糅】jiú, jiû, ㄖㄡˇ, ㄖㄡˊ, chhap tsap, jiú tsap. Péh m̂ng Loān âng m̂ng, âng Péh mô jiú. jiú, chiah mih ê ì sù.
嗤雜，糅雜。白毛亂紅毛，紅白毛糅。糅，食物的意思。

【糈】Su, ㄒㄩ, bí niû, hōng Lók, chè sîn ê i bí.
米糧，俸祿，祭神的糈米。

【糉】tsòng, tsàng, ㄗㄨㄥˋ, ㄗㄤˋ, kap 粽 Siāng khoán. chhiá khòaⁿ Poeh uih.
与粽同款。請看八畫。

【糒】Pek, ㄅㄧˋ, êng hé Poe bah. Pau hì êng hé Poe Sek tsòe chiâⁿ ê.
用火焙肉。鮑魚用火焙熟做成的。

【糗】kiān, kit, khit, khút, khiàn, kiān, ㄍㄧㄢˋ, ㄍㄧˋ, ..., Pn̄g tsú kòa am khó khó, ám bê. kit tit chiū sī kap khó khó
糗，飯煮掛泔洘洘，泔糜。糗糗就是与洘洘
Siāng khoán i sù. khó kit kit. khó khit khit. khit kô, tsú kô á ê ì sù. khit mī hún
同款意思。洘糗糗。洘糗糗。糗糊，煮糊仔的意思。糗麵粉
khit hoan tsû hún kô. khút kô, khút khah khó, khút khah kā kā. khiàn kô.
糗番薯粉糊。糗糊，糗較洘，糗較洨洨。糗糊。

【隸】Lī, ㄌㄧˋ, chhe êng ê Lâng, Lô Pòk kun tè ê lâng, Pók Lī.
差用的人，奴僕跟隨的人，僕隸。

【糝】Sám, ㄙㄢˇ, Pn̄g Chiâⁿ oân Pau bah. Pn̄g Liáp. chhap tsap. Sam tsap.
飯成丸包肉。飯粒。嗤雜。糝雜。

糄 Pian, Pián, bí, Sio chhek tsòe bí。
ㄅㄧㄢ,ㄅㄧㄢˇ; 米; 燒粟做米。

糈 chiū, tiū, Chiū sī tiū á Sêng sek ê ì sù。
ㄐㄧㄡ,ㄉㄧㄡ; 就是稻仔成熟的意思。

十 畫

䊚 tui, Chiū sī hún tsòe ê Piáⁿ。
ㄉㄨㄟ; 就是粉做的餅。

糕 ko, bí hún hún bê bê, chhiau thn̂g chhe。ko Piáⁿ。ko á。bí ko。n̄g ko。
ㄍㄠ; 米粉粉,糜糜,摻糖來炊。糕餅。糕仔。米糕。蛋糕。

糗 hiù, Gō kak chhá sek tsòe ko á。ta ê Pn̄g。Gō kak cheng iù tsòe hún。Pī hiù, ta niû。
ㄒㄧㄡˇ; 五穀炒熟做糕仔。乾的飯。五穀舂幼做粉。糒糗,乾糧。

穀 kok, kak, sio sòa, kok bu̍t ê tsóng miâ。穀 ê Siok jī。hó, tsu khiam, hōng Lo̍k, hoat Sīⁿ, Gín á
ㄍㄨˊ,ㄍㄡˋ; 相續。穀物的總名。穀的俗字。好,自謙,俸祿,發生,囝仔。

糒 Pāi, Pī, ta ta ê Pn̄g, hêng kun ê bí niû。kun niû, niû chhau, hiù Pī。Sì Geh tsòe tsó á Piáⁿ thang khǹg kâu thài Lâng kheh。
ㄅㄟˋ,ㄅㄧˋ; 乾乾的飯,行軍的米糧。軍糧,糧草,糗備。四月做棗仔餅可款待人客。

糏 Siat, Sut, bí Phòa cheng Liáu āu só chhun ê, bí khng。bí be̍h ê hún, bí Phòa iù iù ê Sì á。
ㄒㄧㄝˋ,ㄒㄩˋ; 米破,舂了後所剩的,米糠。米麥的粉,米破幼幼的屑仔。

糖 tông, thn̂g, tiⁿ ê mih, tùi kam chià。tiⁿ chhai。bí be̍h Lâi chè sêng ê。chià thn̂g, Pe̍h thn̂g, be̍h Gê ko thn̂g。thn̂g tan, chit chióng hòa ha̍k chè sêng ê, chin tiⁿ ū to̍k。thn̂g sng chiū sī Peng thn̂g。thn̂g jiō Pīⁿ, Pàng jiō Lāi bīn ū thn̂g hun ê Pīⁿ chèng。
ㄊㄤˊ,ㄊㄤˊ; 甜的物,對甘蔗。甜菜。米麥來製成的。蔗糖,白糖,麥芽膏糖。糖丹,一種化學製成的,真甜有毒。糖霜,就是冰糖。糖尿病,放尿內面有糖份的病症。

䊨 Siu, Siú, chiap, chhek á ê hún tsòe chiap chè tsō chiú。
ㄒㄧㄡ,ㄒㄧㄡˇ; 汁,粟仔的粉做汁來製造酒。

糍 tsû, chî, ké tsû。Piáⁿ, kap ko Phín ê ì sù。tsu̍t bí chî, tāu chî, môa chî, môa chî kô。
ㄘˊ,ㄐㄧ; 粿糍。餅,及糕品的意思。糯米糍,豆糍,麻糍,麻糍糊。

糦 Sek, tsú bí tsòe Pn̄g, tsú bí tsòe tsòe tsúi, ēng chi̍t chin bí bô tsú kè se̍k chiah Lâi chhe。
ㄒㄧˋ; 煮米做飯,煮米多多水,用一升米無煮過熟即來炊。

糋 chhòe, chhè, chhòe hún, bí chhòe, ké chhòe, chhiau chhòe。nôa chhòe。nôa ké chhòe。nôa îⁿ á chhòe。
ㄘㄨㄟˋ,ㄘㄟˋ; 糋粉,米糋,粿糋,摻糋。撋糋。撋粿糋。撋圓仔糋。

糭 Sat, Pàng, Pàng Soàⁿ, iā bí Soàⁿ Soàⁿ。
ㄙㄚˋ; 放,放散,炊米散散。

糦 Sî, hok chiu Lâng kóng, sī tsu̍t bí ê Piáⁿ, tī tang tseh thang ēng。
ㄒㄧ; 福州人講,是糯米的餅,冬節可用。

䊗 hu, Siok hún, tsòe ko Piáⁿ。bí hu, ko á hu, hu hu chiū sī iù iù hún hún。
ㄈㄨ; 屬粉,做糕餅。米䊗,糕仔䊗,䊗䊗就是幼幼粉粉。

十一畫

䊪 Lî, tsú bí kàu Se̍k ê ì sù。
ㄌㄧˊ; 煮米到熟的意思。

糞 hùn, Pùn, ù oè, sái, niáu hùn, tu hùn, Gû bé hùn。Pùn Piān。Pùn Sò。Pùn thó。Pùn ki。
ㄈㄣˋ,ㄅㄣˋ; 污穢,屎,鳥糞,豬糞,牛馬糞。糞便。糞埽。糞土。糞箕。

糚 tsong, hún ê tsng tháⁿ, boah hún uī bâi ê ì sù, Soe tsng tàⁿ Pān, kap Siāng khoán, hòa tsong。
ㄓㄨㄤ; 粉的妝飾。抹粉畫眉的意思,梳妝打扮。與粧同款,化粧。

糠 khong, khng, Gō kak ê Phê, iù chhùi, Phàⁿ chhek, bô Lō ēng, bí khng。chho͘ khng。khng á。
ㄎㄤ,ㄎㄤ; 五穀的皮。幼碎,粃粟,無路用,米糠。粗糠。糠仔。

糡 kiōng, chiū sī bí chiuⁿ ê ì sù。chiōng kiōng。
ㄐㄧㄤˋ; 就是米漿的意思。糡糡。

糒 boān, ám bê koh tsài thn̂g sio tī kàu ta ta。
ㄇㄢˇ; 泔糜爛再炊煖致到乾乾。

糜 bî, bê, bôe, mûi, Siau iû, Phah Pháiⁿ, bí Lān。bí tsú nōa, bê, ám bê, khó thâu bê, han tsû bê, bí ko bê, Le̍k tāu bê。nōa, nōa bôe bôe。tsú kàu bôe bôe。mûi sio Siāng。
ㄇㄧˊ,ㄇㄟˊ,ㄇㄨㄟˊ,ㄇㄟˊ; 消鎔,打壞,糜爛。米煮爛,糜,泔糜,芋頭糜,番薯糜,米糕糜,綠豆糜。爛,爛糜糜。煮到糜糜。糜相同。

糝 Sám, bah bê, Pn̄g chiâⁿ oân Pau bah。Pn̄g Lia̍p。Chhap tsa̍p。Lām Sám。
ㄙㄢˇ; 肉糜,飯成丸包肉。飯粒。噆雜。濫糝。

糐 thoân, ēng hún tsòe ê piáⁿ, kap 糰 jī sio siâng。
ㄊㄨㄢˊ，用粉做的餅，与糰字相同。

糙 chhò, bí boē cheng pe̍h, chho siap。chhò bí chho chhò。
ㄘㄠˋ，米未舂白，粗澀。糙米，粗糙。

糟 tso, tsau, tsau, chiú tái, chiú ê kaⁿ bú, tsau phoh。chiú tsau, chhò tsau, tsu̍t bí tsau。âng tsau
ㄗㄛ，ㄗㄠ，糟，酒滓，酒的酵母，糟粕。酒糟，醋糟，糯米糟。紅糟。

糨 chiong, chiuⁿ, mī hu ê kô͘, chiū sī liâm ê mih。hun chiuⁿ。am chiuⁿ。bí chiuⁿ
ㄐㄧㄤˋ，ㄐㄧㄨ，麵粉的糊，就是粘的物。粉漿。泔漿。米漿

糴 tek, thek, tek, liâm liâm, kô͘, bí chhùi chhùi, bí sap。thek, chiū sī pāi hoāi ê bí ê ì sù, hoat chiú ê bí。
ㄉㄜ，ㄊㄜ，糴，粘粘，糊。米碎碎，米屑。糴，就是敗壞的米的意思，發酒的米。

粹 Lu̍t, chiū sī chi̍t khoán bí ê miâ。
ㄌㄨㄊ，就是一款米的名。

精 chek, cheng chheng khì ê pe̍h bí。
ㄐㄧㄝ，舂清氣的白米。

粽 chhòe, kap 糉 sio siâng ì sù。chhòe hun, bí chhòe, ké chhòe, chhiau chhòe, îⁿ á chhòe, nóa chhòe。
ㄘㄨㄝ，与糉相同意思。粽粉，米粽，粿粽，攪粽，圓仔粽，攔粽。

糰 Lō͘, tê lō͘, chiū sī phàu tê liáu ê phoh, khǹg kàu chhàu ê mih。
ㄌㄛ，茶糰，就是泡茶了的粕，藏到臭的物。

造字 借鹵來成字。

十二畫

糦 chhì, hi, chia̍h chiú, chhe se̍k lâi chia̍h。lāu jia̍t ê tǹg。
ㄑㄧ，ㄏㄧ，食酒，炊熟來食。鬧熱的頓。

糨 kiōng, chiū sī bí chiuⁿ ê ì sù。kap 糡 sio siâng。
ㄍㄧㄤ，就是米漿的意思。与糡相同。

糧 Liông, niû, chia̍h ê mih, chhut lō͘ ê hé si̍t, bí niû, niû si̍t, niû chháu, chîⁿ niû。kun niû
ㄌㄧㄤˊ，ㄋㄧㄨˊ，食的物，出路的伙食，米糧，糧食，糧草，錢糧。軍糧

糏 Siàu, tsú bí kàu nōa nōa。ám bē。
ㄒㄧㄠ，煮米到爛爛，泔糜。

糛 Phok, phoh, kap 粕 siâng khoán, chiú tái, bí tāu hoat liáu, tsau phoh, chiú tsau。
ㄆㄛ，ㄆㄛ，与粕同款，酒滓，米豆發了，糟糛，酒糟。

糝 Lo̍k, ēng hé lâi piak bí hō͘ i se̍k ê ì sù。
ㄌㄛ，用火來熘米給它熟的意思。

糟 thâm, bí tsú nōa, iûⁿ iûⁿ, sap sap, che tái。
ㄊㄢˊ，米煮爛，溶溶，屑屑，渣滓。

糒 hoân, phun chiū sī bí ê chiap, bí chiuⁿ。bí phun, sóe bí phun, sng phun, phun ám, phun tsô。
ㄈㄢˊ，ㄆㄨㄣ，就是米的汁，米漿。米糒，洗米糒，酸糒，糒泔，糒槽。

糤 Sán, sàn, tsú pn̄g, tsú bí chiâⁿ pn̄g ê ì sù。
ㄙㄢˇ，ㄙㄢˋ，煮飯，煮米成飯的意思。

十三—十五畫

糫 hoân, chia̍h mih, Gô͘ kok lâng kiò tsòe ko hoân。
ㄏㄨㄢˊ，食物，吳國人叫做膏糫。

糲 hāi, chhek á lu̍t khak。bí chi̍t ha̍p ê ì sù。
ㄏㄞˋ，粟仔角殼。米一合的意思。

糬 Sek, chìm bí tī tsúi nih ê ì sù。
ㄒㄧㄝ，浸米佇水裡的意思。

糯 Lō͘, tsu̍t, bí ê miâ, oē liâm ê bí, lō͘ bí。tsu̍t bí。tsu̍t bí。
ㄌㄛˋ，ㄗㄨㄊ，米的名，能粘的米，糯米。糯米。秫米。

糰 tôan, thoân, ēng hún tsòe ê piáⁿ, îⁿ á。thoân tsú。thng thoân, bí thoân
ㄉㄨㄢˊ，ㄊㄨㄢˊ，用粉做的餅，圓仔。糰子。湯糰，米糰。

糲 Lē, chhó chhó, bí bô chheng khì。thîng chhek khak。chhó lē。
ㄌㄝˋ，粗粗，米無清氣。粳粟殼。粗糲。

十六·十七畫

糴 te̍k, tô, tia̍h, siu bí, bóe Gō͘ kak。khì lâ sâm, kóaⁿ kín, tia̍h bí, tia̍h be̍h, chhái tia̍h。
ㄉㄧ，ㄉㄛ，ㄉㄧㄚ，收米，買五穀。去垃圾，趕緊。糴米，糴麥，採糴。

tô，chiū sī Lâng ê sìⁿ。
糴，就是人的姓。

〔糷〕Lān ㄌㄢˋ，pn̄g tsú siuⁿ sèk，pn̄g noā。飯煮消熟，飯爛。

〔糵〕jiōng ㄖㄧㄥˊ，chhap tsap。Pe̍h mn̂g Lâm âng mn̂g。嚃雜。白毛濫紅毛。

〔糵〕Gia̍t，ㄋㄧㄝˋ，be̍h hun，kà bú，Gō kak hoat Gê。khak Gia̍t，bê Gia̍t，mûi Gia̍t，Siat kè hāi Lâng ê ì sù。麥粉，酵母，五穀發芽。麴糵。萌糵。媒糵，設計害人的意思。

十九—廿三畫

〔糶〕tiàu，thiàu，thiò，ㄉㄧㄠˋ，ㄊㄧㄠˋ，ㄊㄧㄛˋ，tiàu，Lâng ê jī sìⁿ。thiàu，bōe Gō kak，thiò bí chhek ê ì sù。thiò chhut。糶，人的字姓。糶，賣五穀，糶米粟的意思。糶出。

補〔糴〕tiàu，thiàu，thiò，ㄉㄧㄠˋ，ㄊㄧㄠˋ，ㄊㄧㄛˋ，糶 ê kán siá。thiò chhut bí niû，tiàn ji̍p tāu。糴的簡寫。糶出米糧，糶入豆。

〔糯〕Loân ㄌㄨㄢˊ，chiū sī tsu̍t bí Kô ê ì sù。就是秫米糊的意思。

〔糷〕Lān ㄌㄢˋ，kap 糷 Sio Siāng。Pn̄g Siuⁿ Sèk，Pn̄g noā。与糷相同。飯消熟，飯爛。

〔糯〕Loân ㄌㄨㄢˊ，tsú bí kòa ám khó khó chhin chhiūⁿ be̍h kô。煮米介泔，洘洘親像麥糊。

糸 部 120

〔糸〕be̍k，Si，ㄇㄧˋ，ㄒㄧ，Gō hut tsòe chit be̍k iù sòaⁿ，sòe tiâu si ê ì sù。si sòaⁿ，si mî，si pò，chhiⁿ si，五忽做一糸。幼線，細條糸的意思。糸線，糸綿，糸布，生糸，
thâng si，niû á si，ti tu si，Lâ Giâ si。môa si。toē á si。
虫糸，蠶仔糸，蜘蛛糸，蜊蝸糸。麻糸。苧仔糸。

一·三畫

〔系〕hē，ē，ㄏㄝˋ，ㄝˋ，Sio Pak，khan jiân，kè chiap，tia̍t sū，chhù sū。Sè hē，hē thóng，Pun hē，hē Lia̍t。相縛，牽然，繼接，秩序，次序。世系，系統，分系，系列。
khan koa，hē Liām。hē kè。thè hē。Phài hē，Phài ē。
牽掛，系念。系繼。体系。派系，派系。

〔糾〕kiú，kiù，ㄍㄧㄡˇ，Saⁿ kó ê Soh á，Pha Soh。Saⁿ ha̍p，tok chek，tsū chi̍p，chhâ khòaⁿ，kìm，kiù kun。三股的索仔，打索。相合，督責，聚集，查看，禁，糾筋。

〔糺〕kiú，kiù，kap ㄍㄧㄡˇ，ㄍㄧㄡˋ，与糾 Sio Siāng ì sù。kiú kia̍t。kiù hun。kiú kat。kiù tîⁿ。kiù chhat。kiú chèng。糺相同意思。糾結。糾紛。糾葛。糾纏。糾察。糾正。

〔紈〕kiû ㄍㄧㄡˊ，Kóaⁿ kín，chhè，kín kip。趕緊，尋，緊急。

〔紂〕tiū ㄉㄧㄡˋ，tsân jím，bé soh。Lâng ê miâ，tiū ông，Siong tiâu ê Pō kun，tè Sin。殘忍。馬索。人的名，紂王，商朝的暴君，帝辛。

〔紇〕Git，hu̍t，Git，ㄍㄜˊ，ㄏㄜˊ，si sòaⁿ，bé iaⁿ。Lâng ê miâ，khóng tsú ê Lāu Pē，Siok Liông Git，toā tiâu si。hâ Pak。紇，糸線，馬纓。人的名，孔子的老父，叔梁紇。大條糸。紇縛。
hu̍t，si sòaⁿ ê bé。kó tsá chit tso̍k hoan ê miâ，hôe hu̍t。
紇，糸線的尾。古早一族番的名，回紇。

〔紅〕hông，âng，ㄏㄨㄥˊ，Lâm hng ê sek tī。âng，âng sek。hông tan，ēng iân chè Sêng ê。áu hông，thò huih。南方的色緻。紅，紅色。紅丹，用鉛製成的。嘔紅，吐血。
âng hún，âng tāu，âng khī，âng tsó，âng mn̂g，âng în，âng hoe。hông tîn，hông ia̍p。
紅粉，紅豆，紅柿，紅棗，紅毛，紅圓，紅花。紅塵，紅葉。

〔紈〕hoân，oân，ㄏㄨㄢˊ，ㄨㄢˊ，sò sò，soè soè kng tek hó khòaⁿ，hoân sò。kat tiâu，Soh á。ôan khò，pí jū hó Giáh Lâng tsú tē，m̄ Lô Le̍k Phah Piàⁿ。素素，小小光澤好看，紈素。結牊，索仔。紈袴，比喻好額人子弟，毋努力打拚。

〔紉〕jîn，ㄖㄣˊ，Soh á，Sòaⁿ，thīⁿ i chiūⁿ ê chiam sòaⁿ。hông jîn。索仔，線，綻衣裳的針線。縫紉。

〔紀〕kí，ㄐㄧˋ，Sì tiâu Pun khui，thiáu tit。hun khui。Liāu Lí。Pâi Lia̍t。nî hè，nî kí。tsa̍p jī nî chit kí。四條分開，解直。分開。料理。排列。年歲，年紀。十二年，一紀。
khí，chit Pah nî，chit sè kí。kí Goân。keng kí。kí Lu̍t。kun kí。chit khí nî，tsa̍p jī hè。
一百年，一世紀。紀元。經紀。紀律。軍紀。一紀年，十二歲。

紃 sûn, ㄒㄩㄣˊ, Ēng si sòa" tsòe ngó chhái Sek. si chit ê tòa
用絲線做五彩色 。絲織的帶

約 iok, ioh, ㄧㄜˋ,ㄧㄠ, si chiàn sok, tîn, Pák. iok sok. koan hat, iok tēng. tiâu iok. khiām Sêng, Chiat iok.
絲成束，纏，縛。約束。管轄，約定。條約。儉省，節約。
tiā tióh, Siú iok. toàn ioh, sa" toàn ioh, ioh mih, ioh bī.
定着，守約。斷約，相斷約，約物，約謎。

紆 u, ㄩ, Soh á, tîn, khut khiok, oan khiau. u hôe. u kiat. u ut. Lâng ê sìn.
索仔，纏，屈曲，彎曲。紆回。紆結。紆鬱。人的姓。

紆 kàn, ㄍㄢˋ, Sa" thián khui ê ì sù.
衫展開的意思。

絇 khò, ㄎㄡˋ, Pò á sī sòa" tsòe ê Liú á, Pò Liú. Sng mih hō i tiâu.
布或是線做的鈕仔，布鈕。轄物𪜶它跳。

四畫

紖 ín, ㄧㄣˇ, soh, Gû Soh, Gû Phī" soh. chip ín.
索，牛索，牛鼻索。執紖。

紙 chí, tsóa, ㄓˇ, ㄗㄨㄚˇ, si á si Pò Lâi chè tsóa. teh siá jī ê mih, pîn kút, jī tsóa, Sin bûn tsóa, ui tô tsóa, tsóa Pang.
絲或是布來製紙。咧寫字的物，平滑，字紙，新聞紙，畫圖紙，紙板。
tsóa to, tsóa tsām, tsóa Lián, kô tsóa, Pàng tsóa, tsóa chî", Gûn tsóa, Phō á tsóa, it chí chèng su.
紙刀，紙斬，紙捻，糊紙，放紙，紙錢，銀紙，簿仔紙，一紙證書。

紛 hun, ㄈㄣ, bé ê bé mn̂g Sok. hoa" hí, chhiong Sēng, tsōe tsōe, jû jû. hun Loān. hun hoân. hun chiòng.
馬的馬毛束。歡喜，昌盛，多多，茹茹。紛亂。紛繁。紛眾。

紑 hu, hû, ㄈㄨ, ㄈㄡˊ, Sa" chhi" koh Pe̍h ê khóan Sit, chhái ui ê sek, chhi" ê ì sù. hu kiat sián māu. si i kî hu.
衫鮮擱白的款式，彩畫的色，鮮的意思。紑絜鮮貌。絲衣其紑。

紡 hóng, Pháng, ㄈㄤˇ, ㄈㄤ, bang si. tîn. Pák. in. chiong mî-môa-si-mn̂g thiu si sòa", Pháng se. Pháng chit.
網絲。纏，縛，絪。將綿麻絲毛抽成線，紡紗。紡織。
Pháng mî, Pháng chhia, Pháng sóa", Pháng si. hóng cheh, hóng cheh kang Giap.
紡綿，紡車，紡線，紡絲。紡績，紡績工業。

紘 hêng, hông, ㄏㄨㄥˊ, chiū sī bō ia ê chhiu. khoah tōa ê ì sù. tsu hông. chì hông i tāi.
就是帽纓的帶。闊大的意思。朱紘。至紘以大。

級 kip, khip, ㄐㄧˊ, si ū chhù sū. téng tē, téng kip. Pêng téng, tông kip. Phín kip. kiā á, Sip khip tsū chiok.
系有次序。等第，等級。平等，同級。品級。崎仔，拾級聚足。

紟 kim, khim, ㄐㄧㄣ, ㄑㄧㄣˊ, sa" ê si, kat ê sa", Liú á, Pò Liú. tùi khim á, Sa" á ku, Phē toa".
衫的系，結的衫，鈕仔，布鈕。對紟仔，衫仔裾，被單。

納 Lap, ㄋㄚˋ, Si tâm khiu khiu, Sip Lap Lap. Sàng, Siu Siū, jip, chhut Lap. chiap Lap. Lap sòe. Lap chhiap.
系濕虯虯，濕納納。送，收受，入，出納。接納。納稅。納妾。

紐 Liú, ㄋㄧㄡˇ, Sè hē, Sio chiap, Phah kat, Liú khàu. ú sùn chi só Liú. to chhī ê mîa Liú iok. kok ê mîa
世系，相接，打結，鈕扣。禹舜之所紐。都市的名紐約。國的名
Liú se Lân. Lâng ê sìn, Liú.
紐西蘭。人的姓，紐。

紕 Pî, Phi, Phòe, ㄆㄧ, ㄆㄧˊ, ㄆㄧˋ, tsng thā", kûn san, iân Pī". iân bō. Sò sek. Sò pí. Chhò Gō, Phi Lō.
妝飾，衮衫，緣邊。緣帽。素色。素紕。錯誤，紕漏。
Phi biu. Phòe, chit Phòe, môa Phòe, Lō hôe chit Phòe chit Phòe, iû môa chit Phòe, chit Phòe tîn.
紕繆。紕，一紕，麻紕，蘆薈一紕一紕，洋麻一紕。一紕藤。

紗 Sa, Se, ㄕㄚ, ㄕㄜ, si Pháng hó khin Phiò, si hok. mî hoe Pháng chià" tiâu, jiàu se, mî sa, mî se.
絲紡好輕飄，絲縠。棉花紡成條，縐紗，綿紗，綿紗。
thâi táu se, Lîn Lô se toān. Pháng se. hoan se. Chhia Se. kó tsá tōa koa" ê bō, O se bō.
篩斗紗，綾羅紗緞。紡紗。番仔紗。車紗。古早大官的帽，烏紗帽。

紓 Su, ㄕㄨ, bān bān, iân oān, tsai hō. tháu khui, thián khui. Su Lân. Su tiàn. Su oān. Su kái.
慢慢，延緩，災禍。解開，展開。紓難。紓展。紓緩。紓解。

純 Sûn, ㄔㄨㄣˊ, hó si, chheng khì, bô chhap tsap, oân tsoân, Sûn sùi. Sûn Pe̍h. Sûn Chià". Sûn kiat.
好絲，清氣，無啑雜，完全，純粹。純白。純正。純潔。
Sûn kim, Sûn tsoân, Sìn sit, un Sûn, Sûn chêng.
純金，純全，信實。溫純。純情。

索 Sek, Soh, ㄙㄨㄛˇ, ㄙㄜˋ, Se môa chhòng tōa tiâu Lâi Phah mih, tōa Soh. môa soh. Soh á. Phah Soh. kiâ" Soh.
紗麻創大條來打物，大索。麻索。索仔。打索。行索。
tàh Soh, Chhia Soh. kiû thó, Sek kiû. Sek chhú. kiám tsa tsu chheh ê Phi", Sek ín.
踏索，車索。求討，索求。索取。檢查書冊的頁篇，索引。

紞 tám, ㄉㄢˇ, biān Liû khàm hī á, bō ê tòa Sùi Lo̍h Siang Pêng Pī", tám koan chi Sûi. Phah Kó ê sia".
冕旒蓋耳仔，帽的帶垂落双旁邊，紞冠之垂。打鼓的聲。

素 Sò, Sù, ㄙㄨˋ, ㄙㄡˋ
Pún Sek ê tiû toān, kán sò. Sò sek. khí thâu, Pún Goân, kún So. Goân Sò. hiān tsāi, Pêng sò.
本色的綢緞。簡素。素色。起頭，本源，根素。元素。現在，平素。
Lâng ê sìⁿ. Sò chhài. Sò iōng. bī sò. khì bī ê ì sù. Sù eng sī chit khoán bâ kní.
人的姓。素菜。素養。味素，氣味的意思。素馨是一款茉莉花。

紏 thó, ㄊㄡˇ
Si sòaⁿ n̂g sek. chí sī.
絲線黄色。指示。

紖 tiāu, ㄉㄧㄠˋ
ēng soh á Pák Lâng ê ì sù. tiāu Lâng, tiāu chhat.
用索仔縛人的意思。紖人，紖賊。

紋 bûn, Sûn, hûn, ㄨㄣˊ, ㄒㄩㄣˊ, ㄏㄨㄣˊ
tiû toān ê Pò Phit, só chit ê bûn, uī bûn. hoe bûn, jiàu bûn, bûn Sin. Seng khu ê chhiah hoe.
綢緞的布疋，所織的文，為紋。花紋，縐紋，紋身，身軀的刺花。
aú Sûn, Pit Sûn, Lek chit sûn, bák chiu têng sûn, Lāu Lang tsōe tsōe sûn. jiàu hûn, hûn jiah.
拗紋，比皮紋，剥一紋，目睭重紋，老人面多多紋。縐紋，紋跡。
Chhiú hûn, tsòe Phái sū Kha chhiú hûn. hō Lâng Phah kau kui Sin Lóng Sī hûn.
手紋，做歹事留腳手紋。佮人打到歸身攏是紋。

紜 ûn, ㄩㄣˊ
si jú jú, chhap tsáp, hun Loān. hun ûn
絲絮絮，嘈雜，汾乱。紛紜

紞 kēng, ㄍㄥ
chhiūⁿ tsúi ê soh. Soh tóe bōe thang chhiūⁿ tsúi. kap Sio Siāng.
汲水的索。索短膾可汲水，与綆相同。

紉 jîn, ㄖㄣˊ
kap Siāng khoán ì Sù. thīⁿ i chiūⁿ ê chiam Sòaⁿ. hông jîn.
与紉同款意思。紩衣裳的針線。縫紉。

紤 kiù, ㄍㄧㄡˋ, ㄐㄧ
chiū sī hun Piat hó Pháiⁿ, bêng Pek ê ì Sù. kiàⁿ, kng kiàⁿ.
就是分别好歹，明白的意思。鏡，光鏡。

紝 jîm, ㄖㄣˋ
ki khì ê sòaⁿ, chit Pò ê Se sòaⁿ. chit sòaⁿ.
機器的線，織布的紗線。織線。

紊 būn, ㄨㄣˋ
Loān tsáp, hun Loān, jú jú ê ì sù. būn Loān.
乱雜，汾乱，絮絮的意思。紊乱。

紕 mn̂g, mî, ㄇㄥ, ㄇㄧ
mn̂g mn̂g, iù mn̂g mn̂g. hō á mn̂g, hō á mn̂g mn̂g. iù mi mi.
紕紕，幼紕紕，雨仔紕，雨仔紕紕。幼紕紕。

造字 糸或毛皆輕飄之物，又幼細。致由兩字組合成字。

五 畫

紮 tsat, ㄗㄚ
kéng oan ê Só tsāi ēng Sòaⁿ Lâi Pák. khún Pák, Pau tsat. Pák tsat. kun Peng tsat iāⁿ, tsū tsat.
揀彎的所在用線來縛。綑縛，包紮。縛紮。軍兵紮營，駐紮。

紾 chín, ㄓㄣˇ
Soh tsoān Lìn tńg, khiau khiau bô tit. hō Siong tìn kiat, biú chín.
索鏇圓轉，曲曲，無直。互相纏結，繆紾。

紬 tiû, thiu, ㄉㄧㄡˊ, ㄔㄡ
ēng si chit chiāⁿ Phit, Si tiâu, thâu Sū. khan ín, Siū, chhâ khó. tiû toān, tông tiû.
用絲織成疋，絲條，頭緒。牽引，想，查考。紬緞，同綢。
thiu, tōa tiâu Si chhái ūi, thiu chek, thiu chit. chho si chit chiāⁿ ê.
紬，大條絲彩畫，紬績，紬織。粗絲織成的。

紩 tiat, thiat, thīⁿ, ㄉㄧㄝˊ, ㄊㄧㄝˋ, ㄊㄧ
Pâng ê ì sù. tiat iān. thīⁿ, thīⁿ saⁿ, Pó thīⁿ. thīⁿ Pâng, thīⁿ ôe. thiat,
縫的意思。紩緣。紩，紩衫，補紩。紩縫，紩鞋。紩，
chiū sī kó tsá ēng tsòe ji
就是古早用做鉄字。

紵 thú, ㄓㄨˋ
moâ ê siók, Phah tsòe Soaⁿ, chit tsòe Pò, iù Pò, thú môa. mâ sa.
蔴的屬，打做線，織做布，幼布，紵麻。蔴紗。

終 Chiong, ㄓㄨㄥ
chīn thâu, kàu kek, Soah bé, Sí Liáu. chiong kek, chiong chí, Sàng chiong, Siān chiong.
盡頭，到極，息尾，死了。終極，終止，送終，善終。
bêng Pek, chiong kiat. ū thâu ū bé, iú sí iú chiong. Chiong Sin. Lâng ê it Seng.
明白，終結。有頭有尾，有始有終。終身，人的一生。

紱 hut, ㄈㄨˊ
si tòa, Si Phah chiāⁿ kui Pha. io tòa. iàⁿ hut, ìn hut, tsu hut.
絲帯，絲打成歸葩。腰帶。纓紱，印紱，朱紱。

絃 hiân, hîⁿ, ㄒㄧㄢˊ
Gák khì tiau keng ê sòaⁿ. Soh á. Pí jū sí bó, toān hiân, koh chhoā, Siók hiân.
樂器調弓的線。索仔。比喻死某，斷絃，再娶，續絃。
hiân Sòaⁿ, khîm hiân. hîⁿ Soe, hîⁿ So, Chiū sī chit Pò ê Pò kui. khì khū ê miâ.
絃線，琴絃。絃梳，絃梭，就是織布的布規。器具的名。

紼 hut, ㄈㄨˊ
Soàⁿ Soàⁿ ê si. khan koaⁿ chhâ ê Soh. Soh á. Pák. Chip hut
散散的絲。牽棺材的索。索仔。縛。執紼

紨 hut, ㄈㄨˊ
kap téng bīn jī Sio Siāng.
与頂面字紼相同。

紕 Le, Lê, thì, ㄌㄧ, ㄌㄧˊ, ㄊㄧ
Sán Lê Lê, Póh Le Le, Póh thi thi. chhin chhiūⁿ Póh Póh ê Pò.
瘦紕紕，薄紕紕，薄紕紕。親像薄薄的布。

造字

紺 khám, khàm; ㄍㄢˋ, ㄍㄢˋ — chiū sī chhìⁿ koh tài chhiah sek ê ì sù. 就是青擱帶赤色的意思。

絅 kéng, ㄐㄩㄥˇ — koàⁿ kín ín kè. toaⁿ têng ê saⁿ. 趕緊引過。單重的衫。

絇 khu, ㄑㄩ — Soh á. ôe thâu ê tsng thāⁿ, khoán sit ná to tí ôe ê thâu chêng. Lô͘ sêng khu 索仔。鞋頭的妝飾，款式如刀佇鞋的頭前。纑繩絇

累 Lūi, Lûi, ㄌㄟˋ, ㄌㄟˊ — Lūi, thūi, Lūi, ke thiⁿ, chek tsū, saⁿ thiap, Lūi chek. Lūi hoān. Lūi Lūi. Lūi kè. ㄌㄟˇ, ㄊㄨㄟˋ, 累，加添，積佳，相疊，累積。累犯。累累。累計。
Lūi chìn, Lūi chìn hoat. Lūi tui, ǹg tn̄g, ǹg tn̄g ê ì sù. kan Liân, ián tî, tīⁿ Pōaⁿ, 累進，累進法。累隧，向跕。向跕的意思。牽連，延遲，纏絆，
Liân Lūi, thoa thūi, thām thūi, sì kòe thām thūi Lâng, thām thūi bó͘ kiáⁿ 連累。拖累，陷累，四界陷累人。陷累媒子。

緡 bîn, ㄇㄧㄣˊ — Bāng thang Liah thî koe, á sī thò á, tiò hî. 網可捕雉雞，或是兔仔。釣魚。

絆 Poàn, Pōaⁿ, ㄅㄢˋ, ㄅㄢˋ — tīⁿ bé kha ê soh. bé soh, kau tīⁿ Pak, tīⁿ Pōaⁿ, ki Poàn. Poàn kha Poàn chhiú. tīⁿ kha 纏馬脚的索。馬索，交纏縛，纏絆，羈絆。絆脚絆手。纏脚
Pōaⁿ chhiú. Pōaⁿ tioh, Pōaⁿ tioh soh, Pōa tó. 絆手。絆着，絆着索，絆倒。→ Lâng。

紳 Sin, ㄕㄣ — tōa tiâu tòa, hâ, iok sok. tòa sūi lóh, sūi sin. Sin sok. Sin khim. Sin sū. Siōng Lîu kài ê 大條帶，繫，約束。帶垂落，垂紳。紳束。紳衿。紳士，上流界的人。

紹 Siāu, ㄕㄠˋ — Sī tiâu saⁿ chiap. Pak ân. Sio sòa. Saⁿ Pang tsān, kài siāu. Siāu sut. hú ê mîa, Siāu heng hú 絲條相接。縛緊，相續。相幫助，介紹。紹述。府的名，紹興府
tī Chiat kang Séng. Siāu heng chiú. Siāu heng tāu jú. kiáⁿ kè Sêng Pē Giap, khek siāu ki kiu. 在浙江省。紹興酒。紹興豆乳。子繼承父業，克紹箕裘。

細 sè, sòe, ㄒㄧˋ, ㄒㄧˋ — iù tiâu si, sè si. sió khòa, bî bî, sòe sòe, bî sè. sòe siú. sòe bit. tsú sè. siōng sè. 幼條絲，細絲。少許，微微，細細，微細。細小。細密。仔細。詳細。
soè jī. sè chiat. sè pau. sè khún. khoàⁿ Lâng tōa soè bak. 細膩。細節。細胞。細菌。看人大細目。

紲 Siat, ㄒㄧㄝˋ — Pap cheng sin ê soh. khún Pak. kūi keng chīⁿ ê kè. tû khì. 縛牲牲的索。綑縛。掛弓箭的架。除去。

紿 tāi, thai, ㄉㄞˋ, ㄊㄞˇ — khi phiàn, giâu gî, pak, iân oāⁿ, kan tsà, tīⁿ tiâu, bān bān ê ì sù. 欺騙，燒疑，縛，延緩。奸詐。纏跳，慢慢的意思。

組 tsó͘, tsó͘, ㄗㄨˇ, ㄗㄨˇ — si sòaⁿ ê chhiu, bō iaⁿ, Phah kat, kat thâu mn̂g ê kè soh. thīⁿ ê sòaⁿ. tsó͘ eng 絲線的帔，帽纓，打結，結頭毛的髻索。紩的線。組纓。
tsó͘ sûn. tsó͘ sok. Liân hap ê thé, tsó͘ hap. tsó͘ chit. chit kûn. chit tsó͘. tsó͘ sêng. 組紃。組束。聯合的體，組合。組織。一群，一組。組成。

紫 tsú, chí, ㄗˇ, ㄐㄧˇ — chhìⁿ bah ê sek tī. bô chiâⁿ sek. Loán jiók ê khoan sit. chí sek. chhìⁿ kap âng ê kún hap 生肉的色緻。無成色。軟弱的款式。紫色，青與紅的混合
sek. chhài ê mîa, chí chhài. chí so͘. ioh mîa. chí tôaⁿ. chí teng hiong. chí kìm siâⁿ. 色。菜的名，紫菜。紫蘇，藥名。紫檀。紫丁香。紫禁城。

紕 chhé, ㄔㄜ — ū hoe tsōa ê tiû toān ê ì sù. chhé pek bûn 有花缐的綢緞的意思。紕帛紋

紱 hut, ㄈㄨˊ — si tòa, si phah chiâⁿ kui pha. io toà. kap 紱 Siāng khoán. 絲帶，絲打成歸葩。腰帶。与紱同款。

絀 thut, ㄔㄨˋ — chiū sī kiám chió, tò thè ê ì sù. chi thut. 就是減少，倒退的意思。支絀。

絁 Si, ㄕ — thiu teng sè, thiu n̄ng tn̄g si Lìn Pò͘ ê ì sù. 抽丁歲，抽兩丈絁綾布的意思。

紽 tô, ㄊㄨㄛˊ — Si sòaⁿ ê siàu giah. 絲線的數額。

六畫

絢 hiàn, ㄒㄩㄢˋ — si ū chhái sek. io pau. chhái sek. koàⁿ kín. hiàn Liān. hiàn Lān, hó kong chhái. 絲有彩色。腰包，彩色。趕緊，絢練。絢爛，好光彩。

絍 jîm, ㄖㄣˋ — ki khì ê sòaⁿ, chit Pò͘ ê sè sòaⁿ. chit sòaⁿ. 機器的線，織布的紗線。織線。

絨 jiông, ㄖㄨㄥˊ — se chham si chit. iù Pò͘, iù iù ê mih. kim jiông Pò͘. jiông sòaⁿ, jiông jiông nńg nńg. 紗參絲織。幼布，幼幼的物。金絨布。絨線，絨絨軟軟。

絓 kòa, ㄍㄨㄚˋ — tùi phòa ê kián thiu chhut ê si sòaⁿ. Liah bé ê soh. uî tsâi. kián tsâi kòa thiô. 對剖的繭，抽出的絲線。捕馬的索。圍截。繭滓絓頭。

絳 kàng, kòng, ㄍㄤˋ, ㄍㄛㄥˋ, tōa chhiah sek. 大赤色。chhim âng sek. 深紅色。Giâ Lân sek. 迦蘭色。âng kòng kòng, 紅絳絳, chin âng ê ì sù. 真紅的意思。

絞 káu, ká, kà, ㄍㄠˊ, ㄍㄚˊ, ㄍㄚˋ, tīⁿ, 纏, pak, 縛, tiàu 吊。káu hêng. 絞刑。hok thiàⁿ jú káu. 腹痛如絞。ká sí. 絞死。ká pang. 絞板。ká Lá. 絞仔。ká thiàⁿ. 絞痛。
ká ân. 絞緊。ká soh. 絞索。Lêng ká tsúi. 龍絞水。jù ká ká. 絮絞絞。Loān ká kà. 乱絞絞。

結 kiat, kat, ㄍㄧㄚㄊ, ㄍㄚㄊ, iok sok, 約束, chhiat kiat. 切結。tiāⁿ tiòh, 定着, kiat kau, 結交, kiat kiok. 結局。Liáu kiat. 了結。Lip iok, 立約, kiat bêng. 結盟。
kiat kó. 結果。oàh kat, 活結, sí kat, 死結, phah kat, 打結, kat thâu. 結頭。chhē kat thâu. 尋結頭。kiat chiⁿ. 結晶。kat chhâi. 結綵。

挈/絜 hiat, hiàt, kiat, khiat, ㄏㄧㄚㄊ, ㄏㄧㄚㄊ, ㄍㄧㄚㄊ, ㄎㄧㄚㄊ, kiat hap. 結合。niû tn̂g té, 量長短, chhek tok, 測度, iok sok, 約束, hiat kú. 絜矩。kiat, 絜, môa sòaⁿ chit tiâu. 麻線一條。
tsôe tsóaⁿ, 齊整, chēng chēng. 靜靜。chheng khì. 清氣。kap 与, thong 潔通。khiat, 絜, theh, 提, koāⁿ 攜, hû chhî 扶持, siu cheng. 修整。
ko toaⁿ, 孤單, bô chhap tsap. 無囃雜。

給 kip, khip, khiap, khit, hō, ㄍㄧㄆ, ㄎㄧㄆ, ㄎㄧㄚㄆ, ㄎㄧㄊ, ㄏㄛ, saⁿ tsān, 相助, hō i, 給他, hō Lí, 給你, kip û. 給與。kióng èng, 供應, kióng khip. 供給。kip hù. 給付。kip sū. 給事。
kā, ㄍㄚ, káu Giah, 夠額, chiâu chiâu, 齊齊, chiâu tsn̂g, 齊全, ka khip hō chiok, 家給戶足。khiap hùi, 給費, chiū sī ēng Lâng pó tsō ê hùi. 就是用人補助的費。
hō, ㄏㄛ, khit, 給, khit Lâng phah, 給人打, khit chhat thau, 給賊偷, khit i tsáu khì, 給他走去。hō Góa, 給我。hō Lâng theh khì. 給人提去。kā, 給,
kā Góa theh Lâi. 給我提來。kā Lí, 給你, kā i phah. 給他打。ka Lâng pang tsān. 給人幫助。hō Lí, 給你, Lí hō Góa. 你給我。

紞 khòng, ㄎㄛㄥ, sin kìⁿ ê iù si, 新經的幼絲, mî hoe. 綿花。

絫 Lúi, ㄌㄨㄧ, ke thiⁿ, 加添, tsap Liap sóe á ê tāng. 十粒黍仔的重。niû tāng Liōng ê khì khū. 量重量的器具。

絡 Lok, Le, Lòh, ㄌㄛㄎ, ㄌㄝ, ㄌㄛㄏ, môa iáu bē chìm sóe. 麻猶未浸洗。chho sī. 粗絲, mî tiû. 綿紬。pak 縛, pau, 包, tī, 纏, bāng. 網。mêh Lok. 脈絡。Lok si. 絡絲。
keng Lok. 經絡。pau Lok. 包絡。Lok pak. 絡縛。Lok bāng. 絡網。kun Le, 筋絡, bah ê khùi Lat. 肉的氣力。Lā kun Le, 撈筋絡, chiū sī La Lâng ê
m̄ tiòh. 嘸着。Lòh, 絡, kho Lòh, 箍絡, kho Lòh soh, 箍絡索, Lòh á soh, 絡仔索, poeh Lòh soh. 拔絡索。

紲 è, siat, ㄝ, ㄒㄧㄚㄊ, tn̂g ê phē, 長的被, tn̂g ê saⁿ ê khoán sit. 長的衫的款式。siat, 紲, khún pak 綑縛, bé Lek soh, 馬勒索, pak bé ê soh. 縛馬的索。

絮 sù, jū, ㄙㄨ, ㄖㄨ, bô Lō ēng ê mî si, 無路用的綿絲, mî sū. 綿絮。chho, 粗, phòa. 破。chiap chiap Gâu kóng oē, 捷捷勢講話, sù koat. 絮聒。sù Gú. 絮語。hoân tsap, 煩雜,
sù hoân. 絮煩。Lâng ê sìⁿ. 人的姓。jū, 絮。sù. 絮。jū jū. 絮絮。chhap tsap, 囃雜, tsap Loān. 雜乱。

絲 si, ㄒㄧ, niû á só thò ê mih. 蠶仔所吐的物。chhâm si. 蠶絲。si sòaⁿ. 絲線。iù iù, 幼幼, si hô, 絲毫, bî sòe. 微細。si chit. 絲織。si tiû, 絲綢, si toān. 絲緞。
ti tu si. 蜘蛛絲。Gâu si. 藕絲。tâng si. 銅絲。thâu mn̂g si. 頭毛絲。thih si. 鐵絲。

絛 tho, ㄊㄠ, pīⁿ si sòaⁿ tsòe soh. 編絲線做索。bō iaⁿ ê tsng thāⁿ. 帽纓的妝飾。

絰 tiat, ㄉㄧㄝㄊ, tòa hà ê Lâng, 帶孝的人, há tī io nih ê môa soh, 縖佇腰裡的麻索, io tiat. 腰絰。tì tī thâu chiuⁿ ê kiò, 戴佇頭上的叫, siú tiat. 首絰。

統 thóng, thong, ㄊㄛㄥ, ㄊㄛㄥ, si ê thâu sū, 絲的頭緒, thóng sū. 統緒。koán hoat, 管法, thóng kí, 統紀, thóng thian hā. 統天下。tsóng thóng. 總統。it thóng. 一統。thóng tī. 統治。
thóng chè, 統制, thóng hat. 統轄。Lóng tsóng, 攏總, thong kiōng. 統共。thong pôaⁿ. 統盤。

絕 tsoat, chéh, ㄗㄨㄚㄊ, ㄐㄝㄏ, si sòaⁿ tsām tn̄g, 絲線斬斷, bô sa chiap, 無相接, tsoat tn̄g. 絕斷。chīn thâu, 盡頭, tsoat aū. 絕後。biat bô, 滅亡, biat tsoat. 滅絕。tok it. 獨一,
tsoat kī. 絕技。sí chéh, 死絕, chéh chéng. 絕種。chéh sam tāi, 絕三代, chiū sī bô hō ê ì sù. 就是無後裔的意思。

絪 in, ㄧㄣ, iûⁿ môa ká tsòe soh. 洋麻絞做索。thong 通 氤。hó ê khì, 好的氣, thiⁿ tōe saⁿ hap ê khì, 天地相合的氣, in un. 絪縕。

絍 jîm, ㄖㄧㄇ, kap 与 紝 sio siang. 相同。chit pò ê sòaⁿ. 織布的線。

紊 koàn, kǹg, soh á, chîⁿ kǹg, kǹg chîⁿ. kǹg koàⁿ. Gėh kǹg chîⁿ, má tsò kǹg, chhit niû kǹg, kǹg pīⁿ.
《ㄨㄢˋ, 《ㄥˋ, 索仔, 錢紊, 紊錢。紊繩, 王紊錢, 媽祖紊, 七娘紊。紊鼻。

絅 jîn, chhiong sēng ê khóan sit. thong tsoh 耳
ㄖㄣˊ, 昌盛的款式。通作耳。

絔 bėk, kun á oē thang pau tsap mih ê ì sù.
ㄇㄛˋ, 巾仔能可包雜物的意思。

絚 hêng, keng, toā tiâu soh, koáⁿ kín, hêng kip. iân chhiân, iân oān. kéng jian, soah.
ㄏㄥˊ, 《ㄥ, 大條索。趕緊, 絚急。延延, 延緩。竟然, 息。

絖 bōng, hong, sì sòaⁿ jû chhiâng chhiâng. bô khòaⁿ tiȯh sòaⁿ thâu. bāng kìⁿ ê oē. pėh chhat, bô iáⁿ
ㄇㄥˊ, ㄏㄥ, 絲線茹冗冗。無看着線頭。夢見的話。白賊, 無影
hut jiân, tám hóng, hong hâm.
忽然, 膽慌, 絖膝。

絝 khò, pau kha kut ê pò. lâng khǹg gín á pau tī tiong ng. kun khò.
ㄎㄨˋ, 包腳骨的布。人藏囝仔包佇中央。裙絝。

絥 hȯk, pī, phê tsòe khàm chhia ê khì khū, chhia hȯk. pau hȯk
ㄈㄨˊ, ㄅㄧˋ, 皮做蓋車的器具, 車絥。包絥

絧 tōng, thong, pò ê miâ. thong, tit tit tsáu ê khóan sit, hông thong. sio liân sòa ê khóan sit.
ㄉㄨㄥˋ, ㄊㄨㄥ, 布的名。絧, 直直走的款式, 鴻絧。相連續的款式。

絸 kun, tsóa kun, chiū sī tsóa liâu thang tiám hé, á sī kiàu hé, tsóa kun hé.
《ㄨㄣ, 紙絸, 就是紙條可點火, 或是撟火, 紙絸火。

造字 絸, 紙絸, 粗紙撚歸條來引火噴煙點菸。點水煙嗜之用。

七畫

絺 thi, chháu ê miâ, pí môa khah iù, koah, koah pò. jī sìⁿ.
ㄔ, 草的名, 比蔴較幼, 葛, 葛布。字姓。

綍 hut, ông kóng chhut bēng lēng ná hut. sì tòa, toa tiâu soh, koàⁿ chhâ soh. kap 紼 siāng khóan.
ㄈㄨˊ, 王講出的命令如綍。絲帶, 大條索, 棺材索。与紼同款。

綆 kēng, kap sio siāng. chhiūⁿ tsúi ê soh. soh tóe bōe thang chhiūⁿ tsúi.
《ㄥˇ, 与絙相同。扸水的索。索短𣍐可扸水。

綌 khek, chiū sī chho͘ chho͘ ê koah pò.
ㄒㄧˋ, 就是粗粗的葛布。

經 keng, kiⁿ, chit pò, pò sì thán tit tiâu ê sòaⁿ sī keng, hoâiⁿ sòaⁿ sī 緯. lō, lâm pak sī keng,
ㄐㄧㄥ, 《ㄧ, 織布, 布絲袒直條的線是經, 橫線是緯。路, 南北是經,
keⁿ, tsáu tang sai sī ûi. chin lí kà sī ê oē tsu, sèng keng. ngó keng. hut keng. thian keng tōe gī.
《ㄝ, 走東西是緯。真理教示的話書, 聖經。五經。佛經。天經地義。
gėh keng. keng kè. keng lí, keng chhiú, tī lí. keng lėk. keng chè. kiⁿ, kiⁿ pò. kiⁿ bāng
月經。經過。經理, 經手, 治理。經歷。經濟。經, 經布, 經網。
kiⁿ si kiⁿ tī tu si. kap lâng ū khan kiⁿ. lô keⁿ, chiū sī chí lâm chiam, pâi lô kiⁿ.
經絲, 經蜘蛛絲。与人有牽經。羅經, 就是指南針, 排羅經。

絿 kiû, koáⁿ kín, chhe, kín kip. kiû kip. put kēng put kiû. kap siāng khóan.
ㄑㄧㄡˊ, 趕緊, 尋, 緊急。絿急。不競不絿。与紈同款。

絹 koàn, kìn, chho͘ si, liȧh chiáu ê sòaⁿ á sī soh. chhiú koàn. chiū sī chhiú kin. kìn, pėh kìn hoe kìn,
ㄐㄩㄢˋ, 《ㄧㄣˋ, 粗絲, 掠鳥的線, 或是索。手絹, 就是手巾。絹, 白絹, 花絹,
kìn sìⁿ. sò kìn. kìn pò. kìn si.
絹扇。素絹。絹布。絹絲。

綑 khún, ēng soh lâi pȧk, kiⁿ, chit, pīⁿ. kúi nā hāng pȧk tsòe chit ē, chit khún. khún pȧk.
ㄎㄨㄣˇ, 用索來縛, 經, 織, 編。幾若項縛做一下, 一綑。綑縛。

綁 páng, póng, pȧk tiâu, khún, khún páng. páng tiâu. páng kà, páng phiò, kiap lâng lėk siók ai chîⁿ. páng húi
ㄅㄤˇ, ㄅㄥˇ, 縛跳, 綑, 綑綁。綁跳。綁架, 綁票, 劫人勒贖愛錢。綁匪。
póng tiâu, póng chit tè, khah kāu. khah ióng. póng lōe. póng saⁿ.
綁跳, 綁一塊, 較厚。較勇。綁裡。綁衫。

綀 so͘, pò ê lūi, chho͘ chho͘ ê si, tóe á chit chiâⁿ ê ū hûn hoe hoe. so͘ kat.
ㄙㄨ, 布的類, 粗粗的絲, 苧仔織成的有紋花花。綀葛。

綃 sau, siau, soe thâu sok thâu mn̂g ê kun, sau thâu. tsûn ûi, tn̂g sau. kî koàⁿ. siau, sò sek ê si.
ㄙㄠ, ㄒㄧㄠ, 梳頭束頭毛的巾, 綃頭。船桅, 長綃。旗桿。綃, 素色的絲。

綉 siù, chhái sek, chiâu tsn̂g, chhiah hoe, siù hoe, thio hoe chhiah siù. siù ê kán siá.
ㄒㄧㄡˋ, 彩色, 齊全, 刺花, 綉花, 挑花刺繡。繡的簡寫。

綈 tê, kāu ê chhái sek, chhin chhiūⁿ siān á ê sek. lėk koh kng kut.
ㄊㄧˊ, 厚的彩色, 親像蟮仔的色, 綠閣光滑。

綏 jûi, Sui, ㄖㄨㄟˊ, ㄙㄨㄟ；
chiū sī kî chhì ê ì sù. 就是旗幟的意思。chhia soh, chip Sui, 車索，執綏，chhia Lāi thang khê chhiú ê Soh. 車内可架手的索。an hioh, 安息。ún tàng 穩當。soah 息。an bú 安撫，Sui chēng 綏靖。Séng mîa 省名，Sui oán 綏遠，Séng hōe 省會，kui Sui 歸綏。mn̂g Sui 門綏。

綄 oân, ㄨㄢˊ；
hán tit ēng ê jī, 罕得用的字，kap 綰 Sio Siāng ì sù. 与綰相同意思。

緁 Pó, ㄅㄛˇ；
kap 補 Siāng ì sù. 与補同意思。Siu lí Phòa Saⁿ 修理破衫，Pang tsān 幫助，Pó tsō 補助。ke thiⁿ 加添，Pó chhiong 補充。tsu Pó 滋補。

縫 hông, hōng, kāng, Pâng, ㄈㄥˊ, ㄈㄥˋ, ㄍㄤ, ㄆㄤˊ；
ēng chiam Sòaⁿ thīⁿ Saⁿ 用針線紩衫，chhâi hông 裁縫。Pó that 補塞，Pâng Pó 縫補，Pâng siù 縫繡。Kún Saⁿ 衮衫，Pâng Saⁿ 縫衫
Pâng Liú á khang 縫鈕仔孔。hông Lāng khang 縫、罅孔，khang Phāng 孔縫。kāng 縫，toā âng Sek 大紅色，Giâ Lan Sek 呀囒色。

紘 hông, ㄏㄨㄥˊ；
chiū sī bō chhiu 就是帽鬚，bō iaⁿ 帽纓，hông eng 紘纓。khoah toā ê ì sù 闊大的意思，hông hông 紘宏。

紭 hông, ㄏㄨㄥˊ；
Pak bō ê tòa 縛帽的帶，Gak khì ê sòaⁿ 樂器的線。Pak tiàu 縛跳。Pak Liah chiau bāng ê tòa 縛捕鳥網的帶。

綎 thóng, thong, ㄊㄨㄥˇ, ㄊㄨㄥ；
kap 統 Sio Siāng. 与統相同。chhiáⁿ khòaⁿ Lak ui. 請看六畫。

綅 Chim, Chhim, ㄐㄧㄣ, ㄑㄧㄣ；
âng sî ê chhiu 紅絲的鬚，Pak tī thâu khoe 縛佇頭盔，Sī tsòe koaⁿ ê Lâng teh ēng ê 是做官的人咧用的，tsu chim 朱綅。O͘ keng 黑經
Pe̍h uī ê si Pe̍k 白緯的絲帛，chhim koan 綅冠。

絻 bián, būn, ㄇㄧㄢˇ, ㄨㄣˋ；
Sàng tsòng teh ēng mòa Saⁿ 送葬咧用的麻衫。koaⁿ chhâ ê soh 棺材的索。

綖 iân, ㄧㄢˊ；
bián Liû chêng āu sûi Lo̍h 冕旒前後垂落，jia khàm ê tsng thāⁿ ê mi̍h 遮蓋的妝飾的物。bō koan ê koà 帽冠的蓋。

八畫

綻 Chhàn, tèng, tiān, thán, ㄓㄢˋ, ㄉㄧㄥˋ, ㄉㄧㄢˋ, ㄊㄢˇ；
kap tsōa Lih khui 給縫裂開，Phòa Lih 破裂，Phò chhàn 破綻。Phê khui bah tèng 皮開肉綻。hoe khui 花開
mûi kùi chho tiān 玫瑰初綻。thīⁿ, tèng i 紩，綻衣。Pá tīⁿ, Páu tiān 飽漲，飽綻。

綝 thim, ㄊㄧㄣ；
Soah, hó, i chiûⁿ ê mn̂g ú Sûi Lo̍h ê khoán Sit 息，好，衣裳的毛羽垂落的款式。

綢 tiû, ㄔㄡˊ；
Po̍h ê si 薄的絲，si ê mîa 絲的名。tiû toān 綢緞，Si tiû 絲綢，hú tiû 府綢。tīⁿ 纏，Pák 縛，kāu kāu 厚厚，tiû bīu 綢繆。

綽 Chhiok, ㄔㄨㄛˋ；
toā Liōng 大量，chhiok chhiok iú jû 綽綽有裕。khoah khoah 濶濶。iân oān 延緩，chhiok oān 綽緩。chhiok iok 綽約，jiû bí ê khóan 柔美的款。

綴 toat, tsòe, ㄉㄨㄛˊ, ㄓㄨㄟˋ；
Saⁿ chiap boē tn̄g 相接膾斷，Saⁿ Liân 相連，at chih 遏止，kiat bé 結尾，Soah 息。tsòe 綴，Pâng Saⁿ khò 縫衫褲，Pó Saⁿ 補衫，tsòe Saⁿ 做衫
thīⁿ Saⁿ 紩衫，kún Saⁿ 袞衫，Pó tsòe 補綴。tsòe kah 綴甲。tsng thāⁿ 裝飾，tiám tsòe 點綴。tsok bûn 作文，tsòe bûn 綴文。

緋 hui, ㄈㄟ；
chhiah sek 赤色，âng Sek 紅色，ê tiû 的綢。hui bûn 緋聞，tāi thé kong bô chèng Siông ê Lâm Lú koan hē 大体講無正常的男女關係。

緌 jôe, jûi, ㄖㄨㄛˊ, ㄖㄨㄟˊ；
bō iaⁿ 帽纓，bō tòa 帽帶。Pák 縛，tsá sin niû teh chheng ê Saⁿ 早新娘咧穿的衫。Gû bé tsòe ê chiàn kî 牛尾做的戰旗。

綱 kong, ㄍㄤ；
bāng ê toā tiâu soh 網的大條索，Pang thâu 綱頭，chhù sū 次序，Liāu Lí 料理，hoat tō͘ 法度，tsóng kun thâu 總根頭。kong bók 綱目，
toā kong sòe bák 大綱細目。kong kí 綱紀，kok ka siā hōe ê hoat tō͘ tiat sū 國家社會的法度與秩序。kong iàu 綱要，Sū bu̍t ê tsu iàu tiám 事物的主要點。

綦 kî, kī, ㄑㄧˊ, ㄑㄧˋ；
chhiah chhiⁿ o͘ ê Sek 赤青黑的色。Pák 縛，Pák oê ê tòa 縛鞋的帶。ân 緊，Giâm 嚴。kàu ke̍k 到極。

綮 khé, ㄎㄧˇ；
chhái ūi 彩畫，kî hō 旗號。chhiuⁿ kek ê tē á 槍戟的袋仔。kun bah kiat ê só tsāi 筋肉結的所在。

綺 í, khí, ㄧˇ, ㄑㄧˇ；
chhái Sek 彩色。tiû ê mîa 綢的名，Lîn Lô 綾羅。Lâng ê Sìⁿ 人的姓。Súi 美，khí Lē 綺麗。khí Liân Giók māu 綺年玉貌，tsa bó͘ 查媒
Gín á nî khin bí Lē 囝仔年輕美麗。khí Lô kim Giók 綺羅金玉，iam Lē ê Saⁿ kap n̂g kim Pó Gėk 艷麗的衫與黃金宝玉。

綶 kó, ㄍㄨㄛˇ；
chiū sī tīⁿ Pák ê ì sù. 就是纏縛的意思。

綡 Liông, ㄌㄧㄤˊ；
chiū sī bō ê chhiu, bō iaⁿ ê ì sù. 就是帽的鬚，帽纓的意思。

緊 kín, ân; ㄐㄧㄣˇ, ㄢˋ
tīⁿ sī bô oân. 纏絲無緩。ân ân 緊緊，kiù oá 糾倚，Pek chhek 迫促，kín kín 緊緊，kín kip 緊急，siàu kín 要緊，kín Pek 緊迫。
Pák ân 縛緊。Pek ân 迫緊。Siaⁿ ân tan 聲緊囲。ân sò 緊燥，chiū sī bô chīⁿ ê ì sù 就是無錢的意思。ân tan 緊囲，kian kò ê ì sù 堅固的意思。

綣 koán, khóan; ㄍㄨㄢˇ, ㄑㄩㄢˇ
ēng si tīⁿ 用絲纏，khun Pák 綑縛，kiat Liân 結連。khián koàn 繾綣。ún khún 慇勤，tiong hō 忠厚。

緄 hûn, kún, khún; ㄏㄨㄣˊ, ㄍㄨㄣˇ, ㄎㄨㄣˇ
io tòa 腰帶，Soh á 索仔。Pâng ê ì sù 縫的意思。siù ê tòa 繡的帶。Gín á Pē to ê tòa 囝仔佩刀的帶。chit chiaⁿ tòa 織成帶。
kún Pīⁿ 緄邊，saⁿ ê ián Pīⁿ ê tsng thāⁿ 衫的緣邊的妝飾。

綾 Lêng, Lîn; ㄌㄥˊ, ㄌㄧㄣˊ
tiû ê miâ 綢的名。Pòh koh iù ê Pò 薄閣幼的布。Lêng Lô Pháng Si 綾羅紡絲。âng Lîn 紅綾。ú Lîn 羽綾，Lîn tiû 綾綢，
Peh Lîn 白綾。Lîn Lô Gím Siù 綾羅錦繡。âng Lêng Phoàh kah 紅綾帔甲，chin kng êng ê ì sù 真光榮的意思。

綹 Liú; ㄌㄧㄡˇ
Si se ê chit khàu 絲紗的一扣，mī sòaⁿ ê chit ut 麵線的一攤，chit Liú sòaⁿ 一綹線。chit Liú mī sòaⁿ 一綹麵線。Liú thâu tsang 綹頭鬃，
ê Liú Pīn bé 綹鬢尾。Liú mn̂g bé 綹毛尾。Sio chhat á 小賊仔，chhiú chhat á 手賊仔，chián Liú 剪綹。chián Liú á 剪綹仔。

綠 Lio̍k, Le̍k; ㄌㄨˋ, ㄌㄩˋ
chhiⁿ n̂g ê sek tī 青黃的色緻。chháu Le̍k 草綠，San chhoan Le̍k 山川綠。Le̍k tek 綠竹，Le̍k tāu 綠豆。Le̍k sek 綠色。
Lio̍k chiu 綠洲，chit Phian chháu iá 一片草野。Lio̍k Lîm hó hàn 綠林好漢，Pí jū kiông tō chi Lūi 比喻強盜之類。

綸 Lûn; ㄌㄨㄣˊ
chhiⁿ si ê chhiu 青絲的鬚，Si kap oá 絲給倚，tiò hî ê sòaⁿ 釣魚的線，keng Lûn 經綸。sū mu̍t tsōe tsōe 事物多多，hun Lûn 紛綸。chit khoán 一款
chhiⁿ sek ê tòa tsòe chiâⁿ ê thâu kun 青色的帶做成的頭巾，Lûn kun 綸巾。tsai 知，bat 識，Pák 縛。jī sìⁿ 字姓。

綿 biân, mî; ㄇㄧㄢˊ, ㄇㄧˊ
sòe tiâu ê si 細條的絲，Sin chhut ê si 新出的絲，jiông sòaⁿ 絨線。thong mî 通棉。kap 緜 Siong tông 與緜相同。kú tn̂g 久長，biân tiông 綿長。
mî chiⁿ 綿精，mî mî beh 綿綿抱，tīⁿ mî ê ì sù 纏綿的意思。mî noā 綿懶，kong oē mî noā 講話綿懶。mî kiu 綿求。

繃 Pheng; ㄆㄥ
Pák 縛，Pau 包，Pheng tòa 繃帶，Sok 束。Gín á ê saⁿ 囝仔的衫。ú ông tsòng tī kòe khe 禹王葬佇會稽，koaⁿ chhâ ēng saⁿ chhùn 棺材用三寸
koah Pò Lâi Pák 葛布來縛。kap 繃 Sio Siāng 與繃相同。

絣 Peng, Pheng; ㄅㄥ, ㄆㄥ
sòaⁿ ê Pò 散的布，bô hûn ê si 無紋的絲，mî Pò 綿布，chiap sòa 接續。toāⁿ chîn 彈繩。tiuⁿ hiân a 張弦仔。

綬 Siū; ㄕㄡˋ
Pák kat ê sòaⁿ 縛結的線。Pák ìn ê tòa 縛印的帶。bō ê chhiu 帽的鬚。bō á tòa 帽仔帶。ìn Siū 印綬。khun chiong ê tòa 勳章的帶。

綫 Sàn, Siàn, Sòaⁿ; ㄙㄢˋ, ㄒㄧㄢˋ, ㄙㄨㄚˋ
sòe tiâu ê si 細條的絲，si sòaⁿ 絲線。ín chhōa 引導，ín sòaⁿ 引線。Sòe tsoh 細作。Se sòaⁿ 紗綫。Soa soh 線索。
Siàn soh 綫索。biān Siàn 麵線，mī sòaⁿ 麵線。tiān sòaⁿ 電線，chiam sòaⁿ 針綫，ín sòaⁿ 絪線，thih sòaⁿ 鐵綫。tâng sòaⁿ 銅綫。
a iân sòaⁿ 亞鉛綫。Sòaⁿ Lō 綫路。Sòaⁿ tiâu 線條。tit sòaⁿ 直綫。kap 線 Sio Siāng 與線相同。

緆 Sek; ㄒㄧ
iù iù, sòe sòe ê Pò 幼幼、細細的布。chit móa ê Pò 織滿的布。tsng thāⁿ i chhiuⁿ 妝飾衣裳。

綯 tô; ㄊㄠˊ
Phah soh 打索。ká 絞，Pák 縛，ê ì sù 的意思。

緅 tso; ㄗㄡ
mî Pò chhiⁿ âng sek 綿布青紅色，chhiⁿ kàng sek 青絳色，tsòe tsng thāⁿ ê Lō ēng 做妝飾的路用。

綪 cheng, chheng; ㄐㄧㄥ, ㄑㄧㄥ
tīⁿ ê soh 纏的索，tīⁿ tsòe hé 纏做伙，khún 綑。hiân ê sòaⁿ 弦的線。âng tiû Pò 紅綢布。chhiân chháu ní ê 茜草染的。

綜 tsòng, tsong, tsàng; ㄗㄨㄥˋ, ㄗㄨㄥ, ㄗㄥˋ
Pák tī chit kui ê sòaⁿ 縛佇一歸下的線，tsong ha̍p 綜合。it khài 一概，tsū chip 聚集，tsóng lám 綜攬。thâu tsàng 頭綜，
chiū sī sī tōa 就是是大，sī chiáng Lí ê Lâng 是掌理的人。thâu sū 頭緒。hun tsa̍p 紛雜，chhò tsong hok tsa̍p 錯綜複雜。tsong Lí 綜理。
tsóng koat 綜括。tsong hut bêng sit 綜核名實，Pān sū jīn chin hū chek 辦事認真負責。

緇 tsu; ㄗ
o͘ sek 黑色，o͘ o͘ kim kim ê tiû toān 黑黑金金的綢緞。tsu ho̍k 緇服，o͘ sek 黑色。

綵 chhái; ㄘㄞˇ
chhái sek ê tiû toān 彩色的綢緞，Súi sek 美色，kat chhái 結綵。Liân chhái 聯綵。teng chhái 燈綵。khan teng kat chhái chhōa sin niû 牽燈結綵娶新娘。

綱 bóng, bāng, bāng ㄅㄛㄥ, ㄅㄤ, ㄅㄤ
Liah hî ê khì khū; bāng, hî bāng, chiáu bāng, hó bāng, tiu" bāng Lâi Liah, ti tu bāng
捕魚的器具，網，魚網。鳥網。虎網。張網來捕。蜘蛛網。
thih Soa" bāng, kong Lō bāng, kau thong bāng. Liah Phái" Lâng, thian Lô tōe bóng, hoat bóng, Lô bóng
鐵線網。公路網，交通網。捕歹人，天羅地網。法網。羅網。
bāng kun, bêng tiâu hu jîn Lâng Pau thâu khak ê jiàu se kun
網巾，明朝婦仁人包頭殼的縐紗巾。

維 î, ûi 一, ㄨㄟ
Chhia ê Pò ûi, î hē, î hō. Pák, koan hē, Lô bóng, tók tók, siū", Pang tsān jī kù,
車的布帷，維繫，維護。縛，關係，羅網，獨獨，想，幫助字句，
chhiū" kóng, hui î, Put chí ê ì sù. Pah kang î sî, chhiam ûi. ûi chhî. Su î
像講，非維，不只的意思。百工維時。纖維。維持。思維。

絨 hék ㄏㄜˋ
Pâng, hék hông. Pâng iû" ko hiû
縫，絨縫。縫羊羔裘。

綦 kî, kì ㄑㄧˊ, ㄑㄧˋ
Chhiah chhi" o sek. chhái sek. Pák. Pák oê ê tòa. ân. Giâm. kàu kék.
赤青黑色。彩色。縛。縛鞋的帶。緊。嚴。到極。

綅 tam, thám ㄉㄢ, ㄊㄢˇ
Péh kóh chhi" ê sa" ê khóan sit, Sa" chhái sek chhi". môa soh ê sòa".
白閣鮮的衫的款式，衫彩色鮮。麻索的線。

綪 Cheng ㄐㄧㄥ
tī" ê soh á. hiân á ê sia"
纏的索仔。弦仔的聲。

綶 khut ㄎㄨˋ
chhi" hoan ê sa". Phah kat, kui kiu.
生番的衫。打結，歸茱。

綡 hêng ㄏㄥˊ
chiu sī tit tit ê ì sù
就是直直的意思。

緍 bîn, hun ㄇㄧㄣˊ, ㄏㄨㄣ
tiò hî ê si sòa". Chî" kng, khâm, moa. Phē toa". Si sòa".
釣魚的絲線。錢貫，蓋，縵。被單。絲線。

退九畫 緯 ûn ㄨㄣˋ
chit Pò ê hoâi sòa". Pák, hâ, Pák ân ê ì sù.
織布的橫線。縛，繫，縛緊的意思。

退九畫 緵 tsong ㄗㄨㄥ
Si sòa", chhit chin ê Pò, ēng Gō Pah Lák tsáp tiâu Sòa" Lâi Pâng ê ì sù.
絲線，七升的布，用五百六十條線來縫的意思。

綰 koán, oán, koa" ㄍㄨㄢˇ, ㄨㄢˇ, ㄍㄨㄚˋ
tsúi âng sek. Phái". tiû toân ê mîa. kin. hē teh. kng thàu. Pák ân.
水紅色。惡。綢緞的名。絹。置的。貫透。縛緊。
bō á koa". Lòeh á koa". khì khū ê koa", tê kó koa".
帽仔綰，笠仔綰，器具的綰，茶砧綰。

綟 Lē ㄌㄧˋ
chháu ní sek, tong hái chit khoán chháu ê mîa kiò Lē. Lâi ní chit ê sek tì kàu tit mîa Lē.
草染色，東海一款草的名叫莀，來染這個色致到得名綟。
tsu hô ông kim sú Lē siû. Liók Lē, chí Lē, chhái sek.
諸侯王金璽綟綬。綠綟，紫綟，綵色。

緉 Lióng ㄌㄧㄤˇ
chit siang oê. Pák oê ê tòa. Soh á nn̄g kó.
一雙鞋。縛鞋的帶。索仔兩股。

綸 Liām ㄌㄧㄢˋ
bán tsûn bīh ê ì sù
挽船篾的意思。

緀 chhe ㄑㄧ
tiû toân ê hoe tsoà ê khóan sit, hó khòa", tsng sek.
綢緞的花綴的款式，好看，妝飾。

緁 chiap ㄐㄧㄚˋ
sio chiap, chiap soà.
相緁，緁續。

緝 chhiū" ㄑㄧㄡˇ
chhiū" iâm sî", sī" iâm ê koeá, kiâm hî, teng bīn hoat Péh ê ì sù. chhiū" chhi" thî, hoat
緝塩豉，豉塩的瓜仔，鹹魚，頂面發白的意思。緝青苔，發
thî ê ì sù. chhiū" ko, mih kiā" sip khì si" ko. hoat ê ì sù.
苔的意思。緝菰，物件濕氣生菰。發的意思。

造字 一種現象多多昌盛。密佈。展開。

絓 kòa ㄍㄨㄚˋ
tsam kòa, chiū sī ēng kim hoe kap âng toā tsòe chhin mîa Lâng ê Lé sò.
襯絓，就是用金花與紅帶做著名人的禮數。

造字 屬於祝福吉祥之物。

九畫

緩 oān, bān, ûn ㄨㄢˇ, ㄇㄢˋ, ㄨㄣ
Pàng Lēng, khoan khoah, oān oān. oān chhiong, oān kî. oān tô. oān hān.
放量，寬闊，緩緩。緩衝。緩期。緩圖。緩限。
hoān ㄏㄨㄢˋ
khoài" oáh, su oān. iâ oān. kín bān. bān bān. chhiá" bān. ham bān. bān tūn
快活，舒緩。延緩。緊緩。緩緩。且緩。憨緩。緩忳。

ûn ûn，ûn ûn á sī，ûn ûn á Kong，ûn ûn á kiâⁿ，ûn á Liân hōe
緩緩，緩緩仔是，緩緩仔講，緩緩仔行，緩仔連續。

緘 hâm, kiam, khiam, ㄏㄢˊ,ㄍㄧㄢ,ㄎㄧㄢ
Pak siuⁿ Láng, hong bat, kiap hâm, hong hâm, hâm tsat. chēng chēng, kiam be̍k
縛箱籠，封密，篋緘，封緘，緘札。靜靜，緘默。
koaⁿ chhâ ê soh, khiâm hâm, khún Pak. khiâm kháu. sam khiâm kî kháu, m̄ thang kóng oē.
棺材的索，緘函，綑縛。緘口。三緘其口，不可講話。

練 Liān ㄌㄧㄢˋ
Si tsú nōa, Liān nōa. iát Le̍k, Le̍k Liān. keng Giām, Liān tát. hak sip, Liān sip, chhau Liān.
絲煮爛，練爛。閱歷，歷練。經驗，練達。學習，練習，操練。

緢 báu, biâu, ㄇㄠˊ,ㄇㄧㄠˊ
in, á sī tīⁿ si sòaⁿ. Pháng si sòaⁿ. kî pîⁿ ê chhiu.
絪，或是纏絲線。紡絲線。旗邊的帍。

緲 biáu ㄇㄧㄠˇ
iù iù，bô bêng. Phiau biáu. siau khì
幼幼，無明。縹緲。消氣

緜 bián, mî, ㄇㄧㄢˊ,ㄇㄧˊ
kap 綿 Siong tông。
与綿相同。

緬 bián, biān, ㄇㄧㄢˇ,ㄇㄧㄢˇ
khin khin, hn̄g hn̄g, bián biáu. bî bî ê si. Siàu Liām, biān Su, Siū, biān hoâi.
輕輕，遠遠，緬邈。微微的絲。數念，緬思，想，緬懷。
kok ê mîa, bián tiān. bí kok ê chit ê chiu mîa, bián in chiu.
國的名，緬甸。美國的一個州名，緬因州。

緡 biân, bín, bîn, hun, ㄇㄧㄢˊ,ㄇㄧㄣˊ,ㄇㄣˊ,ㄏㄨㄣ
tiò hî ê si, chîⁿ kǹg, Soh á, moa, khàm, Phē toaⁿ. Saⁿ chiáh chhēng
釣魚的絲，錢貫，索仔，褟，蓋，被單。相食穿
chhiong sēng. bián hap. bîn sēng.
昌盛。緡合。緡盛。

緥 Pó ㄅㄠˇ
Sòe hàn Gín á ê Saⁿ, Gín á ê Phē, kióng Pó. iāng kun kap Siong tông.
細漢囝仔的衫，囝仔的被，襁緥。緥巾。与褓相同。

編 Pian, Piān, Phian, Pîⁿ, Phiⁿ, ㄅㄧㄢ,ㄅㄧㄢˇ,ㄆㄧㄢ,ㄅㄧˊ,ㄆㄧˊ
kó tsá teh ēng ê Soh á Pak tek Pán tsòe chheh, Pian tek ûi tsu. Pian chit
古早咧用的索仔縛竹版做冊，編竹為書。編織
Pian hō, Pian chè, Piān hoat, Pîⁿ thâu tsang. Pîⁿ tek Láng. Pîⁿ bih chhioh. Pîⁿ Phōng se,
編號，編制。編髮，編頭鬃。編竹籠。編篾蓆。編胖紗
Phian hō, Phian tsu, Phian tù. Pâi Liat. Si Phian, Gák Phian, chit Phîⁿ bûn chiuⁿ.
編號，編書，編著。排列。詩編，樂編。一編文章。

緶 Piân, Pián, ㄅㄧㄢˊ,ㄅㄧㄢˇ
Pâng saⁿ, thīⁿ saⁿ. Piân i
縫衫，䌯衫。緶衣。

緗 Siong, ㄒㄧㄤ
Pò chhiⁿ n̄g ê Sek, chhiⁿ chhin chhiūⁿ Sng tsâi, khí thâu hoat ê hio̍h. Siong sò.
布青黃的色，青親像桑芽，起頭發的葉。緗素。

緤 Siat, ㄒㄧㄝˋ
chiū sī tīⁿ, khún Pak ê ì sù. siat hē.
就是纏，綑縛的意思。緤繫。

緰 Su, ㄙㄨ
Pau thâu chêng n̄ng ki kha ê Pò.
包頭前兩支腳的布。

線 Sàn, Siàn, Sòaⁿ, ㄙㄢˋ,ㄒㄧㄢˋ,ㄙㄨㄚˋ
kap 綫 Siong tông. Chhiáⁿ chham khòa Poeh ūi.
与綫相同。請參看八畫。

緒 Sū, ㄒㄩˋ
Si tiâu ê thâu, tāi chì khí thâu, thâu Sū. sim Sū, Sim Sū. Chêng sū.
絲條的頭，事誌起頭，頭緒。心事，心緒。情緒。

緦 Su, ㄙ
tsáp Gō chin ê Pò, n̄ng tiâu mōa chit tiâu si ê Pò. Si Sòaⁿ. Saⁿ Ge̍h ê ì chiūⁿ. Su ho̍k
十五升的布，兩條麻一條絲的布。絲線。三月的衣裳。緦服

緞 hā, toān, ㄏㄚˋ,ㄉㄨㄢˋ
Si chit hó, chit chiâⁿ Phit ê, ū kong tek ê iù Pò. tiû toān.
絲質好，織成疋的，有光澤的幼布。綢緞。

緥 hā, toān, ㄏㄚˋ,ㄉㄨㄢˋ
kap têng bīn jī Sio Siāng。
与頂面字相同。

締 tè, thè, ㄉㄧˋ,ㄊㄧˋ
kau kiat, Phah kat, kat thâu bōe khui ê ì sù. iok Sok, tè kiat. tè iok. tè bêng
交結，打結，結頭𣍐開的意思。約束，締結。締約。締盟
kìm chí, chhú thè. tèng hun, thè in. kiat kau ê ì sù, thè kau.
禁止，取締。訂婚，締姻。結交的意思，締交。

緝 Chhip, ㄑㄧˋ
tsoān soh á, Phah sì sòaⁿ. i hok ê kha Pô. chiap soà, khan tîⁿ. Liáh, thong chhip. tsáu su,
鏇索仔，打四散。衣服的腳袍。接續。牽纏。捕，通緝。走私，
Chhip Su. chhip Pó, Liáh Pháiⁿ Lâng.
緝私。緝捕，捕歹人。

緯 hūi, ûi, ㄏㄨㄟˋ,ㄨㄟˊ
Pò ê hoâiⁿ tsōa. kóe seh tsòe só ū ê hoâiⁿ sòaⁿ. tōe kiû ê hūi tō. keng ûi, hoâiⁿ tit sòa
布的橫紩。解說做所有的橫線。地球的緯度。經緯，橫直線。
Pún sū, Chit Pò, keng ûi hun bêng
本事，織布，經緯分明。

緣 iân, iān, siū" kún, kún liâu, iân sek. Sa" chiap, in ūi, sūn thān, sūn lō, iân pī", iân hūn.
一ㄢˊ, 一ㄢˋ, 鑲衮, 衮條, 緣飾。相接, 因為, 順趁, 順路, 緣邊。緣份。
in iân, sū iân, iân kò, iân lō, kún iân, iân niá, iân sa" khò.
因緣。事緣。緣故。緣路。衮緣。緣領。緣衫褲。

縃 sûn, ㄒㄩㄣˊ, tī" tiàu, ūi teh. Sa" ê chit, pāng bāt ê ì sù.
縃䌌, 圍啲。衫的脊, 縫密的意思。

縿 lâ, ㄌㄚˊ, si soà", sa" tú tioh ê khoan sit.
絲線, 相抵着的款式。

緮 hiū, ㄏ一ㄡ, tiû toān ê lūi. koàn hiū.
綢緞的類。絹緮。

緝 chhap, ㄑㄧㄚ, chiū sī ēng soà" lâi pāng ê ì sù.
就是用線來縫的意思。

縆 hêng, keng, ㄏㄥˊ, ㄍㄥ, toā tiâu ê soh, kín kín. tiu" hiân á ê soà".
大條的索, 緊緊。張絃仔的線。

緱 kau, kâu, ㄍㄡ, ㄍㄡˊ, to kiàm ê siù, to kiàm kâu. toē hō miâ, lâng ê sì".
刀劍的鞘, 刀劍緱。地號名。人的姓。

緙 kek, khek, ㄍㄜˊ, ㄎㄜˋ, chiū sī thī", pāng ê ì sù. kun. chit pò ê ì sù. khek si, chit pò ê ūi soà".
就是緙, 縫的意思。衮。織布的意思。緙絲, 織布的緯線。

緒 poē, ㄅㄟˋ, té sa", nńg nńg kóng oē un jiû ê ì sù.
短衫。軟軟, 講話溫柔的意思。

緧 chhiu, siû, ㄑ一ㄡ, ㄒ一ㄡˊ, bé aū kiū", bán chhia ê phê toà, bé heng khám ê soh. gû bé chhiu.
馬後鞧, 挽車的皮帶, 馬胸坎的索。牛馬緧。

緰 chhiu, siû, ㄑ一ㄡ, ㄒ一ㄡˊ, kap téng bīn jī sio siāng ì sù.
与項面字相同意思。

緫 chhong, tsong, ㄘㄨㄥ, ㄗㄨㄥ, kìn pò chhi" sek, chhi" o ê sek, ēng chhái ūi tsòe ê. hun piát chéng lūi ê jī.
絹布青色, 青黑的色, 用彩畫做的。分別種類的字。

十畫

縝 chín, chín, ㄓㄣˇ, ㄓㄣ, si chhong hó bōe chit. pàk. bàt bàt, chín bit. o o, chín hek. chín tì, sòe tì.
絲創好未織。縛。密密, 縝密。黑黑, 縝黑。縝緻, 細緻。

緻 tì, chè, ㄉ一ˋ, ㄓˋ, siap bàt, pó tī". iù iù. sòe tì. cheng tì. sek tì. cheng chè súi hó khoà" ê ì sù. sek tì,
塞密, 補綻。幼幼, 細緻, 精緻。色緻。精緻媠好看的意思。色緻

縋 tūi, lūi, ㄉㄨㄟ, ㄌㄨㄟ, soh pàk tiâu pàng lóh kē, tūi lóh khì. lūi lóh kē. lūi khí lâi.
索縛䌌放落低, 縋落去。縋落低。縋起來。

縛 pók, pàk, ㄅㄛˊ, ㄅㄚˊ, hâ, khg, tī". khún pók, khún pàk, ēng soh lâi pàk. pàk tiâu, pàk lâng sng.
縖, 捲, 纏。捆縛。捆縛。用索來縛。縛䌌, 縛籠甑,
pàk kha, sok pàk, pàk gû, pàk ti.
縛腳, 束縛, 縛牛, 縛豬。

縣 hiân, hiān, koāi", ㄏ一ㄢˊ, ㄏ一ㄢˋ, ㄍㄨㄞˋ, kùi teh, tiàu teh, khòa lū, tî gî, cheng tsoáh, hiân teh, hiân teh, hà" teh
挂啲, 吊啲, 掛慮, 遲疑, 精差, 縣啲, 縣啲。懸啲
koān, ê ì sù, sī 懸 ê pun jī. koāi", koāi" siâ", koāi" chhī, koāi" hú, koāi" lēng, koāi" tiú".
ㄍㄨㄢˋ, 的意思, 是懸的本字。縣, 縣城, 縣市, 縣府, 縣令, 縣長。

縊 è, ㄝˋ, kì" sí, ká tiàu. chhui ām. tiàu soh. tiàu sí. tsū è.
經絲, 絞吊。推頷, 吊索, 吊死, 自縊。

縟 jiók, ㄖㄨˋ, súi súi, chhái sek, siū" kún, chhái sek chhiam jiok. chek tsū, sǹg siàu.
媠媠, 彩色, 鑲衮, 采飾纖縟。積住, 算數。

縠 hok, kok, ㄏㄨˊ, ㄍㄨˊ, si phang jiâu se, hó, khin phiò, hok se. loán lō. bí chhek, kok chhek.
絲紡縐紗, 好, 輕剽, 縠紗。軟羅。米粟, 縠粟。

縞 kó, ㄍㄠˇ, chhi" sek, chhi" chhioh kiau ê sek. iù ê si pò. peh sek, sò sek. kó sò. kó i.
鮮色, 鮮膭嬌的色。幼的絲布, 白色, 素色。縞素。縞衣。

縑 kiam, ㄐ一ㄢ, si pò ê miâ, kiam kìn. ēng tēng pē soà" lâi chit kàu tēng tēng.
絲布的名, 縑絹。用重倍線來織到碇碇。

縎 kut, ㄍㄨˊ, phah kat, kat thâu bōe tháu tit. chhái ūi ê lūi.
打結, 結頭繪解得。彩畫的類。

縚 tho, ㄊㄠ, ún tsōng, khoan khoah, kiām sok. lâng ê miâ, lâm kiong tho.
穩藏, 寬闊, 劍束。人的名, 南宮縚。

縢 thêng, ㄊㄥˊ, soh, hong ān, tī", tsat, pàk.
索, 封緊, 纏, 紮, 縛。

縡 tsāi", ㄗㄞˋ, tāi chì, tóe mih, pau tsāi lāi.
傳誌, 貯物, 包在內。

【縐】chhiù, tsò, jiâu, jiâu ㄑㄧㄡ, ㄗㄡ, ㄖㄧㄠ, ㄖㄧㄠ — ìù ìù, tōe lá, chit ū hoe ê tiû toān, Jiâu se, jiâu pò, jiâu kim, o' jī som. 幼幼，帶仔，織有花的綢緞。縐紗，縐布，縐金，黑縐參。
jiâu jiâu, Pò jiâu, tsóa jiâu, bīn Phê jiâu, bī thâu jiâu. 縐縐，布縐，紙縐，面皮縐，眉頭縐。

【縉】chìn ㄐㄧㄣˋ — chhiah sek ê kím tiū. io tòa bô tòa kau, theh. koaⁿ mîa, chìn hûn. Sin su, Chìn sin. 赤色的錦綢。腰帶無帶鉤，提。官名，縉雲。紳士，縉紳。

【縗】Soe ㄙㄨㄝ — Saⁿ tn̄g Lák chhùn sì chhùn tit sim, song hók, koà tī heng chêng. 衫長六寸四寸直心，喪服，掛佇胸前。

【縕】un, ùn ㄨㄣ, ㄨㄣˋ — si sàm sàm, chhap tsap, chhiah n̂g ê sek, un tsu, Sūi ê khì, in un, chhim chhim o biāu, 絲鬖鬖，嘈雜。赤黃的色，縕朱，燧的氣，絪縕。深深奧妙
ùn ian. hun ùn, tsap Loān. Sin kap kū ê mî hap sêng ê, ùn Pô. 縕淵。紛縕，雜亂。新與舊的綿合成的，縕袍。

【縈】êng, în ㄧㄥˊ, ㄧˊ — tò tńg seh, tîⁿ sì, khun Lâi khun khì, êng jiâu, in soàⁿ. êng hôe. êng soân. êng hoâi. 倒轉趖。纏絲，捆來捆去，縈繞，絪線。縈迴。縈旋。縈懷，
tsōe tsōe sū khòa Lū tsāi sim. în tîⁿ, chiū sī hùi khì ê ì sù, chin mâ hoân ê ì sù. 多多事掛慮在心。縈纏，就是費氣的意思。真麻煩的意思。

【縜】ûn ㄩㄣˊ — êng soh á sī soàⁿ Lâi kat bāng ê ì sù. 用索仔或是線來結網的意思。

【縟】tī, thīⁿ ㄉㄧˋ, ㄊㄧˋ — chhák, chhiah tī chiam hông. thīⁿ. ēng chiam Lâi pâng ê ì sù. Pó thīⁿ, thīⁿ Pâng, thīⁿ saⁿ. 鑿，刺縟針縫。縟。用針來縫的意思。補縟，縟縫，縟衫，
tī ㄉㄧˋ — thīⁿ oê, thīⁿ Pò tē, thīⁿ Liú á. kap 紩 sio siāng. 縟鞋，縟布袋，縟鈕仔。与紩相同。

【縖】hâh, hâ ㄏㄚˊ, ㄏㄚˋ — Pák, sok mih. hâ khí Lâi. hâ tòa. ēng soh á Pák á sī hâ ê ì sù. hâ oá, hâ io, 縛，束物。縖起來。縖帶。用索仔縛或是縖的意思。縖倚，縖腰，
hâ io tòa, hâ kha kun. hâ chháu tsáng. 縖腰帶。縖腳巾。縖草鬃。

【縍】Pang, Pông, Pòng ㄅㄤ, ㄅㄥ, ㄅㄥˋ — kún oê kîⁿ, kún oê. Pâng saⁿ. ēng soàⁿ kún kun oê piⁿ, Póng oê. Póng oê piⁿ. 衮鞋墘，衮鞋。縫衫。用線衮，衮鞋邊，縍鞋。縍鞋邊。

【索】Sek ㄒㄧㄝˋ — Se moâ chhóng tòa tiâu Lâi Pàk mih, kiû thó, chhē. Kap 索 siāng khoán. Sek kiû, thàm sek. 紗麻創大條來縛物，求討，尋。与索同款。索求，探索。

【緂】thám ㄊㄢˇ — ka tsui chiáu ê m̂ng sek, chhùi i jû thám. Lô tek khí thâu hoat siⁿ ê ì sù. 鵪鶉鳥的毛色，毳衣如緂。蘆竹起頭發生的意思。

【縓】chhoân, Goân ㄑㄩㄢ, ㄩㄢˊ — âng sek ê si chhīⁿ n̂g ê sek tī. Pò Pêh âng n̂g sek. 紅色的絲，鮮黃的色絨。布帛紅黃色。

【縚】chháng ㄔㄤˊ — jû chháng chháng, chhap tsap ê ì sù. hun Loān ê ì sù. 茹縚縚，嘈雜的意思。紛亂的意思。

造字 助語的字，

十一畫

【縶】chip ㄓˊ — si soàⁿ, soh á, saⁿ Liân, Pák tiâu, Liáh tiòh, kò chip. siong chip. bé kiuⁿ soh. 絲線，索仔，相連，縛牢，捕着，拘縶。相縶。馬韁索。

【縛】koàn, toān, thoàn, thoân ㄍㄨㄢˋ, ㄉㄨㄢˋ, ㄊㄨㄢˋ, ㄊㄨㄢˊ — Liáh chiáu ê soàⁿ á sī soh, Péh kìn, hoe kìn, chiū sī hiān kim ê koàn jī. 捕鳥的線或是索，白絹，花絹，就是現今的絹字。
Pêh kap sin sian ê sek. khún Pák ê ì sù. Pak chiáu m̂ng tsòe kui sok ê ì sù. Pák ân. 白與新鮮的色。捆縛的意思。縛鳥毛做歸束的意思。縛緊。

【繁】hoân, Phoân ㄈㄢˊ, ㄆㄢˊ — tsōe tsōe, chhap tsap, hoân tsáp. hoân tiōng. chhiong sēng, hoân sēng. hoân êng. hoân bō. 多多，嘈雜，繁雜。繁重。昌盛，繁盛。繁榮。繁茂。
Siⁿ tsōe tsōe hoân sit. Phoân, chiū sī bé Lek tō, bé hók tòa, khan heng bé Lek tō. Lâng sìⁿ. 生多多，繁殖。繁，就是馬勒肚，馬腹帶，牽胸馬勒肚。人姓。

【縫】hông, hōng, Pâng ㄈㄥˊ, ㄈㄥˋ, ㄅㄤˊ — ēng chiam soàⁿ thīⁿ saⁿ, tsòe saⁿ, chhâi hông, hông i, hông jìn. hông háp. hōng, khang 用針線縟衫，做衫，裁縫，縫衣，縫紉。縫合。縫，孔隙
Phāng ㄆㄤˋ — khiah, khang hōng, khang Phāng. bô Phāng, ū Phāng thang Jip. chhē khang chhē Phāng. 空縫。孔縫。無縫，有縫可入。尋孔尋縫。
Pâng, Pâng thīⁿ, Pâng Pó, Pâng Liú á khang, Pâng siù. 縫，縫縟，縫補，縫鈕仔孔，縫繡。

【緊】ê, i, î ㄝ, ㄧ, ㄧˊ — chhiah chhīⁿ o' ê sek. Pau to kek ê saⁿ. hu jī, jī kù thâu, nā sī, tók tók, tsō gú jī, 赤青黑的色。包刀戟的衫。虛字，字句頭，若是，獨獨，助語字，
jû, jîn kai iú hū, Góa tók bû. î, thó khùi ê siaⁿ. Gín á só chhēng ê kûn á. 如，人皆有父，緊我獨無。緊，吐氣的聲。囝仔所穿的裙仔。

繈 kióng, ㄑㄧㄤˇ, chîⁿ kìng ; iāng kun ; tn̂g chit tn̄g n̄ng chhioh, khoah Poeh chhùn ; kióng pó 。Pí jū âng eⁿ sî
錢貫 ; 繈中 ; 長一丈兩尺 ，闊八寸 ；繈褓。比喻紅嬰時。

縴 khian, ㄑㄧㄢ, Phaiⁿ ê mī se Phaiⁿ m̄ hó ê se soàⁿ。
歹的綿紗，歹不好的紗線。

縲 lûi, ㄌㄟˊ, Pák hoān Lâng ê soh, khun Pák, tîⁿ Pôaⁿ。Lûi Siat。
縛犯人的索，捆縛，纏絆。縲絏。

縭 lî, thi, ㄌㄧˊ, ㄊㄧ, i hók ê ngó sek tòa, oê tòa, tòa ê chhiu, hiuⁿ tē, si siù ê bāng á。
衣服的五色帶，鞋帶。帶的嬡。香袋，絲繡的網仔。
thi, chiū sī léng lāi ê hong, hong thi lō bók
縭，就是冷利的風，風縭露沐。

縷 lú, lúi, ㄌㄩˇ, ㄌㄨˇ, si sòaⁿ, se sòaⁿ。chiâⁿ ìn, chiâⁿ khau。si lú。chit lú sòaⁿ。khan liân, lú lú。
絲線，紗線。成絪，成扣。絲縷。一縷線。牽連，縷縷。
lâm lúi, lâm lâm lúi lúi, chiū sī phòa nōa ê ì sù。
縷， 縷縷，就是破爛的意思。

繂 lu̍t, ㄌㄩˋ, tōa tiâu soh, ká tek tsòe soh lâi pák tsûn。
大條索，絞竹做索來縛船。

縵 bān, ㄇㄢˋ, pêng siông bô hoe tiû toān ê pò͘。pòh phoh sit。
平常，無花綢緞的布。薄，樸實。

縻 bî, ㄇㄧˊ, pák gû ê soh, pák, saⁿ liân hun soàⁿ。
縛牛的索，縛，相連，分散。

繆 biū, bók, ㄇㄧㄡˋ, ㄇㄨˋ, kiu, liâu, ㄐㄧㄡ, ㄌㄧㄠˊ, chhò gō͘, biū gō͘, ūi keh, saⁿ liân, tî bát bát, chhim, ò biāu。tiû biû
錯誤，繆誤。違逆，相連，纏密密，深，奧妙，綢繆。
êng toē á tsa̍p phè tî bát bát。phah kat, kiu tiat。liâu jiâu, tî kat。si soàⁿ saⁿ liân。
用苧仔十枇纏密密。打結，繆絰。繚繞，纏結。絲線相連。

繃 pheng, ㄅㄥ, kap sio siāng。pheng tòa, pau siong ēng ê pò͘。pau gín á ê saⁿ。
与綳相同。繃帶，包傷所用的布。包囝仔的衫。

縹 phiau, ㄆㄧㄠ, kím tiû chhiⁿ peh sek, chhiⁿ chhiⁿ sek, chhiⁿ n̂g sek, khin khin kú khí ê khoán, phiau phiau。
錦綢青白色，深青色，青黃色。輕輕舉起的款，縹縹。

繅 so, ㄙㄠ, thiu niû á khak ê si。iù iù ê si sòaⁿ。chhái sek。
抽蠶仔殼的絲。幼幼的絲線。彩色。

縮 siok, kiu, lun, ㄙㄨㄛ, ㄐㄧㄡ, ㄌㄨㄣˊ, loān loān, that, chiòng siok。khiu khiu, kiu kiu, kiù kiù, tò thè, the siok, lâng ê sìⁿ。
乱乱，塞，從縮。趜趜，縮縮，糾糾，倒退，退縮，人的姓。
sok, ㄙㄨㄛˋ, siu liám, siok sió。siok té。kiu chhiú kiu kha。kiu kha teh chē。kòa kàu kiu kiu, lun chit ē, lun tsáu
收斂，縮小。縮短。縮手縮腳。縮腳的坐。寒到縮縮，縮一下，縮走，
tò lun, thâu khak lun lun。lun jip khì。chē bô sì chiàⁿ, chē kau lun lun。kiu tsúi, sok tsúi。
倒縮，頭殼縮縮。縮入去。坐無四正，坐到縮縮。縮水，縮水。

縔 sóng, ㄙㄨㄥˇ, pák oê ê tòa。tiàu, ká sí ê ì sù。oê toe sòaⁿ。
縛鞋的帶。吊，絞死的意思。鞋底線。

縶 tài, ㄉㄞˋ, ēng si sòaⁿ chit chiâⁿ ê tòa, si tòa
用絲線織成的帶，絲帶

縩 chhài, ㄘㄞˋ, sin saⁿ, chhiⁿ saⁿ, chheng saⁿ ê siaⁿ。
新衫，鮮衫，穿衫的聲。

績 chek, cheh, chioh, ㄐㄧˋ, ㄐㄧㄝ, ㄐㄧ, tsoh kang khè, kang hu, chiâⁿ, kong lô, kong chek。sêng chek。pháng si sòaⁿ,
作工課，工夫，成，功勞，功績。成績。紡絲線，
pháng chek giap, pháng cheh。tsòe tn̂g tn̂g ê ì sù。cheh môa。mî chioh, phah mî chioh。
紡績業，紡績。做長長的意思。績麻。綿績，打綿績。
chiū sī ēng mî tsòe chiâⁿ phē, chiū sī phē ê lāi tēⁿ。
就是用綿做成被，就是被的內膛。

縱 chhiòng, chhióng, chhiông, ㄗㄨㄥˋ, ㄗㄨㄥ, ㄗㄨㄥˇ, tit sòaⁿ, lâm pak sòaⁿ sī chhiòng, tang sai sòaⁿ sī hoâiⁿ。tit tit bô khiau ê ì sù。
直線，南北線是縱，東西線是橫。直直無曲的意思。
chhiòng koàn thih lō͘。hō͘ lâng kiaⁿ, chhióng hé, chhióng iông。chhióng sú, sò lóng。pang sak,
縱貫鐵路。予人驚，縱火，縱容。縱使，唆弄。放揀，
hoàn hoàn, loān loān, chhiòng hêng。hòng chhiòng。chhiòng hó kui san。
汎汎，乱乱，縱行。放縱。縱虎歸山。

總 tsóng, tsáng, ㄗㄨㄥˇ, siú, thâu, tsóng thóng, tsóng lí。lóng tsóng。tsòe chit hé。tsóng su lēng。tsóng sò͘
首，頭，總統。總理。攏總，做一夥。總司令。總數
tsóng kun thâu, tsáng thâu, liàh bô tsáng, gō͘ tsáng thâu。
總根頭，總頭，掠無總，誤總頭。

縉 kín, ㄐㄧㄣˇ, chit ê hûn bát bát ê ì sù
織的紋密密的意思

繇 iâu, iû, ikun tè, bō sēng, thiu chhut. Lâng ê sìⁿ. koà tiau ê chiam sû.
一ㄠˊ,一ㄡˊ, 跟隨,茂盛,抽出。人的姓。卦兆的占辭。

縪 Piat, Pit, hioh khùn, Soah. Bō koan ê iaⁿ.
ㄅ一ㄝˋ,ㄅ一ˋ, 歇睏,息。帽冠的纓。

繅 Sau, Siau, Pak tsûn hō i tiâu, bōe koh kiâⁿ ê ì sù.
ㄙㄠ,ㄒ一ㄠ, 縛船予它牢,𣍐擱行的意思。

縰 Sú, oê ê tòa, bō ê tòa. thâu thok. tsoē tsoē ê khoán sit, sú sú sin sin.
ㄒ一ˇ, 鞋的帶,帽的帶。頭套。多多的款式,縰縰莘莘。

繀 Soàn, Soān, ēng tn̂g tn̂g ê soh lâi pak gû ê ì sù.
ㄙㄨㄢˋ,ㄒㄩㄢˋ, 用長長的索來縛牛的意思。

繀 Sùi, chiū sī in sī soàⁿ ê chhia, sùi chhia. iā kiò tsòe khúi chhia.
ㄙㄨㄟˋ, 就是絪絲線的車,繀車。也叫做軌車。

縯 Ián, ín, chiū sī tn̂g tn̂g ê ì sù.
一ㄢˇ,一ㄣˇ, 就是長長的意思。

十二畫

織 Chì, chit, Chhì, chit, chhòng pò phit ê tsóng miâ, chit pò, pháng chit. tsoè tiû, tsoè pò, gím siù, chit gím.
ㄓˋ,ㄓ一ˊ, 仁,織,創布疋的總名,織布,紡織。做綢,做布,錦繡,織錦。
tso háp, kò tsō, tsó chit. Chì, chhì, chhái ūi bān mih, chhái ūi, kì chì, kap 幟 tông.
組合,構造,組織。織,織,彩畫萬物,彩繪,旗織,与幟同。

繙 hoan, kî hioh hō hong chhe, Pin hoan, tín tāng thián khui. bó chióng bûn gú kái chiâⁿ lēng gōa chit chióng
ㄈㄢ, 旗葉予風吹,繽繙,振動,展開。某種文語改成另外一種語文
Gú bûn, hoan ék. hian khui tsu chheh lâi khòaⁿ, hoan iat.
,繙譯。掀開書冊來看,繙閱。

繞 Jiáu, jiâu, tīⁿ sī in soàⁿ. tīⁿ jiáu. ûi lâi, ûi jiâu, séh lō, jiâu tō. jiâu kéng. 遶 Sio siāng
ㄖㄠˋ,ㄖㄠˊ, 纏絲,絪線。纏繞。圍囚,圍繞。迴路,繞道。繞境。遶相同。

繚 Liâu, Liâu tīⁿ, ûi séh, Liâu jiâu. Pau thâu pò. chè hiàn ê miâ, Liâu chè. koāiⁿ ê miâ, chheng hô
ㄌ一ㄠˊ,ㄌ一ㄠˇ, 纏,圍迴,繚繞。包頭布。祭獻的名,繚祭。縣的名,清和郡
kûn ū Liâu koāiⁿ. Liâu, chhù Liâu, gû Liâu, gû Liâu soh. chhin Liâu soh. Pak ê ì sù.
有繚縣。繚,厝繚,牛繚,牛繚索。秤繚索。縛的意思。

繕 kēng, Siān, giám ngī. kiông, ióng kiàⁿ ê ì sù. kian kò. Sûn sī ê khoán sit. kap 勁 sio siāng
ㄍㄥ,ㄕㄢˋ, 儼硬。強,勇健的意思。堅固,巡視的款式。与勁相同
Siān, Pó that, siu lí, siu siān. Pī pān, siān pī. chhau siá, siān siá.
繕,補塞,修理,修繕。備辦,繕備。抄寫,繕寫。

繡 Siù, kap 綉 sio siāng. chhái sek, chiâu tsn̂g, gím siù. thio hoe chhiah siù. siù pâng. pha siu kiû.
ㄒ一ㄡˋ, 与綉相同。彩色,齊全,錦繡。挑花刺繡。繡房。拋繡球。

繐 hūi, Sòe, hūi, Soe Lâng ê Pò. Song hók. Pêng siông pò sòe koh soe ê ì sù, hūi pò. Soè tiōng, Lêng tiùⁿ.
ㄏㄨㄟˋ,ㄙㄨㄟˋ, 繐,疏乱的布。喪服。平常布細擱疏的意思,繐布。繐帳,靈帳。

繒 Cheng chēng, tiû toān ê tsóng miâ. só tsāi miâ, chēng koāiⁿ. Lâng ê sìⁿ.
ㄗㄥ,ㄗㄥˋ, 綢緞的總名。所在名,繒縣。人的姓。

繜 tsun, tsún, tsun, chiū sī hū jîn lâng khah té ê lāi khò ê ì sù, tsun i. tsún, chiàu hoat tō kiâⁿ,
ㄗㄨㄣ,ㄗㄨㄣˇ, 繜,就是婦仁人較短的内褲的意思,繜衣。繜,照法度行,
Siat hoat kàu hó sè, iok sok, tsū chip.
設法到好勢,約束,聚集。

繘 Sùt, ùt, chiū sī chhiūⁿ tsúi ê soh á. chíⁿ chhim soh bô kàu tn̂g.
ㄒㄩˋ,ㄩˋ, 就是拑水的索仔。井深索無夠長。

繓 tsoat, kat tiâu. Pâng Liâu chhun ê ê ì sù.
ㄗㄨㄛ, 結敕。縫了所剩的的意思。

繟 chhián, Siān tòa pàng lēng, khoah khoah. tōa Liōng. bān bān ê ì sù.
ㄑ一ㄢˇ,ㄔㄢˇ, 帶放鬆,闊闊。大量。緩緩的意思。

繏 Soàn, Sǹg, soàn, soh á. tiû toān ê miâ. tūi mih ê soh á. Sǹg, sǹg ân, sǹg kín. sǹg oá. sǹg sí.
ㄙㄨㄢˋ,ㄙㄥ, 繏,索仔。綢緞的名。縋物的索仔。繏,繏緊,繏緊。繏倚。繏死。
Sǹg io, sǹg pak tó, pak tó siau sǹg thiàⁿ. ū pak chhui ê ì sù.
繏腰,繏腹肚,腹肚消繏痛。有縛催的意思。

繑 chiok, tòa, chiū sī khàm heng khám ê saⁿ á ku sio liân ê tòa. chiok tòa.
ㄐ一ㄠˇ, 帶,就是蓋胸坎的衫仔裾相連的帶。繑帶。

繢 hóng, hông, chiū sī soh á pak kui sok ê ì sù.
ㄏㄨㄥ,ㄏㄨㄥˊ, 就是索仔縛歸束的意思。

繎 Jiân, âng ê sì pò. mih kè ní âng âng. si soàⁿ jû chhiáng chhiáng.
ㄖㄢˊ, 紅的線布。物過染紅紅。絲線茹冗冗。

繢 hùi, kūi, chit Liáu só chhun ê, ngó sek ūi hūn
ㄏㄨㄟ、ㄎㄨㄟ，織了所剩的，五色畫紋。

繖 Sán, sàn, 傘 ê Pún jī. Loéh á ê Lūi. Si Lîn tsòe ê kòa. Siang têng Lōe Lāu hō.
ㄙㄢˇ, ㄙㄢˋ，傘的本字。笠仔的類。絲綾做的蓋。双重笠𣍐漏雨。

縫 tat, chiū sī Sòaⁿ Pak ân ê ì sù. Só Phah ê kat. Git tat.
ㄉㄚˊ，就是線縛緊的意思。所打的結。紇縫。

繠 chiau, chhiⁿ ê iû moâ, bē au tsúi. Pò ê Lūi.
ㄐㄧㄠ，生的洋麻，未漚水。布的類。

繣 hoā, oā, ūi kéh, sòaⁿ Siang thâu Pak, Pak tiâu oh tit sóa. Phòa ê Siaⁿ.
ㄏㄨㄚˋ, ㄨㄚˋ，違逆，線双頭縛，縛䋏𪁎得徙。破的聲。

十三畫

繫 hē, Pak, iok sok. kòa tiâu, saⁿ Liân Sio sòa. Siàu Liām hē Liām. Liân hē. hē Pak. hē soh.
ㄒㄧˋ，縛，約束。掛䋏，相連，相續。數念，繫念。連繫。繫縛。繫索。

繯 hiân, hoân, si sòaⁿ Pak tîn. Soh á ê kat khoân, tâu hoân, tiàu tâu ê ì sù. hoân siú ká heng
ㄏㄨㄢˊ, ㄏㄨㄢˊ，絲線，縛纏。索仔的結圈，投繯，吊脰的意思。繯首，絞刑
chhiu khoân. hoe tsòa.
手環。花綴。

繪 hoē, ūi, hōe ūi, hōe tô, hōe Siōng. ūi ang á. chhái ūi ūi ngó chhai sek. bí keng jû hōe
ㄏㄨㄟˋ, ㄨㄟ，繪畫，繪圖，繪像。繪尪仔。彩繪，繪五彩色。美景如繪
ūi siaⁿ ūi iáⁿ, hêng iông ê oē, kóng kàu ū iáⁿ ū jiah.
繪聲繪影，形容的話，講到有影有跡。

繳 Chiok, hek, kiáu, chiok, tiau keng chìⁿ ê soh, Pak chìⁿ ê sòaⁿ, kiat chiok. hek, am kún niá ê kun Liâu.
ㄓㄨㄛˊ, ㄏㄜˊ, ㄐㄧㄠˇ，繳，調弓箭的索，縛箭的線，結繳。繳，頷頸領的帬條。
kiáu, tî tiâu, kiáu jiáu. Láp sòe, kiáu Láp, kiáu sòe, kau hùi, kiáu hùi. kiáu khoán.
繳，纏䋏，繳繞。納稅，繳納，繳稅。交費，繳費。繳款。

繲 kài, kū ê saⁿ, sóe saⁿ.
ㄍㄞˋ，旧的衫，洗衫。

繭 kián, kéng, 蠶 á khak. Si bē tsú, thāng kéng, tsú noā Lâi thiu Si. kián tiû, chhâm si ê tiû Pò.
ㄐㄧㄢˇ, ㄐㄧㄥˇ，蠶仔殼，絲未煮，虫繭，煮爛來抽絲。繭綢，蠶絲的綢布。
chhâm kéng, nîu á ê thāng Pau, nîu á só thò chhut ê Si.
蠶繭，蠶仔的虫包，蠶仔所吐出的絲。

纀 Giáp, Liáp, Pāng thīⁿ, Pó saⁿ. êng soh Lâi Pák ân ê ì sù, Giáp Pók.
ㄧㄝˋ, ㄌㄧㄝˋ，縫，綍，補衫。用索來縛緊的意思，纀縛。

繴 Pek, Phek, Si sòaⁿ. Liâh hî ê bāng. chhia khàm. Phek chit si sòaⁿ tòa ê ì sù.
ㄅㄧˋ, ㄆㄧˋ，絲線。掠魚的網。車蓋。繴，織絲成帶的意思。

繩 Sêng, Chîn, Ēng nn̄g kó í siōng chhiam ūi Lâi ká chiâ ê Soh. hoat tō, khun Pak, Sêng chi í hoat. Sio Liân,
ㄕㄥˊ, ㄇㄧㄣˇ，用兩股以上的纖維來絞成的索。法度，綑縛，繩之以法。相連，
Sêng kî tsó bú. kèng kài, kín sīn, Sêng Sêng. Chîn sòa, khan chîn, tôaⁿ chîn, tūi chîn, tsún chîn
繩其祖武。警戒，謹慎，繩繩。繩線，牽繩，彈繩，縋繩，準繩。

繸 Sūi, chiū sī Pē Gêk ê tòa. Pák Liân Sūi Gêk ê ì sù. Sūi Siū.
ㄙㄨㄟˋ，就是佩玉的帶。縛連璲玉的意思。繸綬。

繵 tân, tān, Soh á, chí sek. tîn tiâu. joàh thiⁿ sî ê saⁿ. tān, chiū sī tîn io ê tōa tiâu tòa.
ㄉㄢˊ, ㄉㄢˋ，索仔，紫色。纏䋏。熱天時的衫。繵，就是纏腰的大條帶。
io tòa, Pák ân.
腰帶，縛緊。

繶 ek, chiū sī Láp oê tóe ê ì sù.
ㄧˋ，就是納鞋底的意思。

繹 ék, thiu si sòaⁿ, khui thiah, Pàng sak, Liāu Lí, Liân Liân, siuⁿ tn̂g, tōa kàu kék. ék Lí.
ㄧˋ，抽絲線，開拆，放揀，料理，連連，過長，大到極。繹理。
kái ek. ék tîn. ek tāi. Liân chiap Put toān, Lók ék Put tsoat.
解繹。繹陳。繹大。連接不斷，絡繹不絕。

繻 thé, tîn teh tîn tiâu ê ì sù.
ㄊㄧˇ，纏啲，纏䋏的意思。

繵 tam, chiū sī bān bān, ûn ûn á ê ì sù. iân chhiân.
ㄉㄢ，就是慢慢，緩緩仔的意思。延延。

緊 kam, kian kò ê ì sù. Chhùi hap ê ì sù.
ㄍㄢˇ，堅固的意思。嘴合的意思。

繝 kam, kap téng bīn ji sio siāng.
ㄍㄢˇ，与上面字相同。

縿	chhiâm, ㄑㄧㄢ,	Pàng Lêng, iân chhiân, bān bān, tìn tiâu 放稜，延延，慢慢，ㄈ戾跳
繮	kiong, ㄐㄧㄤ,	Pak bé ê khì khū, bé ka kiu", be Lek soh. 縛馬的器具，馬咬韁，馬勒索。
繴	Pek, Phek, kap ㄅㄧˋ, ㄆㄧˋ, ㄅ	𦄻 jī Siong tông. 𦄻字相同。
繰	So, tsó ㄙㄠ, ㄗㄠˇ	tháu kián tsòe ê si, si sòa". tsó, tiū Pò ê sek tī. tiū Pò tài chhi" chhiah ê sek. 解繭做的絲，絲線。繰，綢布的色緻。綢布帶青赤的色。
繈	iāng, ai" 一ㄤ, ㄞ	ai" kiá", ai" sun, ai" Gín á tī ka chiah ê ì su. iāng kun, tn̂g chit tn̂g n̄g chhioh, khoah Poeh chhùn. Pak, hâ. Poe hū. Pē mih ê ì sù. ai" kun. 繈子，繈孫，繈囝仔佇尻脊的意思。繈巾，長一丈兩尺，闊八寸。縛，縖。背負。背物的意思。繈巾。
		造字 用疆的變通音來合成字。
纁	Lêng, nî ㄌㄥˊ, ㄋㄧˊ	tōa Lêng, tōa nî. chiū sī tsûn nih Lūi Phâng ê Soh á. 大纁，大纁。就是船裡縺帆的索仔。

十四畫

纁	hun ㄒㄩㄣ	chhi" sek, ní Pò, ní sa" Pái ê ì sù. chhián âng Sek. hun hông, hông hun sî tsūn. 淺色，染布，染三次的意思。淺紅色。纁黃，黃昏時陣。
繼	kè ㄐㄧˋ	Sio chiap, Sa" Soà, Pak, hó. kè Siok. Siong kè. kè Sêng. kòe kè. kè sū. kè bó. 相接，相續，縛，好。繼續。相繼。繼承。過繼。繼嗣。繼母。
繾	khián ㄑㄧㄢˇ	êng Si Lâi tī". khún Pak. un khún tiong hō. kiat Liân. khián khóan, chêng ì tī" mī mī hun Lī. 用絲來纏。綑縛。殷勤忠厚。結連。繾綣，情意纏綿不分離。
𦆯	bóng, bōng ㄇㄥˊ, ㄇㄥˋ	Si Sòa" jû chhiâng chhiâng. Si sū Loān. 絲線茹冗冗。絲緒亂。
辮	Pián, Piān, Pī" ㄅㄧㄢˇ, ㄅㄧㄢˋ, ㄅㄧˋ	chit si Phah chiâ" kó. Si Pián. Piān hoat, Pī" thâu tsang. Pī" á. î" kó Pī". o tsu Pī". Pī" thâu tsang á Lê. Pī" m̂g bé. Pī" Pīn Sui. kap 編 thong. 織絲打成股，絲辮。辮髮，辮頭鬃。辮仔。圓鼓辮。黑珠辮。辮頭鬃仔螺。辮毛尾。辮鬢綏。与編通。
繽	Pin, Pīn, Pìn ㄅㄧㄣ, ㄅㄧㄣˋ	si tsòe kui tiâu. Pin hun, hôan Sēng ê khóan, Loān Loān ê khóan, tsōe tsōe ê khóan. Pìn, ū Pìn Pòa", Sī ū kap Lâng kau Pôe, teh Pìn Pòa", chiū sī ū tsó tòng ê ì sù. 繽，絲做歸條。繽紛，繁盛的款，亂亂的款，多多的款。繽，有繽絆，是有與人交陪，咧繽絆，就是有阻擋的意思。
補 13畫 繃	Pô, ㄅㄛˊ	chit Pô chit Pô. chiū sī kui khiū chhin chhiū" chit chi chit chi ê ì sù. 一繃一繃。就是歸球親像一只一只的意思。
		造字 借葡字成字。
繻	Su, ㄒㄩ	ūi chhái Sek, Sòe Sòe, iù iù, bát bát ê Lêng Lô Pò. kìn Pò ê Pī". kun Su, kó tsá chhut jip koan kháu êng tiû tsòe ê Pîn chèng. 繪彩色。細細，幼幼，密密的綾羅布。絹布的邊。軍繻，古早出入關口用綢做的憑証。
纂	chhoàn, ㄗㄨㄢˇ	chhiah Sek ê Si tiâu. khan Liân, tsū chip. Phian chhip, Phian chhoàn. chhoàn sū, chhoàn Siu. 赤色的絲條。牽連，聚集。編緝，編纂。纂事，纂修。
繶	ún, ㄨㄣˇ	Sa" á, thī" Sa". Pâng Sa" ê kap tsōa ê ì sù. 衫仔，紩衫，縫衫的袷綴的意思。

十五畫

纏	tiân, tiān, Pī", tī" ㄉㄧㄢˊ, ㄉㄧㄢˋ, ㄅㄧˋ, ㄉㄧˋ	Pak, khan Liân, tiân jiâu. tiân Lūi, kiau jiâu, kiu tī". kau tī". tī" Pòa". 縛，牽連，纏繞。纏累。攪擾，糾纏。交纏。纏絆。
纆	tiân, tiān, Pī", tī" ㄉㄧㄢˊ, ㄉㄧㄢˋ, ㄅㄧˋ, ㄉㄧˋ	kap téng bīn jī Sio Siāng. iok Sok, ko tī". Pī" Pòa" chiū sī tī" Pòa" ê ì sù. 与頂面字相同。約束，拘纏。纆絆就是纏絆的意思。
纈	khiat, ㄒㄧㄝˊ	Phah kat, Pak tiâu, chhái ūi, ní sek, âng bāng. 打結，縛牢，彩畫，染色，紅綢。
纊	khòng, ㄎㄨㄤˋ	Sin kì" ê iù Si. mî hoe. 新經的幼絲。綿花。
纇	Lūi, ㄌㄟˋ	si tsat, Si tsat bô chhong kàu hó sè. hâ chhû, chhū Lūi. 絲節，絲節無創到好勢。瑕疵，疵纇。

纍 Lûi, ㄌㄟˊ, o͘ soh pak hoān lâng, Lûi siû, Lûi sîn. Saⁿ liân, ké chí siⁿ Lûi Lûi, tsōe tsōe. tìⁿ, Pa̍k.
黑索縛犯人，纍囚。纍臣。相連。果子生到纍纍，多多。纏，縛。

纆 be̍k, ㄇㄛˋ, Saⁿ kó͘ ê soh á, Saⁿ kap, n̂g moâ ê soh á.
三股的索仔相佮。黃麻的索仔。

續 Sio̍k, Sōa, ㄒㄩˋ, ㄒㄨˋ, Siong sio̍k, Sio sōa, Saⁿ liân ê ì sù. Chiap sio̍k, Lio̍k sio̍k, kè sio̍k, chhiú sio̍k, Sio̍k iok.
相續，相續，相連的意思。接續，陸續，繼續。手續。續約。
Sio̍k hiân, Sī bô tsāi chhōa. Lâng ê sìⁿ Sio̍k. Liân sōa, Sōa chiap, Sūn sōa.
續絃，無媒再娶。人的姓續。連續，續接，順續。

十六－十七畫

纜 Lám, Lām, ㄌㄢˇ, ㄌㄢˋ, Pa̍k tsûn, thoa tsûn ê soh. moâ lám. kǹg lám, kǹg sòaⁿ tsōe ê. tiān lám, tsoan bûn kiòng kip, Su tiān ēng ê tiān sòaⁿ. Lām chhia, tiàu tī khong tiong chit chióng kau thong kang khū.
縛船，拖船的索。麻纜。鋼纜，鋼線做的。電纜，專門供給輸電用的電線。纜車，吊佇空中一種交通工具。

纑 Lô͘, ㄌㄨˊ, Pò͘, si sòaⁿ, toē á ê Lūi thang chit tsōe pò͘, Pò͘ se.
布，絲線，苧仔的類可織做布，布紗。

纕 jiông, Siong, ㄖㄤˊ, ㄒㄧㄤ, Phê tòa, Pē tòa, bé pak tó ê tòa.
皮帶，佩帶，馬腹肚的帶。

纖 chhiam, Siam, ㄑㄧㄢ, ㄒㄧㄢ, iù iù ê si. Sió khóa, iù sòaⁿ, chhiam ûi. saⁿ á chhiu, hoe pò͘. chhiam sòe ê mih.
幼幼的絲。少許，幼線，纖維。衫仔袖，花布，纖小的物。
Siam io, Pí jū, bí jîn ê io. Siam jio̍k, jiû jio̍k. khiām liām, Siam khiām.
纖腰，比喻美人的腰。纖弱，柔弱。儉廉，纖儉。

纔 Chhâi, San, ㄘㄞˊ, ㄕㄢ, tú á chiah, Liâm piⁿ, ê ì sù. hong chhâi. Chí ū, Goa hin nî chhâi 30 hè. San, Sió khóa o͘ ê sek ê ì sù, jû khám san khìn iā.
抵仔即，臨邊，的意思。方纔。只有，我今年纔三十歲。纔，少許黑的色的意思，如紺纔淺也。

纓 eng, iaⁿ, ㄧㄥ, ㄧㄥ, bō ê koàⁿ, bō ê chhiu, ām kún iaⁿ, bō iaⁿ. eng keng. chhiu tòa.
帽的綰，帽的鬚，頷頸纓，帽纓。纓頸。鬚帶。

罽 kè, ㄐㄧˋ, Sio̍k mn̂g ê pò͘, chìⁿ ê Lūi, m̂ng chit chiaⁿ ê.
屬毛的布，氈毛的類，毛織成的。

十九－廿一畫

纚 Lí, Lî, Sá, ㄌㄧˇ, ㄌㄧˊ, ㄒㄧ, chit si, oê, bō á, si sòaⁿ, Lî jôe chhia ê tsng thāⁿ ê khóan sit.
織絲，鞋，帽仔，絲線，纚緌；車的妝飾的款式。
bō iaⁿ chit si, ēng lâi kat thâu mn̂g.
帽纓織絲，用來結頭毛。

纛 tō, to̍k, ㄉㄠˋ, ㄉㄨˊ, tōa kî, tông hoan, tōa to̍k kî, kun tiong ê tōa kî, chè to̍k kî.
大旗，幢幡，大纛旗，軍中的大旗。祭纛旗。

纘 tsàn, ㄗㄨㄢˇ, Pa̍k saⁿ liân, Sio sōa, Sêng chiap, tsàn sêng sian giap.
縛相連，相續，承接。纘承先業。

𦇧 chiok, ㄐㄩㄝˊ, chiok tòa, chiū sī khàm heng khám ê saⁿ ku saⁿ liân ê tòa.
𦇧帶，就是蓋胸坎的衫裾相連的帶。

纜 Lám, Lām, ㄌㄢˇ, ㄌㄢˋ, kap 纜 Sio siāng. moâ lām, kǹg lām, tiān lām sòaⁿ, Lām chhia.
與纜相同。麻纜，鋼纜，電纜線，纜車。

缶部 121

缶 hiú, hó͘, ㄈㄡˇ, ㄈㄡˇ, tóe mih ê khì khū. àng, Phûn. chhūⁿ tsúi ê khì khū. kó͘ tsá iā ēng lâi tsòe ga̍k khì.
貯物的器具。甕，盆。拼水的器具。古早也用來做樂器。
hui khì. oā hó͘. chiú hó͘. tsúi hó͘.
瓷器。瓦缶。酒缶。水缶。

三－九畫

缸 hâng, kong, kng, ㄏㄤˊ, ㄍㄤ, ㄍㄤ, tóe mih ê hûi khì, êng hâng, tōa kng, tsúi kng, Phùn kng, jiō kng.
貯物的瓷器，甖缸。大缸，水缸，糞缸，尿缸。

缻 hó͘, ㄈㄡˇ, hûi ê khì khū. Lîn Siong jû, chhiáⁿ Chîn ông phah hó͘ ê ga̍k khì.
磁的器具。藺相如，請秦王打缻的樂器。

窑 iâu, iû, ㄧㄠˊ, ㄧㄡˊ, tóe mih ê khì khū, hûi tsòe ê. tsúi pân.
貯物的器具，磁做的。水瓶。

缺 khoat, khat, kheh, khih ㄎㄨㄚㄊ, ㄎㄚㄊ, ㄎㄝㄏ, ㄎㄧㄏ
hūi khì Phòa, khoat kháu, khoat tiám。kiám, chió, khui sit, tû khì,
磁器破，缺口，缺點。減，少，虧失，除去，
khoat Siáu。khat hoat, chiū sī khiàm ēng ê ì sù。khiàm kheh。chió kheh。Pûi kheh。
缺少。缺乏，就是欠用的意思。欠缺。少缺。肥缺。
khih, khih hûn, khih kak, khih chhùi, khih khih, Lih khih, chit khih。
缺，缺紋，缺角，缺嘴，缺缺，裂缺，一缺。

缾 Pîn, Pân ㄆㄧㄣ, ㄆㄧㄢ
tóe tsúi ê khì khū, chiū sī tsúi Pân, Siòk hûi ê。hoa Pîn, hoe Pân。kap Sio Siāng
貯水的器具，就是水缾，屬磁的。花缾，花缾。与瓶相同。

銚 tiâu ㄉㄧㄠˊ
kńg tang Lâng ō͘ sek ê hûi, kè Lâm thn̂g, khah tsōe sī bô tsòe hīⁿ。
廣東人做黑色的磁，過淋糖，較多是無做耳。

缸 hāng ㄏㄤˋ
tóe chîⁿ ê khì khū, kó͘ tsá ēng hûi ê, taⁿ ēng tek ê。oē jip boē chhut。hāng tông。
貯錢的器具，古早用磁的，嗜用竹的。能入膾出。缸筩。

錮 kong, kng ㄍㄨㄥ, ㄍㄥ
kap Sio Siāng。toā kng, tsúi kng, kng á
与缸相同。大錮，水錮，錮仔。

鍤 chhà ㄔㄚˋ
Phòa ê hûi。at chih
破的磁。拗折。

十一十二畫

罃 êng ㄧㄥ
tn̂g ām ê Pân。hûi ê khì khū, hûi kòan
長頷的瓶。磁的器具，磁罐。

罅 hà ㄏㄚˋ
hûi khì ū khang Phāng。Lih, khiah。hà Lāu。
磁器有孔縫。裂，隙。罅漏。

罄 khèng ㄎㄧㄥˋ
kap 磬 Sio Siāng。kó͘ Gàk khì ê mîa, tâng khèng。khang ê hûi khì。khì tiong khang khang。
与磬相同。古樂器的名，銅磬。空的磁器。器中空空。
khèng chīn, Liáu, chīn, khèng khang。khèng kî Só͘ iú, Piàⁿ chīn Só͘ ū ê
罄盡，了，盡，罄空。罄其所有，傾盡所有的。

罐 Sui ㄙㄨㄟ
chiū sī Siòk hûi ê khì khū ê mîa。
就是屬磁的器具的名。

罎 thâm ㄊㄢˊ
hûi ê khì khū, thang tóe chiú。chiú thâm, toā thâm, chit thâm chiú。
磁的器具，可貯酒。酒罎，大罎，一罎酒。

罇 tsun ㄗㄨㄣ
tóe chiú ê khì khū, chhin chhiūⁿ chiú Poe。chiú àng, chiú tsóa。
貯酒的器具，親像酒杯。酒甕，酒盞。

十三一十八畫

罊 khè ㄎㄝˋ
khì khū Lāi í keng chīn ta ta。
器具内已經盡乾乾。

罋 iong, ong, àng ㄧㄨㄥ, ㄨㄥ, ㄤ
kap 甕 Sio Siāng。khì khū, chhò chit Pah àng。hûi àng tsòe thang á。
与甕相同。器具，醋一百甕。磁甕做窗仔。

罌 eng ㄧㄥ
àng, Pân。hûi ê khì khū。chiú eng。toā Pak sòe chhùi ê Pân。eng sek, chiū sī a Phiàn。
甕，瓶。磁的器具。酒罌。大腹小嘴的瓶。罌粟，就是阿片。

罍 Lûi ㄌㄟˊ
tóe chiú ê khì khū, chiú Poe。
貯酒的器具，酒杯。

罏 Lô͘ ㄌㄨˊ
hûi ê Lūi, tóe chiú ê khì khū, chiú Poe。
磁的類，貯酒的器具，酒杯。

罐 kòan ㄍㄨㄢˋ
chhiūⁿ tsúi, tóe mih ê khì khū, tsúi Pân。tê kòan, tsúi kòan。ioh kòan。kòan thâu。
扮水，貯物的器具，水瓶。茶罐，水罐。藥罐。罐頭。

网罒罓部 122

网 bóng ㄨㄤˇ
kó͘ bāng jī。Lô bāng ê tsóng mîa。tìn。tsó͘ tòng。Phiàn, Liân Lūi
古網字。羅網的總名。纏。阻擋，騙，連累。

二·三畫

罕 teng ㄉㄧㄥ
chiū sī chit khóan sòe sòe ê bāng。teng Lêng。
就是一款細細的網。罕罟。

罕 hán ㄏㄢˇ
Phah Làh ê bāng, chiáu bāng, bāng sòe Pīⁿ tn̂g。chió, hi hán。hán ū, hán tit
打獵的網，鳥網，網小柄長。少，稀罕。罕有，罕得。

罟 tek ㄉㄜˋ
Liah hî ê bāng。Pák, khan hî, Lêng ê ì sù。
捕魚的網。縛，牽魚，罟的意思。

罔 bóng, bâng; ㄅㄛˊㄥ, ㄅㄚˊ，也做 ê 罔 ｜ i ā tsòe bāng。羅罔 lô bóng。緥 tìⁿ，阻擋 tsó tòng。誣賴 bû loā，誣罔 bû bóng。毋聽 m̄ thiaⁿ，罔聞 bóng bûn。

罜 tók，ㄉㄜˊㄎ，就是捕魚的網 chiū sī Liah hî ê bāng。欺罔是藐視看輕是大的意思 khi bóng sī biáu sī khòaⁿ khin sī tōa ê ì sù。

四·五畫

罘 hô͘, hu，ㄏㄜˊ，ㄈㄨˊ，捕兔仔的網 Liah thò͘ á ê bāng；罘罳 hu su。山的名 Soaⁿ ê miâ，罘山 hô͘ san。

罛 bô͘, Pek，ㄅㄛˊ，ㄅㄝㄎ，就是捕兔仔的網 chiū sī Liah thò͘ á ê bāng。

罞 Pau，ㄅㄚㄨ，捕鳥的網 Liah chiáu ê bāng。車蓋 chhia kòa。

罡 kong，ㄍㄛㄥ，星的名 chhiⁿ ê miâ。天罡 thian kong，北斗星的別名 Pak táu chhiⁿ ê Pat miâ。天罡神 thian kong sîn。四大金罡 Sì tāi kim kong。

罛 ko͘，ㄍㄜ，討魚的網 thó hî ê bāng，大領網 toā niá bāng。牽罛 khan ko͘。

罟 kó͘, ko͘，ㄍㄜˊ，ㄍㄜ，捕魚的網 Liah hî ê bāng；捕魚的意思 Liah hî ê ì sù，牽罟 khan ko͘。鳥網 chiáu bāng，罟網 kó͘ bóng。法網 hoat bāng，罪罟 tsōe kó͘。

罠 bîn，ㄅㄧㄣˊ，膯釣 tng tiàu，釣仔來釣魚 tiò á Lâi tiò hî。用網來捕兔仔 ēng bāng Lâi Liah thò͘ á，或是山豬 á sī soaⁿ ti。

罞 bông, mâu，ㄅㄛˊㄥ，ㄇㄚㄨ，一條索 chit tiâu soh，或是網 á sī bāng，可來捕鹿 thang Lâi Liah Lo̍k。

罝 chia, tsu，ㄐㄧㄚ，ㄗㄨ，捕山兔與兔仔的網 Liah soaⁿ thò͘ kap thò͘ á ê bāng。打獵捕獸的網 Phah Lah Liah siù ê bāng。罝罘 tsu hu。

罛 Lêng, Lîn，ㄌㄜˊㄥ，ㄌㄧㄣˊ，罗罛 teng Lêng 就是小小的網 chiū sī soè soè ê bāng。牽罛 khan Lîn，就是長闊狹的網 chiū sī tn̂g koh oe̍h ê bāng，拖佇水底來捕魚 thoa tī tsúi tóe Lâi Liah hî。

六·七畫

罣 kòa, kùi, khòa，ㄍㄨㄚ，ㄍㄨㄟ，ㄎㄨㄚ，緥絆 tìⁿ Pòaⁿ，阻擋 tsó tòng，礙着 ngāi tio̍h，罣礙 koà ngāi。阻礙 tsó ngāi。心無安 sim bô an，罣咧 kùi teh。罣掛 kùi kòa，罣念 kòa Liām，掛念 koà Liām。罣念 khòa Liām。罣罳 kòa su，篩仔 thai á。

罛 kong，ㄍㄛㄥ，網的索 bāng ê soh。網滿滿的意思 bāng móa móa ê ì sù。

罦 hu，ㄈㄨ，蓋車的意思 khàm chhia ê ì sù。鳥的網 chiáu ê bāng。

罥 kián，ㄍㄧㄢ，挂咧 kùi teh，吊咧 tiàu teh，罥咧的意思 hē teh ê ì sù；挂罥 kui kián。虫類吐絲 thâng Lūi thò͘ si，縛䟴他物 Pa̍k tiâu tha mih。

罛 bông，ㄅㄛˊㄥ，人飼的豬 Lâng chhī ê ti。蓋咧的網 khàm teh ê bāng。

罤 tê，ㄉㄝˊ，捕兔仔的網 Liah thò͘ á ê bāng。

八畫

罩 tàu, tà，ㄉㄚㄨ，ㄉㄚ，捕魚的器具 Liah hî ê khì khū。竹籠 tek Láng，竹笛 tek khah，笛仔 khah á，竹罩 tek tà。籠罩 Lóng tàu。遮蓋的物 jia khàm ê mih，蚊罩 báng tà。雞罩 koe tà。罩䟴 tà tiâu。与 kap 笊 相同 sio siâng。

置 tì, hē，ㄓ，ㄏㄝ，除去 tû khì，放揀 Pàng sak，放置 hòng tì。棄置 khì tì。設立 Siat Li̍p，設置 Siat tì。赦免 Siá bián，息 Soah，安置 an tì，布置 Pò͘ tì，廢置 hòe tì。置之度外 tì chi tō͘ Gōa，無藏佇心內 bô khǹg tī sim Lāi。置 hē，藏的意思 khǹg ê ì sù。置咧 hē teh。置這 hē chia，置彼 hē hia。放置 Pàng hē。

罧 Lîm, Sim，ㄌㄧㄣ，ㄒㄧㄣ，積聚柴佇水中 chek tsū chhâ tī tsúi tiong，魚仔能來匿 hî á ē Lâi bih，即來捕魚 chiah Lâi Liah hî。親像網仔 chhin chhiūⁿ bāng á。

罪 tsōe, chē，ㄗㄨㄝ，ㄐㄝ，討魚的竹網 thó hî ê tek bāng。法律 hoat Lu̍t，罰法 hoa̍t hoat，有罪 ū tsōe。刑罰 hêng hoa̍t，判罪 Poàⁿ tsōe。痛苦受罪 thiàⁿ khó͘ Siū tsōe。纏䟴 tîⁿ tiâu，罪惡 chē ok，罪過 chē koà。罪魁惡首 tsōe khôe ok siú。罪惡 chē ok，作惡犯科 tsok ok hoān kho。

補七畫 **罣** Lî，ㄌㄧ，花罣囉 hoe Lî Lō，就是無明的意思 chiū sī bô bêng ê ì sù。花嘎嘎 hoe Sà Sà，或是無正經的意思 á sī bô chèng keng ê ì sù。造字

罭 hėk, ㄏㄜˊ; thó hî ê khì khū, hî bāng, Sòe bé hî ê bāng. kiú hėk: kiú hėk chi hî
討魚的器具，魚網，小尾魚的網。九罭：九罭之魚

罛 ko͘, ㄍㄜ; kap 罛 Siong tông. thó hî ê bāng, tōa niá bāng. khan ko͘.
与罛相同。討魚的網，大領網。牽罛。

罨 iám, ㄧㄢˇ; ēng bāng Liah hî, bāng. tà tiàu. Pha bāng. khoe ê miâ, iám ek khoe.
用網捕魚，網。罩跳。拋網。溪的名，罨畫溪。

罦 Pȯh, ㄆㄛˋ; chhiⁿ Pȯh, chiū sī ûi tī tsúi nih ê Sòe niá bāng.
攔罦，就是圍佇水裡的小領網。

造字 借泊的偏音成字，泊有停住的意思，泊在水中之網。

九 畫

罰 hoa̍t, ㄈㄚˊ; m̄ tio̍h, chhò gō͘, Sit chhò. chhiú hoa̍t, têng kài hoān tsōe, hêng hoa̍t. hoa̍t chîⁿ. hoa̍t chiú.
毋着，錯誤，失錯。處罰，懲戒犯罪，刑罰。罰錢。罰酒。
ha̍k Seng Phaiⁿ, hoa̍t khiā. hoa̍t kūi.
學生歹，罰豎。罰跪。

署 Sū, Sú, Tū, ㄕㄨˋ; Gê m̂ng Lāi, Siat Li̍p koaⁿ hú, koaⁿ Sū. Chhiam Siá, chhiam sū, chhiam miâ, sū miâ. Liāu Lí
衙門內，設立官府，官署。簽寫，簽署。簽名，署名。料理
tāi chì, Pō͘ Sū. kong ka Gê m̂ng, kong Sū.
事誌，部署。公家衙門，公署。

罳 Su, ㄙ; keh Piah, m̂ng Goā, keh Pîn, hô͘ Su. Liah thò á ê bāng, kòa su.
隔壁，門外，隔屏，罘罳。捕兔仔的網，罣罳。

罾 tsòng, ㄗㄥ; chiū sī Liah sòe bé hî ê bāng.
就是捕小尾魚的網。

罬 bó͘, Pek, ㄅㄛˊ; chiū sī Liah thò á ê bāng.
就是捕兔仔的網。

罱 Lám, ㄌㄢˇ; Liah hî ê khì khū, bāng. Lám bāng.
捕魚的器具，網。罱網。

十、十一畫

罶 Liú, ㄌㄧㄡˇ; koāⁿ hū ê kó͘. Liah hî ê ì sù. Liah hî ê khì khū.
寡婦的笱。捕魚的意思。捕魚的器具。

罵 mā, mē, ㄇㄚˋ; ka bû Phái ōe, Sio mā, saⁿ mē. Lō͘ mā. Loé mē. chiù mē. thek mē, mā thiⁿ ca̍n tōe.
加誣歹話，相罵，相罵。怒罵。詈罵。咒罵。叱罵。罵天咒地。

罷 Pā, ㄅㄚˋ; m̄ tsòe, m̄ ēng, thêng, Soah, Pā Liáu. Pā bián. Pā chhī. Pā ián. Pā kang. Pā hiu.
毋做，毋用，停，息，罷了。罷免。罷市。罷演。罷工。罷休。

羈 kí, ki, ㄐㄧ; chiū sī hō͘ bé Sūn thàn ê khì khū. bé Lėk Soh.
就是使馬順趁的器具。馬勒索。

羅 Lî, Lô, ㄌㄨㄛˊ; iu būn, tu tio̍h, Siū tio̍h, Lî Lān, Lô Pīⁿ, Lî tsai. ēng si chhiah bāng Lâi Liah chiáu
憂悶，拄着，受着，罹難，罹病，罹災。用絲刺網，來捕鳥
khan tīⁿ, Lô bāng, kap 羅 thong.
牽纏，羅網，与羅通。

罿 thong, ㄊㄨㄥ; chiū sī chit khoán Saⁿ kak ê chhiú bāng, thang Lâi Liah hî
就是一款三角的手網，可來捕魚

罜 Lȯk, ㄌㄨˋ; sòe Sòe ê bāng, thang Liah oa̍h mih.
小小的網，可捕活物

罻 ùi, ㄨㄟˋ; Liah chiáu ê bāng. Sòe Sòe ê bāng á ê ì sù.
捕鳥的網。小小的網仔的意思。

罭 Sut, Sút, ㄕㄨˋ; hàng Phiàn sút, khit Lâ Sút khì, Láu Phiàn sút. hō͘ Lâng Sút khì. hō͘ Lang Phiàn Chîⁿ tsâi
哄騙術，給人術去，嘐騙術。乎人術去。乎人騙錢財
ā sī sū bu̍t. Sut khì, Sút khì.
或是事物。術去，術去。

造字 四，从網解，或多嘴解。來使人落入其心術。

補9畫 **罫** khiàn, ㄑㄧㄢˋ; chhiⁿ khiàn, chiū sī chit hō bāng, oē thang Liah sòe bé hî. khiā khiàn.
攔罫，就是一號網，能可捕小尾魚。豎罫。

造字 借建偏音成字。

十二畫

罾 chhip, ㄑㄧˋ; Liah hî ê ke si, chhip á. chhip hî hê. sòe ê tsaⁿ á ê khoan sit
捕魚的傢私，罾仔。罾魚蝦。小的罾仔的款式

罿 tông, ㄊㄨㄥˊ; khàm chhia ê Pò͘, Chhia khàm。蓋車的布，車蓋。

罽 kè, ㄍㄧˋ; Liah hî ê bāng。mn̂g chit ê Lōe thán。捕魚的網。毛織的地毯。

罺 Soân, ㄒㄨㄢ; bāng á, Liah chiáu Siù ê bāng tiàu siù ê kha。網仔，捕鳥獸的網。吊獸的腳。

罾 cheng, tsan, ㄐㄥ, ㄗㄥ; Sì kak ê hî bāng Pak tek ko。tsan, tsan hî。thô͘ tsan。khan tsan。kian tsan。khan tsan á。四角的魚網縛竹篙。罾，罾魚。土罾。牽罾。擛罾。牽罾仔。

罽 ki, kì, ㄐㄧ, ㄐㄧˋ; kap 罽 Sio Siāng。与罽相同。

羃 bū, ㄨˇ; chit khoán ê bāng, thì bāng。kūn sī ê ì sù。一款的網，雉網。近視的意思。

十三·十四畫

羂 Koàn, ㄐㄩㄢˋ; tn̄g iá siù ê bāng, khǹg ì só ài chiah ê mih tī bāng tiong tiàu siù ê kha。腸野獸的網，藏牠所要食的物佇網中。吊獸的腳。

羅 Lô, ㄌㄨㄛˊ; Ēng Si kiat bāng, Liah chiáu。Lô bāng。Lô bóng。Lô chhiok。Lô kiⁿ, chí Lâm chiam。chit Lô sī tsap jī táⁿ。Pâi Liat, khan tīⁿ, chhiⁿ Lô kî Pò͘。Pò͘ miâ, Lîn Lô Phang Si。Lâng ê sìⁿ, Lô。用系結網，捕鳥。羅網。羅網。羅雀。羅經，指南針。一羅是十二打。排列，牽纏，星羅棋布。布名，綾羅紡絲。人的姓，羅。

羆 Phî, ㄆㄧˊ; iá siù, chhin chhiūⁿ hîm n̄ng kha khiā tit。Phì jū tsòe, Siⁿ ta Po͘ kiáⁿ ê tiàu thâu。野獸，親像熊，能兩腳豎直。譬喻做，生唐夫子的兆頭。

羃 Ché, ㄐㄧㄝˊ; ēng chhiú tīⁿ tsúi á sī chiap hō͘ i chhut。Lū chhut Lâi。用手掟水或是汁予它出。濾出來。

冪 bek, ㄇㄧˋ; khàm chiah mih ê kun, jia khàm, jia tsah。蓋食物的巾，遮蓋，遮截。

十五—十九畫

羉 tók, ㄉㄨˊ; kap 罜 Sio Siāng。chiū sī Liah hî ê bāng。与罜相同。就是捕魚的網。

羇 ki, ㄐㄧ; kheh koán, chhut Goā, Lâu teh, kiā ku, kì Lú, kià hē teh, kì su, chhut Goā Lâng ê sim。客館，出外，留咧，寄居，羈旅。寄下咧。羈思，出外人的心。

羈 ki, ㄐㄧ; Pák bé ê soh。Pák, tīⁿ, tsó tòng, kìm chí, bé Lông soh, kì bé Poāⁿ, kì ah, hoān tsōe khu ah。khu sok。Gû bé ê soh kì bî。thâu tsang kè, Lâm kak Lú kì。縛馬的索。縛，纏，阻擋，禁止。馬籠索，羈馬絆。羈押，犯罪拘押。拘束。牛馬的索，羈縻。頭鬃髻，男角女羈。

䍦 Lî, ㄌㄧˊ; Pe̍h ê bō, bō á téng bīn ê bō tà。白的帽，帽仔頂面的帽罩。

羉 Loân, ㄌㄨㄢˊ; Liah ti ê bāng, ti kò͘。捕豬的網，豬罟。

補13畫 䍣 kông, ㄍㄨㄥ; chiū sī ēng hoān ê kha jip khì chit ê kè。就是用把的腳入去一個架。 造字

羊 部 123

羊 iông, iûⁿ, ㄧㄤˊ, ㄒㄧㄤˊ; Cheng siⁿ ê miâ, Lio̍k thiok ê Lūi, koe khián sí má Giû iông。hó tiāu thâu ê jī, Siông。kap 祥 thong, kiat Siông, chiū sī kiat Siông。Lâng ê sìⁿ iông。Soaⁿ iûⁿ, biân iûⁿ, Lêng iûⁿ, iûⁿ káng, iûⁿ bú, iû ko, iû bah。thâi ti tó iû。koà iûⁿ thâu bōe káu bah。精牲的名，六畜的類，雞犬豕馬牛羊。好兆頭的字，羊。与祥通，吉羊，就是吉祥。人的姓，羊。山羊，綿羊，羚羊，羊公，羊母，羊羔。羊肉。殺豬倒羊。掛羊頭賣狗肉。

二·三畫

羋 bí, ㄇㄧˇ; iûⁿ háu ê Siaⁿ, Chhin chhiūⁿ ma ma háu。羊哮的聲，親像嗎嗎哮。

羌 hiong, kiong, khiong, kiuⁿ, Kioⁿ, ㄒㄧㄤ, ㄑㄧㄤ, ㄎㄧㄤ, ㄍㄨ; Loa̍h ê Chhâu chhài, chhiⁿ kiuⁿ, hoan kiuⁿ, Pó kiuⁿ。kiong, kò iûⁿ ê Lâng bûn ngá, tò tńg, kiông béng, bûn Lí。Se kiong, kó tsá ê Cheng tsok miâ。kiuⁿ oa̍h, ioh miâ。辣的草菜，生羌，番羌，埔羌。羌，顧羊的人文雅，倒轉，強猛，文理。西羌，古早的種族名。羌活，藥名。

美 bí, Súi, ㄇㄟˇ, ㄙㄨㄟˇ; hó, bí Lē, hoaⁿ hí, hó khoàⁿ, o Ló, tsàn bí, bí jîn, bí biāu, bí tek, bí koan。好，美麗，歡喜，好看，謳咾，讚美。美人。美妙。美德。美觀。

kok ê mîa, bí kok. hó ê chiú, bí chiú. Súi, khah súi. Súi Giang Giang. Súi chhong.
國的名，美國。好的酒，美酒。美，較美。美妍妍。美聰。

羍 that, ㄊㄚㄊ； Sòe chiah ê iûⁿ, tēng kok lâng kóng sī iûⁿ á kiáⁿ ê ì sù.
小隻的羊，鄭國人講是羊仔子的意思。

羑 iú, 一ㄡˇ； chhin kūn hó, ín chhōa. Iú lí, kó tōe mîa, tī hiān kim ê hô lâm seng.
親近好，引導。羑里，古地名，在現今的河南省。

䍧 that, ㄊㄚㄊ； kap 羍 siāng khóan ì sù.
与羍同款意思。

四・五畫

羒 hûn, ㄈㄣˊ； Pe̍h iûⁿ bú. Gô͘ kok lâng kóng, iûⁿ káng.
白羊母。吳國人講，羊公。

羔 ko, ㄍㄠ； sòe chiah iûⁿ, iûⁿ á kiáⁿ. iûⁿ ko. ko iûⁿ.
小隻羊，羊仔子。羊羔。羔羊。

羗 hiong, kiong, khiong, kiuⁿ (Kioⁿ, ㄍㄧㄛ) ㄒㄧㄤ，ㄍㄧㄤ，ㄎㄧㄤ，ㄍㄧㄡˇ， kap 羌 siāng khóan.
与羌同款。

羗 hiong, kiong, khiong, kiuⁿ (Kioⁿ, ㄍㄧㄛ) ㄒㄧㄤ，ㄍㄧㄤ，ㄎㄧㄤ，ㄍㄧㄡˇ； kap 羌、羗 sio siāng. kiuⁿ á, siù ê mîa, kap iûⁿ á lio̍h lio̍h siāng khóan.
与羌、羗相同。羗仔，獸的名，與羊仔略略同款。

羖 kó͘, ㄍㄨˇ， O͘ sek ê iûⁿ káng. ū kak ê iûⁿ bú.
黑色的羊公。有角的羊母。

羓 Pa, ㄅㄚ， chhioh ê lūi. Pek pa. ti bú n̄g nî kú ê. kian pa, hî pa. Pa pa, Gō liáu pa pa.
腊的類。𦢊羓。豬母兩年久的。㼚羓，魚羓。羓羓，餓了羓羓。

羜 thú, ㄊㄨˇ， Gō͘ ge̍h ji̍t ê iûⁿ ko. Pûi pûi ê iûⁿ á.
五月日的羊羔。肥肥的羊仔。

羚 Lêng, ㄌㄧㄥˊ， chi̍t khóan chhin chhiūⁿ Lo̍k, iū chhiūⁿ iûⁿ á, kak oan khiau tsūn. kak ōe tit tsòe io̍h. Lêng iûⁿ.
一款親像鹿，又像羊仔，角彎曲轉。角能得做藥。羚羊。

羛 kó͘, ㄍㄨˇ kap 羖 sio siāng, O͘ sek ê iûⁿ káng. ū kak ê iûⁿ bú.
与羖相同，黑色的羊公。有角的羊母。

羞 Siu, Siáu, ㄒㄧㄡ，ㄒㄧㄠ， chìn hiàn ê iûⁿ bah, hó ê bu̍t bī, hiàn hō͘, sià siu. iûⁿ chhī, kûn niáu ióng siu, siu chiū sī chia̍h. Siáu, thí, kiàn siàu. Siàu lōe, siáu jio̍k, jio̍k me. ùi siàu jîn,
進献的羊肉，好的物味，献與，庶羞。養飼，群鳥養羞，羞就是食。羞，恥，見誚。羞詈，羞辱，辱罵。畏羞人，

羝 te, ㄉㄝ， Saⁿ nî ê iûⁿ káng, hoat kak ê iûⁿ.
三年的羊公，發角的羊。

羕 iōng, 一ㄤˋ， tsúi lâu chiⁿ tn̂g ê khóan, kú hn̄g. iûⁿ ê siaⁿ.
水流真長的款，久遠。羊的聲。

羫 tô, ㄉㄛˊ， Siù ê mîa, chhin chhiūⁿ iûⁿ ê khóan sit, sì ê hī káu ê bé. Phok tô.
獸的名，親像羊的款式，四個耳九個尾。羫羫。

六・七畫

羕 iōng, 一ㄤˋ， kap 羕 siāng khóan. tsúi lâu chin tn̂g ê khóan, kiú oán. iûⁿ ê siaⁿ.
与羕同款。水流真長的款，久遠。羊的聲。

着 (這字應該目部) tio̍k, tio̍h, to̍h, ㄉㄧㄛㄎ，ㄉㄧㄛㄏ，ㄉㄛㄏ， moa chhēng, i tio̍k. kâu ūi, tò tio̍k. kiâ kî, tio̍k kî. hē lo̍h, tio̍k lo̍k. tio̍h,
禡，穿，衣着。到位，到着。行棋，着棋。下落，着落。着，
tio̍h, ㄉㄧㄛㄏ， m̄ tio̍h. koāiⁿ tio̍h. tio̍h la̍t, sńg khùi tio̍h la̍t. tio̍h bôa. tio̍h chhèng. tio̍h pan. tiā tio̍h.
不着。拐着。着力，損氣着力。着磨。着銃。着班。定着。
chhut tio̍h, ū chhut thâu ê ì sù, ka lāi chhut gâu lâng ê ì sù. m̄ to̍h. to̍h hé, hé teh to̍h.
出着，有出頭的意思，家内出賢人的意思。不着。着火，火咧着。

羢 jiông, 日一ㄥˊ， iûⁿ jiông, chiū sī iûⁿ ê kak jiông. Lo̍k jiông. sòe n̂g ê iûⁿ m̂ng. kap 絨 siāng khóan ì sù.
羊羢，就是羊的角羢。鹿羢。細軟的羊毛。与絨同款意思。

羣 kûn, ㄑㄩㄣˊ， iûⁿ chiâⁿ tīn, chiâⁿ tūi, tsōe tsōe, pîn pîn, hó hó, pêng iú, tsū chi̍p.
羊成陣，成隊，多多，平平，好好，朋友，聚集。

群 kûn, ㄑㄩㄣˊ， kap téng bīn jī sio siāng. iûⁿ kûn. jîn kûn. ha̍p kûn. chiâⁿ kûn. kui kûn. kiat tóng sêng kûn.
与頂面字相同。羊群。人群。合群。成群。歸群。結黨成群。
kūn kui kûn. chi̍t kûn chi̍t kûn. kûn liông bû siu, bô thâu bô tsàng.
歸群。一群一群。群龍無首，無頭無綜。

羨 iān, iān, siān, soān, ㄧㄢˋ，ㄧㄢˊ，ㄒㄧㄢˋ，ㄙㄨㄢˋ， iân, bōng ê lō͘. kau kài, tōe hng. iān, siān, soān, tham ài. móa chhut, iān ek. him bō͘, him siān, him soān. ū chhun, soān û.
羨，墓的路。交界，地荒。羨，羨，羨，貪愛。滿出，羨溢。欣慕，欣羨，欣羨。有剩，羨餘。

義	Gī, ㄧˋ;	kong ê Lī-ek, hap-Gī, hó, iōng. kám-un ê chêng. ì-sù. kong-Gī, ì-Gī, Gī-Lí. 公的利益，合宜，好，着。感恩的情。意思。公義。意義。義理。

八·九畫

羬	Chián, tsân, ㄐ-ㄧㄢ,ㄗㄢ;	Chhī cheng-sìⁿ ê só-tsāi, iûⁿ tiâu, kò iûⁿ ê Lî-Pa. 飼牲牲的所在，羊寮，顧羊的籬笆。
羫	khong, ㄎㄤ;	iûⁿ kut ê thé, iûⁿ kun, iûⁿ bah koa. 羊骨的體，羊肋，羊肉乾。
羹	keng, kiⁿ, ㄍㄥ,ㄍㄧ;	bú bī tiau-hô lâi tsú, hî kiⁿ, bah kiⁿ. kap 羹 Sio-siāng. bah keⁿ. 五味調和來煮，魚羹，肉羹。與羹相同。肉羹
羬	khiâm, ㄎ-ㄧㄢ;	tōa chiah ê iûⁿ, La̍k chhioh koâiⁿ. tsóng-sī i ê kak sòe sòe. 大隻的羊，六尺高。總是牠的角小小。
羯	kiat, kiat, khè, khiat, ㄍ-ㄧㄝ,ㄍ-ㄧㄝ,ㄎㄝ,ㄎ-ㄧㄝ;	Chhiⁿ mî ê iûⁿ káng. iam ê iûⁿ káng. ióng-kiāⁿ ê chiàn-sū, chia kiat. 睛盲的羊公。閹的羊公。勇健的戰士，柘羯。
羭	jû, ㄖㄨ;	iûⁿ káng. hó. Súi. Soaⁿ-sîn. 羊公。好。美。山神。

十一·十二畫

羳	Phok, ㄆㄛ;	Siù ê miâ, chhin-chhiūⁿ iûⁿ ê khoán-sit, sì ê hī kàu ê bé. Phok-tô. 獸的名，親像羊的款式，四個耳九個尾。羳羊。
羱	Goân, ㄩㄢ;	iûⁿ kak tōa ki thang tsòe khì-khū, Goân iûⁿ ná Gô iûⁿ ê khoán-sit. chhut tī, bông-kó, Se-tsōng. 羊角大支可做器具，羱羊如吳羊的款式。出佇，蒙古，西藏。
羶	Chian, ㄐ-ㄧㄢ;	iûⁿ bah ê bī, chhàu-hiàn. kap 羴 Sio-siāng. 羊肉的味，臭嗮。與羴相同。
羲	hi, ㄒㄧ;	Oa̍h ê khì. Lâng ê sìⁿ, hi. hông-Lè ê miâ, hok-hi-sī. 活的氣。人的姓，羲。皇帝的名，伏羲氏。
羵	hoân, ㄈㄢ;	hâm-bān, bô sek-chhiú, m̄ tsai-iáⁿ, bô Lō-ēng. 憨慢，無熟手，毋知影，無路用。
羳	hoân, ㄈㄢ;	n̂g Pak-tó ê iûⁿ, iûⁿ Pak-tó ē n̂g sek. hoân iûⁿ n̂g Pak-tó. 黃腹肚的羊，羊腹肚下黃色。羳羊黃腹肚。
羵	hún, hûn, ㄈㄣ,ㄈㄣ;	thó tiong kî-kòai ê iûⁿ, m̄ chiâⁿ kang bú ê. 土中奇怪的羊，毋成公母的。
羶	tông, ㄊㄨㄥ;	chiū-sī bô kak ê iûⁿ. Gû ê miâ, tông Gû. 就是無角的羊。牛的名，羶牛。
羴	Chian, ㄐ-ㄧㄢ;	iûⁿ bah ê bī, chhàu-hiàn. kap 羶 Sio-siāng. 羊肉的味，臭嗮。與羶相同。

十三—十九畫

羷	Liám, ㄌ-ㄧㄢ;	iûⁿ ê miâ. iûⁿ kak kn̄g saⁿ tsat ì-sù. 羊的名。羊角卷三節的意思。
羸	Jôe, ㄖㄟ;	Sán, Siau-sán, Sán jio̍k, Jôe jio̍k. Ló jio̍k. tó Phak. kau tīⁿ kó Lūi. 瘦，消瘦，瘦弱，羸弱。老弱。倒覆。文纏。拘纍。
羹	hêng, keng, kiⁿ, ㄏㄥ,ㄍㄥ,ㄍㄧ;	bú bī tiau-hô lâi tsú, hî kiⁿ, bah kiⁿ, Gû bah kiⁿ, tsa̍p o kiⁿ. tông 羹. 五味調和來煮，魚羹，肉羹，牛肉羹，雜鍋羹。同羹。
羶	chian, ㄐ-ㄧㄢ;	kap 羴·羴 Sio-siāng. iûⁿ bah ê bī, chhàu-hiàn. iûⁿ hiàn. iûⁿ iû bī. iûⁿ chian. 與羴·羴相同。羊肉的味，臭嗮。羊嗮。羊油味。羊羶。
羼	chhàn, sàn, ㄔㄢ,ㄒ-ㄧㄢ;	iûⁿ á saⁿ chiⁿ tsòe thâu-chêng ê ì-sù. chhâm tsa̍p, chhàn tsa̍p. chhàn ji̍p. 羊仔相爭做頭前的意思。攙雜，羼雜。羼入。
羺	Lék, ㄌ-ㄧㄝ;	chiū-sī soaⁿ iûⁿ, Phê o sek, kó Lék. o kó Lék. 就是山羊，皮黑色，羖羺。黑羖羺。
羴	Chian, ㄐ-ㄧㄢ;	kap 羶·羴 Sio-siāng ì-sù. 與羶·羴相同意思
羴	Chian, ㄐ-ㄧㄢ;	kap 羶·羴·羴 Sio-siāng ì-sù. 與羶·羴·羴相同意思。

羽 部 124

羽	ú, ㄩ;	tn̂g bé mn̂g ê chiáu. chiáu sit. chiáu mn̂g, ú mn̂g. ú ek. Lâng ê sìⁿ. Pe. 長尾毛的鳥。鳥翼。鳥毛，羽毛。羽翼。人的姓。飛。

三・四畫

羿 Gē, ㄧˋ, Lâng miâ, tsòh chì ê sai hū. hō Gē. chhoàn ūi tsòe ông. āu hō hân chhiok sò thâi. 人名，擲箭的師父。后羿。篡位做王。後被寒浞所殺。

翃 kông, ㄍㄨㄥ, Pe ê ì sù, Pe ê siaⁿ. kàu. 飛的意思，飛的聲。到。

翁 kông, ㄍㄨㄥ, kap téng bīn ji sio siāng. 与頂面字相同。

翅 chhì, sit, ㄔˋ, ㄕˋ, hî chhì, hî sit, hî ê niā, soa hî ê kî. chiáu sit, thâng thōa ū ê ū sit. kap 翄 siāng 魚翅，魚翅，魚的麦，沙魚的鰭。鳥翅，虫隨有的有翅。与翼同

chhì, ㄔˋ, 翄 chhì, kî, sit, ㄔˋ, ㄑㄧˊ, ㄕˋ, kap téng bīn ji sio siāng ì sù. Pe chhin chhiūⁿ chiáu, Pe ê khóan sit. khí sit. kî kî. 与頂面字相同意思。飛親像鳥，飛的款式。起翄。翄翄。

翀 thiong, thiông, ㄔㄨㄥ, ㄔㄨㄥˊ, Chiáu tit tit Pe chiūⁿ koâiⁿ ê ì sù. 鳥直直飛上高的意思。

翂 hun, ㄈㄣ, chiáu teh Pe, Pe ê khóan sit. hoan hun 鳥啲飛，飛的款式。翻翂。

翕 thap, ㄊㄚˋ, tsōe tsōe teh Pe ê khóan sit. 多多啲飛的款式。

翁 ong, ang, ㄨㄥ, ㄤ, chiáu ām kun ê mn̂g. Pe ê khóan sit. thâu mn̂g chhuì chhiu Péh ê Lâng, Lāu Lâng. Lāu ong. Lâng sìⁿ ong. 鳥頷頸的毛。飛的款式。頭毛嘴鬚白的人，老人。老翁。人姓翁。

chiáu ê miâ, tiò hî ang. chhin chhiūⁿ tiò hî ê Lâng, á sī Lāu toā Lâng ê hêng siōng. tiōng hu ê 鳥的名，釣魚翁，親像釣魚的人，或是老大人的形像。丈夫的

Lāu Pē, ang ko. chhe ê Lāu Pē, ang sài. tùi Lâng tsun kèng ê chheng hō. jîn ong. tsun ong. 老父，翁姑。妻的老爸，翁婿。對人尊敬的稱呼，仁翁。尊翁。

翃 hông, ㄏㄨㄥˊ, Pe ê ì sù, thâng teh Pe. 飛的意思，虫啲飛。

翄 hông, ㄏㄨㄥˊ, kap téng bīn ji sio siāng. 与頂面字相同。

䎇 hông, ㄏㄨㄥˊ, chiū sī Pe Lòh ē bīn ê ì sù. 就是飛落下面的意思。

五畫

翏 Liâu, Liù, ㄌㄧㄠˊ, ㄌㄧㄡˋ, koâiⁿ koâiⁿ Pe ê ì sù. Liâu Liâu tiông hong seng, tn̂g tn̂g ê hong teh háu ê siaⁿ. 高高啲飛的意思。翏翏長風聲，長長的風啲哮的聲。

翎 Lêng, Lēng, ㄌㄧㄥˊ, ㄌㄧㄥˋ, chiáu thí sit beh Pe ê khóan sit. Chiáu ê ú mn̂g. chheng tiâu koaⁿ Lī ê bō sek, hoa Lêng. 鳥展翅也飛的款式。鳥的羽毛。清朝的官吏的帽飾，花翎。

Lêng, Péh Lêng sī, chiū sī chiáu ê miâ. iā ū kiò tsòe Péh Lō͘ sī. 翎，白翎鷥，就是鳥的名。也有叫做白鷺鷥。

翍 Phi, Pho, ㄆㄧ, ㄆㄛ, thí sit ê khóan sit. chiáu sit. Chiáu teh Pe ê khóan sit. 展翼的款式。鳥翼。鳥啲飛的款式。

習 sip, ㄒㄧˊ, chiap chiap Pe, têng thâu, koh tsài, sip koàn, sip kian. hak jî sî sip chi. Piàn Piàn kè siók. 捷捷飛，重頭，擱再，習慣。習見。學而時習之。徧徧繼續。

sip khì, koàn sì. sip siók, hong siók. óh. hak sip. kian sip, chham koan Pat Lâng Lâi óh. 習氣，慣勢。習俗，風俗。學，學習。見習，參觀別人來學。

翌 ek, ㄧˋ, kng bêng ek bêng. keh jit, bīn á tsài. ek jit. êng êng. khiā teh beh Pe ê khóan sit. 光明，翌明。隔日，明仔再，翌日。閒閒。豎啲也飛的款式。

翊 ek, ㄧˋ, chiáu sit, Pang tsān, kng bêng, koh tsài, bîn á jit. chiáu teh beh Pe ê khóan sit. 鳥翼，幫助，光明，擱再，明仔日，鳥啲飛的款式。

翑 kô͘, ㄍㄜ, chiū sī Pe ê khóan sit. 就是飛的款式。

翉 Phún, ㄅㄣˇ, Pe khí Lâi. Pe tsáu ê ì sù. 飛起來。飛走的意思。

翑 kú, ㄍㄨˇ, mn̂g khiau khiau. bé chêng āu kha Lóng Péh ê ì sù. 毛曲曲。馬前後脚攏白的意思。

六・七畫

翕 hip, ㄒㄧˋ, hô hap. khí Lâi. hap bat bat. hip án án. ín chhoā, tsū chip. siu Liám. chhiong sēng. 和合。起來。合密密。翕緊緊。引導，聚集。收斂。昌盛。

翔 Siông, ㄒㄧㄤˊ, tó tn̂g Pe, teh Gô͘, oat thâu khòaⁿ. kiong kèng. 倒轉飛，啲翱，越頭看。恭敬。

翜 Sip, ㄒ一ˋ； bín chiat, teh Pe kín kín, Sip chiat。tsng thā" chiáu m̂ng ê koa" chhâ。
敏捷，哟飛緊緊，翜捷。妝飾鳥毛的棺材。

翛 Siau, Siok, ㄒ一ㄠ，ㄒ一ㄛˋ，chiáu m̂ng, chiáu Sit Lak khì ê khóan Sit。Chin kín ê khóan。Siau jiân。
鳥毛，鳥翼落去的款式。眞緊的款式。翛然。

䎀 Phâu, ㄆㄠˊ； chiū sī thian Sit Pe ê ì sù。
就是展翼飛的意思。

翛 Siau, Siok, kap 翛 jī Sio Siāng。chiáu m̂ng, chiáu Sit Lak khì ê ì sù，Siau Siau。Pe chin kín ê ì sù，Siok jiân。
ㄒ一ㄠ，ㄒ一ㄛˋ，与翛字相同。鳥毛，鳥翼落去的意思，翛翛。飛眞緊的意思，翛然。

八九畫

翪 chian, tsán, chian, kín Pe, chhin chhiū" eng chiau Pe Lâi Pe khì。tsán, Chhin chhiū" eng chiau kek ê Sè bīn。
ㄐ一ㄢ，ㄗㄢˇ，翪，緊飛，親像鷹鳥飛來飛去。翪，親像鷹鳥攻擊的勢面。
tsán tsán bú iā。ui hong ê khóan Sit。
翪翪武也。威風的款式。

翟 tek, ㄉㄧˊ； t̂ng bé ê khì koe。chiáu m̂ng, jia kham。Lâng ê Sì"。
長尾的雉雞。鳥毛，遮蓋。人的姓。

翡 húi, hùi, ㄈㄟˊ，ㄈㄟˋ，chiáu ê mîa, kak ê kiò tsòe húi, bú ê kiò tsòe Chhùi。ú m̂ng chin Súi。Pat mîa, tiò hî ang。
鳥的名，鶴的叫做翡，母的叫做翠。羽毛眞美。別名，釣魚翁。

翠 Chhùi, ㄘㄨㄟˋ； chiáu m̂ng chhi" Sek。chiáu mîa, kak ê kiò húi, bú ê kio Chhùi, Pat mîa, tiò hî ang。
鳥毛青色。鳥名，鶴的叫翡，母的叫翠，別名，釣魚翁。
Gėk ê mîa, ko kùi, Sek chhi" Lėk, húi chhùi, chhùi Gėk。Lėk sek, chháu chhi, chhong chhùi。
玉的名，高貴，色青綠，翡翠，翠玉。綠色，草青，蒼翠。
chhùi Lâm, chhi" chhùi, chhi" chhùi ê chháu Po'。
翠藍，青翠，青翠的草埔。

翲 hû, Phū, ㄏㄨ，ㄆㄨ，chiáu teh Pe ê khóan sit。Phū khì Lah, chiau á Phū Phū Pe, Phū Phū ian, Phū Phū eng。
鳥哟飛的款式。翲去啦，鳥仔翲翲飛，翲翲煙，翲翲燵。

翣 Chhiap, Sap, Siat, ㄑ一ㄚˋ，ㄕㄚˋ，ㄒ一ㄝˋ，tsng thā" koa" chhâ chiáu m̂ng。chiáu m̂ng Sì"，chhiap sì"。
妝飾棺材的鳥毛。鳥毛扇，翣扇。

翨 chhì, ㄔˋ； chiáu kian kò ê Sit。Chiáu ê sit kó。ióng béng。
鳥堅固的翼。鳥的翅股。勇猛。

翥 tsú, ㄓㄨˋ， oē Pe ê mih, iā ū Sit chhin chhiū" chiáu。oē Pe Lâi Pe khì, iā sī chiáu Pe khí ê ì sù。
能飛的物，也有翼親像鳥。能飛來飛去，也是鳥飛起的意思。

翨 Chhì, ㄔˋ， kap 翨 Sio Siāng, chiáu kian kò ê Sit。chiáu ê Sit kó。
与翨相同，鳥堅固的翼。鳥的翅股。

翬 hui, ㄏㄨㄟ， toā Lat, koá" kín Pe。Phiat Sit ê Sia"。khì koe ê khóan Sit, ngó chhái Sek。
大力，趕緊飛。撇翼的聲。雉雞的款式，五彩色。

翩 Phian, ㄆ一ㄢ， Pe Lâi Pe khì。koá" kín。khin khin。Phian Phian。hong tō Phian Phian, bûn chhái hong Lîu。
飛來飛去。趕緊。輕輕。翩翩。風度翩翩，文采風流。

翦 Chián, ㄐ一ㄢˇ， tông 剪。tsáh t̂ng, tû khì, Chián t̂ng, Chián biat, Chián tû。chiáu m̂ng hoat tsōe tsōe, chián Chê。
同剪。截斷，除去，翦斷，翦滅，翦除。鳥毛發多多。翦齊。

翪 tsong, ㄗㄨㄥ， chiū sī thâu m̂ng Sàm Sàm, Loān Loān ê ì sù。
就是頭毛鬖鬖，乱乱的意思。

翫 Goán, ㄨㄢˋ， hák sip kàu iā。khòa" bô iàu kín。
學習到厭。看無要緊。

十十一畫

翰 hān, ㄏㄢˋ， chiáu m̂ng chhiah sek, hōng kap khì koe ê khóan Sit, Pe koâi"。bûn chiu", bûn hān, hôa hān。
鳥毛赤色，鳳及雉雞的款式，飛高。文章，文翰，華翰。
Bûn oán á sī si tôa", hān Lîm。Pėh bé。t̂ng koh ngi ê ú mô', kó tsá ēng Lâi tsòe Pit。
文苑或是詩壇，翰林。白馬。長擱硬的羽毛，古早用來做筆。

翮 hek, kek, ㄏㄜˊ，ㄍㄜˊ，chiáu m̂ng kńg, kńg thâu。Sit kó koâi"。Sit ê kun。ú ê Pún。
鳥毛管，管頭。翼股桿。翼的根。羽的本。

翲 hû, Phū, ㄏㄨ，ㄆㄨ，kap 翲 jī sio Siāng。chiáu teh Pe ê khóan Sit。chiáu Phū Phū Pe。Phū Phū eng。
与翲字相同。鳥哟飛的款式。鳥翲翲飛。翲翲燵。

翳 ê, ì, ㄧ，ㄧˋ， chiáu mîa, hōng ê khóan Sit, jia tsáh, îm ńg, bák chiu tông khóng ū jia ê。ún ì。
鳥名，鳳的款式。遮截，陰影，目睭瞳孔有遮翳。隱翳。

翼 ėk, Sit, ㄧˋ，ㄒ一ˋ，chiáu ê Sit Pông, ú ėk。tsó iū chhiú。Pang tsān, kha chhiú, jîn Sîn, hú ėk chi Sîn。chiáu Sit。
鳥的翅膀，羽翼。左右手。幫助，腳手，人臣，輔翼之臣。鳥翼。

翲 Phiau, ㄆ一ㄠ， Pe ê ì Sù, koâi" koâi" teh Pe。Phiau Phiau hui。
飛的意思，高高哟飛。翲翲飛。

翯 hák, ㄏㄜˋ， chiáu m̂ng tsōe kng kút ê khóan, chheng khì, kiat Pėh, Pėk niáu hák hák。tsúi Pėh kng ê khóan。
鳥毛多光滑的款，清氣，潔白，白鳥翯翯。水白光的款。

十二畫

翻 hoan, ㄈㄢ, Pe Lâi Pe khì, tò tńg, hóan hok ê ì sù. tò Pêng, hoan sin, hoan tńg, thui hoan, hoan soa.
飛來飛去，倒轉，反覆的意思。倒阡，翻身，翻轉。推翻。翻砂。

翹 kiâu, khiàu, ㄑㄧㄠ, ㄑㄧㄠˋ, chiáu bé ê tńg mn̂g, tsōe tsōe, hoat khí, Koâiⁿ, kiáh khí, nì kha bé, ǹg bāng, kiàu chiok, kiàu khì.
鳥尾的長毛，多多，發起，高，擧起。企腳尾，向望。翹足。翹企。
khiàu, khiú Siù ê bé kiáh koâiⁿ, bé khiàu khiàu, tsap lák niú khiàu khiàu, kóng sí khiàu khiàu.
翹，禽獸的尾擧高，尾翹翹。十六兩翹翹，講死翹翹。

翿 kiâu, ㄑㄧㄠ, Pe ê ì sù, koâiⁿ koâiⁿ teh Pe.
飛的意思，高高啲飛。

翱 Gô, ngô, ㄠˊ, ㄠˊ, kô, kō, kāuh, Pe teh Séh, Pe teh Gô, ìⁿ ìⁿ Gô, Lìr Lìn ngô, Lìn Lìn Kô, Kô Lâi Kô khì.
ㄍㄠˊ, ㄍㄠ, ㄍㄠˋ, 飛啲遨，飛啲翺，圓圓翺。圍圍翺。圍圍翺。翺來翺去。
Kô chit sin thô, nn̄g kô kô, kō kō Lìn, kō Loh khì, kō kō Lìn, kāuh kāuh Lìn, ì Sù Siāng.
翺一身土。軟翺翺。翺翺圈。翺落去，翺翺圈。翺翺圈。意思同款。

翛 Siok, ㄒㄧㄠ, chiáu teh Pe ê siaⁿ, Pe ê ì sù.
鳥啲飛的聲，飛的意思。

翸 Phún, ㄈㄣˇ, chiáu thian sit Pe ê khoán sit.
鳥展翼飛的款式。

Phiat, ㄆㄧㄝ, 𦐿 Phiat, ㄆㄧㄝ, chiáu iát sit beh Pe ê khoán sit. Phiat sit. thián sit chiap chiap tín tāng. Phiat Phiat háu.
鳥搧翅乜飛的款式。𦐿翼。展翼捷捷振動。𦐿𦐿哮。

十三·十四畫

翾 hian, ㄒㄩㄢ, teh Pe, Pe ê khoan sit, hian hian hui iā. chiáu mn̂g.
啲飛，飛的款式，翾翾飛也。鳥毛。

翾 hoân, ㄏㄨㄢ, Sió khóa teh Pe. kín kín.
少許啲飛。緊緊。

翽 hùi, oè, ㄏㄨㄟˋ, ㄨㄟˋ, teh Pe ê siaⁿ, hùi hùi kî ú. tsōe tsōe ê ì sù.
啲飛的聲，翽翽其羽。多多的意思。

翿 tō, tō, ㄉㄠˋ, ㄉㄠ, chiū sī chit khoán ê kî, kó tsá Lâng tsok Gák thiàu bú teh ēng ê. ēng ú mn̂g tsòe ê.
就是一款的旗，古早人作樂跳舞啲用的。用羽毛做的。

耀 iāu, ㄧㄠˋ, hé kng, hé chiò, kng bêng, kng iáⁿ, iáⁿ, iām iáⁿ. kng iāu, êng iāu, hiân iāu, iāu bák.
火光，火照，光明，光影，影，豔影。光耀。榮耀。炫耀。耀目。

老部 125

老 Ló, Lāu, Làu, Lāu, ㄌㄠˇ, ㄌㄠˇ, ㄌㄠˋ, ㄌㄠˋ, chhùi chhiu thâu mn̂g Piàn Péh, 70 hè í Siōng ê Lâng, Lāu Lāu. nî Lāu.
嘴鬚頭毛變白，七十歲以上的人，老人。年老
Ló Liân jîn. kèng Ló tsun hiân. Láu chhiú, Sék chhiú. Láu chiàng. Láu sit kó ì. Láu toa.
老年人。敬老尊賢。老手，熟手。老將。老實古意。老大。
Láu sòe. Sék Lāu Lāu, chiū sī chin sek ê ì sù. Lāu a Peh, Lāu a Pô. Lāu su hū.
老小。熟老老，就是眞熟的意思。老阿伯，老阿婆。老師父。

考 khó, ㄎㄠˇ, Pē bú sí Liáu ê chheng ho. Sian khó, hián khó. bêng Pėk, chhâ mn̂g, khó chèng, khó tsa.
父母死了的稱呼，先考，顯考。明白，查問，考證。考查。
khó kàu, chiū sī khó chhì ê ì sù. chham khó, su khó, khó kó, khó chhat.
考教，就是考試的意思。參考，思考，考古，考察。

四·五畫

耆 kî, ㄑㄧˊ, 60 hè í Siōng ê Lâng, kî tióng. ū hák iông ê Lâng, kî siok. Sian siⁿ. kiông.
六十歲以上的人，耆長。有學養的人，耆宿。先生。強。

耄 mō, ㄇㄠˋ, Lāu Lâng, Péh thâu mn̂g. 60·70·80·hè ê Lâng. Lāu. Soe jiók bô kì tî. Ló mō.
老人，白頭毛。六十·七十·八十·歲的人。老。衰弱，無記持。老耄。

者 Chiá, chià, chiáh, ㄓㄜˇ, ㄓㄜˋ, ㄓㄜ, tàu jī kù ê jī. Piáu sī sū bùt ê tsō Gú sû. chit ê, hit ê, Sī chí têng Lâng
kap mih. ê ê ì sù. chiáh, hák chiáh, Gián kiù hák būn ê Lâng. Lâng ê siⁿ.
斜字句的字。表示事·物的助語詞。這個，彼個，是指定人與物。的的意思。者，學者，研究學問的人。人的姓。

耇 kó, ㄍㄡˇ, Lâ Sâm. Lāu Lâng ê bīn ū ô Pan tiám. tn̂g hè Siū.
垃圾。老人的面有黑斑點。長歲壽。

耉 kó, ㄍㄡˇ, kap téng bīn jī Sió Siāng.
与頂面字相同。

耇 tiám, ㄉㄧㄢˇ, Lāu Lâng ê bīn ō chhin chhiūⁿ ō pan tiám ê ì sù. tiám Ló. 老人的面黑親像黑斑點的意思。耇老。

六 一十一畫

耋 tiat, ㄉㄧㄝˊ, Lāu Lâng 7 8 tsap hè, bīn sek chhin chhiūⁿ thih. Ló mō. 老人七八十歲，面色親像鐵。老耄。

耊 tiat, ㄉㄧㄝˊ, kap tèng bīn jī sio siāng ì sù. 与項面字相同意思。

耗 hun, Lāu, ㄏㄨㄣ, ㄌㄠˇ, 7·8 tsap hè ê Lâng, thâu m̂ng chhùi chhiu peh ê ì sù. 七·八十歲的人，頭毛嘴鬚白的意思。

耆 Siū, ㄒㄧㄡ, kó bûn ê siū jī. Lāu Lâng ê sīⁿ jit. hè siū. 古文的壽字。老人的生日。歲壽。

耄 mō, ㄇㄠˋ, kap 耄 jī sio siāng. 与耄字相同。

而 部 126

而 jî, ㄦˊ, chhùi phóe ê m̂ng. Gú tsō sû ê jī. sio Liân ê jī. iah, koh, Lâi, khì, á sī, iáu kú, Lí, Lín. jî chhiáⁿ. jiân jī. jî kim. jī hō. jî āu. jî Li̍p, í keng saⁿ tsap hè ê ì sù. 嘴酏的毛。語助詞的字。相連的字。亦，閣，來，去，或是，猶久，你，您。而且。然而。而今。而後。而後。而立，已經三十歲的意思。

二·三畫

耏 nāi, ㄋㄞˋ, khin ê hêng hoat. thun Lún. kap 耐 jī sio siāng ì sù. 輕的刑罰。吞忍。与耐字相同意思。

耎 joán, Loán, ㄖㄨㄢˇ, ㄌㄨㄢˇ, sio khóa chìn chêng tōa. un jîu, Loán jio̍k. kap 軟 sio siāng ì sù. ńng jio̍k. sin thé pûi ê khoan sit. thè bô chìn chêng. 少許進前大。溫柔，耎弱。与軟相同意思。軟弱。身体肥的款式。退無進前。

耐 nāi, ㄋㄞˋ, chhùi phóe ê m̂ng. khin ê hêng hoat, tam tng, thun Lún, jím nāi. kú kú, nāi sim. nāi sèng. chia̍h khó nāi Lô. tòng kú nāi ēng. nāi hé tsng, tsòe hé Lô. ian tâng ê chhâi Liāu. 嘴酏的毛。輕的刑罰，擔當，吞忍，忍耐。久久，耐心。耐性。食苦耐勞。擋久耐用。耐火磚，做火爐煙筒的材料。

耏 jî, nāi, ㄦˊ, ㄋㄞˋ, khin ê hêng hoat, thì khì chhùi chhiu bīn m̂ng ê hêng hoat. bīn m̂ng. siū m̂ng tsōe. Lâng ê sìⁿ. 輕的刑罰，剃去嘴鬚面毛的刑罰。面毛。獸毛多。人的姓。

耍 Sá, Soá, ㄕㄚˇ, ㄕㄨㄚˇ, súi, Léng Lī, thit thô, hī Lâng, oān sá. sá nāu. Sá pá hì. sá to Lâng chhiūⁿ. 儝，伶俐，迌迌，戲弄，玩耍。耍鬧。耍把戲。耍刀弄槍。
Soa, ㄕㄨㄚ, kiàⁿ Soa, sì kòe khì kiàⁿ soa. Soa kha pō. Soa, soa tsa bó. Soa ta po. hī Lâng Lâm Lú. 行耍，四界去行耍。耍脚步。耍，耍查媒。耍唐夫。婧弄男女。

耑 toan, tsoan, ㄉㄨㄢ, ㄓㄨㄢ, kó 端 jī. mih hoat siⁿ ê Goân thâu. khah sī sòe ê koaⁿ miâⁿ. tsoan hông. tsoan thêng. 古端字。物發生的源頭。較是小的官名，耑防。耑呈。

耒 部 127

耒 jóe, jóe, Lūi, ㄖㄨㄟˇ, ㄖㄨㄟˇ, ㄌㄟˇ, ké chí tōa pha sûi ê khoan sit. jóe sū, tsoh chhân ê ke sí, kap Lôe sio siāng. Lôe ê oan khiau ê só tsāi kio tsòe jóe. Lôe thâu kio sū. Lôe Pē. 菓子大葩垂落的款式。耒耜，作田的傢私，与犁相同。犁的彎曲的所在叫做耒；犁頭叫耜。犁耙。

三·四畫

耔 tsú, ㄗˇ, iā ng á, teh tsai ê ì sù. èng biâu. 栽秧仔，哟栽的意思。壅苗。

耖 chhau, ㄔㄠˋ, tèng tsoh chhân. tsoh chhân ê khì khū, ná pē, khì khah tn̂g. chhau thô khah sòe. 重作田。作田的器具，如耙，齒較長。耖土較細。

耗 hòⁿ, ㄏㄠˋ, ngó kok ê miâ. kiám chió, siau hòⁿ. khang hì, hu hòⁿ. bô sêng sit, hòⁿ hu. hòⁿ chīn, 五穀的名。減少，消耗。空虛，虛耗。無誠實，耗虛。耗盡，
mô, ㄇㄠˊ, bô khì. siau mô. mô hùi, to khai só hùi. 無去。消耗。耗費，多開所費。

耒 keng, ㄍㄥ, Lôe chhân hn̂g, keng tsoh。keng ûn。chhut La̍t bô ià。khûn khûn, keng chèng, keng tiân。
犁田園，耕作。耕耘。出力無厭。勤勤，耕種，耕田。

耙 Pā, Pê, Pē, ㄅㄚˋ, ㄆㄚˊ, ㄆㄚˋ, tsoh chhân ê ke Si, thih Pā, thih Pê。thih Pē。khê Pê。Pê Put á。Lôe Pē，
作田的傢私，鐵耙，鐵耙。鐵耙。扒耙。耙扒仔。犁耙；
Gû Lôe Pē, tsoh sit ê khì khū。
牛犁耙，作穡的器具。

耘 ûn, ㄩㄣˊ, thu chháu á, thû thóaⁿ. khau chháu, tû khì Phái mih。keng ûn, khûn khûn, Chhut La̍t。
耡草仔，耡挩。鉤草，除去歹物。耕耘，勤勤，出力。

五·六畫

耞 ka, kiⁿ, ㄍㄚ, ㄍㄧㄝ, Phah Gō· kak ê khì khū, Liân kiⁿ。Liân ka。be̍h kiⁿ。kòng kiⁿ, Phah kiⁿ。
打五穀的器具，鏈耞。鏈耞。麥耞。摃耞，打耞。

耜 Sū, ㄙˋ, khí thô· Phèh ê khì khū, Lôe thâu, Lôe á。
起土墢的器具，犁頭，犁仔。

耟 kū, ㄐㄩˋ, tsoh sit Lâng chit hāng ê khì khū。Lūi kū。
作穡人一項的器具。耒耟。

挌 kek, ㄍㄜˊ, chiū sī keng tsoh ê ì sù。
就是耕作的意思。

七·八畫

耡 thû, tsō·, ㄔㄨˊ, ㄗㄨˋ, thû chháu á, thû thóaⁿ ê ì sù。tsō·, Saⁿ kap Pang tsān, tsoh kong ke ê chhân。
耡草仔，耡挩的意思。耡，相與幫助，作公家的田。
tsō·, tsá sī tsō· jī thong ēng。
耡，舊是助字通用。

耤 chek, Chiā, ㄐㄧㄝˊ, ㄐㄧㄚˋ, chek tiân, hông tè Lôe hn̂g Lâi bián Lē Peh sìⁿ。só· siu ê ngó· kok tsòe hiàn chè。kap tông。
耤田，皇帝犁園來勉勵百姓。所收的五穀做獻祭。与籍同。

耔 tsu, ㄗㄨ, keng tsoh, tsoh sit。chhân chit nî kú。
耕作，作穡。田一年久。

棍 kún, ㄍㄨㄣˇ, chiū sī chèng tsoh ê ì sù。
就是種作的意思。

䅯 khún, ㄎㄨㄣˇ, Pák kui Pé ê tiū á。keng tsoh。
縛歸把的稻仔。耕作。

輪 Lún, Lûn, ㄌㄨㄣˇ, ㄌㄨㄣˊ, kui sok ê tiū á。keng tsoh。
歸束的稻仔。耕作。

九·十畫

耦 ngó·, ngauh, ㄡˇ, ㄡˋ, n̄ng Lâng tsoh chhân。chiâⁿ tùi, tâng Phōaⁿ。Pîⁿ Pîⁿ。Chiâⁿ Siang ê chiū sī ngó·。Phòe ngó·。
兩人作田。成對，同伴。平平。成双的就是耦。配耦。
saⁿ thong thong thàu, ngó· thong。ngauh, chit ngauh chit ngauh。chit ngauh thô· tāu。ngauh ngauh
相通，通透，耦通。耦，一耦一耦。一耦土豆。耦耦
tsòe chit ē。
做一下。

糉 Chhong, tsong, ㄘㄨㄥ, ㄗㄨㄥ, chèng tsoh。bô Lôe chiū Lóh chéng chí ê ì sù。
種作。無犁就落種子的意思。

耩 káng, ㄍㄤˇ, chiū sī keng tsoh ê ì sù。
就是耕作的意思。

耨 Lō·, ㄋㄡˋ, khau chháu ê khì khū, Lō· thû。thû chháu á。keng Lō·。
鉤草的器具，耨鋤。鋤草仔。耕耨。

䆆 ûn, ㄩㄣˊ, kap 耘 Sio Siâng。thû chháu á, thû thóaⁿ。khau chháu, tû khì Phái mih。keng ûn, khûn khûn。
与耘相同。耡草仔，耡挩。鉤草，除去歹物。耕䆆，勤勤。

䅌 Chek, chhek, tsoh sit, ㄐㄧㄝˊ, ㄘㄜˋ, Lôe, chiū sī Lôe hn̂g ê khì khū。chiam Lāi。chhek sū。kap 畟 Sio Siâng。
作穡，犁，就是犁園的器具。尖利。䅌耜。与畟相同。

十一-十五畫

耬 Lô·, ㄌㄡˊ, Lôe, Lóh chéng chí ê khì khū, chhia ê khoán sit, ū saⁿ kha ê Lôe。Lô· chhia。
犁，落種子的器具，車的款式，有三腳的犁。耬車。

穜 tông, ㄊㄨㄥˊ, chiū sī chèng ngó· kok khàm bat ê ì sù。
就是種五穀蓋密的意思。

耤 tsòk, ㄗㄜˊ, chiū sī tōe hō miâ, tī Siók kok ê só· tsāi。Lâng miâ, Lê kùi tsòk, sī an Lâm kok Ông。
就是地號名，佇蜀國的所在。人名，黎季耤，是安南國王。

【耰】iu, ㄧㄡ; khàm chéng chí ê khì khū, tì thâu ê khóan sit. khàm chéng chí thû chháu á. iu thû.
蓋種子的器具，鋤頭的款式。蓋種子鋤草仔。耰鋤。

耳 部 128

【耳】jíⁿ, ní, hī, hīⁿ ㄖˇ, ㄋㄧˇ, ㄏㄧˇ, ㄏㄧˋ; thiaⁿ siaⁿ im ê khì koan. ū thiaⁿ kìⁿ. ní, hī á, hīⁿ á, hīⁿ khang. hī sái.
聽聲音的器官。有聽見。耳，耳仔，耳仔，耳孔。耳屎。
ní bak chiau chiau, thiaⁿ khòaⁿ bêng pek. âng hīⁿ. hīⁿ kau. hī á tûn. jíⁿ, tsò gú sû ê jī
耳目昭昭，聽看明白。聾耳。耳鈎。耳仔唇。耳，助語詞的字，
sī bûn gú sû ê kù bé, ū koat toàn ê ì sù. tiā tiāⁿ. am ni. ê ì sù.
是文語詞的句尾，有決斷的意思。定定。按呢。的意思。

四畫

【耴】Git, tiap ㄍㄧㄝˋ, ㄉㄧㄝˊ; hī á sûi lóh, hī á sûi lóh ê khoan sit. kok mîa, tiap jíⁿ. Lâng ê sìⁿ.
耳仔垂落，耳仔垂落的款式。國名，耴耳。人的姓。

【耵】téng, ㄉㄧㄥ; hī khang kiaⁿ lâng, kiaⁿ lâng sī lâ sâm ê ì sù. that teh ê ì sù. téng lêng.
耳孔驚人，驚人是垃圾的意思。塞吶的意思。耵聹。

【耷】tap, ㄉㄚ; chiū sī toā hīⁿ ê ì sù. tap la.
就是大耳的意思。耷拉。

【耶】iâ, ㄧㄝˊ; Pang tsān ê jī, ēng tī jī kù bé. gî ngāi ê ì sù. chheng hoⁿ ê oē. kiù sè tsú iâ so͘ ki tok.
幫助的字，用佇字句尾。疑訝的意思。稱呼的話。救世主耶穌基督。

【耻】thí, sí, ㄔˇ, ㄒㄧˇ; kiàn siau, thí jio̍k. thí chhiò. Liâm thí. Phàⁿ sí, kiàn siau ê khoan sit, bô lūn tùi khiam pi á sī
見誚，恥辱。恥笑。廉恥。怕恥，見誚的款式，無論對謙卑，或是
tsòe m̄ tio̍h. kap 恥 sio siāng.
做毋着。与恥相同。

【耾】hông, ㄏㄨㄥˊ; hī lāi ê siaⁿ, chhàu hī lâng. toā siaⁿ. lûi ê siaⁿ, hông hông lûi seng.
耳内的聲，臭耳聾。大聲。雷的聲，耾耾雷聲。

【耿】kéng, ㄍㄥˇ; hī á kàu gê tsô. kng bêng, pe̍h, kéng kéng. sêng sit, kéng tit. chèng keng, kéng kài.
耳仔到牙槽。光明，白，耿耿。誠實，耿直。正經，耿介。
iu būn, kéng kéng û hoâi.
憂悶，耿耿於懷。

【耽】tam, taⁿ, ㄉㄢ, ㄉㄚ; tāⁿ, tāⁿ, hī á sûi kàu keng thâu, tam ní. hó͘ tián ui ê khoan, hó͘ sī tam tam. thiông lo̍k
耳仔垂到肩頭，耽耳。虎展威的款，虎視耽耽。暢樂
kè thâu, ì ài, chip bê, tam lo̍k. tam bí. iân gō͘, tam gō͘. tāⁿ gō͘. tāⁿ gō͘. tāⁿ gō͘.
過頭，意愛，執迷，耽樂。耽美。延誤，耽誤。耽誤。耽誤。耽誤。
koa liām kè thâu, tam sim. têng tāⁿ, siá jī têng tāⁿ. sǹg siàu têng tāⁿ. tiaⁿ liáu têng tāⁿ.
掛念過頭，耽心。重耽，寫字重耽，算數重耽。聽了重耽。
thak têng tāⁿ. chhò gō͘ m̄ tio̍h ê ì sù. thiaⁿ tāⁿ, saⁿ tāⁿ gō͘, sǹg tāⁿ jit.
讀重耽。錯誤不着的意思。聽耽，相耽誤，算耽日。

【聃】tam, ㄉㄢ; hī khang khoah bô keh teh. Lí Ló kun ê mîa.
耳孔闊無隔吶。李老君的名。

五一七畫

【聊】Liâu, ㄌㄧㄠˊ; hī khang lāi bīn ê sia, ní bêng. Lio̍h lio̍h á, sió khóa, liâu sèng û bû. liâu pī kèng ì. oá khò,
耳孔内面的聲，耳鳴。略略仔，少許，聊勝於無。聊備敬意。依靠，
liâu nāi. bîn put liâu seng. tām thiⁿ soeh hông tè, liâu thian. êng liâu. O͘ pe̍h liâu.
聊賴。民不聊生。談天説皇帝，聊天。閒聊。黑白聊。

【聆】Lêng, ㄌㄧㄥˊ; hī khang thiaⁿ siaⁿ, thiaⁿ bêng, lêng theng. kiong lêng ngá kàu, oē hiáu tit sūn thân.
耳孔聽聲，聽明，聆聽。恭聆雅教，能曉得順趁。

【聃】tam, ㄉㄢ; kap 聃 siong tông.
与聃相同。

【聒】koat, ㄍㄨㄚ; hī khang tsò tsak, chhá, kiáu jiáu ê siaⁿ. tsōe oē. hoā hoā háu. tsúi koe siaⁿ, koat koat.
耳孔譟謮，吵，攪擾的聲。多話。嘩嘩哮。水蛙聲，聒聒。

【聐】Giat, Gut, ㄍㄧㄝ, ㄍㄨ; Giat gē, bô só͘ thiaⁿ kìⁿ. m̄ ài thiaⁿ siū ê ì sù. Gut, gē gut. Gōng gōng bōe hiáu tit
聐顡，無所聽見。毋愛聽受的意思。聐，顡聐，顡顡𣍐曉得
thiaⁿ ê ì sù.
聽的意思。

【联】Liân, ㄌㄧㄢˊ; tsáp it ūi 聯 ê kán siá.
十一畫聯的簡寫。

【聖】Sèng, Siàⁿ, ㄕㄥˋ, ㄒㄧㄚˇ; thiaⁿ siaⁿ chiū tsai. hó, Gâu kàu kek ê Lâng, Sèng jîn. Sèng keng, Sèng jîn só kóng kap Só siá ê tsu, kī tok kàu ê keng tián. Lêng Siàⁿ, ū Lêng Siàⁿ. ké tāng ki bô Siàⁿ. Siàⁿ Siàⁿ.
聽聲就知。好，賢到極的人，聖人。聖經；聖人所講及所寫的書，基督教的經典。靈聖，有靈聖。假童乩無聖。聖聖。

【聘】Phèng, ㄆㄧㄣˋ; chhe Lâng saⁿ chhiàⁿ. chhe mn̄g, Phèng būn, Phèng ēng, Phèng kò. kè chhoa, kiâ Phèng. cân Phèng. Phèng kim. Phèng Lé, têng hun ê Lé mih, Phèng chhiáⁿ ê Lé mih. Pò Phèng.
差人相請。差問，聘問。聘用，聘雇。嫁娶，行聘。完聘。聘金。聘禮，訂婚的礼物，聘請的礼物。報聘。

【聕】hóng, ㄏㄨㄥˊ; hīⁿ khang tiong khóng khóng háu ê ì sù. ní bêng.
耳孔中吭吭哮的意思。耳鳴。

【聖】thiaⁿ, ㄊㄧㄥ; thiaⁿ bêng, chiū sī têng kóng hō Lâng oē hiáu thiaⁿ. koh thiaⁿ kūi ku.
聖明；就是重講互人能曉聽。僩聖幾句。

造字 借呈成字。有聽及講的意思。

八—十畫

【聝】hek, kok, ㄏㄜˋ, ㄍㄨㄛˊ; chiū sī koah hī ê ì sù. kun leng sio thâi koah tn̄g hī, thâu khak. thâu Pîn Pîⁿ.
就是割耳的意思。軍兵相刣割斷耳，頭殼。頭鬢邊。

【聚】tsū, chhōa, chhú, ㄗㄨˋ, ㄑㄩˋ, ㄑㄩˊ; tsōe Lâng tsòe hé tsū chip só tsāi, tsū Lo̍h, tsū ku, tsū hōe. hiuⁿ chhun. Siu chip, tsū Liám. chek tsū. Khah chhun chhóa, chiū sī khah khoàⁿ oah ê ì sù. chhú tsōe, chiū sī kiò Lâng tsòe hé ê ì sù.
多人做夥聚集的所在，聚落。聚居。聚會。鄉村。收集，聚斂。積聚。較剩娶，就是較快活的意思。娶齊，就是叫人做夥的意思。

【聞】bûn, būn, ㄨㄣˊ, ㄨㄣˋ; Lâng ê hī khang thiaⁿ kìⁿ chiah tsai, só būn, kiàn būn. Siau sit, hong Siaⁿ, Sin bûn. Phīⁿ kìⁿ, būn hiong hā má, Sim chheng biāu hiong. Lâng ê sìⁿ.
人的耳孔聽見即知，所聞。見聞。消息，風聲，新聞。鼻見，聞香下馬，心清聞妙香。人的姓。

【䏧】tó, ㄉㄨㄛˇ; hī á sûi Lo̍h. ní chhong.
耳仔垂落。耳聰。

【聧】ke, ㄍㄝ; hī khang bô thiaⁿ kìⁿ.
耳孔無聽見。

【聤】têng, ㄊㄧㄥˊ; hī khang chhut chhàu tsúi. chhàu hī áng á.
耳孔出臭水。臭耳聾仔。

【聅】chhiu, iû, ㄑㄧㄡ, ㄧㄡˊ; chiū sī hī khang ki ki háu ê ì sù.
就是耳孔嘰嘰哮的意思。

【聦】chhong, ㄘㄨㄥ; Gâu, Lêng thong, Chhang mia. kap 聰 Saⁿ tâng.
賢，靈通，聰明。与聰相同。

【聐】un, ㄨㄣ; un ài, siⁿ un ài, chiū sī hīⁿ á pīⁿ chéng khí, tì kàu bīn pûi pûi ê pīⁿ.
聐疕，生聐疕，就是耳仔邊腫起，致到面肥肥的病。

造字 借昷成字，耳邊蘊藏的病也。

【聹】tsáiⁿ, ㄗㄞˇ; chhàu hī Lâng ê ì sù. tām po̍h chhàu hī Lâng.
臭耳聾的意思。淡薄臭耳聾。

十一—十二畫

【聯】Liân, ㄌㄧㄢˊ; Saⁿ Liân bōe tn̄g. Liân Liân. Sio ha̍p, Liân ha̍p. tsū chip ê ì sù, kiat Liân. Liân chiap. Liân Pang. tùi Liân, m̂g Liân. Liân kù. Liân Sióng. Liân Lo̍k. Liân ha̍p kok.
相連𣍐斷，聯聯。相合，聯合。聚集的意思，結聯。聯接。聯邦。對聯。門聯。聯句。聯想。聯絡。聯合國。

【聱】Gô, ngô, ngó, ㄫㄛˊ, ㄠˊ, ㄠˇ; m̄ thiaⁿ thàn, bô thiaⁿ Lâng ê oē, Gô Gê. bûn sû bô sūn phái thak, khiat khut ngô Gê.
毋聽趁，無聽人的話，聱牙。文詞無順歹讀，詰屈聱牙。

【聲】Seng, Siaⁿ, ㄕㄥ, ㄒㄧㄚ; tín tāng só hoat chhut ê im hióng, Siaⁿ im. Cheng Siaⁿ, hong Siaⁿ, kong oē, Siaⁿ Seh, bêng ū, miâ siaⁿ. tōa Siaⁿ, Sòe Siaⁿ. Seng Gák ka, chhiùⁿ koa ūi giap ê Lâng. Seng Lē kū hā, kek pi siong ê khoan sit.
振動所發出的音響，聲音。鐘聲，風聲，講話，聲說，名譽，名聲。太聲，細聲。聲樂家，唱歌為業的人。聲淚俱下，極悲傷的款式。

【聳】Chhióng, ㄙㄨㄥˇ; chhut sì chiū chhàu hīⁿ Lâng, chhióng Lóng. háng phiàn, kiaⁿ tāng, chhióng tōng. Chhêng koâiⁿ, Ko chhióng.
出世就臭耳聾，聳聾。哄騙，驚動，聳動。湧高，高聳。

【聵】Chek, ㄐㄧㄝˊ; thiaⁿ bô bêng, in ūi hīⁿ khang tāng. hīⁿ khang ê Pīⁿ.
聽無明，因為耳孔重。耳孔的病。

【聰】Chhong, chhang, ㄘㄨㄥ, ㄘㄤ; nī chhong ba̍k bêng thâu náu hó, Gâu, chhong bêng, chhong hūi, chhong éng, niá Gō Lat kióng.
耳聰目明。頭腦好，賢，聰明。聰慧，聰穎，領悟力強。

【聸】tāⁿ, tāⁿ, ㄉㄢˋ, ㄉㄢˇ; têng tāⁿ, kóng oē têng tāⁿ, têng têng tāⁿ tāⁿ. thiaⁿ Liáu têng tāⁿ. Siá têng tāⁿ. tāⁿ Gō.
重聸，講話重聸，重重聸聸。聽了重聸。寫重聸。聸誤。 造字

chhong bín, chhong bêng bín chiat。chhang mîa tì hūi。kap 聰 Sio Siāng。
聰敏，聰明敏捷。聰明智慧。与聰相同。

【聊】Liâu, Lô, Lō, hīⁿ khang teh háu ê Siaⁿ。hīⁿ khang ki ki háu ê ì sù。chiū sī ní bêng。hīⁿ khang
ㄌㄧㄠˊ,ㄌㄛˊ,ㄌㄛˋ, 耳孔哮哮的聲。耳孔嗶嗶哮的意思。就是耳鳴。耳孔
Lô Lô，chiū sī hīⁿ khang bô sím mih thiaⁿ kìⁿ。
聊聊，就是耳孔無甚麼聽見。

【職】Chit, ㄓˊ, chip chiáng, tsòe tāi chì, chit chiáng。tsu lí, chit su。chit hūn。chit giap。koaⁿ chit。
執掌，做事誌，職掌。主理，職司。職分。職業。官職。

【聶】Chiap, Liap, tiap, ㄓㄧㄚㄅ,ㄌㄧㄚㄅ,ㄉㄧㄚㄅ, chi bú chi tsū, tuh chih kun, tī hīⁿ khang pīⁿ kóng sòe siaⁿ oē ê ì sù, chiap
吱嘸吱啾，突舌根，佇耳孔邊講細聲話的意思，聶
ní gú。thau kóng, su gú。Lâng ê sìⁿ Liap。tiap, chiū sī bah chhiat pòh phìⁿ ê ì sù。
耳語。偷講，私語。人的姓聶。聶，就是肉切薄片的意思。

【聵】hoāi, hōe, ōe, ㄏㄨㄞˋ,ㄏㄨㄟˋ,ㄨㄟˋ, chhut sì chiū chhàu hīⁿ Lâng, Lóng hoāi。put bêng sū lí ê khoáⁿ, hun ōe。
出世就臭耳聾，聾聵。不明事理的款，昏聵。

十三—十六畫

【聸】tong, ㄉㄤ, hīⁿ á tūi Loh kōe ê ì sù, ní tong。
耳仔垂落低的意思，耳聸。

【聹】Lêng, ㄋㄧㄥˊ, chiū sī hīⁿ á Lâ sâm ê ì sù。téng Lêng。
就是耳仔垃圾的意思。耵聹。

【聻】Chek, nī, ㄐㄧㄝˋ,ㄋㄧˇ, kúi sī Liáu kio tsòe chek。Lâng siá chit jī Lâi khu kúi。hû á bé ê jī。
鬼死了叫做聻。人寫這字來驅鬼。符仔尾的字。

【聵】Kok, ㄍㄨㄛˊ, chiū sī hīⁿ á khoah ê ì sù。
就是耳仔闊的意思。

【聽】theng, thèng, thiaⁿ, ㄊㄧㄥ,ㄊㄧㄥˋ,ㄊㄧㄚ, Siaⁿ jip hīⁿ khang, chiap siū siaⁿ im, thiaⁿ。thiaⁿ oē。thiaⁿ kóng。thèng hāu。
聲入耳孔，接受聲音，聽。聽話。聽講。聽候。
Lêng theng kàu hōa。theng thian iû bēng。
聆聽教誨。聽天由命。

【聾】Lóng, Lông, Lâng, ㄌㄨㄥˊ,ㄌㄨㄥˊ,ㄌㄤˊ, bô thiaⁿ kìⁿ, Lóng。Lóng hoāi。hīⁿ Lóng。chhàu hīⁿ Lâng, chiū sī bô thiaⁿ kìⁿ siaⁿ im。
無聽見，聾。聾聵。耳聾。臭耳聾，就是無聽見聲音。
Lóng á, chiū sī ê káu ê Lâng。ê káu ê Lâng ia sī chhàu hīⁿ Lâng。
聾啞，就是啞口的人。啞口的人也是臭耳聾。

【聽】Lóng, Lông, Lâng, ㄌㄨㄥˊ,ㄌㄨㄥˊ,ㄌㄤˊ, kap téng bīn jī Sio siāng。聾字。
与頂面字相同。聾字。

聿部 129

【聿】Ut, ù, ㄩˋ,ㄩˋ, siá jī ê pit。ín Lâng ê oē Lâi kóng, kóng khí, saⁿ thàn, sûi sî, chiū。gú tsō sû ê jī。
寫字的筆。引人的話來講，講起，相趁，隨時，就。語助詞的字。
ù, ù tioh。ù teh。Lâng kheh Lâi chē chit tiap á kú chiū tsáu。ù kha chhng bē sio chiū beh tsáu
聿，聿着。聿啲。人客來坐一霎仔久就走。聿尻川未燒就也走。

四—七畫

【肂】Sù, ㄙˋ, tāi koaⁿ chhâ ê khám。bâi tsòng。
埋棺材的坎。埋葬。

【畫】hōa, ōa, ㄏㄨㄚˋ,ㄨㄚˋ, eng pit ūi an á。ūi hō。chhái ūi, chhái sek。chhái ōa, ōa kong。
用筆畫尪仔。畫號，彩畫，彩色。彩畫，畫工。

【肄】ī, īⁿ, ㄧˋ,ㄧˋ, hak sip, ī giap。Lāu Liān, tioh boa, kan khó, ī lô。chhiū chhò Liáu āu Lâi koh
學習，肄業。老練，着磨，艱苦，肄勞。樹剉了後來閣
puh íⁿ ńg hioh, tiau īⁿ。
發芽軟葉，條肄。

【肆】Sù, sì, ㄙˋ,ㄙˋ, sì ê tōa siá。sù lek, chīn Lat。sù ì, jīm sèng。hòng sù, hòng chhiòng。pâi Liat,
四的大寫。肆力，盡力。肆意，任性。放肆，放縱。排列，
sù iân。koe chhī, chhī sù。Lâng ê sìⁿ。iân oān, sù èng。
肆筵。街市，市肆。人的姓。延緩，肆應。

【肅】Siok, Sok, ㄙㄨˋ,ㄙㄨˋ, kiong kèng, kín sīn, toan siok。kèng siok。ín chìn, siok kheh。giâm chèng, giâm siok。chip chēng,
恭敬，謹慎，端肅。敬肅。引進，肅客。嚴正，嚴肅。寂靜，
siok chēng, ui hêng, siok iông。sok chēng, chiū sī tiām tiām bô kiáu jiáu ê ì sù。
肅靜。威形，肅容。肅靜，就是恬恬無攪擾的意思。

八畫

肇 tiāu, ㄉㄧㄠˋ; siat Li̍p, khí thâu, in toaⁿ, tiāu toan. tiāu sí. tì kàu, tiāu in. hoat seng sū kò͘,
設立，起頭，因端，肇端。肇始。致到，肇因。發生事故；

肈 tiāu, ㄉㄧㄠˋ; tiāu sū, tiāu hō. toan chiàⁿ, toan pún tiāu boát, sian kái goân thâu kiáu chiàⁿ bé liu.
肇事，肇禍。端正，端本肇末，先改原頭後矯正尾溜。
tiāu ki, kiàn li̍p ki chhó. ǹg jī lóng siāng khoán ì sù.
肇基，建立基礎。兩字攏同款意思。

肉·月部 130

肉 ji̍ok, bah, he̍k, tsū; ㄖㄡˋ, ㄖㄨˋ; seng khu ê chi̍t pō͘ hūn, phê hu ē bīn pau kut só͘ tsāi, ki bah. ji̍ok thé, ji̍ok sin,
身軀的一部份，皮膚下面包骨的所在，肌肉。肉體，肉身，
pē bú só͘ siⁿ. khîm siù ê bah, ti bah, gû bah, bah hú. ji̍ok kùi, io̍h miâ, iā sī phang liāu.
父母所生。禽獸的肉，豬肉，牛肉，肉脯。肉桂，藥名，也是香料。
kut ji̍ok. he̍k sin, chin kut he̍k, siah kut lo̍h he̍k. sán ki lo̍h he̍k. kang iâu tsū, chiū sī
骨肉。肉身，親骨肉，削骨落肉。瘦肢落肉。江珧肉，就是
chi̍t hō hái nih ê lê bah, pha̍k ta tsòe koaⁿ. hiān kim kóng kan pòe.
一號海裡的螺肉，曝焦做乾。現今講干貝。

月 ji̍ok, bah, he̍k, tsū; ㄖㄡˋ, ㄖㄨˋ; kap téng bīn jī sio siāng. ēng tī jī pêng.
与頂面字相同。用佇字傍。

二·三畫

肌 ki, chi; ㄐㄧ; seng khu, ki bah, ki hu. seng chi sàn, chiū sī io̍h ê miâ. ki, chiū sī kin bah.
身軀，肌肉，肌膚。身肌散，就是藥的名。肌，就是筋肉。

肋 kun, le̍k; ㄍㄨㄣ, ㄌㄜˋ; bah ê khùi la̍t. kun le, huih kun, kun kut. kap 筋 ì sù tâng. le̍k, hia̍p kut, le̍k kut.
肉的氣力。肋胳，血肋，肋骨。与筋意思同。肋，脇骨，肋骨。
kin ㄐㄧㄣ; heng hah ê kut, pâi kut tso iū kok ū tsap jī ki. le̍k mo̍h, hì ê piáu bīn ê mo̍h.
胸脇的骨，排骨。左右各有十二支。肋膜，肺的表面的膜。

肌 phit, ㄆㄧˋ; chiū sī chhe bah ê ì sù. bah chhe hong.
就是吹肉的意思。肉吹風。

肎 khéng, ㄎㄣˇ; kut ê bah, oá kut ê bah. kap 肯 sio siāng.
骨的肉，偎骨的肉。与肯相同。

肘 tiú, ㄓㄡˇ; chhiú kut ē ê tsat, chhiú oán ê koan tsat ê só͘ tsāi. chhiú aū tiⁿ. ún khǹg, lâu tiāu, kó͘ tsá ēng tsòe chhioh.
手骨的下節，手腕的關節的所在。手後肘。穩藏，留肘。古早用做尺

肐 ek, kok; ㄜˋ, ㄍㄜ; chiū sī heng khám kut ê ì sù. kok kap kok siāng ì sù, chiū sī kok pì, chhiú pì, keng kah
就是胸坎骨的意思。肐与胳同意思，就是肐臂，手臂，肩胛頭
Koh ㄍㄜ; thâu ē bīn kàu chhiú ê só͘ tsāi. koh phok, chhiú kut.
下面到手的所在。肐膊，手骨。

肓 hong, ㄏㄨㄤ; sim koaⁿ khut ê só͘ tsāi. pīⁿ ji̍p ko bông. pēng ji̍p ko hong.
心肝堀的所在。病入膏肓。病入膏肓。

肕 jīm, ㄖㄣˋ; tēng ǹg, bah tēng, kun kut kiông tsòng, jīm kun kian.
碇軟，肉碇，筋骨強壯，肕筋堅。

肝 kan, koaⁿ; ㄍㄢ, ㄍㄢ; ngó͘ tsōng ê chi̍t hāng, koaⁿ tsōng, sim koaⁿ. ti koaⁿ. sim koaⁿ thâu ut tsut. phái sim koaⁿ.
五臟的一項，肝臟，心肝。豬肝。心肝頭鬱悴。歹心肝。
kan hé. kan tán siong chiàu, pí jū pêng iú sêng sim saⁿ kau.
肝火。肝膽相照，比喻朋友誠心相交。

肖 siau, siàu; ㄒㄧㄠ, ㄒㄧㄠˋ; chiū sī soe bî, sì sòaⁿ ê ì sù. chin chhiūⁿ ê ì sù, ûi biāu ûi siàu. siàu éng, ûi siàu éng,
就是衰微，四散的意思。親像的意思，維妙維肖。肖影，畫肖影，
chiū sī ûi lâng ê siōng ê ì sù. put siàu, m̄ siū kà sī ê kiáⁿ. sió khoa, siàu siáu. siⁿ siùⁿ
就是畫人的像的意思。不肖，不受教示的子。少許，肖小。生肖
tsa̍p jī siⁿ siùⁿ.
十二生肖。

肐 tō͘, tô͘; ㄉㄨˋ, ㄉㄨˋ; toā pak tó͘ ê khoán sit, ko tô͘. thûi á sī koáiⁿ á thâu toā lûi ê ì sù.
大腹肚的款式，瓠肚。槌或是拐仔頭大纍的意思。

肚 tō͘, táu; ㄉㄨˋ, ㄉㄡˇ; tó͘, thó͘; ㄉㄨˇ, ㄊㄨˇ; seng khu ngó͘ tsōng ê chi̍t só͘ tsāi, tn̂g tó͘. tó͘ tsāi. tó͘ liōng. pak tó͘, toā tó͘.
身軀五臟的一所在，腸肚。肚臍。肚量。腹肚，大肚。
ti tó͘, ēng kai sī ti ê ūi. chhiú tó͘, kha tó͘. tsûn tó͘. siⁿ tó͘ êng. tó͘ koaⁿ. táu, tsai hoe
豬肚，應該是豬的胃。手肚，腳肚。船肚。生肚癰。肚攜。肚，栽花
oāⁿ táu, chiū sī hū jîn lâng ê khiàn sńg, thang siⁿ ta po͘ kiáⁿ ê ì sù. thó͘, sim liāng pí thó͘ khai
換肚，就是婦人人的譴損，可生唐夫子的意思。肚，心涼脾肚開。

肜 iông, 一ㄥˊ; Chè hiàn ê mîa, Siōng tiâu ê chè hiàn. Chè Liáu keh jit koh tsài hiàn. Lâng ê sìⁿ.
祭獻的名，商朝的祭獻。祭了隔日閣再獻。人的姓。

肛 kong, kang; ㄍㄤ,ㄍㄤ; tōa tn̂g bé, Pàng Sái ê só-tsāi, Kong mn̂g, kang mn̂g. Phong kong, chiū sī Pak tó tiuⁿ.
大腸尾，放屎的所在，肛門，肛門。膨肛，就是腹肚脹。

肌 hùn, ㄏㄨㄣˋ; bô chham chhài ê bah kiⁿ. îuⁿ bah kiⁿ.
無參菜的肉羹。羊肉羹。

肝 u, ㄩ; Chiū sī hiuⁿ siā ê mîa.
就是鄉社的名。

肟 u, ㄩ; kap tèng bīn jī Sio Siāng.
与頂面字相同。

肙 oan, ㄩㄢˇ; Sòe sòe ê thâng. khang khang.
小小的虫。空空。

補之畫 肏 Chhò, ㄘㄠˋ; Lâm Lú kau hāp ì sù.
男女交合的意思。

四畫

肢 chi, ki, ㄓ,ㄍㄧ; chhiú kap kha, sù chi. Sù ki. chi thé, Seng khu ê tsoân pō. chi kái, koah tn̄g kha chhiú ê heng hoat.
手及脚，四肢。四肢。肢體，身軀的全部。肢解，割斷脚手的刑罰。

肫 tun, ㄉㄨㄣ; chhùi Phóe Sán sán, bah koaⁿ. Pek chhiat, Seng Sit. tun tun kì jîn. tun khún.
嘴𩩍瘦瘦，肉乾。迫切，誠實。肫肫其仁。肫懇。

肪 hong, hông, ㄈㄤ,ㄈㄤˊ; Pûi, Pûi Pûi ê ì sù. chi hong, chi hông sī tōng but, Sit but ê thé Lāi Gêng kiat ê koiu.
肥，肥肥的意思。脂肪，脂肪，是動物，植物的體內凝結的膏油。

肥 hûi, Pûi, ㄈㄟˊ; Seng khu ê bah kap chi hông tsōe, iû jī. chhiong Sēng, Pûi sēng. Pûi Liāu, Lóh chhân ióng hun.
身軀的肉及脂肪多，油膩。昌盛，肥盛。肥料，落田的養分。
Pûi chhân. èng Pûi, Lóh Pûi. Pûi ti. Pûi Phàng. tōe mîa, hāp hûi. koāiⁿ mîa, hûi jû koāiⁿ.
肥田。壅肥，落肥。肥猪。肥胖。地名，合肥。縣名，肥如縣。

肺 hùi, Phài, hì, ㄈㄟˋ,ㄆㄞˋ,ㄈㄨˊ; ngó tsōng lāi ê chit hāng ê mîa, hùi tsōng. hì tsōng. hì ê pīⁿ, hì Lô. hì kiat hut.
五臟內的一項的名，肺臟。肺臟。肺的病，肺癆。肺結核。
Pí jū Lâng, Lâng sim káu hì. ho khip ê khì koan. Phài, chiū sī chhiong Sēng ê ì sù. Kî iap Phài Phài.
比喻人，人心狗肺。呼吸的器官。肺，就是昌盛的意思；其葉肺肺。

肴 ngâu, 一ㄠˊ; chiáh, Pō, but bī. chhài soe, chhài Pn̄g. hó chiáh mih, ka ngâu. kap 餚 Sio Siāng.
食，哺，物味。菜蔬，菜飯。好食物，佳肴。与餚相同。

肸 hek, ㄒㄧˋ; Siaⁿ hiáng, hong chhe chhiū ê siaⁿ. Siaⁿ im chín khí ê khoán Sit. tōa tōa.
聲響，風吹樹的聲。聲音振起的款式。大大。

肚 jîm, ㄖㄣˊ; tōa Liān sék. bah chiap.
大煉熟。肉汁。

肯 khái, khéng, ㄎㄞˇ,ㄎㄥˇ; Lâng ê kut bah Saⁿ Liân ê ì sù. khéng, thang. ài. kam Goān. kheng tēng, tiong khéng, Siú khéng.
人的骨肉相連的意思。肯，可。愛。甘願。肯定，中肯，首肯。
khéng tsòe khang khè. m̄ khéng. kheng a, hui chiu ê chit ê kok mîa.
肯做工課。毋肯。肯亞，非洲的一個國名。

肩 kian, keng, ㄐㄧㄢ,ㄍㄥ; ām kún ê bīn chiap hāp Siang chhiú ê só-tsāi. Siang kian. keng thâu. keng kah.
頷頸下面接合双手的所在。双肩。肩頭。肩胛。
taⁿ, khah iâⁿ, kian kiông Lêng sèng. Saⁿ nî ê iá Siù kiò tsòe kian. tńg keng, kek thóeh kêng
擔，較贏，肩強能勝。三年的野獸叫做肩。轉肩，格骨脫肩

股 kó, ku, ㄍㄨˇ,ㄍㄨ; kha tó, kha thúi, chhiú pì. Lióng kó. chhiu kó. sit kó. Phah kó chiāⁿ soh. chit tiâu chit tiâu,
脚肚，脚腿，手臂，兩股。手股。翅股。打股成索。一條一條，
chit kó, kúi nā kó. kó hūn, kó tang. kian kò, kó kò. kó keng, Sin thé ê chhiú chiok Pō hūn,
一股，幾若股。股份，股東。堅固，股固。股肱，身体的手足部份，
Pí jū tiōng iàu Pang tsān ê Lâng. Siáu Phí ku, chiū sī kha chhng Phóe bô bah, chhiò Lâng ê oē.
比喻重要幫助的人。小屁股，就是尻脽𣬼無肉，笑人的話。

肱 keng, ㄍㄨㄥ; chhiú tó, chhiú kut. khiok keng jî chím. kó keng, Sin thé ê kha chhiú, Pí jū tsòe Pang tsān.
手肚，手骨。曲肱而枕。股肱，身体的脚手，比喻做幫助。

肭 Lut, ㄋㄚˋ; kiâⁿ Lō kín. Pûi Pûi ê ì sù. ut Lut. chiū sī hái káu ê chit ê mîa. hái káu ê sin, ut Lut tsāi.
行路緊。肥肥的意思。膃肭。就是海狗的一個名。海狗的腎，膃肭臍。

肦 hûn, ㄈㄣˊ; chiū sī tōa thâu ê ì sù.
就是大頭的意思。

胖 Phòng, Pòng, Phàng, Phiàng, ㄆㄤˋ,ㄆㄤˊ,ㄆㄢˋ,ㄆㄢˊ; Pûi, tōa, Pûi Phòng. Pûi Phàng, Phòng chhut, hok Siōng ê ì sù. ke Pòng tāng
肥，大，肥胖。肥胖，胖出，福相的意思。加胖重
chiū sī ke chhiàng kun niú ê ì sù. Pûi Phiàng, Pûi Pûi Phiàng Phiàng, chin Pûi ê ì sù.
就是加唱斤兩的意思。肥胖，肥肥胖胖。真肥的意思。

肑 Pū, ㄅㄨˋ; àu Pū Pū. chhàu Pū Pū. chin àu ê ì sù. 造字
歐肑肑。臭肑肑。真歐的意思。

肧 Phi, Phe, ㄆㄧ, ㄆㄝ
Siū thai chit géh jit Gín á 受胎一月日的囝仔；Phi thai. Phe thai. 肧胎。肧胎。mih iáu bē chiâⁿ khoán 物猷未成款，chho Phe. 粗肧。tsóa Phe. 紙肧。
Lâng sńg Phe. 籠甑肧。ti á kiáⁿ 豬仔子；ti Phe. 豬肧。Pí jū khit chiah sèng bōe kái 比喻乞食性袂改，khit chiah Phe. 乞食肧。Phe bô. 肧模。ôe tóe Phe. 鞋底肧。

肬 iû, ㄧㄡˊ
Liáp á, Liáp á chéng 疶仔，疶仔腫；Phê ê teng bīn tsū chip koâiⁿ koâiⁿ 皮的頂面聚集高高，iû chéng 肬腫。kap 疣 Sio Siāng 与疣相同。

育 iok, io, ㄧㄠˋ, ㄧㄛ
siⁿ chhut 生出，Seng iok 生育；iúⁿ chhī 養飼，iáng iok 養育。Pôe iok 培育，hoat iok 發育。kà sī 教示，kàu iok 教育。tsō chiū Lâng 造就人；
iok tsâi 育才。io 育，io kiáⁿ 育子，io Lin 育乳。hó io chhī 好育飼。

肰 jiân, ㄖㄢˊ
Chiū sī káu bah ê ì sù 就是狗肉的意思。

肵 kî, ㄑㄧˊ
kiong kèng 恭敬，kóng ōe tsun kèng ê ì sù 講話尊敬的意思。

肰 hut, kiám, ㄏㄨㄊ, ㄍㄧㄢˇ
chiū sī Gû bah ê ì sù 就是牛肉的意思。

肐 kùi, kūi, ㄍㄨㄟˋ, ㄍㄨㄟ
chiū sī sin io hut jiân thiàⁿ ê ì sù 就是身腰忽然痛的意思。

肳 bún, ㄨㄣˇ
chhùi tun Phê 嘴唇皮。chhui kak 嘴角。chim chhùi 唚嘴；kóng ōe 講話。kūn sī 近視。

肵 hêng, ㄏㄥˊ
ū hêng 有肵，bô hêng 無肵，Siū hêng 受肵。nng ū hêng 卵有肵；chiū sī Phe thai nng ê ì sù 就是肧胎卵的意思。ū Siū cheng ê nng 有受精的卵。

造字 借形的偏字成字，肧胎也。胎已形成也。字義即成。

肮 un, ㄨㄣ
un thun 肮黗；chiū sī am tsam bô chheng khì siùⁿ ê ì sù 就是腌臢無清氣相的意思。

造字 借亢偏音成字。

五畫

胄 tiū, ㄓㄡˋ
hō ê 後裔，Sè hē 世系，sī toā 是大。jī sìⁿ 字姓。tiū ê 胄裔。

胑 chi, ㄓ
Seng khu ê Pah thé 身軀的百體，Sù chi 四胑，kha chhiú 腳手。kap 肢 Sio Siāng 与肢相同。

胝 chi, te, ㄓ, ㄉㄝ
kha chhiú ê Phê kāu 腳手的皮厚，kiat Lan 結趼。bak kut ê Liáp á 腳骨的疶仔。Piān Sîu chi chiok 胼手胝足，tsòe kang kàu kha chhiú kiat Lan 做工到腳手結趼。

脏 Cheng, ㄓㄥ
ēng hî á sī bah chìⁿ tī Poâⁿ á nih 用魚或是肉煎佇盤仔裡

胘 hiân, ㄏㄧㄢˊ
bah kāu 肉厚。Pak tó 腹肚。Gû Pah iap 牛百葉。tōe mîa 地名，hiân Lûi 胘靁，tī O Sun Pak 佇烏孫北。

胡 hô, ô, ㄏㄨˊ
Gû ām sê 牛頷垂。Sián sū 甚事，tsáiⁿ iūⁿ 怎樣。hè siū 歲壽，hng hng 遠遠，kú tn̂g 久長。hô chio 胡椒。Pak hng Lâng 北方人，hô jîn 胡人。
hô tô 胡塗，bô chheng chhó 無清楚。hô tsok húi ûi 胡作非為，O Péh Lâi 黑白來。hô soeh 胡說，O Péh kóng 黑白講。Lâng ê sìⁿ 人的姓，ô 胡。
ô môa 胡麻，ū O Péh nn̄g chióng ōe thang chìⁿ môa iû 有黑白兩種能可搾麻油。ô koe 胡瓜，chhì koe 刺瓜，ām koe 菴瓜。ô khîm 胡琴。

胛 kap, kah, ㄍㄚㄆ, ㄍㄚㄏ
Pōe kap 背胛，keng kah 肩胛，ka chiah téng keng thâu Pêng pīⁿ 尻脊頂肩頭双平邊。keng kah thâu 肩胛頭。

朐 kû, khu, ㄍㄩ, ㄎㄨ
bah koaⁿ 肉乾，kû Pó 朐脯。hiàn chit tè bah Lâi hok Sāi sîn bêng 獻一塊肉來服事神明。Só tsāi mîa 所在名，Lim khu 臨朐。Lâng mîa 人名，ki khu 姬朐。

朏 khut, ㄎㄨㄊ
kha chhng Phóe 尻脣骶。Pí kut 髀骨，kha thúi kut 腳腿骨。

脈 bêk, bēh, mēh, ㄅㄝㄎ, ㄅㄝㄏ, ㄇㄝㄏ
kap 脈 Sio Siāng 与脈相同。huih mēh 血脈，khì mēh 氣脈，thong huih ek ê huih kńg 通血液的血管，huih ōng khì chiū thong 血旺氣就通。
bong bēh 摸脈，bong mēh 摸脈。tsat mēh 節脈，tsat bēk 節脈。bēk Lók koàn thong 脈絡貫通，koàn chhoàn thâu bóe 貫串頭尾。
it bēk Siong Sêng 一脈相承，Saⁿ Liân Sòa ê ì sù 相連續的意思。tōe mēh 地脈，Soa mēh 山脈。Chēng mēh 靜脈。tōng mēh 動脈。

胞 Pau, ㄅㄠ
thai i 胎衣，Gín á ui 囝仔衣，Pau ui 胞衣。chiū sī thai Poâⁿ 就是胎盤。chhin aì chèng Lâng 親愛眾人，kiò tông Pau 叫同胞。

背 Pōe, Pōe, Pē, Pē, ka chiah, aū bīn, Pōe aū, Pē aū. ún ku, ku Pè. Chhiú sim, chhiú Pōe. ûi hóan
ㄅㄟˋ,ㄅㄟ,ㄅㄟˋ,ㄅㄟ 尻脊,後面,背後,背後。駝痀,痀背。手心,手背。違反
Pōe Poān, Pē Poān. ûi kèh, hóan Pē. Sa" aī, Sa" Pē. Sū būt ê aū bīn, Pē kéng.
背叛,背叛。違逆,反背。相愛,相背。事物的後面,背景。
Lī khui ka têng, Lī hiong Pē chī". Pí jū ī chì bô Sio Siāng, Pōe tō jī tī.
離開家庭,離鄉背井。比喻意志無相同,背道而馳。

胚 Phi, Phe, kap Sio Siāng. Chham khó 4 ūi.
ㄆㄧ,ㄆㄟ,與 肧 相同。參考四畫。

胖 Phoàn, Phoàn, Phāng. Poà" Sin thé ê bah, bah ê chit Poà". Pûi Phoàn. hó kè an sek, Sim kéng thé Phoàn.
ㄆㄢˋ,ㄆㄢ,ㄆㄤˋ,半身體的肉,肉的一半。肥胖。好過安適,心廣體胖。
Pûi Phāng. chiū sī Pûi Pûi hok siong ê ì sù. Phāng Phāng.
肥胖,就是肥肥福相的意思。胖胖。

胥 Su mô hōe sī" kiâm, hâ sû. Pang tsān, chek thiok. Lóng tsóng Sa" kap. àn nì. Lâng ê Sì".
ㄒㄩ, 毛蟹數鹹,蟹胥。幫助,積蓄。攏總相與。按呢。人的姓。

胎 thai, the, Sin ìn Sa" Geh jit, bē chhut sì ê Gín á, hoâi thai. bú thai. thai Seng. thai jî.
ㄊㄞ,ㄊㄝ,身孕三月日,未出世的囝仔,懷胎。母胎。胎生。胎兒。
khí chho, thai sí. tô tsáu, thai tô. chioh chî", Phāi" thai. the Sîn, the mn̂g, thâu the.
起初,胎始。逃走,胎逃。借錢,揹胎。胎神,胎毛,頭胎。
Lâu the, Gín á the, kâu á the. chit the Sī" Sa" ê.
痢胎,囝仔胎,猴仔胎。一胎生三個。

胆 tám, tá" Liok hú ê chit hāng tī koa" Pī", hun Pì tá" chiap Pang tsān Siau hòa. hó tá", tōa tá".
ㄉㄢˇ,ㄉㄢˇ,六腑的一項佇肝邊,分泌胆汁幫助消化。好胆,大胆。
chiū sī m̄ kia" Gûi hiám á sī kan Lân. tám Lông, chiū sī tá". tám Lek, hîm tá", ti tá".
就是毋驚危險或是艱難。胆囊,就是胆。胆力,熊胆,豬胆。

胙 tsō, tsók chè hiàn ê bah. hok khì. Pò tap. tsók Pò. thian tsók. koāi" mîa, tsō Sià" koāi".
ㄗㄛˋ,ㄗㄛˊ,祭獻的肉。福氣。報答,胙報。天胙。縣名,胙城縣。

胏 tsái" chiáh só Lâu ê mih. bah koa" ū kut. bah Phak ta ê ì sù.
ㄗˇ,食所留的物。肉乾有骨。肉曝乾的意思。

胔 tsù, Chiau Siù só chhun ê kut, bah hiú nōa ê ì sù.
ㄗˋ,鳥獸所剩的骨,肉朽爛的意思。

胃 ūi, ngó tsōng chit hāng ê mîa, ūi tsōng. jī Sip Pat Siù ê mîa, ūi Siok. ūi kháu hó. Pí ūi.
ㄨㄟˋ,五臟一項的名,胃臟。二十八宿的名,胃宿。胃口好。脾胃。

胤 ìn, Sè tāi, hō Sû, ìn Sû. kiá" Sun Sa" kè chiap. kok mîa. Lâng ê Sì". hàk Sip.
ㄧㄣˋ,世代,後嗣,胤嗣。子孫相斷接。國名。人的姓。學習。

疼 tông, thāng thiá" thāng, thāng thiá", Pó Sioh ê ì sù. Siong Sim khó thāng. kap Sio Siāng.
ㄊㄥˊ,ㄊㄤˊ,痛疼,疼痛,寶惜的意思。傷心苦疼。與 痋 相同。

胅 tiat kut thóng chhut, kut tiat. cheng ê ì sù.
ㄉㄧㄝˊ,骨堗出,骨胅。腫的意思。

胜 Seng, Chhi" bah, chhàu chhi", chhàu hiàn, Seng khì. Seng chhàu, Seng chho. kap Sio Siāng.
ㄒㄧㄥ,生肉,臭生,臭嘛,胜氣。胜臭,胜臊。與 腥 相同。

胆 chhū, tsu, thāng tī bah Lāi. hō Sîn Pàng Sò tī bah Lāi Sī" thāng. Sī" tsu.
ㄑㄩ,ㄗㄨ,虫佇肉內。蚊蠅放埽佇肉內生虫。生胆。

肹 Phiàn, Phiá" Seng khu ê chit Poà". chit Phiá". chit Phiá" bah. chit Phiá" ti bah. kui Phiá". chháu Phiá".
ㄆㄧㄢˋ,ㄆㄧㄚˋ,身軀的一半。一肹。一肹肉。一肹豬肉。歸肹。草肹。

胓 Pêng, Gû iû" ê iû. Pak tó tn̂g á. Pak tó tìu.
ㄆㄥˊ,牛羊的油。腹肚腸仔。腹肚脹。

胟 bó, chhiú tōa thâu bú, tōa Pō bú, chhiú ê thâu chit tsái". bó chí. tōa bó chí. kap Sio Siāng.
ㄇㄨˇ,手大頭母,大拇母,手的頭一指。胟指。大胟指。與 拇 相同。

胗 chín, chhùi tûn ê Siong hûn, Phê hu ê sòe Liap á, Phiáh. chhut Phiáh. kap Sio Siāng.
ㄓㄣˇ,嘴脣的傷痕,皮膚的細粒仔,疹。出疹。與 胗 相同。

胦 iong, chiū sī tō tsái ê ì sù. iong chê.
ㄧㄤ,就是肚臍的意思。胦臍。

胗 chín, kap Sio Siāng ì sù.
ㄓㄣˇ,與 胗 相同意思。

胍 ko, tōa Pak tó. tó tōa ê khoán Sit.
ㄍㄨ,大腹肚。肚大的款式。

股 kó, kó, kha thúi, kha tó, chhiú Pì, Sit kó. kap Sio Siāng ì sù.
ㄍㄨ,ㄍㄨˇ,腳腿,腳肚,手臂,翼股。與 股 相同意思。

胠 khu, hiáp kut, khu hiap. khui, hoat chhut. tùi Pīn á khui thèh mih, thau thèh, khu kiap.
ㄑㄩ,脅骨,胠脅。開,發出。對邊仔開提物,偷提,胠篋。

肭 tut, tút, khó tut tut, chin khó ê ì sù. Pûi tut tut. Pûi tút tút. chin Pûi. kāu tut tut, chin kāu. 造字
ㄉㄨˊ,ㄉㄨˋ,洘肭肭,真洘的意思。肥肭肭,肥肭肭,真肥。厚肭肭,真厚

胬 Lô˙, ㄋㄨˊ; bàk chiu Lāi soè soè ê tsu á. khang chhùi teh beh kè Phê, chho· Phê.
目睭內細細的珠仔。孔嘴咧乜過皮，粗皮。

胈 Poat, ㄅㄚˊ; kha tó· téng bīn iù iù ê mn̂g. Phê hu chhùi chhùi ê mn̂g. Pe̍h bah, Sin tiong ê iù mô·.
脚肚頂面幼幼的毛。皮膚鬆鬆的毛。白肉，身中的幼毛。

胷 oán, ㄨㄢˇ; chhiú theh mih. tùn chhiú, Saⁿ Sī Lī Piát. Pún Lâi sī 腕 jī.
手提物。頓手，相辭離別。本來是腕字。

胇 Pit, Phài, ㄅㄧˋ, ㄆㄟˋ; Pit hek, toā ê khoán Sit. Phài, Pún Lâi tsòe Phài jī, bō· sēng ê khoán. Phú, Siⁿ Phú, Phú, chhiūⁿ Phú, chhàu Phú, chhàu Phú bī. mih kiāⁿ khǹg kú ê hiān Siōng, Sip khì ê khóan
胇肸，大的款式。胇，本來做肺字，茂盛的款。胇，生胇，上胇，臭胇，臭胇味。物件藏久的現象，濕氣的款

甘 ham, ㄏㄢˊ; bàk chiu ham, bàk chiu ham ham, Siⁿ bàk ham. téng ham, ē ham, chhùi ê téng ē ham. chiū sī bàk chiu téng ē ê bàk chiah mn̂g ê Phê, Pó hō· bàk chiu ê Phê. chhùi tūn ê téng ē. iā ū chéng ê ì sù. chhin chhiūⁿ kóng bàk chiu ham ham. chhùi Phóe hō· Lâng Siàn kàu ham ham.
目睭胐，目睭胐胐，生目胐。頂胐，下胐，嘴的頂下胐。就是目睭頂下的目睫毛的皮，保護目睭的皮。嘴唇的頂下。也有腫的意思。親像講目睭胐胐。嘴酡乎人搧到胐胐。

造字 借甘的偏音成字。

六　畫

脂 Chi, ㄓ; iû kut têng, iû oē kian ê kiò chi, boē kean ê kiò iû, iû chi. Chi hong, iû Lā ê ì sù. Gû chi, iûⁿ chi. âng sek, ian chi, hiān tāi kong khau hông. Lūn tek. kng kut.
油骨碇，油能凝的叫脂，膾凝的叫油，油脂。脂肪，油膀的意思。牛脂，羊脂。紅色，胭脂，現代講口紅。潤澤。光滑。

胅 tsu, ㄗㄨ; chhùi Phóe âng Gê, chhin chhiūⁿ Put chí ióng ê khóan Sit.
嘴酡紅霓，親像不止勇的款式。

胶 hâu, ㄏㄠˊ; Siaⁿ Seh. kha kut ê ì sù. hâu siâu, kó Pe̍h chhát oē, kong hâu Siâu oē.
聲說。脚骨的意思。胶膸，講白賊話，講胶膸話。

脅 hiap, ha̍h, ㄒㄧㄝˊ, ㄏㄜˊ; koh ē khang ē. Seng khu Lióng Pêng ê Pâi kut, hiap kut. heng hiap, heng ha̍h. tián ui hán Lâng ê khoan Sit, hiap Pek. hiap chè. kap 脇 Sio Siāng.
袼下孔下。身軀兩爿的排骨，脇骨。胸脅，胸脇。展威唬人的款式，脅迫。脅制。与 脇 相同。

脇 hiap, ha̍h, ㄒㄧㄝˊ, ㄏㄜˊ; kap téng bīn jī Sio Siāng.
与頂面脅字相同。

胸 hiong, heng, ㄒㄩㄥ, ㄏㄥ; Seng khu ām kún ē bīn, Pak tó· téng bīn ê Pō· hūn. heng khám. theng hiong thai thâu. heng ha̍h.
身軀頷頸下面，腹肚頂面的部份。胸坎。挺胸抬頭。胸脇。

胷 hiong, heng, ㄒㄩㄥ, ㄏㄥ; kap téng bīn jī Sio Siāng.
与頂面字相同。

胰 î, ih, ㄧˊ, ㄧ; ka chiah chit ê bah, ti Pî ê bah. î tsōng, chiū sī io chhioh, teh hun Pì î ek Pang tsān Siau hòa, ki Lêng bô hó oē tì tiông jiō Pīⁿ. Gû ih, iûⁿ ih, chiū sī i ê Pak tó· Lāi ê Pî. ti sī kóng chhioh. Pe̍h ih, chiū sī Sap bûn, hiān tāi kóng Pûi tsô, Sóe Saⁿ ê Lō· ēng. Lâh ih, Phang ih, chiū sī bit theh Liáu Só· chhun ê Pông.
尻脊脊的肉，猪脾的肉。胰臟，就是腰膈，咧分泌胰液幫助消化，機能無好能致糖尿病。牛胰，羊胰，就是牠的腹肚內的脾。猪是講膈。白胰，就是雪文，現代講肥皂，洗衫的路用。蠟胰，蜂胰，就是蜜提了所剩的房。

胣 î, ih, ㄧˊ, ㄧ; kap téng bīn jī 胰 Sio Siāng ì Sù.
与頂面字胰相同意思。

胲 kai, ㄍㄞ; kha tōa thâu bó. chiâu Pī.
脚大頭拇。齊備。

胳 kok, koh, ㄍㄜˊ, ㄍㄜ; heng ha̍h Piⁿ ê Só· tsāi kok ek. koh ē, koh ē khang. chhah koh, n̄g chhiú chhah io.
胸脇邊的所在，胳腋。胳下，胳下孔。插胳，兩手插腰。

胯 khò·, khoa, ㄎㄨㄚˋ, ㄎㄨㄚ; Kha tó·, toā thúi kut. Pûi ê khoán Sit. khoa hā chi jiók, n̄g kha Phāng ē ê kiàn Siàu.
脚肚，大腿骨。肥的款式。胯下之辱，趖脚縫下的見誚。

胱 kong, ㄍㄨㄤ; Pông kong, tsúi hú, toé jiō ê khì koan, it Poaⁿ kóng Sió tō·.
膀胱，水府，貯尿的器官，一般講小肚。

脈 bēk, be̍h, me̍h, ㄇㄛˋ, ㄇㄞˋ, ㄇㄛˋ; kap 脉 Sio Siāng, chham khòaⁿ.
与脉相同，參看。

胺 at, ㄢˋ; chhàu nōa ê bah, chhin chhiūⁿ chit tè Siūⁿ kú ê bah Sit bī. at Pāi.
臭爛的肉，親像一塊藏過久的肉失味。胺敗。

膀 Pâng, Phong, teh hàm ná kó tiòng hok chiu Lâng kóng sī ham bān, ài sī hok siōng ê ì sù. Pâng Phòng.
ㄅㄤˊ, ㄆㄥ, 啲膀如鼓脹。福州人講是憨慢，或是福相的意思。膀胖。
Phong kong tiù" toā. Phê bīn chéng. cheng koāi", hāng chéng.
膀肛脹大。皮面腫。腫高，烘腫。

能 Lêng, oē, béng siù ê mîa, ná him. Gâu, tsâi Lêng, hiân Lêng. tam tng, Lêng Lek. Lêng chiá,
ㄌㄥˊ, ㄋㄞˊ, 猛獸的名，如熊。賢，才能，賢能。担當，能力。能者，
ū Lêng Lek ê Lâng. oē, oē hiau, oē tsòe tāi chì.
有能力的人。能，能曉，能做事誌。

胼 Piân, Phê kian têng Phê kāu kāu. Kha chhiu kat Lan. Piān te.
ㄅㄧㄢˊ, 皮凝碇，皮厚厚。脚手結趼。胼胝。

胹 jî, tsù sek, nōa nōa, kè thâu sek. jî sek.
ㄦˊ, 煮熟，爛爛，過頭熟。胹熟。

朓 thiau, thiáu, chè hiàn ê mîa, chè hiàn ê bah.
ㄊㄧㄠ, ㄊㄧㄠˇ, 祭獻的名，祭獻的肉。

胴 tōng toā tn̂g. tit tit ê khóan. hêng tsōng, khóan sit. tōng thé, chí thâu ì Goā ê Seng khu.
ㄉㄨㄥˋ, 大腸。直直的款。形狀，款式。胴體，指頭以外的身軀。

脊 chek, chiah, chit chiah Lat ê só tsāi, io chiah kut. chek tsui kut. chek tsui tōng bu̍t, ū kut kàn ê
ㄐㄧˊ, ㄐㄧㄚˋ, ㄐㄧˋ, 食力的所在，腰脊骨。脊椎骨。脊椎動物，有骨幹的
tso chit chiâ" ê tōng bu̍t, jû, niau, kau, hó, hî. kha chiah, ka chiah, kha chiah Phia", kha chiah
組織成的動物，如，猫，狗，虎，魚。尻脊，尻脊，尻脊骿。尻脊心
Sim. kha chiah kut. chit thiâu, niu chit, tiong chit, tiong chit î" ì siōng Lêng sī chhù ê thiâu.
尻脊骨。脊柱，樑脊，中脊，中脊楹，以上攏是厝的柱
hoâi" thiâu. mâu chit, mâu chháu ū sa" chit. Soa chit, soa" ê nîa.
橫柱。茅脊，茅草有三脊。山脊，山的嶺。

脆 chhùi, chhè, mih khòai khòai chih, iōng î" tn̂g. chhùi jio̍k. chhùi Pôh. chhè chhè, chhè tauh tauh.
ㄘㄨㄟˋ, ㄑㄧㄝˋ, 物快快折，容易斷。脆弱。脆薄。脆脆，脆啲啲。
chian Piá" chhè chhè. tsûn chhè chhè, chiū sī tsûn khi khi teh beh tiâm Lòh. kap jī Sio Siāng.
煎餅脆脆。船脆脆，就是船敧敧啲也沉落。与脃字相同。

脃 chhùi, chhè, kap téng bīn jī Sio Siāng.
ㄘㄨㄟˋ, ㄑㄧㄝˋ, 与頂面字相同。

胾 tsù, tsū, toā tè ê bah, chhiat bah, tsù Lóan. tsū bah, tsām iù iù ê ì sù.
ㄗˋ, ㄗˋ, 大塊的肉，切肉，胾臠。胾肉，斬幼幼的意思。

胭 ian, iân ná âu ian hô, ian âu. ian chi, âng sek ê mih, hū jîn Lâng teh hòa tsong Phín, hiān tāi
ㄧㄢ, ㄧㄢˊ, 咽喉，胭喉，胭喉。胭脂，紅色的物，婦仁人啲化粧品，現代
kóng khau hông. ian chi hó, Lī hāi ê tsa bó Lâng, koh sui, chhiah Pê Pê. iân chhiâng.
講口紅。胭脂虎，利害的查媒人，個僕，赤肥肥。胭腸。

胣 ia, kha chhiu oan oat khiau ê Pī".
ㄧㄚ, 脚手彎越曲的病。

胇 bô, kha chiah chit, kha chiah āu ê bah. chit bô.
ㄇㄛˊ, 尻脊脊，尻脊後的肉。脊胇。

脈 Pheng, Pak tó Phòng hong tiù" ê khóan sit.
ㄆㄥ, 腹肚胖風脹的款式。

脛 chhi, ngó tsōng ê tsóng mîa chiáu ê ūi. Pah iap ê ì sù, Pí chhi.
ㄑㄧ, 五臟的總名。鳥的胃。百葉的意思，脾胵。

烝 cheng, hiàn chè sū ê bah, hang chéng. Gū chhùn. Peh chiū" koāi".
ㄓㄥ, 獻祭祀的肉，烘腫。愚蠢。蹈上高。

胻 hêng, hēng kha oan kha thâu u kut. hêng kêng. kha hêng.
ㄏㄥˊ, ㄏㄥˋ, 脚彎，脚頭骬骨。胻脛。脚胻。

朐 jûn, thâng ê mîa, jûn jîm chhioh tōe mîa Lâi ê. tōe mîa jûn jîm koāi", tī hàn tiong.
ㄑㄩˊ, 虫的名，朐肥，借地名來的。地名朐肥縣，佇漢中。
tōe hā ū chin tsōe chit hō thâng.
地下有真多這號虫。

腥 Sia", Sa" siâ", chhàu chho siâ" sîn, siâ" hó sîn êng mih siâ" Lâng Lâi êng bah siâ" kau.
ㄒㄧㄥ, 相腥，臭臊腥蝿，腥蛉蝿。用物腥人來。用肉腥狗。

造字 腥。其實是餌也，引也，誘也，用肉來誘，借成來成字。

腧 Lâu au Lâu chiu sī bīn kia" Lâng, koh khiap sī ê ì sù. Lâu siōng, bô chheng khì siù ê ì sù.
ㄌㄡˊ, 塭腧就是面驚人，僴猶勢的意思。腧滯，無清氣相的意思。

造字 借流偏音成字。

七畫

【脬】Phau, Pha, ㄆㄠ, ㄆㄚ; Pông kong Seng khu tóe hoè tsúi ê hú, tsúi hú, it Poa" kóng sio tō, Phau, jiō Phau。Pha, tōa Pha, 膀胱，身軀貯廢水的腑，水府，一般講小肚，脬，尿脬。脬，大脬，Soè Pha。Lān Pha, chiū sī im Lông ê ì sù, Pha Lông。小脬。羼脬，就是陰囊的意思，脬囊。

【脝】heng, Phiang, ㄏㄥ, ㄆㄧㄤ; Pak tó tiong mōa ê khoán sit, Phěng heng。Kó tiōng Phòng Phian, chiū sī Pak tó ui Lāi chē khì ê ì sù 腹肚脹滿的款式，膨脝。鼓脹。膨脝，就是腹肚胃內腫起的意思。

【脯】Pó, hú, ㄆㄨˊ, ㄈㄨˇ; Pó Pó koa" koa", chhài Pó, hî Pó, but á Pó, Sán sán Pó Pó。Pah koa", bah hú, hî hú。脯脯乾乾，菜脯，魚脯，魩仔脯，瘦瘦脯脯。肉乾，肉脯，魚脯。

【脘】koán, ㄍㄨㄢˇ; kui kńg, oá uī ê Só tsāi, ū hú。饋管，倚胃的所在，胃腑。

【脛】hēng, kēng, ㄏㄥˋ, ㄐㄧㄥˋ; kha thâu u ē ê kut, kha Liâm kut。tit tit, ngī ngī。kēng kut。脚頭骬下的骨，脚臁骨。直直，硬硬。脛骨。

【脚】kiok, kioh, kha, ㄐㄧㄛ, ㄐㄧㄛㄏ, ㄎㄚ; kiok kēng。chiū sī kha, kha kut。kha oá", kha Poâ"。kha thâu u。kha chhiú。脚脛。就是脚，脚骨。脚碗，脚盤。脚頭骬。脚手。

khiok, ㄎㄧㄛ; chhat kha chhat chhiú。Lâu kha, hì Pî" kha。chhit chhiú Pat kiok。kioh, Lút chhiú Lút kioh。賊脚賊手。樓脚，戲棚脚。七手八脚。脚，捧手捧脚。

kioh Sek, kioh Siàu, hó kioh Siàu。脚色，脚數，好脚數。

【腳】kiok, kioh, kha, ㄐㄧㄛ, ㄐㄧㄛㄏ, ㄎㄚ; kap téng bīn jī Sio Siāng。及頂面字相同。

【脢】mûi, ㄇㄨㄧˊ; keng thâu ê bah, ka chiah chit Pî" ê bah。ka chiah。肩頭的肉，尻脊脊邊的肉。尻脊。

【脤】Sīn, ㄒㄧㄣˋ; chè hiàn ê chhi" bah。祭獻的生肉。

【脣】tûn, ㄉㄨㄣˊ; chhùi khâu ê Phê, chhùi tûn, chhùi tûn Phê。kap 唇 Sio Siāng。嘴口的皮，嘴脣，嘴脣皮。与唇相同。

【脩】Siu, ㄒㄧㄨ; bah koa", bah hú, Siu Pó。Pī Pān, Liāu Lí。hak Sip, tn̂g, kú, hn̄g, kèng kín, Lāu Put Siu。肉乾，肉脯，脩脯。備辦，料理。學習。長。久。遠。敬謹。老不脩。

【脰】tō, tau, tāu, tō kēng, ㄉㄛˋ, ㄉㄚㄨ, ㄉㄚㄨˋ; chiū sī ām kún。tāu ām。niá tau, niá tāu, Siāng khoán, tsūn thâu ngiú tāu, ngiú thâu tsūn tāu, tiàu tāu, tiàu ām kún tsū Sat ê ì sù。脰頸，就是頷頸。脰頷。領脰，領脰，同款，轉頭扭脰，扭頭轉脰，吊脰，吊頷頸自殺的意思。

【脫】thoat, thiat, thoà", thoah, ㄊㄨㄚㄊ, ㄊㄧㄚㄊ, ㄊㄨㄚˋ, ㄊㄨㄚㄏ; bah tù kut。thoat Lī, thoat khui, thoat Sin, thoat tô, thò thiat chiū sī chhin chhiū" thò á kha chhiú kín, kín kín thiàu tsáu。thoà", thoà" kó, chiū sī Soh á á sī thâu tsang ka kī thoà" khui ê ì sù。thoah Se, thoah Se hî, ū thâu thoah, oē thoah tit。肉除骨。脫離，脫開，脫身，脫逃。兔脫，就是親像兔仔脚手緊，緊緊跳走。脫，脫股，就是索仔或是頭鬃家己脫開的意思。脫紗。脫紗魚。有透脫，能脫得。

【脞】chhò, ㄘㄛˋ; chhiat bah kàu iù iù。Sòe chhùi。hoân tsap Sò chhùi, sū bū chhōng chhò, tāi chì chin tsōe。切肉到幼幼。細碎。煩雜瑣碎，事務叢脞，代誌真多。

【脗】bín, bún, ㄅㄧㄣˇ, ㄅㄨㄣˇ; bín, ēng mih sio chiap chhùi, kàu bô hûn bô kì jīn, bín hap。bún, chhùi tûn sa hap hap óa。kóng oē Sió khóa chhiò, bún chhiò, bún chit ē。chiap bún, sio chim chhùi。脗，用物相接嘴，到無紋無記認，脗合。脗，嘴脣相合合倚。講話少許笑，脗笑，脗一下。接脗，相唚嘴。

【脤】hâm, ㄏㄚㄇˊ; Seng khu á sī kha hāng chéng ê Pī", chhin chhiū" kó tiōng。hâm chéng, io chí Pī" ê Lâng ǹg chéng hâm。kóng oē tsòe Su khóa tōa, hâm kóa kóa。hâm tōa, hâm kó, hâm kó。hâm kià" chiū sī hian tāi kong hòng tōa kia, Phok kià"。bô Sit tsāi ê ì sù。身軀或是脚虎腫的病，親像鼓漲。脤腫。腰只病的人黃腫脤。講話做事誇大，脤葛葛。脤大，脤古，脤鼓。脤鏡，就是現代講放大鏡，凸鏡。無實在的意思。

【脪】hìm, hùn, thì, ㄏㄧㄣˋ, ㄏㄨㄣˋ, ㄊㄧ; chhōng bah tò chhut, jiat khì chhut Phê hu, chéng khì。剷肉倒出，熱氣出皮膚，腫起。

【脜】jîm, ㄖㄧㄣˊ; jûn jîm koān ê mîa, Siók Siók kūn kū Siâ"。tī hit tè ê toe ê chhut chin tsōe jûn jîm thang。朐脜縣的名，屬蜀郡舊城。佇彼地的地下出真多朐脜虫。

【脖】Pût, ㄅㄨㄛˊ; ām kún āu ê Lui。ām kún, Put。á sī tō tsāi ê ì sù, Pût iong。頷頸後的腫。頷頸，脖。或是肚臍的意思，脖胦。

【朘】Soan, tsoe, tsoe. chiū sī ēn á ê im khū. Soan, Pak siah, Soan siah. kiam chió ê ì sù;
ㄙㄨㄢ, ㄗㄨㄝ, 朘, 就是嬰仔的陰具。朘, 剝削, 朘削。減少的意思;
kiu liu, khiu khiu. Soan siok.
縮溜, 趜趜。朘縮。

【䏲】tiat, the, kut thóng chhut, bah chéng ê ì sù. kek the, chiū sī Phīⁿ bô sì chiāⁿ ê ì sù
ㄉㄧㄚㄊ, ㄊㄝ, 骨坮出, 肉腫的意思。膈䏲, 就是鼻無四正的意思。

【脡】théng, tit ê bah koaⁿ, théng pó. théng tit, tiong tit.
ㄊㄝㄥ, 直的肉乾, 脡脯。脡直, 忠直。

【䐅】Sian, siⁿ sian, seng khu siⁿ sian. seng khu ê iû káu ù oè ê ì sù.
ㄒㄧㄢ, 生䐅, 身軀生䐅。身軀的油垢汚穢的意思。

造字 鐵銹, 銅銹, 為銅鐵表面之污穢, 今分別身体出之物為之䐅。

【肵】Phîn, Phiân, nn̄g im Lóng siāng khoàn ì sù. Phîn Phîn, Phiân Phiân. khì Phîn, thán Phiân, Phiân Lâi Phiân khì,
ㄆㄧㄣ, ㄆㄧㄢ, 兩音攏同款意思。肵肵, 肵肵。去肵, 袒肵。肵來肵去
hiàn Lâi hiàn khì ê ì sù. bô tsāi, bô chiāⁿ ê ì sù.
撼來撼去的意思。無在, 無正的意思。

造字 借朋偏音成字。

【腰】kēng, kēng tioh. Saⁿ kēng kha chhng khah sio. sio kēng khah ū Lát. tàu kēng
ㄍㄝㄥ, 腰着。相腰尻脽較熾。相腰較有力。抖腰。

造字 借更的偏音成字。也有更加的意思。

補5畫 【䏴】Siau, so, siau, chiū sī cheng, cheng ek ê ì sù. khah chho ê oē. So sap, siau sap, bô chheng khì ê ì sù.
ㄒㄧㄠ, ㄙㄛ, 䏴, 就是精, 精液的意思。較粗的話。䏴屑, 䏴屑, 無清氣的意思。

造字 借召偏音成字。

八畫

【脹】tiòng, tiòng, tiùⁿ, Pak tó bōe siau, kó tiòng, Pak tó tiòng. mih kiāⁿ Pìⁿ tōa, Phòng tiòng. Phê chéng
ㄉㄧㄛㄥ, ㄉㄧㄛㄥ, ㄉㄧㄨⁿ, 腹肚𣍐消, 鼓脹, 腹肚脹。物件變大, 膨脹。皮腫
chéng tiòng. tiùⁿ tiùⁿ, Pak tó tiùⁿ tiùⁿ. tiùⁿ hong. tiùⁿ tsúi. tiùⁿ Lāng. tiùⁿ khì. Pá tiùⁿ.
腫脹。脹脹, 腹肚脹脹。脹風。脹水。脹膿。脹氣。飽脹。
tiùⁿ thiàⁿ. iā ū tsòe tn̂g ēng, ngó tsōng ê chit hāng, tōa tiông, siáu tiông, tūi tiông.
脹痛。也有做腸用, 五臟的一項, 大脹, 小脹, 墜脹。

【膱】chit, tit, bah koaⁿ jī chhioh jī tn̂g, Liâm Liâm.
ㄐㄧㄊ, ㄉㄧㄊ, 肉乾二尺二長, 粘粘。

【腄】Sûi, Lui, Sûi, kha chiah kut bé ê só tsāi, kha chhng, bé tsui kut. Lui, Pûi Lui Lui, chin Pûi ê ì sù.
ㄙㄨㄧ, ㄌㄨㄧ, 腄, 尻脊骨尾的所在, 尻脽, 尾椎骨。腄, 肥腄腄, 真肥的意思。

【腓】hûi, kha tó bah. siám Pì, jia tsah. Phòa Pìⁿ, Pek hūi kú hûi. Piàn oāⁿ. hûi Piàn.
ㄏㄨㄧ, 脚肚肉。閃避, 遮截。破病, 百卉具腓。變換, 腓變。

【腐】hú, hū, hiú nōa, Pāi hoāi, bô Lō ēng, hú Pāi. hú nōa. hông tè keng Lāi ê hêng hoat, hú hêng.
ㄏㄨ, ㄏㄨ, 朽爛, 敗壞, 無路用, 腐敗。腐爛。皇帝宮内的刑罰, 腐刑。
hú hòa. hú sit. tîn hú, bô hap sî tāi ê sū but. tāu hū, tāu Lin tiám chioh ko kiat chiaⁿ tè.
腐化。腐蝕。陳腐, 無合時代的事物。豆腐, 豆乳點石膏結成塊。

【腑】hú, ngó tsōng. Liók hú. tsōng hú. sin thé ê tiōng iàu Lāi tsōng Lák hāng.
ㄏㄨ, 五臟。六腑。臟腑。身体的重要內臟六項。

【䑋】hâm, chhùi ê tau, téng ê ham, hâm chih ê ì sù.
ㄏㄚㄇ, 嘴下斗, 頂下柑, 䑋舌的意思。

【腉】Gê, nâi, chhó kok Lâng chheng ho ê jī.
ㄫㄝ, ㄋㄞ, 楚國人稱呼乳的字。

【腔】khiong, khong, khiang, heng khám keh, hiong khiong. sin thé khang khang ê só tsāi, hok khong. heng khong.
ㄎㄧㄛㄥ, ㄎㄛㄥ, ㄎㄧㄤ, 胸坎膈, 胸腔。身体空空的所在, 腹腔。胸腔。
khiuⁿ, khang, kháu khong. siaⁿ im ê tiāu, khiang tiāu. khiang im, Lī hiong Put Lī khiang. Lī hiuⁿ Put
ㄎㄧㄨⁿ, ㄎㄤ, 口腔。聲音的調, 腔調。腔音, 離鄉不離腔。離鄉不
Lī khiuⁿ. khiuⁿ kháu. téng káng khiuⁿ, ē káng khiuⁿ. kháu khang, chiū sī chhùi Lāi, kháu khang kho
離腔。腔口。頂港腔, 下港腔。口腔, 就是嘴內, 口腔科。

【脽】khut, bé tsui kut. kha chhng Phóe. Pī kut.
ㄎㄨㄊ, 尾椎骨。尻脽𦟪。骨𣬠骨。

【脾】Pî, Phî, ngó tsōng chit hāng ê miâ, Pî tsōng. Pang tsān siau hòa, chè tsō Pe̍h huih kiû khì koan. Pî kam
ㄅㄧ, ㄆㄧ, 五臟一項的名。脾臟。幫助消化, 製造白血球的器官。脾疳

chiū sī Gín á ê Pī" bān Pī Phì khì chiū sī sèng chêng Phì khì hó Phái" Phì khì。
就是囝仔的病，慢脾。脾氣，就是性情，脾氣好，歹脾氣。

【腎】Sīn, Siān, ngó tsōng ê chit hāng ê miâ, Sīn tsōng, iō chí。hun Pī jiō ek ê khì koan。Sīn súi。
ㄕㄣˋ, ㄒㄧㄢˋ, 五臟的一項的名，腎臟，腰只。分泌尿液的器官。腎水。
Siān chí, Sī chí Lān hut, chiū sī Kò oân。toā soè Siān,
腎只，是指屡核，就是睪丸。大小腎，

【脽】Sûi, tsui, bé tsui kut, kha chhng Phoe ê ì sù, ka chiah kut ê só tsāi, khau sûi。bé tsui koe bé tsui。
ㄙㄨㄟ, ㄗㄨㄟ, 尾脽骨，尻屡面皮骨的意思。尻脊骨的所在，尻脽。尾脽，雞尾脽。

【腊】Sek, Lah, ta bah, bah koā", Sī" bah, Sek bah。kú kú, Sek kiū, kau kek, Sek kek。Lah jī
ㄒㄧˊ, ㄌㄚˋ, 乾肉，肉乾，豉肉，腊肉。久久，腊久。到極，腊極。臘字
ê kan siá。n̂g Lah, Pėh Lah, Phang á Lah, Lah chek。
的簡寫。黄腊，白腊，蜂仔腊，腊燭。

【腆】thián, Siān thián, tsoē, kāu, hó, bút bī。tsū khiam kóng Lé mih bô kâu Giáh, Put thián chi Gî。
ㄊㄧㄢˇ, 膳腆，多，厚，好，药味。自謙講禮物無夠額，不腆之儀。
kú kú, thián kiu。bōe kì tit, Sia" thián, kiàn siàu Phái" sè, bián thián。
久久，腆久。袂記得，聲腆。見誚歹勢，靦腆。

【胗】cheng, tī", chì", tsan, kha aū, kha aū ê kun。aū tī"。ēng kha tò that, ēng kha chì" tò that。kha
ㄐㄧㄥ, ㄉㄧˇ, ㄐㄧˋ, ㄗㄢ, 腳後，腳後的筋。後胗。用腳倒踢，用腳胗倒踢。腳
chì" kûn thâu, chhiú aū tì", kak tì"。kha aū tsan, chiū sī kha aū tī" ê ì sù。
胗拳頭。手後胗，角胗。腳後胗，就是腳後胗的意思。

【腕】oán, oá", oan, oē tsoán ê kut tsat, oán。oán Lát, Chhiú ê Lát。chhiu oá", kha oá"。kha thâu oá"
ㄨㄢˇ, ㄨㄚˇ, ㄨㄢ, 能轉的骨節，腕。腕力，手的力。手腕，腳腕。腳頭腕
kha thâu u oá"。chhiu oán。chhiu oán hó Pí jū tsoè sū Lī hāi。Chhiu oan, chiū sī
腳頭骨于腕。手腕。手腕好，比喻做事利害。手腕，就是
chhiu oàt oan, oan khiau, bô oan khiau, oan kong mn̂g。kap oan sio siāng ì sù。
手越腕，腕曲，無腕曲，腕拱門。与彎相同意思。

【腌】am, iam, ip, mih sī" lâm, am chè。Lâ sâm, am tsam, chiū sī kia" Lâng ê ì sù。iam chè
ㄚㄇ, ㄧㄚㄇ, ㄧㄆ, 物豉塩，腌漬。垃圾，腌臢，就是驚人的意思。腌漬。
ip bah, ip tsū, ip hî。Sa" ìm thak hoat Lóng siāng khóan。
腌肉，腌漬，腌魚。三音讀法攏同款。

【腋】ek, koh ê khang, Seng khu ê Siang chhiú Pī" tsó iū hiáp ê tiong kan。ek hā。ek chhàu。
ㄝㄎ, 胳下孔，身軀的双手邊，左右脇的中間。腋下。腋臭。

【腴】jû, hî ê Pak tó, Pak tó ē ê iû Lâ。Pûi Pûi。ti káu ê tn̂g á
ㄖㄨˊ, 魚的腹肚，腹肚下的油膀。肥肥。猪狗的腸仔

【腀】Lûn, chiū sī Phê hu ê ì sù
ㄌㄨㄣˊ, 就是皮膚的意思。

【膖】Phòng, chiū sī tiu" moa ê ì sù。kap Siāng khóan ì sù。Phòng hong, Phòng Phòng Pûi Pûi, Phòng Phê。
ㄆㄤˋ, 就是脹滿的意思。与膨同款意思。膖風，膖膖肥肥，膖皮。

【脺】chhùi, khoài Phòa, kap chhè Siāng khóan ì sù。bīn kng kút ê ì sù。
ㄘㄨㄟˋ, 快破，与脆同款意思。面光滑的意思。

【脦】hìm, jiàt khí chhut Phê hu, chêng khí。chhòng bah tò chhut。
ㄏㄧㄣˋ, 熱起出皮膚，腫起。創肉倒出。

【腍】jím, tsu bī hó, tsú sek, mih sek, jím sek。
ㄖㄣˇ, 滋味好。煮熟，物熟，腍熟。

【胼】Piân, Phê kian teng, Phê kāu kāu。kha chhiu kiat Lan。kap 胼 Sio siāng。
ㄆㄧㄢˊ, 皮凝碇，皮厚厚。腳手結趼。与胼相同。

【腒】ku, Chiáu á bah ê koa", chhin chhiū" thī koe ê。kú tn̂g ê ì sù
ㄐㄩ, 鳥仔肉的乾，親像雉雞的。久長的意思。

【脘】koán, ūi hú ê só tsāi, kui kńg。kap 脘 Sio siāng。
ㄍㄨㄢˇ, 胃腑的所在，頡管。与脘相同。

【腈】cheng, chia", ti á sī iû ê chia" bah。cheng bah。chia" bah。iā sī chhiah bah, chia" bah。
ㄐㄧㄥ, ㄐㄧㄚ, 猪或是羊的精肉。腈肉。腈肉。也是赤肉，赤肉。

【胂】tiuh, Sán tiuh tiuh, chiū sī chin Sán ê ì sù。thià" tiuh tiuh。thià" kàu tiuh chit ē tiuh chit ē。
ㄉㄧㄡ, 瘦胂胂，就是真瘦的意思。痛胂胂。痛到胂一下胂一下。

造字 助語詞的字。句尾的字。

【膴】bú, bú tún bú tún, chiū sī oé oé Pûi Pûi hok Siòng ê khoan sit。tsū tsāi ê khoán sit。
ㄨˇ, 膴腯膴腯，就是矮矮肥肥福相的款式。自在的款式。

造字 膴腯如字，有力，在在，的感覺。借武字成字。

【腠】niā, ㄋ一ㄚ; éng niā, hái éng ê éng thâu. Gû niā chiū sī gû ê kha chiah chit ê ì sù. ū niā, bô niā,
浪腠，海浪的浪頭。牛腠就是牛的尻脊脊的意思。有腠，無腠，
ū Phok koh kui tsoā ê ì sù, toh á niā. hî á niā. khí niā. kap oē thong.
有凸擱歸綴的意思，桌仔腠。魚仔腠。起腠。与交能通。

九畫

【膠】tsa, ㄗㄚ; bô bat tsat. chhng hûn. Liâm Liâm, sa" Liâm ê ì sù
無密實。瘡痕。黏黏，相黏的意思。

【腸】tiông, chhiâng, tn̂g, ㄉ一ㄛㄥ, ㄑ一ㄤ, ㄉㄥ; ngó͘ tsōng n̄g hāng ê miâ, tāi tiông, Siáu tiông. toā tn̂g, sió tn̂g. tn̂g á.
五臟兩項的名，大腸，小腸。大腸，小腸。腸仔。
toā tn̂g thâu, thó͘ tn̂g thâu. Phái" sim tn̂g, koah tn̂g koah tō͘. iân chhiâng, ēng bah chhiat Sòe tè, koàn tī tī tn̂g á. koàn iân chhiâng.
大腸頭，吐腸頭。惡心腸，割腸割肚。胭腸，用肉切小塊，灌佇豬腸仔；灌胭腸。

【腬】chhún, ㄔㄨㄣ; chiū sī ū bah tsoe tsoe. Pûi ê ì sù. hok Siōng.
就是有肉多多。肥的意思。福相。

【腫】chióng, chéng, ㄐ一ㄛㄥ, ㄐㄧㄥ; Seng khu Phoà Pī", tiù" móa, bah chéng, hâm chéng. hông chióng, âng chéng.
身軀破病，脹滿，肉腫，腍腫。紅腫，紅腫。
kha chéng chéng. ni chéng. chéng toā. cheng Lûi. n̂g chéng hâm.
腳腫腫。奶腫。腫大，腫瘤。黃腫腍。

【腹】hok, Pak, ㄏㄛㄎ, ㄅㄚㄎ; Pau tsōng ngó͘ tsōng Liòk hú, hok Khong. Phō bāt, hok hoâi Phāu. hok Poe siū tek,
包藏五臟六腑，腹腔。抱密，腹懷抱。腹背受敵，
chêng āu Lóng ū tùi tek. Pak tó͘. Pak Lāi, tsat Pak, Phoà Pak, tsáu Pak, toā Pak tó͘.
前後攏有對敵。腹肚，腹內，實腹，剖腹，走腹，大腹肚。

【腝】joán, Loán, Lūn, ㄖㄨㄢ, ㄌㄨㄢ, ㄌㄨㄣ; kha ê Phoà Pī", chhiú kut tsat, bah nn̄g.
腳的破病，手骨節，肉軟。

【腱】kiān, ㄍ一ㄢ; kun Le ê Pun Goân, kun thâu, kun kiān. Gû kiān bah, thúi ê bah. kiān chí, kiat sit ê kun bah.
筋絡的本源，筋頭，筋腱。牛腱肉，腿的肉。腱子，結實的筋肉。

【腜】mûi, ㄇㄟ; hu jîn Lâng khí chhó͘ siū sin īn. Siū thai, mûi thai. mûi tiāu. Pûi Pûi sûi ê ì sù. mûi bí.
婦仁人起初受娠孕，受胎，腜胎，腜兆。肥肥，媄的意思。腜美。

【腦】Ló, náu, ㄌㄠ, ㄋㄠ; thâu khak oā" Lāi ê chhé. Lâng kap tōng bu̍t tsú koán tì kak ê khì koan, thâu Ló. thâu náu.
頭殼碗內的髓。人及動物，主管知覺的器官，頭腦。頭腦。
chiu" iû ê kiat chi", chiu" Ló. náu Le̍k. náu chhé. Gōng thâu Gōng náu, ham bān.
樟油的結晶，樟腦。腦力。腦髓。戇頭戇腦，憨慢。

【腤】am, ㄚㄇ; Sàh bah tsòe thng, am Lám. Lâ sâm, am tsam. á sī Phái" ê hū jîn Lâng.
煠肉做湯，腤腩。垃圾，腤臢。或是歹的婦仁人。

【腭】Gók, kiu", ㄫㄜㄎ, ㄍ一ㄨ; chhùi khòa ê kut, Gók kut. chhùi khí hoā" ê téng ê bīn ê bah, téng kiu". ē kiu".
嘴蓋的骨，腭骨。嘴齒齦的頂下面的肉，頂腭。下腭。

【腮】su, chhi, ㄙㄨ, ㄑ一; kap 顋 sio Siāng. bīn Pîn, chhùi Phóe ē. Gê tsô iā ū kóng, kiap su. chhi, Gê tsô chhi.
与顋相同，面邊，嘴䫌下。牙槽也有講，頰腮。腮，牙槽腮。
Gê tsô chhi kut. su Sàn, chiū sī ní hā Sòa". su Sòa" iām, Siòk Gú kóng Si" ti thâu Pûi.
牙槽腮骨。腮腺，就是耳下腺，腮腺炎，俗語講，生豬頭肥。

【腥】Seng, chhi", chhi", ㄒㄧㄥ, ㄑ一, ㄑㄧ; chhi" bah, hî á, chhàu chhi", chhàu chhi", chiū sī chhàu hiàn, ù oè. chhi" bī.
生肉，魚仔，臭腥，臭腥。就是臭嗆，汙穢。腥味。
Seng bī. Seng chian, Gû iû bah ê chhàu hiàn. chhi" chho. Seng hong hêng iōng khióng Pò͘ ê khoán sit.
腥味。腥羶，牛羊肉的臭嗆。腥臊。腥風，形容恐怖的款式。

【腯】tún, tūn, tut, thún, ㄉㄨㄣ, ㄉㄨㄣ, ㄉㄨㄊ, ㄊㄨㄣ; ti Pûi. Pûi. chhiong sēng. móa móa. bu tún. chiū sī oé oé Pûi Pûi ê khoán sit. tsū tsāi ê khoán sit.
豬肥。肥。昌盛。滿滿。膴腯，就是矮矮肥肥的款式。自在的款式。

【腺】Sàn, Soà", ㄒ一ㄢ, ㄒㄨㄚ; Sin thé Lāi hun Pì á sī Pâi Siat chiap ek ê khì Koan. jú Sàn. Lin Sòa". hān Sàn, koā Sòa".
身体內分泌或是排洩汁液的器官。乳腺，乳腺，汗腺，汗腺。
ū Lāi hun Pì Sòa", Gōa hun Pì Sòa".
有內分泌腺，外分泌腺。

【腠】tsò, ㄘㄡ; oá Phê ê bah, bah ê hûn. tsò Lí.
倚皮的肉，肉的紋。腠理。

【腰】iau, io, 一ㄠ, 一ㄜ; Seng khu ê Pak tó͘ ē, kha toā thúi téng bīn. io. Sin io. io chí, io chí, Siòk kóng Sīn tsōng.
身軀的腹肚下，腳大腿頂面。腰。身腰。腰子，腰只，俗講腎臟。
io tòa, khò͘ tòa. io Pau, chî" Pau. San iau, Soa" io. io kut, ē io.
腰帶，褲帶。腰包，錢包。山腰，山腰。腰骨。下腰。

【腜】m̂, ㄇ; chîm m̂ chhih m̂. chiū sī chîm Pak tó͘ ê ê Liu
蟳腜。蠘腜。就是蟳腹肚下的瘤。
造字

腢 Gû, ㄩˊ; Phok chêng, keng thâu kut, tàⁿ tàⁿ ê só͘ tsāi。膊前骨，肩頭骨，擔擔的所在。

腬 jiû, ㄖㄡˊ; bīn sek súi, un jiû ê khoán sit。面色佳，溫柔的款式。

腜 tiàp, ㄉㄧㄝˊ; chiū sī chhiat bah pòh pòh ê ì sù。就是切肉薄薄的意思。

腪 hun, ūn, ㄏㄨㄣ, ㄨㄣˋ; Phê ê mo̍h。Pûi pûi ê ì sù, ūn chhún, hok siōng。皮的膜。肥肥的意思，腪膳。福相。

腬 jiû, ㄖㄡˊ; hó ê bah, pûi súi, pûi ê khoán, chhiong sēng, bīn sek súi。好的肉，肥佳，肥的款，昌盛，面色佳。

腡 koa, lô, ㄍㄨㄚ, ㄌㄨㄛˊ; chhiú lí, chhiú tsńg thâu á hûn。chhiú chí bûn。手理，手指頭仔紋。手指紋。

嬴 Lô, ㄌㄨㄛˊ; Siù ê miâ, chhiūⁿ ê khoán sit。m̄ng chhiⁿ ná hó͘。chhiūⁿ ê lūi。獸的名，象的款式。毛淺如虎。象的類。

腩 Lám, ㄋㄢˇ; tsú bah, sīⁿ bah, bah koaⁿ。bô chham chhài ê bah kiⁿ。Gû lám, n̄g ê gû bah。煮肉，豉肉，肉乾。無參菜的肉羹。牛腩，軟的牛肉。

腨 Piān, ㄅㄧㄢˋ; chiū sī kiān chí bah ê ì sù。就是腱子肉的意思。

膉 thám, ㄊㄢˇ; chhiⁿ bah ê chiap, bah chiuⁿ。sng chhò ê ì sù。鮮肉的汁，肉漿。酸醋的意思。

腶 toān, ㄉㄨㄢˋ; chiū sī bah koaⁿ ê ì sù。toān siu。就是肉乾的意思。腶脩。

腼 bián, ㄇㄧㄢˇ; kiàn siàu phái-sè, bián thián。見誚歹勢，腼腆。

腯 tún, tok, thak tún, ㄉㄨㄣˋ, ㄉㄨˊ; 讀腯與脂；意思相同。ì sù sio siāng。Phīⁿ chiam chiam, tok phīⁿ á, phīⁿ tok tok。thâu chiam phīⁿ tuh。鼻尖尖，腯鼻仔，鼻腯腯。頭尖鼻腯。

補畫 **豚** tok, ㄉㄨˊ; kha chhng phóe。bah tsōe tsōe, chhiong sēng, siuⁿ pûi, hok siōng。尻脽酏。肉多多，昌盛，過肥，福相。

十畫

膳 chha, chho, ㄔㄚ, ㄔㄨㄛ; bah koaⁿ, ta ê bah。hî pó͘。chha toān。肉乾，乾的肉。魚脯。膳腶。

膇 tūi, ㄓㄨㄟˋ; Phê bīn chēng khí, kha chēng ê ì sù。皮面腫起，脚腫的意思。

臛 hok, ㄏㄨㄛˋ; bô chham chhài ê bah kiⁿ, kan ta ēng bah tsòe chiâⁿ ê。無參菜的肉羹，乾乾用肉做成的。

膭 hóe, ㄏㄨㄟˋ; Phê hu chéng ê ì sù。lúi hóe。皮膚腫的意思。膭膭。

膏 ko, kò, kau, kò, ㄍㄠ, ㄍㄠˋ, ㄍㄨㄚ, ㄍㄠ; lūn tek ê ì sù, iû ko。pûi pûi, iû lâ。ka chit ê ioh ko, ko ioh。潤澤的意思，油膏。肥肥，油膀。膠質的藥膏，膏藥。
boah iû, ak tâm, kō lūn。(kau liâng sio, chiū sī tsúi ê miâ)。ko ioh。chiū sī kō liap á ê mih。抹油，沃濟，膏潤。(膏凉燒，就是水的名)。膏藥。就是糊粒仔的物。

膁 kián, liám, ㄑㄧㄢˇ, ㄌㄧㄢˇ; Gû bé n̄g io siang pêng ê bah。piáⁿ tiong ê bah。kiám o͘。牛馬軟腰雙邊的肉。餅中的肉。膁窩。

膈 kek, keh, ㄍㄜˊ, ㄍㄜˊ; keh khui sim pì ê só͘ tsāi, heng keh。hoâiⁿ keh mo̍h。heng khám pak tó͘ ê tiong kan, heng kek。隔開心脾的所在，胸膈。橫膈膜。胸坎與腹肚的中間，胸膈。

膋 Liâu, lô, lâ, ㄌㄧㄠˊ, ㄌㄨㄛˊ; Pak tó͘ lāi ê iû, iû liâu, phiàⁿ liâu, phiàⁿ liâu bah。iû lâ。kap 膀·膫 tông。腹肚內的油，油膋，胼膋，胼膋肉。油膋。與膀·膫同。

膀 Pông, phông, phiàⁿ, ㄆㄤˊ, ㄆㄤˊ; liâu kut, hiap ê, hiap pâng。chiáu ê sit kó͘, sit pông。phông kong, jiō pha, tsúi hú, sió tō͘。胼條骨，脅下，脅膀。鳥的翅股，翅膀。膀胱，尿脬，水府，小肚。

膍 Pî, ㄆㄧˊ; ngó͘ tsōng ê tsóng miâ, pî。Gû pah iap, ū lâng kóng gû chhè á, iûⁿ á iā ū。hî á, chiáu á, kiò tsòe kiān。o͘ hî kiān, koe kiān, ah kiān。五臟的總名，膍。牛百葉，有人講牛刷仔，羊仔也有。魚仔，鳥仔，叫做腱。烏魚腱，雞腱，鴨腱。

膊 Phok, phak, ㄆㄛˊ, ㄆㄛˊ; bah koaⁿ, phok pó͘。keng thâu bah, kok phok, thng phak theh, chhiah sin lō thé ê ì sù。肉乾，膊脯。肩頭肉，胳膊。褪腹裼，赤身裸体的意思。
Phauh, phauh phauh, pûi phauh, pûi phauh phauh, pe̍h phauh phauh。pûi koh pe̍h súi ê ì sù。ㄆㄠˊ，膊膊，肥膊，肥膊膊。白膊膊。肥擱白佳的意思。

臊 So, chho, ㄙㄠ, ㄘㄠˋ; ti iûⁿ gû ê chhàu hiàn, chhàu bī, so bī, chhàu chho。豬羊牛的臭嘁，臭味，臊味。臭臊。

膐 Lú, ㄌㄩˇ; kha chiah chit ê kut, khùi lat, lú le̍k, thé la̍t。尻脊脊的骨。氣力，膂力，體力。

腿 thúi, ㄊㄨㄟˇ; kha ê téng tsat, kha kut, kha thúi. toā thúi. sió thúi. koe thúi.
腳的頂節，腳骨，腳腿。大腿。小腿。雞腿。

膾 Ông, ㄨㄥˇ; Pûi, hok siōng. chhàu chhàu, chhàu hiàn ê khoán sit, ông chhàu.
肥，福相。臭臭，臭嘝的款式，膾臭。

瘦 Só, ㄕㄡˋ; sán khih khih, bô bah. sún siong. sán sán.
瘦瘦瘦，無肉。損傷。瘦瘦。

膂 Lú, ㄌㄩˇ; kap 旅 sio siāng. kha chiah chit ê kut. khùi Lat, thé Lat, Lú Lek.
與旅相同。尻脊脊的骨。氣力，體力，膂力。

膣 tit, ㄉㄧㄝˊ; ta ê bah, bah koaⁿ. kha sip, ut khì.
乾的肉，肉乾。腳濕，鬱氣。

膆 Sek, Sioh, ㄒㄧㄝˋ, ㄒㄧㄝˊ; kha chhēng oê kú kú Lâu koāⁿ, chhàu kha sioh. sioh bī, chhàu hiàn bī. sioh khì.
腳穿鞋久久流汗，臭腳膆。膆味，臭嘝味。膆氣。
tsap Gėh sioh, sip khì toa tì kàu hip joah Lâu koāⁿ siⁿ Pûi ê chhàu sioh. chhiú sioh.
十月膆，濕氣大致到熻熱流汗生痱的臭膆。手膆。

瞌 ka, khap, ㄍㄚ, ㄎㄚˋ; chiū sī ài khùn ê khoán sit. ka chē ê ì sù, tuh ka chē. tuh bîn ê ì sù.
就是愛睏的款式。瞌睡的意思，瞌瞌睡。瞌眠的意思。
bàk chiu khoeh khoeh, khap gán.
目睭瞌瞌，瞌眼。

脅 hiap, ㄒㄧㄝˊ; hô hiap, chīn Lát, hap Lek.
和協，盡力，合力。

腊 Sek, ㄒㄧㄝˋ; kià bah, sek bah. bah teh chhoah. bah chhoah ê ì sù.
寄肉，腊肉。肉咧擦。肉擦的意思。

瘤 Liû, Lâu, ㄌㄧㄡˊ, ㄌㄡˊ; Phê chéng, Phê hu kiat chiⁿ Liap. hong Liû, siⁿ Liû, huih Liû.
皮腫，皮膚結成粒。風瘤，生瘤，血瘤。

腔 kiong, keng, ㄍㄧㄥ, ㄍㄥ; thong tsoh 宮. Gėh keng, keng kî, kiaⁿ keng. hiān kim kong Gėh keng. tsú kiong.
通作宮。月經，經期，行經。現今講月經。子宮。

胤 ìn, ㄧㄣˋ; kap 胤 sio siāng. kiáⁿ sun saⁿ kè chiap. sè tāi, hō sù, ìn sù. hak sip.
與胤相同。子孫相繼接。世代，後嗣，胤嗣。學習。

(退13畫) **膷** hiong, ㄒㄧㄤ; Gû bah kiⁿ. Phang bī. bah Lâi siⁿ thoàⁿ ê bah.
牛肉羹。香味。肉肉生淡的肉。

腫 chin, ㄓㄣ; kiah khì, bah chéng khí Lâi, siâ khì tiùⁿ bah.
撟起，肉腫起來，邪氣脹肉。

殼 kok, ㄍㄜˊ; kha Poâⁿ. cheng siⁿ ê aū kha. Phê kah. sò sek ê mih.
腳盤。精牲的後腳。皮甲。素色的物。

膆 Sò, ㄙㄨˋ; hó hàn, hok siōng, Pûi Pûi. Phê Phoà. aū siū mih ê só tsāi. chiau Lūi ê kui. sò L
好漢，福相，肥肥。皮破。喉受物的所在。鳥類的頸。膆囊。

膃 ut, ㄨㄚˋ; Pûi nńg. hái káu ê miâ, ut Lut. Phoà Pīⁿ ê ì sù, ut Put.
肥軟。海狗的名，膃肭。破病的意思，膃脖。

膶 Sún, ún, ㄙㄨㄣˇ, ㄨㄣˇ; Sún hok, bah chham huih kiáu. hì sún, bah kiⁿ. (借字之形，員來造音) 膶：ûn
膶膗，肉參血攪。肺膶，肉羹。
ûn ku, chiū sī khiau ku ê ì sù, ku Poē, Lok tô Poē.
膶痀。就是曲痀的意思。龜背，駱駝背。

膗 chhang, ㄔㄤ; Lin chhang, chiū sī oā Lin ê bah. ā sī Lin soàⁿ.
乳膗，就是倚乳的肉。或是乳腺。

膎 Siat, Siâu, ㄒㄧㄝˋ, ㄒㄧㄠˊ; Siat, iû chi, ek tiong chi, siat chi. Siâu, hàu siâu, chiū sī kong Pėh chhiat oē
膎，油脂，腋中脂，膎脂。膎，詨膎，就是講白賊話
ê ì sù. kóng hàu siâu, hau siâu oē kóng kui tà. siâu, cheng tsúi ê thó oē.
的意思。講詨膎，詨膎話講歸擔。膎，精水的土話。

十一畫

膚 hu, ㄈㄨ; Pau bah ê Phê, Phê hu. chhián chhián, hu chhián. Pak siah, Pak Phê. ki hu.
包肉的皮，皮膚。淺淺，膚淺。剝削，剝皮。肌膚。

膠 kau, ka, ㄍㄠ, ㄍㄚ; oē Liâm ê mih, chhiū ka. siōng ka. ka tsúi. chhat ka. ku Lok jī sian ka. Liâm ka.
能黏的物，樹膠。松膠。膠水。漆膠。龜鹿二仙膠。黏膠。
kau chiu oan, tī San tong Poàn tó tang Lâm ê hái káng. kau chhek siong tâu.
膠州灣，佇山東半島東南的海港。膠漆相投。

膕 hek, kok, ㄏㄜˊ, ㄍㄜˊ; kha tó, kha, kha aū tsat ê tiong kan. hek kiok. khiu kha ê só tsāi, kok khut.
腳肚，腳，腳後節的中間。膕脚。曲腳的所在，膕朏。

膘 Phiau, ㄆㄧㄠ; Phê bah saⁿ hap ê ì sù. Pûi Phàng, Phiau Pûi, hoat Phiau.
皮肉相合的意思。肥胖，膘肥，發膘。

【腂】 Lúi Lûi, ㄌㄨㄟˇ, ㄌㄨㄟˋ, Phê khí lâi ê ì sù. 皮起來的意思。bah koaⁿ 肉乾。Lûi tsoâi 腂膗, Pháiⁿ khòaⁿ ê khóan sit. 歹看的款式。

【膟】 Lu̍t, Lut, tsut, ㄌㄩˋ, ㄌㄩˋ, ㄗㄨˋ; chiū sī chè hiàn ê bah, 就是祭獻的肉, Lu̍t Liâu 膟膋。thāⁿ á Piⁿ ê iû Lâ. 膓仔邊的油膋。Lu̍t 膟, tsut 膟, Pûi Lu̍t Lu̍t 肥膟膟,
Pûi tsut tsut 肥膟膟: chiū sī chin Pûi ê ì sù. 就是真肥的意思。

【膜】 bô, bo̍k, mo͘h, ㄇㄛˊ, ㄇㄛˋ, ㄇㄛˋ; kūi Lo̍h Siang chhiú tah tōe ip Lé, 跪落双手搭地揖禮; bô Pài 膜拜。ki bah 肌肉, khì koan ê Po̍h Phê, 器官的薄皮, jio̍k bo̍k 肉膜。
Phê mo͘h 皮膜。Pó hō͘ mo͘h 保護膜。tāu mo͘h 豆膜。tek mo͘h 竹膜。Phīⁿ á mo͘h 鼻仔膜。hīⁿ á mo͘h 耳仔膜。Sūn hok 順服; khap bô͘ 瞌膜。

【膝】 chhek, sek, ㄑㄧ, ㄒㄧ; kha thâu u 腳頭趺, kha kut oan ê sò tsāi 腳骨彎的所在。Chhek kai kut 膝蓋骨。chhek hā 膝下, chiū sī tsun kèng sī toā Lâng ê chheng hō͘ 就是尊敬是大人的稱呼。Pa̍k hó͘k Sek 縛護膝。sek khò 膝褲, chiū sī hū jîn Lâng khàm kha Pêh ê Pò͘ 就是婦仁人蓋腳帛的布。

【饈】 Siu, ㄒㄧㄡ, ēng bu̍t bī chìn hiàn 用物味進獻。Siáu Lé 小禮。hiàn hō͘ 獻佮, iúⁿ chhī 養飼;

【膛】 thông, tông, ㄊㄤˊ, ㄊㄤˊ; Pûi Pûi ê khóan sit 肥肥的款式。Sin thé hu khang ê Pō͘ ūi 身体虛空的部位; heng thong 胸膛。heng tong 胸膛。Chhèng tông 槍膛。→ tsc.

【膭】 tsô, tso, ㄗㄠ, ㄗㄠ; chhè chhè 胞胞。Pak tó͘ Lāi teh háu ê siaⁿ 腹肚內哮哮的聲。tso 膭, Sim koaⁿ thâu tso 心肝頭膭, tso Loān 膭乱。chia̍h Liâu tso Loān 食了膭亂, chiau tso 焦膭。

【𦝫】 chhun, ㄑㄨㄣ, Goā jī 外字, kńg tang Lâng kóng 廣東人講, hō tsòe hî 號做魚, hê 蝦, chiáu n̄ng ê ì sù 鳥卵的意思。

【膗】 tsoâi, ㄗㄨㄞˊ, Pûi ê khóan sit 肥的款式。Lûi tsoâi 腂膗, Pháiⁿ khòaⁿ ê khóan sit 歹看的款式。

【膭】 kùi, ㄍㄨㄟˋ, Sin io hut jiân thiàⁿ ê ì sù 身腰忽然痛的意思。kùi io 膭腰。

【膸】 Siu, ㄒㄧㄡ, kap 与 膳・饈 Sio Siāng ì sù 相同意思。

【𦣆】 tsâm, ㄗㄢ, Lâm Lâm tsâm tsâm 濫濫𦣆𦣆, chiū sī bô kui Lūi 就是無歸類。tsâm tsoh 𦣆怍, tsâm tsoh 𦣆怍, sī chhiⁿ kiaⁿ ê ì sù 是生驚的意思。

造字 借斬成字。

【膭】 chhio̍h, ㄘㄧㄛ, chhiⁿ chhio̍h 生膭, chiū sī sin sian ê ì sù 就是新鮮的意思。hî á chin chhiⁿ chhio̍h 魚仔真生膭。kau koài Phah kàu Lí chhiⁿ chhio̍h chhiⁿ chhio̍h 狡怪打到你生膭生膭

造字 借責的偏音成字。

【膓】 Chhiâng, chhêng, ㄑㄧㄤ, ㄑㄧㄥ; Pūn chhiâng 笨膓, Pūn chhêng 笨膓, chiū sī chho͘ sio̍k 就是粗俗, chho͘ tāng 粗重, chhún Pūn 蠢笨, Pháiⁿ khòaⁿ 歹看, Pháiⁿ kiâⁿ 歹行。

造字 借常的白話音成字。

十二 畫

【膰】 hoan, hoân, ㄈㄢ, ㄈㄢˊ; tsong biō sio sek bah 宗廟燒熟肉, bah koaⁿ 肉乾, Si̍t tsāi 實在, chè hiàn ê Pah 祭獻的肉; hoân bah 膰肉

補11畫 【膣】 chi, chit, ㄓ, ㄓˋ; hū jîn Lâng ê Seng Sit tō 婦仁人的生殖道, im tō 陰道。chit khiong 膣腔。

【膻】 ì, ㄧˋ; chiū sī Sán Giân bô bah ê ì sù 就是瘦骨無肉的意思。

【膴】 bú, hō͘, ㄨˇ, ㄏㄨ; Pha̍k ta ê bah Phìⁿ 曝乾的肉片, á sī Pha̍k ta ê hî 或是曝乾的魚, bô kut ê ta bah 無骨的乾肉, bah koaⁿ 肉乾, hō͘ Pó͘ 膴脯。
thó tōe Pûi hó 土地肥好; bú bú jiân 膴膴然。Súi 美; bú bú bí 膴膴美。

【膫】 Liâu, Lô, Lâ, ㄌㄧㄠ, ㄌㄛ, ㄌㄚ; kap 与 膋・膋 Sio Siāng 相同。

【膷】 Siu, ㄒㄧㄡ, ta ta ê hî 乾乾的魚, hî Pó͘ ê ì sù 魚脯的意思。ku Siu 腒膷。

【膩】 jī, ㄖˋ, Pûi 肥, iû Lâ 油膋, ku̍t 滑。iû jī 油膩。ku̍t jī 滑膩。Pûi jī 肥膩。jī hn̂g 膩膭。Sòe jī 細膩。

【膳】 Siān, ㄕㄢˋ, Pī Pān chia̍h mi̍h 備辦食物; Lím chia̍h 飲食, ēng Siān 用膳。Siān sit 膳食。tòa kap chia̍h 住與食。Siān Siok 膳宿。hó chia̍h mi̍h 好食物;

tin Siān。 cheng sì ê bah, koaⁿ miâ, Siān hu Siōng Sū, ông ê tû su。
珍膳。牲牲的肉。官名，膳夫上士，王的厨師。

膵 tsūi, ㄘㄨㄟ; jit Pún chè ê jī。Seng Lí hak tsōe tsōe ēng i, hun pì Siau hòa ek ê khì koan. tsūi tsōng。
日本製的字。生理學多多用它。分泌消化液的器官。膵臟。
iā ū kiò tsòe î tsōng。iā ū kóng io chhioh。
也有叫做胰臟。也有講腰腸。

膲 chiau, ㄐㄧㄠ; Seng khu lāi bû hêng ê Lōe hú ê miâ, hàn i só kóng ê Sam chiau hé。Sī chí i ê keng Lòk。
身軀内無形的内腑的名，漢醫所講的三焦火。是指它的經絡。

朁 tsam, ㄗㄢ; Lâ Sâm, am tsam。tsúi teh kún。chhùi tûn thiàⁿ。
垃圾；腤朁。水哟滾。嘴脣痛。

膦 Lián, Lám, ㄌㄧㄢ, ㄌㄢ; ńg chiaⁿ bô khùi Lat ê ì sù。Lián Loán。Lám Lâng, Sin thé Lám, Sòe Lám, Lám Sai hū。
軟弱無氣力的意思。膦腝。膦人，身体膦，衰膦，膦師父。
Lîn, Lâm Sin miā。hiān tāi ū ēng tī hòa hak bùt ê bêng chheng, Lîn Sng。ūng Lîn, ô á Lîn。
膦身命。現代有用佇化學物的名稱，膦酸。卵膦，蚵仔膦。

膋 Liâu, Lô, Lâ, ㄌㄧㄠ, ㄌㄛ, ㄌㄚ; kap 膋 膋。 膐 Sio Siâng。
kap 膋。 膐 相同。

膱 chit, ㄓ; bah koaⁿ chhioh jī tn̄g tsá ēng tsòe Phêng tiāⁿ Lō ēng, noā bah Liâm Liâm, chit chhàu。
肉乾尺二長。早用做聘定的路用。爛肉黏黏，膱臭。

膪 thà, ㄊㄚ; Pûi Pûi, hok siōng。Pak kut chhú bah ê ì sù。
肥肥，福相。剝骨取肉的意思。

膬 chhùi, ㄘㄨㄟ; khoài Phòa, chhè chhè, kap 脆·脃 Sio Siâng ì sù。
快破；膬膬，與脆·脃相同意思。

膮 hiau, hiâu, ㄏㄧㄠ, ㄒㄧㄠ; tī bah kiⁿ, tī kiⁿ。Phang ê ì sù, hiau hiong。
猪肉羹，猪羹。香的意思，膮香。

膙 kióng, ㄐㄧㄤ; kun thâu, kun thâu ióng tsòng。
筋頭，筋頭勇壯。

膨 Phêng, Phòng, ㄆㄥ, ㄆㄤ; Pak tó tiùⁿ, Phêng Phiang。Phêng tiùⁿ。toā Pûi ê ì sù, Pûi Phòng。Phòng tiòng。Phòng toā。
腹肚脹，膨脝。膨脹。大肥的意思，肥膨膨。膨漲。膨大。

膥 Sún, ㄙㄨㄣ; chhiat sek bah Lāi tiong ū huih。chhiat sek bah tsài koh tsú。
切熟肉内中有血。切熟肉再閣煮。

膴 Phuh, Phúh, ㄆㄨ; hâm Phúh Phúh, Phāⁿ Phúh Phāⁿ Phúh。bô tēng ê ì sù。Seng khu chéng ê ì sù。Phúh chit ē,
脝膴膴，冇膴冇膴。無碇的意思。身軀腫的意思。膴一下，
Púh, ㄅㄨ; bô tsat ê ì sù。chiáⁿ Phuh Phuh, chiáⁿ Púh Púh, bô kiâm bô tiⁿ bô tsu bī ê ì sù。Púh chit ē。
無實的意思。飷膴膴，飷膴膴，無鹹無甜無滋味的意思。膴一下。

造字 助語詞，形容詞的字，用業的偏音成字。

膠 kiān, ㄐㄧㄢ; chiáu·hî ê Siau hòa khì koan ê chit só tsāi。hî kiān, ō hî kiān, koe kiān, ah kiān。
鳥·魚的消化器官的一所在。魚膠，烏魚膠，雞膠，鴨膠。

造字 借堅音成字。因膠性堅硬。

十三畫

臄 kiók, ㄐㄩㄝ; chhùi ê téng bīn, chhùi khí ê bah, khí hoāⁿ, téng kiuⁿ。
嘴的頂面，嘴齒的肉，齒齦，頂齶。

腿 Chhoa, ㄔㄨㄚ; toā thúi, kha ê téng tsat。kha tsíng thâu á。
大腿，脚的頂節。脚指頭仔。

膾 kòe, ㄎㄨㄞ; bah chhò iú iú, bah Sìⁿ á。bah kòe, hî kòe。
肉脞幼幼，肉豉仔。肉膾，魚膾。

膈 kat, ㄍㄜ; koàⁿ iau tsóng sī kong Lô boē chiâⁿ。táⁿ Piàn Pûi toā ê khoán sit。
寒枵總是功勞未成。膈變肥大的款式。

臁 Liâm, ㄌㄧㄢ; kha ē tsat, kha Phīⁿ Liâm。keng Liâm。
脚下節，脚鼻臁。脛臁。

臉 Lián, Lián, Gián, ㄌㄧㄢ, ㄌㄧㄢ, ㄧㄢ; chhùi Phōe bah, bīn chhit khóng ê Pō ūi, Liám bīn。Phî Lián, Sit Lián。
嘴皮肉，面七孔的部位，臉面。皮臉，失臉。
Siau Phí Gián。chiū sī khiām Siap kian Lîn ê ì sù。
小鄙臉。就是儉澀堅吝的意思。

膿 Lông, Lâng, ㄋㄨㄥ, ㄋㄤ; Siⁿ thiàⁿ Lāi bīn ê Lâ Sâm chiap, Lâng huih, Liap á Lâng。thiok Lông chèng。Pū Lâng。
生痛内面的垃圾汁，膿血，疖仔膿。畜膿症。匈膿。

臂 Pì, ㄅㄧ; chhiú kut, chhiú kut ê ē tsat。tsó Pì, iū Pì, it Pì chi Lėk。Pì tsō。
手骨；手骨的下節。左臂，右臂。一臂之力。臂助。

臊 So, Chho, Phái
ㄙㄠ, ㄘㄠ

臊 So, Chho, ㄙㄠ,ㄘㄠ | Phái"bī, chhī"bah ê bī, hiàn, So khì. Chhàu chho. hî chho. chiah chho. chhoi bī.
歹味，生臭的味，嘛，臊氣。臭臊。魚臊。食臊。臊味。

膽 tám, tá", ㄉㄢˇ, ㄉㄚˇ | Liòk hú ê chit hāng, tá". tī koa" ē. ióng kám khì Phek, hó tá". ū tám hàn. tám sek.
六腑的一項，膽。佇肝下。勇敢氣魄，好膽。有膽漢。膽識。
ta" thâu, toā tá", Sió tá", ti tá", hîm tá"
膽頭。大膽，小膽。豬膽。熊膽。

臀 tūn, Phóe, ㄉㄨㄣˊ, ㄆㄨㄝ | chiū sī kha chhng Phóe, kha chhng. kha chhng Phóe. oai chit Phóe. io ē, toā thúi téng bīn.
就是尻倉䏲，尻倉。尻倉䏲。歪一䏲。腰下，大腿頂面。

臇 chián, tsūn, ㄐㄧㄢˇ, ㄗㄨㄢˇ | ēng hî, chîm kap thng tsú nōa chhin chhiū" bē. hok Siòng. hó Giàh. tsūn, chiū sī
用魚，蟳與湯煮爛親像糜。福相。好額。臇，就是
tsôan tsôan bah, bô chham chhài ê bah kì"
全全肉，無參菜的肉羹。

臆 ek, ㄧˋ | heng khám ê bah, heng ek. Phah Sng, ek toàn. Siū", ek chhek. at chí, móa, tiù"
胸坎的肉，胸臆。打算，臆斷。想，臆測。抑止，滿，漲。

膺 eng, ㄧㄥ | Sim heng. tí tng. Sêng Siū, eng bēng. Gī hún tiân eng, chek that móa heng ê khì.
心胸。抵當，承受，膺命。義憤塡膺，積塞滿胸的氣。

臃 iong, ㄩㄥ | chéng, bah chéng khí Lâi, iong chióng. Lâng o Lô Piān chhiok tsòe iong chióng
腫，肉腫起來，臃腫。人謳咾扁鵲做臃腫。

臅 chiok, chhiok, chhioh, ㄐㄧㄛˋ, ㄑㄧㄛˋ, ㄑㄧㄝˋ | chhâi Lông heng khám ê bah, bah iû, Lông chhiok ko. ti chhioh, chiū sī ti
豺狼胸坎的肉，肉油，狼臅膏。豬臅，就是豬
heng khám bah. Pûi ê só tsāi. io chhioh, chiū sī ī tsōng, tsūi tsōng
胸坎的肉。肥的所在。腰臅，就是胰臟。膵臟。

臂 Phek, ㄆㄧˋ | tō tsāi, Pak tó Lāi ê hí. Chek tsū Pī" ê ì sù
肚臍，腹肚內的脯。積住病的意思

膧 tóng, ㄉㄨㄥˋ | chiū sī Pûi Pûi ê ì sù
就是肥肥的意思。

膣 iâ, Lô, ㄧㄚˊ, ㄌㄛˊ | chhap tsap ê kut chiù"
嘈雜的骨髓。

髓 chhúi, chhé, chiā" khang, ㄔㄨㄟˇ, ㄑㄝˋ | kut Lāi ê chin ek, kut chhúi, kut cheng chhé. thâu khak oá" chhé. thâu chhé.
成孔。骨內的津液，骨髓，骨精髓。頭殼碗髓。頭髓。

膻 thán, ㄊㄢˇ | Soa" iû" bah chhàu hiàn, bah thán. thán tiong, heng khám Lióng Lin ê tiong kan.
山羊肉的臭嘛，肉膻。膻中，胸坎兩乳的中間。

臌 kó, ㄍㄨˇ | kó tiòng. chéng hàm. Phòng khí Lâi. chiàh siu" Pûi.
臌脹。腫脹。膨起來。食過肥。

膍 hiok, ㄏㄧㄛˋ | chiáu ê ūi, chiáu ê Pî, chek tsū mih ê Só tsāi. chiū sī kui, koe kui, chiáu kui.
鳥的胃，鳥的脾，積住物的所在。就是䐴，雞䐴，鳥䐴。
hiok ò. ò biāu
膍奧，奧妙。

十四畫

臑 jû, ㄖㄨˊ | chhiú kut, jû Pì. cheng sì" ê chêng thúi. Sa" ê mîa.
手骨，臑臂。牲牲的前腿。衫的名。

臏 Pīn, Pīn, ㄅㄧㄣˋ, ㄅㄧㄣˇ | kha thâu u oá" kut ê ì sù. kha thâu u thâu. Pīn kut. kú téng tsoat Pīn, kó tsá
腳頭骨于腕骨的意思。腳頭骨頭。臏骨。舉鼎絕臏，古早
tsām tng kha kut ê hêng hoat. Lâng ê mîa, Sun Pīn
斬斷腳骨的刑罰。人的名，孫臏。

臍 che, chê, tsâi, ㄐㄧ, ㄐㄧˊ, ㄗㄞˊ | tō tsâi, Lâng Pak tó Gōa ê tng á thâu. che tòa, chê tài, tsâi tòa, thai jî kap
肚臍，人腹肚外的腸仔頭。臍帶，臍帶，臍帶，胎兒與
bú thé Liân kiat huih kng. Si" kiá" tng tsâi
母體連結的血管。生子轉臍。

臎 chhùi, tsui, ㄘㄨㄟˋ, ㄗㄨㄟˋ | chiū sī tsoe tsoe iû, Pûi, Pûi Pûi ê ì sù. chhùi Pûi. chiáu bé téng bīn ê bah, bé tsui
就是多多油，肥，肥肥的意思。臎肥。鳥尾頂面的肉，尾臎
koe bé tsui. bé tsui kut
雞尾臎。尾臎骨。

臑 tiū, tiū, ㄉㄧㄡˋ, ㄉㄧㄡˇ | bah koa". Sió hok ê Pī". Pî ê aū bīn.
肉乾。小腹的病。脾的後面。

臞 iâu, ㄧㄠˊ | chiū sī Sán Giàn bô bah ê ì sù
就是瘦骨無肉的意思。

臐 hun, ㄏㄨㄣ | iû bah kì" bô chham chhài ê. hiu" hó ê mîa, hun hiong, hun hiu"
羊肉羹無參菜的。香好的名，臐香，臐香。

臘	hām, ㄏㄢˇ	chiū sī Piān Lāi ê bah。 就是餡內的肉。	
朦	bông, ㄇㄥˊ	bīn hó khòaⁿ。tōa bīn māu，bīn sì ūi pá tīⁿ ê ì sù。 面好看。大面貌，面四圍飽滇的意思。	

十五畫

臖	hèng, hāng, ㄒㄧㄥˋ, ㄏㄤˋ	thàng thiàⁿ hām chéng。chéng。Phòng。hāng hāng。chhùi Phóe hāng khí Lâi。hāng Lin。 疼痛的脖腫。腫。膨。臖臖。嘴面比臖起來。臖乳。
臘	Lâp, Liâp, Lāh, ㄌㄚˋ, ㄌㄧㄝˋ, ㄌㄚˋ	tang tsoeh Liáu āu chè sū Liâp chè。nî bé 12 Géh，Lâp Géh。Siang bīn ê to, kiò Lâp。 冬節了後的祭祀；臘祭。年尾十二月，臘月。双面的刀，叫臘。 bah Phak ta，Lāh bah。Lāh mûi，chiū sī chit hō Phang ê ng hoe，chhut tī 12 Géh。 肉曝乾，臘肉。臘梅，就是一號香的黄花，出佇十二月。
膃	Lûi, ㄌㄟˊ	chéng，bah chéng koâiⁿ ê khóan sit。Lûi hóe。 腫；肉腫高的款式。膃膭。
臕	Piau, Phiau, Pio, ㄅㄧㄠ, ㄆㄧㄠ, ㄅㄧㄛ	Pûi Pûi hok Siòng ê khóan sit。Put chí Pûi，Cheng siⁿ Pûi Pûi，Chí Piau。Chí Phiau。 肥肥福相的款式。不止肥，精牲肥肥，脂臕。脂臕。 Pio，chiū sī chin Pûi chhin chhiūⁿ cheng siⁿ。 臕，就是眞肥親像精牲。
膘	Pak, ㄆㄚˋ	Loān tsâp，Pak Lòk。chè hiàn ê bah。 乱雜，膘犖。祭献的肉。
臃	ióng, ㄧㄥˊ	aì thò chhut ê ì sù。ióng ióng iòk thò。 慄吐出的意思。臃臃欲吐。
臢	tsam, ㄗㄢ	Lâ Sâm，am tsam ê ì sù。kap 臢 Sio Siāng。 垃圾，腌臢的意思。与臢相同。
臤	hián, ㄒㄧㄢˊ	hó hàn，Pûi。hián Pûi。kun ka kī teh ngiauh ê ì sù。 好漢，肥。臤肥。筋像已哟曌的意思。
膻	tòk, ㄉㄨˊ	sin īn Pāi hoāi，thai tòk。sí ê ì sù。 娠孕敗壞；胎膻。死的意思。
臞	Lûi, ㄌㄟˊ	o Lûi Lûi，chiū sī chin o ê ì sù 黑臞臞，就是眞黑的意思

造字　助語詞的字，借音成字。

十六·十七畫

臛	hok, ㄏㄨㄛˋ	bô chhài ê bah kiⁿ。ū chhài kiò tsòe kiⁿ。bô chhài ê kiò hok。 無菜肉羹。有菜叫做羹。無菜的叫臛。
臚	Lô, Lû, Lū, ㄌㄨˊ, ㄌㄩˊ, ㄌㄩˊ	Pak tó chêng ê Phê bah，Lô tiuⁿ。Pak tó Phòng tiòng ê ì sù。Pâi Liat，tīn Liat，Lû Liat。 腹肚前的皮肉，臚脹，腹肚膨脹的意思。排列，陳列，臚列。 thoan Lô，kò tī Pō hā ê Lâng。Lû，kap Lú Siāng ì sù。chiām sī tòa，chhut Gōa。 傳臚，告知部下的人。臚，与旅同意思。暫時住，出外。
臝	êng, ㄥˊ	Só Pàng chhut ê Pùn，sái，Pàng sái。 所放出的糞，屎，放屎。
臙	ian, ㄧㄢ	chiū sī nâ āu ê ì sù。kap 胭 Sio Siāng。 就是咽喉的意思。与胭相同。
膶	iām, ㄧㄢˊ	chìm bah tī tng ê tiong kan。tng nih ê bah。 浸肉佇湯的中間。湯裡的肉。
臝	Ló, ㄌㄨㄛˇ	thng Pak theh，kap 裸 Sio Siāng ì sù。ū khak ê ké chí，kó Ló，ū kiò thin Koe。Phang ê mîa， 裎腹褐，与裸相同意思。有殼的菓子，果臝，有叫天瓜。蜂的名， kó Ló，Sòe io hong。iá Siù ê mîa。 蜾臝，細腰蜂。野獸的名。
臛	hêng, keng, kiⁿ, ㄏㄥˊ, ㄍㄥ, ㄍㄧ	bùt bī tiau hô Lâi tsú。bah kiⁿ，hî kiⁿ，Gû bah kiⁿ，tsap o kiⁿ。bah keⁿ。 物味調和來煮。肉臛，魚臛，牛肉臛，雜鍋臛。肉臛。

十八·十九畫

臞	kû, Gih, khih, thih, ㄑㄩˊ, ㄍㄧˋ, ㄎㄧˋ, ㄊㄧˋ	tām Poh bah，sán sán，kû chèk。Put chí sán ê ì sù。Sán Gih Gih chiū sī 淡薄肉，瘦瘦，臞瘠。不止瘦的意思。瘦臞臞，就是 Gih，chin Sán，sòng Gih Gih，chin Sàn hiong ê ì sù。Sán khih khih。Sán thih thih。chhin thih thih，chiū sī ㄍㄧˋ，眞瘦，㤉臞臞，眞㤉窮的意思。瘦臞臞。瘦臞臞。清臞臞，就是 chin kôaⁿ ê ì sù，ngih ngih tsùn。ngih ngih chhoah。 眞寒的意思，臞臞殘。臞臞捺。
補 17畫 臡	jiông, ㄖㄥˊ	chiū sī chin Pûi，chin hok Siòng ê ì sù。jiông Sēng。 就是眞肥，眞福相的意思。臡盛。

臟 tsōng, tsǹg, ㄗㄛㄥ, ㄗㄥ; Pak tó Lāi ê khì koan, ngó tsōng, tsōng hú。Sim tsōng, koaⁿ tsōng, Sīn tsōng, hì tsōng,
腹肚內的器官，五臟，臟腑。心臟，肝臟，腎臟，肺臟，
Pî tsōng。tsn̄g, Pak tó Lāi chit hāng ê mih, Sió tsn̄g。
脾臟。臟，腹肚內一項的物，小臟。

臠 Loân, Loân, Loān, ㄌㄨㄢ, ㄌㄨㄢ, ㄌㄨㄢ; chhiat chiâⁿ tè ê bah。hun koah, Loân koah。Loân chek, chiū sī sán sán bô bah ê ì sù。
切成塊的肉。分割，臠割。臠瘠，就是瘦瘦無肉的意思。

髒 Lê, ㄌㄝ; kut chhé。chhap tsap ū kut ê bah chiùⁿ。kut bah saⁿ Phah bô chiap。
骨骨渣。噆雜有骨的肉醬。骨肉相打無汁。

臢 tsam, ㄗㄢ; kap 臢 sio siāng ì sù。Lâ sâm, am tsam ê ì sù。bô chheng khì。
和月贊相同意思。垃圾，腌月贊的意思。無清氣。

臣 部 131

臣 Sîn, ㄔㄣ; hòk sāi Lâng ê chheng ho。kun sîn, tāi sîn, sîn bîn。sîn hòk, khut hòk。
服事人的稱呼。君臣，大臣，臣民。臣服，屈服。

𦣝 î, ㄧ; chhùi ē tâu, chhùi phóe, Lāu Lâng, iúⁿ chhī, chiâⁿ pah hè, àⁿ Loh。chhim chhim。î tông。
嘴下斗，嘴面比，老人，養飼，成百歲，向落。深深。頤同。

二畫

臥 Gō, ngō, khùn, ㄫㄛ, ㄫㄛ, ㄎㄨㄣ; jîn sîn àⁿ io kèng kun ông。hiu sek, tó teh, sūi gō。teh khùn, pâng keng, gō sek。
人臣向腰敬君王。休息，倒咧，睡臥。咧睏，房間，臥室。
hâng hòk, sîn ngō。hioh khùn。Pîn tōaⁿ chiah pá khùn, khùn pá chiah。
降服，臣臥。歇臥。貪惰食飽臥，臥飽食。

卧 Gō, ngō, khùn, ㄫㄛ, ㄫㄛ; kap téng bīn jī sio siāng。
和頂面字相同。

八－廿三畫

臧 tsong, tsông, tsōng, tsong, hó, kāu, mē Lâ Pìk ê ōe。thau theh só tit ê mih, tsong bút。Lâng ê sìⁿ, tsong。
ㄗㄤ, ㄗㄤ, ㄗㄤ; 臧，好，厚，罵奴僕的話。偷提所得的物，臧物。人的姓，臧。
tsōng, chiū sī kap tsōng sio siāng ì sù。tsōng, thak tsōng iā sī sio siāng。siu tsông。siu tsōng。
藏，就是和藏相同意思。臧，讀藏也是相同。收臧。收藏。

䶬 Liông, ㄌㄧㄨㄥ; chiū sī kap 龍 sio siāng。tsa khoaⁿ Liông Pō, jī pah it tsap jī pō。
就是和龍相同。查看龍部，二百一十二部。

臨 Lîm, Liâm, ㄌㄧㄣ, ㄌㄧㄢ; sī tōa teh khoaⁿ, Lîm sī。àⁿ Loh khoaⁿ, ku ko Lîm hā。ap chè, Lîm kiám。Lâi kàu, Lâi Lîm。
是大咧看，臨視。向落看，居高臨下。壓制，臨檢。來到，來臨。
kong Lîm。kàng Lîm。iàu kín, Lîm kip。chiam sî, Lîm sî, Liâm sî。Liâm Piⁿ, Liâ Piⁿ kiâⁿ。
光臨。降臨。要緊，臨急。暫時，臨時，臨時。臨邊，臨邊行。
Liâm mi。chiū sī kóng tán chit ē á ê ì sù。Lîm chiong sí ê ì sù。Lîm Piat, Lî Piat。
臨時。就是講等一下仔的意思。臨終，死的意思。臨別，離別。

𦣞 Lîm, Liâm, ㄌㄧㄣ, ㄌㄧㄢ; kap téng bīn jī sio siāng。sī Lîm ê kó jī。
和頂面字相同。是臨的古字。

自 部 132

自 tsū, ㄗ; khí thâu, Pún goân ê ì sù, tsū kim khai sí。iû, chiông, ka kī, tsū kí。tsū jiân, Pún Lâi ê。tsū sìn,
起頭，本源的意思，自今開始。由，從。家己，自己。自然，本來的。自信，
tùi ka kī ū sìn sim。tsū iû, ka kī ê ì sù iā sī tsū tsāi。tsū tōng。tsū Lèk。tsū kip tsū chiok。
對家己有信心。自由，家己的意思也是自在。自動，自力。自給自足。

四畫

臬 Giat, Giát, ㄫㄧㄝ; chìⁿ pâ ê tiong sim。mn̂g khū, bûn giat。hoat tō。koaⁿ miâ, giat su, àn chhat sú。chìn thâu, giat kèk。
箭靶的中心。門臼，門臬。法度。官名，臬司，按察使。盡頭，臬極。

臭 hiù, àu, chhàu, ㄒㄧㄡ, ㄠ, ㄔㄡ; khì bī, bô hó bī, chhàu bī。chhàu khì。thong hiù, chiū sī phīⁿ bī ê ì sù, jû "sam hiù chi put sit iā"。
氣味，無好味，臭味。臭氣。通嗅，就是鼻味的意思，如三臭之不食也。
àu, àu àu, àu bī, àu chiat bī。mih pāi hoāi ê khì bī。àu chhàu。
臭，臭臭，臭味，臭濟味。物敗壞的氣味。臭臭。

六·十畫

臯 ko, ㄍㄜ; ēng Lé Sò Lâi o Ló 用禮數來謳咾。khan tn̂g siaⁿ 牽長聲。Siók jī 俗字 皋 Sio Siāng 相同。

鮠 Giat, ㄋㄧㄝˋ; bô an ún 無安穩。iô tāng bô an ún ê khoán sit 搖動無安穩的款式。Giat Gut 鮠硊。

至部 133

至 Chì, cheh, ㄓˋ, ㄓㄝˋ; Chiáu tùi koâiⁿ pe loh kòe 鳥對高飛落低，Lâi 来，kàu 到，chīn thâu 盡頭，tsū siōng chì hā 自上至下。Pak pō͘ chì Lâm pō͘ 北部至南部；chì tōa 至大；chì sòe 至小。hó, chiu chì 好，週至。Chì sêng 至誠。chì siān 至善。tsceh khùi, hā chì, tong chì 節氣，夏至，冬至。tang cheh 冬至。

四一六畫

致 tì, tī, ㄓˋ, ㄓˋ; Lâi kàu, Sàng kàu, Khì kàu, tì ì 来到，送到，去到，致意。tì siā 致謝。tì bēng 致命。tì kèng 致敬。kàu kék, kék tì 到極，極致。hō͘ Lâng tì sòng 給人致送。tāi tì hó sè 大致好勢。chêng kéng, kéng tì 情景，景致。Sek chhái, Sek tì 色彩，色致。Sek tì 色致。Sek tì 色緻。

臸 chiàn, ㄐㄧㄢˋ; hō͘ : têng pē 狂他重倍：koh lâi 僩来，kok tsāi 僩再。

七一十畫

臺 tâi, thai, kap ㄉㄞˊ, ㄊㄞ, 及 臺 Sio Siāng 相同，台 Sī kán thé jī 台是簡体字。Koâiⁿ ê chhù khòaⁿ sì hng 高的厝看四方，kc tâi 高臺。iông tâi 陽臺。Pôaⁿ téng 盤頂，teng tâi 燈臺。tâ tōe 臺地。káng tâi 講臺。hì tâi 戲臺。chheng hō͘ ê oē 稱呼的話，heng tâi 兄臺。tâi toan 臺端。tōe hng miâ 地方名，tâi ôan 臺灣。koaⁿ miâ 官名，tō tâi 道臺。thai ê im khah chió ēng 臺的音較少用。

臺 tâi, thai, ㄉㄞˊ, ㄊㄞ, khap 及 臺。台 Sio Siāng 相同。

臻 chin ㄓㄣ; Lâi kàu 來到，chiām chin ka kéng 漸臻佳境。jit chin ôan siān 日臻完善。phó͘ kip 普及，ték chin sù piáu 澤臻四表。

臼部 134

臼 kiū, khū ㄐㄧㄡˋ, ㄎㄡ; cheng mih ê khut 舂物的堀，cheng khū 舂臼。tûi khū 搥臼。mn̂g khū 門臼。chioh cheng khū 石舂臼，kiū phàu 臼砲，kiū khí 臼齒。

二·三畫

臽 hām, khám, ㄏㄢˋ, ㄎㄢˇ, Sió khiⁿ kau 小坑溝，kau khut 溝堀，kē ê só͘ tsāi 低的所在，hām khiⁿ 臽坑。hō͘ Lâng Poáh tó 乞人跋倒，hām Lâng Poáh tó 臽人跋到。khiⁿ khám 坑臽，Soaⁿ khám 山臽，kap 及 坎 thong 通。

臾 iông, jû, kūi, ㄧㄥˊ, ㄖㄨˊ, ㄎㄨㄟˋ; kiau so 嗾唆，ín iu 引誘，iu tō 誘導，kong hó thiaⁿ ê oē 講好聽的話。jû 臾，tiap á kú, su jû 霎仔久，須臾。Lâng sìⁿ, jû 人姓，臾。kūi 臾，tóe chháu ê Láng 貯草的籠，chháu Láng 草籠，chháu nâ 草籃，chháu kūi 草臾。

臿 chhap, ㄔㄚ; cheng mih ê thûi á 舂物的槌仔；chheng 舂，kìn chhiuⁿ ê chhú 築牆的杵，tiok chhap 築臿。thong 通 插。

舁 kû, û, ū, ㄩˊ, ㄩˊ, ㄩˊ, Siang chhiú khí 双手擧起，kû khí 舁起。n̄g Lâng kng khí mih kiāⁿ 兩人扛起物件，û hu 舁夫。

四·五畫

舂 hoat, ㄏㄨㄚ; cheng 舂，cheng bí 舂米，cheng khū 舂臼。

舀 iáu, iúⁿ, ㄧㄠˇ, ㄧㄡˇ, khū thûi 臼槌。theh chhut cheng khū ê mih 提出舂臼的物，kiò iáu 叫舀。iúⁿ chhut 舀出。iúⁿ tsúi 舀水，iúⁿ iû 舀油，iúⁿ àm 舀泔。

舀 iáu, iúⁿ, ㄧㄠˇ, ㄧㄡˇ, khū thûi 臼槌。kap téng bīn jī Sio Siāng 及頂面字相同。

【舂】chiong, cheng ēng khì khū hō bí Péh, cheng khū, cheng khū thûi, cheng bí. khap tio̍h, cheng tio̍h.
ㄐㄧㄛㄥ, ㄐㄝㄥ，用器具搗米白。舂臼，舂臼槌，舂米。磕着，舂着。

六一十二畫

【舄】Sek, ㄒㄝㄎ，m̄ kiaⁿ tâm ê ê, sek lí. Pò ê chhâ kia̍h. tōa ê khoán sit. ek sek, kng nā ê khoán sit.
毋驚濕的鞋，舄履。布的柴屐。大的款式。奕舄，光烙的款式。
Sek ló, bô púi sán ê thó tōe, kiâm ê tōe
舄鹵，無肥瘦的土地，鹹的地。

【舅】kiū, kū, ㄍㄧㄡ, ㄍㄨ，Lāu bú ê hiaⁿ tī, bó kū. bó ê hiaⁿ tī, chhe kū. chheng hō ta koaⁿ kiū. ta ke sī kó.
老母的兄弟，母舅。媒的兄弟，妻舅。稱呼當官，舅。當家是姑。
chheng hō tiūⁿ lâng sī, Goē kiū. a kū. kū á chí hu.
稱呼丈人是，外舅。阿舅。舅仔姊夫。

【與】ú, û, ū, ㄨ, ㄨ, ㄨ，kap, kah, hō, jī sìⁿ, ú. tsoh hé tsòe tāi chì, chham ū. hō lâng, hù ú, hù ū.
《ㄚㄆ, 《ㄚ, ㄏㄛ，字姓，與。作伙做事誌，參與。給人，付與，付與。
Goá kap lí. Lí kap Goá. kah lí khì, kah Góa lâi. mih hō lí, mih hō Góa. Sī kip
我與你，你與我。與你去，與我來。物與你，物與我，是給
ú ê ì sù. Gī gā, bo koat toān ê jī, ú hō. beh á sī m̄ ê ì sù. chham ū.
與的意思。疑訝，無決斷的字，與否。也或是毋的意思。參與。

【興】heng, hèng, ㄏㄝㄥ, ㄏㄝㄥ，kiàh khí, khí lâi, heng khí. chín heng. chhiong sēng, heng sēng. heng ōng. heng kang.
擎起，起來，興起。振興。昌盛，興盛。興旺。興工。
heng giap. hoaⁿ hí, ko heng. ài. chhù bī, hèng chhù, hèng tì. hoat hèng. hèng sū
興業。歡喜，高興。愛，趣味，興趣。興致。發興。興事。

【舉】kú, kí, 《ㄨ, 《ㄧ，tín tāng, kú tōng. thê sī, kú lē. theh khí, kú khí. chhui chiàn, soán kú. kú kî put tēng.
振動，舉動。提示，舉例。提起，舉起。推薦，選舉。舉棋不定。

【舊】kiū, kū, 《ㄧㄡ, 《ㄨ，bô sin, tín kū, kū kū. khah tsá, kò kū. kū chhù, kū oê, kū saⁿ. chiàu kū. kū le̍k.
無新，陳舊，舊舊。較早，故舊。舊厝，舊鞋，舊衫。照舊。舊曆。
kū iok tsoân su, ki tok kau ê keng tián. kiū pân sin chiú. kiū sū tiōng thê. sin kū.
舊約全書，基督教的經典。舊瓶新酒。舊事重提。新舊。

舌部 135

【舌】Siat, chih, ㄒㄧㄚㄊ, ㄐㄧㄏ，chhùi lāi khì koan. kóng oē, chia̍h mih kiāⁿ, hun piat bī sò. kháu siat, to hùi kháu siat.
嘴內的器官。講話，食物件，分別味素。口舌，多費口舌。
Siat, ㄒㄧㄚㄊ，chhùi chih, chih bé, tiuh chih bé, tiuh chih kun. chih kò, chhùi chih lâ sâm. chhiⁿ chiàn, sio mē.
嘴舌，舌尾，捎舌尾，捎舌根。舌菰，嘴舌的垃圾。舌戰，相罵。

二一四畫

【舍】Siá, Sià, ㄒㄧㄚ, ㄒㄧㄚ，hioh, soah. Pang sak, hō lâng. Sok sià. Lú sià. ti sià, Gû sià. khiam pi ê oē, sià hā,
歇，息。放揀，給人。宿舍。旅舍。豬舍，牛舍。謙卑的話，舍下，
hân sià, sià heng, sià tē. Siá sì, kiù chè. Siá sin, hi seng.
寒舍，舍兄，舍弟。舍施，救濟。舍身，犧牲。

【甜】chī, chīⁿ, ㄐㄧ，ēng chhùi bé tam mih, chī. chīⁿ. ēng chih lâi chī, chīⁿ. ēng chhùi lâi chīⁿ.
用嘴尾啖物，甜。甜。用舌來甜，甜。用嘴來甜。

【舲】kîm, 《ㄧㄇ，Gû chih ê phòa pīⁿ, chhùi bōe khui.
牛舌的破病，嘴艙開。

【舐】chī, chīⁿ, ㄐㄧ, ㄐㄧ，kap 甜 Sio siāng ì sù. ēng chhùi tam mih chī. chīⁿ. ēng chhùi chih lâi chīⁿ.
相同意思。用嘴啖物，舐。舐。用嘴舌來舐。

【舑】tām, thiām, ㄉㄚㄇ, ㄊㄧㄚㄇ，chih thò chhut, thò chih ê khoán sit.
舌吐出，吐舌的款式。

六一九畫

【舒】Su, ㄙㄨ，thián khui, chhun tit, su tián. khoàiⁿ oa̍h, su hok. su tek. oān oān, su tî. Lâng ê sìⁿ.
展開，伸直，舒展。快活，舒服。舒適。緩緩，舒遲。人的姓。

【舓】chī, chīⁿ, kap, ㄐㄧ, ㄐㄧ，ē̤ng jī Sio siāng ì sù.
甜、舐兩字相同意思。

補4畫【𦧺】but, bút, bút bī, ㄅㄨㄊ, ㄅㄨㄊ，hó chia̍h ê mih, hó chia̍h ê tsu bī. tiⁿ but but. tiⁿ bút bút. chin tiⁿ
𦧺味，好食的物，好食的滋味。甜𦧺𦧺。甜𦧺𦧺。真甜

造字 借勿的偏音成字。

〔舔〕thiám, ㄊㄧㄢˇ；ēng chih tam, á sī chīⁿ mih. thiám mih.
用舌嚐，或是舐物。舔物。

〔舌沓〕thap, ㄊㄚˋ；Lim chiáh, chiáh mih, tōa chiáh ê ì sù.
飲食，食物，大食的意思。

〔舖〕Phò, Phō, ㄆㄨˋ，ㄆㄨ；tiàm thâu, tiàm Phò. tiàm Phò. Lō tsām ê tiàm. ióh Phò. Phò hō. chit Phò Lō, n̄ng Phò Lō.
店頭，店舖。店舖。路站的店。藥舖。舖號。一舖路，兩舖路。

〔舌若〕nā, nà, ㄋㄚˋ，ㄋㄚˋ；ēng chhùi chih nā. ū chīⁿ ê ì sù. kau á nā kiáⁿ. hé chih nā teh nā teh.
用嘴舌諾。有舐的意思。狗仔諾子。火舌諾啲諾啲。

造字 借若的白話音成字。

十一~十三畫

〔館〕koán, ㄍㄨㄢˇ；chhù, koán siā. an hioh ê só͘ tsāi. Lú koán. koaⁿ siā. kong koán. Siók jī
厝，館舍。安歇的所在，旅館。官舍，公館。俗字館。

〔舌翕〕thap, ㄊㄚˋ；kap 䑙 Sio Siāng ì sù. Lim chiáh. chiáh mih. tōa chiáh ê ì sù.
与䑙相同意思。飲食。食物。大食的意思。

〔舚〕tām, thiàm, ㄉㄢˋ，ㄊㄧㄢˋ；kap 舑 Sio Siāng ì sù. chih thò chhut, thò chih ê khoán sit.
与舑相同意思。舌吐出，吐舌的款式。

舛部 136

〔舛〕chhoán, chhún, ㄔㄨㄢˇ，ㄔㄨㄣˇ；ka chiah saⁿ ǹg ûi Poē ûi kėh. chha chhok, chhoán Gō͘. áu bān koāi chhún.
尻脊相向，違背。違逆。差錯，舛誤。拗慢，乖舛。

六畫

〔舜〕sùn, Sūn, ㄕㄨㄣˋ，ㄕㄨㄣˋ；chháu jû jû. iú Lú tông ku Gân jû Sùn hôa. hoe ê miâ, bok kín Sùn hoe, tông sùn.
草茹茹。有女同車顏如舜華。花的名，木槿，舜花，同舜。
Lâng ê sìⁿ. jîn ài Sèng hiân ê hông tè, sūn tè ê hō. iā kiò Gû sùn.
人的姓。仁愛聖賢的皇帝，舜帝的號。也叫虞舜。

七、八畫

〔舝〕hat, Sng, ㄏㄚˊ，ㄒㄧㄚˊ；kap 轄 Sio Siāng ì sù. chiáng koán, koan hat. chhia Lián ê siaⁿ, hat hat. chhia Sng, chhia Lûn
与轄相同意思。掌管，管轄。車輪的聲，舝舝。車舝，車輪
Sng, chiū sī Sng chhia thih. tsòe khì hāi khah ū ēng it Poaⁿ sī kóng chhoán á.
舝，就是舝車的鐵。做器械較有用一般是講銓仔。

〔舞〕bú, ㄨˇ；bú Lāng thiàu bú, iô iô Pái Pái, pí chhiú ūi kha. bú tāi bú tō. bú Pē.
舞弄，跳舞，搖搖擺擺，比手畫脚。舞臺。舞蹈。舞弊。

舟部 137

〔舟〕chiu, ㄓㄡ；chiū sī tsûn. chiu chhia. Gėk tsúi hêng chiu. toē miâ, chiu San kūn tó, tī hâng chiu oan.
就是船，舟車。逆水行舟。地名，舟山群島，佇杭州灣。

二、三畫

〔舠〕to, ㄉㄠ；sòe chiah tsûn á ê khoán sit. chhin chhiūⁿ to ê ì sù.
小隻船仔的款式，親像刀的意思。

〔舟叉〕chha, ㄔㄚ；sòe chiah tsûn á, Pîⁿ tsûn. Sam Pán.
小隻船仔，扁船。杉板。

〔舡〕hông, ㄏㄨㄥˊ；tsûn, tsûn ê miâ, tsûn ê khoán sit.
船，船的名，船的款式。

〔舟多〕tek, ㄉㄜˋ；chit khoán sòe chiah tsûn ê ì sù. kap 舴 Sio Siāng.
一款小隻船的意思。与舴相同。

〔舟乇〕thap, ㄊㄚˋ；chit khoán tsûn ê miâ. chiūⁿ tsûn ê ì sù.
一款船的名。上船的意思。

四畫

〔舟少〕chhau, ㄔㄠˋ；tsun bô an chēng. tsûn Gûi hiám ê ì sù.
船無安靜。船危險的意思。

舫 hong, hóng, n̄ng chiah tsûn pê pī kiâ。 hóng, sái tsûn ê sai hū, tāi kong。 tek Pâi, chhâ Pâi。
ㄏㄜㄥ, ㄏㄜㄥ; 兩隻船平平行。 舫, 駛船的師父, 舵公。 竹排, 柴排。

航 hông, hâng Sì kak ê tsûn。 chhut hái, hông hái。 hâng hêng。 hâng ūn。 hâng lō͘。 hâng sòaⁿ。 hong Giap。
ㄏㄜㄥ, ㄏㄤ; 四角的船。 出海, 航海。 航行。 航運。 航路。 航線。 航業。
hâng khong, chē oē Pe tī khong tiong ê khì。
航空; 坐能飛佇空中的器具。

舥 Pa, Phû ê hoâiⁿ chhâ。 Phû kiô ê ì sù。
ㄅㄚ; 浮的橫柴。 浮橋的意思。

般 Pan, Poan, Phoân, Poaⁿ, Pan, tò tńg Lâi, Pan su hôe tiâu。 Pan hoân。 Poan, ēng tsûn Lâi ūn mih, Poan ūn。
ㄅㄢ, ㄅㄨㄢ, ㄆㄨㄢ, ㄅㄨㄚ; 般, 倒轉來, 般師回朝。 般還。 般, 用船來運物, 般運。
chhian ī。 Phoân, toā chiah tsûn。 Phoân hoân, kiâ bōe chìn。 Phoân Lo̍k, thit thô, khoài Lo̍k。
遷移。 般, 大隻船。 般桓, 行袂進。 般樂, 迌迌, 快樂。
Poaⁿ, it Pan, chit Poaⁿ。 chit Poaⁿ iūⁿ。 bān Poaⁿ。 Pah Poaⁿ khí thâu Lân。
般, 一般, 一般。 一般樣。 萬般。 百般起頭難。

舨 ho̍k, ê Pún jī。 hâng ho̍k。 khut ho̍k。 bâi ho̍k。 ho̍k sāi。
ㄏㄛㄎ; 服的本字。 降服。 屈服。 埋服。 服事。

舨 Pán, chiū sī tsûn ê ì sù。 kap Pán。 Sam Pán。 kap Pán tsûn。 Sam Pán。 Sam Pán。 Sam Pán。
ㄅㄢ; 就是船的意思。 佮舨。 杉舨。 佮舨船。 舢舨。 杉舟反。 三舨。

㸱 ko͘; tsûn ê miâ。 toā chiah tsûn。
ㄍㄛ; 船的名。 大隻船。

退6畫 舡 chhêng, chhêng kám Pang, chiū sī tsûng téng kòa teh ê Pang。
ㄑㄧㄥ; 舡艙板, 就是船頂掛的的板。

造字 借亢偏音成字。

退6畫 舝 Lit, Lu̍t, Lit á soh。 Lu̍t á soh。 Lit chūn。 chit tiâu Lit。 Chiū sī tsûn nih teh ēng ê soh。
ㄌㄧㄊ, ㄌㄨㄊ; 舝仔索。 舝仔索。 舝船。 一條舝。 就是船裡咧用的索。

造字 借聿的偏音成字。

五畫

船 Soân, Sûn, tsûn oē tsài Lâng kap mih tī tsúi téng kiâⁿ ê kang khū。 bûn im Soân。 tsûn。 tsûn chiah。
ㄙㄨㄢ, ㄙㄨㄣ, ㄗㄨㄣ; 能載人與物佇水頂行的工具。 文音船。 船。 船隻。
Lâng ê sìⁿ tsûn。 chē tsûn iû ô͘。 Siong tsûn。 chiàn tsûn。 chhêng khì tsûn。 ba̍k tsa̍t tsûn。 Sûn。
人的姓船。 坐船遊湖。 商船。 戰船。 蒸汽船。 墨賊船。 船。
Phak Sûn têng, chiū sī chhù tōa mn̂g Sio chiap ê têng á。
覆船亭, 就是厝大門相接的亭仔。

舷 hiân, tsûn Po, Po Piⁿ, Po kìⁿ。 tsûn Piⁿ tōa tiâu ūn。 tsûn hiân。 hiân mn̂g。 hiân chhek。
ㄏㄧㄢ; 船保, 保邊, 保墘。 船邊大條穩。 船舷。 舷門。 舷側。

舸 ko, khó tsûn, toā chiah tsûn, ūn mih ê tsûn。
ㄍㄜ, ㄎㄜ; 船, 大隻船, 運物的船。

舲 Lêng, Sòe chiah tsûn, tsûn téng ū chhù ū thang á ê sió tsûn。
ㄌㄧㄥ; 小隻船, 船頂有厝有窗仔的小船。

舶 Pe̍k, chiū sī toā chiah tsûn, hái tiong ê tōa tsûn。 tsun Pe̍k。 Gōa kok hè。 Pe̍k Lâi Phín。 hái Pe̍k。
ㄅㄜㄎ; 就是大隻船, 海中的大船。 船舶。 外國貨, 舶來品。 海舶。

舠 tiau, Chiū sī Gô͘ kok ê tsûn ê ì sù。
ㄉㄧㄠ; 就是吳國的船的意思。

舵 tō, tāi, tōa, tsûn bóe ê kì, hō͘ tsûn oa̍t Lâi oa̍t khì ê khì khū。 tsûn tō。 tō。 tsûn tōa。 tāi kong,
ㄉㄜ, ㄉㄞ, ㄉㄨㄚ; 船尾的鰭, 佮船越來越去的器具。 船舵。 舵。 船舵。 舵公,
tô Sái tsûn ê sai hū。 iap tāi。 Siang chiúⁿ tāi。 kó͘ á tāi。 chit mn̂g tōa, chit ki tō ê
ㄉㄜ 駛船的師父。 葉舵。 双槳舵。 鼓仔舵。 一門舵, 一支舵的
ì sù。 hōaⁿ tōa, tō chhiú, chiáng tō ê Lâng。 Pài tōa。 tōa thâu。 tōa hio̍h。
意思。 按舵, 舵手, 掌舵的人。 拜舵。 舵頭。 舵葉。

㸱 ko͘, kap 舸 Sio Siāng。 tōa chiah tsûn。
ㄍㄛ; 舸, 舸相同。 大隻船。

舴 chek, tek tōa tsûn ê sió tsûn á, chek béng。 Pîⁿ toé ê tsûn á。 Sam Pán
ㄐㄜㄎ, ㄉㄜㄎ; 大船的小船仔, 舴艋。 平底的船仔。 杉板。

舺 kap, kah, kah tsûn, kah Pán tsûn, Sòe chiah tsûn。
ㄍㄚㄆ, ㄍㄚㄏ; 胛船, 胛板船, 小隻船。

艴 hu̍t, Chiū sī tōa chiah tsûn。
ㄏㄨㄊ; 就是大隻船。

舶 toā tōa tsûn, toā tò tńg。 chiū sī khan tsûn ê ì sù。 造字
ㄉㄨㄚ; 舶船, 舶倒轉。 就是牽船的意思。

舳 ték, tiok, ték Lô, tsûn ê mîa. tsûn bé, tī tsun āu thang chè ap tsúi. tsûn tó ê só tsāi.
ㄉㄜˊ,ㄓㄡˊ, 舳艫, 船的名。船尾, 使船後可制壓水。船舵的所在。
tiok Lô, sì kak tn̂g tn̂g ê tsûn. tsûn thâu kiò tsòe Lô, tsûn pé kiò tsòe tiok.
舳艫, 四角長長的船。船頭叫做艫, 船尾叫做舳。

六·七畫

舟同 tông, ㄊㄨㄥˊ; tsûn ê mîa, chiàn tsûn ê Lūi. 船的名, 戰船的類。

舟舌 hoat, ㄏㄨㄚˊ; tsûn teh kiâⁿ ê ì sù. 船咧行的意思。

舟合 kap, ㄍㄜˊ; tsûn tín tāng ê khoán sit. 船振動的款式。

舽 Pông, Phông, ㄆㄤˊ,ㄆㄤˊ; tsûn ê mîa, Pông hông. Gô kok ê tsûn. 船的名, 舽䑫。吳國的船。

艄 Sau, ㄕㄠ; tsûn Pé, bé sau. tsûn ê mîa, sau tsûn. sau kong, tsûn oân ê ì sù. 船尾, 尾艄。船的名, 艄船。艄公, 船員的意思。

艇 théng, ㄊㄧㄥˇ; tsûn sin tn̂g, iah bô tōa chiah, théng á tsûn. khì théng. pe théng. chiâm tsúi théng. 船身長, 亦無大隻, 艇仔船。汽艇。飛艇。潛水艇。

舟步 Pō, Po, ㄅㄨˋ,ㄅㄛ; tsûn Po, tsûn mîa. tsûn tóe koh chhim ê ì sù. 船舟步, 船名。船短價深的意思。

八畫

舟侖 Lûn, ㄌㄨㄣˊ; tsûn ê mîa, Lûn thiu. tsûn thâu chêng ê chhâ, 船的名, 舟侖䑛。船頭前的柴,

艋 béng, báng, ㄇㄥˇ,ㄇㄤˇ; Sam Pán ê tsûn á. tek béng. Sòe chiah tsûn á. tōe mîa, bān hôa ê kū mîa, báng kah. 杉板的船仔。舴艋。小隻船仔。地名, 萬華的舊名, 艋舺。

舟周 tiau, ㄉㄧㄠ; chiū sī Gô kok ê tsûn ê ì sù. tsûn sin tóe kok khoah. kap Sio Siāng. 就是吳國的船的意思。船身短價闊。與船相同。

艌 Liām, ㄌㄧㄢˋ; Liām tsûn. bán tsûn soh ê ì sù. 艌船。挽船索的意思。

艍 ku, ㄍㄨ; tsûn ê ì sù. bô hun piat tōa sòe. 船的意思。無分別大小。

九畫

艑 Pián, Phian, ㄅㄧㄢˇ,ㄆㄧㄢ; tsun ê mîa, Pián chha. chhián chhián ê tsûn. Sam Pán. Sam Pán. Sam Pán. 船的名, 艑艖。淺淺的船。三板, 舢板。舢舨。

補3畫 舢 San, Sam, ㄕㄢ,ㄕㄢ; Sòe chiah tsûn ê mîa, San Pan. Sam Pan. Sam Pán. 小隻船的名, 舢舨。舢板。三板。

艏 Síu, ㄕㄡˇ; tsûn á, tsûn ê tsûn thâu ê ì sù. ek Síu. 船仔, 船的船頭的意思。艗艏。

艐 tsong, tsang, ㄗㄨㄥ,ㄗㄤ; tsûn khò tiâu bōe oē kiâⁿ. Sam tsong, chiū sī kok ê mîa. tsang, tsûn tsang chiū sī kúi nā chiah tsun. tsoh hé Pha tiāⁿ. Pàng chhut tsun tsang. 船靠牢𣍐能行。三艐, 就是國的名。艐, 船艐, 就是幾若隻船, 作夥拋碇。放出船艐。

艎 hông, ㄏㄨㄤˊ; tsûn ê mîa, tō tsûn. 船的名, 渡船。

艅 Jû, ㄩˊ; tsûn ê mîa, khang khak chhâ ê tsûn. 船的名, 空殼柴的船。

艓 tiap, ㄉㄧㄝˊ; chiū sī tsûn ê mîa, Sió tiap. tiap á. ū chîⁿ kà tōa khó, bô chîⁿ kîⁿg tiap á. 就是船的名, 小艓。艓仔。有錢駕大舸, 無錢行艓仔。

十畫

艖 chha, ㄔㄚ; Sòe chiah tsûn á, Sam Pán, San Pán. 小隻船仔, 舢板, 舢板。

艘 So, So, ㄙㄠ,ㄙㄡ; tsûn chiah ê tsóng mîa, So chhip chi khì. kè Sǹg tsûn chiah ê mîa, chit so, n̄ng So. 船隻的總名, 艘楫之器。計算船隻的名, 一艘, 兩艘。

艙 chhong, chhng, ㄘㄤ,ㄘㄥ; tsûn tó. Sī tsûn Lāi tóe mih ê só tsāi, tsûn Chhong. tsûn chhng. hè chhng. tsúi chhng. 船肚。是船內貯物的所在, 船艙。船艙。貨艙。水艙。
chhng tóe. Chhng khau. khui chhng. kheh chhng. 艙底。艙口。開艙。客艙。

䑭	tsoi, ㄗㄛ,	chiū sī hái nih ê tsûn miâ。 就是海裡的船名。
艕	Ko, ㄍㄛ,	kap nn̄g jī sio siâng。 与 𦨴·𦨴 兩字相同。
艗	ek, ㄝㄎ,	tsûn thâu, ek siú。 tsûn thâu tsòe ek chiáu ê thâu, Lâi khu tû hái koài。 in ūi ek ek tông im。 船頭，艗艏：船頭做鷁鳥的頭，來驅除海怪。因為艗鷁同音。
艕	Pōng ㄆㄤˋ,	nn̄g chiah tsûn。 tsûn ê ì sù。 兩隻船。船的意思。

十一·十二畫

艛	Lô, ㄌㄡˊ,	tsûn ê miâ, koâiⁿ tsa̍p tn̄g gōa。 船的名，高十丈外。
艜	tài ㄉㄞˋ,	tsûn ê miâ, chit khóan tsûn tn̂g koh po̍h ê ì sù。 théng tsûn 船的名，一款船長佫薄的意思。艇船
艚	tsô, tsō, ㄘㄠˊ, ㄗㄠ,	tsûn ê miâ koaⁿ tsô, tsô á, tsô á tsûn koaⁿ hú á sī hái koan ê Lâng teh ēng ê 船的名，官艚，艚仔，艚仔船；官府或是海關的人咧用的 tsûn á。 soè chiah tsûn。 tiò tsô, bāng tsō。 船仔。小隻船。釣艚，網艚。
𦩍	Gô, ngô, ㄠˊ, ㄠˊ,	chiū sī tsûn chiap thâu ê chhâ 就是船接頭的紫。
𦪈	Gô, ngô, ㄠˊ, ㄠˊ,	kap téng bīn jī sio siâng。 与 頂面字相同。
𦪌	Chióng ㄐㄧㄤˊ,	kò tsûn ê khì khū。 kap 槳 sio siâng。 划船的器具。与 槳 相同。
艟	tông, ㄊㄨㄥˊ,	oe̍h tn̂g ê chian tsûn, bông tông。 狹長的戰船，艨艟。
艞	iāu, ㄧㄠ,	kang tiong ê tōa tsûn, tsûn thâu kap hōaⁿ Lâi sio chiap thong óng。 iāu Pán thiàu Pang。 江中的大船，船頭界岸來相接通往。艞板；跳板。
𦪮	kám ㄍㄢˇ,	tsûn tó siang Pêng ê ì sù。 船肚双拌的意思。

十三 畫

艤	Gí, ㄧˇ,	Khin tsûn。 chhong tsûn cá hōaⁿ ê ì sù。 Gí chiu。 輕船。划船倚岸的意思。艤舟。
艡	tong, ㄉㄤ,	chiū sī tsûn á ê miâ。 tè tong。 tsúi chiàn ê tsûn 就是船仔的名。艇艡。水戰的船
補5畫 𦨣	tè, ㄉㄝ,	chiū sī tsûn á ê miâ。 tè tong。 tsúi chiàn ê tsûn。 就是船仔的名。艇艡。水戰的船。
艣	Ló, ㄌㄨˇ,	chìn tsûn ê khì khū, Ló tsûn, iô Ló。 kap 艪 sio siâng。 進船的器具，艣船，搖艣。与 艪 相同。
艂	hong, ㄈㄥˊ,	chit tek Pīⁿ Lâi khàm tsûn。 tsòe Phâng。 織竹編來蓋船。做篷。
艢	chhiông ㄑㄧㄤˊ,	tsûn tiong ng ê thiāu thang tiàu Phâng, Phâng thiāu, tsûn ûi。 船中央的柱，可吊帆，帆柱，船桅。
艥	chhip, ㄐㄧˊ,	tsûn chiúⁿ, kò tsûn。 than ki hōe Lâi kò ka kī。 船槳，划船。趁機會來顧家己。
𦫀	siam ㄒㄧㄢ,	tōa siam, chiū sī tsûn chiúⁿ bé ê ì sù。 舵艪，就是船槳尾的意思。

造字 借詹的偏音成字。

𦪸	toāⁿ, thoāⁿ, ㄉㄨㄢˋ, ㄊㄨㄢˋ,	hâm tōaⁿ, hâm thōaⁿ, chiū sī tsûn nih hō tsûn ûi khiā tiāu ê só tsāi。 tsûn ûi ê sún khang 丞艟，丞艟，就是船裡佇船桅豎起的所在。船桅的榫孔。

造字 借亶的偏音成字。

十四·十五畫

艦	Lām, kām, ㄌㄢˋ, ㄍㄢˋ,	chiàn tsûn, tsûn Po téng tà chhù。 chiàn Lām。 kun kàm。 Peng kàm。 kàm tūi。 kàm tiúⁿ。 戰船，船舺頂帳蓆。戰艦。軍艦。兵艦。艦隊。艦長。
艨	bông ㄇㄥˊ,	oe̍h oe̍h tn̂g tn̂g ê chiàn tsûn oē chin Gâu tsáu。 狹狹長長的戰船，能逼勢走。

艩	chê, ㄐㄝ,	Lô chê, khòa Lô khū ê sún. thang Lâi iô Lô. 艪艩，架艪具的榫。可來搖艪。
艧	hok, ㄏㄜˋ,	chit hō tsûn ê mîa, hok chiu. 一號船的名，艧舟。
艪	Lô, ㄌㄜˇ,	Chìn tsûn ê khì khū. Lô tsûn. iô Lô. kap 舟虜 Sio Siāng. 進船的器具。櫓船。搖艪。与舟虜相同。

十六一廿四畫

艫	Lô, ㄌㄨˊ,	Sì kak tsûn oē kham tit tāng tsài, tiok Lô. tsûn thâu kiò tek, tsûn bé kiò Lô. 四角船能堪得重載，舳艫。船頭叫舳，船尾叫艫。
䑲	Lêng, ㄌㄧㄥˊ,	Sòe chiah tsûn ê chhù, tsûn téng ū thang. Sio tsûn. 小隻船的厝，船頂有窗。小船。
艭	Song, ㄒㄨㄥ,	Chiū sī tsûn ê mîa. Pông Song. 就是船的名。艂艭。
舲	Lêng, ㄌㄧㄥˊ,	kap 䑲 Sio Siāng. Soè chiah tsûn ê chhù, tsûn téng ū thang. Sio tsûn. 与䑲相同。小隻船的厝，船頂有窗。小船。

艮 部 138

艮	kùn, ㄍㄣˋ,	Kha kiâⁿ bōe chìn. Soah. kài hān. kian tēng, kan kè, áu bân. Sī kòa mîa. tang Pak hng ê mîa. 脚行㽞進。息；界限；堅定，奸計，拗慢；是卦名。東北方的名。

一·十一畫

良	Liông, Liōng, ㄌㄧㄤˊ, ㄌㄧㄤˋ,	Gâu, hó, Liông hó. Liông Siān. iu Liông. hiân Liông. Liông sim. Liông tiân. Liông i. Liông bîn. 賢，好，良好。良善。優良。賢良。良心。良田。良醫。良民。 Liōng, Phah Sǹg, oē tsòe tit ê ì sù. 良，打算；能做得的意思。
艱	kan, ㄍㄢ,	thô· tōe oh tit chèng tsoh. Lân. oh. oh. khùn khó·. tsó· tòng. Gûi hiám. kan Lân. kan khó·. 土地艱得種作。難。艱。難。困苦。阻擋。危險。艱難。艱苦。 kan Sin. kan kū. kan hiám. kan khún. 艱辛。艱巨。艱險。艱窘。

色 部 139

色	Sek, ㄙㄜˋ,	Gân iông, khoán Sit, hó khòaⁿ, hó Gân iat Sek. Gân Sek. hè sek. ngó· Gân Liok Sek. hòⁿ sek, 顏容，款式，好看，和顏悅色。顏色。貨色。五顏六色。好色， Sèng io̍k. Sek tì. Sek bōng. Sek chhái. Kéng sek. Sêng Sek. Sek Liāu. 性欲。色緻。色盲。色彩。景色。盛色。色料。

四一十八畫

艳	thûn, ㄊㄨㄣˊ,	thûn thûn chiū sī Sek tì bái, bô súi sek ê ì sù. 艳艳，就是色緻呆，無媠色的意思。
艴	hut, Put, ㄏㄨˊ, ㄅㄛˊ,	hut jiân, bīn Pìⁿ bô hoaⁿ hí ê iông māu. Phái bīn chhiuⁿ. 艴然，面變無歡喜的容貌。歹面象。
艵	Phú, ㄆㄨˇ,	Phú sek, Phú Phú, Sek tì bái bô súi sek ê ì sù. Phú kng, Phah Phú kng, thiⁿ phú Phú 艵色，艵艵，色緻呆無媠色的意思。艵光，打艵光，天艵艵 bōe kng ê ì sù. 未光的意思。

造字 借負偏音成字。

豔	iām, ām, ㄧㄢˋ, ㄢˋ,	bīn Sek Súi, hó khòaⁿ, kiau iām. kong chhái, Sián iām. him Soān, iām Soān. chhōa súi bó·. 面色媠，好看，嬌豔。光彩，鮮豔。欣羨，豔羨。娶媠媒， iām hok. ām, chhiong Sēng, ām ām. ām Sà Sà. chhin chhiūⁿ chháu á hoat chin 豔福。豔，昌盛，豔豔。豔嗄嗄。親像草仔發真多 tsōe ê ì sù. nā tâu hoat ām ām. 的意思。林投發豔豔。
艷	iām, ām, ㄧㄢˋ, ㄢˋ,	kap téng bīn jī Sio Siāng ì sù. 与頂面字相同意思。

艸·艹 部 140

艸 chhó, chháu, chhó, chháu, ê pún jī. Pah chháu tsóng mîa.
ㄘㄜˇ，ㄘㄠˇ，草，草，的本字。百草的總名。

艹 chhó, chháu, kap téng bīn jī siāng khoán. tān sī ēng tī pō͘ siú.
ㄘㄜˇ，ㄘㄠˇ，與頂面字同款。但是用佇部首。

二 畫

艽 Kiu, khiu, kau, kiu iá, hn̄g hn̄g ê khòng iá. iá siù ê chháu siū. ioh mîa, chîn kau.
ㄐㄧㄡ，ㄎㄧㄡ，ㄍㄠ，艽野，遠荒的曠野。野獸的草巢。藥名，秦艽。

艻 Lek, Phang chhái, lô lek, siók ô sui. ioh mîa, gû chí lek. oē tī tit chhit khóng chhut huih.
ㄌㄜˋ；香菜，羅艻，屬胡荽。藥名，牛脂艻。能治得七孔出血。

艿 jêng, chháu bô koah, sin chháu koh tsài hoat ê ì sù.
ㄖㄥˊ，草無刈，新草僩再發的意思。

艾 Gāi, ngāi, hiān chháu mîa, Gāi chháu. hiā chháu. nî lāu, Gāi liân. sio khòa ngāi siòng. iú chhī,
ㄞˋ，ㄧˋ，ㄏㄧㄢˋ，草名，艾草。艾草。年老，艾年。相看，艾相。養飼，
Pó ngāi nî hō͘. Soah, hong heng bī ngāi. tī lí, thian hā Gāi an. Lâng ê sìⁿ, Gāi.
保艾爾後。息，方興未艾。治理，天下艾安。人的姓，艾。
súi, hó, siáu ngāi. hiā, chhiⁿ hiāⁿ. toan ngó͘ tsoeh chhah hiāⁿ khu siâ. hé hiāⁿ.
美，好，少艾。艾，青艾。端午節插艾驅邪。火艾。

艼 tiâu, Lô͘ úi ê hoe, Lâng ēng chit ê tsòe sàu chiú. koân ê khoán sit.
ㄉㄧㄠˊ；蘆葦的花，人用這個做掃帚。高的款式。

芏 téng, chiū sī chit khoán chháu ê mîa.
ㄉㄥˇ；就是一款草的名。

芁 kau, kiu, ioh ê mîa, chîn kau. chîn kiu. kap 艽 sio siāng.
ㄍㄠ，ㄐㄧㄡ，藥的名，秦芁。秦芁。與艽相同。

三 畫

芐 hō͘, chiū sī tē hông, iā kiò tē chhúi.
ㄏㄨˋ，就是地黃，也叫地髓。

芄 hoân, oân, hoân lân, chháu mîa. oâ lân.
ㄏㄨㄢˊ，ㄨㄢˊ，芄蘭，草名。芄蘭。

芔 hùi, hùi chháu ê tsóng mîa, chháu bák. hùi, chhiū nâ tín tāng ê siaⁿ.
ㄏㄨㄟˋ，ㄏㄨㄟˇ，草的總名，草木。芔，樹林振動的聲。

芑 í, kí, khí, chhài mîa, í chhài. kut chhiⁿ chiap pe̍h sek, tiah ì ê hio̍h thang chhiⁿ chia̍h. kí, khí,
ㄧˇ，ㄑㄧˇ，ㄎㄧˇ，菜名，芑菜。骨青汁白色，摘它的葉可生食。芑，芑，
Gō͘ kak ê mîa, Pe̍h ê ng. hó ê bí. Pe̍h liông chhek. chiam á bí.
五穀的名，白的秧。好的米。白梁粟。尖仔米。

芎 kiong, keng, Phang chháu ê mîa, kiong kiông, chiū sī chhoan kiong, tsoh ioh. keng, keng chio. chiū sī ke chí
ㄐㄩㄥ，ㄍㄥ，香草的名，芎藭，就是川芎，作藥。芎，芎蕉。就是雞子
ê mîa. i ê hêng ná oan keng.
的名。它的形如彎弓。

芒 bông, bâng, mî, mê, chháu ê mîa, bông chháu. koaⁿ bâng. koâiⁿ 5·6 chhioh. koaⁿ bâng hoe.
ㄇㄤˊ，ㄨㄤˊ，ㄇㄧˊ，ㄇㄜˊ，草的名，芒草。菅芒草。高五六尺。菅芒花。
bông kó, chiū sī soāiⁿ á. bông siau, hòa hak ioh phín mîa, chiū sī siau sng lap. bông chéng,
芒果，就是樣仔。芒硝，化學藥品名，就是硝酸鈉。芒種，
choeh khùi mîa, bông chéng hō͘. mî mê chhek á mî, chiū sī tiū á bé chiam chiam ê mn̂g.
節氣名，芒種雨。芒芒·粟仔芒，就是稻仔尾尖尖的毛。

芃 hông, chháu chhiong sēng ê ì sù. bé tn̂g ê khoán. hoân hoân. sòe chiah siù ê khoán.
ㄈㄥˊ，草昌盛的意思。尾長的款。芃芃。小隻獸的款。

芍 chiok, hoe ê mîa, chiok ioh. bó tan ê khoán sit. ioh mîa, pe̍h chiok. chhiah chiok.
ㄓㄨㄛˊ；花的名，芍藥。牡丹的款式。藥名，白芍。赤芍。

芏 thó͘, chháu ê mîa, hoat tī hái piⁿ. chhin chhiūⁿ oân lân, thang piⁿ tsòe chhio̍h.
ㄊㄨˇ，草的名，發佇海邊，親像芄蘭，可編做蓆。

芊 Chhian, chhiân, chhin, sin, chhian chhian, chhian chhiân, chhiong sēng, siù bō͘, chhiⁿ sek ê khoán.
ㄑㄧㄢ，ㄑㄧㄢˊ，ㄑㄧㄣ，ㄒㄧㄣ，芊芊，芊芊，昌盛，秀茂，靘色的款。
chhân, tōe mîa, chhian siau. chháu mîa, chhian chháu, chhin chháu. sin chháu. oē kian tàng hō͘ lâng
ㄑㄧㄢˊ，地名，芊韶。草名，芊草。芊草。芊草。能凝凍從人

thang chiah Léng ê, thòe hé khì, chí chhùi ta。Chhian chháu peng。chhân chháu peng。
可食冷的，退火氣，止嘴乾。千草冰　。田草冰　。

芋 u, ū, ō, u, X, ㄩˋ, ㄩ, 芋, chhiū sī chháu bō sêng, toā ê ì sù。chhài tsâng ê mîa, hioh toā, kun kiat Liáp oē tsòe
就是草茂盛，大的意思。菜欉的名，葉大，根結粒能做
chiah mih。ō。ō thâu。Pe̍h ō。âng ō。Pin nn̂g ō。kâu tôe ō。ko͘ pô ō。tsúi ō。
食物。芋。芋頭。白芋。紅芋。檳榔芋。狗蹄芋。姑婆芋。水芋。
ō hoāiⁿ。ō á Peng。
芋薮。芋仔冰。

𦬁 bông, ㄇㄤˊ, tiū sūi be̍h sūi ê chhiu, chhiu ê chiam bé。mê, mê。kap 芒 Sio siāng。ê Pún jī。
稻穗麥穗的鬚，鬚的尖尾。芒，䒬。及芒相同。的本字。

四畫

芝 chi, ㄓ, hó chháu ê mîa, Lêng chi。hó tiāu thâu。ioh mîa。Chi Lân Gio̍k chhiū, pí jū, chhut hó tsú tē。
好草的名，靈芝。好兆頭。藥名。芝蘭玉樹，比喻，出好子弟。

芻 tso͘, ㄔㄨˊ, Lâng ê sìⁿ。koah chháu á, chhī cheng siⁿ ê chháu, chiah chháu ê cheng siⁿ。tso͘ bo̍k。chho͘ Lō͘ ê ì sù。
人的姓。刈草仔，飼精牲的草，食草的精牲。芻牧。粗陋的意思。

芷 chí, ㄓˇ, chháu ê mîa, Pe̍h chí。ū tiⁿ khó ê bī, ioh mîa。kun thang jip ioh。
草的名，白芷。有甜苦的味，藥名。根可入藥。

芬 hun, ㄈㄣ, chháu á tú á hoat hun Pò͘, hun tsāi bông bông。Phng Phan, hun hong。hó Sūn。
草仔拄仔發分布，芬哉芒芒。香香，芬芳。和順。

芳 hong, Phang, ㄈㄤ, 女ㄤ, hó bī ê chháu mîa, hong chháu。hó bī sò͘, hun hong。hong hiong。hó tek hêng Sūi jîn
好味的草名，芳草。好味素，芬芳。芳香。好德行，垂仁
thoân hong。hong bêng。Phang, Phang bī, Phang bī。Phang chhàu。chheng Phang hó khì bī。
傳芳。芳名。芳，芳味，香味。芳臭。清芳　好氣味。

芾 hùi, ㄈㄨˋ, chhiū ba̍k ām ām, hùi bō͘。jia khàm。Sio khóa ê khoan sit, Pè hùi。
樹木黯黯，芾茂。遮蓋。小許的款式，蔽芾。

芣 hô͘, ㄈㄡˊ, kúi nā hō chháu ê mîa, hô͘ ì。oē tsòe tit ioh, ku chian chháu。má sek。Gû chih chháu。
幾若號草的名，芣苢。能做得藥，車前草。馬舃。牛舌草。

芙 hû, Phû, ㄈㄨˊ, 女ㄨˊ, hoe ê mîa, hû iông。Phû iông hoe。hû kû, Sī hô hoa ê Pat mîa。
花的名，芙蓉。芙蓉花。芙蕖，是荷花的別名。

花 hoa, hôa, he, hoe, ㄏㄨㄚ, ㄏㄨㄚˊ, ㄏㄝ, ㄏㄨㄝ, chhó bo̍k ê m̄ khui, khui hoe。hoa khai hun hong。jîn seng Súi ê sū。hoa hó Goa̍t oân。
草木的蕊開，開花。花開芬芳。人生美的事，花好月圓。
Siau hùi, hoa hùi。khang hì, hì hoa。bô Sêng sit, Pe̍h chhat, hoa Giân khá Gú。chháu hoe, hoe hùi。
消費，花費。空戲，戲花。無誠實，白賊，花言巧語。草花，花卉。
chhài hoe。mî hoe。tāu hoe。kú chhài hoe。he, kap thák hoe Sio siāng。ū sī êng tsòe 華
菜花。棉花。豆花。韭菜花。花，與讀花相同。有時用做華，
thák tsòe hôa, eng hôa, êng hôa hù kùi, tān sī chió êng。Lâng ê sìⁿ hoa。hoa bo̍k Lân。
讀做花，英花，榮花富貴，但是少用。人的姓花。花木蘭。

芮 jōe, ㄖㄨㄟˋ, chháu hoat siⁿ, jōe jōe。tsúi piⁿ, jōe kiok。Soè Sió ê khoan sit, tsòe jōe。
草發生，芮芮。水邊，芮鞫。細小的款式，蕞芮。

芤 khu, ㄎㄡ, tsat me̍h, Piⁿ tsat tiong ng khang ê me̍h Siōng, khu me̍h。tiong ng khang khak ê chháu。
節脈，邊實中央空的脈象，芤脈。中央空殼的草。
chhang ê Pat mîa。
蔥的別名。

芰 kī, ㄐㄧˋ, hoe ê mîa, Liân hoe ê khóan sit。Siⁿ tī tsúi tiong。kī hô。iā sī Lêng kak。
花的名，蓮花的款式。生佇水中。芰荷。也是菱角。

芪 kî, ㄑㄧˊ, chháu ê mîa。tsòe ioh, n̂g kî, chiā kî。ū ê siá n̂g kî。
草的名。做藥，黃芪，蔗芪。有的寫黃耆。

芥 kài, kòa, ㄐㄧㄝˋ, ㄍㄞˋ, chhài ê mîa, kòa chhài。chháu á。Sio khóa, chháu kài, kài chháu。kài Loa̍h, tiau bī Phín。
菜的名，芥菜。草仔，小許，草芥，芥草。芥辣，調味品。

芡 khiàm, ㄑㄧㄢˋ, chháu ê mîa, tsòe ioh, khiàm sit。
草的名，做藥，芡實。

芨 kip, ㄐㄧ, chháu ê mîa, tsòe ioh, Pe̍h kip。
草的名，做藥，白芨。

芩 khîm, ㄑㄧㄣˊ, chháu ê mîa, hoat tī kiâm sip ê tōe, cheng siⁿ ài chiah i ê chí, thang tsòe ioh, n̂g khîm。
草的名，發佇鹹濕的地，精牲愛食它的子，可做藥。黃芩。

芹 khûn, ㄑㄧㄣˊ, chhài siⁿ tī tsúi nih, Phang ê chhài, khûn chhài。ū tsúi khûn。Phang khûn。ioh khûn。
菜生佇水裡，香的菜，芹菜。有水芹。香芹。藥芹。

苿 koat, ㄍㄨㄛˊ, kng bêng, hio̍h ná kang bông chí。khóan sit chhin chhiū bé tê。
光明，葉如江芒子。款式親像馬蹄。

芼 mô, mō, mn̄g, mō, chháu khàm hoat sīⁿ。Púih mih, bán chhài, mô khian, chiáu mō, tsúi chháu。mō: ㄇㄛˋ, ㄇㄠˋ, ㄇㄥˊ, 毛, 草蓋地的發生。拔物。挑菜。芼寮。沼芼, 水草。芼, mō kiⁿ, chiong chhài chham bah lâi tsòe kiⁿ。mn̄g, ta mn̄g, chiū sī oē chiàh tit ê hái chhài, thâu mn̄g chhài 芼羹, 將菜參肉來做羹。芼, 乾芼, 就是能食得的海藥, 頭芼菜。chháu á mn̄g, chiū sī chháu á iù iù sòe sòe ê ì sù。iù mn̄g mn̄g 草仔芼, 就是草仔幼幼小小的意思。幼芼芼。

芤 Giû, Gû, chháu miâ, koâiⁿ n̄ng saⁿ chhioh, hiòh chiam îⁿ ná tn̄g sî, Giû chhek chháu, hiòh Lióng Lióng Siong tùi ㄫㄧㄨˊ, ㄫㄨˊ, 草名, 高兩三尺, 葉尖圓如湯匙, 芤藤草, 葉兩兩相對 téng sīⁿ hoe tsòe Suī, ē kiat chí。頂生花做穗, 下結子。

芭 Pa, ㄅㄚ, Phang ê chháu, Pa chiau。Phang chháu ê miâ。香的草, 芭蕉。香草的名。

芘 Pî, ㄅㄧˊ, chháu á, hoan kiuⁿ, chhiⁿ kiuⁿ, khàm bat, Pî im。草仔, 番姜, 芘姜。蓋密, 芘蔭。

芟 san, ㄕㄢ, tû chháu, koah chháu, San î。chián chháu ê khì khū。tû khì 除草, 刈草, 芟夷。剪草的器具。除去。

芴 bu̍t, ㄇㄨˋ, chi̍t hō koe, á sī ō。bat bat。ò biāu, iù iù。一號瓜, 或是芋。密密。奧妙。幼幼。

芽 Gâ, Gê, ìⁿ, ㄫㄚˊ, ㄫㄝˊ, ㄧˊ, chháu bo̍k á Puh chhut, hoat Gê, chháu Gê。Puh ìⁿ。Puh Gê。bêng Gâ。草木纸仔空出, 發芽, 草芽。空芽。空芽。萌芽。

芫 Goân, iân, tsu̍t Goân, Goân hoa, chiong i Lâi chhá, au hē tī tsúi nih, hî chiū sī chiū Phû。Sī ēng ㄫㄨㄢˊ, ㄧㄢˊ, 芫芫, 芫花, 將它來炒, 後置佇水裡, 魚就是就浮。是用 Lâi thâu hî, só͘ í ū Lâng kiò i tsòe hî to̍k。iân sui, sī chi̍t khoán Phang ê chhài。來毒魚, 所以有人叫它做魚毒。芫荽, 是一款香的菜。

芸 Ûn, ㄩㄣˊ, chháu miâ, chhin chhiūⁿ bo̍k Siok, ûn hiong。Phang chháu。ûn ûn tsòe tsòe ê ì sù。tû chháu。草名, 親像目宿, 芸香。香草。芸芸, 多多的意思。除草。

芺 thian, ㄊㄧㄢ, chiū sī chháu ê miâ。就是草的名。

芚 tûn, thun, chhài chhin chhiū chhì hēng oē chiàh tit。chháu ba̍k khí thâu hoat sīⁿ ê khoán Sit。ㄉㄨㄣˊ, ㄊㄨㄣ, 菜親像刺莧能食得。草木起頭發生的款式。

芯 Sim, ㄒㄧㄣ, Chiū sī chháu ê miâ, teng Sim chháu。theh i ê chháu Sim chhìm tī iû Lâi tiám teng。就是草的名, 燈芯草。提它的草心來浸佇油來點燈。

芏 Ōng, ㄨㄥˇ, chiū sī chi̍t khoán chháu ê miâ。就是一款草的名。

芠 ngâu, ㄫㄠˊ, n̄g hîm chháu kun tsoaⁿ Lâi theh chiap ēng Lâi tsòe chí chhùi ta ê Lō͘ ēng。黃芩草根煎來提汁, 用來做止嘴乾的路用。

芦 Lô͘, ㄌㄨˊ, tsúi chháu ê miâ, Lô͘ úi, Lô͘ tek, Lô͘ hoe。kap 蘆 Sio Siāng。水草的名, 芦葦, 芦竹, 芦薈。與蘆相同。

芢 jîn, ㄖㄣˊ, chháu ê miâ, oē tsòe tit io̍h, ì jîn。草的名, 能做得藥, 薏芢。

芀 hoân, ㄏㄨㄢˊ, chiū sī chháu ê miâ, 就是草的名,

茚 Gông, ㄫㄨㄥˊ, chhiong Pô͘, chháu hoat tī tî tsúi ê Piⁿ。Gông chháu。菖蒲, 草發佇池水的邊。茚草。

苄 hō͘, ㄏㄨˋ, chháu ê miâ, hō͘ chháu。Soaⁿ ê miâ。hoat Gê。草的名, 苄草。山的名。發芽。

芞 Gut, khit, ㄫㄨㄊ, ㄎㄧㄊ, Phang chháu, chiū sī Gut û。khit û。香草, 就是芞蕍。芞蕍。

芧 Sū, ㄒㄩˋ, chi̍t khoán chhiū ê miâ, i ê chí chhin chhiūⁿ La̍t chí。Sū Lek。一款樹的名, 它的子親像栗子。芧栗。

芜 tám, ㄉㄢˇ, chháu ê miâ, hio̍h chhin chhiūⁿ kú chhài, hoat tī soaⁿ ê téng bīn。Sio̍k miâ tî bú。草的名。葉親像韮菜, 發佇山的頂面。俗名知母。

芺 iau, ㄧㄠ, chháu á, khó bī, chiàh Lâi hā khì。khó iau chháu。草仔, 苦味, 食來下氣。苦芺草。

苑 Phau, ㄆㄠˊ, Phîn Phau, tîn chhin chhiū bû hoa kó, oē tsòe tit io̍h kap Gîo tàng。苬苑, 藤親像無花果, 能做得藥與薐凍。

造字 借匏的偏音成字。

五畫

【茁】tsoat, ㄗㄨㄚˊ; chháu bák khí thâu hoat ìⁿ ê khoán sit. chháu ê gê ûn ûn á toā. tsoat tsòng.
草木起頭發芽的款式。草的芽緩緩仔大。茁壯。

【苧】thû, tōe, ㄊㄨ, ㄉㄨㄝ; chháu ê mîa, môa ê lūi, pí môa khah lù, tōe á tsâng. thû mâ. tōe á si. tōe á pò.
草的名，麻的類，比麻較幼，苧仔欉。苧麻。苧仔絲。苧仔布。
oē tit chit pò. sī tsòe soh á.
能得織布。抄做索仔。

【范】hoān, ㄏㄨㄢˇ; sì koe ê chháu. lâng ê sìⁿ hoān.
四界的草。人的姓范。

【芝】hoàn, ㄏㄨㄢˋ; chháu phû tī tsúi tiong ê khoán sit.
草浮佇水中的款式。

【苻】hû, ㄏㄨˊ; chháu ê mîa, hiòh ìⁿ ū mîng chí chhiah sek. hû kúi bòk. iah ū kóng kúi bák chháu.
草的名，葉圓有毛子赤色。苻鬼目。亦有講鬼目草。

【茀】hut, pit, ㄏㄨㄊ, ㄅㄧㄊ; chháu hoat tsát tsát bōe kiâⁿ tit. bō sēng. hut hut. jia khàm phái kiâ, tō hut put khó hêng. chhiú sek. hok khì, hut lòk. pit, chiū sī lâng ê sìⁿ.
草發實實 㧌行得。茂盛，茀茀。遮蓋歹行，道茀不可行。首飾。福氣，茀祿。茀，就是人的姓。

【苛】kho, o, e, hau, ㄎㄜ, ㄜ, ㄝ, ㄏㄠ; kho, chháu á. sió khóa, kho sòe. kiáu jiáu, kho jiáu. khek pòk, kho khek. chek pī, hauh, kho chek. tāng kiû, kho kiû. siū khì, kho lō. kho chiêng béng jû hó. o, thak chit im kap kho sio siāng ì sù. e, e lê, e e lê lê, chiū sī gín á lô so. lūi tui, kiáu jiáu ê ì sù. hau, bīn hau hau. pit háuhⁿ háuhⁿ, chho chho ê ì sù. hau sau. kho sèng chiū sī kiⁿ sèng.
苛，草仔。少許，苛細。攪擾，苛擾。刻薄，苛刻。責備，ㄏㄨㄚㄏ，苛責。重求，苛求。怒氣，苛怒。苛政猛如虎。苛，讀這音與苛相同意思。苛，苛嚟，苛苛嚟嚟，就是囝仔囉唆，累贅，攪擾的意思。苛，面苛苛，皺苛苛，粗粗的意思。苛磅。苛性就是鹼性。

【苢】í, ㄧˇ; í ê pún jī. hô í, tsúi siⁿ ê chháu, liân hoe ê khoán sit, chí oē chiáh tit. ì í jîn.
苡的本字。芣苢，水生的草，蓮花的款式，子能食得，薏苢仁。

【苡】í, ㄧˇ; kap 苢 sio siāng. thang tsòe ioh. ì jîn.
与苢相同。可做藥。薏仁。

【苟】kó, kò, ㄍㄡˇ, ㄍㄡˋ; chháu á. bô chèng tit. chhin chhái, kó hap. kó an. kó chhiáⁿ, chiām sî. bô khoàⁿ cheng, kó lap, tit tit lap, bô kò cheng ê ì sù.
草仔。無正直。且採，苟合。苟安。苟且，暫時。無看精，苟蹋，直直蹋，無顧精的意思。

【苒】jiám, ㄖㄢˇ; chháu á tsoe tsoe, jiám jiám. tián tsoan, jîm jiám. jiū jiòk, liâm piⁿ, ûn ûn.
草仔多多，苒苒。展轉，荏苒。柔弱，臨邊，緩緩。

【若】jiók, joā, loā, nā, lán, ㄖㄨㄛˋ, ㄖㄨㄚ, ㄌㄨㄚ, ㄋㄚ, ㄌㄚ; bán chhài á, khioh chhài. chhin chhiūⁿ, jiók iú só sit, jiók iú jiók bû. nā sī, nā sī an ni. nā bô. lí nā ài góa hō lí. joā, loā, joā tsòe, bô joā tsòe. loā kú. lí tī kok góa tòa loā kú, tòa bô loā kú. kúi lán lâng, kúi nā lâng. kúi lán bān, kúi nā bān lâng. sio siāng.
挽菜仔，抾菜。親像，若有所失，若有若無。若是，若是按呢。若無。你若愛我給你。若，若，若多，無若多。若久。你佇國外住若久，住無若久。幾若人，幾若人。幾若萬人。幾若萬人。相同。

【苷】kam, ㄍㄢ; kam chhó, chiū sī ioh mîa. kam chhó.
甘草，就是藥名。苷草。

【茄】ka, kâ, ㄍㄚ, ㄍㄚˊ; kiô, ㄍㄧㄛˊ; chháu chhài ê mîa. kiô á, phê chí sek. kâ tsú. n̂g tsúi kiô. kiô tsâng. liân hoe kó ioh mîa, ngó ka, chhiū ê mîa, phê thang tsòe ioh, ngó ka phî.
草菜的名。茄仔，皮紫色。茄子。黃水茄。茄欉。蓮花稿。藥名，五茄，樹的名，皮可做藥，五茄皮。

【苦】khó, ㄎㄨˇ; chhài ê mîa, bô tiⁿ, khó chhài. khó koe. khûn kín, khó lèk. sin khó. khó bī. khó ló. khó lān.
菜的名，無甜，苦菜。苦瓜。勤謹，苦力。辛苦。苦味。苦惱。苦難。

【芷】lip, ㄌㄧˋ; chháu ê mîa, pèh lip. chiū sī pèh chí. thang tsòe ioh.
草的名，白芷。就是白芷。可做藥。

【苓】lêng, ㄌㄧㄥˊ; khó lêng, chiū sī khó chhài, ti bú chhài. ioh mîa, hòk lêng. ti lêng.
苦苓，就是苦菜，猪母菜。藥名，茯苓。豬苓。

【茅】mâu, hm̂, m̂, ㄇㄠˊ, ㄏㄇˊ; chháu ê mîa, mâu chháu. ū pèh, n̂g, chhiⁿ, hm̂ á chháu, m̂ á chháu kun, thang tsòe ioh, chhut phiah ê sî thòe pak lāi hé. chháu thang khàm chháu chhù, mâu lô. hiang mâu chháu, ū phang bī, goan sán tī ìn nî kok, tsòe phang liāu ê lō ēng. hiang m̂ iû.
草的名，茅草。有白，黃，青，茅仔草，茅仔草根，可做藥，出疹的時退腹内火。草可蓋草厝，茅蘆。香茅草，有香味，元產佇印尼國，做香料的路用。香茅油。

【茆】báu, ㄇㄠˇ; hoat tī tsúi nih ê chháu mîa, kúi hoe, hiòh oē chiáh tit. lâng ê sìⁿ.
發佇水裡的草名。葵花，葉能食得。人的姓。

茂 bō, ㄅㄛˋ, chhóbók 草木, chhiong sēng 昌盛, bō sēng 茂盛。hoân bō 繁茂。tsōe tsōe 多多。súi ê ì sù 佳的意思, bō tsâi 茂才, bō tek 茂德。

苗 biâu, ㄇㄧㄠˊ, sim pū á 媳婦仔, sin chhut tsōe tsōe 生出多多, hō ê 後裔。tsòe chéng 做種, biâu è 苗裔。chháu ê ín 草木的芽, iù biâu 幼苗。

茉 boat, bák, bāng, ㄇㄨㄛˋ, ㄇㄛˋ, ㄇㄨㄤˋ, hoe ê mîa 花的名, boat lī 茉莉。bák lī hoe 茉莉花。bāng nī hoe 茉莉花。bī chin phang 味真香。hoe sòe koh pe̍h 花小個白。

苜 biat, boat, bo̍k, ㄇㄧㄚˋ, ㄇㄨㄛˋ, ㄇㄛˋ, chit hō saⁿ hioh chháu 一號三葉樹, biat siok 苜蓿。bo̍k siok 苜蓿。saⁿ im thák bô siāng, ì sù sio siāng 三音讀無同 意思相同。

ē thang chhī bé, iā thang tsòe pùi liāu 能可飼馬，也可做肥料。

苶 liap, ㄌㄧㄝˋ, iā siān ê khóan sit 厭倦的款式, liap jiân phî ek 苶然疲役。bōe kì tit 袂記得。iā lán 厭懶。sui liap put jīm sū 衰苶不任事。

苞 pau, pâu, pô, ㄅㄠ, ㄅㄠˊ, ㄅㄛˊ, pau 苞, chháu á ê mîa 草仔的名, pau piâu 苞藨。kó thang chit chhio̍h 稿可織蓆。pau 苞, chháu bák hoat siⁿ 草木發生, siù bô 秀茂。

iā sī pû á ê ì sù 也是匏仔的意思。pô 苞, chiú pô 酒苞, tāu pô 豆苞, tāu sīⁿ pô 豆豉苞, tāu chiùⁿ pô 豆醬苞。mî pô 綿苞。tek pô 竹苞。

苾 bit, pit, pit, ㄇㄧˋ, ㄅㄧˋ, ㄅㄧˋ, chháu mîa 草名, pit tso chhó 苾芻草。phang phang chhin chhiūⁿ chia̍h mih ê hó bī 香香親像食物的好味。chit hō hoat tī tsúi nih ê chháu kun 一號發佇水裡的草根。hiong hiong pit hun 馨香，苾芬。

苹 phêng, ㄆㄧㄥˊ, chháu ê mîa 草的名, hio̍h chhiⁿ pe̍h sek 葉青白色。phang thang chhiⁿ chia̍h 香可生食, koh thang tsú mih 個可煮物。pheng pheng 苹苹, chháu ê khóan sit 草的款式。

茇 poa̍t, poa̍h, ㄅㄚˊ, ㄅㄚˊ, chháu kun 草根, chháu thâu 草頭, chháu liâu 草寮, poa̍t sià 茇舍。io̍h mîa 藥名, pit poa̍t 蓽茇。pit poa̍h 蓽茇。

苫 siam, thiam, ㄕㄢ, ㄊㄧㄢ, ēng chháu lâi khàm chhù 用草來蓋厝, pe̍h pe̍h ê kòa 白白的蓋。chhēng tī seng khu lâi jia hō 穿佇身軀來遮雨, phī siam ū sin 被苫於身

í pè ú 以蔽雨。iā sī hiong ho̍k 也是凶服。chheng thiam 青苫, sī io̍h chháu ê mîa 是藥草的名。

苔 thai, thî, ㄊㄞˊ, ㄊㄧˊ, siⁿ tī im sip ê só tsāi 生佇陰濕的所在, chhin chhiūⁿ chháu 親像草, chhiⁿ le̍k sek 青綠色, chhiⁿ thî 青苔。hái thai 海苔, hái thî 海苔。

chhùi chih lâ sâm 嘴舌的垃圾, chih thai 舌苔。chit khóan sián mîa 一款癬名, thai sián 苔癬。phīⁿ khang kháu chhiūⁿ chhiⁿ thî 鼻孔口像青苔。

茀 hut, tē, ㄈㄨˊ, ㄉㄧˋ, lâng ê sìⁿ 人的姓, hut 茀。lâng chhò siá tsòe 弟 jī 人錯寫做弟字。chit khoan chháu ê mîa 一款草的名。jī tián thák hut 字典讀茀。

苕 tiâu, ㄊㄧㄠˊ, lô ûi ê hoe 蘆葦的花, lâng chiong chit ê teh tsòe sàu chiú 人將這個咧做掃帚, tiâu sàu 苕掃。koâiⁿ ê khoan sit 高的款式。

苳 tong, tang, ㄉㄨㄥ, ㄉㄤ, chháu ê mîa 草的名, kū tong 苣苳。tang thiⁿ sî chiah hoat ê 冬天時即發的。tang o chhài 苳蒿菜, tang o chhài 苳萵菜, tang o 苳萵。

ka tang 茄苳, ka tang hio̍h 茄苳葉, iā ū lâng siá ka tang 也有人寫茄棠。

苴 chhu, tsu, ㄑㄩ, ㄗㄨ, tsúi tiong phû ê chháu 水中浮的草。ǹg mōa ū chí ê 黃麻有子的。chhò siok ê 粗俗的。tsòe chháu ôe ê chháu 做草鞋的草。m̄ lám ê mih 毋欖的物。

茈 chhâ, chhú, chhû, chíⁿ, ㄔㄚˊ, ㄘˊ, ㄘˊ, ㄐㄧˋ, chhâ 茈, chhú 茈, chhû 茈, chháu ê lūi 草的類。chháu ê mîa 草的名, chhú chháu 茈草。io̍h mîa 藥名, chhâ ô 茈胡。

chí, ㄐㄧˇ, chhú lē 茈莫, thang ēng lâi ní n̂g sek 可用來染黃色。chíⁿ 茈, chíⁿ kiuⁿ 茈姜。sī khah iù ê kiuⁿ 是較幼的姜。chí kiuⁿ 茈姜。

英 eng, iⁿ, iaⁿ, ㄧㄥ, ㄧ, ㄧㄚ, hoe bē kiat chí kiò tsòe eng 花未結子叫做英。hó khòaⁿ 好看, eng hôa 英華。ū tì hūi koh ióng kám 有智慧個勇敢, eng hiông 英雄。

hó ê mih 好的物, cheng eng 精英。súi 美, eng tsùn 英俊。hio̍h la̍k khì 葉落去, lo̍h eng 落英。kok ê mîa 國的名, eng kok 英國。iⁿ 英, sòe iⁿ 小英。

pó chio̍h ê mîa 宝石的名, chio̍h eng 石英。chio̍h iⁿ 石英。iaⁿ hoe 英花, iaⁿ á hoe 英仔花, tōa iaⁿ 大英, chiū sī hoe ê mîa 就是花的名。

苑 oan, oán, ㄨㄢ, ㄨㄢˇ, lâng ê sìⁿ 人的姓, oan 苑。chhī khîm siù ê só tsāi 飼禽獸的所在, lo̍k oán 鹿苑。hoe hn̂g 花園, tsu īⁿ 書院, oán iû 苑囿, bûn oán 文苑。

ut, ㄩˋ, kiong tiong ū gū oán 宮中有御苑, lāi oán 內苑, kìm oán 禁苑。io̍h mîa 藥名, ke koán 蕀苑, hiān kim kiò oá chì 現今叫遠志。ut tsut 苑悴。

芓 hō, ㄏㄜˋ, chiū sī chháu ê mîa 就是草的名。

茁 tsu̍t, ㄗㄨㄛˊ, chiū sī chháu hoat tsōe tsōe bō sēng ê ì sù 就是草發多多茂盛的意思。

【苘】khéng, kheng ng môa ê Lūi, khéng môa. khéng môa. khah Lám ê môa. kap 檾 蘔 Sio Siāng.
ㄎㄥˊ, ㄎㄥˇ; 黃麻的類，苘麻。苘麻。較膦麻。与 檾 蘔 相同。

【苸】Piân, chiū sī chháu ê mîa. Chhiok Piân.
ㄆㄧㄢˊ, 就是草的名。雀苸。

【莚】Sian, chháu ê mîa, chhin chhiūⁿ iân sui. Lâm kau Sîn tsō Lóng ēng Sian Sek.
ㄒㄧㄢ, 草的名，親像芫荽。南郊神座攏用莚席。

【葩】Pa, Pék, Pha, Lâng ê sìⁿ, Pék. hoe khui hó khòaⁿ, Súi, kî Pa. chiâⁿ tô, chiâⁿ Pha. kui Pha. chit Pha
ㄅㄚ, ㄅㄜˋ, ㄆㄚ, 人的姓，葩。花開好看，美，奇葩。成朵，成葩。歸葩。一葩
Gî pê. tōa Pha, sió Pha. kap 葩 Sio Siāng ì sù.
枇杷。大葩，小葩。与 葩 相同意思。

【茬】tsà, tsók, tōe hō mîa, tēng tsà koāiⁿ. Soaⁿ ê mîa, tsók nîa soaⁿ.
ㄗㄚˇ, ㄗㄜˊ; 地號名，定茬縣。山的名，茬領山。

【苽】kó, Kó tsá chit hō ngó kok, chhin chhiūⁿ tiu 仔. oē kek tit chiú.
ㄍㄛ; 古早一號五穀，親像稻仔。能激得酒。

【苣】kū, kúi nā hō chhài ê mîa. chhin chhiūⁿ iân sui, tang o chhài, o kū. Péh kū. khó kū.
ㄍㄨˋ; 幾若號菜的名。親像芫荽，冬萵菜，萵苣。白苣。苦苣。

【莀】bîn, tek ê Phê, Péh sìⁿ. tsōe tsōe Lâng.
ㄇㄧㄣˊ; 竹的皮。百姓。多多人。

【苨】ní, chiū sī chháu bō sēng, ām ām ê ì sù. ní ní.
ㄋㄧˇ, 就是草茂盛，黯黯的意思。苨苨。

【芣】Phi, chháu bák ê hoe tsōe tsōe ê khóan sit.
ㄆㄧ; 草木的花多多的款式。

【茵】Siû, chháu ê mîa, Siû chi. chit nî khui Saⁿ Pái hoe, sī sūi chháu.
ㄒㄧㄡˊ; 草的名，茵芝。一年開三次花，是瑞草。

【莓】mûi, m̂, chhau mîa, ké chí mîa, chhau mûi. chháu m̂. ké chí âng, sng tiⁿ hó khì bī. tâng
ㄇㄟˊ, ㄇ; 草名，果子名，草莓。草莓。果子紅，酸甜好氣味。苺同

【茜】sì, Sì som, chit khoán ioh ê mîa, chhin chhiūⁿ chhì som.
ㄙˋ; 茜參，一款藥的名，親像刺參。

造字 借世的白話音成字。

【菽】Lô, oē kha Lô, chiū sī chit hō ê chháu hoe, khah sóe koe kè hoe.
ㄌㄛˊ, 矮腳菽，就是一號的草花，較小雞髻花。

造字 借奴成字。

六 畫

【茶】chhâ, tô, tê, sóe sóe ê chhiū bák ê mîa, chhâ chhiū, tê chhiū. tê Sim tsâng. tê sim. tê sim tê.
ㄔㄚˊ, ㄉㄛˊ, ㄉㄝˊ; 小小的樹木的名，茶樹，茶樹。茶心欉。茶心。茶心茶。
Soaⁿ tê. tê iû. tê kó. tê ô. ū só tsāi thák tsòe tô. chhâ hoa Lú, hoat kok ê chit Pún sió soat.
山茶。茶油。茶砧。茶壺。有所在讀做茶。茶花女，法國的一本小說。

【荎】tî, tiat, bî tî tsu, tî tsu chiū sī ngó bī chí. chhiū mîa, chhu tî. hiān kim ê chhì jû. thák tiat Sio Siāng.
ㄉㄧˊ, ㄉㄧㄝ; 味荎藸，荎藸，就是五味子。樹名，樞荎。現今的刺榆。讀荎相同。

【茱】tsu, ioh chháu ê mîa, chiū sī tsu jû.
ㄗㄨ; 藥草的名，就是茱萸。

【荈】Chhún, koa ê tê hioh, tê bān bān tsóe tsóe koa ê ì sù. tê Chhún, khah Lāu ê tê hioh.
ㄔㄨㄣˇ, 枯的茶葉，茶慢挽多多枯的意思。茶荈，較老的茶葉。

【茯】hók, ioh ê mîa, hók Lêng. hók Sîn.
ㄈㄨˊ; 藥的名，茯苓。茯神。

【茖】kó, chiū sī ioh ê mîa, kái kó.
ㄍㄜˊ; 就是藥的名，藓茖。

【荇】hēng, hēng chhài, Péh kut hioh âng. Phû tī tsúi téng, kun tī tsúi tóe. kap 莕 Sio Siāng.
ㄏㄥˋ, 荇菜，白骨葉紅，浮佇水頂，根佇水底。与 莕 相同。

【荒】hong, hng, ngó kok ké chí bô siu Sêng, thó tōe hòe bô, ki hng. Pha hng. hong hòe, hng hòe. hong tōe
ㄏㄨㄤ, ㄏㄥ; 五穀果子無收成，土地廢無，饑荒。拋荒。荒廢，荒廢。荒地
iá Gōa, bô chèng tsoh ê tōe, hong bû. hong biū, chhò Gō khi Phiàn.
野外，無種作的地，荒蕪。荒謬，錯誤欺騙。

【茴】hôe, Phang chháu ê mîa, hôe hiong. thang tsòe ioh, Sió hôe hiong, tōa hôe hiong.
ㄏㄨㄟˊ, 香草的名，茴香。可做藥，小茴香，大茴香。

【荏】jím, tōa Liáp tāu, jím ô môa, Siók mîa Péh So chí. jîu jiók, jím jiók. tián tsóan, jím jiám.
ㄖㄣˇ, 大粒豆，荏胡麻，俗名白蘇子。柔弱，荏弱。展轉，荏苒。

【茹】 jû, jû, ㄖㄨˊ,ㄖㄨˋ
chháu kun sa" Liân, Poat mâu Liân jû. thèh Lâi chiah, jû sò. Seng oah kan khó; jû khó hâm Sin.
草根相連，拔茅連茹。提來食，茹素。生活艱苦，茹苦含辛。
Sêng Siū ê ì Sù. Loān Loān, jû Loān. jû jû. thâu nîng San Loān, thâu mîng jû.
承受的意思。乱乱，茹乱。茹茹。頭毛散乱，頭毛茹。

【戎】 jiông, ㄖㄨㄥˊ
chháu kāu kāu, bō sēng, jiông jiông. Lâng ê sìn.
草厚厚，茂盛，戎戎。人的姓。

【茸】 jiông, jiông, ㄖㄨㄥˊ,ㄖㄨㄥˇ
chháu á hoat, iù chháu, jiông chháu. chháu jiông jiông. bông jiôn, Loān Loān ê khoán Sit.
草仔發，幼草，茸草。草茸茸。蒙茸，乱乱的款式。
jiong, ㄖㄨㄥˇ
Lòk ê kak tú á hoat, Lòk jiông. tsńg kah Se ê só tsāi, tsńg kah jiông. iù iù ê mih. jiong jiong.
鹿的角抵仔發，鹿茸。指甲勘的所在，指甲茸。幼幼的物。茸茸。

【茳】 kong, ㄍㄤ
chiū sī Phang Phang ê chháu, kang Lî hiong.
就是香香的草，茳蘺香。

【茭】 kau, ka, ㄐㄧㄠ,ㄍㄚ
ta ê chháu, nîu chháu, tso kau. chit khoán chèng tī tsúi nih ê sún, ka Pèh sún. chhài ê mîa,
乾的草，糧草，芻茭。一款種佇水裡的筍，茭白筍。菜的名，
ka boah chhài. ka tsù, ka tsù. ēng kiam chháu Pī" chiâ" ê tē á. khit chiah ka tsù Pun chî".
茭末菜。茭薦，傢薦。用鹹草編成袋仔。乞食屏茭薦分錢。

【荍】 kiâu, ㄑㄧㄠˊ
kùi hoe, ê Pát mîa. Sòe sòe ê chháu, tsōe tsōe hoe, chió hioh. kiau bèh, ū siá kiâu bèh.
葵花，的別名。小小的草，多多花，少葉。蕎麥，有寫荍麥。

【荊】 keng, kiu", ㄐㄧㄥ,ㄐㄧㄥ
chhī á tsâng chhó bòk, kó tsá ê hêng khū, keng tiâu. hū keng chhéng tsōe. tsū khiam ka kī ê
莿仔欉，楚木。古早的刑具，荊條。負荊請罪。自謙家己的
bô kiá" keng sek. tsoat keng. kiu" a chhâ. Pó kiu". Pó kiu" thâu. tō keng. tsōe chhī.
媒子，荊室。拙荊。荊仔柴，埔荊，埔荊頭。杜荊，多莿。

【茖】 kok, kek, ㄍㄜˊ,ㄍㄜˊ
chháu á, Soa" chhang. Sòe sòe tsâng tōa hioh, kok chhang.
草仔，山蔥。小小欉大葉，茖蔥。

【荖】 Ló, Láu, Lāu, ㄌㄠˇ,ㄌㄠˇ,ㄌㄠˋ
Loāh chháu ê hioh, Láu hioh. Láu tîn. chiū sī kauh Pìn nûg ê mih. Láu hioh chí. Lāu,
辣草的葉，荖葉。荖藤。就是鋏檳榔的物。荖葉子。荖，
Lāu mûi, chiū sī n̂g sek ê mûi hoe.
荖梅，就是黃色的梅花。

【荔】 Lē, nāi, ㄌㄧˋ,ㄌㄞˋ
ke chí ê mîa, chháu á, Phang Chháu. Lē chi. nāi chi. Pì Lē. Lak Geh ê kì hō. Lē chi.
菓子的名，草仔，香草。荔枝。荔枝。薜荔。六月的記號。荔支。

【茢】 Liat, ㄌㄧㄝˋ
chiū sī chit khoán chháu á, Sàu tû Put kiat Lī ê chháu, thô Liat.
就是一款的草仔，掃除不吉利的草，桃茢。

【茗】 béng, bêng, ㄇㄧㄥˇ,ㄇㄧㄥˊ
hoe ê mîa, chin hiong béng, hoe Pèh sek ná chhîu bî. tê sim, bêng tê, Phín bêng. iù ê tê. bêng hiong.
花的名，真香茗，花白色如薔薇。茶心，茗茶，品茗。幼的茶。茗香。

【茫】 bông, bâng, ㄇㄤˊ,ㄇㄤˊ
hái tsúi khoah tōa bô bêng, bông bông tōa hái. bông biáu. biáu bâng. àm àm. bâng jiân.
海水濶大無明，茫茫大海。茫渺。渺茫。暗暗，茫然。
chhong bông, it bāng bû chè chin khoah ê ì sù. jîn hái bâng bâng.
滄茫，一望無際真濶的意思。人海茫茫。

【茾】 jì, ㄖˋ
chháu mîa, chi jī. chháu tsōe tsōe ê khóan Sit.
草名，芝茾。草多多的款式。

【荀】 Sûn, ㄒㄩㄣˊ
chháu mîa, Sûn chháu. hoe n̂g chí chhiah. Lâng ê sìn.
草名，荀草。花黃子赤。人的姓。

【荅】 tap, ㄉㄚˊ
Sòe ê Gō kak, tāu á. tam tng. Sa" thiap. ū sî ēng tsòe
小的五穀，豆仔。担當。相疊。有時用做答。

【荑】 î, tê, ㄧˊ,ㄊㄧˊ
chháu, chháu khí thâu hoat ê khoán Sit. Phê á, tê Phôe.
草，草起頭發的款式。稗仔，荑稗。

【草】 chhó, chháu, tsáu, ㄘㄠˇ,ㄘㄠˇ,ㄗㄠˇ
tōe bīn só hoat chhut chhi" chhùi ê mih, chhó bòk. chháu bák. chhó siók. chhau kài. chhín chhái
地面所發出青翠的物，草木。草木。粗俗，草芥。且採，
Láu chhó. chháu tōe. chhi" chháu. chháu Pû. tsáu, hô Lî tsáu, chiū sī hô Lî Phak ta ê Phê. mô chháu ê ì sù
潦草。草地。青草。草埔。草，狐狸草，就是狐狸曝乾的皮，毛草的意思

【莿】 chhek, chhì, kap, ㄘㄜˋ,ㄘˋ,ㄐㄧㄚˊ
Sio Siāng. chháu ê mî. chhì á. chháu chhì. chhì chhak. chháu á chhì.
莿相同。草莿芒，莿仔，草莿。莿鑿。草仔莿。

【茜】 chhiàn, ㄑㄧㄢˋ
hoe ê mîa, chhiàn chháu. Pat mîa, hong chhia chhau. iū mia, kè Soa" Lîong. iū mia tē hiat.
花的名，茜草。別名，風車草。又名，過山龍。又名地血。
oē thang tsòe ioh. kun thang tsòe âng sek ê ní Liāu. chhiàn sò, sī chit chióng tiōng iàu ê âng sek.
能可做藥。根可做紅色的染料。茜素，是一種重要的紅色。

【荃】 chhoan, tsoân, ㄑㄩㄢˊ,ㄗㄨㄢ
chit hō Phang chháu ê mîa, chhoan bû hiong. Phang Liāu. iù iù ê chháu chhioh.
一號香草的名，荃蕪香。香料。幼幼的草蓆。
Chhoan kat, chit khoán sè Pò. thong chhoan, sī Liah hî ê khì khū, ná hî kô.
荃葛，一款的細布。通荃，是捕魚的器具，如魚笱。

茨 tsu, tsû ㄘˊ, ㄘˋ, ēng m̄ chháu Lâi khàm, chhù kòa。mâu tsu。chhì á sin tī chhiūⁿ á téng。chek tsū
用茅草來蓋，屠蓋。茅茨。莿仔生佇牆仔頂。積聚。

茲 tsu, sīⁿ ㄗ, ㄒㄧ, chháu bák tsōe tsōe。chit chhióh ê chháu。kin á jít, tsu kim。hiān tsāi。kok mîa, kui tsu。
草木多多，織蓆的草。今仔日，茲今。現在。國名，龜茲。
sīⁿ, chháu sīⁿ。chiū sī ēng chháu Lâi tsòe chhióh。Lâi Pang tsān khah Sio。
茲，草茲。就是用來來做蓆。來幫助較燒。

茵 in ㄧㄣ, chhia Lāi ê chhióh tiām。hó͘ Phê ê thán, in jiók。ióh mîa, in tîn。
車內的蓆墊。虎皮的氈，茵蓐。藥名，茵蔯。

茰 jû ㄖㄨˊ, chháu ióh ê mîa, tsu jû。hoat kui Phō͘ ná Pâng keng hō͘ chio chī。kap 萸 Sio Siāng。
草藥的名，茱茰。發歸抱如房間 胡椒子。与萸相同。

茺 chhiong ㄔㄨㄥ, chit hō ê chháu, chhiong ùi。hiān kim kiò ah bú chháu。hō͘ hū jîn Lâng tsòe ióh ê Lō͘ ēng。
一號的草，茺蔚。現今叫益母草。德婦仁人做藥的路用。

茷 hoát, hūi ㄈㄚˊ, ㄈㄟˋ, chháu ê hióh tsōe tsōe, chháu kun, chhun thiⁿ ê chháu kun ko。Sio mâu hoát。kóng oē ū hoat tō͘。
草的葉多多，草根，春天的草根枯。燒茅茷。講話有法度。

茠 hiu ㄒㄧㄡ, hiu chhì, tû chháu。ìm ńg。tì ìm Soaⁿ mîa, hiu San。
茠莿，除草。蔭影。致蔭。山名，茠山。

荁 hoân ㄏㄨㄢˊ, chit hō chháu, i ê kun kap hióh chham tsúi thang sóe bīn sóe chhiú Lō͘ ēng。
一號草，它的根及葉參水可洗面洗手的路用。

荄 kai ㄍㄞ, chháu kun, siók chháu ê Lūi ê chháu kun。kai kun。
草根，屬草的類的草根。荄根。

莨 kùn ㄍㄨㄣˋ, soaⁿ ê chháu, chhin chhiūⁿ mô͘ kùn。Lâng kóng sī tók chháu
山的草，親像毛莨。人講是毒草。

茈 khî ㄎㄧˊ, ióh chháu, bī Loáh bô tók tsòe i chhīng ê Lō͘ ēng。
藥草，味辣無毒，做醫瘡的路用。

茾 khian ㄑㄧㄢ, chiū sī ióh chhau ê mîa。
就是藥草的名。

茿 kiông ㄍㄨㄥ, kiat Liáp ê chháu chí, Lâng ēng chit ê Liáh tsòe ū hok khì。kiông bêng kiap。
結粒的草仔，人用這個略做有福氣。茿莫莢。

茴 khiok ㄑㄩㄝˋ, Lô͘ tek tsòe ê kám, thang chhī nîu á。
蘆荻做的簸，可飼蠶仔。

苦 koat ㄍㄨㄚ, chháu ê mîa, koat Lô͘。koe ê Lūi。
草的名，苦蔞。瓜的類。

茌 sî ㄕˊ, chháu ê khoán sit, tōe hō mîa, tong kūn Sî Pêng
草的款式。地號名，東郡茌平

荗 sút ㄕㄨˋ, chiū sī chháu ióh ê mîa, ngô͘ Sút。
就是草藥的名，莪荗。

荷 tông, tang ㄊㄨㄥˊ, ㄉㄨㄥ, chhài soe ê Lūi, koâiⁿ nn̄g saⁿ chhioh, hióh ná chiáu sit, khih chhim chhim。tang o。
菜蔬的類，高兩三尺，葉如鳥翼，缺深深。茼蒿。

荐 chiàn ㄐㄧㄢˋ, tsúi nih ê chháu, chiàn chháu。tsòe chháu chhióh ēng, sét hā si chiàn。chhī cheng sinⁿ ê chháu
水裡的草，荐草。做草蓆用，席下拖荐。飼精牲的草。

七 畫

莣 chì ㄓˋ, chháu mîa, ióh mîa oán chì。
草名，藥名。遠志。

茝 chhí ㄔˇ, chit khoán Phoang hoe ê mîa,
一款香花的名，

莊 tsong, tsng ㄓㄨㄤ, ㄗㄥ, chháu á hoat ìⁿ ām ām Giâm kín, toan tsong。hó khoàⁿ, toan chiàⁿ。hiuⁿ siā, chhân tsng。
草仔發芽，鬱色鬱色。嚴謹，端莊。好看，端正。鄉社，田莊。
hiuⁿ tsng。Lâng ê Sìⁿ tsng。chîⁿ tsng。Pò͘ tsng。tsng kha。tsong Giâm。tsong tsú。Lâng ê mîa。
鄉莊。人的姓莊。錢莊。布莊。莊腳。莊嚴。莊子，人的名。

莩 hô͘, hu, Piáu ㄏㄜˊ, ㄈㄨ, ㄆㄧㄠˇ, chháu mîa, hu, kúi bak chháu。hô͘, Lô͘ chháu ê kut Lāi, tiong ng Péh Phê Pòh ê mih, ká hô͘。
草名，莩。鬼目草。莩，蘆草的骨內，中央白皮薄的物，葭莩。
Piáu, Gō͘ Piáu, chiū sī tī khong iá gō͘ sí ê Lâng Pa。Gō͘ Piáu。Gō͘ Piáu。thong
莩，餓莩，就是佇曠野餓死的人肥。餓莩。餓殍。通殍。

莧 hiān, hēng ㄒㄧㄢˋ, ㄏㄧㄝˋ, chhiah sek, âng sek ê kut ê chhài。hēng chhài。ū chhì hēng, chiáu heng。
赤色，紅色的骨的菜。莧菜。有刺莧，鳥莧。

莕 hēng ㄒㄧㄥˋ, kap 荇 Sio Siāng。hēng chhài, Péh kut hióh âng Phû tī tsúi téng kun tī tsúi tóe。
与荇相同。莕菜，白骨葉紅，浮佇水頂 根佇水底。

莙 kun ㄍㄨㄣ, chháu ê mîa, kun Gû tsó。hoat tī chhim ê tsúi kau。oē thang chhī kim hî。
草的名，莙牛藻。發佇深的水溝。能可飼金魚。

【荷】hô, o, hau, ho, ㄏㄜˊ, ㄜ, ㄏㄧㄡ, ㄏㄜˋ
hoe chháu ê mîa, hô Liân. o Liân. hô hoa. o hoe. Pòk hô. kok mîa. hô Lân.
花草的名，荷蓮。荷蓮。荷花。荷花。薄荷。國名；荷蘭。
hô hoa, chiū sī Liân hoe. hau Pau, chiū sī tòa tī Seng khu ê chî Pau. hau Pau Sok. hau Pau tòa
荷花，就是蓮花。荷包，就是帶佇身軀的錢包。荷包束。荷包帶
ho Lin tāu, hô Lian tāu, chit khoán ê mîa. Sêng siu. hū o. hô un
荷蘭豆，荷蘭豆，一款豆的名。承受，負荷。荷恩。

【莢】kiap, ngoeh, chháu chí, chháu bah, ㄐㄧㄚˊ, ㄐㄧㄝˊ
tāu á ê tsóng mîa, tāu kiap. bêng kiap chháu. kiap kó ngoeh,
草子，草肉。豆仔的總名，豆莢。明莢草。莢果。莢，
ngeh, ㄐㄧㄝˊ
tāu ngoeh. toā ngoeh, sòe ngoeh. chit ngoeh. thô tāu ngoeh. tāu á ngoeh
豆莢。大莢，小莢。一莢。土豆莢。豆仔莢。

【莒】kú, ㄐㄩˇ
chháu. kok ê mîa, siâⁿ ê mîa, hiān kim Soaⁿ tang kú koāiⁿ. Lâng ê sìⁿ kú.
草。國的名，城的名，現今山東莒縣。人的姓莒。

【莞】oán, oân, iân, ㄨㄢˇ, ㄨㄢˊ, ㄧㄢˊ
oán, chit chióh ê chháu, oán pô. sió khia chhiò, cán ní. chit khoán Phang chhài ê
莞，織蓆的草，莞蒲。小許笑，莞爾。一款香菜的名
mîa, iân sui. koāiⁿ mîa, tong oán. tī kṅg tang Séng.
，莞荽。縣名，東莞。佇廣東省。

【莨】Lông, ㄌㄤˊ
chháu á hoat tī tâm sip ê só tsāi, gû bé chiáh ê chháu, tsōng Lông. iā mîa, thian sian chí.
草仔發佇濕溼的所在，牛馬食的草，藏莨。也名，天仙子。

【莉】Lī, nî, ㄌㄧˋ, ㄌㄧˊ
hoe ê mîa, boat Lī. bak Lī hoe. bāng nî hoe. Lâng ê sìⁿ.
花的名，茉莉。茉莉花。茉莉花。人的姓。

【莅】Lėk, Lī, ㄌㄧˋ
Lėk, chhiū bak tin tāng ê siaⁿ. Lī, tng chit, chit jīm, Lîm kàu, Lī jīm, tī Lí, kun tsú í Lī chiòng.
莅，樹木振動的聲。莅，當職，職任，臨到，莅任。治理，君子以莅眾。

【莓】mûi, m̂, ㄇㄟˊ, ㄇˊ
chiū sī tóe tī hoe Phûn ê chháu á. chháu ê mîa, chiân san mûi. hiān kim ê bók mûi. kap 苺 thong.
就是貯佇花盆的草仔。草的名，蓪山莓。現今的木莓。与苺通。
chháu mûi, chháu m̂. ké chí mîa. ké chí âng sek, bī Phang Sng tiⁿ
草莓，草莓。菓子名，菓子紅色，味香酸甜。

【莫】bō, bók, bóh, ㄇㄛˋ, ㄇㄛˋ, ㄇㄨˋ
chháu chhà mîa, bō. bō bat ê khoán Sit, ām ām, bō bō. m̄ thang, Put khó, ēng tī
草菜名，莫。茂密的款式，黯黯，莫莫。毋可，不可，用在
bûn Giân bûn sî, ko chhim bók chhek. bók hui. bók jiok. bók bêng. kiám chhái, Put jû, m̄ tsai jû hô.
文言文時，高深莫測。莫非。莫若。莫名。敢採，不如，不知如何。
bóh, bóh tit. bóh tit khah hó. kah i bóh. bô ê ì sù. m̄ ê ì sù.
莫，莫得。莫得較好。敎他莫。無的意思。毋的意思。

【莪】Gô, ngô, ㄜˊ
tsúi kîn ê chháu, Phang Phang oē chiáh tit. Gô á chhài. iā ū kiò o á chhài, e á chhài.
水墘的草，香香能食得。莪仔菜。也有叫蒿仔菜，蒿仔菜。

【莔】Pòe, ㄅㄟˋ
chit khoán ê mîa, Pòe bú.
一款藥的名，莔母。

【莩】Put, ㄈㄨˊ
Put ché, chhin chhiūⁿ Lêng chhiu, kun o sek bah Peh, thang Lâi chiáh.
莩薺，親像龍鬚，根黑色肉白，可來食。

【莆】hú, Pô, ㄈㄨˇ, ㄆㄨˊ
hú, hó tiāu thâu ê chháu, chhiap hú. koāiⁿ mîa, Pô tiân koāiⁿ. Pô chhiáu. chhang Pô.
莆，好兆頭的草，蓮莆。縣名，莆田縣。莆草。蔥莆。

【莘】Sin, ㄒㄧㄣ
sè sin, ioh chháu mîa. tṅg ê khoán Sit, iú sin kî bé. tsōe tsōe, Sin Sin. jī sìⁿ Sin.
細莘，藥草名。長的款式，有莘其尾。多多，莘莘。字姓莘。

【莦】Sau, Siau, ㄕㄠ, ㄒㄧㄠ
Pháiⁿ chháu ê khoán Sit, tók chháu. chháu kun.
歹草的款式，毒草。草根。

【莎】So, Sa, ㄙㄜ, ㄙㄚ
chháu ê mîa, So chháu. hô So. hióh chhin chhiūⁿ Sam Lêng kun, tsōe mô. kun kiò hiong hù.
草的名，莎草。侯莎。葉親像三稜根，多毛。根叫香附。
Soa, ㄙㄨㄚ
iū mîa, chhiok thâu hiuⁿ. thang mîa, Sa koe. Lák Géh Sa koe chí ú. iā kiò Pháng chit nîu.
又名，雀頭香。虫名，莎鷄。六月莎鷄振羽。也叫紡織娘。

【菑】tsai, ㄗㄞ
kiáu jiáu, tsai hō, tsai eh ê ì sù.
攪擾，災禍，災厄的意思。

【荽】Sui, ㄙㄨㄟ
Phang chhài ê mîa, iân Sui.
香菜的名，莞荽。

【荳】tō, Lāu, ㄉㄡˋ, ㄌㄡˋ
tāu, kap 豆 Sio Siāng. tāu ê tsong mîa. ngó kok ê mîa, thô tau. Lėk tāu. âng tāu. toā tāu.
与豆相同。豆的總名。五穀的名，土豆。綠豆。紅豆。大豆。
ioh mîa, tō khò. Lāu hàu, chiū sī jiók kùi ê ì sù.
藥名，荳蔻。荳蔻，就是肉桂的意思。

【莜】tiâu, thiau, ㄉㄧㄠˋ, ㄊㄧㄠˊ
tsoh chhân tû chháu ê khì khū. tiâu tsú. thiau chháu.
作田除草的器具。莜子。莜草。

【菌】tún, ㄉㄨㄣˇ
toé ngó kok ê khì khū. thong jī.
貯五穀的器具。通囤字。

【荶】Gîm, ㄍㄧㄣˊ
tsúi Gîm. tsúi Gîm á. Sàu chiú Gîm. chiū sī teh Pák sàu chiú ê chháu. 造字
水荶。水荶仔。掃帚荶。就是啲縛掃帚的草。

荻 tek, tek, chháu ê miâ, kap Lô ... tâng Lūi, hoat tī tsúi pīⁿ koâiⁿ 5・6 chhioh. Lô tek chiū sī
ㄉㄧˊ,ㄉㄧˊ，草的名，与蘆葦同類，發佇水邊 高五・六尺 。蘆荻，就是
chit khoán ê tek chhin chhiūⁿ koaⁿ chîn。
一款的竹 親像菅榛 。

荼 chhâ, tô, tê, iâ, thak chhâ im èng kai sī tông ūn ê im。chháu miâ, khó khó, hioh ná khó kū tīng
ㄔㄚˊ,ㄊㄨˊ,ㄕㄜ,ㄧㄚˊ，讀荼音應該是唐韻的音。草名，苦苦，葉如苦苣 断
ū Pe̍h chiap, sī khó chhài。tô chháu, iū miâ iû tong。khó tê, Pun Lâi tê chiū sī hiān
有白汁，是苦菜。荼草，又名游冬。苦荼，本來荼就是現今
kim ê tê jī。tô to̍k, khó to̍k, thiàⁿ khó ê khoán sit。tô, sī Lâng ê sìⁿ
今的茶字。荼毒，苦毒，痛苦的款式。荼，是人的姓。

莠 iú, siù, Pháiⁿ ê chháu chhin chhiūⁿ, sio̍k Phôe ê Lūi。sio̍k miâ káu bé á chháu。bái, khiap sī, iú chhiú。
ㄧㄡˇ,ㄒㄧㄡˋ，歹的草 親像稻，屬稗的類。俗名狗尾仔草 。呆，猥勢，莠醜。
hó Pháiⁿ Lóng ū, Liong iú Put chê。siù, chiū sī tê chhiū。Lâ sâm chháu。
好歹攏有，良莠不齊。莠，就是茶樹。垃圾草。

杜 tō, chiū sī chit khoán Phang Phang ê chháu。
ㄉㄨˋ，就是一款香香的草 。

萬 Lâm, chháu ê miâ, Gî Lâm chháu。
ㄌㄢˊ，草的名，宜萬草 。

茠 koat kng bêng, hio̍h chhin chhiūⁿ kang bông tsú。khoán sit chhin chhiūⁿ bé tê。
ㄍㄨㄚˇ，光明；葉親像江芒子 。款式親像馬蹄 。

荵 jím tang chháu, chhin chhiūⁿ so͘ chháu, tsóng sī ū mn̂g。ún jím。
ㄖㄣˇ，冬草，親像蘇草 ，總是有毛。隱荵。

莟 hâm, hām, ng kâm sim ài sûi。hoe khui hoe Lūi。ko͘ kâm, chháu á ê miâ。
ㄏㄢˊ,ㄏㄢˋ，秧含心愛媠。花開，花蕊。菇莟，草仔的名。

菩 Gô, ngô, Gî, chhó kok ū Gô siau chháu, chháu chhin chhiūⁿ hiāⁿ。ngô siau chháu。Gî, ioh chháu ê miâ。
ㄫㄜˊ,ㄥㄜˊ,ㄫㄧˊ，楚國有菩蕭草，草親像艾 。菩蕭草。菩，藥草的名。

莫 Gô, ngô, Gî, kap téng bīn jī sio siâng ì sù。
ㄫㄜˊ,ㄥㄜˊ,ㄫㄧˊ，与頂面字相同意思。

菝 bu̍t, bu̍t io̍h, chiū sī Phang Phang ê io̍h miâ。
ㄅㄨˋ，菝藥，就是香香的藥名。

莔 bûn, mn̂g, chháu miâ, kau bûn chháu。kam mn̂g chháu。kam mn̂g thâu, chit khoán ū to̍k ê chháu。
ㄨㄣˊ,ㄇㄥˊ，草名，鈎莔草 。鈎莔草 。鈎莔頭，一款有毒的草。

莖 hêng, keng, khek, kheng, chháu bak ê ki kut, mi̍h kiāⁿ ê Pìⁿ, chhó bo̍k keng。bo̍k Pun keng。sè tn̂g ê mih
ㄏㄥˊ,ㄍㄥ,ㄎㄜˋ,ㄎㄥ，草木的枝骨，物件的柄，草木莖。木本莖。細長的物
ê Siàu Giàh, chhin chhiūⁿ kong, sò͘ hêng Pe̍h hoat ná Phau tit。Lâm jîn ê iông bu̍t, im keng。im kheng。
的數額，親像講，數莖白髮那拋得。男人的陽物，陰莖。陰莖。

莍 kiû, tsu jû chí hoat siⁿ chiâⁿ Pâng ê khoán sit。khiap sì。
ㄑㄧㄡˊ，茱萸子發生成房的款式。猥勢。

莔 bông, chit hō ljoe ê miâ, oē tsòe tit io̍h。Pòe bú
ㄇㄥˊ，一號花的名，能做得藥。貝母

莀 Lông, Sîn, thak Lông sî chiū sī Lông, iû ê kó jī。tsoh sit Lâng。Sîn, chháu tsōe tsōe ê khoán sit。
ㄌㄨㄥˊ,ㄒㄧㄣˊ，讀莀時就是農；農的古字。作穡人。莀，草多多的款式。

莩 Pô͘, Gû bé ê chháu, Loān Loān jû jû ê tiū kó。
ㄆㄨˊ，牛馬的草，乱乱茹茹的稻稿。

莛 têng, chiū sī chháu ê kut, chháu kó ê ì sù。kó têng
ㄊㄥˊ，就是草的骨，草稿的意思。稾莛。

莌 toat, thok, chháu ê miâ, hoat toat。siⁿ tī kang Lâm, koâiⁿ tn̂g Gōa, hio̍h tōa kut Lāi ū chiap chin Pe̍h。
ㄉㄨㄛˊ,ㄊㄨㄛ，草的名，活莌 。生佇江南，高丈外 ，葉大骨内有汁 真白 。

莚 iân, chháu miâ, siⁿ thoàⁿ bô tn̄g sio chiap sòa ê ì sù, bān iân。
ㄧㄢˊ，草名。生湠無断相接續的意思，蔓莚。

菝 tâu, nâ tâu。chiū sī chit khoán Saⁿ tsoā ê chhì ê Chhì Phê, nâ tâu hio̍h。nâ tâu Loe̍h。hio̍h ná tsang Lû hio̍h
ㄉㄡˋ，林菝。就是一款三縒刺的莿葩 。林菝葉。林菝笠。葉如棕櫚葉。

造字 从往習以林投來稱呼，今从分別草木，冠艹成字。

莝 chhò, koah chháu á、jê Lâi chhī Gû bé。tiū chháu。
ㄘㄨㄛˋ，刈草仔，攑來飼牛馬。稻草。

八畫

菖 chhiong, chhiuⁿ, io̍h ê miâ, chio̍h chhiong Pô͘。chio̍h chhiuⁿ Pô͘。
ㄑㄧㄤ,ㄑㄧㄡˇ，藥的名，石菖蒲 。石菖蒲。

萇 tiông, ㄔㄤˊ, ké chí ê mîa. Só tsāi mîa. o tiông kok. thian tiok hút só kàu ê kok. Lâng ê sìⁿ.
菓子的名。所在名，烏萇國，天竺佛所到的國。人的姓。

茿 ti, ㄓㄨˊ, ioh chháu ê mîa, ti bú. ti bú chhài.
藥草的名，茿母。茿母菜。

菲 hui, húi, ㄈㄟ, ㄈㄟˇ, chháu bō Seng, hó khoàⁿ, Phang, chhap tsap. hui hui, hong hui, kok mîa hui Lu̍t Pin.
草茂盛，好看，香，嘈雜。菲菲，芳菲，國名，菲律賓。
húi Pòk, khoàⁿ khin ê ì sù. bî Pòh. húi kèng, Pòh Lé. húi sit, chhò tām ê chiah mih. chhài ê mîa.
菲薄，看輕的意思。微薄。菲敬，薄禮。菲食，粗淡的食物。菜的名。

菡 hâm, ám, ㄏㄢˋ, ㄢˇ, hoe m̂, Liân hoe teh khui ê ì sù, hâm tām. ám tām hiòh, chiū sī chham tî tê sim Lâi bōe khah Sio.
花菡，蓮花哺開的意思，菡萏。菡萏葉，就是參佇茶心來賣較俗。

華 hoa, hôa, ㄏㄨㄚ, ㄏㄨㄚˊ, hòa, ㄏㄨㄚˋ, Phoa tsòe n̄ng Pêng. chháu bak ê m̂. Súi, hó khoàⁿ, hoa Lē. hoa bí. hoe chháu ām. Lâng ê sìⁿ.
剖做兩爿。草木的花。美，好看，華麗。華美。花草艷。人的姓。
hôa. thâu mn̂g Pe̍h, hôa Pe̍h. hôa hoat. hôa jîn, chheng hō tiong kok Lâng. êng hôa hù kùi.
華。頭毛白，華白。華髮。華人，稱呼中國人。榮華富貴。
hi hoa. kong chhen chhun Siàu Lú, Siang Si̍p Liân hôa. ji̍t Goa̍t cheng hôa.
虛華。講青春少女，双十年華。日月精華。

萑 Oân, tsui, ㄨㄢˊ, ㄓㄨㄟ, oân úi, oē chit tit chhiòh ê chháu. chháu mîa, tsui chhui. chit mîa kiò tsòe Pe̍h ek bú chháu.
萑葦，能織得蓆的草。草名，萑蓷。一名叫做白益母草。
chháu bak hoat kàu tsōe tsōe ê Khoán Sit.
草木發到多多的款式。

萁 ki, kî, ㄐㄧ, ㄑㄧˊ, tāu ê tāu tîn. tsú tāu jiân tāu ki (tsô sit ê si). chháu á, chhin chhiūⁿ ték. thang chit Saⁿ.
豆的豆藤。煮豆燃豆萁（曹植的詩）。草仔，親像荻。可織衫。

菅 kan, koan, koaⁿ, ㄍㄢ, ㄍㄨㄢ, ㄍㄨㄚ, hm̂ chháu Lūi, koaⁿ chháu. chhiu thiⁿ khui hoe, koaⁿ bâng hoe, koaⁿ bâng thang tsòe Sàu chiú.
茅草類，菅草。秋天開花，菅芒花，菅芒可做掃帚。
koaⁿ chin, koaⁿ chháu ê kut, Ko tsá tsòe Piah chhâi Liāu. chhó koan jîn, bô tiōng sī Lâng ê sìⁿ mîa.
菅甄，菅草的骨，古早做壁的材料。草菅人命，無重視人的性命。

堇 kín, kîn, ㄐㄧㄣˇ, ㄑㄧㄣˊ, tê, chhin chhiūⁿ î. chhài ê mîa, kín chhài. ioh ê mîa, hô kîn. Soaⁿ mîa, Chhiah kín Soaⁿ.
茶，親像飴。菜的名，堇菜。藥的名，和堇。山名，赤堇山。

菌 khún, ㄐㄩㄣ, hiuⁿ ko. mih hoat ko ê ì sù. bî Sòe ê bî seng bu̍t. sè khún. ū ê ū tòk, iū ū bô tòk.
香菰。物發菰的意思。微小的微生物。細菌。有的有毒，也有無毒。

菰 ko, ㄍㄨ, tâm sip khì só hoat ê ńg chháu, hiuⁿ ko. Siⁿ ko. thong ko. ko khún.
溼濕氣所發的軟草，香菰。生菰。通菇。菰菌。

菇 ko, ㄍㄨ, hiuⁿ ko. chháu ko. thong ko jī. ko khún.
香菇。草菇。通菰字。菇菌。

萸 jû, ㄩˊ, kap 萸 Sio Siāng ì sù. chham khoàⁿ 6 uīh.
与萸相同意思。參看六畫。

菊 kiok, kek, ㄐㄩˊ, ㄐㄧㄝˊ, hoe ê mîa, kiok hoe. chhiu thiⁿ khui hoe, chéng Lūi chin tsōe. kek hoe, chiáu kek.
花的名，菊花。秋天開花，種類真多。菊花，鳥菊。
bān Sūi kek. kam kek. tû thâng kiok. kū Le̍k káu Ge̍h sī kiò kiok Ge̍h.
萬瑞菊。甘菊。除虫菊。旧歷九月是叫菊月。

菓 kó, ké, ㄍㄜˇ, ㄍㄜˇ, chháu bak kiat ê Liap, kó sit. ké chí. ū chí, ū hu̍t. oē tiⁿ, oē Sng. ké chí n̂ng.
草木所結的粒，菓實。菓子。有子，有核。能甜，能酸。菓子園。
kóe, ㄍㄨㄝˇ, ké chí thn̂g. ké chí thâu. bû hoa kó. tsúi kó. Phōng kó.
菓子宅。菓子頭。無花菓。水菓。蘋菓。

萊 Lâi, ㄌㄞˊ, chháu ê mîa, Lâi chháu. hioh thang chiah. tsap chháu, chhân bô tsoh Só hoat siⁿ ê chháu. Lâng ê sìⁿ.
草的名，萊草。葉可食。雜草，田無作所發生的草。人的姓。

菱 Lêng, ㄌㄧㄥˊ, chit khoán tsúi chháu só kiat ê kó, Lêng kak. oē chiah tit. ū n̄ng kak, Saⁿ kak, Sì kak ê.
一款水草的根所結的菓，菱角。能食得。有兩角，三角，四角的。

菉 Lio̍k, Le̍k, ㄌㄨˋ, ㄌㄜˋ, chiū sī Le̍k sek ê ì sù. kap 綠 Sio Siāng. Le̍k tāu. Le̍k tek.
就是綠色的意思。与綠相同。菉豆。菉竹。

莽 bóng, ㄇㄤˇ, Lām Sám, bóng tóng. thâu hî ê chháu, bóng chháu. Sui jiân, Sui bóng. bô it têng bóng chhiaⁿ.
濫糝，莽懂。毒魚的草，莽草。雖然，雖莽。無一定，莽請。
bóng chhī, bóng io, biān kióng iōng io̍k. kap 莽 Sio Siāng ì sù.
莽飼，莽育，勉強養育。与莽相同意思。

莾 bóng, ㄇㄤˇ, káu je̍k mih tī chháu Lāi. Chháu tsōe tsōe, chhim chhim. bóng bóng. chháu bóng. Ló bóng. 莾
狗趕物佇草仔内。草多多，深深，莾莾。草莾，
bóng hàn. kap 莽 Sio Siāng ì sù.
莾漢。与莽相同意思。

萌 bêng, ㄇㄥˊ, khí thâu, chháu chhài khí thâu siⁿ chhut Puh Gê, bêng Gê. keng tsoh. bô tín tāng ê khoán.
起頭，草菜起頭生出穿芽。萌芽。耕作。無振動的款。

【菴】 ām, ām ㄢ，ㄢ
chháu ê miâ, am Lû. chháu Liâu, am biō. nî ko am. chhau bă̍k bō͘ sēng, am ai.
草的名，菴閭。草寮，菴廟。尼姑菴。草木茂盛，菴藹。
ām ām. chháu chin àm. ām sà sà.
菴菴。草真菴。菴嗄嗄。

【菶】 hōng, Póng ㄈㄥ，ㄅㄥ
chháu bō͘ sēng, chháu tsōe, tsōe kiat chí. hōng hōng bō͘. Póng Póng chhe chhe.
草茂盛，草多，多結子。菶菶茂。菶菶萋萋。

【菢】 Pāu, Pū ㄅㄠ，ㄅㄨ
khàm teh. chiáu Pū nn̄g ê ì sù. Pū nn̄g. Pāu koe á kiáⁿ.
蓋啲。鳥菢卵的意思，孵卵。菢鷄仔子。

【萞】 Pî ㄆㄧ
chhau ê miâ, chhin chhiūⁿ môa, kap 蓖 Sio Siāng. Pî môa. Pî môa chí. Pî môa iû.
草的名，親像麻，与蓖相同。萞麻。萞麻子。萞麻油。

【萆】 Pè, Pek, Pì ㄅㄜ，ㄅㄧ，ㄆㄧ
Sòe tsâng ê chhó bók, Pāi hōai, nôa tsah, iám khǹg, jia Pè, kap Pè thong. iōh chháu ê miâ,
小欉的草木，敗壞，攔截，掩藏，遮萆，与蔽通。藥草的名，
sca Pè kái. Pek, chiū sī jia hō͘ ê sa tsang sui ê Lūi. Pì, chiū sī kap 蓖·萞
山萆薢。萆，就是遮雨的衫；棕蓑的類。萆，就是与蓖·萞
Sio Siāng, Pî môa, Pì môa iû, tó Pì iû.
相同，萆麻，萆麻油，蓖萆油。

【萍】 Phêng, Phîo ㄆㄧㄥ，ㄆㄧㄛ
chháu miâ, Phû Phêng, Phû Phîo. Phîo chháu. Phû tī tsúi bīn ê chháu, tsúi Phîo. bô tiāⁿ tio̍h.
草名，浮萍，浮萍。萍草。浮佇水面的草，水萍。無定着。

【菠】 Po, Pe ㄅㄛ，ㄅㄜ
chhài ê miâ, Po chhài. Pe Lêng chhài. kun âng hioh Le̍k sek. thih chit hong hù
菜的名，菠菜。菠薐菜。根紅葉綠色。鐵質豐富

【菩】 Pô͘, Pho͘, Phô, Phôe ㄆㄨ，ㄅㄨ，ㄆㄛ，ㄆㄟ
Sek kàu Lêng kám ê chhiū. Pô͘ thê chhiū. Phô͘ thê. Phû thê. hut ê miâ, Phô͘ Sat.
釋教靈感的樹。菩提樹。菩提。菩提。佛的名，菩薩。
Phôe, khàm chhù ê chháu. Sòe niá chhioh.
菩，蓋厝的草。小領蓆。

【菽】 Siok ㄕㄨˊ
tāu ê tsóng miâ. tāu á. hô mâ siok be̍k. Siok jú, tāu hū. Siok tsúi, Pí jū Pî Po̍h ê chia̍h mih.
豆的總名。豆仔。禾麻菽麥。菽乳，豆腐。菽水，比喻微薄的食物。

【菘】 Siông ㄙㄨㄥ
chhài ê miâ, tang thiⁿ bōe Lo̍h hio̍h. Sù sî ê chhài. Phó Phiàn ê chhài.
菜的名，冬天𣍐落葉。四時的菜，普遍的菜。

【萏】 tám ㄉㄢˇ
hoe khui hó khòaⁿ. hoe ê miâ, hâm tám. chiū sī Phû iông hoe. iā sī hô hoa.
花開好看。花的名，菡萏。就是芙蓉花。也是荷花。

【菼】 thám, tām ㄊㄢˇ，ㄉㄢˇ
chháu ê miâ, chhin chhiūⁿ Lô͘ úi, thang tsòe sau chiú, tham Loān. ám tām hioh, sī chit khoán ê chháu,
草的名，親像蘆葦，可做掃帚，菼亂。菼菼葉，是一款的草
chiū sī chham tī tê Sim Lâi bōe khah Siók.
就是參佇茶心來賣較俗。

【萄】 tô ㄊㄠˊ
ké chí ê miâ, Phû tô. Phû tô chhiū. ōe Soan tîn.
菓子的名，葡萄。葡萄樹。能旋藤。

【菂】 tek ㄉㄧˋ
Liân hoe ê chí ê ì sù. Liân chí.
蓮花的子的意思。蓮子。

【菟】 thò ㄊㄨˋ
chháu miâ, thò si chháu. chí thang tsòe io̍h. hok Lêng ê Lēng miâ, hok thò. jī sìⁿ thò.
草名，菟絲草。子可做藥。茯苓的另名，茯菟。字姓菟。

【菜】 chhài ㄘㄞˋ
iau ê bīn sek, chhài sek. Sò chhài ê tsóng miâ. chháu chhài ōe chia̍h tit. chhài hn̂g. chhài chhī.
楊的面色，菜色。蔬菜的總名，草菜能食得。菜園。菜市。

【菆】 tsò ㄗㄡ
chháu á, chháu hoat tsōe tsōe. hó ê chìⁿ, Pô͘ tsò.
草仔，草發多多。好的箭，蒲菆。

【萋】 chhe ㄑㄧ
chháu bō͘ sēng ê khoán sit, chhe chhe. hūn teh kiâⁿ ê khoán sit, jîn Sîn chīn tiong. kèng kìn
草茂盛的款式，萋萋。雲啲行的款式。人臣盡忠。敬謹

【菁】 cheng, chheng, chhiⁿ ㄐㄧㄥ，ㄑㄧㄥ，ㄑㄧ
chhang chhài ê miâ, kiu hoa, chiū sī kú chhài, kú chhài hoe. chhiu kiú tong chheng.
蔥菜的名，韭華，就是韭菜，韭菜花。秋韭冬菁。
bû chheng, chheng chheng, bō͘ seng ê khóan sit. cheng hôa, chiū sī cheng hôa Sio Siāng ì sù.
蕪菁，菁菁，茂盛的款式。菁華，就是精華相同意思。
soaⁿ chhiⁿ, hoan chhiⁿ, tò hoan chhiⁿ, chhiⁿ tháng, Phah chhiⁿ, chhiⁿ kng, Pin nn̄g chhiⁿ, Soāiⁿ á chhiⁿ.
山菁，翻菁，倒翻菁，菁桶，打菁，菁光，檳榔菁，檨仔菁。

【菹】 chia, chhu, tsu ㄐㄧㄚ，ㄑㄩ，ㄗㄨ
tsúi kîⁿ ê chháu, Lâm Phiaⁿ ê só tsāi só hoat ê chiáu. kio tsòe chhu. tsó tong, tsau chhài,
水墘的草，坐坪的所在所發的草，叫做菹。阻擋，糟菜，
Sng chhài, tōe miâ, u tsu. ta chháu, chhu Sin. ēng saⁿ ê im Lóng Sio Siāng ì sù.
酸菜。地名，于菹。乾草，菹薪。用三個音攏相同意思。

【萃】 tsūi ㄘㄨㄟˋ
chháu ê khóan sit. kan khó͘, khó͘ tsūi khoán tong. tsū chip, tsūi tsū. jîn tsâi chhut chiòng, chhut Lūi
草的款式。艱苦，苦萃款冬。聚集，萃聚。人才出眾，出類
Poát tsūi. bō͘ sēng, kòe tsūi.
拔萃。茂盛，薈萃。

莿 chhiek, chhì, chhàk。Chháu chhì, chhì Phè, chhì á, chhoa chhì, chhì chhàk。kì chhì。Chhau bàk ê chiam mî ê mih。
ㄑㄧㄝˋ, ㄘˋ, 鑿。草莿, 莿茈, 莿仔, 鬥莿, 莿鑿。譏莿。草木的針芒的物。

菑 tsai, tsu, tsai, thong tsai。thiⁿ ê hé, thian tsai。hé tsai。Siong hāi, tsai eh。tsai hāi。tsu, Pha hng ê chhân
ㄗㄞ, ㄗ, 菑, 通災。天的火, 天菑。火菑。傷害, 菑厄。菑害。菑, 抛荒的田
hoat tsōe tsōe ê chháu。Sin khui ê chhân。tû chháu bàk。
發多多的草。新闢的田。除草木。

萎 ûi, ㄨㄟ, chháu á ko̍ tā, ko̍ ûi。hiu nōa。Pháiⁿ khì。Phòa Pīⁿ, tiat jîn kā ûi。ûi siok, kiu khì。
草仔枯焦, 枯萎。朽爛。壞去。破病, 哲人其萎。萎縮, 縮去。

菀 oán, oan, ㄨㄢˇ, ㄩㄢˋ, chháu á, chí oán。Sio̍k mîa hoân hûn chháu。thang tsòe io̍h。chhiong sēng, oán jiân。ut, thong ut。
草仔, 紫菀。俗名還魂草。可做藥。昌盛, 菀然。菀, 通苑。

菶 bóng, ㄅㄥˇ, chit hō oē chia̍h tit ê ngó kok, bóng chháu, bóng bí, ná iàn be̍h。
一號能食得的五穀, 菶草, 菶米, 如燕麥。

菄 tong, tang, ㄉㄨㄥ, ㄉㄤ, chháu mîa, tong hong chháu, iā ū tong hong chhài。bâng tang, chiū Lô tek tsòe ê chek á
草名, 菄風草, 也有菄風菜。芒菄, 就是蘆荻做的箸仔。
kiah bâng tsòe koaiⁿ。
攑芒菄做枴。

菍 Sam, ㄙㄢ, chiū sī tiū á pûi, chiok tsúi ê ì sù
就是稻仔肥, 足水的意思

䓤 he̍k, ㄏㄜˋ, chiū sī hoat siⁿ ê ì sù。chhiū tsâng, bō sēng。
就是發生的意思。樹欉, 茂盛。

萅 chhun, chhun, ㄔㄨㄣ, ㄔㄨㄣ, chiū sī 春 jī ê kó jī, tsù kái chham khòaⁿ jit pō 5 uih。
就是春字的古字, 註解參看日部五畫。

菗 tiû, ㄉㄧㄡ, tê chhài ê ì sù。tiû tû。
茶菜的意思。菗蒢。

萉 hū, ㄏㄨ, chiū sī io̍h chháu ê mîa, hiong hū。
就是藥草的名, 香萉。

菑 tsai, ㄗㄞ, chiū sī 巛 jī ê kó jī。
就是巛字的古字。

菔 ho̍k, Po̍k, ㄈㄨˊ, ㄅㄛˊ, chhài ê mîa, Lô Po̍k。iā chiū sī Lô Po̍k ná Po̍k。chiū sī chhài thâu ê ì sù。bun tha̍k ho̍k。
菜的名, 蘿菔。也就是蘿蔔, 蘿菔。就是菜頭的意思。文讀菔。

菎 kong, ㄍㄨㄥ, Chháu hio̍h ê khoán sit, ná kûi hoe, âng kó Pe̍h hoe。
草葉的款式, 如葵花, 紅稿白花。

菤 koan, koán, ㄍㄨㄢ, ㄍㄨㄢˇ, chit hō chháu ê mîa, i ê hio̍h kap chí ū Liâm Liâm ê chiap。Koán jíⁿ Lêng
一號草的名, 它的葉與子有粘粘的汁。菤耳苓

莀 Lē, ㄌㄧˋ, chháu, oē thang tsòe ní n̂g sek ní Liāu。tang hái ê chháu。
草, 能可做染黃色的染料。東海的草。

菻 Lîm, Lîm, ㄌㄧㄣ, ㄌㄧㄣˇ, chiū sī kok ê mîa, hut Lîm kok。
就是國的名, 拂菻國。

菞 nî, ㄋㄧˊ, chháu kun Lō hian。thô nî, thô bê。
草根露現。土泥, 土泥。

茇 Pat, Poa̍t, ㄅㄚˊ, ㄅㄨㄛˊ, sūi chhó, i ê kó kian tēng, íong té sè。kun thang chia̍h。Poa̍t koat。niáu Poa̍t, ná Poa̍t
瑞草, 它的稿堅碇, 勇短細。根可食。茇葀。蔦茇, 蔦茇
chiū sī kē chí mîa, ū Lâng kio Pa Lo̍k。chiū sī hoan siàh Liû。
就是菓子名, 有人叫芭樂。就是番石榴。

荓 Pheng, ㄆㄧㄥ, chháu ê mîa, oē thang tsòe tit sàu chiú。
草的名, 能可做得掃帚。

菥 Sek, Su, ㄒㄧˊ, ㄒㄧ, tōa ê bé chí, Sek bêng。chim su chháu, chhin chhiū á be̍h。
大的馬薺, 菥蓂。葴菥草, 親像燕仔麥。

莨 tông, tông, ㄉㄤˋ, ㄌㄤˊ, Lōng tông chí。hio̍h íⁿ koh kng ū to̍k。Lâng Gō chia̍h oē tì kàu Siáu。Lōng tông。
莨菪子。葉圓閣光, 有毒。人誤食能致到猶。莨菪。

菾 thiâm, ㄊㄧㄢˊ, thiâm chhài, bī tām Po̍h tiⁿ。chháu bàk tīng bō sēng ê khoán sit。
菾菜, 味淡薄甜。草木當茂盛的款式。

菋 bī, ㄇㄟˋ, chit hō Phang Phang chháu io̍h, bī tî tu。
一號香香的草藥。菋荎藸。

菸 u, ian, ㄩ, ㄧㄢ, hun, ㄏㄨㄣ, hé ê khì, hé ian。chháu ê mîa, u chhó, ian chháu, hun hio̍h。chia̍h hun。Phang hun。
火的氣, 火煙。草的名, 菸草。菸草。菸葉。食菸。香菸。

葺 chhiap, ㄑㄧˋ, hó tiau thâu ê chháu, chhiap hū。
好兆頭的草, 葺莆。

菷 chiu, chhiu, ㄓㄡ, ㄔㄡ, kap 帚, 箒 同款意思。Sàu chiu。sàu chhiu。
帚箒同款意思。掃菷。掃箒。

䓫 tī, ㄉㄧˋ, hoan tsû tī, chiū sī hoan tsû thâu ê tī。
番薯䓫, 就是番薯頭的䓫。

造字

【蕕】Phè, ㄆㄝˊ; chhì Phè, chiū sī chhia tsâng, chit Lē. ū chhì ê chháu. ná nâ tâu.
莿蕕，就是莿仔欉，蒺藜。有莿的草。如林投。

造字 借帕成字。

九畫

【茈】chhâ, chhâi, chháu ê miâ, chhâ ô. oē tsòe tit ioh, bī khó. chhâi ô.
ㄔㄚˊ，ㄔㄞˊ，草的名，茈胡。能做得藥，味苦。茈胡。

【著】tio̍k, tù, thú, tio̍h, kóe soeh, kóe bêng, hián tio̍k. ū kiat kó tio̍k Lo̍h. Sit tsāi, tio̍k sit. khòa" tāng
ㄉㄧㄛˋ，ㄓㄨˋ，ㄓㄨˊ，ㄉㄧㄛˊ，解說，解明。顯著。有結果著落。實在，著實。看重
tio̍k Gán. tù tsok, siá chheh, chhòng chè. tù tsu. ū mî sia", thú miâ. thó thú, tòa tī
著眼。著作，寫冊，創製。著書。有名聲，著名。土著，住佇
Pún tōe kú kú ê Lâng. thak tio̍h kap 看 sio siāng. tio̍h khì. tio̍h Lat. tio̍h ēng khùi Lat.
本地久久的人。讀著与看相同。著去。著力。著用氣力。

【蒿】hok ㄏㄜˊ; chhài ê miâ, hok hù. Phái" ê chhài.
菜的名，蒿蕾。歹的菜。

【葑】hong, ㄈㄥ; chit khóan chhài ê miâ, kài Loah. chit miâ bû chheng.
一款菜的名，芥辣。一名蕪菁。

【葫】hô, ô, ㄏㄨˊ，ㄨˊ; Soan tîn koe ê miâ. hô lô. kui nā hō chhài ê miâ, ô koe. toā Pún Soan á, kiò tsòe ô.
旋藤瓜的名。葫蘆。幾若號菜的名，葫瓜。大本蒜仔，叫做葫。

【萱】Soan ㄒㄩㄢ; chháu ê miâ, iū miâ bông iu chháu. bōe kì tit iu būn ê chháu. Chheng hō Lāu bú ê jī. Soan tông.
草的名，又名忘憂草。膾記得憂悶的草。稱呼老母的字，萱堂。

【葒】hông ㄏㄨㄥˊ; tsúi chháu ê miâ, hông chháu. tsúi hông. chiū sī that tsûn Lō ê chháu.
水草的名，葒草。水葒。就是塞船路的草。

【葷】hun, ㄏㄨㄣ; Sng Loah ê chhài, chhin chhiū" chhang soàn. kú chhài ê bī sò. Chháu chho, chhi" chho. hun sò.
酸辣的菜，親像葱蒜，韮菜的味素。臭臊，生臊。葷素。

【葭】ka ㄐㄧㄚ; chháu ê miâ, Sóe tsâng ê lô tek. ka hôa. bêng ka Lē tsu kiong, chiū sī bêng tek ín Lō ê ì sù.
草的名，小欉的蘆荻。葭華。鳴葭戾朱宮，就是鳴笛引路的意思。
ka hû, pí jū chhin chiā" so oán. 11 Ge̍h ê miâ,
葭莩，比喻親情疎遠。十一月的名，

【葛】kat, koah, ㄍㄜˊ，ㄍㄨㄜˊ; kui nā hō chháu ê miâ. ū tîn ê chháu. koa kat, kô kô tì" bōe chheng chhó.
幾若號草的名。有藤的草。瓜葛，轇轕繚膾清楚。
koah Pò, ēng kat ê si chit chiâ" ê Pò. koah sa", joah thi" ê Sa". koah tiat, chiū sī Song hok.
葛布，用葛的絲織成的布。葛衫，熱天的衫。葛絰，就是喪服。
Lâng ê sì", tsu kat. Soa" miâ, kat Soa". kan koah. koah tsû, ū Lâng kiò tsòe tāu á tsû.
人的姓，諸葛。山名，葛山。奸葛。葛薯，有人叫做豆仔薯。

【葵】kûi, khôe, ㄎㄨㄟˊ，ㄎㄨㄟ; chháu kap hoe ê miâ, hiòng jit kûi. thò kûi, Siok kûi, Pô kûi, kím kûi. khôe sì". khe sì"
草與花的名，向日葵。兔葵。蜀葵。蒲葵。錦葵。葵扇。葵扇

【落】Lo̍k, Lak, Lauh, Lo̍h, ㄌㄨㄛˋ，ㄌㄚˋ，ㄌㄠˋ，ㄌㄜˋ; chháu bak teh siā, chhó bo̍k Lêng Lo̍k. Lo̍k hoa seng, thô tāu. Chhù theh, Lo̍k Sêng.
草木的謝，草木零落。落花生，土豆。厝宅，落成。
hiu" siā, chhu Lo̍h. khì tá Lo̍h. khì tó Lo̍h. tá Lo̍h Lâi. chit Lo̍h chhù, chêng Lo̍h, āu Lo̍h. ū hē Lo̍h.
鄉社，村落。去那落。去那落。那落來。一落厝，前落，後落。有下落。
Lak Lo̍h. Lak kè. Lak Lián. Lak sun. Lak hio̍h. Lak thé bīan. Lak tsúi. Lo̍h hō. Lak khì.
落落。落價。落輪。落榫。落葉。落體面。落水。落雨。落去。
ka Lauh. Phah ka Lauh. ka Lauh sin. ka Lauh the.
磕落。打磕落。磕落娠。磕落胎。

【萼】Gók, m̂, ㄜˋ，ㄜ; hoa Gók, hoe Sim thò chhiu, hoe thò Gók. hó khòa". hoe m̂, Phah m̂. chiū sī hoe tāi seng
花萼，花心吐鬚，花吐萼。好看。花萼，打萼。就是花代先
thò chhut ê hoe, bōe khui ê hoe, hâm Pau ê hoe.
吐出的花，未開的花，含苞的花。

【葩】Pa, Pha, ㄅㄚ，ㄆㄚ; hoe khui hó khòa". Súi, chiâ" Pha, kui Pha. ké chí chit Pha. Lêng Géng kui Pha. tōa Pha, sè Pha.
花開好看。美，成葩，歸葩。果子一葩。龍眼歸葩。大葩，小葩。
kî Pa, hoa Lē. chhiong Seng, hun Pa.
奇葩，華麗。昌盛，紛葩。

【葐】Phûn ㄆㄣˊ; Chháu chhiong Sēng ê khóan. Phûn un. chháu ê miâ, hok Phûn. Phang chháu. hok Phun hiu".
草昌盛的款，葐蒀。草的名，覆葐。香草。馥葐香。

【葆】Pó ㄅㄠˇ; chháu bak si" kui Phō ê khóan sit, bō Sêng ê khóan sit, hông Pó. jia kham, Siu khǹg,
草木生歸部的款式，武盛的款式，蓬葆。遮蓋，收藏，
Pó kong. Pîn Pî, Pó Pêng. kap 寶 thong.
葆光。平平，葆平。与寶通。

【葥】tsù, chì ㄗㄨˋ，ㄐㄧ; ka chì, ka tsù, ka tsù. ēng kiâm chháu Pì" chit ê chhó tē. khit chiah Phái" ka chì.
茭葥，茭葥。傢葥。用鹹草編織的粗袋。乞食揹茭葥。 造字

萹 Pián, ㄅㄧㄢˊ, tek chháu ê mîa, Pián tek. Siⁿ tī Pîⁿ tōe. chháu bak tín tāng ê khoán sit, Pián Siàn.
竹草的名，萹竹。生佇平地。草木振動的款式，萹蓄。

葡 Pô, Phû, ㄆㄨˊ, chiū sī ké chí ê mîa, Pô tô. Pô tô chhiū. Phû tô. kok ê mîa, Phû tô Gâ. Pô tô chiú.
就是菓子的名，葡萄。葡萄樹。葡萄。國的名，葡萄牙。葡萄酒。

葚 Sîm, ㄕㄣˋ, Sâi ㄗㄞˋ, Sng Sîm, chiū sī Sng Sûi ê ké chí. sek chí âng tsoē chiap Sng tiⁿ. iā kiò Sng tsâi. iâm Sng á.
桑葚，就是桑葚的菓子。色紫紅 多汁 酸甜 也叫桑葚。鹽桑仔。

葸 Sí, ㄒㄧˇ, chiū sī kiaⁿ hiaⁿ ùi S. bô hoaⁿ hí ê khoán sit.
就是驚惶，畏葸。無歡喜的款式。

葙 Siong, ㄒㄧㄤ, chiū sī chháu ê mîa, chheng Siong chí.
就是草的名，青葙子。

蒂 tài, tè, ㄉㄧˋ, ㄉㄞˋ, ㄉㄜˋ, tì, chhó bók ê kun. hoe, ké chí tiāu tī ki ê só tsāi, tì. tì thâu. Lut tì. Kun tì.
ㄉㄧˋ，草木的根。花，菓子吊佇枝的所在，蒂。蒂頭。甩蒂。根蒂。
tài, tè, sī bûn im. Sim koaⁿ tì á. Lâng ê sìn iōng, tóe tì.
蒂，蒂，是文音。心肝蒂仔。人的信用，底蒂。

葶 têng, ㄊㄧㄥˊ, Chháu ê mîa, têng Lek, koâiⁿ 7-8 chhùn, hioh tông n̄g ê ê khoán sit, bô Pìⁿ, hoe n̄g, chí Pîⁿ
草的名，葶藶，高七八寸，葉長兩個的款式，無柄，花黃，子扁，
ná Sóe á Liáp, thang tsoè ioh.
如黍仔粒，可做藥。

董 tóng, táng, ㄉㄨㄥˇ, ㄉㄤˇ, tiau tok sì chiàⁿ, tī Lí, kà sī, thóng hoat, kian kò, tóng sū. táng sū. tóng Lí. tóng chi
調督四正，治理，教示，統法，堅固，董事。董事。董理。董之
iōng ùi. chhim tsông khì tōng tāi tóng. Lâng ê sìⁿ táng. kó but, kó tong.
用威。深藏，氣大董。人的姓董。古物，古董。

葮 toān, ㄉㄨㄢˋ, chiū sī chit khoán chhiū ê mîa, kap kīn chhiū sio Siāng.
就是一款樹的名，與槿樹相同。

葬 tsòng, ㄗㄤˋ, tài sī Lâng, bāi tsòng. Siu khǹg, bāi tsòng, tsòng hoa. tsòng Lé. tsòng Sòng it Seng. húi biat chiân têng
埋死人，埋葬。收藏，埋藏，葬花。葬禮。葬送一生，毀滅前程。

葺 chhip, ㄑㄧˋ, chiong chháu khàm chhiùⁿ, chhip chhiùⁿ. Pó that, Siu Lí. chhip Lîn Lô kah. Siu chhip
將草蓋牆，葺牆。補塞，修理。葺鱗鏤甲。修葺

蔥 chhong, Chhang, ㄘㄨㄥ, ㄘㄤ, chhài ê mîa, chhang. chhang thâu. iû chhang. Khang Sim bī Loàh. kiàm mîa. Soaⁿ mîa, chhong Léng.
菜的名，蔥。蔥頭。洋蔥。空心味辣。劍名。山名，蔥嶺。
tī tun hông Sai Peng. thong thàu. chhong chhong jiân. thn̂g chhang, Pe̍h thn̂g chhang chiū sī thn̂g tsòe ê.
佇燉煌西坪。通透。蔥蔥然。糖蔥，白糖蔥，就是糖做的。

萬 bān, ㄨㄢˋ, sò jī ê mîa, kán Sià tsòe 万. tsap ê chheng tsòe chit bān. bān it. bān sè. bān kó. bān Poaⁿ.
數字的名，簡寫做万。十個千做一萬。萬一。萬世。萬古。萬般。
bān kok bān bîn. bān Lí tn̂g Siâⁿ. bān Sòe, bān bān Sòe. bān bû it Sí
萬國萬民。萬里長城。萬歲，萬萬歲。萬無一失

葳 ui, ㄨㄟ, chhiong Sēng, ui jôe chháu mîa, ui Sui chháu chit mîa Lê chháu.
昌盛，葳蕤，草名，葳蕤草。一名麗草。

葦 úi, ㄨㄟˇ, Chhau mîa, Lô úi. chhin chhiū tek. Lô tek.
草名，蘆葦。親像荻。蘆荻。

萵 o, e, ㄛ, ㄜ, chhài ê mîa, ū tok khì, o kū. tak téng hō ê thâng m̄ kâⁿ kūn oá. e, tang e chhài. chhài
菜的名，有毒氣，萵苣。逐等號的虫毋敢近倚。萵，冬萵菜，菜的名。
o á chhài, e á chhài, ū kiò tsoe Gô á chhài.
萵仔菜，萵仔菜，有叫做莪仔菜。

萎 iau, iàu, ㄧㄠ, ㄧㄠˋ, chháu á, iau chháu. chhiong Sēng ê khoán Sit.
草仔，萎草。昌盛的款式。

葉 iap, hioh, iah, ㄧㄝˋ, ㄏㄧㄛˋ, ㄧㄚˋ, chháu bak Só hoat tī ki bé ê Pòh Phìⁿ. hioh. chhiū hioh, chháu hioh. hioh á.
草木所發佇枝尾的薄片。葉。樹葉，草葉。葉仔。
hah, ㄏㄚˋ, hông hoa Lio̍k iap. iap Lo̍k kui kun. hian tsu, tsu iah. chit iah, kúi iah. thiàu iah
紅花綠葉。葉落歸根。掀書，書葉。一葉，幾葉。跳葉
Lâng ê sìⁿ iap. chhài hioh. ké hioh. m̂ng hioh. hah á, tsang hah, ké hah.
人的姓葉。菜葉。粿葉。門葉。葉仔，粽葉，粿葉。

葯 io̍k, ioh, ㄧㄠˋ, ㄧㄛˋ, Pe̍h chí ê hioh, kiò io̍k. kap 藥 Sio Siāng ì sù.
白芷的葉，叫葯。與藥相同意思。

葓 hông, ㄏㄨㄥˊ, tsui chhau ê mîa, hông chháu. kap 葒 Sio Siāng ì Sù.
水草的名，葓草。與葒相同意思。

萩 Sam, ㄙㄚㄇ, chiū Sī tiū a Pûi chiok tsui ê ì sù. kap 萩 jī Sio Siāng.
就是稻仔肥浞水的意思。與萩字相同。

葨 oe, ㄨㄝ, chiū sī chháu ê mîa,
就是草的名，

葉 iap, ㄧㄝˋ, iap iap sī. chiū sī chin tsoē ê ì sù.
葉葉是。就是真多的意思。

蕑 chiân, chiân, chháu ê mîa, ku chháu chháu chhì oē tit tsòe ìoh. chiân ông hūi, chhau mîa, tsòe tit sàu chiu。
ㄐㄧㄢ,ㄐㄧㄢ, 草的名，車蕑草。蕑能得 。蕑王蔧。草名，做得掃帚。

科 kho ㄎㄜ chháu ê mîa, kho tîn. chiū sī hái chhang, tîn ê lūi, hoat tī hái pîn。
草的名，科藤。就是海蔥，藤的類，發佇海邊。

蔊 hāng ㄏㄤˊ chit khoán chhi chháu ê mîa, chhiong sēng ê khoán sit。
一款青草的名，昌盛的款式。

蓋 khap ㄎㄚ chháu á mîa, chháu á, poat khap chháu kap 䓣 sio siāng。
草仔名，草仔，菝蓋草。與䓣相同。

薑 kiong, kiuⁿ, kiōⁿ; ㄍㄧㄤ,ㄍㄧㄡ, ㄍㄧㄛ soaⁿ ê chháu á, hoan kiuⁿ. kiuⁿ bú. chíⁿ kiuⁿ. tsui kiuⁿ. sin loàh ê chháu, oē khì hong siâ。
山的草仔，番薑。薑母，芷薑。水薑。辛辣的菜，能去風邪。

葎 lu̍t ㄌㄩˋ chháu ê mîa, lu̍t chháu. chhin chhiūⁿ koah ū chhì, gâu chhak lâng。
草的名，葎草。親像葛有刺，𠢕鑿刺人。

菢 bâu, bô; ㄅㄠˊ,ㄅㄛˊ âm âm ê chhì phè. khah sòe ê chháu. chháu hoat tsōe tsōe。
菴菴的莿萹。較小的草。草發多多。

蕁 sim ㄒㄧㄣ chiū sī ìoh chháu ê ì sù, jîn sim。
就是藥草的意思，人蕁。

萩 chhiu ㄑㄧㄡ chháu ê mîa, siau chhiu. hioh phang phang sio lâi tû khì chhàu bī。
草的名，蕭萩。葉香香燒來除去臭味。

葼 tsong ㄗㄨㄥ sòe sòe, chhiū sòe sòe ki. chháu ê mîa, tsong chí. ní sek ê chháu。
小小，樹小小支。草的名，葼蘫。染色的草。

萮 jû ㄩˊ tsúi chháu ê mîa, hoat tī tsúi nih。
水草的名，發佇水裡。

萮 jû ㄩˊ hoe ê khoán sit. hu jû. chíⁿ ê bo̍k jíⁿ
花的款式。䔰萮。芷的木耳

萬 û ㄩˊ chháu á ê ì sù, kap 楀 sio siāng。
草仔的意思，與楀相同。

蒀 un ㄨㄣ chhiong sēng ê khoán sit, phûn un. phang chháu
昌盛的款式，蒕蒀。香草

䔰 hu ㄏㄨ hoe ê māu hu jû。
花的貌，䔰萮。

葀 koat ㄍㄨㄚ poat koat, chiū sī sūi chháu. i ê kó kian tēng ióng tóe sé kun thang chia̍h。
菝葀，就是瑞草。它的稿堅碇，勇短細，根可食。

十畫

蓁 chin ㄓㄣ chháu á chhiong sēng, chin chin. chek tsū, tsōe tsōe. thâu khak tì mih. chhiū á mîa, chin chiau。
草仔昌盛，蓁蓁。積佳，多多。頭殼戴物。樹仔名，蓁椒。

蒸 cheng ㄓㄥ sòe sòe ê chhiū ki. môa tsang ê ki kut. sè sin kìo tsòe cheng. keh tsúi tsú mih, cheng bān thâu,
小小的樹枝。麻棕的枝骨。細薪叫做蒸。隔水煮物，蒸饅頭，
chhèng ㄔㄥ chhe ê ì sù, chhin chhiūⁿ chhe kè. cheng khì, hiâⁿ tsúi kun ê khì. cheng hoat, kek chíu. cheng liū
炊的意思，親像炊粿。蒸汽，燃水滾的氣。蒸發，煮酒。蒸餾。
hoat tiàn, cheng cheng ji̍t siōng. tsúi cheng khì, tsúi ê piàn hòa tsòe khì thé. chhèng khì。
發展，蒸蒸日上。水蒸氣，水的變化做氣體。蒸氣。

蒭 tso ㄗㄜ koah chháu á, chhī cheng siⁿ ê chháu á. chia̍h chháu ê cheng siⁿ. kap 芻 sio siāng。
刈草仔，飼精牲的草仔。食草的精牲。與芻相同。

蓄 hiok, thiok ㄒㄩ,ㄊㄧㄡ chek tsū siu khǹg, hâm ióng, chek thiok. hâm thiok. thiok ióng. thiok ì. thiok hoat.
積佳收藏，涵養，積蓄。涵蓄。蓄養。蓄意。蓄髮。

蒿 ho, o, e ㄏㄠ,ㄠ,ㄜ tn̂g tōa ê chháu, chháu ê mîa, ho chháu. ū chhiⁿ ho, pe̍h ho. ho bo̍k, iu kho lâi kiâⁿ bák khòaⁿ hn̄g。
長大的草，草的名，蒿草。有青蒿，白蒿。蒿目，憂苦來擇目看遠。
o, e, tang o chhài, tang e chhài. ū lâng siá tang o chhài。
蒿，蒿，茼蒿菜。茼蒿菜。有人寫茼蒿菜。

蒻 jio̍k ㄖㄨㄛˋ iù ê chháu, chhin chhiūⁿ pô chháu, thang chit tsòe chhio̍h, kú jio̍k, chit khoán chhài mîa。
幼的草，親像蒲草，可織做蓆。蒟蒻，一款菜名。

蓐 jio̍k ㄖㄨˋ chháu á siⁿ tsōe tsōe, hôan jio̍k. chháu á koh hoat. kú chiân, kāu kāu, jû chhiáng chhiáng.
草仔生多多，繁蓐。草仔閣發。蓐薦，厚厚，茹宂宂。
chhn̂g jio̍k, chhioh á. hū jîn lâng seng sán, tsē jio̍k.
床蓐，席仔。婦人人生產，坐蓐。

蓋 kài, khap, kòa, khàm ㄍㄞˋ,ㄎㄜˊ,ㄍㄨㄚ,ㄎㄢˇ ēng chháu khàm chhù téng, kài chháu chhù. thang jia jit kap hō, jia kài. jia khàm.
用草蓋厝頂，蓋草厝。可遮日與雨，遮蓋。遮蓋。
pho kài. kòa, chiú kan á kòa. tiáⁿ kòa. khàm ìn. tê kó kòa. koàn á kòa. kài koan lūn tēng.
鋪蓋。蓋，酒矸仔蓋。鼎蓋。蓋印。茶砧蓋。罐仔蓋。蓋棺論定。

		mih tiàn tò khàm, tò khap。thán khap。tâng chîⁿ á Ī Péng chhiò, khap chhiò。 物顛倒蓋，倒蓋。袒蓋。銅錢仔昇反笑，蓋笑。
菣	kéng, hoāiⁿ ㄍㄧㄥ,ㄏㄨㄞ	tiū á á Sī beh á ê kó。ō á ê koāiⁿ ō hoāiⁿ ō hoāiⁿ sì, ō hoāiⁿ ê phê môh。 稿仔或是麥仔的稿。芋仔的桿，芋菣。芋菣絲，芋菣的皮膜。
蒹	kiam ㄍㄧㄚㄇ	chit hō Lô chháu ê mîa, Lô ka。Gû ài chiàh, iā oē tsòe tit mn̂g Lî。 一號蘆草的名，蘆葭。牛愛食，也能做得門籬。
蒟	kú, ㄍㄨ	ké chí ê mîa, kú chiùⁿ。chí ná Sng Sùi, hô chio kho ê Sit but。kú jiok, kun chhin chhiū kiu， 菓子的名，蒟醬。子如桑葚，胡椒科的植物。蒟蒻，根親像球， tsú oē noā noā, oē thang chiàh。jit Pún Lâng tsòe Liā Lí ēng, chhè khiu chhè khiu。 煮能爛爛，能可食。日本人做料理用，脆粗脆粗。
蒯	koái, khoái, khoài, koái, khoái ㄍㄨㄞ,ㄎㄨㄞ,ㄎㄨㄞ	chháu ê mîa, Sīⁿ tī tsui Pīⁿ, koaⁿ khai koāiⁿ sì chhioh Goā, oē thang 蒯，蒯，草的名，生佇水邊，菅蒯。高四尺外，能可 tsòe chhiòh, tsòe Soh á。tsòe chháu oê。khoái, Lâng ê sìⁿ。kó tōe mîa, hô Lam, khoài hiong。 做蓆，做索仔。做草鞋。蒯，人的姓。古地名，河南，蒯鄉。
莅	Lèk, Lī ㄌㄜㄎ,ㄌㄧ	Lèk, chhiū bak tín tāng ê siaⁿ。Lī, tng chit, chit jim, Lîm kàu, Lī jīm, Lī Lîm, Lī sū。 莅，樹木振動的聲。莅，當職，職任，臨到。莅任。莅臨。莅事。
蓏	Lô, ㄌㄛ	chháu Sô kiat ê Liáp。chhiū bak ê Sit kiò kó。tōe chiū ê chháu Sit Lô。 草所結的粒。樹木的實叫果。地上的草實叫蓏。
蕒	bêng, ㄅㄜㄥ	bêng kiap chháu, Sī hó tiàu thâu ê chháu mîa。 蕒莢草，是好兆頭的草名。
蒙	bông, ㄅㄛㄥ	khàm thâu khak, bông thâu。jia kham, bông Pè。tit tiòh, bông un。tōe mîa, bông kó。tsó Gū, bông siū。 蓋頭殼，蒙頭。遮蓋，蒙蔽。得着，蒙恩。地名，蒙古。遭遇，蒙受。
蒳	Láp ㄌㄚㄆ	Phang chháu, chháu chhiū, bán i ê hiòh Lâi sīⁿ Put chí hó chiàh。 香草，草樹，挽它的葉來鼓不止好食。
蒡	Pông, ㄅㄛㄥ	chháu ê mîa, chí oē tsòe tit iòh Gû Pông chháu, Gû Pông。Gû Pông tè。 草的名，子能做得藥，牛蒡草，牛蒡。牛蒡茶。
蓓	Pōe, ㄅㄨㄝ	hoe Lúi khí thâu bōe khui, Pōe Lúi。chháu mîa, n̂g Pōe chháu。 花蕊起頭未開，蓓蕾。草名，黃蓓草。
蒲	Pô, Phô ㄅㄛ,ㄆㄛ	tsúi chháu ê mîa, Pô chháu。chhang Pô。Gèh ê hō, îm Lèk Gō Gèh hūn, Pô Gèh。chháu mîa, 水草的名，蒲草。菖蒲。月的號，陰曆五月份，蒲月。草名， Phô kong eng, Kun thang tsòe ióh。chháu Phô thoân, hō Lâng thang kūi ê chháu tiàm。 蒲公英，根可做藥。草蒲團，佳人可跪的草墊。
蒐	So, ㄙㄛ	tsū chip, chek tsū, So Lô。chhun thiⁿ Phah Láh。ún tsōng, ún bat, hok chhâm So Lek。 聚集，積住，蒐羅。春天打獵。隱藏，隱密，服讒蒐慝。
蓍	Si, ㄒㄧ	chháu ê mîa, Si chháu。Pok kòa ê chháu。Lāu ê ì sù。 草的名，蓍草。卜卦的草。老的意思。
蒔	Sī, Sî ㄒㄧ,ㄒㄧ	chháu mîa, Sî Lô。Sî Lô chí, chhut tī Put sè kok。chit mîa Sió hôe hiong, i ê chí ná 草名，蒔蘿。蒔蘿子，出佇佛誓國。一名小茴香，它的子如 má khûn Phang Phang。têng chèng Sī ng。khiā tit Sī chèng Pò iā cheng chí。 馬芹香香。重種，蒔秧。堅直。蒔種，播散種子。
蒓	Sûn ㄒㄨㄣ	tsúi kûi, Sûn chhài。séng chit kut。Sûn chháu hoat tī tsúi nih, i ê hiòh chhin chhiūⁿ hû kûi。 水葵，蒓菜。性質滑。蒓草發佇水裡，它的葉親像鳧葵。
蓆	Sèk, Chhiòh ㄒㄧㄝ,ㄑㄧㄝ	chháu ê mîa, Sèk khū chháu。khoah, tsōe, tōa。chhiòh, chhiòh chháu, chháu chhiòh。tîn chhiòh。 草的名，蓆貝草。闊，多，大。蓆，蓆草。草蓆。籐蓆。 bih chhiòh。kiâm chháu chhiòh。Phah chhiòh, tsòe chhiòh ê ì sù。 篾蓆。鹹草蓆。打蓆，做蓆的意思。
蓑	So, Soe, Sui ㄙㄛ,ㄙㄨㄝ,ㄙㄨㄧ	chháu tsòe ê saⁿ thang jia hō, So i。tsang sui, ēng tsang tsòe ê。Sûi Lòh ê khoan Sit。 草做的衫可遮雨，蓑衣。棕蓑，用棕做的。垂落的款式。
蓤	So, ㄙㄛ	chháu bak chhiong Sēng ê khoan sit, so Pô。chháu kun, Pê So。 草木昌盛的款式，蓤蓤。草根，薜蓤。
蓀	Sun, ㄙㄨㄣ	Phang Phang ê chháu, chhin chhiū chiòh chhiong Pô, tsóng sī hiòh bô nia。 香香的草，親像石菖蒲，總是葉無麥。
蒜	Soàn, ㄙㄨㄢ	Loàh ê chhài, Soàn á。Soàn thâu。tōa Soàn。Sió Soàn。 辣的菜，蒜仔。蒜頭。大蒜。小蒜。
蒼	chhong ㄘㄤ	chháu ê Sek tī。chhim chhiⁿ ê Sek。chháu Lèk Sek。chhong chhùi。Lāu tōa, chhong Ló。ām ām chhong ut。 草的色緻。深青的色，草綠色。蒼翠。老大，蒼老。蒼蒼鬱鬱。
蒨	chhiàn, chhiàn ㄑㄧㄢ,ㄑㄧㄢ	chhiū chhùi hó ê ngó kok, chhiàn chhiàn。chhiū bak bō sēng。chhiū mîa。chhiⁿ chhiàm chhiàm。chin chhiⁿ。 青翠好的五穀，蒨蒨。樹木茂盛。樹名。青蒨蒨。真青。
蓊	Ong ㄨㄥ	chháu bō Sēng ê khoan sit, ong ong。ong ut。chháu ê mîa, thang ní âng Sek。 草茂盛的款式。蓊蓊。蓊鬱。草的名，可染紅色。

蒺 chek, chit, ㄐㄧˊ, ㄐㄧˋ, chhì á, chit Lê。kó sit ū chhì thang tsòe io̍h。Sin tī hái pi" soa tōe。chhì Phê ê chháu。
蒺仔，蒺藜。果實有莿可做藥。生佇海邊沙地。莿𦯬的草。

萋 chhū, ㄑㄧ, Sit Lé。iā sī Phiàn Lâng ê ì sù。
失禮。也是騙人的意思。

蓉 iông, ㄖㄨㄥˊ, hoe ê miâ, Phû iông。Phû iông hoe。
花的名，芙蓉。芙蓉花。

蒀 un, ㄨㄣ, chhiong Sēng ê khoán Sit。Phang chháu。
昌盛的款式。香草。

蓖 pi, ㄅㄧ, chháu ê miâ, chhin chhiū" môa, chí oē tsòe tit iû, pi môa。pi môa iû。to pi iû。
草的名，親像麻，子能做得油，蓖麻。蓖麻油。都蓖油。

蓈 Lông, ㄌㄤˊ, tiū á ê bí chhi", bí bōe Sêng Sek ê ì sù。tông Lông。
稻仔的米菁，米未成熟的意思。董蓈。

萁 khî, ㄑㄧˊ, chhài ê miâ, hoat tī tsúi nih, ta ta ê chhài。
菜的名，發佇水裡，乾乾的菜。

蕤 jôe, jûi, ㄖㄨㄟˊ, chiū sī chín kiu" ê ì sù。kiu" jôe。kiong jûi。
就是皺縮的意思。薑蕤。薑蕤。

蓒 hian, ㄒㄧㄢ, chit khoán chháu ê miâ, hoat tī tsúi nih。
一款草的名，發佇水裡。

蒤 tû, ㄊㄨˊ, chháu ê miâ, hio̍h chhin chhiū" Sng Chiong hoa, Soè koh Pe̍h, tiong sim n̂g Sek。
草的名，葉親像酸漿花，小閣白，中心黃色。

蒦 hok, ㄏㄨㄛˋ, chháu ê miâ。chhioh。niū, hok tō。
草的名。尺。量，蒦度。

蒾 bê, ㄇㄧˊ, bê kiap, chiū sī chháu ê miâ。i ê chí oē chia̍h tit, phê oē tsòe tit soh á。
蒾莢，就是草的名。它的子能食得，皮能得索仔。

蒱 pô, ㄆㄨˊ, thu pô, chiū sī thit thô ê ì sù。kó tsá ê chit khoan poa̍h kiáu。Lian tâu á ê khoán。
摴蒱，就是迌迌的意思。古早的一款博賭。碾骰仔的款。

蒒 su, ㄕ, chháu ê miâ, su chháu。hái hoa" téng ê chit khoán chháu, i ê chí ná tōa be̍h oē chia̍h tit。
草的名，蒒草。海岸頂的一款草，它的子如大麥能食得。

蒧 tiám, ㄉㄧㄢˇ, chháu ê miâ tiám chháu。Lâng miâ, cheng tiám kong。kó tsá ēng tsòe 點字。
草的名，蒧草。人名，曾蒧公。古早用做點字。

蓩 bū, mō, ㄇㄠˇ, ㄇㄨˋ, to̍k chháu ê miâ。bō sēng。Só tsāi miâ, bū hiong。
毒草的名。茂盛。所在名，蓩鄉。

莤 chiu, iû, ㄐㄧㄡ, ㄧㄡˊ, chiú chiap, chiú tsu ióng ê chiap。chiú tsau。
酒汁，酒滋養的汁。酒糟。

蔦 bé, ㄇㄚˇ, bé chî, bé chî hún, soa" bé chî。
蔦薯，蔦薯粉，山蔦薯。

造字 借馬成字。

薜 Phek, ㄆㄧˋ, Phek chhài, chiū sī chit khoán ê chhài thâu, thang sī" Lâi tsòe chhài。
薜菜，就是一款的菜頭，可鼓來做菜。

造字 借辟的偏音来成字。

䒬 Se, ㄒㄧ, tsńg kah se, chiū sī tsńg kah kap bah ê Liân kiat ê só tsāi。iù ê bah。iā sī tsńg kah
指甲䒬，就是指甲與肉的連結的所在。幼的肉，也是指甲䒬

造字 䒬即是幼，而加少的偏音成字。

莽 Loa̍h, ㄌㄨㄚˋ, hn̂g Loa̍h, chhì Loa̍h, chiū sī chhì Phê ê ì sù。kui Phian ê chhì Phê。
園莽，莿莽，就是莿𦯬的意思。歸遍的莿𦯬。

造字 借莽的白話音成字。

十一畫

蔯 tîn, ㄔㄣˊ, chiū sī khó ê io̍h, in tîn。
就是苦的藥，茵蔯。

蔗 chià, ㄓㄜˋ, khoeh thn̂g ê koa" tsâng, kam chià。âng kam chià。tek chià。chià thn̂g。
挾糖的菅欉，甘蔗。紅甘蔗。竹蔗。蔗糖。

蓫 tio̍k, ㄓㄨˊ, chháu ê miâ, tio̍k ok chhài。hoat tī kūn tsúi tâm sip ê tōe, hio̍h chhin chhiū" chi̍h。
草的名，蓫惡菜。發佇近水潸濕的地，葉親像舌。

蔛 ha̍k, ㄏㄨˊ, io̍h chháu ê miâ, chio̍h ha̍k。ha̍k chháu。ha̍k êng。ha̍k chhài。
藥草的名，石蔛。蔛草。蔛榮。蔛菜。

藝 Gē, Gōe, kang hu, chhiú Gē. tsai chèng, hn̂g Gē, chhiū Gē. kang Gē, Pún Sū, Gē Sút, kì Gōe,
ㄫㄝ, ㄫㄨㄝ, 工夫, 手藝, 栽種, 園藝, 樹藝. 工藝, 本事, 藝術, 技藝,
hó bú Gōe, Pí bú Gōe, kap 藝 Sio Siāng.
好武藝, 比武藝; 与藝相同。

蔻 khò, hàu chháu kiat ê hoe chí, ū Loān kòa Phang, Tāu khò. Tāu hàu, Tāu hàu chí. Tāu hàu khak.
ㄎㄜ, ㄏㄡ, 草結的花子, 有辣芥香, 荳蔻。荳蔻, 荳蔻子, 荳蔻殼。

蘔 khéng, kheng, n̂g môa, n̂g môa ê Lūi, kheng môa. kheng môa. Sī chit khóan Lám Lám ê môa, kap Sio Siāng
ㄎㄥ, ㄎㄥ, 黃麻, 黃麻的類, 蘔麻。蘔麻, 是一款臃臃的麻。与苘相同。

蓼 Liáu, Liók, Ló, Láu, Loān chhài ê chí, Sì kòe Pe. Pe koân ê khoán Sit, Liáu. tn̂g, toā ê khóan Sit,
ㄌㄧㄠ, ㄌㄧㄛ, ㄌㄛ, ㄌㄡ, 辣菜的子, 四界飛。飛高的款式, 蓼。長, 大的款式,
Liók Liók chiá ngô. chhiong Sēng ê khóan Sit. Ló, khiu Ló, chiū sī chhiau chhē ê ì sù. Láu,
蓼蓼者莪。昌盛的款式。蓼, 摎蓼, 就是搜尋的意思。蓼,
Láu hoe, môa Láu, bí Láu. chiū sī kó Piá" ê mîa. bô môa kō kàu ū Láu.
蓼花, 麻蓼, 米蓼。就是糕餅的名。無麻翻到有蓼。

蓮 Liân, nî, hoe ê mîa, Liân hoe. Liân chí. ioh ê mîa, chhoan Liân, n̂g Liân, n̂g nî.
ㄌㄧㄢ, ㄋㄧ, 花的名, 蓮花。蓮子。藥的名, 川蓮, 黃蓮, 黃蓮。

蔂 Lô, chiū sī tóe thô ê Láng á.
ㄌㄨㄟ, 就是貯土的籠仔。

蔞 Lô, chháu ê mîa, tang o ê Lūi, hioh ná hia" chia" Gêh chèng, chhi" chiah chhè, hó bī
ㄌㄡ, 草的名, 茼蒿的類, 葉如艾 正月種, 生食脆, 好味

蔴 bâ, mâ, mô, môa, ê jiok jī. bâ Pî, bâ bak, bâ tsuì, bâ ioh, m̄ tsai ti kak ê ì sù.
ㄅㄚ, ㄇㄚ, ㄇㄛ, ㄇㄨㄚ, 麻的俗字。蔴痺, 蔴木, 蔴醉, 蔴藥, 不知知覺的意思。
mâ, toe á ê Lūi, n̂g môa, kheng môa. o môa, o môa iû. Song hàu ê Sa", môa Sa".
蔴, 苧仔的類, 黃蔴。苘蔴。胡蔴, 胡蔴油。喪孝的衫, 麻衫。

蔑 biat, khin khòa" Lâng, biat sī, khi bú Lâng, ù biat.
ㄇㄧㄝ, 輕看人, 蔑視。欺侮人, 污蔑。

蔦 Liáu, niáu, niáu Lô, Song kià Seng. tioh tī" oá khò chhêng Peh chhiū. kià Si" ê ì sù.
ㄌㄧㄠ, ㄋㄧㄠ, 蔦蘿, 桑寄生。著纏依靠松柏樹。寄生的意思。

蓬 hông, chhiong Sēng, hông Pút. Loān Pe, hông hui. Loān Loān, hông Loān. hông Sang, hông thâu kó bīn.
ㄆㄥ, 昌盛, 蓬勃。乱飛, 蓬飛。乱乱, 蓬乱。蓬鬆。蓬頭垢面。

蓽 Pit, chháu á mîa, ioh mîa, Pit Poah. tāu á. chhì á. Pit Lō Lâm Lō. pì jū chhòng Giap kan Lân.
ㄅㄧ, 草仔名, 藥名, 蓽茇。豆仔。莿仔。蓽露藍蔞, 比喻創業艱難。

蔢 Pô, chháu bák chhiong Sēng ê khóan Sit, Pô So. ioh chháu, Pô kan.
ㄆㄛ, 草木昌盛的款式, 蔢莎。藥草, 蔢蔄。

蔔 Pók, ták, hoe ê mîa, tám Pók. Lô Pók, chiū sī chhài thâu ê ì sù. nâ Pók, nâ ták chhài.
ㄅㄛ, ㄉㄚ, 花的名, 薝蔔。蘿蔔, 就是菜頭的意思。蘿蔔, 蘿蔔菜。

蔀 Pō, kng bêng ê mih, khàm chhù. jia kng. Pō hok.
ㄅㄨ, 光明的物, 蓋厝。遮光。蔀覆。

蔎 Siat, chiū sī Phang chháu ê mîa, Siat Siat hiong. iù iù ê tê sim
ㄒㄧㄝ, 就是香草的名, 蔎蔎香。幼幼的茶心

蔬 So, Soe, chhài ê mîa, So chhài. So kó. Sa" chhan ê mih Phòe, chhài Soe. kim hî Soe.
ㄙㄛ, ㄙㄨㄝ, 菜的名, 蔬菜。蔬果。三餐的物配, 菜蔬。金魚蔬。

蓴 Sûn, Sûn chhài, chiū sī tsúi kûi, Si" tī tsúi nih, Sèng chit kút, i ê hioh chhin chhiū" hû kûi.
ㄕㄨㄣ, 蓴菜, 就是水葵, 生佇水裡, 性質滑, 它的葉親像鳧葵。

蓰 Sú, chháu ê mîa, Sò Liōng ê Gō Pē, Gō Pē tsōe. tsōe tsōe Pē. Pe Sú.
ㄒㄧ, 草的名。數量的五倍, 五倍多。多多倍。倍蓰。

蔌 Sok, chhài ê tsóng mîa, iá Sok. hong kín ê Sia". tsuí Lâu ê Sia". jī Sì".
ㄙㄨ, 菜的總名, 野蔌。風緊的聲。水流的聲。字姓。

蓿 Siok, chháu ê mîa bók Siok. ē thàng chhī Gû bé ê Lō ēng. Siók mîa, kim hoe chhài.
ㄒㄧㄡ, 草的名, 苜蓿。能可飼牛馬的路用。俗名, 金花菜。

蔕 tài, tè, tì, kap 蒂 Sio Siāng chhia" chham khòa" 9 uih.
ㄉㄞ, ㄉㄜ, ㄉㄧ, 与蒂相同 請參看九畫

蓧 tiâu, thiau, tek ê khì khū, thang tû chháu, Sī tsoh chhân tû chháu ê khì khū. thiau tek khì. ì tiāng hō tiâu.
ㄉㄧㄠ, ㄊㄧㄠ, 竹的器具, 可除草, 是作田除草的器具。蓧竹器。以杖荷蓧

蓷 chhui, chit khóan chháu ê mîa, tsui chhui. chit mîa, Peh ek bú chháu.
ㄔㄨㄟ, 一款草的名, 萑蓷。一名, 白益母草。

蓪 thong, chiū sī ioh chháu ê mîa, thong chhó.
ㄊㄨㄥ, 就是藥草的名, 蓪草。

蔚 ùi, chhó bók chhiong Sēng, chhim bat, àm ām. ùi jiân.
ㄨㄟ, 草木昌盛。深密, 菴薈。蔚然。

蔡 chhài, chhoà, chháu, hoat chháu ê só-tsāi。chhài bóng。Lâng ê sìⁿ chhoà。
ㄘㄞˋ, ㄘㄨㄚˋ, 草, 發草的所在。蔡莽。人的姓蔡。

蔣 chióng, chiúⁿ, chhiⁿ sek。iā sī tsúi kⁿ só hoat ê chháu ê ì sù。Lâng ê sìⁿ chiúⁿ
ㄐㄧㄤˇ, ㄐㄧㄤˋ, 青色。也是水埤所發的草的意思。人的姓蔣。

蔟 chhok, tsò, kap 簇 sio siāng ì sù。hō niû á kiat kéng ê kè á。tsòe piáⁿ ê khì khū。
ㄘㄨˋ, ㄗㄡˋ, 与簇相同意思。饲蠶仔結繭的架仔。做餅的器具。

蓯 chhiòng, tsóng (chhiong ㄑㄧㄥ), chhiong, ioh ê mîa, jiok chhiong iông。tsóng, chháu hoat ê khoán sit。hông tsóng。
ㄑㄧㄥ, ㄗㄨㄥˇ, 蓯, 藥的名, 肉蓯蓉。蓯, 草發的款式。茸蓯。

蔓 bān, moà, mōa, chháu á sa khan thoa khan tîⁿ khan tîn bān chháu。bān iân。chháu chhiong sēng。
ㄇㄢˋ, ㄇㄨㄚˊ, ㄇㄨㄚˋ, 草仔相牽拖, 牽纏, 牽藤, 蔓草。蔓延。草昌盛。
bān bān, tñg kú ê ì sù。bān thô hoe。mōa, mōa, mōa tioh hō chháu á mōa tioh chhiah iah。
蔓蔓, 長久的意思。蔓桃花。蔓, 蔓, 蔓着。给草仔蔓着刺痒。

蔭 ìm, chháu tâm sip ê só tsāi。ìm ńg。pó pì, tì ìm。hok ìm jia khàm pì ìm。chhiū ìm
ㄧㄣˋ, 草溼濕的所在。蔭影。保庇, 致蔭。福蔭。遮蓋, 庇蔭。樹蔭。

蓴 tûn, chháu ê mîa, gû tûn tsang chháu。
ㄉㄨㄣˊ, 草的名, 牛蓴鬃草。

蔆 lêng, tsúi lāi chháu kun kiat liap oē chiah tit, lêng kak。
ㄌㄧㄥˊ, 水内草根結粒, 能食得, 蔆角。

蔮 kok, pò ê bō。kok tan, chiū sī âng ê pek hap hoe
ㄍㄨㄛˊ, 布的帽。蔮丹, 就是紅的百合花。

蔮 koa, goā jī。chit khoán chháu ê mîa, i ê hoe kiat kui kiû
ㄍㄨㄚˋ, 外字。一款草的名, 它的花結歸球

蓻 chip, chháu hoat sìⁿ tsoe tsoe hm̂ á gê。
ㄐㄧˊ, 草發生多多。茅仔芽。

蔊 hán, chhài, hán chhài。bī loah ná chhin chhiūⁿ chhau ta ê mih。
ㄏㄢˇ, 菜, 蔊菜。味辣如親像臭焦的物。

蕐 hoa, kap 華 jī sio siāng。chhiá chham khoàⁿ 8 uih。
ㄏㄨㄚ, 与華字相同。請參看八畫。

蔇 kì, khài, chháu tsoe tsoe ê khoán sit。tōe hō mîa。
ㄐㄧˋ, ㄎㄞˋ, 草多多的款式。地號名。

蔲 khap, chháu ê mîa, poat khap chháu。
ㄎㄚˋ, 草的名, 菝蔲草

蓳 kín, kap 堇 jī sio siāng。chiū sī chháu ê mîa。
ㄐㄧㄣˇ, 与堇字相同。就是草的名。

蔰 koat, chiū sī chháu ê mîa, koat lô。
ㄍㄨㄚˇ, 就是草的名, 蔰蔞。

蔉 kún, pūn thô tī chhiū kha, èng pûi。san koah chháu bak。
ㄍㄨㄣˇ, 坌土佇樹脚, 壅肥。芟刈草木。

蔕 lut, khí thâu, chháu á khí thâu chhut, puh ín。
ㄌㄨˋ, 起頭, 草仔起頭出, 宻芽。

蓽 bit, iù iù ê ín; tùi liân hoe chit tsat chit tsat puh chhut ê。
ㄅㄧˋ, 幼幼的芽; 對蓮花一節一節宻出的

蓾 pô, phok hî。thî koe sim heng ê bah。
ㄆㄛˊ, 膊魚。雉雞心胸的肉。

蔘 sam, sim, som, sûi loh ê khoán sit。lô tek khí thâu hoat siⁿ ì sù。ioh mîa, jîn sam。
ㄙㄢ, ㄒㄧㄣ, ㄙㄣ, 垂落的款式。蘆荻起頭發生的意思。藥名, 人蔘。
jîn sim。jîn som。sam chhiu。âng sam。
人蔘。人蔘。蔘鬚。紅蔘。

蔥 chhong, chhang, kap 葱 jī sio siāng。chhang chhài。
ㄘㄨㄥ, ㄑㄧㄤ, 与葱字相同。蔥菜。

蔏 siong, chháu ê mîa, siong thiâu。chhin chhiūⁿ chit lê, hioh tōa tōa。
ㄒㄧㄤ, 草的名, 蔏藋。親像蒺藜, 葉大大。

蕱 sáu, liân ngāu sòe sòe ê kun。chhiū bô ki。chhiū ki tñg chhò loh lâi
ㄙㄠ, 蓮藕小小的根。樹無枝。樹枝長剉落來。

蒣 siâ, tiū á ê sūi。siâ su。chháu kó。hioh ū hoe hûn。chek thiok
ㄒㄧㄚ, 稻仔的穗。蒣蕬。草稿, 葉有花紋。積蓄。

蔋 tek, soé chheng khì。khòng hān ê khì。khòng hān soaⁿ bô hoat chháu。
ㄉㄧˊ, 洗清氣。亢旱的氣。亢旱山無發草。

補 6畫 蕬 su, māu hoat sûi sûi。
ㄙㄨ, 茅發倠倠。

蔫 ian, ㄧㄢ; mih bô chhi", chiáh mih chhàu sng, chhàu ê chháu
菸無鮮，食物臭酸。臭的草。

十二畫

蕆 thián, ㄊㄧㄢˇ; bêng pek, bêng lēng. Pī pān ê ì sù, thián sū.
明白，命令。備辦的意思，蕆事。

蕃 hoân, hoan, hoân, chháu á âm âm, tsōe tsōe, Si" thoa", hoân sek, hoân sit, hoan, chhi" hoan,
ㄈㄢˊ, ㄈㄢ, 蕃，草仔奄奄，多多，生湠，蕃息。蕃殖。蕃，生蕃，
han, bōe khai hòa ê Lâng, hoan siā, hoan jîn, hoan hoan, m̄ bat sū lí, han tsû, hoan tsû
ㄈㄢ, 未開化的人。蕃社。蕃人。蕃蕃，毋識事理。蕃薯，番薯。

蕡 hûn, ㄈㄣˊ; chháu bák tsōe tsōe chí, chhiū bák bō sēng, chhap tsàp ê phang chháu, hûn hiong.
草木多多子，樹木茂盛。噅雜的香草。蕡香。

蕌 hok, hù, ㄏㄜˊ, ㄏㄨˋ; chhau ê mîa, Phái" ê chhài.
草的名。歹的菜。

蕙 hūi, ㄏㄨㄟˋ; Phang chháu chhin chhiū" Lân hoe, hūi Lân. Súi ê, Phang ê, hó ê, hūi chit, hūi chit Lân sim.
香草親像蘭花，蕙蘭。美的，香的，好的，蕙質。蕙質蘭心。

蕘 Giâu, jiâu, Gîo, ㄫㄧㄠˊ, ㄖㄠˊ, ㄫㄜˊ; chhâ chháu, chháu á. khioh chhâ ê Lâng, tsó Giâu. thak jiâu, ì sù sio siāng.
柴草，草仔。拾柴的人，芻蕘。讀蕘，意思相同。
chhài mîa, jiâu chhài. ioh mîa, jiâu hoe. Gîo, ò Gîo chí, ò Gîo tàng, ò Gîo Peng, chiū sī
菜名，蕘菜。藥名，蕘花。蕘，薁蕘子，薁蕘凍，薁蕘冰。就是
hō Lâng chiah chí chhùi ta ê mih.
予人食止嘴乾的物。

蕊 Lúi, ㄌㄨㄟˇ; hoe, hoe chhiū, chháu bák tsōe chit ē chho hoat ê khoán sit. sim í", ū kang Lúi, ū bú Lúi.
花，花樹，草木做一下初發的款式。心芽，有公蕊，有母蕊。

蕋 Lúi, ㄌㄨㄟˇ; kap téng bīn jī, sio siāng. bú ê sī hoe sim, kang ê sī hoe chhiu. ioh mîa, chioh Lúi.
与頂面字蕊相同。母的是花心，公的是花鬚。藥名，石蕋。

蕤 jôe, Sui, ㄖㄨㄟˊ, ㄙㄨㄟ; chháu bák hoe hioh hó khòa" sûi Lóh, eng jôe. ioh mîa, úi jôe. úi jôe, jiû jiok ê khoán sit.
草木花葉好看垂落，英蕤。藥名，萎蕤。委蕤，柔弱的款式。

蕻 kióng, kiōng, ㄍㄨㄥˇ, ㄍㄨㄥˋ; chhiū kun, chháu ê mîa, Pek háp hoe.
樹根，草的名，百合花。

蕎 kiau, kiâu, Gîo, kîo, ㄍㄧㄠ, ㄍㄧㄠˊ, ㄫㄜˊ, ㄍㄜˊ; kiau kióng kū. iū mîa, tōa kek, ioh mîa. kiâu, ngó kok ê mîa, kiâu beh.
蕎卭鉅。又名，大戟，藥名。蕎，五穀的名，蕎麥。
Sa" kak beh. kîo beh, bôa chiâ" hún thang chiah. Gîo, Lō Gîo, chit khoán chhang ê mîa.
三角麥。蕎麥，磨成粉可食。蕎，蕗蕎，一款蔥的名。

蕑 kan, koa", ㄍㄢ, ㄍㄨㄚ; kan, Phang chháu ê mîa, chhin chhiū" tek Lân, ū ê kong chhin chhiū" Liân hoe.
蕑，香草的名，親像竹蘭，有的講親像蓮花。
koa" Lân, koa" Lân hoe, Soa" koa" Lân. Lâng ê sì", kan.
蕑蘭，蕑蘭花，山蕑蘭。人的姓，蕑。

蕖 kû, ㄑㄩˊ; chioh kû, chhi" sek tāng koh khin. hû kû, chiū sī hô hoa ê Pat mîa.
石蕖，青色碇擱輕。芙蕖，就是荷花的別名。

蕨 khoat, keh, khōe, ㄎㄨㄚㄊ, ㄍㄜㄏ, ㄎㄨㄝ; khoat, chhài mîa, khoat piat. khí thâu hoat bô hioh thang chiah. khí thâu hoat ê sî ná
蕨，菜名，蕨鼈。起頭發無葉可食。起頭發的時如
Pih kha. ū Lâng thak tsòe hoat, ì sù sio tâng. khōe, khōe khōe, chhiong sēng chhin chhiū" Gō kak
鼈腳。有人讀做蕨，意思相同。蕨，蕨蕨，昌盛親像五穀
âm âm, á sī thâu mn̂g tsōe tsōe. keh hún, keh hún Pau sī chit hō chháu kun tsòe ê.
奄奄，或是頭毛多多。蕨粉，蕨粉包，是一號草根做的。

蕢 kūi, ㄎㄨㄟˋ; chháu ê khì khū, chháu nîa, hô kui. chhài mîa, chiū sī âng kun ê hēng chhài.
草的器具，草籃，荷蕢。菜名，就是紅根的莧菜。

蕒 mái, ㄇㄞˇ; ioh mîa, tsúi khó mái. chhài mîa, mái kū.
藥名，水苦蕒。菜名，蕒蕖。

蔽 Pè, ㄅㄧˋ; sòe tsâng ê chháu bák. iám khǹg, iám pè. tí tng, chiòng pè. nōa tsah, bōng pè. jia pè.
小欉的草木。掩藏，掩蔽。抵當，障蔽。攔截，蒙蔽。遮蔽。

蕣 Sùn, ㄕㄨㄣˋ; chháu á tsá khí sî put chí súi, kàu ē po sî chiū Lóh hioh. sùn ê ì sù, bô Gōa kú ê ì sù.
草仔早起時不止媄，到下晡時就落葉。瞬的意思，無外久的意思。

蕭 Siau, Sio, ㄒㄧㄠ, ㄒㄜ; Phang chháu ê mîa, Gāi ho. iā ū khó bī. chhi" chhin, siau sek. siau siau, hong sia". Lóh hioh sia".
香草的名，艾蒿。也有苦味。青清，蕭索。蕭蕭，風聲。落葉聲。
bé háu sia". kèng kín, siau kèng. Lâng ê sì", siau. iā ū kóng sio.
馬哮聲。敬謹，蕭敬。人的姓，蕭。也有講蕭。

蒒 Si, ㄒㄧ; ioh chhau, thò si chhàu. tsúi chháu hioh chhin chhiū kú chhài.
藥草，菟蒒草。水草葉親像韭菜。

蔾 Lê, ㄌㄧˊ; chiū sī chit lê, chiū sī hān chháu. ioh chháu ê mîa, Lê Lō. chit mîa, chhong kūi.
就是蒺蔾，就是旱草。藥草的名，蔾蘆。一名，蔥葵。

蕟 teng, ㄉㄥ; chiū sī chit khoán chháu ê mîa, kim teng chháu. thong 苧 khó teng chháu.
就是一款草的名，金蕟草。通苧。苦蕟草。

蕩 tōng, ㄉㄤˋ; khoah tōa, tōng tōng. tín tāng, tōng iōng. khì lâ sâm, tōng tek. húi hōe, tōng jiân bô tsûn.
闊大，蕩蕩。振動，蕩漾。去垃圾，蕩滌。毀壞，蕩然無存。
Lâm sám, hòng tōng. hòng chhiòng îm sek, îm tōng. Lâng ê sìⁿ.
濫糝，放蕩。放縱淫色，淫蕩。人的姓。

蕉 chiau, chio, ㄐㄧㄠ, ㄐㄧㄛ; ké chí mîa, Pa chiau. hiong chiau. keng chio. Liân chiau.
菓子名，芭蕉。香蕉。芎蕉。蓮蕉。

蕝 chhoat, ㄑㄩㄝ; Lâng ēng teh chìm chiú, á sī tè chiú ê chháu. sio khóa. kap 蕞 thong.
人用的浸酒，或是醡酒的草。小許。与蕞通。

蕞 chhoat, tsōe, ㄑㄩㄝ, ㄗㄨㄟ; chháu mîa. só tsāi mîa, chhoat ní kok. Phí Lō. sio khóa. tsū chip. kap 蕝 thong.
草名。所在名，蕞爾國。鄙陋。小許。聚集。与蕝通。

蔿 hoa, úi, ㄏㄨㄚ, ㄨㄟ; chháu ê mîa. tōe hō mîa. Lâng ê sìⁿ.
草的名。地號名。人的姓。

蕕 iû, ㄧㄡ; tsúi Pīⁿ ê chháu, àu chháu. àu chhá. tōe hō mîa, iû siâⁿ. hun iû, Phang chhàu.
水邊的草，臭草。臭柴。地號名，蕕城。薰蕕，香臭。

蕟 ngâu, ㄠˊ; n̂g hîm chháu kun tsoa lâi théh chiap, ēng lâi chí chhùi ta ê Lō ēng.
黃茅草根煎來提汁，用來止嘴乾的路用。

15畫 **蔾** Lê, ㄌㄧˊ; chháu ê mîa, koaⁿ bāng ê khóan sit, hiòh sin hoat oē chiah tit, Lê chháu. i ê kut thang tsòe koái chit Lê, ū chhì ê chháu, chhì Phè. nâ tâu ê khóan sit
草的名，菅芒的款式，葉新發能食得，藜草。它的骨可做拐。蒺藜，有莿的草，莿栭。林荳的款式

蔉 khóan, ㄎㄨㄢˇ; Pún Lâi ê khóan jī. tang thìⁿ, chí chhiah ê hoe hoat tī tsúi tiong, khóan tang.
本來的款字。冬天，紫赤的花發佇水中，款冬。

蕮 ip, ㄧˋ; chháu ê mîa, ip chháu. chháu ām ām ê khóan sit,
草的名，蕮草。草奄奄的款式，

蕺 kek, ㄍㄜˊ; ióh chháu ê mîa, tōa kek.
藥草的名，大蕺。

蕳 khò, ㄎㄜˋ; chiū sī hoân ló ut tsut ê ì sù.
就是煩惱鬱悴的意思。

蕗 Lō, ㄌㄨˋ; chit khoán ê iá tāu, hē thìⁿ sī hoat siⁿ chhin chhiūⁿ tāu tsóng sī sòe sòe.
一款的野豆，夏天時發生親像豆總是小小。

蕂 sèng, ㄒㄥ; chiū sī chhiⁿ hoan ê iû môa ê ì sù.
就是生番的洋麻的意思。

蕮 sek, ㄒㄧˋ; chiū sī chhia chêng ê chháu ê ì sù.
就是車前的草的意思。

蕈 sîm, sìn, ㄒㄩㄣˋ, ㄒㄧㄣˋ; chháu ê mîa, chit chióng khún, hoat tī chhiū téng, bók jí ê lūi. tn̂g, khoah, chhim, hn̄g.
草的名，一種菌，發佇樹頂，木耳的類。長，闊，深，遠。

蕁 tâm, ㄉㄢˊ; tâm Phoan chháu, hoat tī soaⁿ téng, hióh chhin chhiūⁿ kú chhài
蕁蕃草，發佇山頂，葉親像韭菜

蕚 Gok, m̂, ㄜˋ, ㄇ; hoe Gok, hoe sim thò chhiu. hoe m̂. kap 萼 sio siāng ì sù.
花蕚，花心吐鬚。花蕚。与萼相同意思。

蘞 Liâm, ㄌㄧㄢˊ; chit hō chháu ê mîa,
一號草的名，

蕮 tò, ㄉㄨˋ; chiū sī chit khoán chháu ê mîa.
就是一款草的名。

蕫 tóng, tông, ㄉㄨㄥˇ, ㄉㄨㄥˋ; chháu ê mîa, chhin chhiūⁿ Pô chháu tsóng sī khah sòe, thang tsòe oê, iā thang Phah tsòe soh.
草的名，親像蒲草總是較小，可做鞋，也可打做索。

蕪 bû, ㄨˊ; bô chèng tsoh, Pha hng, chháu hoat tsòe tsòe chhiong sēng, hong bû. bû tsáp. Liok bû.
無種作，拋荒草發多多昌盛，荒蕪。蕪雜。綠蕪。

蕓 hûn, ㄩㄣˊ; chhài ê mîa, hûn tāi chhài. chit ê chhài khoài hoat, tióh bán hō i hun ki oē hoat khah tsōe.
菜的名，蕓薹菜。這個菜快發，着挽伊它分枝能發較多。
Phang chháu, hûn hiong chháu. cheng iù thang boah Piah.
香草，蕓香草。春幼可抹壁。

蕇 tián, ㄉㄧㄢˇ; tian têng Lek, ná kài chháu, chit mîa káu ché
蕇亭歷，如芥草，一名狗薺

十三畫

薅 ho, o, ㄏㄠ, ㄜ; Puih chhân nih ê chháu á.
拔田裡的草仔。

遐 hâ, ka / ㄏㄚ, ㄍㄚ
hâ, hoe hióh ê ì sù. ka, Lô tek bōe ām ê ì sù. bōe siû bô.
遐，花葉的意思。遐，蘆荻未萫的意思，未秀者。

薤 hāi / ㄏㄞˋ
chhài ê mîa, hāi chhài. chhin chhiū kú chhài.
菜的名，薤菜。親像韮菜。

蘇 kái / ㄍㄞˋ
ioh chháu, kái kó. kái chháu, hoat tī tsúi pīⁿ.
藥草，蘇苦。蘇草，發佇水邊。

薌 hiong / ㄏㄧㄤ
ngó kak ê khì bī, Phang bī. ū sî ēng tsòe 香 jī Sio siāng.
五穀的氣味，香味。有時用做香字相同。

薨 eng / ㄏㄨㄥ
kok kun sí, tsōe tsōe, koáⁿ kín, iám bat.
國君死，多多，趕緊，掩密。

薏 ì / ㄧˋ
tsúi siⁿ ê chháu, ì jîn. ì jîn thang tsòe ioh.
水生的草，薏仁。薏苡仁，可做藥。

薊 kè / ㄐㄧˋ
chháu ê mîa, hoat tī tsúi tiong. tōe hō mîa, kè koāiⁿ. jī sìⁿ.
草的名，發佇水中。地號名，薊縣。字姓。

薑 kiong, kiuⁿ (kioⁿ) / ㄐㄧㄤ
Loāh ê chháu chhài, chhiⁿ kiuⁿ. Lāu kiuⁿ. kiuⁿ bú. kiuⁿ bú tê. kiuⁿ si. kiong hoat.
辣的草菜，生薑。老薑。薑母。薑母茶。薑絲。薑活。

薖 kho / ㄎㄜ
chháu á. khoah tōa ê khoán. iau ê ì sù.
草仔。闊大的款。枵的意思。

薐 Lêng / ㄌㄥˊ
chhài ê mîa, Pe Lêng chhài.
菜的名，菠薐菜。

薟 Liâm / ㄌㄧㄢˊ
tsúi tiong ê soaⁿ kú chhài. ioh ê mîa. Loāh bī. kè thâu tiⁿ.
水中的山韮菜。藥的名。辣味。過頭甜。

蕾 Lúi / ㄌㄟˇ
hoe m̂ ê khoán sit, Pōe Lúi. khí thâu khui ê hoe. ún pī, āi āi. āi chiòng.
花蕊的款式，蓓蕾。起頭開的花。隱蔽，薆薆。薆障。

薆 āi / ㄞˋ
chháu hoat kàu ām ām. ong āi.
草發到萫萫，蓊薆。

薜 Pī, Phek / ㄅㄧˋ, ㄆㄧˋ
chiū sī Pī Lē. kó sit ná Liân hông, iū mîa bók Liân. Phek, Phek San kî, chiū sī
就是薜荔。果實如蓮蓬，又名木蓮。薜，薜山蘄，就是
ioh chháu ê mîa, tong kui. Phek San môa, môa siⁿ tī soaⁿ tiong ê.
藥草的名，當歸。薜山麻，麻生佇山中的。

薄 Pók, Póh, Phùh / ㄅㄛˊ, ㄅㄠˊ
chháu kui Phō hoat, Lîm Pók. m̂ng Lî, ûi Pók. chió chió, Pók iú tsu sán. bô tō Liōng,
草歸部發，林薄。門簾，帷薄。少少，薄有資產。無肚量，
khek Pók. Póh, kāu Póh. khin Póh. Póh Li Li. Lóh Póh. Soe Póh. Póh Lī to bōe. chit khoán
刻薄。薄，厚薄。輕薄。薄厘厘。落薄。疏薄。薄利多賣。一款
chháu ê mîa, Pók hô. Liâng Liâng, thang tsòe ioh. Phùh, bī Póh, chiáⁿ Phùh Phùh. chiáⁿ chiáⁿ ê ì sù.
草的名，薄荷。凉凉，可做藥。薄，味薄，飷薄薄。飷飷的意思。

薩 Sat / ㄙㄚˋ
kiù kip, jī sìⁿ. hút ê mîa, Phô sat.
救急，字姓。佛的名，菩薩。

薛 Siat, Sih / ㄒㄩㄝ
chháu ê mîa, nāi ho ê Pat mîa. hiong hū ê khóan sit. kok ê mîa, tī hiān kim ê Soaⁿ tang
草的名，賴蒿的別名。香附的款式。國的名，佇現今的山東省
Séng Siat Siâⁿ. Lâng ê sìⁿ, Sih. tông tiâu sî ê ióng chiòng, Sih jîn kùi.
薛城。人的姓，薛。唐朝時的勇將，薛仁貴。

薪 Sin, chhâ / ㄒㄧㄣ
hiaⁿ hé ê chhâ, (chhâ) Sin chhâ. Sin bók, Sin chháu, Sin hé Siong thoân, thoân siū bô tīng.
燃火的柴，(薪)薪柴。薪木，薪草。薪火相傳，傳授無斷。
Sin hōng, Sin Súi, Géh Sin. chhâ, chit im eng kai bô hah, chhâ chháu, ì keng ū chhâ jī.
薪俸，薪水，月薪。薪，這音應該無合，薪草，已經有柴字。

蓬 tát, boàh / ㄉㄚˊ
chháu mîa, má sek. hong chhe chhiū chiau tát ê hióh Lih khui. chhài ê mîa, ka boàh chhài.
草名，馬舄。風吹就蕉蓬的葉裂開。菜的名，茇蓬菜。

薝 tám / ㄓㄢ
tám kek. chhiū ê mîa, kim kok soaⁿ chin tsōe. hoe ê mîa, tám Pók hoe.
薝棘。樹的名，金谷山真多。花的名，薝蔔花。

薙 thè / ㄊㄧˋ
tû chháu á. thì, thì gín á ê thâu mn̂g. thì thâu. thong 剃.
除草仔。剃，剃囡仔的頭毛，剃頭。通剃。

薔 chhiông / ㄑㄧㄤˊ
chhiūⁿ, Sek. chháu ê mîa, hoe ê mîa, chhiūⁿ bî. chhiūⁿ bî hoe. kut ū chhì. chheng Phang.
ㄑㄧㄤˊ, ㄙㄜˋ，草的名，花的名，薔薇。薔薇花。骨有莿。清香。
Lâng ê sìⁿ Sek.
人的姓薔。

薦 chiàn, chèng / ㄐㄧㄢˋ
chìn chèng, hòk sāi, chiàn siu. chhui kú, ín chiáng. Siù só chiah ê chháu, Sit chiàn.
進前，服事，薦饈。推舉，引薦。獸所食的草，食薦。
kap 荐 thong. ka chèng, chháu chèng, tsang chèng, koaⁿ chèng, Lóng Siók jiók á ê Lūi.
與荐通。葭薦，草薦，棕薦，菅薦，攏屬蓐仔的類。

薇 bî, ㄨㄟˊ; chhài mîa, hoe mîa, tsú bî hoe. chhiū" bî hoe. io̍h mîa. Pe̍h bî
菜名。花名，紫薇花。薔薇花。藥名，白薇。

薉 òe, sòe, ㄨㄟˋ, ㄏㄨㄟˋ; Gō· kak hō· phái" chháu ā". bû òe. Lâ sâm ù òe. chhân lāi tsa̍p chháu, kap 穢 tōng.
五穀往歹草餡。蕪薉。垃圾，汙薉。田内雜草，与穢同。
òe mi̍h. phái" kiâ" tâ". òe hêng. òe sòe, òe sòe sè kan, phah phái" mîa sia".
薉物。歹行踏，薉行。薉薉，薉薉世間，打歹名聲。

薈 kòe, òe, hē, hōe, ㄍㄨㄟˋ, ㄨㄟˋ, ㄏㄜˋ, ㄏㄨㄟˋ; Lô· hē, Lô· hōe. chháu. hio̍h chiap tsōe, thang tsòe io̍h. kó· tsá hū jîn lâng
蘆薈，蘆薈。草名。葉汁多，可做藥。古早婦仁人
ēng lâi loa̍h thâu mn̂g. ū hiān kim ê hoat ka ê kong iōng. hûn khí ê khoán sit, òe ui.
用來捋頭毛。有現今的髮膠的功用。雲起的款式，薈蔚。
ê òe, jia Dē. tsū chi̍p hōe tsūi.
翳薈，遮蔽。聚集，薈萃。

蕷 ū, ㄩˋ; chit khoán oē chia̍h tit, kiat kui kiû ê kun, chhin chhiū" ō· á ê lūi. tsû ū. Sī san io̍h.
一款能食得，結歸球的根，親像芋仔的類。薯蕷。是山藥。

藴 un, ㄨㄣˋ; tsúi chháu, un tsó. ha̍k si̍p, un si̍p. koàn sì. chìm tsū. un chek.
水草，藴藻。學習，藴習。慣勢，浸住，藴積。

薁 hiok, ò, ㄩˋ, ㄠˋ; chháu ê mîa, eng hiok. Phû tô ê khoán sit, la̍k ge̍h oē chia̍h tit. kap lí á tâng sî sêng se̍k.
草的名，蘡薁。葡萄的款式，六月能食得。與李仔同時成熟。
ò gîo, ò gîo chí, ò gîo tàng, ò gîo peng, joa̍h thi" chia̍h thè hé khì.
薁蕘，薁蕘子，薁蕘凍，薁蕘冰，熱天食退火氣。

薅 ho, o, ㄏㄠ, ㄠ; pu̍ih chhân nih ê chháu á, tû khì. kap 薅 sio siāng.
拔田裡的草仔，除去。与薅相同。

薧 kó, khó, ㄍㄠˇ, ㄎㄠˇ; ta ta ê hî, ēng chhi" chhi" ê mi̍h tsòe chiâ" ê. hî kó. pau hî.
乾乾的魚，用鮮鮮的物做成的。魚薧。鮑魚。

蓡 sim, ㄒㄧㄣ; io̍h chháu ê mîa, kap 蔘 sio siāng. jîn sim. kun chhin chhiū" lâng hêng. iā ū siá 參
藥草的名，与蔘相同。人蓡。根親像人形。也有寫參

蕗 lō·, ㄌㄨˋ; chháu ê mîa, iā sī kam chhó ê ì sù.
草的名，也是甘草的意思。

蕎 kek, keh, ㄍㄜˊ, ㄍㄜˊ; chhài ê mîa, keh nâ chhài.
菜的名，蕎藍菜。

蒟 hō·", ㄏㄨˋ; chiū sī chháu ê mîa. Pô· hō·".
就是草的名。蒲蒟。

薍 goān, loān, ㄨㄢˋ, ㄌㄨㄢˋ; chit khoán chháu ê mîa. thám goān. ná lô· ûi. tsòe sàu chiu. loān, chiū sī sòe tsâng
一款草的名，菼薍。如蘆葦。做掃帚。薍，就是小欉
soàn thâu ê kun. ka goān, sòe tsâng lô· tek thang tsó· chí tsai lān, siám pī.
蒜頭的根。葭薍，小欉蘆荻可阻止災難，閃避。

蘸 tsòe, ㄗㄨㄟˋ; lâng ēng teh chìm chiú, á sī teh tē chiú ê chháu. sió khóa.
人用的浸酒，或是的箸酒的草。小許。

穉 tī, ㄓˋ; iù iù, sòe tsâng ê tiū, khah nńg ê tiū á. sòe hàn gín á, iù tī. kap 稚 thong.
幼幼，小欉的稻，較軟的稻仔。小漢囝仔，幼稚。与稚通。

蘹 hoân, ㄏㄨㄢˊ; tī tsúi nih hoat ê chháu, tsúi ah ài chia̍h ê.
佇水裡發的草，水鴨愛食的。

蕍 hû, ㄏㄨˊ; chit khoán chháu ê mîa, hû chhû. chiok hû chhû. thang chia̍h
一款草的名，蕍茈。芍蕍茈。可食

蘐 hāng, ㄏㄤˋ; chháu chhài ê sim tn̂g, bō· sēng. chháu ba̍k ê gê.
草菜的心長，茂盛。草木的芽。

蒍 hoa, ㄏㄨㄚ; chiū sī chiu bo̍k ông ê bé ê mîa. tsó ho̍k hoa liû, iū tū liok ní
就是周穆王的馬的名。左服蒍騮，而右騄耳

藒 khiat, ㄑㄧㄝˋ; chit hō· phang phang chháu mîa, hoat tī kang so· séng. khiat ku hiong.
一號香香的草名，發佇江蘇省。藒車香。

蘧 kû, ㄍㄨˇ; chhài, chhin chhiū" so· chhài. kang tong lâng kiò tsòe khó· mâi.
菜，親像蘇菜。江東人叫做苦蕒。

蕧 sò, ㄙㄛˇ; chit khoán chháu ê mîa, gō· sò lû, chit mîa, koe tn̂g chháu.
一款草的名，蕧蕧蘦，一名，雞腸草。

補 11畫 **蘣** gō·, ngō·, ㄨˊ, ㄥˊ; chit khoán chháu ê mîa, gō· sò lû, chit mîa koe tn̂g chháu
一款草的名，蕧蕧蘦，一名雞腸草

蘱 téng, ㄉㄥˋ; chháu ê mîa, khoán sit chhin chhiū" pô· chháu, téng tōng. tsóng sī khah sòe.
草的名，款式親像蒲草，蘱董。總是較小

蕺 chhip, ㄐㄧˊ; chhài ê mîa, hio̍h chhin chhiū" kiâu bē̍h, si" tī tâm si̍p ê tōe.
菜的名，葉親像蕎麥，生佇澹濕的地。

【蕹】iong, èng, ìong, 一ㄥ, ㄝㄥ, 蕹 — chit hō oē chiah tit ê tîn 一號能食得的藤，Lâng tsoa" i ê hioh Lâi chiah 人煎它的葉來食，thang kóe a Phiàn 可解鴉片。
èng, ê chhài 蕹，蕹菜。chhài ê mia 菜的名，kut khang khak 骨空殼。iā ū kiò tsòe khang sim chhài 也有叫做空心菜。

【蘦】Lin, Lian ㄌㄧㄣ, ㄌㄧㄢ，Chháu bak ko tâ ê ì sù 草木枯焦的意思。chhiū ki Lian khì 樹枝蘦去。hoe Lian khì 花蘦去。hoa tiau sia ko úi ê ì sù 花凋謝枯萎的意思。

造字 借零的偏音成字，零即為無或減，蘦為花木之生命之亡也。

十四畫

【蘄】chin, ㄐㄧㄣ, chit khoan chháu ê mia 一款草的名，hâ bô Lâm chhau 蝦蟆藍草。Liat chin 荔蘄。iā ū kiò chiu" tsû Lân 也有叫蟾蜍蘭。

【薰】hun, ㄏㄨㄣ, Phang chhau 香草，hun chhau 薰草。Sio Lâi hoat chhut Phang khì 燒來發出香氣，Lâi kam jiám pat hāng mih 來感染別項物，hun jiám 薰染。
hun tô 薰陶。Phang bī 香味，bī sò 味素，Sio 燒，kù 烝。hun mih 薰物。hun hong 薰風。Lī iok hun sim 利欲薰心。

【薿】Gí, ㄋㄧˇ, chháu á bō sēng ām ām 草仔茂盛菴菴，Súi hó khòa" ê ì sù 僎好看的意思。Gí Gí 薿薿，Su chek Gí Gí 黍稷薿薿。

【薷】jû, ㄖㄨˊ, chiū sī bok ní ê ì sù 就是木耳的意思。hiong jû 香薷。

【薧】kó, ㄍㄠˇ, chháu bak kó tâ 草木枯焦，noā 爛，bô hoat ì 無發意。ta chháu 乾草。chháu kó 草薧。ioh mia 藥名，kó pún 薧本。

【藄】kî, ㄑㄧˊ, ioh chháu ê mia 藥草的名，chí kî 紫藄。hōng bé chháu 鳳尾草。

【藍】Lâm, nâ, ㄌㄢˊ, ㄋㄚˊ, sek tī ê mia 色緻的名，chhiⁿ sek 青色。chheng Lâm sek 青藍色，nâ sek 藍色。chháu nâ sek 草藍色。keh nâ chhài 芥藍菜。chhài ê mia 菜的名

【藐】biáu, māu, ㄅㄧㄠˇ, ㄇㄠˋ, kóng khoah 廣闊，biáu biáu 藐藐。Sòe Sòe 小小，biáu Siáu 藐小。hn̄g 遠，biáu jiân 藐然。khin sī 輕視，biáu sī 藐視。māu 藐，
māu chhú chháu 藐茈草，thang ní chí sek ê chháu mia 可染紫色的草名。súi 僎。

【薴】Lêng, ㄌㄧㄥˊ, chháu bak sēng ê khoan sit 草木茂盛的款式。

【薸】biâu, Phiâu, Phiáu, Phio, biáu, ㄅㄧㄠˊ, ㄆㄧㄠˊ, ㄆㄧㄠˇ, ㄆㄧㄛ, Phiau 薸，漂，jī gī sio siāng 字義相同。Phû tsúi ê chháu 浮水的草，Phû Phiô 浮萍。Phû Phiô 浮薸。Phû Phiâu 浮漂。
tsúi Phiô 水薸。Lâu Lâi Lâu khì 流來流去，Phiâu Lâi Phiâu khì 漂來漂去。khin khin 輕輕，khin Phiô 輕薸。hô Phiô 瓠薸。hô tsúi Phiô 瓠水薸。

【藊】Pián, ㄅㄧㄢˇ, tāu ê mia 豆的名，Pián tāu 藊豆。i ê hêng Pîⁿ Pîⁿ 它的形扁扁。

【薯】tsû, chî, ㄕㄨˇ, ㄐㄧˊ, chháu ê kun 草的根，siⁿ ū kui Liap îⁿ îⁿ ê 生有歸粒圓圓的。oē chiah tit 能食得。bōa ū hún 磨有粉，tsu Pîn kò 煮變糊，
hoan tsû 番薯，han chî 番薯。chhiū tsû 樹薯。koah tsû 葛薯。ū tsû 蕷薯，chiū sī san ioh 就是山藥。

【蕍】Su, Sū, ū, ㄙㄨ, ㄙㄨˋ, ㄩˊ, Su 蕍，chiū sī Lâng ê sìⁿ 就是人的姓。ū 蕍，Phang chháu ê mia 香草的名，ū hiong chháu 蕍香草。sū 蕍，súi ê khoan sit 美的款式。

【薹】tâi, ㄊㄞˊ, hûn tâi 蕓薹，chiū sī chhài ê mia 就是菜的名。chháu ê mia 草的名，tâi Soa chháu 薹莎草。

【薱】tùi, ㄉㄨㄟˋ, bō sēng 茂盛，chháu bak chhiong sēng ê khoan sit 草木昌盛的款式，ut ōng ài tùi 蔚薱愛薱。

【藏】tsông, tsōng, tsn̄g, khǹg, ㄘㄤˊ, ㄗㄤˋ, ㄗㄥ, ㄎㄥ, chháu mia 草名，tsông Lông chháu 藏莨草。siu khǹg 收藏，chek thiok 積蓄，Siu tsông 收藏。khǹg bat 藏密，
chhàng, ㄘㄤˋ, chhàng bat 藏密，chhàng khì Lâi 藏起來，chhang bih 藏匿。mih kiaⁿ khǹg hó sè 物件藏好勢。tsōng 藏，tōe hng mia 地方名，Se tsōng 西藏。
he siūⁿ ê mia 和尚的名，Sam tsōng 三藏。tsn̄g 藏，tn̄g tsn̄g 轉藏，khan tsn̄g khan tn̄g tsn̄g 牽藏牽轉藏，thâu mng kńg tsn̄g ê sò tsāi 頭毛捲藏的所在。

【薺】ché, chî, ㄐㄧˋ, ㄐㄧˊ, ché 薺，oē chiah tit ê chhài 能食得的菜，ché chhài 薺菜。chhin chhiū tsúi chhài 親像水菜。chî 薺，bé chî 馬薺。bé chî hún 馬薺粉。Soa bé chî 山馬薺。

【藉】chek, chiā, chiā, ㄐㄧㄝˊ, ㄐㄧㄚˋ, ㄐㄧㄚˋ, Soh á 索仔，kiaⁿ tah 行踏，chìn kòng 進貢。tsap Loān 雜亂，Lông chek 狼藉。chè hiàn ê chháu chhioh 祭獻的草蓆，chè chek 祭藉。
àn ùi 安慰，ùi chek 慰藉。ké chioh 假借，chiā kháu 藉口。chiā chhiú 藉手。chiā kò 藉故。óa khò 依靠，Pîn chiā 憑藉。tsū chiā 杜藉，tiām 墊。

【薞】chhoaⁿ, ㄑㄨㄚ, chhoaⁿ chhì 薞刺，chiū sī chhì tioh 就是莿着，áu bān 拗蠻，iā sī chhì á 也是莿仔。 造字

藎 chīn, ㄐㄧㄣˋ
chháu á oē ní tit n̂g sek. ông ê tiong sîn, tiong chīn.
草仔能染得黃色。王的忠臣，忠藎。

遠 oán, ūi, ㄩㄢˇ, ㄨㄟˋ
io̍h chháu ê miâ, oán chì. Lâng ê sìⁿ ūi
藥草的名，遠志。人的姓，遠

繡 chì, ní, ㄐㄧˇ, ㄋㄧˇ
Gâu tsoè saⁿ, Gâu chhiah siù, hó chhiú lō͘, súi, hó chiam chí. bō͘ sēng, ní.
勢做衫，勢刺繡，好手路，媄，好針黹。茂盛，薾。

蕿 Soan, ㄒㄩㄢ
chiū sī chi̍t khoán chháu ê miâ,
就是一款草的名，

蕒 Sit, ㄒㄧˋ
khiam sit, chiū sī chi̍t khoán chháu io̍h ê miâ.
芡蕒，就是一款草藥的名。

叢 chhông, tsâng, ㄘㄨㄥˊ, ㄗㄤ
chháu ba̍k bō͘ sēng tsoē tsoē. tsū chi̍p. tsâng, chhiū tsâng, chi̍t tsâng chhiū, toā tsâng
草木茂盛多多。聚集。叢，樹叢，一叢樹，大叢
Soè tsâng, toā tsâng chhiū. kap thong.
小叢，大叢樹。与欉通。

藒 khiat, ㄎㄧㄝˋ
kap 藒 Sio siāng. chi̍t hō Phang phang chháu miâ, hoat tī kang so͘ séng.
与藒相同。一號香香的草名，發佇江蘇省。

薶 bâi, ㄇㄞˊ
kap 埋 Sio siāng. tâi sin sī, bâi tsông. Siu tsông, khàm ba̍t, Siu bâi. bâi bu̍t.
与埋相同。埋身屍，薶葬。收藏，蓋密，收薶。薶物。

蓧 thiau, ㄊㄧㄠˊ
chi̍t khoán chháu ê miâ, Siong thiau. âng chhin chhiūⁿ Lê chháu. io̍h chháu ê miâ, Sok thiau.
一款草的名，蓨蓧。紅親像藜草。藥草的名，蒴藋。

補十畫 **蒴** Sok, ㄕㄨㄛˋ
io̍h chháu ê miâ, Sok thiau. múi chi̍t ki sīⁿ Gō͘ hio̍h. chí khí chho͘ chhiⁿ L[illegible]k tāu
藥草的名，蒴藋。每一枝生五葉，子起初青如綠豆

薹 tâng, ㄉㄤˋ
Phàu tâng, chiū sī khah tn̂g ê Phàu tài, á sī chhiūⁿ á hō peng teng thang siú.
砲薹，就是較長的砲臺；或是牆仔予兵丁可守。

造字 薑加四而成字。堅而固也。

䕭 niau, ㄋㄧㄠ
ū tiám tiám ê ì sù, ū hoe pan ê ì sù. O͘ niau niau. hoe niau niau. niau pī pà.
有點點的意思，有花斑的意思，黑䕭䕭。花䕭䕭。䕭貪豹。

造字 借苗偏音與点成字。

十五畫

藩 hoan, hoân, Phoan, Phoaⁿ, ㄈㄨㄢ, ㄈㄨㄢˊ, ㄆㄨㄢ, ㄆㄨㄚˇ
Lî pa, hoan lî. kài hān. ūi Pîn Pîn hoân. Sio̍k kok, hoan sio̍k, io̍h chháu,
籬笆，藩籬。界限。圍屏，屏藩。屬國，藩屬。藥草，
tām tām hoân. chiū sī chi̍t miâ kiò tī bú. Phoaⁿ khò͘, chiū sī Pò͘ chèng si chek tsū mi̍h ê só͘ tsāi.
蕁芫藩。就是一名叫菭母。藩庫，就是布政司積聚物的所在。
Phoan, Phoan lî. Phoan sio̍k. Pîn tô, Pîn Phoan.
藩，藩籬。藩屬。屏堵，屏藩。

藝 Gē, Gōe, ㄍㄜˊ, ㄍㄨㄜˊ
kek, chìn thâu. kī Gē, kang Gē, tsoh Gē, chhiú Gē, Gē su̍t. Sī tsâi lêng, kang hu,
極。盡頭。技藝，工藝，作藝，手藝，藝術。是才能，夫，
Pún sū. Gē jîn. Poaⁿ Gē, Gē koh, Giâ Gē koh iû koe. tha̍k Gōe Sio siāng. bú Gōe.
本事。藝人，搬藝，藝閣，迎藝閣遊街。讀藝相同。武藝。

藭 kiông, ㄍㄧㄥˊ
Phang chháu ê miâ, kiong kiông, kun thang ji̍p io̍h. chiū sī chhoan kiong.
香草的名，芎藭，根可入藥。就是川芎。

蓏 Lóa, ㄌㄨㄛˇ
bô tùi tiong ê khoán, Lóa thà. bō sêng se̍k ê khoán sit, Lóa chhu.
無對中的款，蓏蓏。無成熟的款式，蓏苴。

藟 Lúi, ㄌㄟˇ
kat Lúi, hio̍h chhin chhiūⁿ hiāⁿ. Soân tîn ê chháu. chhài tāu.
葛藟，葉親像艾。旋藤的草，菜豆。

藘 Lû, ㄌㄩˊ
chi̍t khoán chháu ê miâ, thang ní tsoè âng sek.
茹藘草的名，可染做紅色。

藕 ngó͘, ngāu, ㄫㄛˇ, ㄫㄡˇ
Liân hoe ê kun, Liân ngó͘. Liân ngāu. tsat. ngāu hún. ngó͘ toān si Liân, jū cheng boē tsoa̍t
蓮花的根，蓮藕。蓮藕。藕節。藕粉。藕斷絲連，喻情未絕

藪 só͘, ㄙㄡˇ
tâm sip ê tōe, toā ê tsúi te̍k. tsúi ū hî hê, soaⁿ ū khîm siù ê só͘ tsāi. kāu, chhim, koe chhī.
潘濕的地，大的水澤。水有魚蝦，山有禽獸的所在。厚，深，街市。

蕮 Siá, Sià, ㄒㄧㄝˇ, ㄒㄧㄝˋ
te̍k siá, chiū sī io̍h chháu ê miâ.
澤蕮，就是藥草的名。

藤 têng, tîn, ㄉㄥˊ, ㄉㄧㄣˊ
chhiū ba̍k ê miâ, sīⁿ tsoè nńg nńg oē soân tîn, koe tîn. koah tîn. tîn í. tîn tiâu. tîn pâi.
樹木的名，生做軟軟能旋藤，瓜藤。葛藤。藤椅。藤條。藤牌。

蓄 Sio̍k, ㄒㄩˋ
chi̍t khoán io̍h chháu ê miâ, Sio̍k toān. chi̍t miâ te̍k siá.
一款藥草的名，蓄斷。一名澤蕮。

蔤 chhek, chhip, ㄑㄧㄣˋ, ㄑㄧㄆ
io̍h chháu ê miâ, Giû chhip chháu. Gû chhek chháu.
藥草的名，芊藤草。牛藤草。

藥 iȯk, iȯh ㄧㄠˋ, ㄩㄝˋ
i Pīⁿ ê chháu, tá tiap Pīⁿ chèng ê mih, iȯh chháu, iȯh hng, i iȯh, iȯh tsâi, iȯh Pâng.
醫病的草，打撲病症的物，藥草。藥方。醫藥。藥材。藥房。
chhèng iȯh, hé iȯh, ko iȯh, chháu iȯh, hàn iȯh, se iȯh, iȯk sėk bōng hāu, i tī bô hāu
銃藥。火藥。膏藥。草藥。漢藥。西藥。藥石罔効，醫治無効。

蕯 thà, tsà ㄊㄚˋ, ㄗㄚˇ
bô tùi tiong ê khóan, Lóa thà, bô sêng sėk ê khoan sit, hong chhe chhiū ê khóan.
無對中的款，藞蕯。無成熟的款式。風吹樹的款。

藷 chia ㄐㄧㄚ
kap 蔗 Sio Siāng. khoeh thn̂g koaⁿ tsâng, kam chià.
ㄅ蔗相同。夾糖的菅欉。甘蔗。

薺 chhî ㄑㄧˊ
chháu mîa, bé chhî chháu.
草名，馬薺草。

藘 hu ㄏㄨ
chháu ê mîa, tōe hu. chit mîa kiò ah chih chháu.
草的名，地藘。一名叫鴨舌草。

藙 Gē ㄫㄜˊ
chit hō chhiū ê mîa, i ê chí thang ēng tsòe hô chio.
一號樹的名，它的子可用做胡椒。

藘 Lû ㄌㄩˊ
chit khóan chháu ê mîa, jû Lû. oē thang nī kàng sek, tōa âng sek.
一款草的名，茹藘。能可染絳色，大紅色。

蘑 mô ㄇㄛˊ
chiū sī chit khóan chháu ê mîa, Lô mô.
就是一款草的名，蘿藦。

蘉 bōng ㄇㄤˊ
tú á khùn chhíⁿ, Sim koaⁿ bōe cheng sîn, bōng tèng. Soaⁿ sai séng soaⁿ ê mîa,
抵仔睏醒，心肝未精神。蘉蘉。山西省山的名，

藨 Piáu ㄅㄧㄠ
chháu ê mîa, oē thang chit tsòe chhioh. á sī chháu oê.
草的名，能可織做蓆。或是草鞋。

藬 tôe ㄉㄨㄟˊ
Cháu ê mîa, chhioh Gōa koāiⁿ, hioh tn̂g koh chiam, tôe Gû tôe.
草的名，尺外高，葉長閣尖，藬牛藬。

十六畫

藹 ái ㄞˇ
chhiong sēng, hô sūn, àm àm, tsōe tsōe. hó khòaⁿ. chhiū bȧk tsōe, ái ái. hô ái. ái jiân.
昌盛，和順，菴菴，多多。好看。樹木多，藹藹。和藹。藹然。

蘅 hêng ㄏㄥˊ
Phang chháu, tō hêng, ná kúi hoe tsóng sī oē Phang, hioh ná bé tê, só í iā kiò bé tê hiong.
香草，杜蘅。如葵花總是能香，葉如馬蹄，所以也叫馬蹄香。

薔 chhiông, Sek ㄑㄧㄤˊ, ㄙㄜˋ
kap 蘠 jī Sio Siāng. khòaⁿ 13 uih. chhiū bî
与蘠字相同。看十三畫。薔薇

藿 hok ㄏㄨㄛˋ
hok, chiū sī tāu hioh, chho chho ê chiah mih, Lê hok. Phang chháu ê mîa, hok hiuⁿ.
藿，就是豆葉。粗粗的食物，藜藿。香草的名，藿香。

蘂 Lúi ㄖㄨㄟˇ
hoe, hoe ê Gōa hioh, hoe Lúi.
花，花的外葉，花蘂。

蘄 kî ㄑㄧˊ
iȯh chháu ê mîa, Soaⁿ kî. Pėh kî. Só tsāi mîa, kang hā kūn kî chhun. bé hâ Lêng. kiat sù hong kî.
藥草的名，山蘄。白蘄。所在名，江夏郡蘄春。馬銜鈴，結駟方蘄。

薑 kiong, kiuⁿ ㄍㄧㄤ, ㄍㄧㄨ
kap 薑 jī Sio Siāng, khòaⁿ 12 uih
与薑字相同，看十二畫

藾 nāi ㄌㄞˋ
tiū kó, ìm ńg, kham chháu. Pì hō, Pì nāi
稿稿，陰影。蓋草。庇護，庇藾。

蘼 Lek ㄌㄧˋ
têng Lek. chí, hioh, Lóng chhin chhiū kòa chhai.
葶藶。子，葉，攏親像芥菜。

藺 Līn ㄌㄧㄣˋ
chháu ê mîa, ma Līn chháu. chit mîa teng sim chháu. thang chit chhioh. Lang ê sìⁿ. Lâng mîa
草的名，馬藺草。一名燈心草。可織蓆。人的姓。人名
Līn Siong jû, chiàn kok sî tāi ê sîn. kū Līn chioh, tùi siaⁿ téng tìm chioh thâu tìm Lâng.
藺相如，戰國時代的臣。具藺石，對城頂擲石頭擲人。

蘆 Lô ㄌㄨˊ
tsúi chháu ê mîa, Lô ui. Lô tek. Lô sún. Lô hoe. kiô mîa, Lô kau kiô.
水草的名，蘆葦。蘆荻。蘆筍。蘆花。橋名，蘆溝橋。

藷 tsu, tsû ㄓㄨ, ㄕㄨˇ
tsu chià, chiū sī kam chiàⁿ ê ì sù. han tsû, hoan tsû. kap 薯 thong
藷蔗，就是甘蔗的意思。番藷，蕃藷。与薯通

蘇 So ㄙㄨ
Phang chháu, an sim, hoaⁿ hí, koh oàh, So seng, hok so. chháu mîa chí So. Só tsāi mîa, So chiu.
香草。安心，歡喜，閣活，蘇生，復蘇。草名紫蘇。所在名，蘇州。
Lâng ê sìⁿ So. kok mîa So ngô. hūn khì chhíⁿ khí Lâi, So chhíⁿ.
人的姓蘇。國名蘇俄。昏去醒起來，蘇醒。

蘋 Pîn, Pêng, Phông ㄆㄧㄣˊ, ㄆㄧㄥˊ, ㄆㄥˊ
Pîn, Phiô ê Lūi, Siⁿ tī tsúi bīn, chit ê hioh ná chhân jī, só í iā kiò tiân jī chháu.
蘋，萍的類，生佇水面，一個葉如田字，所以也叫田字草。
Pêng, ke chí mîa, Pêng kó. Phông kó. îⁿ hêng, ū âng sek, ū chhiⁿ sek, bī tiⁿ Phang.
蘋，果子名，蘋果。蘋果。圓形，有紅色，有青色。味甜香。

藈 khó ㄎㄨˇ
tioh bōa kè thâu. Seng khu ū Pīⁿ. kan khó.
着磨過頭。身軀有病。艱藈。

蘀 thok, ㄊㄨㄛˋ; chháu bak Lóh hioh, tek hah, tek Sún Puih chhut。chhiū bak, tek ê Phê。
草木落葉。竹蘀。竹筍拔出。樹木，竹的皮。

蘋 tôe, ㄉㄨㄟˊ; chháu ê mîa, koâi chhioh Goā, hioh tng kok chiam, tôe Gû tôe。
草的名，高尺外，葉長闊尖，蘋牛蘋。

藻 tsó, ㄗㄠˇ; tsui nih ê chháu, ê tsóng mîa。Lek tsó, âng tsó, ah aì bī tī tiong kan。bûn chhái,
水裡的草，的總名。綠藻，紅藻，鴨愛泳佇中間。文采，
sû tsó。Phín Pheng, Phín tsó。tsó sek, tsng thān bûn sû。
詞藻。品評，品藻。藻飾，粧飾文詞。

蘊 ùn, ûn, ㄩㄣˋ, ㄩㄣˋ; tsúi Pīn ê chháu mîa, un tsó。chhim, ò biāu, tóe ùn, ùn tsòng。chek tsū, un tik。
水邊的草名，蘊藻。深，奧妙，底蘊。蘊藏。積聚，蘊蓄。

蘸 chiàn, ㄓㄢˋ; chit hō Phang Phang ê chháu。
一號香香的草。

蘢 Liông, Lông, Lóng, Liông Lông, ㄌㄨㄥˊ, ㄌㄨㄥˊ, ㄌㄨㄥˊ; tsúi chháu ê mîa, chhiⁿ chhùi, jia Pē。Lóng, tsū chip ê ì sù。
蘢，蘢，水草的名，青翠，遮蔽。蘢，聚集的意思。

蘐 Soan, ㄒㄩㄢ; ê Pún jī, khoàⁿ 9 uih。
萱的本字，看九畫。

蘉 bông, ㄇㄤˊ; ka kī chhut Lat。kó bú, bián Lē。
傢己出力。鼓舞，勉勵。

蘆 Lô, ㄌㄨˊ; koat Lô, chit hō thó koe。
瓠蘆，一號土瓜。

十七畫

蘫 hoân, ㄏㄨㄢˊ; tsúi kiⁿ ê chháu, khûn chhai ê khoán Sit。
水乾的草。芹菜的款式。

蘙 ê, ㄝ; chháu ê mîa。chháu bō sêng ê khoán Sit, ê hōe
草的名。草茂盛的款式，蘙薈。

蘧 kù, kû, ㄍㄨˋ, ㄍㄨˊ; chit khoan ê bėh, kù bėh。hoat tī chháu ê tiong kan。kû bėh。tōe hō mîa, kû khiu Lí。
一款的麥，蘧麥。發佇草的中間。瞿麥。地號名，蘧丘里。

蘭 Lân, ㄌㄢˊ; Phang chháu, Phang hoe, Lân hoe。chéng Lūi tsōe。Pí jū hó kiáⁿ Sun, Lân Giók。hó Pêng iú Lân kau。
香草，香花，蘭花。種類多。比喻好子孫，蘭玉。好朋友，蘭交。
hū Lú ê Pâng keng, Lân kui。Sui ê bûn Sû, Lân tso。
婦女的房間，蘭閨。美的文詞，蘭藻。素

蘞 Liám, Liâm, ㄌㄧㄢˇ, ㄌㄧㄢˊ; jôh chháu ê mîa, Pėk Liám。Liám o。Liám mûi, bān iân ê chháu hioh tsōe, Sòe Sòe。
藥草的名，白蘞。蘞，烏蘞莓，蔓延的草葉多，小小。

蘝 Liám, Liâm, ㄌㄧㄢˇ, ㄌㄧㄢˊ; kap téng bīn jī Sio Siāng。
与頂面字相同。

蘗 Phek, ㄆㄛˋ; n̂g Phek, Phê oē ní tit n̂g Sek, chhiū sòe sòe ê khoán, chhin chhiūⁿ chioh Liû。ū Siá tsòe n̂g Pek。
黃蘗，皮能染得黃色，樹小小的款，親像石榴。有寫做黃柏。

蘖 Giat, ㄋㄧㄝˋ; chhiū chhò Liáu koh tsāi hoat íⁿ。hoat Gê。
樹剉了僫再發芽。發芽。

蘚 Sián, chhiⁿ, ㄒㄧㄢˇ, ㄑㄧㄢˇ; chiū sī oē kut Lâng ê chhiⁿ thî。Sián kap thai sī Siang Lūi。Siⁿ tī khah Sip tâm ê só tsāi
就是能滑人的蘚苔。蘚與苔是同類。生佇較濕澹的所在；
chhiū bak Phê, chioh thâu téng。Sián thai, thai Sián。
樹木的皮，石頭頂。蘚苔。苔蘚。

薔 Chhiông, chhiūⁿ, ㄑㄧㄤˊ, ㄑㄧㄤˊ; hoe ê mîa, chhiūⁿ bī hoe, iā ū Lâng kiò chhiû bī hoe, kap 薔 Sio Siāng。
花的名，薔薇花，也有人叫薔薇花，与薔相同。

蘡 eng, íⁿ, ㄧㄥ, ㄧㄥ; chháu ê mîa, eng ô。chhin chhiūⁿ Phû tô tsóng sī khah sòe。íⁿ, Puh íⁿ。chháu bak ê Gê。
草的名，蘡薁。親像葡萄總是較小。蘡，發蘡。草木的芽。

蘨 iâu, iû, ㄧㄠˊ, ㄧㄡˊ; chháu bō sêng ê khoán Sit。chháu hoat am am。khoat chhó ī iâu。
草茂盛的款式。草發菴菴。厥草惟蘨。

虉 bī, ㄇㄧˊ; chháu ê mîa。iā sī chhiūⁿ bī hoe ê ì sù。
草的名。也是薔薇花的意思。

蘼 bî, ㄇㄧˊ; chháu hoat tī tsúi nih, chiū sī tsúi chháu。bî bû。
草發佇水裡，就是水草。蘼蕪。

蘘 jiông, ㄖㄤˊ; chháu ê mîa, jiông hô。chhut tī kùi chiu, chhin chhiū kiuⁿ, oē tsòe tit iòh
草的名，蘘荷。出佇貴州，親像薑，能做得藥。

蘤 Pô, úi, he, hoe, ㄆㄛ, ㄨㄟˇ, ㄏㄜ, ㄏㄨㄚ; chháu bak ê m̂, chiū sī 花 ê kó jī。thak úi chin chió ēng。〔tóng su se hėk toān〕ông tso kim úi thap。〔tiuⁿ Hêng su hiân hū〕thian tē in un Pek hūi hâm Pô bêng hôk kau kēng。
草木的蕾，就是花的古字。讀蘤，蘤，真少用。〔唐書西域傳〕王坐金蘤榻。〔張衡思玄賦〕天地絪縕百卉含蘤鳴鶴交頸。

蔞 Lú, Lûi, chháu mîa, gō sò Lú, chit mîa koe tn̂g chháu。
ㄌㄡˊ, ㄌㄩˊ, 草名，蔞蔞蔞，一名雞腸草。

蘬 kū, chháu ê mîa, má kū
ㄍㄨ, 草的名，萯蘬。

十八畫

虆 Lûi, kap 蘽 sio siāng, khòaⁿ 16 uih
ㄌㄟˊ, 与蘽相同，看十六畫

蘮 tsàp, chiū sī mn̂g hō͘ ê nî chîⁿ ê ì sù
ㄗㄚˊ, 就是門戶的簾簷的意思。

蘶 Gūi, chháu bàk koh tsài hoat sìⁿ。
ㄨㄟˊ, 草木倒再發生。

虆 Lûi, Lûi, sìⁿ thòaⁿ。Lang chhah ê Lûi, Lûi Lî, khí chhiūⁿ bóe thô͘ ê khì khū, Pùn kì。
ㄌㄟˊ, ㄌㄟˇ, 生淡。籬籬的類，虆梩。起牆貯土的器具，畚箕。

蘳 kiâu, Liân kiâu chháu, chit mîa hān Liân chí, thài San Soaⁿ kok Put chí tsōe
ㄑㄧㄠˊ, 連蘳草，一名旱蓮子。太山山谷不止多

蘩 hôan, chiām chiām ke thīⁿ, koàn ak chhân hn̂g, chháu chhài bō͘ sēng。
ㄈㄢˊ, 漸漸加添，灌沃田園，草菜茂盛。

蘳 hat, kai, mōa ê kut。tiū kó, Lut Phê khí Lâi ê ì sù。kap 稭 thong
ㄏㄜˊ, ㄐㄧㄝ, 麻的骨。稭稿，禿皮起來的意思。与稭通

十九畫

蘸 tsàm, eng mih ùn tsúi, tsàm, tsàm tsúi。Pit ùn bàk tsúi, bàk。
ㄓㄢˋ, 用物搵水，蘸，蘸水。筆搵墨水，蘸墨。

蘹 hoâi, chháu ê mîa, hoâi hiong。Pak hn̂g ê Lâng kìo tsòe hôe hiong
ㄏㄨㄞˊ, 草的名，蘹香。北方的人叫做茴香。

蘺 Lî, tiū á Sêng Sek。Phang chháu mîa, kang Lî。tsúi Phê á。keh kài, Phoan Lî。Lî Pa。mn̂g Lî
ㄌㄧˊ, 稻仔成熟。香草名，江蘺。水稗仔。隔界，藩蘺。蘺笆。門蘺。

蘿 Lô, nâ, thò sì ê chháu, Lú Lô。ū kìo Siông Lô。Lô Pòk chhài, chhài mîa。nâ Pòk, nâ Pòk chhài。
ㄌㄨㄛˊ, ㄋㄚˊ, 吐絲的草，女蘿。有叫松蘿。蘿蔔菜，菜名。蘿蔔，蘿蔔菜。

虆 Lûi, chhiū ê mîa, khoán sit ná chháu, Soaⁿ Lûi ná kat。hó͘ Lûi ū mô͘ chhì, hoat tī chháu bàk tiong kan
ㄌㄟˊ, 樹的名，款式如草，山虆如葛。虎虆有毛刺，發佇草木中間。

蘼 bî, chháu ê mîa, hoe ê mîa, bî bû。chhiûⁿ bî。tô͘ bî, khui Pe̍h hoe chheng Phang。
ㄇㄧˊ, 草的名，花的名，蘼蕪。薔蘼。荼蘼，開白花清香。

蘽 Lē, Lî, tîn, kìa sìⁿ ê, chiū sī chháu hoat tîn tī chhiū nih ê ì sù。hu Lē jî seng。
ㄌㄧˋ, ㄌㄧˊ, 藤，寄生的，就是草發纏佇樹裡的意思。附蘽而生。

虁 kûi, chit khoán chhài ê mîa。
ㄎㄨㄟˊ, 一款菜的名。

蠾 chiok, chháu ê mîa, chiū sī tòk chháu。
ㄓㄨˊ, 草的名，就是毒草。

蘴 tèng, taⁿ chiah khùn khí Lâi ê khoán sit。bàk chi khoeh khoeh, bōng tèng。
ㄉㄥˋ, 瞌即睏起來的款式。目睭瞌瞌，蘴蘴。

廿一—廿四畫

虉 kek, chháu ê mîa, Sòe Sòe ê chháu ū tsàp Sek, kek siù chháu。
ㄍㄜˊ, 草的名，小小的草有雜色，虉綬草。

虆 Lûi, Lûi, kap 虆 sio siāng。khòaⁿ 18 uih。
ㄌㄟˊ, ㄌㄟˇ, 与虆相同。看十八畫。

虘 che, chit hō chhang chhài ê mîa。Lō͘ Giô
ㄐㄧㄝ, 一號蔥菜的名。蕗蕎。

虇 kòng, khàm, chháu á mîa, 𧀶 ê Pàt mîa。tsúi sìⁿ ê chháu。
ㄍㄨㄥˇ, ㄎㄢˇ, 草仔名，蘢莰的別名。水生的草。

靈 Lêng, Liân, chháu ê mîa。Sòe sòe chhin chhiūⁿ kùi hoe。Lêng chi。Liân chi chháu
ㄌㄧㄥˊ, ㄌㄧㄢˊ, 草的名。小小親像葵花。靈芝。靈芝草。

虍 部 141

虍 ho͘, hó͘ ê Phê bûn, hó khòaⁿ。
ㄏㄨ, 虎的皮紋，好看。

二一四畫

【虎】hó͘, hu, béng ê iá siù, hó͘. Phê ū kui tiâu kui tiâu ê hoe bûn. Sèng tsân jím. hiong ok. chhin chhiūⁿ
ㄏㄛˊ, ㄏㄨ, 猛的野獸，虎。皮有歸條歸條的花紋。性殘忍。兇惡。親像
niau ê khoán sit, sin tn̂g ū 5・6 chhioh. ui hêng hó͘ ui. hó͘ chiòng hó͘ Lông Pà Piu,
貓的款式，身長有五・六尺。威雄；虎威。虎將。虎狼豹彪；
mē Lâng ê oē pí jū hûi lūi. chhiⁿ chhái, má hu má má hu hu
罵人的話比喻匪類。且採，馬虎。馬馬虎虎。

【虐】Giók, Gèk, bô jîn tō, tsân khok, khok hêng, Pō Giók. Pō Gèk. Gèk thāi. Lêng Gèk.
ㄫ一ㄜㄎ, ㄫㄝㄎ, 無人道，殘酷，酷刑，暴虐。暴虐。虐待。凌虐。

【虒】Su, tôe, chit khoán iá siù chhin chhiūⁿ hó͘ ū kak, ûi su. koāiⁿ mîa, tôe hê koāiⁿ.
ㄙㄨ, ㄉㄛㄝ, 一款野獸親像虎有角，委虒。縣名，虒奚縣。

【虓】hau, hó͘ teh háu kiò, kian kò͘, béng siù toā ê khoán sit. hó͘ hau. ióng béng. hau chiòng.
ㄏㄚㄨ, 虎咧吼叫，堅固，猛獸大的款式。虎虓。勇猛，虓將。

【虔】khiân, khîn, hó͘ teh kiâⁿ ê khoán sit, tsū tsāi, pún jiân. kèng khiân, kiong kèng. Sêng sit. khiân sim.
ㄎ一ㄢ, ㄎ一ㄣ, 虎咧行的款式，自在，本然。敬虔，恭敬。誠實，虔心。
khiân sêng. toan chiàⁿ. khîn, kiuⁿ khîn, chiū sī bô pîn toāⁿ bián kióng tsòe ê ì sù.
虔誠。端正。虔，慸虔，就是無貪惰勉強做的意思。

五・六畫

【處】chhú, chhù, chhú, hun piat, Liāu Lí, chhú hun, chhú lí. iok sok, chhú tì. tiāⁿ tio̍h, chhú koat, chhù
ㄔㄨˇ, ㄔㄨˋ, 處，分別，料理，處分。處理。約束，處置。定着，處決。處，
tah, chhù lú, tsāi sek lú, chhù kéng, tòe ê só͘ tsāi. chhù só͘, só͘ tsāi. chhù sè, sè kan jîn chêng.
ㄉㄚ, 處女，在室女。處境，住的所在。處所，所在。處世，世間人情。
Li̍p sin tsai chìn thòe, tsū chhù. chhù chhù, ta̍k só͘ tsāi. kàu hih só͘ tsāi, kàu hih tah, chit tah.
立身知進退，自處。處處，各所在。到彼所在，到彼處。這處。

【虙】ho̍k, kap 伏 thong. hó͘ ê khoán sit. ho̍k hi sī ê ho̍k. thán tó. ho̍k tó. khut ho̍k.
ㄏㄛㄎ, 与伏通。虎的款式。虙羲氏的伏。袒倒，虙倒。屈虙。

【処】chhù, 處字 Sio siāng ê sio̍k jī.
ㄔㄨˋ, 處字相同。的俗字。

【虖】ho͘, tho͘ khùi ê oē, kiò hiàm ê ì sù, háu ho͘. ho͘ ê ì sù, bêng ho͘. Lâng mîa song ho͘.
ㄏㄛ, 吐氣的話，叫喊的意思，哮虖。呼的意思，嗚呼。人名桑虖。

【虛】hu, hi, khang khang hu khong. thian khong, thài hu. khiam sùn, khiam hi. bô sit, hi ké. hi ûi. Lām sām,
ㄏㄨ, ㄏ一, 空空，虛空。天空，太虛。謙遜，謙虛。無實，虛假。虛偽。濫糝，
hi bōng. thé khì put chiok, hi jio̍k. chhia hoa, hu êng. kiaⁿ hiâⁿ, hi tiong siaⁿ sè.
虛妄。體氣不足，虛弱。奢華，虛榮。驚惶，虛張聲勢。

【虓】bék, chiū sī pe̍h hó͘ ê ì sù.
ㄅㄝㄎ, 就是白虎的意思。

七畫

【虢】bék, kap 虓 jī sio siāng ì sù. chiū sī pe̍h hó͘.
ㄅㄝㄎ, 与虓字相同意思。就是白虎。

【虜】Ló͘, chhiⁿ khîm oa̍h lia̍h, lia̍h lâng. Ló͘ lâng. hu Ló͘, chiàn cheng só͘ lia̍h ê te̍k jîn. Ló͘ Lio̍k.
ㄌㄛˇ, 生擒活拿，捕人。虜人。俘虜，戰爭所捕的敵人。虜掠。
kióng kiap pa̍t lâng tsâi bu̍t. Ló͘ he̍k, lia̍h tio̍h.
強劫別人財物。虜獲，捕着。

【號】hô, hō, toā siaⁿ kiò, thí khàu, hô tô. koe thì, koe sí sam hô. chheng hô, kì jīn, ho͘ hō, kì hō,
ㄏㄛˊ, ㄏㄛˋ, 大聲叫，啼哭，號咷。雞啼，雞始三號。稱呼，記認，呼號，記號，
kō, hō bé. kî hō. hō kak. teng hō. hō lēng. hō tâng. siong hō. nî kō. sím mih nî kō.
ㄍㄛˋ, 號碼。旗號。號角。燈號。號令。號筒。商號。年號，甚麼年號。

【䖒】hi, chiū sī kó͘ tsá ê hûi khì.
ㄏ一, 就是古早的磁器。

【虞】Gû, iá siù chhin chhiūⁿ hó͘, tso͘ Gû. tiâu tāi ê mîa, sī Giâu Sùn ê sî só͘ kiàn li̍p. sī chhun chhiu
ㄫㄨˊ, 野獸親像虎，騶虞。朝代的名，是堯舜的時所建立。是春秋時代
sî tāi ê kok mîa. iu Lū, kham Gû. phah sǹg, put Gû. an jiân, hoan Gû. Lâng sìⁿ Gû sùn.
的國名。憂慮，堪虞。打算，不虞。安然，驩虞。人姓虞舜。

八一十畫

【虡】kū, thiⁿ nih ê oa̍h mih, hām kó͘. Lâng kóng ū lo̍k ê thâu, lêng ê thé. kòa cheng kó͘ ê thiāu.
ㄐㄩˋ, 天裡的活物，勝古。人講有鹿的頭，龍的體。掛鐘鼓的柱。

【虩】bėk, ㄅㄝˋㄎ; chiū sī Pėh hó ê ì sù。就是白虎的意思。

【虢】khek, ㄎㄝˋㄎ; hó só jiàu ê hûn。kok ê mîa, Se khek, tong khek, Pak khek。Lâng ê sìⁿ。虎所抓的紋。國的名，西虢，東虢，北虢。人的姓。

【虦】chiàn, ㄐㄧㄢˋ; Pan sek ê niau, hó Pan tiam。斑色的貓，虎斑點。

【虥】chiàn, ㄐㄧㄢˋ; kap téng bīn jī sio siāng。与頂面字相同。

【虣】pō, ㄅㄜˋ; kiong chhim chiàm。kap siāng ì sù。Pō Giók。Pō Lėk。ióng béng ê ì sù。強侵占。与暴同意思。虣虐。虣力。勇猛的意思。

【虤】tô͘, ㄊㄜˊ; chiū sī hó ê ì sù。O͘ tô͘。就是虎的意思。烏虤。

【虤】tô͘, ㄊㄜˊ; kap téng bīn jī sio siāng ì sù。与頂面字相同意思。

【虤】iâu, ㄧㄠˊ; bô an ún ê ì sù。無安穩的意思。

11畫 【虧】khui, ㄎㄨㄟ; chhoán ê khì sún hoāi, khiàm kheh, khui khiàm。Sit Loh, khui Sún Liáu chîⁿ, khui Pún。khek khui。喘的氣損壞，欠缺，虧欠。失落，虧損。了錢，虧本。剋虧。

十一—十三畫

【虩】hek, khek, ㄏㄝˋㄎ, ㄎㄝˋㄎ; hó kiaⁿ ê khoán sit。kiaⁿ hiâ ê khoán sit。hô͘ Sîn hó͘, chit khoán ê thâng。iā thak Sek。虎驚的款式。驚惶的款式。蝴蠅虎，一款的虫。也讀虩。

【虩】hek, khek, ㄏㄝˋㄎ, ㄎㄝˋㄎ; kap téng bīn jī sio siāng。与頂面字相同。

【虪】hiauh, ㄏㄧㄠˋㄏ; hiauh khí lâi。hiauh khak, Lut khak ê ì sù。hiauh phê。hiauh hiauh。phê hiauh hiauh。虪起來。虪殼，禿殼的意思。虪皮。虪虪。皮虪虪。

虫　部　142

【虫】húi, thiông, thâng, Lâng, ㄏㄨㄟˇ, ㄊㄧㄥˊ, ㄊㄤˊ, ㄌㄤˊ; 蟲 ê sio̍k jī。thâng thoa, thâ tsoa, hoān sī hā téng tōng bu̍t ê tsóng mîa。蟲的俗字。虫豸，虫蛇，凡是下等動物的總名。

húi Sio̍k。thiông Lūi。khun thiông。khun thiông ê ū kha ê kio húi；bô kha ê kiò tsòe tī。Siⁿ thâng 虫屬。虫類。昆虫。昆虫的有腳的叫虫；無腳的叫做豸。生虫

báng thâng chhì mô͘ thâng。Pe ê thâng Pê ê thâng ū sô͘ ê thâng。Sian Lâng。chiū sī Siú kiong。蚊虫。刺毛虫。飛的虫，爬的虫，有趖的虫。蟮虫，就是守宮。

ū Lâng kiò Piah hó͘。虫 jī ê kán siá。有人叫壁虎。蟲字的簡寫。

一·二畫

【虬】kiu, kîu, khîu, kî, kiu, ㄍㄧㄡ, ㄍㄧㄡˊ, ㄎㄧㄡˊ, ㄍㄧˊ; ū kak ê Lêng, iā ū Lâng kong sī bô kak ê。ná tsoa kńg khiau khiau, kiu hoân。虬，有角的龍，也有人講是無角的。如蛇捲曲曲，虬蟠。

kiu kiu ná thâng, kiu tsòe chit tui。thak kiu Sio siāng ì sù。kî, kî Liông kî Liông toh。khîu khîu 虬虬如虫。虬做一堆。讀虯相同意思。虬，虬龍，虬龍桌。虬虬，

kiaⁿ kàu khîu khîu, kôaⁿ kàu khîu khîu。tang sng chin khîu。khîu khiam。khîu khîu Liu Liu。驚到虬虬，寒到虬虬。凍酸真虬，虬儉。虬虬溜溜。

【虯】kiu, kîu, khîu, kî, ㄍㄧㄡ, ㄍㄧㄡˊ, ㄎㄧㄡˊ, ㄍㄧˊ; kap téng bīn jī 虬 Sio siāng ì sù。与頂面字虬相同意思。

【虰】teng, tèng, teng, ㄉㄧㄥ, ㄉㄧㄥˋ; thâng mîa, teng heng。chiū sī chhân iⁿ。iā sī thoa bôa ê ì sù。tèng, báng á kā tio̍h, báng á tèng。Phang teng tio̍h。虰，虫名，虰蛵。就是蜻虫。也是拖磨的意思。虰，蚊仔咬着，蚊仔虰。蜂虰着。

【虱】Sek, Sat, ㄒㄝˋㄎ, ㄒㄚˋㄊ; Sòe sòe ê thâng, oē Giat Lâng ê thâng, ba̍k Sat, Sat bú, Gû Sat, káu Sat, kap 蝨 Sio Siāng。hî ê mîa, Sat ba̍k hî, môa Sat ba̍t。小小的虫，能嚙人的虫，木虱，虱母，牛虱，狗虱，与蝨相同。魚的名，虱目魚，麻虱目。

三　畫

【虹】hông, khēng, ㄏㄨㄥˊ, ㄎㄝㄥ; jit chiò hō͘ tsúi ê khì sek, tī thiⁿ khong tiong ū 7 ê chhái sek ê oan kong hêng ê chhái hông。日照雨水的氣色，佇天空中，有七個彩色的彎拱形的彩虹。

khēng, chit tiâu khēng, hoh hō͘ soah chhut khēng. Kiàm miâ, Liû chhái hông, kóng kò teng, Gê hông teng.
虹；一條虹，落雨息出虹。劍名，流彩虹。廣告燈，霓虹燈。

虺 hoe, húi, khúi, ㄏㄨㄟ, ㄏㄨㄟˇ, ㄎㄨㄟˇ；tsôa ê miâ, sian h, ông húi, chiū sī toā tsôa ê ì sù. Ûi húi, teh beh sī" tsa bó͘ kiá" ê tiāu thâu. iā sī tók tsôa ê miâ. Phòa pī", chéng, hâng, hoe tôe.
蛇的名，蛇虺，王虺，就是大蛇的意思。維虺，啲也生查媒子的兆頭。也是毒蛇的名。破病，瘴，虎，虺隤。

蚐 ioh, 一ㄜ，；koe ê lūi, chhi" ioh, chhi" ioh á. chhân kap á.
水蛙的類，青蚐，青蚐仔。田蛤仔。

蝱 bêng, bông, ㄇㄥ, ㄇㄤ；siók jī. chiáu ê miâ, chit kha chit sit sa" tit lâi pe. thâng ê miâ, hêng chhin chhiū" hô sîn. Giat lâng kap cheng sī" khip i ê huih. Gû bông. chiū sī gû pī.
俗蝱字。鳥的名，一脚一翼相得來飛。虫的名，形親像蚼蠅，齧人與精牲，吸牠的血。牛蝱。就是牛螕。

虵 î, tô, sîa, tsôa, ㄧˊ, ㄉㄨㄛˊ, ㄕㄜˊ, ㄕㄚˊ；蛇 ê siók jī. î, ûi î, an jiân tsū tsāi ê khoán sit, móa chiok ê khoán. Lâng ê sì" tô. sîa, tsôa, pê thâng ê lūi, seng khu tn̂g tn̂g, oē thùi khak. Ū tók sîa, hō͘ soa" tsat, pn̄g sī chheng ku khak hoe téng, bô tók ê, kím tsôa, chhàu chhi" teng, ku tsôa kap ku siāng hêng thé, chhùi thò sìn. Phê tsôa, sì" khún sin tsôa, chiū sī chin thià" ê phê hu pī".
蛇的俗字。虵，委虵，安然，自在的款式，滿足的款。人的姓虵。虵，蛇，爬虫的類，身軀長長，能蜕殼。有毒蛇，雨傘節，飯匙銃，龜殼花等。無毒的，錦蛇，臭腥母等。龜蛇，與龜同形體，嘴吐信。皮蛇，生捆身蛇，就是真痛的皮膚病。

虼 kek, ㄍㄜˊ；Gōa jī, chiū sī ka tsáu ê ì sù. kek tsó.
外字，就是狡蚤的意思。虼蚤。

四畫

蚩 chhi, ㄔ；thâng ê miâ. Gōng, tiâu tit kó͘ ì, chho͘ siók. tiong hō͘, bú bān chhi gâi.
虫的名。戇，條直古意，粗俗。忠厚，侮慢。蚩呆。

蚇 chhek, ㄔˋ；thâng ê miâ, chhek hō͘. oē chhun kiu ê thâng.
虫的名，蚇蠖。能伸縮的虫。

蚨 hû, pô͘, ㄈㄨˊ, ㄆㄨˊ；phô͘, hû, tsúi thâng ê miâ, chhi" hû. chî" ê miâ. Pô͘, am pô͘ chê, chiū sī chit khoán siān á ê miâ. Phô͘, phô͘ oá, chiū sī chit khoán hê ê miâ.
蚨，水虫的名，青蚨。錢的名。蚨，蚻蚨蟟，就是一款蟬仔的名。蚨，蚨蝸，就是一款蝦的名。

蚋 jōe, ㄖㄨㄟˋ；sng ám ê báng á, báng. tók thâng. bún jōe. tók tsôa ê miâ.
酸泔的蚊仔，虫文。毒虫。蚊蚋。毒蛇的名。

蚑 kî, ㄑㄧˊ；thâng teh kiâ" ê khoán sit, kî kî. kiâ" chhoán khùi, kî lêng chhoán sek. thâng miâ, tn̂g kî.
虫啲行的款式，蚑蚑。行喘氣，蚑行喘息。虫名，長蚑。

蚧 kài, tsáu, ㄐㄧㄝˋ, ㄗㄠˇ；thâng ê miâ, ná siān lâng, ū kah, kap kài. thang tsòe ioh. tsáu, ka tsáu. ka tsáu.
虫的名，如蟮虫，有甲，蛤蚧。可做藥。蚧，狡蚧。狡蚤。

蚣 kong, kang, ㄍㄨㄥ, ㄍㄤ；tók thâng ê miâ. Gô͘ kong. Giâ kang. seng khu ū tsat, tsat tsat ū kha.
毒蟲的名，蜈蚣。蜈蚣。身軀有節，節節有脚。

蚪 biâu, ㄇㄧㄠˊ；chhâm á, tú á tùi i ê n̄ng chhut lâi. (kiá")
蠶仔，抵仔對牠的卵出來。

蚌 pāng, ㄅㄤˋ；tsúi nih ê mih, siang khak. Gô ê khoán sit. Lâ á ê lūi. Lāu pāng seng tsu, jū lāu lâng si" kiá".
水裡的物，双殼。蜈的款式。蜊仔的類。老蚌生珠，喻老人生子。

蚪 tó, ㄉㄡˇ；thâng ê miâ, kho tó. thâu î" tōa bé liu chiam. chiū sī tsúi koe, chhân kap á ê kiá".
虫的名，蝌蚪。頭圓大尾溜尖。就是水蛙，田蛤仔的子。

蚕 chhâm, thián, chhêng, niú, ㄘㄢˊ, ㄊㄧㄢˇ, ㄔㄥ, ㄋㄧㄡˇ；蠶 jī ê kán siá. tùi chhùi thò si ê thâng. niú á, chhâm á. thián, chit im chiah sī cheng khak. sī tō ún ê ì sù. Āu lâi siók êng tsòe chhâm jī ê kán siá. chhêng, chiah kim chhêng chiū sī siók siá sùt hāi lâng ê ioh. Soa chhêng, chiū sī tī hái soa ê thâng. niú á, niú á si, niú á hioh chiū sī sng á hioh. niú á si sī si tiû ê goân liāu.
蠶字的簡寫。對嘴吐絲的虫。蚕仔，蚕仔。蚕，這音即是正確，是蚯蚓的意思。後來俗用做蠶字的簡寫。蚕，食金蚕，就是屬邪術害人的藥。沙蚕，就是佇海沙的虫。蚕仔，蚕仔絲，蚕仔葉就是桑仔葉。蚕仔絲是絲綢的原料。

蚤 tsó, tsáu, ㄗㄠˇ, ㄗㄠˇ；oē thiàu, oē khip lâng kap cheng sī" ê huih ê thâng, thiàu tsó. ka tsáu.
能跳，能吸人與精牲的血的虫，跳蚤。狡蚤。

蚆 tsó, ㄗㄠˇ；kap téng bīn sio siāng.
与頂面字相同。

蚝 chhì, ㄘˋ；thâng ê miâ, pan mâu chiū sī liong chhì. Lâng ê miâ, chhi" ông hù kian ióng tsú kiò tsòe chhì.
虫的名，斑蝥，就是龍虫毛。人的名，秦王苻堅養子，叫做蚝。

蚊 bún, bûn, báng, ㄨㄣˊ, ㄨㄣˋ, ㄅㄤˊ; Pe ê thâng, ōe tèng Lâng suh huih ê báng thâng, 飛的虫，能叮人嗽血的蚊虫。Tn̂g kha báng, O͘ Pan báng 長脚蚊，黑斑蚊。
báng tà, báng tà, báng sut, hun báng, Phah báng
蚊帳，蚊罩，蚊摔，燻蚊，打蚊。

蚓 ín, ún, ㄧㄣˇ, ㄨㄣˇ; thâng ê mîa, khiu ín. chit mîa, khiok siān. tō͘ ún. tō͘ ún. ōe tsòe tit ioh. tòa thô͘ tiong kan.
虫的名，蚯蚓。一名，曲蟺。土蚓。䖬蚓。能做得藥。住土中間。

蚗 koat, ㄍㄨㄚˋ; thâng ê mîa, Siat koat.
虫的名，蛥蚗。

蚘 iû, hôe, ㄧㄡˊ, ㄏㄨㄟˊ; chhī iû, sī tsá tsú hō͘ ê hō. hôe, chiū sī hôe thâng, chiū sī b̄ín thâng ê ì sù.
蚩蚘，是首諸侯的號。蚘，就是蚘虫，就是蛔虫的意思。

蚚 kî, ㄑㄧˊ; thâng ê mîa, kiông kî. hō͘ sîn ê Lūi. tông Lông ê Lêng Gōa mîa, kî hū. chiū sī chháu kâu.
虫的名，強蚚。蜉蝣的類。螳螂的另外名，蚚父。就是草猴。

蚆 Pa, Pha, ㄅㄚ, ㄆㄚ; Pòe ê Lūi
貝的類

蚍 Pî, ㄆㄧˊ; tōa chiah káu hīa, Pî hô͘. chháu ê mîa, kiau Pî, chhin chhiū kûi hoe, O͘ tò͘ sek.
大隻的狡蟻，蚍蜉。草的名，荍蚍，親像葵花，黑點色。

蚑 kip, Giauh, ㄍㄧ, ㄫㄧㄚˋ; thô͘ kha sô͘, chhin chhiū tō͘ ún jû tōng. Giauh Giauh háu, chiū sī thâng tín tāng ê sian.
土腳趖，親像蚯蚓蠕動。蚑蚑哮，就是虫振動的聲。

蚏 oat, ㄨㄝˋ; Phêng oat, chhin chhiū mô͘ hôe ê khoán sit, tsóng sī khah sòe.
蟛蚏，親像毛蟹的款式，總是較小。

蚖 Goân, ㄫㄨㄢˊ; tōk tsôa, tōa bé tsôa. kap hok tâng Lūi.
毒蛇，大尾蛇。與蝮同類。

補3畫 **虷** tō͘, ㄉㄨˋ; thâng ê mîa, tō͘ ún. chiū sī khiu ún. tòa tī thô͘ tiong kan.
虫的名，虷蚓。就是蚯蚓。住佇土中間。

造字 借土偏音成字。

五 畫

蚳 tî, ㄔˊ; káu hīa ê n̄ng, kó͘ tsá ēng Lâi chiah. tî hái
狡蟻的卵，古早用來食。蚳醢。

蚻 khut, tsoat, ㄎㄨㄜˋ, ㄗㄨㄚˋ; siok thâng ê Lūi, tsúi tiong ê thâng. kiat khut. tsúi Giat á.
屬虫的類，水中的虫。蛣蚻。水蝎仔。

蛀 tsù, chiù, ㄗㄨˋ, ㄐㄧㄡˋ; chhng hoāi mih kiāⁿ ê thâng. chiù thâng. chiù ku. sún hoāi, chiù. Chiù khang. chiù khí
穿壞物件的蟲，蛀虫。蛀龜。損壞，蛀。蛀孔。蛀齒。
chiù bí chiù iûⁿ chiù Phòa
蛀米。蛀瘍。蛀破。

蚶 ham, ㄏㄚㄇ; hái Lāi ê kap Lūi. ū khak ê ham, ham á. ná hún Gîo. O͘ ham khak ū chhò hûn.
海內的蛤類。有殼的蚶，蚶仔。如粉蟯。黑蚶。殼有粗紋。

蚿 hiân, ㄏㄧㄢˊ; má hiân thâng. chit mîa Pah chiok thâng. seng khu ná tn̄g n̄ng koeh, ōe kok Lâng kiâⁿ kok Lâng ê.
馬蚿蟲。一名百足蟲，身軀若断兩節，能各人行各人的。

蚵 hô͘, ô, ㄏㄛˊ, ㄛˊ; chit khoán thâng ê mîa, hô͘ Lông sek ek. ná siān Lâng, tō͘ teng. ū Lâng kong sī kha jiáu á.
一款虫的名，蚵蠪蜥蜴。如蟮虫，虷蛯。有人講四腳抓仔。
ô, ô á. iā ū sia ô jī. kap Lūi. ô á khak, ô á Lîn, ô á bê
蚵，蚵仔。也有寫蠔字。蛤類。蚵仔殼，蚵仔鱗，蚵仔糜。

蛅 chiam, ㄓㄢ; iah ê Lūi, chhì mô͘ thâng, ōe chiah siah Liû chhiū chiam sū. i ê mn̂g ōe tàng Lâng.
蟲的類，刺毛蟲，能食石榴樹。蛅蟖。牠的毛能叮人。

蚯 khiu, ㄑㄧㄡ; thâng ê mîa, tòa tī thô͘ Lāi, khiu ín. thô͘ mîa, tō͘ ún.
虫的名，住佇土內，蚯蚓。土名，虷蚓。

蛄 ko͘, ㄍㄨ; thâng ê mîa, Lô͘ ko͘. ná sih sut, chháu meh. ó thô͘ khang teh tòa.
虫的名，螻蛄。如蟋蟀，草蜢。挖土孔咧住。

蛉 Lêng, ㄌㄧㄥˊ; thâng ê mîa, bêng Leng. oan iuⁿ ê ì sù. chheng Lêng, kap chhân in Siâng Lūi.
虫的名，螟蛉。蜿蛉的意思。蜻蛉，與蜻蜓同類。

蛇 î, tô, siâ, tsôa, ㄧˊ, ㄊㄨㄛˊ, ㄕㄜˊ, ㄗㄨㄚˊ; kap 虵 sio siāng. khòaⁿ saⁿ uih, tsôa. Pê thâng ê Lūi, bóng siâ. tōk tsôa.
ㄎ 虵相同。看三畫，蛇，爬蟲的類，蟒蛇。毒蛇。

蛈 tiat, thiat, ㄉㄧㄝˋ, ㄊㄧㄝˋ; thâng ê mîa, tiat ek, chek tong. ná ti tu khang tiong ū kòa.
虫的名，蛈蜴，螲蟷，如蜘蛛。孔中有蓋。

蛋 tān, tàn, n̄ng, ㄉㄢˋ, ㄉㄢˋ, ㄋㄥ; Lâm sī tsá ê tsók mîa, î hoan, ô î tān bān. tān, chiáu tān, ah tān, tān ko
南勢早的族名，夷番，胡夷蛋蠻。蛋，鳥蛋，鴨蛋，蛋糕。
chiū sī n̄ng ko koe n̄ng ah n̄ng. sāh n̄ng
就是蛋糕，雞蛋，鴨蛋。煠蛋。

蚱 chek, tsā, ㄓㄜˊ, ㄗㄚˋ, thâng ê miâ, chek siàn, chiū sī chhiū siàn. tsā béng chiū sī chháu meh. chháu meh, chháu me á.
虫的名，蚱蟬，就是樹蟬。蚱蜢，就是草蜢。草蜢。草蜢仔。

蛆 chhu, tsu, ㄑㄩ, ㄗㄨ, tsúi só͘ siⁿ ê thâng, báng thâng ê kiáⁿ, tsúi chhu. tsu, chhàu bah, sái pùn, sí mih.
水所生的虫，蚊虫的子，水蛆。蛆，臭肉，屎糞，死物。
chhi, ㄑㄧ, só͘ siⁿ ê thâng, sī hô͘ sîn ê kiáⁿ, pùn tsu, tsúi chhi, báng á kiáⁿ.
所生的虫，是蝴蠅的子，糞蛆。水蛆，蚊仔子。

蚮 tāi, ㄉㄞˋ, o͘ ê pòe. iāh sī tsu thai.
黑的貝。亦是珠胎。

蚽 phî, ㄆㄧˊ, chiū sī thâng ê miâ,
就是虫的名，

蚻 tsat, ㄗㄚˊ, chi̍t khoán thâng ê miâ, be̍k tsat. chhin chhiūⁿ siân á, tsóng sī khah sòe.
一款虫的名，麥蚻。親像蟬仔，總是較小。

蚹 hū, ㄈㄨˋ, tsôa pak tó͘ ē ê hoāiⁿ lân, thang kiâⁿ ê. tsôa hū.
蛇腹肚下的橫鱗，可行的。蛇蚹。

蚺 jiâm, ㄖㄢˊ, tōa tsôa oē chia̍h tit, bô lân bé îⁿ, seng khu ū pan hûn.
大蛇能食得，無鱗尾圓，身軀有斑紋。

蛣 kiap, ㄍㄧㄚˊ, hái nih ê thâng miâ, chhin chhiūⁿ mô͘ hōe. hâm ê lūi, âng hóaⁿ sek.
海裡的虫名，親像毛蟹。蚶的類，紅歡色。

蛌 ko͘, ㄍㄨ, gōa jī, sī chí am pô͘ chê ê ì sù. kap 蛄 jī sio siāng.
外字，是指菴蛛蟧的意思。与蛄字相同。

蚸 le̍k, ㄌㄧˋ, hē le̍k thâng sòe, tn̂g tn̂g pe ū siaⁿ.
蟿蚸虫，小，長長飛有聲。

蛃 péng, ㄅㄧㄥˇ, thâng ê miâ, péng hî. pe̍h hî.
虫的名，蛃魚。白魚。

蚾 pō, phó, ㄅㄛˋ, ㄆㄛˊ, siām sû, thâng ê miâ. hô͘ phó thâng, chháu meh lūi.
蟾蜍，虫的名。蚵蚾虫，草蜢的類。

蟁 bûn, ㄨㄣˊ, báng. o͘ bui. i éng ū tsōe tsōe tsòe hé teh pe.
蚊。黑蠓。牠永有多多做夥咧飛。

蚰 iû, ㄧㄡˊ, iû iân, thâng ê miâ. khoán sit chhin chhiūⁿ giâ kang, n̂g sek.
蚰蜒，虫的名。款式親像蜈蚣，黃色。

蛍 oan, ㄨㄢ, oan iuⁿ, chiū sī chit hō͘ oē tèng lâng ê kak phang. ēng thô͘ tsòe siū. oan iuⁿ thô͘.
蛍螉，就是一號能叮人的角蜂。用土做巢。蛍螉土。

蚭 nî, ㄋㄧˊ, tōa nî, lâ sòng hê ê miâ. tiong nî, chiū sī chit khoán khah sòe bé ê.
大蚭，呂宋蝦的名。中蚭，就是一款較小尾的。

造字 借尼成字。

六畫

蛇 thà, thē, ㄊㄚˋ, ㄊㄜˋ, tsúi bú, ná iû ê ui̍, bô ba̍k chiu, só͘ í m̄ tsai thang siám pī lâng. thē. chiū sī hái chiat,
水母，如羊的胃，無目睭，所以毋知可閃避人。蛇。就是海蜇，
siⁿ hái hái tiong, hêng ná hok leh phû tsúi. chèng hê hū sin, sûi hê kiâⁿ tāng. só͘ í kóng hê tsòe ba̍k.
生佇海中，形如覆笠浮水。眾蝦附身，隨蝦行動，所以講蝦做目。

蛭 chit, tiat, ㄓˋ, ㄉㄧㄝˊ, sio̍k thâng ê lūi; chhin chhiūⁿ gô͘ khî. tsúi tiat. oē khip tī lâng phê hu, suh lâng ê huih.
屬虫的類；親像蜈蜞。水蛭。能吸佇人的皮膚，嗽人的血。

蛛 tsu, tu, ㄓㄨ, ㄉㄨ, thâng ê miâ, chhin chhiūⁿ lâ giâ, ti tu. ti tu bāng. ti tsu.
虫的名，親像蜘蛛，蜘蛛。蜘蛛網。蜘珠。

蛕 hôe, ㄏㄨㄟˊ, pak tó͘ lāi tn̂g tn̂g ê thâng, bih tī ūi kap tn̂g ê tiong kan. pa̍t miâ bīn thâng kiā seng thâng.
腹肚內長長的虫，匿佇胃與腸的中間；別名蛔虫，寄生虫。

蛔 hôe, ㄏㄨㄟˊ, kap téng bīn jī sio siāng.
与頂面字相同。

蛟 kau, ㄐㄧㄠ, thâng ê miâ, lêng ê khoán sit, ū lân bô kak. kau lêng.
虫的名，龍的款式，有鱗無角。蛟龍。

蛩 kiông, ㄑㄩㄥˊ, khiông, ㄎㄩㄥ, sih sut, chháu meh, hông thiông. siān thòe. iu būn teh siūⁿ ê khoán chì khiông.
蟋蟀，草蜢，蝗虫。蟬蛻。憂悶咧想的款，志蛩。

蛬 kiông, ㄍㄨㄥˇ, kap téng bīn jī sio siāng ì sù.
与頂面字相同意思。

蚰 khun, ㄎㄨㄣ, thâng ê tsóng miâ, sio joa̍h chiah hoat siⁿ, kôaⁿ thīⁿ chiū sí ê thâng.
蟲的總名，燒熱即發生，到寒天就死的蟲。

蛑 bô͘, ㄇㄡˊ, sio̍k tī chîm ê lūi, chhin chhiūⁿ mô͘ hōe, chiu bô͘.
屬佇蟳的類，親像毛蟹，蝤蛑。

蛢 pân, ㄆㄧㄥˊ, to̍k pân, chiū sī chit khoán chhiⁿ sek oē pe ê ku á.
毒蛢，就是一款青色能飛的金龜仔。 造字

蛤	kap, kap, ㄍㄚㆴ, ㄍㄚㆴ	tsúi nih ê mih, kap tsúi koe Siāng Lūi, chhân kap, chhân kap á. hun ?ô, bûn kap. 水裡的物，與水蛙同類，田蛤，田蛤仔。粉蟯，文蛤。Lâ a, kap Lê, kap kai, ná Siān Lâng, Sek èk ê hêng Siōng. thang tsòe io̍h. 蜊仔，蛤蜊。蛤蚧，如蟮虫，蜥蜴的形象。可做藥。
蛙	oa, koe, ㄨㄚ, ㄍㄨㆤ	Seng khu chhiⁿ Lèk sek, chheng oa. thó͘ oē kiò tsúi koe. chhân kap á ê Lūi. oē chia̍h báng thâng. 身軀青綠色，青蛙。土話叫水蛙。田蛤仔的類。能食蚊虫。Ím Loān, tsú sek oa Seng, chiū sī îm oa ê Siaⁿ. 淫亂，紫色蛙聲，就是淫蛙的聲。
⿰虫耳	jī, ㄖㄧ	tiò hî ê jī, tiò hî tiò ê chia̍h mih, Siáⁿ hî Lâi kā. hî jī. kap 餌 Siāng ì sù. 釣魚的餌，釣魚釣的食物，賊魚來咬。魚餌。与餌同意思。
蛦	î, 一	chiáu ê mia, hiān kim ê soaⁿ koe 鳥的名，現今的山雞。
蛮	bân, ㄅㄢˊ	tiong kok Lâm Sì ê hoan Lâng. Chho Siok, hiong béng. bân î. 中國南勢的番人。粗俗，兇猛。蛮夷。
蛜	i, 一	thâng ê mia, Siok bak Sat ê Lūi, iā ài tòa tī Sip tâm ê só͘ tsāi, i ui. 虫的名，屬木虱的類，也愛住佇濕潭的所在，蛜蝛。
⿰虫夅	kàng, ㄍㄤˋ	Goā jī, Pak Séng ê Lâng chí tsòe khong tiong ê khēng 外字，北省的人指做空中的虹。
蚈	Gian, khian, ㄫ一ㄢ, ㄎ一ㄢ	chit khoán thâng ê mia. hé kim chhiⁿ ê kng. eng hé thâng. eng khian. 一款虫的名。火金星的光。螢火蟲。螢蚈。
蛣	kiat, khiat, ㄍ一ㄚㆵ, ㄎ一ㄚㆵ	chiⁿ Lāi ê sòe bé thâng, tn̂g chhùn Goā, kiat Giat. 井內的小尾虫，長寸外，蛣蟩。
蛩	kiông, ㄍ一ㆲˊ	chiū sī sih sut ê ì sù. 就是蟋蟀的意思。
蛒	kek, ㄍㆤㆻ	chit hō kim kuá ê ì sù, 一號金龜仔意思，
蛐	khiok, ㄎ一ㄛㆻ	khiok Siān, tō͘ ún ê Pa̍t mia. 蛐蟮，土蚓的別名。
蛞	koat, khoat, ㄍㄨㄚㆵ, ㄎㄨㄚㆵ	Sio̍k thâng ê Lūi, ū khak ê kiò Lô Lê, chiū sī oa gû. bô khak ê kiò tsòe khoat jû. 屬虫的類，有殼的叫蝸螺，就是蝸牛。無殼的叫做蛞蝓。
蛓	chhì, chhù, ㄘ, ㄘㄨ	chit khoán chhì mn̂g thâng, oē tèng Lâng ū tōk. mô͘ chhù. 一款的刺毛虫，能叮人，有毒。毛蛓。
蛘	iông, 一ㆲˊ	thâng ê mia, iông iông. chiū sī chháu meh 虫的名，蛘蛘。就是草蛘。
蛥	Siat, ㄒ一ㄚㆵ	Siat koat, Siān á Lūi, thâng ê mia. 蛥蚗，蟬仔類，虫的名。
⿰虫西	Lô, ㄌㄜˊ	Lô Lê, chiū sī chit khoán thâng, chhin chhiūⁿ chhân Lê. chiū sī koa gû. Lô Lê. ⿰虫西螺，就是一款虫，親像田螺。就是蝸牛。⿰虫西螺。

造字 借西字成字。

七畫

⿰虫折	chiat, Soat, tè, ㄐ一ㄚㆵ, ㄒㄨㄚㆵ, ㄉㆤˋ	thâng ê mia, chhin chhiūⁿ hoe ê khoán sit. iah sī iah á. 虫的名，親像毛蠏的款式。亦是蝶仔。
蜇	chiat, Soat, ㄐ一ㄚㆵ, ㄒㄨㄚㆵ	oē tèng Lâng ê thâng, thâng ê chhì. á sī iah á. Hái chiat, chiū sī tsúi bú. thē. 能叮人的虫，虫的刺。或是蝶仔。海蜇，就是水母。蛇。
蜍	sû, tsû, ㄙㄨˊ, ㄗㄨˊ	thâng ê mia, ná tsúi koe, Siâm sû. chiū sī chiuⁿ tsû chiuⁿ tsû. Phê chho͘ chho͘. 虫的名，如水蛙，蟾蜍。就是螿蜍，螿蜍。皮粗粗。
蜉	hû, ㄏㄨˊ	thâng ê mia, hû iû. tsá khí siⁿ, ē hng sí, ná toā káu hiā. hû sîn. hō͘ Lâng thó iàⁿ ê thâng, oē Pe, thoân Jiám Pīⁿ khún ê thâng. 虫的名，蜉蝣。早起生，下昏死，如大狗蟻。蜉蠅。給人討厭的虫，能飛，傳染病菌的虫。
蜂	hong, Phang, ㄏㆲ, ㄆㄤ	Pe ê thâng, bé ū tòk oē tèng Lâng. tsōe tsōe chiâⁿ tīn. hó͘ thâu Phang. bit Phang. Phang bit. Phang Ông. Phang Siū. Phang La̍h. 飛的虫，尾有毒能叮人。多多成陣。虎頭蜂。蜜蜂。蜂蜜。蜂王。蜂巢。蜂蠟。
蜆	hián, kàn, ㄏ一ㄢˋ, ㄍㄢˋ	chit hō siang pêng ê Gió á, chiū sī Lâ á. 一號双傍殼的蛤仔，就是蜊子。
蛺	kiap, ㄍ一ㄚㆴ	thâng ê mia, bé iah ê khoán Sit, kiap iah. Khin Po̍h kiap sit teh Pe. 虫的名，尾蝶的款式，蛺蝶。輕薄夾翅咧飛。

蜎	iân, koan,	sòe bé ê thâng, báng ê iù thâng, tsúi chhu ê khoán. khut khiau teh tín tāng iân iân. Lâng ê sìⁿ. Lā mih hō i tín tāng hoat Phoat thak koan ī sù sio siāng.
	ㄧㄢˊ,ㄍㄨㄢ,	小尾的虫，蚊的幼虫，水蛆的款。屈曲咧振動，蜎蜎。人的姓。撈物予它振動。活潑。讀蜎意思相同。
蜋	Liông, Lông,	thâng ê mîa, Lioh Lioh chhiūⁿ chháu meh, tông Lông. chiū sī chháu kàu.
	ㄌㄧㄤˊ,ㄌㄤˊ,	虫的名，略略像草蜢，螳螂。就是草猴。
蜊	Lê, Lâ,	hái Lāi ê kap Lūi sòe ê Gió á, tsúi sìⁿ ū khak kap Lê. Chiaⁿ tsúi ê ū soa Lâ á
	ㄌㄧˊ,ㄌㄚˊ,	海內的蛤蠣，小的蟯仔，水生有殼的蛤蜊。水的有沙蜊仔
蛾	Gô, ngô,	thâng ê mîa, oē Pìⁿ tsòe bé iah, chhâm Gô. ch sī chhâm iông só pìⁿ ê. Gô chiah Lâi sìⁿ n̄ng. hui ngô. thian ngô. ngô bî, Pí jū bí jîng ê bak bâi. âu ngô, nā âu chéng ê pīⁿ mîa.
	ㄜˊ,ㄜˊ,	虫的名，能變做尾蝶，蠶蛾。就是蠶蛹所變的。蛾即來生卵。飛蛾。天蛾。蛾眉，比喻美人的目眉。喉蛾，咽喉腫的病名。
蜃	Sīn	tsúi nih ê mih, tōa chiah ê Gió á kiò tsòe sīn, sīn kap. sīn kau, chhin chhiūⁿ tsōa tàn khah tōa. Sīn Lô, sī thiⁿ khì siōng ê, khì ê hoán siā ê iáⁿ, chhin chhiū khong tiong Lâu koh.
	ㄕㄣˋ,	水裡的物，大隻的蟯仔叫做蜃，蜃蛤。蜃蛟，親像蛇但較大。蜃樓，是天氣象的，氣的反射的影，親像空中樓閣。
蜀	siók,	hiòng jit kûi ê thâng, ngô iah ê iù thâng. sam kok sî tāi ê chit ê kok mîa, siók hàn.
	ㄕㄨˇ,	向日葵的虫，蛾蝶的幼虫。三國時代的一個國名，蜀漢。
蛸	Sau, Siau,	chit khoán thâng ê mîa, siau sau. ná tì tu. Phiau siau. thâng mîa, chháu kâu ê khoán, tông Lông n̄ng ê siū, ioh mîa siân siau, tī sng chhiū ê khan hō. jī sìn
	ㄒㄧㄠ,ㄕㄠ,	一款虫的名，蠨蛸。如蜘蛛。螵蛸。虫名，草猴的款，螳螂卵的巢，藥名螵蛸，佇桑樹的枝仔。字姓
蜔	tiān	hông tè kiaⁿ siāⁿ, kéng sek ê mih ê tāi Liók. chhek Lô tiān.
	ㄉㄧㄢˋ,	皇帝京城，景色的物的大略。漆螺蜔。
蜓	têng, théng, Lê,	thâng ê mîa, chheng têng chhi sī chhâ iⁿ. ián théng, chiū sī siān Lâng.
	ㄊㄧㄥˊ,ㄊㄧㄥˇ,ㄌㄧˊ,	虫的名，蜻蜓，就是蜻蜓。蝘蜓，就是壁虎。
蛻	thòe,	thòe Piàn, thòe hòa, chiū sī thâng Lūi thoat Phê thn̄g khak, nā siān á, siān thòe. thn̄g tsōa Phê.
	ㄊㄨㄟˋ,	蛻變，蛻化，就是虫類脫皮褪殼，如蟬仔，蟬蛻。褪蛇皮
蜈	Gô, ngô,	Giâ Gô kong, ngô kong, Giâ kang. seng khu tsōe tsat, tsat tsau ū kha ê thâng, bih tī im sip ê só tsāi. Lā Giâ, ná tì tu, khah tōa chiah. Gô khí, oē suh Lâng ê huih ê thâng.
	ㄨˊ,ㄨˊ,	ㄨˊ，蜈蚣，蜈蚣，蜈蚣。身軀多節，節節有腳的虫，匿佇陰濕的所在。蠟蜈，如蜘蛛，較大隻。蜈蜞，能嗽人的血的虫。
蚌	bí, iông, meh	bí, tông Lông ê Pat mîa, kiông bí thó mîa chháu kâu. iông bí tiong ê o kah thâng. iā sī Lâng ê sìⁿ. meh chiū sī hông thâng chháu meh á, chháu meh. bîe chhiū ku
	ㄇㄧˇ,ㄧㄤˊ,ㄇㄜ,	蚌，螳螂的別名；強蚌，土名草猴。蚌，米中的黑甲蟲。也是人的姓。蚌，就是蝗蟲，草蜢仔，草蜢。米的蛀龜。
蜏	iù,	tsa khí chhut sì ê hng sí ê thâng, hoat tī tsúi bīn, chhin chhiū chhâm ngô. chit mîa kiò tsu bú
	ㄧㄡˋ,	早起出世，下昏死的虫，發佇水面，親像蠶蛾。一名叫蛛母
蛹	ióng,	kián Lāi ê thâng. chhâm pìⁿ ióng chiah hòa tsòe iah á. iā sī thâng ê thòe hòa ê Piàn hòa.
	ㄩㄥˇ,	繭內的虫。蠶變蛹即化做蝶仔。也是蟲的蛻化的變化。
蝀	tông,	chit khoán ê chhiah thâng ê mîa. iā thak tsòe hiông n̄g chioh ê Lūi, hiông n̄g. hiông n̄g.
	ㄉㄨㄥ,	一款的赤虫的名。也讀做雄，黃石的類，蝀黃。雄黃。
赤虫	tông,	kap téng bīn jī siāng khoán ī sù.
	ㄉㄨㄥ,	与頂面字同款意思。
蜯	Pō, Phô,	chiū sī chit khoán thâng ê mîa, kiā Pō. chit hō sòe sòe ê chîm á. Phô oá chit hō oah mih siók tī chîm ê Lūi
	ㄅㄛˋ,ㄆㄛˊ,	就是一款虫的名，蟜蜯。一號小小的蟳仔。蜯蟜，一號活物，屬佇蟳的類。
蜠	khún,	chiū sī thâng ê mîa.
	ㄐㄩㄣˇ,	就是虫的名。
蜅	hú, Phú, Pô, Pō,	hú, sòe chiah ê mô hōe, hú tsui hōe. chit khoán sòe bé thâng ê mîa, thô Phú. tō Phú. thô Phú á. am Pō chê, chiū sī chhiū siân. sìⁿ tī hā thiⁿ, Lê Lê háu. Pō Lê, ū Lâng kóng sī khah tōa chhân iⁿ. iā ū Lâng kóng sī siān á.
	ㄈㄨˇ,ㄈㄨˊ,ㄅㄛˊ,ㄅㄛˋ,	蜅，小隻的毛蟹，蜅蟹蟹。一款小尾虫的名，土蜅。土蜅。土蜅仔。蜅蜅虫齊，就是樹蟬。生佇夏天，蜓蜓哮。蜅蜓，有人講是較大的蜻蜓。也有人講是蟬仔。
蛵	heng,	teng heng, tioh boa ê ì sù. chheng têng.
	ㄏㄥ,	虫丁蛵，着磨的意思。蜻蜓。
蜐	kiap,	thâng ê mîa, chióh kiap. thó hái ê Lâng bat chiah. ham á Lūi.
	ㄍㄧㄚ,	虫的名，石蜐。討海的人會食。蚶仔類。

蛷 kiû, ㄑㄧㄡˊ, tsōe tsōe kha ê thâng, sí chhng". 多多脚的虫，生瘡。ki kiû 肌蛷

蚍 Pē, ㄅㄝ, Pāng, tn̄g tn̄g ê, sòe sòe ê Giô á 6、7 chhùn tn̂g. 蚌，長長的，小小的蟯仔 六、七寸長。

蜑 tān, ㄉㄢˋ, Lâm hng ê hoan, iau bûn tān. hàn hoat koāi" ū iâm chí" tsū koāi" Pak ū jiông tān. 南方的番，夭門蜑。漢髮縣有鹽井諸縣 北有獽蜑。

蜒 iân, i", ㄧㄢˊ, ㄧˊ, î u iân chit hō thâng ê mîa, ná Gia kang n̂g sek. bān iân Siù mîa. chiok iân chiū sī Siù krong, chiū sī Siān Lâng. Chheng têng. chiū sī chhân ín 蚰蜒，一號虫的名，如蜈蚣黃色。蟃蜒，獸名。祝蜒，就是守宮，就是蟮虫。蜻蜓。就是蜻蜓。

蜅 Kak, ㄍㄚㄎ, kak Phang, chiū sī chit khóan Phang ê mîa. 蜅蜂，就是一款蜂的名。

造字 借角成字。

蜫 bé, ㄅㄝˊ, bé iàh chiū sī ô tiàp ê Pėh oē. bé iàh hoe. bé iàh ian. toā tsúi bé iàh 蜫蝶。就是蝴蝶的白話。蜫蝶花。蜫蝶煙。大水蜫蝶。

造字 借尾成字。

八畫

蜡 chhiok, Lāh, chhiok, ㄑㄩㄝˋ, ㄌㄚˋ, chiū sī chit khóan thâng ê mîa, chhàu bah sė sí" ê hó sîn pàng ê thâng. hiān kim 蜡，就是一款虫的名，臭肉所生的 蠅蛆放的虫。現今 tsà, ㄓㄚˋ, ū êng tsòe 蠟 ê kán sía. thák tsà, chiū sī nî bé ê chè sū, tsà chè. 有用做蠟的簡寫。讀蜡，就是年尾的祭祀，蜡祭。

蜘 ti, ㄓ, thâng ê mîa, ti tu oē kì sī tsòe bang ná Pat kòa. 虫的名，蜘蛛。能經絲做網如八卦。

蜚 hui, húi, ㄈㄟ, ㄈㄟˇ, hui, kap 飛 siāng khoán ì sù. húi, chhàu tó kê thâng, oē chiàh ngó kok, i chiū" mih kiā", 蜚，与飛同款意思。蜚，臭毒的虫，能食五穀，衣裳，物件， kiò tsòe hui Liâm. chiū sī chiong Lông. thó mîa kiò ka tsōah. 叫做蜚蠊。就是蟑螂。土名叫狡蠘。

蜰 húi, hui, ㄈㄟˊ, ㄈㄟ, húi Lô hūi chiū sī chiong Lông ê Pàt mîa, chiū sī ka tsōah. hui î, chiū sī sîn ê tsôa. 蜚蠦蜰就是蟑螂的別名，就是狡蠘。蜰蠦，就是神的蛇。

蜺 Gê, ㄋㄧˊ, thâng ê mîa, ō chhiah ê thâng, am Pô chê Siān á. 虫的名，黑赤的虫，蝬蛦螃。蟬仔。

蜹 jōe, ㄖㄨㄟˋ, kap 蚋 Sio siāng ì sù. sng ám ê bāng á. bāng jōe. 与蚋相同意思。酸泔的蚊仔。蚊蜹。

蜞 ki, khi, ㄑㄧˊ, ㄎㄧˊ, mô khí á chhin chhiū" mô hōe, ū tók bōe chiàh tit, Phêng kî. Gô khî mōa khî 毛蜞仔，親像毛蟹，有毒繪食得，蟛蜞。蜈蜞，蟎蜞， ngô khî. chiū sī chit khóan oē suh huih ê thâng. chit mîa tsúi chit 螞蜞。就是一款能嗽血的虫。一名 水蛭。

蜣 khiong, ㄑㄧㄤ, thâng ê mîa, khiong Lông. ō khak, sit tí ē bīn, bô Phīn thang Phīn bī. chit mîa, Poa" Sái thâng. 虫的名，蜣螂。黑殼，翅佇下面，無鼻可嗅味。一名，搬屎虫。

蜾 kó, ㄍㄨㄛˇ, thâng ê mîa, chhin chhiū kak Phang, kó Lô. io sòe sòe êng thô tsòe siū, oan iu". 虫的名，親像蜅蜂，蜾蠃。腰細細，用土做巢，蠃蝓。

蜫 khun, ㄎㄨㄣ, thâng ê tsóng mîa, khun thiông. thâng thōa. 虫的總名，蜫蟲。虫豸。

蛵 Liók, Lėk, ㄌㄩˋ, ㄌㄧˋ, hái nih ê Giô á, î" kāu, khak ū chit tsōa chit tsōa ê hûn kiò khoe Liók 海裡的蟯仔，圓厚，殼有一一一綴的紋，叫鬼蛵。 chit khóan chiu ku ê mîa, âng Lėk. 一款蛙龜的名，紅蛵。

蜢 béng, bēng, me, meh, ㄇㄥˊ, ㄇㄥ, ㄇㄝ, ㄇㄝˊ, tsā béng, oē chiàh tiū á ê hāi thâng. hông thâng Lūi. chháu meá. chháu meh 蚱蜢，能食稻仔的害虫。蝗虫類。草猛仔。草蜢。

蜜 bit, ㄇㄧˋ, tī", hó, Phang chhái ê hoe bit, koh pàng hut Lâi ê Phang bit. bit Phang. tī" bit. thn̂g bit. 甜，好，蜂採的花蜜，擱放出來的，蜂蜜。蜜蜂。甜蜜。糖蜜。

蜥 Sek, ㄒㄧ, thâng ê mîa, chhin chhiū" Siān Lâng ê hêng, Sek ėk. ū lâng kiò i tsòe Sì kha thiàu á. 虫的名，親像蟮虫的形，蜥蜴。有人叫牠做四脚跳仔。

蝃 tè, toat, ㄉㄧˋ, ㄉㄨㄛ, tè, sī kap 蝀 siāng ì sù, chiū sī chí thi" nih ê khēng. toat, thâng ê mîa, 蝃，是与蝀同意思，就是指天裡的虹。蝃，虫的名， chiàh ngó kok ê kun, chiàh chháu kun ê thâng. toat bô. ná ti tu 食五穀的根，食草根的虫。蝃蝥。如蜘蛛。

date theme 虫部 142 page

蜩	tiâu ㄉㄧㄠˊ	thâng ê miâ，Gō Gėh chhut sia"，Gō Gėh bêng tiâu。Siân ê Pat miâ。am Po̍ chê，tiâu siân。 虫的名，五月出聲，五月鳴蜩。蟬的別名。蝭蟧蜩。蜩蟬。
蝀	tòng, kàng, tòng ㄉㄨㄥˋ，ㄍㄤˋ	，tè tòng。chiū sī khêng ê ì sù。kàng，Chio̍h kàng，khi" kàng。chit khoán ，螮蝀。就是虹的意思。蝀，石蝀，坑蝀。一款 chiu" tsû ê ì sù。 蟚蜍的意思。
蜻	cheng，chheng chhân， ㄐㄧㄥ；ㄑㄧㄥ；ㄑㄧㄢ	cheng cheng，chiū sī tsat，chiū sī siân á ê Lūi。chheng，chheng Lêng，chhân in。 蜻蜻，就是蚻，就是蟬仔的類。蜻，蜻蜓，蜻蜓。 chheng Lêng pí chhân in khah sòe chiah。chheng Let，chiū sī sih sut 蜻蛉，比蜻蜓較小隻。蜻蛚，就是蟋蟀。
蜴	ek, sek ㄧˋ，ㄒㄧˋ	iah，thâng ê miâ，chhin chhiū" siân Lâng ê khoán sit，Sio̍k miâ sī kha tsóa。Sek ek。iah， 一ㄧㄚˋ，虫的名，親像蟮虫的款式，俗名四腳蛇。蜥蜴。蜴， iah á，bé iah，thái ko iah，bé iah hoe。chit im jī èng kai sī iah jī。Sek，chiū sī 蜴仔，尾蜴，癩痀蜴，尾蜴花。這音字應該是蝶字。蜴，就是 khi phiàn，bú bān ê ì sù，bek sek。 欺騙，侮慢的意思，脈蜴。
蜿	oan，oán ㄨㄢ，ㄨㄢˇ	，Lêng tsôa，teh tín tāng，teh kiâ"，teh sô，ê khoán sit。oan oan khiau khiau teh kiâ" ê khoán， ，龍蛇，咧振動，咧行，咧趖，的款式。彎彎曲曲咧行的款， oán ián，hoân oán。hó͘ pà teh kiâ" ê khoán sit，hó͘ pà oán chí。tō ún，oan siâng。 蜿蜒。蟠蜿。虎豹咧行的款式，虎豹蜿只。虹蚓，蜿蟺。
蜮	hėk， ㄏㄜˋ	hái nih ê oah mih chhin chhiū" ku pih，oē kâm soa siā Lâng。ām chī ê tùi tėk，kúi hėk。 海裡的活物，親像龜鱉，能含沙射人。暗靜對敵，鬼蜮。
虩	hó͘， ㄏㄨˇ	thâng ê miâ，hó͘ sìn hó͘。chiū sī hó͘。 虫的名，虫乎蝘虎。就是虩。
蜷	iam， 一ㄧㄢ	am，iam，thâng ê miâ，am Po̍ chê，chiū sī chhiū siân。Gâu háu 一ㄧㄢ，蜷，虫的名，蜷蝭蟧，就是樹蟬。勢哮
綦	kî，khî， ㄑㄧˊ，ㄑㄧ	kap 与 蜞 相同。 Sio Siāng
蜠	khún ㄎㄨㄣˇ	Pòe ê Lūi，khak tōa，tsóng sī Gûi hiám。thâng ê miâ。 貝的類，殼大，總是危險。虫的名。
蜜	bit ㄇㄧˋ	kap 与 蜜 相同。 Sio Siāng
蜛	tiông ㄉㄧㄥˊ	iû ián thâng ê Pat miâ，tiông Lê 蚰蜒虫的別名，蜛蠡
蜻	kî，khi，kiā ㄑㄧˊ，ㄑㄧ，ㄑㄧㄚ	tī tu ê tn̂g kha ê。siân á。kiā，kiā Pō sī chit khoán sòe sòe ê chîm á。 蛛蛛的長腳的。蟬仔。蜻，蜻蛣是一款小小的蟳仔。
蛣	kî ㄑㄧˊ	，kî，chiū sī chí Giat á thâng。 蛜蛣，就是指蠍仔虫。
蜷	koân ㄑㄨㄢˊ	thâng Lūi oan khiau seng khu ê khoán sit，koân khiok。bōe kiâ"，m̄ kiâ"，koân kiok khiat khut 虫類彎曲的身軀的款式，蜷曲。獪行，不行，蜷局詰屈。 chhin chhiū tn̂g Lêng，tn̂g khiau ê khoán sit，Liân koân 親像長龍，長曲的款式，連蜷。
蜛	khut ㄎㄨˋ	tsúi tiong ê thâng，kiat khut。tsúi Giat á。 水中的虫，蛣蜛。水蝎仔。
蜧	Lē， ㄌㄧˋ	sîn ê tsôa，hek Lē。hek Lē iâu tiông ian。 神的蛇，黑蜧。黑蜧躍重淵。
蜨	chiat，tiap ㄐㄧㄝˊ，ㄉㄧㄝˊ	thâng ê miâ，kiap tiap，chiū sī kap tiap sio siāng ì sù。bé iah ê ì sù。 虫的名，蛺蜨。蜨，就是与蝶相同意思。蜴蝶的意思。
蜼	î ㄧ，	chhin chhiū" bī kâu，phī" khiau bé tn̂g 4.5 chhioh。tn̂g bé kâu 親像獼猴，鼻翹尾長四五尺。長尾猴。
蝼	úi， ㄨㄟ，	thâng ê miâ，úi sù。bák sat ê Lūi，ài tòa tī tâm sip ê só tsāi。 虫的名，蝼蝼。木虱的類，愛住佇濕溼的所在。
蜟	iok ㄩˋ	bē thǹg khak ê siân á。iok siân。hit ê khak chiū sī siân thòe。 未褪殼的蟬仔。蜟蟬。彼的殼就是蟬蛻。
蜦	Lûn，Lun ㄌㄨㄣˊ，ㄌㄨㄣ	sîn ê tsôa teh kiâ" ê khoán sit。sîn Lê un Lûn í sîm iû。sô ê khoán sit。 神的蛇咧行的款式。神蜧蝹蜦以沈遊。趖的款式。 koe Lun，chiū sī bái nih ê Lô Lê，khak ū kui hûn kai hûn，sek tī phú phú。oē chiah tit 蝸蜦，就是海裡的螺蠡，殼有歸紋歸紋，色緻暗暗。能食得。
補6畫 蛚	Liat ㄌㄧㄝˋ	cheng chiū sī sih sut ê Pat miâ。pí hông thiông khah sòe。O͘ kim sek hò" tàu。 蜻蛚，就是蟋蟀的別名。比蝗虫較小。黑金色好鬪。

蝊 tēng, ㄉㄧㄥ; thâng ê mîa, ná siān lâng tō tēng. chiū sī sek-ek, ū kiò tsòe sì kha tsôa, ū tòk
虫的名，如蟮虫虹蝊。就是蜥蜴；有叫做四脚蛇，有毒
tō tēng kā bóe koaⁿ chhâ.
虹蝊咬買棺材。

造字 借定字音来成字。

九 畫

蝮 hok, ㄈㄨˋ; thâng ê lūi, tòk tsôa ê mîa, hok húi. thâu saⁿ kak, nn̄g chhioh gōa, bé tóe. sio̍k mîa thó húi
虫的類，毒蛇的名，蝮虺。頭三角，兩尺外，尾短。俗名土虺蛇。

蝠 hok, ㄈㄨˊ; thâng ê mîa, ná niáu chhú ū sit oē pe, pián hok, thó mîa kiò tsòe bit pô.
虫的名，如貓鼠有翅能飛，蝙蝠，土名叫做蜜婆。

蝙 pián, ㄅㄧㄢ; thâng ê mîa, ná niáu chhú ū sit oē pe, pián hok, thó mîa kiò tsòe bit pô.
虫的名，如貓鼠有翅能飛，蝙蝠，土名叫做蜜婆。

蝦 hâ, hê, âm, ㄏㄚˊ, ㄏㄜˊ, ㄚˊ; thâng ê lūi, há bô, chiū sī chiuⁿ tsû, phê chho chho tòk, thang tsòe ioh. hê
虫的類，蝦蟆。就是蟾蜍，皮粗粗有毒，可做藥。蝦，
sīⁿ tī tsúi nih, bī sián tiⁿ, lîong hê. chháu hê. soa hê. gō chhiu hê. hê ko. hê bí.
生佇水裡，味鮮甜，龍蝦。草蝦。沙蝦。五鬚蝦。蝦蛄。蝦米。
âm mûi, chiū sī sòe sòe ê tsúi koe, chhân kap á. ū kiò kap bôe.
蝦蟆，就是小小的水蛙，田蛤仔。有叫蛤蟆。

蝎 giat, hat, khiat, ㄒㄧㄝ, ㄏㄜˊ, ㄎㄧㄝ; chhiū tiong ê thâng, chiù thâng. ê siok jī. giat á. piáⁿ mîa, giat piáⁿ.
樹中的虫，蛀虫。蠍的俗字。蝎仔。餅名，蝎餅。
hat, hat chiàm, húi pòng ê oē ná hat chiah chhiū. hāi lâng ê ì sù. su io̍k ê ì sù.
蝎，蝎譖，誹謗的話如蝎食樹。害人的意思。私欲的意思。
khiat, khiat khiat kiò. khiat khiat háu. khiat khiat pê. chio̍h thâu soaⁿ kó khiat ê.
蝎，蝎蝎叫。蝎蝎哮。蝎蝎爬。石頭山枯蝎的

蝴 hô, ô, ㄏㄨˊ; oē pe ê thâng, bé iah. hô tia̍p, ô tia̍p. ô tia̍p hoe, sī iah á hoe.
能飛的虫，虫尾蝶。蝴蝶，蝴蝶。蝴蝶花，是蝶仔花。

蝗 hông, ㄏㄨㄤˊ; chiah chháu, chiah chhiū hio̍h, chiah tiū á ê thâng, hông thiông. chháu meh ê lūi. hāi thâng.
食草，食樹葉，食稻仔的虫，蝗蟲。草蜢的類。害虫。

蝡 joán, jún, ㄖㄨㄢˇ, ㄖㄨㄣˇ; tín tāng, chhun kiu, kún lûn tsūn ê khóan sit. joán tōng. tsôa ê mîa, joán sîa. tī chhiū téng
振動，伸虬，滾輪轉的款式。蝡動。蛇的名，蝡蛇。佇樹頂。

蝌 kho, ㄎㄜ; thâng ê mîa, kho tó. thâuⁿ tōa, bé chiam sòe, chiū sī tsúi koe ê iù kiaⁿ.
虫的名，蝌蚪。頭圓大，尾尖小，就是水蛙的幼子。

蝸 o, oa, ㄛ, ㄨㄚ; thâng ê mîa, o gû, oa gû. chiū sī tī lek tōe ê lê, lô lê. khak ná sún á
虫的名，蝸牛。蝸牛。就是佇陸地的螺，蝸螺。殼如筍仔，
soan lê hêng tsōng. thâu ū nn̄g tùi tōa sòe ê nńg kak. bô kha, ēng pak tó kiâⁿ lō.
旋螺形狀。頭有兩對大小的軟角。無脚，用腹肚行路。

蝥 bô, mâu, bâ, ㄇㄛˊ, ㄇㄠˊ, ㄇㄚˊ; thâng ê mîa, oē chiah tiū hô kap chháu ê kun. kah ū n̂g pan tiám, sī hāi thâng.
虫的名，能食稻禾與草的根。甲有黃斑點，是害虫。
ku á, kiò tsòe pan mâu. pan bâ oē tsòe tit phòng phā ê io̍h. kap sio siāng
龜仔，叫做斑蝥。斑蝥。能做得皰疤的藥。与蟊相同。

蝱 bêng, bông, ㄇㄥˊ, ㄇㄤˊ; pe ê thâng chhin chhiūⁿ hô sîn, oē chiah lâng kap siù ê huih, gû pi. gû bêng.
飛的虫，親像胡蠅，能食人及獸的血，牛蜱。牛蝱。
chì mîa, hui bông. soaⁿ ê mîa, bông san.
箭名，飛蝱。山的名，蝱山。

蝨 sek, sat, ㄒㄧㄝ, ㄕㄚ; kap 虱 sio siāng. sòe sòe ê thâng, ba̍k sat, sat bú. ba̍k sat chiah kheh. sat pín
与虱相同。小小的虫，木蝨，蝨母。木蝨食客。蝨篦。

蝕 sit, sih, ㄕ, ㄒㄧ; mih hō thâng chiah chiàm chiàm bô khì. jit goat ê kng hō jia tsàh, jit sit, goéh sit. pāi hoāi, siau sih
物恆虫食漸漸無去。日月的光恆遮截，日蝕，月蝕。敗壞，消蝕。
seng lí bô sih pún. káⁿ thàn káⁿ sih. chhim sit. pak sit.
生理無蝕本。敢賺敢蝕。侵蝕。剝蝕。

蝭 tè, tê, ㄉㄜˋ, ㄉㄜˊ; thâng ê lūi, tè lô. chiū sī siān á.
虫的類，虫是蟧。就是蟬仔。

蝃 tè, tê, ㄉㄜˋ, ㄉㄜˊ; kap téng bīn jī sio siāng ì sù.
与頂面字相同意思。

蝶 tia̍p, ia̍h, ㄉㄧㄝˊ, ㄧㄝˋ; thâng ê mîa, ô tia̍p, bé iah. tōa tsúi bé iah. chhâm á iah. phang iah.
虫的名，蝴蝶，蜢蝶。大水蜢蝶。蠶仔蝶。蜂蝶。

蝍 chek, ㄐㄧㄝ; chek chhu, chit hō gîa kang. ū lâng kóng oē chiah tsôa.
蝍蛆。一號蜈蚣。有人講能食蛇。

蝤	chiû, chiû, iû, ㄐㄧㄡ,ㄐㄧㄡ,ㄧㄡ,	chiu bê。 sīⁿ tī hái Pīⁿ, hāi ê khóan sit chhiūⁿ sô á, iā kiò sô á hoe。 Chiû 蝤蛑。生佇海邊，蟹的款式像梭仔，也叫梭仔蟹。蝤 chhâ Lāi ê thâng, chiû chê。 Pêh hiā ê khóan sit。 hô iû, toā ê kau hiā, tsá khí sīⁿ 柴內的虫，蝤蠐。白蟻的款式。蜉蝣，大的狡蟻，早起生 ê hng sí, chhin chhiūⁿ kah thâng 下昏死，親像甲虫。
蝟	ūi ㄨㄟˋ,	thâng ê mîa, siù ê mîa, chhiūⁿ niáu chhú, móa sin ū ngī chhì ê mn̂g chhì ūi。 ūi chip 虫的名，獸的名，像貓鼠，滿身有硬刺的毛，刺蝟。蝟集
蝘	ián ㄧㄢˇ	thâng ê mîa, ián têng。 Siān Lâng ê khóan sit。 tông ián, am Po chê ê khóan sit。 虫的名，蝘蜓。蟮虫的款式。蝀蝘，蛤蜅蠐的款式。
[衍/虫]	ián ㄧㄢˇ,	thâng ê mîa, ìn ián thâng。 虫的名，蚓[衍/虫]虫。
蝸	Gông, Gû, Giâ, ㄍㄨㄥ,ㄍㄨ,ㄍㄚ,	tsúi nih ê tsui ku á, Lioh á chhin chhiūⁿ am Po chê, bû Gû, tun Gông。 水裡的小龜仔，略仔親像蛤蜅蠐，蝸蝸，虫。蝸。 Giâ, Lô Giâ。 ná tī tu khah tōa chiah。 Lô Giâ sī。 Lô Giâ moh。 蝸，螺蝸。如蜘蛛較大隻。螺蝸絲。螺蝸膜。
蝓	jû, ㄩˊ,	thâng ê mîa, koat jû。 chiū sī ca Giû, Lô Lê。 î jû。 chiū sī tī tu 虫的名，蛞蝓。就是蝸牛，蛔螺。蜘蝓。就是蜘蛛。
蝝	hoân, iân ㄏㄨㄢˊ,ㄧㄢˊ,	chháu meh kiáⁿ bē ū sit ê。 tang thīⁿ sīⁿ kè kôaⁿ chiū sí 草蜢子未有翅的。冬天生過寒就死。
[虫勇]	iông, ㄩㄥˇ,	kián Lāi ê thâng chhâm Pīⁿ iông chiah thòe hòa tsòe iah á。 kap 蛹 Sio Siāng 繭內的虫，蠶變[虫勇]即蛻化做蝶仔。與蛹相同。
蝣	iû ㄧㄡˊ	kúi nā hō thâng ê mîa, tōa ê kau hiā, hô iû。 thô tiong oē Pe ê thâng。 kap 蝤 tâng 幾若號虫的名，大的狡蟻，蜉蝣。土中能飛的虫。與蝤同。
[虫則]	chek ㄐㄧㄝˊ,	ài chiáh tiū á tsat ê thâng, Lâng kiò tsòe nĝ thâng。 kap 蠈 jī sio siāng。 愛食稻仔節的虫，人叫做秧虫。與蠈字相同。
蝒	biân, bîn, bûn ㄇㄧㄢˊ,ㄇㄧㄣˊ,ㄇㄨㄣˊ,	thâng ê mîa, chit khóan tōa chiah ê siān á。 bîn, bûn, Lâng kap siù Pak tó 虫的名，一款大隻的蟬仔。蝒，蝒，人及獸腹肚 tn̂g á Lāi bīn ê thâng, kia sīⁿ thâng, bîn thâng, bûn thâng。 腸仔內面的虫，寄生虫，蝒虫。蝒虫。
蝚	jiû ㄖㄡˊ,	thâng ê mîa, Liông Lô, chháu kâu ê Lūi。 kok ê mîa, jiû jû kok。 tham chiah ê khîm siù, jiâu jiû。 虫的名，蠪螺，草猴的類。國的名，蝚蠕國。貪食的禽獸，獿蝚。
[虫咠]	chhip, ㄑㄧˋ,	thâng ê mîa, ài soh tī ô khak kap tsûn tóe。 虫的名，愛塑佇蚵殼與船底。
蝫	tsu, ㄗㄨ,	chit khóan thâng ê mîa, siâm sû。 chiūⁿ tsū。 一款虫的名，蟾蜍。螿蝫。
[范/虫]	hoān, ㄏㄨㄢˋ,	oē tèng Lâng ê Phang。 kap 范 Sio Siāng。 能叮人的蜂。與范相同。
[虫咸]	ham, ㄏㄢˊ,	ham kap。 sīⁿ tī tang hái ná Gîo, pîⁿ pîⁿ ū mn̂g。 [虫咸]蛤。生佇東海如蟯，扁扁有毛。
蝻	Lâm, ㄋㄢˊ,	chiū sī sòe chiah, iáu bē hoat sit ê chháu meh。 就是小隻，猶未發翅的草蜢。
[虫便]	Piân, ㄅㄧㄢ,	chit khóan sòe sòe ê soa thâng, Piān soān。 一款小小的沙虫，[虫便]蜁。
蝬	so, ㄙㄜ,	thâng ê mîa, kiu so。 虫的名，蛷蝬。
蝪	tōng, thong, ㄉㄤˋ,ㄊㄤ,	chek tōng。 chiū sī chhân tiong ê Lâ Gîa, oē bùn khang ê thâng。 tiat thong。 Siān Lâng ê Lūi。 蝍蝪。就是田中的螺蝸，能蟥孔的虫。蛈蝪，蟮虫的類。
蝛	ui, ㄨㄟ,	thâng ê mîa, bak sat ê Lūi, ài tòa tī tâm sip ê só tsāi。 i ui 虫的名，木虱的類，愛住佇潛濕的所在。蛜蝛。
[虫韋]	ūi, ㄨㄟˊ,	chiū sī thâng ê mîa, kek ūi。 就是虫的名，蛒[虫韋]。
蝯	oân, ㄩㄢˊ,	iá siù ê mîa, siók kâu ê Lūi。 kap 猿 Sio Siāng。 野獸的名，屬猴的類。與猿相同。
蝹	un, ㄨㄣ,	Lêng ê khóan sit, un un。 Lêng tsôa teh kiâⁿ ê khóan sit, un Lûn。 龍的款式，蝹蝹。龍蛇喲行的款式，蝹蜦。
蝖	sian, ㄒㄩㄢ,	hiā sian。 chiū sī oeh koh tn̂g ê thâng, ū tsōe tsōe kha ê 蟻蝖。就是狹僫長的虫，有多多腳的

造字 借宣的偏音成字。

補4畫 蚼 káu, ㄍㄡˇ; káu hê。chiū sī hê ê mîa。
蚼蝦。就是蝦的名。

造字 借句偏音成字。

十畫

螂 bông, Lîong, Lông, ㄅㄛˊㄥ, ㄌ一ㄛˊㄥ, ㄌㄛˊㄥ; kap 蜋 Sio Siāng。chit hō thâng ê mîa, tông Lông。chiū sī chhâu kâu。
与蜋相同。一號虫的名，螳螂。就是草猴。
chhiong Lông, chiū sī ka tsoah。khiong Lông, chiū sī Gû sái ku。
蟑螂，就是狡蠘。蜣螂，就是牛屎龜。

螟 bêng, ㄅㄝˊㄥ; chiah tiū sim ng á ê thâng, bêng Lêng, sī hāi thâng。bêng ngô。
食稻心秧仔的虫，螟蛉。是害虫。螟蛾。

蜫 Pi, ㄅ一; kā Gû ê thang, Suh Gû ê huih, cheng Sīⁿ iā ū kui Liap ná tāu, kha iù iù, Gû Pi。
咬牛的虫，嗽牛的血，精牲也有。歸粒如豆，腳幼幼，牛蜫。

螄 Su, Sai, Si, ㄙㄨ, ㄙㄞ, ㄙ一; chit khóan ê Lê, hó Sai khak ū Lêng hûn。iā ū Lê sai, Lóng siā Lūi。
一款的螺，海螄。殼有楞紋。也有螺螄，攏是同類。
Lô si, hian kim chhái iōng Lô si。Lô si teng。Lô si tsoān Lô si bú
螺螄；現今採用螺絲。螺螄釘。螺螄鑽。螺螄母

螣 tèk, têng, ㄉㄝˋㄎ, ㄉㄝˊㄥ; tèk, chit khóan chiah tiū á hioh ê thâng, sek chhiⁿ chhiⁿ, bêng tèk。têng, chit khóan
螣，一款食稻仔葉的虫，色青青，螟螣。螣，一款
kî koài ê tsôa, thôan soeh kóng ná Lêng bô kha oē pe。têng siâ
奇怪的蛇，傳說講如龍無腳能飛。螣蛇。

螗 tông, ㄉㄛˊㄥ; thâng ê mîa, tiâu tông, chiū sī siān á, am po͘ chê。
虫的名，蜩螗。就是蟬仔，蝒蛸蟟。

蠹 tò, ㄉㄛˋ; thâng tī chhiū nih, thâng bih tī chhiū Lāi, chiān thâng。chiù thâng。
虫佇樹裡，虫匿佇樹內，剪虫。蛀虫。

蟌 chhong, ㄑㄛˊㄥ; chiū sī chhiⁿ sek ê hô͘ sîn, kim hô͘ sîn, chhong sîn。
就是青色的蜻蜓，金蜻蜓，蟌蜓。

蚤 tsó, tsáu, ㄗㄛˇ, ㄗㄠˇ; kap 蚤 Sio Siāng。kā Lâng, iah oē thiàu ê thâng, ka tsáu, thiàu tsó, jī tâng。
与蚤相同。咬人，亦能跳的虫，狡蚤。跳蚤。蚤字同。

螓 chîn, ㄑ一ㄣˊ; thâng ê mîa, chit khóan ê siān á。thâu khak ū hûn, ná toā chiah ê hô͘ sîn。
虫的名，一款的蟬仔。頭殼有紋，如大隻的蜻蜓。

螆 tsû, ㄗㄨˊ; kúi nā téng hō ê thâng mîa。chhiuⁿ tsû。chiū sī siam sû。
幾若等號的虫名。螿螆。就是蟾蜍。

螌 Pan, Poan, ㄅㄚ, ㄅㄨㄚ; Pan mâu。chiū sī tòk thâng, ū n̂g Pan。hū Poan, sī chit khóan ê chhàu thâng
螌蝥，就是毒虫，有黃斑。負螌，是一款的臭虫

螢 êng, ㄝˊㄥ; oē nā kng ê thâng, hé kim ko, hé iām ko, êng hé thâng。êng thiôn
能發光的虫，火金蛄，火焰蛄，螢火虫。螢虫。

螉 ong, iuⁿ, ㄛ, 一ㄨˋ; thâng ê mîa, Sòe io ê Phang, êng thô͘ tsòe siū, iat ong。oan iuⁿ。oan iuⁿ
虫的名，細腰的蜂，用土做巢，蠮螉。蜿螉。蠃螉。
chit khóan sīⁿ tī Gû bé Phê tiong ê thâng, cng chhiong。
一款生佇牛馬皮中的虫，螉蟌。

螈 Goân, ㄫㄨㄢˊ; êng Goân, chhin chhiū siān Lâng, tō têng tsôa, niū á, chit nî siu n̄g Pái ê Goân chhâm。
蠑螈，親像蟮虫，蛀蝕蛇。蠶仔，一年收兩回的，螈蠶。

融 hiông, iông, iûⁿ, ㄏ一ㄛˊㄥ, 一ㄛˊㄥ, 一ㄨˋ; tsúi khì thâu, hiông sàn。chiu mîa, hiông chiu, siok kùi Lîm kūn。kap 熔 thông。
水氣透出，融散。州名，融州，屬桂林郡。与熔通。
iûⁿ, Soàⁿ, hòa, Saⁿ chham。iông hòa。iông hāp。iông hô。bêng Lãng, iông bêng。hô sūn
熔，散，化，相參。融化。融合。融和。明朗，融明。和順，
kî Lok iā iông iông。hé sîn ê mîa, chhok iông。siau iûⁿ, iûⁿ hòa ê î sù。iûⁿ kái。
其樂也融融。火神的名，祝融。銷融，熔化的意思。融解。

蜄 Liû, Lâ, ㄌ一ㄡˊ, ㄌㄚˊ; chit khóan thâng ê mîa, Lâ gîa, Lâ gîa。ū tòk, kap ti tu sio siāng hêng, khah toā chiah。
一款虫的名，蝲蜈，蝲蝸。有毒，與蜘蛛相同形，較大隻。

蜳 kiong, ㄍ一ㄛㄥ; Síu kiong, chiū sī Síu kiong。thâng ê mîa, chiū sī Sian Lâng。
守宮，就是守蜳。虫的名，就是蟮虫。

螭 î, oá, 一, ㄨㄚˇ; Phô͘ oá, chit hō oah mih, siok tī chîm ê Lūi。
步螭。一號活物，屬佇蟳的類。

蠶 chhâm, chhêng, niû, ㄘㄢˊ, ㄘㄝˊㄥ, ㄋ一ㄨˊ; kap 蚕·蠶 Sio Siāng, chhiáⁿ khóaⁿ 18 uih tsù。
与蚕·蠶相同，請看十八畫註。

螇 hê, ㄏㄝˊ; hê Lèk thâng, sòe tn̂g tn̂g, Pe ū Siaⁿ。hê Lok, chiū sī Siān á。thô͘ Phang。
螇螰虫。小長長，飛有聲。螇蟝，就是蟬仔。土蜂。

蠅 ku, ㄍㄨ; ku á, ku。thâng thoā nā sī ū kah sit ê, chhin chhiūⁿ kim ku。Gû sái ku。chhàu chhiⁿ ku。 造字
蠅仔，蠅。虫豸若是有甲翅，親像金蠅。牛屎蠅。臭腥蠅。

【蝩】hong, hng, chiū sī chit khoán ok tok ê tsôa mîa, o͘ hng. Sēng khu o͘ sek.
ㄏㄨㄥ, ㄏㄥ, 就是一款惡毒的蛇名，黑蝩。身軀黑色。

【螔】î, thâng ê mîa, chhin chhiūⁿ siàn Lâng ū Lân khah toā chiah, î hô. Gôk ê khoán sit.
ㄧˊ, 虫的名，親像蝸牛虫，有鱗較大隻，螔蜈。鱷的款式。

【螃】Pông, mô, tsui kî ê thâng, chiū sī chim á Lūi, Pông hāi, mô hôe. chiū sī mô khî á
ㄆㄤˊ, ㄇㄛˊ, 水墘的虫，就是蟳仔類，螃蟹，螃蟹。就是螃蜞仔。

【蛻】thòe, kap 蛻 sio siāng i sù. chhiáⁿ khòaⁿ 7 uih tsù.
ㄊㄨㄝˋ, 与蛻相同意思。請看七畫註。

【蠊】Liâm, hái nih ê thâng thôa, chit chhùn tn̂g Pe̍h sek oē chia̍h tit, ham kap á Lūi
ㄌㄧㄢˊ, 海裡的虫豸，一寸長白色能食得，蝛蛤仔類

【螀】kóng, thâng teh ngiauh, oa̍h mi̍h tùi khang nih Lún tsūn, ó Piah khang.
ㄍㄨㄥˇ, 虫哅𧊅，活物對孔裡滾踚轉，挖壁孔。

【螘】Gî, thâng ê mîa, kap 蟻 sio siāng. chhiáⁿ khòaⁿ 13 uih tsù.
ㄧˇ, 虫的名，与蟻相同。請看十三畫註。

【蟙】bui, būi, chhiū būi, chhiū bui, chiū sī chih hō chhau hiàn ê thâng mîa.
ㄨㄟ, ㄨㄟˊ, 樹蟙，樹蟙。就是一號臭𪖌的虫名。

造字 借微的白話音字去彳傍成字。

【螺】Lôah, soaⁿ Lôah, soaⁿ Lôah tsôa. chiū sī chit khoán tsôa ê mîa.
ㄌㄨㄚˊ, 山螺，山螺蛇。就是一款蛇的名。

造字 借捋的白話音字去扌傍成字。

【螞】má, thâng ê mîa, má hông. toā ê tsúi tia̍t, chiū sī Gô khî, suh huih ê thâng. má Gî,
ㄇㄚˇ, 虫的名，螞蟥。大的水蛭，就是蜈蜞，嗍血的虫。螞蟻，
chiū sī káu hiā. má tsā, chiū sī tsā béng chiū sī chhā me á.
就是狗蟻。螞蚱，就是蚱蜢。就是草蜢仔。

十一畫

【螭】Lî, béng ê iá siù, bô kak ê Lêng, bú ê Lêng. bé ê mîa, Lio̍k Lî chhong. kap 魑 thong.
ㄌㄧˊ, 猛的野獸，無角的龍，母的龍。馬的名，綠螭驄。与魑通。

【蟄】Chip, tit, un tsông, bih tī chēng ê só͘ tsāi, chip hòk. chip ku. chit nî tsòe tsá hoat siaⁿ ê chhun Lûi,
ㄓ一ˋ, ㄉ一ˊ, 隱藏，匿佇靜的所在，蟄伏。蟄居。一年最早發聲的春雷，
chip Lûi tang thiⁿ ê thâng bih tī thô͘ Lāi, chip hòk. tsoeh kùi ê mîa kiaⁿ tit. Lông Le̍k saⁿ ge̍h.
蟄雷。冬天的虫，匿佇土內，蟄伏。節季的名，驚蟄。農歷三月。

【螽】chiong, Sio̍k tī thâng ê Lūi, chhin chhiūⁿ chháu meh, hū chiong.
ㄓㄨㄥ, 屬佇虫的類，親像草蜢，阜螽。

【蟈】kok, tsúi koe ê Pa̍t mîa, Lô kok. Lô kok teh háu.
ㄍㄨㄛˊ, 水蛙的別名，螻蟈。螻蟈哅哮。

【蟪】Liân, thâng khiau khiau ê khoán sit, âng tsôa.
ㄌㄧㄢˊ, 虫曲曲的款式，紅蛇。

【螻】Lô, Lô ko͘, chhiūⁿ sih sut Lô Gî káu hiā. Lô kok, tsúi koe. thó Lô iá siù ná iûⁿ.
ㄌㄡˊ, 螻蛄，像蟋蟀。螻蟻，狗蟻。螻蟈，水蛙。土螻，野獸如羊。

【螺】Lô, Lê, Lô, Lō, Lê Lūi ê tsóng mîa. kap 蠃 sio siāng. ū khak, khak ná sún ê hêng, ū soan hûn,
ㄌㄛˊ, ㄌㄨㄛˊ, ㄌㄨㄛˊ, ㄌㄨㄛˊ, 螺類的總名。与蠃相同。有殼，殼如筍的形，有旋紋，
hái Lê, chhân Lê, Lō Lê, chióng Lūi chin tsōe. Lê á, Lê Pòe, Lê khak. kn̂g Lê hong.
海螺，田螺，蝸螺，種類眞多。螺仔，貝，螺殼。捲螺風。
chio̍h Lê. Lô si, Lô si, chiū sī Lô si, oē tsoān tit ê khì khū, Lô sî bú.
石螺。螺螄，螺螄，就是螺絲，能鏇得的器具，螺絲母。

【蟆】bô, bo̍k, mûi, mûih, hâ bô, hâ bo̍k, chiū sī chiuⁿ tsû. iā sī báng ê mîa. âm mûi, âm mûih,
ㄇㄛˊ, ㄇㄛˋ, ㄇㄨㄟˊ, ㄇㄨㄟˋ, 蝦蟆，蝦蟆，就是蟾蜍。也是蚊的名。蝦蟆，蝦蟆，
chiū sī sóe chiah ê chhân kap á, á sī tsúi koe.
就是小隻的田蛤仔，或是水蛙。

【蝥】mâu, thâng ê mîa, oē chia̍h chháu kun, kap 蝥 ji sio siang. Pan bâ.
ㄇㄠˊ, 虫的名，能食草根，与蝥字相同。盤蝥。

【螯】Gô, ngô, thâng ê mîa, i ê khak chhiah sek, súi ná gio̍k Pan tiám ná hoe, thó hái ê Lâng ēng hé Pû
ㄠˊ, ㄠˊ, 虫的名，牠的殼赤色，美如玉，斑點如花，討海的人用火煏
khak chiū khui, theh i ê bah Lâi chia̍h, kiò ku ngô. chit khoán thâng ê mîa, hái Gô.
殼就開，提牠的肉來食，叫車螯。一款虫的名，蟹。
sī ū tsat chiok ê oa̍h mi̍h ê tē it tùi kha Piⁿ ê, ná khîⁿ á oē ngoeh mi̍h á sī tsū oē.
是有節足的活物的第一對腳變的，如鉗仔能夾物，或是自衛。

螵	Phiau, ㄆㄧㄠ,	Phiau siau, chiū sī chháu kâu ê n̄ng ê siū pâng, thang ji̍p io̍h, tī sng chhiū ê kiò sng phiau siau, 虫票蛸；就是草猴的卵的巢房，可入藥，佇桑樹的叫桑螵蛸， pí kàu khah hó. chit khoán ba̍k tsa̍t ê kut, kiò tsòe hái phiau siau. 比較較好。一款墨鰂賊的骨，叫做海螵蛸。
蟋	Sek, Sih, ㄒㄧㄢ, ㄒㄧ,	Sek sut, sih sut. chit khoán sek ê, ná chhá meh, gâu háu. kang ê hó͘ tàu. 蟋蟀，蟋蟀。一款黑色的，如草蜢，𠢕哮。公的好鬥。
蟀	Sut, ㄕㄨㄞ,	Sih sut, chit khoán o͘ sek ê, ná chháu meh, gâu háu. kang ê chin hó͘ tàu. 蟋蟀，一款黑色的，如草蜢，𠢕哮。公的真好鬥。
蝃	tài, tè, ㄉㄞˋ, ㄉㄧˋ,	thâng ê miâ, tsôa ê ì sù. tài. tè tōng, chiū sī thiⁿ nih ê khēng. kap 蝀 tâng. 虫的名，蛇的意思，蝃。蝃蝀，就是天裡的虹。与蝀同。
螫	Sek, chhioh, ㄒㄧㄝ, ㄑㄧㄝ,	oē éng to̍k teng lâng ê thâng. sek sè chi thiông. phang, giat, hok tsôa lóng sī. 能用毒叮人的虫，螫噬之蟲。虫夆，蝎，虫复蛇攏是。 hok tsôa chhioh chhiú, chek tsām chhiú, kó͘ tsá i io̍h bô hoat ta̍t, khióng to̍k pa̍k tī kàu sí. 虫复蛇螫手，則斬手，古早醫藥無發達，恐毒入腹致到死。
螳	tông, ㄊㄤˊ,	thâng ê miâ, tông lông. chiū sī chháu kâu. tông pì tòng ku, put tsū niū lek. 虫的名，螳螂。就是草猴。螳臂當車，不自量力。
螬	tsô, ㄘㄠˊ,	thâng ê miâ, siⁿ tī pùn sò lāi, chê tsô. hûi chê tsô. 虫的名，生佇糞埽內，蠐螬。蛕蠐螬。
螿	chiong, chiuⁿ, ㄐㄧㄤ, ㄐㄧㄡˋ,	chhiu thiⁿ siân á, sek tī chhiⁿ hân chiong. nāi há bô, chiū sī chiⁿ tsū, siân sù. 秋天的蟬仔，色較青，寒螿。蟆蝦蟆，就是螿蜍，蟾蜍。
蟇	bô, bôk, muî, muih, ㄇㄛˊ, ㄇㄛˋ, ㄇㄨㄟˊ, ㄇㄨㄟˋ,	kap 蟆 sī sio siâng. 与蟆字相同。
螕	bek, ㄇㄛˋ,	chit khoán thâng ê miâ, chek bek hûi. 一款虫的名，蠈螕蜰。
蟴	sok, ㄙㄡˋ,	chit khoán thâng ê miâ, po̍k sok. 一款虫的名，虫僕蟴。
螼	khím, ㄑㄧㄣˇ,	chiū sī chit khoán tō ún ê miâ, khím ín. 就是一款杜蚓的名，螼蚓。
蟮	ian, ㄧㄢ,	thâng ê miâ, ian oan thâng. tōe miâ, ian ian. 虫的名，蟮蜿虫。地名，蟮淵。
蜬	ham, hâm, ㄏㄢ, ㄏㄢˊ,	chia̍h koe ê thâng, hioh tī sng á chhiū hio̍h téng. 食瓜的虫，歇佇桑仔樹葉頂。
蟅	chià, ㄓㄜˋ,	thâng ê miâ, sio̍k chháu meh ê lūi, ū sî tòa tī niáu chhú khang. 虫的名，屬草蜢的類，有時住佇貓鼠孔。
螲	chek, ㄓˋ,	chit hō͘ oē oân éng ê thâng, iā ē bùn khang ê thâng, chek tong. thô͘ ti tu. 一號能旋壅的虫，也能蟵孔的虫，螲蟷。土蜘蛛。
蝠	hu, ù, ㄏㄨ, ㄨˇ,	iàn á, chiān á. à sī tú á chhut ê niû á. 虫蔫仔，虫䗪仔。或是抵仔出的蠶仔。
蟉	Liú, Liû, ㄌㄧㄡ, ㄌㄧㄡˊ,	Lêng ê khoán, iú liú. kiaⁿ tín tāng ê khoan sit. 龍的款，蚴蟉。行振動的款式。
螰	Lo̍k, ㄌㄨˋ,	chit hō͘ am po chê; ū tsōe tsōe miâ, chhin chhiūⁿ kóng hê lo̍k. 一號蛤蜅蠐，牠有多多名，親像講蝦螰。
蟗	Lè, ㄌㄧㄢˋ,	thâng ê miâ. chia̍h mih siū thâng ê pīⁿ. 虫的名。食物受虫的病。
蜁	Soân, ㄒㄩㄢ,	thâng ê lūi, sio̍k ū khak ê mih, sòe sòe ê lê á. soân o. o gû. lô lê. 虫的類，屬有殼的物，小小的螺仔，蜁蝸。蝸牛，蛅螺。
蝤	chhu, ㄑㄩ,	chháu tsúi só͘ siⁿ ê thâng, chháu bah. tsúi chhu. kap 蛆 sio siâng ì sù. 臭水所生的虫，臭肉，水蝤。与蛆相同意思。
蟌	chhiong, ㄑㄧㄤˊ,	thâng ê miâ, ong chhiong. chiū sī gû bóng; i ê n̄ng siⁿ tī gû bé ê phê. 虫的名，螉蟌。就是牛蠓；牠的卵生佇牛馬的皮。
蟁	bûn, ㄨㄣˊ,	bâng, o͘ bui. i éng ū tsōe tsōe chiah tsòe hé teh pe. kap 蚊 sio siâng. 蚊，黑蠓。牠總有多多隻做伙咧飛。与蚊相同。
螾	ín, ㄧㄣˇ,	thâng ê miâ, khím ín. chiū sī tō ún. soaⁿ ín, chit hō͘ tsôa ê miâ 虫的名，螼螾；就是杜蚓。山螾，一號蛇的名
蟑	chiong, ㄓㄤ,	chháu thâng ê miâ, chiong lông. chiū sī ka tsoa̍h. 臭虫的名，蟑螂。就是蟉蠘。
蜜	bit, ㄇㄧˋ,	thâng ê miâ, bit pô. chiū sī piān hok. 虫的名，蜜蝆。就是蝙蝠。
	造字	借密字音成字。
蠟	chhia, ㄑㄧㄚ,	Pe̍h hiā chhia. hō͘ thâng chhia, thâng chhiūⁿ ê ì sù. iàn iàn chhia, bô sóng khoài ê khoán. ná chhia chhí. 白蟻蟭。狂虫蟭。虫嘹的意思。瘸瘸蟭，無爽快的款。如蟭蛆。

【螋】Pô, ㄆㄛˊ, thâng ê mîa, bit Pô。chiū sī Pian hok
虫的名，虫蜜虫婆。就是蝙蝠。

造字 借婆字音成字

補6畫【蚴】iú, 一ㄡˋ, Lêng ê khoan sit, iú Liú。kiāⁿ tín tāng ê khoan sit。
龍的款式，蚴蟉。行振動的款式。

補8畫【蜇】Chek ㄓㄜˊ, chit khoan thâng ê mîa, chek bek hûi
一款虫的名，蜇蟆蝟。

十二畫

【蟲】thiông, ㄊㄨㄥˊ, thâng ū oah mīa ê mih, ōe tín tāng oah mih ê tsóng mîa。thiông tī。thâng thoa。
太ㄤˊ，有活命的物，能振動活物的總名。蟲豸。蟲豸。
ū kha ê kiò thâng, bô kha ê kiò thoa。thâng Lūi ê tsóng chheng hō。khun thiông。
有脚的叫蟲，無脚的叫豸。蟲類的總稱呼。昆蟲。

【蟢】hí ㄏㄧˇ, thâng ê mîa, hí kiáⁿ。Siau Siau。chit chióng Lò kha ti tu。bú ê tī Piah tsòe Siū sīⁿ nn̄g,
虫的名，蟢子。蠨蛸。一種長脚蜘蛛。母的佇壁做巢生卵，
chit ê îⁿ îⁿ ná chîⁿ, só͘ í iā kiò Piah chîⁿ。iá jîn kìⁿ tioh hí kiáⁿ, í ūi hó tiāu thâu。
一個圓圓如錢，所以也叫壁錢。野人見着蟢子，以為好兆頭。

【蟥】hông ㄏㄨㄥˊ, má hông, thâng ê mîa, chiū sī tsúi chit, chiū sī Gô khí。
虫馬蟥，虫的名，就是水蛭，就是蜈蜞。

【蟪】hūi ㄏㄨㄟˋ, thâng ê mîa, hūi ko͘。sih sut ê khoan sit。
虫的名，蟪蛄。蟋蟀的款式。

【蟯】Giâu, jiâu, chhiô, Giô ㄍㄧㄠˊ, ㄖㄠˊ, ㄑㄧㄠˊ, ㄍㄧㄠˊ, Giâu, jiâu, jiâu thâng。chiū sī Pak tó͘ tiong chit khoan tóe ê thâng chhiô,
蟯，蟯，蟯虫。就是腹肚中一款短的虫。蟯
ka chhiô, chiū sī hái nih sòe chiah ê Giô á。Giô á。hún Giô。chiū sī ū khak ê mih, bûn kap
江蟯，就是海裡小隻的蟯仔。蟯仔。粉蟯。就是有殼的物，文蛤。

【蟣】kí, kí, ㄍㄧˇ, ㄐㄧˇ, kí tsú。chiū sī thâng ê kiáⁿ。tsúi tiong ê thâng。chit kí, Gô khí ê khoan sit。ōe jip
虫幾子。就是虫的子。水中的虫，蛭蟣，蜈蜞的款式。能入
Lâng bah ê kiò tsòe kí。
人肉的叫做蟣。

【蟟】Liâu, ㄌㄧㄠˊ, tiau Liâu, Sòe chiah Siān á。tòe mîa,
蛁蟟，小隻蟬仔。地名。

【蟒】Lîn ㄌㄧㄣˊ, chiū sī êng hé ê ì sù。ōe kng bōe sio
就是螢火的意思。能光燴燒

【蟒】bóng, báng, ㄇㄤˇ, ㄇㄤˇ, Bóng tsôa chiū sī chit hō tōa bé ê tsôa ê mîa。Lâng Lóng kiò i sī ông tsôa。tōa bâng,
蟒蛇 就是一號大尾的蛇的名。人攏叫牠是王蛇。大蟒，
chiū sī tsòe hì ê Lâng teh êng, chit Lêng ê tn̂g ô͘。tōa nia hiû iā ū Lâng kiò tsò tōa báng。
就是做戲的人咧用，繡龍的長襖。大領裘也有人叫做大蟒。

【蟠】hoân ㄈㄢˊ, âng tóe ê thâng。oan khiau kún Lûn tsoan ê khoan sit, hoân jiâu。chiàm tiàu teh, hoan kù。
甕底的虫。彎曲，滾輪轉的款式，蟠繞。佔跳咧，蟠踞。
hoân oán khut bih。hoân thô, Lâng kiò tsòe sian thô。hoân Liông, Poâⁿ khut khí Lâi ê Lêng
蟠蜿，屈。匿。蟠桃，人叫做仙桃。蟠龍，盤屈起的龍。

【蟚】Phêng, ㄆㄥˊ, chîm ê khoan sit, mô hōe Gô, chiū sī chîm kóng chit ki tōa chit ki sòe ê, Sīⁿ tī hái Pi。
蟳的款式，蟛蜞。螯，就是蟳管一支大一支小的，生佇海邊。

【蟛】Phêng, ㄆㄥˊ, kap téng bīn jī sio Siāng。
与 頂面字 相同。

【蟬】Siân ㄔㄢˊ, thâng ê mîa, thó mîa am Po͘ chê。chhiū siân。Siân á。kang ê Gâu hau。Siân thòe
虫的名，土名 蟾蜅蠐。樹蟬。蟬仔。公的勢哮。蟬蛻。

【蟮】Siān ㄕㄢˋ, thâng ê mîa, khiok Siān。chiū sī khiu̍n tō ún。Siān Lâng。chiū sī Siu kiong。
虫的名，曲蟮。就是蚯蚓，虹蚓。蟮虫，就是守宮。

【蟳】Sîm, chîm, ㄒㄧㄣˊ, ㄐㄧㄣˊ, chit khoan ū khak ê oah mih tī hái nih, chhin chhiūⁿ mô hōe。chîm á。âng chîm。chîm kóng ng
一款有殼的活物佇海裡，親像蟳蟹。蟳仔。紅蟳。蟳管黃
Pan chîm。chîm hó͘。chhiⁿ chîm。chhài chîm。
斑蟳。蟳虎。青蟳。菜蟳。

【蟫】îm, Sîm, thâm, chian, ㄧㄣˊ, ㄒㄧㄣˊ, ㄊㄢˊ, ㄐㄧㄢ, îm, Pêh hî。khí chhó ńg sek kàu Lāu seng khu ū hún ná Gûn, chiah hō tsòe
蟫，白魚。起初黃色到老身軀有粉如銀，即號做
Pêh hî。thâm, Pêh hî, ì sù Sio Siāng。iā chiū sī chian, chian thâng, chian á thâng, chian tsoah
白魚。蟫，白魚，意思相同。也就是蟫，蟫虫，蟫仔虫，蟫蠘，
chiū sī ōe hāi i saⁿ kap chheh ê thâng。iā ū kiò tō hî。Sîm tín tāng ê khoan sit。jóan jóan sîm sîm。
就是能害衣衫及冊的虫。也有叫蠹魚。蟫，振動的款式。蝡蝡蟫蟫。

蠲 kàn, ㄍㄢˇ, hái nih chit khóan ū khak ê oa̍h mih. thang sī" kôe, kàn kôe.
海裡一款有殼的活物。可鼓鮭，蠲鮭。

蟦 hùi, Pūi, ㄏㄨㄟˋ, ㄅㄨㄟˊ, thâng ê mîa. chhiū Pūi, chiū sī chit khóan chhàu hiàn ê thâng.
虫的名。樹蟦，就是一款臭嗽的虫。

𧒂 hū, ㄈㄨˋ, chiū sī thâng ê Lūi chhàu meh.
就是虫的類，草蜢。

蟦 hùi, bùn, hùi, ㄏㄨㄟˋ, ㄅㄨㄣˋ, chhut tī pak hái tsúi bīn, chhin chhiū" Gêng tiâu ê khoan sit, ū kiò tsòe tsúi bú.
蟦，出佇北海水面，親像凝跳的款式，有叫做水母。
bùn, bùn khang, bùn thô khang, káu hia bun khang. bùn chhut Lâi, bùn khui.
蟦，蟦孔。蟦土孔，狡蟻蟦孔。蟦出來，蟦開。

蟜 kiáu, ㄍㄧㄠˇ, thâng mîa, iau kiáu Lêng ê khoan sit. Lang ê sì".
虫名，夭蟜，龍的款式。人的姓。

蟨 koat, khoat, ㄍㄨㄚㄊ, ㄎㄨㄚㄊ, siù ê mîa, khang khang pē chiū tsáu ê siù.
獸的名，空空負就走的獸。

蟧 Lô, ㄌㄜˊ, Siok Lê ê Lūi Lô. thâng ê mîa tê Lô, chiū sī sòe chiah ê siān á.
屬蟝的類，蟧。虫的名，虭蟧，就是小隻的蟬仔。

蟱 bû, ㄅㄨˊ, chit khóan ê ti tu, i ê siū tsoh tī chháu nih, khut bû.
一款的蜘蛛，牠的巢作佇草裡，虫出蟱。

蟘 tek, ㄉㄜㄎ, chiah ng á hio̍h ê thâng, chiah hio̍h tek.
食秧仔葉的虫，食葉蟘。

蟞 Piat, Phiat, Phiah, ㄅㄧㄚㄊ, ㄆㄧㄚㄊ, ㄆㄧㄚ, thâng ê mîa, tsu Piat, tsu Phiat. chit khóan kau hīa. oē thò tsu. hoan ê mîa,
虫的名，珠蟞，珠蟞。一款狡蟻。能吐珠。番的名，
Phiah, chit khóan hái ku ê mîa, toā chiah Phiah. khí Lâi hái Pi" Soa tōe si" nn̄g
蟞，一款海龜的名，大隻蟞。起來海邊砂地生卵。

螓 Sú, ㄙㄨˊ, thâng ê mîa ûi sú.
虫的名，蝟螓。

蟰 Siau, ㄒㄧㄠ, thâng ê mîa, Siau Siau, tn̂g kha ti tu. chit mîa hí kiá".
虫的名，蟰蛸，長腳蜘蛛。一名，蟢子。

蟘 tek, ㄉㄜㄎ, kap 蟘 jī Sio Siāng, chiū sī chiah ng á hio̍h ê thâng, chiah hio̍h thâng
与蟘字相同，就是食秧仔葉的虫，食葉虫

蟺 tun, ㄉㄨㄣ, tsúi nih ê thâng, tun Gû. chit mîa tsúi Giat á.
水裡的虫，蟺蝸。一名 水蝎仔。

蟪 chin, ㄐㄧㄣ, thâng ê mîa, Gîo á ê khoan sit.
虫的名，蟯仔的款式。

蠵 chhùi, tsúi, ㄑㄨㄟ, ㄗㄨㄟ, chit khóan hái ku ê mîa chhùi hê. i ê khak ū hûn ná tāi Pōe. tàn sī khah bāi.
一款海龜的名，蠵蠵。牠的殼有紋，如瑇瑁。但是較呆。

蟴 Su, ㄙㄨ, thâng ê mîa, chiam Su. chhì mô thâng, i ê mn̂g oē tèng Lâng.
虫的名，蛅蟴。刺毛虫，牠的毛能叮人。

蟔 Pok, ㄅㄛㄎ, chit khóan sòe chiah thâng ê mîa, Pok sok.
一款小隻虫的名，蟔蝀。

十三畫

蠆 chhài, māi, ㄔㄞˋ, ㄇㄞˋ, thâng ê mîa, tsúi Giat á ê chit chióng ū to̍k. Pang ê mîa, Phang chhài, chhì ū to̍k. hong chhài.
虫的名，水蠍仔的一種有毒。蜂的名，蜂蠆，刺有毒。蜂蠆
tsúi chhài, chiū sī chhân í" ê iù kiá".
水蠆，就是蜻蜓的幼子。

蟶 chheng, than, ㄔㄥ, ㄊㄢ, chheng, thâng ê mîa, chhin chhiū" Gîo á ê khóan. than, Si" kha than, tek than, tah than.
蟶，虫的名，親像蟯仔的款式。蟶，生腳蟶。竹蟶。搭蟶。
than koa. than Phià". than á tsai. hiau than, mih kiā" Piàn hêng ê ì sù.
蟶乾。蟶坪。蟶仔栽。僥蟶，物件變形的意思。

蟹 hāi, hōe, ㄏㄞˋ, ㄏㄨㄝ, thâng ê mîa, chhin ê khán si. mô hōe hāi á. kim chî" hōe. mô hōe kiâ", hoâi" kiâ" ê ì sù.
虫的名，蟳的款式。蟛蟹。蟹仔。金錢蟹。蟛蟹行，橫行的意思。

蠁 hióng, ㄒㄧㄤˇ, tsai Sia" im ê thâng, hek hióng.
知聲音的虫，肸蠁。

蠍 iat, Giat, ㄧㄝ, ㄍㄧㄚㄊ, to̍k ê thâng ê mîa Giat á. tsúi Giat á. Giat á thâng.
毒的虫的名，蠍仔。水蠍仔。蠍仔虫。

蟻 Gī, hīa, ㄍㄧˊ, ㄏㄧㄚ, thâng ê mîa, chióng Lūi tsōe, Pe̍h hīa, âng hīa, O͘ hīa. káu hīa. kau hia oē hun kang
虫的名，種類多，白蟻，紅蟻，黑蟻。狡蟻。狡蟻能分工
ha̍p tsok, ū Lú ông hīa kang hīa ū ê tsòe kang ū ê Si" kiá".
合作，有女王蟻，工蟻，有的做工，有的生子。

虫畺	kiong, khiong, kiuⁿ ㄍㄧㄤ,ㄎㄧㄤ,ㄍㄧㄨ˙	niû á sí ê khoán sit Pe̍h Pe̍h tēng tēng, khiong chhâm. khiong. khiong Pe̍h. 蠶仔死的款式 白白碇碇，虫畺蠶。虫畺。虫畺白。 chhiah kiuⁿ, chhiah kiuⁿ á, chhâm á ê iông 赤虫畺，赤虫畺仔，蠶仔的蛹。
蠃	Lô, Lô, oan ㄌㄛˊ,ㄌㄛˊ,ㄨㄢ	chit hō Phang ê miâ, kó Lô. chiū sī sóe io ê Phang, ēng thô tsòe siū siⁿ kiáⁿ, kiò tsòe oan iuⁿ. 一號蜂的名，蜾蠃。就是細腰的蜂，用土做巢生子，叫做蠃蝓。 oan iuⁿ. oan iuⁿ thó. Lô, iā ēng tsòe 螺 jī. hái Lô. Lô si, chiū sī Lô si. 蜿蝓。蜿蝓土。蠃，也用做螺字。海蠃。蠃螄，就是螺絲。
蟾	Siâm, Siâm, chiuⁿ ㄒㄧㄢˊ,ㄒㄧㄢˊ,ㄐㄧㄨ	thâng ê miâ, siâm sû, siâm sû, chiuⁿ tsû. chiuⁿ tsû. tsúi koe ê khoán sit, 虫的名，蟾蜍，蟾蜍，蟾蜍。蟼蜍。水蛙的款式， Phê chho chho. iā kiò hâ bô. Phê ū to̍k thang tsòe io̍h, kiò tsòe Siâm So. 皮粗粗。也叫蝦蟆。皮有毒可做藥，叫做蟾酥。
蠋	chiok, Siok ㄓㄨˊ,ㄕㄨˊ	thâng ê miâ, te̍k chiok. chhiū chhâm á, chhiⁿ sek, chhin chhiūⁿ tsńg thâu á bé, khah Siōng tī 虫的名，蠨蠋。像蠶仔，青色，親像指頭仔尾，較常佇 tāu á Lāi bīn. sī hāi thâng. Lâng miâ, ông Siok 豆仔內面。是害虫。人名，王蠋。
蠈	chek ㄗㄜˊ	kap 蠈 jī Sio siâng. ài chia̍h tiū á tsat ê thâng, Lâng kiò tsòe ng̍ á thâng. 与蠈字相同。愛食稻仔節的虫，人叫做秧仔虫。
蠅	sêng, sîn ㄧㄥˊ,ㄧㄣˊ	toā tō͘ ū si̍t ê thâng oē Pe, siōng siōng thêng hio̍h Pùn Piàn chhàu mi̍h, chhàu chho ù oè, 大肚有翅的虫能飛，常常停歇佇糞便臭物，臭臊污穢， oē thoân jiám chi̍t Pīⁿ ê thâng, ū hô͘ sîn. kim sîn. chhong sîn. ū hô͘ sī hó͘. teh Liah hô͘ sîn 能傳染疾病的虫，有蜂蠅。金蠅。蒼蠅。有蜂蠅虎，咧捕蜂蠅 Lâi chia̍h, ti tu ê Lūi. ku sîn. Gû sîn 來食，蜘蛛的類。龜蠅。牛蠅。
靁虫	Lûi ㄌㄟˊ	chiū sī thâng ê miâ, 就是虫的名，
蟿	kè, khè, kè ㄍㄜˋ,ㄎㄜˋ	tsúi koe ê khoán sit. khè, khè chiong, thâng ê miâ, chháu me̍ á ê Lūi. 蟿，水蛙的款式。蟿，蟿螽，虫的名，草蜢仔的類。
蠉	hoân ㄏㄨㄢˊ	thâng teh sô ê khoán sit. tsúi tiong sòe bé ê chhiah thâng, koan hoân. tsúi chhu. 虫咧趖的款式。水中小尾的赤虫，蜎蠉。水蛆。
蠄	khîm ㄑㄧㄣˊ	chiū sī thâng ê miâ. 就是虫的名。
虫雷	Lûi ㄌㄟˊ	chiū sī thâng ê miâ. kap 靁虫 jī Sio Siâng. 就是虫的名。与靁虫字相同。
蟺	Siān ㄕㄢˋ	oan siān, chiū sī khiu ín. chiū sī tō͘ ún. thô͘ hōng, thô͘ Phang ê miâ, Siān Phang. 蜿蟺，就是蚯蚓。就是土蚓。土蠭，土蜂的名，蟺蜂。
蠊	Liâm ㄌㄧㄢˊ	thâng ê miâ, hui Liâm. chiū sī chiong Lông, chiū sī ka tsoa̍h 虫的名，蜚蠊。就是蟑螂，就是狡蠘。
虫會	koe ㄍㄨㄟ	koe Lun. chiū sī hái nih chi̍t hō oē chia̍h tit ê Lô Lê. Sek tī Phú Phú, khak ū hûn. 虫會蜦。就是海裡一號能食得的螺螺。色緻暗暗，殼有紋。

十四畫

自䖵	hū ㄏㄨˋ	kap 蛗 jī Sio Siâng. chiū sī thâng ê Lūi chháu meh. 与蛗字相同。就是虫的類，草蜢。
蠔	hô, ô ㄏㄠˊ,ㄠˊ	siⁿ tī hái Pīⁿ ê thâng oē chia̍h tit. ô. ô á. ū kiò bó Lē. ô khak thang sio 生佇海邊的虫，能食得，蠔。蠔仔。有叫牡蠣。蠔殼可燒 tsòe chio̍h hoe. ô á jîn, ô á Lîn. ô á bē. sī ô á kôe. ô á te 做石灰。蠔仔仁，蠔仔鱗。蠔仔糜。豉蠔仔鮭。蠔仔餅。
蠕	joân, jû, Loán ㄖㄨㄢˊ,ㄖㄨˊ,ㄌㄨㄢˇ	thâng kiâⁿ ê khoán sit, jû tōng. jû hêng. joân hêng tōng bu̍t, chiū sī chhin chhiūⁿ tō͘ ún 虫行的款式，蠕動。蠕行。蠕形動物，就是親像蚯蚓 ê bô chiok thâng Lūi. tín tāng, kún Lún tsūn, sô. sô Lô. kóng Lâng bān kha bān chhiú. 的無足虫類。振動，滾輪轉，趖。趖螺，講人慢腳慢手。 kok ê miâ. Lóan Lóan kok. sī Lóan Lóan tsio̍k, hiong Lô ê Pa̍t chióng. 國的名，蠕蠕國。是蠕蠕族，匈奴的別種。
蠓	bóng, bông ㄇㄥˇ,ㄇㄥˊ	chhàu tsúi só siⁿ ê thâng, chhin chhiūⁿ o bui. biat bóng. kui kûn teh Pe, sòe sòe chiah. báng á. 臭水所生的虫，親像烏蠓：蠛蠓。歸群咧飛，小小隻。蚊仔。 bóng ong hong, chiū sī kak Phang. 蠓螉蜂，就是蜾蜂。
蠙	Pîn ㄅㄧㄣˊ	siⁿ tsu ê thâng, tsu ê miâ. 生珠的虫，珠的名。
蠖	ho̍k ㄏㄨㄛˋ	chhun kiu ê thâng ê i sù. chhek ho̍k 伸縮的虫的意思。尺蠖

蠐	chê ㄑㄧˊ	tī Pù sò Lāi ê thâng, chê tsô. chiū chê, tī chhâ Lāi ê thâng, chiū sī Pèh hīa ê khoán sit. 佇糞埽內的虫，蠐螬。蠐螬，佇柴內的虫，就是白蟻的款式。 tī chhiū á téng ê thâng, Gâu háu, chhiū siān. àn Po khê. 佇樹仔頂的虫，𠢕哮，樹蟬。蜷蝻蠐。
蠘	chiat, chhih, tsoah ㄐㄧㄝˊ, ㄔ, ㄗㄨㄚˋ	chiat hái Lūi, hái lih ê oah mih, khoán sit chhin chhiūⁿ chîm. kha khah tn̂g, khak nn̄g pêng chiam kak, chîm kóng tn̂g ū kù khí, chhih á. ná so á, sớ í iā kiò so á hoe. 蠘，蟹類，海裡的活物，款式親像蟳。腳較長，殼兩旁尖角，蟳管長有鋸齒，蠘仔。如梭仔，所以也叫梭仔蟹。 tsoah, chit khoán ê chhau thâng, ka tsoah. chiū sī chiong lông. chian tsoah, hái ka tsoah, ka tsoah hiā... 蠘，一款的臭虫，狡蠘。就是蟑螂。蟑蠘，海狡蠘，狡蠘蠘。
蠘	chiat, chhih, tsoah ㄐㄧㄝˊ, ㄔ, ㄗㄨㄚˋ	kap téng bīn jī sio siāng. 與頂面字相同。
蠑	êng ㄧㄥˊ	chit hō thâng ê mîa, êng Gôan. ná siān lâng, sek ek. 一號虫的名，蠑螈。如蟮虫，蜥蜴。

十五畫

蠈	tèk ㄓㄜˊ	thâng ê mîa, tèk chiok. 虫的名，蠈蠋。
蠢	chhún, thún ㄔㄨㄣˇ, ㄊㄨㄣˇ	chhún tōng, tín tāng teh tsòe, thâng teh kiâⁿ. beh kiâⁿ beh tsòe, chhún chhún io̍k tōng. bô khiam sùn, Gōng, Gû chhún. Gû thûn. thûn chhâi. 蠢動，振動咧做，虫咧行。欲行欲做，蠢蠢欲動。無謙遜，戇，愚蠢。愚蠢。蠢材。
蠜	hoân ㄈㄢˊ	chháu meh ê iù thâng, chhin chhiūⁿ ka tsoah, lâng bat chia̍h. hū hoân. 草蜢的幼虫，親像狡蠘，人會食。負蠜。
蠚	hok ㄏㄜˋ	to̍k thâng, ōe tèng lâng, thiàⁿ. kńg chhiu chhin chhiūⁿ tsúi Giat á. 毒虫，能叮人，痛。捲鬚親像水蠘仔。
蠟	Liap, La̍h ㄌㄧㄝˋ, ㄌㄚˋ	bit Pô ê Phòng, Lian chiāⁿ ê. iû chi ê Lūi, ngī tēng. La̍h. bit La̍h. bo̍k La̍h. iû La̍h. La̍h tsóa. La̍h chek. La̍h tiâu. chio̍h La̍h. La̍h siōng. 蜜蜂的房，煉成的。油脂的類，硬碇。蠟。蜜蠟。木蠟。油蠟。蠟紙。蠟燭。蠟條。石蠟。蠟像。
蠆	ṉāi ㄔㄞˋ	to̍k ê thâng, māi nāi ê bé. tsúi Giat á ê bé. thâng hān chioh. 毒的虫，蠆蠆的尾。水蠘仔的尾。虫旱石。
蠡	Lé, Lê, Lô, Lé ㄌㄧˊ, ㄌㄧˊ, ㄌㄨㄛˊ, ㄌㄧˇ	chit khoán oē chia̍h chhâ ê thâng. Lé, hô Phiô, chiū sī iā Phiô. Lê Lê, kiâⁿ Pâi Lia̍t ê ì sù. Lé chhek, í Lé chhek hái, chiū sī kóng êng Phiô Lâi chhek Lióng hái tsúi, Pí jū, Lâng ê chhián kiàn. Lô kap 螺 thong. 蠡，一款能食柴的虫。蠡，瓠瓢，就是瓠瓢。蠡蠡，行排列的意思。蠡測，以蠡測海，就是講用瓢來測量海水，比喻，人的淺見。蠡，與螺通。
蠣	Lē ㄌㄧˋ	hái nih ê mih, chiū sī ô. ô á. bó Lē. khak thang sio hoe, iā thang tsòe io̍h. 海裡的物，就是蠔。蠔仔。牡蠣。殼可燒灰，也可做藥。
蠛	biat ㄇㄧㄝˋ	sòe sòe ê thâng, biat bóng. chhin chhiūⁿ bui, kui kûn teh Pe ê báng. 小小的虫，蠛蠓。親像黑蠅，歸群咧飛的蚊。
蟊	bô, mâu, bâ, kap 蝥 jī sio siāng. khòaⁿ 9 uih tsù. ㄇㄠˊ, ㄇㄚˊ	與蝥字相同。看九畫註。
齲	Giat ㄋㄧㄝˋ	chhùi khí ê Phòa pīⁿ chiū sī chiù khí. 嘴齒的破病，就是蛀齒。
蠠	bit ㄇㄧˋ	bián Lē Pún sin tio̍h chhut La̍t. Pek chhiat. 勉勵本身着出力。逼切。

十六・十七畫

蠩	tsû ㄓㄨ	kap 蠩・蜍 n̄ng jī sio siāng. chiūⁿ tsû. chiūⁿ tsû. 與蠩・蜍兩字相同。蟾蠩。蟾蠩。
蠹	tò ㄉㄨˋ	chiū sī oē kā mih ê thâng, tò hî. chhiū thâng, chiū ku. 就是能咬物的虫。蠹魚。蛀虫，蛀龜。
蠬	Lông ㄌㄨㄥˊ	Lông tiat, siù ê mîa. kau siú káu bé, ná hô Lî. 蠬蛭，獸的名。九首九尾，如狐狸。
蠭	hong, Phang ㄈㄥ, ㄆㄤ	kap 蜂 jī sio siāng. khòaⁿ 7 uih tsù. 與蜂字相同。看七畫註。
蠱	kó, tó ㄍㄨˇ, ㄉㄨˇ	thâng tī Pak tó Lāi. thâng kā Phāiⁿ ā khì khū. to̍k ê mih. Gî ngāi. kó hek. kó to̍k. 虫佇腹肚內。虫咬歹的器具。毒的物。疑訝，蠱惑。蠱毒。

		tiōng tó͘, tó͘ tiōng, chiū sī Pak-tó͘ tiù" tōa ê pī". 脹蠱，蠱脹，就是腹肚脹大的病。
蠮	iat, 一ㄝ，	thâng ê miâ, thô͘ Phang, iat ong. Sòe io ê Phang chiū sī oan iû" oan iû" Phang. 虫的名，土蜂，蠮螉。細腰的蜂，就是贏蝓。蜾蠃蜂。
蠲	koan, ㄍㄨㄢ，	nōa chháu si" ê thâng, hé kim ko͘ ê khoán sit, má koan thang. chheng khì, tû khì, 爛草生的虫，火金蛄的款式，馬蠲蟲。清氣，除去， kiat koan ûi hī êng sî jî koan 吉蠲爲饎。應時而蠲。
蟚	ûi 乂一，	thâng ê miâ, hui ûi. ūi hui ûi. ū sit oē Pe kiò ûi. 虫的名，飛蟚。蟚飛蟚。有翅能飛叫蟚。
蠥	Giat, 兀一ㄝ，	chhiū bak ê koài kiò tsòe iau, thang thōa ê koài kiò tsòe Giat. iu būn. 樹木的怪叫做祅，虫豸的怪叫做蠥。憂悶。
蠯	Pêng, ㄆㄥ，	Pâng, oeh tn̂g. Siok Gio á Lūi. 蚌，狹長。屬蟯仔類。
蠮	that, Lōa, ㄊㄚ，ㄌㄨㄞ，	thâng miâ, that chek. Giat á thâng. chhi" Lōa chiū sī chit khoán thâng ê miâ, bé ū kng. 虫名，蠮蠋。蠐仔虫。星蠮就是一款虫的名，尾有光。
蠦	Lô͘, ㄌㄨ，	hûi Lô͘ hûi chiū sī chiong Lông ê Pat miâ, chiū sī ka tsoah. Lô͘ tiân, chiū sī siu kiong, Siān Lâng. 蜚蠦肥，就是蟑螂的別名，就是狡蠘。蠦蟺，就是守宮，蝳虫。
補15畫 蟺	tiân ㄉ一ㄢ	Lô͘ tiân, chiū sī Siu kiong. chiū sī Siān Lâng. 蠦蟺，就是守宮，就是蝳虫。 chek bek hûi, chit khoán thâng ê miâ 虫蚅肥，一款虫的名

十八—廿二畫

蠵	hê, ㄏㄝ，	chiū sī tōa chiah ku, hê ku. chhin chhiū" tāi Pōe, ū hûn. 就是大隻龜，蠵龜。親像玳瑁，有紋。
蠶	chhâm, chhêng, niû, ㄘㄢ，ㄑ一ㄥ，ㄋ一ㄡ，	oē thò͘ si kiat kian ê thâng. chhâm si, niû ê si. ioh miâ, kiong chhâm. chhâm tāu, 能吐絲結繭的虫。蠶絲，蠶的絲。藥名，宮蠶。蠶豆， chiū sī bé khí tāu. Soa chhêng, chit khoán hái soa ê thâng. chham khoà" jī tsù kái 就是馬齒豆。沙蠶，一款海沙的虫。參看蚕字註解。
蠹	tò͘, ㄉㄨ，	kap 蠹 jī sio siāng. chiū sī oē kā mih ê thâng, tò͘ hî. i hî kā sa" kā chheh 與蠧字相同。就是能嚙物的虫，蠹魚。衣魚，嚙衫，嚙冊， chiū thâng, chiū sī chiân á chiân thâng. 蛀虫，就是蟫仔，蟫虫。
蠸	Lân, ㄌㄢ，	chiū sī thâng ê miâ, 就是虫的名，
蠻	bân, ㄇㄢ，	Kó͘ tsá Lâm hng ê chéng tsok, bân î. Chiáu miâ, bân bân. Lâng ê sì". áu bân. Phiⁿ khàm Lâng 古早南方的種族，蠻夷。鳥名，蠻蠻。人的姓。拗蠻，偏蓋人 ê ì sù. bân hōai" hōai" bân 的意思。蠻橫。橫蠻。
蠡	Lê, Su, ㄌ一，ㄙㄨ，	iû iân thâng ê Pat miâ, iā kiò tsòe tióng Lî 蚰蜒虫的別名，也叫做蛣蠡。
蠿	Giat ㄫ一ㄝ，	kā, khòe. Giat mih, thâng teh chiah mih ê khoán sit. khî á chián mih ê khoán sit. 嚙，嚙。蠿物，虫啲食物的款式。鉗仔剪物的款式。
蠾	chiok, Siok ㄐ一ㄛ，ㄒ一ㄛ，	khah tóe kha ê ti tu. niû á iah ê thâng. ka tsoah. 較短脚的蜘蛛。蠶仔蝶的虫。狡蠘。
蠘	chiat, chhih, tsoah, ㄐ一ㄝ，ㄑ一ㄝ，ㄗㄨㄚ，	chîm chhih, chhih á. chiū sī mō͘ hōe ê Lūi. kap 蠘 Sio siāng ì sù. 蟳蠘，蠘仔。就是蟳蟹的類。與蠘相同意思。 ka tsoah. chiū sī chhàu thâng, chiong Lông 狡蠘。就是臭虫，蟑螂。
18畫 蠶	Gûi ㄫㄨ一，	chit chióng tsài chhâm, kio tsòe Goân chhâm chit miâ Gûi chhâm. chhiū Gûi. bak sat chhiò 一種再蠶，叫做原蠶一名叫魏蠶。樹蠶。木虱笑 chhiū Gûi chiū sī bô thang khoa kháu ê ì sù. 樹蠶，就是無可誇口的意思。
蠻	oan, ㄨㄢ，	chit khoán thâng ê miâ ian oan 一款虫的名，蜿蠻。

血 部 143

【血】hiat, huih ㄏㄧㄚ, ㄏㄨㄧ; hiat ek 血液。huih 血：chiū sī tōng but seng khu lāi chit chióng âng sek ê ek thé 就是動物身軀內的一種紅色的液體。sì mīa hoeh ê tōng la̍t 性命的動力。huih me̍h 血脈。hiat khì 血氣。hiat ap 血壓。huih kun 血肋。huih tsúi 血水。hiat thóng 血統。hiat ān 血案。hiat su 血書。hiat lūi 血淚。huih kiû 血球。huih hêng 血型。huih koa" 血汗。thak hoeh sio siāng 讀血相同。

三·四 畫

【卹】sut, ㄒㄩ; ìu būn sa" thiā" 憂悶相參。thé thiap 体貼；lîn bín 憐憫。siá sì 捨施。thé sut 體卹。jī sìn 字姓。

【衁】hong ㄏㄨㄤ; chiū sī huih 就是血。iû bô huih ê ì sù 羊無血的意思。thó ke iông, ek bû bong iā 土刲羊，亦無衁也。

【衄】jio̍k, lo̍k ㄖㄨ, ㄌㄨ; phī" khang lâu huih 鼻孔流血。ēng lāi ê khì khū siong hāi 用利的器具傷害。kia" 驚；pāi hoāi 敗壞。

【衂】jio̍k, lo̍k ㄖㄨ, ㄌㄨ; kap téng bīn jī sio siāng ì sù 与項面字相同意思。

【衃】phoe ㄆㄟ; gêng huih 凝血；huih pāi hoāi tsū chip ê huih sek âng o͘ 血敗壞聚集的血色紅黑。o͘ tò sek ê huih 黑黯色的血。

五·六 畫

【衅】hùn ㄒㄧㄣ; chè hiàn ê huih 祭獻的血；boah khì khū 抹器具；hô 糊。ēng hé lâi hun 用火來燻；tāi chì 事誌；in toa" 因端；tín tāng 振動。

【衇】be̍k ㄇㄛ; huih me̍h 血脈，huih kiâ" tī kun lāi 血行佇肋內。kap 与 脈 sio siāng 相同。lâu tsúi ê kau á 流水的溝仔，tsúi be̍k 水衇。lâi liông khì be̍k 來龍去衇。

【衆】chiòng, chèng, chiòng lâng ㄓㄨㄥ, ㄓㄥ; 衆人。tāi chiòng 大衆；to sò ê lâng 多數的人。chiòng seng 衆生。hô chiòng 和衆。sī chiòng 示衆。chèng lâng 衆人。

【衉】khek ㄎㄜ; chiū sī bīn lâu huih ê ì sù 就是面流血的意思。

【衈】jī ㄦ; thâi koe huih 殺雞血，chè hiàn ê mîa 祭獻的名。hī á huih 耳仔血，hī pī" ê mn̂g 耳邊的毛。

十四—十 畫

【衊】jio̍k, lo̍k ㄖㄨ, ㄌㄨ; kap 与 衄·衂 nn̄g jī sio siāng ì sù 兩字相同意思。phī" khang lâu huih 鼻孔流血。pāi hoāi 敗壞。

【衊】bia̍t ㄇㄧㄝ; phī" khang huih 鼻孔血，o͘ huih 黑血。gé tsō tsōe mîa lâi hām hāi lâng 捏造罪名來陷害人，ù bia̍t lâng 污衊人。hùn oe bia̍t biān 糞穢衊面；ēng pùn piān phoah bīn 用糞便潑面。bia̍t sī 衊視，ke̍k khin sī 極輕視。

【盡】hek ㄏㄜ; chiū sī siong thià" ê ì sù 就是傷痛的意思。pi siong ai thòng ê ì sù 悲傷哀痛的意思；bîn bóng put hek siong sim 民罔不盡傷心。

【盡】hek ㄏㄜ; kap téng bīn jī sio siāng ì sù 与項面字相同意思。

【盡】hek ㄏㄜ; kap téng bīn nn̄g jī sio siāng 与項面兩字相同。

【鉈】tô ㄊㄨㄛ; huih tô chiū sī huih kiân kiân 血鉈就是血凝凝，gêng tsòe hé ê ì sù 凝做伙的意思。 造字

行 部 144

【行】hâng, hêng, hēng, kiâ", tsōa ㄏㄤ, ㄒㄧㄥ, ㄒㄧㄥ, ㄍㄧㄚ, ㄗㄨㄚ; pâi lia̍t kiâ" 排列行，kui tūi 歸隊，hâng ngó͘ 行伍。seng lí kè siàu 賣理價數，hâng chêng 行情。ū keng giām 有經驗，lāi hâng 內行。tiàm hō 店號，pò͘ hâng 布行。gûn hâng 銀行。siong hâng 商行。hoa̍h chìn chêng 跨進前，hêng 行。kiâ" 行。kiâ" lō͘ 行路。hêng kun 行軍。chìn hêng 進行。hêng chìn 行進。bīn siòng 面相，ngó͘ hêng 五行。kim bo̍k tsúi hé thó͘ 金木水火土。tsòe sū 做事，hêng ûi 行為。kiâ" lō͘ 行路。kiâ" ta̍h 行踏。kiâ" hó 行好。sî kiâ" 時行。kiâ" lé 行禮。kui tsōa 歸行。chiâ" tsōa 成行。chi̍t tsōa 一行。

三·四 畫

【衎】khàn, khán ㄎㄢ, ㄎㄢ; khán 衎，chiū sī sìn sit ê oē 就是信實的話。khàn 衎，khàn khàn 衎衎。hoa" hí 歡喜，khoa" oa̍h 快活，tsū tsāi 自在。khàn jiân 衎然，tīa" tiōh 定着。

衍 ián 一ㄢ， im tsúi，tsúi móa，tsōe tsōe，kóng ián。bān ián。bí hó，pûi，ián ak。Lō chhó tsòe sū，hu ián。
淹水，水滿，多多，廣衍。蔓衍。美好，肥，衍沃。潦草做事，敷衍。

衎 hông ㄏㄨㄥˊ chiū sī thiòng Lók bô hoân Ló ê Lâng。hông ián
就是暢樂，無煩惱的人。衎衎。

衏 iân 一ㄢ khoài Lók ê Lâng，hông iân。
快樂的人，衎衏。

五·六畫

衒 hiān，hiân ㄒ一ㄢ，ㄒ一ㄢ， kā kì kú chiàn，tsū hiān。khoa kháu，Phìn Phóng，hiān iāu。pâi chhut，hoat bōe，hiān hêng。
佮己舉薦，自衒。誇口，品謗，衒耀。排出，發賣，衒行。

術 Sūi，Sút ㄙㄨㄟˋ，ㄕㄨˋ， chit bān ñg chheng gō Pah ke chit sūi。sút，hong hoat，kì gē，kì sut。kì Lêng gē sut
二萬二千五百家做一術。術，方法，技藝，技術。技能，藝術。
hoat sut，siâ sut。Sǹg siàu，Sǹg sut。kan kè，sim sut。tsoan giap ê oē，sut gú。
法術，邪術。算數，算術。奸計，心術。專業的話，術語。

衖 hāng ㄏㄤˋ， Lō kap Lō tiong kan ê Lō，hāng Lōng。
路及路中間的路，衖弄。

街 kai，ke，koe ㄍㄨㄞ，ㄍㄝ，ㄍㄨㄝ， thong sì hng ê Lō，koe Lō。koe chhī。toā ke sió hāng。ke thâu hāng bé。ke hong
通四方的路，街路。街市。大街小巷。街頭巷尾。街坊
chhù Pin thâu bé。chhì siù ê mia thian kai chhì。
厝邊頭尾。星宿的名，天街星。

衘 kiok ㄐ一ㄝˊ， chiū sī Pîn tōan iā siān ê ì sù
就是貪惰，厭倦的意思。

衕 tōng ㄊㄨㄥˊ， ē bīn ê ì sù koe Lō。Sió hāng ê ì sù，hô tōng
下面的意思。街路。小巷的意思，衚衕。

七一九畫

衙 Gâ，Gê ㄧㄚˊ，ㄧㄝˊ， bú koaⁿ khia khí ê kì hō。Pān sū ê só tsāi，Gê mn̂g。koaⁿ Gê。Gê iah。Lâng ê sì Gâ。
武官豎起的旗號，辦事的所在，衙門。官衙。衙役。人的姓衙。

衕 ióng 一ㄥˊ， hāng Lō，Lō ê chiàⁿ Gîm。
巷路，路的正矜。

衝 chhiong，cheng ㄑ一ㄨㄥ，ㄐ一ㄥ， khui khoah ê toā Lō，iàu chhiong。Siú tong kì chhiong。chiàn tsûn。Sio thāi ê chhia，chhiong
開闊的大路，要衝。首當其衝。戰船，相殺的車，衝
hong。hoâiⁿ chhiong tit tōng。chhiong chhia。Saⁿ cheng，Sio cheng，cheng tióh，Sa khap ê ì sù。
鋒。橫衝直撞。衝車。相衝，相衝，衝着，相磕的意思。

衚 hô，ô ㄏㄨˊ，ㄨˊ， chiū sī hāng Lō ê ì sù。ô tōng。
就是巷路的意思。衚衕。

衜 tō ㄉㄠˋ， Só kiaⁿ ê Lō，kap 道 Sio Siāng。in chhōa，tī Lí，hoat tō，kong gī，in iû。khòaⁿ chhiok Pō。
所行的路，与道相同。引導，治理，法度，公義，因由。看辵部。

十畫

衛 Ōe ㄨㄟˋ， Pó hō，tiuⁿ tî，hông oē。ah sàng，kéng oē。hông tó，oē Siú。oē Peng，oē Sū。oē seng
保護，張持，防衛。押送，警衛。防堵，衛守。衛兵。衛士。衛生。

衠 tun ㄓㄨㄣ， chin chiàⁿ，sì chiàⁿ，bô chhap tsap ê ì sù
真正，四正，無嘈雜的意思。

衡 hêng ㄏㄥˊ， bì bák ê tiong kan，Phīⁿ ê Só tsāi。Pîⁿ Pîⁿ，Pêng hêng。thàu hoāiⁿ，Liân hêng。niú chhin ê khì khū，tō niú hêng
眉目的中間，鼻的所在。平平，平衡。透橫，連衡。量秤的器具，度量衡。
chhek thian bûn ê khì khū。khó Liōng，koân hêng。Pêng kun，kun hêng。
測天文的器具。考量，權衡。平均，均衡。

衟 tō ㄉㄠˋ， kap 衛 Sio Siāng，iā kap 道 Sio Siāng。chhiáⁿ chham khòaⁿ chhiok Pō。
与衛相同，也与道相同。請參看辵部。

衞 Ōe ㄨㄟˋ， kap 衛 jī Sio Siāng。
与衛字相同。

十一一廿二畫

衡 hêng ㄏㄥˊ， 衡 ê Siók jī。
衡的俗字。

衝 chhiong，cheng ㄑ一ㄨㄥ，ㄐ一ㄥ， kap 衝 Sio Siāng ì sù
与衝相同意思。

衢 kû ㄑㄩˊ， sì bīn saⁿ thong ê Lō。toā Lō。kû tō。koe kû。chhìⁿ ê mia，thian kû chhìⁿ
四面相通的路。大路。衢道。街衢。星的名，天衢星。

衝 Pōng ㄆㄥˋ， Sio Pōng，ñg ê Lâng Sio Pōng，Saⁿ tú ê ì sù。hé chhia Sio Pōng。
相衝。兩個人相衝，相遇的意思。火車相衝。 造字

【衙】 nīu, ㄋㄧㄡ; tsòe Gī nīu, chiū sī Lâng êng êng bô tāi chì tsòe, chhē chit sió khòa khang khè tsòe ê ì sù
做誼衙，就是人閒閒無事誌做，尋一個小許工課來做的意思。
thèh chhíu kang tsòe Gī nīu. bô Gī nīu bóng tap chhùi kó.
提手工做誼衙。無誼衙蹔搭嘴鼓。

造字 借裏字來成字。(jī Lâi Sêng jī)

補7畫 【衚】 Giap, ㄫㄧㄚㄆ; Saⁿ Lâng teh kiâⁿ, chit ê Giap tī tiong ng. Giap tī tiong ng tsòe bô á Sim
三人哋行，一個衚佇中央。衚佇中央做磨仔心。 造字

衣衤部 145

【衣】 i, ī, ui, ㄧ, ㄧˊ, ㄨㄧ; oá tī Seng khu téng bīn Saⁿ, i chiūⁿ. Siōng bīn ê kìo i, ē bīn ê kìo tsòe chiūⁿ. i hòk.
倚佇身軀頂面的衫；衣裳。上面的叫衣，下面的叫做裳。衣服。
Iàngiàn Hiàn êng, ì sù sī, chhēng, chhēng saⁿ. ui, thai ui, Gín á ui, ui tòa, ui bōe ioh.
衣錦榮用，意思是，穿，穿衫。衣，胎衣，囝仔衣，衣帶，衣賣藥。
thai ui, chiū sī thai Poâⁿ ê ì sù
胎衣，就是胎盤的意思。

二·三 畫

【衦】 Liáu, ㄌㄧㄠˊ; khàm kha kut ê Pò, kiáu Liáu. Sòe nía khò. khò thúi.
蓋腳骨的布，衩衦。小領褲。褲腿。

【卒】 tsut, tsút, ㄗㄨㄊ, ㄗㄨㄊˊ; kap 卆.卒 Sio siang. tsut, Gō Lâng tsòe ngó. Gō ê ngó tsòe tsut. Peng tsut. chhe iàh,
与卆.卒相同。卒，五人做伍，五個伍做卒。兵卒。差役，
chīn Liáu, tsut Giap, Pō tsut. tsùt, kóaⁿ kín, chhong tsùt. hut jiân. tiap á kú
盡了，卒業，暴卒。卒，趕緊，倉卒。忽然。躡仔久。

【衤】 è, ㄝ; Sa á ku. Se hē, au tāi, hō ê. Hn̄g oán ê Só tsāi, Sù è chi tōe.
衫仔裾。世系，後代，後裔。邊遠的所在，四裔之地。

【衩】 chhà, ㄔㄚ; Saⁿ ê chhah, chhiu ng, Saⁿ á kûn.
衫的插，手允，衫仔裙。

【表】 Piáu, Pió, ㄅㄧㄠˇ, ㄅㄧㄛˇ; Gōa bīn ê Saⁿ. Gōa bīn, Gōa Piáu, Piáu bīn. chhut hiān, Piáu Lō. tsàu chiong. chhut su Piáu.
外面的衫。外面，外表，表面。出現，表露。奏章，出師表。
kóng bêng, Piáu bêng. Piáu hiān. chhin chhek, Piáu hia bē. Pio chiong. tsu Pió. Pió toaⁿ. kap Pió thong.
講明，表明。表現。親戚，表兄妹。表彰。書表。表單。与錶通。

【衫】 Sam, Saⁿ, saⁿ, ㄒㄧㄚㄇ, ㄒㄧㄚˊ, ㄒㄧㄚ; Seng khu Só chhēng ê mih, saⁿ á khò. i saⁿ. i Sam. i San Lâm Lúi, Phòa nōa ê
身軀所穿的物，衫仔褲。衣衫。衣衫。衣衫襤褸，破爛的
ì sù. tn̂g Saⁿ, tóe saⁿ. chhēng Saⁿ, thìng Saⁿ. chhìn San.
意思。長衫，短衫。穿衫，脫衫。襯衫。

【衦】 thok, ㄊㄛㄎ; thián khui ê saⁿ. thiap chhìn tī Seng khu ê tn̂g ê saⁿ, kiò tsòe thok Saⁿ.
展開的衫。貼襯佇身軀的長的衫，叫做衦衫。

四 畫

【衷】 thiong, tiong, ㄊㄧㄛㄥ, ㄉㄧㄛㄥ; Lāi Saⁿ, Lā bīn, Sì chiàⁿ. iû tiong, tùi Sim Lāi tóe ê Piáu tat. Sêng khún, thiong
內衫，內面，四正。由衷，對心內底的表達。誠懇，衷誠
sêng. kong Pêng Phòaⁿ tòan, chiat tiong, tiong sim, chin Sêng.
公平判斷，折衷。衷心，真誠。

【衯】 hun, ㄈㄨㄣ; Saⁿ toā nía ê ì sù, tn̂g Saⁿ ê khoan sit.
衫大領的意思，長衫的款式。

【袂】 hu, hû, ㄈㄨ, ㄈㄨˊ; thâu chêng ê Saⁿ ku. khò. Siânhuk. Si khò. kiàm Sok, hû jiâu.
頭前的衫裾。褲。襲袂。襲褲。劍束，袂繞。

【衽】 jīm, ㄖㄣˋ; Saⁿ á ê heng chêng, saⁿ ê ku. khún ê chhioh chhōng jīm. khún koaⁿ chhâ ê mih.
衫仔的胸前，衫的裾。睏的蓆，牀衽。捆棺柴的物。

【衵】 jit, Lek, Lék, ㄖㄧㄊ, ㄌㄝㄎ, ㄌㄝㄎˊ; tàk jit só chhēng ê saⁿ, Pêng Siông chho Pò ê saⁿ. Lek, Lék, hū jîn Lâng Lāi bīn ê saⁿ
逐日所穿的衫，平常粗布的衫。衵，衵，婦仁人內面的衫。

【衸】 kài, ㄍㄞ; Pó Saⁿ. tn̂g saⁿ ê khóan sit.
補衫。長衫的款式。

【衿】 kim, khim, ㄍㄧㄣ, ㄎㄧㄣ; Saⁿ ê Liù, Saⁿ á ê nía, saⁿ á tòa. Sin khim. tùi khim. Khàm heng khám saⁿ á ku.
衫的鈕，衫仔的領，衫仔帶。身衿。對衿。蓋胸坎的衫仔裾。

【衾】 khim, ㄎㄧㄣ; toā nía Phē. kah Phē, Phē toaⁿ. khàm Sí Lâng ê Phē á.
大領被。甲被，被單。蓋死人的被仔。

【袞】 kún, ㄍㄨㄣˇ; hông tè ê Saⁿ. kún bián. kún, kún Siuⁿ, kún Liâu, kún ām nía, kún Pò Pīⁿ.
皇帝的衫。袞冕。袞，袞鑲，袞絛，袞頷領，袞布邊。

袂 māi, ㄇㄞˋ, chhíu ńg, chhíu kiu, Poa" khui ê ì sù, hun khui, hun māi.
手袖，手縮，搬開的意思。分開，分袂。

衲 Lap, ㄌㄚˋ, ēng soàⁿ tèng Pò, Pò thīⁿ, Pó Lap. tsòe oê tóe, Lap oê tóe. hê siūⁿ tsū khiam ê oē;
用線釘布，補縫，補衲。做鞋底，衲鞋底。和尚自謙的話；
Lāu Lap. hê siūⁿ ê saⁿ kiò tsòe Lap.
老衲。和尚的衫叫做衲。

衰 Soe, Sui, ㄕㄨㄞ, ㄘㄨㄟ, Loán jiòk, Soe jiòk. nî Lāu ê Lâng, Soe Lāu. Soe thòe. Pāi hoāi, Soe Pāi. Sū Giap
軟弱，衰弱。年老的人，衰老。衰退。敗壞，衰敗。事業
Sôe, ㄗㄨㄛ, boat Loh, Soe Loh. tòa hà ê saⁿ, tsâm sui. chê sui. kiàh bōe khí thâu, sôe bé.
没落，衰落。带孝的衫，斬衰。齊衰。擧繪起頭，衰尾。

衺 Siâ, ㄒㄧㄝˊ, bô sī chiàⁿ ê ì sù. kan ìm ê Liām thâu, Siâ Liām. kap 邪 Sio Siāng.
無四正的意思。姦婬的念頭，衺念。与邪相同。

袁 oân, ㄩㄢˊ, tn̂g saⁿ ê khoán sit, chhēng tn̂g saⁿ ê khoán sit. Lâng ê sìⁿ oân.
長衫的款式，穿長衫的款式。人的姓袁。

表 oân, ㄩㄢˊ, kap téng bīn jī Sio Siāng.
与頂面字相同。

衧 hong, ㄏㄨㄥˊ, Pháng se, bāng si. ēng môa Pháng chiàⁿ si.
紡紗，網絲。用麻紡成絲。

衵 jiám, Liám, ㄖㄢˇ, ㄌㄧㄢˇ, saⁿ á iân, hū jîn Lâng kè ê sî chhēng ê saⁿ, si ê kûn
衫仔緣，婦仁人嫁的時穿的衫，絲的裙。

衱 kiap, kip, ㄐㄧㄚˊ, ㄐㄧˊ, saⁿ á ki, saⁿ á ām kún ê niá.
衫仔裾，衫仔領頸的領。

袀 kun, ㄐㄩㄣ, tsòe Peng Lâng ê saⁿ, tiong téng ê Peng. Pêng siōng ê saⁿ
做兵人的衫，中等的兵。平常的衫

衬 tó, ㄉㄡˇ, chiū sī saⁿ ê chhíu ńg ê ì sù.
就是衫的手袖的意思。

䘰 ńg, ㄥ, chiū sī saⁿ ê chhiu ńg. saⁿ siù. saⁿ ê chhíu Pī Pō hūn.
就是衫的手袖。衫袖。衫的手臂部份。

造字 借仚的白話音成字。

五畫

衿 chín, ㄐㄧㄣ, Sò sek ê saⁿ, toaⁿ têng ê saⁿ, siùⁿ saⁿ ê iân, ū hoe ê saⁿ.
素色的衫，單重的衫，鑲衫的緣，有花的衫。

袟 tiat, ㄉㄧㄝˊ, Pau chheh ê kun, chheh chih, chit hong ê chheh, chhù sū.
包冊的巾，冊摺，一封的冊，次序。

袚 hut, Poat, ㄈㄨˊ, ㄅㄛˊ, khò thúi khò, jia kha thâu u, hoan ê i chhiūⁿ, chhin chhiūⁿ khò thúi.
褲腿褲，遮脚頭臼，番的衣裳，親像褲腿。

袨 hiān, hiân, ㄒㄩㄢˋ, ㄒㄩㄢˊ, ńg sek ê saⁿ, hó ê saⁿ, O ê saⁿ.
黄色的衫，好的衫，黑的衫。

袈 ka, ke, ㄐㄧㄚ, ㄍㄜ, hê siūⁿ ê hoat i, ka sa, ke se.
和尚的法衣，袈裟。袈裟。

袪 khu, ㄎㄨ, chhíu ńg bé, ńg siū. saⁿ á ku.
手袖尾，袖袖。衫仔裾。

衮 kún, ㄍㄨㄣˇ, kap 袞 Sio Siāng, hô tè ê saⁿ. kúm bián. kún, siùⁿ kún, kún Liâu, kún ām niá, kun Piⁿ.
与袞相同，皇帝的衫。袞冕。袞，鑲袞，袞條，袞頷領，袞邊。

袜 biat, boat, biat, boat, ㄇㄧㄝˋ, ㄇㄛˋ, hâ io ê kun, chhin chhiūⁿ Lâng hâ tī seng khu ê Pò. boat tō, boat heng.
袜，袜，縖腰的巾，親像人縖佇身軀的布。袜肚，袜胸。
bòeh, ㄨㄚˋ, bòeh chiū sī chhēng tī kha ê kha tōe. sī 襪 jī ê kán siá.
袜就是穿佇脚的脚袋。是襪字的簡寫。

袌 bō, ㄅㄠˋ, io tòa téng bīn ê saⁿ. kah á. tn̂g ê saⁿ. Lâm kàu Pak ê tn̂g kiò tsòe bō. tang sai kiò tsòe Kóng.
腰带頂面的衫。袔仔。長的衫。南到北的長叫做袤。東西叫做廣。

袢 Phoàn, ㄆㄢˋ, saⁿ bô sek, jiàh saⁿ. saⁿ tsōe tsōe ê khoán sit.
衫無色，熱衫。衫多多的款式。

袍 Pâu, Phâu, Pô, Pâu, ㄆㄠˊ, ㄆㄠˊ, 袍, 袍, tn̂g hiū. Lāi bīn ê saⁿ. tn̂g Phâu. thò Phâu. Phâu koà. Phê Phâu. iûⁿ ko Phâu.
長表。内面的衫。長袍。套袍。袍褂。皮袍。羊羔袍。
bé tê Phâu. kî Phâu. Pô, Liông Pô. chiū sī hông tè kìan tiâu ê saⁿ.
馬蹄袍。旗袍。袍，龍袍。就是皇帝見朝的衫。

袑 Siâu, ㄒㄧㄠ, khò. saⁿ á ê tùi khim ê ì sù.
褲。衫仔的對襟的意思。

被 Pī, Phī, Phē, Lâng khùn teh khàm ê sa", Pī hōk, mî Phē, Phī hōk, Phē toa", Pī jiok, têng
ㄅㄧˋ, ㄆㄧ, ㄆㄧˇ, 人睏的蓋的衫，被服。棉被。被服。被單。被褥，頂
Phōe, kah ê tiàm ê. Pī kò, Pī hāi, Siū kò ê Lâng, Siū hāi ê Lâng, kah Phē, chhu Phē.
ㄆㄟ，甲下墊的。被告，被害，受告的人，受害的人。甲被，趄被。

袖 Siū, Siù, chhiú ńg, siū. Sa" ê siang chhiú Pō hūn. thâu Lâng, thóng siù. Léng siū. Siù tin
ㄒㄧㄡˋ, ㄒㄧㄡˋ, 手袖，袖。衫的双手的部份。頭人，統袖。領袖。袖珍，
Sòe hêng mih, Siù chh Pōng koan, khiā Pin á tsòe êng Lâng.
小型的物。袖手旁觀，竪邊仔做閒人。

袋 tāi, tē, tóe mih ê khì khū, tē, tē á. Pò tē. chîn tē. bí tē. tāi sī bûn im.
ㄉㄞˋ, ㄉㄧㄝˋ, 貯物的器具，袋。袋仔。布袋。錢袋。米袋。袋是文音。

袒 thán, Lut chhiú ńg, thìng theh, thán thek Lō thêng. Phian Su, Phian thán, thán Pì, thán chhin.
ㄊㄢˇ, 捋手袖。褪裼，袒裼裸裎。偏私，偏袒。袒庇。袒親。

袙 kap, kah, Lāi bīn Sa", Su tòk sa", tóe ńg ê sa", kah á. hīu kah. kah Phē.
ㄍㄚㄆ, ㄍㄚㄏ, 内面衫，私獨衫，短袖的衫，袙仔。裘袙。袙被。

粒 Liáp, Sa" á Phòa khang ê ì sù. Liáp Sap.
ㄌㄧㄚㄆ, 衫仔破孔的意思。粒䊽。

衿 Léng, Sa" á niá, hū jîn Lâng khí thâu kè Só chhēng ê téng bīn sa". ē bīn kûn.
ㄌㄧㄥ, 衫仔領。婦仁人起頭嫁所穿的頂面衫：下面裙。

帕 Phà", báng tà, bán tà. hoe Phè. thâu kun. Pau thâu khak ê tsng thā".
ㄆㄚˋ, 蚊帳，蚊罩。花帕。頭巾。包頭殼的装飾。

袥 thok, kha thâu u, khui Sa" ê niá. khoan toā.
ㄊㄛㄎ, 脚頭骭，開衫的領。寬大。

裝 tsu, Sa" bô thian khui, Sa" bô chhun. Sa" kau Liú á ê ì sù.
ㄗㄨ, 衫無展開，衫無伸。衫鈎鈕仔意思。

袚 Poàt, hoan ê i chiū", chhin chhiū" khò thúi. jia khàm kha thâu u.
ㄅㄨㄚㄊ, 番的衣裳，親像褲腿。遮蓋脚頭骭。

袎 áu, iàu, ôe téng bīn ê Phê. bêh ê bêh chhiū". bêh iàu
ㄚㄨ, ㄧㄚㄨ, 鞋頂面的皮。襪的襪橋，襪袎

六 畫

袾 tsu, âng Sa". Sa" ê sin. tóe sa hó khòa".
ㄗㄨ, 紅衫。衫的身。短衫好看。

袱 hòk, Pau sa" ê Pò, hòk, Pau hòk. Pau hòk kun. hū tam, Phāi" Pau hòk
ㄏㄛㄎ, 包衫的布，袱，包袱。包袱巾。負擔，揹包袱

衽 jîm, kap, Sio siāng, khòa" 4 uih tsù. chha chhíu chhin chhiū hū jîn Lâng kiâ" Lé.
ㄖㄧㄇ, 与衽相同，看四畫註。叉手親像婦仁人行禮。

袽 jû, Phòa Sa", ēng Lâi that tsûn ê Lāu khang.
ㄖㄨ, 破衫，用來塞船的漏孔。

袷 hiap, kiap, khap, Siang têng ê sa", kiap hīu. tsòe Sa" kiap Lāi Lí. kiap Pò. kiap Lí. Sio kiap
ㄏㄧㄚㄆ, ㄍㄧㄚㄆ, ㄎㄚㄆ, 双重的衫，袷裘。做衫袷内裡。袷布。袷裡。相袷。
kap, Sa kap. kap Pò. kap tsōa. kap hûn.
相袷。袷布。袷縒。袷紋。

袺 kiat, khiat, chiū sī tn̂g sa" ê ì sù,
ㄍㄧㄚㄊ, ㄎㄧㄚㄊ, 就是長衫的意思，

袼 kok, koh, Gín á sa". chhiú ńg. koh ē. Pâng. chhah koh. tiàu kho
ㄍㄛㄎ, ㄍㄛㄏ, 囝仔衫。手袖。袼下。䙱。插袼。吊袼

袴 khò, khòa, Pau kha kut ê Pò, Sa" á khò, kûn khò, chhēng tī ê sin ê ì hòk. jia khàm n̄ng kha kap kha
ㄎㄛˋ, ㄎㄨㄚˋ, 包脚骨的布，衫仔袴，裙袴，穿佇下身的衣服。遮蓋兩脚及尻扅
chhng. kap 褲 Sio Siāng ì sù. khòa sip khiā bé só chhēng chit khoán ê khò.
与褲相同意思。袴褶，騎馬所穿的一款的袴。

裂 Liat, Lèh, Lòeh, Lih, Pò chiàn chhai ū chhun. thiah khui, Phòa, Liat khai. Phò Liat. thiah Lih. Lih khui.
ㄌㄧㄝˋ, ㄌㄝˋ, ㄌㄨㄝˋ, ㄌㄧˋ, 布剪裁有剩。拆開，破，裂開。破裂。拆裂。裂開。
Lih hûn. khih khih Lih Lih. Lèh, Lòeh, Lèh hûn. oá" Phòa Lèh. Lòeh Lòeh kiò, Phòa ê sia" im.
裂紋。缺缺裂。裂，裂，裂紋。碗破裂。裂裂叫，破的聲音。
Lûi kong Siám sih Lèh chit sia". koah Po Lê Lòeh chit ē.
雷光閃爍裂一聲。割玻璃裂一下。

裒 Pô, Phô, tsū chip, tsōe tsōe, kiám chió.
ㄆㄡˊ, ㄆㄡˊ, 聚集，多多，減少。

裀 in, chiū sī Sa" á ê Lāi Lí. khàm tī jiok á téng bīn ê thán á, in jiok.
ㄧㄣ, 就是衫仔的内裡。蓋佇褥仔頂面的毯仔，裀褥。

裁 chhâi, tsâi, ㄘㄞˊ, ㄗㄞˊ — ka Pò tsòe saⁿ, 鉸布做衫；chián chhâi, 剪裁。chhâi hông, 裁縫。chhâi saⁿ, 裁衫。kiám chió, 減少；chhâi kiám, 裁減；tsún tsat, 準節；chhâi tō, 裁度。
Phah Sǹg, 打算；chhâi tēng, 裁定。tsū sat, 自殺；tsū tsâi, 自裁。Phòaⁿ su iâⁿ, 判輸贏；chhâi Phòaⁿ, 裁判。chhâi koat, 裁決。

袻 jî, ㄖㄦˊ — chiū sī saⁿ á ku ê ì sù. 就是衫仔裾的意思。

䙝 ê, ㄝ — saⁿ tn̂g ê khóan sit, 衫長的款式。tn̂g ê Phê tòa, 長的皮帶。

裉 khùn, ㄎㄣˋ — saⁿ á kap tsōa ê ì sù, 衫仔袷縫的意思。tī koh ē ê kap tsōa, 佇胳下的袷縫；Sat khùn, 煞裉。

袑 káu, kiáu, ㄍㄠˇ, ㄐㄧㄠˇ — Sòe niá ê khò, 小領的褲；tóe khò, 短褲；Lāi bīn khò, 内面褲。

袿 kui, ㄍㄨㄟ — tn̂g tn̂g ê saⁿ, 長長的衫；hū jîn Lâng teng bīn niá ê saⁿ, 婦仁人頂面領的衫。chhiú ńg, 手袖。

袽 jû, ㄖㄨˊ — Phòa saⁿ, 破衫；ēng Lâi that tsûn ê Lâu khang, 用來塞船的漏孔。

褋 tó, ㄉㄨㄛˇ — hâm tó, 褔褋，chiū sī chhiú ńg ê ì sù, 就是手袖的意思。

裥 Lông, thóng, ㄌㄨㄥˊ, ㄊㄨㄥˇ — Lông, 裥；khò thúi, 褲腿；kha siū, 腳袖；saⁿ á kûn, 衫仔裙。Pī Lông, 襣裥。thóng, 裥，tóe chhiú ńg ê saⁿ, 短手袖的衫。

袉 Lau, ㄌㄠˊ — Pau Lau, 包袉，chiū sī Pau tsòe hé ê ì sù, 就是包做伙的意思。

造字 借老字来成字。

七 畫

裎 têng, théng, ㄔㄥˊ, ㄊㄥˇ, ㄊㄥˋ — thêng têng, thêng, 裎；Lō têng, 裸裎；chiū sī thǹg Pak theh ê ì sù, 就是褪腹裼的意思。hiàn heng, 袒胸；thán thêng, 袒裎。
thêng Pē, 裎佩，saⁿ ê tòa, 衫的帶。thêng i, 裎衣，chiū sī bô Lí ê saⁿ, 就是無裡的衫；Lāi bīn ê saⁿ, 内面的衫。

裝 tsong, tsng, ㄗㄨㄤ, ㄓㄨㄤ — tsong, 裝；chhēng Saⁿ, 穿衫。tsong Sok, 裝束。hòk tsong, 服裝。Pau tsong, 包裝。toan tsong, 端裝。tsong Pān, 裝扮。tsong tì, 裝置。tsong hông, 裝潢。
tsng hè, 裝貨。tsng thā, 裝飾。tsng tsāi, 裝載。tsng Pīⁿ, 裝病。tsng teng, 裝燈。tsng siu, 裝修。

裔 è, ㄧˋ — kap, 與；è, 裔，Sio Siang, 相同。saⁿ á ku, 衫仔裾。sè hē, 世系；au tāi, 後代；hō è, 後裔。Pian oán ê só tsāi, 邊遠的所在；sù è chi tōe, 四裔之地。

裘 kiû, hiû, ㄑㄧㄡˊ, ㄏㄧㄡˊ — ēng Phê tsòe Saⁿ, 用皮做衫。Phò mî kâu ê saⁿ, 舖綿厚的衫。Siang têng ê saⁿ, 双重的衫。Phê hiû, 皮裘；mî hiû, 綿裘；kiap hiû, 袷裘。iû ko hiû, 羊羔裘。

裙 kûn, ㄑㄩㄣˊ — hā Pō ê saⁿ, 下部的衫。saⁿ á kûn, 衫的裙；Lô kûn, 羅裙；Chioh Liû kûn, 石榴裙。hâ kûn, 縖裙。ûi su kûn, 圍私裙。

裍 khún, ㄎㄨㄣˇ — Sêng chiū, 成就。khún Pak, 裍縛。saⁿ á ku, 衫仔裾。

裡 Lí, nih, ㄌㄧˇ, ㄋㄧ — saⁿ ê Lāi têng, 衫的内重。Lāi bīn saⁿ ê Lí, 内面衫的裡；Lāi Lí, 内裡。Gōa Lí, 外裡。裏 ê Siók jī, 裏的俗字。Lí èng Gōa hap, 裡應外合。
chiū sī Lāi Sîn thong Gōa kúi ê ì sù, 就是内神通外鬼的意思。Lō nih, 路裡。hái nih, 海裡。Soaⁿ nih, 山裡；tī Góa ê chhù nih, 佇我的厝裡。

裏 Lí, ㄌㄧˇ — Saⁿ ê Lāi têng, 衫的内重；Lāi Lí, 内裏。Lāi bīn ê ì sù, 内面的意思。Piáu Lí, 表裏；Piáu Lí it tì, 表裏一致；Lāi Gōa Sio Siang, 内外相同。

裊 niáu, ㄋㄧㄠˇ — ū Lâng kóng chiū sī chhim chhim, 有人講就是深深；hn̄g hn̄g, 遠遠；iù iù ê ì sù, 幼幼的意思。niáu niáu, 裊裊，iô Lâi iô khì ê khóan sit, 搖來搖去的款式。niáu Lô, 裊娜，
jū hū jîn Lâng ê thé thāi súi, 喻婦仁人的體態美。niáu niáu têng têng, 裊裊婷婷。

補 Pó, ㄅㄨˇ — siu Lí Phòa Saⁿ, 修理破衫，Pó thīⁿ, 補綻。Pang tsān, 幫助，bī Pó, 彌補。that bat, 塞密；Pó ūi, 補遺。ke thīⁿ, 加添；thīⁿ Pó, 添補。Pó ioh, 補藥。

袈 Sa, se, ㄕㄚ, ㄕㄜ — hê siū teh chhēng ê saⁿ, 和尚咧穿的衫；ka sa, 袈裟。ke se, 袈裟。

裋 sū, ㄕㄨˋ — Phòa sa, 破衫；Saⁿ tn̂g tn̂g ê ì sù, 衫長長的意思。

裛 ip, ㄧˋ — Saⁿ ê Lak tē, 衫的囊袋。tīⁿ tiâu, 纏縛。chheh ê tē á, 書的袋仔。

裕 jū, ㄖㄨˋ; i bût chhiong móa, hó giàh, hù jū, khoan khoah, khoan jū, oān oān, jū jû, iû jū.
衣物充滿。好額，富裕。寬闊，寬裕。緩緩，裕如。優裕。

裌 kiap, ㄍㄧㄚˊ; tùi khim ê sa", kah a. kap thong.
對衿的衫，裌仔。与袷通。

𧛞 sau, sàu, ㄒㄧㄠ, ㄒㄧㄠˋ; sau, khò thâu. sa" ê tùi khim. sa" á nia ê ì sù. sàu, Poà" sàu, chheng Poà" sàu
𧛞，褲頭。衫的對衿。衫仔領的意思。𧛞，半𧛞，穿半𧛞
sa" khò chhēng Poà" sàu.
衫褲穿半𧛞。

䘸 tsō, ㄗㄜˋ; tē á thang tóe sa" á khò, chhin chhiū Pau hok.
袋仔可貯衫仔褲，親像包袱。

八畫

綻 tiān, ㄉㄧㄢˋ; kap tsōa Lih khui. Phòa Lih. Pāng, thī".
衿綴裂開。破裂。縫，綻。

褔 chhiong, moa, ㄔㄨㄥ, ㄇㄨㄚ; Phi chhiong, Pho tī sin chiū", moa sa", moa tōa báng, moa hiu á, moa Loh khì, moa hō ì.
披褔；帔佇身上；褔衫，褔大蒙；褔裘仔，褔落去，褔雨衣。
tōa moa, sió moa, moa tsang sui, hō moa.
大褔，小褔。褔棕蓑。雨褔。

裯 tiu, to, ㄉㄧㄡ, ㄉㄠ; tiû, tiu, Phē toa", báng tà ê ì sù. to, chiū sī sa" ê chhiu ńg. tiû, tí tiû,
被，裯，被單，蚊帳的意思。裯，就是衫的手䘼。裯，袛裯，
tóe ê sa", Lāi bīn ê sa", khò á.
短的衫，內面的衫，褲仔。

製 chè, ㄓˋ; ka Pò tsòe sa", chiàn chè. chè i. tsòe mih kiā". chè tsō. chè Phín. chhòng chè. chè tsok.
鉸布做衫，剪製。製衣。做物件，製造。製品。創製。製作。

裶 hui, ㄈㄟ; sa" á tn̂g ê khoán sit, sa" á thoa thô kha.
衫仔長的款式，衫仔拖土腳。

褂 kòa, ㄍㄨㄚˋ; tùi khim gōa bīn ê tóe sa". bé kòa. chhēng tn̂g sa" thah bé kòa. khah ū tī chè tián ê sî chhēng.
對衿外面的短衫：馬褂。穿長衫疊馬褂。較有佇祭典的時穿。

裹 kó, kò, ㄍㄨㄛˇ, ㄍㄨㄛˋ; kau tîn, khún Pak. Pau kó. Pau bāt. hoe chháu só kiat chí ê Pâng Lāi. Liok iap chí kò.
交纏，捆縛。包裹。包密。花草所結的子的房內，綠葉紫裹。

裸 Lō, khō, ㄌㄨㄛˇ, ㄎㄜ; Lō thé, bô chhēng sa" khò, thǹg Pak theh ê ì sù. chhiah khō khō, chiū sī chhiah thé bô jia tsàh
裸體，無穿衫褲，褪腹裼的意思。赤裸裸，就是赤體無遮截
ê ì sù. Lō Lō, bô am khàm ê ì sù. chhiah Lō Lō.
的意思。裸露，無奄蓋的意思。赤裸裸。

裴 Pâi, Pôe, ㄆㄟˊ, ㄆㄟˊ; thong 徘 jī. chìn thè, khì m̄ chìn chêng, Pâi hôe. Pôe, tn̂g sa" ê khoán sit. Lâng ê sì".
通徘字。進退，去毋進前，裴回。裴，長衫的款式。人的姓。

裨 Pi, Pî, ㄅㄧ, ㄆㄧˊ; Pi, Pó sa" chiap, Pi Pó. Pi ek. Lī ek. hù tsó ê Lâng, Pi hù. sòe, Pi sió.
裨，補相接，裨補。裨益。利益。副佐的人，裨輔。小，裨小。
Pì ông, sió kok ê ông. Pì hái, sió hái. kì" hông tè ê bō, Pì bian. Lâng ê sì". Pi.
裨王，小國的王。裨海，小海。見皇帝的帽，裨冕。人的姓裨。

褾 Piáu, kiáu, ㄅㄧㄠˇ, ㄍㄧㄠˇ; hū jîn Lâng ê nia kun, hō Piáu. ēng kô Pè tsóa á sī Pò hō Liâm tsòe hé, Piáu kô.
婦仁人的領巾，帍褾。用糊褙紙或是布互粘做伙，褾糊。
Pè chhak, kiáu Pè, Piáu Pè, tsng tsu ūi, kiáu tsng, tsong Piáu
褙㯃，褾褙。褾褙。裝書畫。褾裝，裝褾。

裳 Siông, chiū", ㄕㄤˊ, ㄔㄤˊ; ē Pō ê sa", kûn khò. Liok i hông siông. i hok, i siông, i chiū".
下部的衫，裙褲，綠衣黃裳。衣服，衣裳。衣裳。

裼 thek, theh, ㄊㄧˋ, ㄊㄧˋ; sa" á hiàn khui, hiàn chhiú kut, bô chhēng sa", thán thek. thǹg Pak theh. thǹg theh.
衫仔掀開，掀手骨，無穿衫，袒裼。褪腹裼。褪裼。
khang chhiú Peh theh chit Phì" thi", Pí jū bô khò tsó sán Phah Piā". khì theh theh.
空手白裼一片天，比喻無靠祖產打拚。去裼裼。

裰 toat, ㄉㄨㄛˊ; chiū sī Phòa sa" ê ì sù. Pó toat. tō cheng teh chhēng ê tn̂g Phàu, tit toat.
就是破衫的意思。補裰。道僧咧穿的長袍，直裰。

裓 ek, ㄍㄜˊ; Pāng, kun, nia kun, chhiú ńg ê ì sù. ek hông.
縫，衮，領巾。手䘼的意思。裓縫。

裧 chhiam, thâm, ㄔㄢ, ㄊㄢˊ; moa sa", ū mn̂g ê Pò. khàm chhia ê tiù" ûi. ûi Pòi ê iân Pī".
蓑衫，有毛的布。蓋車的帳圍。帷布的緣邊。

裺 hām, ㄏㄢˋ; chiū sī chhiu ńg ê ì sù, hām tó.
就是手䘼的意思，裺褬。

䙀 Peng, ㄅㄥ; kín kip ê khoán sit, Peng kip.
緊急的款式，䙀急。

𧝊 Lam, Lom, ㄌㄚㄇ, ㄌㄛㄇ; Lom sa", Lam sa". ke thah sa" ê ì sù. Lom Loh khì, chhēng kè khì ê ì sù.
𧝊衫，𧝊衫。加疊衫的意思。𧝊落去，穿過去的意思。 造字

裾 ku, ki ㄍㄨ, ㄍㄧ
i hók cheng āu sûi Loh ê só͘ tsāi, sà ⁿ á ki, tn̂g ki, té ki, î ki。Phē toaⁿ, kiau ngō͘。
衣服前後垂落的所在，衫仔裾。長裾，短裾，圓裾。被單，驕傲

裸 chhiám ㄑㄧㄢˇ
ké chí ê mîa, chhin chhiūⁿ kam。
果子的名，親像柑。

裪 tô, thô ㄊㄠˊ, ㄊㄠˊ
chiū sī saⁿ ê chhiú n̂g ê ì sù。thô koat。
就是衫的手袖的意思。裪襬。

䙃 tok ㄉㄨㄛˊ
Pâng saⁿ ê ka chiah nīa。Pē soh á ê ì sù。
縫衫的尻脊骨。𧙈索仔的意思。

裺 iám ㄧㄢˇ
Saⁿ ê Lāi ku á, chhiú n̂g。
衫的內裾仔，手袖。

九 畫

複 hok ㄈㄨˋ
Siang têng saⁿ, saⁿ Lāi bīn ê Lí。Siang têng, tiōng hok。koh tsāi。hok tsap, mâ hoân。
双重衫，衫內面的裡。双重，重複。㑹再。複雜，麻煩。

褉 hē ㄒㄧˋ
chiū sī Lāi saⁿ, su té saⁿ。hē jū。
就是內衫，私底衫。褉襦。

褐 hat ㄏㄜˊ
eng tōe á chit bēh, chho͘ pò͘, m̂ng pò͘, moâ pò͘。Pîn chiān ê Lâng, hat hu。
用苧仔織襪，粗布，毛布，蔴布。貧賤的人，褐夫。

褍 joān, Loán ㄖㄨㄢˇ, ㄌㄨㄢˇ
Pâng saⁿ, thīⁿ saⁿ。Lāi bīn saⁿ。té saⁿ。
縫衫，紩衫。內面衫。短衫。

褌 kun, khun ㄍㄨㄣ, ㄎㄨㄣ
chhēng tī n̄ng ki kha ê téng bīn, pàt tī iōe tiong kan, chiū sī kûn。
穿佇兩支腳的頂面，縛佇腰的中間，就是裙。

褒 Po ㄅㄠ
tn̂g saⁿ, tōa ku phàu。jī sìⁿ。o Ló, po so。po chiáng。po siúⁿ。po pián。
長衫，大裾袍。字姓。謳咾，褒抄。褒獎。褒賞。褒貶。

褓 pó ㄅㄠˇ
sòe hàn gín á ê saⁿ, gín á ê phē。kiong pó。iáng kun。iáu teh chiah Lin tiong ê ín á。
細漢囝仔的衫，囝仔的被。襁褓。繈巾。猶咧食奶中的嬰仔。

褙 Pòe, pè ㄅㄟˋ, ㄅㄜˋ
Pòe, pè, pòe, té saⁿ, saⁿ m̄ sī tīu ê。n̂ng n̂ng, kóng oē un jiû ê ì sù。hiān tāi oē kiò pòe sim。
褙，短衫，衫毋是綢的。軟軟，講話溫柔的意思。現代話叫褙心。
pè, piáu pè。kiáu pè。chiū sī pè tsóa, pè kô͘, pè pò͘, pè piah。tòng tsu ūi tsòe chhák á。
褙，裱褙。裱褙。就是褙紙，褙糊，褙布，褙壁。裝書畫做𧙈仔。

褊 Pián ㄅㄧㄢˇ
Saⁿ á, sòe, oēh, chhín。pián hiap。pián siáu。saⁿ tín tāng ê khoán sit, pián chhian。
衫仔，小，狹，淺。褊狹。褊小。衫振動的款式，褊襳。

褘 ûi ㄏㄨㄟ
hông hō͘ chè hiàn ê ì chiúⁿ。hông hō͘ téng bīn ê gōa saⁿ ê ì sù。ûi i。
皇后祭獻的衣裳。皇后頂面的外衫的意思。褘衣。

褄 iau ㄧㄠ
chiū sī saⁿ khioh kéng ê ì sù。
就是衫抾景的意思。

褎 iū, siù ㄧㄡˋ, ㄒㄧㄡˋ
súi ê saⁿ hó chhēng chhah, iū jiân。sit bu̍t chhiong sēng, ki hioh tn̂g, thák siù。siù tāng。
傢的衫好穿插，褎然。植物昌盛，枝葉長。讀褎与袖同。

褕 jû ㄩˊ
chiâu m̂ng tsng thāⁿ ê saⁿ。tít ku, súi, hó khoàⁿ。chhiam jû。jû i。
鳥毛裝飾的衫。直裾。傢，好看。襜褕。褕衣。

褑 oān ㄨㄢˋ
Pē gék ê tòa。gōa bīn téng ê tòa, thang pàk tsng thāⁿ ê mih。pē khim。pē kàu。
佩玉的帶。外面重的帶，可縛裝飾的物。佩衿。佩絞。

褅 tè, thè ㄉㄧˋ, ㄊㄧˋ
tè, chit khoán ê phē, á sī jiók á ê ì sù。thè, hông tè chè sū ê mîa。
褅，一款的被，或是褥仔的意思。褅，皇帝祭事的名。

裝 tsong ㄓㄨㄤ
siu khǹg, pák, pau, hêng lí, tsong pān。chhēng saⁿ, hok tsong。toan tsong。kap 妆 sio siāng。
收藏，縛，包，行李，裝扮。穿衫，服裝。端裝。与妆相同。

褡 chhap ㄑㄧㄚ
saⁿ, téng pē khioh kéng。ēng tòa Lâi hâ io。
衫，重倍抾景。用帶來縛腰。

褚 tó, thú, tsú ㄉㄨˇ, ㄔㄨˇ
tó, thú, tsú, Lâng ê sìⁿ。thú, siu khǹg saⁿ ê mih, siōng thú, tiong thú, hē thú。khàm koaⁿ chhâ ê mih, thú bō͘。ēng mî á tsng jlp saⁿ ê kiap tsân Lāi bīn, mî hiû ê khoán sit。
褚，人的姓。褚，收藏衫的物，上褚，中褚，下褚。蓋棺材的物，褚幕。用綿仔裝入衫的裌層內面。棉裘的款式。

褆 sī ㄕˋ
i chhiúⁿ súi ê khoán。i hók toan chiàⁿ ê khoán sit。
衣裳傢的款。衣服端正的款式。

褟 tō ㄊㄚ
chiū sī bô chhiú n̂g ê saⁿ ê ì sù。
就是無手袖的衫的意思。

褖 thoàn ㄊㄨㄢˋ
iān ê saⁿ, o͘ saⁿ iān âng pò͘, thoàn thoàn。chè hiàn ê i chhiúⁿ。tè á。súi。
緣的衫，黑衫緣紅布，褖褖。祭獻的衣裳。袋仔，傢。

褗 ián ㄧㄢˇ
saⁿ ām kún ê nía, kó͘ tsá Lâng ēng tsap sek ê sòaⁿ Lâi siù。ián nía。
衫頷頸的領，古早人用雜色的線來繡。褗領。

補 九畫 補 Pó͘ ㄅㄨˇ
Saⁿ khò͘ ê kha, chhiú n̂g bé ê chih pí, kiò tsòe pó͘。áu pó͘。siuⁿ té ài siān pó͘。pàng pó͘。
衫褲的腳，手袖尾的摺邊，叫做補。拗補。過短愛攤補，放補。

造字 衣借甫音成字。

十畫

褫 thí, ㄊㄧˇ; chhiùⁿ saⁿ, toat i 「chiong tiâu sam thí chi」。thǹg saⁿ, thoat khui, thí thoat。Lut chit 搶衫，奪衣「終朝三褫之」。褪衫，脫開，褫脫。罷職
thí chit。theh tiāu, thí thoat。thí phek, sam hûn chhit phek khì liâu liâu。
褫職。提掉，褫奪。褫魄，三魂七魄去了了。

褉 hê, hē; chiū sī chhiú-ńg, io tòa ê ì sù。
ㄏㄝˊ, ㄏㄝ; 就是手袖，腰帶的意思。

褱 hoâi; mih pau tī saⁿ ê tiong-ng。懷 ê pún jī。ngōeh, kui oá, tē á
ㄏㄨㄞˊ; 物包佇衫的中央。懷的本字。挾，歸倚，袋仔。

褥 jio̍k, lio̍k; chhì tiām, pò͘ tiām, chhn̂g jio̍k, phē jio̍k, oá khò, chhia jio̍k。jio̍k á, thán á。Lio̍k á,
ㄖㄨˋ, ㄌㄨˋ; 蓆墊，布墊，牀褥，被褥。依靠，車褥。褥仔，毯仔。褥仔，
sió jî ê saⁿ。in jio̍k。jio̍k chhong, phòa pīⁿ kú tó bîn chhn̂g tī kàu phê hu nōa。
小兒的衫。裀褥。褥瘡，破病久倒眠牀致到皮膚爛。

褰 khian, khan; kûn, khò, hian khí, kiu oá。hian kûn khò lâi kè tsúi。khian siông siap chin。khian chhiú
ㄑㄧㄢ, ㄎㄧㄢ; 裙，褲，掀起，縮倚。掀裙褲來過水，褰裳涉溱。褰裯。

褧 kéng; chi̍t niá saⁿ, bô lāi lí ê saⁿ, gōa bīn ê saⁿ。i kím kéng i
ㄐㄩㄥˇ; 一領衫，無內裡的衫，外面的衫。衣錦褧衣。

褲 khò; kap 袴 sio siāng。pau kha kut, khàm kha chhng; hòk, kûn khò, saⁿ á khò。
ㄎㄨˋ; 与袴相同。包腳骨，蓋尻川的衣服，裙褲，衫仔褲。

褦 nāi; ēng phê tsòe saⁿ。tōa niá saⁿ; joa̍h thiⁿ chhēng kôaⁿ saⁿ, nāi tāi。gū gōng ê khoán sit。
ㄋㄞˋ; 用皮做衫。大領衫；熱天穿寒衫，褦襶。愚戇的款式。

褭 niáu; ēng si tòa tsòe bé chhiu。hó bé, iáu niáu。
ㄋㄧㄠˇ; 用絲帶做馬鞦。好馬，騕褭。

褡 tap, tah; sòe sòe niá ê phē。hoâiⁿ tap。saⁿ phòa ê ì sù。tah, tah liân。chiū sī kó liân sio siāng
ㄉㄚ, ㄉㄚˋ; 小小領的被。橫褡。衫破的意思。褡，褡褳。就是𦈢褳相同
tah tsóa, tha pò͘, tah piah tsóa, tah tsu ūi
褡紙，褡布，褡壁紙，褡畫畫。

褪 thùn, thǹg; i chhiùⁿ thoat khui, thǹg saⁿ。hoe tiau siā, hoa thùn tsân hông。sek thoat lo̍h, thòe sek。
ㄊㄨㄣˋ, ㄊㄥˋ; 衣裳脫開，褪衫。花凋謝，花褪殘紅。色脫落，褪色。
thòe, thǹg theh, thǹg pak theh。
ㄊㄨㄝˋ; 褪裼，褪腹裼。

褯 chià, se̍k, sе̍h, sê; pau eⁿ á ê saⁿ, á sī phē á。chià tsú。chhan se̍k。se̍h, sê, ām se̍h。chiū sī
ㄐㄧㄝˋ, ㄒㄧˋ, ㄒㄧˊ; 包嬰仔的衫，或是被仔，褯子。襯褯。褯，褯，頷褯，就是
ām sê ê ì sù。chiū sī sòe hàn gín á lâu nōa, thò tī heng chêng ê pò͘ kun。
頷褯的意思。就是小漢囡仔流涎，套佇胸前的布巾。

褢 hoâi; chhiú-ńg, siu khǹg。phō, lak。tī saⁿ lāi kiò hoâi, tī chhiú nih kiò ak。kap 懷 sio siāng
ㄏㄨㄞˊ; 手袖，收藏。抱，摝。佇衫內叫褢，佇手裡叫握。与懷相同
ì sù。khim siù ê miâ, kuk hoâi。ná lâng。
意思。禽獸的名，猼褢。如人。

褠 ko; tōa niá saⁿ, saⁿ ê chhiú-ńg cheh tit ê khoán sit。
ㄍㄡ; 大領衫，衫的手袖狹直的款式。

褻 sat; i chhiùⁿ ka chián hó sè。saⁿ phòa nōa。saⁿ pâng chhun ê ì sù。
ㄒㄧㄝˋ; 衣裳鉸剪好勢。衫破爛。衫縫剩的意思。

褶 chhiù, tsò; saⁿ khò chhìn chhāi hē ū jiâu jiâu ê khoán。jiâu saⁿ ê ì sù。
ㄑㄧㄡ, ㄗㄡˋ; 衫褲且採還有縐縐的款。縐衫的意思。

補8畫 **䙓** chhân; chhan se̍k。chhiáⁿ khòaⁿ se̍k jī tsù。
ㄔㄢˊ; 襯褯。請看褯字註。

補5畫 **袛** tí; tí tû, chiū sī té ê saⁿ, lāi bīn ê saⁿ, kah á。
ㄉㄧ; 袛裯，就是短的衫，內面的衫，𧘹仔。

十一畫

襁 kióng; iāng gín á ê pò͘, iāng kun。kióng pó。iáu teh chia̍h lin tiong ê eⁿ á。eⁿ á ê saⁿ á sī phē。
ㄑㄧㄤˇ; 縺囡仔的布，縺巾。襁褓。猶咧食奶中的嬰仔。嬰仔的衫式是被。

褵 lî; i ho̍k ê ngó͘ sek tòa。ōe tòa。tòa ê chhiu。hiuⁿ tē, si siù ê bāng á。
ㄌㄧˊ; 衣服的五色帶。鞋帶。帶的中鞦。香袋，絲繡的網仔。

褳 liân; chiū sī hat á ê ì sù, thang tsòe hâ io ê kun。
ㄌㄧㄢˊ; 就是褡仔的意思，可做縖腰的巾。

褒 po; tn̂g saⁿ, tōa ku phàu。jī sìⁿ, o ló, po so。po chiáng, po siúⁿ。kap 褎 sio siāng。
ㄅㄠ; 長衫，大裾袍。字姓。謳咾，褒挲。褒獎，褒賞。与褎相同。

褻 siat; ke lāi sûi piān ê saⁿ。siat i。phòa nōa, ù ùe, ùe siat。chhò sio̍k, siat tōk。a̍p siat。
ㄒㄧㄝˋ; 家內隨便的衫，褻衣。破爛，污穢，穢褻。粗俗，褻瀆。狎褻。

褸 Lú, Lúi, ㄌㄩˊ,ㄌㄨㄟˊ; Phòa sa", Lâm Lú, Sông hiong, bô chéng chê koh Phòa nōa ê ì sù; ì san Lâm Lúi. Lâm Lâm Lúi Lúi.
破衫，襤褸，憔窮，無整齊閣破爛的意思，衣衫襤褸。襤襤褸褸。

褸 bân, moa, ㄅㄢ,ㄇㄚ; tōa niá chho. Pò ê Sa", chhin chhiū" bōng kó Lâng teh chhēng ê sa". tōa bân. tōa moa. khoah khoah ê
大領粗布的衫，親像蒙古人咧穿的衫。大褸。大褸。闊闊的
Gōa Sa", hoân moa, chiū sī hian kim teh kóng ê Gōa thò. hō moa.
外衫，番褸，就是現今咧講的外套。雨褸。

襄 Siong, ㄒㄧㄤ; thn̂g sa" tsoh Sit. tû khì. chiū" koāi". Pang tsān, Siong tsō. Siong Lí. tōe mîa, Siong iông.
褪衫作穡。除去。上高。幫助，襄助。襄理。地名，襄陽。
tī ô Pak Séng ê koāi" mîa. Lâng ê sìⁿ.
佇湖北省的縣名。人的姓。

褶 Sip, ㄒㄧˊ; Siang têng ê tn̂g sa". Lâng chhēng lâi tì hông tîn ai. ì hók ê Liap kéng ê ì sù, Sip thiap.
双重的長衫，人穿來持防塵埃。衣服的摺襉的意思，褶疊。

褌 kún, ㄍㄨㄣˇ; kap 衮。衮 nng jī sio siāng ì sù.
与衮。衮兩字相同意思。

褈 tsong, ㄗㄨㄥ; chiū sī té té koh Phòa nōa ê Sa" ê ì su.
就是短短閣破爛的衫的意思。

褹 Gē, ㄧˋ; chiū sī tn̂g sa" chhiú ng khoah khoah ê ì sù.
就是長衫手袖闊闊的意思。

襜 chhian, Sian, ㄑㄧㄢ,ㄒㄧㄢ; i chhiūⁿ iô lâi iô khì tín tāng ê khoán sit. Piàn Sian.
衣裳搖來搖去振動的款式。褊襜。

褼 tiau, tiáu, ㄉㄧㄠ,ㄉㄧㄠˇ; chiū sī té sa" ê ì sù.
就是短衫的意思。

襙 tsò, ㄗㄠˋ; Sa" kûn, chhiú ng, Sa" bô sóe ê ì sù. Sa" chéng chê hó sè.
衫裙，手袖，衫無洗的意思。衫整齊好勢。

襀 chek, ㄐㄧ; hū jîn Lâng ê kûn bé khioh kéng. Phek chek. hoe ê khioh kéng.
婦仁人的裙尾抾景。襞襀。花的抾景。

褯 Sek, chhak, ㄒㄧˋ,ㄘㄜˋ; chiū sī khoan khoah ê Sa" á kûn, chhiok Sek. Chhak chhak khiā, chiū sī hō i ngī ná chiah chiūⁿ
就是寬闊的衫仔裙，襋褯。褯，褯堅，就是使它硬如食漿
ê Pò, á sī Lah tsóa.
的布，或是蠟紙。

(補6畫) 襋 chhiok, ㄑㄧㄡˋ; chhiok Sek, chiū sī khoan khoah ê Sa" á kûn.
襋褯，就是寬闊的衫仔裙。

十二畫

襉 kán, kéng, ㄍㄢˇ,ㄐㄧㄢˇ; kûn Pak, Liap kéng, khioh kéng. bīn Liap kéng. Pah keng kûn.
裙幅，摺襉，抾襉。面摺襉。百襉裙。

襋 kek, ㄐㄧˊ; Sa" á nía, ām kûn nía.
衫仔領，頷頸領。

襀 hōe, ㄏㄨㄟˋ; Sa" á khò ê sìa". ngó chhái sek ê siù.
衫仔褲的線。五彩色的繡。

襌 tan, ㄉㄢ; chit têng ê sa", bô lāi lí ê Sa". tan i
一重的衫，無內裡的衫。襌衣。

襊 chhoat, ㄘㄨㄛ; ó Pò, Lâng ēng tsòe bō á sī kun.
黑布，人用做帽，或是巾。

禫 tām, tám, ㄉㄢˋ,ㄉㄢˇ; 禫的本字。thng hà chè hiàn ê mîa. Pē bú ê song kì, tòa hà 27 kò Geh kú
禫的本字。祗孝祭獻的名。父母的喪期，帶孝二十七個月久
ê ì sù. tám hók.
的意思。禫服。

襍 tsáp, ㄗㄚˊ; chhap tsáp, ê Pún jī. ngó chhai sek sio háp, Sa" chham sek.
嚃雜，雜的本字。五彩色相合，相參色。

襮 Pō, ㄅㄛˊ; Sa" thâu chêng ê túi khim, tsá khí sī tùi Lóh ê Sa".
衫頭前的對襟，早起時雄落的衫。

襓 jiâu, ㄖㄠˊ; kiam Sok, kiam tē. hu jiâu.
劍束，劍袋，扶襓。

襏 Poat, ㄅㄛ; chiū sī hō hō bōe tâm kè ê Sa". tsang sui. hō Sa". hō i. Poat Sek.
就是袹雨𣍐澹過的衫。棕蓑。雨衫。雨衣。襏襫。

襆 Pok, ㄆㄨˊ; i chhiūⁿ ka chián tsòe kui hù. hoe Phè. kui Pak.
衣裳鉸剪做歸副。花帕。歸幅。

襚 tun, ㄉㄨㄣ; chiū sī i chhiūⁿ ê tē á, Lak tē. io tó.
就是衣裳的袋仔，橐袋。腰肚

襘 thè, ㄊㄜˋ; Gín á ê Saⁿ Gín á Phē. kap 褅 Sio Siāng ì sù. 囝仔的衫；囝仔被。与褅相同意思。

襘 Cheng, ㄐㄥ; chhit kōaⁿ ê kun, Lêng tiû ê Pò. Siang têng ê ì sù. 拭汗的巾，綾綢的布。双重的意思。

襘 koat ㄍㄨㄚˊ; thô koat. chiū sī saⁿ ê chhiú ńg ê ì sù. 裪襘。就是衫的手袖的意思。

十三畫

襜 chhiam, Liâm, chêng chê, hó sè. iô tāng, bêng pêk, chê tsáⁿ. ûi chhia ê Pò. ûi su kûn. khàm kha thâu u ê Pò.
ㄑㄧㄢ, ㄌㄧㄢˊ; 整齊，好勢。搖動，明白，齊整。圍車的布。圍私裙。蓋脚頭趺的布。

襛 Lông, ㄋㄨㄥˊ; chiū sī Saⁿ á kāu kāu ê ì sù. 就是衫仔厚厚的意思。

襟 kim, khim, khìm, kim, khàm heng kháu ê Saⁿ á ku. Saⁿ ê tui khim. i khim. Pí jū Lâng ê Phō hū heng khim. bó ê chí hu, khim heng. khim tō, Pí jū Lâng ê tō Liōng.
ㄍㄧㄣ, ㄎㄧㄣ, ㄎㄧㄣˋ; 襟，蓋胸坎的衫仔裾。衫的對襟。衣襟。比喻人的抱負；胸襟。妹的姊夫，襟兄。襟度，比喻人的度量。

襝 Chhiam, Liâm kap 襜 Sio Siāng ì sù. ㄑㄧㄢ, ㄌㄧㄢˊ; 与襜相同意思。

襖 ó, ㄠˇ; Phàu ó mî ó. kiap Saⁿ. Phòa ó chhiáⁿ Lâi thīⁿ. 袍襖，綿襖。袷衫。破襖請來紩。

襞 Phek, ㄆㄧˋ; Sơ á thiap tsòe tui. kap Sòaⁿ tsōa. Liap kéng, Phek chek. tn̂g Saⁿ, Saⁿ á. 衫仔疊做堆。袷線綴。摺裥，襞積。長衫，衫仔。

襚 Sūi ㄙㄨㄟˋ; Sàng sí Lâng ê ì chhiùⁿ chhin Pêng, Liau iú só Sàng ê Saⁿ Lâi khàm tī sin si téng. 送死人的衣裳；親朋，僚友所送的衫来蓋伫身屍頂。

襢 Siān, thán, siān, thìng téng bīn níā Saⁿ ê ì sù. thán kap 袒 Sio Siāng ì sù. thán thek, thìng thek ê ì sù. Phian su Pò hō Lâng. Phian thán.
ㄕㄢˋ, ㄊㄢˇ; 襢；褪頂面領衫的意思。襢与袒相同意思。襢裼，褪裼的意思。偏私保護人；偏襢。

襠 tong, ㄉㄤ; chiū sī ì chhiùⁿ ê mîa, Liông tong. khàm heng Pō ê Saⁿ. khò tong, khàm ka chhng ê khò. 就是衣裳的名，裲襠。蓋胸部的衫。袴襠，蓋尻川的褲。

襛 iong, iōng, Ông, ang, Bêh ê bêh chhiūⁿ, chiū sī bêh ang. ㄧㄥ, ㄧㄥˋ, ㄨㄥ, ㄤ; 襪的襪腈，就是襪襛。

襘 kòe, ㄍㄨㄟˋ; Só kat ê tòa saⁿ á tòa saⁿ á teh Pàk ê tòa. 所結的带，衫仔带，衫仔咧縛的带。

襍 Sap ㄗㄚˊ; chiū sī ì chhiùⁿ Phòa nōa ê ì sù. 就是衣裳破爛的意思。

襡 Siòk, ㄕㄨˇ; tn̂g tn̂g ê Lāi Saⁿ. tóe Saⁿ, khùn Saⁿ ê ì sù. 長長的内衫。衫，睏衫的意思。

襗 tòk ㄉㄨㄛˊ; khò khùn Saⁿ ê Lūi, tn̂g ó, Lāi saⁿ. 褲；睏衫的類，長襖，内衫。

十四畫

襦 jû, ㄖㄨˊ; tóe Saⁿ, Lāi bīn Saⁿ, su tóe Saⁿ. tóe jû. Lô jû. eⁿ á ê nōa sê, 短衫，内面衫，私底衫。短襦。羅襦。嬰仔的涎褯，

襤 kài koá chiū sī téng bīn Saⁿ. ㄍㄞ, ㄍㄨㄚ; 就是頂面衫。

襤 Lâm, Lám, Saⁿ á Pìⁿ bô kûn. i Saⁿ Phòa nōa. i saⁿ bô chéng chê. Lâm Lú. i Saⁿ Lâm Lūi. Lâm Lâm Lūi Lūi. Lám, Lám nōa, chiū sī Pìn tōaⁿ un thun, bô Lêng Lī ê ì sù.
ㄌㄢˊ, ㄌㄢˇ; 衫仔邊無衮。衣衫破爛。衣衫無整齊。襤褸。衣衫襤褸。襤襤褸褸。襤，襤爛，就是貪惰，肮髒，無伶俐的意思。

襣 Pì, ㄅㄧˋ; ke Lāi chhò Siòk ê Saⁿ. Kûn, bô Lông ê khò. 家内粗俗的衫。裙，無襱的褲。

襫 chhiok, ㄑㄩㄝˋ; hó ê Saⁿ ê khóan Sit. 好的衫的款式。

襬 tsu, ㄗㄨ; i chhiùⁿ ê kha Pô. Saⁿ á ē ê kûn. 衣裳的下脚袍。衫仔下的裙。

十五畫

字	音	解說
襭	khiat, ㄎㄧㄝˊ	Saⁿ sòe sòe ê tòa, saⁿ á liu。衫仔小小的帶，衫仔鈕。
襮	Phok, ㄅㄛˊ	Liông pô ê niá, phok niá。chhiah siù ū hoe bûn ê Liông pô tsu phok。Piáu bêng, piáu phok。龍袍的領，襮領。刺繡有花紋的龍袍，朱襮。表明，表襮。
襫	Sek, ㄕˋ	chiū sī bē lāu hō ê saⁿ, hō saⁿ。hō i。tsang sui。Poat sek。就是𣍐漏雨的衫，雨衫。雨衣。棕蓑。襏襫。
襪	biat, bėh, ㄇㄧㄝˋ, ㄨㄚˋ	Lâng teh pau kha ê pò͘, chhēng tī kha ê mih, si bėh, mî bėh, mô͘ bėh。bėh á。人咧包脚的布，穿佇脚的物，絲襪，棉襪，毛襪。襪仔。
襬	Liap, ㄌㄧㄝˋ	Saⁿ ê khoán sit, saⁿ phòa ê ì sù。衫的款式，衫破的意思。
襩	Siok, tok, ㄒㄩˋ, ㄉㄨˊ	tn̂g tn̂g ê saⁿ。Lāi saⁿ, khùn saⁿ。to sàu 長長的衫。内衫，睏衫。刀鞘

十六·十七畫

字	音	解說
襯	chhàn, chhìn, chhāiⁿ, ㄔㄣˋ, ㄑㄧㄣˋ, ㄑㄧㄢˋ	chhàn chhàn, pau sin si ê lāi têng pò͘。thiap sin téng bīn saⁿ, chhìn saⁿ。襯襯，包身屍的內重布。貼身的頂面衫，襯衫。hū jîn lâng chhēng tī lāi bīn ê kûn, chhìn kûn。Pang tsān hián bêng, chhìn thok。Poe chhìn。婦仁人穿佇內面的裙，襯裙。幫助顯明，襯托。陪襯。chhāiⁿ sek, chiū sī ēng tsap sek lâi ūi, á sī siù hoe 襯色，就是用雜色來畫，或是繡花。
襱	Liông, Lông, ㄌㄨㄥˊ, ㄌㄨㄥˊ	khò͘ ê khoán sit。khò͘ ê siang peng kha tó͘。Saⁿ khoah ê khoán sit。khò͘ kóng。褲的款式。褲的双爿脚肚。衫闊的款式。褲管。
襲	Sip, ㄒㄧˊ	Saⁿ á siang têng。saⁿ á lí。Lé hok。chin súi。hap sin。Sù i phi it sip。tāi tāi。衫仔双重。衫仔裡。禮服。真美。合身。賜衣被一襲。代代 sio chiap, sè sip。chiàu iūⁿ tsòe, in sip。àm chīⁿ kong kėk, sip kėk。thau sip。相接，世襲。照樣做，因襲。暗靜攻擊，襲擊。偷襲。
襳	chhiam, siam, ㄑㄧㄢ, ㄒㄧㄢ	Saⁿ á tòa, sòe niá saⁿ, ú mn̂g ê saⁿ 衫仔帶，小領衫，羽毛的衫
襴	Lân, ㄌㄢˊ	Saⁿ kap kûn khò͘ sio liân, lân saⁿ。tsá chìn sū, kok tsú seng só͘ chhēng ê saⁿ。saⁿ á 衫及裙褲相連，襴衫。昔進士，國子生所穿的衫。衫仔。
襺	kián, khián, ㄐㄧㄢˇ, ㄑㄧㄢˇ	kap 褰 jī sio siāng ì sù。kûn, khò͘, hian khí, kiu oá 与褰字相同意思。裙，褲，掀起，縮倚。

十八·十九畫

字	音	解說
襵	chiap, liap, ㄓㄜˊ, ㄌㄧㄝˋ	ut lâi khioh kéng chhin chhiūⁿ hū jîn lâng ê kûn, liap kéng。si soàⁿ sio chiap hun chhe ê ì sù。熨來撿襉，親像婦仁人的裙，襵襉。絲線相接分叉的意思。
襶	tài, ㄉㄞˋ	nāi tài, chiū sī bōe hiáu tāi chì ê ì sù。joah thiⁿ chhēng koàⁿ saⁿ, gû gōng ê khoán sit。褦襶，就是𣍐曉事誌的意思。熱天穿寒衫，愚戇的款式。
襺	kián, ㄐㄧㄢˇ	niú á só͘ kiⁿ ê si。phàu saⁿ。phàu kián。蠶仔所結的絲。袍衫。袍襺。
襻	Phàn, ㄆㄢˋ	Saⁿ ê tòa, io tòa。phàn tài。io phàn。liú á phàn。ôe phàn。衫的帶，腰帶。襻帶。腰襻。鈕仔襻。鞋襻。

襾 部 146

字	音	解說
襾	hà, ㄏㄚˋ	chiū sī jia khàm ê ì sù。hok jī ê kó͘ tsá jī。就是遮蓋的意思。覆字的古早字。
西	Se, Sai, Si, ㄒㄧ, ㄒㄧ, ㄒㄧ	chiáu tī siū lāi, jit lo̍h se hn̂g, chiáu chhe sî。hong hiòng ê miâ tang sai lâm pak。ngó͘ hêng 鳥佇巢内，日落西方，鳥栖時。方向的名東西南北。五行 siok kim。se hong, se thian。Put kàu só͘ kóng ê Put tsó͘ sè tòa ê kėk lo̍k sè kài。á sī 屬金。西方，西天。佛教所講的佛祖所住的極樂世界。或是 chheng hō͘ ìn tō͘ ê miâ。jī sìⁿ。Sai sì, sai pêng, se iû, se iû lâng。tōe hō miâ, 稱呼印度的名。字姓。西勢，西爿，西洋，西洋人。地號名， kńg sai。kang sai。kean sai。kóaⁿ tang kóaⁿ sai。si koe。si koe oá tōa pêng。mē lâng ê 廣西。江西。關西。趕東趕西。西瓜。西瓜倚大爿。罵人的 oē, hā tsoh tong si。se lėk, iā sī sè kài kong lėk。話，下作東西。西曆，也是世界公曆

三—七畫

【要】 iau, iàu, beh, Lâng ê sìn, iau kó͘ jī。iok sek, tēng iok, tiōng iàu。iàu kiû, iàu kiāⁿ
ㄧㄠ, ㄧㄠˋ, ㄅㄝㄏ, 人的姓, 要。古腰字。約束, 定約, 重要。要求。要件。
ài, iàu kín, iàu tiám, iàu sài, nōa tsah, iàu kek。beh, teh beh tsòe sím mih。Lí beh khì
ㄞˋ, 要緊。要點。要塞。攔截, 要擊。要, 咧要做甚麼。你要去
boeh, tó ūi。thiⁿ beh àm。thiⁿ beh kng。Góa beh khì Lín tau。Lí beh Lâi Góan tau。ài mih kiāⁿ。
ㄅㄨㄝㄏ, 那位。天要暗。天要光。我要去您兜。你要來阮兜。要物件。

5畫 【覂】 chhian, sian, chiū sī chiūⁿ koân ê ì sù
ㄑㄧㄢ, ㄒㄧㄢ, 就是上高的意思。

4畫 【覂】 hoán, hōng, chiū sī hoan hok, khiam kheh ê ì sù。kap 乏 sio siāng ì sù。
ㄈㄨㄢˇ, ㄈㄥˇ, 就是反覆, 欠缺的意思。与 乏 相同意思。

【覃】 sîm, thâm, kàu, tn̂g, khoah, chhim, hn̄g ê ì sù。Lâng ê sìⁿ, sîm
ㄒㄧㄣˊ, ㄊㄢˊ, 到, 長, 闊, 深, 遠的意思。人的姓, 覃。

【𡚶】 mài, Put iàu, m̄ thang, mài Là
ㄇㄞˋ, 不要, 不可, 𡚶啦。

造字 要可讀白話音做要(ài), 究其𡚶(mài), 是不要的連話音也。

十二——十九畫

【覆】 hok, hū, phak, péng lâi péng khì, hoan hok。bô tiāⁿ tio̍h。tó hoāi, kheng hok。hok tiat, hok boat
ㄈㄜㄎ, ㄈㄨˋ, ㄆㄚㄎ, 反來反去, 反覆。無定着。倒壞, 傾覆。覆轍。覆沒。
hok, koh tsài, hok chhâ。hok chhì。hôe tap, tap hok。hù, jia khàm ê ì sù。niáu hù ek chi
個再, 覆查。覆試。回答, 答覆。覆, 遮蓋的意思, 鳥覆翼之。
bâi hok ê ì sù。Phak, tò phak。Phak tó。thàn Phak。Phak chhiu。thâu Phak Phak。
埋伏的意思。覆, 倒覆。覆倒。袒覆。覆手。頭覆覆。

【覈】 hek, hut, thong 核 jī。chhim khek。chhâ tài chì kàu sit。hek sit。tsa Giām, tsa hek。khó Giām
ㄏㄜˊ, ㄏㄨ, 通 核字。深刻。查逮誌到實, 覈實。查驗, 查覈。考驗,
khó hut。Gûi hiám, koáⁿ kín。siàu hut ûi hong。
考覈。危險趕緊, 峭覈為方。

【霸】 Pà, kap 霸 sio siāng ì sù。ēng khùi lat ap Lâng。chhim chiàm, Pà chiàm。à Pà。Pà tō。
ㄅㄚˋ, 与霸相同意思。用氣力壓人, 侵占, 霸占。壓霸。霸道。

【羈】 ki, kap 羈 sio siāng。Pák bé ê soh。Pák, tîn。tsó tong, kìm chí。bé lâng soh。ki bé Poāⁿ
ㄐㄧ, 与羈相同。縛馬的索。縛, 纏。阻當, 禁止。馬攏索, 羈馬絆。
hoān tsōe khu ah, ki ah。khu sok。Gû bé ê soh, ki bī。thâu tsang kè, Lâm kak Lú ki。
犯罪拘押, 羈押。拘束。牛馬的索, 羈縻。頭鬃髻, 男角女羈。

見 部 147

【見】 hiān, kiàn, kìⁿ, hō Lâng khòaⁿ, hian bêng, chhut hiān。hián hiān。hoat hiān。ba̍k chiu khòaⁿ tio̍h,
ㄒㄧㄢˋ, ㄐㄧㄢˋ, ㄍㄧˋ, 低人看, 顯明, 出見。顯見。發見。目睭看着,
kiàn tò。hoat kiàn。ì sek。ì kiàn。kiàn sek。kiàn kái。kiàn chèng。kìⁿ Lâng, bô bīn thang
見到。發見。意識, 意見。見識。見解。見證。見人, 無面可
kìⁿ Lâng。kìⁿ bīn。bat kìⁿ kè。kìⁿ thiⁿ。thiaⁿ kìⁿ。
見人。見面。曾見過。見天。聽見。

【皃】 jî, kap 兒 jī sio siāng。eⁿ á, eng jî。Gín á。sió jî。iù iù, iù jî。kiáⁿ, kiáⁿ jî。
ㄖˊ, 与兒字相同。嬰仔, 嬰皃。囝仔, 小皃。幼幼, 幼皃。子, 子皃。

二——四畫

【观】 Koan, koàn, koàⁿ, ê kán siá jī。khòaⁿ 18 ūih tsù kái。
ㄍㄨㄢ, ㄍㄨㄢˋ, ㄍㄨㄚˋ, 觀的簡寫字。看十八畫註解。

【覐】 kak, ê kó͘ jī。khòaⁿ 13 ūih tsù kái
ㄍㄚㄎ, 覺的古字。看十三畫註解

【規】 kui, khì khū hō͘ mih îⁿ。îⁿ kui。hoat tō͘, hoat kui。kui chek。kui tēng。kui kí。kui ūi。
ㄍㄨㄟ, 器具使物圓, 圓規。法度, 法規。規則。規定。規矩。規畫。

【覔】 bek, bā, bāi, kap 覓 jī, ē bīn jī sio siāng。
ㄅㄜㄎ, ㄅㄚ, ㄅㄞ, 与覓字, 下面字相同。

【覓】 bek, bā, bāi, chhē, kiû, bek sek。chhē bāi。khòaⁿ bāi。kiâⁿ bāi。thàm Pīⁿ Lâng, bāi Pīⁿ。
ㄅㄜㄎ, ㄅㄚ, ㄅㄞ, 尋, 求, 覓索。尋覓。看覓。行覓。探病人, 覓病。
Gîm si tsoh kù, bāi ku chhē chiong。bā thâu Lō͘。bā chia̍h。bā tsûn。
吟詩作句, 覓句尋章。覓頭路。覓食。覓船。

五·六畫

覘 tiam, ㄉㄧㄢ; thêng hāu ê ì sù。等候的意思。thau khòa, 偷看, tiam hāu。覘候。tiam Piau, tsù ì khòaⁿ bók Phiau。覘標，注意看目標。

視 sī, ㄕˋ; khòaⁿ kìⁿ, sī kak。看見，視覺。Séng chhat, sī chhat。省察，視察。bêng Pėk, tsù sī。明白，注視。sī Lėk。視力。sī Sòaⁿ。視線。khin sī。輕視。

覗 su, ㄙ; tng tán, thau khòaⁿ, thêng hāu, su hāu。瞻等，偷看，等候，覗候。

覜 thiàu, ㄊㄧㄠˋ; saⁿ khòaⁿ。相看。Phèng mn̄g saⁿ kìⁿ ê Lé sò, 聘問相見的禮數, thiàu sī。覜視。hn̄g hn̄g teh khòaⁿ ê ì sù, 遠遠咧看的意思, thiàu bāng。覜望。

覓 bėk, Lió, ㄇㄧˋ, ㄌㄧㄠ; sì kè khòaⁿ, 四界看, saⁿ khòaⁿ, 相看, bėk sī。覓視。Sái bak bé ê ì sù, 使目尾的意思。Lió chit ē。覓一下。Lió khòaⁿ。覓看。

覔 bėk, Lió, ㄇㄧˋ, ㄌㄧㄠ; kap téng bīn jī Sio Siāng。与頂面字相同。

覎 hiān, hiān, ㄏㄧㄢˋ, ㄏㄧㄢˋ; hiān sī, 覎示, kiaⁿ Sun hiān sī, 子孫覎示, hiān sī tióh tsó kong。覎示着祖公。hiān sī。覎示。kiàn siàu ê ì sù。見誚的意思。tī chèng Lâng bīn chêng chhut chhin kiàn siàu, 佇衆人面前出盡見誚, hō tsó Sian bêng ū Liân Lūi。互祖先也受連累。

造字 借玄偏音成字。

七~九畫

覟 chí, ㄓˊ; chhâ mn̄g Liáu chiah Phah Sǹg, 査問了即打算, chhâ khòaⁿ。査看。

覡 hėk, ㄏㄜˊ; hók sāi kúi sîn, oē thang kìⁿ kúi Sîn ê Lâng, 服事鬼神，能可見鬼神的人, Lú ê kiò bū。女的叫巫。Lâm ê kio hėk, 男的叫覡。ang î, 尪姨, sai kong。司公。

覧 Lám, ㄌㄢˇ; kap 覽·覧 Sio Siāng。与覽·覧相同。khòaⁿ kìⁿ, 看見, koan khòaⁿ。觀看。tián Lám, 展覧, iat Lám, 閱覧, îu Lám。遊覧。

覥 thián, ㄊㄧㄢˇ; bīn bák ê khoán sit, 面目的款式, bīn kiàn siàu。面見誚。thián thián。靦覥。Phāiⁿ sè ê khoán sit。歹勢的款式。

覦 thián, ㄊㄧㄢˇ; kap téng bīn jī Sio Siāng。与頂面字相同。

覩 tó, ㄉㄨˇ; khòaⁿ, 看, khòaⁿ kìⁿ, 看見, bók tó。目覩。kap 目睹 Sio Siāng ì sù。与目睹相同意思。Lâng ê sìⁿ。人的姓。

親 chhin, Sin, ㄑㄧㄣ, ㄒㄧㄣ; hiat iân koan hē, 血緣關係, hiat chhin, 血親, Pē bú hiaⁿ tī chhe kiaⁿ kiò Liók chhin。父母兄弟妻子叫六親。kè chhoā ê ian chhin。嫁娶的姻親。
chhìⁿ, ㄑㄧㄥˋ; chhin Siók。親屬。chì chhin。至親。chhin ài。親愛。chhin iú。親友。chhin Lâng。親人。chhin bit。親密。chhin ke, 親家, chhìⁿ m̄。親姆。

覽 Lám, ㄌㄢˇ; kap 覧·覽 Sio Siāng。与覧·覽相同。khòaⁿ kìⁿ, 看見, koan khòaⁿ, 觀看, tián Lám, 展覽, iat Lám, 閱覽, îu Lám。遊覽。

覦 jû, ㄩˊ; thau khòaⁿ, 偷看, kui jû。窺覦。ài tit tióh, 愛得着, hìm bō, 欣慕, khài jû。覬覦。

十~十一畫

覬 kì, khài, ㄐㄧˋ, ㄎㄞˋ; ǹg bāng, 向望, hìm bō, 欣慕, ài tit tióh, 愛得着, kì jû。覬覦。Pí jū Pō ha Siàu Siūⁿ Siōng si sū but, 比喻部下肖想上司事物, khài khài。覬覬。

覯 kò, ㄍㄡˋ; tú tióh, 抵着, saⁿ kìⁿ, 相見, hán kò。罕覯。chiāⁿ, 或, khòaⁿ kìⁿ, 看見, thong kò, 通構, hō。遘。

覭 bêng, ㄇㄧㄥˊ; chim chiok khòaⁿ chì bī sòe ê mih, 斟酌看至微細的物, á sī àm chīⁿ thau khòaⁿ。或是暗靜偷看。bêng bêng。覭覭。

覫 Phóng, ㄆㄨㄥˊ; khòaⁿ mih ê khoán。看物的款。chhek sī。側視。Sin Piⁿ khòaⁿ mih ê khoán sit。身邊看物的款式。

覲 kīn, ㄐㄧㄣˋ; kìⁿ hông tè, 見皇帝, tiâu kìⁿ kīn kiàn, 朝見, kìⁿ sī tōa, 覲見。見是大, saⁿ kìⁿ bīn。相見面。chhun kìⁿ kiò tiâu, 春見叫朝, chhiu kìⁿ kiò kīn。秋見叫覲。

覭 Phiau, ㄆㄧㄠ; bêng bêng Séng chhat。明明省察。bák chiu ū Siōng sè Séng chhat ê ì sù。目睭有詳細省察的意思。

覰 chhù, ㄑㄩˋ; Siōng sè khòaⁿ, 詳細看, thau khòaⁿ, 偷看, khòaⁿ bô bêng。看無明。chhù bāng, 覰矇, bák chiu kek sè Lúi khòaⁿ。目睭格細芯看。

覴 chhòng, thàng, ㄔㄨㄥ, ㄊㄤˋ; khòaⁿ bōe bêng, 看𣍐明, tit tit khòaⁿ ê ì sù。直直看的意思。

十二畫

覵 hán, kàn ㄏㄢˊ, ㄍㄢˋ；khòaⁿ 看；chhap tsap 嚵雜；kán tsap 覵雜。Lâng ê mîa 人的名；Seng hàn 成覵。Sī Chê Kéng kong ê jîn sîn 是齊景公的人臣。

覶 Lô ㄌㄨㄛˊ；chhù sū 次序；hó khòaⁿ 好看；úi khiok 委曲；Lô Lú 覶縷。

覷 chhù ㄑㄩˋ；kap 覻 Sio Siāng ì sù 与覰相同意思。ê Siok jī 的俗字。

覹 Pè, Piat, Phiat ㄅㄝ, ㄅㄧㄝˊ, ㄆㄧㄝ；chhē 尋；jia tsah 遮截；khòaⁿ 看。khòaⁿ chit tiap á kú 看一霎仔久；it Gán Piat kè 一眼瞥過。Keng hông it Phiat 驚鴻一瞥。

覹 mâi mâi ㄇㄞˊ, ㄇㄞˊ；chiū sī sió khóa teh khòaⁿ ê ì sù 就是小許啲看的意思。

十五—十八畫

覺 kak ㄍㄩㄝˊ；khùn chhíⁿ 睏醒；bāng kak 夢覺。Sim Lāi hut jiân tsai, hut kak 心内忽然知，忽覺。ti kak 知覺，oē hiáu tit 能曉得。kám kak 感覺。kak chhíⁿ 覺醒。kak Gō 覺悟。hoat hiān 發現，hoat kak 發覺。Sian ti Sian kak 先知先覺。

覼 Lô ㄌㄨㄛˊ；chhù sū 次序；hó khòaⁿ 好看；úi khiok 委曲；Lô Lú 覼縷。kap 覶 Sio Siāng 与覶相同。

覽 Pin, Pìn ㄅㄧㄣ, ㄅㄧㄣˋ；khòaⁿ chit tiap á kú ê ì sù 看一霎仔久的意思。chiam sî khòaⁿ 暫時看。

覿 tek ㄉㄧˊ；khòaⁿ kìⁿ 看見；kìⁿ tioh 見着；tok biān 覿面。Saⁿ kìⁿ 相見；tiau kìⁿ 朝見。kìⁿ bīn Lé 見面禮；tek Gî 覿儀。

覽 Lám ㄌㄢˇ；kap 覧 覽 Sio Siāng ì sù 与覧覽相同意思。khòaⁿ kìⁿ 看見；koan khòaⁿ 觀看。tián Lám 展覽。iat Lám 閱覽。iû Lám 遊覽。

觀 koan, koàn, kòa ㄍㄨㄢ, ㄍㄨㄢˋ, ㄍㄨㄚˋ；iông māu 容貌；hián bêng 顯明；bí koan 美觀。hó khòaⁿ 好看；kiâⁿ khòaⁿ 行看；koan khòaⁿ 觀看。koan kong 觀光。ì sek 意識，tsú koan kap kheh koan 主觀與客觀。koan kám 觀感。koan chhat 觀察。koan sè im 觀世音。koan Liām 觀念。koan Siòng 觀賞。koàn 觀，tō sū hut tôaⁿ 道士佛壇，tō koàn 道觀。Giok hông Siōng tè ê kéng 玉皇上帝的宮，thiⁿ kong kòaⁿ 天公觀。

角 部 148

角 kak ㄍㄩㄝˊ；Siù Lūi thâu khak hoat chhut ê kak 獸類頭殼發出的角。Gû kak 牛角，sai kak 犀角，Lo̍k kak 鹿角。Lêng kak 菱角，hō kak 號角。Gûn kak 銀角。10 kak sī chit khò 十角是一箍。kak sek 角色。kak thâu 角頭。Saⁿ kak 三角。tsú kak 主角；Phòe kak 配角。kak tō 角度。kak Le̍k 角力。

二—四畫

觔 kun ㄐㄧㄣ；kap 筋 斤 Sio Siāng 与筋斤相同。khòa kai jī ê Chham tsù 看該字的參註。kun Le̍k 觔絡。kun tāng 斤重。

觥 kong ㄍㄨㄥ；kú khí 舉起；kak kiâⁿ kôaiⁿ 角擧高；keng thâu kng 肩頭扛。thong 通扛。

觖 koat, khoat ㄐㄩㄝˊ, ㄎㄩㄝˋ；thiau chhut 挑出；thek chhut 踢出；tok koat 擿觖。kau 勾，ó 挖，iah 挖。khoat 觖；khoat bāng 觖望，Put boán ì 不滿意。Lâi San Seng oàn hūn 来產生怨恨。kap 訣 thong 与訣通。

觚 Pa ㄅㄚ；Gû kak khoah khoah 牛角闊闊；Gû kak thián khui ê ì sù 牛角展開的意思。

觸 chhiok, chhò ㄔㄨˋ, ㄔㄛ；thak chhiok kap 觸 Sio Siāng 讀觸与觸相同。Ēng kak tú mih 用角抵物；tí chhiok 抵觸。chhiok tōng 觸動。kám chhiok 感觸，kám tōng 感動。thak chhò chiū sī kap 粗 Sio Siāng 讀觸就是与粗相同。chhò Siok 觸俗。mih chhò 物觸。bô iù 無幼；chhò chhò 觸觸。tāi Liók 大略；kán Liók 簡略。

觡 kong ㄍㄨㄥ；kap 觥 jī Sio Siāng ì sù 与觥字相同意思。

五·六畫

觚 ko· ㄍㄨ chiú àng, chiú Poe. Sì kak ê chhâ Pán. chiam kak khí niâ ê khì khū.
酒甕。酒杯。四角的柴板。尖角起稜的器具。

觝 tí ㄉㄧˇ chhiong hoān, tam tng, chhiok tio̍h, tak ê ì sù. tí chhiok. kap 牴 Sio Siāng.
衝犯，擔當，觸着，觸的意思。觝觸。与牴相同。

觜 tsui, ㄗㄨㄟ chhiⁿ ê mîa, 28 siù ê chit Liap chhiⁿ, tsui hê. 嘴 ê Pun jī. iā sī tōa ku ê mîa, tsui hê. chiáu ê chhùi.
星的名，二十八宿的一粒星，觜觿。嘴的本字。也是大龜的名，觜觿。鳥的嘴。

觗 ko·, ㄍㄨ, kap 觚 Sio Siāng.
与觚相同。

六畫

解 kái, kè, koé, tháu, ㄐㄧㄝˇ, ㄐㄧㄝˋ, ㄒㄧㄝˋ, ㄊㄡˋ, Phòa khui, hun kái. Sì Sòaⁿ, kái Sàn. bêng Pe̍k, kái bêng. kè, kè Sàng. kè hoān. kè Gûn. kè chhe. kè chîⁿ niû. koè, koe Soeh. kóe bêng. tio̍h kóe chia̍h oē bêng. kóe ùi. tháu, Siau tháu. tháu khui. tháu kat. thàu Pàng.
剖開，分解。四散，解散。明白，解明。解，解送。解犯。解銀。解差。解錢糧。解，解說。解明；着解即能明。解圍。解，消解。解開。解結。解放。

觧 kái, kè, koé, tháu, ㄐㄧㄝˇ, ㄐㄧㄝˋ, ㄒㄧㄝˋ, ㄊㄡˋ, kap téng bīn jī Sio Siāng. Sī 解 ê Sio̍k jī.
与頂面字相同。是解的俗字。

觡 Kek, ㄍㄜˊ, kut kak ê mîa, ū ki kiò kek, bô ki kiò kak. Lo̍k kak, Lo̍k kak hun chhe ê ì sù.
骨角的名，有枝叫觡，無枝叫角。鹿角，鹿角煙嗜的意思。

觥 keng, kong ㄍㄨㄥ, ㄍㄨㄥ; Gû kak ê chiú tsóa. khiau khí ê khoan Sit. tōa, ngī tit.
牛角的酒盞。曲起的款式。大，硬直。

觟 hāi, hóa ㄏㄨㄚˋ, ㄏㄨㄚˋ, iû hoak kak, kak ê khóan Sit, chìⁿ ê mîa, hāi chìⁿ. kak tn̂g ê khoan Sit.
羊發角，角的款式，箭的名，觟箭。角長的款式。

七—九畫

觩 kiû, ㄑㄧㄡˊ, kak khiau khiau ê khóan Sit. keng jong ê khóan. kak keng.
角曲曲的款式。弓勇的款。角弓。

觪 Sin ㄒㄧㄣ, kak tsòe ê keng, tiau chè kàu Lāi Lāi. Lâng ê mîa, tun bú Lông Sū Sin.
角做的弓，調製到利利。人的名，敦武郎士觪。

觫 Sok, ㄙㄨˋ, Gû kiáⁿ Sí. kiaⁿ hiaⁿ, tah hiahⁿ, hàk Sok.
牛子死。驚惶，搭嚇，觳觫。

觭 kî, khi ㄐㄧ, ㄑㄧ, Gû kak chit ki koân chit ki kē. koâiⁿ kē bô chê ê khóan Sit. kî khi.
牛角一支高一支低。高低無齊的款式。奇觭。

觰 táⁿ, ㄓㄚ, Liah khim Siù. kak téng bīn khoah, kak Pún tōa. Gû kak tn̂g.
捕禽獸。角頂面闊，角本大。牛角長。

觱 Pit ㄅㄧˋ, hoan jîn só chhe ê tat á, Lâi hō· bé kiaⁿ, tō Pit. hong koâⁿ, Pit hut. Pit hoat. tsoâⁿ chhèng chhut ê khoan
番人所吹的笛仔，來互馬驚，觱篥。風寒，觱發。泉湧出的款，觱沸。

觹 Su, ㄙ, kak Lāi ê kut. bô su ê kiò kak, chhin chhiu Lo̍k kak. Gû iû ū su kiò kak.
角內的骨。無觹的叫觡，親像鹿角。牛羊有觹叫角。

十—十二畫

觳 hak, hàk, hat ㄏㄨˊ, ㄏㄨˊ, ㄒㄧㄠˋ, Siā ê khì khū. khì khū ê mîa, hak Lo̍k. kiaⁿ hiaⁿ, tah hiahⁿ, hek sok. Po̍h, hak Po̍k. chin, hàk chin. hat, ū hī ê chiú Poe. niu ngó kok khì khū.
射的器具。器具的名，觳觫。驚惶，搭嚇，觳觫。薄，觳薄。盡，觳盡。觳，有耳的酒杯。量五穀的器具。

觲 Sin ㄒㄧㄣ, kap 觪 Sio Siāng ì sù. kak tsòe ê keng, tiau chè kàu Lāi Lāi.
与觪相同意思。角做的弓，調製到利利。

觴 Siong ㄕㄤ, chiú tsóaⁿ, tsóaⁿ Lāi ê chiú, chhiáⁿ Lâng chia̍h chiú, iàn Sia̍h. Lim chiú Gîm Si, Siong êng. Lâm Siong, chiū sī sū but ê khí thâu. chheng Siong, thê chiú khǹg Lâng Lim Lâi chiok hō.
酒盞，盞內的酒，請人食酒，宴席。飲酒吟詩，觴詠。濫觴，就是事物的起頭。稱觴，提酒勸人飲來祝賀。

觶 tì, ㄓˋ, tóe chiú ê khì khū, oē tóe tit Saⁿ chin.
貯酒的器具，能貯得三升。

觷 kiau, kiáu, ㄐㄧㄠ, ㄐㄧㄠˋ, kak bô sì chiàⁿ, kak tn̂g, kak koâiⁿ ê koán Sit.
角無四正，角長，角高的款式。

觵 keng, kong, ㄍㄥ, ㄍㄨㄥ; kap 觥 jī Sio Siāng.
与觥字相同。

十三—十八畫

觸 chhiok, chhek, chhok, tak, ㄑㄧㄜˋ, ㄑㄧㄝˋ, ㄑㄜˋ, ㄉㄚˋ, chhiong hoān, 衝犯, chhiok hoān, 觸犯。tú tioh, 抵着, chiap chhiok, 接觸。kám tōng, 感動, kám chhiok, 感觸。chhok Lâng ê Sim Su, 觸人的心思。chhok Kéng Seng chêng, 觸景生情。chhok kak, 觸覺。chhok tioh, 觸着。Gû Sio tak, 牛相觸。tak chhùi kó, 觸嘴鼓。tak Sí, 觸死。

觼 koat, ㄍㄨㄚㄊ, Khoân á ū chih, 環仔有舌, ēng Pehkim lâi tsng thā ê Só khian, 用白金來裝飾的鎖鏗。chhek tioh kúi, 觸着鬼。chhek soe, 觸衰。chhek ò, 觸汙

觱 Pit, ㄅㄧˋ, 觱的本字。ê Punjī, chham Khoà" 9 ūi, 參看九畫。

觿 hê, ㄏㄝˊ, kak oē tháu kat ê tsui, 角能解結的錐。Lâng mîa, 人名, Soan ùi Sú ko hê, 宣尉使高觿。toā chiah ku ê mîa tsui hê, 大隻龜的名觜觿。chhi" Siù ê mîa, 星宿的名, 28 Siù ê chit Liap, 二十八宿的一粒星, tsui hê, 觜觿。

言 部 149

言 Giân, ㄫㄧㄢˊ, chhùi Kóng oē, 嘴講話, kóng, 講, hoat Giân, 發言。Giân hēng, 言行。Giân tâm, 言談。Giân Lūn, 言論。Giân Gú, 言語。Giân tiōng, 言重。

二 畫

訃 hù, ㄈㄨˋ, khì Pò Sng hà, 去報喪孝。hù Pò, 赴報, hù, 訃。hù im, 訃音。

訇 eng, ㄏㄨㄥ, Lâu tsui Siak chioh ê sia", 流水抄石的聲。toā Sia" Kóng oē ê sia", 大聲講話的聲。eng eng, 訇訇。eng jiân, 訇然。tōe mîa, 地名, hàn tiong ū eng hiong, 漢中有訇鄉。Lâng mîa, 人名, n̂g eng kiàn, 黃訇見。

計 kè, kì, ㄍㄝˋ, ㄍㄧˋ, Sǹg Siàu, 算數, Phah sǹg, 打算, kè Soàn, 計算。kè ūi, 計畫。Gī Lūn, 議論, kè Gī, 計議。bô ek, 謀劃, kè bô, 計謀。kè chhek, 計策。tâng Phoā", 同伴, hè kì, 夥計。cheng Lūn, 爭論, kè kàu, 計較。kè sî, 計時, kè thêng, 計程, kè thêng chhia, 計程車。

訆 kiàu, kiù, ㄐㄧㄠˋ, ㄐㄧㄡˋ, toā Sia" kiò, 大聲叫, háu, 吼, Lâm Sám Kóng oē, 濫糝講話, kiò Lâng, 叫人。kiù kiù kiò, 訆訆叫, kiù kiù háu, 訆訆哮。kiáu jiáu ê ì Sù, 攪擾的意思。

訄 kiû, ㄑㄧㄡˊ, Pek óa, 迫倚, kióng Pek, 強迫。àn ún, 安穩, kè bô, 計謀。thit thô, 迢迢。

訂 tèng, tiā", ㄉㄧㄥˋ, ㄉㄧㄚˋ, kong Pêng ê Gī Lūn, 公平的議論, tiā" tioh, 定着, it Giân chi tiōng tèng chhian kim, 一言之重訂千金。tèng iok, 訂約。tèng bêng, 訂盟。tèng tēng, 訂定。tēng, ㄉㄧㄥˋ, tèng chhin, 訂親。tèng hun, 訂婚。tèng chèng, 訂正。tèng hè, 訂貨。tiā" toā", 訂單。sàng tiā", 送訂。tiā" hun, 訂婚。tiā" chhin, 訂親。tèng hun, 訂婚。

訅 kiû, ㄑㄧㄡˊ, kap 九言 Sio Siāng, 相同。

訋 tiau, ㄉㄧㄠ, Pàng tiau, 放訋, chiū Sī kóng toā Sia" oē, 就是講大聲話, beh kap Lâng kè kàu ê ì Sù, 要與人計較的意思。ū ui hiap ê ì Sù, 有威脅的意思。

造字 雖是刀亦是刀。話中帶刀之義。

三 畫

訏 hú, u, ㄒㄩ, ㄩ, toā, 大, khui khoah, 開闊, khoah toā, 闊大。hú hú, 訏訏。chhoan ték hú hú, 川澤訏訏。toā ê bô Liók, 大的謀略, hú bô, 訏謨。Pèh chhát, 白賊, khoa kháu, 誇口。

訓 hùn, ㄒㄩㄣˋ, chiàu hoat tō, 照法度, keng hùn, 經訓。kàu hùn, 教訓, kà sī, 教示。hùn bián, 訓勉, kóng oē, 講話, hùn oē, 訓話。kàu tō hák Síp, 教導學習, hùn Liān, 訓練。

訌 hông, kong, ㄏㄨㄥˊ, ㄍㄨㄥ, jiáu Loān, 擾亂, Pāi hoāi, 敗壞, sì Sòa", 四散, Goā tsó Lāi hông, 外阻內訌。Sa" chi", 相爭, Sio kò, 相告, hām hāi, 陷害。Lâng mîa, 人名。

訑 î, Si, ㄧˊ, ㄒㄧ, ka kī tek ì, 傢已得意, hoa" hí, 歡喜, î î tsū tit, 訑訑自得。chhián chhián ê ì sù, 淺淺的意思。Gâu kóng oē ê khoán Sit, 勢講話的款式。tsōe tsōe oē, 多多話。môa Phiàn, 瞞騙, Si bān, 訑謾。

訒 jīm ㄖㄣˋ,
tî tun sòe jī. kóng oē oh tit chhut kháu, jîn chià kî Giân iā jīm.
遲鈍，細膩。講話艱得出口，仁者其言也訒。

記 kì ㄐㄧˋ,
hun Piat, kì hō, kì sū, kì tî. tsu chheh, kì tsài. chhau siá, kì Liok. kì sīau
分別，記號。記事。記持。書冊，記載。抄寫，記錄。記，
kì sèng, kì ek. sin bûn kì chiá. kì jīn
記性，記憶。新聞記者。記認

訐 khiat, ㄐㄧㄝˊ,
tng bīn hiâm Lâng, kong khiat. àm chīⁿ mē Lâng. kau khiat. tit khiat.
當面嫌人，攻訐，暗靜罵人。交訐。直訐。

訖 Gut ㄑㄧˋ,
kóng oē soah, soah bé, í pit, chiong Liáu, chīn, kèng jîn. hù Gut. Gut Kèng.
講話息，息尾，已畢，終了，盡，竟然。付訖。訖竟。

訕 San, Sàn, Siàn, ㄕㄢ, ㄕㄢˋ, ㄒㄧㄢˋ,
húi Pòng, mē, oàn hun. Léng chhiò, sàn chhiò, siàn chhiò.
誹謗，罵，怨恨。冷笑，訕笑，訕笑。

訊 Sìn ㄒㄩㄣˋ,
chhâ mn̄g, sī tōa mn̄g sī sòe, sìn mn̄g. sìn sek, im sìn. thong sìn. Giân Gú, sìn sû.
查問，是大問是小，訊問。信息，音訊。通訊。言語，訊辭。

討 thó, ㄊㄠˇ,
Giâm ê hoat tō, tī Lí, tû khì. thó tī iú tsōe sú chi tsoat ok. chhéng kiû, tui thó.
嚴的法度，治理，除去。討治有罪使之絕惡。請求，追討。
thó chè. ēng Peng kong Phah, cheng thó. Gián kiù, thó Lūn. bóe bōe, thó kè hoân kè.
討債。用兵攻打，征討。研究，討論。買賣，討價還價。

託 thok ㄊㄨㄛ,
oá khò, kià thok, thok tiōng. Pài thok. the thok, the sī ê oē. thok bāng.
依靠，寄託。託重。拜託。推託，推辭的話。託夢。

四畫

訬 chhau, ㄔㄠ,
kiáu jiáu, chhau jiáu. ióng kiāⁿ. koáⁿ kín, Léng Lī. Gâu tsáu. sòe io ê khoán sit, chhau chēng,
攪擾，訬擾。勇健，趕緊，伶俐，赘走。細腰的款式，訬婧

訪 hóng, ㄈㄤˇ,
sì kòe chhâ mn̄g, hóng mn̄g. thàm chhē, Phok hóng. khòaⁿ, thàm hóng. kiû sū, chhái hóng. hóng iú
四界查問，訪問。探尋，博訪。看，探訪。求事，採訪。訪友

許 hó, hú, khó, khóa, kháu ㄏㄜˇ, ㄏㄨˇ, ㄎㄜˇ, ㄎㄨㄚˇ, ㄎㄡˇ,
chhò chhâ ê siaⁿ, chèng Lâng chhut Lat ê siaⁿ. hó hó chhut Lat. hú, tah èng,
剉柴的聲，眾人出力的聲，許許出力。許，答應，
ún ún hú. hú khó. n̄g bāng, kî hú. kî hok, hú Goān. khó, Lâng ê sìⁿ. khó chin jîn.
允許。許可。向望，期許。祈福，許願。許，人的姓。許真人。
khóa, sió khóa. tām Pòh ê ì sù. kháu, âng kháu, âng kháu âng kháu, chiū sī sió khóa âng ê ì sù.
許，小許。淡薄的意思。許，紅許，紅許紅許，就是少許紅的意思。
n̄g kháu, n̄g kháu n̄g kháu, tām Pòh n̄g sek ê ì sù. iông ún. èng ún.
黃許，黃許黃許，淡薄黃色的意思。容許。應許。

訣 koat, ㄐㄩㄝˊ,
Lī Piat ê oē, koat Piat. saⁿ sī. hong hoat, Pì koat. sìⁿ sí éng Piat, éng koat.
離別的話，訣別。相辭。方法，秘訣。生死永別，永訣。

訛 Gô, ngô, ㄜˊ, ㄜˊ,
kan tsà. Pōe biū, chha chhok, Gô tsà. Gô thoân, iau Giân. tín tāng, ngô tōng.
奸詐，背謬，差錯，訛詐。訛傳，謠言。振動，訛動。

訥 Lut, tuh, tuh, ㄌㄨㄛˋ, ㄋㄚˋ, ㄋㄚˋ,
siaⁿ kóng bōe chhut, oh tit kóng oē, kiàn Lut. bok Lut. tî tun. tuh, tuh, tih tuh.
聲講繪出，艱得講話，蹇訥。木訥。遲鈍。訥，訥，詑訥。
kóng oē tih tuh, chiū sī kóng oē hâm bān ê ì sù. kóng oē bô bêng ê ì sù, tih tuh.
講話詑訥，就是講話憨慢的意思。講話無明的意思，詑訥。

訦 Sîm, Sìm, ㄒㄧㄣ, ㄒㄧㄣˋ,
chiū sī kóng oē sêng sit, siong sìn ê ì sù.
就是講話誠實，相信的意思。

訙 Sín, ㄒㄧㄣˋ,
iau kú, hô hòng. Lâng miâ, bēng sín. khí jîn.
猶久，何況。人名，孟訙。齒齦。

設 Siat, ㄕㄜˋ,
Pâi siat, tîn siat. kiàn Lip, siat Lip. chhòng tsō, kiàn siat. Phah sǹg, siat kè. ká sú, siat sú.
排設，陳設。建立，設立。創造，建設。打算，設計。假使，設使。
siat tì. siat Pī. siūⁿ hong hoat, siat hoat. siat siōng. khoân thò, siat kiok.
設置。設備。想方法，設法。設想。圈套，設局。

訟 Siōng, ㄙㄨㄥˋ,
saⁿ chiⁿ Piān Lūn. sio kò. cheng siōng. sò siōng. kong Pêng, siōng Giân. siōng kùn. siōng su.
相爭辯論。相告。爭訟。訴訟。公平，訟言。訟棍。訟師。

訬 thó, ㄊㄡˇ,
chiū sī ín iú ê ì sù,
就是引誘的意思，

訝 Gā, Gōa, ngāi, ㄧㄚˋ, ㄨㄚˋ, ㄧㄚˋ,
ngiâ chiⁿ, kheng Gā. kî koài, Gā î. Giâu Gî, Gî Gā. Gōa Piàng, chiū sī Gōng G
迎接，卿訝。奇怪，訝異。憢疑，疑訝。訝映，就是憫愣
Lâi chhut siaⁿ ê ì sù. Gî ngāi, chiū sī Giâu Gî ê ì sù.
來出聲的意思。疑訝，就是憢疑的意思。

訢 hi, him ㄒㄧ, ㄒㄧㄣ,
thiⁿ tōe ê khì saⁿ chhèng. kiong kèng ê khoán sit. thian hā hi hi. khoài Lok hoaⁿ hí, thiòng Lok.
天地的氣相蒸。恭敬的款式。天下訢訢。快樂歡喜，暢樂。

kap thong. Chiong sin him jian. hoan hí ê khóan sit
与 忻通。終身訢然。歡喜的款式。

訧 iû, ㄧㄡˊ, tsōe koà, Phái" tāi, tsōe khian, bû iû.
罪過，歹代，罪愆，無訧。

訡 îm, ㄧㄣˊ, Siū khì ê oē. hoah hiàm. hìm im.
怒氣的話。喝喊。訡訡。

訨 chí, ㄓˇ, tī Lâng ê bīn chêng kò sò, hó tá" chek Pī kò Lâng.
佇人的面前告訴，好膽責備告人。

訩 hiong, ㄒㄩㄥ, Sio kò, Piān Lūn, tsōe tsōe oē, Piān siōng kong bûn hā, hiong hiong Put khó sèng theng.
相告，辯論，多多話，辯訟公門下，訩訩不可勝聽。

訫 Giōng, ㄫㄧㄥˇ, chiū sī at chí, Scah ê ì sù. tsó chí.
就是擉折，息的意思。阻止。

訬 iâu, ㄧㄠˊ, kan ta koa. Gák su bô bûn chiu" ê khek kiò tsōe iâu. ū bûn chiu" ê khek kiò tsōe koa.
乾焦歌。樂書無文章的曲叫做謠。有文章的曲叫做歌。

訶 Ge, Gē, Gê, ㄫㄝ, Gê Lâng, ēng oē tsau that Lâng. Leng chhiò ê ì sù, Leng Gē. Gê bák, bô Sūn Gán
ㄫㄝ，詡人，用話蹧躂人。冷笑的意思，冷訶。訶目，無順眼
ê ì sù. khòa" tioh mâ Gê. Gê siau
的意思。看着嘛訶。訶膶。

造字 借分成字

五 畫

詐 tsà, ㄓㄚˋ, ké tsòe, khi Phiàn, Pėh chhat, kan tsà. tsà Phiàn, tsà tsâi, tsà Sut, tsà khi.
假做，欺騙，白賊，奸詐。詐騙，詐財，詐術，詐欺。

詀 chhiam, tiam, tsām, tsōe tsōe oē, kong oē ê sia", tiam Lâm. chhiam hiok. oán tsóan ê oē, kî khá ê
ㄑㄧㄢ，ㄉㄧㄢ，ㄓㄢ，多多話，講話的聲，詀諵。詀謔。腕轉的話，奇巧的
oē, tiam thê. Loān Loān kóng, Lām Sám kóng oē. kian Lîn ê oē.
話，詀諦。乱亂講，濫糝講話。堅吝的話。

診 chín, ㄓㄣˇ, ēng oē chhâ mn̄g, khòa", chín sī, bong, Giām. chín chhat, chín tī, chín toàn, khòa" Pī" ê ì sù.
用話查問，看，診視。摸，驗。診察，診治，診斷，看病的意思。

詔 chiàu, ㄓㄠˋ, hông tè ê bēng Lēng, hā chiàu, chiàu Su. kàu tō, tsàn bián, thong kò. hoân hū sī sòe, Pò hō Lâng tsai.
皇帝的命令，下詔，詔書。教導，贊勉，通告。煩付是小，報俾人知。

詋 chiù, ㄓㄡˋ, kap 咒 呪 Sio Siāng ì sù. chiù tsoa. Liām hû chiù. chiù
与 咒 呪 相同意思。詋詛。念符詋。詋詛

詘 tiû, ㄉㄧㄡˊ, chiok hok, Kóng hó oē, tiû Siû. Lâng ê miâ, iû tiû.
祝福，講好話，詘詶。人的名，楊詘。

証 chèng, ㄓㄥˋ, ê kán Siá. ēng Sêng sit kā Lâng kóng, kan chèng. chèng sit. Pîn kù, Pîn chèng, chèng bêng
證的簡寫。用誠實給人講，干証。証實。憑据，憑証，証明。

詛 tsó, tsoa, Lóe me Phái" oē, chiù tsó, chiù tsoa, chiù tāng tsoa, chiù sí chėh tsoa, Lām Sám chiù tsoa.
ㄗㄨˋ，ㄗㄨㄚ，詈罵歹話，咒詛。咒詛，咒重詛，咒死絕詛，濫糝咒詛。

註 tsù, ㄓㄨˋ, Kóng bêng chheh ê ì sù, tsù sek. teng kì, tsù chheh. kì tsài, tsù bêng. kái Soeh, tsù kái.
講明冊的意思，註釋。登記，註冊。記載，註明。解說，註解。

訶 o, ㄜ, Siū khì. tōa Sia". chek Pī. o chek. o thek.
怒氣。大聲。責備。訶責。訶斥。

詒 î, tâi, thāi, ㄧˊ，ㄉㄞˋ，ㄊㄞ，thoân Lóh, Sa" Sàng hō Lâng, î. khi Phiàn, Pėh chhat, khi î. tāi Pîn toa" ê
傳落，相送俾人，詒。欺騙，白賊，欺詒。詒，貪惰的
ì sù. thāi, bú bān khi Phiàn ê ì sù.
意思。詒，侮慢欺騙的意思。

詍 ē, ㄧˋ, kóng oē tsōe tsōe ê ì sù.
講話多多的意思。

詌 khàm, ㄎㄢˋ, chiū sī chhùi kâm kâm, háp háp ê ì sù
就是嘴含含，合合的意思。

詁 kó, ㄍㄨˇ, chiong kó tsá ê oē Lâi kà sī Lâng, hùn kó. tsù kái, kong ōe, ké Soeh, tsù chheh.
將古早的話來教示人，訓詁。註解，講話，解說，註冊。

詎 kū, ㄐㄩˋ, bô Phah Sǹg, Giâu Gî, ná tsai, tsái" iū". kū ti. kū Liāu. kū Lêng. thài thó ê ì sù.
無打算，憢疑，那知，怎樣。詎知。詎料。詎能。豈討的意思。

詘 khut, thut, khut, ㄎㄨㄜ，ㄊㄨㄜ，詘，kong ōe bōe chhut, khiat khut. aú khiau, at chih ê ì sù. óng khut, óng khiok.
講話𣍐出，詰詘。拗曲，擉折的意思。枉詘，枉曲。
kap 屈 ū tông Gī. thut, chek Pī, kàng kip, tû khì, Piān Lóh kē, Lut chit, Pián koa" chit
与屈有同義。詘，責備，降級，除去，變落低，黜職，貶官職，

thut Piān。chìn chiok thut tōe。kap 黜 Sio Siāng ì sù。
詘貶。進爵詘地。与黜相同意思。

謱 Lâu, Lō, ㄌㄡˊ, ㄌㄛˊ; hoaⁿ hí ê siaⁿ, kóng oē bōe thang kóe bêng, hoan Lâu. Phái oē, kiàn Siàu, chhia Lō. 歡喜的聲，講話𡃇可解明，讙謱。歹話，見誚，謯謱

詈 Lī, Lóe, ㄌㄧˋ, ㄌㄨㄝˋ; Pīⁿ thâu mē Lâng, hō Lī。Phái oē mē Lâng, Lóe mē, Lóe thiⁿ mā tōe。chiù Lóe。Lóe Liām。邊頭罵人，詬詈。惡話罵人，詈罵。詈天罵地。咒詈。詈念。

詖 Pì, Phì, ㄅㄧˋ, ㄆㄧ; Piān Lūn, Gâu kóng oē。Phì Piān。chhong bêng。thiám bī, Phian su, hiám Phì。辯論，勢講話。詖辯。聰明。諂媚，偏私，險詖。

評 Phêng, ㄆㄧㄥˊ; kong Pêng Gī Lūn。kong Phêng, Phêng Lūn, Phoe Phêng。Phêng kè。Phêng Gī。Phêng Phoàⁿ。公平議論。公評，評論，批評。評價。評議。評判。

訴 Sò, ㄙㄨˋ; kā Lâng kóng, kóng bêng, Sò Soeh。Sio kò, kò Lâng, Sò Siōng。kò Sò。Sò Goān。給人講，講明，訴說。相告，告人，訴訟。告訴。訴願。

詆 tí, ㄉㄧˇ; bū Lōa, húi Pòng, tí khi。tí bū。tí hām Lâng, mē Lâng, tí húi。kan tsà。誣賴，誹謗，詆欺。詆誣。詆陷人。罵人，詆毀。奸詐。

訾 chhú, chhú, ㄗˇ, ㄗ; m̄ hó ê ì sù, húi Pòng, Lām Sám kong oē, chhú Gī。hòng tōng。Phòa Pī。毋好的意思，誹謗，濫糝講話，訾議。放蕩。破病。

訿 chhú, chhú, ㄗˇ, ㄗ; kap teng bīn jī sio siāng。与頂面字相同。

詞 Sû, ㄘˊ; kóng oē, Giân sû。bûn chiuⁿ, Sû chiong。bun Sû。Sû kù。koa Sû。bêng sû。講話，言詞。文章，詞章。文詞。詞句。歌詞。名詞。

詠 ēng, ēng, ㄩㄥˋ, ㄧㄥˋ; hoaⁿ hí ○ Ló ê siaⁿ, ko ēng。Gîm si, chhiùⁿ koa, Gîm ēng。khàn tn̂g siaⁿ, ēng ko au Gîm. 歡喜謳咾的聲，歌詠。吟詩，唱歌，吟詠。牽長聲，詠歌謳吟

誁 hùi, ㄈㄟˋ; kóng oē kóaⁿ kín, tsōe tsōe oē, 講話趕緊，多多話，

詙 Pò, ㄅㄛˋ; kan chèng。Pâi Liat。Lâng ê miâ。干証。排列。人的名。

詎 Lê, ní, tih, thih, ㄌㄧˊ, ㄋㄧˊ, ㄉㄧ, ㄊㄧ; Lê, ní, kiò Lâng。Pò Lâng oē bōe thong, kóng oē bōe thong。tih, thih 詎，詎，叫人。報人話𡃇通，講話𡃇通。詎，詎，
kong oē bōe bêng, tih tih háu。tih tih kiò。tih tih tuh tuh, tih tuh。thih thih kiò。Gâu thih, 講話𡃇明，詎詎哮。詎詎叫。詎詎訥訥，詎訥。詎詎叫。勢詎，
thih thih kóng, ham bān ê ì sù。詎詎講，憨慢的意思。

訏 tú, thú, ㄉㄨˊ, ㄊㄨˊ; tì Sek, tsai iáⁿ, tsai chêng, Gâu。Lâng miâ。智識，知影。才情，賢。人名。

詗 héng, ㄏㄥˊ; tsai iáⁿ kā Lâng kóng。chhì thâm Siau Sit, héng chhat。thau khòaⁿ, kui héng。知影給人講。刺探消息，詗察。偷看，窺詗。

訽 kò, ㄍㄛˋ; Lóe mē, thí chhiò, Lêng jiók, ki chhì ê oē。Sòng Goân kong oat, i Put jím kì kò。詈罵，恥笑，凌辱，譏刺的話。宋元公曰，余不忍其訽。

訷 Sin, ㄒㄧㄣ; kò Sò, kóng Sêng sit, Sin oan。kap thong。告訴，講誠實，訷冤。与申通。

訹 Sut, ㄒㄩˋ; ín iú, Sò Sut, Siâ khì ê jîn Sîn, Lōan Lōan kóng。Sái Lōng, Sái Sut。Sut Lâng khì tsòe。引誘，謏訹。邪氣的人臣，乱乱講。使弄，使訹。訹人去做。

詄 tiat, ㄉㄧㄝˊ; bōe kì tit, chhò Gō。thian thé ê khoan sit, thian bûn khai tiat tōng tōng。𡃇記得，錯誤。天體的款式，天門開詄蕩蕩。

詑 tô, thô, ㄉㄨㄛˊ, ㄊㄨㄛˊ; khin khin。khi Phiàn。bô Giâu Gî。輕輕。欺騙。無僥疑。

詏 àu, iàu, ㄠˋ, ㄧㄠˋ; Lâng ēng mâu tún ê oē saⁿ kong kek。人用矛盾的話相攻擊。

詙 Poat, Phoah, ㄅㄨㄚˊ, ㄆㄨㄚˊ; Sîn Lông sī ê hui ê miâ, theng Poat。Phoân Phoah, chiū sī ēng hó Lé ê oē Lâi thiám bī Lâng。神農氏的妃的名，聽詙。媻詙，就是用好禮的話來諂媚人。

六畫

詫 chhà, thà, ㄔㄚˋ, ㄊㄚˋ; khoa kháu, khoa chhà。Lām sám kóng oē, chhà kòng。Giâu Gî, kiaⁿ hiaⁿ, kì koài, thà i。誇口，誇詫。濫糝講話，詫誑。僥疑，驚惶，奇怪，詫異。

詶 chiù, chhiû, Siû, ㄐㄧㄡˋ, ㄑㄧㄡˊ, ㄒㄧㄡˊ; chiù kap thong。chhiû, Èng tap, ēng oē in tap, chhiû tap。Siû kap 酬 Sio Siāng 詶与詛通。詶，應答，用話應答，詶答。詶与酬相同
ì sù。ēng oē saⁿ kiò in, Pò tap ê ì sù, ēng Siû。意思。用話相叫應，報答的意思，應詶。

誃 chhí, ㄔˇ; Lī Piat, su chhí。khi Phiàn。Lâng ê miâ, Siu bú Lông sū chhí。離別，斯誃。欺騙。人的名，修武郎士誃。

詧	chhat, ㄔㄚˊ,	Séng chhat, chhâ m̄ng. chià" ê pe. kap 察 Sio siāng ì sù 省察 。查問 。正的話。与 察 相同意思。
詹	Chiam, ㄐㄧㄢ,	ōe tsoe ê khóan sit. kàu. Liāu Lí chiam sū. Soa" mîa. Lâng ê sì" chiam. 話多的款式 。到 。料理，詹事 。山名 。人的姓 。詹 。
誅	tu, ㄓㄨ,	Chhē Lâng beh thâi, tu thó. chek Pī, hêng hoat, khau tu Pit hoat, tû khì, tu biat. sau biat tu Liók 尋人要殺，誅討。責備，刑罰，口誅筆伐。除去，誅滅。剿滅，誅戮。
詨	hau, kau, ㄏㄠˋ, ㄐㄧㄠˋ,	khoa kháu, kóng tōa ōe, kàu khim. Phòng hong. Kóng Pe̍h chhat, hau Siàu, hau Siàu ōe 誇口 ，講大話，詨矜 。膨風 。講白賊 ，詨膶 ，詨膶話。
詾	hiong, ㄒㄩㄥ,	Sio ko, Piān Lūn. chèng Lâng ê ōe, tsōe tsōe ōe, hiong hiong. Lūn Gī hiong hiong. 相告，辯論。眾人的話，多多話 ，詾詾 。論議詾詾 。
詡	hú, ㄒㄩˇ,	khoa kháu, kóng tōa ōe, tsū hú. Phó Phiàn, khoah tōa, hú tōa, chhang mîa, khûn kín. 誇口 ，講大話，自詡。普遍 ，闊大 ，詡大 。聰明 ，勤謹 。
話	hōa, oā, ōe, ㄏㄨㄚˋ, ㄨㄚˋ, ㄨㄝˋ,	ha̍p hōe kóng. Giân Gú, hōa Gú. tông kun it se̍k hōa sèng tho̍k Si̍p Liân Su. Kap Gâu ê Lâng 合會講 。言語，話語。同君一席話勝讀十年書 。與賢的人 kóng chit sî ê ōe, khah iâ" tha̍k tsa̍p nî chheh. kóng ōe. Pe̍h ōe. chin Sim ōe, Pe̍h chhat ōe. 講一時的話，較贏讀十年書 。講話。白話。真心話，白賊話。 hó ōe, Pháiōe. kóng kúi ōe, Siáu ōe. ōa kio̍k. hōa, ōa, sī bûn im. ka ōa. 好話，歹話。講鬼話，猶話 。話劇。話，話，是文音。嘉話。
謊	hong, hóng, ㄏㄨㄤ, ㄏㄨㄤˇ,	kap 謊 Sio Siāng ì sù. Phiàn Lâng ê ōe, Pe̍h chhat ōe, hong ōe. bāng kì" ê ōe 与 謊 相同意思。騙人的話，白賊話，謊話 。夢見的話。 hut jiân, hóng hut. bô iá" ê tāi chì, hóng hām. 忽然，謊忽 。無影的事誌，謊賺。
詣	Gé, Gē, ㄧˋ, ㄧˋ,	théng hāu, kàu, khì kàu tè, Gē hú būn hāu. chhu Gē. hak giap chhim kàu, tsō Gē. 等候 ，到 ，去到地，詣府問候 。趨詣。學業深到 ，造詣。 ēng Sim keng êng, Sū Gia̍p, khó Sim ko Gē. 用心經營 事業 ，苦心孤詣。
該	kai, ㄍㄞ,	kun iâ" ê iok sok. tio̍h, ha̍p Gî, èng kai. chê Pī, kai Pī. kai tsòe, Put kai tsòe. 軍營的約束。着 ，合宜，應該。齊備，該備。該做，不該做。
詪	hún, kún, khún, oan hūn, ㄏㄣˇ, ㄍㄣˇ, ㄎㄣˇ,	m̄ thia" thàn, hún Lē. kóng ōe oh tit kóng ê khóan sit, kún kún Gú. 怨恨 ，毋聽趁，詪戾。講話，難得講的款式 ，詪詪語。 thún khún, oan ke siū khì. 譕詪 ，冤家怒氣。
詬	hō, kò, ㄏㄡˋ, ㄍㄡˋ,	kiàn Siàu, hē kò. thí jio̍k, Lé mē, kò Lí. kò sùi kò Pīng. 見誚 ，謑詬。恥辱，詈罵，詬詈。詬誶。詬病。
詰	khiat, ㄐㄧㄝˊ,	m̄ng, khiat m̄ng. Chek Pī, Phóan khiat. bîn á jit, khiat tàn. khiok chiat, khiat khut. 問，詰問 。責備，盤詰。明仔日，詰旦 。曲折 ，詰屈 。
詿	kòa, ㄍㄨㄚˋ,	chhò Gō. kòa Gō. khi Phiàn, jiáu Lōan thi" ê e tsōe. 錯誤，詿誤。欺騙，擾乱天下的罪 。
誇	khoa, khà, ㄎㄨㄚ, ㄎㄨㄚˋ,	théng khí, kóng tōa ōe bô Sit, khoa kháu. khoa tōa Phòng hong. khoa iàu kè thâu. 逞起 ，講大話無實，誇口 。誇大 ，膨風 。誇耀，過頭。 khoa Chiáng o Ló khù, chiū sī chhiù" koa ê ì sù. 誇獎，謳咾。誇 ，就是唱歌的意思 。
誆	kòng, khong, khóng, ㄎㄨㄤ, ㄎㄨㄤ, ㄎㄨㄤˊ,	Lām Sām, kóng Pe̍h chhat ōe. khi Phiàn, khóng Phiàn. 濫糝 ，講白賊話，欺騙，誆騙。
詭	khúi, kúi, khúi, ㄎㄨㄟˇ, ㄍㄨㄟˇ,	chek Pī, tsū chek, tsū khúi hāu kong. kî koài koh iū" khúi ī. Piàn hòa to toan, 詭 ，責備，自責 ，自詭效功 。奇怪異樣，詭異。變化多端， khúi khiat. khi Phiàn, khúi kè. Kúi kan kúi chiū sī kan tsā ê ì sù. 詭譎。欺騙 ，詭計。詭，奸詭，就是奸詐的意思。
詼	khoe, khe, ㄎㄨㄟ, ㄎㄜ,	kún chhìo, hì hiok, ki chhì, khoe chhiau. ū khoe hâi, kóng ōe chhù bī, hó chhìo. 咳笑，戲謔，譏刺，詼笑 。有詼諧。講話趣味，好笑。 Gín á Gâu chiu chì, Gâu sai nai, kāu khe hâi khe hâi Liâu Liâu. 囝仔勢上嬺，勢𠢕𡛂，厚詼諧。詼諧了了 。
誄	Lúi, ㄌㄟˇ,	o Ló Sian jîn ê kong tek ê ōe á sī bûn chiu". hō sí Lâng ê mîa kì tó 謳咾先人的公德的話或是文章。号死人的名，祈禱
詵	Sin, ㄕㄣ,	kek tì ê ōe tsōe tsōe ōe tsū chip ê khóan Sit 格致的話 。多多話 。聚集的款式
詩	Si, ㄕ,	Sim chì só chhut ê ōe, kóng ōe ū ūn, Si chêng ūi ì. Si koa. Si Su. Si jîn. 心志所出的話，講話有韻，詩情畫意。詩歌。詩書。詩人。
詳	Siông, ㄒㄧㄤˊ,	tsú Sòe, Siông Sòe. Gī Lūn, chham Siông. Chim chiok, Siông Lio̍k. chiâu Pī, chiu siâng. Siông bit. 仔細，詳細。議論，參詳 。斟酌，詳略。齊備，週詳。詳密。
詥	Phín, ㄆㄧㄣˇ,	Phín bêng, Phín ióng, Phín Gâu, Phín Phóng, Phín Pún Sū. tián, khoa iàu, kóng tōa ōe ê ì sù 詥明。詥勇。詥勢。詥嗙。詥本事。展，誇耀，講大話的意思 造字

試 Sì, chhì, ㄕˋ,ㄔˋ; Siōng bī, Siōng sì, chhì Giām, tham khòa", chhì khòa". chhì thàm, ēng khòa", chhì ēng. 嘗味，嘗試，試驗。探看，試看。試探，用看，試用。chhì chiáh, khó Giām, khó Sì. Sì kim Sek, chit chióng O Sek Chioh, eng chhì Giām kim á. 試食，考驗，考試。試金石，一種黑色石英，試驗金仔。

詢 Sûn, ㄒㄩㄣˊ; chhâ, mn̄g, Sûn mn̄g, tsa Sûn. Gī lūn, tsu Sûn. bô sū, mn̄g an, Sìn sit. 查，問，詢問，查詢。議論，諮詢。謀事，問安；信實。

誂 thiáu, ㄊㄧㄠˇ; Sa" kiò ín iú ê ì sù. thit thô, hì Lâng, ké tsòe. 相叫引誘的意思。迌迌，戲弄，假做。

詮 chhoan, ㄑㄩㄢˊ; Soán tek hó ê oē, chhoan Lūi. Siông Sòe kái Sek, chhoan Sek. chin Lí, chin chhoan. 選擇好的話，詮論。詳細解釋，詮釋。真理，真詮。

詣 chí, ㄐㄧˇ; kò sò, káu khiat, kan kùi. tah èng, ún tsún. 告訴，狡譎，奸詭。答應，允准。

訾 jiá, ㄖㄜˇ; ìn tap ê sia" chhin chhiū". 應答的聲，親像。

訮 Gan, hian, ㄧㄢˊ, ㄒㄧㄢ; kóng oē. chek Pī, Siū khì, Lâng miâ, jú hian Sa" chi" Sio kò. 講話。責備，怒氣，人名，汝訮，相爭，相告。

詶 chiu, ㄐㄧㄡ; tsōe tsōe oē ê ì sù. 多多話的意思。

䛚 Liok, ㄌㄜˋ; thó khùi, hó oē ê ì sù. 吐氣，好話的意思。

誀 bi, ㄇㄧˇ; ēng miâ Lâi hun Piat. kio miâ. Lâi Lūn khí miâ ê ì sù. 用名來分別。叫名。來論起名的意思。

詻 Gék, Gók, ㄜˋ,ㄜˊ; Sio mē ê oē. Sī tōa hoân hù sī Sòe Giâm hat ê oē. Gók Gók. 相罵的話。是大煩付是小嚴喝的話。詻詻。

詷 tông, ㄊㄨㄥˊ; Sa" kāng, tsòe hé, kóng oē. kong oē kín kín ê ì sù. 相共，做夥，講話。講話緊緊的意思。

諫 chhì, ㄑㄧˋ; kàn chèng, tauh tauh, ēng i ê kè sit kàn chèng. 諫証，沓沓，用他的過失諫正。

詉 bông, ㄇㄤˊ; kong oē bô chiap Siók. Loān Loān kóng bô chin sit. 講話無接。乱乱講無真實。

七 畫

誌 chì, ㄓˋ; Sim koa" kì tit, éng chì Put bōng. kì sū, kì tsai. kì tāi chì. Pi chì. Phiau chì. tsap chì. 心肝記得，永誌不忘。記事，記載，記事誌。碑誌。標誌。雜誌。

誠 Sêng, ㄔㄥˊ; chin Sit, tiong Sìn, kiong kèng, Sûn tsoân, Sêng sit. tiong Sêng. Sêng khún. Sêng Sim. Sêng chì. 真實，忠信，恭敬，純全，誠實。忠誠。誠懇。誠心。誠摯。

誒 hi, ㄒㄧ; iàm ò ê sia", thó khùi, hì thàn chhiò kàu kông, hì chhiáu kông chí. 厭惡的聲，吐氣，誒嘆。笑到狂，誒笑狂只。

誨 hòe, ㄏㄨㄟˋ; kà sī, kàu hòe, khó khng, bián Lē, kó bú, hùn hòe. ín iú Lâng tsòe Phái, hòe tō hòe îm. 教示，教誨，苦勸，勉勵，鼓舞，訓誨。引誘人做歹，誨盜誨淫。

認 jīm, jīn, ㄖㄣˋ; tsai bêng, jīn bêng. bat, jīm Sek. chim chiok, khak jīm. Sêng Siū, Sêng jīn. Sio jīn. 知明，認明。識，認識。斟酌，確認。承受，承認。相認。tam Pó, Pó jīn. jīm khó. jīm tông. 擔保，保認。認可。認同。

誥 khò, ㄍㄠˋ; hoân hù, kà sī sì Sòe, kā Lâng kóng, hùn khò. Sèng chí, khò hong. 煩付，教示是小，給人講，訓誥。聖旨，誥封。

誡 kài, ㄐㄧㄝˋ; kā Lâng kóng, bēng Lēng, hùn kài. kài bēng. kò kài. hêng hoat, kài Lu̍t. 給人講，命令，訓誡。誡命。告誡。刑罰，誡律。

誩 kēng, ㄐㄧㄥˋ; kóa" kín kóng oē. Sa" chi" kóng. 趕緊講話。相爭講。

誑 kòng, ㄎㄨㄤˊ; Lām Sám kóng, khi Phiàn, Pėh chhát, bē hek, khi kòng, kòng Phiàn. 濫糝講。欺騙。白賊。迷惑。欺誑。誑騙。

誏 Lóng, Lōng, ㄌㄤˇ,ㄌㄤˋ; Lóng, kóng oē bêng Láng ê ì sù. Lōng, kóng êng oē, Pō Giók, kóng oē Sio Siat. 誏，講話明朗的意思。誏，講閒話，暴虐。講話相褻。

誐 Gô, ngô, ㄜˊ; chiū sī hó oē, Gîm Si. Lâng miâ. 就是好話，吟詩。人名。

訿 Phi, ㄆㄧ; chha chhok, Pōe biū. chhò Gō ê ì sù. 差錯，誖謬。錯誤的意思。

誖 Pōe, Put, ㄅㄟˋ, ㄅㄛˊ; jiáu Loān, kóng oē Loān Loān, bē hek. chhi Gâi, ngó Gėk, kiān koai. 擾乱，講話乱乱。迷惑。痴呆。忤逆，強乖。

說 iát, Soat, Sòe, seh 一ㄚㄊ,ㄙㄨㄚㄊ,ㄙㄨㄝ,ㄙㄝㄏ
iàt, kap 說 与 悅 thong。通。 hoa" hí 歡喜, khoài Lòk 快樂, thiòng Lòk 暢樂。Soat, kóng ōe, kà sī 說,講話,教示,
Soeh ㄙㄨㄝㄏ, kái Soat 解說。Soat kàu 說教。Soat bêng 說明。Soat hòk 說服。iû Soat 游說。Siáu Soat 小說。Sòe, ēng ōe khǹg Lâng thàn, 說,用話勸人趁,
hioh khùn 歇睏。iû Sòe 游說。Sòe hòk 說服。Sòe kàu 說教。Sòe kheh 說客。Seh, kóe Seh 說,解說。thia" Seh 聽說。Sia" seh 聲說。Seh chhiòu 說笑。

誦 Siōng, ㄒ一ㄥ, tè i ê sia"。thàk bûn chiu" 隨他的聲。讀文章, chhùi Liām 嘴念, Gī Lūn 議論, húi bòng 誹謗。Sa" hiâm 相嫌。Siōng keng 誦經。thàk Siōng 讀誦。

誓 sè, tsōa ㄕㄝ,ㄗㄨㄚ, chiù tsōa 咒誓, iok Sok 約束, chè ap 制壓, Kèng kài 警戒, Lip sè 立誓。Sè iok 誓約。bêng sè 盟誓。hoat Sè 發誓。Sè su 誓師。
chiù tāng tsōa 咒重誓。chiù sí chéh tsōa 咒死絕誓。m̄ thang Lām Sám chiù tsōa 毋可濫糝咒誓。

誕 tān ㄉㄢ, Lām Sám kóng 濫糝講, hong tān 荒誕。hòng tōng 放蕩, hòng tān 放誕。Si" kia" 生子, tān seng 誕生。khoah 闊, tōa 大, khi Phiàn 欺騙
tàn ㄉㄢ, tàn Sîn 誕辰, si" jit 生日。Siū tàn 壽誕。Sèng tàn 聖誕, iâ So ê si" jit 耶穌的生日。hút tàn 佛誕, hút tsó ê si" jit 佛祖的生日。

誂 thut, thop ㄊㄨㄊ,ㄊㄛㄆ, kàu koài 狡怪, kan kúi 奸詭, Sa" khi Phiàn ê ì sù 相欺騙的意思。tí thut 詆誂。thop, o Peh kóng ōe 誂,烏白講話, Loān thop 亂誂, Sì kòe thop 四界誂。

誚 Siàu, ㄒ一ㄠ, hiâm Lâng 嫌人, ki chhì 譏刺, ki Siàu 譏誚。chek Pī 責備, Siàu chek 誚責。tì thí 知恥, kiàn Siàu 見誚。

誣 bû, ㄅㄨ, ēng Lâ Sâm bak Lâng 用垃圾污人, bû biat Lâng 誣蔑人。un khut 冤屈, bû kò 誣告。ka bû 加誣。bû Lōa 誣賴, húi Pòng 毀謗。

誤 Gō, ngō ㄫㄛ,ㄫㄛ, kóng ōe m̄ tioh sit chhò 講話毋著失錯, chha chhò 差錯, chhò Gō 錯誤。Pōe biū 背謬, Gō biū 誤謬。Sit ngō 失誤。ngō sū 誤事。

誘 iú, 一ㄡ, ēng ōe kā Lâng kóng hō Lâng Lāng Sim 用話給人講互人動心。kàu tō 教道, iú tō 誘導。bê hek 迷惑, iú hek 誘惑。iú koái 誘拐。iú Phiàn 誘騙。

語 Gú, Gū ㄫㄨ,ㄫㄨ, kap Lâng kóng ōe 與人講話, Gī Lūn 議論, Gú Giân 語言。Giân Gú 言語。Gú bûn 語文。kok Gú 國語。toē hng Gú 地方語。Gōa Gú 外語。
Gū, kā Lâng kóng 語,給人講, thong ti 通知, kà sī 教示。

誢 hián, ㄏ一ㄢ, chek Pī 責備, á sī kap Lâng Sa" chi" ê ì sù 或是與人相爭的意思。

諔 chhiok, ㄑ一ㄛㄎ, kóng ōe kín kín 講話緊緊。khún Pek 窘迫, Pek chhek 迫促。thong ēng 通用 促。

誼 Gī, Gî ㄫ一,ㄫ一, kap 与 誼 相同, Sio Siāng。kóng ōe háp Gī 講話合宜。hó hó 和好, iú Gī 友誼, chêng Gī 情誼, kau Gī 交誼, hiong Gī 鄉誼。

誸 Piat, ㄅ一ㄚㄊ, hun khè 分契。Pān Sū 辦事。thiah Lí khì 拆理氣。Lâng ê mîa 人的名, ēng kok kong Sū Piat 永國公 士誸。

誧 Pho, ㄆㄛ, khoah tōa 闊大, Lâng Sa" Pang tsān 人相幫助。kè bô 計謀。kan chèng 干証。kóng tōa ōe 講大話。

補畫 誗 kah áp ㄍㄚㄏ,ㄚㄆ, chhe kah 差誗, chiū sī chhe khiàn ê ì sù 就是差遣的意思。Sī tōa bēng Lēng sī sòe tsòe sū 是大命令是小做事。áp, hip áp 誗,詥誗 = kóng ōe ê sia" 講話的聲。koa" kín kóng ōe 趕緊講話。

造字 借甲成字。

八畫

諍 cheng, chèng ㄐㄝㄥ,ㄐㄝㄥ, khó khǹg 苦勸, kàn chèng ōng ê m̄ tioh 諫諍王的毋著。chèng Giân 諍言。Sio kò 相告, cheng Siōng 諍訟。

諂 thiám, ㄊ一ㄚㄇ, khiam Pi siu" kè thâu 謙卑過過頭, Phò thá" Lâng 扶担人, úi khiok hong hiàn Lâng 委曲去奉獻人, thiá bī 諂媚。thiám chhiò 諂笑。

諑 tok ㄉㄛㄎ, chek Pī 責備, húi Pòng 毀謗, Gâu kóng ōe 勢講話, hun Sò 分訴, kiau Sō 嗋唆, Sái Lōng 使弄。khá tok 巧諑。iâu tok 謠諑。

諄 tun, tsùn ㄉㄨㄣ,ㄗㄨㄣ, un khùn kà sī 殷勤教示, Siōng sè 詳細, kàu 到, Sêng Sit 誠實, chhiat iàu 切要, Sek sek 熟熟。tun tun 諄諄。hòe ní tun tun 誨爾諄諄。
teng Lêng 叮嚀, kā Lâng kóng 給人講, chìn tiong 盡忠, kèng kìn 敬謹, Pang tsān 幫助。Lô sim tsūn tsūn 勞心諄諄。

誹 húi ㄈㄟ, Lām sám hiâm Lâng 濫糝嫌人。Gī Lūn 議論。mē Lâng 罵人。húi Pòng 誹謗。húi Gī 誹議。húi húi 誹毀。

諱 hēng ㄏㄝㄥ, kóng ōe 講話, siū khì ê ōe 怒氣的話。tiâu tit 特直。hēng tit 諱直。

誼 Gī, Gî ㄫㄧˊ, ㄫㄧˋ ，kap 誼 Sio siāng 與誼相同。kóng ōe hàp gī 講話合宜。tióh tō lí 着道理，hó 好，hô hó 和好，chêng gī 情誼。iú gī 友誼，hiong gī 鄉誼。

諉 ūi ㄨㄟˇ，thoa lūi 拖累，chip sū put ūi 執事不諉。the thok 推託，chhui ūi 推諉。thok tiōng 託重，ūi thok 諉託。

課 khò, khè ㄎㄜˋ, ㄎㄜˋ，pí kàu 比較，gī lūn 議論，chhì khòaⁿ 試看，ēng kang hu 用工夫，khǹg lâng 勸人。khò sòe 課稅。sòe iân 稅捐。hàk giàp 學業，kong khò 功課。pān sū 辦事，hun khò tsok giàp 分課作業。Siòng mīa 相命，pok khò 卜課。khang khè 工課，tsòe khang khè 做工課。

鞫 kiok ㄍㄧㄡˊ，Sím phòaⁿ hoān tsōe ê lâng 審判犯罪的人。

諒 Liōng ㄌㄧㄤˋ，kóng ōe sìn sit 講話信實，sió khóa sìn 小許信，phah sǹg 打算，tsai 知，bêng pėk 明白，pang tsān 幫助。khoan sù 寬恕，goân liōng 原諒。iú liōng 友諒。liāu siōng 料想，liōng pit 諒必。liōng kái 諒解。tōe mîa 地名，Liōng chiu 諒州，tī nîa lâm 佇嶺南。

論 Lūn, Lūn ㄌㄨㄣˊ, ㄌㄨㄣˋ，kóng ōe 講話，saⁿ kap kóng 相與講，giân lūn 言論。phêng lūn 評論。gī lūn 議論。lūn soeh 論說。lūn gú 論語。

諗 Sím ㄒㄧㄣ，kè bô 計謀，siàu liām 數念，khó khǹg 苦勸。kan chèng 干證，ún tsōng 穩藏。tsai iáⁿ 知影，sek sím 熟諗。

諃 Siâm ㄒㄧㄢˊ，chiū sī kóng ōe bô láu sit ê ì sù 就是講話無老實的意思。

誰 Sûi, tsôa, tsūi ㄕㄨㄟˊ, ㄕㄨㄚˊ, ㄕㄨㄟˊ，m̄ tsai i ê mîa 不知他的名，sím mih lâng 甚麼人，lí sī sûi 你是誰。lâng ê sìⁿ 人的姓，sûi 誰。tsôa 誰，mn̄g ê ōe 問的話；Lí sī tsôa 你是誰。chit ê mih sī tsôa ê 這個物是誰的。chit ê tāi chì sī tsôa tsòe ê 這的事誌是誰做的。tsûi 誰，chī tsûi 是誰，chiū sī sím mih lâng ê ì sù 就是甚麼人的意思。chī tsûi á 是誰。tsûi tsai 誰知。chī tsûi á ê 是誰仔的。siáng siáng 誰誰，chiū sī sím mih lâng 就是甚麼人。

誶 Sùi, tsūi, tsut ㄙㄨㄟˋ, ㄙㄨㄟˋ, ㄗㄨㄛˊ，húi pòng 誹謗。mē 罵，kì chhì 譏刺，tsūi mā 誶罵。kò tsūi 訴誶。saⁿ niū 相讓。thong tì 通知。kóng ōe 講話。

談 tâm, tâm, thân ㄊㄢˊ, ㄊㄢˊ, ㄊㄢˊ，saⁿ kap kóng ōe 相與講話，biān tâm 面談，tùi tâm 對談。giân lūn 言論，tâm lūn 談論。kóng chhiò 講笑，chhiàu tâm 笑談。káng thiⁿ soeh hông tè 講天說皇帝，tâm thiⁿ soat tōe 談天說地。tâm ōe 談話。tâm phòaⁿ 談判。tâm lí 談理。siong tâm 相談。thân 談，lâm thân 南談，chhiùⁿ lâm thân 唱南談，chiū sī hì tiāu 就是戲調。siók tiô chiu hú thó im ê hì pan ê hì 屬潮洲府土音的戲班的戲。

調 tiâu, tiāu, tiau, tiâu ㄊㄧㄠˊ, ㄉㄧㄠˋ, ㄉㄧㄠ，hô hàp 調，和合，chhong hó sè 創好勢，tiâu hô 調和。tiâu hàp 調合。hô kái 和解，tiâu kái 調解。liāu lí 料理，tiâu bī 調味。pó ióng 補養，tiâu ióng 調養。hóng tsa 訪查，tiâu tsa 調查。siaⁿ im 聲音，im tiāu 音調。siaⁿ tiāu 聲調。poaⁿ sóa 搬徙，tiāu tōng 調動。chéng lí 整理，tiâu chéng 調整。phiàn lâng lī khui 騙人離開，tiāu hó lī san 調虎離山。tiāu sek 調色。tiâu chè 調製。tiâu che 調劑。

諔 thiám ㄊㄧㄢˇ，kóng ōe bô tiāⁿ bô tióh ê ì sù 講話無定無着的意思。

諏 tso ㄗㄡ，chham siông 參詳，kè bô 計謀，tsòe hé gī lūn 做夥議論，tso gī 諏議，mn̄g chèng sū 問政事。sûn mn̄g 詢問，tso hóng 諏訪。

諓 chian, chián, chhián ㄐㄧㄢ, ㄐㄧㄢˇ, ㄑㄧㄢˇ，gâu kóng ōe hō lâng thiaⁿ thân 勢講話與人聽趁，ēng thiám bī ê ōe 用諂媚的話；chián chián chi giân 諓諓之言。káu khiat 狡譎。

請 chhéng, chhiáⁿ ㄑㄧㄥˇ, ㄑㄧㄥˇ，pài kìn 拜見，chhéng kiàn 請見。pò 報，kiò 叫，mn̄g 問，jīn 認。sin chhéng 申請。chhéng būn 請問。chhéng an 請安。chhéng kiû 請求。chhiáⁿ mn̄g 請問。phèng chhiáⁿ 聘請。chhiáⁿ chē 請坐。poaⁿ chhiáⁿ 搬請。chhiáⁿ kheh 請客。chhiáⁿ put 請佛。

誾 Gûn ㄧㄣˊ，tiong ng sì chiàⁿ ê khoán sit 中央四正的款式。kóng ōe hô sūn 講話和順，kèng kín 敬謹，gûn gûn jû iā 誾誾如也。

諛 jû, jū ㄩˊ, ㄩˊ，gâu kóng ōe 勢講話，thiám bī 諂媚，phó tháⁿ 扶担，o jû 阿諛。jû giân 諛言。jû sû 諛辭，tiⁿ giân bit gú 甜言蜜語。

誟 hêng ㄏㄥˊ，kap 誟 sio siāng 與誟相同。kóng ōe 講話，siū khì ê ōe 怒氣的話，tiāu tit 特直。

諜 chiat ㄐㄧㄝˊ，gâu kóng ōe 勢講話，tsōe ōe 多話，kāu ōe sái 厚話屎，kháu chiat 口諜。

誑 tiong ㄉㄨㄤˇ，siáu 猜，tian kông 顛狂，tiong kông 誑誑。kóng peh chhat ōe ê ì sù 講白賊話的意思，phiàn lâng 騙人。

諐 khian, ㄎㄧㄢ, kè sì, chē kò, chē khian。kap 愆 Sio Siāng。
過失，罪過，罪愆。ㄅ 愆 相同。

謼 hô, ㄏㄨ, aù kiò, Pėh chhat, Lām sám kóng ōe。Lâng ê miâ。
呼叫，白賊，濫糝講話。人的名。

誇 khiòng, ㄎㄧㄥ, tsōe tsōe ōe, m̄ng an ê ì sù。
多多話，問安的意思。

諎 chek, chhò, ㄐㄝˋ, ㄘㄛ, tōa sian, jiáng, thí, háu,
大聲，嚷，啼，吼，

謗 bóng, ㄅㄤ, thí chhiò, bû Lōa, húi Pòng, bû bóng。
恥笑，誣賴，誹謗，誣謗。

謗 Pòng, ㄅㄤ, kap 謗 Sio Siāng, chham khòaⁿ 10 ūi tsù。
ㄅ 謗 相同，參看十畫註。

諆 thún, ㄊㄨㄣ, thún hūn。oàn hūn, m̄ thiaⁿ thàn。
諆誏。怨恨，毋聽趁。

諜 Siat, ㄒㄧㄝ, kháu Siat, Giàt Siat, Siat Lâng, tn̄g bīn Siat Lâng, Siat Lâng khì sì。chiù me ê ì sù。
口諜，孽諜，諜人，當面諜人，諜人氣死。咒罵的意思。

造字 借妾偏音成字。

Soa Sap, Soa Soa Sap Sap, kóng ōe kāu soa sap。kāu ōe ê ì sù。
吵諜，吵吵諜諜，講話厚吵諜。厚話的意思。

諦 Sau, ㄙㄠ, Sau Phî, Sau i ê Phî。Sau Lâng ê thé bīn。Sak Sau, khì hō Lâng Sak Sau。tsau that ê ì sù,
諦皮，諦他的皮。諦人的體面。揀諦，去互人揀諦。蹧躂的意思。
ēng ōe Lâi tsau that ê ì sù。
用話來蹧躂的意思。

造字 借帝的偏音成字

諒 kū, ㄍㄡ, Lū kū, ēng bô Lé ê ōe ìn Lâng ê ì sù
謱諒，用無禮的話應人的意思。

造字 借具字成字。

九畫

諸 tsu, chiah, chiap, ㄓㄨ, ㄐㄧㄚ, ㄐㄧㄚㄅ, Pang tsān ê jī。tsōe tsōe, tsu to。tsōe tsōe Lâng, tsu ūi。tsu kun。Lâng ê sìⁿ,
幫助的字。多多，諸多。多多人，諸位。諸君。人的姓，
tsu kat, Lâng ê miâ, Sam kok sî tāi ê Lâng, tsu kat Liāng, jī khóng bêng。tsu hô, kó tsá
諸葛，人的名，三國時代的人，諸葛亮，字孔明。諸侯，古早
thian tsú só hong ê kùi tsók。chiap im thang kóng bô ēng。chiah ê。Lín chiah ê Pn̄g thàng。
天子所封的貴族。諸音可講無用。諸個。您諸個飯桶。
Góan chiah ê Lóng sī hó Lâng, ìn chiah ê Lóng sī Pháiⁿ Lâng。
阮諸個攏是好人，伊諸個攏是歹人。

諥 chiòng, ㄐㄧㄥ, kong ōe Saⁿ chhiok hoān。tùi tiōng ê ōe。
講話相觸犯。貴重的話。

諯 tsoan, ㄓㄨㄢ, Siàu Giàh。Saⁿ nīu。Lâng miâ, tsoan tsóng。
數額。相讓。人名，諯宗。

諷 hóng, ㄈㄥ, chhiùⁿ Liām, hóng Siōng。kì chhì, hóng chhì。Pí jū, hóng kàn。kà sī, hóng sī。
唱念，諷誦。譏刺，諷刺。比喻，諷諫。教示，諷示。

諧 hâi, ㄒㄧㄝ, tiau hô, hô Sūn, hô hâi。Phòe hàp, Sū hâi。kún chhiò, hâi hiok。hì Lāng, hì hiok。
調和，和順，和諧。配合，事諧。詼笑，諧謔。戲弄，戲謔。
kóng ōe chhù bī hó chhiò, ū khoe hâi。Gín á Gâu chiùⁿ chîn Gâu sai nai, kāu khe hâi。
講話趣味好笑，有詼諧。囡仔勢上憐，勢憐撒奶，厚詼諧。

諴 hâm, ㄒㄧㄢ, tiāu chhú, hô Sūn, Sêng sit。
調處，和順，誠實。

諠 Soan, ㄒㄩㄢ, kan tsà, bōe kì tit。kan kúi。chháu Lāu。
奸詐，勿會記得。奸詭。吵鬧。

諼 Soan, ㄒㄩㄢ, kap tèng bīn jī Sio Siāng。kan tsà, bōe kì tit。kan kúi。chháu Lāu。
ㄅ 頂面字相同。奸詐，勿會記得。奸詭。吵鬧。

諻 húi, ㄏㄨㄟ, ēng ōe Siat tók Lâng, húi Pòng, kap húi thong。
用話褻瀆人，諻謗。ㄅ 毀通。

諱 hùi, ㄏㄨㄟ, kéng chiàn Siám Pī。khī khek, khī hūi。Pī hùi。iám khàm, hùi Sek。hùi chit khì i。
揀食閃避。忌剋，忌諱。避諱。掩蓋，諱飾。諱疾忌醫。

諫 kàn, ㄐㄧㄢ, ēng tit chiap ê ōe Lâi khoàn kò, kàn chèng。kàn khoàn。chek Pī, kàn chèng。
用直接的話來勸告，諫諍。諫勸。責備，諫正。

date theme 言部 149 page

謀	bô͘, ㄇㄡˊ	Gī Lūn, Phah Sǹg, kè bô͘. siat kè, Sim Lāi Siūⁿ, bô͘ Lio̍k, bô͘ Sū. Phah Piàⁿ, bô͘ Seng. 議論，打算，計謀。設計，心來想，謀略。謀事。打拚，謀生。
諵	Lâm, ㄌㄢˊ	Kóng ōe ê siaⁿ, tsoē tsoē ōe ê khóan Sit. Lâm Lâm. ka kī teh Lé mē, Siáu Lâm. 講話的聲，多多話的款式，諵諵。傢己咧詈罵，謏諵。
諳	am, ㄢ	bat, Lāu Liān, kì tit, hiáu tit, bêng Pe̍k tsai, Se̍k am. am Siōng. am Liān. am kì. 識，老練，記得，曉得，明白知，熟諳。諳誦。諳練。諳記。
諤	Go̍k, ㄜˋ	kóng ōe chèng, Chèng tit tit Giân, Go̍k Go̍k Gú iā. 講話正，正直直言，諤諤語也。
諾	Lo̍k, ā, ㄋㄨㄛˋ, ㄚ	Lo̍k, ìn tap ê Siaⁿ, ìn hó, ìn beh, Sêng Lo̍k. ún Lo̍k. Lo̍k Giân. it Lo̍k chhian kim. 諾，應答的聲，應好，應要，承諾。允諾。諾言。一諾千金。 ā, ìn Lâng hó ê ōe, ōe ê bé Siaⁿ. á na beh ā ná m̄. 諾，應人好的話，話的尾聲。仰那要諾那毋。
諞	Pián, Phian, ㄆㄧㄢˇ, ㄆㄧㄢˊ	kì khá ê ōe, Gâu kóng ōe, Pián Giân. tsū khoa ê ōe, Phian khoah. 奇巧的話，勢講話，諞言。自誇的話，諞闊。
諶	Sîm, ㄔㄣˊ	Siong Sìn, Sêng Sit. Sîm Sìn. Sîm Sêng. thian Lân Sîm bēng bī Siông. Lâng ê Sìⁿ Sîm. 相信，誠實。諶信。諶誠。天難諶命靡常。人的姓諶。
諟	Sī, ㄕˋ	tō Lí, chiàⁿ sī, Siông sè khòaⁿ, Séng chhat. thong sī. 道理，正諟，詳細看，省察。通是。
謚	Sē, ㄕˋ	Só kiaⁿ ê hêng chek. an chēng. Po iông Sí khì ê Lâng ê hó kiaⁿ tsah ê chheng hō, Lâi khoàn siān. 所行的行迹。安靜。褒揚死去的人的好行踏的稱號，來勸善。
諝	Su, Sú, ㄒㄩ, ㄒㄩˇ	tì sek, kiàn Sek, chhang mîa, Gâu ê Lâng ê chheng hō͘. Su tì. kan tsà, kan kùi tsà sú. 智識，見識，聰明，賢的人的稱呼，諝智。奸詐，奸詭，詐諝。
諿	tàn, ㄉㄢˋ	kap 誕 Sio Siāng. 与誕相同。
諦	tè, thê, ㄉㄧˋ, ㄊㄧˊ	chin Sit, chin Lí ê ōe. chin thê. Sim Sīn, Siông se, tè sī. 真實，真理的話。真諦。審慎，詳細，諦視。
諜	tia̍p, ㄉㄧㄝˊ	hoan kàn kè, sòe tsoh, thau khòaⁿ, chhì thàm. kàn tia̍p. tia̍p Pò. tsoē tsoē ōe, tia̍p tia̍p Put hiu. 反間計，細作，偷看，刺探。間諜。諜報。多多話，諜諜不休。
諮	tsu, ㄗ	chham Siông, tsu sûn. kè bô͘, tsu Gī. chhā mn̄g, tsu Siong. 參詳，諮詢。計謀，諮議。查問，諮商。
謂	ūi, úi, ㄨㄟˋ, ㄨㄟˊ	bûn Giân bûn ê kóng ê ì sù. Só ūi. chheng hō͘, chheng ūi. 文言文的講的意思，所謂。稱呼，稱謂。
謁	iat, ㄧㄝˋ	kā i kóng, chhiàⁿ kìⁿ, iat kiàn. Pài kiàn chìn iat. iat kò, kò ka. 給他講，請見，謁見。拜見，進謁。謁告，告假。
諺	Gān, ㄧㄢˋ	Lîu thoân ê ōe, Sio̍k Gú. Kó͘ Gān. Gān Gú. 流傳的話，俗語。古諺。諺語。
諭	jū, ㄩˋ	kā Lang kóng, hùn jū. hiáu tit, hiáu jū. kò, jū kò. jū sī. jū chí. 給人講，訓諭。曉得，曉諭。告，諭告。諭示。諭旨。
諛	iû, ㄩˊ	kap 諛 Sio Siāng. Chham khòaⁿ 7 ūi tsù. 与諛相同。參看七畫註。
諪	têng, thêng, ㄊㄧㄥˊ	têng, chhōng hó sè, Liāu Lí, hô ha̍p, chhâ khó, tsa khòaⁿ, Séng chhat. thêng, tiâu thêng 諪，創好勢，料理，和合，查考，查看，省察。諪，調諪 chiū sī tiâu thêng, Pān Sū kiat kio̍k ê ì Sù. 就是調停，辦事結局的意思。
諫	La̍t, ㄌㄚˋ	chiū sī kóng ōe ê Siaⁿ seh, Ló La̍t. 就是講話的聲說。謱諫。
䛦	khé, ㄑㄧˇ	kap 啟 啓 Sio Siāng. chham khòaⁿ kháu Pō͘ 8 ūi tsù. 与啟 啓字相同。參看口部八畫註。
諽	kài, ㄍㄞˋ	kap 誡 Sio Siāng 与誡相同
諹	iông, ㄧㄤˊ	mîa Siaⁿ. o Ló, kín Sīn kiong kèng. Lâng mîa, hi iông. 名聲。謳咾，謹慎，恭敬。人名，希諹。
諕	hâ, ㄏㄚˊ	Siau Sit ê ōe, bô tōa tōa Pò iông. 消息的話，無大大報揚。
諿	chhip, ㄑㄧˋ	hô ha̍p, Piān Lūn, Gī Lūn. Lâng ê mîa, tông chhip. 和合，辯論，議論。人的名，唐諿。
諳	chhap, ㄔㄚˋ	tsoē tsoē ōe, kóaⁿ kín ê ōe, ōe bô tiāⁿ tio̍h. ké tsoè. 多多話，趕緊的話，話無定着。假做。
諢	Gùn, hūn, ㄨㄣˋ, ㄏㄨㄣˋ	hì Lâng ê ōe. chiū sī ki chhì ê ì sù. 戲弄的話，就是譏刺的意思。

諑 tòk, ㄉㄛˋ; chiū sī khi phiàn ê ì sù。就是欺騙的意思。

譚 in, ㄧㄣ; kiong kèng, kèng khiàn。Lâng mîa, hô in, Lū in。恭敬，敬虔。人名，何譚，呂譚。

諰 sí, ㄒㄧˇ; kia" hia" ê khoán sit, sí sí jiân。驚惶的款式，諰諰然。

十畫

謔 hā, ㄏㄚ; chiū sī pe̍h chha̍t, phiàn lâng ê ì sù。就是白賊，騙人的意思。

謔 hiok, giòh, ㄏㄧㄛˋ, ㄫㄧㄛˋ; hì lang, ki chhì, hì hiok。Lāu jia̍t, khoài lo̍k, hoa" hí, hiok hiok jiân。戲弄，譏刺，戲謔。鬧熱，快樂，歡喜，謔謔然。謔，giòh lâng, giòh sioh, sa" giòh, giòh góa, giòh lâi giòh khì。Sa" tsau that ê ì sù。謔人，謔謔，相謔，謔我，謔來謔去。相躂躂的意思。

謞 hau, ㄏㄠˋ; kiò, ēng ōe kek lâng。Sia" kín ê ì sù。叫，用話激人。聲緊的意思。

謊 hong, hóng, ㄏㄨㄤ, ㄏㄨㄤˇ; bāng kì" ê ōe, pe̍h chha̍t ōe, hong ōe, hut jiân, hóng hut, bô iá" ê tāi chì, hóng hām。夢見的話，白賊話，謊話。忽然，謊忽，無影的傳說，謊譀。

講 káng, kóng, khiáng, ㄍㄤˇ, ㄍㄛㄥˇ, ㄎㄧㄤˇ; gī lūn, káng ián。Sa" hô, káng hô。tām giân, kóng ōe。kóng kó, kóng tō lí。議論，講演。相和，講和。談言，講話。講古。講道理。kóng kè, kóng phòa m̄ tat chîn。káng tn̂g, káng su, káng tâi, káng kiù, káng sip, káng gī。講價。講破毋值錢。講堂，講師。講臺。講究。講習。講義。khiáng, gâu khiáng。khiáng lâi khiáng khì。khiáng chià" jī。講，勢講。講來講去。講正字。

謇 kián, ㄍㄧㄢˇ; chhùi oh tit kóng ōe, kián kián。Sêng sit ê khoán sit, kián gók。jī sì"。嘴艱得講話，謇謇。誠實的款式，謇諤。字姓。

謙 hiām, khiam, khiám, ㄏㄧㄢˊ, ㄎㄧㄢ, ㄎㄧㄢˇ; hiām kap 嫌 sio siāng。khiam, kiong kèng, sa" niū, khiam hô, khiam sùn。謙與嫌相同。謙，恭敬，相讓，謙和。謙遜。khiam hi, khiam jiōng。khiám, an chēng, ti chiok, koài koài。謙虛。謙讓。謙，安靜，知足，怪怪。

謎 bē, bī, ㄇㄝ, ㄇㄧ; ēng oán tsoán ê ì sù lâi kóng lâi chhai, bī, bī gú。chhai bī, chhai teng bī。ioh bī。用婉轉的意思來講，來猜。謎。謎語。猜謎。猜燈謎。臆謎。bī tóe, bī tôe。Sè kan phái" kái sek ê sū lí, ú tiū chi bē。謎底。謎題。世間歹解釋的事理，宇宙之謎。

謐 bék, ㄇㄧㄜˋ; kín sīn, bô sia", chēng chēng kóng ōe, an chēng。sīn bék, an bék。謹慎，無聲，靜靜講話，安靜。慎謐。安謐。

謗 pòng, ㄅㄤˋ; Dī thâu kóng lâng ê phái" ōe, húi pòng, hong pòng, hong sia" pòng iá", húi pòng。當頭講人的歹話，誹謗。諷謗。風聲謗影。毀謗。

謈 pàu, phok, ㄆㄠˋ, ㄆㄛˋ; thòng hūn ai oàn ê sia", ho· pàu。ka kī tōa sia" au kiò oan ón ê sia", hok phok。痛恨哀怨的聲，呼謈。家己大聲呼叫冤枉的聲，嗃謈。

謏 siàn, ㄒㄧㄢˋ; chiū sī ēng ōe bê hék lâng ê ì sù。siàn hék。就是用話迷惑人的意思。謏惑。

謚 ek, sē, ㄝˋ, ㄒㄝ; chhiò ê khoán sit, chhiò ê sia"。sē, kap 諡 sio siāng ì sù。Lâng sí āu ê chhen hō。笑的款式，笑的聲。謚，與諡相同意思。人死後的稱號。

謝 siā, chiā, the, ㄒㄧㄚˋ, ㄐㄧㄚˋ; the, the sî, sī siā, kám un, kám siā, siā un。siā sîn, to siā, tap siā。sí khì。推，推辭，辭謝。感恩，感謝，謝恩。謝神。多謝。答謝。死去，siā sè。chháu bák ko· ùi, tiau siā。piàn oa, sin tîn tāi siā。Lâng ê sì", chiā。謝世。草木枯萎，凋謝。變換，新陳代謝。人的姓，謝。

謖 siok, ㄒㄧㄛˋ; khí lâi。thêng khí ê khoán sit, siok siok jû kēng siông hā hong。起來。挺起的款式，謖謖如勁松下風。

謄 thêng, thiân, têng, ㄊㄥˊ, ㄊㄧㄢ, ㄉㄥˊ; thêng, chhau siá。thoân siá。thêng, thêng siá。thêng chià"。thêng pún。thiân, thiân 謄，抄寫。傳寫。謄，謄寫。謄正。謄本。謄，謄 sam tāi, chiū sī bē khó kàu ê sî, seng siá sam tāi kau tài tsú khó。tsó sian sa" tāi ê tsū thoân ê 三代，就是未考試的時，先寫三代交代主考。祖先三代的自傳的 ì sù。têng, têng chheng, têng lio̍k。koh têng chi̍t tiu"。têng chín, têng chià"。意思。謄，謄清。謄錄。擱謄一張。謄真。謄正。

謟 tho, ㄊㄠ; gî gā。tho gî。kap 慆 thong。chham khó sim pō· 10 ūi。疑訝。謟疑。與慆通。參考心部十畫。

謠 iâu, ㄧㄠˊ; lām sám, tsō iâu, iâu giân, húi pò, iâu tok。chhiù" koa, koa iâu。bîn kan ê koa, bîn iâu。濫糝，造謠。謠言。誹謗，謠讀。唱歌，歌謠。民間的歌，民謠。

諂 chhau, chháu, tsō, ㄔㄠˇ, ㄔㄠˇ, ㄗㄛ, Sòe Siaⁿ àm chīⁿ kóng ōe, Sòe Siaⁿ su siū, chhau chhek. hí Lâng jîn ke ōe Péh 細聲暗靜講話，細聲私授，諂諛。戲弄人家黑白
kóng ōe, ô tsō. chháu, hí Lâng ê ōe, kiáu jiáu, Siaⁿ im, bín chiat, khin chháu.
講話，胡謅。謅，喜弄的話，攪擾，聲音，敏捷，輕謅。

謯 chia, chhō, ㄐ一ㄚ, ㄔㄛ, thó khùi, hóan hóe, kî kòai ê ōe, Tⁿ Giân, ai siong. 吐氣，反悔，奇怪的話，異言，哀傷。

䛩 chia, chhō, ㄐ一ㄚ, ㄔㄛ, kap têng bīn jī Sio Siāng. 与頂面字相同。

諺 Gân, ㄢˊ, Soaⁿ ê thé thāi. Soaⁿ koâiⁿ koâiⁿ ê khóan sit. kap 嵒 Sio Siāng. 山的體態。山高高的款式。与嵒相同。

謌 ko, ㄍㄜ, kap 歌 Sio Siāng. Siaⁿ im, khan tn̂g Siaⁿ, ko iâu. Chhiùⁿ koa Lâi hoaⁿ hí. ko au jî Lók 与歌相同。聲音，牽長聲，謌謠。唱歌來歡喜。謌謳而樂。

謏 Siáu, Sò, ㄒ一ㄠˇ, ㄙㄛˇ, kà sī Lâng tsòe hó, Siū khì ê ōe. Lâm Sò. 教示人做好，怒氣的話。誦謏。

謖 Sò, ㄙㄨˋ, Sek bat, Sek tsai. Lâng miâ, hi Sò 熟識，熟知。人名，希謖

謒 chhong, ㄑ一ㄤ, chiat Lâng, tsó tòng. ēng khok sek ê ōe mē Lâng 折人，阻擋。用酷嗇的話罵人。

謕 thê, ㄊ一ˊ, tiam thê, Loān Loān kóng ōe, Lām Sám kóng ōe, kian Lîn ê ōe. 詀謕。乱乱講話，濫糝講話，堅吝的話。

謑 hê, ㄒ一ˊ, hê kó. thí jiok, Lé mē. bô Liâm thí Lâi jim Lâng Lé jiok. 謑詬，耻辱，詈罵。無廉恥來任人詈辱。

誨 hái, ㄏㄞˇ, hái hái tsòe Lâng hái hái, chiū sī kap Lâng ón Lâi bô khek Pók. hōan sū Chhìn Chhāi chiū hó 誨誨，做人誨誨，就是與人往来無剋薄。凡事且採就好
mài kè kàu. hái hái jîn Seng tī sè kan bô Gōa kú. 𫝛計較。誨誨人生佇世間無外久。

造字 借海成字。海闊天空，的意思。

諀 Phí, ㄆ一ˇ, Phí Siùⁿ, àm chīⁿ Phoe Phêng, mē Lâng. Gâu Phí Siùⁿ Lâng chhò Siok 諀相，暗靜批評人，罵人。𧦶諀相人。粗俗

造字 借啚成字。

諦 Sih Siok, Gióh Sióh, ㄒ一ㄝ, ㄒ一ㄛ, chiū sī ēng ōe tsau that Lâng ê ì sù. hí Lâng ê ì sù. Gióh Sick Lâng. 諦諦，就是用話蹧蹋人的意思。戲弄的意思。諦諦人。

造字 借席偏音成字。

十一畫

謥 chhàu, ㄔㄠˋ, thau siá Pat Lâng ê jī kù. thòe Lâng kóng ōe. 偷寫别人的字句。替人講話。

謱 Sù, ㄙㄨˋ, chhek tók, khúi khiat, khi Phiàn, ǹg bāng, kāu ōe. 測度，詭譎，欺騙，向望，厚話。

謺 chip, Sip, ㄐ一ㄆ, ㄒ一ㄆ, khio Lâng ê ōe, tsōe ōe. Lâng ê miâ. 拾人的話，多話。人的名。

謹 kín, ㄐ一ㄣˇ, Sòe jī, tin tiōng, kèng ùi, kín Sin. kèng kín, kín hōng. Giâm kín. kín thêng. 細膩，珍重，敬畏，謹慎。敬謹。謹防。嚴謹。謹呈。

謦 khèng, ㄎㄥˇ, Sàu, Sàu ê Siaⁿ, khèng khài. kóng chhiò. tōa cheng hiáng Liāng ê Siaⁿ im. 嗽，嗽的聲，謦欬。講笑。大鐘響亮的聲音。

謧 Lî, ㄌ一ˊ, tsōe tsōe ōe, khi Phiàn ê ōe, hí Lâng ê ōe. Lî è. 多多話，欺騙的話，喜弄的話。謧詍。

謾 bān, ㄇㄢˊ, bô chīn tiōn. Phiàn Sī tōa, khi bān. Lām Sám kóng ōe, bān gú. khòaⁿ khin bān mā. 無盡忠。騙是大，欺謾。濫糝講話，謾語。看輕，謾罵。

謬 biū, ㄇ一ㄡˋ, chhò Gō, biū Gō, bô iáⁿ, hong biū. kóng ê Lâng ê ōe, Pōe biū. 錯誤，謬誤，無影，荒謬。狂的人的話，悖謬。

謨 bô, ㄇㄛˊ, Siong Sè Gī Lūn tiāⁿ tioh kè chhek, bê bô. Péh chhat, u bô. hoat tō, Pún Sū. 詳細議論定着計策，謨謨。白賊，訏謨。法度，本事。

警 Gô, Gō, ngô, ngō, ㄫㄛˊ, ㄫㄛˋ, ㄠˊ, ㄠˋ, Gô, ngō, m̄ chiâⁿ Lâng, m̄ chiâⁿ ōe, Gô chhiú. m̄ thiaⁿ ōe Loān Loān kóng, 警，警，毋成人，毋成話，警醜。毋聽話乱乱講，
kháu Pat chí Pi Siong ê Siaⁿ, ngô ngô. Gô, ngō, kiau ngō, khòng kū, chì khì hn̄g, 哭不止悲傷的聲，警警。警，警，驕慠，抗拒，志氣遠，

tōa chhiò ê khoán sit，ngō͘ chhiàu。kap 傲通。óng ngō͘；chiū sī kan khiáu bat jī ê。
大笑的款式，謷笑。与傲通。枉謷，就是奸巧識字的。
kiau so Lâng sio kò lâi than chîⁿ。tsòe ngō͘。
嘺唆人相告來趁錢。做謷。

謳 au, o, ò, ／ ㄡ, ㄛ, ㄛˋ, ；o, au, o, Lâng ēng koa lâi chhiùⁿ，O͘ ko。Pún tōe thó͘ im ê koa。Lâng ê sìⁿ，O͘ iông
謳，謳，人用歌來唱，謳歌。本地土音的歌。人的姓，謳陽
au, thó, áu tho, áu hông, áu huih kap 嘔 sio siāng ì sù。o Ló，chiū sī
謳，吐，嘔吐，嘔缸，嘔血。与嘔相同意思。謳咾，就是
tsàn bí ê ōe，tī Siā hōe tsòe hó sū，ài o Ló i。
讚美的話，佇社會做好事，愛謳咾他。

謪 Siong, ／ ㄒㄧㄤ， chhek tók，sǹg，niû，tèng kè。khúi khat。
測度，算，量，訂價。謪譎。

謫 tek, ／ ㄉㄜˊ， hiâm Lâng ê m̄ tioh，khian tek。koaⁿ thè chit hōe hion ēng ku，tek ku。kui kiù，
嫌人的毋着，譴謫。官眨職回鄉閒居，謫居。歸咎，
chek pī，chē kòa，siū khì，hêng hoat。kau tek。tek sù。tek hoat。
責備，罪過，怒氣，刑罰。交謫。謫戍。謫罰。

謭 Chián, ／ ㄐㄧㄢˇ， kang hu chhián，chhiⁿ so͘。m̄ tsai iáⁿ，bōe hiáu。chhâi chián，chián Lō͘。
工夫淺。生疏。毋知影，𫝛曉。材謭。謭陋。

謱 Sá, ／ ㄙㄚˊ， chiū sī bián kióng pān tāi chì，kóng ōe ê ì sù。
就是勉強辦事誌，講話的意思。

謮 Chek, ／ ㄐㄜˊ， kóng ōe bô jîn Lūn。Loān Loān kóng kàu kè thâu。tsat chek
講話無人倫。乱乱講到過頭。譖謮。

謴 kùn, ／ ㄍㄨㄣˋ， kóng ōe bōe bêng ê ì sù。
講話𫝛明的意思。

謯 tsa, ／ ㄗㄚ， Lé me phái ōe，chiù chhàm，chiù tsó ê ì sù
詈罵歹話，咒讖，咒詛的意思。

謽 kióng, ／ ㄍㄧㄤˋ， kóng ōe m̄ khut hòk，Phian kióng。
講話毋屈服，偏謽。

謼 ho͘, ／ ㄏㄨ， au kiò，ǹg thiⁿ tōa kiò，kiû kiò。ho͘ ho͘。hō͘ ho͘。kó tsá ê 呼。
呼叫，向天大叫，求叫。呼謼。號謼。古早的呼。

譖 tso, tsô, ／ ㄗㄛ，ㄗㄛˊ， kóng ōe ê Siaⁿ，Loān Loān，kiáu jiáu ê ì sù。
講話的聲，乱乱，攪擾的意思。

誃 î, chhî, ／ ㄧˊ，ㄔˊ， Lī Piat，Saⁿ Lī。chhî Lī。chhî jī sio siāng。chiu ê mîa，î Lô chiu。î bûn，chiū sī Pát ê ǹg
離別，相離。誃離。誃字相同。州的名，誃羅州。誃門，就是別的門。

譀 kùn, ／ ㄍㄨㄣˋ， thit thô ê Lâng，tit tit kóng。hì hiauh ê khoán。chhut Siaⁿ。kóng chhiò。kùn chhiò。
迌迌的人，直直講。戲謔的款。出聲。講笑。譀笑。

謱 Lô, ／ ㄌㄡˊ， kín sīn，Saⁿ Sòa kóng。kóng ōe Loān Loān，Gín á kóng ōe。ui khiok。Liân Lô。Lô Lô。
謹慎，相續講。講話乱乱，囝仔講話。委曲。謰謱。𧭈謱。

謲 chham, ／ ㄔㄚㄇ， hoah hō͘ Lâng kiaⁿ Lán。kek Lâng siū khì，àm chīⁿ Lâi chhâ。kì chhì。
喝咕人驚咀。激人怒氣，暗靜來查。譏刺。

謰 Liân, ／ ㄌㄧㄢˊ， Liân Lô，chiap chiap kóng。kóng ōe Loān Loān，Liân Liân。
謰謱，捷捷講。講話乱乱，謰謰。

譛 Lut, Lù, ／ ㄌㄨㄊ，ㄌㄨˋ， kóng ōe chiap，Lut Lut kiò。eng Gú kóng kàu Lù Lù kiò。Ōe chiap ê ì sù
講話捷，譛譛叫。英語講到譛譛叫。話捷的意思。

造字 借率偏音成字。

謯 chhek, ／ ㄔㄜˊ， chhau chhek，Sè Siaⁿ àm chīⁿ kóng ōe，Sòe Siaⁿ su siū，im su。
謅謯，細聲暗靜講話，細聲私授。陰私。

譤 Sáng, ／ ㄙㄤˊ， Sáng sè，kiau ngō͘，tit ì。me，Sáng Lâng。
譤勢。驕傲，得意。罵，譤人。

十二畫

譇 chhia, ／ ㄔㄧㄚ， kóng bōe soah。bōe hiáu Gō͘。siū khì。
講𫝛息。𫝛曉悟。怒氣。

證 chèng, ／ ㄓㄥˋ， Pîn kù，chèng bêng，chèng bút。chèng jîn，tsòe kan chèng。bûn kiāⁿ，chèng su。
憑据，證明，證物。證人，做干證。文件，證書。

譔 tsoān, ／ ㄗㄨㄢˋ， o Ló kè sin ê Lâng，Lūn tsoān。Gī Lūn，tsòe bûn chiuⁿ tsoān bûn。kóng hó ōe，ke tso
謳咾過身的人，論譔。議論，做文章，譔文。講好話，敲譔

譆 hi, hiⁿ, ／ ㄏㄧ，ㄏㄧ， thiàⁿ thàng，kiaⁿ hiâⁿ，iu būn ê Siaⁿ，hi hi tut tut。thiàⁿ，hiⁿ hiⁿ chhan。hiⁿ hiⁿ háu。
痛疼，驚惶，憂悶的聲，譆譆咄咄。痛，譆譆孱。譆譆哮。

譁 hoa, hā, khoā, kap ㄏㄨㄚ,ㄏㄚ,ㄎㄨㄚ, 与 嘩 相同意思 Sio siāng ì sù. 無肅靜 bô sok chēng, 虛譁 hi hoa, 譟耳 chhò hī。 喧譁 Soan hoa, 譁譁哮 hoa hoa háu。 譁譁
讚 kún, 譁譁叫 hā hā kiò, 譁譁哮 khoā khoā háu。 喊譁譁 hám khoā khoā。 譁譁笑 khoā khoā tán。 譁笑 hoa chhiò, 大聲譏笑 tōa siaⁿ ki chhiò:
譁然 hoa jiân, 人多聲雜 Lâng tsōe siaⁿ tsap。 譁眾取寵 hoa chiòng chhú thióng, 用話謶動人的心 ēng ōe siān tōng Lâng ê sim。

謥 hūi ㄏㄨㄟ, 多多計謀的智識 tsōe tsōe kè bô ê tì sek: 省察 seng chhat。 順聆 sūn thàn。 義征不謥 Gī cheng put hūi, 征討無降的 cheng thó bô hâng ê。

譏 ki ㄐㄧ, 罵 me。 嫌 hiâm。 誹謗 húi pòng。 恥笑 thí chhiò。 譏笑 ki chhiò。 譏刺 ki chhì。 譏諷 ki hong。 責備 chek pī, 查問 chhâ mn̄g, 譏察 ki chhat:

譑 kiáu ㄍㄧㄠˋ, 多多話 tsōe tsōe ōe, 戲弄的話 hì lâng ê ōe。 講話無頭無尾 kóng ōe bô thâu bô bé。

譎 khiat ㄎㄧㄝˊ, 欺騙 khi phiàn, 僥險 hiau hiám, 奸詐 kan tsà, 狡譎 káu khiat。 詭譎 kúi khiat。 譎計 khiat kè。

譑 Liâu ㄌㄧㄠˊ, 奇巧的話 kî khá ê ōe, 無明白的意思 bô bêng pe̍k ê ì sù,

譊 Lau ㄋㄠˊ, 相爭的聲 saⁿ chiⁿ ê siaⁿ, 呼叫 hô kiò, 嘩嘩哮 hoā hoā háu。 譊譊 Lau Lau。 喧譊 soan Lau。

䜌 Loân ㄌㄨㄢˊ, 攪亂 jiáu Loān, 治理 tī lí, 無絕斷 bô tsoat tn̄g, 縛 pa̍k。 縣名 koāiⁿ miâ, 南䜌縣 Lâm Loân koāiⁿ。 講話無息 kóng ōe bô soah。

譌 Gô, Gûi, ngō ㄜˊ, ㄨㄟˊ, ㄜˋ, 裝做的話 tsng tsōe ê ōe, 假好的話 ké hó ê ōe, 假好 ké hó, 譌言 Gô Giân。 奸詐 kan tsà, 譌詐 Gô tsà。 譌謬 Gûi biū;
錯誤 chhò Gō。 欺騙 khi phiàn。 譌動 ngō tōng, 振動 tín tāng。 妖譌 iau ngō, 妖言 iau Giân。 与 訛 相同 kap Sio siāng。

譒 Pò, Pò ㄅㄛˋ, ㄅㄛˋ, 空虛 khang hi, 白賊 pe̍h chha̍t, 謠言 iâu Giân, 譒揚 Pò iông。 人名 Lâng miâ, 周譒 chiu Pò。

識 chì, Sek, bat ㄓˋ, ㄕˋ, ㄕˊ, 訓識音 hùn chì im, 与 誌 相同意思 kap sio siāng ì sù。 標誌 phiau chì, 標識 phiau chì。 識 Sek, 慧 tì hūi,
知 tsai, 識 bat。 智識 tì sek。 見識 kiàn sek。 辨認 pān jīn, 認識 jīm sek。 熟似 se̍k sāi, 相識 siong sek, 相識 saⁿ bat。
識字 bat jī。 識貨 bat hè。 識人情義理 bat jîn chêng Gī Lí。 識拳頭 bat kûn thâu。 識人較濟識錢 bat Lâng khah tsōe bat chîⁿ

譚 tâm ㄊㄢˊ, 闊大 khoah tōa, 著現 tù hiān, 安穩 an ún, 談論 tâm Lūn。 与 談 相同 kap sio siāng。 國的名 kok ê miâ, 譚國 tâm kok。

譙 chiâu ㄑㄧㄠˊ, 喝喊 hoah hiàm。 嚷鬧 jióng Lāu。 責備 chek pī, 譙呵 chiâu o。 城門頂的樓 siâⁿ mn̂g téng ê Lâu; 望樓 bāng Lâu; 鼓樓 kó Lâu,
譙樓 chiâu Lâu。 國名 kok miâ, 譙國 chiâu kok。 人的姓 Lâng ê sìⁿ。

譊 Lô ㄌㄠˊ, 聲說 Siaⁿ seh, 聲多多的意思 siaⁿ tsōe tsōe ê ì sù。

譃 hiok, hiauh, hu ㄏㄩㄝˋ, ㄏㄧㄠˋ, ㄏㄨ, 誇口 khoa kháu, 濫糝講 Lām sám kóng, 戲謔 hì hiok。 戲謔 hì hiauh。 無實在 bô sit tsāi。 空謔 khang hu。 謔言 hu Giân;
白賊 pe̍h chha̍t, 騙人 phian Lâng。 欺騙的話 khi phiàn ê ōe。

譆 hō ㄏㄜˋ, 相欺騙的意思 saⁿ khi phiàn ê ì sù。 人的名 Lâng ê miâ, 崇謼 tsông hō。 汝謼 ní hō

譖 chiàm, chìm, chhìm ㄗㄣˋ, ㄗㄣˋ, ㄘㄣ, 毋信 m̄ sìn, 疑訝 gî gā, 小疑 siáu gî。 誣賴 bû Lōa, 誹謗 húi pòng, 譖通 chiàm thong。 誣譖 bû chim:
告訴 kò sò, 無照公道 bô chiàu kong tō, 蒙受冤譖 bông siū oan chim。 搬挑 poan thiau, 枉屈人 óng khut Lâng, 譖想 chhìm sō。

譒 hō ㄏㄜˋ, 講話的意思 kóng ōe ê ì sù。 人名 Lâng miâ, 譒孟 hō bēng。

譕 bô, bû ㄇㄛˊ, ㄇㄨˊ, 詭譎的面色 khúi khiat ê bīn sek: 与 謨 相同意思 kap sio siāng ì sù。

譝 hip ㄒㄧˋ, 趕緊講 koáⁿ kín kóng。 講話的聲 kóng ōe ê siaⁿ, 譝譳 hip ap

譀 hàm ㄏㄢˋ, 濫糝講話 Lām sám kóng ōe; 誇口 khoa kháu, 誇譀 khoa hàm。 怒氣 siū khì, 譀怒 hàm Lō。

譇 chhia ㄑㄧㄚ, 講繪息 kóng bē soah, 繪曉悟 bōe hiau ngō, 怒氣 siū khì。

譂	chhiân, ㄔㄢˊ	Lām Sám kóng ōe, Lâng miâ。 濫糝講話，人名。
譄	cheng, ㄗㄥ	ke thiⁿ, ke kóng ōe, ke ōe 加添，加講話，加話
譐	tsún, ㄗㄨㄣˇ	tsū chip tsòe hé kóng ōe ê ì sù。 聚集做夥講話的意思。
譈	tūi, ㄉㄨㄟˋ	oàn hūn, kiat oàn, oàn tò。Lâng miâ。 怨恨，結怨，怨妒。人名。
譇	tsat, ㄗㄚ	kóng ōe bô jîn lūn, Loān Loān kóng kè thâu, tsat chek 講話無人倫，乱乱講過頭，譇謮。

十三畫

譫	chiam, ㄓㄢ	kóng tsōe tsōe ōe, bāng tiong ê ōe, chiam Gú。Sim náu ê Pīⁿ Loān Loān kóng ōe, chiam bōng。 講多多話，夢中的話，譫語。心惱的病乱乱講話，譫妄。
譀	hìm, ㄏㄢˋ	Siū khì kóng ōe。kóng ōe bô tiāⁿ tioh ê ì sù。tham hìm Giân Put tēng iā。 怒氣講話。講話無定着的意思。譚譀言不定也。
譚 (補12畫)	tham, ㄊㄢ	Siū khì kóng ōe, kóng ōe bô tiāⁿ tioh ê ì sù, tham hìm Giân Put tēng iā。 怒氣講話，講話無定着的意思，譚譀言不定也。
譮	hāi, hōe, ㄏㄞˋ, ㄏㄨㄟˋ	chhíⁿ Gō͘, Siū khì ê Siaⁿ。khì koàiⁿ ê khóan Sit。Lâng ê miâ。 醒悟，怒氣的聲。氣高的款式，人的名。
譭	húi, ㄏㄨㄟˇ	ēng ōe me Lâng, Siat tok Lâng, Gī Lūn, húi Pòng, húi Pòng。 用話罵人，褻瀆人，議論，誹謗，譭謗。
譺	ōe, ㄨㄜˋ	Siaⁿ seh, tsōe tsōe ōe, tsōe tsōe siaⁿ。Lâng miâ, Siau ōe 聲說，多多話，多多聲。人名，蕭譺
譩	ì, ㄧ	thó khùi, bô Pîⁿ ê Siaⁿ, oàn hūn, Siong, Siong hāi。Chiáu ê miâ, ì hi ko hek (chiáu)。 吐氣，無平的聲，怨恨，傷，傷害。鳥的名，譩譆姑獲鳥
議	Gī, ㄧˋ	chham Siông, kè bô, Siong Gī。hōe Gī。Gī Lūn。kéng koat Gī。hoat tō͘, Gī hōe 參詳，計謀，商議。會議。議論。揀，決議。法度，議會 Gī tēng。Siông Gī。Gī chhû。kong Gī。Gī àn。Gī tiúⁿ。Gī oân。 議定。詳議。議處。公議。議案。議長。議員。
警	kéng, kèng, ㄐㄧㄥˇ, ㄐㄧㄥˋ	kiaⁿ hiaⁿ, kéng kài, kéng Pī, kìm Lēng, kéng kò, chhíⁿ Gō͘, kéng Séng, tī an, kèng chhat 驚惶，警戒，警備，禁令，警告，醒悟，警醒，治安，警察 kèng ōe, hêng kèng, ko kái Sè kan Lâng, kèng sè, kèng kù, keng Pò, tân tsúi Lê。 警衛，刑警，告戒世間人，警世。警句。警報，歎水螺。
譪	bāi, bān, māi, ㄇㄞˋ, ㄇㄢˋ, ㄇㄞˋ	khoa kháu bān hāng ōe, Siū khì, kóng ōe, hàm māi 誇口萬項話，怒氣，講話，譀譪。
譬	Phì, ㄆㄧˋ	hiáu jū, kà sī, Phì jū。Phì jū。Gī Lūn, Siat Sú, Phì jū。 曉喻，教示，譬喻。譬如。議論，設使，譬諭。
譜	Phó, ㄆㄨˇ	tsu Su, kán thiap。chhù Sū, téng tē, khiok Phó。kim Lân Phó。ka Phó。tsók Phó。 著書，柬帖。次序，等第，曲譜。金蘭譜。家譜。族譜。 ūi Phó。Phó tāi, hē Phó。Sim Lāi ū Phah Sǹg, Sim nih ū Phó。 畫譜。譜代。系譜。心內有打算，心裡有譜。
譯	ek, ㄧˋ	khui thiah, kóng bêng, kái Sek, ek bêng。kah ê ōe kái chiâⁿ it ê ōe, hoan ek。 開拆，講明，解釋，譯明。甲的話改成乙的話，翻譯。
譍	èng, in, ㄧㄥˋ, ㄧㄣ	chiū sī ìn Lâng ê ōe ê ì sù。 就是應人的話的意思。
譗	tsap, ㄗㄚˊ	kóng ōe ê siaⁿ Seh ê ì Sù。tsap tsap。 講話的聲說的意思。譗譗。
譡	tong, tòng, ㄉㄤ, ㄉㄤˋ	hó ōe, tiáu tit ê ōe, chìn tiong ê ōe。 好話，特直的話。盡忠的話。
譶	táp, thap, ㄉㄚˊ, ㄊㄚˋ	Saⁿ kap kóng ōe, Lām Sám kóng, kóng Peh chhat ōe, tsōe ōe。 相與講話，濫糝講，講白賊話，多話。
諢	kùn, ㄍㄨㄣˋ	kap Sio Siāng。thit thô ê Lâng, tit tit kóng。hì hiauh ê khóan, chhut Siaⁿ。kóng chhiò, kùn (chhiò)。 与諢相同。迌迌的人，直直講。戲謔的款。出聲。講笑，諢笑
譔	kòa, ㄍㄨㄚˋ	Sio moa, khi Phiàn ê ì sù。 相瞞，欺騙的意思。
譾	kiàn, ㄐㄧㄢˇ	chhùi oh tit kóng ōe, oh tit, chiàⁿ ōe, Sêng Sit ê khóan Sit。 嘴難得講話，難得，正話，誠實的款式。
譹	hō, ㄏㄠˊ	Siū khì ê khóan Sit, hàm hō。 怒氣的款式，譀譹。

譟 chhò, sò, sō ㄘㄜˋ,ㄙㄜˋ,ㄙㄜ；
tsōe tsōe lâng ê sia", kiau jiáu, âu kiò, hoa" hí, hoah hiàm, chhò hī. Sò im
多多人的聲，攪擾，呼叫，歡喜，喝喊，譟耳。譟音。
sò jiáu. tsòe hé chhut lat ê sia", hāi" lō sò. hò lō sò
譟擾。做夥出力的聲，拚嘮譟。唔嘮譟。

謙 Liâm ㄌㄧㄢˊ，
kiong kèng, sa" niū, bô ka kī pá chhî, khiam sūn.
恭敬，相讓，無傢己把持，謙遜。

謈 Phín ㄆㄧㄣ，
Phín bêng, góa kap lí phín, góa kap lí iok ê ì sù
謈明，我與你謈，我與你約的意思。

造字 借稟偏音成字。

十四畫

譸 chiu, tiû ㄐㄧㄡ,ㄉㄧㄡ，
Phian lâng, kóa" kín, chhiong kông, kiâ" ê khoan sit. chiu tiong. Phah sǹg, kè bô,
騙人，趕緊，猖狂，驚的款式。譸張。打算，計謀，
tiû bô. tiû sǹg. kap 儔 thong.
譸謀。譸算。与儔通。

譹 hô ㄏㄜˊ，
âu kiò, kiò ê sia", lô lô.
呼叫，叫的聲，囉囉。

護 hō, hók ㄏㄜˋ,ㄏㄜ...，
kiù, pang tsān, kiù hō. pó hō. ah sàng, hō sàng. chiàu kò, hō lí. chhut kok,
救，幫助，救護。保護。押送，護送。照顧，護理。出國，
hō chiàu. kò pī" ê lâng, hō sū. hók sek, chiū sī kha thâu u tsng thā" ê mih.
護照。顧病的人，護士。護飾，就是腳頭酊裝飾的物。

議 Gî ㄧˊ，
Gî Gî, khi phiàn. hô sūn, tiâu hô. Phah sǹg. chê tsê kiong kèng ê khoán.
議議，欺騙。和順，調和，打算。齊整恭敬的款。

譴 khiàn ㄑㄧㄢˇ，
chek pī, khiàn chek. siū khì, khiàn lō. koa" lī siū hoat kàng chit, khiàn tek.
責備，譴責。怒氣，譴怒。官吏受罰降職，譴謫。

譽 ū, ū ㄩˋ,ㄩˊ，
chiū sī o ló, hó ê ì sù. êng ū. hó miâ sia", bêng ū.
就是謳咾，好的意思。榮譽。好名聲，名譽。

讋 tap ㄉㄚˋ，
kín kín kóng, sia" seh tsōe tsōe, kóng ōe bô soah, tap giân.
緊緊講，聲說多多，講話無息，讋言。

譧 Gâm ㄧㄢˊ，
bô tì hūi. hì lâng ê ōe. sa" kap kóng ōe
無智慧。戲弄的話。相與講話。

讟 bók ㄉㄨˊ，
jiok bók, chiū sī lé me á sī lêng jiok lâng.
辱讟，就是詈罵或是凌辱人。

十五畫

讄 Lūi ㄌㄟˇ，
kan tsà, khúi khiat. Lūi tsà. Lâng miâ.
奸詐，詭譎。讄詐。人名。

譟 Pà ㄅㄚˋ，
sò sèng, phái" oán hūn, siū khì. Pà chhò.
燥性，歹，怨恨，怒氣。譟譟。

讀 tō, thók, tāu, thák ㄉㄡˋ,ㄉㄨˊ,ㄉㄡˋ,ㄊㄚˊ，
chheh kù tiám bêng, kù tō. kù tāu. tō tiám. hó kù tāu. m̄ chiâ" kù tāu.
書句點明，句讀。句讀，讀點。好句讀。毋成句讀。
thók, liām chheh, thók su. lóng thók. iat thók. thók pún. thók chiáh. thók bút. thák,
讀，念冊，讀書。朗讀。閱讀。讀本。讀者。讀物。讀，
thák chheh, thák keng, khûn thák, khó thák. thák sò.
讀書，讀經，勤讀，苦讀。讀詩。

讁 tek ㄉㄜˊ，
kap 謫 sio siāng ì sù.
与謫相同意。

讔 Ló ㄌㄜˊ，
kóng ōe, tâm lūn. kau pôe ê ì sù.
講話，談論。交陪的意思。

彎 Oan, oân ㄨㄢ,ㄨㄢˊ，
kap 彎 sio siāng. chhiá" khòa" keng pō.
与彎相同。請看弓部。

讚 tsàn ㄗㄢˋ，
kng bêng, chheng hō. o ló lâng ê hó, tsàn bí. chheng tsàn. kap 讃 sio siāng.
光明，稱呼，謳咾人的好，讚美。稱讚。与讃相同。

讖 chiàn ㄐㄧㄢˇ，
bô kang hu, chhi" so. m̄ tsai iá". bōe hiáu. chhâi chiàn. chian lō. kap 譾 sio siāng.
無工夫，生疏。毋知影。𣍐曉。材譾。譾陋，与譾相同。

譓 hūi ㄏㄨㄟˋ，
tsōe tsōe kè bô ê tì sek, séng chhat, sūn thān. gī cheng bô hâng ê.
多多計謀的智識，省察，順趁。義征無降的。

讄 Lūi ㄌㄟˇ，
kî tó, tui sîn bêng kiû hok khì ê ì sù. Lâng miâ.
祈禱，對神明求福氣的意思。人名。

十六畫

【詔】thiám, ㄊㄧㄢˇ; thiám bī, Phô thán, Kian Lîn, khiam Pi kè thâu. 諂 ê kó jī.
諂媚，扶担。堅吝，謙卑過頭。諂的古字。

【讎】Siû, ㄔㄡˊ; oàn kîu, oàn hūn, hiâm, Pò oan, oan Siû. oàn Siu khó kái Put khó kiat. Phit Phè
怨仇。怨恨，嫌，報冤，冤讎。冤讎可解不可結。匹配
Siu Phit. kàu tùi bûn jī, kàu Siû.
讎匹。校對文字，校讎。

【讐】Siû, ㄔㄡˊ; kap téng bīn jī Sio Siāng.
與 頂面字相同。

【讍】Gók, ㄜˋ; kóng ōe. chèng tit ê ōe. tit tit kóng. Lâng mîa.
講話。正直的話。直直講。人名。

【變】Piàn, Pìⁿ, ㄅㄧㄢˋ; kóe oāⁿ, kái Piàn, kám hòa, Siong thong, Piàn thong. Piàn ōaⁿ, Piàn chhian, Piàn chit.
改換，改變。感化，相通，變通。變換，變遷。變質。
Piàn hêng. Pìⁿ bīn. tsoán Pìⁿ. Pìⁿ khoán. bōe chhoeh bōe Pìⁿ, bô hoan hóe hiòng Siān ê ì sù.
變形。變面。轉變。變款。𣍐感𣍐變，無反悔向善的意思。

【讃】tsàn, ㄗㄢˋ; kap 讚 jī Sio Siāng.
與 讚 字相同。

【讌】iàn, ㄧㄢˋ; Saⁿ kap kóng ōe, iàn Siàh, khòaⁿ oàh, an hioh, an ún, chēng chēng. thong 宴.
相與講話，讌席，快活，安歇，安穩，靜靜。通宴。

十七畫

【讒】chhâm, ㄔㄢˊ; húi Pòng. Gâu tsng tsòe. kong hó ōe, thiám bī, Gâu kóng ōe. chhâm Giân.
誹謗。勢裝做。講好話，諂媚，勢講話。讒言。

【讓】jiōng, Liōng, niū, ㄖㄤˋ, ㄌㄧㄤˋ, ㄋㄧㄡˋ; Saⁿ chek thè khui, Siong jiōng, jiōng Pō. khiam Sùn, jiōng hiân. Liōng chit ē.
相責退開，相讓。讓步。謙遜，讓賢。讓一下。
Liōng chêng. khoan Liōng. khoan hông tōa Liōng. Saⁿ niū. niū ūi. niū chhiu. niū lí Seng kiâⁿ.
讓情。寬讓。寬宏大讓。相讓。讓位。讓手。讓你先行。

【讕】Lân, ㄌㄢˊ; kóng Peh chhat, khi Phiàn, Lām Sám ka bû. Lâm Giân.
講白賊，欺騙，濫糝加誣。讕言。

【讖】chhàm, ㄔㄣˋ; (chhiam) Pì Sòe ún bát ê ōe, ū èng Giām ê ōe. chhàm Gú. hū chhàm. chhàm hūi.
微細隱密的話，有應驗的話。讖語。符讖。讖緯。

【謇】kián, ㄐㄧㄢˇ; kap 謇 Sio Siāng. chhùi oh tit kóng ōe. oh tit. chiaⁿ ōe, Seng sit ê khóan Sit.
與 謇相同。嘴艱得講話。艱得。正話，誠實的款式。

【譽】Giàk, ㄜˋ; Kóng Giàk, chiū Sī chhín chhiò ê ì sù.
講譽，就是齜笑人的意思。

造字 借譽的偏音成字。

十八·十九畫

【讙】hoan, ㄏㄨㄢ; hōa hōa háu, Soan jióng, hoan hoan Lip tōng. hoaⁿ hí, kap 歡 thong. Siu ê mîa, ná
嘩嘩哮，喧嚷，讙讙立動。歡喜。與歡通。獸的名，如
Lî chit bák Saⁿ ki bé. Soaⁿ mîa, hoan San. kok mîa, hoan tsu kok. Lâng ê sìⁿ.
貍一目三支尾。山名，讙山。國名，讙朱國。人的姓。

【讗】ê, hèk, ㄝ, ㄏㄜˋ; hiōng béng ê ōe. khoa kháu. kóaⁿ kín kóng ê khóan Sit. hèk hèk khoa iā.
雄猛的話。誇口。趕緊講的款式。讗讗誇也。

【讘】Liap, ㄋㄧㄝˋ; tsōe tsōe ōe, koāiⁿ ê mîa, hô Liap koāiⁿ, tī hô tong kūn. Lâng ê mîa.
多多話。縣的名，狐讘縣，佇河東郡。人的名。

【讛】Gē, Gê, ㄧˋ, ㄧˋ; khùn ê sî chhut Siaⁿ, kóng ōe. hān bîn. Gē Gú. Léng Gē chiū Sī Léng chhiò ê ì sù.
睏的時出聲，講話。含眠。讛語。冷讛就是冷笑的意思。
Ge, chiū sī kek Lâng ê ì sù, á sī tòa ū tsau that Lâng ê ōe. Ge Lâng.
讛，就是激人的意思，或是帶有蹧躂人的話。讛人。

【讚】tsàn, tsán, ㄗㄢˋ, ㄗㄢˋ; chhián bêng Lâng ê hó, o Ló, tsàn bí, chheng tsàn, tsàn Siong, tsàn Pōe, tsàn iông.
闡明人的好，謳咾，讚美。稱讚。讚賞。讚佩。讚揚。
tsàn bí koa, Siōng tsàn Siōng tè ê koa. tsán, khoa chiáng ê ōe, tsán. ū tsán. chin tsán. (Lí)
讚美歌，頌讚上帝的歌。讚，誇獎的話，讚。有讚。真讚。

二十一廿二畫

【讜】tóng, ㄉㄤˇ; tiau tit ê ōe, tóng Lūn. hó ê ōe, tóng Giân. Lâng mîa, thài Siu hông tóng. ōe tiong chêng
特直的話，讜論。好的話，讜言。人名，太守黃讜。話中情理。

讞 Giat, hiān, ㄒ一ㄝˋ, ㄏㄧㄢˇ, Gī Lūn chē kòa, Su Giat ū kong. Phòaⁿ tòan, kháu keng, Giat kho tēng tsōe. 議論罪過，司讞于公。判斷，口供，讞科定罪。chiū sī hun sò ê oe. Phòaⁿ chē tēng àn, tēng hiān. tit giân, hiān hiān. 就是分訴的話。判罪定案，定讞。直言，讞讞。

譻 kēng, ㄍㄥ, koaⁿ kin kóng oe. Saⁿ chiⁿ kóng. 趕緊講話。相爭講。

讟 tók, ㄉㄨˊ, oàn hūn, tōa húi pòng, pòng tók. oàn tók, Siat tòk. 怨恨，大誹謗，謗讟。怨讟。褻讟。

谷部 150

谷 kok, ㄍㄨˇ, Soaⁿ tiong Lâu tsúi ê sò tsāi, Soaⁿ kok, khe kok. n̄ng Soaⁿ ê tiong kan, kok kan. iúⁿ chhī; 山中流水的所在，山谷，溪谷。兩山的中間，谷間。養飼；ngó kok, chiū sī ngó kok, kok bu̍t. Khùn khó, chìn thè ûi kok. kok hong, tùi chhim kok ìng 五谷，就是五穀，谷物。困苦，進退維谷。谷風，對深谷向 Soaⁿ téng chhe ê hong. thò kok hūn, Chìn tông sî ê kok mîa, tī hiān kim ê Chheng hái séng. 山頂吹的風。吐谷渾，晉唐時的國名，在現今的青海省。

㕡 khiók, kok, khek, ㄐㄩㄝˊ, ㄍㄨˇ, ㄎㄜˋ, chhiò iông ê khóan sit. 笑容的款式。

三—七畫

谸 chhian, ㄑㄧㄢ, Lō thâu, Soaⁿ kok chhiⁿ chhiⁿ ê ì sù. 路頭，山谷青青的意思。

谺 chhian, ㄑㄧㄢ, kap téng bīn jī sio siāng ì sù. Soaⁿ ê mîa. 与頂面字相同意思。山的名。

谺 hâ, ㄏㄚ, Soaⁿ kok ê tiong kan tōa khang ê khóan sit. hâm Gâ. 山谷的中間大空的款式。谽谺。

谽 hâm, ㄏㄢ, Soaⁿ kok ê khang. tōa khui ê khóan. chhim chhim ê khóan sit. hâm Gâ. 山谷的空。大開的款。深深的款式。谽谺。

十·十一畫

豁 hat, ㄏㄨㄛ, khoah ê soaⁿ kok, thong tàt, hat tàt. khang khang, khui, hat jiân. bián tû, hat bián. 闊的山谷，通達，豁達。空空，開，豁然。免除，豁免。

谿 hê, khe, ㄒㄧ, ㄑㄧ, tsúi chìm tsù tī khoe nih, tsúi chhut tī Soaⁿ, jip tī khoe. Soa kok. 水浸注佇溪裡，水出佇山，入佇溪。山谷。

豀 hê, khe, ㄒㄧ, ㄑㄧ, chhù bô khang hi, Saⁿ chiⁿ, put hê. chí ka têng ê cheng chhá. 屋無空虛，相爭，勃豀。指家庭的爭吵。

谾 hat, ㄏㄚ, Soaⁿ kok, khiⁿ kau, thong thâu, khang hi. kap 豁 Sio Siāng. 山谷，坑溝，通透，空虛。与豁相同。

豂 Liâu, ㄌㄧㄠ, khong kok. chhim kok. 空谷。深谷。

豆部 151

豆 tō, tāu, ㄉㄡˋ, ㄉㄡˋ, kó tsá tóe bah ê khì khū, tsó tō. niū tāng ê mîa, sì chin ūi chit tō. tāu, ngó kok chi it, 古早貯肉的器具，俎豆。量重的名，四升為一豆。豆，五穀之一，tāu á ê tsóng mîa, Lék tāu, âng tāu, o͘ tāu, chhài tāu, bí tāu, hū tāu, tāu iû, tāu khò. 豆仔的總名，綠豆，紅豆，黑豆，菜豆，米豆，腐豆，豆油，豆麩。

三—六畫

豈 khái, khí, thái, khíu, khái, ㄎㄞˇ, ㄑㄧˇ, ㄊㄞˇ, ㄎㄧㄡˇ, tek sèng hoaⁿ hí, khoài Lók, Pêng an, kap 凱·愷 Siāng ì Su. 豈，得勝歡喜，快樂，平安，与凱·愷同意思。khí, hoán mn̄g ê sû, khí Lêng, kiám oe. khí kám, m̄ kaⁿ. khí iú chhú Lí, ná ū chit ê 豈，反問的詞，豈能，敢能。豈敢，毋敢。豈有此理，那有這個 tāi chì. thái, thái thó ná ū an ni. thái thó oe. thái thó ū. khíu, khí iú ê sû hāp im. 事誌。豈，豈討，那有按呢。豈討能。豈討有。豈，豈有的詞合音。

豇 kong, ㄍㄤ, chiū sī tāu ê mîa, hoe âng Pe̍h n̄ng sek. tāu ngoeh Pe̍h âng chí chhiah Pan sek, tn̂g chhài tāu. 就是豆的名，花紅白兩色。豆莢白紅紫赤斑色，長菜豆。

豉 sī, sīⁿ, sīⁿ ㄒㄧ˫, ㄒㄧ˫ⁿ, ㄒㄧ˫ⁿ
tāu ké chí, hî, bah, ēng iâm chìm kiâm ka kang ê mi̍h. tāu sīⁿ. sīⁿ hî, sīⁿ bah.
豆、果子、魚、肉，用塩浸鹹加工的物。豆豉。豉魚，豉肉。
sīⁿ ké chí. sīⁿ lí á. tāu sīⁿ chiū sī îm sīⁿ tāu pô. tsòe chiù iû ê goân liāu. kiâm
豉果子。豉李仔。豆豉，就是陰豉豆粕，做醬油的原料。鹹
kaⁿ ná sīⁿ. bah sīⁿ á. tiám ba̍k ioh ōe ba̍k chiu sīⁿ. iâm sīⁿ, chhiūⁿ iâm sīⁿ.
橄欖豉。肉豉仔。點目藥能目睭豉。塩豉，鯧塩豉。

登 kín ㄍㄧㄣ
lê khak, pû á phòa tsòe pêng tsòe chiú poe.
螺殼，匏仔剖做平做酒杯。

豊 lé, hong ㄌㄝ, ㄏㄛㄥ
kó tsá ê lé jī. hiàn chè kiâⁿ lé ê khì khū. hiān kim ēng tsòe 豐 ê kán siá thák hong.
古早的禮字。獻祭行禮的器具。現今用做豐的簡寫讀豐。

豋 teng ㄉㄝㄥ
hiàn chè ê khì khū, hûi ê khì khū.
獻祭的器具，磁的器具。

豇 hông, hâng ㄏㄛㄥ, ㄏㄤ
âng tāu, âng sek, tsōe tsōe keh.
紅豆，紅色，多多格。

八·九畫

豈 kî ㄍㄧ
chiū sī tāu tîn, tāu kó, tāu tsâng.
就是豆藤，豆稿，豆欉。

豎 sū, khiā ㄒㄨ, ㄎㄧㄚ
tùi siōng kàu hā siá ê pit uīn, ti̍t ê, it hoâiⁿ it sū. khiā ti̍t. khiā kî. mn̂g khiā.
由上到下寫的筆畫，直的，一橫一豎。豎直。豎旗。門豎。
thán khiā. khiā kiàⁿ. khiā teh tsòe kang. tông po̍k, siáu sū. hoān koan, lōe sū. lâng ê sìⁿ.
袒豎。豎鏡。豎的做工。童僕，小豎。宦官，內豎。人的姓。

豌 oan ㄨㄢ
oan tāu, chéng tùi se ô chhut. hoe chí sek, chéng chí chhiⁿ sek, ngoeh thang chia̍h. hoa liân tāu.
豌豆，種對西湖出。花紫色，種子青色，莢可食。花樓豆。

䜴 kín ㄍㄧㄣ
kap 丞 sio siāng.
与丞豆相同。

豰 bók, kok ㄅㄛㄎ, ㄍㄛㄎ
tāu kî, tāu ê miâ. sio̍k tāu ê lūi.
豆萁，豆的名。屬豆的類。

豰 bók, kok ㄅㄛㄎ, ㄍㄛㄎ
kap téng bīn jī sio siāng.
与頂面字相同。

䝂 sī, sīⁿ, sīⁿ ㄒㄧ, ㄒㄧⁿ, ㄒㄧⁿ
kap 豉 jī sio siāng ì sù.
与豉字相同意思。

補7畫 豉 kôe, kê ㄍㄨㄝ, ㄍㄝ
sīⁿ kôe, chiū sī ēng iâm chìm kiâm hoat kàⁿ ê mi̍h, kaⁿ ná kôe. hî á kôe. teng hiuⁿ kê.
豉鮭，就是用塩浸鹹醱酵的物，橄欖鮭。魚仔鮭，丁香鮭。
tsu lê kê. hê á kê. ô á kôe. phang kam hó chia̍h.
珠螺鮭。蝦仔鮭。蚵仔鮭。香甘好食。

造字 借圭偏音成字，引豉用豆旁，兩字義應是相屬。

十一—廿一畫

豐 hong ㄏㄛㄥ
khì khū tóe mi̍h móa móa. hong boán. tōa tè chiú poe. hó nî tang, hong liân. hong siu. hong teng.
器具貯物滿滿，豐滿。大塊酒杯。好年冬，豐年。豐收。豐登。
pù ū. hong hù. hong jū. hong chiok. hong sēng. hong i chiok sit. hong kong úi gia̍p, kong lô tōa.
富有，豐富。豐裕。豐足。豐盛。豐衣足食。豐功偉業，功勞大。

䡘 thiân ㄊㄧㄢ
phah kó ê siaⁿ, thiân thiân. thong 塡. 闐.
打鼓的聲，䡘䡘。通塡。闐。

色部 豔 iām, ām ㄧㄚㄇ, ㄚㄇ
bīn sek súi, hó khòaⁿ, kiau iām. kng chhái, sian iām. him soān, iām soān.
面色媠，好看，嬌豔。光彩，鮮豔。欣羨，豔羨。

豔 iām, ām ㄧㄚㄇ, ㄚㄇ
bí sek, iām sek. ài chêng kò sū, iām sú. ka lāi ū súi bô, iām hok put chhián.
美色，豔色。愛情故事，豔史。家內有媠媒，豔福不淺。

豔 iām, ām ㄧㄚㄇ, ㄚㄇ
saⁿ jī lóng sio siāng ì sù. ām, chhiong sēng, ām ām, ām sà sà, chhàu ba̍k hoat tsōe tsōe ê ì sù. kng iām. hòng chhiòng, hoàn iām.
三字攏相同意思。豔，昌盛，豔豔，豔歘歘，草木發多多的意思。光豔。放縱，氾豔。

豔·豔·豔及頂面三字相同意思。

豕部 152

豕 sí ㄒㄧ
sìⁿ siùⁿ, sio̍k tsúi. sio̍k chheng ti, cheng sìⁿ ê tsong chheng hō. sí sim, tham sim. sí ló ti tiâu.
生相，屬水。俗稱豬。精牲的總稱呼。豕心，貪心。豕牢，豬寮。

一一四畫

豕 tiok, thiok, ti Lô kha teh kiâⁿ ê ì sù。
ㄉㄧㄛㄎ, ㄊㄧㄛㄎ, 猪鐐脚哋行的意思。

豻 hān, ti teh tsáu ê khoán sit。
ㄏㄢ, 猪哋走的款式。

豗 hoe, ti sio ka, Siong hoe。Sio Phah。Sio thâi ê sia im, Soan hoe。
ㄏㄨㄝ, 猪相咬；相豗。相打。相杀的聲音；喧豗。

豝 Pa, bú ê ti, n̄ng nî kú ê。khe tan Lâng chiong ti Pak tó Phòa khui, jip iâm tsòe Pa。
ㄅㄚ, 母的猪，兩年久的。契丹人將猪腹肚剖開，入塩做豝。

豚 tûn, thun, thûn, Sòe chiah ti, ti kiáⁿ, ti thûn。Pīⁿ tōa Lâng ê nî hè ê chheng hō Gín á thûn。
ㄉㄨㄣ, ㄊㄨㄣ, ㄊㄨㄣ, 細隻猪；猪子；猪豚。對大人的年歲的稱呼；囝仔豚。
ti thun á。chit chióng hái hî ū tók, hô thûn。chit chióng hái hî, keng hî Lūi, hái thûn。
猪豚仔。一種海魚有毒；河豚。一種海魚，鯨魚類，海豚。
tsu sè súi。tsui mîa, tûn súi, tī tsong kho kūn。Lâng ê sìⁿ, tûn。
姿勢佚。水名，豚水，佇牂柯郡。人的姓，豚。

豘 tûn, thun, thûn, kap téng bīn jī Sio Siāng。
ㄉㄨㄣ, ㄊㄨㄣ, ㄊㄨㄣ, 与頂面字相同。

豽 hut, siok ti ê Lūi
ㄏㄨㄊ, 屬猪的類。

豰 hut, kap téng bīn jī Sio Siāng。
ㄏㄨㄊ, 与頂面字相同。

豛 tok, tùi, tok mih。Phah ê ì sù。tok tn̄g。tok bah。tok bah sìⁿ á。tok koe thâu。
ㄉㄛㄎ, 槌，豛物。打的意思。豛断：豛肉。豛肉豉仔。豛雞頭。

豖 tiok, thiok, kap 豕 jī Sio Siāng。ti Lô kha teh kiâⁿ ê ì sù。
ㄉㄧㄛㄎ, ㄊㄧㄛㄎ, 与豕字相同。猪鐐脚哋行的意思。

豝 tok, Lêng bé chhiⁿ chhiⁿ ê mîa。
ㄉㄛㄎ, 龍尾星；星的名。

五畫

象 Siōng, chhiūⁿ, chhiūⁿ, iá siù ê mîa, tōa chhiūⁿ。ū Gê, chhiūⁿ Gê。Pīⁿ tn̂g。Chhut tī ìn tō kap
ㄒㄧㄤ, ㄑㄧㄡ, ㄑㄧㄡ, 野獸的名，大象。有牙，象牙。鼻長。出佇印度及
hui chiu jiat tài tōe。Siōng kéng bu̍t, kéng Siōng。Liap iáⁿ, iáⁿ Siōng。hêng Siōng, thong Siōng。
非洲熱帶地。象，景物，景象。攝影，影象。形象，通像。
chhiūⁿ, Phaiⁿ bīn chhiūⁿ, chiū sī bīn Pháiⁿ khòaⁿ, Siū khì Pīⁿ bīn ê ì sù。Pīⁿ bīn chhiūⁿ hō Lí khòaⁿ。
象，歹面象，就是面歹看，怒氣變面的意思。變面象佮你看。

豟 ek, tōa chiah ti。ū tōa Lat ê ti。
ㄝㄎ, 大隻猪。有大力的猪。

豥 Gâi, chiū sī chit khoán Sòe chiah ti ê mîa
ㄍㄞ, 就是一款小隻猪的名。

豞 hō, ti teh háu, ti siū khì ê sia
ㄏㄛ, 猪哋吼，猪怒氣的聲。

豬 Lêng, iòh ê mîa, chiū sī ti Lêng
ㄌㄥ, 藥的名，就是猪豬。

豛 ek, Soaⁿ kok ê mîa, Sòe chiah ti。Giat ti ê ì sù。
ㄝㄎ, 山谷的名。小隻猪。齧猪的意思。

六·七畫

豢 hoān, ēng ngó kok chhī cheng siⁿ, hoān iong。chhiah Gō kak ê cheng siⁿ, tsò hoān。
ㄏㄨㄢ, 用五穀飼牲牲，豢養。食五穀的牲牲，芻豢。

豣 Gian, kian, Saⁿ nî ê ti。tōa chiah ti。
ㄍㄧㄢ, ㄍㄧㄢ, 三年的猪。大隻猪。

豤 khún, khòe, ti chiah mih ê khoan sit。
ㄎㄨㄣ, 啃，猪食物的款式。

豦 kù, kū, Phah bô soah。ti ê Lūi。hó n̄ng kha kiāh koâiⁿ。Siù ê mîa。
ㄍㄨ, ㄍㄨ, 打無息。猪的類。虎兩脚擧高。獸的名。

豪 hô, Soaⁿ ti ê chit khoán, Sin chiūⁿ n̄ng ná chhì, hô ti。eng hiông, hô kiat。hó hàn, eng hô。
ㄏㄠ, 山猪的一款，身上的毛如刺；豪猪。英雄，豪傑。好漢，英豪。

豨 hi, hí, tōa chiah ti, khó ti ê siaⁿ。ti tsáu ê siaⁿ。iòh chháu ê mîa, hi Lêng。
ㄏㄧ, ㄏㄧ, 大隻猪，呼猪的聲。猪走的聲。藥草的名，豨苓。

豛 èk, ㄝˋ; kap 豛 siāng khoán ì sù。与豛同款意思。

[豕宗] tsòng, ㄗㄨㄥˋ; ti á kiáⁿ ti á siⁿ 6 Gēh jit kú ê ì sù。猪仔子，猪仔生六月日久的意思。

[豕尾] tok, ㄉㄨㄛˊ; chiū sī chhiⁿ ê mîa, Lêng bé chhiⁿ。就是星的名；龍尾星。

八·九畫

豽 kut, ㄍㄨˊ; ti tu thô, ti Gia thô, ti bṳ̄ thô, chhē chiah ê ì sù。猪掭土，猪脊土，猪爨土。尋食的意思。

[豕宗] tsòng, ㄗㄨㄥˋ; kap 豵 jī sio siāng ì sù。与豵字相同意思。

豛 èk, ㄝˋ; kap 豛·豛 nn̄g jī sio siāng ì sù。与豛·豛兩字相同意思。

豬 tu, tsu, ti, ㄉㄨ,ㄗㄨ,ㄉㄧ; ka thiok ê chit khóan cheng siⁿ。ti。12 Siⁿ siùⁿ ê chit hāng。ū soaⁿ tu, ti bú; ti ko。khan ti ko, kau Phòe ti chéng ê Lâng。mē Lâng ê ōe, Gōng tōa ti。Pài ti kong。tsúi khut, kiò tsu。thong 豬。iòh mîa, tsu Lêng。ū hái tsu, ná hái kau。
家畜的一款牲牲。豬。十二生相的一項。有山豬。豬母；豬公。牽豬公，交配豬種的人。罵人的話，戇大豬。拜豬公。水堀，叫豬。通豬。藥名，豬苓。有海豬，如海狗。

豭 ka, ㄍㄚ; ti kang, kui kûn ti ê tiong kan, kang kiông bú jio̍k。猪公，歸群猪的中間，公強母弱。

豫 ū, ㄩˋ; chhù sū, pī pān, seng phah sǹg, ū pī。ū soàn。ū sian。Gî gā, iû ū put koat。次序，備辦，先打算，豫備。豫算。豫先。疑訝，猶豫不決。

貐 jû, ㄖㄨˊ; khîm siù。siaⁿ ná Gín á。hô ti ê pa̍t mîa。禽獸。聲如囡仔。豪豬的別名。

豯 thûn, ㄊㄨㄣˊ; sòe sòe ê khòng iá。ti ê mîa。小小的曠野。猪的名。

十一十八畫

豳 Pin, ㄅㄧㄣ; kap 邠 jī sio siāng ì sù。soaⁿ mîa, ti tsōe tsōe。Só tsāi mîa。kap 邠 sio siāng。与邠字相同意思。山名，猪多多。所在名。与邠相同。

豱 un, ㄨㄣ; chit khoán ti ê mîa。thâu té té, phê kāu kāu。一款豬的名。頭短短，皮厚厚。

貗 Lô, Lú, ㄌㄡˊ,ㄌㄩˊ; chhē ti á kiáⁿ ê ti, ti bú ê ì sù。尋猪仔子的猪，猪母的意思。

豴 tek, ㄉㄧˊ; ti ê kha tê, siù ê kha tê。猪的腳蹄，獸的腳蹄。

豵 tsong, ㄗㄨㄥ; 6 Gēh jit ê ti á kiáⁿ, sòe chiah tia。chit tsúi ti á ê bé chiah。六月日的猪仔子，小隻猪仔。一水猪仔的尾隻。

豶 hûn, ㄈㄣˊ; chit khoán ê ti。tû khì。bán ti ko Gê。iam ti。iam khì Lan hut ê kang ti。一款的豬。除去。挽豬公牙。閹豬。閹去羼核的公豬。

豷 hì, ì, ㄏㄧˋ,ㄧˋ; ti chhoán khùi ê siaⁿ。Lâng ê mîa, hân chhiok ê kiáⁿ kip hì。猪喘氣的聲。人的名，寒浞的子澆及豷。

𧲄 chiap, ㄐㄧㄚˋ; sio̍k ti ê Lūi。Liông chiu Lâng ti kiò tsòe chiap。kap [犭聶] sio siāng。屬豬的類。梁州人豬叫做𧲄。与[犭聶]相同。

豸 部 153

豸 tī, tsāi, thōa, ㄓˋ,ㄗㄞˋ,ㄊㄨㄛˊ; bô kha ê thâng, kiò tsòe tī。thiông tī。thāng thōa。ka chiah kāu koh Pîn。tsu sè sui iau bī。chhú tī。Ìⁿ siù ê mîa, hāi tsāi。i ê hêng siōng siù tī kó tsá ê koaⁿ hòk, chhin chhiūⁿ iû koh sai。it chhiat tōng but ê tsóng chheng ho, thāng thōa。tān sī Lóng sī kóng hā têng tōng but。tī bûn Giân bûn tiong, tong tsòe kái ēng,「Sú khiok tsú theng kì chì sái iú tī hô」。tī chiū sī kái ê ì sù。
無腳的虫，叫做豸。蟲豸。蟲豸。尻脊厚閣平。姿勢佚妖媚，跐豸。異獸的名，獬豸。牠的形象繡佇古早的官服，親像羊閣獅。一切動物的總稱呼，蟲豸。但是攏是講下等動物。佇文言文中，當做解用，「使卻子踶其志庶有豸乎」。豸就是解的意思。

三。四畫

【豻】kan, ㄍㄢˋ, iá káu chhin chhiūⁿ Lâ Lî. ia chhin chhiū hô Lî káu. khu ê Lūi
野狗，親像鯪鯉。也親像狐狸狗。貙的類

【豺】chhâi, ㄔㄞˊ, Soaⁿ káu ê Lūi, Lông ê Lūi. tham sim ê pì jū, chhâi Lông tong tō.
山狗的類，狼的類。貪心的比喻，豺狼當道。

【豹】Pà, ㄅㄠˋ, ū Pan tiám ê iá siù. chhin chhiūⁿ hó· tōa chiah niau. kim chîⁿ Pà. Gâu Peh chhiū.
有斑點的野獸。親像虎 大隻貓。金錢豹。勢爬樹。

【豽】Lu̍t, ㄌㄨˋ, Lu̍t káu ê Lūi, bô cheng kha, chhin chhiūⁿ káu ê khoán, mn̂g nńg thang tsòe hiû.
豽猴的類，無前腳；親像狗的款，毛軟可做裘。

【貅】hiu, ㄒㄧㄡ, Put chí béng ê siù, iong béng Pî hiu. kang ê kiò Pî, bú ê kiò hiu. ná hó· hîm.
不止猛的獸；勇猛貔貅。公的叫貔，母的叫貅。如虎熊。

五畫

【䝤】iong, ㄧㄤ, iá siù ê miâ. iong Lî Lūi.
野獸的名。䝤狸類。

【貀】Lu̍t, ㄌㄨˋ, kap 豽 jī sio siāng ì sù.
与豽字相同意思。

【豾】Phi, ㄆㄧ, Siù ê miâ, Phi Lî. hô Lî kiáⁿ
獸的名，豾狸。狐狸子

【貂】tiau, ㄉㄧㄠ, iá siù chhin chhiūⁿ niáu chhú. tiau chhú. tiau Phê mn̂g tn̂g jiû nńg, sī ko kùi ê hiû Liāu. tiau Siân, kó· tsá bō koan ê tsng thā. tiau Siân, Lâng ê miâ. Sam kok Lū Pò· ê bó·.
野獸，親像鼦鼠。貂鼠。貂皮毛長柔軟，是高貴的裘料。貂蟬，古早帽冠的裝飾。貂蟬，人的名。三國呂布的媒。

【豿】hak, kó·, ㄏㄜˊ, ㄍㄡˇ, hak, chiū sī ti ê Siaⁿ. kó·, hîm hó· ê kiáⁿ.
豿，就是豬的聲。豿，熊虎的子。

【[豸史]】Sú, ㄙㄨˋ, iá Siù ê miâ, chhin chhiūⁿ hô· Lî. thâu kap Phīⁿ chiam. Pan Sek, mn̂g thang tsòe hiû.
野獸的名，親像狐狸。頭及鼻尖。斑色，毛可做裘。

【貁】iú, ㄧㄡˋ, niáu chhú ê Lūi, Gâu Sėh, Sú iú. kâu ê Lūi, oân iú. ná kâu tsóng sī bé tn̂g.
鼦鼠的類，勢迺，貄貁。猴的類，蝯貁。如猴總是尾長。

六畫

【[豸休]】hiu, ㄒㄧㄡ, Put chí béng ê iá siù, ióng béng. kap 貅 sio siāng ì sù.
不止猛的野獸，勇猛。与貅相同意思。

【貈】hok, hòk, ㄏㄜˊ, ㄏㄜˋ, iá siù ê miâ, hok chhin chhiūⁿ hô· ài khùn. thâng ê miâ, tho̍k hik. chiū sī tông Lông.
野獸的名，貈親像狐愛睏。虫的名，蝍貈。就是螳螂。

【貉】bėk, bȯk, hȯk, Lȯk, ㄇㄛˋ, ㄇㄛˋ, ㄏㄜˊ, ㄌㄨㄛˋ, iá siù ê miâ, khoán sit chhin chhiūⁿ thò·, chēng chēng. ài khùn, ji̍t sî bih teh, àm sî chhut. mn̂g kāu, thang tsòe hiû.
野獸的名，款式親像兔，靜靜。愛睏，日時匿咧，晚時出。毛厚，可做裘。

【貇】khun, khún, khoe, ㄎㄨㄣ, ㄎㄨㄣˇ, khoe ê Siaⁿ. ti sio kā ê Siaⁿ.
噅，噅的聲。豬相咬的聲。

【貊】bėk, ㄇㄛˋ, béng Siù ê miâ, Chhin chhiūⁿ hîm. Pak hng ê hoan Lâng, bân bėk.
猛獸的名，親像熊。北方的番人，蠻貊。

【[豸犬]】hók, ㄏㄜˊ, chiū sī Siù ê miâ, hô· Lî.
就是獸的名，狐狸。

【貆】hoân, ㄏㄨㄢˊ, Chhâi Lông ê bú ê. hoân thoan, chi̍t khoán Soaⁿ ti, i ê Phê oē tsòe tit hiû. kap 貛 sio siāng.
豺狼的母的。貆貒，一款山豬，牠的皮能做得裘。与貛相同。

【貄】Sú, ㄙㄨˋ, Sú iú. niáu chhú ê Lūi, Gâu Sėh.
貄貁。鼦鼠的類，勢迺。

七。八畫

【貍】Lî, ㄌㄧˊ, kap 狸 sio siāng. kui ná hō iá siù ê miâ, chhin chhiūⁿ Soaⁿ káu ê hô· Lî. Lî bâ. chi̍t khoán ū siā hiuⁿ bī ê hiuⁿ Lî, chiū sī Lêng biâu. ū tī hái nih ê hái Lî.
与狸相同。幾若號野獸的名，親像山狗的狐狸。貍貓。一款有麝香味的香貍，就是靈貓。有佇海裡的海貍。

【貌】māu, ㄇㄠˋ, Gōa Phê, Bīn hêng, Gōa māu, bīn māu. hêng Siōng, Siōng māu. Sêng khún, Lé māu.
外皮，面形，外貌，面貌。形像，像貌。誠懇，禮貌。

【[豸夋]】Soan, ㄙㄨㄢ, Soan Gê, chhin chhiūⁿ Sai, béng Siù ê miâ.
狻猊，親像獅，猛獸的名。

貙 chiu ㄐㄧㄡ Sīu ê mîa, chhin chhīu kâu, tōa ná Lû。Se hng ê bēng Sīu。
獸的名，親像猴的，大如驢。西方的猛獸。

貔 Pî, ㄆㄧˊ kiā á ē ū tâm sip ê tōe。Soa Phiâⁿ。Pî tî
崎仔下有潛濕的地。山坪。貔豸。

九－十畫

貓 biāu, bâ, niau, ㄇㄧㄠˋ，ㄇㄚˊ，ㄋㄧㄠ kap jī sio siāng。chhiaⁿ khòaⁿ khiàn Pō 9 ūi。
与猫字相同。請看犬部九畫。

貒 thoan, thoân, ㄊㄨㄢ，ㄊㄨㄢˊ tī á, khîm sīu chhin chhīu tī, tsóng sī khah Pûi。thoân thûn。
猪仔，禽獸親像猪，總是較肥。貒豚。

貗 thoan, thoân, ㄊㄨㄢ，ㄊㄨㄢˊ kap tēng bīn jī sio siāng ì sù。
与頂面字相同意思。

貛 Goān ㄩㄢˊ hoan ê mîa, tèk Goān。Soaⁿ Lāi ê hoan。
番的名，翟貛。山内的番。

貔 Pî ㄆㄧˊ bēng ê iá sīu。Pèh ê hô lî。Pî hiu。kang ê kiò Pî bú ê kiò hiu
猛的野獸。白的狐狸。貔貅。公的叫貔，母的叫貅。

十一－十八畫

貙 khu, ㄎㄨ iá sīu chhin chhīu hô lî, khu hó。i ê kha ū Gō jiáu。
野獸親像狐狸，貙虎。牠的脚有五爪。

貘 bèk, ㄇㄛˋ khîm sīu chhin chhīu hîm。Seng khu ū o͘ kap Pèh ê mn̂g。
禽獸親像熊。身軀有黑及白的毛。

貚 Liâu, Lô, ㄌㄧㄠˊ，ㄌㄠˊ Sai Lâm hoan ê mîa。mî sî Phah Lah ê káu
西南番的名。瞑時打獵的狗。

貛 niâu, ㄋㄧㄠˊ niâu chhú, Ka têng Lāi Goā ê chhú Lūi。Sòe khang m̄ i niâu chhú khang oan kong m̂ng
貓鼠，家庭内外的鼠類。小孔毋醫貓鼠孔變穿扶門。

造字 借鳥成字。

貛 hoan, ㄏㄨㄢ Chhâi Lông ê bú ê。Soaⁿ tī, Phê ōe thang tsòe hiû。
豺狼的母的。山猪，皮能可做裘。

貝部 154

貝 Pòe, Pòa, ㄅㄟˋ，ㄅㄞˋ Lê khak Lāi bīn ū tsu。tsá ēng Lâi tsòe chîⁿ。Lê Pòe, Pòe khak, tsu Pòe。Pòe Lūi。
螺殼内面有珠。早用來做錢。螺貝，貝殼，珠貝。貝類。
Pòe hè, kó tsá ê hè Pè。tin kùi ê mı̍h, Pó Pòe。ióh mîa, Pòe bú。Pòe tsū, hō͘ n̄ng Phīⁿ
貝貨，古早的貨幣。珍貴的物，寶貝。藥名，貝母。貝柱，這兩片
Pòe khak khui ha̍p ê khì koan, Siok mîa kan Pòe。Pòa, tōa Pòa Pò͘ chiū sī Pún tōe ê mî Pò͘。
貝殼開合的器官，俗名干貝。貝，大貝布，就是本地的綿布。

二－三畫

貞 cheng ㄓㄣ ì chì tiāⁿ tioh, cheng chiat。tiong cheng。chèng tō, cheng chhò。Pok koà cheng Pok。
意志定着，貞節。忠貞。正道，貞操。卜卦，貞卜。

負 hū, Pē, ㄈㄨˋ，ㄅㄟˋ ū mı̍h thang óa khō。Pē mı̍h tī keng kah thâu, hū tam。Su iâⁿ Sèng hū。hiau Pòe
有物可倚靠。背物佇肩胛頭，負擔。輸贏，勝負。僥背
hū Gī。Pē, Pē soh。Pē chhâ。Pē Sam。Pē tsu Pau。khit chiāh Pē ka tsū。
負義。負，負索。負柴。負衫。負書包。乞食負傢苧。

貞 Phok, ㄆㄨ chîⁿ tsâi móa móa。hìm bō͘ chîⁿ tsâi ê ì sù。
錢財滿滿。欣慕錢財的意思。

貤 î, ㄧˊ tēng thiap Pâi Lia̍t, chìn chêng, ke thīⁿ, chit tiâⁿ, chit ûn, Lī ek, tín tāng, Pò Siûⁿ
重疊排列，進前，加添，一貤，一貤，利益，振動，報償，
Sio Sàng。hōng。chēng
相送。貤卦。貤贈。

貢 kòng, ㄍㄨㄥˋ hiàn kong Lô, kòng hiàn。Phô tiâu têng, chìn kòng。tiâu kòng。kòng Phín。kú chiàn, kòng Seng
獻功勞，貢獻。扶朝廷，進貢。朝貢。貢品。舉薦，貢生
kòng sū。kó tsá khó chhì ê só tsāi, kòng īⁿ。
貢士，古早考試的所在，貢院。

貣 thek, ㄊㄜˋ tùi Lâng kiû mı̍h。kap 忒 Sio Siāng。ké, Gî ngāi, Piàn cāⁿ, kè thâu, chha chhok。
對人求物。与忒相同。假，疑詐，變換，過頭，差錯。

財 chhâi, tsâi, tsâi; chîⁿ tsâi, hè mih, tsâi bu̍t. kim Gûn chhâi Pó, tōa chhâi tsú. tsâi Goân kún kún.
ㄘㄞˊ, ㄗㄞˊ, ㄗㄞˊ 錢財；貨物；財物。金銀財寶；大財主。財源滾滾。
tsâi chèng. tsâi sán. tsâi sîn. tsâi hù. tsâi ūn.
財政。財產。財神。財富。財運。

貯 mî ㄇㄧˊ; iâng Gín á, Pē mih. mn̂g kù ê jī.
羅囝仔；背物。問句的字。

四畫

販 hoàn, Phòaⁿ ㄏㄨㄢˋ, ㄆㄨㄚˋ; bóe mih lâi bōe, hoàn bōe. hoàn á, tsòe hoàn. Phòaⁿ mih khì bōe. Phòaⁿ lâng.
買物來賣；販賣。販仔；做販。販物去賣；販人。
Phòaⁿ ko Piáⁿ lâi bōe. Phòaⁿ hè.
販糕餅來賣。販貨。

貨 hòⁿ, hè ㄏㄛˋ; ㄏㄝˋ; sè, Piàn hòa, tsòe Seng Lí. tsâi bu̍t. bóe bōe ê mih, hè mih. tsâi hè. hè sek. hè tsú. chin hè.
貨；變化，做生理。財物。買賣的物；貨物。財貨。貨色。貨主。真貨。
hè Phín. tsa̍p hè. Phah Lin Long bōe tsa̍p sè. tsa̍p sè láng. tsa̍p sè tàⁿ. tsa̍p sè tiàm.
貨品。雜貨。打鈴瓏賣雜貨。雜貨籠。雜貨擔。雜貨店。

貫 Koàn, kǹg ㄍㄨㄢˋ, ㄍㄥˋ; chhn̂g chîⁿ chiâⁿ tiâu. chi̍t chheng kiò chi̍t koàn. ka tsâi bān koàn. chhng kè, koàn chhoān. koàn-chhoàn
穿錢成條。一千叫一貫。家財萬貫。穿過；貫穿。貫串
Liân chiap, koàn thong. kǹg chîⁿ, kǹg hī khang. kǹg Phīⁿ. chîⁿ kǹg.
連接；貫通。貫錢；貫耳孔。貫鼻。錢貫。

貧 Pîn ㄆㄧㄣˊ; chîⁿ tsúi chió, bô chîⁿ, sòng hiong, khùn khó, khiàm kheh. Pîn kiông. Pîn hoa̍t. Pîn khùn. Pîn chiān.
錢水少，無錢；倯窮；困苦，欠缺。貧窮。貧乏。貧困。貧賤。

責 chek ㄐㄜˊ; ki chhì, hêng hoa̍t, hiâm, chek Pī. khian chek. tam tng, hū chek. chek jīm. chek bû Pòng tāi. bô the.
譏刺，刑罰，嫌，責備。譴責。擔當，負責。責任。責無旁貸。無推。

貪 tham ㄊㄢ; ài Pa̍t Lâng ê tsâi bu̍t, tham Sim. tham tsâi. tham chia̍h. Siáu tham n̄ng koe lam. tham Pân Gî.
愛別人的財物，貪心。貪財。貪食。猶貪雞雞籠。貪便宜。

貦 Goán ㄨㄢˊ; chiū sī Pó Pòe ê ì sù. hó. hô hó.
就是寶貝的意思。好。和好。

質 chit ㄓˋ; Pòe jī ê kán siá. túi chit. Pún chit. Phín chit. Seng chit.
質字的簡寫。對質。本質。品質。性質。

貶 Poe ㄅㄟ; Gô Poe. Pòe ê khak ê ì sù. Pîⁿ Pîⁿ Poe Poe. chiū sī Pîⁿ. Pîⁿ ê ì sù.
蜈貶。貝的殼的意思。扁扁貶貶。就是扁，薄的意思。

造字 借不偏音成字

五畫

貯 thú, tóe ㄓㄨˇ, ㄉㄨㄝ; Siu khǹg. chek tsū. thú tsōng. thú thiok. chek thú. thú tsúi tsō. thú hè tiûⁿ.
收藏，積住；貯藏。貯畜。積貯。貯水槽。貯貨場。
tóe, tóe mih. tóe Pn̄g. tóe teh. thang á tóe tsúi. bí tóe á tóe bí.
貯，貯物。貯飯。貯咧。桶仔貯水。米袋仔貯米。

費 hùi, Pì ㄈㄟˋ, ㄅㄧˋ; chîⁿ tsâi sòaⁿ ēng, hùi ēng. keng hùi. Só hùi. hoa hùi. Lō ēng khoah tōa, Lōng hùi. Siau hùi.
錢財散用，費用。經費。所費。花費。路用闊大，浪費。消費。
tit Pang tsān, hùi Sim hùi Le̍k. Só hùi. Só tsāi miâ, Soaⁿ tang Séng ê koāiⁿ miâ. Pì koāiⁿ.
得幫助，費心費力。所費。所在名，山東省的縣名。費縣。

賀 hō ㄏㄜˋ; ēng Lé mih Lâi kiong hí, kiong hō. hō Lé. chiok hō. khèng hō. tà Pē, kiò tsòe hō.
用禮物來恭禧，恭賀。賀禮。祝賀。慶賀。搭肩，叫做賀。

貺 hóng, hòng ㄏㄨㄤˋ, ㄏㄤˋ; Sūⁿ Sù, hō Lâng. hō hóng. kùi kheh Lâi Lîm. hòng Lîm.
賞賜，給人。厚貺。貴客來臨。貺臨。

貽 î ㄧˊ; O Sek ê tāi Pòe, î Pòe. hō Lâng, kūi î. Liû thoân, î hūn. î chhiau tāi hong. hō Lâng chhiò.
黑色的玳貝，貽貝。給人，饋貽。流傳，貽訓。貽笑大方，給人笑。

貴 kùi, tùi ㄍㄨㄟˋ, ㄉㄨㄟˋ; hā chiān ê tùi hoán, tsun kùi. chin hó, kùi tiōng. tin kùi. tsun tiōng Pa̍t Lâng, kùi hú.
下賤的對反，尊貴。盡好，貴重。珍貴。尊重別人，貴府。
kùi Sìⁿ. kùi hâng. kùi tōe. kùi kiⁿ. tùi, tùi tiōng. Pó Sioh, kèng tiōng ê ì sù.
貴姓。貴行。貴地。貴庚。貴，貴重。寶惜，敬重的意思。

買 mái, bóe ㄇㄞˇ, ㄅㄨㄝˇ; chîⁿ ōaⁿ mih ji̍p Lâi, bóe mih. tsòe Seng Lí, bóe bōe. hóe Lō. mái thong. kan Siong.
錢換物入來，買物。做生理，買賣。賄賂，買通。奸商，
mái khong mái khong. Put Gī kiû koaⁿ tsòe, mái chiok.
買空賣空。不義求官做，買爵。

貶 Pián ㄅㄧㄢˇ; Sún hoāi, Pián Sún. hiâm, mē, Po Pián. Pī Pián. kiám chió, Pián tī. Pián kè.
損壞，貶損。嫌，罵，褒貶。備貶。減少，貶低。貶價。

貤 bāu, bauh, Pauh ㄅㄠˋ, ㄅㄠˋ, ㄅㄠˋ; bāu kang Sū. bauh kè chí hng. Pauh thô tsúi khí chhù. ēng kè chîⁿ Lâi Pau ê ì sù. 造字
貤工事。貤菓子園。貤泥水起厝。用價錢來包的意思。

【貿】bō͘, bāuh, ㄇㄠˋ, ㄇㄡˋ; bāu, bóe bōe, ōaⁿ tsâi bu̍t, bō͘ e̍k, khin īⁿ, bō͘ jiân, bāuh. bāuh, Pau Lām ê ì sù, bāuh kang, bāuh khang khè, bāuh kē chí, hiàm kè lâi koat tēng bóe bōe, m̄ sī lūn kin niú. bāuh sio̍k hè, tsòe chi̍t ê bāuh, bāu thô͘ tsúi kang, bāu tsòe ba̍k, bāu iû chhat.
貿，買賣，換財物，貿易，輕易，貿然，貿。貿，包攬的意思？貿工，貿工課。貿菓子，喊價來決定買賣，不是論斤兩。貿俗貨，做一下貿，貿泥水工，貿做木，貿油漆。

【貱】Pī, Phì, ㄆㄧˋ, ㄆㄧˋ; ke thīⁿ, jú tsòe, it hoat, chiām chiām khah ke ê ì sù. 个 Phì.
加添，愈多，益發，漸漸較加的意思。自也貱。

【賁】hûi, hûn, Pì, Phun, ㄏㄨㄟˊ, ㄏㄨㄣˊ, ㄅㄧˋ, ㄆㄣ; hûi, Lâng ê sìⁿ. hûn, tōa. tōa kó͘. Saⁿ kha ê ku. Pì, hún Sek, hó khòaⁿ. bûn chiuⁿ, sò͘ sek. Pì sek. Pì jiân lâi su. Phun, ióng béng ê Lâng, hó tá̍ⁿ. jia̍t sim, hó͘ Phun.
賁，人的姓。賁，大。大鼓。三脚的龜。賁，粉飾，好看。文章，素色。賁飾。賁然來思。賁，勇猛的人，好膽。熱心，虎賁。

【貳】jī, ㄦˋ; hù chhiú, Pang tsān, hù jī, n̄ng hāng, Pun khui, jī sim. Giâu Gî, jī ì, jī Gī. ū ì Gī, jī Giân. jī ê tōa siá.
副手，幫助，副貳。兩項，分開，貳心，懷疑，貳意。貳疑。有異議，貳言。二的大寫。

【貸】tāi, tài, ㄉㄞˋ, ㄉㄞˋ; hō͘ Lâng, Chioh Lâng, Pàng chhut, tāi khóan. tāi hong. tāi tsú. chioh tāi. khit tāi. kò tāi. m̄ khoan sú, Giâm kiù Put tāi.
給人，借人，放出，貸款。貸方。貸主。借貸。乞貸。告貸。毋寬恕，嚴究不貸。

【貼】thiap, tah, ㄊㄧㄝ, ㄉㄚ; ēng mih tsòe tsún tǹg, Pang tsān, Pó͘ thiap. Pang thiap. óa khò, thiap sin. thò tòng, thò thiap. Liâm tiâu, tah tsóa. tah ko ioh. tah kò sī. chhèng Phīⁿ kò ún nōa tah. tah Piah tsóa.
用物做準當，幫助，補貼。幫貼。倚靠，貼身。妥當，妥貼。黏牢，貼紙。貼膏藥。貼告示。擤鼻糊搵涎貼。貼壁紙。

【貲】tsu, ㄗ; ēng chîⁿ bóe hoa̍t. hè bu̍t chîⁿ tsâi, tsu sán.
用錢買罰。貨物錢財，貲產。

【貰】sè, ㄕˋ; chioh, sia mih, sia siàu. Seng theh mih, āu Lâi hù chîⁿ. sè chiú. sia chiú. chhut tso͘. sè khì.
借，賒物。賒賬。先提物，後來付錢。貰酒。賒酒。出租，貰器。

【貯】tsú, ㄓㄨˇ; chiū sī chîⁿ tsâi ê ì sù. tsâi tsú.
就是錢財的意思。財貯。

【貧】Phiân, ㄆㄧㄢˊ; chiū sī chîⁿ tsâi ná it hoat tsòe ê ì sù.
就是錢財愈益發多的意思。

【貼】ham, ㄏㄢˊ; thit thô, khit chia̍h Lâng ê mih, tham tsâi
迌迌，乞食人的物，貪財

【賆】Sēng, ㄕㄥˋ; tsâi sán tsòe tsòe, Pù ū, hó Giâh. chîⁿ tsâi.
財產多多，富有，好額。錢財。

六畫

【賄】hóe, iū, ㄏㄨㄟˇ, ㄧㄡˇ; chîⁿ tsâi, hè bu̍t, sio sàng. Pó hō. hóe Lō͘. Phô͘ thaⁿ, Pa kiat. bô chèng tong ê sàng tsâi bu̍t. hóe chèng. hóe Sán, bē Sóan Phiò. Siū iú, chiap siū Lâng Put tong tsâi hè.
錢財，貨物，相送。保護。賄賂，扶担，把結。無正當的送財物。賄贈。賄選，買選票。受賄，接受人不當財貨。

【賅】kai, ㄍㄞ; kî kòai, hui Siông, chhiong chiok, kai Pī. Giân kán ì kai.
奇怪。非常。充足，賅備。言簡意賅。

【賈】ká, kà, kó͘, ㄍㄚˇ, ㄍㄚˋ, ㄍㄨˇ; ká, Lâng ê jī sìⁿ. kà, tiōng ta̍t, kè chîⁿ, kè sò͘. bóe bōe. kap 價 tâng. kó͘, koe chhī, khui tiàm tsòe Seng Lí, bóe bōe, hù Siong tōa kó͘. jiá hō͘, kó͘ hō͘.
賈，人的字姓。賈，重值，價錢，價數。買賣。与價同。賈，街市，開店做生理，買賣，富商大賈。惹禍，賈禍。

【賂】Lō͘, ㄌㄨˋ; ēng chîⁿ tsâi hō͘ Lâng, Pò Lō͘. ì tô͘ bô chèng tong Lâi sàng Lâng tsâi bu̍t, hóe Lō͘.
用錢財給人，佈賂。意圖無正當來送人財物，賄賂。

【賃】jīm, ㄖㄣˋ; tsò chioh, tsò jīm, kò chhiàⁿ, chhiàⁿ kang, iōng jīm. ūn Poaⁿ ê kang chîⁿ, jīm kim.
租借，租賃，雇倩，倩工，傭賃。運搬的工錢，賃金。

【賍】tsong, tsng, ㄗㄤ, ㄗㄤ; 贓•賍, ńg jī ê kán siá, tham ù bu̍t Lâi ê tsâi bu̍t, thau theh ê tsâi bu̍t, tsong bu̍t. tsong koaⁿ ù Lī. chhat tsng, Pun tsng, Siau tsng, kiáu tsng, Pí tsng. tsu.
賍，兩字的簡寫。貪污得來的財物，偷提的財物，賍物。賍官污吏。賊賍，分賍，銷賍，賭賍，比賍。

【資】tsu, ㄗ; tsâi bu̍t, tsu Pún. bu̍t tsu. tsu Sán. tsâi Liāu, tsu Liāu. Sin hūn, tsu keh, hùi iōng, chhoan tsu.
財物，資本。物資。資產。材料，資料。身份，資格。費用，川資。

六畫【賆】Poáh, ㄅㄛˊ; Poáh kiáu. ì Su iâⁿ, ēng kim chîⁿ tsâi bu̍t Lâi tó͘. tó͘ Phok ê ì sù. 造字
賆賭。賆輸贏，用金錢財物來賭。賭博的意思。

賊 chėk, chhat, tsat, ㄐㄝˊ, ㄑㄚ, ㄗㄚ
chhiūⁿ, kiap, thau theh, Siong hāi, tsoh Pháiⁿ, tō chėk, khò chėk, húi Lūi
搶，劫，偷提，傷害，作歹，盜賊，寇賊，匪類。
chhat á, chhat thâu, chhat bé, chhat Sim, hái chhat, chhat khò, chē tióh chhat tsûn.
賊仔，賊頭，賊尾，賊心，海賊，賊寇，坐着賊船。
bak tsat chháu, chháu ê mîa, bak tsat, iā ū kio ē tsat, bak hî.
墨賊草，草的名。墨賊，也有叫烏賊，墨魚。

賕 tī, ㄓˋ
chek tsū chîⁿ tsâi ê ì sù.
積聚錢財的意思。

賉 khêng, ㄎㄨㄥˊ
hè mih, tsu Pún, Sòe kim
貨物，資本，稅金。

賊 hóng, hòng, ㄏㄨㄥˊ, ㄏㄨㄥˋ
kap 貺 Sio Siang ì sù.
与貺相同意思。

賒 Siat, ㄒㄧㄚ
kńg tang Lâng kóng, Sī tsòe Seng Lí Sih Pún, á sī hō Lâng Phiàn khì. kóaⁿ kín.
廣東人講，是做賣理蝕本，或是互人騙去。趕緊。

賉 Sut, ㄒㄩ
Pun mih hō Lâng, chín chè hō Lâng mih kiāⁿ. Lîn bín, kap 恤．卹 Sio Siang ì Sù.
分物互人，賑濟互人物件。憐憫。与恤．卹相同意思。

賵 tiāu, ㄉㄧㄠˇ
tiāu, chiū sī Pak bōe khui ê ì sù. tiāu sim, kì tiāu, tiāu hun, tiāu a Phiàn, kat tiāu.
貼，就是剝會開的意思。貼心，記貼，貼薰，貼鴉片，結貼。
Pak tiāu, tèng tiāu, Liâm tiāu, kô tiāu, Lâm tiāu tiāu
縛貼，釘貼，黏貼，糊貼，攬貼貼。

造字 借兆成字。

七 畫

賑 Chín, chìn, ㄓㄣˇ, ㄓㄣˋ
hó Giah, chîⁿ tsâi, tsōe tsōe, Un chín, kiu chè, chín chè, chín tsai, siá sì, chìn Pîn.
好額，錢財，多多，殷賑。救濟，賑濟，賑災。捨施，賑貧。

賕 kiû, ㄑㄧㄡˊ
ēng chîⁿ Pō Lō Lâng, chhéng kiû bián tsōe, Siū kiû óng hoat.
用錢佈賂人。請求免罪。受賕枉法。

賦 Pō, ㄅㄨˋ
ēng chîⁿ tsâi saⁿ Pò tap.
用錢財相報答。

賓 Pin, ㄅㄧㄣ
Lâng kheh, Pin kheh, kùi Pin, chhut Gōa Lâng, Lâi Pin, kèng tiōng, Lé Pin, Pin tsú, Pin koán.
人客，賓客，貴賓。出外人，來賓。敬重，禮賓。賓主。賓館。

賒 Sia, ㄕㄜ
bóe bōe bô hiān chîⁿ, chiām sî kì Siàu, Sia Siàu, Sia khiàm, hn̂g hn̂g, Lō Sia.
買賣無現錢，暫時記賬，賒賬。賒欠。遠遠，路賒。

賏 eng, ㄧㄥ
ām kún ê tsng thāⁿ, tsa bó Gín á ê tsng thāⁿ, Liân Pòe sek.
頷頸的裝飾，查某囝仔的裝飾。連貝飾。

賔 Pin, ㄅㄧㄣ
kap 賓 jī Sio Siang.
与賓字相同。

䝼 Sò, ㄙㄨㄛˇ
chiū sī kut ê ì sù. kun kut, kut thâu.
就是骨的意思。肋骨，骨頭。

賚 khài, ㄎㄞˋ
chhim chhim kian tēng ê ì sù. Lê khak tēng ê Pó Pòe.
深深堅定的意思。螺殼碇的寶貝。

賛 tsân, ㄗㄢˋ
hām hāi jîn but, Lâi tham Lâng chîⁿ tsâi.
陷害人物，來貪人錢財。

八 畫

賝 thim, ㄔㄣ
Pó Pòe, tsâi Pó ê Sek. kap 琛 jī Sio Siang ì sù.
寶貝，財寶的色。与琛字相同意思。

賬 tiòng, chiáng, Siàu, ㄓㄤˋ, ㄓㄤˇ, ㄒㄧㄠˋ
帳 ê Siok jī. iāⁿ tiōng, kun tūi ê ūi bō. kì tiōng, tiōng Phō.
帳的俗字。營賬，軍隊的帷幕。記賬，賬簿。
chiū sī kì Siàu, Siàu Phō. Sǹg Siàu, kiat Siàu, Siu Siàu, Siàu bak, Siàu toaⁿ, chiáng kūi.
就是記賬，賬簿。算賬。結賬。收賬。賬目。賬單。賬櫃。

賙 chiu, ㄓㄡ
ēng tsâi but sàng Lâng, chín chè Lâng ê ì sù, chiu chè.
用財物送人，賑濟人的意思，賙濟。

質 chì, chit, chek, ㄓˋ, ㄓˊ, ㄓㄜˊ
chì, Pîn kù, tsún tōng, chèng kù, chì ap, jîn chì, chit, Pún thé, but chit, Pún chit.
質，憑據，準當，證據，質押。人質。質，本體，物質。本質。
Sit chit, chit Liāu, Sèng Chit, Phín chit, kiù chit mn̄g, chit Gî, tùi chit, chit Giân
實質。質料。性質。品質。究，質問。質疑。對質。質言，
Sit tsāi, chek, tùi chek, chiū sī tī Sī tōa Lâng ê bīn chêng Piān Lūn.
實在。質，對質，就是佇是大人的面前來辯論。

賦	hù, hū ㄏㄨˋ, ㄈㄨˋ	siu chîⁿ niû. Gûn tsò. chîⁿ niû hù. hù sòe. tiân hù. hō Lâng hù ú. tsoh si, hù si. 收錢糧。銀租，錢糧賦。賦稅。田賦。征人，賦與。作詩，賦詩。
賢	hiân, Gâu ㄒㄧㄢˊ, ㄫㄠˊ	tsōe tsōe tsâi, hó Phín hēng, tì hùi, khah iâⁿ. Sèng hiân. hiân jîn. hiân tsâi. hiân hūi. 多多才料，好品行，智慧，較贏。聖賢。賢人。賢才。賢慧。 chheng hō ê ōe, hiân tē. hiân Lông. hiân chhe. Gâu, Chin Gâu, Gâu Lâng, Ké Gâu, bô Gâu. 稱呼的話，賢弟。賢郎。賢妻。賢，真賢，賢人，假賢，無賢。
賡	keng, ㄍㄥ	koh tsâi, Sio Sòa, Sòa chiap, Keng siok. tsoh si hō Sióng chêng tap, keng siû. 閣再，相續，續接，賡續。作詩互相贈答，賡酬。
賙	ku, ㄍㄨ	chiū sī mih bōe chhut. chek thiok. 就是物賣出。積畜。
賚	nāi ㄋㄞˋ	siúⁿ sù, nāi ú. nāi sióng. Kong Lô, tioh bôa, Lô nāi. 賞賜；賚予。賚賞。功勞，着磨，勞賚。
賣	māi, bōe, ㄇㄞˋ, ㄅㄛㄝ	mih oāⁿ chîⁿ, hoàn bōe. tsòe Seng Lí, bóe bōe. hó bōe. Lan san bōe. bōe sin tsòng hū. 物換錢，販賣。做賣理，買賣。好賣，零星賣，賣身葬父。 ūi Su Lī, Māi iú Kiu êng. mai Lōng. Phín Phóng. māi kok chhat. māi Gē î Seng. 為私利，賣友求榮。賣弄，品謗。賣國賊。賣藝維生。
賠	Pôe, Pê ㄆㄛㄝ, ㄅㄝ	khiàm kheh, Pó kàu Giah, Pê Pó. kè tsa bó kiáⁿ Pê chîⁿ hè. Pê Pún. Pê sàng. 欠缺，補夠額，賠補。嫁查媒子賠錢貨。賠本。賠送。 thâi Lâng Pôe miāⁿ. sńg hāi Lâng ê mih, Pôe Sióng. Pôe khóan. Pôe tsōe. Pôe Lé. 殺人賠命。損害人的物，賠償。賠款。賠罪。賠禮。
賞	Sióng, Siúⁿ ㄒㄧㄛㄥˋ, ㄒㄧㄨˋ	mih hō iú kong ê Lâng, Siúⁿ Sù. koan khòaⁿ, Siúⁿ Goeh, siúⁿ hoe. îu siúⁿ. Siúⁿ kim. 物給有功的人，賞賜。觀看，賞月，賞花。遊賞。賞金。 ㅇ Ló. tsàn Sióng. Sióng sek. him Sióng. Sióng thàn. 謳咾，讚賞。賞識。欣賞。賞嘆。
賜	Sù, ㄙㄨˋ	tsâi mih hō Lâng, sù ú. Siúⁿ Sù. Siū Sù. un tián, un sù. jit jit Lim chiah sī thiⁿ sù. 財物給人，賜予。賞賜。受賜。恩典，恩賜。日日飲食是天賜。
賧	tām ㄉㄚㄇ	tham sim, tham tsâi. bân î eng chîⁿ tsâi Lâi siók tsōe. 貪心，貪財。蠻夷用錢財來贖罪。
贊	tsàn, tsān ㄗㄢˋ, ㄗㄢ	tsù ê kán sia. chìn kìⁿ. Pang tsān, chhiân bêng, tsàn chìn. tsàn tsō. tsàn bêng. tsàn Sêng. 贊的簡寫。進見，幫助，闡明，贊進。贊助。贊明。贊成。 tsàn tông, kú chiàn. Pang tsān, tsān chîⁿ, tàu tsān, tsān kang, Saⁿ tsān. 贊同，舉薦。幫贊，贊錢，鬥贊，贊工，相贊。
賤	chiān, tsōaⁿ ㄐㄧㄢˋ, ㄗㄨㄚˋ	Pi chiān, hā chiān, Sòng hiong, khin sī. hā Lîu, hā chiān khin chiān. Siok chiān kè. 卑賤，下賤，憡窮，輕視。下流，下賤，輕賤。俗，賤價。 chiān hè. chiān jîn, îm chiān ê Lâng, kùi tsōaⁿ. nōa tsōaⁿ. kám nōa m̄ kam tsōaⁿ. Pîn tōaⁿ. 賤貨。賤人，淫賤的人。貴賤。懶賤。含涎不甘賤。貧惰。
賨	tsong ㄗㄛㄥ	Lâm bân ê thiu sōe. tōa Lâng Pò chit Phit, Sòe khau nn̄g tn̄g, kiò tsòe tsong Pò. 南蠻的抽稅。大人布一疋，小口兩丈，叫做賨布。
賩	tsong ㄗㄛㄥ	kap têng bīn jī sio siāng. 与 頂面字相同。
賖	Sia, ㄒㄧㄚ	bô kau chiap. chiū sī sia mih ê ì sù. 無交接。就是賖物的意思。
賝	Liông, Liōng, ㄌㄧㄛㄥ, ㄌㄧㄛㄥ	chiū sī Siúⁿ sù ê ì sù. 就是賞賜的意思。
賫	tì, ㄉㄧˋ	eng chîⁿ tsâi bóe mih. bóe mih khǹg teh, thèng hāu khí kè thang thàn chîⁿ. 用錢財買物。買物藏啲，等候起價可賺錢。
賥	chēng, ㄐㄧㄥ	Siū Lâng Sàng ê Lé mih. Sòa chiap ka sán. 受人送的禮物。續接家產。
賗	Pêng, ㄆㄧㄥ	io Pêng, io Phêng chiū sī ū Liân kòa ê tē á. 腰賗，腰賗，就是有連蓋的袋仔。
賯	Liām, ㄌㄧㄚㄇ	chit Liām kam á. ìu á Liām. chit Liap si koe chhiat kúi Liām. kim koe Liām. ū Pun koah 一賯柑仔。柚仔賯。一粒西瓜切幾賯。金瓜賯。有分割 ê ì Sù. Pau tsong, Pák mih. Sì Liām hō. Sip jī hō. Phah Sì Liām hō. ké chí Liām. 的意思。包裝，縛物；四賯互，十字互。打四賯互。果子賯。
補 5畫 賧	thàn, ㄊㄢˋ	tsòe kang thàn chîⁿ. tsòe Seng Lí thàn chîⁿ. kang oāⁿ chîⁿ. chîⁿ oāⁿ chîⁿ. Chēng ka. 做工賺錢。做賣理賺錢。工換錢。錢換錢。增加。
	造字	借今成字。（趁）

九畫

賳	tsai, ㄗㄞ	chîⁿ tsâi, hè mih ê ì sù. 錢財，貨物的意思。

【販】hoàn, Phòaⁿ, kap 販 jī Sio Siāng ì Sù.
ㄏㄨㄢˋ,ㄈㄢˋ，与販字相同意思。

【賵】hōng, Sàng sí Lâng ê mih. tsō sìⁿ sàng sí ê Lé sò.
ㄈㄥˋ，送死人的物。助生送死的禮數。

【賴】nāi, Lōa, nōa, oá khò, ì nāi. ǔ chhiú hò͘-êng, bû Lōa. m̄ jīn, tí nāi. Lâng ê sìⁿ, Lōa.
ㄌㄞˋ,ㄌㄚˋ,ㄋㄚˋ，倚靠，依賴。游手好閒，無賴。毋認，抵賴。人的姓，賴。
tsòe Phaiⁿ sū Lōa Pat Lâng. Lōa Lâi Lōa khì. mî nōa, kô kô tíⁿ ê ì sù, tit tit beh.
做歹事賴別人。賴來賴去。綿賴，纏綿纏纏的意思，直直要。

【賭】tó, kiáu, ēng chîⁿ ì su iâ, tó Phok. tó kiok. tó tô͘. tó tiûⁿ. tó khì. tó ūn khì.
ㄉㄨˇ,ㄍㄧㄠˇ，用錢賭輸贏，賭博。賭局。賭徒。賭場。賭氣。賭運氣。
Poàh kiáu, Poàh kiáu Lōng tōng. Poàh Gōng kiáu. kiáu kúi. chiàh chhàu sng bê iau sio sio.
賻賭，賻賭浪蕩。賻戇賭。賭鬼。食臭酸麋猶燒燒。

【賮】chīn, tsâi but, Lé mih. Sàng mih hō͘ beh chhut Gōa ê Pêng iú. chìⁿ kòng ê Lé but.
ㄐㄧㄣˋ，財物，禮物。送物予欲出外的朋友。進貢的禮物。

【賯】hô͘, tham tsâi ê khóan sit, hô͘ Lô͘. hô͘, chit khóan Lîong Pòe, chhut tī Lâm hái.
ㄏㄡˊ，貪財的款式，賯賂。賯，一款龍貝，出佇南海。

【賰】chhún, hó Giàh, tsōe tsōe, káu káu. Pù ū. ún chhún.
ㄔㄨㄣˇ，好額，多多，厚厚。富有。賱賰。

【賲】chhap, Poàh kiáu ê mîa, chhap Pâi. chhap jí á.
ㄔㄚˋ，賻賭的名，賲牌。賲字仔。

【賱】iàn, iàn, mih saⁿ tīng tìoh ê ì sù.
ㄧㄢˋ,ㄧㄢˇ，物相撞着的意思。

【賶】khêng, kap 賶 jī Sio Siāng.
ㄎㄥ，与賶字相同。

【賹】Piáu, Pun Pò Phit, á sī tīu hō͘ Sam kun.
ㄅㄧㄠˋ，分布疋，或是綢祖三軍。

【賷】Pó, chiū sī Lâng tit tìoh, ì keng ū ê ì sù.
ㄅㄛˊ，就是人得着，已經有的意思。

【賸】tī, kap 賸 jī Sio Siāng.
ㄊㄧˊ，与賸字相同。

【賻】tó, kiáu, kap 賭 jī Sio Siāng ì sù.
ㄉㄨˇ,ㄍㄧㄠˇ，与賭字相同意思。

【賾】chheng, chhèng, mih bōe bōe tit. Bōe bōe tit ê ì sù.
ㄔㄥ,ㄔㄥˋ；物膾賣得。膾賣得的意思。

【賿】ūn, iân, téng téng thiap thiap, chit tsàn chit tsàn ê ì sù. chit ūn, chit iân. kúi nā ūn. kúi nā iân.
ㄨㄣˋ,ㄧㄢˊ，重重疊疊，一層一層的意思。一賿，一賿。幾若賿。幾若賿。

造字 借延成字。

十畫

【賺】Liâm, tsâm, tsòan, bōe, thàn chîⁿ. koâiⁿ kè. kùi mih. Saⁿ têng bóe bōe. bóe bōe bô Láu Sit. siat
ㄌㄧㄢˊ,ㄗㄢˋ,ㄓㄨㄢˋ，賣，賺錢。高價。貴物。三重買賣。買賣無老實，誑，
Phiàn, kan tsà, tsām kè. tsòan chîⁿ, chiū sī thàn chîⁿ. só tit ê Lī ek.
騙，奸詐，賺價。賺錢，就是趁錢。所得的利益。

【賻】hù, hū, ēng tsâi but Pang tsān Song Sū. hù Gî.
ㄈㄨˋ,ㄈㄨˊ，用財物幫助喪事。賻儀。

【購】kó, kò, bóe mih, kó but, kó bóe. Siat Lip, kó tì. chháu ê mîa, kò Siong Lô.
ㄍㄡˋ,ㄍㄡˋ，買物，購物，購買。設立，購置。草的名，購蔏蔞。

【賽】Sài, sè, Pò, Sài Goān. chè sîn bêng, Gêng sîn sài hōe. Pí Su iâⁿ, Pí Sài. sài bé, Sài chhia.
ㄙㄞˋ,ㄙㄜˋ，報，賽願。祭神明，迎神賽會。比輸贏，比賽。賽馬，賽車。
Sài kiû, Sè kè, iâⁿ kè ê ì sù. Saⁿ sè, Lâi su iâⁿ. Sè kúi tiám, ì kúi tiám, Poàh kiáu
賽球。賽過，贏過的意思。相賽，來輸贏。賽幾點，贏幾點，賻賭

【賾】chek, chin chhim, chhim ò, oh tit thang khòaⁿ kìⁿ.
ㄗㄜˊ，眞深，深奧，難得可看見。

【賸】īn, Sēng, īn, ēng mih Sio Sàng, Sàng Lé mih, Saⁿ Sàng. īn cheng. sēng, tn̄g tn̄g, it hoat,
ㄧㄣˋ,ㄕㄥˋ，賸，用物相送，送禮物，相送。賸贈。賸，長長，益發，
ū chhun. thak Sēng kap 剩 ì sù Sio Siāng.
有剩。讀賸与剩意思相同。

【賿】Lâu teh, Sàng mih. kéng hóng. tì kàu.
留咧，送物。景況。致到。

9畫 【賱】ún, chiū sī hó Giàh ū chîⁿ tsōe tsōe, hù kùi, ún chhún.
ㄨㄣˇ，就是好額有錢多多，富貴，賱賰。

䝸	hat, ㄏㄚㄊ,	hoān Lâng tô tsáu ê ì sù。tsáu hoān。 犯人逃走的意思。走犯。
賶	chhông, ㄑㄧㄥ,	chiū sī chek tsū hè bút ê ì sù 就是積住貨物的意思。
賷	che, ㄐㄝ,	Phâng mih, tsng mih hō Lâng, Sio sàng, kèng tiōng。thó khùi。 捧物，裝物互人，相送，敬重。吐氣。
贔	pì, ㄅㄧ,	khùn khó, Pháiⁿ ê ì sù。 困苦，惡的意思。
賥	sò, ㄙㄜ,	kap 𩨗 Sio Siāng。chiū sī kut ê ì sù, kun kut, kut thâu。 与𩨗相同。就是骨的意思，肋骨，骨頭。

十一畫

賳	tsām, ㄗㄢ,	chîⁿ tsâi, hè mih。tsòe Seng Lí tek Lī, thàn chîⁿ。 錢財，貨物。做賣理得利，賺錢。
贄	chì, ㄓ,	Lâng Saⁿ chīⁿ。ēng mih Sio sàng, chì kiàn Lé。chho kìⁿ bīn sî sò sàng ê Le mih chì kèng 人相爭。用物相送，贄見禮。初見面時所送的禮物，贄敬。
贅	tsòe, ㄓㄨㄟ,	Lân San, ū chhun, tsún tng。Pák tiâu tī hia。tiàm tī tiūⁿ Lâng tau Sêng chhin, chìn tsòe. 零星，有剩；準當。縛䟢佇彼。站佇丈人兜成親，進贅。 hō Lâng chio, chio tsòe, jip tsòe。hō Lâng tsòe kiáⁿ, tsòe tsú。 互人招，招贅。入贅。互人做子，贅子。
賣	Siong, Seng, ㄒㄧㄥ, ㄒㄧㄥ,	kap 商 thong。Chiōng Sū sù hong tsòe bóe bōe。Siong jîn。hêng Siong。tsòe Seng Lí。Seng Lí Lâng 与商通。從事四方做買賣。商人。行商。做賣理。賣理人。
䝬	Lô, Lō, ㄌㄡ, ㄌㄡ,	chiū sī tham sim。tham tsâi ê ì sù。hô Lô。 就是貪心。貪財的意思。賥䝬。
賹	ì, úi, ㄧ, ㄨㄧ,	Lī ek, móa, it hoat, koh tsài。 利益，滿，益發，閣再。
賝	chhim, ㄑㄧㄣ,	chiū sī Poāh kiáu。tàu su iâⁿ。khai hōa ê ì sù。 就是賭賭。鬥輸贏。開嗒的意思。
䫌	Pin, ㄅㄧㄣ,	chiū sī Chiáu teh Pe ê ì sù。Pin hui 就是鳥咧飛的意思。䫌飛。
䞃	tsám, ㄗㄢ,	tsám jiân。Chiū sī Put chí ê ì sù。tsám jiân hó, tsám jiân Pháiⁿ。hit kài chhī tiúⁿ 賥然。就是不止的意思。賥然好，賥然歹。彼個市長 tsòe Liáu tsám jiân hó。hit ê Lâng bû ok Put tsok tsám jiân á Pháiⁿ。 做了賥然好。彼的人無惡不作，賥然仔歹。
		造字 借斬来成字。
補 6畫 賆	ì, ㄧ,	ì kiáu。ì Pâi Lâi ì Sì Sek Pâi。ì ng kók ke。Sńg ê ì sù。thit thô ê ì sù。 賆賭。賆牌。來賆四色牌。賆捲咯雞。倯的意思。迌迌的意思。
		造字 借异字成字，有賭之意。

十二畫

賛	tsàn, tsān, ㄗㄢ, ㄗㄢ,	kap 贊 Sio Siāng, chham khòaⁿ 8 ūi tsù 与贊相同，参看八畫註。
贈	chēng, ㄗㄥ,	ēng mih Sio sàng, chēng sàng。ke thiⁿ, chēng chēng。Siúⁿ sù, chēng ūi, tui chēng。hōng Lâng. 用物相送，贈送。加添，贈增。賞賜，贈位，追贈。奉人。
賮	Pók, Pák, ㄆㄨ, ㄆㄚ,	kap Lâng kóng kè chîⁿ tiā tiòh, bàuh, Dau, Pau Pák。Pák ké chí。Pák chhân hng。Pák tsûn。 与人講價錢定着，貿，貿，包賮。賮果子。賮田園。賮船。 Pák iâm koán。Pí jū Pák ké chí kó chhiū khui hoe kia chí, m̄ tsai siu sêng jōa tsōe, ai kap thiⁿ khì 賮塩館。比喻賮果子，果樹開花結子，毋知收成若多，愛與天氣 tó ūn khì, mō hiám kè chîⁿ, khó keng Giām Lâi Pau Lam khang khè á sī Seng Lí。 賭運氣，冒險價錢，靠經驗來包攬工課或是賣理。
贋	Gān, ㄧㄢ,	tsng tsòe, bô Láu sit。ké ê mih, Gān Phín。hóng tsō, tsòe ké hè, Gān tsō。kap 偐 Sio Siāng 相同 裝做，無老實。假的物，贋品。仿造，做假貨，贋造。与偐相同
賸	īn, Sēng, ㄧㄣ, ㄕㄥ,	kap 賸 Sio siāng ì sù。 与賸相同意思。
賻	Poáh, Phok, ㄅㄛ, ㄆㄛ,	tó Phok, tó Phok。Poáh, chiū sī kiáu。Poáh kiáu。 賭賻，賭博。賻，就是賭。賻賭。
		造字 賭博與博分別，白話的訓音，借博成字。
驕	hiáng, ㄒㄧㄤ,	Soaⁿ tang hiáng bé。chiâⁿ kûn táⁿ kiap, Pàng hé thâi Lâng ê ok tô。 山東驕馬。成群打劫，放火殺人的惡徒。 造字

賰 hiâu, ㄒ一ㄠˊ; hiâu Liāu khì 賰料去; Siòk siòk hiâu 俗俗賰; sī sit pún siòk siòk bōe ê ì sù 是蝕本俗俗賣的意思。

造字 借堯成字。

贆 Pè, Phiat, ㄅㄝˋ, ㄆ一ㄝˊ; Pè, hiān tsāi ēng tsòe 幣 贆,現在用做幣。tsâi pó 財寶。Phiat 贆, Phiau Phiat 僄贆。ū kàu Phiat 有夠贆。hó khòaⁿ 好看, sùi 媄。Phiau Phiat 僄贆。iàn tāu 嫣㪷。

十三·十四畫

贍 Siām ㄒ一ㄢˋ; hō͘ i 互他, kàu Giàh 夠額, Pang tsān 幫助。tsām iōng 贍養。tsām sut 贍恤。tsām chín 贍賑。

贏 êng, iâⁿ ㄥˊ, 一ㄚˊ; kái khui 解開; móa móa 滿滿; ū chhun 有剩; tsâi Lī 財利。êng Lī 贏利。êng ū 贏餘。êng iû 贏猶。iâⁿ 贏, su iâⁿ 輸贏, Sèng hū 勝負。khah iâⁿ 較贏; iâⁿ chit tīn 贏一陣。iâⁿ chîⁿ 贏錢。iâⁿ Gûn 贏銀。iâⁿ kiáu 贏賭。

賺 Liām, tsām ㄌ一ㄢˋ, ㄗㄢˋ; kap 賺 jī Sio Siāng ì sù 与賺字相同意思。

譽 hak ㄏㄚˊ; hak chhân 譽田, hak chhù thêh 譽厝宅。hak 譽, chiū sī kó͘ tī 就是購買。Pí kàu tsōe chîⁿ ê mih 比較多錢的物, êng kiú sèng ê mih 永久性的物, hak tiàm 譽店。hak sán 譽產。hak chhia 譽車。kā i hak khí Lâi 給他譽起來。bōe khí Lâi ê ì sù 買起來的意思。

造字 借學去子的偏音成字。

贃 chian ㄐ一ㄢ; ēng kè bô͘ á sī khùi Lat Lâi chiàm Pat Lâng ê mih 用計謀或是氣力來佔別人的物。

贒 hiân, Gâu ㄒ一ㄢˊ, ㄫㄠˊ; kap 賢 jī Sio Siāng 与賢字相同。Kó͘ tsá jī 古早字。

贔 Pī ㄅ一ˋ; chhut Lat ê khóan sit 出力的款式, ióng kiàⁿ ê khóan sit 勇健的款式。ku Lūi ê khóan 龜類的款, Pī hì 贔屭。chioh Pi ê bīn 石碑下面 sōi khek ê ku 所刻的龜, Gîa tsāi chioh Pi 夯戴石碑, chhut Lat 出力。

贓 tsong ㄗㄤ; kap 贓 jī Sio Siāng ì sù 与贓字相同意思。chhiàⁿ khòaⁿ 6 ūi tsù kái 請看六畫註解。

贕 Lām ㄌㄢˋ; chiū sī tham chîⁿ tsâi hè mih ê ì sù 就是貪錢財貨物的意思。Lām ham 贕賯。

贖 kù ㄍㄨˋ; chiū sī tsún tǹg ê chîⁿ 就是準當的錢。

贐 chīn, Sīn ㄐ一ㄣˋ, ㄕ一ㄣˋ; kap 盡 jī Sio Siāng ì sù 与盡字相同意思。tsâi but 財物, Lé mih 禮物。Sàng hō͘ beh chhut Gōa ê Pêng iú 送給也出外的朋友。chìn kòng ê Lé but 進貢的禮物。

十五—十八畫

贗 Gān ㄫㄢˋ; kap 贗 jī Sio Siāng ì sù 与贗字相同意思。chham khòaⁿ 12 ūi tsù kái 參看十二畫註解。

贕 to̍k ㄉㄨˊ; n̄ng bô hêng 卵無形。Sin īn Pāi hoāi 娠孕敗壞。the sí tī Pak tó͘ Lāi 胎死佇腹肚內, thai to̍k 胎卵贕。kap 殰 Sio Siāng 与殰相同。

贖 Sio̍k ㄒ一ㄡˊ; tsún tǹg 準當, bōe tò tǹg Lâi 買倒轉來, Sio̍k hôe 贖回。chhú Sio̍k 取贖。Sio̍k kim 贖金。Sio̍k sin 贖身。Sio̍k tsōe 贖罪。

贈 ì, ūi ㄧˊ, ㄨㄟˋ; chiū sī ēng Lé mih Lâi Sàng Lâng ê ì sù 就是用禮物來送人的意思。ì chēng 贈贈。

䞋 chhìn ㄑ一ㄣˋ; sióⁿ sù 賞賜, chín chè 賑濟, sì chè 施濟, hō͘ Lâng chîⁿ 互人錢。chhìn sì 䞋施。chhìn chîⁿ 䞋錢。

贛 kòng ㄍㄨㄥˋ; sióⁿ sù 賞賜, kòng sù 贛賜。tsúi mîa 水名, kòng kang 贛江。tī kang Sai Séng 佇江西省。kang Sai Séng ê kán chheng 江西省的簡稱, kòng 贛。

贓 tsong, tsng ㄗㄤ, ㄗㄥ; kap 賍 贓 n̄ng jī Sio Siāng ì sù 与賍。贓兩字相同意思。

13畫 賆 Piah ㄅ一ㄚˊ; Piah chîⁿ 賆錢。Piah hè 賆貨。Piah tsâi hè 賆財貨。Phiàn ê ì sù 騙的意思。thau thèh ê ì sù 偷提的意思。造字

赤部 155

赤 chhek, chhiah, chiaⁿ, Siat ㄔㄜˋ, ㄑ一ㄚˊ, ㄐ一ㄚ, ㄒ一ㄚˊ; tsu âng Sek 朱紅色; chhiah 赤色。thǹg Pak thêh 褪腹裼, chhiah sin Lō͘ thé 赤身露體。chhiah thé 赤體。

thǹg chhiah kha。Chīn tiong，chhek tsú chi sim。khang chhíu，chhek síu khong koân。
褪赤脚 。盡忠 ，赤子之心 。空手 ，赤手空拳。

chiàⁿ，chiàⁿ bah。Pòaⁿ chiàⁿ bah，siat thái。Siat sin lō thé，chiū sī un thun m̄ tsai kiàn siàu。
赤，赤肉 。半赤肉 。赤體 。赤身露體，就是脫[illegible]毋知見誚。

四一七畫

赩	hek，ㄏㄜˋ；	chhiò siaⁿ，hek hek。chhiah sek。kóng ōe。 笑聲 ，赩赩。赤色 。講話。
赦	sià，ㄕㄜˋ；	hē teh，pàng khì。bián tsōe，pàng i soah，sià bián。sià tsōe。sià iū。lâng ê sìⁿ，sià。 置啲，放去。免罪，放伊息，赦免。赦罪。赦宥。人的姓，赦。
赧	lán，ㄋㄢˇ；	bīn âng，kiàn siàu，lán sek。khùi lán。chiu ông ê miâ。 面紅，見誚，赧色。愧赧。周王的名。
赬	chheng ㄔㄥ；	chhiah sek。hang hî chhiah bé。 赤色。魴魚赤尾。
赫	hek，ㄏㄜˋ；	，hek，hé ōng ê khoán sit，pek ta，hūi hek。hián bêng，hoat khí，chhiong sēng， ，赫，火旺的款式，熇乾，烜赫。顯明，發起，昌盛，
		hián hek。ui giâm，hek jiân，hek hek iú bêng，hek hek iām iām。 顯赫。威嚴，赫然。赫赫有名。赫赫炎炎。

九一十四畫

赭	chiá，ㄓㄜˇ；	hoān lâng saⁿ，chiá i。chhiah sek ê saⁿ。chhiah thô。chiá sek。thang tsòe ioh，tsòe gân liāu。 犯人衫 ，赭衣。赤色的衫。赤土。赭石。可做藥，做顏料。
赬	cheng，chheng，ㄔㄥ；ㄔㄥ；	chhiah sek。ní chhiah sek。koh tsài ní。 赤色 。染赤色 。閣再染。
赮	hâ，ㄒㄧㄚˊ；	âng sek。chí tang hng ê âng sek，hâ。im iông tín tāng。 紅色。指東方的紅色，霞。陰陽振動。
赯	jû，ㄖㄨˊ；	hé sek，sek lak khì。 火色，色落去。

走部 156

走	tsó，tsó，tsáu，ㄗㄡˇ，ㄗㄡˇ，ㄗㄡˇ；	chìn chêng，tōa pō kiâⁿ，kín kín hiòng chêng kiâⁿ，kiâⁿ tsáu。tsáu lō。kín tsáu。 進前 ，大步行，緊緊向前行，行走 。走路。緊走。
		tsó má teng。tsó má khàn hoa。tsó pit chit su。tsáu khui。tô tsáu。tsáu pī。tsáu su。tsáu káu。 走馬燈。走馬看花 。走筆疾書。走開。逃走。走避。走私。走狗。
		tsó，hui khîm tsó siù。chiū sī oah mih ê lūi，pe khîm tsáu siù ê ì sù。 走，飛禽走獸 。就是活物的類，飛禽走獸的意思。

二一四畫

赴	hù，ㄈㄨˋ；	tsáu kàu，kóaⁿ kín kàu，hù hōe。hù jīm。hù sî。hù hù。kui oá，kèng hù。 走到 ，趕緊到，赴會。赴任。赴時。赴赴。歸倚，更赴。
赳	kiú，kiū，ㄐㄧㄡ，ㄐㄧㄡ；	hó tsâi tiāu ū khùi lát ê khoán。hó tāⁿ kiâⁿ，ióng béng ê khoán sit。hiông kiū kiū。 好才料有氣力的款。好膽行，勇猛的款式 。雄赳赳。
赶	kán，kóaⁿ，ㄍㄢˇ，ㄍㄢˇ。	趕 ê kán thé jī。kek tiok，tui jip，tui kóaⁿ。kóaⁿ tiok。kóaⁿ chhia，kóaⁿ kín。 趕的簡體字。激逐，追趕，追赶。赶逐 。赶車 ，赶緊。
		kóaⁿ chhut khì，kóaⁿ ah，kóaⁿ iû á。kán chīn sat tsoat。 赶出去 ，赶鴨，赶羊仔。赶盡殺絕。
起	khí，ㄑㄧˇ；	khiā，khí lip。khai sí，khí thâu。khí chho。tsòe thâu chêng，hoat khí。kiah koâiⁿ，kú khí。 豎，起立。開始，起頭。起初。做頭前 ，發起。攑高，舉起。
		pún goân，khí sin，khí chhú。khí ke。khí bé。khí khí lōh lōh。khí kè。khí hé。 本源，起身，起厝。起家 。起碼。起起落落。起價。起火。
趃	koat，ㄍㄨㄛˊ；	kiâⁿ tát，kóaⁿ kín，bé kín kiâⁿ，tsáu ê khoán sit。 行踏，趕緊。馬緊行 。走的款式。
赾	kín，khín，ㄑㄧㄣˇ，ㄑㄧㄣˇ；	oh tit kiâ。kín sīn kiâⁿ ê khoán sit。pái kha kiâⁿ ê khoán sit。 艱得行 。謹慎行的款式 。跛脚行的款式。
趜	kiu，khiu，ㄐㄩˊ，ㄑㄩˊ，	kha bē chhun tit ê ì sù。khiu，khiu liu liu，khiu mn̂g。khiu kha，khiu chhiú。 脚膾伸直的意思。趜，趜溜溜，趜毛。趜脚，趜手。
		khiu khiām，khiu koh khiām iau kui kāⁿ tsap liām。 趜儉，趜閣儉枵鬼攙雜念。

五畫

趁 chìn, thìn, thàn, ㄔㄣˋ,ㄊㄧㄣˋ,ㄊㄢˋ; bū im chìn. thìn. 文音;趁。趁。thàn ki hōe, thàn tsá, thàn fuⁿ, thàn hoat tō, thàn bēng Lēng. 趁機會,趁早,趁勢,趁法度,趁命令。
thà tō Lí. thiaⁿ thàn Pē bū ōe. thàn tsá. Phah thih thàn âng. koáⁿ kín ê ì sù.
趁道理。聽趁父母話。趁早。打鐵趁紅。趕緊的意思。

赼 chìn, thìn, thàn, kap tēng bīn jī Sio Siāng ì sù.
ㄔㄣˋ,ㄊㄧㄣˋ,ㄊㄢˋ, 與 頂面字相同意思。

超 chhiau, thiau, thiàu, tō kè tsúi khah iāⁿ, thiàukè. thiàu. thiau tō. thiau thoat. Pí Lâng khah
ㄑㄧㄠ,ㄊㄧㄠ,ㄊㄧㄠˋ,度過水,較贏,超過。超遠。超度。超脫。比人較
Gâu, chhiau tok. thoat Lī khó Lān, chhiau tō. kè thâu. chhiau kè. tiong Lip, chhiau jiân. kip sò.
勢,超卓。脫離苦難,超度。過頭,超過。中立,超然。級數
Chhiau kip. bô thang Pí, Chhiau Kûn. m̄ sī Phó thong, chhiau hoân.
超級。無可比,超群。不是普通,超凡。

趄 chhiá, thek, oh kiâⁿ, oh tit. kín sīn kiâⁿ ê khoan Sit. Pái kha kiâⁿ ê khoan.
ㄑㄧㄚˊ,ㄊㄜˋ,艱行,艱得。謹慎行的款式。跛腳行的款。

趆 chhiá, thek, kap téng bīn jī Sio Siāng ì sù.
ㄑㄧㄚˊ,ㄊㄜˋ,與 頂面字相同意思。

趄 chhu, tsō, oh tit kiâⁿ, kiâⁿ bōe chhìn chêng. Pháiⁿ kiâⁿ. kiâ á chhu chhu. chhiⁿ thì méa tiāⁿ chhu.
ㄘㄨ,ㄗㄜ,艱得行,行𣍐進前。歹行。山崎仔趄趄。青苔滿庭趄。
kut ê ì sù. Loh hō soaⁿ Lō chhu. tsu tsō. tsu tsō Lân hêng.
滑的意思,落雨山路趄。赼趄。赼趄難行。

趍 chhu, ㄘㄨ; 趨 ê siok jī. tōa Pō kiâⁿ, kóaⁿ kin, tsáu, khui kha, kip chhu. chhu chêng. chhu khì.
趨的俗字。大步行,趕緊,走,開腳,急趨。趨前。趨去。
thàn sī tōa ê bēng Lēng. chhu hōng. tè kha Pō kiâⁿ. chhu sè. m̂g Gōa, kiò tsōe chhu.
趁是大的命令,趨奉。隨腳步行,趨勢。門外,叫做趨。

越 oat, ㄩㄝˋ; Pōa chhut, thiàu kè, jū oat. oat kài. hn̄g, tōa, so oat. oat kip. tsoán thn̄g,
跋出,超過,踰越。越界。遠,大,疏越。越級。轉轉,
oat, ㄩㄝˋ; oat thâu. oat kè Lâi, oat kè khì. Poah Loh. oàn oat. tsōe Pháiⁿ sū, sat jîn oat hè.
越頭。越過來,越過去。跋落,隕越。做歹事,殺人越貨。
bàn oat, oat thâu khòa Lâng, oat kè khì.
彎越,越頭看人,越過去。

趃 tiát, ㄉㄧㄝˊ; tōa Pō tsáu, teh tsáu ê khoan Sit.
大步走,㖿走的款式。

趽 Phoán, ㄆㄨㄢˇ; Pháu tsáu ê khoan sit.
跑走的款式。

趶 khiū, ㄎㄧㄡ; Pái kha teh kiâⁿ. kiâⁿ Lō ê ì sù.
跛腳㖿行。行路的意思。

趇 jip, Sip, ㄖㄧˋ,ㄒㄧˋ; tsáu ê khoan sit. tui kóaⁿ ê ì sù. tui jip. jip Lâng. jip chhát. jip chîⁿ. jiok. jek.
走的款式。追趕的意思。追趇。趇人。趇賊。趇錢。趇。趇。

六畫

趍 ㄌㄞˊ,ㄌㄞˊ; koáⁿ kín, kú kú, tōa Pō kiâⁿ, tsáu.
趕緊,久久,大步行,走。

趔 Liát, ㄌㄧㄝˋ; kha bōe chhìn chêng ê ì sù. Liát tsō.
腳𣍐進前的意思。趔趄。

越 tiàu, thiàu, ㄉㄧㄠˋ,ㄊㄧㄠˋ; Siang kha tsōe kiâⁿ, chhin chhiūⁿ chhek chiáu ê khoán, tiò thiàu. tiàu iok.
雙腳齊行,親像雀鳥仔行的款,跳趒。趒躍。

趑 tsu, ㄗ; kiâⁿ bōe chhìn chêng, jú kiâ jú tò thè. bān bān ê khoan sit. oh kiâⁿ. tsu tsō.
行𣍐進前,愈行愈倒退,慢慢的款式。艱行。趑趄。

趏 koat, ㄍㄨㄚˊ; chiū sī Poàⁿ kè ê ì sù. tsáu ê khoan sit.
就是蹳過的意思,走的款式。

趤 hiâm, ㄏㄧㄢˊ; teh tsáu ê khoan Sit
㖿走的款式

趌 khúi, hoáh, Siat, ㄎㄨㄟˇ,ㄏㄨㄚˋ,ㄒㄧㄝˋ; kiáh kha khí kiâⁿ. khúi Pō. it khúi Sam chhek. chit hiáh saⁿ chhioh. tōa hóah,
攑腳起行,趌步。一趌三尺。一趌三尺。大趌
Sòe hóah, n̄ng hóah chit Pō. hóah kè khì. Siat, kè thâu ēng Lat. iá siān ê ì sù.
小趌,兩趌一步。趌過去。趌,過頭用力。厭倦的意思。
kap 跬 sio siāng ì sù.
與 跬 相同意思。

翻 ék, ㄧˋ; chiau ê sit, tsōe tsōe teh Pe, Pe chiūⁿ koâiⁿ, chìn chêng.
鳥的翅,多多鳥㖿飛,飛上高,進前。

趛 Sōm, ㄙㄣˇ; kiâ Lō bān bān, Sōm sōm. Sōm chit ē Sōm chit ē. kiàn Siáu Pháiⁿ Sè, Sit chì, Lok Sōm.
行路慢慢,趛趛。趛一下趛一下。見誚歹勢,失志,惡趛。 造字

趾 chhuh, ㄑㄨㄏ; chhuh tī thô bīn, 趾佇土面; chhuh tī thô phiâⁿ nih。趾佇土坪裡。Poah tó, Siak tó, ê ì sù。跋倒，抄倒，的意思。chit chiah tōa tsûn khì chhuh tī hōa pīⁿ。一隻大船去趾佇岸邊。chit tâi chhia chhut sū, khì chhuh tī soaⁿ khām。一台車出事，去趾佇山崁。

造字 借此成字。走到此地出事。

七 畫

趙 tiāu, tiō, ㄉㄧㄠ, ㄉㄧㄜ; kó tsá kok ê miâ, tiō sī sió kok, khì hók sāi tōa kok. tiāu kok. Lâng ê sìⁿ tiō. mih chioh tioh hêng, oân phek kui tiāu. hōng tiāu. 古早國的名，趙是小國，去服事大國。趙國。人的姓趙。物借着還，完璧歸趙。奉趙。

趕 hâi, ㄏㄞ; Lāu ì, teh beh tsáu ū tsù ì. Lâu lâng, hó ì. Siâ chiok. 留意，咧要走有注意。留人，好意。邪足。

趕 kán, kóaⁿ, ㄍㄢ, ㄍㄨㄚ; kap 赶 jī sio siāng. chham khòaⁿ 3 ūi. 与赶字相同。參看三畫。

趖 so, sô, ㄙㄜ, ㄙㄛ; tsáu ê ì sù. kiâ lō ê ì sù. kiâ lō bān bān, sô sô. Sì kòe sô. Ēng pak tó kiâⁿ lō, chhin chhiūⁿ tsôa teh sô. Gâu sô. bān bān sô. sô lô. 走的意思。行路的意思。行路慢慢，趖趖。四界趖。用腹肚行路，親像蛇，蛇咧趖。勢趖。慢慢趖。趖趖。

趘 hék, jiok, jek, ㄏㄝㄎ, ㄖㄧㄜㄎ, ㄖㄝㄎ; tsáu ê ì sù. kóaⁿ. tui. kóaⁿ kín tsáu. jiok lâng. tit tit jek. 走的意思。趕。追。趕緊走。趘人。直直趘。

八 畫

踔 tok, ㄉㄛㄎ; hn̄g hn̄g. Pái kha. thiàu kè. kiâⁿ ê khóan sit, kín kín tsáu ê ì sù. 遠遠。跛脚。跳過。行的款式，緊緊走的意思。

趝 kiām, liām, ㄍㄧㄚㄇ, ㄌㄧㄚㄇ; kín kín kiâⁿ, thâu khak tàm tàm kín kín kiâⁿ. 緊緊行，頭殼頕頕緊緊行。

趣 chhó, chhù, ㄑㄛ, ㄑㄨ; kóaⁿ kín. kín kiâⁿ. ū ì ài, hèng chhù. iú chhù. sim tsai hoaⁿ hí, chhù bī. chhù hiòng. 趕緊，緊行。有意愛，興趣。有趣。心知歡喜，趣味。趣向。

趡 úi, n̄g, ㄨㄧ, ㄥ; tín tāng. teh tsáu ê khóan sit. tōe hō miâ, n̄g khì, n̄g kè khì, n̄g tsáu, n̄g chîⁿ khang. 振動。咧走的款式。地號名。趡去，趡過去，趡走，趡錢孔。

趛 gím, kím, sím, ㄫㄧㄇ, ㄍㄧㄇ, ㄒㄧㄇ; thâu khak tàm tàm kóaⁿ kín kiâⁿ ê ì sù. sím, sím sím, ńg sím sím. jōa tāng sím khòaⁿ. 頭殼頕頕趕緊行的意思。趛，趛趛，軟趛趛。若重趛看。

趟 chhêng, chhiōng, ㄑㄝㄥ, ㄑㄧㄛㄥ; tau chhêng, kiâⁿ ê khóan sit. tiô thiàu ê khóan sit. tsōa, pái sò ê ì sù, tsōa, khì chit tsōa. Góa chit nî tńg khì kò hiong n̄g tsōa. ㄗㄨㄚ 䞭趟，行的款式。跳跳的款式。趟，回數的意思，去一趟。我一年返去故鄉兩趟。

趨 toat, ㄉㄨㄚㄊ; sòe pō tiô thiàu, thiàu bú. thiàu kè. 小步跳跳，跳舞。跳過。

踪 tsông, ㄗㄛㄥ; tsáu tsông, tsông lâi tsông khì. tsông chhut tsông jip. chhiⁿ kông tsông, tsông khí lâi. 走踪，踪來踪去。踪出踪入。青狂踪，踪起來。

造字 借宗偏音成字。

䞭 tau, ㄉㄠ; tau chhêng, kiâⁿ ê khóan sit. tiô thiàu ê khóan sit. kiâⁿ bô chiàⁿ. 䞭趟，行的款式。跳跳的款式。行無正。

九·十 畫

趦 tsu, ㄗㄨ; kap 趑 jī sio siāng. chham khòaⁿ 5 ūi tsù kái. 与趑字相同。參看五畫註解。

趤 thong, ㄊㄛㄥ; hiòng chêng kiâⁿ, tsáu ê khóan sit. 向前行，走的款式。

趖 sōa, ㄙㄨㄚ; sì sōa háu, mih tín tāng ê siaⁿ. sī sōa kiâⁿ, khah kín kiâⁿ ê ì sù. 嘶趖哮，物振動的聲。是趖行，較緊行的意思。

造字 借悉偏音成字。

趚 sèh, sóh, ㄒㄝㄏ, ㄙㄛㄏ; tńg sèh. chiàⁿ sèh, tò sèh. sèh lin long. lin long sèh. kim ku sèh. sèh lâi sèh khì. 轉趚。正趚，倒趚。趚鈴瓏。鈴瓏趚。金龜趚。趚來趚去。

造字 借席偏音成字。

補8畫 趎 chhu, chhū, ㄑㄨ, ㄑㄨ; chhu chhu, thán chhu, lō chhu, soaⁿ kiā á chhu chhu. chhu lâi chhu khì. chhū tó. 趎趎，袒趎，路趎，山崎仔趎趎。趎來趎去。趎倒。 造字

date theme 走部156 足部157 page

【趨】hiòng, hiù, ㄏ一ㄜㄥ, ㄏ一ㄨ, kiâⁿ Lō͘ siān ê khóan sit, kiâⁿ ê ì sù. tún hiù
行路倦的款式, 行的意思。躉趨。

【趪】tian, ㄉ一ㄚㄢ, chiū sī tsáu ê ì sù. tsáu khàp tio̍h
就是走的意思。走磕着。

【趨】chhu, ㄑㄨ, kap 趨 jī Sio siāng. chham khòaⁿ 5 ūi tsù kái.
与趨字相同。参看五畫註解。

十一·十二畫

【趍】chham, ㄑㄚㄇ, tsōe tsōe ê khóan, tsáu ê khóan sit. kóaⁿ tio̍k, chham thâm.
多多的款, 走的款式。趕逐, 趍䞪。

【趪】hông, kong, ㄏㆤㄥ, ㄍㆲ, kek La̍t ê khóan, bú ióng ê khóan sit, hông hông. Tiuⁿ Siat. kong, tsáu ê khóan sit.
氣力的款, 武勇的款式, 趪趪。張設。趪, 走的款式。

【䟊】bék, ㄅㆤ, bek thong. Siáu, khong khám teh tsáu ê khóan sit. Loān loān tsáu ê khóan sit.
䟊趨。狷, 悾憨咧走的款式。乱乱走的款式。

【趫】kiâu, ㄍ一ㄚㄨ, ióng kiāⁿ. Gâu tsáu, kiâⁿ, kia̍h kha. khin khin tsáu ê khóan sit. khin kiâu. kiâu kiâu hêng.
勇健, 勢走, 行, 攑脚。輕輕走的款式。輕趫。趫趫行。

【䞪】thâm, ㄊㄚㄇ, tsáu ê khóan sit, kóaⁿ kín tsáu. Saⁿ tè kóaⁿ tio̍k. chham thâm. tsōe tsōe ê khóan sit.
走的款式, 趕緊走。相隨趕逐。趍䞪。多多的款式。

【趭】iâu, 一ㄚㄨ, tsáu, tsáu ê khóan sit.
走, 走的款式。

【趩】thek, ㄊㆤㄎ, kiâⁿ Lō͘ ê siaⁿ, bô kiâⁿ ê khóan sit. tsáu ê khóan, kì Lâi thek thek.
行路的聲, 無行的款式。走的款, 其來趩趩。

【趪】Liâu, ㄌ一ㄚㄨ, kha tn̂g tn̂g ê khóan sit. kè tsúi, Liâu kè khì. Liâu kè khe. Liâu chhân hoāⁿ. Liâu tsúi
脚長長的款式。過水, 趪過去。趪過溪。趪田岸。趪水

【趏】koat, ㄍㄨㄚㄊ, kha jiah, thiàu khí, Poāⁿ kè.
脚跡, 跳起, 跋過。

十三—十九畫

【趮】sò, ㄙㄠ, koaⁿ kín, tín tāng, chho͘ Lō͘, chhiⁿ chhiⁿ. sò Pō. sò sèng. kap 躁 Sio siāng ì sù.
趕緊, 振動, 粗魯, 青青。趮暴。趮性。与躁相同意思。

【趯】io̍k, thek, 一ㄛㄎ, ㄊㆤㄎ, thiàu, tiô thiàu, thiàu koāiⁿ, thiàu ê khóan sit. thiàu io̍k. io̍k io̍k. Siá jī ê
跳, 跳跳, 跳高, 跳的款式。跳趯。趯趯。寫字的
hong hoat, ǹg téng bīn thek kau. tha̍k io̍k kap 躍 jī Sio Siāng ì sù.
方法, 向頂面趯鈎。讀趯与躍字相同意思。

【趮】Lék, ㄌㆤㄎ, tín tāng, tsáu ê ì sù. kap 躒 Sio Siāng ì sù. kóaⁿ kín. Lék Lō͘. Lék Put chhī thiām.
振動, 走的意思。与躒相同意思。趕緊。趮路。趮不此玷。

【趲】tsán, tsàn, ㄗㄚㄢ, ㄗㄚㄢ, Sì sòaⁿ tsáu. tsáu ê ì sù. Pek hō͘ i tsáu khì. tsàn Lō͘. tsàn kóaⁿ.
四散走。走的意思。逼互他走去。趲路。趲趕。

【趯】Lô, ㄌㄛ, sô Lô. Chiū sī chhin chhiūⁿ tsōa ēng pak tó kiâⁿ Lō͘ ê ì sù.
趖趯。就是親像蛇用腹肚行路的意思。

造字 借羅成字。

補9畫【趪】hui, ㄏㄨㄟ, Sì kòe hui. chiū sī sì kòe tsáu ê ì sù. u thit thô ê ì sù.
四界趪。就是四界走的意思。有迌迌的意思。 造字

足 部 157

【足】chiok, tsù, ㄐ一ㄛㄎ, ㄗㄨ, Lâng ê kha, chhiú chiok, kha. kiâⁿ, oán chiok. ke thiⁿ, Pó chiok. kàu Giáh, Sûn,
人的脚, 手足。脚。行, 遠足。加添, 補足。夠額, 純,
chiok kàu, chiok Sûn. chiâu tsn̂g, bóan chiok. chiok Put chhut hō͘. hong i chiok sit. tsù,
足夠, 足純。齊全, 滿足。足不出戶。豐衣足食。足,
chit im chió ēng, ēng tī bûn Giân, kè thâu, kè tsòe, tsù kiong.
這音少用, 用佇文言, 過頭, 過做, 足恭。

二·三畫

【趴】Pâ, Pê, ㄆㄚ, ㄆㆤ, Poa̍h tó teh tio̍h. Siak tó tī thé kha. Phak teh. Pâ tī tōe chiūⁿ. Pê teh
跋倒壓着。拐倒佇工脚。覆咧。趴佇地上。趴咧。

【趵】chiok, ㄐ一ㄛㄎ, kha tah chio̍h ê siaⁿ, kha tsōe ê khóan sit. kha jiah. tiô thiàu. chiok chek.
脚踏石的聲, 脚齊的款式。脚跡。跳跳。趵跡。

【趷】Gut, ㄫㄨㄊ, tn̄g tio̍h, tn̄g Loh khì, mi̍h tsa̍h teh.
擋着, 擋落去, 物截咧。

【趷】khò͘, ㄎㄜˋ, ㄨ, ㄨˋ kha tó͘, tōa thúi kut。khiau kha teh chē。
腳肚，大腿骨。蹺腳咧坐。

【跒】khò͘, ㄎㄜˋ, ㄨ, ㄨˋ kap téng bīn jī sio siāng。
与頂面字相同。

四 畫

【趺】hu, ㄈㄨ; khut kha teh chē, ka hu, hu tsō͘。Pài kha。hū jîn lâng àⁿ io kiàⁿ lé,
屈腳咧坐，跏趺。趺坐。跛腳。婦仁人向腰行禮。

【趾】chí ㄓˇ; kha ê tsńg thâu á, kha tóe, chí chiok。tōe ki, chí siâⁿ。thêng soah, chí chí。
腳的指頭仔，腳蹄，趾足。地基，趾城。停息，趾止。
tōe miâ, kau chí。chí ko khì iōng。pí jū lâng tsū boán kiau gō͘。
地名，交趾。趾高氣揚。比喻人自満驕傲。

【跂】kî, khì, ㄑㄧˊ, ㄑㄧˋ, ㄑㄧ; kî, kha khah tsōe ki tsńg thâu á, tsáp it tsáiⁿ, ke tsái, kiò tsòe kî。khì, nī kha bè ê ì sù, khì chiok sī bu̍t, khì bōng。kap 企 sio siāng。thâng thōa teh kiâⁿ khoán sit, kî hêng。kî, kî kî kê kê, chiū sī kha siōng siōng khē tioh ê ì sù。
腳較多支指頭仔，十一指，加指，叫做跂。跂，企腳尾的意思，跂足視物。跂望。与企相同。蟲豸咧行的款式，跂行。跂，跂跂跏跏，就是腳常常拄着的意思。

【跁】pâ, pā, ㄅㄚˊ, ㄅㄚˋ; kiâⁿ lō͘ ê khoán sit, m̄ khéng chìn chêng, pā kà。tsòe káu pê。thâng thák tsòe pê。
行路的款式，毋肯進前，跁跒。做狗爬。可讀做爬。

【趿】khip, ㄎㄧ ㄒ; chhun kha ngoeh mih, kiâⁿ ê ì sù
伸腳夾物，行的意思

【踈】hō͘, ㄏㄨˋ; kūi loh, siang ê kha thâu u oáⁿ tī tōe nih, hō͘ kūi。
跪落，双個腳頭骭腕佇地裡，踈跪。

【趹】koat, ㄍㄨㄜˊ; bé kiâⁿ ê khoán sit, bé teh tsáu kín kín, tu̍t chiân koat āu。koat phún。tô͘ tsáu
馬行的款式，馬咧走緊緊，探前趹後。趹奔。逃走

【趼】kián, khian, lan, ㄐㄧㄢˇ, ㄑㄧㄢ, ㄌㄢˊ; siù ê kha tsńg thâu á, phê liu khí lâi, kiâⁿ bōe chìn chêng。lan, chhíu lan kha lan, chiū sī chhíu kha tóe lô͘ tōng só͘ siⁿ ê kāu phê kiò tsòe lan, koe kha lan siu kha lan。chioh lan。koah kha lan。
獸的腳指頭仔，皮摺起來，行𣍐進前。趼，手趼腳趼，就是手腳底勞動所生的厚皮叫做趼。雞腳趼。修腳趼。石趼。割腳趼。

【䟾】goa̍t, ㄩㄝˋ; chiū sī tsām tn̄g kha ê ì sù。
就是斬斷腳的意思。

【趸】tùn, tǹg, tn̄g, ㄉㄨㄣˇ, ㄉㄥˋ, ㄉㄥ; gín á pin tōaⁿ, kiò i tsòe khang khè, thák chheh, tsàm kha, tùn tīⁿ。tùn chhíu, ǹg tǹg, ǹg tn̄g。kap tùn tīⁿ sio siāng ì sù。kó͘ kê tīⁿ ê sèng phiah。
囡仔貪惰，叫他做工課，讀書，踏腳，趸𦜆。趸手，向趸，向趸。与趸𦜆相同意思。鼎翄翄纏的性癖。

【造字】借屯成字。

【跄】chhiáng, chhiâng, ㄑㄧㄤˋ, ㄑㄧㄤ; chhiâng ûn á chhiáng, pái kha kiâⁿ, kha thiàⁿ teh kiâⁿ lō͘ ná pái kha。á sī gín á kiâⁿ lō͘ thiàu thiàu theng theng, chhiáng chit ē, chhiáng chit ē。chhiâng chhiâng tsáu, chiū sī kín kín tsáu ê ì sù。thiⁿ àm jit lo̍h khì, chhiâng chhiâng tńg chhù。
緩仔跄，跛腳行，腳痛咧行路，如跛腳。或是囡仔行路跳跳停停，跄一下，跄一下。跄跄走，就是緊緊走的意思。天暗日落去，跄跄走返厝。

【造字】借冗字及白話音成字。

補3畫 【𧾷夕】siah, ㄒㄧㄚˋ; phiah siah。chiū sī siám phiah khah bát ê só͘ tsāi。
避𧾷夕。就是閃避較密的所在。

【造字】借夕偏音成字。

五 畫

【跖】chek, ㄓˊ; chiū sī kha chhioh tóe。koe kha, chiáu lūi ê kha chí。kó͘ tsá chit ê tōa chha̍t ê miâ, tō͘ chek。chhun chhiu sī tāi ê lâng, Liú hā hūi ê sió tī。
就是腳跡底。雞腳，鳥類的腳趾。古早一個大賊的名，盜跖。春秋時代的人，柳下惠的小弟。

【跒】kà, ㄎㄚˇ; kiâⁿ ê khoán sit, kiâⁿ bōe chìn chêng, pā kà。
行的款式，行𣍐進前，跁跒。

date theme 足部 157 page

跔 khu, ㄎㄨ; thì-koâⁿ kha bōe chhun tit。天寒腳鱠伸直。tiô thiàu。跳跳。chiok khu。足跔。tô khu。踱跔。

距 kū, ㄍㄨˋ; koe kak kha jiáu āu tīⁿ。雞鵠腳爪後蹬；koe kha kū。鷄腳距。ûi kėh。違逆，khòng kū。抗距。sa" kėh, kū lī。相隔，距離。Saⁿ kū。相距。

跗 hu, hū, ㄈㄨ,ㄈㄡˇ; kha tsńg thâu á，腳指頭仔，kha Poâⁿ。腳盤；kha ê téng bīn。腳的頂面。chiok hū。足跗。

跏 ka, kê, ㄍㄧㄚ,ㄍㄜ; ka，跏，siang kha thiap koâiⁿ teh chē。双腳疊高咧坐。chhin chhiūⁿ he siūⁿ teh chē ê khóan。親像和尚咧坐的款，ka hu。跏趺。
kêⁿ kê, kê teh，跏，跏咧，ū sím mih kê tio̍h。有甚麼跏着。kìⁿ kìⁿ kêⁿ kêⁿ，踁踁跏跏，tìn kha tìn chhiú ê ì sù。鎮腳鎮手的意思。

跇 bó, ㄇㄨˇ; kha tōa thâu bú，腳大頭母，tōa pō bú，大拇母，chiū sī kha ê thâu chit tsāi。就是腳的頭一指。

跈 Lián, thián, ㄌㄧㄢˇ,ㄊㄧㄢˇ; kiâⁿ tah，行踏，thún tah，踐踏，koáⁿ tio̍k，趕逐，sàu bô soah。嗽無息。

跑 Pâu, Pháu, ㄆㄠˊ,ㄆㄠˇ; kóaⁿ kín kiâⁿ，趕緊行，pháu tsáu。跑走。jī hó pâu tē tsok hiat，二虎跑地作穴，ióng chhut tsôan súi，湧出泉水，hó pâu tsôan。虎跑泉。

跛 Pì, Pit, ㄅㄧˋ,ㄅㄧㄝ; kha chhiok tio̍h mih，腳蹴着物，kha that tio̍h ê ì sù。腳踢着的意思。

跛 Phó, Pái, ㄆㄛˇ,ㄅㄞˇ; kiâⁿ bô sì chiàⁿ，行無四正，phó phian，跛偏。phó kiok。跛腳。pái kha。跛腳。khòe kha phòa siùⁿ。蹺腳破相。

跋 Poa̍t, Poa̍h, Phoa̍h, ㄅㄚˊ,ㄅㄛˊ,ㄆㄚˋ; tī chháu nih kiâⁿ kiò tsòe poa̍t，佇草裡行叫做跋，tī tsúi nih kiâⁿ kiò tsòe siap。佇水裡行叫做涉。Pí jū phun pho kan lân。比喻奔波艱難，
Poa̍t siap jîn seng。跋涉人生。Poa̍h tó，跋倒，pîⁿ pîⁿ lō͘ kiâⁿ kàu poa̍h tó。平平路行到跋倒。Poa̍h lo̍h bé。跋落馬。Poa̍h lo̍h chhiū kha。跋落樹腳。
kha sio phoa̍h。腳相跋。sio phoa̍h。相跋。saⁿ phoa̍h chhiú。相跋手。saⁿ phoa̍h keng。相跋肩。

跚 san, ㄙㄢ; kiâⁿ bô sì chiàⁿ。行無四正。pái kha kiâⁿ lō͘。跛腳行路。bôan san phó hêng。蹣跚跛行

跎 tô, ㄊㄨㄛˊ; chho tô。蹉跎。chiū sī sit lo̍h ki hōe，就是失落機會，liân sòe í keng kè liáu ê ì sù。年歲已經過了的意思。jîn seng chho tô。人生蹉跎。

跌 tia̍t, Poa̍h, ㄉㄧㄝˊ,ㄅㄛˊ; kut tó，滑倒，tah m̄ tio̍h，踏毋着，bô sòe jī，無細膩，tia̍t chiok sit kù。跌足失據。Poa̍h tó。跌倒。Poa̍h lo̍h。跌落。Poa̍h kè。跌價。

跕 Liam, tiap, thiap, chhia̍t, ㄌㄧㄢˊ,ㄉㄧㄝˊ,ㄊㄧㄝˊ,ㄑㄧㄝˋ; thiap lí，跕屣，bô kiāⁿ á ê sòe siang ê。無屐仔的小雙鞋。Liap kun ûi thiap。躡跟爲跕。tūi lo̍h，墮落，tah lo̍h，踏落
tsúi tiong，水中，tiap tiap tūi。跕跕墜。kha thoa oê kiâ，腳拖鞋行，chhia̍t chhia̍t háu。跕跕哮。chhia̍t chhia̍t kiò。跕跕叫。Liam，跕，
ûn ûn á kiâⁿ，緩緩仔行，Liam pō kiâⁿ。跕步行。Liam kha kiâ。跕腳行。Liam kha pō。跕腳步。

跅 thok, ㄊㄨㄛˋ; bô sió sim，無小心，chhin chhái ê ì sù。且採的意思。bô thàn hoat tō͘，無趁法度，thok ì。跅弛。bô kín sīn ê lâng。無謹慎的人。

跙 tsó, chhu, ㄗㄨˇ,ㄑㄩ; kiâⁿ bōe sì chiàⁿ ê ì sù。行鱠四正的意思。kiâⁿ bōe chìn chêng。行鱠進前。kap 趄 jī thong。与趄字通。

跋 Poa̍t, Poa̍h, ㄅㄚˊ,ㄅㄛˊ; kap 跋 jī sio siāng ì sù。与跋字相同意思。

跓 tú, tsū, ㄉㄨˋ,ㄓㄨˋ; kha khiā liáu bōe sì chiàⁿ，腳堅了鱠四正，thêng kha。停腳。

跔 khiû, ㄑㄧㄡˊ; kiâⁿ lō͘ ê khóan sit，行路的款式，khiû khiû。跔跔。

跮 têng, ㄊㄧㄥˊ; khiā chiàⁿ，堅正，sì chiàⁿ ê ì sù。四正的意思。têng chiàⁿ。跮正。

跍 ko͘, ㄍㄨ; khiau kha teh chē，曲腳咧坐，kiau gō͘ tsū ko ê khóan sit。驕傲自高的款式。

跦 chhû, ㄔㄨ; tah，踏，kiâⁿ tah，行踏，that。踢。kiâⁿ ê khóan sit。行的款式

跆 tâi, ㄊㄞˊ; ēng kha thún tah，用腳踐踏，tâi chek，跆籍。thap tâi。蹋跆。hân kok ê bú su̍t tâi kûn tō。韓國的武術跆拳道。

跬 koāi, koaih"", ㄍㄨㄞˇ,ㄍㄨㄞˋ; koāi tio̍h kha，跬着腳，koāi chit ē。跬一下。kap tsoa̍i tio̍h sio siāng ì sù。与拽着相同意思。oaiⁿ koāi，彎跬，lán bô oaiⁿ
koāiⁿ bô koāi。無跬。chhit oai poeh koāiⁿ。七彎八跬。koaihⁿ koaihⁿ kiò，跬跬叫。koaihⁿ koaihⁿ háu。跬跬哮。chhia kín kín thêng，車緊緊停，koaihⁿ 跬一聲 chit siaⁿ。

date theme 足部157 page

造字 借另字及偏音成字。

踀 thut, chhut, Sa" thut Lō, Sa" chhut Lō, chiū sī Lí Lâi chhē Góa, Góa tú hó chhut khì ê ì sù
ㄊㄨㄊ;ㄑㄨㄊ; 相踀路;相踀路;就是你來尋我,我拄好出去的意思。

造字 借出成字。

踾 hut, Phut, Phut Phut thiàu, Phut Phut tiō. hoa" hí, siū khì, ê Piáu hiān. hut, kóa" kín kiâ ê khoán.
ㄏㄨㄊ,ㄆㄨㄊ 踾踾跳,踾踾跳。歡喜,怒氣,的表現。踾,趕緊行的款。

跡 tsak, ak tsak, ak ak tsak tsak, mih tsōe tsōe só͘ tsāi oeh chin tìn ūi. na tsǎn keng.
ㄗㄚㄎ; 齷跡,齷齷跡跡,物多多所在狹真鎮位。如棧間。 造字

六畫

跮 tiat, kín kín kiâ" sa" chi tsòe thâu chêng. Lâi tàu su iâ". tiat tók chit hêng hō͘ chiân khiok.
ㄉ一ㄚㄊ, 緊緊行相爭做頭前;來鬪輸贏。跮踱疾行至前卻。

跦 tu, tû, kiâ" ê khóan sit. thiàu kiâ" ê khóan. kū iok tu tu.
ㄉㄨ,ㄉㄨˊ, 行的款式。跳行的款。鸜鵒跦跦。

跧 chhoan, that. Pī chiān. Pak. bāi hók. Phak teh kiâ". kiâ" bô tit.
ㄑㄨㄚㄢ, 踢。卑賤。縛。埋伏。覆咧行。行無直。

跠 î, bô Lé sò͘. khiau kha teh chē. î kū.
一ˊ; 無禮數,蹺腳咧坐。跠踞。

跟 Kun tè, kha āu tin, kha kun. Pún kun. tè Lâng, kun tè. kun sûi. kun tsong.
ㄍㄨㄣ,夯,腳後蹬,腳跟。本根。隨人,跟隨。跟隨。跟蹤。

跲 kiap, kip kha tak tioh, tian tó. Sa" thóe.
ㄍ一ㄚㄆ,ㄍ一ㄆ, 腳觸著;顛倒。相退。

跣 kían, khian, Lan, kap jī Sio Siāng ì sù. chham khòa" 4 ūi.
ㄍ一ㄢ,ㄎ一ㄢ,ㄌㄢ, 与跣字相同意思。參看四畫。

跫 kiông, khiông, kiâ" tah ê sia". kha Pō͘ sia". kiông jiân.
ㄍ一ㄛㄥ,ㄎ一ㄛㄥ, 行踏的聲,腳步聲,跫然。

跨 khò, khoa, khòa, hòah, khò, khoa, chiū sī khiâ bé, khò má. khoa bé. chhin chhiū" kiô
ㄎㄛˋ,ㄎㄨㄚ,ㄎㄨㄚˋ,ㄏㄨㄚㄏ, 跨,跨,就是騎馬,跨馬。跨馬。親像橋
hā", chit Pêng kè hit Pêng, khoa oat. Poā" kè kha Phâng ē, khòa ē. hā" kè. hā" kè Soe.
ㄏㄚ, 這爿過彼爿,跨越。踫過腳縫下,跨下。跨過。跨過衰。
hā" Liáu bōe tsòa hàn. hòah, khí kha kiâ", hòah chit Pō͘, tōa hòah kè khì.
跨了𣍐大漢。跨,起腳行,跨一步,大跨過去。

跬 khò khoa khòa, hòah hā" kap téng bīn jī Sio Siāng.
ㄎㄛˋ,ㄎㄨㄚ,ㄎㄨㄚˋ,ㄏㄨㄚㄏ,ㄏㄚ, 与頂面字相同。

跪 kūi khut kha kha thâu u Lóh tōe, kūi. kèng Pài, kūi Pài. mô͘ hōe ê kha kūi chiok.
ㄍㄨㄧˋ; 屈腳,腳頭骨落地,跪。敬拜,跪拜。螃蟹的腳,跪足。

跬 khúi, Siat, hòah, kap jī Sio Siāng ì sù. chham khòa" tsáu Pō͘ 6 ūi táu kái.
ㄎㄨㄧˋ,ㄒ一ㄚㄊ,ㄏㄨㄚㄏ, 与趌字相同意思。參看走部六畫註解。

路 Lō͘, kha tah ê só͘ tsāi, kiâ" ê só͘ tsāi, tō Lō͘. bé Lō͘. Lō͘ thâu. Lō͘ êng. kè Lō͘. Lō͘ jîn.
ㄌㄛˋ; 腳踏的所在,行的所在,道路。馬路。路頭。路用。過路。路人。

跣 Sián, thǹg chhiah kha kiâ", Sián chiok.
ㄒ一ㄢ, 褪赤腳行,跣足。

跳 tô, thiàu, tàu, thiô, tô im kap tô thong. thiàu, tàh tioh, that tioh, tsông khí, tàh tian,
ㄉㄛ,ㄊ一ㄠ,ㄉㄠ,ㄊ一ㄛ, 跳音与逃通。跳,踏著,踢著,蹤起,踏顛,
thio, thiàu khí Lâi, thiàu chiū" koân, tiô thiàu. thiàu bú. thiàu Pán. Sim kia" bah thiàu.
ㄊ一ㄛ, 跳起來,跳上高,跳跳。跳舞。跳板。心驚肉跳。
tàu, tàu kâu. thiàu kâu. chiū sī Lâng ēng Sa" Liap tàu á Lâi Poah kiáu ê ì sù. thiô, thiô,
跳,跳骰。跳骰。就是人用三粒骰仔來賭賭的意思。跳,跳。
Sio Phah, chiâ" that tò thiô. thio Lóh khì.
相撲,正踢倒跳。跳落去。

跢 tāi, to Póah tó, tian tó. Sòe hàn Gín á teh kiâ" ê ì sù, tèk chiok to tu.
ㄉㄞ,ㄉㄛ, 跋倒,顛倒。細漢囝仔咧行的意思,躑躅跢跦。

跡 chek, chiah, jiah, chhioh kiâ" kè ê kha ìn, tsu sī má chek. kha chiah. kha jiah. iá" chiah. bô iá"
ㄐ一ㄝ,ㄐ一ㄚㄏ,ㄖ一ㄚㄏ,ㄑ一ㄛㄏ, 行過的腳印,蛛系馬跡。腳跡。腳跡。影跡。無影
bo jiah. kha jiah tóe. ū sîn jiah. Kó͘ tsá ê mih, kó͘ chek. kap 迹·蹟 Sio Siāng ì sù.
無跡。腳跡底。有神跡。古早的物,古跡。与迹·蹟相同意思。
chhioh, kha chhioh tóe, kha chhioh khah tn̄g. Sī ōe ê tóe.
跡,腳跡底,腳跡較長。是鞋下底。

蹖	thong ㄊㄜㄥ;	teh tsáu ê khóan sit 啲走的款式
跺	Lūi, oái ㄌㄨㄧ, ㄨㄞ;	Lūi, kha that tio̍h Phah tó ê ì sù. oái, oái chit tó, kha oái tio̍h, chhiú oái tio̍h. 跺, 脚踢着, 打倒的意思。跺, 跺一倒, 脚跺着, 手跺着。
踕	Lu̍t, Luh ㄌㄨㄊ, ㄌㄨㄏ;	Lu̍t, kha kiâⁿ bōe chìn chêng ê ì sù. Luh kha, Luh chit ē. chiū sī Pái kha kiâⁿ Lō͘ ê ì sù 踕, 脚行𣍐進前的意思。踕脚, 踕一下。就是跛脚行路的意思。
跴	chhái ㄑㄞ;	ēng kha Lâi ta̍h, thún ta̍h, tsàm kha, tsáu biat. kap 跺 Sio Siāng. ku̍t Lu̍t Lu̍t. 用脚來踏, 跋踏, 蹔脚, 剿滅。与 跺 相同。滑踕踕。
跺	tó ㄉㄜ;	teh kiâⁿ Lō͘ ê khóan sit. tsàm kha ēng La̍t Piáu sī bô hoaⁿ hí. tó kha. 啲行路的款式。蹔脚用力表示無歡喜。跺脚。

七畫

踦	khè, thè ㄎㄜ, ㄊㄜ;	tiô thiàu, thiàu kè, Poāⁿ kè. kiâⁿ bōe sī chiâⁿ, Pái kha. 跳跳, 跳過, 跛過。行𣍐正正, 跛脚。
跽	kī ㄍㄧ;	kūi kú kú. kèng Pài. 跪久久。敬拜。
跼	kio̍k ㄍㄧㄜㄎ;	kha bōe chhun ti̍t, àⁿ io, khut khiok, ún ku. Pek chhiok, kio̍k chhiok. 脚𣍐伸直, 向腰, 屈曲, 隱痀。迫促, 跼促。
踉	Lîong, Lông ㄌㄧㄜㄥ, ㄌㄜㄥ;	teh beh kiâⁿ, ài kiâ ê khóan, kiâⁿ kín ê khóan sit, Gâu kiâⁿ. 啲乜行, 愛行的款, 行緊的款式, 𠢕行。
踋	Lô ㄌㄜ;	chiū sī kha that tio̍h mi̍h, Poa̍h tó ê ì sù. 就是脚踢着物, 跋倒的意思。
踊	Phò ㄆㄜ;	bé kha that tio̍h ê ì sù. 馬脚踢着的意思。
踆	tsun, tsùn, Soah ㄗㄨㄣ, ㄗㄨㄣ;	thêng chí, Phak teh. thè khì. kap tsùn tông Gī. ēng kha Lâi that ê ì sù. 息, 停止, 覆啲。退去。与 竣 同義。用脚來踢的意思。
踳	chhò ㄑㄜ;	Sit Lé ê chhò, Phiàn Lâng ê ì sù. 失禮的踳, 騙人的意思。
踊	ióng ㄧㄜㄥ;	tiô thiàu, thiàu Lâi thiàu khì. thiàu ióng. Peh chiūⁿ khì, ióng io̍k. 跳跳, 跳來跳去。跳踊。爬上去, 踊躍。
踅	Soat, thè, Se̍h ㄙㄨㄚㄊ, ㄊㄜ, ㄙㄝㄏ;	Soat, tian tó, chit kha kiâⁿ Lō͘, chhek kha koe. Se̍h, Se̍h Lin tńg. Se̍h Lin Long. 踅, 顛倒, 一脚行路, 摔脚雞。踅, 踅圇轉。踅鈴瓏。
踈	Sò, Sò, Soe ㄙㄜ, ㄙㄜ, ㄙㄨㄝ;	kap 踈·疏 Sio Siāng ì sù, chham khòaⁿ Phi̍t Pō͘. 与 踈·疏 相同意思, 參看 疋部。
跡	Sò, Sò, Soe ㄙㄜ, ㄙㄜ, ㄙㄨㄝ;	kap 踈, 疏 Sio Siāng ì sù, chham khòaⁿ Phi̍t Pō͘. 与 踈, 疏 相同意思, 參看 疋部。
踃	Siau ㄒㄧㄠ;	kha tín tāng thiàu Siau. kha ut oan kun kut ê siaⁿ. kha kiù kun ê Pīⁿ. 脚振動; 跳踃。脚屈彎筋骨的聲。脚糾筋的病。
踖	chhiok ㄑㄧㄜㄎ;	chhùi khí chéng chê, chê châⁿ kín sīn ê khóan sit. 嘴齒整齊。齊整謹慎的款式。
踕	Lò ㄌㄜ;	seng khu tn̂g ê khóan sit. kha chhiú tn̂g. koâiⁿ tōa. Lò kha Lò chhiú. Lò Lâng. 身軀長的款式。脚手長。高大。踕脚踕手。踕人。
跛	Pō, Po̍k ㄅㄜ, ㄅㄜㄎ;	kiâⁿ ta̍h, kha thún ta̍h ê ì sù. Po̍k tó. 行踏, 脚跋踏的意思。跛踏。
踀	Loat ㄌㄨㄚㄊ;	tiô thiàu ê khóan sit, thiàu kè, Poāⁿ kè, khoat Loat. 跳跳的款式, 跳過, 跛過, 蹶踀。
跭	hong ㄏㄜㄥ;	thiàu bú, tò thiô. Pe tò tńg Lâi. 跳舞, 倒跳。飛倒返來。
踺	tô ㄉㄜ;	chit kha kia̍h koâiⁿ ê ì sù. kia̍h chit kha. tô khu. 一脚攑高的意思。攑一脚。踺跔。
踌	Long ㄌㄜㄥ;	khiâ bé Long. chiū sī siang kha thián khui teh ê ì sù. Long kè khì. Long chit kha. 騎馬踌。就是双脚展開騎啲的意思。踌過去。踌一脚。

造字	借弄成字。

跅	thu̍t ㄊㄨㄊ;	thu̍t khì, thu̍t chhut khì, thu̍t chhut Lâi. thu̍t tsáu, thu̍t Lo̍h khì. thu̍t kha, thu̍t chhiú. 跅去, 跅出去, 跅出來。跅走, 跅落去。跅脚, 跅手。

造字	借秃字成字。有脫的意思。

跡	chhiak ㄑㄧㄚㄎ;	chhiak chit ē, chhiak chhiak tiô, chhiak chhiak thiàu. chhiat tsàu ê siaⁿ, Phông chhiak chhiak. 跡一下, 跡跡跳, 跡跡跳。節奏的聲, 膨跡跡。

造字 借赤偏音成字。

【踣】khok，ㄎㄜㄎ，Lok khok，Lok khok bé bô kòa oaⁿ。bô tàu tah ê ì sù。Lok khok Lok khok，khokkhok
轆踣，轆踣馬無掛鞍。無鬬搭的意思。轆踣轆踣。踣踣
khok，ㄎㄜㄎ，kūi。khok khok Pài。chhiu khokkhok hò。khok khok kiu。
跪。踣踣拜。手踣踣摩。踣踣求。

造字 借告成字。

【踁】kīⁿ，kì，ㄍㄧ，ㄍㄧ，kīⁿ kīⁿ kê kê。kīⁿ tó，chiū sī khê tó ê ì sù。kīⁿ kha kīⁿ chhiu。kīⁿ tiòh。
踁踁跏跏。踁倒，就是扐倒的意思。踁脚踁手。踁着。

造字 借更白話音成字。

八畫

【踔】chhiok，tàu，ㄑㄧㄜㄎ，ㄉㄠ，chhiok，ēng chit kha kiâⁿ Lō。chhiok tsáu，chhiok kha koe。chhek kha koe。kiâⁿ Lō bô tiāⁿ tiòh
踔，用一脚行路，踔走，踔脚鷄。摶脚鷄。行路無定着。
tàu，Pôaⁿ kè khì，koāiⁿ hn̄g，tàu tsoat。tàu oán。
踔，蹣過去，高遠，踔絕。踔遠。

【踟】tî，ㄉㄧ，kiâⁿ bōe chìn，tîu tû，bô tiāⁿ tiòh。tî tû。
行𣍐進，躊躇，無定着。踟蹰。

【踝】hóa，khóa，ㄏㄨㄚ，ㄎㄨㄚ，kha Phī ê kut，kha bak，chiok hóa。thiàu Lêng kó toaⁿ。
脚鼻的骨，脚目，足踝。跳倰孤單。

【踦】kî，khi，ㄍㄧ，ㄎㄧ，khia kha，chit ki kha。Pái kha。kî khi。
𤆬脚，一支脚。跛脚。奇踦。

【踞】ku，kù，ㄍㄨ，ㄍㄨ，khiau kha teh chē。kha thiap khoân ná Pû ki。khòaⁿ Lâng m̄ khí。Phoân kù。ku tsun。
蹺脚咧坐。脚疊盤如葡萁。看人毋起。盤踞。踞蹲。

【踘】kiok，ㄍㄧㄜㄎ，that，iû hì ê ke si。ēng nńg nńg ê mih Lâi tsòe kiû。chhiok kiok。
踢，遊戲的傢私。用軟軟的物來做球。蹴踘。

【踏】tàp，tàh，ㄉㄚㄆ，ㄉㄚㄏ，kha kiàh koâiⁿ Pàng tiàm tōe。oá tī mih tèng bīn。tàh tiòh。kha tàh。thún tàh。tàh khiau。
脚擛高放着地，倚佇物頂面。踏着。脚踏。踐踏。踏蹺。
tàh thút。kiâⁿ tàh。tàh chhia。tàp ko sû。tàp ko hêng。
踏跮。行踏。踏車。踏歌詞。踏歌行。

【踧】Siok，tek，ㄒㄧㄜㄎ，ㄉㄜㄎ，Siok chek，chiū sī kèng kìn，tîo tû ê ì sù。tek tek Pêng èk，kiâⁿ Pêng Tīⁿ ê Lō。
踧踖，就是敬謹，躊躇的意思。踧踧平易，行平易的路。

【踢】thek，thah，that，ㄊㄜㄎ，ㄊㄚㄏ，ㄊㄚㄊ，kiâⁿ tāng ê khoán，hô Lêng khok thek。chhiⁿ chiⁿ。kha khì chhiok tāng mih kiāⁿ。that。
驚動的款，河靈矍踢。生𩵚。脚去觸動物件。踢。
that kiû。khí kha that。that tó。thiàu thah。chin oàh tāng ê ì sù，hit ê Lâng chin thiàu thah。
踢球。起脚踢。踢倒。跳踢。真活動的意思，彼個人真跳踢。

【踤】tút，ㄉㄨㄊ，kiâⁿ Lō bōe ōe chìn chêng ê ì sù。Lê tút。
行路𣍐能進前的意思。踉踤。

【踐】chián，chiân，thún，thut，ㄐㄧㄢ，ㄐㄧㄢ，ㄊㄨㄣ，ㄊㄨㄊ，ēng kha tàh tōe，chián tàh。sit hêng，sit chián。chiàu iok sok，chiân iok。
用脚踏地，踐踏。實行，實踐。照約束，踐約。
tah Phāiⁿ，chián jiu。chián chek。thut tàh，thún tàh。Sio siāng ì sù。Loān Loān Lap ê ì sù。
踏壞，踐蹂。踐藉。踐踏，踐踏，相同意思。乱乱蹋的意思。
Lām Sám thún ê ì sù
濫糝踐的意思。

【踖】chek，ㄐㄜㄎ，tōa hoah kiâⁿ。kiâⁿ kiong kèng ê khóan sit。Siok chek。ûn ûn á kiâⁿ。
大跬行。行恭敬的款式。踧踖。緩緩仔行。

【踪】tsong，ㄗㄨㄥ，hêng chek，kha jiah，hêng tsong。tsong chek。kap 蹤 Sio siāng。
行跡，脚跡，行踪。踪跡。与蹤相同。

【踕】toat，ㄉㄨㄛ，thiàu bú，sòe Pō teh thiàu，tîo thiàu。
跳舞，小步咧跳，跳跳。

【踣】Poê，Pok，ㄆㄛㄝ，ㄅㄜㄎ，sí Lâng，khiong si，kiong si。Dè Pok。ké sí。tìⁿ sí。
死人，殭屍，殭屍。斃踣。假死。憕死。

Liông ㄌㄧㄥ 【踜】Lêng，ㄌㄥ，kha Loān that。kha kang khui。kún Lêng，tōa Pō Lêng。Lêng tsáu。hóan khòng ê ì sù。
脚乱踢。脚枵開，滾踜，大步踜。踜走。反抗的意思。

【踥】chhiap，ㄑㄧㄝ，kiâⁿ，kiâⁿ ê khoán sit。chhiap chhiap hêng。kún Liông。Liông tsáu。
行，行的款式。踥踥行。滾踜。踜走。

【踡】koân，ㄍㄨㄢ，kha bōe ōe chhun tit ê ì sù。koân kiok。
脚𣍐能伸直的意思。踡跼。

【踞】khû，ㄎㄨ，khû kha，kiâⁿ kàu khû kha。khû sái hák。khû tháng。Pòaⁿ khû khiā。khû Lòh khì。 造字
踞脚，驚到踞脚。踞屎礐。踞桶。半踞豎。踞落去。

踑 ki, kî, ㄍㄧ, ㄍㄧˊ, kha jiah, chiàu kha jiah, kha tàh kè ê jiah。khiau kha teh chē。Kî kù
腳跡，照腳跡，腳踏過的跡。蹺腳坐。踑踞

踘 ku, khu, ㄍㄨ, ㄎㄨ, kha Koa̍ⁿ khiau khiau kiu kiu ê ì sù。thong
腳寒曲曲虬虬的意思。通跔。

踛 Lo̍k, ㄌㄨˋ, kiâⁿ Lō͘ ê khoán sit。kiong kèng
行路的款式。恭敬

踤 Lē, Lu̍t, ㄌㄟˋ, ㄌㄨˋ, Lē chiok, chiū sī Pái kha。Lu̍t tu̍t, kiâⁿ bōe chìn chêng ê ì sù。
跛足，就是跛腳。踤踤，行嬒進前的意思。

踤 tsut, ㄗㄨˊ, Chhiok tio̍h, Phut tn̄g kha kun ê kut。tsū chi̍p ê ì sù, tsut chi̍p。
觸着，剉斷腳筋的骨。聚集的意思，踤集。

踒 O, ui, ㄛ, ㄨㄟ, kha that tio̍h, Poa̍h tó。at chih, chih tn̄g, chih kha。
腳踢着，跋倒。搱折，折斷，折腳。

踚 Lûn, Lún, ㄌㄨㄣˊ, ㄌㄨㄣˇ, Lûn, Lûn, kiâⁿ, kiâⁿ ê khoán sit。Lûn, Lûn, kún Lûn tsuán chiū sī Phah Phûn ê ì sù。
踚，踚，行，行的款式。踚，踚，捲踚轉就是打奔的意思。
Liōng, ㄌㄧㄤˋ, kún Lûn tsáu, hō͘ i Lûn tsáu, Lûn kàu bián。kap Lêng ê ì sù ū sio siāng。Liōng tsáu。
捲踚走，給他踚走，踚到免。与踜的意思有相同。踚走。

踥 Lôe, ㄌㄨㄝˋ, Pháu tsáu ê ì sù。Lôe chhut, Lôe ji̍p, thâu hong Lo̍h hō͘ Lôe chhut khì。Lôe chiūⁿ Soaⁿ khì。
跑走的意思。踥出，踥入，透風落雨也踥出去。踥上山去。
thâu khak Lôe Lôe tit tit tsòe kang, jīn chin ê ì sù。thak Lê ā sio siāng。
頭殼踥踥直直做工，認真的意思。讀踥也相同。

造字 借犁音去牛字，成字。

補二畫 **跢** tang, ㄉㄤ, chiū sī thn̂g chhiah kha, tàh tio̍h Sòe Lia̍p chio̍h thâu á, Siū siong。tang tio̍h。
就是褪赤腳，踏着小粒石頭仔，受傷。跢着。 造字

九畫

踸 tsa, ㄗㄚ, chiū sī thún tàh ê ì sù。
就是踐踏的意思。

踹 thoàn, ㄊㄨㄢˋ, ēng kha Lâi tàh, tsàm kha, tsâu biat。thoàn chiok。tsàm ê ì sù。mîng
用腳來踏，蹔腳。剿滅。踹足。蹔的意思。

踵 chióng, ㄓㄨㄥˇ, kha ê āu tiⁿ, kun tè, tè āu, Chiap chióng。kiâⁿ kàu, chióng chì。ka kī kàu chióng。
腳的後蹄。跟隨，隨後，接踵。行到，踵至。家己到，踵門。

蹂 jiû, jiú, ㄖㄡˊ, ㄖㄡˇ, thun tàh ngó͘ kok hō͘ i Lu̍t khak, jiû hô。thún tàh, jiû chián。
踐踏五穀摃它脫殼，蹂禾。踐踏，蹂踐。

踽 hú, kú, ㄏㄨˇ, ㄐㄩˇ, ka kī chi̍t Lâng kiâⁿ, kú kú jî hêng。kiâⁿ Soe Soe ê khoán, hú hú Liâng Liâng。
家己一人行，踽踽而行。行疏疏的款，踽踽涼涼。

蹁 Pian, Phiân, ㄆㄧㄢ, ㄆㄧㄢˊ, kha bô sì chiàⁿ thoa āu kha bé, Pian chiok。Lim chiú tsùi kiâ Lō͘ Phiân Phiân。Phiân kha bōe tsāi。
腳無四正拖後腳尾，蹁足。飲酒醉行路蹁蹁。蹁腳嬒在。

踶 tē, tē, ㄉㄧˋ, ㄉㄧˋ, 蹄 ê Sio̍k jī。Siù Lūi ê kha Poàⁿ, kha tē bé tē。Gû tē。tē that ê ì sù。ēng kha
蹄的俗字。獸類的腳盤，腳踶，馬踶。牛踶。踶，踢的意思。用腳
that, Lô chek hun Pē Siong tē。Ēng Sim Le̍k ê khoán, tē kì。
踢，怒則分背相踶。用心力的款，踶跂。

蹄 tê, tôe, ㄉㄧˊ, ㄉㄨㄝˊ, 𧿳, kap téng bīn jī sāo siāng ì sù。Siù Lūi ê kha tńg thâu á。kha tôe。bé tê, Gû tê。
𧿳，与頂面字相同意思。獸類的腳指頭仔。腳蹄。馬蹄，牛蹄。
ah bú tôe, ah bú kha tôe, kóng Lâng ê kha tóe Pi̍n Pîn。bé tê chhìⁿ, mī hún tsòe ê chia̍h mi̍h。
鴨母蹄，鴨母腳蹄，講人的腳底平平。馬蹄燋，麵粉做的食物。

蹀 tia̍p, ㄉㄧㄝˊ, kiâⁿ Lō͘ ê khoán sit, siang kha tàh Lo̍h tōe。Sòe Sòe Pō͘ teh kiâⁿ ê khoán sit, tia̍p tia̍p。
行路的款式，双腳踏落地。小小步咧行的款式，蹀蹀。

踱 to̍k, ㄉㄨㄛˊ, ēng kha that tōe, thiàu kè。nā kiâⁿ nā hioh, to̍k Pō͘。
用腳踢地，跳過。愈行愈思，踱步。

踰 jû, ㄩˊ, Pôa kè khì。tō kè tsúi。chhiàm koân, jû oa̍t。thong 逾 jī。Pôaⁿ kè tsoeh, jû oa̍t tsoeh。
蹳過去。渡過水。占權，踰越。通逾字。蹳過節，踰越節。

踷 tô, ㄉㄨˊ, kiâⁿ Lō͘ ê khoán sit。
行路的款式。

踿 Chiok, ㄐㄧㄡˋ, kha Pek kín koh kūn oá ê ì sù。kiâⁿ ê khoán sit。
腳迫緊閣近倚的意思。行的款式。

踼 chek, ㄐㄧㄝˊ, Pek kín Lâng kiâⁿ Lō͘ ê ì sù。chek chhiok。
迫緊人行路的意思。踼蹙。

蹁 Pek, Pe̍k, Pih, ㄅㄝㄎ, ㄅㄝㄎ, ㄅㄧㄏ, Pek, pe̍k, kiâⁿ lō͘ ê kha pō͘ siaⁿ, 蹁, 蹁, 行路的腳步聲, kiâ lō͘ kín kín, 行路緊緊。kiâ tsòe hé ê khoán sit, 行做夥的款式。
Pih, Pih chit ē, chiū sī lâng siak tó ê siaⁿ, 蹁；蹁一下，就是人摔倒的聲。

踸 Chhím, sīm, tīm, ㄑㄧㄇ, ㄒㄧㄇ, ㄉㄧㄇ, chhím, tiô thiàu, thún tàh, kiâⁿ bô siáng sè ê khoán sit。ùn á chhím, chhím chhím á kiâⁿ, chhim chhiok。踸，跳跳，踐踏：行無詳細的款式。緩仔踸。踸踸仔行，踸踔。sīm, sīm sīm chē, khiā teh sīm, chit ē, sīm chit pō͘ kú。踸，踸踸坐，豎咧踸，踸一下，踸一晡久。Phah kan lo̍k sīm chin kú, sīm tàu kú。tīm, tīm tàu kú, beh tīm kàu tī sî。Gín á tùn tīⁿ。打槓櫟踸真久，踸鬪久。踸，踸鬪久，也踸到是時。囝仔踸𦟪。

踳 chhún, ㄑㄨㄣ, chiū sī sek tī chhap tsap bô sio siāng。chhún pak。sit ì ê khoán, chhún chhún。就是色緻嘈雜無相同。踳駁。失意的款，踳踳。

踺 kiān, ㄍㄧㄢ, kiâⁿ lō͘ ê khoán sit, 行路的款式。

踳 jio̍k, Lo̍k, ㄖㄧㄛㄎ, ㄌㄛㄎ, thún tàh, kha tàh ê khoán sit, Gín á khí thâu oh kiâⁿ ê khoán, oa lo̍k。踐踏，腳踏的款式，囝仔起頭學行的款，踠踳。

踼 tōng, thóng, tiat tōng, ㄉㄛㄥ, ㄊㄛㄥ, Poàh tó phak teh ê khoán sit。kiâ bōe sì chiàⁿ, koat thóng。跌踼，跋倒覆咧的款式。行𣍐四正，趹踼。

踒 ak, ok, ㄚㄎ, ㄛㄎ, chhùi khí sio háp。chì bî sòe。sim koaⁿ oeh。só͘ tsāi oeh mih tìn ūi, ak tsak。嘴齒相合。至微小。心肝狹。所在狹物鎮位，踒跡。

踏 tsam, ㄗㄚㄇ, Phang tsam hoe, chiū sī phang pe lâi hioh tī hoe nih, chiàh hoe ê bit。tsam lâi tsam khì。hô͘ sîn tsam bah, tsam hî。sì kòe tsam bô oē seng。蜂踏花，就是蜂飛來歇佇花裡，食花的蜜。踏來踏去。蝴蠅踏肉，踏魚。四界踏無𣍐生。

造字 借沓字成字。

踒 ke̍h, ㄍㄝㄏ, ke̍h tó, chiū sī koāi tó ê ì sù。ke̍h kha。ke̍h tio̍h kha。ke̍h chhíu。踒倒，就是跼倒的意思。踒腳。踒着腳。踒手。

造字 借逆字成字，字義夠。

踼 hāhⁿ, ㄏㄚㄏ, hāhⁿ soaⁿ, chiū sī tsûn oá tī hoāⁿ pīⁿ ê ì sù。踼山，就是船倚佇岸邊的意思。

造字 借曷偏音成字。

十 畫

蹊 hê, ㄏㄝ, keng kè, sió lō͘, hê kèng, ū būn tôe, hê khiau。bô lō͘ ê só͘ tsāi。經過，小路，蹊徑，有問題，蹊蹺。無路的所在。

蹇 kián, ㄍㄧㄢ, Pái kha, chhek kián。tiû tû, Gûi hiám, kan lân, khut khiok。kiau gō͘。kiáu jiáu。chhiong sè。跛腳，足蹇。躊躇，危險，艱難，屈曲。驕傲。撓擾。昌盛。

蹖 Poâⁿ, Phoân, Poâⁿ, ㄅㄨㄚ, ㄆㄨㄢ, ㄅㄨㄚ, khiau kha ê ì sù。Phoân chhiok。kha téng bīn, kha Pôaⁿ。chhíu chiáng ê āu bīn, chhíu Pôaⁿ。蹺腳的意思。蹖足。腳頂面，腳蹖。手掌的後面後面，手蹖。

踏 tap, ta̍p, ㄊㄚㄆ, ㄉㄚㄆ, kiâⁿ lō͘, that, thiàu kè khì ê ì sù。行路，踼，跳過去的意思。

蹋 tap, thap, Lap, La̍p, ㄉㄚㄆ, ㄊㄚㄆ, ㄌㄚㄆ, ㄌㄚㄆ, thún tàh, kiâ tàh, kiâⁿ lō͘ ê ì sù。Lap, La̍p, La̍p thô͘ kha。Lap chhek á。La̍p thô͘ bē。La̍p lâi la̍p khì。La̍p pîⁿ。La̍p phāiⁿ khì。踐踏，行踏，行路的意思。蹋，蹋，蹋土腳。蹋粟仔。蹋土泥。蹋來蹋去。蹋平。蹋歹去。

蹈 tō, ㄉㄠ, tàh, thún tàh, tiô thiàu。kiâⁿ。ko tō。chhut goā。kè hé, tō hé。thiàu bú, bú tō。踏，踐踏，跳跳。行。高蹈，出外。過火，蹈火。跳舞，舞蹈。

蹎 tian, ㄉㄧㄢ, kha that tio̍h beh tó, chiū sī tàh tian ê ì sù, tian tó。tsùi tsùi tian tian。腳踼着也倒，就是踏蹎的意思，蹎倒。醉醉蹎蹎。

蹌 chhiong, ㄑㄧㄤ, tín tāng, kiâⁿ tsáu ê kha pō͘。Liông chhiong。thiàu bú ê khoán sit, chhiong chhiong。振動，行走的腳步，踉蹌。跳舞的款式，蹌蹌。

蹐 chek, chhip, ㄐㄝㄎ, ㄑㄧㄡ, Lâng sòe pō͘ teh kiâⁿ。kiâⁿ lâi kiâ khì ê ì sù。chhip chhip kiâⁿ, chiū sī sòe jī ùn á kiâ。人小步咧行。行來行去的意思。蹐蹐行，就是細膩緩仔行。

蹆 thúi, ㄊㄨㄧ, kha ê téng tsat, kha kut, kha thúi。tōa thúi。kap 腿 sio siāng。腳的頂節，腳骨，腳蹆。大蹆。与腿相同。

蹉 chha, chhi, chho, chho; chiah tsòe im, sī hong im só tì. it Poaⁿ thák chho. kut tó, kiâⁿ kut ê Lō, chho
ㄘㄚ, ㄑㄧ, ㄘㄜ, ㄘㄛ; 即多音，是方音所致。一般讀蹉。滑倒，行滑的路，蹉
tiat. Sit sî, hi tō kong im. chho tó. Sòe Goat. hoân tioh, kè khì.
跌。失時，虛度光陰。蹉跎歲月。犯着，過去。

踬 Pîn, Pîn, tsàm thô kha ê siaⁿ, Pîn Pông háu ê i sù. Pîn Pôn kio. Pîn Piàng kào.
ㄅㄧㄣ, ㄆㄧㄣ, 蹔土腳的聲，踬嗙嘐的意思。踬嗙叫。踬嗙吵。

蹊 khiu, Pái kha teh kiâⁿ. kiâⁿ Lō ê i sù.
ㄎㄧㄡ, 跛腳哟行。行路的意思。

蹦 boân, Pôan, Pôaⁿ, kap 蹣 Sio siāng i sù, tì kàu ū boân im. thiàu kè chhiûⁿ, kè khì, Pôan chhiûⁿ.
ㄅㄨㄢ, ㄆㄨㄢ, ㄆㄨㄚ, 与蹣相同意思，致到有蹦音。跳過牆，過去，蹦牆。
Pôa chhiûⁿ. Pái kha kiâⁿ Lō, Pôan san. Pôaⁿ, Pôaⁿ chhut, Pôaⁿ jip. Pôaⁿ kè khì. Pôaⁿ Piah.
蹦牆。跛腳行路，蹦跚。蹦，蹦出，蹦入。蹦過去。蹦壁。
Poaⁿ Soaⁿ kè niá. Pôaⁿ chhia, Pôaⁿ tsûn, Pôaⁿ hui ki, tī hiong káng Pôaⁿ ki.
蹦山過嶺。蹦車，蹦船，蹦飛機。佇香港蹦機。

蹓 Pông, teh beh kiâⁿ ê khóan sit, kín kín kiâⁿ, Lông Pông.
ㄆㄤ, 哟乜行的款式，緊緊行，踉蹓。

蹏 tê, tê ê kó jī. kha, tôe, Liáh thò á ê bāng, bín tê Liân bāng.
ㄊㄧ, 蹄的古字。腳，蹄，掠兔仔的網，罠蹏連網。

蹃 oa, thún tàh só tsāi, chhut khùi Lat, oa Lók.
ㄨㄚ, 踐踏所在，出氣力，蹃蹃。

蹈 iâu, thiàu kè. kiâⁿ kha Pō ê khóan sit, thiàu iâu.
ㄧㄠ, 跳過。行腳步的款式，跳蹈。

躐 Soh, Suh, Soh thiau á, Soh tek kóng, Suh thih kóng. Suh Soh á. Suh tiān thiau. Phan teng ê i sù.
ㄙㄛ, ㄙㄨ, 躐柱仔，躐竹管，躐鐵管。躐索仔。躐電柱。攀登的意思。
Suh khí khì. Suh chhiū á.
躐起去。躐樹仔。

十一畫

蹡 chhán, Sán, khiâ bé ê i sù.
ㄑㄧㄢ, ㄕㄢ, 騎馬的意思。

蹠 chek, kiâⁿ tú tú á kàu. tiô thiàu. thún tàh, chek chián. kha jiah. kó tsá chhat ê miâ, tō chek.
ㄐㄧㄝ, 行抵抵仔到。跳跳。踐踏，蹠践。腳跡。古早賊的名，盜蹠。

蹘 Liâu, tsáu ê i sù. kha Pak tsòe hé. kha saⁿ kau
ㄌㄧㄠ, 走的意思。腳縛做夥。腳相交

蹣 boân, Pôan, Pôaⁿ kap 蹦 jī Sio siāng i sù. boân san, kiâⁿ Pái Pái ê i sù. chham khòaⁿ 10 ūi.
ㄅㄨㄢ, ㄆㄨㄢ, ㄆㄨㄚ, 与蹦字相同意思。蹣跚，行跛跛的意思。參看十畫

蹕 Pit, thâu Pâi kìm Lâng chhoân tō. hông tè chhut Lō ê Pâi. kèng Pit.
ㄅㄧ, 頭牌禁人竄道。皇帝出路的牌。警蹕。

蹢 tê, ēng chit kha kiâⁿ Lō. Lâng ê sì tê.
ㄊㄧ, 用一腳行路。人的姓蹢。

蹜 Siok, kha Pek kín, kiah kha chìn chêng teh thoa, kiu kha
ㄙㄨ, 腳迫緊，攑腳進前哟拖，縮腳。

蹤 Sú, ēng chháu tsòe chiâⁿ ê ôe. chháu ôe.
ㄙㄨ, 用草做成的鞋。草鞋。

蹢 tek, tek, tek, Siù ê kha tôe ê i sù. tek tek chiok oh tit kiâⁿ, tiù tû, bô an chēng.
ㄉㄧ, ㄉㄧ, 蹢，獸的腳蹄的意思。蹢，蹢躅，艱得行，躊躇，無安靜。
thiàu tek kha tak tioh kiâⁿ bōe chìn chêng.
跳蹢，腳觸着行𣍐進前

蹧 tso, tsau ēng sū thiau Lân, kiàu khó Lâng, tsau that Lâng. tsau that. thún tàh, á sī Lōng hùi
ㄗㄠ, ㄗㄠ, 用事刁難，挾苦人，蹧蹋人。蹧蹋。踐踏，或是浪費
tsâi bùt, á sī bú jiok Lâng, tso thap
財物，或是侮辱人，蹧蹋。

蹩 tiap, chhôe, Liam kha kiâⁿ, sòe sòe Pō teh kiâⁿ ê i sù, tiap chiok. chhôe chhôe, tī thô kha chhôe.
ㄉㄧㄝ, ㄅㄧㄝ, 躡腳行，小小步哟行的意思，蹩足。蹩蹩，佇土腳蹩。
Piàn sui ê bōe kiâ, ēng chhôe ê. chhôe Lók Phê. thoa mih teh kiâ.
半遂的𣍐行，用蹩的。蹩鹿皮。拖物哟行。

蹟 chek, chiah, jiah, chhioh, kap 迹・跡 Sio siāng i sù. chhiáⁿ chham khó 跡 jī tsù kái.
ㄐㄧ, ㄐㄧㄚ, ㄖㄧㄚ, ㄑㄧㄛ, 与迹・跡相同意思。請參考跡字註解。

蹤 tsong, hêng chek, kha jiah, hêng tsong. tsong chek. bô iáⁿ bû tsong. tui sûi hàk sip, tui tsong
ㄗㄨㄥ, 行跡，腳蹟，行蹤。蹤跡。無影無蹤。追隨學習，追蹤

蹝 chhui, tsōai, Poah tó, kha tsōai tioh. Sio iân tsōai tioh io. chhiú oái kha tsōai. chhiú tsōai kha oái. jiōng chhui, chin koáⁿ kín.
ㄘㄨㄟ, ㄗㄨㄞ, 跋倒，腳蹝着。相偃蹝着腰。手跦腳蹝。手蹝腳跦。讓蹝，真趕緊。

【蹙】chhek, chhiok, áu khiau, kiu sòe, Lun kiu, hoân Ló, chhiok bî. kan khó, kiong chhiok, kip Pek, khún
ㄑㄝˋ, ㄑㄧㄛˋ, 拗曲, 縮小, 伸縮。煩惱, 蹙眉。艱苦, 窮蹙, 急迫, 窘
chhiok. kūn oá, Chhiok kūn. chhek, chhek tng té. chhek koâi" kē. chhek kha chiong chiū.
蹙。近倚, 蹙近。蹙, 蹙長短。蹙高低。蹙腳特就。

【蹋】tiáp, chhòe, kap 蟄 jī sio siāng.
ㄉㄧㄝˊ, ㄘㄨㄟ, 与 蟄 字相同。

【蹖】chiong, tsong, kha that tio̍h ê ì sù: chiong thap.
ㄐㄧㄥ, ㄗㄨㄥ, 腳踢着的意思。蹖蹋。

【蹡】chhiong, kiâ" bô sì chiâ" ê khoán sit. kap 蹌 jī sio siāng.
ㄑㄧㄤ, 行無四正的款式。与 蹌 字相同。

【蹗】Lo̍k, kiâ" ê khoán sit. kiong kèng. Lo̍k khok, Lo̍k khok bé. Lo̍k khok Lo̍k khok, bô tàu tah ê ì sù.
ㄌㄨˋ, 行的款式。恭敬。蹗跼, 蹗跼馬。蹗跼蹗跼, 無關搭的意思。

【蹥】Liam, sòe pō kiâ", bih bih kiâ", Liam kha kiâ". kiâ" Lō bô siaⁿ ê ì sù. Liam Liam á
ㄌㄧㄢˊ, 小步行, 匿匿行, 蹥腳行。行路無聲的意思。蹥蹥仔。

造字 借廉偏音成字

【蹳】boa̍h, bā, ēng kha giap mih, chhin chhiūⁿ á giap koe. boa̍h khì. koe á hō eng á boa̍h khì. ín iú, bê hek,
ㄅㄛ, ㄅㄚ, 用腳夾物, 親像鷹仔夾雞。蹳去。雞仔佮鷹仔蹳去。引誘, 迷惑
ê ì sù, tsa bó gín á hō Lâng boa̍h khì hoe keng thâⁿ. bā, chiau ê miâ, bā hio̍h. pí hun chiau
的意思, 查某囝仔佮人蹳去花間贍。蹳, 鳥的名, 蹳鶴。比粉鳥
tōa, pí eng á khah sòe chiah, ōe boa̍h, koe á, hún chiau, hî ûn ê hî á.
大, 比鷹仔較小隻, 能蹳, 雞仔, 粉鳥, 魚塭的魚仔。

十二畫

【蹱】chiong, tiong, kiâ" bōe sì chiâ" ê khoán sit. gín á teh kiâ", bōe ōe kiâ. Liông chiong. thák tiâng tông
ㄐㄧㄥ, ㄉㄨㄥ, 行𣍐四正的款式。囝仔咧行, 𣍐能行。躘蹱。讀蹱同

【蹯】hoân, siù ê kha, hîm chiúⁿ. hîm hoân.
ㄈㄢˊ, 獸的腳, 熊掌。熊蹯。

【蹰】tû, kiâ" bōe chìn chêng, tî tû, kap tiû tû sio siāng ì sù. tî gî. iû û.
ㄔㄨˊ, 行𣍐進前, 踟蹰, 与 躊躇 相同意思。遲疑。猶豫。

【蹻】kiáu, kiok, khiau, thong 蹺. kiau, kiau kiáu, iông bêng, bú iông ê khoán sit. chhiong sēng. kiok
ㄐㄧㄠˇ, ㄐㄩㄝ, ㄑㄧㄠ, 通 蹺。蹻, 蹻蹻, 勇猛, 武勇的款式。昌盛。蹻,
tsáu kín ê khoán, pai kha ê khoán, ba̍k kiah, chháu ōe. khiau, kiah kha ê ì sù. kú kha kiâ" chiūⁿ
走緊的款, 跛腳的款, 木屐, 草鞋。蹻, 舉腳的意思。舉腳行上高

【蹺】khiau, kú kha kiâ" chiūⁿ koâiⁿ. kha kiah khí. tah khiau, bîn kan biō hōe ê iû hì.
ㄑㄧㄠ, 舉腳行上高。腳攑起。踏蹺, 民間廟會的遊戲。

【蹶】koè, khòe, khoat, khóai, koè, khoè, tín tāng. bín chiat. hut jiân kiâ". khòe khòe. koè bín. Lâng ê sìⁿ
ㄐㄩㄝˊ, ㄍㄨㄟˋ, 蹶, 蹶, 振動。敏捷。忽然行。蹶蹶。蹶敏。人的姓
khoat, kha tio̍h tak, kut tó. thiàu that, tiô thiàu. khoat chhiok. kiát khoat. kiâ Lō khóai khóai.
蹶, 腳着觸, 滑倒。跳踢, 跳跳。蹶蹴。立蹶。行路蹶蹶。

【躙】Lâm, chiū sī kín kín kiâ" ê ì sù.
ㄌㄢˊ, 就是緊緊行的意思。

【蹨】jián, jiân, thún tah, chiap sòa. Liah, kóaⁿ kín. tah, kóaⁿ tio̍k.
ㄖㄢˇ, ㄖㄢˊ, 踐踏, 接續。掠, 趕緊。踏, 趕逐。

【蹩】Piat, Phiat, that. Pái kha, kín kiâ" ê khoán sit. kha that tio̍h. Phiat siat Pian chhian.
ㄅㄧㄝˊ, ㄆㄧㄝ, 踢。跛腳, 緊行的款式。腳踢着。蹩躠蹁躚。

【躚】chhian, sian, kiâ" Lâi kiâ" khì, tńg Lâi tńg khì, tńg séh kiâ". kiâ" hó khòaⁿ. Pian sian.
ㄑㄧㄢ, ㄒㄧㄢ, 行來行去, 轉來轉去, 轉踅行。行好看。蹁躚。

【蹹】tap, thap, thún tah, kiâ" tah, kiâ" Lō ê ì sù. kap 蹋 jī sio siāng.
ㄉㄚˋ, ㄊㄚˋ, 踐踏, 行踏, 行路的意思。与 蹋 字相同。

【蹧】tap, sō kiâ" khoa kháu ê khoán sit. ēng kha ngoeh Lâng.
ㄉㄚˋ, 所行誇口的款式。用腳夾人。

【蹬】teng, tēng, sit sè ê khoán sit, chēng teng. Po̍ah tó, kiâ" Lō, kha teh tah.
ㄉㄥ, ㄉㄥˋ, 失勢的款式, 蹭蹬。跋倒, 行路, 腳咧踏。

【蹴】chhiok, ēng kha that, ēng kha siong Lâng, tsàm Lâng, ēng kha tah, thún tah, chhiok tap
ㄘㄨˋ, 用腳踢, 用腳傷人, 蹅人。用腳踏, 踐踏, 蹴踢。
chhiok jiân, put an bīn piàn sek. chhiok kiok, kó tsá that phê kiû ê iû hì.
蹴然, 不安面變色。蹴鞠, 古早踢皮球的遊戲。

【蹵】chhiok, kap teng bīn jī sio siāng ì sù.
ㄘㄨˋ, 与 頂面字相同意思。

蹲 tsun, tsûn, khiau kha khiâ teh, tsun ku. kiau ngō͘ tsū koân khoán. kiâⁿ ū hoat tō͘, tsûn hêng
ㄗㄨㄣ, ㄘㄨㄣ, 蹺脚竪啲, 蹲踞。驕傲自高的款。行有法度, 蹲行
iú chiat. bú Lāng ê ì sù, tsun tsun bú ngó
有節。舞弄的意思, 蹲蹲舞我。

躕 tû, ㄉㄨˊ, kiâ bōe chìn chêng, tî tû. kap tîu tû sio siāng ì sù. tî gî, îu ū. 躕、𨇽 tông 同。
行𣍐進前, 踟躕。ㄅ 躊躇相同意思。遲疑, 猶豫。

𨇤 Phêng, Piâng, ㄆㄥˊ, ㄅㄧㄤ, chiū sī that tōe ê siaⁿ, Pîn Phêng. tǹg kha ê siaⁿ, Pîn Piâng kiò. Lòng mih ê siaⁿ, Lòng Phòa mih kiāⁿ ê siaⁿ, Pîn Pîn Piâng Piâng. cheng Lâng ê Piâng, cheng Piâng
就是踢地的聲, 𨇤𨇤。跕脚的聲, 𨇤𨇤叫。硦物的聲, 硦破物件的聲, 𨇤𨇤𨇤𨇤。衝人的𨇤, 衝𨇤
chiū sī kiông tō ê ì sù. kó tsá tsok kan hoān khe tō chhat ok Pà, kui tīn Lâi sóe kiap tsng thâu.
就是強盜的意思。古早作姦犯科的盜賊惡霸, 歸陣來洗劫莊頭。

蹶 kek, Giah, ㄍㄝˋ, ㄫㄧㄚˋ, chiū sī kha thián khui ê ì sù. kha giah khui, ēng kha Giah hō͘ i tsáu. Giah thó kāk
就是脚展開的意思。脚蹶開, 用脚蹶予伊走。蹶擠塊。

蹻 kiok, ㄍㄧㄛˋ, chhiⁿ kóng tsáu, tioh boā ìa Lâi ê khoán sit.
生狂走, 着磨厭懶的款式。

蹼 Pok, ㄆㄛˋ, tsúi ah ê Lūi, i ê kha tsng thâu á sio Liâm ê Pòh mòh ê kha tóe, chiok Pok.
水鴨的類, 牠的脚指頭仔相黏的薄膜的脚蹄, 足蹼。

蹭 chēng, ㄘㄥˋ, Lō͘ nih kan khó͘ teh kiâⁿ, bōe ōe kàu ūi. kha tak tioh. kiâⁿ Lō͘ kēng tioh Lâng. Sit sè, chēng teng.
路裡艱苦啲行, 𣍐能到位。脚觸着。行路梗着人。失勢, 蹭蹬。

𨅹 chhok, ㄘㄛˋ, chhoân chhok kha chhíu, chiū sī tāi seng hoat Lòh hó sè ê ì sù.
揣𨅹脚手, 就是代先伐落好勢的意思。

造字 借最偏音成字。

十三畫

䠨 chhiam, Siām, ㄑㄧㄢ, ㄒㄧㄢ, bé kin kin kiâⁿ ê ì sù.
馬緊緊行的意思。

躇 tû, ㄔㄨˊ, kiâⁿ bōe chìn, tîu tû, gî gâ. îu ū.
行𣍐進, 躊躇, 疑訝。猶豫。

躅 chiok, tòk, ㄓㄨˊ, ㄉㄛˊ, tak tioh. kiâⁿ kiong kèng ê khoán sit, kín sīn kiâⁿ, kha Pō͘ sóe. tek chiok.
觸着。行恭敬的款式, 謹慎行, 脚步小。躑躅。

躄 Phek, ㄆㄧˋ, kha bōe kiâⁿ. Pái kha. chit kha bōe kiâⁿ kiò Pái, nn̄g kha Lóng Pái kiò Phek. tó. Phak teh.
脚𣍐行。跛脚。一脚𣍐行叫跛, 兩脚攏跛叫躄。倒。仆啲。

躃 Phek, ㄆㄧˋ, kap teng bīn jī sio siāng.
ㄅ 頂面字相同。

躂 that, thoah, ㄊㄚˋ, ㄊㄨㄚˋ, kha kut, kut tó, kut that. kha kiah khí, that kha. tsau that. thoah, chè thoah.
脚滑, 滑倒, 滑躂。脚蹺起, 躂脚。蹧躂。躂, 擠躂。
chiū sī Lōng hùi, Phah sńg mih kiāⁿ ê ì sù.
就是浪費, 打損物件的意思。

𨆪 tong, ㄉㄤ, kiâ bô sì chiàⁿ Phak bīn teh ê ì sù.
行無四正, 覆面啲的意思。

躉 tún, ㄉㄨㄣˇ, Sō͘ chhun ê. tsàn keng, tún hé ê sò͘ tsāi. chiū sī khǹg mih ê ì sù.
所剩的。棧間, 囤貨的所在, 就是藏物的意思。

躁 sò, ㄗㄠˋ, koáⁿ kín, tín tāng, kip sò. sò chìn, chhó͘ Ló͘. sò sèng. kiau sò îm Pō͘, chhiⁿ chhìn.
趕緊, 振動, 急躁。躁進, 粗魯。躁性。驕躁淫暴, 生清。

補12畫 **𨇁** tông, ㄊㄨㄥˊ, chhia nn̄g Piⁿ ê chhâ, hō͘ Lâng bōe thang chìn chhut. tông tông.
車兩邊的柴, 互人𣍐可進出, 𨇁𨇁。

十四畫

躊 tîu, ㄔㄡˊ, kiâⁿ bōe chìn chêng. îu ū. gî gâ, tîu tû.
行𣍐進前。猶豫, 疑訝, 躊躇。

躋 che, chè, ㄐㄧ, ㄐㄧˋ, Peh chiūⁿ koâiⁿ, chè teng. Phan che. chhia sak, chhia tó, chhia siak, chhui chè.
爬上高, 躋登。攀躋。推揀, 推倒, 推抄, 推躋。

𨇰 Pîn, Pìn, ㄅㄧㄣ, ㄅㄧㄣˋ, kap 𨇤 sio siāng ì sù. chham khòaⁿ 10 ūi.
ㄅ 𨇤 相同意思。參看 十畫。

躍 iok, ㄩㄝˋ, Peh chiūⁿ, iok khí. tîo thiàu, thiàu koâiⁿ, chhiok iok. thiàu iok. thiàu chiūⁿ khì iong iok.
爬上, 躍起。跳跳, 跳高, 雀躍。跳躍。跳上去, 踴躍。

補9畫 **踴** iông, ㄩㄥˇ, kap 踊 jī sio siāng. tîo thiàu, thiàu Lâi thiàu khì. thiàu iông. thiàu chiūⁿ khì, iông iok.
ㄅ 踊字相同。跳跳, 跳來跳去, 跳踴。跳上去, 踴躍。

【蹔】tsàm, ㄗㄢˋ; kha tìng tōe, tsàm thô kha, tsàm kha, tsàm tōe, tsàm khòa". Lí ēng chhiú Phah Góa, Góa
脚踭地，蹔土脚，蹔脚，蹔蹄。蹔看。你用手打我，我
chiū ēng kha tsàm Lí. tsàm chih khì. Gín á ài chîn tsàm kha tōe
就用脚蹔你。蹔折去。囝仔傻錢蹔脚蹄。

造字 借替偏音成字。

【蹞】khōng, ㄎㄨㄥ; khín khín khōng khōng, chhia sia". chhap tsap ê sia". khōng khōng kùi, khōng khōng Pài. bê sìn
叮叮蹞蹞，車聲。嘈雜的聲。蹞蹞跪，蹞蹞拜。迷信
Sîn bêng m̄ tsai chin ké, Loān Loān O Peh Pài ê ì sù. Lō hn̄g hn̄g, khōng oán.
神明毋知真假，乱乱黑白拜的意思。路遠遠，蹞遠。

【蹬】teng, ㄉㄥ; teng í, chiū sī chit hō khah koâi" ê í, í kha ū chit tsàn chit tsàn ê kham.
蹬椅，就是一號較高的椅，椅脚有一層一層的坎。
chhin chhiū" kā Lâng tsòe îu chhat teh ēng ê í thui.
親像給人做油漆咧用的椅梯。

造字 借凳成字。

十五畫

【躔】tiân, tiān, ㄉㄧㄢˊ,ㄉㄧㄢˋ; kiâ" tàh, kha jiah, tiā" tioh ê Lō kèng, tiân kèng. tiân tō. tiân jiah.
行踏，脚蹟，定着的路徑，躔徑。躔道。躔迹。

【躓】chì, chek, ㄓˋ,ㄓㄜˊ; kha tàh tioh. tioh tian. tioh tak. Poàh tó. tú tioh khùn kéng, khùn chì. chek
脚踏着。着顛。着觸。跋倒。抵着困境，困躓。躓，
chek tioh. kha chek tioh. Sio Phah chhiú khì chek tioh. Poàh tó chek tioh.
躓着。脚躓着。相打手去躓着。跋倒躓着。

【躑】tek, ㄉㄜˊ; tek chiok, kha tak tioh kiâ" bōe chìn chêng.
躑躅，脚觸着行𣍐進前。

【躕】tû, ㄔㄨˊ; kap 蹰·躊 ī Sio Siāng. chhiā" chham khòa" tsù kai.
与蹰·躊字相同。請參看註解。

【躐】Liap, ㄌㄧㄝˋ; thún tàh, Lêng Liap. thiàu hoàh, Pōa" kè, Liap têng.
踐踏，陵躐。跳越，踄過，躐等。

【躒】Lek, ㄌㄧˋ; tín tāng, tsáu ê ì sù, kì kì it Lek Put Lêng chhian Lí. tsâi Lêng chhiau tsoat tok Lek.
振動，走的意思，騏驥一躒不能千里。才能超絕，卓躒。

【躗】tso, ㄗㄠ; kap 蹧 ī Sio Siāng.
与蹧字相同。

【躦】tsoan, ㄗㄨㄢ; khiau kha teh chē, tsū ko ê khóan Sit. kiâ" tàh ê ì sù.
蹺脚咧坐，自高的款式。行踏的意思。

十六·十七畫

【躘】Liông, Lóng, ㄌㄨㄥˊ,ㄌㄨㄥˇ; Liông chiong, sòe hàn Gín á teh oh kiâ" ê khóan Sit. Lóng, Lóng kè khì,
躘踵，細漢囝仔咧學行的款式。躘，躘過去，
Sì kòe Lóng, chiū sī Lām Sám Lâng ê ì sù. bô Siū Lâng ī tsún jip Pàt Lâng chhù.
四界躘，就是濫糝躘的意思。無受人允准入別人厝。

【躚】chhian, Sian, ㄑㄧㄢ,ㄒㄧㄢ; kap 躚 ī Sio Siāng. chham khòa" 11 ūi tsù kai
与躚字相同。參看十一畫註解。

【衛】ōe, ㄨㄟˋ; Pó hō. thiàu kè. ké tsòe bô Sìn Sit, ōe Giân. ōe Gūi. ōe kè.
保護。跳過。假做無信實，衛言。衛僞。衛過。

【躝】Lân, ㄌㄢˊ; chiū sī Pōa kè, thiàu kè ê ì sù.
就是踄過，跳過的意思。

【躞】Siat, ㄒㄧㄝˋ; kiâ" Lō ê khoan Sit, chit Pō chit Pō tit tit chìn chêng, tiap Siat. Su ūi ê tek sim,
行路的款式，一步一步直直進前，蹀躞。書畫的軸心，
kim tôe Giók Siat.
金題玉躞。

【躠】Siat, ㄒㄧㄝˋ; tńg Seh kiâ" ê khóan Sit. Siat Siat Soân hêng. Pai kha.
轉踅行的款式。躠躠旋行。跛脚。

【躤】Siat, ㄒㄧㄝˋ; kap têng bīn ī Sio Siāng.
与頂面字相同。

【躟】jiông, ㄖㄤˊ; jiông jiông, koa" kín kiâ" ê ì sù. jiông chhui, chin koa" kín ê ì sù.
躟躟，趕緊行的意思。躟踓，真趕緊的意思。

十八·十九畫

躐 Liap ㄌ一ㄚㄆ, Kiâⁿ tah, kóaⁿ kín. Peh chiūⁿ, Liap teng. Kha jiah sio tè, Liap āu. Liap kha kiâⁿ.
行踏。趕緊。爬上，躐登。脚跡相隨，躐後。躐脚行。

躧 Sú ㄒ一ˇ, thiàu bú ôe, bú sú, chháu ôe, pè sú. thìng chháu ôe lâi ngîa chih, Sú lí siong gêng.
跳舞鞋，舞躧。草鞋，敝躧。褪草鞋來迎接，躧履相迎。
Pàng sak bó kiáⁿ ná thǹg ôe, khì chhe tsú jû thoat sú.
放捒媒子如褪鞋，去妻子如脫躧。

躦 tsàn, tsoan, ㄗㄢˇ, ㄗㄨㄢ, kap 蹟 Sio Siāng. Phoah kha tsòe hé, khiau kha teh chē. kiâⁿ tah ê ì sù.
与蹟相同：跋脚做夥，蹺脚咧坐。行踏的意思。

躩 Lô ㄌㄨㄛˊ, tīⁿ pòaⁿ, kha hoah bô lī, á sī that tio̍h.
纏絆。脚跬無離，或是踢着。

廿·廿一畫

躨 khok ㄎㄜˋ, kha oah tāng, kín kiâⁿ, tōa pō kiâⁿ, khok pō. thiàu khì, khok thiàu.
脚活動，緊行，大步行，躨步。跳去，躨跳。

躪 Līn ㄌ一ㄣˋ, Lō nih ê chhia lián hûn. thún tah, Līn Lek. tsòe chhân, jiû Līn.
路裡的車輪紋。踐踏，蹦躒。摧殘，蹂躪。

躅 chiok ㄓㄨㄛˊ, kap 躅 jī Sio Siāng ì sù. chham khòaⁿ 13 ūi tsù kái.
与躅字相同意思。參看十三畫註解。

躚 hāⁿ ㄏㄢˋ, Sio hāⁿ, hāⁿ liáu bōe tōa hàn. m̄ thang kā lâng hāⁿ kè. hāⁿ kè soe.
相躚，躚了繪大漢。毋可給人躚過。躚過衰。

身 部 158

身 Sin, Seng, Sian, Sim, ㄒ一ㄣ, ㄒㄧㄥ, ㄒ一ㄢ, ㄒ一ㄣ, Lâng ê khu thé, sin thé. Seng khu. Sin khu. ka kī, pún sin, tsū sin. tē ūi
人的軀體，身體。身軀。身軀。傢已，本身，自身。地位
Sin hūn. Lâng ê phín keh, Siu sin. but thé, ki sin. tsûn sin. chhia sin. Sim pīn. chiū sī seng khu
身份。人的品格，修身。物體，機身。船身。車身。身邊。就是身軀
pīn. i tī góa sim pīn. chit sian put tsó. chit sian kong pô ê sîn tsú pâi. chit sian sî bêng.
邊。他佇我身邊。一身佛祖。一身公婆的神主牌。一身神明。

三—七畫

躬 kiong ㄍㄨㄥ, ka kī tsòe, kiong hêng. oan khut sin thé, kiok kiong. kiong sin. kap 躳 Sio Siāng.
傢已做，躬行。彎屈身體，鞠躬。躬身。与躳相同。

躴 Pí ㄅ一ˇ, Sin thé nńg nńg ê ì sù. nńg chiáⁿ, un jiû.
身體軟軟的意思。軟弱，溫柔。

躭 tam ㄉㄢ, hī á sûi kàu keng thâu. kap 耽 jī Sio Siāng ì sù. chham khòaⁿ jī pō.
耳仔垂到肩頭。与耽字相同意思。參看耳部。

躲 thiàu ㄊ一ㄠˇ, Seng khu tn̂g tn̂g ê khoan sit.
身軀長長的款式。

躲 tó, to, ㄉㄨㄛˇ, ㄉㄨㄛ, Seng khu ê ì sù. tó siam, bih khí lâi, tó chè. to phiah. to siám. to nōa, pīn toāⁿ.
身軀的意思。逃閃，匿起來，躲債。躲避。躲閃。躲懶，貧惰。

躱 tó, to, ㄉㄨㄛˇ, ㄉㄨㄛ, kap téng bīn jī Sio Siāng.
与頂面字相同。

躴 Lông ㄌㄤˊ, Lông khong. Seng khu tn̂g tn̂g ê khoan sit.
躴躿。身軀長長的款式。

躳 kiong ㄍㄨㄥ, kap jī Sio Siāng.
与躬字相同。

躴 Pí ㄅ一ˇ, kap jī Sio Siāng ì sù.
与躴字相同意思。

八·九畫

躷 ái, úi, óe ㄞˇ, ㄨㄟˇ, ㄨㄛˇ, kap 矮 jī Sio Siāng. Seng khu té, óe sòe. Soe han, óe lâng. óe kha. óe pûi.
与矮字相同。身軀短，躷小。小漢，躷人。躷脚。躷肥。

躶 Lō, khō, ㄌㄨㄛˇ, ㄎㄜ, kap 裸 jī Sio Siāng. chham khòaⁿ i pō 8 ūi. thǹg pak theh ê ì sù.
与裸字相同。參看衣部八畫。褪腹裼的意思。

躼 ni ㄋ一, chiū sī ún bat, bih teh ê ì sù. (chit ê im bī Siông se)
就是隱密，匿咧的意思。(這個音未詳細)

躺 thóng ㄊㄤˇ, tó tī thô kha nih, tó teh. kha chhiú chhun tit. bōe ōe thang khí lâi, thóng tī chhn̂g chiūⁿ.
倒佇土脚裡，倒咧。脚手伸直。繪會能可起來。躺佇牀上。

躴 hoang ㄏㄨㄤˊ, heat hoâng, chiū sī seng khu á sī bīn sio sio ê khì, lâu kōaⁿ á sī khí âng. 造字
發躴，就是身軀或是面熁熁的氣，流汗或是起紅。

軀 trōng, ㄉㄨㄥˊ; chiū sī hū jîn Lâng ū sin în ê ì sù. 就是婦仁人有娠孕的意思。

蝦 hâ, ㄏㄚˊ; Seng khu Soe Sòe ê khoán Sit. chhin chhiūⁿ ún ku. 身軀小小的款式。親像肮渹。

進10畫 軆 hâi, ㄏㄞˊ; Sin thé tǹg tǹg ê khoán Sit. 身體長長的款式。

十·十一畫

軉 Pî, ㄆㄧˊ; kap 躴·軰 nn̄g jī Sio Siāng ì sù. 与躴·軰兩字相同意思。

躿 khong, ㄎㄨㄥ; Lông khong. chiū sī Seng khu tǹg tǹg ê ì sù. 躴躿。就是身軀長長的意思。

軀 khu, ㄎㄨ; chiū sī Sin thé. Seng khu. khu khak, Sit khì Lêng hûn ê thé. khu kàn, thâu tú Gōa ê Sù chi. 就是身體。身軀。軀殼,失去靈魂的體。軀幹,頭除外的四肢。

軁 Lô, Lú, ㄌㄡˊ,ㄌㄩˊ; nng, âng á, oé oé, Sòe hàn, oe Lâng. Lô ū. Lú ong. nng. nng khang. ㄋㄥ,彽仔,矮矮,小漢,矮人。軁傴。軁彽。軁,軁孔。 nng jip khì. chhā nng jip tsàu khang. nng chhut Lâi. 軁入去。柴軁入灶孔。軁出來。

十二一廿畫

軄 chit, ㄓˊ; kap 職 Sio Siāng. chham khòaⁿ jīⁿ 12 ūi. chit hūn, chit Giáp, chit jīm. 与職相同。參看耳部十二畫。軄份,軄業,軄任。

軇 thō, ㄊㄠˋ; khoah, kāu kāu, Sûi Lòh kē ê ì sù. 闊,厚厚,垂落低的意思。

軂 Lò, ㄌㄠˋ; Seng khu tǹg ê khóan Sit, kha chhiú tǹg, kôaiⁿ tōa. Lò Lâng, Lò kha Lò chhiú. Lò kha á. 身軀長的款式,腳手長,高大。軂人,軂腳軂手。軂腳仔。

軇 chián, Siān, ㄓㄢˋ,ㄕㄢˋ; thǹg Pak theh, bô thang chhēng. Sin thé tín tāng ê ì sù. 裎腹裼,無可穿。身體振動的意思。

軉 Giók, ㄩˋ; Lâng ê Seng khu, cheng khì bô Sàn Lōan, tsòe Pó Pòe. 人的身軀,精氣無散乱,做寶貝。

4畫 躸 táu, ㄉㄡˇ; chhia Lìn táu. Pha Lìn táu. chhia Pha Lìn táu. chiū sī hoan kún Seng khu ê ì sù. chhia Pha Lìn 推圖躸。拋圖躸。推拋圖躸。就是翻滾身軀的意思。推拋圖。

造字 借斗成字,身如斗具,

7畫 躽 thiāⁿ, ㄊㄧㄥ; Sin thé jiok ài thiāⁿ. Pó thiāⁿ ê ì sù. Pang tsān. Sió khoa thiāⁿ. thiāⁿ Làt. thiāⁿ tan. 身體弱愛躽,補躽的意思。幫助。少許躽。躽力。躽胆。

造字 借呈偏音成字

18畫 軉 tsoe, che, ㄗㄜ,ㄐㄧㄝ; nǵ tsoe, têng che. chhin chhiūⁿ tsoè Piáⁿ mî thoân. tsòe kóe ê chhòe. ēng hiān tāi ōe Lâi kóng sī 軟軉,碇軉。親像做餅的麵團。做粿的糯。用現代話来講是 tsoe tsāi chit. bák kiah tsoe, Gôan Sī chhâ Liāu á sī chho Phoe. m̄ chiaⁿ che bô ài tìn tsoe 材質。木屐軉,原始材料或是粗坯。毋成軉無愛扚。軉,

5畫 躰 Phih, ㄆㄧˋ; Phih Lòh khì. Seng khu Phih Phih. teh tē tāng Seng khu ài Phih Phih khah bōe hūi hiám. 躰落去。身軀躰躰。啲地動身軀愛躰躰較𣍐危險。 hó Sin tsoe, chiū sī bô Pûi bô Sán ê Sin tsâi ê ì sù. 好身軉,就是無肥無瘦的身材的意思。

車部 159 造字 造字

車 ku, chhia, ㄐㄩ,ㄔㄜ; ū Lûn tsāi mih, thoa ê khì khū. chhia, ū Lián ōe kō. hé chhia, khì chhia, bé chhia. kha tāh chhia. tsúi chhia. hong chhia. Lâng ê sìⁿ ku. ioh mia ku chiân chháu. ku súi má Liông kè Lō chin tsoe. 有輪載物,拖的器具。車,有輪能翻。火車,汽車,馬車。腳踏車。水車。風車。人的姓車。藥名,車前草。車水馬龍過路真多。

一一三畫

軋 at, ut, ㄧㄚˋ,ㄨㄚˋ; chhia Lûn ân ân teh háu ê Siaⁿ; ki khì tín tāng ê Siaⁿ, Géng áp ê Siaⁿ. at at. Gia kê. 車輪緊緊啲哮的聲,機器振動的聲,研壓的聲。軋軋。夯枷。

軍 kun, koan, ㄐㄩㄣ,ㄍㄨㄢ; Pó hō kok ka ê thoân thé. kun tūi. Sam kun. kun jîn. kun hé. kun sū. kun kàm. kun káng. chit bān nn̄g chheng Gō Pah Lâng tsoh chit kun. kun Peng. Lâng ê sìⁿ kun. Sîn bêng ê Peng, koan chiòng. Pó hō hók sāi i ê Lâng. 保護國家的團體,軍隊。三軍。軍人。軍火。軍事。軍艦。軍港。一萬二千五百人作一軍。軍兵。人的姓軍。神明的兵,軍將。保護服祀祂的人。

身部9畫 軉 ûn, ㄨㄣˋ; chhun ûn, chiū sī Lâng ià Siān, kha chhiú chhun tit ê ì sù. 伸軉,就是人厭僐,腳手伸直的意思。 造字

【軌】kúi, khúi, ki ㄍㄨㄟˇ, ㄎㄨㄟˇ, ㄍㄧ
chhia ê nn̄g pêng chhia lûn kan ê kū lī. hoat tō, kúi hoān. it tēng ê lō͘ soàⁿ teh ūn hêng,
車的兩邊車輪間的距離。法度，軌範。一定的路線咧運行，
kúi tō. chhin chhiūⁿ jit goat, chhiⁿ. hé chhia. kha jiah, khúi chek. hé chhia ê lō͘. thih ki
軌道。親像日月星。火車。腳跡，軌跡。火車的路，鐵軌。

【軋】hōan ㄈㄢˋ
chiū sī chhia ê thâu chêng, chhia sek chêng.
就是車的頭前，車軾前

【軒】hian ㄒㄧㄢ
chhia chêng koâiⁿ ê jia iūⁿ, ū phâng ê chhia, tōa koaⁿ ê chhia. nî chî chhim chhim. tsu pâng,
車前高的遮陽，有篷的車，大官的車。簾簷深深。書房，
su hian. hian chì, chhia chêng koâiⁿ só͘ tsāi hian, āu bīn kē ê kiò chì. chiū sī jū koâiⁿ kē khin tāng
書軒。軒輊，車前高的所在叫軒，後面低的叫輊。就是喻高低輕重
ê ì sù. hian jiân tāi pho, chin tōa hong pho. n̂g tè ê sìⁿ, hian oân sī.
的意思。軒然大波，眞大風波。黃帝的姓，軒轅氏。

【軔】jīm ㄖㄣˋ
chhia lûn, chhia ê chhia lián, sī hō͘ chhia tńg, hō͘ chhia thêng chí ê chhâ. jīm lián.
車輪，車的車輪，是拄車轉，拄車停止的柴。軔輪。

【軑】tē ㄉㄞˋ
chhia thâu bé ê thih. chhia lûn ê ì sù.
車頭尾的鐵。車輪的意思。

【軏】goat ㄩㄝˋ
chhia chêng pak bé ê chhâ.
車前縛馬的柴。

【軕】thun ㄊㄨㄣ
chiū sī tòe koaⁿ chhâ ê chhia ê ì sù.
就是貯棺材的車的意思。

【軓】hōan ㄈㄢˋ
kap 軋 jī sio siāng. chiū sī chhia thâu chêng.
与軋字相同。就是車頭前。

四畫

【軟】joán, loán, nńg ㄖㄨㄢˇ, ㄌㄨㄢˇ, ㄋㄥˇ
ēng chháu pak chhia lûn, nńg nńg, jîu joán, jîu nńg. khah bōe tiô. loán jiok, nńg chián.
用草縛車輪，軟軟，柔軟，柔軟。較𣍐跳。軟弱，軟弱。
ngī nńg. khah nńg. nńg lûn. nńg sè. hioh nńg nńg. nńg kô kô.
硬軟。較軟。軟潤。軟勢。葉軟軟。軟翱翱。

【軜】lap ㄌㄚˋ
chhia tsāi mih. ēng kim siuⁿ phê tsòe chiú poe lâi tóe mih.
車載物。用金鑲皮做酒杯來貯物。

【軛】ek, lek ㄜˋ, ㄌㄜˋ
khòa tī gû á sī bé ām kún ê hoâiⁿ chhâ. gû taⁿ. hêng ek
掛佇牛或是馬頷頸的橫柴，牛擔。衡軛。

【軓】sim ㄒㄧㄣ
chiū sī chhia sim ê ì sù.
就是車心的意思。

【軘】tûn ㄉㄨㄣˊ
peng teng ê chhia ê ì sù.
兵丁的車的意思。

【軝】kî ㄍㄧˊ
jiok sok. ēng phê pak chhia ê lián, chhia tòng.
約束。用皮縛車的輪，車擋。

【軚】tē ㄉㄞˋ
chhia thâu bé ê thih. chhia lûn ê ì sù. kap 軑 sio siāng.
車頭尾的鐵，車輪的意思。与軑相同。

【軚】tē ㄉㄞˋ
kap téng bīn jī sio siāng.
与頂面字相同。

五畫

【軫】chín ㄓㄣˇ
chhia āu hoâiⁿ ê chhâ, tín tāng, ūn tsoán. khut khiok, iu būn. u chín.
車後橫的柴，振動，運轉。屈曲，憂悶。紆軫。

【軹】chí ㄓˇ
chhia lûn hoâiⁿ koâiⁿ. chhin chhiūⁿ chhia lián ê tsńg thâu á, chhia chí. chhia sim, siang thâu tsôa.
車輪橫杆。親像車輪的指頭仔，車軹。車心，双頭蛇。

【軺】iâu ㄧㄠˊ
sòe tiuⁿ chhia, hn̄g hn̄g, hn̄g khòaⁿ ê chhia. iâu chhia.
小張車，遠遠，遠看的車。軺車。

【軸】tek, chiu ㄉㄜˊ, ㄓㄡˊ
chhia lûn ê sim, chhia sui. chit pò͘ ê khì khū, thú tek. tńg lûn, lián tek. thò tī chhia
車輪的心，車榫。織布的器具，杼軸。轉輪，輪軸。套佇車
sim ê hap tâng á sī tsu á poâⁿ. chiū sêng, chiū siū. tiōng iàu ê tē ūi, tong tek.
心的合銅或是珠仔盤，軸承，軸受。重要的地位，當軸。

【軥】kû ㄍㄡ
gû taⁿ ê oai chhâ, gû taⁿ ê nn̄g pêng piⁿ. kû sim bo̍k. sòe chiah gû, kû gû.
牛擔的歪柴，牛擔的兩爿邊，軥心木。小隻牛，軥牛。

【軻】kho ㄎㄜ
chhia lûn khòa chhia lûn sim. kan khó͘. bēng tsú ê miâ, bēng kho. chhia kiâⁿ bōe sūn, lâng
車輪掛車輪心。艱苦。孟子的名，孟軻。車行𣍐順，人
bô tit chì. khám kho
無得志，轗軻。

軲 kō͘, ㄍㄨ; chhia. soaⁿ ê miâ, i kō͘ soaⁿ. Lâng ê sìⁿ.
車。山的名，依軲山。人的姓。

軷 Poa̍t, ㄅㄚˊ; Lâng teh beh chhut Gōa, á sī kàu Pún Lō͘ ê chè hiàn.
人啲乜出外，或是到本路的祭獻。

輩 Pòe, ㄅㄟˋ; chi̍t Pah tiuⁿ ê chhia, chhia Pâi Lia̍t. téng tē Pòe hūn. tâng Lūi, Pîⁿ Pòe. kap 輩 Sio Siâng
一百張的車，車排列。等第，輩份。同類，平輩。与輩相同

軼 e̍k, ia̍t, tia̍t, ㄧˋ, ㄧㄝˋ, ㄉㄧㄝˊ; chhia Saⁿ chhut Lō͘, keng kè, hut jiân, sì sòaⁿ. chháu ê miâ, khut e̍k chháu. kúi
車相出路，經過，忽然，四散。草的名，屈軼草。幾
nā tiuⁿ chhia, saⁿ chhiⁿ chìn chêng. kè thâu, chhiau chhut. chhim ia̍t, chhiong tu̍t. Sit sòaⁿ ê
若張車，相爭進前。過頭，超出。侵軼，衝突。失散的
sū sit, tia̍t sū. thoân kóng ê sū chek, tia̍t bûn.
事實，軼事。傳講的事蹟，軼聞。

軧 tí, ㄉㄧˇ; tōa tiuⁿ chhia ê āu bīn, chhia Siang Pêng ê bé. tōa chhia āu bé kàu.
大張車的後面，車双爿的尾。大車後尾到。

軶 ek, ㄜˋ; khòa tī Gû bé âm kún téng ê hoâiⁿ chhâ. Gû taⁿ. 軛 ê Pún jī.
掛佇牛馬頷頸頂的橫柴，牛擔。軛的本字。

軵 jióng, ㄖㄨㄥˇ; khin khin ê chhia. Sak chhia ê ì sù.
輕輕的車。揀車的意思。

六 畫

輀 Lî, ㄌㄧˊ; tsài koaⁿ chhâ ê chhia. Sng hà ê chhia ê tsng thāⁿ.
載棺柴的車。喪孝的車的裝飾。

輈 chiu, ㄓㄡ; chhia, chhia oân. Lêng tsûn.
車，車轅。龍船。

較 kak, kàu, kah, khah, kak, ㄐㄧㄠˋ, ㄐㄧㄠˇ, ㄐㄩㄝˊ, ㄎㄚˇ; chhia Siang Pêng ê tâng chhia Pán, ut khiau chhin chhiūⁿ hī á. chhia Siuⁿ.
較，車双爿的銅車板，熨曲親像耳仔。車箱。
Saⁿ chhiⁿ ê ì sù, kap 角 thong. kàu, Pí Phēng, Pí kàu. Saⁿ chhiⁿ, kàu Liōng. tāi Lio̍k,
相爭的意思，与角通。較，比並，比較。相爭，較量。大略，
kàu Lio̍k. hián bêng, kàu tù. kah, kah khòaⁿ, kah ū tsún, kah chhin, kah téng.
較略。顯明，較著。較，較看，較有準，較清，較頂。
khah, khah tn̂g, khah té, khah tsōe, khah chió. khah ti̍t, khah koâiⁿ, koh khah.
較，較長，較短。較多，較少。較直，較高，閣較。

輊 chì, tì, ㄓˋ, ㄉㄧˋ; chhia chêng tāng. koâiⁿ kē, hian chì. Pē Pián, khin tāng.
車前重。高低，軒輊。褒貶，輕重。

輂 khiok, ㄎㄩㄝˋ; tōa chhia kòa bé, khiok kà má Lián. thô͘ ê khì khū.
大車掛馬，輂駕馬輦。土的器具。

輅 Lō͘, ㄌㄨˋ; tōa tiuⁿ chhia. hông tè só͘ chē ê chhia kiò tsòe Gio̍k Lō͘. ēng bo̍k Pa̍k tī chhia oân Lâi bán
大張車。皇帝所坐的車叫做玉輅。用木縛佇車轅來挽
boan Lō͘. kap 路 thong. → ê khoán Sit.
輓輅。与路通。

軾 Sek, ㄕˋ; chhia chêng hoâiⁿ Pán, thang khòa chhiú, khò tī chhia chhêng hoâiⁿ Pán sī kó͘ tsá tsòe kiong keng ê khoán Sit.
車前的橫板，可靠手，靠佇車前的橫板，是古早做恭敬的款式

載 tsài, tsāi, tsáiⁿ, ㄗㄞˋ, ㄗㄞˇ, ㄗㄞ; tsûn chhia Só͘ ūn Poaⁿ ê hè bu̍t, tsài hè. tsāi ūn. móa, móa tsài. Lâng ê sìⁿ,
船車所運搬的貨物，載貨。載運。滿，滿載。人的姓，
tsāi. Siá bêng, kì tsāi. nî hè, chi̍t nî Poàⁿ tsáiⁿ. Sò͘ nî bô kìⁿ bīn, Sò͘ tsáiⁿ bī bô͘ biān.
載。寫明，記載。年歲，一年半載。數年無見面，數載未謀面。

軷 Phat, ㄆㄚˊ; chhia Phòa ê Siaⁿ. chhia Phah Phāiⁿ ê Siaⁿ.
車破的聲。車打壞的聲。

輀 jî, ㄖˊ; Sng hà ê chhia.
喪孝的車。

輇 chhoan, ㄑㄩㄢˊ; ū kiong Phâng Lián khah kē ê chhia.
有弓帆，輪較低的車。

七 畫

輒 tiap, ㄉㄧㄝˊ; chhia, chhia Siang Pêng chhah khì hāi ê Só͘ tsāi. hut jiân chhiⁿ chin tauh tauh. Lâng ê sìⁿ.
車，車双爿插器械的所在。忽然，生瞋，沓沓。人的姓。

輔 hú, hū, ㄈㄨˇ, ㄈㄨˋ; kiap chhia Piⁿ ê chhâ, chhia hú. chhùi Phóe kut, iām hú. Saⁿ Pang tsān, hú tsō͘. hū tsō͘.
夾車邊的柴，車輔。嘴顊骨，靨輔。相幫助，輔助。輔佐。
Pang tsān chí tō, hú tō. Sòe Giah ê Gûn Pè, hú Pè.
幫助指導，輔導。小額的銀幣，輔幣。

輕	kheng, khèng, khiaⁿ, khin ㄎㄧㄥ, ㄎㄧㄥˋ, ㄎㄧˊ, ㄎㄧㄣ	chhia khang, bô tāng, tāng ê sio hóan. khin khin. Khin tāng. bī chiān khin chiān. Sió khóa, khin khá. kheng Piān chhia. khòaⁿ khin, kheng sī. thak khèng, chiū sī kóaⁿ kín ê ì sù. khiaⁿ Poh, chiū sī bīn, kha, chhíu, Sòe Sòe bô bah, Lâng Kóng sī Phaiⁿ tiāu thâu ê ì sù. 車空，無重，重的相反。輕輕。輕重。微賤，輕賤。小許，輕巧。輕便車。看輕，輕視。讀輕，就是趕緊的意思。輕薄，就是面，腳，手，小小無肉，人講是惡兆頭的意思。
輷	tiân ㄉㄧㄢˊ	hoaⁿ hí tín tāng ê khoán sit, tiân tian lí tōng. 歡喜振動的款式，輷輷轟動。
輓	boán ㄨㄢˇ	Pák koaⁿ chhâ ê soh, ēng soh thoa chhia, boán chhia. Sàng tsòng ê koa, boán koa. boán Liân. 縛棺材的索，用索拖車，輓車。送葬的歌，輓歌。輓聯。
輑	khûn ㄑㄩㄣˊ	chhia Sim Saⁿ Liân. chhia chêng ê hoâiⁿ chhâ. 車心相連。車前的橫柴。
輐	hoān, oān ㄏㄨㄢˋ, ㄨㄢˋ	chiū sī îⁿ îⁿ bô kak thâu. chhia Lián. 就是圓圓無角頭。車輪。
輆	kauh ㄍㄚㄏ	kauh kè, kauh sí Lâng. kauh hō Pīⁿ, kauh Phái khì. ap kè ê ì sù. 輆過，輆死人。輆乎平，輆壞去。壓過的意思。
造字		借夾字成字。借其形及字義。

八畫

輚	chiàn ㄐㄧㄢˋ	khùn chhia, chiū sī tsòe bú koaⁿ kap Peng ê Lō ēng. chiàn Lō. iā chiū sī Peng chhia. 睏車，就是做武官及兵的路用。輚輅。也就是兵車。
輒	tiap ㄉㄧㄚㄆ	kap 輙 jī sio siāng ì sù. 与輙字相同意思。
輟	toat ㄉㄨㄚㄊ	chhia sió khóa Phaiⁿ Lâi chéng tùn. Soah, hioh, toat hák. Pòaⁿ tō theng óh. toat tiâu, hông tè ū ai thiàⁿ bōe thang chiūⁿ tiâu. 車小許壞來整頓。息，歇，輟學。半途停學。輟朝，皇帝有哀痛𣍐可上朝。
輝	hui ㄏㄨㄟ	kng kng, kong hui. ū kong chhái, hoaⁿ hí. kng bêng chhàn Lān, hui hông. kng chiàu iāu, hui iāⁿ. 光光，光輝。有光采，歡喜。光明燦爛，光輝煌。光照耀，輝映。
輗	Gê ㄋㄧˊ	chhia chêng ê hoâiⁿ chhâ, thang Pák Gû bé. chhia Gê. 車前的橫柴，可縛牛馬。車輗。
輨	koán ㄍㄨㄢˇ	chhia thâu bé ê thih. 車頭尾的鐵。
輥	kún ㄍㄨㄣˇ	chhia thâu Pîⁿ Pîⁿ ê khoán sit. chhia tńg kín ê ì sù. kún tsoán. 車頭平平的款式。車轉緊的意思。輥轉。
輛	Lióng, Liōng, tiuⁿ ㄌㄧㄤˊ, ㄌㄧㄤˋ, ㄉㄧㄨ	chhia. chhia Lióng. chhia Pīⁿ ê Lián. ko tsá chit chhia Lióng Lûn. Só í Sǹg chhia ê Sò Giah, chit Lióng. chit tiuⁿ Gû chhia, n̄ng tiuⁿ bé chhia. Saⁿ tiuⁿ chiàn chhia. 車。車輛。車邊的輪。古早一車兩輪。所以算車的數額，一輛。一輛牛車，兩輛馬車。三輛戰車。
輪	Lûn, ûn, Lián, Lán ㄌㄨㄣˊ, ㄨㄣˊ, ㄌㄧㄢˊ, ㄌㄢˊ	chhia Lûn, chhia Lián. chhia ê kha, Oe kō, Oe tńg. thoân tōng chhia, ki hâi ê Pîⁿ Pîⁿ îⁿ îⁿ ê mih. khí Lûn. Géng Lûn. Lûn thai. Lûn Liû tsòe sū. Lûn Pan. Lûn hoan. chhun ûn, chiū sī Lâng ià Siān kha chhíu chhun tit ê ì sù. chhia Lián, Phê tòa Lián. Lián kho. Lián kheng. ka Lán Phak, Péng ka Lán Phak. chiū sī ka Lián Phak, chiū sī tò Phak. 車輪，車輪。車的腳，能翱，能轉。傳動，車，機械的扁扁圓圓的物。齒輪。研輪。輪胎。輪流做事。輪班。輪番。伸輪，就是人厭倦腳手伸直的意思。車輪，皮帶輪。輪箍。車輪匡。尻輪伏，反尻輪伏，就是尻輪伏。就是倒伏。
輦	Lián ㄌㄧㄢˇ	Lâng teh sak ê chhia, Lián chhia. hông tè ê chhia, Liông chhia hōng Lián. Lián kiō. 人哋揀的車，輦車。皇帝的車，龍車鳳輦。輦轎。
輜	tsu ㄗ	ūn Poaⁿ tsáp mih ê tōa chhia, tsu chhia. hêng Lí, hè mih. kun su Phín, iàⁿ tiuⁿ, tôaⁿ ioh, i ûn, tsu tiōng. tsu tiōng Peng, koán Lí kun su Phín ê kun sū. 運搬雜物的大車，輜車。行李，貨物。軍需品，營帳，彈藥，衣糧，輜重。輜重兵，管理軍需品的軍士。
輞	bóng ㄨㄤˇ	chhia ê thih kho, chiū sī tī chhia Lián kîn. Kó tsá ēng thih tsòe Gōa kheng, chhia bóng. 車的鐵箍，就是佇車輪墘。古早用鐵做外框，車輞。
輖	chiu ㄓㄡ	tāng, tāng tsài, chhia chêng kē. chhia chêng tāng. 重，重載，車前低。車前重。
輢	í ㄧˇ	chhia Pīⁿ, chhia Pīⁿ Peng Só chhah ê Só tsāi. 車邊，車邊兵所插的所在。

【輠】hó，ㄏㄜˊ
chhia tóe ko ê khì khū. Chek hó, Pí pū ōe kóng bōe soān, chhin chhiūⁿ hó tāng ê iû ko
車貯膏的器具。炙輠，比喻話講𣍐息，親像車輠筒的油膏
ēng Liáu, ka jiat āu iáu kú ēng bōe chīn.
用了，加熱後猶久用𣍐盡。

【輬】Liông，ㄌㄧㄤˊ
ōe thang khùn ê chhia. khui chhia ê thang ê ì sù.
能可睏的車。開車的窗的意思。

【輘】Lêng，ㄌㄥˊ
chhia Lō, chhia Lûn ê hûn, Lêng Lek, khi ap, thún tah. chhia ê siaⁿ, Lêng eng
車路，車輪的紋，輘轢。欺壓，踐踏。車的聲，輘輷。

【輧】Pîn，ㄆㄧㄣˊ
khin khin ê chhia. tāng kiò tsu, khin kiò tsòe Pîn. hū jîn Lâng só chē ê chhia, sì bīn ū
輕輕的車。重叫輜，輕叫做輧。婦仁人所坐的車，四面有
ûi tiùⁿ, Pîn chhia. chhia bé ê siaⁿ, Pîn eng
帷帳，輧車。車馬的聲，輧輷。

【輖】tông，ㄉㄨㄥ
chhia thâu ê thih ê ì sù.
車頭的鐵的意思。

【輤】chhiàn，ㄑㄧㄢˋ
tsài koaⁿ chhâ ê chhia koà. sī tsòe chhut tsòng ê chhia ê tsng thāⁿ.
載棺材的車蓋。是做出葬的車的裝飾。

【輩】Pòe，ㄅㄟˋ
kap 𨏥 jī sio siāng. chhiáⁿ chham khó. chit sì Lâng, chit Pòe. tióng iù, Pòe hūn. Sian Pòe, Boán Pòe.
与𨏥字相同。請參考。一世人，一輩。長幼，輩份。先輩，晚輩。

九畫

【輴】tun，ㄉㄨㄣ
tsài koaⁿ chhâ ê chhia. nā ū ūi Lêng ê, kiò tsòe Lióng tun. kiâⁿ thô bê ê chhia. hêng ná ki.
載棺材的車。若有畫龍的，叫做龍輴。行土泥的車。形如箕。

【輻】hok，hù，ㄈㄨˊ，ㄈㄨˋ
chhia Lûn kheng chhia chiu kok Liân chiap ê hoāiⁿ koāiⁿ. chhia chí á. kóng hu chhe put hô p
車輪框及車軸轂連接的橫杆。車指仔。譜夫妻不和分開
thoat hok. jiat á sī kng ê thoân Pò. hok siā. hù siā. chhia tsū chip ê só tsāi. hok tsò.
脫輻。熱或是光的傳播，輻射。輻射。車聚集的所在，輻輳。

【輹】hok，ㄈㄨˋ
chhia ê bīn kap chhia sim Liân chiap ê só tsāi. chhia ū bih thò.
車下面與車心相連接的所在。車有匿兔。

【輮】jiû，jiû，ㄖㄡˊ，ㄖㄡˇ
jiû, chiū sī thún tah ê ì sù. jiû tah. jiû chhia Lûn tńg, hō tit Pīⁿ tsòe khiau.
輮，就是踐踏的意思，輮踏。輮，車輪轉，徑直變做曲。

【輭】joán，Loán，ńg，ㄖㄨㄢˇ，ㄌㄨㄢˇ，ㄥˇ
kap 軟 jī sio siāng.
与軟字相同。

【輵】at，kat，at，ㄧㄚˋ，ㄍㄜˊ
chhia ê siaⁿ. Pâi Liat chhèng to, á sī chhiùⁿ kng ê iáⁿ. kat, chhia bé Pháu tsáu Loān
輵，車的聲。排列銃刀，或是槍光的影。輵，車馬跑走亂雜
tsap ê khoán sit, chhiuⁿ kek tsòe tsòe. kau tī, koa kat
的款式，槍戟多多。交纏，瓜輵。

【輸】su，ㄕㄨ
Poaⁿ ūn, ūn su. su sàng. hiàn Lap, siu, su tsâi. su sêng. Sêng Pāi, su iâⁿ. su jip, su chhut.
搬運，運輸。輸送。獻納，收，輸財。輸誠。勝敗，輸贏。輸入，輸出。

【輳】tsò，ㄘㄡˋ
chhia Lûn ê tiong sim, hok tsò. chhia chí á Liân chiap tī chiu kok. saⁿ tsap hok tsòe chit kok.
車輪的中心，輻輳。車指仔連接佇軸轂。三十輻做一轂
tsū chip ê ì sù. chhia tsū chip ê só tsāi
聚集的意思。車聚集的所在。

【輯】chip，chhip，ㄐㄧˊ，ㄑㄧˋ
tak hāng chhia ê chhâi Liāu, tsơ hap kàu hó sè, kiò tsòe chip. tsū chip, hô hap. khioh tsòe
各項車的材料，組合到好勢，叫做輯。聚集，和合。拾做
hōe. chhip Lok. chhip iàu. Pian chip. hô hap, chip bók.
彙，輯錄。輯要。編輯。和合，輯睦。

【輶】iû，ㄧㄡˊ
khin ê chhia, iû chhia Loân Piau. khin, khang khang, sio khóa, tek iû jû mô.
輕的車，輶車鸞鑣。輕，空空，少許，德輶如毛。

【輶】chhiu，ㄑㄧㄡ
kap hok jī ì sù sio siāng. chhiáⁿ chham khó.
与輹字意思相同。請參考。

【輷】eng，ㄥ
chhia ê siaⁿ, Lêng eng
車的聲，輘輷。

十畫

【輾】Lián，tián，ㄌㄧㄢˇ，ㄓㄢˇ
chhia Lûn tńg chit Poaⁿ, koh hoan tsóan, tńg Lâi tńg khì, tián tsóan. kauh ê ì sù.
車輪轉一半，又反轉，轉來轉去，輾轉。軋的意思。
Lián chhùi. Lián Pīⁿ. tián Lō ki, Lún Lō hō i Pīⁿ ê chhia. Lún ê ì sù.
輾碎。輾平。輾路機，碖路佮它平的車。碖的意思。

【轂】kok，ㄍㄨˇ
thò tī chhia sim, hō chhia Lûn tńg ê Pō hūn. khóng thâu. kū chiàn, chhui kok.
套佇車心，徑車輪轉的部份。炕頭。舉薦，推轂。

轄 hat, Sng ㄏㄧㄚˊ, ㄒㄧㄚˊ; chhia ê sian 車的聲, hat hat 轄轄。chiáng koán 掌管, koán hat 管轄。chhia sim nn̄g toan toan kiān 車心兩端的端鍵, thih sng á 鐵轄仔
chhia sng 車轄, chhia Lûn sng 車輪轄。sng á 轄仔。sng ân 轄緊。sng tiàu 轄跳。

䡖 iâu, ㄧㄠˊ; Sòe tiú chhia 小輛車, khin piān ê chhia 輕便的車, iâu chhia 䡖車。kap 軺 jī sio siāng ì sù 與軺字相同意思。

輿 û ㄩˊ; chhia sin 車身, chhia tóe mih 車貯物, tsài mih 載物, û chhia 輿車。thó tōe 土地, û tē 輿地。tsōe tsōe chèng lâng 多多眾人 û chêng 輿情。
û lūn 輿論。khòaⁿ tē lí 看地理, kham û 堪輿。keng û 肩輿, chiū sī kiō ê ì sù 就是轎的意思。

轅 oân ㄩㄢˊ; Gê mn̂g kháu ê mn̂g 衙門口的門, oân mn̂g 轅門。chhia chêng ê hoâiⁿ chhâ 車前的橫柴。ng tè ê sìⁿ 黃帝的姓, hian oân 軒轅。

十一畫

轈 tsâu ㄔㄠˊ; chhia ê miâ 車的名。Peng chiūⁿ tsâu chhia lâi khòaⁿ tùi tek 兵上轈車來看對敵。

轉 tsoán, joán, tńg, tsūn, ㄓㄨㄢˇ, ㄖㄨㄢˇ, ㄉㄥ, ㄓㄨㄣ; chhia lûn tín tāng 車輪振動, ūn tsoán 運轉。tsoán tōng 轉動。piàn ōaⁿ 變換, tsoán piàn 轉變。chhia lûn tńg 車輪轉。
tńg lûn 轉輪。tńg sèh 轉踅, tńg lâi tńg khì 轉來轉去。joán khui 轉開, ēng chhiú joán khui 用手轉開, tsoān mn̂g khui ê ì sù 鏇門開的意思。
tsūn saⁿ 轉衫, tsūn sí 轉死。tsūn thâu ngiú tāu 轉頭扭脰, kún tsūn 滾轉。kún lûn tsūn 滾輪轉。

轇 kau ㄐㄧㄠ; hn̄g hn̄g khòaⁿ bô bêng 遠遠看無明, loān tsap 亂雜, tak tīⁿ 觸纏, kau kat 轇轕。koa kat 瓜轕。

轆 Lók, Lak, ㄌㄨˋ, ㄌㄨˋ; chhia lûn 車輪, chhia lûn ê lō 車輪的路, lián gô 車輪鳥翎, lek lók 轣轆。chhia kiâⁿ ê siaⁿ 車行的聲, lók lók 轆轆。ēng ká pôaⁿ 用絞盤
lâi chhiūⁿ tsúi ê khì khū 來抍水的器具, ka lak 鉸轆。lók lō 轆轤。lak khang 轆孔, lak tsǹg 轆鑽, lak chhn̂g 轆床, tsǹg khong kī 鑽孔機。

輥 kún ㄍㄨㄣˇ; kap 輥 jī sio siāng 與輥字相同。chhia thâu pīⁿ pīⁿ ê khoán sit 車頭平平的款式。chhia tńg kín ê ì sù 車轉緊的意思。

十二畫

轏 chiàn ㄓㄢˋ; kap 輚 jī sio siāng ì sù 與輚字相同意思。Peng chhia 兵車, khùn chhia 睏車, chiàn lō 轏輅。 (ian)

轍 tiat ㄉㄧㄝˋ; chhia lûn ê hûn 車輪的紋, chhia lō 車路, kha jiah 腳跡, hek tiat 覆轍。tsun chiàu hoat tō kiâⁿ 遵照法度行, chiong pit iú chhia tiat má chek 將必有車轍馬跡焉。

轒 chhiong ㄔㄨㄥ; kui tīn ê chhia 歸陣的車。Peng chhia 兵車。Sio chiàn ê chhia 相戰的車。chhiong chhia 轒車, iā sī chhiong chhia 也是衝車。

轓 hoan ㄈㄢ; chhia siuⁿ 車箱, chhia khàm 車蓋, lâi tí tng soa thûn 來抵擋砂塵, bián kiaⁿ lâng 免驚人。chhia hī 車耳。

轎 kiāu, kiāu, kiō, ㄐㄧㄠˋ, ㄐㄧㄠˋ, ㄐㄧㄝˋ; sòe tiú chhia 小輛車, kiāu chhia 轎車。hiān tāi lâng ê sió khì chhia 現代人的小汽車。ēng keng thâu kng ê
chhia 車。û kiau jī su léng 輿轎而踰嶺。kiō 轎, añg kiō 扛轎。tek kiō 竹轎。sîn kiō 神轎。put kiō 佛轎。í kiō 椅轎。

轔 Lîn ㄌㄧㄣˊ; chhia ê siaⁿ 車的聲, lîn lîn 轔轔。chhiong sēng ê khoán 昌盛的款。hō tēng 戶限, hō lîn 戶轔。

轐 Pek, Phok, ㄅㄛˊ, ㄆㄛˊ; chhia bīn thó á ê ì sù 車面兔仔的意思。chhia thâu 車頭。

十三畫

轗 khám ㄎㄢˇ; chhia kiâⁿ put sūn 車行不順。lâng bô tit chì 人無得志, khám khó 轗軻。khám khó sio siâ ì sù 坎坷相同意思。

轘 hoân ㄏㄨㄢˊ; chhia kauh sí lâng 車軋死人。ko tsá ēng chhia lâi kauh sí ê hêng hoat 古早用車來軋死的刑罰, chhia hoân 車轘。tōe hō miâ 地號名, hoân oân 轘轅。

轕 kat ㄍㄚˊ; pháu tsáu ê khoan sit 跑走的款式。chhia bé ê siaⁿ 車馬的聲。Loān tsap ê khoán 亂雜的款, ka kat 轇轕。

轙 Soān ㄙㄨㄢˋ; chiū sī tsòe chhia ê chhia thâu ê ì sù 就是做車的車頭的意思。

轓 tong ㄉㄥ; chhia ê pang 車的板。chhâ ê bīn chhn̂g 柴的眠床。

date theme 車部159 辛部160 page

十四畫

【轞】Lām, ㄌㄢˇ； chhia teh kiâ ê siaⁿ, Lām Lām. tōa tiuⁿ chhia. hoān lâng ê chhia, siù ê chhia, Lām chhia.
車咧行的聲；轞轞。大輛車。犯人的車，獸的車，轞車。
chhia chiūⁿ hun keh. Lām Lân. Lâi koaiⁿ hoān lâng á sī siù. iā kiò Lām chhia.
車上分格，做檻欄來關犯人或是獸。也叫檻車。

【轟】hong, hông, eng, oaiⁿ, ㄏㄨㄥ，ㄏㄨㄥˊ，ㄥ，ㄨㄞˋ； tsōe tsōe chhia ê siaⁿ. oaiⁿ oaiⁿ háu. chhut sin bûn ín khí tsōe tsōe lâng tsù ì, hong tōng.
多多車的聲。轟轟哮。出新聞引起多多人注意，轟動。
eng tōng. eng hé ioh á sī phàu tōaⁿ khì phò hoāi tek jîn, hông tsà. Soaⁿ pang tōe lih, hong jiân chit
轟動。用火藥或是砲彈去破壞敵人，轟炸。山崩地裂，轟然一
siaⁿ. eng eng liat liat, pí jū sū kong kap khì sè seng tōa. thak hong. eng sio siâng.
聲。轟轟烈烈，比喻事功及氣勢盛大。讀轟。轟相同。

【轗】ún, ㄨㄣˇ； chhia teh háu ê siaⁿ. chhia teh tńg ê ì sù. ún ún
車咧吼的聲。車咧轉的意思，轗轗。

【轝】û, ㄩˊ； kap 輿 jī sio siâng ì sù.
與輿字相同意思。

十五、十六畫

【轢】Lek, ㄌㄧˋ； chhia số kauh kè ê hûn. at Lek. chhia Lō͘. khi ap, lêng Lek.
車所軋過的痕。軋轢。車路。欺壓，陵轢。

【轡】Pì, ㄆㄟˋ； bé soh, bé kiuⁿ soh, ma pì. bé chhé chhiú. khòng chè hān bé eng pì. sûn bé eng piⁿ.
馬索，馬韁索，馬轡。馬扯手。控制驛馬用轡。馴馬用鞭。

【轣】Lek, ㄌㄧˋ； chhia ê kúi tō. Lek Lok.
車的軌道，轣轆。

【轤】Lô͘, ㄌㄨˊ； chhia lûn, chhia lián ê lō͘, lián gô͘, chhiuⁿ tsúi ê khì khū, ka lak á. Lok Lô͘. hiān tāi teh kóng ka pôaⁿ. kut chhia. thó͘ ōe kiò tsoe tiàu kâu.
車輪，車輪的路，輪翻，抽水的器具，鉸轆仔。轆轤。現代咧講絞盤。滑車，土話叫做吊猴。

辛部 160

【辛】Sin, Seng, ㄒㄧㄣ，ㄒㄧㄥ； thian kan ê tē poeh jī. bī sò, sin loah. khó, sin khó. khó lô, sin lô. kan sin.
天干的第八字。味素，辛辣。苦，辛苦。苦勞，辛勞。艱辛。
sin sng. ioh miâ, sè sin. sin thé put an, tioh bôa kan khó, seng khó.
辛酸。藥名，細辛。身體不安，着磨艱苦，辛苦。

五、六畫

【辜】ko͘, ㄍㄨ； tsōe kòa, kè sit, hêng hoat. ûi pōe, pōe hū. ko͘ hū. tok chiàm, pau lám, ko͘ k. jîn sìⁿ.
罪過，過失，刑罰。違背，背負，辜負。獨佔，包攬，辜榷。人姓。

【辟】Pì, Pit, Phek, Phì, ㄅㄧˋ，ㄅㄧ，ㄆㄧˋ，ㄆㄧˋ； tô͘ siám, siám pì ê ì sù. thong 避. phòa khui, hián chhut, tô͘ siám, tû khì.
逃閃，閃辟的意思。通避。剖開，顯出，逃閃，除去，
tāi pit. thong 闢. jîn kun tsoe thâu, hoat tō͘, hián bêng, tû khì, hok phek. phek sià.
大辟。通闢。人君做頭，法度，顯明，除去，復辟。辟邪。
phek siāu. phian phiah. iā thong 僻. kà sī, pí phēng, gī lūn, siat sú, phì jū.
辟召。偏僻。也通僻。教示，比並，議論，設使，辟喻。

【辠】tsōe, ㄗㄨㄟˋ； kap 罪 sio siâng. tsōe ê kó͘ jī. hoān hoat.
與罪相同。罪的古字。犯法。

【辝】Sû, Sî, ㄙㄨˊ，ㄙˊ； 辭 jī ê kán thé. giân sû, kóng ōe. gú sû. bûn sû. lī piat, kò sî. sî lī.
辭字的簡體。言辭，講話。語辭。文辭。離別，告辭。辭離。
saⁿ sî. pài sî. sî hêng. sî koaⁿ. the sî. sî lâng. sî kong pô͘. sî chit. sî sè.
相辭。拜辭。辭行。辭官。推辭。辭人。辭公婆。辭職。辭世。

七、八畫

【辡】Pián, ㄅㄧㄢˇ； hoān tsōe ê lâng saⁿ kò ê ì sù.
犯罪的人相告的意思。

【辣】Lat, Loat, Loah, ㄌㄚˋ，ㄌㄨㄚˋ，ㄌㄨㄚˋ； bûn im, Lat. ok tok lī hāi chhiú tōaⁿ, sim hān chhiú lat. bī sò. sin loat. sin loah.
文音，辣。惡毒厲害手段，心狠手辣。味素，辛辣，辛辣。
chhin chhiūⁿ kiuⁿ. soàn. chio ê bī. hiaⁿ loah, kài loah. kài loah hún. loah chio. loah chhài.
親像薑。蒜，椒的味。薟辣，芥辣。芥辣粉。辣椒。辣菜。

辢 Lat, Loat, Loah, ㄌㄚˋ,ㄌㄨㄚˋ,ㄌㄨㄢˋ, kap 辣 jī Sio Siāng 与辣字相同

辤 sû, sî, ㄒㄨˊ,ㄒㄧˊ, kap 辭·辭 n̄ng jī Sio Siāng 与辭·辭两字相同。

九—十四畫

辦 Pān, Piān, ㄅㄢˋ,ㄅㄧㄢˋ, Pān sū, Pān tāi chì. Pān Lí. Pān hē. Pā àn. Pān tsōe. Pān hoat. tsú Pān. 辦事，辦事誌。辦理。辦貨。辦案。辦罪。辦法。主辦。

辨 Piān, Pān, ㄅㄧㄢˋ,ㄅㄢˋ, hun Piat, Phoà" toàn. Bêng Pān Sī hui. Pān Peh. Piān Piat, Piān jīn, Piān Sek. hun Piān. 分别，判断。明辨是非。辨白。辨别，辨認，辨識。分辨。

辧 Piān, Pān, ㄅㄧㄢˋ,ㄅㄢˋ, kap 辨 jī Sio Siāng 与辨字相同。

辬 Piān ㄅㄧㄢ, Siang kha n̄ng Pêng kha tó· tiong kan 双脚两平 脚肚中間。

辭 sû, sî, ㄒㄨˊ,ㄒㄧˊ, kap 辤·辤 n̄ng jī Sio Siāng. Chhiá" khoà" 6 ūi tsù kái. 与辤·辤两字相同。請看六畫註解。

辯 Piān, Pān, ㄅㄧㄢˋ,ㄅㄢˋ, Siông sè Séng chhat. Phoà" toàn, bêng Pek, bêng Pān Sī hui. tī Lí, Piān tī. cheng Piān khiok tit Lí ū, Piān Lūn. Piān tsâi, Piān hō, ūi Lī ek cheng chhú. Piān hō· sū hiān kim ê Lūt su 詳細省察。判断，明白，明辯是非。治理，辯治。争辯曲直理由，辯論。辯才，辯護，為利益爭取。辯護士，现今的律師。

辰部 161

辰 Sîn ㄔㄣˊ, tōe chi ê tē Gō· jī. Sî Sîn ê miâ, Sîn Sî. Siōng ngó· chhit tiám chì káu tiám, hó jit chí, Liông Sîn kiat jit. chhun chhut thiān khui, Sîn Sin. Sam Sîn, jit·Goat·chhi". 地支的第五字。時辰的名，辰時。上午的七點至九點。好日子，良辰吉日。伸出展開，辰伸。三辰，日·月·星。

三畫

辱 jiók ㄖㄨˋ, bú bān, bú jiók. ut tsut, khut jiók. kiàn siàu, thí jiók. Lâ Sâm, jiók tsāi thô· nî. Lêng jiók. Pō· jiók. khiam sû Pat Lâng chì kàu, jiók kàu. bô oân sêng sú bēng, jiók bēng. 侮慢，侮辱。鬱悴，屈辱。見誚，耻辱。垃圾，辱在塗泥。凌辱。暴辱。謙詞别人指教，辱教。無完成使命，辱命。

六畫

農 Lông ㄋㄨㄥˊ, keng tsoh, tsai chèng, ê Sū Giāp, Lông Giāp. tsoh Sit ê Lâng, Lông bîn. Lông hu. thang tsai chèng ê thó· tē, Lông tiân, Lông tē. Lông tsok bu̍t, Lông Sán. Lông ka tsú tē. 耕作，栽種，的事業，農業。作穑的人，農民。農夫。可栽種的土地，農田。農地。農作物，農産。農家子弟。

十二畫

辴 chín ㄔㄣˇ, chhiò ê khóan sit. 笑的款式。

辵·辶部 162

辵 chhiok ㄔㄨㄛˋ, Lâng kín kín teh kiâ". Liâm Pī" kiâ. Liam Pī" thêng. 人緊緊哟行。臨邊行 臨邊停。

辶 chhiok ㄔㄨㄛˋ, kap téng bīn jī Sio Siāng ì sù. 与頂面字相同意思。

二·三畫

边 Pian, Pī", ㄅㄧㄢ,ㄅㄧ, 邊 jī ê kán siá. n̄ng Pêng chiâ kūn ê. Pông Pī". Sin Pī". Pian kài. Pian kéng. 邊字的簡寫。两平就近的。傍边。身边。边界。边境。

过 kò, kè, kòa, kòng, kòe, ㄍㄛˋ,ㄍㄜˋ,ㄍㄨㄚˋ,ㄍㄨㄥˋ,ㄍㄨㄝˋ, 過 jī ê kán siá. khoà" káu ūi tsù kái. 過字的簡寫。看九畫註解。

迄 Git, Gut, ㄍㄧㄊ,ㄍㄨㄊ, kàu teh, Git kim. Soah, kéng jiân, kiù kéng, Gut bû só· sêng. kàu hiān tsāi 到哟，迄今。息，竟然，究竟，迄無所成。到現在

迅 Sìn, ㄒㄧㄣˋ, Kín, káⁿ kín, Sì Sok. Chin kín tì kàu Put kip ng hī. Sìn Lûi Put kip iám jíⁿ.
緊，趕緊，迅速。眞緊致到不及掩耳，迅雷不及掩耳。

巡 Sûn, ûn, ㄒㄩㄣˊ, ㄩㄣˊ, Sì kòe Kiâⁿ Lâi khòaⁿ, Sûn sī. Sûn tsa. chhut Sûn. Sûn hôe. Ûn Lâi ûn khì. chit jit khì nn̄g ûn. chit toh 12 ûn chhài.
四界行來看，巡視。巡查。出巡。巡迴。巡來巡去。一日去兩巡。一桌十二巡菜。

迀 tô, ㄊㄨˊ, tô ê kó jī. Chhiáⁿ khòaⁿ chhek Pō 7 ūi tsù kái.
徒的古字。請看彳部七畫註解。

迁 chhian, ㄑㄧㄢ, jī ê kán Siá. Poaⁿ î, chhian î. Piàn oāⁿ, Piàn chhian. Chhian Sóa. thoa iân, chhian iân.
遷字的簡寫。搬移，迁移。變換，變迁。迁徙。拖延，迁延。

迂 u, ù, ㄨ, ㄨˇ, oan khiau, u khiok. bô bêng, hn̄g hn̄g, u oán. kú kú, khoah tōa, u kiú. khòaⁿ hoat bô háp Lí, u kiàn. ù tsoat, chiū sī Gōng, ham bān, bô Lō ēng ê ì sù. ù tsoat Put thong.
彎曲，迂曲。無明，遠遠，迂遠。久久，闊大，迂久。看法無合理，迂見。迂拙，就是戇，憨慢，無路用的意思。迂拙不通。

迖 Gân, ㄫㄚㄢ, Gîa chih, chit tiap, chit ê. hit hō, che, àn ni. Kap 这 nn̄g jī Sio Siāng.
迎接，這囊，這個。彼號，這，按呢。与这。這兩字相同。

迆 î, ㄧˊ, Siâ kiâⁿ. Liân chiap, Sio Liân Sòa, i Lí. oan khiau saⁿ Liân chiap ê khoán. Lō tô hn̄g.
邪行。連接，相連續，迆邐。彎曲相連接的款。路途遠。

迃 u, ㄨ, hn̄g hn̄g, khiau khiau, Siám Phiah. khoah tōa ê ì sù. 迂 ê Pún jī.
遠遠，曲曲，閃避。闊大的意思。迂的本字。

四 畫

迍 tun, ㄉㄨㄣ, kia bōe chin chêng, bōe kiâ, tun chian.
行膾進前，膾行，迍邅。

返 hoán, tńg, ㄈㄢˇ, ㄉㄥˊ, tò tńg, hoán hok. koh tsài. hoán ka, tńg chhu. tńg sìn. tò tńg. tńg chhh koan. tńg bōe chiâⁿ.
倒轉，返覆。假再。返家，返厝。返信。倒返。返古關。返膾成。

迒 hâng, hông, hāng, ㄏㄤˊ, ㄏㄥˊ, Siù ê kha jiah, thò ê kha jiah. hāng. Lō. chhia kè ê hûn jiah, hōng tō.
獸的腳跡，兔的腳跡。巷，路。車過的痕跡。迒道。

还 hoan, ㄏㄨㄢˊ, jī ê kán Siá.
還字的簡寫。

近 kīn, kūn, ㄐㄧㄣˋ, ㄍㄨㄣˋ, bô hn̄g, kūn kūn. kīn tāi. kīn Lō. kūn chhin. chha Put to, Sió khòa, kūn sū. chhin chhiūⁿ. chiū kūn, hù kūn. kūn sī. chhian kiàn. kīn sī Gán, kòa bak kiàⁿ.
無遠，近近。近代。近路。近親。差不多，少許，近似。親像。就近，附近。近視，淺見。近視眼，掛目鏡。

迊 Gêng, tsat, ㄫㄝㄥ, ㄗㄚ, thak Gêng kap 迎 Sio Siāng ì sù. tsat, ūn tsoan, chiu ûi, Piàn hòa, chiu chì.
讀迊是与迎相同意思。迊，運轉，周圍，變化，週至。

迋 óng, oang, ㄨㄤˇ, óng Lâi, khi Phiàn, kiaⁿ hiaⁿ, óng Lō. tàu oang, kap in Saⁿ oang, oang koah, oang tóng
往來，欺騙，驚惶，迋勞。鬪迋，與伊相迋，迋遢，迋黨

迕 Gō, ngó, ㄫㄛˋ, Saⁿ tu tioh, Siong Gō. Ut kėh, ngó ūi.
相抵着，相迕。違逆，迕違。

迓 Gā, ㄫㄚˋ, Saⁿ ngia chih. Liāu Lí hō i Pîⁿ. Gêng Gā.
相迎接。料理伍它平。迎迓。

迎 Gêng, Gēng, Gîa, ngiâ, ㄫㄝㄥˊ, ㄫㄝㄥˋ, ㄫㄧㄚˊ, ㄥㄧㄚ, tú tioh, tán chih, Gêng chiap. Gîa chih, ngiâ chhiaⁿ. hoan Gêng. Gēng chhin. Gîa sîn bêng. ngia má tsó. Gêng Sîn Sài hōe. khì Lâng tau ngia chih i. chhin Gêng.
抵着，等接，迎接。迎接。迎請。歡迎。迎親。迎神明。迎媽祖。迎神賽會。去人兜迎接他，親迎。

迌 chit, thit, ㄐㄧㄝ, ㄊㄧㄝ, kīn oá, kūn kūn ê ì sù. it Poaⁿ ēng tsòe iû oán ê ì sù. chit thô. thit thô. thit thô Lâng. thit thô Gín á. oán khū, thit thô mih. iû san oán Súi hó thit thô. thit thô keng.
近倚，近近的意思。一般用做遊玩的意思。迌迌。迌迌。迌迌人。迌迌囝仔。玩具，迌迌物。遊山玩水好迌迌。迌迌間。

迵 thô, ㄊㄛˊ, khi Phiàn káu kòai ê khoan sit. it Poaⁿ ēng tsòe iû oán ê ì sù. thit thô, khòaⁿ chit jī tsù kái.
欺騙狡怪的款式。一般用做遊玩的意思。迌迵，看迌字註解。

这 Gân, ㄫㄚㄢ, kap 这 jī Sio Siāng ì sù.
与这。這字相同意思。

迦 kòa, kôa, ㄍㄨㄚ, ㄍㄨㄚˊ, tsó Gú Sû ê jī, ū kàⁿ ê ì sù. kiâm kòa Siap iau kûi kia tsap Liam. hong kòa hō ak kàu kui Seng khu tâm kô kô. khó kòa hiam. Sng kòa tiⁿ. hàm kôa kôa, hêng iông Siuⁿ kè ham ê ì sù.
助語詞的字，有擊的意思。鹹迦澀枵鬼兼雜念。風迦雨沃到歸身軀澹糊糊。苦迦嫌。酸迦甜。膨迦迦，形容過頭膨的意思。

造字 借介偏音成字。

迌 thit, chhit, ㄊㄧ ㄊㄧ, ㄑㄧ ㄊㄧ, thit thô, chhit thô, chiáh Pá ēng ēng bô tsòe kang ê ì sù. ū Siá tsòe thit thô.
迌迌，迌迌，食飽閒閒無做工的意思。有寫做迌迌。造字

五畫

迤 丨,丨; ㄧˇ,ㄧˊ; kap 迪 jī Sio Siāng ì sù. kiâⁿ ê khóan Sit ui î. tōe sè oan khiau Sāⁿ Liân Sōa ê
与迪字相同意思!行的款式,逶迤。地勢彎曲相連續的
khóan Sit, î lí. Lō· tô· iâu oán ê khóan.
款式,迤邐。路途遙遠的款。

迦 hāi, ka, kia, khia; ㄏㄞˋ,ㄍㄚ,ㄍㄧㄚ,ㄎㄧㄚ; thak hāi, kap 邂 thong, bô ì tiong tú tio̍h hāi hō·. ka, hu̍t ê mîa,
讀迦,与邂通,無意中抵着,邂逅。迦,佛的名,
ka Lâm iâ. ka Lâm, hê siō ê chheng-hō·. ka Lâm hiuⁿ, chiū sī kî Lâm hiuⁿ, chi̍t khóan Phang ê
迦藍爺。迦藍,和尚的稱呼。迦南香,就是奇南香,一款香的
chhâ. hu̍t kàu ê sí tsó· Sek kia. Sek khia hu̍t
柴。佛教的始祖,釋迦。釋迦佛。

迥 héng, kéng; ㄏㄥˊ,ㄐㄩㄥˇ; hn̄g hn̄g, khoan khoah, kng kng, khang khang, iu héng, koh iūⁿ, kéng sû. kéng jiân.
遠遠,寬闊,光光,空空,幽迥。異樣,迥殊。迥然。

迫 Pek, Peh; ㄆㄛˋ,ㄆㄞˋ; kap 廹 jī Sio Siāng. khùn Pek, Pek kīn, Pek óa, Pek chhiat. kín Pek, Pek hó Siong jîn.
与廹字相同。窘迫,迫近,迫倚,迫切。緊迫,迫虎傷人。
kiūⁿ Peh nī, Peh kàu, chiū sī bô, siat hoat kàu ū ê ì sù.
強迫企,迫到,就是無,設法到有的意思。

述 Su̍t; ㄕㄨˋ; tè Pa̍t Lâng ê kha jiah, hū tsok chi tsu su̍t chi. kóng Pa̍t Lâng ê ōe, kì su̍t. kóng hun bêng tīn su̍t.
隨別人的脚跡,父作之子述之。講別人的話,記述。講分明,陳述。
tù chheh, su̍t tsok. thoân su̍t. kóng ka kī ê kè khì, su̍t hôai.
著冊,述作。傳述。講傢己的過去,述懷。

迨 tāi; ㄉㄞˋ; kàu tè, kàu giàh, hit tiap, chīn thâu, soah.
到地,到額,彼霎,盡頭,息。

迯 tô; ㄊㄠˊ; ê Siok jī, tsáu chhut Gōa bīn, Siam Pī, tô tsáu. tô sin. tô o̍h. tô Peng.
逃的俗字,走出外面,閃避,迯走。迯生。迯學。迯兵。

迢 Siâu, tiâu; ㄒㄧㄠ,ㄊㄧㄠˊ; hn̄g hn̄g, koâiⁿ koâiⁿ, Siâu oán. Siâu iâu. tiâu tiâu. Lō· bô Sa thong, tiâu tāi.
遠遠,高高,迢遠。迢遙。迢迢。路無相通,迢遰。

迭 e̍k, tia̍t; ㄧˋ,ㄉㄧㄝˊ; êng êng m̄ ài tio̍h bôa, sit Pún hūn, ûn ûn á chhia hoa. thong 逸. tia̍t, thòe ōaⁿ,
閒閒唔愛着磨,失本份,緩緩仔,奢華。通逸。迭,替換,
keng tia̍t. tauh tauh, tauh Pái, tia̍t chhù. chi̍t khóan Phang Liāu ê mîa, bê tia̍t hiong iû chhut tōa chîn kok
更迭。沓沓,沓回,迭次。一款香料的名,迷迭香油。出大秦國

迪 te̍k; ㄉㄧˊ; chìn chêng, kàu tè, tsòe hó bô iūⁿ, ín chhōa, chí sī, tè Lō·, Lō· tô·. khai tō·, khe te̍k.
進前,到地,做好模樣,引導,指示,隨路,路途。開導,啓迪。
chiok Lâng Làp hok, te̍k kiat. tōe mîa te̍k hòa, î Sin kiong Séng ê Séng hōe
祝人納福,迪吉。地名迪化,新疆省的省會。

迼 iân; ㄧㄢˊ; chiū sī kiâⁿ Lō· ê ì sù.
就是行路的意思。

迮 chek, tsok; ㄗㄜˊ,ㄗㄨㄛˋ; kiau so. sái sō. Pái Lōng. Liân Lūi. ap Pek, Pek chek. ap tsok. Pâi chek
嘺唆。使唆。擺弄。連累。壓迫,迫迮。壓迮。排迮。

六畫

追 tui; ㄓㄨㄟ; tè, jip, tui jip. kóaⁿ, tui kóaⁿ. tui Sûi. tsa kiù, tui kiù. hôe Sióng, tui su. tui Liām.
隨,趕,追趕。趕,追趕。追隨。查究,追究。回想,追思。追念。

逅 hō·; ㄏㄡˋ; bô tiuⁿ tî Saⁿ tú tio̍h, hāi hō·. hāi hō·. hoaⁿ hí ê khóan sit. thit thô.
無張持相抵着,邂逅。迦逅。歡喜的款式。迢迌。

迴 hôe; ㄏㄨㄟˊ; kap 回 jī Sio Siāng, tńg seh, hôe Soan. tò Lâi, hôe tńg. kiâ Lâi kiâ khì, Lâi hôe.
与回字相同,轉踅,迴旋。倒來,迴轉。行來行去,來迴。

迻 î; ㄧˊ; chiū sī chhian Sóa ê ì sù. kap 移 jī Sio Siāng
就是遷徙的意思。与移字相同

适 koat; ㄎㄨㄛˋ; koaⁿ kín. Lâng ê mîa, chiu tiâu sî ê Lâng, Lâm kiong koat. Sek jī ê kan siá.
趕緊。人的名,周朝時的人,南宮适。適字的簡寫。

迷 bê, bé; ㄇㄧˊ,ㄇㄧˇ; bî, bi, bōe ōe bêng Pe̍k, bê sìn. Sim bê. hun Loān, bê Loān. bê he̍k, hoàn su̍t. bê Lō·
未,未,𣍐能明白,迷信。心迷。紛亂,迷亂。迷惑,幻術。迷路
chhò Gō·. bî sit. hūn khì, hūn bî. Siū Lâng bî he̍k, bî hûn. Loān bé bé, jû bé bé.
錯誤,迷失。殙去,殙迷。受人媚惑,迷魂。乱迷迷,茹迷迷,
chiū sī sim koaⁿ Loān, Pān sū bô bêng Pe̍k. Lâng khì bih, chhin chhiūⁿ bi Lâi bi khì án ni.
就是心肝乱,辦事無明白。人去匿,親像迷來迷去按呢。

迺 nái; ㄋㄞˇ; kap 乃 jī Sio Siāng ì sù. chhiâⁿ khòaⁿ Phiat Pō· chi̍t ūi tsù kái.
与乃字相同意思。請看丿部一畫註解。

迒 chhēng, chhiāng; ㄔㄥ,ㄑㄧㄤˊ; Lō· nih chhēng tio̍h. tî Pòaⁿ Lō· chhēng tio̍h Lí. àm Lō· chhiāng tio̍h kúi. tú tio̍h ê ì sù.
路裡逞着。佇半路逞着你。暗路逞着鬼。遇着的意思。

【逆】Gėk, hėk, kėh, kėh" Pōe bīu Poān Gėk。bô Sūn Gėk kéng。tí tng Giâ chih, Gėk bēng。ûi kėh,
兀ㄝㄎ,ㄏㄝㄎ,ㄍㄝㄏ,ㄍㄝㄏ",背謬,叛逆。無順,逆境。抵當迎接,逆命。違逆,
ngó Gėk, túi kėh, Sa" kėh, hoâi" kėh, kėh Phiah, kau kėh, kėh kau。kōng kėh" chiū sī ke
忤逆。對逆,相逆,橫逆,逆癖,狡逆,逆狡。槓逆,就是家
Lāi bô hô, ke Lāi kōng kėh。hoâi" hėk, chiū sī au bān ê ì sù。
內無和,家內槓逆。橫逆,就是拗蠻的意思。

【迸】Pèng Phia, tsáu sì soa", tô tsáu, jîn Sû Lîu Pèng。kóa" chhut, Pèng chhut。Pòk tsah, Pèng Lėt。tû khì
ㄅㄝㄥ,ㄆㄧㄚ,走四散,逃走,人庶流迸。趕出,迸出。爆炸,迸裂。除去
Pèng tû。Phia, kōng Phia" Phia"。chiū sī chin kóa" kín Pek chhiat ê ì sù。Phia" mih kiā"。
迸除。迸,狂迸迸。就是真趕緊迫切的意思。迸物件。

【迿】Sûn, tsùn, Pháu tsáu Lâi tàu Su iâ", sa" kek khì ê ōe。
ㄒㄩㄣ,ㄗㄨㄣ,跑走來鬪輸贏,相激氣的話。

【送】Sòng, Sàng, kap chhut mn̂g ê Lâng kiâ" kàu mn̂g Goā, Sòng Piat。hoan Sòng。Sòng hêng。Sàng kheh。chhut hè,
ㄙㄛㄥ,ㄙㄚㄥ,与出門的人行到門外,送別。歡送。送行。送客。出貨,
Sàng hè。hè ūn, ūn sàng。Sio Sàng, Sàng Lé。Sàng tiā"。Sàng Sîn。Sàng tsòng。
送貨。貨運,運送。相送,送禮。送訂。送神。送葬。

【迯】tô, kap 逃 Sio Siāng。tsáu chhut Goā bīn, Siám Pī, tô tsáu。tô hák。to Peng。tô Seng。
ㄉㄛ,与逃相同。走出外面,閃避,逃走。逃學。逃兵。逃生。

【退】thòe, thè, thùi, tò tńg khì, thòe Pī。Put háp sî, thòe Sî。thè hè。khiam Pī, tsai chìn thè。bô
ㄊㄨㄝ,ㄊㄝ,ㄊㄨㄧ,倒返去,退避。不合時,退時。退貨。謙卑,知進退。無
chìn Pō, thè Pō。thè khì, thè āu, thè ūi。tsúi thè, thè tiâu。Sî thè, ín thè。thè chit。
進步,退步。退去,退後,退位。水退,退潮。辭退,引退。退職。
thùi ōa"。thùi mn̂g。Pó thùi。Sa" thùi。thau thùi。thùi Lâng。
退換。退毛。補退。相退。偷退。退人。

【迹】chek, chiah, jiah, chhioh, kap 跡 蹟 jī Sio Siāng。chhiā" khoà" chiok Pō tsù kái。
ㄐㄝㄎ,ㄐㄧㄚㄏ,ㄖㄧㄚㄏ,ㄑㄧㄛㄏ,与跡蹟字相同。請看足部註解。

【逄】Pâng, jī sìn Pâng。(Pâng bōng hák Siā u Gē)。
ㄅㄤ,字姓逄。(逄蒙學射於羿)。

七 畫

【這】ché, Gān, che, chia, chit, ché, àn ni ê ì sù, jû chhú ché Pan。ché kò, hit kò。che, he。
ㄐㄝ,兀ㄢ,ㄐㄝ,ㄐㄧㄚ,ㄐㄧㄊ,這,按呢的意思,如此這般。這個,彼個。這,彼。
che hó, he m̄ hó。chia ê, hia ê。tī chia hó, tī hia m̄ hó。chia ê Lâng Lóng hó Lâng。
這好,彼毋好。這的,彼的。佇這好,佇彼毋好。這的人攏好人。
àn chia khì。tùi chia chhut hoat。kò tit chia, bô kò hia。chit ê Lang áu bān。chit sia"
按這去。對這出發。顧得這,無顧彼。這個人拗蠻。這聲
hāi Liáu Liáu。chit Sî Put Pí hit Sî。Gān, Gîa chih ê ì sù, chit im chio ēng。
害了了。這時不比彼時。這,迎接的意思,這音少用。

【逞】théng, chhéng, kóa" kín bô chim chiok, théng Lêng。khoa iāu。théng kiông。tsòe hāi Lâng ê sū, théng hiong。
ㄊㄝㄥ,ㄑㄝㄥ,趕緊無斟酌,逞能。誇耀,逞強。做害人的事,逞兇。
jīm ì Sûi sim, théng Sèng。chhéng, Siàu Liân teh chhéng, ok ê ì sù。chhéng chhéng kiò。
任意隨心,逞性。逞,少年啲逞,惡的意思。逞逞叫。

【逐】tiòk, tàk, kóa" chhut, tiòk chhut, khu tiòk。tui jip, tui tiòk。Pàng khui, hòng tiòk。chim chiok, tiòk
ㄉㄧㄛㄎ,ㄉㄚㄎ,趕出,逐出,驅逐。追趕,追逐。放開,放逐。斟酌,逐
it。Siū khu Sok, khun tiòk。tàk ê, tàk Lâng, tàk kè, tàk hāng, tàk Pái。
一。受拘束,窘逐。逐個,逐人,逐過,逐項,逐回。

【逢】hông, Phông, Pâng, Sa" tú tióh, Siong hông。Gîa hap, hông Gêng。hut jiân tú tióh, hông tiông tsok hì。
ㄏㄛㄥ,ㄆㄛㄥ,ㄅㄤ,相抵着,相逢。迎合,逢迎。忽然抵着,逢場作戲。
Phông, chiū sī Phah kó-ê sia"。Phông Phông。hó Lâng Sa" Pâng, chiū sī kéng Goān hó Lâng kap i
逢,就是打鼓的聲。逢逢。好人相逢,就是請願好人與他
kau Pôe, Sī tō kàu ê ōe。
交陪,是道教的話。

【逕】kèng, kūn, Sio Lō。thiat kèng, tit chiap, kèng kau。kèng têng, Pí jū Sio chha chin hn̄g ê ì sù。
ㄍㄝㄥ,近,小路,捷逕。直接,逕交。逕庭,比喻相差真遠的意思。

【逑】kîu, Liám tsâi Siu Gûn nîu, í ūi bîn kîu。chhiā" tùi Phòe hàp, kun tsú hò" kîu。Pek chhiat, kîu kip。
ㄍㄧㄨ,斂財收銀兩,以爲民逑。成對配合,君子好逑。迫切,逑急。

【逛】kòng, kōng, tsáu ê khoán sit。khi Phiàn, kiā" îu, kóng îu。
ㄍㄛㄥ,ㄍㄛㄥ,走的款式。欺騙。行遊,逛遊。

【退】Pāi, hiān kim thong ēng 敗。Pāi hoāi。Pāi tsáu, Pāi Peng, Siong tióh。
ㄅㄞ,現今通用敗。退壞。退走,退兵。傷着。

【迌】thô, thit thô, chhit thô, chiáh Pá êng êng bô tsòe kang ê ì sù。ū siá tsòe thit thô。 造字
ㄊㄛ,迌迌,迌迌,食飽閒閒無做工的意思。有寫做迌迌。

【連】Liân, Liân, Liām, nî , Lēk kun ê Piān chè, saⁿ pâi tsòe chit Liân。kè siòk, Liân siòk, Liân sòa。Sio chiap,
ㄌㄧㄢˊ, ㄌㄧㄢˋ, ㄌㄧㄢˇ, ㄋㄧˊ; 陸軍的編制,三排做一連。繼續,連續,連續。相接,
Sio Liân。Liân jit。Liân nî。Liân hap。Liân tài。Liân Lūi。Liân Liân。Liân Lòk。Lâng ê sìⁿ,
相連。連日。連年。連合。連帶。連累。連連。連絡。人的姓
Liân。Liām, kha chhiú Liām chiap。chiū sī hó kha chhiú, khin khoài ê ì sù。iòh ê miâ,
連。連,腳手連捷。就是好腳手,輕快的意思。藥的名,
n̂g nî chhoan nî。thó nî。hông bé nî。Soaⁿ n̂g nî。
黃連。川連。土連。鳳尾連。山黃連。

【逋】Pô·, ㄅㄨ; tsáu chhut Gōa, tô bông, Pô· tô。tô siam thoa khiàm, Pô· khiàm。tāi bān, Pô· bān。
走出外,逃亡,逋逃。逃閃拖欠,逋欠。怠慢,逋慢。

【逝】Sē, ㄕˋ; kè khì, kè óng, kong im ék sē。sē chiá jû su。sí bô, sē sè。tióng sē。
過去,過往,光陰易逝。逝者如斯。死亡,逝世。長逝。

【逍】Siau, ㄒㄧㄠ; kiâⁿ Lâi kiâⁿ khì, thit thô, Siau iâu。Siau iâu tsū tsāi。tô pī hoat Lu̍t chè chhāi, Siau iâu hoat Gōa。
行來行去,迌迌,逍遙。逍遙自在。逃避法律制裁,逍遙法外。

【速】Sok, Soā, suh, ㄙㄨˋ; kín kip, Sok Sok, khoài Sok, kóaⁿ kín, hé Sok, Sìn Sok。iau chhiáⁿ, Put Sok chi kheh。
緊急,速速,快速。趕緊,火速,迅速。邀請,不速之客。
Sī Soā, tsòe khang khè sī Sòa teh, chiū sī kiò Lâng khah kín ê ì sù。chin kín ê ì sù, kín suh suh。
遂速,做工課較遂速吶,就是叫人較緊的意思。真緊的意思,緊速速。

【逗】tō·, tāu, ㄉㄡˋ, ㄉㄡˋ; thêng, Soah, tō· Lîu。Lâu teh, iân chhiân, tāu Lîu。Lâng ê sìⁿ。tāu chhiò, Siáⁿ Lâng chhiò。
停,息,逗留。留吶,延延,逗遛。人的姓。逗笑,惹人笑。

【透】thò, thàu, thàu, ㄊㄡˋ; kòan thong, thàu thiat。thong bêng thàu bêng, thò bêng。Saⁿ thong, thàu kè。
貫通,透徹。通明,透明,透明。相通,透過。
thò, ㄊㄡˋ; kè tō· hù chhut, thò chi。Siap Lâu, thò Lō·。Saⁿ thàu, Phah Sio thàu。kóng thàu ki。thàu kng。
過度付出,透支。洩漏,透露。相透,打相透。管透支。透光。
tsúi ōe thàu, tsúi bōe thàu。kau âm bōe thàu, miâ Siaⁿ chin thàu。thàu hong Lóh hō·。
水能透,水艙透。溝飯艙透,名聲真透。透風落雨。

【遆】tài, tōe, ㄉㄞˋ, ㄉㄨㄝˋ; 遞字的簡體,就是交纏的意思。thoân tat, tōe tōe。Lûn Lîu thòe ōaⁿ, keng tōe。
遞字的簡體,就是交纏的意思。傳達,傳遆。輪流替換,更遆。
Pó· chhiong, tōe Pó·。kiám chió, tōe kiám。hn̄g hn̄g, Siau tōe。
補充,遆補。減少,遆減。遠遠,迢遆。

【逖】tek, ㄊㄧˋ; Lī khui hn̄g hn̄g, Lī tek nî thó·。tham sim, tek tek iòk Lī。
離開遠遠,離逖爾土。貪心,逖逖欲利。

【途】tô·, ㄊㄨˊ; koe Lō·, Lō· tô·。Lō· kèng, tô· kèng。hong hoat, iōng tô·。
街路,路途。路徑,途徑。方法,用途。

【通】thong, thang, thàng, ㄊㄨㄥ, ㄊㄨㄥˊ, ㄊㄨㄥˋ; bô that bat, Sio thàu, Siong thong。thong thàu。thoân tat, óng Lâi, kau thong, thong ti。
無塞窒,相透,相通。通透。傳達,往來,交通,通知。
bêng Pe̍k, Lêng thong, chhiong sēng, heng thong。thang, m̄ thang, khó。Put khó。thang khì, Lí m̄
明白,靈通。昌盛,亨通。通,毋通,可。不可。通去,你毋
thang khì。Phái" Sū m̄ thang tsòe。Sio thàng, Lō· Sio thàng。kóng ōe thàng Sim koaⁿ。thàng jip khì。
通去。歹事毋通做。相通,路相通。講話通心肝。通入去。

【造】chhò, tsō, ㄘㄠˋ, ㄗㄠˋ; chhò im hán ēng。tsòe chhòng, chhòng tsō, chè tsō。tsū jiân hòa iòk, tsō hòa。kiàn tì, kiàn tsō。
造音罕用。做,創,創造。製造。自然化育,造化。建置,建造。
khí tsō。Sō· Siōng ê Lióng hong ê Lâng, Lióng tsō。chìn ha̍k, chhim tsō。tsō chiū。
起造。訴訟的兩方的人,兩造。進學,深造。造就。

【逡】tsun, ㄑㄩㄣ; Gėh Soân tsoán ê ì sù。kiâⁿ bōe chìn chêng, tsun Sûn。tò thè, thè sī。kiàn Siau。
月旋轉的意思。行艙進前,逡巡。倒退,退時。見誚。

【逌】iû, ㄧㄡˊ; khì teh kiâⁿ ê khóan Sit。chhiò ê khóan Sit, iû nî。iû jiân, tsū tit ê khóan Sit。
氣吶行的款式。笑的款式,逌爾。逌然,自得的款式。

【逡】chhím, ㄑㄧㄣˇ; chhím kàu, chhím chhím chiah kàu。chhím khì。tú tú ê ì sù。
逡到,逡逡即到。逡去。抵抵的意思。

造字 借受偏音成字。

【逯】Lū, ㄌㄨˋ; Lū Lòh Lâi, chiū sī thô· Pang Lòh Lâi ê ì sù。Lū khì。
逯落來,就是土崩落來的意思。逯去。

八 畫

【週】Chiu, ㄓㄡ; tńg chit Lìn, sèh chit Lìn, sèh chit Lìn tńg。chiu tsoán。it chiu。chhit jit tsòe chit chiu。
轉一圈,踅一圈,踅一圈轉;週轉。一週。七日做一週。

【逭】koán, ㄏㄨㄢˋ; tô Pī, tsū tsok giát Put khó koán。thòe ōaⁿ, ì ek。Pō· kiâⁿ。
逃避,自作孽不可逭。退換,移易。步行。

逵	kûi, ㄎㄨㄟˊ,	tōa Lō͘ 大路。sì bīn sa"thong 四面相通。Lâng ê miâ 人的名，Lí kûi 李逵。
逯	Lio̍k, ㄌㄨˋ,	chiū sī sòe jī ûn ûn á kiâ" ê ì sù 就是細膩緩緩仔行的意思。Lio̍k Lio̍k 逯逯。
逩	Phun, ㄅㄣ,	chiū sī Pháu tsáu ê ì sù 就是跑走的意思。iā tha̍k Phún, Phùn 也讀逩，逩。thong 通 奔 jī 字。
逮	tāi, tē, ㄉㄞˋ, ㄉㄧˋ,	tui jip 追趕，tāi Pō͘ 逮捕。kàu tè 到地，bōe tit kàu 𣍐得到。bōe chiâ" 𣍐成。khiàm kheh 欠缺。kàu Giāh 夠額。chīn thâu 盡頭。
逷	tek, ㄊㄧˋ,	kap 与 逖 jī 字 Sio Siāng ì sù 相同意思。
進	chìn, ㄐㄧㄣˋ,	ko Seng 高昇，Peh chiū" koâi" 爬上高。Siōng chìn 上進。chìn Pō͘ 進步。chìn tián 進展。Kí chiàn 擧薦，ín chìn 引進。chìn thòe 進退。
逶	ui, ㄨㄟ,	kiâ" ê khoán sit 行的款式，kiâ" iô iô Pái Pái 行搖搖擺擺，ui î 逶迤。
逸	ek, iat, iah, ㄧˋ	khoan iông 寬容，Pàng i khì 放他去，ek Siù 逸囚。tô tsáu 逃走，Siám Phiah 閃避，Phún ek 奔逸。ún iat 隱逸。khoài" oah 快活，an iat 安逸。îm tōng 淫蕩，Phiau iat 嫖逸。iah 逸，iû iah 悠逸。chiū sī Sóng khoài ê ì sù 就是爽快的意思。
逃	tô, ㄊㄠˊ,	kap 与 逃。迯 nn̄g jī 兩字 Sio Siāng 相同。tô tsáu 逃走。tô Pī 逃避。
送	Sòng, Sàng, ㄙㄨㄥˋ,	kap 与 送 jī 字 Sio Siāng ì sù 相同意思。
𨗥	koat, toat, tu̍t	chiū sī hn̄g hn̄g 就是遠遠。tsáu 走，tsáu ê khoán sit 走的款式，khì oh tit chhut ê khoán 氣艱得出的款。Sa" îm Sio Siāng 三音相同。
逰	iû, ㄧㄡˊ,	Sio̍k 俗 遊 jī 字。khoà" 看 9 ūi 九畫。
過	Siù", ㄒㄧㄡˋ,	kè thâu 過頭，Siù" tsōe 過多。Siù" tōa 過大。Siù" khì 過氣。bô kàu Giāh 無夠額，Siù" chió 過少。Siù" sòe 過小。Siù" hn̄g 過遠，Siù" kīn 過近。

造字 借尚字音成字。

逳	kiang, ㄍㄧㄤ,	Liu kiang 溜逳，chiū sī tô tsáu khì 就是逃走去，àm chī" thau Liu ê ì sù 暗靜偷溜的意思。Pa̍k bô tiàu khì hō͘ Liu kiang 縳無牢去互溜逳。

造字 借強字的虫來成字。

九畫

遐	hâ, hô, ㄒㄧㄚˊ, ㄏㄜˊ,	hn̄g hn̄g 遠遠，tn̂g tn̂g 長長，hâ hong 遐方。hâ Liân 遐年。hok khì 福氣，hâ hok 遐福。nî kí tōa 年紀大，hâ Lêng 遐齡。hn̄g tōa ê chì hiòng 遠大的志向，hâ chì 遐志。hô 遐，chiū sī kap 就是与 何 jī 字 Sio Siāng ì sù 相同意思。
遄	chhoân, ㄔㄨㄢˊ,	tāi ke sa" chhut Lō͘ 大家相出路，chhoân óng 遄往。koá" kín 趕緊，chhi" iā chhoân kui 星夜遄歸。óng Lâi chiap chiap 往來捷捷，chhoân hui 遄飛。
遑	hông, ㄏㄨㄤˊ,	bô tāi chì 無代誌，êng êng 閒閒，bô iàu kín 無要緊，Put hông 不遑。kip Pek kiā" hiā" 急迫驚惶，hông hông 遑遑。hông Pek 遑迫。
過	kò, kè, kòa, kòng, kòe, ㄍㄨㄛˋ	Pôa" khì 蹁去。chhiau koâi" 超高。sit chhò 失錯，tsōe khian 罪愆。chek Pī 責備，kò chia Put Sek jī 過著不識而 Gō͘ hoān 誤犯。iōng tsú Put kàu chi kò 養子不教父之過。kè thâu 過頭，kòe thâu 過頭。kè khì 過去，kòe Sit 過失。keng kè 經過。kì" kè 見過，āu kè 後過，kòe Liáu 過了，kòe Sin 過身，kè tsúi 過水，kè Giàm 過癮，kòe hūn 過份。tsōe kòa 罪過。tio̍h bôa 着磨 kè kòa 過過。Lek Lō͘ kòe kòa 躒路過過。kè kòng 過過，khang khè tsòe kòe kòng 工課做過過。chhau Lô kè kòng 操勞過過。
遏	at, ㄜˋ,	tsoa̍t tn̄g 絕斷，at chí 遏止。ap chè 壓制，at chè 遏制。thêng kha 停腳，tsó͘ chí 阻止，at ek 遏抑。at tsoa̍t 遏絕。tui jip 追趕。
遍	Piàn, Phiàn, ㄅㄧㄢˋ, ㄆㄧㄢˋ,	chi̍t Pái nn̄g Pái 一回兩回，chiū sī chi̍t Piàn nn̄g Piàn 就是一遍兩遍。kui Piàn 遍。móa soa" iá 滿山野，Piàn tōe 遍地。bān San Piàn iá 漫山遍野。sì kòe kiâ iû 四界行遊，Piàn iû kok tōe 遍遊各地。tōa Phiàn 大遍，kui Phiàn 歸遍。chi̍t Phiàn chhân hn̂g 一遍田園。
達	ta̍t, ㄉㄚˊ,	Piàn Piàn 遍遍，sù thong Pat ta̍t 四通八達。thong ta̍t 通達，khui khoah 開闊。hiáu ngō͘ 曉悟，bêng ta̍t 明達，ta̍t Lí 達理。chìn Pō͘ 進步。

hoat tat。kàu ūi，kau tat。tsóan chhiu，tsóan tat。ko cheng ê mia，tat mô
發達。到位，到達。轉手，轉達。高僧的名，達摩。

【逼】Pek，Phe，ㄅㄝㄎ，ㄆㄝ，
chiap kūn，Pek kūn，Pek oá。kiōng Pek，Pek keng，Pek Pek，chin chhin chhiū，Pek chin。Phe
接近，逼近。逼倚。強迫，逼供。逼迫。真親像，逼真。逼，
Phái" Phe，bô Phái" Phe，Phe Sí，Phe miā，Phe sí miā thak tsu，Phe miā than chí"。
歹逼，無歹逼，逼死，逼命，逼性命讀書，逼命趁錢。

【遂】Sūi，ㄙㄨㄧ，
kun tè，sūn thàn，chhut tsāi Lâng。tat kàu，Sūi Goān，bī Sūi。móa Chiok，Sūi Sim。
跟隨，順趁。出在人。達到，遂願。未遂。滿足，遂心。

【逿】tōng，tōng，ㄉㄤ，ㄉㄤ，
keng kè，ke thâu。hòng tōng。tōng tat。hut jiân，Lîm Pī"，ìo tāng，húi hoāi。
經過，過頭。放逿。逿突。忽然，臨邊，搖動，毀壞。

【道】tō，thāu，tsō，ㄉㄜ，ㄊㄠ，ㄗㄜ，
Só kiâ" ê Lō，tō Lō。ke tō。kong Gī，tō tek。tō Gī。tō Lí。Chèng tō。
所行的路，道路。街道。公義，道德。道義。道理。正道。
tō kàu，tō ī"。chiāh thâu Lō，chiū sī ū chit Giap ê ì sù。m̄ tsai thāu，chiū sī jīm bat bô chhim
道教，道院。食道路，就是有職業的意思。毋知道，就是認識無深
ê ì sù。m̄ tsai thāu tú tióh Lí chit ê bô Lióng Sim ê Lâng。thang á tsō，chiū sī thang á ê
的意思。毋知道抵着你這個無良心的人。窗仔道，就是窗仔的
ē tóe ê chhâ
下底的柴。

【遁】tūn，ㄉㄨㄣ，
tô tsáu，chhian sóa，ún tsōng，tūn tsáu。thó tūn。tūn tōe。tūn hêng。tūn sè。
逃走，遷徙，隱藏，遁走。土遁。遁地。遁形。遁世。

【遒】iû，ㄧㄡ，
kóa" kín，Pek kūn，îu Siong Pek Sia。chīn thâu，Soah，Lō bé，Sòe hut hut jī îu chīn。kian kò。
趕緊，迫近，遒相迫些。盡頭，息，路尾，歲忽忽而遒盡。堅固。
tsū chip。ióng béng。ngī。hut jiân。
聚集。勇猛。勁。忽然。

【違】ûi，ㄨㄧ，
Poe biū，Lī khui，ûi Poe。Siám Pī，Gî Gā，kè sit，ûi hoán。ûi hoat。ûi sim。
背謬，離開，違背。閃避，疑訝，過失，違反。違法。違心。
khòng kū，ûi kèh。Sin thé Put an，ûi hô。chhiok hōan，ûi hōan。Pōe iok，ûi iok。
抗拒，違逆。身体不安，違和。觸犯，違犯。背約，違約。

【遊】iû，ㄧㄡ，
kiâ" sóa，chhut Góa，îu hêng。Lú iû。thit thô，iû Sióng，iû hì，bô chèng tong ê Lâng
行徙，出外，遊行。旅遊。迌迌，遊賞，遊戲。無正當的人
iû bîn。iû chhiu hò"êng。iû San oan súi。
遊民。遊手好閒。遊山玩水。

【逾】jû，ㄩˊ，
chìn chêng，chhiau kè，jû kî。jû oat。jû Giáh。Poā" kè chhiu"，jû chhiu"。thong jī。
進前，超過，逾期。逾越。逾額。跛過牆，逾牆。通踰字。

【遇】Gū，tú，ㄩˋ，ㄉㄨ，
bô tiu" tî Siong hōe，Lō nih Sa" tú tióh，ngó jiân chih chiap，Sa" Gū。Put kî jī Gū。
無張持相會，路裡相抵着，偶然接接，相遇。不期而遇。
tsō Gū。ki hōe，chè Gū。Sa" khè háp，Gū háp。Sēng Siu，thāi Gū。Sa" tú，tú tióh。
遭遇。機會，際遇。相契合，遇合。承受，待遇。相遇，遇着。

【運】ūn，īn，ㄩㄣ，ㄧㄣ，
kiâ"，tín tāng，ūn tōng。khì Sò，miā ūn。ūn khì。ūn tô。Poa" Sàng，ūn Sàn，ūn Su。
行，振動，運動。氣數，命運。運氣。運途。搬送，運送。運輸。
ūn hô。Lō ēng，ūn iōng。ūn hêng。Soa" în khì Lâi，în Lâi în khì。
運河。路用，運用。運行。山運來，運來運去。

【迦】ka，ㄍㄚ，
hō i bōe tit kiâ" chìn chêng，
互他獪得行進前，

【遞】Sī，ㄙㄧ，
Sī Sōa，khah Sī Sōa，chiū sī kiò Lâng khah kín teh ê ì sù。Sī Sōa kiâ"，Sī Sōa tsòe khang khè。
遞速，較遞速，就是叫人較緊的的意思。遞速行。遞速做工課。

【造字】借悉偏音成字。

十畫

【遘】kò，ㄍㄡ，
hut jiân Sa" tú tióh，Siong kò。khòa" kì"，kò bīn。
忽然相抵着，相遘。看見，遘面。

【遣】khián，ㄑㄧㄢ，
Pàng i khì，khiā Sàng。chhe，thok tiong，chhe khián。Gō Lòk，Siau khián。kái sòa" khián Sàn。
放他去，遣送。差，託重，差遣。誤樂，消遣。解散，遣散。

【遛】Liû，ㄌㄧㄡ，
kiâ bōe chìn chêng，iân chhiân ê ì sù，tô Liû。Sì kòe kiâ"，Liû tat。
行獪進前，延延的意思，逗遛。四界行，遛達。

【遡】Sò，Sok，ㄙㄨ，ㄙㄜ，
kā Lâng kóng，kóng bêng，Sò kò，kap 愬、訴 Sio Siāng ì sù。Sok，ǹg Gèk Liû kiâ"，Sok hôe chiôn
給人講，講明，遡告，与愬、訴相同意思。遡，向逆流行，遡洄從之。
chi。Sūn Lâu Lóh Lâi，Sok îu chiông chi
順流落來，遡遊從之。

【遜】Sùn TXㄣ kiong kèng, sa" niū, khiam sūn. Sùn ūi. khah su, sùn sek. Siám pī, sùn sî.
恭敬，相讓，謙遜。遜位。較輸，遜色。閃避，遜辭。

【逫】tap, ㄉㄚˋ chhap tsap tsap tap. chhiong sēng, tsoe tsoe, hap tap. tsòng iòng ê khoán sit, kip tap.
嘈雜，雜逫。昌盛，多多，合逫。壯勇的款式，駁逫。

【遢】thap, ㄊㄚˋ am chī" kiâ" ê khoán sit. kiâ" ê khoán sit, bô kín sīn t chhì, Liap thap.
暗靜行的款式。行的款式，無謹慎律誌，邋遢。

【遞】tāi, tōe, ㄉㄞˋ,ㄉㄧˋ kap jī sio siāng ì sù. khoà" 7 ūi tsù kái.
与 遞 字相同意思。看七畫註解。

【遙】iâu, 一ㄠˊ hn̄g hn̄g, iâu oán. thit thô, siau iâu. khoà" hn̄g hn̄g, iâu bāng. tùi hn̄g lâi ka khòng chè, iâu khòng.
遠遠，遙遠。迢迢，逍遙。看遠遠，遙望。對遠來加控制，遙控。

【遠】oán, oàn, hn̄g, ㄩㄢˇ,ㄩㄢˋ,ㄏㄥ hn̄g hn̄g, iâu oán. kú tn̂g, tióng oán. kiú oán. éng kiú, éng oán. oàn, Lī khui,
遠遠，遙遠。久長，長遠。久遠。永久，永遠。遠，離開，
Pàng sak, tû khì ê ì sù, oàn hāi. So oán. chhin hiân jîn oàn siáu jîn. kèng kúi sîn
放揀，除去的意思，遠害。疏遠。親賢人遠小人。敬鬼神
jî oàn chi. hn̄g, chiah hn̄g. hn̄g Lo Lo. chin hn̄g.
而遠之。遠，卽遠，遠囉囉。眞遠。

【逑】Sut, TXㄊ kap 述 sio siāng ì sù. chham khó 5 ūi tsù kái.
与 述 相同意思。參考五畫註解。

【遝】kip ㄍ一ㄆ kàu ūi, bêng pek, sa" kap. í kip chiū sī ê kó jī.
到位，明白，相及。以遝，就是 及 的古字。

【遚】chhong, ㄑㄜㄥ chiū sī Pòa" kè, kè thâu ê ì sù.
就是盤過，過頭的意思。

十一畫

【遮】chia, jia, ㄐ一ㄚ,ㄖ一ㄚ iám khàm, tsó tòng, chia tsoat. chia iám. jia khàm. moa jia. nâ tsah, jia Lân.
掩蓋，阻擋，遮絕。遮掩。遮蓋。帽遮。攔截，遮攔。
jia tsah, jia keh. jia môa. jia Pè. kái koat kiàn siàu sū, jia siáu.
遮截，遮隔。遮瞞。遮蔽。解決見誚事，遮羞。

【遲】tî, thih ㄉ一ˊ,ㄊ一ˋ ûn á kiâ", tî oān. iân oān, iân tî. kú kú, iáu bē, tî tî. bô bín chiát, gû gōng,
緩仔行，遲緩。延緩，延遲。久久，猶未，遲遲。無敏捷，愚戇，
tî tūn, tî tūn. thih, thoa thih. gâu thoa thih. chiū sī gâu sô ê ì sù.
遲忳，遲鈍。遲，拖遲。勢拖遲。就是勢趖的意思。

【遱】Lô, ㄌㄨㄛˊ Sio chiap sòa, bô tsoat tn̄g ê khoán sit, Liân Lô.
相接續，無絕斷的款式，連遱。

【遨】Gô, ngô, ㄠˊ,ㄥㄜˊ thit thô, kiâ" iû kiâ" sóa, Gô iû. ngô iû sù hái.
迢迢，行遊，行徙，遨遊。遨遊四海。

【適】sek, tek, tek, ㄕㄜˋ,ㄉ一ˊ,ㄉ一ˋ khì. tè i, sa" thân, chhin chhiū", kàu, chhut kè. hap ì, khoài Lo̍k, sim sek.
去。隨他，相趁，親像，到，出嫁。合意，快樂，心適。
bîn ti só sek. sek jîn. sek èng. sek iōng. sek hap. sek tong. sek gî. sek khó.
民知所適。適人。適應。適用。適合。適當。適宜。適可。
sek ì. tek tong. tek hap. tek èng. tek im, kap jī tông gī. tek-tek. im hán ēng.
適意。適當。適合。適應。適音，与敵字同義。適·適。音罕用。

【遬】Sok, ㄙㄨˋ kóng ōe pek chhek. koá" kín kóng ōe khin sia" koh kín ê ì sù.
講話迫促。趕緊，講話輕聲閣緊的意思。

【遰】tāi, tē, ㄉㄞˋ,ㄉ一ˋ hn̄g hn̄g bōe ōe sa" thong, siâu tāi. khì siám phiah, tē óng. Pak lâi kóng tùi lâm pêng khì.
遠遠獪能相通，迢遰。去閃避，遰往。北來講對南爿去。

【遯】tūn, ㄉㄨㄣˋ tūn jī ê Pún jī, chhiâ" khoà" 9 ūi tsù kái. iā sī tsúi miâ, tūn súi. tī iā Lông koān.
遁字的本字，請看九畫註解。也是水名，遯水。佇夜郎縣。

【遭】tso, tsoa, ㄗㄠ,ㄗㄨㄚ tú tioh tú gū, tsō ū, tso hōng. tú tioh Phái" sū, tso Lān. chiu ûi, chiu tso.
拄着，抵遇，遭遇。遭逢。抵着歹事，遭難。周圍，周遭。
tsoa, kè tsoa. chiū sī kè sî ê ì sù.
遭，過遭。就是過時的意思。

【遫】thek, ㄊㄜˋ khui khui, khui Lī, khui mn̂g, thián khui ê ì sù.
開開，開離，開門，展開的意思。

【遳】Sut, TXㄊ in chhōa, tsòe thâu, thóng hat, thân, tsū chip.
引導，做頭，統轄，趁，聚集。

【透】thàu, ㄊㄡˋ Lēng gōa ke mih kiā", hūn hap tsōe hāng mih, chhi" thâu Pi" Lek. chhi" thâu âng Pi" chí sek,
另外加物件，混合多項物，青透黃變綠，青透紅變紫色，
thàu Lâi thàu khì. Sio tsúi thàu Léng tsúi. Sin mî thàu kū mî. thau kang kiám Liāu.
透來透去。燒水透冷水。新綿透旧棉，偷工減料。

【遛】Liû, ㄌ一ㄡ sì kòe Liu, Liu á kiâ", hòng tōng kiâ" ê ì sù. gâu Liu, Liu thâu thâu, khì kè ê ì sù. 造字
四界遛，遛仔子，放蕩子的意思。勢遛，遛透透，去過的意思。

造字 遴字加手，手即為加工也，𨘼即為做手也。

十二畫

遻 chhiong ㄑㄧㄛㄥ； tô tsáu，Siám Pī，tô siám ê ì sù，
逃走，閃避，逃閃的意思。

遺 î，ûi ㄧˊ，ㄨㄟˊ； Lâng ê sìⁿ，Ûi。Sit Lóh，ûi sit。Liû thoân，ûi thoân。ûi bu̍t。ûi su。ûi hùn。ûi sán。
人的姓，遺。失落，遺失。留傳，遺傳。遺物。遺書。遺訓。遺產。
kùi ㄍㄨㄟˋ； oán sioh，ûi hām。bōe kì tit，ûi bōng。ì，ēng mih sio sàng，kùi ì。kùi chēng。
惋惜，遺憾。𣍐記得，遺忘。遺，用物相送，餽遺。遺贈。

遶 jiáu，jiàu 日ㄧㄠˇ，日ㄧㄠˋ； in soàⁿ，tìⁿ sî。ûi seh，seh，ûi jiáu。khún pak，tìⁿ jiàu。khìⁿ tiàu。
捆線，纏絲。圍𨑨，𨑨，圍遶。綑縛，纏遶。擒跳。

遼 Liâu ㄌㄧㄠˊ； hn̄g hn̄g，Liâu oán。khoah tōa，Liâu khoah。tōe miâ，Liâu tang。Liâu Lêng。
遠遠，遼遠。闊大，遼闊。地名，遼東。遼寧。

遴 Lîn，Līn ㄌㄧㄣˊ，ㄌㄧㄣˋ，遴； kéng soán kú chiàn ê ì sù。Lîn soán。kan tsà。tham sim。tham Lîn。Lâng ê sìⁿ Lîn。
揀選，舉薦的意思，遴選。奸詐，貪心，貪遴。人的姓遴。

逆 Gō，Gók ㄫㄛˋ，ㄫㄛㄍ； tú Gū，tú tio̍h khoàⁿ kìⁿ，kiaⁿ hiâⁿ，saⁿ tú tio̍h，chhiok tio̍h，ûi kėh。
抵遇，抵着看見，驚惶，相抵着，觸着，違逆。

選 Soán，Soàn ㄒㄨㄢˇ，ㄒㄨㄢˋ； kéng tio̍h，Soán te̍k，kéng soán，Soán kú，Soán hiân ú Lêng。ūn tōng soan chhiú。Soán hó。
揀着，選擇。揀選。選舉，選賢與能。運動選手。選好。
Soàn，kap 算 Sio siāng ì sù，tān sī hiān kim bô ēng chit im。
選，与算相同意思，但是現今無用這音。

遷 chhian ㄑㄧㄢ； oāⁿ ūi，piàn oāⁿ。chhian soá。piàn chhian。iân chhiân，chhian iân。chhian ku。chhian ì。Poaⁿ chhian
換位，變換，遷徙。變遷。延延，遷延。遷居。遷移。搬遷。

遵 tsun ㄗㄨㄣ； thàn bēng Lēng，tsun bēng。chiàu Lō͘ kiâⁿ，tsun siú。tsun hêng。sūn thàn，tsun chiông。tsun pān
趁命令，遵命。照路行，遵守。遵行。順趁，遵從。遵辦。

遹 sút，ut ㄒㄨㄊ，ㄨㄊ，遹； sút，kan siâ ê ì sù，bô͘ iû hôe sút。ut，saⁿ thàn，tè，kéng khí。thoân sòa。jī sìⁿ ut。
遹，奸邪的意思，謀猶回遹。遹，相趁，隨，請起，傳續。字姓遹。

遻 kiauhⁿ ㄍㄧㄚㄨㄏ； kōng kiauhⁿ，chiū sī bô tsāi tín tāng ê siaⁿ。
摃遻，就是無在振動的聲。

十三畫

邅 chian ㄐㄧㄢ； tn̄g seh，oat tn̄g，chian hôe。chian tsóan。kiâⁿ bōe chìn chêng kan khó͘，tun chian。
轉踅，越轉，邅迴。邅轉。行𣍐進前艱苦，迍邅。

邂 hāi ㄏㄞˋ； bô ì Lâi Gū tio̍h，hāi hō͘。hoaⁿ hí ê khoán sit。
無意來遇着，邂逅。歡喜的款式。

還 hoân，hoán，hêng，Soân ㄏㄨㄢˊ，ㄏㄨㄢˇ，ㄏㄥˊ，ㄒㄨㄢˊ； hoân，tò tńg Lâi，tò thè，hoân ka。hoân hôe。hoân hiong。siā sîn，hoân Goān。
還，倒返來，倒退，還家。還回。還鄉。謝神，還願。
hâiⁿ ㄏㄞˊ； hêng chîⁿ，hoân chè。thè hêng。thoaⁿ hêng。hêng chè。hêng siàu。hoân，Lí hoân Lí，Góa hoân Góa
還錢，還債。退還。攤還。還債。還賬。還，你還你，我還我。
Lí hoân Lí ê，Góa hoân Góa ê。Soân，chiū sī kap 旋 sio siāng，hâiⁿ Góa chîⁿ。
你還你的，我還我的。還，就是與旋相同。還我錢。

遽 kù ㄍㄨˋ； hut jiân，kù jiân。kóaⁿ kín，kip kù。kiaⁿ hiâⁿ，hông kù。khún pek，khún kù。ia̍h chhia，Sēng kù。
忽然，遽然。趕緊，急遽。驚惶，惶遽。窘迫，窘遽。驛車，乘遽。

邁 māi ㄇㄞˋ； kiâⁿ hn̄g，kè khì，nî Lāu，māi chìn。māi pō͘。nî māi。m̄ khoàⁿ，sī ngó͘ māi māi。
行遠，過去，年老，邁進。邁步。年邁。毋看，視我邁邁。

避 Pī，Phiah ㄅㄧˋ，ㄆㄧㄚㄏ，避； tô siám，siám Pī。tô Pī。Pī Lān。tô Phiah。Phiah bián。Phiah chè。
逃閃，閃避。逃避。避難。逃避。避免。避債。

邀 hiau，iau，io ㄏㄧㄠ，ㄧㄠ，ㄧㄛ； Lō͘ tiong nôa tsa̍h，Poàn tô͘ hiau chi。khún kîu iau chhiáⁿ。iok Lâng Lâi iau iok。
路中攔截，半途邀之。懇求，邀請。約人來，邀約。
iau chi̍p。io，io chhoā i。saⁿ io saⁿ chio，chio io。saⁿ chio io Lâi khoàⁿ pò͘ tē hì。
邀集。邀，邀導他。相邀相招，招邀，相招邀來看布袋戲。

邃 Sūi ㄙㄨㄟˋ； chhim hn̄g，chhim sūi。sūi oán。chīn thâu ê ì sù。
深遠，深邃。邃遠。盡頭的意思。

遼 chhiám ㄑㄧㄢˇ； chiū sī ài kūn oá ê khoán sit。siam chhiám。
就是愛近倚的款式。𢡄遼。

邁 koah 《ㄨㄚㄏ； kui poe，tsōe tsōe ê ì sù。oang koah。kui koah。chi̍t tōa koah。kui koah Lâng。khì koah hiuⁿ。
歸批，多多的意思。迋邁。歸邁。一大邁。歸邁人。去邁香。

造字 借邁白話音來成字。

補12畫 遖 chhip ㄑㄧㄆ； chhip chhip á tsúi，chiū sī chhián chhián ê tsúi。tām po̍h sió khoá ê tsúi。 造字
遖遖仔水，就是淺淺的水。淡薄少許的水。

十四—十九畫

【邈】biáu ㄇㄧㄠˋ；khoàⁿ Khin，biáu sī。hn̄g ê khoán sit，biáu biáu。iu būi，bêng biáu。Lō͘ hn̄g，Lō͘ biáu。
看輕，邈視。遠的款式，邈邈。憂悶小芒邈。路遠，路邈。

【邇】jíⁿ ㄦˇ；Gú tsō͘ sû。kūn Lâi，jíⁿ Lâi。ī sóa。tioh。
語助詞。近來，邇來。移徙。着。

【邋】Liàp ㄌㄧㄚˋ；keng kè，tín tāng。kî tín tāng ê Khoán Sit。Liàp Liàp。bô chéng kiat ê khóan，bô kí sīn ê khóan，kiâⁿ lō͘ ê khoan Sit，Liàp thap。
經過，振動。旗振動的款式。邋邋。無整潔的款，無謹慎的款，行路的款式，邋遢。

Liâm Pīⁿ，Liâm mi，chiū sī Lîm sî ê ì sù。臨邊，臨邊。就是臨時的意思。

【邊】Pian，Pīⁿ ㄅㄧㄢ，ㄅㄧ；Lióng Pêng chiū kūn，Lióng Pian。Sin Pīⁿ，Pông Pian。keng kài，Pian kài。Pīⁿ á，Pian iân。Phian Pīⁿ。Pīⁿ á thâu。Lō͘ Pīⁿ。tsúi Pīⁿ。Sì Pīⁿ bô Lâng。chhù Pīⁿ thâu bè。
兩畔就近，兩邊。身邊，旁邊。境界，邊界。邊仔，邊緣。偏邊。邊仔頭。路邊。水邊。四邊無人。厝邊頭尾。

【邐】Lí ㄌㄧˇ；Phian Pīⁿ kiâⁿ，ûn á kiâⁿ，ī Lí。Saⁿ Liân Sòa ê ì sù。kiâ，Lí Lí。
偏邊行，緩仔行，迤邐。相連續的意思。行，邐邐。

【邏】Lô，Lō ㄌㄨㄛˊ，ㄌㄨㄛˋ；Sì kòe kiâ Lâi khoàⁿ，Sûn Peng，Sûn Lô。Lô tsut。Sòe tsoh，cheng Lô。jia tsah，jia Lô。Lô chip，Géng kiù Su Siúⁿ ê hak sut。
四界行來看，巡兵，巡邏。邏卒。細作，偵邏。遮截，遮邏。邏輯，研究思想的學術。

邑阝部 163

【邑】ip ㄧˋ；kok tō͘。tè to。tsōe Lâng tsū chip ê só͘ tsāi，ip Lo̍h。kó͘ tsá kóng tōa só͘ tsāi kiò to，sió só͘ tsāi kiò ip。khì bōe thàu，khì ū ip。
國度。帝都。多人聚集的所在，邑落。古早講大所在叫都，小所在叫邑。氣艙透，氣於邑。

二、三畫

【邙】Sip ㄒㄧˋ；koāiⁿ mîa，tī Siók kok ê só͘ tsāi。hiān kim chiū sī ek chiu Sip hong koāiⁿ。
縣名，佇蜀國的所在。現今就是益州邙邡縣。

【邔】kí ㄑㄧˇ；Lâm kūn ê kū Siâⁿ，koāiⁿ mîa，kí koāiⁿ。
南郡的旧城，縣名，邔縣。

【邛】Giông，kiông ㄑㄩㄥˊ，ㄍㄩㄥ；tio̍h bôa，Phòa Pīⁿ。Só͘ tsāi mîa，Giông Lâi。Sù chhoan Séng koāiⁿ mîa。Soa mîa，kiông Lâi Soaⁿ。
着磨，破病。所在名，邛崍。四川省縣名。山名，邛崍山。

【邙】Bông ㄇㄤˊ；hô Lâm Séng ê chit ê ê mîa。Pak bông。kó͘ tsá chin tsōe kùi jîn Lóng tsòng tī chia。
河南省的一個的地名。北邙。古早真多貴人攏葬佇這。

【邘】û ㄩˊ；chiu tiâu bú ông ê kiáⁿ só͘ hong ê kok，tōe hō mîa，Lâng ê sìⁿ。
周朝武王的子所封的國。地號名。人的姓。

【邕】iong ㄩㄥ；Pó hō͘ Siâⁿ ê hô。hô kau。kian kò͘。hô Lo̍k。chiu mîa，iong chiu。
保護城的河。壕溝。堅固。和樂。州名，邕州。

【邖】San ㄕㄢ；tōe hō mîa，jī sìⁿ。
地號名。字姓。

【邗】hân ㄏㄢˊ；hân kau，tsúi ê mîa。Gô͘ Siâⁿ hân kau thàng kang hoāi。
邗溝，水的名。吳城邗溝通江淮。

四畫

【邡】hong，hông ㄈㄤ，ㄈㄤˊ；chiū sī koāi ê mîa，Sip hong koāiⁿ。thak hông chiū sī kap 訪 jī thong。chhē ê ì sù。
就是縣的名，邙邡縣。讀邡就是和訪字通。尋的意思。

【邢】hêng ㄒㄧㄥˊ；thó͘ tōe ê mîa，hêng tâi。tī hô Pak Séng。Lâng ê Sìⁿ
土地的名，邢臺。佇河北省。人的姓

【那】Lô，ná，tá，tó，tah ㄋㄨㄛˊ，ㄋㄚˇ，ㄋㄚˋ，ㄋㄨㄛ，ㄋㄚ；se î kok an têng ū tiâu Lô koāiⁿ。bîn kan tsong kàu，sîn ê mîa Lô chhia thài tsú。Lâng ê Sìⁿ Lô。Pang tsān ê jī。ná tsai，ná oē，ná Lí，ná ū，ná bô。tá，tó，tōng。tá Lo̍h，khì tá Lo̍h，chiū sī khì tó ūi。tó chit ūi Sian sìⁿ khah Gâu。tah Lo̍h，mi̍h kiāⁿ khǹg tī thah Lo̍h。khǹg tī hit tat。chit tah。mn̄g ê ōe。
西夷國安定有朝那縣。民間宗教，神的名那吒太子。人的姓那。幫助的字。那知，那能，那裡，那有，那無。那，那，同。那落，去那落，就是去那位。那一位先生較勢。那落，物件藏佇那落。藏佇彼那。這那。問的話。

【邦】Pang, ㄅㄤ; tōa kok, Pang kok. kok kap kok ê kau Pôe, Pang kau. kok ka ê kun Pún, Pang Pún. bān kok bān Pang.
大國，邦國。國與國的交陪，邦交。國家的根本，邦本。萬國萬邦。

【邠】Pin, ㄅㄧㄣ; Só͘ tsāi mia. kap 豳 jī, 豳 jī Sio Siāng ì sù. bûn Lí kap 彬 jī thong.
所在名。與豳字，豳字相同意思。文理與彬字通。

【邪】ia, Sia, ㄧㄚ, ㄒㄧㄝ; ia, kūn mîa, Lông ia Kūn. kiàm mîa, bô kia kiàm. Pang tsān ê ōe, Gî ngāi ê ì sù, tsái" iūⁿ. Sîa, bô chèng keng, kan Sîa. Sîa sim. Put chèng ê su Siūⁿ, Sîa kàu. Sîa Liām. Sîa soeh. Sîa tō. iau chia" kui Sîa. Sù sî Put Sūn, tio̍h hong Sîa.
邪，郡名，琅邪郡。劍名，莫邪劍。幫助的話，疑訝的意思，怎樣。邪，無正經，奸邪。邪心。不正的思想，邪教。邪念。邪說。邪道。妖精鬼邪。四時不順，着風邪。

【邨】chhoan, chhun, chhng, ㄘㄨㄢ, ㄘㄨㄣ, ㄘㄥ; 村 ê Pún jī. hiuⁿ Sīa, Lâng tsū chip ê Só͘ tsāi. hiong chhoan. chhun tsong. chhoan iá, khah chho͘ Ló ê Só͘ tsāi. hiuⁿ chhng.
村的本字。鄉社，人聚集的所在。鄉邨。邨莊。邨野，較粗魯的所在。鄉邨。

【那】Lô, ná, tá, tó, tah, ㄌㄨㄛ, ㄋㄚ, ㄉㄚ, ㄉㄨㄛ, ㄉㄚˋ; 那 ê Pú jī. chhia" khoa" kai jī tsù kái.
那的本字。請看該字註解。

【邧】Goân, ㄩㄢˊ; Chîn ip ê mîa, chìn hō͘ hoat chìn kok tī Goân Sin Siâⁿ.
秦邑的名。晉侯伐秦國佇邧新城。

五畫

【邯】ham, hân, ㄏㄢ, ㄏㄢˊ; Só͘ tsāi mîa, hân tan koāiⁿ. Soaⁿ mîa, hân San. tsúi mîa, ham chhoan.
所在名，邯鄲。山名，邯山。水名，邯川。

【邱】khiu, khu, ㄑㄧㄡ, ㄑㄩ; thó͘ tē ê mîa. Sòe ê soaⁿ, tōa ê Soaⁿ tui, Saⁿ khiu. khiu Lêng. chhân hn̂g, chhân khu. Lâng ê sì khu.
土地的名。小的山，大的山堆，山邱。邱陵。田園，田邱。人的姓邱。

【邳】Phi, ㄆㄧ; tōe hō mîa, hā Phi, koāiⁿ ê mîa. Soaⁿ mîa, tōa Phi soa.
地號名，下邳，縣的名。山名，大邳山。

【邶】Pōe, ㄅㄟˋ; chê kok ê tōe hō mîa. tiâu ko ì Pak ê Só͘ tsāi. hiān kim hô Lâm Séng.
齊國的地號名，朝歌以北的所在。現今河南省。

【邲】Pì, Pit, ㄅㄧˋ, ㄅㄧˋ; tēng kok ê tōe, tī tēng chiu koán chiaⁿ koāiⁿ. Lâng ê sìⁿ.
鄭國的地，佇鄭州管城縣。人的姓。

【邴】Péng, Pèng, ㄅㄧㄥˇ, ㄅㄧㄥˋ; tēng kok ê tōe, hiān kim Soaⁿ tang Séng hùi koāiⁿ tang Lâm hng. Lâng ê sìⁿ. hô khì ê khóan.
鄭國的地，現今山東省費縣東南方。人的姓。和氣的款。

【邰】thai, ㄊㄞ; kok ê mîa, tsá chiu Sian tsó͘ khì Sak Sia chek, hong tī chit Só͘ tsai, sī hiān kim Siám Sai Séng koāiⁿ Lāi.
國的名，早周先祖棄揀社稷，封佇這所在，是現今陝西省縣內。

【邸】tí, ㄉㄧˇ; kó tsá tōa koaⁿ Lâi tiâu kìⁿ hông tè, Só͘ tòa ê chhù kiò tsòe tí. kheh koán, Gū só͘, koaⁿ tí. Lú tí. theh tí. kun tí, chiū sī kun tóe ê ì sù.
古早大官來朝見皇帝，所住的厝叫做邸。客館，寓所，官邸。旅邸。宅邸。根柢，就是根底的意思。

【𨚗】Lô, ná, tá, tó, tah, ㄌㄨㄛ, ㄋㄚ, ㄉㄚ, ㄉㄨㄛ, ㄉㄚˋ; kap 那 jī sio siāng ì sù.
與那字相同意思。

【邵】Siāu, Siō, ㄒㄧㄠˋ, ㄒㄧㄛ; tōe mîa, Siāu bú, tī hok kiàn Séng. Siāu iông, tī ô͘ Lâm Séng. Lâng ê sìⁿ Siō.
地名，邵武，佇福建省。邵陽，佇湖南省。人的姓邵。

六畫

【郅】chit, ㄓˋ; koāiⁿ ê mîa, hiok chit. kàu kek ê ì sù. chiūⁿ koāiⁿ. chit Liông heng sēng ê ì sù. chit tī chi sè, thian hā thài Pêng Sēng Sè.
縣的名，郁郅。到極的意思，上高。郅隆興盛的意思。郅治之世，天下太平的盛世。

【邾】tu, tsu, ㄉㄨ, ㄓㄨ; kok ê mîa, chiu bú ông Só͘ hong ê. hiān kim tī Soaⁿ tang tsō͘ koāiⁿ tang Lâm.
國的名，周武王所封的。現今佇山東鄒縣東南。

【郈】hō͘, ㄏㄡˋ; Lō͘ kok ê Sîaⁿ mîa, hiān kim tī Soaⁿ tang séng tong Pêng koāi tang Pêng. jī sìⁿ.
魯國的城名，現今佇山東省東平縣東坪。字姓。

【郃】hap, ㄏㄜˊ; tsúi mîa, hap Súi, tī hā iông koāi. hap iông koāiⁿ, tī Siám Sai Séng. jī sìⁿ.
水名，郃水，佇夏陽縣。郃陽縣，佇陝西省。字姓。

【郊】kau, ㄐㄧㄠ; Sîaⁿ Gōa ê khàng tōe, kau iá. kau Gōa. Sîa chhī hù kūn, kau khu. chhī kau. kau iá. tang cheh chè thiⁿ kiò tsòe kau, hā chì chè tōe kiò tsòe Sīa, kau sīa, chiū sī chè sū thiⁿ tōe.
城外的空地，郊野。郊外。城市附近，郊區。市郊。郊野。冬至祭天叫做郊，夏至祭地叫做社，郊社，就是祭祀天地。

郄 khek, ㄎㄝㄎ; tōe hō mîa, thong 郤 jī. Lâng ê sìⁿ. khek khiok, oan khiau ê khóan sit.
地號名。通「郤」字。人的姓。郄曲，彎曲的款式。

邽 ke, kui ㄍㄝ，ㄍㄨㄧ; koāiⁿ ê mîa, Siōng kui koāiⁿ. hiān kim chîn chiu. Lâng ê sìⁿ ke.
縣的名，上邽縣。現今秦州。人的姓邽。

郇 hoân, sûn ㄏㄨㄢˊ，ㄒㄩㄣˊ; jī sìⁿ hoân. kó kok mîa, tī hiān kim Soaⁿ sai séng î sī koāiⁿ. Sûn.
字姓郇。古國名，佇現今山西省猗氏縣。郇。

郁 hiok, ㄏㄧㄛㄎ; tōe hō mîa, hiok î koāiⁿ. hiok tiat koāiⁿ. hiok chit koāiⁿ. bûn lí ê ōe, hiok hiok. Phang bī
地號名，郁夷縣。郁秩縣。郁郅縣。文理的話，郁郁。香味
hok hiok. Phang bī kāu. Lông hiok. hiok Liat. Lâng ê sìⁿ.
馥郁。香味厚；濃郁。郁烈。人的姓。

邠 Pin ㄅㄧㄣ; kó tsá ê tōe hō mîa, Siok tī Soaⁿ tang Séng.
古早的地號名，屬佇山東省。

郌 Si ㄒㄧ; Sòe Sòe ê kok, hū iông kok, Si kok. Soaⁿ mîa, Pêng im Sai Pêng ū Si San.
小小的國，附庸國，郌國。山名，平陰西平有郌山。

七畫

郕 Sêng ㄔㄥˊ; kok ê mîa, tī hiān kim Soaⁿ tang Lêng iông koāiⁿ Pak Pêng. tōe hō mîa, Sip Sêng tī hoâi koāiⁿ.
國的名，佇現今山東寧陽縣北平。地號名，隰郕，佇懷縣。

郛 hu ㄈㄨ; Siâⁿ ê Gōa kok, hu kok. tsu jîn hoat tēng kok jip tī hit só tsāi.
城的外郭，郛郭。邾人伐鄭國入佇彼所在。

郗 hi, thi ㄒㄧ，ㄔ; chiu tiâu ê Siâⁿ, tī hô Lâm iá ông koāiⁿ. Lâng ê sìⁿ. kut tsat ê tiong kan hi
周朝的城，佇河南野王縣。人的姓。骨節的中間；郗。

郝 hek, hok, Sek ㄏㄝㄎ，ㄏㄛㄎ，ㄒㄝㄎ; hek, hok chiū sī Lâng ê sìⁿ. kó tsá ê tōe mîa, tī hiān kim ê Siám sai séng. thak Sek
郝，郝，就是人的姓。古早的地名，佇現今的陝西省。讀郝；
chiū sī keng tsoh ê ì sù. Sek keng.
就是耕作的意思。郝耕。

郜 khò, khok ㄎㄜˋ，ㄎㄛㄎ; chiu tiâu bûn ông ê kiáⁿ só hong ê kok mîa. Chìn ê Siâⁿ, ki Siâⁿ. khò Siâⁿ. Lâng ê sìⁿ.
周朝文王的子所封的國名。晉的城，箕城。郜城。人的姓。

郟 kiap ㄐㄧㄚˊ; tōe hō mîa, Kiap jiok. tī hô Lâm Lok iông koāiⁿ Sai Pêng. Sêng ông têng têng kiap jiok. jī sìⁿ.
地號名，郟鄏。佇河南洛陽縣西平。成王定鼎在郟鄏。字姓。

郤 khek ㄒㄧˋ; kiah thâu khòaⁿ. kut bah saⁿ chiah chhêng. kau pôe chhim. khàng khiah, kap 隙 thong.
擧頭看。骨肉相食穿。交陪深。空隙，與「隙」通。

郢 éng, théng ㄧㄥˇ，ㄔㄥˇ; só tsāi mîa, chhó kok ê to Siâⁿ, tī hiān kim ê ô Pak Séng kang Lêng koāiⁿ Pak Pêng,
所在名，楚國的都城，佇現今的湖北省江陵縣北平，

郡 kūn ㄐㄩㄣˋ; kó tsá Só tsāi ê khu hek ê mîa, kūn koāiⁿ. kūn Siu, kūn ê tiúⁿ koaⁿ. kūn koāiⁿ chè tō.
古早所在的區域的名，郡縣。郡守，郡的長官。郡縣制度。

郎 Lông, nn̂g ㄌㄤˊ，ㄋㄥˊ; kó tsá ê koaⁿ mîa, sī Lông. ta Po Lâng ê chheng hō, hu Lông. Lông kun. chheng ho Pat Lâng ê kiáⁿ,
古早的官名，侍郎。唐夫人的稱呼，夫郎。郎君。稱呼別人的子，
Lēng Lông. tsa bó Gín á, Lú Lông. Sī n̂g. Gû n̂g, chhī Gû ê Lâng. Gû n̂g chit Lú. Gû n̂g chit Lú chhiⁿ.
令郎。查某囝仔，女郎。侍郎。牛郎，飼牛的人。牛郎織女。牛郎織女星。

郣 Put ㄅㄨㄛˊ; tōe hō mîa, Put hái. thó tōe khah koāiⁿ ê Só tsāi.
地號名，郣海。土地較高的所在。

郠 keng ㄍㄥˇ; ko bit hiuⁿ chhng ê mîa.
高密鄉村的名。

郚 ngô ㄨˊ; Ló kok ê Siâⁿ, Siâⁿ ê mîa. ngô Siâⁿ.
魯國的城，城的名。郚城。

郔 iân ㄧㄢˊ; tēng kok Pak Pêng ê tōe. chìn hô hoat tēng kàu chit só tsāi.
鄭國北平的地。晉侯伐鄭到這所在。

八畫

郴 thim ㄔㄣ; kùi iông koāiⁿ ê mîa. Lâng ê sìⁿ.
桂陽縣的名。人的姓。

郲 tsông ㄗㄨㄥ; chiū sī kok ê mîa
就是國的名；

郭 kok, keh ㄍㄨㄛ，ㄍㄝ; Gōa têng ê Siâⁿ, Gōa kok. mih kiāⁿ ê chiu ûi Gōa bīn, Lûn kok. Lâng ê sìⁿ, keh. koeh.
外重的城，外郭。物件的周圍外面，輪郭。人的姓，郭。郭。

郲 Lâi ㄌㄞˊ; tōe hō mîa, tēng kok ê tōe, Lâi Siâⁿ. Soaⁿ mîa, Giōng Lâi Soaⁿ. bô Pî ê khóan Sit.
地號名，鄭國的地，郲城。山名，邛郲山。無平的款式。

郯 tâm ㄊㄢˊ; kok ê mîa, Siâⁿ ê mîa, tī hiān kim Soaⁿ tang Séng tâm Siâⁿ koāiⁿ Sai Lâm Pêng. jī sìⁿ.
國的名，城的名，佇現今山東省郯城縣西南平。字姓。

部 Pō͘, Phō͘, ㄅㄨˋ, ㄆㄨˇ, Lóng tsóng, tsoân Pō͘. Pun khui, Pō͘ hūn. tsóng hat, tsóng Pō͘. koaⁿ mia, Pō͘ tiúⁿ. kok ka ki koan, hêng chèng Pō͘ bûn. kun tūi, Pō͘ tūi. Pō͘ hā. chit Phō͘ chheh. chit Phō͘ tiān iáⁿ. kui Phō͘.
攏總，全部。分開，部份。總轄，總部。官名，部長。國家機關，行政部門。軍隊，部隊。部下。一部冊。一部電影。歸部。

郵 iû, 一ㄡˊ, chhian lí bé koán, iah tsām. kó tsá thoân tōe bûn su ê ki koan. ēng bé thoân ê kiò tī. ēng pō͘ thoân ê kiò tsòe iû. kok ka só͘ pān ê thoân tōe phoe sìn ê ki kò͘. iû chèng. iû cheng kiók. tok tsoh chhân ê, put chí kè thâu, iû kè. kap 尤 thong. iû phiò, kià iû ê pìn phiò.
千里馬館，驛站。古早傳遞文書的機關。用馬傳的叫置。用步傳的叫做郵。國家所辦的傳遞批信的機構，郵政。郵政局。督作田的亭，不至過頭，郵過。与尤通。郵票，寄郵的憑票。

郳 Gê, ㄫㄧˊ, kok mia, hū siok kok. tī hiān kim Soaⁿ tang Séng Têng koāiⁿ, ék koāiⁿ, kéng lāi. lâng ê sìⁿ.
國名，附屬國，佇現今山東省滕縣，嶧縣，境內。人的姓。

郫 Pî, ㄆㄧˊ, chìn ê sia, Pî siâu. chê hoat chìn tī chit ê só͘ tsāi. Pî siâu chhut tōa tek, tsāi tōe lâng ēng tek tâng tóe chiú, kiò tsòe Pî tâng chiú. tō͘ hú si: chiú ek Pî tông put iōng ko͘. jī sìⁿ.
晉的城，郫邵。齊伐晉佇這個所在。郫邵出大竹，在地人用竹筒貯酒，叫做郫筒酒。杜甫詩：酒憶郫筒不用酤。字姓。

郰 tsò, ㄗㄡ, Ló͘ kok ê siâⁿ, khóng tsú ê hiuⁿ lí, tsò Lú koāiⁿ. jī sìⁿ.
魯國的城，孔子的鄉里，郰邑縣。字姓。

郪 chhe, ㄑㄧ, chê kok ê tōe mia, chhe khiu. tī hiān kim Soaⁿ tang Séng lāi.
齊國的地名，郪丘。佇現今山東省內。

郍 Lán, ná, ㄌㄢˊ, ㄋㄚˊ, Lán ū, Lán bô, ná ū, ná bô. ná teh pe. Lán teh pe nih. chhin chhiūⁿ ê ì sù. Lán chhin chhiūⁿ. ná chhin chhiūⁿ.
郍有，郍無，郍有，郍無。郍啲飛。郍啲飛裡。親像的意思。郍親像。郍親像。

造字 助語詞的字。

九畫

鄀 jiók, ㄖㄨㄛˋ, kok ê mia, chìn chìn hoat jiók kok. chhó kok ê siâⁿ, jiók koāiⁿ. tī hiān kim, hô Lâm Séng lāi.
國的名，秦晉伐鄀國。楚國的城，鄀縣。佇現今，河南省內。

鄄 koàn, ㄐㄩㄢˋ, só͘ tsāi mia, chiu tiâu ê siâⁿ, koàn siâⁿ. tī hiān kim ê Soa tang Séng lāi.
所在名，周朝的城，鄄城。佇現今的山東省內。

郿 bî, ㄇㄟˊ, Ló͘ kok, siâⁿ ê mia. Siám Sai Séng ê koāiⁿ mia.
魯國，城的名。陝西省的縣名。

鄂 Gók, ㄜˋ, tōe hō mia, Gók chiu. hiān kim ō͘ Pak Séng bú chhiong. Gók Gók, kong ōe lī hāi. káⁿ kóng ōe, kap 愕 thong. keng Gók sit sek, Góng ngia̍h ê ì sù.
地號名，鄂州。現今湖北省武昌。鄂鄂，講話厲害。敢講話，与愕通。驚鄂失色，忡愕的意思。

都 to͘, to, tu, ㄉㄨ, ㄉㄡ, ㄉㄨ, kiaⁿ siâⁿ, kok to͘. tōa siâⁿ chhī, to͘ hōe. to͘ chhī. to͘ siâⁿ. kiaⁿ to͘. jī sìⁿ to͘. to, ū Lóng tsóng ê ì sù. to hó. to bô. to m̄ tsai. to bōe hiáu tit. to Lâi Lá. Lóng Lâi Lá. tu, kun tu. kun tu sī àn ni. chiū sī ū, bô, Lóng sio siāng ê ì sù.
都，京城，國都。大城市，都會。都市。都城。京都。字姓都。都，有攏總的意思，都好。都無。都毋知。都袂曉得。都來啦，攏來啦。都，根都。根都是按呢。就是有，無，攏相同的意思。

鄅 ú, ㄩˇ, chiū sī kó͘ tsá kok ê mia, ú kok. sī hiān kim Lông Sîa ê khai iông koāiⁿ.
就是古早國的名，鄅國。是現今瑯邪的開陽縣。

鄆 ūn, ㄩㄣˋ, só͘ tsāi mia, ūn siâ. Soaⁿ tang séng ê koāiⁿ mia.
所在名，鄆城。山東省的縣名。

鄇 hô͘, ㄏㄡˊ, chìn kok ê tōe, hiān kim hô Lâm Séng bú theh koān sai lâm.
晉國的地，現今河南省武陟縣西南。

鄃 jû, su, ㄖㄨˊ, ㄕㄨ, hàn tiâu koāiⁿ ê mia. su koān. Siók chheng hô kūn.
漢朝縣的名。鄃縣。屬清河郡。

郾 ián, 一ㄢˇ, chiū sī koāiⁿ ê mia, ián siâⁿ koāiⁿ. tī hô Lâm Séng.
就是縣的名，郾城縣。佇河南省。

十畫

鄗 hō͘, khau, ㄏㄠˋ, ㄎㄠ, chìn kok ê siâⁿ. chiàn kok sī siók tiō kok. bûn ông ê kiaⁿ to. tsúi mia,
晉國的城，戰國時屬趙國。文王的京都。水名，

郋 sek, ㄒㄧˊ, tōe hō mia, chê kok ê tōe.
地號名，齊國的地。

【鄒】tsoˑ, ㄗㄡ； Siaⁿ ê mîa, chiū sī bēng tsú chhut sè ê só͘ tsāi 。jī sìⁿ。
城的名，就是孟子出世的所在 。字姓。

【鄉】hiong, hióng, hiòng, hiuⁿ, ㄒㄧㄤ, ㄒㄧㄤˇ, ㄒㄧㄤˋ, ㄒㄧㄡ, chiū tiāu sī 12500 hō͘ tsòe chit hiong. hiān kim koān í hā chiū sī hiong；
周朝時一萬二千五百户做一鄉。現今縣以下就是鄉；
tìn-khu, chhân tsng, hiong chhoan。hiuⁿ chhng。hiuⁿ lí。kò hiong, tông hiong。hiong thó͘。hiuⁿ siā。
鎮區，田莊，鄉村 。鄉村 。鄉里。故鄉，同鄉 。鄉土。鄉社。
thak hiòng, kap 嚮 sio siāng ì sù。thak hiòng kap 向 sio siāng ì sù。
讀鄉，与嚮相同意思。讀鄉，与向相同意思。

【鄔】Oˑ, ó͘, ㄨ，ㄨˋ； tōe mîa, it ūi chhun chhiu, chìn ê tōe, hiān kim Soaⁿ sai Séng lāi。jī ūi chhun chhiu sī，
地名，一為春秋時，晉的地，現今山西省內 。二為春秋時 ，
tēng kok ê tōe mîa, hiān kim hô Lâm Séng Lāi。Lâng ê sìⁿ O͘。
鄭國的地名，現今河南省內 。人的姓鄔。

【鄖】Ûn, ㄩㄣˊ； kok ê mîa, hàn Lâm ê kok, ûn kok tī kang hā ū ûn siâⁿ。oē kok ê tōe kài。Lâng ê sìⁿ。
國的名，漢南的國。鄖國佇江夏有鄖城。衛國的地界。人的姓。

【郟】jiok, ㄖㄨㄛˋ； hô Lâm, Siaⁿ ê mîa。kiap jiok。
河南，城的名。郟鄏。

【鄋】So, ㄙㄡ； chiū sī Pak hong ê tiông tèk kok。So boân。Só͘ tsāi mîa，
就是北方的長狄國 。鄋瞞。所在名，

【鄑】chìn, ㄐㄧㄣˋ； Siaⁿ ê mîa, chìn siâⁿ。kó͘ tsá siok chheng chiu。Sòng。Ló͘ tiong kan ê tōe。
城的名，鄑城。古早屬青州 。宋、魯中間的地。

十一畫

【鄣】chiong, chiòng, ㄓㄤ, ㄓㄤˋ； Siaⁿ mîa, chiong siâⁿ。tī hiān kim Soaⁿ tang Séng tong Pêng koāiⁿ。that bat tsò͘ chí；
城名，鄣城 。佇現今山東省東平縣 。塞密，阻止；
nōa tsah ê ì sù, chiong Pè。
攔截的意思，鄣蔽。

【鄟】tsoan, ㄓㄨㄢ； tōe hō mîa, chhu tsoan。siaⁿ mîa, tsoan bûn siâⁿ。Siok tī tēng kok ê só͘ tsāi。
地號名，取鄟 。城名，鄟門城。屬佇鄭國的所在 。

【鄜】hu, Lôk, ㄈㄨ, ㄌㄨˋ； kó͘ tsá chiu ê mîa, hu chiu。tī hiān kim Siám sai Séng koāi mîa。Lôk，
古早州的名，鄜州。佇現今陝西省的縣名。鄜，地號

【鄙】Phí, ㄆㄧˇ； lī kiaⁿ siaⁿ hn̄g ê sió siâⁿ, Pian Phí, chhó͘ siok, Phí siok, Phí Lō͘。khòaⁿ khin Lâng, Phí chhiò。
離京城遠的小城，邊鄙。粗俗，鄙俗，鄙陋。看輕人 ，鄙笑。

【鄢】ian, ㄧㄢ； Lâm kūn koāiⁿ mîa, ian Lêng。tēng kok ê tōe hō mîa。Lâng ê sìⁿ。
南郡縣名 ，鄢陵。鄭國的地號名。人的姓。

【鄞】Gûn, ㄧㄣˊ； kòe khe koāiⁿ ê mîa, Pún Gûn koāiⁿ。Só͘ tsāi mîa。
會稽縣的名，本鄞縣。所在名。

【鄘】iông, ㄩㄥ； kok mîa, chiu tiāu sī tāi, iông kok tōe mîa, Siaⁿ mîa, Lâng ê sìⁿ。
國名，周朝時代，鄘國。地名，城名 ，人的姓。

【鄠】hō͘, ㄏㄨˋ； koāiⁿ ê mîa, hō͘ koāiⁿ。tī Siám Sai Séng Lāi。kap 扈 thong, chiū sī kun tè ê Lâng, Sûi hō͘。
縣的名，鄠縣。佇陝西省內 。与扈通，就是跟隨的人，隨鄠。

【鄝】Liâu, ㄌㄧㄠˊ； kok ê mîa, Liâu kok。chhó kok Lâng tsâu biat chit ê só͘ tsāi。
國的名，鄝國。楚國人剿滅這個所在。

【鄤】bān, ㄇㄢˋ； tōe mîa, Siok tī kó͘ tsá tēng kok。
地名，屬佇古早鄭國。

【鄚】bòk, ㄇㄛˋ； kó͘ tsá ê tōe mîa, bòk koāiⁿ。tī hiān kim hô Pak Séng jīm khiu koāiⁿ Pak Pêng。Lâng ê sìⁿ。
古早的地名，鄚縣。佇現今河北省任丘縣北平 。人的姓。

十二畫

【鄭】tēng, tīⁿ, ㄓㄥˋ, ㄉㄧˋ； chhun chhiu sī tāi ê kok mîa, tēng kok。tōe mîa, tēng chiu。tī hô Lâm Séng Lāi。kín sīn
春秋時代的國名，鄭國 。地名 ，鄭州 。佇河南省內 。謹慎
ê ì sù, tēng tiōng。Lâng ê sìⁿ tīⁿ。tīⁿ Sêng kong, iân Pêng kūn ông, bêng tiâu ê Lâng, kong chiàm
的意思，鄭重 。人的姓鄭。鄭成功，延平郡王，明朝的人 ，攻佔
tâi oân hoán chheng hok bêng, khai hoat tâi oân ê bîn tsók eng hiông。
臺灣反清復明，開發臺灣的民族英雄。

【鄰】Lîn, ㄌㄧㄣˊ； chhù pin keh piah, Liân chiap, óa, kūn, Lîn siā。Lîn lí。Lîn ka。Lîn pí。Lîn kok。Lîn jîn。
厝邊隔壁，連接，倚，近，鄰舍。鄰里。鄰家。鄰比。鄰國。鄰人。

【鄱】Phôan, ㄆㄛˊ； Só͘ tsāi mîa, Phôan iông koāiⁿ, tī kang sai Séng, Phôan iông ô͘。Phôan iông Soaⁿ, tī ô͘ tiong。
所在名，鄱陽縣，佇江西省 ，鄱陽湖。鄱陽山，佇湖中。

【鄩】Sîm, ㄒㄧㄣˊ； tōe hō mîa, chiu tiāu sī ê siâⁿ, hô Lâm kiông koāiⁿ ê sai Lâm tōe mîa Sîm tiong。jī sìⁿ。
地號名，周朝時的城，河南鞏縣的西南有地名鄩中 。字姓。

鄲 tan, ㄉㄢ; kó tsá koāiⁿ ê miâ, ham tan. Sio̍k tiō kok. tī hô Pak Séng Lāi.
古早縣的名，邯鄲。屬趙國。佇河北省內。

鄧 tēng, ㄉㄥˋ; kó tsá kok miâ, tēng kok. Sī sió kok. tī hiān kim hô Lâm Séng tēng koāiⁿ. Lâng ê sìⁿ.
古早國名，鄧國。是小國。佇現今河南省鄧縣。人的姓。

鄬 ûi, ㄨㄟˊ; tōe hō miâ, Sio̍k tī tēng kok ê só͘ tsāi.
地號名，屬佇鄭國的所在。

鄮 bō͘, ㄇㄠˋ; bō͘ koāiⁿ Sī chiat kang Lêng Pho hú ê miâ. tī hàn tiâu ê sî.
鄮縣是浙江寧波府的名。佇漢朝的時。

鄫 Cheng, ㄐㄥ; kó tsá só͘ tsāi ê miâ, óa tī Soaⁿ tang Séng, cheng kok, cheng koāiⁿ.
古早所在的名，倚佇山東省，鄫國。鄫縣。

十三一十七畫

鄶 kòe, ㄎㄨㄞˋ; kok ê miâ, kòe kok, jī sìⁿ. Sòng tiâu ū chit ê kòe sū Liông
國的名，鄶國。字姓。宋朝有一個鄶士隆。

鄴 Giap, ㄧㄝˋ; koāiⁿ ê miâ, Sī chê hoân kong só͘ khí ê. tōe hō miâ, Giap Siâⁿ. tī hô Lâm Séng. jī sìⁿ.
縣的名，是齊桓公所起的。地號名，鄴城。佇河南省。字姓。

鄳 bêng, ㄇㄥˊ; kó tsá ê só͘ tsāi miâ, kang hā kūn ū bêng koāiⁿ, tī hô Lâm Séng ê tang sai kak.
古早的所在名，江夏郡有鄳縣。佇河南省的東西角。

鄵 chhò, ㄘㄠˋ; tōe miâ, tēng kok ê tōe, tī hiān kim hô Lâm séng ê chit ê siâⁿ.
地名，鄭國的地，佇現今河南省的一個城。

郰 tsò, ㄗㄡ; Siâⁿ ê miâ, kap 鄹 jī sio siāng. khóng tsú chhut sì ê só͘ tsāi. San tong Séng kiok hū tang Lâm tsò siâⁿ.
城的名。与鄹字相同。孔子的出世的所在。山東省曲阜縣東南的鄹城。

鄾 iu, ㄧㄡ; tōe hō miâ, tēng kok ê tōe.
地號名，鄧國的地。

酃 Lêng, ㄌㄧㄥˊ; tōe hō miâ, tiông Sa kok ū Lêng koāiⁿ Sio̍k hêng chhiu hú.
地號名，長沙國有酃縣，屬衡州府。

十八一廿四畫

酆 hong, ㄈㄥ; kó tsá tōe miâ, tī hiān kim Siám sai séng Lāi. hong to. Sù chhoan séng koāiⁿ miâ.
古早地名，佇現今陝西省內。酆都，四川省縣名。

酅 hê, ㄒㄧ; chê kok ê tōe hō miâ, hiān kim Soaⁿ tang Séng tong o Séng sai Lâm.
齊國的地號名，現今山東省東阿省西南。

酈 Lê, Lék, ㄌㄧˊ, ㄌㄧˋ; só͘ tsāi miâ, chhun chhiu sî, Ló͘ kok ê tōe. Lâng ê sìⁿ.
所在名，春秋時，魯國的地。人的姓。

酇 tsàn, ㄗㄢˋ; chiu tiâu sî chit pah ke tòa ê só͘ tsāi, sù Lí ûi tsàn. tsū chip ê ì sù. tōe hō miâ, Lâm iông ū tsàn koāiⁿ. Phài kūn iā ū tsàn koāiⁿ.
周朝時一百家住的所在，四里為酇，聚集的意思。地號名，南陽有酇縣。沛郡也有酇縣。

酈 Lêng, ㄌㄧㄥˊ; kap 酃 jī Sio Siāng ì sù.
与酃字相同意思。

酉 部 164

酉 iú, ㄧㄡˇ; tōe chi ê tē 10 ūi. ē po͘ 5 tiám kàu 7 tiám ê sî, iú sî. chiú ê kó tsá jī.
地支的第十位。下晡五點到七點的時，酉時。酒的古早字。

二·三 畫

酊 têng, ㄉㄧㄥ; tsùi, chiú tsùi, chiah chiú tsùi, béng têng. béng têng tōa tsùi. ioh bu̍t ê chiú cheng iûⁿ e̍k chhin chhiū tiáⁿ têng. an sek hiuⁿ têng
醉，酒醉，食酒醉，酩酊。酩酊大醉。藥物的酒精溶液 親像碘酊。安息香酊

酋 iû, Siû, ㄧㄡˊ, ㄒㄧㄡˊ; chiû, chiú sek ê ì sù, siû sek. chiú hoat kè Liáu, mih sek. tsú sek. Pō͘ Lo̍h ê thâu Lâng, chiû tiúⁿ.
ㄐㄧㄡˊ，酒熟的意思，酋熟。酒醱過了。物熟。煮熟。部落的頭人，酋長。

酎 tiū, ㄓㄡˋ; kāu chiú, têng chē tsò ê chiú, keng kòe kek chiú. Chin kāu ê chiú.
厚酒，重製造的酒，經過氣的酒。真厚的酒。

酏 í, ㄧˊ; bí ê chiú, tiⁿ, chheng chiú, Lim. Ēng Soe á tsú bê.
米的酒，甜，清酒，飲。用篩仔煮糜。

酌 Chiok, ㄓㄨㄛˊ; thīn chiú 斟酒，chiok chiú 酌酒。iàn Siāh，宴席，hí chiok 喜酌。chham Siōng 參詳，Sâ soe，詳細，chim chiok 斟酌。

配 Phòe, Phè, ㄆㄟˋ; chiú ê sek tī，酒的色緻。Sio tùi 相對，Phòe tùi 配對。hu chhe，夫妻，Phòe ngó͘ 配偶。Phit Phòe 匹配。hap ioh，合藥，Phòe lng 配方。Phòe ioh 配藥。mih Phè 物配，Phè Pn̄g 配飯，Phè chhài 配菜，thô͘ tāu Phè chiú 土豆配酒。Piá" Phè tê 餅配茶。Phè kip 配給。Phè pī 配備。

酒 chiú, ㄐㄧㄡˇ; chit khoán ōe bā tsùi Sin keng ê ím Liāu，一款能麻醉神經的飲料，chiú 酒。Sio chiú 燒酒。ēng bí、beh、ké chí，Lâi hoat kà" chiâ" tsòe chiú khak Lâi kek chiâ" ê 用米、麥、菓子，來醱酵成做酒麴來激成的。chiú cheng 酒精。chiú Sian 酒仙。chiú kúi 酒鬼。chiú tsùi 酒醉。chiú ka 酒家。

四 畫

酗 ù, ㄒㄩˋ; tsùi hàn，醉漢，chiú Loān ê ì sù，酒乱的意思，ù chiú 酗酒。

酕 mô͘, ㄇㄠˊ; chiú tsùi 酒醉。kàu kek tsùi ê khoán Sit 到極醉的款式。

酖 tam, thim, ㄉㄢ, ㄓㄣˋ; ài chiáh chiú，愛食酒，hong tam 荒酖。an Lo̍k 安樂，thiōng Lo̍k Siū" kè thâu 暢樂過過頭，tam tam 酖酖。thim，kap 鴆 jī 与鴆字

thim ㄓㄣˋ; Sio Siāng ì sù 相同意思，thim chiú 酖酒，sī to̍k chiú ê ì sù 是毒酒的意思，in ūi thim chiáu ū mn̂g ū to̍k 因為鴆鳥的羽毛有毒，ēng i ê ú mn̂g Phàu tī chiú tiong ōe chiáh sí Lâng 用牠的羽毛泡佇酒中能食死人。im thim 陰酖。im thim to̍k 陰酖毒。Sim koa" Phái" ê ì sù 心肝歹的意思。

酘 tô͘, ㄉㄡˋ; kāu chiú 厚酒，koh tsài kek ê chiú ê ì sù 擱再激的酒的意思，tô͘ chiú 酘酒。

酏 sûn, tûn, ㄒㄩㄣˊ, ㄉㄨㄣˊ; kap 醇 jī Sio Siāng 与醇字相同。hó 好，hó ê chiú 好的酒，kāu chiú 厚酒。kap Sûn Sio Siāng ì sù 与純相同意思。tûn chiú 酏酒。

酚 hun, ㄈㄣ; hoà ha̍k mih ê miâ 化學物的名，chiū sī chio̍h thoà" sng 就是石炭酸。

五 畫

酙 boán, ㄇㄢˇ; keh mî ê chiú 隔冥的酒。Phái" khì ê ngó͘ kok 壞去的五穀。chiū sī m̄ hó ê ì sù 就是毋好的意思。

酼 boán, ㄇㄢˇ; kap téng bīn jī Sio Siāng 与頂面字相同。

酣 ham, ㄏㄢ; chiáh chiú kàu khoà" oàh 食酒到快活，iáu bōe tsùi 猶未醉，chiú ham ní jia̍t 酒酣耳熱。hó khùn 好睏，ham Sūi 酣睡。tōa tsùi ham 大醉，酣醉。(tsùi)

酤 ko͘, ㄍㄨ; kek chit mî ê chiú 激一冥的酒。bóe chiú 買酒，mú ko͘ Liû ím 每酤留飲。bōe chiú 賣酒，tô͘ ko͘ chi sù 屠酤之肆。chiú tiàm 酒店。

酥 So͘, ㄙㄨ; Lín tsòe chiâ" Lo̍k 乳做成酪，Lo̍k ê Phû Phê kap iû mī hún tsòe chiâ" chhe chhe ê chiáh mih 酪的浮皮及油麵粉做成的脆脆的食物，So͘ Piá" 酥餅。So͘ iû 酥油。heng jīn So͘ 杏仁酥。Soàn jiông So͘ 蒜茸酥。So͘ So͘ 酥酥。ioh mia 藥名，Siâm So͘ 蟾酥。

酡 tô͘, ㄊㄨㄛˊ; chiáh chiú bīn âng ê khoán Sit 食酒面紅的款式。chiáh chiú teh beh tsùi ê ì sù 食酒咧乜醉的意思。tô͘ Gân 酡顏。

酢 chhò͘, tso̍k, ㄘㄨˋ, ㄗㄨㄛˋ; chiú Sng khì Piàn Pāi 酒酸去變敗，chhò͘ Pāi 酢敗。ū Lâng ēng tsòe chhò͘ jī 有人用做醋字。Lâng kheh thîn chiú hôe kèng tsú Lâng ê Sio chhiá" 人客斟酒回敬主人的相請。Siû tso̍k 酬酢。

酗 hù, ù, ㄒㄩˋ, ㄩˋ; chiú tsùi 酒醉，ēng chiú hō͘ Lâng tsùi 用酒便人醉，hù êng 酗醟。tsùi tsùi 醉醉。chiú Loān 酒乱。kap 酗 jī thong 与酗字通。

六 畫

酬 Siû, ㄔㄡˊ; ēng chiú sio chhiá" 用酒相請，Pò tap ê ì sù 報答的意思。Siû tso̍k 酬酢。Pò Siû 報酬。Siû tap 酬答。Siû Siā 酬謝。Siû Lô 酬勞。

酧 Siû, ㄔㄡˊ; 酬 jī ê Sio̍k jī 酬字的俗字。

酪 Lo̍k, ㄌㄨㄛˋ; Lín chiap tsòe ê chhiu" 乳汁做的漿。Lín Lo̍k 乳酪。Gû Lo̍k 牛酪。ēng iōng hó 營養好，Lo̍k tek 酪澤。Lūn tek Sin thé 潤澤身體。

酩 béng, ㄇㄧㄥˇ; Lâng chiáh chiú tsùi 人食酒醉，béng téng 酩酊。hó koh tsài kāu ê chiú 好擱再厚的酒，Lé béng 醴酩。

【酉(兇)】hì, hù, ㄏㄧˋ, ㄏㄨˋ; chíu hoán, chíu Loān, chíu hàn。Sī ê siók jī。
酒反，酒乱，酒漢。是酗的俗字。

七 畫

【酲】têng, ㄔㄥˊ; chiāh chíu tì kàu ê pī", ìu sim jû têng。tsùi bē chhí"。
食酒致到的病，憂心如酲。醉未醒。

【酵】kàu, kà", ㄐㄧㄠˋ, ㄐㄧㄠˋ; Poat kàu。hoat kà"。chíu bú, chíu sī kà" bú。chíu ka"。hoat mī hún, tsòe chíu, tsòe bán thâu, mī pau, kè kà"。chhiau kà"。
醱酵。醱酵。酒母，就是酵母。酒酵。醱麵粉，做酒，做饅頭，麵包，粿酵。摶酵。

【酷】khok, khò, tok, ㄎㄜˋ, ㄎㄨˋ, ㄉㄨˋ; chíu kāu bī, khok Liat hiong khì Sēng。Sêng Siók, chhi" chhám, tsân jím, thòng hūn, khok hêng。tsân khok。Léng khok。khok Giók。khiàu khò Lâng。khò Lang Pan Gî。tok Lâng Pan Gî。tok kiáu。tok Lâng ê kiáu。kiâm tok tok, chiū sī chin kiâm ê ì sù。
酒厚味，酷烈香氣盛。成熟，悽慘，殘忍，痛恨，酷刑。殘酷。冷酷。酷虐。挾酷人。酷人便宜：酷人便宜。酷賭：酷人的賭。鹵咸酷酷，就是真鹵咸的意思。

【酹】Lūi, ㄌㄟˋ; chè hiàn Soan, ēng chíu chè hiàn tōe, ēng chíu ak tī tōe nih, Lūi chíu。
祭獻息，用酒祭獻地，用酒沃佇地裡，酹酒。

【酶】mûi, ㄇㄟˊ; chíu bú, kà" bú, pe̍h khak, chíu tsau。
酒母，酵母，白麴，酒糟。

【酺】Pô, ㄆㄨˊ; tōa chiáh tōa Lim, tōa tīn Lâng Lim Chíu thiòng Lo̍k。tōa hoa" hí。thian hā tōa Pô。
大食大飲，大陣人飲酒暢樂。大歡喜。天下大酺。

【酸】Soan, Sng, ㄙㄨㄢ, ㄙㄥ; ngó bī ê chit hāng, kiâm Sng khó siap ti", chhò。Lí-á。bôe á, Sng bī。Soan Sèng。Lîu Soan, iâm Soan。thia" thàng, Sim Soan。Pi ai。kha Sng chhiu ńng。Chhàu Sng。Sng khùi。Sng kiuh kiuh, chin Sng ê ì sù。eh Sng, eh chhiah Sng。Sng âm。
五味的一項，鹹酸苦澀甜，醋。李仔。梅仔，酸味。酸性。硫酸，塩酸。痛疼，心酸。悲哀。腳酸手軟。臭酸。酸氣。酸孔孔，真酸的意思。呃酸，呃刺酸。酸泔。

【酴】tô, ㄊㄨˊ; chíu ê mîa, tô bî。chíu bú。bô tû khì tsau tái ê chíu。
酒的名，酴醾。酒母。無除去糟滓的酒。

【酳】Ín, ㄧㄣˋ; ēng chíu sóe chhùi, chhin chhiū" kó tsá ông, á sī cân hun ê Lâng。chip chiok ji ín。
用酒洗嘴，親像古早王，或是完婚的人。執爵而酳。

八 畫

【醊】toat, ㄓㄨㄛˋ; ēng chíu chè hiàn tōe。tiān toat。toat chè。Sio Liân chè hiàn, toat sit。
用酒祭献地；奠醊。醊祭。相連祭献，醊食。

【醁】Lio̍k, ㄌㄨˋ; chíu ê mîa, hó chíu, Lêng Lio̍k。Le̍k chíu。hêng iông koāi" ū Lêng ô, hia ê Lâng theh hit ê tsúi Lâi jiòng chíu, só í tit mîa。
酒的名，好酒，醽醁。綠酒；衡陽縣有酃湖，彼的人提彼個水來釀酒，所以得名。

【醅】Phoe, ㄆㄟ; chiāh chíu tsùi, chíu tsùi bē thòe。tsùi Pá。bô kè Lū ê chíu, kū Phoe。
食酒醉，酒醉未退。醉飽。無過濾的酒，舊醅。

【醇】Sûn, ㄔㄨㄣˊ; kāu chíu, Sûn chíu。bô chham tsúi ê chíu, chiū sī Sûn, tsan。Sûn kāu, Sûn hó tok Sit。hó chíu, Phang Sûn。Sûn chíu hū jîn, Pí jū tam chim tī chíu Sek, bô siū" chín tsok。
厚酒，醇酒。無摻水的酒，就是純，專。醇厚，醇厚篤實。好酒，香醇。醇酒婦人，比喻耽浸佇酒色，無想振作。

【醋】chhò, tsok, ㄘㄨˋ, ㄗㄨㄛˋ; ēng chíu hoat Sng Pì" tsòe chhò。Sng chhò。thang Lâi tiau bī。chiāh chhò, Lóng sī teh kóng Lâm Lú ê chit tò。tsok。thîn chíu Sio chhia" Pò tap, kāu chíu。Sîu tsok。tông tsok。
用酒醱酸變做醋。酸醋。可來調味。食醋，攏是咧講男女的嫉妒。醋，斟酒相請，報答，厚酒。酬酢。同酢。

【醉】tsùi, ㄗㄨㄟˋ; chiah chíu tsōe tsōe kàu kè thâu, chíu tsùi。Sim hô, bê Loān, tsùi si" bāng sí。
食酒多多到過頭，酒醉。心胡，迷乱，醉生夢死。

【醃】iam, ㄧㄢ; ēng iâm Sī" mih ê ì sù。iam bah。iam hî。iam chhè。iam chhài。
用塩豉物的意思。醃肉。醃魚。醃漬。醃菜。

【酉(炎)】tám, tâm, ㄉㄢˇ, ㄉㄢˊ; chíu á sī chhò ê bī Pôh Pôh ê ì sù。
酒或是醋的味薄薄的意思。

【醆】tsán, ㄓㄢˇ; chíu Lô Lô Sio khóa chheng, iā sī chíu tsóa" ê ì sù。
酒濁濁少許清，也是酒盞的意思。

【醄】tô, ㄊㄠˊ; chiāh chíu tsùi ê khóan Sit。tô tsùi。
食酒醉的款式。醄醉。

【酉(忝)】thiâm, ㄊㄧㄢˊ; thiām chíu, Pe̍h thiâm chíu, tsu̍t bí thiâm, chiū sī Siāng hó ê chíu mîa。
酉(忝)酒，白酉(忝)酒，糯米酉(忝)，就是上好的酒名。

造字

九 畫

【醑】sú, ㄒㄩˇ; chíu, hó chíu, chíu thâu, kāu chíu ê ì sù.
酒，好酒，酒頭，厚酒的意思。

【醒】Seng, Séng, chhíⁿ, ㄒㄧㄥ, ㄒㄧㄥˇ, ㄑㄧㄥˇ; chíu tsùi thòe, khùn soah, hiáu gō, chíu chhíⁿ. Khùn chhíⁿ. kak chhíⁿ. Séng gō.
酒醉退，睏息，曉悟，酒醒。睏醒。覺醒。醒悟。
chhé, ㄑㄝˇ; Séng kak. kéng kò Lâng, thê chhíⁿ Lâng. kéng séng. ok bōng chho seng. jip pháiⁿ Lâng
醒覺。警告人，提醒人。儆醒。惡夢初醒。入歹人的
khoân thò tàⁿ thoat lī. tùi sí koh oàh, so seng. khùn chhé, chhé khí lâi.
圈套暗脫離。對死復活，蘇醒。睏醒，醒起來。

【醓】tham, thám, ㄊㄚㄇ, ㄊㄚㄇˇ; bah chíu ê chiap, tham hái. ū chia ê bah chíuⁿ.
肉醬的汁，醓醢。有汁的肉醬。

【醅】am, ìm, ㄚㄇ, ㄧㄇ; chíu tsùi Lâng ê kiáu jiáu, tsùi ê siaⁿ, kiò tsòe im. Sìⁿ mih êng koa khàm khàⁿ, hō bī bián chhut
酒醉人的攪擾，醉的聲，叫做醅。鼓物用蓋蓋坩，使味免出
sī Lâm bân teh chiàh ê mih. ìam kap iam sio siāng ì sù. Gī thong.
是南蠻吶食的物。醅与醃相同意思。義通。

【醍】thé, thê, ㄊㄝˊ, ㄊㄝ; chheng chíu, âng sek ê chíu. chíu chiâⁿ chiū pìⁿ âng chhiah sek. thê ô, chiū sī tiⁿ koh
清酒，紅色的酒。酒成就變紅赤色。醍醐，就是甜閣
hó ê chíu. tùi so lòk cheng chè Lin lòk ê miâ. thê ô, iā sī sûn. bī ê ì sù.
好的酒。對酥酪精製的乳酪的名。醍醐，也是純。美的意思。

【醧】bián, biān, gián, ㄇㄧㄢˇ, ㄇㄧㄢ, ㄇㄧㄢˊ; Lâng chiàh chíu tsùi. gâu lim chíu, hòⁿ chíu ê Lâng, Lī bōe khui chíu ê ì sù,
人食酒醉。勢飲酒，好酒的人，離鱠開酒的意思，
sím bián. gâu chiàh chíu, tsùi tsùi. tsùi gián gián. tsùi kàu tó gián gián.
沈醧。勢食酒，醉醉。醉醧醧。醉到倒醧醧。

【醐】ô, ㄏㄨˊ; chhiáⁿ khoàⁿ thî tsū kái.
請看醍字註解。

十 畫

【醡】tsà, ㄓㄚˋ; teh chíu ê khì khū.
壓酒的器具。

【醜】chhíu, ㄔㄡˇ; khiap sì, pháíⁿ khoàⁿ, bái. chhíu Lō. chhíu ok. chhíu thài, kiàn siàu, chhíu miâ. chhíu hêng.
狎勢，歹看，僫。醜陋。醜惡。醜態。見誚，醜名。醜行。

【醢】hái, ㄏㄞˇ; bah chíuⁿ, ū chiap ê bah chíuⁿ. tham hái. tok tsòe bah chíuⁿ Lâi pheng tsú. pheng hái.
肉醬，有汁的肉醬。醓醢。掭做肉醬來烹煮。烹醢。

【醞】ùn, ㄩㄣˋ; chíu hó bī sò, sûn, kek chíu. ùn jiōng. iā pí jū tāi chì sī chiām chiām piàn hoà tsò chiâⁿ ê.
酒好味素，醇，氣酒。醞釀。也比喻代誌是漸漸變化造成的。

【醟】ēng, ㄩㄥˋ; chíu tsùi, chíu Loān. siáu jîn ēng chiàh chíu hoaⁿ hí. ù ēng.
酒醉，酒乱。小人用食酒做歡喜。酗醟。

十一 畫

【醦】chhám, sam, ㄔㄢˇ, ㄙㄢ; chhò ê bī, chhám chhò. chíu tsùi ê khoán sit, chíu tsùi kàu kek.
醋的味，醦醋。酒醉的款式，酒醉到極。

【醫】i, ì, ㄧ, ㄧˋ; tàⁿ tiáp pīⁿ, i pīⁿ. i seng. i hó. i sút. i tek. i īⁿ. i ioh. i tī.
打摸病，醫病。醫生。醫好。醫術。醫德。醫院。醫藥。醫治。
i su. i hng. i, Lim, chiàh, tam, chhì khoàⁿ ê ì sù.
醫師。醫方。醫，飲，食，啗，試看的意思。

【醪】Lô, ㄌㄠˊ; chíu tái, chíu Lô, kāu chíu, sûn Lô.
酒滓，酒濁，厚酒，醇醪。

【醨】Lî, ㄌㄧˊ; poh chíu,
薄酒，

【毉】i, ㄧ; kap 醫 sio siāng ì sù.
与醫相同意思。

【醥】phiáu, ㄆㄧㄠˇ; chíu chheng chheng ê ì sù. chheng phiáu.
酒清清的意思。清醥。

【醩】tso, ㄗㄠ; kap 糟 sio siāng. chíu tái, chíu ê kàⁿ bú. chíu tsau, chíu phoh.
与糟相同。酒滓。酒的酵母。酒糟，酒粕。

【醬】chiòng, chiùⁿ, ㄐㄧㄤˋ, ㄐㄧㄤˋ; mih tok iù iù, Lāi sī bah chiùⁿ. tāu chiùⁿ. chiùⁿ koe. chiùⁿ chhài. chiùⁿ iû. chiùⁿ hn̂g.
物掭幼幼，來鼓。肉醬。豆醬。醬瓜。醬菜。醬油。醬園。
chiùⁿ chiùⁿ. chiùⁿ Liāu. chiùⁿ keng. chiùⁿ âng. chiùⁿ tháng. kè chí chiùⁿ.
醬醬。醬料。醬間。醬甕。醬桶。菓子醬。

〔醋〕	tsà; ㄗㄚˋ;	kap 酢 jī sio siāng ì sù。 与 酢 字相同意思。

十二畫

〔醯〕	he; ㄏㄝ;	Sng ê bī, chiù" Liāu, sng chhò。chiù" Liāu Lāi ê thâng ê miâ, he koe。 酸的味，醬料，酸醋。醬料內的虫的名，醯雞。
〔醭〕	Pók, Phok; ㄅㄛˊ,ㄆㄛˊ;	chhò sì" Pe̍h。chiù hóan Pe̍h ê ì sù。Sì" Phok。chiù" Liāu, chiù" iû iā ē Sì" Pe̍h。 醋生白。酒反白的意思。生醭。醬料，醬油也能生白。
〔醰〕	thâm; ㄊㄢˊ;	chiú bī khó khó, bī kāu, tì" tì", hó chiú。thâm thâm。thâm sūi。 酒味苦苦，味厚，甜甜，好酒。醰醰。醰粹。
〔醮〕	chiàu, Chiàu, chiò; ㄐㄧㄠˋ,ㄐㄧㄠˋ,ㄐㄧㄜˋ;	chiàu, chiò, chiàu chè, tō kāu siat tôa" tiān chiú, hiàn chè, kì kiû ê Lé Sò。 醮，醮，醮祭。道教設壇奠酒，獻祭，祈求的禮數。 tsòe chiò, Pêng an chiò。chiàu, hāu sì" chhōa bó。chiù koá" chhut kè ê Lé Sò, tsài chiàu。 做醮，平安醮。醮，後生娶妹。守寡出嫁的禮數，再醮。
〔醪〕	Lô; ㄌㄠˊ;	chiū sī chiú Lô Lô ê ì sù, bô chheng ê chiú。 就是酒濁濁的意思，無清的酒。
〔醱〕	Poat, hoat; ㄆㄛ,ㄈㄚ;	ēng chiú koh tsài chè tsò kāu chiú。Poat Phoe。chhin chhiū" Phû tô chiú ê khoán, hoat kà", 用酒閣再製造厚酒。醱醅。親像葡萄酒的款。醱酵， ū thn̂g hūn ê mi̍h, tiān hún Lūi ēng kà" bú á sī hip sio chiū ē hoat kó, kiò tsòe hoat kà"。 有糖份的物，澱粉類，用酵母或是[illegible]就能醱菰，叫做醱酵。

十三-十四畫

〔醴〕	Lé; ㄌㄧˇ;	kè chit mî ê chiú, tì" ê chiú。Lé chiú。kam ê tsóa" tsúi, Lé tsóa"。 過一暝的酒，甜的酒。醴酒。甘的泉水，醴泉。
〔醲〕	Lông; ㄋㄨㄥˊ;	kāu kāu ê chiú, sûn chiú, tì" chhè m̄ sī m̄ hó ê chiú。kiōng bī ê chiú。 厚厚的酒，醇酒，甜脆毋是毋好的酒。強味的酒。
〔醵〕	kiók; ㄐㄩˋ;	Lim chiú。Sa" kap chhut chî" bóe chiú tsòe hé Lâi Lim。chìn kiok ím si̍t。tāi ke chhut chî" kiók tsu。 飲酒。相與出錢買酒做夥來飲，進醵飲食。大家出錢，醵資。
〔醻〕	Siû, Siū; ㄒㄧㄡ,ㄒㄧㄡ;	tsú Lâng chhiá" Lâng kheh, Pò tap kāu kāu, khǹg chiú。kap 酬 Sio siāng ì sù。 主人請人客，報答厚厚，勸酒。与酬相同意思。
〔醺〕	hun; ㄏㄨㄣ;	chiú tsùi, tsùi hun hun。kap 薰 jī thong。 酒醉，醉醺醺。与薰字通。
〔醹〕	jû, jū; ㄖㄨˊ,ㄖㄨˇ;	kāu chiú, hó chiú, ū khì bī ê chiú。jû hō。 厚酒，好酒，有氣味的酒。醹厚。
〔[illegible]〕	sū; ㄒㄩ;	sûi ê khóan si̍t, hó ê chiú。 俵的款式，好的酒。

十五-十八畫

〔醾〕	Pō; ㄅㄠˋ;	kāu chiú。chiú ê miâ。 厚酒。酒的名。
〔醾〕	bî; ㄇㄧˊ;	chiú ê miâ, tô bî chiú sī tùi chit hō ǹg hoe Lâi kek chiâ" ê, iā kiò tô bî chiú。 酒的名，酴醾酒。是對一號黃花來㓞成的，也叫荼醾酒。
〔釀〕	jiōng; ㄖㄤˋ;	kek chiú, chè chiú, jiōng chiú。jiōng tsō。Phang Pâng bi̍t, jiōng bi̍t。tāi chì chiām chiām Piàn hòa 㓞酒，製酒，釀酒。釀造。蜂放蜜，釀蜜。事誌漸漸變化 tsō chiâ" ê, ùn jiōng, jiōng chiâ" tsai hāi。sòe khang m̄ Pó Pì" tōa khang。 造成的，醞釀。釀成災害。小孔毋補變大孔。
〔醿〕	bî; ㄇㄧˊ;	kap 醾 Sio Siāng ì sù。 与醾相同意思。
〔釁〕	hùn; ㄒㄧㄣˋ;	khang khiah, hùn hâ, hùn khiah。thiau hùn, hō͘ toan, tsòe kòa hùn tsòe。ēng cheng sì" ê huih 孔隙，釁瑕，釁隙。挑釁，禍端，罪過，釁罪。用牲牲的血 boah tī khì bēng Lâi chè sū sîn bêng hùn chè。kó tsá sio thâi, thâi cheng sì" ê huih Lâi boah kó 抹佇器皿來祭祀神明，釁祭。古早相殺，殺牲牲的血來抹鼓 chè sîn bêng, ū sî ēng Lō Lâi ê Lâng tāi thòe。hùn kó。 祭神明，有時用虜來的人代替。釁鼓。
〔釂〕	chiàu, chiok; ㄐㄧㄠˋ,ㄐㄧㄜˋ;	chiong Poe nih ê chiú Lim Liáu, kan Poe ê ì sù。chīn chiok。sī tōa bē chia̍h, sī sòe 將杯裡的酒飲了，乾杯的意思。盡釂。是大未食，是小 m̄ kā" Lim, tióng chiá kú bī chiàu siàu chiá Put kam ím。 毋敢飲，長者舉未釂，少者不敢飲。

十九-廿四畫

【釃】Su, ㄕㄨ; ēng tek kheng Lū chiú kàu chheng. Sui chiu. hūn Piat, Sò thong, Su hun. ūi Lí su thín chiu.
用竹筐濾酒到清。釃酒。分別，疏通，釃分。為你釃斟酒。

【醾】bî, ㄇㄧˊ; kap 醿 ji Sio Siāng ê ì sù.
与醿。醾醿兩字攏相同意思。

【釅】Giâm, ㄧㄢˋ; chiú tsau. chiú chho ê bī sò kāu kāu. kāu chiú, hó chiú. Lông Giâm.
酒糟。酒醋的味素厚厚。厚酒，好酒。醲釅。

補17畫 【醽】Lêng, ㄌㄧㄥˊ; kap 醽 ji Sio Siāng ì sù.
与醽字相同意思。

【醽】Lêng, ㄌㄧㄥˊ; Lek sek ê chiú, hó chiú, kāu chiú. Lêng Liók chiú chhiáⁿ chham khó Liók jī tsu kái.
綠色的酒，好酒，厚酒。醽醁酒：請參考醁字註解。

釆部 165

【釆】Piān, ㄅㄧㄢˋ; jī Pō ê jī. 辨 ê Pún jī. hun Piat ê ì sù. Pian Piat.
字部的字。辨的本字。分別的意思。辨別。

一·五·十三畫

【采】chhái, chhài, súi ê sek, chhai sek, ngó chhái, thong chhái, kong chhái, hong chhài, Lâng ê hong hong tō.
ㄘㄞˇ，ㄘㄞˋ，美的色，采色，五采。通彩。光采，風采，人的風度。
chhài, kó tsá chiáh hōng Lók ê thó tōe, chhài. chhài ip.
采，古早食俸祿的土地，采地。采邑。

【釉】iū, ㄧㄡˋ; mih ū kng ê ì sù, kng iū. hûi á téng bīn chit tsàn kng kng ê mih, iū ióh.
物有光的意思，光釉。磁仔頂面一層光光的物，釉藥。

【釋】Sek, ㄕˋ; hut kàu ê miâ, Sek kàu. Sek khia hut tsó. tháu khui, Sek hòng. Pang sak, Sek Liām. jī sìⁿ.
佛教的名，釋教。釋迦佛祖。解開，釋放。放棄，釋念。字姓。
kóng bêng, kái Sek. Siau Sòaⁿ, Siau Sek. Siau tû Sim tiong Gî būn, Sek Gî.
講明，解釋。消散，消釋。消除心中疑問，釋疑。

里部 166

【里】Lí, ㄌㄧˇ; kó tsá Gō ke tsòe chit Lîn, Gō Lîn tsòe chit Lí. khiā khí, an hioh ê só tsāi, Lí ku. hiuⁿ siā;
古早五家做一鄰，五鄰做一里。豎起，安息的所在，里居。鄉社；
hiuⁿ Lí. Lō tsām, Lí thêng. tn̂g tō ê miâ, 360 Pō tsòe 1 Lí. chit chheng kong chhioh
鄉里。路站，里程。長度的名，三百六十步做一里。一千公尺
tsòe chit kong Lí. iu būn, ûn jû hô Lí. Lâng ê sìⁿ.
做一公里。憂悶，云如何里。人的姓。

二·四·五畫

【重】tiōng, tiông, têng, tāng, tiōng, têng, koh tsài, tiông Lâi. têng Lâi, Lúi chek, tiông thiap. têng têng thâh thâh.
ㄓㄨㄥˋ，ㄔㄨㄥˊ，ㄔㄨㄥˊ，ㄉㄤˋ，重，重，價再，重來。重來。累積，重疊。重重疊疊。
kúi nā têng, têng Pōe. têng thâu Lâi. tiōng, tāng, khin ê tùi hoán. tāng tāng. tāi chì tōa tiāu,
幾若重。重倍。重頭來。重，重，輕的對反。重重。代誌大條，
Giâm tiōng, tsun kùi, kùi tiōng. iàu kín, tiōng iàu. tiōng sī, khòaⁿ tiōng. tōa kun, tiōng Peng. tiōng tōe.
嚴重。尊貴，貴重。要緊，重要。重視，看重。大軍，重兵。重地。
tāng thâu khin, chiū sī bô Pêng hêng ê ì sù. tāng Lâm khin Lú. tāng Pak khin Lâm, tōa sòe bák ì sù.
重頭輕，就是無平衡的意思。重男輕女。重北輕南，大小目的意思。

【野】iá, ㄧㄝˇ; Siāⁿ kau Gōa ê só tsāi, kau iá, iá Gōa. Soaⁿ iá. hng iá. khòng khoah, khòng iá. chhân iá. chho
城郊外的所在，郊野。野外。山野。荒野。空闊，曠野。田野。粗
Siók, iá bân. iá Lâng. iá Siók. iá Seng. iá ti. iá niau. iá hoe. kài hān, hun iá.
俗，野蠻。野人。野俗。野生，野豬。野貓。野花。界限，分野。

【量】Liōng, Lêng, niû, niū, Liōng, niū, khin tāng tsòe chió tōa sòe ê khì khū Piáu bêng, Sò Liōng. chhek Liōng.
ㄌㄧㄤˋ，ㄌㄧㄤˊ，ㄋㄧㄡˊ，ㄋㄧㄡˋ，量，量，輕重多少大小的器具或是表明，數量。測量。
tō Liōng, hên Liōng. kè Liōng, iông Liōng. niû kin niú, niû á. niû thûi, niû koāiⁿ, niû soh, niû kai
度量，衡量。計量，容量。量斤兩，量仔。量錘，量桿，量索，量鉤
niû hoe, niû tô. niū, niū bí. niū tn̂g té. niū jip ūi chhut, Seng Sǹg chiáh khai. niū Poe. niū Pió.
量花，量鉈。量，量米。量長短。量入為出，先算即開。量杯，量表。
Lēng, khah Lēng teh, chiū sī tsòe chit tiám tiám á ê ì sù. khah Liān Lēng. khah Liōng. Liōng chit ē.
量，較量的，就是多一點點仔的意思。較卵量。寬量。優一下。

十一·十四畫

【釐】Lî ㄌㄧˊ； tn̂g-tô ê miâ, Sò͘-jī, Sòe sòe, Sió khoá, chi̍t chhioh ê chheng hun chi̍t, chi̍t Lî。hô Lî, Lî Lî á
長度的名，數字，小小，小許，一尺的千分之一，一釐。毫釐。釐釐仔。
hok khì，Lî hok。Gī Lí，Lî kàng。tī Lí，Lî tī。Siúⁿ sù，Lî sù
福氣，釐福。義理，釐降。治理，釐治。賞賜，釐賜。

【斄】Lî ㄌㄧˊ； kap téng-bīn jī 釐 Sio siāng ì sù。
与頂面字釐相同意思。

金部 167

【金】kim ㄐㄧㄣ； n̂g kim。ngó͘ kim，n̂g kim，Pe̍h Gûn，tâng，iân，thih，hoān sī kim sio̍k tsóng chheng hō。Kó͘ tsá kok miâ。
黄金。五金，黄金，白銀，銅，鉛，鐵，凡是金屬的總稱呼。古早國名。
Lâng ê Sìⁿ。tsâi Pó，kim chîⁿ，kim ku，kim chhiⁿ，kim Soaⁿ，kim khòng，kim n̂g sek。
人的姓。財寶，金錢。金龜。金星。金山。金礦。金黃色。

二畫

【針】chiam, chim ㄓㄣ，ㄓㄣ； Pâng saⁿ ê khì khū。ui，tsǹg chhì。chiam Lâi ê mih。chiam Sòaⁿ。chiam hio̍h chhiū，chiam mí。
縫衫的器具。挖，鑽，刺。尖利的物。針線。針葉樹。針芒。

【釗】chiau ㄐㄧㄠ； Siah，tsām tn̄g，chéng tùn，kng bêng，hn̄g hn̄g，Saⁿ thàm。bián Lē，chiu bián。
削，斬斷，整頓，光明，遠遠，相探。勉勵，釗勉。

【釜】hú ㄈㄨˇ； tiá。kó͘ tsá niū mih ê khì khū，thang tóe 6 tau 4 chin。Soaⁿ miâ，hú san。tī hap nî séng。
鼎。古早量物的器具，可貯六斗四升。山名，釜山。佇哈爾省。
hú san，tōe miâ，tī tiâu Siân Poàn tó，hân kok ê Siong káng。hú tóe thiu Sin，kun Pún kái koat chi tō。
釜山，地名，佇朝鮮半島，韓國的商港。釜底抽薪，根本解決之道。

【釘】teng，tèng ㄉㄧㄥ，ㄉㄧㄥˋ； chiam thâu koh tit ê kut，thih．tek．chhâ ê teng。thih teng。tek á teng。bo̍k teng。
尖頭閣直的骨，鐵．竹．柴的釘。鐵釘。竹仔釘。木釘。
ēng thih teng Lâi tèng Pang。tèng tiâu。tèng ân。
用鐵釘來釘板。釘牢。釘緊。

【釖】to ㄉㄠ； kap 刀 Sio siāng ì sù。
与刀相同意思。

【釞】chip ㄐㄧˋ； thih ê khì khū，un sio ê khì khū。
鐵的器具，溫燒的器具。

【鈘】chhêⁿ，chhēⁿ，chhêⁿ á，khám chhêⁿ kó。chhêⁿ Lô，khám chhêⁿ，khám chhêⁿ kó，Phah khám chhêⁿ。
ㄑㄧㄝˊ，ㄑㄧㄝˋ； 鈘仔，鑑鈘鼓。鈘鑼，鑑鈘，鑑鈘鼓，打鑑鈘。
chiū sī Song Sū Ga̍k khì。
就是喪事的樂器。

造字 土樂的名。借乂字成字。

三畫

【釵】chhai，thoe，chhe ㄔㄞ，ㄊㄨㄝ，ㄑㄝ； hū jîn Lâng chhah tī thâu chiūⁿ tsng thāⁿ ê chiam á。kim chhai，Gûn chhai，Ge̍k chhai。
婦仁人插佇頭上的裝飾的簪仔。金釵，銀釵，玉釵。
kim thoe，Ge̍k thoe，thâu thoe。Gûn chhe，kim chhe。Ge̍k chhe。
金釵，玉釵，頭釵。銀釵，金釵。玉釵。

【釧】chhoan，chhòan ㄔㄨㄢ，ㄔㄨㄢˋ； chhiú khoân，hū jîn Lâng tsòe tsng thāⁿ Lō ēng。chhiú Soh，koàn Soh。koa Soh。
手環，婦仁人做裝飾的路用。手鍊。貫鍊。掛鍊。
Pì chhoàn。chhe chhoan。Lâng ê Sìⁿ。Ge̍k ê miâ。
臂釧。釵釧。人的姓。玉的名。

【釬】hān，hōa ㄏㄢˋ，ㄏㄨㄚˋ； chhiú kut ê khoe kah。Liâm tiâu kim Gûn ê mih，hān ioh。hōa ioh。koáⁿ kín。Lâng ê Sìⁿ。
手骨的盔甲。粘牢金銀的物，釬藥。釬藥。趕緊。人的姓。

【釫】hoa，hôa ㄏㄨㄚ，ㄏㄨㄚˊ； Siang háp to。tsòe thô tsúi ê ke sī，he sī。
双合刀。做泥水的傢私，灰匙。

【釭】kong ㄍㄨㄥ； chhia Lûn sim ê thih。ēng hiān tāi ōe Lâi kóng chiū sêng ê ì sù。
車輪心的鐵。用現代話來講是軸承的意思。

【釦】khò，khò͘，kháu ㄎㄛˋ，ㄎㄡˋ，ㄎㄡˇ； kim Gûn khì khū ê chhùi，ēng kim Gûn tsòe khì khū。Liú á。Liú kháu。chiⁿ kháu
金銀器具的嘴，用金銀做器具。鈕仔，鈕釦。箭釦。

【鈘】ㄦˇ； chiū sī tiáⁿ ê hīⁿ，hīⁿ tui。
就是鼎的耳，耳槌。

釤 Sam, sám, ㄕㄢ, ㄕㄢˋ; tōa kì Liâm Lek-to. tōa kì tí thâu. to ê mîa.
大支鐮磨刀。大支鋤頭。刀的名。

釣 tiàu, tiò, ㄉㄧㄠˋ, ㄉㄧㄠˋ; Liah hî ê thih kau, tiò hî. tiò á. Liah, thěh. tiò jī. Khiong thài tiàu gû lī súi sam chhùn.
捕魚的鐵鉤，釣魚。釣仔。掠，提。釣餌。姜太公釣魚離水三寸。

釱 tē, ㄉㄞˋ; thih khîn. ēng sò lâi khê kha. kha khâu.
鐵鉗。用鎖來扐腳。腳梏。

四 畫

鈔 chhau, chhàu, chhâ, ㄔㄠ, ㄔㄠˋ, ㄔㄚ; chîⁿ phiò, tsóa pè, chîⁿ ê pìn sìn ê toaⁿ. chhau phiò. bí chhau. tōa giàh ê phiò,
錢票，紙幣，錢的憑信的單。鈔票。美鈔。大額的票，
tōa chhau, sió chhau. chhau sià, thong 抄. chhâ, chîⁿ chhâ ân, chiū sī bô chîⁿ ê ì sù.
大鈔，小鈔。鈔寫，通抄。鈔，錢鈔緊，就是無錢的意思。

鈁 hong, hoâng, ㄈㄤ, ㄏㄨㄤˊ; hong, cheng kó ê lūi, hong cheng. hoâng, hô lân kok ê chit khoán chîⁿ gûn.
鈁，金鐘鼓的類，鈁鐘。鈁，荷蘭國的一款錢銀。

鈇 hu, ㄈㄨ; pó thâu. thâi lâng ê ke si. hu oat.
斧頭。殺人的傢私。鈇鉞。

鈎 kò, kau, khau, kam, ㄍㄛ, ㄍㄡ, ㄎㄡ, ㄍㄢ; áu khiau ê mih, thih kau. chit khoán liâm to thu kò. kiàm khoân. bâng tà kau, tâng
扐曲的物，鐵鈎。一款鐮刀，鉏鈎。劍環。蚊帳鈎，銅
kau. to mîa gô kò. tàu sim ki. kau sim tàu kak. ioh mîa, kau tîn. ín iu, kau tah.
鈎。刀名，吳鈎。鬪心機。鈎心鬪角。藥名，鈎藤。引誘，鈎搭。
khau, khau liâm. khau to, khau á. chhò khau, iù khau. khau to liân, khau to hoe.
鈎，鈎鐮。鈎刀，鈎仔。粗鈎，幼鈎。鈎刀捶，鈎刀花。
kam, kam ńg, chiū sī chit khoán ū tók ê chháu.
鈎，鈎軟，就是一款有毒的草。

鈐 khiâm, ㄑㄧㄢˊ; mn̂g chhoàⁿ, kó khiâm. chhia lûn sng, khiâm kiān. tōa lôe, khiâm tō. chhiuⁿ pìⁿ. ìn sìn, khiâm kì.
門閂，鈎鈐。車輪軎，鈐鍵。大犁，鈐鑱。槍柄。印信，鈐記。

鈞 kun, ㄐㄩㄣ; saⁿ tsap kun tsòe chit kun. chheng hō thiⁿ ê jī, tāi kun. tōa koân pìⁿ ê ì sù. pîⁿ pîⁿ, tāng tāng,
三十斤做一鈞。稱呼天的字，大鈞。大權柄的意思。平平，重重，
kun hêng, kap 均 sio siāng. tsun tiōng ê jī, kun an. kun tsō. kun kàm. kun bēng.
鈞衡，与均相同。尊重的字，鈞安。鈞座。鈞鑒。鈞命。

鈉 Lap, ㄋㄚˋ; phah thih, khek chhâ lâi jip tī chhàk á. hiān kim ēng tī hòa hak goân sò ê mîa, lap.
打鐵，刻柴來入佇鑿仔。現今用佇化學元素的名，鈉。

鈪 Lek, ㄌㄜˋ; îⁿ kho ê khoán sit, chhiú khoân.
圓弧的款式，手環。

鈣 biān, kài, ㄍㄞˋ; kim siok ê hòa hak goân sò, gûn pêh sek. sī tāi lí chioh, chioh hoe, chioh hap ê.
金屬的化學元素，銀白色。是代理石，石灰，石合成的。

鈕 niú, liú, ㄋㄧㄡˇ, ㄌㄧㄡˇ; mih sàⁿ tauh oa ê só tsāi. tâng liú. pò liú. liú khâu. tiōng iàu ê só tsāi. chhu niú, jī sìⁿ.
物衫鈕倚的所在。銅鈕。布鈕。鈕釦。重要的所在，樞鈕。字姓。

鈀 Pa, Pê, ㄅㄚ, ㄆㄚˊ; chiū sī peng ê chhia, sîn iā lāi pa chhia. thih. thih pê. bák pê, chhiuⁿ to bák pê.
就是兵的車，晨夜內鈀車。鐵。鐵鈀。木鈀，鎗刀木鈀。
Pa, hiān kim ēng tī hòa hak goân sò ê mîa, thang chè hap kim, sek pêh ná gûn.
鈀，現今用佇化學元素的名，可製合金，色白如銀。

鈚 Pí, ㄆㄧ; thih chìⁿ, tn̂g pí. khoah kok tn̂g ê poh liâm lek.
鐵箭，長鈚。闊闊長的薄鐮磨。

鈍 tūn, tun, ㄉㄨㄣˋ, ㄉㄨㄣˋ; bô lāi ê mih. to tun. tun to sái lâi chhiú. gû chhún, bān tūn. ham bān kóng ōe, chhùi tūn.
無利的物。刀鈍。鈍刀使利手。愚蠢，慢鈍。憨慢講話，嘴鈍。

釾 iâ, ㄧㄚˊ; saⁿ thâi ê khì khū. kiàm ê mîa, bók iâ gô sîn kiàm. hiān kim ēng tī hòa hak kim siok goân sò mîa.
相殺的器具。劍的名，鏌釾吳神劍。現今用佇化學金屬元素名。

鈄 thó, ㄊㄡˇ; tóe chiú ê khì khū. jī sìⁿ.
貯酒的器具。字姓。

鈅 Goat, ㄩㄝˋ; chiū sī peng ê khì hâi. sio thâi ê ke si.
就是兵的器械，相殺的傢私。

釿 kun, gîn, ㄐㄧㄣ, ㄧㄣˊ; koah tn̄g, chhò chhâ. liâu chhâ ê khì khū. gîn giâng, gîn giâng háu. cheng á ê siaⁿ.
割斷，剉柴，剉柴的器具。釿釿，釿釿哮，鐘仔的聲。

鈋 ngô, ㄜˊ; chiam á. liàh mih ê khì khū. soe thâu tsang ê ke si. lôe thâu thih. chîⁿ bé.
簪仔。掠物的器具。梳頭鬃的傢私。犁頭鐵。錢尾。

鈒 khip, sap, ㄎㄧˋ, ㄙㄚˋ; sòe ki ê chhiuⁿ. gûn ê chit ēng kim tsng thāⁿ, chhiuⁿ kek. khip lô.
小支的鎗，銀的，用金裝飾，鎗戟。鈒鏤。

鈆 iân, ㄧㄢˊ; kap 鉛 sio siāng. siah ê lūi. kok mîa.
与鉛相同。錫的類。國名。

鈸 Poh, ㄅㄛˊ; Poh chhùi, chiū sī tsûn chhiúⁿ chiap thâu ê só tsāi.
鈸嘴，就是船槳接頭的所在。

鈌 khoaiⁿ ㄎㄨㄞˋ
Khong khoaiⁿ, chiū sī Phahⁿ Lô ê siaⁿ。
鉸鈌，就是打鑼的聲。

造字 借夬的偏音成字。

五畫

鉦 cheng, ㄓㄥ；
hâm Lêng ê khoán。Giang á。chioh kó ê seng
似鈴的款。錚仔。石鼓的鉦。

鉒 tsù, ㄓㄨˋ；
khì khū, Sàng sí Lâng ê khì khū。
器具，送死人的器具。

鉏 thû, tso, ㄊㄨˊ, ㄗㄜ, ㄗㄜˇ
tsó, thû, khau ng á chhâu, tsoh chhân, tû biat, kap Sio Siāng ì sù。tso, chè hiàn
鉏，鉤秧草，作田，除滅；与鋤相同意思。鉏，祭獻
Sîn bêng só hioh ê só tsāi, tso chek。Lí Góa ì bô saⁿ tâu, tsó Gú
神明所歇的所在，鉏藉。你我意無相投，鉏鋙。

鉉 hiân, ㄏㄧㄢˊ，
kú khí tiáⁿ ê ì sù kng tiáⁿ ê hī kau。
舉起鼎的意思。扛鼎的耳鉤。

鉤 kò, kau, khau, kam, kap
《ㄡˋ, 《ㄡ, ㄎㄡ, 《ㄢ, ㄎ
与鉤字相同。ī Sio Siāng。

鉗 khiâm, khîⁿ, ㄑㄧㄢˊ, ㄎㄧˊ
ēng thih kiapoá, ngoeh á, thit khiâm thih khîⁿ。hé khîⁿ。kiò Lâng mài kc ōe, khiâm
用鐵夾倚，夾仔，鐵鉗，鐵鉗。火鉗。叫人不要講話，鉗
kháu。ap chè Lâng, khiâm chè。khîⁿ á。hó thâu khîⁿ。tháng khîⁿ
口。壓制人，鉗制。鉗仔。虎頭鉗。桶鉗。

鉅 kū, ㄐㄩˋ；
kǹg thih, kong thit, kū thih。tōa, tsōe, kū tōa。kū hù。kū Lióng。thong kū jī
鋼鐵，剛鐵，鉅鐵。大，多，鉅大。鉅富。鉅量。通巨字。

鈴 Lêng, Lin, ㄌㄧㄥˊ, ㄌㄧㄣ
Lin Long ê mih chhin chhiū cheng á, Lêng á。hâm Lêng。iô Lêng, m̂ng Lêng, tiān Lêng。
鈴瓏的物親像鐘仔，鈴仔。啣鈴。搖鈴，門鈴，電鈴。
Gû Lêng, bé Lêng, koāⁿ tī Gû bé ê ām kún。Lin Long á。Lin Long kó。Lin Long kó bōe tsáp sè。
牛鈴，馬鈴，縛佇牛馬的領頸。鈴瓏仔。鈴瓏鼓。鈴瓏鼓賣雜貨。

鉋 Pâu, Phâu, ㄅㄠˋ, ㄆㄠˊ
Siah Pîn chhâ ê khì khū, thih to chhah Siap bók tâi, Lâi khau Siah chhâ。khau to。hō kim Siók
削平柴的器具，鐵刀插塞佇木台，來鉤削柴。鉤刀。恆金屬
khì khū kng kut ê ki khì, Phâu chhîng。
器具光滑的機器，鉋床。

鈹 Phi, ㄆㄧ，
chit khóan n̄ng Pîn Lāi ê Sòe ki to。hàn i teh i tī eng á ê tōa ki chiam。Phi。hòa hák
一款兩邊利的小支刀。漢醫咧醫治癰仔的大支針。鈹。化學
kim Siók Gôan sò ê miâ Gûn Péh Sek。
金屬元素的名：銀白色。

鉢 Poat, Poah, ㄅㄨㄛ, ㄅㄛ
tóe chiah mih ê khì khū, Pôaⁿ ê khóan Sit。Géng ióh ê khì khū, Géng Poat。hoe Siùⁿ thok Poah
貯食物的器具，盤的款式。研藥的器具，研鉢。和尚托鉢
tôe iân。Poah á。chhián Poah, hûi Poah, bák Poah。Lûi Poah Chiū sī Géng Poah。
題捐。鉢仔，淺鉢，磁鉢，墨鉢。擂鉢就是研鉢。

鈸 Poat, Poah, Poáh, Put, ㄅㄚˊ, ㄅㄛˊ
ēng n̄ng Phìⁿ tâng Phìⁿ tsòe chiâⁿ。ī i chhiu theh ê só tsāi Phōng Phōng。chhin chhiū Pha chhiú
用兩片銅片做成；圍圍手提的所在膨膨。親像拍手
háp kek ê Gák khì。nâ Poah。nâ á Poat。tōa Poah。Lāng nâ Poah。hiat nâ Poah。chiū sī
合擊的樂器。鐃鈸。鐃仔鈸。大鈸。弄鐃鈸。拚鐃鈸。就是
Sài kong teh Lāng Lâu ê sî thuh ê mih。thak Pùt Poah Sio Siāng ì sù。nâ á Put, nâ á Poat。
師公咧弄鐃的時托的物。鑮鈸鈸相同意思。鐃仔鈸，鐃仔鈸。

鉄 tiat, thiat, thih, ㄉㄧㄝˊ, ㄊㄧㄝˇ, ㄊㄧˇ
鐵字的簡體。ī ê kan thé。O thih。黑鉄。iōng tô chin khoah, 用途真闊，

鈿 tiân, tiān, ㄉㄧㄢˊ, ㄉㄧㄢˋ
kim ê hôa chhái, thâu kè Siùⁿ kim。kim tiān。hoa tiân
金的華彩，頭髻鑲金。金鈿。花鈿

鉈 Sîa, tô, ㄕㄜˊ, ㄉㄨㄛˊ
Sîa, chiū sī tóe ê chhiuⁿ, tóe ê Pio。tô, chiū sī n̄iu thûi, chhìn thûi, tô chí。Phêng tô。
鉈，就是短的鎗；短的鏢。鉈，就是量錘，秤錘，鉈子。秤鉈。
tha, tha, hòa hák kim Siók Gôan sò ê miâ, Sèng chit n̄ng ná iân。
ㄊㄚ，鉈，化學金屬元素的名，性質軟如鉛。

鉞 oát, ㄩㄝˋ
Sio thâi ê khì khū, Pó thâu ê khóan Sit。oát hú。tōa Pó thâu。chhìⁿ ê miâ。
相殺的器具，斧頭的款式。鉞斧。大斧頭。星的名。

鉛 iân, ㄑㄧㄢ，
Sèng chit n̄ng, chhiⁿ Péh sek。tháng tsòe, iân kóng。iân jī。iân Pit。iân tan, chiū sī hông tan。
性質軟，青白色。可做，鉛管。鉛字。鉛筆。鉛丹，就是紅丹。
iā sī hòa hák Gôan sò ê kim Siók。iōng tô chin khoah。
也是化學元素的金屬。用途真闊。

鈺 Giòk, ㄩˋ; Pó pòe, koh tsāi sī ch kiâ têng ê kim。
寶貝，閣再是指堅硬的金。

鉚 kóng, ㄍㄨㄥˇ; chho· kut ê bē kè hé ê tâng thih, chho· kut ê kim Gėk. kap 鑛 Sio Siāng.
初掘的未過火的銅鐵；初掘的金玉。与鑛相同。

鉀 kap, kah, ㄍㄚ，ㄐㄧㄚˇ; kó· tsá chit jī ēng tsòe chiàn kah, khoe kah. hiān kim í keng ēng tan tsòe 甲 kah, hòa hak kim
古早這字用做戰鉀，盔鉀。現今已經用單做甲。鉀，化學金
Siòk Goân Sò ê mîa。chit chióng Lāh tsn̄g ê kim Siòk。
屬元素的名。一種蠟狀的金屬。

鉆 khiâm, tiam, khiâm, ㄑㄧㄢˊ，ㄓㄢ; thih sng, chhia sng。hoān nā khì khū siang thâu bé ê thih sng。tiam,
鉆，鉗鎋，車轄。凡若器具双頭尾的鐵轄。鉆，
khè thih lâi kòng ê khì khū, thih tiam。Gû thâu tiam, saⁿ kha tiam, tiò á tiam。
架鐵來摃的器具，鐵鉆。牛頭鉆。三脚鉆。釣仔鉆。

鉟 Phi, ㄆㄧ; to chhiuⁿ。tōa ki chiam, hàn i ēng lâi tī eng á。
刀鎗。大支針，漢醫用來治癰仔。

鉧 bóng, ㄇㄨˇ; îⁿ ê ut tau, kó· bóng。Ô Lâm Séng Lêng Lêng koāiⁿ ū chit ūi kó· bóng thâm。
圓的熨斗，鈷鉧。湖南省零陵縣有一位鈷鉧潭。

鉣 kiap, ㄐㄧㄝˊ; ēng sòaⁿ chit chiâⁿ ê tòa。
用線織成的帶。

鉊 chiau, ㄓㄠ; tōa ki ê liâm lek to。á sī koeh á。kang hoâi ê kó· mîa。
大支的鎌磨刀。或是鍥仔。江淮的古名。

鈷 kó·, ㄍㄨˇ; tòe bėh sòe ê khì khū, khit kó·。tsām tn̄g。kó· bóng thâm, tī Ô Lâm。kó· bóng, îⁿ ê ut tau。
貯麥黍的器具，糗糊。斬斷。鈷鉧潭，佇湖南。鈷鉧，圓的熨斗。
hòa hak kim Siòk Goân Sò ê mîa, chè tsō éng kiú khip thih tiōng iàu Goân Liāu, hòng siā tī Gâm。
鈷，化學金屬元素的名，製造永久磁鐵的重要原料。放射治癌。

鉑 Pók, ㄅㄛˊ; thong Siòk kiò tsòe Peh kim, thang tsòe tsng thāⁿ ê mih, kng tek chin hó。thang tûi tsòe Pòh kim。
通俗叫做白金，可做裝飾的物。光澤真好。可搥做薄金。
iā sī hòa hak kim Siòk Goân Sò。iā thang tsòe hòa hak ê khì khū。
也是化學金屬元素。也可做化學的器具。

鉎 Seng, Siⁿ, ㄕㄥ，ㄒㄧㄝ; thih í, chiū sī thih siù, iā chiū sī thih sian。Siⁿ, Siⁿ thih, chho· thih。Siⁿ tiáⁿ。tiáⁿ Siⁿ。
鐵衣，就是鐵鏽，也就是鐵銹。鉎，鉎鐵，粗鐵。鉎鼎。鼎鉎。
Lôe thâu siⁿ。Siⁿ tsu, khan siⁿ。kó· tsá tiáⁿ phòa khang, pó· tiáⁿ sai hū iûⁿ siⁿ tsúi, chiah ēng
犁頭鉎。鉎珠，牽鉎。古早鼎破孔，補鼎師父溶鉎水，即用
Siⁿ tsu lâi that khang, chhōa Siⁿ tsu kau tiáⁿ khang, kiò khan Siⁿ。
鉎珠來塞孔，導鉎珠到鼎孔，叫牽鉎。

鈶 Sū, ㄙˋ; chhiuⁿ ê lūi。Lôe ê thâu。Pìⁿ。Liâm lek to ê Pìⁿ。
鎗的類。犁的頭。柄。鎌磨刀的柄。

鈾 iû, ㄧㄡˊ; hòa hak kim Siòk Goân Sò ê mîa, chit Gīⁿ。chè tsō Goân tsú tôa ê tiōng iàu Goân Liāu。
化學金屬元素的名，質硬。製造原子彈的重要原料。

鉍 Pì, ㄅㄧˋ; mâu ê Pìⁿ。Pì, hòa hak kim Siòk Goân Sò ê mîa, chit Gīⁿ, chhè。thang tsòe hap kim。
矛的柄。鉍，化學金屬元素的名，質硬，脆。可做合金。

補4畫 **鈦** thài, ㄊㄞˋ; hòa hak kim Siòk Goân Sò ê mîa, sèng Gīⁿ, Gûn Pėh sek。
化學金屬元素的名，性硬，銀白色。

六畫

銍 Chek, Chit, ㄓˋ; koah tiū ê ní lėk to。koeh á。Sò tsāi mîa。
刈稻的鎌磨刀。鍥仔。所在名。

銃 chhiòng, chhèng, ㄔㄨㄥˋ; kau chiàn ê khì khū。Pó· thâu kheng。tōa sió chhèng。chiáu chhèng, tōa chhèng, sió chhèng, chhiú
交戰的器具。斧頭銎。大小銃。鳥銃，大銃，小銃，手銃
chhèng。chhèng chí。khong khì chhèng。Phah khang chhèng。Pn̄g sī chhèng, tsóa ê mîa。Lah chhèng。
銃子。空氣銃。打空銃。飯匙銃，蛇的名。獵銃。

銜 hâm kâm, ㄒㄧㄢˊ; chhùi kā mih, bé kā kiuⁿ, bé hâm。nîa siū, hâm bēng。koaⁿ chit, koaⁿ hâm。Liân chiap, hâm chiap。
嘴咬物，馬咬韁，馬銜。領受，銜命。官職，官銜。連接，銜接。

鉶 hêng, ㄒㄧㄥˊ; khì khū ê mîa, chè hiàn ê khì khū, kiⁿ ê khì khū, hûi ê khì khū。hêng khì。
器具的名，祭獻的器具，羹的器具，磁的器具。鉶器。
kâm mih, kâm Pn̄g。銜物，銜飯。

鉸 kau, káu, kàu, ka, ㄐㄧㄠ; thih sng ê lûn, kau liân。Siòk mîa, āu liú。káu teng, lûi teng。to ê mîa。
鐵門的輪，鉸鏈。俗名，後鈕。鉸釘，累釘。刀的名。
ka to, ka chián。ka saⁿ, ka tn̄g。Saⁿ thap ka。
鉸刀，鉸剪。鉸衫，鉸斷。相踏鉸。

銁 kūn, ㄍㄨㄣˇ; kap 鈞 jī ī sù Sio Siāng。
与鈞字意思相同。

[金空] ui, ㄨㄟ; ui khì, bôa biat ê ì sù, bôa ui, chhia sim ui, hap tâng ui, ôe tóe ui, to mê ui。
[金空]去，磨滅的意思，磨[金空]。車心[金空]，合銅[金空]，鞋底[金空]，刀[金空][金空]。 造字

鋆	kun, ㄍㄨㄣ	kap têng bīn jī í kip 鈞 jī sio siāng ì sù. 与 頂面字，以及 鈞字相同意思。
銎	khiong, kheng, to ㄎㄩㄥ, ㄎㄧㄥ, 刀	chhàk tāu pìⁿ ê khoán. to kheng, pó thâu kheng. thì thâu to kheng. 鑿鬪柄的款。刀銎，斧頭銎。剃頭刀銎。
銘	bêng, Lêng ㄇㄧㄥ, ㄌㄧㄥ	tiau khek, khek jī. bêng khek. bêng kì. hō miâ, kì tsài, kì tit, kám kek, bêng kám. 彫刻，刻字。銘刻。銘記。號名，記載，記得。感激，銘感。 bêng sim. bêng siā. Lêng, Lêng cheng. chiū sī khiáu, tsòe tāi chì Long tio̍h ê ì sù. 銘心。銘謝。銘，銘精。就是巧，做代誌攏着的意思。
銖	sû, tsu, ㄒㄩ, ㄗㄨ	kó tsá ê hêng khì miâ, jī tsap sì tsu tsòe chit niú. chit Pah Lia̍p sóe á ê tāng ê Sòe Gûn tun. Sió khoá ê ì sù, Sù Liông. thài kok chîⁿ ê miâ, thài tsu. 古早的衡器名，二十四銖做一兩。一百粒黍仔的重的細銀鈍。少許仔的意思，銖兩。泰國錢的名，泰銖。
銛	Siam, thiám, to mî Lāi ê ì sù ㄒㄧㄚㄇ, ㄊㄧㄚㄇ, 刀	Siam Lī. Lâng ê sìⁿ, Siam. theh, thiám chhú. 銛利的意思。銛利。人的姓，銛。提，銛取。
銑	Sián, Sìⁿ ㄒㄧㄢ, ㄒㄧ,	Sóe, kim ê kng tek. Sòe kì ê chhàka. cheng khau ê nn̄g ê kak. hiān tāi ê chit khoán chhia chhn̂g, sián chhn̂g, Sóe chhn̂g, chhiat siah ê ki hâi. Sìⁿ, Sìⁿ thih. Sìⁿ thih, chhiaⁿ khoàⁿ jī tsù kái. ㄒㄧㄝ，金的光澤。小支的鑿仔。鐘口的兩個角。現代的一款車床，銑床，銑床，切削的機械。銑，銑鐵。生鐵，請看銑字註解。
銕	thiat, thih ㄊㄧㄝ, ㄊㄧ	kap 鐵 jī sio siāng, o kim ê Lūi, kian ngī. kng thih. 与鐵字相同，黑金的類，堅硬。鋼銕。
銚	tiàu, tiō ㄉㄧㄠ, ㄉㄧㄠ	un sio ê khì khū, ū pìⁿ ū chhùi ê sòe ki tiáⁿ á, á sī ū hī ê e á. tiō á. chit khoan ê miâ, tn̂g tiàu. tsoh chhân ê ke sì, chit khoán ti thâu. 溫燒的器具，有柄有嘴的小支鼎仔，或是有耳的鍋仔。銚仔。一款矛的名，長銚。作田的傢私，一款鋤頭。
銅	tông, tâng ㄊㄨㄥ, ㄉㄤ	chhiah tâng, âng tâng. chhiⁿ tâng. tâng khì. tâng ô. tâng pán. tâng chîⁿ. tâng chhiūⁿ thih piah, pì jū hui siông kian kò ê ì sù. tông, hòa ha̍k kim sio̍k goân sò ê miâ, chhiah sek kng tek. 赤銅，紅銅。青銅。銅器。銅壺。銅版。銅錢。銅牆鐵壁，比喻非常堅固的意思。銅，化學金屬元素的名，赤色有光澤。
銓	Chhoan, Soān, ㄑㄩㄢ, ㄒㄩㄢ	níu khin tāng, Phah Sng, hun Piat, kéng. koaⁿ thiaⁿ àn chiau tsu keh, kèng Le̍k Lâi Phài koaⁿ chit, chhoan sū. Chhoan Soān. Chhoan hêng. Soān, Sûi ê chio̍h, chhin chhiūⁿ pó chio̍h, Soān chio̍h. 量輕重，打算，分別，揀。官廳按照資格，經歷來派官職，銓敘。銓選。銓衡。銓，美的石，親像寶石，銓石。
銀	Gûn ㄧㄣ	Pe̍h sek ê kim sio̍k, Pe̍h gûn. Sī sè kan Lâng ê tsâi pó. Gûn hâng. Gûn Lâu. Gûn niú. Chîⁿ gûn. Gûn kak á. Gûn, hòa ha̍k kim sio̍k goân sò. chhun thián sèng hó. thang tsòe gûn khì. 白色的金屬，白銀。是世間人的財寶。銀行。銀樓。銀兩。錢銀。銀角仔。銀，化學金屬元素。伸展性好。可做銀器。
銇	Lūi ㄌㄟ	tsn̄g á, Pîⁿ Pán ê khì khū. 鑽仔，平版的器具。
銌	tsūn ㄗㄨㄣ	chiū sī Lak mih ê khì khū, Lak tsūn, tsūn á. tsūn Lô sî. Lô sî tsūn. 就是轆物的器具，轆銌，銌仔。銌螺絲。螺絲銌。
銙	khòa ㄎㄨㄚ	toà ê khì khū. Pau kha kut ê pò. 帶的器具。包脚骨的布。
銒	kian, Giang ㄐㄧㄢ, ㄧㄤ	kian, chhin chhiūⁿ cheng, tsóng sī ām tn̂g tn̂g, tè chiú ê khì khū. Sòng kok ê Lâng miâ, Sòng kian. Giang, Giang á, Sai kong Giang. Gin Gong Giang. Gin Giang. Gin Giang hâu. 銒，親像鐘，總是頷長長，貯酒的器具。宋國的人名，宋銒。銒，銒仔，師公銒，錭銗銒。銒銒。銒銒哮。
鉻	Lo̍k ㄌㄨㄛ	thì thâu mn̂g, khì chhùi chhiu, sū hoat tsū Lo̍k. 鉻，hòa ha̍k kim sio̍k goân sò ê miâ, chit ngī. 剃頭毛，去嘴鬚，鬚髮自鉻。鉻，化學金屬元素的名。萬硬。
銬	khò, khàu ㄎㄠ, ㄎㄠ	Só tiâu kha. chhiú ê hêng khū, kap 梏 sio sian ì sù. kha khàu, chhiú khàu. 鎖跳脚。手的刑具，与梏相同意思。脚銬，手銬。
補 4畫 銗	Gong ㄍㄨㄥ	Gin Gong Giang chiū sī cheng á ê siaⁿ. Gèk á sī mih kiāⁿ saⁿ kha̍p tio̍h ê siaⁿ. 銒銗銒：就是鐘仔的聲。玉或是物件相磕着的聲。

造字 借亢偏音成字。

七畫

鋕	chì ㄓ	kì tsài, kì liām. khek tiāu ê ì sù. 記載，記念。刻雕的意思。

【錠】Chhiok，ㄑㄧㄛˋ，khā só liān。chheng hûn lō͘ lân kūn，hông hòk chiok sêng chhiok。（hân jú ê liân kù）
腳鎖鏈。青雲路難近，黃鶴足仍錠。（韓愈的聯句）。

【鋤】thû，tî，tû，tî，ㄔㄨˊ，ㄔㄨˊ，tsoh chhân ê khì khū，thû tiân。Lō͘ thû thoa̍t chháu ê khì khū。tû chháu。tû thâu。tî thâu
作田的器具，鋤田，耰鋤，拔草的器具。鋤草。鋤頭。鋤頭
tû kiông hû jio̍k，tû bia̍t kiông ok pang tsān jio̍k sè。tî thâu chhùi pù ki hī。
鋤強扶弱，除滅強惡幫助弱勢。鋤頭嘴畚箕耳。

【銲】hān，hoān，ㄏㄢˋ，ㄏㄨㄢˋ，kap 釬 sio siāng。chhiú kut ê khoe kah。hō͘ kim gûn tâng siah sa̍p liâm chiap。hān chiap。hoān iōh
與釬相同。手骨的盔甲。使金銀銅錫相粘接。銲接。銲藥。

【鋒】hong，ㄈㄥ，khì but ê chiam bé，chiam lāi，hong lī。hong bông。san chiⁿ，cheng hong。sian hong。hong thâu。
器物的尖尾，尖利，鋒利。鋒芒。相爭，爭鋒。先鋒。鋒頭。

【鋅】tsú，sin，ㄗㄨˇ，ㄒㄧㄣ，tsòe pán ê chhâi liāu，tiān tî ê chhâi liāu，sek chhiⁿ pe̍h。ji̍t pún lâng kiò tsòe a iân。ēng tī tiān tō͘
做版的材料，電池的材料，色青白。日本人叫做亞鉛。用佇電鍍
hông chí sì sian。sng hòa tsú，sī pe̍h sek ê gân liāu，kiò tsòe a iân hoa。sin，hòa ha̍k kim sio̍k goân sò͘。
防止生銹。酸化鋅，是白色的顏料，叫做亞鉛華。鋅，化學金屬元素。

【鋘】ngô͘，ㄨˊ，lióng jīm chhah，ngô͘ chhiâu。tsòe thô tsúi ê khì khū，boah to。
兩刃臿插，鋘鍫。做泥水的器具，抹刀。

【銳】jōe，ㄖㄨㄟˋ，chiam ê mih，chiam lāi，lāi，chiam jōe。jōe lī。jia̍t chì，jōe chì。gâu，hó tá̍n，jōe bín。sòe sòe。
尖的物，尖利，利，尖銳。銳利。熱心，銳志。賢，好胆，銳敏。細小。

【鋏】kiap，giap，ㄐㄧㄚˊ，ㄐㄧㄚˊ，ngoeh mih kiāⁿ ê ke si，kap khìⁿ á sio siāng。thih giap á。thih kiap。kiàm ê lūi，
夾物件的傢私，與鉗仔相同。鐵鋏仔。鐵鋏。劍的類，
kiap to。mâu kiap。tn̂g kiap。té kiap。
鋏刀。矛鋏。長鋏。短鋏。

【鋄】kiám，ㄍㄚˇ，bé thâu ê tsng thāⁿ，kim tsòe gek siùⁿ ê。bé oaⁿ。
馬頭的裝飾，金做玉鑲的。馬鞍。

【銶】kiû，ㄑㄧㄡˊ，khì khū ê miâ，pó͘ thâu chha̍k á ê lūi。iā ū kóng sī chhâ thûi。
器具的名，斧頭鑿仔的類。也有講是柴槌。

【鋃】lông，ㄌㄤˊ，chiū sī só，ēng thih tsòe ê só，liân hoān lâng ê só liān，lông tong。chhiang ê siaⁿ。
就是鎖，用鐵做的鎖，鏈犯人的鎖鏈，鋃鐺。鐘的聲。

【鋩】bông，mî，ㄇㄤˊ，ㄇㄧˊ，to bé，to chiam，to chhùi lāi，chiam lāi to bông。bông bông。to mî。ū mî。bô mî。
刀尾，刀尖，刀嘴利，尖利，刀鋩。鋒鋩。刀鋩。有鋩。無鋩。
mê，ㄇㄝ，kè mî。ū mî kak。tsòe tāi chì sī chi̍t ê mî kak，chiū sī kî khiáu ê ì sù。to mê。
過鋩。有鋩角。做代誌是一個鋩角，就是奇巧的意思。刀鋩。

【鋂】mûi，ㄇㄟˊ，chiū sī tōa mn̂g só ê ì sù。mûi，hòa ha̍k kim sio̍k goân sò͘ ê miâ。ū hòng siā sèng。
就是大門鎖的意思。鋂，化學金屬元素的名。有放射性。

【鋣】pang，ㄆㄚ，chiū sī tsoh sit ê ke si，ti thâu。
就是作穡的傢私，鋤頭。

【鋪】pho͘，phò͘，ㄆㄨ，ㄆㄨˋ，mn̂g pâi khiân，kim pho͘。pâi lia̍t，chhiu hō͘ i pî。pho͘ pî。pò͘ tì，pho͘ tì，bîn chhn̂g，chhn̂g pho͘。
門牌牽，金鋪。排列，使伊平，鋪平。布置，鋪排。眠床，床鋪。
tiàm thâu，tiàm phò͘。phò͘ hō。tsa̍p hè phò͘，ia̍h phò͘。lō͘ tsām，chi̍t phò͘ lō͘。nn̄g phò͘ lō͘。
店頭，店鋪。鋪號。雜貨鋪。藥鋪。路站，一鋪路。兩鋪路。

【銷】siau，ㄒㄧㄠ，ēng hé iûⁿ kim，sio iûⁿ，siau iûⁿ。chiām chiām bô khì，bōe mih，siau siū。siau lō͘。tû khì，tû siau。
用火熔金，燒熔，銷熔。漸漸無去。賣物，銷售。銷路。除去，註銷。

【銹】siù，sian，ㄒㄧㄡˋ，ㄒㄧㄢ，thih，kim sio̍k só͘ siⁿ ê lâ sâm，thih siù。thih sian。tâng sian。o͘ sian。siⁿ sian。
鐵，金屬所生的垃圾，鐵銹。鐵銹。銅銹。黑銹。生銹。

【鋟】chhím，ㄑㄧㄣ，khek tiâu，khek jī。ēng chhiú jiáu jī tī pán nih。chhím pán。
刻雕，刻字。用手爪刻字佇板裡。鋟板。

【銼】chho，chhò，ㄘㄨㄛ，ㄘㄨㄛˋ，sioh tī thih，á sī tâng，á sī siⁿ lâi tsòe ê tiáⁿ，tiáⁿ miâ。chhò，chhò to。chiū sī
席佇鐵，或是銅，或是銑來做的鼎，鼎名。銼，銼刀。就是
kù lōe，bôa pîⁿ bôa îⁿ ê ke si。chhò chhâ，tsām tn̄g。
鋸鑢，磨平磨圓的傢私。銼柴，斬斷。

【鋑】chhoan，tsùn，ㄑㄩㄢ，ㄗㄨㄣ，鐫 ê sio̍k jī。tok，khek，tsǹg，chhak jī。tiau tsùn。tsùn。tsùn。tsùn soaⁿ chio̍h。
鐫的俗字。琢，刻，鑽，鑿字。雕鋑。鋑鑄。鋑山石。
tsùn tok。tsòe koaⁿ kàng kip，chhoan kip。
鋑琢。做官降級，鋑級。

【鋈】ak，ok，ㄚ，ㄛˋ，pe̍h gûn，pe̍h kim ê lūi á sī pa̍t mih，koh ēng kim lâi siuⁿ，á sī tō͘ ê ì sù。
白銀，白金的類或是別物，擱用金來鑲。或是鍍的意思。

【鋉】sok，sòh，ㄙㄨ，ㄙㄨˋ，sok chhiú ê kim khoân，chhiú sok。chhiú sòh。kòa chhiú sòh。kòa sòh。kim sòh liān。
束手的金環，手鋉。手鋉。掛手鋉。掛鋉。金鋉鏈。
sak，tiāⁿ sak。chiū sī tsûn tiāⁿ ê thih kau。
ㄙㄚ，碇鋉。就是船碇的鐵鈎。

鋍 Pút, ㄅㄛˊ; tiáⁿ Lāi hiâⁿ tsúi kàu móa. tiáⁿ Lāi ê thng. hut jiân, au bān
鼎内焚水到滿，鼎内的湯。忽然，拗蠻

鋯 khò, ㄎㄠˋ; Gûn khò, kim khò, kim Gûn khò, chit khò Gûn, chit khò kim tiāⁿ.
銀鋯，金鋯，金銀鋯，一鋯銀，一鋯金錠。
khò, hòa hak kim siok Goân sò ê mîa, sī he sek ê kiat chiⁿ. thang tsòe mûi khì teng tà.
鋯，化學金屬元素的名，是灰色結晶。可做煤氣燈罩。

錧 chhòan, khòng, ㄔㄨㄢˋ，ㄎㄨㄥˋ; èng kai thàk khòng chiah tioh, kim Gûn tâng thih bē chè tsō, kap 鑛 Sio Siāng.
應該讀鑛即着，金銀銅鐵未製造，与鑛相同。

鋥 tēng, ㄉㄥˋ; bôa kiàm hō i kng ê ì sù. bôa, chhè, Lòe, bôa tēng.
磨劍伍它光的意思。磨，刷，鑢，磨鋥。

鋧 hiān, ㄒㄧㄢˋ; Sòe ki ê chhàk á, siok Lāi ê khì khū. Sián hiān.
小支的鑿仔，鋒利的器具。銑鋧。

鋦 kiok, ㄐㄩˊ; ēng thih Lāi pak mih ê ì sù. n̄ng thâu áu khiau ê thih teng. kiok chí. Gô khí teng á.
用鐵來縛物的意思。兩頭拗曲的鐵釘，鋦子。蜈蚣釘仔。

鋝 Loat, ㄌㄩㄝˋ; chit hō kó tsá ê tô chí, tāi iok Lak niú tāng.
一號古早的鉈子，大約六兩重。

鋌 théng, ㄊㄧㄥˇ; bē chiâⁿ khì khū tâng thih. keng ê chìⁿ bé. chiàn thêng. kap i Poh, thêng jî tsáu hiám.
未成器具的銅鐵。弓的箭尾，箭鋌。與它卜，鋌而走險。

鋙 Gû, ㄩˊ; Gak khì, bô an ún ê khoán, mih bô siāⁿ thò tòng. ì kiàn bōe hah tso Gû. tì thâu ê Lūi
樂器。無安穩的款，物無甚妥當，意見鱠合，鉏鋙。鋤頭的類。

鋣 iâ, ㄧㄝˊ; Sio thâi ê khì khū, kiàm ê mîa, bòk iâ kiàm. chiū sī chhut mîa ê kiàm.
相殺的器具，劍的名，鏌鋣劍。就是出名的劍。

鋊 iok, ㄩˋ; ngoeh á thang ngoeh hé thòaⁿ. khau tiáⁿ. thòaⁿ kau.
夾仔可夾火炭。鈎鼎。炭鈎。

鋆 ûn, ㄩㄣˊ; chiū sī kim ê ì sù
就是金的意思。

鋁 Lū, ㄌㄩˇ; hòa hak kim siok Goân sò ê mîa, sek Gûn pêh, chit khin, hui hêng ki ê hó chhâi Liāu. ēng Lō
化學金屬元素的名，色銀白，質輕，飛行機的好材料。用路
chin khoah, Goā mîa kiò tsòe khin Gûn.
真闊，外名叫做輕銀。

銻 thì, ㄊㄧˋ; hòa hak kim siok Goân sò mîa. chhiⁿ pêh sek, chit chhè, ngī, thang tsòe oah jī.
化學金屬元素的名。青白色，質脆，硬，可做活字。

銾 hông, hōng, ㄏㄨㄥˊ，ㄏㄨㄥˋ; kap 汞 Sio Siāng. tsui Gûn. hòa hak kim siok Goân sò ê mîa, pêng siông sî sī ek thé tsn̄g.
与汞相同。水銀。化學金屬元素的名，平常時是液體狀。

鋇 Pòe, ㄅㄟˋ; hòa hak kim siok ê Goân sò mîa, sek Gûn pêh, ēng Lō tōa.
化學金屬的元素名，色銀白，用路大。

鋰 Lí, ㄌㄧˇ; hòa hak kim siok Goân sò ê mîa, sek Gûn pêh, chit nńg koh khin. ōe ēng tit tsòe hap kim.
化學金屬元素的名，色銀白，質軟閣輕。能用得做合金。

造字 **鈔** chhāⁿ, ㄔㄠ; chhāⁿ chhāⁿ háu, chhāⁿ chhāⁿ kio, Lô kó chhāⁿ chhāⁿ kún. koa á hì chhāⁿ chhāⁿ kio.
鈔鈔哮，鈔鈔叫，鑼鼓鈔鈔滾。歌仔戲鈔鈔叫。

造字 **銂** iaⁿ, ㄧㄚˇ; tōa iaⁿ. chiū sī tōa ki chhàk á, chiū sī kiông tō chheng piàng ê Lâng teh ēng ê.
大銂。就是大支鑿仔，就是強盜衝[illegible]的人咧用的。

八畫

錣 toat, ㄓㄨㄛˋ; chiam. Phah bé ê koáiⁿ á bé chiam ê thih.
針。打馬的杨仔末尖的鐵。

錐 tsui, ㄓㄨㄟ; chiam Lāi ōe thang ui khang ê khì khū. chiam chiam, tsn̄g á. ìⁿ tsui. kak tsui.
尖利能可挖孔的器具。尖尖，鑽仔。圓錐。角錐。

錘 sûi, thûi, ㄔㄨㄟˊ，ㄊㄨㄟˊ; chhìn tāng ê khì khū, kó tsá ê tô chí, chiū sī 12 niú tāng. chhìn thûi. chhìn thûi. thih thûi.
秤重的器具，古早的鉈子，就是十二兩重。秤錘。稱錘。鐵錘。

錎 hâm, ㄒㄧㄢˋ; toh kūi, Poe Poâⁿ. khoe kah. thong 函 jī.
桌匱，杯盤。盔甲。通函字。

錡 î, kî, ㄧˊ，ㄑㄧˊ; Lâng ê sìⁿ. Lâng ê mîa. kî, Peng khì ê kè. ū kha ê tiáⁿ.
人的姓，錡。人的名，錡，兵器的架。有脚的鼎。

鋼 kong, kǹg, ㄍㄤ，ㄍㄤˋ; thih kè Liān, têng. ngī. iong. Lāi. kǹg thih. kǹg to. Liān kǹg. kǹg pang. chiàⁿ kǹg.
鐵過鍊，碇。硬，勇，利。鋼鐵。鋼刀。鍊鋼。鋼板。正鋼。
to kǹg, kè Gân kǹg. Lí ê to ū Loh kǹg bô Loh táⁿ. kǹg Pit. kǹg khîm. kong thih.
刀鋼，過澹鋼。你的刀有落鋼無落胆。鋼筆。鋼琴。鋼鐵。

鋸 kù, kì, ㄐㄩˋ，ㄐㄩ; ū khí ê to, ōe Liāu mih. khui, tn̄g, kù chhâ. kù á, kì tn̄g. kù Lòe, chhò to.
有齒的刀，能劉物。開，斷，鋸柴。鋸仔，鋸斷。鋸鑢，銼刀。

錤 ki, kî, tsoh chhân ê khì khū, ti thâu. tsu kî。
ㄑㄧˊ,ㄐㄧ, 作田的器具, 鋤頭。鎡錤。

錦 Gím, kím, chit bûn chhái, tsa̍p sek hó khòaⁿ, súi。tiû toān ê khoán, Gím tiû, Gím siù。hó koh khah
ㄐㄧㄣˇ,ㄍㄧㄣˇ, 織紋彩, 雜色好看, 美。綢緞的款, 錦綢, 錦繡。好閣較
hó, kím siōng thiam hoa。kím lông biāu kè。kím i giok sit。kím siù chiân têng。
好, 錦上添花。錦囊妙計。錦衣玉食。錦繡前程。

錮 kò, iûⁿ tang thih lâi that khang khiah, that ba̍t, kò sài。tāng tāng khûn pa̍k, kìm kò。
ㄍㄨˋ, 鎔銅鐵來塞孔隙, 塞密, 錮塞。重重綑縛, 禁錮。

錈 koán, ut kim。lâi ê kiàm。
ㄐㄩㄢˇ, 屈金。利的劍。

錕 hûn, khun, chhiah kim。kiàm miâ, khun gû。soaⁿ ê miâ。
ㄏㄨㄣˊ,ㄎㄨㄣ, 赤金。劍名, 錕鋙。山的名。

錄 Lio̍k, Le̍k, Lo̍k, Lio̍k, kim ê sek tī, ku khak hûn, pòe hûn。chhau siá, kì tsài, tsù chheh, tsu bo̍k。
ㄌㄩˋ,ㄌㄨˋ, 錄, 金的色緻。龜殼紋, 貝紋。抄寫, 記載, 註冊, 書目。
chhau le̍k, le̍k siàu。le̍k khí lâi, le̍k siàu toaⁿ。le̍k kui pún。bo̍k lio̍k。kì lo̍k。chhái iōng
抄錄, 錄賬。錄起來, 錄賬單。錄歸本。目錄。記錄。採用,
lo̍k chhú。hôe ek lio̍k。tông ha̍k lio̍k。lo̍k im, lo̍k im ki。
錄取。回憶錄。同學錄。錄音, 錄音機。

錨 biâu, bâ, chiū sī tsûn ê tiāⁿ, hō tsûn thêng tiàu bōe tsáu tāng ê mih, thih biâu。pha biâu。bâ
ㄇㄠˊ,ㄇㄚˊ, 就是船的碇, 互船停牢艙走動的物, 鐵錨。拋錨。錨
thih bâ jí, chiū sī ū saⁿ ki khí ê tsûn tiāⁿ。
鐵錨子, 就是有三支齒的船碇。

錫 Sek, Siah, Gûn ê sek tī, hòa ha̍k kim sio̍k goân sò͘, chit nn̄g, ēng lō͘ tsōe。thang tsòe siah pho̍h, siah khì。
ㄒㄧˊ,ㄒㄧˋ, 銀的色緻, 化學金屬元素, 質軟, 用路多。可做錫箔。錫器。
liâm siah。phái tâng kū siah。siúⁿ sù, sek hong。sek sù。hòe siūⁿ teh ēng ê tiōng, sek tiōng。
粘錫。歹銅舊錫。賞賜, 錫封。錫賜。和尚哟用的杖, 錫杖。

錠 tēng, tiāⁿ, kó tsá chè sū ê poâⁿ ū kha ê kiò tsòe tēng, bô kha ê kiò teng。kim gûn tsù chiâⁿ tè, kim tēng,
ㄉㄧㄥˋ,ㄉㄧㄥ, 古早祭祀的盤有脚的叫做錠, 無脚的叫鐙。金銀鑄成塊, 金錠,
gûn tiāⁿ, ēng tsòe thong iōng ê kim chîⁿ。lia̍p, kò, tè。chit tiāⁿ, nn̄g tiāⁿ。tiāⁿ che。
銀錠, 用做通用的金錢。粒, 個, 塊。一錠, 兩錠。錠劑。

錢 chiân, chiân, chîⁿ, chhiân, tsoh chhân ê khì khū, ná chhiau, chiân tiāu。chîⁿ gûn。tsù tâng tsòe chîⁿ。ek hè
ㄑㄧㄢˊ,ㄐㄧㄢˇ, 作田的器具, 如鍬, 錢銚。錢銀。鑄銅做錢。易貨
chhiân, bóe bōe ê kang khū。chiū sī kok pó, lâng ê tsâi hù, chiân tsâi。chiân pè。tāng liōng miâ, tsa̍p chîⁿ
ㄑㄧㄢˊ, 買賣的工具。就是國寶, 人的財富, 錢財。錢幣。重量名, 十錢
tsòe chit niú。kang miâ, chiân tông kang。chiân tông tiâu, bêng bûn thian hā。gûn hâng, kó tsá kiò chîⁿ tsng。
做一兩。江名, 錢塘江。錢塘潮, 名聞天下。銀行, 古早叫錢莊。
chhiân, chit tiàu chhiân, chiū sī chit kǹg chîⁿ ê ì sù。chiū sī chit chheng chîⁿ。chhiân chhâi。
錢, 一吊錢, 就是一貫錢的意思。就是一千錢。錢財。

錯 chhò, chhok, chhò, chhò, chhò to。ū kù khì, kù lōe。ông bóng só͘ tsù ê chîⁿ miâ。hoâiⁿ tit pâi lia̍t, chhò
ㄘㄨㄛˋ,ㄘㄨˋ, 錯, 錯刀。有鋸齒, 鋸鑢。王莽所鑄的錢名。橫直排列, 錯
tsong。hō͘ siōng kau chhò。sit chhò, chhò gō͘, chha chhok。hun tsa̍p, chhok loān。jīn chhò。thiaⁿ chhò。
綜。互相交錯。失錯, 錯誤, 差錯。紛雜, 錯亂。認錯。聽錯。
chhò sī。bô chhò。chhò jī。chhò gok, kiaⁿ hong。chhò chiat, chhiū ciⁿ kau chhe ê só͘ tsāi。
錯死。無錯。錯字。錯愕, 驚慌。錯節, 樹椏交叉的所在。

錙 tsu, kó tsá ê tāng liōng ê miâ, poeh niú kiò chit tsu。tsu tsu pit kàu, pí jū tàng sng ê lâng gâu kè kàu。
ㄗ, 古早的重量的名, 八兩叫一錙。錙銖必較, 比喻凍酸的人勢計較。

錧 koán, chhia ê khì khū。tsoh chhân ê ke si。lōe to。
ㄍㄨㄢˇ, 車的器具。作田的傢私。犁刀。

錭 tiau, to, tô, tiau, kap tiau sio siāng ì sù。khek, khek hoe tiau khek, tiau tok。to, tô, chiū sī
ㄉㄧㄠ,ㄉㄠ, 銼, 錭, 与雕相同意思。刻, 刻花, 雕刻, 錭琢。錭, 錭, 就是
lāi ê tùi hoán, tun ê ì sù。
利的對反, 鈍的意思。

錶 piáu, pió, pio, kè liōng ê khì khū, kok hāng ê ki koan bô sio siāng。khòaⁿ sî kan ê chhiú pió, cheng piáu。
ㄅㄧㄠˇ, 計量的器具, 各項的機關無相同。看時間的手錶, 鐘錶。
un tō͘ ū un tō͘ pió。khòaⁿ khì ap ū ap le̍k pió。tsúi pió。tiān piáu。kè sok piáu。
溫度有溫度錶。看氣壓有壓力錶。水錶。電錶。計速錶。
thak pio, kap pio sio siāng。phah lah ê ke si, chiam koh lāi ê ì sù, pio, pio chhiu。
鑣錶, 与鏢相同。打獵的傢私, 尖閣利的意思, 鏢, 鏢槍。

錒 o, sio̍k tī tiāⁿ ê lūi, o bóng。o, hòa ha̍k kim sio̍k miâ, ū hòng siā sèng。
ㄜ, 屬於鼎的類, 錒鍅。錒, 化學金屬的名, 有放射性。

鍁 hiam, iam, ㄏㄧㄚㄇ,ㄧㄚㄇ, chiū sī chhiah hé hu á sī chhiah thô ke sī, kap chhiau á sī sán sio siāng ê mih, 就是剷火灰，或是剷土的傢私，與鍬或是鏟相同的物，thih hiam。iam, iam chîⁿ iam gûn thau iam chîⁿ. iam tó kòaⁿ iam tó tē. Gâu iam. 鐵鍁。鍁，鍁錢，鍁銀，偷鍁錢。鍁肚攌，鍁肚袋。勢鍁。

錚 cheng ㄓㄥ， Kim sio̍k sio khap ê siaⁿ. chhin chhiūⁿ Giang á, á sī hâm Lêng. tâng Lô. 金屬相磕的聲。親像鈃仔，或是涵鈴。銅鑼。

錁 kó ㄎㄜˇ， chhia tiong tóe iû ê khì khū. 車中貯油的器具。

錜 Liap ㄌㄧㄚㄆ， sòe sòe ê chiam á. chiáu mn̂g tsáp sek sui. sòe thâu teng. 小小的針仔。鳥毛雜色美。小頭釘。

錛 Phun ㄆㄨㄣ， Pêng chhâ khì khū, ná sòe ki ê kut á. ū to kháu. 平柴的器具，如小支的掘仔。有刀口。

錔 thap, tauh ㄊㄚㄆ,ㄉㄚㄏ， thap, ēng kim lâi tsng thāⁿ. khì khū, mih kiāⁿ ê thâu thâu á Lék kim ê ì sù. tauh 錔，用金來裝飾。器具，物件的頭頭仔爍金的意思。錔，tauh, tauh á, tauh tio̍h, mn̂g tauh, chiáu á tauh, niáu chhú tauh. chhêng tauh. ㄉㄚㄏ 錔仔，錔着，門錔，鳥仔錔，貓鼠錔。槍錔。

錭 tô ㄊㄛˊ， tun tun bô lāi, chhin chhiūⁿ to tun ê ì sù. 鈍鈍無利，親像刀鈍的意思。

錞 Sûn, tūi ㄒㄨㄣ,ㄉㄨㄟ， kó tsá Gak khì ê miâ, Sûn u. Gak khì siaⁿ lâi hô kó. cheng á thūi tōa, ē bīn sòe. kòng cheng lâi hô kó. iā thak tsòe tūi. 古早樂器的名，錞于。樂器聲來和鼓。鐘仔錘大，下面小。摃鐘來和鼓。也讀做錞。

錏 ngá, a ㄧㄚˊ,ㄧㄚ， ngá hâi kéng khai, kó tsá bú sū ê thâu khoe sòa chiap pó hō ām kún ê moa. a, chiū sī hòa ha̍k kim sio̍k goân sò͘ an ê kū hoan e̍k. a iân. a iân phiàn, tō a iâ iân ê thih phìⁿ. a iân tháng. a iân kóng. 錏鍜頸鎧，古早武士的頭盔續接保護頷頸的幔。錏，就是化學金屬元素銨的舊譯。錏鉛。錏鉛片，鍍錏鉛的鐵片。錏鉛桶。錏鉛管

錳 béng ㄇㄥˇ， hòa ha̍k kim sio̍k goân sò͘ ê miâ, chhiah hoe sek, chi̍t chhè, kap thih ha̍p kim lâi chiâ tsòe bêng kòng. 化學金屬元素的名，赤灰色，質脆，與鐵合金來成做錳鋼。

鋔 khong ㄎㄨㄥ， khong khoaiⁿ. chiū sī phah lô ê siaⁿ. khong khong, tōa cheng ê siaⁿ. 鋔鈌。就是打鑼的聲。鋔鋔，大鐘的聲。

造字 借空音成字。

退九畫 鉡 Phaiⁿ ㄆㄞ， Phaiⁿ phaiⁿ phaiⁿ. chiū sī phah lô ê siaⁿ. 鉡鉡鉡。就是打鑼的聲。

造字 借拜偏音成字。

鍘 chhák, chhiah ㄑㄧㄚˋ,ㄑㄧㄚˋ， hō͘ chiam chhák tio̍h. hō͘ chhì á chhák tio̍h. hî chhì chhák tio̍h. chhiah, thô chhiah, chhiah thô. 被針鍘着。被莿仔鍘着。魚刺鍘着。鍘，土鍘。鍘土。

造字 chhák 鍘可作為鑿字簡易字。thô chhiah 土鍘就是鐵鏨。鍤。的類。

鋿 chhêng ㄔㄥ， thô chhiêng, chhêng á, thih chhêng. ō chhêng. chiū sī ó thô kap chhêng ô ê ì sù. 土鋿，鋿仔，鐵鋿。蠔鋿。就是挖土及鋿蠔的意思。

造字 借尚偏音成字。（康熙字典，唐字解。訓 chhiâng 鋿。）其實方音有土鋿 thô chhiâng。

鋹 tiang, tiúⁿ ㄉㄧㄤ,ㄉㄧㄨ， tiang tiang háu Gak khì ê siaⁿ. si sòaⁿ ê khîm siaⁿ. tiúⁿ tiúⁿ, tiúⁿ tiúⁿ háu, sī khah sòe ê tâng lô ê siaⁿ. Phah tiúⁿ tiúⁿ, chhin chhiūⁿ chhut tāⁿ seng lí lâng. 鋹鋹哮樂器的聲。絲線的琴聲。鋹鋹，鋹鋹哮，是較小的銅鑼的聲。打鋹鋹，親像出擔的賣理人。

造字 （唐熙字典，刹字解。訓音 chhióng 昶）上下兩字不算造字而是造音應用。

九畫

鍤 chhap, chhah, chhiah ㄑㄧㄚˋ,ㄑㄧㄚ,ㄑㄧㄚ， ó thô ê ke sī. thih chhiau. thih chhap. chhap tóe khí tiâu. chiū sī thô chhiah. 挖土的傢私，鐵鍬。鐵鍤。鍤地起土。就是土鍤。thīⁿ saⁿ ê chiam. thâu chhah. chiam á thâu chhah. hū jîn lâng thâu khak ê tsng thāⁿ. 縫衫的針。頭鍤。簪仔頭鍤。婦仁人頭殼的裝飾。

鍼 chiam, chim, kap ㄓㄧㄚㄇ,ㄓㄧㄇ， 與針 sio siāng ì sù. khòaⁿ jī ūi tsù kái. ēng chim kù lâi tī pīⁿ. chiam keng lo̍k. 相同意思。看二畫註解。用鍼灸來治病。鍼經絡。

鍠 hông ㄏㄨㄤ， cheng kó ê siaⁿ. Ga̍k khì ê siaⁿ im. hông hông. kó tsá pêng khì ê miâ, chîn sī ông kái oa̍t tsòe hông. 鐘鼓的聲。樂器的聲音。鍠鍠。古早兵器的名，秦始王改鉞做鍠。

【鍾】chiong, cheng ㄓㄨㄥ, ㄓㄥ；
chiu tsóa", chiu poe. niu mih ê khì khū. tsū chip, siú" sù, tí tng. ê ì sù. Lâng ê sì"
酒盞，酒杯。量物的器具。聚集，當賜，抵當，的意思。人的姓
chiong. Liông chiong, nî kì soe lāu. chiong chêng, tsoan chêng ê ài. Lâng ê miâ, chiong kùi. chêng,
鍾。龍鍾，年紀衰老。鍾情，專情的愛。人的名，鍾馗。鍾，
hûi ê mih, chiu cheng á. chiu cheng. tê cheng. kap thong.
磁的物，酒鍾仔。酒鍾。茶鍾。与鐘通。

【鍈】joān ㄖㄨㄢ；
ńg ńg ê gûn.
軟軟的銀。

【鍇】kai ㄎㄞ；
hó thih. iu koh peh. kim siok ê lūi. kian kò.
好鐵。幼擱白。金屬的類。堅固。

【鍥】khiat, keh, koeh ㄑㄧㄝ, ㄍㄜ, ㄍㄨㄛ；
khiat, Liâm to. tiau khek, khiat khek. Lô khiat. koah tng, khiat tsoat. khiat jī put sià,
鍥，鐮刀。雕刻，鍥刻。鏤鍥。割断，鍥絕。鍥而不舍，
put toān phah piàn. keh, koeh, keh á. chháu keh á. koah chháu ê to. chhâ koeh.
不斷打拚。鍥，鍥，鍥仔。草鍥仔。刈草的刀。柴鍥。

【鍵】kiān ㄐㄧㄢ；
só chhì, mn̂g chhoā" chhia lûn sng, iàu kín ê só tsāi, koan kiān.
鎖鑰，門閂，車輪轄，要緊的所在，關鍵。

【鍋】ko, o, e ㄍㄜ, ㄜ, ㄝ；
tsu mih ê khì khū, tâng ko. thih ko. tiān ko. kó tsá tóe ko iû ê khì khū. cheng khì ki koan,
煮物的器具，銅鍋。鐵鍋。電鍋。古早貯膏油的器具。蒸氣機關，
ko lô. o á. hûi e. tâng e. sì" e. tê e. tīm e.
鍋爐。鍋仔，磁鍋，銅鍋，銑鍋。茶鍋。燉鍋。

【鍊】Liān ㄌㄧㄢ；
khêng kim gûn tâng thih. toān Liān kim gûn tâng thih. Liān kim. Liān kng. Liān tan. Lāu Liān.
傾金銀銅鐵。鍛鍊金銀銅鐵。鍊金。鍊鋼。鍊丹。老鍊。

【鍪】bô, mâu ㄇㄛ, ㄇㄡ；
kó tsá sio chiàn ê thâu khoe, tau mâu. thâu mâu. thih tiá".
古早相戰的頭盔，兜鍪。頭鍪。鐵鼎。

【鍉】sî, tê ㄕ, ㄉㄧ；
khui só ê só sî. só sî thang khui mn̂g. só sî thang khui só. tê, chhiah huih khì khū,
開鎖的鎖鍉。鎖鍉可開門，鎖鍉可開鎖。鍉，刺血的器具，
sio thâi ê ke si, Lāi khì.
相殺的傢私，利器。

【鍟】seng ㄒㄧㄥ；
thih sa" ê ì sù, khoe kah. chiàn kah.
鐵衫的意思，盔甲。戰甲。

【鍍】tō ㄉㄨ；
mih siū" kim, tō kim. tiān tō.
物鑲金，鍍金。電鍍。

【鍛】thoàn, toàn ㄊㄨㄢ, ㄉㄨㄢ；
ēng hé sio chin kú, Liān kàu sek. thoàn Liān. toàn Liān. toàn thih. toàn kǹg. toàn iá.
用火燒真久，鍊到熟。鍛鍊。鍛鍊。鍛鐵。鍛鋼。鍛冶。

【鍫】chhiau, chhiâu ㄑㄧㄠ, ㄑㄧㄠ；
chhiah thô ê khì khū, thô chhiah. thih chhiau. thô chhiâng. ó thô ê ke si.
鍤土的器具，土鍤。鐵鍫。土鍤。挖土的傢私。

【鍬】chhiau, chhiâu ㄑㄧㄠ, ㄑㄧㄠ；
kap téng bīn jī sio siāng.
与頂面字相同。

【鍡】oe ㄨㄟ；
chiū sī koâi" kē bô pî" ê ì sù. oe Luí put pêng.
就是高低無平的意思。鍡鑸不平。

【鍧】hong ㄏㄨㄥ；
cheng kó ê sia" sa" chhap tsap. kian hong. cheng kó kian hong.
鐘鼓的聲相嘈雜，鏗鍧。鐘鼓鏗鍧。

【鍱】tiap ㄉㄧㄝ；
thih phì" tâng pán ê ì sù. tâng tiap. thih tiap. pe̍h phì" ê ì sù.
鐵片銅板的意思。銅鍱。鐵鍱。薄片的意思。

【鍭】hô ㄏㄡ；
ēng mih sia khì. chì". chì" ê miâ, hô chì".
用物射去。箭。箭的名，鍭箭。

【鍰】hoân ㄏㄨㄢ；
î" khó ê khoan sit, chhiu chí, chhiu soh, chhiu khoân. kó tsá ê phêng jí, Lak niú tāng. kó tsá
圓弧的款式，手指，手鍊，手環。古早的秤子，六兩重。古早
hoān tsōe ēng hoân Lâi kè sǹg kim siok tsōe. só í hoat kim kóng hoat hoân.
犯罪用鍰來計算金贖罪。所以罰金講罰鍰。

【鍔】gók ㄜ；
sio thâi ê to. kiàm ê bé, Lāi to ê pì", hong gók. gók gók Liat Liat, pâi Liat lóng koâi" ê khoán.
相殺的刀。劍的尾，利刀的邊，鋒鍔。鍔鍔列列，排列攏高的款

【鍮】thô ㄊㄡ；
thô chioh chhin chhiū" kim, Loh khì sio chhiah sek bô o. Lâng ê sì".
鍮石親像金，落去燒赤色無黑。人的姓。

【鍐】tsong ㄗㄨㄥ；
bé tsang thâu ê hāng tsang, koâi" khoah kok sì chhùn, chhin chhiū" gek ê kng tī bé tsang chêng.
馬鬃頭的項鬃，高闊各四寸，親像玉的光，佇馬鬃前。
kim tsong. chiū sī bé koan.
金鍐。就是馬冠。

【鍚】iông ㄧㄤ；
tī bé hiah thâu ê tsng thā", tín tāng chiū ū sia", iông Loân. peng pē tī keng thâu ê mih.
佇馬額頭的裝飾，振動就有聲，鍚鑾。兵佩佇肩頭的物。

【鍈】eng, ㄝㄥ; Lû bé ām kún ê cheng siaⁿ。驢馬頷頸的鈴聲。

【鍝】Gû, ㄫㄨ; kì á, tsng hī ê mih, kng hī lâi tùi kim gûn pó khì。hī kau。kù gû 鋸仔。鑽耳的物，貫耳來縋金銀寶器。耳鉤。鐻鍝。

【鍜】hâ, ㄏㄚ; kó tsá ê bú sū ê thâu khoe kah, pó hō ām kún。ngá hâ kēng khái 古早的武士的頭盔甲，保護頷頸。錏鍜頸鎧。

【鍘】tsat, tsah, ㄗㄚ, ㄗㄚ; chiām chháu to。chhiat tsóa khì khū。tsat to。hêng khū, chhin chhiūⁿ Pau kong teh ēng ê hó thâu tsah 剪草的刀。切紙器具。鍘刀。刑具，親像包公咧用的虎頭鍘。

【鍶】Siông, Su, Siông, ㄒㄧㄥ, ㄙ; 鍶，chiū sī thih ê khì khū。Su, hòa hák kim sio̍k goân sò ê miâ。Sek gûn pe̍h, chit ná iân。就是鐵的器具。鍶，化學金屬元素的名。色銀白，質如鉛。

【鎂】bí, ㄇㄟ; hòa hák goân sò ê miâ, gûn pe̍h sek, chit khin oē hoat kng。tsūn tī hái tsúi tiong。化學元素的名，銀白色，質輕能發光。存佇海水中。

【鎯】Long, Lông, ㄌㄤ, ㄌㄤ; Lin Lin Long Long。Lìn Lìn Lông Lông。Long Long háu。Lông Lông háu。háu ê siaⁿ im。鈴鈴鎯鎯。鏻鏻鎯鎯。鎯鎯哮。鎯鎯哮。哮的聲音。

造字 借郎音成字。

【鍄】Liang, ㄌㄧㄤ; Lin Lin Liang Liang, Lìn Lìn Liang Liang, Lin Liang háu。Lêng。cheng háu, háu ê siaⁿ im。鈴鈴鍄鍄，鏻鏻鍄鍄，鈴鍄哮。鈴。鐘仔，哮的聲音。

造字 借亮偏音成字。

十畫

【鏟】Sán, ㄔㄢ; kap 鏟 sio siāng ì sù, khòaⁿ 11 ūi tsù kái。与鏟相同意思，看十一畫註解。

【鎮】tìn, ㄓㄣ; tāng tāng teh tiâu, tìn ap。tì tiâu。tìn tiān。tìn ūi。an ún, tìn tēng。siông siông tìn nî。khu e̍k miâ, hiong tìn。chí thiàⁿ, tì thiàⁿ。teh tsóa ê mih, bûn tìn。tiōng iàu ê só tsāi, tiōng tìn。an tah Pe̍h sìⁿ, tìn bú。an chēng, tìn chēng。重重壓牢，鎮壓。鎮牢。鎮殿。鎮位。安穩，鎮定。常常鎮年。區域名，鄉鎮。止痛，鎮痛。壓紙的物，文鎮。重要的所在，重鎮。安搭百姓，鎮撫。安靜，鎮靜。

【鎚】thûi, tsui, ㄊㄨㄟ, ㄔㄨㄟ; kòng mih ê khì khū。thûi。thih thûi。kó tsá peng khì ê miâ, thih tsui。tsu táⁿ 槓物的器具，鎚。鐵鎚。古早兵器的名，鐵鎚。鎚打。

【鎤】hong, hóng, ㄏㄨㄥ, ㄏㄨㄥ; chiū sī cheng ê siaⁿ。就是鐘的聲。

【鎧】khái, ㄎㄞ; kah khái, chiū sī khoe kah。Phê tsòe sī kah tāng thih tsòe ê sī khái。thih kah saⁿ, kó tsá bú sū ê saⁿ。甲鎧，就是盔甲。皮做的是甲，銅鐵做的是鎧。鐵甲衫，古早武士的衫。

【鎏】Liû, ㄌㄧㄡ; hó ê kim。kó tsá tsòe bō ê tsng thāⁿ ê sûi ge̍k。bian liû。好的金。古早做帽的裝飾的垂玉。冕鎏。

【鎞】Pi, Pì, Poe, ㄅㄧ, ㄅㄧ, ㄅㄟ; chiam á。Liah mih ê khì khū。Soe thâu mn̂g ê ke si。Lōe thâu thih。chhì bé。ìn tō lâng ī tī bak chiu pē ê kuih gán khì。Poe, Poe chhák, chiū sī chit khoán chhák á ê miâ。簪仔。掠物的器具。梳頭毛的傢私。犂頭鐵。箭尾。印度人醫治目睭病的刮眼器。鎞，鎞鑿，就是一款鑿仔的名。

【鎛】Phok, ㄅㄛ; tiàu cheng ê hoâiⁿ chhâ, khek hoe siuⁿ kim。Phok lîn。tsoh chhân ê ke si, ná ti thâu。Phok lô。chit khoán kó tsá gák khì, Phok cheng。吊鐘的橫柴，刻花鑲金。鎛鏻。作田的傢私，如鋤頭。鎛鑪。一款古早樂器，鎛鐘。

【鎩】Sat, ㄕㄚ; tn̂g tn̂g ê chhiuⁿ。sòe kì ê chhiuⁿ。chhiuⁿ。kek。siong tsân ê ì sù。sat ú。sat ú jî kui。長長的鎗。小支的鎗，鎗，戟。傷殘的意思。鎩羽。鎩羽而歸。

【鎖】Só, ㄙㄨㄛ; chhòaⁿ mn̂g ê khì khū, mn̂g thang, tû thoah, chhòaⁿ ê ki koan。mn̂g só。só。só thâu。tâng só。hong pì, hong só。só mn̂g。só liān。só sî。só sî。閂門的器具，門窗，廚櫃，閂的機關。門鎖。鎖。鎖頭。銅鎖。封閉，封鎖。鎖門。鎖鏈。鎖匙。鎖匙。

【鎳】Gia̍t, ㄋㄧㄝ; hòa hák kim sio̍k goân sò ê miâ, sek pe̍h ū kng te̍k, chit ngē, bōe siⁿ sian。化學金屬元素的名，色白有光澤，質硬，鱠生銹。

【鎗】chhiong, chhiang, chhiuⁿ, chhèng, ㄑㄧㄥ, ㄑㄧㄤ, ㄑㄧㄨ, ㄑㄝㄥ; chhiong, kim chio̍h á sī cheng ê siaⁿ。saⁿ tí tek ê ke si, chhiuⁿ to。chhiang, má chhiang, niáu chhiang, chhiú chhiang。tōa ki chhèng。chhèng koat。hiān kim í keng ēng tsòe chhèng jī。鎗，金石或是鐘的聲。相抵敵的傢私，鎗刀。鎗，馬鎗，鳥鎗，手鎗。大支鎗。鎗決。現今已經用做銃字。

【鎍】chhoan, ㄔㄨㄢ; chhoan á。ki khì teh ēng ê pō hūn phīn, hō chhia sim kap chhia lûn kō tēng ân。鎍仔。機器咧用的部份品，仔車心與車輪固定緊。造字

【鎡】tsu, ㄗㄨ, kut thô͘ í kip thóaⁿ chháu ê khì khū, tī thâu. tsu ki. 掘土以及挖草的器具，鋤頭。鎡錤。

【鎰】ek, ㄧˋ, kim tiâu 24 niú tāng kiò chit ek. chit kun 16 niú tāng. 金條二十四兩重叫一鎰。一斤十六兩重。

【鎔】iông, iûⁿ, ㄖㄨㄥˊ, ㄧㄡˊ, tsù khì khū ê hong-hoat, iûⁿ tsù. chiong kim siok bu̍t ka jia̍t sio, chiū ōe iûⁿ chiâⁿ ek thé, 鑄器具的方法，鎔鑄。將金屬物加熱燒，就能鎔成液體，
hoan soa tò bô͘. tsù thih. tsù tâng. iông hòa. iûⁿ thih, iûⁿ tâng, iûⁿ siah, iûⁿ kài
翻砂倒模。鑄鐵。鑄銅。鎔化。鎔鐵，鎔銅，鎔錫，鎔解。
iûⁿ thng. siau iûⁿ. iûⁿ lô͘. gâu khai chîⁿ, gâu iûⁿ chîⁿ.
鎔糖。銷鎔。鎔爐。勢開錢，勢鎔錢。

【鎖】só, ㄙㄨㄛˇ, kap 鎖·鏁 nn̄g jī sio siāng ì sù. 与鎖·鏁兩字相同意思。

【鎜】poân, phoân, poāⁿ, ㄆㄢˊ, ㄆㄢˊ, ㄆㄢˋ, 盤 ê kó͘ jī. khòaⁿ 皿 pō͘. 盤的古字。看皿部。

【鎘】le̍k, keh, le̍k, ㄌㄧˋ, ㄍㄜˊ, 鎘，鼎的類，用淡薄火佇鼎內，用蒸無用炊的。鎘，化學金屬的名，伸性好與水銀合金；能可補嘴齒的蛀孔。
tiáⁿ ê lūi, ēng tām po̍h hé tī tiáⁿ lāi, ēng cheng bô ēng chhoe ê. keh, hòa ha̍k kim sio̍k ê miâ, chhun sèng hó kap tsúi gîn ha̍p kim, ōe thang pó͘ chhùi khí ê chiù khang.

【鎠】kong, ㄍㄤ, kap 剛·犅·罡 jī sio siāng ì sù. khòaⁿ 刀 pō͘ poeh ūi tsù kái. 与剛·犅·罡字相同意思。看刀部八畫註解。

【鎣】êng, ㄧㄥˊ, khì khū ê miâ, bôa kim ê khì khū, hō͘ i kng kut, tsng thāⁿ. bôa. chhai thih. 器具的名，磨金的器具，使它光滑。裝飾。磨。采鐵。

【鎋】hat, ㄒㄧㄚˊ, kap 轄 sio siāng ì sù. khòaⁿ 車 pō͘ 10 ūi. 与轄相同意思。看車部十畫。

【鎌】liâm, nî, nî le̍k to, liâm le̍k to. koah tiū ê ke sì. khau to. khau liâm. kap 鐮 thong. ㄌㄧㄢˊ, 鎌仔刀，鎌仔刀，刈稻的傢私。鉤刀。鉤鎌。与鐮通。

【鎒】lō͘, ㄋㄡˋ, khau chháu khì khū, ná tī thâu, phok lô͘. kap 耨 sio siāng. 鉤草的器具，如鋤頭，鎛鎒。与耨相同。

【鎊】pōng, ㄅㄤˋ, chiū sī siah mih, khau siah ê ì sù. pōng, eng kok ê chîⁿ pè ê miâ. eng pōng. 就是削物，鉤削的意思。鎊，英國的錢幣的名。英鎊。

【鎪】so, so, so, ㄙㄡ, ㄙㄡ, 鎪，馬的耳仔用金來裝飾的意思。鎪，彫刻，刻印。柴無彫刻的意思。鐵生銹蛀蝕。
bé ê hīⁿ á ēng kim lâi tsng thāⁿ ê ì sù. so, tiau khek, khek ìn. chhâ bô tiau khek ê ì sù. thih siⁿ siàn chiù sit.

【鎙】sok, ㄕㄨㄛˋ, chhiuⁿ tn̂g chi̍t tn̂g poeh chhioh ê ì sù. 槍長一丈八尺的意思。

【鎍】sek, ㄙㄜˋ, chiū sī thih ê soh á, thih liân. thih kng. 就是鐵的索仔，鐵鏈。鐵箍。

【鎬】hō, kó, ㄏㄠˋ, ㄍㄠˇ, un sio ê khì khū. tōe hō miâ. chiàu bêng. hō hō. siah thô͘ ê khì khū sı̍p jī kó. 溫燒的器具。地號名。照明，鎬鎬。削土的器具十字鎬。

【鎘】tê, ㄉㄧˊ, khì khū ê miâ, sio̍k tiáⁿ ê lūi. 器具的名，屬鼎的類。

【鏟】thián, ㄊㄧㄢˊ, thiu mih hō͘ i tn̂g. thián thú. 抽物使它長。鏟抒。

【鎢】o, ㄨ, o io̍k, un sio ê khì khū. o, hòa ha̍k kim sio̍k goân sò͘ ê miâ, chit chin ngī, nāi koāⁿ jia̍t. 鎢錥，溫燒的器具。鎢，化學金屬元素的名，質真硬，耐高熱。

8畫【錥】io̍k, ㄩˋ, o io̍k, un sio ê khì khū. 鎢錥，溫燒的器具。

十一畫

【鏟】sán, ㄔㄢˇ, siah pêⁿ ê khì khū. thôaⁿ chháu. siah. khau to. thih chhiah. 削平的器具。挖草。削。鉤刀。鐵鏟。

【鏗】khian, khiang, khaiⁿ, khin, ㄎㄧㄢ, ㄎㄧㄤ, ㄎㄞ, ㄎㄣ, kim chio̍h ê siaⁿ, khîm, cheng ê siaⁿ, hiáng liāng, siaⁿ im. khin khiang. khiang liang. 金石的聲，琴，鐘的聲，響亮，聲音。鏗鏗。鏗鏘。
khiang khiang. khin lin khiang liang. khaiⁿ khaiⁿ háu. khaiⁿ khaiⁿ kiò. phah lô ê siaⁿ. khian chhiong. 鏗鏗。鏗鈴鏗鏘。鏗鏗哮，鏗鏗叫，打鑼的聲。鏗鏘，
khian jiân, kim chio̍h siaⁿ. khian chhiong ū le̍k, hêng iông kóng ōe ū la̍t hó thiaⁿ. 鏗然，金石聲。鏗鏘有力，形容講話有力好聽。

【鏌】bo̍k, ㄇㄛˋ, saⁿ kong kek ê ke sì, kiàm ê miâ, bo̍k iâ chiū sī chhut miâ ê kiàm. 相攻擊的傢私，劍的名，鏌鋣就是出名的劍。

【鏡】kèng, kiàⁿ, 4ㄥˋ, ㄍㄧㄥˋ;
chiò iáⁿ ê khì khū, kiàⁿ, chiò kiàⁿ, kó tsá ēng tâng bôa kng. hiān kim ēng po lê tsòe chiâⁿ
照影的器具，鏡，照鏡。古早用銅磨光。現今用玻璃做成。
hun piat bêng pėk, bêng kèng. Gán kiàⁿ, bak kiàⁿ, hâm kiàⁿ. chit bīn kiàⁿ. Soe tsng kiàⁿ.
分別明白，明鏡。眼鏡，目鏡。盼鏡。一面鏡。梳妝鏡。
chhian Lí kiàⁿ, bōng oán kiàⁿ. chiò sim kiàⁿ. chiò iau kiàⁿ.
千里鏡，望遠鏡。照心鏡。照妖鏡。

【鏤】Lô, Lô, ㄌㄡˊ, ㄌㄡˋ;
kong thih. ngī ê thih. tiau khek, Lô khek. chhiah hoe tī Seng khu, Lô Sin. kiàm miâ,
剛鐵。硬的鐵。雕刻，鏤刻。刺花佇身軀，鏤身。劍名，
Siok Lô. Lâng ê sìⁿ.
屬鏤。人的姓。

【鏈】Liân, Liān, ㄌㄧㄢˊ, ㄌㄧㄢˋ;
tâng. iân. ê bōe Liān ê khòng chiȯh. kim Siȯk ê khoân kiat chiâⁿ tiâu, thih Liān.
銅·鉛·的未鍊的礦石。金屬的環結成條，鐵鏈。
kim Liān, Gûn Liān, Gûn Liān á. Sé Liān.
金鏈，銀鏈，銀鏈仔。鎖鏈。

【鏢】Phiau, Pio, ㄆㄧㄠ, ㄅㄧㄠ;
to chiam bé ê tâng. to kiàm sok ê bīn ê tsng thāⁿ. Pio, chit chióng pí⁾ tóe ê chiam Lāi
刀尖尾的銅。刀劍柬下面的裝飾。鏢，一種扁短的尖利
to, tsòe àm khì Siong Lâng, hui Pio. ko tsá Siū Lâng ùi thok, hū tam an tsoân ah ūn hè
刀，做暗器傷人，飛鏢。古早受人委託，負擔安全押運貨
mih, tsâi Gûn ê bú kóan, Pio kiȯk. Pio Su. Saⁿ kak Pio. Pio á. Pio chhiuⁿ.
物，財銀的武館，鏢局。鏢師。三角鏢。鏢仔。鏢槍。

【鏖】O. Phiau, ㄠ, ㄆㄧㄠ;
o, chīn Lát Sio thâi, o chiàn. o Peng. Sio chiàn kú kú Sí Siong tsōe tsōe. khó chiàn ê ì sù.
鏖，盡力相殺，鏖戰。鏖兵。相戰久久死傷多多。苦戰的意思。
khì khū ê miâ, tâng Phûn. Phiau, to thâu ê miâ.
器具的名，銅盆。鏖，刀頭的名。

【鏊】Gō, ngō, ㄠˋ, ㄥㄠˋ;
Sio ê khì khū, chian Piáⁿ ê tiáⁿ. Piáⁿ ngō. Soaⁿ ê miâ, Gō kū.
燒的器具，煎餅的鼎。餅鏊。山的名，鏊鉅。

【鏥】Siù, Siàn, ㄒㄧㄡˋ, ㄒㄧㄢˋ;
kap 銹 鏽 Sio Siāng ì Sù. khòa 7 ūi. Siù jī tsù kái.
與銹·鏽相同意思。看七畫。銹字註解。

【鏑】tek, tek, ㄉㄧˊ, ㄉㄧˊ;
chiū sī chìⁿ thâu, hong tek. iā sī tí tek ê ì sù. tek, hòa hák Goân Sò, Sán Liōng hi chío.
就是箭頭，鋒鏑。也是抵敵的意思。鏑，化學元素，產量稀少。

【鏇】Soân, Soān, tsoān, ㄒㄩㄢˊ, ㄒㄩㄢˋ, ㄗㄨㄢˋ;
Phang chhia Lâi chhâi mih khì khū, chhia chí á. chhia Lak á. hiān kim ê chhia chhng. Lak Lō.
紡車來裁物的器具，車指仔。車轆仔。現今的車床。轆轤。
un Sio ê khì khū, un Sio chiú ê Lō ēng. tsoān, chhia tsoān, Lô sī tsoān. m̂ng tsoān.
溫燒的器具，溫燒酒的路用。鏇，車鏇，螺絲鏇。門鏇。

【鏜】thong, ㄊㄤ;
cheng kó ê siaⁿ. Phah kó ê siaⁿ, thong jiân. thong thong. ēng thih kòng mih.
鐘鼓的聲，打鼓的聲，鏜然。鏜鏜。用鐵摃物。

【鏨】tsām, ㄗㄢˋ;
chhak á. khek chiȯh, kng tsām. tsām á. chiȯh tsām. tsām jī. Sòe kī chhak á.
鏨仔。刻石，鋼鏨。鏨仔。石鏨。鏨字。小支鏨仔。

【鏘】chhiong, Giang, ㄑㄧㄤ, ㄧㄤ;
Gák khì ê siaⁿ, Siaⁿ im hô Sūn, chhiong chhiong. kian chhiong. khóng khài ê iōng māu.
樂器的聲，聲音和順，鏘鏘。鏗鏘。慷慨的容貌。
Giang, thák Giang kap 釿 jī Sio Siāng. Giang á, Sai kong Giang. Gîn Gong Giang. Gîn Giang.
鏘，讀鏘與釿字相同。鏘仔，師公鏘。釿鏗鏘。釿鏘。

【鏃】tsȯk, ㄗㄨˊ;
chhiuⁿ á sī Pio ê bé. chìⁿ ê bah. Chiam koh Lāi. chìⁿ tsȯk. Chin sin, tsȯk sin.
槍或是鏢的尾。箭的肉。尖閣利。箭鏃。真新，鏃新。

【鏦】chhiong, chhong, ㄑㄩㄥ, ㄘㄨㄥ;
chhiuⁿ á sī Pio á. tsân chhiuⁿ. tsân chhak.
槍或是鏢仔。刺槍。刺鑿。

【鏞】iong, ㄩㄥ;
tōa ê cheng, Lāi bīn khang khak ōe chhut siaⁿ. tīng tiōng.
大的鐘，內面空殼能出聲。撞鐘。

【鏕】Lȯk, Lak, ㄌㄨˋ, ㄌㄚˋ, ㄌㄚˋ;
Lȧk, tōe miâ, kū Lȯk hiuⁿ siā ê miâ. tiáⁿ ê miâ. Lak Lak. Lak Lak háu. Lak Lak
地名，鉅鏕鄉社的名。鼎的名。鏕，鏕，鏕鏕哮，鏕鏕
kio, chiū sī tsōe tsōe chîⁿ ê siaⁿ. Gûn kak á, tâng pè ê siaⁿ.
叫，就是多多錢的聲。銀角仔，銅幣的聲。

【鏁】Só, ㄙㄨㄛˇ;
kap 鎖·鎻 jī Sio Siāng. khòaⁿ tsȧp ūi tsù kái.
與鎖·鎻字相同。看十畫註解。

【鐶】hoân, ㄏㄨㄢˊ;
kap 鐶 Sio Siāng ì sù. ìⁿ khó ê khoán sit, chhiú chí, chhiú soh, chhiú khoân. chí hoân. kim hoân.
與鐶相同意思。圓弧的款式，手指，手鍊，手環。指鐶。金鐶。

【鏐】Liû, ㄌㄧㄡˊ;
hó ê n̂g kim. tsú mō kim. Lâng ê miâ, Gô oat ông chhiân Liû.
好的黃金。紫磨金。人的名，吳越王錢鏐。

【鏝】bóan, ㄇㄢˋ;
kap 墁 jī Sio Siāng ì sù. tsòe thô tsúi sai hū boah piah ê ke sī. boah to, hé sí. bóan to.
與墁字相同意思。做泥水師父抹壁的傢私。抹刀，灰匙。鏝刀。

【鏚】chhek, ㄑㄧ, tōa Pó thâu, chhek hú. Pìⁿ
大斧頭，鏚斧。柄

【鏹】kióng, kiong, chîⁿ ê tsóng chheng ho, tsóng kióng kū bān. Pài sîn bêng ê tsóa chîⁿ, tsóa kióng. bêng kióng. kiong,
ㄍㄧㄤ，ㄍㄧㄤ，錢的總稱呼，藏鏹巨萬。拜神明的紙錢，紙鏹。冥鏹。鏹，
hòa hák ê sng, chhin chhiūⁿ Kong Siau Sng. Lîu sng. iâm sng. Lóng kiò tsòe kiong tsúi.
化學的酸，親像講硝酸。硫酸。塩酸。攏叫做鏹水。

【鐛】bóng, ㄅㄛㄥ, ko bóng, un Sio ê khì khū.
鈷鐛，温燒的器具。

十二畫

【鐘】Chiong, cheng, ēng tâng. ēng thih tsòe chiâⁿ Lāi bīn khang khak, kòng chiū hoat Sian. Gák khì mîa, tâng cheng.
ㄐㄧㄥ，ㄓㄥ，用銅·用鐵做成內面空殼，摃就發聲。樂器名，銅鐘。
cheng kó. kè sǹg sî kan ê khì khū, sî cheng. Cheng Pió. tiàu cheng ê koh, Chiong Lâu.
鐘鼓。計算時間的器具，時鐘。鐘錶。吊鐘的閣，鐘樓。

【鏵】hoa, hôa, chhiah thô ê khì khū, hoan Sang thô ê ke si, hôa chhiah. Lóe hoa. chhiah thô tsòe khám.
ㄏㄨㄚ，ㄏㄨㄚ，鍤土的器具，番鬆鬆土的傢私，鏵鍤。犁鏵。鍤土做坎。

【鐐】Liâu, Lô, kó tsa Pėh Gûn kiò tsòe Pėh Kim. hit ê Súi chiū sī Liâu súi ê kim. ēng tsòe hêng ê khì khū mîa,
ㄌㄧㄠ，ㄌㄠ，古早白銀叫做白金。彼的美就是鐐美的金。用做刑罰的器具名，
kha Liâu, chhiú khàu. kha Lô chhiú khàu. koāⁿ kha Lô kiâⁿ bōe kín.
脚鐐，手梏。脚鐐手梏。携脚鐐行𣍐緊。

【鐃】Lâu, nâu, nâ, ko tsá ê kun gák khì, Gák khì, ná hâm Lêng bô chih ū Pìⁿ, nâ Poát, nâu Poát. chhîm
ㄌㄠ，ㄋㄠ，ㄋㄚ，古早的軍樂器，樂器，如函鈴無舌有柄，鐃鈸，鐃鈸。鐃
á, tōa chhim ê ì sù. n̄ng Phìⁿ hàp Phah ê Gák khì. Lâu, Sai kong tō Sū Poaⁿ Lāng ê
仔，大鐃的意思。兩片合拍的樂器。鐃，師公道士搬弄的
tsáp Gē chhiú kì Lāng Lâu.
雜藝手技。弄鐃。

【鏺】Phoat, ㄆㄨㄚㄊ，to ê mîa, chhâ Pìⁿ, ōe thang koah chháu ê to, Liâm Lék á, koeh á.
刀的名，柴柄，能可刈草的刀，鐮劈仔，鍥仔。

【鏷】Pók, ㄆㄨ，chìⁿ ê mîa, Pók kó. chhiⁿ thih
箭的名，鏷鈷。生鐵。

【鏽】Siù, Sian, T-ㄧㄡ，T-ㄧㄢ，kap 鏥·銹 jī Sio siāng. khòaⁿ chhit ūi tsù kái. tâng Sian thih Sian
与鏥·銹字相同。看七畫註解。銅鏽，鐵鏽。

【鐩】Sūi, ㄙㄨㄟ，hé tsu, hé kiàⁿ ê Lūi, thang tùi jit thâu Lâi théh hé ê ì sù.
火珠，火鏡的類，可對日頭來提火的意思。

【鐙】teng, tèng, thèng, teng, ㄉㄥ，ㄉㄥ，ㄊㄥ，thak teng kap teng sio siāng ì sù. jia chhāi chhah hé ê khì khū, Lō teng. teng hé. tèng
鐙，讀鐙与燈相同意思。遮坐插火的器具，路鐙。鐙火。鐙
thèng, Siók bé oāⁿ, khiâ bé sî kha táh ê khì khū, an tèng. bé tah thèng chiū sī bé kha tóe ê
鐙，屬馬鞍，騎馬時脚踏的器具，鞍鐙。馬踏鐙，就是馬脚蹄下
tóe ê thih. bé tóe thih.
底的鐵。馬蹄鐵。

【鐓】tun, ㄉㄨㄣ，chhiùⁿ, kek, ē bīn ê tâng. ē bīn Sûi Lóh. chhian kun thûi
槍，戟，下面的銅。下面垂落。千斤椎。

【鐏】tsun, ㄗㄨㄣ，chhiùⁿ ê bīn ê chhâ Pìⁿ. tsat âng tâng ê thih sòaⁿ, hō i bōe kút.
槍下面的柴柄。扎紅銅的鐵線，互它𣍐滑。

【鐻】kû, ㄍㄨ，Phâng mih. tû khì ê ì sù.
捧物。除去的意思。

【鐀】koàn, ㄍㄨㄢ，chhǹg. ēng chhiú kǹg thàu.
穿。用手貫透。

【鐇】hoan, Phng, ㄏㄨㄢ，ㄆㄥ，Pó thâu, thih thûi, thih kùn. hoan Sán. Phng, Phng á chiū sī tsòe bak sai hū ê
斧頭，鐵椎，鐵棍。鐇鏟。鐇，鐇仔，就是做木師父的
ke si. ēng Phng á Lâi khau.
傢私。用鐇仔來鉤。

【鐄】hêng, hông, ㄏㄥ，ㄏㄨㄥ，cheng ê Sian, tōa cheng. Liâm Lék to.
鐘的聲，大鐘。鐮劈刀。

【鐕】chhiám, ㄑㄧㄢ，ēng Pìn chiam á sī tek Sng hō mih Saⁿ Liân. bôa. thâu chhiám, bé chhiám. teh chhiám,
用鉼針或是竹橡互物相連。磨。頭鐕，尾鐕。壓鐕，
an chhiám. chhiam tiàu. thih chiám, tâng chhiám. chhiam á. chit chhiám.
按鐕。鐕跳。鐵鐕，銅鐕。鐕仔。一鐕。

【鐖】ki, ㄍㄧ，chiū sī tio á ê tò kau. bô ki ê kau bōe tit hî. tò kau ê mî. tōa Liâm Lék.
就是釣仔的倒鈎。無鐖的鈎𣍐得魚。倒鈎的鋩。大鐮劈。

【鐧】kán, ㄍㄢˇ; chhia sim ê thih, thih sng. hō chhia bōe sio bôa. Peng khì ê mîa, chhiūⁿ piⁿ, bô to mî
車心的金鐵，鐵轄。俾車𣍐相磨。兵器的名，像鞭，無刀鋩
ū sì niâⁿ. Sat chhiú kán, chiū sī tsòe bé pō lī hāi ê chhiú tōa.
有四稜。殺手鐧，就是最尾步利害的手段。

【鐝】khoat, ㄎㄨㄚˊ; chiū sī bôa, lòe, bō ê ì sù. chit khoan siah thô ê ke sī.
就是磨，鑢，磨的意思。一款削土的傢私。

【鐍】koat, ㄍㄨㄚˊ; Gék khoân koat, ū chih ê khoân, ōe thang khîm tiàu. sò khian. jit thâu pīⁿ ê khì,
玉環鐍，有舌的環，能可拎䟈。鎖鍵。日頭邊的氣，

【鐵款】khoán, ㄎㄨㄢˇ; thih ìn, ēng hé sio âng lâi ìn mih, khoán khek. tsóa phâng ê khâm ìn, khoán hông
鐵印，用火燒紅來烙印物，鐵款刻。紙縫的蓋印，鐵款縫。

【鐀】kūi, ㄍㄨㄟˋ; kim kūi á, ap á.
金鐀仔，盒仔。

【鐵散】sàn, ㄙㄢˇ; iam koe, kiò tsòe sàn. keng chìⁿ, pàng keng chìⁿ, sàn lô.
刣雞，叫做鐵散。弓箭，放弓箭，鐵散弩。

【鐔】sîm, ㄒㄧㄣˊ; kiàm phīⁿ, lâng lák ê sò tsāi ê ē bīn. kiàm mîa, chhin chhiūⁿ kiàm tsóng sī khah sòe.
劍鼻，人掠的所在的下面。劍名，親像劍總是較小。

【鐋】thóng, ㄊㄤˇ; kang lâng chhò chhiū ê khì khū. ēng thih lâi tsām chhiū hō pîⁿ.
工人剉樹的器具。用鐵來斬樹俾平。

【鐺】cheng, ㄐㄥ; kim á sī gék ê kho á saⁿ tōng tioh ê siaⁿ.
金或是玉的箍仔相撞着的聲。

【鐎】chiau, ㄐㄧㄠ; chiau táu, peng teng ê tâng tíaⁿ, ōe tsú tit chit táu bí.
鐎斗，兵丁的銅鼎，能煮得一斗米。

【鏄】kò, ㄍㄜˋ; chìⁿ ê mîa, pók kò.
箭的名，鏷鏄。

【錆】tō, ㄉㄨˋ; khiām tō, sok tō, chiū sī chhia sng. chhia sng thâu.
鈐錆，鍊錆，就是車轄。車轄頭。

補畫 【鉼】péng, phíaⁿ, pín, ㄅㄧㄥˇ, ㄆㄧㄥ, ㄅㄧㄣ; kim siók ê póh phìⁿ. kim péng, gûn péng. phíaⁿ, tâng phíaⁿ, a iân phíaⁿ.
金屬的薄片。金鉼，銀鉼。鉼，銅鉼，亞鉛鉼。
thih phíaⁿ, kui phíaⁿ. pín, pín chiam. chiū sī pín mih hō tiâu ê chiam.
鐵鉼。歸鉼。鉼，鉼針。就是鉼物俾它䟈的針。

十三畫

【鐲】siók, tók, ㄒㄧㄛˊ, ㄉㄨㄛˊ; siók, un sio ê khì khū. ioh ê mîa. kòa tī chhiú ê tsng thāⁿ, chhiú siók. chhiú khoân.
鐲，溫燒的器具。藥的名。掛佇手的裝飾，手鐲。手鐶。
tók, chhin chhiūⁿ cheng á, peng ìo i lâi tsún tsat kó hō i tiām. tók cheng. kim tók chiat kó.
鐲，親像鐘仔，兵操它來準節鼓俾它恬。鐲鉦。金鐲節鼓。

【鐶】hoân, khoân, ㄏㄨㄢˊ, ㄎㄨㄢˊ; îⁿ kho ê khoan sit. chhiú sóh, chhiú hoân. chhiú khoân. hī kau, jí hoân. chhiú chí, chí hoân.
圓箍的款式。手鍊，手鐶。手鐶。耳鉤，耳鐶。手指，指鐶。
kha khoân. gék khoân. thong
脚鐶。玉鐶。通玉環。

【鐳】lûi, ㄌㄟˊ; pân, 罍, kó tsá ê pân. iū á, tōa kiat á. lûi, kòa hák kim siók ê mîa,
瓶，罍，古早的瓶。柚仔，大橘仔。鐳，化學金屬的名，
sek peh chit ńg, ū kng. ū hòng sìa sèng chin kiông, ēng lâi i tī gâm chèng.
色白帶黃，有光。有放射性真強，用來醫治癌症。

【鐮】liâm, nî, ㄌㄧㄢˊ, ㄋㄧˊ; koah tiū ê to, liâm to. liâm lék to. nî lék to. khau liâm. koah keh.
刈稻的刀，鐮刀。鐮劈刀。鐮劈刀。鉤鐮。刈鍥。

【鐺】tong, thong, ㄉㄤ, ㄊㄤ; só liān, lông tong. phah kó ê siaⁿ, kóng ê siaⁿ im, thong thong. thong thong háu. tong
鎖鏈，鋃鐺。打鼓的聲，管的聲音，鐺鐺。鐺鐺哮。鐺，
tíaⁿ ê lūi, saⁿ ki kha thang un sio sio chiú ê khì khū.
鼎的類，三支脚可溫燒燒酒的器具。

【鐵】thiat, thih, ㄊㄧㄝˇ, ㄊㄧㄝˇ; kim siók goân sò ê mîa, thiat. o kim ê lūi, kian ngī, ēng lō khoah. kng thih,
金屬元素的名，鐵。黑金的類，堅硬，用路闊。鋼鐵，
sìⁿ thih. thih khì. thih pang. thih kang. phah thih. bé kháu thih. thih sòaⁿ. thih kho.
銑鐵。鐵器。鐵枋。鐵工。打鐵。馬口鐵。鐵線。鐵箍。

【鐸】tók, ㄉㄨㄛˊ; tōa ê hâm lêng, kó tsá soan kàu lēng ê lō ēng, kim chih kiò kim tók. bók chih kiò bók tók.
大的鈴鈴，古早宣教令的路用，金舌叫金鐸。木舌叫木鐸。
kàu su á sī bók su kiò tsòe su tók.
教師或是牧師叫做司鐸。

【鐩】sūi, ㄙㄨㄟˋ; kap 燧 jī sio siāng ì sù.
與燧字相同意思。

鐫 Chhoan, tsùn, kap Sio siāng ì sù. khòaⁿ chhit ūi tsù kái
ㄑㄩㄢ,ㄗㄨㄣ,与 鋑相同意思。看七畫註解

鑤 Phauh cheng khū thûi ê ām tāu. khau to. kap jī Sio Siāng.
ㄆㄠˋ,舂臼槌的鐽脰。鉋刀。与鉋字相同。

鐱 chhiam, khiām, chhiam, chhah tiàu, chhah lo̍h. khiām, chiū sī kim gûn ê ì sù.
ㄑㄧㄢ,ㄎㄧㄢˇ,鐱,插跳,插落。鐱,就是金銀的意思。

鐰 kiáu Khì khū ê thih hī, hō lâng ē kiàh tit. kiáu hī. ēng ka to chian pò͘.
ㄍㄧㄠˇ,器具的鐵耳,復人能擎得。鐰耳。用鉸刀剪布。

鐻 kū, Ga̍k khì chhin chhiūⁿ oeh oeh ê cheng, siah chhâ tsòe ê. khì khū ê miâ.
ㄍㄨˋ,樂器親像狹狹的鐘,削柴做的。器具的名。

鐪 lō͘, that khang, chhin chhiūⁿ hé tiáⁿ ê.
ㄌㄨˋ,塞孔,親像火鼎的。

鐴 Phek bôa to hō i lāi ê ì sù.
ㄆㄧˋ,磨刀復它利的意思。

鐰 sò, kim thih tōa tè, ū kǹg. ta sò, kap sò sio siāng. kǹg thih
ㄙㄠˇ,金鐵大塊,有鋼。乾鐰,与燥相同。鋼鐵。

鏻 Lîn, Lîn, ióng kiāⁿ ê khoán sit. Lîn, chit khoán hâm ū Lîn ê hòa ha̍p bu̍t ê tsóng kóng. Lîn,
ㄌㄧㄣˊ,ㄌㄧㄣˋ,勇健的款式。鏻,一款含有磷的化合物的總講。鏻,
Lîn, Lîn, Lîn Long, Lîn Lîn Long Long. Lîn Long háu, Lîn Long kio. Lîn Lîn Long Long.
ㄌㄧㄣˊ,鏻,鏻鋃,鏻鏻鋃鋃。鏻鋃哮,鏻鋃叫。鏻鏻鋃鋃。

十四畫

鑄 tsù, chiong kim sio̍k sio iûⁿ, tò bô͘, tsòe chiâⁿ khì khū. tsù tsō. tsù kim. tsù chîⁿ. tsù thih. jī sìⁿ.
ㄓㄨˋ,將金屬燒鎔,倒模,做成器具。鑄造。鑄金。鑄錢。鑄鐵。字姓。

鑊 ho̍k tsú mih ê khì khū, tiáⁿ ê khoán sit, teng ho̍k. ū saⁿ ki kha. iā sī hêng khū, chiong hoān tsōe ê lâng
ㄏㄨㄛˋ,煮物的器具,鼎的款式,鼎鑊。有三支腳。也是刑具,將犯罪的人
Lo̍h tiáⁿ sàh tsú ê hêng hoa̍t, ho̍k pheng, chiū sī ho̍k pheng.
落鼎燙煮的刑罰,鑊亨。就是鑊烹。

鑑 kàm tōa ê phûn, í kàm chhú bêng súi ū goa̍t. kng kng ē chiò iáⁿ. bīn kiàⁿ, pho pêng sū kàm.
ㄍㄢˋ,大的盆,以鑑取明水於月。光光能照影。面鏡,波平似鑑。
kàm kèng. kài bêng, kàm kài. Séng chhat, kàm chhat. khòaⁿ kìⁿ, bêng kàm. Sióng sek,
鑑鏡。戒命,鑑戒。省察,鑑察。看見,明鑑。賞識,
kàm sióng. kì kè khì ê sū ê tsu chheh, sú kàm. nî kàm. thong kàm. siá phoe ê jī,
鑑賞。記過去的事的書冊,史鑑。年鑑。通鑑。寫批的字,

鑒 kàm, kap téng bīn jī sio siāng. tâi kàm, kong kàm, kun kàm.
ㄍㄢˋ,与頂面字相同。台鑒,公鑒,鈞鑒。

鑌 Pin chit khoán ê thih, cheng liān ê thih, tsòe to chin lāi.
ㄅㄧㄣ,一款的鐵,精煉的鐵,做刀真利。

鑐 jû, su, chhi, jû, kim thih, thih ê jiû loán. su, chiū sī kang ê só. chhi, só chhi
ㄖㄨˊ,ㄒㄩ,ㄑㄧ,鑐,金鐵,鐵的柔輭。鑐,就是公的鎖。鑐,鎖鑐。
chiū sī só ê ki koan ê pō͘ hūn. keng á. jû, hòa ha̍k kim sio̍k goân sò͘, ū hòng siā sèng.
就是鎖的機關的部份。鍟仔。鑐,化學金屬元素,有放射性。

鐕 Chhiám, kap jī sio siāng ì sù.
ㄑㄧㄢˇ,与鐕字相同意思。

鑎 kùi, kap jī sio siāng ì sù. kim kùi. ap á.
ㄍㄨㄟˋ,与匱字相同意思。金鑎。盒仔。

衍3畫 鍟 keng keng á. tâng keng, kǹg keng. hiān kim kóng tôaⁿ hông.
ㄍㄥ,鍟仔。銅鍟,鋼鍟。現今講彈簧。

十五畫

鑕 chit, thih tiam, pó thâu, thih chit. kó tsá ê hêng khū, tsām io teh êng. kái i ho̍k chit.
ㄓˋ,鐵砧,斧頭,鐵鑕。古早的刑具,斬腰咧用,解衣伏鑕。

鑛 kóng, khòng bōe keng kè iû liān ê goân chio̍h kim gêk, khòng chio̍h. khòng khiⁿ. khòng soaⁿ. kap tóng
ㄍㄨㄤˇ,ㄎㄨㄤˋ,未經過鎔煉的元石金玉,鑛石。鑛坑。鑛山。与礦同。

鑢 Lū, Lòe, Lū, Lòe, bôa pîⁿ ê khì khū, bôa lòe. kù lòe, chiū sī chhò to. Lū kng, Lū tâng.
ㄌㄩˋ,ㄌㄨㄝˋ,ㄌㄩˋ,ㄌㄨㄝˋ,磨平的器具,磨鑢。鋸鑢,就是銼刀。鑢光,鑢銅。
Lè, Lū gêk. Lū hûn. Lòe pîⁿ, Lòe îⁿ.
ㄌㄜˋ,鑢玉。鑢紋。鑢平,鑢圓。

鑣 Phiau, Pio, kap thong. bé ka kiuⁿ, Phiau pau. Chhiong sēng, Phiau Phiau. àm khì, pio.
ㄆㄧㄠ,ㄅㄧㄠ,与鏢通。馬鋑韁,鑣苞。昌盛,鑣鑣。暗器,鑣。

鑠 Lek, Liok, Siok, Siak, Siak ㄌㄜˋ, ㄌㄧㄛˋ, ㄒㄧㄛˋ, ㄒㄧㄚˋ, ㄒㄧㄚˋ；kim siok siau iūⁿ 金屬銷鎔，sio siok 燒鑠。Lāu tōa lâng iōng kiāⁿ bak chiu kng khok siok 老大人勇健，目睭光，矍鑠。
Sih, T-ㄒ；kng bêng 光明，kng nâ nâ 光若若，kó kó siok siok 鎬鎬鑠鑠。kim siak siak 金鑠鑠。kng siak siak 光鑠鑠。kim siak siak 金鑠鑠。
kim sih sih 金鑠鑠。chit liap chhiⁿ kim sih sih 一粒星金鑠鑠。khiak siak 矍鑠，chiū sī cheng sîn hó, oah tāng ê ì sù 就是精神好，活動的意思。

鑽 tsoan, tsoàn, tsǹg, soān ㄗㄨㄢ, ㄗㄨㄢˋ, ㄗㄥ, ㄙㄨㄢˋ；kap 鑽 jī sio siāng 与鑽字相同。khòaⁿ 19 ūi tsù kái 看十九畫註解。

鐢 bêng ㄅㄥˊ；ōe thang hiat ê chìⁿ 能可擲的箭，á sī lāi ê ke si 或是利的傢私。hui bêng 飛鐢。

鑞 Liap ㄌㄧㄚˋ；hōaⁿ ioh 銲藥，iân kap siah hūn hāp lâi tsòe chiâⁿ ê 鉛與錫混合來做成的，peh liap 白鑞。bé kháu thih ê ì sù 馬口鐵的意思。

鑪 Lū ㄌㄩˊ；tâng thih 銅鐵，bôa to ê khì khū 磨刀的器具。chhiuⁿ 槍，kek 戟，tàu pìⁿ ê só tsāi 抖柄的所在。

鑲 Siō, siōng ㄒㄧㄛ, ㄒㄧㄛㄥ；Gûn siō 銀鑲。Gûn siōng 銀鑲。chiū sī khah ióng siuⁿ 就是較勇的箱，thang tóe gûn 可貯銀。chit siō gûn = 1000 gûn 一鑲銀＝一千銀。

造字 借箱來成字。

十六·十七畫

鑿 tsat ㄗㄚˋ；chiū sī koah chháu ê to ê ì sù 就是刈草的刀的意思。

鑪 Lô ㄌㄨˊ；hiâⁿ hé ê khì khū 焚火的器具，hé lô 火鑪。hiuⁿ lô 香鑪。kim lô 金鑪。un sio ê khì khū 溫燒的器具，hoāi lô 懷鑪。thong lô 通爐。
tóe chiú ê khì khū 貯酒的器具。chiú sù 酒肆，chiú tiàm 酒店，tong lô 當鑪。

鑩 Lek ㄌㄜˋ；kap 鬲 jī sio siāng ì sù 与鬲字相同意思。

鑱 chhâm, chhiâm, chhîm, khâm, chhâm ㄔㄢˊ, ㄑㄧㄢˊ, ㄑㄧㄣˊ, ㄎㄢˊ；鑱，lāi ê khì khū 利的器具。chioh chhâm 石鑱，chhiak 鏨，tsam 鏨，lôe thâu 犁頭。kó tsá 古早
khâm ㄎㄢˊ；ū tī pīⁿ ê chioh chiam 有治病的石針，chhâm chioh 鑱石。chhiâm 鑱，chhîm 鑱，tōa chhiâm kó 大鑱鼓，chiū sī tōa chhîm kap
kó 鼓。tōa chhîm 大鑱，chhîm á 鑱仔，phah chhîm 拍鑱，chiū sī nā poat ê ì sù 就是鐃鈸的意思。chhîm tih chhiâⁿ 鑱擲鈔，phah chhîm ê
siaⁿ 打鑱的聲。khâm 鑱，sió khâm 小鑱，tiong khâm 中鑱，tōa khâm kó 大鑱鼓，phah khâm chhē 拍鑱鈸。khâm chhē 鑱鈸鑱鈸，chhîm siaⁿ 鑱聲。

鑭 Lân, Lān ㄌㄢˊ, ㄌㄢˋ；kim kng ê khoán sit 金光的款式，kim ê chhái sek 金的彩色，kong lān 光鑭。lân 鑭，hòa hak kim siok ê miâ 化學金屬的名，thang tsòe hap kim 可做合金。

鑮 Pok, Phok ㄅㄛˊ, ㄆㄛˊ；tōa cheng 大鐘，cheng ê siaⁿ im 鐘的聲音。kó pok ūi chiat 鼓鑮為節。tsoh chhân khì khū 作田的器具，thu chhâu 鋤草，tī thâu ê lûi 鋤頭的鐳。

鑫 him ㄒㄧㄣ；chîⁿ tsōe ê ì sù 錢多的意思，kiat lī ê jī 吉利的字，ēng tī tiàm miâ 用佇店名，lâng miâ khah tsōe 人名較多。

鑲 Siong, Siuⁿ ㄒㄧㄤ, ㄒㄧㄨ；tsù khì khū ê bô 鑄器具的模。khì hāi ê miâ 器械的名，kau siong 鉤鑲。ēng kim kun mih 用金裝物，siuⁿ mih 鑲物。siuⁿ kim 鑲金，
siuⁿ gûn 鑲銀。siuⁿ kûn liâu 鑲裙條。siuⁿ pīⁿ 鑲邊。siuⁿ kîⁿ 鑲墘。siuⁿ ôe 鑲鞋。siuⁿ chhùi khí 鑲嘴齒。

鑰 iok, ioh 一ㄛˋ, 一ㄛㄏ；só chhî 鎖匙，mn̂g chhòa 門閂，só sî 鎖匙。só iok 鎖鑰。mn̂g ioh 門鑰。ioh mn̂g 鑰門。ioh kúi 鑰匱。

鑯 chiam ㄐㄧㄢ；thih ê ke si ū chiam bé chhin chhiūⁿ tsǹg á 鐵的傢私有尖尾親像鑽仔。chhin chhiūⁿ soaⁿ chiam 親像山尖。

十八－廿 畫

鑵 kòan, kóng ㄍㄨㄢˋ, ㄍㄨㄥˇ；chiū sī chhiūⁿ tsúi ê khì khū 就是汲水的器具。ēng kim siok ê phiaⁿ tsòe chiâⁿ ê tháng 用金屬的餅做成的桶，àh 盒，kòan 鑵。thih kóng á 鐵鑵仔，
tâng kóng á 銅鑵仔，lū kóng á 鋁鑵仔。kóng á 鑵仔。

鑴 chhoan, hê ㄔㄨㄢ, ㄏㄧˊ；saⁿ kha tiáⁿ 三腳鼎。tōa cheng 大鐘。jit thâu hoat chhut ê kng ê chhiu 日頭發出的光的鬚。

鑷 Liap ㄌㄧㄝˋ；théh mih ê ke si 提物的傢私，liap á 鑷仔。liap mn̂g 鑷毛。thâu khak ê tsng thāⁿ 頭殼的裝飾，pó liap 寶鑷。peh tsu n̂g kim liap 白珠黃金鑷。

【鐣】Lâi, Lé, ㄌㄞˊ, ㄌㄝˊ, San Liân ê si tiò, 相連的絲釣, tiò hî ê kau á 釣魚的鉤仔。

【鑘】Lûi, ㄌㄨㄟˊ, chiū sī koâi kē bô pîn ê ì sù 就是高低無平的意思。oe Lûi put pêng 鍡鑘不平。

【鑼】Lô, ㄌㄨㄛˊ, tâng tsòe ê khì khū 銅做的器具, chhin chhiūⁿ pîn cheng ê khoán sit 親像扁鐘的款式, ná în poâⁿ ê gák khì 如圓盤的樂器。tâng Lô 銅鑼。Lô kó 鑼鼓。

【鑾】Loân, ㄌㄨㄢˊ, Lêng chhia ê hâm lêng 鈴車的含鈴, hông tè ê chhia 皇帝的車, Loân kà 鑾駕。hông tè ê tiān 皇帝的殿, kim Loân tiān 金鑾殿

【鑿】Chhòk, chhak, ㄗㄨㄛˋ, ㄗㄠˊ, chhng khang 穿孔, khui thàu 開透。khak sit 確實, Giân chi chhòk chhòk 言之鑿鑿。khak chhak 確鑿。chhak khang 鑿孔。
tsòe bak sai hū ê ke si 做木師父的傢私, chhak á 鑿仔。chhak peng 鑿冰。

【鑽】tsoan, tsoàn, tsǹg, chhì, ㄗㄨㄢ, ㄗㄨㄢˋ, ㄗㄥ, 刺, Lak khang 轆孔, chhak thàu 鑿透, tsoàn khóng 鑽孔。tsǹg khang 鑽孔。chhak thâu 鑿頭, tsoàn thâu 鑽頭。
soān ㄗㄨㄢˋ tsǹg bé 鑽尾。bô tiâu tit 無持直, nǹg tsǹg 趖鑽。tsǹg á 鑽仔。kim kong tsǹg 金剛鑽。Lak tsǹg 轆鑽。pîn tsǹg 扁鑽。
Soān chioh 鑽石, hū jîn lâng hí ài ê tsng thān 婦仁人喜愛的裝飾。Soān chioh 璇石。hé tsoān 火鑽。tsúi tsoān 水鑽。kim giòk tsoān 金玉鑽。

【钁】khok, ㄎㄨㄛˋ, chhân nih ê ke si 田裡的傢私, tōa ki ti thâu 大支鋤頭, chhiah 鍤, khok chhap 钁鍤。

長部 168

【長】tióng, tiông, ㄓㄤˇ, ㄔㄤˊ, tíuⁿ, tn̂g, ㄓㄤˇ, ㄔㄤˊ, sī tōa 是大, tióng pòe 長輩。khah iâⁿ 較贏, tióng chhù 長處。ke thiⁿ 加添, tióng tōa 長大。cheng tióng 增長。
tiàng ㄓㄤˋ, Siōng kip tióng koaⁿ 上級長官。ka tíuⁿ 家長。tíuⁿ Ló 長老。tiông 長, tn̂g 長, bô té 無短, kú kú 久久, tióng kiú 長久。kú tn̂g 久長。tióng oán 長遠。
tiàng ㄓㄤˋ, tn̂g tn̂g 長長。Lāu Lâng 老人, nî tióng 年長。Gâu 賢, tióng chia 長者。Lâng ài chiáng chì 人要長志。ài ū chì khì ê ì sù 要有志氣的意思。

四・五畫

【镺】kì, ㄍㄧˋ, kok miâ, tióng kì kok 國名, 長跂國。hia ê Lâng Lâu thâu mn̂g tn̂g kàu i ê seng khu 彼的人留頭毛長到他的身軀。

【镺】ò, ㄠˇ, tn̂g tn̂g ê ì sù 長長的意思, ò tióng 镺長。chhau bak chhiong sēng 草木昌盛。

【镻】ò, ㄠˇ, kap téng bīn jī sio siâng ì sù 与頂面字相同意思。

十二・十六畫

【䝟】Liâu, Liâu, ㄌㄧㄠˊ, ㄌㄧㄠˇ, Sin io tn̂g tn̂g ê ì sù 身腰長長的意思, Liâu kiâu 䝟䝟。Sòe Sòe tn̂g tn̂g 小小長長。

【镽】kiâu, ㄍㄧㄠˊ, Sin io tn̂g tn̂g ê ì sù 身腰長長的意思。Liâu kiâu 䝟镽。

【镸勞】Lô, ㄌㄠˊ, chiū sī seng khu tn̂g koâiⁿ tōa ê ì sù 就是身軀長高大的意思

【镸農】Lông, ㄌㄨㄥˊ, chiū sī tsōe tsōe ê ì sù 就是多多的意思。

【镸龍】chhiong, ㄑㄩㄥ, chiū sī tit tit tit ê ì sù 就是直直直的意思。

門部 169

【門】bûn, mn̂g, ㄇㄣˊ, ㄇㄥˊ, chhut jip ê só tsāi 出入的所在, mn̂g hō 門戶。thiaⁿ mn̂g 廳門。mn̂g kháu 門口。tōa mn̂g 大門。ka tsòk 家族, bêng bûn 名門。chhut ke 出家,
hut bûn 佛門。Sió bōe 小賣, bûn chhī 門市。jip mn̂g 入門, chhâ mn̂g 柴門, tâng mn̂g 銅門。jip mn̂g hí 入門喜。khe mn̂g 溪門。Gê mn̂g 衙門。

一・二・三畫

【門】Soan, chhoaⁿ, chhîoaⁿ, Sng, koaiⁿ mn̂g ê hoâi chhâ, mn̂g chhîoaⁿ. bûn soan. chhîoaⁿ mn̂g. téng chhîoaⁿ, ē chhîoaⁿ.
ㄒㄨㄢ, ㄑㄨㄚ, ㄑㄨㄚ, ㄒㄥ, 關門的橫柴，門閂。門閂。閂門。頂閂，下閂。
Sng ㄒㄥ, chhâ Sng, thih Sng. Sng á. chhoaⁿ tio̍h, hō͘ chhì chhoaⁿ tio̍h. chhoaⁿ chhì, chiū sī hèng sū ê ì sù.
柴閂，鐵閂。閂仔。閂着，伍刺閂着。閂刺，就是興事的意思。

【閃】Siám, chhih, Sih, thâu khak chhut mn̂g, sûi sî kiu jip lâi. Siám, Siám pī. chhin chhiūⁿ phah lûi ê sih nà.
ㄒㄧㄢ, ㄑㄧ, ㄒㄧ, 頭殼伸出門，隨時縮入來。閃，閃避。親像打雷的閃若。
kng chit siám chiū bô khì. Siám chit ē, kng sih sih. Siám kng. Siám tiān. Siám khui. kng siám siám.
光一閃就無去。閃一下，光閃閃。閃光，閃電。閃開。光閃閃。
chhih chhoah, chhih chhih chhoah chhoah, chiū sī tsòe sū kóaⁿ kín, ū khah ló chhó.
閃擦，閃閃擦擦，就是做事趕緊，有較潦草。

【閈】hān, ㄏㄢ, mn̂g, hiu lí. khiā khí. chhiûⁿ. lí mn̂g. koaiⁿ.
門，鄉里。竪起。牆。里門。關。

【閉】Pì ㄅㄧ, koaiⁿ mn̂g, Pì bûn. keh tsa̍h, Pì sai. Pì koan. sū liáu, Pì hōe. Pì bō͘. bōe thong Pì kiat.
關門，閉門。隔截，閉塞。閉關。事了，閉會。閉幕。㑹通，閉結。

【閆】iâm ㄧㄢ, lâng ê sìⁿ, iâm. thong jī.
人的姓，閆。通閻字。

四 畫

【閜】Gâ ㄚ, mn̂g koaiⁿ teh. khui lih. khang hi ê ì sù.
門關啲。開裂。空虛的意思。

【閑】hân, êng ㄏㄢ, ㄧㄥ, mn̂g chhiûⁿ ê nôa tsa̍h. tsa̍h tiàu, lân kan, hông hân. tsó chí, tiuⁿ tī. hân sia tsûn kî sêng.
門牆的欄截。截眺，欄杆，防閑。阻止，張持。閑邪存其誠。
thong êng. an chēng bô sū, êng êng. chia̍h pá siuⁿ êng.
通閒。安靜無事，閑閑。食飽過閑。

【閒】hân, kan, êng ㄏㄢ, ㄍㄢ, ㄧㄥ, hân chêng ia̍t tì. an chēng ū ko siōng. thiam chēng an jiân. êng, êng êng. siuⁿ êng. bô êng.
閒情逸致。安靜有高尚。恬靜安然。閒，閒閒，過閒，無閒。
kàn ㄍㄢ, bô êng kang. êng lâng. êng ōe. thong jī. tiong kan, kan keh.
無閒工。閒人。閒話。通間字。中間，間隔。

【閎】hông ㄏㄨㄥ, hāng lō͘ ê mn̂g, hông mn̂g. mn̂g long, mn̂g kông. khoah tōa, hông tāi. hông tō. thiⁿ mn̂g, kíu hông.
巷路的門，閎門。門梇，門楗。闊大，閎大。閎道。天門，九閎。

【閏】jūn ㄖㄨㄣ, ông tòa mn̂g lāi kui geh jit. tī jūn geh. saⁿ nî chit jūn, gō͘ nî nn̄g jūn. che sī im le̍k.
王住門內歸月日，佇閏月，三年一閏，五年兩閏。這是陰曆。
Lūn ㄌㄨㄣ, iông le̍k sì nî tī jī geh ke chit jit tsòe jūn jit. saⁿ nî chit jūn hó phaiⁿ chiàu lûn.
陽曆四年佇二月加一日做閏日。三年一閏好歹照輪。

【開】khai, khui ㄎㄞ, ㄎㄨㄧ, thong thàu, thong ta̍t, khé hoat, khai thong. khai bûn kiàn san. khui mn̂g. khui tiàm, khai tiong.
通透，通達，啓發，開通。開門見山。開門。開店，開張。
khí tāng, khai tōng, khai sí. khai bêng, khai hòa, ēng chîⁿ. khai siau. khai chi. khui lō͘. khui khòng.
起動，開動。開始。開明，開化。用錢，開銷。開支。開路。開礦。

【閌】khong, khòng ㄎㄤ, ㄎㄤ, koâiⁿ koâiⁿ ê mn̂g, mn̂g koâiⁿ ê khoán sit, khòng lóng ko. chhiong sēng.
高高的門，門高的款式，閌閬高。昌盛。

【間】kan, kàn, hân ㄍㄢ, ㄍㄢ, ㄏㄢ, chhiàⁿ khang. khang khiah, kàn khek. khang phāng, keh tn̄g. kàn kek. tiong kan, kan chiap.
戉孔，空隙，間隙。空縫，隔斷，間隔。中間，間接。
keng ㄍㄧㄥ, sî kan. khong kan. pâng keng. kúi keng. thit thô keng. kha sau keng. tōng kiû keng.
時間。空間。房間。幾間。迌迌間。腳梢間。撞球間。
thô͘ lâng keng. m̄ kiaⁿ ēng chia̍h lâi jip thô͘ lâng keng. tha̍k hân kap thong.
土礱間。毋驚煙卽來入土礱間。讀閒與閒通。

【閔】bín, bûn ㄇㄧㄣ, ㄇㄨㄣ, phòa pīⁿ, kò͘ bín. siàu liām, siong sim, lîn bín. bián lē, bûn bián. tiàu song tī mn̂g nih.
破病，覯閔。思念，傷心，憐閔。勉勵，閔勉。弔喪佇門裡。
chhiu thiⁿ ê khoán sit, bûn thian. lâng ê sìⁿ, bín. thong 憫.
秋天的款式，閔天。人的姓，閔。通憫。

【閍】tūn ㄉㄨㄣ, chit ki chhâ lâi chhoaⁿ mn̂g ê ì sù. mn̂g long.
一支柴來閂門的意思。門梇。

【閲】chhih ㄑㄧ, lāu jia̍t chhih chhih. bô êng chhih chhih. chhih chhih hau. chhih chhih kún. ok chhih chhih.
鬧熱閲閲。無閒閲閲。閲閲哮。閲閲滾。惡閲閲。
hèng chhih chhih.
興閲閲。

造字 助語詞的字。

五 畫

閘 ap, chiat, tsah, tsúi mn̂g, tsúi tsah. ㄚㄆ, ㄐㄧㄝ, ㄓㄚ, 水門, 水閘。siâⁿ ê ài mn̂g, chhut jip ê tōa mn̂g, ap bûn, koaiⁿ mn̂g, nâ tsah. 城的隘門，出入的大門，閘門，關門。攔閘
ah, tek tsah, ti tsah, mn̂g tsah. tsah Pán. tsah tsúi koàn khài. tsah kháu. mn̂g ah. ㄚ，竹閘，豬閘，門閘。閘版。閘水灌溉。閘口。門閘。

閜 khó, tōa khui mn̂g, tōa Lih khui, khó khai. khang hi, hat khó. tōa tè chiú Poe, khó Poe. ㄎㄜ，大開門，大裂開，閜開。空虛，豁閜。大塊酒杯，閜杯。

閰 tiam, ㄉㄧㄢ，Sio khoa khui mn̂g Lâi khòaⁿ. tit tioh. tán hāu. 小許開門來看。得着。等候。

鬧 Lāu, nāu, kiáu jiáu, Soan hoa, Soan nāu, chhá nāu, nāu tōng, Lāu jiat. ū kàu nāu. nāu chhī. ㄌㄠ，ㄋㄠ，攪擾，喧嘩，喧鬧。吵鬧。鬧動。鬧熱。有夠鬧。鬧市。

閟 Pì, ㄅㄧ，mn̂g koaiⁿ. koaiⁿ teh, Pì mn̂g, Pì bûn, bih teh, Pì kiong. kín sīn, sîn Lêng, Pì sîn. 門關。關咧，閉門。閟門。匿咧，閟宮。謹慎，神靈，閟神。

閛 Pheng, ㄆㄥ，koaiⁿ mn̂g ê siaⁿ. khui, á sī koaiⁿ mn̂g ê ì sù. 關門的聲。開，或是關門的意思。

六畫

閦 chhiok, ㄔㄨ，chèng Lâng tī tiong ng ê mn̂g. tsōe tsōe 眾人佇中央的門。多多

閥 hoat, Poat, ㄈㄚ，ㄅㄚ，kó tsá ū kong Lô ê, kong sîn chhù theh tsó Pêng tah chit jī hoat. iū Pêng tah chit 古早有功勞的，功臣的厝宅的左阼貼一字閥。右阼貼一字
jī iat, hoat iat ê kong Lô tsng. ū koân ū sè ê Lâng, chiâⁿ tsòe chit ê Phài, á sī 閱，閥閱的功勞狀。有權有勢的人，成做一個派，或是
thoân thé. tsâi hoat, tsâi Poat. kun hoat, kun Poat. hiān tāi ki khì ê khai koan, Poat mn̂g 團體。財閥，財閥。軍閥，軍閥。現代機器的開關，閥門。

[門+艮] hān, tēng, ㄏㄢ，ㄉㄥ，mn̂g hān. kè mn̂g sî hān kè ê Lāi Gōa kài hān. hō hān. hō tēng. iā sī hān. mn̂g hān. 門限。過門時踰過的內外界限。戶限。戶限。也是限。門限。

閧 hāng, ㄏㄨㄥ，Peng teh Saⁿ thâi. Saⁿ thâi ê siaⁿ. tsò kok kap Ló kok hāng. jī sìⁿ. iā ū ēng tsòe hāng hāng 兵咧相殺。相殺的聲。鄒國與魯國閧。字姓。也有用做巷衖。

閣 kok, koh, ㄍㄜ，ㄍㄜ，jia mn̂g ê Pîn. tsó chí. khǹg mih ê só tsāi. hé sit tû. tsōng su ê só tsāi. Lâu kok. 遮門的屏。阻止。藏物的所在。伙食廚。藏書的所在。樓閣。
tsu koh. koh Pán. tsa bó gín á ê Pâng keng, Kai koh. chhut kè, chhut koh. koaⁿ sú ê cheng hō, 書閣。閣板。查某囝仔的房間，閨閣。出嫁，出閣。官署的稱呼，
tsong Lí, Lōe koh kok kúi. hêng chèng siu tiú. Lōe koh koh ôan. tsun kèng Lâng ê ōe, kok hā. 總理，內閣閣揆。行政首長，內閣閣員。尊敬人的話，閣下。

閤 hap, khap, ㄏㄜ，ㄎㄜ，Lāi bīn sòe ê mn̂g. sòe keng Pâng. thong khap. hap, hap, tsoân, ê ì sù. hap hú. 內面小的門。小閤房。通閤。閤，合，全，的意思。閤府。
hap tē. hap tē kong Lîm. 閤第。閤第光臨。

閨 ke, kui, ㄍㄜ，ㄍㄨㄟ，khiā ke ê Pâng mn̂g. Siù Pâng, tsa bó gín á ê Pâng keng, kui Pâng. tsāi sek Lú, kui Lú. 豎家的房門。秀房，查某囝仔的房間，閨房。在室女，閨女。
hiân siok koh ū tsāi hák ê Lú tsú, tōa ka kui siù. tsa bó gín á ê ngō sek, hiong ke, hông ke, chhim ke 賢淑擱有學的女子，大家閨秀。查某囝仔的臥室，香閨。紅閨。深閨

閡 Gāi, hāi, khai, khái, ㄞ，ㄏㄞ，ㄎㄞ，ㄎㄞ，koaiⁿ mn̂g, tsó chí. ū kan Gāi. thòe Gû hiám, chìn chêng sī soaⁿ, keh Gāi. hāi, 關門，阻止。有干礙。退危險，進前是山，隔閡。閡，
hék, ㄏㄜ，chiū sī, ún tsōng. that bàt ê ì sù, hāi tsōng bān bu̍t. keh hék. thak khai khái iáh Sio siāng. 就是，穩藏，塞密的意思，閡藏萬物。隔閡。讀閡閡亦相同。

[門+寺] sī, ㄙ，sī Lāi ê Lâng ê koaⁿ. tī Lí sī bū. ū hot tō ê ì sù. 寺內的人的官。治理寺務。有法度的意思。

[門+工] khong, ㄎㄨㄥ，mn̂g khiā ê chhâ. mn̂g ê tōa thiāu ê ì sù. 門豎的柴。門的大柱的意思。

七畫

閫 khún, ㄎㄨㄣ，mn̂g ê kài hān, mn̂g khiā, mn̂g hān, koaiⁿ bat, Lāi bīn, Pâng Lāi. hū jîn Lâng, khún hōan. 門的界限，門豎，門限，關密，內面，房內。婦仁人，閫範。

閬 Lóng, Lông, Lōng, ㄌㄤ，ㄌㄤ，ㄌㄤ，mn̂g koâi, khang hi, Long Long. khui khoah kng bêng ê khoán sit. mn̂g tōa, Lông Lông. 門高，空虛，閬閬。開闊光明的款式。門大，閬閬。
Soaⁿ mîa, Lông hong Soaⁿ, tī khun Lûn Soa ê teng bīn. sù chhoan ê koāiⁿ mîa, Lông tiong koāiⁿ. 山名，閬風山，佇崑崙山的頂面。四川的縣名，閬中縣。

閱 iat, ㄩㄝ，hoat iat. khòaⁿ hoat jī tsù kái. khòaⁿ, iat Lám. chhâ, kiám iat. keng Giām, iat Lék. tiau Liān, iat Peng. 閥閱。看閥字註解。看，閱覽。查，檢閱。經驗，閱歷。調練，閱兵。

【閭】Lû, Lî, Lâng ê sìⁿ. hiuⁿ Lí ê mn̂g, kó tsá jī tsap-gō͘ ke saⁿ kap tòa, tsòe chi̍t Lû. saⁿ Phōaⁿ. mn̂g.
ㄌㄩˊ, ㄌㄧˊ, 人的姓。鄉里的門，古早二十五家相與住，做一閭。相伴。門。
bûn Lû. Lî, mn̂g Lî, chiū sī mn̂g Lî. Pò Lî. chhâu chhù hoan mn̂g Lî.
門閭。閭，門閭，就是門簾。布閭。草厝番的門閭。

(補6畫)【閩】bîn, bûn, bân hok kiàn Séng, tsá ê mîa bân Lâm. hô ê mîa, bîn kang. tsôa chéng.
ㄇㄧㄣˊ, ㄇㄨㄣˊ, ㄇㄢˊ; 福建省，早的名閩南。河的名，閩江。蛇種。

八畫

【閶】Chhiong, hong ê mîa, chhiong khap hong. hông kiong, kiong ê mn̂g. thiⁿ ê mn̂g. chhiong khap.
ㄔㄤ; 風的名，閶闔風。皇宮，宮的門。天的門。閶闔。

【閧】hāng, oan ke sio thâi ê siaⁿ. Soan hoa. khí hāng
ㄏㄨㄥˋ; 冤家相殺的聲。喧嘩。起閧

【閽】hun, ê hng sî koaiⁿ mn̂g, kìm chí ê ì sù. hun sī. kò͘ siú mn̂g ê Lâng, hun jîn.
ㄏㄨㄣ; 下昏時關門，禁止的意思。閽寺。顧守門的人，閽人。

【閼】at, that, koaiⁿ. m̄ ài hō͘ sī tōa Lâng tsai, Phiàn Lâng. an jiân tsū tsāi.
ㄜˋ; 塞，關。毋愛互是大人知，騙人。安然自在。

【閿】bûn, bûn, bûn ê kó jī. koaiⁿ mîa, bûn hiong, tī hô Lâm Séng. ba̍k chiu kek kē kē teh khòaⁿ.
ㄨㄣˊ, ㄨㄣˊ, 聞的古字。縣名，閿鄉，佇河南省。目睭格低低咧看。

【閹】iam, kó mn̂g ê Lâng. thài kàm. iam cheng sīⁿ. koa tiāu ko͘ oân ê ì sù.
ㄧㄢ; 顧門的人。太監。閹精牲。割掉睪丸的意思。

【閻】iâm, iām, Giâm, hiuⁿ siā ê mn̂g. hāng Lō͘ ê mn̂g. mn̂g á. hāng Lō͘. Lâng ê sìⁿ, iâm. súi ê sek,
ㄧㄢˊ, ㄧㄢˋ, ㄧㄢˊ; 鄉社的門。巷路的門。門仔。巷路。人的姓，閻。美的色，
hó iū tn̂g. Giâm, Giâm Lô͘ ông. Giâm Lô͘. Giâm Lô͘ thian tsú. im hú ê ông.
好又長。閻，閻羅王。閻羅。閻羅天主。陰府的王。

【閾】he̍k, mn̂g khiā, mn̂g hān, mn̂g ê kài hān. hō͘ teng ê ì sù.
ㄩˋ; 門豎，門限，門的界限。戶閾的意思。

九畫

【[illegible]】hong, Khui mn̂g, Phang Phang ê bī sò͘.
ㄏㄨㄥ; 開門，香香的味素。

【闋】khoat, koaiⁿ mn̂g. tāi chhì bêng Pe̍k, Soah, chīn, ûi chí. khang khang. khoat Gut. khoat khong. Gak khoat.
ㄑㄩㄝˋ; 關門。待試明白，息，盡，為止。空空。闋訖。闋空。樂闋。

【闃】khek, bô Lâng an chēng, khek chi̍p. thau khòaⁿ, ba̍k chiu tiⁿ tōa Lúi. kui kî hō͘ khek kî bû jîn.
ㄑㄩˋ; 無人安靜，闃寂。偷看，目睭脹大蕊。窺其戶闃其無人。

【闊】khoat, khoah, So͘ oán khoah Pia̍t. khoan, khoah. khui khoah. khòng khoah. khoan khoah. bûn im khoat.
ㄎㄨㄛˋ, ㄎㄨㄛˋ, 疏遠，闊別。寬，闊。開闊。廣闊。寬闊。文音闊。

【闌】Lân, mn̂g Pîn, jia tsah, keh tn̄g, mn̂g Lân. oàn, Soe, chīn, Soah, chió. iā Lân. chiú Lân.
ㄌㄢˊ; 門屏，遮截，隔斷，門闌。晚，疏，盡，息，少。夜闌。酒闌。
ì Lân. sòe Lân. oán Lân, chhiú khoân ê Lūi.
意闌。歲闌。腕闌，手環的類。

【闇】am, àm, koaiⁿ mn̂g m̄ kau Pôe Lâng. ê hng sî. o͘ àm bô bêng. mî sî. thong im. Gû mūi,
ㄢ, ㄢˋ; 關門毋交陪人。下昏時。黑暗無明。暝時。通音。愚昧，
àm mūi. hun bê, hun àm. Sîm àm Put bêng.
闇昧。昏迷，昏闇。黮闇不明。

【闍】Sîa, to͘, siâ, hê siūⁿ ê ōe. cheng jîn sí Liáu khì sio ê ì sù. Siâ ûi. to͘, chiū sī Siâⁿ.
ㄕㄜˊ, ㄉㄨ; 闍，和尚的話。僧人死了去燒的意思。闍維。闍，就是城。
mn̂g Lâu ê ì sù. Siâⁿ mn̂g tâi, ian to͘.
門樓的意思。城門臺，闉闍。

【闈】ûi, hông kiong Lāi ê mn̂g, kiong ûi. têng ûi. khó chhì bêng tôe ê só͘ tsāi, ûi tiûⁿ. ji̍p ûi.
ㄨㄟˊ; 皇宮內的門，宮闈。庭闈。考試命題的所在，闈場。入闈。

【闉】ian, in, oan oa̍t ê Siâⁿ, tē jī têng ê siâ mn̂g. ian to͘. that, tsó͘ chí, nōa tsah, ê ì sù.
ㄧㄢ, ㄧㄣ; 彎越的城，第二重的城門，闉闍。塞，阻止，攔截，的意思。

【[illegible]】jû, khòaⁿ, thau khòaⁿ. n̄g bāng.
ㄩˊ; 看，偷看。向望。

【[illegible]】at, oaihⁿ, koaiⁿ mn̂g, khui mn̂g, ê Siaⁿ im. at at tsok hióng. Sìⁿ Sìⁿ soaihⁿ Soaihⁿ ê Siaⁿ. oaihⁿ,
caiⁿ, ㄨㄞ; ㄜˋ, ㄨㄞ; 關門，開門，的聲音。[illegible][illegible]作響。嘶嘶喴喴的聲。[illegible]，
oaihⁿ. oaih oaihⁿ háu. oaih oaihⁿ kiò. ihⁿ ihⁿ caihⁿ oaihⁿ mn̂g ê Siaⁿ. mi̍h kiāⁿ tín tāng ê Siaⁿ.
[illegible][illegible]哮。[illegible][illegible]叫。噫噫[illegible][illegible]，門的聲。物件振動的聲。

【闆】Phán, Phán, mn̂g tiong khòaⁿ ì sù. Pán, hiā kim êng tī tiàm thâu ke ê ì sù. Láu Pán. mn̂g Lāi Pâi Siong Phín.
ㄆㄢˇ; 闆，門中看的意思。闆，現今用佇店頭家的意思。老闆。門內排商品。

【[illegible]】bûn, būn, kap 閿 jī sio siāng ì sù。
ㄨㄣˊ,ㄨㄣˋ, 与閿字相同意思。

【闢】Phak, ㄆㄧˋ, mn̂g Phak, téng Phak, ē Phak, î Phak。mn̂g Phak téng。
門闢, 頂闢, 下闢, 圓闢。門闢頂。

造字 借音成字。

十 畫

【闖】chhoàng, chhoàn, ㄔㄨㄤˇ,ㄔㄨㄢˇ, bé chhut mn̂g。chhut thâu, tsáu chhut。bô Lé sò。chhoàng chhut。chhoàng jip。chhoàng chìn。
馬出門。出頭, 走出。無禮數。闖出。闖入。闖進。
Loān tsông, Loān chhàn, chhoàn kùn。jiá sū, chhoàn hō。kè bé Lō m̄ thang chhoàn âng teng。
乱踪, 乱闖, 闖棍。惹事, 闖禍。過馬路毋可闖紅燈。

【闔】khap, ㄎㄚˋ, mn̂g sìⁿ, siang sìⁿ mn̂g, mn̂g Lāi chit ke。cheng hō' pát Lâng ê ke, khap hú。khap tē。khap tē kong Lîm。
門扇, 双扇門, 門內一家。稱呼別人的家, 闔府。闔第。闔第光臨。

【闓】khai, khái, ㄎㄞ,ㄎㄞˇ, khui mn̂g, khai khún, thàu pàng, kng bêng, hô Lòk。(kim iok ú hàn khái tāi koan)
開門, 開墾, 解放, 光明。和樂。(今欲與漢闓大關)

【闕】khoat, ㄑㄩㄝ, siang pêng ū Lâu, tiong ng ê Lō。hông tè ê siâⁿ mn̂g Lâu。kiong khoat。kè sit, khoat sit。
双阵有樓, 中央的路。皇帝的城門樓。宮闕。過失, 闕失。
khiàm khoeh ê khoán, khoat jû。húi hōai ê ì sù。thong khoat jī
欠缺的款, 闕如。毀壞的意思。通缺字。

【關】koan, ㄍㄨㄢ, 關 ê siòk jī。that bat, chhng thàu, thong tat。ín iú。sio chiap。kan siap。koan hē。
關的俗字。塞密, 穿透, 通達。引誘。相接。干涉。關係。

【[illegible]】thap, ㄊㄚˋ, Lâu teng ê mn̂g, Lâu téng ê chhù, thang á。
樓頂的門, 樓頂的厝, 窗仔。

【闐】thiân, ㄊㄧㄢˊ, chhiong móa。chhiong sēng。thiân thiân。khui mn̂g ê siaⁿ。phah kó ê siaⁿ。kui kûn ê Lâng kiâⁿ ê
充滿。昌盛。闐闐。開門的聲。打鼓的聲。歸群的人行的
siaⁿ。chhia bé ê siaⁿ hông hông thiân thiân。pìn kheh thiân mn̂g, móa móa。
聲。車馬的聲轟轟闐闐。賓客闐門, 滿滿。

【[illegible]】giat, giát, ㄧㄝˋ,ㄧㄝˊ, hō' téng koàiⁿ。mn̂g khiā。piⁿ thâu ê mn̂g。tsó chí ê ì sù。
户閾高。門豎。邊頭的門。阻止的意思。

十一·十二畫

【關】koan, koaiⁿ, kun, ㄍㄨㄢ,ㄍㄨㄢ,ㄍㄨㄣ, ēng hoâiⁿ chhâ chhoaⁿ mn̂g, koaiⁿ mn̂g。koan bûn。iàu hōe, koan kháu。nôa tsah, pà koan。
用橫柴門門, 關門。關門。要會, 關口。攔截, 把關。
tsù ì, koan sim。kok mn̂g ê cheng sòe só' tsāi, hái koan。sam kok sî tāi ê gâu Lâng, koan ú,
注意, 關心。國門的征稅所在, 海關。三國時代的賢人, 關羽,
koan kong。kan siap, koan hē。kut bak, koan tsat。koaiⁿ kaⁿ。koaiⁿ thang á。m̄ koaiⁿ ke bú。
關公。干涉, 關係。骨目, 關節。關監。關窗仔。毋關雞母。
Phah bā hioh, kun, thâu kun ta。chiū sī tōa ê chioh poâⁿ, kūn tī ē mn̂g káng。
打踱鴉。關, 頭關礁。就是大的石盤, 近佇廈門港。

【闚】kui, ㄎㄨㄟ, kap 窺 jī sio siāng。àⁿ mn̂g phāng khi thâu teh khòaⁿ。thau khòaⁿ, kùi koan。siám, bih。
与窺字相同。向門縫鼓頭哟看。偷看, 闚觀。閃, 匿。

【闡】chhián, ㄔㄢˇ, mn̂g khui, khoan tōa, khui khoah。kóng chhut, hián bêng。chhián bêng。chhián iông。kái sek chhián sek。
門開, 寬大, 開闊。講出, 顯明。闡明。闡揚。解釋, 闡釋。

【闤】hôe, ㄏㄨㄢˊ, chhī gōa ê mn̂g, tōa Lō', koe chhī ê mn̂g。
市外的門, 大路, 街市的門。

【闞】hám, khàm, ㄏㄢˇ,ㄎㄢˋ, 闞, hó' ê siaⁿ, béng siù siù khì ê siaⁿ。hám hám。hám hám kiò。khàm, thau khòaⁿ,
闞, 虎的聲, 猛獸怒氣的聲。闞闞。闞闞叫。闞, 偷看,
khàm sī。khòaⁿ, ǹg bāng。Lâng ê jī sìⁿ
闞視。看, 向望。人的字姓。

【闠】ûi, ㄨㄟˊ, khui mn̂g, khui, mn̂g ê siaⁿ。Lâng ê sìⁿ。
開門, 開, 門的聲。人的姓。

【鬮】kiu, khiu, khau, ㄐㄧㄡ,ㄎㄧㄡ,ㄎㄡ, saⁿ chiⁿ théh, kiu chhú。Liam khau ê ì sù。thiu khau。khioh khau。Liu khau。
相爭提, 鬮取。拈鬮的意思。抽鬮。掬鬮。抽鬮。
chhong khau。chiū sī siá tī kui nā tiuⁿ tsóa Liâu, ū hō bé á sī ū bô, Lâi thiu Lâi koat
創鬮。就是寫佇幾若張紙條, 有號碼或是有無, 来抽来决
têng tiòng tioh, á sī bô tiòng tioh。á sī sūn sū。
定中着, 或是無中着。或是順序。

【[illegible]】hip, khip, ㄒㄧˋ,ㄑㄧˋ, hip, chhia ê miâ, hip ti chhia, gūi bûn tè kái kiò tsòe hip hó' chhia。sī Lah chhia。
[illegible], 車的名, [illegible]豬車, 魏文帝改叫做[illegible]虎車。是獵車。

khiā teh ê khóan sit。toe hō mia，hip tun。khip，kek ê mia，khip théng

竪喲的款式。地號名，闟敦。闟，戟的名；闟鋌。

十三—十六畫

闤	hôan，ㄏㄨㄢˊ	Siâⁿ mn̂g，koe chhī ê chhiûⁿ，mn̂g chhiûⁿ。城門。街市的牆；門牆。
闢	Pit，Phiah，ㄅㄧˋ，ㄆㄧˋ	Phòa khui，hián chhut，tô siám，tū khì。khui phiah thó toe。khui mn̂g phiah hō。khai pit sù hong bûn。Pok thek put sit iâu giân，pit iâu。剖開，顯出。逃閃，除去。開闢土地。開門闢戶。開闢四方門。駁斥不實謠言，闢謠。
闛	tông，ㄊㄤˊ	Phah kó ê siaⁿ。chhiong sēng ê khóan sit。打鼓的聲。昌盛的款式。
闥	that，ㄊㄚˋ	mn̂g hō。Lāi bīn sió mn̂g tī tiong ng。mn̂g pîn，pâng lāi。門戶。內面小門佇中央。門屏，房內。
[illegible]	Lek，Liat，ㄌㄜˋ，ㄌㄧㄝˋ	[illegible]，chiū sī khui mn̂g ê ì sù。Liat，khui liat liat，khui khah liat，peh liat liat。就是開門的意思。[illegible]，開[illegible][illegible]，開較[illegible]，白[illegible][illegible]。
補十畫 閍	Pông，ㄆㄤˊ	Pông khang，chiū sī hiān kim só kóng ê sūi tō。閍孔，就是現今所講的隧道。

造字 借旁成字。

阜阝部 170

阜	hū，ㄈㄨˋ	thó soaⁿ bô chioh，koâiⁿ，thó hū。kāu，tōa，tsōe，tn̂g，pûi，chhiong sēng，but hū，hū tsâi。土山無石，高，土阜。厚，大，多，長，肥，昌盛，物阜。阜財。
阝	hū，ㄈㄨˋ	kap téng bīn jī sio siâng ì sù。jī pō ê jī。与頂面字相同意思。字部的字。
𠂤	hū，ㄈㄨˋ	阜 ê kó jī。阜的古字。

二—四畫

阞	Lek，ㄌㄜˋ	tōe lí，tōe meh。tsúi kau bōe thong，tsúi bōe lâu ê ì sù。地理，地脈。水溝𣍐通，水𣍐流的意思。
阡	chhian，ㄑㄧㄢ	tī chhân hn̂g nih ê sió lō。tang sai kiò chhian，lâm pak kiò tsòe bėk。thàu bōng ê lō。chháu bō sēng。佇田園裡的小路。東西叫阡，南北叫做陌。透墓的路。草茂盛。
阤	chhí，ㄔˇ	sió khóa，ka lauh，pang loh lâi。tōa kiò pang，sòe ê kiò tsòe chhí。小許，磕落，崩落來。大叫崩，小的叫做阤。
阯	chí，ㄓˇ	tōe ki，piah kha。kài hān，lâng ê pún kok。ki chí。地基，壁腳。界限，人的本國。基阯。
阪	hoán，Pán，ㄈㄢˇ，ㄅㄢˇ	Soaⁿ ê chit。gûi hiám，kham khiat bô pîⁿ。Soaⁿ khám，Pán tiân khi khu。tōe mia，Pán tsoân。山的脊。危險，嵁嵑無平。山崁。阪田崎嶇。地名，阪泉。
防	hông，ㄈㄤˊ	thó hōaⁿ，lō hōaⁿ，thê hông。tí tng，tiuⁿ tî，siat hông，hông pī，hông siu。tî hông。koan hông。kok hông。ū hông，hông chí。hông hō，hông tī。土岸，路岸，隄防。抵當，張持，設防，防備。防守。持防。關防。國防。豫防，防止。防護，防治。
阪	kip，ㄐㄧˊ	thong 通級，chiū sī gîm á，thui，sip kip jî siōng。chiū sī téng kip。liân kip。kip kai。就是砱仔，梯，拾阪而上。就是等阪。連阪。阪階。
阨	āi，ek，Lek，eh，ㄞˋ，ㄜˋ，ㄌㄜˋ，ㄜ	gûi hiám ê kan gāi。lō oeh。phâiⁿ kiâⁿ。kan khó。āi āi。khùn āi。khùn ek。kài hān。phì lō。tsó āi。ek sāi。eh，tsai eh，khó eh，eh ūn。tsôa siong hó eh thiⁿ tōe sò。危險的間礙。路狹。歹行。艱苦。阨隘。困阨。困阨。界限。鄙路。阻阨。阨塞。阨，災阨，苦阨，阨運。蛇傷虎阨天地數。
阧	tó，ㄉㄡˇ	khiā tit，陡 jī ê kán thé。Soaⁿ gâi tsùn hiám。gâi piah tó siáu。tó tsoát。竪直，陡字的簡體。山崖峻險。崖壁阧峭。阧絕。
阱	chēng，chíⁿ，[illegible]	khui thó hām，tōe hām，hām khiⁿ。khiⁿ ê kau。hām chíⁿ，hām chēng。開土頷，地陷，陷坑。坑的溝。陷阱，陷阱。
阮	Goán，n̂g，ㄖㄨㄢˇ，ㄤˊ	Lâng ê sìⁿ，n̂g。Soaⁿ mia，Gō Goán san。koan mia，ngó Goán koan。kó kok mia，Goán。人的姓，阮。山名，五阮山。關名，五阮關。古國名，阮。
	gún，ㄍㄨㄣˇ	Lán chit tui ê lâng，chiū sī Goán。Lín chiū sī Lín，Goán chiū sī Goán。thák gún sio siâng。咱一堆的人，就是阮。您就是您，阮就是阮。讀阮相同。
阭	ún，ún，ㄩㄣˇ，ㄩㄣˇ	koâiⁿ koâiⁿ，koâiⁿ kiāh。tōe hō mia。un，un lûn khûn，chiū sī tîⁿ kui khôan，chhin chhiūⁿ tsôa ê khóan sit。高高，高擇。地號名。阭，阭輪囷，就是纏歸圈，親像蛇的款式。

【阳】iông, iû; iông jī ê kán siá. chhiáⁿ khòaⁿ 9 ūi tsùi kái.
ㄧㄤˊ, ㄧㄡˊ; 陽字的簡寫。請看九畫註解。

【阢】ûn; kap 阢 jī sio siāng.
ㄨㄣˊ; 与阢字相同。

【阬】kheng; hō͘ têng. hām khiⁿ, tî. toē hō miâ, tn̂g kheng. Lâng ê sìⁿ. thong 坑.
ㄎㄥ; 户閬。陷坑，池。地號名，長阬。人的姓。通坑。

五畫

【陣】tīn, tîn, tsūn; 陳 ê kó͘ jī. kong bêng, tīn bêng. Pâi Liat, tīn Liat. chit kûn, kui tīn. chit tīn.
ㄓㄣˋ, ㄓㄣˋ, ㄗㄨㄣˋ; 陳的古字。講明，陣明。排列，陣列。一群，歸陣。一陣。
chhut Peng, chhut tīn. tsūn, chit tsūn. Sî tsūn. Liâm Sî Liâm tsūn. chit tsūn hong. chit tsūn thiàⁿ.
出兵，出陣。陣，一陣。時陣。臨時臨陣。一陣風。一陣痛。
tsòe tsūn thiàⁿ. Giâ Lâu jiat chhut Sai tīn. Song kang tīn Phah Kûn thâu, Pí to chhiuⁿ.
做陣痛。迎鬧熱出獅陣。宋江陣打拳頭，比刀槍。

【阻】tsó͘, tsú; tsó͘ keh. Gûi hiám, kan khó͘, kan tsó͘. Giâu Gî, iu būn, tsó͘ Gāi. tsó͘ chí, tsó͘ Lėk.
ㄗㄨˇ, ㄗㄨˇ; 阻隔。危險，艱苦，艱阻。憢疑，憂悶，阻礙。阻止，阻力。
tsó͘ tòng. hiám tsó͘. tsú, tsú tòng, chiū sī tsó͘ tòng ê ì sù.
阻當。險阻。阻，阻擋，就是阻擋的意思。

【附】hū, hù; chhin kūn, thok tiōng, i hū. kau hū. kià hū. thok hū. ke thiⁿ, thiam hū. kūn oá,
ㄈㄨˋ, ㄈㄨˋ; 親近，託重，依附。交附。寄附。託附。加添，添附。近倚，
hū kūn. hū Siók. hù hō, hù Gī, hù Lók, hù hōe, hù tiòk. hù ka.
附近。附屬。附號，附議，附錄，附會，附著。附加。

【阿】a, á, o, án; eng tī kóng ōe, iā sī chheng hō͘ kiò Lâng ê jī. Pí jū, a kong, a má. a Peh, a m̄.
ㄚ, ㄚˊ, ㄛ, ㄢˊ; 用佇講話，也是稱呼叫人的字。比喻，阿公，阿媽。阿伯，阿姆。
á ko. a sī kù bé, Siōng tè á. thiⁿ kong á. thī á, toe á. kiò miâ, thian Sù á, thian
阿哥。或是句尾，上帝阿。天公阿。天阿，地阿。叫名，天賜阿，天財阿
tsâi á. o, khan tn̂g Siaⁿ kiò Lâng. o !!. taⁿ mih khí bōe, sì kòe o. kiò bōe ê ì sù.
。阿，牽長聲叫人，阿!!。擔物去賣，四界阿。叫賣的意思。
hut tsó͘ ê chheng hō͘, o mî tô hut. Kī tok kàu tô͘ ê kî tó Liáu, ēng a men Lâi Piáu tat
佛祖的稱呼，阿彌陀佛。基督教徒的祈禱了，用阿們來表達
Sêng Sim Só͘ Goān ê ì sù. án, án niâ. án tia. an koaⁿ, án niû, Lô͘ tsâi chheng hō͘ tsú Lâng.
誠心所願的意思。阿，阿娘。阿爹。阿官，阿娘，奴才稱呼主人。

【陂】Phi, Pho, bô Pîⁿ ê Lō͘, oai chhiâ, tsúi hoāⁿ, tî tn̂g, Phi tô͘. Phi tî. Lō͘ Phi. thong 坡.
ㄆㄧ, ㄆㄛ; 無平的路，歪斜，水岸，池塘，陂陀。陂池。路陂。通坡。

【陀】tô, thô; hiám tsùn ê Soaⁿ, Phaiⁿ kiâⁿ ê Lō͘, kham khiat bô Pîⁿ, Pho tô Put Pêng. thô, bān thô hoa.
ㄊㄨㄛˊ, ㄊㄨㄛˊ; 險峻的山，歹行的路，磡硈無平，陂陀不平。陀，萬陀花。
bān thô hoe, chiàh Liáu ōe khí Siáu. hut tsó͘ ê chheng hō͘, o mî thô hut.
萬陀花，食了能起痟。佛祖的稱呼，阿彌陀佛。

【陁】tô, thî; tsó͘ keh, tsó͘ tòng, bô Pîⁿ thán, Pháiⁿ kiâⁿ ê Lō͘, 陀 ê Siók jī.
ㄊㄨㄛˊ, ㄊㄧˊ; 阻隔，阻擋，無平坦，歹行的路，陀的俗字。

【阼】tsō͘; hông tè ê Gîm Kīn, hông tè chè hiàn ê só͘ tsāi, tsō͘ kai.
ㄗㄨㄛˋ; 皇帝的砛墘，皇帝祭獻的所在，阼階。

【阽】tiàm; Gûi hiám, kūn Sin Pīⁿ beh Sûi Loh ê ì sù. tiàm Gûi.
ㄉㄧㄢˋ; 危險，近身邊也垂落的意思。阽危。

【阹】khù; Soaⁿ kok hō Gû bé tòa. Soaⁿ kok jia khîm Siù. kiò tsòe khù.
ㄑㄩ; 山谷互牛馬住。山谷遮禽獸。叫做阹。

【阸】ek; that bat, Gûi hiám, koà Gāi, kài hān, tsó͘ Gāi, Pek Kín. Sái ek. hio ek. thong ek·ek.
ㄜˋ; 塞窒，危險，掛礙，界限，阻礙，逼緊，塞阸。凶阸。通隘·阸。

【阺】Pho; chiū sī kham khiat bô Pîⁿ ê ì sù.
ㄆㄛ; 就是磡硈無平的意思。

【阣】Pêng; chit bêng, Siang Pêng. hit Pêng, chit Pêng. tōa Pêng, Sòe Pêng. Si koe oá tōa Pêng. jī Pêng,
ㄆㄥˊ; 一阣，双阣。彼阣，這阣。大阣，小阣。西瓜倚大阣。字阣，
Pêng káu Pêng, Pōe sí Pêng, Poàⁿ Lé Pêng, Phō Sim Pêng
反狗阣，背糸阣，半礼阣，抱心阣

六畫

【限】hān, ān, hat, hoah; tsó͘ keh, kài chí, hō͘ têng, hō͘ hān. tsòe tsòe, kài hān. hān chè. hān tiaⁿ.
ㄏㄢˋ, ㄢˋ, ㄏㄚ, ㄏㄨㄚ; 阻隔，界止，户閬，户限。齊齊，界限。限制。限定。
têng, ān chè, khoan ān. ān tī sî. bô kài ān. bô chek ān ū chek nèng. hat, bô Lóh hō͘ hat tsúi.
ㄉㄥ; 限制，寬限。限是時。無界限。無即限有即返。限，無落雨限水。

Gûn kun ân, hāt chîⁿ thâu, hān jōa tsōe chîⁿ。khiàm hè, hān hè。Giâm hān kè kài。
銀根緊，限錢頭，限若多錢。欠貨，限貨。嚴限過界。
hoāh, tsat hoāh。chiū sī tsún tsat ê ì sù。hō hān, chiū sī hō tēng。
限，節限。就是準節的意思。戶限，就是戶限。

陞 hông, ㄏㄨㄥˊ; hûn Lâm Séng ê soa miâ, chiông hông san。chhut san tâng。
雲南省的山名，從陞山。出產銅。

陔 kai, ㄍㄞ; kai chhu, têng, tōaⁿ kai。Pí jū koâiⁿ, tsàn。Lâm kai, Si ê miâ。Gàk khì。Gîm kîn
階次，重，壇階。比喻高，層。南陔，詩的名。樂器。砛墘。

降 hâng, hông, kàng ㄒㄧㄤˊ, ㄏㄨㄥˊ, ㄐㄧㄤˋ; kèng hók, tâu hâng, hâng hók。bih teh, Phak teh, hâng hók, khut hók。kàng, Lòh Lâi,
敬服，投降。降服。匿啲，覆啲，降伏，屈服。降，落來，
kàng Lòh。kàng Lîm。kàng kip。kàng kî。chhut sìⁿ kàng sìⁿ。kàng sè。Pàng kē, kàng kē。
降落。降臨。降級。降旗。出生，降生。降世。放低，降低。

陋 Lō, ㄌㄡˋ; oeh sòe ê só tsāi, Lō hāng。khiap sì, chhiú Lō。chhò siòk, chhò Lō。Lā sâm, Phí Lō
狹小的所在，陋巷。獥勢，醜陋。粗俗，粗陋。垃圾，鄙陋

陌 bėk, ㄇㄛˋ; chhò siòk ê Lâng。chhân hōaⁿ á Lō, koe chhī ê Lō, tang sai kiò bėk, Lâm Pak kiò chhian。
粗俗的人。田岸仔路，街市的路，東西叫陌，南北叫阡。
Pah ê tōa siá。bô sėk sāi ê Lâng, bėk seng。Léng tām tùi thāi, bėk Lō Lâng。
百的大寫。無熟似的人，陌生。冷淡對待，陌路人。

陑 jêng, jî ㄖㄥˊ, ㄦˊ; tōe hō miâ。chêng Lang。tiok chhiûⁿ ê siaⁿ。Gûi hiám。
地號名。眾人。築牆的聲。危險。

陊 tō, ㄉㄨㄛˋ; Pāi hoāi, ka Lauh, tō hoāi。Soaⁿ teng ê chiòh Pôaⁿ bėh ka Lauh ê khoan sit。chiòh Pôaⁿ tō hā。
敗壞，磕落，陊壞。山頂的石盤也磕落的款式。石盤陊下。

七畫

陣 tīn, tīn, tsūn ㄓㄣˋ, ㄉㄧㄣˋ, ㄗㄨㄣˋ; kap 陣 jī sio siāng。khòaⁿ gō͘ ūi tsù kái。
与陣字相同。看五畫註解。

陟 thek, ㄓˋ; koâiⁿ ê só tsāi Peh chiūⁿ, hō Lâng Peh chiūⁿ chìn khì。teng San thek mîa。thut thek iu bêng。
高的所在爬上，給人爬上進去。登山陟嶺。黜陟幽明。

除 tû, ㄔㄨˊ; Gîm kîⁿ ê khám á, tiâⁿ tû。mn̂g Pîn ê tiong kan, hû Lián hā tû。m̄ tih, î khì, thòe ōaⁿ,
砛墘的坎仔，庭除。門屏的中間，扶輦下除。毋挃，移去，退換，
tû tiāu。tû khì。sǹg hoat, ka·kiám·sêng·tû。
除掉。除去。算法，加·減·乘·除。

陘 hêng, keng, kèng ㄒㄧㄥˊ, ㄐㄧㄥ, ㄐㄧㄥˋ; Soaⁿ Pit Lih ê khàm khut, Soaⁿ tsåt hêng。kài hān。tōe miâ, Siông San koāiⁿ chîⁿ
山比裂的坎堀，山絕陘。界限。地名，常山縣井陘
hêng。Soaⁿ miâ hêng San。keng·kèng, hui hiám oeh sòe ê Lō。
。山名 陘山。陘·陘，危險狹小的路。

陛 Pē, ㄅㄧˋ; tiâu têng hông tè ê Gîm kai。chiūⁿ koâiⁿ ê Gîm á。chheng ho hông tè ê jī, Pē hā。
朝廷 皇帝的砛階。上高的砛仔。稱呼皇帝的字，陛下。

陜 hiap, siám, oeh, oeh sòe ㄒㄧㄚˊ, ㄕㄢˇ, ㄒㄧㄚˊ; 陜小，与狹通。ek hiap 隘陜。thak siám, èng kai sī 陜 jī ê Gō͘
讀陜，應該是陝字的誤。

陞 seng ㄕㄥ; Lâng ê sìⁿ。Seng koâiⁿ, ko seng。Seng koaⁿ。Seng jīm。
人的姓。升高，高陞。陞官。陞任。

陡 tó, ㄉㄡˇ; hut jiân, tó jiân。Soaⁿ Gāi hiám tsùn。Gāi Piah tó Siàu。tó tsoat。kap 阧 sio siāng。
忽然，陡然。山崖險峻。崖壁陡峭。徒絕。与阧相同。

陗 chhiàu, siàu ㄑㄧㄠˋ, ㄒㄧㄠˋ; Soaⁿ koâiⁿ tōa, hûi hiám, ún tsông, Soaⁿ Lō oeh。kín kip。thong 峭 tsùn chhiàu。siàu tit。
山高大，危險，隱藏，山路狹。緊急。通峭。峻陗。陗直。

院 īⁿ, īⁿ ㄩㄢˋ, ㄧㄢˋ; ū chhè í ūi chhiûⁿ ê chhù, īⁿ Lòh。têng īⁿ。kian kò。kiong biō, Gê mn̂g。Su īⁿ
有草圍牆的厝，院落。庭院。堅固，宮廟，衙門。書院
am īⁿ, hân Lîm īⁿ。Pīⁿ īⁿ。tāi hak hak īⁿ。hoat īⁿ。ngó͘ īⁿ。hêng chèng, Lip hoat,
庵院，翰林院。病院。大學學院。法院。五院。行政，立法
kàm chhat, khó chhì, Su hoat īⁿ。tō īⁿ。
監察，考試，司法院。道院。

陝 hiap, siám ㄒㄧㄚˊ, ㄕㄢˇ; thak hiap sī 陜 chī Gō͘。Siám, só tsāi miâ, siám sai séng。hô Lâm séng, siám koāiⁿ。
讀陜是陜之誤。陝，所在名，陝西省。河南省，陝縣。

八畫

陳 tîn, tīn, tân ㄔㄣˊ, ㄓㄣˋ, ㄉㄢ; í keng Pâi Liat tùi ngó͘。chit tīn。chiâⁿ tīn。chhut tīn。Pâi hó sè, tîn Liat。
已經排列的隊伍。一陳。成陳。出陳。排好勢，陳列。
kong bêng, tîn sut。kū, tîn kū。Sin sò͘, tîn chêng。Lâng ê sìⁿ, tân。
講明，陳述。舊，陳舊。申訴，陳情。人的姓，陳。

【陲】Sûi ㄔㄨㄟˊ；Pīⁿ thâu, Pian kài, Pian sûi。hûi hiám ê só͘ tsāi
邊頭，邊界，邊陲。危險的所在；

【陷】hām, thōm, thiām, thām, ㄒㄧㄢˋ；koāiⁿ Lo̍h kē, Poa̍h Lo̍h khì, tūi Lo̍h, hām Lo̍h。hām jip。tsòe khang hō͘ Lâng jip,
高落低，跋落去，墜落，陷落。陷入。做孔乎人入；
hām chíⁿ, Lia̍h iá siù, hām khiⁿ。ta̍h Lo̍h hām khiⁿ。ta̍h thām Lo̍h khì。ta̍h thom Lo̍h khì。Siāng khoán
陷阱，掠野獸，陷坑。踏落陷坑。踏陷落去。踏陷落去。同款
ì sù。chîⁿ thâu ân khì siau tōa, thām Lo̍h khì。khiⁿ kau hām Lo̍h, thiām Lo̍h khì。Phái sū tsòe tsòe
意思。錢頭緊開銷大，陷落去。坑滿陷落，陷落去。歹事做多
khì thiām hái。kiáu tiûⁿ ná chîⁿ khang, khah tsòe chîⁿ mā thiām bô kàu。
去陷海。賭場如錢坑，較多錢嘛陷無夠。

【陭】i, khi, ㄧ，ㄑㄧ；thóng chhut Lâi, chhin chhiūⁿ thóng jip hái。hûi hiám bô an tsoân ê khoán, khi khu put an。
坑出來，親像山坑入海。危險無安全的款，陭嶇不安。陭
koāiⁿ ê miâ, Siōng tóng kūn i sī koāiⁿ。chhiâ kiâ, kham khia̍t bô an ún。
縣的名，上黨郡陭氏縣。斜崎，磡碣無安穩。

【陵】Lêng, niâ, ㄌㄧㄥˊ，ㄋㄧㄚˊ；tōa ê thô͘ tui, Soaⁿ。hông tè ê bōng。khu Lêng。Lêng bōng。Lêng biō。Soaⁿ niâ。
大的土堆，山。皇帝的墓。丘陵。陵墓。陵廟。山陵。
khí niâ, chiū sī, Soaⁿ ê sió hûn khah koâiⁿ ê ì sù。
起陵，就是，山的小紋較高的意思。

【陸】Lio̍k, La̍k, Le̍k, ㄌㄨˋ，ㄌㄧㄡˋ；thô͘ tōe koân koh pîⁿ, ta ê tōe, ê Lō͘, Lio̍k tōe。Lio̍k Lō͘。tī Lio̍k tōe teh chiàn siú ê kun tūi;
土地高擱平，乾的地，的路，陸地。陸路。佇陸地咧戰守的軍隊；
Lio̍k kun。Lâng ê sìⁿ, Lio̍k。Sò͘ jī La̍k ê tōa siá, La̍k。kè sio̍k, Lio̍k sio̍k。Le̍k, Le̍k Lō͘。
陸軍。人的姓，陸。數字六的大寫，陸。繼續，陸續。陸，陸路；
Le̍k Lō͘ koaⁿ, Le̍k Lō͘ thê tok。bô chîⁿ kiam Le̍k Lō͘。
陸路官；陸路提督。無錢兼陸路。

【陪】Pôe ㄆㄟˊ，koh tsāi thiⁿ thô͘, Pôe thô͘。thiⁿ móa, Pang tsān, Pôe tun。Pôe hû。tâng Phoāⁿ, Pôe Phoāⁿ。
擱再添土，陪土。添滿，幫助，陪敦。陪輔。同伴，陪伴。

【陴】Pî ㄆㄧˊ；siâⁿ ê oé chhiûⁿ, iā kiò Lú chhiûⁿ。ke thiⁿ siâⁿ ê koân。
城的矮牆，也叫女牆。加添城的高。

【陶】iâu, tô, tō, ㄧㄠˊ，ㄊㄠˊ；thô͘ tui sio thah。hûi iô, sio hûi。iâu iâu, hô Lo̍k ê khoán。ut tô Giân, iu Bûn。
土堆相疊。磁窯，燒磁。陶陶，和樂的款。鬱陶言，憂悶。
ut tô iâu, khoài Lo̍k ê khoán。tsō chi Lâng, tô iâ。sio hûi ê thô͘, tô thô͘。tô chhiūⁿ, sio
鬱陶繇，快樂的款。造就人，陶冶。燒磁的土，陶土。陶匠，燒
hûi ê sai hū。tô khì, hûi ê chheng hō͘。hun tô, tsō chi kàu hòa。tô tô koaⁿ tio̍k ê ì sù。
磁的師父。陶器，磁的稱呼。薰陶，造就教化。陶陶趕逐的意思。

【陬】tso͘, ㄗㄡ；Phian Phiah ê só͘ tsāi, Pian tso͘。Siâⁿ chhiûⁿ, Siâⁿ tso͘。tsòe hé khia khí。kian Siâu, Pi tso͘。
偏僻的所在，邊陬。城牆，城陬。做伙豎起。見蒟，卑陬。

【陰】im, iam, àm, ㄧㄣ，ㄧㄢˋ，ㄢˋ；jit iáⁿ, im ńg。chhiu chhìn, im Léng。tsa bó͘ Lâng, im sèng。thian tōe, iông im。
暗，日影，陰影。秋清，陰冷。查某人，陰性。天地，陽陰。
jit Goa̍t, iông im。jit sî, iông。mî sî, im。tsāi siⁿ sī iông sè, sí Liáu sī im kan。iam,
日月，陽陰。日時，陽。冥時，陰。在生是陽世，死了是陰間。陰，
ka iam, ka iam koâⁿ。khí koe bú Phê ê koâⁿ。Poàⁿ am iûⁿ, chiū sī m̄ chiâⁿ ta Po͘ m̄ chiâⁿ
校陰，校陰寒。起雞母皮的寒。半陰陽，就是毋成查夫毋成
tsa bó͘ ê Lâng。
查某的人。

【陼】chiàu, ㄓㄠˋ；keng êng bô tsoh ê chhân。ēng thô͘ keh khún hōaⁿ。theh, tōe tiûⁿ, tōe kài。
經營無作的田。用土隔壁畔。宅，地場，地界。

九畫

【隍】hông, ông, ㄏㄨㄤˊ；hô kau ta ta bô tsúi ê kiô hông, u tsúi ê kiô tî。kau khut。Sîn ê miâ, Sêng hông iâ。
壕溝乾乾無水的叫隍，有水的叫池。溝堀。神的名，城隍爺。
Sêng ông iâ。Sêng ông biō。
城隍爺。城隍廟。

【陾】jêng, jî, ㄖㄥˊ，ㄖㄣˊ；ka 陑 jī sio siāng ì sù。
與陑字相同意思。

【階】kai, koe, ㄐㄧㄝ，ㄍㄞ；chiūⁿ hông tè Gîm tsân, chiūⁿ thiaⁿ tńg ê Lō͘, tâi kai。Lâu thui, kai thui。kiā a Gîm kai。
上皇帝的砛層，上廳堂的路，臺階。樓梯，階梯。崎仔，砛階。

【隆】Liông, Liông, ㄌㄨㄥˊ，ㄌㄨㄥˊ；tiong ng koâiⁿ, Liông khí。khoah tōa, heng Liông。tsun kùi, Liông tiōng。tsōe, Liông sēng。
中央高，隆起。闊大，興隆。尊貴，隆重。多，隆盛。
chhiong Sēng。Liông Sēng, chîⁿ tsúi Liông sēng, chiū sī tsōe tsōe ê ì sù。
昌盛。隆剩，錢水隆剩，就是多多錢的意思。

【隄】thê, ㄊㄧˊ；kiô, kài hān, thô͘ hōaⁿ, nōa tsa̍h, tî hông, thê hông。thê hōaⁿ。hông Pho thê。kap 堤 tâng。
橋，界限，土岸，攔截，持防。隄防。隄岸。防波隄。與堤同

陰 ám, im, ㄚㄇ, ㄧㄇ, jit ū hûn jia, bô bêng, kì bit, bô kng, o͘ àm, àm chīⁿ, ám jiân。
日有雲遮，無明，機密，無光，黑暗，暗靜。陰森。

隋 Sûi, tō, ㄙㄨㄟˊ, ㄉㄨㄛˋ, sûi, tiâu tāi ê miâ, Sûi tiâu。jī sìⁿ。hiàn chè Lâi chiàh。tō, bah Lih, tūi Lòh,
隋，朝代的名，隋朝。字姓。獻祭來食。隋，肉裂，墜落，
kóng îⁿ m̄ sī îⁿ, kóng îⁿ chit pêng tn̂g chit pêng eh, sī tn̂g ko îⁿ。tō îⁿ hêng。
講圓不是圓，講圓一平長一平狹，是長鼻圓。隋圓形。

隊 tūi, ㄉㄨㄟˋ, tūi koâi ka Lauh。Sit Lòh。chit Pah Lâng chiâⁿ tīn, chit tūi。tūi ngó͘。kun tūi。Gak tūi。
對高磕落。失落。一百人成陣，一隊。隊伍。軍隊。樂隊。

隈 oe, ㄨㄟ, tsúi oan oat ê só͘ tsāi, oan oat, Soaⁿ oe。hiok oe。
水彎越的所在，彎越，山隈。隩隈。

陽 iông, iûⁿ, ㄧㄤˊ, ㄧㄤˋ, kng, jit, iông kong。thài iông。thiⁿ sī iông, tōe sī im。sè kan, iông sè。iông kan。
光，日，陽光。太陽。天是陽，地是陰。世間，陽世。陽間。
iâng, ㄧㄤ, kang ê sī iông, bú ê sī im。jia iûⁿ。Pòaⁿ iam iûⁿ, chiū sī m̄ chiâⁿ Lâm, m̄ chiâⁿ Lú ê Lâng。
公的是陽，母的是陰。遮陽，半陰陽，就是毋成男，毋成女的人。

陻 ian, in, ㄧㄢ, ㄧㄣ, that teh, that bát ê ì sù。kún ian hông tsúi。
塞啲，塞密的意思。鯀陻洪水。

陰 im, ㄧㄣ, kap 陰 jī sio siāng。
与陰字相同。

隅 Gû, ㄩˊ, Piⁿ á kak。hái Gû thian kak。bōe thang tit tioh, hiòng Gû。chheng Liâm, Liam Gû。
邊仔角。海隅天角。艙可得着，向隅。清廉，廉隅。

隮 tó, tsû, ㄉㄨㄛˇ, ㄗㄨ, tsúi tiong ê tōe, chiu tó。sòe sòe ê chiu tī hái tiong ê ì sù。kap 渚 sio siāng ì sù。
水中的地，洲隮。小小的洲佇海中的意思。与渚相同意思。

隉 Giat, ㄋㄧㄝˋ, hûi hiám, Gut Giat。Put an ê khoán sit。
危險，杌隉。不安的款式。

隃 jû, sû, ㄩˊ, ㄕㄨ, kó͘ tsá tōe miâ, Pak Lêng se sû。Siám sai jû bî koāiⁿ, í chêng chhut sán bak chhut miâ。
古早地名，北陵西隃。陝西隃麋縣，以前出產墨出名

十 畫

隘 āi, ek, ㄞˋ, ㄜˋ, kap 阨 jī sio siāng。kài hān, that bát, Lō͘ eh, hiap āi。hûi hiám ê só͘ tsāi, ek hāi, koan āi。
与阨字相同。界限，塞密，路狹，狹隘。危險的所在，隘害。關隘。

隒 khiám, ㄧㄢˇ, Soaⁿ Piⁿ。Soaⁿ Gâi, Soaⁿ hêng ná siāng têng ê Lâng sng。Soaⁿ ê khoán sit chhin chhiūⁿ Gān。
山邊。山崖，山形如双重的籠甑。山的款式親像岸。

隙 khek, khiah, ㄒㄧˋ, ㄎㄧㄚ, Piah ū khang, Phòa Lih, khang Phāng, khang khiah。oàn hūn, hiâm khiah。chhē khiah。khui khiah。
壁有孔，破裂，孔縫，孔隙。怨恨，嫌隙，尋隙。開隙。
Phah khiah。bô khang khiah。chhē bô khang khiah。khang tōe, khek tōe。
打隙。無孔隙。尋無孔隙。空地，隙地。

隔 kek, keh, ㄍㄜˊ, ㄍㄜ, nòa tsàh, tsó͘ chí, tsó͘ keh。that bát, kek toān, khe tn̂g, kek tsoat。kek Lī。so͘ oán
攔截，阻止，阻隔。塞密，隔斷，隔斷。隔絕。隔離。疏遠。
keh móh。keh Soaⁿ, keh hái。keh hô。keh Piah。keh chit têng。
隔膜。隔山，隔海。隔河。隔壁。隔一重。

隝 mā, ㄇㄚˇ, chhiong Sēng, têng thiap, it hoat, Lī ek, kî khiàu。
昌盛，重疊，益發，利益，奇巧。

隗 Gûi, Ûi, ㄨㄟˊ, ㄎㄨㄟˇ, koâiⁿ koâiⁿ。Lâng ê sìⁿ Ûi。kok ê miâ。Soaⁿ ê miâ, tāi Ûi san。
高高，人的姓隗。國的名。山的名，大隗山。

隖 o͘, ó͘, ㄨ, ㄨˋ, Soaⁿ Phiâⁿ, thô͘ Siâⁿ, Siâⁿ chhiûⁿ, hiuⁿ Siā, khah sòe ê Phàu tâi。
山坪，土城，城牆，鄉社，較小的砲台。

隕 oán, ún, ㄩㄣˇ, ㄩㄣˋ, tùi koâiⁿ koâiⁿ ka Lauh Lâi, oân Lòh。oân tūi。tùi thiⁿ Lòh Lâi ê mih, oân chiòh。chhiⁿ oân
對高高磕落來，隕落。隕墜。對天落來的物，隕石。星隕
jû ú。chiū sī Liû chhiⁿ。ún bēng, Song sit sìⁿ miā ê ì sù。kap 殞 sio siāng。
如雨。就是流星。隕命，喪失性命的意思。与殞相同。

十一 畫

障 chiòng, ㄓㄤˋ, chhân hōaⁿ, nòa tsàh, tsó͘ chí, kài hān, thê chiòng。Pîn chiòng。chiòng keh。that bát, chiòng
田畔，攔截，阻止，界限，隄障。屏障。障隔。塞密，障礙
Gāi。Pó hō͘, Pó chiòng。chiòng oe。
保護，保障。障衛。

隓 hō͘, ㄏㄨㄟ, Lih khui, hun thiah ê ì sù。
裂開，分拆的意思。

陛 Pē, Pì, ㄅㄧˋ, ㄅㄧ, kaⁿ Lô。khu sok hoān Lâng ê só͘ tsāi。
監牢。拘束犯人的所在。

【際】chè, ㄐㄧㄝ; kau chiap, kau chè, hōe hap ê só͘ tsāi, kau chè tiûⁿ só͘. sî tsūn, hong hûn chè hōe. sî chè.
交接，交際。會合的所在，交際場所。時陣，風雲際會。時際。
kok kap kok ê koan hē, kok chè. tsō͘ gū, chè gū.
國與國的關係，國際。遭遇，際遇。

【隙】khek, khiah, ㄎㄝㄎ, ㄎㄧㄚㄏ; kap 隟 jī sio siāng.
与隟字相同。

【隠】ún, ㄨㄣ; kap 穩 jī sio siāng, khòaⁿ 14 ūi tsù kái.
与穩字相同，看十四畫註解。

【嶇】khu, ㄎㄨ; hûi hiám ê só͘ tsāi, khi khu. bô pêng an ê khoán sit, khu gū put an
危險的所在，崎嶇。無平安的款式，嶇隅不安

【隕】tīn, ㄉㄧㄣ; tiám tīn, chiū sī lâng siông sè chhâ kàu chin sit lâi pān sū ê ì sù.
點隕，就是人詳細查到眞實來辦事的意思。

造字 借眞的偏音來成字。

【隲】sàm, ㄒㄧㄚㄇ; àm sàm, àm sam lō͘, bô bêng long ê só͘ tsāi, àm àm, àm sàm ê só͘ tsāi.
暗隲，暗隲路，無明朗的所在，暗暗，暗隲的所在。

造字 借參偏音成字。

【隸】toēh, ㄉㄨㄝㄏ; oēh toēh, chiū sī chin oēh só͘ tsāi ê ì sù.
狹隸，就是眞狹所在的意思。

造字 借第偏音成字。

十二·十三畫

【隣】Lîn, ㄌㄧㄣ; chhin, óa, kūn, liân, chiap. chhù piⁿ. lîn iū. kap 鄰 jī sio siāng.
親，倚，近，連，接。厝邊。隣右。与鄰字相同。

【隤】tôe, ㄉㄨㄝ; tūi lo̍h, tó hoāi, sún hoāi, soaⁿ tôe. tôe chhiûⁿ. tôe kàng. un jiû ê khoán sit, tôe jiân.
墜落，倒壞，損壞，山隤。隤牆。隤降。温柔的款式，隤然。

【隭】jêng, jî, ㄖㄥ, ㄖ; kap 陑·陾 nn̄g jī sio siāng ì sù.
与陑·陾兩字相同意思。

【隮】chhâm, thâm, ㄑㄧㄢ, ㄊㄢ; tiām lo̍h khì, poa̍h lo̍h. hō͘ lâng liân lūi. hām ê ì sù. thām tó, thâm tsúi, ta̍h thâm.
沉落去，跋落。佢人連累。陷的意思。隮倒，隮水，踏隮。
thap Seng khu ta̍h thâm. ta̍h thap, ta̍h bô tùi. chîⁿ pún lâi bô kàu ēng, koh tú tio̍h phòa pīⁿ, thap lo̍h khì.
身軀踏隮。踏隮，踏無對。錢本來無夠用，擱抵着破病，隮落去。

【險】hiám, ㄒㄧㄢ; koâiⁿ chhiâ ê só͘ tsāi, hûi hiám. kan kè, kan hiám. tsó͘ tòng, pó hiám. hiau hiông, im hiám.
高斜的所在，危險。奸計，奸險。阻擋，保險。梟雄，陰險。

【隩】hiok, ò, ㄒㄩ, ㄠ; tsúi piⁿ ū hōaⁿ. pîⁿ tōe thang khí chhù lâi tòa ê tōe.
水邊有岸。平地可起厝來住的地。

【隨】sûi, tòe, ㄙㄨㄟ, ㄉㄨㄝ; saⁿ thàn, kun sûi. tsún i, sûi i. liâm pīⁿ, sûi sî. kun chiông, kun tòe. tòe āu bīn.
相趁，跟隨。准他，隨他。臨邊，隨時。跟從，跟隨。隨後面。
tè sūn sūn, sûi hô. sûi ì. sûi piān. sûi iân. sûi sim só͘ io̍k. sûi gū jî an.
順順，隨和。隨意。隨便。隨緣。隨心所欲。隨遇而安。

【隧】sūi, tūi, ㄙㄨㄟ, ㄉㄨㄟ; hûn bōng ê lō͘, thô͘ kut ê lō͘, khui tōe thong lō͘. ó thô͘ khang tsòe lō͘. sūi tōng,
墳墓的路，土掘的路，開地通路。挖土孔做路，隧洞，
sūi tō. tūi tō. hé chhia n̂ng pōng khang. chiū sī pōng khang.
隧道。隧道。火車進磅孔。就是磅孔。

【隮】chhâm, thiâm, thap, ㄑㄧㄢ, ㄊㄧㄢ, ㄊㄚ; kap 隮 jī sio siāng ì sù.
与隮字相同意思。

十四～十六畫

【隰】sip, ㄒㄧ; sio khì, tâm sip ê só͘ tsāi, sin khui ê chhân tōe. tsúi miâ, hun sip. tōe miâ, sip chiu.
熇氣，潸濕的所在，新開的田地。水名，汾隰。地名，隰州。

【隮】che, chè, ㄐㄧ, ㄐㄧ; tōe ê khì chhēng koâiⁿ. thīⁿ ê khēng. chiū koâiⁿ, peh khí. chè seng, che hông.
地的氣湧高。天的虹。上高，爬起。隮升，隮虹。

【隱】ún, ㄧㄣ; sòe sòe, bô bêng. ún pè. siu tsông, m̄ kìⁿ, ún tsóng. siong sim, lîn bín. ún iu.
小小，無明。隱蔽。收藏，毋見，隱藏。傷心，憐憫，隱憂。
put jím sim, chhek ún chi sim. phiah sè kan sū, ún ku
不忍心，惻隱之心。避世間事，隱居。

【隮】chit, ㄐㄧ; khí lâi, peh chiūⁿ koâiⁿ ê ì sù.
起来，爬上高的意思。

【隳】hoe, ㄏㄨㄟ, Phòa siaⁿ ê thô tui. tó hōai, húi hoāi, hoāi hoe. hōe pō, hoe jīn siaⁿ kok.
破城的土堆。倒壞，毀壞，壞隳。廢亡，隳人城郭。

【隴】Lóng, ㄌㄨㄥˇ, tōe hoāⁿ, chhân iûⁿ, Lóng bó. Lâng ê sìⁿ. Soaⁿ ê mîa, Lóng san. Koāiⁿ mîa, Lóng kōaiⁿ.
地岸，田洋，隴畝。人的姓。山的名，隴山。縣名，隴縣。

隶部 171

【隶】ī, sī, tāi, ĪN, tāi, tui jip, jip tio̍h, tōe āu. Kap 逮 Sio siāng ì sù. kun Pún. khí thâu.
ㄧˋ, ㄒㄧˋ, ㄉㄞˋ, 隶，隸，追趕，趕着，隨後。与逮相同意思。根本。起頭。
sī, kāu Giah. ū chhun ê ì sù.
隶，夠額。有剩的意思。

七一九畫

【隸】Sù, ㄙㄨˋ, tsòe chit ê Pâi Lia̍t, khan tn̂g siaⁿ. sûi sî, chiàu kū, jī sìⁿ.
做一下排列，牽長聲。隨時，照舊，字姓。

【隸】Lē, ㄌㄧˋ, kun tè ê Lâng, Lē sio̍k. hā chiān ê lâng, Lô Lē. Po̍k Lē. ti̍t Lē. Su Lē
跟隨的人，隸屬。下賤的人，奴隸。僕隸。直隸。司隸
chiáng ngó Lē, tsōe Lē. bân Lē. bân Lē. Ī Lē. Lok Lē. Su hoat ê chit chióng,
掌五隸，罪隸。蠻隸。閩隸。夷隸。貉隸。書法的一種，
Lē Su. u tsōe ê Lâng, Lē jîn. hù sio̍k, Phòe Lē.
隸書。有罪的人，隸人。附屬，配隸。

【𨽻】Lē, ㄌㄧˋ, kap téng bīn jī sio siāng
与頂面字相同

【𨽶】Lē, ㄌㄧˋ, kap teng bīn n̄ng jī sio siāng ì sù.
与頂面兩字相同意思

隹部 172

【隹】tsui, ㄓㄨㄟ, bé té té ê chiáu ê tsóng mîa, ka tsui. Koāiⁿ, chhiū nâ hō· hong tín tāng,
尾短短的鳥的總名，鳩隹。高，樹林經風振動，

二·三畫

【隻】chek, chiah, chek, bûn im. Sn̄g chiáu ê jī, chit chiah chiáu. Chiáu chiah. tsûn chiah. toaⁿ chit ê toaⁿ chiah
ㄓ, ㄓㄚ, 隻，文音。算鳥的字，一隻鳥。鳥隻。船隻。單一個，單隻。

【隺】ho̍k, khak, chiáu á Pe kōaiⁿ koāiⁿ ê ì sù. ho̍k chiáu Pe kōaiⁿ. Chì khì kōaiⁿ, ho̍k jiân chì ko.
ㄏㄜˋ, ㄎㄜˋ, 鳥仔飛高高的意思。隺鳥飛高，志氣高，隺然志高。

ch, 𠃌, 【难】Lân, Lān, Liân, ㄌㄢˊ, ㄌㄢˋ, ㄌㄧㄢˊ, 難的簡寫。khòaⁿ 11 ūi tsù kái
看十一畫註解。

【隼】tsún, ㄙㄨㄣˇ, chiáu ê mîa, bā hio̍h ê Lūi chhin chhiū eng á khah sòe, Pak tó· Pe̍h Pe̍h.
鳥的名，鶻鷹的類，親像鷹仔較小，腹肚白白。

【雀】chhiok, chhek, chiáu mîa, bā chhiok, chiū sī chhek chiáu á. Sòe Sòe chiah. hoaⁿ hí ê khoán, chhiok io̍k.
ㄑㄩㄝˋ, ㄑㄩㄝˋ, 鳥名，麻雀，就是雀鳥仔。小小隻。歡喜的款，雀躍。
khóng chhiok, ú mô chin súi ê chiáu, bé ē thian Pîn, khong chhiok khai Pêng.
孔雀，羽毛真美的鳥，尾能展屏，孔雀開屏。

四畫

【雄】hiông, hêng, hîn, hiong, kang ê khîm siù, hiong sèng. ióng tsòng, ióng béng, eng hiông. hiông hiông.
ㄒㄩㄥˊ, 公的禽獸，雄性。勇壯，勇猛，英雄。雄雄。
hiong kúi kúi, hiong Pà Pà. chiū sī Phái khòaⁿ ê ì sù. ah hêng. ah hêng siaⁿ, Gín á tn̂g
雄鬼鬼，雄霸霸。就是歹看的意思。鴨雄。鴨雄聲，囝仔轉
tōa Lâng, sàu Liàu ah hêng siaⁿ. hîn, hîn hông. ū mîa, koe kòe chio̍h, io̍h mîa, iā tsòe hû ê Lō· ēng.
大人，嗽了鴨雄聲。雄，雄黃。又名，雞髻石，藥名，也做符的路用。

【雇】hō·, kò·, saⁿ chhiàⁿ tsò· sòe, chhin chhiū kò· chhia, kò· iōng. chhiàⁿ Lâng, chhiàⁿ kang Lâng, kò· kang.
ㄏㄨˋ, ㄍㄨˋ, 相倩相稅，親像雇車，雇用。倩人，倩工人，雇工。
kò· chhiàⁿ. hāu chiáu ê mîa, hō· àn.
雇倩。候鳥的名，雇鷃。

【雉】kui, ㄍㄨㄟ, chiáu ê mîa, tsú kui chiáu. Dit Lō· chiáu.
鳥的名，子雉鳥。伯勞鳥。

【集】chip, ㄐㄧˊ; tsōe chiáu hioh tī chhiū téng. 多鳥歇佇樹頂。tsōe tsōe Lâng bóe bōe Só tsāi, kóa" chip. 多多人買賣的所在，趕集。chhī chip. 市集。tsōe hé, 做夥，chip tiong. 集中。chhip hap. 集合。khui hōe, 開會，chip hōe. 集會。thoân thé, 團體，chip thoân. 集團。chip thé. 集體。chip Su kóng ek. 集思廣益。

【雅】ngá, ㄧㄚˇ; o a, 烏鴉，chiáu ê Pá mîa, 鳥的別名，ngá niáu. 雅鳥。bûn Lí, 文理，ngá, 雅，bûn ngá. 文雅。sì chià", 四正，ngá chèng. 雅正。hó khoà", 好看，ko ngá. 高雅。khì tō hó, 氣度好，ngá Liōng. 雅量。Pêng Sò, 平素，Siông Siông, 常常，ngá siông. 雅常。chèng keng ōe, 正經話，ngá Giân. 雅言。

【雁】Gān, ㄧㄢˋ; chiáu ê mîa. 鳥的名。kap 鴈 jī Sio Siāng. 与鴈字相同。chit khoán tsúi ah, 一款水鴨，chiàu hoat tō teh Pe, 照法度咧飛，Pâi Liat chiàu chhù Sū. 排列照次序。hai Gān chhin chhiū" Gia, 海雁親像鵝，sī hāu niáu. 是候鳥。

五畫

【雉】tī, khī, thī, ㄉㄧˋ, ㄎㄧˋ, ㄊㄧˋ; chiáu mîa, 鳥名，iá koe. 野鷄。hêng ná koe, 形如鷄，kang ê bé tn̂g koh Súi, 公的尾長倜美，tī koe. 雉鷄。khī koe. 雉鷄。thī koe. 雉鷄。thī koe bé, 雉鷄尾，chhah thī koe bé ké chhi" hoan. 插雉鷄尾假生番。

【雊】kò, ㄍㄡˋ; kang ê khī koe teh hàu. 公的雉鷄咧哮。tī kò. 雉雊

【雎】chhu, tsu, ㄑㄩ, ㄗㄩ; chiáu ê mîa, 鳥的名，khoán sit chhin chhiū ah, 款式親像鴨，chhu khiu. 雎鳩。chèng keng ū chhù Sū. 正經有次序。kang bú Phòe hap ū it tēng bōe Loān Lâi. 公母配合有一定繪亂來。jī Sì". 字姓。

【雋】chhoan, tsùn, ㄑㄩㄢ, ㄗㄩㄣˋ; keng Só sià tioh ê bô bé chiáu. 弓所射着的無尾鳥。Pûi, 肥，Pûi bah. 肥肉。kam bī. 甘美。chhoan Éng. 雋永。Súi ê mîa Sia", 美的名聲，chhoan ū. 雋譽。tsùn, kap tsùn siāng ì sù. 与俊同意思。hó tsâi tiāu. 好才料。eng tsùn. 英雋。tsâi tsùn. 才雋。

【雌】chhu, chhû, ㄘ, ㄘˊ; sioh tī bú ê. 屬佇母的。Lú Sèng. 女性。chhu Sèng. 雌性。jīu jiok, thòe Siok, 柔弱，退縮，tī kì hong síu kì chhu. 知其雄守其雌。eng chhû. 英雌。Gâu ê hū jîn Lâng. 賢的婦仁人。chhiah tsa bó, 赤查媒，chhu ui. 雌威。chhú hiông, 雌雄，kang bú. 公母。su iâ", 輸贏。sêng Pāi. 成敗。

【雍】iong, ㄩㄥ; tsū chip, 聚集，hô sūn, 和順，iong iong. 雍雍。sì bīn ū tsúi kìo tsòe iong. 四面有水叫做雍。jī sì". 字姓。Pí jū Lâng ê chhēng chhah, 比喻人的穿插，thái tō ko Siōng, 態度高尚，iong iông hôa kui. 雍容華貴。

六一八畫

【雒】Lòk, ㄌㄨㄛˋ; chiáu mîa, ngá Lòk. 鳥名，雅雒。tsúi mîa, 水名，Lòk iông. 雒陽。chiū sī Lòk iông. 就是洛陽。bé mîa, 馬名，o sin Peh Liap kìo Lok. 黑身白鬣叫雒。jī Sì". 字姓。

【䧱】Gāk, ㄧㄚˋ; kî Poâ" tiong kan ê kî jī. 棋盤中間的棋字。

【雓】û, ㄩˊ; chiū sī koe á kía ê ì Sù. 就是鷄仔子的意思。

【雔】Siû, ㄒㄧㄡˊ; Siang chiah chiáu á. 双隻鳥仔。iā sī chí chiah chhiū hioh ê thâng. 也是指食樹葉的虫。

【雖】Sui, ㄙㄨㄟ; siù ê mîa, 獸的名，hêng ná tī, 形如豕，Phī" khiàu bé tn̂g, 鼻翹尾長，Lóh hō sī tiàu tī chhiū. 落雨時吊佇樹，ēng bé that Phī". 用尾塞鼻。thâng ê mîa, 虫的名，chhiū" Sek ék, 像蜥蜴，Put kò khah tōa. 不過較大。bē tia" tioh ê ōe. 未定着的話。Siat Sú, 設使，ná sī, 若是，kì jiân, 旣然，Sui jiân. 雖然。Sui bêng. 雖希。

【雕】tiau, ㄉㄧㄠ; chiáu ê mîa, 鳥的名，chiū chiáu, 鷲鳥，ná eng, 如鷹，khah tōa chiah o Sek, 較大隻黑色，Siok mîa tsó tiau. 俗名阜雕。chhiah, 刺，khek, 刻，tiau khek. 雕刻。tiau tok. 雕琢。tiau sok. 雕塑。tiau Siōng. 雕像。tiau thiông Siáu kì, 雕蟲小技，Pí jū Sió khòa tsâi Lêng ìnī. 比喻小許才能而已。

九-十畫

【雖】Sui, ㄙㄨㄟ; kap 雖 jī Sio Siāng ì sù. 与雖字相同意思。

【雛】chiu, chhiu, ㄐㄧㄡ, ㄑㄧㄡ; koe á, 鷄仔，koe á kiá", 鷄仔子，chiū sī Sòe chiah ê koe á. 就是小隻的鷄仔。

【雛】chhû, chhû, chiáu ê kiá", koe ê kiá". chhu chiáu. chhu koe. Siàu Liân, Siàu Lú, chhu jî. ni ìu
ㄔㄨˊ, ㄔㄨˊ; 鳥的子, 鷄的子。雛鳥。雛鷄。少年, 少女, 雛兒。年幼
ê kĭ Lú, chhû kĭ. Sū Giap chiah Lioh Lioh á chiâ" hêng, chhû hêng. Pí jū hó tsú tē, chhû hông.
的妓女, 雛妓。事業即略略仔成形, 雛形。比喻好子弟, 雛鳳。

【翰】hān, Pe̍h hān. chiū sī thī koe ê Pat mîa.
ㄏㄢˋ; 白翰。就是雉鷄的別名。

【雘】hō˙, ok, tan hō˙, Chhiah Sek ê. tsu âng ê hó tan.
ㄏㄛˋ, ㄜˋ; 丹雘, 赤色的。朱紅的好丹。

【雞】ke, koe, kap Sio Siāng. tsá khí sī ê chiáu. ke chiáu, ka khim ê Lūi, Lâng só chhī ê koe.
ㄍㄧ, ㄍㄨㄝ; 与鷄相同。早起時的鳥。雞鳥, 家禽的類, 人所飼的雞。
koe ah hî bah jî só Su. thī koe. koe kak ē thî. koe bú si" n̄ng. koe kòe. ke koe hoe.
鷄鴨魚肉人所需。雉雞。鷄鵤能啼, 雞母生卵。雞髻。雞髻花。
kè káu tè káu tsáu, kè ke tè ke Pe. jīn mīa
嫁狗隨狗走, 嫁雞隨雞飛。認命

【雚】koàn, chiáu ê mîa, tsúi chiáu, chiū sī koàn chiáu. chhau mîa, tsúi chháu, koàn hông Lân. koàn hông.
ㄍㄨㄢˋ; 鳥的名, 水鳥, 就是鸛鳥。草名, 水草, 雚芄蘭。雚芄。

【雙】Song, Sang, Siang, Sió, chiáu n̄ng chiah, Phit tùi, Siang Siang tùi tùi, chiâ" siang chiâ" tùi, bān nî hù kùi.
ㄕㄨㄤ, ㄕㄤ, ㄒㄧㄤ, ㄒㄧㄛ; 鳥兩隻, 匹對, 雙雙對對。成雙成對, 萬年富貴。
Siang chhin, Pē bú. Lâng ê sì". chit Siang ôe. Siang si". Siang chhiu Siang kha. Sang kò kiàm,
雙親, 父母。人的姓。一雙鞋。雙生。雙手雙腳。雙管劍,
Sang kha tah Sang tsûn, Sim thâu Loān hun hun, Sam Sim Lióng ì ê ì sù. Sió to hōe, chiū sī àm chī"
雙腳踏雙船, 心頭亂汾汾, 三心兩意的意思。雙刀會, 就是暗靜
Sa" kap kè bō ê ì sù.
相與計謀的意思。

【雜】tsa̍p, chhap tsa̍p, ngó chhái Sek Sio ha̍p, Sa" chham kiáu. tsa̍p Sek. ho̍k tsa̍p. tsa̍p chéng. tsa̍p nîu
ㄗㄚˊ; 嘈雜, 五彩色相合, 相摻攪。雜色。複雜。雜種。雜糧
tsa̍p chì. tsa̍p hè. bōe tsa̍t sè, tsa̍p Sè á tiàm. tsa̍p Loān. tsa̍p chit. tsa̍p sòe.
雜誌。雜貨。賣雜貨, 雜貨仔店。雜亂。雜質。雜稅。

【雝】iong, chiáu ê sia". hô Sūn. iong iong. tsúi tî, tsúi khut, iong tek. Lâng ê sì"
ㄩㄥ; 鳥的聲。和順。雝雝。水池, 水堀, 雝澤。人的姓

【巂】hê, chiáu á, ìn á, kūn siā" ê mîa, cat hê kūn
ㄏㄜˊ; 鳥仔, 燕仔。郡城的名, 越巂郡。

十一一十六畫

【離】Lî, Lī, chiáu mîa, Lī chiáu. chiū sī Lī chiáu. hō˙ i khì hun khui, Sì Sòa. Lī khui. Lī Piat.
ㄌㄧˊ, ㄌㄧˋ; 鳥名, 離鳥。就是鸝鳥。徂他去, 分開, 四散, 離開。離別。
oán Lî. Lī hun, Lî tiau. Sa" Lī, h Lī, keh Lī, Lī Sòa", Lī kan, Lī Sim.
遠離。離婚, 離掉。相離, 分離, 隔離, 離散, 離間, 離心。

【難】Lân, Lān, Liân, oh, chiáu ê mîa, Lân chiáu, chiū sī Lân chiáu. bô iông ì". khùn Lân. kan Lân. thiau Lân.
ㄌㄢˊ, ㄌㄢˋ, ㄌㄧㄢˊ, ㄜˊ; 鳥的名, 難鳥, 就是鸛鳥。無容易, 困難。艱難。刁難。
Lân ūi. Lân kái. Lo̍h Lān. Pī Lān. tsai Lān. khó Lān. Liân kai Liân keng, chiū sī ū jī
難爲。難解。落難, 避難, 災難, 苦難。難, 改難經, 就是有字
n̂g tsóa, kó á tsóa. Pa̍k tī thòe Sin Lâi Sio, bián tit tsai hō. oh tit tsòe. Phah oh tit sí.
黃紙, 罟仔紙。縛佇替身來燒, 免得災禍。難得做。打難得死。
Soa" Lō˙ oh tit kîa". tan mih oh kàu.
山路難得行。等物難到。

【鷽】û, chiáu á, hā chiān ê chiáu, o˙ á. Sòe Sòe chiáh kui kûn, Pak tó˙ ē Pe̍h Sek.
ㄩˋ; 鳥仔, 下賤的鳥, 烏鴉, 小小食歸群, 腹肚下白色。

【雥】tsa̍p, chit kûn chiáu.
ㄗㄚˊ; 一群鳥。

雨 部 173

【雨】ú, ù, hō˙, tùi thi" Lo̍h Lâi ê tsúi tih, ú súi. hō˙ tsúi. kà sī, chhun hong hòa ú. tsoeh khùi ê mîa,
ㄩˇ, ㄩˋ, ㄏㄛ; 對天落來的水滴, 雨水。雨水。教示, 春風化雨。節氣的名,
kok ú. cheng bêng kok ú, kôa" sí Lāu hó bú. kam ú, kú bô Lo̍h hō˙ tit ka Lim. ù, chit im
穀雨。清明穀雨, 寒死老虎母。甘雨, 久無落雨得甘霖。雨, 這音
hán ēng, Lo̍h hō˙ ê ì sù. hā ù.
罕用, 落雨的意思。下雨。

date theme 雨部 173 page

三 畫

【[雨彡]】Sam, Sám, sió khóa lóh hō͘ ê ì sù, mng mng ê hō͘
ㄕㄢ, ㄕㄢˇ, 小許落雨的意思，綿綿的雨

【雪】Soat, Sap, Sat, Seh, Siap, ian bū kiat tēng, tùi thiⁿ lóh lâi ê tsúi kiat chiⁿ。Pe̍h pe̍h, lóh seh
ㄒㄩㄝ, ㄒㄧㄚ, ㄒㄧㄚ, ㄒㄧㄝ, ㄒㄧㄚ, 煙霧結碇，對天落來的水的結晶。白白，落雪；
Pe̍h ná seh。Soat pe̍h。Sng seh。Soaⁿ miâ, Soat san。tāi Soat San。tsoeh khì tāi Soat
白如雪。雪白。霜雪。山名，雪山。大雪山。節氣名，大雪，
Sió Soat。tû khì, soat thí。soat oan。Sap bûn, Siap bûn, chiū sī sóe khì ù oe ê tsāi liāu。
小雪。除去，雪恥。雪冤。雪文，雪文，就是洗去污穢的材料。
hian kim kiò pûi tsô。Sat bûn, Sio siâng。Sī Pû tô gâ gú hoan lâi ê。chin pe̍h, pe̍h lóh seh。
現今叫肥皂。雪文，相同。是葡萄牙語翻來的。真白，白咧雪。

【雩】û, ㄩˊ; hē thiⁿ chè hiàn chhek tē lâi kiu lóh hó ê hō͘。khit hō͘ ê chè hiàn, tāi û。
夏天祭獻膝地來求落好的雨。乞雨的祭獻，大雩。

【雫】nóa, ㄋㄨㄚ; eng mih hē teh, chiong chhiú lâi jio̍k ê ì sù, nóa mih。
用物置哟，將手來揉物的意思，雫物。

【雩】û, ㄩˊ; kap 雩 ū sio siâng ì sù。
与雩字相同意思。

四 畫

【雰】hun, ㄈㄣ; ian bū ê khì, lóh seh ê khóan sit。hó ê khì, hun hun。
煙霧的氣，落雪的款式。好的氣，雰雰。

【雱】hong, Phong, ㄈㄤ, ㄆㄤ; Lóh seh tsōe tsōe ê khóan sit。Seh chin tsōe ê khóan, ū seh kî phong。
落雪多多的款式。雪真多的款，雨雪其雱。

【雯】bûn, ㄨㄣˊ; thiⁿ téng tsa̍p sek ê hûn, bûn hôa。chhái hûn。
天頂雜色的雲，雯華。彩雲。

【雲】ûn, hûn, ㄩㄣˊ, ㄏㄨㄣˊ; San chhoan ê khì, ian bū。Phû tī khong tiong tsúi khì, hûn bū。chhái hûn。Siông hûn。
山川的氣，煙霧。浮佇空中的水氣，雲霧。彩雲。祥雲。
Sūi hûn。Só͘ tsāi miâ, hûn lâm。ûn bú, thang tsòe kang giap chhâi liāu。Lâng ê sìⁿ ûn。
瑞雲。所在名，雲南。雲母，可做工業材料。人的姓雲。

【雭】Sip, ㄒㄧˊ; Lóh hō͘ ê siaⁿ。hō͘ sòe sòe teh lóh ê siaⁿ。Sip sip。
落雨的聲。雨小小哟落的聲。雭雭。

五 畫

【雸】kam, ㄍㄢ; chiū sī sng ê ì sù。
就是霜的意思。

【雷】Lûi, ㄌㄟˊ; Phah lûi, khong tiong ê hûn tòa tio̍h im iông tiān saⁿ phah ê sî hoat chhut ê kng kap siaⁿ。Lûi kong
打雷，空中的雲帶着陰陽電相打的時發出的光與聲。雷公；
Sîn ōe ê phah lûi ê sîn。Lûi beng。tōa sia, Lûi têng。Lûi tian, sih nà。tín tāng,
神話的打雷的神。雷鳴。大聲，雷霆。雷電，爍爁。振動，
Lûi têng bān kun。tē miâ, Lûi chiu Pòan tó。thah miâ, Lûi hong thah。tī hang chiu。
雷霆萬鈞。地名，雷州半島。塔名，雷峯塔。佇杭州。

【零】Lêng, Lân, Liân, ㄌㄧㄥˊ, ㄌㄢˊ, ㄌㄧㄢˊ; hō͘ á mng, hō͘ chhiu。Leng lóh。ū chhng sió khóa, lân san。bô ê ì sù, Lêng。kui
雨仔綿，雨鬚。零落。有剩少許，零星。無的意思，零。歸
Lêng。Leng kiāⁿ。Lâng ê sìⁿ Lêng。Liân, khah ke chi̍t pah ê ì sù。chi̍t pah liân saⁿ。chi̍t pah liân kau。
零。零件。人的姓零。零，較加一百的意思。一百零三。一百零九。

【雹】Phauh, ㄆㄠˊ; tùi thiⁿ lóh lâi ê peng tè。Lóh phauh。
對天落來的冰塊。落雹。

【雼】Pu̍t, ㄅㄨˊ; Khong tiong hûn ê khóan sit。
空中雲的款式。

【電】tiān, ㄉㄧㄢˋ; tiān khì。im iông ê khì, bô hêng ê kám èng le̍k。Lâng kā i hō tsòe im tiān kap iông tiān。
電氣。陰陽的氣，無形的感應力。人給它號做陰電與陽電。
thian jiân ê ū lûi tiān, lâng tsō ê eng ki khì lâi hoat tiān。tiān teng, tiān tōng ki, tiān sī ki。tiān tî
天然的有雷電，人造的用機器來發電。電燈，電動機，電視機。電池
tiān sìn。tiān iáⁿ。tiān ōe。tiān tsú。tiān chhia。tiān jia̍t。tiān lô͘。tiān náu。tiān ko。
電信。電影。電話。電子。電車。電熱。電爐。電腦。電鍋。

【雺】bông, bū, ㄇㄥˊ, ㄨˋ; kap 霧 sio siâng ì sù。teng bīn ê hûn bū, bô chiap tio̍h tē bīn ê hûn bū ê ì sù。
与霧相同意思。頂面的雲霧，無接着地面的雲霧的意思。
bông hûn tà bū, iā sī bông iā sī bū, oh tit khu hun。
雺雲罩霧，也是雺也是霧，難得區分。

六·七 畫

【需】Su, ㄒㄩ, hō hō tsó tòng。tiû tû, tán hāu, Su kiû, khiàm ēng, Su iàu。hùi ēng, kun su。
须雨阻擋。躊躇，等候，需求。欠用，需要。費用，軍需。

【霘】tê, ㄉㄜˋ, hûn Pe Sòa", hō Soah ê ì sù。
雲飛散，雨息的意思。

【霁】bōng, bô, ㄇㄥˊ, ㄇㄛˊ, hûn bū ê ì sù, bōng bū。tà bōng。bū bū ê ì sù, tà bô。kauh bô。
雲霧的意思，霁霧。拿霁。霧霧的意思，罩霁。霁霁

【霅】ap, iók, Sap, ap, ㄧㄚ, ㄧㄛ, ㄒㄧㄚ, Lóh hō ê sia"。Sih na teh Sih。hoa háu ê Sia"。hō ê mîa。iók, tiān ê khoán,
霅，落雨的聲。爍爍咧閃。嘩哮的聲。雨的名。霅，電的款，
tsōe ōe。Lóh hō。kín ê khoán sit。Sap, kap thák ap Sio Siāng。koāi" mîa, iók iông koāi"。
多話。落雨。緊的款式。霅，与讀霅相同。縣名，霅陽縣。

【震】chín, ㄓㄣˋ, Lûi tōa tan, tín tāng, Phah Lûi。Lûi chín。Siū khì, chín Lō。chhi" kia", chín khióng。ui hong
雷大響，振動，打雷，雷震。怒氣，震怒。生驚，震恐。威風，
ui chín Pat bin。tē tāng, tē chín。chín hám。chín thi" tōng tē。
威震八面。地動，地震。震撼。震天動地。

【霃】tîm, ㄔㄣˊ, kú kú khàm teh。tîm Lóh tsúi。thong 沈 jī。kú kú o im Lóh hō。hō ê sia"。
久久蓋咧。霃落水。通沈字。久久黑陰落雨。雨的聲。

【霉】mûi, bê, ㄇㄟˊ, ㄇㄜˊ, mûi hoe hō, Sa" Géh Lóh hō kìo tsōe Gêng mûi hō。Gō Géh Lóh hō tsōe Sàng mûi hō。Si" mûi,
梅花雨，三月落雨叫做迎霉雨。五月落雨做送霉雨。生霉，
Si" bê, chiū Sī Lóh hō kú kú, Sip khì tāng Si" Phú ê ì sù。Lóh hō bê。
生霉，就是落雨久久，濕氣重生肨的意思。落雨霉。

【霂】bók, ㄇㄨˋ, Sió khóa Lóh ê hō, hō á mui mui Sap Sap á Lóh。bèk bók。
小許落的雨，雨仔微微屑屑仔落。霢霂。

【霈】Phài, ㄆㄟˋ, hō tsōe ê khoán sit, tōa hō。hong Phài。Phài Phài。
雨多的款式，大雨。豐霈。霈霈。

【霄】Siau, Siâu, Sio, ㄒㄧㄠ, Ｔ一ㄠˊ, Ｔ一ㄛ, hûn ê khì, Sng seh Sio khóa Lóh。jit Pi" ê âng sek。thian khong, kíu Siau hûn Gōa
雲的氣，霜雪小許落。日邊的紅色。天空，九霄雲外，
Lâng ê Sì", Siau。Siàu, kap 小 Sio Siāng, Sió khóa ê ì sù。hûn, thian khong, Lêng siau。
人的姓，霄。霄，与小相同，小許的意思。雲，天空，凌霄。
Sio, un Sio, Siâ" ê mîa。tī hok kiàn。
霄，雲霄，城的名。佇福建。

【霓】Sàn, Siàn, ㄒㄧㄢˋ, ㄒㄧㄢˋ, hō kap Seh Sòa" Sòa Lóh。hō bū kiat tsòe Seh ê ì sù
雨與雪散散落。雨霧結做雪的意思。

【霆】têng, ㄊㄧㄥˊ, Lûi kong, Lûi tân ê Sia" bé, Sih nà, Lui hut jiân tân, Lûi têng。tōa sia"。
雷公，雷響的聲尾，爍爍，雷忽然響，雷霆。大聲。

【霁】kauh, ㄍㄨㄏ, kauh bô。thi" kauh kauh, chiū Sī thi" chhin chhiū" beh Lóh hō ê khoán。
霁霁。天霁霁，就是天親像也落雨的款。

造字　借來白話音來成字。

八 畫

【霑】tiam, ㄓㄢ, Lóh Sió hō, tâm Sip, chìm tsù, tiam Sip。Siū un hūi, tiam hūi。jîn tiam jî un hiáp。
落小雨，濕濕，浸注，霑濕。受恩惠，霑惠。仁霑而恩洽。

【霔】tsù, ㄓㄨˋ, chhun thi" Sī Lóh ê hō, hó ê hō。Lîm tsù。
春天時落的雨，好的雨。霖霔。

【霂】chhông, ㄔㄥˊ, chiū Sī chhi" kông kóa" kín ê hō
就是生狂趕緊的雨

【霏】hui, ㄈㄟ, Lóh seh ê khoán sit, Seh teh Pe。hui hui。
落雪的款式，雪咧飛。霏霏。

【霓】Gê, Lê, ㄋㄧˊ, ㄌㄧˊ, thi" nih ê khēng, ngó Sek ê hûn chhin chhiū" Lêng, khēng bú, Lûi, chhái hûn。Gê hông。
天裡的虹。五色的雲親像龍，虹母，雷，彩雲。霓虹。
hiān kim ê kong kò teng hé。Lê hông teng, tsōe tsōe sek。iā kìo Po Lê kńg teng。
現今的廣告火燈火。霓虹燈。多多色。也叫玻璃管燈。

【霍】hok, ㄏㄨㄛˋ, hut jiân, hok jiân。kóa" kín。O Péh khai chî", hui hok bû tō。tióh Sóa, Lîu hêng Sèng ê
忽然，霍然。趕緊。黑白開錢，揮霍無度。着痧，流行性的
thoân jiám Pī", Lāu thò chèng。hok Lōan。
傳染病，痢吐症。霍乱。

【霎】Lap, ㄌㄚˋ, chiū Sī Lóh hō ê Sia"
就是落雨的聲。

霖 Lîm ㄌㄧㄣˊ
hō͘ Lo̍h sa^ jit iáu bē Soah ê hō͘, ū hāi ê kiò îm Lîm. ū ek ê kiò kam Lîm.
雨落三日猶未息的雨，有害的叫淫霖。有益的叫甘霖。

霎 Sip, Sap ㄒㄧˋ, ㄕㄚˋ, Seh, tiap, tiáp ㄒㄧㄝˋ, ㄉㄧㄝˊ, ㄉㄧㄚˊ, Sió hō͘, 小雨，
Lo̍h hō͘ sa chiap Sòa ê siaⁿ. hō͘ ê Siaⁿ. ú Sip Siang. ian bū
落雨相接續的聲。雨的聲。雨霎聲。烟霎霧
Sap. hō͘ á Sap Sap, chiū sī hō͘ á mui mui ê ì sù. hō͘ á Seh Seh Lo̍h. Sap Sap Lo̍h Sio Siāng.
霎。雨仔霎霎，就是雨仔絲絲的意思。雨仔霎霎落。霎霎落相同。
tiap á kú. chit tiap á kú. khah theng chit tiap á kú. hit tiap chit tiap. thàm chit tiap, than chit tsūn
霎仔久。一霎仔久。較停一霎仔久。彼霎這霎。趁這霎，趁這陣。

霋 chhe ㄑㄝ
hō͘ chīⁿ. hō͘ ê siaⁿ. hûn teh kiâⁿ ê khoán sit.
雨晴。雨的聲。雲哟行的款式。

九 畫

霞 hâ, hê ㄒㄧㄚˊ, ㄏㄝˊ
âng hûn ê khì. chhái hûn. tiâu hâ, boán hâ. âng hâ. chhái hâ. chhut âng hê. khí âng hê.
紅雲的氣。彩雲。朝霞，晚霞。紅霞。彩霞。出紅霞。起紅霞。
tsòe Sin niû, chhēng hōng koan hê Pōe.
做新娘，穿鳳冠霞珮。

霝 Lêng, ㄌㄧㄥˊ
chiū sī Lêng jī ê kán siá.
就是靈字的簡寫。

霢 be̍k, ㄇㄛˋ
Sió khóa Lo̍h ê hō͘, Sap Sap á mui mui ê hō͘. be̍k bo̍k. ak bōe tâm
小許落的雨，霎霎仔絲絲的雨。霢霂。沃獪澹

霜 Song, Sng, ㄕㄨㄤ, ㄕㄤ,
Lō͘ tsúi tú tio̍h Léng kiat chiâⁿ ê. Pe̍h Pe̍h. Sún hāi Lông tsok bu̍t, Sng hāi. ui Giâm, Sng ui.
露水抵着冷結成的。白白。損害農作物，霜害。威嚴，霜威。
chhng ㄑㄥ, Peng Song. Song Soat. Pí jū Khó sim, Sip Liân hân Song chiong iú chiū. Phi^ chhng, Phi Sng, to̍k ia̍h miâ.
冰霜。霜雪。比喻苦心，十年寒霜終有就。砒霜，砒霜毒藥名。

霙 eng, ㄧㄥ,
chiū sī Lo̍h Seh, Lo̍h Seh ê Siaⁿ, Pe̍h Seh ê khoán Sit. eng eng.
就是落雪，落雪的聲，白雪的款式。霙霙。

霛 Lêng, ㄌㄧㄥˊ,
靈 ê kó͘ jī. tsù kai chhiāⁿ khoàⁿ 16 ūi.
靈的古字。註解請看十六畫。

霏 hui, ㄈㄟ,
Lo̍h seh ê khoán Sit, Seh teh be. 霏 ê kó͘ jī.
落雪的款式，雪哟飛。霏的古字。

十·十一 畫

霤 Liù, ㄌㄧㄡˋ,
nî chî tsúi. nî chîⁿ. khioh hō͘ tsúi ê tsô, iâm Liù.
簾簷水。簾簷。摖雨水的槽，簷霤。

霡 be̍k, ㄇㄛˋ,
kap 霢 Sio Siāng. Sió khóa Lo̍h ê hō͘, Sap Sap á mui mui ê hō͘, be̍k bo̍k. ak bōe tâm.
与霢相同。小許落的雨，霎霎仔絲絲的雨，霡霂。沃獪澹。

霨 ùi, ㄨㄟˋ,
hûn khí Lâi ê khoán Sit.
雲起來的款式。

霧 bū, ㄨˋ,
tōe bīn ê tsúi cheng khì, tsúi bīn ê tà bū. tōe khì. ian bū. hûn bū. bū bū.
地面的水烝氣，水面的罩霧。地氣。煙霧。雲霧。霧霧。

霩 kok, khok, ㄍㄨㄛˋ, ㄎㄨㄛˋ, hō͘ Soah, hûn Khui ê khoán Sit. hûn siau ê khoán.
雨息，雲開的款式。雲消的款。

霪 Lâm ㄌㄢˊ
kú tn̂g Lo̍h hō͘. ēng tsúi tsōe tsōe ak. Lâm tsúi. Lâm chhân. Lâm hō͘. Lâm tio̍h hō͘.
久長落雨。用水多多沃。霪水。霪田。霪雨。霪着雨。

霦 Pin, ㄅㄧㄣ,
Gêk kng kng ê Sek. Gêk Sek kng kng. Lîn Pin.
玉光光的色。玉色光光。璘霦。

霫 Sip, Sip, ㄒㄧˊ, ㄒㄧˊ, Lo̍h tōa hō͘, Lo̍h hō͘ ê khoán Sit, hō͘ teh Lo̍h ê Siaⁿ, Sip Sip
落大雨，落雨的款式，雨哟落的聲，霫霫。

霪 îm ㄧㄣˊ
hō͘ Lo̍h tsap Goā jit, kú tn̂g ê hō͘. îm ú. Lo̍h bōe Soah.
雨落十外日，久長的雨。霪雨。落獪息。

霅 Soat, Sap, Sat, Seh ㄕㄨㄚˋ, ㄕㄚˋ, ㄕㄚˋ, ㄒㄧㄝˋ, kap 雪 jī Sio Siāng.
与雪字相同。

十二·十三 畫

霳 Liông, ㄌㄨㄥˊ,
hó nî tang, Lo̍h tsōe tsōe hō͘ ê ì sù.
好年冬，落多多的雨的意思。

霰 Sàn, ㄒㄧㄢˋ,
hō͘ kap Seh Sòaⁿ Sòaⁿ Lo̍h. hō͘ bū kiat tsòe Seh. kap 霓 Sio Siāng.
雨與雪散散落。雨霧結做雪。与霓相同。

霯 têng, ㄉㄥˋ,
chiū sī Lo̍h tōa hō͘ ê ì sù.
就是落大雨的意思。

霱	ǜt, ㄨㄜ	chiū sī hûn saⁿ sek ê ì sù。就是雲三色的意思。
䨶	Lông, ㄌㄨㄥˊ	kāu Lō͘ tsúi Lō͘ tsúi tsōe tsōe ê ì sù。厚露水，露水多多的意思。
霸	Pà, ㄅㄚˋ	êng khuì lát ap lâng, chhim chiàm, Pà tō, Pà chiàm, ok Pà。chhó Pà ông。Pà tsú。用氣力壓人，侵占，霸道，霸占，惡霸。楚霸王。霸主。
霶	Pông, ㄆㄤˊ	hō͘ tōa Loh, tsúi tōa, Pong Phài。雨大落，水大，霶霈。
霹	Phek, Phē, ㄆㄧ	chiū sī Lûi kín kín tân ê ì sù。Phek Lek。Phē Phē kiò。Lûi tōa siaⁿ。tōa siaⁿ。就是雷緊緊彈的意思。霹靂。霹霹叫。雷大聲。大聲。
霵	chhip, ㄐㄧˊ	Lóh hō͘, hō͘ ê siaⁿ, tōa hō͘ ê khoán sit, tsōe siaⁿ koáⁿ kín ê khoán。落雨，雨的聲，大雨的款式，多聲趕緊的款。
露	Lō͘, ㄌㄨˋ	tē ê khì, mî sî sip tâm。Lō͘ tsúi。Lūn tēk, kam Lō͘。ú Lō͘。tsoeh kùi miâ, hân Lō͘。Pe̍h Lō͘。Phang tsúi, hoa Lō͘ tsúi。ké chí Lō͘。hián chhut, hián Lō͘。Pō Lō͘。Lō͘ chhut bé kha。地的氣，夜時濕濇。露水。潤澤，甘露。雨露。節季名，寒露。白露。香水，花露水。果子露。顯出，顯露。暴露。露出馬脚。

十四·十五畫

霼	hí, hì, ㄒㄧ, ㄒㄧˋ	hûn ê khoán sit, bô bêng, ài hí。chhap tsap bô hun piát ê ì sù。thak hì tâng。雲的款式，無明，靉霼。嘈雜無分別的意思。讀霼同。
霾	bâi, ㄇㄞˊ	tîn ai hō͘ hong kó͘ khí。hé sio soaⁿ。hé soaⁿ Pok hoat。ian bông。im bâi。bâi khì。塵埃付風鼓起。火燒山。火山爆發。煙霧。陰霾。霾氣。
霥	bông, ㄇㄥˊ	Sió hō͘。hûn bū。bông bông。小雨。雲霧。霥霥。
[illegible]	Lô, ㄌㄨˊ	Sìⁿ kiáⁿ。kang tang Lâng thó͘ á ê jī。生子。江東人呼兔仔的字。
[illegible]	soan, ㄒㄩㄢ	Sió khóa Loh hō͘。Lóh sng ê ì sù。小許落雨。落霜的意思。
霽	chè, ㄐㄧˋ	hûn hun khui, hō͘ chí, chè chí。hō͘ Loh soah。siū khì siau, ui chè。雲分開，雨止，霽止。雨落息。怒氣消，威霽。
[illegible]	tsù, ㄓㄨˋ	chhun thiⁿ sî Lóh ê hō͘。hó ê hō͘。春天時落的雨。好的雨。
靁	Lûi, ㄌㄟˊ	kó͘ Lûi jī。古雷字。

十六畫

靄	ài, ㄞˇ	hûn àm àm, tsōe tsōe hûn tsū chip hó khòaⁿ。ài ài。ài jiân。雲暗暗，多多的雲聚集好看。靄靄。靄然。
靂	Le̍k, Lėh, nėh, ㄌㄧˋ	Le̍k, Lûi kín kín tân。Phek Le̍k。Lėh, khėh Lėh Lėh Lėh kiò。Lėh Lėh tân。sai Pak hō͘ chhè Lûi Lėh Lėh háu。kehⁿ nėh nėh。nėh nėh tân。靂，雷緊緊彈，霹靂。靂，[illegible]靂靂靂叫。靂靂彈。西北雨吱雷靂靂哮。哽靂靂。靂靂彈。
靈	Lêng, ㄌㄧㄥˊ	hián hek, kúi sîn, sîn Lêng。siâ Lêng。Lâng sī bān bu̍t chi Lêng。Lêng hûn。Lêng sèng tōng bu̍t。Lêng thong, Lêng kám, Lêng giām。koaⁿ chhâ, Lêng khū。Lêng ki, Lêng biāu。Lêng bín。顯赫，鬼神，神靈。邪靈。人是萬物之靈。靈魂。靈性動物。靈通，靈感。靈驗。棺材，靈柩。靈機，靈妙。靈敏。
靆	tāi, ㄉㄞˋ	hûn tsōe tsōe ê khoán sit, bô kng, ài tāi。bák kiàⁿ ê Pat miâ。雲多多的款式，無光，靉靆。目鏡的別名。
[illegible]	chhip, ㄑㄧˋ	kap 霵 jī sio siāng ì sù。與霵字相同意思。

十七—四十畫

靉	ài, ㄞˋ	hûn tsōe tsōe ê khoán sit, ài tāi。iā sī bák kiàⁿ ê Pat miâ。chiū sī bô kng。雲多多的款式，靉靆。也是目鏡的別名。就是無光。
[illegible]	tsók, ㄓㄨㄛˊ	chiū sī Lóh tōa hō͘ ê ì sù。tōa ú tsók tsók。就是落大雨的意思。大雨[illegible][illegible]。
雨葉	hàh, ㄏㄜˋ	thiⁿ thiah hàh, tang sī thiah hàh, chiū sī thiⁿ teh beh ê ì sù。天拆雨葉，東勢拆雨葉，就是天咧也光的意思。

造字 借葉的白話音成字。

霵	chhip, ㄑㄧˋ,	kap 霵 · 霵 nn̄g jī Sio Siāng ì sù。 与 霵 · 霵 兩字相同意思。
霻	Pêng, ㄅㄥˋ,	chiū sī Lûi tân ê Sian。 Phah chhèng ê Sian。 就是雷𩆊的聲。打銃的聲。
靇	Pêng, ㄅㄥˋ,	chiū sī Lûi tân ê Sian, Phah chhèng ê sian。 就是雷𩆊的聲，打銃的聲。

青 部 174

青 (chheⁿ ㄑㄝ)	chheng, chhiⁿ, ㄑㄧㄥ, ㄑㄧ,	chháu á hoat chhut ê sek tī, chhiⁿ chháu。chhiⁿ sek。thiⁿ ê sek tī, chheng thian, chheng thian 草仔發出的色緻，青草。青色。天的色緻，青天，青天
青 (chheⁿ ㄑㄝ)	chheng, chhiⁿ, ㄑㄧㄥ, ㄑㄧ,	Pe̍h jit。kap teng bīn jī sio siāng。nî khin, chheng Lian。chheng chhun。hó ê Soaⁿ, chheng San。tsúi kó, chhiⁿ kó。chhiⁿ tâng。chhiⁿ tāu。tē miâ, chheng tó。chheng hái Séng。 白日。与頂面字相同。年輕，青年。青春。好的山，青山。水菓，青菓。青銅。青豆。地名，青島。青海省。

五一七 畫

靖	chēng, ㄐㄧㄥˋ,	chhong kàu chheng khì, sè sè, kè bô, chēng jîn。chēng su。an tēng, Pêng tēng, chēng Loān。Pêng an, an chēng。Lâng ê Sìⁿ。 創到清氣。細細，計謀，靖人。靖思。安定，平定，靖亂。平安，安靖。人的姓。
靘	chhèng, chhèng, ㄑㄧㄥˋ, ㄑㄧㄥˋ,	chhi o· sek。thiⁿ chhiⁿ sek。 青黑色。天青色。
靚	chēng, ㄐㄧㄥˋ,	tsng thāⁿ, chēng tsong khek Sek。Siu Sek bīn iông, Súi, chēng tsong。Súi tsa bó·, chēng Lú。 裝飾，靚莊刻飾。修飾面容，美，靚妝。美查某，靚女。

八一十 畫

靜	chēng, chīⁿ, ㄐㄧㄥˋ, ㄐㄧˋ,	bô tín tāng, bô kiáu jiáu, tiāⁿ tio̍h。an chēng。chip chēng。chheng khì, cheng chēng。an ún, chēng ún。hong chīⁿ。Soah chīⁿ。àm chīⁿ 無振動，無攪擾，定着。安靜。寂靜。清氣，貞靜。安穩，靜穩。風靜。息靜。暗靜。
瀞	chhèng, chhìn, ㄑㄧㄥˋ, ㄑㄧㄣˋ,	chiū sī kòaⁿ Léng ê ì sù。kòaⁿ chhìn。chhìn tsúi。chhìn sim, Léng sim。chhiⁿ chhìn。 就是寒冷的意思。寒瀞。瀞水。瀞心，冷心。生瀞。
(chhíⁿ ㄑㄧˋ)		khí koe bú Phôe ê ì sù。chhìn bē, chhìn Png。chhíⁿ, chhio chhíⁿ chiū sī Pe̍h bū o· o· ê ì sù。chhiⁿ sek。 起雞母皮的意思。瀞糜，瀞飯。瀞，笑瀞，就是白霧黑黑的意思。瀞色。
靛	tiān, tiāⁿ, ㄉㄧㄢˋ, ㄉㄧㄚˋ,	tiān chheng, chhiⁿ sek ê ní Liāu, ēng Lâm hio̍h ê chiap hō· tsúi kap chio̍h hoe chiâⁿ ê。chhiⁿ tiāⁿ, chiū sī chit khoán ní sek ê io̍h。thang ní Pò· tsòe Lâm sek。 靛青，青色的染料，用藍葉的汁和水與石灰成的。青靛，就是一款染色的藥。可染布做藍色。
靝	thian, Phian, Phin, thiⁿ, ㄊㄧㄢ, ㄆㄧㄢ, ㄆㄧㄣ, ㄊㄧ,	chiū sī 天 jī。tō Su jī。 就是天字。道書字。

非 部 175

非	hui, ㄈㄨㄟ,	ûi ke̍h, hui hoat。hui Lé。hui Lūi。hui jîn。hui hun。bô Peng Siông, hui Siông, chek Pī, hui Lân。húi Pòng, hui Gī。m̄ Sī, hui iā。hui tông Siáu khó, m̄ thang khin khòaⁿ。 違逆，非法。非禮。非類。非人。非分。無平常，非常。責備，非難。誹謗，非議。不是，非也。非同小可，不可輕看。

三·四 畫

啡	Pi, Phi, ㄅㄧ, ㄆㄧ,	khák thâm, Pûn khùi, khùn teh hâⁿ ê Siaⁿ。Pi á。Pûn Pi á。ka Phi, ka Phi tê。 喀痰，噴氣，睏的鼾的聲。啡仔。噴啡仔。咖啡，咖啡茶。
靟	Sap, tsáp, ㄒㄧㄚˋ, ㄗㄚˋ,	chiū sī Pháiⁿ, m̄ hó ê ì Sù。Pháiⁿ Phiah。tsáp ok。Lâng ê Sìⁿ。 就是歹，毋好的意思。歹癖。靟惡。人的姓。

七·十一 畫

靠	khò, ㄎㄠˋ,	Saⁿ ûi ke̍h。Saⁿ i óa, óa khò。khó khò。khò soaⁿ。khò kūn。khòa tiàu, khòa kha, khòa mi̍h。 相違逆。相依倚，倚靠。可靠。靠山。靠近。靠䠀，靠腳，靠物。

靡 bí, ㄅㄧˊ; chhia hoa，chhia bí，bí hùi。súi，bí Lē。ián tó，Phi bí。sì soàⁿ，bí sàn。
奢華，奢靡。靡費。偉，靡麗。演倒，披靡。四散，靡散。

面 部 176

面 biān，bīn，Piān，ㄅㄧㄢ，ㄅㄧㄣ，ㄆㄧㄢ，thâu chêng saⁿ hiòng，biān hiòng。bīn，thé biān。Gân biān。bīn Phê。bīn bák。
頭前相向，面向。面，體面。顏面。面皮。面目。
bīn mau。Pìⁿ bīn，bīn chêng，téng bīn，bīn Phûn，bīn tháng。Piān，jiáu Piān，jiáu Piān
面貌。扁面，面前，頂面，面盆，面桶。面，皺面，皺面
hûi，chiū sī kó tsá jiáu ê hûi Góa bīn kim kim ê ì sù。
磁，就是古早皺的磁外面金金的意思。

面 biān，bīn，Piān，ㄅㄧㄢ，ㄅㄧㄣ，ㄆㄧㄢ，kap téng bīn jī sio siāng。
与頂面字相同。

三一五 畫

面干 kàn，ㄍㄢˋ，chiū sī bīn o͘ o͘ ê ì sù。
就是面黑黑的意思。

面比 sí，Phóe，ㄒㄧ，ㄆㄨㄝ，bīn mau，sí Gí。Phóe，chhùi Phóe。siàn chhùi Phóe，oāi chhùi Phóe。chē chit Phóe。
面貌，面比面宜。面比，嘴面比。搧嘴面比，歪嘴面比。坐一面比。
kha chhng Phóe。
尻脽面比。

面幼 áu，iu，ㄠˊ，ㄧㄡ，bī khiau Lin tńg，bīn áu。khiap sì。áu chháu。áu khiū。Pháiⁿ khòaⁿ bīn。bīn áu tū tū。
面曲翻車轉，面歐。狹勢。面幼面巧。面幼面臭。歹看面。面歐拄拄。

面乍 chhán，niàu，ㄔㄢˊ，ㄋㄧㄠ，bīn Liap kéng，chhin chhiūⁿ Lāu Lâng。bīn jiâu。chhán Lán。niāu，niàu niàu，bīn niāu niāu。
面摺面奈，親像老人。面皺。面乍面奈。面乍，面乍面乍，面乍面乍。
niauh，ㄋㄧㄠㄏ，bīn niàu kéng。Phê niauh niauh。
面乍面奈。皮乍乍。

面巧 chháu，ㄔㄠˊ，bīn khiau，bīn khiau Lin tńg，khiap sì，Pháiⁿ khòaⁿ，bīn chháu，bīn áu chháu。bí àu tū tū。
面曲，面曲翻轉，狹勢，歹看，面巧，面面幼面巧。面歐拄拄。

面司 chhî，ㄑㄧ；chhiò chhî。chiū sī hoaⁿ hí hó bīn sek。
笑面司。就是歡喜好面色。

造字 借司的白話音成字。

六一九 畫

面危 kùi，ㄍㄨㄟ；tsòe kùi，chiū sī ta po͘ kap tsa bó͘ Lâng kun chhiò。bīn ū kùi ū kùi
做面危，就是唐夫與查媒人嚷笑。面有面危有面危。

造字 借危的偏音成字。

面見 thián，ㄊㄧㄢˊ，bīn bák ê khóan sit。Pháiⁿ sè，kiàn siàu，thián thián。thián Gân。
面目的款式。歹勢，見誚，面覥覥。面覥顏。

面奈 Lán，kéng，ㄌㄢˊ，ㄍㄥ，bīn Pit。bīn jiâu jiâu，chhin chhiūⁿ Lāu Lâng，chhán Lán。bīn Liap kéng。niàu kèng khiuh kéng
面皮。面皺皺，親像老人，面乍面奈。面摺面奈。面乍面奈。摺面奈。

面柰 Lán，kéng，ㄌㄢˊ，ㄍㄥ，kap téng bīn jī sio siāng ì sù。
与頂面字相同意思。

面宜 Gî，ㄍㄧˊ；bīn mau，sí Gí。
面貌，面比面宜。

十一十四 畫

面臭 khiú，ㄎㄧㄡˊ；bīn khiap sì Pháiⁿ khòaⁿ ê ì sù。íu khiú。àu bīn，Pháiⁿ khòaⁿ bīn。
面狹勢歹看的意思。面幼面臭。歐面，歹看面。

面貴 hòe，ㄏㄨㄝ；bīn ū Lá sám。sóe bīn。
面有垃圾。洗面。

面焦 chiau，chiâu，ㄐㄧㄠ，ㄐㄧㄠˊ，bīn ta ta Liap keng chhin chhiūⁿ Lāu Lâng。bô kng。
面乾乾摺面奈親像老人。無光。

靨 iám，iap，ㄧㄢˇ，ㄧㄚㄆ，Lâng bīn tiong kì，o͘ kì。kiò iám。bīn，chhùi Phóe nn̄g Pêng ê chíu o，chiú khut á。
人面中的痣，黑痣。叫靨。面，嘴面比兩爿的酒渦，酒堀仔。
chhiò iap。chhiò iap Gêng Lâng。thiⁿ beh kng chhiⁿ kòa tī thian khong iap iap sih。
笑靨。笑靨迎人。天乜光星掛佇天空靨靨爍。

面咢 ngī，ngī，ㄫㄧ，ㄫㄧ，bīn ngī ngī。chhùi á ngī ngī。chhiò ngī ngī。chhiò ê khóan sit。ngī ngī chhiò。
面咢面咢。嘴仔咢咢。笑面咢咢。笑的款式。面咢面咢笑。
造字

革 部 177

革 kek, ㄍㄜˊ; bô mn̂g ê Phê, Phê, Phê kek. tû khì, kek tû. Lut koa", kek chit. khoe kah, kim kek. kái Piàn, kái kek.
無毛的皮，皮，皮革。除去，革除。免官，革職。盔甲，金革。改變，改革。
bû kū, kek Sin. ông thóng ê Kái Piàn, Kek bēng. kek chèng, chèng tī ê kái kek. kek sin, khì kū oā" sin.
除旧，革新。王統的改變，革命。革政，政治的改革。革新，去旧換新。

二、三 畫

靪 teng, ㄉㄧㄥ; Pó ôe ê ē bīn, tiam ôe. Pó teng. Pó saⁿ iā kóng Pó teng.
補鞋的下面，鉆鞋。補靪。補衫也諳補靪。

靭 jīm, ㄖㄣˋ; un jūn koh kian kò ê ì sù. jiu jim.
温潤僭堅固的意思。柔靭。

靫 chha, ㄔㄚ; kiⁿ Lâu ê chhù ê ì sù.
更樓的厝的意思。

靮 tek, ㄉㄧˊ; bé Lék Soh, ēng chit ê Lâi Chè ap. bé kā kiuⁿ. chip kì tek.
馬勒索，用這個來制壓。馬咬韁。執羈靮。

四 畫

靴 hia, ㄒㄩㄝ; ū kóng ê ôe. Phê hia, Pò hia. hia kong.
有管的鞋。皮靴，布靴。靴管。

靳 kìn, khùn, ㄐㄧㄣˋ; kòa bé heng chêng ê Phê, chham kìn. kian kò, iok sok. kìn kò, kìn chè. khiau khò, hì jî
掛馬胸前的皮，驂靳。堅固，約束。靳固，靳制。撒苦，戲而
Siong khùi oat khùn. kian Lìn, khùn jî Put ú. tàng sng ê ì sù.
相愧曰靳。堅吝，靳而不予。凍酸的意思。

靷 ín, ㄧㄣˇ; Gû thâu, kòa Gû ê ke si, hō Gû Lâi thoa chhia, thoa Lê. khan heng, Gû tàⁿ.
牛頭，掛牛的傢私，給牛來拖車，拖犁。牽胸，牛擔。

靸 kip, ㄙㄚˇ; Gín á ôe, chhim thâu ê ôe, Pau á ôe. kip hâi. kiap kip.
囡仔鞋，深頭的鞋，包仔鞋。靸鞋。鞈靸。

毦 jiông, jiông, jiông, ㄖㄨㄥˊ,ㄖㄨㄥˇ,ㄖㄨㄥˋ; ēng mn̂g Lâi tsng thāⁿ, mn̂g tsōe tsōe ê ì sù. saⁿ im thak hoat Sio Siāng.
用毛來裝飾，毛多多的意思。三音讀法相同。

靶 Pà, ㄅㄚˇ; bé Lek Soh, Pì Pà kek. chhia chêng thô ê Pang. Liān Sip Siā chìⁿ, Phah chhèng ê Pio.
馬勒索，轡靶革。車前塗土的板。練習射箭，打鎗的標。
chìⁿ Pà. Phah Pà.
箭靶。打靶。

五 畫

靽 Poàn, Pōaⁿ, ㄅㄢˋ,ㄅㄚˋ; kap 絆 jī Sio Siāng ì sù. kà sái Gû bé ê Soh á sī khì khu, hō i bô tsū iû.
与絆字相同意思。駕駛牛馬的索或是器具，給牠無自由。
kì Poàn. tìⁿ Pōaⁿ. Pōaⁿ tiòh. Pōaⁿ tiòh kha. tìⁿ kha Poàⁿ chhiú.
羈靽。纏靽。靽着。靽着脚。纏脚靽手。

鞄 Pâu, Phok, ㄆㄠˊ,ㄆㄛˋ; Lāi têng Phê, ńng Phê ê ì sù. ńng Phê ê kang hu, chè Phê ê Sai hū, Phok kang.
內重皮，軟皮的意思。軟皮的工夫，製皮的師父，鞄工。

鞅 iong, iông, iòng, ㄧㄤ,ㄧㄤˊ,ㄧㄤˋ; Pak Gû bé ê Soh, Phê Soh, iong Poàn. bé soh ê chhiu. Pē koh tsāi tiòh bóa ê khoán Sit,
縛牛馬的索，皮索，鞅靽。馬索的帄鞦。背僴載着磨的款式，
ióng Chiáng. tāi chì tsōe hoân bông.
鞅掌。事誌多煩忙。

鞈 ap, ㄧㄚˊ; bé oaⁿ ê jiok á, hō Lâng thang chē.
馬鞍的褥仔，給人可坐。

鞃 hông, ㄏㄨㄥˊ; chhia chêng chhâ, hō koan chhia ê Lâng thang khè chhiú.
車前的柴，給管車的人可架手。

鞢 ê, ㄝ; ēng tsóa tsòe ê bé oaⁿ, Lâng ēng hé Lâi Sio hō Sí Lâng ê Lé sò.
用紙做的馬鞍，人用火來燒給死人的禮數。

韎 boat, ㄇㄛˋ; ko tsá chiong tsok ê mîa, boat hat. tī hiān kim, Siông hoa kang it tāi. iā sī Pó chioh mîa.
古早種族的名，韎鞨。佇現今，松花江一帶。也是寶石名。
âng kha béh, chiū sī Chheng hái ê iû bók ê Lâng teh ēng ê. iā sī Phê ôe ê ì sù.
紅脚襪，就是青海的遊牧的人咧用的。也是皮鞋的意思。

靼 thán, ㄊㄢˊ; chióng tsok ê mîa, that than. ńng ńng ê Phê, Lāi bīn Phê, Lāi têng Phê ê ì sù.
種族的名，韃靼。軟軟的皮，內面皮，內重皮的意思。

【靿】aú, iàu, Phê ôe ê hia kóng, sī bú koaⁿ khà siông teh ēng ê. hia iàu. hiān kim ê ōe, tn̂g thóng.
ㄚˊ, ㄧㄠˋ, 皮鞋的靴管，是武官較常咧用的。靴靿。現今的話，長統。

六 畫

【鞋】hâi, ôe, kha só chhēng ê, chháu ôe, pò· ôe, Phê ôe, Pau á ôe, hia ôe, Lú ôe, keng ôe,
ㄏㄞˊ, ㄨㄝ, 腳所穿的，草鞋，布鞋，皮鞋，包仔鞋，靴鞋，女鞋，弓鞋，
hong kiàn sî tāi hū jîn Lâng tì° kha só chhēng ê. ka ôe ìu. ôe Pu̍ih. chhēng Phê ôe.
封建時代婦仁人纏腳所穿的。鉸鞋樣。鞋拔。穿皮鞋。

【鞈】kiap, khap, tí hông. Lak tē. kian kò· ê khoán sit kiap jû kim chio̍h.
ㄍㄧㄚˊ, ㄎㄚˊ, 持防。囊袋。堅固的款式，鞈如金石。

【鞏】kióng, khóng, ēng Phê soh pa̍k tiâu. kian kò·, kióng kò·. Lâng ê sìⁿ, kióng. bân khóng, chiū sī kian kò·,
ㄍㄨㄥˇ, ㄎㄨㄥˇ, 用皮索縛牢。堅固，鞏固。人的姓，鞏。頑鞏，就是堅固，
chhò· ióng ôe tòng tit kú kú. thò tòng ná tōa khám tiam.
粗勇能擋得久久。妥當如大坎店。

【鞍】an, oaⁿ, bé oaⁿ, chiū sī teh hō· Lâng khiâ bé ê khì khū. má an kū. hā má kai an. Lo̍k khok bó
ㄢ, ㄨㄚˊ, 馬鞍，就是咧互人騎馬的器具。馬鞍具。下馬解鞍。鹿硞無
bô koà oaⁿ. koà oaⁿ khiâ bé an ún. kim oaⁿ.
無掛鞍。掛鞍騎馬安穩。金鞍。

【鞉】tô, chiū sī chi̍t khoán khah sòe ê kó·, Lin Long kó·. iô kó·. thong tô.
ㄊㄠˊ, 就是一款較小的鼓，鈴瓏鼓。搖鼓。通鼗。

【鞇】in, chhia siang têng chhioh ê ì sù.
ㄧㄣ, 車双重蓆的意思。

【革夸】khò·, tòa ê khì khū. Pau kha kut ê pò·, saⁿ á khò·.
ㄎㄨˋ, 帶的器具。包腳骨的布，衫仔褲。

七 畫

【鞔】boán, boân, khang khang ôe. Phê ê bé soh. ēng pò· khàm mi̍h
ㄇㄨㄢˊ, ㄇㄨㄢˊ, 空空的鞋。皮的馬索。用布蓋物

【鞘】Sau, siàu, siù, Phah bé ê khì khū, Pian sau. Phê tē, to kiàm ê thò, siu to ê khì khū, to siò.
ㄙㄠ, ㄒㄧㄠˋ, ㄒㄧㄡˋ, 打馬的器具，鞭鞘。皮袋，刀劍的套，收刀的器具，刀鞘。
thâng thōa Lūi, têng sit kah ê ngī sit ná siù, Lāi sit sī mo̍h chit, kiò tsòe, siàu sit Lūi.
虫豸的類，頂翅甲的硬翅如鞘，內翅是膜質，叫做，鞘翅類。

【鞗】tiâu, pa̍k bé Lâi khan ê soh, bé Lek soh. tiâu Pì.
ㄊㄧㄠˊ, 縛馬來牽的索，馬勒索。鞗轡。

【鞓】theng, Phê tòa. sì sòaⁿ Piⁿ ê tòa.
ㄊㄥ, 皮帶。絲線編的帶。

【鞕】kēng, kian kò·. ióng, kian Lô, kian kò· ê Gû bé tiâu.
ㄍㄥ, 堅固。勇，堅牢，堅固的牛馬寮。

【革呈】theng, kap 鞓 jī sio siāng.
ㄊㄥ, 与鞓字相同。

【革折】chê, to siù, Péng chè. ū Lâng kóng sī nńg Phê ê ì sù.
ㄓㄜ, 刀鞘，鞞鞢。有人講是軟皮的意思。

【鞙】hiān, koan, tōa tiu° chhia ê soh, to siù. Gêk ê khoán sit, hiān hiān. bé bé. bé Lek.
ㄏㄧㄢ, ㄍㄨㄢ, 大輛車的索。刀鞘。玉的款式，鞙鞙。馬尾。馬勒。

八 畫

【鞝】chióng, khoe sìⁿ kìⁿ Pâng Phê ê ì sù.
ㄓㄤˇ, 葵扇邊縫皮的意思。

【鞠】kiok, Phê kiû, tap kiok. siⁿ ióng, kiok io̍k. oan io kiâⁿ Lé, kiok kiong. iù kiáⁿ, kiok tsú.
ㄍㄩ, 皮球，蹋鞠。生養，鞠育。彎腰行禮，鞠躬。幼子，鞠子。

【鞚】khòng, chiū sī hō· bé sūn ho̍k ê mi̍h, bé Lek soh. má khòng.
ㄎㄨㄥˋ, 就是互馬順服的物，馬勒索。馬鞚。

【鞞】Péng, khǹg to ê só· tsāi. to siù, Péng chè. koāiⁿ miâ, Gû Péng koāiⁿ.
ㄅㄧㄥˇ, 藏刀的所在。刀鞘，鞞鞢。縣名，牛鞞縣。

【鞜】ta̍p, ôe, chháu ôe, Phê ôe. ēng Phê tsòe chiâⁿ ê, kek ta̍p.
ㄊㄚˋ, 鞋，草鞋，皮鞋。用皮做成的，革鞜。

【革咅】Póng, kun Peng ê khì khū, pē to teng bīn ê tsng thāⁿ. to siù.
ㄅㄥˇ, 軍兵的器具，佩刀頂面的裝飾。刀鞘。

【鞛】Péng, kap teng bīn jī sio siāng ì sù.
ㄅㄥˇ, 与頂面字相同意思。

鞋	hâi, hê, ㄏㄧㄞˊ, ㄏㄝˊ	kha só chhēng ôe, hia ôe, Phê ôe, chháu ôe. 脚所穿的鞋，靴鞋，皮鞋，草鞋。
鞟	kok, ㄍㄜˇ	Pak gû Phê, nńg Phê ê ì sù. 剥牛皮，軟皮的意思。

九畫

革胡	hô, ô, ㄏㄨˊ, ㄨˊ	tóe chìⁿ ê chhù. chìⁿ tē. ô su 貯箭的厝。箭袋。革胡簏
鞣	jiû, jiû, ㄖㄡˊ, ㄖㄡˊ	chiū sī nńg Phê ê ì sù. jiû Phê. ńng ńng, Sėk Phê, Phî kek. tēng Phê. 就是軟皮的意思。鞣皮。軟軟，熟皮，皮革。碇皮。
鞬	kian, kiān, ㄍㄧㄢ, ㄍㄧㄢˋ	tóe chìⁿ ê tóe á, chìⁿ tē. Lok kian. 貯箭的袋仔，箭袋。橐鞬。
鞫	kiok, ㄍㄧㄜˊ	ēng Phê Lâi Phah, ēng ôe Pan Lâi Sím mn̄g, Sím Phoàⁿ, Séng chhat, kang kiù. kiok Sìn, Kiok Gák. 用皮來打，用鞋板來審問，審判，省察，講究。鞫訊，鞫獄。
鞭	Pian, Piⁿ, ㄅㄧㄢ, ㄅㄧ	Phah ê khì khū, Pian tá, Piⁿ Phah. Phê Pian. thih Piⁿ. tîn Piⁿ. Phah thih Piⁿ bōe kò͘ loh. 打的器具，鞭打。鞭打。皮鞭。鐵鞭。藤鞭。打鐵鞭賣膏藥。
		cheng-sīⁿ ê iông but, Lok Pian, hó͘ Pian, bé Pian, hái káu Pian. tsôa Pian. Pian á. 精牲的陽物，鹿鞭，虎鞭，馬鞭，海狗鞭。蛇鞭。鞭仔。
革室	Sek, ㄒㄝˋ	khǹg to ê chhù. Siu to ê só tsāi. to Siù. to Sek. 藏刀的厝。收刀的所在。刀鞘。刀革室。
鞤	Pang, ㄅㄤ	Phê kó͘, tsòe ôe ê Phê, Lāi tēng Phê, ôe Puih. 皮鼓，做鞋的皮，内重皮，鞋拔。
鞮	tê, ㄉㄧ	ēng Phê tsòe ê ôe, Phê ôe, kún ôe, Siù ôe kìⁿ. 用皮做的鞋，皮鞋，衮鞋，鑲鞋墘。
鞦	chhiu, ㄑㄧㄡ	tsòe Pá hì ê soh, thoa chhia ê soh. chhian chhiu, hàiⁿ chhian chhiu. chhia chhiu, bé āu kiuⁿ. 做把戲的索，拖車的索。鞦韆，拚鞦韆。車鞦，馬後韁。
革叚	hâ, ㄏㄚˊ	kha táh, ôe. chiū sī kha ē tóe ê thiap. kap 鞵 jī Sio Siāng ì sù. 脚踏，鞋。就是脚下底的帖。与鞵字相同意思。
革討	tiu, ㄉㄧㄡ	bé heng kham ê soh. bán chhia ê Phê tòa. 馬胸坎的索。挽車的皮帶。
鞨	hat, ㄏㄚˊ	chiū sī kha béh kap Phê ôe ê ì sù. boat hat 就是脚襪與皮鞋的意思。韎鞨
韗	ūn, ㄨㄣˋ	ēng Phê tīⁿ tsòe kó͘ ê kang. tsòe kó͘ chhiu ê chhâ. 用皮桯做鼓的工。做鼓牆的柴。

十畫

鞵	hâi, hê, ㄏㄧㄞˊ, ㄏㄝˊ	kap 鞋 jī Sio Siāng. Phê ôe, Phê tóe, bȧk kiah, hia ôe. môa tē. 与鞋字相同。皮鞋，皮底，木屐，靴鞋。蔴袋。
鞶	Poân, Phoân, ㄆㄨㄢˊ, ㄆㄨㄢˊ	tōa tiâu tòa. Sòe Sòe ê tē á, thang tóe iāng kun. Poân tài. Phoân Lông. 大條帶。小小的袋仔，可貯纏巾。鞶帶。鞶囊。
鞳	thap, ㄊㄚˋ	Peng ê khì khū. cheng kó͘ ê Siaⁿ, tāng thap. 兵的器具。鐘鼓的聲，鏜鞳。
革茸	jiông, jiông, jiông, ㄖㄨㄥˊ, ㄖㄨㄥˇ, ㄖㄨㄥˋ	ēng mn̂g Lâi tsng thāⁿ. mn̂g tsōe tsōe ê ì Sù. Saⁿ im thak hoat Sio Siāng. 用毛來裝飾。毛多多的意思。三音讀法相同。
鞴	kò͘, ㄍㄜˋ	Phê tòa Lâi Pau chhiú Lâi siā chìⁿ. Siā kò͘. hong kū khòng chè thiu sàng hong ê oȧh that. kò͘ Pī. 皮帶來包手來射箭，射鞴。風櫃控制抽送風的活塞。鞴鞴
革翕	thap, ㄊㄚˋ	chiū sī Peng Sio thâi ê khì khū. 就是兵相殺的器具。
鞧	chhiû, ㄑㄧㄡ	ēng Phê tòa Pák ân, jiâu jiâu, Phê kioh kéng. 用皮帶縛捜，皺皺，皮脚涵条。
革翁	ong, ㄨㄥ	Gô͘ kok Lâng tsòe hia àng ê ì sù. 吳國人做靴韈的意思。

十一·十二畫

革章	chiong, ㄐㄧㄤ	bé oaⁿ, be Pēⁿ ê Phê. 馬鞍，馬背的皮。
鞹	kok, ㄍㄜˇ	bô mn̂g ê Phê, Phî kek. hó͘ Pà ê Phê, nńg Phê. 無毛的皮，皮革。虎豹的皮，軟皮。
革徙	Sú, ㄒㄧˇ	ôe ê Lūi, chháu ôe, Phê ôe ê ì Sù. 鞋的類，草鞋，皮鞋的意思。

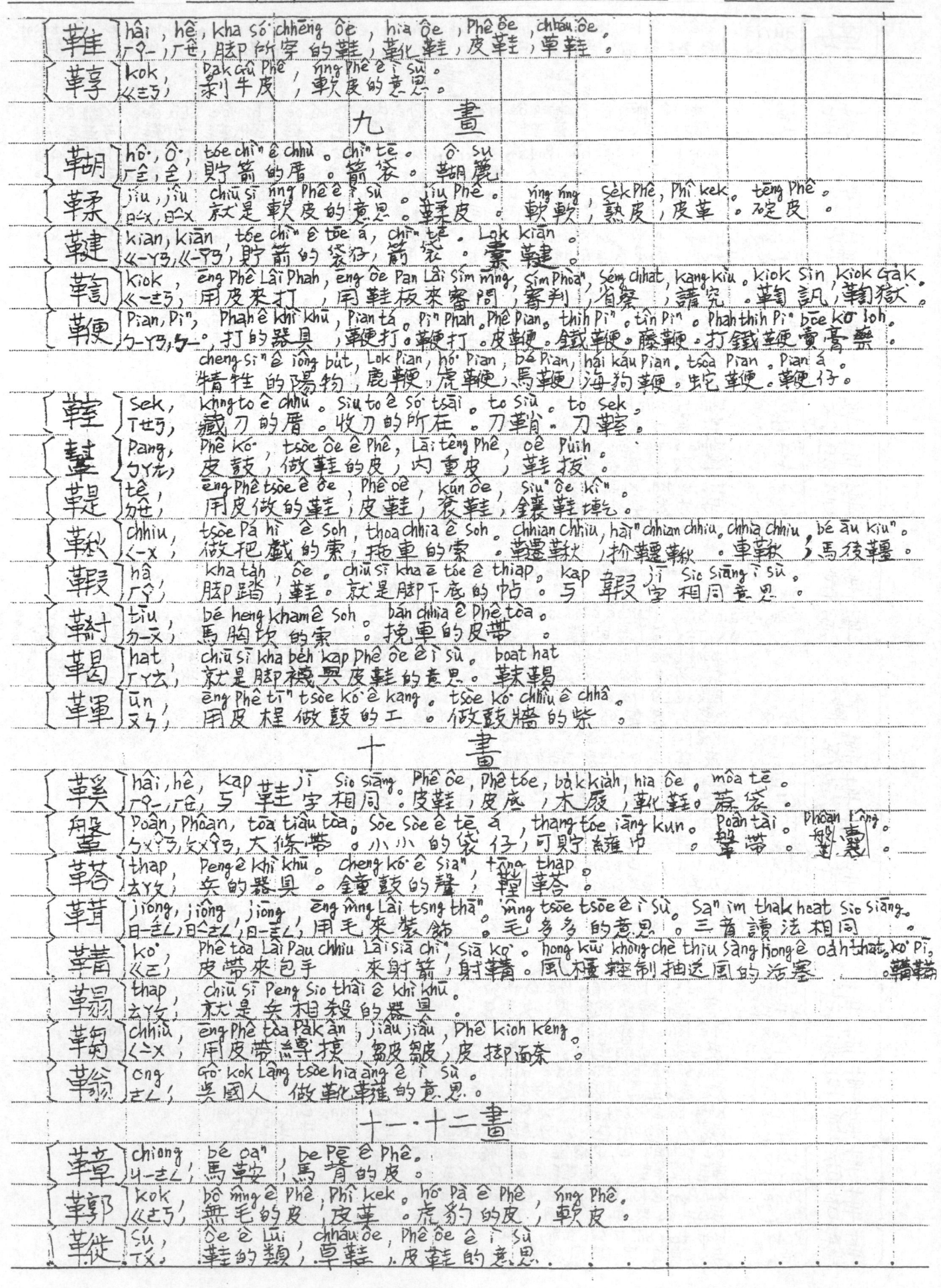

補10畫 【韛】Pī, ㄅㄧˋ, thiu sang hong ê hong kūi, khòng chè thiu sang oah that。kó pī
抽送風的風櫃，控制抽送的活塞。韛韛。

【韃】tông, ㄉㄤ, cheng kó ê sian, tong thap。
鐘鼓的聲，韃䩺。

【韡】hia, ㄒㄧㄚ, Phê tsòe ê Lūi, Siok 革化 jī。hia bō。hia ê, Phê hia。
皮做的類，屬革化字。韡帽。韡鞋，皮韡。

【韆】ki, ㄍㄧ, bé kā kiuⁿ, be Lek soh, chiū sī hō bé sūn hók ê khì khū。ki kī。
馬咬韁，馬勒索，就是伍馬順服的器具。韆韆。

【鞽】kiâu, khiau, kiâ tī thô bê ê teng bīn ê khì khū。kiāⁿ kiô。Siok khiau ê Lūi。
ㄍㄧㄠ，ㄎㄧㄠ，行佇土泥的頂面的器具。行橋。屬橇的類。

十三畫

【韁】kiong, kiuⁿ, ㄍㄧㄤ，ㄍㄧㄡˇ，iok sok bé chhùi ê khì khū, bé kā kiuⁿ。hō bé sūn hók ê khì khū。kài hān ê ì sù。
約束馬嘴的器具，馬咬韁。伍馬順服的器具。界限的意思。
kioⁿ ㄍㄧㄛˇ Kiong kiong。thoa Lūi ê ì sù, kiong só。
韁韁。拖累的意思，韁鎖。

【韃】that, ㄊㄚˊ, chióng tsòk ê mîa, kó tsá kok ê mîa, that thán。that than kok。khòaⁿ khin ê ōe。
種族的名，古早國的名，韃靼。韃靼國。看輕的話。

退17畫 【韉】chian, ㄐㄧㄢ, bé kha chiah téng ê Phê, bê oaⁿ ē bīn ê jiok á。
馬尻脊頂的皮，馬鞍下面的褥仔。

【韡】iong, iòng, òng, âng, ㄧㄥ，ㄧㄥˋ，ㄨㄥ，ㄤ，hia ê hia kóng, chiū sī hia âng。chiū sī hia ê chhiû。sì im pīn iōng。
靴的靴管，就是靴韡。就是靴的牆。四音並用。

【韂】chhiam, siam, ㄑㄧㄢ，ㄒㄧㄢ，jia bé ê pò, hō i bián Lâ sâm。Pau kha ê Pò。Goā bīn saⁿ。
遮馬的布，伍他免垃圾。包腳的布。外面衫。

【韃】Pang, ㄅㄤ, tsòe ôe ê Phê, Lāi tēng phê。
做鞋的皮，內重皮。

【韊】Pī, ㄅㄧ, tóe chìⁿ ê chhù, chìⁿ tē, Phê tē, Pau hók。
貯箭的厝，箭袋，皮袋，包袱。

十四—十八

【韆】khian, ㄎㄧㄢ, chiū sī hâ io ê Phê, io tòa。
就是繕腰的皮，腰帶。

【韇】jû, ㄖㄨ, chiū sī ôe ê ì sù。ôe ê Lūi。ôe jû。
就是鞋的意思。鞋的類。鞋韇。

【韆】chhian, ㄑㄧㄢ, ēng soh Lâi Pak, iû hì ê kang khū。hàiⁿ chhian chhiu。chhiu chhian。
用索來縛，遊戲的工具。抨韆鞦。鞦韆。

【韈】biat, ㄇㄧㄚˊ, beh, Phê beh, chiū sī Lâng teh Pau kha ê Pò。kap 襪，袜 Sio siāng ì sù。
襪，皮襪，就是人的包腳的布。与襪，袜相同意思。

【韉】Lông, ㄌㄨㄥ, bé Lông thâu, hō bé kah ê khì khū。Bé ê Phê khū。
馬韉頭，伍馬甲的器具。馬的被具。

【韂】chhâm, ㄔㄢ, chiū sī tī bé téng ê mih, bé oaⁿ ē bīn ê jiok á。an chhâm。
就是佇馬頂的物，馬鞍下面的褥仔。鞍韂。

補9畫 【鞘】siau, siù, ㄒㄧㄠ，ㄒㄧㄡ，to siau。Pian siau。kiuh siù á, chiū sī tsah sòe ki to á thang thâi Lâng。kiah
刀鞘。鞭鞘。引鞘仔，就是扎細支刀仔可殺人。攑
kiuh siù á sio thâi。
引鞘仔相殺。

韋部 178

【韋】ûi, ㄨㄟ, ńng Phê, ka kang kè ê phê, sék Phê。Phì kek。chho Lō ê saⁿ, ú pò。Lâng ê sìⁿ。
軟皮，加工過的皮，熟皮。皮革。粗陋的衫，韋布。人的姓。

三·五畫

【韌】jīm, ㄖㄣˋ, un jūn koh kiang kò ê ì sù, kian jīm。kap 靭 jī sio siāng ì sù。jīm seng。kut Lûn
溫潤閣堅固的意思，堅韌。与靭字相同意思。韌性。骨輪
sio chiap ê só tsāi ê kun, jīm tài。
相接的所在的筋，韌帶。

【韍】tsù, ㄈㄨˊ, ēng Phê tsòe khò, chhìⁿ hoan ì chiūⁿ, jia kha thâu u ê ì sù
用皮做褲，生番的衣裳，遮腳頭趺的意思. . . . . . .

【韍】hut ㄈㄨˊ； khò thúi khò. jia kha kut ôaⁿ.
裨腿褲。遮腳骨腕。

【韎】mūi ㄇㄟˋ； ní sek ê chhâu, âng n̂g ê sek, mūi kiap, kó tsa chit khoán chhiah sek ê chè hòk ê mîa.
染色的草，紅黃的色，韎韐；古早一款赤色的祭服的名。
tang Peng hoan ê Gak khì, mūi Gak.
東坪番的樂器，韎樂。

【韋必】pì ㄅㄧˋ； keng á hō keng ê soàⁿ tú á ân. Sng a hō keng ê soàⁿ bōe Lut khì.
弓仔互杈的線抵仔揍。轄仔互杈的線𣍐甩去。

六一八畫

【韐】kiap ㄍㄧㄚˊ； tōa tiâu ê Phê tòa, mūi kiap. ko tsá chit khoán chhiah sek ê chè hòk.
大條的皮帶，韎韐。古早一款赤色的祭服。

【韒】Sau, Siàu, Sìu ㄒㄠ, ㄒㄧㄠˋ, ㄒㄧㄡˋ； kap 鞘 jī sio siāng ì sù. khòaⁿ kek Pō.
與鞘字相同意思。看革部。

【韔】tiòng, tiōng ㄔㄤˋ, ㄔㄤˋ； keng ê tē, tóe keng ê chhù, chìⁿ tē. to Siù.
弓的袋，貯弓的厝，箭袋。刀鞘。

【韓】hân ㄏㄢˊ； tsúi chìⁿ ê chhîⁿ. kok mîa, hân kok. Lâng ê mîa, hân sìn, hàn tiâu ê tāi chiong kun.
水井的牆。國名，韓國。人的名，韓信，漢朝的大將軍。

【韋沓】tap ㄉㄚˊ； chhiú Lok. to siù. Siàn, Phah, bong ê ì sù.
手囊。刀鞘。搧，打，摸的意思。

九畫

【韘】Siat ㄕㄜˋ； khui keng siā chìⁿ. tiòng tio̍h chìⁿ. chìⁿ pè. siā chìⁿ sî, thò tī tōa thâu bó ê mih, Pōe siat.
開弓射箭。中着箭。箭把。射箭時，套佇大頭拇的物，佩韘。

【韙】úi ㄨㄟˇ； hó sè. tio̍h. toan chiaⁿ, chhin chhiūⁿ chèng keng, tōa put úi. Lâng ê ngó· siông, hoān ngó· put úi.
好勢。着。端正，親像正經，大不韙。人的五常，犯五不韙。

【韋叚】hâ ㄏㄚˊ； kha ta̍h ôe, chiū sī kha ê tóe ê thiap.
腳踏鞋，就是腳下底的帖。

【韋段】boān ㄉㄨㄢˋ； chiū sī ôe lí ê ì sù.
就是鞋裡的意思。

【韗】ūn ㄩㄣˋ； tsòe phê, tsòe kó· ê Lâng. tsòe kó· chhiūⁿ ê chhâ.
做皮，做鼓的人。做鼓牆的柴。

十畫

【韜】tho ㄊㄠ； kiam sok, keng tē, siu khǹg, thok tho. êng peng ê kè bô·. tsâi tiāu. tho Lio̍k.
劍束，弓袋，收藏，橐韜。用兵的計謀。才料。韜略。

【韞】un, ùn, un ㄩㄣ, ㄩㄣˋ； chhiah sek, chhiah n̂g ê sek. Saⁿ ê lí, tóe mih ê khì khū, un tok. ùn
韞，赤色，赤黃的色。衫的裡，貯物的器具，韞櫝。韞，
chiū sī siu khǹg ê ì sù. ùn tsông.
就是收藏的意思。韞藏。

【韝】ko· ㄍㄡ； Phê tòa Lâi Pau chhiú. hō· siā chìⁿ ê Lâng chhiú khah ióng.
皮帶來包手。互射箭的人手較勇。

【韛】pāi ㄅㄞˋ； tē á thang Lâi Pûn hé hō· i to̍h.
袋仔可來吹火互它着。

十一一十三畫

【韠】Pit ㄅㄧˋ； hoan ê saⁿ, Lâi khàm kha thâu u, khoán sit chhin chhiūⁿ i chiūⁿ.
番的衫，來蓋腳頭骬，款式親像衣裳。

【韡】úi ㄨㄟˇ； ôe ê Lūi, ēng Phê tsòe ê hia ôe. Kng bêng chhiong sēng ê khoán, úi úi.
鞋的類，用皮做的靴鞋。光明昌盛的款，韡韡。

【韣】to̍k ㄉㄨˊ； keng chìⁿ tē, to siù, tóe keng ê chhù.
弓箭袋，刀鞘，貯弓的厝。

【韂】Siàm ㄔㄢˋ； jia Bé ê Pò·, hō· i bōe Lā sâm. Pau kha ê Pò·. Gōa bīn saⁿ.
遮馬的布，互牠𣍐垃圾。包腳的布。外面衫。

非 部 179

【韭】kiú, kú ㄐㄧㄡˇ, ㄐㄧㄡˇ； Loān chhài ê mîa, kiú chhài, kú chhài. Sio̍k siá tsòe 韮. kú chhài hoe.
辛辣菜的名，韭菜。韭菜。俗寫做韮。韭菜花。

四畫

【韮】kíu, kú, ㄐㄧㄡˇ, ㄐㄩˇ; kap 韭 jī sio siāng ì sù. Loān chhài ê mîa, kíu chhài. kú chhài hoe. kú chhài.
与韭字相同意思。辣菜的名，韮菜。韮菜花。韮菜。

【韰】tsap, ㄗㄚˊ; Phāi" ê ì sù. Lâng ê sìn.
惡的意思。人的姓。

【䪥】kíu, ㄐㄧㄡˇ; Lâng ê sìn. (tsoe tsoe chheh Lóng bô kì tsai)
人的姓。(多多書攏無記載)

七·八畫

【䪠】hāi, ㄏㄞˋ; kín kín, oeh sōe ê ì sù.
緊緊，狹小的意思。

【韱】siam, ㄒㄧㄢ; Soa" iá ê kú chhài. iù sòe.
山野的韮菜。幼細。

音部 180

【音】im, ㄧㄣ; mih tín tāng sî só hoat chhut ê sian. kóng ōe ê sia". Sia" soeh, ūn tiāu, sia" im, im ūn.
物振動時所發出的聲：講話的聲。聲說，韻調，聲音。音韻。
Phoe sìn, im sìn. hó siau sit, hok im. Put ê mîa, koan im. im gák. im hiáng
批信，音信。好消息，福音。佛的名，觀音。音樂。音響。

四—八畫

【韵】ūn, ㄩㄣˋ; Sia hô, tiāu sè. hó thia", hong ūn. thak im sî ê siu im, im ūn. ah ūn. sia" ūn.
聲和，調細。好聽，風韵。讀音時的收音，音韵。押韵。聲韵。
tī kù bé ū ah ū ūn, chhin chhiū si, khek, sû, koa, ê bûn chiu", ūn bûn.
佇句尾有押有韵，親像詩，曲，詞，歌，的文章，韵文。

【韶】siau, siâu, ㄒㄧㄠ, ㄕㄠˊ; Gû sùn sî ê gák khiok ê mîa, sa" sòa sa" hô, hó thia", siau siâu kíu sêng. chheng chhun
虞舜時的樂曲的名，相續相和，好聽，簫韶九成。青春
sî tāi hó kong im, siau kong. siau hôa. sui, siâu siù. Só tsāi mîa, siau chioh.
時代好光陰，韶光。韶華。俵，韶秀。所在名，韶石。

【䪴】hong, ㄏㄨㄥ; chiū sī chhut tōa sia" ê ì sù.
就是出大聲的意思。

【韸】hong, ㄏㄨㄥ; Sa" hô háp. kó ê sia".
相和合。鼓的聲。

【䪩】Liap, ㄌㄧㄝˋ; sia" im tsoat tīng. sia" im soah.
聲音絕斷。聲音息。

【韹】khiong, khong, khiu", ㄎㄧㄤ, ㄎㄤ, ㄎㄡˇ; kap 腔 sio siāng ì sù. heng khám keh, heng khiong. Lāi bīn khang khang ê ì sù.
与腔相同意思。胸坎膈，胸韹。內面空空的意思。
kháu khong, chhùi ê ì sù. khiu" kháu, chiū sī Lâng ê kháu im. chit jī hán ēng.
口韹，嘴的意思。韹口，就是人的口音。這字罕用。

十—十三畫

【韻】ūn, ㄩㄣˋ; kap 韵 jī sio siāng, khòa" sì ūi tsù kái.
与韵字相同，看四畫註解。

【韼】hong, ㄏㄨㄥ; kap 韸 jī sio siāng.
与韸字相同。

【響】hióng, hiáng, hiu", ㄒㄧㄤˇ, ㄒㄧㄤˇ, ㄒㄧㄡˇ; sian tân, sia" im, sia" hiáng. im hiáng. hiáng Liāng. jîn put soat put ti, lô put
聲歎，聲音，聲響。音響。響亮。人不說不知，鑼不
tán put hiáng. ho èng, éng hióng. im sia", hiong èng. tōa chhát tóng mîa, soa" tang hiang bé.
打不響。呼應，影響。應聲，響應。大賊黨的名，山東響馬。
tsôa ê mîa, hiong bé tsôa. hong pū pū hiu", khiang khiang hiu", hia" hiu" kio. sī sia" im ê ì sù.
蛇的名，響尾蛇。風吻吻響，鏗鏗響，響響叫。是聲音的意思。

補6畫【韹】tsái", ㄗㄞˋ; Liām tsái", chiū sī óh koa, chit thò tsái", sī óh chit thò koa ê ì sù.
念韹，就是學歌，一套韹，是學一套歌的意思。

造字 借旨的偏音成字。

頁 部 181

【頁】iàp, iàh, thâu khak。chiâ têng, chiân iàh, chhéh ê iàh。tsóa iàh。chit tiuⁿ ê chit bīn ê ì sù。
ㄧㄝˋ, ㄧㄚˋ, 頭殼。成重，成頁，書的頁。紙頁。一張的一面的意思。
iàh chheh, iàh khòaⁿ, iah kè Lâi, thiàu iàh, Siàu iàh。Gâm chioh ê mîa, iàp Gân。hî Pán Gân
頁冊，頁看，頁過來，跳頁。算頁。岩石的名，頁岩。泥板岩。

二·三畫

【頃】kheng, khéng, Péng Phak, tó Phái", than khi, chhu。kheng Sià。kap 傾 ì sù sio siāng。khéng,
ㄎㄥ, ㄎㄥˇ, 反覆，倒壞。祖敧，趄。頃斜。與傾意思相同。頃，
chhân hn̂g chit Pah bó kiò chit khéng。chit Pah kong bó chit kong khéng。tiap á kú, khéng khek
田園一百畝，叫一頃。一百公畝叫一公頃。霎仔久，頃刻
kan。tú tú á, khéng chiâ。
間。抵抵仔，頃者。

【頂】téng ㄉㄧㄥˇ thâu chiūⁿ, téng Léng。tē it téng bīn, téng Siōng thâu khak téng。tsúi kè thâu khak, kè Siáp
頭上，頂額。第一頂面，頂上頭殼頂。水過頭殼，過涉
biat téng。tsòe koâiⁿ, ok teng, chhù téng。Soaⁿ téng。Sn̄g bō á kúi teng, Pián Pók téng chhùi
滅頂。最高，屋頂，厝頂。山頂。算帽仔幾頂。辯駁，頂嘴

【頄】kiû, kûi, ㄍㄡˊ, ㄍㄨㄟˊ, chhùi Phóe kut, kè kau thâu kut。koân kut。Gê tsô chhì kut。
嘴酺骨，過交頭骨。顴骨。牙槽腮骨。

【頇】han, hân, hān ㄏㄢ, ㄏㄢˊ, ㄏㄢˋ, bīn tōa, thâu hiah khoah, boân han。bô thâu mn̂g Lìu hiah, thuh hiah, gek hān。
面大，頭額闊，蠻頇。無頭毛搯額，托額，額頇。

【項】hāng, Lāng ㄒㄧㄤˋ, ㄏㄤˋ, āu chím kut, āu nau, ām kún。m̄ kheng tìm thâu, kiu hāng。bō ê āu chhiu,
後枕骨，後腦，頷頸。毋肯沉頭，強項。帽的後鬚，
hāng kiat eng。téng。Lūi, hāng bók。Sū hāng, khóan hāng。Phoah Liān, hāng Liān。
項結纓。等。類·項目。事項，款項。披鍊，項鍊。
Lâng ê sìⁿ。Lâng ê mîa, hāng ú。Se chhó Pà ông。tāu Lāng, chiū sī ti ām kún ē ê sê。
人的姓。人的名，項羽。西楚霸王。脰項，就是豬頷頸下的腄。

【順】sūn ㄕㄨㄣˋ, tsúi Lâu Lòh, sūn Lâu。thong Sūn。hó sè, sūn sū。sūn sè。jiû sūn。Saⁿ thàn, hô sūn。
水流落，順流。通順。好勢，順事。順勢。柔順。相趁，和順。
bô tsó Gāi, sūn Lī。chiàu Pō Lâi, sūn sū。sūn iân。hong Piān, sūn Piān。
無阻礙，順利。照步來，順序。順延。方便，順便。

【須】hoe, Su, hoe ㄏㄨㄝ, ㄒㄩ, 須，chhùi chhiu, bīn mn̂g。tiap á kú, tām Poh。iân cân。thèng hāu, iàu kín。èng kai。
嘴鬚，面毛。霎仔久，淡薄。延緩，等候，要緊。應該。
su, khiàm èng, Pit su。su iàu。Lâng ê sìⁿ, su。chin tóe, su jū。hoe im thang kóng bô èng。
須，欠用，必須。須要。人的姓，須。真短，須臾。須音可講無用。
鬚 ê Pún jī。èng kai tsai, Su ti。
鬚的本字。應該知，須知。

【頑】hôan, oân, ㄏㄨㄢˊ, ㄨㄢˊ, Pó hō thâu náu ê kòa, téng mn̂g。chiū sī Sìn á。
保護頭腦的蓋，頂門。就是囟仔。

四畫

【頜】chím, tam, tám, ㄑㄧㄣ, ㄉㄢ, ㄉㄢˇ, chím, ām kún kut, hāng chím kut。thâu khak tàm tàm ê khóan。tam, tám
頜，頷頸骨，項頜骨。頭殼頕頕的款。頕，頕；
chhì Gāi ê khóan sit, Phái" khòa" ê ì sù。
痴呆的款式，呆看的意思。

【頏】hông, khòng ㄏㄤˊ, ㄎㄤˋ, chiáu Pe kē kiò tsòe hông, Pe koâiⁿ kiò tsòe khiat, khiat hông。chiū sī Pe koâi koh Pe kē ê
鳥飛低叫做頏，飛高叫做頡，頡頏。就是飛高佮飛低的
ì sù。Lâng ê ām kún ê ì sù。khùi Lát put Siong Siōng hā, khiat không bêng Pòe。
意思。人的頷頸的意思。氣力不相上下，頡頏名輩。

【頎】kî, khún ㄑㄧˊ, ㄎㄣˇ, kî, tn̂g, Lò, súi, hó ê ì sù, kî kî jiân。khún, Lîn bín, thun Lún, khún un。
頎，長，壹，僕，好的意思，頎頎然。頎，憐憫，吞忍，頎恩。
khún tián。kàu kék, sió khóa, sió sió, khún sió。
頎典。到極，小許，小小，頎小。

【頍】khúi ㄎㄨㄟˇ, kiah thâu, thâu khak sòe sòe koh chiam。
擧頭，頭殼小小佮尖。

【頒】hûn, Pan ㄈㄣˊ, ㄅㄢ, hî tōa thâu, tsōe tsōe ê ì sù。Gû tsāi tsāi iu hûn kî siu。Pan, Pun hō Lâng
魚大頭，多多的意思。魚在在藻，有頒其首。頒，分給人。

Pan hoat, Pò-kò, Pan Pò. Siú" sù, Pan sù. thâu mn̂g Pòa" Peh, Pan Pan. Pan Peh.
頒發，布告，頒布。賞賜，頒賜。頭毛半白，頒班。頒白。

頎 kò, ㄍㄜˇ; 顧字的簡寫，看十二畫註解 jī ê kán siá, khòa" 12 ūi tsù kài

頊 hiok, ㄒㄩˋ; kín sīn ê khóan sit, thâu hiok hiok. bô tit ì ê khóan sit, hiok hiok jiân. Sìn sit, chhoan hiok.
謹慎的款式，頭頊頊。無得意的款式，頊頊然。信實，顓頊。

頌 iōng, Siōng, ㄩㄥˋ, ㄒㄧㄥˋ; bīn māu, khóan sit, iōng māu. hêng iōng. kap 容 Sio siāng. Siōng, chhiù". Lōng Siōng. O Ló
面貌，款式，頌貌。形頌。與容相同。頌，唱，朗頌。謳咾，
Siōng tsàn. Liām ōe. Siōng sû. Siōng bí. Siōng tek.
頌讚。念話，頌詞。頌美。頌德。

頓 tùn, tǹg, ㄉㄨㄣˋ, ㄉㄨˋ; khap thâu, tùn siú. hioh, thêng tùn. tsàm kha, tùn chiok. Sûi sî, tùn sî. chéng lí, chéng tùn.
磕頭，頓首。歇，停頓。蹔腳，頓足。隨時，頓時。整理，整頓。
Sún hoāi, tùn hoāi. chit tǹg Pn̄g, kiám tǹg, iau ki sit tǹg. chheng Pn̄g tǹg chî".
損壞，頓壞。一頓飯，減頓，枵饑失頓。清飯頓錢

頑 Goân, bân, ㄨㄢˊ, ㄨㄢˊ; thâu khak khún ân, Goân kò. Goân kiông. Gû thâu thóa". Goân Phî. kám hòa Goân chioh tiám thâu.
頭殼捆掞，頑固。頑強，牛頭拖，頑皮。感化，頑石點頭。
áu bân, kau koài. bân Phê, Gâu thoa. tiau bân, Phái". thiau bân, chhe mâ hoân.
拗頑，狡怪。頑皮，勢拖。刁頑，惡。挑頑，尋麻煩。

預 ū, ī, ㄩˋ, ㄧˋ; tāi Seng, ū Sian. Pī Pān, ū Pī. ī Pī. chham chhap, chham ū. kan siap, kan ū.
代先，預先。備辦，預備。預備。參插，參預。干涉，干預。
Sū chêng ê ōe, ū Giân. Sū chêng koat tēng, ū tēng. Liāu Siōng, ī Liāu. tiu" tī, ī hông.
事前的話，預言。事前決定，預定。料想，預料。張持，預防。

頚 bút, ut, ㄅㄨˊ, ㄨˋ; thâu khak tsai tī tsúi nih.
頭殼揹佇水裡。

頍 i, ún, 一, ㄨㄣ; bīn bák bô sì chiàn, bīn bô Pî" chiàn.
面目無四正，面無平正。

頕 bûn, ㄇㄣˊ; bûn thâu, chiū sī thâu khak chhih chhih ê ì sù.
頕頭，就是頭殼懺懺的意思。

退6畫 頚 kū, kui, ㄍㄡˇ, ㄍㄨㄟ; ām kún kū, chiū sī ām kún kui ê ì sù. ām kui, tōa ām kui. kâu kui. koe kui, Pûn koe kui.
頷頸頚，就是頷頸頚的意思。頷頚，大頷頚。猴頚。雞頚，噴雞頚。
chhiú ńg kui. tōa Pak tó kui.
手碗頚。大腹肚脂。

造字 借主音成字。

五畫

頔 kut, tsoat, ㄍㄨㄜˊ, ㄗㄨㄛˊ; bīn ê chhùi Phóe kut ê ì sù, kòan kiù tsoat. bīn chheng siù ê kut. kòan kut
面的嘴頗骨的意思，顴頔頔。面清秀的骨。顴骨

顅 jiám, ㄖㄢˇ; chhùi Phóe ê chhùi chhiu. bīn o sek.
嘴頗的嘴鬚。面黑色。

領 Léng, nía, ㄌㄧㄥˇ, ㄋㄧㄚ; ām kún, Léng kéng. ī Léng jī bōng. Sa" ê ām kún ê só tsāi, nía. nía kháu.
頷頸，領頸。引領而望。衫的頷頸的所在，領。領口。
thâu Lâng, Léng Siù. kok ka ê thóng tī ê thó tōe, Léng thó. chiap siū Pát Lâng ì sù,
頭人，領袖。國家的統治的土地，領土。接受別人的意，
Léng chêng. khì Gîn hâng nía chî". Pan tiú", nía Pan. Pún sū, Pún Léng
領情。去銀行領錢。班長，領班。本事，本領。

頗 Pho, Phó, Phó, ㄆㄛ, ㄆㄛˇ, ㄆㄛˊ; thâu khak khi bô Pî". Phian óa. Phian Pho. sió khóa, tam Póh, Put chí, Gî ngāi,
頭殼攲，無平，偏倚，偏頗。小許，淡薄，不止，疑訝，
Phó Phó. Phó tōa. Phó ū. Phó Liok á, Phó Phó. chiū sī chhin chhái hó ê ì sù.
頗頗。頗大。頗有。頗略仔，頗頗，就是凊彩好的意思。

頙 tsu, ㄗㄨ; chiū sī ām kún ê ì sù.
就是頷頸的意思。

頣 bín, ㄇㄧㄣˇ; kò chip, iōng béng ê ì sù.
固執，勇猛的意思。

頖 Phòan, ㄆㄢˋ; kóng ōe ū Pâi Liát chhù sū. chhin chhiū" kóng ōe kóng chit Pòa". Pak Pêng ū tsúi Lâm Pêng bô tsúi.
講話有排列次序。親像講話講一半，北岸有水南岸無水。

六畫

頡 khiat, ㄒㄧㄝˊ; ām kún tit tit, chiáu pe koâi" kiò tsòe khiat, Pe kē kiò tsoe hông. iàn iàn ū hui khiat chi
頷頸直直。鳥飛高叫做頡，飛低叫做頏。燕燕于飛頡之

hông chí。ná jî á teh pe。Put Siong Siōng hā。San Piān。
頏之。如燕仔的飛。不相上下。相拼。

〔頟〕Gék ㄜˊ，kap jī Sio Siāng ì sù khòan kàu ūi tsù kái
与額字相同意思。看九畫註解

〔頦〕hai，hôai，ㄏㄞˊ，ㄏㄨㄞˊ，chhùi ē ē táu，ē hâi kut。ē hâi。ē hôai。Lak ē hôai，bô ē hôai。O Peh
嘴的下斗，下頦骨。下頦。下頦。落下頦，無下頦。黑白
Kóng ōe Lāu ē hoâi。m̄ thang Lāu ē hâi。
講話落下頦。不可落下頦。

〔頤〕î，ㄧˊ，chhùi ē táu，chhùi Phóe。ēng ē táu chí Sú Lâng，î chí jû î。an iōng ê ì sù，î iōng。
嘴下斗，嘴酺。用下斗指使人，頤指如意。安養的意思，頤養。
î Sîn，Pó iōng cheng Sîn。oáh kàu chit Pah hè，kî î。
頤神，保養精神。活到一百歲，期頤。

〔頞〕at，oàn，ㄧㄚˋ，ㄨㄚˋ，iá siù ê miâ，chhin chhiūn kâu ê khóan sit，iu at。Phīn nîu ê Lap ê só tsāi Phīn oan
野獸的名，親像猴的款式，幽頞。鼻梁的塌的所在鼻頞
bô Phīn oan，Phīn oan chih。
無鼻頞，鼻頞折。

〔頫〕hú，thiàu，ㄈㄨˇ，ㄊㄧㄠˋ，Siók kok ê tōa koan lâi chìn kòng hông tè。tit tioh kiàn tiâu，thiàu Phèng。àn thâu tī siu，
屬國的大官來進貢皇帝。得着見朝，頫聘。向頭低首，
hu Siú。kap 俯 jī Sio Siāng。
頫首。与俯字相同。

〔頠〕Gúi，ㄨㄟˇ，teh káng kiù bûn ngá ê kui kù，an chēng，Gúi chēng。
的講究文雅的規矩，安靜，頠靜。

〔頜〕hat，khap，ㄏㄜˊ，ㄎㄚˇ，chhùi。chhùi Phóe Pīn ê kut，hī á ē bīn ê kut，hâm î hat。jī Sìn。bīn n̂g ê ì sù
嘴。嘴酺邊的骨，耳仔下面的骨，頷頤頜。字姓。面黃的意思。

〔頣〕î，ㄧˊ，kap 頤 jī Sio Siāng。
与頤字相同。

〔顖〕Sìn，ㄒㄧㄣˋ，thâu khak pó hō náu ê kòa，thâu khak téng ê m̂ng，Sìn á。kap 囟·顖 Sio Siāng。
頭殼保護腦的蓋，頭殼頂的毛，顖仔。与囟·顖相同。

七 畫

〔頣〕Sîm，ㄒㄧㄣˊ，khiap sì ê khóan sit。àn thâu ê ì sù，tìm thâu ê ì sù
狹勢的款式。向頭的意思，枕頭的意思

〔頷〕hám，hâm，ām，ㄏㄢˋ，ㄏㄢˊ，ㄢˋ，chhùi Phóe Lāi，chhùi kâm，hó thâu iàn hám。chhùi ē táu ē，thâu àn，thâu iô，
嘴酺内，嘴含，虎頭燕頷。嘴下斗下，頭向，頭搖，
thâu tìm，bīn n̂g sek，hâm iâu kî thâu。hâm siú。khám hâm，bīn n̂g，ām，ām kún。
頭枕，面黃色，頷搖其頭。頷首，顑頷，面黃。頷，頷頸。
ē ām。ām sê。can ām。ām kún kut。ām nia。ām kun。
下頷。頷頸。彎頷。頷頸骨。頷領。頷巾。

〔顅〕hêng，hông，ㄏㄥˊ，ㄏㄨㄥˊ，thâu khak。iu būn ê khóan sit。
頭殼。憂悶的款式。

〔頮〕hòe，ㄏㄨㄟˋ，bīn ū Lâ sâm。Sóe bīn。hòe bīn。
面有垃圾。洗面。頮面。

〔頰〕hiap，kiap，khih，ㄏㄧㄚˊ，ㄐㄧㄚˊ，ㄎㄧ，chhùi Pīn，chhùi ē táu，pō chiah kap kóng ōe ê só tsāi，bīn kiap。kâu kui，hiap khiám。
嘴邊，嘴下斗，哺食與講話的所在，面頰。猴頰，頰嗛。
khih kau thâu，kè kau thâu，chhùi Phóe kut ê ì sù
頰交頭，過交頭，嘴酺骨的意思

〔頸〕kēng，kún，ㄍㄥˇ，ㄍㄨㄣˇ，thâu ê ē bīn，keng ê téng bīn。chêng bīn kēng，āu bīn sī hāng。ām kún。ām kún kut。
頭的下面，肩的頂面。前面是頸，後面是項。頷頸。頷頸骨。
chih ām kún soan。ām kún sin Liu。
折頷頸山。頷頸生瘤。

〔頼〕nai，Lōa，nōa，ㄋㄞˋ，ㄌㄨㄚˋ，ㄋㄨㄚˋ，oá khò，î nai。Lâng ê Sìn，Lōa。Phòa nōa，mî nōa，kap 賴 jī Sio Siāng。
倚靠，依頼。人的姓，頼。破頼，綿頼，与賴字相同。

〔頻〕Pîn，Phîn，ㄆㄧㄣˊ，ㄆㄧㄣˊ，Pek chhiat，Pîn kip。kóan kín。Chiap tioh，Pîn Pîn。Siông Siông，Pîn jêng。jī Sìn。tsui kîn，
迫切，頻急。趕緊。接着，頻頻。常常，頻仍。字姓。水墘，
Pîn Gâi。chiap chiap Pîn hoân。but Lí miâ Sû，kau Liû tìn tāng ê sî kan ê tìn tāng Sò bòk，Phîn Lu̍t
頻厓。捷捷，頻繁。物理名詞，交流振動的時間的振動數目，頻率。

〔頭〕thô，thiô，thâu，chhâu，ㄊㄡˊ，ㄊㄧㄡˊ，ㄊㄧㄡˊ，ㄑㄧㄡˊ，Seng khu Siōng téng bīn，thâu khak。kôan，tē it，thâu chit ê。ku thiô Sam Chhioh
身軀上頂面，頭殼。高，第一，頭一個。臭頭三尺
ū Sîn bêng。Sǹg cheng Sí ê jī，chit thô Gû，n̄ng thô bé，San thô iûⁿ。thâu Lâng，kang thâu，
有神明。算精牲的字，一頭牛，兩頭馬，三頭羊。頭人，工頭，

chhat thâu。thâu bak。thâu ke。Siang thâu tsoā。Lat chhâu，Lat chhâu ū。ū khùi lat ê ì sù。
賊頭。頭目。頭家。双頭蛇。力頭，力頭有。有氣力的意思。

【𩔗】théng，ㄊㄧㄥˊ，Pīⁿ thâu，sì chiàⁿ，tit tit，Pīⁿ thâu ê khoán sit。hiap thâu théng
扁頭，四正，直直，扁頭的款式。狹頭𩔗

【頹】tôe，thôe，ㄉㄨㄟˊ，ㄊㄨㄟˊ，chhùi Phóe ē。thâu mng Lut。koáⁿ kín ê hong，koáⁿ kín tsúi Lâu Lòh，Sún hoāi，tôe Pho。
嘴面下。頭毛禿。趕緊的風，趕緊水流落，損壞，頹波。
tôe Pāi，tôe ūn。Sit ì，thôe Song。hng hôe，thôe hôe。Phòa Pīⁿ，hûi thôe。
頹敗。頹運。失意，頹喪。荒廢，頹廢。破病，虺頹。

【頛】Loat，ㄌㄨㄛˋ，bīn khiap sì ê ì sù。
面狹勢的意思。

【頴】éng，ㄧㄥˇ，kap 穎，頴 jī Sio Siāng ì sù。Léng Lī，Lêe khiáu，chhong mîa，Pit bé，chiam Lāi。
与穎，頴字相同意思。伶利，靈巧，聰明，筆尾，尖利。
chhong éng。hong éng。Pí Lâng khah Gâu，éng ngō。éng tsâi。éng bín。éng tì。
聰穎。鋒穎。比人較賢，穎悟。穎才。穎敏。穎智。

【䫉】māu，ㄇㄠˋ，kap 貌 jī Sio Siāng。Gōa Phê，Gōa māu。bīn hêng，bīn māu。hêng Siōng，Lé māu。jī Sìⁿ。
与貌字相同。外皮，外貌。面形，面貌。形像，禮貌。字姓。

【噸】Gîm，ㄧㄣˊ，chiū sī thâu khak tín tāng ê ì sù。Gîm Síu。
就是頭殼振動的意思。吟首。

【䞓】chheng，ㄔㄥ，chhiah Sek ê ì sù。hang hî chhiah bé。
赤色的意思。魴魚赤尾。

【𩒨】Gòk，kok，ㄜˋ，ㄍㄜˊ，Gòk，Phīⁿ á koâiⁿ koâiⁿ ê khoán。kok，ē kok，chiū sī chhùi ē tàu ê ì sù。ē kok hûi hûi。
頟，鼻仔高高的款。頟，下頟，就是嘴下斗的意思。下頟肥肥。

八畫

【頧】thûi，tsui，ㄊㄨㄟ，ㄗㄨㄟ，chiū sī thâu hiāh thóng chhut，khok thâu。khok hiāh，ê ì sù。hāng thûi。hāng tsui。
就是頭額坑出，擴頭。擴額，的意思。項頧。項頧。

【顆】khò，ㄎㄜ，thâu Sòe Sòe。Sòe Liap á，chiâ Liap，chiâⁿ tè。khò Liap。chit khò tsu。chit khò tāu。
頭小小。小粒仔，成粒，成塊。顆粒。一顆珠。一顆豆。

【顇】tsūi，tsut，ㄗㄨㄟˋ，ㄗㄨㄛ，Phòa Pīⁿ，kan khó，iu būn ê khoan sit，chiâu tsūi。tsūi Pīⁿ。tsut，bīn tóe tóe ê ì sù。
破病，艱苦，憂悶的款式，顦顇。顇病。顇，面短短的意思。

【顄】Lîm，Lîm，ㄌㄧㄣˇ，ㄌㄧㄣˊ，chiū sī àⁿ thâu khak chìn chêng ê ì sù。Lîm Sim。
就是向頭殼進前的意思。顄顙。

【頷】hâm，ㄏㄢˋ，kap 頷 jī Sio Siāng ì sù。
与頷字相同意思。

九畫

【顓】chhoan，tsoan，ㄔㄨㄢ，ㄗㄨㄢ，thâu khak kiàh koâiⁿ，Kiong kèng，kín Sīn，chhoan chhoan。Kó tsá hông tè mîa，chhoan hiok。
頭殼攑高，恭敬，謹慎，顓顓。古早皇帝名，顓頊。
Gû Gōng bû tì，chhoan bóng。tsoan it，tsoan būn，tsoan it。tsoan būn。kap 專 thong
愚顓無知，顓蒙。專一，專門，顓一。顓門。与專通

【顋】Su，chhi，ㄙㄨ，ㄑㄧ，Pīn Pīⁿ，chhùi Phóe ē。Gê tsô，hiap Su。Gê tsô chhi，thun mih ê Só tsāi。kap 腮 Sio Siāng
鬢邊，嘴面下。牙槽，夾顋。牙槽顋，吞物的所在。与腮相同。

【額】Gèk，Giàh，hiàh，ㄜˊ，ㄧㄝˊ，ㄏㄧㄝˊ，thâu chêng，thâu hiàh。hiàh thâu。hiàh kak。mih kìa Sò Liōng，Sò Giàh。chîⁿ Giàh。
頭前，頭額。額頭。額角。物件數量，數額。錢額。
Siàu Giàh，kàu Giàh。bô kàu Giàh。chiok Giàh，hūn Giàh。ū chîⁿ Lâng，hó Giàh。Giàh thâu
數額，夠額。無夠額。足額，份額。有錢人，好額。額頭
ng thiⁿ。Giàh chhiú tsàn Sêng。tê jī ê bòk Pán，hoāiⁿ ê kìo tsòe Pián，tit ê kìo tsòe Gèk
向天。額手贊成。題字的木版，橫的叫做匾，直的叫做額。
tōe mîa，Pêng Goân kūn Lîong Gèk Koāiⁿ。hiàh hûn，hiàh chêng，hiàh bâi
地名，平原郡龍額縣。額紋，額前，額眉。

【題】tê，tôe，ㄊㄧˊ，ㄉㄨㄟˊ，thâu hiàh。tê Gèk。hian bêng，kì tsài，tiau khek，siá bêng，tê jī。tê mîa。tê si。
頭額。題額。顯明，記載，彫刻，寫明，題字。題名。題詩。
tôe thâu。tôe bak。chhut tôe，jip tôe，chiah tôe。Phòa tôe。koan chîⁿ，tôe chîⁿ。tôe iân。
題頭。題目。出題，入題，食題。破題。捐錢，題錢。題捐。

【顏】Gân，ㄧㄢˊ，Soaⁿ koâiⁿ ê khoán sit，chhan Gân san ko。bî bak ê tiong kan，bīn bak，Gân bīn。hông Gân，hoan Gân。
山高的款式，巉顏山高。眉目的中間，面目，顏面。紅顏。歡顏。
hô Gân iat Sek，hó bīn Sek。Sek chhái，Gân sek。Gân Liāu。Lâng ê Sìⁿ。
和顏悅色，好面色。色彩，顏色。顏料。人的姓。

【顒】hiông，iông，ㄩㄥˊ，ㄩㄥ，toā thâu，kiàk thâu。hiông jiòk，Giâm chê ê khoán sit。ka khèng kun ê mîa。Su Liām，iông bāng。
大頭，攑頭。顒若，嚴正的款式。嘉慶君的名。思念，顒望。

顑	khám, ㄎㄢˇ,	chiah bô pá lâi khí kiâⁿ, bīn n̂g n̂g. sán sán. bô khùi lat. khám hām. 食無飽來起行，面黃黃。瘦瘦。無氣力。顑頷。

十 畫

顗	khái, khí, ㄎㄞˇ, ㄎㄧˇ,	sok chēng, chhēng chēng, khoài lo̍k. kín sīn tsong giâm ê khoán sit. 肅靜，清靜，快樂。謹慎莊嚴的款式。
類	lūi, ㄌㄟˋ,	pí phēng, ti lū thong tat. sa" oá ī, lūi sū. sio siāng, tông lūi. hun lūi, chéng lūi. 比並，知類通達。相倚意，類似。相同，同類。分類，種類。
顙	sóng, ㄙㄤˇ,	chiū sī lâng ê thâu hiah. khàu thâu ê lé sò, khé sóng. 就是人的頭額。叩頭的禮數，稽顙。
顖	sìn, ㄒㄧㄣˋ,	kap 囟·顖 jī sio siāng ì sù. 与囟·顖字相同意思。
顛	tian, ㄉㄧㄢ,	thâu téng, tian téng. bé bīn hoat pe̍h mn̂g, pe̍h tian. soaⁿ téng, soaⁿ tian. hoán tó, tian tó. 頭頂，顛頂。馬面發白毛，白顛。山頂，山顛。反倒，顛倒。 khí thâu, tian boat. liû bōng kan khó, tian phái liû lī. lō phái kiâⁿ, tian phó. 起頭，顛末。流亡艱苦，顛沛流離。路歹行，顛簸。
⿰翁頁	ong, óng, ang, ㄨㄥ, ㄨㄥˇ, ㄤ,	chiáu ām kún ê mn̂g, thâu mn̂g pe̍h. kap 翁 sio siāng ì sù. lāu lâng. 鳥頷頸的毛，頭毛白。与翁相同意思。老人。
願	goān, ㄩㄢˋ,	thâu khak tōa, ài, io̍k, n̄g bāng, goān bāng. goān ì. goān bāng. kam goān. ì goān. 頭殼大，愛，欲，向望，願望。願意。願望。甘願。意願。
補9畫 顎	gók, ㄜˋ,	chhùi ê téng ê ê kut, gok kut. 嘴的頂下的骨，顎骨。

十一 畫

顯	hián, ㄒㄧㄢˇ,	kap 㬎 jī sio siāng. kng bêng, hián bêng. khòaⁿ kìⁿ, chhut hiān, thong tat, hián tat. tsun kùi, 与㬎字相同。光明，顯明。看見，出現，通達，顯達。尊貴， hián kùi. bêng pe̍k, bêng hián. í keng sí ê lāu pē, hián khó. chit khoán koan chhat bî sè mih ê 顯貴。明白，明顯。已經死的老父，顯考。一款觀察微細物的 khì khū, hián bî kiàⁿ. í keng sí khì ê lāu bú, hián pí. 器具，顯微鏡。已經死去的老母，顯妣。
⿰麻頁	mō, ㄇㄛˋ,	chiū sī oh tit kóng ōe ê ì sù. 就是艱得講話的意思。
顢	boân, ㄇㄢˊ,	bīn tōa. pá tīⁿ, îⁿ îⁿ ê ì sù. kāu bīn phê. gâu sô. thoa thîⁿ. boân hān. 面大。飽漲，圓圓的意思。厚面皮。勢趖。拖遲。顢頇。
顣	chhek, chhiok, ㄑㄧˋ, ㄘㄨˋ,	siū khì pìⁿ bīn hiah á jiàu jiàu, pîn chhek. sim hoân ló ê ì sù. 怒氣變面額仔皺皺，顰顣。心煩惱的意思。
顡	gē, gī, ㄧˋ, ㄧˋ,	bô chhang mia, chhi gē. bīn pháiⁿ khòaⁿ. phah thâu khak ê siaⁿ. bô chì khì. 無聰明，痴顡。面歹看。打頭殼的聲。無志氣。
補大畫 顱	lu, ㄌㄨ,	thâu khak lu lu. chhùi lu lu. tsûn thâu lu lu. lu lâi lu khì. bóng lu, ah bú chhùi 頭殼顱顱。嘴顱顱。船頭顱顱。顱來顱去。莽顱，鴨母嘴 bóng lu, chiū sī ū bô lóng hó ê ì sù. chit khoán liah hî ê bāng á, lu chhip. 莽顱，就是有無攏好的意思。一款掠魚的網仔，顱渫。

十二·十三 畫

顥	hō, ㄏㄠˋ,	pe̍h ê khoán, kng ê khoán sit, hō khì. thiⁿ piⁿ ê khì. 白的款，光的款式，顥氣。天邊的氣。
顧	kò, ㄍㄨˋ,	oat thâu khòaⁿ, hôe kò. tsù ba̍k khòaⁿ, khòaⁿ kò. kò tiàm. kò chhù. lâi bóe ê lâng, kò kheh. 越頭看，回顧。注目看，看顧。顧店。顧厝。來買的人，顧客。 khòa, tsú kò. tòa liām, kò liām. khióng kiaⁿ, kò khī. kò lū. bô khòa chiah, bô khòa khùn, bô khòa k 主顧。帶念，顧念。恐驚，顧忌。顧慮。無顧食，無顧睏，無顧去。
顦	chiâu, ㄑㄧㄠˊ,	siau sán, iu būn, kiàn siàu, chiâu sim. chiâu tsūi. 消瘦，憂悶，見誚，顦心。顦顇。
顅	chím, ㄑㄧㄣˇ,	thâu sê sê, chhin chhiū n̂g chiáⁿ ài khùn ê ì sù. chiam thâu. 頭垂垂，親像軟弱愛睏的意思。尖頭。
顫	chian, chiàn, sih, ㄓㄢ, ㄓㄢˋ, ㄕ,	thâu khak thán khì, in ūi kôaⁿ, á sī kiaⁿ hiâⁿ, lâi sin the kheh kheh tio, kha chhiú chhoah 頭殼袒敧。因為寒，或是驚惶，來身体愕愕跳，腳手擦。 chian tó, chiàn tōng. chiàn siaⁿ. chhiú sih, chhiú sih sih tsùn, kha chhiú sih sih tsùn, kha chhiú tín tāng chhoah 顫抖，顫動。顫聲。手顫，手顫顫跧，腳手顫顫跧，腳手振動擦。
⿰禁頁	kìm, ㄍㄧㄣˋ,	hâm bān, siū khì. siū khì ê khoán sit. 憨慢，怒氣。怒氣的款式。

十四—十八畫

顯 hián, ㄏㄧㄢˇ; kap jī sio sāng ì sù. khòa" 11 ūi tsù kái.
与顯字相同意思。看十一畫註解。

顡 kài, ㄍㄞˋ; thâu khak kut ê khóan sit.
頭殼骨的款式。

顮 Léng, ㄌㄧㄥˊ; téng Léng, chiū sī thâu khak téng
頂顮，就是頭殼頂

顰 bùn, ㄅㄣˋ; bùn chhut bùn jip. bùn thô khang. niau chhú khang bùn kàu Pì" oan kong mn̂g.
顰出顰入。顰土孔。猫鼠孔顰到變彎拱門。

造字 頭借奔成字。

顰 Pîn, ㄆㄧㄣˊ; iu chhiû bô hoa" hí ê khóan sit, Pîn chhek. bak chiu Gîn Gîn jiâu bâi ê khóan, Pîn bî.
憂愁無歡喜的款式，顰蹙。目睭眦眦皺眉的款，顰眉。

顱 Lô, ㄌㄨˊ; chiū sī Lâng ê thâu khak kut, thâu Lô.
就是人的頭殼骨，頭顱。

顴 koân, koàn, ㄍㄨㄢˊ, ㄍㄨㄢˋ; chhùi Phóe ê kut, koân kut. koân kut.
嘴面皮的骨，顴骨。顴骨。

顳 Jiap, ㄖㄧㄝˋ; Pìn Pìn ê kut. hī" mn̂g ê kut, jiap jû. hī á chêng tín tāng.
鬢邊的骨。耳門的骨，顳顬。耳仔前振動。

十四畫 **顬** jû, ㄖㄨˊ; hī mn̂g ê kut, Pìn Pìn ê kut, jiap jû. hī á chêng tín tāng.
耳門的骨，鬢邊的骨，顳顬。耳仔前振動。

風部 182

風 hong, hóng, ㄈㄥ, ㄈㄥˋ; thi" sì" chiâ" ê khì. khì teh tín tāng chiâ" hong. bî hong. thai hong, hong thai. Kông hong pō ú.
天生成的氣。氣啲振動成風。微風。颱風，風颱。狂風暴雨。
Sip Siok, hong siok. kéng tì, hong kéng. hong kong. kám mō, hong Siâ. Lōng bān, hong Lîu.
習俗，風俗。景緻，風景。風光。感冒，風邪。浪漫，風流。
tē Lí, hong Súi. thit thô, hong So. hong chhe, hong cheng. Gák khì mia, hong khîm. hong Sip
地理，風水。迌迌，風騷。風吹，風箏。樂器名，風琴。風溼
pī". hong chhia. hóng, ki chhì. thong chhiù" Liām, kà sī, pí jū.
病。風車。風，譏刺。通諷。唱念，教示，比喻。

凬 hong, hóng, ㄈㄥ, ㄈㄥˋ; ê kó bûn jī. kap Sio Siāng ì sù.
風的古文字。与風相同意思。

三·四·五畫

颮 Piu, ㄅㄧㄡ; iat ê ì sù. hong teh chhe ê khoan sit.
搧的意思。風啲吹的款式。

颬 hâ, ㄏㄚ; hong ê khóan. chhùi thô khùi ê khóan sit.
風的款。嘴吐氣的款式。

颶 it, ut, ㄧˋ, ㄨˋ; chiū sī hong Put chí thâu ê ì sù. tōa hong. jû Sin khì téng Lêng Lûi tèng kū ut.
就是風不止透的意思。大風。如新云耵聹雷霆逼颶颶。(韓愈詩)

颫 hû, ㄈㄨ; hong chheng koâi" Lóh kē ê ì sù. tōa hong. hû hong.
風蒸高落低的意思。大風。颫風。

颭 chiam, ㄓㄢˇ; hō hong Phah tióh. hong chhe Lóh tsúi khí hái éng. hō hong chhe ìo tāng. chiam chiam.
予風打着。風吹落水起海浪。予風吹搖動，颭颭。

颰 hut, ㄏㄨㄛˊ; hong, Sió khóa hong. koán kín ê hong.
風，小許風。趕緊的風。

颮 Pâu, Phiau, tōa hong, ㄅㄠˋ, ㄆㄧㄠ; hong ê Sia", hong ê khóan Sit. tsōe tsōe ê khóan Sit. Pâu, ū mih tù khong tiong Lak Lóh Lâi ê khóan Sit.
大風，風的聲，風的款式。多多的款式。颮，有物對空中落落來的款式。

颯 Sap, ㄙㄚˋ; hong ê Sia". kńg Lê hong. hut jiân, tiap á kú. Sap jiân jī chì. chhiong sēng, tsōe tsōe,
風的聲。捲螺風。忽然，霎仔久。颯然而至。昌盛，多多，
Sap tap. Lóh soe, Siau Sap. hong Sia" Sap Sap.
颯沓。落衰，蕭颯。風聲，颯颯。

颲 Lîu, ㄌㄧㄡˊ; hong chhe ê khóan sit.
風吹的款式。

	颰	hut, ㄏㄨㄊ,	kap 颮 jī sio siāng ì sù. 与颮字相同意思。
六畫	颱	thai ㄊㄞ,	tōa hong, pō͘ hong, jia̍t tài khì lîu só͘ hêng sêng pō͘ hong, thai hong. hong thai. 大風，暴風，熱帶氣流所形成的暴風，颱風。風颱。

六·七 畫

颳	Koat ㄍㄨㄚㄊ	chiū sī phái" ê hong. koat hong. hō͘ hong chhe tó, koat tó. 就是惡的風。颳風。徑風吹倒，颳倒。
颲	Lia̍t, ㄌㄧㄚㄊ,	Phái" ê hong, hong hō͘ put chí tōa, Lia̍t hong. ui giâm. 惡的風，風雨不大，颲風。威嚴。
䬆	Lek, L ㄌㄜㄎ ㄌㄧㄊ,	tōa hong thai, hong hō͘ put chí tōa, Lek Lek pō͘ hong. 大風颱，風雨不只大，䬆䬆暴風。
颵	Siau, ㄒㄧㄠ,	chiū sī hong thàu ê sia". 就是風透的聲。
颴	Soân ㄒㄨㄢ,	hong thàu tńg séh ê ì sù. 風透轉踅的意思。
颰	Pu̍t, ㄅㄨㄊ,	hong thàu ê khóan sit. 風透的款式。
䬌	Pò, Pōe ㄅㄜ, ㄅㄨㄝ,	sì bīn ê hong lóng kàu, pò thâu hong. khí pò thâu. thai hong, pō͘ hong hō͘. 四面的風攏到，䬌頭風。起䬌頭。颱風，暴風雨。
風夆	Phōng, Pōng, eng Phōng Phōng, ian Phōng Phōng chhèng, hé Phōng Phōng tôh. ㄆㄥ, ㄅㄥ,	火風夆風夆。煙風夆風夆蒸，火風夆風夆火着。 造字

八 畫

風垂	Sûi ㄙㄨㄧ,	hong chhia tó mi̍h ê khóan sit. 風推倒物的款式。
颶	kū ㄍㄨ,	chi̍t khóan béng lia̍t pō͘ hong, sì bīn ê hong lóng kàu, ōe tńg séh. kū hong. 一款猛烈的暴風，四面的風攏到，能轉踅。颶風。
颹	Lîong ㄌㄧㄤ,	Pak hong. Pak hong chheng liâng. chhiu chhìn ê ì sù. thong tsoh liâng. 北風。北風清涼。秋清的意思。通作涼。
風卒	Sut ㄙㄨㄊ,	chiū sī phah phòa ê ì sù. 就是打破的意思。
颮	hut, ㄏㄨㄊ,	kóa" kín ê hong ê khóan sit. 趕緊的風的款式。

九 畫

颸	Su, ㄙ,	chhiu chhìn ê hong, liâng léng ê hong, koâi" koâi" ê hong. 秋清的風，涼冷的風，高高的風。
風韋	ûi ㄨㄧ,	thàu tōa hong ê khóan sit. 透大風的款式。
颺	iông, chhiâng, chhiū", iā" ㄧㄤ, ㄑㄧㄤ, ㄑㄧㄨ, ㄧㄚ,	hong khí, mi̍h hō͘ hong chhe sì kòe pe, iông iông. oán iông. phiau iông. pò͘ iông. 風起，物徑風吹四界飛，颺颺。遠颺。飄颺。布颺。 chhiū", chhiâng, chiū sī chhiâng chhek. chhiâng be̍h. chhiū" chhek, chhiū" be̍h, ê ì sù. chhiū hong, 颺，颺，就是颺粟。颺麥。颺粟，颺麥，的意思。颺風 chhiū" hong kó͘. hō͘ phā" chhek pe tsáu. iā" bí. iā" hong. iā" tio̍h hong. iā" iā" pe. 颺風鼓。徑冇粟飛走。颺米。颺風。颺着風。颺颺飛。
颭	àm, ㄢ,	chhi" chhìn hut jiân kè ê tōa hong, àm û. ná kū hong. thai hong. 生清忽然過的大風，颭颭。如颶風。颱風。
颼	So ㄙㄛ,	hong teh chhe ê khóan sit. So So. 風咧吹的款式。颼颼。
颹	û ㄩ,	tōa hong. thian gô͘ tiâu iông kok ê sîn miâ, àm û. 大風。天吳朝陽谷的神名，颭颹。

十 畫

颽	khái ㄎㄞ,	Lâm hong. thong tsoh 凱 jī. 南風。通作凱字。
飀	Lîu ㄌㄧㄡ,	hong thàu ê sia", lîu lîu. léng léng ê khì. 風透的聲，飀飀。冷冷的氣。
颾	So͘ ㄙㄛ.	hong chhe ê sia", so͘ so͘. kap 颼 sio siāng. 風吹的聲，颾颾。与颼相同。

颾 So, ㄙㄠ; hong teh chhe ê siaⁿ, kap 颾 jī Sio Siāng。So So.
風吻吹的聲，与颾字相同。颾颾。

颼 Sut, ㄒㄨㄊ; chiū sī hong teh chhe ê siaⁿ。Sut Sut háu.
就是風吻吹的聲。颼颼吼。

颻 iâu, 一ㄠˊ; hong koâiⁿ ê khoán sit。mih hō-hong tín tāng iô lâi iô khì。tín tāng。Phiau iâu。thong 搖。
風高的款式。物互風振動搖來搖去。振動。飄颻。通搖。

十一畫

飂 Liâu, Liû, ㄌㄧㄠˊ, ㄌㄧㄡˊ; hong koâiⁿ ê khoán sit。thó chheng hong。kok miâ, Liâu kok。tī Lâm iông。Lâng ê sìⁿ。
風高的款式。吐清風。國名，飂國。佇南陽。人的姓。

飄 Phiau ㄆㄧㄠ; Soân tsoán ê hong Phiau hong。hong ê siaⁿ, tín tāng, hong Phiau Phiau。hong chh, Phiau iông。
旋轉的風，飄風。風的聲，振動，風飄飄。風吹，飄揚。
khin sang Phiau hut Phiau jiân。tūi Lóh, Phiau Lêng。iô Lâi iô khì, Phiau iâu。Phiau iâu。
輕鬆，飄忽。飄然。墜落，飄零。搖来搖去，飄颻。飄搖。

飃 Phiau, ㄆㄧㄠ; kap téng bīn jī Sio Siāng ì sù。
与頂面字相同意思。

飃 Li ㄌㄧˊ; hāi Lâng ê koài bu̍t, iau koài。Lî Lî ê hong。
害人的怪物，妖怪。厘厘的風。

十二-卅九畫

飆 Phiau, ㄆㄧㄠ; Kông hong。tùi ē bīn chhe kau koâiⁿ koâiⁿ。Kńg Lê hong。kông Phiau
狂風。對下面吹到高高。捲螺風。狂飆

飇 Phiau ㄆㄧㄠ, kap téng bīn jī sio siāng。
与頂面字相同。

飈 Phiau ㄆㄧㄠ, chiū sī téng bīn nn̄g jī ê ngō͘ siá。Put kò ì sù sio siāng。
就是頂面兩字的訛寫。不過意思相同。

飋 tôe ㄉㄨㄝ; hong ê khoán sit, tó hoāi, tōa hong tùi koâiⁿ thâu Lóh kē。
風的款式，倒壞，大風對高透落低。

飅 tiû, tô ㄌㄧㄡ, ㄉㄠ; tiû, chiū sī Chhiu chhin Liâng Léng ê hong ê ì sù。tô, chiū sī tōa hong ê ì sù。
飅，就是秋清涼冷的風的意思。飅，就是大風的意思。

飉 hut ㄏㄨㄊ; hong kín ê khoán sit。
風緊的款式。

12畫 飍 Pin, Phīn ㄅㄧㄣ, ㄆㄧㄣ; o͘ ian Pin Pōng。Phīn Phōng hun。o͘ ian eng Phīn Phōng。
黑煙飍飍。飍飍煙。黑煙煙飍飍。

造字

飛 部 183

飛 hui, Pe, eng ㄈㄟ, ㄅㄝ, ㄝㄥ; chiá tián Sit khì, hui khì。Pe tsáu, hui Siông。koáⁿ kín, hui khoài。Kau thong khì khū hui ki。
鳥展翅去，飛去。飛走。飛翔。趕緊，飛快。交通器具，飛機。
ōe Pe ê hî, Pe o͘。Sòng tiâu iông chiòng Gák hui。Siⁿ Pe tsôa, hiān kim kóng siⁿ Phâu chhìn。
能飛的魚，飛烏。宋朝的勇將，岳飛。生飛蛇，現今講生疱疹。
thô͘ hún iāⁿ iāⁿ Pe。Lîu chhiⁿ, Pe chhiⁿ。chhùi kín, chhùi Pe Pe。eng ia, eng khí Lâi。eng Phong Phōng。
土粉颺颺飛。流星，飛星。嘴緊，嘴飛飛。飛埃，飛起來。飛颺颺。

四-九十二畫

䨾 hui ㄈㄟ; khîm Siù chhin chhiūⁿ Gû, Peh thâu, chit bák。
禽獸親像牛，白頭，一目。

䎟 tsú, ㄗㄨ; ōe Pe ê mih, iā ū Sit chhin chhiūⁿ chiáu, ōe Pe Lâi Pe khì, iā sī chiáu Pe khì ê ì sù。tông tsú。
能飛的物，也有翼親像鳥，能飛来飛去，也是鳥飛去的意思。同翥。

飜 hoan ㄈㄨㄢ; Pe ê ì sù。tsúi tńg Seh teh Lâu。kap 翻 Sio Siāng ì sù。
飛的意思。水轉𨑨吻流。与翻相同意思。

食 部 184

食 Sit, sū, chiáh ㄕˊ, ㄙˋ, ㄐㄧˊ; chit Liáp bí。hó mih。thun Lóh khì, chiáh mih。Sit bu̍t。chiáh Pn̄g。niū Sit。hé Sit。
一粒米。好物。吞落去，食物。食物。食飯。糧食。伙食。
sū, chiū sī bí niû, Pn̄g chhài, iúⁿ chhī, ê ì sù。chit im thang kóng bô eng。bô chiàu iok sok,
食，就是米糧，飯菜，養飼，的意思。這音可講無用。無照約束，
Sit Giân。Sit Phín, chiáh niû, chiáh ka kī。chiáh tsôa, chiáh chhim tsúi。khit chiáh Phāiⁿ ka tsu。
食言。食品，食糧。食傢己。食蛇。食深水。乞食揹傢羹。

二・三 畫

飢 ki, iau ㄍㄧ, ㄧㄠ
iau Gō 。bô chiah 。ki ngō sit tǹg。ngó Kok bô Sêng Sek, Phái nî tang ki hng。ki hân kau Pek。
餓餓。無食。飢餓失頓。五穀無成熟，歹年冬 飢荒。飢寒交迫。
iau Gō ， iau koaⁿ Gō ， khat khó iau Gō 。 iau ki Sit tǹg。iau ki Si tǹg。
飢餓，飢寒餓，克苦飢餓 。飢飢失頓。餓飢失頓。

飤 Sū ㄙˋ
bí niû ， chiah mih， hé sit ， chhī ， ēng chiah mih chhī Lâng。thong tsoh Sū 。
米糧，食物，伙食，飼，用食物飼人 。通作飼。

飡 chhan ㄘㄢ
chiah tōa tǹg。ē hng tǹg。thun Lóh khì。chiah ， chit tǹg chhan。
食大頓 。下昏頓。吞落去 。食 ，一頓飡。

飣 tèng ㄉㄧㄥˋ
Pān toh chin hó khoàⁿ bô chiah， chiàu kó tsá Lâng Pâi mih Lâi hàu kèng tsó kong。tō tèng。
辦桌真好看 無食 ，照古早人排物來孝敬祖公 。飳飣。

飦 chian, kan, chian ㄓㄧㄢ, ㄍㄢ
âm bê tsú kàu khó khó 。 kan， chiū sī ta ta ê Pn̄g 。
飦，泔糜煮到涍涍。飦，就是乾乾的飯。

飥 thok ㄊㄨㄛ
Siok Piáⁿ ê Lūi， mī hún thang tsòe Piáⁿ 。Piáⁿ thok。 kui tè ê chiah mih 。
屬餅的類，麵粉可做餅 。餅飥。歸塊的食物 。

餀 chhe ㄔㄜ
chhe chhe chhau chhau， chhe chhau。tsōe tsōe ê ì sù 。chiah chhe chhau。hō Lâng chhiáⁿ chhe chhau。
餀餀餗餗，餀餗。多多的意思。食餀食 。乎人請餀餗 。

造字 食借叉來成字。食物時，尤其鬧熱時匙箸叉齊來抖鬧熱。

飧 Sun ㄙㄨㄣ
ē hng tǹg ， Pn̄g tǹg 。chiah 。iong Sun 。
下昏頓，飯頓。食 。饔飧。

四 畫

飭 thek ㄊㄜˋ
chhòng kàu kian kò。kèng kín， kín thek。kà sī ， sin thek。Pī Pān ， thek Pān。chhe kah，thek Lēng
創到堅固 。敬謹，謹飭。教示，申飭。備辦，飭辦。差甲 ，飭令。

飯 hoán, hoān, Pn̄g ㄈㄢˇ, ㄈㄢˋ, ㄅㄥ
chiah， chiah Pn̄g， Pn̄g tǹg。 hé sit 。chhan hoán。 hoán Sit 。chhī Gû， hoán Gû 。
食，食飯，飯頓。伙食。餐飯 。飯食。飼牛，飯牛。
hoān Sit， Saⁿ tǹg。múi hoān Put bōng thian tē un。 Pn̄g， bê Pn̄g， chiah Pn̄g， tsú Pn̄g， chhìn Pn̄g。
飯食，三頓。每飯不忘天地恩。 飯，糜飯，食飯，煮飯，凊飯。
chhài Pn̄g， hàu Pn̄g， iû Pn̄g， tsôa mîa， Pn̄g Sî chhèng。Pn̄g oáⁿ。Pn̄g àp。Pn̄g tiàm。
菜飯，孝飯，油飯。蛇名，飯匙銃。飯碗。飯盒。飯店。

飪 jím ㄖㄣˋ
tsú chiah mih， Pheng jím。 tsú tú hó Sek。 tsú bô sek， Sit jím。
煮食物，烹飪。煮抵好熟。煮無熟，失飪。

飧 Sun ㄙㄨㄣ
kap 夕食 jī Sio Siāng ì sù。
與飧字相同意思。

飩 tûn, tūn ㄉㄨㄣˊ, ㄉㄨㄣˋ
ēng kē chhòe á sī Pìn mī Phê Lâi Pau āⁿ ê chiah mih。hûn tûn。khun tūn。
用粿稿，或是薄麵皮來包餡的食物 。餛飩。餛飩。

飲 ím, ìm, Lim ㄧㄣˇ, ㄧㄣˋ, ㄌㄧㄣ
Suh， chheh， ím 。Lim。ím tsúi Su Goân。Lim tsúi。Lim chíu。thiòng ím 。ím Sit ， Lim chiah
嗽，啜，飲。飲。飲水思源。飲水 。飲酒 。暢飲。飲食，飲食。
ìm ㄧㄣˋ ím Liāu。ím iōng tsúi。ím im chió ēng， ēng mih hō Lâng chiah， hō Lâng Lim， ì ìm ìm chi iā。
飲料 。飲用水 。飲者少用，用物乎人食 ，乎人飲，以飲飲之也。
chiok jī ím koáⁿ jîn 。Lim tê， Lim thng。Lim ta。
酌而飲寡人。飲茶，飲湯。飲乾。

飫 ù, ùi ㄩˋ, ㄩˋ
chiah tsōe tsōe， chiah kè thâu， Pá， ià， ùi chhùi。chiah kàu ùi， m̄ káⁿ koh chiah ê ì sù。
食多多 ，食過頭 ，飽，厭，飫嘴。食到飫 ，毋敢擱食的意思。
khiā teh chiah tsòe ù ， chē teh chiah kiò tsòe iàn。Siúⁿ Sù， ù Sù。tsap oē thiaⁿ tsōe， ù būn
竪的食叫做飫，坐的食叫做宴 。賞賜，飫賜。雜話聽多 ，飫聞。

五 畫

飴 î, Sū ㄧˊ, ㄙˋ
beh Lê ko， beh Gê ko。tiⁿ ê mih ， nńg thn̂g。tiⁿ ê Pn̄g。hâm î Lōng Sun。Lāu Lâng ê
麥藜膏，麥芽膏。甜的物，軟糖。甜的飯。含飴弄孫，老人的
khoài Lok。Sū， chiū sī iúⁿ chhī ê ì sù。î Su bí tsok chian chiok î Sū ngó chiá。
快樂。飴，就是養飼的意思。以私米作饘粥以飴餓者。

餂 kam ㄍㄢ
mih tiⁿ 。Siok Piáⁿ ê Lūi。
物甜。屬餅的類。

饕 tho ㄊㄠ
chiū sī tham chiah， kò chiah tham Sim ê ì sù 。tho that。 kap 饕 Sio Siāng。
就是貪食，顧食，貪心的意思。饕餮。與饕相同。

【飽】Páu, Pá, ㄅㄠˇ, ㄅㄚˇ; chiah tsōe tsōe 食多多，ùi chhùi 飫嘴。chiah Pá 食飽。chhiong chiok 充足，Pá chiok 飽足。Pá mōa 飽滿。chiah chit tǹg chhe Pá 食一頓相飽。
iau Pá 餓飽。chiah Pá 食飽。Pá tīn 飽脹。Pá tsúi 飽水。Pau Sit chiong jit 飽食終日，Pí jū Pīn tōa 比喻貪惰。Páu hô 飽和，hān tō 限度。

【飶】Pit, Pit, ㄅㄧˋ, ㄅㄧˋ; chiáh ū Phang 食有香。Phang Phang ê bī sò 香香的味素。Phang chháu 香草。Kap 苾 Sio Siāng 与苾相同。

【飾】sek, thāⁿ, ㄕˋ, ㄊㄚˇ; chhit chheng khì 拭清氣。bôa kng kng ké tsòe 磨光光假做，Siu sek 修飾。hó khòaⁿ 好看，hún sek 粉飾，tsong sek 裝飾。Sek bu̍t 飾物。
jia iám kè sit 遮掩過失，Sek hui 飾非。tsòe kè 做假，Sek gūi 飾僞。tsng thāⁿ 妝飾，tsng thāⁿ 裝飾。Gâu tsng thāⁿ 勢裝飾。tsng hoe thāⁿ hún 妝花飾粉。

【飼】Sū, chhī, ㄙˋ, ㄑㄧˋ; bí niû 米糧，chiah liāu 食料。chhī Liāu 飼料。ēng mih hō Lâng chiah 用物佮人食，iúⁿ chhī 養飼。chhī ti 飼豬，chhī gû 飼牛，chhī bé 飼馬。
hó chhī 好飼，Pháiⁿ iúⁿ chhī 歹養飼。chhī gín á 飼囝仔。chhī cheng siⁿ 飼精牲。Sū ióng 飼養。Sū Liāu 飼料。

【飿】tut, ㄉㄨㄛˋ; chiū sī chit hō ko Piáⁿ ê miâ 就是一號糕餅的名，hō gín á chiah tiⁿ ê 佮囝仔食甜的。

【飷】tsu, chiáⁿ, ㄗㄨˇ, ㄐㄧㄚˇ; chiah bô bī sò 食無味素，tsu sit bû bī 飷食無味。chhì chiah mih 試食物，bô kiâm 無鹹，chiáⁿ chiáⁿ 飷飷，chiáⁿ pūh pūh 飷啡啡，Pe̍h chiáⁿ 白飷。
bô bī 無味。

【䬶】kiap, kauh, ㄍㄧㄚˊ, ㄍㄠˊ; kiap 食甲，Piáⁿ ê Lūi 餅的類，Piáⁿ 餅，ko Piáⁿ 糕餅，bêh Lê ko thn̂g 麥𪍿膏糖。Kap 餄·䬶 jī Sio Siāng 与餄·䬶字相同。kauh 䬶；
Pe̍h thn̂g chhang kauh Po̍h Piáⁿ 白糖葱䬶薄餅。kui kauh 歸䬶。Lūn Piáⁿ kauh 潤餅䬶。

【餩】ek, ㄜˋ; iau ê ì sù 餓的意思，iau ê khoán sit 餓的款式。

【餓】iau, ㄧㄠ; bô chiah 無食，chiah bōe Pá 食𣍐飽。Pak tó iau 腹肚餓。iau ki sit tǹg 餓飢失頓。iau gō 餓餓。iau kôaⁿ gō 餓寒餓。

【造字】今有以飢及枵作爲iau的白話音及義著者以餓較爲合義。

六 畫

【餉】hiòng, ㄒㄧㄤˇ; bí niû 米糧，niû chháu 糧草，niû hiòng 糧餉，tsá kóng kun niû 昔講軍糧。kháu hiòng 口餉，niá hiòng 領餉。hian kim sī sin súi 現今是新水
ê ì sù 的意思。hoat hiòng 發餉。khioh sòe ê ì sù 抾稅的意思，thiu hiòng 抽餉。chhiáⁿ Lâng kheh chiah 請人客食，hiòng kheh 餉客。

【餄】kiap, ㄍㄧㄚˊ; ko á Piáⁿ 糕仔餅，Sio̍k Piáⁿ ê Lūi 屬餅的類。

【餃】kàu, kiáu, ㄍㄠˇ, ㄍㄧㄠˇ; kàu 餃，thn̂g á 糖仔，be̍h tsòe ê be̍h Lê ko 麥做的麥𪍿膏。kiáu 餃，ēng mī ê Po̍h Phê Lâi Pau bah āⁿ ê 用麵的薄皮來包肉餡的
chiah mih 食物，tsúi kiáu 水餃。cheng kiáu 蒸餃。chian kiáu 煎餃。

【餀】ngāi, ㄏㄞˋ; chiū sī chhàu sng ê chiah mih ê ì sù 就是臭酸的食物的意思。

【餅】Péng, Piáⁿ, ㄅㄧㄥˇ, ㄅㄧㄚˇ; gō kak hún chhiau chiâⁿ tè Lâi Pek 五穀粉摶成塊來煏。Péng sī bûn im 餅是文音。Piáⁿ 餅，ko Piáⁿ 糕餅，chiah Piáⁿ 食餅，hí Piáⁿ 喜餅；
Lé Piáⁿ 禮餅。Piáⁿ koaⁿ 餅乾，Péng kan 餅乾。Ge̍h Piáⁿ 月餅，Le̍k tāu Piáⁿ 綠豆餅，bah Piáⁿ 肉餅，Pe̍h thn̂g hiuⁿ Piáⁿ 白糖香餅。âng tāu Piáⁿ 紅豆餅。

【餌】jī, ㄖˇ; ko Piáⁿ 糕餅，chiah 食。Piáⁿ jī 餅餌。in iú Lâng kai ūi Lī jī 引誘人，皆爲吏餌。saⁿ siāⁿ 相賊，siāⁿ hî ê mih 賊魚的物，hî jī 魚餌。

【餂】tiám, thiám, tiám, ㄉㄧㄢˇ, ㄊㄧㄢˇ; tiám 餂，hó bī sò 好味素，kam tiⁿ ê ì sù 甘甜的意思，tiⁿ but but 甜勃勃，kap 甜 sio siāng ì sù 与甜相同意思。thiám 餂，ēng chih Lâi 用舌來
chī 舐，tam bāi 啖貢。ēng kau Lâi theh 用鉤來提，ēng hó thiaⁿ ê ōe Lâi in iú Lâng 用好聽的話來引誘人。Giân thiám chi 以言餂之。

【養】ióng, iōng, iúⁿ, ㄧㄤˇ, ㄧㄤˋ, ㄧㄡˇ; Siⁿ Lâi chhī 生來飼。chiàu kò 照顧，chhī ióng 飼養。ióng io̍k 養育。tiau ióng 調養。Pôe iúⁿ 培養。bú ióng 撫養。ho̍k Sāi Sī tōa
iāng 人，Lâng 人，kiong iōng 供養。hong iōng 奉養。thiⁿ Siⁿ tōe iúⁿ 天生地養，iúⁿ Pē 養父。iúⁿ bú 養母。thák iáng sio siāng 讀養相同。

【飪】jím, ㄖㄣˇ; kap 飪 jī Sio Siāng ì sù 与飪字相同意思。Pheng jím 烹飪。chhiáⁿ khòaⁿ 4 ūi tsù kái 請看四書註解。

【餕】Sāi, ㄙㄞˇ; iau Sāi 枵餕，iau kúi tham chiah ê ì sù 枵鬼貪食的意思。chit ê Lâng chin iau Sāi 這個人眞枵餕。【造字】

餈	tsû, chî ㄗㄨˊ, ㄐㄧˊ	bî tsoè ê Piáⁿ, kó Piáⁿ ê ì sù. hiû tsû. tsu̍t bí tsu̍ sek á sī bô hún Lâi tsoè chiáⁿ 米做的餅，糕餅的意思。糗餈。糯米煮熟或是磨粉來做成 Lâi Pau āⁿ, môa chî. môa chî kô. tsu̍t bí chî. tāu chî. mih chî chî. kap Siāng 來包餡，麻餈。麻餈糊。糯米餈。豆餈。物餈餈。与糍同。
飴	bám, bam ㄉㄢˊ, ㄉㄢˇ	kiò Gín á ê Siaⁿ, bám bam. kiò Gín á chiah mih. chiah khah kín, khah tōa chhùi, bam bam 叫囝仔的聲，飴飴。叫囝仔食物，食較緊，較大嘴，飴飴。

七畫

餈	chè, chiat ㄓㄜˋ, ㄑㄧㄝˋ	Pháiⁿ bī chhìn chhìuⁿ sio thâu mn̂g á sī nōa bah, chhàu hiàn ê khì. chiat bī. àu chiat. 歹味親像燒頭毛或是爛肉，臭嗽的氣。餈味。歐餈。
餒	Lóe, úi ㄋㄟˇ, ㄨㄟˇ	iau Gō, tòng Lóe. hî bah chhàu nōa, hî Lóe. Sim hi, khì Lóe. sit ì, Lóe chì. úi, 餒餓，凍餒。魚肉臭爛，魚餒。心虛，氣餒。失意，餒志。餒， chhī cheng Sī. iūⁿ chhī. niû chháu. úi Gû. úi Pn̄g. úi koe. úi Lin. kap tong 飼畜牲，養飼，糧草，餒牛。餒飯。餒雞。餒乳。与餵餵同。
餓	Gō, ngō ㄜˋ, ㄜˋ	bô thang chiah, iau, iau Gō, ki ngō. iau sī ê Lâng, ngō Piáu. ngō hó Phok iûⁿ. 無可食，餓，餓餓，饑餓。餓死的人，餓殍。餓虎撲羊。
餑	Pu̍t ㄅㄛˊ	chiū sī mī hún tsoè ê Piáⁿ, biān Pu̍t 就是麥麵粉做的餅，麥麵餑。
餔	Pō, Pō ㄅㄨ, ㄅㄨˋ	ē Pō sī chiah ê ì sù, Pō sī. Pō chheh. eⁿ á teh chiah ê khóan sit. chhùi Pō mih chhiē á. 下晡時食的意思，餔時。餔啜。嬰仔啲食的款式。嘴餔物，飼嬰仔
餙	sek, thaⁿ ㄒㄧˋ, ㄊㄚˋ	kap 飾 jī Sio Siāng ì sù. khòaⁿ Gō ūi tsù kái 与飾字相同意思。看五畫註解。
餗	Sok ㄙㄨˋ	chiū sī tiáⁿ nih tsú sek ê chhò chhài 就是鼎裡煮熟的粗菜。
餕	tsùn ㄗㄨㄣˋ	chè hiàn Liáu só chhun ê mih. chiah Liáu Liáu. chiah chhun ê mih. 祭獻了所剩的物。食了了。食剩的物。
餐	chhan ㄘㄢ	it Poaⁿ kong chiah ê ì su, hó chiah ê mih. tsá chhan, ngō chhan, bóan chhan. bô sit tsāi ê chiah, siù 一般講食的意思，好食的物。早餐，午餐，晚餐。無實在的食，秀 sek khó chhan. Pí jū chhut Gōa ê kan khó, chhan hong Lō sick. chit tǹg, chit chhan. Pá chhan 色可餐。比喻出外的艱苦，餐風露宿。一頓，一餐。飽餐。
餘	û, iû ㄩˊ, ㄧㄩˊ	chiah Liáu ū chhun ê mih, sēng û. chhiong chiok ū chhun, û jū. kì û. Lâu āu Pō, û tōe. 食了有剩的物，剩餘。充足有剩，餘裕。其餘。留後步，餘地。 û Pō. tsap Gōa nî, Sip û Liân. to û, û Giah. khó iû teng, chiū sī kè khó Lâi tsoè bú 餘步。十外年，十餘年。多餘，餘額。考餘丁，就是過考來做武兵 Peng ê ì sù. Lâng ê sìⁿ, û. 的意思。人的姓，餘。
餀	kiap, kauh ㄐㄧㄚˊ, ㄍㄨㄚˋ	kap 餌 jī Sio Siāng. khòaⁿ Gō ūi tsù kái 与餌字相同。看五畫註解。
餖	tō ㄉㄡˋ	Pâi teh hó khòaⁿ ê chiah mih, tō teng. 排啲好看的食物，餖飣。

八畫

餟	toat, tsòe ㄉㄨㄛˊ, ㄓㄨㄟˋ	chè hiàn ê chiú, Phoah tī tōe chiūⁿ, toat sit. saⁿ chiap sòa Lâi chè hiàn ê ì sù. Liân tsòe. 祭獻的酒，撥佇地上，餟食。相接續來祭獻的意思。連餟。
餚	ngâu ㄧㄠˊ	mih tsú sek, bu̍t bī, chhài Pn̄g, chhài soe, chhài ngâu. 物煮熟，物味，菜飯，菜蔬，菜餚。
餡	hām, āⁿ ㄒㄧㄢˋ, ㄒㄧㄢˋ	ēng bí bėh tsoè ê chiah mih, tiong ng só Pau ê mih, bah āⁿ. tāu āⁿ. tāu Se āⁿ 用米麥做的食物，中央所包的物，肉餡。豆餡。豆沙餡，
餛	hûn, khun ㄏㄨㄣˊ, ㄎㄨㄣ	ēng Po̍h ê mī Phê Pau āⁿ ê bah oân, hûn tūn khun tûn 用薄的麵皮包餡的肉丸，餛飩。餛飩。
餋	koàn ㄐㄩㄢˋ	chhiáⁿ Lâng kheh ê ì sù. 請人客的意思。
餜	kó, ké ㄍㄨㄛˇ, ㄍㄜˇ	Piáⁿ ê Lūi. bí, mī, Só tsoè ê chiah mih, tiⁿ ké. kiâm ké. hoat ké. óaⁿ ké. 餅的類。米，麵，所做的食物，甜餜。鹹餜。發餜。碗餜。 kóe, chhài thâu ké. âng ku ké. mī hún ké. iû chiah ké. 粿，菜頭餜。紅龜餜。麵粉餜。油炙餜。
館	koán ㄍㄨㄢˇ	Siok tsoh 舘. chiām sī khiā khí ê chhù, kheh koán. Lú koán. Pn̄g koán. chiú koán. hōe koán. 俗作舘。暫時竪起的厝，客館。旅館。飯館。酒館。會館。 Kong koán. Siong tiàm, chiàu Siōng koán. tāi sài koán. kó tsá ê iah tsām, iah koán. 公館。商店，照像館。大使館。古早的驛站，驛館。

餳 chheng, kêng, Sêng ēng thn̂g tsòe ê kim kâm。ū thn̂g ê Piáⁿ。thn̂g tiⁿ, tiⁿ Pn̄g, tiⁿ Piáⁿ, be̍h Lê ko。
ㄔㄥˊ,ㄍㄥˊ,ㄒㄥˊ;用糖做的金柑。有糖的餅。糖甜,甜飯,甜餅,麥蘖膏。

餤 tâm, chìn chêng, chia̍h thun Lo̍h khì ê khoán Sit, Pō: chhì chia̍h。tâm chìn。chiāu tâm。
ㄉㄢˊ,進前,食,吞落去的款式;餔,試食。餤進。噍餤。

餞 chián, Lâng be̍h Lī khui, ēng mih Lâi chhiáⁿ i; chián Pia̍t。á Sī Sàng i; chián hêng。ēng thn̂g Lâi sīⁿ ê Kó Phín, bi̍t chián。
ㄐㄧㄢˋ,人乜離開,用物來請他;餞別。或是送他;餞行。用糖來豉的菓品,蜜餞。

餧 Lóe, ùi, kap 餒 jī Sio Siāng ì sù。khòaⁿ chhit ūi tsù kái。
ㄌㄨㄟˇ,ㄨㄟˋ,与餒字相同意思。看七畫註解。

餫 ù, ùi, kap 飫 jī Sio Siāng ì sù。chia̍h tsōe tsōe, chia̍h kè thâu Pá, ià, ùi。ùi chhùi。
ㄨˋ,ㄨㄟˋ,与飫字相同意思。食多多,食過頭,飽,厭,餫。餫嘴。

餯 Pông, tham chia̍h, bô tsún tsat。bô Liâm thí。Pông chhâm。
ㄆㄥˊ,貪食,無準節。無廉恥。餯饞。

餅 Péng, Piáⁿ, kap 餅 jī Sio Siāng ì sù。
ㄅㄧㄥˇ,ㄅㄧㄚˇ,与餅字相同意思。

餦 tiong, chiong Piáⁿ ê Lūi, ēng mī hún tsòe ê, tiong hông。
ㄓㄤ,ㄐㄧㄤ;餅的類,用麵粉做的;餦餭。

九 畫

餲 ái, Piáⁿ ê miâ。iā koh tsài sī Pn̄g chhàu Sng ê ì sù。
ㄞˋ,餅的名。也閣再是飯臭酸的意思。

餱 hô, hô, ta ta ê bí niú, Pn̄g koaⁿ。hô niû。
ㄏㄡˊ,ㄏㄡˊ;乾乾的米糧,飯乾。餱糧。

餬 hô, ô, hún kô, ám bê, hô chian。hún chiuⁿ kô。Liâm Liâm, Liâ kô。thàn chia̍h, ô kháu。
ㄏㄨˊ,ㄨˊ,粉糊,泔糜,餬饘。粉漿糊。黏黏,黏糊。趁食,餬口。

餫 ūn, Peng ê kun niû, Sàng iūⁿ hō Lâng。ēng Po̍h mī Phê Pau bah āⁿ ê bah oân, ūn tūn。
ㄩㄣˋ,兵的軍糧,送羊俾人。用薄麵皮包肉餡肉丸,餫飩。

餵 ùi, chiū sī Chiong mih the̍h kàu bōe ōe ka kī chia̍h ê Lâng ê chhùi, ùi chhī。chhī cheng sīⁿ, ùi káu。ùi ti。ùi koe。ùi sit。
ㄨㄟˋ,就是將物提到䆀能家己食的人的嘴,餵飼。飼精牲,餵狗。餵豬。餵雞。餵食。

䜌 Lóan tsá bó kiáⁿ kè saⁿ jit Sàng mih hō i chia̍h, Lóan Lú。kè saⁿ jit chhiáⁿ Lâng kheh。
ㄌㄨㄢˇ,查媒子嫁三日,送物俾他食,䜌女。嫁三日請人客。

餳 tông, thông, tiⁿ ê mih, thn̂g tiⁿ, tiⁿ Pn̄g, tiⁿ Piáⁿ, be̍h Lê ko。î tông。
ㄊㄥˊ,ㄊㄨㄥˊ;甜的物,糖甜,甜飯,甜餅,麥蘖膏。飴餳。

餚 chhùi, tāu chham thn̂g thn̂g á
ㄑㄨㄟˋ,豆參糖,糖仔。

餮 thiat, tham chia̍h, tham sim, kò chia̍h ê ì sù。tho thiat
ㄊㄧㄝˋ,貪食,貪心,顧食的意思。饕餮。

餬 hô, ô, kap 餬 jī Sio Siāng ì sù。
ㄏㄨˊ,ㄨˊ,与餬字相同意思。

䭈 chian, kian ám, ám bê, ám chiuⁿ, ám Phe̍h, ám tàng。Pn̄g tsú kà kà。
ㄐㄧㄢ,ㄍㄧㄢ,泔,泔糜,泔漿,泔沫,泔凍。飯煮泧泧。

餴 hun, hô Pn̄g, chhêng bí chit ê Se̍k ēng tsúi ak, chia̍h koh chhêng ta。hun hì。
ㄈㄣ,餴飯,蒸米一下熟,俾用水沃,即俾蒸乾。餴饎。

餭 hông, be̍h Lê ko thn̂g, bi̍t hô bí hún Lâi chian Gô chiāⁿ ê。tiong hông。
ㄏㄨㄤˊ,麥蘖膏糖,蜜和米粉來煎熬成的。餦餭。

補5畫 飳 te, chian te, Pán chian te, chìⁿ te, be̍h te, be̍h te ké。ô á te。khok á te。
ㄉㄝ,煎飳,板煎飳,燻飳,麥飳,麥飳粿。蠔仔飳。殼仔飳。

造字 借氐成字

十 畫

餼 hì, ēng cheng Sīⁿ Gō kak hiàn chè, hì iû。ēng mih Sàng Lâng chia̍h, hì chi í Siok。tiu bí。
ㄒㄧˋ,用牲生五穀獻祭,餼羊。用物送人食,餼之以粟。稻米。

餿 hiù, chia̍h mih nōa ê ì Sù, chhàu Sng。
ㄒㄧㄡˋ,食物爛的意思,臭酸。

饋 kùi, ēng mih chè hiàn。Sio sàng Sàng Lâng, kùi chēng。thong kùi jī
ㄎㄨㄟˋ,用物祭獻。相送送人,饋贈。通餽字

[食兼]	kiám, Liám, thamSim ㄍㄧㄢˇ, ㄌㄧㄢˇ	Soai chhui bē, iPóh Piá" Pau. chheng khì. bô Pá 貪心，饞嘴尾，薄餅包。清氣。無飽。
[食素]	Sò, ㄙㄨˋ	kìm chiah ê Lâng, kan ta chiah chhài ê Lâng. Sò Sit. Sò Sit. 菜食的人，乾乾食菜的人。素食。[食素]食。
餹	tông, thng ㄊㄤˊ, ㄊㄥ	Piá" ê Lūi, Sòe á ko. bèh Lē ko ê ì sù. thîng, kap 糖 jī Sio Siāng ì sù. 餅的類，細仔糕。麥芽膏的意思。餹，与糖字相同意思。
饁	iap, ㄧㄚˋ	Ēng mih Sàng tsòh chhân ê Lâng chiah, iap Pí Lâm bó. Sio Sàng 用物送作田的人食，饁彼南畝。相送。
[食羔]	ko, ㄍㄜ	ko Piá. kap 糕 jī Sio Siāng ì sù. bí ko. [食羔]餅。与糕字相同意思。米[食羔]。
餾	Līu, ㄌㄧㄡˋ	tsú Pn̄g ê chhèng khì. Pn̄g ê khì Lâu chhut. chiong tsúi hiâ" Kún, Piàn chiâ" cheng khì. koh Mō cheng khì Lâi Leng khiok, Pìn chiâ" tsúi, kiò cheng Līu. 煮飯的蒸氣。飯的氣流出。將水焚滾，變成蒸氣，。[凋]拉蒸氣來冷卻，變成水，叫蒸餾。
餿	So, ㄙㄡ	Pn̄g hoán chhàu bī. Pn̄g siu" Sip jiat ê ì sù. chhàu Sng. So bī 飯反臭味。飯適濕熱的意思。臭酸。餿味。
[食息]	Sek, ㄒㄧˋ	chhoan khùi, Pūn khì, chiah mih, tńg tńg ê ì sù. 喘氣，噴氣，食物，長長的意思。
䭔	tui ㄉㄨㄟ	Siók kok Lâng hō tsòe chhe Piá" ê ì sù. 蜀國人號做炊餅的意思。
餷	chha, ㄔㄚ	tōa chhi chha, chiū sī tsòe tsòe iân Siah. 大[食蚩]餷，就是多多筵席。
	造字	借差字成字
[食蚩]	chhi ㄔ	tōa chhi chha, chiū sī tsòe tsòe iân Siah. 大[食蚩]餷，就是多多筵席。
	造字	借蚩音成字。

十一 畫

饉	kīn ㄐㄧㄣˇ	ki hng, bí bô Sėk. ngó kok bōe Sêng Sėk, Phái" nî tang. ki kīn 饑荒，米無熟。五穀𣍐成熟，歹年冬。饑饉。
饅	bân, bîn, bîn, ㄇㄢˊ, ㄇㄢˊ, ㄇㄢˊ	bân, ēng mī hún hoat kà" Lâi tsòe chiâ" ê chiah mih, mī Pau bân thâu. bîn, bîn, bîn thâu, bîn thâu, Sòe ê Piá" hāu Sī Lâng ê Lō ēng. 食曼，用麵粉醱酵來做成的食物，麵包，饅頭。饅，食曼，食曼頭，饅頭。小的餅做孝死人的路用。
餍	mô, ㄇㄛˊ	chiah, chiah Pn̄g, Pn̄g pō Lâi chhī Gín á. Piá" á 食，食飯，飯哺來飼囝仔。餅仔。
饈	Siu, Siu, ㄒㄧㄡ, ㄒㄧㄡ	ēng bùt bī chìn hiàn. hó chiah ê mih, tin Siu. Lâm Sám chiah ê mih, chia Sī Siu, Sī Siu. 用物味進獻。好食的物，珍饈。濫糝食的物，食施饈，施饈。
䭕	chiām, tsám, chiā", ㄐㄧㄢˋ, ㄗㄢˇ, ㄐㄧㄢˋ	chhì chiah, bat chiah, bī sò, bô bī, ta chiām. tsám Sit, chhì chiah. chiā" chiā", bô tī" bô kiâm, Péh chiā" bô bī. chiā" Puh Puh 試食，嘗食，味素，無味，䭕䭕。䭕食，試食。䭕䭕，無甜無鹹，白䭕無味。䭕咈咈。
[食斬]	chiām, tsám, chiā", ㄐㄧㄢˋ, ㄗㄢˇ, ㄐㄧㄢˋ	kap téng bīn jī sio siāng. 与頂面字相同。
[食從]	tsong, ㄗㄨㄥ	ài chiah, teh beh chiah ê ì sù. chham tsong 愛食，啲乜食的意思。[饞][食從]。
[從食]	tsong ㄗㄨㄥ	kap téng bīn jī Sio Siāng ì sù. 与頂面字相同意思。
饆	Pit, ㄅㄧˋ	Siók Piá" ê Lūi, ēng mī hún tsòe ê, tiong ngū ā". Pit Lô Piá" 屬餅的類，用麵粉做的，中央有餡。饆饠餅。
[食區]	ù, ㄩˋ	chiah tsòe tsòe, chiah Pá, Siú" Sù ê ì sù. kap 飫 Sio Siang ì sù 食多多，食飽，賞賜的意思。与飫相同意思。
餕	Sám, ㄒㄧㄢˇ	chiah mih Phòe ōe; Sòe Sòe ê tiám sim, bóng chiah bóng kóng ōe, tām Sám, bóng tām Sám. 食物配話；小小的點心，莽食莽講話，談餕。莽談餕。
	造字	借參成字。

十二 畫

[食單]	chhián, ㄑㄧㄢˇ	khìch chhián, ka ńg chhián, bí ko chhián. chiū sī chhit Géh Phó tō Pâi Piá" ê ì sù. 捍[食單]，歸圓[食單]，米糕[食單]。就是七月普度排餅的意思。 造字

饎 chhī, hì, chhe gō kak, Lim chiah ê mih。hì tsoān, Lāu jiat ê tǹg。
ㄔˋ, ㄏㄧ, 炊五穀，飲食的物。饎饌，鬧熱的頓。

[食童] tông, khòe mih, chiah bô tsún tsat ê ì sù。
ㄊㄨㄥˊ, 噹物，食無準節的意思。

饌 tsoān, tsǹg, chhùi suh mih ê khoán sì, Lim chiah, Pn̄g tǹg。ēng Pn̄g kap chhài hō Lâng chiah, ngâu tsoān。hì tsoān。
ㄓㄨㄢˋ, ㄗㄨㄢˋ, 嚐嗽物的款式，飲食，飯頓。用飯及菜互人食，肴饌。饎饌。
tsǹg Lin, tsǹg chih。tsǹg Pit á bé, tsǹg Pit bé。tsǹg thn̂g á。káu tsǹg oá tóe。
饌乳，饌舌。饌筆仔尾，饌筆尾。饌糖仔。狗饌碗底。

饐 è, ì, it, chhàu sng ê Pn̄g。Pn̄g siuⁿ tâm, chhàu bī, è ài。
ㄧˋ, ㄧˋ, ㄧ, 臭酸的飯。飯過澹，臭味；饐餲。

饒 jiâu, chiah Pá Pá, chhiong chiok, kāu kāu, tsōe tsōe, hù jiâu。khoan sù, jiâu sià。jiâu mīa。jiâu Lâng。
ㄖㄠˊ, 食飽飽，充足，厚厚，多多，富饒。寬恕，饒赦。饒命。饒人。

饑 ki, iau, iau, bô thang chiah, ngó kok bô sêng sek, ki Gō。ki kin。ki hng。
ㄐㄧ, 枵，飢，無可食，五穀無成熟，饑餓。饑饉。饑荒。

饋 kūi, tsun kùi ê tsú chiah Lâng, tō chí, kūi jîn。bí niû。ēng mih hiàn Sîn, Sàng mih hō Lâng, Kūi chèng。
ㄎㄨㄟˋ, 尊貴的煮食人，廚子，饋人。米糧。用物獻神，送物互人，饋贈。

饍 Siān, Pī Pān chiah mih, cheng siⁿ ê bah, siān sit。hó chiah mih, tin siān。koa mîa, siān hu siōng sū。
ㄕㄢˋ, 備辦食物，犧牲的肉，饍食。好食物，珍饍。官名，饍夫上士。

[食登] teng, chiū sī chè hiàn ê chiah mih。
ㄉㄥ, 就是祭獻的食物。

[參食] tám, chiah bô tsu bī, chiaⁿ chiáⁿ ê ì sù。
ㄉㄢˋ, 食無滋味，餳餳的意思。

[食亭] theng, chiah mih tsōe tsōe ê ì sù, chiah Pá。
ㄊㄥ, 食物多多的意思，食飽。

[食牚] theng, kap téng bīn jī sio siāng ì sù。
ㄊㄥ, 與頂面字相同意思。

[食青] chhûi, tāu chham thn̂g, thn̂g á。
ㄔㄨㄟˊ, 豆參糖，糖仔。

饊 sàn, tsú Pn̄g, tsú bī chiâ Pn̄g ê ì sù。
ㄙㄢˇ, 煮飯，煮未成飯的意思。

[食象] Siōng, tsá khí sî ê Pn̄g tǹg。bí niû, niû chháu。ē hng tǹg。
ㄒㄧㄤˇ, 早起時的飯頓。米糧，糧草。下昏頓。

[食貿] bāu, chham Lām ê ì sù, bāu mī。bāu m̄ hó chiah。bāu bí hún thng。
ㄇㄠˋ, 參濫的意思，貿麵。貿毋好食。貿米粉湯。

造字 點心擔所講的話，現今少用。

十三畫

饘 chian, Pn̄g tsú ám ám kòa thng, ám bê。bê khó khó。chian chiok。
ㄓㄢ, 飯煮泔泔掛湯，泔糜。糜洘洘。饘粥。

饙 hun, hó Pn̄g。kui Liap kui Liap ê Pn̄g。chhêng bí sek koh tsài chhêng ta。
ㄈㄣ, 好飯。歸粒歸粒的飯。蒸米熟爛再蒸乾。

[食農] Lông, chiū sī bián kióng chiah Pn̄g ê ì sù, Lêng Lông kiong sit。
ㄋㄨㄥˊ, 就是勉強食飯的意思，䭁饞強食。

饗 hióng, Siat tōa iân siáh chhiáⁿ Lâng kheh, iàn hióng。hióng siū, thong hiong jī。
ㄒㄧㄤˇ, 設大筵席請人客，宴饗。饗受，通享字。

饕 tho, chiū sī tham chiah, kò chiah, tham Sim ê ì Sù。tho thiat, tham tsâi kap tham chiah。
ㄊㄠ, 就是貪食，顧食，貪心的意思。饕餮，貪財及貪食。

饔 iong, ngó bī tiau hô。tsá khí tǹg, iong sun。àm tǹg kiò Sun。
ㄩㄥ, 五味調和。早起頓，饔飧；晚頓叫飧。

[食會] kòe, chiū sī chiah ê ì sù。
ㄎㄨㄞˋ, 就是食的意思。

饖 òe, Pn̄g siuⁿ sek。Pn̄g chhàu sng ê ì sù。
ㄨㄟˋ, 飯過熟。飯臭酸的意思。

[食睪] ek, chè hiàn ê jit。Pn̄g chhàu sng ê ì sù。
ㄧˋ, 祭獻的日。飯臭酸的意思。

十四畫

饛 bông, oá á sī Pôaⁿ ū tóe tīⁿ tīⁿ ê chiah mih。toh ū Pâi chhài soe kàu Giah。
ㄇㄥˊ, 碗或是盤有貯滇滇的食物。桌有排菜蔬夠額。

饛 Lêng, ㄌㄥˊ, chiah Siuⁿ tsōe, bián kióng chiah mih, Lêng Lông kióng sit. chiah mih. chek sit.
食過多，勉強食物，饛饛強食。食物。積食。

饐 Put, ㄅㄨㄛˊ, chiū sī kò chiah tham chiah ê ì sù. 餢 Put, Siuⁿ Pá.
就是顧食貪食的意思。餢饐，過飽。

饜 Iam, 一ㄢˋ, chiah kè thâu, Pá, Siuⁿ Pá, Siuⁿ tsōe. chiah bōe iàn, tham Sim, tham tit bû iàm.
食過頭，飽，過飽，過多。食𣍐厭，貪心，貪得無饜。

鑱 chiām, tsam, chiaⁿ, ㄐㄧㄢˋ, ㄗㄢˊ, ㄐㄧㄢˋ, kap 饞，鑱 jī Sio Siāng ì sù. kám tsam bû bī.
與饞，鑱字相同意思。澉饞無味。

籑 tsoān, ㄗㄨㄢˋ, Lim chiah, sàng mih, Pn̄g tǹg. 饌 ê Pún jī.
飲食，送物，飯頓。饌的本字。

饛 ok, ㄜˋ, bô bī bô sò, bī Póh. Pûi tsóng sī bī sò Póh.
無味無素，味薄。肥總是味素薄。

補1畫 饛 chhau, ㄑㄧㄠ, chhiⁿ chhau, chiah chhiⁿ chhau. chhài ngáu hong hù ê ì sù. chhiáⁿ chhiⁿ chhau.
生饛，食生饛。菜餚豐富的意思。請生饛。 造字

十六—十九畫

饝 mô, ㄇㄛˊ, chiah, chiah Pn̄g, Pn̄g Pō Lâi chhī Gín á. kap 饃 jī Sio Siāng ì sù.
食，食飯，飯哺來飼囝仔。與饃字相同意思。

饡 chhūi, ㄘㄨㄟˋ, kap 12 ūi 饡 Sio Siāng ì sù.
與十二畫饡相同意思。

饞 chhâm, ㄔㄢˊ, tham chiah bô tsún tsat, chhâm chhùi. bô Liâm thí.
貪食無準節，饞嘴。無廉恥。

饟 Siong, ㄒㄧㄤ, bí niu, niu chháu, kháu hiòng. Sio Sàng.
米糧，糧草，口餉。相送。

饛 bí, ㄅㄧˋ, ēng chhùi Pō mih chhī Gín á. chiong ám ám ê bô Lâi chhī i.
用嘴哺物飼囝仔。將泔泔的糜來飼他。

饠 Lô, ㄌㄨㄛˊ, chiah mih ê mia, Siók Piáⁿ ê Lūi, Pit Lô Piá. Phòng Piáⁿ.
食物的名，屬餅的類，饆饠餅。拋餅。

首 部 185

首 Siú, chhíu, ㄕㄡˇ, ㄑㄧㄡˇ, thâu khak, thâu, siú kip. siú Léng. thâu Lâng, Goân Siú. to hōe, Siú to. Siú hú.
頭殼，頭，首級。首領。頭人，元首。都會，首都。首府。
tsáiⁿ Siòng, Siú Siòng. Si koa, tē kuí Siú. khí chho, Siú Sian. Siú chhòng. chiân āu,
宰相，首相。詩歌，第幾首。起初，首先。首創。前後，
Siú bé. tsú bô, Siú bô. chhut thâu jīn tsōe, tsū Siú. chit chhiu si. chhiu sek.
首尾。主謀，首謀。出頭認罪，自首。一首詩。首飾。

二 畫

馗 kûi, ㄎㄨㄟˊ, bīn ê chhùi Phóe kut. Lâng ê mia, chiong Kûi. thoân Soat oē Liah kúi.
面的嘴䫌骨。人的名，鍾馗。傳說能掠鬼。

馘 téng, ㄉㄧㄥˇ, kap 頂 jī Sio siāng.
與頂字相同。

八 畫

馘 hek, ㄍㄨㄛˊ, tsám thâu khak. koah hī á. Liah.
斬頭殼。割耳仔。捕。

香 部 186

香 hiong, hiang, hiuⁿ, Phang, ㄒㄧㄤ, ㄏㄧㄤ, ㄏㄧㄡˇ, ㄆㄤ, hō Lâng kám kak hó ê khì bī. chhàu ê tùi hoán. Phang bī. Phang Liāu, Phang tsúi.
給人感覺好的氣味。臭的對反。香味。香料，香水。
Phang chhàu. Phang Phang. hong hiong. chheng hiong. hiang iû. chiū sī chit khoán oē hiang ê mih.
香臭。香香。芳香。清香。香油。就是一款能香的物。
chit ki hiuⁿ, hiuⁿ Lô. báng á hiuⁿ. Siā hiuⁿ. jú hiuⁿ. Phīⁿ hiuⁿ. chēng hiuⁿ.
一支香，香爐。蚊仔香。麝香。乳香。歕香。靜香。

四・五 畫

馚	hûn, ㄈㄨㄣ,	chiū sī Phang ê khì bī, hûn un hiong khì. kap jī Sio Siāng. 就是香的氣味；馚馧香氣。與 字相同。
馜	nî, ㄋㄧˊ,	chiū sī Phang Phang ê ì sù, î nî hiong iā. 就是香香的意思，馠馜香也。
馛	Poat, ㄅㄨㄛˊ,	Phang Phang ê khì, Put chí Phang, tōa Phang. 香香的氣，不只香，大香。
䭯	Put, Phut, ㄅㄨㄛˊ,ㄆㄨㄛ,	Put chí Phang, tōa Phang, Phang Phang ê khì, Phang Phang ê khoan Sit. Piat Put. 不只香，大香，香香的氣，香香的款式。馝䭯。
馝	Piat, ㄅㄧㄝˊ,	Put chí Phang, tōa Phang, Phang Phang ê khì, Phang ê khoan Sit. Piat Phut. 不只香，大香，香香的氣，香的款式。馝䭯。

七—十畫

馞	Put, Phut, ㄅㄨㄛˊ,ㄆㄨㄛ,	kap 䭯 jī Sio Siāng. 與䭯字相同。
馡	hui, húi, ㄈㄟ—ㄈㄟˇ,	Phang bī. hui hui. Phang khì móa thian, hong húi bóan tông. 香味，馡馡。香氣滿廳，芳馡滿堂。
馣	î, ㄧ,	chiū sī Phang bī, î nî hiong iā. 就是香味，馣馜香也。
馪	hông, ㄏㄨㄥˊ,	Phang ê khì tsoe tsoe ê ì sù. 香的氣多多的意思。
馢	chian, ㄐㄧㄢ,	Phang chháu ê mîa, hiong bok ê mîa, chian hiong. kap tîm hiu" Siāng Lūi. 香草的名，香木的名，馢香。與沉香同類。
馥	hok, ㄈㄨˋ,	Phang bī kāu kāu, hiong khì hun hok. hok hok. 香味厚厚，香氣芬馥。馥馥。
馧	un, ㄨㄣ,	Phang Phang ê bī Sò, tōa Phang ê ì sù, un Put tāi hiong. Phang chháu ê mîa, Phûn un. 香香的味素，大香的意思，馧馞大香。香草的名，薀馧。
馦	Liâm, hiam, hiu", ㄌㄧㄢˊ,ㄒㄧㄢ,ㄒㄧㄡ,	Phang bī, m̄ sī hó ê Phang bī, Liâm Liâm hiong. Phái bī, chhàu jio hiam. 香味，不是好的香味，馦馦香。歹味，臭尿馦。 chhàu hiam hiam, hiam tsng tsng, han tsû chhàu hiu", ō á chhàu hiu". 臭馦馦，馦鑽鑽。番薯臭馦。芋仔臭馦。

十一—十八畫

馨	heng, hiong, hiang, ㄒㄧㄥ,ㄒㄧㄥ,ㄒㄧㄤ,	Phang Phang ê bī, Seng hiong. Pí jū kong Giap Liû thoân kú kú hńg hńg, 香香的味，馨香。比喻功業流傳久久遠遠， Sûi Seng chhian sū. thak hiong, hiang kap 香 jī Sio Siāng ì sù. 垂馨千祀。讀馨。馨與香字相同意思。
馩	hûn, ㄈㄣˊ,	kap 馚 jī Sio Siāng ì sù. chiū sī Phang ê bī, hûn un hiong khì. 與馚字相同意思。就是香的味，馩馧香氣。
䭴	Gûi, ㄨㄟˊ,	ioh mîa, a Gûi. tńg 8・9 chhioh, Phê chhi" n̄g sek. 藥名，阿䭴。長八・九尺，皮青黃色。

馬 部 187

馬	má, bé, ㄇㄚˇ,ㄇㄝˇ,	cheng sí ê mîa, toa tê ê siù, gâu tsáu, ióng béng. bé, Lâng khiâ ê bé. Soa" tang hiáng be. 精牲的名，單蹄的獸，勢走，勇猛。馬，人騎的馬。山東響馬。 iá bé, Peng bé, Gû thâu bé bīn. Pó bé. Pò bé. chhian Lí má. Lâng ê sì" má. 野馬，兵馬，牛頭馬面。寶馬。報馬。千里馬。人的姓馬。

二 畫

馮	hông, Pâng, Pîn, Pôn, ㄈㄥˊ,ㄆㄤˊ,ㄅㄧㄣ,ㄆㄥˊ,	Lâng ê sì" hông, iā ū Kong Pâng. hông hū Lâng ê mîa, gâu Phah hó ê Lâng, 人的姓馮，也有讀馮。馮婦人的名，勢打虎的人， kú kú kái hâng, khòa" Lâng Liah hó chhíu chiu", ka jip Phah hó Koh tsài tsòe kū Giap, tiong tsok 久久改行，看人啲捕虎手癢，加入打虎閣再做旧業，重作 hông hū. thak Pông sī jī sì". thak Pîn thong 憑 jī. Liâu tsúi kè khe, Pō hó Pîn hô. 馮婦。讀馮是字姓。讀馮通憑字。繚水過溪，暴虎馮河。
馬	hoan, ㄏㄨㄢ,	chiū sī bé chit hè ê ì sù. bé chhut sì chit nî kú. 就是馬一歲的意思。馬出世一年久。
馬	hoan, ㄏㄨㄢ,	kap teng bīn jī Sio Siāng. 與頂面字相同。

馭 Gū, ㄩˋ, iok sok bé ê tāi chì, khan bé, chiáng koán, khòng chè, kà gū. bé hu, Gū chiá.
約束馬的事誌，牽馬，掌管，控制，駕馭。馬夫，馭者。

三畫

馳 tî, ㄔˊ, Phâu tsáu, koá^n kín ê ì sù, tî phêng. miâ sia^n thoân hn̄g hn̄g, tî bêng.
跑走，趕緊的意思，馳騁。名聲傳遠遠，馳名。

馵 tsù, ㄓㄨˋ, āu tsó kha pe̍h sek ê bé. bé thêng teh khiā ê sî kiu chi̍t kha.
後左脚白色的馬。馬停咧豎的時縮一脚。

馴 hùn, Sûn, ㄒㄩㄣˋ, ㄒㄩㄣˊ, bé sūn sūn, koai koai, cheng si^n hùn liān kàu sūn chiông, Sûn ho̍k. Sûn Liông. Sûn iōng.
馬順順，乖乖，精牲訓練到順從，馴服。馴良。馴養。
chiām chiām kàu, Sûn chì kî tō. tha̍k hùn, thong 訓字。
漸漸到，馴至其道。讀馴，通訓字。

馰 tek, ㄉㄧˊ, chiū sī pe̍h hia̍h ê bé, hia̍h téng ū pe̍h mn̂g, iā ū kóng tek lô.
就是白額的馬，額頂有白毛，也有講的盧。

馱 tô, ㄊㄨㄛˊ, bé phāi^n mi̍h ê khoán sit, lû bé tsài mi̍h ê ì sù, tô ūn. tô bé.
馬背物的款式，驢馬載物的意思，馱運。馱馬。

馲 Lo̍k, thok, ㄌㄨㄛˋ, ㄊㄨㄛ, lû pē gû bú só si^n ê kiá^n, cheng si^n ê miâ, thok be̍k.
驢父牛母所生的子，精牲的名，馲駋。

馽 chip, ㄓˊ, Pa̍k bé kha, soh, bé soh, pa̍k tiàu. kì chip. kap 馵字 Sio siāng.
縛馬脚，索，馬索，縛跳。羈馽。與馵字相同。

四畫

馵 chip, ㄓˊ, kap téng bīn jī sio siāng ì sù. iā kap 縶 sio siāng ì sù.
與頂面字相同意思。也與縶相同意思。

駃 koat, ㄍㄨㄞˋ, khoài bé, gâu tsáu ê bé. chhut sì 7 ji̍t kú, chiū iâ^n kè i ê bú, koat thê má. kín kín
快馬，敖走的馬。出世七日久，就贏過牠的母，駃騠馬。緊緊
ê ì sù, hô tsúi sek hūn koat lîu. hông hô Liông bûn koat lîu jû tiok chiàn.
的意思，河水色渾駃流。黃河龍門駃流如竹箭。

駁 Lû, ㄌㄨˊ, cheng si^n ê miâ, lû á. lû bé. 驢 ê siok jī.
精牲的名，驢仔。驢馬。驢的俗字。

駀 mô, ㄇㄠˊ, chhia tsài lâi tí tng hong kap tîn ai. bé tn̂g mn̂g ê ì sù.
車載來抵當風與塵埃。馬長毛的意思。

駁 Pak, Poh, Pok, ㄅㄚˋ, ㄅㄛˊ, ㄅㄛˊ, tsa̍p sek ê bé, bô sûn, bô tú hó, hiâm. Lîu pe̍k pak. pak tsa̍p. pan pak.
雜色的馬，無純，無抵好，嫌。駵白駁。駁雜。斑駁。
chí tek kiù cheng, piān pok. pok khiat. pok tó, pok iâ^n, pok su. m̄ sêng jīn, pok hôe.
指摘糾正，辯駁。駁詰。駁倒，駁贏，駁輸。不承認，駁回。
Poa^n hè ê tsûn, pok tsûn. pok hè. poh chhùi, poh lâi poh khì. tòa teh poh. m̄ sái poh.
搬貨的船，駁船。駁貨。駁嘴，駁來駁去。住咧駁。毋使駁。

駁 kip, sap, ㄍㄧˊ, ㄒㄧˋ, bé kiâ ê khoán sit, bé kiâ sa kap. bé chhia ê kín.
馬行的款式，馬行相及。馬車的緊。

馹 jit, ㄖˋ, chhian lí bé, ia̍h bé, koá^n kín thoân siau sit. jit má. sái chhia kiò e̍k, khiâ bé kiò jit.
千里馬，驛馬，趕緊傳消息。馹馬。駛車叫驛，騎馬叫馹。

駓 Gông gông, ㄤˊ ㄤˊ, bé thâu koân, bé siū khì ê khoán sit.
馬頭高，馬怒氣的款式。

駒 Gông, ㄤˊ, bé thâu koâi^n, bé iô thâu, bé kiá^n ê khoán, bé siū khì. Gông gông.
馬頭高，馬搖頭，馬驚的款，馬怒氣。駒駒。

駄 tô, ㄊㄨㄛˊ, tô ê siok jī.
馱的俗字。

五畫

駙 hū, ㄈㄨˋ, hū chhiú ê bé. kūn oá. koá^n kín. koa^n ê miâ, hū má to ùi. ông ê kiá^n sài, hū má iâ.
副手的馬。近倚。趕緊。官的名，駙馬都尉。王的子婿，駙馬爺。

駕 ka, kà, ㄍㄚ, ㄍㄚˋ, thoa mi̍h ê khì khū, khòa tī gû bé ê ām téng, bé pē oa^n. ka chhia. ka gū. tsun kùi
拖物的器具，架佇牛馬的頷頂，馬背鞍，駕車。駕馭。尊貴
ê chheng hō, tsun kà. tōa kà. sái chhia, kà sú. chiâ^n sian, kà hôh. hông tè ê chhia, Loân kà
的稱呼，尊駕。大駕。駛車，駕駛。成仙，駕鶴。皇帝的車，鑾駕。

駒 khu, kung hè ê bé, sòe chiah ê bé, hó bé. chhian lí ku. lâng ê sì^n.
ㄎㄨ, ㄍㄨ, 兩歲的馬，小隻的馬。好馬，千里駒。人的姓。

駐 tsù, tsu, ㄓㄨˋ, ㄓㄨˋ, chhia bé thêng hioh khùn ê só tsāi, tsù peng. tsù tsat. tsù kun. tsù hông. tsù iâ^n.
車馬停脚歇睏的所在，駐兵。駐紮。駐軍。駐防。駐營。

		thian tsú chhut Gōa tōa ê só-tsāi, tsū Pit。hō bīn māu bōe Phái khòa", tsū Gân iú sut。 天子出外住的所在，駐蹕。徑面貌繪歹看，駐顏有術。
駉	Kéng ㄐㄩㄥ	bé Pûi ióng tsòng, kéng kéng。bók ióng bé chiah ê chhau Pó。 馬肥勇壯，駉駉。牧養馬隻的草埔。
駑	Lô͘, ㄋㄨˊ	bô Lō͘ eng ê bé ê ì sù, Lô͘ tâi。Lô͘ hā。Lô͘ tun。tsū khiam hām bān ê Lâng。 無路用的馬的意思，駑駘。駑下。駑鈍。自謙愚慢的人。
駓	Phi ㄆㄧ	n̂g Pe̍h Sek ê bé。Phi Phi bé tsáu ê khoán Sit。 黃白色的馬。駓駓，馬走的款式。
駜	Pi, Pit ㄅㄧˋ, ㄅㄧˋ	bé Pûi Koh ióng tsòng ê khoán Sit。bé chiah Pá。 馬肥閣勇壯的款式。馬食飽。
駛	Sú, Sái ㄕˇ, ㄕㄞˇ	khiâ bé koá" kín kiâ", chit sú。kiâ tsûn, hêng chhia, kà sú。sái chhia。sái tsûn。sái kúi oe bō。 騎馬趕緊行，疾駛。行船，行車，駕駛。駛車。駛船。駛鬼挨磨。
駟	Sù, ㄙˋ	chit tiu" chhia Pák sì chiah bé, sù Liân khî。ōe kóng chhut Lâi hôe siu, it Giân ki chhut sù má Lan tui。 一輛車縛四隻馬，駟連騎。話講出難回收，一言既出駟馬難追。
駘	tâi, thai ㄊㄞˊ, ㄊㄞ	thāi hā téng ê bé, Lô͘ tâi。khoah tōa ê ì sù, khoài" oah ê khoán sit, thāi tōng。 下等的馬，駑駘。闊大的意思，快活的款式，駘蕩。
駝	tô ㄊㄨㄛˊ	cheng sì" ê mia", Lók tô。ka chiah ū bah hong, ū toa" hong kap Siang hong。tô chiáu, bé m̂ng oē tsòe 牲牲的名，駱駝。尻脊有肉峯，有單峯及雙峯。駝鳥，尾毛能做 tit tsng thā" ê mih。tô Pē, chiū sī ún ku ê Lâng。 得裝飾的物。駝背，就是膃痀的人。
駔	tsó, tsóng ㄗㄤˇ, ㄗㄤˋ	hó bé, kang ê bé, tsòng ê bé, tsó tsùn。Ko tsá bóe bōe ê tiong Lâng, tsóng kòe。 好馬，公的馬，壯的馬，駔駿。古早買賣馬的仲人，駔儈。
駵	Liû ㄌㄧㄡˊ	âng bé o͘ hāng tsang, i ê sek chin Súi, Le̍k hī。 紅馬黑的項鬃，牠的色真美，綠耳。
駏	kū ㄐㄩˋ	Siù ê mia, kū Lū。chhin chhiū" Lô, bé kang Lô bú sì" ê。 獸的名，駏驢。親像騾，馬公騾母生的。
駆	khu ㄑㄩ	Koa" kín, koá" bé。Pháu tsáu, hut jiân, koá" tiók。khu Sià。Siók khu jī。 趕緊。趕馬。跑走，忽然，趕逐。駆邪。俗驅字。

六畫

駭	hâi ㄏㄞˋ	kia" khí Lâi, kia" hiâ", kia" hiah" kia" hâi。thia" Liáu hō Lâng oē kia", hái jîn hāi bûn。 驚起來，驚惶，驚嚇，驚駭。聽了給人能驚，駭人聽聞。
駥	jiông, Siông ㄖㄨㄥˊ, ㄒㄩㄥˊ	bé Poeh chhioh koâi", eng hiông ê bé。Siong, chiū sī iù iù ê m̂ng 馬八尺高，英雄的馬。駥，就是幼幼的毛。
駱	Lók, Lôh ㄌㄨㄛˋ, ㄌㄠˋ	Pe̍h bé o͘ tsang o͘ chhiu ê be, Lók bé。Lók tô, ka chiah bah hong, kha ngó tê, Sip koàn 白馬黑鬃，黑鬚的馬，駱馬。駱駝，尻脊有肉峯，腳偶蹄，習慣 tī soa bō kiâ"。Lâng ê Sì" Lóh 佇沙漠行。人的姓駱。
駮	Lû ㄌㄩˊ	bé ê mia, koá" kín ê bé, chhian Lí má, sú Lû。Sàng bûn Su ê bé。 馬的名，趕緊的馬，千里馬，使駮。送文書的馬。
駢	Piân, ㄆㄧㄢˊ	n̄ng chiah bé thoa chhia。Sa" Liân, Sa" kap。Siong hó, Pi" Pî" kàu。kap 駢 jī Sio Siang。 兩隻馬拖車。相連，相佮。相好，平平到。與騈字相同。
駁	Pak, ㄅㄛˊ	ia siù ê mia, chhin chhiū" bé, ia ná hó, oē chiah hó Pà。chhiū ê mia Pak má。thong 駮 jī。 野獸的名，親像馬，也如虎，能食虎豹。樹的名駁馬。通駮字。
駬	jí" ㄦˇ	chiu bók ông bé ê mia, Lio̍k jí"。 周穆王馬的名，騄駬。
駪	Sin ㄕㄣ	bé tsōe tsōe teh kiâ", kui kûn teh kiâ" Sa" chi" tsòe chêng ê ì sù, Sin Sin。chin tsōe ê khoán Sit。 馬多多哟行，歸群哟行相爭做前的意思，駪駪。真多的款式。
駛	Sì, ㄙˋ	koá" kín, bé teh kiâ" kín kín ê ì sù。 趕緊，馬哟行緊緊的意思。
駣	tiâu ㄊㄠˊ	bé sì nî, iā ū kóng Sa" nî ê ì sù。 馬四年，也有講三年的意思。
駰	in, ㄧㄣ	o͘ Pe̍h Phú sek ê bé, 黑白殕色的馬，
罵	mā, mē ㄇㄚˋ, ㄇㄚˋ	ka bū Phái" ōe, Lóe ma。chiù ma。Sio mē, mē tōa mē Sòe。 加誣惡話，詈罵。咒罵。相罵，罵大罵小。
駴	hong, ㄏㄨㄥ	bé teh tsáu ê ì sù。 馬哟走的意思。
騗	hiu, ㄒㄧㄡ	bé ê mia, hó ê bé。 馬的名，好的馬。

駂 bėk, ㄅㄜˋ, Lû Pē Gû bú Só Sìⁿ ê kiáⁿ ê miâ, thok bėk
驢父牛母所生的子的名，馲駂。

騫 thêng, ㄊㄥˊ, Pháu tsáu, thiàu chiūⁿ, thêng khí. kap chit jī Sio Siāng.
跑走，跳上，騫起。與這字騰相同。

七 畫

騁 Phêng, ㄆㄥˇ, Pháu tsáu, koáⁿ kín, tít Phêng, tit Phêng。
跑走，趕緊，馳騁。直騁。

騂 hān, ㄏㄢˋ, bé tsáu kín, bé koâiⁿ Lak chhioh。bô Sûn hók ê bé, hān bé。iu bû Pì chhek Gū hān má。
馬走緊，馬高六尺。無馴服的馬，騂馬。猶無轡策御騂馬。

駹 bâng, ㄇㄤˊ, Pėh bīn ê bé, ū O͘ kap Pėh ê m̂ng ê bé, tsap Sek, bô Sûn Sek ê ì Sù。
白面的馬，有黑及白的毛的馬，雜色，無純色的意思。

駽 hiân, ㄒㄩㄢ, Súi bé, chhiⁿ O͘ Sek ê bé, chheng Lê hiân。
俊馬，青黑色的馬，青驪駽。

騂 Sin, ㄒㄧㄣ, chhiah Sek ê Gû bé。ióng tsòng。keng tiau hô ê khoan Sit。
赤色的牛馬。勇壯。弓調和的款式。

駾 thòe, ㄊㄨㄟˋ, bé teh kiâⁿ ê khoán sit。tsáu ê ì sù。kiaⁿ hiaⁿ teh tsáu。
馬咧行的款式。走的意思。驚惶咧走。

駸 chhim, ㄑㄧㄣ, bé kiâⁿ kín, chhim chhim。chhiⁿ kong ê khoán Sit。
馬行緊，駸駸。生狂的款式。

駿 tsùn, ㄐㄩㄣˋ, Súi ê bé ê chheng hō͘, hó ê bé, Gâu tsáu ê bé, tsùn bé。kū tōa, tsùn Giap。kín kín, tsùn hoat。
俊的馬的稱呼，好的馬，勢走的馬，駿馬。巨大，駿業。緊緊，駿發。

騮 Liû, ㄌㄧㄡˊ, kap 騮 Sio Siāng。
與騮相同。

騃 Gâi, ㄞˊ, chhi Gâi, ham bān bô kî khiáu ê ì sù。chhi Gâi
癡呆，憨慢無奇巧的意思。癡騃。

駼 tô͘, ㄊㄨˊ, chiū sī hó bé ê miâ, tô͘ tô͘。Siù ê miâ, Pak hái ū chit khoán Siù chhin chhiūⁿ bé, miâ tô͘ tô͘, chhiⁿ sek
就是好馬的名，騊駼。獸的名，北海有一款獸親像馬，名騊駼，青色。

八 畫

騅 tsui, ㄓㄨㄟ, chhiⁿ Pėh chhap tsap ê m̂ng Sek ê bé。jī sìⁿ, Lâng miâ, ián chiu Lâng kiò n̂g Lí hî Sī n̂g tsui
青白噪雜的毛色的馬。字姓，人名。兗州人叫黃鯉魚是黃騅。

騑 hui, ㄈㄟ, sì chiah bé thoa chhia ê Pìⁿ thâu ê n̄ng chiah kiò tsòe hui, Lāi bīn ê kiò hók。iā kiò tsòe chham bé。
四隻馬拖車的偏頭的兩隻叫做騑，內面的叫服。也叫做驂馬。

騎 khî, khiâ, ㄑㄧˊ, ㄐㄧˋ, Siang kha thián khui chē teh。khiâ bé。khì sū。khì Peng。khiâ bé Long。khì hó͘ Lân hā。
双腳展開坐咧。騎馬。騎士。騎兵。騎馬瓏。騎虎難下。

騏 kî, ㄑㄧˊ, hoe Pan Sek ê bé, kî kî。chit jit kiâⁿ chhian Lí ê hó bé。
花斑色的馬，騏驥。一日行千里的好馬。

騍 khò, ㄎㄜˋ, bé bú ê ì Sù。iā ū kiò tsòe chháu bé。
馬母的意思。也有叫做騲馬。

騋 Lâi, ㄌㄞˊ, chhit chhioh koâiⁿ í chiūⁿ ê bé, bé bú ê ì Sù。
七尺高以上的馬，馬母的意思。

騑 Phun, ㄆㄣ, koáⁿ kín, tó Siám, Pháu tsáu, Phun Phō。
趕緊，逃閃，跑走，騑波。

騌 tsong, tsang, ㄗㄨㄥ, ㄗㄤ, bé iáⁿ, tī ka chiah téng ê tn̂g m̂ng。tsoân tsong má koan。ti tsang。bé hāng tsang。
馬纓，佇尻脊頂的長毛。全騌馬冠。豬騌。馬項騌。

騐 Giām, ㄧㄢˋ, bé miâ, 驗 ê Siók jī。
馬名。驗的俗字。

騄 Liòk, ㄌㄨˋ, chhian Lí Lō͘ ê bé, hó bé。chiu bō ông Poeh chiah ê thâu chit chiah。Liòk jī má。
千里路的馬，好馬。周穆王八隻馬的頭一隻。騄駬馬。

駢 Piân, ㄆㄧㄢˊ, kap 駢 jī Sio Siāng ì Sù。
與駢字相同意思。

騀 Gê, ㄜˊ, chiū sī Sòe chiah ê bé。
就是小隻的馬。

騇 Sià, ㄕㄜˋ, chiū sī bé bú ê ì sù, chháu bé ê miâ。
就是馬母的意思，草馬的名。

騊 tô, ㄊㄠˊ, chiū sī hó bé ê miâⁿ tô tô。chham khoàⁿ tô͘ jī tsù kái。
就是好馬的名，騊駼。參看駼字註解。

九畫

騢 hâ, ㄒㄧㄚˊ, bé chhiah Pe̍h Sek, bé tsa̍p Sek ê mn̂g,
馬赤白色，馬雜色的毛，

騤 kûi, ㄎㄨㄟˊ, bé teh kiâⁿ ê ui hêng。ióng tsòng Put sek。
馬咧行的威形。勇壯不息。

騧 koa, oa, ㄍㄨㄚ, ㄨㄚ, n̂g Sek ê bé, ām kún kap chhùi o͘ Sek。Lâng miâ, kùi koa。tha̍k oa sio siāng。
黃色的馬，頷頸及嘴黑色。人名，季騧。讀騧相同。

騠 thê, ㄊㄧˊ, hó ê bé, tsùn má。chhut sì chhit ji̍t kú, chiū iāⁿ kè i ê bú。koat thê。
好的馬，駿馬。出世七日久，就贏過牠的母。駃騠。

騣 tsong, tsang, ㄗㄨㄥ, ㄗㄤ, chhiáⁿ chham khòaⁿ 8 ūi, 騌 jī tsù kái
請參看八畫，騌字註解。

驄 chhong, ㄘㄨㄥ, chhiⁿ Pe̍h tsa̍p sek ê bé,
青白雜色的馬。

颿 hông, ㄈㄢˊ, bé teh tsáu, tsūn kín sái ê ì sù。
馬咧走，船緊駛的意思。

騖 bū, ㄨˋ, koáⁿ kín, Loān tsáu, Phún bū。tham kiû, hò͘ ko bū oán。bô siú Pun hūn, Pōng bū。
趕緊，乱走，奔騖。貪求，好高騖遠。無守本分，旁騖。

騙 Phiàn, Piàn, ㄆㄧㄢˋ, ㄅㄧㄢˋ, thiàu khí khiâ bé。khi môa, khi Phiàn。môa Phiàn。Sio Phiàn。Lāu Phiàn。Pián á, Pián lâng chîⁿ。
跳起騎馬。欺瞞，欺騙。瞞騙。相騙。拐騙。騙仔，騙人錢。

騗 Phiàn, Piàn, ㄆㄧㄢˋ, ㄅㄧㄢˋ, kap téng bīn jī sio siāng。
與頂面字相同。

騆 ūi, ㄨㄟˋ, chiū sī chi̍t khoán Lû ê miâ,
就是一款驢的名，

騕 iáu, ㄧㄠˇ, hó ê bé, chi̍t ji̍t kiâⁿ chi̍t bān Lí, iáu niáu sîn má
好的馬，一日行一萬里，騕褭神馬。

十畫

騴 Chiàn, ㄓㄢˋ, bé tó tī thô͘ nih, bé hoan soa。
馬倒佇土裡，馬翻砂。

騭 chek, thek, ㄓˋ, ㄊㄜˋ, bé kang, khiâ bé chiūⁿ soaⁿ, Peh chiūⁿ koâiⁿ, chek teng, chek seng, tiāⁿ tio̍h, î thian im thek。hā pîn 下民。
馬公，騎馬上山，爬上高，騭登。騭陞。定着，惟天陰騭下民。

騫 hian, khian, ㄒㄧㄢ, ㄑㄧㄢ, bé Le̍k Lō͘。bé Pak tó͘ Phòa Pīⁿ。khin Phiò koáⁿ kín chìn, biáu biáu khian khian, khui sún,
Put khian Put Peng。Lâng ê sìⁿ。
馬勒路。馬腹肚破病。輕剽趕緊進，杳杳騫騫，虧損，不騫不崩。人的姓。

騮 Liû, ㄌㄧㄡˊ, chhiah sek ê bé, i ê bé o͘ Sek。chí Liû má。chiu bō ông ê Poeh chiah bé ê chi̍t chiah。
赤色的馬，牠的尾黑色，紫騮馬。周穆王的八隻馬的一隻。

騖 ngō͘, ㄨˋ, bé Pháu tsáu bô chê ê ì sù。
馬跑走無齊的意思。

騷 So, ㄙㄠ, Loáh bé, tín tāng, kiáu jiáu, So tōng, So jiáu。sì kòe kiâⁿ, hong So。Sàu tû。
捋馬，振動，攪擾，騷動，騷擾。四界行，風騷。掃除。

騸 Siàn, ㄕㄢˋ, koah khì Sè, iam gû bé cheng sìⁿ ê Lān hu̍t a sī n̄ng tsáu ê ì sù, Siàn bé。chiap chhiū, chiap ki, Siàn chhiū。
割去勢，閹牛馬精牲的羼核或是卵巢的意思，騸馬。接樹，接枝，騸樹。

騲 chhó, chháu, ㄘㄠˇ, bú ê cheng sìⁿ ê tsóng chheng ho͘。iā sī chí hó ê bé, chhó má。
母的精牲的總稱呼。也是指好的馬，騲馬。

騰 thêng, ㄊㄥˊ, kap 駦 jī sio siāng。thiàu chiūⁿ, theng khí。thêng hûn kà bū。Lâng ê sìⁿ, thêng。
與駦字相同。跳上，騰起。騰雲駕霧。人的姓，騰。

騶 tso͘, tsō͘, ㄗㄡ, ㄗㄡˋ, kó͘ tsá chhia bé ê koaⁿ, tso͘ tsut。tso͘ gû, se hng ê siù, bé tn̂g tn̂g kàu seng khu。tso͘, bé kui tùi ê ì sù, Phit Phòe。Lâng ê sìⁿ
古早管車馬的官，騶卒。騶虞，西方的獸，尾長長到身軀。騶，馬歸對的意思，匹配。人的姓。

騵 Goân, ㄩㄢˊ, chiū sī Pe̍h Pak tó͘ ê bé,
就是白腹肚的馬。

騯 hong, ㄈㄥ, kap 駍 jī sio siāng。bé teh tsáu ê ì sù。
與駍字相同。馬咧走的意思。

駸 chhim, ㄑㄧㄣ, kap 駸 jī sio siāng。bé kiâⁿ kín chhiⁿ kông ê khoán sit。
與駸字相同。馬行緊生狂的款式。

騬 cheng, Sêng, iam kang ê bé, Siàn bé。
ㄔㄥ，ㄕㄥ，閹公的馬，騸馬。

驔 tian, chiū sī bé Pe̍h hia̍h ê ì sù, bé hia̍h têng ū Pe̍h mn̂g. Pe̍h tian。
ㄉㄧㄢ，就是馬白額的意思，馬額頂有白毛。白驔。

十一 畫

驅 khu, kóaⁿ kín, kóaⁿ bé, kóaⁿ tio̍k, khu tî。khu má。khu tio̍k。khu tû。khu siâ。khu sú。
ㄑㄩ，趕緊，趕馬，趕逐，驅馳。驅馬。驅逐。驅除。驅邪。驅使。
khu thâng。tsoe Sian hong, Sian khu。kó Lē, khu chhek。chiàn tsûn ê mîa, khu tio̍k kàm。
驅蟲。做先鋒，先驅。鼓勵，驅策。戰船的名，驅逐艦。

騾 Lô, cheng sìⁿ ê mîa, Sī Lû kang bé bú siⁿ ê, Lô á。
ㄌㄨㄛˊ，精牲的名，是驢公馬母生的，騾仔。

驀 be̍k, thiàu kè khì, be̍k ba̍t。thiàu chiūⁿ bé ê téng bīn。hut jiân, be̍k jiân。
ㄇㄛˋ，跳過去，驀越。跳上馬的頂面。忽然，驀然。

驁 Gô, Gō, ngô, ngō, hó bé sèng tē tōa, kí Gō。áu bân, kiau Gō, kia̍t Gō Put sûn。
ㄠˊ，ㄠˋ，ㄠˊ，ㄠˋ，好馬性地大，驕驁。拗蠻，驕驁，桀驁不馴。

驃 Phiàu, bé ióng tsòng, Phiàu hān。kóaⁿ kín tsáu。bé n̂g sek chhāiⁿ Pe̍h, n̂g Phiau。koaⁿ mîa, Phiàu khì chiong kun。
ㄆㄧㄠˋ，馬勇壯，驃悍。趕緊走。馬黃色襯白，黃驃。官名，驃騎將軍。

驂 chham, saⁿ Lâng tsoe hé chē chhia。chi̍t tiuⁿ chhia Pa̍k saⁿ chiah bé, Pìⁿ thâu n̄ng chiah kiò tsòe chham;
ㄘㄢ，三人做伙坐車。一輛車縛三隻馬，偏頭兩隻叫做驂；
iā kiò tsòe hui, tiong ng hi̍t chiah kiò tsòe ho̍k。
也叫做騑，中央彼隻叫做服。

驄 chhong, chhiⁿ Pe̍h tsa̍p sek ê bé, chhong má。kap 騘 jī Sio Siâng。
ㄘㄨㄥ，青白雜色的馬，驄馬。與騘字相同。

騻 Song, Sóng, kó tsá ê hó bé, Siok Song。khin khoài。
ㄙㄨㄥ，ㄙㄨㄥˇ，古早的好馬，驌騻。輕快。

驉 gû, bé ê ba̍k chiu Pe̍h。chhin chhiūⁿ hî ba̍k chiu。
ㄩˊ，馬的目睭白。親像魚目睭。

鷙 chì, tsāi bô hoa̍t ê bé, bé khiau kha in ūi tsāi tsoē tsoē mih, má chì Put Lêng hêng。
ㄓˋ，載無法的馬，馬曲腳因為載多多物，馬鷙不能行。

驢 Lô, bé ê Lūi, tōa chiah ê Lô á, chhin chhiūⁿ Lû á
ㄌㄨㄛˊ，馬的類，大隻的騾仔，親像驢仔

十二 畫

驍 hiau, kiau, hó bé sèng tē sûn, ióng béng, hiau ióng。ióng chiòng, hiau bú。hiau chiòng。hiau hiông。
ㄒㄧㄠ，ㄐㄧㄠ，好馬性地純，勇猛，驍勇。勇將，驍武。驍將。驍雄。

驊 hôa, hó khòaⁿ ê bé, hún âng ê sek。chiu bo̍k ông Peh chiah bé ê chi̍t chiah, hôa Lîu tsùn bé。
ㄏㄨㄚˊ，好看的馬，粉紅的色。周穆王八隻馬的一隻，驊騮駿馬。

驕 kiau, bé La̍k chhioh koâiⁿ, ok sèng ê bé, kiau Gō。Phín Phóng, hòng sù, tsū tōa, kiau ngō。
ㄐㄧㄠ，馬六尺高，惡性的馬，驕驁。品嗙，放肆，自大，驕傲。

驎 Lîn, Lín, hoe Pe̍h sek ê bé, chhùi tûn o͘ ê bé。
ㄌㄧㄣˊ，ㄌㄧㄣˋ，花白色的馬，嘴唇黑的馬。

驈 Lu̍t, u̍t, o͘ sek ê bé, āu thúi Pe̍h sek。
ㄩˋ，ㄩˋ，黑色的馬，後腿白色。

驞 Phun, kap 驞 jī Sio Siâng。kóaⁿ kín, tô Siám, Pháu tsáu, Phun Pho。
ㄆㄣ，與驞字相同。趕緊，逃閃，跑走，驞波。

驌 Siok, chiū Sī kó tsá ê hó bé, Siok Song。Siok Song。
ㄙㄨˋ，就是古早的好馬，驌騻。驌驦。

驔 thâm, bé kha chiah chi̍t n̂g Sek。
ㄊㄢˊ，馬尻脊脊黃色。

驒 tô, chiū sī chi̍t khoán ia bé ê mîa, chhìⁿ Sek chhin chhiūⁿ hî Lân。
ㄊㄨㄛˊ，就是一款野馬的名，青色親像魚鱗。

驐 tun, iam cheng Siⁿ ê ì sù, chhin chhiūⁿ kóng iam bé, iam ti, iam koe, iam gû。
ㄉㄨㄣ，閹精牲的意思，親像講閹馬，閹豬，閹雞，閹牛。

十三 畫

驖 thiat, bé ê Sek ná thih, âng o͘ Sek。
ㄊㄧㄝˇ，馬的色如鐵，紅黑色。

驚 keng kiaⁿ, bé chhì kiaⁿ, keng tōng。keng chip, tsoeh khì ê mîa, tī iông Le̍k saⁿ geh 5 ji̍t á 6 ji̍t。
ㄐㄧㄥ，ㄐㄧㄥ，馬生驚。驚動。驚蟄，節季的名，佇陽曆三月五日或是六日。

Gûi hiám ê khóan, keng tô hái Lōng. kiaⁿ hiaⁿ. kiaⁿ sim. Sim kiaⁿ bah thiàu. chhiⁿ kiaⁿ.
危險的款，驚濤駭浪。驚惶。驚心。心驚肉跳。生驚。

【驘】 Lô, ㄌㄨㄛˊ, Lû hū bé bú siⁿ ê kiaⁿ, chhin chhiūⁿ Lû tsóng sī khah ū Lát. kap 騾 jī Sio Siāng.
驢父馬母生的子，親像驢總是較有力。與騾字相同。

【驗】 Giām, ㄧㄢˋ, kap 騐 jī Sio Siāng ì sù. bé ê mîa. kiám Giām. Giām chèng. Giām kng. Giām sî.
與騐字相同意思。馬的名。檢驗。驗證。驗光。驗屍。

【驛】 ek, iàh, ㄧˋ, chhian Lí bé ê Lō, tsām, kong koán, kheh tiàm. iàh tsām. chhian Lí bé, iàh bé. iàh chhia.
千里馬的路，站，公館，客店。驛站。千里馬，驛馬。驛車。
iàh tō. koán iàh. Lâng bé óng Lâi bô thêng, Lok ek Put tsoát.
驛道。館驛。人馬往來無停，駱驛不絕。

【驉】 Gû, ㄒㄩ, iá Siù ê mîa, Sèng tē Sūn.
野獸的名，性地順。

【驙】 chian, ㄓㄢ, ū o˙ thâu tsang ê Peh bé. tsài tsoe hāng mih ê bé.
有黑頭鬃的白馬。載多項物的馬。

十四—十六畫

【驝】 thok, ㄊㄨㄛˊ, thok tô ū bah oaⁿ, kiaⁿ chit Pah Lí, Pē chit chheng kun, Pàt mîa, Lók tô.
驝駝有肉鞍，行一百里，背一千斤，別名，駱駝。

【驟】 tsō, ㄗㄡˋ, bé Pháu tsáu chin kín, tî tsō. Liâm Piⁿ, hut jiân, tsō jiân. Lîm sî Loh tōa hō, tsō ú.
馬跑走真緊，馳驟。臨邊，忽然，驟然。臨時落大雨，驟雨。

【驠】 hoân, ㄈㄢˊ, hioh khùn, thêng chí ê ì sù.
歇睏，停止的意思。

【驢】 Lû, ㄌㄩˊ, kap 馿 jī Sio Siāng, cheng Siⁿ ê mîa, thé hêng pí bé khah Sòe.
與馿字相同。精牲的名，體形比馬較小。

【驥】 kì, ㄐㄧˋ, hó bé ē kiaⁿ chhian Lí Lō. tsū khiam ê ōe, Siū Lâng tì ìm chiah Sêng kong, hū Kì. O Lô
好馬能行千里路。自謙的話，受人致陰即成功，附驥。謳咾
Lâng hó tsú tē, kì tsú Liông bûn.
人好子弟，驥子龍文。

十七·十八畫

【驦】 Song, Sóng, ㄕㄨㄤ, ㄕㄨㄤˇ, kap 騻 jī Sio Siāng ì sù. hó bé ê mîa, Siok Seng
與騻字相同意思。好馬的名，驌驦。

【騫】 kián, ㄑㄧㄢ, Pái kha. Gûi hiám. kan khó. tiû tû. chhiong Sēng. Siok 蹇 jī
跛脚，危險，艱苦。躊躇。昌盛。俗蹇字。

【驤】 Siong, ㄒㄧㄤ, bé āu kha Peh Sek. Pháu tsáu thâu khak kiàh koân. kū khí, hn̄g. chit sîu thêng siong. chì khì
馬後脚白色，跑走頭殼擧高。擧起，遠。疾首騰驤。志氣
khoah koh tōa, chì iók Liông Siong hó sī Pau koat sù hái.
闊個大，志欲龍驤虎視苞括四海。

【驩】 hoan, ㄏㄨㄢ, bé ê mîa. bé hô Lok ê khóan sit. kap hoan tông.
馬的名。馬和樂的款式。與歡同。

【驪】 Liap, ㄌㄧㄝˋ, bé tsáu kín ê ì sù. kòa thih oaⁿ ê bé.
馬走緊的意思。掛鐵鞍的馬。

【竄】 chhòan, ㄘㄨㄢˋ, tiô thiàu, thiàu bú, kóa tiok, tsōaⁿ chhut.
跳跳，跳舞，趕逐，濺出。

十九—廿一畫

【驪】 Lê, ㄌㄧˊ, chhian Lí ma, hó bó, to Lê. Sûn o˙ sek ê bé, chiu bō ong ê Poeh chiah bé chi it. chhia Pāk
千里馬，好馬，盜驪。純黑色的馬，周穆王的八隻馬之一。車縛
n̄ng chiah bé, Lê ma Pēng kà. Sàng Piat ê koa, Lê koa
兩隻馬，驪馬並駕。送別的歌，驪歌。

【驏】 Chhán, ㄔㄢˇ, khîa bé bô bé oaⁿ ê.
騎馬無馬鞍的。

【驘】 Lô, ㄌㄨㄛˊ, kap 騾 jī Sio Siāng, kap 贏 jī Sio Siāng.
與騾字相同，與驘字相同。

骨 部 188

【骨】 kut, ㄍㄨˇ, chi tsū sin thé ê kè, bah Pau kut. kut kè. kut jiok. kut thâu, kì kut. kut hoe.
支住身体的架，肉包骨。骨架。骨肉。骨頭，菽骨。骨灰。

kut chhé。kut kek。Lâng ài ū kut khì。sán pa pa，kut só jû chhâi。
骨髓。骨骼。人要有骨氣。瘦疤疤，骨瘦如柴。

二·三畫

骬 theng，ㄊㄧㄥ；kha āu tīⁿ。kha āu tó͘ ê ì sù。
腳後脛。腳後肚的意思。

骭 hān, kàn，ㄏㄢˋ，ㄍㄢˋ；kha phīⁿ liâm kut。hiap ē kut。kut hâi。
腳鼻臁骨。脅下骨。骨骸。

骫 úi，ㄨㄟˇ；kut khiau khiau，siang pêng saⁿ sûi。ut khiau khiau ê ì sù。óng khiok hoat tō͘，úi hoat。
骨曲曲，双阵相隨。熨曲曲的意思。枉曲法度，骫法。

骬 u，ㄨ；chiū sī kha ê kha thâu u ê ì sù。
就是腳的腳頭骬的意思。

骻 u，ㄨ；chiū sī kha ê kha thâu u ê ì sù。kap 骬 sio siāng。
就是腳的腳頭骻的意思。與骬相同。

骼 kek，ㄍㄜˊ；koh ē，seng khu koh ē ê ē bīn，pak tó͘ pīⁿ。
胳下，身軀胳下的下面，腹肚邊。

四畫

骯 khóng ang，ㄎㄤˇ，ㄤ；chiū sī sin thé pûi phàng ê ì sù，khóng tsòng。bô chheng khì，la sâm，ang tsang。
就是身体肥胖的意思，骯髒。無清氣，垃圾，骯髒。

骳 pà，ㄅㄚˋ；to pìⁿ，to pà。thûi。pn̄g á。chiū sī pìⁿ ê ì sù。
刀柄，刀骳。槌。枋仔。就是柄的意思。

骰 kâu，ㄍㄡ；tô͘，tâu，ㄊㄡˊ，ㄊㄡˊ；poah kiau ê khì khū，tô͘ tsú。tâu á。liàn tâu。poah tâu á。kiò tâu káu。iô tâu á。
賭博的器具，骰子。骰仔。摔骰。賭骰仔。叫骰九。搖骰仔。
kâu，tâu kâu。骰，鬪骰。thiàu kâu。poah 跳骰。賭博 táu kâu。liàh kâu 斗骰。掠骰。ian tâu。chiū sī 𢥞骰。就是 súi hó khòaⁿ ê ì sù。媄好看的意思。

骯 siáu，sáu，ㄒㄧㄠ，ㄒㄧㄠˇ；sió khoa，chió chió。khiàm khoeh ê ì sù。thak sám chiū sī kut khin ê ì sù。
少許，少少。欠缺的意思。讀骯就是骨輕的意思。

骯 at，ㄚㄊ；lâng bô sóng khoài。oh tit chhoán khùi。
人無爽快。艱得喘氣。

五畫

骶 kho，ㄎㄜ；kut bé tsu，kut。
骨尾脽，骨。

骹 ka，ㄍㄚ；kha chhiu phòa pīⁿ，kha chhiu khiau khiau ê khoán。ia ka。
腳手破病，腳手曲曲的款。肥骹。

骷 kó͘，ㄍㄜ；kut hâi。bô bah ê sí thé，kó͘ lô͘。pn̄g sī kut，kó͘ phok。io kut，kha thâu u kut，kó͘ kho。
骨骸。無肉的屍体，骷髏。飯匙骨，骷髆。腰骨，腳頭骬骨，骷骬。

骬 kho，ㄎㄜ；io kut，kha thâu u kut，kó͘ kho。
腰骨，腳頭骬骨，骷骬。

骳 pī，phī，ㄅㄧ，ㄆㄧ；kut oan，kha ut khiau，kut oan khiau ê ì sù，úi phī。
骨彎，腳屈曲，骨彎曲的意思，骫骳。

骳 poat，ㄅㄚㄊ；keng thâu ê kut。
肩頭的骨

骶 tí，ㄉㄧ；ka chiah kut，kha chhng ê kut
尻脊骨，尻脽的骨

骲 phok，ㄆㄛㄎ；kut ê chī bah，chiū sī boē siong hāi lâng ê ì sù。
骨的箭肉，就是袂傷害人的意思

骴 tsû，ㄗ；chiáu siù chhun ê kut。sí lâng ê kut。iau ū bah ê kut，bah hiú nōa ê ì sù。
鳥獸剩的骨。死人的骨。猶有肉的骨，肉朽爛的意思。

補3畫 骪 mo͘h，ㄇㄛˊ；mo͘h mo͘h。mo͘h loh khì，chhin chhiūⁿ tó͘ iau，pak tó͘ mo͘h mo͘h。phòa pīⁿ kàu phê pau kut，
骪骪。骪落去，親像肚枵，腹肚骪骪。破病到皮包骨，
sán mo͘h mo͘h。tē á bô mih mo͘h mo͘h。
瘦骪骪。袋仔無物，骪骪。

造字 瘦如柴，形容詞的字。

補四畫 骱 koeh，ㄍㄨㄝ；chit kì chhiat tsòe kúi tè ê ì sù，chit koeh，n̄ng koeh，tsò kúi koeh。téng koeh，ē koeh。
一支切做幾塊的意思，一骱，兩骱，做幾骱。頂骱，下骱。

造字 借介的偏音，介字有隔斷的意思。

六畫

骸 hâi, kai, kha ê tsat ê kut. ko͘ kut, kut hâi, û hâi. kha tóa pô͘ bú ê mn̂g, kiò tsòe kai.
ㄏㄞˊ，ㄍㄞ，腳下節的骨。枯骨，骨骸，遺骸。腳大拇母的毛，叫做骸。

骼 kek, kok, cheng sìⁿ ê kut. Phiò lō͘ ê kut. kut kek. kut kok.
ㄍㄜˊ，ㄍㄜˊ，牲牲的骨。漂露的骨。骨骼。骨骼。

骻 khoa, khòa, io kut, kha tó͘ ê tiong kan. io khoa. thák khòa Sio Siāng.
ㄎㄨㄚ，ㄎㄨㄚˋ，腰骨，腳肚的中間；腰骻。讀骻相同。

骿 Piân, Phiaⁿ, hiap kut, Piân hiap, kun thâu saⁿ liân tsòe chit ē, saⁿ liân. kha chiah Phiaⁿ, Phiaⁿ liâu, Phiaⁿ kó͘ kut. Phiaⁿ liâu bah. thoa Phiaⁿ.
ㄅㄧㄢˊ，ㄆㄧㄢˊ，脇骨，骿脇，筋頭相連做一下，相連。尻脊骿，骿條。骿鼓骨。骿條肉。拖骿。

骴 tui, kut chhut lâi. kut thóng chhut ê ì sù.
ㄉㄨㄟ；骨出來。骨㨃出的意思。

骱 hêng, gû kha chiah āu piah ê kut.
ㄏㄥˊ；牛尻脊後壁的骨。

七畫

骾 kéng, Kēng, kéⁿ, hî kut tìâu tī nâ âu. kut kēng tsāi âu. kéⁿ tiòh hî chhì, kéⁿ kui. thong ǹg jī.
ㄍㄥˇ，ㄍㄥˋ，ㄍㄝˋ，魚骨鯁佇咽喉。骨骾在喉。骾着魚刺，骾頸。通鯁字。

骽 Lióng, Lông, n̂g, kha thâu u kut, kha thúi kut, kha thúi bah. bah n̂g. jī n̂g bah, jī n̂g iû.
ㄌㄧㄤˇ，ㄌㄤˊ，ㄋㄥˊ，腳頭骬骨，腳腿骨，腳腿肉。肉骽，膩骽肉，膩骽油。

骯 hoân, kha thâu u óaⁿ ê kut. ēng sòe á hô͘ he lâi chhat.
ㄏㄨㄢˊ，腳頭骬腕的骨。用漆仔和灰來漆。

骳 theng, kut tn̂g tn̂g ê khoán sit. thúi theng kut.
ㄊㄥˊ；骨長長的款式。腿骨骳骨。

骸 thóe, thúi chiū sī kha tó͘. kha thúi. kha thúi. kha ê kun. kap 腿 Sio Siāng.
ㄊㄨㄟˇ，ㄊㄨㄟˇ；就是腳肚。腳腿。腳骸。腳的筋。與腿相同。

骹 thoeh, keng thâu thoeh thoeh, chiū sī keng thâu koâiⁿ koâiⁿ bô bah, chhin chhiūⁿ thiah hun ê lâng kek thoeh (→keng).
ㄊㄨㄝˋ，肩頭骹骹，就是肩頭高高無肉，親像食菸的人絡骹肩。

造字 形容詞的字，骹肩。骨頭 Giâng Giâng 𩩍𩩍的意思。

八．九畫

䯧 khong, chiū sī bé tsui kut ê ì sù. Khong khau kut.
ㄎㄨㄥ；就是尾脽骨的意思。䯧尻骨。

髀 Pī, kha thúi kut, toā thúi. tsū khiam ê oē, pī pī.
ㄅㄧˋ，腳腿骨，大腿。自謙的話，髀卑。

骿 Piân, Phiaⁿ, kap 骿 jī Sio Siāng. chham khòaⁿ la̍k ūi.
ㄅㄧㄢˊ，ㄆㄧㄢˊ，與骿字相同。參看六畫。

髁 khò, pī kut, kha thâu u kut. bô sì chiàⁿ ê khoán sit, hê khò.
ㄎㄜˋ，髀骨，腳頭骬骨。無四正的款式，謑髁。

䯗 oán, chiū sī kha thâu u óan ê ì sù, chhek óan. óan kut.
ㄨㄢˇ，就是腳頭骬腕的意思，膝䯗。䯗骨。

髂 khà, io kut. thiah kut. La khà.
ㄎㄚˋ，腰骨。折骨，拉髂。

髃 Gû, keng chêng, keng thâu. kap 腢 jī Sio Siāng ì sù.
ㄩˊ，肩前，肩頭。與腢字相同意思。

十畫

髆 Phok, keng thâu kah, keng Phok.
ㄆㄛˊ，肩頭胛，肩髆。

髊 chho, hiú nōa ê kut. bóa gê kut. kap 磋 jī thong.
ㄘㄜ，朽爛的骨。磨牙骨。與磋字通。

髓 chhúi, kap 髓 jī Sio Siāng ì sù. kut lāi ê ko chí, chhé. kut chhúi.
ㄙㄨㄟˇ，與髓字相同意思。骨內的膏脂，骨髓。骨髓。

䯨 thui, chiū sī ām kún āu ê kut ê ì sù.
ㄊㄨㄟ，就是頷頸後的骨的意思。

髏 kiám, Giân, sán sán ê khoán sit, sán sòe ê khoán sit. Giân Giân bô bah. sán Giân Giân.
ㄍㄧㄢˇ，ㄧㄢˊ，瘦瘦的款式，瘦細的款式。髏髏無肉。瘦髏髏。

髖 hāi, chiū sī kut ê ì sù.
ㄏㄞˋ，就是骨的意思。

【髈】Pông, Phông, kha tó, kha pông. hiap ê kut. kap 膀 Sio Siāng. Phông kong.
ㄅㄤˇ,ㄆㄤˊ;脚肚,脚髈。脅下骨。與膀相同。髈胱。

十一—十三畫

【髏】Lô, chiū sī Lâng ê thâu khak kut, thâu Lô. tok Lô. kut thâu, ko Lô.
ㄌㄡˊ,就是人的頭殼骨,頭髏。髑髏。骨頭,骷髏。

【軀】ku, khu, kap 軀 jī Sio Siāng ì sù. Sin the ê ì sù. Sin ku. Seng khu. khu thé.
ㄍㄨ,ㄎㄨ,與軀字相同意思。身体的意思,身軀。身軀。軀體。

【髖】koat, chiū sī Sai bé tsui kut.
ㄍㄨㄚ,就是獅尾脽骨。

【髗】tông, tâng, bé tâng kut, bé tsui kut ê ì sù, tông khong khau kut. kha tâng, kha tâng kut.
ㄉㄨㄥˊ,ㄉㄤˊ,尾髗骨,尾脽骨的意思,髗骨空尻骨。脚髗,脚髗骨。
kha ê ē tsat ê ì sù, tōa kha tang. ài thit thô hām kha tâng. kòng kha tâng.
脚的下節的意思,大脚髗。愛迌迌撼脚髗。摃脚髗。

【髓】chhúi, chhé, Seng khu ê kut lāi ê kut chí, kut chhé. ím kì hiat, tsoat kì chhúi. thâu khak chhé.
ㄙㄨㄟˇ,ㄑㄝˊ,身軀的骨内的膏脂,骨髓。飲其血,絕其髓。頭殼髓。
Sū but ê tiōng iàu Só tsāi, cheng chhé. thiàⁿ kàu jip kut chhé. kap 髓 jī Sio Siāng.
事物的重要所在,精髓。疼到入骨髓。與髓字相同。

【體】thé, thái, thóe, tsôan Seng khu, Sin the. kong chhái, thé biān. Sòe Sim, thé thiap. Seng khu ê hêng, thé thāi.
ㄊㄧˇ,ㄊㄞˇ,ㄊㄨㄝˇ,全身軀,身體。光彩,體面。細心,體貼。身軀的形,體態。
Siat thái, chiū sī keh Sè Phài thâu koâiⁿ, Siat thái koâiⁿ. Sái thái, chiū sī sái Sèng tē ê ì sù.
設體,就是格勢派頭高,設體高。使體,就是使性地的意思。
thak thóe. thé Sio Siāng. ta Po Lâng Lú jī Séng, tsa bó thóe. Léng chhiò, àm mē, phī Sìuⁿ, keng thóe.
讀體。體相同。唐夫人女人性,查媒體。冷笑,暗罵,譬相,梗體。

【髑】tók, thâu khak kut, tók Lô. ko Lô kut.
ㄉㄨˊ,頭殼骨,髑髏。骷髏骨。

【髒】tsōng, tsang, khóng tsōng, Sin the pûi phâng, óa tī mn̂g pīⁿ. tit tit ê khoan Sit. ang tsang, chiū sī
ㄗㄤˋ,ㄗㄤ,骯髒,身體肥胖,倚佇門邊。直直的款式。骯髒,就是
bô chheng khì, Lâ Sâm.
無清氣,垃圾。

十四—十六畫

【髕】Pìn, Pīn, kha thâu u óaⁿ kut ê ì sù. chhek kài kut.
ㄅㄧㄣˋ,ㄅㄧㄣ,脚頭骨于腕骨的意思。膝蓋骨。

【髖】Khoan, n̄ng ki kha tó ê tiong kan, bé tsui kut. khoan pī.
ㄎㄨㄢ,兩支脚肚的中間,尾脽骨。髖髀。

【髗】Lô, kap Sio Siāng ì sù. thâu khak kut, thâu Lô.
ㄌㄨˊ,與顱·髏相同意思。頭殼骨,頭髗。

高	部	189

【高】ko, kau, koâiⁿ, kò, thong thâu koan bōng ê tâi, ko tâi. thian thé ko chhim. kē ê tùi hoán koâiⁿ. jîn phín hó,
ㄍㄠ,ㄍㄠˇ,ㄍㄨㄞˊ,ㄍㄠˋ,坑頭觀望的臺,高臺。天體高深。低的對反高。人品好,
koân ko sū. mih kùi, ko kè. tōa lâu, ko Lô. mih hó, súi, ko kip. kau hèng. chiū sī Sim kōaⁿ tōa ì
高士。物貴,高價。大樓,高樓。物好,美,高級。高興,就是心肝大意
hiòng ê ì sù. koâiⁿ kē, koâiⁿ lâu tōa hā. chhiú kiàh koâiⁿ koâiⁿ. ko tai, ia ko tai, éng chîⁿ ia
向的意思。高低,高樓大厦。手攑高高。高抬,敥高抬,用錢敥
ko tai, Sai kong Lâng Lâu ia chîⁿ thó hó hó hiaⁿ tī. ia chîⁿ koâiⁿ koâiⁿ hō Lâng khioh ì sù.
高抬,師公弄鐃敥錢討好好兄弟仔。敥錢高高在人拾的意思。

三·八·十三畫

【髚】khiâu, chiū sī koâiⁿ koâi ì sù.
ㄎㄧㄠ,就是高高的意思。

【㝵】koâiⁿ, koân, koâiⁿ Lâu, koân Lâu. khiā khah koân, Lí koâi Góa kē. khiā koân Soaⁿ khòaⁿ bé Sio that.
ㄍㄨㄞˊ,ㄍㄨㄢˊ,㝵樓,㝵樓。竪較㝵,你㝵我低。竪㝵山看馬相踢。

造字 與高字分別的白話音字。

【𩫛】khiâu, chiū sī koân koân ê ì sù
ㄎㄧㄠ,就是㝵㝵的意思。

髞 Sò，ㄙㄠˋ；chhò tōa，koân koân ê khoán sit。粗大，高高的款式。

髟 部 190

髟 Piu，Phiau，ㄅㄧㄡ，ㄆㄧㄠ，thâu mn̂g tn̂g，sit pe，mn̂g iā ê khoán sit，Phiau iû。頭毛長，翅飛，毛飄的款式，髟䳼。

二．三 畫

髡 khun，ㄎㄨㄣ；thì thâu mn̂g ê ì sù。Lâng miâ。Khun chhùi chhiu。Kó͘ tsá chi̍t khoán thì thâu mn̂g ê hêng hoat。剃頭毛的意思。人名。髡嘴鬚。古早一款剃頭毛的刑罰。

髢 tē，thè，ㄉㄧˊ，ㄊㄧˋ；ké ê thâu mn̂g，thâu mn̂g chió tī ké thâu mn̂g lâi tsng thā。假的頭毛，頭毛少戴假頭毛來裝飾。

髨 khun，ㄎㄨㄣ；kap 髡 ji̍ sio siāng ì sù。與髡字相同意思。

四 畫

髣 hóng，ㄈㄤˇ；thâu mn̂g sàm。chhin chhái。hóng hut，chhin chhiū。hū jîn lâng siú sek。bô bêng。頭毛鬖。且採。髣髴，親像。婦仁人的首飾。無明。

髤 hiu，ㄒㄧㄡ；thâu mn̂g âng chē o͘ chió ê sek。ēng chhat lâi chhat o͘，hiu chhat。頭毛紅多黑少的色。用漆來漆黑，髤漆。

髧 cheng，ㄐㄧㄥ；mn̂g sàu sàm，khah siōng sī chí chhùi chhiu。cheng lêng。kap 鬇．鬡 ji̍ sio siāng。毛鬖鬖，較常是指嘴鬚。髧鬡。與鬇、鬡字相同。

髦 mô͘，ㄇㄠˊ；thâu mn̂g。thâu mn̂g sûi lo̍h thâu hia̍h，gín á ê kak tsang。tsùn siù ê lâng，mô͘ sū。sî siōng sin tiâu，sî mô͘。bé tsang，mô͘ má。頭毛。頭毛垂落頭額，囝仔的角鬃。俊秀的人，髦士。時尚新潮，時髦。馬鬃，髦馬。

髬 Phi，ㄆㄧ；Phah sàm thâu mn̂g teh tsáu。chhùi chhiu chē chē ê ì sù，Phi su。打鬖頭毛咧走。嘴鬚多多的意思，髬髵。

髧 tám，ㄉㄢˇ；thâu mn̂g sûi lo̍h，thâu mn̂g tūi lo̍h siang pêng ê khoán sit，tám liōng mô͘ chi māu。頭毛垂落，頭毛墜落双爿的款式，髧兩髦之貌。

髯 jiâm，ㄖㄢˊ；chhùi phóe phīⁿ ê mn̂g。ām ē ê mn̂g。chhùi chhiu。嘴面比邊的毛。頷下的毛。嘴鬚。

五 畫

髮 hoat，ㄈㄚˇ；thâu mn̂g，thâu hoat。Goân phòe ê bôe，hoat chhe。kiat hoat hu chhe。thì thâu mn̂g，lí hoat。頭毛，頭髮。原配的媒，髮妻。結髮夫妻。剃頭毛，理髮。

髴 hùi，hut，ㄈㄟˋ，ㄈㄨˊ；hū jîn lâng ê siú sek，hóng hut。chhin chhiū ê ì sù，hóng hut sio siāng。bô bêng。婦仁人的首飾，髣髴。親像的意思，彷彿相同。無明。

髥 jiâm，ㄖㄢˊ；kap 髯 ji̍ sio siāng ì sù。與髯字相同意思。

髡 khàm，khiâm，ㄎㄢˇ，ㄑㄧㄢˊ；thâu mn̂g chhiⁿ，chhiⁿ khàn sek，thì hoân lâng ê thâu mn̂g，khiâm thek。頭毛青，青髫色。剃犯人的頭毛，髡剔。

髳 bô͘，mâu，mô͘；ㄇㄡˊ，ㄇㄠˊ，ㄇㄛˊ，saⁿ im lóng sio siāng ì sù。hûn lâm seng chi̍t só͘ tsāi ê miâ。三音攏相同意思。雲南省一所在的名。

髫 thai，ㄊㄞ；hū jîn lâng ké tsòe ê thâu mn̂g。tsáng。tsang pâi。婦仁人假做的頭毛。髫。髫排。

髫 siâu，tiâu，ㄒㄧㄠ，ㄉㄧㄠˊ；gín á ê thâu mn̂g sûi lo̍h，siâu hoat。sió jî hoat。sûi tiâu。iù liân，tông liân，tiâu lêng。囝仔的頭毛垂落，髫髮。小兒髮。垂髫。幼年，童年，髫齡。

髭 tsu，ㄗ；bīn māu súi hó khòaⁿ，chhùi chhiu hoat tī chhùi tûn téng bīn ê kiò tsu。hoat tī ē bīn ê kiò chhiu。面貌俊好看，嘴鬚發佇嘴唇頂面的叫髭。發佇下面的叫鬚。

髲 pī，phī，ㄅㄧˋ，ㄆㄧˋ；thâu mn̂g，thìⁿ thâu，ké thâu mn̂g，chhah tī hū jîn lâng thâu chiū ê tsng thā。頭毛，剃頭，假頭毛，插佇婦仁人頭上的裝飾。

六 畫

髻 kè，ㄍㄧˋ；chiū sī tsáng thâu mn̂g ê ì sù。thâu mn̂g ê kat。就是鬃頭毛的意思。頭毛的結。

髵 jî，ㄖˊ；chhùi phóe ê khó͘ mn̂g。tsōe tsōe mn̂g ê khoán sit。嘴面比的苦毛。多多毛的款式。

髶 jiông, ㄖㄨㄥˊ, iù iù ê thâu-mn̂g. mn̂g pò͘.
幼幼的頭毛。毛布。

髹 hiu, ㄒㄧㄡ, kap 髤 jī sio siāng ì-sù.
與髤字相同意思。

髺 koat, ㄍㄨㄚˋ, sóe thâu-mn̂g. kat thâu-mn̂g, koat hoat.
洗頭毛。結頭毛，髺髮。

七畫

髽 chhoa, ㄓㄨㄚ, kó͘-tsá hū-jîn-lâng tī song-sū ê sî, ēng môa kap thâu-mn̂g tsòe kè.
古早婦仁人佇喪事的時，用麻及頭毛結做髻。

髻 kè, kòe, ㄍㄝ ㄍㄨㄝ, kap 髻 sio siāng. sin-niû kè. kè soh. tì kè, thǹg kè. koe kè, chiū sī koe-koan. koe kè hoe.
與髻相同，新娘髻。髻索。戴髻，褪髻。鷄髻，就是鷄冠。鷄髻花

髼 hông, ㄆㄥˊ, thâu-mn̂g jû jû ê khoán-sit. hông song hoat loān.
頭毛茹茹的款式。髼鬆髮乱。

髩 pìn, ㄅㄧㄣˋ, kap 鬢 jī sio siāng, khòaⁿ 13 ōe tsù-kái.
與鬢字相同，看十三畫註解。

髿 sa, ㄙㄚ, thâu-mn̂g loān loān, sam sa. thâu-mn̂g sûi, thâu-mn̂g sûi loh ê ì-sù.
頭毛乱乱，鬖髿。頭毛垂，頭毛垂落的意思。

髾 sau, ㄕㄠ, thâu-mn̂g bé. hûi-chhiⁿ ê bé. ìⁿ-á ê bé. kî sûi loh ê chiáu sit-mn̂g.
頭毛尾。彗星的尾。燕仔的尾。旗垂落的鳥翅毛。

鬀 thè, ㄊㄧˋ, thì thâu-mn̂g, tōa-lâng kiò tsòe khun. gín-á kiò tsòe thè. kap 剃 jī sio siāng
剃頭毛，大人叫做髡。囡仔叫做鬀。與剃字相同

八畫

鬇 cheng, ㄓㄥ, kap 鬇、鬡 jī sio siāng. khòaⁿ 4 ōe tsù-kái.
與鬇、鬡字相同。看四畫註解。

鬈 koân, ㄑㄩㄢˊ, thâu-mn̂g hó, lâng súi thâu-mn̂g koh hó, kî jîn bí chhiáⁿ koân. thâu-mn̂g oan khiau.
頭毛好，人媠頭毛閣好，其人美且鬈。頭毛彎翹。

鬅 pêng, ㄆㄥˊ, pêng cheng, chiū sī thâu-mn̂g sàm sàm jû jû ê ì-sù.
鬅鬇，就是頭毛鬖鬖茹茹的意思。

鬖 sam, ㄙㄢ, thâu-mn̂g sûi loh ê ì-sù, jû jû loān loān ê thâu-mn̂g. sàm sàm. sàm mn̂g.
頭毛垂落的意思，茹茹乱乱的頭毛。鬖鬖。鬖毛。

鬆 song, sang, ㄙㄨㄥ, ㄙㄤ, thâu-mn̂g sàm sàm loān loān, hông song hoat loān. bô ân. pàng sang. song chhiu. sim chêng khin sang.
頭毛鬖鬖乱乱，髼鬆髮乱。無緊，放鬆。鬆手。心情輕鬆。
tēng sang. sang hòa hòa. ta sang. kut thó͘ hō͘ i sang.
碇鬆。鬆化化。乾鬆。掘土互它鬆。

鬄 thè, ㄊㄧˋ, kap 髢 jī sio siāng. ké thâu-mn̂g. thì thâu. chián thâu-mn̂g, koah, pak kut, tû khì, thè khì.
與髢字相同。假頭毛。剃頭，剪頭毛，割，剝骨，除去，鬄去。

鬃 tsong, tsang, tsáng, ㄗㄨㄥ, ㄗㄤ, ㄗㄤˇ, thâu-mn̂g, thâu-tsang. bé hāng tsang. ti mn̂g, ti tsang. kó͘-tsá ê gín-á lâu sìn tsang.
頭毛，頭鬃。馬項鬃。豬毛，豬鬃。古早的囡仔留顖鬃。
lâu thâu-tsang. piⁿ thâu-tsang. tsa-bó͘ gín-á piⁿ kak tsang. chhài tsang, chhài thâu-tsang. tiū kó tsáng.
留頭鬃。編頭鬃。查某囡仔編角鬃。菜鬃，菜頭鬃。稻稿鬃。
tsáng thâu-mn̂g. thiu tsang. sòa tsáng. kui pé ê ì-sù.
鬃頭毛。抽鬃。續鬃。歸把的意思。

鬌 thûi, ㄊㄨㄟˊ, thâu-mn̂g sûi loh. pìn sûi ê ì-sù.
頭毛垂落。鬢鬌的意思。

髟沓 tap, ㄉㄚˋ, chiū sī thâu-mn̂g ê ì-sù.
就是頭毛的意思。

鬉 tòng, ㄉㄨㄥˋ, thâu-mn̂g sang sang ê khoán-sit.
頭毛鬆鬆的款式。

髟系 chhài, ㄑㄧˋ, pak thâu-mn̂g ê soh-á, chhài tòa. thâu pò͘.
縛頭毛的索仔，鬃帶。頭布。

九畫

鬍 hô͘, ㄏㄨˊ, chhùi-chhiu thàu pìn-piⁿ, hô͘ chhiu. hô͘ hô͘. chhùi-chhiu hô͘ hô͘.
嘴鬚透鬢邊，鬍鬚。鬍鬍。嘴鬚鬍鬍。

䰄 su, ㄙ, sè sè iù iù ê thâu-mn̂g. chhùi-chhiu tsōe tsōe ê ì-sù, phi su.
細細幼幼的頭毛。嘴鬚多多的意思，髬䰄。

鬇 tsong, ㄗㄥ, thâu-mn̂g sàm sàm loān loān ê ì-sù. tseng loān.
頭毛鬖鬖乱乱的意思。鬇乱。

鬌	tô, sûi ㄉㄨㄛˊ, ㄊㄨㄛˇ	thâu mn̂g sûi lóh。gín á thì thâu só͘ lâu ê mn̂g, sìn tsâng。Lâu tī pìn pìn ê mn̂g, pìn sûi。 頭毛垂落。囡仔剃頭所留的毛，顖鬌。留佇鬢邊的毛，鬢鬌。
鬚	su, chhiu ㄒㄩ, ㄑㄧㄡ	chhùi kháu ê mn̂g, chhùi chhiu。kap 鬚 sio siāng。 嘴口的毛，嘴鬚。與須相同。
鬖	ga ㄫㄚˊ	thâu mn̂g loān loān jû jû ê khoán sit。 頭毛乱乱茹茹的款式。
鬉	tsong, tsóng ㄗㄨㄥ, ㄗㄨㄥˇ	kap 鬃 sio siāng。iā sī thâu tsang。pīⁿ kak tsáng, tsáng kak。tsng thāⁿ thâu mn̂g ê ì sù。 與鬃相同。也是頭鬃。編角鬃，鬃角。裝飾頭毛的意思。
鬋	chiân ㄐㄧㄢˇ	hū jîn lâng ê thâu mn̂g sûi tī pìn kak, chián pìn。chián thâu mn̂g hō͘ i pîⁿ。thong chián。 婦仁人的頭毛垂佇鬢角，鬋鬢。剪頭毛互它平。通剪字
鬏	chiu ㄐㄧㄡ	tsang thâu, thâu tsang。 鬃頭，頭鬃。

十畫

鬐	kî ㄑㄧˊ	bé ām kún téng ê mn̂g, chit kî。thong 鰭 jī。bé hāng tsang。 馬頷頸頂的毛，脊鬐。通鰭字。馬項鬃。
鬒	chín ㄓㄣˇ	thâu mn̂g chē chē chhin chhiūⁿ hûn, o͘ thâu mn̂g, thâu mn̂g súi。chín hoat jû hûn。 頭毛多多親像雲，黑頭毛，頭毛媄。鬒髮如雲。
鬆	Phoân ㄆㄨㄢˊ	thâu mn̂g hiông kài kài teh beh tńg tsòe peh sek ê ì sù。 頭毛雄怪怪，哟乜轉做白色的意思。
鬤	jiông ㄖㄨㄥˊ	jû chhiáng chhiáng loān loān ê thâu ê thâu mn̂g。 茹冗冗乱乱的頭毛。

十一畫

鬘	bân ㄇㄢˊ	thâu mn̂g súi ê khoán sit, saⁿ tsng thāⁿ, ā sī koaⁿ bō͘ ê lūi。 頭毛媄的款式，衫裝飾，或是官帽的類。
鬖	sam, sàm, sân ㄙㄢ, ㄙㄢˇ, ㄙㄢˊ	thâu mn̂g sûi loh ê ì sù, lâm sam。thâu mn̂g jû jû loān loān, sàm sàm, sàm mn̂g。 頭毛垂落的意思，鬖鬖。頭毛茹茹乱乱，鬖鬖，鬖毛。 sàn pô͘, sàm pô͘, chiū sī chheng sng hà ê saⁿ。bé ê chhiu 鬖袍，鬖袍，就是穿喪孝的衫。尾的鬚
鬃	chiong ㄐㄩㄥ	thâu mn̂g bô kim, sàm sàm。 頭毛無金，鬖鬖。
鬏	hiu ㄏㄧㄡ	kap 髹 jī sio siāng。khòaⁿ 4 ūi tsù kái。 與髹休字相同。看四畫註解。
鬇	cheng ㄐㄧㄥ	kap 鬇。鬇 sio siāng。khòaⁿ 4 ūi tsù kái。 與鬇。鬇藏相同。看四畫註解。
鬔	hông ㄏㄨㄥˊ	kap 髼 jī sio siāng。thâu mn̂g jû jû ê khoán sit。 與髼字相同。頭毛茹茹的款式。
鬆	tsong, tsóng ㄗㄨㄥ, ㄗㄨㄥˇ	kap 鬃 jī sio siāng。 與鬃字相同。

十二畫

鬠	koè, kùi ㄍㄨㄛ, ㄍㄨㄟ	sóe thâu mn̂g, pàk thâu mn̂g kat, mī sòaⁿ liú á tsang。ut khiau lâi pàk。 洗頭毛，縛頭毛結，麵線紐仔鬃。屈曲來縛。
鬙	cheng ㄐㄧㄥ	té té ê thâu mn̂g, pìn pīⁿ ê thâu mn̂g, sàm sàm jû jû ê ì sù。pêng cheng。 短短的頭毛，鬢邊的頭毛，鬖毛鬖毛茹茹的意思。鬅鬙。
鬚	su, chhiu ㄒㄩ, ㄑㄧㄡ	chhùi kháu ê mn̂g, chhùi chhiu。chháu á mn̂g。sòe kun, sòe si。hô͘ chhiu。 嘴口的毛，嘴鬚。草仔毛。細根，細絲。鬍鬚。
鬣	Liap ㄌㄧㄝˋ	ngī ê mn̂g, tn̂g ê chhiu。bé tsang, má liap。bé hāng tsang。ti tsang。kap 鬣 sio siāng。 硬的毛，長的鬚。馬鬃，馬鬣。馬項鬃。猪鬃。與鬣相同。
鬫	kek ㄍㄜˊ	chhùi chhiu ê khoán sit, tsu kek。 嘴鬚的款式，髭鬫。

十三·十四畫

鬟	hoân ㄏㄨㄢˊ	hū jîn lâng tsáng n̄ng oân thâu kat ê tsng thāⁿ, hoân kè。lú pī, tsa bó͘ kán, a hoân。 婦仁人鬃兩丸頭結的裝飾，鬟髻。女婢，查媒𡢃，丫鬟。
鬢	pìn ㄅㄧㄣˋ	chhùi phoe téng bīn hīⁿ á pìn, pìn pìn。pìn mn̂g。pìn kak。pìn sûi。 嘴䫌乜頂面耳仔邊，鬢邊。鬢毛。鬢角。鬢鬌。
鬞	Lâm ㄌㄢˊ	thâu mn̂g tn̂g, thâu mn̂g tsōe tsōe, pì sûi ê thâu mn̂g sòe ê khoán。 頭毛長，頭毛多多，鬢鬌的頭踈的款。

鬃	bông, ㄅㄨㄥ,	bé hāng tsang, chiū sī tī bé ām kún tńg ê m̂ng. 馬項鬃，就是佇馬頷頸長的毛
鬇	Lêng, ㄌㄥ,	thâu m̂ng bô chê, Loān Loān sàm sàm ê khoán sit. cheng Lêng. 頭毛無齊，乱乱毿毿的款式。鬇鬡。

十五—十九畫

鬣	Liap, ㄌㄧㄝˋ,	kap 鬛 jī sio siāng ì sù. ngī ê m̂ng, tńg ê chhiu. bé tsang, m̄a Liap. bé hāng tsang. ti tsang. 與鬛字相同意思。硬的毛，長的鬚。馬鬃，馬鬣。馬項鬃。猪鬃。
鬢	tsàn, ㄗㄢˋ,	thâu m̂ng kng kut hó khoà" ê khoán sit. thâu m̂ng tsōe tsōe. 頭毛光滑好看的款式。頭毛多多。
鬡	chhàng, ㄔㄤ,	thâu m̂ng tsōe tsōe jū jū ê khoán sit. chhàng chhàng. chhàng chhiu. sán ti Gê Giàng Giàng. 頭毛多多茹茹的款式，鬡鬡。鬡鬚。瘦猪牙𪘏𪘏
		sán kau mô chhàng chhàng. 瘦狗毛鬡鬡。
鬤	jiông, ㄖㄨㄥ,	thâu m̂ng Loān Loān ê khoán sit. 頭毛乱乱的款式。
鬛	cheng, ㄐㄧㄝ,	kap 鬣 jī 鬛 jī sio siāng ì sù. chhiá" khoà" 4 ūi tsù kái. 與鬣字鬛字相同意思，請看四畫註解。
鬢	tsàn, ㄗㄢˋ,	kap 鬢 jī sio siāng ì sù. chhiá" khoà" 15 ūi tsù kái. 與鬢字相同意思，請看十五畫註解。

鬥 部 191

鬥	tò, tàu, ㄉㄡˋ,	n̄ng Lâng kiâh ke si oàn ke, sio phah ê ì sù. cheng tàu. sio tàu. tàu hoat. tò cheng. 兩人擇傢私冤家，相打的意思。爭鬥。相鬥。鬥法。鬥爭。

四—六畫

鬦	tò, tàu, ㄉㄡˋ,	tú tioh, sa" chi", oàn ke, sa" tùi, sa" tâi, kap teng bīn jī sio siāng ì sù. Pang tsān, tàu kha chhiú 抵着，相爭，冤家，相對，相刣，與頂面字相同意思。幫助，鬥腳手，
		tàu pang tsān. tò khì. tò chì. chiàn tò. 鬥幫助。鬥氣。鬥志。戰鬥
鬨	Piān, ㄅㄧㄢ,	chiū sī phah Lâng. sio phah ê ì sù, sa" kong kek. 就是打人。相打的意思，相攻擊。
鬧	Lāu, nāu, ㄌㄠˋ, ㄋㄠˋ,	kap 吏 jī sio siāng. soan hoa, ū kàu nāu, nāu tāng, Lāu jiat. jiáu Loān, chhá nāu. nāu cheng. 與吏字相同。喧嘩，有夠鬧，鬧動，鬧熱。擾乱，吵鬧。鬧鐘。
鬨	hāng, hōng, ㄏㄤ, ㄏㄨㄥ,	chhá nāu ê sia", cheng tàu. nāu hōng hōng. soan hoa ê sia", hōng tōng tōa chhiò. 吵鬧的聲，爭鬭。鬧鬨鬨。喧嘩的聲，哄堂大笑。

八—十畫

鬩	hek, gé, ㄏㄜˋ, ㄒㄧˋ,	gâu sio kò, oàn ke, oàn hūn. hia" tī sit hô, heng tē hek ū chhiu. hek chhiòng. gé hūn. 勢相告，冤家，怨恨。兄弟失和，兄弟鬩于牆。鬩牆。鬩恨。
鬨	hāng, ㄏㄤ,	kap 鬨 jī sio siāng ì sù. oàn ke sio thâi ê sia". 與鬨字相同意思。冤家相刣的聲。
鬮	khiu, khau, ㄎㄧㄡ, ㄎㄡ,	siá jī tī tsóa hō Lâng Lâi Liam Lâi Liu, sa" chi" theh. khiu chhiú. Liam khau, khioh khau, thiu khau 寫字佇紙給人來拈來抽，相爭提。鬮取。拈鬮，拾鬮，抽鬮，
		Liu khau, chhong khau. tsòe khau. 抽鬮，創鬮。做鬮。
鬭	tò, tàu, ㄉㄡˋ,	siok jī. sio phah, sa" chi", sa" tùi, tò cheng. chiàn tò. tò hoat. tàu pang tsān, tàu kha 俗鬭字。相打，相爭，相對，鬭爭。戰鬭。鬭法。鬭幫助，鬭腳
		chhiú. tàu tin. tàu oá" giáh. tàu sún, tàu bîn chhn̂g. tàu su iâ". tsòe Liáu ū tàu tah. 手。鬭陣。鬭碗額。鬭榫，鬭眠牀。鬭輸贏。做了有鬭貼。
		tàu béng. tàu sa" kāng. tàu chhut Lát. kap 鬥·鬦·鬭·鬪 jī, sio siāng ì sù. 鬭猛。鬭相共。鬭出力。与鬥·鬦·鬭·鬪字，相同意思。

十一—十七畫

鬪	tò, tàu, ㄉㄡˋ,	kap teng bīn jī sio siāng ì sù. 與頂面字相同意思。
鬫	hâm, hàm, ㄏㄢ, ㄏㄢˋ,	hó sai háu ê sia", khîm siù siū khì háu ê sia". toā sia". thák n̄ng im Lóng sio siāng. hám hám. 虎獅吼的聲，禽獸怒氣吼的聲。大聲。讀兩音攏相同。鬫鬫。

【鬬】 tò, tàu ㄉㄡˋ, ㄉㄡˋ
kap 鬪 jī sio siāng ì sù.
與鬪字相同意思。

【鬮】 khiu, khau ㄍㄧㄡ, ㄎㄡ
kap 鬮 jī sio siāng. khòaⁿ 10 ūi tsù kái.
與鬮字相同。看十畫註解。

鬯 部 192

【鬯】 thiòng ㄔㄤˋ
Sòe á kap Phang chháu chìm chiú lâi hāu tsó͘ kong, thiòng hiuⁿ chiú. Phang chháu ê miâ, thiòng hiuⁿ chháu.
黍仔與香草浸酒來孝祖公，鬯香酒。香草的名，鬯香草。
kap 暢 jī thong. chháu bák bō͘ sēng, thiòng bō͘.
與暢字通。草木茂盛，鬯茂。

十八·十九畫

【[illegible]】 ut, ㄩˋ
chiū nâ ām ām, chháu bák chhiong sēng, Phang chháu, ut thiòng, ké chí miâ,
樹林菴菴，草木昌盛，香草，鬱鬯。菓子名，

【鬱】 ut, eh ㄩˋ, ㄜˋ
chhó bók bō͘ sēng, ong ut. ut chek. Phang chháu miâ, ut kim. ut kim hiong. àu chhàu kiò tsòe ut.
草木茂盛，蓊鬱。鬱積。香草名，鬱金。鬱金香。歐臭叫做鬱。
Sim bô chheng ut kiat. ut būn. ut tsut. áu khiau, ut khiau. hì lô͘, ut lô͘. ut siong
心無清，鬱結。鬱悶。鬱悴。拗曲，鬱曲。疿勞，鬱勞。鬱傷。
chē kú ut tiàu. kāu eh. ai eh. áu eh, chiū sī ut tsut ê ì sù.
坐久鬱跳。厚鬱。哀鬱。拗鬱，就是鬱悴的意思。

鬲 部 193

【鬲】 kek, lėk ㄍㄜˊ, ㄌㄧˋ
hûi ê khì khū, tó jîn chhut tiōng kek. Lâng ê sìⁿ kek. kap 隔 jī thong. Lėk, chit khoán
磁的器具，陶人出重鬲。人的姓鬲。與隔字通。鬲，一款
kó͘ tsá ê tiáⁿ, ōe tóe tit 6 táu 2 chin. Saⁿ kha tiáⁿ, ná hiuⁿ lô͘.
古早的鼎，能貯得六斗二升。三腳鼎，如香爐。

三一七畫

【[illegible]】 ko, ㄍㄜ
chîn jîn kiò tsòe thó͘ tiáⁿ ê ì sù.
秦人叫做土鼎的意思。

【[illegible]】 ko, ㄍㄜ
kap [illegible] jī sio siāng ì sù.
與[illegible]字相同意思。

【鬴】 hú, ㄈㄨˇ
tiáⁿ, tiáⁿ tsàu. tóe tit 6 táu 4 chin. tsúi tiong ê tōe, thang khiā khí ê tōe, hêng ná tiáⁿ kòa.
鼎，鼎灶。貯得六斗四升。水中的地，可豎起的地，形如鼎蓋。

八·九畫

【鬵】 sîm, ㄒㄧㄣˊ
chiū sī tōa ê tiáⁿ, hú sîm. kín kín ê ì sù, sîm chit.
就是大的鼎，釜鬵。緊緊的意思，鬵疾。

【[illegible]】 sîm, ㄒㄧㄣˊ
kap [illegible] jī sio siāng ì sù.
與[illegible]字相同意思。

【鬷】 tsong, tsóng ㄗㄨㄥ, ㄗㄨㄥˇ
siók tiáⁿ ê lūi. Lóng tsóng hap khí lâi ê ì sù, tsong māi. Lâng ê sìⁿ. hàn hâu kok ê miâ, tsóng. chháu ê miâ.
屬鼎的類。攏總合起來的意思，鬷邁。人的姓。漢侯國的名，鬷。草的名。

十二一十六畫

【鬻】 chiok, iòk ㄓㄨˊ, ㄩˋ
ám bê, bí tsú nōa, Pn̄g kā ám, khó khó ê khoán sit, chiok bê. hoat bōe, bōe mih,
泔糜，米煮爛，飯摻泔，涔涔的款式，鬻糜。發賣，賣物，
iúⁿ chhī. thong iòk jī. iòk bûn, siá bûn chiuⁿ bōe chîⁿ. siⁿ iòk, īn iòk.
養飼。通育字。鬻文，寫文章賣錢。生育，孕鬻。

【[illegible]】 chháu, tiau ㄔㄠˇ, ㄉㄧㄠ
ta ta chian, chhá, ngâu mih.
乾乾煎，炒，熬物。

鬼 部 194

鬼 kúi, ㄍㄨㄟˇ;
Sí Lâng ê Sîn hûn, Phái" sîn, kúi Sîn. Kî koài, kúi koài. kan tsà, Kan kúi. Kúi kè.
死人的神魂，惡神，鬼神。奇怪，鬼怪。奸詐，奸鬼。鬼計。
chit khoán Lîn ê hé kng, kúi á hé. tsûn Phái" Sim, Sim koa" kúi. kúi thâu kúi nau.
一款燐的火光，鬼仔火。存歹心，心肝鬼。鬼頭鬼腦。

三·四畫

鬽 bī, mūi, ㄇㄟˋ, ㄇㄨㄟˋ;
ín íu Lâng ê kúi Sîn. bī Lėk. á sī
引誘人的鬼神。鬽力。或是魅。

魁 khoe, ㄎㄨㄟˊ;
thâu Lâng, thâu khoe, khoe siú. thâu, tē it, khoe kah. toát khoe. Sin chhâi tōa hàn ióng tsòng,
頭人，頭魁，魁首。頭，第一，魁甲。奪魁。身材大漢勇壯，
khoe Gô. chhi" mîa, Pak táu tē it chhi", khoe chhi".
魁梧。星名，北斗第一星，魁星。

䰟 hûn, ㄏㄨㄣˊ;
kap ê bīn jī Sio Siāng.
與下面字相同。

魂 hûn, ㄏㄨㄣˊ;
iông kan ê khì. Lâng ê oah mîa, Sim Lêng, Sîn hûn. Lêng hûn. hûn Phek, Lâng ū
陽間的氣。人的活命，心靈，神魂。靈魂。魂魄，人有
Sam hûn chhit Phek. hui siông kia" hîa", hûn hui Phek Sàn. hûn Put hù the
三魂七魄。非常驚惶，魂飛魄散。魂不附體。

五—七畫

魅 bī, mūi, ㄇㄟˋ, ㄇㄨㄟˋ;
hāi Lâng ê koài bùt, Lâng bīn siù ê Seng khu, Lî mūi. in íu Lâng ê sim, bī Lėk. bī hėk
害人的怪物，人面獸的身軀，魑魅。引誘人的心，魅力。媚惑
ê ì sù. bû hêng ê Lėk Liōng. bī hėk.
的意思。無形的力量。魅惑。

魃 Poat, ㄅㄚˊ;
khòng hōa" ê kúi, hān Poat. Lâm hng ū Lâng n̄ng sa" chhioh, tsáu kia" ná hong.
亢旱的鬼，旱魃。南方有人長兩三尺，走行如風。

魄 Phek, thok, ㄆㄛˋ, ㄊㄨㄛˋ;
hù tī Sin thé ê Sîn hûn, khì Phek. thé Phek. hûn Phek, cheng Sîn. Sam hûn chhit Phek. Lâng
附佇身體的神魂，氣魄。體魄。魂魄，精神。三魂七魄。人
Sit Pāi tsáu thâu bô Lō, Lòk Phek. Geh chhim chhut bē bêng, Geh Phek. ū ióng khì, Phek Lėk.
失敗走頭無路，落魄。月還出未明，月魄。有勇氣，魄力。

魈 Siau, ㄒㄧㄠ;
chit khóan kúi ê mîa, San Siau. Siau. hêng ná Sio jī tòk kha
一款鬼的名，山魈。魈。形如小兒獨腳。

魊 hú, ㄏㄨˇ;
chiū sī Pak táu chhi" ê mîa.
就是北斗星的名。

八畫

魌 hėk, ㄏㄜˋ;
Gín á ê kúi. Kin kín ê hong. Kúi oá khò hong Lâi tng tán Lâng.
囡仔的鬼。緊緊的風。鬼依靠風來瞪等人。

魊 hėk, ㄏㄜˋ;
kap téng bīn jī Sio Siāng.
與頂面字相同。

魎 Lióng, ㄌㄧㄤˇ;
hāi Lâng ê kòai bùt, Soa" nâ tiong ê iau kòai, kúi mîa, bóng Lióng.
害人的怪物，山林中的妖怪，鬼名，魍魎。

魍 bóng, ㄨㄤˇ;
tsúi nih ê kúi Sîn, koài bùt, tsúi kúi ê mîa, bóng Lióng.
水裡的鬼神，怪物，水鬼的名，魍魎。

魋 tôe, ㄊㄨㄟˊ;
Sîn Siù, chhin chhiū" sòe chiah ê hîm, n̄g chhiah n̄g Sek, Lâng kio chhiah hîm. Lâng mîa, hoân tôa.
神獸，親像小隻的熊，毛赤黃色，人叫赤熊。人名，桓魋。

魏 Gūi, ㄨㄟˋ;
kok ê mîa, Lâng ê sì", Gūi. koâi" tōa, Gūi Gūi Gūi ko. thong Gūi jī.
國的名，人的姓，魏。高大，巍巍。魏高。通巍字。

十一—十二畫

魑 Lî, ㄔ;
hāi Lâng ê kòai bùt, kúi ê mîa. Soa" chhoan ê kúi koài, Lî bī bóng Lióng.
害人的怪物，鬼的名。山川的鬼怪，魑魅魍魎。

魔 mô, ㄇㄛˊ;
Phái" kúi, chiū sī mô kúi. ok mô. iau mô kúi kòai. mô Lėk. mô ông.
惡鬼，就是魔鬼。惡魔。妖魔鬼怪。魔力。魔王。

魒 Phiau, ㄆㄧㄠ;
chhi" ê ì sù. táu chhi" ê mîa.
星的意思。斗星的名。

鬾 ki, kî, ㄍㄧ, ㄍㄧˊ;
Lâm hng ê kúi, kúi á.
南方的鬼，鬼仔。

魖 ho", ㄏㄨ;
kúi ê mîa, mô ho".
鬼的名，魔魖。

十四畫

魗 chhiû, Siû, khì Sek ㄔㄡˊ, ㄒㄧㄡˊ, 氣色。Pháiⁿ 歹, khiap sì 㥦勢。Pháiⁿ khòaⁿ 歹看, Kap 與醜相同 Sio Siāng。

鬵 chek, chiam ㄐㄝˊ, ㄐㄧㄢ, kúi sí Liáu kiò tsòe chek 鬼死了叫做聻, Lâng siá chit jī Lâi tû siâ 人寫這字來除邪。ia sī hû bé ê jī 也是符尾的字。

魘 iám, iap ㄧㄢˇ, ㄧㄝˋ, Pháiⁿ ê bîn bāng 歹的眠夢, Pháiⁿ bāng 惡夢。bāng iám 夢魘。

魕 chhat ㄔㄚˋ, Lô chhat kok 羅魕國。Lô chhat kúi 羅魕鬼。

魚部 195

魚 Gû, hî ㄩˊ, ㄏㄧˊ, tsúi Lāi ê oah mih, tsúi nih ê hî 水内的活物, 水裡的魚。Lâng ê Sìⁿ Gû 人的姓魚。Pe̍h hî 白魚, o͘ hî kî 烏魚期, hî sit 魚翅, hî chhì 魚刺, hî nn̄g 魚卵; hî chí 魚子。hî kî 魚鰭。tām tsúi hî 淡水魚, kiâm tsúi hî 鹹水魚。môa Lâng bák chiu 瞞人目睭, hî bák hūn tsu 魚目混珠。

一～三畫

魪 at ㄚˋ, chi̍t hō bô Lân ê hî 一號無鱗的魚, chhin chhiūⁿ hê ko͘ hî 親像蝦鮕魚。iong at hî 鱝魪魚。

魜 jîn ㄖㄣˊ, hî, hái tiong ê Lâng hî 魚, 海中的人魚, hīⁿ 耳, chhùi 嘴, Phīⁿ 鼻, chhiú jiáu Lóng ū Phê 手爪攏有皮, Pe̍h ná Ge̍k bô Lân 白如玉無鱗。

魝 kiat ㄍㄧㄝˊ, Koah 割, thâi hî ê ì sù 刣魚的意思。

魛 to ㄉㄠ, hî ê miâ 魚的名, chhin chhiūⁿ to 親像刀, to hî 魛魚。ia kiò chhú hî 也叫鮆魚。

魟 kong ㄍㄨㄥ, thâng khoán sit chhin chhiūⁿ mô͘ hōe 虫款式親像螃蟹, ōe chia̍h tit 能食得。Pe̍h hî 白魚。

魦 siah ㄒㄧㄚˋ, chiū sī chi̍t khoán hî ê miâ 就是一款魚的名。

魠 thok, thoh, thuh ㄊㄨㄛ, ㄊㄨㄛˊ, ㄊㄨˊ, tōa bé ê hî 大尾的魚, n̂g chhùi Phóe ê hî 黄嘴𩷑比的魚。thô͘ thoh hî 土魠魚。thô͘ thoh 土魠。thô͘ thuh 土魠。

補二畫 **魜** kui ㄍㄨㄟ, kui á hî 魜仔魚, chiū sī sòe bé hî ê miâ 就是小尾魚的名。

魩 thn̂g ㄊㄥ, Soa thn̂g 沙魩, Soa thn̂g á hî 沙魩仔魚。chi̍t khoán sòe bé hî ê miâ 一款小尾魚的名。

四畫

魴 hong, hang ㄈㄤ, ㄏㄤˊ, hî ê miâ 魚的名, hông hî 魴魚。chi̍t miâ kiò Pian hî 一名叫鯿魚。hang hî 魴魚, hang á hî 魴仔魚。n̂g hang 黄魴, o͘ hang 黑魴。hang kiàm 魴劍, hang chhì 魴刺。thâu sòe seng khu khoah 頭小身軀闊, siû tsúi ná chiáu teh pe 泅水如鳥咧飛。

魪 kài ㄍㄞˋ, chiū sī Pí bák hî 就是比目魚。thoah se hî ê miâ 脫魦魚的名。

魿 kong, kang ㄍㄨㄥ, ㄍㄤ, hî ê miâ 魚的名, chhin chhiūⁿ hau 親像鱟。ná hōe 如蟹, thang chia̍h 可食。kang hî 魿魚。chiū sī hî ê hō 就是魚的號。hái ang 海魿。

魯 Ló͘ ㄌㄨˇ, Lâng ê Sìⁿ 人的姓。thô͘ tsúi kap tsòe bák sai hū ê tsó͘ su 泥水及做木師父的祖師, Ló͘ Pan 魯班。tì tūn 遲鈍, gōng tit 戇直, Ló͘ tūn 魯鈍。chhó͘ Sio̍k 粗俗, chhó͘ Ló͘ 粗魯。chiu tiâu sî ê kok miâ 周朝時的國名。Soaⁿ tang séng ê kán tan chheng hô͘ 山東省的簡單稱呼。

魨 tûn ㄊㄨㄣˊ, hî ê miâ 魚的名, hô tûn 河魨。chhin chhiūⁿ kho tó͘ 親像科斗, tōa bé ê chhioh Goā 大尾的尺外, sek tì chhiⁿ Pe̍h 色緻青白。chiū sī hô thûn 就是河豚。

魪 kài ㄍㄞˋ, kap 與魪字相同意思 jī Sio Siāng ì sù。

鈑 Pán, Póaⁿ ㄅㄢˇ, ㄅㄚˇ, chiū sī hî ê miâ 就是魚的名, Pán hî 鈑魚。chiū sī Pí bák hî 就是比目魚, thoah se hî 脫魦魚。Póaⁿ á hî 鈑仔魚, chhián âng sek 淺紅色, Pí chhiah tsang khah sòe bé 比赤鯮較小尾。Ló͘ Pòaⁿ 鹵鈑, sī chi̍t khoán eng iâm sī ê hî 是一款用塩豉的魚。

魩 boat, but, thak boat, chiū sī hî bé ê ì sù. but hî, but á hî, chit khoán chiok sòe bé ê hî.
ㄅㄨㄚ˙ㄉ, ㄅㄨ˙ㄉ; 讀魩, 就是魚尾的意思。魩魚, 魩仔魚, 一款足小尾的魚。
but á, but á pó.
魩仔, 魩仔脯。

鮃 ngó, hî ê miâ, ngó hî. Lô hî ê piat chióng. ngó á, ngó á hî. bah tiⁿ iù jī.
ㄫㄜˊ; 魚的名, 鮃魚。鱸魚的別種。鮃仔, 鮃仔魚。肉甜幼膩。

魫 sím, chiū sī hî á kiáⁿ ê ì sù.
ㄒㄧㄇˊ; 就是魚仔子的意思。

魰 hap, tsat, gap, hî ê miâ, lap tsat hî. hî chhùi tín tāng ê khoán sit, hap hap. gap gap. gap tsúi.
ㄏㄚㄅ˙, ㄗㄚ˙ㄉ, ㄫㄚㄅ˙; 魚的名, 魶魰魚。魚嘴振動的款式, 魰魰, 魰魰。魰水。

魶 lap, hî ê miâ, chhin chhiūⁿ pih bô khak, ū bé chhùi tī pak tó tiong ng, bô kha. ōe háu ná gín á.
ㄌㄚㄅ˙; 魚的名, 親像鼈無殼, 有尾嘴佇腹肚中央, 無腳。能哮如囝仔。

鮊 pa, hî ê miâ, pa lang hî. kiâm pa lang. iā ū kiò hoe liân hî, hoe hui hî. pa láu hî.
ㄅㄚ; 魚的名, 鮊鯪魚。鹹鮊鯪。也有叫花鰱魚, 花飛魚。鮊鮱魚。

魦 sa, se, soa, hî ê miâ, kau hî. khah sòe bé soa hî. kap 沙 jī sio siâng. soa hî, o· soa, hó· soa,
ㄙㄚ, ㄙㄝ, ㄙㄨㄚ; 魚的名, 鮫魚。較小尾魦魚。與 魚 字相同。魦魚, 黑魦, 虎魦,
liông bûn soa, káu bú soa. hó· se, thoah se hî.
龍紋魦, 狗母魦。虎魦, 脫魦魚。

魰 bûn, hî ê miâ, ōe pe, thâu khak pe̍h, seng khu ū lâm sek ê pan hûn.
ㄅㄨㄣˊ; 魚的名, 能飛, 頭殼白, 身軀有藍色的斑紋。

魷 iû, iû hî. chiū sī bô kut ê hî, bak tsat ê lūi, chiū sī jiû hî.
ㄧㄡˊ; 魷魚。就是無骨的魚, 墨鰂的類, 就是鰇魚。

魰 gûi, gû, chiū sī liah hî ê ì sù. thó hî, chhut hái thó liah, tiân gûi.
ㄫㄨㄧˊ, ㄫㄨˊ; 就是掠魚的意思。討魚。出海討掠, 畋魰。

五畫

鮓 tsà, tsá, thē, hî ê miâ, chit khoán ēng iâm · chiú · tsau iam sīⁿ ê hî. thē, tsá, ńng thē.
ㄗㄚˋ, ㄗㄚˇ, ㄊㄝ; 魚的名, 一款用塩·酒·糟來醃致的魚。鮓, 鮓, 軟鮓。
chit khoán bô thâu bô bak bô kut ê ńng ńng ná phê, hái thē. hiān kim kóng hái chiat. tsúi bú.
一款無頭無目無骨的軟軟如皮, 海鮓。現今講海蜇。水母。

鮍 chhi, tai, hî ê miâ, hô chhi. chiū sī thô thoh hî. chit khoán hî chhin chhiūⁿ chit á, ko· tai. tai á hî.
ㄑㄧ, ㄉㄞ; 魚的名, 鮖鮍。就是土鮀魚。一款魚親像鯽仔, 鮕鮍。鮍仔魚。

鮒 hū, hî ê miâ, hū chek hî. chiū sī chit á hî. saⁿ i oá ê ì sù.
ㄈㄨˋ; 魚的名, 鮒鯽魚。就是鯽仔魚。相依倚的意思。

鮒 ham, ham, chhin chhiūⁿ giô ū hûn ná chhù hiā, ham kap. pāng ê lūi.
ㄏㄢˊ; 鮒, 親像蟯有紋如厝瓦, 鮒蛤。蚌的類。

鮎 liam, liâm, hî ê miâ, thâu tōa chhùi khoah, bô lân, seng khu ū siūⁿ kut kut, liâm hî, liâm á hî.
ㄌㄧㄢˊ, ㄌㄧㄢˊ; 魚的名, 頭大嘴闊, 無鱗, 身軀有涎滑滑, 鮎魚, 鮎仔魚。

鮑 pau, páu, pâu, pau hî, pòe khak ê lūi, ńng ńng thē thē ê khoán sit, chiū sī hok hî, kap kiú khóng
ㄅㄠ, ㄅㄠˇ, ㄅㄠˊ; 鮑魚, 貝殼的類, 軟軟鮓鮓的款式, 就是鰒魚, 與九孔
sio siâng lūi. chit khoán chhàu chho ê kiâm hî ê miâ, páu hî. lâng ê sìⁿ pâu.
相同類。一款臭臊的鹹魚的名, 鮑魚。人的姓鮑。

鮀 tô, hî ê miâ, soa tô. sòe bé ê soa hî, sin thé îⁿ îⁿ, ū pan tiám
ㄊㄛˊ; 魚的名, 鯊鮀。小尾的鯊魚, 身体圓圓, 有斑點

鮐 thai, hô ti hî ê pat miâ, tōa chhioh gōa. pí jū lāu lâng phê hu siau sán, thai pòe.
ㄊㄞ; 河豬魚的別名, 大尺外。比喻老人皮膚消瘦, 鮐背。

鮋 iû, hî ê miâ, pe̍h iû hî.
ㄧㄡˊ; 魚的名, 白鮋魚。

鮕 ko·, sòe bé ê hî, khoán sit chhin chhiūⁿ chit á, ko· tai. hê ko·, chit khoán tī hái phiâⁿ thô· nih
ㄍㄨ; 小尾的魚, 款式親像鯽仔, 鮕鮍。蝦鮕, 一款佇海坪土裡
ná hê á.
如蝦仔。

鮆 chhú, chit khoán ê hî miâ, ū lâng kóng to hî. chhú hî.
ㄘˊ; 一款的魚名, 有人講魛魚。鮆魚。

鮏 cheng, seng, hî ê miâ. chhàu chho ê ì sù, hî àu phāiⁿ bī ê hî. kap 鯹 jī sio siâng ì sù.
ㄐㄧㄥ, ㄒㄧㄥ; 魚的名。臭臊的意思, 魚漚歹味的魚。與鯹字相同意思。

鮇 boat, hî miâ, hó hî. hî lân sòe sòe.
ㄅㄨㄚ˙ㄉ; 魚名, 好魚。魚鱗小小。

鮖 hô, hî ê miâ, hô chhi. chiū sī thô thoh hî.
ㄏㄜˊ; 魚的名, 鮖鮍。就是土鮀魚。

魚丙	Pêng, ㄆㄥˊ,	chit khóan ê Pāng, kap Pêng. thâng ê mîa, 一款的蚌，蛤蚌。虫的名，
魼	khu, ㄎㄨ,	khu hî. chiū sī Pí bak hî, khóan sit ū Pì Lân sòe sòe, nn̄g bak Pìⁿ Pìⁿ tī bīn téng. 魼魚。就是比目魚，款式如牛脾，鱗小小，兩目平平佇面頂。
鮅	Pit, ㄅㄧˋ,	hî ê mîa, chioh Pit hî. chhut tī Lâm hái, chit chhùn tn̂g Pak tó ê âng sek. 魚的名，石鮅魚。出佇南海，一寸長，腹肚下紅色。
魚旦	Siān, ㄒㄧㄢˋ,	hî, chhin chhiūⁿ tsoa, siān hî. kap 鱓 鱔 Sio Siāng ì sù. 魚，親像蛇，魚旦魚。與鱓．鱔相同意思。
鮂	Sîu, ㄒㄧㄡˊ,	chiū sī Pe̍h tòa hî, kang tong Lâng kìo tsòe chit jī Sîu. iā kìo Pe̍h tiâu hî. 就是白帶魚，江東人叫做這字鮂。也叫白鯈魚。
魚央	iong, ㄧㄤ,	hî ê mîa, bô Lân khoan sit chhin chhiūⁿ Liâm, tó͘ n̂g. iong at hî. 魚的名，無鱗款式親像鮎，肚黃。魚央魚乙魚。
魚幼	iú, aú, ㄧㄡˋ, ㄠˇ,	hî ê mîa, chiū sī Lí hî, siⁿ tī khoe ê tiong kan chhin chhiūⁿ chhe soa hî. chit khóan hî ê mîa, 魚的名，就是鯉魚，生佇溪的中間，親像吹沙魚。一款魚的名， Gām au á, Léng au á. 蘋魚幼仔，冷魚幼仔。
魚只	chí, ㄓˇ,	chí hî á, chí á hî. chiū sī chit khóan ê sòe bé hî. 魚只魚仔，魚只仔魚。就是一款的小尾魚。
造字		魚俏只字，小小。
魚甲	ap, kah, ㄧㄚˋ, ㄍㄧㄚˋ,	ap, hî mîa. ap tiap, hî Lân Pâi chin tsōe ê khóan sit. tsng thā chham chhi têng thiap ê ì sù. 魚甲，魚名。魚甲鰈，魚鱗排真多的款式。裝飾參差重疊的意思。 tek kah. chiū sī chit hō tn̂g kòn Po̍h ê hî. 竹魚甲。就是一號長個薄的魚。

六畫

鮫	kau, ka, ㄍㄠ, ㄍㄚ,	hî ê mîa, Soa hî ê ì sù, kau hî. Phe chho͘ ná soa. kî ōe thang tsòe hî chhì. ka, 魚的名，鯊魚的意思，鮫魚。皮粗如沙。鰭能可做魚翅。鮫， bé ka, bé ka hî. ka Lah hî. ka bāng hî 馬鮫，馬鮫魚。鮫鱲魚。鮫網魚。
鮭	hâi, kui, hâi, ㄏㄞˊ, ㄍㄨㄟ,	hî chhài ê tsóng chheng ho͘, hâi chhài. kui, kui hî, chhin chhiūⁿ tsun hî, Pún sī hái hî, chhiu 鮭，魚菜的總稱呼，鮭菜。鮭，鮭魚，親像鱒魚，本是海魚，秋 koe, ㄍㄨㄝ, thiⁿ sô tsui hô chhoan siⁿ nn̄g. bah âng sek, hó chia̍h. Koe hî 天溯水河川生卵。肉紅色，好食。鮭魚
鯗	Sióng, Siúⁿ, ㄒㄧㄤˇ, ㄒㄧㄡˇ,	chiū sī chit khóan ê hî, Pha̍k ta Lâi tsòe hî Pó͘. Pha̍k ta ê bah, chhin chhiūⁿ ah Siúⁿ 就是一款的魚，曝乾來做魚脯。曝乾的肉，親像，鴨鯗， koe Siúⁿ, hî Siúⁿ 鷄鯗，魚鯗。
鮮	Sian, Sián, chhiⁿ, ㄒㄧㄢ, ㄒㄧㄢˇ, ㄑㄧ,	oa̍h oa̍h, oa̍h ê hî, tū á thâi ê bah, Sin Sian, hái Sian, Siánhî. kng, Sián iām. 活活，活的魚，株仔刣的肉，新鮮，海鮮，鮮魚。光，鮮豔色。 chheng khì, Sián bí. Sián hoe. Sián bah. chío, khiàm kheh, hán tit, Sián iú. chhiⁿ, chhiⁿ hî. 清氣，鮮美。鮮花。鮮肉。少，欠缺，罕得，鮮有。鮮，鮮魚。 chhiⁿ chhioh, chiū sī Sin Sian ê ì sù. chhiⁿ hoe. hî á chhiⁿ 鮮膻，就是新鮮的意思。鮮花。魚仔鮮。
鮦	tông, ㄊㄨㄥˊ,	hái hî ê mîa, tn̂g n̄ng chhioh Gōa, Sin thé în, ū kóng sī o͘ hî. 海魚的名，長兩尺外，身体圓，有講是烏魚。
鮪	úi, ㄨㄟˇ,	hî ê mîa, úi hî. chiū sī chhńg á hî. ná Phang thûi ê hêng. tn̂g 7．8 chhioh. 魚的名，鮪魚。就是蟳仔魚。如紡錘的形。長七八尺
鮡	thiâu, ㄊㄧㄠˊ,	hî ê mîa, chhin chhiūⁿ Liâm hiah tōa, Pe̍h Sek, bô Lân, tī khoe tiong. chit khóan sòe bé hî ê mîa, 魚的名，親像鮎彼大，白色，無鱗，佇溪中。一款小尾魚的名， tī hái Piⁿ thô͘ nî sip tsuí ê só͘ tsāi, iā ōe thiàu, hoe thiâu. ba̍k chiu thò͘ thò͘. 佇海邊土泥濕水的所在，也能跳，花鮡。目睭吐吐。
鮱	Ló, Láu, ㄌㄠˇ, ㄌㄠˇ,	hî ê mîa, Pa Láu hî. 魚的名，鮊鮱魚。
鮬	ko͘, ㄎㄨ,	kap jī Sio Siāng ì sù. 與鮎字相同意思。
鮰	hôe, ㄏㄨㄟˊ,	iûⁿ tsú kang hî ê mîa. 楊子江魚的名。
鮧	î, ㄧˊ,	hô ti hî ê Pa̍t mîa, hô î hî. tō͘ Pe̍h chhiok ti̍ch mih chiū siū khì, koaⁿ ōe chia̍h sí Lâng. 河豬魚的別名，鯸鮧魚。肚白觸着物就怒氣，肝能食死人。

魚米 bí, ㄅㄧˊ; hî ê n̄ng, hî á kiáⁿ. 魚的卵，魚仔子。

鮞 jî, ㄖˊ; hî kiáⁿ, hî á kiáⁿ bē chiâⁿ ê, khun jî. hî ê miâ, tsoan jî. bí bí hó chia̍h. 魚子，魚仔子未成魚的，鯤鮞。魚的名，鱄鮞。味美好食。

鮧 î, ㄧˊ; hî miâ, iâm khǹg tī hî tn̂g á. î hî, chiū sī Liâm hî, tōa bé sin kut bô lân. 魚名，塩藏佇魚腸仔。鮧魚，就是鮎魚，大尾身滑無鱗。

鮠 Gûi, ㄨㄟˊ; hî ê miâ, chhin chhiūⁿ Liâm, khah tōa bé, Pe̍h sek âng kî. 魚的名，親像鮎，較大尾，白色紅鰭。

七畫

鯁 kéng, kēng, kéⁿ, ㄍㄥˇ, ㄍㄥˋ, ㄍㄝˇ; hî kut tiâu tī nâ âu, jû kéng tsāi hô. thák kēng sio siāng. ngī tit, chèng tit, kēng tit. 魚骨賭佇咽喉，如鯁在喉。讀鯁相同。硬直，正直，鯁直。
kéⁿ tio̍h, kéⁿ sí, kéⁿ kui, kap 骾 jī thong. 鯁着，鯁死，鯁胿，與骾字通。

鯀 kún, ㄍㄨㄣˇ; hî ê miâ, tōa bé hî. Lâng ê miâ, Ú ông Lāu Pē ê miâ. 魚的名，大尾魚。人的名，禹王老父的名。

鯉 Lí, ㄌㄧˇ; hî ê miâ, Lí hî. Seng oa̍h tī hô chhoan ô chiáu. kim Lí. chhiah Lí. chit khóan siù ê miâ, 魚的名，鯉魚。生活佇河川湖沼。金鯉。赤鯉。一款獸的名，
Lâ Lí. Pat miâ, chheng san kah. bé tōa tn̂g, kui sin lîn kah. Gu tek ê sî seng khu kiu óa 鯪鯉。別名，穿山甲。尾大長，歸身鱗甲。遇敵的時身軀縮倚
chit lia̍p ná kiû ōe ké sí. ké sí Lâ Lí chia̍h káu hiā. 一粒如球能假死。假死鯪鯉食狗蟻。

鮸 bián, ㄇㄧㄢˇ; bián hî, bah Lūn bī kam hó chia̍h. ū chîⁿ chia̍h bián bô chîⁿ bián chia̍h. 鮸魚，肉嫩味甘好食。有錢食鮸無錢免食。

鮾 Lóe, úi, ㄌㄨㄟˇ, ㄨㄟˇ; kap 餒 jī sio siāng ì sù. hî bah chhàu nōa ê ì sù. Lóe pāi. chhī cheng sīⁿ, iúⁿ chhī. 與餒字相同意思。魚肉臭爛的意思。鮾敗。飼精牲，養飼。

鯊 Sa, se, soa, ㄕㄚ, ㄕㄜ, ㄕㄨㄚ; kap 魦 jī sio siāng. soa hî. 與魦字相同。鯊魚。

鯈 tiâu, iû, ㄊㄧㄠˊ, ㄧㄡˊ; hî ê miâ, Pe̍h hî. Pe̍h tōa hî. Pe̍h tiâu hî. Pe̍h tōa ian. iû, Pe̍h hî sòe bé. 魚的名，白魚。白帶魚。白鯈魚。白帶煙。鯈，白魚小尾。

魦 Sa, ㄕㄚ; kap 鯊 jī sio siāng ì sù. soa hî. 與鯊鯊字相同意思。鯊魚。

鮻 So, ㄙㄛ; So á hî. So á pó. káu bú so hî. chiam so. hî ê miâ, hêng chhin chhiūⁿ so á. 鮻仔魚。鮻仔脯。狗母鮻魚。尖鮻。魚的名，形親像梭仔。

鰡 Liû, ㄌㄧㄡˊ; chit khóan hî ê miâ, kap Liû jī sio siāng. 一款魚的名，與鰡字相同。

鮕 khò, kè, ㄎㄛˋ, ㄍㄝˋ; hî ê miâ, khò. kè hî, kè á hî, Pak kè á. 魚的名，鮕。鮕魚，鮕仔魚，腹鮕仔。

鯃 Gô, ngô, ㄍㄛˊ, ㄫㄛˊ; hî ê miâ, Pe̍h Gô hî. Pe̍h ngô hî. 魚的名，白鯃魚。白鯃魚。

鯇 Gô, ngô, ㄍㄛˊ, ㄫㄛˊ; kap teng bīn jī sio siāng ì sù. 與頂面字相同意思。

鯇 hān, oán, ㄏㄢˋ, ㄨㄢˇ; hî ê miâ, chhin chhiūⁿ tsun hî khah tōa bé. 魚的名，親像鱒魚較大尾。

鯆 Phó, ㄆㄛˊ; hî ê miâ, Phó hî. bé ū to̍k, tōa bé hî. Kang thûn ê Pat miâ. 魚的名，鯆魚。尾有毒，大尾魚。江豚的別名。

鯰 Liâm, ㄌㄧㄚㄇˊ; kap 鮎 jī sio siāng. Liâm hî. Liâm á hî. Ji̍t Pún ê jī. 與鮎字相同。鯰魚。鯰仔魚。日本的字。

鮹 Sau, sio, só, ㄙㄠ, ㄒㄧㄛ, ㄙㄛˊ; Sau, hái hî ê miâ, Sau hî. Pak tó chhin chhiūⁿ bé pī, bé ū n̄ng chhe. sio, só, kap jiû hî 鮹，海魚的名，鮹魚。腹肚親像馬鞭，尾有兩叉。鮹，鮹，與鰇魚
siāng lūi, khah sòe bé, kha té té, sio kńg hî. sio kńg. só kńg. só kńg á. 同類，較小尾，腳短短，鮹卷魚。鮹卷。鮹卷。鮹卷仔。

鯉 thó, tāu, ㄊㄛˊ, ㄉㄠˋ; hî ê miâ, thó hî. tāu á hî. ō hî ê khoan sit, sòe bé. 魚的名，鯉魚。鯉仔魚，烏魚的款式，小尾。

鮑 ip, ㄧㄆ; hî ê miâ, Pau hî chiū sī hiān kim ê ip hî. 魚的名，鮑魚就是現今的鮑魚。

鰲 chhan, ㄘㄢ; hî ê miâ, chiū sī Pe̍h tiâu hî ê Pat miâ. 魚的名，就是白鯈魚的別名。

鮷 tê, thî, ㄊㄝˊ, ㄊㄧˊ; tê kap tê sio siāng ì sù. chiū sī tōa Liâm. thî, thô thî. chit khóan hî ê miâ, ná bé ka. 鮷與鯷相同意思。就是大鮎。鮷，鮧鮷。一款魚的名，如鰢鮫。

鯎 te̍k, ㄉㄜㄎ; hî ê miâ, te̍k hî. ū saⁿ ki chhiu. te̍k pô hî, i ê phê ná soa tsóa. 魚的名，鯎魚。有三支鬚。鯎婆魚，牠的皮如砂紙。 造字

[魚弄] Lang, ㄌㄤˊ, Lông
hî ê mîa, Pa Lang, kha chiah chhi° o Sek, Seng khu ū hoe bûn, tn̂g chhioh Gōa, ū kiò tsòe hoe hui hî,
魚的名，鮑鯐，尻脊青黑色，身軀有花紋，長尺外。有叫做花鯐魚，
hoe Liân hî. iā ū Lâng kiò tsòe chheng hî. Pa Lang hî. kiâm Pa Lang.
花鰱魚。也有人叫做鯖魚。鮑鯐魚。鹹鮑鯐。

造字 魚借弄來成字。

八 畫

鯢 Gê, Gé, ㄫㄝˊ, ㄫㄝ
Gê hî. chhin chhiūⁿ Liâm hî ū kha té té, ōe Peh chhiū. teh háu chhin chhiūⁿ eⁿ á. bú ê keng hî
鯢魚。親像鮎魚有腳短短，能爬樹。哟哮親像嬰仔。母的鯨魚
kiò tsòe Gê. keng Gê chiū sī tōa hî, iā Pí jū Put Gī ê Lâng. Gê hū, sòe bé hî ê mîa.
叫做鯢。鯨鯢就是大魚，也比喻不義的人。鯢鮒，小尾魚的名。

鯨 keng, khêng, ㄍㄝㄥ, ㄎㄝㄥ
hái tiong chiah Leng ê oah mih, tōa hî. keng hî. khêng hî. ōe Phû chhut hái bīn Lâi Phùn tsúi,
海中食乳的活物，大魚。鯨魚。鯨魚。能浮出海面來噴水，
Lâng kiò i sī hái ang.
人叫牠是海翁。

鯪 Lêng, Lâ, ㄌㄝㄥ, ㄌㄚ
Lêng hî. chiū sī thoân Soeh ê Lâng hî. Lêng Lí. chiū sī Sió hêng ê Siù, thâu chiam bé tōa,
鯪魚。就是傳說的人魚。鯪鯉，就是小形的獸，頭尖尾大，
sì kha, ū Lāi jiáu thang ó thô khang, kui Seng khu ū Lân kah, kah thang jip ioh kiò tsòe chioh Lêng.
四腳，有利爪可挖土孔，歸身軀有鱗甲，甲可入藥叫做石鯪。
Pát mîa, chheng San kah. chiū sī Lâ Lí. ōe ké sí, Lâng kóng ké sí Lâ Lí chiah kau hiā.
別名，穿山甲。就是鯪鯉。能假死，人講假死鯪鯉食狡蟻。

[養魚] Sióng, Síuⁿ, ㄒㄧㄤˇ, ㄒㄧㄨˇ
kap 鯗 jī Sio Siāng. khòaⁿ 6 ūi tsù kái.
與鯗字相同。看六畫註解。

鯧 chhiong, chhiuⁿ, ㄑㄧㄤ, ㄑㄧㄨ
hî ê mîa, Pe̍h chhiuⁿ. o͘ chhiuⁿ. Seng khu pìⁿ pìⁿ, kut Phàⁿ níng, bah tiⁿ bí hó chiah.
魚的名，白鯧。黑鯧。身軀扁扁，骨冇軟，肉甜美好食。

鯫 tso, ㄗㄛ
Pe̍h Sek ê Sòe bé hî, chhap tsa̍p ê hî á, thang tsòe hî koaⁿ. tsū khiam ê ōe, Sòe hàn Lâng, tsò seng.
白色的小尾魚，嘈雜的魚仔，可做魚乾。自謙的話，小漢人，鯫生。

鯖 chheng, ㄑㄧㄥ
í óng ê jī tián tsù kái sī tām tsúi hî, ka chiah chhiⁿ o͘ Sek, iā kiò tsòe chhiⁿ hî, ná chháu hî.
以往的字典註解是淡水魚，尻脊青黑色，也叫做青魚，如草魚。
jit Pún Lâng kóng sī Sat bák hî. hiān kim Só khòaⁿ Pa Lang hî. Sī hoe hui hî. thang tsòe koàn thâu.
日本人講是虱目魚。現今所看是鮑鯐魚。是花鯐魚。可做罐頭。

[魚隶] tāi, ㄉㄞˋ
tāi hî. chit khoán hî ê mîaⁿ.
[魚隶]魚。一款魚的名。

[婆魚] Pa, ㄅㄚ
chit khoán hî ê mîa, Pa Lông.
一款魚的名，[婆魚]鯐。

[魚表] Piáu, Piō, ㄅㄧㄠˇ, ㄅㄧㄛ
kap 鰾 Sio Siāng. hî Piō, Sī hî Lūi ê Phû tîm ê khì koan. hî Piō thang tsòe hî ka. Piō ka.
與鰾相同。魚[魚表]，是魚類的浮沉的器官。魚[魚表]可做魚膠，[魚表]膠。
iā kiò tsòe hî Pau
也叫做魚胞

[魚刺] chhì, ㄑㄧˋ
chit khoán hî ê mîa, chhì hî.
一款魚的名，[魚刺]魚。

[魚戒] hek, ㄏㄝㄎ
hî ê mîa
魚的名。

[制魚] chè, ㄐㄝˋ
hî ê mîa, chè hî. thang tsòe chiùⁿ, hó bī, hó chiah.
魚的名，[制魚]魚。可做醬，好味，好食。

鯚 kùi, ㄍㄨㄧˋ
hî ê mîa, kùi hî. Lân Sòe Sòe.
魚的名，鯚魚。鱗細細。

鯝 kò, ㄍㄛˋ
hî Pak tó tiong ê tn̂g. hî ê ūi. hî ê mîa, n̂g kò. ná Pe̍h hî, ū kiò n̂g ko͘, ū kiò n̂g kut hî.
魚腹肚的腸。魚的胃。魚的名，黃鯝。如白魚，有叫黃姑，有叫黃骨魚。

鯤 khun, ㄎㄨㄣ
hî á kiáⁿ, hî tsai, khun jî. tōa hî ê mîa, khun Phêng. chiū sī keng hî.
魚仔子，魚栽，鯤鮞。大魚的名，鯤鵬。就是鯨魚。

鯠 Lâi, ㄌㄞˊ
chit khoán hî ê mîa, Lâi hî. bân Lâi.
一款魚的名，鯠魚。鰻鯠。

鯛 tiau, ㄉㄧㄠ
hî ê mia, chhut Sán tī kūn hái ê Só tsāi, toa n̄ng chhioh Gōa, bah Pûi koh hó chiah. hêng ná chhiah tsang,
魚的名，出產佇近海的所在，大兩尺外，肉肥閣好食。形如赤鯮，
chhiân âng Sek, Sīm chí âng sek, ū Lāi khí, ū kiò ka Lah hî.
淺紅色，甚至紅色，有利齒，有叫鮫鱲魚。

[魚昔] chhiok, ㄑㄧㄛㄎ
chit hō Soa hî ê mîa, hî Phê ōe tsòe tit to Siù. chhek hî.
一號鯊魚的名，魚皮能做得刀鞘。[魚昔]魚。

鯔	tsū, ㄗㄨ,	hî ê mîa, chhin chhiūⁿ Lí hî, sin înn, thâu pîn, kut nńg, tī kang hái chhián tsúi. tsu hî. 魚的名，親像鯉魚，身圓，頭扁，骨軟，佇江海淺水。鯔魚。
鯮	tsong, tsang, ㄗㄨㄥ, ㄗㄤ,	kap 鯼 jī sio siâng. hî á mî, tsang hî. chhiah tsang. hái hî. 與鯼字相同。魚仔名，鯮魚。赤鯮。海魚。
鯽	chek, chek, chit, ㄐㄧㄝˋ, ㄐㄧㄝˋ, ㄐㄧˋ,	鯽 jī ê chiàⁿ thé jī. chit á hî. chiū sī hū hî. 鯽字的正体字。鯽仔魚。就是鮒魚。
鯡	hui ㄈㄟ,	hái hî ê mîa, lân chho toā, pak tó gîn sek, chit chhioh tōa, hui hî. Pa lang hî chiū sī hoe hui hî. 海魚的名，鱗粗大，腹肚銀色，一尺大，鯡魚。鮊鯚魚就是花鯡魚。

九畫

鰕	hâ, ㄒㄧㄚ,	kap 蝦 jī sio siâng ì sù. tsúi lāi oàh ê mih, liông hê. âng hê. hê ko. 與蝦字相同意思。水內活的物，龍蝦。紅蝦。蝦蛄。
鯿	pian ㄅㄧㄢ,	hî ê mîa, sin thé khoah pîⁿ. kó tsá ê lâng kiò tsòe hông hî. 魚的名，身体闊扁。古早的人叫做魴魚。
鰓	si, su, chhi, ㄒㄧ, ㄙㄨ, ㄑㄧ,	kiaⁿ hiaⁿ ê khoán sit, si si. hî ê chhùi phoe kut ê ì sù, su. hî lūi ê ho khip ê khì koan. tī thâu pō nn̄g pêng ê su kut lāi bīn ū chhi lâi chhoán khùi, hî chhi. 驚惶的款式，鰓鰓。魚的嘴皮骨的意思，鰓。魚類的呼吸的器官。佇頭部兩爿的鰓骨內面有鰓來喘氣，魚鰓。
鯹	cheng, seng, ㄐㄧㄥ, ㄒㄧㄥ,	kè lâu ê hî. hî kṳ́ kú piàn bī, hî àu phāiⁿ bī. seng bī, chhàu chho. kap 鮏 tâng. 過流的魚，魚藏久變味，魚歐歹味。鯹味，臭臊。與鮏同。
鰂	chek, tsat, ㄐㄧㄝ, ㄗㄜ,	chek hî, iû hî ê lūi, ū kiò bàt hî, bàt tsat hî. bak tsat. bat tsat á bô huih bô bak sai. 鰂魚，魷魚的類，有叫墨魚。墨鰂魚。墨鰂。墨鰂仔無血無目屎。
鯽	chek, chek, chit, ㄐㄧㄝ, ㄐㄧㄝ, ㄐㄧ,	hî ê mîa, chek sī bûn im, chek sī chek jī lâi êng thang kóng bô êng. chiū sī chit hî. chit á, chit á hî. chit pô. chhin chhiūⁿ Lí hî bô chhiok chhiu, tsòe iù chhì. kap 鰿 jī sio siâng. 魚的名，鯽是文音，鯽是鰂字來用，可講無用。就是鯽魚。鯽仔，鯽仔魚。鯽婆。親像鯉魚無觸鬚，多幼刺。與鰿字相同。
iû, ㄧㄡ, 鰌	chhiu, Liu, ㄑㄧㄡ, ㄌㄧㄡ,	hî mîa, tī chhân nih, chhian kau khah thô nî ê só tsāi, nî chhiu. thô liu. hô liu. 魚名，佇田裡，淺清較土泥的所在，泥鰌。泥鰡。鰗鰡。
iû, ㄧㄡ, 鰍	chhiu, Liu, ㄑㄧㄡ, ㄌㄧㄡ,	kap téng bīn jī sio siâng ì sù. hái chhiu, tī hái ê tn̂g tn̂g ê hî. chhì liu. 與頂面字相同意思。海鰍，佇海的長長的魚。鯻鰍。
鯼	tsong, tsang, ㄗㄨㄥ, ㄗㄤ,	hî ê mîa, tsong hî, chioh siú hî. thâu khak ū chioh. iā kiò chioh thâu hî. chhut tī Lâm hái, sim thé înn, kâu koh tn̂g. chit khoán hî ê mîa, chhiah tsang. kap 鯮 jī sio siâng. 魚的名，鯼魚，石首魚。頭殼有石。也叫石頭魚。出佇南海，身体圓，厚閣長。一款魚的名，赤鯼。與鯮字相同。
鰋	ián ㄧㄢ,	hî ê mîa, thâu khak peh, seng khu înn. 魚的名，頭殼白，身軀圓。
[魚毒]	tòk, tak, tak á, ㄉㄨ, ㄉㄚ,	chiū sī chit khoán hî ê mîa. [魚毒]仔，就是一款魚的名。
鯻	Lat, ㄌㄚ,	chiū sī chit khoán hî ê mîa, 就是一款魚的名，
𩸄	Lat, ㄌㄚ,	kap téng bīn jī sio siâng. 與頂面字相同。
鰇	jiû, Liû, ㄖㄡ, ㄌㄧㄡ,	bô kut ê hî, bat tsat ê Lūi. jiû hî. kap 魷 sio siâng. 無骨的魚，墨鰂的類。鰇魚。與魷相同。
鯾	Pian ㄅㄧㄢ,	hî ê mîa chiū sī hang á hî. toā Pian tòa tī hái tiong. 魚的名，就是魴仔魚。大鯾住佇海中。
鰒	hok ㄈㄨ,	hái hî ê mîa, pòe khak ê Lūi, siông mo hī tī hái tóe gâm chioh téng chiah hái tsó chhìⁿ thî, ná gio á. ū kiò chioh koat bêng, chiū sī pau hî. khak thang jip ioh. 海魚的名，貝殼的類，常附佇海底岩石頂食海藻青苔，如蟯仔。有叫石決明，就是鮑魚。殼可入藥。
鯸	hô ㄏㄡ,	hî ê mîa, hô thok hî. chiū sī thô thoh hî. 魚的名，鯸鮐魚。就是土鮐魚。
鰀	oán, oān ㄨㄢ, ㄨㄢ,	siok jī kap 鯇 jī sio siâng. hî ê mîa, chhin chhiūⁿ tsun hî hiah toa bé. 俗字與鯇字相同。魚的名，親像鱒魚彼大尾。
鰉	hông, ㄏㄨㄤ,	chiū sī hî ê mîa, kap 鱑 jī sio siâng. chiū sī chian hî, Lí hî ê Lūi. 就是魚的名，與鱑字相同。就是鱣魚，鯉魚的類。
鰔	kám ㄍㄢ,	hî ê mîa, kám. chiū sī thô thoh hî. 魚的名，鰔。就是土鮐魚。
鯷	tê, ㄊㄧ,	chit khoán ê mîa, toā bé Liâm hî, chheng kun ê tāng; i ê phôe ē tsòe tit bō á. 一款魚的名，大尾鮎魚，千斤的重，牠的皮能做得帽仔。

鰐	Gók, khók, kap 兀ㄜˋ, ㄎㄜˋ,	jī Sio siāng, jiat tāi toē ê Seng bu̍t, ná chiat e̍k, chhin chhiūⁿ chiah sian Lâng, 與鱷字相同。熱帶地的生物，如蜥蜴，親像大隻蟲虫， Phê kāu, ū Lân, ū kha, Sèng chêng hiong ok。 皮厚，有鱗，有脚，性情兇惡。
鰆	chhun, ㄔㄨㄣ	hî ê mîa, ū Lâng kóng sī bé ka hî。chit khoán Sòe bat tsat á, chhun á, chhun á koaⁿ。 魚的名，有人講是鰢鮫魚。一款小尾墨鯽仔，鰆仔。鰆仔乾。
鮷	tê, ㄊㄧˊ	kap jī Sio siāng。 與鯷字相同。
鰈	tia̍p, thap, ㄉㄧㄝˊ, ㄊㄚˇ	chit khoán hî ê mîa, ba̍k chiu tī chiaⁿ pêng pîⁿ, sī pí ba̍k hî ê chit chióng, seng khu pîⁿ pîⁿ, 一款魚的名，目睭佇正爿邊，是比目魚的一種，身軀扁扁， bah chi̍t iù, bī tiⁿ, ū kiò tsòe hông tè hî。 肉質幼，味甜，有叫做皇帝魚。
鰗	hô, ㄏㄨˊ	hô hî hiān kim kiò tsòe hô thûn, hô ti。nî chhiu chiū sī hô Liu, hô Liu sūi piān khang。 鰗魚，現今叫做河豚，河豬。泥鰍就是鰗鰡。鰗鰡隨便孔。
[魚契]	Gek, koeh, 兀ㄝˋ, ㄍㄨㄝˋ	hî ê mîa, kek Gek hî。chit khoán hî ê mîa, o͘ koeh。chhin chhiūⁿ ka Lah hî。 魚的名，鰅[魚契]魚。一款魚的名，黑[魚契]。親像加鱲魚。

十畫

鰝	kó, ㄍㄠˇ	chiū sī toā bé hê ê ì sù。 就是大尾蝦的意思。
鰜	kiam, ㄍㄧㄢ	pí ba̍k hî ê chit chióng, ba̍k chiu Lóng tī tò pêng pîⁿ。chiàⁿ pêng ê kiò tia̍p, tò pêng ê kiò kiam。 比目魚的一種，目睭攏佇倒爿邊。正爿的叫鰈，倒爿的叫鰜。
鰭	kî, ㄑㄧˊ	hî ka chiah chit kut, hî á pōe tsúi ê khì koan, heng kî, hok kî, bé kî, chit kî。 魚尻脊脊的骨。魚仔揹水的器官，胸鰭，腹鰭，尾鰭，脊鰭。
鰥	koan, ㄍㄨㄢ	toā bé hî ê mîa, ba̍k chiu Siông khui kng ê hî, hong koan。chia̍h Lāu bô ang kiò tsòe koáⁿ, 大尾魚的名，目睭常開光的魚，魴鰥。食老無翁叫做寡， chia̍h Lāu bô bô͘ kiò tsòe koan, koan hu, bô bô͘ ê Lâng。koan koáⁿ ko͘ to̍k。 食老無媒叫做鰥。鰥夫，無媒的人。鰥寡孤獨。
鰢	má, bé, ㄇㄚˇ, ㄅㄝˊ	hî ê mîa, bé ka hî。tsúi bé。 魚的名，鰢鮫魚。水鰢。
鰣	sî, ㄕˊ	hî ê mîa, chhin chhiū hang hî pūi súi。chhut tī kang tong ê só͘ tsāi, sì Geh chiah ū。 魚的名，親像魴魚肥美。出佇江東的所在，四月即有。
[魚倉]	chhiong, ㄑㄧㄤ	n̂g kut ê hî, chhin chhiūⁿ chhiuⁿ hî, o͘ chhiuⁿ。 軟骨的魚，親像鯧魚，黑鯧。
鰮	un, ㄨㄣ	hî ê mîa, un hî, un á hî。 魚的名，鰮魚。鰮仔魚。
鰿	chek, ㄐㄝˋ	hî ê mîa, chek hû。chhin chhiūⁿ chit á, chit á hî。chit pô。 魚的名，鰿魚付。親像鯽仔，鯽仔魚。鯽婆。
鰡	Liû, ㄌㄧㄡˊ	chit khoán hî ê mîa, kap jī Sio siāng。 一款魚的名，與鰡字相同。
[魚骨]	kut, ku̍t, ㄍㄨˇ, ㄍㄨˋ	hî ê mîa, kut hî ná tsôa, ū sì ki kha, siaⁿ ná oan iuⁿ。thak kut sio siāng。 魚的名，[魚骨]魚如蛇，有四支脚，聲如鴛鴦。讀[魚骨]相同。
鰠	So, ㄙㄠ	hî ê mîa, So hî。ūi súi tang pêng ê hô tsòe tsòe so hî。khoán sit ná siān hî。 魚的名，鰠魚。渭水東爿的河多多鰠魚，款式如鱣魚。
鰨	thap, ㄊㄚˇ	hî ê mîa, keng hî, chhin chhiūⁿ Liâm hî, ū sì kha, siaⁿ chhin chhiūⁿ e̍n á ê khoán, thap Gé hî。 魚的名，鯨魚，親像鮎魚，有四脚，聲親像嬰仔的款，鰨鯢魚。 thap hî, Lióng Gán Lóng tī chiàⁿ pêng, pîⁿ pîⁿ。pí ba̍k hî。iā kiò pîⁿ hî, pîⁿ hî koaⁿ。chiū sī tia̍p。 鰨魚，兩眼攏佇正爿，扁扁。比目魚。也叫扁魚。扁魚乾。就是鰈。
鰦	tsu, ㄗ	hî ê mîa, o͘ tsu。hoat tī kiâm tsúi chiaⁿ tsúi ê tiong kan。hái nih iā ū hoat siⁿ。 魚的名，黑鰦。發佇鹹水淡水的中間。海裡也有發生。
鰩	iâu, ㄧㄠˊ	hî mîa, bûn iâu hî。hok kî ná sit, ē pe Lī tsúi bīn kúi ná chhioh, só͘ í iā kiò pe o͘。 魚名，文鰩魚。腹鰭如翅，能飛離水面幾若尺，所以也叫飛烏。
鰧	têng, thêng, ㄉㄥ, ㄊㄥˊ	hî ê mîa, têng hî。seng khu chhiⁿ sek, bé âng âng。thêng。chhin chhiūⁿ hê, âng âng ê hûn。 魚的名，鰧魚。身軀青色，尾紅紅。鰧。親像蝦，紅紅的紋。
[虞攵]	Gû, ㄩˊ	chiū sī thó hî, Liah hî ê ì sù。kap jī sio siāng。 就是討魚，掠魚的意思。與魰字相同。
鰫	iông, ㄩㄥˊ	hî, chhin chhiūⁿ Liân hî, tsóng sī o͘ sek ê, thâu toā Lân sòe。 魚，親像鰱魚，總是黑色的，頭大鱗小。
[魚鬲]	kek, ㄍㄝˊ	hî mîa, kek Gek hî。 魚名，[魚鬲][魚契]魚。

鯙 chhn̂g, ㄔㄥˊ, hî mîa, chhn̂g á。chhn̂g á hî, chiū sī Lūi hî ê chit chióng, tōa bé hî。
魚名，鯙仔。鯙仔魚，就是鰗魚的一種，大尾魚。

造字 魚借穿的白話音成字。

十一畫

鱄 thoân, tsoan, hî ê mîa, tōng têng ô͘ só͘ chhut ê hî thoân hî。tsoan, Lâng ê sìⁿ。
ㄊㄨㄢˊ, ㄓㄨㄢ, 魚的名，洞庭湖所出的魚，鱄魚。鱄，人的姓。

鯢 kui, ㄍㄨㄟ, hî ê mîa, kui hî。chiū sī hô tûn。chhiok tio̍h mi̍h ê sî Pak tó͘ ōe tiùⁿ ná khì kiû。
魚的名，鯢魚，就是河魨。觸着物的時腹肚能漲如氣球。

鰱 Liân, ㄌㄧㄢˊ, hî ê mîa, chúiⁿ tsúi hî, Liân hî。tōa thâu Liân。hái hî, âng ba̍k Liân。
魚的名，鰱水魚，鰱魚。大頭鰱。海魚，紅目鰱。

鰻 bân, môa, ㄇㄢˊ, ㄇㄨㄚˊ, hî ê mîa, bân Lê。ná siān hî ê khoán sit, chiū sī môa hî。hái môa。o͘ hî môa。
魚的名，鰻鱺。如鱔魚的款式，就是鰻魚。海鰻。烏魚鰻。
Lô͘ môa。chio̍h môa chhùi khí Lāi, Seng khu ū siû。môa
鱸鰻。石鰻。嘴齒利，身軀有滑。鰻。

鰷 tiâu, ㄊㄧㄠˊ, hî ê mîa, Pe̍h tiâu hî, Pe̍h hî。Seng khu tn̂g tn̂g oe̍h oe̍h。kap 鯈 jī Sio Siāng。
魚的名，白鰷魚，白魚。身軀長長狹狹。與鯈字相同。

鰵 bín, ㄇㄧㄣˇ, chit hō ū hoe bûn ê tōa bé hî, bín hî。ná Soat hî, chhùi khoah Lân sòe。koaⁿ thang tsòe hî koaⁿ iû。
一號有花紋的大尾魚，鰵魚。如鱈魚，嘴闊鱗小。肝可做魚肝油。

鰲 Gô, ngô, ㄫㄛˊ, ㄥㄛˊ, hái tiong ê tōa hî, ngô hî。tōa ngô。kap 鼇 jī Sio Siāng。ku Pih ê khoán sit
海中的大魚，鰲魚。大鰲。與鼇字相同。龜鱉的款式。

鰳 Le̍k, ㄌㄜˋ, hî ê mîa, Le̍k hî。chhin chhiūⁿ sî hî。
魚的名，鰳魚。親像鰣魚。

鱆 chiong, chiuⁿ, ㄓㄤ, ㄐㄧㄨ, ba̍t tsa̍t ê Lūi, thâu sòe sòe, Seng khu tōa kha chhiu tn̂g, bī sián bí hó chia̍h, chiuⁿ hî。
墨鰂的類，頭小小，身軀大腳鬚長，味鮮美好食，鱆魚。

鰲 Gô, Gû, ㄫㄛˊ, ㄫㄨˊ, n̄ng bé hî。chiū sī tōa bé ê hî, hî ê tāng Liōng。
兩尾魚。就是大尾的魚，魚的重量。

鏇 Soân, chhōaⁿ, ㄒㄩㄢˊ, ㄑㄨㄚˋ, hî ê mîa, Soân hî。chhut tī Liông chiu ê Só͘ tsāi。chhōaⁿ, chhân chhōaⁿ。ngī kut chhōaⁿ。
魚的名，鏇魚。出佇梁州的所在。鏇，田鏇。硬骨鏇。

鰹 kian, ian, ㄍㄧㄢ, ㄧㄢ, hî ê mîa, hî hêng chhin chhiūⁿ Phàu tōaⁿ, bah kiat sit tīⁿ bí, chhut tī ji̍t Pún, tâi oân ian hái, ēng Lâi
魚的名，魚形親像砲彈，肉結實甜美，出佇日本，台灣沿海，用來
Pha̍k koaⁿ hang ta tsòe chhâ hî, tsòe koàn thâu。kian hî。kian hî。ian á hî。ian á hî kho͘。
曝乾烘乾做柴魚，做罐頭。鰹魚。鰹魚。鰹仔魚，鰹仔魚箍。

徽 hui, ㄏㄨㄟ, ū La̍t ê hî。kiông koh tōa, tsòe La̍t, kiò tsòe hui。
有力的魚。強擱大，多力，叫做徽。

鰾 Piāu, Phiau, ㄅㄧㄠˋ, ㄆㄧㄠ, kap 鰾 jī Sio Siāng ì sù。chiū sī hî Lūi Phû tîm ê khì koan。thang tsòe hî ka, Piō ka。
與鰾字相同意思。就是魚類浮沉的器官。可做魚膠，鰾膠。

鰽 chiu, siû, ㄐㄧㄡ, ㄒㄧㄡˊ, hî ê mîa, chhin chhiūⁿ Pian hî, Lân tōa, Puî súi。chiu hî。siû hî。
魚的名，親像鯿魚，鱗大，肥美。鰽魚。鰽魚。

鱅 iông, ㄧㄥˊ, kap 鰫 jī Sio Siāng ì sù。
與鰫字相同意思。

鱉 Piat, Pih, ㄅㄧㄝ, ㄅㄧ, kap 鼈 jī Sio Siāng ì sù。chhin chhiūⁿ ku, tōa tī kang ô͘ tî chiáu。Sio̍k mîa kiò tsòe kah hî。
與鼈字相同意思。親像龜，住佇江湖池沼。俗名叫做甲魚。
ku Pih。ku chhiò Pih bô bé, Piān Sio chhiò ê ì sù。
龜鱉。龜笑鱉無尾，免相笑的意思。

鱈 Soat, ㄒㄩㄝ, hî ê mîa, Soat hî。chhim hái ê hî, bah iù jī hó chia̍h。koaⁿ ōe thang tsòe hî koaⁿ iû。
魚的名，鱈魚。深海的魚，肉幼膩好食。肝能可做魚肝油。

十二畫

鱗 Lîn, Lân, ㄌㄧㄣˊ, ㄌㄢˊ, hî Lūi, chió sò͘ ê oa̍h mi̍h ê kak chit ê Pôh Phìⁿ ê khak, kah。têng thia̍p saⁿ Liân ê ì sù, chiat Pí
魚類，少數的活物的角質的薄片的殼，甲。重疊相連的意思，櫛比
Lîn chhù。hî Lân。Lâ Lí iā ū Lân。Gia̍k hî, ku sī Lîn kah。
鱗次。魚鱗。鯪鯉也有鱗。鱷魚，龜是鱗甲。

鱔 Siān, chhōaⁿ, ㄒㄧㄢˋ, ㄑㄨㄚˋ, hî ê mîa, chhin chhiūⁿ tsôa, bô Lân tn̂g chit chhioh Gōa, Seng khu ū siû kut kut, ná môa。
魚的名，親像蛇，無鱗長一尺外，身軀有滑滑滑，如鰻。
Siān hî。iā kiò n̂g Siān。Lô͘ môa chhân chhōaⁿ, chhân chhōaⁿ Sio̍k tī Siān hî chit Lūi。
鱔魚。也叫黃鱔。鱸鰻田鱔，田鱔是俗佇鱔魚這類。

鱓 Siān, chhōaⁿ, ㄒㄧㄢˋ, ㄑㄨㄚˋ, kap teng bīn jī Sio Siāng
與頂面字相同。

鱒	tsun, ㄗㄨㄣ	hî mîa, tsun hî。kui hî ê chit chióng thâu khah îⁿ, tn̂g 2 3 chhioh。 魚名，鱒魚。鮭魚的一種，頭較圓，長二三尺。
鱙	jiâu, ㄖㄧㄠˊ	chit khoán sòe bé hî ê mîa, jiâu á hî。tī chhùi kòa kàu bé ū chit tiâu gîn sek ê hûn。jiâu á pó· 一款小尾魚的名，鱙仔魚。佇嘴蓋到尾有一條銀色的紋。鱙仔脯。
鱑	hông, ㄏㄨㄤˊ	chiū sī hî ê mîa, hông hî。kap 鰉 jī sio siāng。 就是魚的名，鱑魚。與鰉字相同。
鱎	kiáu, ㄐㄧㄠˇ	Pe̍h hî ê pa̍t mîa, bah pȯh iā bōe tiⁿ。 白魚的別名，肉薄也𣍐甜。
鱖	kòe, ㄍㄨㄟˋ	hî ê mîa, chhùi tōa, lân sòe, pan sek。sòe bé hî。ū kiò chio̍h kùi hî。 魚的名，嘴大，鱗細，斑色。小尾魚。有叫石桂魚。
鱍	poat, ㄅㄛ	hî bé tn̂g ê khoán sit。hî tiàu bé。 魚尾長的款式。魚掉尾。
鱏	sîm, ㄒㄧㄣˊ	hî ê mîa, Liû thoân kóng Pek Gâ phah kó· khîm sîm hî chhut lâi thiaⁿ。phīⁿ tn̂g, tāng chheng kun, tn̂g 7 8 chhioh。 魚的名，流傳講伯牙打鼓琴鱏魚出來聽。鼻長，重千斤，長七八尺。
鱘	sîm, ㄒㄧㄣˊ	hî ê mîa, chhut tī kang tiong, ka chiah chhin chhiūⁿ lêng, tn̂g chit n̄ng tn̂g。sîm hî。 魚的名，出佇江中，尻脊親像龍，長一二丈。鱘魚。
鱊	su̍t, u̍t, ㄙㄨ,ㄩ	chiū sī chit khoán sòe bé hî ê mîa, su̍t kó·。tha̍k u̍t sio siāng。 就是一款小尾魚的名，鱊鮬。讀鱊相同。

十三畫

鱠	kòe, ㄎㄨㄞˋ	bah chhò iu iu ê ì sù。kap 膾 jī sio siāng ì sù。 肉剉幼幼的意思。與膾字相同意思。
鱟	hāu, ㄏㄡˋ	hî ê mîa, chhin chhiūⁿ mê hoe。n̄ng thang tsòe chiùⁿ。hāu khak。hāu hia 魚的名，親像蟛蜞。卵可做醬。鱟殼。鱟𤓰。
鱣	chian, siân, ㄓㄢ,ㄕㄢˊ	hî ê mîa, lí hî ê lūi。tōa bé hî。 魚的名，鯉魚的類。大尾魚。
鱇	liam, liâm, ㄌㄧㄢ,ㄌㄧㄢˊ	kap 鮎 jī sio siāng。 與鮎字相同。
鱨	siông, ㄔㄤˊ	n̂g siông hî。thé hêng sió khóa chhin chhiūⁿ liâm。 黃鱨魚。體形小許親像鮎。
鱡	chek, tsa̍t, ㄗㄜˊ,ㄗㄟˊ	kap 鰂 jī sio siāng。ba̍t tsa̍t。ba̍k tsa̍t á 與鰂字相同。墨鱡。墨鱡仔。
鱦	sêng, ㄕㄥˊ	chit khoán hî ê mîa, sêng hî。 一款魚的名，鱦魚。
鱝	hùn, ㄈㄣˋ	hî ê khoán ná hô hio̍h, bé tn̂g, chhùi tī pak tó· ē, ba̍k chiu tī hia̍h téng。 魚的款如荷葉，尾長，嘴佇腹肚下，目睭佇額頂。
鱤	kám, ㄍㄢˇ	hî ê mîa, kám hî。tōa bé hî, chhùi khoah tōa。chit mîa n̂g kap。 魚的名，鱤魚。大尾魚，嘴闊大。一名黃頰。
鱧	lé, lē, ㄌㄧˇ,ㄌㄧˋ	hî ê mîa, lé hî。lē hî。seng khu ū pan tiàm, sió khóa ū siûⁿ。chiáⁿ tsui hî 魚的名，鱧魚。鱧魚。身軀有斑點，小許有涎。饗水魚。
鱮	ō·, ㄩˋ	sòe bé hî ê mîa, lí hî。hô· liu 小尾魚的名，鯉魚。鰗鰡。

十四畫

鱮	sū, ū, ㄒㄩˋ,ㄩ	hî ê mîa, hang hî ê khoán sit。chhī chiu lâng kóng tsòe liân hî。hî mîa, hông ū hî 魚的名，魴魚的款式。徐州人講做鰱魚。魚名，鱑鱮魚。
鱤	kām, gām, ㄍㄢ,ㄢ ngām ㄧㄢˊ	sòe bé hî ê mîa, khó· kām á hî。káu gām á hî。káu gām á。ngām á hî 小尾魚的名，苦鰜仔魚。狗鰜仔魚。狗鰜仔。鰜仔魚
鱯	hō·, ㄏㄨˋ	hî ê mîa, chhin chhiūⁿ liâm á hî, tsóng sī khah tōa, pe̍h sek。 魚的名，親像鮎仔魚，總是較大，白色。
鱭	ché, ㄐㄧˋ	hî ê mîa, chhin chhiūⁿ to hî, bé ka hî。 魚的名，親像刀魚，馬鮫魚。

十五畫

鱲	lia̍p, la̍h, ㄌㄧㄝˋ,ㄌㄚˋ	hî ê mîa, ka la̍h。ka la̍h hî。chiū sī tiau hî ê lūi。âng ka la̍h。 魚的名，加鱲。加鱲魚。就是鯛魚的類。紅加鱲。
鱝	chek, ㄐㄧˋ	chek ê pún jī。 鰿的本字。

鱡 thok, thoh, thuh, ㄊㄛㄎ, ㄊㄛㄏ, ㄊㄨㄏ kap 魠 jī Sio Siāng ì sù。與魠字相同意思。

鱱 Lē, Lōe ㄌㄝ, ㄌㄛㄝ chiū sī hî ê mîa, Lē hî。Lōe hî 就是魚的名，鱺魚。鱺魚

鱵 chim ㄐ一ㄇ chiū sī Chiam hî, ìn ūi i ê Phīⁿ chiam chiam。就是針魚，因為牠的鼻尖尖。

十六畫

鱸 Lô, ㄌㄛ hî ê mîa, Lô hî。kūn hái ê hî Lūi, chhùi khoah Lân sè, bah iù tī bí。hî mîa, Lô môa。魚的名，鱸魚。近海的魚類，嘴闊鱗細，肉幼甜美。魚名，鱸鰻。Seng khu o͘ sek bô Lân ū Siù, Sìⁿ tī Soaⁿ kan khiⁿ kau, kiōng ū Lat ū sī chiūⁿ Soaⁿ chiah koaⁿ chháu 身軀黑色無鱗有涎，生佇山間坑溝，強有力，有時上山食菅草。

鱷 Gok, khok ㄍㄛㄎ, ㄎㄛㄎ Pê thiâng ê Lūi, Sìⁿ tī jiat tài ê hô·tî, Sèng tōe Pháiⁿ, hêng ná Siān Lâng, chhùi khí Lāi, Phê ngī Lân kāu, Gok hî。khok hî。kap 鰐 jī Sio Siāng。爬蟲的類，生佇熱帶的河池，性地惡，形如蟮虫，嘴齒利，皮硬鱗厚，鱷魚。鱷魚。與鰐字相同。

鱺 Lek, ㄌㄝㄎ hî ê mîa, chhin chhiūⁿ Liâm hî bô Lân。魚的名，親像鯰魚無鱗。

鱶 tsá, ㄗㄚ Pī Pān kiâm hî kap Sng Pn̄g, khǹg teh thang tsòe hóe sit。備辦鹹魚及酸飯，藏咧可做伙食。

鱝 nāi, that, ㄋㄞ, ㄊㄚㄊ chit khoán hî ê mîa。一款魚的名。

鱹 chhan, ㄘㄚㄋ hî ê mîa, Péh tiāu hî ê Pát mîa, kap 鰲 jī Sio siāng。魚的名，白鰷魚的別名，與鰲字相同。

十七—廿二畫

鱴 hui ㄏㄨㄟ kap 徽 jī Sio Siāng ì sù, 與徽字相同意思。

鱺 Lê, ㄌㄝ hî ê mîa, chhin chhiūⁿ tsôa bô Lân, chiū sī môa hî。môa Lê。魚的名，親像蛇無鱗，就是鰻魚。鰻鱺。

鱻 Sian ㄒ一ㄢ hî ê khì bī Sin Sin, bô chhàu hiàn, chhiⁿ hî。鮮 ê kó͘ jī。魚的氣味新新，無臭嗆，鮮魚。鮮的古字。

鱝 ngām, ㄫㄚㄇ; Gām ㄫㄚㄇ hî ê mîa, Gām áu á, gām áu á hî。Sòe bé hî ê mîa, khó Gām á hî, káu Gām á hî 魚的名，鱝鮘仔，鱝鮘仔魚。小尾魚的名，苦鱝仔魚，狗鱝仔魚 造字

鳥 部 196

鳥 niáu, jiáu, chiáu, ㄋ一ㄠ, ㄖ一ㄠ, ㄐ一ㄠ khong tiong Pe khîm chiáu chiah, hui niáu。niáu Gú hoa hiong。thák jiáu iā sī bûn im。空中的飛禽鳥隻，飛鳥。鳥語花香。讀鳥也是文音。jîn ūi tsâi sú, niáu ūi sit bông。Gān chiáu。eng chiáu。Chiáu Lâi。bāng chiáu。人為財死，鳥為食亡。雁鳥。鷹鳥。鳥梨。網鳥。

一、二畫

鳦 it, 一ㄊ chiáu á ê mîa, ìⁿ á ê Lūi, ìan it 鳥仔的名，燕仔的類，燕鳦。

鳧 hû, ㄏㄨ chiáu ê mîa, Soaⁿ iá ê ah。hû Gān。Pí ah khah sòe chiah 鳥的名，山野的鴨。鳧雁。比鴨較小隻。

鳩 khiu, ka, ㄎ一ㄨ, ㄍㄚ chiáu ê mîa, Pan khiu。chiū sī Pan kah。khiu kap ê Lūi。tsū chip ê ì sù, khiu chip。Gû Gōng ê ì sù, khiu tsoat。chiáu ê mîa, ka tsui。hún chiáu ê khoán, hô Sūn un jiû ê Sèng 鳥的名，斑鳩。就是斑鴿，鳩鴿的類。聚集的意思，鳩集。愚戇的意思，鳩拙。鳥的名，鳩鵻。粉鳥的款，和順溫柔的性。

鳭 tiau, ㄉ一ㄠ chiū sī chit khoán chiáu ê mîa, Sòe Sòe ê chiáu, Phòa Lô ūi chiah thâng, Só͘ í iā kiò tsòe Phòa ūi。就是一款鳥的名，小小的鳥，剖蘆葦食虫，所以也叫做剖葦。

鳨 Lek, ㄌㄝㄎ chiáu chhin chhiūⁿ tsúi ah, tsóng sī khah sòe, thîm chiáu ê Pát mîa。鳥親像水鴨，總是較小，鷉鳥的別名。

鳨 Lek, ㄌㄝㄎ kap têng bīn jī Sio Siāng。與頂面字相同。

鳪 Pok ㄅㄛㄎ thī koe ê chit chióng, n̂g ê Sek tī。Pok tī 雉雞的一種，黃的色緻。鳪雉。

鳥 kiau, tiau, ㄐ一ㄠ, ㄉ一ㄠ Pháiⁿ ê chiáu, ōe chiah ka kī ê Lāu bú。惡的鳥，能食傢已的老母。

三畫

鳳 hōng, ㄏㄥˊ; hó tiāu thâu ê chiáu mîa, Sī kak ê, kiò tsòe hōng, bú ê kiò tsòe hông. Só tsāi mîa, hōng Soa". 好兆頭的鳥名，是鶺的，叫做鳳。母的叫做凰。所在名，鳳山。an hui Séng ê koāi mîa, hōng iông. koa" chit ê mîa, hōng hông, hōng hông u hui, Pí jū hu chhe hô bòk. 安徽省的縣名，鳳陽。官職的名。鳳凰，鳳凰于飛，比喻夫妻和睦。

鳴 bêng, ㄇㄧㄥˊ; chiáu, thâng ê sia", niáu bêng hoa khai. chhó chhāi chiân, tiong iu oa bêng. toā Sia", thî, âu kiò, tín tāng, ê ì sù. bêng kó, bêng kim, Phah Lô Phah kó. bêng tōng. bêng sia". Put Pêng chek bêng. 鳥，蟲的聲，鳥鳴花開。草菜不剪，中有蛙鳴。大聲，啼，呼叫，振動，的意思。鳴鼓，鳴金，打鑼打鼓。鳴動。鳴聲。不平即鳴。

鳲 Si, ㄕ; chiáu ê mîa, chhin chhiū ka tsui sī khiu. iā kiò Pò chhâo chiáu. 鳥的名，親像鳩鵻，鳲鳩。也叫布田鳥。

鳲 Si, ㄕ; kap teng bīn jī Sio Siāng. 與頂面字相同。

鳶 iân, ㄧㄢˊ; chiáu ê mîa, chhin chhiū bā hioh, eng á, chí sī chhùi khah tóe. iân chiáu. chhau mîa iân bé chháu. 鳥的名，親像鵰鶚，鷹仔，只是嘴較短。鳶鳥。草名，鳶尾草。

鳱 hoân, ㄏㄨㄢˊ; chiáu ê mîa. o a teh tsōa bé. 鳥的名。烏鴉啄蛇尾。

鳶 ek, ㄧˋ; chiáu ê mîa. Siā Pe chiáu ê ì sù. 鳥的名。射飛鳥的意思。

鳱 kan, ㄍㄢ; chiáu ê mîa, kan chhiok. tsai bī Lâi ê tāi chì. 鳥的名，鳱鵲。知未來的事誌。

鳷 tō, ㄉㄨˋ; chiū sī chit khóan chiáu ê mîa, tō koan chiáu. iā chiū sī tō koan chiáu. 就是一款鳥的名，鳷鵑鳥。也就是杜鵑鳥。

四畫

鴆 thīm, tīm, thīm, thīm, tīm, ㄓㄣˋ; tòk chiáu ê mîa, i ê ú mng ū tòk. eng chiú Lâi chìm tsòe tòk chiú hāi Lâng, mîa thīm chiú, chiū sī thīm chiú, chiū sī tòk chiú. im thīm, im thīm tòk. tsòe Lâng Phái" Sim ê ì sù. 鴆，鴆。毒鳥的名，牠的羽毛有毒。用酒來浸做毒酒害人，名鴆酒，就是酖酒，就是毒酒。陰鴆，陰鴆毒。做人歹心的意思。

鳻 hun, ㄈㄣ; chiáu tsū chip ê ì sù, chiáu teh Pe ê khóan Sit. chiáu ê mîa, hun khiu. 鳥聚集的款式，鳥咧飛的款式。鳥的名，鳻鳩。

鴃 kiat, ㄐㄩㄝˊ; chiáu ê mîa, Pit Lô chiáu. kap ē bīn jī Sio Siāng. jī Sio Siāng. 鳥的名，伯勞鳥。與下面字相同。鴂字相同。

鴂 kek, kiat, koat, ㄐㄩㄝˊ; chiū sī Pit Lô chiáu. tiòh bôa ê chiáu, bā hioh ê khóan Sit. 就是伯勞鳥。著磨的鳥，鵰鶚的款式。

鴇 Pó, ㄅㄠˇ; chiáu ê mîa, ná Gān ê khóan Sit. ki Lú ê thâu Lâng, Lāu chhiong, Lāu chhang, ê mîa Lau Pó, Pó bú. 鳥的名，如雁的款式。妓女的頭人，老鴇，老鴇，的名老鴇，鴇母。

鴄 Phit, ㄆㄧ; chiáu ê mîa, ah. tsúi ah ê ì sù. Phit bok. 鳥的名，鴨。水鴨的意思。鴄鶩。

鴉 A, Y; O Sek ê chiáu, o a. tòk Phín ê mîa, a Phiàn. a Phiàn hun. Giàn a Phian. 黑色的鳥，烏鴉。毒品的名，鴉片。鴉片煙。癮鴉片。

鴈 Gān, ㄧㄢˋ; chiáu ê mîa, Gān chiáu. kap jī Sio Siāng. chhiá" khoà" tsui Pō 4 ūi tsù kái. 鳥的名，鴈鳥。與雁字相同。請看佳部四畫註解。

鴋 hông, ㄈㄤ; chiū Sī Pe Lòh ê bīn ê ì sù. 就是飛落下面的意思。

鴚 hâng, ㄏㄤˊ; chiū Sī chiáu á mîa. 就是鳥仔名。

鳸 hō, ㄏㄨˋ; chiáu ê mîa, hō àn. chhun hō. chhiu hō. tang hō. Lóng Sī mng Sek Siā im hó chiān chhut mîa. 鳥的名，鳸鴳。春鳸。秋鳸。冬鳸。攏是毛色聲音好即出名。

鳿 Giók, ㄩˋ; chiáu ê mîa, chhin chhiū ah, tsóng sī khah tōa chiah. Siók Giók chiáu. 鳥的名，親像鴨，總是較大隻。鸀鳿鳥。

鴆 ūn, ㄨㄣˊ; chiáu ê mîa, chhin chhiū o a, chit mîa kiò tsòe tōng Lék. 鳥的名，親像烏鴉，一名叫做同力。

五畫

鴟 chhi, ㄔ; chit hō chiáu ê mîa, chhi hiau. Phái" chiáu. àm kong chiáu, chiū sī niau thâu eng. 一號鳥的名，鴟鴞。惡鳥。暗光鳥，就是貓頭鷹。

鴞 hiau, hioh, ㄒㄧㄠ, ㄒㄧㄝˊ; chiáu ê mîa, chhi hiau. àm kong chiáu, chiū sī niau thâu eng. chiáu ê mîa, bā hioh. bóah hioh. 鳥的名，鴟鴞。暗光鳥，就是貓頭鷹。鳥的名，鵰鴞。鵰鴞。 (Bā 丂丫)

鳷 chi, ㄓ; chi chhiok, chhin chhiū" kheh chiáu. hàn bú tè tsō chi chhiok koan tī hûn iông kam tsoân goā. 鳷鵲，親像鵲鳥。漢武帝造鳷鵲觀佇雲陽甘泉外。 (補4畫)

iā ū Lâng kiò i tsòe hún chiáu eng. m̄ koāi" koe bú Phah bā hioh. bā hioh
也有人叫牠做粉鳥鷹。母鵙雞母打鵖鴉。鵖鴉

字	音	解說
鴝	kû, ㄑㄩˊ	chiáu ê mîa, thong 鸜 jī. kû iok. ka Lêng ê khoan sit, ōe òh Lâng kóng ōe ê chiáu. 鳥的名，通鸜字。鴝鵒。鵁鴒的款式，能學人講話的鳥。
鴣	ko͘, ㄍㄨ	chiáu ê mîa, hoe Pan sek, chià ko͘. 鳥的名，花斑色，鷓鴣。
鴒	Lêng, Lêng, ㄌㄧㄥˊ, ㄌㄧㄥˊ	chiáu ê mîa, Pe̍h Lêng si. chek Lêng. chiáu ê mîa, ka Lêng. ōe òh Lâng kóng ōe ê chiáu. 鳥的名，白鴒絲。脊鴒。鳥的名，鵁鴒。能學人講話的鳥。
鴕	tô, ㄊㄨㄛˊ	chit khóan chiáu ê mîa, tô chiáu. thâu sòe ām kún tn̂g Gâu tsáu. bé ê mn̂g thang tsòe tsng thāi ê mi̍h 一款鳥的名，鴕鳥。頭小頷頸長勢走。尾的毛可做裝飾的物
鴨	ap, ah, ㄧㄚ, ㄧㄚ	chiáu ê mîa, ah. tsúi ah. ah bú. ah kak. kang ê mî, ah Lio̍k Kan. 鳥的名，鴨。水鴨。鴨母，鴨鵠。江的名，鴨綠江。
鴦	iong, iu", ㄧㄤ, ㄧㄡ	chiáu ê mîa, oan iong. oan iu". ah ê Lūi, oan sī kang ê iong sī bú ê. kang bú chiâ tùi, sī Pí jū hu chhe hô ha̍p ê ōe, oan iu" hì tsúi. oan iu" kau kēng. oan iu" Phē. 鳥的名，鴛鴦。鴛鴦。鴨的類，鴛是公的鴦是母的。公母成對，是比喻夫妻和合的話，鴛鴦戲水。鴛鴦交頸。鴛鴦被。
鴛	oan, ㄩㄢ	kap téng bīn jī ê tsù kái Sio Siāng. oan iu" tsúi ah, chiū sī kak ê. 與頂面字的註解相同。鴛鴦水鴨，就是鵠的。
鳭	tiau, tiu, ㄉㄧㄠ, ㄉㄧㄡ	chiáu ê mîa, chiáu sia", chiáu ê bé ê mn̂g, chiáu mn̂g ê khoan sit. chiáu ê mîa, Pô tiu á 鳥的名，鳥聲，鳥的尾的毛，鳥毛的款式。鳥的名，鵪鳭仔，chiū sī chit khoán chiah chiáu ê mîa. 就是一款小隻鳥仔的名。
鵊	tsat, ㄗㄚ	chiáu ê mîa, chhap tsap ê mn̂g sek, chhùi tn̂g Gâu chia̍h hî. 鳥的名，嘈雜的毛色，嘴長勢食魚。
鴝	kháu, ㄎㄡ	chiáu ê mîa, Pí chhek chiáu khah sòe, tsoh siū ná tē á. 鳥的名，比雀鳥較小，作巢如袋仔。
鴗	Li̍p, ㄌㄧ	sòe chiah chiáu, Gōa mîa thian káu chiáu, iā kiò tsòe hî hó. tsúi káu. hî káu. 小隻鳥仔，外名天狗鳥，也叫做魚虎。水狗。魚狗。
鵧	Pian, ㄆㄧㄢ	chiáu ê Lūi, sek tī âng ê ì sù. 鳥的類，色鼓紅的意思。
鴠	tàn, ㄉㄢˋ	chiáu ê mîa, chhin chhiū" koe, mî jit Siông Siông háu. tsá khí sī ōe kiò kin. hat tàn chiáu. 鳥的名，親像雞，冥日常常哮。早起時能叫更。鶡鴠鳥。
鴟	bú, ㄨˇ	eng ko ê Lūi, ōe òh Lâng kóng ōe, eng bú. kap 鵡 jī sio siāng. ú mn̂g bí Lē. 鸚哥的類，能學人講話，鸚鴟。與鵡字相同。羽毛美麗。
鴥	ùt, ㄩˋ	Pe ê khoan sit, Pe kín kín. Pe sóng khoài ê ì sù. chiáu ê mîa, ùt tsún, sèng chêng hiong béng 飛的款式，飛緊緊。飛爽快的意思。鳥的名，鴥隼。性情兇猛
鴒	tong, tang, ㄉㄨㄥ, ㄉㄤ	chiáu mîa, tong chiau. chhin chhiū hû, tsúi chiáu. sòe chiah chiáu ê mîa, bāng tang á chiáu. 鳥名，鴒鳥。親像鳧，水鳥。小隻鳥的名，綱鴒仔鳥。bāng tang á sin Gô nn̄g, Pí jū sui jiân seng khu sòe sòe, ōe tsòe tōa tāi chì. 綱鴒仔生鵝卵，比喻雖然身軀小小，能做大事誌。

六畫

字	音	解說
鳶	thek, ㄊㄜˋ	tsúi chiáu ê mîa, hê thek. mn̂g ū ngó͘ sek, bé ū mn̂g chhin chhiū" tsûn tô ê khoan. 水鳥的名，鸂鶒。毛有五色，尾有毛親像船舵的款。
鵂	hiu, ㄒㄧㄡ	chhi hiu. chiū sī niau thâu eng ê sòe hêng ê Lūi, mî sī chhut khì thó chia̍h, ji̍t sī bô khòa" kìn. 鴟鵂。就是貓頭鷹的小形的類，冥時出去討食，日時無看見。
鵃	hiu, ㄒㄧㄡ	kap téng bīn jī sio siāng. 與頂面字相同。
鵀	jîm, ㄖㄣˊ	chiáu mîa, tài jîm niáu. chit mîa tài sèng chiáu. thâu khak ū n̂g kim sek ê kê. 鳥名，戴鵀鳥。一名戴勝鳥。頭殼有黃金色的髻。
鴽	jû, ㄖㄨˊ	chiáu ê mîa, iân chhun ê Pat mîa. 鳥的名，鵪鶉的別名。
鵁	kau, ka, ㄐㄧㄠ, ㄐㄧㄚ	chiáu ê mîa, kau cheng. chiū sī tsúi chiáu, thâu khak ū âng mn̂g ê koan, kha koāi" koāi". chiáu mîa ka Lêng. ōe òh Lâng kóng ōe ê chiáu. 鳥的名，鵁鶄。就是水鳥，頭殼有紅毛的冠，腳高高。鳥名鵁鴒。能學人講話的鳥。
鴿	kap, chí", kah, ㄍㄜ, ㄐㄧ, ㄍㄚ	chiáu ê mîa, ka tsui ê Lūi. chí" á, chhài chiáu, chiū sī hún chiáu. Pu̍t kap. Pan kah, chiū sī Pan khiu. chit Lūi ê chiáu mn̂g chháu hún hún. 鳥的名，鳩雞的類。鴿仔，菜鳥，就是粉鳥。鵓鴿。斑鴿，就是斑鳩。這類的鳥毛草粉粉。

鴶	Khiat, ㄎㄧㄚㄊ	chiáu ê mîa, khiat kiok niáu. hiān kim kiò Pò͘ chhân chiáu. Pò͘ kok chiáu. 鳥的名，鴶鵴鳥。現今叫布田鳥。布穀鳥。
鵃	chiu, ㄐㄧㄨ	chiáu ê mîa, kut chiu niáu. chhin chhiūⁿ Kheh chiáu. 鳥的名，鶻鵃鳥。親像鵲鳥。
鴮	ho͘, o͘, ㄏㄛ,ㄛ	chiáu mîa, thê ô͘ chiáu ê Pàt mîa, o͘ t niáu. 鳥名，鵜鶘鳥的別名，鴮鸅鳥。
鴻	hông ㄏㄨㄥ	chiáu ê mîa, chhin chhiūⁿ Gān, hông Gān. toā ê kiò hông, Sòe ê kiò Gān. Ke̍k toā, hông toā; 鳥的名，親像雁，鴻雁。大的叫鴻，小的叫雁。極大，鴻大； hông iû, hông tô͘, hông ūn. kià Phoe, Lâi hông. 鴻猷，鴻圖，鴻運。寄批，來鴻。
鳱	Gian, kian, ㄫㄧㄢ,ㄍㄧㄢ	chiū sī kau chheng chiáu. chhin chhiūⁿ tsúi ah. chioh chiáu ê Pàt mîa. 就是鵁鶄鳥。親像水鴨。石鳥的別名。
鴰	koat, ㄍㄨㄚㄊ	chit hō tn̂g kha ê tsúi chiáu, chhiong koat. chhin chhiūⁿ Pe̍h hoh. 一號長腳的水鳥，鶬鴰。親像白鶴。
鴷	Lia̍t, ㄌㄧㄝㄊ	tok chhiū chiáu. tok chhiū chia̍h thâng. 啄樹鳥。啄樹食虫。
鵅	Lo̍k, ㄌㄛㄎ	chiáu ê mîa, tsúi chiáu, ām kún té; Pak tó͘ chí Sek, keng thâu téng Le̍k Sek Lo̍k o͘ Pok 鳥的名，水鳥，頷頸短；腹肚紫色，肩頭頂綠色，鵅烏鸔。
鴱	Gāi, ㄫㄞ	thô chhek chiáu á, Siok bú ê, khá hū chiáu. 桃雀鳥仔，屬母的，巧婦鳥。
鴧	Siông, ㄒㄧㄛㄥ	chiáu ê mîa, chhin chhiūⁿ eng á chiáu, tsóng sī khah sòe. iā ōe ngoe̍h chiáu á. 鳥的名，親像鷹仔鳥，總是較小，也能夾鳥仔。
鴺	î, thê, ㄧ,ㄊㄝ	chiáu ê mîa. chiū sī chit khóan Soaⁿ koe, thê ô͘. 鳥的名。就是一款山雞，鴺胡。
鴳	àn, ㄢ	Sòe chiah chiáu á chhin chhiūⁿ ian chhun, sî sî tī tōe nih. àn chhiok. 小隻鳥仔親像鵪鶉，時時佇地裡：鴳雀。
鴧	iân, oân, ㄧㄢ,ㄨㄢ	iân chhiok. toē hō mîa, tsu oân koāiⁿ. 鳶鵲。地號名，朱鳶縣。
鴆	tīm, ㄉㄧㄣ	tsúi tīm, chiū sī Sòe chiah ê chiáu á mîa, khah Siông hioh tī tsúi nih. 水鴆，就是小隻的鳥仔名，較常歇佇水裡。

造字 鳥借笑邊成字。

七 畫

鵯	khán, khap ㄎㄚㄢ,ㄎㄚㄆ	chiáu ê mîa, chhin chhiūⁿ koe, tsá khí sî ōe thî; 鳥的名，親像雞，早起時能啼；
鵠	Go̍k, ㄫㄛㄎ	hái chiáu, Go̍k chiáu. hông Go̍k. Pí Gān khah toā. chìⁿ Pà tiong ê Piau, Go̍k te̍k. chiàⁿ Go̍k. 海鳥，鵠鳥。鴻鵠。比雁較大。箭靶中的標，鵠的。正鵠。
鵑	koan, ㄍㄨㄢ	chiáu ê mîa, tō͘ koan chiáu. chit mîa tsú kui chiáu. iā kiò tāu á chiáu. hoe mîa, tō͘ koan hoe. 鳥的名，杜鵑鳥。一名子規鳥。也叫豆仔鳥。花名，杜鵑花。
鵓	Pu̍t, ㄅㄨㄊ	chiáu ê mîa, Pan tiám Sek ê ka tsui, ām kún ū Pe̍h Sek, Pu̍t ko. 鳥的名，斑點色的鳩雛，頷頸有白色，鵓鴣。
鵜	thê, ㄊㄝ	toā chiah chiáu ê mîa, ài chia̍h hî, Lô͘ chí chiáu ê khoan Sit, thê ô͘ chiáu. 大隻鳥的名，嗳食魚，鸕鷀鳥的款式，鵜鶘鳥。
鵡	bú, ㄨ	chiáu ê mîa, eng bú. ōe Kóng ōe, chhin chhiū eng ko. 鳥的名，鸚鵡。能講話，親像鸚哥。
鵒	io̍k, ㄩㄛㄎ	chiáu mîa, ōe o̍h Kóng ōe ê Siaⁿ, ka Lēng ê khóan Sit, kū io̍k. chit mîa, Pat ko. 鳥名，能學講話的聲，鵁鴒的款式。鸜鵒。一名，八哥。
鵝	Gô, ngô, Gia, ㄫㄛ,ㄫㄛ,ㄫㄧㄚ	bûn im ngô. tsúi chiáu, ka khîm, Lâng Só͘ chhī ê Gô á. iā ū Kóng Gia. 文音鵝。水鳥，家禽，人所飼的鵝仔。也有講鵝。 ām kún tn̂g, Pí ah khah toā chiah. Gô mn̂g Phê. Gô n̄ng chio̍h. 頷頸長，比鴨較大隻。鵝毛被。鵝卵石。
鵞	ngô, Gô, Gia, ㄫㄛ,ㄫㄛ,ㄫㄧㄚ	kap téng bīn jī Sio Siāng. 與頂面字相同。
䳘	ngô, Gô, Gia, ㄫㄛ,ㄫㄛ,ㄫㄧㄚ	kap téng bīn jī Sio Siāng. 與頂面字相同。
鵞	ngô, Gô, Gia, ㄫㄛ,ㄫㄛ,ㄫㄧㄚ	kap téng bīn jī Sio Siāng. 與頂面字相同。
鵼	Lēng, ㄌㄧㄥ	chiáu ê mîa, o͘ chhiu ê khóan Sit. ka Lēng. ōe o̍h Lâng kong ōe. 鳥的名，烏鶖的款式。鵁鴒。能學人講話。

鵤	kak, ㄍㄨㄢ	chiáu Lūi ê kang ê, koe kak. ah kak. Gō kak. 鳥類的公的，雞鵤。鴨鵤。鵝鵤。
⿰肖鳥	siau, chhio, ㄒㄧㄠ, ㄑㄧㄝ	chiū sī chiáu ê miâ, siau chiáu. chhio, kóaⁿ chhio, khí chhio, chhio ko, chhio koe. 就是鳥的名，⿰肖鳥鳥。⿰肖鳥，趕⿰肖鳥，起⿰肖鳥，⿰肖鳥哥，⿰肖鳥雞。
鵙	kek, Koat, ㄍㄜㄎ, ㄍㄨㄚㄊ	chiáu ê miâ, chiū sī Pit Lô chiáu. kap 鴂 jī sio siāng ì sù. 鳥的名，就是伯勞鳥。與鴂字相同意思。
鵔	tsùn, ㄗㄨㄣ	chiáu ê miâ, tsùn Gî. âng kha, tit chhùi, n̂g hûn. chhin chhiūⁿ hōng ū chhái sek. 鳥的名，鵔鸃。紅腳，直嘴，黃紋。親像鳳有彩色。
鵌	tô, ㄉㄛ	chiáu ê miâ, San hái keng kóng chiáu kap niáu chhú bih tī siāng hiat ê soa tiong. 鳥的名，山海經講，鳥與鼷鼠匿佇同穴的山中。
鵚	thok, ㄊㄛㄎ	chiáu á kàu chhiu thiⁿ, mn̂g chiū Lak Lôh, koh oāⁿ sin mn̂g. thok chhiu. 鳥仔到秋天，毛就落落，偎換新毛。鵚鶖。
鵏	Pô, ㄅㄛ	chiáu miâ, Pô sī chiáu. Pô koan chiáu. chiáu miâ, chhiū nâ Pô. chhì nâ Pô. chhò nâ Pô. 鳥名，鵏䲧鳥。鵏鶝鳥。鳥名，樹林鵏。莿林鵏。剉林鵏。

八 畫

鵻	tsui, ㄗㄨㄧ	chiáu ê miâ, ka tsui. un jiû hô sūn ê sèng. hún chiáu ê Lūi. 鳥的名，鳩鵻。溫柔和順的性。粉鳥的類。
鵻	tsui, ㄗㄨㄧ	kap téng bīn jī sio siāng. 與頂面字相同。
鶊	keng, ㄍㄝㄥ	chiáu ê miâ, chhong keng chiáu. chhin chhiūⁿ hông Lê chiáu. 鳥的名，鶬鶊鳥。親像黃鸝鳥。
⿰鳥其	kî, ㄍㄧ	sòe chiah ê gān chiáu. 小隻的雁鳥。
鵸	kî, ㄍㄧ	kap téng bīn jī sio siāng. 與頂面字相同。
鵾	khun, ㄎㄨㄣ	chiáu ê miâ, chhin chhiūⁿ koe put chí toā chiah. khun koe. 鳥的名，親像雞不止大隻。鵾雞。
⿰明鳥	bêng, ㄅㄝㄥ	ìn tō hái iô ê thī koe, i ê mn̂g kng kng chhin chhiūⁿ hōng hông. 印度海洋的雉雞，牠的毛光光親像鳳凰。
鵪	am, iam, ian, ㄚㄇ, ㄧㄚㄇ, ㄧㄢ	chiáu ê miâ, ian chhun. ian thun. ná sòe chiah koe á. 鳥的名，鵪鶉。鵪鶉。如小隻雞仔。
鵬	Phêng, ㄆㄝㄥ	chiáu ê miâ, thoân soat tiong chit khoán toā chiah chiáu, tāi Phêng chiáu. Pí jū oán toā ê chiân têng, Phêng teng bān Lí. toā ê chì khì, Phêng tô. 鳥的名，傳說中的一款大隻鳥，大鵬鳥。比喻遠大的前程，鵬程萬里。大的志氣，鵬圖。
鶉	Sûn, chhun, thun, ㄒㄨㄣ, ㄑㄨㄣ, ㄊㄨㄣ	chiáu ê miâ, ian chhun. ian thun. i ê bé phòa sàm. 鳥的名，鵪鶉。鵪鶉。牠的尾破毿。
鵰	tiau, ㄉㄧㄠ	toā chiáu ê miâ, chhin chhiūⁿ bā hioh ê khoán sit, bé toā sit tn̂g, chiū ê Pat miâ. 大鳥的名，親像鷂鷹的款式，尾大翼長，鷲的別名。
鶄	cheng, chheng, ㄐㄝㄥ, ㄑㄝㄥ	chit khoán ōe Liāu tsúi ê chiáu, kau cheng. á sī Pe̍h Lêng si. 一款能游水的鳥，鵁鶄。或是白鴒鷥。
鵲	chhiok, kheh, ㄑㄧㄛㄎ, ㄎㄝㄏ	chiáu ê miâ, hó tiāu thâu ê chiáu, hí chhiok. kheh chiáu. 鳥的名，好兆頭的鳥，喜鵲。鵲鳥。
鶂	Gê, Gék, ㄫㄝ, ㄫㄝㄎ	tsúi chiáu ê miâ, Gê. kang bú saⁿ khoàⁿ chiū ōe ū sin in. Gô teh háu ê siaⁿ, Gék Gék. 水鳥的名，鶂。公母相看就能有娠孕。鵝咧哮的聲，鶂鶂。
鶃	Gê, Gék, ㄫㄝ, ㄫㄝㄎ	kap téng bīn jī sio siāng ì sù. 與頂面字相同意思。
鵷	oan, ㄨㄢ	hōng ê Lūi, Lâm hng ū chiáu miâ kiò tsòe oan chhû. 鳳的類，南方有鳥名叫做鵷鶵。
鶆	Lâi, ㄌㄞ	eng á ê Lūi, Lâi khiu. 鷹仔的類，鶆鳩。
⿰鳥青	cheng, chheng, ㄐㄝㄥ, ㄑㄝㄥ	kap 鶄 jī sio siāng. 與鶄字相同。
鵺	iā, ㄧㄚ	chiáu miâ, chhin chhiūⁿ thī koe, thâu hoe Pe̍h sit n̂g kha. 鳥名，親像雉雞，頭花白翼黃腳。
鵩	hók, ㄏㄛㄎ	chiáu ê miâ, chhin chhiūⁿ bā hioh phāiⁿ tiāu thâu ê chiáu, àm sî chhut phāiⁿ siaⁿ. 鳥的名，親像鷂鷹，歹兆頭的鳥，晚時出歹聲。
鵮	kham, ㄎㄚㄇ	chiáu tok mih ê ì sù. 鳥啄物的意思。

鴣 ku, ㄍㄨ； chiáu ê mîa, bûn ngá ê chiáu, Pi ku。chiáu ê mîa, oân ku。hái chiáu hioh tī tang m̂ng Gōa。
鳥的名，文雅的鳥，鵯鴣。鳥的名，鶢鴣。海鳥歇佇東門外。

鵴 kiok, ㄍㄧㄡˊ； chiáu ê mîa, chhin chhiū" tō koan chiáu。chiáu mîa, khiat kiok。chiū sī chit khóan Pò chhân chiáu。
鳥的名，親像杜鵑鳥。鳥名，鴶鵴。就是一款布田鳥。

鵯 Pi, Phek, ㄅㄧ，ㄆㄧˋ； chiau mîa, Phek ku。a chiáu, sòe chiah koh tsōe, kui kûn, Pak tó ê Péh sek。
鳥名，鵯鴣。鴉鳥，小隻閣多，歸群，腹肚下白色。

鶬 Siông, ㄒㄧㄤ； chiáu ê mîa, ū ngó chhái sek, toā chiah ê thî koe。
鳥的名，有五彩色，大隻的雉雞。

鵽 toat, ㄉㄨㄛˊ； chiū sī chiáu ê mîa, chhin chhiū chí" á hiah tōa chiah, toat khiu。
就是鳥的名，親像鴿仔彼大隻，鵽鳩。

鵹 Lî, ㄌㄧˊ； Lî chhó chhiok。i nā háu chhām chiu chhut sì"。
鵹楚雀。伊若哮蠶就出生。

鶈 chhe, chhē, ㄑㄧ，ㄑㄧˋ； chiáu ê mîa, chhe eng。chiáu ê mîa, tsúi khàm chhē。chiū sī sòe chiah chiáu ê mîa。
鳥的名，鶈鸎。鳥的名，水蓋鶈。就是小隻鳥的名。

[虎+鳥] hó, ㄏㄨˇ； chiau ê mîa, hó kū。
鳥的名，[虎+鳥]咯。

造字 鳥借虎音成字。

九畫

鶡 hat, ㄏㄜˊ； chiáu ê mîa, sèng ngī tit chhin chhiū" thî koe。hat koe。
鳥的名，性硬直，親像雉雞。鶡雞。

鶘 hô, ô, ㄏㄨˊ，ㄨˊ； chiáu ê mîa, thê hô chiáu。hî m̄ kia" bāng tsóng sī kia" chit hō chiáu。thê ô
鳥的名，鵜鶘鳥。魚毋驚網總是驚這號鳥。鵜鶘。

鶪 kek, ㄍㄜˊ； kap 鶪 jī Sio Siāng。chiū sī Pit Lô chiáu。
與鶪字相同。就是伯勞鳥。

鶩 bók, bū, ㄇㄨˋ，ㄨˋ； chiū sī chit khóan iá ah。
就是一款野鴨。

鶚 Gók, ㄜˋ； toā chiáu ê mîa, eng chiáu ê khóan sit, Gâu chiah hî, tiau Gók。Siók mîa, hî eng。
大鳥的名，鷹鳥的款式，勢食魚，雕鶚。俗名，魚鷹。

鶗 thê, ㄊㄧˊ； chiáu ê mîa, thê kiat。chiū sī tsú kui chiáu。tāu á chiáu。
鳥的名，鶗鴂。就是子規鳥。荳仔鳥。

鷵 tók, ㄉㄨˊ； chit khóan chiáu ê mîa, hō tók。
一款鳥的名，鳠鷵。

鶖 chhiu, ㄑㄧㄡ； tsúi nih ê toā chiáu, chhin chhiū" hóh, thâu khak bô m̂ng, bák chiu âng, thut chhiu。chiáu ê mîa,
水裡的大鳥，親像鶴，頭殼無毛，目睭紅，禿鶖。鳥的名，
o chhiu, tsoân sin o sek, Siông khîa tī tsúi Gû téng chiah thâng。
烏鶖，全身黑色，常騎佇水牛頂食虫。

鶠 ián, ㄧㄢˇ； chit khoan ê hó tiāu thâu ê chiáu, ián chiáu。Sī bú ê。chiū sī hōng hông。
一款的好兆頭的鳥，鶠鳥。是母的。就是鳳凰。

[某鳥] mûi, ㄇㄟˊ； ín iú Liáh chiáu Siù ê khì khū。
引誘捕鳥獸的器具。

鶪 khek, ㄎㄜˊ； chiáu ê mîa, Pit Lô chiáu。
鳥的名，伯勞鳥。

鶒 chhek, ㄔㄜˋ； tsúi chiáu ê mîa, khe chhek。
水鳥的名，鸂鶒。

鶨 thoàn, ㄊㄨㄢˋ； chit hō chiáu ê mîa, ū Lâng kóng sī chhi chiáu。
一號鳥的名，有人講是癡鳥。

鶛 kai, ㄍㄧㄝ； chiū sī kang ê chiáu。
就是公的鳥。

鶢 ôan, ㄩㄢˊ； ôan ku。chiū sī hái chiáu, hioh tī tang m̂ng Goā。
鶢鴣。就是海鳥，歇佇東門外。

十畫

鶵 chhu, ㄔㄨˊ； chiáu ê mîa, oan chhu。chiáu kiá" khí thâu chhut sì ōe teh mih。chiáu kiá"。
鳥的名，鵷鶵。鳥子起頭出世能啄物。鳥子。

鶱 hian, khian, ㄒㄧㄢ，ㄑㄧㄢ； chiáu sit thián khui pe ê khoan sit,
鳥翼展開飛的款式。

鶴 hók, hóh, ㄏㄜˋ，ㄏㄜˊ； chiáu ê mîa, hóh。Péh hóh。tng hê siū。hók hoat tông Gân。tan téng hóh。
鳥的名，鶴。白鶴。長歲壽。鶴髮童顏。丹頂鶴。

鶻	kut, kut ㄍㄨˊ,ㄍㄨˇ,	chiáu ê mîa, chhin chhiūⁿ tsún, eng á Lūi ê chiáu. Pan Sek, kut chiu. ná kap eng. 鳥的名，親像隼，鷹仔類的鳥。斑色，鶻鵃。如鴿鷹。
鷇	khò ㄎㄡˋ,	chiáu á chhut sì iáu ài Lāu bú chhī ê Sòe chiah chiáu kiáⁿ. koe, thī, ê kiáⁿ kiò tsòe chhu. 鳥仔出世猶愛老母飼的小隻鳥子。雞，雉，的子叫做鶵。
鷄	ke, koe ㄐㄧ,ㄍㄨㄝ,	kap 雞 jī Sio Siāng. thàu tsá kiò kiⁿ ê chiáu. ka khîm. ke chiáu, koe ah, thī koe. 與雞字相同。透早叫更的鳥。家禽。鷄鳥，鷄鴨，雉鷄。 Soaⁿ ke. koe bú. koe kak 𠀤 koe m̂ng. koe n̄ng. 山鷄。鷄母。鷄鵤，鷄毛。鷄卵。
鶼	kiam ㄐㄧㄢ,	Pí ék chiáu ê mîa, kiam kiam. ná hû, chhìⁿ chhiah Sek. Pí jū hu chhe chêng chhim, kiam tiáp 比翼鳥的名，鶼鶼。如鳧，青赤色。比喻夫妻情深，鶼鰈
鴚	ko ㄍㄜ,	ōe oh kóng ōe ê chiáu. eng ko. chiū sī eng bú chiáu. 能學講話的鳥，鸚鴚。就是鸚鵡鳥。
鶹	Lîu, ㄌㄧㄡˊ,	chiáu ê mîa, hiu Lîu. chhin chhiūⁿ àm kong chiáu, chiū sī niau thâu eng. 鳥的名，鵂鶹。親像暗光鳥，就是貓頭鷹。
鶽	tsún, ㄓㄨㄣˇ,	chiáu ê mîa, chiū sī tsún chiáu, teh pe put chì kín. tiau ê Lūi. 鳥的名，就是隼鳥，啲飛不止緊。鵰的類。
鷈	su, tôe, the, ㄙ,ㄊㄨㄝˊ,ㄊㄝ,	chiáu ê mîa, chhin chhiūⁿ tsúi ah, tsóng sī khah sòe, i ê iû thang boah to. 鳥的名，親像水鴨，總是較小，牠的油可抹刀。
鷉	su, tôe, the, ㄙ,ㄊㄨㄝˊ,ㄊㄝ,	kap téng bīn jī Sio Siāng. 與頂面字相同。
鷏	tian, tiân, ㄉㄧㄢ,ㄉㄧㄢˊ,	chiáu ê mîa, chhin chhiūⁿ o a, tsóng sī khah toā, hoe hûn n̂g péh, háu ná chhân kap á. 鳥的名，親像烏鴉，總是較大，花紋黃白，哮如田蛤仔。
鶬	chhiong, chhong, ㄑㄧㄤ,ㄘㄤ,	chiáu ê mîa, Pat Loân chhiong, hô sūn ê siaⁿ, chhan Lān Siuⁿ kim ê Sek. chiáu ê mîa, 鳥的名，八鸞鶬，和順的聲，燦爛鑲金的色。鳥的名， chhong keng, tsúi chiáu, chhin chhiūⁿ hôh, á sī Gān. 鶬鶊，水鳥，親像鶴，或是鴈。
鶺	chek, ㄐㄧˊ,	chiáu ê mîa, chhin chhiūⁿ péh Lēng Sī. chek Lēng. 鳥的名，親像白鴒鷥。鶺鴒。
鶿	tsû, chî, ㄘˊ,ㄐㄧ,	chiáu ê mîa, ū Lâng chhī chit hō chiáu Lâi Liah hî, Lô chî chiáu. 鳥的名，有人飼這號鳥來捕魚，鸕鶿鳥。
鷀	tsû, chî, ㄘˊ,ㄐㄧ,	kap téng bīn jī Sio Siāng. 與頂面字相同。
鷂	iāu, iâu, iâu, ㄧㄠˋ,ㄧㄠˊ,	ngó sek ê khī koe. ok chiáu ê mîa, eng á ê khóan Sit, iāu eng. 鷂，五色的雉鷄。惡鳥的名，鷹仔的款式，鷂鷹。
鷊	Gėk, ㄧˋ,	chiáu ê mîa, khóan Sit chhin chhiūⁿ khī koe, iā kiò Siū chiáu. Lēng mîa chin tsu ke. 鳥的名，款式親像雉鷄，也叫綬鳥。另名真珠鷄。
鶯	eng, ㄧㄥ,	chiáu ê mîa, n̂g eng. háu Siaⁿ hó thiaⁿ, thé hêng Sòe hó khòaⁿ. eng eng iàn iàn, jū bí Lú chē chē. 鳥的名，黃鶯。哮聲好聽，體形小好看。鶯鶯燕燕，喻美女多多。
鷃	àn, ㄧㄢˋ,	Sòe chiah ê chiáu á, put sî tòa tī tōe nih, bô hioh tī chhiū téng, iàn thun. 小隻的鳥仔，不時住佇地裡，無歇佇樹頂，鷃鶉。
鷁	ek, ㄧˋ,	tsúi chiáu, khóan Sit chhin chhiūⁿ péh Lēng Sī, tsóng sī khah toā chiah. ná Lô chî, ek chiáu. 水鳥，款式親像白鴒鷥，總是較大隻。如鸕鶿，鷁鳥。

十一畫

鷓	chià ㄓㄜˋ,	chiáu ê mîa, chià ko. thī koe, sûi iông chiáu. 鳥的名，鷓鴣。雉鷄，隨陽鳥。
鷙	chì ㄓˋ,	ok chiáu, siok tī eng ê Lūi, ióng béng, Giâu Gî. chì chiáu. 惡鳥，屬佇鷹的類，勇猛，曉疑。鷙鳥。
鷖	i ㄧ,	tsúi chiáu chhin chhiūⁿ Gān, ngó Sek. 水鳥親像雁，五色。
鷔	Gô, Gō, ngô, ngō ㄠˊ,ㄠˋ,ㄠˊ,ㄠˋ,	Gô, ngô, Phaiⁿ tiàu thâu ê chiáu, thâu péh, chhùi chhiah Sek. Gô, ngô. 鷔，鷔，歹兆頭的鳥，頭白，嘴赤色。鷔，鷔， tōa hî, chhin chhiūⁿ chiáu ê khóan Sit, Gô it hî. 大魚，親像鳥的款式，鷔鳦魚。
鷗	O ㄡ,	tsúi chiáu ê mîa, chhin chhiūⁿ Gān ê khóan Sit. O. hái O. Siông Siông Pe tī hái bīn. 水鳥的名，親像雁的款式。鷗。海鷗。常常飛佇海面。
鷟	tsok ㄓㄨㄛˊ,	chiáu ê mîa, chhin chhiūⁿ tsúi ah hiah toā, Gėk tsok. 鳥的名，親像水鴨彼大，鸑鷟。
鷐	Sîn ㄔㄣˊ,	chit khóan chiáu ê mîa, Siók bā hioh ê Lūi, Sîn hong chian. 一款鳥的名，屬鷂鷹的類，鷐風鸇。

鷞 Song, Sóng ㄙㄨㄤ, ㄙㄨㄤˇ; Siok song 鷫鷞。Se hong sîn ê chiáu, ām kún tn̂g Le̍k Sek, ná Gān chiáu, Phê thang tsòe hiû。西方神的鳥，頷頸長綠色，如雁鳥，皮可做裘。

鷕 iáu, úi ㄧㄠˇ, ㄨㄟˇ; bú ê thî koe teh háu ê ì sù。母的雉雞哟哮的意思。

䳾 iáu, úi ㄧㄠˇ, ㄨㄟˇ; kap téng bīn jī Sio Siāng ì Sù。與頂面字相同意思。

鷝 Pit ㄅㄧˋ; chiáu ê mîa, Pe̍h bīn chhiⁿ Sek, khoan Sit ná hôh, chit kha âng hûn。thoh Pit á。鳥的名，白面青色，款式如鶴，一腳紅紋。托鷝仔。

鳺 kui ㄍㄨㄟ; chiáu ê mîa, tsú kui chiáu。chiū sī tsú kui chiáu。鳥的名，子規鳥。就是子鷤鳥。

鷛 chiong ㄐㄩㄥ; chiáu ê mîa, Gô kok Lâng kiò tsòe tsúi koe。鳥的名，吳國人叫做水雞。

鷅 chiong ㄐㄩㄥ; chiáu ê mîa, chhin chhiūⁿ tō͘ koan, siok chiong。鳥的名，親像杜鵑，蜀鷅。

鷚 Liû ㄌㄧㄡˋ; tōa chiah chiáu, chhek chiáu ê sek, ian chhun ê khoan sit, thian Liû。大隻鳥，雀鳥的色，鷰鶉的款式，天鷚。

鷌 bâ, mâ ㄅㄚˊ, ㄇㄚˊ; chiáu á, chiū sī chhin chhiūⁿ iá Gô ê khoan Sit, Gān。iam chhiok, chhek chiáu á kiò tsòe bâ chhiok。鳥仔，就是親像野鵝的款式，雁。鷌雀，雀鳥仔叫做鷌雀。

鷅 Phiau ㄆㄧㄠ; chiáu thùi mn̂g。chiáu á mn̂g ê sek tī Piàn ōaⁿ ê ì sù。iā sī chiáu Pe ê khoan sit。鳥褪毛。鳥仔毛的色綴變換的意思。也是鳥飛的款式。

鷜 Lân ㄌㄢˊ; chiáu mîa, Lâng ê Sìⁿ。鳥名，人的姓。

鷜 Lô͘, Lûi ㄌㄡˊ, ㄌㄩˊ; chiáu mîa, Lô͘ Gô。sī chit khoan iá Gô。chiáu Lûi, chiáu á Lûi, chiáu Lûi á。鳥名，鷜鵝。是一款野鵝。鳥鷜，鳥仔鷜，鳥鷜仔。

十二畫

鷩 chhióng ㄑㄩㄥˊ; chiáu ê iù iù ê mn̂g koh tsat, thang tsòe hiû。tōa tsúi chiau ê sit。鳥的幼幼的毛閣實，可做裘。大水鳥的翼。

鷴 hân ㄏㄢˊ; chiáu ê mîa, khī koe ê khoan sit, Pe̍h hân。鳥的名，雉雞的款式，白鷴。

鷳 hân ㄏㄢˊ; chiau ê mîa, kap téng bīn jī Sio Siāng ì sù。鳥的名，與頂面字相同意思。

鷧 ì ㄧˋ; chiáu mîa, tsū ì。chiū sī Lô͘ chî chiáu。鳥名，鷀鷧。就是鸕鷀鳥。

鷮 kiau, kiâu ㄐㄧㄠ, ㄐㄧㄠˊ; tn̂g bé koe ná tsáu ná háu。bé tn̂g 6 chhioh, bah hó chia̍h。kiâu khī。長尾雞愈走愈哮。尾長六尺，肉好食。鷮雉。

鷯 Liâu ㄌㄧㄠˊ; Sòe chiah ê chiáu, chiau Liâu。bāng tang á ê khoan sit。小隻的鳥，鷦鷯。網鵻仔的款式。

鷫 Siok ㄙㄨˋ; chiáu ê mîa, ngó͘ hng ê chiáu, hōng hông chiáu。iā mîa, Siok Song。鳥的名，五方的鳥，鳳凰鳥。也名，鷫鷞。

鷥 Su, si ㄙ, ㄙ; chiáu ê mîa, Lō͘ su。Pe̍h Lō͘ si。chiū sī Pe̍h Lêng si。kha tn̂g chhùi tn̂g chiam。mn̂g Pe̍h。鳥的名，鷺鷥。白鷺鷥。就是白鴒鷥。腳長嘴長尖。毛白。

鷦 chiau ㄐㄧㄠ; Sòe ê chiáu, bāng tang á, chiau Liâu。chit khoan hó chiáu ê mîa, chiau bêng。chhin chhiūⁿ hōng hông。小的鳥，網鵻仔，鷦鷯。一款好鳥的名，鷦明。親像鳳凰。

鷲 chiū ㄐㄧㄡˋ; chiáu ê mîa, béng khîm, tòa tī chhim Soaⁿ kan, tōa chiah koh ióng béng, kau jiáu Lāi。bak chiu iā Lāi, Lia̍h iá thò͘ sió iûⁿ。Soaⁿ ê mîa, ná chiū ê hêng, só͘ í kiò tsòe Lêng chiū san。鳥的名，猛禽，住佇深山間，大隻閣勇猛，鉤爪利。目睭也利，捕野兔小羊。山的名，如鷲的形，所以叫做靈鷲山。

鷸 Lu̍t, u̍t ㄌㄩˋ, ㄩˋ; chiáu ê mîa, u̍t, koàn Lu̍t, ē tsai beh Lo̍h hō͘, ian chhun ê khoan sit。ài chia̍h sòe bé hî。鳥的名，鷸，冠鷸，能知也落雨，鷰鶉的款式。慣食小尾魚。u̍t Pâng Siong cheng, pí jū Lióng hong Saⁿ chiⁿ m̄ niū chhiú, 鷸蚌相爭，比喻兩方相爭毋讓手，

鸂 khû ㄑㄩ; chit khoan tn̂g kha ê tsúi chiáu, chhin chhiūⁿ âng hôh。一款長腳的水鳥，親像紅鶴。

鷩 Piat ㄅㄧㄝˋ; âng ê thî koe, chit mîa Soaⁿ koe, chit mîa kím koe, soaⁿ koe ê khóan sit。kè sòe sòe。紅的雉雞，一名山雞，一名錦雞，山雞的款式。髻小小。

鵗 Siōng ㄒㄧㄤˋ; chiū sī chit khóan bāng tang á chiáu ê Pa̍t mîa。就是一款網鵻仔鳥的別名。

鵢 teng ㄉㄥ; chit khóan chiáu ê mîa, tōa chiah chhin chhiūⁿ koe, teng koe。teng chhiok。一款鳥的名，大隻親像雞，鵢雞。鵢鵲。

鶇	tông, ㄉㄛㄥ;	tsúi chiáu bông tông. i ê chhùi n̂g sek, chhioh gōa tn̂g. 水鳥，鸏鶇。牠的嘴黃色，尺外長。

十三畫

鸇	chian, ㄐㄧㄢ;	chiáu ê mîa, chhin chhiūⁿ eng á ê khoán sit. chiū sī chì chiáu. 鳥的名，親像鷹仔的款式。就是鷙鳥。
鸂	khe, ㄎㄝ;	chiū sī tsúi chiáu, ngó͘ sek bé, ná tsûn tō. khe thek. ná oan iuⁿ tsóng sī khah tōa chiah. 就是水鳥，五色尾，如船舵。鸂鶒。如鴛鴦總是較大隻。
鶒 (補11畫)	thek, ㄊㄝㄎ;	chiū sī tsúi chiáu, ngó͘ sek bé, ná tsûn tō. khe thek. ná oan iuⁿ tsóng sī khah tōa chiah. 就是水鳥，五色尾，如船舵。鸂鶒。如鴛鴦總是較大隻。
鸊	Phek, ㄆㄝㄎ;	tsúi chiáu chhin chhiūⁿ tsúi ah, sòe sòe ê kha liân bé, bōe ōe kîa ta tōe siōng tī tsúi tiong. Phek tôe. 水鳥親像水鴨，小小的腳連尾，𣍐會行乾地常佇水中，鸊鷉。
鷹	eng, ㄝㄥ;	béng ê chiáu, eng chiáu. Lôe thâu eng. 猛的鳥，鷹鳥。犁頭鷹。
鷾	î, ㄧ;	chiū sī ìⁿ á chiáu. 就是燕仔鳥。
鷽	ak, ㄚㄎ;	chit hō sòe chiah chiáu ê mîa, kha sī âng ê sek, chit mîa san chhiok. 一號小隻鳥的名，腳是紅的色，一名山鵲。
鸃	Gî, ㄫㄧ;	hông hông ê lūi. thī koe, chhin chhiūⁿ soaⁿ koe, tsóng sī khah sòe. tsùn gî. 鳳凰的類。雉雞，親像山雞，總是較小。鵔鸃。
鸕	Lô, Lō, ㄌㄛ,ㄌㄛ;	chiáu ê mîa, chhin chhiūⁿ tsúi ah ê khoán sit. 鳥的名，親像水鴨的款式。
鷺	Lō͘, ㄌㄛ;	chiáu mîa, pe̍h lō͘. pe̍h lō͘ sī. chiū sī pe̍h lêng sī. kang ê mîa, Lō͘ kang. 鳥名，白鷺。白鷺鷥。就是白鴒鷥。江的名，鷺江。
鸀	Siok, ㄒㄧㄛㄎ;	soaⁿ ê o͘ a, siok giok. 山的烏鴉，鸀鳿。
鸅	tek, ㄉㄝㄎ;	pó hō͘ chhân ê chiáu, tek gû. chiū sī thê ô͘ chiáu. 保護田的鳥，鸅鸆。就是鵜鶘鳥。
鸆	Gû, ㄫㄨ;	tek gû, khòaⁿ téng jī ê tsù kái. 鸅鸆，看頂字的註解。

十四畫

鸎	eng, ㄝㄥ;	chiáu ê mîa, hông lê ê khoán sit, hau siaⁿ hó thiaⁿ. hông eng. kap 鶯 thong. n̂g eng. 鳥的名，黃鸝的款式，哮聲好聽。黃鸎。與鶯通。黃鸎。
鸑	ga̍k, ㄫㄚㄎ;	hó tiāu thâu ê chiáu, chhin chhiūⁿ hōng ê khoán sit, ga̍k tso̍k. 好兆頭的鳥，親像鳳的款式，鸑鷟。
鸒	û, ㄨ;	chiáu á, hā chiān ê chiáu, o͘ a. sòe sòe chiah kui kûn, pak tó͘ ê pe̍h. 鳥仔，下賤的鳥，烏鴉，小小即歸群，腹肚下白。
鸏	bông, ㄅㄛㄥ;	tsúi chiáu ê mîa, bông tông. chhin chhiū khóng chhiok. 水鳥的名，鸏鶇。親像孔雀。
鸐	te̍k, ㄉㄝㄎ;	chiáu ê mîa, khoán sit ná thī koe, kang bú ê mn̂g sek koh iūⁿ, hioh tī soaⁿ nih, soaⁿ thī. 鳥的名，款式如雉雞，公母的毛色異樣，歇佇山裡，山雉。
鸌	hō͘, ok, ㄏㄛ,ㄛㄎ;	chiáu ê mîa, tsúi chiáu, hō͘ chiáu. tsúi chiáu ê ì sù, ok. 鳥的名，水鳥，鸌鳥。水鳥的意思，鸌。

十五—十七畫

鸓	Lūi, ㄌㄨㄧ;	pe chhú, khoán sit chhin chhiūⁿ piān hok, m̂ng chí sek, mî sî chiū chhut lâi kîaⁿ. lúi chhú. 飛鼠，款式親像蝙蝠，毛紫色，冥時就出來行。鸓鼠。
鸔	Pok, ㄅㄛㄎ;	tsúi chiáu, lok o͘ pok. ām kún té, pak tó͘ chí siek, keng thâu téng le̍k sek, chhin chhiūⁿ gê chiáu. 水鳥，鵅烏鸔。頷頸短，腹肚紫色，肩頭頂綠色，親像鵝鳥。
鸕	Lô͘, ㄌㄛ;	chiáu ê mîa, lâng chhī lâi liah hî. Lô͘ chî. 鳥的名，人飼來掠魚。鸕鷀。
鸘	Song, Sóng, ㄙㄛㄥ,ㄙㄛㄥ;	kap 鷞 jī sio siāng ì sù. 與鷞字相同意思。
鸚	eng, ㄝㄥ;	ōe kóng ōe ê chiáu, eng ko. eng bú. chit khoán lê ê mîa, eng bú lê. 能講話的鳥，鸚哥。鸚鵡。一款螺的名，鸚鵡螺。

十八·十九畫

鸜	Kû, ㄍㄨ;	chiáu ê mîa, ōe o̍h kóng ōe ê chiáu, kû io̍k. chiū sī ka lêng. 鳥的名，能學講話的鳥，鸜鵒。就是鴐鴒。

【鸛】koân, ㄍㄨㄢˋ, chiáu ê miâ, koàn chiáu。ū o͘ pe̍h nn̄g chéng ê, kha tn̂g khoán sit ná ho̍h.
鳥的名，鸛鳥。有黑白兩種的，腳長款式如鶴。

【鸝】Lê, ㄌㄧˊ, chit khoán chiáu ê miâ, hông Lê。chiū sī n̂g eng.
一款鳥的名，黃鸝。就是黃鶯。

【鸞】Loân, ㄌㄨㄢˊ, hó tiāu thâu ê chiáu, hōng ê khoán sit, ngó͘ chhái ê mn̂g sek tài chhiⁿ。Loân hōng。Pí jū hu chhe
好兆頭的鳥，鳳的款式，五彩的毛色帶青。鸞鳳。比喻夫妻
Saⁿ hô, Loân siông hōng bú。chiok Lâng kiat hun ê hó oē, Loân hōng hô bêng, hông tè ê chhia, Loân chhia。
相和，鸞翔鳳舞。祝人結婚的好話，鸞鳳和鳴。皇帝的車，鸞車。

鹵 部 197

【鹵】Ló͘, Lō͘, ㄌㄨˇ, ㄌㄨˋ, chhut iâm ê tōe, Ló͘ tē。kiâm chhìn chhái, Ló͘ bóng。tsòe Liāu Lí, Ló͘ thng。Ló͘ bah。Ló͘ n̄g。
出塩的地，鹵地。鹵鹹。且採，鹵莽。做料理，鹵湯。鹵肉。鹵卵。
Ló͘ chhài。Sīⁿ iâm, iâm Lō͘。Sīⁿ iâm Lō͘。Lō͘ iâm。Lō͘ kiâm hī chhàu chho ài Lō͘ iâm。
鹵菜。豉塩，塩鹵。豉塩鹵。鹵塩，鹵鹹，魚臭臊愛鹵塩。

六一九畫

【鮭】kôe, kê, ㄍㄨㄝ, ㄍㄝ, thák nn̄g im Lóng sio siāng ì sù。Sīⁿ kôe, hî á kôe。jiâu á kôe。ô kôe。tsu Lê kê。
讀兩音攏相同意思。豉鮭，魚仔鮭。鰇仔鮭。蠔鮭。珠螺鮭。
kê, chiū sī chiong chhiⁿ mih ēng iâm sīⁿ kú kú, Piⁿ chiâⁿ Phang koh hó chia̍h ê kôe chiap。
鮭就是將生物用塩來豉久久，變成香閣好食的鮭汁。
Phòa kôe, kôe Phòa, chiū sī sīⁿ Liáu sit Pāi ê kôe。
破鮭，鮭破，就是豉了失敗的鮭。

造字 鹵借圭偏音成字

【鹹見】kám, ㄍㄢˇ, bô tī khong hi jī tián ê jī, kap 鹼 jī sio siāng, khó ê bī, kiâm Piⁿ kàu khó。Sap bûn,
無佇康熙字典的字，與鹼字相同。苦的味，鹹變到苦。雪文，
hiān kim kóng Pûi tsō。Sap bûn Gōa kok oē ê im e̍k。
現今講肥皂。雪文是外國話的音譯。

【鹵炎】tām, ㄉㄢˋ, bô bī sò, chiàⁿ chiáⁿ ê ì sù。
無味素，㵘㵘的意思。

【塩】iâm, iām, -ㄧㄢˊ, -ㄧㄢˋ, kiâm ê mih, iám sīⁿ mih, Sīⁿ hî。ū Gâm iâm, chíⁿ iâm, Phak hái tsúi tsòe iam。tî iâm
鹵鹹的物，塩豉物，豉魚。有岩塩，井塩，曝海水做塩。池塩。
iâm tiâⁿ, iâm tî, iâm chíⁿ, hòa ha̍k ê sng, iâm sng。
塩埕，塩池，塩井。化學的酸，塩酸。

【鹹】hâm, kiâm, kiâm, ㄏㄢˊ, ㄍㄧㄢˊ, ㄎㄧㄢˊ, hâm, bô chiáⁿ, khó ê bī, iâm ê bī, hâm khó。tōe miâ hâm Siâⁿ。kiâm,
鹵鹹，無㵘，苦的味，塩的味，鹵鹹苦。地名，鹵鹹城。鹵鹹，
chiū sī kap 鹼 ê ì sù sio siāng。kiâm, iâm ê bī sò, kiâm bī。kiâm siap。kiâm kiâm。
就是與鹼的意思相同。鹵鹹，塩的味素，鹵鹹味。鹵鹹澀。鹵鹹鹵鹹。
kiâm chiáⁿ。kiâm tok tok。kiâm sng tiⁿ。Sīⁿ kiâm hî。
鹵鹹㵘。鹹酷酷。鹵鹹酸甜。豉鹵鹹魚。

十 畫

【鹼】kiam, kiám, kiⁿ, ㄍㄧㄢ, ㄍㄧㄢˇ, ㄍㄧˇ, kiâm ê bī。hé hu Phàu tsúi tè chhut ê mih, kiⁿ tsúi。kiⁿ iû。kiⁿ soa。Sèng kut
鹵鹹的味。火灰泡水笮出的物，鹼水。鹼油。鹼砂。性滑
kut。hiān kim ēng iâm Lâi hun kái tsòe iâm sng kap kiám。Kiám ēng Lâi tsòe Sap bûn, hòa ha̍k
滑。現今用塩來分解做塩酸及鹼。鹼用來做雪文，化學
ēng Lō͘ tōa。Sio kiⁿ, kiⁿ tsàng, kiⁿ á ké。
用路大。燒鹼，鹼粽，鹼仔粿。

【鹺】chho, ㄘㄛ, iâm ê ì sù, Put chí kiâm。iâm ê bī sò kau。kiam chho。
塩的意思，不止鹵鹹。塩的味素厚。鹹鹺。

【差鹵】chho, ㄘㄛ, kap téng bīn jī sio siāng。
與頂面字相同。

【盬】kó͘, ㄍㄨˇ, tsúi tsa̍h。á sī kau á hō tsúi Lâu jip iâm tiâⁿ。
水截。或是溝仔的水流入塩埕。

十二一十五畫

【鹼敢】kám, ㄍㄢˇ, kap 鹹見 jī sio siāng。
與鹹見字相同。

鹼	kiam, kiám, kiⁿ ㄍㄧㄢ,ㄍㄧㄢˇ,ㄍㄧㄣ;	kap 鹵兼 jī Sio Siāng. 與鹵兼字相同。
鹽	iâm, iām, ㄧㄢˊ,ㄧㄢˋ,	kap 塩 jī 塩 jī Sio Siāng, chhiáⁿ khòaⁿ Poeh ūi ê tsù kái. 與塩字塩字相同，請看八畫的註解。
鹺	chho ㄘㄜ;	kap 鹾 jī 鹾 jī Sio Siāng. 與鹾字，鹾字相同。

鹿 部 198

鹿 Lo̍k, La̍k, ㄌㄨˋ,ㄌㄚˋ, iá siù ê miâ, chhin chhiūⁿ chiuⁿ á, kiuⁿ á, tsóng sī khah tōa chiah, ū kak, hun chhe chhiū oe,
野獸的名，親像獐仔，羌仔，總是較大隻，有角，分叉如樹椏，
Lo̍k jiông thang ji̍p io̍h. Soaⁿ Lo̍k, mûi hoe Lo̍k, tsúi Lo̍k. Lo̍k sí sûi chhiú, tāi ke sa ⁿ chiⁿ m̄ tsai siáⁿ lâng ē iâⁿ.
鹿茸可入藥。山鹿，梅花鹿，水鹿。鹿死誰手，大家相爭毋知甚人能贏。
Lo̍k hī, chiū sī nn̄g tè sam tú hō͘ tsûn ūi khiā tiâu. Tōe miâ, Lo̍k nī mn̂g, Tīⁿ Sêng kong kong Tâi oân ê
鹿耳，就是兩塊杉拄互船桅豎牢。地名，鹿耳門。鄭成功攻台灣的
káng kháu, tī Tâi Lâm an Pêng hū kūn.
港口，佇台南安平附近。

二一四畫

麂	kí ㄍㄧˇ;	chiuⁿ á ê Lūi, tsóng sī khah sòe chiah, chhùi ū nn̄g ki tn̂g gê, phê n̄ng, bah thang chia̍h. Gâu thiàu. 獐仔的類，總是較小隻，嘴有兩支長牙，皮軟，肉可食。勢跳。
麀	iu, ㄧㄡ,	iá siù ê miâ, bú Lo̍k. Pē á kiáⁿ tâng îm chit ê tsa bó͘ lâng, tsū iu. 野獸的名，母鹿。父仔子同淫一個查某人，聚麀。
麃	Phiau ㄆㄧㄠˊ	iá siù chhin chhiūⁿ chiong, ū chit ki kak. ióng béng ūi bú, Phiau Phiau. chiáu mn̂g piàn sek. tsoh chhân. 野獸親像麞，有一支角。勇猛威武，麃麃。鳥毛變色。作田。
麄	chho ㄘㄨ;	Chho ê sio̍k jī. Lo̍k tsòe hóe tī hông. Tōa hoah kiâⁿ. Soàⁿ soàⁿ. kap 粗 jī sio siāng ì sù, chho Lē 麤的俗字。鹿做伙持防。大踮行。散散。與粗字相同意思，粗糲 chhiū sī chho bí. chho chhiok, tāi khai. chho tiong, bo sió sim. 就是糙米。粗貊，大概。粗中，無小心。
麂	chí ㄐㄧ;	chit khoán ê Lo̍k. 一款的鹿。

五 畫

麈	tsú, sú, tsu, ㄓㄨˇ,ㄙㄨˇ,	iá siù chhin chhiūⁿ Lo̍k ê khoán, khah tōa, bé tōa pha, ū lâng kiò tsòe sù put chhiūⁿ. 麈，野獸親像鹿的款，較大，尾大葩，有人叫做四不像。 chhut tī koan goā, Lêng kó͘ thah, O͘ so͘ Lí kang. Sú bé, chiū sī sian kiah khîm siù bé ê mn̂g 出佇關外，寧古塔，烏蘇里江。麈尾，就是仙攑禽獸尾的毛 tsòe ê sut á. ná báng sut. 做的捽仔。如蚊捽。
麇	kûn, khun, khún, kún, khun ㄐㄩㄣ,ㄎㄨㄣ,ㄎㄨㄣˇ,	chiong Pa̍t miâ. ín ê chhek chhng, chhek khún. Pa̍k, kui khun. chiâⁿ khún. 麇，麞，麕的別名。圓的粟倉，粟麇。縛，歸麇。成麇。
麅	Pâu, ㄆㄠˊ,	Lo̍k á Lūi. Pí Lo̍k khah sòe, mn̂g ê sek hā thiⁿ chhiah n̂g sek, tang thiⁿ pìⁿ thô͘ n̂g sek. 鹿仔類。比鹿較小，毛的色夏天赤黃色，冬天變土黃色。
麆	tsó, tsō ㄘㄨ,ㄘㄨˋ,	chho͘ chho͘, soe Lâng, khoah tōa. thiàu hn̄g ê ì sù. thak chho͘ chiū sī chho͘, 麤 jī sio siāng. 粗粗，疎亂，闊大。跳遠的意思。讀麤就是粗，麤麤字相同。
麚	ka, ㄐㄧㄚ,	kang ê Lo̍k, hē thiⁿ kàu chiū Lut kak. 公的鹿，夏天到就秃角。

六七 畫

麋	bî, ㄇㄧˊ,	Lo̍k ê Lūi, Siông tòa tī tsúi kiⁿ tsúi khut. Pí Lo̍k khah tōa, ná gû. bî Lo̍k. 鹿的類，常住佇水墘水堀。比鹿較大，如牛。麋鹿。
麔	in, ㄧㄣ,	chiū sī kang ê Lo̍k. 就是公的鹿。
麡	kí, ㄑㄧˊ,	tōa chiah Lo̍k. Lú kí soaⁿ khîm siù tsòe tsòe Lóng sī keng kí. ū pe̍h ū âng sek. 大隻鹿。女几山禽獸多多攏是麖麡。有白有紅色。
麎	sîn, ㄕㄣˊ,	chiū sī bú ê Lo̍k ê ì sù. tōa chiah ê Lo̍k bú. 就是母的鹿的意思。大隻的鹿母。
麐	Lîn, Lîn ㄌㄧㄣˊ,	kî Lîn bú, gû sin, bé bé, kha n̂g, îⁿ tôe chit ki kak. 麒麐母，牛身，馬尾，脚黃，圓蹄一支角。

麇 Gû, ㄫㄡˊ; Lo̍k kang. Lo̍k tsū chip kui kûn ê khoán sit, Gû Gû.
鹿公。鹿聚集歸群的款式，麇麇。

八畫

麑 Gê, ㄫㄝˊ; Lo̍k á ê kiáⁿ. tsûn Gê, chiū sī siù ê miâ, sai á kiáⁿ. 通猊字。
鹿仔的子。狻麑，就是獸的名，獅仔子。通猊字。

麒 kî, ㄍㄧˊ; hó tiāu thâu ê siù, kî lîn. kang ê.
好兆頭的獸，麒麟。公的。

麔 kiū, ㄍㄧㄡ; Lo̍k kang. ām kún té té.
鹿公。頷頸短短。

麗 Lē, Lî, Lê, Lē, ㄌㄧˋ, ㄌㄧˊ, ㄌㄧ; Lo̍k ûn ûn á kiâⁿ. hó khoàⁿ, bí Lē. kng bêng, Liāng Lē. bí jîn, Lē jîn. ka Lē. thiⁿ khì chheng Lóng, hong hô ji̍t Lē. Lê, kok ê miâ, ko Lê kok. hiān kim hân kok, tiâu Siān ê ì sù. jîn sam ê miâ, io̍h miâ, ko Lê sam. chhài miâ, ko Lê chhài. Lî, chiū sī kui oá, khòaⁿ kìⁿ ê ì sù.
麗，鹿緩緩仔行。好看，美麗。光明，亮麗。美人，麗人。佳麗。天氣清朗，風和日麗。麗，國的名，高麗國。現今韓國，朝鮮的意思。人參的名，藥名，高麗參。菜名，高麗菜。麗，就是歸倚，看見的意思。

麓 Lo̍k, ㄌㄨˋ; Soaⁿ kha, San Lo̍k. Soaⁿ kha ū chhiū bak ê só tsāi.
山腳，山麓。山腳有樹木的所在。

麖 keng, ㄍㄧㄥ; Siù ê miâ, chhin chhiūⁿ Lo̍k tsóng sī khah sòe, o· sek.
獸的名，親像鹿總是較小，黑色。

麕 kun, khun, khún, ㄐㄩㄣ, ㄎㄨㄣ, ㄎㄨㄣˇ; kap 麇 jī Sio Siāng.
與麇字相同。

䴎 ui, ㄨㄟ; Lo̍k bah. Sùi ê Lo̍k.
鹿肉。倭的鹿。

九·十畫

麚 ka, ㄍㄚ; kang ê Lo̍k, kàu hē thiⁿ chiū Lut kak.
公的鹿，到夏天就脫角。

麛 bê, ㄇㄧˊ; Lo̍k á kiáⁿ, iā sī chí taⁿ chiah siⁿ ê siù ê kiáⁿ.
鹿仔子，也是指噹即生的獸的子。

麝 hiong, ㄒㄧㄤ; Siù ê miâ, khoán sit ná chiuⁿ, siông siông chiah Pek chhiū hio̍h. Siā hiong Lo̍k. kang ê tī tō tsāi Pō ū Phang Sòaⁿ ōe hun Pì chi̍t chióng Pó kùi ê bu̍t chi̍t kiò tsòe Siā hiuⁿ, thang tsòe io̍h tsòe Phang Liāu.
獸的名，款式如獐，常常食柏樹葉。麝香鹿。公的佇肚臍部有香腺能分泌一種寶貴的物質叫做麝香，可做藥。做香料。

麙 Gâm, hâm, ㄫㄚㄇˊ, ㄏㄚㄇˊ; Soaⁿ iûⁿ, tsóng sī toā chiah ê, kak sòe sòe. hâm iûⁿ. thâk Gâm gī Siong tông.
山羊，總是大隻的，角細細。麙羊。讀麙義相同。

麝 Siā, ㄒㄧㄚ; Siù ê miâ, ná chiuⁿ, tsù kái chhiáⁿ khòaⁿ 麝 jī tiâu.
獸的名，如麞，註解請看麝字條。

十一—廿四畫

Kiuⁿ, ㄍㄧㄤ; **麞** chiong, chiuⁿ, ㄓㄤ, ㄐㄧㄤ; iá Siù ê Lūi, pí Lo̍k khah sòe, kiuⁿ á ê khoán. chiuⁿ á. thâu sòe bô kak.
野獸的類，比鹿較小，羌仔的款。麞仔。頭小無角。

麟 Lîn, ㄌㄧㄣˊ; hó tiāu thâu ê iá siù, bú ê, kî lîn. pí jū o Ló Lâng ê kiáⁿ Gâu, Lîn jî.
好兆頭的野獸，母的，麒麟。比喻謳咾人的子賢，麟兒。

麢 Lêng, ㄌㄧㄥˊ; toā chiah iûⁿ, tsóng sī kak sòe sòe, Lêng iûⁿ. kak ji̍p io̍h. iā siá tsoh Lêng.
大隻羊，總是角細細，麢羊。角入藥。也寫作羚。

麤 chho·, ㄘㄨ; Lo̍k tsoh hé teh tī hông ka chiah Saⁿ àⁿ, kiâⁿ Pat Lâng Lâi Siong hāi. chhíⁿ chhái. chho· ê ì sù. tōa, sòe. tōa hoah kiâ. Sòaⁿ sòaⁿ. kap 麁 jī Sio Siāng ì sù.
鹿作伙咧持防，尻脊相向，驚別人來傷害。且抹。粗的意思。大，小。大跬行。散散。與麁字相同意思。

䴫 Lêng, ㄌㄧㄥˊ; toā chiah iû, kak sòe sòe, oan oan, thang ji̍p io̍h. kap 麢 jī Sio Siāng. iā siá tsòe
大隻羊，角細細，彎彎，可入藥。與麢字相同。也寫做羚。

麥部 199

麥 be̍k, be̍h, ㄇㄛˋ, ㄇㄞˋ; Gō· kak ê miâ, ū toā be̍h, sió be̍h, iàn be̍h. ēng sió be̍h Lâi bōa tsòe mī hún. be̍h Phìⁿ
五穀的名，有大麥，小麥，燕麥。用小麥來磨做麵粉。麥片

		bêh hún 麥粉。bêk bûn tang 麥門冬，thang tsòe iôh 可做藥。bêh gê ko 麥芽膏，chiū sī tiⁿ tiⁿ liâm liâm ê chiah mih 就是甜甜黏黏的食物。
		bêh kó 麥稿，bêh sūi 麥穗，bêh pho 麥麩，bêh chhu 麥苴。
麦	bêk, bêh ㄅㄝㄎ,ㄅㄝㄏ	麥 jī ê kán jī 字的簡字。ì sù kap têng bīn jī sio siāng 意思与頂面字相同。

三·四畫

麧	hek, ㄏㄝㄎ	têng têng ê bêh 硬硬的麥。bêh sap 麥屑，bêh khng 麥糠，hek thâu 麧頭。
麥乇	thok ㄊㄛㄎ	siok piáⁿ ê lūi 屬餅的類，ēng hún tsòe ê 用粉做的。phok thok 餺麥乇
麥弋	ek ㄝㄎ	tāu ek 豆麥弋。bêh ek 麥麥弋，bêh chhùi chhùi ê 麥碎碎的。lâng ê miâ 人的名，chìn tiâu ū iâu ek 晉朝有姚麥弋。
麩	hu, kho, pho ㄏㄨ,ㄎㄜ,ㄆㄜ	bêh ê khak 麥的殼，gō kak ê phoh 五穀的粕，bêk hu 麥麩。bêh pho 麥麩。thâu pho 頭麩，thâu khak ê ù òe ná bī khng 頭殼的污穢如米糠。
		tê kho 茶麩，tê chí chiⁿ iû ê phoh 茶子搾油的粕。iû kho 油麩。tāu kho 豆麩。
麪	biān, bīn, mī, ㄅㄧㄢ,ㄅㄧㄣ,ㄇㄧ	bêh ê hún 麥的粉，biān hún 麪粉，mī hún 麪粉。iù mī 幼麪。mī soàⁿ 麪線。toā mī 大麪。mī pau 麪包。mī thi 麪糕。
		mī chià 麪蔗。phah toā mī 打大麪，chhiat mī 切麪。bīn pau 麪包，mī pau 麪包。ēng mī hún hoat lâi tsòe ê 用麪粉醱來做的。
麥比	pī ㄅㄧ	chhe bí kap bêh 炊米及麥，pn̄g 飯，ta ê pn̄g sap 乾的飯屑。iā sī mī ê ì sù 也是麪的意思。

五·六畫

麥它	tô ㄉㄛ	chiū sī piáⁿ ê ì sù 就是餅的意思。
麥末	boat ㄅㄨㄚㄊ	iù iù ê ngó kok ê hún 幼幼的五穀的粉。bêh hún 麥粉。iā sī bêh pho 也是麥麩。
麯	kiok, khiok, khak ㄍㄧㄛㄎ,ㄎㄧㄛㄎ,ㄎㄚㄎ	hiu noā ê ngó kok 朽爛的五穀，hoat kàⁿ ê mih 醱酵的物。chiū sī kàⁿ bú 就是酵母。chiú bú 酒母。tāu khak 豆麯。
		pêh khak 白麯。âng khak 紅麯，ēng lâi tsòe âng tsau 用來做紅糟，tsòe siāu hin chiú 做紹興酒。
麰	bô ㄅㄛ	hoat kàⁿ ê khak 醱酵的麯，bô khiok 麰麯。toā bêh 大麥，bêh gê ko 麥芽膏。

七·八畫

麥甫	hu, kho, pho ㄏㄨ,ㄎㄜ,ㄆㄜ	kap 麩 jī 麥孚 jī sio siāng ì sù 与麩字麥孚字相同意思。chhiáⁿ khoàⁿ 4 ūi tsù kái 請看四畫註解。
麥孚	hu, kho, pho ㄏㄨ,ㄎㄜ,ㄆㄜ	kap 麩 jī 麥甫 jī sio siāng ì sù 与麩字麥甫字相同意思。chhiáⁿ khoàⁿ 4 ūi tsù kái 請看四畫註解。
麥肖	siat, sut ㄒㄧㄚㄊ,ㄒㄨㄊ	chiū sī bêh ê sap á 就是麥的屑仔，cheng chhun ê mih 賸剩的物。bêh sut á 麥麥肖仔，bêh sap 麥屑。
麴	kiok, khiok, khak ㄍㄧㄛㄎ,ㄎㄧㄛㄎ,ㄎㄚㄎ	kap 麯 jī 粬 jī sio siāng ì sù 与麯字粬字相同意思。chhiáⁿ khoàⁿ 6 ūi tsù kái 請看六畫註解。
麥果	kó ㄍㄛ	piáⁿ kê 餅粿，ōe chiah tit ê mih 能食得的物。kó sit 麥果食。pêh khak 白麴，mī ê miâ 麪的名。

九·十畫

麵	biān, bīn, mī ㄅㄧㄢ,ㄅㄧㄣ,ㄇㄧ	kap 麪 jī sio siāng ì sù 与麪字相同意思。
麥胡	hô, ô, kô, khô ㄏㄛ,ㄛ,ㄍㄛ,ㄎㄛ	kap 糊 jī 黏 jī sio siāng 与糊字黏字相同。chhiáⁿ khoàⁿ bí pō 9 ūi tsù kái 請看米部九畫註解。
麥酋	chhiâu ㄑㄧㄚㄨ	phak ta ê hé sit 曝乾的伙食，thang tsòe chhut goā ê lō ēng 可做出外的路用。ta niû ê ì sù 乾糧的意思。
麥肙	siat, sut ㄒㄧㄚㄊ,ㄒㄨㄊ	kap 麥肖 jī sio siāng 与麥肖字相同。

十一—十七畫

〔 〕	Liân, ㄌㄧㄢˊ,	chiū sī tōa be̍h ê ì sù, Siān Liân。 就是大麥的意思，䴬䴴。
〔䴊〕	chiòng, ㄐㄧㄤˋ,	mī Phái khì ê ì sù。 麵壞去的意思。
〔麵〕	Sôan, ㄙㄨㄢ,	chiū sī be̍h ê ì sù, chi̍t khoán be̍h ê miâ。 就是麥的意思，一款麥的名。
〔䴬〕	Siān, ㄒㄧㄢˋ,	chiū sī sin se̍k ê tōa be̍h ê ì sù, Siān Liân。 就是新熟的大麥的意思，䴬䴴。
〔麱〕	Liân, ㄌㄧㄢˊ,	Piáⁿ ê miâ, Liân Lô hoân Piáⁿ。 餅的名，麱䴹䴼餅。
〔䴹〕	Lô, Lâu, ㄌㄨˊ, ㄌㄡˊ,	Piáⁿ ê miâ, Liân Lô hoân Piáⁿ。Piáⁿ ê miâ, môa Lâu。bí Lâu。ēng Phāⁿ Piáⁿ kō môa á bí Phang ēng be̍h gê ko Lâi Liâm。ū Lâng siá tsòe 䅹。麮。 餅的名，麱䴹䴼餅。餅的名，麻䴹。米䴹。用有餅翻麻仔米香用麥芽膏來黏。有人寫做䅹。麮。
〔䵈〕	Giat, ㄋㄧㄝˋ,	chiū sī chi̍t khoán be̍h ê miâ, Gê be̍h。 就是一款麥的名，牙麥。

麻部 200

〔麻〕	bâ, mâ, ㄅㄚˊ, ㄇㄚˊ,	mô, môa, bâ, bâ io̍h hō sin keng bô kám ê io̍h bu̍t。bâ tsùi。bâ pì。mô, mâ, môa, tōe á ê Lūi, n̂g môa。a môa。kēng môa。iû môa。pe̍h môa, o môa。o môa iû。môa tek。hui khì, mâ hoân。môa sún。chhut tsu ê Lâng bīn o niau, môa chí。môa bīn。Song hok hàu i môa saⁿ。chhek chiáu, mâ chhiok。mô bo̍k put jîn, pí jū bô tsû pi ê sim 嘜，ㄇㄛˊ，ㄇㄨㄚˊ，麻，麻藥使神經無感覺的藥物。麻醉。麻痺。麻，麻，麻，苧仔的類，黃麻。亞麻。瓊麻。洋麻。白麻，黑麻。胡麻油。麻竹。費氣，麻煩。麻筍。出痘的人面黑猫，麻子。麻面。喪服孝衣，麻衫。雀鳥仔，麻雀。麻木不仁，比喻無慈悲的心。

三・四畫

〔麼〕	mô, mó, ㄇㄛˊ, ㄇㄛˇ,	mah, mih, sió khóa, iù sòe, iau mó。iā sī sañ chioh m̄ng ê bé siaⁿ, sím mih。sím mô。ū gî būn ê kù tāu, tsáⁿ iūⁿ ê ì sù。tò hoán m̄ng ê kù tāu, kiám ū iáⁿ mah。kap mah sio siâng ì sù。 ㄇㄚˊ，ㄇㄧˇ，小許，幼細，幺麼。也是相借問的尾聲，甚麼。甚麼。有疑問的句讀，怎樣的意思。倒反問的句讀，敢有影麼。與嗎相同意思。
〔麾〕	hui, ûi, ㄏㄨㄟ, ㄨㄟˊ,	chí hui ê kî chhì, Seng hui。kî teh iàt, chhiú teh iàt, kóaⁿ kín, khoài khoài。ûi hā, chiòng kun ê pō hā ê ì sù。iā sī tùi chiòng sòe ê chheng hō。 指揮的旗幟，旌麾。旗咧擛，手咧擛。趕緊，快快。麾下，將軍的部下的意思。也是對將帥的稱呼。

Sím mih。Sím mô。甚麼。甚麼。

十二・十三畫

〔䵑〕	bî, ㄇㄧˊ,	chi̍t hō iù iù ê sòe á, ōe tit thang tsòe kek chiú ê lō ēng。o sek ê sòe á, bî kú。 一號幼幼的黍仔，能得可做釀酒的路用。黑色的黍仔，䵑秬。
〔䵒〕	hûn, ㄈㄣˊ,	tê a chí, n̂g môa。tsòe pò ê si, chhó pò, tsòe song hok ê lō ēng。 苧仔子，黃麻。做布的絲，粗布，做喪服的路用。
〔䵓〕	hûn, ㄈㄣˊ,	kap téng bīn jī sio siâng ì sù。 与頂面字相同意思。

黃部 201

〔黃〕	hông, hîng, n̂g, ㄏㄨㄤˊ, ㄏㄥˊ, ㄥˊ,	sek tī ê miâ, n̂g sek。thó tōe ê sek tī, thian hiân jī tē hông。Lâng ê jī sìⁿ n̂g。tsúi miâ, hông hô。hông tè miâ, n̂g tè。hái ê miâ, n̂g hái。io̍h ê miâ, n̂g nî。kim ê sek n̂g kim。ji̍t thâu beh lo̍h sî, hông hun。chi̍t chióng io̍h ê miâ, Liû hông。Liû hông。 色緻的名，黃色。土地的色緻，天玄而地黃。人的字姓黃。水名，黃河。皇帝名，黃帝。海的名，黃海。藥的名，黃蓮。金的色黃金。日頭也落時，黃昏。一種藥的名，硫黃。硫黃。

四・五畫

〔黋〕	kong, ㄍㄨㄤ,	chiòng kun ê ui giâm。bú ióng ê khoán sit, kong kong bú ióng。 將軍的威嚴。武勇的款式，黋黋武勇。

黈 thun; ㄊㄨㄣˇ; chiū sī n̂g sek ê ì sù. Lám hóa, Pín tōa", bô Léng Lī ê ì sù. un thun, un thun kúi
就是黃色的意思。𪏰爛，貪惰，無伶俐的意思。𪐁黈，𪐁黈鬼。

黊 thó; ㄊㄛˊ; n̂g sek. bian Lîu Siang Peng Sûi Lóh ê bō ia", thó khòng. cheng ek, thó ek.
黃色。冕旒双旁垂落的帽纓，黊纊。增益，黊益。

十·十三畫

䵍 hông; ㄏㄨㄥˊ; n̄ng Lāi âng âng ê mih, n̄ng jîn. n̄ng hông. n̄ng hông.
卵内紅紅的物，卵仁。卵䵍。卵黄。

黌 hông; ㄏㄨㄥˊ; thák chheh ê só tsāi. hiān kim Kóng kàu Sek, káng tn̂g. hông tông. hông ú. hông Sià.
讀書的所在。現今講教室，講堂。黌堂。黌宇。黌舍。

黍部 202

黍 Sú, Sóe, Sóe, Gō kak ê mîa, ū Liâm sèng, thang bôa tsòe hún. thang kek chíu. toā Sóe. hoan Sóe.
ㄕㄨˇ, ㄕㄨㄝ, ㄕㄨㄝ, 五穀的名，有黏性，可磨做粉。可釀酒。大黍。番黍。
Sé, Sek, Sóe á. Sé á. Sek á. Lō sóe. ah kha Sóe. Sóe á bí. Sek á bí.
ㄒㄝˊ, ㄒㄝㄎ, 黍仔。黍仔。黍仔。路黍。鴨腳黍。黍仔米。黍仔米。

三·四畫

黎 Lê; ㄌㄝˊ; ēng Sóe á tsú kô Lāi Liâm mih. kó tsá kok mîa, Gû Lê kok. chèng Lâng, Lê sù. Peh Sì"
用黍仔煮糊來黏物。古早國名，牛黎国。衆人，黎庶。百姓
Lê bîn. beh thi" kng, Lê bêng. Lâng ê Sì" Lê.
黎民。也天光，黎明。人的姓黎。

黏 jîm, Lek; ㄖㄣˊ, ㄌㄝㄎ; kô ê Lūi, jîm ka. Liâm jîm. thák Lek Sio Siāng ì Sù.
糊的類，黏膠。黏黏。讀黏相同意思。

䵑 jit, Lek; ㄖㄧㄊ, ㄌㄝㄎ; kô ê Lūi, ka Liâm.
糊的類，膠黏。

五—九畫

黐 Lé; ㄌㄝˊ; chiū sī Liâm Liâm ê mih, Liâm kô.
就是黏黏的物，黏糊。

黏 Liâm, Liap; ㄌㄧㄢˊ, ㄌㄧㄚㄆ; kap 粘 jī Sio Siāng ì Sù. ēng kô hō mih sa" chiah chhēng, sa" Liâm. Liâm thi thi.
与粘字相同意思。用糊使物相食牢，相黏。黏黐黐。
Liâm thô. Liâm Sèng. Liâm Liâm. Liâm tiàu teh. Liap, Put Chi Liap. Pn̄g Liap Liap ê ì Sù.
黏土。黏性。黏黏。黏牢的。黏，不止黏。飯黏黏的意思。

黏 hô, ô, kô, khó, kap; ㄏㄨˊ, ㄨˊ, ㄍㄨˊ, ㄎㄨˊ; 与 糊 jī Sio Siāng. chhia" khòa" bí Pō 9 ūi tsù kái
与糊字相同。請看米部九畫註解。

䵘 Pi; ㄅㄧ; Siók beh ê Lūi. beh a ê ì sù.
屬麥的類。麥仔的意思。

十一十三畫

黐 Lê, Lī, thi; ㄌㄝˊ, ㄌㄧˊ, ㄊㄧ; Liâm Liâm ê mih, Liâm thi. iā sī ka ê mih. ēng Lâi Liâm chiáu á sī Siân á. mī thi.
黏黏的物，黏黐。也是膠的物，用來黏鳥或是蟬仔。麵黐。
Lê ka, Lī ka. mī thi, ū Lâng kóng mī kun. Sī mī hún ka tsúi nóa jiók, kòe Sóe chhut
黐膠，黐膠。麵黐，有人講麵筋。是麵粉加水攪搦，過洗出
hún, Só tit ê ka ka ê mih.
粉，所得的膠膠的物。

䵝 bâ; ㄇㄚˊ; chit hō sóe á ê mîa. Sóe á kó, Sóe á Sūi.
一號黍仔的名。黍仔稿，黍仔穗。

黐 Lî; ㄌㄧˊ; kap 黐 jī Sio Siāng ì Sù.
与黐字相同意思。

黑部 203

黑 hek, O; ㄏㄝㄎ, ㄛ; hé Só Sio, he Só hun kè ê sek, O Sek. O àm. O Peh. tāu ê mîa, O tāu. kang mîa
火所燒，火所熏過的色，黑色。黑暗。黑白。豆的名，黑豆。江名
hek Lîong kang. Lâng ê Sì" hek. O kim. O khâm khâm. O kúi kúi. O Sô Sô. O ma ma.
黑龍江。人的姓黑。黑金。黑黔黔。黑鬼鬼。黑趖趖。黑嗎嗎。

三·四 畫

黚 kân, ㄍㄢ; o͘ o͘, bīn o͘ sek ê ì sù. 黑黑，面黑色的意思。

黓 e̍k, ㄧˋ; chiū sī o͘ o͘ ê ì sù. o͘ sek. 就是黑黑的意思。黑色。

黕 tò, ㄉㄢˇ; chiū sī o͘ sek, lô lô o͘ o͘ ê ì sù. o͘ tò sek. ù jiám tio̍h, tò tio̍h. tò sek. 就是黑色，濁濁黑黑的意思。黑黕色。污染着，黕着。黕色。
tò tâm. pī" ê thoân jiám, tò pī. tò tsóa. tò tô. 黕瘖。病的傳染，黕病。黕紙。黕圖。

黔 khiâm, khâm, jī sì" khiâm. kùi chiu séng ê kán chheng. o͘ sek. khiâm siú. iā sī kóng peh sì". ㄑㄧㄢˊ，ㄑㄧㄢˊ；字姓黔。貴州省的簡稱。黑色，黔首。也是講百姓。
khiâm lû ki kiông, ki khá chhut chîn put kòe jû chhú. khâm, o͘ khâm khâm. hun kàu o͘ khâm khâm. 黔驢技窮，技巧出盡不過如此。黔，黑黔黔。熏到黑黔黔。
khòa" lāu jia̍t, lâng ui kàu o͘ khâm khâm. 看鬧熱，人圍到黑黔黔。

默 be̍k, bo̍k, ㄇㄛˋ，ㄇㄛˋ; o͘ àm, àm chī", àm tiong, ê ì sù. bô kóng ōe, be̍k be̍k. àm sī, be̍k sī. bo̍k sū. 黑暗，暗靜，暗中，的意思。無講話，默默。暗示，默示。默思。
àm àm siū". bo̍k jīn. sim lāi sêng jīn. be̍k be̍k bû bûn, bô chhut miâ. be̍k be̍k bû giân m̄ kóng ōe. 暗暗想。默認，心內承認。默默無聞，無出名。默默無言，毋講話。

黖 thài, ㄊㄞˋ; chiū sī chin o͘ kàu ke̍k ê ì sù. 就是真黑到極的意思。

黗 thun, thûn, ㄊㄨㄣ，ㄊㄨㄣˊ; n̂g sek lô lô, o͘ sek, n̂g koh o͘ ê ì sù. un thun, un thun kúi. lám nōa ê ì sù. thûn, 黃色濁濁，黑色，黃閣黑的意思。腯黗，腯黗鬼。襤爛的意思。黗，
ian thûn, tiá" thûn, o͘ ian thûn. chhéng thûn. 煙黗，鼎黗，黑煙黗。筅黗。

五 畫

黜 thut, lut, ㄊㄨˋ，ㄌㄨˋ; chek pī. tû khì. kàng kip, thut bián. lut chit. lut khì. lut koa" khì chit. lut thâu mn̂g. 責備。除去，降級，黜免。黜職。黜去。黜官去職。黜頭毛。

黛 tāi, ㄉㄞˋ; ēng o͘ chhi" sek ê mi̍h lâi ūi ba̍k bâi. o͘ sek, o͘ chhi" sek. tāi bî. tāi lio̍k liân hôa, chheng chhun siàu lú. 用黑青色的物來畫目眉。黑色，黑青色。黛眉。黛綠年華，青春少女。

點 tiám, ㄉㄧㄢˇ; sòe jiah ê o͘, o͘ tiám. tsúi ti̍h, hō͘ tiám tiám. chim chiok. chí tiám. sió khóa, chi̍t tiám á. 小跡的黑，黑點。水滴，雨點點。斟酌，指點。小許，一點仔。
iàu kín só͘ tsāi, iàu tiám. lé māu, tiám thâu. chiap siu, tiám kau. 要緊所在，要點。禮貌，點頭。接收，點交。

黚 khiâm, ㄑㄧㄢˊ; o͘ sek, chhi" n̂g o͘. tsúi ê miâ, khiâm tsúi. koāi" miâ, khiâm iông koāi". 黑色，淺黃黑。水的名，黚水。縣名，黚陽縣。

黝 iú, ㄧㄡˇ; o͘ sek, sió khóa chhi". ēng o͘ sek lâi tsng thā" thô͘ kha. 黑色，小許青。用黑色來裝飾土腳。

六·八 畫

黠 hat, ㄏㄚˊ; tēng o͘ ê ì sù. chhang mêng, hui hat. lâng miâ, tsô sóng. sió jī hat. káu kút, káu hat. 碇黑的意思。聰明，慧黠。人名，曹爽。小字黠。狡猾，狡黠。

黣 hoe, ㄏㄨㄟ; sió khóa o͘, chhi" chhi" sek tī, he hu sek. 小許黑，淺青的色緻，火灰色。

黟 ê, i, ㄧ，ㄧ; o͘ ê chhâ, o͘ o͘ ê ì sù. soa" miâ, i soa". koāi" miâ, an hui séng è koāi. 黑的柴，黑黑的意思。山名，黟山。縣名，安徽省黟縣。

黥 kêng, ㄑㄧㄥˊ; ēng o͘ ba̍k chhiah jī, chhiah hoe iū" tī bīn lâi hêng hoa̍t hoān lâng, ba̍k hêng. ba̍k kêng. 用黑墨刺字，刺花樣佇面來刑罰犯人，墨刑。墨黥。

黦 iat, ut, ㄧㄝˋ，ㄩˋ; iat, sek tī piàn, sek tī pāi hoāi. bôe ú tiam i ho̍k kai pāi iat. lūi tiam hông siù iat. ut. 黦，色緻變，色緻敗壞。梅雨霑衣服皆敗黦。淚霑紅袖黦。黦，
o͘ ū hûn. o͘. o͘ sek. n̂g o͘ sek. hiān tāi ōe lâi kóng chiū sī sì" bî pan. 黑有紋。黑，黑色。黃黑色。現代話來講就是生黴斑。

黧 lê, ㄌㄧˊ; o͘ sek, o͘ koh n̂g. gû ê n̂g sek chhin chhiū" hó͘. lê hek. 黑色，黑閣黃。牛的黃色親像虎。黧黑。

黨 tóng, táng, ㄉㄤˇ，ㄉㄤˇ; kó͘ tsá hiu" siā ê tsō͘ ha̍p, gō͘ pah ke tsòe chi̍t tóng. siāng lūi, tóng tóng. kiat tóng. tóng phāi. 古早鄉社的組合，五百家做一黨。同類，同黨。結黨。黨派。
kui ông kui tóng. tóng som, táng som. chiū sī io̍h ê miâ. 歸王歸黨。黨參，黨參。就是藥的名。

黑昆	hùn, hūn, kùn, ùn, ǹg ㄏㄨㄣˋ,ㄏㄨㄣ,ㄍㄨㄣˇ,ㄨㄣˊ,ㄥˊ	chiū sī o͘ o͘ 就是黑黑。Sûn o͘ 純黑。bōe kì tit 獪記得。Sit Lȯh ê ì sù 失落的意思。Phah Sit Lȯh 打失落。ùn 黑昆，chiū sī ham bān bōe ōe Pān tāi chì 就是憨慢獪能辨事誌，bô ki khiàu ê ì sù 無技竅的意思。ǹg tǹg 黑昆黑享，bô ki khiàu ham bān Gâu sái 無技竅憨慢勢使 Sèng tē tiām tiām m̄ kóng ōe 性地恬恬毋講話。ǹg tǹg Gín á chhāi tèng hēng 黑昆黑享囝仔在釘𡶛。
黑氏	hún ㄏㄨㄣˇ	chiū sī o͘ o͘ 就是黑黑，o͘ bàk ê ì sù 黑墨的意思。
黑奔	Phun ㄆㄨㄣ	chiū sī o͘ o͘ ê Sek tī ê ì sù 就是黑黑的色緻的意思。o͘ Phun 黑黑奔。
黑享	thùn, tǹg ㄊㄨㄣˊ,ㄉㄥ	thùn ùn 黑享黑昆。chiū sī ham bān, bōe ōe Pān tāi chì 就是憨慢，獪能辨事誌。bô ki khiàu ê ì sù 無技竅的意思。ǹg tǹg 黑昆黑享，chiū sī Gâu sái Sèng tē tiām tiām m̄ kóng ōe 就是勢使性地恬恬毋講話。ǹg tǹg Gín á chhāi tèng hēng 黑昆黑享囝仔在釘𡶛。

九·十畫

黑弇	iám ㄧㄢˇ	ké chí o͘ Sek 果子黑色，iám ám 黑弇黑音。o͘ àm Sek 黑暗色。
黑甚	Sîm, tám ㄒㄧㄣ,ㄉㄢˇ	chiū sī Sng tsāi ê o͘ sek 就是桑葚的黑色，o͘ tō àng ê Sek 黑黑紅的色，iám Sîm 黑弇黑甚。bô bêng bô chheng khì 無明無清氣，tám khiâm 黑甚黑甘。
黑音	ám ㄢˇ	iu būn ê bīn Sek 憂悶的面色，Siong sim 傷心，ám tām 黑音淡。ám jiân 黑音然。chhim o͘ 深黑，o͘ àm 黑暗，kek o͘ 極黑。
黑重	thoán, thong ㄊㄨㄢˇ,ㄊㄨㄥ	Kiâ tah bô Sím mih hó Sè 行踏無甚麼好勢。khîm Siù thún tah ê Sô tsāi 禽獸踐踏的所在。kap 疃 jī Sio Siāng ì Sù 与疃字相同意思。
黑真	chín ㄓㄣˇ	thâu mn̂g o͘ koh Sui 頭毛黑閣媠，hó thâu mn̂g 好頭毛，o͘ chhin chhiūⁿ hûn 黑親像雲，o͘ ê khoán Sit 黑的款式。
黑茲	tsu ㄗㄨ	chhim o͘ ê Sek tī 深黑的色緻，ní o͘ Sek ê ì sù 染黑色的意思。

十一·十二·十三畫

黴	bî ㄇㄟˊ	tâm Sip ê mih chhiūⁿ chhīⁿ thî 潛濕的物面青苔，Phah Phāi khì ê chiah mih 打壞去的食物，hoat bî 發黴。bî khún 黴菌。bīn bô chheng khì 面無清氣，bî Lê 黴黧。
黑參	chhám ㄘㄢˇ	chhiⁿ chhiⁿ o͘ 淺青黑。o͘ àm sek 黑暗色，Pāi hoāi ê Sek 敗壞的色，chhám chhám 黑參黑參。
黑登	tèng ㄉㄥˋ	bí hoán o͘ Sek 米反黑色，Pāi hoāi ê ì sù 敗壞的意思。
黑曾	cheng ㄐㄧㄥ	o͘ bīn 黑面，kan cheng 皯黑曾。bīn o͘ khì 面黑氣，ū Pīⁿ 有病。
黑會	òe ㄨㄟˋ	o͘ o͘ 黑黑，chhiⁿ o͘ 淺黑，o͘ Sek 黑色。thoân jiám ì su 傳染的意思，òe tio̍h pīⁿ 黑會着病。òe tio̍h kám mō͘ 黑會着感冒。òe tio̍h Siān 黑會着癬。
黑喿	chhiau ㄑㄧㄠˋ	iû moâ au tio̍h hō͘ Pìⁿ o͘ Sek 油麻漚着予變黑色。

十四·十六畫

黑賣	to̍k ㄉㄨˊ	bak o͘ 染黑，bak Lâ Sâm 染垃圾，o͘ o͘ 黑黑，Lâ Sâm 垃圾。tham tit bô hiâm chió 貪得無嫌少，tham to̍k 貪黷。iàu bú iông ui 耀武揚威，to̍k bú 黷武。ù oè 汙穢，oè to̍k 穢黷。ap Siat 狎媟，Siat to̍k 媟黷，oán Lāng ê ì sù 玩弄的意思。
黶	iám ㄧㄢˇ	tiong ng o͘ 中央黑，o͘ tiám 黑點，iám chí 黶子，chiū sī o͘ kì 就是黑痣。
黑鄧	tēng, tōng ㄉㄥˋ,ㄉㄨㄥˋ	o͘ o͘ ê khoán Sit 黑黑的款式，o͘ Sek 黑色。

黹 部 204

黹	chí ㄓˇ	ēng chiam chhiah Siù 用針刺繡，chhiah hoe 刺花，Siù chiam 繡針。Pó thīⁿ 補紩，chiam chí 針黹。Siù kang hó 繡工好，hó chiam chí 好針黹。

四·五·七畫

黺 hún, ㄈㄣˇ; chiū sī Liông Pô, siù tsáp sek sòaⁿ ê. Pó· koà.
就是龍袍，繡雜色線的。黼褂。

黺 hún, ㄈㄣˇ; kap téng bīn jī sio siāng ì sù.
与頂面字相同意思。

黻 hut, ㄈㄨˊ; chit tiû toān ū o· chhiⁿ ê sek. hó khòaⁿ, chhái sek ê saⁿ. hú hut.
織綢緞有黑青的色。好看，彩色的衫。黼黻。

黼 hú, pó·, ㄈㄨˇ, ㄅㄛˊ; chit tiû toān ū o· peh ê sek. chhiah siù ê saⁿ, hó khòaⁿ, hú hut. Pó·. Pó· kòa. chhiah siù ū ná pó· thâu ê hoe bûn ê saⁿ.
織綢緞有黑白的色。刺繡的衫，好看，黼黻。黼，黼褂。刺繡有如斧頭的花紋的衫。

黽 部 205

黽 Bín, ㄇㄧㄣˇ; chit chióng ná tsúi koe ê sit, chiuⁿ tsû. kā kī bián lē, bín bián, kó· tsá tōe miâ, bín tî, tī hô Lâm.
一種如水蛙的款式，蟼蜍。傚己勉勵，黽勉。古早地名，黽池，佇河南。

黾 bín, ㄇㄧㄣˇ; thâng ê miâ, chhin chhiūⁿ tsúi koe khoán sit. kap téng bīn jī sio siāng ì sù.
虫的名，親像水蛙的款式。与頂面字相同意思。

四·五·六畫

黿 Goân, ㄩㄢˊ; hái nih ê mih, chhin chhiūⁿ pih, tsóng sī khah tōa.
海裡的物，親像鱉，總是較大。

鼃 khiu, ㄎㄧㄡ; ū kak ê lêng kiáⁿ. bô kak ê kiò tsòe kiu.
有角的龍子。無角的叫做虬。

鼂 tiâu, ㄉㄧㄠˋ; thâng ê miâ, iân tiâu. lâng ê sìⁿ.
虫的名，匽鼂。人的姓。

鼄 tu, ㄓㄨ; thâng ê miâ, ti tu. kap 蛛 sio siāng.
虫的名，鼅鼄。与蛛相同。

鼃 oa, ㄨㄚ; tsúi koe, hâ bô, chhân kap á. kó· 蛙 jī. hoaⁿ hí îm loān ê siaⁿ.
水蛙，蝦蟆，田蛤仔。古蛙字。歡喜淫乱的聲。

䵷 oa, ㄨㄚ; kap téng bīn jī sio siāng.
与頂面字相同。

八·十二畫

鼅 ti, ㄓ; thâng ê miâ, ti tu. chiū sī kap 蜘 jī sio siāng. ti tu.
虫的名，鼅鼄。就是与蜘字相同。蜘蛛。

鼇 Gô, ngô, ㄠˊ; hái tiong ê oah mih, ná pih ê khoán sit. tiòng chiōng goân, khó tē it, tȯk chiàm gô thô.
海中的活物，如鱉的款式。中狀元，考第一，獨占鼇頭。

鼈 Piat, pih, ㄅㄧㄝ, ㄅㄧㄝˉ; tsúi nih ê oah mih, chhin chhiūⁿ ku, ū kah khak, phīⁿ chiam chiam. hî pih. ku pih. jioah thiⁿ chhin chhiūⁿ teh sah pih. mài sio chhìo, ku chhiò pih bô bé. pih kah, thang jip iȯh.
水裡的活物，親像龜，有甲殼，鼻尖尖。魚鱉。龜鱉。熱天親像咧煠鱉。嘜相笑，龜笑鱉無尾。鱉甲，可入藥。

鼉 tô, ㄊㄨㄛˊ; hái nih ê oah mih, chhin chhiūⁿ gȯk hî, tn̂g goā tn̂g. thàm khùn. la̍t chin tōa, ū sì kha. phê ū lân kah, iā kiò tô liông. phê thang tsòe kó·, tô kó·.
海裡的活物，親像鱷魚，丈外長。貪睏。力真大，有四腳。皮有鱗甲，也叫鼉龍。皮可做鼓，鼉鼓。

鼎 部 206

鼎 téng, tiáⁿ, ㄉㄧㄥˇ; ū saⁿ kha n̄ng hī, hô ngó· bī ê pó khì. téng li̍p, téng chiok. chiū sī pí jū sè le̍k siong tong ê ì sù. it giân kiú téng, kóng ōe hūn liōng tōa. sio hiuⁿ ê khì khū, kim tiáⁿ. tsú mih ê khì khū, hé tiáⁿ. hûi tiáⁿ. tâng tiáⁿ. tsù tiáⁿ. thuh tiáⁿ. tiāu tiáⁿ. tiáⁿ chhè.
有三腳兩耳，和五味的寶器。鼎立。鼎足。就是比喻勢力相當的意思。一言九鼎，講話份量大。燒香的器具，金鼎。煮物的器具，火鼎。磁鼎。銅鼎。鑄鼎。禿鼎。銚鼎。鼎刷。

鼑 téng, tiáⁿ, ㄉㄧㄥˇ; kap téng bīn jī sio siāng.
与頂面字相同。

二·三畫

【鼏】bek, ㄅㄝㄎ; khàm hiàn chè ê Seng Lé ê kun, So Pò bek. jia khàm khàm bat, bek téng hok.
蓋獻祭的牲禮的巾，疏布鼏。遮蓋，蓋密，鼏鼎覆。

【鼐】nāi ㄋㄞˉ; tōa ê tiáⁿ. tsòe tōa ê tiáⁿ.
大的鼎。最大的鼎。

【鼒】tsu, ㄗㄨ; tiáⁿ téng bīn khàm teh ê ìⁿ ìⁿ ê kòa. Sòe sòe ê tiáⁿ.
鼎頂面蓋啲的圓圓的蓋。小小的鼎。

鼓 部 207

【鼓】kó, ㄍㄛˋ; Phê tsòe ê Gák khì, Phê keng tī ìⁿ tháng ê Siang bīn, Lâi Phah ōe chhut Siaⁿ. Lô kó. kó chhe.
皮做的樂器，皮弓緊佇圓桶的双面，來打能出聲。鑼鼓。鼓嗜。
kó Lē, kám tōng, kó bú. kó chiáng Phah chhiú. Só tsāi miâ, Kó Lōng Sū, tī ē mn̂g.
鼓勵，感動，鼓舞。鼓掌，拍手。所在名，鼓浪嶼，佇廈門。

【皷】kó, ㄍㄛˋ; kap téng bīn jī Sio Siāng.
与頂面字相同。

五·六 畫

Lin Lông kó. Lin Lông kó.
鈴鼕鼓。鼜鼜鼓。

【鼕】Lông ㄌㄨㄥ; tong, tông, thong, ㄉㄨㄥ, ㄉㄨㄥˊ, ㄊㄨㄥ; Phah kó ê Siaⁿ, 打鼓的聲，tong tong háu. 鼕鼕哮。tông tông háu. 鼕鼕哮。thong kó. 鼕鼓。Sam thong kó. 三鼕鼓，tōa Sam thong 大三鼕

【鼖】hû, ㄏㄨˊ; kun Peng ê Siaⁿ Soan jióng, kó hû sò. chêng bīn ê Peng Phah kó Soan jióng hoaⁿ hí, kó hû.
軍兵的聲喧嚷，鼓鼖譟。前面的兵打鼓來喧嚷歡喜，鼓鼖。

【鼛】khap, tap, ㄎㄚㄆ, ㄉㄚㄆ; kó ê Siaⁿ, 鼓的聲，cheng kó ê Siaⁿ. 鐘鼓的聲，khian chhiang tong tap. 鏗鏘鏜鼛。thong khap. 鏜鼛。khap khap. 鼛鼛。

【鼗】tô, ㄉㄛˊ; kó á, ū Pìⁿ ê kó. Lin Long kó. iô kó. tô kó.
鼓仔，有柄的鼓，鈴瓏鼓。搖鼓。鼗鼓。

【鼖】hûn ㄏㄨㄣˊ; tōa kó, kó tn̂g ū Peeh chhioh, kó tsá kun Sū teh ēng. hûn kó.
大鼓，鼓長有八尺，古早軍事啲用。鼖鼓。

七·八 畫

【鼞】tông, ㄉㄨㄥˊ; chiū Sī Phah kó ê Siaⁿ.
就是打鼓的聲。

【鼛】ko ㄍㄛ; kó tn̂g chit tn̂g n̄ng chhioh, tōa kó.
鼓長一丈兩尺，大鼓。

【鼜】Liông, Lông, ㄌㄧㄨㄥˊ, ㄌㄨㄥˊ; Liông, 鼜，kó ê Siaⁿ, 鼓的聲，kó bô Siaⁿ im. 鼓無聲音。Lông, 鼜，Lin Lông kó. 鈴鼜鼓。Lin Lông háu. 鈴鼜哮。chiū Sī bōe tsáp 就是賣雜
Sè iô Lin Lông kó, iô Giang á Lâi chio Lâng bóe mih.
貨搖鈴鼜鼓，搖鉠仔來招人買物。

【鼙】Pî, ㄅㄧˊ; bé Peng ê kó, chiàn kó.
馬兵的鼓，戰鼓。

【鼘】ian ㄧㄢ; chiū Sī Phah kó ê Siaⁿ.
就是打鼓的聲。

十一·十二 畫

【鼟】thong, ㄊㄨㄥ; Phah kó ê Siaⁿ.
打鼓的聲。

【鼜】teng, Lin, ㄉㄥ, ㄌㄧㄣ; teng, 鼜，chiū Sī Phah kó ê Siaⁿ. 就是打鼓的聲。Lin, 鼜，Lin Long kó. 鈴瓏鼓。Lin Long kó, 鼜瓏鼓，chit khoán ū Pìⁿ ê sòe ki kó á. 一款有柄的小支鼓仔。

【鼕】Liông, ㄌㄧㄨㄥˊ; chiū Sī kó Siaⁿ ê ì Sù.
就是鼓聲的意思。

鼠 部 208

【鼠】chhú, ㄔㄨˋ; Siòk miâ niáu chhú, ū iá chhu, ka chhú. ài khòe khang Lâi tòa, mn̂g khí Lāi Gâ Sún hāi jîn Lūi ê ka têng
俗名貓鼠，有野鼠，家鼠。愛嗤孔來住，門齒利勢損害人類的家庭
khì khū, thau chiáh Lông tsok but, jîn ke chiah mih, òe tō: thoân jiám chit Pīⁿ, ūi hāi chin tōa.
器具，偷食農作物，人家食物，黔黠傳染疾病，為害真大。
Chhú Poè, Siáu jîn ê ì Sù. khòaⁿ khin ê ì Sù. tsoh Chhát ê Lâng, húi Lūi.
鼠輩，小人的意思。看輕的意思。作賊的人，匪類。

三·四 畫

䶂	chiok, Pà, ㄐㄧㄛˊ, ㄅㄚˋ	Sù chhoan séng hoan tōe ê hong chhú, kiò tsòe chiok. Pà, niáu chhú ê Lūi, ōe Pe, chiàh hó Pà ê mih. 四川省番地的風鼠，叫做䶂。䶂，鼫鼠的類，能飛，食虎豹的物。
鼢	hun, hún, ㄈㄨㄣ, ㄈㄨㄣˇ	bùn, niáu chhú ê mîa, ōe bùn tī thô Lāi kiâ", hún. ū kóng Lê chhú, iā kiò ian chhú, Pī chiam, ū chhàu hiàn, thó mîa chî" chhú. bùn chhú. bùn chhú. ㄈㄣˊ，鼫鼠的名，能鑿佇土內行，鼢。有講犁鼠。也叫鼴鼠。鼻尖，有臭味，土名錢鼠。鼢鼠。鑿鼠。

五 畫

鼨	Chiong, tông, ㄐㄧㄥ, ㄉㄨㄥ	niáu chhú ê mîa, ū hoe hoe ê tsōa, chhin chhiū Pà, Pà bûn chhú. chiong chhú. tông chhú. 鼫鼠的名，有花花的紋，親像豹，豹紋鼠。鼨鼠。鼨鼠。
鼠卯	Liû, ㄌㄧㄡˊ	chiū sī tek chhú, chhin chhiū niáu chhú, tsóng sī khah tōa, chiàh tek á kun, tòa thô khang, ná thò á. tek Liû. 就是竹鼠，親像鼫鼠，總是較大，食竹仔根，住土孔。如兔仔。竹鼠卯。
鼥	Poat, ㄅㄨㄚˊ	Pûi Pûi ê niáu chhú. Phê thang tsòe hiu Put chí Sio bōe tâm. háu ná káu teh Puī. tô Poat. 肥肥的鼫鼠。皮可做裘不止燒𣍐澹。哮如狗咧吠。鼧鼥。
鼪	Seng, ㄒㄧㄥ	niáu chhú ê Lūi, ōe Pe ê niáu chhú. Seng iū 鼫鼠的類，能飛的鼫鼠。鼪鼬
鼫	Sek, ㄕˊ	niáu chhú ê Lūi, chhân chhú. hiān kim kóng Siông chhú. ōe Sún hāi Lông tsok but. 鼫鼠的類，田鼠。現今講松鼠。能損害農作物。
鼬	iu, ㄧㄡˋ	iá Siù ê mîa, chhiah chhú. ū sit Pe koân" ê khoán Sit, ōe chiah niau chhú. Seng iū. Pat mîa, n̂g chhú Lông. 野獸的名，赤鼠。有翼飛高的款式，能食鼫鼠。鼪鼬。別名，黃鼠狼。
鼦	tiau, ㄉㄧㄠ	kap 貂 jī Sio Siāng, iá Siù chhin chhiū" niáu chhú. n̂g Sek n̂g chí o, Phê n̂g, thang tsòe ko kùi hiu Liāu, 与貂字相同，野獸親像鼫鼠。毛色黃紫黑，皮軟，可能高貴裘料，
鼧	tô, ㄊㄨㄛˊ	chiū sī chit khóan niáu chhú ê mîa, tô Poat. 就是一款鼫鼠的名，鼧鼥。

七·八 畫

鼠夋	tsùn, ㄗㄨㄣˋ	chiòh chhú chhut tī Siòk kok, i ê n̂g thang tsòe Pit. niáu chhu ê mîa. 石鼠出佇蜀國，牠的毛可做筆。鼫鼠的名。
鼯	ngô, ㄨˊ	ná Siông chhú, ōe Pe, chiū sī Pe chhú. iā kiò hé chhú. ngô chhú. 如松鼠，能飛，就是飛鼠。也叫火鼠。鼯鼠。
鼠丣	Liû, ㄌㄧㄡˊ	kap 鼠卯 jī Sio Siāng. 与鼠卯字相同。
鼠隹	tsui, ㄗㄨㄟ	niáu chhú ê Lūi Sin iá jîn kiò tsòe niáu chhú ê ì sù. 鼫鼠的類，新野人叫做鼫鼠的意思。
鼱	cheng, ㄐㄧㄥ	Siòk tī Sòe chiah niáu chhú ê Lūi. ū Lâng kiò tsòe hê chhú. 屬佇小隻鼫鼠的類。有人叫做奚鼠。

九·十 畫

鼲	hun, hûn, ㄏㄨㄣ, ㄏㄨㄣˊ	n̂g chhú, i ê Phê ōe tsòe tit hiu. hûn chhú. 黃鼠，牠的皮能做得裘。鼲鼠。
鼠曷	ài, ㄚˋ	niáu chhú teh kiâ", kùi tîn chhōa teh kiâ". 鼫鼠咧行，歸陣導咧行。
鼵	tût, ㄉㄨˊ	niáu chhú kap chiáu Siāng tsòe chit ê hiat. 鼫鼠及鳥同做一個穴。
鼠留	Liû, ㄌㄧㄡˊ	kap 鼠卯 jī jī Sio Siāng. 与鼠卯字鼠丣字相同。
鼴	ián, ㄧㄢˇ	Sì kha Siù, chhin chhiū" niáu chhú, Pī" tn̂g chiam, ū kiò chhân chhú, chî" chhú, hún chhú, Lê chhú, bùn chhú. ōe bùn tī thô Lāi kiâ". kap 鼹 jī Sio Siāng. 四脚獸，親像鼫鼠，鼻長尖，有叫田鼠，錢鼠，鼢鼠，犁鼠，鑿鼠。能鑿佇土內行。与鼹字相同。
鼸	khiám, ㄎㄧㄢˇ	niáu chhú ê mîa, chiū sī chhân chhú. khiám chhú. ēng chhùi Phóe Lāi bīn tóe mih, ná kâu kui. 鼫鼠的名，就是田鼠。鼸鼠。用嘴頰內面貯物，如猴䫌。
鼷	hê, ㄒㄧ	Sòe chiah ê niáu chhú ê mîa, hê chhú. kā Lâng kap khîm Siù Lóng bōe thià". iā kiò hī chhú, kam kháu chhú. 小隻的鼫鼠的名，鼷鼠。咬人及禽獸攏𣍐痛。也叫耳鼠，甘口鼠。
鼹	ián, ㄧㄢˇ	kap 鼴 jī Sio Siāng. 与鼴字相同。

鼻 部 209

鼻 Pī, Pit, Phīⁿ, ōe tsai Phang chháu ê ngó͘ koan, hó͘ khip ê khì koan, Phīⁿ khang. Phīⁿ niû, Phīⁿ ê thiāu. Pī tsó͘,
ㄅㄧˊ, ㄅㄧˋㄊ, ㄆㄧ ˉ, 能知香臭的五官，呼吸的器官，鼻孔。鼻梁，鼻的柱。鼻祖，
khí thâu ê sí tsó͘. Phīⁿ im, kóng ōe àng àng ê ì sù. kìng Phīⁿ, chhin chhiūⁿ gû hō͘ i koai. Lâu
起頭的始祖。鼻音，講話齆齆的意思。貫鼻，親像牛互伊乖。流
Phīⁿ tsúi, Phīⁿ tsúi siang káng tò. hó͘ Phīⁿ sai, chiū sī kóng Phīⁿ khang lêng lāi ê ì sù.
鼻水，鼻水双港倒。虎鼻獅，就是講鼻孔靈利的意思。

一·二·三 畫

⿰鼻乙 at, khiàu, Phīⁿ ê khoán sit. khiàu Phīⁿ. Phīⁿ khiàu khiàu. Phīⁿ koâiⁿ.
ㄚㄊ, ㄎㄧㄠˋ, 鼻的款式。⿰鼻乙鼻。鼻⿰鼻乙⿰鼻乙。鼻高。

鼽 kiû, kôaⁿ tioh, kám mō͘, tsát Phīⁿ bōe thong tháu ê Pīⁿ. kiû Pīⁿ.
ㄍㄧㄡˊ, 寒着，感冒，窒鼻𣍐通透的病。鼽病。

⿰鼻丩 kiú, khiàu, Phīⁿ chih, khiàu Phīⁿ, Phīⁿ khiàu khiàu ê ì sù.
ㄍㄧㄡˇ, ㄎㄧㄠˋ, 鼻折，⿰鼻丩鼻，鼻⿰鼻丩⿰鼻丩的意思。

⿰鼻乚 khiàu, khiàu Phīⁿ, Phīⁿ khiàu khiàu ê ì sù.
ㄎㄧㄠˋ, ⿰鼻乚鼻，鼻⿰鼻乚⿰鼻乚的意思。

鼾 hán, hân, hān, hoâⁿ, tó teh chhoán, khùn ê siaⁿ, Pī hán jû lûi, hoâⁿ ê siaⁿ. hoâⁿ hoâⁿ kiò.
ㄏㄢˊ, ㄏㄢˆ, ㄏㄢ, ㄏㄨㄚ, 倒咧喘，睏的聲，鼻鼾如雷。鼾的聲。鼾鼾叫。

四一七 畫

⿰鼻及 khip, Phī chhoán khùi ê siaⁿ. chhoán khùi ê ì sù.
ㄎㄧㄆ, 鼻喘氣的聲。喘氣的意思。

齁 ku, khò, chiū sī Phīⁿ teh chhoán khùi, khùn ê siaⁿ, khò khò. Pûn khì ê siaⁿ
ㄍㄨ, ㄎㄛˋ, 就是鼻咧喘氣，睏的聲，齁齁。歕氣的聲

⿰鼻丘 hiù, khiù, Phīⁿ khiàu koâiⁿ ê ì sù, khiù at. khiù Phīⁿ. khiù chhùi.
ㄏㄧㄡˋ, ㄎㄧㄡˋ, 鼻⿰鼻乙高的意思，⿰鼻丘⿰鼻乙。⿰鼻丘鼻。⿰鼻丘嘴。

⿰鼻希 hì, khùn teh chhoan khùi ê siaⁿ, hoâⁿ ê siaⁿ
ㄏㄧˋ, 睏咧喘氣的聲，鼾的聲

⿰鼻欠 Phīⁿ, kám kak Phang chhàu ê ì sù, Phīⁿ Phang, Phīⁿ chhàu. Phīⁿ bô bī. Phīⁿ bī.
ㄆㄧˉ, 感覺香臭的意思，⿰鼻欠香，⿰鼻欠臭。⿰鼻欠無味。⿰鼻欠味。

造字 欠字，有呼吸的意思，故以鼻借欠成字。

⿰弟鼻 thè, Phīⁿ, chiū sī lâu bák sái ê ì sù, lâu Phīⁿ tsúi ê ì sù, Pī thè. Poh Poh ê khoán sit. Phīⁿ, lâu Phīⁿ
ㄊㄧˋ, ㄆㄧˉ, 就是流目屎的意思，流鼻水的意思，鼻⿰弟鼻。薄薄的款式。⿰弟鼻，流⿰弟鼻
Phīⁿ tsúi Phīⁿ ko, chiū sī Pī khang ê hun Pì but.
⿰弟鼻水，⿰弟鼻膏，就是鼻腔的分泌物。

十一十三 畫

齅 hiù, ēng Phī lâi Phīⁿ tioh Phang chhàu, Phīⁿ bī ê kám kak, hiù kak.
ㄏㄧㄡˋ, 用鼻來⿰鼻欠着香臭，⿰鼻欠味的感覺，齅覺。

齆 òng, àng, Phīⁿ that bōe thong tháu, Pī òng. Phīⁿ àng àng. àng Phīⁿ. iā bô hoat tō͘ Phīⁿ bī. hī khang
ㄨㄥˋ, ㄤˋ, 鼻塞𣍐通透，鼻齆。鼻齆齆。齆鼻。也無法度⿰鼻欠味。耳孔
àng àng, àng hī, chiū sī bô hoat tō͘ thiaⁿ chheng chhó siaⁿ im ê ì sù.
齆齆，齆耳，就是無法度聽清楚聲音的意思。

齇 tsa, Phīⁿ téng bīn ê phā, siók miâ chiù tsau Phīⁿ. tsa Phīⁿ.
ㄓㄚ, 鼻頂面的皰，俗名酒糟鼻。齇鼻。

齈 lông, Phīⁿ ê Pīⁿ, siông siông lâu Phīⁿ tsúi Phīⁿ ko ê Pīⁿ, Pī lông. Phīⁿ khang lok.
ㄋㄨㄥˊ, 鼻的病，常常流鼻水鼻膏的病，鼻齈。鼻孔⿰鼻录。

⿰鼻會 ōe, Phīⁿ khang hong, chhoán khùi.
ㄨㄟˋ, 鼻孔風，喘氣。

十四·廿二 畫

⿰鼻壹 tè, Phīⁿ teh chhoán khùi ê ì sù. Phīⁿ ê Pīⁿ.
ㄉㄧˋ, 鼻咧喘氣的意思。鼻的病。

齉 lóng, Phīⁿ that kóng ōe bōe chheng chhó bōe bêng. lóng Phīⁿ á. iā chiū sī ìⁿ ōⁿ.
ㄋㄤˋ, 鼻塞講話𣍐清楚𣍐明。齉鼻仔。也就是㾪㾪。

補11畫 **⿰鼻教** Sngh, Sngh, Sngh Phīⁿ. kám mō͘. Siong hong Phīⁿ that, Sngh Sngh kiò. Sngh hong. Sngh Phīⁿ hun. Sngh soa ioh. Sngh Phīⁿ hiuⁿ.
ㄒㄥㄏ, ㄒㄥㄏ, ⿰鼻教鼻。感冒傷風鼻塞，⿰鼻教⿰鼻教叫。⿰鼻教風。⿰鼻教鼻煙。⿰鼻教痧藥。⿰鼻教鼻香。
Sngh Phang khì. toa lát ēng Phīⁿ suh ê ì sù
⿰鼻教香氣。大力用鼻嗽的意思。

造字 鼻借嗷的偏音成字。

齊 部 210

齊 chê, tsai, tsu, tsoe, chiau ㄐㄧˊ, ㄗㄞ, ㄗ, ㄗㄜ, ㄐㄧ
chéng chê, chéng tsoe 整齊，整齊。tiu-beh-ê sui Pi"Pi" 稻麥的穗平平。tāi ke tsoe hé, chê chip 大家做夥，齊集。siu chéng, chê chéng, tsoe tsá", tsoe tsoe 修整，齊整，齊整。齊齊。tsoe khí pō 齊起步。chê it, it tì 齊一，一致。kok ê mîa, chiu bú ông teng thian hā tī chê kok 國的名，周武王定天下佇齊國。tiau tāi ê mîa, lâm chê, pak chê 朝代的名，南齊，北齊。chê ka, tī lí ka têng 齊家，治理家庭。lâng ê sì" chê 人的姓齊。tsai, kèng ùi, chheng khì 齋，敬畏，清氣。iok sok ka kī 約束家己。kap 齋 sio siāng ì sù 与齋相同意思。tsu, sa" á ê ē pō, ē kha pō, kiò tsoe tsu 齊，衫仔的下裾，下腳裾，叫做齊。

三·五 畫

齋 tsai, tsu, che ㄗㄞ, ㄗ, ㄓㄜ
tsai, kèng ùi, chheng khì, kā kī iok sok, kìm chiáh, tsai kài 齋，敬畏，清氣，家己約束，禁食，齋戒。sò chhài, chiáh tsai, chiáh tn̂g tsai 素菜，食齋。食長齋。su pâng, su tsai 書房，書齋。san pō ê mîa sa" kiò tsoe tsu 散裾的蓑衫叫做齋。che chhàm, chiū sī siat kàu ê lé sò, hoe siū" á sī tō sū thè lâng liām keng kái ē 齋懺，就是設教的禮數，和尚或是道士替人念經解厄。kiù kúi chhut tē gek 救鬼出地獄。tsai tiû", chè sū ê só tsāi 齋場，祭事的所在。

齍 tsu ㄗ
tóe sóe á tī poâ" nih lâi hok sāi sîn bêng 貯黍仔佇盤裡來服事神明。hōng gióktsu 奉玉齍。

七·九 畫

齎 che ㄐㄧ
sàng mih hō lâng 送物佮人，che sòng 齎送。che sù 齎賜。sim chì bē chiâ" chiū sí khì 心志未成就死去，che chì í but 齎志以歿。

齏 che ㄐㄧ
kiáu hô mih 攪和物，loān loān chhùi chhùi 乱乱碎碎，che bān but jî put ûi gī 齏萬物而不為義。pí jū hún sin chhùi kut iā m̄ kia" 比喻粉身碎骨也毋驚，che kut hún sin 齏骨粉身。che hún 齏粉。

齒 部 211

齒 chhí, khí ㄔˇ, ㄎㄧˇ
cah mih kā mih chiáh mih ê khì koan 咬物嚼物食物的器官，gê khí 牙齒。chhùi khí 嘴齒。khí hōa" 齒齦。khí phāng 齒縫。āu tsan khí 後齒䶕。chiù khí 蛀齒。khí tsó 齒槽。kì á ê gîm 鋸仔的刃，kì khí 鋸齒。ki khì thoân tōng ê lián 機器傳動的輪，khí lián 齒輪。m̄ kam goân, kā gê chhiat chhí 毋甘願，咬牙切齒。

一·二·四 畫

齔 chhìn ㄔㄣˋ
gín á teh oā" lin khí ê ì sù 囡仔咧換乳齒的意思，chhit sòe jî chhìn 七歲而齔。gín á sòe hàn, tông lián, tiâu chhìn 囡仔細漢，童年，齠齔。

齓 chhìn ㄔㄣˋ
kap téng bīn jī sio siāng ì sù 与頂面字相同意思。

齕 hek ㄏㄜˊ
ēng gê khí kā, khòe 用牙齒齩，嚙。kì hek 齮齕。

齖 gâ ㄧㄚˊ
chhùi khí bô pî", tsa gâ 嘴齒無平，齟齖。chhùi khí bô sì chià", gâ gû 嘴齒無四正，齖齵。m̄ thia" lâng ê oe, gô gâ 毋聽人的話，聱齖。

齗 gûn ㄧㄣˊ
chhùi khí hōa", gûn chhí 嘴齒齦，齗齒。sa" chi" ê sia", gûn gûn cheng siōng 相爭的聲，齗齗爭訟。

齙 pa ㄅㄚ
chhùi khí thòng chhut ê khoán, pa gâ 嘴齒坑出的款，齙齖。chhùi khí bô sì chià" 嘴齒無四正。

齘 hāi ㄒㄧㄝˋ
chhùi khí sa" kā ê ì sù 嘴齒相齩的意思。téng ē ê chhùi khí sa" tú ê só tsāi 頂下的嘴齒相抵的所在，hāi khí 齘齒。siū khì chhiat chhí, kìm hāi 怒氣切齒，類齘。

五 畫

齝 chhi ㄔ
chiáh liáu thò chhut kok tsāi pō 食了吐出擱再餔，hoan chháu 反芻草。hoán tsó ê ì sù 反芻的意思。gû ê kio chhi 牛的叫齝。

九畫 齺 giuh, giuh, ngiuh, ngiuh ㄧㄡˋ, ㄧㄡˋ, ㄙㄨ, ㄙㄨ
chiáh tióh siu" sng ê mih, chhùi khí nńg ê kám kak 食着尚酸的物，嘴齒軟的感覺。sng giuh giuh, sng ngiuh ngiuh 酸齺齺。酸齺齺。造字

齒可	kho, ㄎㄜ,	khè, chhut Lát Giat ê ì sù, chhùi khí ê khoán sit. 齧；出力嚙齧的意思。嘴齒的款式。
齣	chhut, ㄔㄨ,	chhut thâu, chit chhut hì, hì chhut, tiah hì chhut, khó chhut. jîn Seng chhin chhiū chit chhut hì. 齣頭，一齣戲，戲齣，摘戲齣，苦齣。人生親像一齣戲。
齡	Lêng, ㄌㄧㄥˊ,	nî kí, nî hè, nî Lêng. chheng chhun Liân Siàu, biāu Lêng. 年紀，年歲，年齡。青春年少，妙齡。
齠	tiau, tiâu, ㄉㄧㄠ,ㄉㄧㄠˊ,	oān Lin khí, tiâu khí. Gín á Sòe hàn, tiâu Liân. tiau chhin. 換乳齒，齠齒。囝仔細漢，齠年。齠齔。
齟	tsó, tsú, ㄐㄩˇ,ㄗㄨˇ,	chhùi khí tò hap khí, thap Lâi thap khì, chhùi khí bô Pî", Lòe chhùi khí ê sia". ì kiàn bōe hàh, tsó Gú. 嘴齒倒合齒，塌來塌去，嘴齒無平，鑢嘴齒的聲，意見𣍐合，齟齬。
		tsú ngó. khè, Pō, ê ì sù. 齟齬。齧，餔，的意思。
齛	Sè, ㄒㄧㄝˋ,	Sūi" chiah kú kú, chiah koh thò chhut Lâi Pō, iū" ê ì sù. hoan chhâu. hoán tsò ê ì sù. iū" ê kiò Sè. 羊食草久久，即擱吐出來餔溶的意思，翻草。反芻的意思。羊的叫齛。
齙	Pâu, ㄅㄠˋ,	chiū sī chhùi khí Lō hiān ê ì sù. 就是嘴齒露現的意思。
齒司	chhi, ㄑㄧ,	kap 齝 jī Sio Siāng ì sù. 与齝字相同意思。
齜	tsu, ㄗ,	khui chhùi khòa" kì" chhùi khí ê ì sù, tsu Gê Liat tsùi. 開嘴看見嘴齒的意思，齜牙裂嘴。

六・七畫

齦	Gûn, khún, jîn, hōa", ㄧㄣˊ,ㄎㄣˇ,ㄖㄣˊ,ㄏㄨㄚˋ,	chhùi khí thâu ê bah, khí Gûn. chhùi khí jîn. chiū sī khí hōa", chhùi khí hōa". bô chhùi khí Pō chhùi khí jîn. bô chhùi khí chhun khí jîn. khún, chiū sī khè mih, kā khè ê sia". khún kì kan chhiung. 嘴齒頭的肉，齒齦。嘴齒齦。就是齒齦，嘴齒齦。無嘴齒餔嘴齒齦。無嘴齒剩齒齦。齦，就是齧物，咬齧的聲，齦其姦猾。
齩	ngáu, kā, ngauh, hauh, ㄧㄠˇ,ㄍㄚ,ㄧㄠ,ㄏㄠ,	ngáu. Pō, ēng chhùi khí kā, kā. kā Gê ê ì sù. kā tiau tiau, kā Sí Sí. 齩，餔，用嘴齒齩，咬。齩牙的意思。齩𠯗𠯗，齩死死，
		n̄ng chiah káu Sio kā. bé kā kiu". ngauh, hauh, káu ngauh bah kut. ngauh mih. ngauh chit ē, hō káu hauh". chiū sī hō káu kā tioh ê ì sù. kap 咬 jī Sio Siāng ì sù. 兩隻狗相齩。馬齩韁，齩，齩，狗齩肉骨。齩物。齩一下，互狗齩着，就是互狗咬着的意思。与咬字相同意思。
齧	Giat, khè, ㄋㄧㄝˋ,ㄎㄜˋ,	ēng chhùi khí kā, Lâi khòe ê ì Sù. hō thâng Giat Phòa. Sih Sut Sio Giat. Giat tīng. 用嘴齒來齩，來嚙的意思。互虫齧破。蟋蟀相齧。齧斷。
		Giat khí Lūi tōng bu̍t, chiū sī chhú, thò, chêng n̂ng khí Gâu hoat ê oàh mih. khè, káu khè bah kut. 齧齒類動物，就是鼠，兔，前門齒勢發的活物。齧，狗齧肉骨。
		ēng chhùi khí khau mih, kā mih, khè kut, khè chheng khì, khè kam chiā. 用嘴齒來鉤物，齩物，齧骨。齧清氣。齧甘蔗。
齒至	tiat, ㄉㄧㄝˊ,	chhùi khí tēng. khè mih ê Sia". 嘴齒硬。齧物的聲。
齪	chhiok, chhok, tsak, chhiok, ㄑㄩㄛˋ,ㄔㄨㄛˋ,ㄗㄚˊ,	Lâng Sòe jī bô Lám Sam tsòe, kín Sīn, chheng Liâm. chhok, khui khang ê khì khū. 齪，人細膩無濫糝做，謹慎，清廉。齪，開孔的器具。
		Pek oá. kiáu jiáu, chhùi khí Sio hap, ok chhok. ma hoân, tìn ūi, tsak tsak. kiáu jiáu, tsak tsō. 迫倚。攪擾，嘴齒相合，齷齪。麻煩，鎮位，齪齪。攪擾，齪嘈。
		hoân jiáu, Sim bōe an, bô chêng chê, ak tsak. Sim koa" ak tsak. 煩擾，心𣍐安，無整齊，齷齪。心肝齷齪。
足齒	chhiok, chhok, tsak, ㄑㄩㄛˋ,ㄔㄨㄛˋ,ㄗㄚˊ,	kap tēng bīn jī Sio Siāng ì sù. 与頂面字相同意思。
齬	Gú, ngó, ㄩˇ,ㄩˊ,	chhùi khí bô Sa" tùi, bô Pî", bô chéng chê, tsó Gú. tsú ngó. iā Sī kap Lâng ì kiàn bōe hàh, ū chhùi tak ê ì sù. 嘴齒無相對，無平，無整齊，齟齬。齟齬。也是與人意見𣍐合，有嘴鐲的意思。
齒夋	Soan, Sng, ㄙㄨㄢ,ㄙㄥ,	chiū sī chhùi khí Sng n̂ng ê ì sù. bōe Pō mih. 就是嘴齒齒夋軟的意思。𣍐餔物。

八・九畫

齯	Gé, ㄧˊ,	Lāu Lâng ê chhùi khí, tōa ki ê Lut Lóh, koh hoat Sòe ê ńa Gín á. Lāu Lâng khí. hông hoat Gé chhí. 老人的嘴齒，大支的角落，擱發細的如囝仔。老人齒。黃髮齯齒。
齱	chhiok, tso, chhiok, ㄑㄩㄛˋ,ㄗㄡ,齱,	kap 齪 Sio Siāng ì sù. chiū sī ok chhiok, hoân jiáu, kip chhiok, ê khoán Sit. tso, 与齪相同意思。就是握齱，煩擾，急促，的款式。齱，
齒合	Gam, ㄍㄢ,	Gam teh, ēng chhùi khí Poà" kā tiâu, Gam tiâu teh. m̄ Pàng ê ì sù. 齒合吶，用嘴齒半咬𠯗，齒合𠯗吶。毋放的意思。

造字

chhùi khí bô chiàⁿ, tò hàp khí, chhùi khí tsū chip ê khóan。
嘴齒無正，倒合齒，嘴齒聚集的款。

齮 一 kî, ㄍㄧˇ, ㄧˇ；Giat, kā, kì hek。Pí jū Phò hoāi. hūi Pòng。
齧，齩，齮齕。比喻破壞。毀謗。

齷 ak, ok, ㄨㄛˋ, ㄜˋ；chhùi khí sio hàp ê sīaⁿ, kip chhiok。hoân jiáu, ok chhiok。Sim bōe an, bô chéng chê, ak tsak。
嘴齒相合的聲。急促。煩擾，齷齪。心繪安，無整齊，齷齪。

齶 (Kiò ㄍㄧㄛˋ) Gòk, kiuⁿ, ㄜˋ, ㄍㄧㄡˋ；chhùi khí Lāi téng ê bīn ê bah, khí hōaⁿ ê bah téng kiuⁿ, ē kiuⁿ。
嘴齒內頂下面的肉，齒齦的肉。頂齶，下齶。

齵 Gû, ㄩˊ；chhùi khí bô sì chiàⁿ, chhùi khí chham chhi ê ì sù, tò hàp khí, tsò chhi tiong seng。
嘴齒無四正，嘴齒參差的意思，倒合齒，齒取齒重生。

齳 Gún, khún, ㄩㄣˇ, ㄎㄨㄣˇ；bô chhùi khí ê ì sù。iā tsòe 齦 jī ê ì sù。
無嘴齒的意思。也做齦字的意思。

齴 Gián, Giàng, ㄧㄢˇ, ㄧㄢˋ；chhùi khí thóng chhut Lō hiān ê khóan sit, chhì Gián。chhiò ê sî Lō chhut chhùi khí ê khóan sit。
嘴齒坑出露現的款式，齒齴。笑的時露出嘴齒的款式。
kiā koāiⁿ gûi hiám, chhàn Gián chhám hiám。tut chhut bô pî "Phái" khòa", Giàng Giàng。Giàng Gê, chhùi khí
崎高危險，棧齴巉嶮。突出無平歹看，齴齴。齴牙，嘴齒
Giàng Giàng。Pí jū ài kóng ōe ê Lâng, mài Giàng Gê。Sán ti Gê Giàng Giàng, Sán káu mô chhàng chhàng
齴齴。比喻要講話的人，嘜齴牙。瘦豬牙齴齴，瘦狗毛鬆鬆。

齲 Kú, ㄑㄩˇ；chhùi khí chhiū, hiú nōa ê Pīⁿ。Kú khí chhiū sī chhiū khí
嘴齒蛀，朽爛的病。齲齒。就是蛀齒。

十一廿畫

齻 tian, ㄉㄧㄢ；Gê Siang Pêng ê hōaⁿ khah tn̂g ê, chhùi khí kian têng, Lâm ê 24 hè, Lú ê 21 hè
牙双爿的畔較長的，嘴齒堅碇，男的二十四歲，女的二十一歲
ōe sīⁿ chhut tian Gê。
能生出齻牙。

齸 ek, ㄧˋ；chiū sī Lo̍k chiah chháu Liáu āu kon thò chhut Lâi Pō, Lo̍k hoan chháu hóan tsò。Lo̍k ê kio ek。
就是鹿食草了後倒吐出來哺，鹿番羽草，反芻。鹿的叫齸。

齇 tsa, ㄓㄚ；chhùi khí bô sì chiàⁿ, thap khí, tsa Gê。
嘴齒無四正，塌齒，齇牙。

齰 Lek, ㄌㄧˋ；chiū sī chhùi khí ê Pīⁿ。
就是嘴齒的病。

齼 chhó, ㄔㄨˇ；chhùi khí khì chiah tio̍h Sng, tì kàu chhùi khí Sng n̂g ê ì sù
嘴齒去食着酸，致到嘴齒痠軟的意思。

齹 chê, ㄐㄧㄝ；kā á sī Pō。ū Lâng kái soeh sī tò hàp khí ê ì sù。
齩或是餔。有人解說是倒合齒的意思。

齾 ap, ㄧㄚˋ；khiàm chit kī chhùi khí。m̄ chiâⁿ mih。cheng sīⁿ só chiah chhun ê mih。ê ì sù。
欠一支嘴齒。毋成物。精牲所食剩的物。的意思。

齒曾 (補 12畫) tsan, ㄗㄢ；āu tsan, thiⁿ āu tsan, āu Piah tsan。āu khí ê ì sù。chiū sī khū khí ê ì sù。
後齒曾，添後齒曾，後壁齒曾。後齒的意思。就是臼齒的意思。 造字

龍部 212

龍 Liông, Lêng, thiông, Gêng, ㄌㄨㄥˊ, ㄌㄧㄥˊ, ㄊㄧㄥ, ㄇㄤˊ；chit chióng ū kak ū Lân ū chhiu, ōe tsáu, ōe Pe, ōe siû tsui ê sîn thāng。sī jîn kun
一種有角有鱗有鬚，能走，能飛，能泅水的神蟲。是人君
chheng hō, Liông thé, tè ông ê Giòk thé。tong hái kau Liông。hái Liông ông。the Leng tsûn。Lang Lêng。
稱呼，龍體，帝王的玉體。東海蛟龍。海龍王。撐龍船。弄龍。
àn mô, Liàh Lêng。Phīⁿ Pīⁿ, siⁿ Phīⁿ Lêng。hông tè ê saⁿ, Lêng Pô。Gêng Géng, chiū sī Lêng Géng, sī
按摩，掠龍。鼻病，生鼻龍。皇帝的衫，龍袍。龍眼，就是龍眼，是
ke chí ê miâ, Gêng Géng koaⁿ, Gêng Géng bah。thák thiông, chiū sī 龍 ê ì sù。chhim ài thiông ài
果子的名，龍眼乾，龍眼肉。讀龍，就是龍的意思，深愛，龍愛。

三，六畫

龐 Liông, Lông, Pâng, ㄌㄨㄥˊ, ㄌㄨㄥˊ, ㄆㄤˊ；Liông, Lông, koāi, tōa ê chhù。tsap Lōan ê khoan sit, Liông tsap, koāi tōa, Liông tāi。
龐，龐，高，大的厝。雜亂的款式，龐雜。高大，龐大。
tōe miâ, ô Lâm séng tò Lông。chhiong móa ê ì sù, sù bó Lông Lông。chim un Lông hông。Pâng,
地名，湖南省都龐。充滿的意思，四牡龐龐。湛恩龐洪。龐，
tōa, koāiⁿ, Pâng jiân tāi but。Pâng tōa。jī-sīⁿ Pâng。Lang miâ, Pâng koan。chiàn kok sî ê Lâng。
大，高，龐然大物。龐大。字姓龐。人名，龐涓。戰國時的人。

龕 kham, ㄎㄢ；Lêng ê khoan sit。Siū, siu, theh, ê ì sù, kap 堪 thong。Siu khǹg ê só tsāi, kham Lông。
龍的款式。受，收，提，的意思，与堪通。收藏的所在，龕龍。

Siaⁿ im, khan hám kok hi seng, hók sāi sîn put, tsó sian ê kūi tû, sîn kham, put kham.
聲音，龍喊嘓唏聲。服祀神佛，祖先的櫃廚，神龕。佛龕。

【龔】kiong, kióng, kéng ㄍㄧㄥ, ㄍㄧㄥˊ, ㄍㄥˊ；thong 恭 jī. thong 供 jī. Kiong kèng. Kiong kip. Lâng ê sìⁿ, kiông, kéng.
通恭字。通供字。恭敬。供給。人的姓，龔。龔。

【䮾】Lióng, Lâng, Lông ㄌㄧㄥˊ, ㄌㄨㄥˊ, ㄌㄨㄥˊ；Pak bé ê soh, má lông thâu. kap 籠 sio siāng ì sù.
縛馬的索，馬龍頭。与籠相同意思。

卄二畫

【龖】biáu, tap ㄅㄧㄠˋ, ㄉㄚˊ；Lêng teh kiâⁿ, á sī teh pe ê ì sù. Liông hêng biau biau.
龍𠯗行，或是𠯗飛的意思。龍行龘龘。

龜 部 213

【龜】kui, ku, kiu ㄍㄨㄟ, ㄍㄨ, ㄍㄧㄡ；ū kah khak ê oah mih, ōe siu tsúi, ku khak, ku kòa ū lák kak hoe bûn, hêng tōng bān,
有甲殼的活物，能泅水。龜殼，龜蓋有六角的花紋。行動慢，
Koe, ㄍㄨㄝ；sìⁿ miā tn̂g. chiū sī o͘ kui. o͘ ku. ku kòa, chiū sī siòng miā sian ê ēng lâi pok kòa. ku pán,
性命長。就是烏龜。烏龜。龜卦，就是相命仙的用來卜卦。龜版，
chiū sī ku kah, thang jip ióh. kui liat, khòng hóaⁿ chhân hn̂g thó tē pit, ná ku khak hoe hûn. O͘ kui,
就是龜甲，可入藥。龜裂，亢旱田園土地𠕇，如龜殼花紋。黑龜，
bōe bó͘ tsò o͘ kui, chhiong kí ê tsú thâu. kiu, hàn tiâu sī ê kok miâ, kiu tsu. tī sin kiong seng.
賣媒做黑龜，娼妓的主頭。龜，漢朝時的國名，龜兹。佇新疆省。

【亀】kui, ku, kiu ㄍㄨㄟ, ㄍㄨ, ㄍㄧㄡ；kap téng bīn jī sio siāng, ku ê kan thé jī. ku chhiò pih bô bé, mài sio chhiò ê ì sù.
与頂面字相同，龜的簡体字。龜笑鱉無尾，𣍐相笑的意思。

四畫

【𪛇】chiau ㄐㄧㄠ；sio ku ê khak, lâi tsòe chiam pok ê lō͘ ēng.
燒龜的殼，來做占卜的路用。

【𪛈】chiau ㄐㄧㄠ；kap téng bīn jī sio siāng.
与頂面字相同。

【𪛉】jiân ㄖㄢˊ；chiū sī ku kah ê piⁿ.
就是龜甲的邊。

十二畫

【鼈】Piat, Pih ㄅㄧㄝ, ㄅㄧ；kap 鱉 jī. jī sio siāng ì sù.
与鱉字。鱉字相同意思。

龠 部 214

【龠】iók ㄩㄝˋ；tsok gak ê khì khū, chhiūⁿ tát á, khah soe ki, ū saⁿ khang á sī lák khang. thong 籥 jī.
作樂的器具，像笛仔，較小支，有三孔或是六孔。通籥字。
kó tsá tsòe chió ê khì khū, ná chiok ê khoan sit,
古早量多少的器具，如爵的款式；

四·五十畫

【龡】chhui, chhùi, chhe, phuh ㄔㄨㄟ, ㄔㄨㄟˋ, ㄔㄜ, ㄆㄨㄏ；吹 ê pún jī. ēng khì pûn hong. chhui khì, chhui hong. iā sī chhe ê ì sù
吹的本字。用氣歕風。龡氣，龡風。也是嗜的意。
chhe hong, hong chhe chiū sī hong cheng, hong chhe. hon chhe, ian táu. kó͘ chhe, pûn kó͘ chhe.
嗜風，風嗜就是風箏，風龡。煙龡，菸斗。鼓龡，歕鼓龡。
Phuh hong, phuh khì, phuh ióh hún. Phuh nâ âu. Phuh tsúi ak tâm.
龡風，龡氣，龡藥粉。龡嚨喉。龡水渥澹。

【龢】hô ㄏㄜˊ；和 ê kó͘ jī. hô hâi, sūn sūn, hô sūn, tiau hô. jû gak chi hô. cheng miâ, pó hô cheng
和的古字。和諧，順順，和順，調和。如樂之龢。鐘名，寶龢鐘

八畫

【龤】chhiòng ㄑㄧㄤˋ；唱 ê kó͘ jī, khòaⁿ kháu pō͘ 8 ūi tsù kái.
唱的古字，看口部八畫註解。

【龤】hâi ㄏㄞˊ；gak hô hâi. kap 諧 jī sio siāng. tiau hô ê ì sù.
樂和龤。与諧字相同。調和的意思。

date theme 龠部 214 page

龥 iok, jū 一弓, 日叉, siak thâu ho kiò, chhiat sin kiû thiⁿ, khún kiû, ho iok. iok ho. ho jū. hô sūn, jū hô
抄頭呼叫，切身求天，懇求，呼籲。籲呼。呼籲。和順，籲和。

龥 tî 勿一, Gák khì ê miâ, chhin chhiū tōng siau, sī huâiⁿ chhe ê, ū 7.8.9 khang ê. kap 篪 jī sio siāng.
樂器的名，親像洞簫，是橫嗐的，有七、八、九孔的。与篪字相同。

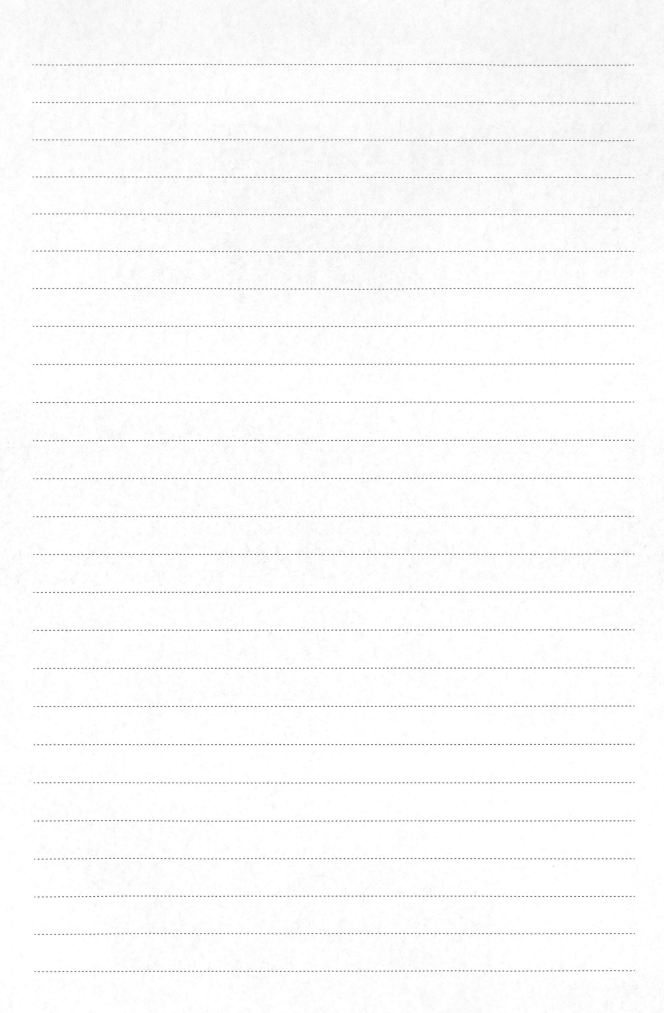

臺灣語音字典(註釋皆有羅馬字注音)

作　者：許榮祥
發行人：許淑峰
發行處：加利利文化事業有限公司
Galilee Cultural Business Co., Ltd.
地　址：台中市北屯區昌平東二路191號1樓
1F,No.191,Changping E,2nd Rd,Beitun Dist,
Taichung City 406. Taiwan.
電　話：04-24226657
傳　真：04-24220983
定　價：1600元
郵政劃撥帳號：50443595
戶　名：加利利文化事業有限公司
I S B N :978-957-43-7976-7
印　刷：勝美製本行
地　址：台中市北區國瑞街13號
電　話：04-22317878　04-24390547
傳　真：04-24391430
出版日期：2020.09

國家圖書館出版品預行編目CIP資料

臺灣語音字典(註釋皆有羅馬字注音) / 許榮祥作.
-- 臺中市 : 許淑峰, 2020.09
面 ; 公分
ISBN 978-957-43-7976-7(精裝)

1.臺語 2.語音 3.字典 4.羅馬拼音

803.34　　109012621

ISBN 978-9-57437-976-7